LA TRILOGIE MARTIENNE

Kim Stanley Robinson

LA TRILOGIE MARTIENNE

Mars la Rouge
Mars la Verte
Mars la Bleue

Préface de l'auteur

ÉDITIONS FRANCE LOISIRS

Édition du Club France Loisirs,
avec l'autorisation des Éditions Omnibus.

Éditions France Loisirs,
123, boulevard de Grenelle, Paris.
www.franceloisirs.com

ISBN : 978-2-298-10817-0

Sommaire

Une colonie dans le ciel

Un beau jour à l'aube du siècle prochain, une poignée d'êtres humains se posera sur Mars. Après avoir enfilé leurs combinaisons spatiales, ils quitteront leur engin pour gambader sur des rochers rouges sous un ciel rose. Au soir de cette formidable journée, suivie sur Terre par des milliards de téléspectateurs, ils s'installeront dans un groupe d'habitations déjà sur place. Après un séjour d'un an consacré à des expériences scientifiques, ils regagneront la Terre. Une autre équipe prendra leur relève. Cette base martienne sera bientôt partie intégrante de notre quotidien. Il n'empêche que les premières graines de quelque chose d'énorme auront été plantées.

Le premier voyage vers Mars se fera pour de multiples raisons : certaines rationnelles (vérifier si l'on y trouve bel et bien des bactéries fossiles), d'autres farfelues (retrouver Elvis Presley). La plupart de ces raisons auront un fonds scientifique et pratique : plus nous connaîtrons les autres planètes du système solaire, mieux nous comprendrons la Terre et mieux nous y vivrons. Ce n'est pas de l'héroïsme, c'est du bon sens, et c'est capital. Fussent-elles les seules, ces raisons-là suffiraient à nous décider à franchir le pas.

Mais Mars ne restera jamais un simple site expérimental pour affiner les techniques de gestion terrestre. La planète rouge nous fascine depuis la nuit des temps et, même si la vie dans la station de recherche ne révèle rien d'extraordinaire, les bandes-vidéo qui nous parviendront nous montreront un univers grandiose de volcans et de canyons, de calottes glaciaires et de dunes de sable, de vent et d'intempéries. Ces nouveaux paysages sauvages nous paraîtront d'ailleurs relativement familiers, surtout par comparaison avec la Lune et ses paysages laiteux. Cette analogie n'est pas uniquement superficielle car Mars ressemble à la Terre par plusieurs traits majeurs (taille globale, présence d'eau, longueur du jour, écarts de températures) ; les similitudes sont d'ailleurs si nombreuses que l'on commence à se demander s'il ne serait pas possible de rendre Mars encore plus semblable à la Terre qu'elle ne l'est aujourd'hui. Et cette question nous fait franchir un degré supplémentaire dans notre fascination pour cette planète : pourrions-nous y vivre et Mars pourrait-elle être « terraformée ».

« Terraformer » une planète consiste à en modifier la surface jusqu'à ce que des formes de vie terrestre puissent y survivre. Pour l'heure, cette discipline héritée des récits de science-fiction se nourrit essentiellement d'hypothèses. Pourtant, un certain nombre de scientifiques s'y intéressent depuis une trentaine d'années. Leurs études établissent clairement que le processus serait sensiblement plus lent que les transformations instantanées suggérées par certains films récents ; en réalité, il prendrait plusieurs siècles. C'est pourtant une idée qui, selon les critères de la physique telle que nous la connaissons, n'a rien d'extravagant.

La recette est simple : ajouter de l'azote et de l'oxygène à l'atmosphère ; amener l'eau en surface ; laisser mijoter pendant plusieurs décennies, saupoudrer en premier lieu de cyanobactéries, puis introduire tous les autres végétaux et animaux terrestres en respectant leur ordre d'apparition sur Terre. Mars a la chance de posséder tous les ingrédients de la recette ; mieux encore, elle se prête idéalement à la terraformation. Puisque nous avons toutes les formes de vie à notre disposition, nous pouvons faire redéfiler en accéléré le film de notre évolution.

Comme toujours, il y a loin de la théorie à la pratique et le processus nous échappera certainement. Mais, en fin de course, si tout va bien, nous aurons contribué à créer une nouvelle biosphère. Rendez-vous compte ! On ne sait même pas à quoi assimiler au juste ce type d'activité ; ce serait comme de cultiver un jardin, créer un parc naturel, bâtir une cathédrale, lancer des graines par-dessus un océan pour ensemencer une nouvelle île. Ce ne serait comparable à rien de connu ; ce serait une innovation dans l'histoire.

Certains peuvent estimer qu'un tel projet est trop vaste, à trop longue échéance ou trop présomptueux pour que l'humanité s'y attelle. Mais penchons-nous sur la situation actuelle de la Terre : nous sommes aujourd'hui près de six milliards et ce chiffre risque de doubler, même si nous ignorons précisément la capacité d'accueil de notre planète. De nombreuses espèces majeures sont menacées d'extinction sauf si nous les protégeons de nos propres déprédations. Nous avons remodelé la plupart des terres et détérioré l'atmosphère au point que demain le climat de la planète sera l'objet d'un marchandage entre législateurs et industriels. En d'autres termes, nous sommes déjà en train de terraformer la Terre par nécessité de la maintenir vivable. Dans ce contexte, le projet de terraformer Mars ne paraît pas autrement incongru. Ce serait une expérience intéressante et Mars deviendrait un laboratoire ou une université gigantesque où nous apprendrions à gérer la biosphère d'une planète pour en assurer la conservation à long terme.

« Long terme », le mot n'est pas trop fort puisque la terraformation de Mars prendrait au bas mot trois cents ans. Cette échelle temporelle ne nous est pas familière et il semble peu probable qu'une société poursuive un projet, quel qu'il soit, aussi longtemps. Par chance, le processus dépendra moins de la constance de nos efforts que des individus qui installés sur Mars et qui feront de ce projet une affaire personnelle.

Quant à nous autres Terriens, cantonnés dans nos petites échéances, il n'est sans doute pas mauvais de temps à autre que nous envisagions un vrai projet à long terme. Après tout, l'existence de l'humanité sur Terre en est un, et il est important de se souvenir de ce que cela signifie : des individus vivront ici même dans cinq cents ans et tous seront nos descendants. Ces enfants éloignés méritent de recevoir en héritage une planète vivable dont ils auront à leur tour la charge. C'est pour eux que nous nous devons d'imaginer un mode de vie durable sur Terre. La colonisation de la planète Mars fera partie de ce grand projet environnemental et sa terraformation nous livrera des enseignements que nous mettrons en pratique au fur et à mesure sur notre bonne vieille Terre, en sachant nous arrêter de temps en temps pour lever les yeux vers notre jardin sauvage tout là-haut dans le ciel.

Kim Stanley Robinson
(septembre 1996)

Cartes

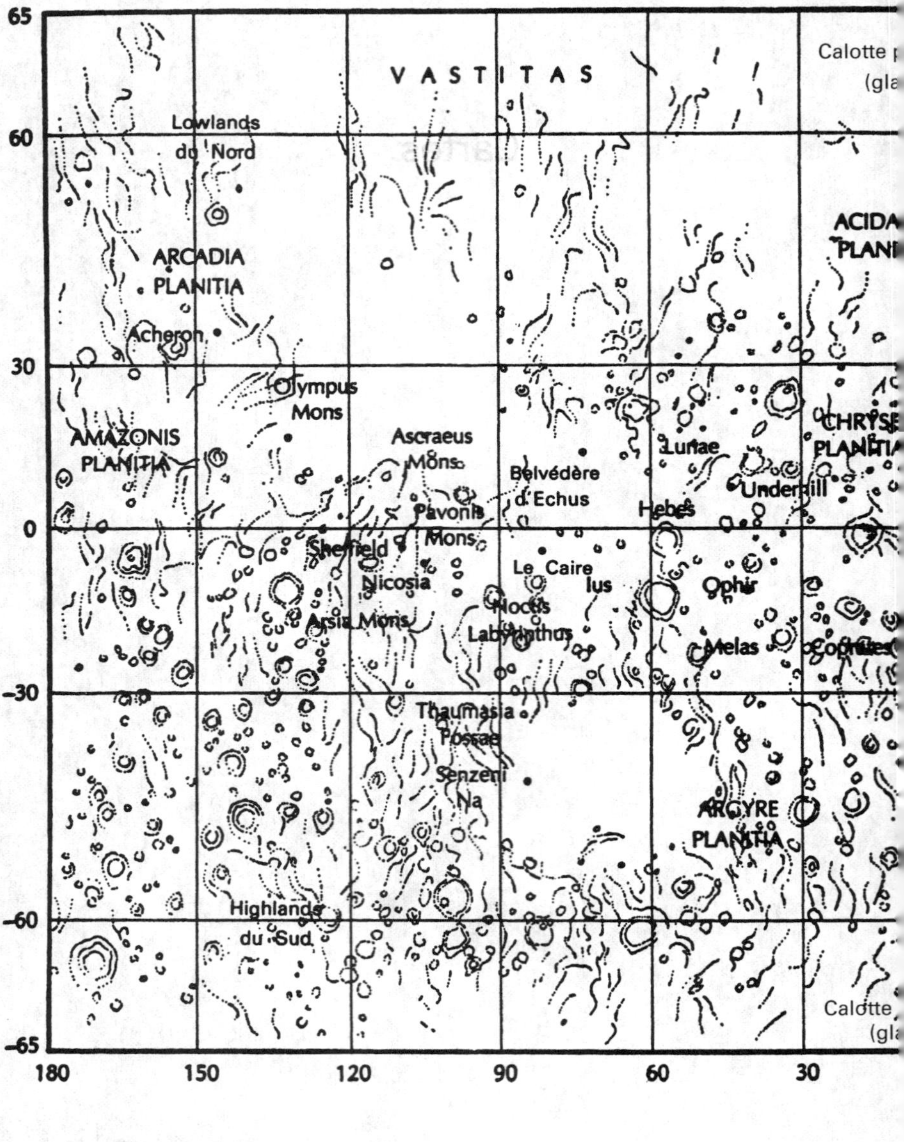

65
60
30
0
-30
-60
-65
180
150
120
90
60
30
VASTITAS
Calotte
Lowlands
du Nord
ARCADIA
PLANITIA
Acheron
ACIDA
PLAN
Olympus
Mons
AMAZONIS
PLANITIA
Ascraeus
Mons
Belvédère
d'Echus
Lunae
CHRYSE
PLANITIA
Underhill
Pavonis
Mons
Hebes
Sheffield
Nicosia
Le Caire
Ius
Ophir
Arsia Mons
Noctis
Labyrinthus
Melas
Coprates
Thaumasia
Fossae
Senzeni
Na
ARGYRE
PLANITIA
Highlands
du Sud
Calotte

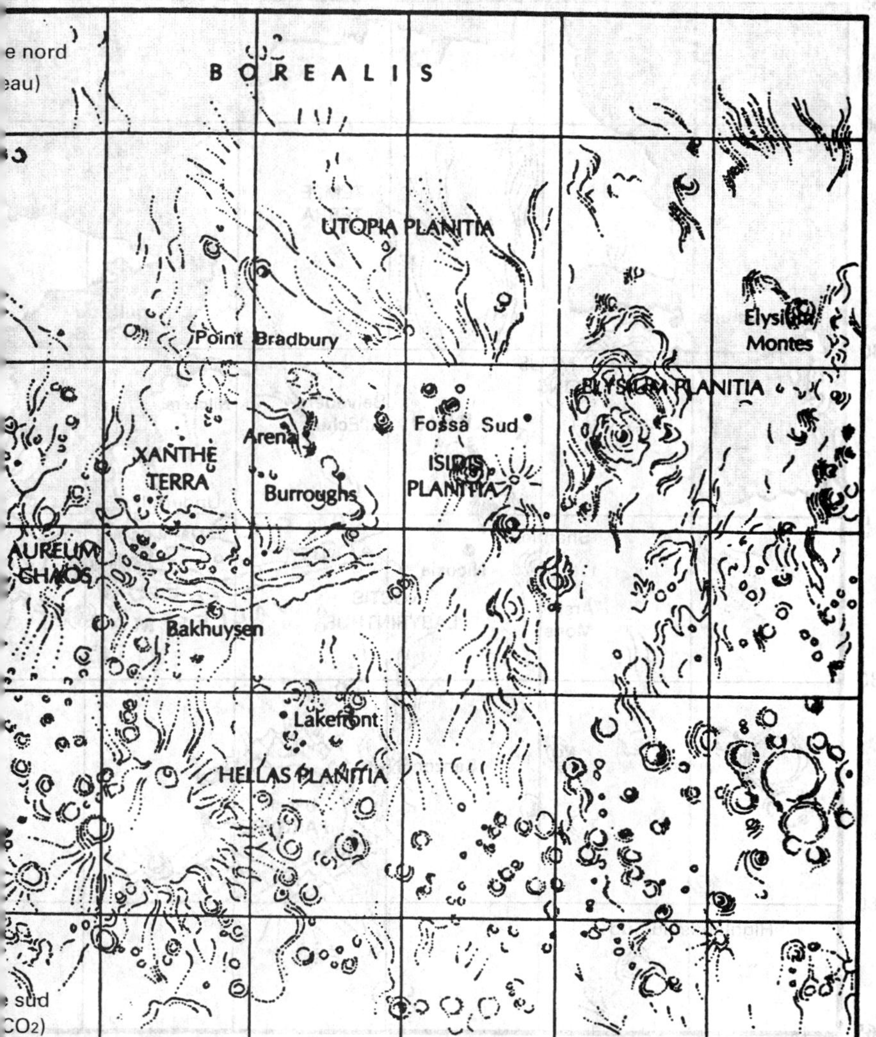

BOREALIS
UTOPIA PLANITIA
Point Bradbury
Montes
ELYSIUM PLANITIA
Fossa Sud
Arena
XANTHE TERRA
Burroughs
ISIDIS PLANITIA
AUREUM CHAOS
Bakhuysen
Lakefront
HELLAS PLANITIA
330
300
270
240
210
180

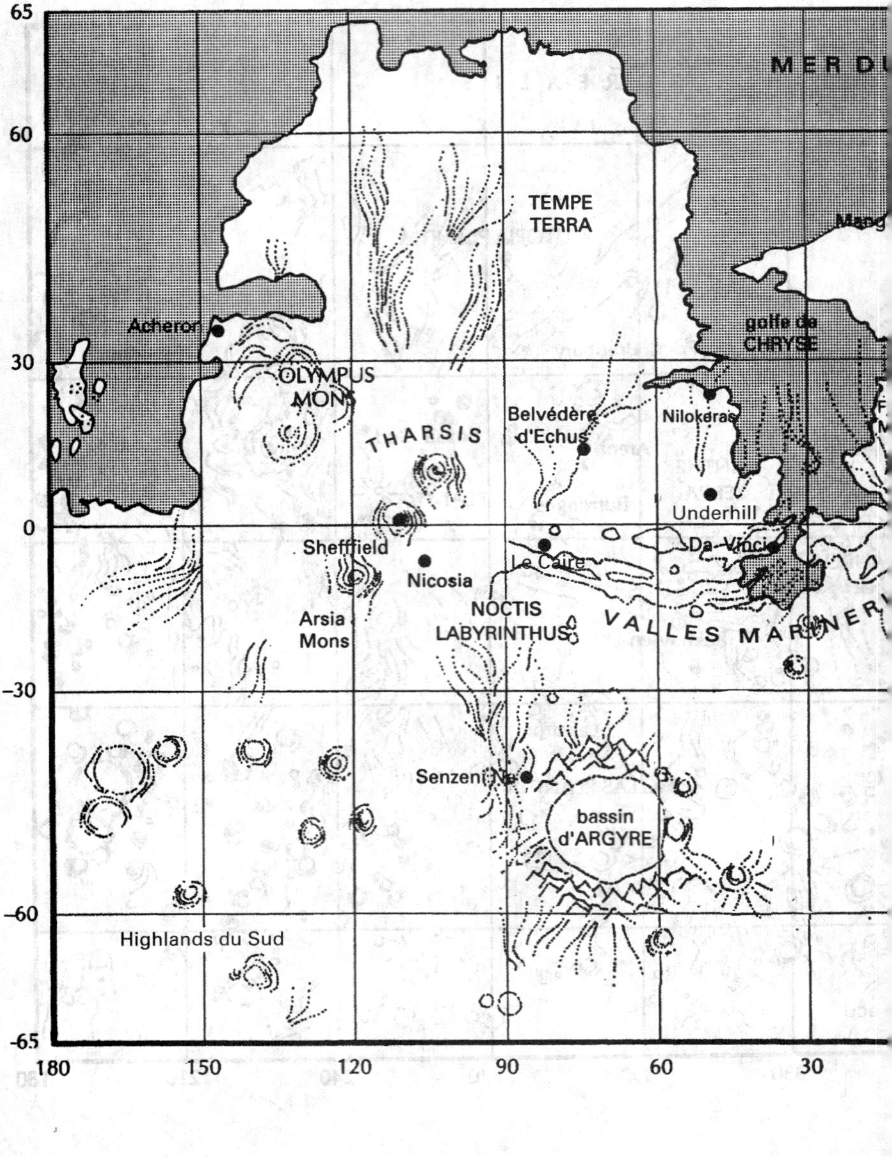

M E R D
TEMPE
TERRA
Acheron
golfe de
CHRYSE
OLYMPUS
MONS
THARSIS
Belvédère
d'Echus
Nilokeras
Underhill
Sheffield
Da Vinci
Le Caire
Nicosia
NOCTIS
LABYRINTHUS
VALLES MARINERI
Arsia
Mons
Senzeni Na
bassin
d'ARGYRE
Highlands du Sud
65
60
30
0
-30
-60
-65
180
150
120
90
60
30

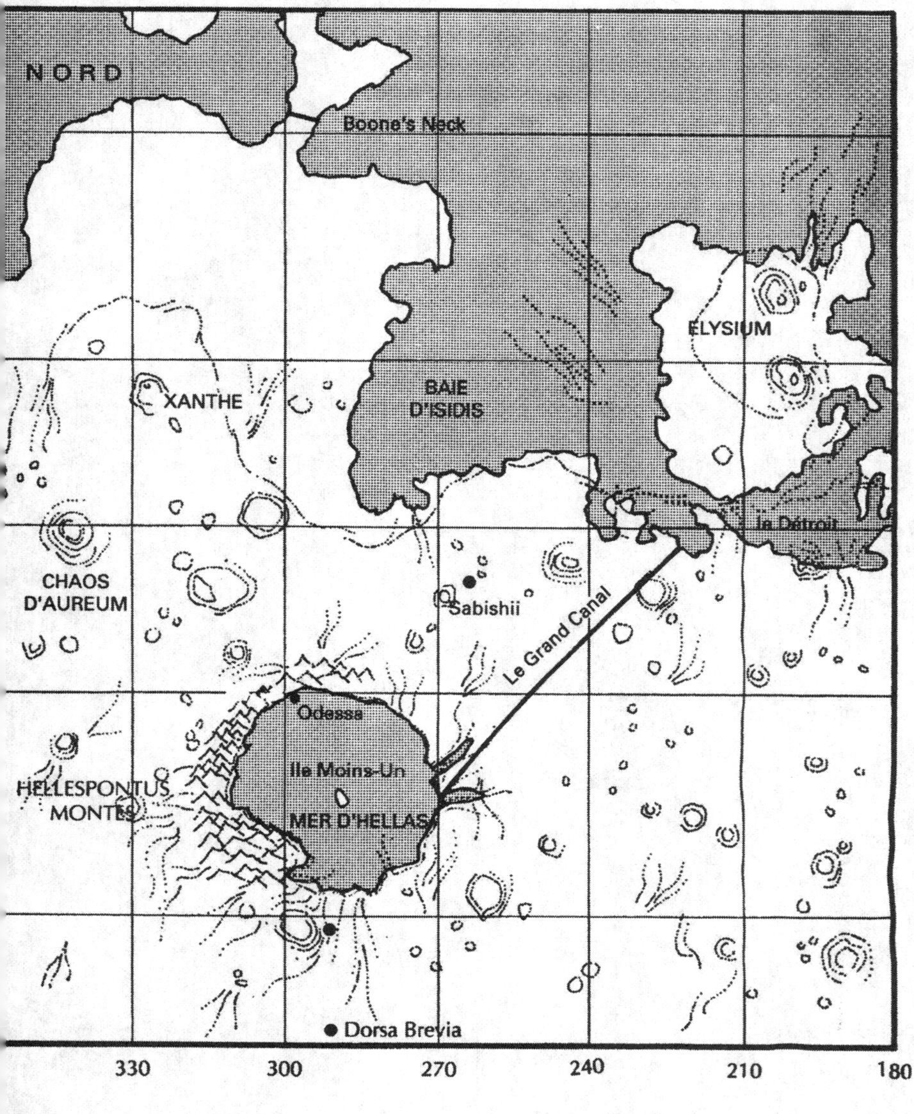
NORD
Boone's Neck
ELYSIUM
XANTHE
BAIE D'ISIDIS
CHAOS D'AUREUM
le Détroit
Sabishii
Le Grand Canal
Odessa
Ile Moins-Un
HELLESPONTUS MONTES
MER D'HELLAS
Dorsa Brevia
330
300
270
240
210
180

MARS LA ROUGE

Red Mars
1993
Traduit par Michel Demuth et Dominique Haas

Pour Lisa

PREMIÈRE PARTIE

LA NUIT DU FESTIVAL

Mars était vide avant notre arrivée. Ce qui ne veut pas dire qu'il ne s'y était jamais rien passé. La planète avait connu des accrétions, des fusions, des tourbillons qui s'étaient refroidis, pour laisser une surface marquée par d'immenses cicatrices géologiques : cratères, canyons, volcans. Mais tout cela était survenu dans l'inconscient minéral, sans être observé, sans témoins — sauf nous, qui avions tout vu depuis la planète d'à côté, et seulement durant le tout dernier instant de sa longue histoire. Nous sommes la seule conscience que Mars ait jamais possédée.

A présent, chacun connaît l'histoire de Mars dans la culture humaine : comment, au cours de la préhistoire, durant des générations, elle était l'un des astres les plus lumineux du ciel, à cause de sa rougeur et des fluctuations de son intensité, et de la façon qu'elle avait de ralentir sa course entre les étoiles et, parfois, de l'inverser. Elle semblait lancer un message. Il n'est peut-être donc pas surprenant que les noms les plus anciens que les hommes lui aient donnés pèsent particulièrement sur la langue — Nirgal, Mangala, Auqakuh, Harmakhis *— ils sonnent comme s'ils étaient plus anciens encore que les langages dont ils sont issus, comme des mots fossiles venus de l'ère glaciaire et de plus loin encore. Oui, durant des milliers d'années, Mars eut un pouvoir sacré dans les affaires humaines, et sa couleur rendait ce pouvoir encore plus redoutable, puisqu'il représentait le sang, la colère, la guerre, et le cœur.*

Et puis, les premiers télescopes nous permirent de l'observer de plus près, de mieux voir ce petit disque orangé, avec ses pôles si blancs, et ses taches sombres qui s'agrandissaient ou se rétrécissaient au rythme des saisons. Les progrès techniques ne nous apportèrent jamais rien de plus, mais ces images captées par la Terre fournirent suffisamment de flous à Lowell pour lui inspirer un conte, un conte que nous connaissons tous : celui d'un monde agonisant, avec ses habitants héroïques, luttant désespérément pour creuser des canaux afin de stopper l'invasion des déserts.

Fascinant. Mais les sondes Mariner *et* Viking *transmirent leurs clichés et tout fut changé. Notre connaissance de Mars en fut formidablement multipliée. Nous en savions désormais des millions de fois plus sur cette planète qu'auparavant. C'est un monde nouveau qui défilait devant nos yeux, un monde insoupçonné jusqu'alors.*

Pourtant, c'était apparemment une planète sans vie. Les humains s'étaient mis à rechercher des traces du passé de Mars, d'une éventuelle forme de vie, des microbes aux architectes de canaux, en passant même par d'éventuels visiteurs extra-solaires. Comme vous le savez, aucune preuve de tout cela n'a jamais été avancée. Les contes et les légendes se sont donc multipliés afin de combler ce vide, tout comme du temps de Lowell, ou de celui d'Homère, comme dans les cavernes de la savane. On se mit à parler de micro-fossiles détruits par les bio-organismes expédiés de la Terre, de ruines entrevues dans des tornades de poussière et à jamais perdues, d'un géant et de ses aventures, d'une peuplade de petits êtres rouges et furtifs que l'on aurait aperçus. Et tous ces contes ont été bâtis pour essayer de donner une vie à Mars, ou de la ramener *à la vie. Parce que nous sommes encore ces animaux qui ont survécu à l'âge glaciaire, qui contemplent avec émerveillement le ciel et se plaisent à se raconter des histoires. Et Mars n'a jamais cessé d'être ce qu'elle était pour nous depuis le commencement : un grand signe, un grand symbole, un grand pouvoir.*

Et c'est alors que nous sommes arrivés. Non pas sur un pouvoir, mais sur un monde.

— Nous sommes arrivés. Mais ce que les autres n'avaient pas réalisé, c'est que, lorsque nous atteindrions Mars, nous serions changés à tel point par ce voyage aller que tout ce que l'on nous avait dit n'aurait plus vraiment d'importance. Ça n'avait rien à voir avec l'exploration des fonds sous-marins ou la colonisation du Far West. Non, c'était une expérience *absolument nouvelle*, et, tandis que l'*Arès* suivait sa trajectoire, la Terre devint une simple étoile bleutée perdue parmi d'autres, et nous recevions les messages avec un tel décalage qu'ils nous semblaient venir d'un autre siècle.

Nous n'appartenions plus qu'à nous seuls, et c'est ainsi que nous sommes devenus *des êtres fondamentalement différents*.

Rien que des mensonges, se dit Frank Chalmers, agacé.

Il était assis parmi les dignitaires pour entendre l'habituelle allocution de son vieil ami John Boone, l'habituel « discours d'exhortation de Boone ». Une épreuve exténuante pour lui. En vérité, le voyage vers Mars avait été l'équivalent technique d'un très long trajet en train. Non seulement ils n'étaient pas devenus des êtres fondamentalement différents, mais ils s'étaient révélés encore plus identiques à eux-mêmes que jamais, dépouillés de toutes leurs habitudes jusqu'à ce qu'ils soient réduits au matériau brut de leur moi. Mais John, en cet instant même, agitait l'index face à l'assistance tout en clamant :

— Nous sommes venus ici pour faire quelque chose de neuf, et quand nous sommes arrivés, nos différences terrestres se sont évanouies, car elles étaient absurdes sur ce monde nouveau !

Mais oui, il le croyait vraiment. Sa vision intime de Mars était comme un objectif déformant, une espèce de religion.

Chalmers cessa d'écouter et laissa errer son regard sur la ville nouvelle. Ils allaient la baptiser Nicosia. C'était la première agglomération édifiée à la surface de Mars. En fait, tous les immeubles avaient été bâtis sous une gigantesque toile transparente tendue par une structure quasi invisible, sur le site de Tharsis, à l'ouest de Noctis Labyrinthus. De là, on avait une vue prodigieuse sur l'horizon d'ouest, marqué par le grand pic de Pavonis Mons. Les vétérans qui se trouvaient dans le public en étaient absolument ébahis : ils étaient à la surface de la planète, ils avaient quitté leurs tranchées, leurs mesas et leurs cratères, et ils pouvaient voir jusqu'au fond de l'horizon ! Splendide !

Une vague de rires rappela l'attention de Frank. John Boone avait une voix rauque et un sympathique accent du Midwest. Il pouvait être tour à tour (et parfois simultanément) calme, véhément, sincère, ironique, modeste, confiant, grave et drôle. L'orateur parfait. Quant à l'assistance, elle était sous le charme : c'était *le premier homme sur Mars* qui leur parlait et, si l'on en jugeait à leurs expressions, ils auraient pu tout aussi bien contempler Jésus en train de multiplier le pain et les poissons pour le dîner. A vrai dire, John méritait presque d'être adoré car, sur un plan totalement différent, il avait accompli un miracle, lui aussi : il avait transformé leurs existences d'hommes-conserve en un fabuleux voyage spirituel.

— Nous sommes venus sur Mars pour nous respecter les uns les autres comme jamais encore nous ne l'avions fait, proclama-t-il.

Chalmers se dit que c'était un rapprochement plutôt inquiétant avec les expériences de surpopulation chez les rats.

— Mars, poursuivit John, est un monde sublime, exotique et dangereux.

Là, il voulait dire : une sphère glacée de roches oxydées qui dégageaient un taux de quinze rems [1] par an.

— Et, grâce à notre travail, nous sommes en train d'y bâtir un nouvel ordre social et de nous élever vers un nouveau stade de l'histoire de l'humanité.

---

1. Sigle pour Röntgen Equivalent Man (Equivalent homme de Röntgen) : Unité de mesure des radiations ionisantes susceptibles de produire des effets biologiques approximativement égaux à 1 Röntgen de rayons-X ou de radiations gamma (10^{-5} joules dans un gramme de matière). (*N.d.T.*)

Bien sûr, la dernière variation sur le thème de la dynamique du pouvoir chez les primates.

John finit sur cette ultime fleur de rhétorique et, bien entendu, un tonnerre d'applaudissements lui répondit. Maya Toitovna s'avança alors sur le podium pour présenter Chalmers. Frank lui adressa un bref regard qui signifiait à l'évidence qu'il n'était pas d'humeur à supporter ses plaisanteries habituelles. Elle ne s'y trompa pas.

— Celui qui va prendre la parole maintenant a été le carburant de notre petite fusée spatiale. (Elle eut quand même droit à quelques rires.) C'est grâce à son énergie et à son imagination que nous avons réussi à atteindre Mars, alors, si vous avez des réclamations, vous allez pouvoir les formuler à notre vieil ami Frank Chalmers.

Lorsqu'il se retrouva sur le podium, il fut surpris de découvrir les dimensions de la ville. Elle formait un triangle immense, et ils se trouvaient au point culminant, dans le parc de l'apex occidental. A partir du centre, sept allées rayonnaient dans le parc pour s'élargir en larges boulevards bordés de pelouses et d'arbres. Les immeubles étaient autant de trapèzes bas, et chacun se distinguait par un revêtement de pierre polie de couleur différente. Leur taille et leur architecture conféraient à l'ensemble un air quelque peu parisien. Paris vu par un peintre fauviste au printemps, avec ses cafés, ses terrasses... Plus bas, à quatre ou cinq kilomètres de distance, la frange de la cité était marquée par trois gratte-ciel élancés. Au-delà, c'était la ferme et sa verdure.

Les gratte-ciel faisaient partie de la structure de soutien de la tente, qui se déployait comme une ombrelle entretissée de filins qui avaient la couleur du ciel. La matière dont elle était constituée était invisible et, tel quel, on pouvait avoir l'impression de vivre à ciel ouvert. Ce qui était un luxe inouï. Nicosia allait devenir une ville très courue.

Ce fut précisément ce que Chalmers promit à l'assistance, qui approuva avec enthousiasme. Ici, les esprits étaient versatiles, et il semblait que Chalmers les domptait aussi bien que John. Il était trapu, le teint mat, en total contraste avec la blondeur du séduisant John Boone. Mais il savait qu'il possédait son charisme personnel, aussi fruste soit-il, et, au fur et à mesure qu'il prenait de l'assurance, il s'en servit et sortit quelques bonnes vieilles phrases qu'il gardait en réserve.

C'est alors qu'un rai de soleil perça les nuages pour illuminer les visages soudain levés, et qu'il sentit une crispation bizarre au creux de l'estomac. Ils étaient si nombreux, et tellement *étrangers* ! La foule était une chose effrayante — tous ces yeux de céramique humide dans ces visages rosâtres qui étaient fixés sur lui... c'était presque trop. Cinq mille personnes dans une cité martienne. Après toutes ces années passées à Underhill, c'était difficilement concevable.

Et, stupidement, il voulut exprimer ce qu'il éprouvait.

— Si nous... si nous regardons autour de nous... Cela ne fait que renforcer l'étrangeté de... de notre présence ici.

Il était en train de les perdre. Mais comment leur dire ? Comment leur faire savoir qu'eux seuls étaient vivants sur ce monde rocailleux, et que leurs visages luisaient comme autant de lampions dans la nuit ? Comment leur expliquer que même si les êtres vivants n'étaient rien de plus que des porteurs de gènes indisciplinés, c'était quand même préférable au néant minéral ou à n'importe quoi d'autre ?...

Bien sûr, il ne pourrait jamais le dire. En tout cas, certainement pas au milieu d'un discours. Et sans doute jamais. Il se reprit.

— Dans la désolation du paysage martien, la présence humaine est, disons, une chose remarquable.

Il lui vint une pensée sardonique : *Comme ça, ils se respecteront un peu plus.*

— La planète, si on la considère globalement, est un cauchemar gelé. (*Donc exotique et sublime.*) Et, par conséquent, livrés à nous-mêmes, nous devons entamer un processus de... réorganisation. (*Ou bien créer un nouvel ordre social.*)

Et c'est comme ça, mais oui, mais oui ! qu'il se retrouva en train de proférer les mêmes mensonges que John !

Et, à la fin de son intervention, il eut droit à une énorme vague d'applaudissements. Agacé, il annonça que l'heure du repas était venue, privant ainsi Maya de la dernière chance qu'elle pouvait avoir de placer une remarque. Mais elle avait probablement deviné sa manœuvre et ne s'en souciait même pas. Frank Chalmers aimait bien avoir le dernier mot.

Les gens se rassemblaient sur la plate-forme provisoire pour rencontrer les célébrités. Il était rare de trouver ensemble autant de membres des cent premiers et tout le monde se pressait autour de John et Maya, de Samantha Hoyle, Sax Russell et Chalmers.

Frank jeta un regard en direction de John et Maya. Il ne parvint pas à identifier le groupe de Terriens qui les entouraient, ce qui éveilla sa curiosité. Il traversa la plate-forme et surprit le regard qu'échangeaient John et Maya.

— Il n'y a aucune raison pour que cet endroit n'obéisse pas aux lois naturelles, déclarait un des Terriens.

— Parce qu'Olympus Mons vous rappelle vraiment Mauna Loa ? répliqua Maya.

— Bien sûr. Tous les volcans de type hawaiien se ressemblent.

Par-dessus la tête du crétin, Frank chercha le regard de Maya. Mais elle ne lui répondit pas. Quant à John, il faisait semblant de n'avoir pas remarqué son arrivée. Samantha Hoyle était lancée dans une grande explication à voix basse avec un homme. Comme il acquiesçait, involontairement il regarda Frank. Mais Samantha ne se retourna pas pour autant. De toute manière, ce qui comptait pour Frank, c'était John. John et Maya. Et tous deux se comportaient comme dans une soirée ordinaire.

Chalmers quitta la plate-forme. Le public, traversant le parc, descendait vers les tables qui avaient été dressées à l'endroit où convergeaient les sept boulevards. Il suivit le flot sous les jeunes sycomores qui avaient été récemment plantés et dont le feuillage kaki filtrait la clarté de l'après-midi, donnant au parc l'apparence du fond d'un aquarium.

Les ouvriers occupaient déjà les tables de banquet et descendaient la vodka avec le sentiment plus ou moins obscur que la construction de Nicosia était achevée et que l'âge héroïque était terminé. Ce qui était peut-être vrai pour Mars tout entière.

Les conversations montaient en un seul brouhaha. Frank s'enfonça dans la turbulence et se risqua vers le périmètre nord. Il s'arrêta devant le parapet de béton qui lui arrivait à hauteur de la hanche : la muraille de la cité. Quatre couches de plastique cristallin s'élevaient du rail de métal. Un Suisse, un peu plus loin, donnait des explications à un groupe de visiteurs.

— La membrane extérieure de plastique piézoélectrique génère l'électricité à partir du vent. Puis, deux autres films fournissent une isolation air-gel. Quant à la couche intérieure, elle constitue une membrane anti-radiations qui, avec le temps, devient violette, et qu'on doit alors remplacer. C'est encore plus transparent qu'une vitre, non ?

Les visiteurs acquiescèrent. Frank tendit la main et poussa sur la membrane interne. Ses doigts s'y enfoncèrent jusqu'aux premières phalanges. Le contact était légèrement frais. On pouvait discerner une inscription en blanc : Isidis Planitia Polymers. A travers les sycomores, par-dessus son épaule, il apercevait la plate-forme en apex. John, Maya et leur bande d'admirateurs terriens étaient toujours là, bavardant avec animation. Ils régissaient les affaires de la planète. Ils décidaient du destin de Mars.

Il cessa de respirer. Il serra les dents et sentit ses molaires se bloquer. Il poussa si fort contre le film de plastique qu'il atteignit la membrane externe, ce qui impliquait qu'une partie de sa colère serait ainsi captée et stockée sous forme d'électricité dans le circuit urbain. Ce polymère était d'une nature particulière : les atomes de carbone y étaient liés à ceux d'hydrogène et de fluor de telle façon que la matière était plus piézoélectrique qu'un cristal de quartz. Il suffisait de modifier un seul des trois éléments pour tout changer : par exemple, en remplaçant le fluor par le chlore, on obtenait une enveloppe de saran[1].

Frank garda le regard fixé un instant sur sa main, puis sur les deux membranes collées l'une à l'autre. Sans lui, elles n'étaient rien.

Il alla perdre sa colère parmi les ruelles de la ville.

Agglutinés sur une plaza comme des moules sur un rocher, un groupe d'Arabes buvait du café. Les Arabes étaient arrivés sur Mars seulement dix ans auparavant et, déjà, ils constituaient une communauté avec laquelle on devait compter. Ils avaient de l'argent et avaient fait alliance avec les Suisses pour édifier de nombreuses villes, y compris celle-ci. Et ils se sentaient bien sur Mars. Comme le disaient les Saoudiens : « C'est comme un jour froid dans le Quart Vide[2]. » La ressemblance était telle que des mots arabes s'infiltraient de plus en plus rapidement dans l'anglais courant, parce que les Arabes avaient un vocabulaire plus riche pour ce type de paysage. *Akaba* pour les pentes abruptes des volcans, *badia* pour les plus vastes dunes, *nefuds* pour le sable dense, *seyl* pour le lit des fleuves asséchés vieux de milliards d'années... Les gens disaient souvent qu'ils allaient finir par adopter l'arabe.

Frank avait passé une bonne partie de son temps avec les Arabes, et ceux qui se pressaient sur la plaza furent heureux de le voir.

— *Salaam aleyk !* lui dirent-ils.

Et il répondit :

— *Marhabba !*

Ils lui souriaient, dents blanches sous la moustache noire.

Comme d'ordinaire, il n'y avait là que des hommes. Les plus jeunes le précédèrent vers une table centrale autour de laquelle étaient assis les anciens, au nombre desquels son ami Zeyk.

Ce fut lui qui lui annonça :

— Cette place va s'appeler Hajr el-kra Meshab : la place de granit rouge de la cité.

Il montrait les dalles. Frank acquiesça tout en lui demandant de quel genre de roche il s'agissait exactement. Il s'exprima en arabe aussi longuement qu'il le put, jusqu'à ce que des rires s'élèvent. Puis il s'assit devant la table, comme les autres, et se détendit.

Il avait le sentiment qu'il aurait pu aussi bien se trouver au Caire ou à Damas, baigné du parfum d'une eau de Cologne raffinée.

Il examina les visages de ses compagnons. Oui, leur culture était étrangère, cela ne faisait pas le moindre doute. Ils n'avaient pas

1. Résine thermoplastique obtenue à partir des composants du vinyle, utilisée pour les films d'emballage, la confection de liens, etc. Marque déposée hors des USA. (*N.d.T.*)

2. Il s'agit du Rub' Al-Khali, le grand désert du sud de la péninsule arabique. (*N.d.T.*)

l'intention d'en changer parce qu'ils étaient sur Mars, et ils apportaient un démenti absolu à la vision de John Boone. Leurs concepts étaient en désaccord absolu avec ceux des Occidentaux. Par exemple, ils ne toléraient pas la séparation de l'Eglise et de l'Etat, ce qui rendait impossible leur adhésion aux bases du gouvernement de Mars telles que les définissaient les Occidentaux. Et ils obéissaient tellement aux lois patriarcales que l'on disait que certaines de leurs femmes étaient illettrées. Des illettrés sur Mars ! Ça, c'était un signe avertisseur. Et, bien sûr, la plupart de ces hommes avaient l'expression dure que Frank associait au machisme. Ils oppressaient à tel point leurs femmes, et si cruellement, qu'elles ripostaient comme elles pouvaient, terrorisant leurs fils qui, à leur tour, terrorisaient leurs femmes, et ainsi de suite, en une mortelle spirale d'amour inversé en haine sexuelle.

En un sens, ils étaient tous fous.

C'est pour cette raison que Frank Chalmers les aimait. Et ils lui seraient certainement bientôt utiles, parce qu'ils formaient un nouvel enjeu de pouvoir. Machiavel l'avait dit : « Défendez toujours le nouvel ami faible afin d'affaiblir les anciens amis forts. » Aussi accepta-t-il une tasse de café et, peu à peu, poliment, ils revinrent à l'anglais.

— Qu'est-ce que vous avez pensé des discours ? demanda-t-il, le regard rivé sur la boue noirâtre au fond de sa tasse.

— John Boone n'a pas changé, répondit le vieux Zeyk. (Les autres ricanèrent avec colère.) Quand il déclare que nous allons constituer une culture martienne indigène, il veut seulement dire par là que certaines cultures d'origine terrienne seront promues, et les autres repoussées. Et tous ceux qui sont perçus comme régressifs seront isolés et détruits. C'est le concept d'Ataturk.

— Il considère que tous ceux qui se trouvent sur Mars devraient devenir *américains*, appuya un nommé Nejm.

— Pourquoi pas ? fit Zeyk avec un sourire. C'est bien ce qui s'est passé sur Terre.

— Non, protesta Frank. Il ne faut pas mal interpréter ce qu'a dit Boone. Les gens prétendent qu'il ne pense qu'à lui, mais...

— C'est pourtant exactement ça ! lança Nejm. Il vit dans une galerie de miroirs ! Il pense que nous ne sommes venus sur Mars que pour y établir une bonne vieille super-culture américaine, et que tout le monde sera d'accord parce que c'est le plan de John Boone !

— C'est vrai, dit Zeyk. Il ne comprend pas que d'autres gens puissent avoir d'autres opinions.

— Ce n'est pas ça, dit Frank. C'est juste parce qu'il sait qu'elles ne sont pas aussi bien fondées que les siennes.

Ce qui provoqua des rires. Mais, chez les plus jeunes, ces rires avaient une résonance amère. Ils étaient tous convaincus que, avant leur arrivée, Boone avait fait secrètement campagne auprès de l'ONU contre l'installation de colonies arabes sur Mars. Frank encourageait leur idée, qui n'était pas loin de la vérité : John détestait toute idéologie qui pouvait se mettre en travers de ses objectifs. Il voulait que tous ceux qui débarquaient se présentent avec une ardoise vierge.

Mais les Arabes, pour leur part, pensaient qu'il les détestait tout particulièrement. Le jeune Selim el-Hayil ouvrit la bouche, mais Frank lui lança un bref regard d'avertissement. Selim se figea, avant de plisser les lèvres d'un air irrité.

— Ma foi, dit Frank, ça n'est pas si méchant. Quoique, à dire vrai, je l'aie entendu dire qu'il aurait été préférable que les Américains et les Russes revendiquent la propriété de la planète en arrivant, comme les explorateurs d'autrefois.

Cette fois, les rires furent plus brefs et moins joyeux. Et Selim ploya les épaules comme s'il venait de recevoir un coup. Frank sourit et leva les mains.

— Mais tout cela ne rime à rien, car que peut-il bien faire ?

Le vieux Zeyk haussa les sourcils.

— Sur ce point, les opinions diffèrent.

Chalmers se leva et rencontra brièvement le regard insistant de Selim. Puis il descendit la rue, l'une de ces allées étroites qui reliaient les sept principaux boulevards de la ville. Elles étaient souvent revêtues de gravier ou d'herbe, mais, là, il foulait un béton brut et blond. Il ralentit le pas en approchant d'une porte cochère et risqua un regard dans un atelier de cordonnier fermé. Il entrevit son reflet déformé sur une paire de bottes de marche bien astiquées.

Les opinions différaient. Oui, bien des gens avaient sous-estimé John Boone — y compris Chalmers lui-même, très souvent. Il lui revint une image de John à la Maison-Blanche, radieux de conviction, ses cheveux blonds désordonnés volant dans le vent. Il était illuminé par le soleil qui filtrait par les fenêtres du Bureau ovale. Il agitait les mains tout en arpentant la pièce. Il parlait au président qui hochait la tête, sous le regard des conseillers qui se demandaient comment coopérer au mieux avec ce charisme électrisant. Ça, on pouvait dire qu'ils avaient été gonflés et très chauds dans ces années-là, Chalmers et Boone. Frank avec ses idées, et John à la pointe du combat, emporté par un élan que nul, pratiquement, n'aurait pu stopper : ç'aurait été un réel déraillement.

Un autre reflet se dessina sur les bottes. Celui du visage de Selim el-Hayil.

— Est-ce que c'est vrai ?

— Quoi donc ? répliqua Frank, irrité.

— Que Boone est anti-arabe ?

— Qu'est-ce que tu en penses, toi ?

— Est-ce qu'il n'a pas été l'un des premiers à s'opposer à la construction de la mosquée sur Phobos ?

— C'est un homme de pouvoir.

Une expression de colère déforma le visage du jeune Saoudien.

— C'est l'homme le plus puissant sur Mars, et il en veut encore plus ! Il veut être roi !

Selim ferma le poing et frappa la paume de son autre main. Il était plus svelte que les autres Arabes, les membres graciles, et, sous sa moustache, sa bouche était petite.

— On va bientôt voter pour le traité de renouvellement, dit Frank. Et la coalition de Boone me court-circuite. (Il serra les dents.) J'ignore tout de leurs plans, mais je vais essayer d'en savoir plus dès ce soir. Tu peux déjà en avoir une certaine idée. Il va s'appuyer sur l'Occident, c'est certain. Il est possible qu'il refuse d'approuver un nouveau traité qui n'apporterait pas la garantie que tous les nouveaux comptoirs seront fondés sur les accords du traité initial. (Selim frissonna et Frank continua.) C'est ce qu'il vise, et il est très possible qu'il l'obtienne, parce que sa nouvelle coalition lui donne plus de pouvoir que jamais. Ce qui pourrait empêcher les non-signataires de fonder d'autres comptoirs. Vous deviendriez alors des consultants scientifiques. A moins qu'on ne vous renvoie.

Le reflet de Selim dans la vitrine se changea en un masque de fureur.

— *Batal, batal,* marmonna-t-il.

Ce qui signifiait : *très mauvais, très mauvais*. Ses mains se crispèrent comme si elles échappaient à son contrôle, et il déversa dans un long balbutiement tout un flot de paroles à propos du Coran, de Camus, de Persépolis, ou du trône du Paon.

— Les bavardages ne servent à rien, le coupa durement Chalmers. A un certain stade, seuls les actes comptent.

Ce qui calma le jeune Arabe, qui ajouta pourtant :

— Je n'en suis pas certain.

Frank lui tapota le bras.

— C'est de ton peuple que nous parlons. Et de cette planète.

Les lèvres de Selim disparurent sous sa moustache. Un instant passa et il dit enfin :

— C'est vrai.

Frank n'ajouta rien. Ils restèrent silencieux, côte à côte, face à la vitrine, comme s'ils choisissaient les bottes qu'ils allaient acheter.

Enfin, Frank leva la main.

— Je vais aller revoir Boone et lui parler. Ce soir même. Car il s'en va demain. Je vais essayer de le raisonner, bien que je doute que cela ait un quelconque résultat. Pas plus qu'auparavant. Mais je vais quand même essayer... Et ensuite, il faudra que nous nous réunissions.

— Oui.

— Dans le parc, sur l'allée la plus au sud. Disons vers onze heures.

Selim acquiesça.

Chalmers le transperça du regard et ajouta d'un ton brusque :

— Ça ne sert à rien de bavarder.

Puis il s'éloigna.

Chalmers arriva sur un autre boulevard, encombré de gens amassés devant des bars ouverts ou des kiosques qui vendaient du couscous ou des saucisses. Des Arabes et des Suisses... Etrange combinaison, mais qui fonctionnait bien.

Devant la porte d'un appartement, quelques Suisses distribuaient des masques. Ils semblaient fêter Mardi-Gras, ou *Fassnacht* comme ils disaient, avec tout ce que cela comportait : musique, déguisements, transgression des conventions sociales, comme à Bâle, Zurich ou Lucerne pendant les folles nuits de février... Sur un coup de tête, Frank se mit à la queue.

— « Autour de tout esprit profond grandit et se développe sans cesse un masque [1] », dit-il aux deux jeunes femmes qui étaient devant lui.

Elles hochèrent poliment la tête et reprirent leur conversation. Elles parlaient swizerdeutsch, un dialecte non écrit, un code privé, incompréhensible même pour les Allemands. Encore une culture impénétrable, la culture suisse, plus inaccessible encore que la culture arabe, par certains côtés. Ça devait être ça, se dit Frank : ils travaillaient bien ensemble parce qu'ils étaient les uns et les autres tellement insulaires qu'ils n'établissaient jamais vraiment le contact. Il éclata de rire en choisissant un masque, un visage noir garni de fausses perles rouges. Il le mit.

Une file sinueuse de célébrants masqués descendait le boulevard, saouls, excités, déchaînés. Au carrefour, le boulevard débouchait sur une petite place où d'une fontaine jaillissait de l'eau couleur de soleil. Autour de la fontaine un orchestre martelait un rythme de calypso. Des gens se rassemblaient autour, dansant et sautillant au son de la grosse caisse. Cent mètres au-dessus, une ouverture dans l'armature de la tente laissait entrer de l'air froid, si froid que de petits flocons de neige se formaient, scintillant dans la lumière comme des fragments de mica. Puis des feux d'artifice pétaradaient juste en dessous, et les étincelles colorées se mélangeaient aux flocons de neige.

C'était au crépuscule, plus qu'à n'importe autre instant du jour, qu'ils avaient vraiment le sentiment d'être sur une planète étrangère. Il y avait quelque chose, dans les rais obliques et rougeâtres du soleil, qui ne correspondait à rien de ce qu'ils avaient connu, qui dérangeait les notions acquises par leur cerveau de savane, durant des millions d'années. Ce soir, le phénomène s'habillait de tons particulièrement

---

1. Friedrich Nietzsche, *Au-delà du bien et du mal.* (*N.d.T.*)

criards et troublants. C'est dans cette clarté que Frank se dirigeait vers l'enceinte de la ville.

La plaine, au sud, était jonchée de rochers qui projetaient de longues ombres d'un noir d'encre. Il s'arrêta sous l'arcade de béton de la porte. Là, il n'y avait personne. Pendant les festivals tels que celui-ci, les portes restaient fermées, pour éviter à ceux qui avaient trop bu de se risquer à l'extérieur. Mais Frank s'était procuré le code d'urgence du jour auprès du service d'incendie informatisé le matin même et, dès qu'il fut certain que personne ne pouvait le surprendre, il tapa le code et se précipita dans le sas. Il revêtit rapidement un scaphandre, prit des bottes et un casque, et franchit les deux autres portes.

Dehors, il faisait froid, comme toujours. Le revêtement thermique à quartz entrait déjà en action. Il s'avança, broyant sous ses bottes des fragments de béton, puis de croûte ferrugineuse. Le sable déferlait vers l'est, poussé par le vent.

Il promena un regard sombre autour de lui. Partout, des rochers. Une planète qui avait été pilonnée des milliards de fois. Et sur laquelle les météores pleuvaient encore. Un jour, une des villes serait touchée. Il se retourna vers Nicosia. Dans le crépuscule, elle brillait comme un aquarium. Il n'y aurait aucun signe avertisseur, et tout volerait en éclats : les murs, les véhicules, les êtres humains, les arbres. Les Aztèques croyaient que le monde pouvait finir de quatre façons différentes : par un séisme, par le feu, par l'eau, ou par une pluie de jaguars tombant du ciel. Ici, ils ne risquaient pas le feu. Pas plus qu'un séisme ou une inondation, songea Frank.

Ce qui ne laissait que les jaguars.

Le ciel était d'un rose profond au-dessus de Pavonis Mons. La ferme de Nicosia se déployait à l'est : c'était une serre immense et basse qui épousait la pente. Sous cet angle, on s'apercevait très bien qu'elle était plus étendue que la ville et foisonnante de verdure. Frank grimpa jusqu'à l'un des sas, et entra.

Il faisait chaud à l'intérieur, ce qui représentait au moins 60 degrés de différence avec l'extérieur, et plus de 15 par rapport à la ville. Mais Frank devait garder son casque, car l'atmosphère de la serre était adaptée aux plantes, riche en CO_2 et pauvre en oxygène.

Il s'arrêta à la station et ouvrit plusieurs tiroirs remplis de petit outillage, de gants, de sacs et de pastilles de pesticide. Il choisit trois minuscules pastilles qu'il mit dans un sac en plastique. Il le glissa doucement dans une poche de son scaphandre. Les pastilles étaient chargées de pesticides particulièrement subtils, des bio-saboteurs conçus pour fournir aux plantes des systèmes de défense sélectifs. Il avait tout lu à leur propos et avait déterminé une combinaison qui, chez les animaux, pouvait avoir des effets mortels sur l'organisme...

Il glissa une paire de cisailles dans une autre poche. Et remonta vers la ville, en suivant les allées de gravier entre les longues bandes

des champs de blé et d'orge. Il entra dans un sas, déverrouilla son casque, ôta le scaphandre et les bottes, et transféra le contenu des poches dans sa veste. Puis il descendit vers le bas de la ville, le visage caché par son masque, comme tout le monde, ce soir de festival.

Les Arabes y avaient fait construire leur médina, en insistant sur le fait qu'un tel environnement était essentiel au bien-être de la ville. Là, les boulevards devenaient plus étroits et toute une garenne de ruelles sinuait entre eux, directement copiée des plans de Tunis et d'Alger, ou bien créée de façon aléatoire. Ici, il devenait impossible d'avoir vue sur le plus proche boulevard, et le ciel se changeait en striures mauves que l'on discernait entre les bâtiments aux façades inclinées.

La plupart des allées étaient désertes, maintenant. Tout le monde était là-haut pour le bal masqué. Un couple de chats rôdait entre les maisons, explorant un nouveau domaine. Frank prit ses cisailles et se mit à graver sur quelques fenêtres de plastique, en caractères arabes : *juif, juif, juif*... Il poursuivit son chemin en sifflotant entre ses dents, passant devant les grottes de lumière des cafés, aux carrefours. Il entendait les bouteilles tinter comme des bottes de prospecteurs. Plus loin, un Arabe, installé devant une sono, jouait de la guitare électrique.

Il enfila le boulevard principal. Perchés dans les branches des tilleuls et des sycomores, des garçons chantaient en Schwyzerdütsch, un dialecte non écrit, un code incompréhensible sauf par les peuples germains. Frank saisit cependant le refrain, en anglais :

C'est John Bûune,
Qui va sur la Lune.
Y avait pas assez de pesetas
Et il est venu sur Mars !

Dans la foule dense, une cohorte de petits groupes de musique s'étaient infiltrés.

Des types moustachus habillés en meneurs de bancs de football américain exécutaient un numéro de French cancan assez réussi. Les gamins tapaient follement sur des tambours de plastique, et même si les parois de la tente absorbaient les sons et qu'aucun écho ne revenait, comme sous les dômes des cratères, le vacarme était intense.

Et John en personne, entouré d'une petite troupe, était tout en haut, à l'endroit où le boulevard débouchait sur le parc aux sycomores.

Il repéra Chalmers en dépit de son masque et lui fit signe. Les cent premiers se reconnaissaient toujours...

— Salut, Frank. On dirait que tu t'amuses.

— Mais oui, dit Frank la voix assourdie par son masque. J'aime les villes comme celle-ci, et toi ? Toutes les races s'y mêlent. Ça prouve la diversité des cultures sur Mars.

John eut un franc sourire. Son regard se porta sur le boulevard.

Et Frank ajouta d'un ton coupant :

— Un grain de sable dans la mécanique de ton plan, non ?

Le regard de Boone revint sur lui. Les gens qui les entouraient se dispersèrent, devinant leur antagonisme.

— Je n'ai pas de plan.

— Oh, ça va ! Et qu'est-ce qu'il y avait dans ton discours ?

Boone haussa les épaules.

— C'est Maya qui l'a écrit.

Double mensonge : que Maya ait écrit le discours et que John pût le croire. Après toutes ces années, Frank avait encore le sentiment de s'adresser à un étranger. A un politicien en campagne.

— Laisse tomber, John ! Tu crois à tout cela et tu le sais bien. Mais qu'est-ce que tu vas faire de toutes ces nationalités ? De toutes les haines ethniques, des fanatismes religieux ? Jamais ta coalition ne pourra maîtriser tout ça. John, tu ne peux pas garder Mars pour toi. Ça n'est pas une station de recherches scientifiques, et jamais tu n'arriveras à décrocher un traité pour qu'elle le devienne.

— Mais ce n'est pas dans mes intentions.

— Alors pourquoi m'interdis-tu de prendre la parole ?

— Mais pas du tout ! protesta John, offensé. Calme-toi, Frank. On va régler le problème tous ensemble, comme on l'a toujours fait.

Frank dévisagea son vieil ami, perplexe. Qu'est-ce qu'il devait croire ? Il n'avait jamais réellement su comment prendre John. Il était tellement amical, mais il l'avait utilisé comme tremplin... Pourtant, ils avaient commencé comme des alliés, comme des amis, non ?...

Il s'aperçut que John cherchait Maya des yeux.

— Alors, où est-elle ?

— Quelque part dans le coin, dit Boone, d'un ton sec.

Ils n'avaient pas parlé de Maya depuis des années. Boone avait le regard dur, comme pour dire à Frank que c'était une question qui ne le regardait pas. Comme si tout ce qui était important à ses yeux, au fil des ans, avait échappé à son compagnon.

Franck partit sans un mot.

Le ciel était à présent d'un violet profond, strié de cirrus jaunes. Frank croisa deux personnages vêtus de dominos de bal masqué en céramique blanche, les antiques personnages de la Comédie et de la Tragédie, les mains nouées. Les rues de la ville étaient à présent sombres, et les fenêtres flamboyaient, révélant des silhouettes, des yeux inquiets sous les masques flous, qui cherchaient la source de cette tension dans l'air. Un son déchirant mais sourd montait sous la rumeur de la marée de la foule.

Il n'aurait pas dû être surpris. Non, sûrement pas. Il connaissait John aussi bien que l'on pouvait connaître n'importe quelle autre personne, mais il ne s'en était jamais réellement préoccupé.

Il passait entre les grands sycomores du parc.

Tout avait été si différent autrefois ! Ils avaient passé tellement de temps ensemble, amis. Mais rien n'avait compté. Maintenant, c'était la diplomatie par d'autres moyens.

Il regarda sa montre. Presque onze heures. Il avait rendez-vous avec Selim. Encore un rendez-vous. Toute une existence divisée en journées et en quarts d'heure l'avait habitué à courir d'un rendez-vous à un autre, à changer de masque, à affronter crise sur crise, à diriger, manipuler, à travailler dans une hâte qui n'avait pas de fin. Et voilà qu'il affrontait une fête : Mardi-Gras. *Fassnacht !* Comme il l'avait toujours fait. Il n'existait aucune échappatoire dont il pût se souvenir.

Il pénétra sur un chantier. Le squelette de magnésium était entouré de piles de briques, de tas de pierres et de sable. Ce qui démontrait un certain laisser-aller. Il fourra dans ses poches quelques gros morceaux de briques, puis, en se redressant, il s'aperçut que quelqu'un l'avait observé — un homme de petite taille au visage mince, avec des dreadlocks hirsutes et noires. Son regard intense avait quelque chose de déconcertant, comme s'il pénétrait tous les masques de Frank, comme s'il l'inspectait de tout près, comme s'il avait connaissance de ses plans, de ses pensées.

Effrayé, il battit rapidement en retraite vers les confins du parc. Lorsqu'il fut certain que l'autre l'avait perdu de vue, et que personne ne l'observait, il se mit à lancer des pierres et des fragments de briques vers la ville basse, de toutes ses forces. En même temps, il visait aussi le visage de l'étranger. Celui qui l'avait transpercé. Loin au-dessus de lui, la structure de la tente n'était qu'une trame diffuse faite d'étoiles occultées. On éprouvait ici une impression de liberté, dans le vent glacial. La circulation d'air avait été poussée au maximum, ce soir, bien sûr. Il entendit des bruits de verre brisé, des appels. Un cri. Très fort. Les gens devenaient fous. Il lança une dernière pierre en direction d'un grand panneau lumineux, de l'autre côté de la pelouse, et le manqua.

Il entra plus avant sous les arbres.

Tout près du mur sud, il distingua alors la silhouette de Selim, qui allait et venait sous un sycomore.

Frank ruisselait de sueur, mais sa voix demeura paisible quand il appela : « Selim ! »

Il glissa la main dans la poche de sa combinaison et trouva sous ses doigts les trois pastilles qu'il avait prises dans la serre. La synergie avait des effets puissants, bons ou mauvais. Il s'avança et étreignit brièvement le jeune Arabe. Le contenu des pastilles atteignit la peau de Selim à travers le coton léger de sa chemise. Et Frank recula.

A présent, Selim ne disposait plus que de six heures.

— Est-ce que tu as parlé à Boone ? demanda-t-il.

— J'ai essayé. Il ne m'a pas écouté. Il m'a menti. (C'était tellement facile de simuler la détresse.) Nous avons été amis pendant vingt-cinq ans, et il m'a menti !

Il cogna de la paume sur le tronc de l'arbre et les pastilles s'envolèrent dans l'obscurité. Il se maîtrisa.

— Sa coalition va proposer que toutes les colonies martiennes devront être fondées par les pays qui ont signé le premier traité.

C'était possible, et très certainement plausible.

— Il nous hait ! lâcha Selim.

— Comme il hait tout ce qui se met en travers de son chemin. Et il sait parfaitement que l'islam constitue encore une force réelle dans l'existence des peuples. Parce qu'il façonne la pensée. Et ça, il ne peut pas le supporter.

Selim frissonna. Frank vit qu'il avait les yeux plus brillants que jamais.

— Il faut qu'on l'arrête...

Frank se détourna et s'appuya contre un arbre.

— Je... je ne sais pas.

— Mais tu l'as dit toi-même. Ça ne sert à rien de parler.

Frank contournait l'arbre, avec une légère sensation de vertige.

Idiot, songea-t-il. Bien au contraire, parler est essentiel. Nous ne sommes faits que d'échanges d'informations. Et le langage nous est essentiel !

Il se rapprocha de Selim et lui demanda :

— Comment ?

— La planète. C'est le chemin que nous devons suivre.

— Les portes de la cité sont verrouillées, cette nuit.

Ce qui interrompit Selim, qui demeura immobile, les doigts crispés.

— Mais la porte de la ferme est encore ouverte, ajouta Frank.

— Pas les portes extérieures.

Frank répondit par un haussement d'épaules, laissant à l'autre le soin de trouver une solution.

Selim, enfin, cligna des yeux et fit :

— Ah...

Puis disparut.

Frank s'assit entre les arbres. Le sol était humide, sableux, brun. Le produit d'une ingénierie très poussée. Car rien dans la ville n'était naturel. Rien.

Après un moment, il se releva. Il s'avança dans le parc en observant les gens. *Si je trouve une cité pure, j'épargnerai l'homme.* Mais, dans un espace découvert, des personnages masqués se ruaient les uns contre les autres pour se battre, s'affronter, entourés de spectateurs qui humaient déjà l'odeur du sang.

Et Frank retourna sur le chantier pour se procurer d'autres briques.

Il les lança. On le vit, et il dut s'enfuir. Replongeant sous le couvert des arbres, dans l'étroit territoire sauvage, pour échapper aux prédateurs alors que l'adrénaline montait en lui. La drogue la plus forte pour les humains. Et il explosa d'un rire féroce.

Soudain, il découvrit Maya. Elle était seule, près de la plate-forme provisoire installée à l'apex de la cité. Elle portait un domino blanc, mais il n'y avait aucun doute : c'était bien elle. Il ne pouvait se tromper sur les proportions de sa silhouette, ses cheveux, sa pose. Oui, c'était Maya Toitovna tout entière. Les cent premiers, la petite bande : ils étaient désormais les seuls à compter vraiment pour lui, à rester vivants. Les autres n'étaient que des fantômes. Il se précipita vers elle, trébuchant sur les aspérités du sol. Il serrait un caillou, tout au fond d'une poche, et il pensait très fort : *Dis quelque chose, espèce de pute ! Allez, dis n'importe quoi pour le sauver. Pour que je courre dans toute la ville pour le sauver !*

Maya l'entendit et se retourna. Son domino blanc était phosphorescent et décoré de paillettes bleues. Difficile de discerner son regard.

— Salut, Frank, fit-elle, comme s'il ne portait pas de masque.

Il faillit alors faire demi-tour en courant.

Mais il resta là et lui dit :

— Bonsoir, Maya. C'est un beau crépuscule, non ?

— Superbe. La nature n'a vraiment aucun goût. On inaugurait une ville, mais ça ressemble au Jugement dernier.

Ils étaient sous un luminaire, debout au sommet de leur ombre.

— Tu t'es amusé ? demanda Maya.

— Beaucoup. Et toi ?

— Ça devient un peu agité.

— C'est compréhensible, non ? On est enfin sortis de nos trous, Maya. On est enfin à la surface ! Et quelle surface ! Ce n'est que sur Tharsis que tu peux profiter de telles perspectives.

— L'endroit a été bien choisi, je le reconnais.

— Ça deviendra une très grande ville. Mais toi, tu vis où, tous ces temps ?...

— A Underhill, Frank, comme toujours. Tu le sais bien.

— Mais tu n'y es jamais, n'est-ce pas ? Il y a plus d'un an que je ne t'ai vue.

— Si longtemps ? Tu sais, je suis souvent allée dans Hellas. Tu en as entendu parler, non ?

— Qui aurait pu me le dire ?

Elle secoua la tête dans un grand frémissement de paillettes.

— Frank...

Elle se détourna, comme si elle souhaitait échapper à tout ce qu'impliquait sa question.

Furieux, il lui barra le chemin.

— Et ce qui est arrivé sur l'*Arès*, Maya ? (Il avait la voix tendue et il tordit le cou pour essayer de se libérer la gorge.) Qu'est-ce qui s'est passé alors, Maya ?

Elle haussa les épaules sans lui répondre. Et elle resta longtemps silencieuse avant de le regarder avec attention.

— L'impulsion du moment, dit-elle enfin.

Ensuite, minuit sonna, et ils entrèrent dans ce moment martien, les trente-neuf minutes et demie entre minuit et minuit durant lesquelles toutes les horloges s'arrêtaient ou n'affichaient plus rien. C'était la solution pour laquelle les cent premiers avaient opté afin de réconcilier la journée martienne un peu plus longue que celle de la Terre avec les traditionnelles vingt-quatre heures. Ce qui, bizarrement, s'était révélé très satisfaisant. Chaque nuit, on pouvait échapper ainsi aux chiffres ou à la grande aiguille.

Et quand les cloches sonnèrent minuit, cette nuit-là, la ville devint folle. Ces quarante minutes ou presque volées au temps devaient être le summum de la fête. Tous le savaient instinctivement. Les feux d'artifice avaient été déclenchés, on applaudissait et on criait de toutes parts dans la clameur des sirènes. Frank et Maya s'étaient tus.

C'est alors qu'ils perçurent des cris, bien différents : inquiets, désespérés.

— Que se passe-t-il ? fit Maya.

Frank avait incliné la tête.

— Une bagarre. L'impulsion du moment, sans doute.

Elle se tourna vers lui et il ajouta très vite :

— On devrait peut-être aller jeter un coup d'œil.

Les cris s'intensifièrent. Ils dévalèrent le parc, allongeant le pas jusqu'à prendre le trot martien. Le parc semblait plus grand et Frank, un bref instant, en fut effrayé.

Le boulevard central était couvert de détritus. Des gens jaillissaient de l'obscurité comme des hordes de prédateurs. Une sirène se mit à hurler, signalant une déchirure dans l'enveloppe de la cité. Des fenêtres explosaient. Un homme était allongé sur le dos, l'herbe autour de lui marquée de stries noires. Chalmers saisit le bras d'une femme qui se penchait sur lui.

— Qu'est-ce qui s'est passé ? cria-t-il.

La femme sanglotait.

— Ils se sont battus ! Ils se battent !

— Qui ? Les Suisses, les Arabes ?

— Des étrangers. *Ausländer.* (Elle le regardait sans le voir.) Allez chercher du secours !

Il rejoignit Maya, qui bavardait avec un groupe aggloméré autour d'une autre victime.

— Mais bon sang, qu'est-ce que ça veut dire ? fit-il pendant que les autres se dirigeaient vers l'hôpital.

— C'est une émeute. J'ignore pourquoi.

Elle était blême, les lèvres serrées.

Frank rejeta son masque.

Il y avait des éclats de verre sur toute la chaussée. Un homme accourait vers eux.

— Frank ! Maya !

Sax Russell. Jamais encore Frank n'avait vu le petit homme aussi excité.

— C'est John... On l'a agressé !

— Quoi ? s'exclamèrent-ils ensemble.

— Il a tenté de s'interposer dans une bagarre et trois ou quatre hommes lui ont sauté dessus. Ils l'ont assommé et l'ont enlevé !

— Et tu n'as pas essayé de les arrêter ? hurla Maya.

— Mais si — il y a toute une bande qui s'est lancée à leur poursuite. Mais ils nous ont semés dans la médina.

Maya regarda Frank.

Et il beugla :

— Mais qu'est-ce que ça signifie ? Où est-ce qu'on a pu l'emmener ?

— Jusqu'aux portes.

— Mais cette nuit, elles sont bouclées, non ?...

— Peut-être pas pour tout le monde.

Ils allèrent jusqu'à la médina. Les luminaires étaient brisés. Ils trouvèrent un capitaine de pompiers et gagnèrent la Porte turque. Le capitaine l'ouvrit et plusieurs pompiers se précipitèrent à l'extérieur, en enfilant leurs scaphandres. Dans la lueur de bathyscaphe de la ville, ils explorèrent les alentours. Les chevilles de Frank souffraient du froid de la nuit, et il percevait avec une acuité inhabituelle la configuration exacte de ses poumons : deux lobes de glace qui avaient été insérés dans sa poitrine pour refroidir les battements trop rapides de son cœur.

Ils ne trouvèrent rien au-dehors. Et ils retournèrent sous la tente, droit vers la paroi nord : la Porte syrienne. Une fois encore, ils sortirent sous les étoiles. Une fois encore, ils ne trouvèrent rien.

Il leur fallut réfléchir un certain temps avant de penser à la ferme. Ils étaient maintenant une trentaine. Ils franchirent à toute allure le sas et se répandirent entre les plantations.

Et ils le trouvèrent dans les radis. Le blouson relevé sur le visage, dans la position standard d'alerte atmosphérique. Il avait dû réagir inconsciemment, car ils découvrirent un hématome derrière une oreille en le retournant sur le côté.

— Ramenons-le à l'intérieur, coassa Maya. Vite !

Ils furent quatre à soulever John. Chalmers lui bloqua la tête entre ses mains, ses doigts entrelacés à ceux de Maya. Ils dévalèrent les marches, franchirent la porte en vacillant et rentrèrent dans la ville. L'un des Suisses les guida jusqu'au plus proche centre médical, déjà bondé de gens effondrés. John fut déposé sur une civière libre. Il était inconscient, l'air fermé, déterminé. Frank lui arracha son casque et entreprit de leur frayer un chemin en hurlant à l'adresse des docteurs et des infirmières. Tous l'ignorèrent jusqu'à ce qu'une doctoresse l'interpelle :

— Taisez-vous. J'arrive.

Elle dévala le couloir central et, avec l'aide d'une infirmière, installa John dans un moniteur.

Elle l'examina avec ce regard abstrait que les docteurs ont souvent. Elle palpait son cou, son visage, son crâne, son torse, le stéthoscope au cou...

Maya lui expliqua ce qu'ils savaient. La doctoresse décrocha un masque à oxygène, les lèvres crispées en une expression inquiète. Maya s'assit de l'autre côté, l'air défait. Depuis longtemps, elle avait ôté son domino.

Frank s'accroupit auprès d'elle.

— Nous pouvons continuer les soins, dit enfin la doctoresse, mais je crains qu'il soit irrécupérable. Il a trop longtemps manqué d'oxygène.

— Allez-y, dit simplement Maya.

C'est ce qu'ils firent, bien entendu. D'autres médecins intervinrent, John Boone fut emmené aux urgences. Et Frank attendit avec Maya, Sax, Samantha et quelques autres dans le couloir. Les docteurs allaient et venaient. Ils avaient tous la même expression neutre, qu'ils réservaient à la mort. Tous masqués. L'un d'eux apparut enfin et secoua la tête.

— Il est mort. Il a été trop longtemps exposé à l'extérieur.

Frank s'appuya contre le mur.

Lorsque Reinhold Messner était revenu de sa première ascension en solitaire de l'Everest, il était sérieusement déshydraté et dans un état d'épuisement absolu. Dans l'ultime étape de sa descente, il était tombé, avant de s'effondrer sur le glacier de Rongbuk. Il rampait lorsque la femme l'avait retrouvé. Il l'avait regardée au travers de son délire et il lui avait demandé : « Où sont mes amis ? »

Tout était tranquille. Ils n'entendaient que le souffle et le bruissement sourds auxquels, jamais, on n'échappait sur Mars.

Maya posa la main sur l'épaule de Frank, et il faillit s'effondrer, la gorge nouée, desséchée. Saisi par la douleur.

— Je suis désolé, parvint-il à dire.

Elle fronça les sourcils. Et son expression rappela à Frank celle des toubibs.

— Mais tu ne l'as jamais vraiment aimé.

— C'est exact.

Il se disait qu'il valait mieux être franc avec elle en cet instant, sur le plan politique. Mais il haussa les épaules et acheva d'un ton amer :

— Qu'est-ce que tu en sais ? De qui j'aime ou n'aime pas ?

Il repoussa sa main et se leva. Non, elle ne savait rien de tout cela. Il faillit pénétrer dans la salle des urgences, puis changea d'idée. Il aurait tout le temps durant la cérémonie funéraire. Il se sentait vide, et soudain il avait le sentiment que tout ce qui pouvait être bon avait disparu.

Il quitta le centre médical. Impossible de rien éprouver en de tels moments. Il traversa la ville étrangement silencieuse et entra dans le quartier de Nod.

Là, les rues scintillaient comme s'il y avait eu récemment une averse d'étoiles. Et les gens se serraient en groupes silencieux, pétrifiés. Frank Chalmers se fraya un chemin entre eux, sous le poids de leurs regards, droit vers la plate-forme installée au sommet de la ville. Tout en se disant : *Maintenant, on va bien voir ce qu'on peut faire de cette planète.*

DEUXIÈME PARTIE

HORS LA TERRE

— Etant donné qu'ils vont devenir dingues de toute façon, pourquoi ne pas envoyer des fous pour leur éviter ce genre de désagrément plus tard ? avait proposé Michel Duval.

Il plaisantait à demi : dès le départ, il avait estimé que les critères de sélection représentaient une collection aberrante de contradictions.

Ses collègues psychiatres avaient les yeux fixés sur lui. Et le président, Charles York, avait demandé :

— Pouvez-vous nous suggérer des modifications précises ?

— Peut-être pourrions-nous aller en Antarctique avec eux, afin de les observer durant cette première période qu'ils vont passer ensemble. Nous pourrions apprendre beaucoup de choses. Mais notre présence serait une inhibition. Je crois qu'il suffirait qu'un seul d'entre nous se joigne à eux.

Et c'est ainsi qu'ils avaient envoyé Michel Duval avec les cent cinquante finalistes rassemblés à la station de McMurdo. Le meeting d'ouverture ressemblait à n'importe quelle conférence scientifique internationale. Chacun dans sa discipline, ils y étaient tous familiarisés. Mais il y avait cependant une différence : ceci n'était que la poursuite d'un processus de sélection entamé des années auparavant et qui ne s'achèverait que dans un an. Et ceux qui seraient sélectionnés partiraient pour Mars.

Ils avaient donc vécu ensemble dans l'Antarctique pendant toute une année. Ils s'étaient familiarisés avec les abris et le matériel que des véhicules-robots déposaient déjà sur Mars. Ils avaient appris à vivre dans un milieu aussi froid et hostile que Mars. Ensemble. Ils étaient installés dans un essaim d'habitations, dans la Wright Valley, la plus large des vallées sèches de l'Antarctique. Ils entretenaient une ferme biosphère. Quand l'hiver austral survint, ils s'installèrent dans les habitats. Là, ils apprenaient des métiers secondaires ou tertiaires, et suivaient les programmes de simulation pour les tâches diverses qu'ils devraient accomplir à bord du vaisseau spatial Arès *ou, plus tard, sur la planète rouge. En sachant qu'ils étaient sans cesse observés, évalués, jugés.*

Ils n'avaient rien d'astronautes ou de cosmonautes, bien qu'il y en eût environ une douzaine parmi les sélectionnés. Dans leur majorité, les colons devraient être des experts dans des domaines qui seraient utiles dès le débarquement : médecine, informatique, robotique, conception de systèmes, architecture, géologie, conception de biosphères, ingénierie génétique, biologie, plus toutes sortes d'autres ingénieries et tout ce qui concernait la construction. Ceux qui étaient rassemblés à McMurdo constituaient un groupe impressionnant de spécialistes dans des sciences et professions diverses, et ils consacraient en plus une bonne part de leur temps à se former dans des domaines supplémentaires, à échanger leurs spécialités.

Mais sur chacune de leurs activités pesait constamment le poids de l'observation, de l'évaluation, du jugement. C'était une procédure stressante et qui faisait partie du test. Michel Duval avait le sentiment que c'était une erreur, car cela avait tendance à enraciner la réticence et la méfiance chez les futurs colons, ce qui empêchait par là même cette compatibilité que le comité de sélection était censé viser. Encore une contradiction de fait. Les candidats prenaient assez calmement cet aspect des choses, et il ne pouvait leur en vouloir. Il n'existait aucune stratégie plus efficace, et cette contradiction assurait le silence. Ils ne pouvaient s'autoriser à offenser qui que ce soit, ni à trop se plaindre. Ils auraient couru le risque d'être écartés, et de se faire des ennemis.

Ils se montraient donc tous suffisamment brillants et talentueux pour être distingués, mais suffisamment normaux pour pouvoir continuer. Ils étaient assez âgés pour avoir beaucoup appris, mais encore suffisamment jeunes pour supporter les rigueurs physiques. Ils étaient assez motivés pour se montrer performants, mais assez détendus pour être sociables. Et ils étaient tous assez dingues pour vouloir quitter la Terre à jamais, tout en étant suffisamment équilibrés pour cacher leur folie fondamentale, qu'ils défendaient en fait comme étant purement rationnelle, issue de la curiosité scientifique ou de telle ou telle attraction comparable. Ce qui paraissait la seule raison acceptable de vouloir effectuer ce voyage. Donc, très naturellement, ils prétendaient être les scientifiques les plus curieux de toute l'histoire de l'humanité ! Bien sûr, ça allait plus loin. A un certain degré, ils devaient être aliénés, aliénés et assez solitaires pour pouvoir laisser derrière eux tous ceux qu'ils avaient connus au cours de leur vie — tout en conservant assez de liens et de sens social pour s'entendre avec leurs nouvelles relations de Wright Valley, avec chaque membre de ce minuscule village que deviendrait la colonie. Les contradictions n'en finissaient pas ! Ils devaient être à la fois extraordinaires et extrêmement ordinaires, pris isolément ou tous ensemble. Un défi impossible, et qui constituait pourtant un obstacle aux désirs les plus profonds inscrits dans leur cœur, qui en faisait l'essence même de l'anxiété, de la peur, de la rancune, de la colère. Et qui dominait tous les autres stress...

Mais cela aussi faisait partie du test. Michel ne pouvait que les observer avec un intense intérêt. Certains craquaient, d'une façon ou d'une autre. Un ingénieur en énergie thermique, américain, s'était isolé de plus en plus, avant de détruire plusieurs patrouilleurs, et il avait dû être écarté de force et éliminé de la sélection. Deux Russes étaient devenus amants avant de se séparer avec une violence telle qu'ils ne pouvaient plus se revoir, et eux aussi avaient dû quitter la colonie. Ce genre de mélodrame illustrait parfaitement les dangers des liaisons qui tournaient mal, et tous se montraient particulièrement prudents à cet égard. Mais des liaisons continuaient à se nouer et, lorsqu'ils quittèrent l'Antarctique, on enregistra trois mariages. Les six heureux élus pouvaient se considérer comme « sauvés » en un certain sens, mais les autres, pour la plupart, étaient tellement fascinés par Mars qu'ils conservaient cette part de leur vie en réserve. Ils gardaient leurs rapports très discrets, le plus souvent ignorés de tous et, surtout, du comité de sélection. Michel Duval savait qu'il n'observait que la partie émergée de l'iceberg. Que des événements critiques se produisaient qui échappaient à sa surveillance. Des relations s'amorçaient. Mais parfois la façon dont une relation s'amorce détermine son développement. Durant les brèves heures de la journée, certains s'enfuyaient du camp pour aller jusqu'à Lookout Point. D'autres suivaient. Et ce qui s'y passait laisserait une tache indélébile. Mais Michel ne le saurait jamais.

Puis ils quittèrent l'Antarctique, et l'équipage fut définitivement choisi. Cinquante hommes et cinquante femmes : trente-cinq Américains, trente-cinq Russes, plus trente autres venus de diverses nations, réparties par moitié selon l'influence des deux puissances maîtresses. Il avait été difficile de maintenir une telle symétrie, mais le comité de sélection avait tenu bon.

Les gagnants s'envolèrent pour Cap Canaveral ou Baïkonour. A partir de ces deux bases, ils seraient mis sur orbite.

A ce stade, ils se connaissaient tous très bien, et ne se connaissaient pas du tout. Michel se disait qu'ils formaient une équipe qui avait connu des rapports amicaux, ainsi qu'un certain nombre de cérémonies de groupe, de rituels, d'habitudes et de tendances. Et, au nombre de ces tendances, il y avait l'instinct de se cacher, de jouer un rôle, de déguiser son moi véritable. Peut-être était-ce la simple définition de l'existence du village, de la vie sociale. Mais il lui semblait que c'était plus que cela : nul ne s'était jamais battu avec autant d'acharnement pour faire partie d'un village. Et la division radicale entre la vie publique et la vie privée qui en était résultée était aussi nouvelle qu'étrange. Un courant sous-jacent de compétition existait désormais entre eux, le sentiment constant et subtil que chacun d'entre eux était seul et que, en cas de problème grave, ils étaient susceptibles d'être abandonnés par les autres, et expulsés du groupe.

Le comité de sélection avait réussi à susciter ainsi les problèmes qu'il avait souhaité prévenir. Et certains en avaient conscience. Donc, tout naturellement, ils prirent grand soin d'inclure dans la liste des colons de Mars le psychiatre le plus qualifié à leurs yeux.

Et ils choisirent Michel Duval.

Tout d'abord, ce fut comme un grand coup dans la poitrine. Puis ils furent repoussés au fond de leurs sièges et, durant une seconde, la pesanteur leur fut presque familière. Un *g* qu'ils ne connaîtraient plus. L'*Arès* avait été mis sur orbite autour de la Terre à 28 000 kilomètres à l'heure. Durant plusieurs minutes, ils passèrent en phase d'accélération. La poussée des fusées était si puissante que leur vision devint floue sous l'effet de l'aplatissement de la cornée et qu'ils eurent de la difficulté à respirer. Quand ils atteignirent 40 000 kilomètres à l'heure, la combustion fut coupée. Ils étaient libérés de l'attraction terrestre, en orbite autour du soleil.

Dans leurs sièges delta, ils clignaient des yeux, le teint encore rouge, le cœur battant. Maya Katarina Toitovna, dirigeant officiel du contingent russe, promena les yeux autour d'elle. Les autres semblaient assommés. Quand on est obsédé et que l'on accède à l'objet de son désir, que peut-on bien ressentir ? Difficile à dire, en fait. En un sens, leur vie s'achevait là. Pourtant, quelque chose d'autre, une vie différente venait de commencer. Enfin... Et elle était emplie de tant d'émotions simultanées qu'il était impossible de ne pas être déconcerté. Ils affrontaient un schéma d'interférences : certains sentiments étaient effacés et d'autres renforcés. En débouclant sa ceinture, Maya sentit un sourire crisper son visage, et elle le retrouva chez les autres en écho. Un sourire d'impuissance. Sauf chez Sax Russell, impassible comme un hibou, les yeux fixés sur les écrans des ordinateurs qui emplissaient la salle.

Ils dérivèrent en apesanteur. On était le 21 décembre 2026 et ils se déplaçaient plus vite que n'importe qui auparavant. Ils étaient en route vers Mars. Ils venaient d'entamer leur voyage de neuf mois : plutôt un voyage qui durerait jusqu'au terme de leur existence. Ils étaient livrés à eux-mêmes.

Les responsables du pilotage de l'*Arès* se placèrent devant les consoles de commande et donnèrent les ordres d'éjection des fusées de contrôle latérales. L'*Arès* se mit en rotation pour se stabiliser à quatre tours par minute : les colons retombèrent sur le sol, sous une gravité de 0,38 *g*, très proche de ce qu'ils connaîtraient sur Mars. Des années de tests leur avaient appris que ce serait une pesanteur plutôt agréable à supporter, et certainement plus que l'apesanteur absolue. Maya trouva cette impression superbe. La sensation de pression, d'attirance, était presque annulée mais, pourtant, ils gardaient aisément l'équilibre. Un parfait équivalent de leur état d'esprit. Ils se dirigèrent en titubant un peu vers la vaste cantine du Torus D, excités et joyeux, marchant sur l'air.

Ce fut comme un grand cocktail, comme s'ils célébraient leur départ. Maya se promenait au milieu des autres en sirotant une coupe de champagne, avec un sentiment de bonheur et d'irréalité qui lui rappelait son mariage, bien des années auparavant. Mais ce mariage-ci aurait le meilleur des destins, songea-t-elle, parce qu'il durerait éternellement.

L'ambiance était saturée par les conversations.

— C'est une symétrie, moins sociologique que mathématique. Une sorte d'équilibre esthétique.

— On espère avoir des milliards d'hectares à se partager, mais ça ne sera pas facile.

Maya refusa un autre verre : elle se sentait déjà passablement étourdie. Et puis, elle avait du travail. Elle était, pour ainsi dire, maire-adjointe de ce village, responsable des dynamiques de groupe qui promettaient d'être complexes. Les habitudes de l'Antarctique revenaient déjà, même en ce moment de triomphe, et elle ne pouvait s'empêcher d'écouter et d'observer, comme une sociologue ou une espionne.

— Les psys ont leurs raisons. Nous allons finir comme cinquante couples très heureux.

— Et ils les connaissent déjà.

Ils riaient. Intelligents, équilibrés, extraordinairement bien élevés. Etait-ce enfin cette société rationnelle, cette communauté scientifiquement élaborée dont avait rêvé le siècle des Lumières ? Mais il y avait Arkady, Nadia, Vlad, Ivana. Elle connaissait trop bien le contingent russe pour se bercer d'illusions. Il était probable qu'ils allaient finir par ressembler à un dortoir d'étudiants dans une université technique, avec des frasques bizarres et des liaisons agitées. Si ce n'est qu'ils avaient l'air un peu mûrs pour ce genre de chose : plusieurs hommes commençaient à perdre leurs cheveux, et tous avaient des mèches grisonnantes, les femmes comme les hommes. La route avait été longue. Leur moyenne d'âge était de quarante-six ans, les extrêmes de trente-trois (pour Hiroko Ai, prodige japonais du concept de biosphère) à cinquante-huit (pour Vlad Taneev, lauréat du Nobel de médecine).

Mais, dans l'instant présent, c'était l'éclat de la jeunesse qu'on lisait sur tous les visages. Arkady Bogdanov était une eau-forte : les cheveux et la barbe roux, le teint rougeaud. Ses yeux d'un bleu électrique contrastaient singulièrement dans ce visage, et ils parurent jaillir de ses orbites quand il s'écria joyeusement :

— Libres ! On est enfin libres ! Nous et nos enfants, nous sommes enfin libres !

Les caméras vidéo avaient été coupées après les interviews que Janet Blyleven avait réalisées pour les stations de télé de « là-bas ». Désormais, ils n'avaient plus de contact avec la Terre, du moins dans la cantine, et Arkady s'était mis à chanter au milieu des verres levés. Maya s'arrêta pour se joindre à leur groupe. Enfin libres. C'était difficile à croire. Ils étaient réellement en route vers Mars ! Partout, des groupes bavardaient. Ici, il y avait des célébrités mondiales dans leur discipline. Ivana avait partagé un prix Nobel de chimie, Vlad était l'un des plus grands médecins-biologistes sur Terre, Sax était au panthéon des théoriciens subatomiques, et Hiroko était la plus brillante des biologistes dans le domaine des systèmes vitaux et *tutti quanti*. Quel brillant aréopage !

Maya était un de leurs chefs. Ce qui était plutôt intimidant. Ses talents d'ingénieur et de cosmonaute étaient assez modestes et c'était probablement ses dons de diplomate qui l'avaient désignée. Elle avait été choisie pour diriger l'indocile équipe russe et les quelques membres du Commonwealth — ce qui était parfait. Un travail intéressant auquel elle était habituée. Et ses talents particuliers deviendraient sans doute les plus précieux à bord. Ils devaient absolument s'entendre, après tout. Et c'était une question d'habileté, de ruse, et de volonté : la volonté de plier les autres à sa propre volonté !

En promenant les yeux sur tous ces visages rayonnants, elle ne put s'empêcher de rire. Tous ceux qui étaient à bord du vaisseau excellaient dans leur domaine, mais certains étaient encore plus brillants. C'était à elle de les identifier, de les isoler, de les former. Son rôle de dirigeant en dépendait car, à long terme, se disait-elle, ils deviendraient une espèce de méritocratie scientifique. Et, dans une société telle que celle-ci, les talents les plus extraordinaires détenaient les vrais pouvoirs. Lorsque la pression nécessiterait une réaction, ce seraient eux les vrais chefs de la colonie — eux, ou bien ceux qui les influenceront.

Elle regarda autour d'elle et découvrit son égal opposé, Frank Chalmers. Dans l'Antarctique, elle n'était pas parvenue à vraiment le connaître. Il était grand, costaud et brun. Plutôt liant, très énergique, mais difficile à percer. Elle le trouvait séduisant. Est-ce qu'il avait le même regard qu'elle sur les choses ? Elle n'aurait su le dire. Il bavardait avec un groupe, à l'autre extrémité de la salle, l'air attentif comme d'habitude, la tête légèrement inclinée, toujours prêt à décocher une réplique spirituelle. Elle se dit qu'il faudrait qu'elle en sache plus à son propos. Bien mieux : elle devait apprendre à s'entendre avec lui.

Elle traversa la salle, et s'arrêta près de lui. Elle pencha la tête tout en faisant un signe bref à leurs camarades.

— Ça va être bien, vous ne pensez pas ?

Chalmers lui jeta un regard.

— Si ça se passe bien, oui.

Après la fête et le dîner, Maya, incapable de dormir, partit à l'aventure dans l'*Arès*. Ils avaient tous séjourné dans l'espace auparavant, mais jamais à bord d'un vaisseau aussi énorme. A la proue, il y avait une sorte de studio-terrasse, une alvéole unique, comme une cabine de beaupré. Elle était en rotation permanente dans le sens opposé à celui du vaisseau, et donc stable en permanence. C'est là qu'on avait installé les instruments d'observation solaire, les antennes radio, et tout le matériel qui devait fonctionner hors rotation, à l'extrémité d'une chambre-bulbe en plastique transparent que l'on avait très vite surnommée le dôme-bulle. Grâce à lui, l'équipage avait une vue stable des étoiles et un aperçu d'une vaste partie du vaisseau, à l'arrière.

Maya flotta jusqu'à la baie pour observer avec curiosité le vaisseau. On l'avait construit à partir de réservoirs de navettes. Au début du siècle, la NASA et la Glavkosmos avaient commencé à fixer de petites fusées d'appoint sur les réservoirs pour les larguer sur orbite. Des milliers de réservoirs avaient été expédiés de cette manière, avant d'être pris en remorque jusqu'aux chantiers pour y être recyclés. Ils avaient ainsi permis la construction de deux grandes stations spatiales, une L5, et une autre en orbite lunaire, le premier vaisseau habité vers Mars, plus d'innombrables cargos chargés de matériel à destination de la planète rouge. Et ainsi, lorsque les deux grandes agences spatiales avaient décidé de construire l'*Arès* en commun, la pratique du recyclage de réservoirs était courante : adjonction d'unités de couplage standard, aménagements d'habitat, des systèmes de propulsion, et tout le reste.

Et la construction du grand vaisseau avait duré moins de deux ans.

Il avait l'air d'avoir été bricolé avec un jeu de modules pour enfant. Les cylindres, rattachés à leurs extrémités, créaient des formes complexes — et, dans ce cas précis, huit hexagones de cylindres connectés qu'ils appelaient des torus, tous alignés et pointés sur un moyeu tubulaire constitué d'un assemblage de cinq lignes de cylindres. Les torus étaient connectés au moyeu par des rayons flexibles et ultra-minces, et l'ensemble de la chose évoquait un engin agricole, le bras principal d'une moissonneuse, par exemple, ou un dispositif d'arrosage mobile. Ou encore, songea Maya, huit beignets bien cuits piqués sur un bâton. Un gosse aurait vraiment apprécié le spectacle.

Les huit torus avaient été construits avec des réservoirs américains, et le paquet de cinq éléments du moyeu était russe. Tous les réservoirs étaient longs de cinquante mètres pour dix de diamètre. Maya se mit à dériver sans but vers le bas puits du moyeu central. Elle n'était pas pressée. Elle se laissa tomber dans le Torus G. Les pièces étaient de toutes les tailles et de toutes les formes, les plus grandes occupaient plusieurs réservoirs. Elle en traversa une qui ressemblait plus à un hangar qu'à une cabine, mais la plupart des réservoirs avaient été divisés en chambres. Elle croyait savoir qu'il y en avait au total plus de cinq cents, ce qui représentait en surface habitable l'équivalent d'un grand hôtel.

Mais est-ce que cela suffirait ?...

Peut-être. Après l'Antarctique, la vie, à bord de l'*Arès*, était un séjour de libération, de détente labyrinthique. Aux alentours de six heures, chaque matin, la lumière, dans les torus, augmentait lentement jusqu'à évoquer le gris du ciel à l'aube. Vers six heures et demie, elle montait encore d'un degré pour marquer le « lever du soleil ». Et Maya se réveillait alors, comme elle l'avait toujours fait. Après un tour dans la salle de bains, elle se rendait à la cuisine du Torus D, préparait son petit déjeuner et l'emportait jusqu'au grand réfectoire. Elle s'installait à une table, entre les citronniers en pot. Des colibris, des pinsons, des tangaras, des moineaux et des loriots picoraient autour d'elle et s'envolaient entre les vignes qui s'entrelaçaient sur le plafond voûté du grand cylindre peint dans un ton gris-bleu qui lui rappelait le ciel d'hiver de sa ville natale, Saint-Pétersbourg. Elle mangeait lentement en les observant et se détendait dans son siège, écoutant vaguement les bavardages autour d'elle. Un petit déjeuner de vacances ! Après toute une vie laborieuse, elle avait tout d'abord trouvé ça pénible, et même inquiétant, comme un luxe qu'elle aurait volé. C'était tous les jours dimanche matin, comme disait Nadia. Mais les dimanches matin de Maya n'avaient jamais été particulièrement indolents. Quand elle était enfant, c'était toujours le moment où elle devait faire le ménage dans la pièce unique où elle vivait avec sa mère, qui était docteur et qui, comme la plupart des femmes de cette génération, devait travailler durement pour gagner sa vie, élever sa fille, payer le loyer, assurer l'alimentaire, tout en poursuivant sa carrière.

Pour une femme, c'était trop, et elle avait rejoint les rangs de celles qui exigeaient rageusement d'être mieux traitées que sous le gouvernement des Soviets, qui leur octroyait la moitié des emplois, certes, mais leur laissait toutes les tâches domestiques. Plus question d'attendre, plus question de subir en silence : elles devaient profiter de l'instabilité tant qu'elle durait.

Il arrivait à la mère de Maya de s'exclamer, tout en préparant leur maigre repas : « Il y a tout sur cette table, tout sauf la nourriture ! »

Et elles en avaient peut-être profité. Durant l'ère soviétique, les femmes avaient appris à s'entraider, à former un monde quasi autonome de mères, de sœurs, de filles, de babushkas, de collègues, d'amies aussi bien que d'étrangères. Avec l'arrivée du Commonwealth, les gains acquis avaient été consolidés et elles avaient pu s'inscrire un peu plus dans la structure du pouvoir, dans les dures oligarchies mâles du gouvernement russe.

Le programme spatial avait été l'un des domaines les plus touchés. La mère de Maya, qui participait aux recherches de médecine spatiale, avait toujours professé que les cosmonautes auraient besoin d'un apport féminin, ne serait-ce que pour des expérimentations strictement féminines.

— Ils ne peuvent quand même pas nous brandir constamment Valentina Terechkova ! se plaignait-elle.

Vraisemblablement, elle avait raison, puisque, après ses études d'ingénieur en aéronautique à l'université de Moscou, Maya avait été acceptée dans un des programmes de Baikonour. Elle s'en était très bien tirée et avait été affectée à la mission *Novy Mir*. Elle avait entrepris de revoir la conception de l'habitat pour en améliorer l'ergonomie. Nommée commandante de la station pendant un an, elle avait participé à deux opérations de réparations urgentes qui lui avaient valu sa réputation. Plus tard, nommée à divers postes administratifs à Baikonour, puis à Moscou, elle en avait profité pour s'insérer dans le petit politburo du Glavkosmos, en manipulant subtilement les hommes les uns contre les autres. Elle en avait épousé un, en avait divorcé, et s'était hissée vers le sommet du Glavkosmos en tant qu'agent libre, jusqu'à devenir membre du cercle intérieur suprême, le double triumvirat.

Et maintenant, elle était là, profitant paresseusement de son petit déjeuner. Comme disait Nadia, sarcastique :

— C'est tellement civilisé.

Nadia était une des meilleures amies de Maya à bord de l'*Arès*. Elle était petite et rondouillarde, avec un visage carré et des cheveux poivre et sel coupés au carré. Maya, qui savait qu'elle était jolie et que cela l'avait souvent aidée, appréciait la simplicité de Nadia qui, d'une certaine manière, soulignait sa compétence. Nadia était ingénieur, très efficace, experte dans la construction en climat froid. Elles s'étaient connues à Baikonour vingt ans auparavant, et elles avaient vécu plusieurs mois ensemble à bord de la station *Novy Mir*. Au fil des années, elles étaient devenues comme des sœurs : elles ne se ressemblaient guère, n'étaient pas souvent ensemble et, pourtant, elles étaient intimes.

Nadia, en cet instant même, regardait autour d'elle et proclamait :

— C'est une idée horrible que d'avoir séparé les quartiers d'habitation des Américains et des Russes dans des torus différents. On travaille avec eux durant toute la journée, mais on se retrouve ici avec toujours les mêmes têtes. Ça ne fait que renforcer les divisions qui existent entre nous.

— Nous devrions peut-être leur proposer de partager nos chambres.

Arkady, qui se goinfrait de roulés au café, se pencha vers elles.

— Ça ne serait pas suffisant, dit-il comme s'il avait suivi la conversation dès le départ. (Sa barbe rousse, plus hirsute de jour en jour, était parsemée de miettes.) On devrait décider de déménager tous les dimanches et d'échanger nos quartiers au hasard. Comme ça, les gens apprendront à mieux se connaître et il y aura moins de clans. Et puis, le sens de l'appropriation en sera réduit.

— Mais ça me plaît, moi, d'avoir ma chambre, protesta Nadia.

Arkady engouffra un autre roulé au café avant de sourire, tout en mâchonnant. On pouvait considérer comme un miracle qu'il ait passé les épreuves de sélection.

Maya aborda le sujet de leur cohabitation avec les Américains et, même si le plan d'Arkady ne plaisait à personne, tous étaient séduits par l'idée de l'échange de la moitié de leurs quartiers d'habitation. Après diverses consultations et discussions, le projet fut adopté. Ils commencèrent un dimanche matin. Le petit déjeuner devint un peu plus cosmopolite. Dans la cantine D, on voyait désormais Frank Chalmers et John Boone, et aussi Sax Russell, Mary Dunkel, Janet Blyleven, Rya Jimenez, Michel Duval et Ursula Kohl.

John Boone se révéla un lève-tôt. Il arrivait toujours à la cantine avant Maya.

— Cette salle est tellement spacieuse et aérée qu'on se croirait à l'extérieur, avait-il lancé à Maya un certain matin. On s'y sent vraiment mieux que dans la B.

— L'astuce, c'est de supprimer tous les chromes et le plastique blanc, répliqua Maya. (Elle maîtrisait assez bien son anglais, de mieux en mieux, même.) Et de peindre le plafond aux couleurs du ciel.

— Vous voulez dire, pas simplement bleu ?

— Oui.

Il était typiquement américain, se dit-elle : simple, ouvert, décidé et calme. Pourtant, elle avait devant elle un spécimen particulier qui était un personnage historique célèbre. Le fait était évident, indéniable, mais Boone semblait y échapper, n'en faire qu'une trace qu'il laissait derrière lui. Il pouvait discuter sur le goût des pâtisseries, sur les infos transmises sur l'écran de leur table, mais jamais il ne faisait allusion à la première expédition. Lorsque quelqu'un soulevait le sujet, il répondait comme s'il s'agissait de n'importe quel vol spatial accompli par d'autres. Mais cela n'était pas vrai, et il ne maintenait l'illusion que par sa seule désinvolture, en riant tous les matins aux plaisanteries usées de Nadia, en participant à la conversation. Au bout d'un certain temps, chacun eut du mal à discerner encore son aura.

Frank Chalmers, lui, était plus intéressant. Il arrivait régulièrement en retard, s'asseyait à l'écart et ne s'occupait que de son café et de l'écran de TV. Après quelques tasses, il consentait à parler à ses voisins, dans un russe atroce mais compréhensible. Dans la salle D, on parlait surtout anglais maintenant, pour arranger les Américains.

La situation linguistique était une espèce de poupée russe, l'anglais étant la plus grande, qui les contenait tous les cent. A l'intérieur, il y avait d'abord le russe, puis toutes les langues du Commonwealth et celles des autres pays. Il y avait aussi huit membres de leur communauté qui parlaient des idiomes. Ce qui, aux yeux de Maya, était une situation d'orphelin assez attristante. Elle avait le sentiment qu'ils étaient plus attachés à la Terre que tous les autres, et qu'ils communiquaient plus fréquemment avec les gens de là-bas. Ce qui rendait d'autant plus étrange que le psychiatre fût dans cette catégorie.

De toute manière, l'anglais était la langue officielle à bord. Dans un premier temps, Maya avait pensé que cela conférait une sorte d'avantage aux Américains. Avant de constater que lorsqu'ils parlaient, ils étaient toujours en phase avec chacun, alors que tous disposaient de leurs langues particulières auxquelles ils pouvaient constamment revenir.

Mais Frank Chalmers constituait une exception. Il parlait cinq langues différentes, ce qui était plus que n'importe qui à bord. Et il n'avait pas peur de s'exprimer en russe, même s'il était particulièrement mauvais. Il débitait ses questions et écoutait les réponses avec une intensité réelle, avant de partir d'un rire bref et déconcertant. Sous bien des aspects, se disait Maya, il était un Américain atypique. Au premier abord, il semblait pourtant en avoir toutes les caractéristiques : il était grand, il parlait trop fort, il était obsessionnellement énergique, sûr de lui, bavard et amical, dès la première tasse de café. Il lui fallut quelque temps pour s'apercevoir qu'il n'était que *parfois* amical, et que son bavardage ne laissait rien paraître de lui. Par exemple, Maya n'avait pas appris un seul détail de son passé, malgré ses efforts. Ce qui avait éveillé sa curiosité.

Il avait les cheveux noirs, le teint très mat, avec des yeux noisette clair, le sourire furtif, le rire haut, tout comme la mère de Maya. Il était beau à sa façon rude.

Elle trouvait qu'il la regardait de façon trop acérée, comme s'il évaluait une adversaire, se disait-elle. Il se comportait avec elle comme s'ils se connaissaient depuis longtemps, ce qui la mettait particulièrement mal à l'aise puisqu'ils n'avaient échangé que quelques mots durant la période antarctique. Elle avait toujours considéré les femmes comme des alliées et les hommes comme autant d'attirantes sources de problèmes dangereux. Par conséquent, un homme censé devenir son allié devenait encore plus problématique. Et dangereux. Et... autre chose encore.

Elle se souvenait d'un instant particulier, où elle avait percé Chalmers au-delà de son image, dans l'Antarctique. Lorsque le spécialiste en ingénierie thermique avait craqué et avait été expulsé, on avait parlé de son remplaçant. Tout le monde avait été surpris et furieux d'apprendre que ce serait John Boone lui-même : il avait reçu déjà trop de radiations lors du premier débarquement sur Mars. Dans le brouhaha des commentaires, Maya avait vu Chalmers entrer dans le grand salon commun. En apprenant la nouvelle, il avait secoué la tête et, durant une fraction de seconde, Maya avait perçu sa colère, comme un éclair au niveau subliminal.

Elle s'était intéressée à lui. Il était certain qu'il avait des relations particulières avec John Boone. Bien sûr, pour Chalmers, ce choix était difficile à accepter. Il dirigeait officiellement les colons américains et avait même le grade de capitaine, mais Boone, ce gentil blond, avec l'auréole de son exploit, jouissait certainement d'une autorité plus naturelle. Il était le *portrait* du chef américain, et Frank Chalmers, comparé à lui, devenait un officier supérieur qui en faisait un peu trop, qui se contentait d'exécuter les ordres que Boone ne formulait pas. Ça n'était pas une situation très confortable pour lui. Ils étaient de vieux amis. Telle était la réponse que Maya avait obtenue quand elle avait posé la question. Mais, même en les observant de près, elle avait du mal à le croire.

Ils se parlaient rarement en privé, se rencontraient rarement, aussi, quand ils étaient ensemble, elle les observait avec de plus en plus d'attention, sans vraiment s'en expliquer la raison. Tout simplement, la situation semblait appeler cette logique. S'ils s'étaient trouvés à Glavkosmos, la stratégie idéale aurait été de s'insérer entre eux mais, ici, cette idée ne lui vint pas. Il y avait tant de choses qui n'effleuraient même pas sa conscience.

Mais elle continuait à les observer. Un matin, Janet Blyleven apparut avec ses lunettes vidéo à l'heure du petit déjeuner dans la cantine D. Elle était grand reporter pour la télé américaine et on la rencontrait souvent en train de fureter dans le vaisseau avec ses lunettes vidéo, tout en débitant ses commentaires, récoltant de petits bouts d'interviews qu'elle transmettait à la Terre, où tout cela, selon la formule d'Arkady, serait « prédigéré et revomi à l'usage du consensus des cervelles de moineaux ».

Rien de nouveau. Les médias faisaient partie de la vie des astronautes et, durant la période de sélection, ils avaient été sondés encore plus souvent. Mais, désormais, ils constituaient un matériau brut pour des programmes TV sur l'espace qui dépassaient tous les indices jamais enregistrés. Pour des millions et des millions de téléspectateurs, ils étaient le feuilleton suprême. Ce qui en perturbait certains.

Et lorsque Janet prit place en bout de table avec ses lunettes sophistiquées, à la monture munie de fibres optiques, on put entendre quelques grognements. A l'autre bout, Ann Clayborne et Sax Russell continuaient de discuter sans se soucier des autres.

— Sax, il faudra des années avant que nous sachions ce que nous avons investi. Des décennies. La surface de Mars est égale à celle de la Terre, mais sa géologie et son système chimique sont uniques. Il faudra les étudier en profondeur avant de les transformer.

— Mais nous allons les transformer rien qu'en débarquant, déclara Russell.

Il semblait vouloir repousser les arguments d'Ann comme s'ils avaient été autant de fils d'araignée sur son visage.

— Le seul fait de nous poser sur Mars constitue la première phrase d'une déclaration, qui dit...

— *Veni, vidi, vici*, l'interrompit Ann Clayborne.

Russell haussa les épaules.

— Si tu tiens à tout résumer comme ça...

— Mais c'est toi qui es nul, fit Ann, avec une grimace irritée. (C'était une femme aux épaules larges, à la chevelure brune épaisse, une géologue avec des opinions bien précises, une redoutable adversaire.) Ecoute, Mars *est chez elle*. Sur Terre, tu peux toujours jouer avec tes effets de climat si ça te plaît, et il y en a besoin. Ou sur Vénus. Mais tu ne peux quand même pas te permettre de balayer une surface planétaire qui date de trois milliards d'années.

Russell se démena pour se débarrasser d'autres fils d'araignée.

— Cette planète est morte. De plus, la décision ne dépend pas vraiment de nous, on nous l'enlèvera.

— On ne nous enlèvera aucune des décisions que nous avons prises, intervint Arkady, d'un ton sec.

Janet regarda tour à tour les interlocuteurs. Ann commençait à s'agiter et elle avait haussé le ton. Maya surprit le regard de Frank : il n'appréciait pas du tout. Mais, s'il les interrompait, il révélerait à des millions de gens qu'il n'aimait pas que les colons s'affrontent en direct. Alors, il se contenta de rencontrer le regard de Boone, à l'autre extrémité de la table. Et l'échange entre les deux hommes fut si rapide que Maya cilla.

— La première fois, dit Boone, j'ai eu l'impression que ça ressemblait déjà à la Terre.

— Si on oublie les 200 degrés Kelvin de différence, remarqua Russell.

— D'accord, mais ça ressemblait *vraiment* au désert Mojave, ou aux Dry Valleys. Quand j'ai posé le regard sur Mars, je me suis surpris en train de chercher l'un de ces phoques fossiles qu'on trouve dans les Dry Valleys.

Et ainsi de suite. Janet se tourna vers lui, puis vers Ann, l'air écœuré, prit sa tasse de café et sortit.

Après cela, Maya se concentra pour essayer de retrouver le regard que Boone et Chalmers avaient échangé. C'était comme un code, ou l'un de ces langages que les jumeaux parfaits s'inventent pour communiquer.

Les semaines passaient, et chaque journée commençait régulièrement par ce petit déjeuner tranquille. Les matinées étaient plus mouvementées. Ils avaient tous leur programme de travail quotidien, certains plus chargés que les autres. C'était le cas pour Frank, et il aimait ça : une course frénétique. Mais le travail prioritaire ne prenait pas énormément de temps : ils devaient aussi entretenir le vaisseau, mais aussi leur vie, leur forme, et se préparer pour Mars.

La maintenance de l'*Arès* couvrait aussi bien de la programmation complexe ou des réparations spécialisées que des tâches rudimentaires comme le déstockage des fournitures ou l'évacuation des immondices vers les recycleurs.

L'équipe de la biosphère passait le plus clair de son temps dans la ferme, qui occupait une surface majeure dans les Torus C, E et F. Tout le monde à bord avait droit à son tour à la ferme. Pour la plupart, ça n'avait rien d'une corvée. Il y en avait même qui y revenaient durant leur quartier libre. Chacun obéissait aux instructions médicales : il fallait passer au minimum trois heures par jour sur les différents appareils de remise en forme. Là, tout dépendait du tempérament : on aimait, on souffrait ou l'on méprisait. Mais les plus méprisants eux-mêmes achevaient leurs exercices de meilleure humeur.

Comme le résumait Michel Duval :

— Les endorphines bêta, il n'y a que ça.

— Heureusement, parce qu'on n'en a pas d'autres, répliquait John Boone.

— Il y a toujours la caféine.

— Moi, ça me fait dormir.

— L'alcool...

— Ça me donne mal à la tête.

— La procaïne, le darvon, la morphine...

— La morphine ?...

— Oui, c'est dans l'armoire à pharmacie. Mais sous ordonnance.

Arkady avait souri.

— Je ferais peut-être bien de me porter malade...

Les ingénieurs, dont Maya faisait partie, passaient de nombreuses matinées en simulation. Elles avaient lieu sur l'arrière-pont du Torus B, qui était doté des synthétiseurs vidéo les plus perfectionnés. Les simulations étaient si sophistiquées qu'il était parfois difficile de distinguer le virtuel du réel. Ce qui ne les rendait pas pour autant intéressantes. La manœuvre d'approche orbitale standard hebdomadaire, intitulée trajectoire Mantra, était la terreur de tous les équipages.

Mais, parfois, l'ennui était préférable à l'autre possibilité. C'était Arkady qui dirigeait les séances d'entraînement, et il manifestait un talent pervers pour programmer des problèmes tellement difficiles qu'ils se retrouvaient en fait tous « morts » durant l'approche. Autant d'expériences étranges et déplaisantes qui n'avaient pas rendu Arkady plus populaire auprès de ses victimes. Il mêlait de façon aléatoire les problèmes de trajectoire Mantra, mais les difficultés redoublaient de plus en plus fréquemment. Ils étaient en approche martienne, les lumières rouges se déclenchaient, parfois les sirènes aussi, et ils étaient fichus. Il leur arriva de heurter un objet planétésimal d'un poids approximatif de quinze grammes qui laissa une fissure importante dans leur bouclier thermique. Sax Russell avait estimé que les risques de rencontrer un objet de plus d'un gramme étaient d'environ un en sept mille années de voyage. Et pourtant, ils s'étaient retrouvés en état d'alerte rouge ! Bourrés d'adrénaline, ils s'étaient précipités vers la marmite du moyeu avant d'atteindre l'atmosphère de Mars et d'être tranformés en gaufrettes.

Mais la voix d'Arkady leur avait annoncé dans les intercoms : « Pas assez vite ! Vous êtes tous morts. »

Ça, c'était encore simple. Il y avait mieux... Par exemple, le vaisseau était en guidage programmé, ce qui signifiait que les pilotes devaient transmettre les données de vol aux ordinateurs qui les traduisaient en poussées pour parvenir au résultat voulu. Ça, c'était la théorie, car lorsqu'on approchait d'une masse gravitationnelle comme Mars à une telle vitesse, il était impossible d'avoir la moindre intuition ni de deviner les diverses combustions nécessaires. Aucun d'eux n'était vraiment pilote, au sens où on l'entend dans la navigation aérienne. Néanmoins Arkady, fréquemment, plantait tout cet énorme système redondant à l'instant même où ils affrontaient un seuil critique (ce qui, selon Russell, était d'une probabilité de l'ordre de un sur dix milliards), ils devaient alors repasser en manuel, diriger mécaniquement toutes les fusées, surveiller tous les moniteurs à la fois. L'image orange sur fond noir de Mars montait vers eux et ils avaient le choix : ou bien dégager vers l'espace pour mourir lentement, ou prendre la trajectoire courte pour aller s'écraser sur la planète et mourir sur le coup. Dans ce dernier cas, ils avaient droit à la vision simulée jusqu'au crash final, à 120 kilomètres à la seconde.

Ça pouvait être aussi une défaillance mécanique : au niveau des propulseurs principaux, des fusées de stabilisation, de l'ordinateur ou des progiciels, du déploiement du bouclier anti-thermique qui, tous, devraient fonctionner parfaitement durant l'approche. Ces défaillances-là étaient les plus probables. Selon Sax (mais les autres contestaient ses méthodes d'évaluation), ils couraient un risque sur dix mille approches planétaires. Et ils recommençaient. Les voyants d'alarme passaient au rouge, et ils se mettaient à râler et à prier pour une bonne trajectoire Mantra, même si certains d'entre eux savouraient par avance le nouveau défi à relever. Quand ils réussissaient à sortir vivants d'une défaillance mécanique, ils en éprouvaient un plaisir intense : c'était le moment culminant de la semaine. John Boone réussit une fois un aérofreinage manuel, avec une seule fusée encore en fonction, et il avait atteint la milliseconde d'arc sans danger à la seule vitesse possible. Les autres avaient trouvé cela incroyable.

— Coup de chance à l'aveuglette, avait commenté Boone pendant le dîner, avec un immense sourire.

La plupart des simulations d'approche d'Arkady, de toute façon, s'achevaient par un échec, ce qui signifiait la mort pour eux tous. Simulation ou pas, il était difficile de ne pas être marqué par ces expériences et irrité par Arkady, qui les avait mises au point. Il leur advint une fois de réparer tous les moniteurs du pont juste à temps pour que les écrans leur annoncent qu'un petit astéroïde venait de fendre le moyeu du vaisseau et qu'ils avaient tous péri. Plus tard, Arkady, s'intégrant lui-même à l'équipe de navigation, commit une erreur, et donna l'ordre aux ordinateurs d'accélérer la rotation du vaisseau plutôt que de la freiner.

Il s'était écrié, faussement horrifié :

— On est écrasés sous six *g* !

Et ils avaient dû ramper pendant une demi-heure comme s'ils pesaient chacun une demi-tonne. Quand ils s'en étaient enfin sortis, Arkady avait bondi sur ses pieds avant de les repousser brutalement du moniteur de contrôle.

— Mais qu'est-ce que tu fabriques ? avait lancé Maya.

— Il est devenu dingue, avait dit Janet.

— Non, *il fait semblant de l'être*, avait rectifié Nadia. Et il va falloir que nous trouvions un moyen de le neutraliser — au cas où quelqu'un deviendrait cinglé comme ça sur la passerelle, tout à coup !

Ce qui était justifié, sans aucun doute. Mais ils voyaient tous le blanc des yeux d'Arkady et, sur son visage, il n'y avait plus la moindre trace de conscience. Ils durent s'y mettre à cinq pour le maîtriser et Janet et Phyllis Boyle furent décorées par ses coudes pointus.

Plus tard, pendant le dîner, il leur posa la question avec un sourire en biais, parce qu'il avait la lèvre un peu tuméfiée.

— Et bien ? Si ça se produisait vraiment ? Nous sommes tous sous pression et, au moment de l'approche, ça sera pire encore. Si quelqu'un venait à craquer ? (Il se tourna vers Russell et son sourire s'élargit.) Quelles sont tes probabilités pour ça, hein ?

Et il se lança dans un reggae jamaïcain, avec son accent slave : « Oh, chute de pression ! Oh, chute de pression ! Ça, la chute de pression, elle va te tomber sur le chou, à toi aussi ! Oh, oui ! »

Et ils continuèrent, s'attaquant aux problèmes de simulation aussi sérieusement qu'ils le pouvaient, y compris une attaque des Martiens ou encore le découplage du Torus B provoqué par « des rivets explosifs installés par erreur lors de l'assemblage du vaisseau ». Ils eurent droit aussi à une déviation orbitale de Phobos, plus quelques autres scénarios marqués largement par l'humour noir. Arkady, d'ailleurs, repassait certaines bandes après le dîner, ce qui faisait parfois rire son public.

Mais les problèmes plausibles se présentaient régulièrement... Chaque jour. Et malgré les solutions, malgré les protocoles de résolution, chaque fois, ils avaient la vision de la planète rouge vers laquelle ils étaient lancés à 40 000 kilomètres à l'heure. Régulièrement, elle finissait par envahir l'écran, qui devenait blanc, pour annoncer enfin en gros caractères noirs : *Collision.*

Ils se dirigeaient vers Mars selon une ellipse Hohmann de type II, lente mais efficace, qui avait été choisie parmi d'autres surtout à cause de la position des deux planètes prévue au moment de l'approche du vaisseau : Mars à 45 degrés au-devant de la Terre sur le plan de l'écliptique. Durant le voyage, ils ne feraient qu'une demi-orbite autour du soleil et leur rendez-vous avec Mars aurait lieu trois cents jours plus tard. Leur temps de gestation, disait Hiroko.

Les psychologues terriens avaient considéré qu'il était nécessaire de modifier leur environnement à bord de l'*Arès* afin de suggérer le passage des saisons, la durée des nuits et des jours, le climat. Tout reposait sur les variations des teintes ambiantes. Certains avaient soutenu que leur atterrissage devrait s'opérer sous le signe des moissons, d'autres qu'il fallait lui donner les couleurs d'un printemps nouveau. Après un rapide débat, les voyageurs eux-mêmes avaient décidé de partir sous le signe du printemps naissant. Ainsi, un long été suivrait et, à l'approche de leur objectif, l'ambiance du vaisseau prendrait les teintes automnales de Mars, et non pas les verts tendres et les tons pastel qu'ils allaient laisser loin derrière eux.

Durant ces premiers mois, dès qu'ils en avaient fini avec leur travail sur la passerelle, dans la ferme, dès qu'ils sortaient en titubant d'une autre simulation sadique concoctée par Arkady, ils se retrouvaient en plein printemps. Les parois du vaisseau étaient décorées de panneaux vert pâle, de grandes photos d'azalées, de jacarandas ou de cerisiers d'ornement. Dans les vastes salles de la ferme, l'orge et la moutarde rutilaient de toutes leurs fleurs jaunes, le biome sylvicole et les sept parcs de l'*Arès* avaient été plantés d'arbres et de buissons au stade printanier de leur croissance. Maya adorait toutes ces couleurs et, dès qu'elle avait fini ses tâches matinales, elle poursuivait ses exercices par une promenade dans le biome de la forêt, dessiné en collines, où les arbres étaient si denses que l'on ne parvenait pas à discerner le secteur voisin. Là, elle rencontrait souvent Frank Chalmers, qui prenait lui aussi un bref moment de détente. Il lui avait dit qu'il aimait les feuillages de printemps, même s'il semblait ne jamais leur accorder le moindre regard. Ils faisaient un bout de chemin ensemble, parfois silencieux. Quand ils se parlaient, ils n'abordaient jamais des sujets importants. Frank se refusait à discuter de leur rôle de direction dans l'expédition. Elle trouvait cela bizarre, mais ne le lui disait pas. Ils n'avaient pas non plus exactement les mêmes boulots, ce qui pouvait expliquer les réticences de Frank. Maya avait un poste officieux, qui ne dépendait pas de la hiérarchie — depuis Korolyov, les cosmonautes russes avaient toujours entretenu une tradition égalitariste. Mais le programme américain relevait d'un statut plus militaire, que reflétaient les titres : Maya, par exemple, était tout simplement coordinatrice du contingent russe, alors que Frank était le *capitaine* Chalmers, au sens strict de l'ancienne marine à voile.

Il ne lui avait pas dit si cette autorité lui rendait ou non les choses plus faciles. Il leur arrivait parfois de bavarder à propos du biome, de petits problèmes techniques ou des nouvelles de la Terre. Mais, la plupart du temps, il semblait avoir seulement envie de faire un bout de chemin avec elle. Ils suivaient en silence les petits sentiers entre les collines, à travers les bosquets épais de pins d'Aspen et de bouleaux. Avec cette impression d'être près l'un de l'autre, comme s'ils étaient de vieux copains, ou comme s'il lui faisait la cour à sa façon à lui, subtile et timide.

En y réfléchissant un jour, Maya se dit que le fait d'avoir décidé de commencer le voyage sous le signe du printemps avait dû créer un problème. Ils voguaient à travers le printemps à bord de leur mésocosme et tout était fécond, fertile, florissant, vert et débordant. Les journées rallongeaient dans le parfum des vents tièdes, ils étaient tous en short et chemisette : cent mammifères pleins de santé, qui vivaient ensemble, en vase clos, travaillaient et mangeaient ensemble, qui se douchaient et dormaient. Bien sûr, le sexe était là.

Evidemment, ça n'avait rien de nouveau. Maya elle-même avait vécu des expériences amoureuses fantastiques dans l'espace, surtout durant sa deuxième mission à bord de *Novy Mir*. Avec Georgi, Yeli et Irina, ils avaient essayé toutes les positions possibles en apesanteur, qui étaient aussi nombreuses que variées. Mais ici, c'était différent. Ils avaient vieilli, ils étaient liés les uns aux autres par la nécessité. Ainsi que l'avait souvent déclaré Hiroko en d'autres circonstances :

— *Tout* est différent dans un système clos.

L'idée que leurs relations puissent se maintenir à un niveau strictement fraternel était bien ancrée à la NASA. Dans les 1 348 pages du rapport intitulé : *Les relations humaines durant le voyage vers Mars*, une seule était consacrée aux rapports sexuels, qui étaient déconseillés. Le texte suggérait qu'ils seraient comme une sorte de tribu avec des tabous marqués à l'égard du sexe intratribal. Ce qui avait fait hurler de rire les Russes. Les Américains seraient toujours aussi puritains.

— Nous ne sommes pas une *tribu*, avait protesté Arkady. Nous sommes le *monde* !

Donc, c'était le printemps. Il y avait des couples mariés à bord, dont certains se montraient particulièrement démonstratifs. Il y avait aussi la piscine du Torus B, le sauna et le jacuzzi. Ils portaient des maillots de bain, bien sûr, encore une fois à cause des Américains, mais ça ne changeait rien. Naturellement, les choses étaient déjà en route. Maya avait appris par Nadia et Ivana que le dôme-bulle était le lieu de rendez-vous privilégié au cœur de la nuit. Les astronautes et cosmonautes semblaient vraiment apprécier l'apesanteur. Les nombreux recoins des parcs et du biome forestier étaient autant de cachettes pour les ébats de ceux qui étaient moins familiers de l'apesanteur. Les parcs avaient été prévus pour donner aux voyageurs le sentiment qu'ils pouvaient se retirer en privé. Et chacun avait droit à une cabine à isolation sonore. Ce qui permettait aux couples d'entretenir des rapports sans devenir le sujet favori des ragots du bord, en toute discrétion. Et Maya était persuadée qu'il se passait encore plus de choses qu'ils le croyaient tous.

Elle le sentait. Et les autres aussi, certainement. Toutes ces conversations à voix basse, tous ces couples qui s'étaient formés à la cantine, ces regards, ces petits sourires, ces mains qui effleuraient une épaule au passage. Oh, ça oui : il se passait des choses. Ce qui expliquait une certaine tension ambiante, une tension qui n'était qu'à demi agréable. Les craintes qu'ils avaient connues dans l'Antarctique étaient de retour. Et, de plus, le nombre des partenaires potentiels étant réduit, il y avait un risque réel de se retrouver entre deux chaises.

Pour Maya, cela s'agrémentait d'un autre problème. Elle en avait plus qu'assez des Russes, parce que leur seul but était de coucher avec le chef. Si elle redoutait ça, c'est aussi pour l'avoir connu dans l'autre sens. Et puis, il n'y en avait pas un seul... Bon, elle éprouvait une certaine attirance pour Arkady, mais elle ne l'aimait pas vraiment, et lui semblait indifférent. Elle avait eu une aventure avec Yeli, mais ça n'était qu'un ami. Elle se fichait de Dmitri, Vlad était trop vieux, Yuri n'était pas son genre, Alex était comme Arkady... et ainsi de suite.

Mais pour les Américains et les autres... Là, le problème se posait différemment. Le croisement des cultures ? Allez savoir. Elle se maintenait donc sur le qui-vive. Mais elle y pensait sérieusement. Et, occasionnellement, quand elle s'éveillait, ou sortait d'une séance d'entraînement, elle se laissait emporter par une vague de désir et se retrouvait sur le lit ou sous la douche avec un sentiment de solitude.

Et c'est ainsi qu'un matin, après une simulation terrible qu'ils avaient failli réussir, elle avait rencontré Frank Chalmers dans le biome forestier, avait répondu à son bonjour. Ils avaient fait dix mètres entre les arbres avant de s'arrêter. Elle était en short et débardeur, pieds nus, en sueur, encore toute rouge de ses efforts. Lui aussi portait un short et un T-shirt, lui aussi était pieds nus, en sueur, couvert de poussière. Il sortait de la ferme. Il partit soudain de son habituel rire perçant et posa deux doigts sur le bras de Maya. Et il lui dit avec son irrésistible sourire :

— Vous avez l'air heureuse, aujourd'hui.

Les deux chefs de l'expédition étaient là. En égaux. Et il suffit à Maya de lever la main pour toucher la sienne.

Ils quittèrent le sentier pour s'enfoncer dans un bosquet de pins. Ils s'arrêtèrent et s'embrassèrent. Pour Maya, ça n'était pas arrivé depuis si longtemps qu'elle trouva cela étrange. Frank trébucha sur une racine avec un rire bref, étouffé, ce rire secret qui faisait frissonner Maya, au seuil de la peur. Ils s'étaient assis sur le matelas d'épines et roulaient l'un sur l'autre comme des adolescents. Elle se mit à rire. Elle avait toujours aimé les approches rapides, cette impression de s'envoyer un homme quand elle le voulait, comme ça.

Ils firent donc l'amour et, pour un temps, se laissèrent emporter par la passion. Après, elle se détendit et s'abandonna au reflux du plaisir. Mais elle ne se sentait pas vraiment à l'aise, elle ne trouvait pas un mot à dire. Il y avait toujours quelque chose de caché en lui, qu'il avait dissimulé alors même qu'ils faisaient l'amour. Plus grave encore, il lui semblait deviner derrière sa réserve une espèce de triomphe, comme s'il avait gagné, lui, alors qu'elle perdait. L'indélébile trace de puritanisme des Américains, cette idée que le sexe est une chose mauvaise et que les hommes doivent prendre les femmes à leur piège. Et elle se referma un petit peu plus sur elle-même devant ce sourire caché qu'elle décelait sur son visage. Dans l'amour, il y avait un gagnant et un perdant... Quels enfants !

Pourtant, ils étaient codirecteurs, co-maires de la communauté, pour ainsi dire. Donc, s'ils se plaçaient sur une base égalitaire...

Un instant, ils bavardèrent d'un ton léger, et ils firent même encore l'amour avant de repartir. Mais Maya se dit que ça n'était pas comme la première fois, qu'elle avait l'esprit ailleurs. Il y avait tant de choses dans le sexe qui échappaient à l'analyse rationnelle. Elle décelait constamment chez ses partenaires des détails qu'elle ne pouvait décrire ni exprimer, encore moins analyser. Elle n'avait qu'une seule certitude : ou bien sa sensation lui plaisait ou elle ne lui plaisait pas. Aucun doute. Et dès qu'elle avait posé le regard sur le visage de Frank Chalmers après cette première fois, elle avait été certaine que quelque part ça n'allait pas. Elle en avait éprouvé un malaise.

Elle se montra cependant affectueuse, aimable. Ce ne serait pas bien de se montrer distante en cet instant. Ce serait impardonnable. Ils s'étaient levés, s'étaient rhabillés, ils avaient regagné le Torus D et avaient dîné à la même table, avec quelques autres. Elle avait alors senti qu'il était parfaitement logique de se montrer plus distante. Mais, dans les jours qui suivirent, elle s'aperçut avec surprise et déplaisir qu'elle l'évitait, qu'elle trouvait des excuses pour ne pas être seule avec lui. C'était maladroit et idiot, absolument pas ce qu'elle avait souhaité. Elle aurait préféré ne pas éprouver ce sentiment : une ou deux fois, ils se retrouvèrent ensemble, seuls, elle ne résista pas et ils refirent l'amour. Elle voulait que tout s'arrange, elle pensait qu'elle avait commis une faute ou bien qu'elle n'avait pas été dans sa forme habituelle. Mais non, il avait toujours ce sourire de triomphe rentré qu'elle détestait tant, qui disait : « Je t'ai eue », ce vilain défaut puritain.

Alors, elle l'évita de plus en plus souvent, pour ne pas se retrouver dans la situation de départ, et très vite il perçut sa dérive. Un après-midi, il lui demanda d'aller faire un tour avec lui en forêt et, lorsqu'elle refusa, prétextant sa fatigue, une expression furtive de surprise passa sur son visage qui se referma comme un masque. Maya ressentit un malaise inexplicable.

Pour essayer de compenser ce refus déraisonnable, elle se montra amicale avec lui quand ils étaient en situation sûre. Une ou deux fois, indirectement, elle suggéra, comme ça, que leurs rapports n'avaient fait que sceller une amitié, ainsi qu'elle l'avait fait avec d'autres. Mais elle l'avait glissé entre deux phrases, il était possible qu'il n'eût pas compris. Il semblait seulement perplexe. Un jour, comme ils s'éloignaient d'un groupe, elle avait surpris son regard appuyé. Ensuite, il n'y avait plus eu entre eux que de la réserve et de la distance. Mais jamais il n'avait semblé affecté, jamais il ne lui avait demandé d'explication. Ça faisait partie du problème, après tout, non ? Il n'avait pas l'air de vouloir discuter avec elle de ce genre de situation.

Tant pis : il avait probablement des liaisons avec d'autres femmes, des Américaines... Difficile de le savoir. Il était si secret. Mais tout cela était... tellement maladroit.

Maya décida l'abolition de la séduction exprès, en dépit du plaisir qu'elle en éprouvait. Hiroko ne s'était pas trompée : tout était différent dans un système clos. Dommage pour Frank (à supposer qu'il s'en souciât), qui lui avait permis un apprentissage utile. Elle décida finalement de faire amende honorable en devenant une simple amie. Elle s'y appliqua si bien et si fort que, un mois après, elle alla trop loin, lui laissant maladroitement croire qu'elle essayait à nouveau de le séduire.

Ils se trouvaient au milieu d'un groupe et la discussion s'était prolongée très tard. Elle était assise à côté de lui. Il en avait tiré une conclusion fausse, à l'évidence, et l'avait suivie jusqu'aux salles de bains du Torus D, sans cesser de lui parler sur ce ton affable et charmeur qui était le sien à ce stade. Maya s'en voulait : elle ne voulait pas avoir l'air complètement volage, mais au point où elle en était, et quoi qu'il advienne, ce serait le cas. Elle le suivit donc, parce que c'était plus facile, et aussi parce que, au fond d'elle, elle avait envie de faire l'amour. Ce qu'ils firent. Perturbée, elle décida que ce serait la dernière fois avec Frank Chalmers, que c'était un cadeau d'adieu, en espérant qu'il garderait un bon souvenir de tout cet incident.

Elle se surprit plus passionnée qu'avant : elle voulait vraiment lui plaire. Et puis, juste avant l'orgasme, elle le regarda. Et elle vit une fenêtre aveugle sur une maison déserte.

Et ce fut vraiment la dernière fois.

Δv. v pour Vélocité. Delta pour Changement. Dans l'espace c'est l'unité de mesure du changement de vitesse nécessaire pour aller d'un point à l'autre — c'est-à-dire de l'énergie utile.

Tout est déjà en mouvement. Mais, pour placer en orbite un objet à partir de la surface (mouvante) de la Terre, un minimum Δv de 10 kilomètres par seconde est nécessaire. Pour quitter l'orbite terrestre et entamer le voyage vers Mars, un minimum de Δv de 3,6 kilomètres par seconde. Et, pour se fixer en orbite autour de Mars et s'y poser, il faut un Δv d'environ 1 kilomètre par seconde. Le plus dur est de se détacher de la Terre, l'attraction gravitique y est la plus élevée. Pour escalader cette pente abrupte de l'espace-temps, il faut une force formidable, puisqu'il s'agit de dévier la direction d'une inertie gigantesque.

L'histoire elle aussi a son inertie. Dans les quatre dimensions spatio-temporelles, les particules (ou les événements) ont une directionalité. Les mathématiciens, pour le prouver, ont tracé sur des graphiques ce qu'ils appellent des lignes du monde. Pour les problèmes de l'humanité, ces lignes forment un enchevêtrement dense qui se déroule depuis les ténèbres de la préhistoire pour se déployer dans le temps : ce qui forme une torsade du diamètre de la Terre elle-même, qui part en une longue spirale autour du soleil. Cette torsade de lignes enchevêtrées, c'est l'Histoire. Etant donné ses points de passage antérieurs, la direction qu'elle prend est claire, c'est une simple question d'extrapolation. Car quel genre de Δv faudrait-il pour échapper à l'Histoire, à une inertie aussi puissante, afin de déterminer une nouvelle trajectoire ?

Le plus dur est d'échapper à la Terre.

La forme de l'*Arès* donnait une structure à la réalité. Le vide qui séparait la Terre de Mars commençait à évoquer pour Maya une longue série de cylindres, cintrés à 45 degrés à leur point de jonction. Dans le Torus C, il y avait un couloir d'entraînement, une sorte de course d'obstacles et, à chaque jonction, elle devait ralentir et tendre tous ses muscles face à l'accroissement de pression. Puis, la seconde d'après, elle découvrait l'extrémité du nouveau cylindre. Ce monde commençait à lui paraître bien exigu.

Et c'était sans doute par effet de compensation que ses habitants paraissaient plus grands. Les masques qu'ils avaient portés durant leur séjour dans l'Antarctique continuaient de tomber et ceux qui découvraient chez l'un ou l'autre un trait jusque-là inconnu en éprouvaient un sentiment accru de liberté. Ce qui précipitait l'apparition d'autres caractères cachés. Un dimanche matin, les chrétiens du bord, qui devaient être au nombre d'une dizaine à peu près, célébrèrent Pâques dans le dôme-bulle. Sur Terre, c'était le mois d'avril mais, dans l'*Arès*, on était au cœur de l'été. Après la messe, ils étaient tous revenus au réfectoire pour le petit déjeuner. Maya, Frank, John, Arkady et Sax étaient ensemble à une table. Les conversations se mêlaient et, dans un premier temps, seuls Maya et Frank entendirent John qui s'adressait à Phyllis Boyle, la géologue qui avait présidé le service de Pâques.

— Je comprends l'idée de l'univers considéré comme un être suprême, et le fait que son énergie constitue ses pensées. C'est un concept séduisant. Mais l'histoire du Christ...

John secoua la tête.

— Tu connais vraiment son histoire ? demanda Phyllis.

— Je suis du Minnesota et j'ai reçu une éducation luthérienne, répliqua vivement John. J'ai suivi les cours jusqu'à ma confirmation et on m'a enfoncé tout ça dans le crâne.

Maya se dit que cela expliquait sans doute le fait qu'il se lançait dans ce genre de conversation. Il avait une expression de dépit qu'elle ne lui avait jamais vue, et elle se pencha un peu plus, tout en lançant un regard à Frank, qui observait sa tasse de café, comme perdu dans un rêve. Mais elle était certaine que lui aussi écoutait.

— Tu dois savoir que les Evangiles ont été écrits des décennies après l'événement, reprit John, par des gens qui n'avaient jamais rencontré le Christ. Et qu'il en existe d'autres, qui révèlent un Christ différent, des Ecritures dont la Bible a été expurgée au cours d'un processus politique au IIIe siècle. Donc, le Christ est en vérité une sorte de personnage littéraire, une construction politique. Et nous ne savons rien de l'homme lui-même.

Phyllis secoua la tête.

— Ce n'est pas vrai.

— Mais si, insista John. (Ce qui attira enfin l'attention de Sax et d'Arkady.) Tout cela a été étudié. Le monothéisme est un système de croyance dont on constate l'émergence dans les toutes premières cultures fondées sur le bétail. Leur croyance en un dieu berger unique était fonction de leur dépendance de l'élevage du mouton. La corrélation est exacte et vous pouvez la vérifier dans toutes les études qui ont été faites. Le dieu est toujours mâle, puisque ces sociétés étaient patriarcales. Il existe une sorte d'archéologie, de sociologie des religions, si vous préférez, qui met cela parfaitement en évidence — comment tout s'est édifié et à quels besoins ça correspondait.

Phyllis le dévisagea avec un petit sourire.

— John, je ne vois pas quelle réponse te donner. Après tout, il ne s'agit pas d'histoire. C'est une pure question de foi.

— Parce que tu crois aux miracles du Christ ?

— Peu importe les miracles. Non plus que l'Eglise et ses dogmes. C'est Jésus qui compte seul.

— Mais il n'est qu'un personnage littéraire, insista John d'un ton arrogant. Comme Sherlock Holmes, ou Tom Mix. Et puis, tu ne m'as pas répondu à propos des miracles.

Phyllis haussa les épaules.

— Je considère comme un miracle la seule existence de l'univers. Et de tout ce qu'il contient. Tu peux nier ça ?

— Evidemment. L'univers existe, un point c'est tout. Pour moi, je définis un miracle comme une action qui rompt avec les lois de la physique.

— Comme de voyager vers d'autres planètes ?...

— Non. Mais réveiller les morts, oui.

— Les docteurs font ça tous les jours.

— Non. Ils ne l'ont jamais fait.

Phyllis avait l'air perplexe.

— John, je ne sais pas quoi te dire. Je suis assez surprise, en fait. Nous ne savons pas tout, et nous serions bien pédants en prétendant le contraire. La création est un mystère. Tu donnes le nom de big bang à un événement, et tu prétends avoir une explication, mais c'est de la fausse logique, de la pensée fourvoyée. Il existe une immense étendue de conscience qui échappe à votre pensée scientifique rationnelle, une étendue plus importante que la science. Et la foi en Dieu en fait partie. Bien sûr, je suppose qu'on peut l'avoir ou non. (Elle se leva.) J'espère que tu la trouveras.

Elle sortit.

Après un instant de silence, John soupira.

— Désolé, les copains. Ça m'arrive encore de piquer ma crise à ce sujet.

— Oui, dès qu'un scientifique se proclame chrétien, fit Sax. Moi, je vis ça comme une opinion esthétique.

— Mais oui, ajouta Frank, le nez dans sa tasse. L'Eglise du style : est-ce-que-ça-ne-serait-pas-super-de-croire-à ça ?

— Ils ont le sentiment qu'il nous manque une dimension spirituelle que les générations précédentes avaient, et ils tentent de la retrouver par des moyens semblables, déclara Sax.

Puis il cligna des yeux comme un hibou, comme s'il venait de régler le problème en le définissant.

— Mais ça nous enfonce dans tout un tas d'absurdités ! s'exclama John.

— Non, c'est seulement que tu n'as pas la foi, intervint Frank.

John l'ignora.

— Les gens du labo sont vraiment bornés. Il faut voir Phyllis quand elle fait plancher ses collègues sur leurs données ! Ils se lancent tous dans des discours, des diversions, des critiques, comme s'ils devenaient d'un seul coup complètement différents.

— C'est parce que tu n'as pas la foi ! répéta Frank.

— J'espère ne jamais l'avoir ! Parce que ça ressemble vraiment à un gros coup de marteau sur le crâne !

John se leva pour ramener son plateau à la cuisine. Les autres échangèrent des regards en silence.

Maya se dit que le cours de confirmation religieuse avait été particulièrement mauvais. Il était clair que les autres, pas plus qu'elle, n'avaient pas deviné cet aspect de leur paisible héros. Qui pouvait dire alors ce qu'ils allaient encore apprendre, à propos de lui ou de n'importe qui ?...

Dans tout le vaisseau, on se mit à parler de l'accrochage entre John et Phyllis. Maya ne savait pas qui avait pu répandre la rumeur : John, pas plus que Phyllis, ne semblait disposé à en parler. Puis elle surprit Frank avec Hiroko. Elle riait à ses propos. En passant près d'eux, elle entendit Hiroko :

— Il faut que tu admettes que Phyllis a raison sur ce point-là : nous ne comprenons pas toujours le pourquoi des choses.

Frank lui répondit, semant la discorde entre Phyllis et John. Le christianisme (détail important) demeurait une force majeure en Amérique, comme dans le monde entier. Si l'on venait à savoir sur Terre que John Boone était antichrétien, il aurait des problèmes en retour. Ce qui ne serait pas une mauvaise chose pour Frank. Ils étaient tous médiatisés, mais, en suivant les reportages et les infos, il était clair que certains l'étaient plus que d'autres, ce qui ne faisait qu'accentuer l'image de leur pouvoir apparent, et cela finissait par se traduire dans la réalité du bord, par effet d'association. On trouvait dans ce groupe Vlad et Ursula (qui, soupçonnait Maya, étaient maintenant plus que des amis), Frank, Sax — c'est-à-dire tous ceux qui s'étaient fait connaître bien avant la sélection finale, sans pourtant atteindre à la réputation de John Boone. Le moindre fléchissement d'intérêt des médias sur Terre avait un effet direct sur leur statut au sein de la colonie. C'était ce principe que Frank mettait en œuvre.

Ils avaient parfois l'impression d'être confinés dans un hôtel sans issues, sans balcons. D'où un sentiment d'oppression grandissant. Quatre mois avaient passé, mais ils n'étaient même pas encore à mi-chemin. Et ce n'étaient pas la routine quotidienne ou leur environnement physique savamment conçu qui pouvaient accélérer leur voyage.

Un matin, la seconde équipe de vol affrontait un nouveau problème d'Arkady, quand plusieurs écrans passèrent en alerte rouge.

— Une éruption solaire a été détectée par le circuit de surveillance ! annonça Rya.

Arkady se redressa aussitôt.

— Ce n'est pas moi !

Il se pencha sur l'écran le plus proche, leva les yeux et sourit en rencontrant les regards sceptiques de ses collègues.

— Désolé, les copains. Cette fois, le coup est authentique.

Un message urgent de la base de Houston le confirma. Il avait pu inventer ça aussi mais, simulation ou non, ils étaient forcés de suivre.

En fait, une éruption solaire majeure avait déjà fait partie de leurs exercices. Chacun connaissait son poste, ce qu'il devait faire et, pour quelques-uns, le plus rapidement possible. Ils plongeaient déjà dans les torus en jurant et en essayant de ne pas se gêner les uns les autres. Ils avaient de nombreuses tâches à accomplir, et la mise en place des panneaux de protection, à peine automatisée, était complexe. Janet, qui poussait les bacs à plantes vers l'abri végétal, s'écria soudain :

— Est-ce que c'est encore un exercice d'Arkady ?

— Il prétend que non !

— Merde !

Ils avaient quitté la Terre durant la période basse du cycle solaire de onze années afin de réduire le risque de la rencontre avec une déflagration solaire. Et il leur en arrivait une. Ils n'avaient qu'une demi-heure avant que la première vague de radiations déferle, et guère plus d'une heure ensuite pour se protéger des rayonnements les plus durs.

Les alertes dans l'espace pouvaient être aussi évidentes qu'une explosion, ou aussi intangibles qu'une équation. Mais le danger était sans rapport avec l'évidence ou l'intangibilité. Jamais ils ne percevraient le vent de particules qui allait souffler sur le vaisseau et, pourtant, c'était un des pires dangers qu'ils couraient. Ils le savaient tous. Ils fonçaient de torus en torus pour abaisser les panneaux, couvrir les plantes ou les déplacer vers des zones de sécurité. Ils regroupaient la volaille, les cochons et les vaches naines avant de les diriger vers les abris prévus. Il fallait rassembler les graines aussi bien que les embryons surgelés, blinder les composants électroniques sensibles, et parfois les démonter. Et quand enfin ils eurent fini, ils se halèrent dans les rayons, en direction du puits central, aussi vite qu'ils le pouvaient, et se laissèrent glisser vers l'abri solaire, qui était situé exactement à l'extrémité du puits.

Hiroko et son équipe de biosphère arrivèrent les derniers et refermèrent le sas vingt-sept minutes après le déclenchement de l'alerte. Ils dérivèrent en apesanteur, essoufflés, écarlates.

— Ça a déjà commencé ?

— Non, pas encore.

Ils prirent des dosimètres sur un panneau velcro et les fixèrent sur eux. Les autres étaient déjà installés dans le demi-cylindre, le souffle court, soignant leurs égratignures et quelques bleus. Maya ordonna l'appel et fut soulagée d'en compter cent.

Evidemment, la salle était comble. Depuis des semaines, jamais ils ne s'étaient retrouvés rassemblés, et la plus vaste des salles du vaisseau n'aurait pas été suffisante. Ils étaient dans un réservoir, dans la partie centrale du moyeu. Les quatre réservoirs qui les entouraient étaient remplis d'eau, et celui dans lequel ils étaient avait été divisé dans le sens de la longueur, l'autre partie faisant fonction de bouclier, remplie de métaux lourds. La partie plate de ce demi-cylindre constituait le « plancher » de leur abri, qui avait été monté sur des rails circulaires, ce qui lui permettait de se maintenir en rotation pour contrebalancer celle du vaisseau, tout en gardant le bouclier de métaux lourds entre le soleil et eux.

Ils flottaient donc dans un volume stable, alors même que la paroi du réservoir était en rotation de quatre tours par minute, comme d'habitude. Le spectacle était assez particulier. En apesanteur, à l'approche de la nausée, certains avaient l'air inquiets. Les malheureux s'étaient regroupés au fond de l'abri, près des toilettes. Afin de les aider à prendre leurs repères, tous les autres s'étaient orientés par rapport au sol de l'abri. Ainsi, les radiations leur arrivaient droit sous les pieds. Pour la plus grande part, des rayons gamma qui avaient réussi à s'infiltrer dans les masses de métaux lourds.

Maya résista à l'impulsion de serrer les genoux. Les autres, autour d'elle, se laissaient dériver, ou bien enfilaient des pantoufles velcro pour se déplacer sur le « plancher ». Ils parlaient à voix basse et retrouvaient d'instinct leurs voisins, leurs amis, leurs partenaires. Toutes les conversations étaient assourdies. Ils étaient dans un cocktail, mais quelqu'un avait dit que les amuse-gueule étaient empoisonnés.

Arkady et Alex étaient penchés sur les moniteurs, à l'autre extrémité de l'abri, et John Boone s'approcha d'eux dans le *scritch-scratch* de ses pantoufles velcro. Il appuya sur une touche et le taux des radiations extérieures apparut soudain sur le grand écran.

— Voyons combien on déguste ! fit-il d'un air excité.

Des grognements s'élevèrent.

— C'est vraiment nécessaire ? s'exclama Ursula.

— Il vaut mieux le savoir. Et je veux vérifier aussi si cet abri est vraiment efficace. Celui du *Rust Eagle* était à peu près aussi fiable que la petite serviette que le dentiste vous met autour du cou.

Maya sourit. Il était rare que John rappelle qu'il avait été exposé à un taux de radiations plus élevé que quiconque — plus de 160 rems au cours de toute son existence, ainsi qu'il répondait dès qu'on lui posait la question. Sur Terre, on recevait un cinquième de rem par année et, dans une station orbitale, en dépit de la magnétosphère, ça grimpait à 35. John avait reçu une dose extrêmement élevée, ce qui, d'une certaine façon, lui donnait le droit d'afficher les prélèvements extérieurs s'il le voulait.

Ceux qui étaient intéressés — plus de la moitié — se regroupèrent derrière lui pour observer l'écran.

Les autres se réfugièrent à l'autre extrémité de l'abri, avec ceux qui luttaient contre leur malaise. Apparemment, ils ne tenaient pas du tout à savoir combien de radiations ils avaient encaissées. A cette seule idée, ils pouvaient craquer.

Et la déflagration les atteignit de plein fouet. L'indicateur de radiations grimpa bien au-dessus du taux normal avant de filer brusquement vers le haut. Ils retinrent tous un sifflement, mais on entendit quelques exclamations étouffées.

— Oui, mais l'abri fonctionne ! s'exclama John en consultant le dosimètre agrafé à sa chemise. Je n'en suis qu'à 0,3 rem !

Ce taux-là représentait quelques années de passage sous les rayons X du dentiste, bien sûr, mais, à l'extérieur, dans la tempête solaire, il faisait un bon 70 rems, tout proche de la dose létale, alors ils se relaxèrent un peu.

Mais ils pensaient à tout ce qui traversait le vaisseau, aux particules qui entraient en collision avec les atomes de l'eau et des métaux lourds. Des milliards de particules qui volaient entre tous ces atomes de matière aussi bien que ceux de leur corps, sans rien toucher, comme s'ils n'étaient que des fantômes. Pourtant, il y avait des collisions, par milliers, avec les atomes de leur chair, de leurs os. Pour la plupart, elles étaient inoffensives — mais, sur ces milliers de collisions, il existait un risque sur deux (ou était-ce trois ?) pour qu'une chaîne chromosomique soit atteinte et déviée. Ce qui était suffisant pour susciter des tumeurs par cette seule modification de la typographie dans le livre du moi. Au fil des années, si l'ADN de la victime ne se réparait pas de lui-même, l'extension des tumeurs devenait plus ou moins inévitable et ses résultats étaient *terribles* : cancer, leucémie, très probablement. Et la mort, à plus ou moins long terme.

Difficile donc d'observer les mesures sans inquiétude : l, 4658 rem, 1, 7861 rem, 1,9004 rem.

— C'est comme un odomètre, déclara Boone avec une grande sérénité.

Il avait agrippé un rail des deux mains et allait et venait d'avant en arrière comme s'il se livrait à des exercices isométriques.

Frank lui lança :

— John, qu'est-ce que tu fiches ?

— J'esquive ! fit John en souriant. Tu sais : je déplace la cible !

Il eut droit à des rires. Maintenant que le danger était matérialisé sur les écrans, sur les graphiques, ils commençaient à se sentir moins vulnérables. C'était illogique, mais donner un nom aux choses était une force qui faisait de n'importe quel être humain un scientifique en puissance. Et là, il n'y avait que des scientifiques professionnels, avec des astronautes, tous entraînés pour affronter la possibilité d'une tempête solaire. Et leurs habitudes mentales revenaient, elles retrouvaient les chemins de leur pensée. Et le choc de l'événement en fut d'autant amorti. Ils étaient maintenant parés à l'affronter.

Arkady s'approcha d'un terminal et sélectionna la *Symphonie pastorale* de Beethoven, plus précisément le troisième mouvement, où la danse villageoise est dérangée par la tempête. Il monta le volume, et tous dérivèrent dans le demi-cylindre, au rythme des notes qui correspondaient parfaitement aux rafales du vent silencieux qui s'était abattu sur l'*Arès*. C'était tout à fait ça ! Les cordes et les bois jetaient des bouffées sauvages, belles et mélodiques.

Maya en frissonna. Jamais encore elle n'avait écouté ce vieux cheval de guerre musical avec autant d'attention, et elle jeta un regard admiratif (et un rien effrayé) en direction d'Arkady qui, lui, semblait maintenant radieux de son inspiration de disc-jockey et dansait comme un pantin de chiffon rouge. Quand le mouvement culmina, il devint difficile de croire que le taux de radiations ne montait pas encore. Et quand le tempo diminua, tous eurent le sentiment que le vent de particules faiblissait. Le tonnerre gronda, les dernières rafales s'apaisèrent. Et les cors d'harmonie sonnèrent la sérénité.

Ils se mirent tous à parler d'autre chose, de leurs travaux quotidiens qui avaient été brutalement interrompus, de n'importe quoi. Une demi-heure passa encore et une conversation domina toutes les autres. Maya n'avait pas entendu le début mais, soudain, Arkady s'exclama en anglais, et très fort :

— Je ne crois pas que nous devions tenir compte des plans qui ont été dressés pour nous sur Terre !

Toutes les conversations furent interrompues et toutes les têtes se tournèrent vers lui. Il flottait au-dessus d'eux. Tel un ange fou, il les tenait tous sous son regard et parlait :

— Je crois que c'est à nous de faire nos propres plans. Et dès maintenant. Tout doit être repensé depuis le début, selon nos pensées propres. Et cela devra s'étendre à tout, y compris aux premiers abris que nous aurons à construire.

Maya, agacée par son numéro, lança :

— Pourquoi donc ? Les plans sont bons.

C'était vraiment irritant : Arkady se donnait souvent le beau rôle, comme en cet instant, et les autres se tournaient régulièrement vers elle, comme si elle était responsable de son comportement et qu'il était de son devoir de les protéger.

— Ce sont ses bâtiments qui donnent la mesure d'une société, déclara Arkady.

— Ce ne sont que des logements, remarqua Sax Russell.

— Mais les logements impliquent une organisation sociale à l'intérieur, contra Arkady en promenant les yeux sur son public. La disposition des pièces révèle ce que le concepteur souhaitait à l'intérieur. Nous avons pu le constater au début du voyage, quand les

Russes et les Américains vivaient en ségrégation dans les Torus D et B. Nous étions censés demeurer deux entités séparées. Et ce sera la même chose sur Mars. Les constructions expriment des valeurs, elles possèdent une sorte de grammaire, et les logements intérieurs forment des phrases. Je ne veux pas que des gens, à Washington comme à Moscou, me dictent comment vivre ma vie. J'en ai assez.

— Qu'est-ce qui te déplaît dans la conception des premiers abris ? demanda soudain John, l'air intéressé.

— Ils sont rectangulaires. (Des rires fusèrent un peu partout, mais Arkady insista :) Le rectangle ! La forme conventionnelle par excellence ! Avec un espace de travail séparé des quartiers de vie, comme si le travail ne faisait pas partie intégrante de la vie. Et, dans les quartiers de vie, les logements privés dominent, avec des hiérarchies marquées. Les chefs ont droit à des espaces plus importants.

— Est-ce que ça n'est pas uniquement pour faciliter leur travail ? demanda Sax.

— Non. Ce n'est pas réellement nécessaire. C'est une simple question de prestige. Un exemple très conventionnel de la pensée américaine dans le domaine des affaires, si je puis m'exprimer ainsi.

Des grognements lui répondirent, et Phyllis intervint :

— Arkady, est-ce que nous devons vraiment basculer dans la politique ?

Ce seul mot fit éclater l'assistance. Mary Dunkel et quelques autres se retirèrent vers l'autre extrémité de la salle.

— Tout est politique, protesta Arkady en les foudroyant du regard. Et surtout un voyage tel que celui que nous avons entrepris. Nous sommes en train de devenir une société nouvelle, alors comment cela pourrait-il ne pas être politique ?

— Nous sommes une station spatiale scientifique, dit Sax. Ce qui n'est pas nécessairement politique.

— En tout cas, ça ne l'était pas lors de la première expédition, appuya John en adressant un regard pensif à Arkady.

— Si, pourtant. Mais c'était plus simple. Tout l'équipage était américain, la mission était temporaire, et vous exécutiez les ordres de vos supérieurs. Mais à présent, nous formons un équipage international, et nous allons créer une colonie permanente. Cette fois, c'est complètement différent.

Lentement, les gens se rapprochaient pour mieux entendre le débat. Rya Jimenez dit :

— La politique, ça ne m'intéresse pas.

Et Mary Dunkel la soutint :

— C'est une des choses qui m'ont fait quitter la Terre !

Immédiatement, plusieurs Russes réagirent :

— C'est déjà une position politique !

Et ainsi de suite.

Alex s'exclama :

— Vous autres, les Américains, on dirait que vous voulez en finir avec la politique et l'histoire, pour rester dans un monde que vous serez seuls à dominer !

Quelques Américains tentèrent de riposter, mais Alex les fit tous taire.

— C'est vrai ! Le monde entier a changé durant ces trente dernières années. Chaque pays a réexaminé son rôle et a entrepris des changements énormes pour résoudre ses problèmes — sauf les Etats-Unis. Ils sont devenus le pays le plus réactionnaire de la planète.

— Les pays qui se sont transformés y ont été contraints, dit Sax. Parce qu'ils étaient rigides et presque ruinés. Les Etats-Unis se sont inclinés dans ce sens bien avant, et ils n'avaient pas besoin de changements aussi radicaux. Je persiste à dire que le système américain est supérieur parce que plus doux. Disons que c'est une meilleure ingénierie.

Cette analogie obligea Alex à réfléchir, et John Boone, qui n'avait pas cessé d'observer Arkady, dit alors :

— Revenons-en aux habitats martiens. Comment les concevrais-tu différemment ?

— Je n'ai pas de certitude. Il va falloir visiter les sites sur lesquels on va construire, se promener un peu partout, et en parler. Je ne fais que soulever le problème. Mais, d'une façon générale, je pense que les espaces de vie et de travail devraient être fusionnés autant qu'il est possible. Nous n'allons plus travailler pour gagner un salaire mais pour créer. Ce que nous allons faire sera notre œuvre d'art, et toute notre vie. Nous allons nous l'offrir et non pas l'acheter. Et il faudra également qu'aucune trace de hiérarchie n'apparaisse. Je ne crois même plus au système de *leadership* dont nous dépendons. (Il eut un hochement de tête courtois à l'adresse de Maya.) Nous sommes tous responsables à titre égal, désormais, et nos constructions devraient le montrer. Le cercle, c'est préférable — difficile en termes d'architecture, mais logique pour la conservation de la chaleur. Un dôme géodésique serait un bon compromis — facile à construire et symbolique de notre égalité. Quant à l'intérieur, il devrait être axé sur l'ouverture. Chacun aurait son logement, bien sûr, mais plutôt petit. Dans la périphérie, probablement, et connexe avec de plus grands espaces communs. (Arkady posa la main sur une souris et se mit à esquisser des plans sur le moniteur d'un des terminaux.) Oui. Une grammaire architecturale qui signifierait « tous égaux ». D'accord ?

— Des unités préfabriquées sont déjà au sol, intervint John. Je ne suis pas certain qu'on puisse les adapter.

— C'est possible si nous le voulons.

— Mais est-ce vraiment nécessaire ? Je veux dire : il est d'ores et déjà évident que nous sommes tous égaux.

— Aussi évident que ça ? rétorqua Arkady d'un ton sec. Si Frank ou Maya nous disent de faire telle ou telle chose, sommes-nous libres d'ignorer leurs ordres ?

— Oui, je le crois, soutint John, d'un ton calme.

Ce qui lui valut un regard dur de la part de Frank. La conversation se fragmentait en discussions multiples. Tout le monde avait quelque chose à dire, mais ce fut Arkady qui trancha à nouveau :

— Nous avons été envoyés par nos gouvernements, et *tous* nos gouvernements sont défaillants, la plupart au bord du désastre. Ce qui explique que l'Histoire soit un pareil bordel. Nous ne dépendons plus que de nous-mêmes, et, en ce qui me concerne, je n'ai pas l'intention de répéter les fautes commises sur Terre simplement pour obéir aux conventions. Nous sommes les premiers colons de Mars ! Nous sommes des *scientifiques* ! Notre devoir est de repenser les choses, de les rendre neuves !

Et les discussions reprirent, plus vives encore. Maya jura contre Arkady en constatant à quel point la colère montait. Elle surprit le sourire de John Boone. Il s'éleva du sol, monta vers Arkady et lui serra la main, ce qui les expédia en spirale dans une sorte de danse grotesque. Ce signe de soutien fit instantanément réfléchir l'audience. Maya surprit les expressions d'étonnement. Hormis sa célébrité, John était réputé pour sa modération et la discrétion de ses discours. Mais, s'il approuvait les idées d'Arkady, cela changeait toute la perspective.

— Bon sang, Arkady ! fit John. Je ne parle pas de ces simulations dingues, mais de ça : tu es un sauvage, vraiment ! Merde alors ! Comment ont-ils pu te laisser monter dans ce vaisseau ?

Exactement la question que j'aurais posée, se dit Maya.

— J'ai menti, fit Arkady.

Ils éclatèrent de rire. Même Frank, qui avait pourtant l'air surpris.

— Oui, bien sûr que j'ai menti ! cria Arkady, avec un grand sourire qui plissait sa barbe rousse. Comment je me serais retrouvé ici ? Je veux aller sur Mars pour y faire ce que je veux, et le comité de sélection voulait des gens qui partent mais qui obéissent. Et vous le savez ! (Il pointa le doigt vers les autres et cria :) Vous le savez ! Vous avez tous menti !

Frank riait franchement. Sax avait toujours son expression à la Buster Keaton, mais il leva un doigt et dit :

— Inventaire Multiphasique de Personnalité du Minnesota !

Les huées se déchaînèrent.

Ils avaient tous subi cet examen. C'était le test de psychologie le plus connu au monde, celui que tous les spécialistes respectaient. Il fallait répondre par oui ou non à 556 assertions afin de dessiner un profil. Mais l'analyse finale des réponses était fondée sur un ancien sondage qui avait porté sur un échantillonnage de 2 600 personnes de race blanche, mariées, appartenant à la classe moyenne des fermiers du Minnesota, et qui datait de 1930. Bien des gens pensaient que le choix de la population témoin l'avait biaisé depuis le début, et les remaniements auxquels il avait été soumis par la suite n'y avaient rien changé.

— Le Minnesota ! cria Arkady en roulant des yeux. Des fermiers ! *Des fermiers du Minnesota !* Moi, je vous le jure, j'ai menti à chaque question ! J'ai dit *exactement le contraire* de ce que je pensais, et c'est *ça* qui m'a classé comme normal !

On l'applaudit frénétiquement.

— Merde ! lança John. Moi, je suis du Minnesota, et j'ai menti aussi !

Nouveaux applaudissements. Maya remarqua que Frank était écarlate à force de rire, incapable de parler, les mains crispées sur le ventre. Jamais encore elle ne l'avait vu dans cet état.

— C'est le test qui t'a incité à mentir, dit Sax.

— Et pas toi ? demanda Arkady. Tu n'as pas menti, toi aussi ?

— Eh bien, non. J'ai dit la vérité pour chaque question.

Ce qui déclencha d'autres rires. Sax parut étonné, ce qui lui donnait vraiment un drôle d'air.

Quelqu'un lança :

— Qu'est-ce que tu en dis, Michel ? Qu'est-ce que tu as fait ?

Michel Duval leva les mains.

— Je crois que vous sous-estimez l'IMPM. Il est beaucoup plus sophistiqué que ça. Certaines questions ont été prévues pour vérifier votre honnêteté.

Ce qui lui valut une averse de questions, une véritable séance d'inquisition. Comment avait-il pu vérifier cela ? Comment les testeurs faisaient-ils pour rendre leurs théories falsifiables ? Comment les répétaient-ils ? Comment pouvaient-ils éliminer les solutions alternatives ? Et comment pouvaient-ils prétendre être scientifiques ?

Il était clair que, dans leur majorité, ils considéraient la psychologie comme une pseudo-science et qu'ils regrettaient amèrement les épreuves qu'ils avaient dû subir pour monter à bord. Durant ces dernières années, ils avaient largement payé le prix. Et le simple fait de découvrir ce sentiment chez les autres provoqua un nouveau déchaînement de conversations volubiles. Du coup, la tension créée par le discours politique d'Arkady s'éteignit.

Maya se dit que, peut-être, Arkady avait réussi à désamorcer leurs querelles. Dans ce cas, il s'était montré particulièrement habile. Mais Arkady *était* un homme habile. En fait, c'était John Boone qui avait dévié le sujet. Il s'était envolé vers le plafond à la rescousse d'Arkady, qui avait saisi cette chance. Oui, ils étaient aussi habiles l'un que l'autre. Et il était possible également qu'ils soient de connivence. Ils formeraient donc une espèce de second pouvoir, un Américain et un Russe. Il faudrait voir ça de plus près.

Maya dit à Michel Duval :

— Tu ne penses pas que c'est plutôt néfaste de nous considérer tous comme des menteurs ?

Il haussa les épaules.

— C'était quand même plus sain d'en parler. Parce que nous savons désormais que nous nous ressemblons plus que nous le pensions. Personne ne pensera plus qu'il lui a fallu user de malhonnêteté pour participer à la mission.

— Et toi ? fit Arkady. Tu t'es réellement présenté comme le plus rationnel et le plus équilibré des psychologues ? A cacher cet esprit étrange que nous avons tous appris à apprécier et à aimer ?

— Arkady, tu es un expert en esprits étranges, fit Michel avec un sourire.

A cet instant, ceux qui n'avaient pas quitté les écrans des yeux annoncèrent que les radiations diminuaient. Un moment encore, et elles revinrent presque à la normale.

Quelqu'un remit la *Symphonie pastorale* à l'intervention des cors d'harmonie, dans le dernier mouvement. « Le Bonheur et la Reconnaissance après la Tempête », dit une voix dans le circuit général.

Ils quittèrent l'abri et se dispersèrent dans tout le vaisseau comme du pollen porté par le vent, accompagnés par la célèbre mélodie dont les accents résonnaient dans toutes les coursives.

Ils découvrirent que les systèmes renforcés avaient résisté et qu'ils étaient intacts. Les parois de la ferme et du biome forestier avaient protégé en grande partie les plantations. Certaines étaient mortes, et ils estimèrent que toute la prochaine récolte serait inconsommable. Mais les stocks de semences n'avaient pas été atteints. Quant aux animaux, ils ne seraient pas consommables mais pourraient néanmoins assurer une nouvelle génération. Les pertes les plus tristes étaient les oiseaux chanteurs de la cantine D qu'ils retrouvèrent tous morts.

Pour l'équipage, les estimations atteignaient un maximum de 6 rems. Pour trois heures, c'était excessif, mais ç'aurait pu être plus grave, car l'extérieur du vaisseau avait encaissé une dose létale de 140 rems.

Six mois bouclés dans un hôtel, sans pouvoir jamais faire un tour dehors. Dans le vaisseau, c'était la fin de l'été, et les jours étaient longs. Ils allaient tous pieds nus, entre les parois et les plafonds où le vert dominait. Leurs conversations paisibles étaient à peine audibles dans le bourdonnement des machines et des ventilateurs. Le vaisseau semblait vide depuis que des secteurs entiers avaient été abandonnés : l'équipage se préparait. De petits groupes occupaient les coursives des Torus B et D. Ils bavardaient. Maya constatait que les conversations s'interrompaient parfois quand elle arrivait, et, bien sûr, elle était perturbée. Elle avait du mal à s'endormir comme à se réveiller. Son travail la rendait nerveuse. Les ingénieurs ne pouvaient qu'attendre, et les exercices de simulation étaient devenus insupportables. Elle mesurait difficilement le temps. Elle trébuchait souvent. Elle avait consulté Vlad, qui lui avait recommandé une surhydratation, plus d'exercices physiques, course et natation.

Hiroko, quant à elle, lui avait conseillé de passer plus de temps dans la ferme. Elle lui obéit et consacra des heures à désherber, à récolter, tailler, arroser, et même à parler aux feuillages, assise seule sur un banc. Une évasion. Les locaux de la ferme étaient vastes et leurs parois arrondies diffusaient des rais de soleil éblouissants.

Depuis la tempête solaire, les nouvelles plantations croissaient rapidement sur les différents niveaux de culture.

L'espace potager de la ferme n'était pas suffisant pour alimenter tout l'équipage, mais Hiroko se battait en permanence pour investir les secteurs de stockage dès qu'ils étaient libérés. Le blé bonsaï, le riz, le soja et l'orge poussaient dans les bacs. A l'étage supérieur, on trouvait les légumes cultivés en hydroponique, et les énormes vasques d'algues vertes ou jaunes destinées à la régulation des échanges gazeux.

Certains jours, Maya ne faisait rien, sinon observer les travaux de l'équipe de la ferme. Hiroko et son assistante Iwao travaillaient sans cesse sur l'optimisation de leur système de support bio-vital. Elles disposaient d'une équipe de volontaires réguliers : Raul, Rya, Gene, Evgenia, Andrea, Roger, Ellen, Bob et Sacha. Il s'agissait de faire jouer le facteur K représentant l'enclos même. Ainsi, l'équation pour chaque substance recyclée était :

$$K = I - \frac{e}{E}$$

E étant le taux de consommation du système, e le taux de l'enclos (incomplet), et I une constante pour laquelle Hiroko, plus avant dans sa carrière, avait défini une valeur corrigée. L'objectif, K = I-1, était irréalisable, mais le jeu favori des biologistes de la ferme était de tenter des approches asymptotiques et, au-delà, d'étendre l'équation à leur éventuelle existence sur Mars. Les conversations pouvaient donc s'étendre sur des jours et des jours, pour se perdre dans des spirales complexes que nul ne comprenait vraiment.

Pour l'essentiel, l'équipe de la ferme était déjà lancée dans son véritable travail, que Maya leur enviait, car elle en avait vraiment assez des simulations !

Pour elle, Hiroko était une énigme. Distante et grave, elle semblait constamment absorbée par son travail, et son équipe l'entourait toujours, comme si elle était la souveraine d'un royaume qui n'avait rien à voir avec le reste du vaisseau. Maya n'aimait pas ça, mais elle ne pouvait rien y faire. Et puis, il y avait dans l'attitude d'Hiroko quelque chose de rassurant. C'était un simple fait : la ferme était un lieu à part dans le vaisseau, et son équipe était aussi à part. Et

Maya pourrait s'en servir pour contrebalancer l'influence de John et d'Arkady.

Puis elle avait cessé de s'inquiéter de cette situation de royaume indépendant. A vrai dire, elle retrouvait les gens de la ferme de plus en plus fréquemment. Parfois, à la fin d'une période de travail, il lui arrivait de rejoindre l'équipe de la ferme dans le moyeu pour jouer à un jeu qu'ils appelaient le saut de tunnel. En bas du puits central, les joints des cylindres avaient été élargis pour correspondre au diamètre exact des cylindres eux-mêmes, ce qui avait formé un tube lisse. On y avait installé des rampes afin de faciliter des déplacements rapides, mais la règle du saut de tunnel était de se jeter depuis l'écoutille de l'abri antitempête pour tenter d'atteindre le dôme-bulle, à cinq cents mètres de là, sans toucher la paroi ni les rampes. Dans la pratique, les forces de Coriolis[1] rendaient cela presque impossible, et celui ou celle qui atteignait le milieu du tube était certain de gagner la partie. Mais, un certain jour, Hiroko vint s'assurer de la pousse expérimentale des plants dans le dôme-bulle. Elle salua les joueurs, s'accroupit au bord de l'écoutille de l'abri et sauta. Lentement, elle remonta tout le tube en se mettant en rotation, avant de tendre la main pour se bloquer sur l'écoutille du dôme.

Les autres la regardèrent, ahuris.

— Hé ! lança enfin Rya. Comment as-tu fait ça ?

— Quoi, « ça » ?

Ils lui expliquèrent alors leur jeu. Elle sourit et Maya, tout à coup, fut persuadée qu'Hiroko connaissait déjà les règles.

— Alors, comment tu as fait ? insista Rya.

— Il suffit de sauter tout droit ! répliqua Hiroko avant de disparaître.

On parla beaucoup de son exploit au cours du dîner. Et Frank dit à Hiroko :

— Tu as peut-être simplement eu de la chance.

Elle lui sourit.

— On pourrait peut-être faire une vingtaine de sauts, toi et moi, pour voir qui gagne.

— Ça me semble sympathique.

— Qu'est-ce qu'on peut parier ?

— De l'argent, bien sûr.

Elle secoua la tête.

— Parce que tu crois que l'argent a encore une quelconque importance ?

---

1. Gaspard de Coriolis, physicien français (1792-1843), a apporté une contribution énorme dans son domaine, en définissant par exemple le système des vents, cyclones et ouragans sur Terre par rapport à la rotation planétaire et à l'équateur. Il fut le premier à fixer les lois modernes de la cinétique et à définir l'énergie cinétique d'un objet comme égale à la moitié de sa masse multipliée par le carré de sa vitesse. (*N.d.T.*)

Quelques jours plus tard, Maya se retrouva flottant dans le dôme avec Frank et John. Elle regardait Mars, qui était maintenant une lune gibbeuse grande comme une pièce de dix *cents*.

— Il y a beaucoup de disputes depuis quelque temps, remarqua John d'un air détaché. J'ai entendu dire que Mary et Alex se sont battus vraiment. Michel prétend que c'était prévisible, mais quand même...

— On a peut-être trop de chefs, remarqua Maya.

— Tu aurais dû être le seul, peut-être, plaisanta Frank.

— Trop de chefs ? insista John.

Frank secoua la tête.

— Non, ce n'est pas ça.

— Non ? Mais il y a pourtant tout un tas d'étoiles à bord.

— L'envie de briller et celle de commander sont différentes. Et quelquefois, je me dis qu'elles sont opposées.

— Capitaine, je vous laisse la responsabilité de ce jugement.

John sourit en voyant Frank froncer les sourcils. Et Maya se dit qu'il était probablement la seule personne vraiment détendue à bord.

— Les psys ont deviné le problème, poursuivit Frank. Il était évident. Et ils ont utilisé la solution d'Harvard.

— La solution d'Harvard, répéta John, savourant la phrase.

— Il y a longtemps, les administrateurs de l'université ont remarqué que s'ils n'acceptaient que des collégiens de degré A, avant de distribuer tous les degrés aux étudiants de première année, un certain nombre n'acceptaient pas de se retrouver en D ou en F et qu'ils se faisaient sauter la tête.

— Pas possible ici, fit John.

Maya roulait des yeux étonnés :

— Dites, vous avez fait des écoles de commerce ?

— Ils ont trouvé le truc pour éviter ce genre d'embêtement, reprit Frank. Ça consistait à accepter un certain pourcentage d'élèves qui avaient l'habitude d'être mal notés, tout en s'étant distingués dans tel ou tel autre domaine...

— Comme d'avoir suffisamment de culot pour s'inscrire à Harvard avec des notes nulles...

— ... des élèves qui étaient rompus aux degrés inférieurs et qui étaient tout simplement heureux de se retrouver à Harvard.

— Mais comment tu as entendu parler de ça ? demanda Maya.

Frank sourit.

— J'étais dans ce cas.

— A bord de ce vaisseau, il n'y a pas de médiocres, fit John.

Frank eut une expression de doute.

— Nous avons toute une bande de scientifiques qui ne s'intéressent absolument pas aux choses courantes. La plupart trouvent ça ennuyeux. Comme l'administration. Ils sont ravis que des types comme nous s'en occupent.

— Des mâles bêta, fit John, s'en prenant à la passion de Frank pour la sociobiologie. Des moutons plutôt brillants...

Ils adoraient se balancer des piques.

— Tu as tort, dit Maya à Frank.

— C'est possible. De toute façon, ils constituent le corpus politique. Ils disposent au moins du pouvoir de suivre.

Il semblait déprimé à cette seule idée.

John, qui allait être de quart sur la passerelle, les quitta.

Frank dériva vers Maya, soudain nerveuse. Jamais ils n'avaient reparlé de leur brève liaison, même de façon indirecte. Maintenant, elle savait ce qu'elle devrait dire, qu'elle aimait prendre du plaisir avec les hommes qu'elle appréciait, à l'occasion. Et qu'elle n'avait fait qu'obéir à l'impulsion du moment.

Mais Frank pointa le doigt vers la pièce rouge sur fond d'espace.

— Je me demande pourquoi nous allons là-bas.

Elle haussa les épaules. Il pensait sans doute *je* et non pas *nous*.

— A chacun ses raisons.

— Ce n'est pas vrai.

Elle ne tint pas compte du ton de sa voix.

— Alors, c'est peut-être à cause de nos gènes. Ils ont senti que les choses tournaient mal sur Terre. Que le taux de mutations était en pleine croissance, ou quelque chose comme ça...

— Alors, ils ont décidé de recommencer de zéro.

— Oui.

— La théorie des gènes égoïstes. L'intelligence n'est qu'un outil destiné à aider la reproduction.

— Oui, je le suppose.

— Mais ce voyage met en danger notre capacité de reproduction. Nous ne sommes pas dans des régions sûres.

— Sur la Terre non plus, rien n'est sûr. La pollution, les radiations, les autres hommes...

Frank secoua la tête.

— Non. Je ne crois pas que l'égoïsme réside dans les gènes. Je pense qu'il se trouve ailleurs. (Il la tapota de l'index entre les deux seins, assez fort pour quitter le sol. Puis répéta le geste sur lui avant de lui dire :) Bonne nuit, Maya.

Une semaine ou deux plus tard, Maya était dans la ferme, occupée à récolter des choux. Elle était seule dans la clarté de l'après-midi. Les choux ressemblaient à des rangées de cerveaux pensants, palpitant dans la lumière crue de l'après-midi.

Du coin de l'œil, elle entrevit un mouvement et se détourna. De l'autre côté de l'allée, derrière un bac d'algues, elle surprit un visage, déformé par le renflement du verre. Celui d'un homme au teint basané. Il regardait ailleurs et ne la voyait pas. Il semblait parler à quelqu'un qui n'était pas visible. Il bougea, et ses traits devinrent plus nets, agrandis par l'effet de loupe. Et Maya comprit pourquoi elle l'observait aussi intensément, l'estomac crispé : elle ne l'avait encore jamais vu auparavant.

Il se retourna et regarda vers elle. Leurs regards se croisèrent à travers deux épaisseurs de verre. C'était un étranger aux grands yeux dans un visage étroit.

Il disparut dans un vacillement brunâtre. L'espace d'une seconde, Maya hésita, apeurée, n'osant se lancer à sa poursuite. Puis elle se força à lui courir après sur toute la longueur de la salle et dans les deux courbures qui menaient au cylindre suivant. Personne. Elle parcourut encore trois cylindres, puis elle resta plantée là, le souffle court, à regarder les plants de tomates. Elle transpirait et en même temps elle se sentait glacée. Un étranger. C'était impossible. Et pourtant, elle l'avait vu ! Elle se concentra sur l'image qu'elle conservait de lui, essaya de revoir son visage. Et si c'était... mais non. Ce n'était aucun des Cent premiers, elle le savait bien. L'identification des visages était l'une des facultés les plus puissantes de l'esprit, elle était d'une précision stupéfiante. Et il s'était enfui en la voyant.

Un passager clandestin. Mais c'était impossible ! Comment pouvait-il se cacher ? Et survivre ? Qu'est-ce qu'il avait fait pendant la tempête de radiations ?

Ou bien est-ce qu'elle hallucinait ? Elle en serait là ?...

Elle regagna sa cabine, prise d'un malaise. Les coursives du Torus D lui semblaient bien sombres malgré l'éclairage d'été, et des frissons lui parcouraient la nuque. Elle ouvrit la porte et plongea dans son refuge : un lit, une table de chevet, un placard, une chaise et quelques étagères. Elle resta là, immobile, deux heures durant. Mais elle n'avait rien à faire, aucune distraction, ni aucune réponse. Aucune issue.

Maya s'aperçut qu'elle était incapable de parler à quiconque de ce qu'elle avait vu, ce qui, en un certain sens, était encore plus effrayant que l'incident, qui en devenait d'autant plus impossible. Les autres penseraient qu'elle devenait folle. Et quelle autre conclusion pourraient-ils tirer ? Comment son passager clandestin se nourrissait-il ? Où se cachait-il ? Non. Ils savaient tous que ça n'était vraiment pas possible. Mais elle avait pourtant vu ce visage !

Une nuit, elle le revit en rêve, et s'éveilla baignée de sueur. Elle savait parfaitement que les hallucinations étaient un des symptômes de dépression dans les vols spatiaux. Ç'avait été fréquemment constaté dans les longues missions orbitales et quelques dizaines de cas avaient été enregistrés. Généralement, on commençait à entendre des voix sur le fond dominant du ronronnement de la ventilation et des machines, mais aussi à rencontrer un collègue de mission qui n'était pas là, ou, plus grave encore, son propre double, comme si l'espace commençait à s'emplir de miroirs. La diminution des stimuli sensoriels était, pensait-on, la cause de ce type de phénomène. L'*Arès*, lancé dans un voyage au long cours, sans que la Terre soit visible, avec un équipage brillant (et motivé, selon certains), présentait ce genre de risque potentiel. C'était entre autres ce qui expliquait la diversité des textures et des couleurs à bord, de même que les variations de clarté et de température selon les saisons.

Pourtant, elle, Maya, avait vu quelqu'un qui ne pouvait se trouver là.

Maintenant, quand elle circulait dans le vaisseau, elle avait l'impression que l'équipage se fractionnait de plus en plus en petits groupes, qui entretenaient peu de rapports. Les gens de la ferme passaient la plus grande part de leur temps libre sur leurs lieux de travail : ils mangeaient ensemble à même le sol et, si l'on en croyait la rumeur, ils dormaient au milieu des plantes. L'équipe médicale disposait de chambres, de labos et de bureaux dans le Torus B : et ils s'y cloîtraient, plongés dans des observations et des expériences quand ils n'étaient pas en communication avec la Terre.

Les responsables du vol se préparaient aux manœuvres d'approche à raison de plusieurs simulations par jour.

Quant aux autres, ils étaient... dispersés. Difficiles à trouver. Les torus et les salles du vaisseau semblaient plus déserts que jamais auparavant. La cantine D n'était plus jamais comble. Et elle remarquait que dans les groupes, à l'heure du déjeuner, des querelles éclataient plus souvent, pour être très vite étouffées. A propos de quoi ?

Maya elle-même parlait moins et écoutait davantage. Les sujets de conversation d'une communauté en disaient long sur son état. Ici, on parlait presque toujours de science. On discutait boutique : biologie, ingénierie, géologie, médecine, etc. Tous sujets qui semblaient inépuisables.

Mais, dès qu'il y avait moins de quatre personnes à une table, les conversations déviaient vers les rumeurs, les ragots. Les deux sujets principaux étaient les piliers de la dynamique sociale : la politique et le sexe. Les voix se faisaient plus basses, les têtes s'inclinaient, et on échangeait ses petits échos. Ceux qui concernaient les rapports sexuels se faisaient plus courants et tranquilles à la fois, plus caustiques et complexes aussi. Dans quelques cas rares, par exemple celui du malheureux triangle Janet Blyleven-Mary Dunkel-Alex Zhalin, la chose devint publique et tout le monde en parla. Mais, dans la plupart des cas, cela se limitait à des chuchotements et à des regards incisifs.

Par exemple, Janet Blyleven entrait dans la cantine avec Roger Calkins, et Frank disait à John à mi-voix mais pour que Maya entende quand même :

— Janet pense que nous vivons en panmixie. [1]

Maya l'ignorait, comme toujours, quand il s'exprimait sur ce ton sarcastique, mais, plus tard, elle alla quand même chercher le sens exact du terme et comprit alors que, pour Frank, cela se résumait à une pratique d'accouplement généralisé entre un groupe de mâles et un groupe de femelles.

Le lendemain, elle considéra Janet avec une certaine curiosité. Elle n'avait à son sujet aucun a priori : Janet se montrait toujours amicale, elle savait écouter, elle se penchait vers vous avec son petit sourire vif. Et puis... après tout, le vaisseau avait été conçu pour leur assurer à tous une certaine intimité. Il ne faisait aucun doute qu'il se passait plus de choses qu'ils le croyaient tous.

Alors pourquoi, entre toutes ces vies secrètes, ne pouvait-il pas y avoir une autre vie secrète ? Solitaire, ou bien liée avec quelques-uns, qui constituaient une espèce de clique, de cabale ?

Un certain matin, Maya demanda à Nadia, à la fin de leur habituel petit déjeuner :

— Tu n'as rien noté de bizarre récemment ?

— Tout le monde s'ennuie. Il est temps de débarquer, je pense.

Après tout, ça n'était peut-être que ça, oui.

— Est-ce que tu as entendu parler d'Arkady et Hiroko ? ajouta Nadia.

Les rumeurs circulaient constamment autour d'Hiroko. Ce qui dérangeait et heurtait Maya. Cette fille asiatique solitaire était une cible toute désignée : la fille-dragon, l'Orient mystérieux... Sous la surface rationnelle et scientifique des esprits, il existait des superstitions profondes et fortes. Tout pouvait arriver, tout était possible.

Comme, par exemple, un visage découvert à travers un bac de verre.

Sacha Yefgremov se leva de la table voisine pour répondre à Nadia : Hiroko se préparait peut-être un harem de mâles.

Maya se dit que c'était absurde, mais l'idée d'une simple liaison entre Hiroko et Arkady la dérangeait, sans qu'elle sût pourquoi. Arkady ne taisait pas sa vocation d'indépendance à l'égard du contrôle de mission, mais Hiroko n'en parlait jamais. Pourtant, dans la pratique, n'avait-elle pas déjà mis toute l'équipe de la ferme à l'écart, dans une sorte de torus mental où les autres ne pourraient jamais pénétrer ?

Quand Sacha déclara à voix basse qu'Hiroko avait sans doute fait le projet de stocker tous ses ovules, fertilisés par tous les hommes de l'*Arès* et de les conserver en cryogénie pour qu'ils se développent

1. Reproduction sans sélection naturelle. (*N.d.T.*)

plus tard sur Mars, Maya décida d'emporter son plateau vers les lave-vaisselle. Un sentiment de vertige. Ils devenaient tous trop bizarres.

Le croissant rouge de Mars avait maintenant la taille d'une pièce de vingt-cinq *cents*, et la tension montait, comme dans l'heure qui précède un orage. L'air était saturé de poussière, de créosote et d'électricité statique. Comme si le dieu de la guerre était réellement présent sur ce globe sanglant, qui les attendait. Les grands panneaux de l'intérieur du vaisseau étaient maintenant tachetés de jaune et de brun, et la lumière des après-midi alourdie par des vapeurs de sodium bronze pâle.

Ils passaient des heures dans le dôme-bulle, à observer ce monde que seul John avait vu ainsi avant eux. Les machines d'exercice étaient constamment occupées et tous faisaient preuve d'un nouvel enthousiasme pour les simulations. Janet visita les torus pour enregistrer en vidéo les images de tous les changements survenus dans leur petit univers. Puis elle lança ses lunettes sur une table et annonça qu'elle n'était plus la reporter officielle.

— Voilà, j'en ai jusque-là d'être considérée comme une étrangère. Dès que j'entre quelque part, tout le monde se tait, ou commence à me préparer son petit discours. On dirait que je suis un espion au service de l'ennemi !

— Tu l'étais, dit Arkady en la serrant dans ses bras.

Dans un premier temps, personne ne se porta volontaire pour la remplacer. Houston leur adressa des messages inquiets, puis des réprimandes suivies de menaces voilées. Ils allaient aborder Mars et l'expédition redevenait plus médiatisée. La situation, ainsi que la définissait le contrôle de mission, allait « exploser en nova ». On rappela à tous les colons qu'un coup publicitaire amènerait des bénéfices de toutes sortes au programme spatial. Il fallait donc qu'ils filment et émettent tout ce qu'ils faisaient, afin de stimuler l'intérêt et le soutien du public pour les futures missions martiennes dont ils allaient dépendre. C'était leur devoir !

Frank, face à l'écran de dialogue, suggéra au contrôle de mission de confectionner ses propres vidéos à partir des films enregistrés par des caméras-robots. Hastings, le directeur de la base de Houston, devint furieux. Mais, comme le dit Arkady avec un sourire qui étendait sa réponse à tout :

— Qu'est-ce qu'ils peuvent bien y faire ?

Maya secoua la tête. Ils étaient en train d'envoyer un signal très néfaste, de révéler ce que les rapports vidéo avaient caché jusqu'alors : que le groupe s'était disloqué en cliques rivales. Ce qui montrait à l'évidence qu'elle n'avait pas su maîtriser le contingent russe.

Elle allait demander à Nadia de prendre le relais de Janet lorsque

Phyllis et plusieurs de ses amies du Torus B se portèrent volontaires. Maya accepta, tout en riant devant l'expression d'Arkady, qui affectait l'indifférence. Irritée, elle lui lança en russe :

— Tu sais très bien que tu viens de perdre ta chance ! Celle de façonner notre réalité !

— Pas notre réalité, Maya. La leur. Et peu m'importe ce qu'ils pensent.

Maya et Frank commencèrent à discuter des attributions de postes pour l'atterrissage. Ils étaient déterminés jusqu'à un certain point par les talents de spécialiste de chacun des membres de l'équipage mais, par un effet de redondance de ces talents, il convenait de faire certains choix. Et les provocations d'Arkady avaient eu au moins un effet : le plan de vol initial du contrôle de mission était désormais considéré au mieux comme provisoire.

A vrai dire, nul ne semblait plus vraiment admettre l'autorité de Maya ou de Frank, ce qui amena un regain de tension quand on apprit qu'ils s'occupaient de ces problèmes.

Le contrôle de mission avait prévu l'établissement d'une base-colonie dans les plaines au nord d'Ophir Chasma, l'immense extension septentrionale de Valles Marineris. L'ensemble de l'équipe de la ferme serait assigné à la base, ainsi que la majorité des ingénieurs et de l'équipe médicale — en tout, soixante personnes environ sur cent. Les autres seraient affectés à des missions parallèles et ne regagneraient la base que de temps à autre. La plus importante des missions parallèles était d'installer une partie de l'*Arès* sur Phobos, après son démantèlement, pour commencer à transformer cette lune de Mars en station spatiale. Une autre mission, moins essentielle, devrait quitter la base pour rallier la calotte polaire nord, afin de commencer des travaux miniers destinés à l'extraction de blocs de glace qui seraient ensuite transportés jusqu'à la base.

Une troisième mission assurerait l'exploration géologique de l'ensemble de la planète — une vraie croisière de détente.

Tous les groupes secondaires seraient ainsi autonomes durant des périodes pouvant aller jusqu'à un an, et la sélection n'était pas à prendre à la légère, ils connaissaient tous maintenant la longueur d'une année.

Arkady, avec un groupe de ses amis — Alex, Roger, Samantha, Edvard, Janet, Tatiana et Elena —, avait demandé à être affecté aux travaux de la station sur Phobos. Lorsque Phyllis et Mary l'apprirent, elles vinrent trouver Maya et Frank pour protester.

— Il est évident qu'ils essaient de faire mainmise sur Phobos. Qui peut savoir ce qu'ils en feront plus tard ?

Maya acquiesça, et vit que Frank, lui non plus, n'appréciait pas. Le problème était qu'aucun des autres ne voulait aller sur Phobos. Même

Phyllis et Mary refusaient de remplacer l'équipe d'Arkady. Alors, comment s'opposer à sa proposition ?

Mais lorsque Ann Clayborne proposa la liste de son équipe d'exploration géologique, les réactions furent encore plus violentes. Beaucoup avaient espéré en faire partie et, parmi ceux qui avaient été rejetés, il en fut pour décider qu'ils lanceraient leurs propres expéditions, sans s'occuper d'Ann.

Les discussions éclataient, de plus en plus véhémentes, de plus en plus fréquentes. Chacun voulait participer à une mission précise, et ils prenaient tous rang pour la décision finale. Maya, quant à elle, avait le sentiment d'avoir perdu tout contrôle sur le contingent russe. Et elle était furieuse contre Arkady. Lors d'une réunion générale, elle suggéra de confier les sélections à l'ordinateur central. Ce qui fut rejeté sans le moindre égard envers son autorité. En levant les bras elle demanda :

— Qu'est-ce que nous faisons ?

Personne ne le savait.

Elle eut un entretien en privé avec Frank.

— Essayons de leur donner l'illusion que la décision finale vient d'eux, lui proposa-t-il avec un bref sourire.

Elle eut conscience qu'il prenait un certain plaisir à l'avoir vu perdre pied durant la réunion. En même temps, le souvenir de leur liaison lui revenait, et elle se traita d'idiote. Tous ces petits politburos étaient dangereux...

Frank interrogea tout le monde et afficha les résultats sur la passerelle par ordre de préférence.

Les missions géologiques étaient très demandées, ce qui n'était pas le cas de la station Phobos. Mais tout le monde le savait d'avance. Le sondage prouvait par ailleurs qu'il existait moins de conflits à bord qu'on aurait pu le craindre.

A la deuxième réunion, Frank annonça :

— Des plaintes se sont élevées contre la prise en main de la station Phobos par Arkady. Mais il est le seul avec ses amis à revendiquer cette mission. Tous les autres veulent rester à la surface de Mars.

— En fait, nous devrions avoir droit à une prime de risque, dit Arkady.

— Ça ne te ressemble guère de demander ça, remarqua Frank d'une voix calme.

Arkady se rassit en souriant.

Mais Phyllis, elle, ne s'amusait pas du tout.

— Phobos va être un relais entre la Terre et Mars, comme les stations orbitales de la Terre. Sans ces relais, on ne peut aller d'une planète à une autre. C'est exactement ce que les stratèges de la marine appellent des goulots d'étranglement.

— Je jure de garder les mains derrière mon dos et de ne pas te toucher le cou, fit Arkady.

— Nous sommes tous destinés à faire partie du même village planétaire ! aboya Frank. Ce que nous faisons affecte l'ensemble des autres ! Et si j'en juge par vos divers comportements, ça nous fera du bien de nous séparer de temps à autre. Pour ma part, je ne vois aucun inconvénient à ce qu'Arkady disparaisse de ma vue pendant quelques mois.

Arkady s'inclina.

— Phobos, nous voilà !

Mais Phyllis, Mary, ainsi que tout leur groupe, n'étaient pas satisfaites. Elles passèrent des heures en communication avec Houston. Dès que Maya pénétrait dans le Torus B, les conversations cessaient et elle sentait des regards soupçonneux peser sur elle — comme si le seul fait d'être russe la plaçait dans le camp d'Arkady ! Elle pestait contre tous ces idiots et particulièrement contre Arkady. C'était avec lui que tout avait commencé.

Il devint de plus en plus difficile de se faire une idée exacte de ce qui se passait. Dans un vaisseau qui semblait maintenant plus vaste, les cent membres de la colonie étaient répartis en groupes d'intérêts, de micropolitiques... L'équipage fragmenté. Ils n'étaient que cent et, pourtant, ils formaient une communauté impossible à diriger ! Et Maya, pas plus que Frank, n'y pouvait quoi que ce soit.

Une nuit, dans un rêve, elle revit le visage aperçu à la ferme. Elle s'éveilla en frissonnant et ne parvint pas à retrouver le sommeil. Les choses échappaient à son contrôle. Cent Terriens volaient dans le vide spatial à l'intérieur d'un amas de réservoirs, et on comptait sur elle pour s'occuper de cette flottille baroque. Absurde ! Elle quitta sa cabine, enfila le tunnel D jusqu'au puits central, se hissa dans le dôme-bulle sans penser un instant au jeu du saut de tunnel.

Il était quatre heures du matin. Le dôme semblait un planétarium vidé de son public : silence, infini. Des milliers d'étoiles sur le fond noir de l'hémisphère. Et Mars, à la verticale, presque sphérique, comme une grosse orange de pierre. Les quatre grands volcans étaient nettement visibles à sa surface, ainsi que les grands rifts de Marineris.

Maya dérivait, les bras étendus, tournant très lentement sur elle-même, essayant de discerner un sens dans le schéma complexe de ses émotions. Elle cligna des yeux et de petites sphères de larmes montèrent vers les étoiles.

La porte du sas s'ouvrit. John Boone entra, la vit, et agrippa la poignée pour se retenir.

— Désolé, Maya. Je peux me joindre à toi ?

— Non. (Elle renifla en se frottant les yeux.) Qu'est-ce que tu fais ici à cette heure ?

— Je me lève souvent très tôt. Et toi ?...

— J'ai fait de mauvais rêves.

— A propos de quoi ?

— Je ne m'en souviens pas vraiment.

Mais le visage lui revenait à l'esprit.

Il flotta dans sa direction.

— Moi non plus, je n'arrive jamais à me rappeler mes rêves.

— Jamais ?

— Disons rarement. Si je me réveille, et si j'ai le temps d'y penser, j'arrive parfois à m'en souvenir.

— C'est normal. Ce qui est mauvais, c'est de ne jamais se souvenir d'aucun rêve.

— Vraiment ? Et c'est le symptôme de quoi ?

— Je crois que c'est un refoulement complet. (Elle s'était laissée dériver vers le côté et revint vers John.) Mais c'est peut-être du Freud pur et dur.

— Tu veux dire que c'est de la phlogistique [1]

Elle rit.

— Oui, exactement.

Ils se turent et contemplèrent Mars en se désignant l'un l'autre les points de repère. Puis ils bavardèrent. Maya l'observait. Il était trop beau, trop bien. Ça n'était pas le genre d'homme qu'elle pouvait aimer. Toujours de bonne humeur : elle avait longtemps pris cela pour de la stupidité, tout au moins au début. Mais, durant le voyage, elle avait compris qu'il n'en était rien.

— Qu'est-ce que tu penses de toutes ces discussions à propos de ce que nous devrions faire ? demanda-t-elle.

— Je ne sais pas.

— Je pense que Phyllis a marqué des points.

Il haussa les épaules.

— Je ne crois pas que ce soit important.

— Qu'est-ce que tu veux dire ?

— Dans une discussion importante, ce qui compte, ce sont les argumentations des gens : X prétend *a,* Y prétend *b.* Ils se disputent pour défendre leurs points de vue. Mais quand leur public se souvient de leur discussion, seul importe que c'est X qui pense *a* et que Y pense *b.* Les gens se font leur conviction à partir de ce qu'ils pensent de X ou de Y.

— Mais nous sommes des scientifiques ! Nous avons été formés à mettre en doute l'évidence.

Il acquiesça.

— Exact. En fait, vu que je t'aime bien, je te concède ce point.

Elle rit en le repoussant, et ils plongèrent vers le bas du dôme.

Maya, surprise de son geste, ne s'arrêta que sur le sol. En se retournant, elle vit que John était resté au centre et qu'il la regardait

1. Le phlogiston était un fluide que des chimistes du XVIIIe siècle avaient imaginé pour expliquer la combustion. (*N.d.T.*)

avec un sourire. Puis il prit appui sur une rambarde, s'élança dans les airs, et traversa le dôme dans sa direction.

Maya comprit aussitôt et, oubliant sa résolution d'éviter ce genre de chose, elle se projeta vers lui. Ils arrivaient droit l'un vers l'autre et, afin d'éviter une collision douloureuse, ils se saisirent en plein vol, comme dans une danse acrobatique.

Ils se mirent à tourner, les mains jointes. Ils flottaient en spirale vers une issue aussi limpide qu'évidente. Maya sentait son pouls s'accélérer, et son souffle était devenu brûlant. Ils s'embrassèrent.

Avec un sourire, John se détacha d'elle et l'envoya valser doucement vers le sommet du dôme tandis qu'il redescendait vers le sol. Là, il rampa jusqu'à l'écoutille d'accès qu'il verrouilla.

Maya démêla ses cheveux et secoua la tête d'un mouvement vif en riant. Non, ce ne serait pas un moment d'amour sublime et inoubliable, mais simplement un moment de plaisir, et cette impression de simplicité était... Un désir brutal l'envahit, elle s'élança vers John. Elle exécuta un double saut périlleux tout en faisant glisser le zip de sa combinaison, dans le tam-tam et les timpani de son cœur, la peau embrasée. Elle se déshabillait avec le sentiment de fondre, se heurta à John, dériva loin de lui, ils rebondirent encore en se défaisant de leurs combinaisons. Enfin, contrôlant leur vol, ils se rapprochèrent lentement l'un de l'autre, et leurs lèvres les soudèrent dans la spirale d'une étreinte aérienne.

Ils se revirent les jours suivants. Ils ne firent aucun effort pour garder leur liaison secrète et, très vite, ils devinrent un couple public qui surprit beaucoup de leurs compagnons de voyage. Maya, en entrant un matin dans le réfectoire, saisit un bref regard de Frank, qui la glaça. Elle se rappela un autre incident, dans d'autres circonstances, et elle préféra ne pas réveiller dans son esprit ce que pouvait évoquer ce regard.

Mais la plupart semblaient trouver le couple plaisant. Après tout, c'était une sorte d'union royale, l'alliance des deux puissances qui dirigeaient la colonie, ce qui signifiait une certaine harmonie. Bien sûr, cette union semblait en catalyser un certain nombre d'autres, qui sortaient de l'ombre ou qui s'affichaient plus franchement.

Vlad et Ursula, Dmitri et Elena, Raul et Marina — les nouveaux couples se montraient un peu partout et les plaisanteries agacées se multipliaient. Mais Maya avait l'impression que la tension diminuait, de même que les querelles, et que les rires revenaient.

Une nuit, alors qu'elle réfléchissait à un moyen de se glisser discrètement jusqu'à la chambre de John, elle se demanda ce qui les avait rapprochés. Pas l'amour : elle ne l'aimait toujours pas, elle n'éprouvait que de l'amitié à son égard, plus un désir aussi fort qu'impersonnel. Non, en vérité, ils s'étaient trouvés parce que c'était *utile*. Utile pour elle... Mais elle s'arracha à cette idée pour se concentrer sur l'expédition. Oui, leur couple était politiquement utile. Comme à l'époque féodale, dans les anciennes comédies de régénération, de renouveau printanier. Elle semblait réagir à des pulsions plus fortes que son désir, comme si elle obéissait à un pouvoir supérieur. Peut-être était-ce Mars. Une idée qui était loin d'être déplaisante.

Quant à estimer qu'elle avait acquis un moyen de pression vis-à-vis d'Arkady, de Frank ou d'Hiroko... Elle réussit à rejeter cette idée. Ce qui était un de ses talents.

Le jaune, l'orange et le rouge s'épanouissaient sur les parois du vaisseau. Mars avait à présent la moitié de la taille de la Lune. Le temps de récolter le prix de leurs efforts approchait. Dans une semaine au plus, ils y seraient.

La tension persistait pour l'attribution des postes pour la manœuvre de débarquement. Et, à présent, Maya avait plus de difficulté à travailler avec Frank. Ça n'était pas encore une gêne, mais elle prit conscience que leur incapacité à contrôler cette situation ne lui déplaisait pas. Les désaccords étaient surtout suscités par Arkady, et ainsi, la faute incombait plus à Maya qu'à lui. Plus d'une fois, en sortant d'une réunion avec Frank, elle était allée trouver John en espérant quelque secours de sa part. Mais John se tenait à l'écart des débats et soutenait toutes les propositions de Frank. Les conseils qu'il donnait en privé à Maya étaient assez avisés, mais l'ennui, c'était qu'il aimait bien Arkady et ne supportait pas Phyllis. Donc, il lui conseillait souvent de soutenir les propositions d'Arkady, sans paraître se rendre compte que cela sapait l'autorité de Maya dans le groupe russe. Pourtant, jamais elle ne le lui fit remarquer. Amants ou non, il existait encore des sujets qu'elle ne voulait pas aborder, avec lui ou avec quiconque.

Mais une nuit qu'elle se trouvait dans sa chambre, les nerfs à vif, incapable de trouver le sommeil, elle lui demanda :

— Est-ce que tu crois qu'il serait possible à un passager clandestin de se cacher à bord ?

— Je l'ignore, fit-il, déconcerté. Mais pourquoi me demandes-tu ça ?

La gorge nouée, elle lui parla du visage qu'elle avait vu derrière le bocal d'algues.

Il s'assit alors, le regard fixe.

— Tu es certaine que ce n'était pas...

— Non, ça n'était pas l'un de nous.

Il se frotta le menton.

— Eh bien... Je suppose que si un membre de l'équipage l'aidait...

— Hiroko, risqua Maya. Je veux dire, pas seulement parce que c'est Hiroko, mais à cause de la ferme et tout le reste. Il y a des tas de cachettes possibles dans la ferme et, pour le ravitaillement, ça ne pose pas de problème. Et pendant la tempête de radiations, il a pu s'abriter avec les animaux.

— Ils ont reçu une sacrée dose de rems !

— Mais il a très bien pu se protéger derrière la citerne. Un abri antiradiations pour une seule personne est trop difficile à construire.

John réfléchissait toujours.

— Neuf mois dans la clandestinité !

— Le vaisseau est grand. C'est donc possible, non ?

— Oui, je le suppose. Oui... Mais dans quel but ?

Elle haussa les épaules.

— Je n'en ai aucune idée. Quelqu'un qui voulait faire partie de la mission, qui a échoué à la sélection. Qui avait un ami à bord, ou même plusieurs amis...

— Quand même ! Je veux dire : un certain nombre d'entre nous avaient des amis qui auraient voulu embarquer. Ça ne signifie pas nécessairement que...

— Je sais, je sais...

Ils continuèrent ainsi durant plus d'une heure, spéculant sur les motifs du passager clandestin, les méthodes qui avaient pu permettre de le faire monter à bord de l'*Arès*, de le cacher, etc. Et Maya prit conscience qu'elle se sentait bien mieux, qu'elle avait retrouvé un moral solide. John la croyait ! Il ne pensait pas qu'elle était devenue folle ! Elle ressentit une vague de bonheur et de soulagement et l'entoura de ses bras.

— Ça m'a fait tellement de bien de te parler de ça !

Il lui sourit.

— Maya, on est amis. Tu aurais dû le faire avant.

— Oui.

Le dôme-bulle aurait été l'endroit idéal pour observer leur approche finale, mais ils devaient passer en aréofreinage pour réduire leur vitesse, et le dôme se trouverait ainsi derrière le bouclier antithermique qu'ils étaient en train de déployer. Donc, ils ne verraient rien.

L'aréofrein leur avait évité l'énorme charge de carburant qui aurait été nécessaire pour ralentir en descendant vers Mars, mais c'était une opération qui exigeait une précision extrême, et par conséquent dangereuse. Ils avaient une marge d'une milliseconde d'arc et, plusieurs jours avant que ne commencent les manœuvres réelles, l'équipe de navigation entreprit de corriger leur trajectoire par de petites poussées, à raison d'une par heure environ, pour affiner encore l'approche. Ils coupèrent la rotation du vaisseau. Le retour en apesanteur, même dans les torus, fut un choc. Maya réalisa brusquement qu'il ne s'agissait plus d'une simulation. Elle flottait dans les courants d'air des coursives et découvrait toute chose sous une perspective nouvelle. Réelle.

Elle se reposait par petits sommes : une heure, trois heures... Dès qu'elle bougeait dans son sac, elle avait un instant de désorientation, et se croyait de nouveau à bord de *Novy Mir*. Puis elle se rappelait, et le flux d'adrénaline la réveillait brutalement. Elle se halait dans les coursives, entre les panneaux bruns, or et bronze. Elle allait retrouver Mary, Raul ou Marina sur la passerelle. Les quarts se succédaient selon la routine. Mais ils approchaient de Mars à une telle vitesse qu'il leur semblait voir la planète grandir à vue d'œil sur les écrans.

Ils devaient la contourner à 30 000 mètres de distance, l'équivalent de dix millionièmes de la distance qu'ils avaient parcourue.

— Aucun problème, dit Mary en coulant un regard furtif à l'adresse d'Arkady.

Jusque-là, ils étaient en trajectoire Mantra, et ils espéraient bien qu'aucun des problèmes tordus de ses simulations ne se présenterait.

Tous les membres de l'équipage qui n'étaient pas aux postes de navigation mettaient les panneaux en place, se préparant au pivotement et aux chocs que provoqueraient certainement les 2,5 *g*.

Quelques équipes sortirent du vaisseau pour déployer des boucliers thermiques supplémentaires et d'autres dispositifs secondaires.

Il y avait tant à faire et, pourtant, les journées semblaient si longues.

Cela devait avoir lieu au milieu de la nuit et, ce soir-là, tout resta allumé. Personne n'alla se coucher. Chacun avait son poste — certains étaient déjà au travail, d'autres attendaient.

Maya était installée dans son fauteuil, sur la passerelle, parcourant du regard les moniteurs et les écrans en se disant que c'était tout à fait comme un exercice de simulation à Baikonour. Est-ce qu'ils étaient réellement en orbite autour de Mars ?

Oui, c'était bien réel : l'*Arès* heurta l'atmosphère ténue de Mars à 40 000 kilomètres à l'heure et, aussitôt, le vaisseau se mit à vibrer. Maya fut secouée furieusement dans son siège et elle perçut un grondement sourd. Une éblouissante clarté rose orangé se déversait sur les écrans.

L'air compressé rebondissait sur les boucliers thermiques et balayait les caméras extérieures, la passerelle tout entière était baignée des reflets de Mars. Et, la gravité revint, avec ses représailles : Maya sentit sa cage thoracique comprimée au point d'avoir du mal à respirer, sa vision devint floue. Elle souffrait !

Ils pénétraient l'air léger de Mars à une altitude et une vitesse calculées pour les placer dans ce que les aérodynamistes appelaient un flux transitionnel, un état intermédiaire entre le flux moléculaire et le flux de continuum. Le flux moléculaire libre aurait été logiquement le meilleur moyen d'approche : l'air qui frappait le bouclier thermique aurait été rejeté sur les côtés et, ainsi, le vide résultant aurait été rapidement comblé par la diffusion moléculaire.

Mais leur vitesse était encore trop élevée pour ça, et ils auraient pu à peine éviter la chaleur terrible du flux de continuum qui se répandait sur le bouclier et le vaisseau comme une vague.

Le mieux qu'ils pouvaient risquer était donc de choisir la trajectoire la plus haute possible afin de ralentir au maximum, ce qui les placerait en flux transitionnel, une sorte de vacillement entre le flux moléculaire libre et le flux de continuum, pour un bon vol bien chahuté. Et c'était là le danger.

Si jamais ils rencontraient une cellule à haute pression dans l'atmosphère martienne, la chaleur, les vibrations ou les forces *g* pouvaient détériorer les appareils sensibles, alors ils se retrouveraient dans l'un des cauchemars d'Arkady à la seconde même où ils seraient écrasés dans leurs sièges, sous un poids de 400 kilos, ce qu'Arkady lui-même n'avait jamais réellement réussi à simuler parfaitement.

Maya se dit sombrement que, dans l'univers réel, ils étaient plus vulnérables, presque sans défense.

Mais le sort voulut que la stratosphère de Mars soit calme, et ils restèrent en trajectoire Mantra — c'est-à-dire qu'ils furent secoués, assourdis, le souffle presque coupé durant huit minutes. Un moment qui n'en finissait pas, pour Maya.

Les capteurs leur apprirent que la température du bouclier thermique principal avait enregistré jusqu'à 600 degrés Kelvin.

Puis la vibration cessa et le grondement s'éteignit. Ils avaient quitté l'atmosphère après avoir glissé sur un quart de la planète. Leur vitesse avait diminué jusqu'à 20 000 kilomètres à l'heure, la température du bouclier était remontée jusqu'à 710 degrés, à la limite du seuil de résistance. Mais la méthode s'était révélée efficace. Tout était calme. Ils flottaient à nouveau en apesanteur, maintenus par leurs harnais.

Tout était silencieux à bord.

Ils débouclèrent leurs ceinturons avec des gestes hésitants, dérivèrent comme des fantômes dans l'air frais des salles, le souvenir du grondement toujours présent, qui rendait le silence plus intense, plus épais. Et ils se mirent à parler trop fort, chacun serrant les mains de ses voisins. Maya éprouvait un vertige, elle ne comprenait pas très bien ce que les autres lui disaient, non parce qu'elle ne les entendait pas, mais parce qu'elle ne leur prêtait pas réellement attention.

Douze heures plus tard, leur nouvelle trajectoire les amena en périastre à 35 000 kilomètres de la surface. Là, ils déclenchèrent les fusées principales pour une brève poussée et leur vitesse augmenta d'une centaine de kilomètres à l'heure. Après quoi, ils furent attirés de nouveau vers Mars selon une ellipse qui allait les amener à cinq cents kilomètres d'altitude. Ils étaient maintenant en orbite martienne.

Chaque orbite elliptique durait environ un jour. Dans les deux mois qui suivraient, les ordinateurs contrôleraient les mises à feu qui, peu à peu, placeraient l'*Arès* en orbite circulaire autour de Phobos. Mais les équipes de débarquement devraient auparavant descendre vers la surface en profitant de la proximité du périgée.

Ils ramenèrent les boucliers thermiques en position de stockage et montèrent jusqu'au dôme-bulle afin d'avoir une vue panoramique.

Au périgée, Mars emplissait la plus grande partie du ciel, et ils eurent le sentiment de survoler la planète dans un jet. On distinguait les fonds de Valles Marineris, et les sommets des quatre grands volcans se détachaient comme d'immenses pics qui se dressaient au-dessus du paysage bien avant que celui-ci ne se déploie. Il y avait des cratères sur toute la surface, remplis de sable orange vif, un peu plus pâle cependant que celui qui couvrait le paysage. De la poussière, sans doute.

Les chaînes de montagnes raboteuses, usées, se dessinaient en plus sombre, en plis de rouille sur fond d'ombres noires. Mais ces teintes claires ou sombres n'étaient qu'à une tonalité de la couleur omniprésente, le rouge orangé rouillé de chaque pic, cratère, canyon ou dune qui se déployait jusque dans l'atmosphère poussiéreuse, loin au-dessus du croissant visible.

Mars la rouge ! Pétrifiante, hypnotisante.

Ils passaient de longues heures à travailler mais, au moins, c'était un travail réel. Ils devaient démanteler une partie du vaisseau. La partie principale serait placée en orbite de proximité autour de Phobos. Elle servirait de véhicule d'évacuation en cas d'urgence. Mais vingt réservoirs à la périphérie du puits du moyeu central devaient simplement être détachés de l'*Arès* et reconvertis en véhicules d'atterrissage. Les colons se poseraient sur Mars par groupes de cinq.

Le premier atterrisseur entamerait sa descente dès qu'il serait découplé et prêt, aussi travaillaient-ils vingt-quatre heures sur vingt-quatre en se relayant, la plupart du temps à l'extérieur du vaisseau.

Lorsqu'ils se retrouvaient au réfectoire, épuisés et affamés, les conversations se déchaînaient : l'ennui du voyage semblait oublié.

Une nuit, Maya traversa en flottant la salle de bains, prête à retrouver son lit. Depuis des mois, elle n'avait jamais eu les muscles aussi engourdis. Autour d'elle, Nadia, Sacha et Yeli Zudov bavardaient, et leurs phrases volubiles et chaleureuses lui firent prendre conscience que tous étaient heureux — ils vivaient les ultimes moments de leur attente, une attente qu'ils avaient entretenue au fond de leur cœur durant la moitié de leur vie, ou peut-être depuis l'enfance —, car ce qu'ils avaient attendu était maintenant sous eux, comme dessiné par un enfant, comme un yoyo qui montait puis descendait. Mars : un immense potentiel, un tableau rouillé et vide. Tout était désormais possible, tout pouvait leur arriver et, durant ces derniers jours, ils étaient absolument libres. Libérés du passé comme de l'avenir, ils flottaient dans l'air tiède comme des esprits prêts à renaître sur un nouveau monde matériel...

Dans le miroir, Maya fit la grimace tandis qu'elle se brossait les dents, et elle saisit une rampe pour stabiliser sa position. Elle se dit que jamais plus ils ne seraient aussi heureux. La beauté était la promesse du bonheur, et non pas le bonheur lui-même. Et le monde que l'on espérait était souvent plus riche que toute la réalité. Mais, cette fois, qui pouvait savoir ? Cette fois, c'était peut-être l'Eldorado.

Elle se détacha de la rampe, recracha son dentifrice dans un sac, et flotta à reculons dans la coursive. Quoi qu'il advienne, ils avaient atteint leur objectif. Ils avaient au moins gagné la chance d'essayer.

En démantelant l'*Arès*, ils étaient nombreux à éprouver un sentiment bizarre. John remarqua que c'était comme de démonter une ville, d'éparpiller ses immeubles dans la campagne environnante. C'était *leur* ville jusqu'alors. Sous l'œil géant de Mars, les désaccords devenaient plus vifs, car il était évident que la situation était critique et qu'il ne leur restait guère de temps. Les gens discutaient, dans l'espace ou à l'intérieur. Il y avait combien de petits groupes, maintenant, qui tenaient chacun conseil séparément ?... Comment ce bref moment de bonheur avait-il pu fondre ainsi ? Maya considérait qu'Arkady était le principal responsable. C'était lui qui avait ouvert la boîte de Pandore. Sans ses discours, le groupe de la ferme se serait-il autant resserré autour d'Hiroko ? Et l'équipe médicale aurait-elle tenu toutes ces réunions secrètes ? Maya en doutait.

Avec Frank, elle s'activait à amoindrir les différences, à forger un consensus, pour donner à tous le sentiment qu'ils ne formaient qu'une seule et unique équipe.

Ce qui impliquait de longues conférences avec Phyllis et Arkady, Ann et Sax, avec Houston et Baïkonour.

Dans le processus, une relation nouvelle se développa entre les deux chefs, plus complexe encore que leurs rencontres dans le parc, mais qui en faisait quand même partie.

Maya découvrait, dans les sarcasmes de Frank, des touches de ressentiment : il avait été marqué par l'incident, plus qu'elle ne l'avait cru, sur le coup. Mais on n'y pouvait plus rien, à présent.

La mission Phobos fut confiée à Arkady et à ses amis, bien sûr, principalement parce que personne d'autre n'en voulait. Tous ceux qui avaient demandé à participer à l'exploration géologique avaient reçu l'assurance qu'ils auraient un poste. Phyllis et Mary, ainsi que les autres membres du « groupe Houston », avaient été rassurées : la construction du camp de base obéirait aux plans de Houston. Ils avaient l'intention de travailler sur place afin que tout se déroule correctement.

— Bien, bien, parfait, grommela Frank à l'issue d'une des réunions. Nous allons donc tous être *sur* Mars. Alors, pourquoi se battre sur ce que nous devons faire ?

— C'est la vie, lança Arkady d'un ton enjoué. Sur Mars et partout, c'est comme ça.

Frank avait les mâchoires crispées.

— Je suis ici pour échapper à ce genre de chose !

Arkady secoua la tête.

— Mais non, bien sûr que non ! C'est ta vie, Frank. Qu'est-ce que tu deviendrais sans ça ?

Peu avant d'entamer la descente, un soir, ils se rassemblèrent tous pour un grand repas. La plupart des plats provenaient de la ferme : salade, pâtes, pain, et du vin rouge sorti de la réserve à cette occasion. Il y avait des fraises au dessert et Arkady, à cet instant, flotta au-dessus de l'assemblée pour proposer un toast :

— Au nouveau monde que nous créons aujourd'hui !

Un tumulte de cris et de sifflements lui répondit : ils savaient tous ce que ça signifiait. Phyllis dégusta une fraise et dit :

— Ecoute, Arkady, cette installation est une station scientifique. Tes idées ne sont pas à l'ordre du jour. Elles le seront peut-être dans cinquante ou cent ans. Mais dans l'immédiat, ce sera comme une station, dans l'Antarctique.

— C'est vrai, concéda Arkady. Mais, en fait, le statut des stations d'Antarctique est très politique. La plupart ont été construites afin que les nations responsables aient leur mot à dire dans la révision du traité sur l'Antarctique. Et à présent, l'ensemble des stations est régi par les lois définies par ce traité, à l'issue d'un processus totalement politique ! Tu comprends donc que tu ne peux pas rester la tête dans le sable à crier « Je suis une scientifique ! Je suis une scientifique ! » (Il se tapota le front.) Non. Parce que, quand tu dis ça, tu ne fais que répéter : « Je ne veux pas réfléchir à des systèmes complexes ! » Ce qui n'est pas vraiment bien de la part d'une scientifique, non ?...

Maya intervint d'un ton irrité.

— L'Antarctique est gouvernée par un traité international parce que personne n'y habite, hors des stations scientifiques.

Gâcher leur dernier dîner, leur ultime instant de liberté, comme ça !

— Exact, encore une fois. Mais songe au résultat. Dans l'Antarctique, personne ne possède de terrain. Aucun pays, aucune organisation ne peut exploiter les ressources naturelles du continent sans le consentement des autres. Nul ne peut prétendre en être propriétaire, s'en emparer ou les vendre, de sorte que certains en bénéficient aux dépens des autres. Tu ne vois pas à quel point c'est radicalement différent de toutes les autres régions du monde ? C'est le dernier territoire de la planète à être organisé, à dépendre d'un ensemble de lois. Ce qui représente ce que tous les gouvernements travaillant ensemble considèrent instinctivement comme juste, matérialisé sur des territoires libres de toute réclamation de souveraineté et, en fait, de toute histoire. Si on va plus avant, c'est la meilleure tentative qui ait jamais été faite sur Terre pour créer des lois de propriété équitables ! C'est ainsi que le monde entier devrait être géré, si nous parvenions à nous débarrasser de cette camisole de force qu'est l'Histoire !

Sax Russell avança, l'air timide :

— Mais, Arkady, étant donné que Mars dépendra d'un traité fondé sur celui de l'Antarctique, pourquoi soulèves-tu des objections ? Le Traité spatial stipule qu'aucun pays ne pourra revendiquer de territoire sur Mars, qu'aucune activité militaire n'y sera tolérée, que toutes les bases devront être ouvertes aux inspections de tous les autres pays. Et que nulle ressource martienne ne saurait être la propriété d'une nation unique. L'ONU est censée mettre en place un régime international pour diriger toutes les exploitations, minières ou autres. Et les profits, s'il y en avait, ce dont je doute, seraient répartis entre toutes les nations du monde. Est-ce que tout ce que tu revendiques n'existe pas déjà ?

— Ce n'est qu'un début. Mais il existe certains aspects de ce traité que tu n'as pas mentionnés. Par exemple, que les stations de Mars appartiendront aux pays qui les ont construites. Si on applique la loi, nous allons construire des bases américaines et russes. Ce qui nous rejette dans le cauchemar de la loi territoriale et de l'histoire de la Terre. Les Américains et les Russes auront le droit d'exploiter Mars pour autant que les profits soient partagés entre les nations ayant signé le traité. Ce qui ne représenterait qu'un pourcentage payé aux Nations-Unies, en fait une sorte de pot-de-vin. Je ne pense pas que nous devions prendre en considération de telles mesures pour le moment !

Un long silence suivit.

Ann Clayborne fut la première à le rompre :

— Ce traité prescrit aussi que nous devrons prendre des mesures afin de prévenir tout démembrement de l'environnement planétaire, si je me souviens bien. C'est dans l'article 7. Il me semble que cela interdit le terraforming dont vous êtes si nombreux à parler.

— Je dirais pour ma part que nous devrions également ignorer cet article, répondit vivement Arkady. Notre bien-être en dépend.

Cette fois, son point de vue l'emporta.

— Mais, reprit-il, si vous êtes prêts à ne pas tenir compte de cet article, il doit en être de même du reste, non ?...

Un malaise s'installa. Sax Russell rompit enfin le silence.

— Mais tous ces changements auront lieu inévitablement. Le simple fait d'être sur Mars nous conduira à évoluer.

Arkady secoua la tête avec véhémence, ce qui l'emporta dans une spirale au-dessus de la table.

— Non, non et non ! L'Histoire n'équivaut pas à une évolution ! C'est une analogie trompeuse ! L'évolution est une question d'environnement et de hasard, déployée sur des millions d'années. Mais l'Histoire, elle, concerne à la fois l'environnement et le choix, des actes limités à des temps de vie, et parfois même à des années, des mois, ou des jours ! L'Histoire est lamarckienne ! Et si nous choisissons d'établir telle ou telle institution sur Mars, il en sera ainsi !

D'un geste large, il enveloppa tous les convives encore assis à table aussi bien que ceux qui dérivaient dans les vignes.

— Je dis, moi, que nous devons faire ces choix par nous-mêmes, plutôt que d'obéir à ceux de la Terre. Dont les auteurs sont morts depuis longtemps.

— Ce que tu souhaites, c'est une sorte d'utopie communale, intervint Phyllis d'un ton tranchant. Mais ce n'est pas possible. Je croyais que l'histoire russe t'en aurait appris plus à ce propos.

— Oui. Et, justement, c'est ce que je mets en pratique.

— En te faisant l'avocat d'une révolution imprécise ? En fomentant une situation de crise ? En provoquant tous les membres de cette mission et en les dressant les uns contre les autres ?

De nombreux hochements de tête lui répondirent, mais Arkady les balaya d'un geste.

— Je refuse d'être responsable des problèmes de chacun durant ce voyage. Je n'ai dit que ce que je pensais, ce qui est mon droit le plus strict. Si certains d'entre vous ont eu un sentiment de malaise, c'est leur problème. C'est seulement dû au fait que vous n'aimez pas les implications de ce que j'ai voulu vous faire savoir et que vous ne trouvez pas d'arguments à leur opposer.

— Mais certains d'entre nous ne comprennent même pas ce que tu racontes ! s'exclama Mary.

Il se tourna vers elle, les yeux exorbités.

— Je ne fais que répéter ça : nous sommes sur Mars. Nous y sommes pour de bon. Il va nous falloir non seulement bâtir nos maisons, mais aussi fabriquer notre nourriture, notre eau, et même l'air que nous respirons — et cela sur une planète qui ne possède rien de toutes ces choses. Si nous y parvenons, c'est parce que nous disposons d'une technologie capable de manipuler la matière au niveau moléculaire. Ce qui est extraordinaire, si vous y songez ! Et néanmoins, certains d'entre nous, ici, peuvent accepter de transformer la réalité physique de cette planète sans opérer le moindre changement sur eux-mêmes, ni sur notre mode de vie. Ils veulent bien être des scientifiques du XXIe siècle sur Mars, mais tout en restant dans les carcans sociaux du XIXe siècle, eux-mêmes fondés sur les idéologies du XVIIe... C'est absurde, c'est dément, c'est... C'est absolument *antiscientifique* ! Aussi j'insiste : parmi toutes les choses que nous allons transformer sur Mars, il faudra compter avec nous-mêmes et notre réalité sociale. Ce n'est pas seulement Mars que nous devrons terratransformer, mais nous aussi.

Personne ne trouva rien à rétorquer. Arkady, quand il était lancé, ne rencontrait guère d'opposition. Ceux qui avaient à redire avaient besoin d'un temps de réflexion. Quant aux autres, ils étaient tout simplement mécontents, mais ils ne tenaient pas à provoquer un esclandre à la fin de ce dîner qui était en quelque sorte une fête. Mieux valait porter un toast : A Mars ! A Mars !

Mais, tandis qu'ils dérivaient autour du dessert, Phyllis déclara avec dépit :

— Il faut d'abord survivre. Si nous commençons avec des dissensions comme celle-là, quelles chances aurons-nous ?

Michel Duval fit une tentative pour la rassurer.

— Tu sais bien que la plupart de ces désagréments sont dus au voyage. Une fois sur Mars, la fusion se refera naturellement. Et nous disposerons d'autres ressources en dehors de ce que nous avons amené avec l'*Arès* : tout ce que les atterrisseurs ont déjà apporté : du matériel, des vivres, autant à la surface de Mars que sur les lunes. Tout ça nous attend. L'unique limite, c'est notre courage. Notre voyage faisait partie de l'épreuve : une sorte de test, de préparation. Et si nous échouons là, nous ne réussirons pas sur Mars.

— C'est exactement ce que je pense ! lança Phyllis. Nous sommes en train de tout rater !

Sax se leva, l'air excédé, et partit en direction de la cuisine. Tout en débarrassant son plateau, il soupira :

— Les gens sont tellement émotifs. J'ai souvent l'impression de répéter pour la dix millième fois *Huis clos*.

— Cette pièce dont personne ne peut sortir ?

Il acquiesça.

— « L'Enfer, c'est les autres. » J'espère que Jean-Paul Sartre avait tort.

Quelques jours plus tard, les atterrisseurs furent prêts. Ils allaient être largués sur une période de cinq jours et seul l'équipage de Phobos resterait dans ce qui subsistait de l'*Arès*, pour se placer sur orbite basse.

Arkady, Alex, Dmitri, Roger, Samantha, Edvard, Janet, Raul, Marina, Tatiana et Elena leur dirent au revoir : ils étaient tous déjà absorbés par leurs diverses tâches et jurèrent qu'ils descendraient faire un tour sur Mars dès que la station de Phobos serait achevée.

Dans les quelques heures de nuit précédant la descente, Maya ne parvint pas à trouver le sommeil. Elle finit par renoncer, et suivit les coursives et les salles jusqu'au moyeu du vaisseau.

Avec le manque de sommeil et l'adrénaline, tout prenait des contours plus nets, plus tranchés, et le vaisseau familier était effacé ou altéré par un changement, un empilement de caisses, un cul-de-sac au fond d'une coursive. C'était comme s'ils avaient déjà quitté l'*Arès*.

Elle regarda une dernière fois autour d'elle, vide de toute émotion. Puis elle s'inséra dans le véhicule atterrisseur qu'on lui avait assigné : autant valait attendre ici. Elle se glissa dans sa tenue spatiale avec le sentiment que, le moment venu, elle croirait encore à une simulation.

Et elle se demanda si elle arriverait un jour à vaincre cette pensée, par le simple fait de se trouver sur Mars. Ça en valait la peine : elle aurait enfin une sensation de *réalité* ! Elle s'installa dans son siège.

Après plusieurs heures d'insomnie, elle fut rejointe par Sax, Vlad, Nadia et Ann.

Ses compagnons se sanglèrent et, ensemble, ils répondirent au check-out. Le compte à rebours commença, on abaissa les leviers. Les fusées se déclenchèrent et l'atterrisseur s'éloigna de l'*Arès*. Une nouvelle mise à feu, et ils descendirent vers la planète.

Ils touchèrent la couche externe de l'atmosphère et le ciel coloré de Mars envahit tout le trapézoïde de leur unique hublot.

Maya leva les yeux, secouée par la vibration. Elle se sentait tendue, malheureuse, les idées fixées sur tout ce qu'elle laissait derrière elle, sur ceux qui étaient encore à bord de l'*Arès*. Et elle eut le sentiment qu'ils avaient échoué, qu'ils quittaient un groupe en plein désarroi.

Leur meilleure chance de créer un certain accord était passée. Ils n'avaient pas réussi. Ce flash de bonheur qu'elle avait éprouvé dans la salle de bains n'avait été, justement, qu'un flash. Elle avait échoué. Ils allaient suivre des chemins séparés, des croyances opposées.

Après deux années de vie carcérale, tout comme n'importe quel autre groupe humain, ils restaient un assortiment d'étrangers.

Les dés étaient jetés.

TROISIÈME PARTIE

LE CREUSET

Elle s'était formée en même temps que le reste du système solaire, il y avait environ cinq milliards d'années. Ce qui représentait quinze millions de générations humaines. Des rochers étaient d'abord entrés en collision, avant de se rassembler, à cause de cette force mystérieuse que nous appelons la gravité. C'est par ce même processus de chaîne dans la trame des choses que les rochers, quand ils furent suffisamment nombreux, s'effondrèrent vers un point central jusqu'à ce que la pression fasse fondre la roche. Mars est une petite planète, dont le noyau central est composé de ferro-nickel. Suffisamment petite pour que ses entrailles aient refroidi plus vite que celles de la Terre. La rotation du noyau ne diffère plus de celle de la croûte, et Mars est pratiquement dépourvue de champ magnétique. Elle n'a plus de dynamo. Mais l'un des derniers flux du noyau en fusion et du manteau s'est présenté sous la forme d'un renflement anormal qui a exercé une pression sur la paroi de la croûte pour former un continent surélevé de onze kilomètres, un continent trois fois plus haut que le plateau tibétain de la Terre par rapport aux régions environnantes.

Cette protubérance a suscité l'apparition de nombreuses autres particularités : un réseau de fractures radiales couvrant tout un hémisphère, y compris la faille la plus profonde, celle de Valles Marineris, un entrelacs de canyons qui aurait couvert les Etats-Unis d'une côte à l'autre. La surrection a provoqué aussi la naissance d'un grand nombre de volcans, dont les trois principaux culminent sur son arête : Ascraeus Mons, Pavonis Mons, Arsia Mons, et, à l'extrémité nord-ouest, Olympus Mons, la plus haute montagne du système solaire, trois fois plus élevée que l'Everest, avec trois cents fois la masse du Mauna Loa, le plus grand volcan de la Terre.

La Bosse de Tharsis a donc été le facteur déterminant de la configuration de la surface de Mars, le second étant une chute de météores. Durant l'Age noachien, il y a trois ou quatre milliards d'années, des météores ont frappé Mars à un rythme terrible, par millions. Certains d'entre eux étaient de taille planétaire, comme Véga ou Phobos. L'un de ces météores a laissé Hellas Planitia, 2 000 kilomètres de diamètre, le cratère le plus vaste du système solaire, quoique Daedalia Planum semble être dû à un impact de 4 500 kilomètres de diamètre. Ce sont deux sites de très grande taille, mais il se trouve des aréologistes pour penser que tout l'hémisphère nord de Mars n'est qu'un seul et immense bassin provoqué par un ancien impact météoritique.

Ces impacts gigantesques ont provoqué des explosions cataclysmiques difficiles à imaginer. Des déjections ont atteint la Terre comme la Lune, et même les astéroïdes sur orbite troyenne. Certains aréologues considèrent que Tharsis Montes a été formé par l'impact d'Hellas. D'autres pensent que Phobos et Deimos sont des déjections de Mars. Et cela ne prend en compte que les impacts les plus importants.

Des pierres de plus petite taille pleuvent chaque jour, et les surfaces les plus anciennes de Mars sont saturées de cratères. Le paysage est devenu un palimpseste d'anneaux recouvrant d'autres anneaux, et il n'est pas le moindre carré de terrain qui ne soit touché. Chaque impact a provoqué les explosions thermiques qui ont fait fondre la roche. Les éléments ont été brisés dans leur matrice et diffusés sous forme de liquides, de gaz brûlants et de minéraux nouveaux.

Avec l'appoint des éruptions gazeuses provenant du noyau, cela a fini par produire une atmosphère, et de l'eau en quantité. Des nuages se sont formés, puis des orages, de la pluie, de la neige, des glaciers, des ruisseaux, des fleuves, des lacs, qui se sont déployés sur le terrain et ont laissé les traces indélébiles de leur passage — des lits, des canyons, des rivages : tous les hiéroglyphes du schéma hydrologique.

Et puis, tout a disparu. La planète était trop petite, trop éloignée du soleil. L'atmosphère, à terme, s'est gelée et s'est fixée sur le sol. Le gaz carbonique sublimé a créé une atmosphère ténue, alors que l'oxygène fusionnait avec la roche à laquelle elle donnait sa teinte rouge. L'eau gelée, au fil des âges, a pénétré la roche fracassée par les météores jusqu'à des kilomètres de profondeur. Finalement, cette couche de régolite a été recouverte par le permafrost. Dans les fonds, la température plus élevée a fait fondre la glace, et il existe donc des mers souterraines sur Mars. L'eau coule toujours vers le bas, et les aquifères ont ainsi migré lentement, quand ils ne se bloquaient pas derrière un obstacle, une surrection rocheuse ou une barrière de terrain gelé.

D'intenses pressions artésiennes pesaient parfois sur ces barrages. Mais la chute de nouveaux météores, les éruptions continues des volcans faisaient céder le barrage, et une mer nouvelle surgie des profondeurs se répandait alors à la surface en raz de marée énormes, dix mille fois plus puissants que le débit du Mississippi. A terme, pourtant, l'eau de la surface gela et se sublima dans les vents incessants et secs. Elle retombait sur les pôles dans la chape des brouillards d'hiver. Les calottes polaires s'épaissirent, leur poids s'accrut, leur masse continuait à s'enfoncer, se transformant en surface en deux loupes de permafrost qui couvraient un volume de glace des centaines de fois supérieur en volume. Aux approches de l'équateur, de nouveaux aquifères se remplissaient à partir du bas, par dégazage du noyau. Et les plus anciens retrouvaient leur rôle.

Ce cycle, le plus lent de tous, approchait de sa seconde phase. Mais, comme la planète se refroidissait, tout se passait de plus en plus lentement, comme une horloge qui prend du retard.

La planète prit la forme que nous lui connaissons. Mais les changements ne cessèrent jamais : les vents permanents sculptaient le sol, et la poussière se faisait de plus en plus fine. Les excentricités de l'orbite martienne expliquaient que les hémisphères nord et sud échangeaient les hivers froids ou doux selon un cycle de 51 000 ans, la glace sèche et la glace d'eau s'inversant selon les pôles.

Chaque mouvement de balancier apportait une nouvelle strate de sable, et les auges des nouvelles dunes tranchaient en oblique dans les couches les plus anciennes, jusqu'à ce que le sable, autour des pôles, se présente comme un système de hachures croisées en pointillé qui dessinait des formes géométriques semblables aux peintures de sable navajos, cernant le sommet de la planète.

Les teintes des sables, les parois dentelées, cannelées des canyons, les volcans dressés droit vers le ciel, les rocs effrités des étendues chaotiques, les cratères dispersés à l'infini, tout autant d'emblèmes des débuts de la planète... Elle était belle, et plus rude encore : sèche, austère, dénudée, silencieuse, stoïque, rocailleuse, immuable. Sublime. Le langage visible de l'existence minérale de la nature.

Minérale. Et non pas animale, végétale ou même virale. Cela aurait pu se produire, mais non. Jamais, dans les argiles ou les sources sulfureuses, il n'y eut de génération spontanée. Il n'y eut aucune pluie de spores depuis l'espace, ni le moindre attouchement d'un dieu. Quelle que soit la façon dont la vie apparaisse (et nous l'ignorons), elle n'apparut pas sur Mars. La planète rouge roulait dans l'espace, preuve de sa différence en tant que monde, et de sa vitalité de pierre.

Et puis, un jour...

Elle foula le sol d'un pied ferme, sans difficulté, sous une pesanteur qui lui était devenue familière pendant les neuf mois du voyage. Et, avec le poids de sa tenue, elle aurait pu aussi bien marcher sur Terre, pour autant qu'elle se souvînt de la Terre.

Le ciel était d'un rose strié de tonalités de sable, plus riches et plus subtiles que sur toutes les photos qu'elle avait vues.

— Regardez le ciel ! disait Anne. Mais regardez le ciel !

Maya bavardait avec les autres, tandis que Sax et Vlad pivotaient comme des statues animées.

Nadiejda Francine Chernechevsky fit encore quelques pas, attentive aux craquements de ses bottes dans le sable durci par une couche de sel de deux centimètres. Les géologues appelaient ça la caliche, la duricroûte. A chacun de ses pas, d'infimes systèmes de fractures radiales apparaissaient.

Elle s'était éloignée de l'atterrisseur. Le sol était couleur rouille, orangé sombre, parsemé de fragments de roc dans les mêmes tons, quoique certains se distinguaient en noir, en jaune ou en rouge. Vers l'est, elle aperçut des véhicules de débarquement, tous de tailles et de formes diverses, les plus lointains perchés sur l'horizon. La plupart étaient couverts d'une couche rouge orangé pareille au sable. Ce spectacle était bizarre, excitant, comme s'ils venaient d'arriver dans un port spatial extraterrestre abandonné depuis longtemps. Oui, dans un million d'années, certaines parties de Baïkonour ressembleraient à ça, se dit-elle.

Elle s'approcha d'un des véhicules les plus proches, un container de la taille d'une petite maison, posé sur son squelette de fusées à quatre pattes. Il devait être là depuis des décennies. Le soleil brillait à la verticale, et sa lumière était trop éblouissante pour que Nadia puisse lever la tête, même avec son écran. Il était difficile d'en juger à cause des filtres et de la polarisation, mais il lui semblait que la clarté du jour était tout à fait semblable à celle de la Terre. Pour autant qu'elle pût s'en souvenir. Une belle journée d'hiver.

Elle regarda autour d'elle, encore une fois. Ils étaient sur une plaine couverte de monticules doux et de fragments de rochers aux arêtes aiguës, à demi enfouis dans la poussière. Une petite colline au sommet aplati était posée à l'horizon d'ouest. Peut-être le bord d'un cratère : difficile à dire. Elle aperçut Ann, qui était déjà à mi-chemin, mais sa silhouette était encore très haute, et Nadia s'arrêta pour s'imprégner de cette image, certaine qu'elle devrait très vite s'accoutumer à cet horizon si proche, si étrange. Qui n'avait rien de terrestre, elle le sentait maintenant.

Ils étaient sur une planète plus petite.

Elle fit un intense effort de mémoire pour se rappeler la gravité de la Terre, et se demanda pourquoi c'était tellement difficile de marcher dans les forêts, la toundra, sur les fleuves gelés en hiver... Et maintenant : pas à pas. Le sol était plat mais il fallait trouver son chemin entre les rochers dispersés. Il n'existait aucun endroit sur Terre où elle en ait vu autant, disséminés au hasard. Essaie de sauter ! se dit-elle. Elle rit : même avec sa tenue, elle se sentait tellement plus légère ! Elle avait la même force, mais elle ne pesait plus qu'une trentaine de kilos ! Quant aux quarante kilos de sa combinaison... Bon, d'accord, ils la déséquilibraient un peu. Elle avait l'impression d'être creuse. Oui, c'était tout à fait ça : son centre de gravité avait disparu, son poids s'était réparti sur sa peau, sur ses muscles externes. Bien entendu, c'était à cause de la combinaison. A l'intérieur des habitats, ce serait comme à bord de l'*Arès*. Mais ici, elle était une femme creuse. Et, s'aidant de cette image, elle put soudain se déplacer plus facilement. Elle sauta par-dessus un bloc, retomba, pivota sur elle-même et esquissa un pas de danse ! Et elle continua : elle sautait, retombait sur un rocher plat et...

Elle trébucha et tomba à quatre pattes. Ses gants s'enfoncèrent dans la duricroûte. C'était comme le sable aggloméré sur une plage, seulement plus dur et plus friable. Ou comme une mince couche de boue durcie. Mais c'était très froid ! Ses gants n'étaient pas chauffés comme la semelle de ses bottes, et pas suffisamment isolés. C'était comme si elle venait de toucher de la glace à main nue. Elle se rappela que le sol devait être à – 90 degrés centigrades. Plus froid qu'en Antarctique, ou que dans les pires hivers de Sibérie. Le bout de ses doigts était déjà engourdi. Pour travailler, il leur faudrait des gants plus isolants, avec des circuits de chauffage. Bien sûr, ça les rendrait plus épais et moins flexibles. Elle se dit qu'elle devrait se muscler les doigts.

En riant, elle bondit en direction d'un autre élément de transport en fredonnant *Royal Garden Blues*. Elle escalada une béquille d'atterrissage et gratta la poussière rouge sur la plaque du grand container. Une sorte de bulldozer martien John Deere ou Volvo, propulsé par hydrazine, semi-autonome, totalement programmable, thermiquement blindé. Livré avec prothèses et pièces détachées.

Elle eut un sourire radieux : chargeurs, bulldozers, tracteurs, niveleuses, pelleteuses, matériaux et fournitures de construction de tous genres, filtres à air pour les mines et les éléments chimiques de l'atmosphère, mini-usines de traitement et de transformation chimique. Plus d'autres usines encore, destinées à la recombinaison des éléments, tout un dépôt d'intendance, tout ce dont ils auraient besoin, dans ces centaines de containers qui s'étaient abattus sur la plaine.

Elle bondissait d'un atterrisseur à un autre, avec de plus en plus d'assurance.

Certains avaient visiblement percuté le sol avec violence, d'autres avaient brisé leurs béquilles, d'autres encore étaient tout simplement cassés, transformés en piles de caisses fracturées à demi enfouies dans la poussière. Mais ils constituaient une chance pour elle : récupérer et réparer, elle adorait ça ! Elle éclata de rire, un peu étourdie, et remarqua alors que le voyant du communicateur de son bloc de poignet clignotait. Elle passa sur la fréquence commune et fut surprise d'entendre Maya, Vlad et Sax parler tous les trois à la fois :

— Hé, les filles ! Ann, Nadia ! Vous voulez bien revenir nous donner un coup de main pour cette saleté d'habitat ? On n'arrive même pas à ouvrir la porte !

Nadia riait toujours.

Les habitats étaient dispersés comme tout le reste, mais ils s'étaient posés à proximité de celui qui avait été largué seulement quelques jours auparavant et qu'ils savaient fonctionnel, parce qu'ils l'avaient vérifié à fond. Malheureusement, la porte extérieure du sas n'avait pas fait partie de l'inspection et elle était bloquée. Nadia se mit au travail. Bizarre de travailler comme un serrurier sur un camping-car abandonné converti en station spatiale.

Il ne lui fallut qu'une minute en forçant sur la porte, tout en tapant le code d'alarme. Elle se dit que c'était peut-être l'effet du froid. Et que leurs problèmes ne faisaient sans doute que commencer.

Elle pénétra avec Vlad dans le sas, puis à l'intérieur. Ça ressemblait toujours à un camping-car, mais l'équipement de la cuisine était des plus modernes. Toutes les lumières brillaient, la climatisation fonctionnait (la température était douce), et le tableau de contrôle aurait pu être celui d'une centrale nucléaire.

Tandis que les autres entraient, Nadia parcourut les pièces, de porte en porte, et un sentiment étrange monta soudain en elle : rien ne semblait en place. Certaines lampes clignotaient et, tout au bout du couloir, une porte oscillait sur ses gonds.

A l'évidence, il y avait un problème de ventilation. Et le choc à l'atterrissage avait probablement légèrement dérangé les choses. Elle décida d'oublier le problème pour le moment et revint en arrière pour accueillir les autres.

Quand ils se furent tous posés, quand ils eurent fait leurs premiers pas sur la plaine caillouteuse — ils couraient, trébuchaient, levaient les yeux vers l'horizon si proche, tournaient et couraient encore —, quand ils eurent visité leurs trois habitats hyper-fonctionnels avant de se débarrasser de leurs tenues spatiales, quand ils eurent bavardé et mangé un peu, la nuit était largement tombée.

Mais ils continuèrent à travailler et à parler, trop excités pour trouver le sommeil. Pour la plupart, ils firent de petites siestes avant que l'aube pointe. Alors, ils se précipitèrent pour s'habiller et sortir, et se lancèrent dans la récupération et la vérification point par point de toutes les machines. Puis ils s'aperçurent qu'ils étaient affamés, se lancèrent dans un repas confus et rapide — et la nuit était déjà de retour !

Et ce fut comme ça pendant plusieurs jours : une ronde frénétique. Nadia se réveillait au bip de son bloc de poignet et prenait un petit déjeuner express en contemplant le paysage par la petite fenêtre orientée à l'est. A l'aube, de riches coloris cerise venaient tacher le ciel pendant quelques minutes, avant qu'il ne traverse toute une phase de tons rosés pour prendre l'orange rosé dense du jour.

Ses compagnons dormaient encore sur les matelas qui se rabattaient dans les parois beiges, faiblement teintées d'orange par le crépuscule de l'aube. La cuisine et le living-room étaient minuscules, et les quatre toilettes n'étaient guère que des placards. Ann s'y rendait dès que la pièce s'éclairait, alors que John s'activait déjà paisiblement dans la cuisine.

Ils étaient réduits à une promiscuité qu'ils n'avaient pas connue à bord de l'*Arès*, et ils avaient du mal à s'y accoutumer. Maya se plaignait de ne pas pouvoir dormir avec tous ces gens autour d'elle, mais, pourtant, Nadia la retrouvait au matin paisible, les lèvres entrouvertes. Elle était en fait la dernière à se réveiller et on l'entendait ronfler doucement tandis que les autres se lançaient déjà bruyamment dans la routine matinale.

Puis le soleil passait l'horizon, Nadia finissait son lait aux céréales (le lait était délayé dans de l'eau obtenue à partir de l'atmosphère, et il avait vraiment le goût de lait), et ensuite, très vite, elle se glissait dans son marcheur et partait au travail.

Les marcheurs avaient été conçus pour la surface martienne : ils n'étaient pas pressurisés comme les tenues spatiales, mais le tissu, constitué d'une maille métallique élastique, se comportait sur le corps comme un vêtement normal sous la pression de la Terre. Ce qui protégeait la peau des risques graves de dilatation si l'on était exposé à l'atmosphère ténue de Mars, tout en permettant plus de liberté de mouvements que n'importe quelle tenue pressurisée. Les marcheurs avaient aussi l'avantage notable de résister aux accidents : seul le casque en matière dure était étanche, mais si l'on s'égratignait un genou ou un coude, il suffisait d'un pansement, sans que l'on soit menacé de suffoquer et de mourir en quelques minutes.

Par contre, enfiler un marcheur constituait un exploit. Nadia s'agita pour remonter le pantalon sur ses sous-vêtements, avant de mettre son blouson et de zipper fermement les deux parties. Ensuite, elle chaussa ses bottes chauffantes, verrouilla les anneaux à ses chevilles, mit ses gants, les verrouilla aux anneaux de poignets, coiffa un casque dur parfaitement standard, le verrouilla sur le col du marcheur avant de se harnacher les bonbonnes d'air et de les connecter aux tubes respiratoires du casque. Elle inspira à fond deux ou trois fois, et apprécia le mélange frais d'oxygène et d'azote. Le bloc de poignet du marcheur indiquait que tous les joints étaient en place. Elle suivit alors John et Samantha dans le sas.

Ils fermèrent la porte intérieure, l'air fut aspiré dans les containers, et John ouvrit la porte extérieure.

Ils sortirent.

Chaque matin, c'était un émerveillement : sur cette plaine de rocaille, le soleil projetait des ombres immenses, soulignant les bosses et les creux. Généralement, le vent soufflait du sud et de fines lignes sinuaient sur le sable, donnant parfois l'illusion que les rochers rampaient dans le désert. Les vents les plus forts étaient à peine perceptibles si l'on tendait la main, mais ils n'avaient encore subi aucune tempête. A 500 kilomètres à l'heure, c'était certainement différent. Mais, à 20 à l'heure, ça n'était presque rien.

Nadia et Samantha se dirigèrent vers l'un des petits patrouilleurs qu'elles avaient déballés et montèrent à bord. Nadia démarra en direction du tracteur qu'ils avaient découvert la veille, à un kilomètre à l'ouest.

Le froid du matin brillait en éclats de diamant sur la visière de son casque, jouant sur la trame en X des filaments thermiques. C'était une sensation étrange mais, en Sibérie, elle avait connu des froids encore plus intenses.

Ils débarquèrent devant le grand atterrisseur. Nadia prit une foreuse avec un tournevis cruciforme et entreprit de démonter le caisson, au sommet du véhicule. Le tracteur, à l'intérieur de l'atterrisseur, était un Mercedes. Elle s'attaqua à un écrou et le récupéra très vite avant de passer au suivant, le sourire aux lèvres. Combien de fois n'avait-elle pas fait ça dans sa jeunesse par des températures de ce genre, les mains engourdies. Combien de fois ne s'était-elle pas battue contre des écrous gelés ou bloqués... Mais là, tout marchait. Ils cédaient gentiment les uns après les autres. Et, dans son marcheur, il faisait bien meilleur qu'en Sibérie, les gestes étaient plus libres que dans l'espace, cette tenue ne restreignant pas plus les mouvements qu'une mince combinaison de plongée un peu raide. Les blocs de pierre rouges paraissaient disséminés avec une régularité surnaturelle. Des messages passaient sur la fréquence générale :

— Hé, je suis tombé sur les panneaux solaires !

— Si tu crois que c'est un gros coup, moi, je viens de retrouver ce putain de réacteur nucléaire !

Oui, la matinée s'annonçait superbe sur Mars !

Les parois du caisson fournissaient une rampe idéale pour sortir le tracteur. Elles n'avaient pas l'air très solides, mais, encore une fois, c'était l'illusion de la gravité. Nadia avait enclenché le système de chauffage du tracteur dès qu'ils étaient arrivés, et elle se hissa jusqu'à la cabine pour mettre l'engin en autopilotage, ce qui était le mieux à faire pour qu'il quitte l'atterrisseur tout seul. Elle et Samantha se placèrent de part et d'autre pour surveiller la manœuvre au cas où la rampe improvisée se montrerait plus fragile dans le froid. Nadia était encore incapable de penser en termes de gravité martienne pour mesurer la fiabilité des dispositifs. La rampe lui semblait tellement mince !

Mais le tracteur descendit jusqu'au sol sans problème. Il était long de huit mètres, bleu roi, avec des roues à chenille énormes. Nadia et Samantha furent obligées de prendre une échelle pour grimper jusqu'à la cabine.

Le bras de la grue était déjà fixé sur la partie avant, ce qui leur facilita le travail pour charger à bord le treuil, les pièces détachées, l'aspirateur de sable, et ce qui restait de l'emballage. L'opération achevée, le tracteur ressemblait à un orgue à vapeur mais, une fois encore grâce à l'apesanteur, ça n'était guère qu'un problème d'équilibrage. L'engin était une vraie bête : 600 chevaux, des essieux géants, et des roues immenses. Le moteur à hydrazine avait des reprises qui classaient les diesels dans la Formule 1, mais il était aussi inexorable que la marée montante. Alors, elles démarrèrent, et Nadiejda Chernechevsky se retrouva aux commandes d'une formidable Mercedes lancée à travers le désert martien ! Subjuguée, elle suivit le patrouilleur de Samantha.

Et la matinée s'acheva. Elles retrouvèrent l'habitat, se débarrassèrent de leur casque, de leurs bonbonnes, et mangèrent rapidement, affamées, en marcheur et bottes.

Plus tard, elles reprirent le Mercedes et allèrent récupérer un extracteur d'air Bœing dans le secteur situé à l'est des habitats, là où seraient regroupées toutes les usines.

Les extracteurs d'air étaient de grands cylindres métalliques, qui ressemblaient plus ou moins aux fuselages des anciens 737, si ce n'est qu'ils étaient équipés de huit blocs de réacteurs de descente, de fusées motrices fixées sur leurs flancs, et de deux moteurs à réaction placés à l'avant et à l'arrière. Cinq extracteurs avaient été largués sur la zone deux ans auparavant. Depuis, leurs réacteurs avaient aspiré en permanence l'atmosphère. Les composants avaient été divisés, compressés et stockés dans d'énormes réservoirs. Ils étaient maintenant disponibles. Chacun des Bœing contenait donc 5 000 litres d'eau gelée, 3 000 litres d'oxygène liquide, 300 litres d'azote, 500 litres d'argon, et 400 litres de gaz carbonique.

Ça n'avait rien de facile de remorquer ces géants en terrain caillouteux jusqu'aux réservoirs des habitats, mais c'était nécessaire, parce qu'après qu'on les avait vidés, on pouvait les réactiver. Cet après-midi même, un autre groupe en avait vidé un avant de le relancer immédiatement, et le bourdonnement sourd de ses turbines résonnait partout, jusque dans tous les habitats et les casques.

L'extracteur de Nadia et Samantha était moins docile. Durant tout l'après-midi, elles ne réussirent à le remorquer que sur une centaine de mètres.

Elles avaient été obligées de se servir du bulldozer pour aménager une piste. Lorsqu'elles regagnèrent l'habitat, peu avant le crépuscule, elles avaient les muscles douloureux et les mains glacées. Elles se déshabillèrent pour ne garder que leurs sous-vêtements poussiéreux et se précipitèrent vers la cuisine.

Vlad estimait qu'ils brûlaient chacun environ 6 000 calories par jour.

Elles se cuisinèrent des pâtes réhydratées et faillirent s'ébouillanter les doigts. Après, elles allèrent se changer avant de se laver à l'éponge et à l'eau chaude, puis d'enfiler de nouvelles tenues.

— Ça va être difficile de les garder propres : cette poussière s'infiltre par les joints de poignets. Et les fermetures de hanches fonctionnent comme des aspirateurs.

— C'est de la poussière micronisée ! Je peux te dire que ça va nous créer plus de problèmes que des vêtement sales. Ça va s'infiltrer partout, dans nos poumons, notre sang, notre cerveau...

— C'est ça, la vie sur Mars.

C'était déjà un leitmotiv populaire que l'on entendait à propos de n'importe quels problèmes, tout particulièrement lorsqu'ils étaient insolubles.

Quelquefois, après le dîner, ils avaient droit à une ou deux heures de soleil, et Nadia, qui ne tenait pas en place, en profitait pour ressortir. Elle se perdait entre les caissons qui avaient été remorqués jusqu'à la base. Il lui arrivait de rassembler un nécessaire d'outillage, heureuse comme une gamine dans une confiserie. Toutes ces années passées dans l'industrie en Sibérie lui avaient appris à respecter les bons outils. Elle avait cruellement souffert de leur absence. Tout, dans le nord de la Yakoutie, était construit sur le permafrost, et les plates-formes s'enfonçaient plus ou moins au cours de l'été pour se retrouver enfouies dans la glace en hiver. Les matériaux de construction venaient des quatre coins du monde, la machinerie lourde de Suisse et de Suède, les foreuses d'Amérique et les réacteurs d'Ukraine. Ils avaient aussi hérité d'énormes stocks de matériel soviétique de récupération, parfois utilisable, d'autres fois incroyablement délabré, mais toujours vieux et dépareillé — les cotes de certains éléments étaient en pouces... — et ils étaient obligés d'improviser en permanence. C'est dans ces conditions qu'ils avaient construit des derricks avec des bouts de ficelle et assemblé des réacteurs nucléaires à côté desquels Tchernobyl aurait eu des airs de montre suisse. En tout cas, ils avaient accompli à la sueur de leur front un travail phénoménal avec un outillage qui aurait fait pleurer un rétameur.

Dans la dernière lueur de rubis du soleil, accompagnée par le jazz que diffusait son casque, elle allait de caisson en coffre pour récupérer tous les outils dont elle pouvait avoir besoin. Elle les emportait jusqu'à une petite pièce qu'elle avait réquisitionnée dans les hangars de stockage. En sifflotant des morceaux du King Oliver's Creole Band, elle agrandissait sa collection où l'on trouvait, entre autres : un assortiment de clés à six pans, quelques pinces, une perceuse, plusieurs serre-joints, quelques scies à métaux, un jeu de foreuses à percussion, un lot de sandows à l'épreuve du froid, un assortiment de limes, de rabots et de râpes, un ensemble de clés anglaises, un sertisseur, cinq marteaux, quelques clamps hémostatiques, trois crics hydrauliques, une soufflerie, plusieurs jeux de tournevis, des forets et des mèches, un coffret d'explosifs avec des détonateurs plastique, de l'adhésif, un énorme couteau suisse de l'armée, des sécateurs, des mini-cisailles, des brucelles, trois étaux, une pince à dénuder, des couteaux multi-lames, une pioche, des maillets, des riveteuses, des colliers de serrage, un ensemble de fraiseuses, un ensemble de tournis de joaillier, une loupe, d'autres rubans adhésifs de toutes sortes, un jeu de découpe et d'alésage de plombier, un nécessaire à couture, des ciseaux, un tour, des tamis, des niveaux de toutes les dimensions, des pinces à long bec, des tenailles, un nécessaire de robinetterie, trois pelles, un compresseur, un générateur, un nécessaire de soudure, une brouette...

Et tout ça ne constituait que son équipement mécanique, son atelier. Dans d'autres secteurs du hangar, on entassait du matériel de recherche et de labo, des outils d'exploration géologique, des ordinateurs, des radios, des télescopes, des caméras vidéo. Et l'équipe de la biosphère disposait de plusieurs hangars bourrés de matériel destiné à la construction de la ferme, des recycleurs de déchets, des échangeurs de gaz : en fait, l'essentiel de l'infrastructure nécessaire. L'équipe de médecine, elle aussi, entassait les équipements destinés à la clinique, aux labos de recherche, au génie génétique.

— Tu sais ce que tout ça représente ? fit Nadia à Sax Russell, un soir où ils visitaient ensemble son hangar. *Toute une ville*, entièrement démontée.

— Une ville plutôt prospère, apparemment.

— Oui, une ville universitaire. Avec des départements de pointe dans plusieurs sciences.

— Mais encore en pièces détachées.

— Oui. Mais ça me plaît assez comme ça.

Le crépuscule tombait et ils devaient impérativement regagner les habitats. Nadia trébucha dans le sas, se glissa à l'intérieur et avala rapidement un autre repas froid, assise sur son lit, tout en prêtant vaguement l'oreille aux bavardages qui tournaient surtout autour des tâches de la journée et du programme du lendemain.

Frank et Maya étaient chargés de la répartition du travail, en principe, mais en fait tout se passait spontanément, selon un système de troc tout à fait adapté. Hiroko excellait dans cet exercice, ce qui était surprenant quand on considérait son attitude de retrait durant le voyage. Mais maintenant, elle avait besoin d'aide, et, chaque soir, elle allait de l'un à l'autre, tellement convaincante qu'elle récupérait chaque jour une équipe de travail pour la ferme. Nadia n'était guère sensible à ces appels : ils disposaient de cinq ans de réserves de vivres lyophilisés ou en conserve, ce qui lui convenait parfaitement, vu qu'elle avait mangé plus mal durant une grande partie de son existence et qu'elle ne se souciait pas vraiment de la qualité des mets. Elle aurait aussi bien mangé du foin, ou refait le plein à la pompe, comme ses tracteurs. Mais la ferme serait utile pour faire pousser les bambous que Nadia avait l'intention d'utiliser pour la construction des habitats permanents. Tout était connecté, toutes leurs tâches étaient interdépendantes, nécessaires aux uns et aux autres. Aussi, quand Hiroko se laissa tomber près d'elle, elle lui dit :

— Oui, oui, je serai là à huit heures. Mais tu ne peux pas construire définitivement la ferme avant que l'habitat de base ne soit lui-même sur pied. Donc, demain, tu devrais me donner un coup de main, d'accord ?

— Non, non, fit Hiroko dans un rire. Après-demain, plutôt ?

C'était surtout Sax Russell et ses gens qui se battaient pour la main-d'œuvre. Ils essayaient de démarrer toutes les usines à la fois. De même que Vlad et Ursula, du groupe biomédical, qui avaient tellement envie de voir leurs labos opérationnels. Les trois équipes semblaient donc passer leur vie dans le parc de caravaning mais, heureusement, il y en avait bien d'autres qui n'étaient pas à ce point obsédés par leur travail. Comme Maya et John, et les autres cosmonautes, qui pensaient avant tout à s'installer dans des quartiers d'habitation plus vastes et moins fragiles dès que possible. Par conséquent, Nadia pouvait compter sur leur aide.

Son bref repas achevé, elle remporta son plateau à la cuisine, le nettoya rapidement, puis alla s'asseoir en compagnie d'Ann Clayborne, Simon Frazier et les autres géologues.

Ann semblait sur le point de s'endormir : elle passait ses matinées en excursions et randonnées à pied dans le désert et, dans l'après-midi, elle travaillait très dur à la base pour tenter de se rattraper.

Nadia la trouvait bizarrement tendue, moins heureuse de se retrouver sur Mars qu'on aurait pu le croire. Elle était réticente pour participer au travail de montage des usines, ou même avec Hiroko. Généralement, elle aidait l'équipe de Nadia : la construction de leurs futurs logements était moins susceptible d'altérer le milieu martien que les projets plus ambitieux des autres équipes.

Peut-être était-ce exact. Ann, quant à elle, ne disait rien. Elle était difficile à cerner, toujours rêveuse — non pas à la façon de Maya, c'est-à-dire dans le ton slave, mais de manière plus subtile et sombre, se disait Nadia. Elle avait un côté Bessie Smith.

Autour de Nadia, les autres allaient et venaient. Ils faisaient leur petite vaisselle avant de se mêler aux conversations, de lire les notices et les plans ou de se regrouper autour des terminaux. Puis, les uns après les autres, ils gagnaient leur lit, s'étiraient, les voix se faisaient plus discrètes, et le sommeil venait.

— C'est un peu la deuxième seconde de l'univers, remarqua Sax Russell en se passant la main sur le visage d'un geste las.

— Tous ensemble, sans aucune différence. Un paquet de particules chaudes qui vont se disperser.

C'était ça, une journée, et toutes se ressemblaient. Ils ne pouvaient même pas parler du temps, si ce n'est, à l'occasion, d'une trace de nuage ou d'un après-midi légèrement plus venteux que les autres. Les jours s'enchaînaient. Tout semblait prendre plus de temps que prévu. Ça commençait par la corvée des marcheurs, et ça se poursuivait par le réchauffement du matériel. Et même si tout avait été standardisé, les origines internationales de leur équipement entraînaient inévitablement des problèmes de gabarit ou de fonctionnement. Et puis il y avait la poussière...

— Ne parlez pas de poussière ! protestait Ann. C'est plus proche d'un gravier fin ! Dites de la poudre ! C'est de la *poudre* !

La poudre, donc, pénétrait partout. Dans le froid extérieur, tout effort était épuisant, ils travaillaient plus lentement que prévu, ils commençaient à se blesser, légèrement, mais de plus en plus souvent. Et puis, le nombre de choses à faire était ahurissant. Certaines missions ne leur étaient jamais apparues. Par exemple, il leur fallut près d'un mois pour ouvrir toutes les charges de fret (alors qu'ils avaient prévu dix jours), vérifier leur contenu et le trier, avant d'emporter les divers éléments sur les secteurs où ils devraient être utilisés.

Ensuite seulement, ils avaient pu commencer vraiment à construire. Là, Nadia était dans son univers. A bord de l'*Arès*, elle avait vécu en hibernation. Tout son talent était de construire, c'était la nature même de son génie. Elle avait appris cela à la dure école de la Sibérie. Très vite, elle était devenue le dépanneur numéro un de la colonie. Le remède universel, comme disait John.

Elle était intervenue sur tous les chantiers, elle avait aidé tout le monde, et quand elle se promenait un peu partout, tous les jours, pour répondre aux questions et donner des conseils, elle s'épanouissait dans une espèce de paradis de travail intemporel. Il y avait tant à faire ! Chaque soir, pendant leurs réunions de préparation, Hiroko déployait toutes ses ruses, tous ses charmes, et l'édification de la ferme s'accélérait : trois rangées de serres en parallèle, tout à fait semblables à des serres terrestres, mais plus petites et avec des parois plus épaisses pour éviter qu'elles n'explosent comme des ballons de baudruche. Même sous des pressions intérieures de l'ordre de 300 millibars, ce qui était une limite pour les cultures, la différence avec l'extérieur restait énorme. Un joint endommagé, un point faible, et... bang ! Mais Nadia était particulièrement performante sur les joints hypothermiques, et il ne se passait pas un jour sans qu'Hiroko ne l'appelle au secours.

Les responsables du nucléaire avaient besoin d'aide pour lancer leurs centrales, et les équipes d'assemblage appelaient Nadia à n'importe quelle heure. La crainte d'une erreur les pétrifiait, et les messages d'Arkady en provenance de Phobos, qui insistait pour qu'ils n'utilisent pas une technologie aussi dangereuse et attendent l'arrivée des éoliennes, étaient loin de les rassurer. Phyllis et lui s'accrochaient fréquemment à ce sujet.

Ce fut Hiroko qui coupa court à leur polémique, avec un dicton japonais très répandu : « *Shikata ga nai* », qui signifiait : *c'est la vie, il n'y a pas d'autre choix.* Il était possible que des éoliennes leur fournissent de l'énergie en quantité suffisante, comme le prétendait Arkady, mais ils ne disposaient pas du matériel pour en construire, alors qu'on leur avait expédié un réacteur nucléaire Rickover[1] construit par l'US Navy, qui était un vrai chef-d'œuvre. Et puis, personne ne désirait vraiment faire l'effort de l'énergie éolienne : ils étaient beaucoup trop pressés par le temps. *Shikata ga nai.* C'était devenu une de leurs maximes.

Aussi, chaque matin, l'équipe de Tchernobyl (qui devait son surnom à Arkady, bien évidemment), suppliait Nadia de superviser les installations. On les avait exilés loin à l'est de la base, et ça représentait une journée de travail à temps complet. Mais l'équipe médicale lui demanda son aide pour la construction d'une clinique avec des laboratoires à partir de caissons largués qui avaient été convertis en abris. Donc, elle modifia son emploi du temps, revint à la base à l'heure du déjeuner, avant d'aller travailler avec l'équipe médicale.

Tous les soirs, elle se couchait dans un état d'épuisement total.

Elle avait eu de longues discussions avec Arkady. Son équipe avait des difficultés avec la pesanteur particulière de Phobos et il avait besoin de ses conseils.

— Rien que pour avoir quelques petits *g*, lui avait-il dit. De quoi vivre et dormir...

— Vous n'avez qu'à construire une voie ferrée tout autour, lui avait-elle suggéré dans un état semi-comateux. Prenez l'un des réservoirs de l'*Arès*, faites-en un train, et donnez-lui la vitesse nécessaire pour vous retrouver au plafond sous une bonne pesanteur.

Elle avait perçu ses gloussements de rire fou à travers les crépitements de statique.

— Nadiejda Francine, je t'aime ! Je t'adore !

— Non, c'est la pesanteur que tu aimes !

Toutes ces interventions ralentissaient la construction de leur habitat permanent. Ce n'était qu'une fois par semaine qu'elle parvenait à s'échapper dans le Mercedes pour traverser le terrain labouré jusqu'à la tranchée qu'ils avaient commencée. Elle était large de dix mètres sur cinquante de longueur et quatre de profondeur. Le fond

1. Hyman George Rickover, né en 1900 en Pologne, fut l'un des premiers à concevoir la propulsion de sous-marins par des réacteurs nucléaires. Le *Nautilus* fut lancé en 1955. Promu au titre de vice-amiral en 1959, il contribua à la science en traversant en plongée l'océan Arctique, du Pacifique à l'Atlantique. Il étudia ainsi le comportement des équipages dans les espaces confinés. Il reçut en 1964 le prix Fermi. (*N.d.T.*)

avait la même constitution que la surface : argile, rochers de toutes tailles, poussière, poudre. Et régolite.

Tandis qu'elle travaillait avec le bulldozer, les géologues prélevaient des échantillons, même si Ann n'appréciait guère le fait qu'ils taillent dans le vif du terrain. Mais les géologues avaient toujours été attirés par les tranchées. Nadia écoutait leurs conversations. Ils estimaient que le régolite était identique jusqu'au fond de roche, ce qui était une mauvaise nouvelle pour Nadia : le régolite n'était vraiment pas le terrain idéal pour construire. Mais, au moins, la teneur en eau était faible, moins de 10 %, ce qui signifiait qu'ils ne courraient pas le risque des affaissements qui avaient été un de leurs cauchemars pour les édifices de Sibérie.

Quand le régolite serait correctement découpé, elle déposerait une fondation en ciment de Portland, le meilleur matériau dont elle disposait. Si la couche n'atteignait pas deux mètres, il pourrait craquer, mais *shikata ga nai*. Et l'épaisseur constituerait un isolement. Mais elle devrait prévoir de réchauffer la pâte et de la mettre en coffrage. Au-dessous de 13 degrés centigrades, ça serait impossible, ce qui impliquait un dispositif de chauffage électrique... Tout progressait, mais avec une telle lenteur !

Elle fit avancer son engin et la pelle mordit dans la tranchée. Le bulldozer s'inclina sous la charge de régolite.

— Quelle bête ! s'exclama Nadia avec fierté.

— Nadia est amoureuse de son bull ! lança Maya sur leur fréquence commune.

Au moins je sais qui j'aime, se dit Nadia. La semaine précédente, elle avait passé trop de soirées avec Maya dans son atelier, à l'écouter raconter ses problèmes avec John, et comment elle s'entendait mieux avec Frank, mais qu'elle ne savait pas quoi décider vraiment, parce qu'elle savait bien que Frank lui en voulait, etc. etc. etc. Nadia, tout en nettoyant ses outils, n'avait cessé de répéter *da, da, da*, pour ne pas révéler son manque d'intérêt. La vérité, c'était qu'elle en avait assez des problèmes de Maya, qu'elle aurait préféré discuter des matériaux de construction ou de n'importe quoi d'autre.

Un appel de Tchernobyl l'interrompit dans ses réflexions.

— Nadia, comment faire pour obtenir un ciment assez épais sous une telle température ?

— Chauffez-le !

— Mais c'est ce qu'on fait !

— Chauffez-le encore plus !

— Oh !...

Elle se dit qu'ils avaient presque fini. Le Rickover avait été en grande partie préassemblé, et il leur avait suffi de souder les formes, de mettre en place le condensateur en acier, de remplir d'eau les canalisations (ce qui réduisait leur réserve pratiquement à zéro), de faire le câblage électrique, d'entourer le tout de sacs de sable, et d'introduire les barres de contrôle. Ensuite, ils pourraient fournir 300 kilowatts à la demande, ce qui mettrait fin à la querelle naissante pour avoir la part du lion de la production du générateur.

Sax l'avait appelée. L'un des processeurs Sabatier[1] s'était colmaté, et ils n'arrivaient pas à démonter le coffrage. Nadia abandonna donc son engin à John et Maya, et prit un patrouilleur pour se rendre à l'usine.

— Je vais faire un tour chez les alchimistes ! lança-t-elle.

Dès que Nadia eut débarqué et se fut mise au travail sur le Sabatier, Sax lui dit :

— Est-ce que tu as remarqué à quel point nos outillages reflètent les caractères de l'industrie qui les a produits ? S'ils ont été conçus par l'industrie automobile, ils disposent d'une énergie mineure mais sont fiables. S'il s'agit de l'aérospatiale, ils ont une réserve d'énergie scandaleuse, mais ils tombent en panne deux fois par jour.

— Et les conceptions en partenariat sont d'un dessin abominable, appuya Nadia.

— Exact.

— Et le matériel de chimie est très récalcitrant, ajouta Spencer Jackson.

— Oui, je sais. Surtout avec cette poussière.

Les extracteurs Bœing n'avaient été que la première étape du complexe. Les gaz qu'ils produisaient étaient stockés dans d'énormes cuves. Lentement, ils élaboraient des produits de plus en plus complexes, qui passaient d'une usine de traitement à l'autre par le biais d'un jeu de structures qui pouvait évoquer des mobil-homes prisonniers d'une toile faite de réservoirs à code-couleur, de tuyauteries et de câbles.

Le produit préféré de Spencer était le magnésium. Et il en produisait beaucoup. Il se vantait d'en extraire cinquante-cinq kilos de chaque mètre cube de régolite. Et, sous la pesanteur martienne, une barre de magnésium ne pesait pas plus lourd qu'une règle de plastique.

— A l'état pur, il est trop friable, mais si on fait un alliage, on obtient un métal extrêmement léger et très résistant.

— De l'acier martien, dit Nadia.

— Bien mieux.

C'était ainsi que ces machines récalcitrantes faisaient de l'alchimie. Nadia trouva la solution du problème sur le Sabatier et alla réparer ensuite une pompe à vide. Elle s'étonnait toujours de voir à quel point l'usine de traitement dépendait d'autant de pompes. Souvent, elles

---

1. Paul Sabatier (1854-1941), chimiste qui collabora avec Senderens sur les hydrogénisations catalytiques réalisées à partir de nickel réduit et de synthèse d'hydrocarbures. Ce qui permit entre autres la fabrication industrielle de matières grasses alimentaires, comme la margarine. Il reçut le prix Nobel en 1912. (*N.d.T.*)

étaient assemblées n'importe comment, et leurs fonctions même avaient tendance à les engorger sous l'effet de la poudre.

Deux heures plus tard, le Sabatier était opérationnel. En retournant vers le parc de caravaning, elle fit une visite rapide à la première serre.

Les plantes étaient déjà en fleur, et les nouveaux semis poussaient sur les plates-bandes de terreau. C'était un vrai plaisir que de voir toute cette verdure apparaître dans ce monde rouge.

On lui avait dit que les bambous poussaient à vue d'œil : ils mesuraient maintenant près de cinq mètres. Bientôt, c'était évident, ils auraient besoin d'un appoint de sol.

Les alchimistes utilisaient l'azote produit par les Bœing pour synthétiser des engrais ammoniaqués. Hiroko en était littéralement avide, avec le régolite qui était un cauchemar agricole, riche en sels, bourré de péroxydes, aride et totalement dépourvu de biomasse.

Ils étaient condamnés à construire un sol tout comme ils devaient fabriquer des barres de magnésium.

Nadia retourna à son habitat pour un déjeuner rapide. Puis elle revint sur le site de l'habitat permanent.

En son absence, on avait presque mis à niveau la tranchée. Elle s'arrêta devant le trou et pensa au projet qu'ils allaient réaliser et qu'elle aimait follement : elle y avait travaillé dans l'Antarctique et à bord de l'*Arès*. Cela consistait en une simple ligne de chambres voûtées, en forme de barrique, avec des parois adjacentes. Installées dans la tranchée, les chambres seraient dans un premier temps à demi enfouies. Plus tard, elles seraient recouvertes d'une couche de dix mètres de régolite compressé, afin de stopper les radiations, mais aussi parce que la pressurisation serait de 450 millibars, pour éviter l'explosion des bâtiments.

Pour cela, ils n'avaient besoin que de matériaux produits sur place : ciment de Portland, briques à la base, plus quelques renforts de plastique pour l'étanchéité.

Malheureusement, les fabricants de briques rencontraient certaines difficultés, et ils appelèrent Nadia au secours.

Elle était un peu à bout et elle grommela :

— On a fait tous ces millions de kilomètres jusqu'ici et vous ne savez pas comment fabriquer des briques ?...

— Ça n'est pas le problème, lui dit Gene. Ce qui se passe, c'est qu'elles ne nous plaisent pas.

L'usine de fabrication de briques mélangeait les argiles et les sulfures extraits du régolite. La matière était ensuite coulée dans des moules et cuite jusqu'au point de polymérisation du sulfure. Les briques, durant leur refroidissement, étaient compressées. A leur sortie, elles étaient d'un rouge sombre, avec une résistance adaptée aux chambres en caveaux. Mais Gene n'était pas satisfait.

— On ne peut pas courir le risque d'avoir des toits trop pesants. Si on subissait un tremblement de Mars... Non, je n'aime pas ça.

Nadia réfléchit un instant et dit :

— Ajoutez du nylon.

— Quoi ?

— Oui. Allez récupérer les parachutes de tous les largages, découpez-les en lanières très minces, et mélangez-les à l'argile. Comme ça, vous aurez plus de résistance.

Gene rumina un moment.

— Mais c'est vrai que c'est une bonne idée ! Tu penses qu'on peut retrouver les parachutes ?

— Bien sûr, quelque part vers l'est.

C'est comme ça qu'ils trouvèrent un job pour les géologues qui, en fait, collaboraient à la construction. Ann, Simon, Phyllis, Sacha et Igor lancèrent leurs patrouilleurs vers l'horizon oriental, bien au-delà de Tchernobyl, et, dans la semaine suivante, ils récupérèrent presque quarante parachutes, représentant chacun quelques centaines de kilos de nylon.

Un jour, ils revinrent surexcités, parce qu'ils avaient atteint Ganges Catenas, une série d'avens creusés dans la plaine, à une centaine de kilomètres au sud-est.

— Vous savez, leur raconta Igor, c'était vraiment bizarre, parce qu'on ne les voit qu'à la dernière minute. On dirait d'énormes entonnoirs. Ils font au moins deux kilomètres de large sur dix de long. Et ils s'emmanchent par huit ou neuf, de plus en plus rétrécis. Fantastique ! Ils sont probablement thermokarstiques[1], mais c'est difficile à admettre vu leur taille.

— Mais ça fait tellement de bien de les apercevoir, coupa Sacha. Quand on s'est tellement habitués à cet horizon rapproché.

— Ils sont effectivement thermokarstiques, déclara Ann.

Mais ils n'avaient pas rencontré d'eau. Ce qui les obligeait à dépendre des ressources des extracteurs atmosphériques. Nadia haussa les épaules. Ces engins étaient sacrément solides.

Elle devait avant tout penser à ses caveaux. Les briques améliorées étaient arrivées et elle avait mis les robots sur le chantier de construction des murs et des toits. La briquetterie chargeait les petits véhicules robots qui fonçaient ensuite à travers la plaine comme des patrouilleurs-jouets. Sur le site, les grues déchargeaient les briques une par une et les mettaient en place sur le mortier froid répandu par une autre équipe de robots. Le système fonctionnait parfaitement et Nadia aurait été satisfaite si elle avait eu entière confiance dans ses robots. Ils semblaient travailler correctement, mais les expériences qu'elle avait eues avec les robots à l'époque de *Novy Mir* l'avaient rendue méfiante. Quand tout fonctionnait à la perfection, ils étaient magnifiques, mais rien n'était jamais longtemps parfait, et il était difficile de

1. Couche calcaire aux assises épaisses résultant de l'action souterraine des eaux qui dissolvent le carbonate de calcium. (*N.d.T.*)

les programmer avec des algorithmes de décision qui les rendaient soupçonneux au point de s'arrêter toutes les minutes, ou tellement indépendants qu'ils basculaient dans des actes d'une stupidité incroyable, répétant la même erreur des milliers de fois, transformant le moindre pépin en gaffe énorme. Exactement comme dans la vie émotionnelle de Maya. Les robots étaient ce qu'on y mettait, mais les meilleurs restaient encore de parfaits idiots.

Un soir, Maya tomba sur Nadia dans son atelier et lui demanda de passer sur une fréquence privée.

— Michel ne me sert à rien, se plaignit-elle. Je traverse une sale période et il se contente de me regarder comme un chien qui voudrait me lécher. Nadia, tu es la seule à qui je puisse faire confiance. Hier, j'ai dit à Frank que je pensais que John essayait de saper son autorité auprès de Houston, mais qu'il ne devait rapporter mes soupçons à qui que ce soit. Et voilà qu'aujourd'hui John m'a demandé pourquoi je pensais qu'il s'en prenait à Frank. Personne ne peut vous écouter et la fermer, ici !

Nadia acquiesça en roulant des yeux. Mais elle lui dit :

— Désolée, Maya, il faut que j'aille voir Hiroko pour une fuite qu'ils n'ont pas pu localiser.

En guise de baiser, elle cogna doucement sa visière contre celle de Maya, repassa sur la fréquence commune et partit.

Ça suffisait comme ça. Il était infiniment plus intéressant de bavarder avec Hiroko de problèmes réels, qui concernaient le monde réel. Hiroko était une personne brillante et, depuis le débarquement, elle estimait plus encore les capacités de Nadia. Il existait entre elles un respect professionnel mutuel, qui est fréquemment le ciment de l'amitié. Et puis, c'était tellement agréable de parler boulot et de rien d'autre. Joints hermétiques, mécanismes de verrouillage, ingénierie thermique, polarisation du verre, interfaces humains et ferme. (Hiroko avait toujours quelques coups d'avance sur les autres.) Ces discussions constituaient un réel soulagement après les confidences chuchotées de Maya, les supputations interminables pour déterminer qui aimait ou n'aimait pas Maya, ce qu'éprouvait Maya à tel ou tel sujet, qui lui avait encore fait du mal ce jour-là... Pff ! Hiroko, elle, ne se montrait jamais bizarre, sauf quand elle déclarait des choses que Nadia ne savait pas trop comment prendre.

— Mars va nous dire ce qu'elle veut, et ensuite, nous devrons le faire.

Comment réagir à ce genre de déclaration ? Hiroko, devant les haussements d'épaules de Nadia, se contentait de rire.

Le soir, on bavardait de tous côtés, avec véhémence, sans contrainte. Dmitri et Samantha étaient certains de pouvoir très bientôt introduire des micro-organismes de leur création dans le régolite, et qu'ils pourraient y survivre. Mais il leur faudrait d'abord l'autorisation de l'ONU. Nadia, elle, trouvait cette idée inquiétante. Par comparaison, l'ingénierie chimique des usines semblait très classique, elle ressemblait plus à la fabrication des briques que les redoutables expériences de création de la vie que préparait Samantha. Mais les chimistes avaient déjà réussi d'assez jolies créations. Il ne se passait pas un jour sans qu'ils ne débarquent dans le parc avec des échantillons de nouveaux matériaux : acide sulfurique, ciments pour le mortier de la voûte, explosifs au nitrate d'ammonium, carburant au cyanamide calcique pour les patrouilleurs, caoutchouc de polysulfure, hyperacides à base siliconique, agents émulsifiants, tubes de tests comportant des traces d'éléments nouveaux extraits des sels, plus, récemment, du verre transparent. Ce qui était une vraie réussite, car les précédentes tentatives de production n'avaient donné que du verre noir. Mais ils étaient parvenus à isoler le fer des silicates. Et c'est ainsi qu'une nuit, en patrouilleur, ils passèrent entre des plaques de verre plus ou moins ondulées, criblées de bulles et de défauts, qui semblaient avoir été fondues au XVIIe siècle.

Quand la première chambre fut enfouie et pressurisée, Nadia en fit l'inspection en ôtant son casque et en reniflant. L'atmosphère était à 450 millibars, comme celle de leurs casques et du parc de caravaning, composée d'un mélange oxygène-azote-argon, à environ 15 degrés centigrades. C'était merveilleux.

La chambre avait été divisée en deux niveaux. Le plafond de bambou était fixé dans les briques à deux mètres cinquante de hauteur. Les cylindres de bois vert tendre éclairés par les tubes de néon placés en dessous donnaient une ambiance très agréable. Un escalier de magnésium et de bambou accédait à un orifice d'accès. Elle grimpa les marches pour jeter un coup d'œil. Le bambou refendu qui constituait le sol était doux au regard. Elle leva les yeux vers la voûte de brique, à quelques centimètres au-dessus de sa tête. C'était là qu'elle avait prévu d'installer les chambres et la salle de bains. Le rez-de-chaussée serait réservé à la cuisine et au living.

Maya et Simon avaient déjà mis en place des revêtements muraux confectionnés avec les parachutes récupérés. Il n'y avait aucune fenêtre, et l'unique clarté était celle des néons. Ça ne plaisait guère à Nadia, et dans l'habitat plus grand qu'elle avait en projet, elle avait prévu d'ores et déjà des fenêtres dans toutes les pièces. Mais d'abord le plus urgent. Dans une première période, ces casernements aveugles étaient le mieux qu'ils aient pu concevoir. Et, après tout, c'était un sacré progrès par rapport au parc de caravaning.

En redescendant, elle effleura des doigts les briques et le mortier. Le contact était rugueux mais tiède, grâce aux éléments thermiques installés derrière. Il y en avait également sous le sol. Elle enleva ses chaussures et ses chaussettes pour apprécier la douce sensation des briques tièdes. C'était un endroit merveilleux, se dit-elle. Et même assez joli, si l'on pensait qu'ils avaient fait tout ce voyage jusqu'à Mars pour construire des demeures de brique et de bambou. Elle se souvenait des citernes qu'elle avait visitées en Crète des années auparavant, sur un site du nom d'Aptera : ces vestiges romains en forme de barrique, construits en brique, étaient enfouis à flanc de colline. Elles avaient à peu près la taille de ces chambres. Nul n'était parvenu à déterminer à quoi elles avaient pu servir — à entreposer de l'huile d'olive, disaient certains, mais cela aurait supposé une réserve d'huile phénoménale.

Deux mille ans après leur construction, ces celliers étaient encore intacts, dans une contrée soumise à des séismes fréquents.

Tout en remettant ses bottes, Nadia sourit. Dans deux mille ans, leurs descendants parcourraient peut-être cette salle, qui serait devenue un musée. Les premiers humains sur Mars ! Et c'était elle qui l'avait conçue. Elle sentit soudain le poids du regard du futur, et frissonna. Ils étaient comme les hommes de Cro-Magnon et, plus tard, leur existence serait très certainement étudiée par des archéologues. Et des gens comme elle se poseraient des questions interminables sans vraiment trouver de réponses.

Le temps passait et le travail avançait. Nadia, constamment occupée, en était étourdie. L'aménagement intérieur des caveaux était compliqué, et les robots se montraient peu utiles pour la plomberie, le chauffage, les fluides en général, les serrures et la cuisine. L'équipe de Nadia, qui disposait de tous les outils et du matériel nécessaires, et pouvait travailler en short et sweat-shirt, y passait un temps considérable. C'était boulot, boulot, boulot, jour après jour ! Un soir, peu avant le crépuscule, Nadia regagna lentement le parc. Elle était affamée, épuisée, totalement détendue et heureuse.

Cela dit, en fin de journée, il fallait redoubler d'attention : un soir, elle avait fait un trou d'un centimètre dans le dos d'un de ses gants, et elle ne s'était pas méfiée. Le froid n'était pas si terrible — moins cinquante degrés centigrade ; ce n'était rien à côté de certaines journées d'hiver, en Sibérie ! — mais la faible pression atmosphérique avait provoqué un hématome qui avait instantanément gelé. Ce qui avait eu pour résultat d'en diminuer le volume, bien sûr, mais avait beaucoup ralenti la guérison. Bref, il fallait toujours faire attention, mais au terme d'une journée de travail, les muscles fatigués se faisaient fluides, la clarté du soleil se rouillait en longues rayures obliques sur la plaine caillouteuse, et tout d'un coup, elle se rendit compte qu'elle était heureuse.

Arkady choisit cet instant pour l'appeler depuis Phobos et elle l'accueillit chaleureusement.

— Je me sens comme un solo de Louis Armstrong en 1947, lui dit-elle.

— Pourquoi 1947 ?

— Eh bien, je veux dire que c'était l'année où il semblait le plus heureux. Tu vois : après vingt années passées avec des orchestres atroces, il se retrouvait avec un tout petit groupe, le Hot Five, celui-là même qu'il avait dirigé dans sa jeunesse, avec les mêmes vieux morceaux, les bonnes vieilles têtes de ses copains — et le tout en mieux, à cause de la technologie d'enregistrement, de l'argent, du public, des musiciens, du prestige qu'il avait... Pour lui, ç'a dû être une fontaine de jouvence, je crois.

— Tu vas être obligée de m'expédier quelques enregistrements, dit Arkady.

Il risqua quelques paroles de *I can't give you anything but love, baby !* Phobos allait passer sous l'horizon. Il n'avait appelé que pour un petit bonjour.

— Alors, comme ça, c'est ton année 47, dit-il avant de disparaître dans le silence.

Nadia, tout en rangeant ses outils, retrouva les paroles de la chanson. Et elle se dit qu'Arkady avait raison : elle vivait son année 1947. Malgré les conditions de vie affreuses qu'elle avait connues, ces années de jeunesse en Sibérie avaient vraiment été les meilleures de sa vie. Plus tard, elle avait subi vingt ans avec les grands orchestres de cosmonautique, de bureaucratie, de simulation... tout ça pour arriver ici. Et elle se retrouvait à ciel ouvert, elle construisait des bâtiments avec ses mains, elle faisait fonctionner toute une lourde machinerie, elle résolvait cent problèmes par jour, exactement comme en Sibérie. Mais en mieux. C'était le retour de Satchmo !

Et lorsque Hiroko vint la trouver pour se plaindre :

— Nadia, mon vernier est complètement gelé !...

Elle lui chantonna :

— *That's the only thing I'm thinking of — baby !*

Avant de prendre la clé, de la cogner sur la table comme un marteau et de tourner le vernier pour bien montrer à Hiroko qu'il n'était plus bloqué.

Elle éclata de rire devant son expression.

— Mais c'est la solution de l'ingénieur, lui lança-t-elle.

Et elle s'éloigna en fredonnant. Hiroko était vraiment une drôle de fille : elle avait tout leur écosystème dans la tête, mais elle était incapable de planter un clou droit.

Ce même soir, elle parla avec Sax du travail de la journée, et avec Spencer du verre qu'ils avait reçu. Et puis, en plein milieu de leur conversation, elle se jeta sur sa couchette, enfonça la tête dans son oreiller avec un sentiment de bonheur, et se lança dans le dernier chorus de *Ain't misbehavin'*.

Il n'en fallut pas plus pour qu'elle verse dans le sommeil.

Mais les choses changeaient avec le temps. Et rien ne durait, pas plus la pierre que le bonheur.

— Est-ce que vous avez vraiment conscience que nous sommes en L_s 70 ? s'exclama Phyllis un soir. Et est-ce que nous ne nous sommes pas posés en L_s 7 ?

Ce qui voulait dire qu'ils étaient là depuis une demi-année martienne. Phyllis utilisait un calendrier calculé par les planétographes. Il était maintenant devenu plus familier dans la colonie que le système terrestre. L'année de Mars était longue de 668,6 jours locaux, et afin de définir à quel point ils en étaient dans cette longue année, ils se servaient du calendrier L_s. Selon ce système, la ligne entre le soleil et Mars au moment de l'équinoxe de printemps nord était à 0° et, ainsi, on pouvait diviser l'année en 360 degrés, ceci afin que L_s = 0° – 90° équivale au printemps nord, 90° – 180° à l'été sud, 180° – 270° à l'automne, et 270° – 360° (ou 0 de nouveau) à l'hiver.

Le calendrier martien
An 1 (2027 AD)

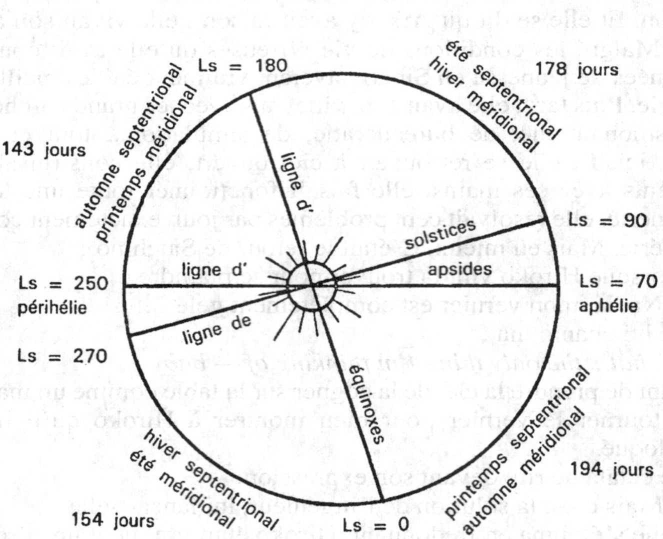

669 jours martiens au total dans une année martienne :
24 mois dont 21 mois de 28 jours et 3 mois (tous les huit mois) de 27 jours

Cette situation plutôt simple est compliquée par l'excentricité de l'orbite de Mars, extrême selon les standards terrestres : à son périhélie, Mars se trouve à 43 millions de kilomètres plus proche du soleil qu'à son aphélie, et reçoit donc à peu près 45 % de lumière en plus. Cette fluctuation rend les saisons inégales entre les deux hémisphères. Le périhélie se situe chaque année à $L_s = 250^o$, tard dans le printemps austral. Aussi, le printemps comme l'été sont nettement plus chauds dans l'hémisphère sud que dans le nord, avec des différences pouvant aller jusqu'à 30 degrés. Les automnes et les étés quant à eux sont plus froids puisqu'ils surviennent près de l'aphélie — tellement froids que la calotte polaire sud est essentiellement composée de gaz carbonique, alors que la calotte boréale est faite d'eau gelée. L'hémisphère sud est donc celui des extrêmes, et le nord celui de la modération.

L'excentricité orbitale de la planète est à l'origine d'une autre particularité notable : plus les planètes sont proches du soleil, plus vite elles se déplacent, et c'est ainsi que les saisons sont plus courtes vers le périhélie qu'à l'aphélie. Par exemple, l'automne boréal de Mars est de 143 jours, alors que le printemps dure 194 jours ! Certains prétendaient que cette seule raison justifiait l'installation de la colonie dans l'hémisphère nord.

En tout cas, ils étaient installés dans le nord. Et l'été était arrivé. Les jours allongeaient.

Tout autour de la base, les traces des engins formaient un réseau dense. Ils avaient coulé une chape de ciment sur la route de Tchernobyl. La base elle-même était désormais tellement étendue qu'à partir du parc de caravaning elle se déployait jusqu'à l'horizon dans toutes les directions. Le quartier des alchimistes et la route de Tchernobyl à l'est, l'habitat permanent au nord, la ferme et la zone de stockage à l'ouest, et le centre biomédical au sud.

Tous finirent par emménager dans les premières chambres de l'habitat permanent. Les discussions nocturnes y devinrent plus courtes et plus calmes que dans le parc. Certains jours même, Nadia ne recevait aucun appel d'urgence. Elle ne rendait plus visite à certaines équipes que de temps à autre : les biomeds, l'unité de prospection de Phyllis, et même Ann.

Un soir, Ann se jeta sur son lit, voisin de celui de Nadia, et l'invita à partir avec elle en exploration vers Hebes Chasma, à cent trente kilomètres au sud-ouest. Il était évident qu'elle voulait lui montrer quelque chose en particulier, mais Nadia refusa.

— J'ai trop de travail ici, tu le sais. La prochaine fois, peut-être.

Elle lut la déception sur le visage d'Ann.

Ils continuaient à progresser dans la construction : une aile nouvelle se déployait et ils achevaient l'aménagement intérieur des chambres.

Arkady avait suggéré une formation en carré, et Nadia allait suivre son conseil, car il lui avait dit qu'il serait possible, ensuite, de prévoir une toiture pour l'ensemble.

— C'est là que les poutrelles de magnésium vont nous être utiles, avait dit Nadia. Si seulement on pouvait obtenir des panneaux de verre plus résistants...

Ils avaient maintenant achevé deux côtés du carré, ce qui représentait douze chambres totalement installées.

Ann et son équipe revinrent d'Hebes. Ils passèrent tous la soirée à regarder leurs vidéos. On voyait d'abord les patrouilleurs qui traversaient les plaines de rocaille, puis apparaissait sur l'écran une crevasse qui ressemblait au seuil du monde. D'étranges falaises de faible hauteur barraient alors la route aux patrouilleurs. L'image dansa : un des véhicules venait de basculer.

Très vite, ils passèrent à une séquence prise depuis le bord, un long panoramique sur le canyon qui était plus immense que les cuvettes de Ganges Catena. Incroyable. La muraille d'en face était à peine discernable. En fait, des murailles rocheuses se dressaient de tous côtés, car Hebes était une faille quasi fermée, une ellipse longue de deux cents kilomètres sur cent de large.

L'équipe d'Ann avait atteint le rebord nord en fin d'après-midi, et la courbe orientale était nettement visible, baignée par la clarté du coucher de soleil. En direction de l'ouest, la paroi n'était plus qu'un rideau noir. Le fond de la faille était plus ou moins plat, avec une dépression centrale.

— Si l'on arrivait à poser un dôme flottant sur la faille, remarqua Ann, ça ferait un abri drôlement vaste.

— Pour ça, Ann, dit Sax, il faudrait un dôme-miracle. Parce que ça représente 10 000 kilomètres carrés.

— Mais ça serait vraiment bien et vraiment grand. Comme ça, on n'aurait même pas à s'occuper du reste de la planète.

— Le poids du dôme ferait s'effriter les parois du canyon.

— C'est pour ça que je parle de dôme flottant.

Sax secoua la tête.

— C'est plus exotique que cet ascenseur spatial dont tu parlais.

— Je voudrais habiter dans une maison tout près de l'endroit où vous avez pris ces vidéos, interrompit Nadia. La vue est superbe !

— Attends d'avoir vu les volcans de Tharsis, lança Ann, agacée. Là, tu pourras comparer.

Depuis quelque temps, ils avaient des petits accrochages de ce genre, qui rappelaient à Nadia les mauvais moments à bord de l'*Arès*.

Ainsi, Arkady et son équipe leur avaient envoyé des vidéos de Phobos, avec ce commentaire d'Arkady : « L'impact de Stickney a failli désintégrer toute la roche chondritique, avec 20 % d'eau. Une bonne partie s'est évaporée dans le système fractal pour se congeler en veines glaciaires. » C'était fascinant, d'accord, mais l'unique résultat fut une querelle entre Ann et Phyllis, les deux responsables de la géologie. Quant à savoir si cela expliquait réellement la présence de glace sur Phobos...

Phyllis alla même jusqu'à suggérer d'importer de la glace de

Phobos, ce qui était absurde, même s'ils n'arrivaient pas à couvrir les demandes en eau, toujours plus pressantes. Tchernobyl en consommait énormément, les fermiers voulaient installer un marais dans leur biosphère, et Nadia projetait la création d'un complexe de natation dans une des chambres, avec sauna, piscine à remous et jacuzzi.

Chaque soir, on lui demandait comment ça avançait : ils en avaient tous assez de se nettoyer avec des éponges, de garder la poussière collée à leur peau, sans jamais se réchauffer vraiment. Ils avaient besoin d'un grand bain — parce que leur cerveau de dauphin le demandait, dans leur endocortex ancien, là où les désirs étaient violents, primaires, et leur disaient de retourner vers l'eau.

Ils avaient besoin d'eau, plus encore, mais les sondages sismiques n'avaient pas apporté la preuve de l'existence de glace aquifère dans le sous-sol, jusqu'à présent. Et Ann soupçonnait qu'ils ne se trouvaient pas dans la bonne région pour ça. Ils devraient continuer à dépendre des extracteurs atmosphériques, ou bien gratter le régolite et le passer dans les distilleries. Ce qui déplaisait à Nadia. Les distilleries avaient été fabriquées par le consortium franco-hongro-chinois et elle était certaine qu'elles craqueraient dès qu'ils tenteraient de les utiliser massivement.

Mais c'était ça, la vie sur Mars. Ils étaient tombés dans un endroit sec. *Shikata ga nai.*

— On a toujours d'autres options, répliquait Phyllis, en suggérant de nouveau de charger la glace dans les véhicules de débarquement sur Phobos et de les descendre vers Mars.

Et la discussion était repartie. Ann considérait cela comme un gaspillage d'énergie totalement ridicule.

Tout ce qui se passait irritait d'autant plus Nadia qu'elle se sentait très en forme. Elle n'avait aucune raison de se quereller, et elle était très perturbée que les autres n'éprouvent pas les mêmes sentiments. Pourquoi les dynamiques de groupe devaient-elles fluctuer à ce point ?

Ils étaient là, désormais. Sur Mars, où les saisons étaient deux fois plus longues que sur Terre et chaque jour plus long de quarante minutes... Pourquoi n'arrivaient-ils donc pas à se détendre ?

Nadia avait le sentiment qu'elle avait assez de temps pour tout, même si elle était constamment occupée. Les trente-neuf minutes et demie dont ils bénéficiaient en supplément expliquaient en grande partie cette conviction. Les biorythmes circadiens de l'être humain avaient été déterminés par des millions d'années d'évolution de la vie et toutes ces minutes en extra, jour après jour, nuit après nuit, avaient certainement un effet.

Nadia en était sûre, parce que, malgré le rythme frénétique des journées de travail et la façon dont elle s'écroulait, épuisée, tous les soirs, elle se réveillait toujours reposée. C'était l'étrange pause que marquaient les horloges digitales, lorsque les chiffres passaient sur 12:00:00 et s'arrêtaient subitement, et que le temps non décompté passait, passait, passait, pendant un moment qui paraissait parfois interminable ; puis les horloges affichaient 12:00:01 et reprenaient leur décompte inexorable. Le laps de temps martien était décidément un moment très spécial. Nadia le passait souvent à dormir, comme la plupart d'entre eux.

Mais lorsque Hiroko était éveillée, à ce moment-là, elle avait un chant. Et, chaque nuit de samedi, elle et tous ceux de la ferme se rassemblaient et chantaient en japonais. Nadia ne comprenait pas les paroles, mais il lui arrivait de fredonner avec eux, heureuse d'être là, sous la voûte de leur habitat, avec ses amis.

C'est lors d'une de ces soirées, alors qu'elle était au seuil du sommeil, que Maya surgit et s'assit près d'elle pour lui parler.

Maya, avec son adorable visage, toujours parfaitement propre et nette, toujours élégante, même dans ses combinaisons de travail, avait l'air totalement défaite.

— Nadia, il faut que tu me rendes un service, je t'en prie. Je t'en prie.

— Quoi donc ?

— Je veux que tu dises quelque chose à Frank pour moi.

— Pourquoi ne le fais-tu pas toi-même ?

— Je ne veux pas que John nous voie ! J'ai un message à lui communiquer, et c'est toi, Nadiejda Francine, qui es mon unique ressource !

Nadia émit un vague son de dégoût.

— *Je t'en prie !*

Soudain, c'était surprenant, cette envie qui venait à Nadia de parler à Ann, Samantha ou Arkady. Oui, si seulement Arkady pouvait descendre de Phobos !

Mais Maya restait son amie. Et elle ne pouvait supporter une telle expression de désespoir sur son visage.

— Quel message ?

— Dis-lui que je le retrouverai cette nuit dans le secteur de stockage, fit Maya d'un ton impérieux. A minuit. Juste pour lui parler.

Nadia soupira. Mais, l'heure venue, elle alla trouver Frank et lui répéta le message. Il acquiesça sans affronter son regard, l'air embarrassé, sombre, malheureux.

Quelques jours plus tard, Nadia et Maya, ensemble, nettoyaient le sol de brique de la dernière chambre qui allait être pressurisée. Nadia céda à sa curiosité et demanda à Maya ce qui se passait exactement.

— Eh bien... C'est John et Frank, fit-elle d'un ton plaintif. Ils s'affrontent. Ils sont comme deux frères, mais il y a de la jalousie entre eux. John a été le premier homme sur Mars, et on l'a autorisé à y revenir. Frank considère que ça n'est pas juste. Il a beaucoup travaillé à Washington sur le projet de cette colonie, et il pense que John n'a pas cessé de tirer profit de son travail. Et puis... John et moi, nous sommes ensemble, je l'aime bien. Tout est facile avec lui. Facile, mais... Je ne sais pas. Non, pas ennuyeux. Mais pas vraiment excitant. Il aime bien se promener un peu partout, fréquenter les gens de la ferme. Et il ne parle pas beaucoup ! Avec Frank, je peux bavarder. D'accord, on se dispute souvent, mais au moins on cause ! Et puis tu le sais, on a eu une brève liaison sur l'*Arès*, au début du voyage. Ça n'a pas marché, mais lui croit encore qu'on pourrait recommencer.

Pourquoi croit-il ça ? faillit s'exclamer Nadia.

— Il ne cesse de me demander de quitter John pour vivre avec lui, et John s'en doute. Alors ça ne fait que renforcer leur jalousie. J'essaie seulement d'empêcher qu'ils ne se sautent à la gorge.

Nadia décida de s'en tenir à sa résolution et de ne plus poser de questions. Mais, désormais, elle était mêlée à cette affaire. Maya ne cessait de venir la trouver pour transmettre ses messages à Frank.

— Dis, je ne suis pas un coursier ! protestait Nadia.

Mais elle continuait et, une fois ou deux, il lui arriva d'avoir une longue conversation avec Frank, à propos de Maya bien sûr. Qui elle était, comment elle était, pourquoi elle agissait ainsi...

— Ecoute, lui dit Nadia. Je ne peux pas parler à sa place. J'ignore pourquoi elle agit comme ça, et c'est à toi de le lui demander. Mais ce que je sais, c'est qu'elle est de la vieille culture moscovite soviétique, elle a fait l'université, et elle était au Parti, comme sa mère et sa grand-mère. Les hommes étaient les ennemis de la babuchka de Maya, et sa mère, elle aussi, parlait de *matriochka.* Elle lui répétait toujours : « Les femmes sont les racines, les hommes ne sont que les feuilles. » Toute cette culture-là était fondée sur la méfiance, la peur et la manipulation. Maya en est un pur produit. Mais, dans le même temps, nous avons aussi la tradition de l'*amicochonstovo*, une sorte d'amitié intense qui vous apprend les détails les plus intimes de la vie de son ami, ce qui fait que, en un sens, on l'envahit. Et comme c'est impossible, ça se termine généralement très mal.

Frank hochait la tête. Nadia soupira et reprit :

— Ces amitiés-là peuvent déboucher sur l'amour, mais l'amour, alors, connaît les mêmes problèmes en plus grave, puisqu'il est aussi fondé sur la peur.

Et Frank, le beau, le grand, le sombre Frank, l'homme surpuissant qui tournait avec sa dynamo interne, soumis aux caprices d'une beauté russe névrotique, Frank approuva avec humilité et la remercia, l'air découragé. Mieux valait pour lui qu'il le fût.

Vlad n'avait jamais approuvé les horaires prolongés qu'ils devaient passer en surface durant la journée, et il déclara :

— Nous devrions rester sous la colline la majeure partie du temps, et enterrer également les labos. Les travaux extérieurs devraient être réduits à une heure tôt le matin, plus deux heures en fin d'après-midi, quand le soleil décline.

— Ah non ! Rester bouclés comme ça toute la journée ! protesta Ann, soutenue par beaucoup d'autres.

— On a énormément de travail, appuya Frank.

— Mais on peut en faire un maximum par téléopération, dit Vlad. C'est ce que nous devrions faire. Alors qu'en ce moment, c'est comme si nous nous trouvions à dix kilomètres d'une explosion nucléaire...

— Et alors ? fit Ann. Des soldats ont fait ça...

— Oui, tous les six mois, acheva Vlad en se tournant vers elle. Tu en serais capable ?

Elle parut décontenancée. Sans couche d'ozone, sans le moindre champ magnétique, ils étaient mitraillés par les radiations exactement comme dans l'espace interplanétaire, au niveau de 10 rems par an.

Frank et Maya prirent donc la décision d'ordonner la limitation des heures de surface. Il y avait suffisamment de travail sous la colline : les dernières chambres devaient être achevées, et ils allaient pouvoir creuser des caves, ce qui leur procurerait encore un peu plus d'espace abrité des radiations. La plupart des patrouilleurs étaient équipés pour des téléopérations à partir des stations : leurs algorithmes de décision se chargeaient des détails sous la surveillance des humains installés devant leurs moniteurs. Donc, c'était possible. Mais personne n'apprécia le genre de vie qui en résulta.

Même Sax Russell, qui avait toujours préféré le travail à l'intérieur, semblait maintenant perplexe.

Chaque soir, ils étaient de plus en plus nombreux à défendre le lancement immédiat des travaux de terraforming.

— Ça n'est pas à nous qu'il revient de prendre cette décision, leur annonça Frank d'un ton cassant. C'est à l'ONU. De plus, il s'agit d'une solution à long terme, à l'échelle de plusieurs siècles, sans doute. Inutile de gaspiller notre temps à en parler !

— C'est vrai, intervint Ann, mais je ne tiens pas non plus à gaspiller ma vie dans ces caves. Nous devrions vivre comme nous le voulons. Nous sommes tous trop vieux pour nous préoccuper des radiations.

Et les discussions reprirent. Nadia avait l'impression d'avoir été soulevée de la bonne vieille surface rocheuse de la planète pour se retrouver dans la réalité tendue de l'apesanteur, à bord de l'*Arès*. Ils se plaignaient tous, ils se querellaient, ils protestaient et trouvaient à redire sur tout — et puis, épuisés, vidés, désabusés, ils dormaient.

Nadia, de plus en plus souvent, quittait la chambre dès que le ton montait et se mettait en quête d'Hiroko, juste pour parler de choses concrètes. Mais il était difficile d'éviter les sujets brûlants, et même d'y penser.

Maya, un soir, vint la retrouver en larmes. Dans l'habitat permanent, il y avait maintenant suffisamment d'espace pour les conversations privées, et Nadia l'entraîna vers le coin nord-est des caveaux, là où les travaux d'aménagement intérieur se poursuivaient. Elles s'assirent côte à côte, et Nadia l'écouta en frissonnant, la prenant parfois par les épaules, la serrant contre elle. Puis l'arrêtant :

— Pourquoi tu ne te décides pas ? Pourquoi ne pas cesser de jouer l'un contre l'autre ?

— Mais j'ai décidé ! C'est John que j'aime. Je n'ai jamais cessé de l'aimer. Mais il m'a vue avec Frank et il croit que je l'ai trahi. C'est tellement ridicule de sa part ! Ils sont comme des frères, je te l'ai dit. Mais ils sont en compétition pour tout, et cette fois, ça n'est qu'une erreur !

Nadia refoula l'envie de demander des détails qu'elle ne voulait pas entendre. Mais elle continua d'écouter Maya.

C'est alors que John arriva. Nadia se leva pour se retirer, mais il ne sembla pas s'apercevoir de sa présence.

— Ecoute, fit-il à Maya. Je suis désolé, mais je ne peux pas faire autrement. C'est fini.

— Mais non, ça n'est pas fini, répliqua Maya, retrouvant instantanément son assurance. Je t'aime.

John eut un sourire triste.

— Oui. Et moi aussi je t'aime. Mais je veux que les choses soient simples.

— Mais *c'est* simple !

— Non. Ce que je veux dire, c'est que tu peux aimer plus d'une personne en même temps. Comme n'importe qui, c'est comme ça. Mais on ne peut être loyal qu'envers une seule. Et je veux... je tiens à être loyal. Envers quelqu'un qui se montre loyal en retour. C'est très simple, mais...

Il secoua la tête, incapable de trouver la formule juste. Il repartit vers les chambres de l'est.

— Ces Américains ! cracha Maya d'un air méchant. Tous des putains de gamins !

Et elle s'élança à sa poursuite.

Mais elle fut très vite de retour. John s'était réfugié dans un groupe et il refusait de quitter le box où ils se trouvaient.

— Je suis fatiguée... commença Nadia.

Mais Maya refusait de l'écouter. Elle était de plus en plus nerveuse. Et elles se remirent à discuter, elles ressassèrent le même sujet pendant plus d'une heure. Finalement, Nadia accepta d'aller voir John et de lui demander de revenir parler avec Maya. Elle passa de chambre en chambre, sans même prêter attention à leurs voûtes de brique et aux tentures de nylon multicolores. Elle n'était plus qu'une intermédiaire qui passait inaperçue. Ils n'auraient pas pu employer des robots pour ce genre de corvée ?...

Elle finit par retrouver John, qui s'excusa de ne pas lui avoir adressé la parole.

— J'étais à cran. Désolé. Je suppose que tu as tout entendu.

Elle haussa les épaules.

— Ça n'est pas le problème. Mais il faut que tu ailles lui parler. C'est comme ça avec elle. On parle, on parle... Si tu dois avoir des rapports avec elle, il faut commencer par parler, et c'est exactement la même chose si tu comptes mettre fin à ces rapports. Si tu ne le fais pas, à long terme, ça sera pire pour toi, crois-moi.

Il entendit son argument. Calmé, il se leva pour aller retrouver Maya.

Nadia put enfin aller se coucher.

Le lendemain, elle travailla jusqu'à une heure avancée sur une excavatrice. C'était son troisième travail de la journée, et le deuxième n'avait pas été simple. Samantha avait essayé de prendre un virage alors qu'elle transportait une charge avec la pelleteuse, qui avait piqué du nez. Le bras articulé s'était tordu, les vérins étaient sortis de leur logement et le liquide hydraulique avait gelé sur le sol avant même de s'y infiltrer. Ils avaient dû positionner des crics sous la motrice sur coussin d'air, découpler toute la partie mobile de la pelle et abaisser le véhicule sur les crics. L'opération tout entière avait été incroyablement pénible.

Ensuite, ils n'avaient pas plus tôt fini que Nadia avait reçu un appel à l'aide pour la foreuse Sandvik Tubex qui servait à percer des trous dans les rocs les plus volumineux afin de permettre le passage de la canalisation d'eau des alchimistes jusqu'à l'habitat permanent.

Apparemment, le marteau pneumatique était resté paralysé à fond de course, comme une flèche enfoncée jusqu'au cœur d'un tronc d'arbre.

Et c'est l'arbre du marteau que Nadia examina longuement.

— Tu aurais une suggestion à faire pour libérer le marteau sans le casser ? lui demanda Spencer.

— Oui, il faut faire sauter le rocher, fit-elle d'un ton las.

Elle gagna un tracteur équipé d'une pelleteuse, démarra et fit avancer l'engin jusqu'au rocher. Elle descendit et fixa un petit marteau Allied à impact hydraulique sur la pelleteuse. Elle venait juste de se positionner sur le sommet du rocher quand le marteau de forage dégagea sa mèche dans un sursaut violent. Le rocher fut soulevé en même temps et la main gauche de Nadia coincée sous son Allied.

Instinctivement, elle tenta de retirer sa main, et la douleur fusa dans tout son bras, jusqu'à sa poitrine. Toute une partie de son corps était en feu, et sa vision se fit blanche. Elle entendit des cris, quelque part, tout près d'elle.

— Qu'est-ce qui s'est passé ?

Elle devait avoir crié.

— Au secours ! grinça-t-elle.

Elle était assise, la main coincée entre le rocher et l'acier du marteau. Du pied, elle poussa le volant du tracteur et sentit le marteau racler ses phalanges. Puis elle retomba sur le dos, la main enfin libérée.

La douleur était à couper le souffle, elle s'enflait dans l'estomac, et elle se dit qu'elle allait s'évanouir. De sa main intacte, elle fit pression sur ses genoux, vit que sa main blessée saignait abondamment, que son gant était déchiré et son petit doigt apparemment absent.

Elle gémit et se pencha, serrant sa main contre elle avant de l'enfouir dans le sol, ignorant l'éclair brutal de souffrance. Même avec l'hémorragie, sa main serait gelée dans... combien de temps exactement ?

— Gèle, merde ! Gèle ! cria-t-elle.

Elle secoua la tête, les yeux embués de larmes, et s'efforça de regarder.

Le sang s'était répandu et se changeait en vapeur. Elle enfonça un peu plus sa main dans le sol. Déjà, la douleur diminuait. Bientôt, ses doigts seraient engourdis, et elle devrait faire attention à ce que sa main ne soit pas gelée tout entière ! La peur l'envahit à la seconde où elle se préparait à dégager sa main pour la mettre entre ses cuisses. Les autres arrivèrent, la soulevèrent, et elle s'évanouit.

Elle en était sortie estropiée.

— Nadia les Neuf Doigts, lui dit Arkady depuis Phobos. Et il lui cita quelques vers de Evtouchenko pour la mort de Louis Armstrong : « Fais comme tu faisais / Et joue. »

— Comment as-tu trouvé ça ? Je n'aurais jamais imaginé que tu aies pu lire Evtouchenko.

— Bien sûr que si. Il est meilleur que McGonagall ! Mais non, j'ai pris ça dans un bouquin à propos d'Armstrong. J'ai suivi ton conseil et j'ai écouté ses disques en travaillant. Et récemment, je me suis mis à lire ce qu'on avait écrit sur lui.

— J'aimerais tellement que tu redescendes.

C'était Vlad qui l'avait opérée. Il lui avait dit que tout se passerait bien.

— La section a été nette. L'annulaire droit est un peu déplacé et il prendra sans doute le relais de l'auriculaire. Mais les annulaires ne sont jamais très utiles. L'index et le majeur resteront aussi forts qu'avant.

Ils vinrent tous lui rendre visite. Mais elle conversait surtout avec Arkady dès qu'elle était seule, la nuit venue, durant les quatre heures et demie où Phobos traversait le ciel d'ouest en est. Il l'appelait presque chaque nuit, au début, et très souvent, par la suite.

Très vite, elle se remit, la main prise dans un plâtre bizarrement mince. Elle reprit ses interventions et ses conseils avec l'espoir de s'occuper l'esprit. Michel Duval n'était pas venu la voir, ce qui était étrange. Est-ce que les psychologues n'étaient pas faits pour ça ?... Elle arrivait difficilement à lutter contre la dépression. Elle avait toujours travaillé avec ses mains. Elle en avait besoin. Le plâtre finit par la gêner et elle cassa la partie qui lui entourait le poignet avec ses outils. Mais, quand elle était à l'extérieur, elle devait garder la main dans un coffre de protection. A cela, il n'y avait rien à faire. C'était vraiment déprimant.

Elle se retrouva le samedi soir assise au bord de la piscine à peine inaugurée, vidant lentement une bouteille de mauvais vin tout en regardant ses compagnons qui s'ébattaient dans leurs maillots tout neufs. Elle n'était pas la première victime de la colonie, loin de là ; ils étaient tous plus ou moins marqués par des mois d'efforts. Ils affichaient tous des brûlures de gel, des plaques de peau noire qui pelaient avec le temps et qu'ils perdaient comme des mues affreuses dans l'eau tiède. Maintenant, ils étaient plusieurs à porter des plâtres : sur les mains, les poignets, les bras, et même aux jambes. A vrai dire, c'était pure chance qu'il n'y ait encore eu aucun mort.

Tous ces corps, se dit-elle, et aucun pour elle. Ils se connaissaient si bien, comme les membres d'une famille. Ils étaient leurs propres docteurs, dormaient dans les mêmes chambres, s'habillaient dans les mêmes sas, se baignaient en commun. Ils constituaient un groupe ordinaire d'animaux humains, sans doute très voyant sur ce monde inerte, mais ils étaient plus réconfortants qu'excitants, la plupart du temps. Des corps mûrs. Nadia elle-même était rondelette comme un potiron, petite et musculeuse, râblée. Et seule. Son ami le plus proche était loin, ce n'était qu'une voix dans son oreille, un visage sur un écran. Quand il redescendrait de Phobos... Difficile de dire ce qui se passerait alors. Il avait eu pas mal de liaisons sur l'*Arès*, et Janet Blyleven était partie sur Phobos avec lui...

Les autres, au milieu des remous de la piscine, continuaient leurs conversations. Ann, longue et anguleuse, se pencha vers Sax Russell pour lui dire quelques mots, d'un ton très doux. Comme d'habitude, il fit semblant de ne pas l'entendre. Un jour, elle le giflerait. Bizarre de constater à quel point les comportements se modifiaient une fois encore, en même temps que la perception qu'ils avaient les uns des autres. Nadia était incapable de les déterminer de manière fixe : l'essence réelle du groupe était une chose à part, qui évoluait à son gré, et tout à fait distincte des individus qui la constituaient. Ce qui devait rendre impossible le travail de Michel, leur réducteur de têtes. Encore qu'il n'y eût rien à lui reprocher : Michel était le plus paisible et le plus discret des psychiatres que Nadia ait jamais rencontrés. Une valeur précieuse dans cette horde d'athées allergiques aux psys. Mais elle trouvait quand même bizarre qu'il ne soit pas venu la voir après son accident.

Un soir, en quittant la cantine, elle prit le tunnel qu'ils étaient en train de creuser à partir des chambres-caveaux en direction du complexe de la ferme. Et, à l'autre extrémité, elle discerna Maya et Frank qui se querellaient à voix basse. Le tunnel lui renvoyait les échos de leurs sentiments plutôt que de leurs paroles. Frank avait le visage déformé par la colère. Quant à Maya, elle pleurait, l'air éperdu. Elle lui lança brusquement :

— *Jamais* ça ne s'est passé comme ça !

Elle se mit à courir et le visage de Frank se changea en masque de chagrin.

C'est alors que Maya découvrit Nadia et se précipita vers elle.

Bouleversée, Nadia battit en retraite. Elle grimpa les escaliers de magnésium jusqu'au living de la chambre 2, et alluma aussitôt la télévision pour se plonger dans les programmes permanents de la Terre, ce qu'elle ne faisait que très rarement. Après un instant, elle coupa le son et leva les yeux vers les briques de la voûte. Maya la rejoignit et essaya de s'expliquer : il n'y avait rien entre elle et Frank. C'était lui qui avait tout imaginé, et il ne cessait de la pourchasser. Elle voulait John, rien que John, et ça n'était pas sa faute s'ils étaient en mauvais termes depuis quelque temps, mais uniquement à cause de cette passion débordante de Frank. Elle se sentait quand même un peu coupable parce que ces deux hommes avaient été tellement amis, presque comme deux frères.

Nadia l'écouta patiemment :

— *Da, da... Oui, je vois, je comprends...* dit-elle, tant et si bien que Maya finit par se rouler par terre en sanglotant.

Nadia, elle, se retrouva assise au bord d'un fauteuil, il ne lui restait que des questions. Maya jouait-elle la comédie ? Est-ce qu'ils s'étaient vraiment querellés ?... Est-ce qu'elle était vraiment une mauvaise amie pour ne pas se fier complètement à ce que lui racontait sa vieille copine ? Mais elle ne parvenait pas à rejeter la conviction que Maya brouillait ses traces et se livrait à une nouvelle manipulation. La seule preuve évidente qu'elle en avait était ces deux visages angoissés qu'elle avait entrevus dans le tunnel : un duel entre deux partenaires intimes. L'explication de Maya était certainement un mensonge. Nadia balbutia quelques mots avant de se coucher et de réfléchir : *tu as certainement pris beaucoup trop de mon temps et de mon énergie avec ces jeux-là. Ça m'a aussi coûté un doigt, petite pute !*

On allait vers le terme du long printemps de l'hémisphère nord et ils n'avaient toujours pas d'approvisionnement en eau. Ann proposa donc une expédition vers la calotte polaire et monta une distillerie robotisée tout en définissant un trajet que les patrouilleurs pourraient suivre en pilotage automatique.

— Viens avec nous, dit-elle à Nadia. Tu n'as presque rien vu de la planète jusque-là. Tu fais le va-et-vient entre Tchernobyl et ici, c'est tout. Tu ne connais pas Hebes ou Ganges, et tu n'as rien de mieux à faire pour le moment. Vraiment, Nadia, je ne comprends pas que tu sois restée terrée comme ça. Est-ce que tu crois que tu es vraiment sur Mars, en fait ?

— Pourquoi ?

— *Pourquoi ?* Je te le demande ! Ce que je veux dire, c'est que nos deux activités principales sont l'exploration de Mars et le soutien vital de cette exploration. Toi, tu t'es complètement noyée dans le soutien vital, sans porter le moindre intérêt aux motifs de notre présence ici !

— Eh bien... c'est parce que ça me plaît comme ça, fit Nadia, déconcertée.

— C'est parfait, mais essaie de prendre un peu de recul, veux-tu ? Bon Dieu, tu aurais pu rester sur Terre et t'installer comme plombier ! Tu n'avais pas à faire tout ce voyage pour conduire ces putains de *bulldozers* ! Tu comptes passer encore combien de temps à creuser, à installer des *toilettes,* à programmer des *tracteurs* ?

— D'accord, d'accord, acquiesça Nadia en songeant à Maya et à tous les autres.

De toute manière, le carré de caveaux était achevé. Et elle ajouta :

— Oui, peut-être que des vacances me feraient du bien.

Ils partirent à bord de trois patrouilleurs à long rayon d'action. Nadia et cinq géologues : Ann, Simon Frazier, George Berkovic, Phyllis Boyle et Edvard Perrin. George et Edvard étaient des amis de longue date de Phyllis, depuis le temps de la NASA, et ils la soutenaient quand elle plaidait sa cause : études de géologie appliquée. Ce qui signifiait, en clair, prospection de métaux rares. Simon était un allié potentiel d'Ann, voué à la recherche pure, il se cantonnait à une attitude neutre. Nadia savait tout cela, bien qu'elle n'ait passé que très peu de temps avec chacun d'eux, exception faite d'Ann. Mais les bavardages servaient à cela, et elle pouvait énumérer la liste des affinités de tous les gens de la base.

Les patrouilleurs étaient constitués de modules doubles montés sur deux trains de roues 4 × 4 couplés par un attelage flexible. Ils ressemblaient un peu à des fourmis géantes. Ils avaient été construits par Rolls-Royce et un consortium aérospatial multinational. Ils étaient splendides avec leur coque laquée aigue-marine.

Les modules avant contenaient les quartiers d'habitation et leurs vitres étaient teintées. Sur les modules arrière, on avait chargé les réservoirs de carburant et des panneaux solaires noirs à rotation. Les larges roues à croisillons faisaient deux mètres cinquante de hauteur.

Ils mirent le cap au nord à travers Lunae Planum tout en marquant régulièrement leur route avec de petits transpondeurs verts. Ils dégagèrent aussi les rochers susceptibles d'endommager un patrouilleur robot en se servant du chasse-neige de la petite grue installée à l'avant du premier véhicule. En fait, ils étaient en train d'ouvrir une route. Mais ils ne se servirent que rarement de la grue dans Lunae : ils firent route droit au nord-est à 30 kilomètres à l'heure pendant plusieurs jours. Ils avaient choisi ce cap afin d'éviter le complexe de canyons de Tempe et Mareotis, et ils quittèrent Lunae pour aborder la longue pente de Chryse Planitia. Toutes ces régions ressemblaient aux environs de leur camp de base, bosselées, parsemées de rocs mais, comme ils descendaient vers la plaine, ils bénéficiaient souvent d'une vue plus ouverte sur l'horizon. Pour Nadia, c'était un plaisir de découvrir sans cesse de nouvelles perspectives : des tertres, des creux, d'énormes rochers isolés et, parfois, une mesa ronde et basse qui révélait la paroi extérieure d'un cratère.

Après avoir descendu les Lowlands de l'hémisphère nord, ils obliquèrent vers le nord pour se diriger vers les immensités d'Acidalia Planitia, et ils roulèrent de nouveau à pleine vitesse pendant plusieurs jours. Ils laissaient derrière eux la trace des chenilles, comme une tondeuse à gazon, et semaient au fil des kilomètres leurs transpondeurs verts, brillants, incongrus au milieu des rochers de rouille.

Phyllis, Edvard et George envisageaient de petites excursions, en particulier sur les filons de surface du cratère de Perepelkin où les photos satellite avaient mis en évidence la présence de minéraux inhabituels. Et Ann ne cessait de leur rappeler l'objet de leur mission d'un ton irrité.

Nadia en fut attristée : Ann était aussi lointaine et tendue qu'à la base. Dès que la colonne s'arrêtait, elle descendait seule faire un tour. A l'heure du dîner, dans le patrouilleur 1, elle se tenait toujours à l'écart.

Nadia se décida enfin à essayer de la tirer de son repli :

— Ann, comment tous ces rochers se sont-ils dispersés comme ça ?...

— Ce sont des météores.

— Mais où sont les cratères ?

— La plupart se trouvent dans le sud.

— Alors, comment tous ces rochers sont-ils arrivés là ?

— Ils ont jailli dans l'impact. C'est pour ça qu'ils sont tous si petits. Seules de petites pierres pouvaient être éjectées aussi loin.

— Mais je croyais t'avoir entendue dire que ces plaines du nord étaient relativement jeunes, alors que la grande zone des cratères est plutôt ancienne.

— C'est exact. Les rochers que tu vois partout sont ce qui subsiste d'une action météoritique ultérieure. L'accumulation des débris rocheux dus aux météores est beaucoup plus importante que nous pouvons le constater. C'est ce qui a constitué le régolite. La couche mesure un kilomètre.

— Difficile à croire. Je veux dire que ça représente un nombre impressionnant de météores...

Ann hocha la tête.

— Ça s'est passé ils y a des milliards d'années. C'est toute la différence entre Mars et la Terre : ici, on compte en milliards d'années. Et j'avoue qu'il est difficile d'imaginer une pareille différence. Le fait de voir tout ça devrait nous y aider.

A mi-chemin d'Acidalia, ils pénétrèrent dans de longs canyons aux fonds plats, aux parois abruptes. George remarqua qu'ils ressemblaient beaucoup aux lits desséchés des légendaires canaux. Leur nom géologique était *fossae*, et ils se présentaient en essaims. Les plus étroits étaient infranchissables et, souvent, ils devaient suivre la bordure jusqu'à ce que le fond remonte ou que les parois se rapprochent. Ils pouvaient alors rouler sur la plaine.

L'horizon oscillait entre vingt et trois kilomètres. Les cratères étaient devenus rares, et ceux qu'ils contournaient étaient cernés de monticules qui rayonnaient à partir du centre — des cratères à caldeira[1], créés par des météores qui avaient percuté le permafrost pour être instantanément transformés en boue chaude. Les compagnons de Nadia passèrent une journée entière à errer dans les collines autour de ces cratères. Leurs pentes arrondies, selon Phyllis, révélaient la présence d'eau ancienne aussi clairement que le grain des bois pétrifiés indiquait l'arbre d'origine. Nadia comprit à son ton que c'était encore un de ses points de désaccord avec Ann. Phyllis croyait au modèle ancien et humide de Mars. Ann, elle, inclinait vers le modèle court. Plus ou moins. Nadia se disait que la science avait plusieurs facettes, qu'elle était aussi une arme qui permettait de s'attaquer aux autres scientifiques.

Plus loin vers le nord, vers le 54e degré de latitude, ils pénétrèrent dans les thermokarsts, un terrain de monticules à l'aspect bizarre parsemé d'un grand nombre de puits ovales aux bords abrupts appelés alases. Ces alases étaient cent fois plus grands que leurs équivalents

1. Une caldeira (mot portugais), est une dépression formée par l'effondrement de la partie centrale du cône volcanique. Sur Mars, elle est présente dans tous les volcans de type dit hawaïen, tels Olympus, Ascraeus, Arsia ou Pavonis. (*N.d.T.*)

terrestres. Certains mesuraient jusqu'à deux ou trois kilomètres et leur hauteur excédait soixante mètres. Les géologues étaient tous d'accord : c'était un signe certain de permafrost : le gel et le dégel saisonniers du sol l'amenaient à s'affaisser selon ce schéma. Des puits d'une telle dimension indiquaient que le sol avait dû être riche en eau, déclara Phyllis. A moins, répliqua Ann, que ce ne soit là une autre manifestation des échelons du temps martien. Un sol légèrement gelé qui s'affaissait ensuite lentement, très lentement, durant des éternités.

D'un ton agacé, Phyllis suggéra qu'ils essaient de trouver de l'eau dans le sol, et Ann accepta, tout aussi agacée.

Ils trouvèrent une pente douce entre deux dépressions et s'arrêtèrent pour mettre en place un collecteur d'eau sur le permafrost. Nadia dirigea l'opération avec une impression de soulagement. Le manque d'activité commençait à la rendre nerveuse et ce boulot était inespéré. Elle dégagea une tranchée de dix mètres avec la petite pelleteuse du patrouilleur, posa la galerie du collecteur, une canalisation d'acier inox perforée remplie de gravier, vérifia la mise en place des éléments chauffants autour de la canalisation et des filtres, puis finit en comblant la tranchée avec les rochers et l'argile qu'ils avaient dégagés au début de l'opération.

Sur la partie la plus basse de la galerie, ils avaient disposé une pompe et un puisard, ainsi qu'un tuyau isolé relié à un petit réservoir. Le chauffage des éléments serait assuré par des piles, qui seraient elles-mêmes rechargées par des panneaux solaires. Dès que le réservoir serait rempli, en supposant qu'il y ait suffisamment d'eau pour ça, la pompe serait coupée et une valve à solénoïde s'ouvrirait afin de permettre à l'eau de se déverser dans la galerie. Après quoi, les éléments thermiques seraient coupés à leur tour.

— C'est presque fait, déclara Nadia au terme de la journée tout en soudant le dernier segment de tuyau sur le pylône en magnésium.

Ses mains étaient très froides, et elle ressentait des élancements douloureux du côté de son petit doigt perdu.

— Quelqu'un devrait peut-être préparer le dîner. J'ai presque fini, ici.

Le tuyau devait être maintenant enveloppé dans un épais fourreau de mousse de polyuréthane avant d'être engagé dans un second tuyau de protection, plus large. Incroyable de constater à quel point les problèmes d'isolation pouvaient compliquer un travail de plomberie ordinaire !

Un écrou huit pans, une bague, une goupille, un solide tour de clé... Nadia remonta le long de l'ensemble du dispositif pour vérifier tous les joints. Parfait. Elle largua ses outils dans le patrouilleur 1 et promena son regard sur le chantier : un réservoir, une tuyauterie, une boîte au sol, les restes des travaux de tranchée, presque discrets dans ce paysage accidenté.

— On va boire un grand coup d'eau fraîche sur le chemin du retour ! déclara-t-elle.

2 000 kilomètres de plus vers le nord et ils débouchèrent enfin sur les pentes de Vastitas Borealis, une plaine volcanique ancienne qui encerclait l'hémisphère nord entre 60 et 70 degrés de latitude. Ann et ses géologues passaient deux heures chaque matin sur le sol dénudé de cette plaine à prélever des échantillons, avant qu'ils reprennent leur route droit au nord tout en discutant à propos de leurs découvertes. Ann semblait totalement absorbée par son travail, heureuse.

Un soir, Simon leur fit remarquer que Phobos passait juste au sud, au ras des collines, et que, dès le lendemain, il serait au-dessous de l'horizon. Remarquable démonstration de l'étroitesse de l'orbite du petit satellite de Mars, puisqu'ils n'étaient qu'à 69 degrés de latitude ! Mais Phobos était à cinq kilomètres à la verticale de l'équateur. Nadia pensa « au revoir », tout en se disant que ça ne l'empêcherait pas de parler à Arkady grâce aux satellites-radio aréosynchrones qu'ils avaient récemment reçus.

Trois jours plus tard, ils quittèrent le rocher noir pour des ondulations de sable noirâtre. Ils eurent l'impression d'atteindre une grève au bord d'un océan. Ils étaient au seuil des grandes dunes boréales, qui enveloppaient la planète entre Vastitas et la calotte polaire. Ils allaient les franchir sur huit cents kilomètres. Le sable ressemblait à de la poudre de charbon de bois tachetée de rose et de violet, un soulagement pour le regard après les étendues de gravats rougeâtres du sud. Les dunes se déployaient vers le nord et le sud. Leurs crêtes parallèles se brisaient ou se rejoignaient parfois. Sur un pareil terrain, la conduite était facile, car le sable était tassé, et il suffisait de choisir une grande dune et d'escalader sa bosse orientale.

Au bout de quelques jours, les dunes se firent plus grandes pour devenir ce qu'Ann appelait des dunes barkhanes. Elles évoquaient de grandes vagues gelées, les plus hautes avaient une centaine de mètres, faisaient un kilomètre de largeur et parfois plusieurs kilomètres de longueur. Comme la plupart des sites topographiques de Mars, elles étaient des centaines de fois plus vastes que leurs équivalents du Sahara ou du désert de Gobi. Les modules passaient du dos d'une vague à l'autre, pareils à de minuscules bateaux qui godillaient dans une mer noirâtre depuis longtemps gelée par une tempête titanesque.

Le patrouilleur 2 stoppa un jour au milieu de cette mer pétrifiée. Un voyant rouge s'était allumé sur le panneau de contrôle, signalant un problème dans l'attelage flexible. En fait, le module arrière était incliné sur la gauche, les roues enfoncées dans le sable. Nadia enfila un marcheur et sortit.

Elle balaya la poussière du joint à l'endroit où le couple était attaché au châssis du module et découvrit que les rivets étaient cassés.

— Ça va prendre du temps, annonça-t-elle. Il va falloir que vous trouviez à vous occuper dans le coin.

Bientôt, Phyllis, George émergèrent, suivis de Simon, Ann et Edvard. George et Phyllis allèrent prendre un transpondeur dans le patrouilleur 3 et l'installèrent à trois mètres à droite de leur route. Nadia se mit au travail sur le couple cassé, en maniant les choses avec d'infinies précautions. L'après-midi était froid, sans doute au-dessous de 70 degrés, et elle sentait les cristaux de glace qui menaçaient ses os.

Les rivets cassés refusaient de sortir du module, et elle fut obligée d'utiliser une perceuse pour forer d'autres trous, tout en chantonnant *The Sheik of Araby*. Ann, Edvard et Simon étaient lancés dans une grande discussion à propos du sable. Nadia l'aimait bien, ce sable qui, pour une fois, n'était pas rouge. Et elle était tellement heureuse de voir Ann absorbée par son travail.

Ils avaient presque atteint le Cercle arctique, et la date était $L_s = 84$. A deux semaines du solstice d'été de l'hémisphère nord, aussi les jours devenaient-ils plus longs.

Nadia et George travaillèrent jusqu'au soir pendant que Phyllis faisait réchauffer leur dîner. Ensuite, Nadia reprit son travail. Le soleil rouge était noyé dans un brouillard brun, minuscule au bord de l'horizon. L'atmosphère était trop ténue pour qu'il s'enfle et se déploie comme il le faisait sur Terre.

Nadia avait fini. Elle rangea ses outils et elle ouvrait le sas extérieur du patrouilleur 1 quand elle entendit la voix d'Ann :

— Nadia, tu rentres déjà ?

Elle leva la tête. Ann était sur la crête d'une dune, à l'ouest, et agitait la main sur le ciel sanguinolent.

— C'est ce que je comptais faire, dit Nadia.

— Viens ici, juste une minute. Je voudrais que tu voies ce coucher de soleil. Exceptionnel. Allez, viens avec nous. Tu verras, c'est très beau. Il y a des nuages à l'ouest.

Avec un soupir, Nadia referma le sas.

Le flanc oriental de la dune était en pente accentuée et Nadia, prudemment, suivit les traces d'Ann. Le sable, ici, était très ferme mais, en approchant de la crête, elle dut s'aider des mains. Enfin, elle put se redresser et regarder autour d'elle.

Seules, les crêtes des plus hautes dunes étaient encore effleurées par le soleil couchant. Le reste de la planète était une surface obscure, marquée par des croissants gris acier. L'horizon n'était qu'à cinq kilomètres. Ann était là, accroupie, une poignée de sable au creux de la main.

— Il est fait de quoi ? demanda Nadia.

— De particules minérales solides et sombres.

— Ça, même moi j'aurais pu te le dire.

— Tu en aurais été incapable avant qu'on arrive ici. Ç'aurait pu être de la matière pulvérulente avec des sels. Mais c'est de la poussière de roche.

— Pourquoi est-elle si sombre ?

— C'est volcanique. Sur Terre, le sable est surtout composé de quartz, tu sais, à cause du granit. Mais ici, sur Mars, le granit est rare. Ces particules sont probablement des silicates d'origine volcanique. De l'obsidienne, du silex, du grenat... Splendide, non ?...

Elle tendit sa main emplie de sable avec un sérieux parfait.

— Très beau, en effet, déclara Nadia, en observant le sable à travers sa visière.

Elles regardèrent le soleil descendre sous l'horizon. Et leurs ombres se projetaient vers l'est sous le ciel rouge sang, opaque, à peine moins dense qu'à l'horizon d'ouest.

Les nuages qu'Ann avait signalés s'étiraient en longues bandes jaunes, très loin en altitude. Quelque chose, dans le sable, captait leur clarté, et les dunes, elles, étaient franchement fauves. Le soleil n'était plus qu'un petit bouton d'or au-dessus duquel deux étoiles scintillaient : Vénus et la Terre.

— Depuis quelques nuits, elles se rapprochent, remarqua Ann d'une voix très douce. Leur conjonction devrait être particulièrement brillante.

Le soleil toucha l'horizon, et les crêtes des dunes furent estompées par les plages d'ombre. Le petit soleil-bouton déclina sous la ligne noire de l'occident. A présent, le ciel était un dôme marron piqueté de lointains nuages d'un vert silène. Les étoiles apparaissaient de toutes parts, et c'est alors que le ciel devint d'un violet intense, répondant aux coloris des dunes. Nadia et Ann eurent soudain l'impression que des croissants de crépuscule s'étaient répandus sur la plaine noire. Nadia éprouva comme la caresse d'une brise au long de son échine. Elle pénétra sa peau, picota ses joues. Devant tant de beauté, on pouvait frissonner, comme dans l'acte sexuel. Mais cette beauté était tellement étrange, *étrangère.* Jamais encore elle ne l'avait perçue comme en cet instant, jamais encore elle ne l'avait *sentie*. Elle comprenait maintenant qu'elle avait vécu un peu comme si la Sibérie était devenue plus humaine, dans un spectacle analogique à l'échelle d'un monde. Elle avait tout accepté, mais dans les termes du passé. Et à présent, elle était là, sous un ciel violet, à la surface d'un océan noir pétrifié, et tout était nouveau, étrange, sans comparaison possible avec tout ce qu'elle avait jamais connu. Tout à coup, le passé s'effritait dans sa tête et elle tournait en rond comme une petite fille qui cherchait à s'étourdir. La pesanteur la pénétrait par tous les pores de sa peau, et elle ne se sentait plus aussi vide qu'avant. Bien au contraire, elle était solide, compacte, équilibrée. Elle était comme un roc pensant qui pivotait de plus en plus vite sur sa base.

Elles dévalèrent la face abrupte de la dune sur leurs talons. Arrivée en bas, Nadia serra Ann entre ses bras.

— Oh, Ann, je ne saurai jamais comment te remercier pour ça !

Même au travers de leurs deux visières, elle entrevit le sourire d'Ann. Une vision rare.

Ensuite, les choses lui apparurent comme différentes. Bien sûr, elle savait que ça se passait en elle, qu'elle avait désormais un autre regard. Mais le paysage participait à cette sensation, il alimentait cette nouvelle attention qu'elle portait au monde extérieur. Le lendemain, ils quittèrent les dunes noires pour pénétrer dans ce que ses compagnons appelaient un *terrain laminé*. Une région de sable plat qui, en hiver, était recouverte par la jupe de givre de gaz carbonique de la calotte polaire. On était au milieu de l'été et le paysage était entièrement composé de lignes sinueuses. Ils passèrent de vastes plages de sable jaune cernées de longs plateaux curvilignes dont les rebords étaient en degrés ou en terrasses, lamifiés grossièrement ou en finesse, pareils à du bois poli. Ils n'avaient jamais rien rencontré de semblable et ils passaient leurs matinées à prélever des échantillons, à extraire des carottes minérales. Ils se dispersaient et couraient en un étrange ballet martien bondissant, se lançaient des commentaires jubilatoires. Et Nadia était aussi excitée qu'eux.

Ann lui expliqua qu'à chaque hiver, le givre lamifiait la surface du sable. Puis l'érosion des vents taillait des arroyos, dénudait leurs berges, et ainsi les parois de ces arroyos étaient faites de centaines de terrasses étroites.

— Ce terrain est, de lui-même, une carte en courbes de niveau, acheva Simon.

Ils roulaient durant la journée et sortaient chaque soir dans le crépuscule violet qui persistait jusqu'aux abords de minuit. Ils foraient et rapportaient des échantillons rugueux et glacés, toujours lamifiés, même en profondeur. Nadia accompagna Ann un soir. Elles étaient en train d'escalader une série de terrasses parallèles et Nadia écoutait d'une oreille distraite le discours d'Ann à propos du périhélie et de l'aphélie, quand elle porta son regard sur un arroyo qui scintillait comme s'il était empli de citrons et d'abricots en plein midi. Juste au-dessus, elle distingua de pâles nuages verts, lenticulaires, qui ressemblaient parfaitement à ceux de la Terre.

— Regarde !

Ann se retourna et resta paralysée tandis que le banc de nuages défilait lentement.

On les rappela aux patrouilleurs pour le dîner. En redescendant les terrasses de sable, Nadia eut la certitude qu'elle avait définitivement changé — ou bien que la planète devenait plus étrange et plus belle à mesure qu'ils montaient vers le nord. Ou bien les deux.

Ils roulaient sur des terrasses de sable jaune, très fin et dur, sans le moindre rocher en vue, au maximum de leur vitesse, ne ralentissant parfois que pour passer d'un niveau à un autre. La pente arrondie qui séparait les terrasses leur occasionnait quelquefois des problèmes et, par deux fois, ils durent faire marche arrière pour chercher un autre chemin. Mais ils en trouvaient toujours un sans difficulté.

Au quatrième jour de leur voyage en terrain laminé, les parois des plateaux s'inclinèrent et ils enfilèrent le clivage pour atteindre un niveau plus élevé. Et là, sur le nouvel horizon, ils découvrirent une colline blanche et ronde, une sorte de Ayers Rock. Une colline de glace ! Large d'un kilomètre et haute de cent mètres. Et, quand ils la contournèrent, ils constatèrent qu'elle allait plus loin vers le nord, au-delà de l'horizon. C'était une avancée glaciaire, et peut-être une langue de la calotte polaire. Dans les patrouilleurs, tout le monde criait, et dans le brouhaha et la confusion, Nadia identifia la voix de Phyllis : « De l'eau ! De l'eau ! »

Oui, c'était bien de l'eau. Et même s'ils avaient prévu d'en trouver là, c'était quand même extraordinaire d'en rencontrer toute une colline. La plus grande colline qu'ils aient vue durant les 5 000 kilomètres de leur expédition. Il leur fallut toute cette première journée pour s'y habituer. Ils s'arrêtèrent, prirent des repères, bavardèrent et, enfin, sortirent pour recueillir des échantillons. Ils escaladèrent la colline sur quelques mètres : tout comme les sables environnants, la glace était laminée horizontalement, marquée de lignes de poussière à un centimètre d'intervalle. La glace elle-même était granuleuse. Sous la pression atmosphérique, elle se sublimait presque à toutes les températures pour révéler des parois rocheuses piquetées et rongées sur plusieurs centimètres. Plus avant, la roche redevenait solide et dure.

— Ça représente beaucoup d'eau, disaient-ils tour à tour.

De l'eau à la surface de Mars...

Le lendemain, le glacier barrait tout leur horizon, sur la droite, pareil à une muraille blanche qu'ils suivirent toute la journée. Plus ils avançaient, plus elle devenait haute. Vers la fin de l'après-midi, la glace atteignait trois cents mètres et formait en fait une chaîne de montagnes blanches qui courait à l'est de la vallée à fond plat qu'ils suivaient. Puis, à l'horizon du nord-ouest, le sommet d'une nouvelle colline apparut. Sa base était encore invisible. Un nouveau glacier qui formait une seconde barrière, à l'ouest, à trente kilomètres de distance.

Ils étaient donc bien dans Chasma Borealis, une vallée creusée par les vents qui taillait droit dans la calotte polaire sur cinq cents kilomètres, c'est-à-dire plus de la moitié de la distance qui les séparait du pôle. Le fond de la faille était constitué de sable plat, aussi dur que du béton. Ils passaient de loin en loin sur des plaques craquantes de givre carbonique. Les parois de glace étaient hautes mais pas verticales. Elles étaient inclinées à 45 degrés et, pareilles aux flancs des collines des régions laminées, elles formaient des terrasses travaillées par l'érosion et la sublimation, les deux forces qui, au fil de dizaines de milliers d'années, avaient creusé la faille sur toute cette longueur.

Plutôt que de continuer leur route vers le fond de Chasma Borealis, ils obliquèrent vers la paroi ouest, en direction d'un transpondeur qui signalait un largage de matériel de minage glaciaire.

Les dunes sablonneuses du milieu de la faille étaient douces et régulières comme une immense tôle ondulée. Depuis une crête, les explorateurs repérèrent les containers, à moins de deux kilomètres du pied de la muraille de glace : de gros modules d'atterrissage au squelette métallique, étonnante vision dans ce monde fait de tonalités de blanc, de fauve et de rose.

— Quelle horreur ! s'exclama Ann.

Mais Phyllis et George applaudissaient.

L'après-midi s'étirait et, dans l'ombre, la paroi orientale du glacier acquérait une infinie variété de tons pastel : l'eau pure était claire, bleutée, mais l'ensemble de la paroi était d'un ivoire opalescent teinté de jaune et de rose. Des plaques irrégulières de glace carbonique la marquaient d'un blanc immaculé. Le contraste entre la glace sèche et la glace d'eau était net et permettait de lire les âges sur la paroi de la colline.

Dans cette perspective en raccourci, il était difficile d'avoir une idée de la hauteur de la colline de glace. Elle semblait monter à l'infini dans le ciel, mais son altitude ne devait pas excéder cinq cents mètres à partir du fond de Borealis.

— Ça fait une quantité d'eau *phénoménale*, déclara encore une fois Nadia.

— Et il y en a encore plus dans le sous-sol, remarqua Phyllis. Nos forages ont montré que la calotte s'étend jusqu'à plusieurs degrés de latitude vers le sud, en profondeur.

— Alors, nous avons plus d'eau que nous n'en aurons jamais besoin !

Ann plissa les lèvres d'un air vexé.

Le largage du matériel de minage avait déterminé le site du chantier glaciaire : sur la paroi ouest de Chasma Borealis, par 41 degrés de longitude et 83 degrés de latitude nord. Deimos venait de suivre Phobos sous l'horizon et ils ne le reverraient plus jusqu'à ce qu'ils franchissent à nouveau les 82 degrés de latitude nord. Les nuits de l'été martien baignaient dans un crépuscule sourd et mauve qui persistait durant une heure. Le reste du temps, le soleil tournait à moins de 20 degrés au-dessus de l'horizon. Ils passaient de longues heures à l'extérieur à installer le dispositif de minage glaciaire dans la paroi. L'élément principal était une foreuse de tunnel robotisée qui avait presque la taille d'un patrouilleur. L'engin perça la glace et ramena des cylindres d'un mètre et demi de diamètre. Il travaillait avec un bourdonnement grave et sourd, qui s'intensifiait dès que leurs casques étaient au contact de la glace ou même s'ils l'effleuraient. Ensuite, les tambours de glace passèrent sur une trémie avant d'être emportés par une pelleteuse robot en direction de la distillerie. La glace serait épurée de son contenu de poussière, et l'eau serait ensuite réfrigérée à nouveau sous forme de cubes plus pratiques pour le transport dans les caissons des patrouilleurs. Dès lors, les patrouilleurs de transport seraient parfaitement en mesure de faire l'aller-retour entre le site glaciaire et la base, et la colonie serait ainsi régulièrement approvisionnée en eau, bien au-delà de ses besoins. Rien que dans la partie visible de la calotte polaire, il y avait cinq millions de kilomètres cubes d'eau, estima Edvard au jugé.

Ils passèrent plusieurs jours à tester la foreuse et à déployer toute une batterie de panneaux solaires pour l'alimenter. Après le dîner, dans la soirée qui se prolongeait, Ann escalada la falaise de glace sous le prétexte d'aller prélever d'autres échantillons, mais Nadia savait qu'elle désirait avant tout s'éloigner des autres. Naturellement, elle voulait grimper jusqu'au sommet, poser le pied sur la calotte polaire et découvrir le paysage avant de prélever des échantillons des couches de glace les plus récentes. Et c'est ainsi qu'un jour, quand la foreuse eut passé tous les tests, Ann, Nadia et Simon se levèrent à l'aube — aux environs de deux heures du matin — et partirent dans le froid, projetant leurs ombres comme trois grandes araignées.

La pente était d'environ 30 degrés et elle s'accentua comme ils montaient, puis atteignaient des terrasses grossières taillées dans les strates glaciaires.

Il était sept heures du matin quand ils parvinrent au sommet. Vers le nord, la plaine de glace s'étendait à perte de vue. L'horizon plongeait à une trentaine de kilomètres de distance. En se tournant vers le sud, la vue, au-delà des volutes géométriques du terrain en strates, était la plus vaste que Nadia ait jamais découverte depuis leur arrivée.

La glace du plateau ressemblait au sable laminé de la plaine, marquée de larges bandes roses de dépôt. Vers l'est, l'autre paroi de Chasma Borealis était visible ; longue, haute, massive, quasi verticale.

— Regardez encore toute cette eau ! s'écria Nadia. Nous n'en manquerons jamais !

— Ça dépend, murmura Ann d'un air absent, tout en plantant sa petite foreuse dans la glace.

Elle tourna sa visière fumée vers Nadia.

— Si on laisse faire les terraformeurs, tout ça va s'envoler comme la rosée du matin. Pour nous faire de jolis nuages.

— Et ça serait grave ?

Ann la dévisagea, pensive, les yeux étrécis.

Ce soir-là, après le dîner, elle dit :

— Nous devrions faire un tour jusqu'au pôle.

Phyllis secoua la tête.

— Nous n'avons pas suffisamment d'air ni de provisions.

— Il n'y a qu'à demander un largage.

Edvard secoua la tête.

— La calotte polaire est coupée par des vallées presque aussi profondes que Borealis.

— Pas à ce point, répliqua Ann. On peut parfaitement les atteindre. D'accord, elles sont sinueuses vues de l'espace, mais c'est à cause de la différence d'albedo entre l'eau et le gaz carbonique. Les pentes n'excèdent jamais 6 degrés. Le terrain est simplement plus stratifié.

— Mais comment faire pour atteindre le pôle ? demanda George.

— Nous allons prendre une des langues de glace qui descendent vers le désert. Elles forment des sortes de rampes naturelles jusqu'au centre du massif de glace et, ensuite, nous mettrons le cap droit sur le pôle !

— On n'a aucune raison d'aller là-bas, protesta Phyllis. On verra simplement un peu plus de glace qu'ici. Et nous serons beaucoup plus exposés aux radiations.

— Et, appuya George, les provisions et l'air qui nous restent pourront nous être utiles pour explorer un peu plus les sites que nous avons traversés en venant ici.

Ann plissa le front.

— C'est moi qui dirige la mission de reconnaissance géologique, fit-elle d'un ton tranchant.

C'était peut-être vrai, mais, en tant que politicienne, elle n'était pas douée, surtout comparée à Phyllis, qui avait des tas d'amis à Houston et Washington.

En souriant, elle lança :

— Il n'y a aucune raison géologique particulière d'aller jusqu'au pôle. La glace y est comme ici. Le problème, c'est que *toi* tu veux y aller.

— Et alors ? rétorqua Ann. Nous avons d'autres réponses à trouver là-bas ! Tu es bien certaine que la composition de la glace est identique, qu'elle contient autant de poussière qu'ici ?... A chaque pas que nous faisons, nous trouvons de nouvelles informations.

— Mais nous sommes venus ici pour trouver de l'eau. Pas pour nous balader.

— Mais on ne se balade pas ! On a trouvé de l'eau pour continuer à explorer, et non le contraire ! Tu prends vraiment les choses à l'envers ! Il y a vraiment trop de gens qui font comme toi dans cette colonie !

— On va voir ce qu'ils en pensent, à la base, proposa Nadia. Ils ont peut-être besoin d'un petit service, ou bien ils vont nous dire qu'ils sont incapables d'envoyer un largage. On ne sait pas.

Ann grommela.

— Je suis sûre qu'on va finir par demander l'autorisation de l'ONU.

Elle ne se trompait pas. Frank et Maya étaient contre son projet. Quant à John, il parut intéressé mais ne prit pas parti. Elle eut le soutien d'Arkady dès qu'il fut au courant, et il promit de leur expédier le nécessaire depuis Phobos s'il le fallait, ce qui était en fait impossible pour raison orbitale.

C'est à ce point de la discussion que Maya appela le contrôle de mission à Houston et Baïkonour et que l'affaire fit des vagues. Hastings était opposé à l'expédition polaire, mais l'idée séduisait les gens de Baïkonour et un certain nombre de scientifiques.

Finalement, Ann prit le téléphone, l'air tendue, mais la voix tranchante et le ton arrogant.

— C'est moi qui dirige cette mission géologique, et je dis que cette expédition est nécessaire. Nous n'aurons jamais une meilleure occasion de nous procurer des éléments d'informations sur les conditions de formation de la calotte polaire. Le système planétaire est délicat et toute modification atmosphérique peut avoir des influences importantes. Et vous avez des plans à ce propos, non ? Sax, tu travailles encore sur ton dispositif de chauffage par éolienne ?

Il ne participait pas à la discussion et il fallut l'appeler.

— Bien sûr, répondit-il.

Avec Hiroko, ils avaient mis au point un projet de fabrication de mini-éoliennes qui seraient larguées sur toute la planète par des dirigeables. Les vents d'ouest permanents feraient tourner les éoliennes, et l'énergie serait convertie en chaleur dans les bobines avant d'être diffusée dans l'atmosphère.

Sax avait déjà conçu une usine robotisée destinée à la fabrication en série des éoliennes. Vlad avait fait remarquer que le coût de l'énergie thermique récupérée serait payé par un ralentissement des vents — on n'avait jamais rien pour rien. Mais Sax avait aussitôt fait remarquer que ce serait un bénéfice supplémentaire, si l'on prenait en compte la violence de certaines tempêtes de sable.

— Un peu de chaleur contre un peu de vent, c'est une sacrée bonne affaire !

— Un million d'éoliennes, donc, dit Ann. Pour commencer. Tu as bien parlé de répandre de la poussière noire sur les calottes polaires, n'est-ce pas, Sax ?...

— Ça rendra l'atmosphère plus dense que n'importe quel autre système.

— Par conséquent, si tu réussis, les calottes sont condamnées. Elles vont s'évaporer et on pourra se demander : « A quoi est-ce qu'elles ressemblaient, déjà ?... » Et personne ne le saura plus.

— Est-ce que vous avez suffisamment de réserves, suffisamment de temps ? demanda John.

— On va vous larguer ce qu'il faut, proposa de nouveau Arkady.

— L'été dure quatre mois, fit Ann.

— Tout ce que tu veux, c'est aller jusqu'au pôle ! insista Frank, faisant écho à Phyllis.

— Et puis après ? Il se peut que tu sois venu ici pour faire de la politique, mais moi, je voudrais voir à quoi ressemble le coin.

Nadia fit une grimace. Ann avait mis un terme à la conversation et Frank allait être furieux. Ce qui n 'était pas très habile. Ann, oh, Ann !

Le lendemain, les services de la Terre donnèrent leur opinion : la calotte polaire devait être examinée dans ses conditions aborigènes. La base ne soulevait donc aucune objection, et Frank ne revint pas en ligne. Simon et Nadia applaudirent :

— Cap sur le pôle !

Phyllis secoua la tête.

— Je ne vois pas quel avantage nous allons en tirer. George, Edvard et moi, nous allons rester ici et vérifier que la foreuse glaciaire fait son travail.

Et c'est ainsi que Nadia, Ann et Simon embarquèrent à bord du patrouilleur 3, redescendirent Chasma Borealis et s'orientèrent vers l'ouest, là où une langue glaciaire se déroulait en pente douce vers le sable, formant une rampe d'accès idéale. Les pignons des grandes roues attaquèrent la glace avec l'efficacité d'une auto-neige. Ils franchissaient des plaques de poussière granuleuse, des collines basses de glace dure, des champs immenses de gaz carbonique gelé d'un blanc aveuglant, mais roulaient la plupart du temps sur la dentelle habituelle d'eau sublimée.

Des vallées à haut fond se déployaient en spirale à partir du pôle, dans le sens des aiguilles d'une montre. Certaines étaient particulièrement larges. Après les avoir franchies, ils se retrouvèrent sur une pente chaotique qui s'inclinait à droite comme à gauche jusqu'à l'horizon, couverte d'une glace sèche et brillante. Ils continuèrent sur une vingtaine de kilomètres, jusqu'à ce que tout le paysage visible soit du même blanc lumineux. Puis, droit devant, une nouvelle pente apparut, qui avait la teinte familière de la glace rougeâtre et sale qu'ils avaient déjà rencontrée, avec ses lignes de strates. Au fond de l'auge, le monde était coupé en deux : blanc derrière eux, rose sale au-devant.

En escaladant les pentes orientées vers le sud, ils découvrirent une glace encore plus impure mais, ainsi qu'Ann le fit remarquer, chaque hiver, un mètre de glace sèche s'ajoutait à la calotte permanente pour venir écraser le filigrane pourri de l'été précédent. Ainsi, les fondrières étaient comblées d'année en année, et les grandes roues du patrouilleur broyaient sans effort la surface.

Ils traversaient une plaine aux contours adoucis qui se déployait aux quatre coins de l'horizon. Même au travers des baies polarisées du patrouilleur, la blancheur du paysage était immaculée. Ils passèrent à proximité d'une éminence basse, annulaire, sans doute la trace d'un impact météorique récent, nappé depuis par la glace. Bien entendu, ils firent halte pour prélever des échantillons. Nadia obligeait Ann et Simon à se limiter à quatre prélèvements par jour, afin de ne pas perdre trop de temps et de ne pas surcharger les coffres du véhicule.

Mais il n'y avait pas que les échantillons : souvent, ils passaient entre des rocs noirs, isolés, dispersés sur la glace comme des sculptures de Dali — des météorites. Ils collectaient les plus petits et prélevaient des échantillons des plus gros. Ils en rencontrèrent un qui avait la taille d'un patrouilleur. Pour la plupart, ils étaient composés de ferro-nickel ou de chondrites rocheuses.

Ann, tout en grattant un fragment, déclara à Nadia :

— Tu sais qu'on a trouvé sur Terre des météorites venus de Mars. Le contraire existe aussi, mais c'est moins fréquent. Pour arracher des rochers à la Terre et les expédier au-delà du champ gravitique, il faut un impact énorme — de l'ordre de delta V, 15 kilomètres par seconde au moins. J'ai entendu dire que 2 % de la matière éjectée de la Terre tombait sur Mars. Ça serait drôle de retrouver un bout du Yucatan ici, non ?

— Le météore du Yucatan, ça remonte à soixante millions d'années, remarqua Nadia. Il serait enfoui loin sous la glace.

— C'est vrai, fit Ann tandis qu'elles retournaient au patrouilleur. Eh bien, quand on fera fondre les calottes, on découvrira peut-être des choses. Tout un musée de météores.

Ils franchirent de nouvelles vallées. Le patrouilleur escaladait et dévalait les pentes comme un bateau fendant les vagues. Vagues immenses, puisqu'il y avait souvent quarante kilomètres entre deux crêtes. Ils marchaient à l'horloge, se garaient de dix heures du soir à cinq heures du matin sur des buttes ou des rebords de cratères enfouis afin d'avoir une vue du paysage environnant. La nuit, ils obscurcissaient les baies pour dormir plus calmement.

Un matin, Ann alluma la radio et balaya les fréquences des satellites aréosynchrones.

— Pas facile de trouver le pôle, fit-elle. Ceux de la première expédition ont passé un sacré bout de temps dans le nord, mais toujours en été, et ils ne pouvaient pas voir les étoiles. Et puis, ils n'avaient pas de repères satellites.

— Comment est-ce qu'ils se sont débrouillés ? demanda Nadia, curieuse.

Ann sourit.

— Je ne sais pas. Pas très bien en tout cas, je pense. Ils ont sans doute procédé par reconnaissance à l'aveuglette.

Ce problème intriguait Nadia, et elle prit quelques notes. La géométrie n'avait jamais été son point fort, mais elle supposait qu'au milieu de l'été, au pôle nord, le soleil devait décrire un cercle parfait sans jamais vraiment monter ou décliner. Donc, à proximité du pôle, en été, on pouvait se servir d'un sextant pour mesurer la hauteur du soleil... Correct ?

— On y est, dit Ann.

— Comment ?

Ils s'arrêtèrent et regardèrent autour d'eux. L'immense plaine ondulait jusqu'à l'horizon proche, marquée de quelques rares lignes synclinales rouges. Mais rien n'indiquait qu'ils étaient au sommet de quoi que ce fût de particulier.

— Il est où, exactement ? demanda Nadia.

— Eh bien, juste au nord, fit Ann en souriant. Disons à un kilomètre à peu près. Probablement par là. (Elle pointa le doigt sur leur droite.) On va aller dans cette direction et vérifier par satellite. Une petite triangulation, et on devrait tomber pile dessus. A cent mètres près.

— Si on y met le temps, ça sera de l'ordre du mètre ! s'exclama Simon, enthousiaste. On le tient !

Ils roulèrent durant une minute, consultèrent la radio, tournèrent plusieurs fois à angle droit et firent de nouveaux calculs de triangulation. Ann déclara enfin qu'ils étaient arrivés, ou du moins qu'ils étaient tout près. Simon lança l'ordinateur, puis ils enfilèrent leurs tenues et sortirent pour avoir la simple certitude qu'ils avaient bien marché sur le pôle nord de Mars.

Ann et Simon forèrent la glace pour extraire un autre échantillon. Nadia s'éloignait, en faisant une spirale, de leur véhicule. La plaine était d'un blanc rougeâtre, l'horizon à quatre kilomètres de là. Trop proche. Le sentiment d'étrangeté lui revint, comme dans les dunes noires : cet horizon rétréci, cette gravité légère, comme dans un rêve, ce monde qui paraissait grand et ne l'était pas... Et elle se tenait exactement sur son pôle nord. On était $L_s = 92$, au milieu de l'été. Elle fit face au soleil, sans bouger. Elle pourrait rester comme ça, et le soleil tournerait autour d'elle en un cercle parfait toute la journée, toute la semaine ! Etrange. Elle pivotait au sommet du monde. Elle se demanda si elle le sentirait vraiment en restant suffisamment longtemps ici, immobile ?...

Le verre polarisant de sa visière transformait l'éclat terrible du soleil sur la glace en un arc-en-ciel de points cristallins. Il ne faisait pas très froid. En levant la main, paume ouverte, elle sentit le souffle de la brise. Une longue ligne rouge et gracieuse courait sur l'horizon, comme une longitude matérialisée. Elle sourit. Le soleil était entouré d'une auréole délicate de glace qui effleurait l'horizon. La glace se sublimait à partir de la calotte et montait en luisant vers le ciel, alimentant l'auréole en cristaux. Le sourire de Nadia se fit plus radieux et elle imprima l'empreinte de ses bottes dans le pôle nord de Mars.

Le soir venu, ils alignèrent les polariseurs afin que le désert blanc qui les entourait n'ait plus qu'un éclat ténu à travers les baies du module.

Nadia était assise à l'écart avec son plateau-repas sur les genoux, sirotant son café. L'horloge digitale passa de 11:59:59 à 0:00:00 et s'arrêta. Tout parut soudain plus calme encore. Simon s'était endormi. Ann, dans le siège de conduite, observait la scène. Elle avait à peine entamé son dîner. L'unique son était le souffle du ventilateur.

— Je suis heureuse que tu m'aies amenée ici, lui dit Nadia. C'était merveilleux.

— Il fallait bien que quelqu'un en profite. (Lorsque Ann était en colère ou amère, sa voix se faisait lointaine, éteinte.) Il n 'y en a plus pour très longtemps.

— Tu en es certaine ? La couche fait cinq kilomètres, tu ne l'as pas dit toi-même ? Tu penses qu'elle va disparaître simplement parce qu'on va y déposer de la poussière noire ?

Ann haussa les épaules.

— Tout dépend de la température. Et également de la quantité d'eau existant sur cette planète, et de celle que nous récupérerons dans le régolite quand nous réchaufferons l'atmosphère. Nous ne savons pas vraiment ce qui se produira alors. Mais je crois que cette calotte constitue le réservoir d'eau le plus exposé, elle sera la plus sensible au changement. Il se pourrait qu'elle se sublime presque entièrement avant que le permafrost ait atteint 50 degrés.

— Entièrement ?

— Bien sûr, une partie reviendra se déposer là chaque hiver. Mais, si l'on calcule par rapport à l'ensemble du globe, ça ne fait pas autant d'eau que cela. C'est un monde sec, avec une atmosphère aride. L'Antarctique est une jungle, si l'on compare. Tu te souviens comme c'était sec, là-bas ? Donc, si les températures augmentent, la glace se sublimera à une allure très rapide. Toute la calotte va monter vers l'atmosphère et l'humidité sera poussée vers le sud, où elle gèlera chaque nuit. En fait, nous allons redistribuer toute cette glace sur l'ensemble de la planète sous forme d'une couche de givre d'un centimètre d'épaisseur. (Elle grimaça.) Moins que ça, bien sûr, puisqu'il y en aura une bonne partie en suspens dans l'air.

— Mais si la température augmente encore, le givre va fondre, et il pleuvra. Et comme ça, nous aurons des rivières, des fleuves, des lacs, n'est-ce pas ?

— Si la pression atmosphérique est suffisante. L'eau de surface dépend autant de la pression atmosphérique que de la température. Si l'une et l'autre augmentent, nous nous retrouverons sur le sable en quelques décennies.

— Belle collection de météorites, fit Nadia, pour tenter de rompre l'humeur sombre d'Ann.

En vain. Ann plissa les lèvres, penchée vers la baie, et secoua la tête. Impossible que son expression morne s'explique uniquement par ce qui allait se passer sur Mars. Il y avait autre chose au centre de sa colère, de son tourbillon mental intense. Elle était en pays Bessie Smith. Difficile à surveiller. Lorsque Maya était malheureuse, ça évoquait un blues d'Ella Fitzgerald, on savait que c'était une comédie, une émotion qui devait se déverser. Mais avec Ann, on avait mal.

Elle prit sa lasagne et la glissa dans le micro-ondes. Derrière elle, l'immensité blanche luisait sous le ciel noir, comme un négatif photo. Et l'horloge afficha brusquement 0:00:01.

Quatre jours plus tard, ils quittèrent la glace. Ils revenaient vers Phyllis, George et Edvard, quand ils s'arrêtèrent brusquement sur une crête. Une structure se dressait sur l'horizon. Un temple grec classique, avec six colonnes doriques de marbre blanc, surmontées d'un toit plat et circulaire, dressé sur le fond de sédiment de la faille.

— Bon Dieu, mais qu'est-ce que ?...

En s'approchant, ils virent que les colonnes étaient constituées de cylindres de glace extraits par la foreuse et que le disque du toit était grossièrement taillé.

— C'est une idée de George, leur apprit Phyllis par radio.

— J'avais remarqué que les cylindres de glace avaient la même dimension que les colonnes des Grecs, ajouta George, apparemment content de lui. Ensuite, tout était évident. Et puis, le minage se passe très bien et on avait un peu de temps à tuer.

— Formidable, commenta Simon.

Et c'était vrai : ils avaient devant eux un monument extra-terrestre venu d'un rêve. Il brillait comme de la chair vive dans le crépuscule. On aurait dit que du sang courait dans la glace.

— Le temple d'Arès.

— Non, de Neptune, rectifia George. Nous ne tenons pas à invoquer trop souvent Arès, je pense.

— Surtout quand on pense à toute la population du camp de base, ajouta Ann.

Ils roulaient droit vers le sud, en suivant l'autoroute formée par leur piste et les transpondeurs. Ann sentit tout de suite la différence de conduite ; ils n'exploraient plus des territoires vierges. La nature même du paysage avait changé. Le sol était marqué, sur la droite et sur la gauche, par les lignes parallèles qu'avaient laissées les roues à croisillons de tracteurs, et par les boîtiers verts recouverts d'une légère croûte de poussière qui indiquaient « le chemin ». Ils n'étaient plus en terrain inconnu. C'était pour ça qu'on construisait des routes, après tout. Parfois, et même très souvent, ils mettaient le patrouilleur 3 en conduite automatique.

Ils roulaient à 30 kilomètres à l'heure, sans problème. Ils observaient les traces qu'ils avaient laissées et bavardaient rarement. Sauf un matin, où ils se disputèrent à propos de Frank Chalmers. Ann prétendait qu'il était totalement machiavélique, alors que Phyllis le défendait en arguant qu'il n'était pas plus néfaste que n'importe qui dans son exercice du pouvoir. Nadia, qui se souvenait de toutes ses conversations avec Maya, savait très bien que Frank était plus complexe que cela. Mais le manque de discrétion d'Ann l'épouvantait, et tandis que Phyllis poursuivait son discours sur le rôle de cohésion que Frank avait joué durant tout le voyage, elle fixait Ann d'un regard noir pour essayer de lui faire comprendre qu'elle déraillait. Phyllis, plus tard, se servirait de ses indiscrétions, c'était clair. Mais Ann n'excellait pas dans l'art de capter les regards, même très noirs.

Tout à coup, le patrouilleur freina et s'arrêta. Personne n'avait surveillé la conduite automatique et ils se précipitèrent vers la baie avant.

Une nappe parfaitement plate et blanche s'étendait devant eux, sur une centaine de mètres.

— Qu'est-ce que c'est ? s'écria George.

— Notre pompe à permafrost a dû claquer, fit Nadia.

— Ou alors elle a trop bien fonctionné ! Parce que ça, c'est de la glace d'eau !

Ils repassèrent en manuel pour s'approcher. La glace couvrait leur route comme un épanchement de lave blanche. Ils enfilèrent leurs marcheurs et quittèrent le module.

— Oui, c'est bien notre patinoire, confirma Nadia avant d'aller examiner la pompe.

Elle déverrouilla le joint d'isolation.

— Ah, ah !... Une fuite... L'eau a gelé exactement ici, et elle a bloqué le robinet de fermeture en position ouverte. La pression a dû être très forte. L'écoulement a continué jusqu'à ce que la glace soit assez épaisse pour l'arrêter. Un coup de marteau et on aura un petit geyser.

Elle plongea dans ses outils, dans le caisson inférieur du module, et sortit un pic.

— Attention !

Elle ne donna qu'un coup léger dans la masse blanche, à l'endroit où la pompe était fixée au tuyau d'alimentation du réservoir. Et un jet d'eau fut projeté à un mètre en l'air.

— Wow !

Il aspergea la couverture de glace dans un dégagement de vapeur avant de geler en quelques secondes, pétrifié en une feuille de gel lobée.

— Regardez ça !

Le trou se gelait à son tour, l'épanchement cessa, et la vapeur se dispersa.

— Vous avez vu cette rapidité ?

— Comme dans les cratères d'éclaboussement, remarqua Nadia avec un sourire.

Elle se mit à gratter la glace autour de la valve d'arrêt tandis que Phyllis et Ann discutaient à propos de la migration du permafrost, des quantités d'eau que l'on trouvait sous cette latitude, etc, etc. De quoi en avoir un malaise. Mais elles se détestaient vraiment et elles étaient dans l'impossibilité de s'arrêter. A l'évidence, ce serait la dernière mission qu'elles accompliraient ensemble.

Nadia, quant à elle, n'éprouvait pas l'envie d'embarquer à nouveau avec Phyllis, George et Edvard. Ils formaient un groupe trop fermé. Mais Ann, elle aussi, était coupée de pas mal d'autres gens. Si elle n'y prenait pas garde, elle ne trouverait bientôt plus personne pour l'accompagner dans ses expéditions. Frank, par exemple — après tout ce qu'elle avait raconté d'horrible à son propos, décrivant en détail à Phyllis le personnage abominable qu'il était... Incroyable.

Et si elle gardait encore Simon de son côté, elle aurait quelque difficulté pour la conversation, car Simon Frazier était l'homme le plus discret et le moins disert de toute la colonie. Il avait dû prononcer moins de vingt phrases pendant le voyage. Ce qui mettait mal à l'aise, comme de communiquer avec un sourd-muet. A moins qu'il ne bavarde avec Ann, seul à seul ? Comment savoir ?

Nadia réussit enfin à remettre la valve en position arrêt, puis elle coupa la pompe.

— Si loin au nord, il faudra renforcer l'isolation, déclara-t-elle à qui voulait l'entendre, tout en rapportant ses outils jusqu'au patrouilleur.

Elle était épuisée et pressée de rejoindre la base pour reprendre son travail normal.

Et puis, elle voulait parler à Arkady. Lui, il saurait la faire rire. Et elle savait qu'elle le ferait rire en retour.

Ils ajoutèrent quelques morceaux de glace aux autres échantillons et mirent en place quatre transpondeurs pour guider les pilotes robots.

— Mais tout ça va se sublimer, non ? demanda Nadia.

Ann, perdue dans ses pensées, ne lui répondit pas.

— Il y a tellement d'eau par ici, marmonna-t-elle encore une fois, l'air excédée.

— Bien sûr ! lança Phyllis. Et pourquoi n'irions-nous pas jeter un coup d'œil sur ces dépôts qu'on a repérés au nord de Mareotis ?

Comme ils approchaient de la base, Ann devint taciturne et distante, le visage aussi rigide qu'un masque.

— Qu'y a-t-il ? lui demanda Nadia un soir.

Elles réparaient un transpondeur défaillant.

— Je ne veux pas retourner là-bas, dit Ann. (Elle s'était agenouillée près d'un rocher avec son marteau.) Je ne tiens pas à ce que ce voyage s'achève. J'aimerais qu'on continue comme ça tout le temps, qu'on descende les canyons, qu'on grimpe sur les volcans, qu'on explore les chaos et les montagnes autour d'Hellas. J'aimerais que ça ne s'arrête jamais. (Elle soupira.) Mais... je fais partie de l'équipe. Il faut bien que je retourne dans ce taudis avec les autres.

— C'est à ce point ?

Nadia, elle, pensait à ses superbes caveaux, à la piscine à remous, à un bon verre de vodka glacée.

— Mais tu me comprends ! Vingt-quatre heures et demie par jour dans ces petites salles enterrées, avec les complots politiques de Maya et de Frank, avec Arkady et Phyllis qui se disputent à n'importe quel propos, ce que je comprends maintenant, tu peux me croire, et George qui n'arrête pas de se plaindre, John perdu dans son brouillard, Hiroko obsédée par son petit empire, et aussi Vlad, et Sax... Je veux dire : c'est une foule impossible à vivre !

— Ils ne sont pas pires que n'importe qui. Ni pires ni meilleurs. Il faut faire avec. On ne peut pas s'en sortir seul ici !

— Non, je sais. Mais j'ai l'impression de ne pas être ici, justement, quand je suis à la base. Je préférerais encore me retrouver dans le vaisseau !

— Non, non. Tu oublies. (Elle donna un coup de pied dans le rocher sur lequel Ann travaillait, et Ann leva les yeux, surprise.) Tu vois ? Tu peux shooter dans les rochers, ici. On est là, Ann, *là,* sur Mars. Et tu peux sortir tous les jours pour aller faire un tour. Vu ta position, tu pourras te payer autant de voyages que tu le veux.

Ann détourna les yeux.

— Oui, mais parfois, ça ne me paraît pas suffisant.

Nadia ne la quittait pas du regard.

— Ecoute. C'est avant tout à cause des radiations que nous avons dû nous enterrer. Ce que tu veux dire en réalité, c'est que tu souhaiterais qu'il n'y ait plus de radiations. Ce qui signifie qu'il faut une atmosphère plus dense. Autrement dit : terraformer la planète.

— Je sais. (Soudain, la voix d'Ann était plus tendue, à tel point qu'elle abandonna son ton froid.) Tu penses que je ne le sais pas ? (Elle se leva en agitant son marteau de géologue.) Mais ça n'est pas juste ! Quand je contemple ce paysage, *je l'aime* ! Je ne veux qu'une chose, le parcourir sans cesse, le découvrir, l'apprendre. Mais en même temps, je le change — je détruis ce qui est, ce que j'aime. Cette route que nous avons tracée, ça me fait mal de la voir ! Et le camp de base ressemble à une mine à ciel ouvert, au milieu de ce désert que personne n'a touché depuis le commencement des temps. C'est tellement moche... Nadia, je ne veux pas qu'on fasse la même chose à toute cette planète. Non. J'aimerais mieux mourir. Il faut laisser Mars telle qu'elle est, dans toute sa sauvagerie, et que les radiations continuent à pleuvoir. Ça n'est qu'une question de statistiques, de toute manière. Je veux dire que si les risques de cancer augmentent de un à dix, alors j'ai raison neuf fois sur dix !

— C'est très bien pour toi. Ou pour n'importe quel autre individu. Mais pour le groupe, pour tous les êtres vivants — il y a un risque génétique grave. Avec le temps, nous serons diminués. Donc, tu ne peux pas penser pour toi seule.

— Parce que je fais partie de l'équipe, ajouta Ann d'un ton morne.

— Exactement.

— Je sais. Et c'est ce que tout le monde dit. On va rendre cet endroit habitable. Avec des routes, des villes. Un nouveau ciel, un nouveau sol. Jusqu'à ce qu'il ressemble à la Sibérie ou aux territoires du Nord-Ouest. Fini Mars, et nous nous demanderons alors pourquoi nous éprouvons ce sentiment de vide. Pourquoi, en contemplant le paysage, nous ne voyons que nos visages.

Au soixante-deuxième jour de leur expédition, ils aperçurent des colonnes de fumée à l'horizon sud. Brunes, blanches, grises et noires, elles se mêlaient en montant dans le ciel pour former un champignon aplati que le vent poussait vers l'est.

— La maison ! La maison ! s'écria joyeusement Phyllis.

Ils continuèrent en direction de la fumée, en suivant les traces qu'ils avaient laissées à l'aller, traversèrent la zone de largage, franchirent des fossés et des monticules de sable rouge, passèrent devant des puits et des entassements pour atteindre enfin la butte grossière de l'habitat dont le carré était à présent recouvert d'un réseau de poutrelles de magnésium. Même si la surprise réveilla soudain la passion de Nadia, elle ne put s'empêcher au passage de remarquer les structures, les caissons, les tracteurs, les grues, les pièces détachées abandonnées, les décharges, les éoliennes, les panneaux solaires, les réservoirs d'eau, et les routes de béton qui allaient vers le sud, l'est et l'ouest. Les extracteurs d'air, les quartiers trapus des alchimistes dont les cheminées crachaient les colonnes de fumée, les empilements de verre, les cônes de gravier gris, et les montagnes de régolite brut autour de la cimenterie, tout cela avait l'aspect fonctionnel, désordonné et laid de Vanino, Ousman ou de n'importe quelle cité industrielle stalinienne de l'Oural ou des champs pétrolifères de Yakoutie. Ils traversèrent cette région de désolation sur cinq bons kilomètres, et Nadia n'osait même pas regarder Ann, assise à côté d'elle, cloîtrée dans un silence de mépris et de dégoût. Nadia, elle aussi, était choquée et surprise par ce bouleversement. Tout lui avait paru tellement naturel avant leur expédition, si plaisant à vrai dire. Maintenant, elle était au bord de la nausée, et elle redoutait une réaction violente d'Ann, surtout si Phyllis se mettait à discuter. Mais Phyllis se taisait, et ils descendirent bientôt la rampe du garage nord. L'expédition était terminée.

L'un après l'autre, les trois patrouilleurs franchirent les portails. Des visages familiers apparurent. Maya, Frank, Michel, Sax, John, Ursula, Spencer, Hiroko et tous les autres. Ils étaient comme leurs frères et leurs sœurs, mais tellement nombreux, soudain, que Nadia se sentit débordée et se recroquevilla comme une anémone. Elle eut de la difficulté à parler. Quelque chose lui échappait, qu'elle essayait de retenir. Elle chercha Ann et Simon, mais ils étaient déjà noyés dans un autre groupe. Ann restait stoïque, les traits figés.

Phyllis raconta pour eux :

— C'était très beau, vraiment spectaculaire. Le soleil de minuit et la glace, une quantité fabuleuse de glace. Nous allons disposer d'une quantité d'eau énorme. Quand on est au sommet de la calotte, c'est exactement comme l'Arctique.

— Est-ce que vous avez trouvé des phosphates ? demanda Hiroko.

C'était un plaisir de retrouver son visage. Elle s'était tellement inquiétée du manque de phosphates pour ses plantes. Ann lui répondit qu'elle avait trouvé des veines de sulfates dans les matériaux légers des cratères qui entouraient Acidalia Planitia, et elles allèrent toutes deux récupérer les échantillons. Nadia, elle, suivit les autres à l'intérieur de l'habitat. Elle aspirait à une vraie douche, des légumes frais, tout en écoutant distraitement Maya lui donner les dernières nouvelles. Oui, elle était vraiment de retour.

Elle reprit le travail. Comme avant, il y avait tant de choses différentes à faire, une liste interminable d'interventions, jamais suffisamment de temps. Surtout parce que certaines opérations prenaient beaucoup plus d'heures que Nadia ne l'avait escompté. Avec les robots, tout était plus long. Et elle ne retrouva à aucun moment le bonheur qu'elle avait éprouvé en construisant les chambres en voûte, même si tout était intéressant sur le plan technique.

S'ils voulaient que le square central, au-dessous du dôme, soit utile, ils devraient déposer un fond composé de gravier, de béton, de gravier encore, de fibre de verre, de régolite, et, enfin, d'humus traité, afin de maintenir la pression, de barrer la route aux rayons ultraviolets et à la plupart des rayons cosmiques.

Quand tout serait achevé, ils disposeraient d'un jardin-atrium central d'environ 10 000 mètres carrés. Le plan était élégant et satisfaisant. Mais, dès que Nadia se lança sur les divers aspects de la structure, elle ressentit comme une tension de l'esprit, en même temps qu'une boule lui montait dans la gorge.

Maya et Frank n'avaient plus de rapports officiels, ce qui était un signe certain de la dégradation de leurs rapports privés. Et Frank ne semblait plus adresser la parole à John. Lamentable.

La liaison rompue entre Sacha et Yeli avait provoqué une sorte de guerre civile entre leurs amis. Quant à la bande d'Hiroko, Iwao, Raul, Ellen, Rya, Gene, Evgenia et les autres, sans doute par réaction contre cette ambiance, ils passaient leur temps dans l'atrium ou les serres, plus coupés que jamais du reste de la colonie.

Vlad, Ursula et toute l'équipe médicale étaient cloîtrés dans le secteur de la recherche, sauf pour s'occuper de la clinique qu'ils géraient avec les autres. Cette situation rendait Frank furieux. Quant aux ingénieurs généticiens, ils passaient l'intégralité de leur temps dans les labos qui avaient été construits dans l'ex-parc de caravaning.

Et pourtant, Michel se comportait comme si tout était normal, comme s'il n'était pas le psychologue officiel de la colonie. Il passait le plus clair de son temps à regarder la télévision française. Et quand Nadia l'interrogea au sujet de Frank et de John, il lui répondit par un regard neutre.

Ils étaient sur Mars depuis 420 jours, et les premières secondes de leur débarquement appartenaient au passé. Ils ne se rassemblaient plus pour discuter de la journée de travail.

— On est trop occupés, répondaient-ils tous à Nadia quand elle posait la question. On a tellement de choses à faire, tu sais, que tu t'endormirais si on te les récitait. Même moi, ça m'endort.

Parfois, elle retrouvait les images des dunes noires, de la glace, et des silhouettes de ses compagnons sur le ciel du crépuscule. Alors, elle frissonnait et soupirait.

Ann était déjà repartie pour une nouvelle expédition, vers le sud, cette fois, en direction des vallées septentrionales de l'immense Valles Marineris, pour découvrir d'autres merveilles inimaginables. Mais Nadia était retenue au camp, qu'elle le veuille ou non.

Maya se plaignait des absences d'Ann.

— C'est évident : elle et Simon ont une aventure et ils sont partis en lune de miel pendant qu'on en bave ici.

C'était typique de la façon dont Maya voyait les choses.

S'ils avaient une liaison, ce serait pour Ann une sublimation de ses propres états d'âme. Nadia espérait que c'était vrai. Elle savait que Simon était amoureux d'Ann, et elle avait perçu la solitude immense d'Ann. Si seulement elle pouvait les rejoindre !

Mais elle travaillait. Elle dirigeait les équipes sur les sites de construction et secouait tous ses amis. Pendant le voyage, sa main mutilée avait retrouvé un peu plus de force et elle pouvait maintenant conduire à nouveau des tracteurs et des bulldozers. Elle passait ainsi de longues journées, mais rien n'était plus pareil.

A $L_s = 208$, Arkady descendit sur Mars pour la première fois. Nadia se rendit jusqu'au nouvel astroport et attendit sur le bord de la vaste piste de ciment poussiéreux en se balançant d'un pied sur l'autre. Le sol couleur sienne brûlée portait déjà les marques jaunes et noires des débarquements précédents. La capsule d'Arkady apparut dans le ciel rose comme un point blanc suivi d'une flamme jaune. Finalement, l'hémisphère géodésique se matérialisa, avec ses fusées et son train d'atterrissage. Il descendit sur une colonne de feu pour se poser délicatement au centre de la zone-cible. A l'évidence, Arkady avait étudié les procédures de descente.

Il sortit de l'écoutille vingt minutes plus tard, et s'arrêta sur le premier échelon pour observer ceux qui l'attendaient. Il descendit, l'air confiant. En touchant le sol, il sauta sur la pointe des pieds, fit quelques pas, puis pivota, les bras levés. Nadia gardait un souvenir très vif de cet instant, de la sensation de creux qu'elle avait éprouvée. Il trébucha et elle se précipita vers lui. Il l'aperçut enfin, se redressa, courut dans sa direction... et trébucha une fois encore sur la surface rugueuse de ciment de Portland. Elle l'aida à se relever et ils s'étreignirent, lui dans sa grande tenue pressurisée, elle dans son marcheur. Elle retrouva son visage barbu à travers la visière. La vidéo lui avait fait oublier la réalité de l'homme, son sourire farouche auquel elle répondit des yeux.

Puis il désigna sa console de poignet et passa sur leur fréquence privée, 4224. Elle l'imita.

— Bienvenue sur Mars.

Alex, Janet et Roger venaient de descendre à leur tour, et ils montèrent tous sur la plate-forme du modèle Ts. Nadia s'installa au volant. Elle prit d'abord la route pavée, avant de couper par le quartier des alchimistes. Elle commentait la visite, mais elle était persuadée qu'ils identifiaient déjà chaque bâtiment. Elle se sentait angoissée en se rappelant ce qu'elle avait ressenti en revenant du pôle. Ils franchirent le sas du garage. Une réception les attendait.

Plus tard, elle fit visiter les vingt-quatre salles voûtées à Arkady. Ils débouchèrent dans l'atrium. Le ciel était couleur rubis au travers des grands panneaux de verre, et les poutrelles de magnésium avaient l'éclat un peu terni de l'argent.

— Alors, qu'est-ce que tu en penses ?

Arkady la serra contre lui en riant. Il n'avait toujours pas quitté sa tenue spatiale et sa tête semblait toute petite au-dessus de l'encolure.

Il avait l'air pataud, énorme, et Nadia souhaita qu'il sorte très vite de ça.

— Eh bien, il y a du bon et du mauvais, dit-il. Mais pourquoi est-ce donc si laid ? Si triste ?

Elle haussa les épaules, irritée.

— On a eu beaucoup à faire.

— Nous aussi, sur Phobos, mais tu devrais voir ce qu'on a fait ! Toutes les galeries sont revêtues de panneaux de nickel et de platine, avec des motifs répétés dont les robots s'occupent la nuit. Des reproductions d'Escher, des effets de miroirs, des paysages terrestres ! Quand on entre dans une salle avec une bougie, on a toutes les étoiles du ciel, ou bien un grand incendie. Chaque salle est une véritable œuvre d'art, tu verras !

— Je l'espère bien, fit Nadia en lui souriant.

Ils firent un grand dîner dans les quatre salles communicantes du complexe. Au menu, il y avait du poulet, des burgers au soja, et d'énormes salades. Ils parlaient tous en même temps, ce qui rappelait les meilleurs jours de l'*Arès* ou même l'Antarctique. Arkady se leva pour leur parler de ce qu'ils avaient accompli sur Phobos.

— Je suis heureux de me retrouver enfin à Underhill.

Il leur apprit qu'ils avaient presque fini le dôme de Stickney, et foré dans ses longues galeries tout au long des veines de glace, dans la roche bréchiforme.

— S'il y avait un peu de gravité, ça serait un endroit formidable. Mais ça, c'est un problème insoluble. Nous avons passé beaucoup de temps dans le train gravitationnel de Nadia, mais il n'y a guère de place, et nous travaillons surtout sur le site de Stickney, et même plus bas. Même en apesanteur et avec les exercices, nous perdons nos forces. La pesanteur martienne me fatigue déjà, j'ai la tête qui tourne.

— Tu as toujours eu la tête qui tourne !

— Il faut que nous utilisions au maximum les robots, que nous travaillions par rotation d'équipes. Nous envisageons de tous redescendre définitivement. Nous avons accompli notre part de travail là-haut : la station spatiale est désormais disponible pour ceux qui nous suivront. A présent, nous réclamons notre récompense !

Il leva son verre.

Frank et Maya s'assombrirent. Personne n'avait envie de remonter vers Phobos mais, pourtant, Houston et Baïkonour exigeaient que la station soit entretenue en permanence. L'expression de Maya était celle qu'elle avait eue si souvent sur l'*Arès* : tout ça, c'était la faute d'Arkady. Il la regarda et partit d'un grand rire.

Le lendemain, Nadia et plusieurs autres l'accompagnèrent pour un tour plus détaillé d'Underhill et des installations. Arkady passa son temps à hocher la tête avec ce regard qui signifiait « Oui, mais, oui, mais... ». Il émettait critique sur critique, et Nadia elle-même finit par s'en lasser.

Pourtant, il était difficile de nier que la zone d'Underhill était ravagée d'un horizon à l'autre, ce qui donnait l'impression que les dégâts s'étendaient bien au-delà, à l'ensemble de la planète.

— C'est facile de colorer la brique, disait Arkady. Il suffit d'ajouter des oxydes de manganèse obtenus par la fusion du magnésium pour obtenir de la brique parfaitement blanche. Et pour la noire, on ajoute les résidus de carbone du traitement de Bosch. Et vous pouvez avoir toute la gamme des rouges en modifiant la teneur en oxydes ferriques. Même des écarlates merveilleux. Avec le soufre, vous aurez de la brique jaune. Il y a aussi un truc pour avoir des verts et des bleus, si j'en crois Spencer. Sans doute une polymérisation des sulfates, je ne sais pas... Mais dans ce paysage rouge, un vert vif serait idéal. Il devrait être un peu plus sombre par rapport au ciel, mais il resterait vert. Et notre regard y tient.

» Avec ces briques de toutes les couleurs, vous pourriez construire des murs en mosaïque. Comme ça, chacun aurait un mur ou un bâtiment personnalisé, n'importe quoi. Le quartier des alchimistes ressemble à un tas de boîtes de sardines, des hangars abandonnés. Des murs de brique permettraient de les isoler, ce qui est déjà un motif scientifique important. Mais il est tout aussi important qu'ils soient beaux, qu'ils aient l'air d'appartenir au paysage. J'ai vécu trop longtemps dans un pays qui ne pensait qu'à l'utilitaire. Nous devons montrer que nous valons plus que cela, non ?...

— Peu importe ce que nous pourrons faire sur les bâtiments, fit Maya d'un ton tranchant. Le terrain alentour restera défoncé.

— Non, pas nécessairement ! Quand la construction sera achevée, il sera possible de redonner au terrain sa configuration d'origine. On pourra éparpiller des rocs en surface pour lui redonner l'aspect de la plaine avant notre arrivée. Les tempêtes de sable joueront leur rôle, les gens marcheront sur des allées, les véhicules rouleront sur des pistes ou des routes, et tout redeviendra comme avant, avec des constructions de mosaïque colorée, des serres en dôme, et des chemins de brique jaune [1]. Mais bien sûr que c'est ce qu'il faut faire ! Evidemment, il fallait bien installer l'infrastructure et c'est toujours le chaos, mais aujourd'hui, nous sommes prêts pour passer à l'architecture, à l'esprit d'ensemble.

Il agita les mains, puis s'interrompit soudain devant les expressions sceptiques qu'il découvrait derrière les visières.

— C'est une idée, non ?...

Oui, songea Nadia, c'est une idée. Elle regarda autour d'elle en s'efforçant de visualiser ce qu'Arkady venait de dire. Et si, après ces transformations, elle retrouvait du plaisir à faire son travail ? Et Ann aussi ?...

---

1. Allusion au *Magicien d'Oz*, de Frank Baum. (*N.d.T.*)

Comme le résuma Maya dans la piscine le même soir, d'un air amer :

— Encore de grandes idées d'Arkady. Voilà bien ce qu'il nous fallait.

— Mais elles sont bonnes, dit Nadia.

Elle sortit de l'eau, passa sous la douche et enfila une combinaison.

Plus tard, elle alla retrouver Arkady et le conduisit dans la salle de l'angle nord-ouest, dont elle avait laissé les murs à nu, pour lui montrer les détails de la structure.

— C'est très élégant, fit-il en passant la main sur les briques. Vraiment, Nadia, Underhill est magnifique. Je reconnais ta touche dans chaque détail.

Flattée, elle lui montra sur un écran les plans qu'elle avait conçus pour un habitat plus grand. Trois rangs de salles en caveaux empilées en sous-sol dans une tranchée profonde. Des miroirs dans la paroi opposée afin d'orienter la lumière solaire... Arkady, tout en acquiesçant, sourit, et fit des suggestions en montrant l'écran.

— Pourquoi pas une arcade entre chaque salle et la paroi de la tranchée pour dégager de l'espace ? Et chaque niveau légèrement décalé par rapport à celui du dessous, pour laisser la place à un balcon qui surplomberait l'arcade...

— Oui, c'est possible.

Nadia pianota sur le clavier et modifia le paysage architectural.

Plus tard, ils se promenèrent dans l'atrium. Les grands bambous noirs étaient encore en pots. On préparait le sol. L'endroit était sombre et paisible.

— On pourrait peut-être l'abaisser d'un étage, proposa doucement Arkady. Comme ça, en découpant des fenêtres et des portes dans tes caveaux, ils seraient mieux éclairés.

Nadia acquiesça.

— Nous y avons pensé, et ça va être fait. Mais, tu le sais, il faut du temps pour évacuer toute cette rocaille par les sas. Mais en ce qui nous concerne, Arkady ? Jusqu'alors, tu n'as parlé que de l'infrastructure. Je pensais que l'embellissement des constructions figurait tout au bas de ta liste de priorités.

Il lui sourit.

— C'est sans doute parce que nous avons déjà accompli ce qui venait en tête.

— Quoi ? C'est Arkady Nikeliovich qui me dit ça ?

— Tu sais... Ce n'est pas par pur plaisir que je me plains, chère Miss Neuf Doigts. Et, si j'en crois la façon dont les choses se sont passées ici, ça ressemble beaucoup à ce que je conseillais pendant le voyage. Ça y ressemble même tellement que ce serait stupide d'émettre des réserves.

— Je reconnais que tu m'as surprise.

— Vraiment ? Mais réfléchis à tout ce travail que vous avez fourni ici depuis un an.

— Non. Six mois.

Ça le fit rire.

— Oui, c'est vrai : six mois. Et pendant tout ce temps, nous n'avons pas eu de chefs, en fait. Ni aucune de ces réunions, chaque soir, où chacun disait ce qu'il avait à dire. Ce qui est nécessaire, et maintenant personne n'a plus de temps à gagner ou à perdre. Tout appartient à tous à titre égal. Mais pourtant, aucun d'entre nous ne peut exploiter ce que nous possédons, parce qu'il n'y a personne à qui vendre quoi que ce soit. Nous formions une commune, un groupe démocratique. Tous pour un, un pour tous.

Nadia soupira.

— Arkady, les choses ont changé. Ça n'est plus comme ça, à présent. Et le changement s'accélère. Ça ne durera plus longtemps.

— Pourquoi dis-tu ça ? Ça durera si nous décidons que ça doit durer.

Elle lui lança un regard sceptique.

— Tu sais bien que ça n'est pas aussi simple.

— Oui. Ça n'est pas simple. Mais nous en avons la possibilité !

— Peut-être. (Elle songeait à Maya et Frank, à Phyllis, Sax et Ann.) Il y a des conflits un peu partout.

— C'est parfait, du moment que nous nous entendons sur certaines bases.

Elle secoua la tête, frotta sa main mutilée. Elle avait mal à la phalange manquante et, soudain, elle se sentait déprimée. Arkady se pencha sur la cicatrice avant d'embrasser doucement son doigt mutilé.

— Miss Neuf Doigts, vous avez des mains très fortes.

— Je me suis entraînée bien avant ça, répliqua-t-elle en levant le poing.

— Un jour, Vlad te fera pousser un nouveau doigt tout neuf. (Il la força à ouvrir les doigts pour lui prendre la main.) Ça me rappelle l'arboretum de Sebastopol, ajouta-t-il.

— Mmm, fit-elle rêveusement, sans l'écouter vraiment.

Elle ne pensait qu'à la chaleur de sa main, à l'entrelacs de ses doigts. Lui aussi avait l'étreinte solide. Elle avait cinquante et un ans. C'était une petite femme russe aux cheveux gris, spécialiste en construction et dépannage. Et il lui manquait un doigt.

C'était tellement agréable de sentir un autre corps contre le sien ; ça faisait trop longtemps, et sa main s'imprégnait de chaleur comme une éponge, jusqu'à ce que son pauvre doigt fantôme se mette à la picoter comme s'il débordait.

Elle pensa que, pour lui, le contact devait être bizarre.

— Je suis heureuse que tu sois là, lui dit-elle.

Arkady à Underhill, c'était un peu comme le calme avant la tempête. Il amenait tous les autres à réfléchir. Il passait en revue toutes les habitudes qu'ils avaient abandonnées sans même y penser, et tous, sous cette nouvelle pression, passaient sur la défensive, ou se montraient agressifs. Tous les arguments en jeu prirent un nouveau relief. Et, surtout, le débat sur le terraforming.

C'était une querelle, non pas une dispute isolée, mais plutôt un processus en développement permanent, un sujet qu'ils abordaient constamment au travail, durant les repas, avant de s'endormir. Et qui pouvait revenir à propos de tout : une fumée blanche entrevue au-dessus de Tchernobyl, le retour d'un patrouilleur robot chargé de glace polaire, des nuages nouveaux dans le ciel de l'aube.

Régulièrement les réflexions fusaient :

— Ça va encore augmenter la température de quelques degrés.

— Est-ce que l'hexafluoroéthane n'est pas le gaz parfait pour une serre ?

Il s'ensuivait parfois une discussion sur les aspects techniques du problème. A d'autres moments, la conversation revenait sur les soirées à Underhill. De technique, le débat devenait alors philosophique, et menait parfois à des échanges animés.

Mais le débat, bien sûr, ne se limitait pas à Mars. Tout un flot d'articles et de déclarations se déversait depuis Houston, Baïkonour, Moscou, Washington, et le bureau des Affaires martiennes de l'ONU. Tous les gouvernements y allaient de leurs prises de position, de même que les universités, les associations, les comités et les cafés du commerce de tous les pays.

On se mit à donner des surnoms aux colons de Mars selon leur position. C'est comme ça qu'en regardant les infos, ils apprenaient qu'ils étaient dans le camp Clayborne ou bien en faveur du programme Russell.

Ils redécouvraient qu'ils étaient célèbres sur Terre, qu'ils étaient les personnages d'une série télévisée. Après la première vague de reportages et d'interviews qui avait préludé au débarquement, ils avaient eu tendance à oublier les transmissions, absorbés dans leur besogne quotidienne.

Mais les caméras vidéo continuaient d'envoyer des images à la Terre, et là-bas, ils avaient des fans.

Par conséquent, tout le monde avait son opinion. Les estimations montraient que le programme Russell était majoritaire dans l'opinion : ce qui, pour Sax, signifiait le terraforming de la planète par tous les moyens, et aussi vite que possible. Mais la minorité, celle que soutenait Ann, tendait à se montrer plus véhémente dans son programme « ne touchez à rien », insistant sur les répercussions immédiates que cela aurait sur l'Antarctique et sur l'ensemble de la politique d'environnement des gouvernements de la Terre.

Les sondages faisaient apparaître clairement que nombreux étaient ceux qui étaient fascinés par les projets agricoles d'Hiroko, alors que d'autres considéraient que c'était du bogdanovisme. Arkady avait transmis de nombreuses vidéos depuis Phobos, avec des séquences spectaculaires sur le travail qui avait été réalisé au niveau de l'ingénierie et de l'architecture. Déjà, des complexes commerciaux et des hôtels imitaient son style. C'était ainsi qu'était apparu le mouvement architectural appelé bogdanovisme, en même temps que d'autres, qui se concentraient sur des réformes économiques et sociales dans l'ordre mondial.

Le terraforming était presque toujours au centre du débat, et le conflit d'opinions des colons de Mars était répercuté à l'échelle planétaire. Certains réagissaient en fuyant les caméras et les interviews.

— Je suis venu ici précisément pour éviter ce genre de chose, avait répondu Iwao, l'assistant d'Hiroko.

Et certains l'avaient approuvé. Mais pour la plupart, ils s'en fichaient. Quelques-uns semblaient même aimer ça. Le programme hebdomadaire de Phyllis, par exemple, était diffusé sur les chaînes câblées chrétiennes et repris par les émissions économiques dans le monde entier. Quoi qu'il en soit, de quelque façon qu'ils prennent le problème, il était de plus en plus clair que la majorité, sur Terre comme sur Mars, avait la certitude que le terraforming serait réalisé. Il ne s'agissait pas tant de savoir quand mais sur quelle échelle.

C'était le point de vue des colons eux-mêmes, à de rares exceptions près. Ils étaient peu nombreux à soutenir Ann : Simon, bien sûr, et sans doute Ursula, Sacha et peut-être Hiroko. John aussi, à sa manière et, depuis quelque temps, Nadia. Les rouges, comme on les surnommait, étaient évidemment plus nombreux sur Terre, mais ils adhéraient à une théorie, et non à des considérations esthétiques. Le point fort de leurs arguments, celui sur lequel Ann avait mis l'accent dans ses communiqués à la Terre, était la possibilité d'une vie indigène.

— Si la vie martienne existe, disait-elle, une altération radicale du climat de la planète l'exterminera. Nous ne pouvons influer sur la situation de Mars avant de connaître exactement l'état de la vie ici. C'est antiscientifique, et plus grave encore : immoral.

Une large part de la communauté scientifique terrienne partageait cette opinion, ce qui influençait considérablement le comité aux Affaires martiennes de l'ONU, responsable de la colonie. Mais chaque fois que l'on en parlait à Sax, il répliquait calmement :

— Il n'y a aucune trace de vie en surface, présente ou passée. S'il en existe, ça ne peut être que dans le sous-sol, à proximité des volcans, je suppose. Mais, à supposer que ce soit le cas, nous pourrions chercher pendant dix mille ans sans la découvrir, sans exclure la possibilité qu'elle se trouve quelque part où nous n'avons pas cherché. Ce qui signifie une attente perpétuelle pour une possibilité infime que le terraforming ne mettrait même pas en danger, de toute façon.

Cette position était commune à tous les modérés.

— Mais si, protestait Ann. Peut-être pas dans l'immédiat, mais à moyen terme, le permafrost fondra, il y aura des mouvements dans l'hydrosphère, une contamination par l'eau plus chaude, des formes de vie terriennes, des bactéries, des virus, des algues. Cela prendra du temps, mais ça se passera exactement ainsi. Nous ne pouvons pas prendre ce risque.

Sax répondait par un haussement d'épaules.

— D'abord, c'est une supposition, une probabilité très faible. Ensuite, il faudrait des siècles pour qu'une telle forme de vie soit menacée. Et donc nous aurons le temps de la détecter et la protéger.

— Mais il se peut aussi que nous ne la trouvions jamais.

— Donc, nous ne ferions rien à cause d'une forme de vie hautement improbable que nous ne découvririons jamais ?...

— Il le faut. A moins que tu ne considères que c'est une bonne chose de détruire la vie sur les autres planètes quand on la rencontrera. Et n'oublie surtout pas que s'il existe une forme de vie indigène sur Mars, elle est sans doute la plus ancienne du système solaire. Ce qui aurait des implications sur la fréquence de la vie dans la galaxie qu'on ne saurait sous-estimer. La recherche de la vie est une des raisons de notre présence ici !

— Bien... Pendant ce temps, la vie que nous connaissons est exposée à un taux énorme de radiations. Si nous ne faisons rien pour le diminuer, nous ne pourrons sans doute pas poursuivre notre séjour ici. Nous avons besoin d'une atmosphère plus dense.

Il ne répondait pas à l'argument principal d'Ann mais à une autre question, qui avait une influence extraordinaire. Des millions de gens, sur Terre, souhaitaient venir sur Mars, débarquer sur cette « nouvelle frontière » où la vie redevenait une aventure. Les listes d'attente des offices d'émigration étaient saturées.

Mais personne ne souhaitait vivre dans un bain de rayonnements durs. Le désir de rendre ce monde vivable était bien plus fort que celui de préserver le paysage mort de la planète rouge, ou une forme de vie hypothétique qui, selon de nombreux scientifiques, ne pouvait exister.

Tout semblait donc indiquer, même après les ultimes mises en garde, que le terraforming allait être entrepris.

Un sous-comité de l'AMONU s'était réuni afin d'examiner le projet. Sur Terre, l'affaire semblait conclue : c'était une avancée inévitable du progrès. C'était dans l'ordre des choses. Du destin.

Sur Mars, cependant, le débat était plus ouvert et plus pressant à la fois. Il ne s'agissait pas tant d'une question de philosophie de la vie quotidienne, d'atmosphère empoisonnée et de radiations. Parmi les partisans du terraforming, un groupe s'était formé autour de Sax —

un groupe qui non seulement voulait terraformer Mars, mais aussi le faire le plus rapidement possible. Nul ne savait ce que cela représentait dans la pratique. Les estimations pour la création d'une « surface humainement viable » allaient d'un siècle à dix mille ans, avec des variantes entre les extrêmes : trente années (pour Phyllis), ou cent mille ans (pour Iwao).

— Dieu nous a donné cette planète afin que nous la façonnions à notre image, pour créer un nouvel Eden, disait Phyllis.

Et Simon répliquait :

— Quand le permafrost fondra, nous nous retrouverons dans un paysage en voie d'effondrement, et nous serons nombreux à périr.

Dans les discussions, on faisait intervenir d'innombrables variables : les niveaux de sels, de péroxyde, de radiations. L'aspect du paysage, les mutations mortelles de certains micro-organismes dus au génie génétique, etc.

— Nous pouvons essayer de modeler tout ça, dit Sax. Mais la vérité, c'est que nous n'arriverons jamais à le faire de façon adéquate. C'est trop vaste, les facteurs sont trop nombreux et beaucoup trop nous sont encore inconnus. Mais ce que nous allons apprendre sera utile pour le contrôle des climats de la Terre, pour éviter un effet de serre total ou une période glaciaire. C'est une expérience à très vaste échelle, et ça continuera de l'être sans aucune garantie ni certitude. Mais la science, c'est ça.

Les autres approuvaient.

Arkady, lui, abordait toujours les choses sous l'angle de la politique.

— Nous ne serons pas autonomes tant que nous n'aurons pas terraformé la planète. Nous en avons besoin pour qu'elle soit à nous, pour que nous ayons une base matérielle afin d'acquérir notre indépendance.

Là, son auditoire roulait les yeux. Mais cela signifiait que Sax et Arkady étaient alliés, en quelque sorte, et c'était une force importante. Les discussions se poursuivaient sans fin.

Underhill était à présent presque achevé. C'était un village qui fonctionnait en totale autonomie dans plusieurs secteurs. Ils devaient maintenant définir ce qu'ils allaient faire ensuite. Des tas de projets avaient été proposés pour entamer le processus de terraforming, chacun défendant sa vision des choses, chacun c'est-à-dire, pour la plupart, les responsables.

Cela comptait pour beaucoup dans l'attrait que le terraforming exerçait : toutes les disciplines y contribueraient. Les alchimistes évoquaient des moyens mécaniques et chimiques pour augmenter la chaleur. Les climatologues envisageaient d'influer sur le temps. L'équipe de la biosphère parlait de tester certaines théories sur les écosystèmes. Les bio-ingénieurs travaillaient d'ores et déjà sur de nouveaux micro-organismes : ils modifiaient, divisaient et recombinaient des gènes à partir d'algues, de méthanogènes, de cyanobactéries et de lichens pour essayer de trouver des micro-organismes capables de survivre à la surface de Mars, ou dans le sous-sol. Ils invitèrent Arkady à constater ce qu'ils avaient accompli jusque-là, et Nadia l'accompagna.

Dans leurs cornues martiennes, ils cultivaient les prototypes de leurs premiers gems[1]. La plus grande de ces cornues était installée dans l'un des vieux habitats du parc. Ils l'avaient ouvert pour répandre une couche de régolite sur le sol avant de le refermer. Ils travaillaient par téléopération et observaient les résultats à partir de la dernière caravane. Sur les moniteurs, les différents bacs étaient visibles avec leur production et Arkady les observa attentivement, quoiqu'il n'y eût pas grand-chose à voir : leurs anciens quartiers d'habitation étaient maintenant recouverts de cubicules de plastique remplis de poussière rouge, et des robots veillaient, les bras déployés. Sur les diverses couches de sol, une sorte d'ajonc bleuâtre avait poussé.

— Jusqu'à présent, c'est notre champion, déclara Vlad. Mais il n'est encore que très légèrement aréophylle.

Ils opéraient leur sélection à partir d'un certain nombre de caractères extrêmes : résistance au froid, à la déshydration et aux UV, tolérance aux sels, faible exigence en oxygène, en habitat, rocheux ou humus. Sur Terre, il n'existait aucun organisme doué de tout cela en même temps. Ceux qui avaient un ou deux de ces caractères étaient généralement de croissance lente. Mais les gens du génie génétique avaient lancé ce que Vlad appelait un programme *mix-and-match*[2], et ils avaient récemment obtenu une variante de la cyanophyte appelée parfois algue bleue.

— On ne peut pas dire qu'elle prolifère, mais elle ne meurt pas aussi vite que les autres.

Ils l'avaient baptisée *areophyte primares*, et le nom commun qu'ils avaient choisi était algue d'Underhill. Ils souhaitaient faire un essai sur le terrain et avaient rédigé une proposition destinée à l'AMONU.

Arkady revint de cette visite très excité, constata Nadia. Durant le dîner, il déclara aux autres :

— Nous devrions prendre nous-mêmes la décision, et si nous votons pour, agir sans perdre de temps.

Maya et Frank furent outrés et, apparemment, la plupart des autres. Maya insista pour changer de sujet, et la conversation dévia dans une ambiance de malaise.

Le lendemain matin, Maya et Frank vinrent trouver Nadia pour lui parler d'Arkady. Ils avaient déjà tenté de le raisonner, tard dans la soirée.

---

1. *Genetic Engineered Micro-organisms :* micro-organismes de génie génétique. (*N.d.T.*)

2. Mélange et assortiment. (*N.d.T.*)

— Il nous a ri au nez ! s'exclama Maya. Ça ne sert à rien de lui parler raisonnablement !

— Ce qu'il propose pourrait être très dangereux, ajouta Frank. Si nous désobéissons ouvertement à une directive de l'ONU, ils peuvent très bien envoyer une mission ici rien que pour nous réexpédier sur Terre, et nous remplacer ensuite par des gens qui respecteront la loi. Ce que je veux dire, c'est que, à ce stade, la contamination biologique de cet environnement est illégale, et nous ne devons pas l'ignorer. Nous relevons d'un traité international. Nous obéissons à la volonté générale de l'humanité en ce qui concerne le sort actuel de ce monde.

— Est-ce que tu ne pourrais pas lui parler, *toi* ?

— Oui, je le peux. Mais je ne suis pas certaine que ça fasse avancer quoi que ce soit.

— S'il te plaît, Nadia. Essaie. Nous allons avoir des problèmes.

— Bien sûr que je vais essayer.

Le même soir, elle eut un entretien avec Arkady. Ils revenaient vers Underhill en suivant la route de Tchernobyl. Elle lui suggéra de montrer un peu de patience.

— Ce n'est qu'une question de temps. L'ONU se rangera à tes vues.

Il s'arrêta et prit sa main mutilée.

— Combien de temps penses-tu qu'il nous reste ? lui demanda-t-il. (Il désigna le soleil couchant.) Combien de temps nous conseilles-tu d'attendre ? Pour nos petits-enfants, nos arrière-petits-enfants, aveugles comme les poissons cavernicoles ?

— Les poissons cavernicoles... Allons... dit-elle en retirant sa main.

Il rit.

— Mais c'est une question grave. Nous n'avons pas l'éternité devant nous, et ce serait bien que les choses commencent à changer.

— Même dans ces conditions, est-ce qu'on ne peut pas attendre un an ?

— Un an de la Terre ou de Mars ?

— Un an de Mars. Faisons un relevé saisonnier et accordons un délai à l'ONU pour son intervention.

— Nous n'avons pas besoin de relevés. Ils existent depuis des années.

— Tu en as parlé à Ann ?

— Non. Ou plutôt si, d'une certaine façon. Mais elle n'est pas d'accord.

— Elle n'est pas la seule. Je pense qu'ils rejoindront tes vues, finalement, mais que ça va être à *toi* de les convaincre. Tu ne peux pas les bousculer comme ça. Sinon, ils te considéreront comme aussi négatif que ces politiciens de la Terre que tu ne cesses de critiquer.

Il soupira.

— Mais oui, mais oui...

— Ça n'est pas exact ?...
— Toi et tes emmerdeurs de libéraux.
— Je ne sais pas ce que ça veut dire.
— Ça veut dire que vous faites trop dans la sensiblerie pour *accomplir* quoi que ce soit.

Ils arrivaient en vue d'Underhill qui, à cette distance, pouvait ressembler à un nouveau cratère. Nadia pointa le doigt.

— C'est moi qui ai fait ça. (Elle lui donna un grand coup de coude dans les côtes.) Mais vous, saletés de radicaux, vous détestez justement le libéralisme *parce que ça marche* !

Il grommela.

— Mais si ! Il progresse avec le temps, sans efforts, sans feux d'artifice, sans drames trop faciles, sans que personne ne souffre. Il n'a pas besoin de vos révolutions sexuelles, ni de toute la souffrance et de la haine que ça provoque ! Le libéralisme est efficace, un point c'est tout.

— Oh, Nadia... (Il passa le bras autour de ses épaules et ils reprirent leur marche.) La Terre est un monde parfaitement libéral. Mais la moitié de la population y meurt de faim, et depuis des éternités. Et ça va continuer. En tout libéralisme.

Mais il semblait avoir été perturbé par les réflexions de Nadia. Il cessa d'exiger unilatéralement d'ensemencer la surface avec les nouveaux gems pour se confiner dans son programme de propagande. Il passait le plus clair de son temps dans le quartier, à essayer de confectionner des briques et du verre colorés. Nadia le rejoignait dans la piscine avant le petit déjeuner, presque tous les jours. Souvent, John et Maya faisaient un mille mètres avec eux. John menait les épreuves de sprint, Maya les courses de fond, et Nadia, qui était handicapée par sa main amputée, suivait toutes les épreuves. Ils faisaient mousser l'eau comme jamais elle n'aurait moussé sur Terre, en ligne comme des dauphins, en regardant à travers leurs lunettes le fond de béton bleu ciel de la piscine.

— La nage papillon a été inventée pour cette pesanteur, disait John avec un grand sourire, émerveillé de la façon dont ils volaient pratiquement au-dessus de l'eau.

Après cela, le petit déjeuner était un moment agréable, bien que trop bref, et les journées se passaient normalement. Nadia ne voyait que très rarement Arkady avant la soirée.

Sax, Spencer et Rya venaient d'achever l'usine robotique destinée à la fabrication des réchauffeurs à éoliennes de Sax. Conformément à l'autorisation de l'AMONU, ils en répartirent un millier dans les régions équatoriales pour les tester.

On estimait qu'ils pouvaient au mieux doubler l'apport de température de Tchernobyl, et certains posaient même la question : pourrait-on distinguer la chaleur d'appoint des fluctuations saisonnières ? Mais, ainsi que le fit remarquer Sax, ils ne le sauraient pas avant d'avoir essayé.

Ce qui relança instantanément les querelles sur le terraforming. Et soudain, Ann entreprit une action violente : elle adressa de longs messages aux membres du comité exécutif de l'AMONU, ainsi qu'à tous les bureaux des Affaires martiennes de toutes les nations, puis, finalement, à l'assemblée générale. Ce qui lui valut une audience énorme, qui allait des milieux politiques aux tabloïds et à la télé. Pour les médias, c'était un nouveau rebondissement du feuilleton de la planète rouge.

Ann avait composé et expédié ses messages en privé, et les habitants d'Underhill n'en eurent connaissance que lorsqu'ils les virent sur les écrans. On compta de nombreux débats au gouvernement, une manifestation de 20 000 personnes à Washington, des éditoriaux à l'infini, et une nouvelle vague de commentaires dans la presse scientifique. Les arguments étaient d'une violence un peu choquante, et certains, au sein de la colonie, se dirent qu'Ann aurait pu leur demander leur opinion avant d'agir. Phyllis, tout particulièrement.

— Et en plus, ça n'a pas de sens, répartit Sax, nerveusement. Tchernobyl répand déjà autant de chaleur dans l'atmosphère que ces éoliennes, et jusqu'à présent, elle ne s'est pas plainte.

— Mais si, fit Nadia. Elle a seulement perdu aux voix.

Un groupe de scientifiques matérialistes s'en prit à Ann après le dîner. D'autres, à l'écart, étaient témoins de la confrontation. La salle à manger principale d'Underhill était composée de quatre chambres en voûte dont les murs de séparation avaient été remplacés par de solides piliers. Elle était vaste, encombrée de sièges, de plantes en pots et des derniers descendants des oiseaux de l'*Arès*. Récemment, on avait découpé des fenêtres dans le haut de la paroi nord, à travers lesquelles on pouvait voir le gazon de l'atrium. C'était le lieu le plus vaste de l'habitat et la moitié au moins des colons y prenaient leur repas quand la réunion commença.

— Pourquoi ne pas en avoir discuté avec nous ? demanda Spencer.

Sous le regard d'Ann, il détourna les yeux.

— Pourquoi aurais-je dû discuter avec vous ? (Elle se tourna vers Sax.) Votre opinion est claire, nous sommes revenus sur ce sujet plusieurs fois, et rien de ce que j'ai pu dire n'a changé quoi que ce soit en ce qui vous concerne. Vous restez dans vos petits trous, plongés dans vos petites expériences, comme des gamins qui jouent au petit chimiste. Alors que tout un monde s'étend autour de vous. Un monde dont les formes sont cent fois plus larges que leurs équivalents terrestres, mille fois plus anciennes, avec des traces de la création du système solaire dispersées un peu partout. Un monde qui a à peine changé durant ces derniers milliards d'années. Et maintenant, vous allez détruire tout ça. Sans même avoir l'honnêteté de le reconnaître. Nous pourrions vivre ici et étudier cette planète sans la changer — sans trop de peine, sans nous créer trop d'inconvénients. Ces histoires de radiations ne sont que des conneries, et vous le savez. Le taux n'est pas assez élevé pour justifier une altération radicale de l'environnement. Vous voulez simplement le faire parce que vous pensez en être capables. Vous voulez voir ce que ça donnera — comme si vous étiez dans un grand bac à sable pour construire des châteaux. Vous prenez vos justifications n'importe où, mais ce n'est jamais que de la mauvaise foi, pas de la *science* !

Le visage d'Ann était cramoisi. Nadia ne l'avait encore jamais vue aussi furieuse. Elle avait perdu son masque de résignation et elle avait presque du mal à cracher ses mots. Un silence mortel s'était abattu sur la salle.

— Ça n'est pas de la science, je le répète ! Vous vous amusez, c'est tout. Et c'est à cause de ça que vous allez détruire ce témoin des temps, en même temps que les calottes polaires, les drifts et les canyons — vous allez ravager un paysage pur et magnifique, *pour rien* !

Tout s'était immobilisé. Ils étaient tous devenus les personnages d'un tableau. Dans le bourdonnement des ventilateurs, les uns et les autres commençaient à se regarder avec défiance. Simon fit un pas en direction d'Ann, la main tendue, mais elle le cloua sur place d'un seul regard. Il rougit et retourna s'asseoir.

Sax Russell se leva à son tour. Il restait le même petit homme discret, il battait des paupières comme un hibou. Il avait sans doute le visage un peu coloré, mais sa voix restait calme et sèche, comme s'il récitait un texte sur la thermodynamique ou la table périodique des éléments.

— C'est dans l'esprit de l'homme que réside la beauté de Mars. Hors de la présence humaine, ce n'est qu'une collection d'atomes, guère différente de toutes celles qu'on peut observer dans l'univers. C'est nous qui comprenons Mars, qui lui donnons son sens véritable. Avec tous ces siècles que nous avons passés à l'observer dans nos télescopes, à deviner des canaux avec chaque changement d'albedo. Avec nos romans de SF stupides remplis de monstres, de princesses et de civilisations disparues. Avec tous les étudiants qui ont rassemblé toutes les données pour nous conduire jusqu'ici. C'est ça qui donne sa beauté à Mars. Et non pas le basalte ou les oxydes.

Il s'interrompit pour regarder autour de lui. Nadia avait la gorge serrée : c'était tellement étrange d'entendre Sax Russell prononcer de telles phrases avec le même ton neutre qu'il avait quand il commentait un graphique. Très étrange !

— Maintenant que nous sommes ici, continua-t-il, ça ne suffit pas de nous cacher à dix mètres sous terre pour étudier la roche. Oui, d'accord, c'est de la science, et elle est même nécessaire. Mais la science va bien au-delà. La science fait partie d'une entreprise humaine plus vaste, qui implique d'aller jusqu'aux étoiles, d'adapter les autres planètes à notre forme de vie. La science, c'est créer. L'absence de vie sur cette planète et le fait que nous n'en ayons pas trouvé trace en cinquante ans de travail sur le programme SETI[1] indiquent que la vie est rare, et la vie intelligente encore plus. Pourtant, la beauté est tout le sens de l'univers. Elle réside dans la conscience de la vie intelligente. Nous sommes la conscience de l'univers, et notre travail est de la répandre, d'observer les choses, d'aller vivre là où nous le pouvons. Il est trop dangereux de confiner la conscience de l'univers à une seule planète. Elle pourrait être balayée. Nous voilà donc sur deux planètes, trois si nous comptons la Lune. Et nous avons les moyens de transformer cette planète-ci, si nous voulons y vivre en sécurité. En la transformant, nous ne la tuerons pas. Il sera sans doute plus difficile de déchiffrer son passé, mais nous n'en supprimerons pas la beauté. En quoi des lacs, des forêts, des glaciers pourraient-ils diminuer cette beauté ? Pour moi, cela ne fera que l'accentuer. Cela lui apportera la vie, le plus beau des systèmes. Mais la vie n'abattra pas Tharsis, elle ne comblera pas Marineris. Mars restera Mars. Différente de la Terre, plus froide, plus sauvage. Mars et nous pouvons survivre en même temps. C'est inscrit dans l'esprit humain : si ça peut être fait, ce sera fait. Nous pouvons transformer Mars et la construire, comme nous avons construit les cathédrales. Ce sera un monument à l'humanité et à l'univers. (Il leva la main, comme s'il était satisfait de constater que son analyse était confirmée par les courbes de données, et acheva.) Nous ferions bien de nous y mettre.

Il avait les yeux fixés sur Ann, que tous observaient. Elle gardait les lèvres serrées, les épaules affaissées. Elle savait qu'elle venait d'être vaincue.

Puis elle haussa les épaules, comme si elle rejetait une capuche, comme si elle libérait son corps d'une carapace. Du ton éteint qui était le sien quand elle était troublée, elle dit :

— Je crois que tu donnes trop de valeur à la conscience, et pas assez aux rochers. Nous ne sommes pas les seigneurs de l'univers mais seulement une infime partie. Il se peut que nous en soyons la conscience, mais cela ne signifie pas que nous devions en faire notre miroir. Cela signifie qu'il faut nous y adapter, et lui apporter toute notre attention. (Elle affronta le regard de Sax et, obéissant à une dernière impulsion de colère, elle lui jeta :) Tu n'as même jamais vu Mars.

Et elle quitta la salle.

---

1. *Search for Extra Terrestrial Intelligence :* recherche sur l'intelligence extra-terrestre. (*N.d.T.*)

Janet n'avait pas arrêté ses caméras une seule seconde. Phyllis envoya une copie de la séquence à la Terre. Une semaine plus tard, le comité de l'AMONU sur les altérations de l'environnement approuvait la dissémination des éoliennes de réchauffement.

Le plan prévoyait de les larguer à partir de dirigeables. Arkady revendiqua aussitôt le privilège d'en piloter un, comme une sorte de récompense pour le travail qu'il avait accompli sur Phobos. L'idée de le voir absent d'Underhill durant un mois ou deux ne déplaisait pas à Maya et Frank, et on lui confia aussitôt un des dirigeables.

Il allait monter vers l'est dans les vents favorables pour placer des éoliennes dans les lits des canaux et les flancs des cratères, aux endroits où les vents étaient les plus forts. Nadia entendit parler pour la première fois de cette expédition quand Arkady se glissa jusqu'à sa chambre.

— Ça me paraît bien, lui dit-elle.

— Tu veux m'accompagner ?

— Pourquoi pas ?

Elle sentait un élancement douloureux dans son doigt fantôme.

Leur dirigeable était le plus grand jamais construit sur le modèle allemand de Friedrichshafen Nach Einmal. Expédié en 2029, il venait juste d'arriver. Il s'appelait l'*Arrowhead* et mesurait cent vingt mètres d'envergure au bout des ailes, une centaine de mètres de la proue à la poupe, pour une hauteur de quarante mètres.

Sa carcasse interne était en matériau ultra-léger, et il possédait des turbopropulseurs à l'extrémité des ailes ainsi que sous la nacelle. Ils étaient alimentés par de petits moteurs en plastique à batteries solaires disposées sur la partie supérieure de l'enveloppe. La nacelle en forme de crayon occupait une bonne partie de la face ventrale, mais Nadia découvrit que l'intérieur était plus réduit qu'elle ne s'y était attendue, à cause de leur cargaison d'éoliennes. Au décollage, ils ne disposaient que du volume du cockpit, plus deux couchettes exiguës, une minuscule cuisine, des toilettes lilliputiennes, et l'espace minimal pour bouger. Mais, heureusement, la nacelle disposait de hublots des deux côtés, ce qui, en dépit des éoliennes, leur donnait beaucoup de lumière et une assez bonne visibilité.

Ils s'élevèrent lentement. Arkady largua les amarres attachées aux mâts. Les turbopropulseurs étaient au maximum, mais ils étaient dans une atmosphère ténue de 12 millibars. Le cockpit rebondissait lentement, au rythme des flexions de la carcasse interne. Et, à chaque bond, ils gagnaient quelques mètres d'altitude. Pour quiconque avait l'habitude des lancements de fusée, l'effet était particulièrement comique.

— On va gouverner au 360 pour jeter un coup d'œil sur Underhill avant de partir, proposa Arkady quand ils furent à cinquante mètres du sol.

Il inclina le dirigeable et ils entamèrent un virage lent et long, penchés vers le hublot de Nadia.

Des sillons, des trous, des amoncellements de régolite, d'un rouge sombre sur la surface poussiéreuse, orangée, de la plaine — comme si un dragon était venu labourer le sol de ses griffes géantes, répandant son sang en longues traînées. Underhill se situait au centre des blessures. Le site était superbe à contempler : un carré sombre de verre et d'argent, avec des reflets de vert sous le dôme.

Les routes s'en écartaient en étoile vers Tchernobyl et les terrains d'atterrissage du nord. Plus loin, ils découvraient les bulbes allongés des serres et le parc de caravaning...

— Le quartier des alchimistes ressemble encore à l'Oural, commenta Arkady. Il faudrait faire quelque chose pour ça. (Il manœuvra le dirigeable en direction de l'est et le laissa porter par les vents.) Est-ce qu'il ne faudrait pas que je le survole pour profiter du courant ascendant ?

— On ferait mieux de voir comment cet engin se comporte par lui-même, non ? proposa Nadia.

Elle se sentait légère, comme si l'hydrogène des ballonnets compensateurs s'était infiltré dans ses poumons. La vue était stupéfiante. L'horizon brumeux était à une centaine de kilomètres de distance et tous les détails du paysage étaient clairement visibles — les tertres et les cuvettes de Lunae Planum, les collines et les canyons plus marqués, vers les terres ravinées de l'est.

— Ça va être merveilleux.

— Oui.

Il était surprenant qu'ils n'aient jamais encore tenté ce genre de croisière auparavant. Mais voler dans une atmosphère aussi ténue n'avait rien de facile. Le dirigeable constituait la meilleure solution : il était gros, aussi léger que possible, rempli d'hydrogène qui, dans l'air de Mars, n'était pas seulement ininflammable mais également plus léger que tous les autres composants. C'était grâce à l'hydrogène et aux nouveaux matériaux ultra-légers qu'ils avaient réussi à soulever du sol leur cargaison d'éoliennes. Mais, dans le même temps, leur navigation était incroyablement lente.

Ils se laissaient porter. Durant toute la première journée, ils traversèrent les champs de rides de Lunae Planum, poussés vers le sud-est par le vent dominant. Durant une heure ou deux, ils purent observer

Juventa Chasma à l'horizon du sud, un canyon qui évoquait un puits de mine géant. Plus loin à l'est, les terres devenaient jaunâtres. Il y avait moins de gravats en surface, et la roche sous-jacente était plus accidentée. Il y avait aussi de nombreux cratères de toutes tailles, avec des rebords plissés et denses, ou bien à demi enfouis. Ils étaient au-dessus de Xanthe Terra, une région élevée topographiquement semblable aux Uplands du sud, qui s'étendait vers le nord entre les dépressions fermées de Chryse et Isidis. Ils survoleraient Xanthe durant plusieurs jours, s'ils continuaient à être portés par les vents dominants d'ouest.

Ils voguaient tranquillement à 10 kilomètres à l'heure. La plupart du temps, ils plafonnaient à une centaine de mètres, ce qui leur donnait un horizon distant de cinquante kilomètres. Et ils avaient ainsi tout le temps d'observer ce qu'ils voulaient, bien que Xanthe ne leur apparût que comme une interminable succession de cratères.

Vers la fin de la soirée, Nadia inclina la proue du dirigeable et entama un cercle dans le vent. Ils tombèrent jusqu'à raser le sol, à une dizaine de mètres, puis jetèrent l'ancre. L'aéronef se redressa, tressauta au bout du câble tendu, puis se stabilisa sous le vent comme un gros cerf-volant. Nadia et Arkady dévalèrent la nacelle vers ce qu'Arkady surnommait le « lance-bombes ». Nadia accrocha une éolienne au treuil. C'était une petite boîte de magnésium avec quatre ailettes et une tige au sommet, qui ne devait pas peser plus de cinq kilos. Ils refermèrent la trappe, chassèrent l'air, et ouvrirent les portes du fond. Arkady se chargea de la manœuvre du treuil, penché vers un hublot. L'éolienne descendit comme un plomb, heurta la surface de sable dur, au flanc sud d'un petit cratère sans nom. Il dégagea le crochet du treuil et le remonta, puis referma la trappe du lance-bombes.

Ils retournèrent au cockpit pour vérifier le fonctionnement de l'éolienne. Elle était posée un peu de guingois, mais ses quatre pales tournaient déjà. On aurait dit un anémomètre construit à partir d'une trousse de météo pour enfants. L'élément thermique, un bobinage de métal qui ferait office de poêle, était placé sur un côté de la base. Avec un bon vent, il pouvait irradier 200 degrés centigrades, ce qui était assez remarquable dans de pareilles conditions de température. Mais pourtant...

— Il va en falloir énormément pour qu'on sente la différence, remarqua Nadia.

— Bien sûr, mais chaque petite chose compte, et c'est de la chaleur gratuite. Non seulement le vent alimente les réchauffeurs, mais aussi les usines qui fabriquent les éoliennes. Je pense que c'est une bonne idée.

Ils s'arrêtèrent encore une fois dans l'après-midi pour déposer une autre éolienne, avant de s'ancrer pour la nuit dans l'abri d'un jeune cratère plissé. Ils cuirent un plat au micro-ondes, dans leur minuscule cuisine, puis s'étendirent sur leurs couchettes. C'était bizarre de se sentir balancer dans le vent, comme sur un bateau au mouillage, bord sur bord. Mais, au bout d'un moment, c'était très relaxant et, très vite, Nadia s'endormit.

Ils s'éveillèrent avant l'aube, larguèrent les amarres et lancèrent le moteur à l'instant où le soleil se levait. A une centaine de mètres de haut, ils contemplèrent les ombres du paysage gagnées par des teintes de bronze au fur et à mesure que le terminateur reculait devant le jour. Un chaos fantastique de rochers et de longues ombres denses se révélait. Le vent du matin soufflait de droite à gauche sur leur étrave et les poussait en direction du nord-est, vers Chryse, sifflant un ton en dessous des turbopropulseurs qui tournaient à plein régime. Puis la terre se perdit, et ils se retrouvèrent au-dessus du premier des chenaux d'écoulement qu'ils devaient survoler, une vallée sinueuse et sauvage, à l'ouest de Shalbatana Vallis. La forme en S de ce petit arroyo était la marque indiscutable de l'eau. Plus tard dans la journée, ils survolèrent le canyon, bien plus large et profond, de Shalbatana, et trouvèrent des signes encore plus évidents : des îles en forme de larmes, des chenaux incurvés, des plaines alluvionnaires, des croûtes. Une inondation énorme avait marqué tout le paysage et créé ce canyon si vaste au-dessus duquel l'*Arrowhead* ressemblait à un petit papillon.

Les canyons d'écoulement et les hautes terres qui les séparaient rappelaient à Nadia les paysages des westerns américains, avec leurs alluvions, leurs mesas et leurs grands rochers isolés, comme dans Monument Valley — mais le survol, ici, dura quatre jours, et ils passèrent, après Shalbatana, Simud Vallis, Tiu et Ares Vallis, au-dessus d'une succession de chenaux sans nom. Tous témoignaient d'inondations gigantesques qui avaient envahi les terres durant des mois, avec des volumes dix mille fois supérieurs à ceux des crues du Mississippi. Nadia et Arkady en parlèrent tout en regardant au fond des canyons, à leurs pieds, mais ils avaient du mal à imaginer une masse d'eau torrentielle à cette échelle. A présent, les grands canyons vides ne portaient plus que le vent. Mais il était si fort qu'Arkady et Nadia descendaient plusieurs fois par jour pour poser d'autres éoliennes.

A l'est d'Ares Vallis, ils revinrent vers Xanthe. La région, à cet endroit, était criblée de cratères : des grands, des petits, des vieux, des récents, des cratères sur le tour desquels s'ouvraient d'autres cratères, des cratères si nettement dessinés qu'on aurait dit qu'ils venaient de se former, des cratères uniquement visibles à l'aube et au crépuscule, tels des arcs à peine esquissés sur l'ancien plateau. Ils survolèrent Schiaparelli, un cratère géant d'une centaine de kilomètres de diamètre. Lorsqu'ils se retrouvèrent à la verticale du tertre central, les parois délimitaient leur horizon, comme un cercle parfait de collines cernant le monde.

Après cela, ils rencontrèrent pendant plusieurs jours des vents qui soufflaient du sud. Ils entrevirent Cassini, autre vaste cratère ancien, avant de voir défiler des centaines de petits cratères. Chaque jour, ils déposaient plusieurs éoliennes. Ce voyage dans le ciel de Mars leur donnait une plus juste mesure des dimensions de la planète, et le projet commençait à paraître ridicule, comme s'ils essayaient de faire fondre l'Antarctique en parachutant des milliers de camping-gaz.

— Non, il en faudrait des millions et des millions pour qu'on sente la différence de température, dit Nadia alors qu'ils venaient de mettre en place une autre éolienne.

— Exact. Mais ça plairait trop à Sax. Il dispose d'une chaîne d'assemblage automatique. Il n'y a que la distribution qui pose problème. De plus, ça n'est qu'un des éléments de la campagne qu'il prépare. (Il montra l'arc immense de Cassini, à l'horizon du nord-ouest.) Sax aimerait bien creuser d'autres grands trous comme celui-là. Aller capturer des petites lunes de glace au large de Saturne ou dans la ceinture des astéroïdes pour les remorquer jusqu'ici et les piler. Il aimerait tellement avoir des cratères chauds, faire fondre le permafrost — ça ferait autant d'oasis.

— Plutôt sèches, non ? La plus grande partie de la glace serait perdue en entrant dans l'atmosphère.

— Bien évidemment, mais de la vapeur d'eau, ça ne nous ferait pas de mal.

— Mais la glace ne va pas s'évaporer, elle va se désintégrer au niveau moléculaire.

— Une partie, oui. Mais il nous restera toujours l'hydrogène et l'oxygène, dont nous avons grand besoin.

— Parce qu'on ramènerait de l'hydrogène et de l'oxygène de Saturne ? Alors qu'on en a déjà des quantités ici même ?... Il suffit de casser la glace...

— Ça aussi, ça fait partie de ses projets.

— Je suis impatiente de savoir ce qu'Ann en pense. (Nadia soupira.) La chose à faire, je suppose, serait de râper un astéroïde de glace dans l'atmosphère avec des aérofreins, et comme ça il brûlerait sans dispersion moléculaire. La vapeur d'eau serait utile, c'est vrai, mais il n'est pas question de bombarder la surface avec l'équivalent d'une centaine d'ogives à hydrogène.

Arkady acquiesça.

— Excellente idée ! Tu devrais la soumettre à Sax.

— C'est toi qui le lui diras.

A l'est de Cassini, le terrain apparut plus chaotique que jamais. C'était une des régions les plus vieilles de la planète, criblée de cratères jusqu'à saturation lors des bombardements torrentiels des premiers âges. Un no man's land issu d'une titanesque guerre de tranchées et dont la vue laissait paralysé, comme après l'explosion d'un obus cosmique.

Et ils continuaient de flotter dans le ciel. Tantôt à l'est, au nord-est, au sud-ouest, au sud, au nord, à l'est... Ils atteignirent les confins de Xanthe pour entamer la descente de la longue pente de Syrtis Major Planitia. Une plaine de lave, moins riche en cratères que Xanthe. La pente s'accentuait jusqu'à un bassin au plancher lisse : Isidis Planitia, l'une des régions les plus basses de Mars. C'était le secteur essentiel de l'hémisphère nord et, après les Highlands du sud, Isidis semblait particulièrement plate et douce. Mais aussi particulièrement vaste. Un matin, alors qu'ils prenaient leur altitude de croisière, ils découvrirent trois pics à l'horizon d'est. Ils venaient d'atteindre Elysium, le seul autre « continent géant » comparable à Tharsis. En fait, il était un peu plus réduit, mais quand même important. Il se déployait sur mille kilomètres, avec une altitude moyenne de 10 000 mètres par rapport aux régions environnantes. Tout comme Tharsis, il était cerné de terrains fracturés, entaillés par les mouvements de surrection. Ils survolèrent bientôt la plus occidentale de ces régions, Hephaestus Fossae. La vue était totalement étrangère : cinq longs canyons profonds couraient en parallèle, comme des traces de griffes dans le socle rocheux. Au-delà s'étendait Elysium, en forme de selle, Elysium Mons et Hecates Tholus s'érigeant aux deux extrémités de la dorsale, à 5 000 mètres plus haut. Sublime. Tout ici était plus immense que ce qu'ils avaient découvert jusqu'alors, et ils restèrent muets un long moment, tandis que le dirigeable dérivait vers la chaîne, lentement. Et quand ils parlaient, c'était comme s'ils réfléchissaient tout haut.

— On dirait le Karakoram, dit enfin Arkady. Ou le désert d'Himalaya. Mais ce sont des exemples trop simples. Ces volcans ressemblent au Fuji Yama. Un jour, des gens les escaladeront en pèlerinage.

— Je me demande à quoi vont ressembler les volcans de Tharsis. Est-ce qu'ils sont vraiment deux fois plus hauts que ceux-là ?...

— Au moins. Tu n'es pas d'accord ? Ça ne te fait pas penser au Fuji Yama ?

— Non, ils sont moins escarpés. Mais tu as déjà vu le Fuji Yama ?

— Non, répondit-il au bout d'un long moment. Je pense qu'on ferait bien de tourner autour. Je ne suis pas certain que nous ayons assez d'altitude pour franchir ces montagnes.

Ils relancèrent les propulseurs et mirent le cap au sud, aidés par les vents qui, eux aussi, contournaient Elysium.

L'*Arrowhead*, au sud-est, survola une région accidentée : Cerberus Rupes et, durant toute la journée, ils mesurèrent à vue leur avance par rapport à Elysium, qui défilait lentement sur leur gauche. Les heures passaient et le massif géant diminua bientôt derrière les hublots. Ils avaient maintenant conscience des dimensions de Mars. Ils avaient toujours tous répété que *Mars représentait plus en surface que la Terre* — et leur périple autour d'Elysium venait de leur en apporter la preuve.

Les jours s'écoulaient : ils s'élevaient dans l'air glacé chaque matin au-dessus des terres rougeâtres de rocaille, et redescendaient à l'heure du crépuscule pour s'amarrer.

Un soir, ils constatèrent que le stock d'éoliennes avait diminué et ils rapprochèrent leurs deux couchettes le long des hublots de tribord. Ils n'en discutèrent pas auparavant, comme si le réaménagement était évident et qu'ils étaient d'accord depuis longtemps. Ils se bousculèrent, mais intentionnellement cette fois, en se frottant l'un contre l'autre avec sensualité, accentuant ce qu'ils avaient amorcé depuis le début, et les heurts accidentels devinrent des préliminaires. Pour finir, Arkady la serra entre ses bras comme un grand ours, rieur, et Nadia le repoussa vers leurs deux couchettes jumelles. Ils s'embrassèrent comme de jeunes amants et firent l'amour une bonne partie de la nuit. Puis ils s'endormirent, et refirent l'amour dans la clarté rose de l'aube. Ils recommencèrent chaque nuit sous les étoiles, tandis que le dirigeable dansait doucement au bout de ses amarres.

Ils se parlaient dans le roulis du vent, et c'était encore plus romantique qu'à bord d'un train ou d'un paquebot.

— Nous avons d'abord été des amis, lui dit Arkady. C'est ce qui fait la différence, tu ne crois pas ? Je t'aime.

Il pointa le doigt sur elle, comme s'il voulait éprouver l'effet de ces mots. Pour Nadia, il était évident qu'il ne les avait pas souvent prononcés, et qu'ils avaient tout leur sens. Il accordait tellement d'importance aux idées !

— Moi aussi, je t'aime ! lui dit-elle.

Chaque matin, il arpentait l'étroite nacelle entièrement nu, ses cheveux roux brillant dans la lumière horizontale du matin. Nadia l'observait de sa couchette. Sereine et heureuse, à tel point qu'elle devait se remémorer que cette impression était probablement due à la faible pesanteur de Mars. Mais c'était tellement agréable.

Une nuit, alors qu'ils allaient s'endormir, elle lui demanda avec curiosité :

— Pourquoi moi ?

— Mmm ?...

— J'ai dit « pourquoi moi » ? Arkady Nikeliovich, tu aurais pu aimer n'importe quelle autre femme, et elle t'aurait aimé autant que moi. Même Maya.

Il grommela.

— Ah, ça, oui ! Maya ! Seigneur ! J'aurais pu avoir le bonheur de posséder Maya Katarina ! Comme Frank et John ! (Ils rirent ensemble.) Mais comment j'ai pu passer à côté d'une affaire pareille ? Suis-je idiot !

Il était convulsé de rire jusqu'à ce qu'elle lui tapote le ventre.

— D'accord, d'accord. Alors, les autres ? Les plus jolies ? Janet, Ursula, ou Samantha ?

Il se redressa sur un coude.

— Allons... Tu veux me dire que tu ne sais pas ce qu'est la beauté ?

— Mais bien sûr que non, fit Nadia, obstinée.

Arkady affecta de ne pas l'entendre.

— La beauté, c'est la puissance et l'élégance, l'acte légitime, la fonction qui renforce la forme, l'intelligence, la raison. Et très souvent... (Il sourit et lui toucha le ventre.) Elle s'exprime en courbes.

— Oui, ça, j'ai pris des courbes, fit-elle en repoussant sa main.

Il se pencha et essaya de lui mordre un sein, mais elle se déroba.

— La beauté, c'est toi, Nadejda Francine. Selon ces critères, tu es la reine de Mars.

— La Princesse de Mars, rectifia-t-elle distraitement, plongée dans ses pensées.

— C'est vrai. Nadejda Francine Chernechevski, la Princesse Martienne aux Neuf Doigts.

— Tu n'es pas un type très conventionnel.

— Oh, non ! hurla-t-il. Et jamais je ne l'ai revendiqué ! Sauf devant certains comités de sélection. Un homme conventionnel ! Ah, ah, ah ! Ce sont les hommes conventionnels qui tournent autour de Maya. C'est ce qu'ils méritent.

Et il repartit d'un rire farouche.

C'était le matin quand ils franchirent les ultimes collines en dents de scie de Cerberus pour aborder la plaine poussiéreuse d'Amazonis Planitia. Arkady fit descendre le dirigeable pour déposer une éolienne dans une passe, entre deux des dernières buttes du vieux Cerberus. Quelque chose cassa dans le verrouillage du treuil, et il cassa alors que l'éolienne n'était qu'à mi-hauteur. Elle tomba sur sa base. Vue d'en haut, elle semblait intacte, mais quand Nadia descendit avec l'élingue pour vérifier son état, elle s'aperçut que la plaque thermique s'était détachée.

C'est alors qu'elle entrevit quelque chose. A l'intérieur du coffrage. C'était d'un verdâtre terne, marqué de bleu. Elle pointa un tournevis sur la chose et la piqua avec précaution.

— Merde !

— Comment ? cria Arkady.

Elle l'ignora et gratta un peu de la substance dans le sac où elle mettait ses écrous et ses rivets. Puis elle reprit l'élingue et cria :

— Remonte-moi.

— Qu'est-ce qui ne va pas ?

— Remonte-moi, c'est tout.

Il referma les volets du lance-bombes derrière elle.

— Qu'est-ce qui se passe ?

Elle enlevait son casque.

— Tu sais très bien ce qui se passe, espèce de salopard !

(Elle lui envoya une gifle et il tituba en reculant, percutant la pile d'éoliennes.

— Aïe ! (Il venait de se cogner le dos dans une pale.) Hé, Nadia, c'est quoi ton problème ?

Elle décrocha le sac de son marcheur et l'agita sous ses yeux.

— Le problème, c'est ça ! Comment as-tu pu faire ça ? Comment as-tu osé me mentir à ce point ? Salaud, est-ce que tu te rends seulement compte des ennuis que nous allons avoir ? Ils vont débarquer sur Mars et tous nous réexpédier vers la Terre !

Arkady la dévisageait, les yeux ronds, en se frottant le menton.

— Nadia, je ne te mentirais pas. Je ne mens jamais à ceux que j'aime. Voyons ce que tu rapportes.

Elle lui rendit son regard. Il tendait le bras. Puis il haussa les épaules et elle plissa le front.

— Tu ne sais pas ce qu'il y a là-dedans ?

— Mais *quoi donc* ?

Elle ne pouvait croire qu'il feignait l'ignorance : ça n'était pas dans son style. Ce qui conférait tout à coup un nouvel aspect étrange aux choses.

— Certaines de nos éoliennes sont de petites fermes d'algues.

— *Quoi ?*

— Ces putains de moulins que nous avons semés un peu partout. Ils sont bourrés de cette nouvelle algue de Vlad, ou de lichen, ou de je ne sais quoi. Regarde.

Elle posa le sac sur la petite table, l'ouvrit, et se servit du tournevis pour entrebâiller l'intérieur. Ils virent des petites grappes noueuses d'algue bleuâtre. De la vie martienne surgie d'un ancien magazine de SF.

Ils restaient hypnotisés.

— Bon Dieu ! fit Arkady.

Il se pencha jusqu'à ce que ses yeux ne soient plus qu'à un centimètre de la chose.

— Tu me jures que tu l'ignorais ? insista Nadia.

— Je te le jure. Nadia, jamais je n'aurais fait ça. Tu le sais...

Elle souffla longuement.

— Eh bien... Apparemment, ça n'est pas le cas de nos copains.

Il se redressa en hochant la tête.

— C'est vrai. (Il réfléchissait intensément. Il s'approcha des éoliennes et en prit une.) Ça se trouvait où ?

— Derrière la plaque thermique.

Ils l'ouvrirent avec les outils de Nadia. Et trouvèrent une autre colonie d'algues d'Underhill. Nadia sonda les bords de la plaque et découvrit deux petits gonds.

— Regarde, c'était prévu pour s'ouvrir.

— Mais par quel moyen ?

— Par radio ?

— Bon Dieu ! (Arkady se mit à arpenter la travée étroite.) Je veux dire...

A combien de lâchers les dirigeables ont-ils procédé ? Dix ? Vingt ? Et combien de ces choses ont-ils larguées ?

Il se mit à rire, la tête en arrière, d'un rire sauvage qui partageait sa barbe rousse.

Nadia ne trouvait rien de drôle à ça, mais elle ne put s'empêcher de sourire devant sa réaction.

— Mais ça n'a rien de drôle ! On est dans une sale situation !

— Peut-être.

— Mais si, absolument ! Et c'est de ta faute ! Certains de ces fous de biologistes du parc ont pris au sérieux tes vantardises d'anarchiste !

— Eh bien, c'est au moins un point en leur faveur, à ces salauds. (Il retourna dans la cuisine pour examiner la touffe de choses bleues qu'ils avaient posée sur la table.) De qui crois-tu que nous parlions exactement ? Combien de nos amis sont au courant ? Et pourquoi, au nom du ciel, ne m'ont-ils rien dit ?

Elle savait qu'il était ulcéré. En fait, plus il réfléchissait à la chose, moins il la trouvait drôle. Parce que ces algues signifiaient qu'il existait une sous-culture à l'intérieur de leur groupe, qui agissait hors de la supervision de l'AMONU, *mais qui n'avait pas voulu qu'Arkady fût au courant*. Même s'il avait été le premier et le plus fervent avocat de ce genre de subversion. Qu'est-ce que ça voulait dire ? Que certains étaient de son côté mais ne lui faisaient pas confiance ? Qu'il existait des dissidents avec un programme concurrent ?

Impossible de le savoir. Ils levèrent l'ancre et montèrent dans le ciel au-dessus d'Amazonis. Ils survolèrent un cratère de taille moyenne appelé Pettit. Arkady remarqua que c'était un emplacement parfait pour une éolienne, mais Nadia lui répondit par un grognement irrité. Ils essayaient de définir la situation. Il était certain que plusieurs personnes des labos d'ingénierie génétique devaient être dans le coup, sinon tous. Et Sax, responsable de la conception des éoliennes, en faisait certainement partie. Hiroko, quant à elle, avait toujours soutenu le projet des éoliennes, mais ils n'avaient jamais vraiment compris pourquoi. Il était impossible de déterminer si elle approuverait une chose pareille ou non. Leurs idées étaient tout simplement trop proches. Mais ça se pouvait.

Ils en discutèrent tout en démontant complètement l'éolienne. La plaque thermique constituait un fond pour le compartiment qui contenait les algues. Quand ce fond s'ouvrait, les algues étaient libérées dans une zone légèrement plus chaude que l'environnement extérieur. Chaque éolienne était donc destinée à fonctionner comme une micro-oasis et, si les algues réussissaient à survivre, elles pouvaient croître au fur et à mesure que la température du site s'élevait, avant de se développer au-delà. La plaque de réchauffement n'était là que pour les démarrer, rien de plus. C'était du moins ce qu'avaient pensé ses concepteurs.

— En tout cas, les deux premières pommes sur Mars, c'est nous, fit Arkady.

— Mais je ne vois pas quels ennuis ça pourrait nous attirer. On ne savait rien de tout ça.

— Qui va nous croire ?

— Oui, c'est juste. Ces salauds nous ont vraiment eus...

Il était évident que c'était ce qui le perturbait. Bien sûr, ils avaient contaminé Mars avec des biotopes étrangers, mais, surtout, il avait été tenu à l'écart d'un secret. Les hommes étaient souvent incroyablement égomaniaques. Et Arkady plus que certains, avec son groupe de partisans qui approuvaient toutes ses positions, qui le suivaient en toutes choses. L'ensemble de l'équipe de Phobos, et de nombreux programmeurs d'Underhill.

Si certains des siens lui cachaient des choses, c'était terrible. Mais si un autre groupe dissimulait d'autres secrets, c'était plus grave encore, parce que cela impliquait une interférence, une compétition.

C'est, du moins, ce qu'il semblait penser. Il ne le dit pas explicitement, mais c'était évident à en juger par ses grommellements et la façon qu'il avait de lâcher des jurons âpres, soudains et authentiques, même s'ils alternaient avec des plages d'hilarité.

Il ne semblait ni furieux ni séduit, et Nadia décida finalement qu'il éprouvait les deux émotions en même temps : c'était typique de lui. Il sentait les choses librement et à fond, sans trop se soucier de leurs conséquences. Mais elle n'était pas certaine pour sa part d'apprécier ses réactions, cette fois, et elle lui en fit part d'un ton très irrité.

— Mais tu ne comprends donc pas ? cria-t-il. Pourquoi m'auraient-ils tenu à l'écart de ce secret, alors que c'était *mon* idée ?

— Parce qu'ils devaient savoir que je t'accompagnerais. S'ils t'avaient mis au courant, tu me l'aurais répété. Et alors, j'aurais tout bloqué.

Il explosa d'un rire énorme.

— Alors, pour toi, ils ont été pleins d'égards !

— Va te faire foutre !

Les ingénieurs bio, Sax, les alchimistes qui mettaient les choses au point. Des gens des communications, probablement... Ils devaient être des dizaines à être au courant.

— Et Hiroko ? demanda Arkady.

Ils n'avaient aucune idée à son sujet. Ils ne connaissaient pas suffisamment ses opinions. Nadia avait la quasi-certitude qu'elle avait participé à ce plan, sans pouvoir préciser pour quelle raison.

— Je suppose que c'est à cause de ce groupe qui s'est formé autour d'elle, toute la ferme, plus un grand nombre d'autres, qui la respectent... et la suivent. Ann y compris, en un sens. Si ce n'est qu'Ann va hurler en apprenant ça ! Mais je suis certaine qu'Hiroko aurait été au courant de n'importe quel secret, surtout s'il s'agit des systèmes écologiques. Les ingénieurs génétiques travaillent avec elle la plupart du temps. Pour certains d'entre eux, elle est une sorte de gourou. Ils ont peut-être écouté ses conseils pour mettre au point ces algues !

— Mmm...

— En tout cas, ils ont eu son accord. Je dirais même sa permission.

Arkady hocha la tête.

— Je vois ce que tu veux dire.

Ils parlaient à bâtons rompus, abordant tous ces points. La plaine qu'ils survolaient semblait maintenant différente à Nadia. Elle avait été ensemencée, et elle allait changer, inévitablement. Ils parlèrent des autres projets de terraforming de Sax : les miroirs géants placés sur orbite qui renverraient les rayons du soleil sur le terminateur, à l'aube et au crépuscule, le carbone semé sur les calottes polaires, l'aréothermie, les astéroïdes de glace importés. Il semblait bien que tout cela fût pour bientôt. Ils avaient contourné le débat et ils allaient modifier la face de Mars.

Au soir du deuxième jour qui suivit leur découverte, ils préparaient leur repas, à l'ancrage dans un petit cratère, lorsqu'ils reçurent un appel d'Underhill, relayé par satellite.

— Hé, vous deux ! lança la voix de John Boone. On a un problème !

— Vous aussi ? fit Nadia.

— Pourquoi ? Quelque chose ne va pas ?

— Non, non.

— Bien, parce que je ne voudrais pas que vous en ayez deux ! Une tempête de poussière vient de se former dans la région de Claritas Fossae, et elle se développe. Elle monte vers le nord à toute vitesse. On pense qu'elle vous atteindra dans un jour au plus.

— Est-ce que ça n'est pas un peu tôt pour les tempêtes ? demanda Arkady.

— Non... On est à L_s = 240, et c'est la période. Le printemps austral. En tout cas, elle vous arrive droit dessus.

Il leur transmit un cliché satellite qu'ils examinèrent attentivement. La région sud de Tharsis était obscurcie par un nuage jaune amorphe.

— On ferait mieux de rentrer dès maintenant, dit enfin Nadia.

— De nuit ?

— On pourrait marcher sur les batteries, et on les rechargerait demain matin. Après, nous n'aurons pas beaucoup de lumière, à moins que nous ne parvenions à monter au-dessus de la tempête.

Après en avoir discuté avec John, puis Ann, ils larguèrent les amarres. Le vent les porta vers l'est-nord-est, ce qui les amènerait à passer immédiatement au sud d'Olympus Mons. Ensuite, ils espéraient pouvoir contourner le flanc nord de Tharsis, ce qui les abriterait de la tempête, pour quelque temps au moins.

La nuit, tout était plus bruyant. Le vent, sur l'enveloppe du ballon, émettait une plainte continue auprès de laquelle le bruit des moteurs n'était qu'un timide bourdonnement. Le cockpit n'était éclairé que par la lueur verte des instruments de bord. Ils parlaient à voix basse, tandis que le monde obscur défilait sous eux. Il leur restait environ 3 000 kilomètres à parcourir jusqu'à Underhill, ce qui représentait trois cents heures de navigation. C'est-à-dire douze jours, plus ou moins. Mais la tempête, si elle se comportait comme toutes les autres, s'abattrait sur eux bien avant. Après... il était difficile d'émettre des suppositions. Sans soleil, les propulseurs videraient les batteries, et ensuite...

— Est-ce que nous ne pourrions pas nous laisser porter par le vent ? suggéra Nadia. En n'utilisant les moteurs que pour rectifier le cap ?

— Peut-être. Mais ces machines ont été conçues pour que les propulseurs assurent la poussée verticale, tu sais...

— Oui.

Elle fit du café, qu'ils burent en silence dans le cockpit, les yeux rivés sur le petit écran radar.

— Il va probablement falloir que nous larguions tout ce qui ne nous est pas absolument nécessaire. À commencer par ces saletés d'éoliennes.

— C'est autant de lest. Gardons-le pour reprendre de l'altitude quand nous en aurons besoin.

La nuit était interminable. Arkady prit la relève de quart, et Nadia dormit pendant une heure d'un sommeil agité. Quand elle regagna le cockpit, elle constata que la masse noire de Tharsis s'avançait sur eux. Les deux volcans les plus au nord du trio, Ascraeus Mons et Pavonis Mons, se découpaient comme des bosses obscures sur le fond des étoiles, au bord du monde. Sur leur gauche, Olympus se dressait encore sur l'horizon. Ils avaient l'impression, avec ces trois volcans géants, de voler à l'intérieur d'un canyon de titans. L'écran radar reproduisait le paysage en miniature, tracés verts sur la grille de mesures.

Puis, dans l'heure qui précéda l'aube, il leur sembla qu'un autre volcan se dressait derrière eux. Car tout l'horizon du sud s'élevait vers le ciel, occultant les étoiles, noyant Orion dans le noir. La tempête accourait.

Elle s'abattit sur eux au lever du jour, masquant le ciel rouge de l'est, déferlant en vagues de pénombre couleur de rouille. Le grondement assourdi du vent autour de la nacelle se changea en un hurlement. La poussière les fouettait en lanières violentes, à une vitesse terrifiante. Le vent s'amplifia encore et la nacelle tressauta et vibra tandis que toute la membrure du dirigeable se déformait.

Par chance, ils continuaient à faire route vers le nord.

— J'espère que le vent va s'enrouler autour de l'épaulement nord de Tharsis, dit Arkady.

Nadia ne put qu'acquiescer en silence. Ils n'avaient pas eu la moindre occasion de recharger les batteries après leur vol nocturne et, sans soleil, les moteurs ne tourneraient plus très longtemps.

— Hiroko m'a dit que l'ensoleillement du sol pendant une tempête est censé être supérieur de 15 % à la normale, dit Nadia. A la hauteur où nous nous trouvons, ça devrait être encore plus important. Donc, nous finirons par nous recharger, mais ce sera lent. Il est possible que les propulseurs ne nous servent pas à grand-chose cette nuit.

Elle pianota les données sur son clavier. Ils couraient un danger sérieux : elle le lisait sur le visage d'Arkady : ça n'était pas de la peur, ni même de l'anxiété — tout simplement, son sourire était *bizarre*. S'ils étaient incapables de se servir des moteurs, ils ne pourraient pas corriger leur direction, et ils seraient même dans l'incapacité de garder leur altitude. Ils pouvaient descendre, c'était vrai, et tenter de s'amarrer. Mais ils ne disposaient que de quelques semaines de vivres, et des tempêtes comme celle-ci duraient souvent deux ou trois mois.

— Voilà Ascraeus Mons ! s'exclama Arkady en montrant l'écran radar. L'image est bonne... C'est la meilleure que nous puissions avoir cette fois-ci, je le crains. Dommage. J'avais tellement envie de les voir tous ! Tu te souviens d'Elysium ?

— Mais oui, mais oui, fit Nadia d'un ton distrait.

Elle était occupée à vérifier les charges de batteries en simulation. Le soleil était presque en périhélie, ce qui expliquait le déclenchement de la tempête. Les instruments indiquaient que 20 % seulement de la pleine clarté solaire les pénétreraient à ce niveau (alors que Nadia, à vue, estimait son intensité à 30 ou 40...). Ils pourraient donc utiliser les propulseurs à mi-temps, ce qui les aiderait formidablement. Ils se déplaçaient actuellement à 12 kilomètres à l'heure environ, et ils perdaient de l'altitude, même si le terrain s'élevait. Avec les moteurs, ils pourraient garder une altitude fixe, et corriger leur cap d'un ou deux degrés.

— Cette poussière, tu mesures sa densité à combien ?

— Sa densité ?

— Oui, je veux dire : combien de grammes au mètre cube ? Essaie d'avoir Ann ou Hiroko par radio, tu veux ?

Elle retourna au tableau de bord pour essayer de trouver comment alimenter les propulseurs. L'hydrazine, pour les pompes à vide du lance-bombes, qui pourraient être reliées aux propulseurs, probablement... Elle était en train de dégager une des maudites éoliennes à grands coups de pied, quand elle s'arrêta. Les plaques thermiques étaient alimentées par la charge électrique générée par les pales. Si elle pouvait dévier cette charge dans les batteries des moteurs, il suffirait de fixer des éoliennes sur les flancs de la nacelle. Le vent ferait tourner les pales et les propulseurs pourraient fonctionner avec cette énergie d'appoint. Elle fouillait déjà dans son coffre à outils, en quête de câbles et de transformateurs. Elle confia son idée à Arkady et il eut son habituel rire fou.

— Bonne idée, Nadia ! *Excellente* idée !

— Si ça marche.

Sa réserve d'outils était tristement réduite par rapport à son arsenal habituel. Elle rassembla ceux qui lui étaient nécessaires dans la clarté jaune sinistre qui vacillait à chaque bourrasque de vent. L'obscurité extérieure était déchirée de nuages denses et sulfureux qui zébraient la tempête comme autant d'éclairs. La poussière devait les balayer à plus de 300 kilomètres à l'heure. Même sous une pression de 12 millibars, le vent secouait violemment le dirigeable et, dans le cockpit, Nadia entendait Arkady jurer contre l'inefficacité de l'autopilote.

— Reprogramme-le ! lança Nadia, puis, se rappelant soudain les simulations sadiques d'Arkady sur l'*Arès*, elle ajouta en riant : Problème ! Problème !

Et elle continua de rire en écoutant ses jurons, avant de se mettre au travail.

Avec le vent en poupe, au moins, ils allaient plus vite. Arkady était en liaison avec Ann et répéta ses informations en hurlant. La poussière était extrêmement fine, composée de particules d'un diamètre de 2,5 microns en moyenne. La masse totale de la colonne était de 10^{-3} par cm^{-2}. Ça n'était pas trop grave. L'ensemble, ramené au sol, ne laisserait qu'une couche infime, ce qui confirmait ce qu'ils avaient observé sur les largages les plus anciens d'Underhill.

Quand elle eut refait les câblages d'un certain nombre d'éoliennes, elle regagna le cockpit en vacillant.

— Ann dit que la force du vent doit diminuer près du sol, lui annonça Arkady.

— Bien. Parce qu'il va falloir nous poser si on veut fixer les éoliennes.

Le soir venu, ils descendirent sans la moindre visibilité, et laissèrent traîner l'ancre jusqu'à ce qu'elle se bloque. Le vent était effectivement moins fort, mais Nadia fut quand même chahutée sérieusement pendant sa descente en élingue, sous les nuages déferlants de poussière. Enfin, elle sentit le sol sous ses bottes ! Elle se détacha de l'élingue, courbée dans le vent. Même affaibli, il paraissait lui envoyer de grandes gifles et elle sentait affluer en elle ce vieux sentiment de vide. La visibilité ondulait avec les vagues jaunes de poussière et Nadia était désorientée. Sur Terre, un vent d'une pareille force l'aurait balayée comme un brin de paille.

Mais là, elle parvenait à se maintenir au sol. Arkady avait manœuvré le treuil pour tendre le câble d'amarrage, et l'*Arrowhead,* tout proche à présent, était un toit vert et ventru qui projetait une ombre étrangement dense.

Elle démonta les câblages des turbopropulseurs des ailes pour les fixer sur le dirigeable avant de les sertir dans les contacts, à l'intérieur. Elle travaillait aussi vite que possible pour éviter une exposition prolongée à la poussière. Le ventre du dirigeable tressautait dans les bourrasques.

Avec quelque difficulté, elle perça des trous dans le fuselage de la nacelle et y fixa dix éoliennes maintenues par des écrous. Elle finissait le câblage entre les éoliennes et les contacts des propulseurs lorsque le dirigeable chuta brutalement. Si vite qu'elle dut se jeter à plat ventre, la perceuse pressée douloureusement contre son estomac.

— Merde !

— Qu'est-ce qui se passe ? demanda Arkady dans l'intercom.

— Rien. Quel merdier ! On dirait que je travaille sur un trampoline.

Elle précipita son travail. A l'instant où elle finissait, le vent reprit de la violence, et elle dut ramper jusqu'à la trappe en haletant.

En enlevant son casque, elle cria à Arkady :

— Ce gros machin a bien failli m'écraser !

Tandis qu'il se battait pour dégager l'ancre, elle s'avança en titubant dans la nacelle, rassembla tout ce dont ils n'auraient plus besoin (matelas, lampe, ustensiles de cuisine, couverts, bouquins, plus quelques échantillons de rocs). Elle les jeta par la trappe du lance-bombes. Elle se dit avec jubilation que si un jour un voyageur rencontrait tout ça, se dit-elle, il se poserait certainement des questions.

Ils durent pousser les propulseurs au maximum pour dégager l'ancre. Après quoi, libérés, ils volèrent comme une feuille dans le vent de novembre. Ils continuaient en poussée maximale pour reprendre de l'altitude au plus vite. Il y avait quelques volcans entre Olympus et Tharsis, et Arkady souhaitait plafonner à plusieurs centaines de mètres au-dessus. Sur l'écran radar, Ascraeus Mons disparaissait à l'arrière. Quand ils furent bien au nord, ils purent mettre le cap à l'est et essayer de définir une course autour du flanc nord de Tharsis et, de là, jusqu'à Underhill.

Mais, durant les longues heures qui suivirent, ils découvrirent que le vent soufflait vers le bas de la pente nord de Tharsis, prenant leur étrave par le travers et, même lorsqu'ils lançaient les propulseurs à fond vers le sud-est, ils dérivaient vers le nord-est, tout au mieux. Dès qu'ils tentaient d'aller contre le vent, le malheureux *Arrowhead* était secoué comme un planeur et ils avaient l'impression que la nacelle était suspendue à un élastique. Malgré toutes leurs tentatives, ils n'arrivaient pas à prendre le bon cap.

L'obscurité revint. Ils avaient été déportés un peu plus loin au nord-est. S'ils continuaient, ils allaient passer à quelques centaines de kilomètres au large d'Underhill. Ensuite, ils n'auraient plus aucun refuge possible. Ils allaient être balayés jusqu'à Acidalia, jusqu'à Vastitas Borealis, vers la mer pétrifiée de dunes noires. Et ils n'avaient plus assez d'eau ni de vivres pour refaire le tour de la planète et tenter le coup à nouveau.

La bouche et les yeux pleins de poussière, Nadia retourna dans la cuisine et fit réchauffer quelque chose à manger. Elle était épuisée. Elle se rendit compte, en sentant l'odeur de la nourriture, qu'elle mourait de faim. Et de soif, aussi, or le recycleur d'eau fonctionnait à l'hydrazine.

A propos d'eau, une image lui passa par la tête. Un souvenir de leur expédition au pôle nord : cette galerie de permafrost effondrée, et l'eau blanche, figée par le gel dans son jaillissement. Mais quel rapport ?

Elle regagna le cockpit comme elle put, en se cramponnant aux parois.

Nadia partagea un repas poussiéreux avec Arkady, en essayant de réfléchir à une solution. Il observait l'écran radar en silence, l'air inquiet.

— Ecoute, dit-elle, si nous pouvions capter les signaux des transpondeurs en nous dirigeant vers Chasma Borealis, nous pourrions nous poser. Et alors, on pourrait envoyer un des patrouilleurs robots pour nous récupérer. Ils se déplacent très bien dans la tempête, ils n'ont pas besoin de voir. On laisserait l'*Arrowhead* à l'amarrage.

Arkady la dévisagea, avala une bouchée et dit :

— Bonne idée.

A condition de pouvoir capter les signaux des transpondeurs.

Arkady appela Underhill. Il parvint à se faire comprendre en dépit des crépitements d'électricité statique. Durant toute la nuit, ils discutèrent avec les autres, à propos des fréquences, des canaux, de la poussière qui devait atténuer les signaux déjà faibles des transpondeurs, etc. Les transpondeurs avaient été conçus pour indiquer leur route aux patrouilleurs qui passaient à proximité, et au sol. Les capter allait donc être un réel problème.

Underhill pouvait donner leur position avec précision et leur indiquer les points de descente. Leur propre carte radar leur tracerait la route. Mais ni l'une ni l'autre de ces deux méthodes ne serait parfaitement exacte, et il serait presque impossible de trouver la route dans cette tempête s'ils ne se posaient pas dessus. Une erreur de dix kilomètres, et elle serait au-delà de l'horizon. Et ils perdraient toutes leurs chances. Ils auraient plus de chance s'ils accrochaient les signaux d'un des transpondeurs.

En tout état de cause, Underhill dépêcha un patrouilleur robot vers le nord. Il devrait arriver dans le secteur qu'ils espéraient traverser dans cinq jours. Nadia et Arkady avançaient à 30 kilomètres à l'heure, et atteindraient leur but dans quatre jours environ.

Quand tous les plans furent établis, ils décidèrent des tours de veille pour la nuit. Nadia, entre deux tours, ne trouvait pas le sommeil, ou mal, dans les secousses du vent. Les vitres étaient noires comme si on avait tiré des rideaux devant. Le rugissement du vent faisait un bruit de fourneau à gaz, entrecoupé par moments de cris stridents. Elle rêva qu'ils étaient dans une énorme chaudière peuplée de démons de feu et se réveilla trempée de sueur. Elle alla, à l'avant, relever Arkady.

La nacelle sentait la poussière, la sueur, et aussi l'hydrazine. En dépit des joints micronisés, un film blanc s'était déposé sur les parois. Nadia passa les doigts sur une cloison de plastique bleu et les regarda. Incroyable...

Ils passaient de la pénombre des jours aux nuits sans étoiles, secoués sans cesse. Le radar leur montra ce qui devait être le cratère de Fensekov, à la verticale. Ils étaient inéluctablement emportés vers le nord-est, sans aucune chance de pouvoir défier la tempête. La route du pôle était leur unique chance. Entre ses quarts, Nadia faisait le tri des choses qu'ils pouvaient jeter par-dessus bord, et découpait même certaines parties de la nacelle qu'elle ne jugeait pas essentielles. Les ingénieurs de Friedrichshafen en auraient frémi. Mais les ingénieurs allemands en faisaient toujours trop, et, sur Terre, personne n'était capable de penser en termes de gravité martienne.

Alors elle scia et donna des coups de marteau jusqu'à ce que la nacelle soit à peu près réduite à une simple carcasse. Chaque fois qu'elle ouvrait la trappe, un nuage de poussière remontait dans l'habitacle, mais elle estimait que ça valait la peine ; ils devaient s'alléger. Malgré son bricolage avec les éoliennes, la batterie ne leur procurerait pas une poussée suffisante. Elle avait depuis longtemps jeté les autres éoliennes par-dessus bord, et quand bien même elle les aurait eues à sa disposition, elle ne serait pas repassée sous le dirigeable pour les fixer. Le souvenir de l'incident lui donnait encore la chair de poule. Au lieu de cela, elle continuait à tailler et à élaguer. Elle aurait même éliminé des parties de la carcasse si elle avait pu accéder au ballon.

Et pendant tout ce temps, Arkady l'encourageait. Nu, couvert de poussière, géant roux et chantonnant, il surveillait l'écran radar, préparait leurs petits repas et observait leur avance. Impossible de ne pas partager son excitation, de ne pas admirer comme lui les grandes bourrasques de poussière. La tempête semblait souffler dans son sang.

Trois longues journées passèrent ainsi, dans la tourmente orange. Au quatrième jour, peu après midi, ils mirent la radio à plein volume et guettèrent le souffle de la statique sur la fréquence des transpondeurs. Nadia était hypnotisée par l'écoute de ce bruit blanc et dérivait vers le sommeil. Car ils dormaient peu. Elle était au seuil de l'inconscience quand Arkady lui parla. Elle sursauta.

— Tu entends ? répéta-t-il.

Elle écouta intensément et secoua la tête.

— Une sorte de *ping*, ajouta-t-il.

Oui, elle entendait un petit *bip*.

— C'est ça ?

— Je le pense. On va descendre aussi vite que possible. Il faut que je vide quelques ballonnets.

Il pianota quelques touches du clavier de contrôle, le dirigeable s'inclina vers l'avant, et ils commencèrent à tomber très vite. Les chiffres de l'altimètre défilaient. L'écran radar leur révéla un sol plat. Le *ping* se fit plus fort — sans récepteur directionnel, c'était leur unique moyen de calculer leur approche.

Ping... ping... ping... Nadia, dans son état d'épuisement, était incapable de savoir s'il augmentait ou diminuait.

— Il diminue, fit Arkady. Tu ne crois pas ?...

— Je ne sais pas.

— Mais si.

Il lança les propulseurs et, dans leur ronronnement, le signal s'atténua. Il fit pivoter le dirigeable, qui fut durement secoué. Il lutta pour contrôler sa chute, mais le délai était trop long entre les mouvements des volets et les soubresauts du dirigeable. En réalité, ils ne faisaient qu'amortir un crash inévitable. Le *ping* se faisait plus faible.

Quand l'altimètre indiqua qu'ils étaient suffisamment bas pour larguer l'ancre, ils s'exécutèrent aussitôt et attendirent, angoissés. Ils jetèrent toutes leurs amarres, et l'*Arrowhead* fut enfin bloqué. Nadia enfila sa tenue et sauta sur l'élingue. Elle descendit vers la surface, dans une aube couleur chocolat, ployée dans le torrent changeant du vent. Elle était écrasée par un épuisement physique qu'elle n'avait jamais connu. Elle ne progressait qu'avec difficulté. Dans son intercom, le signal du transpondeur résonnait et le sol devenait pentu. Elle lutta pour conserver son équilibre. Le *ping* se fit plus net.

— On aurait dû écouter avec nos intercoms, dit-elle à Arkady. C'est bien mieux.

Un coup de vent la fit tomber. Elle se releva et reprit péniblement sa marche, laissant derrière elle un filin de nylon, réglant ses pas sur le volume du signal. Elle ne voyait guère qu'à un mètre de distance, parfois moins, dans les bourrasques les plus violentes. Puis la visibilité s'améliorait et elle voyait les lames de poussière brunâtre qui filaient à une vitesse terrifiante tout autour d'eux. Le vent avait la force des plus violentes tempêtes de la Terre, sinon davantage. Elle avait le plus grand mal à garder son équilibre, et l'effort physique était éreintant.

C'est au cœur d'un nuage dense, aveuglant, qu'elle faillit heurter le transpondeur, planté là comme un grand piquet.

— Hé ! cria-t-elle.

— Qu'est-ce qu'il y a ?

— Rien ! J'ai failli entrer dans la borne !

— Tu l'as trouvée ?

— Oui.

Elle sentit la fatigue peser encore plus lourd. Ses mains et ses bras étaient de métal et elle dut s'asseoir un instant, avant de se relever : le sol était bien trop glacé. Et elle éprouvait un élancement douloureux le long de son doigt fantôme.

Elle prit le filin de nylon et revint en aveugle au dirigeable, se rappelant le mythe ancien du labyrinthe.

Ils roulaient vers le sud à bord du patrouilleur quand ils apprirent par la radio que l'AMONU venait d'approuver l'établissement de trois nouvelles colonies. Chacune d'elles compterait cinq cents personnes, venues de pays qui n'avaient pas été représentés dans la première expédition.

Et le sous-comité de terraforming avait donné son accord, avec l'approbation de l'assemblée générale, pour l'expédition d'un premier support matériel qui devait permettre la dissémination à la surface de la planète de micro-organismes conçus par le génie génétique à partir de souches d'algues, de bactéries ou de lichens.

Arkady rit pendant trente secondes.

— Ces fumiers ! dit-il enfin. Ces fumiers : quelle chance ils ont eue ! Ils vont s'en tirer comme ça !

QUATRIÈME PARTIE

LE MAL DU PAYS

C'est un matin d'hiver, et le soleil brille sur Valles Marineris, illuminant les parois nord de la concaténation de canyons. Et, sous sa lumière intense, çà et là, un surplomb, un affleurement est marqué d'une touche de lichen noir.

La vie s'adapte, voyez-vous. Elle n'a que quelques besoins : un peu de carburant, un peu d'énergie, et elle se montre d'une ingéniosité fantastique pour extraire ce qu'il lui faut dans la vaste gamme des environnements terrestres. Certains organismes survivent au-dessous du point de congélation de l'eau, d'autres au-dessus de 100 degrés. D'autres encore supportent des taux de radiation intenses, alors qu'il s'en trouve pour s'accommoder de régions à salinité élevée, ou qui apprécient la roche dure, l'obscurité totale, l'extrême déshydratation, et même le manque d'oxygène. Ils s'adaptent à toutes sortes de milieux, de manière tellement étrange et merveilleuse que notre imagination est dépassée. Et des lits de roc au sommet de l'atmosphère, la vie a imprégné la Terre pour en faire une seule et immense biosphère.

Toutes ces capacités d'adaptation sont codées et génétiquement transmissibles. Si les gènes mutent, les organismes changent. Si les gènes sont altérés, les organismes changent. Les bio-ingénieurs se servent de ces formes de changement, non seulement en recombinant les chaînons des gènes, mais en se servant de l'art bien plus ancien de la culture sélective.

Les micro-organismes ont un code d'identité, et les plus rapides en croissance (ou bien ceux qui présentent les caractères souhaités) peuvent être recueillis et recodés. On peut ajouter des mutagènes afin d'augmenter le taux de mutation et, avec la succession rapide des générations microbiotiques (à raison de dix par jour, à peu près), on peut répéter le processus jusqu'à satisfaction. La reproduction sélective est l'une des plus puissantes techniques de bio-ingénierie dont nous disposons.

Mais des techniques nouvelles ont attiré l'attention. Des micro-organismes issus du génie génétique sont apparus un demi-siècle environ avant que les cent premiers débarquent sur Mars. Mais, pour la science moderne, un demi-siècle, c'est beaucoup de temps. Les conjugaisons de plasmides, durant toutes ces années, sont devenues des outils très sophistiqués. Le choix d'enzymes de restriction pour le bouturage et d'enzymes ligases[1] *pour le collage était vaste et diversifié. D'où la possibilité de développer de longues chaînes d'ADN. La connaissance accumulée par les génomes était immense, et s'accroissait exponentiellement. Utilisée dans son ensemble, cette nouvelle bio-technologie permettait toutes sortes de réorganisations de caractères, de promotion, de réplique, de suicide provoqué (destiné à stopper les excès de succès), et ainsi de suite. Il était possible de trouver les séquences ADN d'un organisme qui possédait les caractères souhaités, de synthétiser les messages de cet ADN, de les couper et de les coller dans les anneaux des plasmides. Après ça, les cellules étaient lavées et suspendues dans le glycérol avec les nouveaux plasmides, le glycérol était suspendu entre deux électrodes, on lui infligeait un choc très bref de l'ordre de 2 000 volts, et les plasmides éclataient en cellules.* Et voilà ![2] *Tel le monstre de Frankenstein, on obtenait alors un nouvel organisme. Avec des capacités nouvelles.*

Donc : des lichens à croissance rapide. Des algues thermo-résistantes. Des champignons destinés aux froids extrêmes. La bactérie halophylique Archae, *qui se nourrissait de sel et fabriquait de l'oxygène. Des mousses surarctiques. Toute une taxinomie de nouvelles formes de vie, partiellement adaptées à la surface de Mars, qui toutes étaient essayées. Certaines espèces s'éteignirent par sélection naturelle. D'autres prospérèrent selon la loi du mieux adapté. Certaines se propageaient de façon vivace, aux dépens d'autres organismes. Puis certains éléments chimiques qu'elles excrétaient activaient leurs gènes suicidaires, et elles régressaient jusqu'à ce que les niveaux de ces agents chimiques retombent à nouveau.*

La vie s'adaptait donc aux conditions. Et, dans le même temps, les conditions étaient modifiées par la vie. Telle est une des définitions de la vie : l'organisme et son environnement changent ensemble selon un arrangement réciproque et constituent deux manifestations d'une écologie, deux parties d'un tout.

Résultat : plus d'oxygène et d'azote dans l'atmosphère. Un duvet noir sur les glaces polaires. Sur les surfaces bulbeuses des rochers boursouflés. Des plaques d'un vert pâle sur le sol. Des cristaux de givre plus gros. Des animalcules dans le régolite, creusant comme des trilliards de taupes minuscules, transformant les nitrates en azote, les oxydes en oxygène.

Tout d'abord, ç'avait été presque invisible, et très lent. Un coup de froid, une éruption solaire, et des disparitions massives auraient suivi. Mais les restes des morts nourrissaient les autres créatures,

1. Enzyme catalyseur d'union entre deux molécules. (*N.d.T.*)
2. En français dans le texte. (*N.d.T.*)

dont les conditions de vie s'amélioraient, ce qui accélérait le mouvement. Les bactéries se reproduisent très vite, et peuvent doubler leur masse plusieurs fois par jour si les conditions sont favorables. Les possibilités mathématiques de leur vitesse de croissance sont précaires, et même si les contraintes d'environnement — plus particulièrement sur Mars — empêchent de loin toute évaluation mathématique de la croissance réelle, les nouveaux organismes, les aréophytes, se reproduisirent rapidement. Certains mutaient parfois, mouraient constamment, et une vie nouvelle se développait sur le compost de ses ancêtres pour se reproduire. La vie, puis la mort. Et l'air et le sol qu'ils laissaient derrière eux étaient différents de ce qu'ils avaient été durant quelques millions de brèves générations.

Ainsi, le soleil se lève un matin, et ses longs rayons se propagent au travers de la nappe de nuages effilochés sur toute la longueur de Valles Marineris. Sur les parois nord, des traces infimes de noir, de jaune, de vert olive et de gris sont visibles. Des touches de lichen marquent les façades de pierre inchangées, craquelées, rougeâtres. Mais tachetées désormais. Comme moisies.

Michel Duval rêvait de sa maison. Il nageait dans les longues lames, à la pointe de Villefranche-sur-Mer, dans l'eau tiède du mois d'août. Le crépuscule approchait, le vent soufflait, et la mer était d'un bronze blanchi qui renvoyait des éclats de soleil tout autour de lui. Pour la Méditerranée, les rouleaux étaient gros et rapides, et le portaient un instant avant d'aller se briser en longues ondulations irrégulières. Il était soulevé par les bulles et le sable, resurgissait dans la lumière dorée, le goût du sel dans la bouche, les yeux délicieusement piquants. De grands pélicans noirs se laissaient porter par les coussins d'air au-dessus de la houle, montaient vers le ciel en tourbillons maladroits, planaient, puis se posaient sur l'eau, non loin de lui, les ailes repliées. Souvent, ils arrivaient en piquant droit sur un petit poisson. L'un d'eux souleva une petite gerbe d'eau à quelques mètres de lui. Sa silhouette noire se découpa un bref instant en ombre chinoise sur le soleil. On aurait dit un Stuka ou un ptérodactyle.

Il faisait tour à tour frais et chaud, et il se laissait flotter, glisser. Une vague se brisa près de lui en une frange de crème qui explosa en diamants.

Le téléphone sonnait.

Le téléphone sonnait. C'était sans doute Ursula ou Phyllis qui l'appelaient pour lui dire que Maya avait un nouvel état d'âme et qu'elle était inconsolable. Il se leva, enfila ses sous-vêtements et gagna la salle de bains. Les vagues déferlaient à la limite du ressac.

Maya. Une fois encore déprimée. La dernière fois qu'il l'avait vue, elle était très bien, presque euphorique. Cela remontait à... quoi ? Une semaine ?... Mais c'était comme ça avec elle. Maya était dingue. Dingue comme seuls les Russes pouvaient l'être ; ce qui impliquait qu'elle représentait une force avec laquelle il fallait compter. La Mère Russie ! L'Eglise et les communistes avaient tenté d'éradiquer le matriarcat qui les avait précédés, et tout ce qu'ils avaient réussi à apporter, c'était un flot de mépris émasculatoire, ils avaient créé une nation de *russalkas* et de *baba yagas* hautaines, de superwomen permanentes, qui vivaient dans une société quasi parthénogénétique de mères, de filles, de babuchkas, de petites-filles. Mais néanmoins vouées à leurs rapports avec les hommes, dans une quête désespérée du père disparu, du parfait compagnon. Ou, plus simplement, de l'homme qui accepterait sa part du fardeau. Et quand elles trouvaient ce grand amour, la plupart du temps elles le détruisaient. Complètement fou !

Mais il était dangereux de généraliser. Maya était un cas classique. Tour à tour mélancolique, colérique, charmeuse, brillante, séduisante, manipulatrice, exaltée — et maintenant les yeux rouges, la bouche entrouverte, elle semait le désordre dans le bureau de Michel transformé en poubelle géante.

Ursula et Phyllis accueillirent Michel avec des remerciements chuchotés, s'excusèrent de l'avoir dérangé si tôt le matin, et s'éclipsèrent.

Il ouvrit les stores vénitiens et la lumière du dôme central inonda la pièce. Oui, Maya était une très belle femme, avec ses longs cheveux soyeux, son regard sombre, charismatique, direct, immédiat. C'était désolant de la découvrir à ce point perturbée. Jamais il ne s'y habituerait. Le contraste était trop fort avec sa vivacité habituelle, la façon qu'elle avait de poser le doigt sur votre bras pour vous confier sur un ton confidentiel ce qui l'avait récemment fascinée...

Cette pauvre créature qui avait sombré dans le désespoir était à présent affalée sur le bureau et commençait à lui raconter d'une voix rauque la dernière scène de son drame permanent dont elle était l'actrice avec John et, bien sûr, Frank. Apparemment, elle était furieuse contre John : il avait refusé de l'aider dans un plan pour lequel elle avait besoin que les transnationales russes soussignent le développement des colonies du bassin d'Hellas qui, étant la région la plus profonde de Mars, serait la première à bénéficier des changements atmosphériques. La pression, à Low Point, serait dix fois plus élevée qu'au sommet des grands volcans, et trois fois plus que la moyenne enregistrée. Ce devrait être le premier endroit viable, parfait pour le développement à venir.

Mais John, apparemment, préférait passer par l'AMONU et les gouvernements de la Terre. Ce n'était qu'un des nombreux désaccords politiques qui commençaient à infester leur vie privée, à tel point qu'ils se querellaient de plus en plus souvent à propos d'autres sujets qui étaient sans importance, et pour lesquels ils ne se seraient jamais passionnés auparavant.

En observant Maya, Michel faillit lui dire : « John souhaite que tu sois irritée à son égard. » Mais il n'était pas certain de la réaction de John.

Maya se frotta les yeux, posa le front sur son bureau, révélant sa nuque et ses épaules larges. Jamais elle ne se serait montrée dans un pareil désarroi devant les autres citoyens d'Underhill. C'était un accord intime entre eux. Comme si elle s'était déshabillée. Les gens ne parvenaient jamais à comprendre que l'intimité véritable n'était pas forcément fondée sur les rapports sexuels, ce que l'on pouvait accomplir avec des étrangers et dans un état d'aliénation totale. L'intimité consistait à parler durant des heures de ce qui était le plus important pour la vie de l'autre. Mais Maya, c'était vrai, était absolument belle, avec des proportions parfaites : il l'avait vue plonger dans la piscine et nager sur le dos dans son maillot bleu. Une image de la Méditerranée. Il flottait encore dans la rade de Villefranche, sous la lumière ambrée du soleil, il observait la plage où passaient des hommes et des femmes en maillots de bain, ou simples cache-sexe. Et les dauphins surgissaient d'entre les vagues, comme pour faire concurrence aux corps bronzés et huilés des femmes.

Mais Maya parlait de Frank. Frank qui semblait doué d'un sixième sens pour semer la discorde entre elle et John (mais un sixième sens était-il vraiment nécessaire ?...), Frank qui accourait vers elle pour lui parler de la vision qu'il avait de Mars, une vision audacieuse, excitante, ambitieuse, qui ne correspondait à rien de ce qu'était John.

— Frank est tellement plus dynamique que John, ces jours-ci, je ne comprends pas pourquoi.

— Parce qu'il est d'accord avec toi, dit Michel.

Elle haussa les épaules.

— Oui, ça n'est peut-être que ça. Mais nous avons la chance de pouvoir construire toute une civilisation ici, une chance réelle. Mais John est si... (Là, grand soupir.) Pourtant, je l'aime. Je l'aime vraiment. Seulement...

Durant un moment, elle parla du passé, de leur liaison, qui avait sauvé l'expédition de l'anarchie (ou du moins de l'ennui), et du bien qu'elle avait éprouvé au contact de l'aisance équilibrée de John. On pouvait constamment compter sur lui. Et elle était tellement impressionnée par sa réputation, au point de se sentir elle-même une actrice de l'histoire du monde. Ils étaient tous les cent premiers. Elle s'emportait, son débit se faisait plus rapide et véhément.

— Je n'ai plus besoin de John pour tout ça, maintenant. Je n'ai besoin de lui que pour les sentiments qu'il m'apporte, mais nous ne sommes plus d'accord sur quoi que ce soit, nous ne sommes plus les mêmes. Ça n'est pas le cas avec Frank. Il a toujours su se maintenir à distance, et nous nous entendons sur tout. Et je suis si heureuse qu'il ait recommencé hier. Dans la piscine. Il... il m'a pris les bras... (Elle referma les mains sur ses biceps...) et il m'a demandé de quitter John pour aller avec lui. Bien sûr, je suis incapable de cela, mais il *tremblait*, et moi aussi, quand je lui ai dit que c'était impossible.

Plus tard, à bout de nerfs, elle avait eu une scène avec John. Elle l'avait provoqué de façon si flagrante qu'il était devenu vraiment furieux et était parti en patrouilleur vers l'arcade de Nadia. Il avait passé le reste de la nuit avec l'équipe de construction. Frank était venu retrouver Maya, et comme elle le repoussait, il lui avait annoncé qu'il partait vivre de l'autre côté de la planète, dans la colonie européenne, lui, un élément essentiel de leur expansion !

— Il va le faire ! Ça n'est pas son genre de jouer au chantage ! Il a appris l'allemand en un rien de temps. Pour lui, les langues ne posent aucun problème.

Michel essayait de se concentrer sur ce qu'elle disait. C'était difficile, parce qu'il savait que dans une semaine, les choses seraient différentes, que la dynamique interne du trio serait modifiée jusqu'à être méconnaissable. Il avait du mal à compatir. Et qui se préoccupait de ses ennuis, à lui ? Tellement plus graves. Personne ne l'écoutait jamais, lui. Il faisait les cent pas devant la fenêtre, rassurant Maya avec les questions et commentaires habituels. La verdure de l'atrium était rafraîchissante. Il aurait pu se croire dans une courette d'Arles ou de Villefranche. Soudain, il se souvint de cette petite place d'Avignon, sous les cyprès, proche du palais des Papes, avec ses cafés-terrasses. Les étés, au crépuscule, y avaient la couleur de Mars. Il retrouva la saveur des olives et du vin rouge...

— Sortons faire un petit tour, proposa-t-il.

Cela faisait partie de la routine. Ils traversèrent l'atrium jusqu'aux cuisines. Là, Michel put prendre un petit déjeuner qu'il oublia aussitôt. Manger, oublier, songea-t-il tandis qu'ils suivaient les couloirs en direction des sas. Ils mirent leurs tenues, passèrent en dépressurisation, et sortirent.

Un froid de cristal. Un instant, ils suivirent les trottoirs circulaires d'Underhill et firent le tour des grandes pyramides de sel.

— Tu penses qu'ils trouveront un usage à tout ce sel ? demanda Maya.

— Sax travaille toujours là-dessus.

De temps en temps, elle se remettait à parler de John et de Frank. Michel posait les questions que l'on attendait d'un psy, et Maya répondait comme un programme qui se serait appelé Maya. Ils étaient dans l'intimité de l'intercom.

Ils s'arrêtèrent à la ferme des lichens. Michel observa les bacs avec toutes leurs couleurs vives. L'algue noire destinée à la neige, les couches épaisses de lichen *otoo* marquées par les traces bleu-vert de l'algue symbiote dont la croissance en solitaire avait été mise au point par Vlad. Le lichen rouge, qui ne semblait pas se porter tellement bien. Et qui était de toute façon superflu. Le jaune, l'olive, et un autre qui avait exactement la couleur des bateaux de guerre. Un autre encore, blanc floconneux. Et puis celui qui était d'un vert printemps — un vert vivant, riche, qui accrochait le regard, comme une improbable fleur dans le désert martien. Michel avait entendu Hiroko s'écrier : « C'est la *viriditas* ! », ce qui, en latin, signifiait puissance verdoyante. Le nom avait été forgé par une mystique chrétienne du Moyen Age, une femme du nom d'Hildegarde. *Viriditas*, qui s'était désormais adapté au milieu ambiant, se propageait lentement sur les Lowlands de l'hémisphère nord. Dans les étés du sud austral, il se comportait encore mieux. Il lui était arrivé de supporter 285 degrés Kelvin, battant le record de douze degrés. Ce monde changeait. Maya le fit remarquer.

— Oui, acquiesça Michel. Dans trois cents ans, nous atteindrons des températures supportables.

Elle rit. Elle se sentait mieux. Bientôt, elle serait redevenue normale, en route vers l'euphorie. Maya était une instable. Stabilité-instabilité étaient au centre des études que Michel avait faites sur les cent premiers. Maya était un cas extrême.

— Allons jeter un coup d'œil à l'arcade, proposa-t-elle.

Michel acquiesça, tout en se demandant comment ça se passerait s'ils rencontraient John. Ils prirent un véhicule. Michel, au volant de la petite jeep, écouta Maya. Il se demandait si leur conversation était modifiée par le fait qu'ils se parlaient d'oreille à oreille ? Est-ce que ce serait meilleur ou pire s'ils utilisaient la télépathie ?...

La route était un magnifique ruban de ciment, et il avança à la vitesse maximale : soixante kilomètres/heure. En accélérant, il sentit le souffle de l'air ténu sur son casque. Plein de CO_2 que Sax voulait épurer de l'atmosphère. Pour ça, il aurait besoin de très bons épurateurs, plus efficaces que les lichens. Il allait lui falloir des forêts, d'immenses forêts humides multi-halophiles, qui captureraient des quantités gigantesques de carbone dans le bois, les feuilles, le terreau. Des tourbières de cent mètres de profondeur, des forêts humides de cent mètres de haut. C'est ce qu'il disait. Et rien qu'au son de sa voix, le visage d'Ann se crispait.

En cinq minutes, ils atteignirent l'arcade de Nadia. Le site était encore en construction et évoquait Underhill à ses débuts, à plus vaste échelle. Un monticule de gravats rouges avait été extrait de la tranchée, orientée d'est en ouest. Elle était profonde de trente mètres, sur la même largeur, et longue d'un kilomètre. Le flanc sud était désormais une paroi de verre et, au nord, la tranchée était couverte de batteries de miroirs filtrants et de parois mésocosmes, de bacs et de terrariums qui composaient un ensemble chatoyant, une tapisserie dédiée au passé et au futur.

Dans la plupart des terrariums, des conifères et autres flores rappelaient la grande forêt terrestre du 16e degré de latitude nord : autrement dit, l'ancienne maison de Nadia Chernechevsky en Sibérie. Est-ce que cela indiquait qu'elle avait été gagnée par la maladie de sa forêt ? Et que ça l'inciterait, lui, à recréer un milieu méditerranéen ?

Nadia conduisait un bulldozer. Normal pour une femme pleine de *viriditas*. Elle s'arrêta pour échanger quelques mots avec eux. Le projet avançait. C'était surprenant de voir ce dont les véhicules robots arrivés de la Terre étaient capables. L'implantation était achevée, avec toutes sortes d'arbres, y compris un séquoia nain qui culminait quand même à cent mètres, haut comme l'arcade. Les trois niveaux de chambres en voûte d'Underhill avaient été installés au-delà de la tranchée, et elles étaient déjà isolées. Le site venait juste d'être pressurisé et chauffé. Désormais, il était possible d'y travailler sans combinaison. Les trois niveaux avaient été empilés sous des arcades plus réduites, qui rappelaient à Michel le pont du Gard. Evidemment, toute cette architecture était d'inspiration romaine, et ça n'était guère surprenant. Néanmoins, les arcades étaient plus larges et légères. On avait profité de la tolérance *g* de Mars.

Nadia reprit son travail. Elle était si calme. Stable. Le contraire même de l'instabilité. Discrète, secrète, introvertie. Elle n'aurait pas pu être plus différente de sa vieille amie Maya, à qui elle faisait du bien par sa seule présence. Elle était à l'autre extrémité du spectre. Elle l'empêchait de péter les plombs. Elle lui montrait l'exemple. Lors de cet échange, Maya avait adopté le ton calme de Nadia. Et quand Nadia était retournée au travail, Maya avait paru garder pour elle un peu de sa sérénité.

— Je regretterai Underhill quand nous serons partis, fit-elle. Et toi, Michel ?

— Je ne pense pas, répondit Michel. Il y aura beaucoup plus de soleil. Trois étages du nouvel habitat seront ouverts sur la grande galerie. Et les chambres auront de grands balcons, des terrasses, du côté exposé au soleil, comme ça, même si toute la structure est exposée au nord et plus profondément enterrée qu'Underhill, les miroirs à filtre héliotropique qui se trouveront de l'autre côté de la tranchée leur renverront de la lumière de l'aube au crépuscule. Ça va devenir beaucoup plus ensoleillé. Je serai heureux de déménager. Depuis le début, nous avons besoin de plus d'espace vital.

— Mais tout cet espace ne sera pas que pour nous seuls. Il va y avoir d'autres gens.

— Oui. Mais, en même temps, l'espace sera différent.

Maya prit un air songeur.

— Frank et John, quand ils seront loin...

— Oui. Mais ce n'est pas nécessairement une mauvaise chose.

Dans une société plus élargie, lui dit-il, l'atmosphère villageoise et claustrophobique d'Underhill commencerait à se dissiper, ce qui leur donnerait une meilleure perspective des choses.

Il hésita avant de poursuivre. La subtilité était dangereuse quand on se servait d'un autre langage, issu de plusieurs dialectes indigènes, et les risques d'incompréhension étaient certains.

— Il faut accepter le fait que tu ne veux peut-être pas choisir entre John et Frank. Que tu les désires l'un et l'autre. Dans le contexte de cette société que constituent les cent premiers, ça ne peut être que scandaleux. Mais dans un monde élargi, avec le temps...

— Hiroko a dix hommes à elle !

— Oui, et toi aussi. Toi aussi. Dans un monde plus large, nul ne le saura, ou ne s'en souciera.

Et il continua à la rassurer, à lui répéter qu'elle avait du pouvoir (ça, c'étaient les termes que Frank employait), qu'elle était la femelle alpha de la colonie. Elle rejetait tous ses arguments pour en appeler de nouveaux jusqu'à satiété. Alors, il proposa qu'ils retournent à Underhill.

— Tu ne crois pas que ce sera un choc véritable de vivre avec des gens nouveaux, différents ? demanda Maya.

Elle s'était tournée vers lui en posant la question et faillit quitter la route.

— Oui, je le suppose.

Les nouveaux groupes avaient déjà débarqué dans Borealis et Acidalia. En les découvrant sur la vidéo, ils avaient effectivement éprouvé un choc. Comme si des extraterrestres avaient surgi du fond de l'espace. Mais, jusqu'alors, seuls Ann et Simon avaient rencontré des représentants des nouveaux venus, lors d'une expédition au nord, dans le secteur de Noctis Labyrinthus.

— Ann m'a dit qu'elle avait eu l'impression de rencontrer un personnage de feuilleton télé.

— Ma vie ressemble à ça, commenta Maya, l'air triste.

Michel haussa les sourcils. Jamais le programme Maya n'aurait été censé faire un tel aveu.

— Qu'est-ce que tu veux dire ?

— Tu le sais bien. Les trois quarts du temps, ça ressemble à un grand exercice de simulation, non ?...

— Non. (Il réfléchit un bref instant.) Non, définitivement.

Le froid qui lui pénétrait les membres était bien trop réel — indéniablement et péniblement réel. Maya avait beau être russe, elle ne l'appréciait peut-être pas. Mais le froid était toujours là, toujours, installé en permanence, et même à l'heure de midi, en plein été, quand le soleil ressemblait à la gueule d'un four dans le ciel rouillé, la température ne dépassait pas 15 degrés au-dessous de zéro. Le froid omniprésent transperçait le tissu des marcheurs et transformait chaque pas en une épreuve de douleur. Près d'Underhill, Michel sentit que le froid traversait le tissu et pénétrait jusqu'à sa peau. L'air qui sortait de l'embout et se déversait dans ses poumons était trop enrichi en oxygène. Il leva les yeux vers le sable, au loin, sur l'horizon et dans le ciel, et il se dit : *Je suis comme un serpent diamantin qui sinue dans ce désert rouge de poussière et de pierre froide. Un jour viendra où je me débarrasserai de ma peau comme un phénix dans le feu, pour devenir une créature différente sous le soleil. Et je marcherai nu sur la plage, et je plongerai dans les rouleaux tièdes d'eau salée...*

De retour à Underhill, il ouvrit le programme psy qu'il avait dans le cerveau et demanda à Maya si elle se sentait mieux. Il posa sa visière contre la sienne, avec un bref regard qui était un baiser.

— Mais tu le sais bien. (Il hocha la tête.)

— En ce cas, je vais aller faire encore un petit tour, dit-il, et il se garda d'ajouter : Et moi, qu'est-ce qui m'aidera à me sentir mieux ?

Il fit appel à toute sa volonté pour s'éloigner. La plaine désolée qui entourait la base évoquait un désert post-atomique, un monde de cauchemar. Et pourtant il n'avait pas envie de regagner leur petite garenne avec sa lumière artificielle, son air artificiellement réchauffé, ses teintes minutieusement choisies, principalement par lui-même, d'ailleurs, en fonction des dernières théories sur l'influence des couleurs sur l'humeur. Théories dont il avait appris qu'elles étaient fondées sur des principes qui n'avaient pas cours sur Mars. Les couleurs étaient fausses, ou, plus grave encore, insensées. Un enfer de papier peint.

La phrase était venue naturellement à ses lèvres. Un enfer de papier peint. Mais comme, de toute façon, ils étaient voués à la folie...

Au départ, on avait certainement commis une erreur en ne désignant qu'un seul psychiatre pour l'expédition. Les thérapeutes de la Terre étaient eux-mêmes en thérapie. Ça faisait partie de leur job. Mais le psy de Michel se trouvait à Nice. Bien sûr, Michel pouvait lui parler avec un quart d'heure de décalage, mais il ne lui était guère utile. Il ne le comprenait pas vraiment. Là où il vivait, il faisait doux et la mer était bleue comme le ciel, il pouvait se promener sur la plage et — du moins Michel le présumait — il était dans un état de santé mentale raisonnable. Alors que Michel était médecin-psychiatre dans une prison installée en enfer. C'était lui le docteur, et il était malade ! Il avait été incapable de s'adapter. Les gens différaient sur ce point. C'était une question de tempérament. Maya avait un tempérament complètement différent du sien. Il la regarda marcher vers le sas : elle était totalement chez elle ici. A vrai dire, il pensait qu'elle ne faisait jamais vraiment attention à son environnement. Cela dit, à tous les autres points de vue, ils étaient semblables, elle et lui. Ça devait être une question de rapport labilité/stabilité, et de sa capacité émotionnelle particulière. Ils étaient tous les deux labiles. En même temps, ils étaient fondamentalement très différents. Le rapport labile/stabile devait être apprécié en relation avec les ensembles de caractéristiques très différentes regroupées sous les étiquettes introversion et extroversion. C'était sa grande découverte de l'année passée. Elle structurait désormais toute sa pensée sur ses patients et lui-même.

Tandis qu'il se dirigeait vers le quartier des alchimistes, il tenta de replacer les événements de la matinée dans le schéma de ce nouveau système caractérologique. La balance extroversion-introversion figurait parmi les systèmes de caractères les plus étudiés de toute théorie psychologique, avec des quantités de preuves venues de cultures différentes qui consolidaient la vérité objective du concept.

Ce n'était évidemment pas une simple dualité ; on ne se contentait pas d'apposer telle ou telle étiquette à un individu donné ; ça revenait plutôt à le positionner sur une échelle, à noter ses qualités comme la sociabilité, l'impulsivité, la versatilité, la loquacité, l'élan vers l'autre, l'activité, la vitalité, l'excitabilité, l'optimisme, et ainsi de suite. Ces mesures avaient été effectuées si souvent qu'il était statistiquement certain que les divers traits de personnalité étaient véritablement cohérents, à un degré qui passait de beaucoup le seul hasard. Le concept était donc réel, et même bien réel. En réalité, les investigations psychologiques avaient révélé que l'extraversion était liée à des états de faible excitation du cortex au repos. Au début, Michel avait trouvé cette vision rétrograde, et puis il s'était rappelé que le cortex inhibait les zones centrales basses du cerveau, de sorte qu'une faible excitation corticale favorisait le comportement désinhibé de l'extraverti, alors qu'une forte excitation du cortex était inhibante et menait à l'introversion. Ce qui expliquait que l'absorption d'alcool, un produit dépresseur qui abaissait l'excitation corticale, pouvait mener à des comportements qui se traduisaient par de l'excitation et une désinhibition.

L'ensemble de caractéristiques de l'introversion/extraversion, avec tout ce qu'elles pouvaient nous apprendre du caractère de l'individu, pouvaient donc être ramenées à un groupe de cellules du tronc cérébral appelé le système d'activation réticulaire ascendant, la zone qui déterminait, en fin de compte, les niveaux d'excitation du cortex. Ils étaient donc mus par la biologie. *La fatalité ne devrait même pas exister*, avait dit Ralph Waldo Emerson, après la mort de son fils de six ans. Or la biologie était une fatalité.

Mais le système de Michel ne se bornait pas à cela. Après tout, le destin n'était pas un simple choix entre deux possibilités. Il s'intéressait depuis peu à l'échelle de Wenger de l'équilibre autonome, qui permettait, à l'aide de plusieurs variables, de déterminer si un individu donné était dominé par les branches sympathique ou parasympathique de son système nerveux autonome. La branche sympathique répondait aux stimuli externes et donnait à l'organisme le signal de l'action, de sorte que les individus dominés par cette branche étaient facilement excitables ; alors que la branche parasympathique habituait l'organisme alerté aux stimuli et restaurait son équilibre homéostatique, si bien que les individus dominés par cette branche étaient placides. Duffy suggérait de classer ces deux groupes d'individus en labiles et stabiles, et cette classification, bien que moins populaire que la répartition en extravertis/introvertis, était tout aussi solidement étayée par les preuves empiriques, et tout aussi utile pour comprendre les divers tempéraments.

Maintenant, aucun des deux systèmes de classification ne disait grand-chose à l'investigateur sur la nature globale de la personnalité étudiée. Les termes étaient tellement généraux, ils faisaient intervenir tellement de paramètres, qu'ils n'apportaient pas grand-chose en matière de diagnostic, surtout qu'ils obéissaient l'un et l'autre aux courbes de Gauss de la population réelle.

Mais la combinaison des deux systèmes donnait quelque chose de très intéressant.

Ce n'était pas simple, et Michel avait passé un bon bout de temps devant son ordinateur à esquisser les combinatoires, en utilisant les deux systèmes comme axes des x et des y de plusieurs grilles différentes, dont aucune ne lui avait appris grand-chose. Mais il avait commencé à déplacer les quatre termes autour des sommets d'un carré sémiotique de Greimas, un schéma structuraliste aussi vieux que l'alchimie, et qui suggérait que la simple dialectique ne suffisait pas à indiquer la véritable complexité d'un amas donné de concepts liés les uns aux autres, ce qui obligeait à identifier la vraie différence entre l'opposé d'une chose et son contraire. On voyait tout de suite que le concept de « non-X » n'était pas tout à fait équivalent à celui d'« anti-X », comme on le voyait immédiatement. La première étape était donc généralement exprimée à l'aide des quatre termes S, –S, S̄ et –S̄, inscrits dans un simple carré :

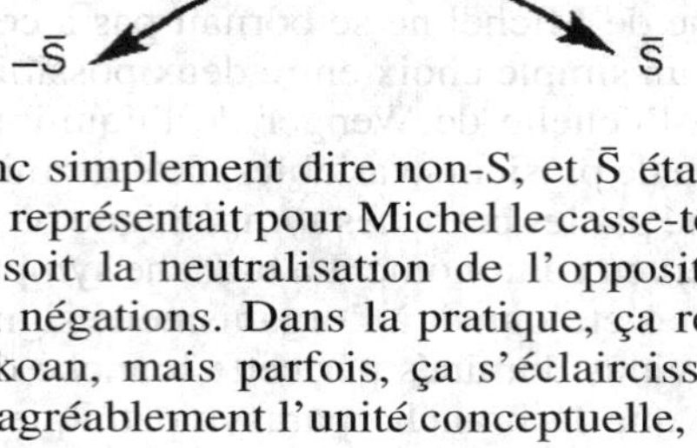

–S voulait donc simplement dire non-S, et S̄ était un anti-S, plus fort, alors que –S̄ représentait pour Michel le casse-tête de la négation d'une négation, soit la neutralisation de l'opposition initiale, soit l'union des deux négations. Dans la pratique, ça restait souvent un mystère, ou un koan, mais parfois, ça s'éclaircissait, et cette idée complétait assez agréablement l'unité conceptuelle, comme dans l'un des exemples de Greimas :

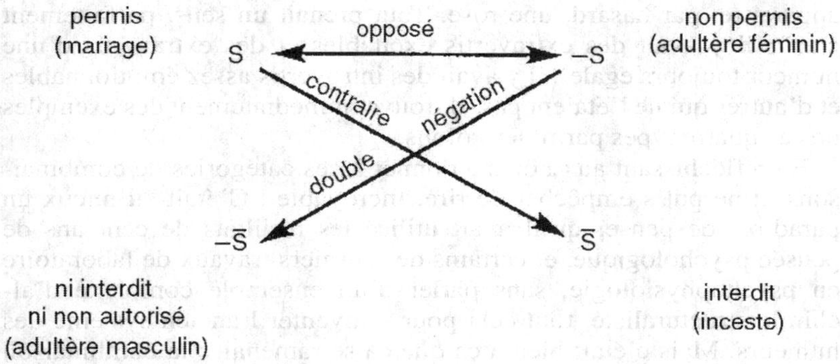

L'étape suivante résidait dans la complication du dessin. Là, les nouvelles combinaisons se révélaient souvent être des relations structurelles pas évidentes du tout au premier abord. Cette étape consistait à construire un autre carré qui contenait le premier, comme ceci :

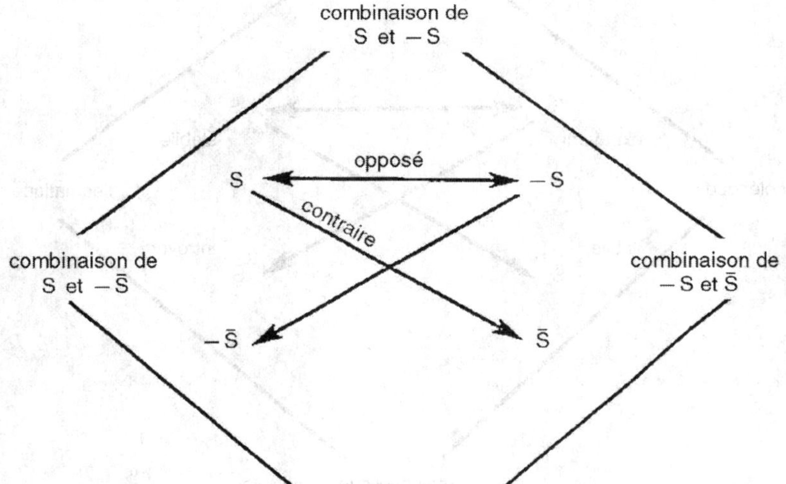

Michel avait contemplé ce schéma en plaçant les termes extraversion, introversion, labilité et stabilité aux quatre premiers coins, et il avait examiné les combinaisons ainsi obtenues. Soudain, tout était devenu clair pour lui. C'était comme si un kaléidoscope avait fait apparaître, par hasard, une rose. Tout prenait un sens, parfaitement clair : il y avait des extravertis excitables et des extravertis d'une humeur toujours égale ; il y avait des introvertis assez émotionnables et d'autres qui ne l'étaient pas. Il trouva immédiatement des exemples de ces quatre types parmi les colons.

En réfléchissant aux noms à donner à ces catégories de combinaisons, il ne put s'empêcher de rire. Incroyable ! C'était au mieux un paradoxe de penser qu'il avait utilisé les résultats de cent ans de pensée psychologique, et certains des derniers travaux de laboratoire en psychophysiologie, sans parler d'un ensemble complexe d'alchimie structuraliste, tout cela pour réinventer l'ancien système des humeurs. Mais c'était bien à ça que ça se ramenait : la combinaison extraverti et stabile, située au nord de la rose des vents ainsi obtenue, correspondait clairement au tempérament que Hippocrate, Galen, Aristote, Trimestigus, Wundt et Jung auraient appelé sanguin ; le point situé à l'ouest, extraverti et labile, était le colérique ; celui de

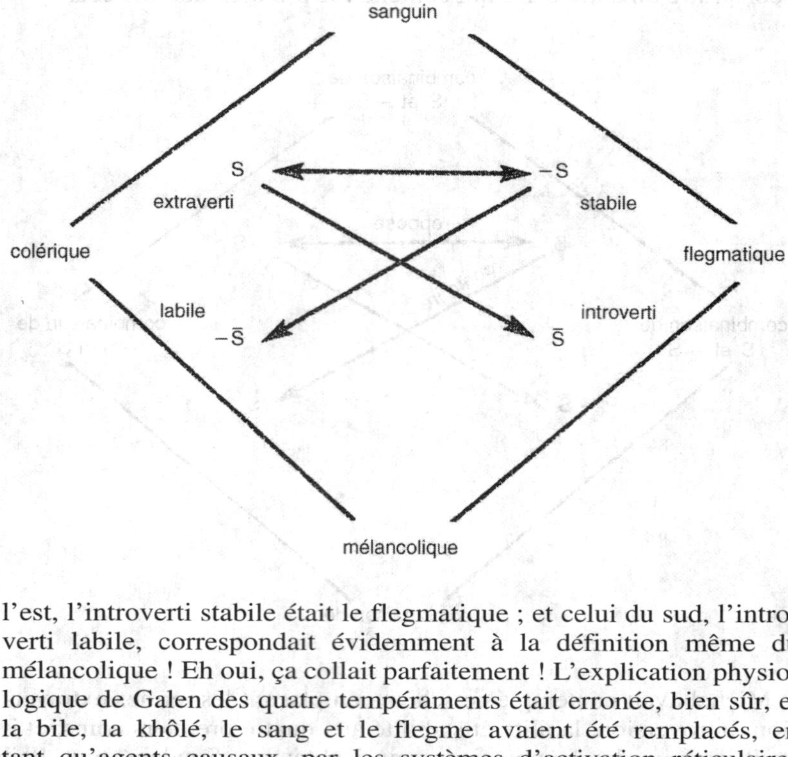

l'est, l'introverti stabile était le flegmatique ; et celui du sud, l'introverti labile, correspondait évidemment à la définition même du mélancolique ! Eh oui, ça collait parfaitement ! L'explication physiologique de Galen des quatre tempéraments était erronée, bien sûr, et la bile, la khôlé, le sang et le flegme avaient été remplacés, en tant qu'agents causaux, par les systèmes d'activation réticulaires ascendants et le système nerveux autonome. Mais les vérités de la nature humaine avaient la vie dure ! Et la puissance de la vision psychologique et de la logique analytique des premiers physiciens grecs était aussi grande, ou plutôt *beaucoup* plus grande que celle de n'importe laquelle des générations subséquentes, aux yeux bouchés par une accumulation de connaissances souvent inutiles. Et c'est ainsi que les catégories avaient persisté et s'étaient réaffirmées, génération après génération.

Au sortir de ses réflexions, Michel se retrouva dans le quartier des alchimistes. Il s'efforça de s'intéresser à ce qu'il découvrait. Ici, les hommes se servaient des arcanes de la connaissance pour extraire des diamants du carbone, et ils le faisaient avec tellement de facilité et de précision que le verre des baies était revêtu d'une couche moléculaire de diamant afin de le protéger de la poussière corrosive de l'extérieur. Leurs grandes pyramides de sel (l'une des grandes formes issues de la connaissance ancienne) étaient elles aussi revêtues d'une couche de diamant pur. Mais la pulvérisation moléculaire du diamant n'était qu'une parmi les milliers d'opérations alchimiques qui s'accomplissaient dans ces bâtiments trapus qui, depuis ces dernières années, avaient pris un aspect vaguement musulman, avec leurs parois de briques blanches décorées d'équations en calligraphie de mosaïque noire. Michel rencontra Sax, qui se tenait non loin de l'équation de vélocité terminale inscrite sur un des murs de la briqueterie. Il passa sur la fréquence commune pour lui demander :

— Est-ce que vous pouvez changer le plomb en or ?

Sax inclina son casque, intrigué.

— Pourquoi pas ! Ce sont des éléments. Ce serait difficile... Il faudrait quand même que j'y pense.

Saxifrage Russell. Le flegmatique parfait.

La partie réellement utile de la représentation des quatre tempéraments sur le carré sémiotique résidait dans le fait qu'elle suggérait immédiatement un certain nombre de relations structurelles fondamentales, ce qui devait permettre à Michel de voir leurs attractions et leurs antagonismes sous un nouvel éclairage. Maya était labile et extravertie, manifestement colérique, de même que Frank ; et ils étaient tous les deux des leaders, et tous les deux étaient très attirés l'un par l'autre. Cela dit, étant tous les deux colériques, ils se repoussaient mutuellement et leur relation comportait en même temps quelque chose de volatile, comme si chacun d'eux reconnaissait dans l'autre exactement ce qu'il n'aimait pas en lui-même.

Il en allait de même pour l'amour que Maya portait à John, qui était clairement sanguin, avec une extraversion similaire à celui de Maya, mais beaucoup plus émotionnellement stabile, jusqu'à la placidité. Il lui procurait la plupart du temps une grande paix, comme un ancrage dans la réalité — quitte à s'envenimer occasionnellement. Et l'attirance de John pour Maya ? L'attirance pour l'imprévisible, peut-être ; le piment dans ce néant de bonheur chaleureux. Et pourquoi pas ? on ne peut pas faire l'amour à sa renommée. Même s'il y avait des gens qui essayaient.

Oui, il y avait beaucoup de sanguins parmi les Cent premiers. C'était probablement une préconisation psychologique pour la sélection de la colonie. Arkady, Ursula, Phyllis, Spencer, Yeli... Oui. Et la stabilité étant une des qualités privilégiées pour la sélection, il y avait naturellement beaucoup de flegmatiques parmi eux aussi : Nadia, Sax, Simon Frazier, peut-être Hiroko — le fait qu'on ne puisse jamais vraiment avoir de certitude à son sujet tendait à confirmer cette intuition —, Vlad, George, Alex...

Les flegmatiques et les mélancoliques ne pouvaient évidemment pas s'entendre, les deux étant introvertis et prompts à se replier sur eux-mêmes, tandis que les stabiles étaient décontenancés par l'imprévisibilité des labiles et s'évitaient mutuellement, comme Sax et Ann. Il n'y avait pas beaucoup de mélancoliques parmi eux. Ann, bien sûr. C'était probablement dû à la fatalité de sa structure cérébrale, bien que ça ne serve pas à grand-chose de savoir qu'elle avait subi des mauvais traitements dans son enfance. Elle était tombée amoureuse de Mars pour la raison même qui la faisait détester à Michel : parce qu'elle était morte. Or Ann était amoureuse de la mort.

Mais il y avait aussi des mélancoliques, chez les alchimistes. Et Michel, malheureusement pour lui, l'était aussi. Peut-être cinq en tout. Contre tous les axes qui leur avaient valu d'être sélectionnés, ni l'introversion ni la labilité n'ayant été considérées comme des critères souhaitables par le comité de sélection. Pour passer entre les mailles du filet, il fallait vraiment être très doué pour dissimuler sa véritable nature. Ces gens-là devaient être dotés d'un grand contrôle sur leur persona, ces masques plus grands que nature qui dissimulaient toutes les contradictions intérieures les plus farouches. Et si, en fin de compte, une seule espèce de persona avait été sélectionnée pour partir ? Une seule espèce qui comprendrait une grande variété de personnalités ? Il ne fallait jamais oublier que le comité de sélection avait posé des exigences impossibles à tenir. Ils voulaient des stabiles, et en même temps des gens qui avaient envie d'aller sur Mars, si passionnément, si monomaniaques qu'ils consacreraient des années de leur vie afin d'arriver à ce but. Etait-ce cohérent ? Ils voulaient des extravertis et des scientifiques brillants qui devaient nécessairement se plonger dans des études solitaires pendant des années et des années. Etait-ce cohérent ? Bien sûr que non ! Et tout était comme ça, du début jusqu'à la fin. Ils avaient enfilé les contradictions, les unes après les autres. Pas étonnant que les Cent premiers se soient défiés d'eux, les aient détestés ! Il se rappelait, avec un frisson, ce moment, dans la grande tempête solaire à bord de l'*Arès*, où tout le monde avait compris à quel point ils avaient été obligés de mentir et de dissimuler, quand ils s'étaient tous tournés vers lui et l'avaient regardé avec cette rage rentrée, comme si tout était de sa faute, comme s'il n'était qu'un psychologue et rien d'autre, et comme si c'était lui qui avait concocté les critères de sélection, mené les tests et effectué les sélections tout seul. Il se revoyait, à ce moment-là : il s'était recroquevillé sur lui-même, et ce qu'il avait pu se sentir seul ! Ça lui avait fait un sacré choc. Il en avait été terrifié, au point de ne plus pouvoir réfléchir et leur avouer que lui aussi, il avait menti, évidemment, et sûrement plus qu'aucun d'entre eux !

Mais pourquoi avait-il menti ? Pourquoi ?

C'était ce dont il n'arrivait pas à se souvenir. La mélancolie en tant que panne de mémoire, une sensation aiguë de l'irréalité du passé, de sa non-existence... Toujours à l'écart, incapable de contrôler ses sentiments, enclin à la dépression. Jamais on n'aurait dû le sélectionner pour Mars, et à présent, *il ne parvenait plus à se rappeler pourquoi il avait lutté avec tant de passion pour être choisi.* Le souvenir s'était perdu, sans doute englouti dans les images douloureuses, poignantes, fragmentées de l'existence qui avait été la sienne au milieu de son désir de partir pour Mars. Des images minuscules et précieuses : les soirées sur les places, les après-midi d'été à la plage, les femmes de ses nuits. Les oliviers de la garrigue, non loin d'Avignon. Les flammes vertes des cyprès.

Il avait maintenant quitté le quartier des alchimistes. Il se trouvait au pied de la grande pyramide de sel. Lentement, il gravit les quatre cents marches, en posant prudemment le pied sur les tapis bleus antidérapants. A chaque marche, il découvrait un peu plus la plaine d'Underhill, toujours inchangée, dénudée, semée de rochers. Au sommet de la pyramide, dans le pavillon blanc, on pouvait apercevoir Tchernobyl et le port spatial. Rien d'autre. Pourquoi donc était-il venu sur ce monde ? Pourquoi avait-il travaillé si dur et sacrifié tous les plaisirs de la vie, de la famille, du foyer, des loisirs, des jeux... Il secoua la tête. Aussi loin qu'il se souvienne, ç'avait été au centre de sa vie. C'était une compulsion, un objectif à atteindre. Comment faire la différence ? Les nuits baignées de clair de lune dans les oliveraies, la caresse électrisante du mistral et le friselis des feuilles. Il se laissait porter par les vagues, rapides et douces, les bras en croix, sous les étoiles. Et l'une de ces étoiles était toujours présente, rouge entre toutes les autres, faible parfois, et il la cherchait alors, tandis que voletaient autour de lui les feuilles d'olivier. Il avait *huit ans* ! Mon Dieu ! qu'étaient-ils ? Rien n'expliquait ça, rien ne les expliquait, eux ! Autant essayer d'expliquer le pourquoi des gravures rupestres de la grotte de Lascaux, des cathédrales de pierre qui montaient jusqu'au ciel. Ou pourquoi certains polypes faisaient des coraux.

Il avait eu une jeunesse ordinaire, souvent agitée. Il avait laissé derrière lui de nombreux amis, il était monté à Paris pour étudier la psychologie à l'université, il avait présenté une thèse sur les dépressions nerveuses à bord d'une station spatiale, avant d'aller travailler sur le programme Ariane, puis Glavkosmos. Il s'était marié, il avait divorcé. Françoise lui disait toujours « qu'il n'était pas là ». Il y avait eu toutes ces nuits en Avignon, tous ces jours à Villefranche-sur-Mer, dans le plus bel endroit de la Terre. Et lui passait son temps dans son désir brumeux de Mars ! Absurde ! Stupide ! Une lacune dans son imagination, sa mémoire et, enfin, dans son intelligence. Il avait été incapable de mesurer ce qu'il avait et ce qu'il aurait. A présent, il en payait le prix, prisonnier d'un bout de banquise perdu dans la nuit arctique avec quatre-vingt-dix-neuf étrangers dont aucun ne parlait un mot de français. Il y en avait bien trois d'entre eux qui essayaient, mais le français de Frank était pire que pas de français du tout. Il attaquait les phrases à la hachette.

L'absence de la langue propre à son esprit l'avait conduit à regarder de plus en plus souvent la télévision, ce qui ne faisait qu'exacerber son chagrin. Il enregistrait des monologues vidéo qu'il envoyait à sa mère et à sa sœur, pour qu'elles lui répondent. Il regardait plusieurs fois leurs messages, plus fasciné par les arrière-plans que par leurs visages. Il avait quelquefois des dialogues avec des journalistes. Il était à l'évidence une célébrité en France, et il se montrait vigilant dans ses réponses : il jouait le rôle de Michel Duval, il en assumait la personnalité et le programme. Quelquefois, quand il avait envie d'entendre du français, il lui arrivait d'annuler des rendez-vous. Que les autres aillent donc se gaver d'anglais ! Mais ce genre d'incident avait fini par lui attirer de sévères réprimandes de Frank, suivies d'une conférence en compagnie de Maya. Est-ce qu'il était surmené ? Bien sûr que non. Il n'avait que quatre-vingt-dix-neuf patients, il se promenait en Provence par l'esprit, entre les collines couvertes d'arbres et de vignobles, de ferme en ferme, passant d'une tour en ruine à un monastère, dans un paysage vivant, infiniment plus beau et humain que les étendues de pierraille de la réalité...

Il était dans le salon télé. Apparemment, perdu dans ses pensées, il était revenu. Mais il n'en avait pas le souvenir : il avait cru se trouver encore au sommet de la grande pyramide de sel. Il avait sous les yeux une image vidéo de la paroi d'un canyon de Valles Marineris, recouverte de lichen.

Il frissonna. Ça recommençait. Il avait perdu le contact avec la réalité et il avait erré. Cela lui était déjà arrivé une dizaine de fois. Et il ne se perdait pas seulement en esprit : il s'enfouissait, il était comme mort vis-à-vis de ce monde. Il regarda autour de lui. On était $L_s = 5$. C'était le début du printemps boréal, et les parois des grands canyons étaient baignées de soleil. Mais, de toute façon, ils allaient tous devenir dingues...

Quand il regarda de nouveau, il lut $L_s = 157$. 152 degrés s'étaient écoulés le temps d'une télé-existence. Il rissolait sous le soleil dans la cour de la villa de Françoise, à Villefranche, le regard perdu entre les tuiles, les piliers de terra-cotta, la petite piscine, turquoise sur le fond cobalt de la Méditerranée. Un cyprès montait vers le ciel, oscillant doucement dans la brise, comme un grand plumet vert. Il en percevait le parfum. Et là-bas, il devinait la langue verte du cap Ferrat...

Mais il se trouvait à Underhill Prime, que l'on appelait généralement la tranchée, ou encore l'arcade de Nadia. Il était assis sur le balcon supérieur, les yeux fixés sur un séquoia nain. Derrière, il y avait le mur de verre et les miroirs avec leur gradient de réflexion qui captait la lumière du soleil qui brillait sur la *Côte d'Or*[1]. Tatiana Durova avait été tuée dans la chute d'une grue renversée par un robot, et Nadia était inconsolable.

Mais le chagrin glisse sur nous, à la fin, pensa Michel assis auprès d'elle. Il passe comme la pluie sur les ailes d'un canard. Avec le temps, Nadia se remettrait. Jusque-là, il n'y avait rien à faire. Ils le prenaient pour un sorcier ? Un prêtre ? Si cela était, il se serait guéri lui-même, et ensuite tout ce monde, avant de jaillir vers l'espace pour retourner chez lui. Ça ferait un certain effet de surgir comme ça sur une plage d'Antibes :

— Bonjour, je m'appelle Michel. Je viens juste de revenir.

Et puis, à $L_s = 190$, il se retrouva lézard sur le Pont du Gard, sur les étroits rectangles de roche de l'aqueduc qui traversait la gorge comme une flèche. Sa peau en pointes de diamant s'était plissée autour de sa queue, et le soleil brûlant brûlait la nouvelle peau, y formant un croisillon de rides. Sauf qu'il était en réalité à Underhill, dans l'atrium, que Frank était allé vivre avec les Japonais qui avaient atterri à Argyre, que Maya et John se chamaillaient pour leurs chambres et devaient loger au quartier général de l'AMONU, et que Maya, plus belle que jamais, le suivait à la trace dans l'atrium, implorant son aide. Il ne cohabitait plus avec Marina Tokareva depuis une bonne année martienne — elle lui reprochait de ne pas être assez là —, et en regardant Maya, Michel ne pouvait s'empêcher de l'imaginer dans ses bras, mais c'était dingue, évidemment, c'était une *russalka*, elle avait couché avec les cosmonautes et les huiles de Glavkosmos pour grimper dans la hiérarchie, et ça avait fait d'elle une femme dissociée, amère et imprévisible. Maintenant, le sexe lui servait à faire du mal, ce n'était qu'un moyen d'influence comme un autre et il aurait fallu qu'il soit fou pour avoir des rapports de cette nature avec elle. Il serait attiré dans le vortex de ses membres, de son système limbique. *Autant laisser ça à des fous, ça leur éviterait le désagrément de le devenir...*

Mais on était en $L_s = 241$. Il s'avançait vers le parapet de calcaire alvéolé des Baux et se penchait vers les ruines de l'ermitage médiéval. C'était l'heure du crépuscule et la lumière avait une teinte étrangement martienne, qui faisait flamber le calcaire, tout le village et la plaine qui se déployait jusqu'à la ligne de bronze et de métal en fusion

1. En français dans le texte. (*N.d.T.*)

de la Méditerranée. Tout était improbable, comme dans un rêve... Mais c'était un rêve, et il en sortit pour se retrouver dans Underhill.

Phyllis et Edvard revenaient d'une expédition. Phyllis, en riant, leur montrait un bloc de rocher à l'apparence huileuse.

— Il y en avait dans tout le canyon. Des pépites d'or grosses comme le poing.

Il se retrouva dans les tunnels du garage. Le psy de la colonie avait des visions, sombrait dans des failles de sa conscience, les crevasses de sa mémoire. Médecin, guéris-toi toi-même ! Mais il ne le pouvait pas. Il avait le mal du pays et il en devenait fou. Le mal du pays. Il devait exister un terme scientifique plus approprié, qui légitimerait ce mal, qui le rendrait réel, évident au regard des autres. Mais il savait que la maladie était réelle. Il lui arrivait parfois de regretter la Provence au point de ne plus pouvoir respirer. C'était comme le doigt de Nadia. On lui avait arraché quelque chose, mais il éprouvait toujours les élancements douloureux des nerfs fantômes.

Ça leur éviterait le désagrément...

Le temps passait, le programme Michel déambulait. C'était une personnalité creuse, un minuscule homuncule du cerebellum subsistant qui téléopérait la chose.

Dans la nuit du second jour de L_s = 266, il se mit au lit. Il était épuisé, alors qu'il n'avait rien fait, vidé de ses forces. Mais, allongé dans l'obscurité, il ne parvint pas à trouver le sommeil. Son esprit tournait douloureusement. Il avait la conscience aiguë d'être très malade. Il aurait tellement aimé cesser sa comédie pour avouer qu'il avait perdu. Pour pouvoir rentrer chez lui. Il ne se rappelait presque plus rien des dernières semaines — ou bien était-ce des mois ? Il n'avait plus aucune certitude. Il se mit à pleurer.

La porte cliqueta et s'ouvrit. Un mince faisceau de lumière venu du hall perça à l'intérieur. Mais il n'y avait personne.

— Oui ?... fit-il en tentant de ravaler ses sanglots. Qui est là ?

La réponse lui arriva dans l'oreille, comme s'il était sur l'intercom de son casque.

— Viens avec moi, lui dit une voix d'homme.

Michel sursauta et se cogna contre la paroi. Il discerna alors une silhouette obscure.

— Nous avons besoin de ton aide, chuchota la silhouette. (Une main se posa sur son bras et le serra.) Et toi, tu as besoin de la nôtre.

Il y avait comme une trace de sourire dans cette voix que Michel ne reconnaissait pas.

La peur le projeta dans un monde nouveau. Soudain, il voyait plus nettement, comme si l'attouchement de son visiteur avait réglé son optique à la façon d'une caméra. L'autre était mince, la peau sombre. Un étranger. L'étonnement domina sa peur, il se leva et se déplaça dans l'ombre avec des gestes précis. Ceux d'un rêve. Il mit ses sandales et suivit l'étranger qui le pressait de sortir dans le couloir.

Pour la première fois depuis des années, il sentit la légèreté de la pesanteur martienne. Le couloir semblait empli d'une lumière grise et dense. Mais il savait que seules les bandes d'éclairage du sol étaient allumées. Elles suffisaient à y voir clair, même si on avait peur. Son compagnon avait sur la tête des dreadlocks courtes et noires, ce qui lui donnait une allure de hérisson. Il était de petite taille, fluet, le visage émacié. Un étranger, sans le moindre doute. Un intrus venu des nouvelles colonies de l'hémisphère sud, songea Michel. Mais il le guidait dans Underhill comme un familier des lieux, dans un silence absolu. A dire vrai, tout Underhill était plongé dans le silence, comme un film en noir et blanc. Un film muet. Il jeta un coup d'œil à son bloc de poignet : il était vide. Le laps de temps martien. Il voulut demander : Qui êtes-vous ?, mais le silence était si épais qu'il n'y parvint pas. Il formula les mots en esprit, l'homme se détourna et le regarda, et il découvrit le blanc de ses yeux comme deux cercles lumineux, et ses narines comme deux trous noirs dans son visage.

— Je suis le passager clandestin, dit-il dans un sourire.

Michel vit alors que ses canines étaient teintées : elles étaient en pierre. De la pierre martienne dans une bouche de Terrien. Mais l'étranger le saisit par le bras et l'entraîna vers le sas de la ferme.

— Dehors, nous allons avoir besoin de casques, chuchota Michel, en reculant.

— Pas cette nuit.

L'étranger ouvrit le sas et Michel ne sentit pas le moindre souffle d'air. Ils y entrèrent et pénétrèrent dans le feuillage. L'air était doux. Hiroko sera furieuse, se dit Michel.

Soudain, il avait perdu son guide. Devant lui, il devina un mouvement et entendit un petit rire cristallin. Comme celui d'un enfant. Il prit brusquement conscience que l'absence de tout enfant dans la colonie expliquait ce sentiment de stérilité qu'ils éprouvaient. Ils construisaient, ils plantaient et, pourtant, en l'absence d'enfants, ce sentiment de stérilité enveloppait leur existence.

Il était effrayé, mais il continua d'avancer vers le centre de la ferme. L'air était humide et chaud, il sentait la boue, l'engrais et le feuillage. La lumière perçait au travers de milliers de trous dans le feuillage, comme si les étoiles avaient réussi à les rejoindre au travers de la baie.

Ils traversèrent un champ de maïs dans un grand bruissement, et Michel eut le sentiment de respirer un parfum de cognac. De petites pattes se hâtaient dans les canaux étroits des rizières où poussait le paddy. Même dans la pénombre, Michel devinait le vert intense des pousses. Et puis, aussi, de petits visages qui souriaient à la hauteur de ses genoux et disparaissaient dès qu'il essayait de les regarder en face. Le sang bouillonnait dans ses veines, il recula de trois pas, puis s'arrêta et pivota. Deux petites filles nues venaient vers lui, suivant l'allée, les cheveux noirs, la peau sombre. Elles ne devaient pas avoir plus de trois ans. Elles avaient les yeux bridés, l'air solennel. Elles lui prirent les mains et il se laissa entraîner le long de l'allée, en les regardant tour à tour.

Quelqu'un avait décidé de s'attaquer à la stérilité. Comme ils s'avançaient, d'autres gamins nus surgirent des buissons pour se rassembler autour d'eux, filles et garçons, certains plus sombres ou plus clairs que les deux petites filles qui l'avaient accueilli, mais tous à peu près du même âge. Michel se retrouva avec une escorte de neuf ou dix enfants lancés au trot. Au centre du labyrinthe végétal, il déboucha sur une clairière. Il y découvrit une dizaine d'adultes, nus également, assis en cercle. Les enfants se précipitèrent sur eux pour les cajoler, avant de s'installer sur leurs genoux. La vision de Michel était maintenant plus claire dans le reflet des étoiles et la brillance des feuilles, et il identifia certains membres de l'équipe de la ferme : Iwao, Raul, Ellen, Rya, Gene, Evgenia. Hiroko était absente.

Après un instant d'hésitation, Michel se débarrassa de ses sandales et ôta ses vêtements avant de prendre place dans le cercle. Il ne savait pas à quoi il participait, mais, pour l'heure, ça n'avait pas d'importance. Certains des autres inclinèrent la tête, et Ellen et Evgenia, qui l'encadraient, lui touchèrent le bras. Puis, brusquement, les enfants se levèrent et coururent vers les travées extérieures en riant et en poussant des cris aigus. Ils revinrent pour former un groupe serré autour d'Hiroko, qui pénétrait maintenant dans le cercle, forme nue et semi-obscure dans le noir. Conduite par les enfants, elle fit lentement le tour du cercle, distribuant à chaque main tendue une poignée de terre. Michel imita le geste d'Ellen et d'Evgenia à son approche, tout en observant la peau satinée d'Hiroko.

Il lui était arrivé une fois, sur la plage de Villefranche, de courir avec des femmes africaines dans la phosphorescence des vagues. Et l'écume lumineuse avait ourlé leur peau noire et luisante...

La terre était tiède et elle avait une odeur de rouille.

— Ceci est notre corps, dit Hiroko.

Elle passa de l'autre côté du cercle et distribua une poignée de terre à chacun des enfants. L'un après l'autre, ils retournèrent s'asseoir parmi les adultes. Elle prit place en face de Michel et entama une mélopée en japonais. Evgenia se pencha vers Michel et traduisit en chuchotant dans son oreille. Ils célébraient l'aréophanie, une cérémonie qu'ils avaient conçue ensemble, inspirés et guidés par Hiroko. C'était une sorte de religion du paysage, une prise de conscience de Mars en tant qu'espace physique coloré par le *kami*, qui était l'énergie spirituelle, la force présente dans le sol. Le *kami* se manifestait avec évidence dans certains objets extraordinaires du paysage : piliers de pierre, déjections isolées, falaises en à-pic, intérieurs de cratères étrangement polis, vastes pics circulaires autour des grands volcans. Ces expressions du *kami* de Mars avaient un analogue terrestre chez les colons eux-mêmes, la force qu'Hiroko appelait *viriditas*, cette force verdoyante et fructifère qu'ils portaient en eux, qui savait que le monde sauvage est saint. *Kami, viriditas* : c'était la combinaison de ces forces sacrées qui permettrait de donner une signification à l'existence des humains ici.

Lorsque Michel entendit Evgenia chuchoter le mot combinaison, tous les termes formèrent aussitôt un rectangle sémantique dans son esprit : *kami* et *viriditas*, Mars et la Terre, la haine et l'amour, l'absence et le désir. Puis le kaléidoscope se mit en place, les rectangles se replièrent dans son esprit, toutes les antinomies s'effondrèrent pour former une seule et splendide rose, le cœur de l'aréophanie, le *kami* se fondit dans la *viriditas*, le vert et le rouge flamboyant ensemble. Michel avait la bouche entrouverte, la peau brûlante. Il ne pouvait rien expliquer et ne le voulait pas. Dans ses veines, son sang courait comme du feu.

Hiroko cessa sa mélopée, leva la main vers sa bouche, et mangea la terre qui était dans sa paume. Tous les autres l'imitèrent. Michel leva la main : ça faisait beaucoup de terre à avaler. Mais il tendit la langue, en lécha une bonne moitié et sentit comme un choc électrique qui fusa jusqu'à son palais. Le gravier se changea en boue. Avec un goût de sel et de rouille, une trace pas désagréable de sels chimiques et d'œuf pourri. Il avala, avec une brève crispation de l'œsophage. Et l'autre moitié suivit. Un marmonnement irrégulier montait du cercle des fidèles, fait de voyelles qui s'enchaînaient : aaa, eee, iii, ooo, uuu... Ils s'attardaient sur chacune pendant une minute environ. Les sons se répétèrent, créant des harmoniques étranges. Et Hiroko reprit une mélopée. Tous se levèrent, et Michel aussi. Ils se déplacèrent tous vers le centre du cercle, Evgenia et Ellen entraînant Michel par les bras. Bientôt, tous se pressèrent contre Hiroko. Michel sentit le contact de toutes ces peaux tièdes contre la sienne. Ceci est notre corps. Certains s'embrassaient, les yeux clos. Ils bougeaient lentement, formant de nouvelles configurations sans jamais perdre le contact des autres. Michel sentit une toison pubienne sur ses fesses, et crut deviner un pénis en érection contre sa hanche. Dans son estomac, il sentait le poids de la terre, mais il avait la tête légère, flottante. Le feu circulait toujours dans ses veines, et sa peau était comme la baudruche d'un ballon. Dans le ciel, il y avait un nombre d'étoiles étonnant, chacune avec sa couleur propre, verte, rouge, jaune ou bleue. Comme des étincelles.

Il était un phénix. Hiroko se pressait contre lui, et il se dressa au centre du feu, prêt à renaître. Elle étreignit son nouveau corps, le serra. Elle était grande et tout en muscles. Ses yeux se rivèrent aux siens. Ses seins étaient collés à ses côtes, et son mont de Vénus à sa cuisse. Elle l'embrassa longuement, la langue dardée entre ses dents. Il perçut le goût de la terre et sentit Hiroko dans le même temps, tout entière. Il sut que durant toute sa vie, le souvenir de cette sensation suffirait à déclencher une érection. Mais là, en cet instant, il était trop subjugué, totalement embrasé.

Hiroko rejeta la tête en arrière et le regarda. L'air grondait dans ses poumons. En anglais, d'une voix calme et douce, elle lui dit :

— Ceci est ton initiation dans l'aréophanie, la célébration du corps de Mars. Bienvenue. Nous adorons le monde. Nous voulons nous y faire une place pour y vivre, un lieu qui soit beau et martien, tel qu'on ne le connaît pas sur Terre. Nous avons construit un refuge caché dans le sud, et à présent, nous allons partir.

« Nous te connaissons et nous t'aimons. Nous savons que ton aide pourra nous être utile. Nous savons que tu pourras avoir besoin de la nôtre. Nous voulons construire ce que tu appelles de tout ton désir, ce que tu n'as pas trouvé ici. Mais sous des formes nouvelles. Car nous ne pouvons jamais revenir en arrière. Nous ne devons aller que de l'avant. Trouver notre propre chemin. Nous commençons cette nuit. Nous voulons que tu viennes avec nous.

Et Michel dit :

— Je viens.

CINQUIÈME PARTIE

CHUTE DANS L'HISTOIRE

Le labo bourdonnait doucement. Les bureaux, les tables et les paillasses étaient encombrés d'objets, les murs blancs couverts de graphiques, de cartes et de coupes. Et le tout vibrait doucement sous la lumière artificielle. Un labo comme les autres : à la fois propre et net, et en désordre. L'unique fenêtre, dans un coin, était obscure et ne reflétait que l'intérieur. Il faisait nuit. Le bâtiment était presque vide.

Mais deux hommes en blouse étaient penchés sur une des paillasses, les yeux fixés sur l'écran d'un ordinateur. Le plus petit tapota sur le clavier avec son majeur, et l'image changea. Des vrilles vertes sur un fond noir. Elles sinuaient, ce qui leur donnait un relief accentué, comme si elles étaient vraiment là, à l'intérieur d'une boîte. Une image enregistrée par un microscope électronique. L'écran entier ne représentait que quelques microns.

— Ce que tu observes là, dit le plus petit des deux chercheurs, c'est une sorte de réparation plasmidique de la séquence génétique. Des ruptures des chaînons originaux ont été identifiées. Les séquences de remplacement sont synthétisées, et quand ces séquences de remplacement sont introduites en masse dans la cellule, les ruptures apparaissent comme des sites d'attache et les remplacements se conforment aux originaux.

— Tu les introduis par transformation ? Par électroporation ?

— Par transformation. Les cellules traitées sont injectées, et les chaînons de réparation font un transfert conjugal.

— In vivo ?

— In vivo.

L'autre siffla doucement.

— Et comme ça, vous pouvez réparer n'importe quelle petite chose ? Une erreur de division cellulaire ?

— C'est exact.

Les deux hommes ne quittaient pas du regard les vrilles sur l'écran, qui se développaient comme des pampres sous la brise.

— Et vous avez des preuves ?

— Vlad ne t'a pas montré les souris dans la salle d'à côté ?

— Si.

— Elles ont quinze ans.

Nouveau sifflement.

Ils passèrent dans la salle aux souris en bavardant à voix basse, comme pour respecter le bourdonnement des machines. Le plus grand se pencha avec curiosité sur une cage où des pelotes de fourrure soufflaient sous des copeaux de bois.

Quand ils sortirent de la salle, ils éteignirent toutes les lumières. Le scintillement du microscope électronique illuminait de vert le premier labo. Les deux chercheurs s'approchèrent de la fenêtre, sans cesser de bavarder. Ils regardèrent au-dehors. Le ciel était passé au violet : le jour approchait. Les étoiles s'estompaient. Et là-bas, sur l'horizon, se dessinait la masse énorme d'un volcan au sommet aplati : Olympus Mons, la plus haute montagne du système solaire.

Le plus grand des deux hommes secoua la tête et déclara :

— *Ça change tout, tu sais.*

— *Je sais.*

Du fond du puits, le ciel était une pièce de monnaie rose brillante. Un kilomètre de diamètre pour sept kilomètres de profondeur, mais, depuis le fond, le puits semblait plus étroit et plus profond à la fois. Illusion de perspective de l'œil humain.

Tout comme cet oiseau qui volait là-haut dans le ciel, et qui semblait tellement grand. Si ce n'est qu'il ne s'agissait pas d'un oiseau.

— Hé ! cria John.

Le directeur du puits, un Japonais au visage rond du nom d'Etsu Okakura, se tourna vers lui, et John entrevit son sourire nerveux. Il avait une dent décolorée.

Okakura leva la tête.

— Quelque chose tombe ! s'exclama-t-il. Courons !

Ils s'élancèrent sur le fond du puits. John constata très vite que la plus grande partie de la roche avait été dégagée pour révéler le basalte noir étoilé. Aucun effort n'avait été fait pour rendre le sol horizontal. A ce stade du vol primitif, les instincts formés dans l'enfance se manifestaient à nouveau, et il ne pouvait s'empêcher de pousser trop fort à chaque pas, de prendre trop brusquement appui sur le sol non balisé, ce qui le faisait rebondir de façon erratique. Il finit par heurter un rocher du bout du pied, ce qui le déséquilibra. Il essayait de courir plus vite, mais les cratères miniatures et les escarpements le ralentissaient. Il trébucha et tomba sur la pierre raboteuse, levant les bras pour protéger sa visière. Le fait qu'Okakura soit tombé en même temps que lui n'était qu'une faible consolation. Heureusement, la gravité qui les avait fait chuter avait aussi facilité leur fuite. Et la chose qui tombait du haut n'avait pas encore atteint le fond. Ils se redressèrent et se remirent à courir. Okakura tomba une deuxième fois. John jeta un regard derrière eux et entrevit un reflet métallique à la seconde où la chose heurtait la roche. Il reçut l'écho de l'impact comme un coup dans les tympans. Des fragments argentés jaillirent, certains dans leur direction. Il s'arrêta net et testa l'air, craignant une éjection. Mais tout était silencieux.

Un grand cylindre hydraulique jaillit dans les airs et rebondit bruyamment sur leur gauche. Ils sursautèrent : ils ne l'avaient pas vu arriver.

Ensuite, le silence se rétablit. Ils demeurèrent immobiles encore une minute, puis Boone fit quelques gestes. Il était en sueur, ce qui n'était guère étonnant : leurs tenues pressurisées avaient été prévues pour les températures de la surface martienne, mais ici, au fond du puits, il faisait 49 degrés centigrades. C'était l'endroit le plus chaud de la planète. Il esquissa un geste pour aider Okakura à se redresser, mais s'arrêta net. Le Japonais préférait sans aucun doute se relever tout seul plutôt que de devoir un *giri* à Boone pour son aide. Si Boone, toutefois, avait bien compris ce concept japonais.

— Allons jeter un coup d'œil, dit-il simplement.

Okakura se releva et ils rebroussèrent chemin dans le boyau de basalte. Le puits avait depuis longtemps pénétré la roche dure. En fait, il était engagé à 20 % dans la lithosphère. Au fond, la température était suffocante, comme si leurs tenues n'étaient plus isolées. Boone inspirait avidement l'air frais. Il leva de nouveau le regard vers le ciel rose, tout en haut. La clarté du soleil illuminait une section conique du puits. En été, elle aurait dû pénétrer jusqu'au fond — mais non : ils étaient au sud du tropique du Capricorne. Dans l'ombre permanente.

Ils approchaient des restes fracassés d'un camion poubelle robot, un de ceux qui remontaient à la surface les fragments de roc arrachés en spirale à la paroi du puits. Les pièces de l'engin étaient mélangées à des cailloux sur une bonne centaine de mètres à partir du point d'impact. Au-delà, ils se faisaient rares. Le cylindre qui avait volé dans leur direction avait dû être propulsé.

Dans l'amas horriblement tordu, l'acier, le magnésium et l'aluminium avaient partiellement fondu.

— Est-ce que vous croyez que c'est vraiment tombé d'en haut ? demanda Boone.

Okakura ne répondit pas. Boone le regarda. L'autre examinait les restes de la machine en évitant son regard. Il avait peut-être peur, se dit Boone.

— Il s'est écoulé largement trente secondes entre l'instant où je l'ai aperçu et celui où il a touché le sol.

Trois mètres par seconde au carré. Plus qu'il n'en fallait pour atteindre la vélocité terminale. Donc, l'engin avait percuté le sol à 200 kilomètres à l'heure. Ce qui n'était pas si grave, en fait. Sur Terre, il aurait mis deux fois moins de temps, et ils se seraient peut-être trouvés dessous. Merde ! se dit Boone. S'il n'avait pas levé les yeux... Il fit un calcul rapide. La chose était sans doute au milieu du puits quand il l'avait détectée. Mais elle devait tomber depuis un certain temps.

Lentement, il s'avança entre la paroi du puits et la pile de débris. Le camion robot était tombé sur son flanc droit. Le flanc gauche, quoique déformé, était identifiable. Okakura escalada les débris avant de désigner une zone noire, immédiatement derrière le pneu avant gauche.

John le suivit et gratta le métal avec son gant. La couche noircie s'effaça comme de la suie. Une explosion de nitrate d'ammonium. Le corps de l'engin était tordu comme s'il avait été passé sous une presse.

— La charge était bien calculée, commenta John.

— Oui, dit Okakura avant de s'éclaircir la gorge.

Il était encore sous le coup de la frayeur, c'était visible. Mais oui... Le premier homme sur Mars avait bien failli être tué alors qu'il se trouvait sous sa protection. Et lui aussi, par la même occasion.

— Suffisante pour faire tomber le camion.

— Eh bien, comme je l'ai déjà dit, on a rapporté plusieurs cas de sabotage.

Le visage d'Okakura se crispa derrière sa visière.

— Mais qui en serait responsable ? Et pourquoi ?

— Je ne sais pas. Est-ce que quelqu'un, dans votre équipe, aurait des problèmes psychologiques ?

— Mais non.

Okakura avait pris une expression fermée. N'importe quel groupe de plus de cinq individus avait rencontré des difficultés, et la petite cité industrielle d'Okakura comptait quand même 500 habitants.

— C'est le sixième cas que je constate, dit John. Mais c'est le premier que je vis en direct. (Il rit. L'image de l'oiseau dans le ciel rose venait de lui revenir.) Il était facile pour n'importe qui de placer une bombe sous un camion robot avant qu'il ne redescende. Il suffisait d'un dispositif d'horlogerie ou d'un altimètre.

— Vous pensez aux rouges, fit Okakura d'un air soulagé. Nous en avons entendu parler. Mais... (Il haussa les épaules.) C'est fou...

— Oui.

John escalada prudemment l'amas de débris. Puis ils traversèrent à nouveau le fond du puits en direction de l'ascenseur qu'ils avaient emprunté pour descendre. Okakura était passé sur une autre fréquence et discutait avec son personnel de surface.

John s'arrêta un instant dans le puits pour un ultime regard.

La taille même du puits était difficile à appréhender ; la pénombre, les lignes verticales faisaient penser à une cathédrale, mais posées au fond de ce trou gigantesque, les plus grandes cathédrales jamais construites auraient eu des allures de maisons de poupée. Les proportions irréelles avaient quelque chose d'étourdissant, et il décida qu'il était trop longtemps resté la tête basculée en arrière.

Ils remontèrent la pente ménagée dans la paroi jusqu'à la première cabine. Ils durent changer sept fois d'ascenseur en empruntant les chemins de correspondance taillés dans les parois. Peu à peu, la lumière ambiante ressemblait à celle du soleil. En levant les yeux, John vit l'endroit où la double spirale des routes se rejoignait sur le rebord du puits. Mais, en se retournant, il ne parvint pas à distinguer le fond, perdu maintenant dans la pénombre.

Les deux dernières cabines leur permirent de franchir le régolite : d'abord le mégarégolite, qui ressemblait à une couche rocheuse fracturée, puis le régolite lui-même, fait de roc, de gravier et de glace compressés dans une couche de ciment, une paroi incurvée qui évoquait un barrage et qui s'achevait sous un angle impossible qui transformait l'ascenseur en funiculaire à crémaillère.

Finalement, ils surgirent à la surface, sous le soleil.

Boone quitta la cabine du funiculaire et regarda vers le bas.

La retenue de régolite évoquait un cratère aux parois lisses, avec une route à deux voies qui descendait en spirale. Mais un cratère sans fond. Un mohole [1]. Il distinguait l'entrée du puits, mais l'ensemble était plongé dans l'ombre. Seule la route accrochait quelques rayons de soleil et elle donnait ainsi l'illusion d'un escalier planté dans le vide, qui descendait vers le noyau de la planète.

Trois camions géants remontaient lentement le dernier tronçon de route, chargés de blocs de roche noire. Depuis quelques jours, il leur fallait cinq heures pour remonter du fond, avait dit Okakura. L'ensemble du projet n'exigeait que peu de surveillance. Les habitants de la ville nouvelle n'avaient à s'occuper vraiment que du programme, du déploiement, de la maintenance, des pannes éventuelles. Et, depuis peu, de la sécurité.

La ville, baptisée Senzeni Na, était dispersée sur le fond du plus profond des canyons de Thaumasia Fossae. Près du grand trou se trouvait le parc industriel. On y fabriquait le matériel d'excavation et on y traitait la roche dont on extrayait les métaux utiles. Boone et Okakura entrèrent dans la station de bordure, échangèrent leurs tenues pressurisées pour des sauteurs cuivrés avant d'emprunter l'un des tubes transparents qui reliaient tous les bâtiments de la ville. L'intérieur était froid et ensoleillé, et tout le monde portait le même vêtement cuivré, la dernière trouvaille des Japonais en matière de protection anti-radiations. Partout, des créatures de cuivre circulaient

---

1. Andrija Mohorowicic, géologue croate (1857-1936), définit les différences entre les couches terrestres par rapport aux séismes. La « discontinuité de Mohorowicic » sépare la croûte terrestre du manteau. Dans les années 60, il fut question de forer des puits à partir du fond océanique en direction du manteau. Ces puits furent nommés moholes. (*N.d.T.*)

dans les tubes, comme des fourmis verticales. Dans le ciel, le nuage thermal se cristallisait en givre et jaillissait comme la vapeur d'une valve avant d'être emporté par les vents d'altitude en une longue traînée de condensation aplatie.

Les quartiers d'habitation avaient été construits dans la paroi sud-est du canyon. On avait découpé un immense rectangle dans la falaise pour le remplacer par du verre. Au-delà, un hall élevé et ouvert permettait l'accès aux appartements en terrasse, sur cinq niveaux.

Boone suivit Okakura dans le hall : il le conduisait vers le secteur des bureaux, au cinquième étage. Un petit groupe se forma autour d'eux. Les gens avaient l'air inquiets, ils bavardaient ou interrogeaient Okakura. Ils entrèrent tous dans le bureau et passèrent sur la terrasse. Okakura raconta l'incident, en japonais, sous le regard vigilant de John. Le public semblait nerveux, et ils étaient nombreux à éviter de rencontrer le regard de John. L'incident avait-il pu susciter le *giri* ? Il était sans doute important pour eux de ne pas attirer l'attention publique, ou quelque chose de ce genre. La honte, pour les Japonais, était un élément important, et l'expression d'Okakura s'assombrissait, comme s'il avait décidé que la chose était arrivée par sa faute.

— Ecoutez, risqua John, héroïque, ça peut être aussi bien le fait d'étrangers que d'habitants de la ville. (Il fit quelques suggestions pour la sécurité.) La bordure du cratère constitue une barrière parfaite. Mettez en place un système d'alarme, et que quelques personnes de la station gardent un œil sur tout le dispositif et les ascenseurs. C'est une perte de temps, mais je pense qu'il faut le faire.

Avec une expression méfiante, Okakura lui demanda s'il avait la moindre idée de l'identité des saboteurs. John haussa les épaules.

— Pas la moindre. Désolé. Des gens qui sont contre les moholes, je suppose.

— Mais les moholes sont déjà creusés, remarqua quelqu'un.

— Je sais. Mais ça peut être symbolique. (John sourit.) Evidemment, si un camion écrase quelqu'un, ce sera un mauvais symbole.

Ils acquiescèrent gravement. Il aurait aimé avoir le don qu'avait Frank pour les langues. Cela lui aurait été bien utile. Ces gens étaient inscrutables, difficiles à percer.

Ils se demandaient s'il allait laisser tomber.

— Bon, je n'ai rien. On nous a manqués. Il faudra faire des recherches, d'accord, mais pour aujourd'hui, nous suivons le programme prévu.

Et Okakura, en compagnie de plusieurs hommes et femmes, lui fit faire le tour de la ville. Souriant et décontracté, il visita les laboratoires, les salles de réunions, les salons et les grands réfectoires. Il ne cessait de serrer des mains en disant *Hi.* A la fin, il fut convaincu d'avoir rencontré la moitié de la population de Senzeni Na. La plupart n'avaient pas encore appris l'incident, et ils se montraient tous ravis de le rencontrer, de lui secouer la main, de lui adresser quelques mots, de le dévisager ou de lui montrer telle ou telle chose. Cela lui rappelait tout à fait ses années de parade entre la première et la seconde expédition.

Mais c'était son job. Une heure de travail, et quatre heures de spectacle du premier homme sur Mars : le quota habituel. On glissait vers le soir, et toute la ville se rassembla pour le grand banquet donné en son honneur, et il joua son rôle. Avant tout, se montrer détendu, ce qui n'était pas facile ce soir. En vérité, il s'offrit une pause, et gagna brièvement la salle de bains de sa chambre pour avaler une des capsules mises au point par l'équipe médicale de Vlad, à Acheron. De l'omegendorphe, un mélange synthétique de tous les opiacés et de toutes les endorphines qu'ils avaient trouvés dans l'arsenal de la chimie cérébrale. La meilleure drogue que Boone ait jamais pu imaginer.

Il retourna au banquet tout à fait relaxé. Presque heureux, en fait. Il avait échappé à la mort en courant comme un homme des bois ! Il existait donc des endorphines appréciables. Il allait de table en table avec aisance, posant des questions à tous. Les gens aimaient ça, ils avaient le sentiment de participer à un vrai festival en rencontrant John Boone. Et il aimait ça, lui aussi. C'était ce qui rendait la célébrité supportable. Car, lorsqu'il posait des questions, les gens se précipitaient pour lui répondre, comme des saumons bondissant sur une mouche. Mais ce soir, c'était plus particulier, comme s'ils éprouvaient tous le besoin d'équilibrer la situation, parce qu'ils en savaient tant sur lui alors qu'il ne connaissait presque rien d'eux. C'est ainsi qu'avec les encouragements appropriés, parfois une seule incitation bien calculée, ils débordaient d'informations personnelles stupéfiantes : des témoignages, des confidences, des aveux.

Il passa donc sa soirée à tout apprendre de la vie à Senzeni Na. « Je veux dire, qu'avons-nous fait ? » Suivi d'un rapide sourire. Après quoi, on le raccompagna dans la suite réservée aux hôtes, avec ses chambres et son lit de bambou. Dès qu'il fut seul, il connecta sa boîte de codage au téléphone et appela Sax Russell.

Russell se trouvait au nouveau quartier général de Vlad, un complexe de recherche édifié sur une étroite arête, dans le site spectaculaire d'Acheron Fossae, au nord d'Olympus Mons. Il y passait tout son temps à étudier le génie génétique comme un collégien. Il avait acquis la conviction que la bio-technologie était la clé du terraforming, et il était bien décidé à la creuser jusqu'à être capable de contribuer personnellement à cet aspect du développement. Même s'il avait suivi des études de physique.

La biologie moderne avait une réputation atroce, et la plupart des physiciens la détestaient. Mais les gens d'Acheron déclarèrent à Sax qu'il s'y était très bien mis, ce que John croyait sans le moindre doute. Sax, quant à lui, émettait quelques doutes sur ses progrès, mais il était évident qu'il avançait très vite. Il en parlait constamment.

— C'est crucial, disait-il. Nous avons besoin d'extraire de l'eau et de l'azote du sol, et du gaz carbonique de l'air. Et la biomasse nous permettra l'un et l'autre.

Il ne décollait donc pas des labos et des écrans.

Il écouta le rapport de John avec son impassibilité habituelle. Une parodie de savant, se dit John. Il portait même une blouse. Ce qui rappela à John une histoire que racontait un des assistants de Sax et qui faisait toujours rire dans les soirées. Lors d'une expérience aussi secrète qu'oubliée, une centaine de rats de labo auxquels on avait injecté une piqûre d'intelligence étaient devenus des génies. Ils s'étaient alors révoltés, ils s'étaient enfuis, ils avaient capturé le principal responsable des recherches et lui avaient réinjecté tout leur savoir en utilisant une méthode inventée en une fraction de seconde. Leur victime était un savant du nom de Saxifrage Russell, éternellement en blouse blanche, collé dans son labo. Et son cerveau était désormais la résultante d'une centaine de rats super-intelligents.

— Et c'est pour ça qu'on lui a donné le nom d'une fleur, comme on le fait pour les rats de labo, vous saisissez ?...

Ce qui en disait long. John ne put s'empêcher de sourire en achevant son rapport, et Sax pencha la tête d'un air curieux.

— Tu crois que ce camion était destiné à te tuer ?

— Je l'ignore.

— Et les gens réagissent comment ?

— Ils ont peur.

— Ils pensent qu'on peut les tenir pour responsables ?

John haussa les épaules.

— J'en doute. Ils s'inquiètent seulement de ce qui va se passer maintenant.

Sax leva la main.

— Ce genre de sabotage ne risque pas de mettre le projet en péril, dit-il doucement.

— Je le sais.

— Mais qui est à la base de ça ?

— Je ne sais pas.

— Est-ce que ça ne pourrait pas être Ann ? Est-ce qu'elle ne serait pas devenue un autre prophète, comme Hiroko ou Arkady, avec ses fidèles, un programme et tout ça ?...

— Toi aussi, tu as un programme et des fidèles, lui rappela John.

— Mais je ne leur dis pas de casser le matériel ni d'assassiner les gens.

— Certains pensent que tu vas foutre Mars en l'air. Et que les gens vont certainement mourir dans les accidents en chaîne que provoquera le terraforming.

— Mais qu'est-ce que tu me racontes là ?

— Je te rappelle certaines choses. J'essaie de te faire comprendre pourquoi certains pourraient tenter ce qui a failli réussir.

— Alors tu penses que c'est Ann ?

— Ou Arkady, ou Hiroko, ou quelqu'un d'une des nouvelles colonies et dont nous n'avons jamais entendu parler. Nous sommes nombreux, maintenant. Et les factions se sont multipliées.

— Je sais. (Sax s'approcha d'un comptoir et prit sa vieille chope à café fatiguée.) J'aimerais que tu essaies de savoir qui a fait ça. Va où il faut. Parle avec Ann. Essaie de la raisonner. (Une note plaintive perça dans sa voix.) Moi, je ne peux plus lui adresser la parole.

John fut surpris par cette émotion apparente. Sax prit son silence pour une hésitation et ajouta :

— Je sais que ce n'est pas vraiment ton truc, mais ils te parleront tous. Tu es le seul qui puisse se vanter de ça. Je sais que tu t'occupes des moholes, mais ton équipe peut s'en charger en partie. Il n'y a vraiment personne d'autre que toi qui puisse le faire. Et nous n'avons pas de police à mettre sur l'affaire. Quoique si d'autres incidents se produisent, l'AMONU interviendra.

— Ou bien les transnationales, ajouta Boone.

Il réfléchit et revit le camion qui tombait du ciel rose.

— D'accord. J'irai parler à Ann, de toute façon. Ensuite, il faudra que nous nous réunissions pour discuter de la sécurité concernant tous les projets de terraforming. Si nous arrivons à éviter d'autres incidents, l'AMONU ne s'en mêlera pas.

— Merci, John.

Il sortit sur le balcon. Le hall de la ville était planté de pins d'Hokkaïdo et l'air glacé était saturé de leur parfum. Des silhouettes de cuivre circulaient entre les arbres. Il tenta de réfléchir à la situation nouvelle qui s'était créée. Depuis dix ans, il travaillait sur le terraforming avec Russell, sur les taupinières, les relations publiques, et tout le reste, et ça lui plaisait. Mais il n'était à la pointe d'aucune des sciences représentées, et ça n'était pas à lui de prendre les vraies décisions. Il avait conscience que leurs adversaires ne s'en prenaient à lui qu'en tant que figure de proue, parce qu'il était une célébrité sur Terre, un astronaute stupide qui avait eu de la chance une première fois et qui avait remis ça. Mais ça ne le tourmentait pas : il y avait toujours des nains qui cherchaient à vous ramener à leur taille. Non, tout se passait très bien, d'autant plus que dans la situation actuelle, ils se trompaient. Car son pouvoir était considérable, même s'il n'arrivait pas à le mesurer lui-même dans ces meetings sans fin, et toutes ces rencontres. Il avait une réelle influence sur le choix des autres. Le pouvoir, après tout, ne résidait pas dans les diplômes et les titres. C'était une question de vision, de persuasion, de liberté de mouvement, de célébrité, d'influence. Et les figures de proue devaient jouer leur rôle, indiquer le cap.

Malgré tout, il se posait quelques questions au sujet de sa nouvelle mission. Elle serait problématique, difficile, sans doute risquée... Mais avant tout, ce serait un défi. Un nouveau défi. Ça lui plaisait plutôt. Quand il se mit au lit (John Boone a dormi ici !), il prit conscience qu'il était non seulement le premier homme à avoir posé le pied sur Mars, mais le premier détective de la planète rouge. Il sourit à cette pensée, et les dernières molécules d'omegendorphe scintillèrent le long de ses nerfs.

Ann Clayborne explorait les montagnes qui entouraient Argyre Planitia, ce qui voulait dire que John pouvait la rejoindre en planeur à partir de Senzeni Na. Très tôt le matin, il embarqua à bord du ballon-ascenseur pour monter vers le sommet du mât d'amarrage des dirigeables. En découvrant la vue des grands canyons de Thaumasia, il fut émerveillé. Il accéda par le dirigeable à l'un des planeurs arrimés sous sa nacelle et se glissa dans le cockpit.

Il se harnacha, libéra l'amarre, et le planeur, dans un premier temps, tomba comme une pierre. Jusqu'à ce qu'il rencontre le courant thermal du mohole qui le relança violemment vers le haut. John se battit un instant avec les commandes et réussit à lancer la grande chose arachnéenne dans une vrille ascendante, tout en affrontant les rafales : il avait l'impression de chevaucher une bulle de savon au-dessus d'un feu de camp !

A 5 000 mètres, le nuage du mohole s'épanchait vers l'est. John profita de la spirale ascendante et se dirigea vers le sud-est. Maintenant, il avait le planeur bien en main. Mais il devrait être prudent dans les courants pour atteindre Argyre.

La plainte du vent sur les membrures montait dans les éclaboussures jaunes et éblouissantes du soleil. La terre, sous lui, était d'un orangé sombre et âpre qui s'éclaircissait vers l'horizon. Les Highlands du sud étaient ocellées de cratères dans toutes les directions, avec cet aspect lunaire que l'on retrouvait dans toutes les saturations de cratères. John adorait survoler ces paysages, et il pilotait presque inconsciemment, concentré sur la vision qui se déployait. C'était un bonheur réel que de voler dans le vent sans vraiment penser à rien. En cette année 2047 (M.10), il avait soixante-quatre ans, il était l'homme le plus célèbre de l'humanité depuis près de trente ans. Et de plus en plus heureux quand il se retrouvait seul dans les airs.

Une heure s'écoula avant qu'il ne pense à sa nouvelle mission. Le plus important était de ne pas se laisser prendre dans les fantasmes des loupes et de la cendre de cigare, des tueurs en chaussures à semelle de crêpe. Même en plein ciel, il pouvait déjà travailler. Il appela Sax et lui demanda s'il pouvait connecter son analyseur d'informations avec la banque de données de l'AMONU sur l'immigration et les voyages planétaires sans que l'AMONU soit alertée. Sax lui répondit après un moment qu'il pouvait le faire, et John lui envoya une série de questions. Une heure et plusieurs cratères plus tard, le voyant rouge de Pauline se mit à clignoter frénétiquement, ce qui indiquait un chargement de données. John lança l'analyseur, avant de se pencher sur les résultats qui apparaissaient sur l'écran.

Les schémas de déplacement étaient déroutants, mais il espérait que s'ils étaient mis en parallèle avec les sabotages, quelque chose apparaîtrait. Bien sûr, certains échappaient aux recensements. Ils constituaient la colonie cachée. Et qui pouvait dire ce que Hiroko et les autres pensaient des projets de terraforming ? Ça valait quand même le coup d'aller y faire un tour...

Nereidium Montes surgit à l'horizon. Les mouvements tectoniques, sur Mars, avaient été très espacés, ce qui expliquait la rareté des chaînes montagneuses. Celles que l'on rencontrait étaient formées de cratères avec des anneaux de déjection qui avaient été brisés par des impacts, à tel point que les débris étaient retombés sur plusieurs kilomètres, sous forme de rocs rugueux, en cercles concentriques. Hellas et Argyre, qui étaient les bassins les plus importants, avaient par conséquent les plus hautes chaînes. Phlegra Montes, sur les pentes d'Elysium, la seule autre chaîne majeure de Mars, était probablement ce qui subsistait d'un bassin d'impact investi plus tard par les volcans d'Elysium, ou par ceux de l'ancien Oceanus Borealis. La question était très controversée, et Ann, l'autorité suprême, dans ces matières, pour John, n'avait jamais donné son opinion.

Nereidium Montes délimitait le pourtour nord d'Argyre, mais Ann et son équipe exploraient le sud, dans la région de Charitum Montes. Boone inféchit la course du planeur vers le sud et, au début de l'après-midi, il reprit de l'altitude au-dessus de la plaine d'Argyre. Après le relief sauvage des cratères des Highlands, le sol du bassin paraissait lisse. L'étendue jaunâtre d'Argyre n'était délimitée que par les crêtes incurvées des chaînes périphériques. Ce qui suffisait à donner une idée de la dimension de l'impact initial. Une perspective fantastique. Boone avait survolé des milliers de cratères martiens, et il savait quelles tailles ils pouvaient atteindre, mais Argyre était au-delà de toute mesure. Un cratère aussi énorme que Galle, tout proche, avait l'air d'une petite pustule ! C'était comme si une planète s'était fracassée ici ! Ou, du moins, un astéroïde drôlement gigantesque.

A l'intérieur du cratère, au sud-est, près des collines de Charitum, il repéra la mince ligne blanche d'une zone d'atterrissage. Facile de repérer les constructions de l'homme dans ce paysage désolé. Elles étaient comme autant de balises. Des colonnes d'air chaud montaient des collines réchauffées par le soleil, et il plongea dans la première qu'il rencontra. Il perdit de l'altitude, et les ailes vibrèrent comme un diapason. Puis il tomba comme un roc, comme un astéroïde, songea-t-il en souriant, et il se prépara à se poser dans une ultime manœuvre élégante, avec toute la précision dont il était capable, conscient de sa réputation de pilote qu'il entretenait, bien sûr, à chaque occasion.

Cela aussi faisait partie de son boulot. Mais il s'avéra qu'il n'y avait que deux femmes dans les caravanes proches de la piste, et elles ne l'avaient pas vu se poser, trop absorbées par les infos télévisées de la Terre. Elles redressèrent la tête quand il passa le sas et se levèrent aussitôt pour l'accueillir. Elles lui apprirent qu'Ann était dans un des canyons avec son équipe, sans doute à moins de deux heures de là. John déjeuna en leur compagnie. Elles étaient anglaises, avec un accent du nord, rude mais charmant. Il prit un patrouilleur et suivit les traces qui allaient dans la direction d'une colline de Charitum. Pendant une heure, il sinua dans le lit d'un arroyo et rejoignit enfin une caravane accompagnée de trois patrouilleurs.

La caravane était vide. Des traces de pas allaient dans toutes les directions. Après avoir réfléchi un instant, Boone escalada un tertre à l'ouest du camp, et s'assit au sommet. Puis il s'étendit et dormit jusqu'à ce que le froid s'infiltre dans son marcheur. Il avala alors une capsule d'omegendorphe tout en observant les ombres des collines qui rampaient vers l'est. Il repensa à l'incident de Senzeni Na, passa en revue toutes les heures qui l'avaient précédé et suivi, les expressions des gens, leurs propos. En retrouvant l'image du camion tombant du ciel rose, il sentit son pouls s'accélérer.

Des silhouettes de cuivre venaient d'apparaître au pied des collines, à l'ouest. Il se redressa et descendit pour aller les rejoindre.

— Qu'est-ce que tu fais ici ? lui demanda Ann sur la fréquence des cent premiers.

— Il faut qu'on se parle.

Elle émit un vague grognement et coupa la communication.

Même sans John, la caravane aurait été surpeuplée. Ils étaient assis dans la pièce principale, genou contre genou, pendant que Simon Frazier réchauffait une sauce pour les spaghettis dans la mini-cuisine. L'unique fenêtre faisait face à l'est, et ils mangèrent en regardant les ombres se déployer dans l'immense bassin d'Argyre. John avait apporté un demi-litre de cognac utopien, et il le présenta au dessert, salué par des murmures d'approbation. Il insista pour faire la vaisselle pendant que les aréologues dégustaient l'alcool, et leur demanda comment se passaient leurs recherches. Ils espéraient relever les traces des anciens épisodes glaciaires de la planète, ce qui permettrait d'établir un modèle des premiers âges de Mars, avec des océans dans les parties basses.

Mais Ann désirait-elle vraiment trouver les preuves d'un passé océanique ? se demanda John. Car c'était un support moral pour le projet de terraforming. Cela impliquait qu'ils ne faisaient que restaurer l'état antérieur des choses. Il était probable qu'elle se montrerait réticente à découvrir ce genre de preuve. Est-ce que cela pouvait réellement influer sur son travail ? Bien sûr, en profondeur. Même si elle n'en avait pas conscience. La conscience n'était qu'une mince lithosphère qui entourait un grand noyau brûlant. Un policier ne devait jamais perdre ça de vue.

Mais tous semblaient s'accorder pour dire qu'ils n'avaient pas relevé la moindre trace de glaciation. Et c'étaient d'excellents aréologues. Il y avait les grands bassins élevés, qui évoquaient des cirques, et des vallées hautes en U typiques des vallées glaciaires de la Terre, et certaines configurations en paroi et dôme qui pouvaient résulter d'une abrasion glaciaire. Tous ces traits propres à Mars avaient été relevés sur les premiers clichés des satellites, en même temps que quelques reflets dans lesquels on avait cru voir des lissages glaciaires. Mais, sur le terrain, rien ne tenait plus. Pas le moindre lissage glaciaire, même dans les secteurs les plus abrités des vents des vallées en U. Pas de moraines, latérales ou frontales. Pas de signes d'abrasion ou de lignes anciennes de transitions là où des *nanatuks* se seraient érigés, même dans les plus hautes couches de glace ancienne. Rien. C'était un nouveau cas de ce que l'on nommait l'aréologie du ciel, dont l'histoire remontait au-delà des premières photos prises par les sondes, jusqu'aux télescopes. Les canaux de Mars appartenaient à l'aréologie, et des hypothèses bien plus absurdes avaient été formulées. Pour être toutes dépassées maintenant par la rigueur de l'aréologue au sol. Comme on disait : on les jetait dans le canal.

La théorie glaciaire, néanmoins, et le modèle océanique auquel elle appartenait avaient perduré. D'abord parce que chaque modèle de la formation planétaire indiquait que l'eau avait dû être dégagée de la masse. Il avait bien fallu qu'elle aille quelque part. Ensuite, se disait John, parce qu'ils seraient nombreux à être rassurés si le modèle océanique était confirmé. Ils se sentiraient moralement plus à l'aise vis-à-vis du terraforming. Quant aux opposants... Oui, il n'était pas surpris que l'équipe d'Ann n'ait rien trouvé. Sous l'influence du peu de cognac qu'il avait bu, irrité par leur attitude inamicale, il leur demanda depuis la mini-cuisine :

— Mais s'il y a eu des glaciers sur Mars, le plus récent devrait remonter à... disons un milliard d'années, non ? Ce qui suffirait à effacer les traces superficielles, je le pense, le lissage glaciaire, les moraines et les nanatuks. Pour ne laisser que la configuration grossière du paysage, ce qui est exactement ce que nous rencontrons. Non ?...

Ann était jusque-là restée silencieuse, mais elle dit enfin :

— Les formes du paysage ne correspondent pas exclusivement à une glaciation. Elles sont communes à toute la planète parce qu'elles ont toutes été créées par des rochers qui sont tombés du ciel. Ici, on peut tout trouver. Les formes les plus bizarres ne sont limitées que par leur angle de repos.

Elle avait refusé son cognac, ce qui avait surpris John. Elle fixait le sol avec une expression de dégoût.

— Pas pour les vallées en U, dit John.

— Mais si.

— Le problème, intervint Simon d'une voix calme, c'est que le modèle océanique est très difficile à confirmer ou à infirmer. On peut ne pas en trouver la moindre preuve valable, ce qui est notre cas, mais on ne peut rien conclure de cela non plus.

John invita Ann à une promenade dans le crépuscule. Elle se montra réticente. Mais cela faisait partie de son rite de fin de journée, ils le savaient tous, et elle finit par accepter avec une brève grimace et un regard appuyé.

Il la conduisit vers le tertre où il avait fait sa sieste. Le ciel formait une arcade prune au-dessus des dents de scie noires des crêtes. Les étoiles apparaissaient en flots rapides, à chaque regard. Il restait immobile auprès d'Ann, qui détournait les yeux. Ils auraient pu se trouver sur Terre, ce soir.

Elle était plus grande que lui, svelte, anguleuse. John l'aimait bien. Mais les sentiments qu'elle avait pu éprouver réciproquement à son égard s'étaient dissipés quand il avait décidé de travailler avec Sax. Il aurait pu faire ce qu'il voulait, lui disait son regard dur, et il avait choisi le terraforming.

Il leva la main, le majeur pointé. Elle tapota alors son bloc de poignet et il entendit son souffle dans son oreille.

— Alors ?

Elle évitait toujours son regard.

— C'est à propos des sabotages.

— Je le savais. Je suppose que Russell pense que c'est moi qui suis derrière tout ça.

— Ce n'est pas vraiment...

— Il me croit stupide ? Il pense vraiment que je suis capable de me dire que quelques actes de vandalisme pourraient interrompre vos jeux de gamins ?

— Il n'y a pas que cela. On compte six incidents majeurs, dont n'importe lequel aurait pu provoquer des morts.

— Parce qu'on peut tuer des gens en faisant basculer des miroirs de leur orbite ?

— Oui, les gens de la maintenance, par exemple.

Elle souffla d'un air excédé.

— Qu'est-ce qui s'est passé encore ?

— Un camion a basculé dans un mohole, hier, et il a failli m'écraser. (Elle cessa de respirer.) C'est la troisième fois que ça se passe. Et le miroir dont tu parlais est parti en spirale avec une fille de l'équipe d'entretien. Elle a dû ramer toute seule jusqu'à une station. Et elle a eu de la chance d'y arriver. Il y a aussi ces explosifs qui se sont déclenchés accidentellement dans le mohole d'Elysium, juste une minute après la fin du travail. Et aussi tous ces lichens d'Underhill, détruits par un virus qui a envahi tout le labo.

Ann haussa les épaules.

— Mais qu'est-ce que vous attendez des gems ? C'était probablement un accident. Je suis surprise que ça n'arrive pas plus souvent.

— Ça n'était pas un accident.

— C'est zéro plus zéro. Russell me prend vraiment pour une idiote.

— Tu sais bien que non. Mais c'est une question de déséquilibre. La Terre a investi beaucoup d'argent dans ce projet, mais il suffirait de très peu de mauvaise publicité pour qu'il soit abandonné.

— Ça se pourrait. Mais tu devrais t'écouter lorsque tu dis ce genre de choses. Toi et Arkady, vous êtes les meilleurs avocats qui soient pour une sorte de nouvelle société martienne, plus Hiroko, sans doute. Mais si l'on considère la façon dont Russell, Frank et Phyllis gèrent le capital terrien, tout va nous échapper. On retombera dans le monde des affaires et tes idées seront oubliées.

— J'ai tendance à croire que nous voulons tous la même chose, dit John. D'abord, faire du bon travail dans un bon milieu. Nous exagérons simplement nos différences sur les moyens d'y parvenir, c'est tout. Si nous pouvions seulement coordonner nos efforts, travailler comme une seule équipe...

— Mais nous ne voulons pas les mêmes choses ! Tu veux changer Mars, pas moi. C'est aussi simple que ça.

— Eh bien...

Il hésitait, face à son amertume. Ils se déplaçaient lentement autour de la colline, en une danse complexe qui ressemblait à leur conversation, parfois face à face, ou dos à dos. Mais ils se parlaient au creux de l'oreille. John aimait les conversations radio en marcheur, il s'y était habitué. La voix de l'autre pouvait être si insidieuse, persuasive, caressante, hypnotique.

— Ça n'est pas aussi simple, malgré tout. Ce que je veux dire, c'est que tu es censée aider ceux qui se rapprochent le plus de tes opinions, et t'opposer aux autres.

— C'est ce que je fais.

— C'est pour cette raison que je suis venu te demander ce que tu savais à propos de ces saboteurs. Ça semble logique, non ?...

— Je ne sais rien d'eux. Mais je leur souhaite bonne chance.

— Personnellement ?

— Quoi ?

— J'ai relevé tes déplacements durant ces deux dernières années, et tu t'es toujours trouvée à proximité d'un incident, un mois avant ou après. Tu étais à Senzeni Na il y a quelques semaines, d'accord ?

Il guetta sa respiration. Elle était en colère.

— Ils se servent de moi comme couverture, marmonna-t-elle, et elle ajouta quelques mots vagues qu'il ne put saisir.

— Qui ?

Elle lui tourna le dos.

— John, tu ferais mieux d'interroger le Coyote à propos de tout ça.

— Le Coyote ?

Elle eut un rire sec.

— Tu n'as pas entendu parler de lui ? Les gens disent qu'il rôde à la surface sans marcheur. Il surgit n'importe où, comme ça. Quelquefois de l'autre côté de la planète la même nuit. C'est un grand ami d'Hiroko. Et le grand ennemi du terraforming.

— Tu l'as déjà recontré ?

Elle ne répondit pas.

— Ecoute, insista John, il y a des gens qui se font tuer. Des innocents.

— D'autres innocents seront tués quand le permafrost va fondre et que le sol se dérobera sous nous. Mais je ne suis pas mêlée à toute cette histoire. Je fais mon travail, c'est tout. J'essaie seulement de relever ce qui était ici avant notre arrivée.

— Oui. Mais tu es la plus connue de tous les rouges, Ann. Et ces gens ont dû te contacter. J'aurais aimé que tu les décourages. Cela aurait pu permettre de sauver quelques vies.

Elle se retourna enfin pour lui faire face. La visière de son casque reflétait l'horizon ouest, violet et noir.

— Si tu quittais la planète, ça épargnerait des vies. C'est ce que je veux. Je préférerais te *tuer* si je pensais que ça peut être utile.

Après cela, ils n'avaient plus grand-chose à se dire. Tandis qu'ils regagnaient la caravane, il aborda le sujet d'une autre manière.

— Que penses-tu que soient devenus Hiroko et les siens ?

— Ils ont disparu.

— Elle ne t'en avait pas parlé ?

— Non. Et à toi, elle n'a rien dit ?

— Non. Elle ne communiquait qu'avec ceux de son groupe. Tu as une idée de l'endroit où ils ont pu aller ?

— Non.

— Et pour quelle raison ils sont partis ?

— Ils voulaient sans doute se libérer de nous. Faire quelque chose de neuf. Ce qu'Arkady et toi vous disiez, eux, ils le veulent réellement.

Il secoua la tête.

— Ils le veulent pour vingt personnes. Moi, je pense à tous.

— Ils sont peut-être plus réalistes.

— Peut-être. On va bien finir par trouver. Il y a plus d'un moyen d'y arriver, Ann. Il faut que tu apprennes ça.

Elle ne lui répondit pas.

Tous les regards convergèrent sur eux quand ils regagnèrent la caravane. Ann ne lui fut d'aucune aide : elle se déchaînait dans le coin cuisine. John, assis sur un accoudoir de l'unique canapé, posa des questions aux autres à propos de leur travail, des niveaux d'eau dans le sol d'Argyre et, plus généralement, dans l'hémisphère sud. L'altitude des grands bassins était faible, mais ils avaient été déshydratés sous l'effet des impacts qui les avaient formés. Il semblait que l'eau, en général, ait été aspirée vers le nord. Autre élément du mystère : nul n'avait jamais expliqué pour quelle raison les deux hémisphères étaient tellement différents. C'était le grand problème de l'aréologie. Si on le résolvait, on aurait la clé de toutes les énigmes du paysage martien, tout comme la théorie des plaques tectoniques avait expliqué tant de mystères de la géologie. En fait, certains voulaient se servir une fois encore de l'explication tectonique, postulant qu'une croûte ancienne s'était repliée sur elle-même dans la moitié australe, que le nord s'était ainsi formé une nouvelle peau, et que tout s'était gelé quand le refroidissement de la planète avait stoppé tout mouvement tectonique. Ann considérait que c'était tout à fait ridicule. Selon elle, l'hémisphère nord était le plus grand bassin d'impact, le bang ultime de l'Age noachien. C'était un choc similaire qui avait arraché la Lune à la Terre, probablement vers la même période. Les aréologues de l'équipe d'Ann discutèrent des divers aspects du problème durant un moment, John se contentant de quelques questions neutres.

Puis ils allumèrent la TV pour les infos de la Terre. Il y était question des forages qui avaient débuté dans l'Antarctique.

— C'est ce que nous faisons maintenant, dit Ann depuis la cuisine. Ils n'ont pas cessé de chercher des minerais et du pétrole sous l'Antarctique depuis le premier traité. Mais le démarrage du terraforming ici a fait s'écrouler tout le projet. Ils sont à court de pétrole, et le club du Sud est pauvre, avec un continent rempli de minerais, de pétrole et de gaz à portée de main, que les riches du Nord entretiennent comme un parc naturel. Et voilà que nos pauvres du Sud constatent que les riches du Nord annexent Mars pour eux seuls. Et qu'est-ce qu'ils disent, les pauvres du club du Sud ? Merde alors, vous êtes en train de foutre en l'air toute une planète, et nous on devrait protéger ce gros iceberg qui est juste à côté de chez nous, avec tout ce dont nous avons désespérément besoin ? On laisse tomber ! C'est comme ça qu'ils ont dénoncé le traité de l'Antarctique et que maintenant, ils peuvent forer, creuser, sans que ça ne dérange plus personne ! Et c'est la fin de la dernière région propre de la Terre.

Ann vint s'installer devant l'écran avec une tasse de chocolat.

— Il en reste, si tu veux, dit-elle à John d'un ton sec.

Simon jeta un regard de sympathie à John, et les autres les dévisagèrent, les yeux ronds : ils étaient consternés par cette querelle entre deux des cent premiers. Quelle sinistre plaisanterie ! John faillit en rire. En se levant pour aller se verser une tasse de chocolat, il obéit à une impulsion et embrassa Ann sur la tête. Elle se roidit et il s'éloigna vers la cuisine.

— Nous voulons tous des choses différentes de Mars, commença-t-il, oubliant qu'il avait dit le contraire à Ann. Puis : Mais nous sommes là, pas très nombreux, et c'est le monde où nous avons choisi de vivre. Comme dit Arkady, nous en faisons ce que nous voulons. D'accord, ce que disent Sax et Phyllis ne te plaît pas, et ils n'aiment pas ce que tu veux. Et Frank, lui, n'aime rien de ce que veulent les autres. Et chaque année, d'autres gens débarquent et soutiennent tel ou tel camp, même s'ils n'y comprennent rien. Ça peut devenir très moche, tout ça. En fait, ça a déjà commencé, avec ces sabotages. Est-ce que tu imagines ce que ça donnerait à Underhill ?

— Underhill a été entièrement pillé par l'équipe d'Hiroko pendant le temps où elle y a séjourné, dit Ann. C'est pour ça qu'ils sont partis de cette manière.

— Oui, peut-être. Mais ils ne menaçaient pas la vie des autres.

L'image du camion tombant dans le puits lui revint, aussi brève que nette. Il but une gorgée de chocolat et se brûla la langue.

— Bon sang ! En tout cas, quand je commence à me sentir découragé, j'essaie de me dire que tout ça est naturel. Mais il faudrait que tu réalises que tu exerces un effet sur nous, Ann. Tu as changé notre manière de considérer ce que nous faisons ici. Merde, Sax et pas mal d'autres n'arrêtaient pas de parler de faire n'importe quoi aussi vite que possible pour terraformer la planète — ils voulaient capturer des astéroïdes, utiliser des bombes à hydrogène pour réveiller les volcans — ils étaient prêts à tout ! Maintenant, tous ces plans ont été abandonnés à cause de toi et de tes partisans. C'est toute la vision du terraforming qui a changé. Et je pense, moi, que nous pourrons parvenir à un compromis valable, qui nous mettra à l'abri des radiations, avec une biosphère, et peut-être une atmosphère respirable — même provisoirement. Et cela, tout en conservant Mars à peu près comme elle était avant notre arrivée.

Ann roulait des yeux, mais il poursuivit :

— Personne n'a l'intention d'en faire une planète-jungle, tu sais, même si c'était possible ! Elle sera toujours froide, et Tharsis se dressera toujours jusqu'à l'espace. Ce sera déjà une partie inviolée. Et ça, grâce à toi.

— Mais qui peut dire que passé ce premier stade, vous ne voudrez pas aller plus loin ?

— Certains en auront peut-être envie, oui. Mais en ce qui me concerne, ils me trouveront en travers de leur route. Je le jure ! Il se peut que je ne sois pas de ton côté, mais je comprends ton point de vue. Quand on vole au-dessus des Highlands comme je l'ai fait aujourd'hui, on ne peut qu'aimer ce monde. Les hommes essaieront de le transformer, mais il les transformera aussi. Le sentiment du paysage, ses signes, sa beauté, toutes choses se modifient avec le temps. Tu sais que les premiers hommes qui ont découvert le Grand Canyon ont trouvé ça très laid parce que ça ne ressemblait pas aux Alpes. Et il leur a fallu très longtemps avant d'en apprécier la beauté.

— De toute façon, ils l'ont presque totalement inondé, dit Ann d'un air sombre.

— Oui, oui. Mais que crois-tu que nos gamins jugeront beau ? Ils se fonderont sur ce qu'ils connaissent, et ce monde seul leur sera familier. Nous terraformons Mars, mais elle nous aréoforme.

— L'aréoforming.

Un sourire, chose rare, effleura son visage. Et John se sentit rougir. Il l'aimait, et il y avait tant d'années qu'il ne l'avait pas vue sourire.

— Oui, j'aime bien ce mot, dit-elle enfin. (Elle pointa l'index sur lui.) Mais je t'en rends responsable, John Boone ! Je n'oublierai pas ce que tu as dit ce soir !

— Moi non plus.

Ils finirent la soirée dans une ambiance plus détendue. Le lendemain, Simon l'accompagna jusqu'au terrain d'atterrissage vers le patrouilleur qu'il prendrait pour remonter vers le nord. Simon, qui ne s'était jamais laissé aller qu'à une poignée de main, un sourire, au plus à un « ça m'a fait plaisir de te voir », lui déclara soudain :

— J'ai réellement apprécié ce que tu as dit hier soir. Je pense que ça lui a fait du bien. Surtout quand tu as parlé des enfants. Elle est enceinte.

— Quoi ? (John secoua la tête.) Elle ne m'a rien dit. C'est toi le père ?

— Oui, fit Simon avec un sourire.

— Mais elle a quel âge ? Soixante ?...

— Oui. On joue un peu sur le temps, mais ça n'est pas nouveau. On prend un ovule congelé il y a une quinzaine d'années, et quand il est fertilisé, on l'implante. On verra bien comment ça va se passer. Il paraît qu'Hiroko est constamment enceinte, qu'elle sème des bébés comme un incubateur.

— On raconte beaucoup de choses sur Hiroko, mais ce ne sont que des histoires.

— D'accord, mais ça nous a été rapporté par quelqu'un qui est censé bien la connaître.

— Le Coyote ? demanda John d'un ton coupant.

Simon haussa les sourcils.

— Je suis surpris qu'elle t'en ait parlé.

John grommela, vaguement irrité. Apparemment, sa renommée leur faisait supposer qu'il était à l'écart des rumeurs et des bruits.

— C'est une bonne chose. (Ils se serrèrent la main, rudement, comme cela se faisait depuis les premiers âges de l'astronautique.) Eh bien... Félicitations. Et prends soin d'elle.

Simon haussa les épaules.

— Tu la connais. Elle n'en fait qu'à sa tête.

Boone roula vers le nord pendant trois jours. Il jouissait du paysage et de la solitude. Il consacrait régulièrement quelques heures, chaque après-midi, à capter les infos planétaires pour suivre les mouvements des autres, cherchant à établir une éventuelle corrélation avec les sabotages. Très tôt le quatrième matin, il atteignit les canyons de Marineris. Il avait parcouru près de 1 500 kilomètres depuis Argyre. Il s'engagea sur une route à transpondeurs qu'il suivit jusqu'à une petite éminence, au sud de Melas Chasma. Il descendit du patrouilleur pour avoir une meilleure vue.

Il n'était jamais venu dans ce secteur des grands canyons. Avant l'achèvement de l'autoroute transversale de Marineris, il était difficile d'y accéder. La vue était splendide, aucun doute. La falaise de Melas tombait en à-pic sur 3 000 mètres jusqu'au plancher du canyon, et on avait l'impression, depuis le bord, de contempler le nord depuis un planeur. L'autre paroi du canyon était à peine visible, culminant à l'horizon. Et, entre les deux falaises, se déployait Melas Chasma, le cœur du complexe de Valles Marineris. John parvenait à apercevoir les failles entre les parois qui marquaient les débouchés des autres canyons : Iu Chasma à l'ouest, Candor au nord, Coprates à l'est.

Il se promena durant plus d'une heure sur la crête, en abaissant fréquemment ses jumelles sur sa visière pour profiter au maximum du panorama du plus grand des canyons de Mars, gagné par l'euphorie de la terre rouge. Il lança des cailloux dans le vide, chantonna, puis esquissa une sorte de danse maladroite. Finalement, il retourna au patrouilleur, l'esprit rafraîchi, et roula jusqu'au bout de la route de la falaise.

A cet endroit, l'autoroute transversale devenait une simple coulée de ciment. Elle contournait plus loin l'arête d'une énorme rampe qui se déployait depuis la bordure jusqu'au sud du plancher du canyon. Cette formation exceptionnelle, appelée l'Eperon de Genève, pointait vers le nord, quasi perpendiculairement à la falaise, droit sur Candor Chasma. Elle était si parfaitement située par rapport au plan que, avec la route, elle évoquait un aménagement récent ouvert par les engins.

En fait, à cause de l'escarpement, il avait fallu dessiner des centaines de lacets jusqu'en bas pour conserver une pente raisonnable. Ainsi, ils évoquaient une broderie de fil jaune en zigzag sur l'ourlet d'un tissu orange ocellé de brun.

Boone descendit avec prudence, mais, virage après virage, il lui fallut s'arrêter pour reposer ses bras fatigués. Il en profita pour regarder derrière lui.

La paroi sud se dressait vers le ciel, entrecoupée de ravines profondément érodées.

Il redémarra et, durant une autre demi-heure, affronta boucle après boucle, virages en épingle à cheveux, descentes vertigineuses, jusqu'à ce que la route accède enfin au bas de l'éperon qui, à partir de là, allait s'élargissant pour s'évaser dans le plancher du canyon. Et il découvrit un groupe de véhicules.

C'était l'équipe suisse qui venait d'achever la construction de la route. Il passa la nuit en leur compagnie. Ils étaient près de quatre-vingts : tous plutôt jeunes, mariés pour la plupart, et ils parlaient l'allemand, l'italien et le français. Certains risquaient un anglais marqué d'un accent lourd. Ils avaient leurs enfants avec eux, ainsi que leurs chats, plus une serre mobile pleine d'aromates et de légumes. Bientôt, ils reprendraient la route puis les pistes comme des gitans de Mars, dans leur caravane composée de véhicules terrestres modifiés. Ils comptaient aller vers l'ouest du canyon, afin de délimiter le tracé d'une route à travers Noctis Labyrinthus, jusqu'au flanc est de Tharsis. Ensuite, deux parcours s'offriraient à eux : l'un à travers la Bosse de Tharsis entre Arsia Mons et Pavonis, et l'autre vers le nord, en direction du Belvédère d'Echus. Mais ils n'avaient encore rien décidé, et Boone resta sur l'impression que cela n'avait pas une réelle importance pour eux. Ils avaient résolu de construire des routes sur Mars toute leur vie, et ils ne se souciaient guère de leur prochain objectif. Ils étaient vraiment devenus les gitans de la planète rouge.

Tous les enfants vinrent lui serrer la main. Après le dîner, il prononça un petit discours. Comme d'habitude, il leur parla de leur nouvelle vie sur Mars.

— Quand je rencontre des gens comme vous, je suis vraiment heureux, parce que ça fait partie de l'existence qui va être la nôtre, de cette société que nous créons, qui va tout changer aussi bien sur le plan technique que social. Je n'ai aucune certitude sur cette nouvelle société, sur ce qu'elle devrait être, ni à quoi elle devrait ressembler. C'est le plus difficile, mais je sais que ça doit être fait, et je pense que vous, comme tous les autres groupes de surface, vous concevez tout cela sur des bases empiriques. Et vous voir m'aide à y réfléchir.

Ce qu'il faisait, bien que pas très effectivement. Il se contentait plutôt de faire du relationnel, sa spécialité, en tirait sur des bouts de ce qui sortait de son sac à penser. Et ils buvaient ses paroles, les yeux brillants.

Plus tard, ils s'assirent en cercle, quelques-uns d'entre eux, autour d'une lampe, et ils bavardèrent jusque tard dans la nuit. Les jeunes Suisses lui posèrent des questions sur le premier voyage, les premières années d'Underhill. Tout semblait avoir pour eux une dimension mythique. Il leur raconta tout en détail, ce qui éveilla les rires. Il les interrogea à son tour à propos de la Suisse, de ce qui les avait poussés à venir sur Mars.

Une jeune femme blonde fut la première à lui répondre en riant.

— Mais vous n'avez jamais entendu parler du Böögen ? (Il secoua la tête.) Il fait partie de notre Noël à nous. Sami Claus visite toutes les maisons une à une, voyez-vous, et il a son assistant, le Böögen, vêtu d'une cape et d'un capuchon, qui porte un grand sac. Sami Claus demande aux parents comment leurs enfants se sont conduits dans l'année, et ils lui montrent les bulletins scolaires, ce genre de chose, vous voyez... Si les enfants ont été gentils, Sami Claus leur offre des cadeaux. Mais s'ils ont été méchants, le Böögen les emporte dans son sac et jamais plus on ne les revoit.

— Quoi ? s'écria John.

— C'est ce qu'on raconte. Mais c'est en Suisse. Et c'est pour ça que je suis ici, sur Mars.

— C'est le Böögen qui vous a amenée ici ?

Ils se mirent tous à rire.

— Oui, dit la femme. J'ai toujours été méchante. Mais nous n'aurons jamais de Böögen ici.

Ils lui demandèrent ensuite son opinion à propos de la dispute entre les rouges et les verts, et il haussa les épaules en leur résumant ce qu'il pensait des positions d'Ann et de Sax.

— Je ne pense pas qu'ils aient raison, dit un certain Jürgen, qui était un de leurs chefs.

C'était un ingénieur qui semblait avoir le double rôle de bourgmestre et de chef gitan, les cheveux noirs, les traits acérés, l'air grave. Il continuait :

— L'un et l'autre camp disent qu'ils sont partisans de la nature, bien sûr. Il faut bien qu'ils le prétendent. Pour les rouges, Mars est déjà la nature, telle qu'elle est. Mais ce n'est pas la nature, puisqu'elle est morte. Ça n'est que du rocher. C'est ce que disent les verts, et ils annoncent qu'ils vont apporter la nature sur Mars en la terraformant. Mais ça non plus, ça n'est pas la véritable nature, c'est de la culture. Un jardin. Une œuvre d'art. Ainsi, ni l'un ni l'autre n'aura la nature qu'il défend. La nature n'est pas possible sur Mars.

— Intéressant ! remarqua John. Je répéterai cela à Ann, pour voir ce qu'elle en dit. Mais... Alors, comment appelleriez-vous ça ? Ce que vous faites ?

Jürgen sourit avec un haussement d'épaules.

— Nous n'avons pas de nom pour cela. C'est Mars. Seulement Mars.

C'était peut-être ça, un Suisse, se dit John. Il en avait rencontré de plus en plus souvent dans ses voyages, et ils étaient tous comme ça. Ils accomplissaient des choses sans trop se préoccuper de théorie. Ils faisaient ce qui leur paraissait bien.

Plus tard, après qu'ils eurent vidé quelques autres bouteilles de vin, il leur demanda s'ils avaient jamais entendu parler du Coyote. Ils rirent et l'un d'eux lui lança :

— C'est celui qui est venu juste avant vous, non ?

Ils rirent plus fort en voyant son expression.

— Ça n'est qu'une histoire qui court. Comme celle des canaux, du Géant. Ou de Sami Claus.

Le lendemain, en traversant Melas Chasma en direction du nord,

John se dit qu'il aurait souhaité que tout le monde soit suisse sur cette planète, ou du moins que tous leur ressemblent. Par certains côtés, en tout cas. Leur amour de la patrie semblait s'exprimer par la façon dont ils bâtissaient leur vie : rationnelle, juste, prospère, scientifique. Ils œuvreraient pour cette vie où qu'ils soient, parce que pour eux, c'était la vie qui comptait, pas un drapeau, une croyance ou un ensemble de mots, pas même ce petit arpent de terre rocailleuse qu'ils possédaient sur Terre. L'équipe de terrassiers suisses était déjà martienne. Ils avaient apporté leur mode de vie et laissé leurs bagages derrière eux.

Il soupira et déjeuna à bord du patrouilleur, tout en roulant entre les transpondeurs qui jalonnaient la route du nord. Les choses n'étaient pas aussi limpides, songea-t-il. Les Suisses qui construisaient la route étaient des nomades, des sortes de gitans. Le genre de Suisses qui passent le plus clair de leur temps loin de la Suisse. Les Suisses qui restaient au pays étaient les vrais représentants de l'helvétitude. Armés jusqu'aux dents, toujours prêts à jouer les commis-voyageurs pour quiconque leur apportait de l'argent, toujours à l'écart de l'ONU. Quoique ce dernier point, si l'on considérait le pouvoir qu'exerçait l'AMONU sur leur situation, les rendait encore plus intéressants à ses yeux. Ils étaient une sorte de modèle. Ils étaient capables de faire partie du monde tout en se situant à part, de s'en servir tout en le maintenant à distance. Ils étaient petits mais vigilants, armés mais jamais en guerre. N'était-ce pas une espèce de définition de ce qu'il souhaitait pour Mars ? Plus il pensait à la Suisse, plus il était convaincu qu'il pourrait en apprendre quelque chose. Il commença à s'organiser :

— Pauline, s'il te plaît, sors-moi l'article « Suisse » de l'encyclopédie.

L'article apparut sur l'écran. Il fut déçu de ne rien y trouver de spécifique sur le système de gouvernement suisse. Le pouvoir exécutif était assuré par le conseil des Sept, élu par l'Assemblée. Pas de président charismatique, ce que Boone avait tendance à ne pas apprécier. L'Assemblée, en dehors du choix du Conseil fédéral, ne semblait guère utile. Elle était prise entre le pouvoir du Conseil et celui du peuple, qui s'exerçait par voies d'initiatives directes et de référendums, une pratique apparue au XIXe siècle en Californie. Et puis, il y avait le système fédéral : les cantons étaient censés avoir autant d'indépendance que de diversité, ce qui participait un peu plus à l'affaiblissement de l'Assemblée. Mais le pouvoir des cantons s'était érodé au fil des générations et le gouvernement fédéral se renforçait. Ce qui menait à quoi ?

— Pauline, sors mon dossier constitutionnel.

Il ajouta quelques notes au document qu'il avait récemment commencé : *Conseil fédéral, initiatives directes, faiblesse de l'Assemblée, indépendance locale, principalement au niveau culturel.* Il pourrait y repenser à l'occasion. De quoi alimenter le bouillonnement de ses idées.

Il revint aux Suisses de la route, à leur calme, au curieux mélange de technologie et de mysticisme qui émanait d'eux. Et en plus, il y avait la chaleur de leur accueil, ce à quoi Boone n'était pas habitué. Dans les colonies israéliennes ou arabes, par exemple, il rencontrait une certaine raideur, sans doute parce qu'il avait une réputation d'athée, que Frank avait sans doute consolidée en répandant divers bruits. Il avait eu ainsi la surprise de rencontrer une caravane arabe dont les membres croyaient qu'il avait interdit la construction d'une mosquée sur Phobos. Ils l'avaient regardé en silence quand il leur avait dit qu'il n'en avait jamais entendu parler. Il était convaincu que Frank était derrière tout ça. Janet et d'autres lui avaient rapporté que, de cette façon Frank comptait lui couper la route. Il y avait donc des groupes qui le recevaient fraîchement : les Arabes, les Israéliens, les équipes des réacteurs nucléaires, certains représentants des transnationales... Tous obsédés par leurs religions, leurs intérêts, incapables d'accepter l'ampleur de ses vues sur Mars. Et, malheureusement, ils étaient nombreux.

Il sortit de ses réflexions amères et fut surpris de se retrouver au milieu de Melas, dans un paysage qui ressemblait trait pour trait à celui des plaines du nord. A cet endroit, le grand canyon était large de deux cents kilomètres. La courbure de la planète faisait que les falaises nord et sud étaient sous l'horizon. Ce n'est que le lendemain matin que l'horizon fut multiplié par deux. Alors, le grand mur nord fut séparé du plancher du canyon. Il était fendu en deux par le canyon nord-sud qui reliait Melas à Candor. Il eut, en entrant dans ce large col, le genre de vision que les gens imaginaient quand ils se voyaient descendre dans Marineris : des parois véritablement gigantesques, de chaque côté, des dalles brun foncé sillonnées par une infinité fractale de gorges et de crêtes. Au pied des falaises, des blocs de roche s'étaient accumulés, peut-être des terrasses brisées de plages fossilisées.

Dans cette passe, la route suisse était une ligne de transpondeurs verts qui sinuait entre les mesas et les arroyos. On aurait dit que Monument Valley avait été transportée au fond d'un canyon deux fois plus profond et cinq fois plus large que le Grand Canyon. La vue était tellement saisissante que John ne parvenait plus à se concentrer sur autre chose et, pour la première fois depuis le début de son voyage, il déconnecta Pauline durant toute la journée.

En quittant le canyon, il surgit dans le vaste bassin de Candor Chasma, une réplique gigantesque du Painted Desert, avec ses couches de dépôts, ses strates jaunes et mauves, ses dunes orange, ses rocs rougeâtres, ses plages roses, ses ravines indigo — un paysage extravagant, fantastique, qui désorientait le regard, car toutes ces couleurs intenses rendaient plus difficile encore d'imaginer ce qu'étaient les choses, d'évaluer les dimensions, les distances. Des plateaux géants qui semblaient barrer la route de John se révélaient n'être que des strates incurvées sur une falaise lointaine. De petits blocs, non loin des transpondeurs, devenaient des mesas énormes à un jour de route. Et toutes les couleurs flamboyaient avec la venue du crépuscule, tout le spectre martien se révélait, et de nouvelles teintes paraissaient jaillir des rochers, du jaune pâle au violet sanguin. Candor Chasma ! John se promit d'y revenir pour l'explorer à fond.

Le jour suivant, il s'engagea sur la pente nord de la route d'Ophir, que l'équipe des Suisses avait achevée l'année précédente. Il sortit des canyons sans même apercevoir la bordure d'un cratère, passa entre les dômes de Ganges Catena, et retrouva une plaine familière. La route s'élargit, passant au large de Tchernobyl et Underhill. Encore un autre jour cap à l'ouest vers le Belvédère d'Echus, où Sax avait installé son nouveau quartier général de terraforming.

En tout, le voyage de John avait duré une semaine, et il avait franchi 2 500 kilomètres.

Sax Russell était de retour d'Achéron. Il fallait compter avec lui, depuis que l'AMONU, dix ans auparavant, l'avait nommé directeur scientifique du plan de terraforming. Et, évidemment, ces dix ans de pouvoir avaient opéré leur effet. Il avait demandé des fonds à l'ONU et aux transnationales pour construire toute une ville autour de son quartier général, àcinq cents kilomètres à l'ouest d'Underhill, sur le rebord de la falaise qui formait la paroi orientale d'Echus Chasma. Echus était l'un des canyons les plus profonds et les plus étroits de Mars. La paroi orientale était plus haute que le sud de Melas. La section sur laquelle ils avaient décidé d'implanter la ville était une falaise verticale de basalte qui culminait à 4 000 mètres.

Les traces de la ville nouvelle étaient discrètes, au sommet. Le sol semblait inviolé. On ne découvrait que des casemates de béton, çà et là et, au nord, la torsade de vapeur d'une centrale Rickover. Mais dès que John descendit de son patrouilleur, pénétra dans une casemate et prit un des grands ascenseurs, il redécouvrit les véritables dimensions de la ville. Les ascenseurs plongeaient sur cinquante étages. Et quand il sortit de la cabine, il prit un autre ascenseur qui descendait encore plus bas, tout en bas, jusqu'au fond d'Echus Chasma. Il y avait dix mètres entre chaque étage, ce qui signifiait que la falaise pouvait abriter quatre cents niveaux. En fait, ils n'avaient pas encore investi tout le volume disponible, et la plupart des salles construites jusqu'alors étaient regroupées dans les vingt étages supérieurs. Les bureaux de Sax, par exemple, étaient situés tout près de la surface.

La salle de réunions était vaste, avec une grande baie qui allait du sol au plafond, ménagée dans la paroi ouest. C'était le milieu de la matinée et il faisait presque clair. Loin en dessous, le fond de la faille était encore plongé dans la pénombre. La partie basse du mur ouest était déjà au soleil. Au-delà, on découvrait la longue pente de Tharsis, qui montait vers le sud. A mi-distance, l'éminence basse de Tharsis Tholus était visible avec, sur sa gauche, juste au-dessus de l'horizon, le sommet aplati et mauve d'Ascraeus Mons, le plus septentrional des grands volcans-princes.

Sax n'était pas dans la salle de réunions, et il ne venait jamais contempler le panorama, John le savait. Il le trouva finalement dans un labo voisin, plus savant fou que jamais, les épaules voûtées, la barbe hirsute, les yeux perdus, marmonnant. Il entraîna John à travers une enfilade de labos, s'arrêtant régulièrement pour consulter des écrans, des graphiques, l'air complètement absent, lâchant quelques phrases à l'adresse de John par-dessus son épaule. Ils passaient entre des ordinateurs, des imprimantes, des rangées de bouquins, des piles de paperasses, des disquettes, des incubateurs, des analyseurs, des bataillons d'appareils. Et, partout, il y avait des plantes en pots, parfois méconnaissables, bulbeuses et autres succulentes. Au premier coup d'œil, on pouvait penser qu'une sorte de mousse parasite avait tout envahi.

— Tes labos commencent à faire un peu désordre, remarqua John.

— C'est la planète qui est le labo, répliqua Sax.

John rit, repoussa un grand cactus surarctique jaune vif et s'assit. On racontait que Sax ne bougeait plus de ses labos.

— Qu'est-ce que tu nous mijotes ?

— Des atmosphères.

Bien sûr. C'était un problème qui faisait grincer des dents. Toute la chaleur qu'ils libéraient dans l'atmosphère de Mars la rendait plus dense, mais leurs stratégies de fixation du CO_2 la rendaient plus ténue. La composition de l'air devenait moins toxique, tout en perdant ses qualités de serre. Tout refroidissait et donc le processus général ralentissait. Ils avaient un feedback négatif en réponse à un feedback positif, sur l'ensemble de la planète. Jongler avec tous ces facteurs pour en extrapoler un programme constructif dépassait les capacités de tous ceux qui s'y étaient essayés, et Sax avait eu recours encore une fois à sa solution préférée : tout faire lui-même.

Il arpentait les travées étroites.

— Il y a trop de gaz carbonique. Au début les modeleurs avaient mis ça sous le tapis. Je pense que je vais envoyer des robots pour installer des convertisseurs de Sabatier sur la calotte polaire sud [1]. Ce que nous pourrons traiter ne se sublimera pas, et je crois que nous pourrons extraire l'oxygène et transformer le carbone en briques. Nous aurons un stock de carbone à ne plus savoir quoi en faire. Peut-être des pyramides noires pour répondre aux blanches.

— Belle idée.

---

1. Qui, sur Mars, est essentiellement composée de givre. (*N.d.T.*)

Des crays et deux nouveaux schillers bourdonnaient derrière lui, sous-tendant son monologue d'une note de basse. Ces ordinateurs passaient leur temps à décrire des suites de conditions de l'atmosphère. Les résultats variaient, mais ils n'étaient jamais encourageants. L'air resterait froid et toxique pendant encore longtemps.

John suivit Sax dans ses errances, jusqu'à un autre labo. Il y avait un lit et un réfrigérateur dans un coin. Des piles de bouquins furieusement désordonnées étaient surmontées, là encore, de plantes, des choses du Pléistocène qui semblaient aussi redoutables que l'atmosphère extérieure.

John s'assit dans le seul fauteuil disponible, tandis que Sax, debout, examinait un agglomérat de coquillages. Il lui rapporta son entretien avec Ann.

— Tu penses qu'elle est dans le coup ?

— Je crois qu'elle sait qui est là-dessous. Elle a mentionné quelqu'un qu'on surnomme le Coyote.

— Ah, oui... (Sax lui lança un bref regard.) Elle nous ressert un personnage de légende. Tu sais qu'il était censé être à bord de l'*Arès* avec nous. Caché par Hiroko.

John fut tellement surpris que Sax connaisse l'existence du Coyote qu'il lui fallut un certain temps pour comprendre ce qui l'avait plus particulièrement troublé dans sa réaction. Et il trouva. Une nuit, Maya lui avait dit qu'elle avait entrevu un visage, le visage d'un étranger. Maya avait difficilement supporté le voyage, et il avait oublié ce récit. Mais à présent...

Sax continuait sa ronde : il allumait des lampes, se penchait sur des écrans, marmonnait des chiffres sur les mesures de sécurité. Il entrouvrit la porte du réfrigérateur et John eut une brève vision d'autres cactées. Ou bien il poursuivait ses expériences ici, se dit-il, ou alors son casse-croûte avait été sévèrement atteint.

— Tu comprends maintenant pourquoi la plupart des sabotages visaient les moholes. Ils constituent les cibles les plus faciles.

Sax pencha la tête.

— C'est vrai ?

— Réfléchis. Tes petites éoliennes sont un peu partout, et on ne peut rien y faire.

— Il y a des gens qui les détruisent. On a reçu des rapports.

— Combien ? Une dizaine ? Alors qu'il y en a une centaine de milliers sur la surface ? De toute manière, elles sont bonnes à mettre à la poubelle. C'était la pire de tes idées, Sax.

Et elles avaient failli anéantir son projet, à cause des coupelles d'algues que Sax avait cachées dans certaines. Apparemment, toutes les cultures avaient péri. Et si elles s'étaient développées et que quelqu'un avait pu prouver que Sax était responsable de leur dissémination, il aurait perdu son poste. Autre indication sur la logique de Sax, fondée entièrement sur le culot.

A présent, il pinçait le nez.

— Elles fournissent un terrawatt par an.

— Et en détruire quelques-unes, ça ne représente donc rien. Quant aux autres opérations physiques, l'algue noire des neiges est plantée sur la calotte polaire boréale et on ne peut plus l'enlever. Et les miroirs d'aube et de crépuscule sont en orbite, et ça n'est pas facile de les dégringoler.

— Quelqu'un a essayé de s'en prendre à Pythagore.

— Exact, mais nous savons de qui il s'agit, et une équipe de sécurité suit cette fille.

— Elle ne les conduira à rien. Ils sont bien capables de sacrifier un de leurs membres pour chaque sabotage. Ça ne me surprendrait pas.

— D'accord, mais il suffirait de quelques changements dans le personnel de filtrage pour qu'il devienne impossible à quiconque d'introduire du matériel de sabotage à bord.

— Mais ils ne pourraient pas se servir des miroirs, fit Sax en secouant la tête. Ils sont fragiles.

— OK. Et plus que certains autres projets.

— Ces miroirs ajoutent trente calories par centimètre carré au sol. Et ils sont de plus en plus nombreux.

La plupart des cargos lancés depuis la Terre étaient à voile solaire, désormais. Quand ils atteignaient le système martien, on les ajoutait aux collections précédentes, parquées sur orbite aréosynchrone, et on les programmait pour qu'ils ajoutent un peu plus d'énergie à chaque aube, chaque crépuscule. L'ensemble du projet avait été supervisé par Sax, et il en était fier.

— On va accroître la sécurité pour les équipes de maintenance, dit John.

— Bien. Sur les miroirs et les moholes.

— Oui. Mais ce n'est pas tout.

Sax renifla, méfiant.

— Ça veut dire quoi ?...

— Eh bien, ce ne sont pas seulement les projets de terraforming qui constituent des cibles potentielles. D'une certaine façon, les réacteurs nucléaires font aussi partie du projet, et ils pompent de la chaleur. Si l'un d'eux venait à péter, cela aurait des répercussions énormes, plus politiques que physiques, j'entends.

Sax plissa le front jusqu'à ce que les rides qui séparaient ses yeux atteignent ses cheveux. John leva les mains.

— Tu sais, ça n'est pas ma faute. C'est comme ça, c'est tout.

— IA[1], prends note, lança Sax à l'adresse des ordinateurs. Vérifier la sécurité au niveau des réacteurs.

— Note enregistrée, dit un des schillers, avec la même voix que Sax.

---

1. Intelligence artificielle. (*N.d.T.*)

— Mais ça n'est pas le plus grave, reprit John. Il y a les labos d'ingénierie génétique.

Les lèvres de Sax se figèrent en une ligne étroite.

— On y mitonne de nouveaux produits tous les jours, et il serait possible d'y créer de quoi tuer tout le reste de ce qui existe sur cette planète.

Sax accusa le coup.

— Espérons qu'ils ne pensent pas comme toi, les autres.

— J'essaie justement de penser comme eux.

— IA, prends note. Sécurité des bio-labos.

— Bien entendu, Vlad, Ursula et leur groupe ont implanté des gènes-suicide dans tout ce qu'ils ont mis au point. Mais ils sont destinés à éviter la surréussite ou les accidents mutagénétiques. Si quelqu'un cherchait à les détourner en concoctant une réaction alimentée par la surréussite, on aurait de graves ennuis.

— Je vois.

— Donc, je résume. Les labos, les réacteurs, mes moholes, les miroirs. Ça pourrait être pire.

— Je suis heureux que tu aies pensé à tout ça, fit Sax en roulant des yeux. Je vais aller en parler à Helmut. On dirait qu'ils sont sur le point d'approuver l'ascenseur de Phyllis à la prochaine session de l'AMONU. Ça va sérieusement diminuer le coût du terraforming.

— A terme, certainement. Mais l'investissement doit être prodigieux.

Sax haussa les épaules.

— On pousse un astéroïde d'Amor sur orbite [1], on installe une usine-robot, on enclenche... Ça n'est pas aussi ruineux que tu le crois.

— Mais, Sax, qui paie pour tout ça ?

Sax cligna des yeux.

— Le soleil.

John se leva, soudain affamé.

— C'est ça. Mais n'oublie pas, le soleil donne des coups de soleil.

Mangalavid émettait six heures de vidéo amateur chaque soir, un programme fourre-tout, bizarre, que John regardait chaque fois qu'il le pouvait. Après s'être composé une énorme salade verte dans la cuisine, il alla regarder la télé tout en mangeant, jetant régulièrement un regard sur le crépuscule incandescent qui descendait sur Ascraeus.

Les dix premières minutes de l'émission de ce soir avaient été

1. Amor est un ensemble d'astéroïdes qui recoupe l'orbite de Mars. (*N.d.T.*)

réalisées par une fille, ingénieur du service sanitaire, qui travaillait dans un centre de retraitement des déchets de Chasma Borealis. Son commentaire était aussi enthousiaste qu'ennuyeux.

— Ce qu'il y a de bien, c'est que nous pouvons polluer tout ce que nous voulons avec certains agents : de l'oxygène, de l'azote, de l'ozone, de l'argon, de la vapeur d'eau, un peu de biota — ce qui nous donne une liberté d'action que nous n'avions pas sur Terre. On se contente de moudre tout ce qu'ils nous donnent jusqu'à ce qu'on largue tout.

Retourne chez toi, se dit John. Une nouvelle. Ensuite, il y eut une séquence de karaté, drôle et assez belle en même temps, puis vingt minutes d'*Hamlet*, interprété par des Russes en tenues pressurisées au fond du mohole de Tyrrhena Patera, une production qui rendit John aussi dingue qu'Hamlet apercevant Claudius en prière. Puis la caméra s'éleva vers les parois du puits pour aller se perdre dans le soleil, comme le pardon que jamais Claudius ne recevrait.

John éteignit la télé et prit l'ascenseur pour redescendre jusqu'au niveau des chambres. Il se coucha et tenta de se détendre. Un ballet de karaté. Les nouveaux venus sur Mars, c'étaient encore des ingénieurs, des ouvriers du bâtiment, des scientifiques de tous bords. Mais ils semblaient moins obsédés que les cent premiers, ce qui était probablement une bonne chose. Ils avaient encore un esprit scientifique, ouvert. Ils étaient pratiques, empiriques, rationnels. Il était permis d'espérer que, sur Terre, les gens de la sélection rejetaient les fanatismes, qu'ils leur expédiaient des gens avec une sensibilité de Suisses nomades à l'esprit pratique, mais ouverts aux possibilités nouvelles, capables de sceller des loyautés nouvelles, d'avoir de nouvelles croyances. C'est ce qu'il espérait, du moins. Mais il savait désormais que cette idée était plutôt naïve. Il suffisait de considérer les cent premiers pour réaliser que les scientifiques deviendraient aussi fanatiques que leurs prédécesseurs, peut-être plus encore. Les systèmes d'éducation étaient sans doute trop étroitement focalisés. Et puis, l'équipe d'Hiroko avait disparu... Elle s'était perdue quelque part dans la rocaille sauvage... Sacrés veinards de salopards...

Il sombra dans le sommeil.

Il travailla encore au Belvédère d'Echus pendant quelques jours, puis Helmut Bronski l'appela de Burroughs[1] : il désirait s'entretenir avec lui à propos des nouveaux colons. John décida de prendre le train jusqu'à Burroughs et de rencontrer Helmut en tête à tête.

La veille de son départ, le soir, il retrouva Sax dans ses labos.

— Nous avons trouvé un astéroïde d'Amor qui est constitué à

1. L'aréographie a rendu hommage à Edgar Rice Burroughs, le père de Tarzan et de John Carter, *Le Conquérant de la planète Mars*, en donnant son nom à un cratère de la planète rouge. (*N.d.T.*)

90 % de glace, lui annonça Sax de son ton monocorde. Il suit une orbite qui l'amènera près de Mars d'ici trois ans. C'est exactement ce qu'il nous fallait.

Son plan était de mettre en place un pilote de masse robot sur l'astéroïde et de le dévier sur une orbite de freinage au large de la planète, pour qu'il fonde dans l'atmosphère. Ce qui obéirait aux directives de l'AMONU, qui interdisait tout impact direct au sol. L'opération apporterait des quantités d'eau, de l'hydrogène et de l'oxygène dans l'atmosphère, tout ce qui leur faisait défaut.

— Tu sais que la pression pourrait être augmentée de 50 millibars.

— Tu plaisantes !

La moyenne, avant leur arrivée, se situait entre 7 et 10 millibars et, malgré tous leurs efforts, ils n'avaient jamais pu dépasser 50 millibars.

— Tu veux dire que ta boule de glace va doubler la pression atmosphérique ?

— C'est ce que donnent les simulations. Mais avec un taux si faible au départ, il n'y a pas de quoi être impressionné.

— Mais c'est quand même formidable, Sax. Et pour saboter ça, ce sera difficile.

Mais Sax, apparemment, ne voulait pas entendre parler de sabotage ce soir. Il fronça les sourcils et s'éclipsa.

Ce qui fit rire John. Sur le seuil, il s'arrêta soudain et se retourna. Le couloir était vide. Et il n'y avait pas de moniteurs vidéo dans les bureaux de Sax. Il revint sur ses pas, furtivement, ce qui le fit sourire, et jeta un regard sur le chaos de paperasse qui encombrait le bureau. Par où commencer ? Il était probable que son IA contenait tout ce qu'il pouvait y avoir d'intéressant, mais elle ne répondait sans doute qu'à la voix de Sax, et elle devait enregistrer toute autre tentative de demande. Lentement, John ouvrit un tiroir. Vide. Tous les tiroirs du bureau étaient vides. Il faillit éclater de rire. Sur la paillasse du labo, cependant, il y avait une pile de courrier. Il se mit à fouiller. Il y avait un maximum de mémos des biologistes d'Acheron. Mais, tout en dessous, il tomba sur un message non signé, sans adresse ni code d'origine. L'imprimante de Sax l'avait craché tel quel. Il était très succinct :

1. *Nous utilisons des gènes-suicide pour modérer la prolifération.*

2. *Il existe maintenant tellement de sources de chaleur sur la planète que nous considérons que personne ne sera en mesure de distinguer nos émanations des autres.*

3. *Nous nous sommes simplement mis d'accord pour nous écarter des autres et travailler seuls, sans interférence. Je suis persuadé que vous le comprenez maintenant.*

John resta les yeux fixés sur le message durant une minute avant de se passer la main sur le front et de regarder autour de lui : il était toujours seul. Il remit alors le message là où il l'avait trouvé et sortit discrètement des bureaux de Sax.

— Sax, murmura-t-il d'un ton admiratif. Sacré vieux rat ! Tu les bats tous !

Le train de Burroughs transportait surtout des marchandises. Il était composé de trente voitures étroites, les deux premières étant réservées aux voyageurs. Il circulait sur une piste magnétique à supraconducteur, si vite et sans la moindre vibration qu'il était difficile de croire à la vision que l'on avait. Après toutes ses randonnées sur la planète, John trouvait cela presque effrayant. La seule chose à faire était d'inonder les centres de plaisir du cerveau d'omegendorphe, de bien s'installer et de profiter du voyage, qui évoquait plutôt un vol supersonique au ras du sol.

La piste suivait plus ou moins le 10e degré de latitude nord. Le plan était de boucler le tour de la planète mais, jusqu'à présent, seul l'hémisphère entre Echus et Burroughs avait été achevé. Burroughs était devenue la plus grande ville de l'hémisphère nouveau. La première implantation avait été conçue par un consortium américain selon les plans français de la Communauté européenne à l'extrémité supérieure d'Isidis Planitia qui, en fait, était une auge immense creusée dans les plaines nordiques, là où elles pénétraient profondément dans les Highlands du sud. Le fond et les parois de l'auge étaient tellement en contraste avec la courbure de la planète que le paysage aux alentours de la ville avait des allures d'horizons terrestres. Quand le train s'enfonça dans l'auge immense, Boone découvrit des plaines sombres parsemées de mesas jusqu'à soixante kilomètres de là.

La plupart des constructions de Burroughs avaient été taillées dans les flancs de cinq mesas de basse altitude groupées sur une éminence, dans la courbure d'un ancien chenal. De vastes sections de la paroi rocheuse avaient été comblées avec des rectangles de miroir, ce qui donnait l'illusion que des gratte-ciel post-modernes avaient été basculés sur le flanc avant d'être enfoncés dans les mesas. La vision était surprenante, bien plus que le panorama d'Underhill, et même du Belvédère d'Echus qui offrait un point de vue magnifique mais se cachait au regard.

L'image radieuse de Burroughs, dressée au-dessus du grand chenal qui semblait attendre le retour de l'eau, expliquait qu'elle ait été très vite considérée comme la plus belle ville de la planète.

La gare ouest était à l'intérieur d'une mesa. C'était une salle haute de soixante mètres, couverte par un voile de verre.

John débarqua dans le flot de la foule, les yeux étonnés, comme un péquenot jeté dans Manhattan. Les employés du train étaient en combinaisons bleues, ceux des équipes de recherche en marcheurs verts, les bureaucrates de l'AMONU en costumes, les ouvriers du bâtiment en combinaisons de travail irisées de style sport. Les quartiers généraux de l'AMONU avaient été installés à Burroughs trois ans auparavant, ce qui avait suscité un boom dans la construction. Dans la gare, on avait l'impression qu'il y avait autant de fonctionnaires de l'AMONU que d'ouvriers.

John prit le mini-métro qui conduisait aux bureaux de l'AMONU. Il serra les mains de quelques personnes qui l'avaient reconnu. Il éprouvait le sentiment étrange du retour au bocal. Il était parmi des étrangers. Dans une ville.

Il dîna avec Helmut Bronski. Ils s'étaient souvent rencontrés, et John était impressionné par le personnage, un milliardaire allemand qui s'était lancé dans la politique. Bronski était grand, costaud, blond, rougeaud, propre et net. Son costume gris avait dû lui coûter une petite fortune. Il était ministre des Finances de la Communauté européenne quand il avait accepté ce poste à l'AMONU. Il attaqua son rosbif aux pommes de terre tout en racontant à John les dernières nouvelles dans un anglais très correct. Il manipulait son couteau et sa fourchette à l'allemande.

— Nous allons accorder un contrat de prospection pour Elysium au consortium multinational Armscor. Ils vont expédier leur propre matériel.

— Mais, Helmut, est-ce que ça n'est pas une violation du traité de Mars ?

Helmut faucha l'air de sa fourchette. Nous sommes des hommes de terrain, disait son regard. Nous pouvons comprendre ce genre de chose.

— Le traité est dépassé. C'est évident pour quiconque affronte notre situation. Il doit être révisé dans dix ans. Entre-temps, il va nous falloir anticiper certains aspects de cette révision. C'est pour cette raison que nous accordons quelques concessions. Il ne serait pas raisonnable de retarder plus longtemps les choses, et si nous tentions de le faire, cela créerait des troubles au sein de l'assemblée générale.

— Mais l'assemblée générale ne verra pas d'un très bon œil que vous accordiez la première concession à un vieux fabricant d'armes sud-africain.

Helmut haussa les épaules.

— Armscor n'a que très peu de rapports avec le groupe d'origine. Il n'en a gardé que le nom. Quand l'Afrique du Sud est devenue l'Azanie, la société a transféré son siège social en Australie, puis à Singapour. Et à présent, bien sûr, c'est plus qu'une simple société aérospatiale. C'est une vraie transnationale, un des nouveaux tigres, avec ses propres banques. Elle contrôle 50 % des parts de la vieille Fortune 500.

— *Cinquante pour cent ?* s'exclama John.

— Oui. Et Armscor est l'une des plus petites transnationales. C'est pour cette raison que nous l'avons choisie. Parce que son économie est plus solide que n'importe laquelle des vingt premiers pays du monde. Voyez-vous, les anciennes multinationales, en se combinant en transnationales, acquièrent plus de pouvoir, et elles en arrivent à influencer l'assemblée générale. Lorsque nous accordons une concession, vingt ou trente pays en profitent, et Mars s'ouvre à eux. Pour les autres, ça constitue un précédent. Et les pressions qui s'exercent sur nous en sont réduites d'autant.

— Hon, hon... fit John. Mais, dites-moi, qui a négocié cet accord ?

— Eh bien, nous avons été plusieurs.

Helmut poursuivait son repas, ignorant le regard pesant de John.

John plissa les lèvres et détourna enfin les yeux. Il comprenait tout à coup que son interlocuteur, bien que fonctionnaire, se considérait comme bien plus important que lui, John Boone, sur cette planète. Jovial, placide (mais qui était son coiffeur ?), Bronski se pencha en arrière pour commander des alcools. Son assistante, qui jouait le rôle de maître d'hôtel pour cette soirée, se précipita vers eux.

— Je ne me souviens pas d'avoir été jamais servi depuis que je suis arrivé sur Mars, remarqua John.

Helmut affronta son regard avec calme, mais son teint était soudain plus rouge. John faillit sourire. Le mandataire de l'AMONU voulait paraître menaçant, il représentait des pouvoirs tellement sophistiqués que la petite station-météo mentale de John ne pouvait les analyser. Mais il avait découvert par le passé que quelques minutes de son numéro du premier homme sur Mars pouvaient briser ce genre d'attitude. Alors, il rit, il but, raconta des histoires, fit allusion à des secrets que seuls les cent premiers partageaient, et fit clairement comprendre à l'assistante de Bronski que, à cette table, c'était lui qui commandait — et ce par son comportement désinvolte, assuré, arrogant. Quand ils eurent fini leur sorbet, puis leur cognac, Bronski s'exprimait plus fort, plus nerveusement. Sur la défensive.

Ah, ces fonctionnaires, se dit John en riant intérieurement.

Mais il était intrigué par le but de leur rencontre, qui n'était toujours pas clair pour lui. Peut-être Bronski avait-il voulu le voir en personne pour mesurer quel serait l'effet de cette nouvelle concession sur le premier des cent premiers ? Et celle des autres ? Non, c'était stupide, car pour avoir une bonne estimation des opinions des cent premiers, il fallait en sonder au moins quatre-vingts. Mais John avait pris l'habitude d'être considéré comme un baromètre. Une figure de proue. Il avait sans doute gaspillé son temps en venant ici.

Il se demanda s'il pouvait en récupérer une partie dans la soirée. Et, alors qu'ils se dirigeaient vers la suite qu'on lui avait réservée, il demanda :

— Est-ce que vous avez entendu parler du Coyote ?

— L'animal ?

John sourit et abandonna. Il s'étendit sur son lit et regarda Mangalavid tout en réfléchissant. Puis il se brossa les dents, observa son image dans le miroir et plissa le front. Il agita sa brosse à dents et parodia avec mauvaise foi l'accent léger d'Helmut :

— Drès bien, z'est leur bizness ! Kôm d'habitute !

Le lendemain matin, il disposait de quelques heures libres avant leur prochaine rencontre, et il passa son temps avec Pauline, révisant ce qu'on pouvait connaître des agissements d'Helmut Bronski durant les six derniers mois. Est-ce que Pauline pouvait se glisser dans la valise diplomatique de l'AMONU ? Helmut s'était-il rendu à Senzeni Na ou sur l'un des autres lieux de sabotage ? Pendant que Pauline explorait ses algorithmes, il prit une omegendorphe pour en finir avec sa gueule de bois et se mit à réfléchir sur ce qui l'incitait à explorer le dossier Helmut Bronski. Depuis ces dernières années, l'AMONU était l'autorité ultime sur Mars, du moins si l'on prenait à la lettre les lois édictées. En pratique, ce que la nuit passée lui avait révélé clairement, elle était aussi désarmée que l'ONU face aux armées nationales et à la monnaie transnationale. Si elle allait à l'encontre de leur volonté, elle ne servait à rien : elle n'était plus qu'un outil. Donc, que voulaient vraiment les gouvernements et les conseils d'administration des diverses transnationales ? Si les sabotages se multipliaient, est-ce que ça ne leur donnerait pas un motif pour importer leur propre sécurité ? Et accroître leur contrôle ?

Il émit un grognement de dégoût. Apparemment, le seul résultat qu'il eût obtenu jusque-là, c'est que la liste des suspects avait triplé.

— Excuse-moi, John, fit la voix de Pauline.

Et l'information se déversa sur l'écran. La valise diplomatique était cryptée avec les nouveaux codes. Impossible d'y entrer. Par contre, les déplacements d'Helmut étaient faciles à retracer. Il s'était rendu sur Mythagore, la station-miroir qui avait été mise sur orbite dix semaines auparavant. Puis il était allé à Senzeni Na deux semaines avant la visite de John. Mais pourtant, personne, à Senzeni Na, n'avait fait allusion à son passage.

Plus récemment, il était revenu du complexe minier installé sur le site de Bradbury Point[1].

Deux jours plus tard, John partit pour Bradbury Point.

Bradbury Point était situé à huit cents kilomètres au nord de Burroughs, sur le prolongement le plus oriental de Nilosyrtis Mensae. La mensae était constituée de séries de longues mesas qui ressemblaient à des îles importées des Highlands du sud, posées dans les plaines basses du nord. Les îles-mesas de Nilosyrtis s'étaient

1. Ainsi nommé en hommage à l'auteur des *Chroniques martiennes*. (*N.d.T.*)

récemment révélées comme très riches en minerais, avec des dépôts de cuivre, d'argent, de zinc, d'or, de platine. On avait découvert des gisements tout aussi concentrés sur plusieurs sites de ce qu'on avait appelé le Grand Escarpement, à la limite des Highlands du sud, là où elles retombaient sur les Lowlands du nord. Certains aréologues n'avaient pas hésité à coller l'étiquette de province métallogénique sur toute la région. Un autre élément bizarre à verser au grand dossier mystérieux nord-sud, et qui appelait toute leur attention. Des travaux de creusement couplés à des études poussées sur le terrain étaient dirigés par des scientifiques au service de l'AMONU. John découvrit en explorant les dossiers professionnels des nouveaux arrivants que les transnationales essayaient toutes de trouver des indices de nouveaux filons. Mais, sur la Terre elle-même, on n'avait jamais vraiment compris la géologie de la formation des minéraux, ce qui expliquait que la prospection avait encore toutes ses chances. Sur Mars, c'était encore plus mystérieux. Les découvertes majeures du Grand Escarpement avaient été largement accidentelles, et ce n'était que depuis une date récente que la région était une cible pour la prospection.

La découverte du complexe de Bradbury Point avait encore accéléré la course : il s'annonçait comme le plus important des complexes terriens, probablement l'égal du complexe Bushveldt d'Azanie. D'où une ruée vers l'or de Nilosyrtis. Qu'Helmut Bronski avait visité.

Nylosyrtis s'était révélée petite et utilitaire, un simple commencement : une centrale Rickover, quelques raffineries, à proximité d'une mesa qui avait été forée pour y installer un habitat. Les mines étaient dispersées dans les Lowlands, entre les mesas. Boone roula jusqu'à l'habitat, franchit un sas et retrouva un comité d'accueil qui l'accompagna jusqu'à une salle de conférences cernée de baies.

On lui apprit que Bradbury comptait trois cents habitants, tous employés de l'AMONU et formés par la transnationale Shellalco. Ils firent rapidement le tour des lieux, et il découvrit que les ex-Afrikanders côtoyaient les Australiens et les Américains. Les hommes représentaient les trois quarts de la population. Ils étaient pâles et impeccables et ressemblaient plus à des techniciens de labo qu'aux trolls noirs que John avait imaginés quand on lui avait parlé de *mineurs*. Ils étaient tous visiblement heureux de lui serrer la main. La plupart étaient sous contrat de deux ans et ils comptaient les jours. Ils travaillaient par téléopération et parurent choqués lorsque John leur demanda de descendre dans un puits.

— Mais ça n'est qu'un trou, vous savez, dit l'un d'eux.

John les regarda en toute innocence et, après une brève hésitation, ils rassemblèrent une équipe pour l'accompagner.

Il leur fallut deux heures pour revêtir leurs marcheurs avant de franchir un sas. Un patrouilleur les emmena jusqu'au bord d'un puits, puis descendit une rampe, à l'intérieur d'un trou ovale de deux kilomètres de long. Ils descendirent et suivirent John, entre les bulldozers robots, les camions et les déblayeurs. Les hommes avaient une expression tendue, et John se dit qu'ils semblaient guetter un monstre des profondeurs. Il était surpris par cette attitude craintive, et il prit conscience que Mars pouvait avoir des allures de bagne, une combinaison infernale de la Sibérie, du désert d'Arabie Saoudite, du pôle Sud en hiver et de *Novy Mir*.

Ou alors, ils pensaient tout simplement qu'il était un hôte dangereux. Il trouva la clé. Ils avaient sans doute tous entendu parler de l'incident du camion. Mais oui. Ou bien y avait-il un autre élément ? Est-ce qu'ils craignaient quelque chose qu'il ignorait ? En réfléchissant un moment, John changea de façon de penser. Il avait toujours pensé que la chute du camion était un accident, ou du moins une chose qui ne pouvait se produire qu'une fois. Mais il était facile de retracer ses mouvements. Tout le monde savait où il était. Chaque fois qu'on sortait, on n'était qu'à un marcheur de la mort, comme on disait toujours. Et dans un puits de mine, il y avait beaucoup de monstres mécaniques...

Mais ils revinrent sans problème. Et, ce même soir, il eut droit au banquet et à la soirée en son honneur. Une soirée où l'on buvait sec, ou l'on consommait aussi beaucoup d'omegendorphe en bavardant et en riant bruyamment. Les jeunes ingénieurs endurcis étaient apparemment ravis de découvrir que John Boone était un bon vivant. C'était une réaction qu'il rencontrait fréquemment chez les nouveaux venus, surtout les plus jeunes. Il parlait à tout le monde, glissait ses questions sans éveiller la méfiance, et il passa un bon moment. Ils n'avaient pas entendu parler du Coyote, ce qui était intéressant, vu qu'ils connaissaient le Géant et la colonie cachée [1]. Apparemment, le Coyote n'appartenait pas à cette catégorie de légendes. Il avait une existence, et elle n'était connue, semblait-il, que des cent premiers.

Les mineurs, néanmoins, avaient reçu une visite inattendue : une caravane arabe qui traversait les confins de Vastitas Borealis. Les Arabes leur avaient rapporté qu'ils avaient vu certains des colons perdus, comme ils les appelaient.

— Intéressant, commenta John.

Il lui semblait pourtant improbable qu'Hiroko et les siens tiennent à se montrer. Mais qui pouvait savoir ? Il ferait sans doute bien de vérifier cette information. Après tout, il n'avait pas grand-chose de plus à faire à Bradbury. Il constatait qu'on ne pouvait guère enquêter avant que le crime ne se produise. Il passa encore deux jours à

1. L'une des sondes *Mariner* aurait pris un cliché qui rappellerait la sculpture au sol de la face d'un gigantesque anthropoïde. Après des échos dans la presse, l'information fut classée avec les « canaux martiens » de Schiaparelli et ne serait que l'effet de la lumière rasante du soleil sur un cratère. (*N.d.T.*)

visiter les mines, ce qui confirma le choc qu'il avait éprouvé devant l'ampleur des opérations et l'efficacité des engins robots.

— Mais qu'est-ce que vous allez faire de tout ce métal ? demanda-t-il alors qu'ils visitaient une vaste mine à ciel ouvert, à vingt-cinq kilomètres à l'ouest. Ça coûterait plus cher que sa valeur de l'expédier jusqu'à la Terre, non ?

Le chef des opérations, un homme brun au visage buriné, lui répondit en souriant :

— On va garder tout ça jusqu'à ce que les cours augmentent. Ou jusqu'à ce qu'ils construisent ce fameux ascenseur spatial.

— Vous y croyez ?

— Mais oui, on a tout ce qu'il faut sous la main ! De la trichite de graphite renforcée de spirales de diamant. Sur Terre, on y arriverait presque. Ici, ce serait facile.

John secoua la tête. Cet après-midi-là, ils mirent une heure à rentrer, en passant devant des excavations et des monticules, vers le panache des raffineries qui montait à l'horizon, de l'autre côté de la mesa où les habitats avaient été installés. Il avait l'habitude de voir des territoires dévastés aux fins d'habitation, mais ça... Il était sidéré de voir ce que pouvaient faire quelques centaines de personnes. Evidemment, c'était la même technologie qui permettait à Sax de construire une ville verticale de la même hauteur que le Belvédère d'Echus, la même technologie qui permettait de bâtir si vite des villes nouvelles. Et pourtant, provoquer de tels dégâts rien que pour déterrer des métaux destinés à l'appétit insatiable de la Terre...

Le lendemain, il donna des consignes de sécurité diaboliques au chef des opérations, qu'il devrait appliquer durant deux mois. Puis il repartit sur les traces de la caravane arabe, vers le nord-est.

Frank Chalmers se trouvait avec la caravane. Mais il n'avait pas entendu parler d'une quelconque rencontre avec les gens d'Hiroko, et aucun des Arabes ne lui avoua avoir raconté quoi que ce fût à Bradbury Point. Donc, c'était une fausse piste. Ou alors, Frank aidait les Arabes à l'effacer. Mais comment John pourrait-il savoir la vérité ? Les Arabes n'avaient débarqué que récemment sur Mars, mais ils étaient d'ores et déjà les alliés de Frank, ça ne faisait aucun doute. Il vivait avec eux, il parlait leur langue et, naturellement, il était devenu le médiateur entre eux et John. Il n'avait donc aucune chance d'enquêter indépendamment. Il pouvait toujours demander à Pauline de chercher dans ses données, mais elle n'avait pas besoin de la caravane pour ça.

Néanmoins, John voyagea en leur compagnie durant quelque temps dans la grande mer de dunes. Ils prospectaient et faisaient un peu d'aréologie. Frank ne demeurerait que peu de temps avec la caravane : il était seulement venu voir un ami égyptien. Il avait trop de travail pour s'attarder. Son poste au secrétariat d'Etat américain l'avait transformé en globe-trotter, tout comme John, et ils se croisaient fréquemment. Frank avait réussi à se maintenir à travers trois administrations différentes, et même s'il n'était que secrétaire de cabinet, c'était une performance remarquable, sans même considérer les millions de kilomètres qui le séparaient de Washington. Depuis quelque temps, il supervisait les investissements des transnationales américaines, et cette nouvelle responsabilité le gonflait de pouvoir et d'une soif de travail quasi maniaque. John voyait en lui une espèce de Sax des affaires, toujours en mouvement, gesticulant à chaque mot comme s'il était le chef d'orchestre de ses discours. D'année en année, il était passé en surpropulsion chambre de commerce.

— Il faut que nous revendiquions la propriété du Grand Escarpement avant que les trans et les Allemands raflent tout ! Et ça représente un sacré boulot !

C'était son refrain préféré. Il le répétait souvent en montrant le petit globe qu'il gardait constamment sur lui.

— Regarde tes moholes. J'en ai visité plusieurs la semaine dernière. Un près du pôle Nord, trois dans le secteur du soixantième parallèle, au sud et au nord, quatre sur l'équateur, et quatre autres à la lisière du pôle Sud, tous bien placés à l'ouest des dorsales volcaniques pour récupérer les extrusions. C'est très beau. (Il fit tourner le globe et les points bleus qui correspondaient aux moholes furent une seconde reliés par de fines lignes bleues.) Ça fait plaisir de voir que tu fais enfin quelque chose d'utile.

— Enfin.

— Regarde, ça c'est la nouvelle fabrique d'habitats d'Hellas. On y sort des unités provisoires à une cadence qui permettra d'abriter 3 000 immigrants par $L_s = 90$. Si l'on compte avec la nouvelle flotte de navettes, ce sera à peine suffisant. (Voyant l'expression de John, il ajouta :) Dans le fond, tout ça c'est de la chaleur, John. C'est plus utile au terraforming que l'argent et le travail. Tu ferais bien d'y réfléchir.

— Est-ce que tu t'es jamais demandé ce que cela allait donner à terme ?

— Qu'est-ce que tu veux dire ?

— Je parle de ce déluge de gens et de matériel, alors que les choses sont en plein effondrement sur la Terre.

— Les choses ont toujours été comme ça sur Terre. Tu ferais bien de te faire une raison.

— D'accord, mais ici, qui va posséder quoi ? Qui va gagner quoi ?

Frank, devant la naïveté de John, fit la grimace. Et John y lut tout le dégoût, mais aussi l'amusement et l'agacement de Frank. Au fond, cela lui plut. Il connaissait son vieil ami mieux qu'aucun membre de sa famille, et ce visage basané, ces yeux pâles étaient l'image d'un frère, une sorte de jumeau. D'un autre côté, la condescendance de Frank l'irritait.

— Les gens se posent des questions, Frank. Pas seulement moi ou Arkady. Tu ne peux pas rejeter cette question et te comporter comme si elle était stupide, comme s'il n'y avait pas de décision à prendre.

— C'est l'ONU qui décide, répliqua Frank d'un ton sec. Ils sont dix milliards à décider, et nous sommes dix mille ici. Ça fait un rapport de un pour un million. Si tu veux avoir une influence, tu devrais représenter l'AMONU, comme je t'avais dit de le faire quand ils ont distribué les postes. Mais tu ne m'as pas écouté. Tu t'es contenté de hausser les épaules. Tu aurais réellement pu faire quelque chose, mais maintenant, qu'est-ce que tu es ? L'assistant de Sax, chargé de la publicité.

— Et du développement, et de la sécurité, ainsi que des affaires terriennes et des moholes.

— C'est ça ! La politique de l'autruche ! Viens : on va aller manger.

John acquiesça. Ils dînèrent dans le plus gros des patrouilleurs et se régalèrent d'agneau rôti et de yoghourt parfumé à l'aneth. C'était aussi délicieux qu'exotique. Mais John demeurait agacé par le mépris de Frank. Leur vieille rivalité était plus vive que jamais, et son titre de premier homme sur Mars n'avait jamais diminué l'arrogance mordante de Frank.

Aussi, lorsque Maya Toitovna arriva inopinément le lendemain, en route vers Acheron, à l'ouest, John la serra plus longuement contre lui que d'habitude et, après le dîner, il fit le nécessaire pour qu'elle passe la nuit dans son patrouilleur : il déploya toutes les attentions possibles, un rire choisi, un regard choisi. Leurs bras s'effleurèrent tandis qu'ils goûtaient les sorbets et parlaient aux Arabes heureux, visiblement fascinés par Maya... C'était leur code de conciliation et de séduction, qu'ils avaient mis au point au fil des années. Et Frank ne pouvait que les observer, le visage figé, tout en bavardant avec ses amis.

Cette nuit-là, tandis qu'ils faisaient l'amour, John se retira brièvement d'elle, contempla son corps blanc et songea : *Tu vois ce que c'est, le pouvoir politique, Frank, mon pote ?* Il avait clairement lu dans ce visage figé le désir qui n'était pas éteint. Frank, comme la plupart des hommes de la caravane, aurait aimé être à sa place. Il l'avait certainement été une ou deux fois dans le passé, mais jamais quand John était à proximité. Non, cette nuit, Frank devait se rappeler ce qu'était réellement le pouvoir.

Bouleversé par sa méchanceté, John mit un moment à revenir à Maya elle-même. Il y avait près de cinq ans qu'ils n'avaient pas fait l'amour et, entre-temps, il avait eu plusieurs autres partenaires. Et il savait aussi qu'elle avait vécu quelque temps avec un ingénieur d'Hellas. C'était si étrange de recommencer, comme s'ils se connaissaient intimement sans se connaître tout à fait. En dessous de lui, il voyait son visage sortir de l'obscurité et y retourner chaque fois qu'elle tournait la tête, sœur et étrangère, sœur et étrangère... Et puis il se passa quelque chose, quelque chose changea en lui ; toutes ces affaires extérieures, tous ces jeux se délitèrent. Quelque chose dans son visage, dans la façon dont elle était là, tout entière, la façon dont elle se donnait entièrement à lui quand ils faisaient l'amour. Il ne connaissait personne qui fût tout à fait comme elle. Mais la flamme ancienne s'était ranimée, timide d'abord, comme si c'était la première fois. Puis ils s'étaient embrassés et les étincelles avaient jailli, et ils avaient retrouvé le brasier d'avant. Allumé par Maya, comme d'habitude, force lui était de l'admettre. C'est elle qui l'obligeait à faire attention. Contrairement à lui, elle ne considérait pas le sexe comme une sorte de discipline sportive. Pour elle, c'était la grande passion, un état transcendant de l'être, et elle avait une façon de se changer en tigresse, dans ces moments-là, qui le surprenait toujours, le réveillait, le hissait à son niveau, lui rappelait ce que le sexe pouvait être. Et c'était merveilleux de s'en souvenir, de réapprendre tout ça — vraiment merveilleux. L'omegendorphe n'était rien à côté. Comment avait-il pu l'oublier ? Pourquoi s'était-il éloigné d'elle comme si elle n'était pas, d'une certaine façon, irremplaçable ? Il la serra contre lui et ils se fondirent l'un dans l'autre, se mordillèrent en haletant et en gémissant. Ils jouirent ensemble, comme si souvent dans le passé, Maya l'entraînant avec elle de l'autre côté. Leur rituel.

Plus tard, ils se parlèrent, et il découvrit qu'il l'aimait vraiment. Ce soir, il avait commencé pour brimer Frank, c'était vrai. Il ne s'était pas vraiment soucié de Maya. Mais à présent, étendu auprès d'elle, il se rendait compte qu'elle lui avait manqué durant ces cinq dernières années, que sa vie avait été creuse. Ce qu'elle avait pu lui manquer ! De nouveaux sentiments... Il se laissait toujours surprendre. Il ne pouvait s'empêcher de penser qu'il était trop vieux pour ça, qu'il avait plus ou moins cessé de changer. Et puis, quelque chose arrivait. Et souvent, cette chose (en y repensant, avec le recul des ans) était une rencontre avec Maya...

C'était la même Maya Toitovna qu'il avait connue : du vif-argent, bourrée de plans et d'idées. Riche. Elle n'avait pas la moindre idée de ce que John faisait ici, au milieu des dunes, et elle ne le lui demanderait pas. Elle était capable de le réduire en lambeaux s'il venait à déranger ses pensées. Il le devinait dans l'inclinaison de ses épaules, dans sa démarche tandis qu'elle sortait de la salle de bains. Mais il la connaissait si bien, et depuis si longtemps. Même son irritabilité était séduisante ! C'était comme Frank et son mépris. Oui, il se faisait vieux, et il avait de la famille. Il faillit rire, dire n'importe quoi pour la mettre en colère, puis oublia. Il suffisait de le savoir, pas besoin de démonstration. Seigneur ! Il se mit à rire et, en l'entendant, elle revint vers le lit et lui donna une bourrade dans les côtes.

— Tu ris à cause de mes grosses fesses, hein ?

— Tu sais bien que tes fesses sont parfaites.

Elle lui donna une autre bourrade, persuadée qu'il mentait. Leur lutte les ramena à la saveur de leur peau, de leur sueur, et ils refirent l'amour. Ensuite, dans sa rêverie, John se dit : *Je t'aime, douce et violente Maya. Je t'aime vraiment.* C'était une pensée déconcertante et dangereuse. Il ne se risquerait jamais à la lui dire.

Deux jours plus tard, quand elle quitta la caravane pour rejoindre Acheron et qu'elle lui demanda de l'accompagner, il fut séduit, mais répondit :

— D'ici deux mois, peut-être.

— Non, non, fit-elle d'un air grave. Plus tôt. Je veux que tu me rejoignes.

Et quand il acquiesça impulsivement, elle sourit comme une petite fille qui cache un secret.

— Tu ne le regretteras pas.

Elle le quitta sur un baiser et se dirigea vers Burroughs pour aller prendre le train.

Après son départ, les chances d'obtenir des informations des Arabes furent réduites à néant. Il avait offensé Frank, et les Arabes étaient solidaires de leur ami, ce qui était juste. Une colonie cachée ? avaient-ils demandé à John. Qu'est-ce que c'était que cette histoire ?

Il soupira et décida de laisser tomber et de partir. Dans la soirée (les Arabes tenaient tout particulièrement à ravitailler leurs hôtes de passage), ils remplirent le coffre de son patrouilleur. Il se demandait où en étaient ses investigations sur les sabotages. Une chose était certaine : Sherlock Holmes n'avait pas à s'inquiéter de sa concurrence. Plus grave encore : toute une nouvelle société pour lui impénétrable s'était implantée sur Mars. Ces musulmans, par exemple, qui étaient-ils exactement ?

Ce même soir, il interrogea Pauline avant de rejoindre ses hôtes. Il les observa attentivement tout en leur posant des questions, jusque tard dans la nuit... Il savait que les questions étaient autant de clés pour ouvrir l'âme des gens, bien plus utiles que la ruse. Mais, dans le cas présent, cela semblait inefficace. Un coyote ? Comment, cette espèce de chien sauvage sur Mars ?...

Perplexe, il quitta la caravane au matin et se dirigea vers l'ouest, suivant la bordure sud de la mer de dunes. Le chemin était long pour rejoindre Maya : Acheron était à 5 000 kilomètres de là, 5 000 kilomètres de dunes. Il préférait rejoindre Burroughs et prendre le train comme elle. Et puis non, il avait besoin de réfléchir. Il obéit à son habitude nouvelle : voyager lentement, prendre le large en patrouilleur ou en planeur. Cela faisait des années qu'il sillonnait la planète, du nord au sud, qu'il inspectait les moholes, remplissait des missions pour Sax, Helmut ou Frank, qu'il inspectait pour Arkady, coupait des rubans d'inauguration un peu partout — pour une ville, un puits, une station météo, une mine, un mohole — et, surtout, il parlait. Il prononçait des discours, il avait des entretiens publics ou privés, avec des étrangers, de vieux amis, de nouvelles connaissances. Il s'exprimait aussi vite que Frank, toujours dans le même souci d'amener les gens à oublier l'histoire, pour créer une société fonctionnelle. Un système scientifique prévu pour Mars, spécifique, rationnel et juste, et toutes ces sortes de choses. Pour montrer le chemin d'une nouvelle planète Mars !

Mais, comme les années passaient, il lui semblait de moins en moins probable que cela se déroule ainsi qu'il l'avait envisagé. Un endroit comme Bradbury Point montrait bien à quelle vitesse changeaient les choses, et sa rencontre avec les Arabes confirmait ce sentiment. Les événements échappaient à son contrôle et, bien plus, au contrôle de quiconque. Il n'existait aucun plan.

Il roulait vers l'ouest en pilotage automatique, sautant d'une dune à l'autre, sans rien voir vraiment, plongé dans ses pensées, essayant de comprendre ce qu'était exactement l'histoire, comment elle fonctionnait. Il finit par l'envisager comme une chose vaste qui se trouvait toujours au-delà d'un horizon resserré, invisible, sinon par ses effets. C'était ce qui se produisait quand on ne regardait pas — une infinité d'événements cachés qui contrôlaient tout mais échappaient à tout contrôle. Après tout, il était sur cette planète depuis le commencement ! Il avait été le *commencement*, le premier humain à poser le pied sur ce monde. Et il y était revenu contre toute probabilité pour aider à sa construction ! Mais à présent, il lui échappait, il se dérobait. Il contemplait ça avec incrédulité, tendu à bloc, parfois en proie à une rage soudaine due à la frustration ; penser que tout ça s'accélérait, échappant à son contrôle et même à sa faculté de compréhension — ce n'était pas juste ! Il ne pouvait pas laisser faire ça.

Mais comment s'y opposer ? Une sorte de programmation sociale... Il était clair qu'ils en avaient besoin. Se lancer ainsi, sans plan, violant même le vague projet qui avait été formulé au début du Traité martien... Enfin, les sociétés sans projet appartenaient à l'histoire. Mais l'histoire, jusque-là, était un cauchemar, un immense magma d'exemples à éviter.

Ils avaient besoin d'un plan. Un nouveau départ était possible. Ce qu'il leur fallait, c'était une vision d'ensemble. Helmut, le fonctionnaire onctueux, aussi bien que Frank, avec son acceptation cynique du statu quo, de la violation du traité, comme s'ils étaient lancés dans une nouvelle ruée vers l'or... Tous deux avaient tort. Frank avait tort. Comme d'habitude !

Mais lui aussi s'était sans doute trompé. Il avait agi en se fondant sur la théorie inexprimée selon laquelle s'il voyait un peu plus de cette planète, s'il visitait une colonie de plus, s'il parlait à une personne de plus, il y arriverait (sans vraiment y réfléchir trop sérieusement) d'une façon ou d'une autre — et que sa compréhension holistique lui échapperait à nouveau pour appartenir à tout le monde, se répandant chez les nouveaux colons et changeant les choses. Il s'était montré naïf. Il y avait désormais tant de gens sur cette planète qu'il ne pouvait plus espérer de rapport direct avec chacun, il ne serait jamais la charnière de leurs espoirs, de leurs désirs. Il n'y avait pas que ça : rares étaient les nouveaux venus qui ressemblaient aux cent premiers par leurs motivations. Bien sûr, d'autres scientifiques étaient venus, et des gens comme les Suisses gitans qui construisaient les routes. Mais jamais ils ne seraient comme les cent premiers. Ce petit groupe qui l'avait formé, à vrai dire, qui avait façonné ses idées, ses opinions, avec lequel il avait tout appris. Ils étaient sa famille, il leur faisait confiance. Il avait besoin de leur aide, plus que jamais. Ce qui expliquait probablement le retour de ses sentiments vis-à-vis de Maya. Et aussi la colère qu'il sentait monter en lui à l'égard d'Hiroko — il fallait qu'il lui parle, il avait besoin de son aide ! Et elle les avait abandonnés.

Vlad et Ursula avaient déplacé leur complexe biotech sur une crête étroite d'Acheron Fossae, une éminence en arête qui ressemblait au kiosque d'un immense sous-marin. La partie supérieure avait été percée d'alvéoles qui allaient d'une paroi à l'autre. Certaines salles étaient larges d'un kilomètre et entièrement revêtues de baies. Celles qui ouvraient au sud offraient un panorama unique sur Olympus Mons, à six cents kilomètres de là. Au nord, on pouvait contempler les étendues de sable ocre pâle d'Arcadia Planitia.

John s'engagea sur la pente jusqu'au sas du garage, non sans remarquer que le sol du canyon était encombré de ce qui semblait être des entassements de cassonade brune fondue.

— C'est une nouvelle espèce de croûte cryptogamique, annonça Vlad quand John l'interrogea. Une symbiose entre des cynobactéries et des bactéries de la plate-forme de Floride. Les bactéries de Floride vivent jusqu'à de très grandes profondeurs et elles transforment les sulfates en sulfures, qui deviennent ensuite l'aliment d'une variante des *microcoleus.* Les couches supérieures se changent en filaments qui adhérent au sable et à l'argile pour former de grands archipels dendritiques. Ça ressemble à de petites forêts sylvatiques avec des racines bactériennes très importantes. Il semble que ces racines tendent à se propager à travers le régolite en direction du fond rocheux, tout en faisant fondre le permafrost au fur et à mesure de leur progression.

— Et c'est vous qui avez libéré cette chose ?

— Bien sûr. Il nous faut quelque chose pour faire éclater le permafrost, non ?

— Et il existe quelque chose pour l'empêcher d'envahir toute la planète ?

— Eh bien, ça comporte le contingent habituel de gènes-suicide au cas où il commencerait à envahir le reste de la biomasse, mais si ça se cantonne à sa niche...

— Waouh !

— Ce n'est pas sans similitude avec les premières formes de vie qui ont couvert la Terre. Nous venons juste d'améliorer sa vitesse de croissance et ses systèmes de racines. Ce qui est drôle, c'est que je crois que ça va rafraîchir l'atmosphère, même si ça réchauffe le sous-sol. Parce que ça augmente la désagrégation chimique de la roche, et toutes ces réactions absorbent du CO_2 dans l'air, ce qui va diminuer la pression atmosphérique.

Maya venait d'arriver. Après avoir serré John dans ses bras, elle dit :

— Mais les réactions ne vont-elles pas libérer de l'oxygène aussi vite qu'elles absorbent le CO_2 ? La pression serait ainsi maintenue ?

Vlad haussa les épaules.

— Peut-être. On verra bien.

Ce qui fit rire John.

— Sax est un penseur à long terme. Ça devrait lui plaire.

— Oh, certainement. C'est lui qui a autorisé la libération des organismes. Il viendra voir les résultats au printemps.

Ils dînèrent dans une salle située tout en haut de l'arête. Des châssis s'ouvraient sur la serre installée sur la crête, et des baies avaient été ménagées au nord et au sud. Les parois est et ouest étaient décorées de bouquets de bambous. Tous les résidents d'Acheron étaient rassemblés là. Ils se conformaient ainsi à cette vieille coutume d'Underhill, comme ils le faisaient de bien d'autres façons. La discussion, à la table de Maya et John, revenait fréquemment au travail en cours, et en particulier aux problèmes posés par la nécessité d'implanter des garde-fous dans tous les gems qu'ils libéraient. La présence de couples de gènes-suicide dans tout nouveau gem était une pratique lancée par le groupe d'Acheron, de sa propre initiative. Elle allait être maintenant confirmée comme une loi de l'ONU.

— C'est très bien pour les gems légaux, commenta Vlad. Mais s'il y a des idiots pour essayer quelque chose de leur côté et que ça rate, on aura quand même de sérieux ennuis.

Après le dîner, Ursula proposa à John et Maya :

— Pendant que vous êtes là, vous pourriez en profiter pour passer vos examens médicaux. Ça fait longtemps que vous ne l'avez pas fait.

John renâcla : il avait horreur des examens et de toute forme d'intervention médicale. Mais Ursula ne le lâchait pas, et il finit par céder. Il lui rendit visite à la clinique deux jours plus tard. Il fut soumis à une série de tests de diagnostics qui lui parut encore plus intense qu'avant, face à des écrans graphiques et des ordinateurs à la voix trop apaisante qui lui disaient de bouger comme ci, comme ça. John obéit sans avoir la moindre idée de ce que tout cela signifiait. C'était la médecine moderne. Mais ensuite, il eut droit à Ursula elle-même, un honneur, et ce fut elle qui écouta, sonda, pianota sur les claviers. Finalement, il se retrouva étendu sur le dos, sous un drap blanc. Elle était près de lui et lisait les analyses en chantonnant.

— Eh bien, tu as l'air en forme, déclara-t-elle enfin. Quelques problèmes avec la gravité, mais rien que nous ne puissions traiter.

— Superbe.

En vérité, il était soulagé. C'était ça la médecine : pas de nouvelles, bonnes nouvelles. Obtenir cela était déjà une sorte de victoire en soi, plus grande à chaque fois, même si elle s'appréciait en creux : il n'avait rien : génial !

— Alors, que dirais-tu du traitement ? lui demanda Ursula, sans se retourner, d'un ton désinvolte.

— Le traitement ?

— C'est une sorte de thérapie gériatrique. Une procédure expérimentale. C'est une forme d'inoculation, mais avec un renforçateur d'ADN. Ça répare les torons brisés et restaure la précision de la division cellulaire à un degré sensible.

Il soupira.

— Ce qui veut dire ?

— Eh bien... vois-tu, le vieillissement est provoqué avant tout par des erreurs au niveau des divisions cellulaires. Après un certain nombre de générations, disons des centaines ou des dizaines de milliers selon le type de cellule dont nous parlons, les erreurs de reproduction augmentent et tout s'affaiblit. Le système immunitaire est le premier touché, suivi par d'autres tissus et, finalement, quelque chose déraille, ou alors le système immunitaire est submergé par une maladie. C'est comme ça.

— Et tu es en train de me dire que tu peux stopper ces erreurs ?

— Les ralentir, en tout cas, et réparer ce qui s'est déjà cassé. C'est un mélange des deux, en fait. Les erreurs de division sont causées par des ruptures dans les chaînes d'ADN, les torons. Nous avons donc voulu les consolider. Pour ça, il faut que nous lisions ton génome avant de construire une bibliothèque génomique autoréparable de petits segments qui viendront réparer les torons cassés...

— Autoréparable ?

Elle soupira.

— Tous les Américains trouvent ça drôle. De toute façon, nous infiltrons cette bibliothèque autoréparable dans les cellules, et les segments se fixent sur les chaînes d'ADN pour éviter qu'elles se brisent.

Tout en parlant, elle commença à dessiner des hélices doubles et quadruples, sombrant inévitablement dans le jargon biotechnologique, jusqu'à ce que John ne soit plus capable de saisir autre chose que le sujet général de la conversation, qui portait apparemment sur le projet du génome humain et la correction génétique des anomalies, dont les applications allaient du traitement du cancer à la technologie des gems.

Différents aspects de cette technologie avaient été combinés par le groupe d'Acheron, expliqua Ursula. Le résultat : on infectait les chaînes de son génome, une infection qui s'étendrait à chacune des cellules de son organisme, à l'exception des dents, de la peau, des os et des cheveux.

Après cela, ses torons d'ADN seraient presque parfaits, renforcés, réparés, et la division cellulaire serait plus précise.

— Plus précise à quel degré ?

John essayait de saisir ce que tout cela représentait.

— Disons que tu seras comme à dix ans.

— Tu plaisantes.

— Non, non. Nous l'avons déjà essayé sur nous, vers $L_s = 10$ de cette année, et jusque-là, ça semble marcher.

— Et ça dure ?

— Rien ne dure éternellement, John.

— Combien de temps, alors ?

— Nous ne savons pas. Nous sommes les sujets de l'expérience, et nous pensons que nous le découvrirons au fur et à mesure. Il semble possible qu'on puisse répéter la thérapie quand le taux d'erreur de division cellulaire remonte. Si nous réussissons, ça voudra dire qu'on peut vivre très longtemps.

— Par exemple ? insista-t-il.

— Ça non plus, nous ne le savons pas. Mais plus longtemps qu'actuellement, c'est certain. Probablement beaucoup plus longtemps.

Il l'observait. Elle sourit en voyant son expression, et il prit conscience qu'il était resté la bouche ouverte sous le choc. Il ne devait pas avoir l'air très brillant, mais à quoi s'attendait-elle ? C'était... c'était...

Il avait du mal à suivre le fil de ses pensées, qui se dispersaient.

— A qui as-tu parlé de ça ?

— Eh bien, nous avons posé la question à tous les cent premiers qui sont venus ici pour un check-up. Et toute l'équipe d'Acheron a testé le traitement. Le problème, c'est que nous n'avons fait que combiner des méthodes dont tout le monde dispose, et il ne faudra pas longtemps pour que d'autres fassent la même chose. Nous allons préparer des articles pour publication, mais, auparavant, ils doivent être supervisés par l'Organisation mondiale de la santé. A cause des retombées politiques, bien entendu.

— Mmm. (John réfléchit. Dès que les milliards d'habitants de la

Terre entendraient parler d'une drogue de longévité mise au point sur Mars... Seigneur !) Et ça coûte cher ?

— Pas vraiment. La lecture du génome est l'opération la plus coûteuse, et elle prend du temps. Mais ça n'est qu'une procédure, tu sais, un facteur de temps sur ordinateur. Il est très possible qu'on puisse offrir le traitement à toute la population de la Terre. Mais la situation est déjà assez critique. Il leur faudra instituer un contrôle particulièrement sévère, sinon ce sera le boom malthusien. Nous pensons qu'il vaut mieux laisser les autorités décider.

— Mais la nouvelle va filtrer.

— Tu le crois vraiment ? Non, ils vont tout faire pour la bloquer.

— Pfff... Mais vous, vous n'avez pas attendu. Et vous avez essayé sur vous.

— Bien sûr. (Elle haussa les épaules.) Alors, qu'est-ce que tu en dis ? Tu veux bien ?

— Laisse-moi un peu de temps.

Il sortit sur la crête et parcourut la longue serre avec son jardin potager et ses grands bouquets de bambous. Il devait lever la main pour abriter ses yeux de l'éclat du soleil en fin d'après-midi, même à travers le verre teinté. Quand il rebroussa chemin, face à l'est, il découvrit les pentes de lave brisée d'Olympus Mons. Il avait de la difficulté à penser. Il avait soixante-six ans. Il était né en 1982... Sur Terre, on était en quelle année ? 2048 ! M.11. Onze longues années sous les radiations de Mars. Et il avait passé trente-cinq mois dans l'espace, trois voyages entre la Terre et Mars, ce qui constituait encore le record absolu. Il avait reçu un taux de 195 rems, il faisait de la sous-tension, il avait mal aux épaules quand il nageait, et il se sentait passablement fatigué. Il devenait vieux. Il ne lui restait pas tellement d'années devant lui. Etrange pensée qu'il devait pourtant accepter. Il avait confiance dans le groupe d'Acheron. Maintenant qu'il y pensait, ils allaient d'un bout à l'autre de leur nid d'aigle, travaillant sans cesse avec un petit sourire concentré, ils mangeaient, buvaient, jouaient au football, nageaient. Non, ils n'avaient pas tous dix ans, mais il émanait d'eux une aura de bonheur, ou de santé. Peut-être plus encore. Il se mit à rire en partant à la recherche d'Ursula. Et, quand elle le vit s'approcher, elle rit, elle aussi.

— Ça n'est pas si difficile que ça de choisir, non ?

— Non. Et puis : qu'est-ce que j'ai à perdre ?

Il avait donc accepté. Ils avaient son génome dans leur banque de données, mais il faudrait quelques jours pour synthétiser les torons de réparation, les clipper sur les plasmides et en cloner des millions de plus. Ursula lui demanda de revenir dans trois jours.

Quand il regagna les chambres d'hôte, Maya était déjà là, l'air aussi bouleversé que lui. Elle allait nerveusement de la table de maquillage au lavabo, du lavabo à la fenêtre, elle touchait chaque objet comme si elle découvrait ce qu'était une chambre.

Vlad lui avait tout expliqué après ses examens, ainsi qu'Ursula l'avait fait avec John.

— La peste de l'immortalité ! fit-elle avec un rire bizarre. Est-ce que tu peux le croire ?

— La peste de la *longévité*, la corrigea-t-il. Non, je n'y arrive pas. Pas vraiment.

Il se sentait un peu étourdi, et il devina que Maya ne l'avait même pas entendu. Son agitation était contagieuse.

Ils se préparèrent un potage et mangèrent dans une sorte de brume. C'était Vlad qui avait demandé à Maya de venir à Acheron. Voilà pourquoi elle avait insisté pour que John l'y rejoigne au plus tôt. Il éprouva un frisson de tendresse. Il regardait ses mains qui tremblaient et, après toutes ces années, il se sentait plus proche d'elle que jamais. C'était comme s'ils partageaient leurs pensées devant cette situation étrange. Ils n'avaient besoin que de la présence de l'autre. Les mots étaient inutiles.

Cette nuit-là, dans l'ombre tiède du lit, elle lui murmura d'une voix rauque :

— Cette nuit, on ferait mieux de le faire deux fois. *Pendant que nous sommes encore nous.*

Ils entamèrent le traitement trois jours plus tard. John était étendu sur une table, dans le cabinet médical, le regard fixé sur la prise intraveineuse fixée sur le dos de sa main. Ce n'était pas la première fois, mais, en cet instant précis, une chaleur étrange montait dans son bras, se répandait dans sa poitrine, affluait dans ses jambes. Etait-ce réel ? Ou bien un effet de son imagination ? Il lui semblait qu'un fantôme venait de traverser son corps. Puis, finalement, il eut très chaud.

— Est-ce que je devrais être chaud comme ça ? demanda-t-il à Ursula.

— C'est toujours comme une poussée de fièvre, au début. Ensuite, on provoque un petit choc dans tout l'organisme pour que les plasmides pénètrent dans les cellules. Après, quand les nouveaux torons se lient avec les anciens, les gens ont tendance à frissonner. De froid, le plus souvent.

L'injection prit une heure. Il avait encore très chaud et sa vessie était pleine. On le laissa aller jusqu'à la salle de bains. Quand il revint, il se retrouva ligoté sur ce qui ressemblait au croisement d'un canapé et d'une chaise électrique. Il ne s'inquiéta pas : son entraînement d'astronaute l'avait habitué à tous les genres d'appareils. Le choc ne dura que dix secondes à peu près. Il le ressentit comme un picotement désagréable dans tout le corps. Puis Ursula et ses aides le détachèrent. Ursula, les yeux brillants, l'embrassa longuement sur la bouche. Elle lui répéta qu'il ne tarderait pas à se sentir froid, et même glacé, et que cette sensation pouvait persister durant deux jours. Rien ne s'opposait à ce qu'il aille au sauna ou au jacuzzi. En fait, c'était recommandé.

Ils se retrouvèrent, Maya et lui, dans la chaleur de l'eau, observant les corps des autres, blancs en entrant dans l'eau, roses en sortant. Pour John, c'était un peu l'image de ce qui leur était arrivé — on entrait avec ses soixante-six ans, et on en avait dix en repartant. Il n'arrivait tout simplement pas à le croire. Il avait encore le plus grand mal à réfléchir. C'était comme si sa pensée était simplement amortie, son esprit engourdi. Si les cellules grises étaient renforcées également, les siennes s'étaient-elles accidentellement grippées ? Le cheminement de sa pensée avait toujours été lent et chaotique. En réalité, c'était probablement sa balourdise habituelle, et rien d'autre. Mais il en prenait conscience parce qu'il essayait désespérément d'appréhender tout ça, de réfléchir aux implications.

Est-ce que c'était vrai ? Ils pouvaient réellement prendre la mort de vitesse pendant quelques années ? Quelques décennies peut-être ?...

Ils quittèrent le sauna pour manger, puis allèrent se promener dans la serre, contemplant les dunes au nord, le chaos des laves d'Olympus au sud. La vue rappelait à Maya les jours lointains d'Underhill. Les douces ondulations de sable sous le vent d'Arcadia avaient remplacé les lits de pierre de Lunae Planum. C'était comme si, dans sa mémoire, les images avaient retrouvé leur contraste, leurs ocres adoucis, leurs rouges et leurs jaunes citrins. La patine du passé.

John l'observait avec curiosité. Onze années avaient passé depuis ces premiers jours dans le parc de caravaning, et bien souvent ils avaient été amants, entre d'inévitables interruptions ou séparations, parfois salutaires, produits des circonstances ou de leur incapacité à vivre très longtemps ensemble. Mais ils s'étaient toujours retrouvés, et le résultat était un vieux couple, avec une histoire peut-être moins morcelée, peut-être même meilleure, parce que n'importe quel couple rigoureusement constant aurait probablement cessé de faire attention l'un à l'autre à un moment donné, alors que tous les deux, avec leurs séparations et leurs retrouvailles, leurs combats et leurs armistices, avaient dû refaire connaissance un nombre incalculable de fois.

John lui fit part de ses pensées, ils en parlèrent doucement, avec plaisir, et Maya lui dit avec force :

— Il *fallait* que nous prenions garde.

Ça, ils avaient pris garde, ils s'étaient constamment méfiés de l'habitude. Et ils convinrent ensemble que ces heures passées au sauna ou sur la crête compensaient leurs longues séparations. Ils se connaissaient *vraiment mieux* qu'un couple marié.

Ils parlèrent. Pour essayer de tisser des liens entre leurs deux passés et ce bizarre avenir, dans l'espoir angoissé qu'il ne se révélerait pas comme une rupture infranchissable. Tard le soir du lendemain, deux jours après leur inoculation, ils étaient assis seuls dans le sauna. Ils avaient froid mais leur peau était encore rose de sueur. John observa le corps de Maya et ressentit un élan brûlant, comme si une nouvelle injection le parcourait. Il n'avait pas beaucoup mangé depuis le traitement, et le carrelage jaune et beige sur lequel ils étaient assis avait commencé à palpiter, comme animé par une respiration intérieure. La lumière faisait étinceler chacune des minuscules gouttelettes de condensation tels de petits grains de lumière dispersés un peu partout. Le corps de Maya, étalé sur ces carreaux chatoyants, frémissait devant lui comme une chandelle rose. L'intense eccéité du moment, comme avait dit, une fois, Sax, lorsque John lui avait posé une question sur ses croyances religieuses — je crois à l'eccéité, avait répondu Sax, dans le fait d'être là, la chosité, l'ici et maintenant, dans l'individualité particulière de chaque moment. C'est pour ça que je veux savoir ce que c'est que ça ? Et ça, qu'est-ce que c'est ? Et ça ? En y repensant, en repensant au mot étrange que Sax avait employé, à son étrange religion, John l'avait enfin compris. Parce qu'il sentait la *chosité* de ce moment comme une pierre dans sa main. Il avait l'impression que toute sa vie il n'avait vécu que pour arriver à ce moment.

L'air dense et chaud semblait pulser autour de lui, au-dessus des dalles luisantes. Comme s'il allait mourir avant de renaître. Mais n'était-ce pas vrai, s'il croyait Ursula et Vlad ? Et tandis qu'il se transformait, le corps rose de Maya Toitovna était près de lui. Il le connaissait mieux que le sien. Non seulement en cet instant précis, arrêté, mais dans la durée de leur passé. Il la revoyait nue, dérivant dans le dôme de l'*Arès*, entourée d'étoiles, sur le fond noir de l'espace. Il voyait parfaitement tous les changements qui s'étaient produits en elle depuis cette époque, le passage de l'image dont il gardait le souvenir au corps qui se trouvait devant lui constituait un fondu-enchaîné hallucinant, sa chair et sa peau s'altérant, tombant, se ridant — vieillissant. Ils étaient tous les deux plus vieux, plus craquants, plus lourds. C'était comme ça. Mais en réalité, ce qui était stupéfiant, c'était à quel point ils étaient restés eux-mêmes. Quelques vers d'un poème lui revinrent à l'esprit, l'épitaphe de l'expédition de Scott près de la Station de Ross, dans l'Antarctique. Ils avaient tous gravi la colline pour voir ensemble la grande croix de bois sur laquelle étaient gravés ces quelques vers : *Beaucoup a disparu, et pourtant il en reste beaucoup...* ou quelque chose dans ce goût-là ; il ne se souvenait pas exactement — beaucoup de choses avaient disparu, ça faisait longtemps, après tout. Mais ils avaient travaillé dur, et bien mangé, et la gravité de Mars avait été certainement plus douce que celle de la Terre, car l'évidence était rayonnante : Maya était encore une très belle femme, élancée et musclée, avec son visage fier d'impératrice, ses cheveux gris, ses seins qui attiraient son regard comme deux aimants complètement différents si elle bougeait ne serait-ce qu'un coude, et en même temps absolument familiers dans toutes les positions... ses seins, ses bras, ses côtes, ses flancs, et tout ça était *à lui*. Elle était, pour le meilleur ou pour le pire, la personne la plus proche de lui, un magnifique animal rose, et aussi l'un de ses avatars, un avatar du sexe, de la vie elle-même, sur ce monde rocheux, dénudé. S'ils étaient comme ça à soixante-cinq ans, et si le traitement ne servait qu'à les maintenir à ce stade, ne serait-ce que pendant quelques années de plus ou (et quel choc, encore maintenant !) des décennies ? Des décennies ? Eh bien, c'était stupéfiant quand même. C'en était rigoureusement trop pour lui, il n'arrivait pas à s'y faire. Il devait arrêter d'y penser, ou il allait faire sauter tous les rouages de sa boîte de vitesse mentale. Mais était-ce possible ? Etait-ce vraiment possible ? Le désir mordant de tous les vrais amants depuis le commencement des temps, d'avoir un peu plus de temps ensemble, de pouvoir faire durer les choses, de vivre pleinement leur amour... Et Maya semblait en proie aux mêmes sentiments. Elle était d'une humeur de rêve. Elle le regardait, les yeux mi-clos, avec ce demi-sourire qu'il connaissait si bien, ce demi-sourire qui voulait dire « viens un peu par ici », un genou levé, coincé sous son bras, sans précisément exhiber son sexe, juste à l'aise, détendue, comme si elle était toute seule... Non, il n'y avait rien de tel qu'une Maya heureuse, personne n'avait le bonheur aussi contagieux. Il éprouva une bouffée d'affection pour cet aspect de son caractère, comme une perfusion de sentiments. Alors, il posa la main sur son épaule et serra doucement. *Eros* n'était qu'une épice au festin d'*Agape*, et soudain, comme souvent, les mots jaillirent de sa bouche, et il dit des choses qu'il n'avait jamais dites encore.

— Marions-nous !

Elle rit en l'entendant et il continua :

— Non, non, je suis sincère. Oui, marions-nous et nous deviendrons vieux ensemble, vraiment vieux, nous profiterons de ces années de plus qu'on nous a offertes pour en faire une aventure que nous partagerons. Nous aurons des enfants qui auront des enfants. Et nous regarderons nos petits-enfants qui en feront d'autres encore. Seigneur, combien de temps cela pourra-t-il durer ?

Ils pourraient former toute une nation, devenir patriarche et matriarche, deux Adam et Eve martiens !

Maya riait à chaque phrase, le regard étincelant, plein d'affection. Ses yeux étaient maintenant deux fenêtres ouvertes sur un esprit heureux, tellement heureux. Elle buvait ses paroles en riant toujours.

Il sentait la caresse de son regard posé sur lui et il la regardait rire avec délectation à chacune des absurdités hilarantes qu'il laissait échapper, disant chaque fois : « Quelque chose comme ça, oui, quelque chose comme ça. Puis elle le serra très fort contre elle.

— Oh, John, tu me rends tellement heureuse. Tu es le meilleur des hommes que j'aie jamais connus.

Elle l'embrassa et il s'aperçut que malgré la chaleur du sauna, il était facile de passer d'*Agape* à *Eros*.

— Alors, tu vas m'épouser, et tout ça ?... demanda-t-il en verrouillant la porte du sauna.

— Quelque chose comme ça, dit-elle, le visage illuminé par un sourire de pur ravissement.

Quand on espère vivre encore deux cents ans, on se comporte autrement qu'avec vingt ans devant soi.

Ils le prouvèrent presque immédiatement. John resta à Acheron durant l'hiver, au seuil de la calotte de brume de CO^2 qui descendait du pôle Nord chaque année. Il étudiait l'aréobotanique avec Marina Tokareva et son équipe. Sax le lui avait demandé, et il n'était pas vraiment pressé de s'en aller. Sax semblait avoir oublié la chasse aux saboteurs, ce qui rendait John quelque peu soupçonneux. De son côté, il enquêtait toujours avec Pauline et se concentrait sur les secteurs où il avait travaillé avant de venir à Acheron, sur ses voyages, et aussi sur les CV de tous ceux qui avaient été employés sur des sites où s'étaient produits des sabotages. Il était à craindre qu'ils aient en face d'eux des adversaires nombreux, et les recoupements des déplacements individuels ne lui apprendraient probablement pas grand-chose. Mais tous ceux qui se trouvaient sur Mars actuellement y avaient été envoyés par une organisation et, en remontant à l'origine, à l'attribution des postes, il espérait décrocher quelques indications. C'était un travail compliqué et il devait se fier à Pauline non seulement pour les statistiques mais aussi pour les conseils, ce qui l'agaçait.

La plupart du temps, il avançait dans la connaissance d'une aréobotanique qui n'obtiendrait des résultats que dans quelques décennies au moins. Pourquoi pas ? Il avait le temps, et il pourrait avoir la chance d'observer les fruits des recherches de Marina. L'équipe de Marina était plongée dans la conception d'un nouvel arbre. Il participait à leurs études et partageait avec eux les corvées de labo. L'arbre était destiné à constituer une voûte dans une forêt à plusieurs niveaux qu'ils espéraient faire pousser dans les dunes de Vastitas Borealis. Ils étaient partis du génome d'un séquoia, mais leur but était d'obtenir des séquoias plus grands que ceux de la Terre, hauts de deux cents mètres, avec un tronc de cinquante mètres de diamètre à la base. L'écorce resterait gelée la plupart du temps, et les larges feuilles, qui ressembleraient probablement à des feuilles de tabac malades, seraient destinées à absorber la dose minimale de rayons UV sans endommager leur revers violine. Tout d'abord, John considéra que le diamètre du tronc était excessif, mais Marina lui fit remarquer que l'arbre pourrait ainsi absorber de grandes quantités de gaz carbonique, fixer le carbone, et libérer l'oxygène dans l'atmosphère. Et puis, la forêt serait spectaculaire : les premières variétés obtenues étaient des prototypes qui ne dépassaient pas dix mètres, et il faudrait compter encore vingt ans avant que les vainqueurs de la compétition atteignent leur taille de maturité. Pour l'heure, tous les prototypes mouraient dans les mini-serres sous atmosphère martienne. Il faudrait que les conditions atmosphériques changent considérablement pour qu'ils survivent à l'extérieur. L'équipe de Marina galopait en tête.

Mais tous se donnaient à fond. C'était le résultat du traitement : des expériences plus longues, des enquêtes plus longues (John grommela intérieurement), et des réflexions au long cours.

Sous bien des aspects, cependant, rien n'avait changé. John se sentait le même qu'auparavant, si ce n'est qu'il n'avait plus besoin de prendre d'omegendorphe pour retrouver un chantonnement intérieur. C'était comme s'il avait nagé un deux mille mètres, skié tout un après-midi ou... pris de l'omegendorphe. Autant apporter de l'eau à la mer. Parce que tout étincelait. Lorsqu'il s'engagea sur la crête, le monde visible étincelait littéralement : les bulldozers immobiles, une grue pareille à un échafaud. Il ne se lassait pas de les regarder.

Maya partit pour Hellas, ce qui n'était pas très grave : leurs rapports étaient repartis sur des montagnes russes, ils se chamaillaient à nouveau, elle avait à nouveau des états d'âme, mais tout cela n'était guère important. Planer dans la lumière ne changeait rien aux sentiments qu'il éprouvait pour elle, ou à la façon dont elle l'avait parfois regardé comme dans le temps. Il la reverrait dans quelques mois, il lui parlerait à l'écran. En attendant, cette séparation le soulageait un peu.

Ce fut un bon hiver. Il apprit beaucoup de choses en aréobotanique et en bio-ingénierie. Très souvent, après le dîner, il interrogeait les gens d'Acheron sur l'idée qu'ils se faisaient à terme d'une société martienne, à quoi elle devait ressembler, comment elle devrait être gouvernée. A Acheron, cela débouchait toujours sur des considérations écologiques, et leurs effets économiques distordus. Pour eux, ces questions étaient plus critiques que les problèmes politiques, ou ce que Marina appelait le dispositif supposé responsable. Les opinions de Vlad et de Marina à ce sujet étaient particulièrement intéressantes : ils avaient défini un système d'équations pour ce qu'ils avaient baptisé l'éco-économie, ce qui, aux oreilles de John, sonnait toujours comme économie d'écho. Il aimait les écouter expliquer les équations, et il leur posait des questions, et il apprenait en retour des concepts tels que la capacité de transport, la co-existence, la contre-adaptation, les mécanismes de légitimité et l'efficience écologique.

— C'est le seul moyen que nous ayons pour mesurer notre contribution au système, dit Vlad. Si on fait brûler nos corps dans un calorimètre à microbombe, on découvre que nous contenons six ou sept kilocalories par gramme et, bien sûr, nous absorbons une quantité considérable de calories pour survivre. Notre production est plus difficile à mesurer, parce qu'il ne s'agit pas de prédateurs qui se nourriraient de nous, comme dans les équations classiques d'efficience — il s'agit plutôt de savoir combien de calories nous produisons par nos efforts, ou combien nous en envoyons aux générations futures, quelque chose dans ce genre. C'est en grande part indirect, naturellement, et ça repose largement sur la spéculation, sur un jugement subjectif. Si on n'assigne pas de valeurs à un certain nombre d'éléments non physiques, alors les électriciens, les plombiers, les constructeurs de réacteurs et autres membres de l'infrastructure apparaîtraient toujours comme les éléments les plus productifs de notre société, alors que les artistes et autres seraient considérés comme n'apportant aucune contribution.

— Ça me paraît plutôt juste, plaisanta John, mais Vlad et Marina l'ignorèrent.

— En tout cas, ça représente une partie essentielle de ce que font les économistes : des gens arbitraires, ou qui, pour des questions de goût, assignent des valeurs numériques à des choses non numériques. Et ensuite, ils prétendent qu'ils n'ont pas rectifié les chiffres. L'économie est comme l'astrologie, si ce n'est que l'économie sert à justifier la structure actuelle du pouvoir, et elle a donc de fervents adeptes parmi ceux qui gouvernent.

— Mieux vaut nous concentrer sur ce que nous accomplissons ici, intervint Marina. L'équation de base est simple, l'efficience est égale aux calories que nous produisons, divisée par les calories que nous absorbons. Au sens classique du transfert des calories à un prédateur, la moyenne est de 10 %, mais 20 %, c'est vraiment bien. La plupart des prédateurs du sommet des chaînes alimentaires dépassent à peine 5 %.

— C'est pour cette raison que les tigres ont des territoires de chasse qui s'étendent sur des centaines de kilomètres carrés. Les magnats du crime ne sont jamais très efficaces.

— Et si les tigres n'ont pas de prédateurs, ça n'est pas parce qu'ils sont tellement dangereux, mais parce qu'ils ne valent pas l'effort, conclut John.

— Exactement !

— Le problème, c'est de calculer les valeurs, dit Marina. Nous avons dû nous contenter d'assigner certaines valeurs numériques équivalentes aux calories pour tout type d'activité, et partir de là.

— Mais nous parlions d'économie ? fit John.

— Mais c'est bien de l'économie. De l'éco-économie ! Chacun devrait bâtir sa vie, pour ainsi dire, par rapport à un calcul de sa contribution réelle à l'écologie humaine. Chacun peut augmenter son efficience écologique en faisant des efforts pour réduire les kilocalories qu'il utilise — c'est le vieil argument du Sud contre la consommation d'énergie des nations industrielles du Nord. Cette objection était écologiquement fondée, parce que quelle que soit la production des nations industrielles, sur une équation élargie, elles ne pourraient être aussi efficientes que le Sud.

— Mais elles étaient les prédateurs du Sud, remarqua John.

— Oui, et ils deviendront nos prédateurs, si nous les laissons faire. Et, comme tous les prédateurs, ils ont un taux d'efficience faible. Mais là, tu vois — dans cet état théorique d'indépendance dont tu parles... (Elle sourit devant l'air consterné de John.) Il faut que tu admettes que c'est au fond tout ce dont tu parles constamment, John. La loi devrait faire que chacun soit récompensé proportionnellement à sa contribution au système.

Dmitri, qui venait d'entrer dans le labo, lança :

— A chacun selon ses capacités, à chacun selon ses besoins[1] !

— Non, ça n'est pas pareil, protesta Vlad. Ça veut dire : vous aurez ce pour quoi vous avez payé.

— Mais c'est déjà vrai, fit John. En quoi est-ce différent de l'économie qui existe actuellement ?

Ils partirent d'un grand rire moqueur, et Marina fut la dernière à se calmer.

— Il existe toutes sortes de travail fantôme ! De valeurs irréelles assignées à la plupart des emplois sur Terre ! Tous les cadres des transnationales ne font rien qu'un ordinateur ne puisse faire ! Et il existe toutes sortes d'autres catégories d'emplois parasites qui n'apportent rien au système d'un point de vue écologique. La publicité, les agents de change, l'ensemble du dispositif dont le rôle est de manipuler l'argent pour en tirer de l'argent — c'est non seulement du gaspillage, mais de la corruption, puisque les valeurs monétaires signifiantes sont distordues dans ces manipulations.

Elle eut un geste de dégoût.

— On peut dire, enchaîna Vlad, que leur efficience est très basse, qu'ils peuvent être les prédateurs du système sans avoir aucun prédateur. On les trouve ou bien au sommet d'une chaîne, ou à l'état parasitaire : au niveau de la manipulation des lois, de la politique...

— Tous ces jugements sont subjectifs ! s'écria John. Comment avez-vous assigné des valeurs caloriques à une pareille variété d'activités ?

— Je dirais que nous avons fait de notre mieux pour calculer

---

1. Définition du communisme par Marx. (*N.d.T.*)

quelle est leur contribution au système en termes de bien-être mesuré comme facteur physique. A quoi équivaut l'activité en termes de nourriture, d'eau, d'abri, de vêtement, d'aide médicale, d'éducation... ou même de temps libre ? Nous en avons longuement discuté, et tous les habitants d'Acheron ont proposé un nombre. C'est ce moyen que nous avons employé. Regarde, je vais te montrer...

Et ils avaient parlé durant toute la soirée devant l'écran. John posait de temps en temps quelques questions, et branchait Pauline pour tout enregistrer. Ils repartaient dans les équations, leurs doigts couraient sur les graphiques et, parfois, ils prenaient un café, ou bien montaient jusqu'à la crête pour poursuivre leurs discussions véhémentes dans la serre. Ils se battaient sur les valeurs des plombiers, des chanteurs d'opéra, des programmes de simulation, au milieu des bambous et des légumes.

Ils étaient justement sur la crête, près du crépuscule, quand John lut une équation qui venait de se former sur son bloc de poignet. Il regarda longuement la pente d'Olympus Mons.

Le ciel s'était assombri. Il prit conscience qu'ils allaient sans doute assister à une double éclipse : Phobos masquait un tiers du soleil, et Deimos un neuvième. Deux fois par mois, les deux satellites se croisaient et projetaient une ombre double sur le paysage, comme si une taie leur avait voilé les yeux, ou comme s'ils avaient eu des idées noires.

Mais ça n'était pas une éclipse : Olympus Mons était hors de vue, et l'horizon sud était une barre brumeuse de bronze.

Il pointa l'index.

— Regardez ! Une tempête de poussière !

Il y avait bien dix ans qu'ils n'avaient pas eu une tempête de poussière à l'échelle planétaire. John appela les photos satellites sur son bloc. L'origine de la tempête se situait près du mohole de Thaumasia : Senzeni Na. Il appela Sax, qui cligna des yeux comme un vieux philosophe, et exprima sa surprise d'un ton mesuré.

— Les vents, au bord de la tempête, étaient de l'ordre de 60 à 600 kilomètres à l'heure, déclara Sax. Un nouveau record planétaire. On dirait que ça va être dur. Je pensais que les sols cryptogamiques allaient atténuer les tempêtes, et même les arrêter. Il est évident que ce modèle avait une tare.

— D'accord, Sax, c'est vraiment dommage, mais ça ira quand même. Je vais y aller maintenant, parce que ça va passer droit sur nous et j'aimerais bien observer comment ça se passe.

— Amuse-toi bien, dit Sax d'un ton neutre avant que John coupe la communication.

Vlad et Ursula se moquaient déjà du modèle de Sax — les gradients de température entre le sol biotiquement dégivré et les zones encore gelées seraient plus importants que jamais, et donc les vents entre ces deux régions encore plus violents. Et quand ils atteindraient les champs de poussière de minerais à fleur de sol, ça éclaterait. C'était évident.

— Mais c'est ce qui se passe, dit John en riant.

Il descendit vers la serre pour observer seul l'approche de la tempête. Les scientifiques pouvaient être tellement vaches, parfois...

Le mur de poussière descendait les pentes de lave d'Olympus Mons sur l'auréole du nord. Il avait déjà avalé une bonne moitié du paysage depuis que John avait levé les yeux. Il déferlait comme un mascaret, comme une vague qui s'enflait, lourde comme du chocolat, haute de 10 000 mètres. Une dentelle de bronze, un filigrane s'élevait et retombait dans le ciel rose, laissant de longues ondulations pareilles à des cirrus.

— Hé ! La voilà ! cria John. Elle arrive !

Et soudain, le sommet de l'arête d'Acheron parut s'ériger encore plus haut au-dessus des canyons longs et étroits. Et, plus bas, d'autres crêtes surgissaient de la lave craquelée comme des dos de dragons. Un lieu sauvage et bien trop exposé pour affronter le déferlement d'une telle tempête. John se pencha une fois encore et cria dans un rire fou :

— Hé ! Hé ! Regardez-moi ça !

Soudain, la poussière les submergea, elle les enveloppa dans les ténèbres avec un hurlement suraigu. Le premier impact sur la chaîne d'Acheron provoqua une turbulence terrible, et des tornades cycloniques surgirent de tous les angles, frappant les parois des goulets étranglés avant de jaillir vers le ciel, s'évanouissant pour reparaître. Le sifflement était ponctué de coups sourds : les ondes de choc allaient mourir dans le roc. Puis, rapidement, au rythme d'un rêve, le vent se stabilisa en une vague déferlante et douce. John éprouva une nausée, comme si la serre tout entière tombait vers le bas de la falaise. Ça y ressemblait bien, d'ailleurs, car la crête avait provoqué un fort courant ascendant.

Il recula et vit que la poussière dérivait vers le nord, maintenant. A présent, il voyait sur des kilomètres. Puis le vent revint, mordit le sol, et la poussière explosa à nouveau en rafales sourdes.

Il avait les yeux secs, et il n'arrivait pas à décoller les lèvres. Les grains de poussière ne dépassaient pas le micron. N'y en avait-il pas une mince couche luisante sur les bambous ? Non. C'était une illusion causée par la lumière étrange de la tempête. Mais il savait bien que la poussière allait pénétrer partout. Jamais aucun système de joint n'avait pu les protéger.

Vlad et Ursula n'avaient pas totalement confiance dans la capacité de résistance aux vents de leur serre, et ils demandèrent que tout le monde descende. John reprit contact avec Sax, dont les lèvres étaient plus crispées que jamais. Cette tempête allait les obliger à faire une importante isolation, annonça-t-il d'un ton neutre. Les températures équatoriales de surface avaient été de 18 degrés supérieures à la moyenne, mais les relevés de Thaumasia étaient toujours inférieurs de 6 degrés, et elles continueraient de chuter pendant toute la tempête. Et il ajouta (ce qui parut une conclusion quasi masochiste pour John) que les colonnes thermiques des moholes porteraient la poussière plus haut que jamais, et qu'il était possible, par conséquent, que la tempête dure très longtemps.

— Ne t'en fais pas, lui dit John. Moi, je crois qu'elle mourra plus vite qu'avant. Ne sois pas pessimiste.

Plus tard, après quinze jours, Sax devait rappeler à John ses prévisions, avec un petit rire.

Officiellement, seuls les trains avaient le droit de circuler pendant une tempête, et à condition d'emprunter des voies à double transpondeur. Mais, quand il apparut à l'évidence que celle-là ne mourrait pas avant la fin de l'été, John décida d'ignorer les restrictions et reprit ses errements. Il chargea à fond son patrouilleur, prit un patrouilleur d'appoint pour le suivre. Pauline, sur le siège du conducteur, serait à même de le piloter dans l'hémisphère nord : il en était certain. Les patrouilleurs tombaient rarement en panne, à cause de leurs systèmes de monitoring internes parfaitement intelligents qui étaient reliés aux ordinateurs de contrôle. Jamais deux patrouilleurs n'étaient tombés en panne en même temps, et il n'y avait eu qu'un seul mort. Aussi John dit-il au revoir à toute l'équipe d'Acheron avant de reprendre la piste.

Rouler dans la tempête, c'était comme de rouler de nuit, mais en plus intéressant. La poussière passait en bourrasques fulgurantes entre deux poches de ciel clair. Il entrevoyait des séquences-éclair en sépia, comme si le paysage tout entier roulait vers le sud. Puis les rideaux furieux de poussière revenaient et giflaient les vitres du patrouilleur. Le véhicule était durement balancé au cœur des rafales, et la poussière s'était infiltrée partout.

Au quatrième jour, il mit le cap droit au sud, et attaqua la pente d'extrême nord de la Dorsale de Tharsis. Il montait et, à présent, il n'affrontait pas une falaise mais une grande déclive perdue dans l'ombre de la tempête. Il roula ainsi toute une journée et se retrouva très haut sur les flancs de Tharsis, à plus de 5 000 mètres d'altitude par rapport à Acheron.

Il s'arrêta près d'une autre mine, située à proximité du cratère *Pt* (que l'on appelait plus aisément Pete), au sommet de Tantalus Fossae. La Dorsale de Tharsis avait été à l'origine du grand flot de lave qui couvrait Alba Patera. Des surrections ultérieures avaient fait craquer le bouclier de lave, créant ainsi les canyons de Tantalus. Certains avaient fissuré une inclusion riche en platinoïdes que les mineurs avaient baptisée les Reflets de Merenski. Là, les mineurs étaient d'authentiques Azaniens, mais ils continuaient de se donner le nom d'Afrikanders, et parlaient l'afrikaans. John fut accueilli par des Blancs dans un concert de *God ! volk !* et *trek !* Ils avaient baptisé les canyons sur lesquels ils travaillaient Neuw Orange Free State et Neuw Pretoria. Tout comme leurs collègues de Bradbury Point, ils travaillaient pour l'Armscor.

— Oui, nous avons trouvé du fer, du cuivre, de l'argent, du manganèse, de l'aluminium, de l'or, du platine, du titane, du chrome... Tout ce que vous voulez, lui annonça le directeur des opérations, un personnage jovial, avec d'épais favoris, un nez pointu, le sourire canaille et un accent néo-zélandais particulièrement épais. Et aussi des sulfates, des oxydes, des silicates... On trouve de tout dans le Grand Escarpement.

La mine avait été ouverte un an auparavant sur le plancher du canyon. L'habitat était à demi enfoui dans la mesa qui séparait les deux plus larges canyons. Elle ressemblait à la coquille d'un œuf transparent rempli d'arbres verts et de tuiles orangées.

John passa plusieurs jours avec les Afrikanders. Il leur demanda fréquemment comment ils comptaient expédier leur production aussi précieuse que lourde jusqu'à la Terre. Est-ce que le bénéfice ne serait pas écrasé par le coût du transport ?

— Certainement, lui répondirent-ils comme ceux de Bradbury Point. Il nous faut l'ascenseur spatial pour que ce soit rentable.

Et leur chef ajouta :

— Avec l'ascenseur, nous serons sur le marché terrien. Sans lui, jamais nous ne pourrons faire décoller tout ça de Mars.

— Ça n'est pas nécessairement une mauvaise chose, dit John.

Mais ils ne comprirent pas et, quand il tenta de s'expliquer, leurs visages se fermèrent et ils acquiescèrent poliment pour éviter d'aborder le débat politique. Les Afrikanders avaient toujours excellé dans cet art. Quand John réalisa ce qui se passait, il se rendit compte qu'il n'avait qu'à mettre la conversation sur le terrain politique pour gagner du temps. C'était comme s'il avait lancé une bombe de gaz lacrymogène dans la pièce. C'est ce qu'il dit un soir à Maya, par le truchement de son bloc-poignet.

Ce qui permit à John d'explorer seul les mines pendant une bonne partie de l'après-midi. Il demanda à Pauline d'enregistrer tout ce qu'elle pouvait trouver et elle répondit qu'aucun schéma inhabituel ne correspondait à cette opération. Elle lui transmit pourtant un échange de communications avec les bureaux de l'Armscor : le site de Tantalus avait demandé une unité de sécurité d'une centaine de personnes, et Singapour avait donné son accord.

John siffla entre ses dents.

— Et l'AMONU ?...

La sécurité dépendait d'eux, et ils donnaient régulièrement leur accord pour des dispositifs de sécurité privés. Mais une centaine de personnes pour un seul site ?... John demanda à Pauline de consulter les messages de l'AMONU sur ce sujet, avant d'aller dîner avec les Afrikanders.

Une fois encore, il fut question de l'ascenseur spatial comme d'une nécessité absolue.

Malgré les cent microgrammes d'omegendorphe qui inondaient son corps de dix ans, John n'était pas vraiment de bonne humeur.

— Est-ce qu'il y a des femmes qui travaillent ici ?

Ils le fixèrent sans répondre. En fait, ils étaient pires que les musulmans.

Il les quitta le lendemain et prit la route de Pavonis Mons, préoccupé par l'ascenseur spatial.

Il poursuivait l'escalade de Tharsis. Pas un instant il n'aperçut le cône sanguinolent d'Acraeus Mons, enveloppé dans la poussière. Il voyageait maintenant dans une série de petites cuvettes et le patrouilleur était sérieusement secoué. Il contournait Ascraeus par le flanc ouest. Il passa sur la crête de Tharsis, entre Ascraeus et Pavonis. Là, la route à transpondeurs doubles se changea littéralement en un ruban de béton qui le conduisit droit jusqu'à la pente nord de Pavonis Mons. Mais elle était si longue qu'il eut l'impression de s'envoler lentement dans l'espace.

Le cratère de Pavonis — les Afrikanders le lui avaient rappelé — était étrangement équatorial. Le O de sa caldeira était comme un ballon placé très exactement sur l'équateur de Mars. Ce qui faisait de la bordure sud de Pavonis le point d'attache parfait pour un ascenseur spatial, à vingt-sept kilomètres au-dessus du niveau zéro de Mars. Phyllis avait déjà dessiné les plans d'un habitat préliminaire. Elle s'était portée volontaire pour travailler sur le projet, dont elle était une des instigatrices.

L'habitat avait été creusé dans la paroi de la caldeira, dans le style du Belvédère d'Echus, de telle façon que les baies de la plupart des étages s'ouvraient sur la caldeira, du moins quand la poussière retombait. Les agrandissements photo montraient que la caldeira se reformerait comme une simple dépression circulaire, avec des parois de 5 000 mètres, et des terrasses à l'approche du fond. Elle s'était effondrée souvent au cours des premiers âges de son existence, mais presque toujours au même endroit. C'était le seul parmi les grands volcans à s'être comporté de façon aussi régulière. Les trois autres avaient des caldeiras qui formaient des cercles superposés.

Le nouvel habitat, qui n'avait pas encore de nom, avait été construit par l'AMONU. Mais l'équipement et le personnel provenaient de la transnationale Praxis, l'une des plus importantes de la Terre. Dans le personnel, dont certains cadres appartenaient à d'autres transnationales qui agissaient en tant que sous-traitants pour le projet ascenseur, on trouvait des gens de l'Amex, d'Oroico, de Subarashii et de

Mitsubishi. Tous les travaux étaient placés sous la coordination de Phyllis, qui semblait être l'assistante d'Helmut Bronski, responsable de l'ensemble du projet.

Helmut était présent. Quand John l'eut retrouvé en même temps que Phyllis, on lui présenta les consultants avant de le conduire jusqu'à une immense salle. Derrière les baies, il découvrit des nuages de poussière orange qui tourbillonnaient dans la caldeira, ce qui donnait l'impression que toute la salle montait vers le ciel dans une lumière atténuée et fluctuante.

L'unique mobilier était un globe de Mars d'un mètre de diamètre, installé sur une estrade de plastique bleu. Un câble d'argent long de cinq mètres reliait la petite bosse qui représentait Pavonis Mons à une tache noire. Le globe tournait lentement, à un tour par minute, et le câble d'argent tournait en même temps, son extrémité restant fixée sur Pavonis.

Ils étaient huit, regroupés autour du globe.

— Tout est à l'échelle, dit Phyllis. La distance entre le satellite aréosynchrone et le centre de la masse est de 20 435 kilomètres, le rayon équatorial de 3 386 kilomètres, ce qui nous donne une distance de 17 049 kilomètres entre la surface et le point synchrone. Il suffit de doubler ça, d'ajouter le rayon, et ça nous donne 37 484 kilomètres. Nous disposerons d'un rocher de lest à l'autre extrémité, et par conséquent le câble ne devra pas être aussi long que ça. Son diamètre sera d'environ dix mètres, et il devrait peser dans les six milliards de tonnes. Les matériaux de construction proviendront de son point de lest, qui devrait être un astéroïde de treize milliards et demi de tonnes. Quand tout aura été foré et le câble fixé, il n'en restera que sept milliards et quelques. Ce n'est pas un astéroïde très important, disons dans les deux kilomètres de diamètre. Il existe six candidats qui croisent l'orbite de Mars, six astéroïdes d'Amor. Le câble sera fabriqué par les robots de la mine et le carbone sera traité à partir des chondrites de l'astéroïde. Ensuite, dans les derniers stades de construction, on déplacera le câble jusqu'à son point d'attache. Là. (Phyllis pointa le doigt vers le sol en un geste dramatique.) Le câble sera aréosynchrone avec l'orbite, il sera à peine en contact avec le sol et son poids sera suspendu entre l'attraction de la planète, la force centrifuge de sa partie supérieure et le lest de la roche à son point terminal.

— Et Phobos ? l'interrompit John.

— Phobos est droit en bas, bien entendu. Le câble va vibrer de façon à l'éviter. Les concepteurs appellent ça une oscillation de Clarke. Ça ne posera aucun problème. Deimos aussi devra être contournée par oscillation, mais avec son orbite plus inclinée, ce sera plus facile.

— Et quand il sera en place ? demanda Helmut, avec une expression rayonnante.

— Quelques centaines d'ascenseurs au moins seront attachés au câble, et leurs chargement seront montés sur orbite en utilisant un système de contrepoids. Il y aura une quantité de matériaux à réceptionner de la Terre, comme d'habitude, ce qui minimisera les besoins en énergie. Il sera également possible d'utiliser la rotation du câble à la manière d'une fronde : les objets libérés de l'astéroïde-lest en direction de la Terre utiliseront la force de rotation de Mars pour la poussée initiale. Economie d'énergie : 100 %. C'est une méthode propre, efficace, extraordinairement économique. Aussi bien pour larguer des charges jusqu'à l'espace que pour leur donner une impulsion d'accélération. Si l'on tient compte des récentes découvertes de métaux stratégiques, qui commencent à manquer sur Terre, une ascension sur orbite plus une poussée gratuite, c'est d'une valeur inestimable, littéralement. Ça rend possible un échange qui n'était pas économiquement viable auparavant. Ce sera une composante essentielle de l'économie martienne, la pierre de touche de son industrie. Et le coût de la construction ne sera pas aussi élevé que ça. Dès qu'un astéroïde carbonacé sera placé sur l'orbite requise et qu'on y aura implanté une usine robotisée pour la fabrication du câble, ce sera comme une grande araignée qui tisse son fil dans l'espace. Nous n'aurons presque rien à faire, sinon attendre. Telle qu'elle a été conçue, l'usine devrait produire 3 000 kilomètres de câble par an — ce qui signifie que nous devons commencer aussi tôt que possible, mais, quand la production aura démarré, ça ne prendra que dix ou onze années. Et ça vaut le coup d'attendre.

John fixait Phyllis, comme toujours impressionné par sa ferveur. Elle se comportait comme un prêcheur, comme un converti témoignant de sa foi, sereine, confiante et triomphante à la fois. Le miracle de l'Ascension aux Cieux. Jack et la tige de haricot [1]. Il y avait un peu de miracle dans tout cela.

— A vrai dire, continuait-elle, nous n'avons pas le choix. Cela va nous libérer de notre puits gravifique, l'éliminer en tant que problème physique et économique. C'est crucial : sans cela, nous serions court-circuités, comme l'Australie l'a été au XIXᵉ siècle, parce qu'elle était trop loin pour constituer une partie signifiante de l'économie mondiale. Si nous ne faisons pas ça, ceux de la Terre exploiteront directement les astéroïdes, qui disposent de vastes ressources en minerais et qui n'ont pas de contrainte gravitationnelle. Sans l'ascenseur, nous ne serions plus qu'un trou perdu.

Shikata ga nai, songea John, sardoniquement. Phyllis lui jeta un regard rapide, comme s'il s'était exprimé à haute voix.

— Nous ne laisserons pas faire ça, dit-elle. Et le plus important,

---

1. *Jack fait des affaires, Jack le tueur de géants, Jack et la tige de haricot* font partie de contes du folklore anglais du XVIIIᵉ siècle. *Jack et la tige de haricot* a été largement étudié par Bruno Bettelheim dans *Psychanalyse des contes de fées*. (*N.d.T.*)

c'est que notre ascenseur servira de prototype expérimental pour un modèle terrien. Les transnationales qui vont construire le nôtre seront en position majoritaire quand il s'agira de passer au stade contractuel pour le projet terrien, beaucoup plus important.

Et elle continua, en soulignant tous les aspects de la situation puis en répondant aux questions des cadres avec son brio habituel. Ses interventions étaient saluées par des rires, et elle était radieuse, les joues roses, les yeux brillants. John avait l'impression de voir des flèches de feu rayonner de la masse de ses cheveux auburn, qui ressemblaient à une masse de joyaux dans la lumière de l'orage. Les scientifiques comme les cadres vibraient de plaisir sous son regard. Ils tenaient là un gros morceau, ils le savaient. Sur Terre, les matériaux que l'on trouvait sur Mars commençaient à manquer. Il y avait ici des fortunes à gagner. Et quiconque détiendrait un bout du pont sur lequel chaque once de métal devait passer se ferait aussi une véritable fortune. C'est probablement même celui qui y gagnerait le plus.

Rien d'étonnant à ce que Phyllis et son équipe aient l'air de dire une messe.

Avant le dîner, John se rendit dans sa salle de bains et, sans même jeter un coup d'œil dans le miroir, il avala deux tablettes d'omegendorphe : il en avait marre de Phyllis. L'omegendorphe fit son effet. Phyllis n'était qu'un élément du jeu, après tout. Lorsqu'il gagna la table, il était détendu. Bon, se dit-il, ils vont avoir leur mine d'or sur leur haricot géant. Mais, à l'évidence, ils ne pourraient pas garder tout ça pour eux. C'était hautement improbable. Dans leur bonheur ronronnant, ils avaient l'air un peu idiots. Il ne put s'empêcher de rire devant leurs congratulations enthousiastes :

— Est-ce que vous ne pensez pas qu'il est très improbable qu'un ascenseur comme ça demeure une propriété privée ?

— Mais ça n'était pas dans nos intentions, rétorqua Phyllis avec son sourire lumineux.

— Mais vous vous attendez quand même à être payés pour sa construction. Et vous espérez que l'on vous accorde des concessions, non ? Et vous espérez aussi tirer profit de cette aventure risquée, n'est-ce pas ? N'est-ce pas le capitalisme dans toute sa splendeur ?

— Oui, bien entendu, dit Phyllis, visiblement offensée qu'il ait parlé de façon aussi élémentaire de telles choses. Tout le monde sur Mars en profitera, c'est normal.

— Et vous prendrez un pourcentage sur chaque pourcentage.

Les prédateurs au sommet de la chaîne alimentaire. Ou plutôt, les parasites, à chaque extrémité...

— Est-ce que vous savez si les constructeurs du Golden Gate Bridge se sont enrichis ? Est-ce que des dynasties transnationales se sont formées à partir de sa construction ? Non. Car c'était un projet public, n'est-ce pas ? Les constructeurs du Golden Gate étaient des fonctionnaires, avec un salaire normal. Est-ce que vous voulez parier que le traité de Mars ne stipule pas une disposition similaire pour toute infrastructure construite ici ? J'en suis certain.

— Mais il doit être révisé dans neuf ans, contra Phyllis, le regard flamboyant.

John lui répondit par un rire.

— Mais oui ! Tu serais surprise de savoir combien de gens sur cette planète sont en faveur d'une restriction renforcée sur les investissements et les profits terriens. Mais tu ne t'en es pas préoccupée, c'est tout. Il faut te souvenir que nous avons affaire à un système économique construit à partir de rien, sur des principes qui n'ont de sens qu'en termes scientifiques. Notre capacité de support est limitée, et si nous voulons créer une société viable, il ne faut pas perdre ça de vue. On ne peut pas envoyer comme ça des matériaux bruts en direction de la Terre — l'ère coloniale, c'est fini.

Tous les regards étaient rivés sur lui et il rit à nouveau en se sentant mitraillé sur place.

Plus tard, il se fit la réflexion que ça n'avait peut-être pas été une très bonne idée de leur mettre le nez aussi durement dans la réalité. L'homme de l'Amex avait même porté son poignet à sa bouche pour murmurer quelques notes, et à l'évidence il comptait bien que John ait vu son geste.

« John Boone et ses bonnes nouvelles ! » avait-il grommelé, certain d'être entendu. Bon, ça faisait toujours un suspect de plus.

Mais John eut du mal à trouver le sommeil.

Il quitta Pavonis le lendemain pour faire route vers l'est, suivant les pentes de Tharsis droit vers Hellas, vers Maya, à 7 000 kilomètres de là. La grande tempête renforçait étrangement le côté solitaire de cette traversée. Il entrevit les Highlands du sud comme des images fugaces, floues, au travers de rideaux de sable ondoyants, dans le sifflement du vent.

Maya l'attendait. Elle l'accueillit avec plaisir. Jamais encore il n'avait visité Hellas, et ils étaient nombreux à vouloir le rencontrer. Ils avaient découvert une ressource aquifère exploitable vers le nord de Low Point, et ils avaient bien l'intention de pomper l'eau jusqu'à la surface et de créer un lac. Sa surface gelée se sublimerait en permanence dans l'atmosphère, et eux continueraient à pomper au fond.

De cette manière, ils enrichiraient l'atmosphère et constitueraient un réservoir d'eau et de chaleur dont profiteraient les cultures dans les fermes sous dôme qu'ils prévoyaient de construire tout autour du lac. Maya semblait très excitée par ces plans.

Puis, il repartit.

Le long voyage de John le plongea dans un état hypnotique, tandis qu'il filait de cratère en cratère sous les longs nuages de poussière.

Un soir, il fit halte dans une colonie chinoise où personne ne parlait l'anglais. Ils vivaient dans des boxes qui rappelaient le parc de caravaning de leurs débuts. Pour dialoguer, ils durent faire appel à une intelligence artificielle dont le programme de traduction déchaîna les rires durant une bonne partie de la soirée. Deux jours après, il s'arrêta sur le site d'une mine atmosphérique énorme installée par les Japonais sur les hauteurs d'un col étroit entre deux cratères. Là, tout le monde parlait un anglais parfait. Ils étaient sous le coup de la frustration, car les extracteurs d'atmosphère avaient été bloqués par la tempête. Les techniciens accompagnèrent John, avec un sourire douloureux, pour une visite cauchemardesque des systèmes de filtres qu'ils avaient mis au point pour permettre le travail permanent des pompes. Tout cela pour rien.

A trois journées de voyage des Japonais, à l'est, il rencontra un caravansérail soufi sur les hauteurs d'une mesa circulaire particulièrement escarpée. Elle avait constitué autrefois le fond d'un cratère, mais le métamorphisme l'avait durcie à tel point qu'elle avait résisté à l'érosion qui avait largement tailladé les terres plus tendres dans les siècles suivants. A présent, la mesa se dressait au-dessus de la plaine comme un piédestal indestructible haut de plus de 1 000 mètres. John n'eut qu'à suivre la double rampe qui accédait au sommet.

Une fois là-haut, il découvrit que la mesa était située sur un point fixe dans les vagues de la tempête de poussière, de sorte que le soleil trouait plus fortement les nuages à cet endroit que partout ailleurs, même sur le pourtour du cratère de Pavonis. La visibilité était presque aussi limitée, mais tout était plus vivement coloré, les aurores étaient violet et marron chocolat, les journées une profusion de jaunes et de rouges, de tons d'ambre et de rouille occasionnellement illuminés par l'or du soleil.

C'était un endroit magnifique, et les soufis se révélèrent plus hospitaliers que tous les groupes arabes qu'il avait rencontrés jusqu'alors. Ils faisaient partie du dernier contingent arabe qui avait débarqué sur Mars, lui apprirent-ils, au titre de concession des diverses factions arabes de la Terre. Les soufis étaient présents en grand nombre dans la société scientifique de l'Islam, et personne ne s'était opposé à ce qu'ils forment un groupe cohérent sur Mars. L'un d'eux, un petit homme noir du nom de Dhu el-Nun, déclara à John :

— C'est merveilleux de voir qu'en cette période des soixante-dix voiles, vous, le grand *talib*, avez suivi votre *tariqat* pour nous rejoindre.

— *Talib ?* répéta John. *Tariqat ?*

— Un *talib* est un chercheur. Et la piste du chercheur est son *tariqat*, son sentier personnel, voyez-vous. Celui qui le guide vers la réalité.

— Oh, oui, je vois ! fit John, encore sous l'émotion de leur accueil fraternel.

Dhu le conduisit jusqu'à un bâtiment bas et noir situé au centre d'un cercle de patrouilleurs. Une chose ronde, bourrée d'énergie, bâtie sur le modèle de la mesa elle-même, avec des vitres de cristal brut. Dhu indiqua à John que le matériau noir était de la stishovite, un silicate à haute densité extrait des restes des roches météoritiques, et qui avait dû être créé sous des pressions de l'ordre du millier de tonnes au centimètre carré. Quant aux vitres, elles étaient constituées de léchateriélite, une forme de verre comprimé qui s'était également créée durant l'impact météoritique.

Un groupe d'une vingtaine de personnes l'attendait à l'intérieur, hommes et femmes en nombre égal. Les femmes ne portaient pas le voile et agissaient comme les hommes, ce qui surprit John : apparemment, les soufis se distinguaient des autres Arabes en général. Il s'assit, but le café avec eux, et se mit à poser des questions. Il apprit qu'ils étaient des soufis qadarites, des panthéistes influencés par l'ancienne philosophie grecque et l'existentialisme moderne. Ils essayaient, en suivant la voie de la science moderne et le *ru'yat-al-qalb*, la vision du cœur, de ne faire qu'un avec cette ultime réalité qu'était Dieu.

— Il existe quatre voyages mystiques, lui expliqua Dhu. Le premier commence par la gnose et s'achève par la *fana*, ou bien il transcende tous les phénomènes. Le second commence si la *fana* est suivie de la *baqa,* ou si elle s'y soumet. A ce point-là, ton voyage dans le réel, *par* le réel, vers le réel, et toi en tant que réalité, vous êtes un *haqq*. Après que vous vous serez déplacés au centre de l'univers spirituel, vous ne ferez qu'un avec ceux qui auront accompli le même voyage.

— Je crois, dit John, que ce voyage, je ne l'ai pas encore entamé. Je ne connais rien de tout ça...

Ils étaient satisfaits de sa réponse.

— Vous pouvez encore commencer, lui dirent-ils en lui versant une autre tasse de café. On le peut toujours.

Ils étaient tellement amicaux et encourageants comparés aux Arabes que John avait rencontrés jusque-là qu'il leur parla de ses voyages, de son expédition jusqu'à Pavonis, et des plans pour le grand ascenseur.

— Dans ce monde, il n'est pas de rêverie sans sincérité, commenta Dhu.

Et, quand il leur rapporta sa rencontre avec la caravane arabe et Frank dans Vastitas Borealis, Dhu déclara d'un ton énigmatique :

— C'est l'amour du droit qui attire les hommes vers le mal.

Ce qui fit rire l'une des femmes :

— Chalmers est l'un de tes *nafs*.

— Ça veut dire quoi ? s'exclama John.

Ils riaient tous. Dhu secoua la tête.

— Ce n'est pas un de tes *nafs*. Un *naf* est au service du mal, et certains croient qu'il vit dans la poitrine de l'homme.

— Comme une espèce d'organe ?

— Comme une créature réelle. Mohammed ibn'Ulyan, par exemple, a rapporté qu'un être semblable à un jeune renard lui aurait sauté à la gorge, et qu'il serait devenu plus gros quand il lui a donné un coup de pied. C'étaient ses *nafs*.

— C'est un autre nom pour désigner votre ombre, expliqua la femme.

— Bien, conclut John. Il existe peut-être, alors. A moins que les *nafs* de Frank aient reçu beaucoup de coups de pied.

Et ils rirent tous avec lui à cette pensée.

Plus tard en fin d'après-midi, le soleil perça plus brillamment la poussière, illuminant les nuages qui s'effilochaient et, ainsi, le caravansérail prit l'aspect du ventricule d'un cœur géant qui pulsait dans les bourrasques. Les soufis s'interpellèrent, groupés devant les fenêtres de léchateliérite et, rapidement, ils s'habillèrent pour sortir dans le monde cramoisi, dans le vent, criant à Boone de les suivre. Avec un sourire, il enfila une tenue, avalant subrepticement une tablette d'omeg.

Ils se dirigèrent vers le pourtour déchiqueté de la mesa, les yeux fixés sur les nuages et la vaste plaine tapissée d'ombres, désignant à John les détails visibles. Ensuite, ils se rassemblèrent près du caravansérail et John écouta leurs mélopées. Certains traduisaient les paroles en anglais pour les Arabes et les Farsi.

— Ne possède rien et ne sois possédé par rien. Rejette ce que tu as dans la tête, donne ce que tu as dans ton cœur. Ici un monde et là un monde. Nous sommes assis sur le seuil.

— L'amour fait vibrer l'accord du luth de mon âme, et me change en amour de la tête aux pieds.

Et ils se mirent à danser. En les observant, John comprit : c'étaient des derviches tourneurs. Ils sautaient au rythme des tambours, bondissaient et tournoyaient lentement, surnaturels, les bras étendus. Ils recommençaient sans cesse. Des derviches qui tournaient dans la tempête, sur une grande mesa ronde qui avait été le creux d'un cratère noachien. C'était tellement merveilleux dans les stries de lumière sanglante, que John se leva et se mit à tourbillonner avec eux. Il rompit les symétries, et se cogna parfois contre d'autres danseurs, mais nul ne semblait y faire attention. Il découvrit qu'il était plus facile de sauter dans le vent, de ne pas perdre son équilibre. Mais une bourrasque pouvait vous faucher. Et il rit. Certains chantaient pardessus la musique, en ululements traditionnels séparés d'un quart de ton, ponctués par des cris et des halètements rauques et rythmiques. Ils répétaient la phrase *Ana el-Haqq, ana el-Haqq* : Je suis Dieu, je suis Dieu. Une hérésie soufi. La danse était censée hypnotiser celui qui la regardait — dans certains autres cultes musulmans, on faisait appel à l'autoflagellation, John le savait. Mieux valait tourbillonner comme ça. Il se joignit au chant des autres avec son propre souffle, rapide et rude, ponctué de grognements et de sons vagues. Et, sans même y penser, il mêla au rythme du chant les noms de Mars : Al-Qahira, Arès, Auqakuh, Bahram, Harmakhis, Hrad, Huo Hsing, Kasei, Ma'adim, Maja, Mamers, Mangala, Nirgal, Shalbatanu, Simud, Tiu. Il avait mémorisé cette liste des années auparavant, pour faire son petit numéro dans les soirées. A présent, il était surpris que cela fasse une mélopée séduisante, qui semblait stabiliser sa rotation. Les autres danseurs riaient. De bonheur. Ça leur plaisait. Il avait l'impression d'être ivre, que tout son corps était un fredonnement heureux. Il répéta plusieurs fois sa litanie avant d'enchaîner sur le seul nom arabe : Al-Qahira, Al-Qahira, Al-Qahira. Puis se souvenant des quelques mots qu'on lui avait traduits, il reprit : « Ana el-Haqq, ana Al-Qahira. Ana el-Haqq, ana Al-Qahira ». Je suis Dieu, je suis Mars, je suis Dieu... Les autres se joignirent à lui et il entrevit leurs visages rayonnants. C'étaient de merveilleux derviches. Quand ils tendaient les doigts, ils traçaient des arabesques dans la poussière rouge. Puis, ils le touchèrent, l'effleurèrent, le guidant dans la trame de leur danse. Il ne cessait de répéter les noms de Mars, et ils les répétaient après lui. En arabe, en sanskrit, en inca... Et cela devint une musique polyphonique, magnifique et fascinante, presque effrayante, car tous les noms de Mars venaient d'autres temps où les mots résonnaient autrement et avaient un pouvoir.

Je vais vivre mille ans, se dit John.

Quand il cessa enfin de danser, il s'assit sur le sol et les regarda. Il se sentait mal, soudain. Le monde fluctuait, et son oreille interne continuait à tourner comme une boule de roulette. La scène pulsait, il n'aurait su dire si c'était à cause des tourbillons de poussière ou de ceux des danseurs. Des derviches sur Mars ? Dans le monde musulman, ils étaient en quelque sorte des déviationnistes, avec un pouvoir œcuménique rare dans l'Islam. Et des scientifiques également. C'était peut-être par eux qu'il pourrait pénétrer dans l'Islam. Ils étaient son *tariqat*. Et leurs cérémonies de derviches tourneurs pourraient peut-être faire partie de l'aréophanie, tout comme pendant sa mélopée personnelle. Il se redressa en vacillant. Tout d'un coup, il comprit qu'il n'était pas nécessaire d'inventer à partir de rien, qu'on pouvait faire du neuf à partir du vieux, en réalisant la synthèse de tout ce qu'il comportait de meilleur.

L'amour a fait vibrer l'accord d'amour de mon luth... Tout était trop flou. Les autres le soutenaient en riant. Il leur parla, avec l'espoir qu'ils le comprendraient.

— Je me sens malade. Je crois que je vais vomir. Mais il faut que vous me disiez quand nous pourrons laisser derrière nous notre triste fardeau terrien. Pourquoi nous ne pouvons inventer ensemble une nouvelle religion. Adorer Al-Qahira, Mangala, Kasei !

Ils rirent et le portèrent sur leurs épaules.

— Je suis sérieux, insista-t-il dans le tourbillon du monde. Je veux que vous le fassiez, que vous dansiez. C'est à vous de définir cette religion. Vous l'avez déjà fait.

Mais il était dangereux de vomir dans un casque, et ils le déposèrent dans l'habitat aussi vite que possible. Tandis qu'il vomissait, une femme lui maintenait la tête. Elle lui dit doucement en un anglais sub-continental musical :

— Le roi de Perse avait demandé à ses sages une chose simple qui pourrait le rendre heureux quand il serait triste. Ils se consultèrent et revinrent avec un anneau sur lequel étaient gravés ces mots : ces choses-là passeront aussi.

— Bon pour les recycleurs, dit Boone.

Il recula en titubant. Bizarre, mais il ne parvenait pas à rester stable.

— Mais qu'est-ce que vous êtes venus chercher ici ? Pourquoi êtes-vous donc sur Mars ? Il faut me dire ce que vous voulez.

Ils le conduisirent jusqu'à la salle commune, disposèrent des tasses et un pot de thé aromatisé. Il avait encore l'impression de tourner ; et la poussière qui filait derrière les vitres cristallines n'arrangeait rien.

L'une des vieilles femmes remplit la tasse de John, reposa le pot et dit :

— A présent, tu me sers.

John s'exécuta, le geste incertain, puis le pot de thé fit le tour de la table, chacun servant l'autre à tour de rôle.

— C'est ainsi que nous entamons nos repas, reprit la vieille. Cela indique que nous sommes ensemble. Nous avons étudié les vieilles cultures, avant que votre marché mondial ne recouvre tout de ses mailles, et dans ces âges anciens, il existait bien des formes d'échange. Certaines étaient basées sur l'offrande. Chacun de nous reçoit un don de l'univers. Et à chaque souffle, nous le rendons.

— C'est comme l'équation de l'efficience écologique, dit John.

— Il se peut. En tout cas, la plupart des cultures des sociétés primitives sont fondées sur l'idée du don, en Malaisie, dans le Nord-Ouest américain... En Arabie, nous offrons l'eau, ou le café. La nourriture et l'abri. Mais quoi que tu puisses recevoir, n'espère pas le garder, car il te faudra le donner à ton tour, et tu en recevras peut-être des intérêts. Tu as travaillé pour donner plus que tu n'as reçu. Maintenant, nous considérons que cela peut être à la base d'une économie de respect.

— C'est exactement ce que Vlad et Ursula m'ont dit !

— C'est possible.

Le thé l'aida à retrouver son équilibre. Ils parlèrent de diverses choses, de la tempête, de la grande plinthe de roc sur laquelle ils vivaient. Plus tard encore, il leur demanda s'ils avaient entendu parler du Coyote, mais non, ils n'en avaient pas eu le moindre écho. Mais ils lui rapportèrent certaines histoires sur une créature qu'ils appelaient le Caché, qui était le dernier survivant de l'ancienne race des Martiens, une chose desséchée qui errait sur la planète et qui venait au secours des voyageurs errants, des patrouilleurs perdus, des établissements en danger. On l'avait repérée dans la station aquatique de Chasma Borealis une année auparavant, pendant une chute de la glaciation.

— Mais ça n'est pas le Géant ? demanda John.

— Non, non. Le Caché est parmi nous. Les siens étaient les sujets du Géant.

— Je vois.

Mais en fait, il ne voyait rien, bien sûr. Si le Géant était propre à Mars, il se pouvait que la légende du Caché ait été inspirée par Hiroko. Impossible de savoir. Il avait besoin d'un folkloriste, d'un spécialiste des mythes, de quelqu'un qui pourrait lui expliquer comment naissaient de tels récits. Pour l'heure, il n'avait que ces aimables et bizarres soufis, qui étaient déjà des créatures de contes et de légendes. De nouveaux amis, de nouveaux citoyens pour cette terre nouvelle. C'est en riant qu'ils l'emportèrent jusqu'à son lit.

— Nous disons toujours une prière pour le sommeil, dit la vieille femme. Elle est du poète persan Rumi Jalaluddin :

Je suis mort comme une pierre et suis devenu une plante,
Je suis mort comme une plante et me suis levé comme un animal.
Je suis mort comme un animal et j'étais humain.
De quoi pourrais-je avoir peur ? Puisque j'ai été moins dans la mort ?
Pourtant, une fois encore je devrai mourir humain,
Pour monter à la rencontre des anges dans le ciel.
Et quand je sacrifierai mon esprit d'ange
Je deviendrai ce que nul esprit ne pourrait concevoir.

— Dormez bien, dit la voix de la vieille femme, s'infiltrant dans son esprit engourdi. Tel est notre chemin.

Le lendemain matin, les membres raides, il grimpa dans son patrouilleur, en se jurant d'avaler une tablette d'omeg dès que possible. La vieille femme était là et elle cogna affectueusement sa visière contre la sienne.

— Que cela dépende de ce monde ou de l'autre, lui dit-elle, ton amour te conduira encore plus loin à la fin.

La route des transpondeurs le mena, par une suite de journées brunes ravagées par les vents, à travers les étendues fracturées du sud de Margaratifer Sinus. John devrait revenir le voir, parce que dans la tempête, ce n'était qu'un magma de cacao filant dans le vent, et que traversaient par instants des puits de lumière couleur de bronze patiné. Près du cratère Bakhuysen, il fit halte dans un nouvel établissement appelé Turner Wells. Là, ils avaient capté un gisement aquifère qui était soumis à une telle pression hydrostatique vers le fond qu'ils allaient produire de l'énergie en alimentant des turbines avec le flot artésien. L'eau ainsi recueillie serait moulée, gelée, avant d'être emportée par des robots jusqu'aux comptoirs secs de l'hémisphère sud. Mary Dunke était la responsable du site, et elle accompagna John de puits en puits, jusqu'à la centrale énergétique et les réservoirs de glace.

— Le forage d'exploration a été effrayant. Quand on a atteint la partie liquide, le foret a été projeté du puits, et on a bien failli ne pas pouvoir capter le jaillissement.

— Et si vous n'aviez pas réussi ?

— Je n'en sais rien. Il y a beaucoup d'eau là-dedans. Si toute cette masse avait brisé la roche autour du puits, ç'aurait pu donner les grands épanchements des chenaux de Chryse.

— A ce point-là ?

— Qui sait ? Oui, c'est possible.

— Waouh !

— C'est exactement ce que j'ai dit ! Ann a commencé des recherches pour déterminer les pressions de l'aquifère par les échos sismiques. Mais il y a aussi d'autres gens qui voudraient bien percer un aquifère ou deux. Tu vois ? Ils laissent des tas de messages sur le réseau. Je ne serais pas surprise qu'il y en ait un de Sax. Des fleuves entiers d'eau et de glace, des marées de sublimation dans l'air. Il a des raisons d'applaudir, non ?

— Mais des inondations de ce genre, comme les anciennes, ravageraient le paysage comme une pluie d'astéroïdes.

— Oh, ce serait plus grave encore ! Ces chenaux en bas des pentes des chaos étaient des déversoirs incroyables. La seule analogie qu'on ait pu trouver sur Terre, ce sont les terres brisées dans l'est de l'Etat de Washington. Tu en as entendu parler ? Il y a dix-huit mille ans, un lac recouvrait la plus grande partie du Montana. On l'a appelé le lac Missoula. Il était constitué par des eaux de la période glaciaire maintenues par un barrage de glace. Quand le barrage a cédé, le lac s'est vidé, et deux billiards de mètres cubes ont été drainés vers le bas du plateau de Columbia, puis jusqu'au Pacifique. En quelques jours.

— Bon Dieu !

— Ça représentait des centaines de fois le cours de l'Amazone, et les chenaux qui ont été alors creusés dans le fond de basalte sont parfois profonds de deux cents mètres.

— Deux cents mètres !

— Et cela n'est rien comparé aux chenaux de Chryse ! Là-bas, l'anastomose couvre des régions...

— Deux cents mètres de *fonds rocheux* ?

— Mais bien sûr, c'est une érosion normale. Dans de telles inondations, les pressions fluctuent au point de provoquer l'exsolution des gaz dissous et, quand ces bulles éclatent, elles créent d'autres pressions incroyables. Un martèlement de cette force peut briser n'importe quoi.

— Plus que le choc avec un astéroïde.

— Bien entendu. Sauf s'il est réellement énorme. Mais certains pensent que nous devrions faire ça, nous aussi, n'est-ce pas ?

— Vraiment ?

— Tu les connais ! Mais les inondations sont plus efficaces pour ce genre de chose. Si nous parvenions à les diriger vers Hellas, par exemple, nous aurions une mer. Et on pourrait la remplir plus vite que l'effet de sublimation qui changerait l'eau en glace.

— *Diriger* un flot pareil ?

— Ce serait impossible, oui. Mais si on trouvait un gisement bien placé, on n'aurait plus à le faire. Tu devrais aller faire un tour vers le site où Sax a envoyé l'équipe d'hydroscopie récemment, rien que pour voir.

— Mais l'AMONU nous l'interdirait.

— Depuis quand Sax se préoccupe-t-il de ça ?

John se mit à rire.

— Depuis peu. Ils lui apportent trop pour qu'il puisse encore les ignorer. Ils le tiennent par l'argent et le pouvoir.

— Possible.

Cette même nuit, à trois heures trente du matin, une petite explosion secoua l'un des puits. Les sonneries d'alarme les arrachèrent tous au sommeil et ils coururent dans les tunnels, à demi nus, pour se retrouver devant une colonne d'eau qui jaillissait à la nuit poussiéreuse, blanche et écumante dans la lumière des spots qui venaient d'être braqués sur elle. L'eau retombait déjà des nuages en fragments de glace gros comme des boules de bowling. Ils passaient en rafales violentes comme des missiles. Sur le sol, ils formaient déjà une couche à hauteur des genoux.

Après leur discussion de la soirée, John était très inquiet, et il courut de tous côtés avant de retrouver Mary. Dans le fracas de la tempête et de l'éruption d'eau, elle lui cria à l'oreille :

— Dégage le secteur ! Je vais poser une charge près du puits pour l'étouffer !

Et elle s'éloigna dans sa chemise de nuit tandis que John rassemblait tous les autres pour les reconduire vers les tunnels et l'habitat. Mary les rejoignit dans le sas, haletante. Elle tripota son bloc de poignet et une explosion assourdie leur parvint.

— Bon, on va aller jeter un coup d'œil.

Ils franchirent le sas et se précipitèrent vers les fenêtres qui donnaient sur le puits. La structure de forage, fracassée, avait basculé sur le côté dans un amas de boules de glace.

— Oui ! C'est couvert ! cria Mary.

Ils applaudirent tous. Certains coururent vers le puits afin de vérifier qu'il n'y avait rien de plus à faire pour la sécurité.

— Beau travail ! dit John à Mary.

— Depuis le premier accident, j'ai lu pas mal de documentation sur les manières d'étouffer les puits, fit-elle, le souffle encore court. Tout était prêt. Mais nous n'avons jamais eu la chance... d'essayer... Bien sûr... Alors... on ne pouvait pas être certains...

— Est-ce que tu as des enregistreurs sur tes sas ?

— Evidemment.

— Parfait.

John connecta Pauline au système de la station, posa les questions nécessaires et scanna les réponses au fur et à mesure. Cette nuit-là, personne n'avait utilisé les sas après le coucher. Il appela le satellite météo, puis cliqua sur les codes de radar et d'infrarouge, que Sax lui avait donnés pour explorer les alentours de Bakhuysen. Aucun signe de présence de machine alentour en dehors de quelques éoliennes de réchauffement. Les transpondeurs lui apprirent que personne n'avait circulé sur l'une des routes depuis son arrivée, la veille.

John se sentait sans force, sans ressort. Il ne voyait pas quels autres contrôles il pourrait faire. Apparemment personne, cette nuit-là, n'était sorti pour saboter le puits. L'explosion avait pu être programmée depuis des jours, quoiqu'il fût difficile de dissimuler le dispositif alors que les puits fonctionnaient régulièrement. Il se leva lentement et alla retrouver Mary. Par son intermédiaire, il put parler à ceux qui avaient fait partie des équipes du puits, la veille. Ils n'avaient rien remarqué de particulier jusqu'à huit heures le soir. Mais, ensuite, ils étaient tous venus à la soirée donnée en son honneur et personne n'avait franchi les sas. Les chances d'irruption étaient vraiment trop minces.

Il regagna son lit et réfléchit encore.

— Oh, Pauline, à propos... vérifie les enregistrements de Sax et donne-moi la liste des expéditions hydroscopiques pour l'année dernière.

Et il reprit son voyage en aveugle droit sur Hellas. Il rencontra Nadia, qui supervisait la construction d'un dôme de type nouveau sur le cratère Rabe. C'était le dôme le plus vaste jamais construit. Nadia avait tiré profit de l'accroissement de densité de l'atmosphère et de l'allègement des matériaux. La gravité, ainsi, était équilibrée par la pression, et le dôme pressurisé était effectivement en apesanteur. La structure était constituée de poutres d'aréogel, la dernière trouvaille des alchimistes : l'aréogel était si léger et si solide que Nadia plongea dans l'extase en décrivant ses utilisations potentielles. Les dômes de cratère étaient relégués dans le passé, selon elle. Il serait désormais tellement plus facile d'ériger des piliers d'aréogel autour d'une ville en évitant les rochers. La population se retrouverait à l'intérieur d'une tente parfaitement vaste et claire.

Elle en parla à John alors qu'ils faisaient à pied le tour du cratère Rabe. Ce n'était plus qu'un immense chantier de construction. Tout le tour du cratère allait devenir un maillage de salles au plafond de verre, et l'intérieur du dôme serait occupé par une ferme capable de nourrir trente mille personnes. Des robots excavateurs et fouisseurs gros comme des immeubles soulevaient des pelletées de poussière en bourdonnant. Ils étaient invisibles à cinquante mètres de distance. Ces monstres mécaniques travaillaient tout seuls, ou étaient guidés à distance par des opérateurs qui n'auraient probablement pas eu une visibilité suffisante, sur place, pour se déplacer en toute sécurité. John suivit nerveusement Nadia qui semblait se promener là-dedans avec indifférence. Il se rappelait que les mineurs de Bradbury Point n'avaient pas l'air rassuré non plus — et ils pouvaient voir ce qui se passait, eux ! Il ne put s'empêcher de rire. Cette inconsciente de Nadia ! Quand ils sentaient le sol trembler sous leurs pieds, ils s'arrêtaient et regardaient autour d'eux, prêts à bondir si l'un des gigantesques engins venait vers eux. C'était une sacrée promenade. Nadia pestait contre la poussière qui endommageait les mécanismes.

La grande tempête durait déjà depuis quatre mois — c'était la plus longue jamais enregistrée, et elle ne semblait pas devoir finir. Les températures avaient chuté, les gens se nourrissaient de conserves ou d'aliments lyophilisés, parfois d'une salade ou de légumes poussés en lumière artificielle. La poussière était partout. John la sentait sur son palais, et il avait les yeux secs. Les maux de tête étaient devenus le lot commun, de même que les troubles des sinus, de la gorge, des bronches. On avait enregistré des cas d'asthme et d'inflammation pulmonaire, ainsi que quelques incidents dus au gel. Les ordinateurs devenaient dangereusement vulnérables : défaillances de circuits, névroses de l'intelligence artificielle, retards des temps de réponse. A midi, à l'intérieur de Rabe, on avait l'impression de se trouver pris dans une brique, remarqua Nadia, et les crépuscules étaient comme des feux de cheminée.

John changea de sujet.

— Qu'est-ce que tu penses de cet ascenseur spatial ?

— Il est très grand.

— Nadia, je te parle de son effet. De son *effet*.

— Qui peut le dire ? Personne... Et toi ?...

— Ça va constituer un goulot d'étranglement stratégique, comme celui dont parlait Phyllis quand nous discutions de la construction de la station de Phobos. Elle aura construit son propre goulot. Et ça représente un sacré pouvoir.

— C'est ce que prétend Arkady, mais pourquoi ne pas le considérer comme une ressource commune, un détail naturel ?

— Tu es une optimiste.

— C'est ce que me dit Arkady. (Elle haussa les épaules.) J'essaie seulement de raisonner.

— Moi aussi.

— Je sais. Quelquefois, je me dis que nous ne sommes que deux.

— Et Arkady ?

Elle rit.

— Mais vous formez un couple !

— Oui, oui. Comme toi et Maya.

— Touché[1] !

Nadia eut un bref sourire.

— J'essaie d'amener Arkady à réfléchir à certaines choses. C'est tout ce que je peux faire. Je vais à Acheron ce mois-ci, pour le traitement. Maya dit que c'est une chose qu'il faut faire ensemble.

— Je la soutiens, fit John en souriant.

— Et le traitement ?

— A-t-on le choix devant ce genre d'alternative ?

Elle eut un rire étouffé. A cet instant, le sol gronda sous leurs bottes. Ils se figèrent tous deux et tournèrent la tête, épiant les ombres. Une masse noire pareille à une colline mouvante surgit sur leur droite.

Ils se précipitèrent sur le côté en trébuchant et en sautant au milieu des débris et des blocs de rochers. John se demandait si c'était une nouvelle attaque. Nadia lançait des ordres sur la fréquence générale, en insultant les téléopérateurs qui étaient incapables de les repérer en infrarouges.

— Regardez vos écrans, bande de salauds !

Le sol cessa de trembler. Le léviathan obscur s'était arrêté. Ils s'en approchèrent prudemment. Un camion de décharge brobdingnagien à chenilles[2]. Construit sur Mars par Utopia Planitia Machines. Un robot conçu par des robots et haut comme un immeuble administratif.

John gardait les yeux levés, la sueur ruisselant sur son front. Son pouls se calmait. Ils s'en étaient sortis.

— Des monstres pareils, il y en a sur toute la planète, dit-il à Nadia d'un ton perplexe. Ils coupent, ils creusent, ils forent, ils grattent, ils remplissent, ils construisent. Bientôt, la plupart s'attaqueront à l'un des gros astéroïdes pour y construire une centrale énergétique qui utilisera l'astéroïde lui-même comme combustible pour le placer sur une orbite martienne. Alors, d'autres machines s'y poseront et elles

---

1. En français dans le texte. (*N.d.T.*)
2. *Voyage à Brobdingnag* fait partie des *Voyages de Gulliver* de Swift. (*N.d.T.*)

transformeront ce gros rocher en un câble de 37 000 kilomètres de long ! Tu mesures ça, Nadia ?

— Oui, c'est vraiment immense.

— C'est inimaginable, à vrai dire. Ça dépasse les capacités humaines, du moins telles que nous les comprenions. La télé-opération à une pareille échelle !... C'est comme un waldo spirituel[1]. Tout ce qu'on peut imaginer pourra être exécuté !

Lentement, ils firent le tour du géant noir. Ce n'était qu'un camion de décharge, rien à voir avec l'ascenseur spatial. Et pourtant, songea John, cette chose était stupéfiante.

— Notre cerveau et nos muscles se sont développés dans une structure robotique si vaste et si puissante qu'elle est maintenant difficile ou impossible à conceptualiser. C'est probablement dû en partie à ton talent, et à celui de Sax : faire jouer des muscles dont nous ignorions l'existence. Je veux dire qu'on perce des trous jusqu'à la lithosphère, que le terminateur est éclairé par un miroir, que des villes ont été construites dans les mesas, dans les flancs des falaises — et que maintenant nous allons avoir un câble qui ira plus loin que Phobos et Deimos. Il sera en orbite et touchera le sol en même temps ! C'est inimaginable !

— Non, ça n'est pas impossible, remarqua Nadia.

— Eh oui. Et à présent, bien sûr, nous avons la preuve de notre pouvoir sous les yeux. Il nous écrase presque ! Et voir, c'est croire. Même sans imagination, nous constatons l'effet de notre puissance. C'est peut-être pour ça que les choses deviennent tellement bizarres ces temps-ci, que tout le monde se met à parler de possession, de souveraineté, de lutte, de revendications. Les gens se querellent comme ces anciens dieux sur l'Olympe, parce que désormais nous sommes aussi puissants qu'ils l'étaient.

— Plus même, dit Nadia.

Il roulait dans Hellespontus Montes, la chaîne de montagnes qui s'incurvait autour du bassin d'Hellas. Une nuit, alors qu'il dormait, le patrouilleur quitta la route des transpondeurs. Lorsqu'il se réveilla, il vit entre deux rideaux de poussière qu'il était dans une vallée étroite, entre deux falaises basses coupées par des ravines. Il semblait qu'en restant sur le fond il retrouverait sa route. Bientôt, le fond de la vallée fut traversé de grabens[2] transversaux. Pauline devait sans cesse arrêter le patrouilleur pour définir un autre trajet algorithmique, de ravin en fossé. John finit par s'impatienter mais, quand il reprit

1. Le waldo est un dispositif permettant la manipulation à distance de matériaux radioactifs. L'opérateur introduit ses bras dans des manchettes et, in vitro, des pinces et des doigts mécaniques reproduisent le plus infime de ses gestes. (*N.d.T.*)

2. Synonyme de fossé tectonique. (*N.d.T.*)

les commandes en manuel, ce fut pire. Au royaume des aveugles, l'autopilote restait roi.

Mais, peu à peu, il revenait vers l'ouverture de la vallée. La carte montrait que la route des transpondeurs suivait une vallée plus large, juste en dessous. Aussi, ce soir-là, lorsqu'il fit halte, il était détendu. Il s'installa devant la télé tout en mangeant. Mangalavid montrait un reportage sur le lancement d'une éolie construite à Noctis Labyrinthus. L'éolie en question était un petit bâtiment avec des ouvertures qui sifflaient, couinaient ou ululaient selon l'angle et la force du vent. Pour l'inauguration, le vent quotidien des pentes de Noctis avait été grossi par les bourrasques katabastiques [1] de la tempête et la musique de l'éolie fluctuait comme quelque composition musicale, lugubre ou furieuse, tantôt dissonante, tantôt anarchique. Cela semblait l'œuvre d'un esprit, peut-être étranger au monde humain, mais certainement pas l'effet du hasard. L'éolie quasi aléatoire, dit un commentateur.

Suivirent les nouvelles de la Terre. L'existence du traitement gériatrique avait été révélée par un fonctionnaire de Genève. La nouvelle s'était répandue dans le monde. Un violent débat secouait l'assemblée générale de l'ONU à ce sujet. De nombreux délégués exigeaient que le traitement devienne un droit humain fondamental, garanti par l'ONU, financé par les nations selon un quota qui permettrait d'assurer une distribution égale dans le monde. Mais d'autres rapports affluaient de toutes parts : les chefs religieux s'élevaient contre le traitement de longévité, y compris le pape. On avait assisté à des émeutes, des centres médicaux avaient été attaqués. Tous les gouvernements étaient secoués. Les visages des commentateurs et des témoins, à la télé, étaient tendus, marqués par la colère. Ils exprimaient à tel point l'injustice, la haine, la misère que John ne put résister. Il éteignit, et sombra dans un sommeil pénible.

Il rêvait de Frank quand un son le réveilla. On tapait sur le pare-brise. Au milieu de la nuit. L'esprit vague, il ouvrit le sas, avant de se demander pourquoi il avait eu ce réflexe. Où avait-il appris ça ? Il se frotta la joue, passa sur la fréquence générale et demanda :

— Salut ? Il y a quelqu'un là-dehors ?

— Les Martiens.

C'était une voix d'homme, avec un accent anglais marqué.

— Nous voulons vous parler, reprit la voix.

Il se pencha vers le pare-brise. Dans la nuit et la tempête, il n'y avait pas grand-chose à voir. Mais il lui sembla qu'il discernait des formes dans l'obscurité, juste en dessous.

— Nous voulons seulement vous parler, reprit la voix.

S'ils avaient voulu le tuer, ils auraient pu facilement faire sauter le patrouilleur pendant son sommeil. Et puis, il persistait à croire que personne ne lui voulait de mal. Il ne voyait aucune raison possible !

1. Katabastique désigne un flux descendant. (*N.d.T.*)

Aussi, il les laissa entrer.

Ils étaient cinq. Tous des hommes. Leurs marcheurs étaient abîmés, sales, réparés avec des matériaux qui n'avaient pas été prévus pour les marcheurs. Sur leurs casques peints de toutes les couleurs, il n'y avait aucune identification. Quand ils les enlevèrent, John vit que l'un des hommes était asiatique. Très jeune, pas plus de dix-huit ans. Il s'avança et s'assit dans le siège de pilotage, se pencha pour examiner le tableau de bord. Un autre ôta son casque : un homme de petite taille, basané, le visage mince, avec de longues dreadlocks. Il s'installa sur le banc calfeutré en face du lit de John et attendit pendant que les trois autres enlevaient leurs casques. Ils s'accroupirent tous, le regard fixé sur John. Ils lui étaient tous inconnus.

L'homme aux dreadlocks dit :

— Nous voulons que vous ralentissiez le flot d'immigration.

Il reconnut la voix. C'était celui qui lui avait parlé de l'extérieur. A présent, il avait un accent caraïbe. Il s'exprimait doucement, presque dans un chuchotement, et John avait quelque difficulté à ne pas l'imiter.

— Ou que vous l'arrêtiez, ajouta le jeune Asiatique.

— Tais-toi, Kasei, lança l'homme aux dreadlocks sans cesser de fixer John. Il y a beaucoup trop de gens qui débarquent. Ce ne sont pas des Martiens, et ils se fichent de ce qui se passe ici. Ils ne viennent que pour nous envahir. Vous le savez. Nous savons que vous voulez en faire des Martiens, mais ils arrivent trop vite pour que vous puissiez faire quoi que ce soit. La seule solution, c'est de ralentir le flux...

— Ou de l'arrêter.

L'homme roula des yeux avec une grimace qui disait à John que le jeune homme était décidément trop jeune.

— Je n'ai aucun droit à... commença John, mais l'autre l'interrompit.

— Vous pouvez défendre cette cause. Vous avez le pouvoir, et vous êtes de notre côté.

— Vous êtes avec Hiroko ?

Le jeune Asiatique claqua la langue. L'homme aux dreadlocks se tut. John affrontait quatre visages. Le cinquième était tourné vers la nuit.

— C'est vous qui avez saboté les moholes ? demanda-t-il.

— Nous voulons que vous stoppiez l'immigration.

— Moi, je veux que vous arrêtiez les sabotages. Ça ne fait que nous amener d'autres gens. Des gens de la police, entre autres.

L'homme le regarda fixement.

— Qu'est-ce qui vous fait croire que nous pouvons contacter les saboteurs ?

— Trouvez-les. Tombez-leur dessus pendant la nuit.

L'autre sourit.

— Loin des yeux, loin de l'esprit.

— Pas nécessairement.

Oui, ils devaient être avec Hiroko. La loi du rasoir d'Occam [1]. Il ne pouvait exister plus d'un groupe clandestin sur Mars. Ou alors... Oui, peut-être. Ses pensées étaient floues et il se demanda s'ils n'avaient pas répandu un produit dans l'air. Oui, il avait une impression bizarre. Tout devenait irréel, il dérivait dans un rêve. Le vent secouait le patrouilleur, et il entendit soudain une bouffée de musique éolienne. Il faillit bâiller et se dit : Mais oui, j'essaie de me réveiller. Je suis dans un rêve.

— Pourquoi vous cachez-vous ? s'entendit-il demander.

— Nous construisons Mars. Comme vous. Nous sommes de votre côté.

— Alors, vous devriez m'aider, non ? Et qu'est-ce que vous pensez de l'ascenseur spatial ?

— On s'en fiche, dit le jeune Asiatique. Ça n'est pas ça qui compte. Ce sont les gens.

— Mais, avec l'ascenseur, ils arriveront encore plus nombreux.

— Alors, dit l'homme aux dreadlocks, ralentissez le flux migratoire, et on ne pourra même pas le construire.

Suivit un autre silence, ponctué par les sinistres commentaires du vent. Comment ça ? Ils ne pourraient pas construire l'ascenseur ? Ils pensaient que c'étaient des gens qui allaient édifier l'ascenseur ? Ou bien pensaient-ils à l'argent ?

— Je vais voir, dit John.

Le gamin se retourna et John leva la main.

— Je ferai ce que je pourrai. C'est tout ce que je peux dire pour l'instant. Si je vous promettais des résultats, je serais un menteur. Je sais ce que vous pensez. Je vais faire tout mon possible. (Il réfléchit encore, l'esprit de plus en plus vague.) Vous devriez vous montrer à découvert et nous aider. Nous avons besoin d'aide.

— A chacun son rôle. Maintenant, nous allons repartir. Nous vous suivrons à la trace pour savoir ce que vous faites.

— Dites à Hiroko que je veux lui parler.

Les cinq hommes le dévisagèrent, le plus jeune avec une expression de colère.

L'homme aux dreadlocks eut un sourire fugace.

— Si je la vois, je le lui dirai.

L'un des hommes restés accroupis brandit une masse d'un bleu diaphane — une éponge d'aréogel, à peine visible dans l'éclairage de nuit. Il la serra. Oui, c'était une drogue ! John plongea et le prit par surprise, lui serra la gorge, puis s'effondra, paralysé.

Quand il revint à lui, ils avaient disparu. Il avait mal à la tête et se

1. Qui dit que la solution la plus simple prévaut quand on a rejeté l'impossible. (*N.d.T.*)

laissa retomber sur le lit pour sombrer dans un sommeil agité. Il retrouva Frank en rêve, et lui parla de cette visite.

— Tu es idiot, lui dit Frank. Tu ne comprends pas.

Il se réveilla au matin. Des tourbillons d'ambre brun défilaient devant le pare-brise. Depuis un mois, les vents semblaient se calmer. Des formes apparaissaient brièvement entre les nuages de poussière pour retourner au chaos, comme des hallucinations. La tempête provoquait cette impression d'altération sensorielle, et augmentait encore la claustrophobie. Il avala une tablette d'omeg, enfila sa tenue d'extérieur et sortit. Il chercha les traces de ses visiteurs, tout en respirant le talc. Il les trouva. Mais elles atteignaient une plaque rocheuse, un peu plus loin, et devenaient invisibles. Comment l'avaient-ils retrouvé en pleine tempête, et de nuit ?

Et s'ils l'avaient suivi...

De retour à bord, il interrogea les satellites. Les radars et les détecteurs IR ne repéraient que son patrouilleur. Même des marcheurs auraient été visibles en IR, donc ils avaient sans doute un refuge à proximité. Il était facile de se cacher dans ces montagnes. Il appela la carte d'Hiroko et traça un cercle grossier autour du point où il se trouvait, l'étendant vers le nord et le sud. Il y avait maintenant plusieurs cercles comme celui-ci sur la carte d'Hiroko, mais aucun n'avait été exploré à fond par les équipes de terrain, et ils ne le seraient probablement jamais. Ils étaient situés dans des régions trop chaotiques, des terres ravagées de la taille du Wyoming ou du Texas.

— Ce monde est vaste, marmonna John.

Il explora l'intérieur du patrouilleur. Puis se souvint alors de la dernière chose qu'il avait faite. Il examina ses ongles. Oui, des fragments de peau y adhéraient encore. Il prit une soucoupe à échantillon dans le petit autoclave et gratta soigneusement. À bord du patrouilleur, une identification de génome était hors de question, mais n'importe quel labo pourrait identifier le jeune type qu'il avait attaqué, si son génome était enregistré quelque part. Sinon, il n'aurait aucune information à en tirer. Ursula et Vlad pourraient peut-être l'identifier par parentage.

Il localisa la route des transpondeurs dans l'après-midi et rallia Hellas tard le lendemain. Sax donnait une conférence sur le nouveau lac, mais il s'avéra que c'était plutôt une conférence sur la culture en lumière artificielle. Le lendemain matin, John l'emmena pour une promenade dans les tunnels clairs qui reliaient les bâtiments. Le soleil était une vague lanterne safran entre les nuages de brume jaunâtre.

— Je crois que j'ai rencontré le Coyote, dit John.

— Tu es sûr ? Est-ce qu'il t'a dit où se cache Hiroko ?

— Non.

Sax haussa les épaules. Il semblait avoir l'esprit ailleurs : il devait prononcer une autre allocution le soir. John décida donc d'attendre et il écouta le discours de Sax avec tous les résidents de la station du lac. Sax leur assura que l'atmosphère, les conditions de surface et les microbactéries du permafrost avaient un taux d'accroissement proche de leurs maxima théoriques — 2 % pour être précis — et qu'ils devraient aborder les problèmes de culture extérieure dans les prochaines décennies. Personne ou presque n'applaudit : ils étaient tous sous l'effet des problèmes affreux engendrés par la grande tempête qu'ils attribuaient à une erreur de calcul de Sax. L'isolation du sol était toujours à 25 % de la normale, comme le remarqua perfidement l'un des auditeurs, et la tempête ne montrait pas le moindre signe d'accalmie. Les températures avaient chuté, mais la colère montait. La plupart des nouveaux arrivants n'avaient jusque-là bénéficié que de quelques mètres de visibilité, et les cas de catatonie se multipliaient.

Sax balaya tout cela d'un haussement d'épaules.

— C'est la dernière des tempêtes globales. Elle sera enregistrée dans l'histoire des âges héroïques. Profitez-en.

Sa tirade ne lui fit marquer aucun point. Mais il ne parut pas le comprendre.

Quelques jours plus tard, Ann et Simon rallièrent la station avec leur fils, Peter, qui avait maintenant trois ans. Selon eux, s'ils avaient bien calculé, c'était le trente-troisième enfant né sur Mars. Les colonies qui s'étaient établies après les cent premiers s'étaient montrées particulièrement prolifiques. Pendant que Simon et Ann apprenaient les nouvelles et échangeaient les derniers récits de la grande tempête, John se mit à jouer avec le petit garçon. Il se disait qu'Ann devait être reconnaissante à la tempête du rude coup qu'elle avait porté au processus de terraforming. C'était comme une réaction allergique à l'échelle planétaire. Les températures chutaient en dessous des normes inférieures, les expérimentateurs inconscients se bagarraient avec leurs engins englués dans la poussière... Mais non, elle ne semblait pas s'en amuser. Elle était irritée, comme d'habitude.

— Une équipe d'hydroscopie a effectué un forage dans une cheminée volcanique de Daedalia. Ils ont trouvé un échantillon qui contenait des micro-organismes unicellulaires très différents des cyanobactéries que vous avez semées dans le nord. La cheminée était profondément enfermée dans la couche rocheuse, à l'écart de tous les sites d'ensemencement biotiques. Ils ont envoyé des échantillons à Acheron, Vlad les a étudiés, et il a déclaré que ça semblait être une variété mutante des premiers ensemencements, et qu'ils auraient été injectés dans la roche par forage. (Ann tapota du doigt la poitrine de John.) Il a dit qu'ils étaient probablement terriens ! *Probablement* terriens !

— Oui, ça se pourrait, dit John.

— Mais nous ne le saurons jamais ! Ils vont discuter de ça durant les siècles à venir. Mais *nous ne saurons jamais la vérité* !

— S'il y a ambiguïté, dit John, on décidera sans doute que c'est d'origine terrestre. (Il fit un sourire au gamin.) N'importe quelle forme de vie différente d'une variété terrienne serait détectée en un instant.

— Probablement, fit Ann. Si l'on excepte une source commune, la théorie de la panspermie spatiale, par exemple, une déjection venue d'un autre monde, des micro-organismes dans des astéroïdes ?...

— Ça ne paraît guère probable, non ?

— On ne sait pas. Pour le moment du moins, on ne sait pas.

John avait du mal à suivre le cours des pensées d'Ann.

— Pour ce que nous en savons, dit-il enfin, ça pourrait provenir des premières sondes *Viking*. On n'a jamais vraiment fait tous les efforts nécessaires pour stériliser nos engins de débarquement. Et nous avons eu ensuite des problèmes plus pressants. Comme une tempête sans fin, ou un flux d'immigration dont la motivation était aussi minimale que les habitats, ou encore une révision d'un traité sur lequel personne ne pouvait se mettre d'accord, plus un programme de terraforming détesté par la plupart.

Et une planète natale où la situation se faisait critique. Plus, encore, quelques attentats dirigés contre John Boone.

— Oui, oui, je sais, disait Ann. Mais tout ça c'est de la politique, et nous n'en sortirons jamais. Moi, je parlais de science, et je voulais qu'on me réponde. Mais personne ne le peut.

— Ann, nous ne pourrons jamais répondre à ta question. Elle est une de ces questions, justement, auxquelles nul ne peut jamais répondre. Est-ce que tu n'as pas conscience de ça ?

— Probablement terrienne, hein ?

Quelques jours plus tard, une fusée se posa sur le petit port spatial du lac et un groupe de Terriens surgit dans la poussière en bondissant. C'étaient des agents d'investigation, annoncèrent-ils, envoyés par l'AMONU pour enquêter sur les sabotages et les incidents. Ils étaient dix, dont huit hommes parfaitement jeunes et bien coiffés, comme sortis des écrans vidéo, plus deux jeunes femmes très séduisantes. La plupart étaient issus du FBI. Le chef, un grand type brun du nom de Sam Houston, demanda une entrevue avec Boone, et John accepta poliment.

Ils se rencontrèrent le lendemain matin, après le petit déjeuner — avec six des agents, y compris les deux jeunes femmes — et John répondit docilement à toutes les questions sans la moindre hésitation. Mais, instinctivement, il ne leur apprit que ce qu'ils devaient déjà savoir, plus quelques détails qui pouvaient sembler honnêtes et utiles.

Eux se montrèrent polis et respectueux, très professionnels dans leurs questions, très réticents dès qu'il posait une question en retour. Ils ne semblaient pas connaître en détail la situation sur Mars, ils évoquaient des épisodes qui remontaient aux premières années d'Underhill, ou à la disparition d'Hiroko. Par contre, il était évident qu'ils étaient au courant des événements récents et des relations entre les dirigeants des cent premiers. Ils ne cessaient de lui poser des questions à propos de Maya, de Phyllis, d'Arkady, de Nadia, du groupe d'Acheron, de Sax... Sans doute parce qu'il s'agissait pour eux d'autant de stars omniprésentes sur la TV. Pourtant, ils ne paraissaient pas connaître grand-chose de ce qui avait été récemment enregistré et transmis sur Terre. John laissa errer ses pensées : est-ce que ça pouvait être vrai de tous les Terriens ? Après tout, de quelles autres sources d'information disposaient-ils ?

A la fin de leur entrevue, un nommé Chang lui demanda s'il désirait ajouter quelque chose. John, qui avait soigneusement omis sa rencontre de minuit avec le Coyote, entre autres, répondit :

— Non, je ne vois rien...

Chang hocha la tête et Sam Houston demanda alors :

— Nous aimerions avoir accès à vos programmes d'ordinateur.

— Je suis désolé, fit John d'un air navré, mais je n'autorise pas l'accès à mes intelligences artificielles.

— Mais vous avez un verrou de destruction ? insista Houston, surpris.

— Non. Ces données sont privées, c'est tout.

Il regarda l'autre droit dans les yeux, et constata qu'il hésitait sous les regards de ses collègues.

— Nous... nous pourrions obtenir un mandat de l'AMONU pour cela, si vous voulez.

— Je doute que ça vous soit possible. Et je ne vous laisserai pas accéder à mes ordinateurs, de toute façon.

John était souriant, au bord du rire. C'était parfois utile d'être le premier homme sur Mars. Ils ne pouvaient rien contre lui, au risque de créer plus d'ennuis que nécessaire. Il se leva et promena les yeux sur le petit groupe d'enquêteurs avec toute l'arrogance dont il était capable, ce qui était largement suffisant.

— Dites-moi s'il y a quelque chose d'autre que je peux faire pour vous.

Il sortit.

— Pauline, branche-toi sur le centre de communications et copie tout ce qu'ils envoient.

Puis il appela Helmut quand il se souvint que ses appels allaient apparaître également. Il posa des questions très brèves, comme s'il vérifiait des identifications. Oui, apprit-il, une équipe avait été envoyée sur Mars par l'AMONU. Elle faisait partie d'une force expéditionnaire qui avait été formée dans les six derniers mois pour résoudre les problèmes qui se posaient sur la planète.

La police sur Mars. Des détectives sur la planète rouge. Ma foi, il aurait dû s'y attendre. Mais c'était un sérieux embêtement. Ils étaient

toujours là, l'air soupçonneux depuis qu'il avait refusé de leur donner accès à Pauline. Et, dans Hellas, il n'y avait pas grand-chose à faire. Aucun incident ne s'y était produit et il était très improbable que cela arrive. Maya se montrait hostile, elle ne voulait pas entendre parler des problèmes de John, elle en avait suffisamment avec les aspects techniques du projet d'aquifère.

— Tu es sans doute leur suspect numéro un, lui avait-elle lancé d'un ton irrité. Ce genre de chose se répète constamment et tu es toujours là : le camion à Thaumasia, le puits de Bakhuysen, et voilà que tu refuses de les laisser consulter tes banques de données. Pourquoi ?

— Parce que je ne les aime pas, répondit John, furieux.

Avec Maya, ils en étaient revenus à leurs anciennes habitudes. En fait, pas vraiment : ils vaquaient à leur routine avec une sorte de bonne humeur, comme s'ils interprétaient leurs rôles au théâtre. Ils savaient qu'ils avaient du temps devant eux, et cela constituait la base de leurs rapports. Au fond, c'était aussi bien. Cela dit, en surface, c'était toujours le même mélodrame. Maya refusait de comprendre, et John finissait par laisser tomber. Après, il ruminait pendant quelques jours.

Il se rendit dans les labos de la station avec le fragment de peau prélevé sous ses ongles. Il fut cultivé, cloné et on déchiffra le génome. Il n'existait pas dans les données planétaires, alors il adressa l'information à Acheron en demandant une analyse. Ursula lui envoya les résultats codés, avec un seul mot à la fin : *Félicitations*.

Il lut et relut le message en jurant tout haut. Il sortit faire un tour, partagé entre de longues crises de rire et de jurons.

— Hiroko, va te faire foutre ! Va crever en enfer ! Sors de ton trou et viens nous aider, putain ! J'en ai marre de ton truc de merde à la Perséphone !

Même les tubes de circulation lui semblaient oppressants, et il se rendit au garage pour enfiler un marcheur. Il sortit, pour la première fois depuis plusieurs jours. Il se trouvait à l'extrémité du bras nord de la ville, sur le fond de sable fin du désert. Il se promena aux alentours, sans jamais quitter la colonne d'air dépoussiéré que générait chaque ville.

Hellas serait bien moins impressionnante que Burroughs, Acheron, Echus ou Senzeni Na. Située au point le plus bas du bassin, elle ne disposait d'aucun relief pour des constructions spectaculaires. Mais les tourbillons de poussière pouvaient peut-être fausser un peu son jugement. Hellas avait été construite le long d'un croissant qui devrait devenir à terme le littoral du lac. Cela pourrait être assez beau mais, en attendant, elle avait l'aspect morne d'Underhill, avec des centrales énergétiques du dernier type, des structures de ventilation, de câblage et des tunnels qui se déployaient comme des peaux de serpent... La bonne vieille station scientifique, loin de tout souci esthétique. C'était parfait. Ils ne pouvaient quand même pas édifier toutes les villes sur la crête des montagnes...

Il croisa deux silhouettes aux visières polarisées. Etrange, pensa-t-il. Il faisait déjà suffisamment sombre avec la tempête... C'est alors qu'ils sautèrent sur lui. Il roula dans le sable et se redressa d'un bond à la John Carter, lança les poings en avant. Mais, à sa grande surprise, les deux autres disparaissaient déjà dans les lanières de poussière. Il vacilla, puis se lança à leur poursuite. Mais il ne les voyait déjà plus. Il sentit le sang pulser plus vite dans ses veines, ses épaules étaient brûlantes. Il passa la main dans son dos : ils avaient tailladé son marcheur. Il garda les doigts pressés contre l'entaille et se mit à courir. Il ne sentait déjà plus ses épaules. Et il avait du mal à courir avec cette main dans le dos. Sa réserve d'air paraissait intacte. Non, il y avait un trou dans le tube, près du cou. Il dégagea sa main le temps de composer le code du flux maximum sur son bloc de poignet. Le froid descendait vers ses reins comme de l'eau gelée : 100 degrés au-dessous de zéro. Il retenait son souffle : il avait de la poussière sur les lèvres et sur la langue. Impossible de savoir combien de CO_2 s'était infiltré dans sa réserve d'oxygène, mais il n'en fallait guère pour mourir.

Le garage apparut dans la tourmente. Il avait couru droit dessus. Il se félicita jusqu'à l'instant où il pressa la touche de commande du sas et que rien ne se passa. C'était facile de bloquer un sas, si l'on maintenait le verrou intérieur ouvert. Il avait les poumons en feu, il fallait qu'il respire. Il contourna le garage en direction du tube qui le reliait à l'habitat et se pencha sur les parois de plastique. Personne en vue. Il ôta sa main de la déchirure et, aussi vite que possible, il ouvrit la boîte fixée sur son avant-bras gauche, prit la petite perceuse, et s'attaqua au plastique, qui céda sans craquer et se referma sur la mèche. Il attaqua une fois encore, frénétiquement, et le plastique se déchira enfin. Il appuya vers le bas, le lacéra, et agrandit l'orifice jusqu'à pouvoir y engager son casque. Dès qu'il fut à l'intérieur jusqu'à la taille, il se servit de son corps comme d'un bouchon naturel. Il déverrouilla son casque, dégagea la tête et inspira comme un plongeur remontant du fond. Un, deux, un, deux. Il fallait que tout ce gaz carbonique fiche le camp. Il ne sentait plus son cou ni ses épaules. Là-bas, dans le garage, l'alarme sonnait.

Il laissa passer un train de pensées, dégagea enfin ses jambes, et se mit à courir dans le tube qui se dépressurisait rapidement. La porte, heureusement, s'ouvrit au premier essai. Il s'élança vers un ascenseur, descendit jusqu'au troisième sous-sol, où se trouvait son logement d'hôte. Il ne referma pas la porte de l'ascenseur et regarda autour de lui. Il ne vit personne. Il courut vers sa chambre. Là, il ôta son marcheur et le mit dans un placard avec son casque. Il passa dans la salle de bains et tiqua en découvrant la blancheur de ses épaules : un vilain coup de gel. Il avala quelques tablettes d'antidouleur, plus une triple dose d'omeg, mit une chemise, un pantalon, et enfila des chaussures avant de se peigner soigneusement. Le visage qui le regardait avait les yeux un peu vitreux, l'air absent, hébété. Il contracta ses muscles, se tapota les joues, recomposa son expression et se mit à respirer régulièrement. Les drogues faisaient déjà leur effet et son image lui plaisait un peu mieux.

Il enfila le couloir jusqu'à l'allée principale qui descendait. Il examinait les gens avec un curieux mélange de soulagement et de rage. Puis Sam Houston s'approcha de lui avec une de ses collègues.

— Excusez-moi, M. Boone, mais est-ce que voudriez venir avec nous ?

— Que se passe-t-il ?

— Il y a eu un nouvel incident. Quelqu'un a déchiré la paroi d'un tube.

— Déchiré un tube ? Et vous appelez ça *un incident* ?

Houston lui lança un regard furibond, et Boone dut se retenir de rire.

— Vous pensez que je peux être utile ?

— Nous savons que vous travaillez sur ces affaires pour le Dr Russell et nous nous sommes dit que vous aimeriez être tenu au courant.

— Oh, je vois... Eh bien, allons jeter un coup d'œil.

Ils circulèrent un peu partout pendant deux heures. John avait les épaules en feu. Houston, Chang et les autres enquêteurs lui posaient des questions en toute confiance, apparemment avides de ses réactions, mais leur regard demeurait froid et calculateur.

John dit enfin avec un petit sourire :

— Il y a peut-être quelqu'un qui n'aime pas vous voir ici.

Ce ne fut qu'une fois cette comédie terminée qu'il se posa la question : pourquoi ne voulait-il pas qu'ils soient au courant de son agression ? Sans aucun doute, ça ne ferait qu'attirer d'autres enquêteurs, ce qu'il ne souhaitait pas. Et il deviendrait la cible des médias autant sur Mars que sur Terre, en plein centre de l'actualité. Le poisson rouge de la planète rouge ! Et ça, il ne le voulait plus.

Mais il y avait aussi autre chose qu'il n'arrivait pas encore à définir. Son subconscient enquêtait. Il eut un reniflement de dégoût. Pour oublier la douleur, il se promena de réfectoire en réfectoire, espérant capter une expression de surprise. Boone ressuscité d'entre les morts ! Oui, et qui est mon meurtrier ? Une ou deux fois, il surprit des regards qui se baissaient. Comme s'ils évitaient de fixer un monstre, un homme condamné. Jamais, auparavant, il n'avait éprouvé cet autre aspect de sa célébrité, et la colère montait en lui.

L'effet des antidouleur se dissipait, et il dut rejoindre son appartement. La porte était ouverte. Il se rua à l'intérieur et se retrouva face aux enquêteurs de l'AMONU.

— Mais qu'est-ce que vous foutez ici ?

— On vous cherchait, dit l'un des hommes d'un ton suave. (Ils échangèrent un regard.) On aimerait mieux que personne n'essaie de s'en prendre directement à vous.

— Quelqu'un qui entrerait par effraction, par exemple ? demanda John, immobile sur le seuil.

— Ça fait partie de notre boulot, monsieur. Désolé de vous déranger.

Ils s'agitaient sur place, nerveux, pris au piège.

— Mais qui vous a donné le mandat de perquisitionner comme ça ?

— Eh bien... M. Houston est notre supérieur et...

— Appelez-le et dites-lui de venir nous rejoindre.

L'un des deux hommes chuchota quelques mots sur son bloc de poignet. En un temps trop court pour n'être pas suspect, Sam Houston se matérialisa au-dehors. John éclata de rire :

— Alors, vous guettiez à l'angle du couloir ?

Houston s'avança et déclara d'une voix rauque :

— Ecoutez, M. Boone, nous menons une enquête importante, et vous faites obstruction. En dépit de ce que vous semblez croire, vous n'êtes pas au-dessus de la loi.

Boone se pencha vers lui au point que Houston dut reculer.

— Mais vous n'êtes pas la loi, dit-il.

Il pointa un doigt sur Houston. L'autre perdait visiblement son calme, ce qui fit rire John.

— Qu'est-ce que vous comptez faire, inspecteur ? M'arrêter ? Me menacer ? Ou bien me donner de quoi faire un bon rapport pour Eurovid ? Ça vous plairait ? Je pourrais montrer au monde entier comment John Boone est persécuté par un petit fonctionnaire avec sa plaque à deux dollars, un shérif dans un nouveau Far-West ! (Il avait toujours pensé que quiconque s'exprimait à la troisième personne était définitivement un crétin.) Non, John Boone n'aime pas ça ! Vraiment pas du tout !

Les deux premiers avaient réussi à se glisser hors de la chambre et observaient la scène. Le visage de Houston avait à peu près la couleur d'Ascraeus Mons et il montrait les dents.

— Personne n'est au-dessus de la loi, grinça-t-il. Des actes criminels se sont produits, des actes dangereux, et la plupart quand vous étiez à proximité.

— Des actes d'effraction, par exemple ?

— Si nous décidons que nous devons fouiller vos quartiers, examiner votre dossier afin de poursuivre notre enquête, nous le ferons. Nous en avons le pouvoir.

— Moi, je vous dis que non, fit John avec arrogance en claquant les doigts sous le nez de Houston.

— Nous allons fouiller cet appartement, insista l'autre, en appuyant sur chaque syllabe.

— Foutez le camp, fit Boone d'un ton méprisant, en levant la main. Puis il rit :

— Oui, c'est ça, foutez le camp ! Dégagez, bande d'incapables. Rentrez chez vous et relisez les lois sur les enquêtes et perquisitions !

Il claqua la porte.

Il s'immobilisa. Apparemment, ils étaient repartis mais, d'un autre côté, il devait simuler l'indifférence absolue. En riant, il se rendit à la salle de bains et prit encore quelques antidouleur.

Ils n'avaient pas ouvert le placard. Pur coup de chance. Il aurait été difficile de leur expliquer la présence du marcheur déchiré sans leur raconter la vérité, ce qui aurait embrouillé les choses. C'était d'ailleurs curieux de constater à quel point les choses s'embrouillaient d'elles-mêmes dès que l'on décidait de dissimuler le fait que quelqu'un avait tenté de vous tuer.

Il s'arrêta à cette pensée. La tentative de meurtre avait été plutôt maladroite. Il devait exister des centaines d'autres moyens d'assassiner quelqu'un qui se déplaçait en marcheur sur Mars. Donc, s'ils voulaient seulement lui faire peur, ou bien s'ils espéraient qu'il ne parlerait pas de cette agression, ils pouvaient le prendre en défaut. Auquel cas, il y aurait une charge contre lui...

Il secoua la tête, troublé. La loi du rasoir d'Occam, encore une fois. L'outil de base du détective. Si quelqu'un vous attaque, c'est qu'il vous veut du mal. L'important était avant tout de découvrir qui étaient ses agresseurs. Et ainsi de suite. L'effet des antidouleur était puissant, alors que les vagues de l'omegendorphe refluaient. Il avait du mal à se concentrer. Le problème allait être de se débarrasser du marcheur, et surtout du casque. Mais il était dans les emmerdes, et il n'existait aucun moyen élégant de s'en sortir. Il se dit en souriant qu'il finirait bien par trouver.

Il voulait parler à Arkady. Il apprit qu'il avait achevé son traitement gériatrique à Acheron avec Nadia et qu'il était reparti pour Phobos. John se dit qu'il n'avait encore jamais visité cette petite lune rapide.

— Pourquoi tu ne viens pas te rendre compte par toi-même ? lui proposa Arkady. Et puis, on pourra se parler seul à seul, non ?

— D'accord.

Il avait une longue explication physiologique pour cela, mais c'en était trop pour John, qui l'interrompit. Arkady éclata de rire. Le traitement de longévité lui avait donné son coup de pouce habituel, et c'était déjà un homme heureux, au départ. On aurait dit, en le voyant, qu'il ne pourrait pas tomber malade avant un millier d'années.

Il ne s'était pas retrouvé dans l'espace depuis l'arrivée de l'*Arès*, vingt-trois ans auparavant, et les sensations familières d'accélération, puis d'apesanteur, provoquèrent une nausée inattendue. Dès qu'il eut débarqué sur Phobos, il s'en ouvrit à Arkady, qui lui dit :

— Moi, ça m'arrivait tout le temps, jusqu'à ce que je boive un coup de vodka avant le départ.

Stickney était une petite ville à l'ambiance agitée, inscrite dans son cratère recouvert d'un dôme de béton renforcé des joints antiradiations les plus performants. Le fond du cratère avait été aménagé en terrasses concentriques qui s'achevaient sur une plazza. Entre chaque anneau, il y avait des parcs et des bâtiments bas de deux étages avec des jardins sur le toit. Des filets avaient été tendus pour protéger la population contre les bonds incontrôlés qui pouvaient être autant de décollages accidentels : la vitesse de libération gravitique était de 50 kilomètres à l'heure sur Phobos, et il était donc pratiquement possible de décoller de la surface d'un bond. Immédiatement à l'intérieur des fondations du dôme, John repéra une version miniature de leur train planétaire. Il circulait horizontalement par rapport aux bâtiments et donnait à ses passagers l'illusion de la pesanteur martienne. Il s'arrêtait quatre fois dans la journée, mais John se dit que s'il le prenait, ça ne ferait que ralentir son acclimatation à Phobos. Aussi se rendit-il jusqu'à son appartement en supportant la nausée. Apparemment, il était devenu un vrai Martien, et il souffrait d'avoir à quitter sa planète. C'était aussi vrai que ridicule.

Le lendemain, il se sentit mieux, et Arkady l'emmena faire le tour de Phobos. L'intérieur de la lune était comme une ruche, transpercé de tunnels, de galeries, de dérivations et de quelques salles gigantesques où l'on creusait encore, à la recherche d'eau et de minerais. La plupart des tunnels internes étaient des tubes aussi lisses que fonctionnels, mais les salles intérieures et certaines des galeries les plus vastes avaient été aménagées selon les théories socio-architecturales d'Arkady. Il les fit visiter à John : couloirs circulaires, secteurs de travail et de récréation, terrasses, parois de métal gravé : tout était dominé par ce qui avait donné à Mars son identité dans l'aménagement des cratères. Mais Arkady en restait l'auteur et il en était fier.

A l'opposé de Stickney, trois petits cratères de surface avaient été recouverts d'un dôme de verre et peuplés de villages qui avaient vue sur Mars — une vue qui était impossible depuis Stickney, étant donné que l'axe le plus long de Phobos était orienté en permanence vers Mars et que les grands cratères demeuraient aveugles.

Arkady et John se trouvaient dans Semenov et observaient la planète rouge qui occupait la moitié du ciel, enveloppée de nuages de poussière, tous les traits de son paysage estompés.

— La grande tempête, dit Arkady. Sax doit être fou furieux.

— Non, dit John. Il dit que ce n'est qu'un épisode.

Arkady partit d'un rire énorme. Les deux hommes avaient retrouvé leur vieille camaraderie, le sentiment d'être des égaux, des frères de longue date. Arkady n'avait pas changé, toujours aussi rieur, truculent, la plaisanterie facile, bourré d'idées et d'opinions, riche d'une confiance que John appréciait particulièrement, même s'il savait que bien des idées d'Arkady étaient fausses, voire dangereuses.

— En fait, disait Arkady, Sax a probablement raison. Si ces traitements de longévité sont efficaces, si nous devons vivre des dizaines d'années encore, cela déclenchera certainement une révolte sociale. La brièveté de la vie était une des forces élémentaires dans la permanence des institutions, aussi étrange qu'il soit de le dire comme ça. Mais il est tellement plus facile de se raccrocher à un plan de survie à long terme que de se hasarder dans un plan nouveau qui risque d'échouer. Même si ton plan à court terme risque d'être destructeur pour les générations à venir. Qu'ils se débrouillent, tu connais le raisonnement... Vraiment, ils n'auront que ce qu'ils méritent, le temps qu'ils apprennent à vivre, ils seront vieux et mourants. La prochaine génération n'aurait qu'à tout réapprendre. Maintenant, si nous parvenons à apprendre, si nous attendons encore cinquante ans, est-ce que nous ne finirons pas par nous demander : Pourquoi ne pas rendre ça plus rationnel ? Plus proche de nos désirs profonds ? Qu'est-ce qui nous en empêche ?

— C'est peut-être pour ça que les choses deviennent si bizarres là en bas, dit John. Mais je ne pense pas que ces gens aient un recul suffisant. (Il résuma brièvement à Arkady la série de sabotages et posa la question brutalement.) Arkady, est-ce que tu sais qui est responsable ? Tu es compromis là-dedans ?

— Quoi, moi ? Ecoute, John, tu ne vas quand même pas croire ça. Ces destructions sont stupides. A première vue, je dirais que ce sont les rouges, et je n'en ai pas dans mon équipe. Je ne vois vraiment pas qui peut faire ça. Ann, peut-être. Tu lui as posé la question ?

— Oui. Elle ne sait rien.

Arkady ricana.

— John Boone, tu n'as pas changé ! Je t'aime comme ça. Ecoute, mon copain, je vais t'expliquer pourquoi ce genre de chose se passe, et alors, tu pourras peut-être travailler plus systématiquement et y voir plus clair. Tiens, voilà le métro de Stickney — je vais te montrer la crypte de l'infini, c'est vraiment du beau travail.

Il précéda John jusqu'à la petite voiture et ils flottèrent en direction du cœur de Phobos. Ils se retrouvèrent dans une pièce étroite et se laissèrent tomber dans la profondeur d'un couloir. John remarqua que son corps s'était adapté à l'apesanteur, qu'il pouvait flotter en retrouvant le contrôle de ses gestes. Ils étaient maintenant dans une vaste galerie récemment creusée qui, au premier regard, semblait bien trop vaste pour tenir à l'intérieur de Phobos. Le sol, les murs et le plafond étaient revêtus de miroirs à facettes et chaque dalle de magnésium poli avait été taillée de telle façon que tout ce qui se trouvait dans son espace micro-gravifique était reflété en milliers d'images, en abîme.

Ils passèrent leurs orteils dans des crochets et flottèrent doucement comme des algues au fond de la mer : toute une flore mouvante d'Arkady et de John, de milliers d'Arkady et de John.

— Tu vois, John, la base économique de la vie sur Mars est en train de changer. Non, ne te moque pas ! Jusque-là, nous n'avons pas dépendu d'une économie monétaire, c'est le sort des stations scientifiques. C'est comme quand on reçoit un prix qui vous libère de la roue économique. Ce prix, on l'a reçu, comme beaucoup d'autres, et nous sommes là depuis des années, à vivre de cette façon. Mais il se trouve que des milliers de gens débarquent sur Mars en un flot permanent ! Et ils sont nombreux à vouloir travailler ici, à se faire un peu d'argent avant de retourner sur Terre. Ils travaillent pour les transnationales qui ont décroché des concessions de l'AMONU. Le traité de Mars est appliqué à la lettre parce que l'AMONU est censée se charger de tout, mais l'esprit du traité est battu en brèche par l'ONU elle-même.

John hochait la tête.

— Oui, je m'en suis rendu compte. Helmut me l'a dit en face.

— Helmut est une limace. Mais écoute-moi, quand le traité va être renouvelé, ils vont changer la lettre de la loi pour correspondre à l'esprit nouveau. Ils se permettront même d'aller plus loin. A cause de la découverte de tous ces métaux stratégiques et de ces nouveaux espaces. Pour de nombreux pays de la Terre, c'est le salut, et c'est aussi un nouveau territoire pour les transnationales.

— Et tu penses qu'ils ont suffisamment d'appuis pour modifier le traité ?

Des millions d'Arkady écarquillèrent les yeux devant des millions de John.

— Ne sois pas naïf à ce point ! Bien sûr qu'ils les ont, ces appuis ! Réfléchis : le traité de Mars est inspiré de l'ancien traité sur l'espace. Première faute, puisque le traité sur l'espace était un arrangement très fragile, et le traité de Mars en a hérité. Selon les accords prévus, chaque pays devient un membre à part entière avec droit de vote dès lors qu'il s'établit sur Mars, ce qui explique pourquoi nous voyons rappliquer toutes ces nouvelles stations scientifiques : la Ligue arabe, le Nigeria, l'Indonésie, l'Azanie, le Brésil, l'Inde, la Chine et j'en oublie... Et un nombre appréciable de ces pays s'inscrivent dans le traité dans l'intention spécifique de le dissoudre quand le renouvellement interviendra. Ils veulent ouvrir Mars à des gouvernements individuels qui échapperaient à l'ONU. Et les transnationales se servent de pavillons de complaisance comme les cargos avec Singapour, les Seychelles ou la Moldavie. Pour ouvrir Mars aux investissements privés.

— Mais le renouvellement n'est prévu que dans quelques années, dit John.

— Non, ça commence déjà. Pas seulement dans les discussions et les pourparlers, mais au quotidien. Quand nous sommes arrivés, et pendant vingt ans, Mars était comme l'Antarctique. Plus pure encore. Nous avions échappé au monde, nous n'avions rien : quelques vêtements, un pupitre, et c'est tout ! Maintenant, tu sais ce que je pense, John. Cet arrangement ressemble au mode de vie préhistorique, et c'est pour ça que nous le trouvons juste, parce que nos cerveaux ont grandi pour atteindre leur configuration actuelle en réponse aux réalités de cette existence-là. Le résultat, c'est que les gens sont devenus *profondément attachés* à ce type d'existence, dès lors qu'ils ont l'occasion de la vivre. Parce qu'elle permet à chacun de concentrer son attention sur un véritable travail, qui implique que l'on doit tout faire pour survivre, satisfaire sa curiosité, ou simplement s'amuser. C'est l'utopie, John, et tout spécialement pour les primitifs et les scientifiques, c'est-à-dire tout le monde, en un sens. Et c'est bien pour cette raison qu'une station de recherche scientifique est en vérité un modèle réduit de l'utopie préhistorique, creusée dans l'économie financière des transnationales par des primates malins qui veulent seulement vivre bien.

— Tout le monde désirerait y adhérer, remarqua John.

— Oui, et ils le pourraient, mais on ne le leur a pas proposé. Ce qui signifie que ça n'était pas une authentique utopie. Les primates scientifiques et malins que nous sommes voulaient se tailler des îles pour eux-mêmes, et non pas travailler à offrir à tous ce genre de condition. Et c'est pour ça que, dans la réalité, les îles font partie de l'ordre des transnationales. Elles ont été achetées, elles n'ont jamais été vraiment gratuites, et il n'a jamais été question de recherche vraiment pure et absolue. Parce que ceux qui ont payé pour ces îles scientifiques vont tôt ou tard exiger le bénéfice de leur investissement. Et nous y arrivons. On demande un bilan sur l'état de notre île. On ne faisait pas de la recherche pure, John, mais de la recherche appliquée. Et avec la découverte de tous ces métaux stratégiques, l'application est devenue claire. Tout nous revient dessus : la propriété, les prix, les salaires. Tout le système de profit. La petite station scientifique est transformée en mine, dans l'esprit habituel de la quête de l'or. Et on demande aux scientifiques : « Qu'est-ce que vous faites ? Qu'est-ce que ça veut dire ? » On leur demande de faire leur travail pour être payés, et le produit de ce travail tombe dans la poche des nouveaux propriétaires pour lesquels ils travaillent.

— Mais je ne travaille pour personne, dit John.

— Oui, d'accord, mais tu travailles sur le projet de terraforming. Et qui paie pour ça ?...

John essaya de s'en sortir avec la réponse de Sax :

— Le soleil.

Arkady pouffa de rire.

— Faux ! Pas question du soleil et de quelques robots. Il s'agit essentiellement de temps humain. Beaucoup de temps. Et les humains ont besoin de manger. Il faut donc que quelqu'un leur fournisse tout ça, parce que nous n'avons pas pris la peine d'établir un mode de vie qui nous aurait permis de survivre par nous-mêmes.

John plissait le front.

— Mais il était normal que nous ayons besoin d'aide au début. Des milliards de dollars de matériel avaient été largués ici. Ce qui représentait pas mal de temps de travail, comme tu dirais.

— Oui, c'est vrai. Mais dès que nous avons débarqué, nous avons concentré tous nos efforts à devenir autonomes, indépendants, pour les rembourser et en finir. Mais nous avons échoué, et les requins d'hypothèque sont de retour, John. Au départ, si quelqu'un nous avait demandé de produire plus d'argent, à toi ou à moi, nous n'aurions pas su quoi répondre, n'est-ce pas ?

— Exact.

— C'est une question qui n'a plus de sens. Mais repose-la maintenant. A qui vas-tu faire appel ?

— A personne.

— Moi non plus. Mais Phyllis va s'adresser à Amex, à Subarashii et à Armscor. Et Frank à Honeywell-Messerschmidt, General Electric, Bœing. Et ainsi de suite. Ils sont plus riches que nous. Et dans ce système, être plus riche c'est être encore plus puissant.

On va y réfléchir, songea John. Mais, comme il ne tenait pas à faire rire Arkady de nouveau, il ne dit rien.

— Et c'est la même chose partout sur Mars, dit Arkady.

Autour d'eux, des nuées d'Arkady agitaient les bras comme un mandala tibétain représentant des démons aux cheveux rouges.

— Naturellement, il y en a qui s'en sont aperçus. Ou bien je les ai prévenus. John, c'est ça que tu dois comprendre — il existe des gens qui sont prêts à se battre pour que les choses demeurent telles qu'elles sont. Des gens qui aiment vivre comme des scientifiques primitifs, qui refuseront de se rendre sans se battre.

— Alors, les sabotages...

— Oui ! C'est peut-être vrai que certains sont le fait de ces gens-là. Je pense pour ma part que c'est antiproductif, mais ils ne sont pas d'accord. La plupart des sabotages sont accomplis par des gens qui veulent que Mars soit telle qu'elle était avant notre arrivée. Je ne suis pas de leur côté. Mais je suis avec ceux qui se battront pour que Mars ne devienne pas une zone minière des transnationales. Pour que nous ne devenions pas les esclaves heureux de la classe dirigeante enfermée dans sa forteresse de luxe. (Il se tourna vers John, et celui-ci vit, du coin de l'œil, une infinité d'affrontements autour d'eux.) Tu n'es pas d'accord ?

— Si, bien sûr, fit John en souriant. Mais oui ! Mais je pense que nous ne sommes pas d'accord sur les méthodes à employer.

— Quel genre de méthodes proposerais-tu ?

— Eh bien... En gros, je souhaiterais que le traité soit renouvelé tel qu'il était et que nous donnions notre accord. Si tel est le cas, nous aurons ce que nous voulons, ou du moins la base nécessaire pour acquérir pleinement notre indépendance, au moins.

— Le traité ne sera pas renouvelé, dit Arkady d'un ton froid. Il faudra quelque chose de plus radical pour les arrêter, John. Une action directe — oui, ne prends pas cet air incrédule ! Il faudra nous emparer de certains biens, de certains systèmes de communication — appliquer le dispositif de lois que tu as toi-même défini, avec l'appui de tous. Mais oui, John ! Nous devrons en arriver là, parce que chacun cache ses armes. Les démonstrations de masse et l'insurrection, ce sont les seules forces qui pourront les vaincre. L'Histoire l'a prouvé.

Un million d'Arkady reflétés entouraient John, avec une expression grave qu'il n'avait jamais vue.

— J'aimerais essayer à ma manière d'abord, dit-il enfin.

Et un million d'Arkady se mirent à rire. John lui donna une bourrade, pour rire, sur le bras, et Arkady tomba à terre, puis il se releva et le plaqua au sol. Ils luttèrent ainsi tout le temps qu'ils purent rester en contact, puis ils volèrent chacun à un bout de la pièce. Dans les miroirs, des millions de John et d'Arkady planaient dans l'infini.

Ils reprirent le métro vers la surface pour aller dîner à Semenov. Tout en mangeant, ils observaient la surface de Mars qui tournait lentement, comme une géante gazeuse. Pour John, c'était une grande cellule orange, un embryon, un œuf. Des chromosomes défilaient furieusement. Une nouvelle créature attendait de naître, une création purement génétique. Et les ingénieurs, c'étaient eux, c'étaient eux qui façonnaient cette créature qui allait naître. Ils essayaient de clipper les gènes qu'ils désiraient (*leurs* gènes) sur les plasmides, de les insérer dans les spirales d'ADN de la planète, afin d'obtenir les expressions qu'ils voulaient donner à cette chimère. Oui, c'était exactement ça. Et John était séduit par ce qu'Arkady désirait mettre dans la cellule orange. Mais il avait aussi ses projets à lui. On verrait bien qui réussirait à créer la plus grande part du génome, à terme.

Il jeta un regard à Arkady qui, lui aussi, gardait les yeux fixés sur la planète, avec cette même expression grave qu'il avait eue dans la salle aux miroirs. Elle l'avait frappé par son intensité, se dit-il, mais comme la vision étrange d'un œil de mouche.

John retrouva la brume de rouille de la grande tempête, s'enfonça une fois encore dans de longs jours de voyage entre les rideaux de sable. Mais, désormais, des choses lui apparaissaient, qu'il avait ignorées auparavant. Tout ce qu'il avait gagné en s'entretenant avec Arkady. Il avait un autre regard. Il se dirigea vers le sud à partir de Burroughs vers le mohole de Sabishii, le Solitaire, pour rendre visite à la colonie japonaise installée là. C'étaient des anciens, l'équivalent nippon des cent premiers. Ils avaient débarqué sur Mars sept ans seulement après eux. A la différence des cent premiers, ils constituaient encore un tout très uni, et ils étaient devenus des indigènes de façon indéniable. Sabishii était restée une petite station, même après le creusement du mohole. Elle était située dans une région de blocs erratiques, à proximité du cratère Jarry-Deslonges. Dans les derniers kilomètres de la route à transpondeurs, John entrevit des blocs gravés de dessins et de portraits géants, couverts de pictogrammes élaborés, ou bien encore creusés en petits temples zen ou shinto. Ils se perdaient très vite dans les nuages, comme des hallucinations. Quand il entra dans la zone d'air limpide, sous le vent du mohole, il remarqua que les Sabishiians avaient remonté les rochers dégagés du grand puits pour en former des monticules selon un dessin particulier. Vus de l'espace, est-ce qu'ils allaient former un grand dragon ? Il atteignit enfin le garage où il fut accueilli par un groupe de Japonais aux cheveux longs, les pieds nus, certains en combinaison jaune, d'autres en tenue de sumotori. De vieux sages qui parlaient des *kami*[1] et dont le sens profond du *on* ne s'attachait plus depuis longtemps à l'empereur mais à la planète rouge.

Ils lui firent visiter leurs labos : ils travaillaient sur l'aréobotanie et les tissus d'habillement antiradiations. Ils avaient aussi fait de grands progrès dans la recherche des aquifères et dans la climatologie de la ceinture équatoriale. Tout en les écoutant, John se dit qu'ils devaient être en contact avec Hiroko. Il déploya donc ses talents habituels qui lui avaient été si souvent utiles avec les anciens de Mars. Il passa deux jours à poser des questions, à faire connaissance avec leur ville, à prouver qu'il était un homme qui connaissait le *giri*. Et, lentement, ils s'ouvrirent à lui, en lui faisant comprendre d'un ton serein mais net qu'ils n'appréciaient guère la croissance soudaine de Burroughs, non plus que le mohole voisin, la croissance de la population en général, ni les pressions que le gouvernement japonais exerçait sur eux pour qu'ils explorent le Grand Escarpement et tentent d'y trouver de « l'or ».

— Nous refusons, déclara Nanao Nakayama, un vieil homme au visage ridé, avec des favoris blancs et des boucles d'oreilles en turquoise, dont les longs cheveux étaient coiffés en queue de cheval.

— Non, ils ne peuvent pas nous y obliger.

— Et s'ils essaient ? insista John.

— Ils échoueront.

Son assurance paisible retint l'attention de John, et il se souvint de sa conversation avec Arkady dans la salle aux miroirs de Phobos.

Son regard sur les choses avait changé, ainsi que sa façon de poser des questions. Mais il devinait aussi l'effet d'Arkady, qui avait dû donner le mot à son réseau d'amis et de relations, afin qu'ils se fassent connaître et prennent John en charge pour lui montrer ce qu'ils

1. Les dieux, en japonais. *Kamikaze* signifiait le vent divin. (*N.d.T.*)

faisaient vraiment. Et, entre Sabishii et Senzeni Na, John fut fréquemment approché par de petits groupes, de deux, trois ou cinq membres, qui lui disaient qu'Arkady pensait que telle ou telle chose pourrait l'intéresser... Il visita ainsi une ferme souterraine avec une station énergétique indépendante, une cache pour des outils et du matériel, un garage clandestin rempli de patrouilleurs, et de petits habitats construits dans les mesas, vides mais prêts à être habités. A chaque fois, John était sidéré, le regard étonné, bouche bée, secouant la tête en entendant les réponses à ses questions. Oui, Arkady lui avait organisé une sorte de visite guidée. Tout un mouvement s'était déployé, et dans chaque ville il était présent !

Il rallia enfin Senzeni Na. Surtout parce que Pauline avait identifié deux ouvriers qui n'avaient pu fournir aucun motif à leur absence ce fameux jour où le camion était tombé dans le puits du mohole. Il les interrogea le lendemain de son arrivée, mais ils avaient des explications : ils étaient en escalade dans la montagne. Il s'excusa de leur avoir pris quelques instants de leur travail mais, comme il regagnait sa chambre, trois techniciens se présentèrent à lui comme étant des amis d'Arkady. Il les accueillit avec bonheur et se retrouva bientôt dans un groupe de huit, à bord d'un patrouilleur, suivant le plancher d'un canyon parallèle au mohole. Dans la pénombre poussiéreuse, ils atteignirent un habitat qui avait été creusé dans la paroi. Il était invisible aux regards des satellites, et la chaleur qu'il produisait était diffusée par divers évents dispersés qui, détectés depuis l'espace, passaient facilement pour de vieilles éoliennes de Sax.

— Nous pensons que c'est comme ça que le groupe d'Hiroko s'y est pris, déclara l'une des filles qui l'accompagnaient.

Elle s'appelait Marian, elle avait le nez long, les yeux trop rapprochés, ce qui conférait à son regard une intensité bizarre.

— Vous savez où se trouve Hiroko ? demanda-t-il.

— Non, mais nous pensons qu'elle se cache dans le chaos.

C'était la réponse habituelle. Il les interrogea sur l'habitat de cette falaise. Marian lui expliqua qu'ils avaient utilisé le matériel de Senzeni Na. C'était un site inutilisé encore, mais habitable.

— Dans quelles circonstances ? demanda John en errant de pièce en pièce.

— En cas de révolution, bien sûr, fit Marian en l'observant.

— Une révolution ?

Il ne trouva pas grand-chose à dire sur le chemin du retour. Marian et ses compagnons avaient conscience du choc qu'il avait éprouvé, et lui-même était mal à l'aise. Ils étaient probablement en train de se dire qu'Arkady avait commis une erreur en leur demandant de montrer cet habitat caché à John Boone.

— Il y en a beaucoup d'autres en préparation, déclara enfin Marian d'un ton méfiant.

C'était Hiroko qui leur avait donné cette idée, et Arkady pensait que ça pourrait être utile. Ils comptaient sur leurs doigts : un dépôt de minage atmosphérique et glaciaire enfoui dans un tunnel de glace sèche sous l'une des stations de traitement du pôle Sud ; un puits dans le grand aquifère de Kasei Vallis ; des serres-labos dispersées aux alentours d'Acheron, où l'on cultivait des plantes utiles en pharmacopée ; un centre de communications sous Underhill.

— C'est tout ce que nous connaissons pour l'instant. Arkady pense qu'il existe d'autres groupes qui font la même chose que nous. Parce que lorsque la pression montera, nous aurons tous besoin d'endroits où nous cacher avant de nous battre.

— Allons, dit John. Il va quand même falloir que vous vous mettiez dans la tête que votre scénario de révolution n'est qu'un rêve qui répète la révolution américaine. Vous savez : la frontière, les vaillants pionniers exploités par le pouvoir impérial, la révolte pour faire d'une colonie un Etat souverain — mais l'analogie est fausse !

— Pourquoi dites-vous ça ? s'étonna Marian. Où est la différence ?

— D'abord, nous ne sommes pas sur des terres où nous pourrons survivre. Ensuite, nous n'avons pas les moyens de nous révolter avec succès !

— Je ne suis pas d'accord sur ces deux points. Vous devriez en parler à Arkady.

— Je vais essayer. En tout cas, je pense qu'il y a quand même mieux à faire que de voler du matériel, quelque chose de plus direct. Nous devons tout simplement dire à l'AMONU quelles seront les bases du nouveau traité de Mars.

Ils hochèrent la tête avec mépris.

— Bien sûr que nous pouvons leur parler, dit Marian, mais ça ne changera rien à ce qu'ils vont faire.

— Pourquoi pas ? Vous croyez vraiment qu'ils peuvent ignorer l'opinion de tous ceux qui vivent ici ? D'accord, il existe maintenant des navettes permanentes, mais nous sommes toujours à une soixantaine de millions de kilomètres de la Terre. Nous sommes là, pas eux. Ça n'est pas l'Amérique de 1769, mais nous disposons de quelques avantages : nous sommes loin, très loin, et nous sommes *propriétaires*. La chose la plus importante est de ne pas tomber dans leur façon de penser et de commettre les mêmes fautes violentes !

Et il continua ainsi : contre la révolution, les nationalismes, la religion, l'économie — contre tous les modes de pensée terriens qui pouvaient lui venir à l'esprit, tous entremêlés selon son style habituel.

— La révolution n'a jamais vraiment été efficace sur Terre, pas vraiment. Et ici, elle serait démodée. Nous devrions mettre au point un nouveau programme, l'inventer, comme dit Arkady, *y compris* les moyens de contrôler notre destin. Vous vivez tous dans les rêves du passé, ce qui va nous projeter tout droit dans cette répression dont vous vous plaignez déjà ! Nous avons besoin d'une vue martienne ! D'une philosophie, d'une économie, d'une religion martiennes !

Ils lui demandèrent quels pouvaient être ces nouveaux modes de pensée martiens, et il leva les mains.

— Comment pourrais-je le dire ? Ils n'ont jamais existé, et il est difficile d'en parler, ou même de les imaginer, parce que nous ne disposons pas de modèles. Le problème se représente toujours dès que l'on veut créer quelque chose de neuf. Croyez-moi : je le sais, parce que j'ai essayé. Mais je pense que je peux vous dire à quoi ça devrait ressembler — aux premières années que nous avons vécues ici, quand nous formions un groupe, que nous travaillions tous ensemble. Quand nous n'avions d'autre but dans notre vie que de nous installer ici, de découvrir. Quand nous décidions ensemble de ce que nous devions faire pour ça. Ça devrait ressembler à ça.

— Mais ces jours sont loin, dit Marian, tandis que les autres acquiesçaient. Ça n'est qu'un rêve venu du passé. Des mots. C'est comme si on donnait des cours de philosophie dans une immense mine d'or cernée par des armées.

— Non, non. Je parle de méthodes de résistance, appropriées à notre situation réelle, et non pas de fantasmes révolutionnaires sortis des livres d'histoire !

Et ils continuèrent à argumenter sans cesse, jusqu'à ce qu'ils soient de retour à Senzeni Na. Là, ils se retirèrent dans les chambres des ouvriers, au niveau inférieur. Et ils se remirent à discuter avec passion. Ils franchirent le laps de temps martien, continuèrent durant la nuit. Une sorte de soulagement se répandait dans John, parce qu'il constatait qu'ils commençaient à sérieusement réfléchir — il était évident qu'ils l'écoutaient à présent, et que ce qu'il leur disait était devenu important. Le premier homme était de retour dans son bocal, avec l'approbation d'Arkady, ce qui lui conférait une influence palpable. Il avait accès à leur confiance, il pouvait les obliger à penser différemment, à réévaluer leurs certitudes, à changer d'idée !

Et c'est ainsi que, dans le limon violacé de la grande tempête, ils s'aventurèrent dans les couloirs jusqu'à la cuisine où ils s'installèrent devant les vitres pour bavarder en vidant des pots de café. Ils rayonnaient de l'espèce d'inspiration, de l'excitation ancestrale du débat honnête. Et lorsqu'ils décidèrent finalement d'aller dormir un peu avant le lever du jour, même Marian était visiblement ébranlée. Ils étaient tous plongés dans leurs pensées, à moitié convaincus que John avait raison.

John regagna son appartement épuisé mais satisfait. Qu'Arkady en ait eu vraiment l'intention ou non, il avait fait de lui un des chefs de son mouvement. Il le regretterait peut-être, mais il n'était pas question de faire machine arrière. Et John était convaincu qu'il avait agi pour le mieux. Il pouvait être une sorte de lien entre ce mouvement clandestin et l'ensemble de la population de Mars. Il pouvait avoir un rôle déterminant dans les deux camps, les réconcilier, en faire une force unique qui serait plus efficace. Une force qui disposerait des ressources principales de la planète, mais aussi de l'enthousiasme des clandestins. Pour Arkady, cette synthèse était impossible, mais John disposait de pouvoirs qu'Arkady n'avait pas. Aussi pourrait-il, non pas *usurper* le leadership d'Arkady, mais simplement *tout changer.* La porte de sa chambre était ouverte. Il se rua à l'intérieur, inquiet. Sam Houston et Michael Chang étaient installés dans les deux fauteuils.

— Et alors, fit Houston, où étiez-vous passé ?

— Oh, ça va ! lança John.

Sa bonne humeur s'était envolée, remplacée par une bouffée de colère.

— Je me suis trompé de porte ? (Il se retourna.) Non. C'est bien mon appartement. (Il leva les bras et cliqua sur son enregistreur de poignet.) Qu'est-ce que vous faites ici ?

— Nous voulons seulement savoir où vous étiez, dit Houston d'un ton égal. Nous avons désormais tout pouvoir d'entrer où nous voulons et de poser toutes les questions que nous voulons. Donc, vous feriez bien de commencer par me répondre.

— Mais vous n'en avez donc jamais assez de jouer au méchant flic ? Vous ne vous reposez jamais ?

— Tout ce que nous voulons, ce sont des réponses à nos questions, fit Chang d'une voix aimable.

— Oh, je vous en prie, monsieur le gentil flic. Nous sommes tous dans le même cas, non ?

Houston se leva — il était déjà sur le point de perdre son calme et John s'avança jusqu'à n'être qu'à quelques centimètres de lui.

— Sortez de mon appartement. Fichez le camp tout de suite, ou c'est moi qui vais vous virer. Ensuite, on verra qui a le droit d'être ici.

Houston se contentait de le fixer. Sans avertissement, John lui donna une brusque bourrade en pleine poitrine. Houston heurta le fauteuil et se rassit involontairement, avant de se redresser d'un bond. Mais Chang s'interposa.

— Une seconde, Sam ! Attends !

Tandis que John continuait de hurler : « Sortez de cet appartement ! » à s'en faire éclater les poumons tout en cognant sur le dos de Chang, les yeux rivés sur le visage cramoisi de Houston.

Il faillit éclater de rire. Il avait enfin retrouvé sa bonne humeur et il dut se tourner vers la porte pour que l'autre ne voie pas son sourire. Sans cesser de hurler.

Chang poussa son collègue vers le couloir et John les suivit. Ils s'immobilisèrent, Chang prudemment campé entre Houston et John. Il était le plus grand des trois et, soudain, il semblait irrité.

— Alors, qu'est-ce que vous attendiez de moi ? demanda John d'un air innocent.

— Juste savoir où vous étiez, fit Chang, d'un ton rogue cette fois. Nous avons des motifs de soupçonner que votre prétendue enquête sur les sabotages constitue une couverture très pratique pour vous.

— J'ai les mêmes soupçons à votre encontre.

Chang ignora sa réplique.

— Ces événements se produisent toujours juste après vos visites, vous comprenez...

— Non, ils se produisent *pendant* mes visites.

— Des camions n'ont pas cessé de tomber dans chacun des moholes que vous avez visités pendant la grande tempête. Des virus ont attaqué les logiciels de Sax Russell au Belvédère d'Echus, juste après que vous vous y êtes rencontrés en 2047. Des virus biologiques ont envahi les lichens à propagation rapide d'Acheron immédiatement après votre passage. Et la liste ne s'arrête pas là.

John haussa les épaules.

— Et alors ? Vous êtes là depuis deux mois et c'est tout ce que vous avez trouvé ?

— Si nous ne nous trompons pas, c'est largement suffisant. Alors, où étiez-vous la nuit dernière ?

— Désolé. Je ne réponds pas à des gens qui s'introduisent chez moi par effraction.

— Vous devez répondre. C'est la loi.

— Quelle loi ? Qu'est-ce que vous pouvez faire contre moi ?

Il se retourna pour rentrer dans sa chambre, mais Chang s'interposa. John, alors, redevint furieux et bondit sur lui. Mais Chang recula et resta sur le seuil, immobile. John s'éloigna.

Il quitta Senzeni Na cet après-midi-là et s'engagea sur la route des transpondeurs, droit vers le nord, en suivant le flanc est de Tharsis. La route était en parfait état, et trois jours plus tard il avait parcouru 1 300 kilomètres. Il se trouvait au nord-est de Noctis Labyrinthus quand il atteignit une importante intersection à transpondeurs où avait été installée récemment une station de ravitaillement. Il prit à droite, vers l'est, en direction d'Underhill. Jour après jour, dans la tempête, il travaillait avec Pauline.

— Pauline, est-ce que tu peux voir ce que donnent les chiffres concernant le vol de matériel dentaire ?

Elle était aussi lente qu'un humain dès qu'il s'agissait d'une question incongrue, mais la réponse vint enfin. Ensuite, il lui demanda de recenser tous les mouvements des suspects possibles qui lui venaient à l'esprit. Lorsqu'il fut certain des lieux où tous ces suspects s'étaient rendus, il appela Helmut Bronski pour protester contre les agissements de Houston et Chang.

— Ils disent qu'ils travaillent avec votre autorisation, Helmut, et j'ai donc pensé que vous deviez savoir ce qu'ils faisaient exactement.

— Ils font de leur mieux. John, j'aimerais que vous cessiez de vous en prendre à eux pour coopérer un peu. Ça nous aiderait bien. Je sais que vous n'avez rien à cacher, alors pourquoi ne pas nous assister ?

— Ecoutez-moi, Helmut. Ils ne me demandent pas mon *aide*. Ils font de l'intimidation. Dites-leur d'arrêter.

— Mais ils essaient seulement de faire leur boulot. Rien d'illégal ne m'a été rapporté jusque-là.

John coupa la communication. Plus tard, il appela Frank, à Burroughs.

— Que se passe-t-il avec Helmut ? Pourquoi est-il en train de livrer la planète aux flics ?

— Tu es complètement stupide. (Il tapait comme un fou sur un clavier tout en lui répondant, et il semblait avoir à peine entendu la question de John.) Est-ce que tu prêtes seulement attention à ce qui se passe ici ?

— Je le croyais, dit John.

— Mais on baigne dans l'essence, mon vieux ! Et ces putains de traités qui vont être périmés sont l'allumette qui nous menace. Mais tu n'as jamais compris pourquoi on était venus ici ; alors qu'est-ce que tu voudrais comprendre maintenant ?

Il continuait de pianoter sur son clavier, sans détourner les yeux de l'écran.

John l'observait sur son bloc de poignet. Il demanda enfin :

— Frank, pourquoi nous a-t-on envoyés ici ?

— Parce que la Russie et nos chers Etats-Unis étaient à bout de ressources, voilà pourquoi. De vieux dinosaures industriels décrépits, voilà ce que nous étions. Sur le point de se faire bouffer par le Japon, par l'Europe, et par tous ces petits tigres qui proliféraient en Asie. Et nous avions toute cette expérience spatiale à dépenser, des industries aérospatiales aussi énormes qu'inutiles. Alors, on en a fait une équipe pour venir débarquer ici avec l'espoir que ce serait payant ! Et ça l'a été ! Une vraie ruée vers l'or, pour ainsi dire. Encore plus de carburant, parce que c'est ça, le rôle des ruées vers l'or : montrer qui a le pouvoir et qui ne l'a pas. Mais même à présent, il y a encore des tas de tigres là-bas qui sont meilleurs que nous, et ils veulent leur part du gâteau. Il y a des pays surpeuplés et sans ressources. Dix milliards d'humains qui pataugent dans la merde !

— Je croyais t'avoir entendu dire que la Terre tombait en miettes.

— Ça n'est pas exactement ça. Réfléchis : si ce putain de traité ne profite qu'aux riches, alors les pauvres vont se révolter et tout va sauter — mais s'il redistribue les ressources, le taux de population va grimper en flèche et tout va sauter. D'une façon ou d'une autre, c'est ce qui nous guette ! Et ça se passe en ce moment ! Naturellement, les trans n'aiment pas ça, parce que les affaires ne marchent pas vraiment bien quand le monde éclate, tu comprends ? Alors, elles ont peur, et ont décidé d'employer la force pour maintenir la cohésion. Helmut et ces flics ne sont que la partie émergée de l'iceberg, John — il y a des tas de politiciens qui considèrent qu'un état policier sur cette planète, installé pour quelques décennies, serait notre unique chance de parvenir à stabiliser la population sans catastrophe. Ce qu'ils veulent, ces salauds d'abrutis, c'est tout contrôler d'en haut !

Frank secouait la tête d'un air écœuré. Puis il revint à son écran.

— Frank, est-ce que tu as accepté le traitement ? demanda John.

— Bien sûr. Maintenant, laisse-moi, John. J'ai du travail.

L'été du sud était plus tiède que le précédent, qui avait été enveloppé dans le linceul de la grande tempête, mais quand même plus froid que tous ceux qui avaient été enregistrés. La tempête durait depuis bientôt deux ans, près de trois années terrestres, mais Sax conservait son attitude de philosophe. John l'appela au Belvédère d'Echus et, quand il lui parla des nuits glacées qu'il vivait, Sax se contenta de lui dire :

— Pendant toute la période de terraforming, il est probable que nous ayons des températures très basses. Mais nous ne visons pas un climat chaud. Vénus est chaude. Ce que nous voulons, c'est survivre. Si l'air devient respirable, peu importe qu'il soit froid.

En attendant, il faisait froid partout, et les températures descendaient au-dessous de zéro chaque nuit, même sur l'équateur. Lorsque John rejoignit Underhill, une semaine après avoir quitté Senzeni Na, il découvrit une sorte de verglas rose sur les trottoirs. Dans la faible clarté de la tempête, la ville était presque invisible, mais on avait quelque difficulté à la contourner. Les habitants d'Underhill passaient la plupart du temps à l'intérieur. John consacra quelques semaines à aider l'équipe de bio-ingénierie qui testait une nouvelle espèce d'algue des neiges à propagation rapide. Underhill était envahie par les étrangers, principalement des Européens ou des Japonais mais, heureusement, ils communiquaient en anglais pour la plupart. John s'installa dans l'une des anciennes salles-caveaux, près du coin nord-est du carré. Le vieux carré était moins populaire que l'avenue de Nadia, plus étroit, plus sombre, et la plupart des salles en voûte étaient désormais utilisées pour le stockage. C'était tellement étrange de parcourir les couloirs, de se souvenir de la piscine, de la chambre de Maya, du réfectoire. Tout était maintenant sombre, encombré de caissons. Tout cela remontait à cette période où les cent premiers étaient les cent, c'est tout. Difficile de retrouver des souvenirs précis de cette époque.

Grâce à Pauline, il suivait à la trace un grand nombre d'individus, dont certains membres de l'équipe d'enquête de l'AMONU. Ce n'était pas une surveillance très rigoureuse, car il n'était pas toujours facile de suivre les enquêteurs, et plus spécialement Houston, Chang et leur équipe, qui semblaient se tenir délibérément à l'écart du réseau. Les rapports d'arrivée des spatioports montraient de mois en mois que Frank avait eu raison : ils ne représentaient que la partie visible de l'iceberg. Surtout à Burroughs, où de nombreux fonctionnaires de l'AMONU avaient débarqué sans affectation précise. Ils se répandaient dans les mines, les moholes et autres établissements et travaillaient avec les responsables de la sécurité. Les dossiers de leurs emplois sur Terre étaient tout particulièrement intéressants.

Souvent, au terme d'une séance avec Pauline, il partait faire un tour à l'extérieur, perplexe, concentré. La visibilité s'était nettement améliorée. Les choses commençaient à s'éclaircir en surface, mais la glace rose rendait toujours la progression dangereuse. Il semblait pourtant que la grande tempête s'apaisait. Les vents n'étaient plus que deux à trois fois supérieurs à la moyenne de 30 kilomètres à l'heure. La poussière, parfois, était réduite à une brume dense qui changeait les crépuscules en tourbillons éblouissants de rose pastel, de jaune, d'orange, de rouge et de mauve. Des striures de vert et de turquoise jouaient entre les arcs de glace et les fantômes de soleil, perçant parfois des puits de pure lumière d'un jaune citrin. C'était le spectacle de la nature, éphémère et somptueuse. Dans ce théâtre de coloris brumeux et de mouvements estompés, John oubliait ses préoccupations. Il escalada la grande pyramide de sel, promena les yeux sur le paysage, puis regagna le patrouilleur pour reprendre le combat.

Un soir, après avoir assisté aux fastes du coucher de soleil, il redescendait la pyramide en direction d'Underhill quand il repéra deux silhouettes qui sortaient des garages du côté sud. Elles dévalèrent un tube avant de s'engouffrer dans un patrouilleur. Leurs mouvements étaient rapides et furtifs et il observa plus attentivement. Les deux hommes n'avaient pas mis leurs masques et il identifia aussitôt Houston et Chang à la forme de leur nuque et à leur stature. Ils venaient droit sur lui. John polarisa sa visière et se remit en marche, la tête penchée, s'efforçant de ressembler à n'importe quel travailleur regagnant la station, s'orientant vers le côté pour s'éloigner un peu plus d'eux. Le patrouilleur plongea dans un épais nuage de poussière et disparut brusquement.

Quand il atteignit enfin les sas, il était presque effrayé. Quand la porte s'ouvrit, il se précipita sur la console de l'intercom. Sous les haut-parleurs, il y avait plusieurs jacks. Avec soin, il déconnecta la carte d'arrêt et dégagea les grains de poussière — les jacks ne servaient plus guère — avant d'insérer son bloc de poignet. Il tapa le code de Pauline, attendit l'encryptage.

— Oui, John ? fit la voix de Pauline dans son casque.

— Pauline, déclenche ta caméra et fais-moi un pano sur ma chambre.

Pauline était posée sur sa table de chevet, reliée à la prise murale.

Sa caméra était une petite chose en fibre optique qu'il n'utilisait que rarement. L'image, sur l'écran de son bloc, était minuscule, et la chambre n'était éclairée que par une veilleuse de nuit. De plus, sa visière le gênait et, même en appuyant le bloc sur sa surface, il ne parvenait à distinguer que des formes grises, mouvantes. Il identifia le lit — il y avait quelque chose dessus — puis le mur.

— Recule de 10 degrés.

Il plissa les yeux. Le lit revint. Il y avait un homme sur son lit. Est-ce que c'était bien ça ? Oui, une semelle, un torse, des cheveux. Difficile d'en être certain. La forme ne bougeait pas.

— Pauline, est-ce que tu entends quelque chose ?

— La ventilation, l'électricité.

— Transmets-moi ce que capte ton micro à plein volume.

Il pencha la tête à l'intérieur de son casque, l'oreille collée au haut-parleur. Un sifflement, un souffle, de la statique... Il y avait trop d'erreurs de transmission dans ce genre de processus, surtout avec ces vieux jacks corrodés. Mais il était certain de n'entendre aucune respiration.

— Pauline, est-ce que tu peux entrer dans le système de monitoring d'Underhill, localiser la caméra qui surveille la porte de notre caveau et retransmettre l'image sur mon écran de poignet, s'il te plaît ?

Il avait supervisé l'installation du système de sécurité d'Underhill quelques années auparavant. Pauline avait encore tous les plans et les codes, et il n'eut pas longtemps à attendre pour recevoir l'image du couloir, avec la porte de sa chambre. Les lumières de l'appartement étaient éclairées, et, en panotant, la caméra lui confirma que la porte était fermée. C'est tout.

Il laissa retomber son bras et réfléchit. Cinq minutes s'écoulèrent avant qu'il transmette des consignes au système de sécurité d'Underhill par le biais de Pauline. Il détenait les codes d'accès et il put ainsi donner l'ordre à tout le dispositif de caméras d'effacer les films de surveillance pour les reprendre en boucle sur une heure au lieu du cycle habituel de huit heures. Ensuite, il donna l'ordre à deux robots de voirie de venir ouvrir la porte. Il attendit en frissonnant. Ils arrivaient lentement, de caveau en caveau. Lorsqu'ils ouvrirent la porte, il les vit par le regard de Pauline. La lumière jaillit dans la chambre, d'abord aveuglante, avant de se régler, et il put y voir plus nettement. Oui, il y avait un homme sur son lit. Son souffle devint rapide. Il téléopéra les robots en utilisant les boutons de son bloc. La manœuvre était tremblotante, mais si l'homme se réveillait, tant mieux.

Il ne se réveilla pas. Il oscillait entre les bras des robots qui venaient de le soulever avec toute leur délicatesse algorithmique. Ça n'était qu'un corps inerte. Il était mort.

John inspira profondément avant de poursuivre la téléopération. Le premier robot déposa le cadavre dans la benne de son collègue. Puis il n'eut plus qu'à les renvoyer vers le couloir et le magasin-caveau. Ils croisèrent plusieurs personnes, mais John n'y pouvait rien. Le corps n'était pas visible si l'on ne se penchait pas sur la benne, et il espérait que, plus tard, personne ne se souviendrait d'avoir rencontré les deux robots de voirie.

Quand ils eurent atteint le magasin-caveau, il hésita. Est-ce qu'il devait jeter le corps dans les incinérateurs du quartier des alchimistes ? Mais non — à présent qu'il n'était plus dans sa chambre, il n'était pas nécessaire de se débarrasser du cadavre. Il en aurait même besoin plus tard. Pour la première fois, il se demanda qui ça pouvait être. Il dirigea l'extenseur oculaire du premier robot sur le poignet droit et utilisa son œil magnétique qui parut mettre un temps infini pour se braquer sur le point voulu. Il se stabilisa. Le minuscule tag implanté dans le bloc de poignet contenait des informations en langage standard digital, et il ne fallut qu'une minute à Pauline pour identifier le mort. Yashika Mui, auditeur de l'AMONU, stationné à Underhill, enregistré en 2050. Une personne bien réelle et qui aurait pu vivre mille ans.

John se remit à frissonner. Il s'appuya contre la paroi de brique bleue d'Underhill. Il lui fallait encore attendre une heure, peut-être un peu moins, avant d'entrer. D'un pas nerveux, il se déplaça à l'intérieur du quadrant. D'ordinaire, il lui fallait un quart d'heure pour en faire le tour, mais il constata qu'il y parvenait en dix minutes. Après le deuxième tour, il alla dans le parc de caravaning.

Il ne restait plus que deux des anciennes caravanes. Apparemment abandonnées, elles servaient d'entrepôts. Il surprit des silhouettes dans la poussière sombre, se pétrifia sous l'effet de la peur, mais elles s'éloignèrent. Il retourna alors dans le quadrant d'Underhill, reprit sa ronde, puis se dirigea vers le quartier des alchimistes. Il s'arrêta devant les bâtiments trapus, les antiques circuits de tubes et de tuyauteries avec leurs équations noires, et repensa aux premières années. Et il en était là, le temps d'un clin d'œil. Dans l'obscurité de la grande tempête. Civilisation, corruption, crise. Un meurtre sur Mars.

Il serra les dents. Une heure s'était écoulée. Il était exactement neuf heures du soir. Il retourna dans le sas, enleva son casque, son marcheur et ses bottes dans la salle d'habillement, passa sous la douche, se sécha et revêtit une combinaison avant de se peigner. Il inspira à fond, et se dirigea vers son appartement. A l'instant où il ouvrait la porte, il ne fut nullement étonné de se trouver face à quatre agents de l'AMONU, mais il réussit à prendre un air surpris quand ils lui ordonnèrent de s'arrêter.

— Qu'est-ce que ça veut dire ?

Il n'y avait là ni Houston ni Chang, mais trois hommes plus la femme qui avait fait partie du premier groupe de Low Point. Les hommes l'encadrèrent sans répondre, poussèrent la porte, et deux d'entre eux pénétrèrent dans la chambre. John refréna son envie de les frapper, de hurler, ou encore d'exploser de rire en voyant leur expression quand ils découvrirent que la pièce était déserte. Lui se contenta de les dévisager avec curiosité, en se limitant à l'attitude irritée de l'homme qui ne comprend rien à ce qui se passe.

Mais quand il fut à l'intérieur, il eut bien du mal à réprimer sa colère. Il se demandait s'il affrontait des policiers trop zélés ou des fonctionnaires du meurtre.

Il profita de leur désarroi devant cette situation inattendue pour leur décocher quelques phrases mordantes et, dès qu'il eut refermé la porte sur eux, il dit :

— Pauline, transmets ce qu'enregistre le système de sécurité, s'il te plaît, et enregistre. Montre-moi les images des caméras.

Pauline commença sa recherche. Il ne fallut que deux minutes aux trois hommes et à la femme pour rejoindre la salle de sécurité, où ils retrouvèrent Chang et les autres. Ils passèrent à la lecture des bobines. John observait sur l'écran de Pauline. Ils parcouraient les boucles, découvraient qu'elles avaient été réduites à une heure, et que les événements de l'après-midi avaient été effacés. Voilà qui allait leur donner à réfléchir. Avec un sourire sombre, John demanda à Pauline de quitter le système.

Une vague d'épuisement l'enveloppa. Il n'était que onze heures, mais l'adrénaline avait cessé de faire son effet, de même que sa dose d'omeg matinale. Il s'assit sur le lit, puis se souvint du cadavre et se leva. Il décida finalement de dormir par terre.

Ce fut Spencer Jackson qui le tira du sommeil pendant le laps de temps martien. On avait découvert un cadavre dans la benne d'un robot de la voirie. Il accompagna Jackson jusqu'à la clinique et observa le corps de Yashika Mui tandis que les enquêteurs le dévisageaient avec méfiance.

La machine à diagnostic se surpassait quand il s'agissait d'autopsie : les premiers prélèvements indiquaient la présence d'un agent coagulant. D'un air sombre, John ordonna une autopsie criminelle totale. On allait passer au scanner le corps aussi bien que les vêtements de Mui, et toutes les particules seraient comparées à son génome. Toutes celles qui ne correspondraient pas seraient analysées et comparées à celles de tous les résidents d'Underhill. Tout en donnant ses instructions, John observa les gens de l'AMONU, mais ils ne cillèrent pas une seconde. Ils avaient sans doute opéré avec des gants ou en marcheur, ou bien par téléopération, comme lui. Il dut se détourner pour masquer le dégoût qu'il éprouvait.

Mais, bien sûr, ils savaient que c'étaient eux qui avaient déposé le corps dans sa chambre, et ils devaient donc soupçonner que c'était lui qui l'avait éclipsé et qui avait effacé les enregistrements des caméras. Ils savaient qu'il savait, ou ils le soupçonnaient du moins. Mais ils n'avaient aucune certitude. Et il n'avait pas la moindre raison de révéler quoi que ce soit.

Une heure plus tard, de retour dans sa chambre, il s'allongea de nouveau sur le sol. Il était épuisé, mais il n'arrivait pas à trouver le sommeil. Il gardait les yeux fixés au plafond. Et repensait à tout ce qu'il avait appris le jour même.

A l'approche de l'aube, il avait fait le tri. Il céda au sommeil et, quand il se réveilla, il partit faire un tour. Il avait besoin de se retrouver à l'extérieur, loin des humains et de toute cette corruption qui lui donnait la nausée, dans les grandes bourrasques du vent, dans les vagues de poussière.

Mais, en sortant du sas, il découvrit les étoiles dans le ciel. Des myriades d'étoiles brillantes, qui ne scintillaient pas. Les plus faibles étaient visibles, comme si le ciel tout entier était occupé par la Voie lactée.

Quand il émergea de son ébahissement, émerveillé, il courut jusqu'à un intercom et annonça la nouvelle.

Il avait déclenché un véritable pandémonium. Tous ceux qui avaient entendu réveillaient leurs amis, leurs voisins, et ils se précipitaient pour s'emparer d'un marcheur. Les sas ne cessaient de s'ouvrir pour déverser des flots de gens.

Le ciel, à l'est, était devenu d'un rouge noirâtre qui s'éclaircissait peu à peu. Bientôt, le ciel tout entier devint d'un rose profond, puis lumineux. Les étoiles furent balayées, et seules Vénus et la Terre demeurèrent sur l'horizon oriental, au-dessus de la marée du matin naissant. Alors, la clarté se fit plus brillante, encore plus brillante, toujours plus brillante, telle qu'il n'en avait jamais connu dans les jours d'avant la tempête. Derrière les visières, on versait des larmes, et des plaintes émerveillées se croisèrent sur la fréquence commune. L'intercom était saturé par les commentaires et les cris, des silhouettes couraient et dansaient de tous côtés sous le ciel qui se changeait en un dôme éclatant, éblouissant, gonflé de rose, comme près d'éclater, avalant peu à peu Vénus et la Terre. C'est alors que le soleil fendit l'horizon et ruissela sur la plaine comme la marée d'une bombe thermonucléaire. Et les gens sautaient, hurlaient, entre les ombres allongées des bâtiments et des rochers. Tous les murs d'Underhill semblaient sortis du pinceau des Fauves et le regard soutenait difficilement les reflets des mosaïques. L'air était clair comme du cristal, presque solide, imprégnant le paysage d'une clarté qui transformait la moindre aspérité en lame de rasoir.

John s'éloigna de la foule en direction de Tchernobyl, à l'est. Il coupa son intercom. Jamais il n'avait vu le ciel d'un rose aussi intense, avec une touche de mauve au zénith. La population d'Underhill semblait prise de folie. Beaucoup n'avaient jamais connu le soleil sur Mars et ils avaient vécu jusqu'alors dans la grande tempête. Et maintenant que c'était fini, ils s'aventuraient dans le soleil, s'en enivraient, faisaient des glissades sur la glace rose, se livraient des batailles de boules de neige jaune, escaladaient les pyramides glacées. En voyant cela, John fit demi-tour et escalada la pyramide pour contempler les tores et les cuvettes qui cernaient Underhill. Ils semblaient givrés ou ensablés, mais leurs formes n'avaient pas changé. Il se mit sur la fréquence commune, mais éteignit dans la seconde : les gens hurlaient de tous côtés pour avoir des marcheurs. Quelqu'un cria que le soleil s'était levé depuis une heure déjà, et John eut du mal à le croire. Il secoua la tête : toute cette agitation venant après la découverte du mort sur son lit l'empêchait de se réjouir vraiment de la fin de la tempête.

Il retourna à la station et offrit son marcheur à deux femmes qui avaient à peu près sa taille et qui se mirent aussitôt à se disputer pour l'avoir. Il descendit au centre de communications et appela Sax à Echus. Dès qu'il l'eut sur l'écran, il le félicita pour la fin de la tempête.

Sax eut un geste brusque, comme si l'événement remontait déjà à plusieurs années.

— Ils se sont amarrés à Amor 2051B, annonça-t-il.

C'était l'astéroïde de glace qu'ils avaient choisi pour une insertion sur orbite martienne. On y installait déjà des fusées qui le détourneraient sur une trajectoire similaire à celle de l'*Arès*, des années auparavant. Sans bouclier thermique, il se consumerait. Le temps d'arrivée estimée était de six mois. Ça, c'était une nouvelle importante. Et Sax le lui fit comprendre avec son calme habituel : la grande tempête appartenait à l'Histoire.

John ne put que rire. Puis il repensa à Yashika Mui, et il en parla à Sax parce qu'il voulait que quelqu'un d'autre partage son amertume. Mais Sax se contenta de cligner des yeux, comme à son habitude.

— Ça devient sérieux, dit-il.

Ecœuré, John lui dit au revoir et s'éloigna.

Il traversa les caveaux, en proie à un mélange troublant d'émotions farouches, agréables et désagréables. Il regagna sa chambre, prit un omegendorphe et l'une des nouvelles pandorphes que Spencer lui avait données, après quoi il gagna l'atrium central et se promena au milieu des plantes, toutes atrophiées par la tempête, dressées vers les éclairages d'appoint. Le ciel était toujours rose sombre, mais en même temps très brillant. La plupart des gens qui étaient sortis dans les premières minutes étaient maintenant de retour, et John rencontra quelques amis, des relations, pour la plupart des étrangers. Il retourna dans les caveaux et fut applaudi plusieurs fois. Si on le pressait de prononcer un discours, il grimpait sur une chaise et lançait quelques mots. Il lui arriva d'être véhément. La plupart du temps, il improvisait. Les autres devaient se dire qu'il était saoul, qu'il avait fêté la fin de la grande tempête. Très bien, parfait. Peu importait ce qu'il faisait, du moment que la légende était préservée.

Il entra dans une salle où étaient rassemblés des Egyptiens. Non pas des soufis tels que ceux qu'il avait rencontrés, mais des musulmans orthodoxes, qui bavardaient tous en même temps en buvant du café fort sous le soleil, souriant derrière leur moustache, extrêmement cordiaux pour une fois, et même visiblement heureux de le voir. Surpris et séduit, il leur dit sans réfléchir :

— Vous savez que nous partageons tous un nouveau monde. Si vous ne fondez pas vos actes sur la réalité martienne, vous deviendrez schizophrènes : votre corps sera sur une planète et votre esprit sur une autre. Aucune société partagée de cette façon ne saurait fonctionner longtemps.

— Allons, lui répondit l'un d'eux sans cesser de sourire. Il faut comprendre que nous avons déjà voyagé. Nous sommes un peuple de voyageurs. Mais, où que nous soyons, La Mecque est notre demeure spirituelle. Nous pourrions voler jusqu'à l'autre bout de l'univers que ce serait encore vrai.

Il ne voyait rien à ajouter à cela. En fait, une honnêteté aussi directe était tellement plus propre, plus claire que tout ce qu'il avait affronté cette nuit-là, qu'il dit :

— Je vois, et je comprends.

Il comparait ce qu'il venait d'entendre à toute l'hypocrisie occidentale, où les gens parlaient affaires après la messe, des gens qui étaient incapables d'affirmer une vraie croyance, qui ne pensaient qu'en termes de constantes physiques et qui répétaient, comme Frank le disait si souvent : Les choses sont comme ça, pas autrement.

Il se sentait un peu mieux lorsqu'il quitta les Egyptiens. Il retourna vers son appartement en prêtant vaguement l'oreille aux appels, aux rires, aux cris, aux plaisanteries scientifiques. (Un organisme halophyte [1] au point qu'il n'aime pas la saumure parce qu'elle contient trop d'eau... Rires.)

John avait une idée. Spencer Jackson était son voisin. Il le saisit au vol pour lui en faire part.

— On devrait rassembler un maximum de gens pour célébrer la fin de la tempête. Tous les anciens de Mars, tu vois, et même tous ceux qui voudront bien y participer. Tous ceux qui souhaitent être là.

— Où ?

— Sur Olympus Mons, dit John sans même avoir réfléchi. On arrivera probablement à convaincre Sax de calculer la chute de son astéroïde de glace pour qu'on puisse y assister.

— Bonne idée ! dit Spencer.

---

1. Se dit de toute plante affectionnant les milieux salés. (*N.d.T.*)

Olympus Mons est un volcan bouclier, un cône sans abrupts, dont la hauteur exceptionnelle résulte de son diamètre exceptionnel. Il culmine à 25 000 mètres au-dessus d'Amazonis Planitia, mais il se déploie sur huit cents kilomètres et la moyenne de ses pentes de dépasse pas 6 degrés. A sa périphérie, un renflement important forme un escarpement circulaire haut de 7 000 mètres, et cette falaise exceptionnelle, deux fois plus haute que le Belvédère d'Echus, est en de nombreux endroits presque verticale. Certains à-pics ont attiré de nombreux grimpeurs, mais nul n'est encore parvenu jusqu'au point culminant. Pour la plupart des habitants de la planète, l'escarpement n'est qu'un simple obstacle impressionnant sur le chemin qui conduit à la caldeira du sommet d'Olympus. Les voyageurs abordent le volcan par une large rampe sur son flanc nord, là où les ultimes déjections de lave ont submergé la falaise. Les aréologues évoquent un fleuve de roche ignifiée large de cent kilomètres, aveuglant, tombant en cataracte depuis une hauteur de 7 000 mètres sur la plaine de lave craquelée et noire, s'empilant vague après vague, de plus en plus haut... C'est ce flot de lave qui a laissé une rampe d'accès dont l'escalade est aisée. Ensuite, une marche de deux cents kilomètres permet d'accéder au rebord de la caldeira.

Le pourtour du sommet d'Olympus Mons est si large et plat que, tout en ayant une vue parfaite sur les anneaux multiples de la caldeira, on ne peut voir le reste de la planète. Seul le ciel est accessible. Mais, sur le flanc sud du pourtour, il existe un petit cratère d'impact météoritique, qui ne porte d'autre nom que son relevé cartographique : THA-Zp. L'intérieur de ce petit cratère est plus ou moins abrité des courants ténus qui soufflent sur Olympus, et si l'on se tient sur l'arc sud de son rebord déchiqueté, on peut découvrir le bas du volcan et, au-delà, la plaine immense de Tharsis, vers l'ouest. Ainsi, on a l'impression de contempler Mars depuis une plate-forme sur orbite très basse.

Il fallut presque neuf mois, en fait, pour que l'astéroïde soit amené au point de rendez-vous avec Mars, et l'annonce de la fête qu'allait donner John avait eu tout le temps de se répandre. Ils arrivaient de partout, en caravanes de patrouilleurs qui s'étiraient sur la rampe nord et autour de la pente sud de Zp. Là, ils dressèrent d'immenses tentes en croissant aux parois translucides, avec des planchers rigides isolés à deux mètres au-dessus du sol. C'était le dernier cri en matière d'abri provisoire, et tous les croissants étaient tournés vers le haut de la pente. Ainsi, ils formaient autant de gradins, pareils à des jardins en terrasses, des serres dressées au-dessus de l'immensité de ce monde de bronze. Durant une semaine, les caravanes ne cessèrent d'affluer, puis vinrent des dirigeables. Ils s'arrimèrent dans le cratère de Zp qui ressembla bientôt à un cirque rempli de ballons d'anniversaire multicolores.

La foule surprit John : il s'était attendu à ne voir que quelques amis dans ce site éloigné. Encore une nouvelle preuve de son incapacité à comprendre l'évolution de la population nouvelle. Ils étaient sans doute près de mille et la vision était stupéfiante. Bien sûr, il y avait des visages connus, et d'autres très familiers. En fait, ses amis étaient rassemblés là, en quelque sorte. C'était comme s'il découvrait une ville dont il avait jusqu'alors ignoré l'existence. Les représentants des cent premiers étaient nombreux, quarante en tout : Maya et Sax, Ann et Simon, Nadia et Arkady, Vlad et Ursula, plus le groupe d'Acheron, Spencer, Alex et Janet, Mary, Dmitri et Elena, et celui de Phobos, plus Armie, Sacha et Yeli, et d'autres encore qu'il n'avait pas vus depuis vingt ans peut-être. Tous ceux qui lui étaient proches étaient là, sauf Frank, qui avait prétexté être trop occupé, et Phyllis, qui n'avait même pas répondu à son invitation.

Mais il n'y avait pas que les cent premiers. Il fit le compte des anciens amis, ou des amis de ses amis : beaucoup de Suisses, au nombre desquels les gitans constructeurs de routes, des Japonais venus de tous les coins de la planète, les Russes, et aussi ses camarades soufis. Ils étaient tous dispersés sous les tentes en gradins, dans des regroupements de caravanes ou des équipes de dirigeables, se précipitant de temps en temps vers les sas pour accueillir les derniers arrivants.

Chaque jour, ils s'élançaient de plus en plus nombreux sur la pente pour recueillir des échantillons de roche. Le météore qui avait formé Zp avait laissé un champ de fragments de lave bréchiforme où l'on trouvait des cônes de stishovite semblables à des éclats de poterie, noirs, rouge sanguinolent, ou ocellés par des impacts de diamant. Une équipe aréologique grecque avait amené un four et entreprit d'émailler certains éclats en jaune, en bleu ou en vert. Ils revêtirent le sol d'une mosaïque multicolore. L'idée se répandit et, deux jours après, chaque tente se dressait au-dessus d'un parterre aux motifs personnalisés : cartes de circuits, images d'oiseaux ou de poissons, abstractions, dessins d'Escher, calligraphies tibétaines qui proclamaient *Om Mani Padme Hum*, cartes de la planète, équations, portraits, paysages...

John allait d'une tente à l'autre, il bavardait avec tous, s'imprégnait de l'atmosphère de carnaval. Une atmosphère qui n'empêchait pas les discussions — il y en avait beaucoup —, mais la plupart des gens faisaient la fête, buvaient, bavardaient durant des heures quand ils ne partaient pas en folles excursions sur les anciens champs de lave pour composer d'autres mosaïques ou danser sur la musique des orchestres amateurs qui s'étaient peu à peu formés. Le meilleur était un groupe de percussions, avec des batteries magnésiques, dont les musiciens venaient de Trinidad, l'un des pavillons de complaisance les plus répandus parmi les transnationales, mais où il existait un solide mouvement de résistance locale représentée justement par ce groupe. Il y avait aussi un groupe de country américain avec un très bon joueur de slide guitar, plus un orchestre irlandais avec ses instruments de fabrication locale, tellement nombreux qu'il pouvait jouer en non-stop.

Ces trois orchestres étaient entourés par des groupes de danseurs. En fait, sous les tentes qu'ils occupaient, tous leurs mouvements étaient transformés en une sorte de danse pulsatile, comme si le simple fait d'aller d'un point à un autre était soudain empli de la grâce et de l'exubérance de la musique, de la gravité, du panorama.

C'était un merveilleux festival et John nageait dans le bonheur. Il n'avait plus besoin d'omegendorphe, et quand Marian et ses amis de Senzeni Na lui proposèrent des tablettes, il répondit en riant :

— Non, je ne pense pas que j'en aie besoin en ce moment. Ça serait... comme de déverser du permafrost sur Vastitas Borealis.

— Ou de pomper un peu plus de CO^2 dans l'atmosphère.

— Ou de décharger de la lave sur Olympus.

— Ou d'infiltrer encore un peu de sel dans ce maudit sol.

— Ou de pulvériser de l'oxyde de fer sur cette pauvre planète !

— Exactement ! s'écria John en riant. Je suis déjà dans le rouge !

— Pas aussi rouge que ceux-là, fit quelqu'un en pointant un doigt vers le ciel, à l'ouest.

Trois dirigeables couleur sable remontaient la pente du volcan. Ils étaient petits et d'aspect désuet, et ne répondaient pas aux appels radio. Ils rasèrent le rebord du cratère et s'amarrèrent au milieu des autres ballons multicolores. Tous attendaient que les observateurs postés aux sas identifient les passagers. Quand les nacelles s'ouvrirent et qu'une vingtaine de silhouettes apparurent en marcheurs, le silence s'installa.

— C'est Hiroko, annonça Nadia sur la fréquence commune.

Les représentants des cent premiers se précipitèrent alors vers la tente du haut, les yeux fixés sur le tube qui courait sur le rebord. Les visiteurs se dirigeaient vers le sas et ils entrèrent bientôt : Hiroko, Michel, Evgenia, Iwao, Gene, Ellen, Rya, Raul, et pas mal de jeunots.

Appels et cris de joie, colère et reproches se répondaient et se mêlaient dans des étreintes amicales ou bourrues. Quelques larmes coulèrent, reflets du bonheur ou du regret... John lui-même ne put s'empêcher de serrer Hiroko entre ses bras pour la secouer un peu trop violemment, après toutes ces journées qu'il avait passées seul dans son patrouilleur, à sa recherche, espérant une réponse plausible à son inquiétude, à son anxiété. Il aurait voulu lui crier tout ce qu'il avait ressenti, lui lancer des mots durs, mais il retrouvait son visage et son sourire presque inchangés. Elle était plus maigre, plus svelte. Son image se superposait à celle, un peu floue, qu'il avait gardée dans sa mémoire. C'était comme un maquillage hallucinatoire, et il ne put que dire :

— Oh, je voulais tellement te parler !

— Et moi aussi, souffla-t-elle, et ces quelques mots furent à peine perceptibles dans le tumulte.

Nadia s'était interposée entre Maya et Michel. Car Maya hurlait sans arrêt :

— Pourquoi tu ne m'as rien dit ? Pourquoi tu ne m'as rien dit ?

Et elle éclata en sanglots. L'attention de John fut brusquement distraite et, regardant par-dessus l'épaule d'Hiroko, il lut sur le visage crispé d'Arkady une expression très nette : *C'est plus tard qu'il faudra répondre à toutes les questions.* Ce qui l'arracha au cours de ses pensées. Oui, ils devraient prononcer des paroles difficiles mais, pour l'instant au moins, ils s'étaient retrouvés ! Et le niveau de bruit à l'intérieur des tentes du cratère avait augmenté de 20 décibels. Ils clamaient tous bruyamment leur joie d'être de nouveau ensemble.

Tard dans la soirée, John rassembla les représentants des cent premiers, qui étaient maintenant une soixantaine. Ils se retrouvèrent tous dans la tente du haut et observèrent un instant le paysage et l'ensemble du camp.

Tout paraissait tellement plus grand qu'Underhill et les étroites plaines rocailleuses qui l'entouraient... Tout avait changé. Le monde et sa civilisation étaient plus vastes et plus complexes. Mais ils étaient là, ensemble à nouveau. Les visages familiers s'étaient transformés avec le temps, évadés, comme cette vieille planète. C'était presque comme s'ils pouvaient deviner les aquifères derrière le regard des autres. Ils tournaient presque tous autour des soixante-dix ans. Et le monde était bien plus grand que lors de leur arrivée — et bien différent. Après tout, il était possible qu'ils se voient encore vieillir pour des années. Et c'était un sentiment étrange.

Ils vibrionnaient en regardant les gens dans les tentes en dessous, jusqu'au tapis orange moucheté de la planète. Et les conversations fusaient en vagues rapides, chaotiques, créant des schémas d'interférence, de sorte que parfois ils se taisaient tous en même temps et restaient debout là, ensemble, étonnés, rêveurs ou souriant du même sourire que les dauphins. Et dans les tentes en dessous, les gens jetaient parfois un coup d'œil à travers les croissants de plastique dans leur direction, comme s'ils espéraient conserver une image de cette réunion historique.

Ils se retrouvèrent tous installés sur des chaises, à se passer les crackers, le fromage et les bouteilles de vin rouge. John se laissa aller en arrière et regarda autour de lui. Arkady trônait au milieu de Maya et de Nadia, ses mains sur leurs épaules. Ils étaient en train de rire tous trois d'une plaisanterie de Maya. Sax, comme d'habitude, clignait des yeux à la façon d'un hibou heureux, et Hiroko était radieuse. Il y avait bien des années que John n'avait pas reconnu une pareille expression du bonheur. Il songea que c'était une honte de perturber un tel moment, mais l'instant était idéal et il ne retrouverait jamais pareille occasion. Aussi, profitant d'un instant d'apaisement dans les bavardages, il lança à Sax d'une voix haute et claire :

— Je peux te dire qui est derrière les sabotages.

Sax cilla.

— Vraiment ?

— Oui. (John se tourna vers Hiroko.) Ce sont les tiens, Hiroko.

L'expression de bonheur s'évanouit de son visage, mais elle continuait de sourire. Portant, son sourire était maintenant celui, secret, réservé aux gens vieillissants.

— Non, non, protesta-t-elle doucement en secouant la tête. Tu sais bien que je serais incapable de ça.

— C'est ce que j'ai pensé. Mais tes gens agissent derrière ton dos. Tes enfants, à vrai dire. Ils travaillent avec le Coyote.

Ses yeux se plissèrent et elle jeta un bref regard vers les tentes du bas.

Quand elle revint à John, il poursuivit :

— C'est toi qui les as élevés, non ? Tu as fertilisé tes ovules et tu les as développés in vitro ?...

Elle n'eut qu'une brève hésitation avant d'acquiescer.

— Hiroko ! lança Ann. Tu ne savais même pas comment cette technique d'ectogénèse fonctionne !

— Nous l'avons testée. Les enfants sont nés normalement.

Ils étaient tous silencieux, les yeux fixés sur Hiroko et John.

— C'est sans doute vrai, dit-il, mais certains d'entre eux ne sont pas d'accord avec tes idées. Ils agissent de leur côté, comme le font souvent les gamins. Ils ont des canines en pierre, n'est-ce pas ?

Hiroko plissa le nez.

— Ce sont des couronnes. En matériaux composites. Une mode stupide.

— Mais une sorte de badge. Que des gens de la surface ont repris, des gens qui sont en contact avec tes gamins, qui les aident pour les sabotages. J'ai failli être tué à Senzeni Na. Mon guide avait une canine en pierre. Mais il m'a fallu longtemps pour m'en souvenir. J'avais supposé tout le temps que c'était par pur accident que nous étions au fond du puits à l'instant où ce camion est tombé. Je ne les avais pas prévenus de ma visite, et j'ai donc supposé que tout ce plan avait été préparé avant que j'arrive, et qu'ils n'ont pas su comment l'arrêter. Okakura est sans doute descendu avec moi en se disant qu'il allait se faire écraser comme un insecte pour le bien de la cause.

— Tu en es certain ? demanda Hiroko.

— Tout à fait. Longtemps, je me suis embrouillé dans cette affaire, parce qu'il n'y a pas qu'eux — il se passe d'autres choses. Mais quand je me suis souvenu de la première fois où j'avais vu cette canine en pierre, j'ai découvert que toute un container de matériel dentaire était arrivé de la Terre en 2044, vide. Toute une cargaison avait été pillée. J'avais une piste. Et les sabotages ont continué, sur des sites et à des moments où aucune personne du réseau n'aurait pu être soupçonnée. Comme lorsque j'ai rendu visite à Mary, à l'aquifère de Margaritifer, la nuit où ce puits a sauté. Il était évident que ça n'était pas le fait d'un des résidents de la station, et personne d'autre ne se trouvait à proximité. Donc, c'était venu de l'extérieur du réseau. Et j'ai pensé à toi. (Il haussa les épaules comme pour s'excuser.) Quand on vérifie de près, on constate que près de la moitié des sabotages ne peut être imputée à des gens appartenant au réseau. D'un autre côté, on a toujours plus ou moins repéré des gens avec une canine en pierre dans le secteur incriminé. D'accord, la mode s'est répandue, mais quand même... J'ai pensé à toi, et j'ai demandé à mon ordinateur de me faire une analyse, qui a fait apparaître que les trois quarts des affaires avaient eu lieu très bas dans l'hémisphère sud, ou bien à l'intérieur d'un cercle de 3 000 kilomètres englobant la région chaotique à l'est de Marineris. Dans ce cercle, on trouve de nombreuses stations, mais il m'est apparu avant tout que le chaos est un lieu idéal de refuge pour des saboteurs. Et depuis des années que vous avez quitté Underhill, nous avons déterminé que c'était dans ce secteur que vous vous trouviez.

On ne lisait rien sur le visage d'Hiroko.

— Je vais faire une enquête, dit-elle enfin.

— Bien.

— John, intervint Sax, tu as dit qu'il y avait autre chose ?...

— Oui, il n'y a pas que ces sabotages, vois-tu. Quelqu'un a tenté de me tuer.

Sax cilla, et tous les autres affichèrent une expression de stupeur.

— Tout d'abord, j'ai pensé aux saboteurs. Je me suis dit qu'ils voulaient m'arrêter dans mon enquête. Ça semblait logique, et le premier accident était réellement un acte de sabotage, c'est ce qui m'a trompé. Mais les saboteurs ne veulent pas me tuer — ils ne l'ont pas fait alors qu'ils l'auraient pu. Un soir, j'ai été arrêté par un groupe. Ton fils Kasei en faisait partie, Hiroko, ainsi que le Coyote. Je pense que c'est lui que tu avais caché comme passager clandestin à bord de l'*Arès*...

Ce qui déchaîna le tumulte — apparemment, ils avaient été nombreux à soupçonner l'existence de ce passager clandestin. Maya se dressa et pointa le doigt sur Hiroko en hurlant. John les fit taire et continua :

— C'est leur visite, leur *visite* qui m'a fourni la meilleure preuve de ma théorie quant aux sabotages. Parce que j'ai récupéré quelques cellules de peau et que j'ai pu faire déchiffrer l'ADN, et le comparer à d'autres échantillons prélevés sur les sites des accidents. La même personne s'y était trouvée. J'avais donc bien eu affaire aux saboteurs, mais ils n'ont pas tenté de me tuer. Mais, un soir, à Hellas Low Point, on m'a attaqué et on a fendu mon marcheur.

Il hocha la tête devant les exclamations de ses amis.

— C'était la première agression délibérée, et elle s'est produite très peu de temps après que j'ai visité Pavonis et que j'ai eu un entretien avec Phyllis et une bande de types des transnationales à propos de l'ascenseur et tout le reste.

Arkady s'était mis à rire, mais John l'ignora.

— Ensuite, j'ai été persécuté plusieurs fois par des enquêteurs de l'AMONU qu'Helmut avait autorisés à venir m'interroger. S'il a fait cela, c'est sous la pression des mêmes trans. J'ai découvert qu'en fait certains de ces enquêteurs avaient travaillé pour Armscor ou Subarashii sur Terre, plutôt que pour le FBI, comme ils le prétendaient. Ces deux transnationales sont les plus impliquées dans le projet d'ascenseur spatial et l'exploitation minière du Grand Escarpement. Maintenant, elles déploient leurs agents de sécurité un peu partout, en même temps que cette équipe de prétendus enquêteurs qui se promène sur toute la planète. Peu avant la fin de la tempête, certains de ces enquêteurs ont tenté de me faire accuser du meurtre qui a eu lieu à Underhill. Oui, ils ont osé ! Ça n'a pas marché, mais je n'ai aucune preuve qu'ils soient responsables du meurtre. Néanmoins, j'en ai surpris deux qui montaient le traquenard. Je crois qu'ils ont tué ce type rien que pour essayer de me mettre dans une sale situation. Pour que je leur laisse le champ libre.

— Tu devrais en parler à Helmut, dit Nadia. Si nous présentons un front uni et que nous insistons pour que ces gens soient renvoyés sur Terre, je ne pense pas qu'il puisse le refuser.

— Je ne sais pas quels sont encore ses pouvoirs, dit John. Mais ça vaut peut-être le coup d'essayer. Je veux qu'on vire ces types. Et en particulier ces deux-là que le système de sécurité de Senzeni Na a filmés en train d'entrer dans la clinique et de trafiquer les robots de nettoyage avant moi. Autant dire que nous avons contre eux des preuves circonstanciées, irréfutables.

Ils étaient tous embarrassés, mais plusieurs d'entre eux avaient été persécutés par d'autres équipes de l'AMONU : Arkady, Alex, Spencer, Vlad et Ursula, et ils convinrent rapidement que c'était une bonne idée que d'essayer de faire expulser les enquêteurs.

— Les deux que tu as cités devraient être réexpédiés d'urgence ! lança Maya.

Sax tapota sur son bloc de poignet et entra aussitôt en liaison avec Helmut. Il lui exposa la situation, appuyé par diverses interventions irritées des autres.

— Si vous ne faites rien, on va donner tout le dossier à la presse terrienne, ajouta Vlad.

Helmut plissa le front, réfléchit et dit :

— Je vais voir. Mais ces deux agents dont vous vous plaignez en particulier seront réexpédiés, c'est certain.

— Faites une vérification ADN avant de les laisser repartir, demanda John. Le meurtrier d'Underhill est l'un d'eux, j'en suis convaincu.

— Ce sera fait, l'assura Helmut d'un ton grave.

Sax coupa la communication et John promena les yeux autour de lui.

— Bon. Mais il va nous falloir bien plus qu'un appel à Helmut pour obtenir les changements nécessaires. Il est temps de retravailler ensemble si nous voulons obtenir tous les résultats souhaités, si nous voulons que le traité nous permette de survivre. C'est un minimum, vous le comprenez. Un début. Il faut que nous formions une unité politique cohérente, quels que soient nos désaccords.

— Ce que nous ferons importe peu, dit Sax, doucement.

Mais ils lui tombèrent immédiatement dessus dans un concert de protestations véhémentes.

— Mais si ! s'écria John. Nous avons autant de chances que les autres d'influer sur ce qui se passe ici !

Sax secoua la tête, mais tous les autres n'écoutaient que John : Arkady, Ann, Maya, Vlad... Chacun l'approuvait selon ses perspectives personnelles. Oui, tout était encore possible. John lisait la réponse sur leurs visages. Seule Hiroko restait de glace, les traits fermés. Et il se souvint tout à coup qu'elle s'était toujours comportée ainsi avec lui. Et il retrouva brusquement l'amertume, le chagrin, et il fut envahi par une soudaine détresse. Il se leva et tendit la main. Le crépuscule approchait et l'immensité courbe de la planète se drapait d'un tissu d'ombres infinies.

— Hiroko, est-ce que je peux te dire quelques mots en privé ? Rien qu'une seconde. Nous pouvons descendre jusqu'à la tente qui est immédiatement en dessous. Ensuite, nous reviendrons ici.

Les autres les regardèrent avec curiosité. Hiroko céda enfin et le suivit.

La tente était quasi déserte. Ils s'installèrent à une extrémité du croissant : les gens respectaient l'intimité des cent premiers.

— Tu aurais des suggestions à me faire pour identifier les saboteurs ? demanda Hiroko.

— Tu devrais commencer par ce garçon appelé Kasei. Celui qui est un mélange de toi et moi.

Elle refusa d'affronter son regard.

Il se pencha vers elle, soudain gagné par la colère.

— Je présume que tu as eu des enfants de tous les hommes qui faisaient partie des cent premiers ?...

Hiroko inclina la tête, puis haussa brièvement les épaules.

— Nous avons pris tous les échantillons que chacun voulait bien donner. Les mères sont toutes les femmes du groupe, et les pères tous les hommes.

— Qu'est-ce qui te donnait le droit de faire ces choses sans notre autorisation ? De fabriquer des enfants sans notre accord ? Pour t'enfuir et te cacher de tous ? Pourquoi as-tu fait ça ? Pourquoi ?

Elle le regarda avec calme.

— Nous avions la vision de ce que la vie sur Mars pouvait être. Nous avons compris qu'elle ne serait pas ainsi. La suite nous a prouvé que nous avions raison. Donc, nous avons pensé à nous installer dans notre propre vie...

— Mais c'est de l'égoïsme absolu, non ? Nous avons *tous* eu une vision de la vie sur Mars, nous voulions *tous* qu'elle soit différente, et nous avons travaillé dur pour ça. Et toi et les autres, pendant ce temps, vous vous êtes tenus à l'écart, vous avez construit votre monde de poche rien que pour votre petit groupe ! Nous aurions eu besoin de votre aide ! J'ai désiré si souvent te parler ! Nous avons eu un enfant ensemble, un mélange de toi et de moi, et tu ne m'en as même pas parlé en vingt ans !

— Non, nous ne voulions pas nous comporter en égoïstes. Nous voulions seulement essayer de prouver par l'expérience qu'on pouvait vivre ici. Ecoute-moi, John Boone : il fallait que quelqu'un te montre ce qu'est cette vie différente dont tu parlais. Il fallait bien que quelqu'un la vive vraiment, cette vie !

— Mais si tu la vis en secret, personne ne s'en rend compte !

— Nous n'avons jamais fait le projet de vivre éternellement dans la clandestinité. La situation a mal tourné, et nous nous sommes tenus à l'écart, c'est tout. Mais nous voilà. Et quand on aura besoin de nous, nous reviendrons.

— Mais c'est tous les jours que nous avons besoin de vous ! C'est ça, la vie sociale. Hiroko, tu as commis une erreur. Parce que, pendant que tu te cachais dans ton repaire secret, les chances que Mars demeure telle qu'elle est ont diminué terriblement, et des tas de gens ont travaillé à accélérer ça, même parmi les cent premiers. Et qu'est-ce que tu as fait, toi, pour les arrêter ?

Comme elle ne répondait pas, il continua :

— Je suppose que tu as aidé un petit peu Sax en secret. Je suis tombé sur certaines notes que tu lui avais adressées. Voilà encore un sujet sur lequel je m'oppose à toi : aider certains d'entre nous mais pas d'autres.

— Nous le faisons tous, protesta Hiroko, mal à l'aise.

— Est-ce que ta colonie a eu droit au traitement gériatrique ?

— Oui.

— Et c'est Sax qui a fourni le processus ?

— Oui.

— Est-ce que tes enfants connaissent qui sont leurs parents ?

— Oui.

Il secoua la tête. Il était plus qu'exaspéré.

— Je n'arrive pas à croire que tu aies pu faire de telles choses !

— Mais personne ne t'a demandé de le croire.

— C'est évident. Mais ça ne t'a pas gênée de voler nos gènes pour fabriquer des enfants sans notre consentement ? Sans que nous le sachions ? Et de les élever sans que nous ayons le moindre rôle dans leur enfance ?

Elle haussa les épaules.

— Tu peux reprendre tes enfants, si tu le désires. Mais, il y a vingt ans, est-ce qu'un seul d'entre vous souhaitait avoir des enfants ? Non. Le sujet n'a même jamais été abordé.

— Nous étions trop âgés !

— Non. Nous avons préféré ne pas y penser. L'ignorance est souvent un choix, tu le sais, et elle est très révélatrice de ce qui compte pour les gens. Vous ne vouliez pas d'enfants et, par conséquent, vous avez tout ignoré des naissances tardives. Mais nous, nous avons appris les techniques. Et quand vous verrez les résultats, je crois que vous trouverez que l'idée était bonne. Je pense que vous nous remercierez. Qu'est-ce que vous avez perdu, au fond ? Tous ces enfants sont à nous. Mais ils ont des liens génétiques, comme ceux qui sont de toi et moi, et à partir de maintenant, ils existent. Ils sont en quelque sorte un cadeau-surprise.

Son sourire de Mona Lisa joua fugacement sur son visage.

Toujours cette idée du don, songea John. Il réfléchit un instant.

— Bien. Nous pourrions continuer à parler de ça très longtemps, j'imagine.

Le crépuscule avait transformé le ciel du cratère en un ruban violet sous le dôme des étoiles. Dans les tentes, un peu plus bas, les soufis chantaient : « Harmakhis, Mangala, Nirgal, Auqakuh. Harmakhis, Mangala, Nirgal, Auqakuh ».

Et ils recommençaient, inlassablement, en énumérant les différents noms de Mars, et ils encourageaient les orchestres présents à les accompagner, jusqu'à ce que toutes les tentes soient emplies de ce chant et que toutes le reprennent à l'unisson. Alors les soufis se mirent à tourner sur eux-mêmes, formant de petits groupes de danseurs tournoyants un peu partout dans la foule.

— Est-ce que tu resteras au moins en contact avec moi maintenant ? demanda John. Est-ce que tu peux m'accorder ça ?

— Oui.

Ils rejoignirent les autres et, tous ensemble, ils descendirent pour se mêler à la fête. John retrouva les soufis et se mit à tournoyer avec eux, comme ils le lui avaient appris sur la mesa, et tous applaudirent et le récupérèrent au vol quand il perdit le contrôle de ses mouvements. Un homme au visage émacié, avec des dreadlocks, le releva.

— Coyote ! s'écria John.

— C'est moi, oui, dit l'autre, et sa voix éveilla une onde électrique dans l'échine de John. Mais il n'y a aucune raison de vous inquiéter.

Il tendit une flasque à John, qui l'accepta et but une gorgée. La fortune sourit aux audacieux, songea-t-il. C'était de la tequila, apparemment.

— Coyote ! répéta-t-il par-dessus le rythme des tambours de magnésium.

L'autre accentua son sourire, hocha la tête et reprit la flasque pour boire à son tour.

— Kasei est avec vous ?

— Non. Il n'aime pas ce cratère de météore.

Coyote frappa amicalement le bras de John avant de se perdre dans la foule des derviches. Une seconde, pourtant, il regarda John par-dessus son épaule et lui lança :

— Amusez-vous bien !

La tequila était maintenant comme un brasier dans l'estomac de John. Il aimait tout le monde : les soufis, Hiroko, et maintenant le Coyote. Il aperçut Maya, se précipita vers elle, passa un bras autour de ses épaules, et des gens levèrent leur verre à leur passage.

Le compte à rebours annonça moins deux minutes, et ils furent nombreux à se précipiter vers le haut pour observer le ciel du sud. L'astéroïde de glace se consumerait probablement en une unique trajectoire sous cet angle d'injection accentué. Si son volume était bien le quart de celui de Phobos, il se transformerait en vapeur, puis en molécules séparées d'hydrogène et d'oxygène, en quelques minutes. Nul ne pouvait savoir à quoi allait ressembler le spectacle.

Ils restèrent donc là, certains reprenant la mélopée. Ils entamèrent le compte à rebours, hurlant à pleins poumons, retrouvant les appels primitifs des astronautes. Ils poussèrent tous enfin le *zéro* final et restèrent le souffle suspendu. Quelques battements de cœur : rien ne se passait. Soudain, une boule blanche suivie d'une traînée de feu ardent jaillit à l'horizon du sud-ouest. Elle était aussi grosse que la comète de la tapisserie de Bayeux, plus brillante que toutes les lunes de Mars, tous les miroirs de l'espace et toutes les étoiles. De la glace en fusion qui pleuvait depuis le ciel, blanche sur fond noir, suivant une trajectoire basse et rapide, si basse qu'elle était à peu près au niveau d'Olympus et qu'ils distinguaient les fragments qui s'éparpillaient autour de la queue comme autant d'étincelles géantes. Alors, à mi-course, la comète de glace éclata, et ses débris incandescents, éblouissants, se dispersèrent comme une immense volée de mitraille. Et toutes les étoiles vibrèrent à la seconde où la première onde de choc frappa les tentes. Une deuxième suivit, accompagnant l'averse violente de morceaux de phosphore qui s'abîmèrent très vite à l'horizon du sud-est, prolongés de leurs sillages de feu qui s'éteignirent après eux. Et la nuit revint, comme si rien ne s'était passé. Si ce n'est que les étoiles scintillaient, maintenant.

Ils avaient tant attendu, et le passage n'avait duré guère plus de deux ou trois minutes. Pour la plupart, ils étaient demeurés silencieux devant le spectacle, mais certains avaient laissé échapper des cris, comme s'ils assistaient à un feu d'artifice, puis ensuite, lorsque les deux explosions s'étaient succédé. A présent, le silence était aussi total que l'obscurité, et chacun restait figé sur place. Que faire après un pareil événement ?

Mais Hiroko accourait déjà entre les tentes, en direction de John, Maya, Nadia et Arkady. Elle fredonnait une incantation, d'une voix basse mais qui portait alentour, dans chaque tente :

— Al-Qahira, Arès, Auqakuh, Bahram. Harmakhis, Hrad, Huo Sing, Kasei. Ma'adom, Maja, Mamers, Mangala. Mawrth, Nirgal, Shalbatanu, Simud, Tiu.

Elle vint se planter devant John, lui prit la main droite, la leva très haut, et lança :

— John Boone ! John Boone !

Et c'est alors qu'ils se mirent tous à l'ovationner :

— Boone ! Boone ! Boone ! (Et d'autres enchaînèrent :) Mars ! Mars ! Mars !

Et John, soudain paralysé, sentit son visage devenir d'un rouge ardent, comme si un fragment du météorite venait de lui cogner la tête. Tous ses vieux amis riaient en le regardant, et Arkady lui cria avec un accent qu'il devait juger parfait :

— Vas-y ! Parle ! Parle ! Paarrle !

D'autres reprirent en chœur, et puis, après quelque temps, la rumeur s'apaisa, et la foule attendit. Il ne percevait plus que quelques gloussements de rire devant son expression éberluée. Hiroko, alors, lui lâcha la main droite et il la leva en même temps que la gauche, éperdu, les doigts écartés.

— Mes amis, que voulez-vous que je vous dise ? La chose s'est produite, et il n'y a pas encore de mots pour la décrire !

Mais dans le torrent de son sang couraient l'adrénaline, la tequila, l'omegendorphe, plus le bonheur, et les mots suivirent et jaillirent, comme tant de fois auparavant.

— Voilà : on est sur Mars ! (Rires.) C'est un don immense qui nous a été fait, et la raison même pour laquelle nous devons consacrer nos existences à la continuation de ce cycle. Exactement comme dans le système éco-économique où ce que l'on prélève sur le tout doit être contrebalancé par ce que l'on y apporte, contrebalancé ou mis en excédent pour créer ce flot anti-entropique qui caractérise toute forme de vie, et tout particulièrement l'irruption de l'existence vitale sur un monde nouveau, un lieu qui ne porte pas plus la nature que la culture. Une planète que nous devons transformer en un monde qui sera notre foyer. Nous savons désormais que tous ces gens différents sont arrivés ici pour des raisons différentes et, plus important, que les gens qui nous ont envoyés ici avaient des raisons différentes pour nous y envoyer. Maintenant, nous commençons à découvrir les conflits suscités par ces différences. Des tempêtes se forment à l'horizon, des météores menacent de tomber en pluie, et certains tomberont droit sur nos têtes, ils ne glisseront pas dans le ciel comme cette grande traînée de glace que nous venons de voir ! (Applaudissements.) Cela pourrait devenir moche et, tôt ou tard, ça sera moche, mais il faudra nous rappeler que si ces chutes de météores enrichissent l'atmosphère, la rendent plus dense et apportent l'élixir oxygène dans cette soupe empoisonnée qui nous entoure, l'apaisement des conflits humains peut avoir le même résultat en faisant fondre le permafrost de notre base sociale, et toutes ces institutions gelées, pour nous laisser face à la seule *nécessité de création*, au besoin impérieux d'inventer un nouvel ordre social purement martien, aussi martien qu'Hiroko Ai, notre Perséphone sortie enfin du régolite pour nous annoncer ce nouveau printemps ! (Applaudissements.) Bon, je sais que j'ai dit et répété que nous devions repartir de zéro, mais, ces dernières années, j'ai beaucoup voyagé, j'ai rencontré beaucoup de monde, et j'ai compris que j'avais tort de dire la chose comme ça. Ce n'est pas comme si nous étions totalement dépourvus et forcés de conjurer des formes divines dans le vide — nous avons nos gènes, nos gènes culturels, et ce que nous accomplissons ici, c'est aussi du génie génétique. Nous avons nos éléments ADN de culture, construits, puis rebrassés par l'Histoire. Nous pouvons choisir, couper et clipper afin d'obtenir ce qu'il y a de mieux dans notre patrimoine génétique, tricoter le tout comme les Suisses l'ont fait pour leur constitution, les soufis pour leur croyance, le groupe d'Acheron pour son dernier lichen à croissance rapide. Un peu de ceci, un peu de cela, tout ce qui peut convenir, en gardant bien à l'esprit la règle de la septième génération, en arrière dans le temps comme en avant. Et je vous dirai même sept fois sept, parce que désormais nos existences vont s'étendre sur des années de plus, et nous ne savons pas encore quels seront les effets produits. Mais une chose est vraie : l'altruisme et l'égotisme se fondent ensemble plus que jamais auparavant. Mais c'est à la vie de nos enfants et de nos arrière-petits-enfants qu'il nous faut penser, parce que nous devons leur donner autant de chances de survivre que nous en avons eu, et, espérons-le, plus encore. Car nous allons pouvoir canaliser l'énergie du soleil par des moyens plus ingénieux encore et inverser le flux de l'entropie dans cette petite poche du flux universel. Je sais que je résume bien mal les choses alors que ce traité qui régit nos existences doit déjà être renouvelé, mais nous devons garder ces questions-là à l'esprit, car ce qui se prépare n'est pas seulement un nouveau traité, mais plutôt une sorte de congrès constitutionnel. Ce qui nous occupe, c'est le génome de notre organisation sociale : vous pouvez faire ceci, pas cela ; vous devez faire ça, prendre ou rendre. Nous avons jusqu'alors vécu selon des règles édictées pour une terre désertique. Le traité de l'Antarctique, fragile et idéaliste, a longtemps protégé le continent froid de toute intrusion, jusqu'à cette dernière décennie, où ont été donnés les premiers coups de griffes. Ces égratignures annonçaient ce qui commence à se passer ici même. L'usurpation des règles établies est visible partout, comme un parasite qui se nourrirait sur la frange de l'hôte-organisme. C'est cela, la redéfinition des règles : l'ancienne cupidité parasite des rois et de leurs séides. Le système que nous avons baptisé ordre mondial transnational n'est qu'une autre forme de féodalité, un faisceau de règles anti-écologiques, qui ne rapporte rien mais enrichit une élite internationale instable tout en appauvrissant *tout le reste* et, en fait, cette prétendue élite tout aussi bien. A l'écart du véritable effort humain, et donc de la signification véritable des réalisations humaines, parasite au sens le plus exact du terme, forte de tous les parasites qui contrôlent le pouvoir, qui se nourrissent des produits de l'effort humain tout en fourbissant les forces répressives destinées à maintenir l'état des choses ! (Applaudissements.)

» Mes amis, à ce point, c'est la démocratie contre le capitalisme. Sur cet avant-poste de la civilisation, nous sommes sans aucun doute mieux en mesure d'apprécier la situation et de mener cette bataille. Ce monde est désert et ses ressources sont rares et épuisables. Nous allons être balayés dans le combat, et nous n'avons pas d'autre choix que d'y participer : nous sommes l'un des enjeux et notre sort dépendra de ce qui va se passer dans l'univers humain. Nous avons donc intérêt à faire cause commune, pour Mars, pour nous tous, pour tous ceux qui vivent sur Terre et pour les sept générations. Cela risque d'être dur et de prendre des années. Plus nous serons forts, meilleures seront nos chances. C'est pour ça que je suis tellement heureux d'avoir vu ce météore qui nous apportait la matrice de la vie, heureux de vous retrouver tous rassemblés ici pour célébrer l'événement. Vous formez le congrès de tout ce que j'aime sur ce monde, mais je crois que nous ferions aussi bien d'écouter la musique de nos tambours magnésiques, de danser jusqu'au bout de la nuit avant de nous disperser demain à tous les vents, sur tous les flancs de cette montagne, pour porter notre message.

Des ovations folles montèrent vers John. L'orchestre attaqua en rythme, et la foule se remit en mouvement.

La fête dura toute la nuit. John circulait, il entrait dans les tentes, serrait des mains, échangeait des accolades.

— Merci, merci, merci, disait-il. Je ne sais même plus ce que j'ai dit. Mais je sais ce que je voulais dire depuis longtemps.

Ses anciens amis riaient. Sax, très calme, lui déclara en buvant un café :

— Du syncrétisme, c'est ça, non ?... Très intéressant, et bien exposé...

Maya, avec son sourire le plus fugace, vint l'embrasser, de même que Vlad, Ursula et Nadia.

Arkady le souleva entre ses bras et le fit tournoyer avec un grondement de joie tout en l'embrassant sur les deux joues.

— Hé, John ! Est-ce que tu pourrais me répéter tout ça, dis ? Tu sais que tu m'as épaté ? Complètement épaté ! Comme toujours !

Puis il retrouva Hiroko et son sourire secret, avec Michel et Iwao.

— Je crois, déclara Michel, que c'est ce que Maslow appelait une expérience de pointe.

Iwao, avec un grognement, lui donna un coup de coude, tandis qu'Hiroko posait l'index sur le bras de John comme pour lui communiquer une force, lui apporter un don.

Le lendemain, ils nettoyèrent le site, plièrent les tentes, ne laissant derrière eux que les plaques de mosaïque qui formaient comme un collier coloré autour du grand volcan noir. Ils se dirent au revoir et les dirigeables dérivèrent vers le ciel comme autant de ballons échappés de la main d'un enfant. Ceux d'Hiroko, avec leur teinte de sable, furent les premiers à disparaître.

John monta dans le patrouilleur de Maya en adressant un millier d'au revoir. Plus loin sur la bordure d'Olympus, ils rejoignirent Arkady et Nadia, Ann, Simon et leur fils, Peter. John devait leur dire, plus tard :

— Il faut que nous parlions à Helmut et que l'ONU nous accepte en tant que porte-parole de la population. Il faut aussi que nous présentions à l'ONU une esquisse de révision du traité. Vers L_s 90, je dois inaugurer une nouvelle ville couverte à l'est de Tharsis. Helmut devrait être présent. Qu'est-ce que vous diriez que nous nous y retrouvions ?

Seuls quelques-uns seraient disponibles, mais ils avaient des délégués et ils se mirent d'accord sur ce plan. Après cela, ils discutèrent du contenu du traité, battant le rappel de toutes les caravanes et des dirigeables.

Le lendemain, ils atteignirent la rampe de l'escarpement nord et se séparèrent.

— C'était une fête formidable ! dit John par radio. On se revoit pour la prochaine !

Les soufis les doublèrent et les saluèrent de la main tout en leur disant au revoir par radio. John reconnut la voix de la vieille femme qui s'était occupée de lui après sa danse folle dans la tempête. Elle lui dit :

Dans ce monde ou dans l'autre,
Ton amour nous guidera plus loin.

SIXIÈME PARTIE

LES ARMES SOUS LA TABLE

Le jour où John Boone fut assassiné, ils étaient sur la pente orientale d'Elysium. C'était le matin et le météore tombait en pluie, en une trentaine de traînées peut-être, toutes noires. J'ignore de quelle matière ces météorites étaient composés, mais ils éclataient tous en noir et non plus en blanc. On aurait dit des avions de guerre du passé qui s'écrasaient au sol à la vitesse d'un éclair. C'était tellement étrange à voir que nous en restions muets. Nous n'avions pas encore entendu la nouvelle, mais quand nous avons été au courant, nous avons compris. Tout s'était passé en même temps, très exactement.

On était au bord du Lac d'Hellas quand le ciel s'est assombri et qu'un vent soudain s'est levé et a abattu tous les tubes de circulation de la ville. Et puis, le bruit a suivi.

On était à Senzeni Na, où il avait beaucoup travaillé. Il faisait nuit et des éclairs jaillissaient sans arrêt, des éclairs géants qui étaient dardés droit sur le mohole. Impossible à croire, et le bruit était assourdissant. Il y avait une photo de lui dans les quartiers ouvriers. Un éclair a touché une fenêtre de l'avenue et on a tous été aveuglés une seconde. Quand on a pu y voir de nouveau, le cadre de la photo était cassé, ça sentait le brûlé. Après, nous avons appris la nouvelle.

On était à Carr et, d'abord, on n'a pas pu y croire. Tous les cent premiers pleuraient. Il devait être le seul qu'ils aimaient tous. Si la moitié d'entre eux venaient à être tués, les autres applaudiraient. Arkady avait complètement perdu la tête. Il a pleuré pendant des heures. Il avait peur, ce qui ne lui ressemblait pas. Nadia essayait de le consoler, mais elle ne pouvait rien y faire. Et elle a fini par craquer elle aussi. C'est à ce moment qu'il s'est précipité au-dehors et qu'il est revenu avec une des boîtes d'émetteur d'ignition. Quand il a expliqué à Nadia comment ça fonctionnait, elle est vraiment devenue furieuse. Et elle lui a demandé pourquoi il avait fabriqué un truc comme ça !... Arkady pleurait et il n'arrêtait pas de lui demander : « Qu'est-ce que tu veux dire, pourquoi *? C'est à cause de ça, c'est à cause de ce qui est arrivé à John. Ils l'ont tué ! Ils l'ont tué ! Et maintenant, à qui le tour ? Ils sont capables de tous nous liquider s'ils le peuvent ! » Et Nadia qui voulait absolument rendre l'émetteur. Ça le rendait* fou *! Il n'arrêtait pas de lui répéter : « Je t'en prie,*

Nadia, c'est seulement en cas d'urgence, tu comprends ? Seulement en cas d'urgence... » Et elle a bien été forcée de le garder pour le calmer. Non, je n'ai jamais rien vu de pareil...

Nous nous trouvions à Underhill au moment de la panne. Quand le courant a été rétabli, toutes les plantes étaient gelées. Avec la lumière et la chaleur, elles se sont flétries. Nous nous étions rassemblés pour parler de lui pendant toute la nuit. Je me rappelais son arrivée sur Mars dans le début des années vingt, comme pas mal d'entre nous. J'étais un gosse à cette époque, mais je me rappelle que ses premiers mots m'avaient fait rire. Et j'ai été très surpris de voir que les adultes riaient, eux aussi. Je crois bien que c'est à ce moment-là que tout le monde est tombé amoureux de lui. C'est normal, non ? Comment pourrait-on ne pas aimer quelqu'un qui débarque le premier sur une autre planète et qui dit comme ça : Voilà, on y est. *Impossible.*

Oh, je ne sais pas vraiment. Une fois, je l'ai vu cogner sur un type. C'était dans le train de Burroughs. Il y avait une femme qui allait aux toilettes. Elle avait une difformité : un gros nez et pas de menton. Et quelqu'un a dit sur son passage : « Bon Dieu, y a une méchante fée qui s'est salement occupée d'elle ! » Et c'est pour ça que Boone l'a cogné. Il a collé le type dans un autre siège et il lui a dit, je crois, qu'une femme moche, ça n'existait pas. Ça, ça le regarde.

Il le pensait, alors qu'il couchait avec une nouvelle femme chaque nuit, sans se soucier de quoi elles avaient l'air. Ni même de leur âge. Quand on l'a trouvé avec cette fille de cinquante ans, il a bien dû s'expliquer. Je suppose que Toitovna n'a jamais entendu parler de cette affaire, sinon elle lui aurait mis un coup de pied dans les burnes, comme des centaines d'autres. Est-ce que vous savez qu'il aimait faire ça dans un planeur avec la fille sur lui pendant qu'il pilotait ?

Mon vieux, je l'ai vu sortir un planeur d'un courant descendant qui aurait écrasé n'importe qui d'autre. S'il avait tenté de résister, l'appareil aurait été déchiré, mais il a suivi le mouvement en tombant à mille mètres à la seconde et, juste à l'instant où il allait se crasher, il a esquivé sur le côté et l'a plaqué à l'atterrissage vingt mètres plus loin. Quand il est descendu, il avait du sang qui lui coulait du nez et des oreilles. C'était le meilleur pilote de Mars : il volait comme un ange. Et puis, Bon Dieu, les cent premiers seraient tous morts s'il n'avait pas dirigé l'insertion sur orbite. C'est ce qu'on m'a dit.

Il y avait des gens qui le haïssaient. Et ils avaient de bonnes raisons pour ça. Il a empêché la construction de la mosquée sur Phobos. Et il pouvait se montrer cruel. Je n'ai jamais rencontré quelqu'un de plus arrogant que lui.

Nous étions sur Olympus Mons et le ciel devint tout noir.

Et voilà : il y a bien longtemps, bien avant tout cela, Paul Bunyan était venu sur Mars avec Babe, son bœuf bleu. Il avait beaucoup marché à la recherche de bois de construction, et chacun de ses pas avait fendu la lave, y formant un canyon. Il était si grand qu'il pouvait toucher la ceinture d'astéroïde tout en marchant. Il mâchait les planétoïdes comme des cerises et quand il crachait les noyaux, boum, ça formait un nouveau cratère.

C'est alors qu'il rencontra le Géant. C'était la première fois que Paul rencontrait un homme plus grand que lui, et croyez-moi, le Géant était grand — de deux ordres de grandeur, ce qui fait beaucoup plus que deux fois plus, je vous prie de le croire. Mais Paul Bunyan s'en moquait. Quand le Géant lui dit Voyons ce que tu sais faire avec cette hache. Paul répondit Pour sûr, et il frappa si fort que, d'un coup, il fit apparaître toutes les ramifications de Noctis. Mais le Géant racla le même endroit avec son cure-dents, faisant naître tout le système de Marineris. Essayons à main nue, proposa Paul, et d'une bonne droite dans l'hémisphère sud il forma Argyre. Mais le Géant tapota un point non loin de là avec son cure-dents, et ce fut Hellas. Essayons de cracher, proposa le Géant, et Paul cracha, créant Nirgal Vallis, aussi long que le Mississippi. Alors le Géant cracha, et tous les canaux afférents se ruèrent aussitôt dans le fleuve. Essayons de chier ! dit le Géant, et Paul s'accroupit, poussa, et forma Ceraunius Tholus — mais le Géant tendit le cul et le massif d'Elysium se dressa aussitôt à côté, tout chaud et fumant. Fais-moi ce que tu sais faire de pire, suggéra le Géant. Et Paul Bunyan le prit par le gros orteil, fit tourner son énorme passe au-dessus de sa tête et l'envoya si fort au Pôle Nord qu'il provoqua la dépression de l'hémisphère nord que l'on constate encore aujourd'hui. Alors, sans même se relever, le Géant prit Paul par la cheville, prit Babe, son bœuf bleu, dans le même poing et les projeta si violemment dans le sol qu'ils faillirent ressortir de l'autre côté. Et ce fut la Butte de Tharsis — Paul Bunyan, qui dépasse presque. Ascraeus est son nez, Pavonis son sexe et Arsia son gros orteil. Babe est sur le côté, poussant Olympus Mons. Paul Bunyan et Babe moururent dans le choc, et après cela, Paul dut admettre qu'il était battu.

Ses propres bactéries le mangèrent, évidemment, après quoi elles rampèrent sur le lit de roche et sous le mégarégolithe, allant partout, aspirant la chaleur du manteau, dévorant les sulfides, fondant le permafrost. Et tout en s'infiltrant, chacune de ces petites bactéries disait Je suis Paul Bunyan.

— C'est une question de volonté, dit Frank Chalmers à son reflet dans le miroir.

Cette phrase était tout ce qui lui restait du rêve qu'il avait fait juste avant de se réveiller. Il se rasa à grands coups nerveux. Il se sentait tendu, sous l'effet d'une énergie qui ne demandait qu'à éclater. Et il avait envie d'aller travailler. Un autre reste de son rêve : C'est celui qui en veut le plus qui gagne !

Il prit une douche, s'habilla et descendit vers la salle à manger. L'aube s'achevait et les rayons du soleil effleuraient Isidis d'une lumière rouge bronze. Très haut dans le ciel du levant, des cirrus passaient comme des copeaux de cuivre.

Il croisa Rashid Niazi, le représentant de la Syrie à la conférence, qui lui adressa un signe du menton, l'air distant. Frank répondit à son salut et s'éloigna. A cause de Selim el-Hayil, la phalange Ahad de la Fraternité musulmane avait été rendue responsable de l'assassinat de Boone. Chalmers avait toujours pris leur défense en public. Selim avait agi en tueur solitaire, avait-il affirmé. C'était un cas de meurtre suicidaire. Cette explication ne faisait que souligner la culpabilité de l'Ahad tout en appelant leur gratitude vis-à-vis de Frank. Et, naturellement, Niazi, l'un des chefs de l'Ahad, se sentait quelque peu mécontent.

Maya arriva et Frank l'accueillit chaleureusement, chassant dans la seconde le malaise qu'il ressentait toujours en sa présence.

— Je peux me joindre à toi ?

— Bien sûr.

Maya était toujours sensible à sa manière. Frank se concentra sur le moment présent. Ils bavardèrent. Ils en vinrent au traité.

— J'aimerais que John soit là, dit Frank. Il nous serait tellement précieux... Il me manque.

Le genre de propos qui distrairait instantanément Maya.

Elle posa sa main sur la sienne, mais il sentit à peine le contact. Elle souriait en le regardant. Et, malgré lui, il fut bien obligé de détourner les yeux.

Le résumé des infos s'était déployé sur la paroi, et Frank pianota sur la console de sa table pour monter le son. La Terre était dans un sale état. On montrait une manifestation dans Manhattan : toute l'île était envahie par une foule que les protestataires estimeraient à dix millions de personnes et la police à cinq cent mille. Les vues d'hélicoptère étaient fascinantes mais, depuis quelque temps, ils avaient eu droit à d'autres images, moins spectaculaires, mais plus dangereuses. Les populations des nations nanties manifestaient à cause des réductions draconiennes sur la natalité, qui faisaient apparaître les Chinois comme des anarchistes. Les plus jeunes avaient fait éclater leur désespoir et leur colère : ils avaient le sentiment que des immortels avaient fait main basse sur leurs existences. La situation était alarmante, c'était certain. Mais dans les pays en voie de développement, on se battait pour les « conditions injustes » du droit au traitement, ce qui était plus grave. Les gouvernements tombaient les uns après les autres, et on comptait des milliers de morts. En vérité, ces vues des manifestations de Manhattan étaient sans doute destinées à rassurer : tout fonctionnait encore normalement ! Les gens réagissaient comme ils l'avaient toujours fait, même si on pouvait considérer cela comme de la désobéissance civique. Pendant ce temps, Mexico, São Paulo, New Delhi et Manille étaient en flammes.

Maya, les yeux fixés sur l'écran, déchiffra à voix haute les banderoles : Expédiez les vieux sur Mars.

— C'est la base d'une proposition faite au congrès, dit-il. Prenez-en une centaine et l'affaire est faite. Mettez-les sur des orbites résidentielles, sur la Lune... ou bien ici.

— Surtout ici, ajouta Maya.

— Peut-être.

— Je suppose que ça explique leur entêtement à propos des quotas d'émigration.

Il hocha la tête.

— Nous n'y aurons jamais accès. La pression est trop forte là-bas, et on nous considère comme une des quelques valves de décompression. Est-ce que tu as vu l'émission d'Eurovid sur tous les territoires inexploités de Mars ? (Maya secoua la tête.) C'était une annonce immobilière. Non. Si les représentants de l'ONU nous donnaient voix au chapitre en ce qui concerne l'émigration, ils seraient crucifiés.

— Alors, qu'est-ce que nous allons faire ?

Il haussa les épaules.

— Nous appuyer sur chaque point de l'ancien traité. Comme si toute modification signifiait la fin du monde.

— Alors c'est pour ça que tu te déchaînes sur les termes du préambule ?...

— Evidemment. Tout ça ne paraît peut-être pas aussi important, mais nous sommes dans la position des Anglais à Waterloo. Si nous cédons sur un point, ce sont toutes nos lignes qui s'effondrent.

Ça la fit rire : Maya était séduite par ses idées, elle admirait sa stratégie. Une stratégie qui était bonne, quoique ce ne fût pas celle qu'il entendait appliquer. Ils n'étaient pas exactement dans la situation des Anglais à Waterloo : ils ressemblaient plutôt aux Français, lancés dans un ultime assaut pour tenter de survivre. Ce qui expliquait que Frank ait cédé sur de nombreux points du traité dans l'espoir de réussir des percées, de se raccrocher à ce qu'il désirait réellement. Y compris, très certainement, un poste au département des Affaires martiennes, et son secrétariat de cabinet. Après tout, il lui fallait bien une base pour travailler.

Frank oublia son plaisir dans un haussement d'épaules. Sur le mur télé, les gens déferlaient dans toutes les avenues de New York. Il serra les dents.

— On ferait bien de s'y remettre, dit-il.

Au niveau supérieur, les membres de la conférence s'étaient répandus dans les grandes salles divisées en boxes. La lumière qui filtrait dans la salle principale provenait des salons de rassemblement de l'aile est, projetant une lueur rougeâtre sur le tapis haute laine blanc, les lourdes chaises de teck et le plateau de pierre rose foncé de la longue table. Des groupes de gens bavardaient le long des murs.

Maya retrouva Samantha et Spencer. Dirigeants de la coalition des Premiers sur Mars, ils avaient été invités à la conférence au titre de représentants de la population mais n'avaient pas le droit de vote : Helmut avait choisi de tolérer leur présence. Il s'était montré aussi compréhensif que possible. Il avait autorisé Ann à représenter les rouges à titre de membre non votant, même s'ils faisaient partie de la coalition. Sax était également sur place pour superviser l'équipe de terraforming, et il y avait aussi un certain nombre de cadres des mines et des plans de développement. A vrai dire, les observateurs à eux seuls constituaient la plus grande part de l'assistance. Mais les membres disposant du droit de vote sur le traité étaient seuls admis autour de la table centrale.

Helmut agita la sonnette, et les cinquante-trois représentants des nations terrestres gagnèrent leurs sièges en même temps que les dix-huit membres de l'ONU, tandis qu'une centaine de personnes continuaient d'errer dans les salons de l'est, observant les débats par les portiques, ou sur les moniteurs.

Burroughs, au-dehors, était devenue une ville grouillante entre les mesas, le réseau dense des tubes de connexion et l'immense tente déployée sur la vallée. Une sorte de petite métropole avec ses canaux et ses grands boulevards bordés de pelouse.

Helmut ouvrit la session. Dans les pièces du côté est, les gens étaient massés devant les écrans de télévision. Frank se pencha vers un portique. Sur Mars comme sur la Terre, des millions d'observateurs devaient s'être figés en cet instant. Deux mondes observaient.

L'ordre du jour n'avait pas changé depuis deux semaines : les quotas d'immigration. L'Inde et la Chine avaient une proposition commune à présenter, que le représentant indien lut dans son anglais musical de Bombay. Si l'on ne tenait pas compte du camouflage, cela se résumait encore à un système proportionnel. Chalmers secoua la tête. L'Inde et la Chine représentaient 40 % de la population terrestre, mais elles n'avaient quand même droit qu'à deux voix sur cinquante-trois, et leur proposition n'avait aucune chance d'être adoptée. Les Britanniques, à leur façon discrète, firent remarquer ce point de détail. Et la lutte commença. Elle durerait toute la matinée. Mars était une proie juteuse, et les nations riches ou pauvres de la Terre se battaient pour elle comme pour tout le reste. Les riches avaient l'argent, mais les pauvres avaient leur population, et les armes étaient largement distribuées au hasard, en particulier les vecteurs de germes capables de liquider la population d'un continent. Les enjeux étaient élevés, et la situation dans un équilibre fragile : les pauvres montaient du sud pour faire pression sur les barrières du nord — les lois, l'argent, et la force militaire. On les braquait à bout portant, en fait. Mais l'attaque pouvait survenir à tout instant, exploser sous la pression du nombre, car les premiers rangs étaient poussés sur les barricades par les bébés qui suivaient par millions, affamés d'immortalité.

A l'heure de la pause, Frank se leva. Ils n'avaient pas fait un pas en avant. Il n'avait guère prêté attention aux diatribes, mais il avait beaucoup réfléchi et griffonné une vague esquisse sur son bloc. Argent, population, territoires, armes... Des équations anciennes, des compromis qui ne dataient pas d'aujourd'hui. Mais il ne cherchait pas une solution originale : il ne voulait qu'une technique efficace.

Il ne se passerait rien autour de la longue table proprement dite, c'était certain. Quelqu'un devait trancher le nœud.

Il se dirigea vers les membres de la délégation sino-indienne. Ils étaient dix environ, repliés dans un salon sans caméra. Après les premières déclarations de courtoisie, il invita les deux dirigeants, Hanavada et Sung, à une promenade sur le pont d'observation. Ils échangèrent un regard rapide et conversèrent fébrilement en mandarin et en hindi avec leurs assistants avant d'accepter.

Ils suivirent les longs couloirs qui accédaient au pont, un tube rigide fixé à la paroi de la mesa et qui surplombait en arche la vallée avant de pénétrer dans le flanc d'une mesa voisine, encore plus haute, au sud. A une telle hauteur, on avait l'impression de voler et bien peu s'aventuraient sur les quatre kilomètres du parcours jeté au-dessus du panorama magnifique. Mais on pouvait toujours s'arrêter à mi-chemin pour profiter de la vue exceptionnelle sur Burroughs.

— Ecoutez, dit Chalmers à ses deux collègues, l'accroissement de l'émigration est tellement important que vous ne résoudrez jamais vos problèmes de population en envoyant les gens ici. Vous le savez. Et vous disposez de terres récupérables dans vos propres pays. Ce que vous attendez donc de Mars, ce ne sont pas des territoires exploitables, mais de l'argent. Mars est le moyen de récupérer les ressources que vous avez investies. Vous êtes à la traîne par rapport au Nord à cause des ressources qui vous ont été ôtées durant les années coloniales, et vous considérez qu'on devrait vous rembourser, à présent.

— Je crains qu'en vérité la période coloniale ne soit pas finie, déclara Hanavada d'un ton poli.

— C'est exactement le sens du capitalisme transnational, approuva Frank. Nous sommes tous devenus des colonies, désormais. Et l'on exerce un maximum de pression sur nous afin que le traité soit modifié et que les profits des exploitations minières deviennent la propriété des transnationales. Les nations les plus développées en ont la certitude absolue.

— Nous le savons aussi, dit Hanavada en hochant la tête.

— D'accord. Et vous jouez la carte de l'émigration proportionnelle, ce qui est tout aussi logique que de permettre des profits proportionnels à vos investissements. Mais aucune de ces deux propositions ne favorise vos intérêts. L'émigration, ça ne serait qu'une goutte d'eau dans la mer, ce qui n'est pas le cas de l'argent. Et, en attendant, les nations développées connaissent un nouveau problème de population, et une part d'émigration élargie les arrangerait. Elles se partageraient l'argent, qui irait surtout dans la poche des transnationales, de toute façon, pour devenir un capital flottant échappant à tout contrôle national. Donc, pourquoi les nations développées ne vous en céderaient-elles pas une part plus importante ? Après tout, ça ne sortirait pas de leur poche...

Sung acquiesça brièvement, l'air solennel. Ils avaient peut-être prévu la réaction de Frank et n'avaient fait leur proposition que pour la provoquer. Ils attendaient qu'il joue son rôle. Ce qui simplifiait encore les choses.

— Croyez-vous que vos gouvernements vont accepter un tel marché ? demanda Sung.

— Oui. Ils rétabliront ainsi leur pouvoir sur les transnationales, non ? Le partage des profits ressemble d'une certaine façon à vos anciens mouvements de nationalisation, si ce n'est que cette fois tous les pays devraient en tirer bénéfice. Ça pourrait être l'internationalisation, si vous le souhaitez.

— Ça risque de stopper les investissements de toutes les sociétés, remarqua Hanavada.

— Ce qui séduira les rouges, enchaîna Chalmers. Et également le groupe des Premiers sur Mars.

— Et en ce qui concerne votre gouvernement ?

— Je peux garantir son accord, dit Frank.

A vrai dire, il rencontrerait des problèmes face à l'administration. Mais, le moment venu, il traiterait avec les méchants gamins de la chambre de commerce, aussi arrogants que stupides. Il leur expliquerait qu'ils devaient traiter avec un troisième monde, une planète Mars chinoise, ou plutôt sino-indienne, avec des gens au teint sombre et des vaches sacrées que l'on rencontrerait dans les tubes de circulation. Et ils finiraient bien par accepter. A terme, ils le supplieraient de les protéger de cette horde jaunâtre.

Il surprit le regard que le Chinois et l'Indien échangeaient.

— Bon Dieu, mais c'est exactement ce que vous espériez, non ?...

— Nous devrions peut-être travailler sur quelques estimations, suggéra Hanavada.

Il fallut aller loin dans le mois suivant pour rendre effectif ce compromis, qui entraînait toute une série de corollaires que les délégations devaient voter. Chaque représentant avait droit à une interruption de séance afin de convaincre son pays. Et, surtout, il y avait Washington. A terme, Frank dut passer par-dessus les gamins proches du président, qui n'était guère plus âgé qu'eux, mais qui comprenait qu'un marché était nécessaire si on lui pointait l'index droit sur le sternum. Frank était très occupé et passait seize heures par jour en réunions. Il fallut bien apaiser les partisans des lobbies transnats, comme Andy Jahns, ce qui fut le plus difficile — à vrai dire à la limite de l'impossible, puisque l'accord proposé était à leur détriment absolu et qu'ils le savaient. Ils exercèrent au maximum leur pression sur les gouvernements de l'hémisphère nord et leurs pavillons de complaisance. Ce qui était considérable, si l'on en jugeait par l'irritabilité craintive du président, et la récente défection de Singapour et de Sofia. Mais Frank réussit à se montrer persuasif, à travers les millions de kilomètres qui les séparaient, à travers la barrière psychologique du temps. Et il se servit des mêmes arguments avec tous les gouvernements du Nord. S'ils cédaient face aux transnationales, leur dit-il, elles seraient alors réellement aux gouvernes du monde. Ils avaient là une chance de faire peser le poids de leurs intérêts et de leur population sur ces accumulations de capitaux libres qui n'allaient pas tarder à constituer le pouvoir principal sur Terre ! Il fallait bien trouver un moyen de les tenir en laisse !

Et c'était la même chose pour l'ONU, pour chacun de ses représentants.

— Qui voulez-vous voir à la tête du gouvernement mondial ? Vous ou eux ?

L'affaire était serrée. Les pressions que les transnats pouvaient exercer étaient énormes, impressionnantes. Subarashii, Armscor et Shellalco étaient chacune plus forte que dix des principaux pays ou communautés et, financièrement, elles pesaient très lourd. L'argent donne le pouvoir, le pouvoir donne la loi, et c'est la loi qui fait les gouvernements. Les gouvernements de chaque nation, en essayant de bloquer les transnationales, c'étaient les Lilliputiens qui tentaient de ligoter Gulliver. Ils avaient besoin d'une infinité de câbles ténus arrimés millimètre après millimètre pour former un filet. Et dès que le géant se secouait pour tenter de se lever, ils devaient courir d'un côté à l'autre, lancer d'autres câbles, planter d'autres poteaux. Passer seize heures par jour à courir à des rendez-vous d'un quart d'heure pour planter d'autres poteaux. Un numéro de jongleur de dingue.

Andy Jahns était l'un des plus anciens contacts de Frank auprès des sociétés. Il l'invita à dîner un soir. Il était en colère contre Frank, naturellement, mais il essayait de ne pas le montrer : le but de cette soirée était de soudoyer Frank presque ouvertement, sur un fond de menaces tout aussi évidentes. Simple business, en d'autres termes. Il proposa à Frank le poste de directeur d'une fondation que mettait sur pied le consortium de transport Terre-Mars — les anciennes industries aérospatiales, avec leurs vieilles attaches au Pentagone. La nouvelle fondation devrait assister le consortium en ce qui concernait la politique martienne et tenir le rôle de conseillère auprès de l'ONU pour tout ce qui concernait Mars. Frank pourrait prendre ses nouvelles fonctions quand il aurait abandonné son poste de secrétaire de cabinet chargé des Affaires martiennes, afin d'éviter tout conflit d'intérêts.

— Mais ça m'a l'air splendide, dit Frank. Pour dire vrai je suis très intéressé.

Durant le dîner, il parvint à convaincre Jahns qu'il était sincère. Non seulement il voulait avoir une position dans la fondation, mais il souhaitait travailler pour le consortium dès à présent. Il excellait à ce genre de jeu et, peu à peu, il vit la suspicion s'estomper dans le regard de Jahns. C'était la faiblesse des gens d'affaires : ils pensaient que l'argent était l'arme absolue de la partie. Ils travaillaient quatorze heures par jour pour s'offrir des voitures avec des sièges de cuir, et considéraient la tournée des casinos comme une distraction sublime. Autant de crétins. Mais des crétins utiles.

— Je ferai mon possible, acheva Frank d'un ton énergique, avant de définir certaines lignes de stratégie qu'il entendait utiliser.

D'abord, s'entretenir avec les Chinois sur leurs besoins réels de débarquement, puis amener le congrès à des idées plus justes à propos des bénéfices sur les investissements de base. Avec des promesses distribuées un peu partout, la pression diminuerait et, entre-temps, le travail pourrait se poursuivre. Oui, c'était un vrai plaisir que de doubler un escroc.

Il retourna donc à la salle de conférences. Cette promenade sur le pont, comme on la surnommait déjà (pour d'autres, ça devait être le coup de Chalmers), les avait fait sortir de l'impasse. C'était le 6 février 2057, $L_s = 144$, M. 15 : une date historique pour la diplomatie mondiale. Désormais, il fallait que tous les autres reçoivent leur part et donc, avant tout, fixer les chiffres. Frank interrogea les cent premiers, d'abord pour les rassurer, puis pour avoir leurs opinions. Sax n'était pas d'accord : il considérait que si les transnats gelaient leurs investissements, tout son plan de terraforming en serait considérablement ralenti. Pour lui, n'importe quel nouveau plan était dangereux. Mais Ann aussi était inquiète : un nouveau traité fondé sur l'échange favoriserait à la fois l'émigration et l'investissement, alors qu'elle avait espéré jusqu'alors, comme tous les rouges, que le traité pourrait accorder à Mars une sorte de statut de monde-parc. C'était le genre de déconnexion du réel qui rendait Frank fou furieux.

— Je t'ai épargné cinquante millions d'immigrants chinois ! lui cria-t-il. Et toi, tu m'engueules parce que je n'ai pas réussi à réexpédier tout le monde. Tu m'engueules parce que je n'ai pas réussi à accomplir un miracle en faisant de ce bout de rocher un autel sacré, juste à côté d'un monde qui ressemble à Calcutta un mauvais jour. Ann, Ann, Ann ! Mais qu'est-ce que tu aurais fait, *toi* ? Qu'est-ce que tu aurais fait, sinon te déchaîner chaque fois qu'ils disent quelque chose et essayer de convaincre tout le monde que tu es une vraie Martienne ? Seigneur ! Va donc t'amuser avec tes cailloux et laisse la politique à ceux qui savent penser.

— Frank, tu devrais te rappeler ce que penser veut dire.

Un bref instant, il avait réussi à la faire sourire, au beau milieu de sa tirade. Cependant, à l'instant de le quitter, elle avait retrouvé son vieux regard hostile.

Mais Maya était satisfaite. Heureuse de tout ce qu'il faisait. Il sentait son regard quand il prononçait un discours. Des millions de gens avaient les yeux rivés sur lui, mais il ne sentait que ce seul regard. Et ça le mettait en colère. Elle était éperdue d'admiration pour la fameuse promenade sur le pont, et il ne lui révéla que ce qu'elle voulait entendre sur les compromis qu'il avait dû consentir. Elle le rejoignait à la fin de chaque après-midi, à l'heure du cocktail, dès que la première cohorte des quémandeurs et des critiques avait reflué. Elle restait à son côté pour le deuxième et le troisième assaut, observant tout, égayant certains instants de son rire, et le libérant parfois en faisant remarquer qu'ils étaient invités à dîner à l'extérieur. Ensuite, ils gagnaient les terrasses des restaurants sous les étoiles, ils mangeaient tranquillement en buvant du café, promenant les yeux sur les jardins et les dallages orangés, avec l'impression de sentir la brise du soir comme s'ils étaient vraiment dehors. Les premiers sur Mars avaient adhéré à son plan, et il avait avec lui la majorité de la population, il détenait toujours son poste au secrétariat d'Etat : pour lui, les deux éléments essentiels dans ce processus, si l'on exceptait les transnationales, vis-à-vis desquelles il ne pouvait pas grand-chose. Ce n'était plus qu'une question de temps avant qu'il accepte le marché. Ainsi qu'il le disait à Maya, tard certains soirs, quand il retombait sous son charme. Elle l'apaisait.

— Nous y arriverons tous les deux, disait-il en levant les yeux vers les étoiles, incapable de soutenir son regard pénétrant.

Un soir, pendant le cocktail, elle revint sans cesse près de lui. Avec tous les autres, ils regardèrent les informations de la Terre, qui leur paraissaient de plus en plus monotones et distordues, comme un incompréhensible feuilleton. Ils allèrent dîner comme d'habitude, puis se promenèrent entre les pelouses des boulevards avant de se retrouver dans sa chambre. Elle l'accompagna, à sa façon habituelle. Et tout se passa normalement. Elle était entre ses bras, elle le serrait. Ils étaient sur le lit et ses lèvres étaient sur les siennes. Le choc fut tel que Frank eut l'impression d'être complètement projeté hors de son corps. Sa chair était devenue du caoutchouc. Ça commençait à l'ennuyer quand la seule présence animale de Maya lui parvint malgré le choc, le corps parla au corps et il eut soudain l'impression de pouvoir la sentir à nouveau — c'est-à-dire qu'il retrouva ses sensations, et il réagit avec une intensité animale. Ça faisait si longtemps.

Plus tard, elle arpenta la chambre, un drap en guise de peignoir.

— J'aime la façon dont tu les manipules, déclara-t-elle en lui tournant le dos.

Elle buvait un verre d'eau. Elle se tourna vers lui, avec son sourire affectueux, son regard franc et clair qui était comme une lumière vive et qui le mettait à nu, comme si toutes ses pensées étaient lisibles. Il ramena le drap sur lui avec le sentiment d'avoir cédé, de s'être dévoilé. Oui, elle devinerait tout, elle allait voir que l'air se changeait en eau glaciale dans ses poumons, que son estomac était noué, et ses pieds gelés. Il cilla et lui renvoya son sourire. Il savait parfaitement que c'était un sourire faux, sournois. Mais il avait l'impression qu'un masque roide dissimulait maintenant son visage, et cela le rassura. Personne ne pouvait déchiffrer exactement les émotions dans les expressions d'un visage. C'était un mensonge, une duperie, comme de lire les lignes de la main, comme l'astrologie. Donc, il était à l'abri.

Mais, après cette nuit, elle passa encore plus de temps en sa compagnie, aussi bien en public qu'en privé. A chaque réception donnée par telle ou telle société nationale, elle le rejoignait. Elle était toujours sa voisine à table, elle se mêlait à toutes les conversations, elle regardait régulièrement avec lui les infos de la Terre, quand elle ne prenait pas place parmi les cent premiers. Et elle suivait Frank jusqu'à sa chambre, quand elle ne l'entraînait pas vers la sienne, ce qui était encore plus dérangeant.

Sans jamais lui donner le moindre indice de ce qu'elle attendait vraiment de lui... Il en vint à la conclusion qu'elle savait qu'elle n'avait pas besoin d'en parler, qu'il lui suffisait d'être là, qu'il comprendrait de lui-même ce qu'elle attendait, et qu'il ferait de son mieux pour la satisfaire sans qu'elle ait à prononcer une seule parole. Car, évidemment, il était impossible qu'elle se livre à tout ce jeu sans un but précis. Telle était la nature du pouvoir : dès qu'on le possédait, il n'était plus question de simple amitié, de pur amour. Inévitablement, ils voulaient tous ce que vous pouviez leur donner — et même, à défaut, le simple prestige d'être proche de celui qui avait le pouvoir. C'était un prestige dont Maya n'avait pas besoin, mais elle savait ce qu'elle voulait. Et ne le faisait-il pas, après tout ? énervant une bonne partie de sa base de pouvoir, pour forger un traité qui ne plairait pas à un seul, mais à une poignée d'indigènes ? Oui, elle obtenait ce qu'elle voulait. Et tout ça sans un mot, ou en tout cas sans un ordre direct. Rien que des compliments et de l'affection.

Alors, tandis qu'il parlait dans les interminables conférences, mettant soigneusement en forme les termes de chacune des clauses du nouveau traité, jouant les James Madison de cet étrange simulacre de convention constitutionnelle, Spencer, Samantha et Maya l'aidaient de leur mieux, et Maya le regardait avec un imperceptible sourire qui lui révélait à lui seul son approbation et combien elle était fière de lui.

Stimulé par sa journée de travail, il arrivait et elle était là, elle riait, se pressait contre lui, bavardait avec les autres. Comme une espèce de conjointe. Oh, Bon Dieu, une *conjointe* ! Et, la nuit, elle le couvrait de baisers, jusqu'à ce qu'il ne puisse même plus imaginer qu'elle ne l'aimait pas vraiment.

Ce qui était intolérable. Il était tellement facile de tromper les gens qui vous étaient les plus proches... Intolérable qu'elle puisse être aussi stupide... C'était un choc réel que de prendre conscience de tout cela plus intensément qu'auparavant.

Qu'il était bien caché, le vrai moi, se dit-il. Caché sous le masque phénoménologique. En réalité, ils étaient tous des acteurs, ils jouaient *tout le temps* un rôle dans leur film, et ils n'avaient aucune chance de contact avec les vrais moi des autres, plus maintenant. Au fil des ans, toutes ces longues années, leur rôle s'était cristallisé, devenant une coquille dans laquelle leur moi s'était atrophié, ou carrément anéanti. Et ce n'étaient plus que des coquilles vides.

Mais peut-être était-il seul dans ce cas. Parce qu'elle avait l'air tellement réelle ! Son rire, ses cheveux blancs, sa passion, mon Dieu : sa peau humide de sueur, sur les côtes, ces côtes qui glissaient sous ses doigts comme les barreaux d'une palissade, des côtes qui se figeaient au paroxysme de l'orgasme. Le vrai moi n'était-il pas obligé d'être comme ça ? N'était-ce pas obligatoire ? Il ne pouvait pas croire le contraire. Un vrai moi.

Mais tristement déçu. Abusé.

Il rêvait de John quand il s'arracha au sommeil, un matin. Ils étaient dans la station spatiale, à l'époque de leur jeunesse. Si ce n'est que, dans son rêve, ils étaient vieux, que John n'était pas mort, mais mort quand même. Il parlait comme un fantôme, il savait que Frank l'avait tué, et il était au courant de tout ce qui s'était passé ensuite. Il était sans reproche ni colère. Tout cela était arrivé comme au temps où il avait effectué sa première mission sur Mars, ou comme lorsqu'il avait détourné Maya à bord de l'*Arès*. Ils étaient encore amis, ou frères, malgré tout ce qui était arrivé. Ils pouvaient se parler et se comprendre. Saisi d'horreur, Frank avait gémi dans ce rêve, il s'était recroquevillé, puis s'était réveillé. Brûlant, baigné de sueur. Maya s'était redressée, les cheveux défaits, les bras refermés contre ses seins.

— Qu'est-ce qui se passe ? Tu as quelque chose ?

— Non, rien ! cria-t-il en courant vers la salle de bains.

Mais elle le suivit et posa les mains sur lui.

— Frank ! Qu'est-ce qui t'est arrivé ?

— Rien ! (Il se dégagea.) Tu ne peux pas me laisser seul ?

— Oh, bien sûr. (Elle était vexée, au bord de la colère.) Mais certainement.

Elle sortit.

— Maintenant que tu as eu ce que tu voulais ! lança-t-il, soudain furieux devant la stupidité, l'égoïsme, la vulnérabilité qu'elle montrait.

Alors que tous les jeux étaient faussés.

— Ça veut dire quoi ? demanda-t-elle en réapparaissant aussitôt.

— Tu le sais très bien. Tu as eu ta part du traité, n'est-ce pas ? Sans moi, ça n'aurait pas été possible.

Elle était campée devant lui, comme la statue de la Liberté, aussi belle que dangereuse, les lèvres crispées. Elle secoua la tête d'un air de dégoût.

— Mais tu n'en sais absolument rien !

Il la suivit.

— Qu'est-ce que tu dis ?

Elle rejeta le drap qui l'enveloppait et enfila ses sous-vêtements avec des gestes violents tout en lui crachant de petites phrases sèches.

— Tu ne sais rien de ce que pensent les autres. Tu ne sais même pas ce que tu penses toi-même. Qu'est-ce que tu comptes *retirer* du traité ? Toi, Frank Chalmers ? Tu l'ignores. Il y a seulement ce que je veux, moi, ce que veut Sax, ce que veut Helmut. Ce qu'ils veulent tous. Toi, tu n'as pas d'opinion véritable. Tu ne t'intéresses qu'à ce qui est le plus facile à gérer. Qu'à ce qui te laissera aux commandes. Quant aux *sentiments* !...

Elle était habillée, déjà sur le seuil, et lui décocha un regard dur comme un éclair. Et il était resté inerte, comme tétanisé, exposé aux rafales de son mépris.

— Des sentiments, tu n'en as pas. J'ai tout essayé, tu peux me croire. Tu es...

Elle haussa les épaules, apparemment incapable de trouver des mots assez cruels, alors il pensa pour elle et voulut dire : creux.

Elle sortit.

Et c'est ainsi que lorsqu'ils signèrent le nouveau traité, Maya n'était plus à ses côtés. Elle avait même quitté Burroughs. Ce qui fut pour lui un soulagement. Mais un certain vide persistait en lui, et un certain froid au creux de sa poitrine. Et puis, il était évident que, parmi les cent premiers (au moins), on savait qu'il était advenu quelque chose entre eux (encore !), ce qui était exaspérant. C'était du moins ce qu'il se disait.

Ils signèrent le traité dans la salle même où ils s'étaient battus. Helmut leur fit l'honneur d'un large sourire, et chacun des délégués fit son entrée déguisé en pingouin ou en costume noir-cravate, pour dire quelques mots devant les caméras avant d'apposer son paraphe sur le document, un geste qui semblait à Frank bizarrement archaïque. La signature d'un pétroglyphe. Ridicule. Lorsque vint son tour, il se leva et prononça quelques paroles sur l'équilibre d'une balance — ce qui était très exactement approprié, puisqu'il avait bricolé les intérêts en compétition afin qu'ils se heurtent selon des angles convenus, créant ainsi un accident de circulation qui précipiterait tous les véhicules dans une collision générale où ils formeraient une masse soudée. Le résultat ne serait pas tellement différent de la version initiale du traité, avec les deux facteurs d'émigration et d'investissement, les deux menaces essentielles dirigées contre le statu quo (si pareille chose pouvait être concevable sur Mars) bloquées en grande partie, et de plus (le détail malin) *bloquées l'une par l'autre*. Un excellent travail qu'il parapha avec ampleur avant d'ajouter : « Pour les Etats-Unis d'Amérique. »

Il promena un regard ardent sur l'assistance, conscient de la vidéo. Ça serait efficace.

Et il se retira avec la froide satisfaction du travail bien fait. Les pelouses des vastes tentes, tout autant que les tubes de circulation, étaient embouteillées. La fête se déversait par-delà la mesa, sur chaque pont. Elle s'enfla dans le parc de la Princesse et emplit les rues. La météo avait prévu un temps frais et sec avec du vent. Sous les tentes, les cerfs-volants semblaient s'affronter comme des rapaces aux couleurs éclatantes sous les reflets rose sombre du ciel de fin d'après-midi.

En pénétrant dans le parc, Frank ressentit un sentiment de malaise : il affrontait trop de regards, trop de gens qui voulaient l'approcher, lui parler. Oui, toujours la célébrité. Il fit demi-tour et remonta vers la tente au bord du canal.

Deux rangées de piliers blancs se dressaient sur les deux berges. Chaque pilier était une colonne de Bareiss, semi-circulaire au sommet et au pied, mais dont les hémisphères étaient en rotation de 180 degrés l'un par rapport à l'autre. Cette simple manœuvre leur donnait un aspect complètement différent selon l'endroit d'où on les observait, ce qui conférait aux deux rangées un aspect bizarre d'écroulement, comme si les piliers étaient déjà en ruine, ce que démentaient l'aspect lisse et la blancheur de la matière. Ils se dressaient au-dessus de la pelouse comme des sucres d'un blanc parfait, et brillaient comme s'ils étaient humides.

En s'avançant, Frank les effleurait de la main, l'un après l'autre. Les à-pics des mesas s'étageaient de part et d'autre de la vallée. Derrière leurs baies, des plantes géantes donnaient l'impression que la ville était entourée d'immenses terrariums. Une ferme de fourmis vraiment très élégante. La partie recouverte était plantée d'arbres, semée de toits de tuiles, traversée par de larges boulevards en pelouse. La partie à ciel ouvert était restée un flanc de rocaille rougeâtre. La plupart des constructions étaient achevées, ou bien le seraient bientôt. Il y avait des grues partout, qui montaient jusqu'en haut des tentes, composant une sorte de statuaire squelettique, multicolore. Des échafaudages se dressaient un peu partout. Helmut avait dit que la partie recouverte lui rappelait la Suisse. Ce qui n'avait rien d'étonnant puisque la plupart des constructeurs étaient suisses.

— Là-bas, ils installent un échafaudage pour remplacer un châssis de fenêtre.

Sax Russell était là, inspectant justement un des échafaudages d'un œil critique. Frank se dirigea vers lui.

— Ils consolident deux fois plus que nécessaire, remarqua Sax. Plus peut-être.

— Les Suisses sont comme ça.

Sax acquiesça.

— Alors ? demanda Frank. Qu'est-ce que tu en penses ?

— Du traité ? Ça va réduire le soutien du projet de terraforming. Les gens sont plus enclins à investir qu'à donner.

Frank plissa le front.

— Tous les investissements ne sont pas bons pour le terraforming, Sax, il ne faut pas que tu l'oublies. Il y a énormément d'argent dépensé pour d'autres choses.

— Mais le terraforming est un moyen de réduire les frais généraux, tu le sais. Et il aura toujours droit à un certain pourcentage de l'investissement global. Je veux donc que le total soit aussi élevé que possible.

— Les bénéfices réels ne peuvent être calculés qu'à partir des coûts réels, rétorqua Frank. *Tous* les coûts réels. L'économie terrienne ne s'est jamais souciée de cela, mais tu es un scientifique et tu le devrais. Il faut que tu juges des dommages écologiques de l'accroissement de population et d'activité aussi bien que des bénéfices du terraforming qui les accompagnent. Il vaut mieux accroître l'investissement voué au terraforming pur que de faire un compromis et de prendre un certain pourcentage sur un total qui, de diverses manières, travaille contre toi.

Sax eut un rictus.

— C'est drôle de t'entendre attaquer les compromis après ces quatre mois, Frank. De toute façon, je persiste à dire qu'il faut augmenter à la fois le total et le pourcentage. Les coûts environnementiels sont négligeables. S'ils sont bien gérés, ils peuvent devenir des bénéfices. L'économie d'un système se mesure en terrawatts ou en kilocalories, comme disait John. C'est de l'énergie. Et ici, nous pouvons utiliser l'énergie sous n'importe quelle forme, même les corps. Les corps représentent simplement plus de travail, ils sont très énergétiques, très polyvalents.

— Les coûts réels, Sax. Tous. Tu essaies encore de jouer sur l'économie, mais ça n'est pas comme la physique. Ça ressemble plus à la politique. Pense à ce qui va se produire quand des millions d'immigrants débarqueront ici, avec leurs virus, aussi bien biologiques que psychiques. Peut-être qu'ils rallieront le camp d'Arkady, ou celui d'Ann... Tu y as seulement songé ? Ils pourraient déclencher des épidémies qui feraient s'écrouler tout le système ! Dis-moi, est-ce que le groupe d'Acheron n'a pas essayé de t'enseigner la biologie ? Tu devrais t'en souvenir ! Tu n'as pas affaire à un problème de mécanique, Sax. Il s'agit d'écologie. D'une écologie dirigée, fragile. Qui *doit* être dirigée !

— Peut-être...

Frank reconnut cette phrase. L'un des maniérismes de John. Et, une minute, il n'écouta plus ce que disait Sax.

— ... mais ce traité de changera pas les choses à ce point. Les transnationales qui souhaitent investir trouveront bien un moyen d'y parvenir. Elles se trouveront un autre pavillon de complaisance et ce sera exactement comme si une nouvelle nation revendiquait des territoires selon les quotas du traité. Mais, derrière, ce sera l'argent des trans. Frank, ce genre de truc se fait déjà. Tu connais la politique, non ? Et l'économie aussi ?

— Peut-être, dit Frank d'un ton dur, irrité.

Et il s'éloigna.

Un peu plus tard, il se retrouva dans un district du haut de la vallée qui était en cours de construction. L'échafaudage était exagéré, comme l'aurait jugé Sax, surtout sous la gravité martienne. On se demandait même comment on pourrait l'abattre. Frank se tourna vers la vallée. Oui, la ville était parfaitement située, c'était indéniable. Où que l'on se trouve, la vue serait admirable.

Soudain, son bloc de poignet émit un bip. Il découvrit le visage d'Ann.

— Qu'est-ce que tu veux ? Je suppose que tu considères que je t'ai soldée, toi aussi. Que j'ai ouvert la porte aux hordes qui vont venir jouer sur ton terrain.

Elle répondit par une grimace.

— Non. Tu as fais de ton mieux, vu la situation. C'est ce que je voulais te dire.

Elle coupa la communication.

— Formidable ! s'exclama-t-il. Tout le monde, sur les deux planètes, est contre moi, *sauf* Ann Clayborne !

Il repartit avec un rire amer.

Et retourna près du canal et des colonnes de Bareiss. Des femmes de Loth. De petits groupes de fêtards étaient disséminés le long du canal, plantés en haut des ombres interminables couchées par la lumière de la fin de l'après-midi. La vision avait quelque chose d'inquiétant, et Frank se détourna, ne sachant trop où aller. Il n'aimait pas la façon dont les choses se présentaient. Tout semblait terminé, achevé, et se révélait en fin de compte inutile. C'était toujours comme ça.

Il rencontra un groupe de Terriens dans l'un des superbes ensembles de bureaux édifiés sous la tente de Niederdorf. Andy Jahns était parmi eux.

A la différence d'Ann, il était furieux. Dès qu'il aperçut Frank, son visage se figea.

— Frank Chalmers... Qu'est-ce qui vous amène par ici ?

Si le ton était courtois, il n'y avait pas la moindre chaleur dans son regard. Oui, il était furieux.

— Je faisais seulement un tour, Andy. Et vous, ça va ?

Jahns hésita brièvement.

— Nous sommes en quête d'un espace de bureaux.

Il guetta la réaction de Frank. Et il eut un sourire d'abord discret, puis franc. Avant d'ajouter :

— Ce sont des amis d'Ethiopie, d'Addis-Abeba. Nous envisagions d'y installer notre siège principal l'an prochain. Et... (Son sourire s'accentua, sans doute devant la réaction dure qu'il lisait sur le visage de Frank.) Nous avons pas mal de choses à discuter.

Al-Qahira est le nom de Mars en arabe, mais aussi en malais et en indonésien. Les deux derniers dérivent du premier. Si vous regardez un globe terrestre, vous verrez jusqu'où s'étend l'Islam. Il occupe le centre du monde, de l'Afrique de l'Ouest au Pacifique ouest. Et cela s'est fait en l'espace d'un siècle. Oui, il y eut un empire arabe et, comme tous les empires, il a survécu longtemps après dans une sorte de léthargie.

Les Arabes qui vivent hors de l'Arabie sont appelés des Mahjaris. Et les Arabes qui étaient venus sur Mars furent appelés des Qahiran Mahjaris. Quand ils arrivèrent sur Mars, un grand nombre d'entre eux se répandit dans Vastitas Borealis (La Badia du Nord) et le Grand Escarpement. Ces premiers peuples errants étaient surtout constitués de bédouins. Ils voyageaient en caravanes, recréant délibérément un type d'existence qui avait disparu sur Terre. Des gens qui jusque-là avaient vécu dans des villes affluèrent sur Mars pour voyager en patrouilleurs et vivre sous des tentes. Ils expliquaient leurs périples incessants par la chasse aux métaux, l'aréologie, le commerce, mais il était évident que ce qui comptait vraiment pour eux, c'était le voyage considéré comme une vie.

Frank Chalmers rejoignit la vieille caravane de Zeyk Tuqa un mois après la signature du traité, durant l'automne septentrional de M.15. Il voyagea longtemps sur les pentes fracturées du Grand Escarpement. Il améliora son arabe, participa aux travaux de mine, et effectua des relevés météo. La caravane était composée de véritables bédouins d'Awlad'Ali, le littoral ouest de l'Egypte. Ils avaient vécu au nord de la région que le gouvernement égyptien appelait le projet de la vallée nouvelle, depuis qu'une équipe de recherche pétrolière avait découvert un aquifère qui représentait le débit du Nil sur mille années. Avant même la découverte du traitement gériatrique, la surpopulation égyptienne posait un grave problème. Avec 96 % de désert et 99 % de la population concentrés dans la vallée du Nil, il était inévitable que les foules relogées dans le projet de la vallée nouvelle submergeraient les bédouins et leur culture fondamentalement différente. Les bédouins de toutes les autres nations arabes avaient pris le parti de ces avant-postes menacés de leur culture et, quand la communauté arabe lança son programme martien et acheta sa participation à la navette Terre-Mars, ils demandèrent qu'on leur accorde la priorité. Ce que le gouvernement égyptien avait accepté avec joie, puisqu'il se débarrassait ainsi d'une minorité gênante. C'est ainsi que les bédouins étaient arrivés sur Mars et qu'ils vagabondaient dans le grand désert qui ceinturait le nord de la planète rouge.

La caravane était une exploitation minière mobile. On trouvait des métaux et des minerais dans d'innombrables régions de Mars, mais les Arabes découvraient surtout les sulfures qui avaient été dispersés sur le Grand Escarpement et la plaine immédiatement en dessous. La plupart de ces dépôts représentaient des concentrations et des quantités qui ne pouvaient justifier l'utilisation des méthodes minières traditionnelles, et les Arabes s'étaient lancés dans de nouveaux procédés d'extraction et de traitement. Ils avaient conçu tout un dispositif d'équipement mobile, modifié des engins de construction et des patrouilleurs d'exploration. Les machines ainsi obtenues étaient énormes, segmentées. Elles ressemblaient à des insectes monstrueux surgis des cauchemars d'un mécanicien de poids lourds. Elles sinuaient sur le Grand Escarpement en caravanes éparses, à la recherche des dépôts stratiformes de sels de cuivre, avec une nette préférence pour les taux élevés en tétrahédrite ou chalcocite qui promettaient une récolte d'argent comme sous-produit du cuivre. Dès qu'un filon était repéré, on s'arrêtait pour ce que les bédouins appelaient la moisson.

Frank s'était piqué de météo et se lança dans la climatologie comme personne ne l'avait fait jusqu'ici sur Mars. Zeyk, qui l'avait accueilli, lui avait proposé de choisir un travail à sa convenance. Et Frank s'était installé aux commandes d'un des patrouilleurs de prospection qui suivaient en solo les anciens déversements et les rifts. Il lui arrivait ainsi de passer une semaine loin de la caravane, à consulter son sismographe, ses échantillonneurs et ses instruments de mesure météo. Il effectuait parfois un forage, mais passait le plus clair de son temps à observer le ciel.

Sur Terre comme sur Mars, les camps des bédouins offraient un aspect extérieur décevant. Lorsqu'ils abandonnaient les tentes, elles avaient quelque chose de carcéral avec leurs murs épais, sans fenêtres. On aurait dit qu'elles étaient perpétuellement recroquevillées sur elles-mêmes pour se protéger de la chaleur du désert. Mais, lorsqu'on pénétrait à l'intérieur, on découvrait ce qu'ils abritaient vraiment : les cours, les jardins, les fontaines, les oiseaux, les escaliers, les miroirs et les arabesques.

Le Grand Escarpement était une région étrange, découpée par des canyons orientés nord-sud, ravagée par les anciens cratères, investie par les coulées de lave, cassée en autant de tertres, de mesas, de karsts et de crêtes sur la même pente abrupte. Du haut de chaque éminence, de chaque saillie, le regard portait loin vers le nord. Dans ses errances solitaires, Frank laissait les décisions au programme de prospection et se contentait de regarder défiler le paysage : dénudé, immense, silencieux, déchiré par le passé. Les jours s'écoulaient et les ombres tournaient. Les vents soufflaient vers le haut de la pente chaque matin, et vers le bas quand l'après-midi touchait à son terme. Les nuages s'accumulaient dans le ciel : ils montaient des boules de brume qui rebondissaient entre les rochers vers les grandes strates des cirrus. Parfois, le tonnerre annonçait la distance. Les grandes masses nuageuses culminaient à 20 000 mètres.

Il lui arrivait d'allumer la TV et de regarder le canal arabe. Et, parfois, dans le silence de certains matins, il invectivait l'écran. Une part de lui était offensée par la stupidité des médias, des événements qu'ils véhiculaient. La totale stupidité de la race humaine considérée comme un spectacle. Sauf que l'immense masse de l'humanité n'apparaissait jamais sur les vidéos, jamais, pas même dans les images des manifestations où la caméra balayait la foule. Sur Terre, le passé vivait encore dans des régions énormes où la vie villageoise poursuivait son petit train-train, comme elle l'avait toujours fait. Peut-être. Mais c'était difficile à croire, parce que, regardez ce qui arrivait quand ils se regroupaient dans les villes. Des imbéciles sur les écrans, l'histoire en train de se faire. « On peut dire que l'allongement de la vie humaine doit, par définition, être un grand progrès. » Ce genre de chose le faisait rire. « Tu n'as jamais entendu parler des effets secondaires, espèce de trou du cul ! »

Il regarda un soir un programme consacré à la fertilisation de l'océan Antarctique avec de la poudre de fer destinée à suppléer le phytoplancton qui diminuait à une vitesse inquiétante et sans raison connue. C'étaient des avions qui pulvérisaient le fer, comme s'ils combattaient un incendie sous-marin. L'opération allait coûter dix milliards de dollars par an et devrait être poursuivie perpétuellement. Mais on avait calculé qu'un siècle de fertilisation réduirait la concentration de gaz carbonique de 15 à 10 %. Face au réchauffement planétaire et à la menace des marées sur les villes côtières, pour ne pas citer la mort des barrières de corail, le projet avait été jugé acceptable.

— Ça va plaire à Ann, marmonna Frank. Les voilà en train de terraformer la Terre !

Chaque éclat de voix dénouait un peu le nœud qu'il avait dans la poitrine. Il prit conscience que personne ne l'écoutait, que personne ne l'épiait. Le petit public qu'il imaginait dans sa tête n'existait pas. Jamais aucun ami ou ennemi ne regarderait le film de sa vie. Il pouvait faire n'importe quoi, insulter la normalité. Apparemment, il avait toujours rêvé de ça. Il pouvait passer des après-midi à shooter dans des cailloux, à inscrire des aphorismes dans le sable, à pleurer, à crier sous les lunes jumelles. Il pouvait organiser des conversations avec lui-même à l'heure des repas, répondre à la TV, s'entretenir avec ses parents ou ses amis disparus, avec le président, ou John, ou encore Maya. Il pouvait dicter des chapitres entiers de carnet de bord : une histoire socio-biologique du monde, un traité de philo, un roman porno — il pouvait aussi se masturber —, une analyse de la culture arabe et de son histoire.

Il fit tout cela, et quand il retourna vers les caravanes, il était mieux, bien mieux : plus calme, plus vide. Très certainement creux. Vivant, comme disaient les Japonais. Vivant comme si tu étais déjà mort.

Mais les Japonais étaient des étrangers. En vivant avec les Arabes, il avait compris avec plus d'acuité encore à quel point ils étaient étrangers, eux aussi. Bien sûr, ils faisaient partie de l'humanité du XXIe siècle. Aucun doute. Tous des techniciens et des scientifiques sophistiqués, enfermés dans leur cocon comme tous les autres, dans leur coquille de technologie, ils passaient leur temps à filmer leur vie et à la regarder. Et pourtant ils priaient six fois par jour, inclinés devant la Terre quand elle montait dans le ciel, comme l'étoile du matin ou du soir. Et s'ils trouvaient un plaisir aussi évident à vivre dans leurs techno-caravanes, c'était parce qu'elles étaient le symbole manifeste du rapprochement du monde moderne et de leurs quêtes anciennes.

— La tâche de l'homme est de réaliser la volonté de Dieu dans l'histoire, déclarait Zeyk. Nous pouvons changer le monde de certaines façons afin d'aider à la réalisation du plan divin. Nous avons toujours suivi cette voie : l'islam dit que le désert ne doit pas rester un désert, que la montagne ne doit pas rester une montagne. Le monde peut être transformé jusqu'à ressembler au plan divin, et c'est ce qui, pour l'islam, constitue l'Histoire. Al-Qahira nous pose le même défi que le monde ancien, mais sous une forme plus pure.

C'est ce qu'il disait à Frank alors qu'ils étaient assis dans son patrouilleur, dans sa petite cour intérieure. Ces patrouilleurs familiaux étaient transformés en espaces privés, des espaces où Frank était rarement invité à pénétrer. Il ne l'avait été que par Zeyk. Chaque fois qu'il allait le voir, il était aussi surpris ; le patrouilleur n'avait rien de particulier, vu de dehors : c'était un gros engin aux vitres noires relié par des tubes à plusieurs autres ; mais quand on entrait, en baissant un peu la tête, on se retrouvait dans un espace clair, la lumière entrant par les toits transparents éclairait des couchettes et des tapis raffinés, un sol carrelé, des plantes vertes, des coupes à fruits, une fenêtre qui encadrait le paysage martien tels une photo sépia, des divans, des services à café en argent, des consoles d'ordinateur en teck et en acajou, des bassins et des fontaines d'eau cristalline. Un petit monde intime et frais, plein de vert, de blanc et d'eau. En regardant autour de lui, Frank eut l'impression renversante que ce genre d'endroit existait depuis des siècles, que la pièce aurait aussitôt été reconnue pour ce qu'elle était par les gens qui vivaient dans le Quartier Vide au xe siècle, ou dans toute l'Asie au XIIe siècle.

Zeyk l'invitait souvent dans l'après-midi, quand un groupe d'hommes se rassemblait dans le patrouilleur pour bavarder à l'heure du café. Frank s'accroupissait près de Zeyk en sirotant la vase noire de son café et en se concentrant sur les conversations en arabe. Il aimait cette langue musicale et riche en métaphores. En arabe, la terminologie technique se teintait de l'imagerie du désert, à cause de toutes les racines des termes nouveaux qui, bien qu'abstraits, avaient des origines physiques concrètes. L'arabe, tout comme le grec, avait été une langue scientifique au départ, et cela transparaissait dans certaines ressemblances inattendues avec l'anglais et la nature compacte et organique du vocabulaire.

Les conversations abordaient tous les sujets, mais elles étaient dirigées par Zeyk et les aînés, auxquels les plus jeunes accordaient une déférence qui stupéfiait Frank. Il en apprenait ainsi beaucoup sur les usages des bédouins, ce qui lui permettait d'approuver, de poser des questions et, parfois, de faire des commentaires ou des critiques.

— Quand il existe un courant conservateur très fort dans une société, disait Zeyk, qui se détache progressivement du courant principal, vous avez le risque le plus grave de voir éclater des guerres civiles. Comme ce conflit en Colombie qu'on a nommé *la violencia*. Une guerre civile qui a entraîné la chute de l'Etat, un chaos incompréhensible et encore moins contrôlable.

— Ou comme Beyrouth, dit Frank d'un ton innocent.

Mais Zeyk sourit.

— Non, non. La situation de Beyrouth était bien plus complexe. Il ne s'agissait pas uniquement d'une guerre civile. D'autres conflits extérieurs étaient venus s'y greffer. Il ne s'agissait pas de conservateurs sociaux ou religieux qui se seraient détachés de la culture majoritaire, comme en Colombie ou dans la guerre d'Espagne.

— Vous parlez comme un véritable progressiste.

— Tous les Qahirans Mahjaris sont progressistes par définition, sinon nous ne serions pas là. Mais l'Islam a évité la guerre civile en demeurant un tout. Nous avons une culture cohérente, et les Arabes qui sont ici sont encore sincèrement pieux. Les éléments les plus conservateurs, là-bas, sur Terre, le comprennent. Nous ne connaîtrons jamais la guerre civile, parce que nous sommes unis par notre foi.

Frank ne dit rien, mais on lisait clairement sur son visage ce qu'il pensait de l'hérésie chiite qui s'était manifestée dans certaines « guerres civiles » de l'Islam. Mais Zeyk l'ignora et poursuivit :

— Nous avançons dans l'Histoire comme une caravane libre. On pourrait dire que nous sommes sur Al-Qahira comme un patrouilleur de prospection. Et vous savez quel plaisir cela représente.

— Bien... commença Frank.

Il hésitait : son inexpérience dans la pratique de l'arabe ne lui offrirait qu'une faible marge de doute avant que les autres ne s'offensent.

— ... Le concept de progrès social existe-t-il vraiment dans l'Islam ?

Ils furent plusieurs à répondre.

— Mais certainement !

Et Zeyk ajouta :

— Vous ne le croyez pas ?

— Eh bien...

Frank laissa mourir sa phrase.

Il n'existait toujours pas de véritable démocratie arabe. Ce qui existait, c'était une société hiérarchique fondée sur l'honneur et la liberté. Mais pour ceux qui se situaient au bas de la hiérarchie, l'honneur et la liberté ne pouvaient se concevoir sans la déférence. Ce qui renforçait le système et le rendait absolument statique. Que pouvait-il dire à cela ?

— La destruction de Beyrouth a été un désastre pour la culture progressiste arabe, déclara quelqu'un. C'était la ville où se réunissaient les artistes, les intellectuels et les radicaux. Ils ont été attaqués par leurs gouvernements. Les nations arabes détestaient l'idée d'un panarabisme idéal, mais il n'en reste pas moins que nous ne parlons qu'une seule langue dans tous ces pays, et la langue est la grande unificatrice des sociétés. Nous ne sommes qu'un, en dépit des frontières politiques. Beyrouth la première a affirmé cette position et, quand les Israéliens l'ont détruite, tout est devenu plus difficile. Cette destruction visait à nous fractionner, et ils ont réussi. Donc, nous recommençons.

Pour eux, c'était ça, le progrès social.

La strate de cuivre qu'ils avaient exploitée était maintenant épuisée, et le temps était venu d'un autre *rahla*, le voyage de la *hejra* vers un autre site. Ils roulèrent pendant deux journées avant d'atteindre un autre gisement que Frank avait découvert. Il repartit alors en prospection solitaire.

Il passait des jours sur son siège, renversé, les pieds sur le tableau de bord, à regarder le paysage qui se déroulait. Ils étaient dans une région de *thulleya*, de plissements parallèles. Il n'allumait plus la TV : il devait beaucoup réfléchir.

— Les Arabes ne croient pas au péché originel, écrivit-il dans son lutrin. Ils considèrent que tout homme est innocent et que la mort est naturelle. Que nous n'avons pas besoin d'un sauveur. Qu'il n'existe ni paradis ni enfer, mais seulement la récompense ou le châtiment, qui peuvent se manifester dans l'existence présente et la manière dont on la vit. D'une certaine manière, c'est une correction humaniste du judaïsme et du christianisme. Mais, par ailleurs, ils ont toujours refusé la responsabilité de leur destin. Pour eux, il s'agit toujours de la volonté d'Allah. Et je ne comprends pas cette contradiction. De toute manière, ils sont là. Et les Mahjaris ont toujours fait intimement partie de la culture arabe, et l'ont même quelquefois dirigée.

« La poésie arabe avait connu un renouveau au XXe siècle grâce aux poètes installés à New York ou en Amérique latine. Il en irait peut-être de même ici. Il était étonnant de voir à quel point leur vision de l'histoire correspondait aux convictions de Boone. Je ne pense pas que l'un ou l'autre l'ait jamais compris. Rares sont ceux qui se préoccupent de ce que pensent vraiment les autres. Ils sont prêts à croire ce qu'on leur dit de n'importe quel individu suffisamment éloigné.

Il était arrivé sur une couche de porphyre de cuivre, particulièrement dense, avec des concentrations très élevées d'argent. Un bon filon. Le cuivre et l'argent étaient devenus des matériaux rares sur la Terre, alors que l'argent était toujours utilisé massivement par les industries. Ce gisement en était particulièrement riche en surface, mais pas autant que sur le site de la montagne d'Argent dans Elysium. Mais, pour les Arabes, cela importait peu. Ils allaient moissonner tout ça et repartir.

Il roulait toujours, les jours passaient, les ombres défilaient. Le vent dévalait les pentes, remontait les pentes, les descendait, les remontait. Des nuages se formaient et des tempêtes éclataient. Parfois, des aurores boréales, des parhélies, des tornades de cristaux de glace apparaissaient dans le ciel, brillants comme du mica dans la lumière rosée du soleil. De temps en temps, il voyait une navette amorcer l'aréofreinage, météore éblouissant traversant le ciel. Par une claire matinée, il aperçut Elysium Montes, dressé sur l'horizon comme un Himalaya noir. C'était une image reflétée par une couche d'inversion de l'atmosphère. Elysium était à 1 000 kilomètres de distance. Il avait cessé de prendre des notes sur son lutrin, tout comme il avait cessé de regarder la TV. Il n'y avait que le monde et lui. Et les vents qui jouaient avec le sable, qu'ils envoyaient en grands nuages sur le patrouilleur. *Khala,* la terre vide.

Mais des rêves vinrent alors le hanter, faits de souvenirs, intenses, denses et précis, comme s'il revivait son existence dans son sommeil. Une nuit, il revécut ce jour où il avait compris avec certitude qu'il serait à la tête de la moitié de la première colonie américaine de Mars. Il avait quitté Washington pour la vallée de la Shenandoah avec un sentiment confus. Longtemps, il s'était promené dans la forêt. Il avait atteint les grottes dolomitiques de Luray, qui étaient devenues un site touristique et, impulsivement, il avait acheté un billet. Chaque stalactite ou stalagmite était éclairée par des projecteurs aux couleurs criardes. On avait même prévu des maillets pour ceux qui voulaient jouer du xylophone de pierre ! Du clavier calcaire bien tempéré ! Il avait dû se cacher dans un recoin d'ombre pour étouffer son rire.

Puis il s'était garé sur une esplanade et s'était avancé dans la forêt. Il s'était assis au creux des racines d'un arbre énorme. Les lieux étaient déserts, la terre sombre, la nuit tiède dans le frémissement doux du feuillage. Les cigales stridulaient encore dans leur langage étrange, les criquets lançaient leurs derniers appels désolés, sentant l'approche du gel qui les tuerait bientôt. Tout cela était tellement *bizarre*... Comment pouvait-il abandonner ce monde ? En cet instant, il avait souhaité être un enfant des fées pour se glisser dans une fente et resurgir différent, meilleur, plus fort, noble, presque éternel — comme un arbre de la forêt. Mais il ne s'était rien passé, bien sûr. Il était resté allongé sur cette terre dont il était déjà séparé. Déjà Martien.

Il se réveilla et il fut troublé durant toute la journée.

Ensuite, ce fut plus grave encore, car il rêva de John. Il se retrouva à Washington, cette nuit où il avait vu John posant le pied sur Mars, suivi de ses trois compagnons. L'été de 2020. Frank avait quitté la soirée de réjouissances de la NASA et s'était perdu dans les rues. La nuit était chaude. John débarquant le premier sur Mars : cela avait fait partie de son plan. C'était comme dans une partie d'échecs, quand on sacrifie la reine. Parce que cette première expédition serait brûlée par les radiations dures et que, après son retour, elle serait mise au rencard, en application des règles de sécurité. Le champ serait ensuite ouvert en toute sécurité pour ceux qui allaient s'installer définitivement sur Mars. Ce qui était l'enjeu essentiel. Et Frank comptait bien être le chef.

Mais, durant cette nuit historique, son humeur avait chuté. Il était retourné jusqu'à son appartement, près de Dupont Circle, avant de ressortir. Il avait perdu son badge du FBI quand il se faufila dans un bar pour regarder la télé par-dessus les têtes des consommateurs agglutinés, en buvant du bourbon comme son père. La lumière de Mars posait des reflets rouges dans le bar ténébreux. Il se saoulait consciemment tout en écoutant le discours inepte de John Boone et son humeur s'assombrissait. Il avait du mal à réfléchir à son plan. La salle était bruyante et les spectateurs peu attentifs. Le débarquement sur Mars n'avait pas échappé à la clientèle, mais ce n'était qu'un événement de plus, comme le dernier match des Bullets vers lequel un des barmen zappait régulièrement. Et puis, clic ! on revenait sur Chryse Planitia. Un type jura à côté de Frank qui lança, en retrouvant cet accent de Floride qu'il avait depuis longtemps perdu :

— Le basket, ça va être super sur Mars.

— Il va falloir qu'ils remontent le panier, sinon ils vont se péter le crâne.

— Ça c'est sûr. Parce qu'ils pourront sauter jusqu'à six mètres facile.

— Ouais, même les Blancs sauteront comme ça, là-bas. C'est ce qu'ils racontent. Mais il vaudrait mieux laisser tomber le basket, sinon vous aurez les mêmes emmerdes qu'ici !

Frank éclata de rire. Mais quand il regagna son appartement dans la nuit moite du District de Columbia, il était d'une humeur encore plus noire qu'auparavant. Il tomba sur un des clochards de Dupont Circle et lui lança un billet de dix dollars en hurlant :

— Va te faire foutre ! T'as qu'à trouver du boulot !

Mais, au même moment, des gens surgirent du métro et il s'éloigna rapidement, furieux et bouleversé. Il y avait des mendiants dans toutes les portes cochères. Des humains avaient débarqué sur Mars et les mendiants envahissaient la capitale de l'Amérique, pendant que les hommes de loi, les avocats et les juges continuaient leur bavardage sur la liberté et la justice, une couverture pour leur cupidité.

— On s'y prendra d'une autre façon sur Mars ! dit Frank d'un ton mauvais. (Tout à coup, il aurait voulu y être instantanément, sans avoir à attendre toutes ces années, à militer.) Trouve-toi un job, merde ! hurla-t-il à un autre clodo.

Puis il entra dans son immeuble. L'équipe de sécurité somnolait derrière le comptoir d'entrée. Ces gars-là gaspillaient leur vie à ne rien foutre. Quand il arriva devant la porte de son appartement, il eut du mal à ouvrir tellement ses mains tremblaient. Il se figea dès qu'il fut à l'intérieur, horrifié devant le spectacle rutilant de son mobilier de cadre commercial, disposé comme un décor de théâtre afin d'impressionner les rares visiteurs qui n'appartenaient pas à la NASA ou au FBI. Rien ne lui appartenait. Rien, *sinon son plan*.

Et il se réveilla, seul dans son patrouilleur, sur le Grand Escarpement.

Il revint enfin de son éprouvante expédition de cauchemars. Il eut du mal à en parler aux gens de la caravane. Zeyk l'invita pour le café et il avala une tablette de complexe opiacé pour retrouver son calme.

Il reprit sa place dans le cercle de Zeyk, accepta son infime dose de café. Unsi Al-Khal était assis à sa gauche, discourant sur la vision islamique de l'Histoire, comment elle avait débuté durant le Jahili ou la période pré-islamique. Al-Khal ne s'était jamais montré amical avec Frank, et lorsque ce dernier lui tendit la tasse qui lui revenait en un simple geste de politesse, Al-Khal insista pour que Frank accepte de boire le premier : lui, Al-Khal, ne pouvait usurper cet hommage. Une insulte islamique typique sur fond de courtoisie exagérée. Ainsi Frank retrouvait-il la hiérarchie : on n'accordait pas de faveurs à ceux qui étaient plus élevés que vous dans le système, mais seulement aux inférieurs. Ils se retrouvaient dans la savane primitive (ou bien à Washington). Avec les tactiques de domination des primates.

Frank grinça des dents, et quand Al-Khal se remit à pontifier, il demanda :

— Et en ce qui concerne vos femmes ?

Déconcertés, ils le fixèrent. Et Al-Khal haussa les épaules.

— Dans l'Islam, les hommes et les femmes ont des rôles différents. Tout comme en Occident. C'est biologique, à l'origine.

Frank secoua la tête. Il percevait le murmure sensuel des tentures, le poids noir du passé. Et la pression de l'aquifère de dégoût, au fond de ses pensées, s'accrut. Quelque chose céda. Et soudain, plus rien n'eut d'importance, et il se sentit malade à la seule idée de simuler quoi que ce soit, malade de cette huile visqueuse qui permettait à la société de continuer son atroce chemin.

— Oui, dit-il, mais c'est de l'esclavage, n'est-ce pas ?

Autour de lui, les hommes se raidirent, choqués.

— N'est-ce pas ? (Les mots montaient de sa gorge sans qu'il puisse rien y faire.) Vos femmes et vos filles n'ont aucun pouvoir, et c'est de l'esclavage. Vous pouvez les entretenir et, en tant qu'esclaves, elles peuvent toujours disposer de pouvoirs intimes et particuliers sur leurs maîtres. Mais la relation de maître à esclave est à l'origine de la distorsion générale. Les relations sont donc distordues, ce qui suscite une pression qui mène au point d'explosion.

Zeyk plissait le nez.

— Je peux t'assurer que telle n'est pas l'expérience vécue. Tu devrais lire notre poésie.

— Et vos femmes me le confirmeraient ?

— Oui, fit Zeyk d'un ton parfaitement confiant.

— Peut-être. Mais, quand même, les femmes qui réussissent, dans votre société, n'en restent pas moins modestes et respectueuses. Elles honorent scrupuleusement le système. Je parle de celles qui aident leurs époux et leurs fils à s'élever dans le système. Donc, pour réussir, il leur faut travailler pour renforcer ce système qui les opprime. Et les effets sont pernicieux. Et le cycle se répète de génération en génération. Soutenu par les maîtres autant que par les esclaves.

— L'usage du mot *esclave* est offensant, dit lentement Al-Khal.

(Il fit une brève pause.) Parce qu'il présume un jugement. Un jugement porté sur une culture que tu ne connais pas vraiment.

— C'est vrai. Je ne peux que vous rapporter ce qui est observable de l'extérieur. Et ça ne peut intéresser qu'un musulman progressiste. Est-ce là le plan divin pour lequel vous vous battez afin qu'il soit réalisé dans le cours de l'Histoire ? Il existe des lois dont on peut observer les effets et, pour moi, tout ça ne me semble qu'une forme d'esclavage. Et vous savez que nous avons déclenché des guerres pour mettre fin à l'esclavage. Nous avons exclu l'Afrique du Sud de la communauté des nations parce qu'elle avait voté des lois afin que les Noirs ne puissent pas vivre comme les Blancs. Mais c'est ce que vous faites en permanence. Si des hommes étaient traités comme vos femmes, l'ONU prendrait des mesures. Mais, du moment qu'il s'agit de femmes, les hommes au pouvoir détournent le regard. Ils disent qu'il s'agit de problèmes de culture, de religion, dont il ne faut surtout pas se mêler. On ne parle pas d'esclavage, car on considère que c'est une exagération par rapport à la façon dont les femmes sont traitées ailleurs dans le monde.

— Ne parlons pas d'exagération, intervint Zeyk, mais de variation.

— Non, non. Il s'agit bien d'exagération. Les femmes en Occident ont le choix de leur vie. Ce qui n'est pas le cas chez vous. Mais un être humain ne peut se résoudre à appartenir à quelqu'un. Il déteste ça, il se révolte, et il se venge n'importe comment. Les humains sont comme ça. Et, dans votre cas, il s'agit de votre mère, de votre femme, de vos sœurs, de vos filles.

Tous s'étaient tournés vers lui. Ils étaient plus stupéfaits qu'offensés. Mais Frank, plongeant le regard dans sa tasse, continua :

— Il faut que vous libériez vos femmes.

— Et comment nous suggères-tu de le faire ? lui demanda Zeyk, le regard curieux.

— En changeant vos lois ! En éduquant vos femmes dans les écoles où vont vos fils. Qu'elles aient les mêmes droits que tous les musulmans. Rappelle-toi que vous avez de nombreuses lois qui ne figurent pas dans le Coran et qui sont venues s'ajouter depuis le temps de Mahomet.

— Par de saints hommes, rétorqua Al-Khal d'un ton irrité.

— Certainement. Mais nous choisissons de modifier nos croyances religieuses à la lumière de la vie de tous les jours. C'est vrai pour toutes les cultures. Et nous pouvons choisir de nouvelles orientations. Vous devez libérer vos femmes.

— Je n'aime pas que quiconque me donne des leçons, si ce n'est un mullah. (Al-Khal pinçait les lèvres sous sa moustache.) C'est à ceux qui sont innocents de tout crime de prêcher ce qui est bien.

Zeyk eut un sourire radieux.

— C'est ce que disait Selim el-Hayil.

Et un lourd silence retomba.

Frank accusa le coup. La plupart souriaient maintenant en regardant Zeyk d'un air de connivence. Et il comprit soudain qu'ils savaient tous ce qui était arrivé à Nicosia. Bien sûr ! Selim était mort cette même nuit, quelques heures après l'assassinat, empoisonné par une étrange combinaison de microbes. Ils savaient.

Et pourtant, ils l'avaient accepté, ils l'avaient admis dans leur maison, dans les lieux privés où ils vivaient. Ils avaient essayé de lui enseigner ce en quoi ils croyaient.

— Peut-être que nous devrions les rendre aussi libres que les femmes russes, proposa Zeyk avec un rire qui arracha Frank à ses réflexions.

— Elles sont écrasées de travail, non ? Mais on leur raconte qu'elles sont les égales de l'homme, alors qu'il n'en est rien, c'est ça ?...

Youssouf Hawi, un jeune homme brillant, ricana, le regard salace :

— Je vous le dis, ce sont toutes des chiennes ! Mais ni plus ni moins que toutes les autres ! N'est-il pas vrai qu'au foyer le pouvoir revient au plus fort ? Dans mon patrouilleur, c'est *moi* qui suis l'esclave, je peux vous le dire. Tous les jours, j'embrasse un serpent avec mon Aziza !

Les rires explosèrent. Zeyk servit une nouvelle tournée de café. Ils effaçaient les paroles insultantes de Frank, soit parce qu'ils les mettaient sur le compte de l'ignorance, soit parce qu'ils acceptaient le soutien que Zeyk lui apportait. Mais ils étaient moins de la moitié, maintenant, à regarder Frank.

Il s'enferma dans le silence, se contentant de les écouter, profondément irrité contre lui-même. C'était une faute que de se livrer n'importe quand, à moins que cela ne corresponde parfaitement à votre objectif politique. Ce qui n'était jamais le cas. Mieux valait vider toute déclaration de son contenu réel. C'était une règle de base de la diplomatie. Mais là-bas, sur l'escarpement, il avait oublié.

Il repartit en prospection. Les rêves se firent moins fréquents. A son retour, il cessa de prendre des drogues. Il gardait le silence à l'heure du café, ou bien il parlait d'aquifères et de minerais, ou des nouveaux patrouilleurs de prospection. Les hommes le regardaient avec méfiance et n'acceptaient qu'il participe à leurs conversations qu'à cause de l'attitude amicale de Zeyk, qui jamais ne se relâchait. Sauf en cette occasion où il avait efficacement rappelé à Frank l'un des faits de base de la situation.

Zeyk l'invita un soir en privé avec sa femme, Nazik. Celle-ci était vêtue d'une longue robe blanche dans le style bédouin, avec une ceinture bleue. Elle avait ramené ses cheveux noirs sous un peigne, mais les laissait flotter dans son dos. Frank avait suffisamment lu à ce sujet pour savoir que tout cela était faux : chez les bédouins d'Awlad-Ali, les femmes portaient des robes noires et des ceintures rouges pour marquer leur impureté, leur sexualité, et leur infériorité morale.

Elles devaient se couvrir la tête et pratiquaient l'usage du voile selon un code hiérarchique complexe de modestie. Tout cela par déférence envers le mâle. Ainsi coiffée et vêtue, Nazik aurait choqué sa mère autant que sa grand-mère, même si elle se présentait ainsi à un étranger pour qui cela n'avait pas d'importance. Mais s'il en savait assez pour comprendre, alors, il y avait là un signe certain.

A un moment de la soirée, alors que tous trois riaient, Nazik se leva, obéissant à la demande de Zeyk de servir le dessert, et elle dit sans cesser de rire :

— Oui, maître.

Il plissa le front et fit : « Va, esclave ! » en levant la main. Nazik montra les dents et ils redoublèrent de rire en voyant Frank rougir. Ils se moquaient de lui et, dans le même temps, ils brisaient le tabou marital bédouin qui interdisait toute démonstration d'affection devant un témoin. Quand Nazik revint, elle posa un doigt sur l'épaule de Frank, ce qui le troubla encore plus.

— On plaisante avec vous, dit-elle. Nous, les femmes, nous avons appris ce que vous aviez dit aux hommes sur nous, et nous vous aimons à cause de cela. Vous pourriez avoir beaucoup d'entre nous, comme un sultan ottoman. Parce qu'il y a du vrai dans ce que vous avez dit, beaucoup trop de vrai. (Elle hocha la tête d'un air sérieux, pointa le doigt sur Zeyk dont le sourire s'effaçait mais qui approuvait néanmoins.) Mais tant de choses dépendent de ceux qui font les lois, n'est-ce pas ? Les hommes de la caravane sont bons, et intelligents. Les femmes sont encore plus intelligentes et, comme ça, nous les tenons complètement. (Zeyk haussa les sourcils et elle rit encore.) Non, je vous assure, nous avons pris notre part. C'est sérieux.

— Mais où est-ce que vous êtes, alors ? s'étonna Frank. Je veux dire : où passez-vous votre temps, vous, les femmes de la caravane, pendant la journée ? Que faites-vous ?

— Nous travaillons. Venez voir par vous-même.

— Et vous faites toutes sortes de travaux ?

— Bien sûr que oui. Mais peut-être pas là où vous pouvez nous voir le plus souvent. Nous avons encore... des habitudes, des coutumes. Nous sommes recluses, séparées, nous avons notre propre monde — et ça n'est peut-être pas aussi bien que ça. Nous autres bédouins, nous avons tendance à nous regrouper, hommes comme femmes. Nous avons nos traditions qui persistent. Mais beaucoup de choses changent, vous savez, et très vite. Nous entrons dans l'autre étape islamique. Nous sommes...

Elle cherchait le mot.

— L'utopie, suggéra Zeyk. L'utopie musulmane.

Elle agita la main avec un air de doute.

— L'Histoire. Du hadj à l'utopie...

Zeyk rit avec une expression ravie.

— Mais le hadj est notre destination, dit-il. C'est ce que les mullahs nous ont toujours enseigné. Nous en sommes déjà là, non ?

Il sourit à sa femme, qui lui répondit d'un air complice, en un bref instant de communication intense. Et ils partagèrent leur sourire avec Frank. Avant que la conversation ne dévie.

En termes pratiques, Al-Qahira était le rêve panarabique réalisé. Toutes les nations arabes avaient apporté leur soutien financier et humain aux Mahjaris. Sur Mars, le mélange des nations arabes avait réussi mais, dans les caravanes individuelles, la séparation existait encore. Pourtant, ils se rencontraient, ils se mêlaient les uns aux autres. Et les différences n'étaient plus marquées, désormais, entre les pays enrichis par le pétrole et les pays appauvris par le pétrole. Ils étaient tous cousins : Syriens et Irakiens, Egyptiens et Saoudiens, Arabes des Emirats du Golfe, Palestiniens, Libyens et bédouins. Tous cousins. Sur Mars.

Frank commençait à se sentir mieux. Il avait retrouvé un sommeil profond, rafraîchi par le laps de temps martien, cette petite faille dans le rythme circadien, ce congé du corps. Le temps, dans la caravane, avait été changé. Il y en avait plus qu'avant à gaspiller, il n'existait plus aucune raison de se hâter.

Et les saisons passaient. Le soleil se couchait presque au même endroit chaque soir, doucement. Ils étaient désormais complètement régis par le calendrier martien et ils s'y fiaient pour célébrer la nouvelle année. $L_s = 0$ marquait le début du printemps de l'hémisphère nord, le début de l'année 16. Chaque saison durait six mois, et le sens de la mortalité était devenu diffus pour chacun d'eux : comme s'ils devaient vivre éternellement.

Un matin, à leur réveil, ils découvrirent qu'il avait neigé durant la nuit. Le paysage était blanc. Les cristaux étaient essentiellement composés d'eau. Durant toute la journée, la caravane fut prise de folie. Tous, hommes et femmes, se précipitèrent au-dehors en marcheur. Ils donnèrent de grands coups de pied dans la couche de neige, essayèrent de confectionner des boules qui ne voulaient pas coller, des bonshommes de neige qui s'écroulaient dans la minute. Car la neige était trop froide.

Zeyk riait comme un fou.

— Ça fait un sacré albedo, déclara-t-il. C'est étonnant de constater à quel point tout ce que Sax fait se retourne contre lui. L'effet de feedback s'ajuste naturellement selon l'homéostase, n'est-ce pas ? Je me demande parfois si Sax n'aurait pas pu s'arranger pour que tout se refroidisse à tel point que toute l'atmosphère se gèle en surface. Ça représenterait quoi ? Un centimètre ? Puis on aurait fait passer nos moissonneuses d'un pôle à l'autre et, ensuite, on aurait tracé des lignes de latitude, en transformant le gaz carbonique avec un fertilisant pour avoir de l'air respirable. Tu ne penses pas que c'était valable ?

Frank hocha la tête.

— Sax y a probablement pensé, et il a rejeté cette idée pour une raison que nous ne pouvons pas deviner.

— Sans doute.

La neige finit par se sublimer, la terre rouge réapparut, et ils continuèrent leur route. Ils passaient parfois devant des réacteurs nucléaires Rickover, pareils à d'antiques châteaux — des alimentateurs Westinghouse gigantesques qui crachaient des jets de givre. Ils regardèrent, sur Manlavid, divers programmes concernant un prototype de réacteur à fusion installé dans Chasma Borealis.

Ils enfilaient canyon après canyon. Ils connaissaient ce monde encore mieux qu'Ann elle-même. Toutes les parties de Mars l'intéressaient de la même façon, et elle était incapable d'avoir cette connaissance approfondie d'une seule et unique région, cette façon qu'ils avaient de la déchiffrer comme une histoire, suivant ses traces à travers la roche rouge vers une zone noirâtre de sulfides, ou les tons cannelle délicats des dépôts de mercure. Ils n'étaient pas tant des étudiants de la terre que ses amants ; ils en attendaient quelque chose. Ann, au contraire, ne lui demandait rien, que des réponses. Il y avait tant de sortes de désir différentes.

Les saisons passaient. Lorsqu'ils rencontraient d'autres caravanes arabes, la fête durait toute la nuit, avec de la musique et des danses, du café, des hookahs et d'interminables bavardages. Ils n'écoutaient jamais de musique enregistrée : il y avait toujours parmi eux des musiciens qui jouaient avec talent de la flûte, de la guitare électrique, qui chantaient aussi, en quarts de tons et en lamentos si étranges que Frank mit très longtemps à savoir s'ils étaient ou non doués. Les repas duraient des heures, on parlait jusqu'à l'aube, et ils se faisaient tous un devoir d'assister à la fournaise du lever de soleil.

Quand ils rencontraient d'autres nations, ils se montraient plus réservés. Dans Tantalus Foss, près d'Alba Patera, ils passèrent devant une nouvelle station minière de l'Amex, perchée sur l'une des rares grandes veines de platinoïdes. La mine, exploitée surtout par des Américains, avait été installée sur le plancher du rift étroit et elle était en grande partie robotisée. L'équipe de la station vivait sous une tente somptueuse, au bord du rift. Les Arabes firent un détour, rendirent une brève visite aux Américains, puis regagnèrent très vite leurs véhicules insectoïdes pour la nuit. Les Américains n'apprendraient rien d'eux.

Mais, ce même soir, Frank se rendit seul jusqu'à la tente de l'Amex. Les hommes de l'équipe venaient de Floride, et leur accent réveilla ses souvenirs. Mais il ne tint pas compte des petites explosions mentales que certaines phrases déclenchaient en lui et posa des salves de questions, se concentrant surtout sur les Noirs, les Latinos et les ploucs. Il s'aperçut que ce groupe se comportait comme une communauté ancienne, à l'imitation des Arabes. Une équipe de forage qui vivait dans des conditions particulièrement dures et s'éreintait pour de gros salaires, économisant le maximum pour le retour à la civilisation. Cela en valait la peine, même si Mars vous suçait jusqu'à la moelle.

— Vous comprenez, même sur la glace on peut sortir, mais ici, rien à foutre.

Peu leur importait qui il était. Il resta là, à les écouter échanger des histoires qui l'étonnaient, même si elles lui étaient profondément familières.

— On était vingt-deux à prospecter dans un petit habitat mobile sans aucune cloison. Une nuit, on a fait la fête. On s'est tous mis à poil, les femmes se sont disposées en cercle la tête tournée vers le centre, et tous les gars se sont mis à tourner. On était douze pour dix filles, et il y avait toujours deux gars qui restaient en dehors du coup, ce qui accélérait la rotation. Ça a marché super bien. C'était comme un tourbillon et on y plongeait chacun à son tour. Oui, c'était vraiment terrible.

Quand les éclats de rire et les protestations d'incrédulité se furent calmés, le type ajouta :

— On était dans Acidalia. On abattait des porcs pour les surgeler après. Ces bestiaux, ça vous tue des humains, et on devait leur planter une grosse flèche dans le crâne. On s'est dit pourquoi pas les tuer tous d'un coup en les surgelant en même temps pour voir comment ça se passe. Alors, on les a tous blessés et on a parié sur ceux qui iraient le plus loin. Ensuite, on a ouvert le sas, tous les cochons se sont carapatés, et *crac* ! ils ont tous crevé à moins de cinquante mètres de là, sauf une petite cochonne qui a fait presque deux cents mètres et qui est morte gelée en restant sur ses pattes. Du coup, elle m'a fait gagner mille dollars.

Dans le tonnerre de hurlements, Frank sourit. Il était de retour en Amérique. Il leur demanda ce qu'ils avaient fait d'autre sur Mars. Certains avaient participé à la construction de réacteurs nucléaires au sommet de Pavonis Mons, là où aboutirait l'ascenseur spatial. D'autres avaient travaillé à la pose du pipeline qui traversait la dorsale de Tharsis, entre Noctis et Pavonis. Praxis, la transnationale de l'ascenseur, avait des tas d'intérêts derrière tout ça.

— J'ai travaillé sur un Westinghouse, sur l'aquifère de Compton, sous Noctis. Il est censé contenir autant de flotte que la Méditerranée, et notre réacteur devait seulement fournir de l'énergie à toute une série d'humidificateurs. Des putains d'humidificateurs qui tournent à 200 mégawatts, comme celui que j'avais dans ma chambre quand j'étais gosse et qui ne bouffait que 50 watts ! Des monstres de la Rockwell avec des vaporisateurs monomoléculaires et des moteurs à turbine qui crachent leur brouillard jusqu'à 1 000 mètres de haut ! Incroyable ! Un million de litres d'H_2O à l'heure !

Un autre avait travaillé sur une nouvelle cité sous tente dans le chenal d'Echus, sous le Belvédère.

— Ils ont capté un aquifère et il y a des fontaines partout, avec des statues, des cascades, des canaux, des bassins, des piscines. Une espèce de petite Venise. Avec un taux de rétention thermique important, aussi.

La conversation se poursuivit dans le gymnase, dont l'équipement était spécialement conçu de façon à entretenir la musculature pour un milieu terrien.

Ils suivaient tous un programme rigoureux : au moins trois heures d'exercices par jour.

— Si on laisse tomber, on est coincés ici, non ? Et alors, qu'est-ce qu'on fera de nos économies ?

— Ça finira bien par devenir la monnaie officielle. Le dollar américain, ça vous suit partout.

— Tu prends le problème à l'envers, branleur.

— On en est la preuve vivante.

— Je croyais que le traité bloquait l'usage de la monnaie terrienne sur Mars ? s'étonna Frank.

— Le traité, c'est une belle connerie.

— Oui, il est mort. Comme Bessy, ma petite cochonne longue distance.

Ils observaient tous Frank, ils avaient vingt ans, trente ans, une génération avec laquelle il ne parlait guère. Il ignorait comment ils avaient grandi, comment ils avaient été façonnés, et ce en quoi ils croyaient. Leur accent familier et leurs visages étaient trompeurs, peut-être, et même certainement.

— Vous le pensez vraiment ?

Certains d'entre eux semblaient avoir vaguement conscience qu'il pouvait avoir un rapport direct avec le traité, ainsi qu'avec toutes les associations historiques. Mais son interlocuteur répondit sans hésiter :

— Ecoutez, vieux, on est ici illégalement, selon le traité, grâce à un marché. Et ça se passe comme ça un peu partout. Le Brésil, la Géorgie, les Etats du Golfe... Tous les pays qui ont voté contre le traité laissent les transnats s'installer. C'est une véritable compétition de pavillons de complaisance ! Et l'AMONU est allongée sur le dos, les cuisses bien écartées, et elle en redemande. Les gens débarquent par milliers et presque tous sont au service des transnats. Ils ont leur visa et un contrat de cinq ans, y compris le programme de musculation pour garder la forme terrienne et des machins de ce genre...

— Des milliers ?

— Ça, oui ! Des dizaines de milliers, je dirais.

Et Frank prit conscience qu'il n'avait pas regardé la TV depuis... depuis très longtemps.

Un type qui soulevait un jeu complet de contrepoids intervint :

— Ça va péter bientôt — des tas de gens n'aiment pas ça — et pas seulement les anciens comme vous, mais aussi pas mal de nouveaux. Ils disparaissent par troupeaux entiers. Ils abandonnent des sites, des villes parfois. On tombe sur une mine dans Syrtis : elle est déserte. Tout ce qui pouvait être utile a disparu — tout a été nettoyé — les sas, les verrous, les réservoirs d'oxygène, les chiottes. Ça doit leur prendre des heures, mais ils raflent tout.

— Et pourquoi ?

— Parce qu'ils deviennent des indigènes ! lança un autre, attelé à une machine d'extension. Parce qu'ils sont passés dans le camp de votre camarade Arkady Bogdanov !

Allongé sur sa banquette d'exercice, il soutenait le regard de Frank. C'était un Noir, très grand, les épaules larges, le nez aquilin. Il continua :

— Ils rappliquent tous ici et la compagnie en fait un maximum. Bonne bouffe, gymnase et tout. Mais ça se résume à une seule chose : on vous dit ce qu'il faut faire et ne pas faire. Tout est programmé : l'heure du réveil, les repas, quand il faut aller chier... C'est comme si la Marine s'était payé le Club Med, vous comprenez ? Et alors, voilà votre copain Arkady qui nous tombe dessus pour nous dire : Hé, les garçons, vous êtes des vrais Américains et vous devriez être libres ici. Parce que Mars, c'est la nouvelle frontière. Et c'est ce que vous devez comprendre. On est un certain nombre à vivre ça comme l'Ouest, on n'est pas des logiciels de robots, on a nos propres règles et notre monde est ici ! Et voilà comment ça se passe !

Les rires emplirent la salle. Peu à peu le silence s'était installé. Franck venait de s'en apercevoir.

— C'est ça, le truc ! Les gars débarquent, ils s'aperçoivent qu'on les a programmés, ils comprennent qu'ils ne peuvent pas garder la forme terrienne en respirant dans des masques à oxygène. Ils nous ont menti sur toute la ligne. La paye veut plus rien dire puisqu'on est du matériel, de la camelote, qu'on est cloués ici pour des années ! Des esclaves, mon vieux ! Des putains de merdes d'esclaves ! Il faut me croire : ça dégoûte les types. Ils sont prêts à la casse, c'est sûr. C'est ça qu'il faut que vous compreniez. Et c'est eux, les gars qui disparaissent. Avant que ça finisse, ça va faire un sacré nombre.

Frank le dévisagea.

— Et pourquoi vous n'avez pas fait comme eux ?

Avec un rire bref, l'autre se remit à ses exercices.

— A cause de la sécurité ! lança une voix.

L'homme des contrepoids n'était pas d'accord.

— La sécurité débloque — mais il faut... il faut bien aller quelque part. Et dès qu'Arkady se montre, c'est fini !

— Une fois, dit le Noir, j'ai vu une vidéo de lui. Il disait que les gens de couleur étaient plus adaptés à la vie sur Mars que les Blancs, qu'on s'en tirait mieux avec les UV.

— Ouais, c'est ça !

Ils riaient tous, à la fois sceptiques et amusés.

— D'accord, tout ça, c'est des conneries, mais pourquoi pas ? Disons qu'on est chez nous. C'est notre monde. Nova Africa. Et pas question qu'un boss nous fasse décarrer, cette fois.

Le Noir riait, comme ravi à l'idée d'avoir seulement lancé une absurdité. A moins que ce ne fût une vérité joyeuse, délicieuse, qui pouvait faire rire durant des heures.

Dans la nuit, très tard, Frank retourna à la caravane et reprit la route avec les bédouins. Mais rien n'était plus pareil. Il avait été ramené en arrière dans le temps et, désormais, les longues journées qu'il passait dans son prospecteur le lassaient. Il regardait à nouveau la TV et lançait des appels. Il n'avait pas démissionné de son poste à Washington. Slusinski, son assistant, l'avait remplacé à la tête de l'équipe et, de son côté, il s'était suffisamment couvert en expliquant qu'il était lancé dans la recherche, puis qu'il prenait un congé actif, parce qu'il était nécessaire que l'un des cent premiers visite toute la planète. Cela n'aurait pu se prolonger plus longtemps, mais lorsque Frank appela Washington en direct, le président se montra ravi. Puis à Burroughs, Slusinski, épuisé, et à vrai dire tout son staff se réjouirent de son retour prochain, ce qui surprit Frank. Quand il était parti, écœuré par le traité, déprimé par ses rapports avec Maya, on avait certes pensé qu'il était un patron totalement nul. Mais ils l'avaient couvert durant près de deux ans. Les gens étaient bizarres. C'était l'aura des cent premiers, sans doute. Comme si cela avait encore de l'importance.

Frank revint de son dernier tour de prospection et reprit sa place dans le patrouilleur de Zeyk pour l'heure du café. Il les écoutait bavarder, Zeyk, Al-Khan, Youssouf et tous les autres, tandis que Nazik et Aziza allaient et venaient. Tous ces gens l'avaient accepté, ils l'avaient compris, en un certain sens. Selon leur code, il avait fait ce qui était nécessaire. Il se détendait une fois encore dans le flot de la langue arabe et de ses ambiguïtés fascinantes : rivière, forêt, lis, jasmin... autant de termes qui pouvaient s'appliquer à un manipulateur waldo, une canalisation, des pièces de robot. Ou bien, très précisément, à une rivière, une forêt, le lis et le jasmin. Une langue merveilleuse. Celle de ce peuple qui l'avait accepté, auprès duquel il s'était reposé. Et qu'il devait maintenant quitter.

A Underhill, si l'on passait six mois de l'année, on avait droit à une chambre personnelle en permanence. Toutes les villes de la planète adoptaient le même système, parce que la plupart des gens se déplaçaient si souvent que nul ne se sentait vraiment chez soi où que ce fût, et l'arrangement semblait compenser cet effet. Une chose était certaine : les cent premiers, qui étaient au nombre des grands nomades de Mars, avaient commencé à passer plus de temps à Underhill qu'au début du séjour, des années auparavant. Et, pour la plupart, c'était un vrai bonheur. Ils étaient toujours là au nombre de vingt ou trente, à n'importe quelle période. D'autres les rejoignaient et, entre leurs tours de travail, ils se retrouvaient. Ce va-et-vient perpétuel permettait d'entretenir le flux des informations, une sorte de colloque permanent sur l'état des choses. Les derniers arrivants apportaient des nouvelles fraîches qu'ils commentaient avec les autres.

Frank, lui, n'avait pas passé le temps requis à Underhill pour avoir droit à sa chambre. En 2050, il avait installé ses bureaux à Burroughs et, avant de se joindre aux Arabes en 2057, la seule chambre qu'il y avait conservée se situait au niveau des bureaux.

On était en 2059 et il était de retour. Sa nouvelle chambre était à un niveau au-dessous de l'ancienne. Il jeta son sac sur le sol, regarda autour de lui et jura à haute voix. Il fallait qu'il soit physiquement présent à Burroughs — comme si la présence matérielle de quiconque en un lieu précis avait encore un sens ! Un anachronisme absurde. Mais les gens étaient comme ça. Encore un vestige de la savane. Ils vivaient comme des singes alors qu'ils étaient des dieux. Mais leurs pouvoirs étaient dispersés dans les hautes herbes.

Slusinski entra. Il avait un pur accent new-yorkais, mais Frank l'avait toujours appelé Jeeves[1], à cause de sa ressemblance avec l'acteur des séries de la BBC.

— On est comme des nains dans un waldo ! lança Frank d'un ton agacé. Tu sais, l'un de ces gros waldos excavateurs. On nous a mis là-dedans et on est censés déplacer une montagne. Mais nous, on se penche à la fenêtre et on creuse le sol avec des cuillers à café. Et on se complimente sur les progrès que l'on fait.

— Je vois, dit Jeeves d'un ton prudent.

Mais il n'y avait rien à y faire. Il était de retour à Burroughs, et il avait droit à quatre conférences par heure, où il apprenait tout ce qu'il

1. Jeeves, valet sophistiqué et astucieux, est le personnage principal des romans de P.G. Wodehouse. (*N.d.T.*)

savait déjà, à savoir que l'AMONU considérait désormais le traité comme du papier hygiénique. Ils avaient approuvé des systèmes comptables qui garantissaient que les mines n'afficheraient jamais de bénéfices susceptibles d'être reversés aux membres de l'assemblée générale, même après la mise en service de l'ascenseur. Ils accordaient le statut de personnel nécessaire aux milliers d'émigrants. Ils ignoraient les divers groupes locaux en place, ils ignoraient les premiers sur Mars. Tout cela au nom de l'ascenseur spatial, qui était une source inépuisable d'excuses. 35 000 kilomètres d'excuses, cent vingt milliards de dollars d'alibi. Ça n'était pas aussi ruineux que ça, comparé aux budgets militaires du siècle passé. La plus grosse partie des fonds avait été investie durant les premières années du projet dans la recherche d'un astéroïde approprié qu'il avait fallu placer sur orbite avant d'installer la fabrique de câble. Après quoi, la fabrique avait dévoré l'astéroïde, recraché le câble, et le tour était joué. Ils n'avaient eu qu'à attendre qu'il soit suffisamment long pour le mettre en position. Une véritable affaire !

Et une excuse permanente et précieuse pour violer le traité dès que cela semblait plus pratique et expéditif.

— Bon Dieu de merde ! s'écria Frank au terme de sa première semaine, après une énième réunion. Pourquoi l'AMONU nous bouffe-t-elle comme ça ?

Jeeves, de même que toute son équipe, considérait que sa question était rhétorique et ils ne lui suggérèrent aucune théorie. Il était vraiment resté absent trop longtemps, réalisa-t-il. Et ils avaient peur de lui, à présent. Et c'est lui qui répondit à sa question :

— Ce n'est que de la cupidité, je pense : ils sont tous payés par des moyens détournés.

Le même soir, à l'heure du dîner, dans un petit café, il tomba sur Janet Blyleven, Ursula Kohl et Vlad Taneev. Tout en mangeant, ils regardèrent les infos terriennes. C'était à peine supportable. Le Canada et la Norvège venaient de se joindre au plan de décroissance de la population. Bien sûr, personne ne parlait de contrôle des naissances, expression strictement interdite en politique, mais c'était bel et bien ça. Et la tragédie se répétait : si un quelconque pays ne tenait pas compte des résolutions de l'ONU, son voisin se déclarait menacé par le flux migratoire. Entre-temps, l'Australie, la Nouvelle-Zélande, la Scandinavie, l'Azanie, les Etats-Unis, le Canada et la Suisse avaient déclaré l'immigration illégale, alors que le taux de natalité de l'Inde était de 8 % par an. La famine serait une solution dans pas mal de pays. Les Quatre Cavaliers de l'Apocalypse étaient maîtres dans l'art du contrôle de la population. Jusqu'à maintenant... La TV passa une publicité pour une graisse de régime inassimilable, qui traversait le tube digestif sans être absorbée. « Mangez autant que vous voulez ! »

Janet coupa la TV.

— Et si nous changions de sujet ?

Ils revinrent à leurs assiettes. Vlad et Ursula étaient revenus d'Acheron à cause des cas de tuberculose résistante apparus dans Elysium.

— Le *cordon sanitaire* est usé, commenta Ursula. Certains des virus immigrants vont sûrement muter ou entrer en combinaison avec nos systèmes déjà adaptés.

La Terre. Impossible de l'oublier ou de l'éviter.

— Ici aussi, les choses s'usent ! dit Janet.

— Ça se passe comme ça depuis des années, intervint Frank d'un ton dur, brusquement libéré par le spectacle des visages de ses vieux amis. Même avant le traitement gériatrique, l'espérance de vie dans les pays riches était double de celle des pays pauvres. Réfléchissez ! Autrefois, les pauvres étaient tellement pauvres qu'ils savaient à peine quelle espérance de vie était la leur. Ils vivaient au jour le jour. Mais aujourd'hui, ils peuvent regarder les infos TV dans l'importe quelle boutique — et ils savent qu'ils sont les seuls à attraper encore le SIDA. Ça va très loin dans la différence : je veux dire qu'ils meurent jeunes et que les riches vivent presque éternellement ! Alors, ils n'ont rien à perdre !

— Et tout à gagner, oui, acheva Vlad. Ils pourraient vivre comme nous.

Ils étaient penchés sur des tasses de café, dans la pénombre de la pièce. Les meubles de pin avaient une patine sombre ; des taches, des entailles, des poussières incrustées à la main... Ç'aurait pu être une de ces nuits, à cette époque lointaine où ils étaient seuls au monde, quelques couche-tard en train de bavarder. Sauf que Frank regardait autour de lui en clignant des yeux. Il lut la lassitude sur le visage de ses amis, dans leurs cheveux blancs, leurs faciès de vieille tortue. Le temps avait passé, ils étaient disséminés sur la planète, courant comme lui, ou cachés comme Hiroko, ou morts comme John. L'absence de John lui parut subitement immense, béante, un cratère au bord duquel ils se blottissaient sombrement, essayant de se réchauffer les mains. Frank eut un frisson.

Plus tard, Vlad et Ursula regagnèrent leur chambre. Frank regardait Janet. Il était comme paralysé, ce qui lui arrivait souvent à la fin d'une longue journée.

— Et Maya ? demanda-t-il, avec l'espoir de retenir encore un instant Janet.

Elles avaient été très amies au temps d'Hellas.

— Mais elle est ici, à Burroughs. Tu ne le savais pas ?...

— Non.

— Elle s'est installée dans les anciennes chambres de Samantha. Elle doit probablement t'éviter.

— Comment ça ?

— Elle est très en colère contre toi.

— Pourquoi ?

Janet le fixa du regard. Dans la salle, les murmures se faisaient discrets.

— Mais tu dois le savoir.

Il essayait de mesurer à quel point il pouvait être sincère avec elle.

— Non. Je devrais ?...

— Oh, Frank ! (Janet se pencha vers lui.) Cesse de te comporter comme si tu avais un manche dans le cul ! On te connaît tous, on était là, et on a tout vu ! (Il se rétracta, et elle ajouta plus calmement :) Tu devrais pourtant savoir que Maya t'aime. Qu'elle t'a toujours aimé.

— Moi ? (Sa voix s'étranglait.) Mais c'est John qu'elle aimait.

— Oui, certainement. Mais avec John, c'était facile. Trop facile pour Maya. Elle aime les problèmes. Comme toi.

Il secoua la tête.

— Non, je ne pense pas que ça soit vrai.

Janet se mit à rire.

— Je sais que j'ai raison, parce qu'elle m'a tout raconté ! Depuis cette conférence sur le traité, elle t'en veut, et elle parle toujours beaucoup quand elle est en rage.

— Mais pourquoi, je te demande pourquoi ?

— Parce que tu l'as rejetée ! Alors que tu lui as couru après pendant des années et des années. Elle aimait ça, elle en avait pris l'habitude. C'était romantique, cette façon que tu avais d'insister. C'est ça qu'elle aimait avec toi. Et aussi ta force. Et maintenant John est mort, elle peut te dire oui, et tu l'envoies balader. Ça l'a rendue folle ! Et avec elle, ça dure...

Il luttait pour rétablir le cours de ses pensées.

— Mais... ça ne correspond à rien de ce que je croyais !

Janet se leva pour se retirer, mais elle lui tapota la tête au passage.

— Tu devrais peut-être en parler à Maya, en ce cas.

Il resta longtemps immobile, les yeux fixés sur l'accoudoir luisant de son fauteuil, incapable de penser vraiment. Finalement, il retourna vers sa chambre.

Il dormit très mal et, à la fin d'une nuit interminable, il retomba au milieu d'un rêve, avec John. Ils étaient dans les longues salles voûtées de la station spatiale, sous gravité martienne, durant leur vol de 2010. Six semaines ensemble, jeunes et forts. Et John disait qu'il se sentait comme Superman quand il faisait des bonds dans la coursive ! Frank, tout sera différent sur Mars !

Non. A chaque fois, c'était comme le dernier bond d'un triple saut. *Boing, boing, boing !*

Oui ! La question principale sera d'apprendre à courir suffisamment vite.

Une interférence nuageuse parfaite était collée sur le littoral ouest de Madagascar. Le soleil changeait l'océan Indien en écailles de bronze.

A cette distance, tout semblait si beau !

Et dès qu'on se rapproche, on en voit trop, murmura Frank.

Ou pas assez.

Il faisait froid et ils parlèrent de la température. John était du Minnesota et, enfant, il avait toujours dormi la fenêtre ouverte. Frank frissonnait, une couverture jetée sur les épaules, les pieds comme deux blocs de glace. Ils jouaient aux échecs. Frank gagna la partie. John se mit à rire.

Comme c'est stupide, dit-il.

Qu'est-ce que tu veux dire ?

Les jeux ne signifient rien.

Tu en es sûr ? Quelquefois, la vie ressemble à un jeu, pour moi.

John secoua la tête.

Dans les jeux, il y a des règles, mais dans la vie, les règles ne cessent de changer. Tu peux déplacer ton fou pour faire échec au roi, mais le roi chuchote à l'oreille de ton fou, qui se met à jouer contre son camp, à se déplacer comme un cavalier. Et c'est toi qui te fais avoir.

Frank acquiesça. C'était lui qui avait appris à John toutes ces choses.

Les repas, les parties d'échecs, leurs conversations, le spectacle de la Terre qui tournait : c'était comme la seule vie qu'ils auraient vécue. Les voix qui venaient de Houston étaient celles d'ordinateurs aux préoccupations absurdes. Mais la planète était belle, avec les dessins compliqués des continents et des nuages.

Je ne redescendrai jamais. Je crois que c'est presque mieux que Mars, tu ne crois pas ?

Non.

Recroquevillé, frissonnant, il écoutait John parler de l'enfance. Les filles, le sport, les rêves d'espace. Frank répondait en parlant de Washington, des lectures de Machiavel, jusqu'à ce qu'il prenne conscience que John était déjà suffisamment extraordinaire. L'amitié, ça n'était que la poursuite de la diplomatie par d'autres moyens, après tout. Mais plus tard, après un flou passager, il parla, en s'interrompant parfois entre deux frissons. Des bars de Jacksonville, des longs cheveux blonds de Priscilla, de son visage idéal de mannequin de mode. Cela n'avait été qu'un mariage, en fait, ne serait-ce que pour paraître normal aux yeux des psys, pour n'être pas recalé. Mais ça n'était pas sa faute. Il avait été abandonné, après tout. Trahi.

Ça sonne mal. Pas étonnant que tu penses que les autres sont des cons.

Frank avait levé la main vers la grande lampe bleue de la Terre. Mais oui, ce sont des cons. Par hasard, il pointait l'index sur la pointe sud de l'Afrique. Pense à tout ce qui se passe là-bas.

C'est l'Histoire, Frank. On peut faire mieux que ça.
Tu le crois vraiment ? Tu le crois ?
Attends et tu verras.

Il s'éveilla avec l'estomac noué, en sueur. Il prit une douche. Seul un fragment du rêve lui revenait : « Attends et tu verras. » Mais il avait toujours la gueule de bois.

Il prit son petit déjeuner et se mit à réfléchir en tapotant sa fourchette sur la table. Durant toute la journée, il eut l'esprit ailleurs, comme s'il était toujours immergé dans le rêve, se demandant parfois où était la différence avec le réel. Tout, autour de lui, était trop lumineux, bizarre, symbolique. De quoi ?

Le soir venu, il se mit en quête de Maya, obéissant à une compulsion soudaine, avec le sentiment d'être sans défense. C'est Janet qui avait provoqué sa décision la veille en disant : « Elle t'aime, tu sais. » Il entra dans le réfectoire. Elle était là, elle riait, la tête rejetée en arrière, toujours vive, avec ses cheveux devenus blancs, qui avaient été si noirs dans le temps, les yeux fixés sur son compagnon : un beau type brun qui devait avoir la cinquantaine, et qui lui souriait. Maya posa la main sur son avant-bras, un geste qui lui était familier. Ça ne signifiait pas qu'elle était amoureuse mais qu'elle entamait le processus de séduction. Ils avaient très bien pu se rencontrer quelques minutes auparavant, quoique le regard de l'homme fût trop éloquent.

Maya détourna le regard et vit Frank. Elle cligna des yeux, surprise, avant de revenir à son partenaire. Elle lui parlait en russe, gardant la main sur son avant-bras.

Frank hésita. Il faillit rebrousser chemin. Il se maudit en silence : il se comportait comme un gamin... Il s'approcha, lança un bonjour ! sans se soucier de leur réponse. Pendant tout le dîner, elle demeura collée à son type, sans jeter un regard à Frank. L'homme parut surpris de son attitude, mais séduit. Il était clair qu'ils allaient partir pour passer la nuit ensemble. Cette perspective rendait toujours les autres encore plus séduisants. Et Maya s'en servait sans vergogne, cette pute. L'amour... Plus il y pensait, plus la colère montait en lui. Elle n'avait jamais aimé qu'elle-même. Et pourtant... il se souvenait de son expression quand elle l'avait vu. Durant une fraction de seconde, est-ce qu'elle n'avait pas semblé heureuse ? Avant de vouloir provoquer sa colère ? Est-ce que ça n'était pas le signe de sa blessure sentimentale, du désir de revenir en arrière ? Ce qui signifiait une certaine *passion* pour lui ? incroyablement infantile ?

Qu'elle aille au diable ! Il retourna dans sa chambre, fit ses bagages et prit le métro jusqu'à la gare. Il s'installa dans un train de nuit qui partait pour Pavonis Mons.

En quelques mois, après que l'ascenseur spatial avait été placé sur son orbite, Pavonis Mons était devenu le nombril énergétique de Mars, dépassant Burroughs, tout comme Burroughs avait dépassé Underhill. L'accès à l'ascenseur serait proche, et les signes de la nouvelle prédominance de la ville étaient déjà visibles un peu partout. La voie magnétique du train escaladait la pente orientale abrupte du volcan. Elle était maintenant flanquée de deux nouvelles routes, de quatre pipelines, d'un réseau de câbles, d'une ligne de tourelles à micro-ondes, plus d'innombrables pistes de débarquement, hangars et décharges. Et puis, dans l'ultime montée vers le cône du volcan, on découvrait un formidable rassemblement de tentes d'habitation et de bâtiments industriels. Bientôt, ils s'étendirent partout, entre d'immenses voiles de captage solaire et des forêts de récepteurs à micro-ondes qui stockaient l'énergie des panneaux solaires en orbite. Chaque tente était une petite ville bourrée de blocs résidentiels. Et chaque appartement était surpeuplé, et le linge pendait à tous les balcons. Frank remarqua quelques arbres dans ce qui semblait être des centres commerciaux. Il entrevit des boutiques alimentaires, des stands de location de vidéo, des gymnases, des magasins d'habillement, des laveries. Et des détritus répandus un peu partout dans les rues.

Il débarqua dans la gare installée sous une vaste tente. Ici, sur la bordure sud, on avait une vue formidable de la grande caldeira de Pavonis. Elle formait un trou presque parfaitement circulaire, si l'on exceptait une dépression dans la bordure, qui formait une faille : la trace d'explosions volcaniques secondaires titanesques. Mais, à part ce détail, la falaise était régulière, et le fond de la caldeira presque parfait et plat. Soixante kilomètres de diamètre pour une profondeur de cinq. Le début d'un mohole à faire oublier tous les moholes humains. Les quelques traces de présence humaine sur le fond de la caldeira étaient d'une taille de fourmi, quasi invisibles depuis la bordure.

L'équateur martien passait sur le bord sud de Pavonis. C'était là que l'ascenseur aboutirait. On remarquait très vite le point d'attache : un bloc massif de béton, blanc et fauve, à quelques kilomètres à l'ouest de la grande tente de la gare. Sous le ciel couleur prune, au-delà du bloc central, des usines de traitement, des bulldozers et des cônes de matières premières se détachaient avec une netteté photographique dans l'atmosphère limpide. Au zénith brillaient des étoiles qui étaient encore visibles le jour.

Le lendemain de son arrivée, le staff du département local l'accompagna jusqu'à la base de l'ascenseur. Apparemment, les techniciens s'apprêtaient à capter la ligne principale du câble dans l'après-midi. Ça ne fut pas spectaculaire, plutôt particulier. Une petite fusée de guidage avait été fixée à l'extrémité du câble. Ses tuyères orientées vers l'est crachaient sans cesse, tandis que les autres, dirigées vers le nord et le sud, donnaient de petites poussées d'appoint occasionnelles. Dirigée par un portique, la fusée descendait vers le sol comme n'importe quel véhicule spatial, à cette seule différence qu'un câble argenté et fin montait derrière elle dans le ciel s'enfonçant dans l'infini.

Frank avait l'impression de se tenir debout sur le fond de la mer, regardant descendre vers lui la ligne d'un pêcheur depuis la surface mauve. Une ligne à laquelle était fixé un appât coloré destiné à attirer les proies des grands fonds. Son sang battait plus fort et plus chaud dans sa gorge, et il dut baisser les yeux, respirer à fond. Oui, le spectacle était étrange.

Ils visitèrent le complexe. Le portique qui avait amené la fusée se dressait dans une fosse aménagée dans le bloc de béton : un cratère solidement encastré, entouré de colonnes d'argent incurvées qui contenaient les bobines magnétiques destinées à fixer l'extrémité du câble dans un collier antichoc. Le câble flotterait au-dessus du sol de béton, suspendu par la traction de la moitié extérieure. Une orbite subtilement équilibrée : un objet qui allait d'un planétoïde jusqu'à cette salle, sur 37 000 kilomètres.

Une fois la ligne principale arrimée, le câble lui-même pourrait être descendu assez facilement, sinon rapidement, en approche asymptotique.

— Ça va se passer comme dans le paradoxe de Zenon, commenta Slusinski.

L'extrémité du câble n'apparut dans le ciel pour s'y stabiliser que plusieurs jours après l'arrivée de Frank. Il fallut encore quelques semaines pour qu'il descende lentement. La vision était maintenant vraiment bizarre et Frank en avait le vertige. Chaque fois, il se retrouvait au fond de la mer, attendant de mordre à l'appât. Une chose noire descendait vers eux depuis les vagues lointaines de la mer violacée.

Frank consacra son temps à installer le bureau principal du département de Mars, et la ville fut baptisée Sheffield. Le staff de Burroughs protesta, mais il l'ignora. Il passait son temps en rencontres avec des directeurs de projets et des cadres américains qui, tous, travaillaient à divers niveaux sur l'ascenseur de Sheffield et les cités de Pavonis. Les Américains ne constituaient qu'une fraction de la population du chantier, mais l'ensemble était tellement important que cela prenait un maximum de temps à Frank. Et, apparemment, les Américains étaient responsables du supraconducteur ainsi que des programmes informatiques et des cabines de l'ascenseur, ce qui représentait un coût de plusieurs milliards que l'on portait au crédit de Frank, alors que c'était son intelligence artificielle ainsi que Slusinski et Phyllis qui étaient les vrais responsables.

La majorité des Américains s'étaient installés sous une tente-cité appelée Texas, à l'est de Sheffield. Ils partageaient l'espace vital avec des représentants d'autres nations qui avaient été séduits par le nom ou qui avaient tout simplement abouti là par hasard. Frank s'arrangea pour en rencontrer le plus grand nombre afin de fixer une stratégie cohérente de mise en place finale de l'ascenseur — ou pour qu'ils soient à sa botte, comme disaient certains. Mais ils étaient heureux de se retrouver là. Ils savaient qu'ils étaient moins puissants que ceux de la communauté est-asiatique, qui construisaient les cabines de l'ascenseur, moins puissants que ceux de la CE, qui avaient construit le câble. Et de loin inférieurs à l'Amex, l'Armscor et Subarashii.

Une foule énorme afflua dans Sheffield pour le jour de l'arrimage. La gare était bondée, car c'était de là qu'on avait la meilleure vue du complexe de base de l'ascenseur, qu'on appelait maintenant le socle.

L'extrémité de la colonne noire descendit, de plus en plus lentement à l'approche de sa cible. Elle semblait à peine plus grosse que la ligne guide qui l'avait précédée, et plus petite, en fait, qu'une fusée Energia. Elle était parfaitement verticale, comme un immense gratte-ciel. Mais un gratte-ciel aminci, qui flottait dans les airs. Un tronc d'arbre qui évoluait au-dessus de la Terre.

— On devrait être dans le socle, tout en bas pour l'accueillir, suggéra un des hommes du staff. On aura de la place pour se tenir debout, non ?...

— Oui, mais le champ magnétique risque de vous brouiller un peu les molécules, commenta Slusinski sans détourner le regard du ciel.

Au fur et à mesure que le grand câble se rapprochait, ils découvrirent les excroissances diverses et les lignes d'argent qui le couvraient comme des filigranes. L'extrémité s'engagea enfin dans le complexe du socle, et le grondement sourd de l'assistance se fit plus fort. Sur les écrans, l'image prise depuis l'intérieur montra l'arrêt du câble à quelque dix mètres du sol de béton. Après quoi, les grues tendirent leurs pinces, un collier fut abaissé sur le câble à quelques mètres au-dessus de l'extrémité. Tout semblait se passer au ralenti, comme dans un rêve et, quand l'opération fut achevée, la salle du socle était couverte d'un toit noir bancal.

Une voix féminine annonça :

— Ascenseur en place.

Quelques applaudissements s'élevèrent. Puis l'assistance se détourna des écrans et retourna vers l'extérieur. A présent, l'objet arrimé au socle était bien moins étrange que lors de sa descente du ciel. Ça n'était plus qu'une réduction *ad absurdum* de l'architecture martienne, une spire noire et mince, très haute : une tige de haricot qui montait vers le pays imaginaire. Bizarre, mais pas vraiment dérangeant. Les conversations reprirent.

Peu après, toutes les cabines de l'ascenseur entrèrent en fonction. Pendant toutes ces années où le câble avait été tissé à partir de Clarke, des robots n'avaient cessé de travailler comme des araignées pour installer les faisceaux d'alimentation, les câblages de sécurité, les générateurs, les pistes supraconductrices, les stations de maintenance, de défense, les fusées de correction d'orbite, les réservoirs et les abris d'urgence. Tout cela avait été conduit à la même vitesse que le dévidement du câble et, dès qu'il fut arrimé dans Pavonis, les cabines se mirent à circuler. Il y en avait quatre cents. Elles ressemblaient à des poux qui auraient glissé sur un cheveu. Quelques mois plus tard, il fut possible de les mettre sur orbite et de les redescendre aussi tranquillement vers la surface.

Et les immigrants affluaient, transportés par la flotte de navettes énormes qui utilisaient le champ gravitique de la Terre, de Mars et de Vénus comme des tremplins. Chacun des trente cargos-ferries était bourré d'un millier de passagers à chaque voyage. Les gens débarquaient sur Clarke en un flot continu, pour être canalisés vers les ascenseurs et finalement atterrir dans le socle, avant de se répandre dans les allées de Sheffield, ébahis, effarés, tandis qu'on les poussait vers la gare où ils s'entassaient dans les trains. La plupart descendaient aussitôt dans une des villes de Pavonis. Les équipes de robots érigeaient des tentes à toute allure pour suivre le rythme du flux, et les nouvelles canalisations assuraient l'alimentation en eau à partir de l'aquifère de Compton, sous Noctis Labyrinthus.

Les immigrants s'installaient.

Pendant ce temps, les cabines de charge emportaient les métaux, le platine, l'or, l'argent et l'uranium, accélérant progressivement jusqu'à atteindre plus de 300 kilomètres à l'heure. Il leur fallait cinq jours pour atteindre la station terminale et décélérer jusqu'aux sas de Clarke. L'astéroïde de lest était devenu un bloc de chondrite carbonée creusé d'innombrables tunnels. Des constructions extérieures étaient venues s'y greffer, tellement nombreuses qu'il ressemblait plus à un vaisseau spatial qu'à la troisième lune de Mars. Les gens débarquaient sans cesse des navettes, les astronefs décollaient et se posaient, leurs équipages en perpétuel transit. Et les contrôleurs de trafic canalisaient tout ça avec l'aide des intelligences artificielles les plus performantes. Le câble était avant tout contrôlé par des ordinateurs et des robots, mais tout un ensemble de professions humaines était impliqué dans la direction et la supervision.

Et, bien entendu, la couverture médiatique de cette imagerie nouvelle avait été aussi immédiate qu'intense. Ils avaient tous attendu dix ans, mais l'achèvement de l'ascenseur avait été comme la naissance d'une nouvelle Athènes.

Les ennuis commençaient. Frank s'aperçut que son staff consacrait de plus en plus de temps aux hommes et aux femmes des tentes qui s'étaient installés à Sheffield et qui défilaient dans leurs bureaux, souvent très nerveux, parfois furieux, protestant à grands cris contre les conditions de vie, la surpopulation, l'inefficacité de la police ou la qualité de la nourriture.

Un personnage corpulent, au visage rougeaud, coiffé d'une casquette de base-ball, agitait le doigt d'un air menaçant :

— Des compagnies de sécurité privées nous ont offert leurs services, mais ce n'est que du racket ! Je ne peux même pas vous dire mon nom car ils risqueraient de savoir que je suis venu vous voir ! Je savais pour le marché noir comme n'importe qui, mais ça, c'est vraiment dingue ! On n'est pas venus sur cette planète pour se retrouver dans une merde pareille !

Frank arpentait son bureau, bouillonnant de rage. Ce genre d'allégations était parfaitement vrai, mais difficile à vérifier sans une équipe de sécurité officielle, une force de police, en fait. Dès que l'homme fut reparti, il interrogea tous les membres du staff, mais ils ne purent rien lui apprendre de nouveau, ce qui le rendit encore plus furieux.

— On vous paie pour enquêter sur ce genre de trucs ! Et vous passez votre temps à regarder les infos de la Terre !

Il annula ses rendez-vous de la journée : trente-sept au total.

— Crétins de fainéants incompétents ! gronda-t-il en passant la porte.

Il se rendit à la gare et prit un train local en direction du fond du cratère pour aller jeter un coup d'œil par lui-même.

Le train s'arrêtait à chaque kilomètre dans de petits sas d'inox qui étaient autant de gares desservant les cités-tentes. Il descendit au hasard et déchiffra sur la plaque du sas : *El Paso*. Il entra.

Au moins, la vue était formidable, c'était indéniable. La piste magnétique du train courait sur le versant est du cratère en parallèle avec les canalisations, entre les essaims des tentes qui étaient comme autant de bulles. Les plus anciennes, qui avaient été transparentes, se teintaient de mauve, à présent. Le bourdonnement des ventilateurs de la station de physique se mêlait à celui du générateur d'hydrazine. Les gens, ici, conversaient en espagnol aussi bien qu'en anglais. Frank appela ses adjoints et leur demanda de contacter l'homme d'*El Paso* qui était venu se plaindre. Quand il fut en communication avec lui, il lui donna rendez-vous dans un café proche de la gare, puis alla s'installer à la terrasse. Autour de lui, des couples buvaient, grignotaient et bavardaient comme partout ailleurs. De petites voitures électriques chargées de colis montaient et descendaient dans les ruelles en vrombissant doucement. Les bâtiments qui entouraient la gare étaient hauts de trois étages, apparemment préfabriqués, peints dans des tons blancs et bleus. On avait planté des arbustes dans les tubes qui reliaient la gare à la promenade principale. De petits groupes se promenaient sur les pelouses de l'astroport, ou bien erraient de boutique en boutique, quand ils ne se hâtaient pas vers la gare avec leurs sacs à dos. On lisait sur tous les visages la même expression déconcertée : ils n'avaient pas encore acquis de nouvelles habitudes, et certains n'avaient même pas appris à marcher correctement.

L'homme se présenta avec toute une bande de voisins. Ils avaient dans les vingt ans, trop jeunes pour se retrouver sur Mars, du moins à ce qu'on disait. Le traitement pouvait peut-être guérir les dommages dus aux radiations dures, éviter les accidents génétiques, mais qui pouvait en être certain ? En fait, des cobayes. Ce qu'ils avaient toujours été.

Frank éprouvait un sentiment étrange à leur rendre visite comme un patriarche. Il leur demanda de lui faire visiter leur habitat. Et ils se perdirent dans des ruelles étroites, loin de la gare et des grands bâtiments, pour se retrouver entre des huttes de Agee, qui avaient été conçues à l'origine comme des abris temporaires dans les régions désertiques de Mars, les avant-postes, les stations météo ou comme de simples refuges. Maintenant, il en découvrait partout. La pente du cratère avait été redressée, ce qui faisait que la plupart des huttes se trouvaient sur une pente de deux ou trois degrés. Il fallait être très prudent dans les cuisines et s'assurer que les lits étaient bien disposés.

Frank leur demanda quel était leur travail. Ils étaient dockers à Sheffield, en majorité. Ils déchargeaient les cabines de l'ascenseur et assuraient la mise en place des marchandises sur les trains. En principe, c'étaient des robots qui effectuaient ce genre de tâche, mais on constatait avec surprise, souvent, que le muscle humain jouait encore un rôle. Conducteurs d'engins lourds, programmeurs de robots, réparateurs, opérateurs de waldos, ouvriers de construction... Pour la plupart, ils n'étaient que rarement sortis en surface, et quelques-uns jamais. Ils avaient retrouvé les mêmes emplois que sur Terre, à moins d'avoir été chômeurs. Mars leur avait offert leur chance. Ils rêvaient tous de retourner un jour sur Terre, mais les gymnases étaient combles, coûteux, et on y perdait de précieuses heures de travail. Résultat, ils perdaient leur force de Terriens. Ils parlaient avec un accent du Sud que Frank n'avait pas entendu depuis longtemps. Il avait l'impression de se retrouver loin dans le temps. Il y avait encore des gens qui parlaient comme ça ? A la TV, ça ne s'entendait guère. « Vous êtes là depuis si longtemps que ça vous est égal d'être enfermés, mais moi, j'peux pas l'supporter. » *Ch'peux pôs l'supporter*.

Frank alla jeter un coup d'œil dans la cuisine.

— Et vous mangez quoi ?

Du poisson, des légumes, du riz, du tofu. Tout cela arrivait en colis volumineux. Non, ils ne se plaignaient pas. Ils trouvaient ça plutôt bon. Les Américains : les palais les plus médiocres de l'Histoire. « Je vous en supplie : trouvez-moi un cheeseburger ! » Ils en avaient surtout après le confinement, l'absence d'intimité. Et tous les problèmes qui en découlaient.

— On m'a tout volé le lendemain de mon arrivée !

— Moi aussi !

— Et moi aussi !

Oui, ils avaient eu droit à tout : agressions, vol, extorsion.

Les criminels étaient un peu partout dans les autres tentes, selon eux. Des Blancs qui parlaient une langue bizarre. Il y avait aussi des Noirs, mais pas autant que là-bas, dans le Sud. Une femme avait été violée la semaine auparavant.

— Vous plaisantez ! s'exclama Frank.

— Ça veut dire quoi, ça ? lui lança-t-elle d'un ton écœuré.

Quand ils le raccompagnèrent à la gare, Frank ne trouva rien à leur dire. Des tas de gens l'entouraient. Certains l'avaient reconnu, d'autres avaient été rameutés par le groupe des Sudistes.

— Je vais voir ce que je peux faire, marmonna-t-il avant de franchir le sas.

Dans le train qui remontait, il regarda les tentes sans penser à rien. L'une était aménagée en hôtel-cercueil, comme à Tokyo. Elle devait être plus peuplée qu'El Paso, mais ses occupants s'en souciaient-ils ? Il y avait des gens qui avaient l'habitude d'être traités comme des roulements à billes ; beaucoup de gens, en fait, étaient comme ça. Mais sur Mars, c'était censé être différent !

De retour à Sheffield, il parcourut l'allée extérieure, en contemplant le grand tronc de l'ascenseur, ignorant ceux qu'il croisait, tellement absorbé dans ses pensées qu'ils étaient obligés de s'écarter brusquement. A un moment, il s'arrêta pour regarder autour de lui. Il était entouré de cinq cents personnes peut-être. Et toutes vivaient leur existence. Comment tout cela était-il arrivé ? Ils avaient constitué un avant-poste scientifique, avec une poignée de chercheurs, dispersés sur un monde aussi vaste que la surface émergée de la Terre. Mais aujourd'hui, sous les dômes et les tentes qui représentaient bien moins de 1 % de la surface de Mars et qui était pourtant la seule habitable, vivaient déjà un million d'êtres humains. Et l'AMONU en annonçait plus encore qui s'apprêtaient à débarquer, alors qu'on n'avait aucune police. Mais déjà des crimes. Le crime sans police. Un million d'habitants et aucune loi, sauf la loi corporative. Le fond : minimiser les dépenses, maximiser les profits. Se débrouiller avec les forçats du bagne rouge.

La semaine suivante, toute la population d'une cité-tente du versant sud se mit en grève. Frank apprit la nouvelle alors qu'il était en route pour son bureau. Slusinski lui dit que la plupart des grévistes étaient américains. Tout le monde était pris de panique.

— Ils ont bouclé toutes les gares et ils interdisent qu'on sorte des trains. On ne peut pas les contrôler, à moins d'attaquer les sas...

— Tais-toi !

Il redescendit la pente sud en direction des grévistes, sans tenir compte des protestations de Slusinski. Il ordonna même à plusieurs membres de son équipe de le rejoindre.

Des membres de la sécurité de Sheffield avaient pris position dans la gare, mais il leur donna l'ordre de repartir par le premier train et, après avoir consulté l'administration municipale, ils obéirent. Il se présenta devant le sas, donna son identité et demanda à entrer seul. On le laissa passer.

Il se retrouva au centre d'un cercle de visages hostiles, sur la place aménagée entre les tentes.

— Eteignez la télé. Il faut que nous parlions en privé.

Ils lui obéirent. Ils étaient comme les gens d'El Paso, avec des accents différents mais les mêmes plaintes. Il comprenait d'avance ce qu'ils avaient à lui dire. Il lut la surprise sur leurs visages et eut un sourire sans joie. Ils étaient terriblement jeunes.

— Ecoutez-moi, résuma-t-il après leur avoir parlé pendant une heure. Nous sommes dans une sale situation. Mais si vous poursuivez trop longtemps votre grève, vous ne ferez que l'aggraver encore. Ils enverront les forces de sécurité et il ne sera plus question de gangs et de police, mais de prison. Pour vous. Vous m'avez exposé vos motifs et, maintenant, il faut que vous envisagiez une issue, pour arrêter votre mouvement et négocier. Il faut que vous formiez un comité représentatif, et que vous dressiez une liste de vos plaintes et de vos exigences. Ajoutez-y tous les documents et témoignages se rapportant aux crimes commis et faites-les signer par les victimes. Ça me sera utile. Je pourrai faire pression sur l'AMONU, puisque que le traité a été violé. (Il se contrôla et s'efforça de desserrer les mâchoires.) Entre-temps, retournez à votre travail ! Ce sera mieux que de rester assis à ne rien faire et ça vous donnera plus de force dans la négociation. Sinon, ils sont bien capables de vous couper les vivres. Non, mieux vaut vous comporter comme des négociateurs raisonnables et agir de votre plein gré.

Ils mirent fin à leur grève. Et il eut même droit à quelques applaudissements quand il sortit.

Il reprit le train dans un état de fureur noire, refusa de répondre aux questions de ses adjoints et alla secouer le chef de la sécurité, qui était un crétin arrogant.

— Si des salopards de votre genre avaient un rien d'honnêteté, rien ne serait arrivé ! Vous n'êtes qu'une bande de racketteurs ! Dites-moi pourquoi ces gens se font attaquer sous leurs tentes ? Pourquoi ils payent pour être protégés, et ce que vous faites, *vous,* pendant ce temps ?...

— C'est hors de notre juridiction, répondit l'autre, les lèvres serrées.

— Ça suffit ! C'est *quoi* exactement, votre juridiction ? Vos poches ?

Frank continua sur ce ton jusqu'à ce que toute l'équipe se lève et sorte. Ils étaient aussi furieux que lui, mais bien trop effrayés et disciplinés pour le montrer.

De retour dans les bureaux, il alla de pièce en pièce, et invectiva un peu tout le monde avant de lancer plusieurs appels. A Sax, Vlad et Janet. Il leur rapporta ce qui se passait à Sheffield, et tous lui firent la même suggestion qu'il dut reconnaître comme excellente. Il fallait qu'il prenne l'ascenseur pour aller s'entretenir avec Phyllis.

— Essayez de me réserver une place, dit-il.

La cabine de l'ascenseur évoquait une maison de l'ancienne Amsterdam, haute et étroite, avec une pièce illuminée à son sommet, dans ce cas une chambre transparente qui rappela à Frank le dôme en bulle de l'*Arès*. Au second jour du trajet, il rejoignit les autres passagers (qui n'étaient que vingt au total car les remontées étaient rares), et ils prirent ensemble le petit ascenseur interne pour franchir les trente étages qui les séparaient de la chambre transparente, afin d'observer Phobos. Le périmètre de la salle était en saillie, ce qui permettait de regarder également vers le bas. Frank contempla l'horizon courbe de Mars. La planète lui parut plus blanche et aussi plus dense que la dernière fois qu'il l'avait vue. La pression atmosphérique était de 150 millibars, désormais. Très impressionnant, même si les gaz qui la composaient étaient toxiques.

La flèche du câble pointait droit vers le sol. Comme s'ils voyageaient à bord d'une fusée étrangement longue, s'étirant sur des kilomètres. Ils ne pouvaient avoir d'autre vision du câble. Et, tout en bas, sur la surface orange de Mars, les détails restaient aussi flous que lors de leur arrivée, il y avait tant d'années, inchangés malgré toutes leurs interventions. Il n'y avait qu'à s'éloigner un peu.

C'est alors qu'un des pilotes de l'ascenseur leur désigna Phobos, qui venait d'apparaître comme une marque blanche à peine perceptible à l'ouest. En dix minutes, ce fut une grande pomme de terre grise qu'ils frôlèrent à une vitesse affolante. Ils eurent à peine le temps de tourner la tête : Phobos avait disparu. Il y eut des cris, des sifflets, et un brusque flot de bavardages. Frank avait à peine eu le temps d'entrevoir le dôme de Stickney, qui scintillait comme une pierre précieuse. Une piste en faisait le tour, à l'équateur, telle une alliance hérissée de masses argentées. C'était le seul souvenir qu'il gardait de l'image floue. Ils étaient passés à cinquante kilomètres, leur dit le pilote. A sept mille kilomètres/heure. Assez vite, mais pas tant que ça, en fait. Certains météores s'écrasaient sur la planète à cinquante mille kilomètres à l'heure.

Il retourna au salon, en essayant de garder l'image fugitive de Phobos. Des gens, à la table voisine, discutaient de la possibilité de placer Phobos en orbite couplée avec Deimos. Le satellite était maintenant dans la zone des Açores, et il ne pouvait plus que gêner le câble. Depuis longtemps, Phyllis leur avait fait remarquer que cela aurait pu être le sort de Mars s'il n'y avait eu l'ascenseur spatial. Les compagnies minières auraient contourné la planète rouge pour aller droit vers les astéroïdes bourrés de minerais qui, eux, ne posaient pas le problème du puits gravitique. Et il y avait aussi les lunes de Jupiter, de Saturne, et Uranus, Neptune, Pluton...

Ils avaient frôlé le danger. Mais ils ne craignaient plus rien.

Au cinquième jour, ils ralentirent : ils approchaient de Clarke. L'astéroïde avait été un rocher carbonacé de deux kilomètres de long qui avait à présent une forme cubique. Chaque centimètre de la face tournée vers Mars avait été taillé et couvert de béton, d'acier ou de verre. Le câble plongeait au centre de cette formation. Au point d'attache, on avait foré des trous suffisamment larges pour permettre l'accès aux cabines de l'ascenseur.

Ils passèrent un à un par ces trous et glissèrent doucement jusqu'à un volume intérieur qui évoquait une station de métro verticale. Ils se dispersèrent dans les tunnels de la station. C'est un des assistants de Phyllis qui les accueillit et qui les précéda jusqu'à un petit véhicule qui circulait dans un dédale de boyaux rocheux. Ils atteignirent enfin les bureaux de Phyllis, sur la face martienne de la station. Lambris de bambou et miroirs, les bureaux étaient sous micro-gravité mais tout le monde portait des chaussures à semelles de velcro. Une pratique plutôt ancienne mais prévisible dans cette station sous contrôle terrien. Et Frank imita les autres.

Phyllis achevait un entretien avec un groupe d'hommes.

— Non seulement c'est un dispositif élégant et économique pour en finir avec le puits gravitique, mais aussi un système de propulsion qui permet d'éjecter des charges dans tout le système solaire ! Une réussite d'ingénierie !

— Certainement !

Elle avait l'air d'avoir cinquante ans. Elle fit les présentations — il y avait là plusieurs représentants de l'Amex —, puis ils se retrouvèrent seuls, tous les deux.

— Tu ferais bien de ne plus utiliser cette élégante réussite d'ingénierie pour déverser des flots d'immigrants sur Mars, commença Frank, sinon elle va t'exploser à la figure et tu perdras ton point d'ancrage.

— Oh, Frank... fit-elle en riant.

Elle avait plutôt bien mûri : ses cheveux étaient argentés, mais son visage était encore joli, mince, avec quelques rides qui lui allaient très bien. Impeccable dans sa combinaison rouille et ses bijoux en or. Même la monture de ses lunettes était en or. Comme ça, elle semblait fixer du regard les images vidéo sur la face interne de ses verres.

— Tu ne peux pas continuer à les expédier en bas à cette cadence, insista Frank. On n'a pas d'infrastructure pour eux, pas plus physique que culturelle. Les campements de mineurs se multiplient de la pire manière. Ils ressemblent à des camps de réfugiés, à des bagnes. C'est ce que diront les rapports : tu sais à quel point ils aiment se servir de comparaisons terriennes. Et tu vas en souffrir.

Elle posa son regard devant lui, mais pas *sur* lui.

— Pour la plupart, les gens ne voient pas les choses de cette manière. (Elle s'exprimait d'une voix forte, comme si un vaste public les entourait.) Ceci ne constitue qu'un pas en avant vers la pleine exploitation de Mars par l'homme. Parce que nous allons nous servir de ses ressources. La Terre est dramatiquement surpeuplée et le taux de mortalité n'arrête pas de diminuer. Les premiers pionniers vont souffrir de leurs conditions de vie, mais ça ne durera pas. Nous avons connu plus grave encore quand nous sommes arrivés.

Déconcerté par ce mensonge évident, Frank lui décocha un regard furieux. Mais elle ne céda pas, et il lui jeta avec mépris :

— Tu n'écoutes rien !

Pourtant, cette pensée avait quelque chose d'effrayant, et il n'insista pas.

Mais il réussit à se maîtriser et leva les yeux vers le plafond transparent. Ils étaient en orbite aréostationnaire, bien sûr, et ils ne pouvaient observer que Tharsis. A cette distance, c'était comme l'un des premiers clichés des sondes Mariner : une grosse boule orange avec ses volcans, et Noctis Labyrinthus, les canyons, le chaos...

— Quand es-tu redescendue ? demanda-t-il.

— En L_s 60. Je redescends régulièrement, tu sais.

Elle souriait.

— Et tu t'installes où ?

— Dans les dortoirs de l'AMONU.

Oui, se dit-il. Et elle s'activait dur pour briser le traité de l'ONU.

Mais ça faisait partie de son job. L'AMONU l'avait nommée à ce poste pour ça. Directrice de l'ascenseur et chargée des intérêts miniers. Quand elle quitterait l'ONU, on déploierait des tapis rouges devant elle pour n'importe quel poste. La reine de l'ascenseur. Le débarcadère dont dépendait une bonne partie de l'économie martienne. Elle aurait à sa disposition tous les fonds de n'importe quelle multinationale à laquelle elle choisirait de s'allier.

Et tout cela était apparent. Dans sa démarche, dans son sourire, dans ses remarques mordantes. Certes, elle avait toujours été un peu stupide. Frank serrait les dents. Apparemment, l'instant était venu de frapper fort dans le bon vieux style US, s'il lui en restait un peu.

— La majorité des transnationales détiennent des holdings aux States. Si le gouvernement américain décidait de geler leurs biens, parce qu'elles auraient violé le traité, elles en seraient considérablement ralenties, et certaines s'effondreraient.

— Mais vous ne le ferez jamais. Ça mettrait le gouvernement lui-même en banqueroute.

— Ce qui équivaut à menacer un mort de pendaison. Quelques zéros de plus dans le schéma représentent un niveau supplémentaire dans l'irréalisme, ce que nul ne peut plus imaginer. Les seuls capables de ça sont tes cadres des transnats. Ils assument la dette, mais tout le monde se fout de leur argent. Il me faudrait une minute pour en convaincre Washington, et tu verras comment ça va se passer. Quoi qu'il advienne, c'en sera fini de ton petit jeu. (Il leva la main en un geste de colère.) Et alors, quelqu'un d'autre viendra s'installer ici et... (Il lui vint une intuition soudaine :) Tu te retrouveras à Underhill.

Ce qui éveilla enfin son attention, c'était évident. Son mépris s'atténua.

— Il n'existe pas un individu qui puisse à lui seul convaincre Washington de quoi que ce soit. Là-bas, on marche sur du sable mouvant. Tu diras ce que tu as à dire, et moi aussi, et nous verrons bien qui de nous deux a le plus d'influence.

Elle traversa la salle d'un pas précipité et ouvrit la porte pour accueillir une nouvelle équipe de représentants de l'ONU.

Bon, il avait perdu son temps. Ce qui ne le surprenait pas : contrairement à ceux qui lui avaient conseillé cette démarche, il ne croyait pas que Phyllis puisse se montrer rationnelle. A l'image de nombreux fondamentalistes religieux, les affaires, pour elle, faisaient partie intégrante de la religion. Les deux dogmes se renforçaient mutuellement car ils appartenaient au même système. Et cela n'avait rien à voir avec la raison pure. Il était possible que Phyllis croit encore à la puissance politique de l'Amérique, mais elle ne pensait certainement pas un instant que Frank ait le pouvoir de la faire fléchir. Bien pensé. Mais il comptait lui démontrer qu'elle avait tort.

En redescendant, il consacra une demi-heure à fixer ses rendez-vous vidéo, à raison de quinze heures par jour. Il entra bientôt en contact avec Washington, après le délai de transmission habituel, et se lança dans des entretiens complexes avec des représentants du secrétariat d'Etat et du Commerce, ainsi qu'avec les principaux responsables de cabinets influents. Très vite, le nouveau président accepta de l'écouter. Entre-temps, les messages s'entrecroisaient, il répondait au premier interlocuteur qui se présentait. C'était à la fois compliqué et épuisant. Sur Terre, l'affaire se construisait comme un château de cartes. Et certaines cartes étaient cornées.

Il approchait de l'arrivée, et le socle de Sheffield était déjà visible, quand il éprouva un sentiment bizarre — une sorte de vague qui déferlait en lui. Cette sensation s'effaça rapidement et, après quelques secondes, il se dit qu'elle avait sans doute été provoquée par la décélération de la cabine qui était passée momentanément en 0 *g*. Une image lui vint : celle d'un ponton sur lequel il courait. Les planches étaient humides, visqueuses à cause des écailles argentées des poissons. L'air sentait le sel et la marée. Comme c'était étrange, tout ce que le corps pouvait emmagasiner comme souvenirs.

Dès qu'il se trouva à Sheffield, il reprit la ronde des messages et de l'analyse des réponses. Il affronta des vieux cons et de nouveaux petits chefs dans un patchwork dément d'argumentations sur divers tons, et autant de niveaux différents. Tard dans l'automne de l'hémisphère nord, il en arriva à cinquante entretiens simultanés. Comme ces champions d'échecs qui jouent en aveugle face à toute une salle d'adversaires. Cela dura trois semaines, puis il put sortir. Principalement parce que le président Incaviglia lui-même avait besoin d'un moyen de pression qu'il pourrait utiliser contre Amex, Mitsubishi ou Armscor. Il était prêt à livrer aux médias les allégations de violation du traité portées contre les transnationales.

Ce qu'il fit, et les quotas chutèrent brutalement à la bourse dans les secteurs concernés. Deux jours après, le consortium de l'ascenseur annonça que la demande avait été tellement forte en ce qui concernait les intérêts martiens qu'elle excédait l'offre, provisoirement. Bien sûr, ils allaient augmenter les prix, selon leur tactique habituelle, mais cela aurait aussi pour effet de réduire temporairement le taux d'immigration. Du moins jusqu'à ce que l'on ait construit d'autres villes et, pour ça, d'autres équipes de robots de construction.

Frank apprit les premières nouvelles dans un bar où il dînait en solitaire. Il eut un sourire amer.

— Alors, ma garce, marmonna-t-il en mâchonnant, on va voir maintenant qui se débat le mieux dans tes sables mouvants.

Il finit son repas et partit pour une longue promenade dans l'allée de ceinture. Ça n'était qu'une première bataille, il le savait. La guerre serait longue et acharnée. Mais ça lui plaisait comme ça.

Et puis, au milieu de l'hiver septentrional, les habitants de la plus ancienne des tentes de la colonie américaine se révoltèrent, la police de l'AMONU dut intervenir, et ils s'enfermèrent tous à l'intérieur. Les Russes, leurs voisins, les imitèrent.

Frank eut une brève entrevue avec Slusinski, qui lui apprit le fond de l'affaire. Apparemment, les deux groupes avaient été employés par une subdivision de construction routière d'Armscor, et les deux tentes avaient été attaquées dans la nuit par des mercenaires asiates, qui avaient lacéré les parois, tué trois hommes dans chaque tente et poignardé plusieurs autres. Les Américains comme les Russes dénonçaient un coup de force des yakuza. Mais, pour Frank, ça ressemblait plutôt à une opération de l'escouade de sécurité de la Subarashii, une petite armée composée en majorité de Coréens. En tout cas, la police de l'AMONU, intervenue après l'attaque, s'était retrouvée en pleine panique. Les deux tentes avaient été mises sous scellés, avec interdiction de sortir à ceux qui se trouvaient encore à l'intérieur. Les membres de la colonie en avaient conclu qu'ils étaient prisonniers et, poussés par la colère, ils avaient cassé les sas des tentes et attaqué les pistes d'accès des stations au chalumeau. On avait dénombré plusieurs morts. La police de l'AMONU avait envoyé des renforts. Les travailleurs des deux tentes étaient pris au piège. Plus que jamais.

Ecœuré, fou de rage, Frank redescendit pour entamer de nouveaux pourparlers. Il dut ignorer les habituelles objections de son staff, mais aussi les nouvelles interdictions. Quand il se retrouva à la station, il dut affronter les responsables de la police de l'AMONU, ce qui n'était pas facile. Jamais encore il ne s'était autant appuyé sur le charisme des cent premiers, et il fulminait littéralement. Finalement, il se retrouva devant quelques policiers, comme un vieux fou qui ne savait plus se maîtriser. Mais, cette fois, personne ne tenta de lui barrer le chemin.

Il frappa à la porte du sas et fut accueilli par une foule de jeunes gens en colère. L'air était chaud et fétide. Ils étaient si nombreux à l'invectiver qu'il ne put rien faire durant un moment, mais ceux du premier rang le reconnurent enfin, surpris de le voir là. Quelques-uns se mirent à l'applaudir.

— Ça va ! Ça va ! Je suis venu ! cria-t-il. Qui est votre porte-parole ?

Ils n'en avaient pas. Il jura.

— Mais vous êtes complètement idiots, ou quoi ? Vous feriez bien d'apprendre à vous servir du système, sinon vous risquez de vous retrouver dans des merdiers comme celui-là pour toujours. Bon, je m'adresse à vous tous ! Mais si vous avez quelque chose à me dire, asseyez-vous, que je puisse voir qui me parle !

Ils refusèrent de s'asseoir, mais ils demeurèrent immobiles autour de lui. Frank grimpa sur une caisse posée sur l'astrogazon maculé de la tente. Il leur demanda ce qui s'était passé et ils furent plusieurs à lui décrire l'attaque nocturne, l'émeute qui avait eu lieu à la gare.

— On vous a provoqués. Ils voulaient que vous fassiez une folie et vous l'avez faite, c'est vieux comme le monde. Ils se sont débrouillés pour que vous tuiez un type qui n'avait rien à voir avec l'attaque, et maintenant la police vous recherche. Vous êtes stupides !

De la foule monta une rumeur et des injures fusèrent contre lui, mais personne ne broncha.

— Ces soi-disant policiers étaient là ! dit quelqu'un à voix haute.

— Peut-être, répliqua Chalmers, mais c'étaient des troupes régulières qui vous ont attaqués, et non un quelconque Japonais isolé. Vous auriez dû faire la différence ! De cette façon, vous avez fait leur jeu, et la police de l'AMONU en a profité. Certains sont passés de l'autre côté, maintenant. Mais les armées nationales sont en train de prendre votre parti ! Il va donc falloir apprendre à coopérer avec elles, reconnaître quels sont vos alliés et agir en accord avec vos choix ! Je ne sais pas pourquoi il y a si peu de gens capables de le faire sur cette planète. On dirait que le voyage depuis la Terre brouille les méninges ou je ne sais quoi...

Quelqu'un partit d'un grand rire. Il les interrogea sur leurs conditions de vie dans les tentes. Ils avaient diverses plaintes à formuler, comme tous les autres, mais Frank savait déjà lesquelles et il le leur dit. Puis il leur expliqua le résultat de son aller-retour entre Sheffield et Clarke.

— J'ai obtenu un moratoire sur l'immigration, ce qui veut dire que non seulement nous aurons le temps nécessaire pour construire des villes, mais que nous entrons dans une phase nouvelle des rapports entre les Etats-Unis et l'ONU. Ils ont enfin compris à Washington que l'ONU travaille pour les transnationales, et qu'il leur faut renforcer eux-mêmes le traité. C'est dans l'intérêt de Washington. Le traité est un des enjeux de la bataille, désormais, la bataille qui s'est engagée entre le peuple et les transnationales. Vous y participez, vous avez subi une attaque, et c'est à vous de décider sur qui porter votre contre-attaque et comment vous entendre avec vos alliés.

Les visages étaient sombres, ce qui était normal, et il ajouta :

— Mais à terme, c'est nous qui gagnerons, vous savez. Parce que nous sommes plus nombreux.

Bon, c'était réglé en ce qui concernait la carotte. Quant au bâton... il était toujours facile à manier avec des gens sans ressources.

— Si les gouvernements ne parviennent pas très vite à apaiser les choses, si les troubles s'étendent ici, si la situation commence à s'effriter, ils laisseront tout tomber — et les transnats resteront seules sur le terrain pour résoudre les problèmes d'emploi. Elles sont très efficaces pour ça. Mais vous comprenez ce que ça signifierait pour vous.

— On en a marre ! cria un homme.

— Bien sûr que vous en avez marre ! (Frank pointa l'index.) Alors, est-ce que vous avez un plan pour en finir ou pas ?

Il fallut un certain temps de tohu-bohu pour qu'ils se mettent d'accord. Ils devaient rendre les armes, coopérer, s'organiser, adresser une pétition au gouvernement américain afin d'obtenir son aide et la justice. En fait, remettre leurs existences entre ses mains. Tout cela prit du temps. Et Frank dut promettre de transmettre toutes les plaintes, de résoudre tous les cas d'injustice, de redresser tous les torts. C'était ridicule, monstrueux, mais il fit son devoir, les lèvres crispées. Il leur prodigua ses conseils pour nouer des relations avec les médias, il leur dit comment créer des cellules et des comités, comment élire leurs chefs. Ils étaient totalement ignorants ! Tous ces jeunes gens avaient été soigneusement préparés à être absolument apolitiques, ils étaient destinés à devenir des techniciens qui croyaient détester la politique, de la pâte à modeler entre les mains de leurs employeurs, comme toujours. Ils étaient vraiment d'une stupidité terrifiante, et il ne pouvait s'empêcher de le leur envoyer à la figure.

Frank les quitta sous les vivats.

Maya l'attendait dans la gare. Epuisé, il ne put que la regarder, incrédule. Elle lui dit qu'elle l'avait vu et entendu sur la vidéo. Frank secoua la tête : ces pauvres crétins n'avaient même pas pensé à neutraliser les caméras intérieures. Ils ne savaient peut-être même pas qu'il y en avait. Le monde entier les avait vus. Il le savait, rien qu'en lisant de l'admiration sur le visage de Maya, comme si le fait de pacifier des travailleurs exploités avec des mensonges et des discours sophistiqués constituait un acte d'héroïsme. C'était sans doute ce qu'elle pensait. En fait, elle s'apprêtait à appliquer les mêmes techniques auprès des Russes, puisque aucun progrès n'avait été fait de leur côté, et on l'avait appelée. La présidente des Premiers sur Mars ! Conclusion : les Russes étaient encore plus stupides que les Américains.

Elle lui demanda de l'accompagner. Trop fatigué pour se lancer dans une estimation pertes-bénéfices, il accepta.

Ils descendirent à la gare suivante, franchirent le barrage de police et entrèrent dans la tente russe bondée.

— Tu vas avoir plus de boulot que moi, dit Frank en regardant autour d'eux.

— Les Russes ont l'habitude de ce genre de situation. Ces tentes ne sont pas très différentes de certains appartements moscovites.

— Oui, oui, sans doute.

La Russie était devenue une espèce d'immense Corée, vendue au même capitalisme brutal, parfaitement néotaylorisée, sous un vernis de démocratie et de biens de consommation qui ne faisait que dissimuler la junte au pouvoir.

— C'est surprenant de constater comme il est facile d'endormir les gens qui crèvent de faim.

— Frank, je t'en prie.

— N'oublie pas. Ça va bien se passer, tu verras.

— Tu vas m'aider ?...
— Mais oui, mais oui...

La place centrale sentait le lait caillé aux haricots, le bortsch et les barbecues électriques, et la foule était aussi indisciplinée et bruyante que dans la tente américaine. Il n'y avait là que des chefs agressifs, tous prêts à se lancer dans un discours. Les femmes étaient plus nombreuses que chez les Américains. Ils avaient fait dérailler un train, ce qui les avait galvanisés, et ils étaient prêts pour d'autres actions. Maya prit un mégaphone, mais la cohue ne parut pas l'entendre, comme si elle n'était qu'une pianiste dans un bar à cocktails.

Le russe de Frank était plutôt précaire, et il ne comprenait pas la plupart des phrases lancées vers Maya, mais il saisissait plutôt bien ses répliques. Elle était en train de leur expliquer le moratoire sur l'immigration, le goulot d'étranglement de la production robotique et du ravitaillement en eau, la nécessité du retour à la discipline, la promesse d'une existence meilleure si tout se déroulait en bon ordre. Il se dit que c'était sans doute une harangue de babushka typique. En tout cas, elle eut pour effet de les calmer un peu, comme s'ils se rappelaient soudain ce que signifiaient les troubles sociaux. Et puis, les promesses étaient nombreuses et plausibles : un monde vaste et peu peuplé, des tas de ressources matérielles, de bons robots, des logiciels, des gabarits génétiques...

Au plus fort des débats, Frank lui lança en anglais :

— N'oublie pas le bâton.

— Quoi ?

— Le bâton. Menace-les. La carotte et le bâton.

Elle hocha la tête et entama le vieux couplet de l'atmosphère toxique, du froid mortel de l'extérieur. S'ils étaient encore vivants, c'était uniquement grâce aux tentes, à l'électricité et à l'eau. Ils étaient absolument vulnérables et ils n'y avaient pas songé vraiment.

Elle leur dit tout cela très vite, à sa manière. Puis elle en vint aux promesses. Et continua entre la carotte et le bâton. Un petit coup sur la laisse, une petite caresse. Finalement, elle réussit à les apaiser.

Plus tard, comme le train les ramenait vers Sheffield, elle ne put s'empêcher d'éclater d'un rire nerveux, le visage empourpré, les yeux brillants, une main crispée sur son bras. Cette intelligence tendue, cette présence physique marquante... Il devait être épuisé, lui aussi, ou du moins plus secoué qu'il ne l'avait pensé sur le coup, sous les tentes. A moins que ce ne soit la confrontation avec Phyllis. En tout cas, il se sentait réchauffé par sa présence. C'était comme s'il entrait dans un sauna après une journée passée au-dehors, dans le froid. Il avait la même impression de soulagement, de pouvoir relâcher sa vigilance. S'abandonner, enfin.

— Je ne sais pas ce que j'aurais fait sans toi. Tu es vraiment très bon dans ce genre de situation, tellement ferme et net. Ils te croient parce que tu n'essaies pas de les caresser dans le sens du poil ou d'adoucir la vérité.

— C'est comme ça que ça fonctionne le mieux. (Il contemplait par la baie les tentes qui défilaient sous le train.) Surtout quand on les caresse tout en leur mentant.

— Oh, Frank !

— C'est vrai. Toi aussi tu es très bonne à ce jeu.

C'était un exemple du trope en cours de discussion, et Maya ne le voyait pas. Ça portait un nom, en rhétorique ; il n'arrivait pas à s'en souvenir. Métonymie ? Synecdoque ? Mais elle se contenta de rire et de lui serrer l'épaule, comme s'ils n'avaient jamais eu cette querelle à Burroughs. Et quand il descendit, elle le suivit jusqu'à son appartement. Elle se déshabilla, passa sous la douche, enfila une des combinaisons de Frank, sans cesser de bavarder à propos des événements de la journée, comme s'ils vivaient ensemble depuis toujours. Ils allèrent dîner : soupe, truite, salade, avec une bouteille de vin. Oui, comme tous les soirs ! Ils se rencoignèrent dans leur fauteuil pour déguster leur café suivi d'un cognac. Deux politiciens après une dure journée de politique. Deux dirigeants.

Elle l'observait et, miraculeusement, ça ne le rendait pas nerveux. C'était plutôt comme si quelque champ de force le protégeait. Ou bien était-ce le regard de Maya ? Parfois, on pouvait dire avec certitude que quelqu'un vous aimait.

Elle passa la nuit avec lui. Plus tard, elle partagea son temps entre son bureau et l'appartement de Frank, sans qu'ils discutent jamais de ce qu'elle faisait ou des implications de son travail. Et quand ils se couchaient, elle se déshabillait et s'allongeait tout contre lui, puis sur lui, chaude et calme. Sentir son corps sur lui, comme ça... Et si c'était lui qui prenait l'initiative, elle réagissait si vite... Il n'avait qu'à lui effleurer le bras. L'image du sauna s'imposait toujours à lui. Elle était si chaude. Si calme, si facile à vivre, ces temps-ci. On aurait dit que ce n'était plus la même ; c'était stupéfiant. Ce n'était plus la Maya qu'il connaissait, et pourtant elle était bien là, et elle murmurait « Frank, Frank ».

En fait, ils ne parlaient de rien. Si ce n'est des nouvelles de la journée, de la situation. Les troubles de Pavonis s'étaient atténués temporairement, mais le même phénomène s'était étendu à toute la planète, et la situation s'aggravait : sabotages, grèves, émeutes, affrontements, meurtres. Et les nouvelles de la Terre n'avaient fait que rajouter à l'ambiance sinistre. Mars, comparée à la planète mère, était un modèle d'ordre, un petit refuge tranquille loin à l'écart d'un maelström géant évoquant pour Frank une spirale mortelle qui pourrait bien tous les aspirer. Des guerres mineures éclataient de toutes parts. L'Inde et le Pakistan avaient fait usage de l'arme nucléaire au Cachemire. L'Afrique était agonisante, tandis qu'au Nord on se chamaillait pour savoir qui aider en premier.

Ils apprirent que la cité-mohole d'Hephaestus, à l'ouest d'Elysium, contrôlée par des Américains et des Russes, avait été abandonnée. Les liaisons radio étaient interrompues et, quand des patrouilles atteignirent Hephaestus, elles trouvèrent la ville totalement vide. La région d'Elysium tout entière était en effervescence, aussi Frank et Maya décidèrent-ils d'essayer d'intervenir personnellement. Ils prirent donc le train pour Tharsis et s'enfoncèrent dans les plaines rocailleuses désormais bigarrées de plaques de neige qui ne fondaient jamais, d'un rose pâle à l'aspect granuleux, collées en général sur le versant nord de chaque dune, de chaque rocher, comme autant d'ombres de couleur. Ils pénétrèrent dans les plaines noires irides-centes d'Isidis, là où le permafrost arrivait à fondre durant les journées les plus chaudes avant de geler à nouveau en une croûte noire craquelée. C'était tour à tour une toundra, puis un marécage. Ils eurent la vision fugace d'une herbe noire, et même de fleurs arctiques. A moins qu'il ne s'agît de détritus.

Ils trouvèrent Burroughs tranquille et apaisante. Les grands boule-vards bordés de pelouse étaient déserts, toujours aussi verts et insolites, comme suscités par un effet de lumière. Tandis qu'ils attendaient le train d'Elysium, Frank se rendit dans le dépôt de la gare et exigea la restitution des affaires qu'il avait abandonnées dans sa chambre. L'employé revint bientôt avec un grand coffre qui contenait des ustensiles de cuisine, une lampe, un lutrin électronique, et quelques combinaisons. Rien de cela n'était plus familier à Frank. Il glissa le lutrin dans sa poche et jeta le reste dans une poubelle. Des résidus de toutes ces années gaspillées dont il ne pouvait retrouver un seul jour. On savait maintenant que la négociation du traité était pure comédie, comme si quelqu'un avait flanqué un coup de pied dans un décor de théâtre, révélant la machinerie, derrière, dévoilant tout ce qui se passait en coulisse, les deux hommes debout sur les marches et qui échangeaient une poignée de main et un hochement de tête entendu.

Le bureau russe de Burroughs demanda à Maya de rester quelque temps afin de régler diverses affaires, aussi Frank prit-il seul le train d'Elysium. Il se retrouva en compagnie de toute une caravane en route vers Hephaestus. Les autres semblaient impressionnés par sa présence. Irrité, il se plongea dans son vieux lutrin, retrouvé avec ses centaines de milliers de volumes. Une sélection standard, pour l'essentiel : une série d'œuvres importantes enrichies de quelques textes de philosophie politique. Les lutrins actuels étaient mille fois plus puissants, ils constituaient des bibliothèques absolues. Il s'aperçut qu'il avait dû apprécier Nietzsche, dans le passé : il avait marqué de nombreux passages. Ce qu'il ne s'expliqua guère. Ce n'était que du vent. Puis il lut une chose qui lui donna le frisson :

« L'individu est, dans son avenir comme dans son passé, un fragment de destin, une loi de plus, une nécessité de plus pour tout ce qui est et tout ce qui sera. Lui dire de changer revient à exiger que tout change, même dans le passé. »

Une nouvelle équipe de mohole s'installait dans Hephaestus, des vieux routiers pour la plupart, techniciens et ingénieurs, nettement plus experts que les nouvelles recrues de Pavonis. Frank discuta avec plusieurs d'entre eux et leur posa des questions sur ceux qui avaient disparu. Un matin, à l'heure du petit déjeuner, près d'une fenêtre qui dominait la colonne de fumée du mohole, une femme américaine qui lui rappelait Ursula lui dit :

— Ces gens ont vu des vidéos de Mars toute leur vie, ce sont les étudiants de la planète, ils y croient comme au saint Graal, et toute leur vie tourne autour. Ils ont travaillé en économisant pour le prix du voyage parce qu'ils avaient une certaine idée de ce qui les attendait. Et dès qu'ils arrivent, ils se retrouvent incarcérés, au mieux dans des travaux intérieurs, dans la même routine. Et c'est comme ça qu'ils disparaissent. Parce qu'ils vont à la recherche de ce qu'ils espéraient trouver ici.

— Mais ils ne savent pas comment vivent les disparus ! s'exclama Frank. Ni même s'ils survivent !

La femme secoua la tête.

— On raconte des choses. Des gens reviennent. Et on se passe des vidéos, quelquefois. (Autour d'elle, d'autres acquiesçaient.) Et nous voyons aussi ce qui se passe sur Terre. Il vaut mieux s'installer sur le terrain pendant que nous en avons encore la chance.

Il secoua la tête, stupéfait. C'était plus ou moins ce que l'homme du gymnase lui avait dit, dans le camp minier. Mais, de la part de cette femme d'âge moyen, c'était encore plus déconcertant.

Cette nuit-là, incapable de trouver le sommeil, il appela Arkady et le joignit une demi-heure après. Arkady se trouvait à l'observatoire d'Olympus Mons.

— Qu'est-ce que tu veux *vraiment* ? l'apostropha Frank. Est-ce que tu imagines ce qui va se passer si tout le monde fiche le camp dans les Highlands ?

Arkady sourit.

— Et alors, on bâtira une vie humaine, Frank. Nous travaillerons pour subvenir à nos besoins, nous nous servirons de la science, et nous terraformerons sans doute un peu plus. Et nous chanterons, nous danserons et nous nous baladerons sous le soleil, et nous bosserons comme des fous pour notre nourriture autant que pour notre curiosité.

— Mais c'est *impossible* ! Nous faisons partie du monde, nous ne pouvons pas lui échapper !

— Non ? Mais ce monde dont tu parles, Frank, ça n'est que l'étoile bleue du soir. Ce monde rouge où nous sommes est tout ce qui compte pour nous.

Frank abandonna, exaspéré. Il n'avait jamais eu de vraie conversation avec Arkady. Jamais. Avec John, ç'avait été différent. Mais ils étaient amis.

Il regagna Elysium. Le massif se dressait à l'horizon comme une énorme selle jetée sur le désert. Les pentes abruptes des deux volcans étaient couvertes de neige rosée formant autant de névés qui ne tarderaient pas à se changer en glaciers.

Frank avait toujours considéré les cités d'Elysium comme faisant contrepoids à celles de Tharsis : elles étaient plus anciennes, plus petites, plus saines et plus faciles à gérer. Mais voilà que leurs habitants disparaissaient par centaines et qu'elles constituaient autant de points de tremplins vers la nation inconnue qui se dissimulait dans les régions sauvages des cratères.

A Elysium, on lui demanda de prononcer un discours devant un groupe de nouveaux arrivants américains, comme d'habitude, mais la réunion qui précéda n'avait rien de classique, et Frank posa des questions.

— Bien sûr qu'on s'évadera si on le peut, lui jeta quelqu'un d'un air de défi.

D'autres intervinrent aussitôt.

— On nous a dit de ne surtout pas venir ici si on avait besoin de grands espaces. Sur Mars, il paraît que ça ne se passe pas comme ça.

— Et ils croient tromper qui ?...

— On a vu les mêmes vidéos qu'eux. Celles que vous avez envoyées.

— Dans tous les articles qu'on lit, on ne parle que des clandestins de Mars. On dit qu'ils sont communistes, nudistes, rosicruciens...

— Qu'ils ont construit des utopies, qu'ils circulent en caravanes, ou encore qu'ils se cachent dans les grottes comme des primitifs... Il y aurait des Amazones, des cow-boys, des lamas...

— Qu'est-ce que vous en dites ? Est-ce que tout le monde ne projette pas ses fantasmes ici parce que c'est tellement dur sur Terre, non ?...

— Peut-être qu'il n'existe qu'un seul antimonde coordonné...

— Ça, c'est encore un rêve, le fantasme absolu...

— Et pourquoi ils ne seraient pas les maîtres absolus de la planète ? Cachés partout, peut-être conduits par votre amie Hiroko, qui pourrait garder le contact avec votre autre ami Arkady. Pourquoi pas, hein ? Qui peut savoir ? En tout cas, sur Terre, personne ne le sait.

— Tout ça, c'est des histoires. Tout le monde adore, des millions de gens y croient sur Terre. C'est comme une drogue. Ils veulent tous venir ici, mais on est tellement peu à réussir. Et il faut dire qu'un sacré pourcentage d'entre nous a menti à fond pendant toutes les épreuves de sélection.

— Oui, oui, réussit à dire Frank d'un air sombre. On a tous fait la même chose.

La vieille plaisanterie de Michel Duval lui revenait à la mémoire : puisque, de toute façon, ils étaient tous destinés à devenir fous...

— Mais vous êtes là maintenant ! Et vous vous attendiez à quoi ?

— Je ne sais pas. (Il secoua la tête, irrité.) Mais ce ne sont que des délires, vous ne comprenez pas ? Le besoin de rester caché serait un handicap terrible pour une communauté. Si vous y réfléchissez sérieusement, il n'existe que des rumeurs, des histoires.

— Alors, tous ceux qui ont disparu, où sont-ils allés ?

Frank haussa les épaules et ils sourirent tous.

Il y pensait encore une heure plus tard. Ils s'étaient tous déplacés jusqu'à l'amphithéâtre à ciel ouvert, construit avec des blocs de sel dans le style grec classique. Tous les visages étaient attentifs. Dans l'hémicycle, tous les bancs étaient occupés : on attendait avec curiosité ce qu'allait pouvoir dire l'un des cent premiers. Il était une relique du passé, un personnage historique, il était déjà sur Mars dix ans avant que la plupart d'entre eux soient nés, et les souvenirs qu'il gardait de la Terre remontaient au temps de leurs grands-parents. Un gouffre vaste et sombre les séparait.

Les anciens Grecs avaient certainement connu les dimensions et les proportions qui convenaient pour un orateur et Frank dut à peine hausser la voix pour se faire entendre. Il commença par les déclarations habituelles, plus ou moins coupées ou censurées, à cause des récents événements. Mais il n'était guère cohérent, même à ses propres oreilles.

— Ecoutez, poursuivit-il en essayant désespérément de trouver un autre ton, son regard courant entre les rangs. Nous sommes arrivés ici sur un monde nouveau et différent, ce qui rendait nécessaire que nous devenions des êtres différents. Aucun des vieux principes de la Terre n'avait plus vraiment d'importance. A terme, inévitablement, nous allons former une nouvelle société, une société martienne, car c'est dans la nature des choses. Cela résulte des décisions que nous prenons ensemble, de notre action collective. Et ces décisions, nous les prenons en ce moment même. Mais si vous vous réfugiez dans la clandestinité, si vous rejoignez les colonies cachées, vous vous isolez, de votre propre fait ! Vous restez ce que vous étiez lors de votre arrivée, et jamais vous ne vous métamorphoserez en humain martien. Et vous nous priverez aussi de vos connaissances. Je l'ai appris personnellement, croyez-moi. (Il fut surpris de la peine qu'il ressentait tout à coup.) Comme vous le savez, quelques-uns des cent premiers ont été aussi les premiers à disparaître, sans doute sous l'égide de Hiroko Ai. Je ne comprends toujours pas pourquoi. Mais j'aurais du mal à vous expliquer à quel point le génie d'Hiroko pour la conception de systèmes nous a fait défaut ! Je crois que l'on peut dire qu'une grande partie de nos problèmes sont dus à son absence durant toutes ces dernières années. (Il secoua la tête, en essayant de rassembler ses pensées.) La première fois que j'ai vu ce canyon où nous nous trouvons, c'était avec elle. C'était une de nos premières explorations dans cette région et, quand nous avons découvert le sol de ce canyon, tellement nu et plat, elle m'a dit : « C'est comme le plancher d'une chambre. » Il regarda l'assistance en essayant de se remémorer le visage d'Hiroko. Oui... non. C'était bizarre comme on croyait se rappeler les visages jusqu'à ce qu'on essaie de les retrouver dans son esprit, lorsqu'ils s'éloignaient de nous. Elle m'a manqué. En venant ici, je me suis demandé s'il s'agissait bien du même lieu, et aussi... j'ai eu du mal à me dire que j'avais vraiment connu Hiroko. (Il s'interrompit, essayant de discerner leurs expressions.) Est-ce que vous comprenez ?

— Non ! lança une voix.

Dans son trouble, il retrouva une trace de son tempérament coléreux.

— Je suis en train de vous dire qu'il faut que nous fabriquions une nouvelle planète Mars ! Que nous sommes des êtres complètement différents, qu'ici rien n'est plus pareil ! Rien !

Il dut abandonner et se rasseoir. D'autres orateurs lui succédèrent. Il restait immobile, abasourdi par leurs voix ronronnantes, le regard rivé sur l'autre extrémité de l'amphithéâtre, sur les sycomores du parc, les grands bâtiments blancs aux terrasses envahies de verdure. Image blanc et vert.

Il ne pouvait pas leur dire ça. Personne ne pouvait le leur dire. Seul le temps, et Mars, pourraient le leur faire comprendre. Et entre-temps, ils devraient agir en contradiction avec leurs intérêts. Ça arrivait tout le temps, mais maintenant ? Comment était-ce possible ? Pourquoi les gens étaient-ils tellement stupides ?

En quittant l'amphithéâtre, il traversa le parc, puis la ville. Et il demanda à Slusinski, par l'intermédiaire de son bloc de poignet :

— Comment des gens peuvent-ils agir contre leur propres intérêts matériels ? C'est fou ! Les marxistes étaient des matérialistes, alors comment expliquaient-ils ça ?

— Par l'idéologie.

— Mais si le monde matériel et nos méthodes pour le manipuler déterminent tout, comment une idéologie peut-elle surgir ? Comment expliquaient-ils son origine ?

— Certains définissaient une idéologie comme le rapport imaginaire avec une situation réelle. En postulant que l'imagination était une force puissante dans l'existence humaine.

— Mais alors, ils n'étaient absolument pas matérialistes ! Pas étonnant que Marx soit mort !

Il jura, écœuré.

— A vrai dire, monsieur Frank, il y a nombre de gens sur Mars qui se considèrent comme marxistes.

— Merde alors ! Ils pourraient être tout aussi bien jansénistes, hégéliens, disciples de Zoroastre !

— Les marxistes étaient hégéliens, monsieur.

— Tais-toi, gronda Frank en coupant la communication.

Des êtres imaginaires dans un paysage réel. Pas étonnant qu'il ait oublié la carotte et le bâton pour se perdre dans ces concepts de vie nouvelle, de différence radicale... Toutes ces conneries ! Oui, il jouait à être John Boone. C'était vrai ! Il essayait de faire comme lui. Mais John avait été expert à ce jeu. Il avait un tour de main magique pour ça, et Frank l'avait tant de fois observé au bon vieux temps. Il savait infléchir les choses à coups de paroles. Alors que les paroles, entre les lèvres de Frank, étaient comme des cailloux. Même à présent, alors qu'il en avait tant besoin. Alors que les paroles seules pouvaient le sauver.

Maya l'attendait à la gare de Burroughs et elle l'étreignit brièvement. Il se laissa faire avec raideur, ses sacs pendus au bout du bras. Hors de la tente, des gros nuages d'orage couleur de chocolat bouillonnaient dans le ciel mauve. Il fut incapable de soutenir son regard.

— Tu as été splendide, lui dit-elle. Tout le monde en parle.

— Au moins pendant une heure.

Après quoi, les immigrants disparaîtraient comme d'habitude. C'était un monde de faits, d'actes, et les paroles n'avaient pas plus d'influence sur les actes que le bruit d'une cascade sur le cours du torrent.

Il marchait à grands pas vers les bureaux de la mesa. Maya l'accompagna sans cesser de bavarder tandis qu'il s'installait dans l'une des chambres jaunes du quatrième étage. Meubles en bambou, coussins et draps à fleurs. Maya était joyeuse, heureuse de le revoir, excitée par toutes sortes de plans. Il serra les dents jusqu'à en avoir mal. C'était le bruxisme. Une source de maux de tête et de douleurs faciales ou maxillaires intenses.

Il se leva.

— Il faut que j'aille faire un tour.

En sortant, il entrevit l'expression de Maya : elle était surprise et blessée. Comme d'habitude.

Il se perdit entre les pelouses et les colonnes de Bareiss, pareilles à des quilles de bowling. Sur l'autre berge du canal, il s'installa à une table ronde, dans un petit café, et mit une bonne heure à déguster son café grec.

Et Maya surgit devant lui.

— Ça veut dire quoi ? fit-elle. Qu'est-ce qu'il y a encore qui ne va pas ?

Il observa le fond de sa tasse avant de la regarder, puis de revenir à sa tasse. Dans son esprit, maintenant, il n'y avait plus qu'une seule phrase, aux mots nets : *J'ai tué John.*

— Il n'y a rien, dit-il. Pourquoi ?

Elle plissa les lèvres et elle parut ainsi plus vieille, et plus furieuse encore. Elle devait bien avoir quatre-vingts ans. Oui, ils étaient trop vieux pour ce genre d'affaire. Après un long silence, elle s'installa en face de lui.

— Ecoute, dit-elle lentement. Peu m'importe ce qui s'est passé autrefois. (Elle s'interrompit et il la regarda. Elle avait baissé les yeux et paraissait plongée dans son monde intérieur.) A bord de l'*Arès*, je veux dire, ou à Underhill. Où que ce soit.

Il sentit son cœur battre plus fort. Ses poumons étaient froids. Maya lui parlait toujours, mais il ne saisissait pas ce qu'elle disait. Est-ce qu'elle pouvait savoir ce qu'il avait fait à Nicosia ? Impossible, sinon elle n'aurait pas été là. Pourtant, elle devait bien savoir.

— Est-ce que tu comprends ? demandait-elle.

Il n'avait pas entendu le début. Il continuait de fixer sa tasse de café. Et elle la frappa soudain d'un revers de main. La tasse se fracassa sur la table voisine.

— Je t'ai demandé si tu *comprenais* ?

Paralysé, il ne quittait pas la table des yeux. Et ses taches de café. Maya se pencha en avant et porta les mains à son visage. Elle ne respira plus pendant un instant. Puis elle releva la tête et lui dit :

— Non. (Et son ton était si calme qu'il crut qu'elle se parlait à elle-même.) Ne dis rien. Tu crois que j'y pense, et c'est pour cette raison que tu te conduis comme ça. Nous nous sommes connus il y a trente-cinq ans, et trente ans ont passé depuis que c'est arrivé. Je ne suis plus cette Maya Katarina Toitovna. Je ne la connais pas, je ne sais pas ce qu'elle pense ni ce qu'elle éprouve. Ni pourquoi. C'était un monde différent, une autre vie. Pour moi, elle ne compte plus. Je suis là, et je suis moi. (Elle pointa un doigt entre ses seins et ajouta :) Et je t'aime.

Elle laissa le silence persister. Il la regarda avant de détourner les yeux vers les étoiles qui commençaient à briller, et il se souvint de leur position : quand elle lui avait dit je t'aime, Orion était haut dans le ciel du sud. Sous lui, la chaise de métal était aussi froide que ses pieds.

— Je ne veux pas penser à autre chose, dit Maya.

Elle ne savait pas, mais lui si. Pourtant, chacun devait assumer son passé. Ils avaient quatre-vingts ans, et ils étaient en parfaite santé. Il existait autour d'eux des gens qui avaient plus de cent dix ans et qui étaient encore en pleine forme, vigoureux et sains. Qui pouvait dire la durée de leurs vies ?

Ça leur ferait un long passé à assumer. Et au fur et à mesure, alors que les années de leur jeunesse reculeraient dans un lointain passé, toutes ces passions brûlantes leur auraient laissé de telles blessures... se pouvait-il que ce ne soient que des cicatrices ? N'étaient-ce pas plutôt des blessures invalidantes, un millier d'amputations ?

Mais ce n'était pas un simple problème physique. Les amputations, les castrations, les excisions ; tout cela se passait dans leur tête. Une relation imaginaire avec une situation réelle...

— Le cerveau est un animal bizarre, marmonna Frank.

Elle inclina la tête avec un regard intrigué. Brusquement, il fut effrayé : *ils étaient leur passé.* Sinon, ils n'étaient plus rien. Tout ce qu'ils éprouvaient, pensaient ou disaient dans le présent n'était que l'écho du passé. Alors, comment pouvaient-ils vraiment savoir ce que leur esprit, au plus profond, ressentait, pensait ? Ce qu'il avait à dire ? Ils ne le savaient pas. Pas vraiment. C'est pour ça que les relations étaient rigoureusement mystérieuses, elles se déroulaient entre deux esprits subconscients, et quel que soit le filet de pensées en surface, on ne pouvait pas s'y fier, le considérer comme exact.

Et cette Maya qu'il avait en face de lui en cet instant se rappelait-elle vraiment ? Ou bien avait-elle oublié ? Voulait-elle la vengeance ou le pardon ? Impossible à dire.

Elle était là, malheureuse et fragile. Il pouvait la casser comme elle l'avait fait de sa tasse, d'un seul geste. S'il ne faisait pas semblant de la croire, que se passerait-il ?... Il ne pouvait la briser ainsi. Elle le haïrait ensuite — pour l'avoir obligée à retrouver le passé, pour s'être souvenue... Mais il devait continuer.

Il leva la main avec un sentiment de peur, comme s'il s'apprêtait à une téléopération chirurgicale. Il n'était qu'un manipulateur de waldo, une machine aux doigts habiles, mais raide, étrangère, sensible, rapide ! A gauche, stop ! Retour, stop ! Arrêt. Vers le bas doucement. Serrer, très doucement. La main de Maya était froide. Comme la sienne.

Elle posa sur lui un regard triste.

— On va... (Il s'éclaircit la gorge.) On va retourner dans nos chambres.

Après cet épisode, des semaines durant, il resta maladroit physiquement, comme s'il avait été plongé dans un espace différent et obligé de faire mouvoir son corps à distance. De la téléopération. Il prenait conscience du nombre de ses muscles. Parfois, il les sentait si bien qu'il aurait pu danser dans les airs, mais la plupart du temps, il se déplaçait par saccades, comme le monstre de Frankenstein.

Les mauvaises nouvelles déferlaient sur Burroughs. La vie de la cité semblait normale, mais les écrans vidéo débordaient de scènes montrant un monde auquel Frank avait du mal à croire : émeutes dans Hellas. Le cratère-dôme de New Houston se déclarait république indépendante. Et, cette même semaine, Slusinski lui expédia une bande émise par un office d'orientation américain selon laquelle cinq dortoirs avaient voté à l'unanimité pour quitter Hellas sans les autorisations de déplacement requises. Frank contacta le nouveau délégué de l'AMONU et on envoya sur place un détachement de la police de sécurité de l'ONU. Dix hommes suffirent pour en arrêter cinq cents, tout simplement en contrôlant l'ordinateur de contrôle physique de la station énergétique de la tente. Les occupants, sans défense, reçurent l'ordre d'embarquer dans des trains avant que l'atmosphère de la tente ne soit libérée. Ils avaient été conduits jusqu'à Korolyov, qui était devenue une cité-prison. Sa transformation en prison était de notoriété publique, même si c'était récent. Il avait du mal à se rappeler quand exactement elle s'était produite. On aurait dit qu'elle avait toujours été comme ça, peut-être parce que les éléments d'un système carcéral existaient depuis plusieurs années un peu partout sur la planète.

Frank interrogea certains prisonniers par vidéo.

— Vous voyez comme ç'a été facile de vous retenir. Et ce sera toujours comme ça. Les systèmes de survie sont tellement fragiles que les cités sont impossibles à défendre. Sur Terre, les technologies militaires de pointe rendent les forces de police plus efficaces mais, ici, c'est d'une facilité absurde.

— Vous nous avez surpris au moment le plus facile, répliqua un homme qui devait avoir la soixantaine. C'était bien joué. Quand nous serons libres, j'aimerais bien voir comment vous allez vous y prendre pour nous rattraper. A ce stade, votre système de survie est aussi vulnérable que les nôtres, mais plus visible.

— Ça n'est pas aussi simple ! Toutes nos installations dépendent de la Terre. La Terre dispose d'un puissant arsenal, pas nous. Vous et vos amis, vous essayez de vous lancer dans une rébellion de pure fantaisie, une aventure de SF de 1776. Les pionniers en lutte contre la tyrannie. Mais ça n'est pas du tout ça ! Toutes les analogies sont fausses et trompeuses, car elles masquent la réalité, la vraie nature de notre dépendance et de leur puissance. Elles vous empêchent de réaliser que tout ça n'est qu'une vision !

— Je suis persuadé qu'il y a eu pas mal de bons tories pour défendre la même position au temps des colonies, dit l'homme avec un rictus. A vrai dire, l'analogie est plutôt juste sous bien des aspects. Ici, nous ne sommes pas seulement les rouages d'une machine, mais des individus, pour la plupart ordinaires. Mais il y a parmi nous des personnages plus marqués — nous aurons nos Washington, nos Jefferson, nos Paines, je vous le garantis. Et aussi nos Andrew Jackson et nos Forrest Moseby : des brutes qui sauront obtenir ce qu'ils veulent !

— Ridicule ! s'écria Frank. Encore une fausse analogie !

— Disons que ce serait plutôt une métaphore. Il existe des différences, mais nous avons l'intention d'y répondre de façon créative. Nous ne comptons pas nous installer derrière des remparts de rocaille pour vous canarder à coups de mousquet.

— Et braquer les lasers de minage du haut des cratères ? Vous croyez que c'est différent ?

L'image de l'autre dansa sur l'écran.

— Je pense que la vraie question est de savoir si nous aurons un Lincoln.

— Lincoln est mort ! lâcha Frank d'un ton sec. Et l'analogie historique est le dernier refuge de ceux qui ne peuvent appréhender une situation.

Il coupa la communication.

L'appel à la raison était inutile. De même que la colère, le sarcasme, ou l'ironie. Il ne pouvait qu'essayer d'y répondre dans ses rêves. C'est pourquoi il se prenait la parole dans les réunions et s'efforçait d'être convaincant, les haranguant sur Mars, sur sa nature, sur ce qu'elle était devenue, le bel avenir qu'elle pouvait avoir en tant que société collective, spécifiquement et organiquement martienne dans sa nature, « quand le flux de toutes ces haines terrestres se serait consumé, quand toutes ces habitudes mortes qui nous empêchaient de vivre vraiment à partir de la création qui était la seule véritable beauté du monde, et merde ! »

Il essaya d'arranger des rencontres avec certains des disparus. Il réussit à joindre un groupe au téléphone et demanda qu'on passe le mot à Hiroko, si possible. Il avait besoin de s'entretenir avec elle de toute urgence. Mais nul ne semblait savoir où elle se trouvait.

Et puis, un jour, il reçut un message d'elle, un fax en provenance de Phobos. Qui lui disait qu'il ferait mieux de s'adresser à Arkady. Mais Arkady avait disparu dans Hellas et ne répondait plus à aucun message.

— Merde, c'est comme si on jouait à cache-cache ! dit-il à Maya d'un ton amer. Vous avez le même jeu, en Russie ? Je me rappelle y avoir joué avec des gamins plus grands que moi. C'était le soir, il y avait de l'orage, il faisait vraiment sombre, et je m'étais perdu dans les rues en me disant que jamais je ne les trouverais.

— Oublie les disparus. Concentre-toi sur ceux que tu peux voir. Les disparus te surveilleront toujours, de toute façon. Peu importe que tu les voies ou qu'ils ne répondent pas à tes appels.

Il secoua la tête.

Une nouvelle vague d'immigrants déferla. Il hurla après Slusinski en exigeant une explication de Washington.

— Apparemment, monsieur, le consortium de l'ascenseur aurait été racheté par OPA : Subarashii. Le siège de la société a donc été transféré à Tobago, sur l'île de Trinidad, et les intérêts américains ne sont plus concernés. Ils déclarent que la capacité de construction des infrastructures est désormais alignée avec un taux modéré d'immigration.

— Les salauds ! Ils ne savent pas ce qu'ils font !

Il se mit à tourner en rond. Et les mots sortirent entre ses dents serrées.

— Vous savez voir mais vous ne comprenez rien. C'est ce que disait John : il existe des parties de la réalité martienne qui ne réussissent pas à franchir le vide entre les deux mondes. Non seulement le changement de gravité, mais le rythme des journées, la vie dans un dortoir, les repas dans les réfectoires. Et c'est pour ça que vous ne comprenez rien à rien, bande de fils de putes ignorants, arrogants et cons !

Il prit le train avec Maya en direction de Pavonis Mons. Pendant le voyage, il resta immobile devant une fenêtre à regarder le paysage rouge monter et descendre. La Bosse de Tharsis était énorme. On sentait que quelque chose, en profondeur, tentait de sortir : la situation politique actuelle. Avec de grands volcans tout au sommet, prêts à entrer en éruption.

Pavonis Mons. Une montagne gigantesque surgie d'un rêve, d'une estampe de Hokusai. Frank, devant ce spectacle, avait du mal à prononcer un mot. Il évita de regarder l'écran de TV qui se trouvait à l'avant de la voiture. De toute façon, les nouvelles traversaient le train presque instantanément, dans les bribes de conversation et l'expression des passagers. Il n'était pas nécessaire de regarder les vidéos pour découvrir les nouvelles vraiment importantes.

Le train s'engagea dans une forêt de pins d'Acheron, de petits arbustes dont l'écorce était comme du fer noir, avec des bouquets d'épines cylindriques. Mais les épines étaient jaunes et flasques. Il avait entendu parler de ça : il y avait un problème avec le sol. Trop de sel ou pas assez d'azote, il n'aurait su le dire. Des silhouettes casquées étaient groupées autour d'un arbre, sur des échelles, occupées à prélever des spécimens d'aiguilles.

— C'est comme moi, souffla-t-il à Maya qui s'était endormie. Je joue avec les aiguilles alors que les racines sont déjà malades.

Il rencontra les nouveaux administrateurs de l'ascenseur dans les bureaux de Sheffield et, dans le même temps, il entama un tour de concertations simultanées avec Washington. Il apprit ainsi que Phyllis avait toujours le contrôle de l'ascenseur, car elle avait aidé Subarashii dans leur prise de contrôle.

Puis on leur dit qu'Arkady était toujours à Nicosia, au bas de la pente de Pavonis, et qu'il avait déclaré avec ses partisans que Nicosia était une cité libre au même titre que New Houston. La cité était devenue l'un des principaux centres de disparition de la planète. On entrait dans Nicosia et personne n'entendait plus jamais parler de vous. Ça s'était passé des centaines de fois, et il était clair qu'il existait un dispositif de contact ou de transfert, une espèce de métro secret qu'aucun agent n'avait réussi à découvrir jusque-là. Et certains n'en étaient jamais revenus.

— On va descendre et lui parler, proposa Frank à Maya. Je voudrais vraiment discuter en personne avec lui.

— Ça n'apportera rien de bon, fit Maya d'un air sombre.

Mais Nadia devait y être, elle aussi. Et elle suivit Frank.

A Nicosia, leur train s'arrêta normalement : la gare leur était ouverte, comme s'il n'avait pas été question de les repousser. Mais Arkady pas plus que Nadia ne se trouvaient dans l'assistance clairsemée. Alexander Zhalin les avait remplacés. Lorsqu'ils furent dans les bureaux de la municipalité, ils appelèrent Arkady en liaison vidéo. A en juger par les rayons du soleil qui l'encadraient, il était déjà à plusieurs kilomètres à l'est. Et Nadia, leur dit-on, n'était jamais venue à Nicosia.

Arkady n'avait pas changé : calme et ouvert.

— C'est de la folie, lui dit Frank, furieux de ne pouvoir le rencontrer. Tu ne peux quand même pas espérer réussir.

— Mais nous le pouvons. Nous sommes en train de réussir.

Sa luxuriante barbe roux et blanc était son insigne révolutionnaire : le jeune Fidel se préparant à entrer dans La Havane.

— Bien sûr, ce serait plus facile avec ton aide, Frank. Penses-y.

Et puis, avant que Frank ait pu parler, quelqu'un, hors du champ, attira l'attention d'Arkady. Suivit une conversation à voix étouffées en russe, et Arkady revint à lui :

— Désolé, Frank. Il faut que je m'occupe de quelque chose. Je te reprendrai dès que possible.

— Ne t'en va pas ! cria Frank, mais la communication n'était pas coupée.

— Oh, bordel !

Nadia apparut. Elle était à Burroughs, mais elle avait été branchée sur leur conversation. En contraste avec Arkady, elle se montra rigide, brusque et sombre.

— Tu ne peux pas soutenir ce qu'il fait ! lança Frank.

— Non, fit-elle sans joie. Nous ne nous parlons pas. Nous restons encore en contact téléphonique, et c'est comme ça que j'ai su où tu étais, mais on ne s'appelle plus guère.

— Tu ne peux pas l'influencer ? demanda Maya.

— Non.

Frank devina que Maya avait du mal à la croire, et il faillit en rire : comment ? Une femme incapable d'influencer un homme ? De le manipuler ? Mais quel était donc le problème de Nadia ?

Cette nuit-là, ils s'installèrent dans le dortoir de la gare. Après le dîner, Maya retourna au bureau du directeur de la cité afin de s'entretenir avec Alexander, Dmitri et Elena. Pour Frank, c'était une perte de temps. Il fit le tour de la vieille ville d'un pas nerveux, se souvenant de cette nuit, il y avait si longtemps. Cela remontait à neuf ans, en fait, mais ç'aurait aussi bien pu être un siècle. Nicosia lui semblait petite. Du parc, à l'apex ouest, on avait toujours une vaste vue d'ensemble, mais tout semblait trop noir.

Dans le bosquet de sycomores devenus adultes, il croisa un homme qui allait d'un pas rapide. Il s'arrêta et dévisagea Frank, qui se trouvait sous une rampe d'éclairage.

— Chalmers ! s'exclama-t-il.

Frank se tourna vers lui. L'autre avait un visage émacié, la peau sombre, de longues dreadlocks. Il ne le reconnaissait pas, mais il éprouva pourtant un frisson.

— Oui ?

L'homme le fixait, et il demanda :

— Vous ne me connaissez pas, hein ?

— Non, je ne crois pas. Qui êtes-vous ?

Le sourire de l'homme était asymétrique, comme si sa mâchoire avait été cassée. Sous la lumière, ses traits semblaient déformés.

— Qui êtes-vous ? répéta Frank.

L'homme leva un doigt.

— La dernière fois que nous nous sommes rencontrés, vous étiez en train de foutre la ville en l'air. Cette nuit, c'est à mon tour.

Et il s'éloigna en riant sur un ton de plus en plus aigu.

Quand il retrouva Maya, elle lui serra le bras.

— Je m'inquiétais. Tu ne devrais pas te promener seul la nuit dans cette ville !

— Tais-toi.

Il appela la centrale. Tout était normal. Puis la police de l'AMONU. Il demanda qu'on place des gardes à la centrale et à la gare. Il répétait ses ordres devant un supérieur quand l'écran devint noir. Il sentit un frémissement sous ses pieds et tous les circuits d'alarme se déclenchèrent à la même seconde, dans toute la ville.

Une violente secousse suivit. Les sas se refermèrent en sifflant. Le bâtiment se cloisonnait, ce qui signifiait que la pression baissait rapidement. Avec Maya, il se précipita vers la baie. La tente de Nicosia s'était affalée, agitée par le vent, accrochée par endroits aux plus hautes constructions. Les gens couraient dans les rues, cognaient aux portes, s'écroulaient, recroquevillés, comme les morts de Pompéi. Frank se retourna, la douleur fusant dans toute sa mâchoire.

Apparemment, les sécurités avaient bien fonctionné. Il entendit le bourdonnement d'un générateur. Ou le sentit. Les écrans étaient obscurs, ce qui rendait incroyable le spectacle qu'on voyait à travers la baie. Maya avait le visage empourpré, mais elle restait calme.

— La tente est tombée !

— Je sais.

— Mais qu'est-ce qui s'est passé ?

Il ne répondit pas.

— Tu as essayé la radio ?

— Non.

— Alors ? cria-t-elle, excédée par son mutisme. Tu sais ce qui se passe ?

— La révolution, dit-il.

SEPTIÈME PARTIE

SENZENI NA

Au quatorzième jour de la révolution, Arkady Bogdanov rêva de son père. Il était assis sur un coffre en bois, devant un petit feu, au fond de la clairière — une sorte de feu de camp, si ce n'est que les longs toits de tôle d'Ugoly étaient visibles à une centaine de mètres derrière eux. Ils tendaient les mains vers les flammes, et son père lui racontait encore une fois sa rencontre avec un léopard des neiges. Le vent soufflait et faisait danser les flammes. Alors, une sirène d'alarme retentit.

C'était le réveil d'Arkady, réglé sur quatre heures du matin. Il se leva et prit un bain chaud. Une image du rêve lui revint. Depuis le commencement de la révolte, il avait peu dormi : quelques heures grappillées çà et là, et son réveil l'avait tiré de plusieurs rêves en sommeil profond, dont on ne se souvient généralement pas. Presque tous étaient construits autour de souvenirs déformés de son enfance, des souvenirs qui ne lui étaient encore jamais revenus. Il se demandait quel pouvait être le contenu de la mémoire, et si ce stockage n'était pas immensément plus fort que le mécanisme de recherche. Est-ce que chacun était capable de se souvenir de chaque seconde de sa vie, mais seulement dans ces rêves que l'on perdait au réveil ? Est-ce que c'était en quelque sorte nécessaire ? Dans ce cas, que se passerait-il si les gens se mettaient à vivre pendant cent ou deux cents ans ?

Janet Blyleven entra. Elle avait l'air inquiète.

— Ils ont fait sauter Nemesis. Roald a analysé la vidéo et il pense qu'ils ont utilisé un paquet de bombes à hydrogène.

Ils passèrent à côté, dans les vastes bureaux de Carr, où Arkady avait passé la majeure partie de ces deux dernières semaines. Alex et Roald étaient installés devant la TV.

— Ecran, dit Roald. Repasser bande 1.

L'image clignota avant de se stabiliser : l'espace noir, le fond des étoiles et, au milieu de l'écran, un astéroïde sombre et irrégulier, visible en fait comme une tache sur les étoiles. Une tache d'un blanc intense apparut sur un côté. Et l'astéroïde éclata et se dispersa presque immédiatement.

— Vite fait, bien fait, commenta Arkady.

— On a une autre prise, sous un autre angle, plus loin.

Sur cette image, l'astéroïde était oblong et on distinguait les cloques argentées de son propulseur de masse. Un éclair blanc, et l'espace noir restitué avec des traces de fragments entre les étoiles, sur la droite de l'écran. Puis plus rien. Pas de nuage incandescent, pas de grondement. Rien que la voix ténue d'un commentateur, qui parlait de la défaite des émeutiers de Mars et de l'écrasement de leur menace d'apocalypse, de la riposte de la défense stratégique terrienne. Quoique, apparemment, les missiles aient été lancés à partir des pistes de la base lunaire de l'Amex.

— Je n'ai jamais vraiment aimé cette idée, dit Arkady. C'est la destruction mutuelle assurée.

— Mais s'il y a bien une destruction mutuelle, et que l'un des camps perde ses capacités... commença Roald.

— Nous n'avons pas perdu nos capacités, en ce qui nous concerne. Et ils estiment aussi bien nos forces que nous estimons les leurs. On repasse donc à la défense suisse.

Ce qui voulait dire : détruire ce que les autres veulent, partir dans les collines et recommencer l'éternelle résistance. Ce qui séduisait infiniment plus Arkady.

— Nous serons plus faibles, trancha Roald d'un ton sec.

Avec la majorité, il avait voté pour qu'on envoie Nemesis vers la Terre.

Arkady acquiesça. Ça, on ne pouvait nier qu'un facteur venait d'être éliminé de l'équation. Mais il n'était pas évident que l'équilibre des forces en ait été modifié. Ce n'était pas lui qui avait eu l'idée de Nemesis, mais Mikhail Yangel, et c'est le groupe des astéroïdes qui avait été chargé du lancement. A présent, ils étaient nombreux à avoir été tués par la grande explosion ou par d'autres, résiduelles, à l'intérieur de la ceinture. Et l'opération Nemesis avait fait croire aux populations que les rebelles étaient prêts à des destructions massives sur Terre. Comme l'avait fait remarquer Arkady, c'était vraiment une très mauvaise idée.

Mais une révolution se vivait comme ça. Personne n'exerçait un réel contrôle, quoi qu'en pensent les gens. Et c'était sans doute mieux comme ça, et plus particulièrement ici, sur Mars. Les combats avaient été durs pendant la première semaine : l'AMONU comme les transnationales avaient augmenté leurs forces de sécurité l'année précédente. Un certain nombre de grandes villes avaient été investies instantanément, mais le nombre de groupes rebelles avait été sous-estimé. Plus de soixante cités et stations avaient proclamé leur indépendance. Les gens avaient surgi des collines, des labos et ils avaient simplement pris le pouvoir. La Terre, maintenant, était en opposition par rapport au soleil, le port de transit de navette le plus proche avait été détruit, et c'était au tour des forces de sécurité d'être assiégées, dans les cités majeures ou ailleurs.

La centrale physique appela : ils avaient des ennuis avec les ordinateurs, et ils voulaient qu'Arkady vienne jeter un coup d'œil sur place.

Il traversa Menlo Park. Le soleil venait de se lever et le cratère de Carr était encore presque complètement plongé dans l'ombre. Seuls la paroi ouest et les grands bâtiments de béton de la centrale apparaissaient dans les rayons jaunes et durs du soleil levant, qui transformaient les pistes des pentes en rubans d'argent. Les rues de la cité s'éveillaient lentement. Des rebelles avaient afflué depuis les autres villes et les Highlands, et ils dormaient dans le parc. Les gens se levaient et s'extrayaient de leurs sacs de couchage, les jambes raides, les cheveux hirsutes, les yeux gonflés. Les températures nocturnes restaient stables, mais il faisait encore froid à l'aube, et tous se pressaient maintenant autour des réchauds, en s'activant avec leurs samovars et leurs cafetières, se tournant souvent vers l'ouest pour mesurer la progression de la lumière. Ils agitaient la main en apercevant Arkady, et il s'arrêta plusieurs fois pour répondre à leurs questions ou donner des conseils d'un ton joyeux. Il sentait le changement d'atmosphère, il retrouvait ce sentiment d'être avec tous les autres dans un espace différent, face une fois encore aux mêmes problèmes. Ils étaient de nouveau tous égaux, ils brillaient du même éclat devant leurs réchauds, leurs circuits thermiques : l'éclat électrique de la liberté.

Il murmura dans son bloc de poignet :

— Ce parc me rappelle ce qu'Orwell disait à propos de Barcelone aux mains des anarchistes — c'est l'euphorie d'un nouveau contrat social, le retour à ce rêve d'enfant d'honnêteté et de justice avec lequel nous commençons tous...

Un bip, et le visage de Phyllis apparut sur l'écran minuscule, ce qui l'agaça.

— Qu'est-ce que tu veux ?

— Nemesis a été détruite. Nous voulons que vous vous rendiez avant que d'autres dommages soient commis. Arkady, c'est très simple. C'est vous rendre ou mourir...

Il faillit rire. Elle était tout à coup comme la vieille sorcière méchante du Magicien d'Oz, *au centre de la boule de cristal.*

— Il n'y a pas de quoi sourire !

Il comprit soudain qu'elle avait peur.

— Tu sais très bien que nous n'étions pour rien dans Nemesis. C'est absurde.

— Comment peux-tu te montrer aussi stupide ?

— Ce n'est pas de la stupidité. Ecoute, voilà ce que tu vas dire à tes maîtres : s'ils essaient de neutraliser les villes libérées, nous détruirons tout sur Mars.

La tactique de défense suisse.

— Est-ce que tu crois que c'est vraiment important ?

Elle avait les lèvres blêmes et son visage n'était plus qu'un masque primitif de fureur.

— Mais oui, ça compte, Phyllis. Je ne suis que la calotte polaire de tout cela. En profondeur, il existe une lentille énorme que tu ne peux pas voir. Elle est vraiment très vaste et, là, ils ont les moyens de riposter s'ils le veulent.

Elle avait dû baisser le bras car l'image tourbillonna et montra soudain le sol.

*— Tu as toujours été un idiot, fit la voix désincarnée de Phyllis. Même à bord de l'*Arès.

Et elle coupa la communication.

Arkady reprit son chemin. Le réveil de la ville n'était plus aussi réconfortant que le moment d'avant. Si Phyllis avait peur...

Les gens de la centrale travaillaient sur un dysfonctionnement. Quelques heures auparavant, le niveau d'oxygène s'était mis à grimper dans toute la ville et aucune alarme ne s'était déclenchée. C'était un technicien qui l'avait découvert par hasard.

Une demi-heure encore, et ils trouvèrent : il y avait eu substitution de programme. Ils effectuèrent le changement, mais cela ne parut pas apaiser Tati Anokhin.

— Il y a certainement eu sabotage. Il doit rester plus d'oxygène qu'on ne le lit. En ce moment même, ça doit monter à 40 %.

— Pas étonnant que tout le monde soit de bonne humeur ce matin.

— Pas moi. Et puis, cette histoire d'euphorie, c'est un mythe.

— Vous en êtes certain ? Revoyez donc le programme et vérifiez l'identification d'encryptage. Il y a peut-être d'autres substituts sous celui-là.

Arkady retourna vers les bureaux. Il était à mi-chemin quand il entendit une détonation au-dessus de lui. Il leva la tête et découvrit un petit trou dans le dôme. L'air devint iridescent, comme s'ils étaient à l'intérieur d'une énorme bulle de savon. Un éclair et un grondement le firent trébucher. Il lutta pour se redresser et tout prit feu autour de lui dans le même instant : les gens flambaient comme des torches. Et, sous ses yeux, son bras droit s'enflamma.

Détruire les villes martiennes n'était pas difficile. Pas plus que de briser une vitrine, de faire éclater un ballon.

Nadia Chernechevsky le découvrit alors qu'elle se terrait dans les bureaux municipaux de Lasswitz, une cité-tente qui avait été trouée un soir, juste après le coucher du soleil. Tous les survivants s'étaient repliés dans les bureaux et la centrale. Depuis trois jours, ils passaient leur temps à essayer de réparer la tente et à regarder la TV pour savoir ce qui était arrivé. Mais les bulletins d'infos de la Terre ne parlaient que des conflits de la planète mère, qui paraissaient s'être fondus en une seule déflagration. Parfois, un flash rapportait la destruction de cités martiennes. De nombreux cratères sous dôme avaient été touchés par des missiles venus de l'horizon. Dans un premier temps, ils étaient chargés d'oxygène ou de carburants oxygénés, et rapidement suivis d'un ignoteur qui déclenchait des explosions à divers degrés : incendies antipersonnels, détonations qui soufflaient les dômes, et enfin des explosions assez puissantes pour laisser un nouveau cratère. Les incendies antipersonnels déclenchés par l'oxygène semblaient les plus courants : ils laissaient en grande partie l'infrastructure intacte.

Avec les villes sous tente, c'était encore plus simple. La plupart avaient été crevées par des lasers basés sur Phobos. Les centrales énergétiques avaient presque toutes été la cible de missiles de croisière guidés ; d'autres avaient été envahies par des troupes d'un bord ou de l'autre, leurs spatioports occupés, des patrouilleurs armés lancés sur les parois translucides, et dans de rares cas, des bataillons de paras propulsés par fusées dorsales avaient été largués du ciel.

Nadia observait les images dansantes qui témoignaient de la peur réelle des cameramen, l'estomac noué.

— Qu'est-ce qu'ils font ? Ils testent des méthodes ? hurla-t-elle.

— J'en doute, fit Yeli Zudov. Il s'agit probablement de différents groupes qui utilisent des méthodes différentes. Certains semblent viser des dommages minimes alors que d'autres veulent apparemment tuer le plus grand nombre de gens possible. Rien que pour faire de la place aux prochains flux migratoires.

Nadia se détourna, bouleversée. Elle se dirigea vers la cuisine où l'on avait installé un générateur pour le micro-ondes. Ils se nourrissaient maintenant de surgelés. Elle donna un coup de main en sortant les plats. Elle circulait entre les files d'attente, les visages défaits, sales, plusieurs marqués de cloques de gelure. Certains bavardaient, excités, d'autres restaient plantés comme des statues, ou bien somnolaient, effondrés les uns contre les autres. La plupart étaient des réfugiés de Lasswitz, mais un grand nombre avaient été sous des tentes ou des abris détruits par des attaques venues de l'espace, ou des forces au sol.

— C'est stupide, disait une vieille femme arabe à un petit homme noueux. Mes parents étaient dans le Croissant rouge lors des bombardements américains sur Bagdad. Si l'ennemi occupe le ciel, on ne peut rien faire ! Rien ! Il faut nous rendre. Dès que possible !

— Mais à qui ? dit le petit homme d'un ton méfiant. Et pour qui ? Et comment ?

— A n'importe qui, pour tout le monde, et par radio, bien sûr !

La vieille femme lança un regard noir à Nadia, qui haussa les épaules.

Son bloc de poignet bippa, et elle entendit la voix ténue de Sacha

Yefremov. La station de captage d'eau du nord de la ville venait d'être détruite par une explosion et le puits crachait de l'eau et de la glace.

— J'arrive, dit Nadia, secouée.

La station de captage était située sur l'aquifère de Lasswitz, l'un des plus importants de la planète. Si l'aquifère perçait en surface, la station, la cité et le canyon tout entier seraient engloutis — plus grave encore : Burroughs n'était qu'à deux cents kilomètres plus bas, sur la pente de Syrtis et d'Isidis, et l'inondation se propagerait jusque-là ! Burroughs ! La population était trop nombreuse pour concevoir une évacuation, surtout depuis qu'elle était devenue le principal refuge de ceux qui fuyaient la guerre, car ils ne pouvaient aller nulle part ailleurs.

— Il faut se rendre ! insista la vieille femme, depuis l'autre bout de la salle. Tous !

— Je crois que ça ne servirait plus à rien, dit Nadia avant de s'élancer vers le sas.

Une partie d'elle-même était infiniment soulagée de pouvoir enfin faire quelque chose, de cesser d'attendre dans un bâtiment en regardant les catastrophes à la TV — *d'agir*. Nadia avait dressé les plans de Lasswitz et en avait supervisé la construction, six ans auparavant seulement, et elle avait une idée sur ce qu'il convenait de faire. La cité était sous tente, du type Nicosia, la ferme et la centrale installées dans des structures différentes, et la station de captage plus loin au nord. Toutes les structures se trouvaient sur le plancher du canyon Arena, orienté est-ouest. Les parois étaient presque verticales, hautes de cinq cents mètres. La station de captage de l'aquifère se trouvait à quelques centaines de mètres de la paroi nord qui, à cet endroit, était dominée par un surplomb impressionnant. Tout en roulant vers la station avec Sacha et Yeli, Nadia leur expliqua rapidement son plan.

— Je pense que nous pouvons abattre la falaise sur la station. Si nous y arrivons, le glissement de terrain devrait étouffer la fuite.

— Mais est-ce qu'elle n'est pas assez forte pour repousser l'avalanche de rocaille ? s'inquiéta Sacha.

— Sûrement, si tout l'aquifère explosait. Mais si nous le recouvrons alors qu'il n'est encore qu'un puits débouché, l'eau sera gelée dans l'avalanche et, je l'espère, elle formera un barrage assez solide. La pression hydrostatique dans cet aquifère est à peine supérieure à la pression lithostatique de la roche, donc le flux artésien n'est pas trop élevé. Sinon, nous serions déjà tous noyés.

Elle freina. A travers le pare-brise, les restes de la station étaient visibles sous le nuage de vapeur gelée. Un patrouilleur venait droit sur eux à pleine vitesse, en cahotant. Nadia fit un appel de phares et passa sur la fréquence radio commune. C'était l'équipe de la station : Angela et Sam, fous de rage après les événements qu'ils venaient de vivre. Quand ils eurent achevé le récit de la dernière heure, Nadia leur exposa son idée.

— Ça pourrait marcher, dit Angela. Une chose est certaine : rien d'autre ne peut l'arrêter à présent. Ça jaillit à plein.

— Il va falloir faire vite, ajouta Sam. La roche se délite à une vitesse incroyable.

— Si nous n'arrivons pas à l'étouffer, fit Angela avec un enthousiasme quelque peu morbide, ce sera comme lorsque l'Atlantique a franchi le détroit de Gibraltar pour la première fois et s'est déversé dans le bassin méditerranéen. Une cataracte de dix mille ans.

— Je n'en ai pas entendu parler, de celle-là, dit Nadia. Venez : on va aller jusqu'à la falaise et mettre les robots au travail.

En route, elle avait donné l'ordre à tous les robots de construction de quitter leur hangar pour se diriger vers la paroi nord voisine de la station de captage. Quand ils descendirent des patrouilleurs, ils constatèrent que certains des robots les plus rapides étaient déjà sur place, et que les autres suivaient à quelque distance dans le fond du canyon. Une pente d'éboulis se dressait au pied de la falaise comme une énorme vague figée, luisant sous le soleil au zénith. Nadia coupla les excavatrices et les bulldozers et programma les instructions nécessaires pour se frayer un chemin dans les éboulis.

Elle montra aux autres la carte aréologique du canyon qu'elle venait d'appeler sur l'écran du patrouilleur.

— Vous voyez... Il y a une fissure, là, juste derrière le surplomb. C'est ce qui provoque cette inclinaison du bord. Si nous déclenchons tous les explosifs dont nous disposons ici, au fond de la fissure, le rocher va tomber, vous ne pensez pas ?

— Je ne sais pas, dit Yeli. Mais ça vaut le coup d'essayer.

Dès que les autres robots les eurent rejoints avec l'arsenal d'explosifs qui restaient du creusement des fondations de la ville, elle se mit au travail. Elle programma les véhicules pour qu'ils creusent un tunnel au bas de la falaise. Au bout d'une heure, elle déclara :

— Maintenant, on retourne en ville et on fait évacuer tout le monde. Je ne suis pas certaine de l'importance de l'effondrement et je ne tiens pas à ce que quiconque soit enterré là-dessous. Nous disposons de quatre heures.

— Grands dieux, Nadia !

— J'ai dit quatre heures.

Elle pianota un dernier ordre et lança le patrouilleur. Angela et Sam suivirent, en poussant un grand cri de soulagement.

— Vous n'avez pas l'air fâchés de ficher le camp, leur dit Yeli.

— Bon Dieu, ça commençait à être vraiment emmerdant ! fit Angela.

— Ça ne posera plus de problème dorénavant.

L'évacuation s'avéra difficile. Ils étaient nombreux à refuser de partir, et il n'y avait guère de place dans les patrouilleurs. Finalement, on réussit à tous les entasser et la caravane s'engagea sur la route à transpondeurs en direction de Burroughs. Lasswitz était désormais déserte. Nadia perdit une heure à essayer de joindre Phyllis par satellite, mais tous les canaux étaient encombrés ou brouillés. Elle laissa finalement un message sur le satellite : « Nous sommes les non-combattants de Syrtis Major. Nous essayons d'endiguer l'aquifère de Lasswitz pour qu'il n'inonde pas Burroughs. Alors laissez-nous tranquilles ! »

C'était une reddition, en quelque sorte.

Angela et Sam avaient quitté leur patrouilleur pour les rejoindre. Ils escaladèrent la route en montagnes russes de la falaise jusqu'à la bordure sud du canyon d'Arena. La paroi nord intimidante se dressait devant eux. Tout en bas, sur la gauche, ils distinguaient la cité. A cette distance, elle paraissait presque normale. Mais, un peu plus à droite, il était évident que quelque chose se passait. La station était traversée en son milieu par un épais geyser blanc, pareil à un jet de gaz carbonique, qui retombait en une averse de blocs de glace sale, blanchâtres ou rougeâtres. Sous leurs yeux, l'équilibre de cette masse bizarre changea, révélant brièvement un torrent d'eau noire qui fut gelé avec une rapidité folle. Des tourbillons de brouillard montèrent des craquelures de la roche avant de s'effilocher vers le bas du canyon, emportés par le vent. Le rocher et le gravier étaient à tel point déshydratés que, lorsque l'eau les touchait, ils explosaient sous l'effet de violentes réactions chimiques. Quand l'eau ruisselait sur un sol sec, de grands nuages de poussière jaillissaient dans l'air pour se confondre avec les vapeurs gelées.

— Ça, ça plairait à Sax, commenta Nadia d'un ton sinistre.

A la minute prévue, quatre jets de fumée fusèrent à la base de la paroi nord. Durant plusieurs secondes, ensuite, il ne se passa rien, et les observateurs, paralysés, gémirent. Puis la falaise fut secouée, et le roc en surplomb dévala la pente, lentement, majestueusement. Des nuages de fumée denses furent soufflés depuis la base de la falaise, et des nappes de déjections suivirent, comme l'eau filtrant d'un iceberg. Le patrouilleur vibra sous l'effet d'un grondement sourd et Nadia l'éloigna prudemment du rebord sud. Juste avant qu'un nuage boursouflé de poussière n'occulte la vue, ils aperçurent la coulée de terrain qui enfouissait la station.

Angela et Sam applaudissaient.

— Comment saurons-nous si ça a marché ? demanda Sacha.

— Attendons d'y voir à nouveau, fit Nadia. Heureusement, l'eau aura gelé en aval. Rien ne devrait plus bouger.

Sasha hocha la tête. Ils attendirent, assis là, en regardant au fond de l'ancien canyon. Nadia avait la tête vide ; de mornes pensées lui passaient par l'esprit. Elle avait besoin d'action, comme ce qui s'était passé au cours des dernières heures, le genre d'activité intense qui ne lui laissait pas le temps de réfléchir. La moindre pause et elle était assaillie par leur misérable situation, les cités détruites, les morts partout, la disparition d'Arkady. Et personne aux commandes, apparemment. Pas l'ombre d'un plan. Les forces de police rasaient les villes pour écraser la rébellion et les rebelles détruisaient les villes pour faire vivre la rébellion. Ça finirait par la destruction totale. Le travail de toute une vie, de toute sa vie, disparaissait en fumée sous ses yeux ; et sans raison ! Sans aucune raison.

Elle ne pouvait pas se permettre de penser. En bas, un glissement de terrain avait enfoui une station de pompage, par bonheur, et l'eau jaillissant du puits avait gelé, formant un barrage composite. Après cela, c'était difficile à dire. Si la pression hydrostatique de l'aquifère était suffisante, un nouveau puits pourrait être foré. Mais si le barrage était assez résistant... Enfin, on n'y pouvait rien. A moins qu'ils n'arrivent à ménager une sorte de valve, de soupape d'échappement, pour diminuer la pression dans le barrage formé par le glissement de terrain...

Lentement, le vent dispersa la poussière. Ses compagnons applaudirent : la station de captage avait disparu, recouverte maintenant d'une couche de terrain noir. Il y avait une découpe en arc béante dans la paroi nord. Mais ils étaient passés à un doigt de la catastrophe et, si Lasswitz existait encore, la couche qui recouvrait la station ne semblait pas très dense. Le déversement s'était interrompu, pourtant. Il restait une enveloppe épaisse, d'un blanc sale, dressée comme le front d'un glacier au milieu du canyon. Un mince rideau de vapeur givrée s'en élevait. Néanmoins...

— On redescend à Lasswitz pour jeter un coup d'œil sur les moniteurs de l'aquifère, décida Nadia.

Ils redescendirent le long de la paroi du canyon et rentrèrent au garage de Lasswitz. En marcheur, casqués, ils parcoururent les rues désertes. Le centre d'étude de l'aquifère était tout proche des bureaux. C'était étrange, de retrouver leur refuge de ces derniers jours totalement vide.

Ils pénétrèrent dans le centre et lurent les relevés des senseurs souterrains. Beaucoup avaient été neutralisés, mais ceux qui fonctionnaient encore indiquaient que la pression hydrostatique était plus élevée que jamais, et qu'elle ne cessait d'augmenter. Comme une confirmation, ils sentirent une faible secousse sous leurs pieds. Jamais cela ne s'était produit sur Mars.

— Merde ! s'exclama Yeli. Ça va péter une fois encore, c'est sûr !

— Il faut forer un puits d'écoulement, dit Nadia. Une sorte de valve de pression.

— Mais s'il explose comme le premier ? s'inquiéta Sacha.

— Si on le met en place en haut de l'aquifère, ou au milieu, la pression devrait être suffisante. Aussi bien en tout cas que l'ancienne station de captage, que quelqu'un a dû faire sauter, sinon elle fonctionnerait encore. (Elle secoua la tête avec une expression amère.) C'est un risque que nous devons courir. Si ça marche, ça marche... Sinon... Nous ne ferons que provoquer un autre geyser. Mais si nous ne faisons rien, de toute façon, ça ressemblera à un geyser.

Elle redescendit la rue principale avec son équipe jusqu'au hangar des robots, et s'installa dans le centre de commande pour recommencer la programmation. Un forage standard, sous une menace d'éruption maximale. L'eau atteindrait la surface sous l'effet de la pression artésienne avant d'être canalisée jusqu'à un pipeline qui l'évacuerait de la région d'Arena. Ils étudièrent diverses cartes et simulèrent des écoulements dans plusieurs canyons parallèles, vers le nord et le sud. Ils s'aperçurent qu'ils étaient tous importants. Tout ce qui se déversait dans Syrtis descendait vers Burroughs comme dans un bol gigantesque. Il leur faudrait faire courir le pipeline sur près de trois cents kilomètres pour trouver un chenal.

— Et si on prenait Nili Fossae comme déversoir, proposa Yeli. L'eau s'écoulerait droit vers le nord sur Utopia Planitia et elle gèlerait sur les dunes du nord.

— Sax doit vraiment *adorer* cette révolution, répéta Nadia. Ils n'auraient jamais approuvé tout ça.

— Oui, mais il y a pas mal de ses projets qui vont être bousillés.

— En termes de pensée, pour Sax, ça doit quand même représenter un bénéfice net. Toute cette eau en surface...

— Il faudra lui poser la question.

— Si jamais on le revoit...

Yeli resta silencieux un bref instant, puis dit :

— Il y a tant d'eau que ça, en réalité ?

— Oui, il n'y a pas que Lasswitz, intervint Sam. J'ai vu quelques séquences — ils ont fait exploser l'aquifère de Lowell. Une inondation énorme comme celles qui ont submergé les chenaux d'évacuation. Des milliards de tonnes de régolite ont été précipités sur les pentes. Pour l'eau, toute mesure est impossible. C'est incroyable.

— Mais *pourquoi* ? geignit Nadia.

— Parce que c'est la meilleure arme dont ils disposent, à mon avis.

— Mais ça n'est pas une arme ! Ils ne peuvent pas viser, ni l'arrêter !

— Non. Personne ne le peut. Réfléchis bien — toutes les villes des pentes de Lowell ont disparu : Franklin, Drexler, Osaka, Galileo, et même Silverton, j'imagine. Elles appartenaient toutes aux transnationales. Je crois que la plupart des cités minières installées dans les chenaux sont vulnérables. J'aurais dû y penser avant.

— Alors, les deux camps attaquent l'infrastructure, résuma Nadia d'un ton morne.

— C'est ça.

Elle devait se remettre au travail : il n'y avait pas d'autre choix possible. Ils reprirent la programmation des robots et passèrent toute la soirée, puis la journée du lendemain, à diriger les robots sur le site du forage. Ils perçaient tout droit. L'unique problème était de ne pas provoquer une éruption. Le raccordement du pipeline destiné à évacuer l'eau vers le nord fut encore plus simple. Depuis plusieurs années, l'opération était entièrement automatique. Mais ils doublèrent tout le dispositif, pour ne pas courir de risque.

En haut et vers le nord, à partir de la route du canyon. Inutile de prévoir des pompes ; la pression artésienne régulerait le flux, parce que quand la pression descendrait suffisamment pour cesser de chasser l'eau hors du canyon, le danger d'explosion à la partie inférieure serait probablement passé. Et quand les unités de transformation de magnésium mobiles se remettraient en marche, collectant les poussières pour extruder des segments de tuyau que des chariots élévateurs et des pelleteuses transporteraient jusqu'à l'assembleur, et quand la gigantesque usine roulante les prendrait pour extruder un pipeline derrière elle tout en suivant la route, quand un autre monstre mécanique passerait par-dessus le pipeline pour l'enrober dans une gaine isolante faite à partir de sous-produits de raffinage et quand le premier tronçon du pipeline commencerait à chauffer et à fonctionner, là, enfin, ils pourraient estimer l'ensemble opérationnel. Avec l'espoir qu'il tiendrait sur trois cents kilomètres. Le pipeline allait être construit au rythme d'un kilomètre à l'heure, vingt-quatre heures sur vingt-quatre. Si tout se passait bien, il atteindrait Nili Fossae dans douze jours. Juste au moment où le forage serait achevé. Et si le barrage créé par le glissement de terrain tenait jusque-là, ils auraient enfin leur valve.

Burroughs était donc momentanément hors de danger. Ils pouvaient y aller. Mais où ? telle était maintenant la question. Nadia, écroulée dans un siège, regardait les infos de la Terre en grignotant son dîner micro-ondes. Les révolutionnaires de Mars étaient décrits de cent façons, toutes plus atroces les unes que les autres : des extrémistes, des communistes, des vandales, des saboteurs, des rouges, des terroristes... Mais il n'était question nulle part de *rebelles* ou de *révolutionnaires*, des mots que la moitié de la population terrienne (au moins) aurait approuvés. Non, ils n'étaient que des groupes de fous destructeurs. Il y avait un zeste de vérité là-dedans, se dit Nadia, augmentant du coup sa colère.

— On devrait rallier n'importe quel camp ! proclama Angela, et participer à la lutte !

— Mais je ne lutte contre personne, s'entêta Nadia. C'est idiot ! Jamais je ne m'engagerai. Je répare ce que je peux, mais je ne vais pas me battre pour tout ça !

Ils reçurent un message radio. Le dôme du cratère de Fournier, à huit cent soixante kilomètres de là, venait de craquer. La population s'était réfugiée dans des bâtiments étanches, mais l'air commençait à manquer.

— Je veux y aller, déclara Nadia. Il y a un hangar à robots énorme là-bas. Ils pourront réparer le dôme et, ensuite, on les enverra sur Isidis.

— Mais comment vas-tu y aller ? demanda Sam.

Nadia réfléchit.

— En ULM, je pense. Il y a encore certains des nouveaux 16 D sur le terrain de la bordure sud. C'est le moyen le plus rapide, et peut-être le plus sûr, qui sait ? (Elle se tourna vers Yeli et Sacha.) Qui veut s'envoler avec moi ?

— Je veux bien, dit Yeli, et Sacha acquiesça.

— On va t'accompagner, dit Angela. Avec deux unités, ce sera plus sûr.

Les deux appareils avaient été construits aux ateliers aéronautiques de Spencer, dans Elysium. Les 16 D étaient le dernier cri en matière de delta quadriplaces ultralégers à turbojets. Ils étaient en aréogel et plastique et plutôt dangereux à piloter à cause de leur extrême légèreté. Mais Yeli était un as du pilotage, et Angela aussi. Ils passèrent la nuit dans le petit aérodrome désert avant de décoller au matin droit vers le soleil. Il leur fallut un bon moment avant de plafonner à mille mètres.

La planète présentait une apparence trompeusement normale, toujours aussi rude, quoique un petit peu plus blanche sur les parois nord, comme gagnée par le parasite du vieillissement. Puis ils survolèrent le canyon d'Arena : un glacier sale, un fleuve de blocs de glace brisés. Là où le flot s'était étalé quelque temps, le glacier s'était élargi. Parfois, la glace redevenait d'un blanc pur mais, partout ailleurs, elle portait les traces des tons de Mars et se fondait souvent en une mosaïque de brique, de soufre, de noir charbonneux et de cannelle, de crème et de sang... Un tapis multicolore qui coulait sur le plancher du canyon jusqu'à l'horizon, à quelque soixante-quinze kilomètres de distance...

Nadia demanda à Yeli de mettre le cap au nord afin d'inspecter la région où les robots étaient censés poser le pipeline. Peu après, un message leur parvint, très faible. Il provenait d'Ann Clayborne et Simon Frazier. Ils étaient pris au piège dans le cratère Peridier, qui n'avait plus de dôme. C'était sur la route du nord, ce qui ne posait aucun problème.

Le secteur qu'ils survolaient semblait tout à fait négociable pour l'équipe robotique. Le terrain était plat, parsemé de déjections, mais sans escarpements incontournables. La région de Nili Fossae commençait au-delà, très graduellement, par quatre dépressions très faibles qui s'infléchissaient vers le nord-est comme des empreintes de doigts estompées. A cent kilomètres au nord, ils se retrouvèrent en parallèle avec des failles profondes de cinq cents mètres, séparées par des terres sombres, les coulées des cratères : une configuration lunaire qui, pour Nadia, évoquait un site de construction délabré. Plus au nord encore, ils eurent une surprise : à l'endroit où le canyon le plus oriental débouchait sur Utopia, un autre aquifère avait éclaté. Dans sa partie supérieure, ce n'était qu'un simple affaissement de terrain, fendillé par des éclats de verre, mais, plus bas, des plaques d'eau gelée marquaient en noir et blanc le sol fracturé, déchirant d'autres blocs qui étaient portés par le flot de vapeur avant d'exploser. La blessure avait creusé le sol sur trente kilomètres et elle allait jusqu'à l'horizon du nord sans montrer le moindre signe de dissipation.

Nadia appela Yeli et lui demanda de se rapprocher.

— Je veux éviter la vapeur, dit Yeli, qui observait lui aussi les dommages.

Le nuage de givre blanc était presque complètement chassé vers l'est et retombait sur le sol, mais le vent était capricieux, et parfois le voile laiteux, impalpable, montait à la verticale, masquant l'étendue d'eau noire et de glace blanche. Le geyser était aussi imposant que les plus grands glaciers de l'Antarctique, parfois même davantage. Il coupait le paysage rouge en deux.

— Ça représente une énorme quantité d'eau, dit Angela.

Nadia passa sur la fréquence des cent premiers et appela Ann à Peridier.

— Ann, est-ce que tu es au courant de ça ? (Elle lui décrivit le spectacle qu'ils avaient sous les yeux.) Et ça continue. La glace se déplace et on voit des étendues d'eau libre. Certaines sont noires, d'autres rouges.

— Tu entends quelque chose ?

— Une sorte de bourdonnement. Comme un ventilateur. Et aussi des craquements dans la croûte de glace... Oui. Mais il y a tellement d'eau et on fait aussi tellement de bruit !

— Tu sais, cet aquifère n'est pas aussi énorme que ça à côté de certains autres.

— Et comment font-ils pour les faire sauter ? On peut vraiment y arriver ?

— Avec certains, oui. Ceux dont la pression hydrostatique dépasse la pression lithostatique poussent la roche vers le haut. La couche de permafrost forme une sorte de barrage de glace, si tu veux. Mais si tu fores un puits, ou si tu fais fondre cette couche...

— Comment ?

— Grâce à la fusion du réacteur.

Angela appuya sa réponse d'un sifflement.

— Mais les radiations ?

— Oui, bien sûr, mais est-ce que tu as consulté ton tableau de contrôle récemment ? Je pense que deux ou trois de tes cadrans ont dû griller !

— Oh, bon sang ! s'écria Angela.

— Voilà où nous en sommes, conclut Ann avec ce ton morne et distant qu'elle prenait quand elle était très en colère.

Elle répondit laconiquement à leurs questions concernant l'inondation. Un écoulement d'eau aussi massif provoquait des fluctuations de pression extrêmes. Le lit de roche était écrasé, puis emporté et projeté en aval par le flot tumultueux, un déluge gazeux dévastateur, qui charriait des tonnes de roches.

— Est-ce que vous allez venir à Peridier ?

— Nous mettons cap à l'est, dit Yeli. Je voulais un point visuel sur le cratère Fv.

— Bonne idée.

Peridier apparut bientôt à l'horizon, avec ses parois basses et érodées. Son dôme avait été effectivement détruit et des lambeaux de tissu roulaient sur les bords du cratère, comme des étendards déchirés. En s'envolant, ils évoquaient plutôt les restes d'une cosse éclatée. La piste du sud était éblouissante sous le soleil. Nadia décrivit un arc au-dessus des bâtiments sombres en les observant à la lunette. Comment ? Qui ? Pourquoi ? Elle ne trouvait pas de réponse. Ils se dirigèrent vers une piste d'atterrissage, vers la paroi opposée du cratère. Les hangars avaient été abandonnés et ils empruntèrent les quelques petits véhicules qui restaient pour gagner la cité.

Les survivants de Peridier s'étaient terrés dans la centrale physique. Nadia et Yeli franchirent le sas et serrèrent Ann et Simon entre leurs bras avant d'être présentés aux autres. Ils étaient une quarantaine et ne survivaient que sur les réserves d'atmosphère des bâtiments étanches et les rations d'urgence.

— Qu'est-ce qui s'est passé ? demanda Angela, et elle reçut la réponse d'un chœur grec.

En résumé, une explosion unique avait fait éclater le dôme comme un ballon et, sous l'effet de la décompression brutale, plusieurs bâtiments avaient sauté. Heureusement, la centrale avait été renforcée et elle était parvenue à soutenir la différence de pression. Ceux qui se trouvaient à l'intérieur avaient survécu. Seuls.

— Où est Peter ? demanda Yeli, effrayé.

— Il est à Clarke, lui dit très vite Simon. Il nous a appelés immédiatement après que tout a commencé. Il a essayé de prendre une des cabines de descente mais, maintenant, c'est l'affaire de la police, et je pense qu'ils sont nombreux en orbite. Il redescendra quand il pourra. De toute façon, il y a moins de risques là-haut. Et je ne suis pas pressé de le revoir.

Nadia pensa à Arkady. Mais il n'y avait rien qu'elle puisse faire et, très vite, elle se lança dans la reconstruction de Peridier. Elle demanda d'abord aux survivants quels étaient leurs plans. Ils haussèrent les épaules et elle leur suggéra alors de dresser une tente plus petite que le dôme en utilisant les matériaux stockés dans les hangars de l'aéroport. Il y avait sur place une quantité de robots en réserve et la reconstruction ne nécessiterait pas trop de travaux préliminaires. Les survivants étaient enthousiastes : ils venaient de découvrir que les hangars étaient autant de cavernes d'Ali Baba. Mais Nadia secoua la tête.

— Tout était dans les données, dit-elle à Yeli un peu plus tard. Ils n'avaient qu'à les interroger. Mais ils ne pensent à rien. Ils regardent la TV et ils attendent.

— Nadia, voir un dôme comme celui-là partir en éclats, ça fait vraiment un choc. Ils voulaient avant tout être certains que leur habitat était en sécurité.

— Je suppose.

Mais il y avait très peu d'ingénieurs ou de spécialistes du bâtiment, parmi eux. C'étaient surtout des aréologues de l'escarpement, des mineurs. Les travaux de construction de base étaient réservés aux robots, ou du moins c'est ce qu'ils semblaient penser. Il était difficile de dire où ils en seraient arrivés avant de se lancer eux-mêmes dans les travaux de reconstruction, mais avec Nadia pour leur dire ce qui pouvait être fait, et les pousser à le faire, par ses répliques méprisantes devant leur inaction, ils se mirent très vite au travail. Nadia faisait des journées de dix-huit ou vingt heures pendant quelques jours, et réussit à leur faire ériger un mur de soutènement et des grues pour ériger une tente au-dessus des toits. Après cela, le travail se borna pratiquement à de la supervision. Nadia demanda sans ménagements à ses compagnons de Lasswitz s'ils voulaient repartir avec elle par la voie des airs, et ils acceptèrent.

Une semaine environ après leur arrivée, ils redécollèrent. Ann et Simon avaient pris place dans l'appareil d'Angela et Sam.

Ils volaient vers le sud, au-dessus de la pente d'Isidis, en direction de Burroughs, lorsqu'un message codé crépita dans la radio. Nadia trouva dans son sac une liste qu'Arkady lui avait donnée et, quand elle eut repéré le numéro de code qu'elle voulait, elle l'introduisit dans l'intelligence du delta et ils purent déchiffrer le message grâce au programme d'Arkady. L'IA le débita d'un ton monocorde :

— L'AMONU s'est emparée de Burroughs et tous ceux qui s'y présentent sont mis en état d'arrestation.

Le silence régna un instant. Ils filaient dans le ciel rose. Tout en bas, la plaine d'Isidis s'inclinait vers la gauche.

— Allons n'importe où, déclara Ann. Nous pouvons leur dire en personne de cesser leurs attaques.

— Non, protesta Nadia. Il faut que je puisse travailler. Et s'ils nous bouclent... Et puis, qu'est-ce qui te fait croire qu'ils écouteront ce que nous avons à leur dire ?

Ann se tut et Nadia se tourna vers Yeli.

— Est-ce qu'on pourrait atteindre Elysium ?

— Oui.

Ils dévièrent donc vers l'est en ignorant les appels du contrôle aérien de Burroughs.

— Ils ne nous poursuivront pas, dit Yeli d'un ton assuré. Le radar satellite montre qu'il y a des tas d'appareils dans ce secteur, trop nombreux pour qu'ils puissent tous les intercepter. Et puis, ce serait une perte de temps, car je soupçonne qu'il y a pas mal de leurres dans le ciel en ce moment. Quelqu'un a dû lancer des drones, ce qui brouille la situation à notre avantage.

— Quelqu'un qui se donne à fond dans cette bataille, murmura Nadia en fixant l'image radar.

Cinq ou six objets scintillaient dans le quadrant sud.

— C'est toi, Arkady ? Et tu m'aurais caché ça ?... (Elle repensa à cet émetteur radio qu'elle venait de trouver dans son sac.) Mais peut-être qu'il n'était pas caché. Peut-être que je refusais de le voir, c'est tout.

Ils se posèrent à proximité de Fossa Sud, le plus grand canyon couvert de la région. La toiture était encore là mais — ils le découvrirent peu après — seulement parce que la cité avait été dépressurisée avant d'être trouée. Les habitants s'étaient enfermés dans les derniers bâtiments intacts et luttaient pour entretenir la ferme. Il y avait eu une explosion à la centrale, et plusieurs autres dans la cité. Des travaux importants étaient nécessaires, mais le site pouvait fonctionner à nouveau très vite, et la population était plus entreprenante que celle de Peridier. Nadia se lança à corps perdu dans le travail, bien décidée à ne pas perdre une minute.

Elle ne pouvait supporter de rester inactive ; elle consacrait chacun de ses moments de veille à travailler, ses vieux standards de jazz tournant dans la tête — rien qui aille avec ce qu'elle faisait, ça n'existait pas ; c'était complètement incongru : *On the Sunny Side of the Street*, *Pennies from Heaven*, *A Kiss to Build a Dream On*...

Et pendant ces jours de frénésie sur Elysium, elle commença à mesurer le pouvoir des robots. Pendant toutes les années qu'elle avait consacrées à la construction, elle n'avait jamais vraiment essayé d'exercer pleinement ce pouvoir. Ce n'était tout simplement pas nécessaire. Mais à présent, il y avait des centaines de tâches à effectuer, plus qu'on n'en pouvait accomplir, même au prix d'un engagement total, et c'est ainsi qu'elle poussa le système au-delà de la limite, comme disaient les programmateurs, et elle vit ce qu'ils pouvaient obtenir grâce à cet effort alors même qu'elle réfléchissait déjà au moyen de faire plus. Elle avait toujours considéré la télécommande comme une procédure fondamentalement locale, par exemple, or ce n'était pas forcément le cas. Grâce aux satellites relais, elle pouvait piloter un bulldozer dans l'autre hémisphère, et maintenant, partout où elle pouvait établir une bonne liaison, elle le faisait. Elle ne s'arrêtait pas de travailler une seule seconde ; elle travaillait en mangeant, elle lisait des rapports et des programmes dans la salle de bains, et elle ne dormait que lorsqu'elle succombait à l'épuisement. Dans cet état hors du temps, elle disait à chacun de ceux avec qui elle travaillait, individuellement ou collectivement, ce qu'il avait à faire, sans considération de son avis ou de son agrément, et son autorité de compétence était telle que tout le monde lui obéissait.

Malgré tous ces efforts, ils n'en faisaient pas encore assez. Et tout retombait toujours sur Nadia. Elle seule avait une vision d'ensemble du système, pendant ses heures sans sommeil, toujours à la limite. Et Elysium disposait d'une énorme flotte de robots de construction tout prêts, de sorte qu'il était possible d'attaquer simultanément la plupart des problèmes les plus urgents. La plupart étaient localisés dans les canyons sur le versant ouest d'Elysium. Tous les canyons sous tente avaient été ouverts à un degré ou à un autre, mais la plupart des unités énergétiques étaient intactes, et il y avait beaucoup de survivants tapis dans les bâtiments individuels, où ils tenaient le coup grâce aux générateurs de secours, comme dans Fossa Sud.

Quand Fossa Sud fut recouverte à nouveau, asséchée et chauffée, elle lança des équipes à la recherche des survivants éventuels sur le flanc ouest du canyon, puis plus loin en direction du sud, vers d'autres canyons. Ensuite, elle se pencha sur les programmes de fabrication d'outils afin de mettre en place des lignes de robots sur les pipelines fracturés de Chasma Borealis.

— Mais qui a pu faire tous ces dégâts ? demanda-t-elle avec dégoût en regardant sur la TV les canalisations qui crachaient leur purée de glace.

Cette question lui avait été arrachée malgré elle. En vérité, elle ne voulait pas savoir. Elle ne tenait pas à réfléchir à la stratégie d'ensemble, elle ne voulait penser qu'à ce pipeline brisé, perdu entre les dunes. Mais Yeli la prit au mot :

— C'est difficile à dire. Les journaux terriens ne concernent plus que la Terre, maintenant, si l'on excepte une info de temps en temps. Apparemment, les prochaines navettes vont amener des troupes de l'ONU qui sont censées rétablir l'ordre sur Mars. Mais sur la Terre, on ne parle que de la guerre du Moyen-Orient, de la mer Noire, de l'Afrique, et tout le reste... Une bonne partie du club du Sud est en train de bombarder les nations à pavillons de complaisance, et le groupe des Sept a déclaré qu'il allait les défendre. Il y a aussi un agent biologique qui s'est répandu sur le Canada et la Scandinavie...

— Et peut-être ici, l'interrompit Sacha. Est-ce que vous avez vu le reportage sur Acheron ? Il s'est passé quelque chose. Les baies de l'habitat ont été soufflées et le sol est recouvert de ces espèces de pousses de je ne sais quoi... Personne ne veut aller y voir de plus près...

Nadia ferma les yeux pour essayer de se concentrer sur le problème du pipeline. Quand elle revint au réel, elle s'aperçut que tous les robots qu'elle avait pu trouver travaillaient à la reconstruction des villes et que les usines sortaient à plein rythme des bulldozers, des excavatrices, des camions, des chargeurs, des unités de soudure, des cimenteries, des unités de plasturgie, de couverture... Tout. Le système était relancé à plein régime et elle n'avait même plus de quoi s'occuper suffisamment. Elle déclara donc aux autres qu'elle allait redécoller. Ann, Simon, Yeli et Sacha décidèrent de l'accompagner. Mais Angela et Sam avaient retrouvé des amis dans Fossa Sud et ils restaient.

Ils s'envolèrent. Et Yeli leur assura qu'il en serait toujours ainsi : quand des membres des cent premiers se rencontraient, ils n'arrivaient plus à se séparer.

Les deux appareils se dirigeaient vers Hellas, droit au sud. Ils se posèrent brièvement près du mohole de Tyrrhena, proche de Hadriaca Patera. La cité avait été trouée et elle avait besoin de secours. Il n'existait pas de robots disponibles, mais Nadia avait découvert qu'elle pouvait démarrer ce genre d'opération mineure avec son seul ordinateur, ses programmes, et un extracteur d'air. Ce type de génération spontanée de machinerie était un autre aspect de leur puissance. C'était plus lent, sans doute, mais néanmoins, en un mois, avec ces trois éléments, on pouvait faire surgir du sable d'abord des usines, puis des ateliers d'assemblage. D'où sortaient les robots, des véhicules de toutes tailles, certains grands comme des immeubles, tous capables de travailler efficacement en son absence. Une puissance confondante.

Mais ce n'était rien face à la capacité de destruction des humains. De ruine en ruine, ils étaient abasourdis par les dommages et le nombre des morts. Et leurs vies étaient également menacées : après avoir rencontré un certain nombre d'épaves dans le couloir aérien Hellas-Elysium, ils prirent la décision de ne voler que de nuit. Par certains côtés, le danger était plus grand, mais Yeli se sentait plus à l'aise en vol furtif. Les 16 D étaient presque invisibles au radar et ils ne laissaient que des traces infimes sur les détecteurs infrarouges les plus pointus. Pour Nadia, cela n'avait guère d'importance. Elle aurait préféré voler de jour, mais ses pensées tournaient en rond autour du choc qu'elle avait éprouvé devant l'étendue des destructions. Elle essayait de refouler ses émotions et ne souhaitait qu'une chose : travailler.

Et Ann allait encore plus mal, ainsi que le remarquait une partie de Nadia. Evidemment, elle devait s'en faire pour Peter. Et puis il y avait toutes ces destructions — pas celles des structures, pour Ann, ce qui était dévasté, c'était le paysage proprement dit, les inondations, les catastrophes naturelles, la neige, les radiations. Et elle, elle n'avait pas le secours du travail pour se distraire. Son travail aurait dû être la constatation des dégâts. De sorte qu'elle ne faisait rien, à part aider Nadia quand elle pouvait, en se déplaçant comme un automate.

Au fil des jours, ils intervenaient sur des structures détruites : des ponts, des pipelines, des puits, une centrale énergétique, une piste, une ville. Yeli disait qu'ils vivaient dans un monde waldo, donnant leurs ordres aux robots comme des négriers, des magiciens, ou des dieux. Et quand les machines se mettaient au travail, c'était comme si elles essayaient de repasser un film, de recoller des débris. Ils allaient vite et sans finesse, mais ils s'étonnaient de voir à quelle allure ils arrivaient à relancer la construction de tous côtés avant de reprendre leur vol.

— Au début, il y avait le monde, déclara Simon d'un ton las en pianotant sur son bloc de poignet.

Ils décollaient dans le soleil couchant, au-dessus d'un immense pont-grue.

Ils mirent en place des programmes d'extinction et d'enfouissement pour trois réacteurs qui avaient explosé. Ils se tenaient au-dessous de l'horizon et travaillaient par télé-opération. Tout en surveillant l'ensemble, Yeli interrogeait les différents canaux d'information. Ils tombèrent sur une image prise sur orbite : la région occidentale de l'hémisphère de Tharsis en plein jour. A pareille distance, on ne discernait pas les inondations. Mais le commentateur précisait qu'elles avaient suivi les anciens chenaux qui s'écoulaient du nord, à partir de Valles Marineris et de Chryse. L'image zooma, révélant des bandes roses et blanches dans cette région. Mars s'était trouvé des canaux, en fait.

Nadia revint à son travail. Tant de choses détruites, tant de gens tués qui auraient pu vivre des centaines d'années — et, bien sûr, Arkady restait silencieux. Depuis vingt jours. Certains prétendaient qu'il avait dû se terrer afin de pas être tué par des engins sur orbite. Mais Nadia n'y croyait pas, sauf dans ses moments les plus extrêmes de désir et de chagrin, les deux émotions surgissant en arrière-plan du mode de travail obsessionnel comme un nouveau programme, un nouveau sentiment qu'elle craignait et détestait : le désir provoquant la souffrance, la souffrance causant le désir — un désir brûlant, farouche, que les choses ne soient pas telles qu'elles étaient. Qu'il était pénible, ce désir ! Mais si elle travaillait assez dur, elle n'avait pas le temps de l'éprouver. Elle n'avait le temps ni de sentir ni de réfléchir.

Ils survolèrent le pont qui enjambait Harmakhis Vallis, sur le pourtour est d'Hellas. Il était effondré. Ici encore, ils mirent les robots au travail. Sur tous les grands ponts, les robots de réparation étaient stockés dans des hangars. Ils travaillaient lentement, mais ils les activèrent ce même soir avant de s'installer autour d'un plat de spaghettis sorti du micro-ondes, dans la cabine d'un des deltas. Yeli mit les infos terriennes. Mais ils ne virent qu'un déferlement de parasites. Il essaya d'autres canaux, avec le même résultat.

— Est-ce qu'ils auraient fait sauter la Terre ? demanda Ann.

— Non, non, fit Yeli. Quelqu'un brouille leurs émissions. Le soleil est entre nous et la Terre, depuis quelques jours, et il suffit d'interférer avec des satellites-relais pour couper le contact.

Ils fixaient l'écran enneigé d'un air sombre. Récemment, les satellites de communication aréosynchrones avaient été détruits un peu partout, atteints par des tirs ou sabotés. Impossible à dire. Désormais, privés des infos terriennes, ils se retrouvaient réellement dans le noir. Les communications radio de surface étaient limitées par l'absence d'horizon ionique et l'étroitesse de l'horizon. Elles ne portaient guère plus loin que les intercoms de leurs marcheurs. Yeli essaya différents schémas de résonance stochastique pour tenter de franchir le brouillage. Sans succès. En grommelant, il lança un programme de recherche. La radio monta et redescendit la gamme hertzienne, s'arrêtant parfois sur des cliquetis codés, des lambeaux de musique. Des voix fantomatiques balbutiaient dans des langues incompréhensibles, comme si Yeli réussissait là ou le programme SETI avait échoué : il recevait peut-être des messages incohérents venus des étoiles. Mais non : il ne s'agissait sans doute que de dialogues entre des équipes de mineurs des astéroïdes.

Ils étaient vraiment seuls sur Mars. Cinq des cent premiers dans deux minuscules appareils volants.

C'était un sentiment nouveau et très bizarre, qui ne fit que se renforcer dans les jours suivants. Il ne disparut pas, et ils se firent à l'idée de continuer avec le bruit blanc des ondes radio et télé. C'était une expérience unique, non seulement dans le temps de leur existence martienne, mais sur l'ensemble de leur vie. Ils s'aperçurent très vite que la rupture avec le réseau d'information électronique était presque comme perdre un de leurs cinq sens. Nadia consultait fréquemment son bloc sur lequel l'image d'Arkady aurait pu apparaître, tout comme n'importe lequel des cent premiers. Et quand elle relevait les yeux, le paysage lui paraissait encore plus vaste, plus aride et vide qu'avant. Effrayant.

Il n'y avait rien, à perte de vue, que des collines déchiquetées, couleur de rouille, même quand ils les survolaient à l'aube et cherchaient l'une des petites pistes d'atterrissage indiquées sur la carte. Lorsqu'ils parvenaient à les repérer, elles se réduisaient à un coup de crayon jaune. C'était un monde si vaste ! Et ils y étaient seuls. Rien n'était acquis, pas même la navigation. Ils ne pouvaient plus se reposer sur les ordinateurs ; ils devaient utiliser les transpondeurs placés le long des routes, naviguer à vue, parfois au jugé, en scrutant le paysage avec angoisse, dans la lumière crépusculaire de l'aube, afin de repérer la piste suivante. Une fois, il leur fallut presque toute la matinée pour localiser une piste près de Dao Vallis. Après quoi Yeli commença à suivre les pistes en question, volant en rase-mottes dans la nuit et observant le serpent argenté en dessous d'eux à la lueur des étoiles, tout en comparant les signaux des transpondeurs à leurs cartes.

Ils atteignirent les régions basses du bassin d'Hellas, suivant la piste de Low Point Lakefront. Et c'est alors que, sous la lumière rouge et les ombres allongées du soleil levant, ils découvrirent une mer de blocs de glace fracassés. Elle semblait remplir toute la partie orientale d'Hellas.

Une mer !

Ils allaient droit dessus. La grève était un agglomérat de plaques gelées : rouges, noires, blanches, bleues, ou parfois d'un vert jade somptueux. C'était comme si un mascaret avait traversé une collection de papillons géants. Au-delà, la mer de glace se déployait jusqu'à l'horizon.

Après plusieurs secondes de silence, Ann déclara :

— Ils ont dû faire sauter l'aquifère d'Hellespontus. Il était énorme et il aurait pu aller jusqu'à Low Point.

— Mais alors, le mohole d'Hellas a dû être inondé ! s'écria Yeli.

— Exact. Et l'eau va se réchauffer au fond. Ce qui empêchera sans doute la surface du lac de geler. Difficile à dire. L'air est froid mais, avec les turbulences, il doit bien y avoir un point clair. Sinon, sous la surface, l'eau doit rester à l'état liquide. Les courants de convection doivent être puissants, à vrai dire. Mais quant à la surface...

— On va le voir très bientôt, annonça Yeli.

— Nous devrions nous poser, dit Nadia.

— Quand on le pourra, oui, d'accord. Et puis, on dirait que la situation se calme un peu.

— C'est parce que nous ne recevons plus d'informations.

— Mmm...

Ils furent en fait obligés de traverser toute l'étendue pour aller se poser sur l'autre rive. C'était une matinée sinistre. Ils avaient l'impression de survoler l'océan Arctique, à cette différence près qu'ici, les courants de glaciation évoquaient une porte de réfrigérateur ouverte : ils prenaient toutes les teintes du spectre et formaient une mosaïque chaotique du rouge au jaune, en passant par toutes les nuances de bleu et de vert.

Ils étaient encore en altitude mais, au centre, la mer de glace allait jusqu'aux quatre horizons. Et un gigantesque nuage de vapeur montait à des milliers de mètres dans l'atmosphère. Ils en firent prudemment le tour. Des icebergs et des blocs à la dérive flottaient à la base, sur les eaux noires. Ils tournoyaient et se heurtaient sans cesse, projetant d'épais rideaux d'encre.

Le spectacle n'appartenait pas à Mars et ils le contemplaient en silence, fascinés. Puis, après avoir fait deux autres tours de la colonne de vapeur, ils remirent cap à l'ouest.

— Oui, Sax doit réellement adorer cette révolution, répéta Nadia. Vous croyez qu'il y joue un rôle ?

— J'en doute, dit Ann. Il est probable qu'il ne risquerait pas ses investissements terriens. Pas plus qu'une atteinte à son projet ou quelque tentative de contrôle que ce soit. Mais je suis persuadée qu'il évalue son effet sur le terraforming. Je ne veux pas dire qu'il se soucie des morts et des blessés, des destructions ou de qui gagnera à terme : non, il n'y a que le projet qui compte.

— Intéressant, comme expérience, commenta Nadia.

— Oui, mais difficile à dupliquer.

Ils partirent tous d'un grand rire.

Quand on parle du loup... Ils s'étaient posés à l'ouest de la mer nouvelle (Lakefront avait été submergée), et ils passèrent leur journée à se reposer. Dans la nuit qui suivit, alors qu'ils suivaient la piste du nord-ouest vers Marineris, ils survolèrent un transpondeur qui émettait un signal de SOS en morse. Ils tournèrent au-dessus jusqu'à ce que l'aube pointe, avant de se poser sur la piste, non loin d'un patrouilleur en panne. Et Sax était là, en marcheur, répétant son signal sur le transpondeur.

Il monta avec eux et, lentement, ôta son casque, les yeux écarquillés, les lèvres serrées, comme à son habitude. Il semblait fatigué. Mais comme le chat qui a mangé le canari, ainsi qu'Ann le dit plus tard à Nadia. Il n'était pas très disert. Il était bloqué là depuis trois jours. La piste des transpondeurs ne répondait plus, et son patrouilleur n'avait pas de réserve de secours. Lakefront était bel et bien anéantie.

— J'étais sur la route du Caire pour rencontrer Maya et Frank, parce qu'ils pensent que ce serait bien que les cent premiers se rassemblent pour créer une forme d'autorité afin de négocier avec la police de l'AMONU, pour qu'elle arrête ses actions.

Il expliqua qu'il se trouvait au pied des collines d'Hellespontus quand le nuage du mohole de Low Point était devenu jaune, tout à coup, et avait jailli jusqu'à 20 000 mètres dans le ciel.

— Il ressemblait à un champignon, comme une explosion nucléaire, mais en plus petit. Le gradient de température n'est pas aussi élevé sur Mars que sur la Terre.

Après quoi, il avait fait demi-tour pour observer l'inondation. L'eau qui s'était déversée dans le bassin avait été noire au début, avant de blanchir en se recouvrant de blocs de glace. A l'exception de Lakefront, où elle s'était mise à bouillir.

— ... comme sur un réchaud. Les échanges thermodynamiques ont été très complexes pendant un temps, mais l'eau a refroidi assez vite le mohole et...

— Tais-toi, Sax ! lança Ann.

Il haussa les sourcils et, sans un mot, se mit à bricoler sur le récepteur radio du delta.

Ils étaient six, désormais, à voler dans le ciel de Mars : Sacha, Yeli, Ann, Simon, Nadia et Sax. Six parmi les cent premiers, rassemblés comme par l'effet d'une force magnétique. Durant cette première nuit, les sujets de conversation ne leur manquèrent pas et ils échangèrent des informations, des récits, des rumeurs, et des spéculations. Mais Sax ne leur apportait pas d'éléments concrets. Il était sans informations, tout comme eux. Nadia eut encore un frisson. Elle avait l'impression d'avoir perdu un de ses sens, et elle se rendait compte que c'était un problème qui n'était pas près de s'arranger.

Le lendemain à l'aube, ils se posèrent sur la piste de Bakhuysen et furent accueillis par une dizaine d'hommes armés de paralyseurs. Ils gardaient leurs canons baissés, mais ils escortèrent sans égards leurs six visiteurs jusqu'à un hangar, à l'intérieur du cratère.

Là, la population était plus nombreuse, et les gens ne cessaient d'arriver. Ils étaient en tout une cinquantaine, dont une trentaine de femmes. Tous se montraient courtois et, quand ils apprirent l'identité de leurs hôtes, ils devinrent franchement amicaux.

— Nous devions être certains de qui nous avions affaire, leur expliqua une grosse femme avec un épais accent du Yorkshire.

— Et vous, qui êtes-vous ? demanda Nadia.

— Nous venons de Korolyov Prime. Nous nous sommes évadés.

Ils conduisirent leurs visiteurs jusqu'au réfectoire, où on leur servit un petit déjeuner honorable. Lorsqu'ils furent tous assis, les gens prirent des pichets de magnésium contenant du jus de pomme et se penchèrent sur la table pour servir leurs voisins, qui leur rendaient le même service, jusqu'à ce que tout le monde ait à boire. Tout en dégustant des crêpes, ils apprirent que le groupe de Bakhuysen s'était enfui de Korolyov Prime au tout premier jour de la révolte, qu'ils s'étaient dirigés vers le sud, vers les régions polaires.

— C'est un nid de rebelles, assura la femme à l'accent du Yorkshire (qui se révéla plus tard être finlandaise.) Avec ces terrasses incroyables suspendues au-dessus du vide, et ces grottes très longues et très larges, c'est parfait comme refuge pour échapper aux satellites tout en respirant à l'aise. Ils se sont installés un peu comme des cromagnons. C'est vraiment bien.

Il semblait que ces grottes étaient célèbres parmi les réfugiés de Korolyov et qu'un grand nombre de prisonniers avaient décidé de s'y fixer rendez-vous en cas d'accident.

— Est-ce que vous êtes avec Arkady ? demanda enfin Nadia.

— Qui ?

En fait, ils étaient des partisans du biologiste Schnelling. A les entendre, une sorte de mystique rouge, qui avait vécu avec eux à Korolyov, où il était mort quelques années auparavant. Il avait donné des conférences sur tout le réseau de Tharsis et, après son arrestation, de nombreux prisonniers de Korolyov étaient devenus ses étudiants. Il leur avait apparemment enseigné une sorte de communalisme martien fondé sur les principes de la biochimie locale. Les gens de Bakhuysen n'étaient pas très clairs à ce sujet, mais ils n'avaient qu'une idée en tête : contacter d'autres forces rebelles. Ils avaient réussi à établir le contact avec un satellite furtif programmé pour opérer par salves de signaux directifs. Ils étaient également parvenus à monitorer brièvement un canal utilisé par les forces de sécurité de Phobos. Ils avaient donc quelques nouvelles. Phobos servait de base de surveillance et d'attaque pour les forces des transnationales et la police de l'AMONU, qui venaient de débarquer par la dernière navette. Ces mêmes forces avaient le contrôle de l'ascenseur, de Pavonis Mons, ainsi que du reste de Tharsis. L'observatoire d'Olympus était entré en rébellion et il avait été foudroyé par les engins en orbite. Les unités transnationales avaient pris position sur une majeure partie du Grand Escarpement, coupant ainsi la planète en deux. Quant à la guerre sur Terre, elle semblait se poursuivre. Les points les plus chauds, apparemment, étaient l'Afrique, l'Espagne, et la frontière entre les Etats-Unis et le Mexique.

Ils pensaient qu'il était inutile d'essayer de rallier Pavonis.

— Ils vous arrêteront ou ils vous abattront, résuma Sonia.

Mais quand ils décidèrent de tenter quand même leur chance, on leur donna la direction précise d'un refuge situé à une nuit de vol vers l'ouest : la station météo de Margaritifer sud. Les gens de Bakhuysen ajoutèrent qu'elle était occupée par des bogdanovistes.

Leurs vols nocturnes ressemblaient maintenant à un étrange rituel, comme s'ils étaient en train d'inventer une nouvelle forme épuisante de pèlerinage. Les deux appareils étaient si légers qu'ils encaissaient durement les vents dominants d'ouest, ce qui rendait le sommeil difficile — un bond ou un plongeon de dix mètres et on se réveillait dans l'obscurité de la cabine, dans le tournoiement des étoiles, ou au-dessus du fond noir de la surface. Ils parlaient très peu. Les pilotes étaient penchés en avant et consacraient toute leur énergie à maintenir le contact visuel avec l'appareil qu'ils suivaient. Et les deux appareils poursuivaient inexorablement leur trajectoire bourdonnante, le vent gémissant sur leurs longues ailes flexibles. Il faisait moins soixante, à l'extérieur ; la pression atmosphérique n'était que de cent cinquante millibars, et l'air était empoisonné. Il n'y avait aucun abri à la surface de la planète noire, en dessous d'eux, à des kilomètres à la ronde.

Nadia pilotait parfois, entre deux périodes de demi-sommeil agité. Quelquefois, le cliquetis d'un transpondeur dans la radio lui rappelait le temps où elle et Arkady avaient affronté cette fameuse tempête à bord de l'*Arrowhead*. Elle le revoyait, nu avec sa barbe rousse, dans l'intérieur démantelé du dirigeable, arrachant des panneaux pour les jeter par-dessus bord en riant, projetant derrière eux des nimbus de poussière.

Puis une secousse du 16D la réveillait, et elle se tortillait, mal à l'aise, apeurée. Ça lui aurait fait du bien de reprendre les commandes, mais Yeli avait autant envie qu'elle de piloter, au moins pour les deux premières heures de son quart. Elle devait se contenter de l'aider à suivre l'autre appareil, qui restait à un kilomètre sur la droite, si tout se passait bien.

L'autre 16 D volait à un kilomètre sur leur droite au maximum. Ils correspondaient par micro-rafales pour faire le point, poser de brèves questions si l'un des deux appareils prenait du retard. Parfois, au cœur de la nuit, il leur venait le sentiment d'avoir toujours vécu ainsi, et ils avaient presque du mal à se rappeler leur existence avant la révolte. Pourtant, cela durait depuis combien de temps ? Trois semaines ?... qui auraient aussi bien pu être cinq années.

Puis des traînées sanglantes se dessinèrent dans le ciel derrière eux. Les cirrus se révélaient en violet avant de passer dans des tons de rouille, de cramoisi, de lavande, pour se changer enfin très vite en lames de métal dans le ciel rose. La fontaine éblouissante du soleil réapparut au-dessus d'une crête dentelée ou au détour d'un escarpement, et ils cherchèrent alors dans l'angoisse un terrain possible au milieu du paysage. Après cette nuit qui leur avait paru durer une éternité, il semblait impossible qu'ils aient navigué pour rien. Mais la piste était bien là, droit devant, sous le soleil. Et les transpondeurs leur indiquaient la route. C'est ainsi qu'ils continuèrent leur vol, nuit après nuit, pour découvrir à l'aube une nouvelle ligne brillante entre les dernières ombres. Ils se posaient doucement, roulaient vers un éventuel refuge, coupaient les moteurs et se relaxaient un moment dans leurs sièges, retrouvant l'absence de vibration, le silence d'un autre jour.

Quand ils se posèrent sur la piste de Margaritifer, ils furent accueillis par une dizaine d'hommes et de femmes avec un enthousiasme extravagant. Ils serrèrent les six voyageurs entre leurs bras en les embrassant un millier de fois, riant comme des fous. Mais les six restaient groupés, plus inquiets encore que devant les accueils méfiants. On passa quand même leurs blocs de poignet au laser et, quand les ordinateurs confirmèrent qu'ils appartenaient bien aux cent premiers, l'accueil devint encore plus frénétique. Ils franchirent un sas et découvrirent que leurs hôtes inspiraient des bouffées d'oxygène nitreux et d'un aérosol de pandorphine, ce qui déclenchait chez eux des déflagrations de rires idiots.

L'un d'eux, un grand Américain rasé de frais, se présenta :

— Steve. J'ai suivi la formation d'Arkady sur Phobos dans l'année 12, et j'ai ensuite travaillé avec lui sur Clarke. La plupart d'entre nous étaient avec lui à cette époque. Nous étions dans Schiaparelli quand la révolution a commencé.

— Vous savez où il est ? demanda Nadia.

— La dernière fois que nous avons eu de ses nouvelles, il se trouvait à Carr, mais il s'est échappé du filet, bien entendu.

Un grand personnage noueux s'approcha de Nadia en traînant les pieds, lui posa la main sur l'épaule et dit :

— Nous ne sommes pas toujours comme ça !

Il éclata de rire.

— Non ! confirma Steve. Mais aujourd'hui, c'est un jour de fête, non ? Vous ne le saviez pas ?

Une femme, sans cesser de glousser, s'écria :

— On est le 4 juillet ! La fête de l'Indépendance !

Steve pointa le doigt sur un écran de TV.

— Tenez ! Regardez ça !

Sur l'écran, une vue de l'espace tremblotait. Et, soudain, le groupe se mit à applaudir en criant. Ils avaient accroché un canal codé de Clarke, expliqua Steve, et même s'ils étaient dans l'impossibilité de décoder les messages, cela leur servait de balise pour braquer leur télescope optique. L'image était transmise sur les écrans de TV, et ils contemplaient à présent l'espace noir et les étoiles, avec, au centre, cet astéroïde métallique aux facettes abruptes d'où pendait le câble.

— Regardez bien !

Après une nouvelle vague de hurlements, certains entamèrent un compte à rebours à partir de cent. Ils étaient quelques-uns à continuer d'inhaler de l'hélium et du péroxyde d'azote. Et ils chantaient :

We're off to see the wizard,
the wonderful wizard of Oz !
Because, because, because, because, because
of the wonderful things he does !
We're off to see the wizard,
the wonderful wizard of Oz ![1]...

Nadia se surprit en train de frissonner. Le compte à rebours approchait de son terme et, tous ensemble, ils crièrent :

— Zéro !

Un espace se creusa entre l'astéroïde et le câble. Instantanément, Clarke s'effaça de l'écran. Le câble n'était plus qu'un fil ténu sur le fond des étoiles, et il tombait hors de vue à la même vitesse.

---

1. Chanson extraite du *Magicien d'Oz*. (*N.d.T.*)

Le tohu-bohu monta dans la pièce. Mais certains furent distraits par Ann, qui dansait sur place, les mains crispées sur ses lèvres.

— Il est descendu ! lui hurla Simon. Ça c'est sûr ! Il a appelé il y a des semaines déjà !

La frénésie s'apaisa et Nadia se retrouva au côté d'Ann, non loin de Simon et Sacha. Elle ne savait que dire. Ann restait figée, les yeux exorbités.

— Comment avez-vous fait pour rompre le câble ? demanda enfin Sax.

— Mais on ne peut pas, répliqua Steve.

— Pourtant *vous l'avez rompu, non* ?... insista Yeli.

— Eh bien, non, à vrai dire. Nous l'avons juste séparé de Clarke. Mais le résultat est le même. Le câble est en train de redescendre.

De nouveaux applaudissement éclatèrent, plus discrets cette fois. Et Steve poursuivit son explication :

— Le câble lui-même était inattaquable. Il est constitué d'une trichite de graphite avec un gel de maille-éponge en diamant à double hélice. Tous les cent kilomètres, il y a des stations de défense imprenables, et toutes les cabines étaient protégées au maximum. Arkady nous a donc suggéré de viser directement Clarke. Le câble traversait la roche avant d'atteindre les centrales, puis l'intérieur, et son extrémité était scellée dans l'astéroïde, physiquement et magnétiquement. Nous sommes tombés dessus avec nos robots, nous avons foré. On a placé des bombes thermiques autour du blindage du câble et du générateur magnétique. Aujourd'hui, on a tout fait sauter en même temps. La roche a fondu quand les générateurs magnétiques ont stoppé. Clarke est alors devenu une balle sur sa trajectoire, et il s'est détaché tout naturellement du câble ! Et on a programmé la séparation pour qu'il s'éloigne directement du soleil, à 24 degrés sur le plan de l'écliptique ! Difficile de le rattraper ! C'est ce qu'on espère du moins !

— Et le câble ? demanda Sacha.

D'autres applaudissements, et Sax répondit dans le moment d'accalmie qui suivit :

— Il tombe, dit-il brièvement.

Il était devant une console et pianotait fébrilement, mais Steve insista :

— Nous avons les équations de descente, si vous le désirez. Elles sont plutôt complexes, avec des différentielles.

— Je sais.

— Je n'arrive pas à y croire, dit Simon.

Il n'avait pas lâché le bras d'Ann, et promena son regard sur les visages réjouis des autres d'un air sombre.

— Mais l'impact va tuer des tas d'autres gens !

— Probablement pas ! Et s'il y a des victimes, ce sera surtout parmi les policiers de l'ONU qui ont emprunté l'ascenseur pour venir massacrer des populations au sol.

Simon se tourna vers Ann, qui demeurait blême, et lui dit :

— Il est probablement redescendu depuis une ou deux semaines.

— Peut-être.

Quelques-uns avaient entendu et se turent. Mais d'autres poursuivirent leurs réjouissances.

— Nous ne savions pas, déclara Steve à Simon et Ann.

Son expression de triomphe s'était effacée de son visage. Il avait maintenant l'air soucieux.

— Sinon, je pense que nous aurions réussi à le contacter. Mais... Je suis désolé. J'espère... J'espère qu'il n'était pas là-haut.

Ann retourna s'asseoir à table. Simon s'installa près d'elle sans un mot. C'était comme si Steve ne leur avait rien dit.

Le trafic radio s'accrut. D'autres, qui contrôlaient les derniers satellites de communication, avaient appris la nouvelle à propos du câble. Tous les messages étaient monitorés et enregistrés.

Sax, lui, était toujours absorbé par les équations qui apparaissaient sur l'écran.

— Il va vers l'est.

— Exact, dit Steve. Il va décrire un très bel arc au début, quand sa partie inférieure touchera le sol, et puis le reste suivra.

— A quelle vitesse ?

— C'est difficile à déterminer, mais nous estimons que le premier tour demandera quatre heures, et le second une heure seulement.

— Deux tours !

— Eh bien, vous le savez, le câble est long de 37 000 kilomètres, et la circonférence de la planète, à l'équateur, est de 21 000 kilomètres. Donc, deux tours seront nécessaires. Ou presque.

— Les gens de l'équateur feraient bien de se tenir prêts, et très vite, dit Sax.

— Il ne retombera pas exactement sur l'équateur, dit Steve. L'oscillation de Phobos va le dévier. C'est la trajectoire la plus complexe à calculer, car les facteurs dépendent de l'oscillation du câble pendant le début de sa chute.

— Nord ou sud ?

— On devrait le savoir dans les prochaines heures.

Les six voyageurs gardaient les yeux fixés sur l'écran. Pour la première fois depuis leur arrivée, l'ambiance était calme. Ils ne distinguaient que des étoiles. Le câble, jusqu'à sa chute finale, resterait invisible. Si ce n'est, à la dernière minute, comme une ligne de feu.

— Fini le pont de Phyllis, dit Nadia.

— Et Phyllis aussi, ajouta Sax.

Le groupe de Margaritifer rétablit le contact avec le satellite de transmission qu'ils avaient repéré. Ils découvrirent qu'ils pouvaient aussi piller d'autres satellites de sécurité. C'est à partir de ces canaux qu'ils purent partiellement reconstituer la chute du câble. Une équipe de l'AMONU, depuis Nicosia, rapporta que le câble était tombé vers le nord, en se repliant en accordéon comme s'il allait traverser la planète. Pourtant, au nord, on jugeait qu'il avait atteint le sud de l'équateur. Une voix affolée perça les parasites depuis Sheffield : est-ce qu'ils avaient la confirmation de cela ? Le câble s'était d'ores et déjà abattu sur la moitié de la ville et tout un campement sur la pente de Pavonis Mons, vers l'est de Tharsis. La déflagration sonique avait aplati une zone de dix kilomètres de large. Ç'aurait pu être pire, mais l'atmosphère était tellement ténue à cette hauteur que l'impact avait été faible. Les survivants de Sheffield voulaient savoir s'ils devaient fuir vers le sud, ou contourner la caldeira vers le nord.

Ils n'obtinrent pas de réponse. Mais d'autres rescapés de Korolyov, sur la bordure sud de Melas Chasma, dans Marineris, rapportèrent sur une fréquence rebelle que le câble tombait maintenant avec une violence telle qu'il se fracassait sous l'effet de l'impact. Une demi-heure plus tard, une équipe de forage dans Aureum appela : après le choc sonique, ils avaient découvert un monticule de rocs fragmentés, acérés et brillants qui s'étendait sur tout l'horizon.

Pendant une heure, il n'y eut pas d'autre information majeure, rien que des interrogations, des rumeurs et des spéculations. Puis l'un des radios se pencha en arrière, leva les pouces en direction des autres et actionna l'interrupteur du circuit audio. Une voix leur parvint par-dessus le ressac de la statique :

— Il est en train d'exploser ! Il est tombé en moins de quatre secondes, entièrement en feu, et quand il a heurté le sol, on a dégusté une sacrée secousse ! On a une fuite, ici. On a calculé qu'on se trouvait à dix-huit kilomètres du point de chute, et on est à vingt-cinq au sud de l'équateur. Vous devriez donc pouvoir calculer la couverture de l'impact, j'espère. C'était une fournaise du haut en bas ! Comme cette ligne blanche qui coupe le ciel en deux ! Je n'ai jamais rien vu de pareil. J'en ai encore des images résiduelles, vert vif. C'est comme si on avait reçu un météore... Attendez : j'ai Jorge sur l'intercom. Il est sur place et il me dit que le reste du câble ne fait pas plus de trois mètres. Le régolite est tendre, dans le coin, et le câble a dû creuser une tranchée. Il paraît qu'il est tellement enfoncé, par endroits, que si on le recouvrait on obtiendrait une surface plane. Mais en d'autres endroits, il est haut de cinq ou six mètres. Ça va finir par ressembler à la Grande Muraille !

On les appela du cratère d'Escalante, situé exactement sur l'équateur. Les occupants avaient évacué leur base dès qu'on avait annoncé la rupture du câble. Mais ils avaient fait route au sud, et ils avaient bien failli être écrasés. Ils rapportèrent que le câble était en train d'exploser en crachant des rideaux de déjections, des bouquets de lave effervescente qui se déployaient dans l'aube avant de noircir en retombant.

Sax, durant toutes ces heures, n'avait pas quitté son écran du regard. Il marmonnait entre ses lèvres tout en frappant sur son clavier. Il leur annonça que dans sa seconde rotation, la vitesse de chute du câble passerait à 21 000 kilomètres à l'heure, soit près de six kilomètres par seconde. Il deviendrait alors un véritable météore, dangereux pour tous ceux qui se trouveraient sur des éminences ou à quelques kilomètres de distance. Il traverserait l'horizon en moins d'une seconde et des chocs soniques suivraient inévitablement.

— On va sortir pour aller jeter un coup d'œil, proposa Steve avec un regard coupable en direction d'Ann et de Simon.

Ils furent nombreux à enfiler une tenue pour le suivre. Quant aux six voyageurs, ils se contentèrent des images retransmises par une caméra extérieure, en alternance avec celles envoyées par les satellites. Celles qui venaient de la face nocturne étaient particulièrement spectaculaires : elles montraient une courbe embrasée qui évoquait une faucille de feu prête à trancher Mars en deux.

Mais ils avaient du mal à se concentrer sur ce qu'ils voyaient et entendaient, encore plus à le ressentir. Quand ils s'étaient posés, ils étaient épuisés mais, à présent, ils l'étaient encore plus, à tel point qu'il leur devenait impossible de dormir. Les images se succédaient, certaines prises par des caméras-robots placées sur des drones qui survolaient la face éclairée de la planète et qui révélaient un véritable réseau noirâtre de désolation — le régolite avait éclaté en deux barrières de déjections bordant un canal obscur qui se remplissait de matières brasillantes à mesure que l'impact s'accentuait. Finalement, ils découvrirent une tranchée qui traversait l'horizon et que Sax identifia comme du diamant noir et brut.

Dans la dernière demi-heure de la chute, l'impact aplatit tout ce qui se trouvait à quelque distance, au nord comme au sud. Des témoins lointains rapportèrent que tous ceux qui avaient pu observer l'impact final n'avaient pas survécu et que la plupart des caméras-drones avaient été détruites. Ainsi, il n'existait aucun témoin oculaire de la fin du dernier millier de kilomètres du câble.

Des images leur parvinrent tardivement de Tharsis, montrant le dernier passage du câble. La séquence était aussi brève qu'impressionnante. Un brasier dans le ciel, suivi d'une explosion qui avait couru sur tout le flanc ouest du grand volcan. Une autre vue, prise par une caméra-robot au-dessus de Sheffield ouest, montrait le câble explosant au sud. Un séisme, puis une explosion sonique, et tout le secteur périphérique de Sheffield s'écroula dans la caldeira, à 5 000 mètres en dessous.

Après cela, un certain nombre de vidéo-clips passèrent et repassèrent en boucle sur le système fragmenté, mais c'étaient toujours les mêmes images, ou des resucées, parfois des séquences montrant les conséquences de la catastrophe. Puis les satellites cessèrent à nouveau d'émettre.

Cinq heures s'étaient écoulées depuis le début de la chute du câble. Les six voyageurs étaient affalés sur leurs chaises, regardant la TV sans la voir, trop fatigués pour éprouver quoi que ce soit. Trop fatigués pour penser.

— Bien, déclara Sax, nous avons maintenant un équateur comme celui que j'imaginais sur Terre quand j'avais quatre ans : une grosse ligne noire qui ceinturerait le monde.

Ann lui lança un regard tellement haineux que Nadia eut peur qu'il s'en aperçoive. Mais aucun d'entre eux ne bougea. Seules les images de la TV tremblotaient et les voix des speakers chuintaient.

Alors qu'ils volaient vers Shalbatana Vallis, au cours de la seconde nuit, ils virent le nouvel équateur, du moins sa partie extrême sud. Dans l'ombre, il formait un treillis d'un noir profond qui les entraînait vers l'ouest. Le regard de Nadia était tout aussi sombre. Elle n'était pas l'auteur du projet, mais elle y avait travaillé. Et on avait détruit son travail.

Mais cette bande noire était aussi une tombe. En surface, il n'y avait pas eu trop de morts, si l'on exceptait le versant oriental de Pavonis Mons. Mais la plupart de ceux qui s'étaient trouvés dans l'ascenseur avaient disparu, ce qui signifiait plusieurs milliers de victimes au moins. Dont la plupart avaient sans doute péri quand le câble avait touché l'atmosphère pour se transformer en un immense incendie.

Sax intercepta un nouveau clip. Apparemment, quelqu'un avait fait un montage de toutes les images reçues en direct sur le réseau, ou dans les heures suivantes. Dans ce montage, très efficace au demeurant, les plans de la fin montraient la dernière section du câble qui explosait dans le paysage. La zone d'impact du câble n'y apparaissait que sous la forme d'une tache blanche mouvante : une sorte de défaut d'enregistrement. Aucune vidéo n'aurait pu supporter un pareil degré de luminance. Une vue ultra-ralentie révélait des détails qui auraient été masqués par une prise directe. Ainsi, ils constatèrent que le graphite enflammé s'était décollé en premier du sol en laissant derrière lui une double hélice de diamant qui avait flotté majestueusement dans le crépuscule.

Vision étrange et belle d'une immense tombe, image fantasmatique de l'ADN : un macromonde de lumière pure qui ensemençait une planète dénudée...

Nadia cessa de regarder la TV et s'installa dans le siège du copilote.

Durant toute la nuit qui suivit, elle observa le ciel, incapable de chasser de son esprit l'image de ce croissant de diamant. Pour elle, cette nuit fut la plus longue depuis le début de leur voyage. L'aube pointa après une éternité.

Ils se posèrent peu après sur une piste de service du pipeline de Shalbatana et rejoignirent un groupe de réfugiés qui étaient bloqués sur place. Ces gens n'avaient pas d'opinion politique sur les événements. Ils voulaient seulement survivre. Retrouver une vie normale. Nadia pensa que cette attitude était revigorante et fit tout ses efforts pour les persuader de sortir et de réparer les pipelines. Mais ils ne parurent pas très convaincus.

Ils redécollèrent encore une fois avec du ravitaillement fourni par leurs hôtes. A l'aube suivante, ils se posèrent sur le terrain abandonné du cratère de Carr. Il n'était pas encore huit heures, et Nadia, Sax, Simon, Sacha et Yeli étaient déjà sur le bord du cratère, en marcheur.

Le dôme avait disparu. Il y avait eu un incendie à la base. Tous les bâtiments étaient intacts mais les baies avaient fondu sous la chaleur. Les parois de plastique étaient déformées et tout était couvert de suie. Il y avait des tas de scories un peu partout. Des traces noires rappelaient les ombres d'Hiroshima. Et il y avait aussi les cadavres, les longues files de corps agrippés aux trottoirs.

— L'atmosphère de la cité était hyperoxygénée, risqua Sax.

Les tissus humains devenaient alors combustibles. C'était arrivé aux premiers astronautes des missions Apollo, prisonniers d'une capsule remplie d'oxygène pur. Dès la première étincelle, ils avaient brûlé comme de la paraffine.

Comme ici. Tous ceux qui avaient été surpris dans la ville avaient été transformés en torches : on ne voyait que des tas de suie.

Ils étaient six à marcher dans l'ombre de la paroi est du cratère. Six sous le ciel rose, à s'arrêter devant des amas de corps noirs avant de s'éloigner aussi vite. Lorsque c'était possible, ils pénétraient dans les immeubles, poussaient des portes déformées, et sondaient les murs avec une sorte de stéthoscope que Sax avait apporté. Mais ils ne percevaient que leurs battements de cœur, violents, rapides, dans leur gorge de cuivre.

Nadia errait, le souffle rauque. Elle effleurait du regard les corps charbonneux, essayant d'estimer leur taille. Les os n'étaient plus que des tiges noires. Tous ces morts semblaient plus grands. Comme à Hiroshima ou Pompéi.

Elle s'approcha d'un autre amas, souleva un bras droit, gratta de sa main gantée le poignet carbonisé, et trouva la médaille codée d'identité. Elle la balaya de son laser et déchiffra : Emily Hargrove.

Elle continua sur un autre empilement de carcasses. Thabo Moeti.

C'était plus efficace que la recherche par dentition, qu'elle aurait été incapable de faire de toute façon.

La tête vide, les membres gourds, elle s'approcha enfin, seule, d'un amas de cendres proche des bureaux. Une main était dressée. Elle nettoya la médaille et la décrypta : Arkady Nikeliovitch Bogdanov.

Durant onze jours, ils continuèrent à voler vers l'ouest, se dissimulant pendant la journée quand ils ne s'arrêtaient pas dans un refuge. Chaque nuit, ils suivaient les itinéraires des transpondeurs, ou les directions indiquées par le dernier groupe rencontré. Mais, pour la plupart, ces groupes dispersés ignoraient l'existence de leurs voisins, ou même leur situation précise. Il n'existait aucune coordination et ils ne faisaient pas partie d'un mouvement de résistance unifié. Certains espéraient rallier la calotte polaire sud, comme les prisonniers de Korolyov, d'autres n'avaient jamais entendu parler de ce refuge. Il y avait des bogdanovistes, des révolutionnaires obéissant à divers chefs, des communautés religieuses, des utopies expérimentales, des groupes nationalistes qui essayaient d'entrer en contact avec leur pays, et de simples survivants sans programme, rendus orphelins par la violence. Les six voyageurs s'arrêtèrent même à Korolyov mais, en découvrant les corps glacés des gardes à l'extérieur des sas, pareils à des statues, ils renoncèrent à entrer. Après Korolyov, ils ne rencontrèrent plus personne. Les radios et les fréquences TV étaient mortes au fur et à mesure de la destruction des satellites, les pistes étaient vides, et la Terre de l'autre côté du soleil. Le paysage leur apparaissait aussi désolé qu'à leur arrivée, si l'on oubliait les plaques de givre. Ils volaient dans le ciel rose comme s'ils étaient seuls désormais.

Nadia avait gardé ses corvées. Dès qu'ils s'étaient posés ou juste avant le décollage, elle allait se promener seule. Ils étaient tous encore sous le coup de ce qu'ils avaient trouvé à Carr et à Korolyov, incapables de lui venir en aide, ce qui, pour elle, était en fait un soulagement. Ann et Simon étaient toujours inquiets pour Peter. Yeli et Sax étaient préoccupés par le ravitaillement et ne cessaient de se poser depuis que les soutes des appareils se vidaient.

Mais Arkady était mort, et le reste importait peu. Plus que jamais, la révolte martienne semblait à Nadia un gâchis absolu, un spasme de rage qui avait laissé un monde en ruine ! Elle demanda aux autres de lancer un message pour annoncer la mort d'Arkady sur toutes les ondes. Sacha était d'accord et il l'aida à convaincre ses compagnons.

— Ça aidera à arrêter plus vite tout ça, dit-il.

Sax secoua la tête.

— Les insurrections ignorent les chefs. Et puis, il est probable que personne ne pourra nous capter.

Mais, quelques jours plus tard, il fut évident que certains avaient reçu le message. Une réponse en micro-rafale leur parvint d'Alex Zhalin :

— Sax, ça n'est pas la guerre d'indépendance américaine, pas plus que la révolution française, russe ou anglaise. C'est toutes les révolutions à la fois, et partout ! Tout un monde s'est soulevé, un monde dont la surface est équivalente à celle de la Terre, et il n'y a que quelques milliers de personnes pour s'y opposer — et encore : la plupart sont dans l'espace. De là-haut, ils ont une vue imprenable mais ils sont vulnérables. S'ils parviennent à étouffer un soulèvement dans Syrtis, il y en aura un autre dans Hellespontus. Imagine seulement des forces spatiales en train d'essayer d'écraser une révolution au Cambodge, en Alaska, au Japon, en Espagne, à Madagascar... Tu en dirais quoi ? Rien. J'aurais seulement souhaité qu'Arkady Nikeliovich vive pour voir ça. Il aurait...

Le faisceau fut brutalement coupé. C'était peut-être un mauvais signe. Mais qui pouvait savoir ?... Pourtant, même Alex n'avait pu empêcher de transparaître une note de découragement quand il avait parlé d'Arkady. C'était impossible ; Arkady était bien plus qu'un leader politique — c'était le frère de tout le monde, une force de la nature, la voix de leur conscience. Un sens inné de ce qui était juste et bien. Le meilleur ami de chacun d'eux.

Nadia domina son chagrin et aida de nouveau au pilotage de nuit, dormant plus longtemps dans la journée. Elle perdit du poids et ses cheveux devinrent entièrement blancs. Elle avait de la difficulté à s'exprimer, comme si ses viscères s'étaient figés en même temps que sa gorge. Elle était changée en pierre, désormais incapable de pleurer. Ils rencontrèrent d'autres groupes qui n'avaient pas la moindre provision à leur céder. Ils établirent un régime strict et réduisirent les portions de moitié.

Au trentième jour de leur périple depuis Lasswitz, soit 10 000 kilomètres, ils atteignirent Le Caire, au sud de Noctis Labyrinthus, exactement au sud extrême du câble.

Le Caire était *de facto* sous le contrôle de l'AMONU. Aucun habitant n'avait protesté. Comme toutes les autres cités-tentes, la ville était demeurée sous la menace des lasers des vaisseaux de l'AMONU en orbite. Et puis, au Caire, la plupart des résidants étaient suisses ou arabes, et s'étaient apparemment tenus à l'écart du conflit.

Mais, depuis, tout un flot de population était descendu de Tharsis après la destruction de Sheffield et du reste des cités de Pavonis. D'autres encore avaient afflué de Marineris en traversant Noctis Labyrinthus. La population avait été multipliée par quatre. Des foules entières campaient dans les rues et les parcs, la centrale était au seuil de la saturation. Les ressources en gaz et en aliments seraient bientôt épuisées.

Ils apprirent tout cela d'une employée de l'aéroport qui s'acharnait toujours à faire son travail alors qu'aucune navette ne se posait plus. Après les avoir guidés jusqu'à un parking entre deux flottes d'avions, tout en bout de piste, elle leur dit d'enfiler leur marcheur pour aller jusqu'à la cité. Nadia éprouva une crainte irrationnelle en quittant les 16 D. Elle ne fut guère plus rassurée quand ils eurent passé le sas et découvrirent qu'à l'intérieur tout le monde circulait en marcheur et casque en cas de dépressurisation brutale.

Dans les bureaux municipaux, ils retrouvèrent Frank, Maya, mais également Mary Dunkel et Spencer Jackson. Ils se saluèrent avec soulagement, mais ce n'était pas le moment de se raconter leurs diverses aventures. Frank, collé devant un écran, dialoguait avec un interlocuteur sur orbite, et il rejeta nerveusement les embrassades des visiteurs. Apparemment, il avait réussi à accrocher un système de communication encore en fonction car il resta six heures d'affilée devant son écran, ne s'interrompant que pour boire un verre d'eau, sans jamais accorder le moindre regard à ses compatriotes. Il semblait être perpétuellement en rage, les muscles de ses mâchoires se crispant et se détendant rythmiquement. En dehors de cela, il était dans son élément : il expliquait et pontifiait, cajolait et menaçait, posant des questions et commentant avec agacement les réponses. En d'autres termes, il louvoyait et manœuvrait à sa manière habituelle, mais avec un mélange de fureur, d'amertume et de quelque chose qui ressemblait à de la peur, comme s'il était tombé d'une falaise et tentait de remonter au sommet en baratinant tout le monde.

Quand il coupa enfin la communication, il soupira longuement en s'étirant, puis se redressa avec des mouvements roides et alla enfin jusqu'à eux, posant au passage une main amicale sur l'épaule de Nadia. Mais il se comporta de façon plutôt rude et se montra complètement indifférent quant à leur voyage jusqu'au Caire. Il voulait seulement savoir qui ils avaient rencontré, où, et comment les petits groupes éparpillés s'en sortaient. Plusieurs fois, il retourna à son écran pour contacter certains de ces groupes avec une précision qui les stupéfia tous. D'autant plus qu'ils avaient eu le sentiment d'être absolument coupés du reste de la planète.

— Les relais de l'AMONU, expliqua-t-il brièvement. Ils gardent certains canaux ouverts pour moi.

— Et pourquoi ? demanda Sax.

— Parce que j'essaie d'arrêter tout ça. J'essaie d'obtenir un cessez-le-feu et une amnistie générale pour qu'on commence la reconstruction tous ensemble.

— Mais sous la direction de qui ?

— De l'AMONU, bien sûr. Et des administrations nationales.

— Mais l'AMONU n'est d'accord que pour un cessez-le-feu. Alors que les rebelles ne s'accordent que sur l'amnistie générale !

Frank acquiesça.

— Oui, et ils ne font aucun pas vers la reconstruction. Mais la situation est tellement détériorée qu'ils vont y venir. Depuis la chute du câble, quatre autres aquifères ont sauté. Ils étaient tous sur l'équateur et certains pensent à un lien de cause à effet.

Ann hocha la tête, ce qui parut plaire à Frank.

— Ils ont été complètement éventrés, j'en suis certain. Ils se sont déversés à l'embouchure de Chasma Borealis pour continuer dans les dunes.

— Le poids de la calotte polaire a probablement ajouté de la pression, remarqua Ann.

— Tu sais ce qui est arrivé au groupe d'Acheron ? demanda Sax à Frank.

— Non. Ils ont disparu. Ils ont peut-être eu le même sort qu'Arkady, j'en ai peur. (Il jeta un regard à Nadia, les lèvres serrées.) Bon, je crois que je devrais me remettre au travail.

— Mais que se passe-t-il sur Terre ? insista Ann. Qu'en dit l'ONU ?

— Mars n'est pas une nation mais une ressource mondiale, cita Frank d'un ton grave. Ils disent que cette minuscule fraction d'humanité qui y vit ne saurait contrôler les ressources alors que l'avenir matériel humain dans son ensemble est sérieusement secoué.

— Ce qui est probablement vrai, fit Nadia dans un coassement rauque.

Frank haussa les épaules.

— Je suppose que c'est la raison pour laquelle ils ont lâché la bride aux transnationales, dit Sax. Leurs forces de sécurité sont plus importantes que celles de la police de l'ONU.

— Exact, approuva Frank. Il a fallu pas mal de temps à l'ONU pour envoyer ses émissaires de paix.

— Ils se fichent pas mal que le sale boulot soit fait par d'autres.

— Bien sûr.

— Et la Terre ? demanda Ann.

— Le groupe des Sept semble avoir repris le contrôle de la situation, fit Frank. Difficile d'en juger d'ici.

Il retourna devant son écran pour lancer d'autres appels. Les autres partirent manger, puis se laver avant d'aller se coucher ou de retrouver des amis, des connaissances, ou de chercher les dernières nouvelles de la Terre. Les pavillons de complaisance avaient été détruits par les non-nantis dans le sud mais, apparemment, les transnationales s'étaient réfugiées sous la protection du groupe des Sept et les géants militaires les avaient défendues. Un douzième cessez-le-feu semblait tenir depuis plusieurs jours.

Ils eurent donc un peu de temps pour récupérer. Mais quand ils entraient dans la salle des ordinateurs, ils trouvaient toujours Frank en train de rager devant son écran, plongé dans ce qui semblait être un cauchemar de télé-diplomatie, argumentant sans cesse d'un ton amer ou méprisant. Il ne caressait plus personne dans le sens du poil ; il n'en était plus là. Il marchait à l'énergie. Il essayait de déplacer le monde sans point d'appui, et sans levier.

Les seuls moyens dont il disposait étaient ses anciens contacts américains et les relations qu'il avait personnellement avec les chefs de l'insurrection. Les uns et les autres résistaient fort mal aux événements, et les possibilités de Frank s'amenuisaient jour après jour, au fur et à mesure que l'AMONU et les forces transnationales reprenaient les villes. Nadia avait le sentiment que Frank luttait pour maintenir sa place dans le processus, par le seul effet de la colère qu'il éprouvait en constatant son manque d'influence. Elle ne supportait plus sa présence. Les choses étaient déjà assez graves sans toute cette bile qu'il déversait.

Mais, avec l'aide de Sax, il réussit à émettre en direction de la Terre en passant par les techniciens de Véga qui établirent un relais. Quelques jours plus tard, il envoya cinq messages codés au secrétaire d'Etat, Wu. Il dut attendre toute une nuit les réponses, mais les gens de Véga leur retransmirent des programmes d'infos terriens qu'ils n'avaient pas vus. La situation sur Mars était décrite comme un trouble mineur provoqué par des éléments criminels, principalement des prisonniers évadés de Korolyov qui s'étaient livrés à des actes de violence inconsidérés, provoquant la mort d'un grand nombre de civils innocents. On montra quelques vues : des téléphotos des aquifères éclatés, les gardes gelés devant l'entrée de Korolyov. Certains programmes précisaient que les images étaient de source AMONU, et certaines stations, en Chine et aux Pays-Bas, mirent en question l'authenticité et l'exactitude des informations. Mais c'était avant tout la version des transnationales que retransmettaient les médias. Nadia le fit remarquer, et Frank grommela :

— Evidemment, puisque les réseaux d'info terriens *appartiennent* aux trans.

Il coupa le son.

Derrière lui, Nadia et Yeli se penchèrent instinctivement en avant, comme si ça devait leur permettre de mieux entendre le son du vidéoclip, qui était inaudible. Les deux semaines qu'ils avaient passées privés de toute nouvelle du monde extérieur leur avaient paru une année, et ils regardaient l'écran avec impuissance, se repaissant de toutes les informations qu'ils pouvaient glaner. Yeli finit par se lever pour remonter le son, puis il vit que Frank dormait sur sa chaise, le menton appuyé sur la poitrine.

Un message parvint du département d'Etat. Frank, qui sommeillait, monta brusquement le son, observa les visages minuscules sur l'écran et aboya une réponse rauque avant de fermer les yeux à nouveau.

Au terme de la deuxième nuit de liaison via Véga, il obtint de Wu qu'il fasse pression sur l'ONU, à New York, afin de rétablir les communications entre la Terre et Mars et de mettre un terme à toutes les actions de police jusqu'à ce que la situation soit stabilisée. Le secrétaire d'Etat tentait aussi d'obtenir le retrait des forces transnationales et leur rapatriement sur Terre. Mais Frank savait que ce serait impossible.

Le soleil s'était levé depuis deux heures quand Frank reçut le signal de réception de Véga. Il put enfin couper la liaison. Yeli dormait, roulé en boule par terre.

Nadia se leva, les membres roidis, et sortit dans le parc, dans la fraîche clarté du jour. Elle dut enjamber les corps endormis dans l'herbe, par groupes de deux ou trois, emboîtés les uns dans les autres comme des cuillères pour se tenir chaud. Les Suisses avaient installé de grandes cuisines et des rangées de bâtiments le long de la paroi de la cité. On aurait dit un chantier de construction, et elle se rendit compte, tout à coup, qu'elle était en larmes. Que c'était bon de marcher à nouveau au grand air, en pleine lumière.

Quand elle revint dans les bureaux, elle surprit Frank penché sur Maya, qui dormait sur une banquette. Il la contemplait avec une expression vide. Il leva les yeux sur Nadia.

— Elle est vraiment claquée.

— Mais tout le monde est fatigué !

— Mmm... C'était comment, à Hellas ?

— Inondé.

Il secoua la tête.

— C'est Sax qui doit être satisfait.

— Je n'arrête pas de le répéter. Mais je pense que tout lui a échappé.

— Oui. Je suis désolé pour Arkady.

— Oui.

Un autre silence.

— On dirait une petite fille.

— Oui.

A dire vrai, Nadia n'avait jamais trouvé Maya aussi vieille. Ils allaient tous sur leurs quatre-vingts ans, et ils ne pouvaient plus suivre le rythme, traitement ou non. En esprit, ils étaient vieux.

— Les types de Véga m'ont dit que Phyllis et son équipe de Clarke vont tenter de les rejoindre à bord d'une fusée d'urgence.

— Est-ce qu'ils ne se trouvent pas en dehors de l'écliptique ?

— En ce moment, oui, mais ils vont essayer de se servir du tremplin gravitique de Jupiter.

— Ce qui va leur prendre un ou deux ans, non ?...

— Un an à peu près. J'espère qu'ils vont louper leur manœuvre ou tomber sur Jupiter. A moins qu'ils ne meurent de faim et de soif.

— Je crois deviner que tu en veux à Phyllis.

— C'est une garce. Elle a une sacrée part de responsabilité dans tout ce qui s'est passé. Elle a ramené toutes ces transnats en leur promettant tous les métaux de l'univers — elle a cru qu'elle allait devenir la reine de Mars. Tu aurais dû la voir sur Clarke : une vraie petite divinité en plomb qui contemplait sa planète rouge. Je l'aurais étranglée. J'aurais tellement voulu être là quand Clarke a dégagé !

Il eut un rire dur.

Maya s'éveilla. Avec Nadia, ils l'aidèrent à se lever et partirent dans le parc, en quête d'un déjeuner. Ils prirent place dans une file de gens en marcheur, qui toussotaient en se frottant les mains. Les conversations étaient rares. Frank observait la scène avec dégoût. Quand ils reçurent enfin leurs plateaux de *rushti* et de *tabouli*, il se mit à dévorer avant de parler en arabe dans son bloc.

Quand il coupa la communication, il dit à Maya et Nadia :

— Alex, Evgenia et Samantha arrivent de Noctis avec des amis bédouins.

Une bonne nouvelle. La dernière fois qu'ils avaient entendu parler d'Alex et Evgenia, ils étaient au Belvédère d'Aureum, un bastion rebelle qui avait été détruit par des vaisseaux de l'ONU sur orbite avant d'être incinéré par un tir de missile venu de Phobos. Et nul n'avait plus entendu parler d'eux depuis un mois.

Aussi, tous les cent premiers présents se rendirent-ils à la porte nord du Caire pour les accueillir. De là, on dominait une rampe naturelle qui plongeait vers les confins sud de Noctis. Une caravane de patrouilleurs approchait dans le soir, lentement, suivie d'un nuage de poussière.

Une heure passa encore avant que les véhicules n'abordent la dernière pente. Ils n'étaient plus qu'à trois kilomètres de distance quand des flammes et des déjections jaillirent au sein de la colonne. Plusieurs patrouilleurs tombèrent dans le gouffre, d'autres furent projetés contre la falaise, et les autres stoppèrent, fracassés ou incendiés.

Une explosion secoua alors toute la porte nord de la cité et ils plongèrent vers l'abri de la muraille. Des hurlements et des appels se mêlaient sur la fréquence commune. Ils se redressèrent. La tente était toujours en place, mais le verrou de la porte semblait bloqué.

Plus loin, sur la route de minces panaches de fumée ocre montaient dans l'air et s'effilochaient vers l'est. Le vent du crépuscule les rabattait vers Noctis. Nadia expédia un robot à la recherche des survivants. Seul le crépitement de la statique se faisait entendre dans les blocs de poignet, et Nadia en fut presque soulagée : qu'attendaient-ils ? Des cris ? Des plaintes ?

Frank lançait des jurons en arabe et en anglais. Il s'agitait pour tenter de savoir ce qui s'était produit. Alexander, Evgenia, Samantha... Nadia fixait d'un regard effrayé les minuscules images de son écran, tout en dirigeant les caméras du robot. Des carcasses tordues.

Des corps. Aucun mouvement discernable. L'un des véhicules crachait encore de la fumée.

— Où est Sacha ? cria Yeli. Où est Sacha ?

— Elle était dans le sas, répondit quelqu'un. Elle allait à leur rencontre.

Ils luttaient pour rouvrir la porte intérieure du sas. Nadia, au premier rang, essaya tous les codes avant de sortir des outils, puis une charge explosive modulée. Ils reculèrent et le verrou sauta. L'instant d'après, ils dégageaient la porte au pied-de-biche. Nadia entra la première et s'agenouilla auprès de Sacha, qui était accroupie, la tête en avant. Mais elle était morte, les yeux vitreux, le visage cramoisi.

Avec le sentiment qu'elle devait bouger dans l'instant ou se figer comme une pierre, Nadia se releva et courut vers un véhicule. Elle démarra sans but précis : elle n'avait pas de plan et le véhicule semblait choisir lui-même son chemin. Les voix de ses amis montaient de son poignet comme des stridulations de criquets en cage. Maya pleurait et jurait en russe :

— C'est Phobos ! Encore eux ! Ils sont fous, là-haut !

— Non, ils ne sont pas fous, disait Frank. C'est parfaitement logique. Ils voient qu'un équilibre politique va s'établir, et ils essaient de le détruire.

— Fumiers d'assassins ! hurla Maya. Fascistes du KGB !

Le véhicule de Nadia s'arrêta devant les bureaux. Elle se précipita à l'intérieur, retrouva son vieux sac bleu et fouilla, sans savoir vraiment ce qu'elle espérait trouver. L'émetteur d'Arkady. Oui, bien sûr, c'était ça. Elle le serra contre elle et retourna à la porte sud. Sax et Frank discutaient toujours.

— Tous ceux d'entre nous dont la position est connue se trouvent ici, ou bien ils ont déjà été tués. Je crois qu'ils en ont après les cent premiers en priorité.

— Pour nous isoler, tu crois ?

— Dans les infos de la Terre, on dit que nous sommes les meneurs de la rébellion. Et depuis qu'elle a éclaté, vingt et un d'entre nous sont morts. Et quarante sont portés disparus.

Le véhicule s'arrêta. Nadia coupa l'intercom et pénétra dans le sas. Elle chaussa ses bottes, mit son casque et ses gants. Elle appuya sur le bouton d'ouverture et attendit que le sas se vide et s'ouvre. Comme pour Sacha. Et elle se retrouva à l'extérieur, dans le jour brumeux et venteux, et elle ressentit le premier éclat de diamant du froid. Elle donna des coups de pied dans le sable et de grandes bouffées rougeâtres passèrent sur elle. La femme vide dans un nuage de sang. Et, là-bas, il y avait les corps de ses amis, et d'autres encore. Leurs visages étaient violets et boursouflés, comme ceux de tant d'autres morts qu'elle avait vus sur les chantiers. Nadia en avait vu plusieurs, à présent, elle avait vu la mort de près à plusieurs reprises, et c'était chaque fois la même horreur. Et voilà qu'ils provoquaient délibérément autant de ces monstrueux accidents qu'ils pouvaient. C'était la guerre ; ils tuaient par tous les moyens à leur disposition.

Ces gens auraient pu vivre des siècles. Elle pensa à Arkady, au temps qui aurait pu passer, et siffla entre ses dents. Ils s'étaient si souvent querellés durant ces dernières années, surtout à propos de politique. Nadia lui avait dit que ses plans étaient anachroniques. Qu'il ne comprenait rien au monde. Mais il avait ri, furieux et blessé. Il lui avait dit qu'il connaissait ce monde, avec une expression sombre qu'elle ne lui avait jamais vue. Et elle se souvenait du moment où il lui avait donné l'émetteur, alors qu'il pleurait la mort de John, fou de fureur et de chagrin. C'est juste en cas d'urgence, avait-il insisté alors qu'elle refusait. Juste au cas où.

Et le cas, c'était maintenant. Elle ne parvenait pas à y croire. Elle sortit le boîtier de la poche de son marcheur. Phobos montait à l'horizon d'ouest comme une pomme de terre grise. Le soleil venait à peine de se coucher, et la clarté sanguinolente lui donnait l'impression d'être une créature microscopique, une cellule perdue entre les parois corrodées de son cœur, tandis qu'autour d'elle se levaient de grands vents de plasma poussiéreux. Des fusées se posaient sur le spatioport, au nord de la cité. Les miroirs brillaient dans le ciel d'occident comme des essaims d'étoiles. Un ciel embouteillé. Dans lequel, bientôt, les vaisseaux de l'ONU descendraient.

Phobos traversait le ciel en quatre heures et demie, et elle ne devait pas s'attarder. Il se présentait déjà comme une demi-lune à mi-chemin du zénith, gibbeuse encore dans le ciel coagulé. Nadia discernait deux points lumineux : les cratères sous dômes : Semenov et Leveykin. Elle leva son émetteur-radio et tapa le code de mise à feu : MANGALA. C'était aussi simple que n'importe quelle télécommande.

Un éclair éblouissant jaillit du bord du petit disque grisâtre. Les deux points s'éteignirent. L'éclair se fit encore plus intense. Est-ce qu'elle pouvait mesurer la décélération ? Probablement pas. Mais Phobos décélérait.

Et descendait.

De retour dans Le Caire, elle découvrit que la nouvelle s'était déjà répandue. L'éclair avait attiré tous les regards. Ensuite, tous ceux qui étaient là s'étaient agglutinés devant les écrans TV, en échangeant des rumeurs et des suppositions. Finalement, la vérité courait. Nadia, circulant entre les divers groupes, entendait partout :

— Phobos a été touché ! Phobos a été touché !

Un moment, elle crut s'être perdue dans la medina, puis se retrouva devant les bureaux de la cité. Et Maya lui cria :

— Nadia ! Tu as vu Phobos ?

— Oui.

— Roger m'a dit que lorsqu'ils s'y trouvaient, dans la première année, ils avaient mis en place un dispositif de fusées et d'explosifs ! Est-ce qu'Arkady t'en avait parlé ?

— Oui.

Ils entrèrent.

— S'ils parviennent à le freiner, il se posera, supputa Maya à haute voix. Je me demande si on va pouvoir calculer sa trajectoire. On est tout près de l'équateur, ici.

— Il va se fragmenter, c'est certain, et tomber un peu partout.

— Exact. Je me demande ce que Sax peut en penser.

Sax et Frank étaient plantés devant un écran, Yeli, Ann et Simon devant un autre. Phobos était suivi au télescope par l'AMONU, et Sax mesurait la vélocité du satellite. Sur l'image, le dôme de Stickney scintillait comme un œuf de Fabergé, mais, à l'avant, tout était brouillé par les traînées et les éclats de gaz et de déjections.

— La poussée est très équilibrée, commenta Sax. Si elle avait été trop brusque initialement, tout le planétoïde aurait été brisé. Et si elle n'avait pas été calculée, il se serait mis à tournoyer et il aurait littéralement mitraillé la planète en se fragmentant.

— Je discerne des signes de poussées latérales, annonça son IA.

— Correction d'altitude. Ils ont transformé Phobos en une gigantesque fusée.

— Ils l'ont fait au cours de la première année, expliqua Nadia.

Elle n'était pas certaine de devoir leur révéler ça, elle n'avait pas encore vraiment repris le contrôle d'elle-même, et conservait un retard de plusieurs secondes par rapport à ses actes. Elle s'entendit parler :

— Sur Phobos, les spécialistes en guidage et propulsion étaient nombreux. Ils ont infiltré les veines glaciaires avec de l'oxygène et du deutérium, en formant des colonnes alignées et inscrites dans la chondrite. Le complexe de contrôle et les moteurs ont été placés au centre.

— Donc, c'est bien une énorme fusée, appuya Sax tout en hochant la tête et en pianotant sur son clavier. Périodicité : 27,452 secondes. Ce qui nous donne... 2 146 kilomètres à la seconde approximativement. Pour descendre, il faudrait que la décélération atteigne... voyons... 1 561 kilomètres à la seconde. Pour une masse pareille... Waouh ! Ça représente une sacrée quantité de carburant.

— Quelle est sa trajectoire maintenant ? demanda Frank.

Il avait le visage sombre, les mâchoires serrées. Il était furieux, constata Nadia. Furieux de n'avoir pas prévu ce qui allait se passer.

— Environ 1,7. Et ces gros générateurs de poussée fonctionnent toujours. Il va descendre, d'accord. Mais pas en un seul morceau. Il va se casser, c'est sûr.

— Le point de fracture de Roche ?

— Non, c'est un simple effet de l'aréofreinage, et avec tous ces réservoirs de carburant vides...

— Que va-t-il se passer pour ceux qui se trouvent encore dessus ? demanda Nadia, avec l'impression que quelqu'un d'autre venait de poser la question.

— Quelqu'un nous a dit qu'ils avaient tous évacué Phobos. Il n'y a plus personne qui puisse stopper ces fusées.

— Bonne chose, dit Nadia en se laissant tomber sur une banquette.

— Et il tombera quand ? demanda Frank.

Sax hésita.

— Impossible à dire. Tout dépend du moment où il se brisera. Mais ça ne tardera guère, je pense. Disons dans la journée. Ensuite, il va survoler l'équateur et on aura droit à une formidable averse de météores.

— Comme ça, on sera débarrassés des derniers restes du câble, commenta Simon d'une voix sourde.

Assis auprès d'Ann, il l'observait avec inquiétude. Elle avait les yeux fixés sur l'écran et ne parut pas l'entendre. Nul n'avait eu de nouvelles de son fils, Peter. Est-ce que ça valait mieux ou est-ce que c'était pire qu'un tas de suie, un nom suivi de .com qui s'inscrivait sur l'écran de votre bloc-poignet ? Nadia décida que oui, ça valait mieux. Mais c'était dur quand même.

— Regardez ! s'écria Sax. Il se brise.

La caméra du télescope leur transmettait une image excellente. Le dôme de Stickney explosait en échardes de feu, et la ligne de cratères qui avait marqué Phobos, soudain béante, se transformait en poussière. Puis le petit satellite pomme de terre s'ouvrit et se dispersa en blocs irréguliers. Lentement, le plus important se dégagea sur le côté, apparemment propulsé par une des fusées. Les autres se placèrent en une ligne irrégulière, à des vitesses différentes.

— Eh bien... On dirait que nous sommes dans la ligne de feu, remarqua Sax. Les plus gros vont bientôt toucher l'atmosphère.

— Est-ce que tu peux déterminer leurs points d'entrée ?

— Non, il y a trop d'inconnues. Ça se passera sur la ligne équatoriale, de toute façon. Nous sommes probablement un peu trop au sud pour être atteints directement, mais il va y avoir des effets de dispersion.

— Donc, tous ceux qui sont sur l'équateur devraient évacuer vers le nord ou le sud, résuma Maya.

— Ils le savent sans doute. Et le câble a déjà dû nettoyer le secteur.

Il n'y avait pas grand-chose à faire sinon attendre. Aucun d'eux ne voulait quitter la ville et aller vers le sud. Ils n'en avaient plus la force. Ils étaient trop endurcis, ou trop las pour prendre ce genre de risques. Frank faisait les cent pas dans la pièce, son visage boucané frémissant de colère. Pour finir, n'y tenant plus, il retourna vers son écran et envoya une salve de messages brefs, âpres. L'un d'eux revint, et il eut un reniflement.

— Nous avons un répit, grogna Frank. La police de l'ONU ne

descendra pas avant que toute la merde ne soit tombée. Ensuite, ils vont s'abattre comme des faucons. Ils prétendent que c'est à partir d'ici que l'explosion de Phobos a été déclenchée, et ils disent qu'ils en ont assez qu'une ville neutre serve de centre de commandement à l'insurrection.

— On va donc attendre que la chute soit terminée, conclut Sax.

Il repassa sur le réseau de l'AMONU et obtint une image radar composite des fragments. Après quoi, ils n'eurent plus rien à faire. Ils restèrent assis, les bras croisés. Ou bien ils tournaient en rond. Ils regardaient les écrans. Ils mangeaient des pizzas froides. Ils faisaient un somme. Nadia ne faisait rien de tout ça. Elle restait assise, pliée en deux. Elle avait l'impression d'avoir une boule d'acier à la place de l'estomac. Elle attendait.

Juste avant minuit et le laps de temps martien, quelque chose attira l'attention de Sax. Il pianota frénétiquement sur les canaux de Frank et établit enfin la liaison avec l'observatoire d'Olympus Mons. Là-bas, c'était encore la nuit, peu avant l'aube. L'une des caméras cadrait l'horizon du sud. La courbe noire de la planète occultait les étoiles. Des traces de météorites striaient le ciel d'ouest et explosaient quelques secondes avant l'impact final pour laisser des taches phosphorescentes, comme autant de minuscules nuages nucléaires. En moins de dix secondes, la pluie cessa, ne laissant que de vagues taches jaunes sur le fond obscur de l'espace.

Nadia ferma les yeux et retrouva des images fantômes. Quand elle regarda l'écran de la TV, elle découvrit des nuages de fumée dans le ciel de Tharsis, juste avant l'aube. Ils montaient si haut dans l'atmosphère qu'ils accrochaient les premiers rayons du soleil. Ils étaient d'un rose vif, en forme de champignons, avec de longues tiges d'un gris sombre. Puis le soleil monta sur cette végétation tumultueuse, et la recouvrit d'un vernis de bronze. Ensuite, le barrage des champignons jaunes et roses dériva au-dessus d'un horizon de pastel indigo : un cauchemar aux couleurs de Maxfield Parrish [1], trop étrange et beau pour que l'on y croie. Nadia repensa aux derniers instants du câble, à cette double hélice de diamant... Le spectacle de la destruction pouvait-il atteindre une pareille beauté ? Etait-ce dû à une combinaison accidentelle des éléments, la preuve finale que la beauté ne connaissait pas de dimension morale ?

Elle regardait fixement l'image, incapable d'en détacher son regard, mais elle avait beau se concentrer, elle n'avait aucun sens pour elle.

— Ça devrait donner suffisamment de matière particulaire pour

1. Peintre et illustrateur américain (1870-1966). Ses décors marqués par les préraphaélites et des couleurs irréelles — ciels orangés, végétation bleue — lui ont valu une large renommée posthume durant la période hippie. (*N.d.T.*)

déclencher une autre tempête planétaire, remarqua Sax. Mais l'apport de chaleur dans le système va certainement être considérable.

— Tais-toi, Sax, fit Maya.

— C'est à notre tour d'être touchés, hein ? demanda Frank, et Sax acquiesça.

Ils quittèrent les bureaux et sortirent dans le parc. Tous avaient le regard braqué sur le nord-ouest. Ils gardaient le silence, comme s'ils accomplissaient un rite religieux. C'était tout à fait différent des moments où ils avaient guetté les bombardements. A présent, on était au milieu de la matinée et le ciel était d'un rose poussiéreux et terne.

Une comète jaillit au-dessus de l'horizon. Elle irradiait une lumière douloureuse. Quelques cris s'élevèrent, mais la plupart de ceux qui étaient là retinrent leur souffle. Le sillon blanc venait vers eux. Puis, en un instant, il passa et disparut à l'est. L'instant d'après, le sol trembla sous eux, et des exclamations trouèrent le silence. A l'est, un nuage monta vers le sommet du grand dôme du ciel rose, à 20 000 mètres !

Puis d'autres traces blanches traversèrent le ciel comme autant de queues de comètes perdues. Toutes plongèrent vers l'horizon d'orient, vers les profondeurs de Marineris. Quand, enfin, la pluie cessa, les spectateurs du Caire restèrent un moment à demi aveugles, titubants, inondés d'images fantômes sur la rétine. Ils avaient été épargnés.

— Maintenant, reste l'ONU, déclara Frank. Au mieux...

— Est-ce que tu penses que nous devrions ?... commença Maya. Je veux dire : est-ce que nous sommes...

— En sécurité ? compléta Frank d'un ton acerbe.

— Peut-être que nous devrions redécoller ?

— De jour ?

— Ça serait peut-être plus sûr que de rester là ! Je ne sais pas vraiment ce que tu en penses, mais moi, je ne tiens pas à me retrouver contre un mur pour être fusillée !

— Si ce sont les types de l'AMONU, ils ne feront jamais ça, dit Sax.

— On ne peut pas en être certains. Tout le monde sur Terre pense que nous sommes les instigateurs de la rébellion.

— Mais il n'y a pas eu d'instigateurs ! insista Frank.

— Il suffit qu'ils veuillent qu'il y en ait, dit Nadia.

Ce qui les ramena au silence.

Et Sax conclut humblement :

— Quelqu'un a dû décider qu'il serait plus facile de contrôler les choses sans nous.

Ils reçurent des nouvelles des impacts dans l'autre hémisphère, et Sax s'installa devant les écrans avec Ann, qui essayait de l'aider.

Il y avait tout le temps des impacts de ce genre, durant l'Age noachien, et elle ne pouvait laisser passer l'occasion d'en observer un de ses propres yeux, même si c'était le résultat d'une action humaine.

Pendant qu'ils regardaient, Maya continuait à les harceler : il fallait qu'ils fassent quelque chose : qu'ils partent, qu'ils se cachent, n'importe quoi, mais quelque chose. Et comme Sax et Ann ne réagissaient pas, elle les invectiva.

Frank sortit pour aller inspecter le spatioport et Nadia l'accompagna jusqu'aux portes. Elle craignait que Maya n'ait raison, mais elle ne voulait plus l'écouter. Elle dit au revoir à Frank et resta là, devant le bâtiment, et regarda le ciel.

C'était l'après-midi, et les vents dominants d'ouest balayaient la pente de Tharsis, ramenant la poussière des impacts. On aurait dit que de la fumée montait dans le ciel, comme s'il y avait un feu de forêt de l'autre côté de Tharsis. La lumière, à l'intérieur du Caire, était assombrie par les nuages qui défilaient devant le soleil, et la polarisation de la tente suscitait des arcs-en-ciel et des effets de lumière, comme si la planète tout entière était devenue un kaléidoscope. Des masses recroquevillées sur elles-mêmes, sous un ciel ardent. Nadia frissonna. Un nuage plus épais que les autres était venu couvrir soudain le soleil. Elle s'échappa de l'ombre et rentra.

A l'instant, Sax déclarait :

— Ça ressemble bien à une autre tempête globale !

— Je l'espère, dit Maya. Ça nous aidera à fuir.

— Vers où ? demanda Sax.

Elle inspira nerveusement.

— Les appareils sont prêts. Nous pourrions aller jusqu'à Hellespontus Montes. Il y a encore des habitats, là-bas.

— Mais ils nous repéreraient.

Frank apparut sur l'écran de Sax. L'image vacillait. Il consultait son bloc de poignet.

— Je suis à la porte ouest avec le maire. Des patrouilleurs sont arrivés. Nous avons bouclé les portes parce qu'ils refusaient de s'identifier. Apparemment, ils ont encerclé toute la ville et ils tentent d'approcher de la centrale physique par l'extérieur. Gardez tous votre marcheur et préparez-vous à battre en retraite.

— J'avais bien dit qu'il fallait partir ! cria Maya.

— On n'aurait pas pu, dit Sax. De toute manière, nous aurions les mêmes chances en cas de mêlée. Si on tente une sortie en masse, ils seront peut-être débordés. Ecoutez : s'il arrive quoi que ce soit, on se retrouve tous à la porte est, d'accord ? Vous partez les premiers. Frank... toi aussi tu devrais aller là-bas dès que tu le pourras. Je vais essayer quelques petits bricolages sur nos robots de la centrale pour retarder nos gentils visiteurs au moins jusqu'à la nuit.

Il était maintenant trois heures, mais on se serait cru au crépuscule sous un ciel de plus en plus épais, chargé de nuages de poussière. Les forces qui cernaient la ville s'identifièrent comme appartenant à la police de l'AMONU, exigeant qu'on les laisse entrer. Frank et le maire leur demandèrent de bien vouloir présenter un mandat de Genève et d'interdire l'usage des armes dans l'enceinte de la cité. Les forces extérieures ne répondirent pas.

A quatre heures trente, toutes les sirènes d'alarme résonnèrent en même temps : une déchirure de la tente, et apparemment très large, car un vent violent balayait soudain les rues et l'alerte de dépressurisation s'était déclenchée dans tous les immeubles. L'électricité était coupée, et la ville devint une coquille en perdition dans laquelle des silhouettes en marcheur se précipitaient vers les portes, titubant dans les rafales, se heurtant dans l'affolement. Les fenêtres explosaient. L'air était plein de bandeaux de plastique transparent. Nadia, Maya, Ann, Simon et Yeli quittèrent le bâtiment municipal et se frayèrent un chemin dans la foule, se dirigeant vers la porte est. On se battait, car le sas était ouvert. Ceux qui tombaient étaient en danger de mort et, si le sas finissait par être bloqué sous la pression, alors ils risquaient de mourir tous. Tout se passait en silence, et ils ne communiquaient plus que par leurs intercoms. Les cent premiers s'étaient calés sur leur vieille fréquence. La voix de Frank leur parvint par-dessus le grésillement de la statique.

— Je me trouve à la porte est. Dégagez-vous de la mêlée, que je puisse vous retrouver. (Il s'exprimait d'un ton grave, professionnel.) Dépêchez-vous : il se passe quelque chose à l'extérieur.

Ils découvrirent Frank qui agitait la main, appuyé contre la paroi intérieure.

— Allez ! La tente a craqué et il faut foncer vers les avions.

— Je vous l'avais bien dit, fit Maya.

Mais il la fit taire :

— Ferme ça, Maya. Nous n'avions pas à partir avant que ce genre de truc ne se produise, *souviens-toi* !

Le crépuscule approchait et le soleil filtrait entre Pavonis et le nuage de poussière, illuminant les nuages par en dessous dans un déchaînement de couleurs martiennes, projetant une lueur infernale sur cette frénésie.

Des silhouettes en uniformes camouflés se ruaient à l'intérieur par les déchirures de la tente. Dehors, de grands bus-navettes venaient de s'arrêter et d'autres troupes s'en déversaient.

Sax apparut au détour d'une allée.

— Je ne pense pas qu'on réussisse à atteindre les appareils !

Une silhouette casquée, en marcheur, surgit de la poussière.

— Venez, lança-t-il sur leur fréquence. Suivez-moi.

Ils se tournèrent vers l'étranger.

— Qui êtes-vous ? demanda Frank.

— Suivez-moi !

L'étranger était de petite taille et, derrière la visière de son casque, ils entrevirent son sourire éclatant et féroce, son teint mat. Il plongea dans une allée qui conduisait à la médina, et Maya fut la première à le suivre, entre les blessés et les morts qui jonchaient le sol. Des gens casqués couraient dans tous les sens, et ceux qui n'avaient pas de casque gisaient par terre, morts ou mourants dans la clameur des sirènes et les secousses profondes qu'ils ressentaient en courant. Ils ne percevaient plus que leur souffle et les brefs messages qu'ils échangeaient.

— Où allons-nous ?

— Sax, tu es toujours là ?

— Il est passé par là !

Etrange conversation privée dans le chaos ambiant, la frénésie des cohortes humaines dans le crépuscule poussiéreux. Nadia faillit trébucher sur le cadavre d'un chat recroquevillé sur la pelouse.

L'homme qu'ils suivaient fredonnait un air sur leur fréquence, un *Ta-toum, ta-ta-tatoum, ta-ta-ta-toum...* obsédant. Peut-être *Pierre et le loup...* Il semblait connaître par cœur les moindres ruelles du Caire et s'infiltrait dans les dédales de la médina sans la moindre hésitation. En moins de dix minutes, ils se retrouvèrent devant le mur de la ville.

Et là, ils purent observer l'extérieur à travers la tente déformée. Dans la suie et la brume, des silhouettes couraient, isolées ou par groupes de trois, sur la bordure sud de Noctis.

— Où est Yeli ? s'écria Maya.

Personne ne put lui répondre.

Puis Frank, tout à coup, pointa l'index.

— Regardez !

Vers l'est, en bas de la route, une file de patrouilleurs venait d'apparaître, sortant de Noctis Labyrinthus. Ils étaient rapides et leur carrosserie n'était pas familière. Ils roulaient tous feux éteints.

— Qui c'est ça encore ? demanda Sax en se tournant vers leur guide.

Mais le petit homme brun avait disparu dans le dédale des ruelles.

— Je suis encore sur la fréquence des cent premiers ? demanda une voix nouvelle.

— Oui ! dit Frank. Qui est-ce ?

— Mais, fit Maya, est-ce que ce n'est pas Michel ?

— Tu as encore de l'oreille, Maya. Oui, c'est bien moi... On est prêts à vous embarquer si vous le voulez. Il semble qu'ils éliminent systématiquement les cent premiers dès qu'ils tombent dessus. On s'est donc dit que vous accepteriez notre compagnie.

— Je crois qu'on est tous d'accord, dit Frank. Mais comment ?

— Ça, c'est le plus difficile. Est-ce qu'un guide vous a conduits où vous êtes ?

— Oui !

— Bien. C'était le Coyote. Il excelle à ce genre de truc. Vous attendez là. On va créer des diversions avant de revenir vous récupérer.

Sax colla son casque sur la paroi de la tente et alluma la lampe de sa visière, projetant un cône de lumière dans l'air enfumé. La visibilité se limitait à une centaine de mètres, peut-être moins, mais Michel accusa réception :

— Contact. Vu. Maintenant, passez à l'extérieur. On arrive. On redémarre dès que vous êtes dans nos sas, alors préparez-vous. Vous êtes combien ?

— Six, dit Frank après une courte hésitation.

— Magnifique. Nous avons deux véhicules, ça devrait aller. Trois dans chacun d'eux, OK ?... Préparez-vous et faites vite.

Sax et Ann s'attaquèrent à la paroi de la tente avec les petits couteaux qui appartenaient à l'outillage de leur bloc-poignet. Ainsi, ils ressemblaient à des chatons furieux déchirant des rideaux. Mais, très vite, ils se glissèrent au-dehors et se laissèrent tomber sur la couche molle de régolite. Derrière eux, la centrale explosa en une série d'éclairs stroboscopiques qui figeaient les silhouettes floues perdues dans la brume.

Et soudain, les étranges patrouilleurs resurgirent dans la poussière et s'arrêtèrent à quelques pas. Ils ouvrirent les sas et s'entassèrent à l'intérieur, Sax, avec Ann et Simon, Nadia, avec Maya et Frank. Ils roulèrent les uns sur les autres dès que le patrouilleur redémarra et accéléra.

— Vous êtes tous là ? demanda Michel.

Ils déclinèrent leurs noms.

— Bien. Heureux de vous avoir retrouvés ! Ça devient vraiment dur. Je viens d'apprendre que Dmitri et Elena sont morts au Belvédère d'Echus.

Dans le silence qui suivit, ils entendirent le crissement des pneus sur le gravier.

— Vos patrouilleurs sont drôlement rapides, remarqua enfin Sax.

— Oui. Et surtout, ils absorbent tous les chocs. Je crains qu'ils n'aient pas été conçus pour ce genre de situation. Il va falloir qu'on les abandonne dans Noctis. Ils sont trop repérables.

— Vous avez des véhicules invisibles ?

— Oui, pour ainsi dire.

Au bout d'une demi-heure de secousses dans le sas, le patrouilleur stoppa et ils purent pénétrer dans l'habitacle principal. Michel Duval les y attendait, le visage ridé, les cheveux blancs — c'était maintenant un vieil homme, qui dévisageait Maya, Nadia et Frank avec des larmes dans les yeux. Il les serra dans ses bras avec un rire douloureux.

— Tu vas nous conduire à Hiroko ? demanda Maya.

— On va essayer. Mais le voyage va être long et les conditions sont loin d'être excellentes. Mais je pense qu'on y arrivera. Je suis tellement heureux qu'on vous ait récupérés ! Si vous saviez à quel point c'était horrible de vous chercher partout et de ne trouver que des cadavres !

— On le sait, dit Maya. Nous avons retrouvé Arkady. Et Sacha a été tuée aujourd'hui, et Alex, Edvard et Samantha aussi. Et sans doute Yeli... Il y a un instant.

— On va faire tout notre possible pour qu'il n'y en ait plus d'autre.

Sur l'écran de TV, ils découvrirent l'intérieur de l'autre patrouilleur. Ann, Simon et Sax étaient accueillis par un jeune inconnu.

Michel tourna la tête vers le pare-brise avec un sifflement. Ils se trouvaient à l'entrée d'un des nombreux canyons qui descendaient vers le fond de Noctis. La route avait jusque-là suivi une rampe artificielle qui, maintenant, n'existait plus. Elle avait disparu en même temps que la route.

— Il va falloir marcher, déclara Michel. De toute manière, on aurait dû abandonner les véhicules au fond. Il nous reste cinq kilomètres à faire. Il faut refaire le plein de vos marcheurs.

Ils remirent leurs casques et franchirent à nouveau le sas.

Au-dehors, ils se regardèrent : les six réfugiés, Michel, et le jeune pilote du deuxième patrouilleur. Ils se mirent en marche en n'allumant leurs lampes que pour la traversée dangereuse de la pente de gravier, là où la route avait été abattue. Il n'y avait pas la moindre étoile dans le ciel et le vent sifflait entre les canyons en bourrasques brutales. A l'évidence, une autre tempête de poussière était en formation. Sax marmonna que le global s'opposait à l'équatorial, mais que le résultat était impossible à prévoir.

— Espérons que ce sera global, dit Michel. Ça nous servira de couverture, au moins.

— Je doute que ce soit le cas, dit Sax.

— Mais nous allons où ? demanda Nadia.

— Il y a une station d'urgence dans Aureum Chaos.

Ce qui signifiait qu'ils devaient parcourir Valles Marineris sur toute sa longueur ! 5 000 kilomètres !

— Mais comment allons-nous faire ? geignit Maya.

— Nous avons des transcanyons, répondit Michel, brièvement. Tu vas voir.

La route était abrupte, et ils devaient peiner pour maintenir l'allure. Le genou droit de Nadia commençait à l'élancer et son doigt fantôme se mit à la picoter pour la première fois depuis des années. Elle avait soif et froid. Il faisait si noir et il y avait tellement de poussière qu'ils durent allumer leurs lampes frontales. Les cônes de lumière qui montaient et descendaient au gré de leurs pas atteignaient à peine la surface de la route, et en se retournant, Nadia se dit qu'ils devaient ressembler à une file de poissons des profondeurs avec leurs points lumineux brillants au fond de l'océan. Ou à des mineurs dans un tunnel enfumé, visqueux. Une partie d'elle-même commençait à apprécier la situation — c'était une petite excitation, une sensation essentiellement physique, mais quand même, le premier sentiment positif qu'elle se souvenait d'avoir éprouvé depuis qu'ils avaient retrouvé Arkady. Un plaisir comparable au picotement de son doigt perdu : léger, et un peu agaçant.

Au milieu de la nuit, ils atteignirent le plancher du canyon, qui dessinait un U très large, typique de toutes les formations de Noctis Labyrinthus. Michel s'approcha d'un rocher, pressa un point de sa surface avant de soulever une trappe sur le côté.

— Entrez.

Il y avait deux rochers roulants : de grands patrouilleurs, recouverts d'une fine couche de basalte.

— Et leur signal thermique ? demanda Sax en passant la tête à l'intérieur.

— La chaleur est détournée dans des tubulures et étouffée. Il n'y a donc aucun signal captable.

— Bonne idée.

Le jeune pilote les précédait.

Il les poussa presque avec brutalité vers les sas.

— Foutons le camp d'ici !

La clarté du sas dessinait ses traits, sous son casque : il était asiatique et n'avait pas plus de vingt-cinq ans. Il avait l'air écœuré, effrayé, hautain, et il ajouta :

— La prochaine fois que vous tenterez une révolution, essayez de vous y prendre autrement.

HUITIÈME PARTIE

SHIKATA GA NAI

Lorsque les occupants de la cabine d'ascenseur Bangkok Friend *apprirent que le câble avait été arraché de Clarke et tombait, ils se précipitèrent dans les vestiaires du foyer pour revêtir des tenues spatiales aussi rapidement que possible. Miracle : il n'y eut pas de panique générale. Tout s'était passé dans le cœur ; en surface, tout le monde s'était montré efficace et attentif au petit groupe massé devant la porte du sas, qui essayait de déterminer où ils étaient exactement, et quand ils devraient abandonner la cabine. Ce calme stupéfia Peter Clayborne, dont le sang pulsait violemment dans les artères, poussé à grands coups d'adrénaline. Il n'était pas du tout certain d'être capable de formuler un mot. Un homme qui se trouvait dans le groupe d'avant leur dit qu'ils approchaient du point aréosynchrone et qu'ils devraient tous s'entasser dans le sas avant d'être compressés comme l'avaient été leurs tenues dans les placards de stockage. La porte extérieure glissa et ils se retrouvèrent devant un grand rectangle d'espace, noir, étoilé, mortel. Sauter là-dedans sans fil de sécurité, c'était comme un suicide, se dit Peter. Mais tous ses compagnons s'élançaient, et il suivit. Ils se répandirent comme des spores expulsées d'une cosse.*

La cabine et l'ascenseur dérivaient vers l'orient de la planète et ne tardèrent pas à disparaître à leur vue. L'amas de scaphandres commença à se dilater. Ils étaient nombreux à pointer les pieds vers Mars, qui s'offrait à eux comme un vieux ballon de basket plutôt sale. Le groupe chargé des calculs d'orbite était toujours là, sur la fréquence commune, énonçant des données comme s'il s'agissait d'un tournoi d'échecs. Bien sûr, ils approchaient de l'orbite aréosynchrone, mais avec une vélocité de plusieurs centaines de kilomètres à l'heure. Ils pourraient freiner cette descente vers le bas en brûlant la moitié de leur carburant et se retrouver sur une orbite plus stable que nécessaire, en tenant compte de leurs réserves d'air. Autrement dit, ils risquaient de mourir d'asphyxie et non pas carbonisés dans la rentrée atmosphérique. Mais ç'avait été le point crucial au moment de l'évacuation. Et il était toujours possible que des sauveteurs fassent leur apparition, on ne savait jamais. A l'évidence, ils étaient une majorité à vouloir tenter le risque.

Peter Clayborne dégagea les tiges de contrôle des fusées de ses consoles de poignet, plaça les doigts sur les boutons. Il avait le monde entre ses bottes. Il dériva un bref instant. La plupart des autres essayaient de rester groupés, mais lui jugeait cela totalement vain. De plus, c'était un gaspillage de carburant. Il les laissa donc s'éloigner jusqu'à ce qu'ils ne soient plus que de simples étoiles. Il n'avait plus aussi peur que dans le vestiaire. Mais il éprouvait de la colère et de la tristesse : il ne voulait pas mourir. Il éprouva même un spasme de chagrin en pensant à son avenir perdu et se mit à sangloter bruyamment. Après un instant, ces pénibles manifestations physiques cessèrent, quoiqu'il se sentît toujours aussi malheureux. Il observait les étoiles d'un regard morne. Des bouffées de frayeur ou de désespoir le traversaient, mais elles diminuaient au fil des heures. Il tenta de ralentir son métabolisme, mais obtint le résultat contraire de celui qu'il avait espéré et décida de laisser tomber. Sur sa console de poignet, son pouls était à cent huit pulsations. Avec une grimace, il essaya de s'amuser à identifier les constellations. Et le temps s'étira.

Il s'éveilla, surpris de réaliser qu'il avait dormi. Avant de retourner immédiatement dans le sommeil. Il se réveilla enfin, pour de bon. Les autres réfugiés de l'ascenseur étaient hors de vue, encore que certaines étoiles qu'il apercevait... Mais il n'y avait plus aucune trace de l'ascenseur, pas plus dans l'espace qu'à la surface de la planète.

Etrange manière d'en finir. Un rêve spatial, peut-être, avant de se retrouver au petit matin devant un peloton d'exécution. La mort, ça devait être un peu ça : sans les étoiles. Sans la pensée. Mais c'était une attente plutôt pénible, qui le rendait impatient, et il songea à couper son système de chauffage pour en finir plus vite. Du coup, cela le calma : il pourrait toujours le faire quand sa réserve d'air viendrait à épuisement. Son pouls remonta à cent trente et il focalisa toutes ses pensées sur la planète rouge, au-dessous. Bonjour la maison ! Il était toujours sur orbite aréosynchrone, ou presque, et il dominait Tharsis depuis des heures. Non, il se situait un peu plus à l'ouest. Oui, à la verticale de Valles Marineris.

Des heures passèrent, et il sombra de nouveau dans le sommeil. Quand il se réveilla, il vit un petit vaisseau spatial argenté qui dansait sous son regard comme une soucoupe volante et il poussa un cri de surprise. Il se mit à tournoyer, s'activa fébrilement sur les commandes pour déclencher les fusées et se stabiliser et, quand il y parvint, l'engin argenté était toujours là. Il distingua un visage de femme derrière une baie. Elle semblait lui parler tout en montrant son oreille. Il fonça vers l'engin spatial et fit peur à la femme en passant un peu trop près. Elle agitait les mains comme pour lui faire signe d'entrer. Il acquiesça énergiquement et décrivit un cercle chaloupé en appuyant sur les boutons de commande avec son pouce et son index gantés. Une écoutille s'ouvrit au sommet de l'engin, il freina, se stabilisa, et se dirigea vers l'ouverture en se demandant si tout ça serait réel quand il serait à l'intérieur. Il pleurait et ses larmes dansèrent en sphères minuscules quand il toucha le sol. Il lui restait encore une heure d'atmosphère.

L'écoutille se referma et il put enlever son casque. L'air qu'il respirait était riche en oxygène mais ténu et frais. Il entra dès que le sas s'ouvrit.

Il vit deux femmes qui riaient follement.

— Qu'est-ce que vous comptiez faire ? Débarquer comme ça ?

— J'étais dans l'ascenseur, coassa-t-il. Il a bien fallu sauter. Vous n'avez pas reçu de message ?

— Non. Vous êtes le seul survivant qu'on ait trouvé. On vous ramène en bas ?

Il ne trouva rien à répondre. Ce qui les fit rire encore plus fort.

— On peut dire qu'on a été surprises de te trouver, mon petit ! Qu'est-ce qui te va, comme g ?

— Je l'ignore... Trois, non ?...

Les rires repartirent.

— Tu peux supporter combien ?

— Beaucoup plus, c'est sûr, déclara la femme qui avait tourné la tête vers lui.

— Oui, beaucoup plus, souffla-t-il. C'est quoi, la limite pour un être humain ?

— Ça, on va le voir.

Le petit vaisseau se mit à accélérer tout en plongeant vers la surface martienne. Peter Clayborne s'écroula derrière les deux femmes, tout en grignotant du cheddar et en buvant de l'eau. Il apprit qu'elles venaient d'un des complexes de miroirs et qu'elles avaient détourné cet atterrisseur d'urgence après avoir transformé les miroirs en un amas de molécules. Elles comptaient se poser à proximité de la calotte polaire sud.

Peter avala tout cela en silence. Puis ils furent sérieusement secoués, les hublots devinrent blancs, puis jaunes, puis d'un orange violent. Il fut écrasé dans son siège par la gravité et sa vision se fit trouble.

— Poids plume, dit une des femmes, et il ne sut pas s'il s'agissait de lui ou de l'atterrisseur.

Puis les forces gravitiques se relâchèrent et le hublot s'éclaira. Regardant au-dehors, il vit qu'ils tombaient vers la planète rouge en angle abrupt et qu'ils n'étaient plus qu'à quelques milliers de mètres de la surface. Incroyable. Les deux femmes maintinrent leur cap avant de redresser à la dernière minute, et il fut brutalement rejeté dans son siège.

— Tout en douceur, dit l'une des femmes à la seconde où ils se posaient dans un boum assourdi.

La pesanteur retrouvée. Peter descendit, suivit les deux femmes dans un tube de circulation jusqu'à un énorme patrouilleur. Il se sentait paralysé, au bord des larmes. Il y avait deux hommes dans le véhicule. Ils serrèrent les deux femmes dans leurs bras, puis s'écrièrent :

— Hé, qui c'est ?

— Oh, on l'a récupéré là-haut. Il avait sauté de l'ascenseur. Il a encore un vieux coup d'espace. Hein ? (La femme se tourna vers Peter.) Mais on est arrivés. Tout va bien.

Il y a des fautes qu'on ne peut pas corriger.

Ann Clayborne était effondrée à l'arrière du patrouilleur de Michel Duval. Elle avait commis deux fautes : venir sur Mars, d'abord, et tomber amoureuse de cette planète que tous les autres voulaient détruire.

La planète avait été changée à jamais. Ils étaient sur l'autoroute de Noctis, sur lequel s'était abattue une pluie de rocs. Michel contournait sans difficulté les plus importants. Pour le reste, ils circulaient sur une chaussée de gravier grossier. Les hublots étroits donnaient une vision fragmentaire de l'extérieur, sous l'auvent de pierre. Ils roulaient à 60 kilomètres à l'heure et il leur arrivait de rebondir dans leurs sièges.

— Désolé, disait Michel. Il faut qu'on rejoigne le Chandelier aussi vite que possible.

— Le Chandelier ?

— Noctis Labyrinthus.

C'était le nom d'origine. Ann le savait. On l'avait baptisé ainsi en hommage à l'un des géologues qui avaient examiné les premiers clichés transmis par Mariner. Mais elle ne fit aucun commentaire.

Et Michel poursuivit son discours, d'une voix calme, rassurante.

— Il existe plusieurs endroits où, si la route est coupée, il sera impossible de continuer. Des escarpements, des champs d'éboulis, ce genre de chose... Mais quand nous serons dans Marineris, ça s'arrangera : il y a toutes sortes de routes transversales.

— Est-ce que ces véhicules ont été équipés pour descendre tout le canyon ? demanda Sax.

— Non. Mais nous disposons de cachettes un peu partout.

Apparemment, les grands canyons de Noctis avaient constitué les principaux corridors de transit de la colonie clandestine. La construction de l'autoroute leur avait causé pas mal de problèmes en coupant à travers leurs itinéraires.

Ann écoutait attentivement. Sa curiosité avait toujours été attirée par la colonie cachée. Leur utilisation des canyons avait été ingénieuse. Ils avaient maquillé leurs patrouilleurs en blocs de rocher et les avaient dissimulés parmi les autres, au pied des falaises. Les toits étaient faits de rocher et l'isolation empêchait le réchauffement, ce qui coupait tout signal. D'autant qu'il y a encore un certain nombre d'éoliennes de Sax sur le sol, en dessous, et qu'elles brouillent le tableau. Les transcanyons étaient également isolés en dessous afin d'éviter de laisser des traces d'escargots. La chaleur des moteurs à hydrazine était récupérée pour les quartiers d'habitation, et le surplus était stocké dans des bobines d'accumulateurs. En cas de surcharge, les bobines étaient larguées dans des trous creusés sous le véhicule, avec du régolite et de l'oxygène liquide. Quand le sol commençait à se réchauffer, le patrouilleur était parti depuis longtemps. Donc, ils ne laissaient jamais la moindre trace thermique, ils ne se servaient jamais de la radio, et ne se déplaçaient que durant la nuit. Dans la journée, ils se cachaient au milieu des blocs de rocher. Et même s'ils comparaient des photos quotidiennes et voyaient que nous venons d'arriver dans la zone, nous ne serions que l'un des innombrables rochers qui se sont détachés de la falaise, cette nuit-là. L'érosion s'est accélérée depuis que vous avez commencé le terraforming, parce qu'il gèle et que la glace fond tous les jours. Le matin et le soir, il tombe des pierres à chaque instant.

— Donc, ils n'ont aucun moyen de nous repérer, résuma Sax, surpris.

— Exact. Aucun signal visuel, électronique ni thermique.

— Un patrouilleur furtif, acheva Frank sur l'intercom avec son habituel rire rauque.

— C'est tout à fait ça. Le vrai danger, ce sont ces éboulis qui nous dissimulent. (Un voyant rouge s'était mis à clignoter sur le tableau de bord et Michel rit en achevant :) On roule tellement bien qu'il va falloir enterrer une autre bobine.

— Mais est-ce que ça ne prend pas trop de temps de creuser ces trous ? s'inquiéta Sax.

— Non. Parce qu'ils sont déjà creusés. Si on arrive à atteindre le prochain, encore quatre kilomètres, je pense que nous n'aurons pas de problème.

— Vous avez installé un sacré système.

— Nous sommes dans la clandestinité depuis quatorze ans, non ? Quatorze années martiennes... L'ingénierie thermique, c'est notre grande spécialité.

— Mais pour vos habitats permanents, vous faites comment ?... A supposer que vous en ayez ?

— Nous pompons dans les couches profondes de régolite, et c'est la glace fondue qui nous fournit notre eau. Ou alors, nous pillons vos éoliennes. Entre autres techniques.

— Les éoliennes... Ça, c'était une mauvaise idée, dit Sax.

Frank rit. Il n'avait mis que trente ans à s'en rendre compte, aurait dit Ann, si elle avait dit quelque chose.

— Mais non, elle était excellente ! s'exclama Michel. Parce qu'à présent elles ont dû ajouter des millions de kilocalories dans l'atmosphère.

— Ce que donne n'importe quel mohole par heure.

Sax et Michel entreprirent de discuter des projets de terraforming. Et Ann les laissa poursuivre leur glossolalie. C'était étonnamment facile. Les conversations n'avaient pour ainsi dire aucun sens pour elle, ces temps-ci. Elle devait se forcer pour y comprendre quelque chose. Elle prit un peu de distance et se détendit, sentant Mars tanguer et rouler sous son corps. Elle s'arrêta brièvement pour enfouir un serpentin chauffant. La route redevint meilleure lorsqu'ils repartirent. Ils étaient au fond du labyrinthe, à ce moment-là, et dans un patrouilleur normal, elle aurait regardé par les vitres du toit les parois verticales, toutes proches, du canyon. Des vallées du rift, élargies par l'affaissement ; il y avait jadis eu de la glace sur le sol. Elle avait probablement migré vers l'aquifère de Compton, au fond de Noctis.

Ann pensa à Peter et eut un haussement d'épaules. On n'y pouvait rien. On ne pouvait pas savoir, mais la peur lui nouait les tripes. Simon la regarda subrepticement, regarda l'inquiétude inscrite sur son visage, et soudain, elle se prit à haïr sa loyauté de chien fidèle, son amour de chien fidèle. Elle ne voulait pas qu'on s'inquiète d'elle comme ça ; c'était un fardeau insupportable. Ça lui était imposé.

Ils firent halte à l'aube. Les deux transcanyons maquillés en rochers se garèrent au milieu d'un éboulis. Durant toute la journée, ils se réhydratèrent et dévorèrent des repas micro-ondes en essayant toutes les fréquences radio et TV. Ils ne captèrent aucune conversation, uniquement des transmissions cryptées dans des langages divers. Une autre poubelle à ajouter à l'ensemble. Des salves plus marquées de statiques paraissaient indiquer des rafales électromagnétiques. Mais les éléments électroniques du patrouilleur s'étaient endurcis, déclara Michel Duval, en s'éveillant d'une période de méditation. Encore une, songea Ann. Comme s'il avait pris l'habitude d'attendre depuis qu'il était entré dans la clandestinité. Son compagnon, le jeune homme qui conduisait l'autre patrouilleur, s'appelait Kasei. Il ne s'exprimait que sur un ton sinistre de désapprobation permanente. A vrai dire, ils le méritaient. Dans l'après-midi, Michel montra à Sax et Frank leur position sur une carte topographique projetée sur l'écran des deux véhicules. Ils traversaient le Noctis Labyrinthus du sud-ouest au nord-est en suivant l'un des plus longs canyons. Leur route quittait le labyrinthe pour zigzaguer vers l'est selon une pente abrupte, jusqu'à rejoindre la vaste région située entre Noctis et les débouchés de Ius et Tithonium Chasma. Michel la nommait la Percée de Compton. C'était un terrain chaotique et il ne se sentirait pas rassuré aussi longtemps qu'ils ne l'auraient pas traversé pour enfiler Ius Chasma. En dehors de leur route secrète, leur dit-il, la zone était infranchissable.

— Et s'ils devinent que nous sommes allés dans cette direction en quittant Le Caire, ils vont bombarder la route.

Durant la nuit précédente, ils avaient franchi près de cinq cents kilomètres et couvert presque toute la longueur de Noctis. Encore une nuit, et ils auraient rejoint Ius. Au-delà, ils ne dépendraient plus que d'une unique route.

La journée était sombre. Les vents violents charriaient des écharpes denses de particules brunes. Aucun doute : c'était une nouvelle tempête de poussière qui se levait. Les températures chutaient. Sax capta une radio qui annonçait que la tempête allait être planétaire comme la précédente. Mais cette prévision semblait séduire Michel. Ils pourraient rouler durant le jour, ce qui raccourcirait de moitié leur voyage.

— Il nous reste 5 000 kilomètres à parcourir, et en grande partie hors de la route. Ce sera splendide de voyager dans la journée. Je ne l'ai plus fait depuis la grande tempête.

Lui et Kasei pilotaient donc en permanence, selon des quarts de trois heures, suivis d'une demi-heure de repos. Une autre journée passa et ils se retrouvèrent dans la Percée de Compton, entre les parois étroites de Ius Chasma. Là, Michel se détendit.

Ius était le plus étroit de tous les canyons du système de Marineris. Il ne faisait que vingt-cinq kilomètres de large en quittant la Percée de Compton et séparait Sinai Planum de Tithania Catena. C'était en fait une crevasse entre les deux plateaux, profonde de 3 000 mètres, un rift resserré et géant à la fois. Mais, dans la tourmente de poussière, ils ne faisaient qu'entrevoir les falaises. Ils continuèrent à suivre une route horizontale mais semée de pierres. Ce fut une longue et morne journée. Ils avançaient bien. Tout était silencieux dans le véhicule, la radio était baissée pour diminuer l'agacement provoqué par l'électricité statique. La caméra, placée plus haut que les vitres, ne filmait que la poussière qui filait, de telle sorte qu'ils avaient l'impression d'avancer à une allure de tortue. Il leur semblait souvent qu'ils dérapaient latéralement. La conduite devenait périlleuse, et Simon et Sax relayèrent Michel et Kasei. Ann ne disait toujours rien et personne ne lui demanda de conduire. Sax ne quittait pas du regard l'écran de son IA qui lui indiquait les relevés atmosphériques. L'impact de Phobos, conclut Ann, avait considérablement augmenté la densité de l'atmosphère. De plus de 50 millibars, en fait, ce qui était extraordinaire. Et les cratères fracturés continuaient de déverser leurs gaz. Sax enregistra ce changement avec son habituelle expression de hibou satisfait, oubliant complètement la traînée de morts et de destruction.

— Ça ressemble un peu à l'Age noachien, commenta-t-il.

Il faillit se lancer dans un discours, mais Simon le fit taire d'un regard.

Dans le véhicule suivant, Maya et Frank passaient le temps en appelant Michel pour lui poser des questions sur la colonie cachée, en parlant à Sax des modifications physiques qui se produisaient ou en faisant des spéculations sur la guerre. Ils ruminaient interminablement le moindre détail, essayant d'en extraire un sens, d'imaginer ce qui avait bien pu se passer. Parlant, parlant, parlant. Le jour du Jugement Dernier, se dit Ann, lorsque les vivants et les morts se presseraient en titubant autour d'eux, Maya et Frank continueraient à bavarder, à essayer de comprendre les événements. Où ils avaient commis une erreur.

Durant la troisième nuit, ils s'engagèrent sur la dernière pente de Ius pour atteindre une longue arête qui divisait le canyon en deux. Ils s'engagèrent sur l'autoroute officielle de Marineris, en direction de la fourche sud. Dans l'heure qui précéda l'aube, ils entrevirent des nuages, et la clarté, quand elle perça, était plus vive que les jours précédents. Assez pour qu'ils se mettent à couvert dans un lit de rochers, au pied de la paroi sud. Ils se rassemblèrent tous dans le patrouilleur de tête pour passer la journée.

De là, ils avaient une bonne vue sur la vaste étendue de Melas Chasma, le plus grand de tous les canyons. La roche d'Ius se détachait, rugueuse et noirâtre, sur le sol rouge, lisse, de Melas. Il se pouvait, se dit Ann, que les deux canyons aient été formés à partir d'antiques plaques tectoniques qui se seraient jadis frôlées et étaient désormais juxtaposées pour toujours.

Ils passèrent ainsi cette longue journée assis, à bavarder, tendus, épuisés, les cheveux poisseux, en désordre, le visage maculé par les poussières rouges de la tempête de poussière qui s'infiltraient partout. Il y avait parfois des nuages, parfois du brouillard, parfois de soudaines poches de clarté.

Au milieu de l'après-midi, brusquement, le patrouilleur oscilla. Ils se redressèrent tous. La caméra arrière était braquée sur Ius, et Sax désigna l'écran :

— Le givre ! Je me demande si...

La caméra montrait nettement, à présent, la vapeur givrante qui s'épaississait et dévalait le canyon dans leur direction. L'autoroute, à l'endroit où ils se trouvaient, suivait un surplomb, juste au-dessus de la fourche sud de Ius. Une chance pour eux car, dans un grondement qui fit vibrer tout le véhicule, le plancher du canyon disparut sous un déluge d'eau noire et d'écume sale. Des blocs de glace suivirent, mêlés à des rocs, de la boue, de la mousse, et de l'eau encore : une coulée dégorgée dans le canyon, roulant dans un bruit de tonnerre.

Le plancher du canyon, à cet endroit, était large d'une quinzaine de kilomètres. Le flot boueux l'envahit en quelques minutes et commença rapidement à monter sur la longue pente d'un talus qui partait de la falaise et descendait vers le canyon. La surface de l'eau devint étale en heurtant le barrage et se solidifia sous leurs yeux en un chaos glaciaire, immobile, décoloré. Ils s'entendaient soudain crier par-dessus les craquements et les grondements. Mais, en fait, ils n'avaient rien à se dire. Ils gardaient les yeux fixés sur les écrans, tétanisés. La vapeur givrée qui montait de la surface du chaos devint un simple brouillard. Moins d'un quart d'heure plus tard, le lac de glace éclata à son extrémité inférieure. Le flot dévala encore une fois le canyon dans un fracas d'avalanche et disparut hors de leur vue sur la pente de Melas Chasma.

Le déluge de glace qui dévalait à présent Valles Marineris était un fleuve. Un immense torrent emballé. Ann avait vu des vidéos des inondations du nord, mais c'était la première fois qu'elle en observait une directement. Et ça se passait là, devant elle, et elle avait du mal à admettre ce qu'elle voyait. Le paysage lui-même se perdait dans une sorte de glossolalie. Les grondements leur revenaient en échos jusqu'au plus profond du ventre. Mais le spectacle qu'ils observaient était celui d'un chaos minéral, un torrent de tourbillons et de courants qui partaient vers le haut ou le bas, clairs ou obscurs, déconcertant et vertigineux. Elle dut faire un sérieux effort pour saisir ce que disaient ses compagnons. Elle ne parvenait pas à regarder Sax en face, mais elle le comprenait, au moins. Il essayait de ne pas le montrer, mais il était clair qu'il était très excité par les événements. Son calme extérieur avait toujours masqué sa nature passionnée. Il semblait avoir la fièvre et évitait constamment le regard d'Ann, car il savait qu'elle le devinait. Elle éprouvait du mépris pour son attitude fuyante, même si, au fond, Sax avait un certain respect pour elle. Et à la façon dont il s'affairait constamment devant son écran — il ne regardait jamais par les vitres du bas du patrouilleur, pour voir le flot tumultueux de ses propres yeux. Les caméras en avaient une meilleure vision, disait-il doucement quand Michel le pressait de jeter au moins un coup d'œil. Après avoir observé la crue sur les écrans, il était revenu à son IA et à son projet.

Les torrents d'eau s'engouffraient dans Ius, se gelaient, craquaient et se précipitaient à nouveau vers le bas. Dans Melas, où ils retrouvaient encore de l'eau pour dévaler jusqu'à Copratès, puis Capri, Eos, avant de se déverser enfin dans Aureum Chaos... Ça paraissait peu probable, à la lumière des événements, mais l'Aquifère de Compton était immense, l'un des plus vastes qu'ils aient trouvés. Marineris devait vraisemblablement son existence à des jaillissements d'incarnations antérieures du même aquifère, et la Bosse de Tharsis n'avait jamais cessé de dégazer.

Elle prit conscience qu'elle était allongée sur le sol, qu'elle observait le déferlement en essayant de comprendre. Et qu'elle calculait pour mieux se focaliser sur ce qu'elle voyait, pour arracher un sens à tout ce qui menaçait de l'engloutir. L'image, tout autant que ses calculs, la fascinait. Tout cela s'était déjà produit sur Mars, des milliards d'années auparavant, sans doute très exactement de la même manière. Les traces d'inondations catastrophiques étaient visibles : terrasses, îles en arêtes, chenaux, déserts de croûtes... Et les anciens aquifères s'étaient remplis, avec la surrection de Tharsis, la chaleur et les dégagements de gaz que cela avait engendrés. Tout avait été très lent... mais, en deux milliards d'années...

Elle s'efforçait de regarder. Le torrent était à un kilomètre de là, et à deux cents mètres en contrebas. La base de la paroi nord de Ius était à quinze kilomètres de distance et le flot allait se déverser droit dessus. A en juger par les énormes blocs de rocher qu'il roulait, le mur d'eau devait être haut de dix mètres. Il brisait la glace en échardes, laissant dans son sillage des polyplaques noires. L'eau à ciel ouvert paraissait s'écouler à une trentaine de kilomètres/heure. Ce qui représentait — elle tapota des chiffres sur son bloc-poignet — environ quatre millions et demi de mètres cubes d'eau à l'heure. Une centaine d'Amazones se ruaient en même temps, mais irrégulièrement, se figeant parfois en barrages de glace qui s'entassaient en étages avant de s'effondrer. Des lacs bouillonnants ruisselaient des falaises, creusant des crevasses dans la glace jusqu'à dénuder la roche... Ann ressentait l'écho de tous ces assauts dans ses pommettes, dans ses tempes. Des millions d'années auparavant, de pareilles secousses avaient transformé Mars, ce qui expliquait ce qu'elle avait vu sans le comprendre. La paroi nord de Ius bougeait. Des blocs arrachés à la falaise tombaient dans le canyon, provoquant de terribles impacts, engendrant d'autres effondrements, d'autres vagues géantes qui déferlaient sur la glace qui, à son tour, explosait dans des geysers de vapeur masquant la vue.

Il ne faisait aucun doute que la paroi nord allait s'effondrer. Et si elle commençait à s'effriter depuis son sommet, ils étaient perdus. Ce qui était possible, affreusement possible. Pour autant qu'ils pouvaient en juger par quelques visions fugaces, les chances étaient strictement partagées. Mais la situation était sans doute plus grave encore : la base de la paroi nord était creusée par la crue, alors que la paroi sud était isolée par le banc sur lequel ils roulaient. Donc, les falaises du sud devaient être un peu plus stables.

Quelque chose attira son regard vers l'aval. Là-bas, la paroi sud s'effritait vraiment et s'abattait en grandes plaques. La base de la falaise explosa dans un nuage dense qui se dilata au-dessus du talus tandis que le haut glissait et disparaissait. Une seconde plus tard, la masse tout entière réapparut : elle volait horizontalement et sortait du nuage — étrange vision. Le bruit était épouvantable, douloureux, même à l'intérieur du patrouilleur. Puis ce ne fut plus qu'un glissement de terrain, long et lent, qui se déversait dans les flots, les rochers brisant la glace pour former un barrage. Un barrage instantané, retenant la majeure partie de la masse d'eau dans le fond du canyon. De sorte que les rives commencèrent à monter. Ann regardait la plaque de glace du rivage en dessous de la rupture, plaque qui forma bientôt des morceaux agités par les flots. Une mer se forma un instant, noire, sifflante et fumante, montant rapidement vers eux. Si la coulée persistait, se dit Ann, ils seraient emportés. Ann jeta un coup d'œil à la longue pointe de roche qui se trouvait devant eux : on n'en voyait plus qu'une étroite bande au-dessus de l'eau. Dont le niveau, en dessous d'elle, montait toujours ; c'était une sorte de course. La baignoire du Géant qui se vidait alors qu'il déversait de nouveaux seaux dedans. La vitesse de montée du lac amena Ann à revoir son estimation du volume d'eau qui s'écoulait.

Elle était paralysée, coupée de la réalité, et curieusement sereine. Elle se sentait indifférente. Que le barrage momentané se brise ou non. Et, dans le bruit ambiant, elle n'avait plus à parler aux autres. Elle était heureuse de voir monter le grand torrent. Après tout, il leur rendrait service à tous.

Puis le barrage s'effondra sous l'écoulement décoloré et se dispersa dans le flot. Le lac s'écoula tandis que les blocs de glace s'entrechoquaient à sa surface, se brisaient dans un bruit énorme, se fissuraient et jaillissaient dans les airs avec des vrombissements assourdissants. Ann se boucha les oreilles. Le patrouilleur sautait sur place. Elle discerna d'autres effondrements en aval, provoqués sans doute par la poussée des eaux, des rocs et de la glace. Elle avait l'impression que tout le canyon allait déborder. Dans ce bruit terrible et ces vibrations, il semblait impossible que les deux véhicules en réchappent. Tous étaient crispés dans leurs sièges ou recroquevillés sur le sol comme Ann. Et elle-même avait de plus en plus de difficulté à respirer, tous ses muscles tétanisés par l'assaut des chocs.

Quand ils purent à nouveau échanger des mots, ils lui demandèrent ce qu'elle avait. Mais, sans répondre, elle fixait le paysage d'un air morne. Apparemment, ils allaient survivre. La surface du torrent était devenue le terrain le plus chaotique qu'elle ait jamais observé. La glace s'était pulvérisée en aiguilles acérées, et la surface du lac qui était montée sur leur rive avait laissé en se retirant un terrain détrempé qui passait lentement d'un rouille noirâtre à un blanc douteux au fil des secondes. Il gelait sur Mars.

Sax n'avait pas quitté son siège, absorbé entièrement par son écran. Il marmonnait entre ses dents : l'eau allait s'évaporer en grande partie, ou bien se geler ou se sublimer. Elle était hautement saline et riche en carbonates mais, de toute façon, elle se changerait en neige mêlée de poussière pour retomber un peu partout. L'atmosphère deviendrait alors suffisamment hydratée pour que la neige retombe plusieurs fois, ou bien adopte un rythme régulier selon des cycles précis de sublimation et de précipitation. Ainsi, les inondations seraient distribuées sur toute la planète, à l'exception des points les plus élevés. L'indice d'albedo en serait d'autant augmenté. Ils seraient sans doute obligés de l'abaisser, probablement en favorisant la croissance des algues des neiges que le groupe d'Acheron avait créées. (Mais il n'y a plus d'Acheron, songea Ann.) La glace noire fondrait avec le jour avant de se reformer la nuit. Sublimation et précipitation. Ils trouveraient ainsi un cycle de l'eau. Des ruissellements, des flaques, des écoulements, puis le gel, l'incrustation glaciaire, la sublimation, la cristallisation, la neige, la fonte et la pluie. Un monde gelé ou boueux, tour à tour. Mais avec un cycle de l'eau.

Et toute trace de la planète primitive disparaîtrait.

C'était la fin de Mars la rouge.

Ann demeurait étendue près du hublot. Et les larmes qui coulaient sur ses joues semblaient rejoindre le flot de glace, d'eau et de roc. Sur le barrage de son nez, dans les canyons de ses oreilles et de ses joues.

Jusqu'à ce que son visage tout entier en soit inondé.

— Cela va compliquer notre descente du canyon, remarqua Michel Duval avec son petit sourire français, ce qui fit rire Frank.

En fait, il semblait impossible qu'ils puissent parcourir plus de cinq kilomètres. Droit devant eux, l'autoroute du canyon était ensevelie sous le glissement de terrain. Le nouvel entassement de rocs était instable, séparé à la base par la coulée et écrasé en haut par une nouvelle avalanche de débris.

Longtemps, ils discutèrent pour savoir s'ils devaient essayer. Ils devaient presque crier pour s'entendre dans le grondement du flot qui ne semblait pas près de ralentir. Nadia considérait que toute tentative de franchir la pente serait suicidaire, mais Michel et Kasei étaient convaincus qu'ils pourraient trouver un chemin possible. Après une journée de reconnaissance à pied, ils réussirent à la convaincre d'essayer. La décision des autres dépendait de celle de Nadia.

Et c'est ainsi que, le lendemain, ils repartirent dans les deux patrouilleurs et s'engagèrent lentement sur l'éboulement.

C'était un agglomérat de sable et de gravier semé de blocs. Il y avait toutefois une partie relativement plane, qui correspondait à la berge. C'était le seul chemin possible. Le jeu consistait à trouver des passages non obstrués sur une surface qui ressemblait à du ciment mal gâché, en contournant des pans de roches et, parfois, des trous béants. Michel conduisait le patrouilleur de tête avec une témérité et une sûreté proches de l'inconscience.

— Mesures exceptionnelles ! lança-t-il d'un ton ravi. Vous vous imaginez sur ce genre de terrain en temps normal ? Ce serait de la folie.

— Mais *c'est* de la folie, remarqua Nadia d'un ton aigre.

— Qu'est-ce que nous pourrions faire d'autre ? Nous ne pouvons pas rebrousser chemin, ni abandonner. C'est en de pareils moments que l'âme de l'homme est soumise à l'épreuve.

— Mais les femmes s'en tirent aussi très bien.

— Ce n'était qu'une citation. Tu comprends parfaitement ce que je veux dire. Le débouché de Ius va être submergé. Je suppose que c'est à cause de ça que je suis plutôt de bonne humeur. Est-ce que nous avons eu le choix ? Le passé est balayé, seul le présent compte. Et l'avenir. L'avenir, c'est ce champ de pierres où nous sommes. Tu sais bien qu'on ne fait appel à toutes ses forces que s'il n'existe plus de moyens de reculer, quand on ne peut plus faire autrement qu'avancer.

Et ils avancèrent. Mais l'optimisme de Michel fut sérieusement douché quand le deuxième patrouilleur bascula dans un trou dissimulé par des blocs, comme un véritable piège. Ils durent batailler pour ouvrir le sas avant et faire sortir Kasei, Maya, Frank et Nadia. Mais ils n'avaient aucun espoir de dégager le véhicule sans cric. Ils transférèrent donc toutes les provisions dans le patrouilleur un, qui se retrouva bourré jusqu'au plafond et remontèrent à bord. Ils étaient maintenant huit dans un seul véhicule.

Après le glissement de terrain, cependant, ce fut plus facile. Ils purent suivre l'autoroute du canyon dans Melas Chasma. La route avait été construite à proximité de la paroi sud, et Melas était un canyon très large : l'inondation s'y était répandue sans entraves pour déferler vers le nord en suivant plusieurs couloirs d'écoulement. On aurait encore dit que des compresseurs tournaient à plein régime devant leur sas, mais la route était bien au-dessus et au sud de l'inondation, qui libérait des voiles de vapeur givrée dans la faille, bouchant la vue vers le nord.

Ils progressèrent sans trop de difficultés pendant deux nuits consécutives, jusqu'à ce qu'ils atteignent l'Eperon de Genève, qui se dressait au-dessus de l'immense paroi sud, jusqu'au bord du courant. A cet endroit, la route officielle plongeait dans le déluge et ils durent en trouver une autre en hauteur. Les traverses rocailleuses, au bas de l'Eperon, étaient difficiles, même pour un patrouilleur. Ils se retrouvèrent suspendus sur un énorme rocher rond et Maya se mit à invectiver Michel. Elle prit le volant tandis que Michel, Kasei et Nadia sortaient en marcheur. Ils dégagèrent le rocher et s'avancèrent en reconnaissance sur la route de traverse.

Frank et Simon aidaient Maya à détecter les obstacles, tandis que Sax continuait à passer son temps sur son écran. Parfois, Frank allumait la TV en quête d'éventuels signaux, essayant de tirer des informations cohérentes des rafales de voix brouillées qu'il captait. Quand ils se retrouvèrent sur l'échine de l'Eperon de Genève et traversèrent le mince ruban de ciment de l'autoroute transcanyon, la réception s'améliora. Il semblait que les prévisions de tempête de poussière planétaire n'étaient pas confirmées. A vrai dire, ils ne rencontraient plus que des couches de brume. Sax déclara que c'était la preuve de l'efficacité des stratégies de fixage de poussière qu'ils avaient utilisées après la grande tempête. Mais personne ne réagit. Frank observa que la brume qui demeurait en suspens dans l'air semblait curieusement amplifier les signaux radio. Simple résonance stochastique, dit Sax. Frank lui demanda de s'expliquer plus clairement. Quand il comprit enfin, il partit de son grand rire sans joie.

— Peut-être que toute l'immigration était un effet de résonance stochastique qui a amplifié le signal de la révolution !

— Je ne crois pas que l'on puisse tirer profit de toute analogie entre l'univers physique et le monde social.

— Tais-toi, Sax. Retourne donc à ta réalité virtuelle.

Frank était toujours furieux. Il dégageait de l'amertume comme l'inondation répandait ses vapeurs givrées. Deux ou trois fois par jour, il assaillait Michel de ses questions sur la colonie cachée. Ann se disait qu'elle n'aurait pas voulu être Hiroko. Mais Michel réagissait calmement aux accusations de Frank, ignorant son ton sarcastique et son regard furibond. Les tentatives de Maya pour l'apaiser ne faisaient que le déchaîner un peu plus, mais elle persistait. Ann était impressionnée par sa constance, par son insensibilité devant la rebuffade de Frank. C'était un aspect de Maya qu'Ann n'avait encore jamais perçu ; Maya était d'ordinaire la personne la plus volatile qu'on puisse imaginer. Mais pas maintenant, pas alors que la pression était réelle.

Ils finirent de contourner l'Eperon de Genève et redescendirent vers la berge sud. La route de l'est était fréquemment coupée par des glissements de terrain, qu'ils parvenaient à contourner. Et ils roulaient plus rapidement, désormais.

Ils parvinrent à l'extrémité sud de Melas. Là, la faille se rétrécissait avant de descendre de plusieurs centaines de mètres vers les deux canyons parallèles de Coprates, séparés par un plateau étroit et long. Coprates sud s'achevait en impasse sur une falaise, à deux cent cinquante kilomètres de là. Quant à Coprates nord, il était relié aux canyons inférieurs, plus loin à l'est, et il constituait leur seule route possible. C'était le plus long des segments isolés du système de Marineris. Michel l'appelait en français *la Manche*. De fait, tout comme entre la France et l'Angleterre, le canyon se rétrécissait en allant vers l'est. Vers le 60e degré de longitude, il devenait une gorge gigantesque — les falaises hautes de 4 000 mètres n'étaient éloignées que de trente-cinq kilomètres. Michel appelait cette région *le Pas-de-Calais*.

C'est ainsi qu'ils descendirent dans Coprates Nord, et que les falaises commencèrent à se rapprocher un peu plus tous les jours. L'eau remplissait presque toute la largeur du canyon, et le flot était si violent que la glace, à la surface, s'était rompue en petits bergs, qui volaient sur les lèvres des vagues cabrées, et s'écrasaient dans la cascade : des rapides blancs, mousseux, écumant, vastes comme une centaine d'Amazone, semés d'icebergs. Le fond du canyon était arraché, libéré de son lit et se précipitait dans les jaillissements d'eau rouge comme les pulsations impétueuses d'un sang rouillé, comme si la planète saignait à mort. Le bruit était incroyable, un rugissement si continu, qui envahissait tout, au point qu'il amortissait toute pensée et interdisait toute conversation. Ils devaient hurler pour se faire entendre, ce qui réduisait la communication aux échanges indispensables.

Or ils avaient une nécessité absolue de communiquer. En effet, lorsqu'ils arrivèrent au *Pas-de-Calais*, ils découvrirent que le plancher du canyon avait été inondé. La berge, sous la falaise sud de la gorge, n'était large que de deux kilomètres. Plus loin, elle se rétrécissait encore. Elle paraissait vulnérable, susceptible d'être emportée à tout instant. Maya clama qu'il était trop dangereux de continuer et qu'il fallait envisager une retraite. S'ils décrivaient un cercle pour remonter vers le débouché de Coprates sud, ils pourraient escalader la pente jusqu'au plateau, et contourner les puits jusqu'à Aureum.

Michel insistait, lui, pour qu'ils poursuivent.

— En roulant vite, nous y arriverons ! Il faut essayer !

Et, comme Maya criait qu'elle refusait, il ajouta :

— La pente au débouché de Coprates est trop raide ! Jamais on ne pourra l'escalader ! Et nous n'avons pas assez de vivres pour tenir aussi longtemps ! Non, nous ne pouvons pas faire demi-tour !

Le rugissement insensé des eaux était sa seule réponse. Ils étaient assis dans le véhicule, chacun plongé dans ses pensées, séparés par le tumulte comme par des kilomètres d'espace. Ann se prit à espérer que la berge se dérobe sous leur poids, ou qu'une partie de la paroi sud leur tombe dessus, mettant fin à leur indécision et au bruit terrible, affolant.

Ils continuèrent. Frank, Maya, Simon et Nadia se tenaient derrière Michel et Kasei. Sax, lui, était toujours collé à son écran. Il s'étirait comme un chat, fixant de son regard de myope les minuscules images du déluge. La surface s'apaisa un moment et se figea pendant que le bruit d'enfer se réduisait à un grondement violent, mais assourdi.

— C'est un peu comme le Grand Canyon à une échelle superhimalayenne. (Il se parlait à lui-même, mais Ann l'entendit.) La gorge de Kala Gandaki est profonde de 3 000 mètres, non ?... Et le Dhaulagiri et l'Anapurna ne sont éloignés que de cinquante kilomètres, je pense. Si on déverse là-dedans une inondation pareille... (Il réfléchit un instant.) Je me demande ce que toute cette eau faisait à cette altitude dans Tharsis.

Des craquements qui ressemblaient à des tirs de canon annoncèrent une autre montée. La surface blanchâtre du flot se déchira, explosa, puis retomba vers l'aval. L'univers tout entier se mit à vibrer et un bruit sourd éteignit leurs paroles comme leurs pensées.

— Dégazage, commenta Ann. (Elle avait les lèvres durcies.)

Tharsis repose sur une poche de plasma. La roche ne pouvait contenir la pression. La poche aurait cédé sans le courant ascendant du manteau.

— Je croyais qu'il n'y avait pas de manteau.

— Non, non. (Peu lui importait que Sax l'entende ou pas.) C'est un effet de ralentissement. Mais les courants sont là. Et depuis les dernières grandes inondations, ils ont rempli à nouveau les aquifères les plus élevés de Tharsis. Et ceux de Compton sont demeurés à l'état liquide. Il se peut que les pressions hydrostatiques aient été extrêmes. Mais avec une activité volcanique moindre, et des impacts météoritiques en diminution, rien ne s'est passé. Les aquifères auraient pu rester pleins pendant un milliard d'années.

— Est-ce que tu crois que c'est Phobos qui les a crevés ?

— Peut-être. Mais je pencherais plutôt pour une sorte de fusion de réacteur.

— Tu voyais l'aquifère de Compton aussi énorme ?

— Oui.

— Je n'en avais jamais entendu parler.

— Non.

Elle leva les yeux. Est-ce que Sax avait entendu cette dernière réponse ?

Oui, c'était évident. Dissimulation d'information. Il était ébranlé, elle le voyait. Il ne pouvait imaginer pour quel motif elle avait pu cacher une pareille information. Et là se trouvait sans doute la racine de leur incompréhension. Des systèmes de valeurs fondés sur des postulats différents. Deux sciences totalement séparées.

— Est-ce que tu savais que l'eau était à l'état liquide ? demanda enfin Sax après s'être éclairci la gorge.

— Je le supposais. Mais maintenant, nous en avons la preuve.

Il appela sur son écran les images de la caméra de gauche. La turbulence des eaux noires, des débris grisâtres, des fragments de glace, des rochers qui roulaient comme des dés géants, des vagues gelées, des geysers de vapeur givrante...

— Je ne m'y serais pas pris de cette façon !

Ann l'observait. Il ne détournait pas les yeux de son écran.

— Je sais, fit-elle.

Elle était soudain lasse de parler et elle se laissa partir dans l'immense grondement du monde : elle ne l'entendait plus qu'à demi, ne le comprenait plus qu'à demi.

Ils suivaient toujours la rampe, traversant le *Pas-de-Calais*, puisque Michel avait ainsi rebaptisé leur crête. Ils avançaient à une lenteur exaspérante. Faire franchir au patrouilleur l'éboulis rocheux qui recouvrait l'étroite corniche était un combat de tous les instants. Les roches étaient éparpillées un peu partout et l'énorme masse d'eau dévorait le terrain sur leur gauche, étrécissant la berge à vue d'œil. Les parois de la falaise s'effondraient devant et derrière eux, et plus d'une fois, des blocs de pierre s'écrasèrent sur le toit de leur véhicule, les faisant sursauter. Il était tout à fait possible qu'une roche plus grosse s'abatte sur eux sans prévenir, les écrasant comme des mouches. Cette éventualité les plongeait dans un silence inquiet, ce qui convenait à Ann. Même Simon la laissait tranquille. Il était absorbé par la navigation, et partait pour des reconnaissances avec Nadia, Frank ou Kasei, heureux, se disait-elle d'avoir un prétexte pour prendre un peu de distance par rapport à elle. Et pourquoi pas ? Ils ne dépassaient pas deux kilomètres à l'heure, rebondissant de bosse en creux. Ils roulèrent ainsi toute la nuit et durant toute la journée suivante. Pourtant, la brume s'était éclaircie au point de les rendre à nouveau visibles pour les satellites. Mais ils n'avaient plus le choix.

Coprates s'ouvrit enfin à nouveau devant eux. Le flot du déluge s'orientait vers le nord sur quelques kilomètres.

Au crépuscule, ils firent halte. Ils roulaient depuis quarante heures. Ils se levèrent tous en s'étirant avant de se rassembler autour d'un repas micro-ondes. Maya, Simon, Michel et Kasei étaient soulagés, heureux d'avoir franchi le *Pas*. Sax restait le même, mais Nadia et Frank étaient un peu moins sinistres qu'à l'accoutumée. Le grondement de l'inondation s'était estompé et ils pouvaient converser sans se déchirer la gorge.

Les portions étaient minces mais leurs bavardages aussi légers. Après ce repas paisible, Ann observa ses compagnons avec curiosité, soudain admirative devant l'adaptabilité de l'être humain. Ils finissaient de dîner en bavardant du grondement sourd qu'ils avaient entendu au nord, dans une parfaite illusion de convivialité. Ils auraient pu être n'importe où, n'importe quand, et leurs visages las étaient illuminés par la réussite collective, ou au moins le plaisir de partager un repas, alors qu'au-dehors le monde brisé rugissait et qu'une chute de pierre pouvait les anéantir à tout instant. Il lui vint à l'esprit que le plaisir et la stabilité des salles à manger s'étaient toujours manifestés dans ce genre de contexte, sur fond de catastrophe ou de chaos universel. Ces moments de calme étaient aussi fragiles et transitoires que des bulles de savon, destinées à éclater à la seconde où elles commençaient à exister. Des groupes d'amis, des pièces, des rues, des années, rien de tout ça ne durerait ; l'illusion de stabilité était créée par un effort concerté pour ignorer le chaos dans lequel ils étaient incrustés. Et c'est ainsi qu'ils mangeaient, parlaient et jouissaient de la compagnie les uns des autres. C'était déjà comme ça dans les grottes, dans la savane, dans les pavillons de banlieue, les tranchées et les cités qui faisaient le gros dos sous les bombardements.

C'est en cet instant de la tempête qu'Ann Clayborne s'activa. Elle se mit à débarrasser les couverts, en commençant par l'assiette de

Sax. Elle emporta la pile jusqu'à l'évier de magnésium et, tout en faisant la vaisselle, elle sentit sa gorge s'assouplir. Elle coassa quelques phrases et tenta de se comporter en être humain.

— C'est vraiment un soir de tempête ! résuma Michel en la rejoignant devant les assiettes étincelantes.

Au matin, elle s'éveilla bien avant les autres, observa leurs visages dans le sommeil. Plissés, bouffis, noircis par le gel, les lèvres entrouvertes, ils semblaient tous morts. Et elle n'avait rien fait pour les aider — bien au contraire !

Elle avait été un poids mort ! Ils avaient toujours eu en face d'eux cette folle recroquevillée, qui refusait tout dialogue, qui pleurait. Exactement ce dont ils avaient besoin dans cette situation de désastre !

Elle n'éprouvait plus que de la honte en finissant de nettoyer la pièce principale et le poste de conduite. Et, plus tard dans la journée, elle prit le volant à son tour et pilota durant six heures d'affilée avant de finir épuisée. Mais elle réussit à les amener sains et saufs de l'autre côté du *Pas-de-Calais*. Leurs ennuis n'étaient pourtant pas terminés. Certes, Coprates s'était élargi et la paroi sud avait supporté le choc. Mais, dans ce secteur, une longue arête, transformée en île désormais, divisait le canyon en deux chenaux qui s'orientaient vers le nord et le sud. Malheureusement pour eux, le chenal sud était situé plus bas, et la crue s'y déversait à grands remous. Une consolation : la berge était large de cinq kilomètres. Mais avec le torrent énorme sur leur gauche et les falaises menaçantes sur leur droite, le danger ne les abandonna pas une seconde. Et la moitié du temps, ils étaient obligés de hurler pour se faire entendre. Le rugissement strident des flots leur emplissait la tête, les empêchait plus que jamais de se concentrer, de faire preuve d'attention ou tout simplement de réfléchir.

Un jour, Maya, cogna du poing sur la table.

— Est-ce qu'on ne pourrait pas attendre que cette arête soit emportée par le courant ?

Kasei hésita brièvement.

— Mais elle fait cent kilomètres de long.

— Et alors ?... Et si on attendait que la crue s'arrête ? Je veux dire : combien de temps ça va-t-il encore durer ?

— Quelques mois, avança Ann.

— Et alors, on ne peut pas attendre ?

— On va être à court de vivres, intervint Michel.

— Et puis, il faut bien continuer ! lâcha Frank en fixant Maya. Ne sois pas idiote !

Elle le foudroya du regard et se détourna, furieuse. Le patrouilleur était tout à coup encore plus petit, habité par une horde de tigres et de lionnes. Simon et Kasei, qui ne supportaient visiblement pas ce retour de tension, enfilèrent leurs marcheurs et partirent en reconnaissance.

Plus loin devant eux, il y avait Island Ridge, Coprates s'y ouvrait comme une trompe, avec des goulets profonds qui plongeaient dans les falaises. Capri Chasma allait vers le nord, tandis qu'Eos Chasma continuait vers le sud, suivant le cours de Coprates. Ils n'avaient d'autre choix que de continuer sur Eos, mais Michel leur précisa que c'était de toute manière le chemin qu'ils auraient dû suivre. A cet endroit, la falaise du côté sud s'abaissait enfin un peu et était traversée par des sortes de criques profondes, et marquée par quelques cratères formés par des météores de vastes dimensions. Capri Chasma s'incurvait, disparaissant à leur vue au nord-est. Les deux tranchées des canons transversaux encadraient une mesa triangulaire, basse, qui formait à présent une péninsule divisant le cours des flots. Pour leur malheur, le torrent se déversait dans le lit d'Eos et, s'ils étaient enfin sortis des gorges étranglées de Coprates, ils étaient cependant obligés de suivre au plus près la falaise. Ils roulaient désormais encore plus lentement, hors de toute route, de toute piste, et leurs ressources en carburant et en aliments s'épuisaient.

Ils étaient dans un état d'épuisement absolu. Ils avaient fui Le Caire depuis vingt-trois jours et avaient parcouru 2 500 kilomètres de canyons en se relayant pour de courtes périodes de sommeil. Ils conduisaient pratiquement sans discontinuer et vivaient dans l'agression sonore perpétuelle des flots, le rugissement du monde qui se délitait et leur tombait sur la tête. Ils étaient trop vieux pour ça, comme ne cessait de le répéter Maya, et leurs nerfs étaient fragiles. Ils commettaient des fautes de conduite et somnolaient en plein jour.

La banquette qu'ils suivaient entre la falaise et le torrent devint un immense champ de rocaille. Des déjections des cratères proches, des détritus crachés par des coulées. Ann avait l'impression que les grands renfoncements échancrés et rainurés de la falaise sud étaient des canyons en formation. Mais le temps lui manquait pour les examiner de plus près. D'énormes blocs leur barraient souvent la route, comme si après tous ces jours, tous ces kilomètres, après avoir affronté Marineris dans le cataclysme, ils allaient s'arrêter là, tout près des derniers remous, au débouché des canyons.

Mais ils trouvaient toujours un itinéraire de contournement, avant d'être bloqués à nouveau et d'en trouver un autre, et un autre encore, jour après jour.

Ils avaient encore réduit leurs rations. Ann conduisait plus souvent qu'à son tour, comme si elle était plus en forme que les autres. Elle se montrait presque aussi experte que Michel. Elle se disait qu'elle leur devait bien ça, après avoir craqué comme elle l'avait fait pendant la majeure partie de leur équipée. De toute sa volonté, elle voulait aider, et quand elle n'était pas au volant, elle allait explorer la route. Le fracas était toujours assourdissant et le sol vibrait sous ses bottes.

Impossible de s'y habituer, même si elle faisait tous ses efforts pour l'ignorer. Le soleil perçait parfois entre les bancs de brume en nappes phosphorescentes, des arcs-en-ciel et des mirages colorés inondaient le ciel qui, le plus souvent, semblait incendié : l'Apocalypse vue par Turner.

Ann s'en lassa assez vite aussi, et la tâche devint épuisante ; elle comprenait maintenant pourquoi ses compagnons étaient tellement fatigués, pourquoi ils lui avaient parlé sèchement, pourquoi ils s'étaient montrés cassants les uns envers les autres. Michel n'avait pas réussi à repérer les trois dernières cachettes devant lesquelles ils étaient passés — peu importait qu'elles aient été enfouies ou submergées par les eaux. Ils vivaient sur des demi-rations de mille deux cents calories par jour, beaucoup moins que leur dépense journalière. Le manque de sommeil et de nourriture, et, pour Ann, cette bonne vieille dépression, aussi tenace que la mort, qu'elle sentait monter en elle comme un noir torrent de boue, de vapeur, de glace, de merde. Elle travaillait avec obstination, mais son attention connaissait des éclipses, et la glossolalie revenait, balayant tout sur son passage dans le bruit blanc du désespoir.

La route devint encore plus difficile. Il leur advint de ne parcourir qu'un seul kilomètre en une journée. Et, le lendemain, ils durent s'arrêter face à une rangée de rocs géants qui évoquaient une sorte de ligne Maginot martienne. Un plan fractal parfait, selon le diagnostic de Sax. Personne ne se risqua à en discuter.

Kasei descendit et découvrit un passage possible tout au bord du courant. Pour l'heure, le déluge était gelé, comme il l'avait été depuis ces deux derniers jours. Il se déployait jusque sous l'horizon, hérissé, chaotique, semblable à l'océan arctique de la Terre, mais nettement plus sale, composé d'un foisonnement de fragments noirs, rouges ou blanchâtres. Sur la berge, néanmoins, la surface de glace était quasi plane, et par endroits translucide. Quand ils regardaient en bas, ils constataient qu'elle n'avait pas l'air de faire plus de quelques mètres de profondeur, et était prise en glace jusqu'au fond. Ils empruntèrent donc cette nouvelle piste. Ann, lorsqu'elle rencontrait des rochers, déviait sur la gauche, roulant carrément sur la glace, ce qui rendit ses passagers nerveux. Mais Maya et Nadia vinrent à son secours.

— En Sibérie, déclara Nadia, on passait chaque hiver à rouler sur les fleuves gelés. C'étaient nos meilleures routes.

Durant toute une journée, Ann suivit la berge déchiquetée, et ils parcoururent ainsi cent soixante kilomètres, leur meilleure étape en deux semaines.

A l'approche du crépuscule, il neigea. Le vent d'ouest soufflait depuis Coprates de grandes bouffées denses de flocons grésillants. Avec une force telle qu'ils avaient l'impression de ne plus avancer.

Ils abordaient un secteur de glissement récent, qui se déversait jusqu'à la glace du torrent. Les gros blocs de pierre disséminés sur la glace lui donnaient des airs de terrain vague laissé à l'abandon. La lumière était grisâtre, morne. Dans le dédale des éléments, ils avaient besoin d'un éclaireur, et Frank se porta volontaire. Il était le dernier à conserver encore suffisamment de forces, plus même que le jeune Kasei. Toujours en état de rage : un réservoir d'énergie qui semblait chez lui inépuisable. Lentement, il s'avança sur le terrain et revint en secouant la tête et en adressant de grands signes à Ann. Autour d'eux, des rideaux ténus de vapeur givrée se formaient dans l'averse de neige pour se fondre dans le vent puissant du soir et se perdre dans la brume.

Au plus fort d'une bourrasque, Ann se perdit dans les lacis de glace sur le sol et le patrouilleur fit une embardée sur un rocher arrondi, à la lisière de la berge, sa roue arrière gauche tournant dans le vide. Ann lança la puissance sur le train avant pour se dégager, mais s'embourba dans un creux de neige et de sable. Brusquement, tout l'essieu arrière fut soulevé tandis que les roues avant patinaient. Le patrouilleur était échoué.

Cela s'était déjà produit plusieurs fois, mais elle s'en voulait de s'être laissé distraire par le spectacle tourmenté du ciel.

— Merde, qu'est-ce que tu fous ? cracha Frank dans l'intercom.

Ann tressaillit. Jamais elle ne s'habituerait à la véhémence de Frank.

— Roule, bordel !

— Mais je suis coincée sur un rocher !

— Bon Dieu ! Tu ne regardes même pas où tu vas ! Arrête-moi ces putains de roues ! Je vais mettre les bandes d'accrochage à l'avant et te tirer. Quand tu atteindras le rocher, tu grimperas aussi vite que tu le pourras. Compris ? Il y a une autre secousse qui se prépare !

— Frank ! cria Maya. Remonte !

— Dès que j'aurai mis ces conneries de bandes dessous ! Tenez-vous prêts !

Les bandes étaient en métal tressé muni de pointes. Il les mit en place sous les creux des roues avant de les tendre pour que les roues puissent mordre au démarrage. Une ancienne méthode qui avait été employée jadis dans le désert. Frank courait devant le patrouilleur en jurant à voix sourde, lançant parfois des indications de braquage à Ann qui obéissait, les dents serrées, l'estomac noué.

— C'est bon, vas-y ! Fonce !

— Monte d'abord !

— Pas le temps ! Allez, roule, tu y es presque ! Je vais m'accrocher. Roule, Bon Dieu !

Ann accéléra doucement et sentit les roues avant accrocher sur les bandes en grinçant. Les roues arrière passèrent ensuite, et ils furent sur le rocher, libres. Mais le grondement du flot redoublait soudain derrière eux, et des éclats de glace volèrent autour du patrouilleur dans des craquements affreux. Puis la glace fut submergée par une vague sombre de boue gargouillante et fumante qui monta jusqu'aux hublots. Ann écrasa l'accélérateur et serra son volant, affolée, dans une étreinte mortelle. Elle entendit les cris de Frank par-dessus le fracas de la coulée déferlante :

— Vas-y, idiote ! Vas-y !

Un choc violent et ils dérapèrent sur la gauche. Ann perdit un bref instant le contrôle de la conduite, mais resta cramponnée au volant tandis que le patrouilleur oscillait follement. Une douleur intense lui vrilla l'oreille gauche. Toujours soudée au volant, elle écrasait l'accélérateur. Les roues mordirent dans le terrain, au fond de l'eau. Un coup mat résonna contre le flanc.

— Vas-y !

L'accélérateur au plancher, elle escaladait la pente, rebondissant sur son siège, et tous les hublots et les écrans étaient submergés. Puis, tout à coup, l'eau reflua vers l'arrière et les images redevinrent claires. Sous les projecteurs, le terrain rocheux luisait, des flocons de neige passaient, et Ann discerna une zone plane droit devant. Elle garda le patrouilleur en ligne en dépit des secousses. Derrière, le torrent grondait toujours. En atteignant enfin l'étroite terrasse, elle dut s'aider de ses deux mains pour dégager son pied de l'accélérateur. Le patrouilleur était arrêté. Il dominait la coulée qui était en train de diminuer. Mais Frank Chalmers avait disparu.

Maya insista pour qu'ils repartent à sa recherche. Il était probable qu'ils n'auraient plus à redouter de coulée aussi énorme, et ils firent demi-tour. En vain. Dans le crépuscule, les faisceaux des projecteurs portaient à cinquante mètres sous l'averse de neige et, dans les deux cônes de lumière jaune, ils ne discernaient que la surface déchiquetée du torrent, un déversoir gris sombre de débris et de glace sans la moindre forme régulière. Personne n'aurait pu survivre dans un pareil déchaînement. Frank avait été emporté : il avait dû lâcher prise dans une secousse, ou bien avait été balayé par l'ultime déferlement d'eau et de boue.

Dans le grondement ambiant et le grésillement de statique de la radio, Ann entendait encore ses imprécations : « Vas-y, idiote ! Vas-y ! » C'était de sa faute, se dit-elle...

Maya sanglotait, les mains crispées sur son ventre.

— Oh, non, non ! Frank ! Il faut qu'on le retrouve !

A la fin, elle se tut, étouffée par ses larmes. Sax alla jusqu'à l'armoire d'urgence et revint s'accroupir près d'elle.

— Maya, tu veux un calmant ?

Elle recula en lui frappant la main.

— Non ! Non ! Je pleure parce qu'ils étaient *mes* hommes ! Tu crois que je suis lâche, que je veux être un zombie comme toi ?

Elle replongea dans ses sanglots déchirants et Sax resta là, devant elle, bouleversé. Ann se précipita en voyant son expression.

— Viens, je t'en prie !

Elle le prit par le bras. Puis elle aida Nadia et Simon à porter Maya jusqu'à sa couchette. Déjà, elle semblait plus calme, les yeux rougis, une main crispée sur le poignet de Nadia qui l'observait avec le détachement d'un médecin en murmurant en russe.

— Maya, dit Ann, j'ai tellement de peine. C'est ma faute. Je suis navrée.

Elle avait la gorge nouée.

Mais Maya secoua la tête.

— Non, c'était un accident.

Ann ne trouva pas la force de lui dire que son attention s'était relâchée un instant. Les paroles étaient bloquées dans sa gorge. Un nouveau spasme de sanglots secoua Maya et elles perdirent leur dernière chance de communiquer.

Michel et Kasei s'installèrent de nouveau aux commandes et lancèrent le patrouilleur en avant.

Un peu plus loin à l'est, la falaise sud plongeait vers la plaine, et ils purent enfin s'écarter du torrent, qui enfilait Eos Chasma vers le nord pour rejoindre Capri Chasma. Michel tentait de suivre la piste de la colonie cachée, mais il la perdit une fois encore dans la couche de neige. Toute la journée, il essaya de retrouver une cache qu'il savait proche, mais vainement. Ils décidèrent de rouler vite aussi souvent que possible plutôt que de perdre du temps, cap au nord-nord-est. Michel prétendait qu'ils allaient en direction du refuge qui se trouvait dans la région accidentée d'Aureum Chaos.

— Ce n'est plus notre colonie principale, expliqua-t-il aux autres. Mais c'est bien là que nous nous sommes installés au début, après avoir quitté Underhill. Mais Hiroko a décidé d'aller plus loin au sud, ce que nous avons fait quelques années plus tard. Notre premier refuge ne lui plaisait pas, parce qu'Aureum est une cuvette et qu'elle pensait qu'un jour elle pourrait bien se transformer en lac. Je me disais à l'époque que c'était de la folie, mais les événements lui donnent raison. Aureum pourrait d'ailleurs bien être le dernier réceptacle de cette crue. Je ne sais pas. Mais le refuge est en altitude, et on devrait y être en sûreté. Il n'y a plus personne, mais nous y avons laissé des vivres. Et dans une tempête, tous les ports font l'affaire, non ?...

Nul n'avait le cœur à lui répondre.

Au second jour, le flot disparut à l'horizon du nord et le grondement sourd s'estompa, puis s'éteignit. Le sol, sous un mètre de neige, ne vibrait plus. Le monde semblait mort, silencieux et figé. Le blanc avait recouvert le rouge. Quand il ne neigeait pas, le ciel demeurait brumeux, mais il faisait assez clair pour qu'on puisse à nouveau les repérer d'en haut, aussi cessèrent-ils de rouler de jour. La nuit, ils se déplaçaient dans l'obscurité, sans projecteurs, sous les étoiles revenues.

Ann était le plus souvent au volant. Elle ne parla jamais de son instant d'inattention aux autres. Elle n'en eut jamais l'occasion. Elle restait concentrée, désespérément focalisée sur sa tâche, se mordant l'intérieur des joues à s'en faire saigner, oubliant tout sauf ce qui se trouvait dans les cônes de lumière, devant elle. Elle conduisait généralement toute la nuit, oubliant de réveiller le conducteur qui devait la relever, ou décidant de ne pas le faire. Par sa faute, Frank Chalmers était mort. Désespérément, elle se disait parfois quelle pourrait revenir en arrière, changer le cours des choses. Mais il est des fautes qu'on ne corrige jamais. Le paysage blanc était maculé de pierres, d'une infinité de pierres, chacune coiffée par un macaron de neige, et le paysage poivre-et-sel était un tel patchwork que l'œil avait du mal, la nuit, à y reconnaître quelque chose. Ils avaient parfois l'impression de plonger dans le sol, parfois de flotter à cinq mètres au-dessus ; un monde de blancheur.

Certaines nuits, elle avait le sentiment de conduire un corbillard. Nadia et Maya, les veuves, étaient à l'arrière. Et elle avait à présent la certitude que Peter, lui aussi, était mort.

Par deux fois, elle entendit la voix de Frank dans l'intercom. La première fois, il lui demandait de faire demi-tour et de venir à son secours. La seconde, il criait : « Vas-y, idiote ! Roule ! »

Maya tenait le coup. Elle était coriace, en dépit de ses états d'âme. Nadia, qu'Ann avait longtemps jugée la plus dure, gardait le silence la plupart du temps. Sax restait devant son écran. Michel, lui, essayait constamment de rétablir le contact avec ses vieux amis et abandonnait, l'air sombre quand personne ne lui répondait. Simon, comme à l'accoutumée, observait Ann avec inquiétude, même avec une angoisse insupportable. Et elle évitait son regard. Quant au malheureux Kasei, il devait se sentir prisonnier d'un asile de vieillards fous. C'était presque amusant d'y penser, sauf que son esprit était comme brisé, elle ne savait pourquoi, peut-être à cause de tout ce gâchis, ou alors par la perspective de plus en plus probable qu'ils ne survivraient pas. A moins que ce ne soit simplement la faim, c'était impossible à dire ; les jeunes étaient vieux. Mais il lui rappelait Peter, et elle évitait aussi de le regarder.

La neige emplissait chaque nuit de sa pulsation blanche. Quand elle fondait, elle traçait de nouveaux sillons, creusait de nouveaux lits, et emportait Mars. Mars disparaissait.

Michel s'installait près d'Ann à chaque deuxième quart, cherchant obstinément des traces de la piste perdue.

— Nous nous sommes égarés ? s'inquiéta Maya, un peu avant l'aube.

— Non, c'est seulement que... nous laissons des traces dans la neige. J'ignore combien de temps elles vont persister, ni même si elles sont vraiment visibles, mais si c'est le cas... Il faudra que je parte seul en avant, à pied. Je veux être certain de notre position auparavant. Nous avons mis en place des pierres et des dolmens, et il faut d'abord que j'en trouve. Normalement, ils devraient être visibles à l'horizon. Des rochers plus gros que la normale, des colonnes...

— Ce sera plus facile de les repérer de jour, remarqua Simon.

— C'est vrai. Nous surveillerons tous tour à tour demain et on devrait y arriver. Nous sommes tout près de la zone. Ça ira.

Oui, tout irait bien. Si ce n'est que leurs amis étaient morts. Qu'Ann avait perdu son seul enfant. Que leur monde était foutu, disparu. Quand elle se pencha vers un hublot, à la première lueur de l'aube, Ann tenta de s'imaginer la vie dans un abri secret. Des années sous la terre. Impossible ! Vas-y, idiote ! Fonce ! Roule !

Kasei poussa un cri rauque de triomphe. Trois pierres se dressaient à l'horizon du nord. Comme un reste de Stonehenge. La maison les attendait là-bas, annonça-t-il.

Mais ils devraient d'abord attendre durant toute la journée. Michel se méfiait de plus en plus des satellites et ils prirent quelques heures de sommeil.

Pour Ann, c'était impossible. Elle avait pris sa résolution. Quand ils furent tous endormis, que Michel se mit à ronfler tranquillement, elle se glissa dans son marcheur et s'approcha en silence du sas. Elle se retourna et les regarda tous, l'un après l'autre. Ils étaient épuisés, sales, affamés. Inévitablement, le sas grinça, mais ils avaient tous l'habitude de dormir dans le bruit, avec les ronronnements et les cliquetis du système de survie. Et Ann sortit sans éveiller personne.

Le froid basique de la planète... Elle frissonna et partit vers l'ouest, dans les traces du patrouilleur. Le soleil perçait déjà la brume. La neige tombait toujours, esquissant des puits roses dans la lumière. Elle atteignit le faîte d'un drumlin[1] dont la paroi abrupte était nue. Elle pourrait donc traverser sans laisser de traces. Elle marcha longtemps jusqu'à être gagnée par la fatigue. Il faisait réellement très froid, et la neige ressemblait à de la grêle, sans doute parce que des cristaux s'étaient agglomérés sur des grains de sable. Au bas du drumlin, elle trouva un gros rocher bien pansu et s'assit sous sa protection. Elle coupa l'unité de chauffage de son marcheur et masqua la lampe d'alerte de son bloc de poignet avec de la neige tassée.

Très vite, le froid la gagna. Le ciel était maintenant d'un gris opaque marqué de faibles traces roses. Les flocons se posaient sur sa visière.

---

1. Bosse elliptique de moraine de fond, d'origine glaciaire. (*N.d.T.*)

Elle ne frissonnait plus. Elle gelait, confortablement, quand une botte heurta violemment son casque. On la remit sur pied si brusquement qu'un tintement résonna dans son crâne. Un casque se pencha jusqu'à heurter le sien. Puis, avec violence, on la jeta sur le sol.

— Hé ! cria-t-elle dans un souffle.

C'est alors qu'on la souleva par les épaules jusqu'à ce qu'elle se retrouve debout. On lui tordit le bras gauche dans le dos. Son assaillant tritura son bloc de poignet, puis la souleva. C'était douloureux, et elle ne pouvait tomber sans avoir le bras cassé. Elle sentait la chaleur de son marcheur se répandre sur sa peau. C'était presque comme une brûlure. A chaque pas, sa tête cognait à l'intérieur de son casque.

L'homme la ramenait droit vers leur patrouilleur, ce qui l'étonna. Il la jeta dans le sas, lui arracha son casque tandis que l'atmosphère se rétablissait. Et elle vit que c'était Simon. Il avait le visage violacé et la secouait en criant et en pleurant.

Simon, son paisible Simon...

— Pourquoi ? Pourquoi tu as fait ça ? Merde, tu fais *toujours* la même chose ! Il n'y a que toi qui comptes dans *ton* monde ! Ton monde à toi ! Tu es tellement *égoïste* !

Simon, son Simon qui ne disait jamais rien, la secouait dans un hurlement de chagrin. Furieux et déchiré, criant et crachant dans le même temps, inondé de larmes. Et, brusquement, la colère monta en elle. Pourquoi n'avait-il jamais fait ça avant ? Quand elle avait tellement besoin de quelqu'un dans sa vie ? Pourquoi se réveillait-il maintenant ? Elle lui frappa la poitrine et il tomba en arrière.

— Laisse-moi ! Laisse-moi seule !

La peur et l'angoisse refluaient, avec le froid mortel de Mars.

— *Pourquoi tu ne me laisses pas seule ?*

Il se redressa et la prit par les épaules. Elle n'avait jamais eu conscience que sa poigne pouvait être aussi puissante.

— *Parce que* ! cria-t-il de toutes ses forces avant de passer la langue sur ses lèvres et de retrouver son souffle.

Les yeux écarquillés, le visage encore plus rouge. Comme si un millier de phrases lui bloquaient la gorge. Simon, le timide et tranquille Simon...

— *Parce que ! Parce que ! Parce que !*

Il neigeait. C'était le milieu de la matinée mais la lumière était encore terne. Le vent soufflait sur le chaos, brassant des volées d'embruns au-dessus du paysage brisé. Des rochers vastes comme des immeubles étaient affaissés en un champ d'amas, et la terre était maintenant découpée en millions de falaises, de trous, de crêtes, de pics et de mesas — avec en plus des pointes, des tourelles, des entassements précaires des rochers que seuls les *kami* maintenaient en place. Tout ce qui était vertical était demeuré noir, le reste était blanc de neige. Le paysage était en dominos, mêlé de voiles de brume et de flocons, de tourbillons qui effaçaient les formes.

Puis la neige cessa et le vent tomba. Les verticales noires et les plans blancs donnaient au monde un aspect qu'il n'avait jamais eu. Il n'y avait plus d'ombres et tout brillait comme si une lumière nouvelle montait du sol à travers la couche de neige. Les arêtes étaient acérées, taillées dans du verre.

Des silhouettes en marcheur se dessinaient sur l'horizon. L'une après l'autre, jusqu'à sept, en ligne brisée.

Elles avançaient lentement, les épaules affaissées, leurs casques inclinés. Elles ne semblaient pas avoir de destination précise.

A l'avant, deux silhouettes redressaient parfois la tête, mais elles ne s'arrêtaient jamais, pas plus qu'elles ne tendaient la main pour montrer le chemin.

Les nuages d'orient avaient l'éclat de la nacre, seul indice, dans cette terne journée, du déclin du soleil.

Les silhouettes escaladaient la pente d'une longue crête qui émergeait du paysage bouleversé. De là-haut, la vision portait très loin.

Il fallut un certain temps aux silhouettes pour atteindre la cime. Elles s'approchèrent alors d'une bosse noueuse à partir de laquelle la ligne de crête redescendait. Au sommet, il se trouvait une chose curieuse : un gros rocher aplati qui semblait suspendu dans l'air, mais qui était en fait soutenu par six frêles piliers de pierre.

Les sept silhouettes s'approchèrent de ce mégalithe et s'arrêtèrent pour le contempler un moment, sous les sombres nuages déchiquetés. Ensuite, elles se groupèrent entre les piliers.

Et le rocher aplati était au-dessus de leurs têtes comme un toit massif.

Le sol, lui, était plat, un cercle fait de pierre polie.

L'une des silhouettes gagna le pilier le plus éloigné et le toucha du doigt. Les autres contemplaient le chaos enneigé. Une trappe glissa dans le sol.

L'une après l'autre, les silhouettes s'y glissèrent et disparurent.

L'instant suivant, les six piliers commencèrent à s'enfoncer dans le sol, et le grand dolmen suivit, jusqu'à ce que les piliers aient entièrement disparu, ne laissant qu'un rocher impressionnant.

Au-delà des nuages, le soleil s'était couché, et la lumière s'évanouit du paysage déserté.

Maya commandait leur course. Maya les poussait vers le sud.

Le refuge du dolmen n'était qu'une suite de petites cavernes remplies de rations de secours, de réserves de gaz, sans rien d'autre.

Après quelques jours de repos, passés à manger et à dormir, Maya avait commencé à se plaindre. Ça n'était pas une existence, disait-elle, guère plus qu'un fantôme de survie. Où étaient donc tous les autres ? Où était Hiroko ?

Michel et Kasei lui expliquèrent une fois encore que la colonie était dans le sud, qu'ils avaient depuis longtemps abandonné ce refuge.

— D'accord, dit-elle, alors nous devons aller vers le sud.

Dans le garage du refuge, il y avait d'autres patrouilleurs camouflés en rochers. Elle décida qu'ils rouleraient de nuit, comme auparavant, et que dès qu'ils seraient sortis des canyons, ils seraient sauvés. Le refuge n'était plus autonome, de toute façon, et ils devraient repartir tôt ou tard. Mieux valait redémarrer dans les dernières heures de la tempête, sous le couvert de la poussière. Mieux valait redémarrer.

C'est donc Maya qui les remit tous en mouvement. Ils embarquèrent dans deux patrouilleurs et s'engagèrent vers les grandes plaines froissées de Margaritifer Sinus. Libérés des contraintes du dédale de Marineris, ils parcouraient quelques centaines de kilomètres chaque nuit, dormaient durant la journée et, en quelques jours, ils passèrent entre Argyre et Hellas, franchissant l'interminable région de cratères des Highlands du sud. Ils avaient l'impression d'avoir toujours vécu ainsi, roulant sans cesse dans leur engin, avec la certitude que leur voyage n'aurait jamais de terme.

Et puis, un soir, ils parvinrent à la région polaire. L'horizon devint lumineux avant de se changer en une barre blanche et diffuse qui s'épaissit au fur et à mesure de leur avance, et se transforma en une grande falaise en travers de leur route. La calotte polaire. Michel et Kasei reprirent les commandes et conversèrent à voix basse. Ils roulèrent vers la base de la falaise jusqu'à rencontrer une croûte de sable gelé. Un tunnel avait été creusé au bas de la falaise. Une silhouette en marcheur venait d'apparaître et les guidait. Une femme.

Ils parcoururent au moins un kilomètre sous la glace. Le tunnel était suffisamment large pour deux ou trois patrouilleurs, mais la voûte était basse. La glace était d'un blanc pur, marquée par endroits par les strates. Ils passèrent devant deux sas et, au troisième, Michel et Kasei s'arrêtèrent et descendirent, laissant le sas du véhicule ouvert. Maya, Nadia, Sax, Simon et Ann les suivirent. Ils franchirent une porte et continuèrent en silence dans le tunnel. A l'autre extrémité, ils s'arrêtèrent, pétrifiés par ce qu'ils découvraient.

Un gigantesque dôme de glace étincelante les dominait. Il devait mesurer plusieurs kilomètres de diamètre pour une hauteur de mille mètres, sans doute. Peut-être plus. Il s'élevait presque à la verticale de la périphérie avant de se courber doucement vers le haut. La clarté était diffuse mais puissante, comme celle qu'aurait diffusée un ciel d'été sur Terre à travers les nuages.

Le sol était de sable rougeâtre, avec des creux d'herbe, des bouquets de bambous et de pins noueux. Sur leur droite, ils découvrirent quelques tertres ainsi qu'un petit village. Les maisons, d'un ou deux étages, étaient peintes en blanc et en bleu, séparées par de grands arbres qui supportaient des plates-formes et des escaliers de bambou entre leurs branches épaisses.

Michel et Kasei s'avançaient vers le village, précédés par la femme qui les avait accueillis et qui criait maintenant : « Les voilà ! Les voilà ! » De l'autre côté du dôme, ils découvrirent un lac qui bouillonnait doucement. Des vaguelettes scintillantes couraient à sa surface jusqu'à la rive proche. De l'autre côté se dressait la masse bleue d'un générateur nucléaire Rickover qui se reflétait dans l'eau. Des bouffées de vent humide passèrent sur leurs visages.

Michel rebroussa chemin vers ses amis, qui restaient immobiles comme des statues.

— Venez, il fait froid ici, dit-il avec un sourire. Il y a une nappe d'eau gelée collée au dôme, et il faut laisser l'air souffler en permanence.

Des gens apparaissaient de toutes parts dans le village et les interpellaient. Près du petit lac, un jeune homme courait dans leur direction, sautant comme une gazelle par-dessus les dunes. Même après tant d'années sur Mars, cette course folle semblait un rêve aux yeux des cent premiers, et un instant passa avant que Simon ne saisisse Ann par le bras en s'écriant :

— C'est Peter ! C'est Peter !

— Peter... répéta-t-elle.

Et soudain, ils se retrouvèrent tous ensemble. Des jeunes, des enfants, des étrangers, des visages familiers : Hiroko et Iwao, Raul, Rya, Gene et Peter qui serrait Ann et Simon dans ses bras. Et puis aussi Vlad et Ursula, et Marina, et d'autres encore venus du groupe d'Acheron. Tous voulaient les embrasser.

— Mais c'est quoi, cet endroit ? s'exclama Maya.

— C'est chez nous, dit Hiroko. C'est ici que nous allons tout recommencer.

MARS LA VERTE

Green Mars
1993
Traduit par Michel Demuth

Pour Lisa et David

PREMIÈRE PARTIE

ARÉOFORMATION

L'objectif n'est pas de faire une autre Terre. Ni un autre Alaska, un autre Tibet, pas plus qu'un nouveau Vermont, une nouvelle Venise, un nouvel Antarctique. L'objectif est de faire quelque chose de neuf et d'étrange, quelque chose de martien.

En un sens, nos intentions ne comptent même pas. Même si nous essayons de fabriquer une autre Sibérie, un autre Sahara, ça ne marchera pas. L'évolution ne le permettra pas, et pour l'essentiel il s'agit d'un processus évolutif, d'un effort qui se situe au-dessous de l'intention, comme quand la vie a miraculeusement sauté hors de la matière, ou quand elle a rampé hors de la mer pour atteindre la terre.

Une fois encore, nous luttons dans la matrice d'un monde nouveau. Bien sûr, tous les gabarits génétiques de notre biote sont terrestres. Les esprits qui les ont conçus sont terrestres. Mais le terrain, lui, est martien. Et le terrain est un ingénieur généticien tout-puissant, qui détermine ce qui va croître ou pas, qui dirige les différenciations progressives, et donc l'évolution des espèces nouvelles. Et au fil des générations, tous les membres d'une biosphère évoluent ensemble, s'adaptant au terrain en une réponse commune et complexe, une capacité d'auto-adaptation créative. Ce processus, quelle que soit la mesure dans laquelle nous y intervenons, échappe pour l'essentiel à notre contrôle. Il y a mutation des gènes, évolution des créatures : une nouvelle biosphère émerge et, dans le même temps, une nouvelle noosphère. *Et, à terme, les esprits des concepteurs, comme toute chose, auront été irréversiblement changés.*

Tel est le processus de l'aréoformation.

Un jour, le ciel tomba. Des plaques de glace s'abattirent dans le lac et vinrent battre la plage. Les enfants se dispersèrent comme des moineaux effrayés. Nirgal courut à travers les dunes jusqu'au village et surgit dans la serre en criant :

— Le ciel est en train de tomber !

Peter se précipita au-dehors et escalada les falaises trop vite pour que Nirgal puisse le suivre.

Au bord de la plage, de grands panneaux de glace venaient s'échouer sur le sable et des fragments de glace sèche crépitaient dans l'eau. Quand tous les enfants furent regroupés autour de lui, Peter leva la tête vers les hauteurs du dôme.

— On retourne au village, déclara-t-il d'un ton sérieux. (En chemin, il se mit à rire.) Le ciel est en train de tomber ! couina-t-il en ébouriffant les cheveux de Nirgal.

Nirgal rougit et Dao et Jackie se mirent à rire dans des bouffées d'haleine blanche.

Peter fut l'un de ceux qui escaladèrent le dôme pour le réparer. Lui, Kasei et Michel telles trois araignées s'élevèrent au-dessus du village, de la plage et du lac jusqu'à paraître plus petits que des enfants, suspendus aux filins accrochés à des pitons. Ils arrosèrent le dôme jusqu'à ce qu'une nouvelle couche se forme sur la glace sèche. Et quand ils revinrent, ils parlèrent du monde extérieur qui se réchauffait. Hiroko était sortie de sa petite cabane de bambou près du rivage pour voir ce qui se passait, et Nirgal lui demanda :

— Est-ce qu'il va falloir qu'on parte ?

— Il faudra toujours qu'on parte, lui dit Hiroko. Sur Mars, rien ne durera jamais.

Mais Nirgal aimait bien la vie sous le dôme. Au matin, il s'éveilla dans sa chambre ronde en bambou, dans les hauteurs du Croissant de la Crèche, et il partit dévaler les dunes givrées avec Jackie, Rachel, Franz et les autres lève-tôt. Il vit Hiroko sur l'autre rive. Elle suivait le bord de l'eau avec une démarche légère de danseuse, comme si elle flottait sur son reflet. Il aurait bien aimé la rejoindre, mais c'était l'heure de l'école.

Ils retournèrent au village et s'entassèrent tous dans le vestiaire de l'école. Là, ils accrochèrent leurs anoraks et tendirent les mains au-dessus de la chaudière en attendant le professeur. Ça pourrait très bien être l'ennuyeux Dr Robot, dont ils comptaient les clins d'œil comme les secondes d'une horloge. Ou encore la Gentille Sorcière, vieille et moche, et alors ils seraient libres à l'extérieur pour tout le reste de la journée et ils pourraient s'en donner à cœur joie avec les outils. Mais s'ils avaient affaire à la Méchante Sorcière, vieille et très belle, ils seraient plantés devant leurs lutrins durant toute la matinée pour essayer d'apprendre à penser en russe, au risque d'avoir droit à une tape sur la main s'ils pouffaient de rire ou sommeillaient. La Méchante Sorcière avait des cheveux d'argent, un regard perçant et un nez crochu, exactement comme les aigles pêcheurs qui nichaient dans les pins près du lac. Nirgal avait très peur de la Méchante Sorcière.

Aussi, comme les autres, dissimula-t-il sa consternation quand la

Méchante Sorcière entra. Mais, ce jour-là, elle paraissait fatiguée, et elle les laissa sortir à l'heure, même s'ils s'étaient montrés assez lamentables en arithmétique. Nirgal suivit Jackie et Dao. Ils contournèrent l'angle de l'école pour enfiler l'allée entre le Croissant de la Crèche et l'arrière de la cuisine. Dao pissa contre le mur et Jackie baissa sa culotte pour montrer qu'elle pouvait faire pareil. Et c'est alors que la Méchante Sorcière surgit. Elle les empoigna par le bras, Nirgal et Jackie coincés dans ses griffes, et elle les entraîna jusqu'à la plaza où elle donna une bonne fessée à Jackie en hurlant d'un ton furieux aux garçons :

— Et ne vous approchez plus d'elle, tous les deux ! C'est votre sœur !

Jackie, qui se débattait en pleurant pour remonter sa culotte, vit alors Nirgal qui la regardait. Elle essaya de les frapper, lui et Maya, d'un même swing furieux, et elle tomba cul nu en hurlant.

Ce n'était pas vrai que Jackie était leur sœur. Il y avait douze enfants sansei[1] à Zygote, et ils se connaissaient comme frères et sœurs, ce qui était vrai pour la plupart, mais pas pour tous. C'était très embrouillé et on en discutait rarement. Jackie et Dao étaient les plus âgés, Nirgal avait une saison de moins qu'eux, et tous les autres suivaient à une saison de distance de plus : Rachel, Emily, Reull, Steve, Simud, Nanedi, Tiu, Frantz et Huo Hsing. Hiroko était la mère de tous ceux qui vivaient à Zygote, enfin, pas vraiment : de Nirgal, Dao, et six autres des sansei, plus quelques adultes nisei[2]. Les enfants de la déesse mère.

Mais Jackie était la fille d'Esther. Esther était partie après une dispute avec Kasei, qui était le père de Jackie. Ils n'étaient guère nombreux à savoir qui était réellement leur père. Nirgal, une fois, alors qu'il rampait sur une dune à la poursuite d'un crabe, avait été surpris par Esther et Kasei qui passaient au-dessus de lui. Esther était en larmes et Kasei criait :

— Si tu veux me quitter, alors quitte-moi.

Il s'était mis à pleurer lui aussi. Il avait une canine en pierre rose. Lui aussi était un enfant d'Hiroko, et Jackie était par conséquent la petite-fille d'Hiroko. Ça marchait comme ça. Jackie avait de longs cheveux noirs et elle courait plus vite que tout le monde à Zygote, si l'on exceptait Peter. Nirgal était le plus fort sur longue distance, et il faisait parfois trois ou quatre fois le tour du lac, rien que pour le plaisir. Quant à Jackie, c'était la meilleure sprinteuse. Elle riait tout le temps. Et quand Nirgal s'empoignait avec elle, elle répondait toujours : « D'accord, oncle Nirgie », en éclatant de rire. Elle était bel

1. De la troisième génération. (*N.d.T.*)
2. De la deuxième génération. (*N.d.T.*)

et bien sa nièce, bien qu'elle eût une saison de plus que lui. Mais certainement pas sa sœur.

La porte s'ouvrit avec violence et Coyote fit son entrée. Aujourd'hui, c'était lui leur professeur. Coyote parcourait le monde et ne passait que très peu de temps à Zygote. Sa journée de cours était un événement. Il les promenait toujours autour du village en leur trouvant des occupations bizarres, mais, régulièrement, il demandait à l'un d'entre eux de lire à haute voix des extraits de livres impossibles à comprendre, écrits par des philosophes morts depuis longtemps : Bakounine, Nietzsche, Mao — les seules pensées intelligibles de ces gens étaient comme des cailloux rares sur une grande plage de galimatias.

Les histoires qu'il leur racontait et qui provenaient de l'*Odyssée* ou de la Bible étaient plus faciles à comprendre, quoique dérangeantes, car les gens n'arrêtaient pas de s'y entretuer, et Hiroko disait que ça n'était pas bien. Ça faisait rire Coyote et il lui arrivait parfois de hurler sans raison quand ils lisaient les contes affreux, puis leur posait des questions sur ce qu'ils venaient d'entendre, se querellait avec eux comme s'ils savaient de quoi il était question, ce qui était très déconcertant. « Qu'est-ce que tu aurais fait, *toi* ? Et *pourquoi* ? » Tout en leur enseignant comment fonctionnait le recycleur de carburant Rickover[1] ou en leur faisant vérifier les plongeurs de la machine à vagues du lac jusqu'à ce qu'ils en aient les mains bleues puis blanches et claquent des dents sans plus pouvoir dire un mot.

— Ça, les gamins, on peut dire que vous attrapez froid très vite, commentait-il. Sauf Nirgal.

Nirgal supportait bien le froid. Il en connaissait intimement tous les stades, et il n'en détestait pas le contact. Les gens qui n'appréciaient pas le froid ne comprenaient pas qu'on puisse s'y habituer, qu'on puisse contrebalancer ses effets nocifs par un véritable effort de l'intérieur. Nirgal était aussi très familier de la chaleur. Si l'on expulsait assez fort sa chaleur, le froid, dès lors, n'était plus qu'une sorte d'enveloppe vivante avec laquelle on se déplaçait. Qui avait pour effet ultime de vous stimuler, de vous donner envie de courir.

— Hé, Nirgal, quelle est la température extérieure de l'air ?

— Deux cent soixante et onze degrés.

Le rire de Coyote était effrayant : une sorte de caquètement animal qui renfermait tous les sons qu'on pouvait produire. Et à chaque fois différent.

— Bon, on va arrêter la machine à vagues et voir à quoi ressemble le lac à plat.

L'eau du lac était toujours à l'état liquide, alors que le revêtement

1. Générateur à fusion nucléaire utilisé pour la première fois sur les sous-marins. (*N.d.T.*)

de glace, à l'intérieur du dôme, devait constamment rester à l'état solide. Ce qui expliquait en grande partie leur climat mésocosmique, selon Sax : ils avaient des brumes, des vents soudains, de la pluie et, occasionnellement, de la neige. Ce jour-là, la machine à saisons était presque silencieuse et il n'y avait pratiquement pas de vent dans le grand hémisphère sous le dôme. La machine à vagues coupée, le lac était devenu une plaque ronde parfaitement lisse. La surface de l'eau, près de la berge, était presque aussi blanche que le dôme, mais le fond du lac, tapissé d'algues vertes, était encore visible sous le voile blanc. En cet instant, le lac était donc à la fois d'un blanc pur et d'un vert sombre. Sur l'autre rive, les dunes et les épineux se reflétaient à la surface comme dans un miroir. Nirgal restait paralysé d'émerveillement devant cette vision : tout semblait avoir disparu pour ne laisser que cette image, cette pulsation blanche et verte. Il vit alors qu'il y avait là deux mondes, et non pas un seul — deux mondes dans le même espace, tous deux visibles, à la fois différents, séparés, mais fondus l'un dans l'autre, et visibles seulement sous certains angles. Il poussa alors sur l'enveloppe de sa vision, comme il poussait avec sa chaleur contre le froid : *Pousse !* Oh, il y avait tant de couleurs !...

— Mars à Nirgal ! Mars à Nirgal !

Les autres riaient. Il faisait toujours ça, lui disaient-ils. Il était ailleurs. Ses amis l'aimaient bien : il le lisait sur leurs visages. Coyote cassa quelques petites plaques de glace échouées et les lança en ricochet sur la surface du lac. Jusqu'à ce que les vaguelettes blanc-vert fassent frissonner et danser le monde du miroir.

— Regardez ça ! s'écria alors Coyote.

Entre deux lancers, il psalmodiait, dans cet anglais saccadé qui ressemblait à une litanie infinie :

— Vous savez, les gamins, jamais personne n'a eu une aussi bonne vie que la vôtre dans toute l'histoire. La plupart des gens ne sont que des lubrifiants de la grande machine mondiale, mais vous, vous assistez à la naissance d'un monde ! *Incroyable !* Mais c'est un simple coup de chance, vous savez, vous n'y êtes pour rien, jusqu'à ce que vous en fassiez quelque chose. Vous auriez pu naître en pension, en prison, dans un bidonville des Caraïbes... Mais non : vous vivez à Zygote, le cœur secret de Mars ! Bien sûr, pour le moment, vous n'êtes que des taupes dans leur trou, avec des vautours qui tournent dans le ciel prêts à vous becqueter, mais un jour viendra où cette planète rompra ses liens. Et vous vous souviendrez de ce que je vous dis maintenant : c'est une prophétie, les enfants ! En attendant, regardez comme il est beau, ce petit paradis de glace !

Il lança un fragment de glace vers les hauteurs du dôme, et ils chantèrent tous « Paradis de glace ! Paradis de glace ! Paradis de glace ! » jusqu'à s'en étouffer de rire.

Mais, ce même soir, Coyote discuta avec Hiroko, alors qu'il croyait qu'aucun des enfants ne les écoutait.

— Roko, tu vas emmener ces gosses à l'extérieur et leur faire voir un peu le monde. Même si c'est sous le brouillard. Ils sont comme des taupes dans leur trou, bon Dieu !

Ensuite, Coyote disparut à nouveau, Dieu savait où, pour l'un de ces mystérieux voyages dans cet autre monde qui leur était fermé.

Certains jours, c'était Hiroko qui venait au village pour leur faire l'école. Pour Nirgal, c'étaient des jours de bonheur. Elle les emmenait toujours à la plage. Aller à la plage avec Hiroko, c'était comme d'être touché par un dieu. La plage était son monde — le monde vert enfermé dans le monde blanc — et elle en connaissait tout. Quand Hiroko était avec eux, les tons de perle subtils du sable et du dôme pulsaient tout à coup de tous les coloris du monde en même temps, comme s'ils essayaient dans la même seconde de se libérer de ce qui les retenait prisonniers.

Assis dans les dunes, ils observaient les oiseaux qui effleuraient l'eau en piaillant, plongeant tour à tour vers la grève. Les chevaliers des sables tournoyaient au-dessus d'eux et Hiroko les assaillait de questions avec un regard heureux. Elle habitait près du lac dans une petite maison de bambou plantée dans les dunes, avec ses proches : Iwao, Rya, Gene, Evghenia. Et elle passait une grande partie de son temps à visiter d'autres refuges secrets aux alentours du pôle Sud. Elle avait donc besoin régulièrement de se ressourcer en informations au village. Elle était mince, plutôt grande pour une issei, aussi pure dans ses vêtements et ses gestes que les oiseaux de la grève. Bien sûr, elle était vieille, incroyablement vieille comme tous les issei. Mais il y avait dans son comportement quelque chose qui la rendait plus jeune que Peter ou Kasei — à peine plus vieille que les gamins, en fait. Elle avait encore devant elle un monde tout neuf. Il lui suffisait de faire un simple effort pour qu'il explose dans toutes ses couleurs.

— Vous voyez ce coquillage avec tous ces dessins. Ces volutes tachetées qui se perdent à l'intérieur jusqu'à l'infini. C'est exactement la forme de l'univers. Il y a une pression constante, qui s'exerce sur ce schéma. Une tendance naturelle de la matière à évoluer vers des formes toujours plus complexes. Une sorte de schéma gravifique, une sainte puissance verte que nous appelons *viriditas* et qui est le principe moteur du cosmos. La vie, vous comprenez. Comme ces puces de mer, ces patelles et ces krills — quoique ces krills-là soient morts et aident les puces à survivre. Comme nous tous... (Elle agita les mains comme une danseuse.) Et parce que nous sommes vivants, nous devons considérer que l'univers est vivant, lui aussi. Nous sommes sa conscience aussi bien que la nôtre. Nous nous élevons du cosmos et nous découvrons la trame de ses schémas, et elle nous frappe par sa beauté. Ce sentiment est la chose la plus importante de l'univers — sa culmination, tout comme la couleur de la fleur qui s'ouvre pour la première fois par un matin humide. C'est un sentiment sacré, et notre tâche en ce monde est de tout faire pour le développer. Et l'un des moyens est de répandre la vie de toutes parts. D'aider à ce qu'elle existe là où elle n'était pas avant. Comme ici, sur Mars.

Pour elle, c'était l'acte d'amour suprême, et même s'ils ne comprenaient pas tout quand elle en parlait, ils sentaient l'amour. Une autre poussée, une nouvelle sorte de chaleur dans leur enveloppe de froid. Tout en parlant, elle les touchait, l'un après l'autre, et eux, ils cherchaient des coquillages dans le sable tout en l'écoutant.

— Un clam de boue ! Une patelle d'Antarctique ! Une éponge de verre... Attention, ça coupe !

Rien qu'en regardant Hiroko, Nirgal était heureux.

Un matin, alors qu'ils se trouvaient sur la jetée pour chercher des coquillages, elle lui retourna son regard et il reconnut son expression — exactement celle qu'il avait quand il la regardait. Il le sentait dans tous ses muscles. Ainsi, il la rendait heureuse, elle aussi ! C'était suffocant.

Ils s'avançaient sur le sable et il lui prit la main.

— A certains égards, c'est une écologie simple, lui dit-elle tandis qu'ils s'agenouillaient pour examiner une coquille de clam. Les espèces ne sont pas nombreuses, et les chaînes alimentaires sont courtes. Mais si riches. Et tellement belles. (Elle testa la température du lac en plongeant la main dans l'eau.) Tu vois cette brume ? L'eau doit être chaude aujourd'hui.

Ils étaient seuls : les autres gamins couraient dans les dunes ou sur la grève. Nirgal se baissa pour toucher une vague qui arrivait à leurs pieds en laissant une dentelle d'écume blanche.

— Deux cent soixante-quinze. Peut-être un petit peu plus, dit Nirgal.

— Tu en es tellement sûr !

— J'arrive toujours à trouver.

— Alors, dis-moi : est-ce que j'ai de la fièvre ?

Il posa la main sur son cou.

— Non, tu es toute fraîche.

— C'est juste. Je fais toujours un demi-degré de moins que la moyenne. Vlad et Ursula ne sont jamais arrivés à comprendre pourquoi.

— C'est simplement parce que tu es heureuse.

Elle rit, tout comme Jackie, avec bonheur.

— Je t'aime, Nirgal.

Il se sentit réchauffé tout au fond de lui, comme s'il avait un radiateur. D'un demi-degré au moins.

— Moi aussi, je t'aime.

Ils poursuivirent leur marche sur la grève, main dans la main, suivant en silence les chevaliers des sables.

Lorsque Coyote revint, Hiroko lui dit :

— OK. On les emmène dehors.

Et ainsi, le lendemain matin, alors qu'ils se rassemblaient pour l'école, Hiroko, Coyote et Peter les précédèrent à travers les sas avant d'enfiler le long tunnel blanc qui reliait le dôme au monde extérieur. A son extrémité, il y avait le hangar, et la galerie de la falaise, en haut. Dans le passé, ils avaient visité la galerie avec Peter et observé le ciel rose et le sable glacé à travers les petites fenêtres polarisées, en essayant de distinguer le grand mur de glace sèche où ils demeuraient : la calotte polaire sud, le fond du monde, où ils vivaient pour échapper aux gens qui auraient voulu les jeter en prison.

C'était pour cela qu'ils étaient restés confinés dans la galerie. Mais, cette fois-ci, on les conduisit jusqu'aux sas du hangar. Là, ils enfilèrent des combinaisons élastiques moulantes, remontant manches et jambes, des bottes épaisses, des gants et, enfin, ils mirent des casques avec visière en bulle. Ils étaient de plus en plus excités, jusqu'à ce que leur excitation ressemble à de la peur, surtout quand Simud se mit à pleurer en disant qu'elle ne voulait pas sortir. Hiroko la calma d'une longue caresse.

— Viens. Je ne te quitterai pas.

Silencieux, ils suivirent les adultes dans le sas. Un sifflement, et la porte extérieure s'ouvrit. Accrochés à Hiroko, Coyote et Peter, ils s'avancèrent prudemment en se bousculant.

La lumière était trop vive pour qu'ils puissent voir. Ils étaient au milieu d'un tourbillon de brume blanche. Le sol était parsemé de fleurs de glace scintillantes aux formes complexes. Nirgal tenait Hiroko et Coyote par la main. Ils le propulsèrent vers l'avant et le lâchèrent. Il tituba dans l'éblouissante lumière.

— C'est le manteau de brouillard, dit la voix d'Hiroko dans l'intercom. Il persiste durant tout l'hiver. Mais nous sommes en Ls 205, au printemps, et, de toutes parts, la force verte pousse sur le monde, alimentée par la clarté solaire. Regardez !

Nirgal ne voyait rien, sinon une boule de feu blanche, coalescente. Soudain, la lumière du soleil perça à travers cette boule, la transformant en un jaillissement de couleurs, changeant le sable givré en magnésium lisse, les fleurs de glace en joyaux incandescents. Le vent souffla et lacéra le brouillard. Des déchirures apparurent, et le paysage s'ouvrit jusqu'au lointain. Et Nirgal en avait la tête qui tournait. C'était si grand ! Si grand... Tout était grand. Il mit un genou dans le sable et posa les mains sur son autre jambe pour garder l'équilibre. Les rochers et les fleurs de glace brillaient sous ses bottes comme sous un microscope. Les rochers étaient tachetés d'écailles de lichens noirs et verts.

A l'horizon, il vit une colline au sommet plat. Un cratère. Et là-bas, dans le gravier, les traces d'un patrouilleur, presque estompées par le givre, comme si elles étaient là depuis un million d'années. Un dessin pulsait dans le chaos de lumière et de rochers, les lichens verts fusionnaient avec le blanc... Et tout le monde parlait en même temps. Les autres gamins s'étaient mis à courir de tous les côtés avec des cris de joie, au fur et à mesure que le brouillard s'ouvrait et qu'ils entrapercevaient le ciel rose sombre. Coyote eut un rire rauque.

— On dirait des veaux qu'on sort de l'étable au printemps. Regarde-les trébucher... Pauvres petites choses adorables... Oh, Roko, ils ne peuvent pas continuer à vivre comme ça !

Et il relevait les enfants qui roulaient dans le sable pour les remettre sur pied.

Nirgal essaya de sauter, rien que pour voir. Il se dit qu'il aurait aussi bien pu s'envoler, sans ses lourdes bottes. Un long monticule sinuait à partir de la falaise de glace, à hauteur d'épaule. Jackie en suivait la crête et il se précipita pour la rejoindre, vacillant sur la rocaille. Quand il se retrouva sur l'arête, il reprit sa course et il eut le sentiment de voler, de pouvoir courir ainsi à jamais.

Il était à côté de Jackie. Ensemble, ils se retournèrent vers la falaise de glace et crièrent leur joie et leur peur vers le lointain plafond du brouillard. Un puits de clarté matinale s'ouvrit alors, comme si de l'eau fondait. Ils durent se détourner, les yeux emplis de larmes. Nirgal entrevit son ombre projetée sur les rochers. Elle était cernée d'une bande d'arc-en-ciel. Il poussa un long cri et Coyote se rua vers eux.

— Qu'est-ce qu'il y a ? Que se passe-t-il ?

Il se tut quand il vit l'ombre de Nirgal.

— Hé, mais c'est magnifique ! C'est ce qu'on appelle une gloire ! Comme le Spectre du Brocken ! Levez les bras, maintenant, et bougez-les comme ça. Comme si vous étiez des oiseaux ! Regardez toutes ces couleurs ! Jésus tout-puissant, est-ce que vous n'êtes pas les plus heureux sur cette planète ?

Nirgal, impulsivement, se rapprocha de Jackie et leurs deux gloires se fondirent l'une dans l'autre pour devenir un unique nimbus diapré qui entourait leur double ombre bleue. Jackie eut un rire ravi et s'éloigna en courant pour essayer la même chose avec Peter.

A peu près un an plus tard, Nirgal et les autres enfants de Zygote savaient comment se débrouiller quand ils avaient affaire à Sax. Il se présentait devant le tableau noir et s'exprimait régulièrement comme une intelligence artificielle, sans la moindre émotion. Ils roulaient tous des yeux et se faisaient des grimaces quand il se lançait dans ses discours sur les pressions partielles du rayonnement infrarouge. Puis, il y en avait toujours un pour saisir une ouverture et démarrer le jeu. Sax était battu d'avance. Par exemple, il disait :

— Dans une thermogenèse sans frissonnement, l'organisme génère de la chaleur en se servant de cycles inefficaces.

Alors une main se levait.

— Mais pourquoi, Sax ?

Ils baissaient tous la tête vers leur lutrin sans se regarder, Sax fronçait les sourcils comme si ça n'était jamais arrivé et disait :

— Parce que ça ne brûle pas autant d'énergie qu'un frissonnement. Les protéines musculaires se contractent, mais au lieu de s'agripper, elles glissent les unes sur les autres, ce qui provoque la chaleur.

Et Jackie de s'exclamer, avec une sincérité telle que les autres s'y laissaient presque prendre :

— Mais comment ?

Sax battait si vite des cils, à présent, qu'ils étaient sur le point d'exploser rien qu'en le regardant.

— Eh bien, les amino-acides des protéines ont brisé leurs liaisons covalentes, ce qui a pour effet de libérer ce que l'on appelle l'énergie de dissociation des liaisons.

— Mais pourquoi ?

Ses battements de cils s'accéléraient encore.

— Eh bien, c'est une simple question de physique. (Il se mettait à tracer un diagramme à grands traits vigoureux.) Les liaisons covalentes se forment lorsque deux orbitales atomiques fusionnent pour former une seule liaison orbitale, occupée par les électrons des deux atomes. En brisant la liaison, on libère de trente à cent kilocalories d'énergie stockée.

— Mais *pourquoi* ? criaient plusieurs d'entre eux à l'unisson.

Ce qui le lançait dans la physique subatomique, domaine où les *pourquoi* et les *parce que* pouvaient s'enchaîner durant une bonne demi-heure sans qu'il réussisse une seule fois à leur dire quelque chose de compréhensible. Finalement, ils sentaient qu'ils approchaient de la fin du jeu.

— Mais pourquoi ?

Sax en louchait presque.

— Parce que les atomes veulent retrouver un nombre stable d'électrons, et se les partager s'ils le doivent.

— *Mais pourquoi ?*

Il était pris au piège.

— Les liaisons atomiques se font comme ça. Entre autres.

— Mais POURQUOI ?

Il haussait les épaules.

— C'est comme ça que les atomes fonctionnent. C'est comme ça que les choses ont surgi...

— ... *dans le Big Bang !* criaient-ils ensemble.

Ils hurlaient de joie, et Sax plissait le front en réalisant qu'ils lui avaient fait encore une fois le même vieux coup. Avec un soupir, il reprenait là où le jeu avait commencé. Mais à chaque fois les enfants recommençaient, et lui ne semblait plus se rappeler, pour autant que le premier *pourquoi* restait plausible. Même s'il avait en fait conscience de ce qui lui arrivait, il était impuissant à mettre un terme à leur jeu. Son unique défense était de dire, en fronçant les sourcils : « Pourquoi *quoi* ? » Ce qui avait pour effet de ralentir le jeu. Mais Nirgal et Jackie étaient passés maîtres dans l'art de deviner ce qui, dans telle ou telle assertion, méritait un *pourquoi*, et aussi longtemps qu'ils continuaient, Sax semblait avoir le sentiment qu'il devait continuer à répondre, à enchaîner les *parce que* jusqu'au Big Bang. Mais il lui arrivait quelquefois de marmonner : « On ne sait pas. »

Et toute la classe de s'exclamer avec un désespoir moqueur :

— On ne sait pas ? Mais *pourquoi* ?

— Il n'y a pas d'explication, disait Sax d'un air sombre. Pas encore.

Les bons matins avec Sax, c'était comme ça. Et lui et tous les gamins semblaient d'accord : ça valait mieux que les mauvais matins, quand il poursuivait son discours sans être interrompu jusqu'à l'instant où il se détournait du tableau pour découvrir des têtes affalées aux yeux fermés, et protestait : « C'est très important ! »

Un matin, en songeant au froncement de sourcils de Sax, Nirgal s'attarda dans la classe pendant que les autres sortaient, jusqu'à ce qu'ils se retrouvent seuls, Sax et lui.

— Pourquoi ça ne te plaît pas quand tu ne peux pas dire pourquoi ?

Le froncement de sourcils revint. Après un long silence, Sax dit enfin :

— J'essaie de comprendre. Je m'intéresse à toute chose, vois-tu, et de près. D'aussi près que je peux. Je me concentre sur le *ceci* de chaque instant. Et je veux comprendre pourquoi cela arrive comme ça. Je suis curieux. Et je pense que tout arrive pour une certaine raison. Tout. Donc, nous devrions être capables de démêler ces raisons. Et quand nous ne le pouvons pas... Eh bien, ça ne me plaît pas. Ça me vexe. Parfois, il m'arrive d'appeler ça... (Il jeta un regard timide à Nirgal, et Nirgal devina qu'il n'avait jamais avoué cela à personne.)... le Grand Inexplicable.

Et Nirgal vit soudain que c'était le monde blanc. Le monde blanc à l'intérieur du vert, l'opposé du monde vert à l'intérieur du blanc d'Hiroko. De même, leurs sentiments étaient opposés. En regardant depuis la face verte, quand Hiroko était confrontée à une chose mystérieuse, elle l'aimait et cela la rendait heureuse — c'était la *viriditas*, un pouvoir sacré. Mais quand Sax était confronté à un mystère depuis la face blanche, c'était pour lui le Grand Inexplicable, dangereux, affreux. Ce qui l'intéressait, c'était le vrai, alors qu'Hiroko recherchait le réel. A moins que ce ne fût le contraire — car ces mots étaient piégés. Mieux valait dire qu'elle aimait le monde vert, et lui le blanc.

Quand Nirgal lui rapporta ses réflexions, Michel s'exclama :

— Mais oui ! C'est très bien, Nirgal. Tu fais preuve de clairvoyance. Dans la terminologie des archétypes, nous nommons vert et blanc le mystique et le scientifique. Deux personnages extrêmement forts, comme tu peux le constater. Mais ce dont nous avons besoin, si tu me poses la question, c'est d'une combinaison des deux, que nous nommons l'*alchimiste*.

Le vert et le blanc.

Chaque après-midi, les enfants étaient libres dans leurs activités, et il leur arrivait parfois de rester avec leur professeur du jour mais, la plupart du temps, ils jouaient dans le village, couraient sur la plage. Le village était niché dans un essaim de collines basses, entre le lac et l'entrée du tunnel. Ils escaladaient les escaliers en spirale des grandes maisons de bambou, et jouaient à cache-cache dans les pièces en étage et les passerelles suspendues. Les dortoirs de bambou formaient un croissant qui cernait une grande partie du village. Les cannes étaient hautes de cinq ou sept segments, chacun abritant une chambre dont les dimensions se réduisaient avec la hauteur. Les enfants avaient chacun leur chambre dans les hauteurs — des cylindres verticaux dans lesquels on avait aménagé des fenêtres, de trois ou quatre mètres de large, pareils aux tourelles des châteaux que l'on décrivait dans les histoires. Les adultes habitaient plus bas, dans les segments médians, la plupart seuls, mais quelquefois en couple. Et les salles de séjour se trouvaient tout en bas. En se penchant par la fenêtre, ils découvraient les toits du village, agglomérés dans le cercle de collines, de bambous et de serres comme les moules dans les hauts-fonds du lac.

Sous le dôme, il faisait froid sans discontinuer, mais la lumière changeait perpétuellement. En été, le dôme était toujours blanc-bleu, et des plumets d'air plus clair marquaient les puits de lumière. En hiver, il était sombre, balisé de rampes lumineuses : il ressemblait à l'intérieur de la coque d'une moule. Mais au printemps et en automne, la lumière déclinait dans l'après-midi jusqu'à évoquer un crépuscule gris et fantomatique, et les couleurs se transformaient en une gamme de gris innombrables, et les feuillages des bambous et les aiguilles des pins étaient comme autant de touches de pinceau sur le blanc affadi de l'estampe du dôme. Alors, les serres brillaient comme des maisons de fées sur les collines, et les enfants revenaient en piaillant et en se battant comme des mouettes pour se précipiter vers les bains. Là, dans la grande bâtisse qui jouxtait la cuisine, ils se déshabillaient en hâte et se plongeaient dans la vapeur du grand bassin, glissant sur les dalles du fond jusqu'à ce que la chaleur leur monte à la tête, tandis qu'ils aspergeaient les anciens, avec leurs vieilles faces de tortues et leurs corps ratatinés.

Ils restaient là une heure, avant de se rhabiller et de se regrouper dans la cuisine, les joues roses et encore moites. Ils faisaient la queue pour remplir leurs assiettes, puis ils allaient s'installer devant les longues tables, au milieu des adultes. A Zygote, on comptait cent vingt-quatre résidents permanents, mais il y avait toujours environ deux cents personnes, quel que soit le moment. Quand ils étaient tous assis, ils prenaient les grandes carafes pour se servir de l'eau et attaquaient les plats chauds : des pommes de terre sautées, des tortillas, des pâtes, du pain, du taboulé, cent sortes de légumes et, quelquefois, du poulet ou du poisson. Après le repas, les adultes parlaient de leurs récoltes ou de leurs Rickovers, dont ils étaient toujours fiers, ou bien de la Terre — pendant que les gamins débarrassaient les tables avant de faire de la musique, de jouer, et de commencer le très lent processus conduisant au sommeil.

Un soir, peu avant le dîner, un groupe de vingt-deux personnes arriva du bord de la calotte polaire. Leur petit dôme avait perdu son écosystème à cause de ce qu'Hiroko appelait un « déséquilibre complexe en spirale », et ils étaient tombés à court de réserves. Ils avaient besoin d'un refuge.

Hiroko les installa dans trois des nouvelles maisons de bambou récemment arrivées à maturité. Ils grimpèrent les escaliers en spirale taillés dans les épaisses cannes, avec des exclamations admiratives devant les découpes des portes et des fenêtres. Hiroko les assigna à la finition des dernières chambres et à la construction d'une autre serre, à la lisière du village. Il était clair pour tous que Zygote ne produisait plus autant d'aliments qu'ils en avaient besoin désormais. Les enfants mangeaient avec modération, imitant les adultes.

— On aurait dû appeler ce village Gamète, déclara Coyote avec un rire âpre quand il revint.

Elle balaya d'un geste sa critique. Mais elle se faisait sans doute du souci, ce qui expliquait son attitude plus lointaine. Elle travaillait toute la journée dans les serres et, souvent, elle ne donnait plus ses cours. Et même alors, les enfants passaient leur temps à la suivre partout, à travailler avec elle, à récolter, à retourner le compost ou à faucher.

Un après-midi, alors qu'ils suivaient la plage, Dao lança :

— Elle se *fiche* de nous ! (Il avait pris un ton coléreux en s'adressant à Nirgal.) Elle n'est pas vraiment notre mère.

Il les entraîna vers les labos en empruntant le tunnel sous la colline de la serre. Il montra un cercle de gros réservoirs en magnésium qui ressemblaient à des réfrigérateurs.

— Nos mères, les voilà. C'est là-dedans que nous avons poussé. Kasei me l'a dit, j'ai demandé à Hiroko, et c'est vrai. On est des ectogènes. On n'est pas nés, on a été *décantés*. (Il promena un regard triomphant sur son petit groupe figé dans une fascination apeurée, puis cogna Nirgal en pleine poitrine, l'envoyant de l'autre côté du labo, avant de repartir en jurant.) Nous n'avons pas de parents !

Les nouveaux visiteurs, maintenant, constituaient un fardeau. Mais pourtant, à leur arrivée, tout le monde était excité, et nombreux étaient ceux qui passaient une nuit blanche après la première soirée, à bavarder et à glaner tous les échos des autres refuges. Dans la région du pôle Sud, ceux-ci constituaient un véritable réseau : Nirgal, dans son lutrin, avait une carte marquée de trente-quatre points rouges. Nadia et Hiroko supposaient qu'il y en avait plus encore, dans d'autres réseaux, plus au nord, ou encore totalement isolés. Mais on ne pouvait en être certain, puisque le silence radio régnait. Les nouvelles des autres étaient ce qui importait le plus — le cadeau le plus précieux que pouvaient leur faire les visiteurs, même s'ils arrivaient chargés d'autres cadeaux, ce qui était souvent le cas, distribuant ce qu'ils avaient réussi à produire et qui pouvait être utile à leurs hôtes du moment.

Nirgal n'en finissait pas d'écouter durant ces longues nuits animées, assis entre les tables, ou bien rôdant un peu partout en remplissant les tasses de thé. Il sentait avec acuité qu'il ne comprenait rien aux règles du monde. Il n'avait aucune explication au comportement de ces gens. Bien sûr, il saisissait le fait essentiel : il existait deux camps lancés dans un combat pour avoir le contrôle de Mars — et Zygote était le village leader du camp qui avait raison — et l'aréophanie finirait par triompher. Mais il éprouvait un sentiment terrible à l'idée d'être inclus dans cette lutte, d'être un élément crucial de l'histoire. Quand il se couchait, souvent, il ne trouvait pas le sommeil. Jusqu'à l'aube, des visions lui traversaient l'esprit à l'idée qu'il allait avoir un rôle à jouer dans ce vaste drame, ce qui stupéfiait Jackie et tous les autres.

Quelquefois, dans son désir d'en savoir plus, il épiait, il écoutait. Il avait trouvé un truc : il s'allongeait sur un sofa, dans un coin, en regardant un lutrin, l'air dolent, ou bien il faisait semblant de lire. La plupart du temps, les gens oubliaient qu'il pouvait les entendre et parfois ils parlaient même des enfants de Zygote — surtout quand il guettait furtivement dans le couloir.

— Est-ce que vous avez remarqué qu'ils sont gauchers pour la plupart ?

— Hiroko leur a pincé les gènes, j'en suis sûr.

— Elle prétend que non.

— Ils sont presque déjà tous aussi grands que moi.

— C'est l'effet de la gravité. Tu n'as qu'à regarder Peter et les autres nisei. Ils sont nés dans des conditions naturelles et pour la plupart ils sont grands. Mais le fait que les enfants soient gauchers ne peut avoir qu'une explication génétique.

— Elle m'a dit une fois qu'une simple insertion transgénique augmenterait la taille du corps calleux. Elle a peut-être bidouillé là-dedans et la tendance gaucher pourrait en être un effet secondaire.

— Je croyais que le fait d'être gaucher était dû à des lésions cérébrales.

— On ne l'a jamais su. Je pense que même Hiroko n'a pas de réponse.

— Je n'arrive pas à croire qu'elle pourrait bricoler les chromosomes pour accélérer le développement du cerveau.

— Ce sont des ectogènes, ne l'oublions pas — d'où accès plus facile.

— Ils ont une tendance à la porosité osseuse marquée, j'ai entendu dire.

— Exact. Sur Terre, ce serait un handicap. Mais ici, ça peut aider.

— Encore la gravité. Pour nous, c'est un inconvénient.

— Ça, tu peux m'en parler : je me suis cassé l'avant-bras au tennis rien qu'en levant ma raquette.

— Des oiseaux humains géants et gauchers, voilà ce qu'on élève ici. Si vous me posez la question, je vous dirai que c'est bizarre. Quand on les voit courir dans les dunes, on s'attend toujours à ce qu'ils décollent pour se mettre à voler.

Cette nuit-là, Nirgal eut encore beaucoup de mal à s'endormir. Ectogènes, transgénique... tout ça était tellement étrange. Le blanc et le vert avec leur double hélice... Durant des heures, il se retourna dans son lit en se demandant quelle était la raison du malaise qui s'insinuait en lui, et *pourquoi* il se sentait ainsi.

Finalement, épuisé, il sombra dans le sommeil. Et il eut un rêve. Auparavant, il avait toujours rêvé de Zygote, mais, cette fois, il rêva qu'il volait dans les airs, au-dessus de la surface de Mars. De vastes canyons rouges sillonnaient le sol et des volcans se dressaient à proximité, à la hauteur inimaginable où il évoluait. Mais quelque chose était lancé à sa poursuite, une chose plus grande et plus rapide que lui, qui s'élevait depuis le soleil dans un énorme froissement d'ailes, les serres tendues vers lui. Il tendit les mains et des éclairs jaillirent de ses doigts. La chose bascula. Elle montait pour attaquer une seconde fois, quand il se réveilla soudain, les doigts tremblants et le cœur battant comme une machine à vagues : *Cla-poum ! Cla-poum ! Cla-poum !*

Le lendemain après-midi, ils s'aperçurent que la machine faisait *trop de vagues*, comme le dit Jackie. Ils jouaient sur la plage, heureux des déferlantes, à l'instant où une vague plus grosse encore brisa le filigrane de la glace, renversa Nirgal sur les genoux et l'aspira en se retirant avec une force irrésistible. Il se débattit en cherchant à retrouver son souffle dans l'eau terriblement glacée, mais il n'y parvint pas, tomba vers le fond avant d'être brutalement roulé jusqu'à la grève par une autre lame.

Jackie l'attrapa par un bras et par les cheveux et le traîna derrière elle. Dao les aida à se relever en criant :

— Ça va ? Ça va ?

S'ils se mouillaient, la règle voulait qu'ils courent à toute allure jusqu'au village à travers les dunes. Aussi Nirgal et Jackie s'élancèrent-ils en même temps, suivis à quelque distance par tous les autres. Le vent les mordait jusqu'aux os. Ils se précipitèrent jusqu'aux bains, passèrent les portes en trombe et se déshabillèrent, les mains tremblantes, aidés par Nadia, Sax, Michel et Rya, qui se trouvaient là.

Tandis qu'on les poussait dans le bassin, Nirgal se rappela son rêve et dit :

— Attendez ! Attendez !

Les autres s'arrêtèrent, déconcertés. Il ferma les yeux et retint son souffle. Il saisit le bras tout froid de Jackie et se revit comme dans le rêve, nageant dans l'étendue du ciel. La chaleur au bout de ses doigts. Le monde blanc dans le vert.

Il chercha ce point, au milieu de lui, qui était toujours tiède, même en cet instant où tout son corps était froid. Aussi longtemps qu'il serait en vie, le point serait là. Il le trouva et, souffle après souffle, il le fit remonter dans sa chair. C'était dur, mais ça marchait, il le sentait : la chaleur se répandait dans ses côtes comme du feu, descendait le long de ses bras, de ses jambes, gagnait ses mains et ses pieds. Sa main gauche serrait le bras de Jackie, dont il observa le corps nu — elle avait la chair de poule —, et il se concentra afin de lui envoyer sa chaleur. A présent, il frissonnait, mais plus à cause du froid.

— Tu es tout chaud ! s'exclama Jackie.

— Je le sens, lui dit-il.

Quelques instants encore, elle s'abandonna à lui. Puis, avec une expression effrayée, elle recula et entra dans le bain. Nirgal, lui, resta au bord jusqu'à ce que les frissons disparaissent.

— Waouh ! fit Nadia. Une espèce de combustion métabolique. J'en ai entendu parler, mais je ne l'avais jamais vu de mes yeux.

— Tu sais comment tu fais ça ? demanda Sax à Nirgal.

Ils le fixaient tous avec une expression curieuse, mais il ne voulait pas affronter leurs regards.

Il secoua la tête. Soudain épuisé, il restait là, immobile au bord du bassin, les pieds plongés dans l'eau qui lui semblait en flammes. Poisson dans l'eau, qui se libère, qui saute dans les airs, ce feu à l'intérieur, le blanc dans le vert, l'alchimie, le vol avec les aigles... et les éclairs qui jaillissaient de ses doigts !

Les gens le regardaient. Même les Zygotes lui lançaient des coups d'œil en biais, quand il riait ou disait quelque chose d'inhabituel, quand ils croyaient qu'il ne les voyait pas. Il était plus facile de les ignorer. Mais ça devenait plus difficile avec les visiteurs occasionnels, qui se montraient plus directs.

— Oh, c'est toi, Nirgal, lui dit une femme aux cheveux roux coupés court. J'ai entendu dire que tu étais très brillant.

Nirgal, qui ne cessait de se heurter aux limites de sa compréhension, se sentit rougir et secoua la tête tandis que la femme l'observait calmement. Elle parut confortée dans son jugement et lui tendit la main :

— Je suis très heureuse de te rencontrer, Nirgal.

Un matin, alors que Maya était leur professeur et qu'ils n'étaient que cinq, Jackie apporta un vieux lutrin. Sans se soucier du regard noir de Maya, elle le montra aux autres.

— C'est l'intelligence artificielle de mon grand-père. C'est Kasei qui me l'a donnée. Elle contient beaucoup de choses que mon grand-père disait.

Kasei allait quitter Zygote pour un autre refuge. Mais pas celui où Esther vivait.

Jackie activa le lutrin.

— Pauline, repasse-moi une de ces choses que mon grand-père disait.

— On y va, dit une voix d'homme.

— Non, quelque chose d'autre. Ce qu'il disait à propos de la colonie cachée.

La voix d'homme dit alors :

— La colonie cachée doit encore avoir des contacts avec les établissements de surface. Il y a trop de choses qu'on ne peut pas fabriquer dans la clandestinité. Les barres nucléaires, par exemple, à mon avis. On les contrôle parfaitement bien, et les dossiers devraient révéler les points précis où elles ont disparu.

La voix se tut. Maya ordonna à Jackie d'éteindre son lutrin, de le mettre de côté, et se lança dans un autre cours d'histoire sur le XIXe siècle. Ses phrases en russe étaient tellement brèves et sèches que sa voix en vibrait. Puis elle passa à l'algèbre.

— Vous recevez une éducation affreuse, déclara-t-elle en secouant la tête d'un air sombre. Mais si vous suivez bien en maths, vous pourrez sans doute vous rattraper plus tard.

Elle les fusilla tous du regard et demanda la réponse à la question qu'elle leur avait posée.

Nirgal l'observait. Il se souvenait de la Méchante Sorcière qu'elle avait été. Comme ça devait être bizarre pour elle d'être si dure à certains moments, et tellement adorable à d'autres. La plupart des autres gens de Zygote, il pouvait les regarder en face et imaginer très bien être comme eux. Il lisait sur tous les visages, tout comme il savait voir la seconde couleur à l'intérieur de la première. Il avait ce genre de don, comme son sens hyper-affiné de la température. Mais il ne pouvait comprendre Maya.

Durant l'hiver, ils effectuèrent des forages en surface, en direction du cratère où Nadia construisait un abri et des dunes sombres striées de glace, au-delà. Mais quand la cape de brouillard se dissipait, ils devaient rester sous le dôme, ou dans la galerie. Là, ils ne pouvaient être aperçus du ciel. Nul ne savait avec certitude si la police les surveillait encore depuis l'espace, mais il valait mieux rester prudent. C'était du moins ce que disaient les issei. Peter était souvent absent, et ses voyages l'avaient conduit à croire que la chasse aux colonies cachées avait cessé. Et que, dans tous les cas, elle était vaine.

— Il existe des communautés résistantes qui ne se cachent plus. Et il y a un tel bruit thermique et visuel, et encore plus sur les ondes radio, qu'ils sont incapables d'intercepter les messages que nous pourrions recevoir.

Mais Sax, lui, se contentait de répéter :

— Les programmes de recherche algorithmiques sont très efficaces.

Maya, pour sa part, insistait pour qu'ils restent hors de vue, renforcent leurs défenses électroniques et renvoient toute la chaleur excédentaire loin dans le cœur de la calotte polaire. Sur ce point, Hiroko était d'accord avec elle, et, par conséquent, tous les suivaient.

— Pour nous, c'est différent, rétorqua Maya à Peter, avec une expression d'anxiété.

Un matin, à l'école, Sax leur apprit qu'il existait un mohole à deux cents kilomètres au nord-ouest de Zygote. Le nuage qu'ils apercevaient parfois dans cette direction était son plumet de vapeur — parfois droit et dense, parfois dispersé vers l'est en minces effilochures. Quand Coyote revint, ils lui demandèrent au dîner s'il avait visité le mohole, et il leur dit que oui, et que le puits était maintenant tout près du cœur de Mars, dans la lave incandescente.

— C'est faux, dit Maya d'un ton implacable. Ils n'ont progressé que de dix ou quinze mille mètres. Et ils sont toujours dans la roche dure.

— Dure mais chaude, rectifia Hiroko. Et ils ont atteint les vingt mille, à ce que l'on m'a dit.

— Donc, ils travaillent pour nous, fit Maya. Tu ne crois pas que nous sommes des parasites, dans nos colonies de surface ? Ta *viriditas* n'irait pas loin sans leur ingénierie.

— A terme, la symbiose se fera, répliqua calmement Hiroko.

Elle fixa Maya jusqu'à ce qu'elle se lève et s'éloigne. Hiroko était la seule dans tout Zygote à pouvoir venir à bout de Maya d'un simple regard.

En observant sa mère après ce duel, Nirgal se dit qu'Hiroko était vraiment étrange. Elle lui parlait comme aux autres d'égal à égal, et il était clair pour elle que tous étaient *réellement* ses égaux, mais il n'y avait personne de spécial à ses yeux. Il se rappelait très précisément l'époque où les choses avaient été différentes, lorsque tous deux avaient été les deux parties d'un tout. Désormais, Hiroko lui portait le même intérêt qu'aux autres : impersonnel et distant. Et cela ne changerait pas, quoi qu'il puisse lui advenir, songeait Nirgal. Nadia et même Maya se préoccupaient plus de son sort. Pourtant, Hiroko était la mère de tous. Et Nirgal, comme la plupart des autres enfants de Zygote, continuait à lui rendre visite dans son petit abri de bambou quand il avait besoin de quelque chose qu'il ne pouvait trouver auprès des gens ordinaires — un conseil, une consolation...

Mais, le plus souvent, il la trouvait confinée dans le silence, avec son groupe d'intimes. Et s'il désirait rester, il devait cesser de parler. Quelquefois, cela durait pendant des jours, puis il finissait par abandonner. Ou bien alors, il faisait irruption pendant l'aréophanie, et il était aspiré par les psalmodies extatiques sur Mars, il devenait partie intégrante du petit groupe, là, au cœur du monde, à côté d'Hiroko, qui passait le bras sur ses épaules et le serrait contre elle.

C'était une forme d'amour, après tout, et ça le soulageait. Mais ça n'avait rien à voir avec l'amour d'autrefois, quand ils se promenaient ensemble sur la grève du lac.

Un matin, dans le vestiaire de l'école, il tomba sur Dao et Jackie. Ils sursautèrent en le voyant et, en entrant en classe, il comprit qu'il les avait surpris en train de s'embrasser.

Après la classe, il fit le tour du lac dans les reflets bleutés de l'après-midi d'été. Il observa longtemps la machine à vagues qui montait et redescendait, comme les pincements qu'il ressentait au creux de la poitrine. La douleur se diffusait dans son corps comme les rides à la surface de l'eau. Il n'y pouvait rien, même s'il savait que c'était ridicule, parfaitement ridicule. Tous, ils s'embrassaient souvent depuis quelque temps, surtout au bain, quand ils s'ébattaient, plongeaient, se serraient et se chatouillaient dans le bassin. Les filles s'embrassaient entre elles et disaient qu'elles « s'entraînaient », que ça ne comptait pas, et parfois elles faisaient la même chose avec les garçons. Rachel avait embrassé plusieurs fois Nirgal, de même qu'Emily, Tiu et Nanedi. Et même, une fois, Tiu et Nanedi l'avaient maintenu au sol tout en lui titillant les oreilles pour qu'il ait une érection devant tout le monde. Une autre fois, Jackie l'avait libéré et projeté dans le grand bassin avant de lui mordre l'épaule pendant qu'ils se battaient. C'étaient les souvenirs les plus marquants qu'il conservait de ces centaines de contacts humides qui donnaient autant d'importance aux heures de bain.

Mais quand ils n'étaient pas au bain, comme s'ils tentaient de contenir ces forces volatiles, ils étaient devenus extrêmement formalistes. Garçons et filles s'étaient regroupés en petites bandes qui jouaient séparément. Donc, un baiser dans le vestiaire était quelque chose de nouveau, et de grave. Et l'expression que Nirgal avait surprise sur le visage de Jackie et de Dao était tellement marquée de supériorité, comme s'ils connaissaient quelque chose qu'il ignorait — ce qui était vrai —, c'était une exclusion douloureuse. Plus particulièrement parce qu'il n'était pas aussi ignorant que ça. Il était convaincu qu'ils couchaient ensemble, qu'ils se faisaient jouir. Ils étaient amants. Tout le disait. Et sa Jackie si rieuse n'était plus à lui. En fait, elle ne l'avait jamais été.

Les nuits suivantes, il dormit mal. La chambre de Jackie était dans la canne voisine, et celle de Dao dans la direction opposée, et chaque grincement des passerelles révélait leurs pas furtifs. Parfois, il surprenait la flamme vacillante orangée d'une lampe derrière sa fenêtre. Et, plutôt que de demeurer dans sa chambre de torture, il se mit à veiller tard chaque nuit dans les pièces communes. Là, il lisait ou écoutait les conversations des adultes.

C'est ainsi qu'il apprit la maladie de Simon. Simon était le père de Peter. C'était un homme paisible, qui passait son temps dans des expéditions, en compagnie de la mère de Peter, Ann. Apparemment, il souffrait d'une « leucémie résistante ». Vlad et Ursula s'aperçurent que Nirgal les écoutait, et ils essayèrent de le rassurer, mais il devina qu'ils ne lui disaient pas toute la vérité. En fait, il y avait une note de spéculation étrange dans leur regard. Plus tard, dès qu'il eut regagné sa chambre haut perchée, il se coucha et alluma son lutrin pour chercher « leucémie » et lut : *Maladie potentiellement mortelle, que l'on traite désormais couramment.* Potentiellement mortelle — quel concept abominable. Cette même nuit, il fut agité par des rêves pénibles jusqu'à l'aube grise où s'éveillaient les oiseaux. Les plantes mouraient, se dit-il, les animaux aussi. Mais pas les gens. Pourtant, ils étaient des animaux.

La nuit qui suivit, il demeura avec les adultes, une fois encore. Il éprouvait un sentiment bizarre d'épuisement. Vlad et Ursula étaient assis près de lui. Ils lui dirent que l'on allait traiter Simon par implant de moelle osseuse, et que lui et Nirgal avaient le même type sanguin, très rare. Que Peter et Ann n'avaient pas, non plus que les frères, sœurs, demi-frères ou demi-sœurs de Nirgal. C'était son père qui le lui avait transmis, mais même lui ne le possédait pas exactement. Il n'y avait que Simon et Nirgal à se partager ce type sanguin, dans tous les refuges. La population des refuges se montait à cinq mille personnes, et la fréquence du type sanguin de Simon et Nirgal était de un pour un million. Ils lui demandèrent s'il accepterait de donner un peu de sa moelle épinière.

Hiroko était là et l'observait. Elle se trouvait rarement au village le soir, et il n'eut pas besoin de la regarder pour savoir ce qu'elle pensait.

Ils étaient faits pour donner, lui avait-elle toujours dit, et ce serait le don ultime. Un acte de pure *viriditas*.

— Bien sûr, fit-il, heureux de l'occasion.

L'hôpital était proche des bains et de l'école. Il était plus petit que l'école, avec seulement cinq lits. On y étendit Simon et Nirgal, l'un à côté de l'autre.

Simon lui sourit. Il n'avait pas l'air malade, mais seulement vieux. Tout comme les autres anciens, à vrai dire. Il n'avait que très rarement parlé et là, dans l'instant, il lui dit seulement :

— Merci, Nirgal.

Nirgal hocha la tête. Et, à sa surprise, Simon ajouta :

— Je te suis reconnaissant de faire ça pour moi. L'extraction va te faire souffrir pendant une semaine ou deux, tu sais, profondément. C'est quelque chose, de faire ça pour n'importe qui.

— Pas s'il en a vraiment besoin.

— Oui, mais c'est comme un cadeau que j'essaierai de te retourner, bien sûr.

Vlad et Ursula firent une injection anesthésiante dans le bras de Nirgal.

— Ce n'est pas vraiment nécessaire de pratiquer les deux opérations maintenant, mais nous avons pensé que c'était une bonne idée que vous soyez ensemble. Si vous devenez copains, ça ne pourra qu'aider à la guérison.

Et c'est comme ça qu'ils devinrent copains. Après l'école, Nirgal se rendait à l'hôpital, Simon sortait lentement et, ensemble, ils marchaient dans les dunes jusqu'au bord du lac. Ils regardaient les vagues qui plissaient la surface blanche, puis s'enflaient avant de venir se répandre sur la grève. Simon était le moins disert de tous les gens que Nirgal avait fréquentés. C'était un peu comme dans les moments de silence avec les groupes d'Hiroko, à cette seule différence qu'avec Simon ça n'avait pas de fin. Au début, cela l'avait mis très mal à l'aise. Mais, après quelque temps, il avait découvert que ça lui laissait le temps d'observer les choses : les mouettes qui tournoyaient sous le dôme, les bulles des crabes de sable, les cercles qui marquaient chacune des touffes d'herbe des dunes. Peter était maintenant plus souvent présent à Zygote, et il les accompagnait de temps en temps. Ann, quand elle s'arrêtait à Zygote, au gré de ses perpétuels voyages, venait les retrouver. Peter et Nirgal jouaient à chat perché dans les dunes, tandis que Simon et Ann suivaient la plage, bras dessus, bras dessous.

Mais Simon s'affaiblissait. Et il était difficile de ne pas s'apercevoir que son moral chutait en parallèle. Nirgal n'avait jamais été malade, et la seule idée de maladie le dégoûtait. Ça n'arrivait qu'aux très vieux. Et même alors, ils étaient censés être sauvés par leur traitement gériatrique, qu'ils suivaient tous, pour ne jamais mourir. Seules les plantes mouraient. Et les animaux. Mais les gens étaient des animaux. Qui avaient inventé le traitement. Certaines nuits, tourmenté par le problème, Nirgal lisait sur son lutrin tout ce qu'il avait pu trouver à propos de la leucémie, même si c'était aussi long qu'un livre entier. Le cancer du sang. Les globules blancs proliféraient à partir de la moelle osseuse et envahissaient tout le système circulatoire en s'attaquant aux éléments sains. Pour détruire les leucocytes, Simon était traité par voie chimique et par irradiation. On lui injectait également des pseudovirus chargés de tuer les globules blancs. Et on tentait de remplacer sa moelle malade par celle de Nirgal. Il avait aussi subi trois fois le traitement gériatrique. Nirgal avait tout lu à ce sujet. C'était une question de scanning de désaccouplement génomique : il fallait trouver les chromosomes brisés et les réparer afin que l'erreur de division cellulaire ne se répète pas. Mais il était difficile de pénétrer un os avec le dispositif de cellules autoréparatrices et, apparemment, dans le cas de Simon, de petites poches de cellules cancéreuses étaient restées hors d'atteinte à chaque tentative. Les enfants avaient de meilleures chances de guérison que les adultes, disait l'article sur la leucémie. Mais avec les traitements gériatriques et la transplantation de moelle, Simon allait sûrement se rétablir. Ça n'était qu'une question de temps et de don. A terme, les traitements aboutissaient tous.

— Nous avons besoin d'un bioréacteur, déclara Ursula à Vlad.

Ils étaient en train d'en fabriquer un à partir d'un des réservoirs d'ectogenèse dans lequel ils avaient mis en place des collagènes spongieux d'origine animale qui avaient reçu des cellules de la moelle osseuse de Nirgal. Ils espéraient générer ainsi un système de lymphocytes, de macrophages et de granulocytes. Mais le système circulatoire fonctionnait mal, ou bien était-ce la matrice qui était en cause : ils n'en étaient pas sûrs. Et Nirgal demeurait leur bioréacteur vivant.

A chaque matinée où il était chargé de cours, Sax leur enseignait la chimie du sol, et il les emmenait souvent dans les labos pour travailler sur le terrain. Ils introduisaient des biomasses dans le sable avant de le charger dans des brouettes qu'ils poussaient des serres à la plage. C'était amusant, mais Nirgal n'en profitait guère : tout se passait comme s'il dormait. Il surprenait souvent Simon au bord du lac, s'efforçant à une promenade, et alors il oubliait complètement ce que la classe était venue faire là.

En dépit des traitements, la démarche de Simon était lente et raide. En fait, il se voûtait et l'écart de ses pas se réduisait. Nirgal le rejoignit une fois et s'assit auprès de lui sur la dernière dune avant la plage. Les chevaliers des sables fonçaient vers la grève et remontaient dans un sillage blanc de dentelle d'eau. Simon pointa l'index vers les moutons noirs qui paissaient entre les dunes. Son bras évoquait une canne de bambou. Les moutons aspergeaient l'herbe de leur haleine givrée.

Ce que dit alors Simon, Nirgal ne put le comprendre. Il avait les lèvres roidies, désormais, et il avait grand mal à prononcer certains mots. C'était sans doute pour cela qu'il était encore plus taciturne que d'habitude. Il essaya encore, répéta plusieurs fois les mêmes phrases, mais, malgré ses efforts, Nirgal ne parvenait pas à le comprendre. Finalement, Simon abandonna, haussa les épaules, et ils se regardèrent, muets et impuissants.

Quand Nirgal jouait avec les autres, ils l'acceptaient mais gardaient leurs distances, et il évoluait dans une espèce de cercle. Sax lui reprocha sans sévérité ses moments d'absence.

— Il faut que tu te concentres sur l'instant, lui dit-il.

Et il l'obligea à réciter toutes les boucles du cycle de l'azote, ou encore à plonger les mains loin dans la terre noire sur laquelle ils travaillaient, à la malaxer pour briser les longues chaînes diatomiques, les algues, les lichens et toutes les microbactéries qu'ils avaient semés afin de les répandre sur les amas de grès oxydé.

— Il faut une distribution aussi régulière que possible. Fais attention. C'est surtout ça qui compte. L'identité est une qualité importante. Observe les structures sur l'écran du microscope. Celle-là, qui est très claire, comme un grain de riz, est un chimilithothrophe : *Thiobacillus denitrificans.* Et là, nous avons un bon morceau de sulfure. Que se produira-t-il quand le premier mangera le second ?

— Le soufre sera oxydé.

— Et ?...

— Et dénitrifié.

— Ce qui veut dire ?...

— Que les nitrates seront transformés en azote. Et qu'ils quitteront le sol pour l'atmosphère.

— Excellent ! Voilà un microbe utile.

Ainsi, Sax l'obligeait à prêter attention au moment présent, mais le prix était lourd : Nirgal se retrouvait épuisé à midi quand l'école était finie, et il était bien difficile de faire quoi que ce soit durant l'après-midi. Et puis, on lui demanda de fournir encore un peu plus de moelle à Simon, qui était alité à l'hôpital, muet, gêné, avec un regard d'excuse quand Nirgal arrivait. Et Nirgal luttait pour garder le sourire, pour poser les doigts sur l'avant-bras de bambou de Simon.

— Tout ira bien, lui disait-il avec une conviction joyeuse avant de s'allonger.

Mais chez Simon, quelque chose se passait mal. Il était trop faible, ou trop paresseux, ou alors il avait envie de mourir. Nirgal ne trouvait aucune autre explication. On plantait l'aiguille dans le bras de Nirgal et il s'engourdissait. Ensuite, il recevait les intraveineuses dans sa main, et sa main aussi devenait de bois. Il se laissait aller en arrière, devenait une simple partie du mobilier de la chambre, s'efforçant même d'être encore plus engourdi, insensible. Mais une part de lui sentait la longue aiguille qui pompait la moelle dans son humérus. Il n'éprouvait aucune douleur, aucune sensation réelle, simplement une pression dans l'os. Après, la pression se relâchait et il savait alors que l'aiguille avait pénétré dans la partie tendre : le canal médullaire.

Mais, cette fois, le processus ne fut d'aucun secours. Simon n'aidait en rien : il demeurait en permanence à l'hôpital. Nirgal lui rendait visite de temps en temps et ils jouaient à des jeux météo sur l'écran de Simon, tapant sur les boutons qui lançaient les dés, s'exclamant ensemble quand un double 1 ou un 12 les surprenait dans tel ou tel quadrant de Mars avec un changement brutal de climat. Au début, Simon riait tout doucement. Désormais, il se contentait de sourire.

Le bras de Nirgal le faisait souffrir, et il dormait mal. Il s'agitait et se réveillait souvent, baigné de sueur, effrayé sans raison. Et puis, une nuit, Hiroko le réveilla et le conduisit à l'hôpital. A peine conscient, il s'appuyait contre elle. Elle était aussi impassible qu'à l'accoutumée, mais elle lui serrait les épaules avec une force qu'il ne lui connaissait pas. Quand ils passèrent devant Ann, assise dans la salle d'attente, Nirgal se demanda, en voyant ses épaules voûtées, pourquoi Hiroko se trouvait là en pleine nuit, et ce fut la crainte qui l'éveilla réellement.

La chambre était trop illuminée et les angles étaient cruellement accentués comme si chaque meuble était sur le point d'éclater. Simon avait la peau blême et cireuse. Sa tête reposait au creux de l'oreiller. Il paraissait être vieux de mille ans.

Pourtant, il tourna la tête et vit Nirgal. Ses yeux creusés et sombres cherchèrent les siens avec avidité, comme s'il essayait de se frayer un chemin mental jusqu'à ses pensées. De sauter en lui. Nirgal frissonna et soutint son regard. Et il pensa : Ça ira. Viens, saute en moi. Fais-le, si tu en as envie. Fais-le.

Mais il n'y avait aucun moyen de franchir ce vide entre eux. Ils en avaient tous deux conscience. Et leur tension se relâcha. Un sourire passa sur le visage de Simon, il leva la main dans un effort intense et prit les doigts de Nirgal. Maintenant, ses yeux semblaient osciller et son expression était différente, comme s'il cherchait des mots qui pourraient aider Nirgal dans les années à venir, qui lui permettraient de triompher de tout ce que lui, Simon, avait appris.

Mais cela aussi était impossible. Et une deuxième fois, ils le comprirent l'un et l'autre. Simon devait laisser Nirgal à son destin, quel qu'il soit. Il n'avait aucun moyen de l'aider.

— Sois bon, souffla-t-il enfin, et Hiroko raccompagna Nirgal hors de la chambre.

Elle le reconduisit dans le noir, et ensuite il sombra dans un sommeil profond. Simon mourut durant la nuit.

C'était le premier décès à Zygote, le premier pour tous les enfants. Mais les adultes savaient ce qu'il fallait faire. Ils se réunirent dans une serre, au milieu des plantations, et formèrent un cercle autour de la longue boîte où l'on avait mis le corps de Simon. On fit circuler une fiole de liqueur de riz et chacun remplit la coupe de son voisin. Ils burent tous ensemble, et les anciens firent le tour de la longue boîte en se tenant par la main avant de s'asseoir autour d'Ann et Peter. Maya et Nadia prirent place à côté d'Ann et lui entourèrent les épaules de leurs bras. Ann semblait abasourdie, et Peter au tréfonds du chagrin. Jurgen et Maya évoquèrent alors diverses anecdotes à propos du légendaire caractère taciturne de Simon.

— Une fois, dit Maya, alors que nous étions dans un patrouilleur, un réservoir d'oxygène a explosé et percé un trou dans le toit de la cabine. Nous étions tous en train de courir dans tous les sens en hurlant. Simon, lui, était sorti. Il a ramassé un caillou qui correspondait exactement au diamètre du trou, il est remonté et il a obturé la fuite. Plus tard, on a continué à bavarder à tort et à travers comme des fous, tout en essayant de fabriquer un vrai bouchon, et c'est alors seulement qu'on a réalisé que Simon n'avait toujours pas dit *un mot*. Alors, on s'est tous arrêtés en même temps, on l'a regardé, et il a dit : « C'était moins une, hein ? »

Ils rirent. Vlad ajouta :

— Vous vous rappelez ces prix bidons qu'on a décernés à Underhill ? Simon avait reçu celui de la meilleure vidéo. Alors, il est monté sur le podium et il a dit : « Merci. » Puis, au moment de retourner à sa place, il a rebroussé chemin, il a repris le micro et il a ajouté : « Merci *infiniment* ! »

Même Ann faillit rire à ce souvenir. Puis elle se leva et les précéda au-dehors. Les anciens portèrent la boîte jusqu'à la plage, et tous les autres suivirent. Il se mit à neiger quand ils sortirent son corps pour l'ensevelir dans le sable, juste à la limite des plus hautes vagues. Ils pyrogravèrent le nom de Simon sur le couvercle de la boîte avec le fer à souder de Nadia, avant de le planter dans la première dune. Désormais, Simon ferait partie intégrante du cycle du carbone, il nourrirait les bactéries, les crabes, les mouettes et les chevaliers des sables, et irait lentement se fondre dans la biomasse qui s'étendait sous le dôme. C'était ainsi qu'ils avaient décidé d'inhumer leurs morts. Une chose était certaine : c'était réconfortant d'être ainsi essaimé dans le monde, dispersé. De terminer en un tout...

Ils retournèrent lentement au village, en soufflant dans leurs mains, échangeant quelques propos à voix basse. Nirgal, complètement perdu, marchait entre Vlad et Ursula, dans le vague espoir de quelque réconfort. Ursula était triste et Vlad faisait ce qu'il pouvait pour la réconforter.

— Il a vécu plus de cent ans, lui dit-il. On ne peut pas dire que sa mort ait été prématurée, parce que ce serait un défi à l'égard de ces malheureux qui meurent encore à cinquante ans, à vingt ans ou moins...

— C'était pourtant prématuré, insista Ursula. Avec le traitement, qui peut savoir ?... Il aurait peut-être pu vivre encore mille ans.

— Ça, je n'en suis pas certain. J'ai l'impression que les traitements, en fait, n'affectent pas toutes les parties de notre corps. Et avec toutes les radiations que nous avons encaissées, il se pourrait bien que nous ayons plus de problèmes que nous le pensions.

— Peut-être. Mais si nous avions été à Acheron, avec toute l'équipe, avec un bioréacteur et tout le dispositif, je parie qu'on aurait pu le sauver. Et qui peut dire combien d'années il aurait pu vivre encore ? Moi, j'appelle ça une mort prématurée.

Ann s'éloigna pour rester seule.

Cette nuit-là, Nirgal ne réussit pas du tout à trouver le sommeil. Il ressentait toutes les transfusions qu'il avait subies, dans le moindre détail, et il imaginait qu'il avait pu y avoir un effet de retour dans le système. Donc, il avait été infecté. Ou tout simplement contaminé par le seul contact de sa main ?... Ou bien avait-il suffi du regard de Simon ? Et comme ça, Nirgal avait attrapé sa maladie, personne ne pourrait le guérir et il mourrait. Il deviendrait muet, raide, et il s'en irait. Comme Simon. C'était ça, la mort. Son cœur battait très fort et il transpirait. Il se mit à pleurer. Il avait peur mais il était impossible d'éviter la mort. C'était horrible. Horrible que le cycle se referme comme ça, qu'ils vivent une fois seulement pour mourir à jamais. Alors à quoi bon vivre ? Tout ça était trop étrange, trop affreux. Et il passa la nuit à trembler dans son lit, son esprit changé en cyclone face à la frayeur de la mort.

Après, ce fut terriblement difficile pour lui de se concentrer. Il se sentait à l'écart des choses, comme s'il avait glissé dans le monde blanc et qu'il lui soit désormais impossible de toucher le monde vert.

Hiroko prit conscience de son problème et lui suggéra d'accompagner Coyote lors de son prochain tour à l'extérieur. Cette idée dérangeait Nirgal, qui n'avait jamais fait plus de quelques pas hors de Zygote. Mais Hiroko insista. Il avait sept ans et il deviendrait bientôt un homme. Il était temps qu'il découvre un peu la surface du monde.

Coyote arriva quelques semaines après, et quand il repartit, Nirgal était avec lui, assis dans le siège de copilote du patrouilleur-rocher, écarquillant les yeux sous le pare-brise pour apercevoir l'arche pourpre du ciel vespéral. Coyote orienta le patrouilleur afin qu'il ait une meilleure vue de la muraille rose de la calotte polaire qui se dressait sur l'horizon comme l'orbe d'une lune énorme s'apprêtant à se lever.

— Difficile de croire qu'une masse aussi immense puisse fondre, dit Nirgal.

— Ça prendra du temps.

Ils roulaient vers le nord à vitesse régulière. Le patrouilleur-rocher naviguait furtivement : le pare-chocs avant était équipé d'un appareil anti-traces qui lisait les variations du terrain et transmettait les informations au pare-chocs arrière. Là, les scrapers-shapers effaçaient les traces des roues, renvoyant le sable et la rocaille à leur forme initiale.

Longtemps, ils roulèrent en silence, quoique le silence de Coyote n'eût rien à voir avec celui de Simon. Il chantonnait, il murmurait, il parlait parfois d'un ton doux et musical à son IA dans une langue incompréhensible qui ressemblait pourtant à de l'anglais. Nirgal essayait de se concentrer sur la vue limitée qu'il avait du paysage : il se sentait timide et maladroit. La région qui s'étendait autour de la calotte polaire sud était constituée d'une série de terrasses plates, et ils passaient de l'une à l'autre en suivant un itinéraire qui semblait programmé. Bientôt, la calotte parut plantée sur une sorte de piédestal géant. Nirgal était impressionné par la dimension des choses, mais soulagé aussi qu'elles ne l'écrasent pas, comme lors de leur première sortie. Cela remontait à un certain temps, mais il se souvenait parfaitement de son vertige et de sa surprise.

Non, ici, c'était différent.

— Ça ne me semble pas aussi grand que ce que j'attendais, dit-il enfin. Je crois que c'est dû à la courbure de l'horizon. Après tout, c'est une petite planète. (C'était ce que disait son lutrin, en tout cas.) L'horizon n'est pas plus éloigné que Zygote d'un bord à l'autre !

Coyote lui décocha un regard irrité.

— C'est qui, ton père, gamin ?

— Je ne sais pas. Ma mère, c'est Hiroko.

Coyote eut une sorte de rictus.

— Tu veux que je te dise ? Hiroko fait un peu trop fort dans la matriarchie.

— Vous lui avez dit ?

— Bien sûr, mais Hiroko ne m'écoute que lorsque je dis des choses qu'elle a envie d'entendre. (Il ricana.) Comme avec tout le monde, non ?...

Nirgal acquiesça et sourit malgré lui.

— Tu veux essayer de savoir qui est ton père ?

— Bien sûr.

En fait, il n'en était pas aussi sûr que ça. Le concept de père n'avait que peu de sens pour lui. Et il avait peur que ce soit Simon. Car Peter, après tout, était comme un frère aîné, pour lui.

— On a l'équipement qu'il faut pour ça, à Vishniac. On pourra toujours essayer, si tu veux. (Coyote secoua la tête.) Hiroko est tellement étrange. Quand je l'ai rencontrée, personne n'aurait pu croire qu'on en arriverait là. Bien sûr, nous étions jeunes en ce temps-là — presque aussi jeunes que toi, même si tu as du mal à le croire.

Ce qui était vrai.

— Quand on s'est connus, elle était encore une jeune étudiante en ingénierie écologique, intelligente et sexy comme une chatte. Pas question à l'époque de ces histoires de déesse-mère du monde et tout le trafic... Mais elle s'est mise à lire des tas de bouquins qui n'avaient rien à voir avec ses manuels techniques. Et après quelques années, quand elle a débarqué sur Mars, elle était dingue. En fait, elle était dingue avant. Heureusement pour moi, parce que c'est pour ça que je suis ici. Mais Hiroko... Oh, bon sang !... Elle avait fini par se convaincre que toute l'histoire de l'humanité avait été loupée depuis le début. A l'aube de la civilisation, et elle me disait ça très sérieusement, il y avait Sumer et la Crète. La Crète vivait selon une culture de commerce pacifique, dirigée par des femmes belles et artistes — c'était une utopie, en fait, où les hommes étaient des acrobates qui passaient leur temps à sauter les taureaux toute la journée, les femmes toute la nuit. Les femmes étaient enceintes et ils les adoraient, et tout le monde était heureux. Sauf les taureaux. Alors qu'à Sumer, c'était le règne des hommes, qui avaient inventé la guerre, conquis tout ce qui était à leur portée et commencé à bâtir tous les empires esclavagistes que nous avons connus depuis. A en croire Hiroko, nul ne peut savoir ce qui aurait pu advenir si ces deux civilisations avaient dû s'affronter pour gouverner le monde. Un volcan a anéanti la Crète, le pouvoir est passé entièrement aux mains des Sumériens, qui ne l'ont plus jamais lâché. Hiroko m'a toujours répété que si le volcan était entré en éruption à Sumer, tout aurait été différent. C'est peut-être vrai, d'ailleurs. Parce que l'histoire ne peut pas être plus noire qu'elle l'a été.

Cette interprétation surprit Nirgal, qui dit :

— Mais aujourd'hui, nous recommençons tout.

— C'est juste, mon garçon ! Nous sommes les primitifs d'une civilisation inconnue. Nous vivons dans notre petite matriarchie techno-minoenne. Eh oui ! Moi, remarque, je trouve ça plutôt bien. Il me semble que le pouvoir que nos femmes ont acquis n'avait en fait rien de passionnant. Le pouvoir, c'est la moitié d'un joug. Vous ne l'avez pas compris, après tous ces cours ? Le maître et l'esclave partagent le même joug. L'anarchie est la seule véritable liberté. En tout cas, quoi que fassent les femmes, il semble que ça leur retombe dessus. Si elles sont les femelles de l'homme, elles travaillent jusqu'à tomber mortes. Mais si elles sont nos reines et nos déesses, alors elles travaillent plus dur encore, parce qu'elles doivent faire le travail des vaches mais aussi la paperasse ! Impossible. Tu devrais être heureux d'être un homme. Aussi libre que le ciel !

C'était une façon particulière de considérer les choses, se dit Nirgal. Mais c'était une manière de penser à la beauté de Jackie, au pouvoir immense qu'elle avait sur son esprit. Aussi se rencogna-t-il dans son siège pour contempler les étoiles blanches dans le ciel. Et il pensa : Libre comme le ciel ! Libre comme le ciel !

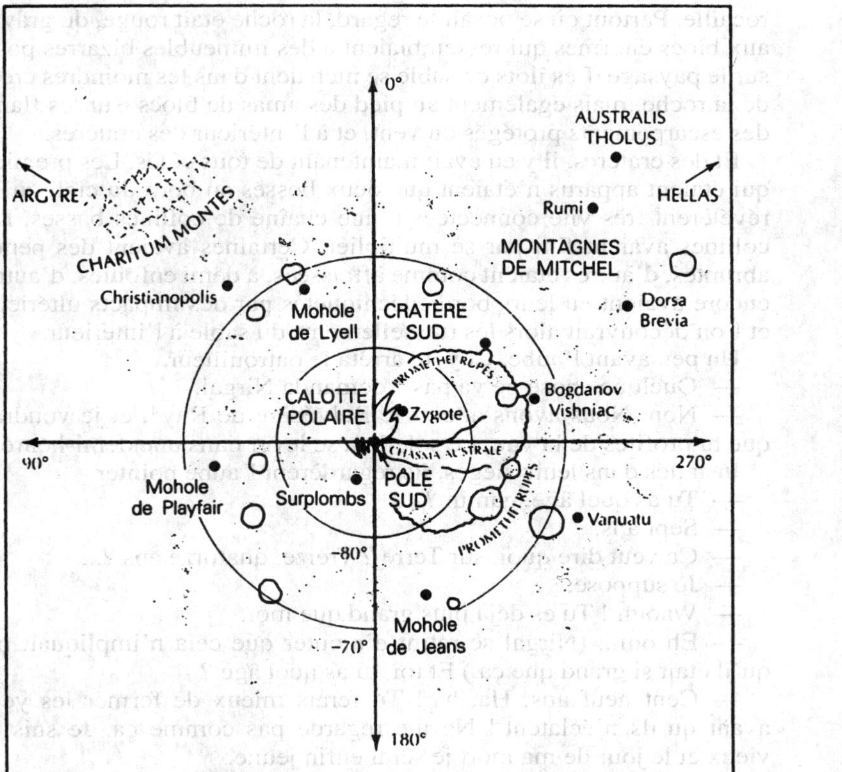

RÉGION POLAIRE SUD DE MARS

C'était Ls 4, le 22 mars de l'année M-32, et les jours, dans l'hémisphère Sud, se faisaient plus courts. Coyote redémarrait chaque soir et suivait des itinéraires complexes et invisibles sur un terrain qui devenait de plus en plus accidenté comme ils s'éloignaient de la calotte polaire. Dès le lever du jour, ils s'arrêtaient pour se reposer. Nirgal luttait pour rester éveillé quand ils roulaient, chaque nuit, mais il finissait inévitablement par sommeiller, comme durant la journée, et il en perdait ses repères dans l'espace et le temps.

Lorsqu'il était éveillé, il passait presque le plus clair de son temps à observer le paysage toujours changeant. Il ne s'en lassait pas. Le désert était marqué d'une infinité de tracés, et les amas stratifiés de sable ciselés par le vent transformaient chaque dune en l'aile d'un oiseau. Quand le terrain stratifié se transforma peu à peu en un fond rocheux, les dunes laminées se changèrent en autant d'îlots de sable isolés, disséminés sur une plaine chaotique de tumulus et de blocs de rocaille. Partout où se posait le regard, la roche était rouge, du gravier aux blocs énormes qui ressemblaient à des immeubles bizarres posés sur le paysage. Les îlots de sable se nichaient dans les moindres creux de la roche, mais également au pied des amas de blocs, sur les flancs des escarpements protégés du vent, et à l'intérieur des cratères.

Et des cratères, il y en avait maintenant de tous côtés. Les premiers qui étaient apparus n'étaient que deux bosses au bord du ciel, qui se révélèrent très vite connectées à une chaîne de collines basses. Les collines avaient fini par se multiplier. Certaines avaient des pentes abruptes, d'autres étaient comme affaissées, à demi enfouies, d'autres encore avaient eu leurs bords déchiquetés par des impacts ultérieurs et l'on découvrait alors les ruissellements du sable à l'intérieur.

Un peu avant l'aube, Coyote arrêta le patrouilleur.

— Quelque chose ne va pas ? demanda Nirgal.

— Non. Nous avons atteint le Belvédère de Ray [1], et je voudrais que tu profites de la vue. Le soleil va se lever dans une demi-heure.

Installés dans leurs sièges, ils regardèrent l'aube pointer.

— Tu as quel âge, gamin ?

— Sept ans.

— Ça veut dire quoi, sur Terre ? Treize, quatorze ans ?...

— Je suppose.

— Waouh ! Tu es déjà plus grand que moi.

— Eh oui... (Nirgal se retint d'ajouter que cela n'impliquait pas qu'il était si grand que ça.) Et toi, tu as quel âge ?

— Cent neuf ans. Ha, ha ! Tu ferais mieux de fermer les yeux avant qu'ils n'éclatent ! Ne me regarde pas comme ça. Je suis né vieux et le jour de ma mort je serai enfin jeune.

Leur regard se perdait à l'est. Le ciel devenait peu à peu d'un bleu violine. Coyote fredonnait une petite chanson en sourdine, comme s'il avait absorbé un cachet d'omegendorphe, ainsi qu'il le faisait souvent le soir, quand il était à Zygote. Graduellement, il apparut que le ciel était encore loin et très haut. Jamais encore Nirgal n'avait vu une région aussi vaste. Mais elle semblait en même temps courbe, elle dessinait une grande muraille noire incurvée dans le lointain, sur une plaine de roche noire.

— Hé, Coyote ! C'est quoi, ça ?

— Ah ! s'exclama Coyote, apparemment très satisfait.

Le ciel s'éclaircissait et le soleil, soudain, éclata au-dessus de la muraille noire, et Nirgal resta un bref instant ébloui. Mais, comme le soleil montait rapidement dans le ciel, les ombres de la falaise semi-circulaire révélèrent des entailles de lumière, des brèches profondes qui marquaient la façade la plus haute de la muraille, si haute que Nirgal en restait bouche bée, le nez écrasé sur le pare-brise du patrouilleur. C'en était presque effrayant !

---

1. Officiellement, il s'agit du cratère Rayleigh, au seuil de Promethei Terra. (*N.d.T.*)

— Coyote, mais c'est *quoi* ?

Coyote lui répondit par un de ses caquètements inquiétants, presque animal.

— Alors, gamin, tu vois que ce monde n'est pas aussi petit que ça, hein ? Devant toi, tu as le fond de Promethei Terra. C'est l'un des plus grands bassins d'impact de Mars, presque aussi important qu'Argyre. Mais l'impact s'est produit à proximité du pôle Sud, et la moitié de la frange est enfouie sous la calotte et le terrain stratifié. L'autre moitié est cet escarpement incurvé que tu contemples. (Il leva la main.) C'est une sorte de super caldeira, mais il n'en reste que la moitié, et on peut la franchir. Cette petite butte que tu aperçois là-bas est le meilleur point d'observation que je connaisse pour en profiter. (Il appela une carte de la région sur l'écran et pointa le doigt.) On est juste sur le tablier de ce petit cratère, là, Vt, et on fait face au nord-ouest. Là-bas, cette falaise, c'est Promethei Rupes. Environ mille mètres d'altitude. D'accord, la falaise d'Echus fait trois mille mètres et Olympus Mons six mille... Tu entends ce que je te dis, monsieur Petite Planète ? Mais ce petit coin devrait faire l'affaire pour ce matin.

Le soleil montait toujours, illuminant l'immense courbe de la falaise, ses ravines et ses petits cratères dispersés.

— Le refuge de Prometheus est de l'autre côté de cette grande indentation que tu vois là-bas, dit Coyote en indiquant le côté gauche. Le cratère Wj.

La journée s'avançait et Nirgal ne quittait pas du regard la gigantesque falaise. Elle était différente d'instant en instant, dans le jeu des ombres qui révélaient de nouveaux reliefs tout en en estompant d'autres. Il avait le sentiment qu'il lui faudrait des années pour tout observer et il ne pouvait s'empêcher de songer que cette muraille de rocher n'était pas naturelle, et même qu'elle était d'une hauteur impossible. Coyote avait raison : il s'était laissé abuser par les horizons limités. Il n'avait pas su imaginer que ce monde était tellement vaste.

La nuit venue, ils pénétrèrent dans le cratère Wj, l'un des plus vastes enfoncements de la grande muraille. Et ils atteignirent la falaise de Promethei Rupes. Elle s'érigeait au-dessus d'eux comme le rempart sombre et vertical de l'univers, et la calotte polaire sud n'était rien comparée à une telle masse. Ce qui signifiait qu'Olympus Mons, que Coyote avait cité, devait être... Nirgal n'osait deviner quoi.

Au pied de la falaise, à un endroit où la roche lisse tombait presque à la verticale dans le sable, il y avait une porte en renfoncement. Et, à l'intérieur, le refuge de Prometheus, une série de vastes salles empilées comme les chambres de bambou de Zygote, avec des fenêtres incurvées qui dominaient le cratère Wj et le grand bassin sablonneux. Les résidents du refuge parlaient français, et Coyote conversait avec eux. Ils n'étaient pas aussi âgés que lui ou les autres issei, mais ils étaient quand même très vieux, et leur taille était terrienne, ce qui impliquait que la plupart devaient lever la tête pour s'adresser à Nirgal tout en lui parlant aimablement dans un anglais courant à l'accent français marqué.

— Ainsi, c'est toi, Nirgal ! *Nous sommes enchantés*[1] *!* Nous avons tellement entendu parler de toi. Quel bonheur de te rencontrer !

Pendant que Coyote était occupé ailleurs, ils lui firent visiter les lieux. Leur refuge était assez différent de Zygote. Pour ainsi dire, il n'était fait que de salles et de pièces. Les plus vastes étaient situées contre la muraille. Trois des salles éclairées de fenêtres étaient des serres, et toutes étaient bien chauffées, remplies de plantes, de suspensions, de statues et de fontaines. Pour Nirgal, tout cela était très étouffant et trop chaud, mais en même temps absolument fascinant.

Mais ils ne demeurèrent qu'une journée à Prometheus. On poussa le patrouilleur de Coyote jusque dans un élévateur où ils durent attendre pendant une heure. Quand Coyote démarra et franchit la porte opposée, ils se retrouvèrent sur le haut d'un plateau raboteux situé derrière Promethei Rupes. Et, une nouvelle fois, Nirgal éprouva un choc. Quand ils étaient au Belvédère de Ray, la grande falaise limitait leur vue, et il était encore en mesure de comprendre. Mais là, au sommet, en se retournant, il découvrit que la distance était telle qu'il ne pouvait l'apprécier. Il avait du mal à accommoder son regard, il ne distinguait qu'une masse floue et vertigineuse de marques et de taches de couleur — brun, mauve, blanc, fauve, rouille. Une nausée monta lentement en lui.

— La tempête arrive, dit Coyote.

Et Nirgal vit alors que les couleurs qu'il avait découvertes étaient celles d'une flotte de nuages hauts et denses qui dérivaient dans le ciel mauve vers l'ouest, accompagnant le soleil — les nuages étaient plus clairs sur le dessus, et infiniment convolutés, mais d'un gris très sombre à leur base. Ils étaient plus proches d'eux que le plancher du bassin, et ils flottaient tous au même niveau, comme sur un plafond transparent. Et le monde en dessous était fait de sable fauve ocellé de traces chocolat : oui, les ombres des nuages, qui couraient avec eux !... Et là-bas, très loin, ce croissant blanc au centre des choses, c'était la calotte polaire ! Chez eux ! En reconnaissant la glace polaire, Nirgal trouva enfin le parachèvement de perspective dont il avait besoin pour donner un sens aux choses. Et les taches colorées se stabilisèrent en un paysage inégal et bosselé marqué d'ombres venues des nuages.

Pour cela, il ne lui avait fallu que quelques secondes vertigineuses mais, quand il eut fini, il découvrit le large sourire de Coyote.

— Coyote, jusqu'où on peut voir ? Sur combien de kilomètres, je veux dire ?...

Coyote ricana.

1. En français dans le texte. (*N.d.T.*)

— Je ne sais pas, gamin. Ou alors, calcule ça tout seul. Je ne sais pas, moi : trois cents kilomètres ? Quelque chose comme ça. Un petit bond pour un grand. Un millier d'empires pour les petits.

— Je veux le faire.

— J'en suis persuadé. Oh, regarde ! Tu vois ce qui tombe des nuages au-dessus de la calotte ? Des éclairs. Ces petites décharges de lumière, ce sont des éclairs.

Nirgal voyait nettement les filaments de lumière qui apparaissaient et s'effaçaient en silence, toutes les deux secondes, entre les grands nuages noirs et le sol blanc de givre. Des éclairs. Pour la première fois de sa vie. Le monde blanc envoyait des étincelles au monde vert.

— Rien de tel qu'une bonne tempête, dit Coyote. Tu verras comme c'est bon, le vent ! C'est nous qui avons créé cette tempête, gamin. Mais je pense quand même qu'on pourrait faire plus fort.

Ça, c'était au-delà de l'imagination de Nirgal. Ce qui s'étendait devant eux était vaste, cosmique : de l'électricité qui striait les couleurs, un grand vent dans l'espace. En fait, il fut quelque peu soulagé quand Coyote redémarra et que la vue brumeuse disparut, le faîte de la falaise redevenant derrière eux la limite du ciel.

— Un éclair, c'est quoi, au juste ? demanda-t-il.

— Eh bien... Oh, merde... Je dois t'avouer que les éclairs sont un de ces phénomènes pour lesquels je n'ai pas d'explication. On me l'a expliqué, pourtant, mais ça ne me revient jamais. C'est de l'électricité, bien entendu, et c'est en rapport avec les ions et les électrons, les charges positives et négatives, qui se forment dans les orages et se déchargent dans le sol. Ou dans les deux sens, je crois me rappeler. Mais qui sait ? Boum-boum ! C'est ça un éclair, non ?

Le monde blanc et le monde vert qui se frottaient l'un contre l'autre, et qui finissaient par péter. Mais oui. C'était ça.

Il existait plusieurs refuges sur le plateau nord de Promethei Rupes. Certains étaient dissimulés dans des escarpements ou des bordures de cratères, pareils à ceux qu'avait prévus Nadia pour les forages à l'extérieur de Zygote. Mais d'autres étaient installés simplement à l'intérieur des cratères sous des tentes en dôme, bien en vue. La première fois que Coyote avait franchi le bord d'un cratère et qu'ils avaient découvert un village sous le dôme clair, Nirgal avait été stupéfait, une fois encore, mais à un degré moindre que par l'immensité du paysage. Il découvrait des maisons qui ressemblaient à son école, aux bains, à la cuisine. Avec des serres, des arbres — tout cela était si familier. Comment avaient-ils pu survivre comme ça, à découvert ? C'était absolument déconcertant.

Et il y avait tellement de gens, tellement d'étrangers. Nirgal savait, en théorie, que la population était nombreuse dans les refuges du sud. Cinq mille personnes, selon certains. Mais c'était autre chose que de les rencontrer. Et puis, quand ils séjournaient dans les colonies exposées, il se sentait extrêmement nerveux.

— Mais comment peuvent-ils y arriver ? demandait-il. Pourquoi ils n'ont pas tous été arrêtés et expulsés de Mars ?

— Là, tu me tiens, gamin. Parce que ça pourrait bien leur arriver. Mais ça n'est pas le cas pour le moment, et ils considèrent que ça ne vaut pas la peine de se planquer. Tu sais que ça suppose des efforts terribles. Il faut prévoir toute l'ingénierie thermique de retraitement des déchets, le système de renforcement électronique, et surtout se rendre invisible en permanence : une sacrée corvée. Et la plupart des gens que tu vois y ont renoncé. Ils se sont donné le surnom de *demi-monde*[1]. En cas d'enquête ou d'invasion, ils ont préparé des plans : la plupart d'entre eux ont creusé des tunnels comme nous, d'autres ont des caches d'armes. Mais leur idée de base, c'est que s'ils sont visibles en surface, bien en évidence, il n'y a aucune raison pour qu'on les contrôle. Les gens de Christianopolis ont déclaré à l'ONU qu'ils s'étaient installés dans le coin juste pour se dégager du réseau de surveillance. Mais... je suis quand même d'accord avec Hiroko sur ce point : il faut que certains d'entre nous soient plus prudents que les autres. L'ONU veut surtout mettre la main sur les Cent Premiers, les issei, si tu veux que je te dise. Et leurs descendants, malheureusement pour vous, les gosses. En tout cas, le fait que la résistance englobe désormais l'underground, le demi-monde, mais aussi les cités ouvertes, constitue une aide considérable pour les refuges clandestins. Désormais, nous dépendons d'eux.

Dans cette cité, Coyote fut reçu comme partout, avec effusion. Peu importait que le refuge fût ou non exposé. Il s'installa dans un coin du garage principal, au bord du cratère, et se lança dans un échange animé de marchandises : stocks de semences, logiciels, ampoules, pièces détachées et petit outillage. Mais, auparavant, il avait consulté longuement leurs hôtes et s'était lancé dans des négociations auxquelles Nirgal ne comprenait rien. Puis, après une brève visite du fond du cratère, sous le dôme violet scintillant, où la population ressemblait de façon surprenante à celle de Zygote, ils reprirent leur route.

Entre deux refuges, les explications de Coyote à propos de ses marchés n'étaient pas réellement évidentes.

— Ce que je fais ? Je sauve ces gens de toutes ces ridicules notions économiques qui sont les leurs ! Une économie de donation, c'est très bien, mais elle n'est pas suffisamment organisée par rapport à notre situation. Il existe certains biens essentiels dont tout le monde doit disposer, et par conséquent les gens doivent *donner*, c'est juste ?... J'essaie de mettre sur pied un système rationnel. A vrai dire, c'est

1. En français dans le texte. (*N.d.T.*)

Vlad et Marina qui travaillent là-dessus, et moi, j'essaie de le rendre effectif, ce qui veut dire que j'essuie tous les reproches.

— Et ce système ?...

— C'est un truc à double voie : les gens peuvent avoir tout ce qu'ils veulent, mais on attribue des valeurs aux choses de première nécessité et elles sont distribuées selon les besoins. Mais, bon Dieu, si tu savais tous les conflits auxquels j'ai été mêlé. Les gens sont complètement stupides, parfois. Je fais tout mon possible pour que ça donne une écologie stable, comme dans les systèmes d'Hiroko, avec chaque refuge remplissant sa propre niche tout en fournissant sa spécialité, et qu'est-ce que je récolte ? Des injures ! Quand j'essaie de verrouiller le gaspillage, je me fais traiter de brigand, et quand je veux arrêter la thésaurisation, je suis un fasciste. Quelle bande d'idiots ! Qu'est-ce qu'ils comptent faire, étant donné qu'aucun refuge n'est autonome et que la moitié sont paranos ? (Il eut un soupir dramatique.) Mais, malgré tout, on progresse. Christianopolis fabrique des ampoules, Mauss Hyde fait évoluer de nouvelles variétés de plantes, comme tu l'as vu, et Bogdanov Vishniac construit tout ce qu'il existe de gros sur cette planète : des barres pour les réacteurs, des véhicules furtifs et la plupart des grands robots. Zygote produit des instruments scientifiques, et ainsi de suite. Et moi, je suis chargé de redistribuer tout ça.

— Tu es le seul à le faire ?

— Presque. Si l'on excepte les éléments critiques, les refuges peuvent fonctionner en autarcie, à vrai dire. Ils ont leurs programmes, leurs semences, les fournitures de base. Et puis, il est important qu'il n'y ait qu'un minimum de gens qui connaissent la situation des refuges clandestins.

Tandis qu'ils avançaient dans la nuit, Nirgal digéra lentement les implications de ce que venait de lui dire Coyote. Qui s'était lancé dans un discours sur les normes du peroxyde d'hydrogène et de l'azote selon le nouveau système mis au point par Vlad et Marina. Nirgal avait du mal à suivre, d'une part parce que ces concepts étaient complexes et aussi parce que Coyote émaillait ses explications de vindictes à propos de certains refuges qui lui causaient des difficultés. Nirgal décida d'interroger directement Sax ou Nadia quand ils seraient de retour à Zygote et n'écouta plus.

La région qu'ils traversaient était parsemée d'anneaux de cratères, les plus récents chevauchant les plus anciens, presque enfouis.

— On appelle ça la « cratérisation saturée ». C'est un terrain très ancien.

Un grand nombre de cratères n'avaient même plus de rebords. Ils n'étaient guère plus que des dépressions à fond plat.

— Qu'est-ce qui leur est arrivé ?

— Ils ont été usés.

— Par quoi ?

— Selon Ann, par la glace et le vent. Elle prétend qu'avec le temps mille mètres au moins ont été érodés sur les highlands du sud.

— Mais à cette vitesse, tout aurait dû être emporté !

— Mais d'autres météores sont venus. Ce pays est ancien.

Entre les cratères, le terrain était couvert de fragments de rocaille et incroyablement changeant. Ils allaient d'éminences en fosses, ils escaladaient des buttes, dévalaient des tranchées, des grabens, des surrections, des collines et des vallons. Ils ne connaissaient plus le sable plat, si ce n'est lorsqu'ils suivaient le rebord d'un cratère et, quelquefois, une des chaînes basses que Coyote utilisait comme des routes. Mais leur itinéraire restait tortueux, et Nirgal n'arrivait pas à croire qu'on pouvait le mémoriser. Quand il avoua cela à Coyote, l'autre rit :

— Comment ça, *mémoriser* ? On est complètement perdus, Nirgal !

Mais pas vraiment, ou du moins pas pour longtemps. La fumerolle d'un mohole apparaissait à l'horizon et Coyote obliqua droit dessus.

— Je le savais bien, marmonna-t-il. Le mohole de Vishniac. Quatre moholes ont été démarrés sur le 75° de latitude, et il y en a deux qui ont été abandonnés, même par les robots. Vishniac tient encore. Il a été repris par une bande de Bogdanovistes qui vivent au fond. (Il rit.) Ce qui est une idée splendide : ils peuvent creuser la paroi jusqu'au fond, et comme ça ils auront de la chaleur, autant qu'il leur faut, sans que personne ne pense que c'est autre chose, encore, qu'un mohole qui dégaze. Comme ça, ils peuvent construire n'importe quoi, et même traiter de l'uranium pour les barres des réacteurs. C'est une vraie cité industrielle, maintenant. Et aussi une de mes étapes préférées : on y fait toujours la fête !

Il engagea le patrouilleur-rocher dans une des nombreuses tranchées, freina, tapota sur son écran, et un énorme bloc pivota sur le côté, démasquant un tunnel. Coyote redémarra et le rocher se remit en place derrière eux. Nirgal ne s'attendait plus à d'autres surprises à ce stade de leur voyage, mais il écarquilla les yeux tandis qu'ils s'enfonçaient entre les parois rocheuses. Le tunnel semblait ne pas avoir de fin.

— Ils ont creusé beaucoup de tunnels d'accès, lui dit Coyote. Pour donner l'illusion que le mohole est déserté. Il nous reste au moins vingt kilomètres à parcourir.

Il éteignit enfin les phares et ils pénétrèrent dans une nuit aubergine sombre, sur une route à la pente plus accentuée qui dessinait apparemment une spirale le long de la paroi du mohole. Les voyants du tableau de bord étaient comme des lanternes minuscules. Dans leur vague reflet, Nirgal discernait la route : elle était quatre ou cinq fois plus large que leur véhicule. Il ne parvenait pas à apercevoir tout le mohole mais, à en juger par la courbure de la route, il se dit qu'il devait bien faire un kilomètre de diamètre.

— Tu es certain qu'on tourne à la bonne vitesse ? demanda-t-il, inquiet.

— Je me fie au pilote automatique, dit Coyote, agacé. Et puis ça porte malheur d'en discuter.

Ils descendaient depuis une heure quand un bip résonna. Le patrouilleur tourna alors sur la gauche, et soudain un tube vint se coller sur leur sas avec un claquement sonore.

Ils sortirent dans le garage. Une vingtaine de personnes étaient là pour les accueillir. Ils les suivirent au long d'une série de salles au plafond lointain avant de pénétrer dans une sorte de caverne. Toutes les pièces que les Bogdanovistes avaient taillées dans la paroi du mohole étaient bien plus vastes que celles qu'ils avaient visitées à Prometheus. Les salles du fond étaient hautes de dix mètres, et certaines étaient profondes de deux cents mètres. La caverne centrale devait avoir les dimensions de Zygote, avec de grandes fenêtres qui ouvraient sur le puits du mohole. Nirgal constata en se penchant que, vu de l'extérieur, le verre des vitres avait la même apparence que la roche. Les revêtements filtrants avaient été astucieusement choisis car, dès le matin, une lumière éclatante se répandit à l'intérieur. La vue se limitait à la paroi lointaine du puits, en face, et à une tache gibbeuse de ciel, tout en haut. Mais chaque salle donnait une impression de clarté et d'espace, un sentiment de ciel ouvert que Nirgal n'avait pas connu à Zygote.

Durant cette première journée, un petit personnage à la peau sombre du nom de Hilali accompagna Nirgal en le tenant par la main. Ils allaient de salle en salle et Hilali interrompait les gens au travail pour leur présenter Nirgal. Tous se montraient chaleureux.

— Tu dois être l'un des gamins d'Hiroko, hein ? C'est toi Nirgal ? Je suis heureux de te rencontrer ! Hé, John, Coyote est ici : ça va être la fête, ce soir !

Ils lui firent visiter des salles plus petites, des installations fermières baignées de lumière, des ateliers et des usines qui se déployaient sur des distances incroyables, dans le cœur de la roche. Partout régnait une chaleur de sauna et Nirgal était en sueur.

— Où est-ce que vous avez mis tout le rocher que vous avez excavé ? demanda-t-il à Hilali.

Il se rappelait qu'Hiroko leur avait expliqué que l'un des avantages de la construction sous la calotte polaire était que la glace sèche qu'ils excavaient se sublimait tout simplement.

— Il a servi de remblai à la route, près du fond du mohole, lui apprit Hilali, visiblement ravi de cette question.

Comme de toutes les autres que Nirgal lui posait, d'ailleurs. Les gens de Vishniac semblaient tous heureux en général. Ils formaient une joyeuse bande qui accueillait régulièrement Coyote en faisant la fête — simple, se dit Nirgal.

Coyote les appela. Hilali répondit sur son transpondeur de poignet.

Il conduisit Nirgal jusqu'à un laboratoire où on lui préleva un échantillon de peau sur un doigt. Puis, lentement, ils regagnèrent la grande caverne pour se mêler à la foule rassemblée devant les fenêtres de la cuisine, tout au fond.

Le repas de haricots et de pommes de terre était particulièrement épicé. La fête commença immédiatement après. Un orchestre de percussions, dont les membres en nombre variable tapaient sur des bidons en staccato, fit danser la foule durant des heures. De temps en temps, on ménageait une pause pour ingurgiter une atroce liqueur appelée kavajava ou jouer à toutes sortes de jeux sur un des côtés de la salle. Après avoir essayé le kavajava et avalé un cachet d'omegendorphe que lui avait donné Coyote, Nirgal joua des drums un instant, avant de s'asseoir sur un petit tertre herbeux, au milieu de la salle, trop ivre pour rester debout. Coyote n'avait pas arrêté de boire mais, lui, n'avait pas ce genre de problème. Il continuait à danser frénétiquement en riant.

— Hé, gamin ! lui lança-t-il. Tu ne connaîtras jamais la joie de ta propre pesanteur ! Jamais !

Les gens défilaient. Certains demandaient à Nirgal de leur faire la démonstration de son attouchement réchauffant, et un groupe de filles, qui s'étaient gelé les joues avec les glaçons de leurs verres, accueillit sa caresse en roulant des yeux avant de lui demander d'essayer de leur réchauffer d'autres parties plus intimes. Finalement, il se releva et se mit à danser avec elles, à la fois étourdi et maladroit, tournant en cercles étroits pour essayer de décharger une partie de son énergie. Quand il retourna sur son tertre, Coyote vint le retrouver et se laissa tomber lourdement à son côté.

— C'est formidable de danser sous cette pesanteur, lui dit-il. Je crois que je ne m'en lasserai jamais.

Il fixait Nirgal en louchant, ses dreadlocks grisonnants enchevêtrés, et Nirgal constata encore une fois que son visage semblait avoir craqué. Peut-être à la hauteur du maxillaire, parce qu'un côté était plus large que l'autre. En quelque sorte. Et il en eut la gorge serrée.

Coyote le prit par l'épaule et le secoua.

— Tu sais, mon garçon, on dirait bien que c'est moi ton père !

— Tu plaisantes !

Un véritable choc électrique se propagea le long de l'échine de Nirgal pour éclater sur son visage. Et ils se regardèrent, Nirgal s'émerveillant de constater à quel degré le monde blanc pouvait secouer le monde vert. Puis ils s'étreignirent.

— Non, je ne plaisante pas, dit Coyote.

Ils se regardèrent.

— Pas étonnant que tu sois aussi intelligent, ajouta Coyote avant de partir d'un rire fou. Hé, dis, j'espère que ça ne te contrarie pas, au moins !

— Mais non, fit Nirgal, qui se sentait pourtant mal à l'aise.

Il ne connaissait pas assez bien Coyote, et, pour lui, le concept du père était encore plus vague que celui de la mère, aussi n'avait-il aucune certitude quant à ses sentiments en cet instant. Il y avait l'héritage génétique, ça, il le savait, mais qu'est-ce que ça signifiait vraiment ? Ils prenaient tous leurs gènes quelque part, et ceux des ectogènes étaient transgéniques, de toute manière. C'était du moins ce qu'on leur avait expliqué.

Mais Coyote, tout en se répandant en jurons à propos d'Hiroko, semblait satisfait, lui.

— Ce monstre ! Ce tyran ! Matriarchie, mon cul ! Elle est cinglée, oui ! C'est vrai : elle m'étonnera toujours ! Mais, remarque, il y a une certaine justice dans tout ça. Oui, parce qu'Hiroko et moi, à l'aube des temps, quand nous étions encore jeunes, en Angleterre, nous formions un couple. Et c'est ce qui explique que je sois sur Mars aujourd'hui. Un passager clandestin bouclé dans son placard pendant toute sa putain de vie ! (Il se remit à rire sauvagement en agrippant l'épaule de Nirgal.) C'est vrai, gamin, tu décideras plus tard si cette idée te plaît ou non.

Il retourna danser, laissant Nirgal réfléchir. En observant les pirouettes de Coyote, Nirgal ne put que secouer la tête : il ne savait pas vraiment quoi penser et, pour le moment, toute réflexion était incroyablement difficile. Mieux valait danser, ou se mettre en quête des bains.

Mais ici, ils n'avaient pas de bains publics. Il tourna donc encore un moment avec les autres avant de revenir sur son tertre préféré, où il fut très vite rejoint par Coyote et un groupe de Bogdanovistes.

— Hé, c'est comme si tu étais le père du Dalaï Lama ! lança quelqu'un. Tu as un nom pour ça ?

— Va te faire voir ! Comme je le disais, Ann prétend qu'ils ont cessé de forer ces moholes du 75° parce que la lithosphère est trop mince ici. Je veux aller jusqu'à l'un des moholes neutralisés, relancer les robots, et voir s'ils peuvent creuser assez profond pour démarrer un volcan.

Ils éclatèrent tous de rire. Sauf une femme, qui secouait la tête.

— Si tu faisais ça, Coyote, ils viendraient voir ce qui se passe ici. Mais si tu as vraiment l'intention de le faire, va vers le nord et attaque-toi à l'un des moholes du 60° de latitude. Eux aussi ont été neutralisés.

— Mais la lithosphère est beaucoup plus épaisse dans ce secteur, selon Ann.

— D'accord, mais les moholes sont aussi plus profonds.

— Hum, fit Coyote.

Mais quand ils quittèrent Vishniac une semaine plus tard, par un tunnel différent et plus long encore, ils firent route au nord. Coyote avait apparemment jeté à la corbeille tous ses plans initiaux.

— C'est ça ma vie, mon garçon.

La cinquième nuit de leur traversée des highlands chaotiques du sud, Coyote ralentit et fit le tour d'un ancien cratère qui avait été érodé presque jusqu'au niveau de la plaine. Le plancher était marqué par un énorme trou noir. Apparemment, c'était ça un mohole vu de la surface, se dit Nirgal. Un plumet de givre flottait dans l'air à une centaine de mètres de haut, comme suscité par la baguette d'un magicien. Le bord du mohole était biseauté, ménageant une pente intérieure de béton à quarante-cinq degrés. Il était impossible d'en mesurer la largeur et elle pouvait être aussi bien une simple route circulaire. Sur le bord extérieur, une haute clôture était visible.

— Mmouais... marmonna Coyote.

Il recula à l'abri du défilé et gara le patrouilleur avant de revêtir un walker.

— Bon, à bientôt, lança-t-il en entrant dans le sas.

Pour Nirgal, ce fut une longue nuit d'anxiété. Il ne dormit que durant de brèves périodes et, quand le matin apparut, il était dans un état d'inquiétude épouvantable. C'est alors que Coyote apparut à l'extérieur du sas, peu avant sept heures, alors que le soleil allait monter à l'horizon. Nirgal était sur le point de se plaindre de sa longue absence, mais Coyote, quand il eut ôté son casque, se montra d'une humeur exécrable. Durant toute la journée, il demeura seul en conférence avec son IA, à jurer sans retenue, visiblement oublieux de son jeune passager. Nirgal fit réchauffer un repas pour deux, sombra dans une sieste profonde, et ne s'éveilla que lorsque le patrouilleur démarra brusquement.

— Je vais tenter de franchir le portail. C'est la seule vraie sécurité qu'ils aient sur ce trou. Encore une nuit, et je le saurai, n'importe comment.

Il fit le tour du cratère et s'arrêta sur le rebord opposé. Quand le crépuscule tomba, il quitta de nouveau le patrouilleur.

Il fut encore absent toute la nuit et Nirgal se battit encore pour trouver un peu de sommeil. Il se demandait ce qu'il ferait si Coyote ne revenait pas.

Et justement, quand l'aube vint, il ne s'était toujours pas montré. La journée s'étira et, indéniablement, ce fut la plus longue qu'il ait jamais vécue. Il n'avait pas la moindre idée de ce qu'il devait faire : essayer d'aller au secours de Coyote, de retourner à Zygote avec le patrouilleur, ou à Vishniac. Descendre dans le mohole et se jeter dans le mystérieux système de sécurité qui, apparemment, avait avalé Coyote. Autant de solutions impossibles.

Une heure avant le coucher du soleil, Coyote tapota contre le sas, et entra avec une expression de fureur. Il but un litre d'eau, puis un autre, et plissa les lèvres d'un air dégoûté.

— Foutons le camp d'ici.

Ils roulèrent en silence pendant deux heures. Nirgal se décida enfin à parler d'un autre sujet :

— Coyote, combien de temps crois-tu qu'on va être obligés de rester cachés ?

— Ne m'appelle pas Coyote ! Je ne suis pas Coyote. Coyote, il est là-bas, quelque part dans les collines, il respire déjà librement, ce salopard, et il fait ce qu'il veut. Moi, je m'appelle Desmond. Et tu vas m'appeler *Desmond*, compris ?

— OK, fit Nirgal, apeuré.

— Quant à ce qui est de rester cachés, je crois que ce sera pour toujours.

Ils retournèrent vers le sud, en direction du mohole de Rayleigh, là où Coyote (qui n'avait toujours pas l'air d'un Desmond) avait pensé à se rendre en premier. Le mohole était totalement abandonné et son plumet thermal flottait dans le ciel comme le spectre d'un monument disparu. Ils descendirent jusqu'au parking couvert de sable et stoppèrent entre des véhicules robots bâchés.

— J'aime mieux ça, murmura Coyote. Bon, on va aller jeter un coup d'œil là-dedans. Enfile un walker.

Pour Nirgal, ce fut étrange de se retrouver dans le vent de l'extérieur, au bord du gouffre immense. Ils se penchèrent sur un muret à hauteur de poitrine et découvrirent la bande de béton en biseau qui encerclait le trou, plongeant sur deux cents mètres. Pour découvrir le puits, ils durent suivre la route creusée dans le béton pendant un kilomètre avant de se pencher vers l'obscurité. Coyote se tenait à l'extrême bord, ce qui rendait Nirgal passablement nerveux. Lui, il était à quatre pattes. Mais il n'apercevait pas le fond du puits : ils auraient aussi bien pu contempler le noyau de Mars.

— Vingt mille mètres, dit la voix de Coyote dans l'intercom. (Il tendit la main et Nirgal l'imita et sentit le courant d'air ascendant.) OK. On va voir si on peut démarrer les robots.

Ils remontèrent la route.

Coyote avait consacré la plupart de leurs journées à étudier d'anciens programmes sur son IA. Après avoir pompé le peroxyde d'hydrogène de leur patrouilleur dans deux des robots géants, il retourna à sa console, reprogramma les robots et eut la satisfaction de les voir démarrer sur leurs roues géantes, hautes quatre fois comme le patrouilleur. Ils s'engagèrent sur la route du fond.

— Excellent ! s'exclama Coyote. Ils vont utiliser l'énergie de leurs panneaux solaires pour produire leurs propres explosifs à base de peroxyde, et aussi leur carburant. Ils vont continuer bien tranquillement, jusqu'à ce qu'ils rencontrent quelque chose de brûlant. Il se pourrait bien qu'on vienne d'amorcer un volcan !

— Est-ce que c'est une bonne chose ?

Coyote eut un de ses rires sauvages.

— Je l'ignore ! Mais personne ne l'a encore jamais fait, ce qui est déjà au moins une bonne raison !

Ils reprirent l'itinéraire prévu, de refuge en refuge, clandestins ou non. Partout, Coyote annonçait fièrement :

— On a relancé le mohole de Rayleigh la semaine dernière. Est-ce que vous auriez aperçu un volcan ?

Mais personne n'avait rien vu. Rayleigh semblait se comporter comme avant.

— Peut-être que ça n'a pas marché, disait Coyote. Ou alors, ça prendra encore du temps. D'un autre côté, si ce mohole était inondé par la lave en fusion, comment savoir ?...

On le saurait, disaient ses interlocuteurs.

Et d'autres ajoutaient :

— Pourquoi faire une chose aussi stupide ? Autant prévenir l'Autorité transitoire et leur demander de descendre jeter un coup d'œil par ici.

Coyote cessa de soulever le sujet. Et ils continuèrent leur chemin : Mauss Hyde, Gramsci, Overhangs, Christianopolis... A chaque étape, Nirgal était accueilli avec joie, et les gens semblaient le connaître déjà de réputation. Il était surpris par le nombre et la diversité des refuges. Ensemble, ils composaient un monde étrange, à demi secret, à demi ouvert. Et si ce monde n'était qu'une partie de la civilisation martienne, qu'étaient donc les grandes cités du Nord ? Son esprit en restait confondu — bien qu'il eût le sentiment que sa vision des choses s'était considérablement élargie depuis leur départ. Et puis, après tout, on ne pouvait exploser d'émerveillement.

— Bon, dit Coyote tandis qu'ils roulaient. (Il avait appris à Nirgal à piloter.) On a peut-être créé un volcan, ou rien. Mais c'était une idée nouvelle, non ? C'est ça qui compte vraiment dans le projet martien, mon garçon. Tout est nouveau.

Ils retournaient vers le sud, et la calotte polaire redevint visible à l'horizon. Ils ne tarderaient pas à être de retour.

Nirgal songeait à tous les refuges clandestins qu'ils avaient visités.

— Desmond, tu penses qu'on devra toujours rester cachés comme ça ?

— Desmond ? *Desmond ?* Mais qui est ce Desmond ? (Coyote fit la moue.) Bon Dieu, je l'ignore. Personne ne peut le savoir. Les gens qui se cachent ont été balayés de la surface à une période bizarre de l'histoire, quand leurs existences étaient menacées, et je ne suis pas convaincu que ce soit encore comme ça dans toutes ces grandes cités qu'ils construisent au nord. Peut-être que les patrons, sur Terre, ont compris la leçon et que la vie est redevenue plus confortable. Ou bien c'est parce qu'ils n'ont pas encore réussi à remplacer l'ascenseur.

— Alors, il ne pourrait y avoir une autre révolution ?

— Je ne sais pas.

— Ou jusqu'à ce qu'il y ait un ascenseur...

— Je ne sais pas ! Mais quoi qu'il en soit, l'ascenseur arrive, et ils mettent en place d'autres miroirs dans l'espace, et même autour du soleil. On les voit briller, certaines nuits. Il peut donc se produire n'importe quoi, je pense. Mais une révolution est une chose rare. Et la plupart des gens sont réactionnaires, de toute manière. Les paysans ont leurs traditions, leur sens des valeurs, leurs habitudes auxquelles ils se conforment. Mais ils vivent à la limite du précaire, et n'importe quel changement rapide peut les faire basculer. Au début, il ne s'agissait pas de politique mais de survie. J'avais ton âge quand j'ai vécu tout ça. Ceux que l'on a envoyés sur Mars n'étaient pas pauvres, non, mais ils avaient leurs propres traditions et, tout comme les pauvres, ils n'avaient pas vraiment de pouvoir. Quand le flux migratoire de 2050 leur est tombé dessus, leurs traditions ont été balayées. Alors, ils se sont battus pour ce qui leur restait. Et pour dire la vérité, ils ont perdu. Et c'est pour ça, tu vois, que nous vivons cachés et que toute une nouvelle population se déverse sur Mars. Des gens qui vivaient dans des conditions vraiment dures sur Terre, et qui ne sont pas trop surpris par ce qu'ils trouvent en arrivant. Ils ont droit au traitement et ensuite ils sont heureux. On ne voit plus tant de gens qui essaient de sortir des refuges, comme avant 61. Du moins, ils ne sont pas nombreux. Du moment qu'ils ont de quoi se distraire et qu'ils s'accrochent à leurs traditions, ils ne lèveront pas le petit doigt.

— Mais... commença Nirgal avant de s'interrompre.

Coyote rit en voyant son expression.

— Mais qui sait ? Bientôt, il y aura sans doute un nouvel ascenseur sur les hauteurs de Pavonis Mons et les embrouilles recommenceront avec ces sales requins. Et vous, les jeunes, vous ne tiendrez probablement pas à vous laisser exploiter par eux. Mais on verra bien, le temps venu. En attendant, on peut toujours se marrer un peu, non ? Entretenir la flamme.

La nuit venue, Coyote arrêta le patrouilleur et dit à Nirgal de mettre son walker. Ils firent quelques pas sur le sable et Coyote se tourna vers le nord.

— Regarde le ciel, dit-il.

Nirgal tourna la tête. Une étoile nouvelle éclata à l'horizon. En quelques secondes, elle devint une comète qui volait d'ouest en est. A mi-chemin, son noyau étincelant explosa et des fragments se dispersèrent dans toutes les directions.

— C'est un des astéroïdes de glace ! s'écria Nirgal.

Coyote eut un reniflement de mépris.

— Ça ne te surprend pas, hein, gamin ? Mais je vais te dire quelque chose que tu ne sais pas. C'était l'astéroïde 2089 C, et est-ce que tu as vu comment il a explosé en fin de course ? Ça, c'était une première. Ç'a été fait exprès. Si on les fait sauter à leur entrée dans l'atmosphère, on peut utiliser des astéroïdes plus gros sans risque pour la surface. Et cette idée, elle est de moi ! Je leur ai expliqué moi-même la technique, j'ai téléchargé une suggestion anonyme dans l'IA alors que j'étais sur le site de Greg, occupé à décrypter leur système de communications, et ils ont sauté dessus. Maintenant, ils vont continuer à faire ça. A raison d'un ou deux comme celui-là chaque saison, l'atmosphère va devenir plus dense très rapidement. Regarde comme les étoiles scintillent. Comme elles le font toutes les nuits sur Terre. Oh, gamin... Un jour, ça sera comme ça. Et tu respireras comme un oiseau dans le ciel. Peut-être que ça nous aidera à changer l'ordre des choses sur ce monde. Mais avec ce genre de problème, on ne peut jamais savoir vraiment.

Nirgal ferma les yeux et vit les images rémanentes en rouge du météore de glace. Des météores pleuvaient en feux d'artifice, on creusait des trous dans le manteau planétaire, on pouvait éveiller des volcans... Tournant la tête, il aperçut la silhouette petite et frêle de Coyote qui sautait sur le sable. Son casque était trop grand pour lui et lui donnait l'apparence d'un mutant, ou d'un shaman coiffé de la tête d'un animal sacré, lancé dans une danse d'invocation, là, au milieu du désert. Aucun doute : Coyote était bien son père !

Ils avaient fait le tour du monde, même s'ils n'avaient pas vraiment quitté l'hémisphère Sud. Maintenant, la calotte polaire se dressait sur l'horizon, de plus en plus haute. Mais Nirgal, quand ils s'en approchèrent encore, ne la trouva plus aussi impressionnante qu'au début de leur voyage. Ils contournèrent la glace jusqu'à l'entrée du hangar, quittèrent le patrouilleur-rocher qui était devenu si familier pour Nirgal, passèrent dans les sas d'une démarche roide avant de descendre le long tunnel qui les conduisit jusqu'à la foule familière. Tous les embrassaient, les serraient entre leurs bras, les câlinaient en leur posant des centaines de questions.

Nirgal recula timidement, mais ce n'était pas nécessaire. C'était Coyote qui tenait conférence et lui se contenta de rire. Il regarda fugacement autour de lui et redécouvrit un monde plus petit : le dôme, après tout, ne mesurait que cinq kilomètres et culminait à deux cent cinquante mètres au-dessus du lac. Un tout petit monde.

Quand la réception se calma, il sortit dans la lumière pâle du matin et promena les yeux sur les maisons et les abris de bambous, les collines et les arbres en inspirant l'air vif. Tout était petit, mais étrange aussi. Alors, il s'avança entre les dunes jusqu'à la demeure d'Hiroko, tandis que les mouettes tourbillonnaient au-dessus de lui. Il s'arrêta plusieurs fois pour poser son regard nouveau sur les choses. L'air, sur la grève du lac, avait une senteur froide de sel et d'algue qui lui était si familière qu'elle déclencha un million de souvenirs profonds en lui. Il sut alors avec certitude qu'il était bien de retour chez lui.

Mais son chez-lui avait changé. A moins que ce ne fût lui. Entre la tentative pour sauver Simon et son voyage avec Coyote, il était devenu un adolescent à part. Les aventures exceptionnelles dont il avait rêvé depuis si longtemps n'avaient eu pour résultat que de faire de lui un exilé parmi ses amis. Jackie et Dao étaient plus proches l'un de l'autre qu'avant son départ, et ils formaient un bouclier entre lui et les plus jeunes des sansei. Très vite, Nirgal prit conscience qu'il n'avait jamais voulu être différent, après tout. Il ne souhaitait qu'une chose : se mêler à cette petite bande, ne faire qu'un avec ses demi-frères et demi-sœurs.

Mais quand il s'approchait d'eux, le silence tombait, et Dao les entraînait plus loin. Et il était forcé de retourner avec les adultes, qui avaient commencé à lui tenir compagnie chaque après-midi, en fait. Ils espéraient sans doute le soulager ainsi du traitement dur que lui infligeaient les autres, mais cela n'avait pour effet que de le rendre un peu plus sensible encore. Il n'existait pas de remède à sa nouvelle situation. Un jour qu'il suivait la grève dans la clarté d'étain de l'automne, il se dit que sa jeunesse était finie. Il était désormais quelqu'un d'autre, ni adulte ni enfant. Un être solitaire, un étranger dans sa propre cité. Et il trouva dans cette prise de conscience mélancolique un plaisir particulier.

Un jour, après le déjeuner, Jackie resta avec lui et Hiroko, dont c'était la journée de cours, et demanda à participer à la leçon de l'après-midi.

— Pourquoi tu lui ferais la classe à lui et pas à moi ?

— Il n'y a pas de raison, fit Hiroko, impassible. Reste si tu le veux. Sortez votre lutrin et appelez la page 1050 sur l'ingénierie thermique. Nous allons construire un modèle pour le dôme de Zygote, à titre d'exemple. Dites-moi quel est le point le plus chaud qu'on trouve sous le dôme ?

Nirgal et Jackie s'attaquèrent au problème, tout d'abord en compétition, et enfin ensemble. Il était tellement heureux qu'elle soit là qu'il avait du mal à se rappeler la question, et Jackie fut la première à lever le doigt avant qu'il ait eu le temps de remettre de l'ordre dans ses pensées. Elle rit en le regardant, un peu méprisante mais tellement ravie. En dépit des changements immenses qui s'étaient produits en eux, Jackie avait conservé ce don de communiquer la joie, ce rire dont il ressentait douloureusement le manque...

— Voici la question pour la prochaine fois, annonça Hiroko. Tous les noms que porte Mars dans l'aréophanie lui ont été donnés par des

Terriens. Une moitié d'entre eux à peu près signifient *l'étoile de feu* dans les langages dont ils sont issus, mais cela reste encore un nom de l'extérieur. La question est la suivante : quel est le nom que se donne Mars ?

Plusieurs semaines après, Coyote repassa à Zygote. Ce qui rendit Nirgal à la fois heureux et nerveux. Coyote prit une matinée pour faire la classe mais, heureusement, il traita Nirgal comme les autres.

Ils pompaient le sodium liquide des réservoirs du Rickover quand il leur dit :

— La Terre ne se porte pas bien. Et ça ne va qu'empirer. Ce qui rend leur contrôle de Mars plus dangereux encore pour nous. Il va falloir nous cacher jusqu'à ce que nous puissions couper les ponts afin d'être entièrement libres, et nous tenir à l'écart de tout pendant qu'ils sombrent dans le chaos et la folie. N'oubliez pas ce que je viens de vous dire : c'est une prophétie aussi vraie que la vérité.

— Mais John Boone n'a jamais dit ça, déclara Jackie.

Elle passait une bonne partie de ses soirées à explorer les données de l'IA de John Boone. Elle sortit le boîtier de sa poche, chercha rapidement le passage qu'elle voulait citer, et une voix amicale résonna :

— Mars ne sera jamais en sécurité aussi longtemps que la Terre ne le sera pas.

Coyote eut un rire rauque.

— Oui, John Boone était comme ça. C'est vrai, non ?... Mais tu remarqueras qu'il est mort, alors que je suis toujours là.

— Mais tout le monde peut se cacher, insista Jackie d'un ton appuyé. John Boone, lui, est resté debout, bien en vue. C'est pour ça que je suis boonéenne.

— Tu es à la fois une Boone *et* une Boonéenne ! lança Coyote pour la taquiner. Et l'algèbre boonéen n'a jamais marché. Mais est-ce que tu sais, ma fille, qu'il faudrait que tu comprennes un peu mieux ton grand-père si tu désires être une vraie Boonéenne ? Ça ne suffit pas de faire entrer John Boone dans un dogme et de coller à ses convictions. Je connais bien d'autres soi-disant Boonéens un peu partout. Ils me font rire quand ils ne me font pas écumer de rage. Parce que si John Boone devait te rencontrer, là, maintenant, et te parler pendant une heure, rien qu'une heure, à la fin, il serait jackieiste. Et ce serait la même chose avec Dao : il deviendrait daoïste, pour ne pas dire maoïste... Il était comme ça. Et c'était une bonne chose, vois-tu, parce qu'il remettait à chacun sa part de responsabilité dans la réflexion. Il nous forçait à contribuer, parce que sans nous Boone ne pouvait opérer. Son propos, ça n'était pas « tout le monde peut le faire », mais « tout le monde devrait le faire ».

— Y compris tous les habitants de la Terre, rétorqua Jackie.

— Hé, on arrête là ! Chère enfant, pourquoi tu ne laisses pas tomber tous ces garçons pour m'épouser tout de suite ? Mes baisers ont la force de ces pompes à vide, tu sais. Viens...

Il agita le tuyau, Jackie le repoussa d'un geste vif et se mit à courir, rien que pour le plaisir de la poursuite. Elle était la plus rapide à la course de tout Zygote. Même Nirgal ne parvenait pas à la battre. Toute la classe se mit à rire quand Coyote s'élança derrière elle. Il était plutôt rapide pour un ancien. Et il ne cessait de grogner et de souffler, jusqu'à l'instant où il se laissa tomber en gémissant :

— Oh, ma pauvre jambe ! Je te le ferai payer ! Vous êtes tous une bande de jaloux, les garçons. Vous ne voulez pas que je vous enlève votre petite préférée ! Stop !

Ce genre de plaisanterie dérangeait Nirgal autant qu'Hiroko. Elle dit à Coyote d'arrêter son numéro, mais il se contenta de rire plus fort encore en la défiant.

— C'est toi qui as fui, c'est toi qui t'es monté ce petit camp d'inceste. Qu'est-ce que tu comptes faire ? Les châtrer tous ? (L'expression d'Hiroko se fit plus sombre encore.) Tu vas bientôt être obligée de vendre ton élevage, tu sais. Il se pourrait bien que j'en prenne quelques-uns.

Hiroko le chassa et, peu après, il repartit.

Pour la classe suivante, Hiroko les emmena tous aux bains et ils s'assirent dans le bassin, dans l'eau fumante, pendant qu'elle leur parlait. Nirgal se trouvait à côté du corps nu et gracile de Jackie qu'il connaissait si bien, dont il avait suivi les transformations spectaculaires, et il était incapable de la regarder.

Sa vieille mère, aussi nue qu'eux tous, commença :

— Vous savez comment fonctionne la génétique, je vous l'ai appris moi-même. Et vous savez que nombreux sont ceux, parmi vous, qui sont demi-frères et demi-sœurs, oncles, nièces et ainsi de suite. Je suis la mère ou la grand-mère de beaucoup d'entre vous, et, par conséquent, vous ne devriez pas avoir d'enfants entre vous. C'est comme ça : c'est une simple loi génétique.

Elle leva la main, paume en l'air, comme pour dire : « Ceci est un seul corps. »

— Mais toutes les choses vivantes sont emplies de la *viriditas*, la force verte, celle qui se propage vers l'extérieur. Ainsi, il est normal que vous vous aimiez entre vous, surtout maintenant que vos corps bourgeonnent. Il n'y a pas de mal à cela, quoi qu'en dise Coyote. Et la plupart du temps, il ne fait que plaisanter. Mais il a raison sur un point précis : bientôt, vous allez rencontrer bien d'autres garçons et filles de votre âge, qui deviendront vos partenaires et vos compagnons, qui seront plus proches de vous que les autres membres de votre tribu, que vous connaissez tous trop bien pour vraiment les aimer comme on aime un autre. Ici, nous sommes autant d'éléments d'un moi, et l'amour vrai va toujours vers l'autre.

Nirgal ne quittait pas sa mère des yeux, le regard fixe. Pourtant, il sut exactement à quelle seconde Jackie avait serré les jambes : il avait perçu le changement de température infime dans l'eau qui clapotait autour d'eux. Et il eut le sentiment qu'il y avait quelque chose d'inexact dans ce que venait de dire sa mère. Bien qu'il connût le corps de Jackie, elle restait à bien des égards aussi lointaine qu'une étoile dans le ciel, aussi fixe, lumineuse et fascinante. Elle était la reine de leur petit groupe ; même s'il avait étudié ses sautes d'humeur toute sa vie, elle pouvait l'écraser d'un seul regard, ce qu'elle faisait souvent. Elle était aussi étrangère qu'il pouvait le concevoir. Et il l'aimait, il le savait. Mais elle ne répondait pas à son amour, pas de la même manière, en tout cas. Pas plus qu'elle n'aimait réellement Dao, se dit-il. Plus vraiment. Ce qui était un petit réconfort. Elle n'avait d'yeux que pour Peter, et lui aussi la regardait. Mais il était absent la plupart du temps. Ainsi donc, elle n'aimait personne dans tout Zygote aussi fort que Nirgal l'aimait. Elle était peut-être ainsi qu'Hiroko l'avait dit. Et Dao comme Nirgal lui étaient sans doute trop familiers. Ils étaient tous frères et sœurs, quel que soit l'arrangement des gènes.

Un jour, le ciel tomba vraiment. Toute la partie supérieure de la feuille de glace se détacha du CO_2, s'effondra dans les mailles de la structure avant de pleuvoir sur le lac, la plage et les dunes alentour. Heureusement, l'événement se produisit tôt le matin, alors qu'il n'y avait encore personne à l'extérieur mais, dans le village, les premiers craquements et les premiers chocs ressemblèrent à des explosions. Tous, ils coururent jusqu'aux fenêtres pour assister à la chute : les plaques de glace géantes tombaient comme des bombes ou tournoyaient comme de grands plateaux. Bientôt, toute la surface du lac éclata et l'eau et la glace aspergèrent les dunes. Tous les gens de Zygote se ruaient hors de leurs chambres et, dans le fracas et la panique, Hiroko et Maya rassemblèrent les gamins dans l'école, qui disposait d'un système d'aération autonome. Après quelques minutes, quand il apparut que le dôme allait résister, Peter, Michel et Nadia sortirent en contournant les débris, en sautant par-dessus les plaques brisées, et se ruèrent vers le Rickover pour s'assurer de son état. S'il avait été atteint, c'était pour eux une mission mortelle, et le danger, ensuite, les menacerait tous. Depuis la fenêtre de l'école, Nirgal pouvait voir l'autre rive du lac, encombrée d'icebergs. Des mouettes tournaient dans l'air dans un grand tumulte de piaillements. Les trois silhouettes suivaient maintenant l'étroit sentier qui accédait au Rickover, et elles disparurent bientôt à l'intérieur. Jackie, effrayée, se mordait les phalanges. Très vite, ils reçurent un appel : tout allait bien. La structure en treillis installée au-dessus du réacteur avait parfaitement résisté au poids de la glace.

Pour l'heure, tout au moins, ils étaient sains et saufs. Mais, les deux jours suivants, tandis que le malaise s'installait dans Zygote, une enquête sur les causes de la chute de glace leur révéla que l'ensemble de la masse de glace sèche de la calotte s'était sensiblement affaissé, faisant ainsi craquer la couche de glace d'eau qui avait alors déchiré la couverture. Apparemment, la sublimation à la surface de la calotte s'accélérait selon une courbe spectaculaire.

Dans la semaine, les icebergs fondirent à la surface du lac, mais les plaques de glace dispersées dans les dunes restèrent là. Elles ne fondaient que très lentement. Les plus jeunes étaient désormais interdits de plage, vu l'instabilité évidente du reste de la couche de glace.

La dixième nuit suivant l'effondrement de la voûte, toute la population du village se rassembla dans le grand réfectoire : ils étaient deux cents. Nirgal les observa. Ils étaient sa petite tribu. Les sansei semblaient effrayés, les nisei méfiants et les issei abasourdis. Les plus anciens vivaient à Zygote depuis quatorze années martiennes, et ils avaient du mal à se souvenir d'avoir vécu différemment. Quant aux enfants, ils n'avaient réellement jamais rien connu d'autre.

Il était inutile de dire qu'ils ne comptaient pas céder devant le monde de la surface. Pourtant, le dôme devenait instable, et ils constituaient une colonie bien trop importante pour demander asile aux autres refuges cachés. La solution était de se séparer en plusieurs groupes, mais elle n'avait rien de réjouissant.

Il fallut une heure de débats pour exposer tout cela.

— Nous pourrions essayer Vishniac, dit Michel. C'est grand, et ils seraient heureux de nous accueillir.

Mais c'était le refuge des Bogdanovistes, pas le leur. C'était du moins ce qu'on lisait clairement sur les visages des anciens. Et soudain, Nirgal songea que c'étaient eux qui avaient le plus peur.

— On pourrait reculer plus loin dans la glace, dit-il.

Tous les regards se tournèrent vers lui.

— Tu veux dire : creuser un autre dôme ? demanda Hiroko.

Il haussa les épaules. Maintenant qu'il avait exprimé son idée, il réalisait qu'elle lui déplaisait.

Nadia intervint :

— Plus en arrière, la glace est plus épaisse. Et il s'écoulera pas mal de temps avant que la sublimation nous cause des ennuis. A ce moment-là, tout aura changé.

Le silence persista un instant, puis Hiroko acquiesça :

— C'est une bonne idée. Nous pourrons tenir ici jusqu'à faire fondre un autre dôme, et déménager dès que l'espace sera disponible. Ce qui ne devrait prendre que quelques mois.

— *Shikata ga nai* [1], fit Maya, sardonique.

Bien sûr, ils avaient d'autres options. Mais elle semblait satisfaite devant la perspective d'un nouveau projet d'envergure, de même que

1. C'est la vie. (*N.d.T.*)

Nadia. Et tous les autres avaient l'air soulagés à l'idée d'une solution qui leur permettrait de continuer à vivre ensemble. A couvert. Les issei, constata Nirgal, avaient très peur de mourir de froid. Il s'assit et réfléchit. Il repensait brusquement aux cités ouvertes qu'il avait visitées en compagnie de Coyote.

Ils creusèrent un nouveau tunnel jusqu'au hangar avec des lances à vapeur alimentées par le Rickover, puis un autre sous la calotte, jusqu'à trois cents mètres de profondeur sous la glace. Là, ils commencèrent à sublimer une nouvelle caverne en dôme et un lit pour un nouveau lac. L'essentiel du CO_2 était récupéré, réfrigéré à la température externe, puis libéré. Ce qui subsistait était transformé en carbone et en oxygène avant d'être stocké.

Tandis que les travaux d'excavation se poursuivaient, ils creusèrent autour des racines courantes des grands bambous des neiges, les dégagèrent du sol en cantilever et les transportèrent sur les plus gros camions jusqu'à la nouvelle caverne dans une longue traînée de feuilles. Le bulldozer robot et tous les camions circulèrent jour et nuit, pour charger le sable des vieilles dunes et le transporter jusqu'au nouveau site. La biomasse était trop riche pour qu'ils l'abandonnent. Et puis, Simon en faisait partie. Ils étaient pour l'essentiel occupés à transférer tout ce qui se trouvait dans la coquille de Zygote. Et, quand ils eurent terminé, l'ancienne caverne ne fut plus qu'une bulle vide enfouie sous la calotte polaire, avec de la glace sablonneuse au-dessus, du sable glaciaire au-dessous, et une atmosphère martienne ambiante de 170 millibars essentiellement composée de CO_2 à 240 kelvins. Un poison ténu.

Un jour, Nirgal accompagna Peter jusqu'à l'ancien site. Il fut troublé de retrouver son ancienne demeure réduite à une coquille vide, couverte de glace craquelée, de sable, avec les trous des racines comme autant d'affreuses blessures béantes. Et le lac à nu, vidé de ses algues. Tout cela lui parut petit, mesquin, ravagé comme l'antre d'un animal attaqué. Ils étaient des taupes dans leur trou, avait dit Coyote. Et les vautours tournaient toujours là-haut.

— On s'en va, dit Peter, avec un accent de tristesse.

Et ils redescendirent ensemble le tunnel faiblement éclairé qui conduisait au nouveau dôme, sur la chaussée de béton coulée par Nadia, à présent marquée par les traces des chenilles.

Ils installèrent le nouveau dôme selon un plan différent du premier. Le village serait à l'écart du sas du tunnel, proche d'un autre tunnel de sortie qui courait plus avant sous la glace, jusqu'à une issue située sur les hauteurs de Chasma Australe. Les serres furent implantées plus près des lumières du périmètre. Les crêtes des dunes étaient plus hautes qu'avant, et l'équipement météo fut redisposé à immédiate proximité du Rickover. Ils étaient tellement occupés, jour après jour, par la construction du nouveau refuge qu'ils n'avaient même pas le temps de réfléchir au changement. Les classes du matin avaient été suspendues depuis la chute de glace, et les enfants s'étaient constitués en une sorte d'équipe tournante que l'on assignait à différentes tâches d'appoint.

Nirgal, la plupart du temps, était heureux. Mais un matin, en quittant l'école, il vit le réfectoire et, plutôt que les grandes pousses de bambous du Croissant de la Crèche, cette vision le figea sur place. Le monde qu'il avait connu, son univers de tous les jours, s'était envolé. Il avait disparu. C'était ça, le travail du temps.

Ce fut un choc intérieur, et il sentit les larmes lui piquer les yeux. Il passa le restant de la journée distant, abasourdi, comme s'il vivait à côté de lui-même, observant tout sans émotion, comme dans les heures qui avaient suivi la mort de Simon, exilé dans le monde blanc, à moins d'un pas du monde vert. Rien n'indiquait qu'il sortirait un jour d'une telle mélancolie. Comment savoir ? Les jours de l'enfance avaient disparu, les jours de Zygote, et jamais ils ne reviendraient, de même que ce jour passerait, de même que ce dôme, lentement, se sublimerait lui aussi et se fracasserait. Rien ne durait. Qu'est-ce qui importait donc ? Durant des heures, cette question revenait le hanter, et plus rien n'avait de couleur ni de saveur. Et lorsque Hiroko s'aperçut enfin de son air absent et l'interrogea, il lui répondit tout net. C'était l'avantage avec Hiroko : on pouvait lui poser toutes les questions, y compris les plus fondamentales.

— Hiroko, pourquoi on fait tout ça ? Puisque tout devient blanc de toute façon ?...

Elle le fixa en penchant la tête à la façon d'un oiseau. Il crut lire toute l'affection qu'elle éprouvait pour lui dans ce simple mouvement, mais sans en être sûr. Les mois passaient et il sentait qu'il la comprenait de moins en moins.

— C'est triste que le vieux dôme ait cédé, n'est-ce pas ? Mais nous devons nous concentrer sur ce qui va arriver. Cela aussi, c'est la *viriditas.* Le passé s'est évanoui. Si tu penses encore à lui, tu seras encore plus mélancolique. J'ai été une petite fille, autrefois, dans l'île d'Hokkaido, au Japon ! J'étais jeune comme toi ! Et je peux te dire aussi comme c'est loin à présent. Nous sommes là, toi et moi, avec tous ces gens, toutes ces plantes autour de nous, et si tu t'arrêtes un peu pour leur accorder ton attention, tu verras qu'ils grandissent et prospèrent, et que la vie revient toujours en toute chose. Tu sentiras les *kami* partout, et c'est ce dont tu as besoin. Nous vivons toujours le moment.

— Et les jours anciens ?

Elle rit.

— Tu grandis. Bien sûr, tu devras te souvenir des jours anciens, parfois. Car ils étaient agréables, n'est-ce pas ? Tu as eu une enfance heureuse, ce qui est une bénédiction. Mais les jours qui viendront seront heureux également. Prends ce moment et interroge-toi : que te manque-t-il, hein ?... Coyote dit qu'il veut que tu les accompagnes, lui et Peter, pour un autre voyage. Tu devrais dire oui et retrouver le ciel, tu ne penses pas ?

On se prépara donc pour un second voyage avec Coyote, tandis que les travaux d'aménagement du nouveau Zygote, baptisé sans inspiration Gamète, se poursuivaient. Chaque soir, dans le nouveau réfectoire, les adultes discutaient durant des heures de leur nouvelle situation. Sax, Vlad et Ursula, de même que quelques autres, voulaient retourner en surface. Ils ne pouvaient poursuivre efficacement leur travail dans les refuges cachés, selon eux : ils voulaient retrouver le cours normal de la recherche médicale, de la construction réelle, du terraforming.

— Mais nous ne pourrons jamais nous déguiser, protestait Hiroko. On ne peut pas changer les génomes.

— Nous ne changerons pas nos génomes mais nos dossiers, répliqua Sax. C'est ce qu'a fait Spencer. Il a classé ses caractéristiques physiques sous une autre identité.

— Et on a parachevé le tout avec une intervention de chirurgie faciale, ajouta Vlad.

— Oui, mais le risque est minime à nos âges, non ? Nous ne ressemblons plus du tout à ce que nous étions. De toute façon, si nous faisions comme lui, nous pourrions assumer de nouvelles identités.

— Est-ce que Spencer est vraiment inscrit dans toutes les données ? insista Maya.

Sax haussa les épaules.

— On l'a laissé au Caire et il a eu la chance de s'immiscer parmi ceux que l'on emploie pour la sécurité. Ça a suffi. J'aimerais tenter quelque chose du même style. On verra ce qu'en dit Coyote. Lui, il ne figure dans aucun dossier, et il doit savoir.

— Il se cache depuis le début, remarqua Hiroko. C'est différent.

— Oui, mais il doit bien avoir certaines idées sur la question.

— On pourrait se mêler au demi-monde, proposa Nadia. Et comme ça, on ne figurerait pas dans les données. Moi, c'est mon plan.

Maya l'approuva.

Ils bavardaient ainsi chaque nuit.

— Il suffira de changer un peu d'apparence. Et puis, Phyllis est de retour, ne l'oubliez pas.

— Je n'arrive toujours pas à croire qu'ils aient pu survivre. Elle doit avoir neuf vies. Comme les chats.

— De toute manière, on nous a vus dans trop de programmes d'infos. Il faut être prudent.

De jour en jour, Gamète s'achevait. Mais, pour Nirgal, ça n'était plus son refuge, son dôme.

Un voyageur de passage leur annonça que Coyote serait bientôt là. Et le pouls de Nirgal se fit plus rapide. Bientôt, il retrouverait les nuits étoilées, il roulerait à nouveau dans le patrouilleur-rocher, de refuge en refuge...

Il en parla à Jackie et elle le dévisagea avec une attention intense. En fin d'après-midi, quand ils eurent achevé leur travail, elle le conduisit dans les grandes dunes et l'embrassa. Quand il se fut remis du premier choc, il répondit à son baiser et, ensuite, ils continuèrent passionnément. Ils se blottirent entre deux dunes, sous la brume pâle, et s'abritèrent sous une tente confectionnée avec leurs vêtements. Puis ils se caressèrent longuement tout en se déshabillant, dans la tiédeur de leurs corps, la buée de leur souffle. Le sable givré craquait sous eux et, sans une parole, ils se fondirent dans un grand choc électrique, oublieux d'Hiroko et de son monde. Sous les mèches noires de Jackie, des grains de sable scintillaient comme des diamants, comme un mystérieux pollen de fleurs de glace.

Plus tard, ils rampèrent au-dehors et regardèrent par-dessus la crête de la dune pour voir si on ne les cherchait pas. Ensuite, ils se rhabillèrent dans leur petit nid, se serrèrent encore l'un contre l'autre avec des baisers voluptueux et lents. Jackie pointa son doigt sur son torse et lui dit :

— Maintenant, on s'appartient l'un à l'autre.

Nirgal acquiesça avec bonheur, embrassa son cou gracile, enfouit son visage dans ses cheveux noirs et Jackie ajouta :

— Maintenant, tu m'appartiens.

Il espérait sincèrement que c'était la vérité. Il avait toujours attendu cet instant.

Mais ce même soir, aux bains, Jackie s'ébroua dans la piscine et Dao la rejoignit dans de grands éclaboussements pour la serrer contre lui. Elle recula, regarda Nirgal avec une expression vide, ses yeux noirs comme deux trous mystérieux dans son visage. Et Nirgal se sentit glacé, la poitrine roide, soudain, comme s'il s'apprêtait à encaisser un grand coup. Il avait encore les testicules douloureux, et elle, elle était là, serrée contre Dao, comme depuis des mois. Elle le fixait avec des yeux de vipère basilic.

C'est alors qu'une étrange sensation se répandit en lui — il comprit qu'il se souviendrait toute sa vie de cet instant, que c'était un tournant, là, dans cette piscine, dans la douce tiédeur de la vapeur, sous l'œil de rapace de l'imposante Maya, que Jackie détestait avec une acuité infinie. Maya les observait tous trois. Elle avait soupçonné quelque chose. C'était ainsi : Jackie et Nirgal pouvaient s'appartenir l'un à l'autre, et Nirgal appartenait très certainement à Jackie, mais elle concevait différemment les choses. Et en réalisant cela, il éprouva un tel choc qu'il en perdit le souffle. Ce fut comme un effondrement du toit de sa maison intérieure, de sa compréhension des choses. Il ne quittait pas Jackie des yeux, paralysé, blessé, gagné par la colère — elle était toujours collée contre Dao — et il comprenait. Elle les voulait tous les deux. Oui, c'était certain et c'était logique, en un sens. Elle prenait peut-être ainsi un peu plus de pouvoir sur leur petit groupe. Ou non. Peut-être qu'elle avait maintenant la mainmise sur tous les garçons. Et comme Nirgal était désormais un étranger, elle était certainement plus à l'aise avec Dao. Et Nirgal était un peu plus exilé chez les siens, et dans le cœur de celle qu'il aimait. A supposer qu'elle ait un cœur !

En se réfugiant dans les vestiaires des hommes, il surprit un visage étranger dans un miroir. Il s'arrêta net et vit que c'était lui, les traits déformés par la détresse.

Il contempla longuement ce visage avec un sentiment bizarre. Il se dit qu'il n'était pas le centre de l'univers, ni son unique conscience, mais une simple personne comme toutes les autres, telle que les autres la voyaient. Cet étrange Nirgal dans le miroir avait des cheveux noirs et des yeux bruns au regard intense et attrayant. C'était une sorte de jumeau de Jackie, surtout si l'on s'attachait à ses sourcils noirs et... à son regard. Mais il ne voulait plus rien savoir. Il sentait le pouvoir qui était en lui et qui lui brûlait le bout des doigts. Il se rappelait le regard des autres, dans les autres refuges, et il comprenait maintenant que, pour Jackie, il pouvait représenter le même danger qu'elle représentait pour lui — ce qui expliquait qu'elle était avec Dao, comme pour établir un équilibre et affirmer en même temps son pouvoir à elle. Pour lui prouver qu'ils constituaient une paire — un assortiment. Et tout à coup, la tension se relâcha dans sa poitrine, il frissonna, et il eut un sourire grimaçant dans le miroir. Oui, ils s'appartenaient. Mais il demeurait lui-même.

Et quand Coyote revint et lui demanda de venir avec lui, il accepta immédiatement. Il surprit la brève expression de colère sur le visage de Jackie quand elle apprit les nouvelles : c'était pitoyable. Mais, quelque part en lui, Nirgal exultait : il était capable de la quitter comme ça, de s'éloigner d'elle ou, du moins, de prendre quelque distance par rapport à elle. Il en avait besoin. Qu'ils soient assortis ou non.

Quelques soirs plus tard, avec Coyote, Peter et Michel, il s'éloigna de la calotte polaire pour retrouver les terres tourmentées, les étendues noires sous les étoiles.

Il se retourna longuement vers la grande falaise lumineuse, agité par des sentiments multiples. Mais ce qu'il ressentait avant tout, c'était du soulagement. Ils allaient creuser encore plus profond dans la glace, il le savait, jusqu'à vivre dans un dôme sous le pôle Sud. Pendant que la planète rouge tournerait dans le cosmos, entre les étoiles, les autres planètes. Et il réalisa soudain que jamais plus il ne vivrait sous ce dôme, qu'il n'y reviendrait que pour de brèves visites. Ce n'était pas une question de choix, mais de destin. C'était comme un fragment de rocher rouge au creux de sa main. Il n'aurait plus de foyer désormais — à moins que cette planète tout entière ne devienne un jour sa maison, avec ses cratères, ses canyons, ses rochers, ses plantes, et tous ceux qui y vivaient. Dans le monde vert comme dans le monde blanc. Mais ça... (il se souvint de la tempête qu'ils avaient entrevue à la lisière de Promethei Rupes)... c'était une entreprise qui exigerait plusieurs générations. Il fallait d'abord qu'il commence à apprendre.

DEUXIÈME PARTIE

L'AMBASSADEUR

Les astéroïdes à orbites elliptiques qui coupent l'orbite de Mars sont appelés astéroïdes Amor. (Lorsqu'ils coupent l'orbite de la Terre, on les appelle astéroïdes troyens.) En 2088, l'astéroïde Amor connu sous le code 2034 B franchit l'orbite de Mars à dix-huit millions de kilomètres derrière la planète, et un groupe de robots atterrisseurs en provenance de la Lune l'aborda quelque temps plus tard. 2034 B était une sphère rugueuse d'environ cinq kilomètres de diamètre, avec une masse de quinze milliards de tonnes. Dès que les rockets touchèrent sa surface, l'astéroïde 2034 B prit le nom de New Clarke.

Très vite, le changement devint évident. Certains atterrisseurs se posèrent sur la surface de l'astéroïde et commencèrent à forer, à excaver, à broyer, à trier et à convoyer. Une centrale à réacteur nucléaire fut lancée, et les barres d'alimentation se mirent en position. Ailleurs, des fours fonctionnaient déjà, et les robots chargeurs se préparèrent à les alimenter. Sur d'autres atterrisseurs, des baies de chargement s'ouvrirent, des mécanismes robots s'avancèrent sur leurs pattes mécaniques et s'ancrèrent dans les strates irrégulières de la roche. Des tunneliers s'enfoncèrent dans l'astéroïde. De la poussière jaillit jusque dans l'espace. Une partie retomba à la surface, une autre partit à la dérive pour l'éternité. Les atterrisseurs s'interconnectèrent par des tubes et des tuyaux. La roche de l'astéroïde était de la chondrite carbonacée, contenant un important pourcentage d'eau à l'état de glace dans toutes ses veines et ses bulles internes. Bientôt, les usines de traitement en chaîne des atterrisseurs commencèrent à produire une large gamme de matériaux à base carbonique, plus certains matériaux composites. L'eau lourde, qui représentait un six-millième de la glace, fut isolée. C'est à partir de cette eau lourde qu'on fabriqua du deutérium. Certaines pièces étaient manufacturées à partir des composites carbonés, et d'autres furent importées et installées comme les nouvelles dans les usines. De nouveaux robots apparurent, constitués principalement de matériaux puisés dans Clarke. Et le nombre de machines continua de croître sous la direction des ordinateurs qui, à partir des atterrisseurs interconnectés, géraient tout le complexe industriel.

Ensuite, le processus, durant des années, fut très simple. L'usine principale de New Clarke fabriqua un câble composé de filaments de nanotubes carboniques. Les nanotubes étaient constitués d'atomes de carbone liés en chaînes de telle manière que leurs maillons étaient ce que l'humanité pouvait concevoir de plus résistant. Les filaments ne mesuraient que quelques centaines de mètres, mais ils étaient bottelés en faisceaux, et ces bottes étaient bottelées à leur tour avec d'autres jusqu'à ce que le diamètre du câble atteigne neuf mètres. Les usines de New Clarke fabriquaient les filaments et les bottelaient à des vitesses telles qu'elles pouvaient extruder le câble à raison de quatre cents mètres à l'heure, soit dix kilomètres par jour, sans arrêt, heure après heure, jour après jour, année après année.

Tandis que cette fine tresse de carbone tournoyait dans l'espace, d'autres robots, sur une autre facette de l'astéroïde, construisaient un driver de masse, un moteur qui utiliserait le deutérium de l'eau pour propulser la roche broyée au loin à des vitesses avoisinant les deux cents kilomètres par seconde.

Tout autour de l'astéroïde, des moteurs plus petits et des fusées conventionnelles étaient également en construction. On fit le plein de carburant pour le jour où tout devrait commencer. Les moteurs et les fusées rempliraient alors le rôle de jets d'attitude[1]*. D'autres usines construisaient des véhicules à grandes roues capables de circuler en avant comme en arrière sur le câble qui croissait toujours. Au fur et à mesure qu'il se déployait hors de la planète, on lui fixait d'autres fusées et d'autres appareils.*

Le driver de masse fut déclenché. Et l'astéroïde se plaça sur une nouvelle orbite.

Des années passèrent. L'orbite de l'astéroïde recoupait désormais celle de Mars de telle façon qu'il s'en approchait à dix mille kilomètres. Et le dispositif de fusées de l'astéroïde fut déclenché de façon que le champ gravifique de Mars capture New Clarke selon une orbite qui, tout au début, était très elliptique. Les fusées étaient mises à feu régulièrement et, peu à peu, elles rectifièrent l'orbite. L'extrusion du câble se poursuivait. Les années passaient.

Guère plus d'une décennie après l'arrivée des atterrisseurs, le câble avait atteint trente mille kilomètres de long. La masse de l'astéroïde était de huit milliards de tonnes et celle du câble de sept milliards environ. L'orbite de l'astéroïde était elliptique, avec un périastre approximatif de cinquante mille kilomètres. Mais à présent, toutes les fusées et les drivers de masse, sur New Clarke aussi bien que sur le câble, avaient été déclenchés, certains en continu, mais la plupart par intermittence. L'un des plus puissants ordinateurs jamais conçus occupait une baie de chargement. Il coordonnait les données des senseurs et déterminait ainsi les mises à feu des fusées. Le câble, à cette époque, était à l'écart de Mars, mais il se mit à osciller dans

1. Le comportement d'une fusée, d'un avion, etc., en approche. (*N.d.T.*)

sa direction, comme dirigé par une horloge de précision. Et, dans le même temps, l'orbite de l'astéroïde se réduisit et devint régulière.

Pour la première fois depuis le contact initial, de nouvelles fusées se posèrent sur New Clarke. Des robots en débarquèrent et entreprirent la construction d'un spatioport. L'extrémité du câble descendit vers Mars. Là, les calculs vectoriels prirent leur essor pour atteindre une complexité quasi métaphysique, et la danse gravitationnelle de l'astéroïde, du câble et de la planète se fit plus précise, suivant une musique en retard permanent. Et ainsi le grand câble se rapprocha de sa position requise, et ses mouvements se firent de plus en plus lents. Si quiconque avait pu profiter de l'ensemble du spectacle, il aurait eu sous les yeux une sorte de démonstration physique spectaculaire du paradoxe de Zénon, qui veut que le coureur se rapproche d'autant plus de la ligne d'arrivée s'il diminue de moitié la distance qu'il lui reste à parcourir... Mais personne ne vit jamais ce spectacle, car il n'existait aucun témoin doué des sens appropriés. Proportionnellement, le câble était bien plus fin qu'un cheveu humain — à supposer qu'on l'eût réduit à cette dimension, il aurait été encore long de plusieurs centaines de kilomètres — et il n'était visible que sur de courts segments. On pouvait dire que seul l'ordinateur qui le guidait en avait la pleine et totale mesure. Pour les observateurs qui se trouvaient à la surface de Mars, dans la ville de Sheffield, sur le volcan Pavonis Mons (la montagne du Paon), le câble apparut tout d'abord comme une très petite fusée qui descendait vers eux avec un fil ténu. Un fil de pêche, en quelque sorte, avec une esche brillante, qu'avaient jeté des dieux de passage dans l'univers. Sous cette perspective, le câble suivit sa ligne conductrice jusqu'au colossal bunker situé à l'est de Sheffield avec une lenteur presque douloureuse, jusqu'à ce que la plupart des habitants finissent par se lasser du spectacle de ce trait noir dans la haute atmosphère.

Puis vint enfin le jour où l'extrémité du câble, dirigée par d'ultimes décharges de fusées, assura sa position dans les rafales de vent et se posa dans l'orifice du toit du bunker. Désormais, sous le point aréosynchrone, le câble était attiré par la gravité de Mars, tandis que la partie qui se trouvait au-dessus du point aréosynchrone essayait de suivre New Clarke dans son vol centrifuge autour de la planète. Les filaments de carbone du câble résistèrent à la tension, et l'ensemble du dispositif entra en rotation à la même vitesse que la planète, au-dessus de Pavonis Mons, en une vibration oscillatoire qui lui permettait d'esquiver Deimos, le satellite naturel. Il était toujours contrôlé par le grand ordinateur de New Clarke et l'immense batterie de fusées déployée sur la tresse de carbone.

L'ascenseur était de retour. On mit en place les cabines sur Pavonis et sur New Clarke, fournissant ainsi un contrepoids qui diminuait d'autant l'énergie nécessaire aux opérations. Des vaisseaux entamèrent alors leur approche du spatioport de New Clarke et, quand ils repartirent, ils bénéficièrent de l'effet de fronde du champ gravifique de Mars, dont l'interactivité avec la Terre et le reste du système solaire diminuait d'autant le coût des voyages. C'était comme si un cordon ombilical venait d'être remis en place.

Il était au milieu d'une existence parfaitement ordinaire quand ils le réquisitionnèrent pour l'expédier sur Mars.

Art Randolph avait loué cet appartement depuis un mois quand la convocation lui arriva sous forme d'un fax, juste après que sa femme et lui eurent décidé de divorcer officiellement. Le texte du fax était très bref : *Cher Arthur Randolph. William Fort vous invite à un séminaire privé. Un avion quittera l'aéroport de San Francisco à 9 heures, le 22 février 2101.*

Art resta figé un instant, stupéfait, les yeux fixés sur le papier. William Fort était le fondateur de Praxis, la société qui avait acheté celle d'Art quelques années auparavant. Fort était très vieux, et l'on disait que sa position au sein de la transnat était plutôt honorifique. Mais il organisait encore des séminaires privés, qui étaient d'autant plus fameux que peu d'informations en filtraient. On prétendait qu'il invitait tous les cadres de la transnationale, qu'ils se retrouvaient à San Francisco et qu'un jet privé les emmenait ensuite dans un lieu secret. Personne ne savait ce qui s'y passait. Ceux qui y avaient participé étaient ensuite transférés ailleurs, ou bien alors ils se taisaient de telle manière que cela interdisait toute question. C'était un mystère absolu.

Si Art fut surpris d'être invité et s'il en éprouva quelque appréhension, cela lui plut néanmoins. Avant d'être racheté, il avait été le cofondateur et le directeur technique d'une petite société appelée Dumpmines, spécialisée dans le minage et le traitement d'anciens dépôts et qui récupérait les matériaux utilisables rejetés à l'époque des gaspillages. Il avait été surpris, et plutôt agréablement, d'être racheté par Praxis. Du même coup, tous les employés de Dumpmines étaient devenus membres d'une des firmes les plus riches de la planète — ils avaient reçu des actions, le droit de vote à l'intérieur de la compagnie, et la liberté d'utiliser toutes ses ressources. C'était comme d'être adoubé chevalier.

Art ne pouvait nier qu'il avait été séduit, de même que son épouse, même si elle se trouvait dans un état totalement élégiaque. Elle venait d'être engagée par la Direction de synthèse de Mitsubishi, et les grandes transnats, selon elle, constituaient des mondes à part. Comme ils travaillaient pour deux mondes différents, inévitablement, ils avaient été séparés l'un de l'autre — plus encore que jamais. Ils n'avaient plus besoin l'un de l'autre pour recevoir le traitement de longévité, que les transnats offraient de façon plus fiable que le gouvernement. Ils étaient comme des passagers embarqués sur des vaisseaux différents, lui dit-elle, qui traverseraient la baie de San Francisco dans deux directions différentes.

Art avait eu le sentiment qu'ils auraient pu faire la navette entre les bateaux, si sa femme n'avait pas été autant intéressée par un compagnon passager, un vice-président de Mitsubishi chargé du développement du Pacifique Est. Mais Art, très rapidement, avait été pris par le programme d'arbitrage de Praxis. Il voyageait fréquemment pour des conférences ou pour arbitrer des litiges entre des filiales mineures de Praxis. Et quand il se retrouvait à San Francisco, Sharon était rarement là. Elle lui avait dit qu'ils seraient bientôt hors de portée de voix, et, trop démoralisé dans l'instant, il n'avait même pas contesté sa déclaration. Un peu plus tard, il avait déménagé, suivant sa suggestion. En fait, elle l'avait fichu à la porte.

Et maintenant, il était là, relisant le fax pour la quatrième fois en grattant sa joue pas rasée. Il était grand, costaud, mais avec une tendance à se voûter — « balourd », disait sa femme, même si sa secrétaire, chez Dumpmines, le traitait de « gros ours », ce qu'il préférait. A vrai dire, il avait parfois le comportement maladroit et la démarche pesante d'un ours, en même temps que sa force et sa rapidité. Il avait été fullback dans l'équipe de foot de l'université de Washington. Lent au coup de pied mais toujours précis, et particulièrement difficile à plaquer. On l'avait surnommé « l'Homme-Ours », d'ailleurs. Et ses adversaires disaient qu'on ne pouvait l'intercepter qu'à ses risques et périls.

Il avait fait des études d'ingénieur avant de travailler sur les champs pétrolifères d'Iran et de Géorgie. Là, il avait mis au point un certain nombre d'innovations pour extraire le pétrole de schistes bitumeux extrêmement marginaux. Il passa une maîtrise à l'université de Téhéran avant de partir pour la Californie. Où il retrouva un ami qui mettait sur pied une société destinée à la fabrication du matériel de forage profond utilisé sur les exploitations off shore. A nouveau, Art avait mis au point un certain nombre d'améliorations destinées au matériel de forage dans des conditions de profondeur extrême. Mais deux ans de chambres de compression sur le bouclier continental, c'était trop pour lui. Il avait revendu ses parts de l'entreprise à son associé pour reprendre ses errances. Il s'était d'abord attaqué à l'habitat en conditions de basse température et avait fondé une société, puis il était passé aux panneaux solaires et aux portiques de lancement des fusées. A chaque fois, ç'avait été une réussite, mais avec le temps il avait découvert que c'étaient les problèmes humains qui l'intéressaient au fond, et non pas la technique. Il s'était investi de plus en plus dans le management des projets avant de passer à l'arbitrage. Il aimait plonger dans les litiges et les résoudre à la satisfaction générale. C'était une forme d'ingénierie plus gratifiante et enrichissante que les recherches en mécanique, mais aussi plus difficile. Plusieurs des sociétés pour lesquelles il travailla durant ces années-là faisaient partie de diverses transnationales, et il se retrouva en tant qu'arbitre non seulement entre ses propres sociétés, mais face aux transnats. Et aussi dans des conflits plus complexes qui requéraient un arbitrage tierce. Il appelait ça de l'ingénierie sociale et ça le fascinait.

En prenant la direction technique de Dumpmines, il avait fait de l'excellent travail sur leurs SuperRathjes, des véhicules robotisés spécialisés dans l'extraction et le triage sur les sites miniers. Mais là, plus que jamais, il se donna à fond dans les conflits du travail. Cette tendance de sa carrière était devenue plus marquée encore après le rachat de la société par Praxis. Et quand des journées s'écoulaient en résolutions de litiges, il revenait régulièrement chez lui avec la certitude qu'il aurait dû être juge, ou diplomate. Oui — tout au fond de lui, il était un diplomate.

Ce qui rendait d'autant plus gênant le fait qu'il n'ait pas été capable de négocier avec succès la fin de sa vie conjugale. Et il ne faisait aucun doute que cette rupture était bien connue de Fort, ou de celui qui l'avait invité au séminaire. Il se pouvait même qu'ils aient mis sur écoute son ancien appartement et enregistré le lamentable gâchis qu'avaient été leurs derniers mois, à Sharon et lui, ce qui n'était flatteur ni pour l'un ni pour l'autre. Il se crispa à cette seule pensée tout en se dirigeant vers la salle de bains. Il ouvrit le chauffe-eau portatif et contempla dans le miroir un visage un peu ahuri. Mal rasé, la cinquantaine, séparé de sa femme, mal employé une bonne partie de sa vie, s'éveillant tout juste à sa vocation — pas du tout le genre de type à qui William Fort pouvait faxer, imaginait-il.

Sa femme, ou plutôt son ex, se montra aussi incrédule que lui.

— Ça doit être une erreur, fit-elle.

Elle l'avait appelé parce qu'elle ne retrouvait plus un des objectifs de son appareil photo et qu'elle soupçonnait Art de l'avoir emporté en déménageant.

— Je vais le chercher, dit-il.

Il gagna la penderie. Il n'avait même pas encore ouvert ses deux valises. Il savait qu'il était impossible que cet objectif s'y trouve, mais il chercha activement néanmoins : Sharon était capable de savoir s'il jouait la comédie ou non. Elle continuait à parler et sa voix éveillait des échos dans l'appartement vide.

— Ça montre à quel point ce Fort est bizarre. Tu vas te retrouver dans une sorte de Shangri-La[1] où il parlera japonais et portera des boîtes de kleenex en guise de chaussures. Tu auras droit à tous ses

1. Site du roman *L'Horizon perdu* (1933) de James Hilton. Par extension, toute contrée utopique, idyllique. (*N.d.T.*)

discours de dingue, tu vas apprendre à léviter et je ne te reverrai plus jamais. Alors, tu le trouves ?

— Non. Il n'est pas là.

En se séparant, ils avaient partagé leurs biens communs : Sharon avait pris l'appartement, le lutrin, les appareils photo, les plantes, le lit et l'ensemble du mobilier. Art avait gardé la poêle à frire à revêtement de Téflon. On ne pouvait pas dire que ç'ait été un de ses meilleurs arbitrages. Mais ça signifiait aussi qu'il n'y avait guère d'endroit où chercher cet objectif perdu.

Sharon avait un don : elle pouvait transformer un banal soupir en une accusation.

— Ils vont t'apprendre le japonais, et je ne te reverrai pas. Je me demande pourquoi William Fort aurait besoin de toi ?

— Comme conseiller conjugal, peut-être ? suggéra Art.

La plupart des rumeurs qui circulaient à propos des séminaires de Fort se révélèrent fondées, ce qui surprit beaucoup Art. A l'aéroport international de San Francisco, il monta à bord d'un jet privé avec six autres personnes, hommes et femmes, et, peu après le décollage, les hublots, à double polarisation apparemment, devinrent noirs, et on ferma la porte d'accès du cockpit. Deux des compagnons de voyage d'Art s'essayèrent alors au jeu de l'orientation et, après que l'avion eut basculé plusieurs fois à droite, puis à gauche, ils se mirent d'accord : ils faisaient route quelque part entre le sud-ouest et le nord. Ils étaient sept à bord, tous directeurs techniques ou arbitres au sein du grand réseau Praxis. Ils s'étaient retrouvés à San Francisco et venaient des quatre coins du monde. Certains semblaient excités à l'idée de rencontrer le fondateur de la transnationale, d'autres se montraient inquiets.

Leur vol dura six heures, et les orientateurs, durant la descente, passèrent leur temps à définir les limites extrêmes de leur point d'atterrissage : un cercle qui passait par Juneau, en Alaska, Hawaii, Mexico et Detroit. Quoique, fit remarquer Art, il aurait pu être plus vaste encore s'ils étaient à bord d'un de ces nouveaux jets air-espace. Auquel cas, il pouvait englober une bonne moitié de la planète. Quand leur avion se posa, ils descendirent dans un sas jusqu'à un grand van aux vitres noires. Une paroi opaque se dressait entre eux et le siège du chauffeur. Les portes étaient verrouillées de l'extérieur.

Ils roulèrent durant une demi-heure. Quand le van s'arrêta et qu'ils purent descendre, le chauffeur les attendait : c'était un homme âgé en short et T-shirt de Bali.

Ils clignèrent des yeux dans le soleil éblouissant. Ils n'étaient pas à Bali, mais sur un petit parking asphalté entouré d'eucalyptus, au fond d'une étroite vallée côtière. A l'ouest, à moins de deux kilomètres, ils virent un lac, ou un bras d'océan. Un ruisseau coulait au fond de la vallée jusque dans un lagon, immédiatement derrière une plage. Les flancs de la vallée étaient couverts d'herbe sèche au sud, de cactus au nord, avec des affleurements de rocher brun.

— Baja ? proposa l'un des orientateurs. L'Equateur ? L' Australie ?

— San Luis Obispo[1] ? suggéra Art.

Leur chauffeur les précéda sur une route étroite qui conduisait à un petit ensemble composé de sept bâtiments en bois à deux étages, nichés entre les pins maritimes, au fond de la vallée. Deux des bâtiments étaient à usage résidentiel et, quand ils eurent déposé leurs bagages dans les chambres qui leur avaient été assignées, le chauffeur les conduisit jusqu'à une salle à manger, dans un bâtiment adjacent. Là, une demi-douzaine de serveurs plutôt âgés leur présentèrent un dîner très simple, composé d'un ragoût et d'une salade. Ensuite, ils furent libres de regagner leur résidence.

Ils se rassemblèrent dans le foyer, autour d'une cheminée. Il faisait assez chaud au-dehors et personne n'avait fait de feu dans la cheminée.

— Fort a cent douze ans, déclara un des orientateurs, qui s'appelait Sam. Et les traitements n'ont pas affecté son cerveau.

— Ça n'est jamais le cas, remarqua Max, autre orientateur.

Ils bavardèrent encore à propos de Fort durant un moment. Ils avaient tous entendu diverses choses à son sujet, car William Fort était une des célébrités de la médecine, le Pasteur de leur siècle, l'homme qui avait vaincu le cancer, ainsi que le proclamaient à tort les tabloïds. L'homme qui avait triomphé du froid ordinaire. Il avait fondé Praxis à vingt-quatre ans pour lancer sur le marché plusieurs innovations qui constituaient autant de percées antivirales. A vingt-sept ans, il était multi-milliardaire. Par la suite, il avait donné une nouvelle dimension à Praxis, jusqu'à ce qu'elle devienne l'une des plus importantes transnationales. Quatre-vingts années de métastase continue, ainsi que le résuma Sam. Tout en mutant personnellement pour devenir une espèce d'hyper-Howard Hughes, à ce que l'on disait du moins, de plus en plus puissant, Fort, à l'image d'un trou noir[2], avait totalement disparu derrière l'horizon événementiel de son propre pouvoir.

— J'espère simplement que ça ne sera pas trop bizarre, commenta Max.

Les autres invités — Sally, Amy, Elizabeth et George — étaient plus optimistes. Mais tous appréhendaient la rencontre, ou l'absence

1. Pratiquement la banlieue de San Francisco. (*N.d.T.*)

2. Dans un trou noir, selon les théories actuelles, l'espace et le temps sont prisonniers. Et un individu placé à l'intérieur vivrait l'éternité en un instant, ou presque. (*N.d.T.*)

de rencontre, et comme nul ne se présenta durant la soirée, ils se retirèrent dans leurs chambres avec une expression inquiète.

Art dormit aussi bien qu'à l'accoutumée. A l'aube, il fut réveillé par le ululement sourd d'un hibou. Le ruisseau gargouillait sous sa fenêtre. L'aube était grise et la brume de mer se mêlait au brouillard qui flottait sur les pins. Un tambourinement d'appel monta de quelque part.

Il s'habilla rapidement et sortit. Tout était humide. Sur des terrasses basses, il découvrit des rangées de laitues et des pommiers si sévèrement taillés qu'ils étaient réduits à l'état de buissons.

Quand Art atteignit le bas de la petite ferme, des couleurs commençaient à se dessiner au-dessus du lagon. Une pelouse se déployait sous un chêne ancien. Art s'en approcha, mû par une sorte d'instinct. Il palpa son écorce crevassée, blessée. Puis il entendit des voix. Des gens remontaient du lagon en suivant un sentier. Ils portaient des tenues de plongée noires et tenaient des planches de surf ou des deltaplanes. Il reconnut les personnes qui leur avaient servi le dîner, ainsi que le chauffeur du van. Qui lui fit un signe amical avant de poursuivre son chemin. Art continua jusqu'au lagon. Le bruissement des vagues se perdait dans l'air salé et les piaillements des oiseaux qui frôlaient les roseaux.

Au bout d'un moment, il remonta le sentier et se retrouva dans la salle à manger. Les serveurs qu'il avait croisés s'activaient en cuisine et faisaient sauter des crêpes. Quand Art et ses collègues eurent terminé leur petit déjeuner, le chauffeur les précéda jusqu'à une grande salle de réunion. Ils s'installèrent sur les canapés disposés en carré. De grandes fenêtres laissaient entrer la lumière perlée du matin. Le chauffeur s'installa entre deux canapés et leur dit :

— Je suis William Fort. Et je suis heureux de vous voir tous ici.

Si on l'examinait plus attentivement, on pouvait constater que c'était un homme étrange. Son visage était ridé par un siècle de soucis, mais il donnait dans l'ensemble une impression de détachement et de sérénité. Une sorte de chimpanzé, songea Art, qui aurait été élevé dans un labo avant d'étudier le Zen. Ou, plus simplement, un très vieux surfer, ou un roi du deltaplane, usé, chauve, le visage rond et le nez retroussé. Et il les considérait tous, l'un après l'autre. Sam et Max, qui l'avaient ignoré dans ses rôles de chauffeur et de cuisinier, n'avaient pas l'air vraiment à l'aise, mais il ne semblait pas en tenir compte.

— L'un des index qui permettent de mesurer la densité des humains et de leurs activités dans le monde, dit-il, c'est la distribution, au pourcentage du produit net, de photosynthèse au sol.

Sam et Max approuvèrent comme si c'était là une déclaration classique d'ouverture de réunion.

— Je peux prendre des notes ? demanda Art.

— Je vous en prie. (Fort leur désigna la table basse au milieu des canapés, qui était couverte de lutrins et de paperasses.) Je voudrais que nous jouions à certains jeux plus tard, ce qui explique ces lutrins et ces blocs, selon votre choix.

La plupart des invités étaient venus avec leurs lutrins et, un bref instant, le silence régna tandis qu'ils les sortaient. Fort se leva et se mit à parler, effectuant régulièrement un tour après quelques phrases.

— Aujourd'hui, nous utilisons quatre-vingts pour cent du produit net de la photosynthèse au sol. Il est probablement impossible d'atteindre les cent pour cent, et notre capacité de transport à longue distance a été estimée à trente pour cent. Nous sommes donc, comme certains disent, en dépassement massif. Nous avons liquidé notre capital naturel comme s'il constituait un revenu sacrifiable, et nous sommes au seuil de l'épuisement dans certains stocks essentiels, comme le pétrole, le bois, le sol, les métaux, l'eau, les poissons et les animaux. Ce qui rend une expansion économique continue difficile.

« *Difficile !* » inscrivit Art. « *Continue ?* »

— Il faut continuer, ajouta Fort en décochant un regard perçant à Art, qui abritait discrètement son lutrin sous son bras. L'expansion continue est le principe fondamental de l'économie. Donc l'un des fondements de l'univers même. Car tout n'est qu'économie. La physique est de l'économie cosmique, la biologie est de l'économie cellulaire, les sciences humaines sont de l'économie sociale, la psychologie est de l'économie mentale, et ainsi de suite.

Son auditoire approuva sans enthousiasme.

— Ainsi, toute chose est en expansion. Mais cela ne saurait se produire en contradiction avec la loi de la conservation de l'énergie et de la matière. Quelle que soit l'efficacité de notre consommation, nous n'arriverons jamais à rendre notre production plus importante que notre absorption.

Et Art inscrivit : *« Production plus importante qu'absorption — tout n'est qu'économie — capital naturel — dépassement massif. »*

— En réaction à cette situation, un groupe de Praxis s'est mis au travail sur ce que nous appelons l'économie de monde plein.

— Ce ne serait pas une économie de monde saturé ? demanda Art.

Fort parut ne pas l'avoir entendu.

— Mais, comme le disait Daly, le capital constitué par l'homme et le capital naturel ne peuvent se substituer l'un à l'autre. C'est évident, mais comme de nombreux économistes continuent à prétendre le contraire, il convient d'insister sur ce point. Pour poser les choses simplement, disons qu'on ne peut substituer un nombre croissant de scieries à un nombre décroissant de forêts. Quand vous construisez une maison, vous pouvez jongler avec le nombre de scies électriques et de charpentiers, ce qui signifie qu'ils peuvent être substitués les uns aux autres, mais vous ne pourrez pas construire votre maison avec la moitié du bois de charpente nécessaire, quel que soit le nombre de scies et de charpentiers dont vous disposez. Essayez et vous aurez une maison à courants d'air. Celle dans laquelle nous vivons.

Art secoua la tête et considéra la page de son lutrin qu'il avait remplie avant de passer à la suivante : « *Ressources et capital ne peuvent être substitués — scies électriques/charpentiers — bois de charpente — maison à courants d'air.* »

Fort s'était tourné vers la fenêtre ouest, celle qui ouvrait sur la plage. Il laissa passer quelques minutes de silence sans reprendre la parole.

— Excusez-moi, intervint Sam. Vous avez bien dit « capital naturel » ?

Fort sursauta et se retourna.

— Oui ?...

— Je croyais que le capital était un produit de l'homme. C'est la définition que nous avons apprise : le capital, ce sont les moyens de production que l'homme produit.

— Oui. Mais dans un monde capitaliste, le mot *capital* a connu de plus en plus d'usages. Par exemple, les gens parlent de capital humain pour définir ce que le travail accumule par l'éducation et l'expérience professionnelle. Le capital humain diffère du capital classique dans la mesure où vous ne pouvez en hériter, et il ne peut être que loué : ni vendu ni acheté.

— A moins que l'on ne prenne en compte l'esclavage, dit Art.

Fort fronça les sourcils.

— Ce concept de *capital naturel* ressemble plus, en fait, à la définition traditionnelle que le capital humain. On peut le posséder, le léguer, le diviser en valeurs renouvelables ou non, le mettre sur le marché ou pas.

— Mais si tout est un capital, d'une manière ou d'une autre, intervint Amy, on comprend pourquoi les gens considèrent que l'un peut se substituer à l'autre. Si vous améliorez le capital accumulé par l'homme afin de moins consommer votre capital naturel, n'est-ce pas là une substitution ?

Fort secoua la tête.

— Ça, c'est l'efficacité. Le capital est une quantité de moyens de produire, et l'efficacité est un ratio entre le produit et les moyens de produire. Quel que soit le niveau d'efficacité d'un capital, il ne peut produire à partir de rien.

— De nouvelles sources d'énergie... suggéra Max.

— Mais on ne peut pas fabriquer du sol à partir de l'électricité. La fusion nucléaire et les machines autoreproductrices nous ont dotés d'une énergie énorme, mais nous devons posséder des stocks de base pour pouvoir y appliquer cette énergie. Et c'est là que nous atteignons une limite au-delà de laquelle aucune substitution n'est possible.

Fort les regarda tous tour à tour avec cette sérénité qu'Art avait remarquée dès le début. Il consulta son lutrin. « *Capital naturel — capital humain — capital traditionnel — énergie contre matière — sol électrique — pas de substituts s'il vous plaît.* » Avec une grimace, il changea de page.

— Malheureusement, reprit Fort, la plupart des économistes continuent à travailler dans le cadre du modèle monde vide.

— Le modèle monde plein paraît évident, dit Sally. Cela va de soi. Pourquoi un économiste devrait-il l'ignorer ?

Fort haussa les épaules, fit un nouveau tour de la pièce. Art avait le cou endolori.

— Nous comprenons le monde au travers de paradigmes. Le passage d'une économie de monde vide à une économie de monde plein est un changement de paradigme majeur. Max Planck a dit qu'un paradigme nouveau s'imposait non pas quand il convainquait ses opposants, mais lorsque ses opposants finissaient par mourir.

— Et pour l'heure, ils ne meurent pas, remarqua Art.

Fort acquiesça.

— Les traitements gériatriques maintiennent les gens dans l'existence. Et la plupart ont des fonctions.

Sally prit un air écœuré.

— Dans ce cas, il faudra qu'ils changent d'opinion, n'est-ce pas ?...

Fort se tourna vers elle.

— C'est ce que nous allons essayer de faire. En théorie, du moins. Je veux que vous inventiez des stratégies économiques type monde plein. C'est le jeu auquel je joue. Si vous voulez bien raccorder vos lutrins à cette table, je pourrai vous transmettre les données de départ.

Ils se penchèrent pour enfoncer leurs fiches dans la table.

Le premier jeu que proposa Fort comportait une estimation du maximum de population supportable pour la planète.

— Est-ce que cela ne dépend pas des différentes hypothèses sur le mode de vie ? demanda Sam.

— Nous allons définir toute une gamme d'hypothèses.

Il ne plaisantait pas. Ils bâtirent des scénarios dans lesquels chaque hectare de terre arable était exploité avec une efficacité maximale, des scénarios où l'on revenait à la chasse et à la cueillette, de la consommation universelle ostentatoire à des régimes universels de subsistance. Les conditions initiales inscrites dans leurs lutrins, ils se mirent à taper, avec des expressions qui allaient de l'ennui à la concentration en passant par la nervosité et l'impatience. Ils se servaient des formules fournies par la table quand ils n'injectaient pas les leurs.

Ce qui les occupa jusqu'au déjeuner, puis durant tout l'après-midi. Art avait toujours aimé les jeux et, avec Amy, il eut fini bien avant les autres. Le résultat estimé du maximum de population allait de cent millions (le modèle du « tigre immortel », ainsi que l'avait baptisé Fort) à trente milliards (« la fourmilière »).

— C'est un écart considérable, remarqua Sam.

Fort acquiesça et les observa d'un air patient.

— Mais si vous ne considérez que les modèles fondés sur des conditions réalistes, déclara Art, vous arrivez d'ordinaire entre trois et huit milliards.

— Et la population mondiale est actuellement de douze milliards, dit Fort. Donc, nous sommes largement en dépassement. Et qu'allons-nous faire ? Nous avons des sociétés à diriger, après tout. Le travail ne va pas s'arrêter parce que les gens sont trop nombreux sur Terre. L'économie d'un monde saturé ne signifie pas la fin de l'économie, mais seulement la fin des affaires telles que nous les connaissons. Je veux que Praxis aborde la courbe en tête. Bien. C'est la marée basse, et je vais sortir faire un tour. Je vous invite avec plaisir à vous joindre à moi. Demain, nous jouerons à un jeu appelé « Trop plein ».

Sur ce, il se retira et ils furent laissés à eux-mêmes. Ils regagnèrent leurs chambres, puis, comme l'heure du dîner approchait, ils se rendirent à la salle à manger. Fort n'était pas visible, mais ils retrouvèrent plusieurs de ses associés qu'ils avaient rencontrés la veille au soir. Il y avait aussi un groupe de jeunes hommes et de jeunes femmes, tous grands, dynamiques, éclatants de santé. Ils faisaient penser à un club de gymnastique ou de natation. Les jeunes femmes dominaient. Sam et Max haussaient les sourcils en un signal morse codé qui se lisait facilement : « Hé ! Hé ! » Mais les jeunes les ignorèrent, leur servirent le dîner et retournèrent à la cuisine. Art finit très vite son repas, tout en se demandant si Max et Sam avaient raison dans leurs suppositions. Il emporta lui-même son couvert à la cuisine et se mit à la plonge tout en demandant à l'une des jeunes femmes :

— Qu'est-ce qui vous a amenée ici ?

— Une sorte de programme scolaire. (Elle s'appelait Joyce.) Nous sommes tous en formation. Nous sommes entrés à Praxis l'an dernier et nous avons été sélectionnés pour venir suivre des cours.

— Est-ce que par hasard vous auriez travaillé sur l'économie de monde plein aujourd'hui ?

— Non. On a surtout joué au volley.

Il sortit en songeant qu'il aurait préféré faire partie de la sélection des jeunes. Il se demanda s'il existait un sauna dans la demeure, juste au-dessus de l'océan. Ça ne semblait pas impossible, après tout : l'eau de l'océan était froide, et si tout devait être considéré comme faisant partie de l'économie, ce genre d'installation était un investissement. Pour maintenir l'infrastructure humaine, en quelque sorte.

Ses collègues, quand il les retrouva, évoquaient la journée.

— Je déteste ce genre de truc, dit Sam.

— Oui, mais on est coincés, remarqua Max d'un air sombre. Ou on participe au culte ou on perd notre job.

Les autres n'étaient pas aussi pessimistes.

— Il se sent peut-être seul, c'est tout, suggéra Amy.

Sam et Max roulèrent des yeux en regardant en direction de la cuisine.

— Ou alors, il a toujours eu envie d'être prof, proposa Sally.

— Peut-être qu'il souhaite que la croissance de Praxis reste à dix pour cent par an, dit George. Monde plein ou pas.

Max et Sam hochèrent la tête et Elizabeth afficha une expression irritée.

— Peut-être aussi qu'il veut sauver le monde ! dit-elle.

— Exact, fit Sam, et Max et George ricanèrent.

— Peut-être que cette pièce est sur écoute, dit Art.

Ce qui interrompit la conversation comme la lame d'une guillotine.

Les jours qui suivirent ressemblèrent au premier. Ils se retrouvaient dans la salle de conférences et Fort tournait dans la pièce en parlant. Son discours était souvent cohérent, parfois non. Un certain matin, il passa trois heures à parler de féodalisme — en leur disant que c'était l'expression la plus claire de la dynamique de dominance primaire, qu'il n'avait jamais vraiment disparu et que le capitalisme des transnationales était un féodalisme affiché, que l'aristocratie mondiale devait trouver un moyen de subsumer la croissance capitaliste dans la forme ferme et stable du modèle féodal. Un autre matin, il leur parla d'une théorie calorique de valeur appelée éco-économie, développée apparemment par les premiers pionniers de Mars. Sam et Max roulèrent des yeux effarés, tandis que Fort enchaînait sur les équations de Taneev et Tokareva en griffonnant des symboles illisibles sur le tableau.

Mais cette routine ne dura pas : quelques jours plus tard, la houle se leva du sud et Fort annula leurs réunions pour se lancer dans le surf et (avec le même succès) dans le deltaplane aquatique avec une tenue munie d'ailes souples qui transformait les gestes en mouvements de vol. La plupart des jeunes lauréats le rejoignirent pour décrire de grandes boucles au-dessus des lames comme une bande de nouveaux Icares. Ils flottaient sur les coussins d'air des rouleaux exactement à la manière des pélicans qui avaient inventé ce sport.

Art sortit à son tour et se plaqua sur un body-board. Il découvrit que l'eau n'était pas aussi glacée qu'il l'avait redouté et qu'il n'aurait pas besoin d'une combinaison. Il réussit à se placer près de Joyce qui surfait vraiment, elle, et ils échangèrent quelques mots. Il apprit ainsi que les vieux cuisiniers qu'il avait rencontrés étaient d'excellents amis de Fort, des vétérans des premières années de l'ascension de Praxis. Les jeunes les avaient surnommés les Dix-Huit Immortels. Certains d'entre eux étaient installés dans le domaine, les autres n'étaient que de passage pour une espèce de réunion. Ils conféraient sur les problèmes courants, conseillaient les dirigeants actuels de

Praxis, participaient à des cours et des séminaires, quand ils ne jouaient pas sur les vagues. Ceux qui ne se passionnaient pas pour l'océan travaillaient dans les jardins.

En retournant au domaine, Art les examina avec attention. Ils travaillaient tous avec la même lenteur tout en bavardant. Ils semblaient surtout s'occuper de récolter les pommes.

Le vent du sud diminua, et Fort retrouva son groupe. Il se trouva qu'un jour le sujet fut « Les Opportunités des affaires dans un monde plein ». Art commença alors à entrevoir pourquoi il avait été choisi avec ses six collègues : Amy et George travaillaient sur la contraception, Sam et Max dans le design industriel, Sally et Elizabeth dans la technologie agronomique, et lui-même était spécialiste en récupération de ressources. Ils travaillaient déjà tous dans des domaines intéressant le monde plein et, chaque après-midi, ils se montraient assez brillants dans les divers jeux qui consistaient à concevoir d'autres modèles.

Fort leur proposa ainsi un jeu où le problème du monde plein était résolu par le retour à un monde vide. Ils étaient censés provoquer la dispersion d'un vecteur de peste qui tuerait tous ceux qui n'avaient pas reçu le traitement gérontologique. Quels seraient les tenants et aboutissants d'une pareille action ?

Embarrassés, ils restèrent figés devant leurs lutrins. Elizabeth déclara qu'ils ne pouvaient se prêter à un jeu fondé sur une idée aussi monstrueuse.

— Elle l'est, approuva Fort. Mais ça ne rend pas pour autant ce projet impossible. J'ai entendu certaines choses, voyez-vous. Des conversations à différents niveaux. Au niveau du leadership des transnationales, par exemple, on discute. On argumente. On entend toutes sortes d'idées jetées le plus sérieusement du monde, y compris des idées comme celle que je vous propose. Tous le déplorent et on change de sujet. Mais il ne se trouve personne pour considérer que c'est techniquement infaisable. Et certains pensent même que ça résoudrait des problèmes qui, sans cela, resteront sans solution.

Le groupe réfléchit avec réticence à ce concept. Art suggéra que les travailleurs agricoles deviendraient rares.

Fort observait l'océan.

— C'est bien le problème fondamental en cas d'effondrement de la population, dit-il d'un air songeur. Dès que l'on commence, il est difficile de fixer en toute confiance le point précis où ça s'arrêtera. Allons-y.

Et ils le suivirent, plutôt soumis. Ils jouèrent au jeu de la Réduction de population et, étant donné l'alternative qui avait été évoquée, ils s'y donnèrent avec une certaine intensité. Chacun d'eux, tour à tour, devint Empereur du Monde, ainsi que Fort le définit, et exposa son plan dans le détail.

Quand ce fut le tour d'Art, il dit :

— J'attribuerais à tout être vivant un droit de parenté lui donnant accès à trois quarts d'un enfant.

Tous rirent, y compris Fort. Mais Art persévéra. Il leur expliqua qu'ainsi un couple de parents aurait droit à un enfant et demi. Ensuite, ils pourraient soit vendre leur droit à l'autre moitié, soit s'arranger pour racheter une part afin d'avoir un second enfant. Les prix des demi-enfants fluctueraient selon le mode classique de l'offre et de la demande. Les conséquences sociales seraient positives : les gens qui désireraient un surplus d'enfants devraient se sacrifier pour eux, et ceux qui n'en voudraient pas auraient ainsi une source de revenus pour l'enfant qu'ils avaient déjà. Quand la population aurait assez chuté, l'Empereur du Monde pourrait décider d'attribuer un enfant par personne, ce qui se rapprocherait d'un statut démographique stable. Mais, avec le traitement de longévité, la limite des trois quarts devrait être maintenue très longtemps.

Quand Art en eut terminé, il releva la tête de son lutrin et rencontra les regards des autres.

— Trois quarts d'un enfant, répéta Fort en souriant, et tous les autres rirent à nouveau. Ça me plaît.

Les rires cessèrent instantanément.

— Oui, ça établirait enfin une valeur monétaire pour la vie humaine, sur le marché ouvert. Jusqu'à présent, le travail qui a été fait dans ce domaine est plutôt mou. Revenus et dépenses en temps de vie, et tout ça... (Il soupira en secouant la tête.) La vérité, c'est que la plupart des économistes concoctent leurs chiffres dans l'arrière-cuisine. Les valeurs ne dépendent pas réellement d'un calcul économique. Non, j'aime bien ça. Essayons d'estimer quel serait le prix d'un demi-enfant. Je suis convaincu qu'il y aura des spéculations, des intermédiaires, tout un marché...

Ils jouèrent donc au jeu des Trois Quarts durant le reste de l'après-midi, allant même jusqu'au marché des denrées de base et à des scénarios de feuilletons vidéo. Quand ils eurent terminé, Fort les invita à un barbecue sur la plage.

Ils enfilèrent tous des coupe-vent avant de suivre le sentier du fond de la vallée, dans l'éclat du couchant. Ils se retrouvèrent au sud du lagon. Là, sur la plage, il y avait un grand feu, entretenu par les jeunes étudiants. A l'instant où ils s'installaient sur les couvertures, une dizaine d'Immortels tombèrent du ciel et coururent sur le sable en baissant leurs ailes. Ils défirent les zips de leurs combinaisons, rejetèrent en arrière leurs cheveux mouillés, et se mirent à discuter âprement à propos du vent. Ils ôtèrent leur harnachement en s'aidant les uns les autres et restèrent en maillot de bain, avec la chair de poule, frissonnant : des oiseaux centenaires qui tendaient leurs bras noueux vers les flammes. Les femmes étaient aussi musculeuses que les hommes et on avait l'impression, en voyant les rides de leur visage, qu'elles avaient passé des siècles à cligner des yeux dans le soleil ou à rire autour du feu. Art observa Fort, qui plaisantait avec ses vieux amis en train de s'échanger des serviettes de bain. La vie secrète et luxueuse des gens riches et célèbres ! Ils dévorèrent des hot-dogs en buvant de la bière. Les vieux oiseaux allèrent se rhabiller derrière une dune et revinrent auprès du feu en pantalon et sweat-shirt tout en se peignant. Le crépuscule s'assombrissait très vite et la brise de mer était maintenant plus froide et salée. Les grandes flammes du feu dansaient en projetant des jeux de lumière sur le visage simiesque de Fort. Comme l'avait dit Sam, il ne semblait pas avoir plus de quatre-vingts ans.

A présent, il était assis au milieu de ses sept invités regroupés. Le regard fixé sur les braises, il se remit à parler. Les autres, au-delà du feu, poursuivaient leurs conversations, mais les invités de Fort durent se pencher pour mieux l'entendre, par-dessus le vent, le ressac et les craquements du feu. Ils semblaient un peu perdus, tous, avec leurs lutrins entre les cuisses.

— On ne peut pas obliger les gens à faire certaines choses. Il s'agit de nous changer nous-mêmes. Ensuite, les gens voient, et ils choisissent. En écologie, il y a ce qu'il est convenu d'appeler le principe fondateur. La population d'une île démarre grâce à un petit nombre de colons et ne possède donc qu'une petite fraction des gènes de la population parentale. C'est le premier pas vers la spéciation. Moi, je pense que nous avons besoin d'espèces nouvelles, en terme d'économie, bien entendu. Et Praxis en elle-même est cette île. La façon dont nous la structurons constitue une forme d'ingénierie appliquée aux gènes avec lesquels nous sommes arrivés. Nous n'avons aucune obligation de nous plier aux règles telles qu'elles existent à présent. Nous pouvons constituer de nouvelles espèces. Non féodales. Nous avons la possession collective et le droit de décision, et la politique d'action constructive. Nous travaillons en direction d'un Etat corporatif similaire à l'Etat civique qui a été édifié à Bologne. Nous sommes une sorte d'île de communisme démocratique, qui réussit mieux que le capitalisme ambiant et qui édifie une meilleure manière de vivre. Pensez-vous que ce genre de démocratie soit possible ? Il faudra que nous y jouions un de ces après-midi.

— C'est comme vous voudrez, dit Sam.

Ce qui lui valut un regard acéré de Fort.

Le lendemain matin, le temps était chaud et ensoleillé, et Fort décida qu'ils ne pouvaient pas décemment rester à l'intérieur. Ils retournèrent donc sur la plage et s'installèrent sous un auvent près du foyer, au milieu des hamacs et des cantines réfrigérantes. L'océan était d'un bleu étincelant, avec des vaguelettes marquées. Il y avait quelques surfers de loin en loin. Fort s'assit entre deux hamacs et leur délivra un discours sur l'égoïsme et l'altruisme en pêchant des exemples dans l'économie, la sociobiologie et la bioéthique. Il conclut en leur disant qu'à strictement parler l'altruisme n'existait pas. Que ça n'était que l'égoïsme se donnant une perspective.

Le lendemain, ils se retrouvèrent au même endroit et, après un discours tout en méandres sur la simplicité volontaire, jouèrent à un jeu que Fort appelait « Marc Aurèle ». Art y prit plaisir, comme à tous les autres, et il se montra brillant. Mais, jour après jour, les notes qu'il prenait sur son lutrin devenaient plus brèves : « *Consommation — appétit — besoins artificiels — besoins réels — coûts réels — lits de paille ! Impact d'environnement = population × appétit × efficacité — réfrigérateurs : pas un luxe sous les tropiques — réfrigérateurs de communautés — maisons froides — Sir Thomas More*[1]. »

Ce même soir, les invités mangèrent seuls et leur discussion fut marquée par la lassitude.

— Je suppose que nous sommes dans un lieu de simplicité volontaire, remarqua Art.

— Est-ce que les jeunes *étudiants* en font partie ? demanda Max.

— Je n'ai pas constaté que les Immortels s'en occupent particulièrement.

— Ils aiment juste regarder, dit Sam. Quand vous aurez leur grand âge...

— Je me demande combien de temps il compte nous garder ici, fit Max. Ça dure depuis une semaine et ça devient déjà ennuyeux.

— Moi, ça me plairait plutôt, dit Elizabeth. C'est reposant.

Art prit conscience qu'il était d'accord avec elle. Il s'était accoutumé à se lever très tôt. L'un des étudiants marquait chaque aube en frappant sur un bloc de bois avec un gros maillet, selon des intervalles descendants qui arrachaient régulièrement Art au sommeil : *« Toc... toc... toc... toc... toc... toc, toc, toc, toc-toc-toc-toc, tototototototoc ! »* Plus tard, Art sortait dans le matin gris et humide et les cris des oiseaux. Il retrouvait le bruit des vagues, comme si des coquillages invisibles étaient soudés à ses oreilles. Quand il suivait le sentier qui traversait la ferme, il rencontrait régulièrement certains des Dix-Huit Immortels qui bavardaient en maniant la pioche ou le sécateur, quand ils n'étaient pas assis sous le grand chêne qui surplombait l'océan. Fort était souvent avec eux. Durant l'heure qui précédait le petit déjeuner, Art aimait se promener, sachant bien qu'il passerait le reste de la journée dans une salle trop chaude, ou sur une plage trop chaude, à palabrer et à jouer aux jeux de Fort. Etait-ce vraiment si simple ? Il n'en était pas sûr. Mais en tout cas, c'était relaxant : jamais il n'avait passé des journées aussi agréables.

Mais, évidemment, ça allait bien au-delà. C'était, ainsi que Max et Sam ne cessaient de le lui rappeler, une espèce d'épreuve. On les

1. Auteur de *L'Utopie* (1516), ouvrage fondamental de la philosophie. (*N.d.T.*)

jugeait. Le vieil homme les observait, et sans doute les Dix-Huit Immortels également, de même que les jeunes étudiants, les « apprentis » qu'Art commençait à considérer comme des forces sérieuses, des jeunes surdoués qui se chargeaient de la plupart des opérations quotidiennes du domaine, et peut-être de Praxis, après tout, même aux plus hauts niveaux — en consultant ou non les Dix-Huit. Après avoir entendu tous les discours de Fort, il comprenait qu'on puisse avoir envie de le court-circuiter pour les questions pratiques. Et les conversations, à l'heure de la vaisselle, évoquaient tout à fait les chamailleries de frères et de sœurs à propos de parents invalides...

En tout cas, c'était bien un test : une nuit, alors qu'il se rendait à la cuisine pour prendre un verre de lait frais, Art passa devant une petite pièce, à l'écart de la salle à manger. Des gens étaient rassemblés là, jeunes et vieux, et regardaient un enregistrement vidéo de la matinée avec Fort. Il retourna à sa chambre, pensif.

Le lendemain matin, Fort recommença sa ronde coutumière.

— Les nouvelles opportunités de croissance ont cessé de croître.

Sam et Max échangèrent un regard ultra-bref.

— C'est à ça qu'aboutit cette réflexion sur le monde saturé. Il nous faut donc identifier les nouveaux marchés de croissance qui ne sont pas encore en croissance, et les lancer. Il faut vous rappeler que le capital naturel peut être négociable ou non. Le capital naturel non négociable est le substrat à partir duquel se développe tout capital négociable. Etant donné sa rareté et les bénéfices qu'il apporte, il serait logique, selon la théorie standard de l'offre et de la demande, de définir son prix comme étant infini. Tout ce qui a un prix théoriquement infini m'intéresse. C'est un investissement évident. Pour l'essentiel, il s'agit d'investir dans l'infrastructure, mais au niveau biophysique basique. L'infra-infrastructure, pour ainsi dire, ou la bio-infrastructure. Et je veux que Praxis se lance là-dessus. Que nous obtenions la gestion et reconstruisions toute bio-infrastructure épuisée par liquidation. C'est un investissement à long terme, mais les revenus seront fantastiques.

— Est-ce que la plus grande part de la bio-infrastructure n'est pas déjà dans le domaine public ? demanda Art.

— Si. Ce qui implique une coopération rapprochée avec les gouvernements concernés. Le produit annuel brut de Praxis est plus important que celui de la plupart des pays. Ce qu'il nous faut, ce sont des pays avec de petits PNB et de mauvais IDF.

— IDF ? demanda Art.

— L'index de développement futur. Une alternative au PNB, qui prend en compte l'endettement, la stabilité politique, la santé de l'environnement et tout ça... Ça affine le PNB et ça nous aide à repérer les pays qui pourraient avoir besoin de notre assistance. Nous allons les identifier, leur rendre visite et leur offrir un investissement de capital massif, plus des conseils politiques, la sécurité et tout ce dont ils peuvent avoir besoin. En retour, nous gérons leur bio-infrastructure. Et nous aurons également accès à leur marché du travail. C'est du partenariat, à l'évidence. Je pense que nous allons en venir là.

— Mais quel sera notre rôle ? demanda Sam en montrant leur groupe d'un geste vague.

Fort les dévisagea longuement, l'un après l'autre.

— Je vais vous confier à chacun une mission différente. Et que cela reste confidentiel. Vous partirez d'ici séparément pour des destinations différentes. Vous ferez tous un travail diplomatique, en liaison avec Praxis, tout en ayant des tâches bien précises dans le domaine de la bio-infrastructure. Je donnerai à chacun de vous les détails utiles en privé. A présent, nous allons déjeuner plus tôt que d'habitude et, ensuite, je vous recevrai tour à tour.

« *Travail diplomatique !* » inscrivit Art sur son lutrin.

Il passa l'après-midi à errer dans les jardins, à admirer les pommiers en espaliers. Apparemment, il n'était pas parmi les premiers sur la liste de Fort. Peu lui importait. Le ciel était nuageux et les fleurs du jardin tout humides et épanouies. Ce serait dur de retourner dans son studio sous l'autoroute de San Jose, se dit-il. Il se demanda ce que pouvait faire Sharon, et même si elle pensait à lui. Elle faisait sans doute de la voile avec son vice-président. Pas de doute.

Le soir approchait et il était sur le point de regagner sa chambre pour se préparer pour le dîner quand Fort apparut dans l'allée centrale.

— Ah ! vous voilà. Allons nous installer sous le chêne.

Le soleil filtrait entre les nuages bas, et tout avait pris des tons de roses.

— Vous habitez un endroit magnifique, dit Art.

Fort sembla ne pas l'avoir entendu. Il avait la tête levée vers les nuages boursouflés. Après quelques minutes de silence, il dit :

— Nous voulons que vous vous rendiez acquéreur de Mars.

— Acquéreur de Mars ? répéta Art.

— Oui. Dans le sens que j'ai évoqué ce matin. Ces partenariats avec les transnationales sont pour demain, ça ne fait aucun doute. La vieille étiquette de rapports de convenance était très suggestive, mais il faut aller plus loin afin d'accroître notre contrôle sur nos investissements. C'est ce que nous avons fait pour le Sri Lanka, avec un tel succès que les autres grandes transnats nous imitent toutes maintenant et qu'elles se jettent sur les pays à problèmes.

— Mais Mars n'est pas un pays.

— Non. Mais Mars a des problèmes. Quand le premier ascenseur s'est écrasé, son économie a été fracassée du même coup. A présent, un nouvel ascenseur a été installé et les choses vont redémarrer. Je veux que Praxis aborde le premier virage en tête. Bien entendu, les autres investisseurs sont encore sur place et ils s'appliquent à renforcer leurs positions. Tout cela va s'intensifier encore avec ce nouvel ascenseur.

— Qui le contrôle ?

— Un consortium dirigé par Subarashii.

— Ça ne pose aucun problème ?

— Disons que ça leur donne une sorte de prépondérance. Mais ils ne comprennent rien à Mars. Ils pensent que c'est seulement un nouveau gisement de métaux. Ils ne devinent rien des possibilités.

— Des possibilités pour...

— Mais pour le développement ! Mars n'est pas seulement un monde vide, Randolph — en termes économiques du moins, c'est presque un monde non existant. Il va falloir *construire* sa bio-infrastructure, voyez-vous. Ce que je veux dire, c'est qu'on ne peut pas se contenter d'exploiter les gisements en passant de l'un à l'autre, comme Subarashii et quelques autres semblent le penser. Mars n'est pas un astéroïde géant. Il est stupide de la considérer ainsi, car sa valeur en tant que base opérationnelle, en tant que planète, en fait, surpasse de loin sa valeur au poids de tous les métaux qu'elle recèle. En gros, ça représente vingt billions de dollars. Mais la valeur de Mars terraformée se situerait plutôt dans la zone des deux cents billions. Ce qui fait environ un tiers du produit mondial brut. Non, Mars est un investissement de bio-infrastructure, ainsi que je l'ai dit. Exactement le genre de chose que recherche Praxis.

— Mais pour l'acquisition... risqua Art. Je veux dire : de quoi parlons-nous au juste ?

— Non pas de quoi. Mais de *qui*.

— Qui ?

— La Résistance.

— La Résistance !

Fort lui accorda le temps de réfléchir. La télévision, les tabloïds et les réseaux vidéo étaient submergés de récits sur les survivants de 2061, cachés dans leurs refuges souterrains, sous les déserts sauvages de l'hémisphère Sud. Leurs leaders s'appelaient John Boone et Hiroko Ai, ils creusaient des tunnels un peu partout, ils étaient en contact avec des aliens, des célébrités décédées, des leaders des gouvernements du monde... Art fixait Fort, l'un des leaders les plus sérieux de la planète, troublé soudain à la seule idée que ces élucubrations pellucidariennes [1] puissent contenir une once de vérité.

— Elle existe réellement ? demanda-t-il enfin.

Fort acquiesça.

— Mais oui. Je ne suis pas en contact avec elle, vous le compren-

1. Allusion au cycle de Pellucidar (le royaume au centre de la Terre) d'Edgar Rice Burroughs. (*N.d.T.*)

drez facilement, et j'ignore tout de son importance réelle. Mais je suis convaincu que certains des Cent Premiers sont encore vivants. Vous connaissez les théories de Taneev et Tokareva que j'ai évoquées quand vous êtes arrivés ? Eh bien, ces deux-là, ainsi qu'Ursula Kohl et toute l'équipe médicale, vivent encore sur Acheron, au nord d'Olympus Mons. Pendant la guerre, les laboratoires ont été détruits. Mais aucun corps n'a été retrouvé sur le site. Il y a environ six ans, j'ai envoyé une équipe de Praxis là-bas pour reconstruire les labos. Après, nous l'avons rebaptisé l'Institut d'Acheron, et nous l'avons abandonné. Tout est intact et prêt à fonctionner, mais il ne s'y passe rien. Si l'on excepte une petite conférence annuelle sur leur éco-économie. Et l'an dernier, après la conférence, l'une de nos équipes de nettoyage a trouvé un message sur un fax. Il contenait des commentaires sur une proposition qui avait été présentée. Sans signature ni référence de source. Mais je suis persuadé d'avoir reconnu la patte de Taneev ou de Tokareva, ou du moins de quelqu'un qui est très familier avec leurs travaux. J'ai considéré ça comme un petit bonjour.

Un très petit bonjour, songea Art. Mais Fort parut lire dans ses pensées.

— Mais j'ai eu droit à un grand bonjour aussi. Je ne sais pas de qui. Ils sont très prudents. Mais ils sont là.

Art eut quelque peine à déglutir. Ça, au moins, c'était une information.

— Et vous voulez que je...

— Je veux que vous alliez sur Mars. Nous avons lancé un projet qui vous servira de couverture : récupérer une section du câble abattu. Mais, pendant que vous travaillerez là-dessus, je m'arrangerai pour que vous rencontriez cette personne qui m'a contacté. Vous n'aurez rien à faire. C'est eux qui feront le premier pas. Mais écoutez-moi bien. Au début, je ne veux pas qu'ils sachent *exactement* ce que vous essayez de faire. Vous devrez découvrir qui ils sont vraiment, quelle est l'étendue de leur dispositif opérationnel, et ce qu'ils veulent exactement. Et comment nous pouvons traiter avec eux.

— Alors, je vais être une sorte...

— Une sorte de diplomate.

— J'allais dire une sorte d'espion.

Fort haussa les épaules.

— Tout dépend avec qui vous êtes. Ce projet doit rester secret. Je traite avec d'autres leaders des transnats et ils ont très peur. Les menaces contre l'ordre établi sont souvent l'objet d'attaques brutales. Et certains d'entre eux pensent que Praxis est une menace. Donc, pour le moment, être présent là-bas, c'est une arme cachée pour Praxis, et cette enquête sur Mars en fait partie. Vous pensez pouvoir vous en tirer ?

— Je ne sais pas.

Fort se mit à rire.

— C'est pour ça que je vous ai choisi pour cette mission, Randolph. Vous semblez si simple.

Je suis simple, faillit dire Art, mais il se mordit la langue.

— Pourquoi moi ?

— Quand nous acquérons une nouvelle société, nous passons en revue tout le personnel. J'ai lu votre dossier. Je me suis dit que vous aviez toutes les qualités d'un diplomate.

— Ou d'un espion.

— Souvent, ce sont deux aspects différents d'une même fonction.

Art plissa le front.

— Est-ce que vous avez mis mon appartement sur écoute ? Mon ancien appartement, je veux dire ?...

— Non. (Fort se remit à rire.) Ce n'est pas le genre de chose que nous faisons. Les dossiers suffisent.

Art se souvint alors de cette séance de vidéo qu'il avait surprise.

— Cela et une session ici, précisa Fort. Afin de mieux vous connaître.

Art réfléchit un instant. Aucun des Dix-Huit ne voulait de cette mission. Aucun des jeunes non plus, probablement. Certes, il s'agissait de Mars, un monde invisible que personne ne connaissait. La plupart ne devaient pas être vraiment attirés par cette mission. Mais pour quelqu'un de disponible, en quête d'un nouvel emploi, peut-être avec un certain potentiel de diplomatie...

Tout cela, en fait, n'avait donc été qu'une longue entrevue. Pour un job qui n'existait pas encore à sa connaissance. Acheteur de Mars. Chef d'achat de Mars. Taupe sur Mars. Espion dans la Maison d'Arès. Ambassadeur auprès de la Résistance martienne. Ambassadeur sur Mars. Oh, bon sang ! se dit-il.

— Alors, qu'est-ce que vous en dites ?

— Je prends, dit Art.

William Fort ne perdit pas un instant. Dès qu'Art eut accepté la mission Mars, son existence devint une bande vidéo en avance rapide. Ce même soir, il se retrouva dans le van aveugle, puis dans le jet aveugle. Seul. Et quand il en descendit d'un pas incertain, l'aube se levait sur San Francisco.

Il se rendit à son bureau et rassembla ses amis et connaissances. Mais oui, leur répéta-t-il de nombreuses fois, j'ai accepté un travail sur Mars. Je dois récupérer une partie du câble de l'ancien ascenseur. Mais ça n'est que temporaire. Ils paient bien. Je reviendrai bientôt.

Dans la soirée, il alla chez lui et fit ses bagages. Ça ne lui prit que dix minutes. Ensuite, un peu abasourdi, il s'attarda dans l'appartement vide. La poêle abandonnée sur la plaque chauffante était le dernier signe de son ex-vie. Il la prit en se disant qu'elle pourrait tenir au milieu de ses bagages. Il s'interrompit. Tout était plein et bouclé. Il revint en arrière et s'assit sur l'unique chaise, la poêle à la main.

Au bout d'un moment, il appela Sharon en se disant qu'il aurait au moins son répondeur, mais elle était là.

— Je pars pour Mars, coassa-t-il.

Sur l'instant, elle ne le crut pas. Et quand elle le crut, elle devint furieuse. Pour elle, c'était de la désertion pure et simple, il la fuyait. Il essaya de lui dire : Mais tu m'as déjà viré. Elle avait déjà raccroché. Il laissa la poêle sur la table et rassembla ses valises sur le trottoir. De l'autre côté de la rue, l'hôpital civil qui pratiquait le traitement de longévité était assiégé, comme d'habitude. La foule campait dans le parking, en général. Le traitement était garanti libre et gratuit pour tous les citoyens, mais la liste d'attente était interminable et il n'était pas question de perdre son tour dans la file. Art secoua la tête et héla un pédicab.

Il passa sa dernière semaine sur Terre dans un motel de Cap Canaveral. Un dernier séjour plutôt lugubre : Canaveral était un territoire protégé, occupé surtout par la police militaire et le personnel de service qui se montrait extrêmement désagréable avec « les Regrettés », puisque tel était le surnom qu'on donnait à tous les candidats au départ. Le décollage quotidien rendait ceux-ci craintifs ou agressifs, et, dans tous les cas, sourds pour quelques instants. Chaque soir, on croisait des gens qui se lançaient des « Comment ? Comment ? Quoi ? ». La plupart des habitants du coin avaient des boules Quiès dans les oreilles. Ils posaient les plateaux sur les tables tout en parlant aux gens de la cuisine et, brusquement, ils regardaient leur montre, enfonçaient leurs boules dans leurs oreilles et... boum ! : une autre Novy Energia quittait le sol avec ses deux navettes en attache, et le monde entier se mettait à trembloter comme un bol de gelée. Les Regrettés s'élançaient dans les rues pour avoir une idée du sort qui les attendait et se figeaient sur place, effarés par la vision biblique de cette arche de fumée et de feu qui se déployait au-dessus de l'Atlantique. Quant aux gens du coin, ils continuaient à mâcher leur chewing-gum en attendant que ça passe.

Un dimanche matin, ce fut le tour d'Art. Il passa la combinaison qui n'était pas tout à fait à sa taille, comme dans un mauvais rêve. Il monta dans un van en compagnie d'un autre homme qui semblait aussi assommé que lui. On les conduisit jusqu'à l'aire de lancement où ils subirent l'identification rétinienne, digitale, visuelle et vocale. Ensuite, sans même avoir eu le temps de réfléchir à ce que tout ça signifiait réellement, il se retrouva dans un ascenseur, et suivit un court tunnel jusqu'à une pièce minuscule où étaient disposés huit fauteuils semblables à ceux des dentistes. Il n'en restait qu'un seul de libre, les autres étant déjà occupés par des passagers aux yeux ronds. On le fit asseoir, on le harnacha, on ferma la porte. Il entendit un puissant grondement et se sentit compressé brièvement. Puis il ne pesa plus rien, tout soudain. Il était sur orbite.

Au bout d'un moment, ils purent se détacher et ils se pressèrent contre les deux baies. Ils virent l'espace noir, le monde bleu, exactement comme dans tous les films, mais en plus net, puisque c'était réel. Art dirigea son regard vers l'Afrique de l'Ouest et une vague de nausée secoua chacune de ses cellules.

Après un épisode de mal de l'espace qui, apparemment, avait duré trois jours dans le monde réel, il retrouvait à peine une trace d'appétit quand une des navettes permanentes les aborda, après avoir fait le tour de Vénus et exécuté un aérofreinage sur une orbite Terre-Lune qui permettait aux petits ferries de la rejoindre. Pendant ses trois jours de malaise, Art avait été transféré avec les autres sur un de ces ferries qui, à l'heure prévue, déclencha ses fusées pour se lancer à la poursuite de la navette. L'accélération fut plus dure encore qu'au lancement de Cap Canaveral et, quand l'épreuve prit fin, Art avait la tête vague et sa nausée était de retour. Il se dit qu'une autre période d'apesanteur serait sa fin mais, par bonheur, il y avait sur la navette un anneau rotatif qui faisait régner dans certaines pièces ce que l'on appelait la gravité martienne. Art eut droit à un lit dans le service de santé, justement dans l'une de ces pièces, et il y demeura. Il ne savait pas très bien marcher en pesanteur martienne. Il sautait, puis titubait. Il se sentait encore comme endolori intérieurement, et étourdi. Mais il se battait contre la nausée, ce qui le soulageait en dépit de ce qu'il éprouvait.

La navette permanente était bizarre. En raison de ses aérofreinages fréquents dans l'atmosphère de la Terre, de Vénus et de Mars, on lui avait donné l'allure d'un requin-marteau. L'anneau en rotation était situé près de l'arrière, juste en avant du dispositif de propulsion et des docks d'amarrage des ferries. Dès qu'on y pénétrait, on se retrouvait avec la tête orientée vers le centre du vaisseau et les pieds vers les étoiles, sous le sol.

Il s'était écoulé une semaine quand Art décida de s'essayer encore une fois à l'apesanteur, car il n'y avait ni baies ni hublots dans l'anneau de gravité. Il se rendit dans une des chambres qui communiquaient avec la partie non rotative. Elle ressemblait à une cabine d'ascenseur, avec une porte de chaque côté. Il suffisait d'y monter, d'appuyer sur le bon bouton, et elle décélérait après quelques rotations jusqu'à stopper. Et par l'autre porte on accédait au vaisseau.

Il essaya donc. Quand la cabine commença à ralentir, il sentit la sensation de pesanteur diminuer. Et, quand l'autre porte s'ouvrit, il était en sueur. Il venait de rebondir vers le plafond, s'était fait mal au poignet en essayant de se raccrocher, avant de se cogner la tête. La douleur submergea la nausée, mais la nausée finit par gagner. Après deux autres carambolages, il réussit à atteindre le panneau de contrôle et appuya sur le bouton pour relancer la rotation de la cabine et retrouver l'anneau de pesanteur. Quand la porte se fut refermée, il se laissa tomber doucement jusqu'au sol, la gravité martienne fut de retour en une minute, et la porte d'accès s'ouvrit. Il sortit avec un sentiment intense de soulagement, avec son poignet tordu. La nausée était certainement pire que la douleur, se dit-il — du moins certains niveaux de douleur. Pour contempler l'espace, il allait se contenter de la télé.

Il n'était pas le seul. La plupart des passagers et des membres de l'équipage passaient le plus clair de leur temps dans l'anneau, qui était généralement bondé, comme un hôtel complet dont la clientèle restait rivée au bar et au restaurant. Art avait vu des documentaires et lu pas mal d'articles à propos des navettes permanentes qui ressemblaient à des Monte Carlo de l'espace, avec leurs résidents riches et blasés. Il existait même un feuilleton vidéo à succès qui se passait à bord d'une navette. Mais leur vaisseau, le *Ganesh*, n'y ressemblait guère. Il était évident qu'il faisait le tour du système solaire depuis pas mal d'années et toujours au complet. L'intérieur commençait à être fatigué, et quand on se restreignait à l'anneau de pesanteur, il apparaissait comme très petit, plus petit en tout cas que tout ce qu'Art avait imaginé en regardant les documents historiques sur l'*Arès* et tous ces vaisseaux. Mais les Cent Premiers avaient disposé d'un espace vital cinq fois supérieur à celui de l'anneau du *Ganesh*, et le *Ganesh,* lui, transportait cinq cents passagers.

Ils étaient partis depuis trois mois. Art consacrait le plus clair de son temps à visionner des documentaires sur Mars. Il prenait tous ses repas dans la salle à manger, qui était décorée dans le style des grands paquebots des années 1920, risquait quelques jetons au casino, décoré dans le style Las Vegas des années 1970, mais, avant tout, il dormait et regardait la télé. Deux activités qui se fondaient l'une dans l'autre, car s'il avait des rêves particulièrement nets à propos de Mars, les documentaires répondaient à une sorte de logique surréaliste. Il revit les célèbres enregistrements des débats Clayborne-Russell et, dans la même nuit, il rêva qu'il discutait sans succès avec Ann Clayborne qui, tout comme dans les enregistrements, ressemblait à la femme du fermier du tableau *American Gothic*[1], mais en plus maigre et plus sévère. Un autre film, pris à partir d'un drone, l'avait également profondément impressionné : le drone plongeait depuis le haut des

1. Œuvre célèbre de l'école naïve américaine, représentant un couple de fermiers, et due à Grant Wood (Art Institute de Chicago). (*N.d.T.*)

vertigineuses falaises de Marineris pendant près d'une minute avant de se redresser et de survoler l'amas de rocs et de glace du plancher du canyon. Plusieurs fois, dans les semaines qui suivirent, Art rêva qu'il faisait la même chute, et s'éveilla régulièrement avant l'impact. Il lui apparut que certains secteurs de son inconscient considéraient qu'il avait commis une erreur en décidant de partir pour Mars. Il haussa les épaules à cette idée et continua de manger à heures régulières et de pratiquer la marche. Erreur ou pas, sa mission avait commencé.

Fort lui avait donné un système d'encryptage en lui demandant d'adresser un rapport régulier mais, pendant le voyage, il n'eut pas grand-chose à dire et se contenta, une fois par mois, de transmettre : *Nous sommes en route. Tout se passe bien.* Sans recevoir aucune réponse.

Et puis, Mars grossit sur les écrans comme une orange bien mûre, ils furent écrasés sur leurs couchettes anti-g par l'effet de l'aérofreinage, écrasés encore un peu plus dans le ferry. Mais Art sortit de ces décélérations aplatissantes comme un vétéran et, après une dernière semaine en orbite, ils s'amarrèrent à New Clarke. L'astéroïde se révéla être de faible gravité, à peine suffisante pour maintenir les gens au sol. Mars, désormais, semblait les dominer. Art retrouva le mal de l'espace. Et il lui restait encore deux jours à attendre son passage dans l'ascenseur.

Les cabines de l'ascenseur lui apparurent comme de grands hôtels élancés et très hauts de plafond. Il leur fallait cinq jours pour acheminer leur chargement humain jusqu'à la surface de la planète, sans la moindre gravité, si l'on exceptait celle qui commença à se manifester dans les deux derniers jours de la descente. Elle augmenta ensuite régulièrement, jusqu'à ce que l'ascenseur ralentisse pour se poser doucement dans l'installation de base que l'on appelait le Socle, immédiatement à l'ouest de Pavonis Mons. Là, la pesanteur était comparable à celle de l'anneau rotatif du *Ganesh.* Mais une semaine de mal de l'espace avait laissé Art complètement anéanti. Quand la porte de l'ascenseur s'ouvrit et qu'on les guida dans ce qui ressemblait à un terminal d'aéroport, il eut du mal à se mouvoir, stupéfait de constater à quel point la nausée diminuait l'envie d'exister chez un être humain. Quatre mois avaient passé depuis qu'il avait reçu le fax de William Fort.

C'était un métro qui reliait le Socle à la ville de Sheffield, mais Art se serait senti trop mal pour profiter de la vue s'il y en avait eu une. Epuisé, la démarche instable, il suivit comme il le put un employé de Praxis tout au long d'un couloir, avant de se laisser tomber sur un lit dans une petite chambre. Il s'allongea avec l'impression que la pesanteur martienne était lourde et agréable et s'endormit très vite.

En se réveillant, il ne se souvint pas où il se trouvait. Il parcourut du regard la petite pièce, totalement désorienté, se demandant où pouvait être Sharon et pourquoi ils avaient maintenant une aussi petite chambre. Puis, tout lui revint. Mais oui, il était sur Mars.

Avec un grognement, il s'assit. Il avait chaud et il se sentait comme détaché de son corps. Tout était animé d'une légère pulsation, et pourtant les lumières de la chambre brillaient normalement. Des rideaux cachaient la paroi opposée. Il se leva et les écarta d'un seul geste.

— Hé !

Il cria en sautant en arrière. Il se réveilla une deuxième fois, du moins ce fut le sentiment qu'il eut.

C'était comme s'il se penchait sur le hublot d'un avion. Un espace infini s'ouvrait devant lui, sous un ciel mauve où brillait un soleil pareil à une tache de lave en fusion. Et au loin, tout en bas, une immense plaine rocailleuse se déployait — plate, ronde, cernée par une gigantesque falaise circulaire — extrêmement circulaire — remarquablement circulaire, en fait, pour un site naturel. Il était difficile d'imaginer à quelle distance se trouvait la paroi d'en face. Tous les détails de la falaise étaient parfaitement nets, mais les structures du bord opposé étaient minuscules. Il lui semblait discerner un observatoire qui aurait pu tenir sur la tête d'une épingle.

La caldeira de Mons Pavonis, conclut-il. Ils s'étaient posés à Sheffield et sa conclusion ne faisait aucun doute. Donc, il se trouvait à une soixantaine de kilomètres de cet observatoire, s'il se rappelait bien les documentaires, et à cinq mille mètres du plancher. Tout était vide, rocailleux, primitif, vierge. La roche volcanique était aussi nue que si elle avait fini de se refroidir la semaine auparavant. Il n'y avait pas la moindre touche humaine dans ce paysage : aucune trace de terraforming. C'était la même vision que John Boone avait dû avoir un demi-siècle auparavant. C'était tellement... étranger. Et *grand*. Art avait contemplé les caldeiras de l'Etna et du Vésuve, deux cratères quand même importants selon les critères terrestres. Mais cette... cette *chose,* ce *trou* qu'il avait devant lui aurait pu en contenir des milliers...

Il referma les rideaux et s'habilla lentement, la bouche ouverte, bien ronde, imitant la forme de la caldeira.

Le guide que Praxis lui avait assigné s'appelait Adrienne. Elle était amicale et, vu sa grande taille, elle aurait pu être native de Mars. Mais elle avait un accent australien très marqué. Elle le présenta à six autres nouveaux qui venaient de débarquer et leur fit faire le tour de la ville. Ils découvrirent que leurs chambres étaient situées au plus bas niveau, bien qu'il ne dût pas le rester longtemps encore : Sheffield était engagée dans un processus de creusement afin de disposer d'un maximum de logements avec cette vue sur la caldeira qui avait tellement frappé Art.

Ils prirent un ascenseur pour remonter cinquante étages plus haut et se retrouvèrent dans le hall d'un immeuble de bureaux flambant neuf. Ils franchirent une porte à tambour et émergèrent au-dehors, sur un large boulevard flanqué de pelouses. Ils passèrent devant des bâtiments trapus de pierre polie avec de larges baies, séparés par des allées verdoyantes, des chantiers de construction, des immeubles en cours d'achèvement. Sheffield promettait d'être une ville attrayante : la hauteur des immeubles y était limitée à trois ou quatre étages. Plus loin au sud, en s'éloignant de la caldeira, ils gagnaient en hauteur. Les rues verdoyantes étaient envahies par une foule dense et un tramway modèle réduit circulait régulièrement sur des rails, au milieu des pelouses. L'ambiance était vive, presque excitée, sans doute à cause de l'installation du nouvel ascenseur. Une ville en plein boom, se dit Art.

Adrienne les conduisit d'abord sur un boulevard qui longeait le bord de la caldeira. Ils se retrouvèrent dans un parc étroit, tout près de la paroi invisible de la tente qui renfermait toute la ville et qui était maintenue par des arcs-boutants géodésiques tout aussi transparents ancrés sur le mur du périmètre extérieur.

— Le bâchage est particulièrement renforcé ici, sur Pavonis, leur expliqua Adrienne, parce que l'atmosphère est légère. Elle ne représente qu'un dixième de la pression qui règne dans les terres basses.

Elle les précéda jusqu'à une bulle de vision panoramique. Là, entre leurs pieds, ils eurent l'impression de découvrir la caldeira en survol, à cinq mille mètres d'altitude. Certains gloussèrent de peur et de ravissement, et Art lui-même se dandina sur le fond transparent avec un sentiment de malaise. Ça n'était pas la distance qui était extraordinaire, mais la *profondeur*. Cinq kilomètres !

— Ça fait un très grand trou ! commenta Adrienne.

Dans les télescopes et sur les cartes, ils purent découvrir l'ancienne Sheffield, qui était maintenant tout au fond de la caldeira. Art s'était complètement trompé à propos de sa nature primitive : le talus qu'il découvrait maintenant, au bas de la falaise, parsemé de débris brillants, était en fait les ruines de l'ancienne Sheffield.

Adrienne leur décrivit avec brio la destruction de la ville en 2061. Dans sa chute, le câble, bien sûr, avait écrasé les faubourgs, à l'est du Socle, dès les premières secondes. Puis il s'était déployé sur toute la planète et avait frappé une deuxième fois, comme un fouet géant, au sud de la ville. Sous la secousse, une fissure insoupçonnée dans le basalte avait cédé et le tiers des constructions, qui se trouvaient du mauvais côté, avaient dévalé les cinq mille mètres de la falaise jusqu'au fond de la caldeira. Les deux tiers restants avaient été aplatis net. Heureusement pour eux, les habitants avaient été évacués entre l'arrachement de Clarke et le deuxième passage du câble, et les pertes en vies humaines avaient été minimisées. Mais Sheffield avait été détruite à cent pour cent.

Adrienne leur expliqua que, pendant de longues années, le site avait été abandonné comme la plupart des autres cités ravagées par les troubles de 61. Un grand nombre de ces cités étaient demeurées en ruine, mais le site de Sheffield restait le lieu idéal pour l'ancrage d'un ascenseur spatial et, lorsque Subarashii s'était lancée dans la construction spatiale d'un nouvel ascenseur à la fin des années 2080, on avait très vite entrepris la reconstruction de la ville. Une étude aréologique approfondie n'avait pas révélé de nouvelles fissures dans la bordure sud du volcan et on avait ainsi pu rebâtir sur le même emplacement. Des engins de démolition avaient évacué ce qui restait de l'ancienne Sheffield, en poussant le plus gros des ruines dans le vide, pour ne conserver que la partie la plus orientale de la ville, autour de l'ancien Socle, qui était comme une sorte de monument dédié au désastre — tout en étant l'élément moteur d'une industrie touristique naissante. A l'évidence, le tourisme avait pris une part importante dans l'économie de la ville au fil des années, bien avant la réinstallation de l'ascenseur.

Ils prirent ensuite un autre tramway pour se rendre à la porte est de la tente, puis s'engagèrent dans un tube transparent accédant à une tente adjacente, qui couvrait les ruines, la masse de béton de l'ancien terminal du câble, ainsi que la partie inférieure du câble lui-même. Ils explorèrent avec curiosité les décombres, le tronçon de câble qui avait été nettoyé, les fondations et les canalisations tordues. C'était comme si tout le site avait été soumis à un bombardement intensif.

Art s'arrêta pour observer avec intérêt le bout du câble. Le cylindre géant de filaments de carbone ne semblait presque pas avoir été endommagé par la chute. Mais on pouvait supposer que c'était cette partie qui avait frappé le sol de Mars avec une force moindre. Adrienne leur expliqua que l'extrémité du câble s'était enroulée dans l'énorme bunker du Socle avant d'en être extirpée lorsque le câble était retombé sur la pente orientale de Pavonis. Ce qui n'était pas vraiment grave pour un matériau qui avait été conçu pour résister à la traction d'un astéroïde en orbite au-delà du point aréosynchrone. Et l'ancien câble semblait attendre d'être redressé et remis en place : haut comme un immeuble de trois étages, sa coque noire incrustée de colliers d'acier. La tente ne le recouvrait que sur cent mètres et quelque. Plus loin, il était à l'air libre et retombait vers le bord du cratère qui fermait leur horizon. Mais, du point où ils se trouvaient, ils mesuraient mieux encore les proportions géantes de Pavonis Mons.

Immédiatement au sud, le nouveau Socle se dressait comme un monstrueux bunker, et le câble dressé vers le ciel évoquait une corde raide de mage hindou : fin et noir, parfaitement droit, il se perdait à quelques centaines de mètres de hauteur, comme un gratte-ciel grêle dont on avait du mal à penser que les milliards de tresses de carbone qui le composaient représentaient la structure portante la plus gigantesque jamais conçue par l'homme.

— Tout cela est tellement étrange, dit Art, avec un sentiment creux de désarroi.

A l'heure du déjeuner, Adrienne les conduisit dans un café de la plaza centrale. Là, ils auraient pu se croire dans le quartier à la mode de n'importe quelle ville sur Terre — Houston, Ottawa ou Tbilissi — où des promoteurs avaient cassé à grand bruit les vieilles constructions pour bâtir une prospérité toute neuve. Pour revenir, ils prirent un métro qui leur était familier et, en sortant, ils retrouvèrent les grands couloirs de Praxis rappelant tout à fait ceux d'un palace sur Terre. Oui, tout était familier — à tel point que lorsque Art regagnait sa chambre pour se pencher sur la caldeira, il éprouvait un nouveau choc : c'était Mars, immense, rocailleuse, qui semblait vouloir l'aspirer dans son vide rose. En fait, se dit Art, si le panneau extérieur venait à se briser, la baisse de pression le projetterait aussitôt dans le vide. C'était peu vraisemblable, mais cette image déclencha en lui une sorte de frisson déplaisant. Et il ferma soigneusement les rideaux.

Il les laissa fermés par la suite. Et il remarqua qu'il avait tendance à se tenir éloigné de la fenêtre. Tôt le matin, il s'habillait et quittait très vite sa chambre pour suivre les visites d'Adrienne. De nouveaux arrivants s'étaient joints à eux. Il déjeunait quelquefois avec certains. Il passait généralement ses après-midi à parcourir la ville, suivant fidèlement les itinéraires d'Adrienne. Une nuit, il décida de transmettre un rapport à Fort : *Je suis sur Mars. J'apprends à m'orienter. Sheffield est une très jolie ville. Et j'ai une vue superbe depuis ma chambre.* Toujours sans réponse.

Adrienne leur fit visiter certains immeubles de Praxis qui étaient regroupés à l'est de Sheffield, près du bord de la caldeira. Ils rencontrèrent des responsables des projets martiens en cours. Praxis semblait très présente sur Mars, beaucoup plus en tout cas qu'en Amérique. Au fil de ses promenades, Art essayait de classer les transnats selon leur importance en se fiant de façon relative aux plaques des immeubles. Elles étaient toutes là : Armscor, Subarashii, Oroco, Mitsubishi, Seven Swedes, Shellalco, Gentine, et ainsi de suite... Elles occupaient chacune un complexe, et parfois un secteur complet de la ville. Il était clair qu'elles s'étaient toutes installées à cause du nouvel ascenseur, qui avait redonné à Sheffield son rang de capitale de la planète. Toutes les transnats apportaient de l'argent, construisaient des subdivisions martiennes et même des faubourgs sous tente. Leur richesse était lisible dans tous les édifices — mais aussi, songea Art, dans le comportement des passants. Les nouveaux venus se remarquaient immédiatement — ingénieurs ou hommes d'affaires, tous marchaient avec une expression d'intense concentration. Ce qui permettait d'identifier sans difficulté les jeunes Martiens, avec leur allure de chats, parfaitement coordonnés. Mais ils constituaient une minorité dans Sheffield, et Art en vint à se demander si la situation était la même dans toutes les cités martiennes.

Quant à l'architecture, elle était conditionnée par l'essor des prix sous la tente, et les édifices étaient souvent trapus, cubiques, construits de la rue jusqu'à la paroi même de la tente. Lorsque le plan de construction serait achevé, il n'y aurait plus qu'un réseau de dix plazas triangulaires, de larges boulevards, ainsi que le parc incurvé à la lisière du cratère pour éviter que la ville ne devienne un agglomérat de gratte-ciel, tous avec les mêmes façades de pierre polie dans divers tons de rouge. Sheffield était une ville qui avait été reconstruite pour les affaires.

Et Art avait le sentiment que Praxis y prendrait une large part. Subarashii était le principal entrepreneur de l'ascenseur, mais c'était Praxis qui fournissait le software, tout comme pour le premier ascenseur, et aussi certaines cabines et une large part du système de sécurité. Toutes les attributions de marché, apprit-il, avaient été décidées par un comité appelé l'Autorité transitoire des Nations unies, qui était censée dépendre de l'ONU, mais qui était contrôlée par les transnats. Et Praxis s'était montrée aussi agressive que ses concurrents. Il était possible que William Fort se soit intéressé à la bio-infrastructure, mais des intérêts plus simples entraient aussi dans le cadre des opérations de Praxis. Il y avait des divisions de Praxis qui construisaient des systèmes d'adduction d'eau, des pistes magnétiques de train, des villes-canyons, des centrales électriques à éoliennes et des plantations aréothermiques. Ces deux derniers investissements étaient considérés comme marginaux, de même que les collecteurs solaires sur orbite et la centrale à fusion de Xanthe, sans omettre l'ancienne génération de réacteurs rapides intégrés. Mais l'exploitation des sources d'énergie locales était la spécialité de la filiale de Praxis : Power From Below [1], qui justifiait son nom en déployant un maximum d'énergie dans l'intérieur martien.

La filiale locale de récupération de Praxis, l'équivalent martien de Dumpmines, s'appelait Ouroboros [2] et, tout comme Power From Below, elle était assez réduite. En vérité, à peine Art les avait-il rencontrés, certain matin, que les responsables d'Ouroboros lui apprirent que Mars n'était pas une mine de récupération : tout ou presque y était recyclé ou reconverti en compost. Les décharges de la planète étaient plutôt des centres de tri de matériaux divers qui attendaient une réutilisation à venir. Ouroboros se maintenait surtout en rassemblant les détritus et effluents plus ou moins récalcitrants — qu'ils soient toxiques, abandonnés ou simplement inutiles — en attendant de leur trouver un usage quelconque.

1. La Force venue du fond, si l'on veut traduire. (*N.d.T.*)
2. Dans la mythologie aztèque, le serpent Ouroboros, lové sur lui-même, représente l'univers cyclique. (*N.d.T.*)

A Sheffield, Ouroboros occupait un seul étage d'un des gratte-ciel du centre. La société avait entamé les travaux d'excavation des ruines de l'ancienne ville avant que l'on prenne la décision de les jeter sans cérémonie dans le fond de la caldeira. C'était un nommé Zafir qui avait dirigé le projet de récupération du câble abattu. Il accompagna Adrienne et Art jusqu'à la gare. Le train les emmena sur le bord est du cratère, jusqu'à un village de tentes. L'une d'elles servait de hangar à Ouroboros et, immédiatement à l'extérieur, parmi d'autres véhicules, se dressait une gigantesque usine de traitement mobile que l'on appelait la Bête. Comparé à la Bête, un SuperRathje ressemblait à une petite voiture — c'était plus un immeuble roulant qu'un véhicule, et il était entièrement robotisé. Une autre Bête travaillait déjà sur le câble à l'ouest de Tharsis et Art fut pressé de se livrer à une inspection du site. Zafir, ainsi que deux techniciens, lui fit faire le tour de la Bête et il se retrouva dans un grand compartiment, tout au sommet. Des quartiers d'habitation avaient été prévus pour les visiteurs.

Zafir était enthousiaste à propos des découvertes que l'autre Bête avait faites sur l'ouest de Tharsis.

— Bien sûr, elle récupère les filaments de carbone et les hélices en gel de diamant, ce qui est pour nous un apport permanent. Et il y a aussi certains éléments exotiques bréchiformes qui ont été métamorphosés durant la chute sur l'autre hémisphère. Mais ce qui va vous intéresser, ce sont les buckyballs[1] et les buckytubes. Il s'est révélé que les pressions et les températures dans la zone occidentale de Tharsis étaient identiques à celles des réacteurs à arc qui fabriquent des fullerenes, et nous avons là-bas un segment de cent kilomètres de câble dont le carbone, dans la partie inférieure, est composé de buckyballs — pour la plupart des soixante, mais on trouve aussi quelques calibres trente, et une variété de superbuckies et de buckytubes de toutes les tailles.

Certains superbuckies avaient fusionné avec d'autres éléments pris au piège de la cage de carbone. Ces « full fullerenes » étaient très utiles dans la fabrication des matériaux composites, mais très coûteux à produire en labo à cause du haut niveau d'énergie nécessaire. C'était une trouvaille précieuse.

— Et nous faisons le tri des différents superbuckies pour lesquels votre chromatographie ionique va être nécessaire.

— Je comprends, fit Art.

Il avait effectivement travaillé en chromatographie ionique pour

1. Le « Buckminster Fullerene » (ainsi appelé en hommage à Buckminster Fuller, ingénieur américain, 1895-1983, concepteur des « coupoles géodésiques »), fait d'un réseau tridimensionnel de tiges d'acier. Le Buckminster Fullerene, également appelé « Fotballerene », est la troisième forme naturelle du carbone pur, avec le graphite et le diamant, et se présente sous forme de billes, d'où le surnom de « buckyballs ». (*N.d.T.*)

ses analyses en Géorgie, et c'était la raison officielle qui avait été avancée pour qu'il soit nommé pour l'intérieur martien. Et c'est ainsi que, dans les jours qui suivirent, Zafir et certains techniciens spécialistes de la Bête apprirent à Art comment la domestiquer. Chaque soir, ils dînaient ensemble dans un petit restaurant, sous une tente des faubourgs est de la ville. Quand le soleil se couchait, ils découvraient l'immense panorama de Sheffield, englobant trente kilomètres du cratère. La ville, dans le crépuscule, était comme une lampe perchée au-dessus de l'abysse obscur.

Durant le repas, la conversation portait rarement sur le projet d'Art et, en y réfléchissant, il se dit que c'était sans doute là un simple effet de la courtoisie de ses collègues. La Bête était parfaitement opérationnelle, et les quelques problèmes de tri qui s'étaient présentés après la découverte des plus récents fullerenes auraient très bien pu être résolus par des chromatographes ioniques locaux. Donc, les raisons pour lesquelles Praxis avait envoyé Art sur Mars n'étaient guère évidentes, ce qui cachait quelque chose. Et le groupe évitait d'aborder ce sujet, épargnant ainsi à Art les mensonges, les haussements d'épaules maladroits et toute incitation à des confidences.

Ce qu'Art appréciait. Malgré tout, cela conférait une certaine distance à leurs conversations. Il ne voyait que rarement les nouveaux venus de Praxis, en dehors des rencontres d'orientation, et il se sentait un peu seul. Comme les jours passaient, ce sentiment devint un malaise, puis une oppression. Il gardait les rideaux de sa fenêtre fermés, désormais, et mangeait généralement dans des restaurants éloignés du bord du cratère. Cela commençait à ressembler aux semaines qu'il avait passées à bord du *Ganesh*, période qui lui avait laissé un souvenir pénible. Quelquefois, il devait lutter contre le sentiment d'avoir commis une faute en se laissant expédier sur Mars.

Après le dernier cours d'orientation, il y eut un cocktail dans les locaux de Praxis. Art but plus qu'à son habitude et inhala quelques bouffées de protoxyde d'azote. Il avait appris que les gaz hilarants étaient à la mode dans le monde des constructeurs, ici : on trouvait toujours des bombes de gaz divers dans les distributeurs des toilettes. Et il dut bien admettre que l'azote apportait quelques bulles supplémentaires au champagne. C'était une combinaison heureuse, comme les cacahuètes avec la bière, ou la chantilly sur la tarte aux pommes.

Plus tard dans la soirée, il se perdit dans les rues de Sheffield avec la sensation que l'azote avait sur lui un effet antigravitationnel. Sous la pesanteur martienne, il se sentait trop léger et il se dit qu'il ne pesait plus que cinq kilos. C'était à la fois bizarre et déplaisant. Comme s'il marchait sur du verre ciré.

Il faillit heurter un jeune homme, un peu plus grand que lui — les cheveux noirs, gracile comme un oiseau, et gracieux également. Celui-ci s'écarta puis le stabilisa, une main posée sur son épaule.

Le jeune homme le fixa droit dans les yeux.

— Vous êtes Arthur Randolph ?

— Oui, fit Art, surpris. Et vous, qui êtes-vous ?

— C'est moi qui ai contacté William Fort.

Art se figea brusquement et se balança d'un pied sur l'autre. Le jeune homme le redressa avec douceur. Le contact de sa main était chaud sur l'avant-bras d'Art. Il le dévisageait d'un regard franc, avec un sourire amical. Il devait avoir vingt-cinq ans, estima Art, peut-être moins. Il était beau, la peau mate, avec des sourcils drus et noirs et des yeux légèrement asiatiques très écartés au-dessus de ses pommettes marquées. Il y avait de l'intelligence dans son regard magnétique empreint de curiosité. Il plut à Art dans l'instant, sans qu'il pût savoir pourquoi. Il n'obéissait qu'à ses sentiments.

— Appelez-moi Art, dit-il.

— Je suis Nirgal. Descendons jusqu'au parc du Belvédère.

Art le suivit au long du boulevard couvert de gazon qui allait vers le bord du cratère. Quand ils enfilèrent le sentier longeant la paroi, Nirgal saisit franchement Art par le bras. A nouveau, Art sentit sa chaleur et se demanda si le jeune homme n'avait pas la fièvre, quoiqu'il n'y en eût aucun signe dans ses yeux.

— Pourquoi êtes-vous là ? lui demanda Nirgal.

Son ton et son expression allaient plus loin qu'une simple question formelle. Art réfléchit.

— Pour vous aider, dit-il enfin.

— Alors vous allez vous joindre à nous ?

A nouveau, il était clair que le jeune homme voulait lui dire quelque chose de différent, de fondamental.

— Oui, fit Art. Quand vous voudrez.

Nirgal sourit, un sourire fugace de ravissement qu'il domina à peine avant de lui dire :

— Bien. Très bien. Mais, écoutez-moi : j'agis de ma propre initiative. Vous comprenez ? Il y a des gens qui ne m'approuveraient pas. Je veux donc vous introduire parmi nous comme s'il s'agissait d'un accident. Vous êtes d'accord ?

— Parfait. (Art secoua la tête, décontenancé.) Mais c'était bien comme cela que je comptais procéder.

Nirgal s'était arrêté près de la bulle d'observation. Il s'empara de la main d'Art et la serra. Et son regard, si inflexible et ouvert, était un contact d'un autre genre.

— C'est bien. Merci. Alors, continuez ce que vous avez à faire. Poursuivez votre projet de récupération et nous vous prendrons en charge là-bas. Nous nous reverrons ensuite.

Et il s'éloigna à travers le parc en direction de la gare, avec ces longues enjambées qui étaient le propre des jeunes indigènes. Art le suivit longuement du regard, essayant de se souvenir de chaque détail de leur rencontre, de trouver ce qui lui avait conféré une telle importance. C'était simplement, sans doute, décida-t-il, l'expression de Nirgal — elle n'était pas seulement intense, comme c'était souvent le cas chez les jeunes gens, elle possédait une force plaisante, drôle. Il se rappelait le sourire qu'il avait eu quand Art lui avait dit (promis) qu'il allait se joindre à eux. Et il sourit à son tour.

En retrouvant sa chambre, il alla droit à la fenêtre et écarta les rideaux. Puis il s'assit à la table, alluma son lutrin et chercha l'entrée *Nirgal*. Mais il ne trouva personne de ce nom. Il trouva pourtant Nirgal Vallis, entre le Bassin d'Argyre et Valles Marineris. C'était l'un des meilleurs exemples de chenaux de la planète, apprit-il. Long et sinueux. Nirgal était le nom babylonien de Mars.

Il retourna à la fenêtre, appuya son nez contre la vitre, et plongea le regard au fond de la gorge de la chose, vers le cœur rocailleux du monstre. Vers les parois incurvées, le fond si lointain, la crête acérée et circulaire — il but tout cela des yeux : l'éventail des ocres, des bruns, des gris et des noirs, des orangés, des jaunes et des rouges. Les rouges surtout, qui déployaient toutes leurs variétés... Et, pour la première fois, il n'éprouva aucune crainte. Un sentiment nouveau venait de monter en lui. Il frissonna et sauta sur place un instant, en une brève danse. Désormais, il pourrait affronter ce panorama. Et il pourrait maîtriser la gravité. Il avait rencontré un Martien, un membre de l'underground, un jeune homme au charisme étrange. Et il allait le revoir, lui et les autres... Maintenant, il était *vraiment* sur Mars.

Et quelques jours après, il était sur la pente ouest de Pavonis Mons, pilotant un petit patrouilleur sur une route étroite qui suivait en parallèle une pente de déjections chaotique. Une voie de chemin de fer à crémaillère plongeait vers le fond. Il avait transmis un dernier message codé à Fort pour lui annoncer qu'il démarrait sa mission et avait reçu sa première réponse : *Bon voyage*.

Durant la première heure de cette randonnée, il avait vu ce que tout le monde lui avait annoncé comme un panorama spectaculaire. Il avait d'abord escaladé la bordure ouest de la caldeira avant de s'engager sur la pente extérieure. Il se trouvait alors à une soixantaine de kilomètres à l'ouest de Sheffield. Il franchit l'arête sud-ouest du vaste plateau de bordure et s'engagea vers le bas. Un horizon nouveau lui apparut. Tout en bas, et très lointain — une barre incurvée, brumeuse, blanche, comme un croissant de Terre vu du hublot d'une navette spatiale. Ce qui était logique : Pavonis culminait au-dessus d'Amazonis Planitia à l'altitude où certains vaisseaux évoluent lors de la phase finale de leur retour vers la Terre — plus de vingt-cinq mille mètres. Dans la même perspective, il découvrait Arsia Mons, le plus au sud des trois volcans de l'alignement de Tharsis, dressé à l'horizon comme un autre monde voisin. Et ce nuage noir, loin à l'horizon du nord-ouest, ça pouvait bien être Olympus Mons ! Une vue stupéfiante !

C'est ainsi que sa première journée de voyage fut toute en descente. Mais son moral, au contraire, grimpait de plus en plus haut.

« Mon vieux, se dit-il, là, il n'y a plus aucune chance qu'on soit encore au Kansas. On est en route pour aller voir le magicien ! Le puissant magicien de Mars[1] ! »

La route suivait la trace laissée par le câble abattu. Il avait provoqué un impact gigantesque en touchant le sol sur le flanc occidental de Tharsis, moindre que lors de son ultime spirale autour de la planète, bien sûr, mais cela avait suffi à créer ces superbuckies si intéressants qu'Art avait pour mission de repérer. La Bête qui l'attendait avait déjà récupéré le câble dans ce secteur. Il avait pratiquement disparu du paysage, ne laissant que quelques voies ferrées, plus une troisième voie à crémaillère au milieu des restes. La Bête avait construit ces rails avec le carbone du câble avant d'en utiliser d'autres parties, plus le magnésium présent dans le sol, pour bâtir des véhicules autonomes à crémaillère, qui avaient transporté les matériaux récupérés jusqu'aux usines de traitement Ouroboros de Sheffield. Un boulot parfait, se dit Art en voyant passer un petit véhicule robot en route pour la ville.

La seconde journée de son voyage, il quitta l'immense cône de Pavonis pour s'engager sur la bosse de Tharsis. Il rencontra un terrain caillouteux creusé de multiples cratères de météores. La neige s'y mêlait au sable. Il se trouvait maintenant sur la pente ouest de Tharsis couverte de névé, balayée fréquemment par des tempêtes de neige qui ne fondait jamais mais s'accumulait au contraire d'année en année. L'amas de neige écrasée, appelé névé, était encore récent, mais dans quelques années les couches inférieures se transformeraient en glace et des glaciers se formeraient sur les pentes.

De grands rochers se dressaient sur le névé, ainsi que les anneaux de cratères qui semblaient dater de la veille, si l'on oubliait l'épaisse couche de neige qui tapissait leur fond.

Art parcourut encore plusieurs kilomètres avant d'apercevoir enfin la Bête qui travaillait sur les restes du câble. Il en découvrit d'abord la partie supérieure à l'horizon, mais il ne la vit dans son ensemble qu'après une heure. Au milieu de l'étendue déserte, elle semblait moins gigantesque que celle qu'il avait visitée à Sheffield Est mais, en s'approchant de son flanc, il réalisa qu'elle avait les dimensions d'un bloc d'immeubles. Un orifice carré, en bas, ressemblait terriblement à une entrée de parking. Art se dirigea droit dessus et entra — la Bête se déplaçait à trois kilomètres par jour et sa manœuvre n'eut rien d'une performance. Quand il fut à l'intérieur, il suivit une rampe incurvée et franchit un tunnel avant de pénétrer dans le sas. Là, il s'entretint par radio avec l'intelligence artificielle de la Bête. Les portes se refermèrent sur son patrouilleur et, dans la minute suivante,

---

1. Allusion au *Magicien d'Oz*. (*N.d.T.*)

il put descendre du véhicule et emprunter l'ascenseur qui accédait au pont d'observation.

Il ne lui fallut pas longtemps pour comprendre que l'existence à l'intérieur de la Bête n'était pas totalement excitante et, après avoir fait son rapport au bureau de Sheffield et jeté un regard sur le chromatographe du labo, il retourna à son patrouilleur pour profiter un peu plus du paysage. Zafir lui avait dit que ça se passait toujours comme ça avec la Bête : les patrouilleurs devenaient comme autant de poissons-pilotes autour d'une énorme baleine. Même si la vue depuis le pont d'observation était superbe, la plupart des gens préféraient passer le plus clair de la journée à rouler dans le désert environnant.

Ce que fit Art. Le câble abattu, devant la Bête, montrait qu'à l'évidence le choc avait été plus brutal qu'en amont, au début de sa chute. Il était enfoui dans le sol jusqu'au tiers de son diamètre à peu près, et le cylindre était aplati, marqué par de longues crevasses qui révélaient sa structure, faite de mèches de filaments de carbone nanotube, l'un des matériaux les plus résistants connus, quoique, apparemment, celui qui composait le câble du nouvel ascenseur eût des performances encore supérieures.

Et la Bête avançait au milieu de ces ruines. Elle était quatre fois plus haute que le câble calciné qui disparaissait peu à peu dans sa gueule avant d'où montait régulièrement un grondement sourd, quasi infrasonique. Et au début de chaque après-midi, vers deux heures, le sas s'ouvrait à l'arrière et un wagon couvert d'une couche de diamant surgissait sur les rails pour partir en direction de Pavonis, rutilant sous le soleil. Il s'écoulait une dizaine de minutes avant qu'il disparaisse à l'horizon est, dans l'apparente « dépression » qui séparait la Bête de Pavonis.

Art, après avoir assisté au départ quotidien, se perdait dans le désert à bord du patrouilleur « poisson-pilote », entre les cratères et les grands rochers isolés. A dire vrai, il cherchait Nirgal, ou, plutôt, il l'attendait.

La région avait un aspect étrange, qui n'était pas seulement dû à l'éparpillement irrégulier des millions de rocs noirâtres, mais aussi à la couverture du névé que le vent avait sculptée en d'innombrables formes fantastiques. On les appelait *sastrugi*. Art éprouvait un vrai bonheur à se promener au milieu de ces extrusions aérodynamiques de neige rougeâtre.

Il effectuait un circuit chaque jour. Et chaque jour, la Bête rongeait lentement le câble en se dirigeant vers l'ouest. Art découvrit que les sommets dénudés des rochers étaient souvent colorés par des taches minuscules de lichens à croissance rapide. Toute proportion gardée, puisqu'il s'agissait de lichen. Il en préleva deux échantillons et, de retour à la Bête, appela les données qui les concernaient. Apparemment, il s'agissait de lichens produits par le génie génétique : des cryptoendolithiques. A cette altitude, leur présence était précaire — l'article disait que 98 % de leur énergie était consacrée à la survie, ce qui ne leur laissait que 2 % pour la reproduction. Et constituait une amélioration énorme par rapport aux espèces terrestres.

Un après-midi, il s'enfonça très loin vers le nord avec le poisson-pilote et s'arrêta pour ramasser d'autres échantillons. A son retour, la porte du sas refusa de s'ouvrir.

— Qu'est-ce qui se passe, nom de Dieu ? s'écria-t-il.

Il attendait depuis si longtemps qu'il avait oublié qu'un événement était censé se produire. Et cet événement avait apparemment pris la forme d'un incident électronique. En supposant qu'il s'agissait bien de l'événement qu'il attendait... et non d'autre chose. Il appela par l'intercom et essaya tous les codes qu'il connaissait pour ouvrir la porte. En vain. Et il n'était pas question de déclencher les systèmes d'urgence, puisqu'il ne pouvait entrer dans le patrouilleur. L'intercom de son casque avait une portée très limitée — l'horizon, en fait — qui, au large de Pavonis, se réduisait à quelques kilomètres. La Bête était maintenant au-delà de l'horizon. Il pouvait sans doute se lancer à pied à sa poursuite, mais il atteindrait un point fatal où la Bête autant que le patrouilleur se trouveraient au-delà de l'horizon. Et il serait alors tout seul dans sa combinaison, avec une réserve d'air limitée.

Et brusquement, le paysage de sastrugi sales devint sombre et menaçant, même sous le soleil.

« Et alors, merde ? » se dit Art. Après tout, il était ici pour que les gens de l'underground martien le récupèrent. Nirgal lui avait bien dit que ça ressemblerait à un accident. D'accord, ça n'était peut-être pas cet accident, mais le fait de paniquer ne l'aiderait guère. Mieux valait accepter l'idée qu'il affrontait un problème réel et se tirer de cette situation. Ou bien il décidait de se lancer à la poursuite de la Bête, ou alors il persévérait pour pénétrer dans le patrouilleur.

Il était encore en train de réfléchir tout en tapotant frénétiquement sur son bloc de poignet, quand on lui cogna l'épaule.

— Aahh ! cria-t-il en pivotant brusquement.

Il vit deux personnages en walkers avec de vieux casques élimés. Il les examina à travers leurs visières : une femme au visage de faucon qui semblait prête à le dévorer, et un homme à la peau noire, aux traits fins, avec des dreadlocks gris. Celui qui lui avait donné un coup sur l'épaule. Il venait de lever trois doigts en désignant sa console de poignet. Ce qui devait correspondre à la fréquence de communication qu'ils utilisaient, se dit Art. Il s'aligna dessus.

— Hé ! s'exclama-t-il, plus soulagé qu'il aurait dû normalement l'être, puisque les choses suivaient le cours annoncé par Nirgal et qu'il n'avait jamais été vraiment en danger. On dirait que le sas refuse de s'ouvrir ! Vous pouvez m'aider ?

Ils le regardèrent.

Et l'homme aux dreadlocks eut un rire effrayant tout en lui lançant :

— Bienvenue sur Mars !

TROISIÈME PARTIE

GLISSEMENT LONG

Ann Clayborne descendait l'Eperon de Genève. Elle s'arrêtait dans chaque côte pour ramasser des échantillons. L'autoroute Transmarineris avait été abandonnée après 61. Elle était en train de disparaître sous la rivière boueuse de glace et de rochers qui avait inondé le fond de Coprates Chasma. La route n'était plus qu'une relique archéologique, une impasse.

Mais Ann avait décidé d'étudier l'Eperon de Genève. Il constituait l'extension finale d'une veine de lave enfouie en grande partie sous le plateau du sud. Cette veine n'était qu'une parmi plusieurs autres : Melas Dorsa, Felis Dorsa plus à l'est, Solis Dorsa à l'ouest. Toutes étaient plus ou moins parallèles et perpendiculaires par rapport aux canyons de Marineris, et elles avaient toutes la même mystérieuse origine. Mais avec le recul de la paroi sud de Melas Chasma, sous l'effet du tassement et de l'érosion éolienne, la roche la plus dure d'une veine s'était retrouvée exposée. C'était elle qu'on avait appelée l'Eperon de Genève, et les Suisses avaient trouvé là une rampe parfaite pour creuser leur route. Et Ann se trouvait à présent face à une base bien exposée. Il était possible que l'Eperon de Genève, comme les veines voisines, ait été formé par le fissurage concentrique résultant de la surrection de Tharsis. Mais ces veines pouvaient tout aussi bien être plus anciennes, laissées par l'extension d'un bassin du début du Noachien, quand la planète se dégageait encore de sa chaleur interne. La datation du basalte au pied de la veine aiderait à trouver la réponse d'une façon ou d'une autre.

C'était pourquoi Ann descendait lentement l'étroite route givrée à bord de son patrouilleur-rocher. D'accord, elle était certainement visible depuis l'espace, mais elle ne s'en inquiétait pas. Elle avait parcouru tout l'hémisphère Sud durant l'année précédente sans aucune précaution, sauf lorsqu'elle devait s'approcher d'un des refuges secrets de Coyote pour se ravitailler. Rien ne s'était jamais produit.

Elle atteignit la base de l'Eperon, à quelque distance du fleuve de glace et de rochers qui obstruait désormais le plancher du canyon. Elle descendit du patrouilleur, prit un marteau de géologue et entreprit de casser le bord du dernier tronçon de route. Elle avait le dos tourné à l'immense glacier et l'avait oublié, entièrement concen-

trée sur le basalte. La veine se dressait devant elle dans le soleil, formant une rampe parfaite qui montait vers le sommet de la falaise, à trois mille mètres au-dessus d'elle, se déployant jusqu'à cinquante kilomètres en direction du sud. De part et d'autre de l'Eperon, l'énorme falaise sud de Melas Chasma s'incurvait en larges enfoncements avant de se redresser en saillies mineures — une marque discrète sur la gauche, à l'horizon lointain, et un promontoire massif, à quelque soixante kilomètres sur la droite, qu'Ann appelait Cape Solis.

Il y avait bien longtemps qu'Ann avait prédit que toute hydratation de l'atmosphère entraînerait l'accélération massive de la dégradation du terrain. Les falaises, de part et d'autre de l'Eperon, confirmaient qu'elle ne s'était pas trompée. L'enfoncement entre l'Eperon de Genève et Cape Solis avait toujours été profond, mais les glissements de terrain récents qu'elle découvrait montraient qu'il se creusait plus rapidement. Cependant, les cicatrices les plus fraîches, tout comme les cannelures et les strates de la falaise, étaient poudrées de givre. La grande paroi avait les couleurs de Zion ou de Bryce après une chute de neige — avec des couches variées de rouge striées de blanc.

Une arête noire et basse suivait le plancher du canyon à un kilomètre ou deux à l'ouest de l'Eperon de Genève, en parallèle. Mue par la curiosité, Ann s'en approcha. En l'examinant de près, à hauteur de poitrine, elle lui parut constituée de la même espèce de basalte que l'Eperon. Elle prit son marteau et préleva un échantillon.

Du coin de l'œil, elle surprit un mouvement et se redressa. Cape Solis avait perdu son nez. Un nuage rouge se gonflait à partir du sol.

Un glissement de terrain ! Instantanément, elle déclencha le chrono de son bloc de poignet, puis abaissa les jumelles sur sa visière et fit le point. La roche qui venait d'être mise au jour par la cassure était noirâtre et quasi verticale. Une faille de refroidissement à l'intérieur de la veine, peut-être — à supposer qu'il s'agisse bien d'une veine. Cela ressemblait à du basalte. Et apparemment, la cassure s'était faite sur toute la hauteur de la falaise, sur quatre mille mètres.

La paroi disparaissait maintenant dans le nuage de poussière qui se gonflait, comme si une bombe géante venait d'exploser. L'explosion sourde, à la limite des infrasons, fut suivie par un grondement atténué, comme un roulement de tonnerre. Elle regarda son chrono : quatre minutes à peine s'étaient écoulées. Le son, dans l'atmosphère de Mars, se propageait à la vitesse de deux cent cinquante-deux mètres par seconde, ce qui lui donnait une distance de soixante kilomètres. Elle avait presque assisté au premier instant de l'effondrement.

Plus loin dans l'enfoncement, une autre partie de la falaise, plus réduite, fut à son tour emportée, sans doute sous l'effet des ondes de choc. Ça n'était rien comparé à la première cassure, qui avait dû précipiter vers le bas des millions de mètres cubes de roche. C'était fantastique d'avoir assisté à un pareil spectacle — pour la plupart, les géologues et les aréologues utilisaient des explosifs ou des simulations sur ordinateur pour étudier ce phénomène. Il leur suffirait de passer quelques semaines dans Valles Marineris pour résoudre leurs problèmes.

La masse déferlait à présent depuis le seuil du glacier. Elle était sombre et basse, dominée par un front mouvant de nuages de poussière. C'était comme le film au ralenti d'un orage qui s'avançait, avec les mêmes effets sonores. Il était encore très loin de Cape Solis. Et Ann prit conscience, brusquement, qu'elle assistait à un glissement prolongé. Un phénomène étrange, l'une des pièces manquantes des puzzles de la géologie. La majorité des glissements de terrain se propageaient généralement sur une distance double de celle de leur chute initiale. Mais quelques-uns, plus importants, semblaient défier les lois de la friction et continuaient leur course horizontale sur une distance dix fois supérieure à leur chute initiale. Vingt ou trente fois, dans les cas exceptionnels. Ces glissements prolongés, comme on les appelait, n'avaient pas d'origine connue. Cape Solis s'était effondré sur quatre mille mètres et, normalement, n'aurait pas dû rouler sur plus de huit mille. Mais il poursuivait sa course sur le fond de Melas, déferlante sombre qui fonçait sur Ann. S'il parcourait quinze fois sa chute verticale, elle serait engloutie et emportée jusqu'à l'Eperon de Genève.

Elle régla ses lunettes sur le front de la vague qui arrivait dans un tourbillon de poussière. Elle sentait ses mains trembler sur son casque, mais elle n'éprouvait aucune émotion particulière. Pas de regret, ni de peur — rien, si ce n'est, peut-être, du soulagement. Tout allait finir, et ce ne serait pas sa faute. Personne n'aurait à lui faire de reproches. Elle avait toujours dit que le terraforming la tuerait. Elle eut un rire bref en plissant les yeux. La première hypothèse standard pour expliquer les glissements prolongés supposait que la roche était portée par une couche d'air emprisonnée durant la chute. Mais, plus tard, la découverte de glissements plus anciens, aussi bien sur Mars que sur la Lune, avait fait douter de cette explication. Ann était d'accord avec ceux qui arguaient du fait qu'une couche d'air ne pouvait rester prisonnière de la roche et se diffusait rapidement vers le haut. Néanmoins, il devait exister une sorte de lubrifiant naturel. Certains avaient proposé la théorie d'une couche de roche en fusion provoquée par la friction de l'effondrement, ou bien des ondes acoustiques dues au fracas inital, ou encore la friction à haute énergie des particules sur la face interne du glissement. Mais aucune de ces propositions n'était vraiment satisfaisante, nul n'avait de certitude. Ce qui arrivait droit sur Ann était un mystère phénoménologique.

Elle regarda encore une fois son chrono et constata que vingt minutes s'étaient déjà écoulées. Les glissements de ce type étaient connus pour leur vitesse. Et le front grondant s'approchait à toute allure. Le nuage de poussière montait à l'arrière, occultant le soleil de l'après-midi.

Ann se retourna vers le grand glacier de Marineris. Plusieurs fois, il avait failli la tuer, à l'époque où la nappe aquifère s'était déversée dans les grands canyons. Frank Chalmers avait trouvé la mort dans le torrent de boue et de glace et ses restes devaient être prisonniers du glacier, désormais, tout en bas. Ç'avait été la faute d'Ann, et depuis, jamais le remords ne l'avait quittée. Il avait suffi d'un simple instant d'inattention, mais c'était une faute. Du genre qu'on ne peut corriger.

Et puis, Simon lui aussi était mort. Emporté par l'avalanche de ses globules blancs. Désormais, son heure était venue. Et le soulagement qu'elle en éprouvait était presque douloureux.

Elle fit face à l'avalanche. Elle eut l'impression que les rochers qu'elle discernait à la partie inférieure bondissaient plutôt que de rouler comme dans un mascaret. Oui, apparemment, la vague de matériaux était portée par une sorte de couche lubrifiante. Des géologues avaient découvert des prairies pratiquement intactes à la surface de glissements de terrain majeurs qui avaient couvert plusieurs kilomètres. Elle avait donc la confirmation d'un fait connu, mais cela n'en semblait pas moins bizarre, presque irréel. Le sol vibrait sous elle et elle s'aperçut qu'elle avait les poings crispés. Elle pensa à Simon, luttant contre la mort, et siffla entre ses dents. Ça n'était pas bien de rester là à attendre la fin presque avec joie. Elle savait qu'il ne l'aurait pas approuvée. Alors, elle s'écarta de l'arête basse de lave et mit un genou au sol.

Elle avait fait ce qu'elle pouvait, nul ne pouvait la blâmer. Mais ce genre de réflexion était stupide : personne ne saurait jamais ce qu'elle était venue faire ici, pas même Simon. Il n'était plus là. Et le Simon qui était en elle ne cesserait jamais de la harceler. L'heure était donc venue de se reposer. Avec reconnaissance. La poussière enveloppa l'arête dans un grand souffle de vent et... Boum ! Le fracas de l'explosion la coucha net, puis elle fut entraînée sur le fond du canyon, roulée dans l'averse de roc. Elle était maintenant perdue dans un nuage opaque, et se redressa à quatre pattes, prise dans la poussière, le grondement des fragments de pierre, les tressautements sauvages du sol...

Les secousses s'apaisèrent. Le rocher était froid sous ses gants et ses genouillères. Peu à peu, des bouffées de vent faisaient réapparaître le ciel. Elle était couverte de poussière et de rocaille.

Elle se releva avec des gestes convulsifs. Elle avait les mains et les genoux douloureux et une rotule engourdie par le froid. Elle s'était foulé le poignet gauche et c'était comme si un poignard était planté dans ses tendons. Elle descendit vers la crête basse de basalte. Le glissement de Cape Solis s'était arrêté à trente mètres de là. Le sol, entre elle et la masse noirâtre, était jonché de cailloutis, mais la muraille de roc était dressée à quarante-cinq degrés, haute de vingt ou vingt-cinq mètres. Ann se dit que si elle était restée sur l'arête basse, elle aurait été tuée par l'impact du souffle d'air. « Maudit sois-tu ! » fit-elle silencieusement à Simon.

La frange nord du glissement s'était déversée dans Melas pour se fondre avec la glace dans un torrent bouillonnant de boue et de blocs de rocher. Mais elle avait du mal à voir au travers de l'écran de poussière. En s'avançant, elle constata que la roche était encore chaude. Elle ne découvrit aucune fracture plus haut. Les oreilles encore bourdonnantes, elle inspectait le mur noir. Et elle pensa : ça n'est pas juste, pas juste...

En revenant vers l'Eperon, elle éprouva un étourdissement, un malaise. Le patrouilleur-rocher était toujours là, au bout de la route en impasse, poussiéreux mais intact. Longtemps, elle resta sur place, incapable de le toucher. Elle se retourna pour observer la falaise encore fumante du glissement, pareille à un glacier noir côte à côte avec le glacier blanc. Enfin, elle ouvrit la porte du patrouilleur et se hissa à l'intérieur. Elle n'avait pas le choix.

Elle parcourait quelques kilomètres chaque jour. Puis elle débarquait et déambulait sur la planète, la démarche incertaine, comme un automate.

Sur chaque flanc de la bosse de Tharsis, il y avait une dépression. A l'ouest, c'était Amazonis Planitia, une plaine basse qui s'avançait loin dans les highlands du sud. A l'est, c'était l'Auge de Chryse, un creux qui partait du Bassin d'Argyre pour traverser Margaritifer Sinus et Chryse Planitia, le point le plus bas de l'Auge. L'Auge de Chryse avait une profondeur moyenne de deux mille mètres par rapport à la région environnante et au terrain chaotique de Mars. C'était là qu'on trouvait les plus anciens chenaux d'écoulement.

Ann continua de suivre la bordure sud de Marineris jusqu'à se trouver entre Nirgal Vallis et le Chaos d'Aureum. Elle fit étape pour se ravitailler dans un refuge appelé Dolmen Tor. C'était là que Michel et Kasei les avaient conduits au terme de leur retraite dans Marineris, en 2061. Elle n'éprouva aucune émotion particulière en retrouvant les lieux, car le souvenir s'était estompé. De même que bien d'autres, ce qu'elle trouvait plutôt réconfortant. En fait, elle appelait l'oubli, se concentrant sur tel ou tel moment de son passé avec une intensité si forte qu'il disparaissait, comme une lueur avalée par le brouillard, comme si des choses se dissipaient dans sa tête.

Très certainement, l'Auge avait précédé dans le temps le chaos et les chenaux de débordement, qui n'existaient qu'à cause de sa présence. Tharsis avait été une source de dégazage extraordinaire : toutes les fractures radiales ou concentriques avaient répandu dans l'atmosphère les éléments volatils venus du noyau chaud de la planète. L'eau du régolite avait ruisselé sur les pentes jusque dans les dépressions, de part et d'autre de la bosse. Il était possible que les dépressions soient le résultat direct de l'érection de la bosse, et la lithosphère avait pu être repliée vers les franges. Ou alors, le manteau avait aspiré les dépressions dans le sous-sol quand il s'était déployé sous la bosse. Les modèles de convection courants pouvaient permettre de vérifier un tel concept — la poussée avait bien dû retomber quelque part, après tout, en entraînant une partie de la lithosphère.

Ensuite, dans le régolite, l'eau avait continué son ruissellement vers le bas, comme d'habitude, elle s'était répandue dans les auges, jusqu'à ce que les aquifères éclatent et que la surface s'effondre. D'où les chenaux et le chaos. Un excellent modèle, plausible et solide, qui expliquait la plupart des traits du paysage.

Et c'est ainsi que chaque jour Ann sillonnait la région en quête d'une confirmation sur la création de l'Auge de Chryse. Il était devenu difficile de se frayer un chemin vers le nord : les déversements des aquifères en 2061 avaient presque totalement bloqué la voie, ne laissant qu'une fente étroite entre l'extrémité est du grand glacier de Marineris et le versant ouest d'un glacier plus petit qui emplissait Ares Vallis sur toute sa longueur. Cette fente était la première issue à l'est de Noctis Labyrinthus. Elle permettait de franchir l'équateur sans passer par la glace. Et Noctis était encore à six mille kilomètres de là. On avait donc construit une piste et une route pour franchir la fente, ainsi qu'une ville sous tente plutôt importante au bord du cratère Galilaei. Au sud de Galilaei, dans sa partie la plus étroite, la fente ne mesurait que quarante kilomètres de large et constituait un secteur de plaine entre le bras oriental d'Hydaspis Chaos et la région ouest d'Aram Chaos. A partir de là, la route et la piste étaient plus difficiles et Ann concentra son pilotage sur le seuil d'Aram Chaos, sans quitter le sol fissuré du regard.

Au nord de Galilaei, ça redevenait plus facile. Enfin, elle quitta la fente et retomba dans Chryse Planitia. Elle était maintenant au cœur de l'Auge, avec un potentiel gravifique de — 0,65. C'était l'endroit le plus léger de la planète, plus léger encore qu'Isidis et Hellas.

Un jour, en atteignant le sommet d'une colline isolée, elle découvrit une mer de glace au milieu de Chryse. Un long glacier s'était écoulé depuis Simud Vallis pour s'installer au point le plus bas de Chryse. Il était devenu une mer qui s'étendait sous trois horizons, au nord, au nord-est et au nord-ouest. Lentement, Ann contourna la grève, de l'ouest au nord. Elle estima le diamètre de la mer de glace à deux cents kilomètres.

Elle s'arrêta à l'heure du crépuscule sur la bordure fantomatique d'un cratère et laissa errer son regard sur l'étendue de glace fracassée. Il y avait eu tellement d'éruptions et de déversements en 61. Il était clair que certains aréologues de talent avaient soutenu les rebelles, qu'ils avaient su trouver les aquifères où la pression était la plus élevée pour les faire sauter. Apparemment, ils avaient tiré profit de certaines de ses propres découvertes.

Chaque jour, quand elle s'arrêtait pour faire étape, elle explorait à pied les alentours. Quittant la mer de glace de Chryse, elle continua vers le nord dans Acidalia.

Les grandes plaines de l'hémisphère Nord étaient généralement la référence officielle pour le niveau moyen de Mars, ce qui se justifiait si on les comparait aux sites de chaos ou encore aux highlands du sud. Mais elles n'étaient pas pour autant des terrains de jeux, elles n'étaient pas plates comme autant de tables à l'échelle planétaire — loin de là. Il y avait des ondulations de tous côtés, des buttes et des talus, des crêtes de rocailles, des drifts et des creux, des champs de pierraille et de rocs géants, des tors isolés et des cuvettes... Un paysage surnaturel. Sur Terre, les creux auraient fini par se combler, le vent et la pluie auraient usé les collines éparses, et des plaques glaciaires auraient achevé le gommage du paysage s'il n'avait pas été soulevé sous l'effet des actions tectoniques au fil des éons pour être limé et aplati par le temps et les biotes. Mais ces anciennes plaines ondulées, taraudées par les impacts des météores, n'avaient pas changé depuis un milliard d'années. Et elles comptaient au nombre des surfaces les plus jeunes de Mars.

La conduite, dans cette région accidentée, n'avait rien de facile, et on pouvait tout aussi bien s'y perdre à pied. Plus d'une fois, Ann confondit son patrouilleur avec les autres rochers et elle ne le regagna que grâce à la balise radio. Tremblante, encore sous le coup de quelque rêverie perdue.

Elle gardait toujours le cap au nord, vers Vastitas Borealis. Acidalia, Borealis : tous ces noms anciens de Mars étaient tellement étranges. Elle s'efforçait de ne pas réfléchir, mais les heures de voyage étaient longues, et, parfois, cela n'était plus possible. Dans ces moments-là, il était plus facile de lire que de perdre son regard dans le paysage. Alors, elle pêchait au hasard dans la bibliothèque de son IA. Et elle se retrouvait souvent avec des cartes de Mars. Un soir, elle se plongea dans la liste des noms de sites martiens.

Elle prit conscience que la plupart étaient dus à Giovanni Schiaparelli. Il avait baptisé plus d'une centaine d'albédos dont la plupart étaient aussi illusoires que ses *canali*. Mais quand les astronomes avaient rectifié les cartes de Mars dans les années 1950 en se mettant d'accord sur les albédos qu'ils devaient conserver — ceux qui pouvaient être photographiés —, un certain nombre de noms de Schiaparelli avaient été retenus. C'était une forme d'hommage à Schiaparelli.

Les traits caractéristiques de Mercure avaient reçu les noms de grands artistes. Et Vénus, bien sûr, avait été baptisée de noms de femmes. Sur Mars, ils voyageaient à travers un exotique mélange de rêveries du passé : le lac du Soleil, la plaine de l'Or, la mer Rouge, la montagne du Paon, le lac du Phénix, Cimméria, Arcadia, le golfe des Perles, le Nœud Gordien, Styx, Hadès, Utopia...

Dans les dunes sombres de Vastitas Borealis, elle constata que ses provisions s'épuisaient. Ses sismographes lui révélaient des secousses quotidiennes à l'est, et elle mit le cap droit dessus. Durant ses sorties, elle explorait les dunes de sable grenat et leurs strates, qui révélaient les climats anciens à la manière des cercles des troncs d'arbres abattus. Mais la neige et les vents violents arrachaient les crêtes. Les vents d'ouest pouvaient être extrêmement forts, suffisamment pour soulever des nappes de sable à gros grains qui la giflaient et la collaient contre le patrouilleur. Le sable se formerait toujours en dunes, c'était une question de physique, mais les dunes, elles, poursuivaient leur lente marche autour du monde, et les traces des âges se perdaient ainsi.

Le passé s'effritait toujours, fragment par fragment. Elle ne voulait plus y penser. Pourtant, plus d'une fois, elle fut arrachée au sommeil par l'image de la longue fugue et de l'abandon. Ensuite, elle s'éveillait vraiment, tremblante, en sueur, dans l'aube incandescente, sous le soleil qui brûlait dans le ciel comme une boule de soufre.

Coyote lui avait donné une carte de ses caches du Nord. Elle s'approchait de l'une d'elles, enfouie sous un amas de rocs grands comme des immeubles. Elle se ravitailla et laissa un bref remerciement écrit. Le dernier itinéraire que Coyote lui avait laissé indiquait qu'il passerait dans ce secteur très bientôt, mais elle ne vit aucune trace de lui, elle se dit qu'il était inutile d'attendre et reprit la route.

Le souvenir du glissement de terrain revenait la hanter. Elle n'y pouvait rien. Ce n'était pas le fait d'avoir affronté la peur qui lui restait, car cela lui était déjà souvent arrivé, sans qu'elle s'en aperçoive dans l'instant, parfois. Non, c'était le côté arbitraire de l'événement qui ne quittait pas son esprit. C'était sans rapport avec la valeur ou l'adaptabilité, tout simplement une pure contingence. Un équilibre accentué sans équilibre. C'était elle qui avait passé trop de temps à l'extérieur, après tout. C'était elle qui avait encaissé trop de radiations. Mais c'était Simon qui était mort. C'était elle qui s'était endormie au volant, et c'était Frank qui était mort. Une question de chance, de survie accidentelle ou d'effacement.

Un après-midi, alors qu'elle interrogeait machinalement son IA pour se distraire avant l'heure du dîner, elle apprit que la police tsariste avait arrêté Dostoïevski pour l'exécuter et l'avait ramené chez lui après qu'il eut attendu son tour plusieurs heures durant. Elle resta ensuite très longtemps dans son siège de pilote, les pieds sur le tableau de bord, le regard perdu. Un autre crépuscule grenat se déployait, le soleil était étrangement gonflé et brillant dans l'atmosphère plus dense. Dostoïevski avait été transformé pour sa vie entière, disait l'auteur dans l'omniscience facile de la biographie. Un épileptique, enclin à la violence, au désespoir. Il n'avait pas su intégrer son expérience. Il était demeuré perpétuellement en colère. Effrayé. Possédé.

Ann secoua la tête et se mit à rire en pensant au biographe idiot, qui n'avait tout simplement rien compris. Bien sûr, on n'intègre pas une expérience. Cela n'avait aucun sens.

Le lendemain, une tour pointa à l'horizon. Ann s'arrêta et braqua le télescope dans sa direction. Elle découvrit un nuage de brume dense au-delà. Les secousses enregistrées par son sismographe étaient très fortes maintenant et semblaient provenir de quelque part au nord. Elle en ressentit une, qui, si l'on tenait compte de la puissance des amortisseurs du patrouilleur, devait être particulièrement violente. Il y avait un rapport direct avec la tour.

Elle descendit. Le ciel était à présent une arche de couleurs intenses et le soleil était très bas sur l'horizon des dunes. Sa lumière serait derrière elle. Elle plongea entre les dunes et, prudemment, en escalada une avant de ramper sur les derniers mètres. Elle leva le regard vers la tour, qui n'était qu'à un kilomètre à l'est. Quand elle constata à quel point elle était proche de sa base, elle colla le menton au sol, au milieu de déjections aussi grosses que son casque.

Elle avait devant elle une sorte de complexe géant de forage. Gigantesque, en fait. A sa base massive, elle découvrait maintenant deux chenilles, pareilles à celles qui tractaient les fusées les plus lourdes dans un spatioport. La tour de forage se dressait à plus de soixante mètres de haut. Sa partie inférieure devait abriter les quartiers d'habitation des techniciens et les entrepôts.

Derrière le monstre, sur la pente douce qui s'inclinait vers le nord, il y avait une mer de glace. Et, immédiatement au nord de la foreuse, les crêtes de grandes dunes barkhanes[1] saillaient hors de la glace — d'abord comme autant de galets d'une plage, puis comme des centaines d'îlots en croissants. Mais, à deux kilomètres de là, le haut des dunes s'effaçait pour être remplacé par la glace.

Une glace propre et pure, translucide sous le ciel mauve, plus claire que toutes les formes de glace qu'elle avait jamais vues à la surface de Mars, lisse, sans la moindre cassure. Elle dégageait une faible

1. Dune en forme de croissant, perpendiculaire au vent. (*N.d.T.*)

vapeur qui dérivait vers l'est. Et, à sa surface, des hommes, en walkers et casques, faisaient du patin. Ils ressemblaient à des fourmis.

Tout était devenu clair dans l'instant où elle avait vu la glace. Il y avait bien longtemps qu'elle avait elle-même confirmé l'hypothèse du grand impact, qui expliquait la dichotomie entre les deux hémisphères. L'hémisphère Nord, plus bas et lisse, était simplement un bassin d'impact exceptionnellement vaste qui résultait d'une collision inimaginable, à l'âge noachien, entre Mars et un astéroïde presque aussi gros que la planète. Le cœur rocheux de l'astéroïde qui ne s'était pas vaporisé était devenu partie intégrante de Mars, et certaines théories expliquaient que les mouvement irréguliers du manteau relevés dans la bosse de Tharsis étaient des développements tardifs qui résultaient des perturbations originales de l'impact. Pour Ann, cette explication était improbable, mais il n'en restait pas moins que le grand choc avait eu lieu, qu'il avait balayé tout l'hémisphère Nord en abaissant son niveau de quatre mille mètres par rapport à l'hémisphère Sud. Le choc avait été formidable, mais il remontait au Noachien, et c'était sans doute le même type de collision qui avait provoqué la naissance de la Lune à partir de la Terre. A vrai dire, l'argument majeur des adversaires du choc martien était que la planète rouge aurait dû logiquement avoir une lune proportionnelle à celle de la Terre.

Mais là, en observant le gigantesque complexe de forage, Ann pouvait constater que l'hémisphère Nord était encore plus bas qu'il ne le paraissait, car son socle rocheux était extraordinairement profond, à plus de cinq mille mètres sous les dunes. L'impact avec le planétoïde avait creusé une dépression énorme qui s'était presque entièrement comblée avec le temps, par l'apport des déjections, le sable et le gravier portés par les tempêtes avant l'arrivée des matériaux arrachés au Grand Escarpement par l'érosion du vent, puis de l'eau. Car c'était l'eau qui avait gagné les creux les plus bas, comme toujours. Avec le premier gel et l'éclatement des anciens aquifères, le dégazage des lits de roches calcinées et l'effet de loupe de la calotte polaire. Tout cela avait précipité la migration des matières vers cette zone plus profonde jusqu'à former un réservoir géant dans le sous-sol, un lac de glace et d'eau qui s'était déployé autour de la planète pour former une bande au 60° de latitude nord, à l'exception ironique de l'île rocheuse sur laquelle se dressait la calotte polaire elle-même.

Ann avait découvert cette mer souterraine bien des années auparavant. Selon ses estimations, elle devait contenir entre soixante et soixante-dix pour cent du volume total d'eau sur Mars. C'était en fait l'Oceanus Borealis dont certains terraformeurs avaient parlé — mais en plus profond, beaucoup, beaucoup plus profond, et en grande partie gelé, mélangé avec le régolite et le gravier. Un océan de permafrost avec un peu de liquide dans les profondeurs de la roche.

Prisonnier pour toujours, du moins l'avait-elle cru alors, car quelle que fût l'intensité de la chaleur diffusée à la surface de la planète par les terraformeurs, l'océan de permafrost ne fondrait jamais de plus d'un mètre par millénaire — et même en fondant, il resterait dans le sous-sol : simple question de gravité.

Ce qui expliquait le mastodonte qui travaillait sous ses yeux. Ils étaient lancés dans l'extraction de l'eau. Ils avaient démarré l'exploitation minière des aquifères, et faisaient fondre le permafrost, sans doute avec des explosifs nucléaires, avant de pomper l'eau en surface. Le poids du régolite aidait même probablement à pousser l'eau vers la surface. Si plusieurs installations de ce type se déplaçaient sur la planète, elles récupéreraient des quantités d'eau phénoménales. Et, à terme, elles créeraient une mer de faible profondeur. D'abord une mer de glace mais, entre le réchauffement de l'atmosphère, le soleil, l'action des bactéries, les vents nouveaux et plus forts, cette mer finirait par fondre. Et l'Oceanus Borealis existerait réellement. Et l'ancienne Vastitas Borealis, avec ses chapelets de dunes grenat, constituerait alors le fond de la mer. Elle serait noyée.

Dans le crépuscule, elle retourna au patrouilleur d'un pas fatigué. Elle eut du mal à manœuvrer le sas, puis à enlever son casque. Elle resta assise, inerte devant le micro-ondes, pendant une heure, l'esprit envahi par des images. Des fourmis brûlaient sous une loupe, une fourmilière était noyée derrière un barrage de boue... Elle avait cru que rien ne pourrait plus l'atteindre dans cette existence préposthume qui était la sienne : mais ses mains tremblaient et elle ne parvenait pas à lever les yeux vers le riz et le saumon, dans le micro-ondes. Son estomac s'était changé en pierre. Dans le flux aléatoire des contingences universelles, rien n'importait plus. Et pourtant...

Elle démarra. Elle ne voyait pas autre chose à faire. Elle retourna vers le sud sur les longues pentes basses. Elle franchit Chryse et sa petite mer de glace. Plus tard, ce ne serait plus sans doute qu'une baie ouverte sur un vaste océan. Elle se concentrait sur son travail, ou elle essayait du moins. Elle essayait de ne plus voir que la roche, de penser comme une pierre.

Un jour, elle s'engagea sur une plaine parsemée de rochers noirs. Le fond était plus lisse que d'ordinaire. L'horizon, à cinq kilomètres de distance, comme toujours, ressemblait à celui que l'on voyait d'Underhill et de toutes les lowlands. Un petit monde dont les blocs noirs étaient comme autant de ballons fossiles provenant de divers sports. Tous étaient noirs et avaient des facettes : des ventifacts[1].

Elle descendit et regarda autour d'elle. Elle était attirée par ces rochers noirs. Elle marcha longtemps en direction de l'ouest.

1. Objets façonnés par le vent. (*N.d.T.*)

Un front de nuages bas roulait sur l'horizon et elle ressentit la poussée du vent jusqu'au creux de son ventre. Dans la pénombre prématurée de la tempête du soir, le paysage acquérait une beauté étrange.

Les rochers de basalte avaient été érodés jusqu'à ce que leur face exposée devienne plate. Ce qui avait sans doute pris un million d'années. Rien que pour cette première usure. Ultérieurement, les argiles sous-jacentes avaient été arasées et balayées, ou bien un des rares séismes que connaissait la planète avait bouleversé la région, et les rochers avaient pris une position nouvelle en exposant une surface différente. Et le processus avait repris.

Il se mit à neiger. Tout d'abord, ce ne furent que des flocons tourbillonnants, qui devinrent très vite des boulettes épaisses et douces, portées par le vent. La température était relativement élevée à l'extérieur, et l'averse blanche se changea en neige fondue, fangeuse sur le sable, avant de devenir un vilain mélange de grêle et de pluie qui balayait les dunes en oblique sous le vent qui avait fraîchi. Plus la tempête enflait, plus la neige virait à la boue. Apparemment, elle avait été renvoyée du sol à l'atmosphère pendant longtemps et avait récupéré de la poussière, des graviers et des particules de fumée. L'humidité s'accentua et, après une nouvelle ascension dans l'orage, tout devint noir. De la neige noire. Qui se transforma très vite en une sorte de boue séchée qui criblait les creux et les crevasses entre les ventifacts, les enduisait de saleté avant de retomber sur le sol sous l'effet du vent sifflant qui déclenchait des millions de petites avalanches. Ann titubait au hasard. Elle trébucha et se tordit la cheville. Elle s'arrêta, le souffle déchirant, un caillou serré dans chacune de ses mains froides. Elle comprenait que sa longue fugue se poursuivait. Et la neige boueuse se déposait en un manteau épais, tombant du ciel noir pour ensevelir la plaine.

Mais rien ne dure, ni la pierre ni le désespoir.

Ann retourna au patrouilleur, sans savoir comment ni pourquoi. Elle faisait une courte étape chaque jour et, sans en avoir vraiment conscience, elle revint vers la cache de Coyote. Elle y resta une semaine à errer entre les dunes tout en grignotant ses provisions.

Et puis, un jour, elle entendit : « Ann : di da doo ?... »

Elle ne perçut que son nom : *Ann.* Sous l'effet du retour brutal de sa glossolalie, elle posa ses deux mains sur le micro et tenta de parler. Mais elle ne réussit qu'à tousser.

« Ann : di da doo ?... »

Ce qui était une question.

— Oui, Ann, fit-elle avec l'impression de vomir.

Dix minutes plus tard, il montait à bord du patrouilleur et la serrait dans ses bras.

— Tu es là depuis combien de temps ?...

— Oh... pas très longtemps...

Ils s'assirent en silence. Elle tentait de retrouver son équilibre. C'était comme de contrôler ses pensées. A haute voix.

Coyote, lui, parlait plus lentement que d'habitude et ne la quittait pas du regard.

Elle l'interrogea à propos du complexe de forage glaciaire.

— Ah... Je me demandais si tu allais tomber dessus...

— Il y en a combien ?

— Cinquante.

Devant son expression, il inclina brièvement la tête. Il mangeait voracement et elle prit soudain conscience qu'il était arrivé à vide.

— Ils investissent des sommes colossales dans tous ces projets. Le nouvel ascenseur, ces complexes de pompage, l'azote de Titan... et ce miroir géant qu'ils vont mettre en orbite pour nous donner plus de lumière. Tu en as entendu parler ?

Elle essayait de retrouver le fil de ses pensées. Cinquante engins comme celui-là... Seigneur !...

Elle était furieuse. Elle en avait voulu déjà à la planète de ne pas la libérer. De l'effrayer, mais cela sans la moindre action. Mais sa colère, cette fois, était différente. En regardant manger Coyote, elle songeait à l'inondation de Vastitas Borealis, et la colère se contractait au fond d'elle comme un nuage préstellaire sur le point de s'effondrer et d'entrer en fusion. C'était une fureur brûlante qui l'habitait en cet instant — douloureuse. Pourtant, elle provenait de la même colère. Celle qu'elle avait toujours éprouvée à propos du terraforming. Bon Dieu ! La planète était en train de fondre sous ses pieds. De se désintégrer. Réduite en un tas de boue par un cartel terrien.

Il fallait faire quelque chose.

Vraiment. Ne serait-ce que pour combler les heures qui lui restaient à vivre avant qu'un quelconque accident l'emporte. Une occupation pour ses jours préposthumes. La vengeance du zombie... Pourquoi pas ? Un appel à la violence, au désespoir...

— Qui les construit ?

— Des combinats. Des usines les fabriquent à Mareotis et Bradbury Point. (Coyote continua à dévorer un instant encore, puis son regard revint sur elle.) Tu n'aimes pas ça.

— Non.

— Tu aimerais les arrêter ?

Elle ne répondit pas.

Il parut la comprendre.

— Je ne veux pas dire qu'on doive arrêter tout le processus de terraforming. Mais il y a des choses à faire. Faire sauter les usines.

— Ils les reconstruiront.

— On ne peut pas savoir. Ça les ralentira. Ce qui nous donnera peut-être le temps de produire quelque chose à l'échelle planétaire.

— Tu veux parler des Rouges.

— Oui. Je pense que les gens les appellent comme ça. Les Rouges.

Elle secoua la tête.

— Ils n'ont pas besoin de moi.

— Non. Mais toi, tu as peut-être besoin d'eux, hein ?... Et tu es une héroïne à leurs yeux, tu sais. Pour eux, tu ne serais pas n'importe qui.

De nouveau, l'esprit d'Ann était vide. Elle n'avait jamais cru aux Rouges, elle n'avait jamais pensé que ce type de résistance pouvait être efficace. Mais à présent... Eh bien, si ça ne marchait pas, ça valait mieux que de rester seule à ne rien faire.

— Il faut que je réfléchisse.

Ils partirent sur d'autres sujets. Mais soudain, Ann se heurtait à un mur de fatigue, ce qui était déconcertant, car elle n'avait pas fait grand-chose depuis si longtemps. Mais c'était comme ça. Parler était pour elle une tâche épuisante : elle n'en avait pas l'habitude. Et Coyote était un interlocuteur difficile.

— Tu devrais aller te coucher, dit-il enfin en interrompant son monologue. Tu as l'air fatiguée. Donne-moi tes mains...

Il l'aida à se lever. Elle s'allongea sur le lit sans se déshabiller. Il posa doucement une couverture sur elle.

— Oui, tu es fatiguée. Ecoute, ma vieille, je me demande si tu ne devrais pas suivre un deuxième traitement de longévité...

— Non. Je ne le referai jamais.

— Non ? Là, tu me surprends. Mais dors, maintenant. Dors.

Elle voyagea avec Coyote, cap au sud. Chaque soir, ils dînaient ensemble et il lui parlait des Rouges. Ils ne constituaient pas vraiment un mouvement structuré mais plutôt un groupe flou. Comme toute la clandestinité. Elle connaissait la plupart des fondateurs : Ivana, Gene et Raul, qui avaient fait partie de la première ferme d'Hiroko, avant de se détacher d'elle quand elle avait lancé l'aréophanie et le culte de la *viriditas*. Kasei et Dao et plusieurs des ectogènes de Zygote, ainsi que de nombreux ex-partisans d'Arkady, qui étaient descendus de Phobos avant d'entrer en conflit avec Arkady à propos de l'utilité du terraforming pour la révolution. Une majorité de Bogdanovistes, y compris Steve et Marian, s'étaient rangés aux côtés des Rouges en 2061, tout comme les adeptes du biologiste Schnelling, des radicaux japonais nisei et ansei de Sabishii, des Arabes qui rêvaient d'une planète Mars arabe pour l'éternité, et des prisonniers qui s'étaient enfuis du camp de Korolyov. Ainsi de suite. Un rassemblement de radicaux, de gauchistes, d'extrémistes, avec lesquels Ann n'avait pas vraiment d'affinités. Elle se disait que son opposition au terraforming était rationnelle, scientifique. Ou, tout au moins, qu'elle constituait une attitude éthique ou esthétique. Mais quand la colère remonta en elle, brûlante et violente, elle secoua la tête avec dégoût. Qui était-elle pour porter un jugement sur les Rouges ? Au moins, ils s'étaient exprimés, eux, ils avaient manifesté leur colère, ils l'avaient laissée exploser. Ils se sentaient sans doute mieux, même s'ils n'avaient rien accompli. Ou peut-être avaient-ils accompli quelque chose avant que le terraforming entre dans la nouvelle phase de gigantisme des transnationales.

Coyote insistait sur le fait que les Rouges avaient considérablement freiné le terraforming. Ils avaient même des données sur la différence qu'ils avaient réussi à creuser entre les projets et leur achèvement. Et il existait en parallèle un mouvement croissant au sein des Rouges qui, tout en admettant la réalité du terraforming, se battait sur le plan judiciaire pour en défendre des formes moins violentes.

— Ils ont aussi proposé des projets détaillés pour une atmosphère riche en gaz carbonique, réchauffée mais moins humide que prévu, qui permettrait la croissance végétale mais obligerait les gens à porter encore des masques respiratoires, sans casser pourtant ce monde pour le calquer sur le modèle terrestre. C'est très intéressant. Il existe aussi d'autres propositions appelées écopoésis ou aréobiosphères. Des mondes dans lesquels les basses altitudes seraient arctiques, à peine vivables, alors que l'atmosphère serait maintenue en haute altitude, presque à l'état naturel. Dans un pareil modèle, les caldeiras des quatre grands volcans resteraient absolument pures, du moins à ce qu'ils disent.

Ann doutait que tous ces projets soient réalisables, ou même qu'ils aient les effets prévus. Mais, néanmoins, les propos de Coyote l'intriguaient. Car il était vraiment un Rouge. Ou du moins un sympathisant.

— Tu sais, lui dit-il, je ne suis rien, en réalité. Sinon un vieil anar. Je suppose que tu pourrais me traiter de Boonéen, aujourd'hui, dans la mesure où je pense qu'il faut rassembler et regrouper tout ce qui pourrait contribuer à libérer Mars. Parfois, je me dis que l'argument selon lequel une surface habitable par les humains est favorable à la révolution est valable. Mais il m'arrive aussi de penser le contraire. Et puis, les Rouges constituent une réserve de guérilla considérable. Et je reconnais qu'ils ont raison quand ils disent que nous ne sommes pas venus là pour reproduire le Canada, bon Dieu ! Alors, je les aide. Je sais me cacher, et puis, ça me plaît.

Ann hocha la tête.

— Alors, tu veux te joindre à eux ? Ou au moins les rencontrer ?

— Je vais y réfléchir.

Sa vision concentrée de la roche venait d'être brisée. Elle ne pouvait plus désormais rester aveugle à tous ces nouveaux signes de vie qui étaient apparus dans le paysage qui fondait.

Au terme d'une longue journée où ils avaient exploré les nouveaux terrains, elle déclara à Coyote :

— Je veux bien leur parler.

Mais auparavant, ils retournèrent à Zygote, ou Gamète, où des tâches urgentes attendaient Coyote. Ann s'installa dans la chambre de Peter : celle qu'elle avait partagée avec Simon avait été affectée à d'autres usages. De toute façon, elle aurait refusé d'y coucher. La chambre de Peter se trouvait immédiatement sous celle de Dao. C'était une pièce ronde de canne de bambou, meublée modestement d'une chaise, d'un bureau, d'un matelas, avec une fenêtre unique qui donnait sur le lac. Rien n'avait apparemment changé à Gamète, mais tout était différent. En dépit de ses séjours réguliers à Zygote, elle n'éprouvait aucun lien avec l'une ou l'autre des deux cités cachées. En fait, elle avait du mal à se souvenir exactement de Zygote. Et elle ne le voulait pas. Elle pratiquait l'oubli avec assiduité.

Un soir, Coyote passa la tête par l'entrebâillement.

— Est-ce que tu savais que Peter est avec les Rouges, lui aussi ?

— Quoi ?

— Mais oui. Mais il travaille pour son compte. Dans le domaine spatial. Je pense que son petit tour en ascenseur a dû lui en donner le goût.

— Mon Dieu ! fit-elle, écœurée.

Encore un autre accident dû au hasard. Peter, normalement, aurait dû mourir dans la chute de l'ascenseur. Combien y avait-il de chances pour qu'un vaisseau le repère flottant dans l'espace en orbite aréosynchrone ? Ridicule. Seule la contingence existait.

Mais la colère ne la quittait pas.

Elle se mit au lit sur ces pensées désagréables. Dans son sommeil pénible, elle rêva qu'elle et Simon se promenaient dans le paysage somptueux de Candor Chasma. Un souvenir de cette première balade qu'ils avaient faite ensemble, à l'époque où tout était encore immaculé, sans que rien n'ait changé depuis des milliards d'années — ils étaient les premiers humains à fouler le sol de l'immense gorge entre ses murailles stratifiées. Simon avait savouré ce moment avec la même intensité qu'elle, silencieux, pris par la réalité grandiose du ciel et de la roche. Pour une telle expérience, il était le compagnon idéal. C'est alors que, dans le rêve d'Ann, une des parois du canyon avait commencé à s'effondrer. Et Simon avait dit : « Un glissement long. » Et elle s'était éveillée aussitôt, trempée de sueur.

Elle s'habilla, quitta sa chambre et alla jusqu'au petit mésocosme, sous le dôme, près du lac blanc et des dunes basses. Hiroko avait un génie étrange pour concevoir ce genre d'endroit et convaincre les autres de l'y rejoindre. Et pour concevoir tant d'enfants sans la permission des pères, sans le moindre contrôle sur les manipulations génétiques. C'était une forme de démence, en fait, qu'elle fût divine ou non.

Elle venait à peine d'arriver sur la grève glacée du lac que surgit un groupe des rejetons d'Hiroko. On ne pouvait plus dire que c'étaient des gamins : les plus jeunes devaient avoir quinze ou seize ans en termes terriens. Quant aux plus âgés, ils étaient disséminés sur toute la planète. Kasei devait bien avoir la cinquantaine à présent, et sa fille Jackie vingt-cinq. Elle était diplômée de la nouvelle université de Sabishii et faisait son chemin dans la politique du demi-monde. Ce petit groupe d'ectogènes était en fait en simple visite à Gamète, comme elle. Ils s'approchaient, Jackie en tête. C'était une jeune femme grande et gracieuse, aux cheveux noirs, très belle, l'air dominateur. Une leader de sa génération, sans le moindre doute. A moins que ce ne fût le jovial Nirgal, ou le sombre Dao. Mais, en tout cas, c'était Jackie qui précédait le groupe. Dao la suivait, comme un bon chien loyal, et Nirgal lui-même ne la quittait pas du regard. Simon avait beaucoup aimé Nirgal, et Peter aussi, et Ann comprenait pourquoi : il était le seul dans la bande d'ectogènes d'Hiroko qui ne la rejetait pas. Les autres se complaisaient dans leur moi, tels des rois et des reines de leur petit monde. Mais Nirgal, lui, avait quitté Zygote peu après la mort de Simon et n'y était revenu que très rarement. Il avait fait ses études à Sabishii, ce qui avait donné à Jackie l'idée de le suivre. Il y passait le plus clair de son temps, quand il n'était pas avec Coyote ou Peter ou bien en visite dans les villes de l'hémisphère Nord. Est-ce qu'il était un Rouge, lui aussi ? Impossible à dire. Mais il s'intéressait à tout, il allait partout : comme une sorte d'Hiroko mâle, en admettant qu'un tel phénomène pût exister, mais en moins bizarre, plus porté vers la communication avec les autres. Plus humain. Durant toute sa vie, jamais Ann n'avait pu avoir une conversation normale avec Hiroko, dont la conscience lui paraissait étrangère, pour laquelle tous les mots avaient des sens différents. Même si elle s'était montrée brillante dans sa spécialité : l'écosystème, elle n'était pas cependant une scientifique authentique, mais plutôt une sorte de prophète. Nirgal, d'un autre côté, semblait avoir une sorte de génie intuitif pour toucher droit au cœur ceux qu'il rencontrait, pour aborder très tôt la question essentielle. Il était curieux, compréhensif, sympathique, et savait interroger très vite. En le regardant approcher derrière Jackie, là, sur la grève, Ann se souvint de sa démarche lente, prudente, quand il accompagnait Simon au bord du lac. Il avait paru tellement effrayé le dernier soir, lorsque Hiroko lui avait demandé de dire au revoir. Toute cette affaire avait été particulièrement cruelle pour ce jeune garçon mais, à l'époque, Ann n'avait soulevé aucune objection. Elle était acculée au désespoir, prête à tout tenter. Une autre faute, encore, qu'elle ne pourrait jamais réparer.

Elle resta immobile, le regard fixé sur le sable de la grève, jusqu'à ce que les ectogènes soient passés. Quel dommage que Nirgal fût à ce point accroché à Jackie, qui lui accordait si peu d'intérêt. Jackie, à sa manière, était une femme remarquable, mais elle ressemblait vraiment trop à Maya — versatile, manipulatrice, attachée à aucun homme en particulier, si ce n'est Peter peut-être — qui, heureusement pour lui, avait eu une liaison (restée ignorée à l'époque) avec la mère de Jackie et qui ne s'intéressait pas du tout à Jackie elle-même. Une histoire bien compliquée, et Peter et Kasei vivaient toujours dans l'éloignement, et Esther n'était pas revenue. Peter ne vivait pas les meilleurs moments de sa vie. Quant aux effets que cela aurait sur Jackie... Oh, oui, car il y en aurait. Des plages vides et noires, comme dans le passé d'Ann... Elle les retrouverait, comme tous, dans leurs petites existences dépourvues de sens.

Elle essaya de se concentrer sur la composition des grains de sable. Le blond n'était pas une teinte très usuelle pour le sable de Mars. Celui-ci était d'origine granitique. Très rare. Elle se demanda si Hiroko l'avait récupéré quelque part ou si elle avait eu simplement de la chance.

Les ectogènes étaient maintenant de l'autre côté du lac. Elle était de nouveau seule. Et Simon était quelque part, là, sous la grève, sous le sable.

Un homme descendait les dunes, venant dans sa direction. Il était de petite taille et, dans un premier instant, elle pensa que c'était Sax, puis Coyote. Mais non. Il hésita en l'apercevant et, à son attitude, elle devina que ce ne pouvait être que Sax. Mais un Sax sérieusement transformé. Vlad et Ursula avaient fait un sacré travail de chirurgie esthétique sur son visage et il ne ressemblait même plus au bon vieux Sax d'autrefois. Il devait aller à Burroughs pour rejoindre une société de biotech en se servant d'un passeport suisse et d'une identité informatique virale de Coyote. Il se relançait dans le terraforming. Elle avait le regard perdu sur l'eau calme du lac. Il essaya d'engager la conversation, à la différence de l'ex-Sax. Il semblait plus agréable, plutôt bel homme. Mais il demeurait quand même comme avant, et Ann sentit monter sa colère jusqu'à ce que ses pensées deviennent troubles et qu'elle perde le fil de leurs propos.

Elle se rappelait lui avoir dit : « Tu as vraiment l'air changé », et autres banalités. Mais, en l'observant plus attentivement, elle pensa qu'il ne changerait jamais. Pourtant, elle lisait une sorte de détresse dans l'expression de son nouveau visage. Une chose qui l'effrayait, une chose mortellement menaçante qu'elle se refusait à évoquer. Elle continua à bavarder avec une indifférence agressive jusqu'à ce qu'il la quitte sur une ultime grimace.

Ensuite, elle resta figée sur place. Elle avait froid et elle était encore plus perturbée qu'avant. Elle finit par s'abîmer dans une espèce de torpeur.

Elle fit un rêve. Les Cent Premiers se tenaient autour d'elle, les vivants et les morts. Sax était au centre, avec son ancien visage, et ce nouveau regard de détresse. Et il lui dit : « Le réseau gagne en complexité. »

Vlad et Ursula ajoutèrent : « Le réseau gagne en santé. »

Hiroko dit : « Le réseau gagne en beauté. »

Nadia dit : « Le réseau gagne en bonté. »

Maya dit : « Le réseau gagne en intensité émotionnelle », et, derrière elle, John et Frank roulèrent des yeux.

Arkady enchaîna : « Le réseau gagne en liberté. »

Michel ajouta : « Le réseau gagne en compréhension. »

Et, du fond, Frank lança : « Le réseau gagne en puissance », et John le soutint en lançant : « Le réseau gagne en bonheur ! »

Tous regardaient Ann. Elle se leva alors, vibrante de rage et de peur, comprenant enfin qu'elle seule entre tous ne croyait plus au retour du réseau, qu'elle n'était qu'une sorte de réactionnaire cinglée. Et tout ce qu'elle put faire fut de pointer un doigt sur chacun d'eux en répétant : « *Mars ! Mars ! Mars ! Mars !* »

Ce soir-là, après le souper, quand la soirée s'acheva, Ann prit Coyote à part et lui demanda :

— Quand repars-tu ?

— D'ici quelques jours.

— Est-ce que tu veux toujours me présenter à ces gens dont tu m'as parlé ?

— Oui, bien sûr. (Il pencha la tête en la dévisageant.) C'est ton avenir.

Elle se contenta de hocher la tête. Elle promena les yeux autour de la salle commune et pensa : Au revoir, au revoir, adieu. Bon débarras.

Une semaine plus tard, elle volait dans le ciel de Mars à bord d'un avion ultraléger, en compagnie de Coyote. Chaque nuit, ils poursuivaient leur voyage, cap au nord. Ils franchirent d'abord la région équatoriale, puis vers le Grand Escarpement et Deuteronilus Mensea, au nord de Xanthe. Le sol était aride, raviné, et les mesas évoquaient un archipel d'îles parsemées dans un océan de sable. Bientôt, si le pompage se poursuivait dans les régions nord, elles formeraient un véritable archipel, songea Ann tandis que Coyote descendait entre deux d'entre elles. Il se posa sur une bande étroite de sable pulvérulent et roula vers un hangar creusé dans le flanc de la plus proche. A leur descente, ils furent accueillis par Steve, Ivana et quelques autres. Un ascenseur les emmena presque au sommet de la mesa. Au nord, un éperon rocheux pointait vers le désert et, à son point culminant, une vaste salle triangulaire avait été creusée. En entrant, Ann s'arrêta net, surprise : la foule était dense. Il y avait là au moins plusieurs centaines de personnes rassemblées autour de longues tables. Le repas venait d'être servi. Certains l'aperçurent et s'interrompirent. Peu à peu, les têtes des convives se tournaient vers elle. Une vague d'immobilité et de silence parcourait la salle. Puis, ils se levèrent tous, brusquement. Tout resta figé l'espace de quelques secondes. Et ils se mirent alors à applaudir frénétiquement, puis à hurler des vivats, rayonnants de joie.

QUATRIÈME PARTIE

DU SCIENTIFIQUE CONSIDÉRÉ COMME UN HÉROS

Prenez-la entre le pouce et l'index. Palpez sa forme ronde, observez de près les courbures lisses du verre. Une loupe : elle a la simplicité, l'élégance et la solidité d'un outil du paléolithique. Asseyez-vous avec par une journée ensoleillée et abaissez-la sur une poignée de brindilles sèches. Relevez-la, bougez-la, jusqu'à ce qu'un petit point devienne incandescent. Vous vous rappelez cette lumière ? C'était comme si les brindilles avaient mis en cage un minuscule soleil.

L'astéroïde d'Amor, qui avait été transformé en mèches de carbone, était composé principalement de chondrites carbonacées et d'eau. Les deux autres astéroïdes d'Amor, interceptés par des atterrisseurs robots en 2091, étaient surtout composés d'eau et de silicates.

Le câble de New Clarke avait été noué mèche après mèche pour former une immense et unique tresse de carbone. Les silicates des astéroïdes de 2091 avaient été transformés par les équipes robots en feuilles destinées aux voiles solaires. Les vapeurs de silice étaient solidifiées entre deux compresseurs longs de dix kilomètres et les feuilles étaient revêtues d'une mince couche d'aluminium. Les feuilles de miroir étaient déployées par les équipages des vaisseaux en dispositifs circulaires qui conservaient leur forme par l'effet de la rotation et de la lumière solaire.

Un nouvel astéroïde appelé Birch fut remorqué sur une orbite polaire. On en tira d'autres feuilles-miroirs qui formèrent un anneau de cent mille kilomètres de diamètre autour de Mars. Il tournait sur son orbite, face au soleil, incliné de façon à renvoyer la lumière vers l'orbite de Mars, à proximité d'un point appelé Lagrange Un.

Le second astéroïde à silicates, Solettaville, avait été placé près de Lagrange Point. Là, les tisseurs de voiles solaires avaient installé leurs feuilles-miroirs en une trame complexe d'anneaux en lames, tous reliés et connectés selon des angles évoquant un objectif composé de stores vénitiens, tournant autour d'un moyeu qui était un cône d'argent dont la base était orientée vers le sol de Mars. Cet objet géant autant que délicat, d'un diamètre de dix mille kilomètres, éclatant et immobile dans sa giration entre le soleil et Mars, avait été baptisé la soletta.

La clarté du soleil, en atteignant directement la soletta, était instantanément réfléchie au travers des stores, d'une face solaire à une face martienne, et dirigée ainsi vers la surface. Si la lumière touchait l'anneau sur son orbite polaire, elle était renvoyée en arrière dans le cône de la soletta, avant d'être pareillement réfléchie vers la planète. De cette façon, la lumière atteignait la soletta sur toutes ses faces et les pressions de compensation la maintenaient en position, à cent mille kilomètres dans l'espace — de son périhélie à son aphélie. L'angle d'inclinaison des lames était réglé en permanence par l'intelligence artificielle qui gouvernait la soletta, afin de maintenir son orbite et la focalisation de l'ensoleillement.

Durant la décennie que la construction de ces deux grandes roues à lumière avait exigée, à partir des deux astéroïdes qui dévidaient leurs trames de silice comme des araignées de roc, les observateurs au sol ne s'aperçurent de rien, ou presque. Parfois, quelqu'un surprenait un arc de lumière blanche dans le ciel, ou des clignotements aléatoires durant le jour ou la nuit, comme si la brillance d'un autre univers filtrait entre les mailles lâches de la sphère cosmique.

Puis, lorsque les deux miroirs furent achevés, la lumière réfléchie fut braquée vers le cône de la soletta. Les lames furent réglées, et elle se déplaça dans le ciel selon une orbite légèrement différente.

Et c'est ainsi qu'un jour ceux qui vivaient du côté de Tharsis levèrent soudain la tête parce que le ciel s'était assombri. Ils découvrirent une éclipse telle que Mars n'en avait jamais connue : le soleil était partiellement visible, mais un objet qui pouvait avoir le diamètre de la Lune bloquait ses rayons. L'éclipse se déroula comme sur Terre, le ciel devint d'un violet profond, et l'ombre gagna la plus grande partie du disque solaire, ne laissant qu'un mince croissant de clarté ardente qui disparut à son tour. Le soleil était devenu un anneau sombre dans le ciel, entouré de sa couronne brumeuse. Puis il disparut complètement : une éclipse totale.

Ensuite, un moiré discret de lumière réapparut. Il ne ressemblait à rien que l'on ait déjà observé durant une éclipse naturelle. Tous ceux qui se trouvaient sur l'hémisphère éclairé de Mars restaient paralysés, plissant les yeux. Et puis, comme si l'on avait tiré sur le cordon des stores vénitiens, le soleil réapparut instantanément.

Un soleil aveuglant !

Plus grand qu'avant le début de l'étrange éclipse. Un soleil qui avait presque la même taille que dans le ciel de la Terre, avec une lumière plus intense d'au moins vingt pour cent, plus étincelant, plus chaud aussi. Il inondait les plaines rouges de ses rayons nouveaux et leur brûlait la nuque. C'était comme si des milliers de projecteurs s'étaient allumés à la même seconde et qu'ils se retrouvaient tous sur une scène de taille gigantesque.

Quelques mois plus tard, un troisième miroir, plus petit que la soletta, fut placé au plus haut de l'atmosphère. C'était un nouvel objectif muni de lames circulaires, pareil à une soucoupe volante argentée. Il récupérait une partie de la lumière réfléchie par la soletta pour la renvoyer plus loin encore, sur des secteurs de la planète qui n'étaient séparés que par moins d'un kilomètre. Il survolait le monde comme un planeur et faisait éclore des mini-soleils à la surface du désert et des rochers. Et les rochers, sous cette nouvelle lumière, semblaient fondre et devenir incandescents.

L'underground n'était pas assez grand pour Sax Russell. Il voulait se remettre au travail. Il aurait pu rallier le demi-monde, peut-être même retrouver un nouveau poste de professeur à l'université de Sabishii, qui s'était développée hors du réseau : nombreux étaient ceux de ses anciens collègues qui y avaient atterri et donnaient des cours aux enfants de l'underground. Mais, après réflexion, il décida qu'il ne voulait plus enseigner, ni rester à la périphérie — il voulait retrouver le terraforming, le cœur même du projet. En tout cas, d'aussi près que possible. Ce qui signifiait regagner le monde de la surface. Récemment, l'Autorité transitoire avait créé un comité pour coordonner tous les projets du terraforming et c'était une équipe de Subarashii qui gérait le travail de synthèse que Sax avait commencé autrefois. C'était malheureux, car Sax ne parlait pas japonais. Mais le département biologique avait été confié à un collectif suisse de sociétés de biotech appelé Biotique, dont les bureaux principaux étaient à Genève et Burroughs, et qui entretenait des liens permanents avec la transnationale Praxis.

Dans une première étape, il devait donc s'infiltrer au sein de Biotique sous une fausse identité et se faire nommer à Burroughs. Desmond se chargea de cette opération. Il écrivit pour lui une persona informatique similaire à celle qu'il avait donnée à Spencer des années auparavant, quand Spencer avait gagné le Belvédère d'Echus. Avec sa persona et quelques opérations de chirurgie esthétique, Spencer avait pu travailler avec succès dans les labos de création de matériaux nouveaux. Plus tard, il était allé à Kasei Vallis, au cœur même des services de sécurité de la transnat. Sax avait donc pleine confiance en Desmond. La nouvelle persona physique de Sax donnait toutes les données de l'IA : génome, rétine, voix et empreintes — le tout légèrement altéré, de façon à pouvoir presque correspondre à Sax lui-même tout en le mettant à l'abri de recherches comparatives dans les réseaux divers. Les données étaient accompagnées d'un nouveau nom, avec un passé terrien complet, un indice de crédit, un dossier d'immigration, ainsi qu'un sous-texte viral destiné à le défendre contre tout examen d'une intelligence artificielle concurrente pour les données physiques. Le tout fut expédié au service des passeports helvétique, qui avait délivré des papiers aux nouveaux arrivants sans commentaire. Cela semblait fonctionner dans le monde balkanisé des réseaux des transnats.

— Là, oui, il n'y a pas de problème, avait dit Desmond. Mais vous, les Cent Premiers, vous êtes de vraies stars. Et il va te falloir aussi un nouveau visage.

Sax n'opposa pas de résistance. Il savait que c'était nécessaire et son visage n'avait jamais eu une importance essentielle pour lui. Depuis quelque temps, d'ailleurs, en se regardant dans le miroir, il ne reconnaissait plus réellement celui qu'il croyait être. Il avait absolument besoin de pénétrer dans Burroughs, de toute façon, et il laissa Vlad faire son travail. Vlad était devenu l'un des théoriciens leaders de la Résistance contre l'Autorité transitoire, et il comprit très vite le point de vue de Sax.

— La plupart d'entre nous devraient vivre dans le demi-monde, mais ce serait une bonne chose que quelques-uns se cachent dans Burroughs. Tu n'as pas droit à l'erreur dans cette situation et il faut que j'exerce mon art sur toi.

— Comment : pas droit à l'erreur ? C'est un contrat verbal réciproque et j'espère bien ressortir plus beau qu'avant.

Ce fut le cas, à sa grande surprise, mais il ne s'en rendit compte que lorsque les cicatrices eurent disparu. On lui redessina les dents, on lui gonfla la lèvre inférieure qu'il avait toujours eue si mince, on accentua l'arête de son nez en la busquant légèrement. On lui affina les joues tout en lui prolongeant le menton. On entailla même certains muscles de ses paupières afin qu'il ne cligne plus aussi souvent des yeux. Quand les cicatrices disparaîtraient, ainsi que le lui déclara Desmond, il aurait vraiment l'air d'une star de la vidéo. D'un ex-jockey, dit Nadia. Ou d'un ex-professeur de danse, fit Maya, qui restait fidèle aux séances des Alcooliques anonymes depuis des années. Mais Sax, qui n'avait jamais apprécié les effets de l'alcool, lui fit signe de quitter sa chambre.

Desmond prit des photos de lui pour les placer dans la nouvelle persona et inséra le tout avec succès dans les dossiers de Biotique en même temps qu'un ordre de transfert de San Francisco à Burroughs. La persona apparut dans les listings des passeports suisses la semaine suivante et Desmond eut un rire satisfait.

— Regarde un peu ça ! Stephen Lindholm, citoyen suisse ! Ces types nous couvrent, y a pas de doute. Je suis prêt à parier n'importe quoi qu'ils ont mis un stoppeur sur cette persona, qu'ils ont comparé ton génome avec les anciennes archives. Je suis persuadé que, même avec mes transformations, ils ont découvert qui tu es vraiment.

— Tu en es sûr ?

— Non. Parce qu'ils n'ont rien dit, n'est-ce pas ? Mais j'en suis quand même convaincu.

— C'est une bonne chose ?...

— Théoriquement, non. Mais dans la pratique, si quelqu'un s'occupe de ton cas, c'est plutôt mieux qu'il agisse en ami. Et les Suisses font de bons amis. C'est la cinquième fois qu'ils attribuent un passeport à une persona que je leur expédie. J'en ai un moi-même, et je doute pourtant qu'ils aient réussi à découvrir qui je suis vraiment, puisque je n'ai pas eu de dossier d'identité comme vous tous, les Cent Premiers. Intéressant, tu ne trouves pas ?...

— Certainement.

— Oui, ce sont des gens intéressants. Ils ont leurs plans à eux. J'en ignore tout, mais je les trouve sympathiques. Je crois qu'ils ont décidé de nous couvrir. Ils veulent peut-être seulement savoir où nous sommes. Difficile d'en être certain, parce que les Suisses tiennent tout particulièrement à leurs secrets. Mais peu importe le pourquoi quand on sait le comment.

Sax sourcilla, mais il était quand même rassuré à l'idée que les Suisses le protégeraient plus ou moins. Il les appréciait — parce qu'ils étaient rationnels, prudents, méthodiques.

Quelques jours avant de s'envoler avec Peter en direction de Burroughs, il se promena autour du lac de Gamète, ce qu'il avait rarement fait durant les années qu'il avait passées ici. Le lac était certainement une réussite. Hiroko excellait dans le design des écosystèmes. Quand elle avait disparu d'Underhill avec son équipe il y avait si longtemps, Sax avait été totalement dérouté : il n'avait pas compris leurs motivations sur le moment, et il avait même redouté qu'ils commencent à lutter contre le terraforming. D'une manière ou d'une autre. Quand il était parvenu à obtenir une réponse d'Hiroko via le réseau, il avait été partiellement rassuré. Elle semblait adhérer aux principes de base du terraforming et, à vrai dire, son concept très personnel de la *viriditas* était plus ou moins une autre version d'une idée qui leur était commune. Mais Hiroko semblait prendre plaisir à rester indéchiffrable, ce qui était particulièrement antiscientifique de sa part. Pendant ses années de clandestinité, elle était allée jusqu'au point de trafiquer l'information. Déjà, en tant qu'individu, elle était difficile à comprendre, et c'est seulement après quelques années de coexistence que Sax avait acquis la certitude qu'elle désirait elle aussi une biosphère martienne dans laquelle les humains pourraient survivre. C'était tout ce qu'il lui demandait. Et il ne pouvait imaginer de meilleur allié pour ce projet, si ce n'est le président du nouveau comité de l'Autorité transitoire. Nul n'était vraiment opposé au projet, à vrai dire.

C'est alors qu'il vit une silhouette sur un banc, près de la grève, roide et maigre comme un héron : Ann Clayborne. Il hésita, mais elle l'avait déjà vu. Il s'avança donc. Elle leva le regard sur lui avant de revenir aux eaux blanches du lac.

— Tu as l'air vraiment différent, dit-elle.

— Oui.

Les cicatrices s'étaient effacées, mais il sentait encore les points sensibles en palpant son visage. C'était comme de porter un masque, et soudain, il en éprouva une gêne.

— Mais c'est toujours moi, ajouta-t-il.

— Bien sûr. (Elle ne le regarda pas.) Alors, tu vas aller vers le surmonde ?

— Oui.

— Pour reprendre ton travail ?

— Oui.

Elle le dévisagea enfin.

— A quoi sert la science, selon toi ?

Il haussa les épaules. Ils retombaient sur le même vieux sujet de discussion, quelle que soit la façon dont ils l'abordaient. Toujours. Terraformer ou ne pas terraformer, telle est la question... Il y avait répondu depuis longtemps, de même qu'Ann, et il souhaitait qu'ils acceptent ce désaccord, et qu'ils en restent là. Mais Ann était infatigable à ce sport.

— A expliquer les choses, dit-il enfin.

— Mais le terraforming n'explique rien.

— Parce que ça n'est pas de la science. Et je n'ai jamais dit que c'en était. C'est ce que les gens font de la science. De la science appliquée, ou de la technologie. Comme tu veux. Le choix de ce que tu fais de ce que la science t'apprend. Quel que soit le nom que tu donnes à ce choix.

— C'est donc un problème de valeurs.

— Je le suppose. (Sax essaya de mettre un peu d'ordre dans ses pensées pour réfléchir à ce propos spécieux.) Je suppose que... que notre désaccord est un autre aspect de ce que les gens ont coutume d'appeler le problème du fait et de la valeur. La science se préoccupe des faits, et des théories qui transforment les faits en exemples. Les valeurs constituent un autre problème : elles sont une construction de l'esprit humain.

— La science l'est tout autant.

— Oui. Mais la connexion entre les deux systèmes n'est pas claire. En partant de faits similaires, nous pouvons parvenir à des valeurs différentes.

— Mais la science elle-même est remplie de valeurs, insista Ann. Nous évoquons des théories avec force et élégance, nous parlons de résultats propres, ou de la beauté de certaines expériences. Et le désir de la connaissance est en lui-même une espèce de valeur qui implique que la connaissance vaut mieux que l'ignorance ou le mystère, n'est-ce pas ?...

— Je suppose que oui, dit Sax, encore songeur.

— Ta science déploie une gamme de valeurs. L'objectif de celle que tu défends est d'établir des lois, des règles d'exactitude et de certitude. Tu veux expliquer toutes les choses. Répondre à tous les pourquoi en remontant jusqu'au Big Bang. Tu es un réductionniste, Sax. La parcimonie, l'élégance et l'économie sont des valeurs pour toi, et si tu peux rendre les choses encore plus simples, c'est une victoire : exact ?...

— Mais ça ne concerne que la méthode scientifique elle-même, protesta Sax. Pas moi, mais la façon dont la nature elle-même fonctionne. La physique. Tu fais ça toi-même...

— Mais des valeurs humaines sont inscrites dans la physique.

— Je n'en suis pas si sûr... (Il leva la main.) Je ne veux pas dire par là qu'il n'existe pas de valeurs dans la science. Mais la matière et l'énergie font ce qu'elles font. Si tu veux parler de valeurs, mieux vaut en parler directement. Je suis d'accord : elles naissent à partir des événements, d'une certaine façon, c'est sûr. Mais elles constituent un problème différent : une sorte de sociobiologie, de bioéthique. Il vaudrait sans doute mieux parler directement de *valeurs*. Le plus grand bien pour le plus grand nombre. Quelque chose comme ça.

— Il existe des écologistes qui diraient que cela équivaut à la description scientifique d'un écosystème sain. Une autre façon de parler d'écosystème à son apogée.

— C'est un jugement de valeur, je pense. Une sorte de bioéthique. Intéressant mais... (Il plissa les yeux en la regardant, décidé soudain à changer d'angle d'approche.) Pourquoi ne pas essayer un apogée d'écosystème ici, Ann ? On ne peut parler d'écosystèmes sans parler de choses vivantes. Ce qui existait ici sur Mars avant nous n'était pas une écologie. Il n'y avait que la géologie. On pourrait même dire qu'une écologie a démarré ici, il y a longtemps, que quelque chose a mal tourné, qu'elle a gelé et que nous sommes en train de tout recommencer.

Elle grommela et il s'interrompit. Il savait qu'elle croyait en une espèce de valeur intrinsèque de la réalité minérale de Mars. C'était une version de ce que certains appelaient l'éthique de la terre, mais sans le biote. L'éthique de la roche. L'écologie sans la vie. Une valeur intrinsèque, vraiment !

Il soupira.

— Ce n'est peut-être seulement qu'un discours sur la valeur. On favorise les systèmes vivants par rapport aux non-vivants. Mais je suppose qu'on ne peut pas y échapper, comme tu le dis. C'est étrange... Je sens avant tout que je dois expliquer les choses. Pourquoi elles fonctionnent comme ça. Mais si tu me demandes pourquoi je veux ça — ou ce que j'aurais voulu, dans quelle direction je travaille... (Il haussa les épaules.) C'est difficile à exprimer. Ça ressemble à un bénéfice net d'information. D'ordre.

Pour Sax, c'était une bonne description fonctionnelle de la vie elle-même, de son action contre l'entropie. Il tendit la main vers Ann, espérant qu'elle pouvait comprendre ça, être au moins d'accord sur ce paradigme de leur discussion, sur une définition du but ultime de la science. Le bénéfice net d'information. Après tout, ils étaient des scientifiques, tous les deux, ils participaient à la même entreprise...

Mais elle lui dit simplement :

— Et comme ça, vous défigurez toute une planète. Une planète vieille de quatre milliards d'années. Ça n'est pas de la science. Vous construisez un parc thématique.

— Nous utilisons la science pour une valeur particulière. A laquelle je crois.

— Comme les transnationales.

— Je le pense, oui.

— Ce qui leur est certainement utile.

— C'est utile pour tout ce qui est vivant.

— A moins que ça ne tue tout. Le terrain est déstabilisé, et les glissements se multiplient.

— C'est vrai.

— Et ils tuent. Des plantes et des gens. C'est déjà arrivé.

Sax agita la main et Ann lui décocha un regard furieux.

— Ça veut dire quoi ? Que le meurtre est nécessaire ? C'est quel genre de valeur, ça ?...

— Non, non, Ann. Ce ne sont que des accidents. Les gens doivent rester sur les fonds rocheux, hors des zones de glissement de terrain, voilà ce que je veux dire. Pour un temps.

— Mais des régions immenses vont devenir boueuses, quand elles ne seront pas complètement inondées. Et nous parlons de la moitié de la planète.

— L'eau va s'écouler. Et créer des nappes.

— Des zones submergées, tu veux dire. Et une planète totalement différente. Ah, oui, ça, c'est une valeur réelle ! Et les gens qui détiennent cette valeur... Nous vous combattrons, coup par coup !

Il soupira.

— Je préférerais que vous ne le fassiez pas. A ce stade, une biosphère nous serait plus utile qu'aux transnats. Les transnats peuvent opérer à partir de villes sous tente, traiter la surface avec des robots, alors que nous nous cachons et que nous concentrons tous nos efforts dans la survie et la clandestinité. Si nous pouvions vivre partout, sur toute la surface de Mars, tout serait plus facile pour les mouvements de résistance.

— Sauf pour les Rouges.

— Oui, mais ça rime à quoi, maintenant ?...

— C'est Mars qui compte. Rien que Mars. Ce monde que tu n'as jamais connu.

Sax porta son regard vers le grand dôme qui les dominait. Le désarroi montait en lui comme une espèce d'attaque d'arthrite. Ça ne menait à rien d'argumenter avec Ann.

Pourtant, il ne savait pourquoi, il insista.

— Ecoute, Ann : je suis l'avocat de ce que les gens appellent le modèle viable minimum. Ce modèle nécessite une atmosphère respirable sur deux ou trois mille mètres seulement. Plus haut, elle serait trop ténue pour les humains, et il n'existerait plus aucune forme de vie. Au-dessus des plantes de haute altitude, il n'y aurait plus rien. Le relief de Mars est tellement vertical que des régions immenses demeureraient au-dessus de l'atmosphère. Ce plan me paraît raisonnable. Il exprime un ensemble de valeurs acceptables et compréhensibles.

Elle ne répondit pas. C'était désespérant. Une fois, pour tenter de comprendre Ann, d'essayer de mieux lui parler, Sax s'était plongé dans le domaine de la philosophie scientifique. Il avait consulté une somme considérable de données, en se concentrant tout particulièrement sur l'éthique de la terre et l'interface valeur fait. Mais jamais cela ne lui avait vraiment été utile : en dialoguant avec Ann, à aucun moment il n'avait eu le sentiment d'utiliser de façon réelle tout ce qu'il avait pu apprendre. Et là, en l'observant, il lui revint une remarque que Kuhn avait faite à propos de Priestley — qu'un scientifique qui continue de résister après que toute sa profession a été convertie à un nouveau paradigme peut être à la fois logique et raisonnable, mais il a cessé *ipso facto* d'être un scientifique. Cela semblait être plus ou moins ce qui s'était produit avec Ann, mais qu'était-elle donc devenue ? Une contre-révolutionnaire ? Une prophétesse ?...

Elle en avait l'apparence : dure, décharnée, hostile, impitoyable. Elle ne changerait jamais, et jamais elle ne lui pardonnerait. Et jamais il ne pourrait lui dire tout ce qu'il aurait tellement voulu lui dire : à propos de Mars, de Gamète, de Peter. A propos de la mort de Simon, qui semblait hanter Ursula plus encore qu'Ann. Tout cela était impossible, inexprimable. C'était bien pour cette raison que, plus d'une fois, il avait décidé d'abandonner tout dialogue avec Ann.

Ann partit avec Desmond le lendemain. Peu après, Sax décolla vers le nord en compagnie de Peter dans un des petits avions furtifs avec lesquels il pouvait survoler toute la planète sans être repéré.

Ils volaient en direction de Burroughs et passèrent à la verticale d'Hellespontus Montes. Sax observa le vaste paysage du bassin avec curiosité. Ils entrevirent la frange du champ de glace qui avait couvert Low Point, masse blanche sur la surface noire comme la nuit, mais Low Point était encore sous l'horizon. Dommage, songea-t-il. Il aurait aimé voir ce qu'il était advenu du mohole de Low Point. Quand l'inondation était survenue, il était profond de treize mille mètres, ce qui impliquait que l'eau avait dû rester à l'état liquide au fond et qu'elle était encore assez tiède. Il était possible que le champ de glace, dans cette région, soit recouvert par une mer givrée dont la surface devait être riche en indices révélateurs.

Mais Peter se refusait à dévier de son cap.

— Tu pourras toujours t'occuper de ça quand tu seras officiellement Stephen Lindholm, fit-il en souriant. Ça pourrait faire partie d'une de tes missions pour Biotique.

La nuit suivante, ils se posèrent dans le chaos des collines au sud d'Isidis Planitia, vers le haut du Grand Escarpement. Sax pénétra dans un tunnel qu'il suivit jusqu'à l'arrière d'un vestiaire, dans le sous-sol de service de Libya, un petit complexe ferroviaire situé à l'intersection des voies d'Hellas et de Burroughs et de la nouvelle ligne qui allait vers Elysium. Quand le train de Burroughs se présenta, Sax sortit par une porte de service et se mêla à la foule qui embarquait. En arrivant à la gare principale de Burroughs, il fut accueilli par un homme de Biotique. Et il devint dès cet instant Stephen Lindholm, nouveau venu sur Mars qui découvrait Burroughs.

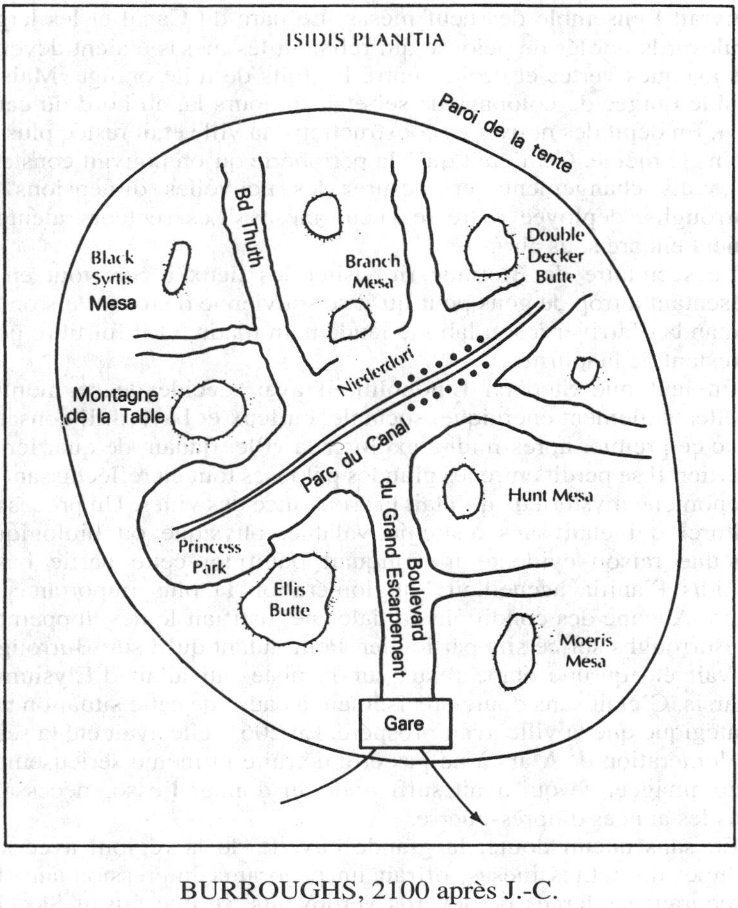

BURROUGHS, 2100 après J.-C.

L'envoyé de Biotique, un secrétaire général, le complimenta pour sa démarche qui prouvait un certain entraînement, et le conduisit jusqu'à un studio situé très haut dans Hunt Mesa, tout près du centre de la ville ancienne. Les bureaux et les labos de Biotique se trouvaient également dans Hunt, immédiatement sous le plateau de la mesa. Leurs vastes baies dominaient le parc du Canal. Un quartier chic, à la mesure d'une société qui se plaçait en tête des projets de génie génétique de l'essor du terraforming.

Sax pouvait contempler la plus grande partie de la vieille ville. Elle n'avait pas changé, si ce n'est que les parois de la mesa étaient un peu plus couvertes de baies, de saillies horizontales de cuivre, d'or ou d'alliages bleus ou verts, comme si les mesas avaient révélé des strates minérales magnifiques. Les tentes du sommet avaient disparu, et les immeubles étaient désormais libres sous la formidable tente qui couvrait l'ensemble des neuf mesas. Le parc du Canal et les larges boulevards bordés de pelouse qui reliaient les mesas étaient devenus des avenues vertes et droites entre les toits de tuile orange. Mais la double rangée de colonnes de sel était toujours là, au bord du canal bleu. En dépit des nouvelles constructions, la ville était restée plus ou moins la même. Ce n'était qu'à la périphérie qu'on pouvait constater les vrais changements et mesurer les nouvelles dimensions de Burroughs, déployée entre les neuf mesas. Les secteurs alentour étaient encore sous abri.

Le secrétaire de Biotique fit visiter les lieux à Sax tout en le présentant à trop de gens pour qu'il se souvienne de tous. Puis on lui demanda d'arriver à son labo le lendemain matin, et il fut libre pour le restant de la journée.

En tant que Stephen Lindholm, il avait décidé de se montrer intellectuellement énergique, sociable, curieux et bavard. Il consacra donc ce premier après-midi à explorer la ville, flânant de quartier en quartier. Il se perdit entre les grandes pelouses tout en réfléchissant au phénomène mystérieux qu'était la croissance des villes. Un processus culturel qui était sans analogie valable, physique ou biologique. Aucune raison évidente n'expliquait pourquoi cette partie basse d'Isidis Planitia accueillait l'agglomération la plus importante de Mars. Aucune des conditions initiales ne justifiait le développement de Burroughs sur ce site particulier. Pour autant qu'il sût, Burroughs n'avait été qu'une étape relais sur la piste qui allait d'Elysium à Tharsis. C'était sans doute précisément à cause de cette situation non stratégique que la ville avait prospéré. En 2061, elle avait été la seule agglomération de Mars à ne pas être détruite ni même sérieusement endommagée, ce qui avait suffi pour lui donner l'essor nécessaire dans les années d'après-guerre.

Et, sans aucun doute, la grande cuvette de la région, avec son archipel de petites mesas, offrait un panorama impressionnant. En parcourant les larges boulevards verdoyants, ce que faisait Sax, les neuf mesas semblaient distribuées régulièrement, chacune légèrement différente, avec leurs parois de roc raboteux marquées de creux et de nœuds, d'éperons, d'à-pics lisses, de surplombs et de crevasses. Plus, désormais, les bandes de baies colorées et, sur les plateaux des sommets, les nouveaux bâtiments et les parcs. Depuis n'importe quelle rue, on pouvait apercevoir plusieurs mesas, dressées contre le ciel comme des cathédrales colorées, et c'était un plaisir permanent pour le regard. Il suffisait de prendre un ascenseur pour se retrouver sur le plateau, à des centaines de mètres plus haut, et découvrir l'étendue des toits et des terrasses, les mesas voisines sous des angles nouveaux et, loin au-delà, le paysage déployé sur des kilomètres. Les distances étaient plus grandes que partout ailleurs sur Mars parce qu'ils se trouvaient au creux d'une vaste dépression : de là, on dominait la plaine d'Isidis au nord, l'arête sombre de Syrtis à l'ouest, et au sud le Grand Escarpement, dressé sur l'horizon comme un nouvel Himalaya.

La question s'était toujours posée : en quoi la beauté du point de vue intervenait-elle dans la fondation d'une ville ? Il se trouvait des historiens pour affirmer que certaines cités de la Grèce antique n'avaient existé qu'à cause du panorama qu'elles offraient, envers et contre tous les inconvénients, et qu'il était impossible de ne pas tenir compte de ce facteur. Quoi qu'il en soit, Burroughs était désormais une petite métropole active de cent cinquante mille habitants, la plus importante de Mars. Et en croissance continue. Vers la fin de sa promenade, Sax prit l'un des grands ascenseurs extérieurs de Branch Mesa, au nord du parc du Canal, et, depuis le plateau, il découvrit les faubourgs nord de la cité, cernés de constructions jusqu'à la paroi de la tente. Même à l'extérieur, des chantiers étaient en cours de développement. A l'évidence, la masse critique avait été atteinte au niveau d'une certaine psychologie de groupe — l'instinct grégaire, qui avait fait de cet endroit une capitale, un aimant social, le cœur de l'action. Au mieux, la dynamique de groupe était une chose complexe, sinon (il sourit) inexplicable.

Ce qui était dommage, comme toujours, car Biotique de Burroughs constituait à l'évidence un groupe dynamique et, dans les jours suivants, Sax s'aperçut qu'il n'était pas simple pour lui de trouver sa place dans la horde de scientifiques qui travaillaient sur le projet. Il avait perdu le talent de se frayer un chemin dans un groupe, à supposer qu'il l'ait jamais eu. La formule maîtresse des relations possibles à l'intérieur d'un groupe était $n\ (n\text{-}1)/2$, dans laquelle n représente le nombre d'individus du groupe. Ainsi, pour le millier de chercheurs de Biotique de Burroughs, on obtenait 499 500 relations possibles. Ce qui semblait, pour Sax, se situer bien au-delà de la capacité de compréhension de quiconque. Même les 4 950 relations possibles à l'intérieur d'un groupe de cent personnes, la « limite de figure » de l'hypothèse de base pour un groupe humain, lui apparaissaient difficilement réalisables. Cela s'était certainement vérifié à Underhill, quand ils avaient eu une chance de la mettre à l'épreuve.

L'important était avant tout de découvrir un groupe plus réduit à l'intérieur de Biotique, et il s'y employa. Dans un premier temps, il était logique qu'il se concentre sur son labo. Il s'était présenté comme biophysicien, ce qui était un risque, mais ça le plaçait exactement au point où il souhaitait se trouver dans la société. Et il espérait bien tenir. Sinon, il pourrait prétendre qu'il avait démarré à l'origine dans la physique, ce qui était vrai, après tout. Sa supérieure était une Japonaise appelée Claire, d'âge moyen, sympathique et efficace. C'était elle qui l'avait accueilli à son arrivée et l'avait assigné à une équipe qui travaillait sur des plantes de la deuxième et troisième génération, destinées aux régions glaciaires de l'hémisphère Nord. Ces environnements récemment hydratés offraient des possibilités incroyablement riches au design botanique depuis que les chercheurs n'avaient plus à travailler sur toutes les espèces à partir des modèles xérophytes [1]. Sax avait prévu cela dès qu'il avait repéré les flots furieux qui s'étaient déversés de Ius Chasma dans Melas, en 2061. Et voilà que quarante ans plus tard il pouvait travailler là-dessus.

C'est donc avec un certain bonheur qu'il se mit au travail. D'abord, il devait se remettre dans l'actualité, savoir ce qu'on avait déjà planté là-bas, dans les régions glacées du Nord. Comme à son habitude, il se mit à lire avec voracité, se goinfra de vidéos et apprit ainsi que, sous l'atmosphère froide et ténue, la glace nouvelle se sublimait jusqu'à n'être plus qu'un fragile réseau de dentelle. Ce qui impliquait l'existence de milliards de poches de vie plus ou moins larges, dans la glace même. Les premières formes de vie végétale qui avaient été implantées là-bas sur une vaste échelle étaient des variétés d'algues propres à la neige et à la glace. On les avait améliorées au niveau phréatophytique [2] car la glace, même pure, très vite, se couvrait d'une croûte de sel apporté par le sable pulvérulent des tempêtes. Les algues génétiquement adaptées au sel s'étaient bien comportées et s'étaient propagées dans les creux des glaciers, parfois même en surface. Et, parce qu'elles étaient plus sombres que le sol, roses, rouges, vertes ou noires, la glace avait eu tendance à fondre sous les algues, surtout durant l'été, quand les températures s'élevaient au-dessus de zéro. De petits torrents avaient donc fait leur apparition au flanc des glaciers et sur leurs berges. Ces régions humides de moraines ressemblaient aux environnements polaires terrestres et à ceux des glaciers de haute montagne. Des années auparavant, les équipes de Biotique avaient

1. Se dit des plantes adaptées à la sécheresse, à la vie souterraine, ou à l'existence ultracourte. (*N.d.T.*)

2. Capacité des végétaux d'absorber l'eau. (*N.d.T.*)

ensemencé des régions avec des bactéries et des plantes génétiquement modifiées pour survivre à la salinité ambiante. Pour la plupart, elles prospéraient aussi bien que les algues.

Les équipes de design essayaient actuellement de bâtir à partir de ces premiers succès afin d'introduire dans ce milieu une gamme de plantes plus large, ainsi que des insectes élevés pour tolérer le taux important de gaz carbonique de l'atmosphère. Biotique disposait d'un vaste choix de plantes gabarits pour ses prélèvements de séquences chromosomiques, et elle avait plusieurs années martiennes d'expérience sur le terrain. Sax avait pas mal de temps à rattraper. Durant ses premières semaines de labo, et dans l'arboretum de la société, sur le plateau de Hunt, il se concentra exclusivement sur les nouvelles variétés de plantes, se contentant de progresser vers le schéma plus vaste qu'il aborderait en temps voulu.

Quand il n'était pas plongé dans ses lectures, ses éprouvettes, ou rivé à l'oculaire d'un microscope, ou bien encore dans l'arboretum, il s'entraînait à être Stephen Lindholm. Dans le labo, il ne se différenciait guère de Sax Russell. Mais, au terme de chaque journée, il devait faire un effort réel pour rejoindre les autres dans les divers cafés du plateau de la mesa, boire quelques verres en leur compagnie, bavarder à propos du travail de la journée et de bien d'autres choses.

Même alors, il se surprenait lui-même à « être » Lindholm qui, il le découvrit, posait sans arrêt des questions et riait fréquemment. En fait, la bouche de Lindholm semblait rendre le rire plus facile. Les questions des autres — Claire, en général, une immigrante anglaise appelée Jessica et un Kenyan, Berkina — n'effleuraient que rarement le passé terrien de Lindholm. Quand il en était question, Sax trouvait facilement une réponse minimaliste — Desmond avait donné à Lindholm un passé dans la propre ville natale de Sax, Boulder, Colorado — ce qui lui permettait de retourner les questions à son interlocuteur, une technique qu'il avait fréquemment observée chez Michel. Les gens adoraient parler. Et Sax, contrairement à Simon, n'avait jamais été un taciturne. Ces contacts avec les autres aidaient à la solitude. Et ses nouveaux collègues parlaient souvent boutique d'une manière intéressante. Il leur racontait ses promenades dans Burroughs, posait des questions à propos de tel ou tel détail qu'il avait noté, les interrogeait sur leur passé, sur Biotique, la situation sur Mars, etc. Ce qui était aussi logique pour Lindholm que pour Sax, se disait-il.

Ses collègues — plus particulièrement Claire et Berkina — lui confirmèrent ce qui lui était apparu comme évident dès ses premières sorties : Burroughs était en train de devenir *de facto* la capitale de Mars, du fait même que les états-majors des plus grandes transnationales y étaient installés. Trois de ces géants, Armscor, Subarashii et Consolidated, étaient devenus les pivots du gouvernement de la planète. Elles étaient les transnationales les plus soudées au Groupe des Onze et aux nations industrielles de la Terre. Elles leur avaient permis de survivre à la guerre de 2061, et s'étaient désormais plus ou moins fondues en une structure unique de pouvoir. Désormais, nul n'était certain de savoir qui tirait les ficelles, sur Terre : les nations ou les grands cartels. Mais sur Mars, c'était évident. L'AMONU avait été détruite comme n'importe quelle cité sous dôme en 2061, et l'agence qui lui avait succédé, l'Autorité transitoire des Nations unies, était une administration à la tête de laquelle on avait placé de nombreux cadres des transnats, dirigée par les forces de sécurité des transnats.

— L'ONU n'a rien à voir là-dedans, dit Berkina. Elle est aussi éteinte sur Terre que l'AMONU l'est ici. Le nom ne sert que de couverture.

— Tout le monde l'appelle d'ailleurs l'Autorité transitoire, ajouta Claire.

— On sait qui est qui, dit Berkina.

Il était vrai que la police de sécurité des transnats était visible un peu partout dans Burroughs. Ils étaient tous en combinaison de maçon couleur rouille, avec des bandeaux de différentes couleurs. Rien de menaçant, mais ils étaient quand même omniprésents.

— Pourquoi ? demanda Sax. De quoi ont-ils peur ?

— Ils craignent les Bogdanovistes qui pourraient descendre des collines, répondit Claire. (Elle éclata de rire.) C'est ridicule.

Sax haussa les sourcils et laissa glisser le sujet. Il était intrigué, mais c'était là un terrain dangereux. Mieux valait écouter quand la conversation dérivait naturellement sur le sujet. Plus tard, en déambulant dans les rues de Burroughs, il regarda la population d'un œil nouveau et remarqua effectivement un nombre élevé d'agents de la sécurité avec leur bandeau d'identification. Consolidated, Amexx, Subarashii... Curieux qu'elles n'aient pas formé une seule et unique force. Il était possible que les transnationales soient en même temps rivales et partenaires, et si les nations terriennes se défendaient encore pour maintenir leur pouvoir, il était normal qu'il en résulte des dispositifs de sécurité. Ce qui expliquait peut-être aussi la prolifération des systèmes d'identification, les failles et les confusions dont Desmond avait profité pour introduire la persona de Sax dans un des systèmes. Il était clair que la Suisse était décidée à couvrir ceux qui venaient d'ailleurs. L'expérience de Sax en était une preuve. Mais d'autres pays et d'autres transnats faisaient sans doute le même genre de chose.

Dans la situation politique actuelle, la technologie d'information créait non pas la totalisation mais la balkanisation. Arkady avait prédit ce type de développement, mais Sax l'avait considéré comme trop irrationnel pour être admis comme une probabilité. Il devait bien admettre maintenant qu'il avait eu tort. Les réseaux des ordinateurs ne parvenaient pas à suivre efficacement la trace des choses parce qu'ils étaient en compétition. De même que la police dans les rues de Burroughs, qui guettait les gens comme Sax.

Mais il était devenu Stephen Lindholm. Il habitait l'appartement de Lindholm dans Hunt Mesa, il occupait son emploi, il avait acquis ses habitudes et ses tics, il avait emprunté son passé. Son petit appartement était très éloigné des goûts de Sax : les vêtements étaient bien rangés dans la penderie, il n'y avait aucune expérience en cours dans le réfrigérateur ni même sur le lit, et les murs étaient décorés — avec des affiches d'Escher ou d'Hundertwasser, et quelques croquis non signés de Spencer, une imprudence que nul ne pouvait vraiment remarquer. Il était parfaitement en sécurité dans sa nouvelle identité. Et même s'il venait à être démasqué, il doutait que les conséquences puissent être vraiment traumatisantes. Il pourrait encore retrouver quelque chose qui ressemblerait à son ex-pouvoir. Il avait toujours été apolitique, il ne s'était passionné que pour le terraforming, et s'il avait disparu dans le chaos dément de 61, c'était uniquement parce qu'il avait estimé que ce serait une folie que de rester à découvert. Et plusieurs des principales transnats partageraient sans doute son point de vue et essaieraient de l'employer.

Mais tout ça relevait de l'hypothèse. En réalité, il pouvait s'installer dans la peau de Lindholm.

Il découvrit que son nouveau travail lui plaisait beaucoup. Autrefois, lorsqu'il était à la tête de tout le projet de terraforming, il lui avait été impossible de se soustraire aux tracasseries de l'administration, ni de se consacrer à l'ensemble des sujets pour essayer d'en apprendre le plus possible et de décider à partir d'un maximum d'informations. Et naturellement, tout cela avait abouti à un manque de profondeur dans chacune des disciplines et à une perte de compréhension à la base. Désormais, au contraire, il focalisait toute son attention sur la création de nouvelles plantes qui devaient venir s'ajouter à celles de l'écosystème simple qui se propageait dans les régions glaciaires. Pendant plusieurs semaines, il travailla sur un nouveau lichen, qui avait été conçu pour se développer à la lisière des nouvelles biorégions et dont le modèle était un chasmoendolithe des Wright Valleys de l'Antarctique. Ce lichen de base avait vécu dans les anfractuosités de la roche et Sax souhaitait qu'il fasse de même ici, sur Mars, mais il cherchait au préalable à remplacer la partie algue du lichen par une algue à propagation accélérée. Ainsi, le symbiote se développerait plus vite que l'organisme de référence, dont la croissance était notoirement lente. Dans le même temps, il essayait d'introduire dans le fungus du lichen des gènes phréatophytes issus de plantes qui toléraient le milieu salin, tels le tamarin ou la salicorne. Des plantes qui pouvaient pousser en milieu marin avec un taux de salinité trois fois supérieur à la moyenne des mers, et dont les mécanismes, en ce qui concernait la perméabilité des parois cellulaires, étaient transférables. S'il réussissait, le résultat serait un nouveau lichen halophyte et résistant à croissance rapide. Ce qui serait encourageant et permettrait de mesurer les progrès accomplis depuis leurs premières tentatives d'implanter des organismes résistants, du temps d'Underhill. Bien sûr, les conditions de surface étaient plus difficiles en ce temps-là. Mais leurs connaissances en génétique et leurs méthodes avaient également progressé.

Cependant, le problème auquel ils étaient inexorablement confrontés était celui de la rareté de l'azote dans l'atmosphère de Mars. Les concentrations importantes de nitrates étaient exploitées et dégagées au fur et à mesure sous forme d'azote dans l'atmosphère. Sax avait déclenché ce processus dès 2040 avec l'approbation de tous. Mais le sol avait tout autant besoin d'azote et la vie végétale se développait avec peine. Aucune plante sur Terre n'avait souffert du manque d'azote à ce point, et, par conséquent, ils ne disposaient pas de particularismes d'adaptation susceptibles d'être clippés dans les gènes de l'aréoflore.

Ce problème du manque d'azote revenait fréquemment dans leurs conversations, quand ils se retrouvaient au Lowen Café, sur le plateau de la mesa.

— L'azote est tellement précieux, dit une fois Berkina à Sax, qu'il constitue une des valeurs d'échange de l'underground.

Il savait que c'était totalement faux et acquiesça, mal à l'aise.

Leur petit groupe avait sa façon personnelle de rendre hommage à l'importance de l'azote en inhalant des capsules de protoxyde qui circulaient autour des tables [1]. Ils prétendaient tous que cela les mettait en forme et que ça ne pouvait qu'améliorer le terraforming. Quand Sax eut la capsule en main pour la première fois, il la regarda avec méfiance. Il avait déjà remarqué qu'on pouvait en acheter dans toutes les salles de détente — la pharmacopée s'était développée et les armoires étaient bourrées de protoxyde, d'omegendorphe, de pandorphe et autres gaz semi-toxiques. Apparemment, la mode était revenue à l'inhalation. Ça ne le tentait pas vraiment, mais il accepta cependant la capsule que lui tendait Jessica, penchée sur son épaule. Dans ce domaine, vraisemblablement, Stephen et Sax divergeaient. Il inspira doucement avant de mettre le petit masque sur sa bouche et son nez. Les traits du visage de Stephen lui parurent encore plus minces sous le plastique.

Il prit une bouffée froide, la retint une seconde, exhala et sentit tout le poids de son corps le quitter — une impression purement subjective. C'était *vraiment drôle* de constater à quel point son moral réagissait à la manipulation chimique, malgré ce que cela impliquait sur l'équilibre précaire et la sérénité des émotions. Si l'on considérait

1. Le protoxyde d'azote (N_2O) est utilisé en anesthésie stomatologique et possède des qualités euphorisantes et hilarantes. (*N.d.T.*)

froidement l'idée, ça n'était pas très plaisant. Mais, dans l'instant, ça ne posait aucun problème. En fait, il se surprit à sourire. Il détourna le regard vers la balustrade et contempla les toits de Burroughs. Pour la toute première fois, il s'aperçut que les nouveaux quartiers, à l'ouest et au nord, s'étaient garnis de tuiles bleues et de murs blancs, ce qui leur conférait une tonalité grecque, alors que la ville ancienne était plus espagnole. Jessica s'efforçait visiblement de garder leurs bras noués. Mais il était possible que son équilibre fût altéré par la gaieté artificielle de l'azote.

— Mais quand même, il faudrait aller plus loin que la région alpine ! proféra Claire. J'en ai marre des lichens, des mousses, des herbes. Nos champs, à l'équateur, sont devenus des prairies, on a même des krummholz. Ils reçoivent le soleil toute l'année et la pression atmosphérique, au pied de l'escarpement, est aussi élevée que dans l'Himalaya.

— Qu'au sommet de l'Himalaya, rectifia Sax avant de se réprimander : ça, c'était du Sax, il en était certain. (Et le Lindholm qu'il habitait ajouta, pour rectifier :) Mais il existe des forêts himalayennes à des altitudes élevées.

— Exactement. Stephen, tu as fait des merveilles sur ce lichen depuis ton arrivée... pourquoi tu ne travaillerais pas avec Berkina, CJ et Jessica sur les plantes subalpines ? Rien que pour voir si on peut faire de petites forêts ?...

Ils arrosèrent cette idée de quelques nouvelles bouffées de protoxyde. L'idée des lisières saumâtres des aquifères éclatés changées en prairies et forêts leur semblait tout soudain extrêmement amusante.

— On va avoir besoin de taupes, déclara Sax en essayant de ne plus rire. Les taupes et les campagnols sont des éléments déterminants pour transformer les champs de glissement en prairies. Et je me demande si on ne pourrait pas créer des taupes arctiques qui tiendraient sous le CO_2.

Ce qui déchaîna les rires de ses collègues mais, perdu soudain dans le cours de ses pensées, il ne remarqua rien.

— Ecoute, Claire : est-ce que tu crois que nous pourrions aller jeter un coup d'œil sur ces glaciers ? Travailler un peu sur le terrain ?...

Claire cessa instantanément de rire et acquiesça.

— Bien entendu. En fait, je me souviens : nous avons une station expérimentale permanente sur le glacier d'Arena, et le labo est très performant. Nous avons été contactés par un groupe de biotech d'Armscor, l'un de ceux qui sont complètement couverts par l'Autorité transitoire. Ils veulent visiter la station et jeter un coup d'œil sur la glace. Je suppose qu'ils veulent construire le même type de station dans Marineris. On pourrait les accompagner, leur faire visiter le secteur, et faire d'une pierre deux coups, non ?

Les plans de cette expédition furent dressés dans le labo de Lowen avant d'être transmis au bureau principal. L'approbation leur revint très vite, ce qui était l'usage chez Biotique. Et Sax se mit durement à la tâche pendant deux semaines : il préparait le travail sur le terrain. Finalement, il fit ses bagages et, un beau matin, prit le métro jusqu'à la porte ouest. Et dans le garage suisse, il repéra très vite certains de ses collègues en compagnie de plusieurs étrangers. Les présentations avaient déjà été faites. Quand il s'approcha, Claire le remarqua et le poussa vers les autres, l'air tout excitée.

— Stephen, je voudrais te présenter ceux qui vont nous accompagner.

Une femme en combinaison brillante se retourna à cette seconde et Claire enchaîna :

— Stephen, voici Phyllis Boyle. Phyllis, je te présente Stephen Lindholm.

— Enchantée, dit Phyllis en lui tendant la main. Comment ça va ?...

Sax lui serra la main et dit :

— Ça va, merci.

Vlad lui avait trafiqué les cordes vocales pour changer son empreinte vocale en cas d'examen, mais tous ceux de Gamète lui avaient dit que son timbre n'avait absolument pas varié. Et Phyllis inclina la tête d'un air intrigué.

— J'attends beaucoup de ce voyage, dit-il en jetant un regard à Claire. J'espère que je ne vous ai pas retardés, non ?...

— Non, non. On attendait les pilotes.

— Ah... (Sax fit un pas en arrière et ajouta poliment :) Heureux de vous connaître.

Elle inclina la tête et, sur un dernier regard de curiosité, revint aux gens avec qui elle bavardait. Sax essaya de se concentrer sur ce que Claire lui disait au sujet des pilotes. Apparemment, la conduite des patrouilleurs en terrain découvert était devenue un emploi spécialisé.

Tout se passait calmement, se dit-il. Le calme était un de ses traits de caractère. Il aurait dû probablement se lancer dans un discours enflammé, dire à Phyllis qu'il l'avait vue dans les anciennes infos, qu'il l'admirait depuis des années... ce genre de chose, quoi. Malgré tout, la question se posait de savoir qui pouvait avoir de l'admiration pour Phyllis. Il était certain qu'elle avait été salement compromise à l'issue de la guerre. Bien sûr, elle était dans le camp des vainqueurs, mais seule parmi les Cent Premiers à l'avoir choisi. Comment l'appelait-on ? Quisling [1] ?... Oui, sans doute. En tout cas, elle n'avait pas

1. Homme d'Etat norvégien (1887-1964) qui vendit son pays aux nazis et devint leur marionnette à la tête du gouvernement.

été la seule parmi les Cent Premiers à se trouver sur place quand le câble de l'ascenseur s'était détaché et avait été catapulté hors du plan de l'écliptique : Vasili était demeuré en permanence à Burroughs, et George et Edvard étaient en compagnie de Phyllis à Clarke. Survivre à ça, c'était une performance, il devait l'admettre. Il ne l'aurait pas cru possible. Mais c'était bien Phyllis qui était là, bavardant avec son groupe d'admirateurs. Heureusement qu'il avait appris qu'elle avait survécu des années auparavant, sinon il aurait pu accuser le coup.

Elle paraissait avoir toujours soixante ans, alors qu'elle était de la même année que Sax, ce qui devait lui faire exactement cent quinze ans. Elle avait les cheveux argentés, les mêmes yeux bleus. Elle portait un chemisier qui semblait passer par toutes les couleurs du spectre et des bijoux d'or et de jaspe sanguin. Pour l'instant, son dos était d'un bleu miroitant mais, à la seconde où elle se retourna pour lui lancer un bref regard, il devint vert émeraude. Il feignit de ne pas avoir remarqué son mouvement.

Puis les pilotes arrivèrent, ils grimpèrent très vite dans les patrouilleurs et démarrèrent. Heureusement pour Sax, Phyllis était dans un autre véhicule. Les patrouilleurs géants roulaient à l'hydrazine. Ils enfilèrent une route asphaltée qui allait vers le nord, et Sax se demanda à quel point cela justifiait des pilotes spécialisés, à moins qu'il ne s'agît de contrôler la vitesse des engins. Ils allaient à cent soixante, et pour Sax, qui avait l'habitude de conduire à un quarante à l'heure raisonnable, c'était à la fois rapide et rassurant. Mais les autres se plaignaient des secousses et de la lenteur — sans doute parce qu'ils étaient habitués à ces trains express qui flottaient au-dessus des pistes à plus de cinq cents à l'heure.

Le glacier d'Arena était à quelque huit cents kilomètres au nord-ouest de Burroughs. Il s'écoulait des highlands de Syrtis Major vers Utopia Planitia. Il suivait l'une des Arena Fossae sur trois cent cinquante kilomètres. Claire, Berkina et leurs collègues racontèrent l'histoire du glacier à Sax, et il fit de son mieux pour les écouter avec intérêt. Mais à vrai dire, c'était passionnant car ils savaient que Nadia avait dévié le cours du débordement de l'aquifère d'Arena. Certains de ceux qui étaient à ses côtés s'étaient retrouvés dans Fossa Sud après la guerre et avaient répandu l'histoire.

En fait, ils semblaient convaincus de savoir toutes sortes de choses à propos de Nadia.

— Elle était contre la guerre, confia Claire à Sax sur un ton confidentiel. Elle a fait tout son possible pour l'empêcher et pour réparer les dégâts, même pendant le conflit. Ceux qui l'ont connue à Elysium disent qu'elle ne dormait quasiment jamais, qu'elle prenait des stimulants pour tenir. Ils disent qu'elle a bien dû sauver dix mille personnes dans Fossa Sud.

— Et qu'est-elle devenue ?

— Personne ne le sait. Elle a disparu.

— Elle s'est dirigée vers Low Point, intervint Berkina. Si elle s'y trouvait au moment de l'inondation, elle a dû mourir.

— Ah ! fit Sax d'un ton solennel. C'était une époque pénible.

— Très pénible, insista Claire avec véhémence. Destructrice. Le terraforming en a été retardé de plusieurs décennies, j'en suis certaine.

— Mais l'éclatement des aquifères doit avoir été utile, murmura Sax.

— Oui, mais on aurait pu s'y prendre autrement. En contrôlant l'opération.

— C'est vrai.

Il haussa les épaules et abandonna la discussion. Depuis qu'il avait retrouvé Phyllis, il avait du mal à parler de 61.

Il n'arrivait toujours pas à croire qu'elle ne l'avait pas reconnu. Il se pencha vers la baie de magnésium et y vit, au milieu des visages de ses nouveaux collègues, celui de Stephen Lindholm. Un vieil homme chauve au nez légèrement busqué, ce qui lui conférait l'allure d'un faucon. Des lèvres marquées, une mâchoire volontaire, un menton... Non, ça n'était vraiment pas lui. Et Phyllis n'avait aucune raison particulière de le reconnaître.

Mais l'apparence n'était pas tout.

Il essaya de ne plus y penser tandis qu'ils poursuivaient leur route vers le nord. Il s'absorba dans la contemplation du paysage. Le compartiment passager avait un dôme transparent, des baies sur les quatre côtés, et le panorama était totalement ouvert. Ils montaient la pente ouest d'Isidis, une région du Grand Escarpement qui évoquait une grande banquette d'érosion. Les collines sombres et déchiquetées de Syrtis Major se dressaient à l'horizon nord-ouest. L'air était plus clair qu'autrefois, même s'il était quinze fois plus dense. Mais il y avait moins de poussière en suspension, à cause des tempêtes de neige qui la fixaient en surface pour former une sorte de revêtement sur le désert. Bien sûr, cette croûte était souvent cassée par les vents violents, et le gravier et la poussière se retrouvaient libérés. Mais ces dégagements étaient limités et, peu à peu, lentement, les tempêtes avaient la maîtrise de la surface.

Et le ciel lui aussi changeait de couleur. A la verticale, il était d'un violet intense, plus pâle au-dessus des collines pour se fondre en un lavande pâle, puis en une teinte entre le lavande et le mauve pour laquelle Sax ne trouvait pas de nom. Mais ces nouvelles couleurs du ciel ne ressemblaient plus aux roses et aux tonalités fauves des premières années. Certes, il suffisait d'une tempête de poussière pour que les ocres remontent du sol mais, par temps calme, la couleur du ciel n'était plus fonction que de sa densité et de sa composition chimique. Curieux, soudain, de savoir à quoi il pourrait ressembler dans l'avenir, Sax sortit son lutrin et effectua quelques calculs rapides.

Il fixa soudain la petite boîte en prenant conscience que c'était le lutrin de Sax Russell — et qu'un contrôle poussé permettrait de le démasquer. C'était comme s'il avait sur lui son vrai passeport d'origine.

Il rejeta cette pensée : il ne pouvait plus rien faire à cela. Il se concentra sur la couleur du ciel. Dans un air limpide, la couleur était celle de la lumière préférentielle dispersée entre les molécules d'air elles-mêmes. La densité de l'atmosphère était donc un élément critique. La pression, quand ils avaient débarqué, était d'environ 10 millibars, alors qu'elle était à présent de 160 en moyenne. Mais puisque la pression résultait du poids de l'air, pour obtenir 160 millibars sur Mars, il avait fallu trois fois plus d'air sur n'importe quel point de sa surface qu'il en aurait fallu sur Terre. Donc, les 160 millibars devaient disperser la lumière solaire comme l'auraient fait 480 millibars sur Terre, ce qui impliquait que le ciel aurait dû être de ce bleu profond que l'on voyait sur les photos prises depuis les sommets de quatre mille mètres d'altitude.

Mais la couleur que Sax découvrait par les baies était plus rouge, et même après les plus violentes tempêtes, quand se levait un matin cristallin, jamais il n'avait observé un ciel semblable à celui de la Terre. Il réfléchit intensément. C'était un autre effet de la gravité légère de Mars : la colonne d'air culminait à une altitude supérieure à celle de la Terre. Il était possible que les particules les plus petites soient effectivement en suspension et qu'elles dominent les nuages, ce qui les mettait à l'abri des tempêtes. Il se souvenait de couches de brume qui avaient été photographiées à cinquante kilomètres au-dessus des nuages. Autre facteur possible : la composition de l'atmosphère. Les molécules de gaz carbonique étaient plus efficaces en tant qu'agent de diffraction que l'oxygène et l'azote, et Mars, malgré tous les efforts de Sax, contenait toujours plus de CO_2 que la Terre. Les effets de cette différence devaient être calculables. Il tapa l'équation de la loi de dispersion de Rayleigh, selon laquelle l'énergie lumineuse dispersée dans une unité de volume d'air contenant des particules de taille inférieure à 0,1 micron est inversement proportionnelle au quart de la puissance de la longueur d'onde de la radiation de luminance. Puis il se mit à griffonner sur son écran, altérant les variables, vérifiant les données, rajoutant tel ou tel taux de mémoire ou d'instinct.

Il aboutit à une conclusion : si l'atmosphère acquérait un bar de plus de densité, le ciel deviendrait alors d'un blanc laiteux. Ce qui confirmait aussi la théorie selon laquelle l'actuel ciel de Mars aurait dû être bien plus bleu qu'il ne l'était, avec une lumière bleue dispersée à seize fois l'intensité du rouge. Ce qui suggérait que la présence de particules dans la haute atmosphère avait tendance à renforcer le rougeoiement du ciel. Si telle était l'explication, on pouvait en déduire que la couleur et l'opacité du ciel martien seraient soumises à des variations marquées pendant encore de nombreuses années, sous l'influence du temps et de la propreté de l'air...

Et Sax poursuivit ses calculs sur l'intensité de radiance du ciel, y intégrant des échelles de chromaticité variées, l'équation de transfert radiatif de Chandrasekhar... tandis qu'ils poursuivaient leur route vers le glacier d'Arena. Il oubliait le monde dans lequel il était, et la situation dans laquelle il se retrouvait.

Au début de l'après-midi, ils atteignirent la petite ville de Bradbury qui, sous sa tente de type Nicosia, évoquait un petit bourg de l'Illinois avec ses rues bordées d'arbres bien taillés, ses porches avec leurs contre-portes, ses maisonnettes de brique à deux étages aux toits de bardeaux, sa rue principale avec ses boutiques et ses parcmètres. Y compris un square central avec une rotonde blanche cernée d'érables géants...

Ils s'orientèrent vers l'ouest, sur une route plus étroite qui suivait les hauteurs de Syrtis Major. Le revêtement était de sable noir fixé par un adhésif — un véritable asphalte du désert. Toute cette région était de rochers et de sable noirs — Syrtis Major avait été la première région distincte décelée par les télescopes de la Terre, précisément par Christian Huyghens, le 28 novembre 1659. C'était cette roche noire qui avait attiré son attention. Le sol lui-même était presque noir, passant parfois par toute une gamme de tonalités aubergine. Mais les collines, les escarpements et les grabens entre lesquels la route sinuait étaient d'un noir absolu, de même que les mesas ravinées, les arêtes, les *thulleya* : les chaînes se succédaient, toutes aussi noires, interrompues parfois par de grandes déjections erratiques qui avaient cette couleur rouille qui leur était si familière.

Puis, au détour d'une arête, ils découvrirent le glacier. Il traversait le monde de gauche à droite, semblable à un éclair blanc, figé et incrusté dans le paysage. Sur l'autre berge, une arête suivait le glacier en parallèle, comme celle sur laquelle ils se trouvaient. A première vue, on aurait pu croire à deux moraines latérales, mais les deux éminences rocheuses n'avaient servi qu'à canaliser le flot lors de l'éclatement de l'aquifère.

Le glacier devait être large de deux kilomètres à cet endroit. Sa profondeur ne devait pas excéder cinq ou six mètres mais, apparemment, il avait creusé un canyon profond. A ce point, ils étaient à cent soixante-quinze kilomètres au nord de l'aquifère d'Arena, tout près de l'ultime avancée du glacier.

A la surface, ils observaient du régolite ordinaire, rocailleux, poussiéreux, et une couche de gravier qui cachait la glace sous-jacente. Certaines zones chaotiques étaient clairement composées de glace, avec des séracs dressés entre ce qui semblait être des blocs de rocher. Certains des séracs étaient des plaques brisées, courbées comme les écailles d'un stégosaure. Dans le soleil déclinant, ils apparaissaient d'un jaune translucide.

D'un horizon à l'autre, tout était immobile. Mais le glacier d'Arena n'existait que depuis quarante années et il bougeait. Sax, pourtant, ne se souvenait pas d'avoir observé un tel spectacle, et involontairement il porta son regard vers le sud, comme si un nouveau torrent pouvait en jaillir à tout instant.

La station de Biotique était située à quelques kilomètres en amont, sur la bordure et le tablier d'un petit cratère. On y avait donc une vue excellente sur le glacier. Dans les dernières minutes du crépuscule, alors que les résidents de la station la réactivaient, Sax accompagna Claire et les visiteurs d'Armscor, y compris Phyllis, jusqu'au dernier étage, dans la grande salle d'observation, pour contempler la gigantesque masse de glace brisée dans les ultimes lueurs du soir.

La journée avait été limpide mais les rayons horizontaux du soleil imprégnaient encore le ciel d'une coloration rouge sombre, et la surface du glacier reflétait des milliers de gerbes d'étincelles sous l'effet de miroir des plaques nouvelles. Dans leur majorité, ces rayons écarlates formaient une ligne plus ou moins régulière entre eux et le soleil mais, par endroits, les reflets avaient des angles bizarres. Phyllis fit remarquer que le soleil paraissait maintenant plus grand, depuis que la soletta avait été placée sur orbite.

— Est-ce que ça n'est pas merveilleux ? On pourrait presque apercevoir les miroirs, non ?

— On dirait du sang.

— Un ciel *jurassique*.

Aux yeux de Sax, c'était comme s'il observait une étoile de type G à une unité astronomique de distance. Ce qui était logique, puisqu'ils étaient à 1,5 du soleil. Quant à parler de rubis, d'yeux de dinosaures...

Le soleil glissa sous l'horizon et tous les points de lumière rouge disparurent dans la même fraction de seconde. Un grand éventail de rayons crépusculaires se déplia dans le ciel qui devint d'un mauve profond sous l'afflux de traits rosâtres. Phyllis s'extasia à grands cris devant toutes ces couleurs, qui étaient certes pures et claires, mais moins intenses que dans la journée.

Elle dit :

— Je me demande ce qui est à l'origine de ces superbes rayonnements.

Automatiquement, Sax ouvrit la bouche, prêt à se lancer dans une explication sur les ombres des collines et des nuages par-delà l'horizon, quand il lui vint à l'esprit que *a*, ce serait répondre à une question peut-être de pure forme, et que *b,* ce serait délivrer un petit cours technique typique d'un Sax Russell. Par conséquent, il se tut avant d'émettre un son en se demandant ce que Stephen Lindholm aurait dû dire dans une pareille situation. Cette prise de conscience était pour lui une chose toute nouvelle et tout à fait pénible, mais il fallait bien qu'il dise quelque chose, de temps en temps tout au moins, parce que les silences prolongés étaient aussi très Sax Russelliens. Il décida de faire de son mieux.

— Pensez à tous ces photons qui ont manqué Mars de si près, et voilà maintenant qu'ils vont continuer leur traversée de l'univers.

Les autres échangèrent des regards en entendant cette étrange observation. Mais cela ne l'en rapprocha pas moins du groupe, ce qui était bien son intention.

Ils regagnèrent la salle à manger pour se régaler de pâtes à la sauce tomate avec des pains tout juste sortis du four. Sax s'était installé à la grande table. Il mangea et parla sur le même rythme que les autres, essayant de fusionner avec eux, de participer aux bavardages et de suivre les règles sociales. Il n'avait jamais vraiment compris tout ça, et encore moins en y réfléchissant. Il savait qu'il avait toujours été considéré comme un excentrique et il avait surpris cette histoire à propos d'une centaine de rats transgéniques de labo qui se seraient emparés de son cerveau.

Mais Lindholm était un animal social, le collègue par excellence. Il savait comment évoluer dans l'existence. Il était capable de partager avec n'importe qui une bouteille de zinfandel d'Utopia [1], de jouer son rôle dans un banquet, de déchiffrer instinctivement les algorithmes secrets de la camaraderie afin de contrôler le système humain sans même y penser.

Par conséquent, Sax se frotta l'arête du nez, but le vin qui était censé bloquer son système parasympathique au point de diminuer ses inhibitions et de le rendre plus volubile. Il se mit donc à discuter un peu avec tout le monde, et avec un certain succès, se dit-il, même si à plusieurs reprises il fut obligé de bavarder avec Phyllis qu'il avait en vis-à-vis. Elle avait une façon de l'observer... et lui de lui rendre ses regards ! Il savait qu'il existait également des protocoles pour ce genre de chose, mais il n'y avait jamais rien compris. A présent, il se rappelait la façon dont Jessica s'était appuyée sur lui. Il but la moitié de son verre, sourit et hocha la tête, songeant avec un certain malaise à l'attrait sexuel et à ses causes.

Quelqu'un posa à Phyllis la question inévitable sur la façon dont elle avait réchappé du désastre de Clarke. En se lançant dans son récit, elle jeta plusieurs coups d'œil à Sax, comme si elle voulait qu'il comprenne qu'elle parlait avant tout pour lui. Il l'écouta poliment, en s'efforçant toutefois de ne pas loucher, ce qui pourrait révéler aux autres son désarroi dans cette situation.

— Nous avons été pris totalement au dépourvu, répondait Phyllis. Nous étions en orbite au sommet de l'ascenseur, complètement bouleversés par ce qui se passait en surface. On faisait tout notre possible pour calmer les choses, et la minute d'après ce fut comme un tremblement de terre, et on s'est retrouvés éjectés du système solaire.

1. Le zinfandel est un cépage d'origine alsacienne qui s'est acclimaté avec succès en Californie et donne un vin rouge capiteux, notamment dans la Sonoma Valley et la Napa Valley. (*N.d.T.*)

Elle ménagea une pause en souriant et les rires suivirent, inévitablement. Sax devinait sans peine qu'elle avait répété ce récit bien des fois. Exactement dans les mêmes termes.

— Mais vous avez dû être terrifiés ! lança quelqu'un.

— Eh bien, c'est curieux, mais dans ce genre de situation urgente, on n'a pas vraiment le temps pour ça. Dès qu'on a compris ce qui se passait, on a su que chaque seconde représentait des centaines de kilomètres et réduisait d'autant nos chances de survivre sur Clarke. On s'est tous regroupés dans le centre de commande, on s'est comptés, on a très vite discuté et fait le point de ce qui nous restait. Tout ça dans la fièvre mais sans que personne ne panique, si vous voyez ce que je veux dire. Quoi qu'il en soit, il y avait dans les hangars le nombre habituel de navettes de transport Terre-Mars. Les données des IA nous ont indiqué qu'on aurait besoin de la poussée de l'ensemble ou presque si on voulait rester dans le plan de l'écliptique pour recouper le système jovien. Nous étions en train de dériver vers Jupiter, plus ou moins, ce qui jouait à notre avantage. Mais c'est là que c'est devenu dingue. Il a fallu sortir tous les transports des hangars, les mettre en place autour de Clarke et les relier avant de les charger. Avec de l'air, du carburant, tout... Trente heures plus tard, nous étions tirés d'affaire dans cette espèce d'archipel de sauvetage. Quand j'y repense, ça me paraît incroyable. Pendant ces trente heures...

Elle se tut en secouant la tête, et Sax devina que les vrais souvenirs affluaient en elle, soudain, perturbant son récit appris par cœur. Trente heures, c'était un délai remarquablement court pour une évacuation à cette échelle. Mais le temps avait dû passer en un éclair dans le feu de l'action. Dans une pareille situation, l'esprit réagissait différemment et le temps normal était transcendé.

— Ensuite, il a fallu nous entasser dans deux quartiers d'équipage — nous étions deux cent quatre-vingt-six exactement — et effectuer plusieurs sorties pour supprimer toutes les parties non essentielles. Avec l'espoir que nous aurions assez de carburant pour nous emmener vers Jupiter. Nous avons eu deux mois à attendre pour savoir si nous pouvions intercepter le système jovien, plus dix semaines pour les manœuvres. Nous avons utilisé la gravité de Jupiter pour rebondir en direction de la Terre qui, à cette période, se trouvait plus proche que Mars. Ça nous a donné une telle accélération que nous avons eu besoin de l'atmosphère de la Terre et du champ gravifique de la Lune pour nous ralentir. Nous avions presque doublé le seuil historique de vitesse jamais atteint dans l'histoire humaine mais nous étions en même temps presque à court de carburant. Nous devions être à quatre-vingt mille kilomètres par heure quand nous avons touché la stratosphère, la première fois. Ce qui nous a sauvés, il faut le dire, parce que nous commencions à manquer d'air et de provisions. Mais nous avons réussi. Et puis, on a vu Jupiter *de tout près*.

Elle écarta le pouce et l'index de deux centimètres.

Les autres rirent, mais l'éclat de triomphe dans les yeux de Phyllis était sans rapport avec Jupiter. Un pli marquait ses lèvres : au terme de son récit, quelque chose lui était revenu. Qui assombrissait son sentiment de triomphe.

— Et c'était vous le leader, n'est-ce pas ? demanda quelqu'un.

Phyllis leva la main, comme pour signifier qu'elle ne pouvait le nier, même si elle l'avait voulu.

— C'était une entreprise commune, dit-elle. Mais parfois, devant une impasse, il faut quelqu'un pour prendre une décision, ou accélérer les choses. Et je dirigeais Clarke avant la catastrophe.

Elle leur fit à tous un grand sourire, persuadée qu'ils avaient savouré son récit. Sax sourit en réponse, comme ses voisins, et hocha la tête quand elle regarda dans sa direction. C'était une femme attirante, certes, mais pas si brillante que ça. Ou alors, était-ce dû simplement au fait qu'il ne l'aimait pas beaucoup ?... Car elle avait prouvé son intelligence dans bien des domaines, en biologie tout particulièrement. Et elle était dotée d'un QI supérieur. Mais Sax se disait qu'il existait bien des types d'intelligence et que tous n'étaient pas quantifiables par test analytique. Il avait acquis cette notion durant ses années d'études : il existait des gens qui se situaient très haut dans l'échelle des tests d'intelligence, qui excellaient dans leur travail mais qui, lorsqu'ils se trouvaient en société, suscitaient les moqueries, voire le mépris. Ce qui n'était pas une preuve d'intelligence. Il s'était dit alors que n'importe laquelle des pom-pom girls de son collège, toujours séduisante et gentille avec tout le monde, universellement sympathique, lui semblait douée d'une intelligence au moins égale à celle de tel ou tel matheux brillant et maladroit. Il existait donc au moins deux types d'intelligence et sans doute plus : l'intelligence spatiale, esthétique, morale, éthique, interactive, analytique, synthétique, etc. Et c'était ceux qui étaient intelligents dans différents domaines qui étaient vraiment exceptionnels.

Mais Phyllis, qui se délectait de l'intérêt de son auditoire — la plupart de ceux qui l'entouraient étaient plus jeunes qu'elle, du moins en apparence —, Phyllis, elle, ne faisait pas partie de ces polymatheux de l'intelligence. Au contraire : elle paraissait stupide quand il s'agissait de voir ce que les autres pensaient d'elle. Sax, qui était conscient de partager cette faiblesse, l'observait avec un sourire super-Lindholm. Elle se montrait dans le même instant vaniteuse et arrogante. Et l'arrogance était toujours stupide. Ou bien alors elle cachait une insécurité. Difficile de le deviner, chez une personne aussi célèbre et attirante. Oui, indéniablement très attirante.

Après le souper, ils retournèrent dans la salle d'observation et écoutèrent de la musique sous les étoiles. De la nuevo calypso, très à la mode à Burroughs. Certains avaient apporté leurs instruments et formèrent un petit orchestre pour faire danser les autres. Le rythme était de cent battements à la minute, calcula Sax, un timing physiologiquement parfait pour la stimulation cardiaque. Et sans doute la clé du succès de toutes les formes de dance musics, se dit-il.

Il s'aperçut soudain que Phyllis était près de lui. Elle lui saisit la main et l'entraîna au milieu des danseurs. Il eut du mal à ne pas se dégager et il sentit que sa réaction ne marquait pas un plaisir évident. Il n'avait jamais dansé de sa vie, aussi loin qu'il se souvienne. Mais Stephen Lindholm, lui, avait dû normalement danser souvent. Et Sax fit son possible pour prendre le tempo en agitant les bras un peu n'importe comment, tout en s'efforçant de sourire à Phyllis avec une expression de plaisir douloureusement simulée.

Les plus jeunes continuèrent tard dans la soirée, et Sax emprunta l'ascenseur pour aller chercher quelques tubes de lait glacé aux cuisines. Quand il rentra dans la cabine, il tomba sur Phyllis qui remontait du niveau des dortoirs.

— Laissez-moi vous aider, dit-elle en lui prenant deux étuis de plastique.

Puis elle se pencha (elle mesurait quelques centimètres de plus que lui), elle l'embrassa sur la bouche. Il lui répondit, mais ce fut un tel choc qu'il n'en prit conscience que lorsqu'elle se détacha de lui. Et le souvenir de sa langue fut comme un autre baiser qui se prolongeait.

Il s'efforçait de ne pas paraître hébété mais, quand elle rit, il sut qu'il avait échoué.

— Je constate que vous n'êtes pas le tombeur que vous semblez être.

Vu la situation, il se sentit d'autant plus inquiet. A vrai dire, personne ne lui avait encore fait ce coup. Il essaya de se remettre, mais les portes de l'ascenseur s'ouvraient déjà en sifflant.

Pendant le dessert et tout le reste de la soirée, Phyllis ne tenta plus de l'approcher. Mais, au début du laps de temps martien, quand il gagna l'ascenseur pour retourner à sa chambre, elle se glissa derrière lui et, dès que la descente commença, elle l'embrassa une deuxième fois. Il l'étreignit et répondit à son baiser tout en se demandant ce que Lindholm devait faire dans une telle situation, et s'il avait un moyen de s'en tirer sans dommage. Quand l'ascenseur ralentit, Phyllis recula avec un regard rêveur et lui dit :

— Accompagne-moi jusqu'à ma chambre.

Quelque peu étourdi, il lui tint le bras comme un fragile outil de labo, et elle l'entraîna vers sa chambre, une pièce aussi minuscule que toutes les autres. Ils s'embrassèrent une troisième fois sur le seuil, bien que Sax sût que c'était son ultime chance de s'enfuir, galamment ou non. Mais il se fit la réflexion qu'il l'embrassait plutôt avec passion et, quand elle lui murmura : « Tu ferais aussi bien d'entrer », il suivit sans protester.

Son pénis commençait déjà à se dresser vers les étoiles, tous ses chromosomes bourdonnaient à l'unisson devant cette chance d'accéder à l'immortalité. Il y avait bien longtemps qu'il n'avait pas fait l'amour, si ce n'est avec Hiroko. C'était sans passion, simplement amical et plaisant, une sorte de suite logique à leur baignade. Mais Phyllis, tandis qu'ils s'embrassaient encore en basculant sur le lit et qu'elle tirait sur ses vêtements, Phyllis, elle, était clairement excitée. Et son excitation se transmettait instantanément à Sax en hyper-conductibilité. Phyllis le débarrassa de son pantalon, son sexe apparut en pleine érection, et il rit en tirant sur le long zip ventral de sa combinaison. Oui, Lindholm en état d'insouciance aurait réagi comme ça. Et puis, bien qu'il n'aime pas spécialement Phyllis, il la connaissait. Il y avait entre eux ce lien ancien des Cent Premiers, le souvenir de toutes les années passées à Underhill — l'idée de faire l'amour à une femme qu'il connaissait depuis si longtemps le stimulait. Et les Cent Premiers avaient tous été polygames, vraisemblablement, sauf Phyllis et lui. C'était le moment. Et elle était très séduisante. Et il la voulait vraiment.

Toutes ces rationalisations étaient bien faciles sur l'instant, mais elles disparurent complètement dès qu'ils furent lancés dans le flot sexuel. Cependant, quand ce fut fini, tout de suite après, Sax recommença à s'inquiéter. Est-ce qu'il devait rester ? Regagner sa chambre ? Phyllis s'était endormie, une main sur le flanc de Sax, comme si elle tenait à s'assurer qu'il n'allait pas partir. Elle ressemblait à une enfant, comme tous les êtres endormis. Il observa son corps longiligne, vaguement choqué par les traces de dimorphisme sexuel. Elle respirait si paisiblement. Ses doigts étaient encore crispés sur les côtes de Sax. Et il resta. Mais il ne dormit guère.

Sax se lança dans le travail sur le glacier et les secteurs alentour. Parfois, Phyllis faisait un tour sur le terrain, mais elle se montrait toujours discrète dans son comportement. Sax s'interrogeait : Claire (ou Jessica !) ou quiconque d'autre avait-il compris ce qui s'était passé — et continuait de se passer, tous les deux ou trois jours ? Nouvelle complication : comment Lindholm devait-il réagir devant cet apparent désir de secret de la part de Phyllis ? Mais ce n'était pas un réel problème : à terme, par esprit chevaleresque ou parce qu'il ne pouvait pas faire autrement, Lindholm aurait agi comme Sax. Ils dissimulaient donc cette liaison, tout comme au temps d'Underhill, ou à bord de l'*Arès*, ou même encore dans l'Antarctique, à l'époque de leur sélection. Les vieilles habitudes ont la vie dure.

Et le travail sur le glacier était un excellent paravent pour leur liaison. La glace et les terres en lisière s'avéraient fascinantes : il y avait tant à apprendre ici.

La surface du glacier se révélait extrêmement fragmentée, ainsi que l'avaient suggéré les études — la glace s'était mélangée avec le régolite pendant l'épanchement et avait été saturée de bulles carboniques. Les cailloux et les blocs erratiques, pris sous la surface, avaient provoqué la fonte de la glace sous leur face inférieure avant qu'elle ne se reforme en un cycle quotidien qui avait laissé les deux tiers des rochers immergés. Les séracs, qui s'érigeaient comme autant de menhirs titanesques, se révélèrent profondément ancrés dans le glacier. La glace était cassante sous le froid extrême, mais fondait lentement dans la gravité réduite de Mars. Pourtant le glacier n'en coulait pas moins comme un fleuve épais et lourd, coupé de sa source. Il se répandrait à terme dans Vastitas Borealis. Ils découvraient chaque jour des signes de ce mouvement permanent : de nouvelles crevasses, des séracs effondrés, des bergs craquelés. Ces surfaces fraîches se couvraient rapidement de fleurs de glace dont la cristallisation était accélérée par le sel.

Hypnotisé par cet environnement, Sax, chaque jour, sortait à l'aube, suivant la piste de fanions plantés par les équipes de la station. Dans cette première heure du jour, un rose vibrant envahissait la glace, reflétant les teintes du ciel. Puis, quand la lumière touchait directement la surface dentelée, la vapeur montait des fissures et des craquelures, des mares de glace de la nuit, et les fleurs de gel se mettaient à scintiller comme des milliers de bijoux extravagants. Certains matins, quand le vent était au calme, une couche d'inversion gardait la brume prisonnière à vingt mètres de hauteur, et formait un nuage orange et ténu. Il était évident que l'eau du glacier se dispersait assez vite à la surface de la planète.

Au cours de ses promenades dans l'air froid du petit matin, il repérait régulièrement diverses espèces d'algues et de lichens des neiges. Les deux flancs du glacier proches des arêtes rocheuses étaient particulièrement bien peuplés, marqués de flaques vertes, dorées, olive, noires, rouille... Sax en avait dénombré près de quarante variétés. Il patrouillait dans ces pseudo-moraines avec prudence : toutes ces pousses étaient aussi précieuses que celles des labos. Mais, quand il se penchait un peu plus près, il constatait qu'il y avait une différence : ces lichens-là, sur le glacier, étaient particulièrement résistants. Ils n'avaient besoin que de la roche et de l'eau, plus la lumière — même si cela n'apparaissait pas nécessaire au premier regard — et se développaient sous la glace, *dans* la glace, et même à l'intérieur de fragments de roc poreux. Dès qu'ils trouvaient un lieu aussi hospitalier qu'une fissure, ils devenaient luxuriants. Chaque fois que Sax se penchait sur une crevasse dans une moraine, il trouvait des pousses denses de lichen d'Islande, jaune et bronze, qui, à travers la glace, révélaient leurs tiges minuscules et fourchues bardées d'épines. Sur les roches plates, il trouvait des lichens en croûte : des lichens boutons, des lichens boucliers, des lichens en chandelle, des lichens vert pomme en plaque, et même le lichen orangé qui était le signe d'une forte concentration de nitrate de sodium dans le régolite. Sous les fleurs de glace, des pousses denses de lichen pâle, gris-vert, se révélèrent proches du lichen islandais, avec leur structure de fine dentelle. Le lichen vermiculaire était gris et, sous le microscope, montrait des andouillers usés aux formes extrêmement délicates. S'ils venaient à se briser, les cellules d'algues enfermées dans leurs cils fongiques poursuivraient simplement leur croissance et développeraient d'autres lichens qui se fixeraient sur tout ce qu'ils pourraient trouver à leur portée. La reproduction par fragmentation : très utile dans un pareil milieu.

Ainsi, les lichens prospéraient, de même que les espèces que Sax parvenait à identifier à l'aide des photos qu'il appelait sur son minuscule écran de poignet. Encore qu'il y en eût beaucoup qui ne correspondaient à aucune liste référencée. Ce qui éveilla sa curiosité au point de cueillir quelques échantillons pour les montrer à Claire et Jessica.

Mais les lichens, ça n'était qu'un début. Sur Terre, les régions de roche fragmentée exposée par la glace fondue ou par la surrection de jeunes montagnes étaient appelées « talus », ou champs de cailloutis. Sur Mars, elles avaient un équivalent : le régolite. Qui représentait l'essentiel de la surface. Un monde-talus. Sur Terre, les régions de ce type étaient d'abord colonisées par les microbactéries et le lichen, qui, sous l'effet des éléments chimiques, commençaient à casser la roche et à la transformer en une fine couche de terre immature qui comblait lentement les fissures. A terme, cette matrice était porteuse de suffisamment de matériaux organiques pour nourrir d'autres variétés de la flore. A ce stade, ces zones de changement étaient appelées des *fellfields*, du gaélique *fell* pour *pierre*. Un nom qui s'appliquait parfaitement ici.

Des fellfields sur Mars. Claire et Jessica suggérèrent à Sax de traverser le glacier afin de redescendre l'autre moraine latérale. Et c'est ainsi qu'un matin (sans Phyllis), il le fit. Après une demi-heure de marche, il fit halte sur un rocher qui lui arrivait au genou. En dessous, dans le fossé du glacier, il découvrit une surface humide qui brillait sous le soleil du matin. Il était évident que l'eau de fonte courait jour après jour — même dans le silence absolu de ce matin martien, il percevait le tintement léger des ruisseaux sous la cuirasse de glace, comme autant de minuscules clochettes de bois. Et là, dans ce bassin étroit baigné d'eau, il découvrit des points colorés. Partout. Comme luminescents : des fleurs. Un bouquet floral typique d'un fellfield, en fait, avec son effet de parterre qui envahissait la couche grise de lichen de bleus, de rouges, de jaunes, de roses et de blancs dans toutes leurs déclinaisons...

Ces fleurs poussaient sur des coussins moussus, des petits fleurons, quand elles n'étaient pas enfouies dans les feuilles duveteuses. Toutes ces plantes étaient rivées au sol sombre, qui devait être notablement plus chaud que l'air ambiant. A l'exception des tiges d'herbe, rien ne dépassait un centimètre. Sax sautillait sur la pointe des pieds d'un rocher à un autre. Il ne tenait pas à écraser la moindre plante. Il s'agenouilla dans le gravier pour examiner de plus près les jeunes pousses en augmentant le grossissement de ses plaques de visière au maximum. Les organismes les plus classiques d'un fellfield brillaient dans la lumière du matin : des lychnides de mousse, avec leurs anneaux de minuscules fleurs roses sur leur coussin vert sombre. Un tapis de phlox et, tout à côté, des tiges de pâturin de cinq centimètres, scintillantes comme des fils de verre, et qui avaient profité de la racine pivot des phlox pour ancrer leurs propres radicelles délicates... Une primevère des Alpes, magenta, avec son cœur jaune et ses feuilles sombres qui formaient autant de profondes gouttières drainant l'eau jusqu'à la fleur. La plupart des feuilles, remarqua Sax, étaient velues. Plus loin, il découvrit un myosotis à l'éclat intense, dont les pétales étaient si riches en anthocyanines thermiques qu'il en était presque violet — la couleur qui serait celle du ciel de Mars quand la pression aurait atteint 230 millibars, s'il se fiait aux calculs qu'il avait faits en approchant d'Arena. Une couleur qui n'avait pas encore de nom, bien qu'elle fût si extraordinaire. Bleu cyan, peut-être ?...

La matinée s'écoulait lentement, aussi lentement qu'il allait d'une plante à une autre, se servant de son bloc de poignet pour les identifier : sablines, sarrasin, lupins nains, trèfle nain et... saxifrage. Son prénom. Le « briseur de rocher ». Il n'en avait encore jamais rencontré dans des régions sauvages et il passa un moment à l'observer : la saxifrage arctique, *Saxifraga hirculus,* avec ses branches frêles aux longues feuilles qui s'achevaient par de petites fleurs bleues.

Tout comme pour les lichens, il rencontrait de nombreuses variétés qu'il ne pouvait identifier, différentes des autres espèces par tel ou tel trait, ou même encore indescriptibles, faites d'un mélange étrange de caractères issus de biosphères exotiques. Certaines ressemblaient à des mousses aquatiques, d'autres à des cactées inconnues. Des produits du génie génétique, sans doute, quoiqu'ils eussent dû quand même figurer dans sa liste. Des mutations, peut-être. Puis, à l'endroit où une large cassure avait permis l'accumulation d'une couche d'humus relativement épaisse que traversait un ruisseau ténu, il rencontra un bouquet de kobresia. Les *kobresia*, comme toutes les plantes apparentées aux roseaux, affectionnaient l'humidité, et leurs mottes extrêmement absorbantes transformaient rapidement la chimie du sol, ce qui jouait un rôle important dans la transition du fellfield à la prairie alpestre. Et maintenant, il remarquait avec un œil nouveau des dizaines de ruisselets peuplés de roseaux qui sinuaient entre les rochers. Il mit un genou sur une plaquette isolante, replaça sa visière en focale normale et observa les alentours. Soudain, il découvrait toute une série de petits fellfields dispersés sur la pente de la moraine comme des tapis persans lacérés par la glace.

De retour à la station, il s'enferma avec ses spécimens dans un labo et ne quitta son microscope que pour aller faire part de ses résultats à Berkina, Claire et Jessica.

— Ce sont pour la plupart des polyploïdes [1] ? demanda-t-il.

— Oui, fit Berkina.

Les espèces polyploïdes étaient fréquentes sur Terre, en altitude. Ce n'était guère surprenant de les trouver ici. Le phénomène était bizarre — ce doublement, ce triplement, ce quadruplement du nombre de chromosomes original dans une plante. Des plantes diploïdes, avec dix chromosomes, étaient suivies par d'autres avec vingt, trente, quarante chromosomes. Les hydrologistes se servaient de ce phénomène depuis des années pour créer des plantes fantaisie, car chez les polyploïdes, tout était normalement plus grand — les feuilles, les fleurs, les fruits, la dimension cellulaire — et, bien souvent, ils offraient des variétés plus nombreuses que leurs parents. Ce type d'adaptabilité leur permettait d'investir de nouveaux terrains, comme les glaciers, par exemple. Sur Terre, il existait dans l'Arctique des îles où quatre-vingts pour cent des plantes étaient polyploïdes. Sax supposait que c'était là une stratégie qui évitait les effets destructeurs des taux de mutation excessifs, ce qui expliquait pourquoi on constatait surtout la présence de polyploïdes dans des régions à haut rayonnement d'UV. Les UV pouvaient briser un grand nombre de gènes, mais si ces gènes avaient leur réplique dans d'autres ensembles chromosomiques, il était probable qu'aucune trace phénotypique des dommages n'apparaîtrait et que la reproduction n'en serait pas modifiée.

— Nous nous sommes aperçus que même lorsque nous ne commençons pas avec des polyploïdes, ce qui n'est pas courant, les espèces se modifient en quelques générations.

— Et vous avez réussi à identifier le mécanisme déclencheur ?

— Non.

Autre mystère. Sax revint à son microscope, vexé par cet accroc plutôt étonnant dans le tissu bizarre de la biologie.

— Je dois dire que je suis surpris de la façon dont tout se propage.

Claire eut un sourire heureux.

— Je craignais qu'en arrivant de la Terre vous trouviez tout ça plutôt désertique.

— Eh bien, non... (Il s'éclaircit la gorge.) Je crois que je ne

1. Se dit d'un organisme vivant qui comporte une ou plusieurs séries surnuméraires de chromosomes. (*N.d.T.*)

m'attendais vraiment à rien de particulier. A des algues ou des lichens. Mais ces fellfields ont l'air de se couvrir de tas d'espèces. Je me disais que ça prendrait plus de temps.

— Ce serait le cas sur Terre. Mais il ne faut pas perdre de vue que nous ne nous contentons pas de semer les graines et d'attendre. Chaque espèce a été modifiée pour augmenter sa rapidité de croissance et sa résistance.

— Et nous réensemençons à chaque printemps, ajouta Berkina. Et nous ajoutons de l'engrais avec des bactéries qui fixent l'azote.

— Je croyais que la mode était à la dénitrification.

— Ça concerne surtout les dépôts denses de nitrate de sodium. Pour que l'azote s'évapore dans l'atmosphère. Mais là où nous plantons, il nous faut plus d'azote dans le sol, et c'est pour cela que nous répandons des fixateurs.

— Ça me paraît quand même rapide. Et ça a dû commencer avant la mise sur orbite de la soletta.

Jessica intervint :

— Le fait est qu'il n'y a pas de compétition à ce stade. Les conditions sont rudes, mais ces plantes sont vraiment robustes, et elles ne rencontrent aucune compétition quand on les met en place ici. Rien qui puisse les ralentir.

— Une niche écologique vide, résuma Claire.

— Et les conditions, ici, sont plus favorables que dans de nombreuses autres régions de Mars, ajouta Berkina. Dans le Sud, on a l'hiver d'aphélie, et l'altitude élevée. Le bilan des stations montre l'effet dévastateur de l'hiver. Mais ici, l'hiver du périhélie est plus doux, et nous ne sommes qu'à mille mètres. Tout est favorable, en fait. C'est mieux que l'Antarctique. Surtout le taux de CO_2. Je me demande si ce ne serait pas pour beaucoup dans cette vitesse de croissance dont vous parlez. Tout se passe comme si les plantes étaient surnourries.

— Oui, fit Sax en acquiesçant.

Ainsi, les fellfields étaient des jardins. Et les plantes croissaient sous haute surveillance, non pas naturellement. Il aurait pourtant dû le savoir — c'était le cas général sur Mars — mais ces fellfields, si rocailleux, si chaotiques, lui étaient apparus comme sauvages, ce qui avait suffi à le tromper momentanément. Pourtant, même en sachant qu'il avait affaire à des jardins entretenus, il restait surpris de la vigueur des plantes.

— Et maintenant, la soletta déverse sa lumière sur toute la surface ! s'exclama Jessica. (Elle secoua la tête d'un air désapprobateur.) L'insolation naturelle est en moyenne de quarante-cinq pour cent sur Terre, et avec la soletta, on devrait atteindre cinquante-quatre.

— Parlez-moi un peu de la soletta, dit Sax.

Ils lui racontèrent tout en se relayant. Un groupe de transnationales, dirigé par Subarashii, avait construit un cercle de voiles-miroirs entre le soleil et Mars conçu pour capter et dévier la lumière solaire qui serait passée au large de la planète. Un miroir support annulaire, en rotation sur une orbite polaire, renvoyait la lumière à la soletta afin de compenser la pression lumineuse, et cette lumière était à son tour reflétée sur Mars. Tous ces dispositifs de miroirs étaient absolument gigantesques comparés aux premières voiles de transporteurs solaires que Sax avait utilisées et le taux de lumière qu'ils ajoutaient à la surface était important.

— Leur construction a dû coûter une fortune, murmura-t-il.

— On peut le dire. Toutes les transnats ont investi dans cette affaire. Incroyable !

— Et ce n'est pas fini, enchaîna Berkina. Ils veulent lancer une loupe en orbite à quelques centaines de kilomètres de la surface, pour refocaliser la lumière de la soletta. Comme ça, la température en surface devrait grimper de façon fantastique. Jusqu'à cinq mille degrés !

— Cinq mille degrés !

— Oui, je crois bien que c'est ce que j'ai entendu dire. Ils ont l'intention de faire fondre le sable et la couche de régolite inférieure, ce qui libérera tous les corps volatils.

— Mais la surface ?

— Ils veulent faire ça dans des régions reculées.

— En lignes, ajouta Claire. Cela donnera des tranchées ?

— Des canaux, dit Sax.

— Oui, exact.

Ce qui les fit tous rire.

— Des canaux dans des lits de verre, ajouta Sax, soudain troublé à la pensée de tous ces corps volatils dispersés dans l'air.

Le gaz carbonique dominerait certainement.

Mais il ne souhaitait pas marquer trop d'intérêt pour les grands projets de terraforming. Il laissa aller la conversation qui, inévitablement, revint à son travail.

— Eh bien, je pense que certains de ces fellfields deviendront rapidement des prairies alpestres.

— Mais il y en a déjà, dit Claire.

— Vraiment ?

— Bien sûr, elles sont encore très petites. Mais si vous descendez vers le rebord ouest sur trois kilomètres, vous les verrez. Des prairies alpestres et des krummholz également. Ça n'a pas été très difficile. Nous avons planté les arbres sans trop d'altérations génétiques, parce que la plupart des espèces de pins et d'épicéas avaient une large tolérance thermique dans leur habitat terrestre initial.

— Ça, c'est plutôt singulier.

— Un rappel des glaciations, je dirais. Mais à présent, ça nous est très utile.

— Intéressant.

Et il finit sa journée entre ses microscopes, sans rien découvrir, perdu dans ses réflexions. La vie, comme le disait Hiroko, est faite de tellement d'esprit. Quelle chose étrange et étonnante que cette vigueur des choses vivantes, cette tendance à proliférer. Ce qu'Hiroko appelait la pulsion verte, leur *viriditas*. Une lutte permanente pour se conformer au modèle. Cela l'intriguait totalement.

Quand l'aube se leva le lendemain, il se réveilla dans le lit de Phyllis. Elle était enroulée dans les draps à côté de lui. Après le dîner, le groupe tout entier s'était retrouvé dans la salle d'observation. C'était devenu une habitude. Il avait continué à bavarder avec Claire, Jessica et Berkina, et Jessica s'était montrée très amicale avec lui, comme d'habitude. Phyllis avait remarqué cela. Et elle l'avait suivi jusqu'aux toilettes, près de l'ascenseur. Elle l'avait embrassé sans prévenir, comme toujours, et ils avaient fini par descendre à l'étage des dortoirs, puis dans sa chambre. Sax avait été gêné de quitter ses amis comme ça, sans prévenir, mais il ne lui en avait pas moins fait l'amour avec passion.

Mais à présent, tandis qu'il l'observait endormie, il se souvenait de leur fuite précipitée avec dégoût. Sax n'avait jamais été poursuivi par les femmes auparavant, mais il n'avait aucune vanité à tirer de ce nouvel état de fait : il était clair qu'il devait cela à la chirurgie esthétique de Vlad qui, avec un peu de chance, avait su lui donner un visage qui plaisait aux femmes. C'était une question de quelques millimètres de chair, d'os et de cartilages, qui se positionnaient de façon plus ou moins séduisante. Vlad avait travaillé sur son visage, et maintenant les femmes désiraient attirer son attention, même s'il était toujours la même personne. Une personne pour qui jamais Phyllis n'avait manifesté le moindre intérêt. Difficile de ne pas avoir des pensées cyniques à ce propos...

Il quitta le lit et enfila l'une des combinaisons légères récemment conçues, bien plus confortables que les vieux walkers des premières années.

Et il retourna vers le glacier.

Dans le froid du matin, il remonta le fleuve de glace balisé avant d'obliquer sur la pente ouest. Il passa les fellfields fleuris tapissés de givre qui commençait à fondre dans la lumière, et atteignit un point où le glacier, tout à coup, passait un petit escarpement qui ressemblait à une sorte de cascade de glace. Elle s'orientait sur la gauche en suivant les arêtes rocheuses qui la bordaient. Et soudain, un craquement intense résonna, suivi par une vibration dans les basses fréquences qui secoua Sax jusqu'au creux du ventre. La glace venait de bouger. Il s'arrêta net et écouta. Il perçut le tintement lointain d'un torrent sous la glace. Il se remit en marche. Il se sentait plus heureux et plus léger à chaque pas. La clarté était limpide et la vapeur montait du glacier comme une fumée blanche.

Et c'est alors que, à l'abri de plusieurs blocs énormes, il se retrouva dans un fellfield en amphithéâtre, empli de fleurs qui faisaient songer à autant de touches de peinture multicolores. Tout au fond, il y avait une petite prairie orientée au sud, d'un vert intense. Des ruisseaux givrés s'entrecroisaient sur la mousse et les roseaux. Et, à la lisière de l'amphithéâtre, à l'abri de crevasses et de rochers en surplomb, des arbres nains avaient poussé.

Un krummholz qui, dans l'échelle de l'évolution des paysages de montagne, suivait immédiatement les prairies alpestres. Ces arbustes appartenaient à des espèces courantes. Il y avait là surtout des épicéas blancs, *Picea glauca*, qui, dans ces rudes conditions climatiques, se miniaturisaient d'eux-mêmes pour épouser les volumes où ils poussaient. A moins qu'on ne les ait plantés là, ce qui était probable. Il aperçut également des *Pinus contorta*, au milieu des épicéas plus nombreux. C'étaient les conifères les plus résistants au froid sur Terre et, apparemment, les gens de Biotique avaient greffé des espèces halophytes, comme les tamarins. Toute la gamme du génie génétique avait été déployée pour aider à leur croissance, pourtant les conditions extrêmes de Mars la freinaient. Ces arbres, capables d'atteindre trente mètres de haut, étaient recroquevillés dans leurs niches, bousculés par les tempêtes et les bourrasques de neige qui attaquaient leurs branches comme des sécateurs. D'où le nom allemand de *krummholz* : « bois tordu », ou, mieux, « bois des elfes » — la zone où les arbres parviennent à exister sur les fellfields ou les prairies. La limite de végétation.

Lentement, Sax explora l'amphithéâtre, sautant de rocher en rocher, inspectant les plaques de mousse, les roseaux, l'herbe et chacun des arbres tour à tour. Les plus petits étaient tellement convulsés qu'ils semblaient entretenus par un jardinier de bonsaï devenu fou.

Régulièrement, il murmurait :

— Comme c'est beau ! Comme c'est beau !

Il effleurait les branches, l'écorce laminée.

— Comme c'est beau ! Il suffirait de quelques taupes, de marmottes, de renards, de campagnols, de visons.

Mais le gaz carbonique de l'atmosphère représentait encore trente pour cent de l'air et sa pression devait être d'au moins 50 millibars. Dans une telle atmosphère, les mammifères étaient condamnés à périr. C'était pour cette raison qu'il s'était toujours opposé au modèle de terraforming à deux temps, qui nécessitait un apport massif de CO_2 avant toute chose. Comme si le réchauffement de cette planète était le seul et unique objectif ! Mais ça n'était pas le véritable objectif. Le véritable objectif, c'était d'amener des animaux à survivre en surface. Non seulement ce serait un bien en lui-même, mais aussi pour les plantes, qui étaient nombreuses à dépendre des animaux. La plupart de ces plantes de fellfield se propageaient d'elles-mêmes, bien sûr, et Biotique avait libéré certains insectes génétiquement modifiés qui accomplissaient avec entêtement leur travail de pollinisation. Mais il y avait d'autres fonctions symbiotes qui exigeaient l'existence d'animaux : l'aération du sol par les taupes et les campagnols, la dispersion des graines par les oiseaux. Sans eux, les plantes ne pourraient poursuivre leur croissance, et certaines périraient. Non, ils devaient réduire le taux de CO_2 dans l'air, probablement jusqu'à 10 millibars, ce qui était la pression sur Mars quand ils avaient débarqué. C'était pour cela qu'il était tellement troublé par le plan que ses collègues avaient évoqué : fondre le régolite avec des loupes en orbite. Car cela ne ferait qu'augmenter le problème.

Mais, pour un temps, il bénéficiait de cette beauté inattendue. Il passa des heures à admirer tous ces spécimens, les troncs en spirales, les branches tourmentées, l'écorce et les tapis d'aiguilles. C'était comme une sculpture flamboyante. Et il était à genoux, le nez plongé dans les roseaux, le derrière vers le ciel, lorsque Phyllis, Claire et tout un groupe débouchèrent soudain dans la prairie et éclatèrent de rire en le voyant. Ils foulaient aux pieds l'herbe vivante.

Phyllis resta en sa compagnie cet après-midi-là, comme elle l'avait fait déjà une ou deux fois, et ils revinrent ensemble à la station. Sax essayait de jouer le rôle du guide indigène, lui désignant les plantes qu'il avait étudiées la semaine précédente. Mais Phyllis ne posait pas de questions, et elle ne paraissait même pas l'écouter. Elle semblait n'être là que pour faire de lui son public, le témoin de son existence. Il laissa donc tomber les plantes et se mit à poser des questions. Il l'écouta avec attention. Après tout, il avait là une excellente occasion d'en apprendre plus sur les structures martiennes actuelles. Même si elle exagérait son rôle.

— J'ai été stupéfaite de voir avec quelle rapidité Subarashii a construit le nouvel ascenseur et l'a installé, lui dit-elle.

— Subarashii ?

— Oui. Ils étaient le principal entrepreneur dans ce projet.

— Mais qui a passé le contrat ? L'AMONU ?

— Oh ! non. L'AMONU a été remplacée par l'Autorité transitoire de l'ONU.

— Donc, quand tu étais présidente de l'Autorité transitoire, tu étais effectivement présidente de Mars.

— Je dirais que le pouvoir présidentiel tourne entre les membres, en fait ça ne confère pas un pouvoir très supérieur à celui des autres membres. Ça n'existe que pour les médias et les meetings publics. De l'embrouille.

— Pourtant...

— Oh, oui, je sais... (Elle se mit à rire.) C'est un poste que pas mal de mes vieux collègues auraient voulu avoir mais qu'ils n'ont jamais réussi à décrocher. Chalmers, Bogdanov, Boone, Toitovna — je me demande ce qu'ils auraient pensé s'ils avaient vu ça. Mais ils ont choisi le mauvais cheval.

Sax détourna le regard.

— Alors pourquoi est-ce Subarashii qui a construit le nouvel ascenseur ?

— Parce que le comité directeur de l'AT l'a voté comme ça. Praxis avait fait une offre, mais personne n'aime Praxis.

— Et maintenant que l'ascenseur fonctionne à nouveau, tu crois que les choses vont encore changer ?

— Oh, mais oui ! Certainement ! Des tas de choses étaient en panne depuis les troubles. L'émigration, la construction, le terraforming, le commerce — tout a été ralenti. On a même eu du mal à reconstruire certaines des cités qui avaient été partiellement touchées. On a appliqué des lois militaires, ce qui était nécessaire, vu ce qui était arrivé.

— Bien sûr.

— Mais aujourd'hui, tous les métaux qui se sont entassés depuis quarante ans vont faire irruption sur le marché terrien, et l'économie mondiale en sera incroyablement stimulée ! Nous allons recommencer les échanges avec la Terre, les investissements vont reprendre, et l'émigration aussi. On est enfin prêt à faire redémarrer les choses.

— Comme la soletta ?

— Exactement ! C'est l'exemple parfait. Il existe toutes sortes de plans d'investissements sur cette planète.

— Oui. Des canaux à parois en verre, dit Sax. Ça banaliserait les moholes.

Phyllis reprit son discours sur les perspectives éclatantes de l'économie terrienne.

Sax s'étonna :

— Mais je pensais que la Terre avait des problèmes graves.

— Oh... La Terre a toujours eu des problèmes graves. Il faut qu'on s'habitue à cette idée. Non, je suis très optimiste. Je pense que la récession les a tous durement touchés, des grands tigres de l'économie jusqu'aux pays moins développés. Mais l'afflux de métaux industriels va stimuler l'économie pour tous, y compris pour les sociétés qui contrôlent l'environnement. Et, malheureusement, il semble bien que le dépérissement résoudra leurs autres problèmes.

Sax se concentra sur la moraine qu'ils escaladaient. Ici, le flux de solidification avait provoqué le glissement du régolite en une série de creux et de bosses. Même s'il semblait gris et inerte, un dessin ténu, pareil à une mosaïque, révélait qu'il était en fait recouvert de flocules de lichen bleuâtre. Dans les creux, Sax remarqua des touffes semblables à de la cendre et se courba pour recueillir un échantillon.

— Regarde, dit-il à Phyllis. De la trinitaire des neiges.

— On dirait de la poussière.

— C'est à cause des champignons parasites qui poussent à sa surface. En fait, elle est verte. Tu vois ces petites feuilles ? Ce sont de nouvelles pousses encore intactes.

Il régla sa visière : les jeunes pousses ressemblaient à des herbes de verre.

Mais cela ne semblait guère passionner Phyllis.

— Qui a créé cette espèce ? demanda-t-elle avec un accent de mépris marqué.

— Je l'ignore. Personne, peut-être. Il y a pas mal d'espèces dans ces nouveaux biotopes qui ne viennent pas du génie génétique.

— L'évolution peut travailler aussi vite ?

— Eh bien... Tu connais l'évolution polyploïde ?

— Non.

Phyllis poursuivait son chemin. Elle avait déjà oublié le petit spécimen grisâtre. La trinitaire des neiges. Elle avait sans doute été très légèrement modifiée. Ou alors, personne n'y avait touché. Des spécimens de test, implantés ici pour voir comment ils se comportaient. Et donc très intéressants. Pour lui, Sax.

Mais Phyllis avait perdu tout intérêt pour ses découvertes. Elle avait été autrefois une biologiste de premier rang, et Sax avait quelque difficulté à imaginer qu'elle ait pu devenir ainsi. Mais ils vieillissaient tous. Durant le cours de leurs existences anormales, il était probable que des changements devaient les affecter, tous. Profondément, sans doute. Sax n'aimait pas cette idée, mais elle s'imposait à lui. Comme tous les autres centenaires, il avait de plus en plus de peine à retrouver des détails spécifiques de son passé, et surtout des années intermédiaires, quand il avait entre trente-cinq et quatre-vingt-dix ans. Les années qui avaient précédé 61 et celles qu'il avait vécues sur Terre devenaient confuses. Et sans souvenirs clairs, on ne pouvait que changer.

De retour à la station, il retrouva son labo, l'esprit troublé. Il se dit qu'eux-mêmes, peut-être, étaient devenus polyploïdes, non pas en tant qu'individus mais culturellement — une redisposition génétique internationale qui avait eu pour résultat de quadrupler les torons et leur avait apporté la capacité de survivre sur ce terrain étranger, malgré toutes les mutations dues au stress...

Mais non. Ça, c'était de l'analogie et non pas de l'homologie. En sciences humaines, on aurait parlé de similitude héroïque, pour autant qu'il comprît vraiment cette expression, ou de métaphore, ou de toute autre analogie de genre littéraire. Et les analogies étaient pour la plupart dépourvues de sens — il était plus souvent question de phénotype que de génotype (pour employer une autre analogie). Pour lui, une large part de la poésie, de la littérature, et en fait toutes les sciences humaines, y compris les sciences sociales, étaient phénotypiques.

Non, mieux valait se concentrer sur les homologies, ces similarités structurelles qui indiquaient des relations physiques réelles, qui expliquaient *vraiment* quelque chose. Ce qui renvoyait à la science pure. Mais après ces moments passés avec Phyllis, c'était exactement ce dont il avait besoin.

Il plongea sur ses microscopes. La plupart des organismes qu'il avait trouvés dans les fellfields avaient des feuilles velues et très épaisses. Ce qui participait à la protection des plantes contre le rayonnement UV particulièrement dur sur Mars. Si l'on examinait plusieurs variétés de diverses espèces, ces adaptations pouvaient constituer des exemples homologiques dans lesquels les espèces de souches ancestrales communes conservaient les mêmes traits de famille. Ou alors, elles constituaient autant d'exemples de convergence : des espèces provenant de phyla[1] séparés avaient convergé vers les mêmes formes par le biais de la nécessité fonctionnelle. Et aujourd'hui, elles pouvaient être le simple résultat du génie génétique : on ajoutait les mêmes traits à différentes plantes afin de leur procurer les mêmes avantages. Encore fallait-il sélectionner ceux qui étaient nécessaires, ce qui impliquait une identification de la plante et un retour aux fichiers afin de savoir si elle avait été créée par une équipe de terraforming. Il y avait un labo de Biotique à Elysium, dirigé par Harry Whitebook, qui avait créé la plupart des plantes qui avaient réussi à se développer en surface, plus spécialement les roseaux et les herbes, aussi retrouvait-on souvent sa marque dans le catalogue Whitebook. Dans ces cas précis, les similarités relevaient souvent d'une convergence artificielle. Whitebook insérait des traits génétiques, comme les feuilles velues, par exemple, dans chacune des plantes qu'il élevait.

Un cas intéressant d'histoire imitant l'évolution. Et il était certain que, puisqu'on voulait créer une biosphère sur Mars en un temps relativement court, cent sept fois plus bref que sur Terre, on devrait intervenir continuellement dans l'évolution. Par conséquent, la biosphère martienne ne représenterait pas un cas de phylogénie[2] récapitulant l'ontogénie[3], une notion largement discréditée, mais plutôt d'histoire récapitulant l'évolution. Ou mieux : l'imitant, jusqu'à la limite du possible en tenant compte de l'environnement

1. Souches d'origine. (*N.d.T.*)

2. Etude de la formation des espèces et de leur évolution en vue d'établir leur parenté. (*N.d.T.*)

3. Développement de l'individu depuis l'œuf fécondé jusqu'à l'âge adulte. (*N.d.T.*)

martien. Ou la dirigeant. Oui : l'histoire *dirigeant* l'évolution. Un concept audacieux.

Whitebook conduisait sa mission avec perspicacité. Il avait même conçu des roches de fond qui portaient des lichens phréatophytes et qui transformaient les sels qu'ils incorporaient en une sorte de structure corallienne millépore [1]. Les plantes qu'il obtenait étaient des blocs semi-cristallins vert olive ou sombre. Lorsqu'on se promenait dans ces jardins lilliputiens, on avait l'impression que les plantes y avaient été abandonnées, écrasées, puis à demi couvertes de sable. Les blocs individuels des plantes étaient fracturés ou fissurés selon un schéma régulier de craquèlement, si friables qu'ils en semblaient atteints d'une maladie. Une maladie capable de pétrifier les plantes en pleine croissance, pour les obliger à ne survivre qu'entre des fragments de jade et de malachite. Très étrange d'aspect mais particulièrement efficace. Sax trouva un certain nombre de ces récifs de lichens sur l'arête latérale de la moraine ouest, et davantage encore dans les régions plus arides de régolite.

Il passa plusieurs matinées à les étudier, et une fois, au sommet du glacier, il fut surpris de découvrir en se retournant un tourbillon sur la glace, une petite tornade de rouille étincelante qui descendait vers le bas. Immédiatement, il fut pris dans un vent violent, avec des bourrasques qui devaient atteindre les cent kilomètres-heure. Il finit accroupi sous un rocher, la main levée pour estimer la vitesse du vent. Difficile de le faire avec précision, car la densité nouvelle de l'atmosphère avait accru la force des vents, qui semblaient toujours plus violents qu'ils ne l'étaient réellement. Toutes les estimations fondées sur l'expérience de la vie d'Underhill étaient maintenant sans valeur. Les bourrasques qui passaient autour de lui pouvaient très bien ne pas excéder quatre-vingts kilomètres par heure. Mais elles portaient des rafales de sable qui crépitaient sur sa visière et réduisaient la visibilité à une centaine de mètres au plus. Il attendit une heure que la tempête s'apaise avant de retourner à la station. Il dut traverser prudemment le glacier, en allant d'un fanion à un autre pour ne pas perdre sa piste : ce qui était important s'il ne voulait pas se retrouver dans une zone de crevasses.

Quand il quitta enfin le champ de glace, il se précipita vers la station, tout en réfléchissant à cette petite tornade qui avait annoncé le vent. Le temps était bizarre. A peine arrivé, il appela le canal météo et explora toutes les infos sur le temps qu'il avait fait dans la journée avant d'appeler une image satellite de leur secteur. Une cellule cyclonique descendait vers eux depuis Tharsis. L'air acquérait de la densité et les vents s'étaient renforcés considérablement. La bosse serait toujours un point d'ancrage de la climatologie martienne. Le

1. Organisme marin formant des colonies de polypes construisant un squelette calcaire massif. (*N.d.T.*)

jet-stream de l'hémisphère Nord ne cesserait jamais de tourner à partir de l'extrémité nord de Tharsis, comme celui de la Terre tournait à partir des montagnes Rocheuses. Puis, les masses d'air déshydratées soufflaient sur le versant oriental, devenaient mistral, sirocco ou fœhn : des vents rapides et forts qui ne tarderaient pas à présenter un vrai problème avec l'augmentation de densité de l'atmosphère. Certaines cités sous tentes, en surface, étaient déjà menacées et devraient se déplacer vers les canyons et les cratères, ou alors au moins renforcer leurs bâchages.

Sax se retrouva tellement troublé et excité par les perspectives d'évolution du temps qu'il se dit qu'il ferait tout aussi bien de laisser tomber ses études botaniques pour se consacrer entièrement à la climatologie. Autrefois, c'est ce qu'il aurait fait, il se serait investi jusqu'à ce que sa curiosité soit satisfaite, tout en réussissant à apporter sa contribution à chaque problème nouveau qui se serait présenté.

Mais cette approche avait manqué de discipline, il le comprenait maintenant : ça ne l'avait amené qu'à une méthode de dispersion, et même à un certain dilettantisme.

A présent, en tant que Stephen Lindholm, au service de Claire et de Biotique, il devait renoncer à la climatologie et jeter un dernier regard de regret aux clichés des satellites, à leurs nouveaux tourbillons nuageux, et se contenter d'apprendre aux autres l'approche de ce cyclone et de bavarder à propos du temps comme ils le faisaient au labo ou après le dîner — et il allait reprendre son travail dans le petit écosystème et ses plantations afin d'aider à l'effort commun. Et comme il commençait à découvrir les particularités d'Arena, les restrictions que lui imposait sa nouvelle identité n'étaient pas une mauvaise chose. Elles impliquaient qu'il s'oblige à se concentrer sur une unique discipline d'une façon qu'il n'avait plus connue depuis ses recherches post-doctorales. Et ce qu'il avait à gagner par cette concentration devenait de plus en plus évident pour lui. Il pourrait peut-être devenir un meilleur chercheur.

Le lendemain, les vents étaient simplement vifs, et il repartit vers le petit carré de lichen corallien qu'il étudiait quand la tempête de sable s'était levée. Toutes les fissures étaient à présent ensablées, ce qui devait être le cas la plupart du temps. Il en attaqua une à la brosse et regarda à l'intérieur en multipliant par vingt le grossissement de sa visière. Les parois de la fissure étaient revêtues de cils très fins, plus ou moins comparables au duvet des feuilles de la quintefeuille alpine. A l'évidence, ces surfaces déjà bien abritées n'avaient pas besoin de protection supplémentaire. Peut-être étaient-elles chargées de libérer l'excédent d'oxygène des tissus semi-cristallins de la masse extérieure... Un phénomène spontané ou planifié ?... Il lut les descriptions sur son bloc de poignet et ajouta quelques relevés personnels à partir du spécimen qu'il observait, car les cils ne semblaient pas être décrits. Puis il sortit un mini-appareil de sa poche, prit un cliché, préleva un échantillon de cils, rangea le tout et reprit sa progression.

Des fragments de glace craquaient sous ses pas. De petites fontaines naturelles devenaient des torrents dans les saignées profondes pour disparaître tout à coup dans des trous bleus. Les arêtes de la moraine scintillaient comme des côtes d'or dans la chaleur qui montait. Et cette vision lui rappela le plan de la soletta. Il sifflota entre ses lèvres.

Il s'étira longuement en se redressant. Il se sentait vivant et curieux, heureux, dans son élément. Le scientifique au travail. Il apprenait à aimer « l'histoire naturelle », telle qu'elle avait été abordée par les Grecs anciens, les savants de la Renaissance et plus encore ceux du dix-huitième siècle : l'observation minutieuse des choses de la nature, leur description, leur classement, leur taxinomie — cette tentative fondamentale pour expliquer ou, du moins dans son premier stade, pour décrire. Les historiens de la nature avaient toujours exprimé un tel bonheur dans leurs écrits. Linné et son latin sauvage, Lyell avec ses rocailles, Wallace, Darwin, et le grand bond qu'ils avaient fait de la catégorie à la théorie, de l'observation au paradigme. C'était cela que Sax percevait, ici, sur le glacier d'Arena, en l'an 2101, au milieu de toutes ces espèces nouvelles, ce processus de croissance et de spéciation à demi humain, à demi martien — un processus qui nécessiterait bientôt ses propres théories, une sorte d'évo-histoire, d'historico-évolution, ou de la simple aréologie. Ou bien encore la *viriditas* d'Hiroko. Les théories sur le projet de terraforming — non seulement telles qu'elles se définissaient dans leurs buts mais dans la façon dont elles s'appliquaient. De l'histoire naturelle, en vérité. Une faible partie de ce qui se passait sur le terrain pouvait être étudiée en labo, et ainsi l'histoire naturelle devait reprendre la place qui était la sienne parmi les autres sciences, en toute égalité. Ici, sur Mars, de nombreuses hiérarchies étaient destinées à s'effondrer. Il ne s'agissait pas d'une analogie absurde, mais tout simplement d'une observation précise de ce que chacun pouvait voir.

Ce que chacun pouvait voir. Est-ce qu'il l'aurait compris, avant de se retrouver là ? Est-ce qu'Ann le comprendrait ? Courbé vers la surface craquelée du glacier, il se surprit à penser à elle. Chaque berg, chaque crevasse lui apparaissait comme s'il avait laissé sa visière sur agrandissement 20, mais avec une profondeur de champ infinie — il décelait toutes les tonalités d'ivoire et de rose des surfaces bosselées, les reflets des miroirs d'eau gelée, les promontoires qui se succédaient et semblaient s'empiler sur l'horizon, avec une précision chirurgicale. Et il prit conscience que cet effet optique n'était pas accidentel (comme s'il avait eu les larmes aux yeux, par exemple), mais qu'il résultait d'une compréhension conceptuelle du paysage qui montait en lui. Une sorte de vision cognitive, et il ne put s'empêcher de se rappeler ce que disait Ann avec colère : *Mars est un endroit que tu n'as jamais vu.*

Il avait pris cela pour une figure de style. Mais maintenant il se rappelait Kuhn affirmant que les savants qui utilisaient des paradigmes différents existaient dans des mondes littéralement différents, parce que l'épistémologie était une composante à part entière de la réalité. Les aristotéliciens ne pouvaient tout simplement pas voir le pendule de Galilée, qui pour eux n'était qu'un corps tombant avec une certaine difficulté ; et, en général, les savants qui discutaient les mérites comparés de paradigmes concurrents se parlaient sans se comprendre, utilisant les mêmes mots pour désigner des réalités différentes.

Il avait considéré cela aussi comme une figure de style. Mais en y repensant maintenant, en absorbant la clarté hallucinatoire de la glace, il dut admettre qu'il y trouvait décrit ce qu'il avait toujours senti dans ses conversations avec Ann. Ils en avaient été frustrés tous deux. Et quand elle lui avait lancé au visage qu'il n'avait jamais vu Mars, ce qui était faux à plusieurs niveaux, elle avait peut-être simplement voulu dire qu'il n'avait pas vu sa planète Mars *à elle*, celle qu'elle créait par son paradigme. Ce qui était incontestablement la vérité.

Maintenant, il voyait un monde qu'il n'avait encore jamais vu. Mais la transformation s'était produite en quelques semaines passées à observer ces parties du paysage martien qu'Ann méprisait, celles où poussaient de nouvelles formes de vie. Aussi doutait-il que cette planète, avec ses algues des neiges, ses lichens des glaces et ses petits carrés de tapis persans frangeant le glacier, fût celle d'Ann. Non plus que celle de ses collègues du terraforming, qu'ils soient anciens ou nouveaux. C'était une fonction de ce qu'il croyait, lui, et de ce qu'il voulait — sa planète Mars *à lui*, déployée là devant ses yeux, en route vers quelque chose de nouveau. Et, comme un coup au cœur, il souhaita brusquement pouvoir saisir Ann en cette seconde-là, et l'entraîner jusqu'à la moraine occidentale d'Arena pour lui dire : « Tu vois ? Tu vois ? *Est-ce que tu vois ?* »

Mais il n'avait que Phyllis à qui se confier, sans doute la personne la moins philosophique qu'il connût. Il l'évitait aussi discrètement que possible quand il était de retour à la station, et passait ses journées sur la glace, sous le vaste ciel du Nord, dans le vent, les moraines, rampant entre les plantes. Quand il revenait le soir, il dînait en compagnie de Claire, Berkina et les autres, et ils bavardaient à propos de ce qu'ils avaient découvert et de ce qu'ils pouvaient en tirer. Plus tard, ils se retrouvaient dans la salle d'observation où certains soirs ils dansaient, plus particulièrement les vendredis et les samedis. La musique était en général de la nuevo calypso. Les guitares et les drums suivaient des mélodies rapides sur des rythmes complexes que Sax avait bien du mal à analyser.

Un soir, quand il revint à leur table, Jessica lui dit :

— Tu es vraiment un excellent danseur, Stephen.

Il éclata de rire, mais il en fut flatté, bien qu'il sût que Jessica était totalement incompétente pour juger de son talent, et qu'elle avait dit cela pour lui plaire.

Il dansait avec Phyllis autant qu'avec les autres, mais ils ne s'étreignaient et ne faisaient l'amour que dans le secret de leurs chambres. C'était le parfait modèle de la liaison cachée et, un matin, vers quatre heures, alors qu'il regagnait sa chambre, il ressentit un élancement de peur. Il lui apparaissait soudain que sa complicité tacite pouvait le désigner à Phyllis comme un des Cent Premiers. Qui d'autre aurait pu vivre une aventure aussi bizarre sans difficulté, comme la chose la plus naturelle du monde ?

Mais, à bien y réfléchir, Phyllis ne semblait pas se préoccuper de ce genre de nuance. Il avait presque renoncé à tenter de comprendre ses pensées, ses motivations, face à tant de données contradictoires et en dépit du fait qu'ils continuaient de passer la nuit ensemble régulièrement, mais moins souvent qu'au début. Elle semblait s'intéresser surtout aux manœuvres des transnationales à Sheffield aussi bien que sur Terre — les mouvements de personnel et les changements hiérarchiques, les variations des cours, qui étaient à l'évidence éphémères et dépourvus de sens, mais apparemment passionnants pour elle. Afin de jouer son rôle de Stephen, il devait montrer de l'intérêt pour tout ça. Et quand elle abordait le sujet, il la bombardait de questions. Mais quand il l'interrogeait sur le sens plus large et stratégique de ces variations quotidiennes, elle semblait se refuser à lui donner des réponses correctes. Ou alors, se dit-il, elle les ignorait. Apparemment, son intérêt s'expliquait par ses investissements personnels ou ceux des gens qu'elle connaissait. Un ex-cadre de Consolidated, passé maintenant chez Subarashii, avait été nommé à la tête des opérations du nouvel ascenseur. Un cadre de Praxis avait disparu dans le paysage. Armscor s'apprêtait à faire exploser des dizaines de bombes à hydrogène sous le mégarégolite de la calotte polaire nord, afin de réchauffer l'océan et de stimuler la croissance des diverses formes de vie. Cette dernière information n'était pas plus intéressante pour elle que les deux premières. Comme un historien de la nature, concerné par la description plutôt que par la théorie. Ce qui était sans doute tout aussi bien, car Sax était d'autant plus libre de tirer ses propres conclusions.

Et il était peut-être utile de se pencher sur les carrières des individus qui géraient les transnats, et les jeux de micropolitique auxquels ils se livraient pour le pouvoir. Après tout, ils dirigeaient le monde. Quand ils étaient au lit, Sax écoutait donc Phyllis attentivement, faisait les commentaires que Stephen aurait faits, essayait de s'y retrouver dans tous les noms, se demandait si le fondateur de Praxis était vraiment un surfer sénile, si Shellalco serait rachetée par Amexx, pourquoi les équipes de cadres des transnats se combattaient avec une telle violence alors qu'elles dominaient déjà le monde, et que chacun possédait tout ce qu'un être humain pouvait convoiter dans sa vie personnelle. C'était peut-être dans la sociobiologie que résidait la réponse, avec ses lois de dynamique de dominance. Il s'agissait avant tout d'augmenter le taux de réussite de chacun dans le domaine de la société — ce qui n'était pas une simple analogie, dès lors que l'on considérait une société comme une famille. Et puis, dans un monde où l'on était censé pouvoir vivre indéfiniment, ça pouvait être une simple autoprotection. « La survie du mieux adapté. » Une tautologie que Sax avait toujours considérée comme inutile. Mais si les socio-darwinistes prenaient les commandes, le concept gagnerait en importance, il deviendrait le dogme religieux de l'ordre au pouvoir...

Puis Phyllis l'embrassait, se coulait entre ses bras. Mais leur aventure avait perdu l'attrait de la nouveauté. Sax avait le sentiment de s'éloigner de plus en plus d'elle chaque fois qu'ils faisaient l'amour. Il devenait Stephen Lindholm, qui imaginait qu'il caressait des femmes que Sax ne connaissait pas ou dont il avait vaguement entendu parler, comme Ingrid Bergman ou Marilyn Monroe.

Un matin à l'aube, après une nuit de ce genre, Sax se leva comme d'habitude pour aller retrouver son glacier. Et Phyllis, qui venait de se réveiller, décida de l'accompagner.

Ils enfilèrent leurs combinaisons et s'aventurèrent dans l'aurore violacée. Dans un silence absolu, ils s'approchèrent du glacier et escaladèrent les marches taillées dans la glace. Sax prit la piste de fanions la plus au sud : il avait l'intention de remonter la moraine ouest aussi loin en amont que possible durant la matinée.

Ils progressaient entre des crénelures glaciaires qui leur arrivaient aux genoux, criblées de trous comme du gruyère, tachetées de rose par les algues. Phyllis, comme d'habitude, tombait sous le charme de cet enchevêtrement fantastique et faisait un commentaire différent chaque fois qu'ils passaient devant un sérac, le comparant à une girafe, à la tour Eiffel, aux contours de l'Europe, etc. Sax s'arrêtait fréquemment pour examiner de plus près des blocs de glace aux tons de jade qui avaient été infiltrés par une bactérie. A certains endroits, cette glace, exposée au soleil, présentait des flaques rosies par une variété d'algue des neiges. L'effet était étrange et évoquait un champ de glace à la pistache.

Ils avançaient donc lentement, et ils se trouvaient encore sur le glacier quand de petits tourbillons de vent se manifestèrent, comme sous l'effet d'un tour de magie. Des colonnes de poussière brunes, scintillantes de particules de givre, qui dévalaient le glacier droit sur eux en suivant une ligne plus ou moins régulière. Puis soudain, elles parurent fluctuer et s'effondrer. Une violente bourrasque les emporta dans un sifflement et ils durent s'accroupir pour ne pas perdre l'équilibre.

— Ça, c'est un coup de vent ! cria Phyllis dans son oreille.

— Une bourrasque katabatique[1], commenta Sax en observant la disparition de plusieurs séracs qui se perdaient dans la poussière. Ça vient du Grand Escarpement. (La visibilité chutait rapidement.) On ferait bien de retourner à la station.

Ils rebroussèrent chemin entre les fanions, collant à leur piste, d'un point émeraude à l'autre. La visibilité diminuait très vite, et bientôt, ils ne purent distinguer leurs points de repère.

— Hé, proposa Phyllis, si on se mettait à l'abri sous un de ces icebergs ?...

Elle se dirigeait déjà vers la forme vague d'un éperon glaciaire, et Sax courut derrière elle en lançant :

— Attention ! Il y a pas mal de séracs qui sont crevassés à leur base.

A la seconde où il tendait la main pour saisir la sienne, elle disparut, comme si elle venait de tomber dans un piège. Il parvint pourtant à attraper son poignet, et il la suivit, atterrissant douloureusement à genoux dans la glace. Phyllis, elle, poursuivait sa descente vers le fond de la crevasse. Il aurait pu libérer sa main mais, instinctivement, il se cramponna et fut entraîné à sa suite. Ils dévalaient le toboggan de neige tassée vers le fond de la crevasse et, sous leur poids, la neige cédait, et leur descente se poursuivait. Jusqu'à ce qu'ils tombent sur une couche de sable gelé après quelques secondes terrifiantes de chute libre.

Sax, qui avait été amorti par Phyllis, se redressa indemne. Son intercom lui transmettait des bruits de succion inquiétants, mais il comprit très vite qu'elle avait eu le souffle coupé et mettait un certain temps à le récupérer. Ensuite, elle fit jouer prudemment ses membres et lui annonça qu'apparemment tout était OK. Il ne put qu'admirer en silence sa résistance.

Il constata que le tissu de sa combinaison était lacéré au-dessus du genou droit, mais qu'il n'avait rien. Il prit le ruban autocollant dans sa poche et répara la déchirure. Son genou serait probablement brûlé par le froid, mais, pour l'instant du moins, il ne le faisait pas souffrir. Il décida de l'oublier et de se lever.

Il constata que le trou par lequel ils avaient surgi de la neige se trouvait approximativement à deux mètres au-dessus de son bras levé. Ils se trouvaient dans une bulle allongée : le fond de la crevasse avait plus ou moins la forme d'un sablier. La paroi en aval était faite de glace pure, et celle d'amont était du rocher gelé. Le vague cercle de ciel libre qu'ils discernaient par l'orifice était de couleur pêche, et la glace bleutée de la paroi de la crevasse étincelait sous les reflets du

1. C'est-à-dire descendante. (*N.d.T.*)

soleil. L'ensemble était donc opalescent, et plutôt spectaculaire. Mais ils étaient bel et bien coincés.

— Notre signal de bipeur a été coupé, déclara Sax à Phyllis en s'asseyant à côté d'elle. Ils vont probablement partir à notre recherche.

— Oui. Mais est-ce qu'ils vont nous trouver ?

Il haussa les épaules.

— Les bipeurs donnent une direction approximative.

— Mais il y a le vent ! La visibilité va chuter à zéro !

— Il ne nous reste qu'à espérer qu'ils s'en tirent avec ça.

La crevasse s'étendait vers l'est comme un long couloir au plafond bas. Sax s'accroupit et braqua sa lampe dans l'espace qui séparait la roche de la glace. Et qui se perdait dans les tréfonds, à l'est du glacier, pour autant qu'il pût voir. Il se dit qu'il était possible qu'il continue jusqu'à l'une des petites grottes du bord latéral de la moraine. Il en fit part à Phyllis et s'avança pour explorer plus avant la crevasse en la laissant là, afin d'être certain que les éventuels groupes de chercheurs ne risqueraient pas de trouver le fond du trou vide.

De part et d'autre du faisceau intense de sa lampe frontale, Sax découvrit une glace d'un bleu cobalt intense, un effet causé par la dispersion lumineuse, le même effet qui bleuissait le ciel. En éteignant sa lampe, il constata que la clarté suggérait que la couche de glace, au-dessus d'eux, n'était pas très épaisse. Elle correspondait sans doute à la hauteur de leur chute, s'il réfléchissait bien.

Phyllis lui demanda comment ça se passait.

— Ça va. Je crois que cet espace a été provoqué par le glacier qui a franchi un escarpement transversal. Il peut donc très bien se poursuivre jusqu'au bout.

Mais ce n'était pas le cas. Cent mètres plus loin, la glace de la paroi gauche se refermait sur le rocher de droite : ils étaient dans une impasse.

En revenant sur ses pas, il progressa plus lentement, s'arrêtant parfois pour inspecter des fissures et certains fragments de roc qui avaient sans doute été arrachés à l'escarpement. Dans une fissure, le bleu cobalt de la glace se teintait de vert et, de sa main gantée, il extirpa une masse sombre, oblongue, verte, gelée en surface mais molle en dessous : un fragment dentritique d'algue bleu-vert.

— Waouh ! cria-t-il en arrachant quelques filaments avant de remettre le bloc en place.

Il avait lu quelque part que les algues s'incrustaient dans le lit de glace et de roc de la planète et qu'on avait trouvé certaines bactéries à des profondeurs encore plus importantes. Mais on ne pouvait que s'émerveiller de découvrir cette vie végétale si loin du soleil. Il éteignit à nouveau sa lampe et retrouva la clarté de cobalt de la glace tout autour de lui, faible mais si riche. Comment les organismes vivants pouvaient-ils exister dans ce froid, cette pénombre ?

— Stephen ?

— J'arrive. Regarde... Une algue bleu-vert. Il y en a partout là-bas.

Elle ne jeta qu'un bref regard aux brins d'algue. Il s'assit, prit un sac à échantillons et y glissa un filament avant de l'examiner à la loupe, sous un grossissement de vingt fois. Ce qui n'était pas suffisant pour ce qu'il cherchait mais révélait quand même le vert dentritique de la plante qui redevenait molle en perdant sa pellicule de glace. Il y avait dans la mémoire de son lutrin des catalogues d'algues au même grossissement, mais il ne parvint pas à rattacher cette variété martienne à telle ou telle autre au détail près.

— Elle n'a peut-être jamais été décrite, dit-il enfin. Ça serait important, dans la mesure où on peut se demander si le taux de mutation sur Mars n'est pas supérieur aux normes courantes. On devrait commencer des expériences pour le déterminer.

Phyllis ne répondit pas.

Sax capta soudain des sifflements et des crépitements sur sa radio et Phyllis appela aussitôt sur la fréquence commune. Bientôt, des voix répondirent et, peu après, un casque rouge apparut dans le trou, au-dessus d'eux.

— On est là ! lança Phyllis.

— Une seconde, dit la voix de Berkina. On vous lance une échelle !

Après une escalade pénible, ils se retrouvèrent à la surface, clignant des yeux dans la lumière, ployés sous le vent, qui était encore violent. Phyllis ne cessait pas de rire en expliquant à sa façon ce qui leur était arrivé.

— On se tenait par la main pour ne pas être séparés et *boum !* on s'est retrouvés tout au fond !

L'équipe de secours leur raconta la violence des bourrasques en surface. Quand ils se retrouvèrent à la station et qu'ils ôtèrent leurs casques, tout semblait redevenu normal. Mais Phyllis dévisagea brièvement Sax, avec un regard très curieux, comme si Sax, pendant leur séjour sous le glacier, lui avait révélé quelque chose qui la mettait sur ses gardes — comme si un souvenir lui était revenu, là-bas, au fond de la crevasse. Il était possible qu'il se soit comporté un instant comme son vieux camarade Saxifrage Russell.

Durant l'automne du Nord, ils poursuivirent leur travail sur le glacier. Les jours se firent plus courts et les vents plus froids. Chaque nuit, de grandes fleurs de glace aux formes compliquées s'épanouissaient et ne commençaient à fondre aux extrémités de leurs pétales qu'au milieu de l'après-midi, brièvement. Puis, elles se durcissaient et servaient de base à d'autres pétales plus complexes encore qui s'ouvraient le matin suivant. Et toutes ces écailles et ces copeaux cristallins s'élançaient de plus en plus loin de la tige centrale et des anciennes feuilles de glace, plus larges et plus dures. Ils ne pouvaient éviter d'écraser sous leurs bottes des mondes entiers de fragilité scintillante, en quête des plantes qui étaient désormais enrobées de givre et dont ils devaient étudier le comportement sous le froid approchant. Sax, en sentant le vent pénétrer son walker épais, le regard perdu sur l'étendue blanche et bosselée, eut le sentiment qu'un hiver très rigoureux était inévitable.

Mais les apparences étaient trompeuses. Bien sûr, le gel viendrait, mais les plantes devenaient plus coriaces, comme disaient les jardiniers de l'hiver : elles se préparaient à l'attaque du froid.

Sax, en étudiant les signes dans la mince couche de neige, apprit que le processus se déroulait en trois stades. D'abord, les horloges phytochromes des feuilles sentaient les jours raccourcir — et à présent la réduction s'accélérait, avec des fronts sombres qui arrivaient chaque semaine avec leur cavalerie lourde de cumulo-nimbus ventrus et noirs qui déversaient leurs averses de neige sale. Dans le deuxième stade, la croissance des espèces s'interrompait, les hydrocarbones refluaient jusque dans les racines, et des quantités d'acide abscisique se développaient dans certaines feuilles qui finissaient par tomber. Sax en trouva en abondance, jaunies, roussies, parfois encore attachées à la tige, collées au sol : elles alimentaient la plante encore vivante en continuant de récupérer la lumière solaire. Là, l'eau quittait les cellules pour devenir des cristaux de glace intercellulaires, les membranes cellulaires se durcissaient, tandis que des molécules de sucre remplaçaient les molécules d'eau de certaines protéines. Et dans le troisième et dernier stade, le plus froid, une couche de glace lisse se formait autour des cellules sans les rompre, selon un processus que l'on appelait la vitrification.

Dans cette phase, les plantes pouvaient tolérer des températures inférieures à 220 kelvins, ce qui était à peu près la température moyenne de Mars avant l'arrivée des hommes. Et désormais sa température extrême. Et la neige qui tombait durant les tempêtes de plus en plus fréquentes servait d'agent isolant aux plantes en conservant le sol à des températures moins froides que sous le vent. Il se dit qu'il aimait se trouver là, sous les vagues basses de nuages, sur la surface légère du glacier, courbé sous le vent et avançant pas à pas. Mais Claire voulait qu'il retourne à Burroughs, pour travailler au labo sur le projet des tamarins de toundra qui était sur le point d'aboutir. Et Phyllis, de même que les gens d'Armscor et de l'Autorité transitoire, devait elle aussi regagner Burroughs.

Et c'est ainsi qu'un jour ils quittèrent la station pour la laisser aux soins de jardiniers-chercheurs. Ils se dirigèrent vers le sud dans une caravane de patrouilleurs.

En apprenant que Phyllis et ses collègues allaient les accompagner, Sax avait émis quelques grognements de mauvaise humeur. Il avait espéré qu'un simple éloignement physique mettrait fin à ses relations avec Phyllis en même temps que ses regards inquisiteurs. Mais puisqu'ils rentraient ensemble, il décida qu'il devait faire quelque chose. S'il voulait que leur aventure se termine, c'était à lui de rompre. D'une façon ou d'une autre. Depuis le départ, il avait eu la conviction que cette liaison n'avait pas été une très bonne idée. Mais que dire de ce qui était aussi inexplicable qu'urgent ? Pourtant l'urgence était passée, et il restait seul en face d'une personne qui était au mieux irritante, au pire dangereuse. Et le fait qu'il ait agi en parfaite mauvaise foi depuis le départ n'avait rien d'apaisant. Tout cela, à vrai dire, lui semblait maintenant plutôt monstrueux.

Le premier soir, à Burroughs, son bloc de poignet bipa. Phyllis lui proposait qu'ils aillent dîner ensemble en ville, il accepta. Avant de maugréer pendant un moment. La soirée ne s'annonçait pas facile.

Ils se retrouvèrent dans un restaurant à patio d'Ellis Butte que Phyllis connaissait, à l'ouest de Hunt Mesa. Ils eurent droit à une table de coin, avec vue sur les quartiers chics entre Ellis et la montagne de la Table, où de nouvelles résidences avaient été construites autour de Princess Park. La montagne de la Table était maintenant tapissée de baies vitrées au point de ressembler à un palace gigantesque. Et les mesas, au-delà, n'étaient pas moins flamboyantes.

Les serveurs apportèrent une carafe de vin, puis ce fut le moment du dîner, ce qui interrompit le bavardage de Phyllis qui n'en finissait pas de disserter sur les nouvelles constructions de Tharsis. Elle se révélait très amène avec le personnel, dédicaçant des serviettes à tous, leur demandant d'où ils venaient, depuis combien de temps vivaient-ils sur Mars, etc. Sax mangea calmement sans vraiment la quitter de l'œil, observant parfois le panorama, impatient que le dîner s'achève. Mais il semblait interminable.

Finalement, ils se retrouvèrent dans l'ascenseur qui accédait au fond de la vallée. Ce qui ramena à l'esprit de Sax le souvenir de leur première nuit : particulièrement dérangeant. Phyllis avait peut-être le même sentiment, et la longue descente se fit dans le plus lourd silence.

Et puis, dès qu'ils se retrouvèrent sur les pelouses du boulevard, elle le serra brièvement entre ses bras, l'embrassa sur la joue et lui dit :

— Stephen, ça a été une soirée merveilleuse. Et tout ce temps que nous avons passé à Arena a été délicieux. Je crois que je n'oublierai jamais notre petite odyssée sous le glacier. Mais à présent, il va falloir que je retourne à Sheffield pour m'occuper de toutes les affaires en attente, tu sais. J'espère bien que tu viendras me rendre visite.

Sax lutta pour contrôler son expression : il se demandait quelles émotions Stephen aurait éprouvées et ce qu'il aurait pu dire à cette minute. Phyllis était une femme vaniteuse et il paraissait probable qu'elle oublierait leur aventure plus vite si elle pensait l'avoir blessé que s'il semblait soulagé. Il s'efforça donc d'exprimer une certaine tristesse, plissa les lèvres, baissa les yeux et dit :

— Ah...

Elle rit comme une petite fille et le prit par les épaules.

— Allons... On a eu du bon temps, non ?... Et puis, on se reverra un jour, ici ou à Sheffield. Ne sois pas triste.

Il haussa les épaules.

— Je sais, dit-il avec un sourire nerveux, peiné. C'est seulement que ça m'a paru si bref...

— Je sais... (Elle l'embrassa.) A moi aussi. Mais on pourra peut-être reprendre tout ça quand on se reverra...

Il hocha la tête. Il comprenait soudain ce que les acteurs devaient parfois ressentir. Que faire ?...

Mais, sur un dernier au revoir, elle s'éloignait déjà. Il se contenta d'agiter la main par-dessus son épaule, très vite.

Il traversa le boulevard du Grand Escarpement vers Hunt Mesa. C'était fait. Et plus facilement qu'il ne l'avait redouté, c'était certain. En fait, cela lui convenait parfaitement. Mais quelque part au fond de lui il était irrité. En passant devant les vitrines des étages inférieurs de Hunt, il observa son reflet : une espèce de vieux chnoque qui jouait les séducteurs. Beau ? Beau pour certaines femmes, quelquefois. Choisi, utilisé comme partenaire au lit pendant quelques semaines et balancé à la première occasion. Il était probable que ça arrivait souvent et plutôt aux femmes qu'aux hommes, sans doute, si l'on tenait compte des inégalités de la culture et de la reproduction. Mais désormais, avec la culture en miettes et la reproduction totalement hors de cause... Oui, Phyllis était une garce. Mais il n'avait pas à s'en plaindre : il lui avait menti dès la première heure. Non seulement à propos de son identité réelle mais de ses sentiments.

Il avait besoin d'un coup de protoxyde d'azote, se dit-il. Pour se remonter un peu. Et il grimpa l'immense escalier de l'atrium de Hunt pour retrouver son petit appartement.

Plus tard dans l'hiver, durant une quinzaine de jours en février 2, la conférence annuelle sur le terraforming se tint à Burroughs. C'était la dixième du genre, baptisée par ses organisateurs « M-38 : nouveaux résultats et nouvelles options ». La plupart des scientifiques présents sur Mars devaient y participer, probablement trois mille. Les colloques auraient lieu dans le grand centre de conférences de la montagne de la Table.

Tous les membres de Biotique de Burroughs se rendirent aux réunions, revenant en courant à Hunt Mesa s'ils avaient des expériences en cours dont ils devaient surveiller les résultats. Sax était passionné, ce qui était naturel, et le premier matin il se leva très tôt, prit un café et une viennoiserie près du parc du Canal avant de se rendre au centre de conférences : il se retrouva presque en tête de file devant le comptoir d'inscription. Il prit sa liasse de bulletins d'infos, épingla son badge, et se perdit dans les couloirs. Tout en sirotant un café, il lut le programme de la matinée et regarda les affiches disposées un peu partout.

Aussi loin qu'il pouvait remonter dans ses souvenirs, pour la première fois il se sentait parfaitement dans son élément.

Il se glissa dans plusieurs salles, mais aucun des exposés ne le retint et, bientôt, il se retrouva dans un couloir inondé de posters :

« La Solubilisation des Hydrocarbones Aromatiques dans les Solutions Monomères et Micellaires Tensio-actives. » « De l'Affaissement du Terrain Post-pompage dans la Région Sud de Vastitas Borealis. » « De la Résistance Epithéliale au Troisième Stade du Traitement Gériatrique. » « L'Incidence de la Fracture Radiale des Aquifères sur les Bordures des Bassins d'Impact. » « L'Electroporosivité à Bas Voltage sur les Plasmides à Longs Vecteurs. » « Les Vents Katabatiques d'Echus Chasma. » « Le Génome Basique d'un Nouveau Genus de Cactées. » « Ressurfacement des Highlands Martiens dans la Région d'Amenthes et Tyrrhena. » « Etude des Dépôts de Nitrate de Sodium de Nilosyrtis. » « Méthode d'Assistance Thérapeutique à l'Exposition aux Chlorophanes par l'Analyse de la Contamination des Tenues de Travail. »

Comme toujours, les affiches des conférences composaient un mélange savoureux. Sax était intéressé par tous les sujets, mais les affiches devant lesquelles il s'attardait le plus longtemps concernaient les aspects du terraforming qu'il avait lui-même lancés ou dont il avait été responsable. L'une d'elles en particulier retint son attention : « Estimation de la Chaleur Cumulée Produite par les Eoliennes d'Underhill. » Il la relut avec un vague sentiment de tristesse.

La température à la surface de Mars, avant leur arrivée, se situait aux environs de 220 kelvins, et l'un des objectifs essentiels et approuvés du terraforming avait été de l'amener au-dessus du point de glaciation de l'eau, à 273 K. Augmenter la température moyenne de la surface d'une planète de plus de 53 K était une entreprise impressionnante qui, selon les calculs de Sax, exigerait l'application permanente d'une énergie de $3,5 \times 10^6$ joules par centimètre carré. Sax, dans son modèle personnel, avait constamment visé une moyenne de 274 K, qui permettrait de réchauffer la planète pendant la plus grande partie de l'année afin de créer une hydrosphère active, et donc une biosphère. Nombreux étaient ceux qui prônaient une température supérieure, mais Sax n'en voyait pas la nécessité.

Dans tous les cas, les méthodes de réchauffement du système étaient jugées sur leurs résultats : la température globale moyenne. Et l'affiche que Sax avait devant lui annonçait qu'en sept décennies, les éoliennes n'avaient pas apporté plus de 0,15 K. Et il n'y avait pas la moindre erreur de calcul ou d'estimation dans le modèle décrit. Bien sûr, le réchauffement n'était pas l'unique raison qui l'avait conduit à installer les éoliennes : il voulait construire des abris et apporter de la chaleur pour les premiers cryptoendolithes qui devaient être testés en surface. Mais ces organismes avaient péri dès qu'ils avaient été exposés à l'atmosphère, ou peu après. Donc, dans l'ensemble, on ne pouvait pas dire que ce projet avait été une de ses meilleures performances.

Il s'avança un peu plus loin dans le couloir et lut :

« Application du Niveau Processing des Données Chimiques dans les Modèles Hydro-chimiques : Bassin Hydrographique d'Harmakhis Vallis, Hellas. » « Augmentation du Taux de Tolérance en CO_2 chez les Abeilles. » « Récupération Epilimnétique [1] des Retombées de Radionucléides Compton dans les Lacs Glaciaires de Valles Marineris. » « Analyse des Matières Pulvérulentes provenant des Rails à Réaction. » « Du Réchauffement Global considéré comme le Résultat de la Libération des Halocarbones. »

Là, il s'arrêta. L'annonce émanait de S. Simmon et de certains de ses étudiants, tous spécialistes de la chimie atmosphérique. Soudain, en lisant ces quelques lignes, il se sentit nettement rasséréné. Quand il avait été mis à la tête du projet de terraforming en 2042, il avait immédiatement entamé la construction d'usines destinées à produire et à libérer dans l'atmosphère de Mars un mélange spécial destiné à l'effet de serre, à base de tétrafluorure de carbone, d'hexafluoréthane, d'hexafluorure de soufre, plus une solution de méthane et d'oxyde nitrique. Ce que l'affiche mentionnait comme le « Cocktail de Russell », car c'était bien ainsi qu'il avait été surnommé par son équipe du Belvédère d'Echus au bon vieux temps. Les halocarbones du cocktail étaient des gaz particulièrement puissants pour l'effet de serre. Ils avaient l'avantage d'absorber le rayonnement planétaire qui s'évadait vers l'espace dans la bande de longueur d'ondes ultracourtes 8-12, que l'on appelait « la fenêtre », dans laquelle la vapeur d'eau pas plus que le gaz carbonique n'avaient une grande capacité d'absorption. Cette fenêtre, quand elle était ouverte, avait laissé une quantité de chaleur fantastique s'échapper vers l'espace, et Sax avait pris très tôt la décision d'essayer de la refermer, en répandant son cocktail afin qu'il constitue dix ou vingt parts pour un million dans l'atmosphère martienne, suivant en cela le modèle initial classique de McKay. Ainsi, depuis 2042, un effort majeur avait été fait pour la construction d'usines automatisées. Dispersées sur toute la surface de la planète, elles traitaient les gaz à partir des sources locales de carbone, de sulfures et de fluorspar, et les libéraient dans l'atmosphère. D'année en année, les quantités avaient augmenté, car le but

1. Qui concerne l'épilimnion, c'est-à-dire la surface d'une étendue d'eau tiède, plus riche en oxygène que les niveaux profonds. (*N.d.T.*)

était de maintenir ce taux dans une atmosphère qui devenait de plus en plus dense, et aussi parce qu'il fallait compenser la destruction permanente des halocarbones par les UV dans la haute atmosphère.

L'affiche de Simmon révélait clairement que les usines avaient continué à fonctionner pendant la guerre de 2061 et les décennies suivantes, que le niveau avait été maintenu à peu près à vingt-six parts pour un million. La conclusion était que ces diffusions de gaz avaient permis de réchauffer la surface d'environ 12 K.

Sax s'éloigna avec un petit sourire. Douze degrés ! Ça, c'était quelque chose ! Plus de vingt pour cent du réchauffement dont ils avaient besoin, et tout ça grâce à la dispersion continue, et depuis les premières années, d'un cocktail de gaz habilement composé. Très élégant. La simple physique pouvait être si réconfortante...

Il était dix heures, et une conférence importante venait de commencer, celle de H. X. Borazjani, l'un des meilleurs chimistes atmosphériques de Mars, justement à propos du réchauffement global. Apparemment, Borazjani avait l'intention de donner le bilan des calculs qu'il avait faits sur tous les essais de réchauffement atmosphérique jusqu'à 2100, un an avant la mise en service de la soletta. Après l'estimation de chaque contribution individuelle, il devait donner une estimation des éventuels effets de synergie. Cette conférence était effectivement essentielle, du fait que les travaux de nombreux autres scientifiques seraient mentionnés et évalués.

La salle de conférences était parmi les plus vastes et elle était pratiquement comble. Sax estima qu'il devait y avoir là deux mille auditeurs au moins. Quand il se glissa derrière la dernière rangée de sièges, Borazjani commençait à peine.

C'était un personnage de petite taille, au teint mat, les cheveux blancs. Il s'exprimait devant un grand écran vers lequel il brandissait un pointeur pour désigner les diverses méthodes de réchauffement qui avaient été essayées : la poussière noire et les lichens aux pôles, les miroirs sur orbite expédiés à partir de la Lune, les moholes, les usines de dégagement de gaz à effet de serre, les astéroïdes de glace largués dans l'atmosphère, les bactéries dénitrifiantes, et tout le reste du biote.

Sax avait démarré chacun de ces processus dans les années 2040 et 2050 et il portait sur l'écran vidéo un regard plus intense que n'importe qui. La seule stratégie évidente qu'il avait évitée durant les premières années était le dégagement massif de CO_2, qui était la composante principale d'une stratégie concurrente en deux phases qu'il avait toujours détestée. Les partisans de cette dernière stratégie avaient voulu lancer un effet de serre galopant afin de créer une atmosphère de CO_2 pouvant atteindre deux bars, en se fondant sur l'argument que le réchauffement de la planète serait fulgurant, que l'atmosphère ferait écran aux rayons UV, ce qui encouragerait la croissance des plantes rampantes. Ce qui était vrai, sans le moindre doute. Mais, pour les êtres humains et les animaux, une telle atmosphère serait toxique. Pourtant, même si les défenseurs du projet avaient un plan qui était censé supprimer le gaz carbonique pour le remplacer par une atmosphère respirable, leurs méthodes étaient vagues, ainsi que le révélait leur calendrier, qui variait entre cent et vingt mille années. Et le ciel blanc comme du lait, quelle que soit la durée.

Sax trouvait inélégante cette solution au problème. Il préférait de loin le modèle à phase unique, qui visait directement le but final. Cela signifiait qu'ils avaient toujours été un peu courts sur la chaleur, mais il jugeait que ce désavantage avait ses compensations. Et il avait fait de son mieux pour trouver des substituts à la chaleur que le CO_2 aurait ajoutée, comme les moholes, par exemple. Malheureusement, l'estimation du dégagement de chaleur produit par les moholes, selon Borazjani, était particulièrement faible : tous confondus, ils avaient ajouté peut-être 5 K à la température moyenne. Bien, se dit Sax en tapant quelques notes sur son lutrin, il était inutile de tergiverser — la seule source fiable de chaleur était le soleil. Ce qui expliquait l'initiative provocante des miroirs sur orbite, qui s'étaient mis à croître d'année en année, acheminés par des vaisseaux à voiles solaires depuis la Lune, où une chaîne très efficace les produisait à partir de l'aluminium contenu dans l'anorthosite. Ces véritables flottes de miroirs, selon Borazjani, étaient devenues assez importantes pour augmenter la température moyenne de 5 K.

La réduction de l'albédo[1], une direction dans laquelle on n'avait guère avancé, avait rajouté 2 K. Et les quelque deux cents réacteurs nucléaires répartis à la surface de la planète avaient encore apporté 1,5 K.

Puis, Borazjani en vint au cocktail de gaz à effet de serre. Mais, à la différence de Simmon qui annonçait sur son affiche 12 K, il donnait, lui, une estimation de 14 K, en citant à l'appui de ce chiffre un article vieux de vingt ans de J. Watkins. Sax avait repéré Berkina assis non loin de lui, dans la dernière rangée. Il se rapprocha, et lui murmura à l'oreille :

— Pourquoi ne se sert-il pas du travail de Simmon ?

Berkina chuchota en souriant :

— Il y a quelques années, Simmon a publié un article dans lequel il avait récupéré un calcul très complexe de l'interaction UV-halocarbone de Borazjani. Il l'avait légèrement modifié et, la première fois, il l'a attribué à Borazjani mais, par la suite, il s'est contenté de citer son premier article. Borazjani a été furieux, et il considère que les articles de Simmon sur le sujet dérivent tous de Watkins, de toute

1. Le taux de réflexion lumineuse d'une planète. (*N.d.T.*)

manière. Alors, dès qu'il parle de réchauffement, il se réfère aux travaux de Watkins, et fait comme si les articles de Simmon n'avaient jamais existé.

— Ah... fit Sax.

Il se redressa et ne put s'empêcher de sourire en pensant à la revanche subtile mais révélatrice de Borazjani. Et dans le même instant, il repéra Simmon dans la salle, l'air sombre.

Borazjani venait de passer aux effets de réchauffement dus à la vapeur d'eau et au CO_2 libérés dans l'atmosphère et dont il estimait l'apport à 10 K.

— En partie, on pourrait parler d'effet synergétique, déclara-t-il, dans la mesure où la désorption de CO_2 résulte principalement d'autres réchauffements. Mais, en dehors de cela, je ne pense pas que nous puissions affirmer que la synergie a été un facteur marquant. La somme des réchauffements créés par toutes les méthodes individuelles correspond de très près aux températures des divers relevés météo sur toute la planète.

Une table de résumé apparut sur l'écran vidéo et Sax en fit une copie simplifiée sur son lutrin :

Borazjani, 14 février 2, 2102 :
Halocarbones : 14
H_2O et CO_2 : 10
Moholes : 5
Miroirs pré-soletta : 5
Réduction d'albédo : 2
Réacteurs nucléaires : 1,5

Borazjani n'avait même pas inclus les éoliennes, mais Sax ne les oublia pas sur son lutrin. Au total, on arrivait à 37,65 K. Un pas important vers leur objectif initial d'un accroissement de 53 K. Ils n'avaient lancé le plan que soixante ans auparavant, et déjà, durant la majeure partie de l'été, les températures moyennes dépassaient le point de congélation, ce qui permettait le développement de la flore arctique et alpestre, comme celle qu'il avait pu observer dans la région du glacier d'Arena. Et tout ça avant l'introduction de la soletta, qui avait augmenté l'insolation de vingt pour cent.

La séance de questions était ouverte, et un auditeur interpella Borazjani à propos de la soletta, en lui demandant si elle était bien nécessaire au vu du progrès réalisé par d'autres méthodes.

Borazjani haussa les épaules comme Sax l'aurait fait.

— Que signifie *nécessaire* ? Tout dépend de la chaleur que vous souhaitez atteindre. Selon le modèle standard lancé par Russell au Belvédère d'Echus, il est important de maintenir le taux de CO_2 aussi bas que possible. C'est ainsi que nous sommes conduits à utiliser d'autres méthodes de réchauffement afin de compenser la perte de chaleur que le CO_2 aurait pu apporter. On pourrait considérer la soletta comme un outil de compensation de la réduction du taux de CO_2 au niveau de l'atmosphère respirable.

Sax hocha la tête malgré lui.

Un autre auditeur venait de se lever.

— Est-ce que vous ne pensez pas que le modèle standard est inadéquat, si nous prenons en compte la quantité d'azote dont nous disposons ?

— Pas si l'azote est totalement libéré dans l'atmosphère.

Mais cette perspective était improbable, comme le fit immédiatement remarquer l'interlocuteur de Borazjani. Un pourcentage important d'azote demeurerait au sol, là où, en fait, il était utile aux plantes. Donc, ils manquaient d'azote, comme Sax l'avait toujours su. Et s'ils maintenaient le taux de CO_2 dans l'atmosphère aux plus bas niveaux, cela laisserait le pourcentage d'oxygène à un niveau supérieur dangereux. Un autre auditeur se leva et déclara qu'il était possible que le manque d'azote puisse être compensé par le dégagement d'un autre gaz inerte, comme l'argon, par exemple. Sax plissa les lèvres : il avait libéré de l'argon dans l'atmosphère depuis 2042, quand il avait pris conscience du problème, et le régolite contenait de l'argon en quantités importantes. Mais il n'était pas facile de le libérer, comme l'avaient découvert ses ingénieurs et comme le déclaraient diverses personnes dans la salle en ce même instant. Non, l'équilibre des gaz dans l'atmosphère était en train de devenir un vrai problème.

Une femme remarqua qu'un consortium de transnats, sous la coordination d'Armscor, construisait un système de navette destiné à récupérer l'azote quasi pur de l'atmosphère de Titan, qui serait liquéfié, expédié vers Mars et dispersé dans l'atmosphère supérieure. Sax, attentif, fit quelques calculs rapides sur son lutrin. Et il plissa le front en voyant les résultats : il faudrait un très grand nombre d'allers et retours pour réussir cette entreprise, ou alors des navettes particulièrement énormes. Incroyable que quiconque ait pu penser que cela méritait l'investissement de départ.

La discussion était repartie sur la soletta. Elle était certainement en mesure de compenser les 5 ou 8 K qu'ils perdraient en abaissant le taux de CO_2 et elle apporterait même un peu plus de chaleur. Théoriquement (Sax consulta son lutrin) on pourrait atteindre les 22 K. La réduction du taux de CO_2 elle-même ne serait pas facile, fit remarquer quelqu'un. Un représentant des labos de Subarashii, non loin de Sax, se dressa alors pour annoncer qu'un débat avec démonstration sur la soletta et les loupes aériennes aurait lieu plus tard, lorsqu'ils auraient réussi à clarifier largement les questions de base. Avant de se rasseoir, il ajouta que les graves défauts du modèle uniphase rendaient la création du modèle biphase impérative.

Une bonne partie de l'auditoire accueillit cela en écarquillant les yeux. Sur ce, Borazjani déclara qu'ils devaient libérer la salle pour la prochaine réunion. Nul n'avait émis de commentaire sur son modèle astucieux, qui avait mis en évidence avec plausibilité tous les apports des différentes méthodes de réchauffement de la planète. Mais, sous un certain angle, c'était un signe de respect — personne n'avait critiqué le modèle, et la prééminence de Borazjani dans ce domaine était acceptée par tous. L'auditoire se levait, et quelques-uns se dirigeaient vers lui pour échanger quelques paroles. Et un millier de conversations démarrèrent au moment où ils se déversaient tous dans les couloirs.

Sax alla déjeuner avec Berkina dans un café, au pied de Branch Mesa. Autour d'eux, d'autres scientifiques venus de toutes les régions de Mars bavardaient en mangeant. « On pense à une part par milliard. » « Non, les sulfates se comportent selon les estimations modérées. » A les entendre, les gens de la table voisine considéraient qu'on allait passer au modèle biphase. Une femme venait de parler d'une augmentation de la température moyenne jusqu'à 295 K, soit 7 K de plus que la moyenne terrestre elle-même.

Devant toutes ces expressions de hâte, d'avidité pour la chaleur, Sax avait l'air sombre. Il ne voyait pas pourquoi ils n'étaient pas satisfaits des progrès qui avaient été faits jusqu'alors. Le but ultime n'était pas purement la chaleur, après tout, mais une surface planétaire viable. Il avait constamment maintenu cette position et elle avait dominé tous les programmes qu'il avait lancés en 2042. Les résultats, jusqu'alors, ne lui donnaient aucune raison de se plaindre. L'atmosphère actuelle de Mars avoisinait les 160 millibars et elle était composée à parts à peu près égales de CO_2, d'oxygène et d'azote, avec des traces d'argon et autres gaz rares. Ce n'était pas le mélange que Sax souhaitait à terme, mais c'était ce qu'on avait pu faire de mieux avec l'inventaire des corps volatils dont on disposait au départ. Et cela représentait un stade plausible vers le mélange final que Sax avait en esprit. Sa recette, qui appliquait la première formule de Fogg, était la suivante :

300 millibars d'azote
160 millibars d'oxygène
30 millibars d'argon, d'hélium, etc.
10 millibars de CO_2
Pression totale *at datum* : 500 millibars

Toutes ces quantités avaient été fixées en fonction des exigences physiques et des limites de toutes sortes. La pression totale devait être suffisamment élevée pour que l'oxygène circule dans le sang, et 500 millibars correspondait à la pression enregistrée sur Terre à une altitude de quatre mille mètres : la limite extrême où les hommes pouvaient vivre. Etant donné qu'il s'agissait de la limite supérieure, il serait préférable, dans l'atmosphère ténue de Mars, que le taux d'oxygène soit plus important que sur Terre, mais pas trop, sinon il deviendrait difficile d'éteindre les incendies. Quant au CO_2, il fallait le maintenir au-dessous de 10 millibars, sinon, il serait toxique. En ce qui concernait l'azote, plus il y en aurait mieux ce serait. En fait, une pression de 780 millibars serait idéale, mais l'estimation de la quantité d'azote sur Mars plafonnait à moins de 400 millibars, et par conséquent on ne pouvait espérer libérer plus de 300 millibars dans l'air de la planète, raisonnablement, peut-être un peu plus... Le manque d'azote était en fait l'un des plus importants problèmes qui se posait au plan du terraforming. Une quantité supérieure était nécessaire, autant dans l'atmosphère que dans le sol.

Sax mangeait en silence, en réfléchissant intensément. Les débats de cette matinée l'avaient amené à se demander s'il avait pris les bonnes décisions en 2042 — si l'inventaire des corps volatils pouvait justifier sa tentative d'atteindre une surface humainement viable en un seul stade. Il n'y pouvait plus grand-chose désormais. Et, tout bien considéré, il se dit qu'il avait fait ce qu'il fallait. *Shikata ga nai*, c'était exactement ça, à vrai dire, s'ils voulaient vraiment fouler librement le sol de Mars dans le temps de leurs vies. Même si ces vies avaient été considérablement allongées.

Mais il y avait des gens qui semblaient plus se préoccuper de l'augmentation des températures que de la qualité d'une atmosphère respirable. Apparemment, ils étaient convaincus qu'ils pouvaient accroître le niveau de CO_2, réchauffer les températures à des degrés terriblement élevés, pour réduire ensuite le CO_2 sans problème. A ce propos, Sax avait quelques doutes : n'importe quelle opération biphase serait embrouillée, à tel point qu'il ne pouvait s'empêcher de se demander s'ils n'allaient pas se retrouver bloqués dans l'échelle de vingt mille ans que les premiers modèles biphases avaient prédite. Cette idée le dérangeait. Il n'en voyait pas la nécessité. Les gens étaient-ils vraiment décidés à se risquer dans un problème à terme aussi lointain ? Etaient-ils impressionnés à ce point par les nouvelles technologies gigantesques maintenant disponibles qu'ils croyaient que tout était possible ?

— Comment était votre pastrami ? demanda Berkina.

— Mon quoi ?

— Votre pastrami. Le sandwich que vous venez de manger, Stephen.

— Oh ! Excellent, excellent ! J'en suis sûr.

Les séances d'après-midi étaient pour la plupart consacrées aux problèmes posés par le succès de la campagne de réchauffement global. Au fur et à mesure que les températures augmentaient et que le biote du sous-sol commençait à pénétrer plus profondément dans le régolite, le permafrost fondait, ainsi qu'ils l'avaient espéré. Mais cela se révélait désastreux dans certaines régions où le permafrost était particulièrement dense. Dont Isidis Planitia, malheureusement, faisait partie. Une aréologue du labo de Praxis à Burroughs décrivit la situation lors d'une conférence très attendue : Isidis était l'un des grands bassins d'impact anciens, avec une taille presque similaire à celle d'Argyre, ses parois nord avaient été totalement érodées et sa bordure sud appartenait maintenant au Grand Escarpement. En sous-sol, la glace était descendue du nord pour se déverser dans le bassin depuis des milliards d'années. A présent, la glace proche de la surface commençait à fondre pour se reformer durant l'hiver. Ce cycle de décongélation-recongélation provoquait un accroissement de la masse de givre à une échelle sans précédent. On atteignait presque la magnitude deux de dilatation si on comparait le phénomène aux modèles terrestres. Avec des karsts et des pingos[1] cent fois plus grands que leurs équivalents terriens. Sur toute l'étendue d'Isidis, ces trous géants et ces grands monticules marquaient désormais le paysage. Après sa conférence, l'aréologue enchaîna avec une projection de vues assez stupéfiantes avant d'accompagner les spécialistes les plus intéressés vers le sud de Burroughs, au-delà de Moeris Lacus Mesa, jusqu'à la paroi de la tente. Là, le secteur semblait avoir été dévasté par un séisme récent. Le sol s'était ouvert sous la poussée d'une masse glaciaire semblable à une colline ronde et lisse.

— Voici un très beau spécimen de pingo, déclara l'aréologue avec une certaine fierté. Les masses glaciaires sont relativement pures comparées à la matrice de permafrost, et se comportent dans la matrice de la même manière que le font les roches — quand le permafrost se recongèle la nuit, ou en hiver, il se dilate, et tout ce qu'il rencontre dans son mouvement d'expansion est alors poussé vers la surface. On trouve de nombreux pingos dans la toundra, sur Terre, mais aucun de cette taille.

Elle entraîna le groupe entre les plaques de béton brisées qui avaient dû couvrir une rue et, sur le bord d'un cratère de terre, ils découvrirent un amas de glace salie.

— On l'a percé comme un abcès, et maintenant, nous pompons l'eau de la fonte dans les canaux.

— Dans les déserts, ce serait une oasis, remarqua Sax à l'adresse de Jessica. Ça fondrait en été et tout le terrain alentour serait arrosé. Nous devrions développer une communauté de graines, de spores et de rhizomes que nous pourrions disperser sur des sites tels que celui-ci.

— Exact. Néanmoins, pour être réalistes, nous ne devons pas oublier que les régions à permafrost vont être inondées par la mer de Vastitas.

1. Egalement appelés hydrolaccolithes. (*N.d.T.*)

— Hum, fit Sax.

A vrai dire, il avait totalement oublié les forages et les drainages de Vastitas. Lorsqu'ils furent de retour au centre de conférences, il se mit directement en quête d'une conférence sur le sujet. Il y en avait une à quatre heures : « Des Récents Progrès des Procédures de Pompage de Permafrost de la Loupe du Nord Polaire. » Il regarda, impassible, le vidéo-show préliminaire. Les loupes de glace qui s'étaient étendues sous la calotte polaire nord apparaissaient comme la partie immergée d'un iceberg car elles contenaient dix fois plus d'eau que la calotte à découvert. Et le permafrost de Vastitas était plus riche encore. Mais pour amener toute cette quantité d'eau en surface... cela équivalait à capter l'azote de l'atmosphère de Titan, un projet tellement énorme que Sax ne l'avait même pas envisagé durant les premières années : il aurait été alors impossible. Tous ces projets gigantesques — la soletta, l'azote de Titan, les forages de l'océan du Nord, l'arrivée régulière d'astéroïdes de glace — se situaient à une échelle avec laquelle Sax avait du mal à s'ajuster. Les transnationales voyaient grand, depuis quelque temps. Il était certain que les nouvelles possibilités des matériaux et du design scientifiques ainsi que l'émergence d'usines pleinement automultiplicatrices rendaient tous ces projets techniquement réalisables. Mais les investissements financiers de départ n'en étaient pas moins énormes.

Quant aux possibilités techniques, il s'y adapta assez vite. C'était en fait le prolongement de ce qu'ils avaient fait dans le temps : une fois les problèmes de matériaux, de design et de contrôle homostatique résolus, on disposait d'une puissance considérablement accrue. On pouvait dire que leurs buts ne dépassaient plus leurs possibilités. Ce qui, au vu des options prises par certains, était une pensée un peu effrayante.

En tout cas, une cinquantaine de plates-formes de forage étaient à l'œuvre au-delà du soixantième parallèle nord. Elles creusaient des puits et installaient des dispositifs de fonte du permafrost : des galeries réchauffantes, des tunnels de percée latérale et des charges nucléaires. L'eau était ensuite pompée et redistribuée sur les dunes de Vastitas Borealis, où elle gelait à nouveau. A terme, cette feuille de glace finirait par fondre, en partie sous l'effet de son propre poids, et ils obtiendraient ainsi un anneau océanique tout autour de l'hémisphère Nord, entre le soixantième et le soixante-dixième parallèle. Ce serait sans doute un bassin thermique efficace, comme tous les océans, mais aussi longtemps qu'il resterait une mer de glace, l'augmentation d'albédo qui en résulterait équivaudrait à une perte sèche de chaleur pour l'ensemble du système. Autre exemple de recoupement négatif dans les opérations en cours. De même que la situation de Burroughs par rapport à cette mer nouvelle : la ville se trouvait un peu au-dessous du niveau estimé. On parlait de construire une digue, ou bien de prévoir une mer plus réduite, mais nul n'avait de certitude. Tout ça était vraiment très intéressant.

Sax se rendait chaque matin à la conférence. Il y passait toute la journée, dans l'ambiance chuchotante des amphithéâtres et des couloirs du centre. Il bavardait avec des collègues, des conférenciers, et ses voisins dans les gradins. Plus d'une fois, il dut faire semblant de ne pas reconnaître certains de ses anciens collègues. Ce qui le rendait suffisamment nerveux, au point de les éviter quand cela était possible. Mais eux ne semblaient pas lui trouver quoi que ce soit de familier et, la plupart du temps, il s'en sortait en se concentrant sur la science, avec autant de conviction que de talent. Les gens parlaient, posaient des questions, débattaient des faits en détail, discutaient de toutes les implications. Et cela sous la lumière fluorescente des salles de conférences, dans le bourdonnement des ventilateurs et des projecteurs vidéo — comme s'ils se trouvaient dans un monde hors de l'espace et du temps, un univers de science pure, très certainement l'une des grandes réussites de l'esprit humain. Ils formaient une sorte de communauté utopique, brillante, agréable, douillette. Pour Sax, une conférence scientifique, c'était *vraiment* l'utopie.

Mais les dernières sessions, pourtant, avaient pris un ton nouveau. Une espèce de note de nervosité que Sax n'avait jamais encore décelée et qu'il n'aimait guère. Les questions qui suivaient la conférence étaient plus agressives et les réponses plus vives et défensives. Le jeu pur du discours scientifique qu'il affectionnait par-dessus tout (et qui n'était jamais aussi pur que cela) était maintenant émaillé de disputes, de marques de lutte pour le pouvoir dont le motif dépassait le simple égotisme. Ça ne ressemblait en rien aux emprunts indélicats de Simmon aux travaux de Borazjani et à la riposte subtile de Borazjani : c'était plus proche de l'assaut direct. A la fin d'une présentation des moholes de grande profondeur qui pouvaient atteindre le manteau de la planète, un petit Terrien chauve se dressa et lança :

— Je ne pense pas que votre modèle fondamental de lithosphère soit valable.

Et il quitta la salle.

Sax observait la scène avec une totale incrédulité.

— Mais c'est *quoi,* son problème ? chuchota-t-il à Claire.

Elle secoua la tête.

— Il travaille pour Subarashii sur les loupes aériennes et ils n'apprécient pas du tout la concurrence potentielle pour leur programme de fusion du régolite.

— Seigneur !

Le jeu des questions et des réponses se poursuivit tant bien que mal, après cette démonstration de grossièreté, mais Sax finit par se glisser hors de la salle. Au bout du couloir, il aperçut le chercheur de Subarashii. A quoi pouvait-il donc penser ?

Mais ce trublion n'était pas le seul à se comporter bizarrement. Tous avaient les nerfs tendus. Bien sûr, les enjeux étaient importants. Ainsi que le montrait le pingo situé au-dessous de Moeris Lacus, à faible échelle, ils allaient affronter des effets secondaires désagréables s'ils appliquaient les procédures qui avaient été étudiées et défendues à la conférence, des effets qui risquaient de coûter de l'argent, du temps et des vies humaines. Et puis, il y avait toutes ces motivations financières...

Ils approchaient des dernières journées, et la programmation passait de sujets spécifiques à des présentations et des ateliers d'intérêt général, à des réunions où l'on tentait de discuter de l'ensemble des travaux qui avaient été soutenus afin d'en faire la synthèse. Il y eut aussi plusieurs présentations dans la grande salle concernant les programmes nouveaux, ce qu'on appelait « les monstres ». Des projets qui auraient tellement d'impact qu'ils affectaient presque tous les autres programmes. Et quand ils en discutèrent, en fait, il fut plus question de la ligne à suivre, de ce qu'ils devraient faire ensuite plutôt que de ce qui avait déjà été accompli. Ce qui encourageait les chicanes, en général, et plus encore ces derniers jours, chacun essayant de trouver dans les présentations antérieures des éléments afin de défendre sa cause. Ils venaient de pénétrer dans cette triste région où la science commence à se mêler à la politique, où les articles deviennent des propositions de subvention. Et il était navrant de voir cette zone sombre envahir le terrain d'une conférence restée neutre jusqu'alors.

Sax, tout en déjeunant en solitaire, se dit que cette ambiance était sans nul doute le résultat des projets « monstres ». Ils étaient si difficiles et coûteux que les contrats avaient été distribués entre différentes transnats. Cette stratégie était plausible à première vue, c'était une mesure efficace mais, malheureusement, elle impliquait aussi que les différents angles d'attaque des problèmes du terraforming concernaient différentes parties qui, toutes, défendaient leurs méthodes comme étant les « meilleures ». Elles trafiquaient les résultats des études et des simulations sur modèles pour défendre leurs idées.

Praxis, par exemple, était avec la Suisse le leader du plan de génie génétique particulièrement vaste, et les théoriciens qui le représentaient défendaient ce qu'ils appelaient le modèle *écopoésis*, selon lequel aucun afflux de chaleur ou de gaz volatils n'était plus nécessaire à ce stade : les processus biologiques à eux seuls, avec l'aide minimale d'ingénierie écologique, suffiraient à terraformer la planète selon les niveaux envisagés dans le modèle de Russell. Sax pensait qu'ils avaient sans doute raison, si l'on comptait avec la soletta, mais il considérait que leurs échelles de temps étaient par trop optimistes. Et puis, il travaillait pour Biotique, et il était possible que son jugement fût faussé.

Les chercheurs d'Armscor, par contre, restaient sur leurs positions : un taux d'azote trop faible mettrait en péril tous les espoirs écopoétiques. Ils défendaient avec insistance la nécessité d'une intervention industrielle continue — mais, bien entendu, c'était Armscor qui construisait les navettes de transport d'azote de Titan. Et les gens de Consolidated, qui foraient Vastitas, mettaient en avant l'importance vitale d'une hydrosphère active. Ceux de Subarashii, responsables des nouveaux miroirs en orbite, vantaient le rôle énorme de la soletta et de la loupe aérienne qui apportaient des gaz et de la chaleur dans le système, ce qui accélérait le processus. Il était évident dès le départ que tous ces gens défendaient leurs programmes. Il suffisait de lire leurs badges pour savoir qui ils allaient attaquer ou défendre. Sax était particulièrement peiné de voir la science dévoyée de façon aussi criante. Il avait le sentiment que c'était le cas pour tous, même pour ceux qui participaient au jeu. Ce qui ajoutait encore à l'agressivité de chacun. Ils savaient ce qui se passait, ça ne plaisait à personne, mais aucun d'eux ne voulait l'admettre.

Cela culmina durant la dernière matinée, avec l'ultime débat sur le CO_2. Très vite, deux chercheurs de Subarashii se lancèrent dans une défense véhémente de la soletta et de la loupe aérienne. Installé tout au fond de la salle, Sax les écouta décrire avec enthousiasme leurs miroirs géants, de plus en plus nerveux et irrité. Il aimait bien la soletta, qui n'était que le prolongement logique des miroirs qu'il avait placés sur orbite dès le départ. Mais la loupe aérienne constituait à l'évidence un instrument *extrêmement* puissant. Utilisée sur la surface à pleine puissance, elle pouvait volatiliser des centaines de millibars de gaz dans l'atmosphère, en grande partie du CO_2, ce qui n'était nullement désirable dans le modèle monophase de Sax. Dans n'importe quel processus intelligent, ces gaz devaient rester prisonniers du régolite. Oui, il y avait pas mal de questions brûlantes qui devaient être posées à propos des effets de cette loupe aérienne, et les gens de Subarashii auraient dû être durement censurés pour avoir entamé la fusion du régolite sans s'être concertés avec quiconque en dehors de l'ATONU. Mais Sax ne souhaitait pas attirer l'attention sur lui, et il se contenta de travailler sur son lutrin, assis près de Claire et de Berkina, nerveux, espérant à chaque instant que quelqu'un allait poser les questions difficiles qui affluaient à son esprit.

Elles étaient aussi évidentes que difficiles, et on les posa. D'abord un scientifique de Mitsubishi, qui s'en prenait constamment à ceux de Subarashii. Il se leva et s'inquiéta très courtoisement de l'effet de serre incontrôlable qui pourrait résulter de l'excès de CO_2. Sax approuva avec ferveur. Mais les gens de Subarashii répliquaient déjà que c'était exactement ce qu'ils espéraient : qu'il n'y aurait jamais trop de chaleur, et qu'une pression atmosphérique de 700 ou 800 millibars était préférable à 500 de toute manière.

— Mais pas si c'est du CO_2, murmura Sax à l'oreille de Claire, qui acquiesça.

H. X. Borazjani se leva pour déclarer la même chose. D'autres suivirent. Ils étaient nombreux à utiliser le modèle original de Sax comme base d'action, et ils insistaient de diverses manières sur la difficulté que l'on rencontrait à évacuer des taux excessifs de CO_2 de l'atmosphère. Mais il se trouvait aussi certains scientifiques sérieux d'Armscor, de Consolidated ou de Subarashii pour prétendre que le nettoyage du CO_2 ne poserait aucune difficulté, et même qu'une atmosphère trop lourde en CO_2 ne serait pas la pire solution. Un écosystème dominé par la flore, avec des insectes tolérants en CO_2 et sans doute quelques espèces animales issues du génie génétique, se développerait dans cette atmosphère épaisse. Quant aux humains, ils porteraient des masques respiratoires légers.

Sax grinçait des dents. Heureusement, il n'était pas le seul, ce qui lui permettait de rester assis tandis que les autres se levaient tour à tour pour critiquer cette version fondamentaliste du terraforming. La discussion devint violente, et même houleuse.

— Nous ne voulons pas créer une planète jungle !

— Vous laissez entendre que nous pourrions être génétiquement transformés pour tolérer un taux de CO_2 plus élevé, mais c'est ridicule !

Très vite, il devint évident qu'ils n'avançaient plus. Ils avaient tous leur opinion, ils n'écoutaient plus, et restaient tous retranchés dans le camp de leur employeur. Tout cela était inconvenant, à vrai dire. Le dégoût général ne tarda guère à les pousser vers la sortie. Tout autour de Sax, les gens repliaient leurs programmes, éteignaient leurs lutrins dans un concert de chuchotements. Plus loin, d'autres insistaient, argumentaient, invectivaient... Les choses avaient mal tourné, à l'évidence... Mais il suffisait de réfléchir un bref instant pour comprendre que tous se disputaient à présent sur les décisions qui allaient être prises par les politiques, et non par les scientifiques. Ça ne plaisait à personne et les auditeurs étaient de plus en plus nombreux à quitter la salle au milieu d'une discussion. L'animatrice du débat, une Japonaise d'une politesse extrême qui affichait un air malheureux, éleva la voix pour proposer qu'on arrête là les débats. Et le public se déversa dans les couloirs en petits groupes agités et bavards.

Sax suivit Claire, Jessica et ses autres collègues de Biotique jusqu'à Hunt Mesa, de l'autre côté du canal. Ils s'engouffrèrent tous dans l'ascenseur pour se retrouver sur le plateau, chez Antonio.

— Ils vont nous inonder de CO_2, déclara Sax, incapable de se taire plus longtemps. Je pense qu'ils ne comprennent pas quel coup ça va porter au modèle standard.

— C'est un modèle complètement différent, dit Jessica. Biphase, lourd, industriel...

— Mais les gens et les animaux devront indéfiniment rester sous les tentes, protesta Sax.

— Pour les dirigeants des transnats, ça importe sans doute peu, dit Jessica.

— Peut-être même que ça leur plaît, ajouta Berkina.

Sax fit la grimace.

Claire intervint alors :

— Il est possible aussi qu'ils veuillent seulement essayer leur soletta et leur loupe dans le ciel. Comme des jouets. Vous savez, c'est un peu comme ces loupes avec lesquelles on met le feu dans l'herbe sèche quand on a dix ans. En plus fort. Ils ne peuvent plus attendre. Et puis, ils appelleront canaux toutes ces zones grillées...

— Mais c'est tellement stupide ! lança Sax d'un ton acerbe. (Toutes les têtes se tournèrent alors vers lui et il essaya de se modérer :) Je veux dire que c'est idiot, en fait. C'est du romantisme mal placé. Il ne saurait s'agir de canaux, parce qu'il n'y a pas de voies d'eau à relier les unes aux autres, et même s'ils les utilisaient, les bords s'effondreraient.

— Mais non, parce qu'ils seraient en verre, dit Claire. C'est juste une idée, ces canaux, après tout.

— Mais on n'est pas dans un *jeu* ! dit Sax.

Ça devenait très difficile d'assumer le sens de l'humour de Stephen : il ne savait pour quelle raison, mais ce sujet l'irritait, le perturbait complètement. Tout avait si bien commencé ici. Soixante années de créations réelles — et voilà que d'autres intervenaient avec des idées différentes et des jouets différents. Voilà qu'ils se querellaient, travaillaient les uns contre les autres, qu'ils développaient des méthodes toujours plus puissantes et coûteuses avec de moins en moins de coordination. Ils allaient ruiner son plan !

Les ultimes sessions de l'après-midi furent superficielles et ne restaurèrent en rien la foi de Sax en une science désintéressée. Ce même soir, de retour dans sa chambre, il suivit les infos vidéo sur l'environnement avec plus d'intérêt, cherchant des réponses à une question qu'il n'avait pas encore vraiment formulée. Des falaises s'écroulaient. Des rochers de toutes tailles étaient arrachés au permafrost par le cycle de congélation-décongélation et se disposaient selon des schémas de polygones caractéristiques. Des glaciers rocheux étaient en formation dans les ravines et les chutes. Les rochers arrachés à la gangue de glace dévalaient les gorges en masse et se comportaient très exactement comme des glaciers. Des pingos marquaient toute l'étendue des lowlands du Nord, excepté sur les mers gelées créées par les plates-formes de forage, et qui avaient inondé les terres.

Le changement se produisait à un degré massif et devenait apparent un peu partout, désormais. Il s'accélérait chaque année avec le réchauffement des étés, et le biote du sous-sol martien progressait toujours plus profondément — tout gelait et se solidifiait avec l'hiver et se givrait un peu durant chaque nuit d'été. Un cycle aussi intense de gel-dégel aurait dévasté n'importe quel paysage, et celui de Mars était encore plus susceptible d'en souffrir puisqu'il était resté figé dans une stase d'aridité froide durant des millions d'années. La perte de masse provoquait des glissements de terrain quotidiens, et les accidents et les disparitions devenaient courants. Certains trajets en surface étaient maintenant dangereux. Les canyons et les cratères jeunes ne représentaient plus des sites sûrs pour édifier une ville, ni même pour y faire étape une nuit.

Sax s'avança jusqu'à la fenêtre de sa chambre et contempla les lumières de la ville. Tout cela, Ann l'avait prédit depuis longtemps. Il était certain qu'elle devait recevoir avec écœurement les rapports sur l'accélération des changements, de même que tous les Rouges. Pour eux, n'importe quel effondrement était le signe que les choses empiraient plutôt que de s'améliorer. Autrefois, Sax aurait rejeté leurs arguments d'un haussement d'épaules : la perte de masse exposait le sol aux rayons du soleil, le réchauffait, révélant ainsi les sources potentielles de nitrate et tout le reste. Mais, au sortir de la conférence, il n'en était plus aussi convaincu.

Aux infos vidéo, aucune trace d'inquiétude n'apparaissait. Les Rouges n'avaient pas voix au chapitre. L'effondrement du relief était considéré comme une occasion idéale, non seulement pour le terraforming, qui semblait la préoccupation exclusive des transnats, mais aussi pour l'exploitation minière de Mars. Sax regarda un reportage sur la découverte récente d'un filon de minerai d'or avec un sentiment d'abattement. Etrange de constater à quel point les gens étaient fascinés par la prospection. Le vingt-deuxième siècle commençait, on était sur Mars, l'ascenseur fonctionnait à nouveau et voilà qu'on revenait à une mentalité de ruée vers l'or, comme si c'était là que se jouait le destin, sur cette nouvelle frontière, avec des outils d'exploitation et de construction qui se multipliaient un peu partout. Et le terraforming qui avait été son œuvre, son travail, le but unique de sa vie en fait, durant plus de soixante ans, semblait se transformer en autre chose...

Il commença à souffrir d'insomnie. Il n'avait jamais connu ce phénomène auparavant, et trouva cela très pénible. Il s'éveillait, se tournait et se retournait, et puis les rouages s'enclenchaient dans son esprit et tout se mettait à tourner. Quand il devenait évident qu'il ne retrouverait pas le sommeil, il se levait, allumait l'écran de son intelligence artificielle et regardait des programmes vidéo, les derniers bulletins d'infos, ce qu'il n'avait jamais fait auparavant. Il observa les symptômes d'une sorte de dysfonctionnement sociologique sur Terre. Par exemple, rien ne montrait qu'ils aient fait la moindre tentative pour ajuster leurs sociétés à l'impact de l'augmentation de la population provoquée par les traitements gérontologiques. Pourtant, la solution était élémentaire : contrôle des naissances, quotas, stérilisation — mais la plupart des pays n'avaient rien fait de tout cela. Il apparaissait en fait que la sous-classe permanente des non-traités était en pleine croissance, et plus particulièrement dans les pays pauvres à population élevée. A présent que l'ONU était moribonde, il devenait difficile d'obtenir des statistiques, mais la dernière étude de la Cour mondiale prétendait que soixante-dix pour cent de la population des pays développés avait eu droit au traitement contre vingt pour cent seulement en ce qui concernait les pays pauvres. Si cette situation persistait, se dit Sax, on aboutirait à une physicalisation des classes — une émergence tardive ou une révélation rétroactive des visions pessimistes de Marx, en plus extrême néanmoins, car désormais les différences de classes apparaîtraient comme une véritable différence physiologique provoquée par une distribution bimodale, proche de la spéciation...

La divergence entre les pauvres et les riches était à l'évidence dangereuse, mais, sur Terre, cela semblait être considéré comme faisant partie de l'ordre naturel des choses. Etaient-ils donc incapables de voir le danger ?

Il ne comprenait plus les gens de la Terre, mais il ne les avait sans doute jamais compris. Il restait assis à frissonner durant les longues périodes d'insomnie de ses nuits, trop fatigué pour lire ou travailler. Il appelait sur son écran tel ou tel programme d'infos de la Terre, essayant de mieux comprendre ce qui pouvait se passer là-bas. Il devait le faire, s'il voulait un jour comprendre Mars. Car la politique martienne des transnats était modelée par ce qui se passait sur Terre. Il *devait* comprendre. Mais les infos vidéo semblaient dépasser le seuil de compréhension. Là-bas, plus encore que sur Mars, et plus dramatiquement, aucun plan ne semblait avoir de prépondérance.

Il lui aurait fallu une science de l'histoire mais, malheureusement, rien de tel n'existait. Arkady Bogdanov lui avait toujours répété que l'histoire était lamarckienne, une notion menaçante si l'on tenait compte de la pseudo-spéciation suscitée par la distribution inégale des traitements gérontologiques. Mais cela ne lui était pas d'un grand secours. La psychologie, la sociologie, l'anthropologie : tout cela était suspect. Les méthodes scientifiques ne pouvaient s'appliquer aux êtres humains, et en aucun cas en tirer des informations *utiles*. Ils se trouvaient devant le problème de la valeur des faits exposé d'une façon différente. La réalité humaine ne pouvait être expliquée qu'en termes de valeurs. Et les valeurs se révélaient particulièrement résistantes à l'analyse scientifique. Séparation des facteurs pour étude, hypothèses falsifiables, expériences répétées — l'ensemble du dispositif des labos de physique était inutilisable ici. C'étaient les valeurs qui conduisaient l'histoire, qui formait un tout non répétitif et aléatoire. On pouvait la qualifier de lamarckienne, de système chaotique, mais il ne s'agissait là que d'intuitions, car de quels facteurs parlait-on ? Quels aspects pouvait-on acquérir en apprenant, ou en entrant dans un cycle non répétitif mais inscrit ?

Nul ne pouvait le dire.

Il se remit à réfléchir à la science naturelle qui l'avait tellement captivé quand il était sur le glacier d'Arena, précisément parce qu'elle utilisait des méthodes scientifiques pour étudier l'histoire du monde naturel. Par bien des aspects, cette histoire était un problème méthodologique aussi difficile que l'histoire humaine, car elle non plus ne se répétait pas et ne se prêtait pas à l'expérimentation. Et pourtant, sans le facteur de conscience humaine quasi aléatoire, l'histoire naturelle avait souvent de réels succès, même si elle était fondée principalement sur des hypothèses qui ne pouvaient être vérifiées que dans des observations ultérieures. C'était une véritable science. Elle avait découvert, au milieu du désordre et des imprévus, quelques principes généraux d'évolution acceptables — le développement, l'adaptation, la complexification. Et d'autres principes spécifiques avaient été confirmés, dans chacune des disciplines mineures.

Ce dont il avait besoin, c'était de principes similaires ayant pu influencer l'histoire humaine. Ses quelques lectures d'historiographie ne l'avaient guère encouragé. Il s'agissait de tristes imitations de la méthode scientifique, ou d'art pur et simple. A chaque décennie environ, une nouvelle explication historique venait réfuter toutes les précédentes, mais il était clair que le révisionnisme réservait des plaisirs qui n'avaient rien à voir avec la justice du cas exposé. La sociobiologie et la bioéthique semblaient plus prometteuses, mais elles tendaient à mieux expliquer les choses lorsqu'elles travaillaient sur des échelles d'évolution dans le temps, et Sax voulait des éléments provenant des cent dernières ou prochaines années. Ou même du dernier demi-siècle et des cinq ans à venir.

Nuit après nuit, ne trouvant pas le sommeil, il se levait pour se retrouver devant son écran et ruminait tous ces problèmes, trop fatigué en même temps pour penser normalement. Ces nuits sans sommeil se multipliant, il revenait de plus en plus souvent aux reportages sur le soulèvement de 2061. Les compilations vidéo sur les événements de cette année-là abondaient et certains n'hésitaient pas à le qualifier de *Troisième Guerre mondiale* ! C'était d'ailleurs le titre d'une série : soixante heures d'images sur 2061, mal montées.

Il suffisait de regarder brièvement les séries vidéo pour se rendre compte que le titre ne versait pas entièrement dans le sensationnel. Sur Terre, dans le cours de cette année fatale, d'autres guerres avaient fait rage, et si les historiens se refusaient à parler de Troisième Guerre mondiale, c'était uniquement parce que les conflits n'avaient pas duré suffisamment longtemps. Et puis, il ne s'était pas agi de l'affrontement de deux grands camps : tout avait été confus et complexe. Des sources diverses évoquaient une guerre du Nord contre le Sud, des jeunes contre les vieux, de l'ONU contre les nations, ou des nations contre les transnationales, ou encore des transnationales contre les pavillons de complaisance, des armées contre la police, de la police contre les citoyens — un conflit fait de multiples conflits. Durant une période de six à huit mois, le monde avait sombré dans le chaos. Au cours de ses errances dans les « sciences politiques », Sax était tombé sur une charte rédigée par un certain Herman Kahn, intitulée *Echelle d'escalade*, qui tentait de définir les conflits en fonction de leur nature et de leur gravité. L'échelle de Kahn comportait quarante-quatre degrés. Ils allaient du premier, la Crise évidente, avant de monter vers Démonstrations politiques et diplomatiques, Déclarations solennelles, Mobilisation importante, pour passer ensuite à une pente plus accentuée : Démonstration de force, Actions de violence et de harcèlement, Confrontations militaires dramatiques, Guerre nucléaire, Attaques exemplaires contre les biens matériels, Attaque dévastatrice contre les biens civils. Pour arriver au numéro 44 : Spasme de guerre insensée. C'était certainement un exemple intéressant de taxinomie et de séquence logique et Sax devinait très bien que les différentes catégories étaient des abstractions issues des nombreuses guerres du passé. Si l'on se fiait aux définitions de la table de Kahn, 2061 avait atteint le degré 44.

Dans le maelström de cette année-là, la guerre sur Mars n'avait été qu'un conflit spectaculaire entre cinquante autres. Seuls quelques rares programmes généraux consacraient plusieurs minutes à la guerre. Des clips pour la plupart : les gardes gelés de Korolyov, les dômes brisés, la chute du câble, puis celle de Phobos. Les analyses de la situation politique sur Mars étaient superficielles, quand elles existaient. Mars n'avait été pour la Terre qu'un spectacle exotique, avec quelques bonnes séquences, mais rien qui pût vraiment la distinguer du bourbier général. Non. A l'aube d'une nuit sans sommeil, cela émergea dans son esprit : s'il voulait comprendre 2061, il devait rassembler lui-même les pièces, en partant des sources primaires des vidéos, des séquences tumultueuses de foules en furie incendiant les villes, des conférences de presse occasionnelles avec des leaders frustrés et acculés.

Mais rien que le fait de tout reclasser dans l'ordre chronologique s'avérait difficile. Et ça devint (dans son style d'Echus) sa principale source d'intérêt dans les semaines suivantes. Replacer chaque événement dans son cadre et à sa date exacte était le premier pas vers la compréhension de ce qui avait pu se passer — qui précédait immédiatement le « pourquoi ».

Comme les semaines passaient, il commença à percevoir le sens des événements. Le sens commun avait très certainement raison : l'émergence des transnationales dans les années 2040 avait jeté les bases du drame, et elle était la cause prédominante de la guerre. Durant cette décennie, alors que Sax consacrait toute son attention au terraforming de Mars, un nouvel ordre terrien s'était mis en place, façonné par la fusion des milliers de sociétés multinationales qui commençaient à former le noyau des transnationales. Cela ressemblait à la formation planétaire, se dit-il une certaine nuit : des corps planétésimaux qui devenaient des planètes.

Cependant, ça n'était pas un ordre nouveau. Les multinationales avaient surtout émergé dans les riches nations industrielles, et en un certain sens, les transnationales étaient des expressions de ces nations — des extensions de leur pouvoir sur le reste du monde, d'une façon qui rappelait à Sax le peu qu'il savait des systèmes coloniaux et impérialistes qui les avaient précédées. Frank avait une fois dit quelque chose de ce genre : le colonialisme n'est jamais mort, il a seulement changé de nom et engagé des flics sur place. Nous sommes tous les colonies des transnats.

C'était bien là le cynisme de Frank, se dit Sax (tout en souhaitant avoir auprès de lui cet esprit dur et amer). Oui, et toutes les colonies n'étaient pas égales. Il était vrai que les transnats étaient si puissantes qu'elles avaient réduit les gouvernements des nations au rang de serviteurs impuissants. Et aucune des transnats n'avait marqué une loyauté particulière envers tel ou tel gouvernement, ni même envers l'ONU. Mais elles étaient des enfants de l'Occident — des enfants qui ne se souciaient plus de leurs parents mais qui les soutenaient pourtant. Car les statistiques montraient que les nations industrielles avaient prospéré sous les transnats, alors que les nations en voie de développement n'avaient d'autre ressource que de se battre entre elles pour obtenir des pavillons de complaisance. Et c'est ainsi qu'en 2060, lorsque les transnats s'étaient trouvées sous le feu des pays les plus pauvres acculés au désespoir, le Groupe des Sept et ses forces armées s'étaient portés à leur défense.

Mais quelle était la cause immédiate ? A terme, Sax décida que c'était certainement le traitement de longévité qui avait tout fait basculer. Durant les années 2050, le traitement s'était répandu dans les pays riches, illustrant la flagrante inégalité économique du monde, pareille à une tache de couleur sur un échantillon au microscope. Au fur et à mesure que le traitement se développait, la situation était devenue plus tendue, montant régulièrement selon l'échelle de crise d'Herman Kahn.

La cause essentielle de l'explosion de 61, assez bizarrement, semblait être une chamaillerie à propos de l'ascenseur spatial. L'ascenseur avait été conçu par Praxis, mais dès qu'il avait été mis en usage, en février 2061 pour être précis, Subarashii en avait récupéré la propriété dans une opération franchement hostile. Subarashii, à cette époque, était un conglomérat qui rassemblait toutes les sociétés japonaises qui n'avaient pas été récupérées par Mitsubishi. C'était une transnat en pleine croissance, ambitieuse et agressive. Dès qu'elle avait récupéré la propriété de l'ascenseur — une opération approuvée par l'AMONU — Subarashii avait augmenté les quotas d'immigration, rendant rapidement critique la situation sur Mars. Durant la même période, sur Terre, les concurrents de Subarashii avaient protesté contre cette conquête économique de Mars. Si Praxis s'était contentée de porter ses objections devant l'ONU parfaitement impuissante, la Malaisie, l'un des pavillons de complaisance de Subarashii, avait été attaquée par Singapour, qui était une base de Shellalco. En avril 2061, la plus grande partie du Sud asiatique était en guerre. La plupart des conflits relevaient du long terme : le Cambodge contre le Vietnam, le Pakistan contre l'Inde. Mais certaines offensives avaient été lancées contre des pays pavillons de Subarashii, comme la Birmanie ou le Bangladesh. Les événements, dans ces secteurs, avaient escaladé l'échelle de Kahn à une vitesse mortelle, et aux alentours du mois de juin, les conflits s'étaient étendus à l'ensemble de la Terre, avant de gagner Mars. En octobre, on comptait cinquante millions de morts. Cinquante autres millions périrent des conséquences, la plupart des ressources ayant été détruites ou interrompues, et un nouveau vecteur de malaria s'était répandu sans aucun traitement ou vaccin disponible.

C'était plus qu'il n'en fallait à Sax pour définir cette période comme une guerre mondiale, sans tenir compte de sa brièveté. Il en concluait que ç'avait été une combinaison fatale de luttes entre les transnats, et de révolutions multiples déclenchées par des groupes défranchisés contre l'ordre transnat. Mais la violence chaotique avait convaincu les transnats de résoudre leurs disputes, ou du moins de les mettre de côté. Toutes les révolutions avaient échoué, particulièrement après l'intervention militaire du Groupe des Sept, qui voulait sauver les pavillons de complaisance des transnats d'un démembrement éventuel. Toutes les nations militaro-industrielles géantes s'étaient retrouvées du même côté, ce qui faisait que cette Troisième Guerre mondiale avait été plus courte que les précédentes. Courte, mais terrible : dans le cours de l'année 2061, on avait compté plus de victimes que durant les deux autres guerres mondiales réunies.

Mars n'avait été qu'une campagne mineure dans cette Troisième Guerre : certaines des transnats avaient réagi avec trop de violence face à une révolte flamboyante mais désorganisée. Au terme des événements, Mars s'était retrouvée dans les serres des transnats majeures, avec la bénédiction du Groupe des Sept et des autres clients des transnats. Et la Terre avait repris le cours habituel de son existence, avec une centaine de millions d'habitants en moins. Mais, à part cela, rien n'avait changé. Aucun des problèmes n'avait été résolu. Et une nouvelle explosion de violence pouvait donc se produire. C'était parfaitement possible. Et même probable, pouvait-on dire.

Sax dormait toujours aussi mal. Même s'il passait ses journées dans la routine habituelle, il lui semblait qu'il voyait les choses différemment depuis la fin de la conférence. Une autre preuve, supposait-il sombrement, de la notion de vision en tant que concept de paradigme. Mais désormais, il était tellement évident que les transnats étaient partout. En terme d'autorité, il n'y avait guère autre chose. Burroughs était une ville transnat et, d'après ce que Phyllis lui avait dit, c'était également le cas de Sheffield. Les équipes scientifiques nationales qui avaient proliféré dans les années antérieures au traité n'existaient plus. Et maintenant que les Cent Premiers étaient morts ou passés dans la clandestinité, toute la tradition de Mars en tant que station de recherche s'était éteinte. Ce qui restait de science sur la planète était entièrement consacré au projet de terraforming, et il avait pu constater quel genre de science ça devenait. Non, aujourd'hui, on ne faisait plus que de la recherche appliquée.

Et puis, à présent qu'il y regardait de plus près, il ne décelait pas beaucoup de signes des nations anciennes. Les infos donnaient l'impression qu'elles étaient pour la plupart en banqueroute, y compris le Groupe des Sept, et que les transnats avaient pris en charge les dettes. Certains rapports amenèrent Sax à penser qu'en un sens les transnats s'emparaient de pays mineurs pour assurer leur assise capitaliste, aménageant un nouvel arrangement affaires/gouvernement qui allait bien au-delà des vieux contrats sur les pavillons de complaisance.

Un exemple de ce nouvel ordre des choses sous une forme légèrement différente, c'était Mars elle-même, qui semblait effectivement appartenir aux grandes transnats. Et avec le retour de l'ascenseur, l'exportation de métaux et l'importation de marchandises et de population s'étaient sérieusement accélérées. Les marchés financiers terriens étaient en hausse hystérique, sans la moindre perspective d'apaisement, en dépit du fait que Mars ne pouvait fournir à la Terre que certains métaux et en quantités limitées. Ce phénomène de gonflement des marchés n'était probablement qu'un effet de bulle, et si la bulle éclatait, il y aurait certainement des retombées, une fois encore. Ou pas du tout. L'économie était un domaine bizarre, et par certains aspects, l'ensemble des marchés était tout simplement trop irréel pour avoir des impacts hors de son champ. Mais qui pouvait savoir ? Sax, tout en flânant dans les rues de Burroughs, regardait les cours affichés dans les vitrines des officines et ne pouvait en avoir la moindre idée. Les gens ne constituaient pas des systèmes rationnels.

Cette vérité profonde fut encore renforcée lorsque Desmond réapparut au seuil de sa chambre, un certain soir. Le célèbre Coyote en personne, le passager clandestin, le petit frère du Grand Homme. Il était là, petit et mince dans une combinaison de maçon aux couleurs vives : rayures bleu roi et bleu marine, bottes citron vert. La plupart des travailleurs des chantiers de construction de Burroughs (et ils étaient nombreux) portaient ces nouvelles bottes de walker, souples et légères, aux couleurs vives. C'était une mode, mais Sax dut admettre qu'il n'avait pas encore vu de bottes vertes aussi fluorescentes que celles de Desmond.

Desmond-Coyote lui fit son drôle de sourire.

— Elles sont belles, n'est-ce pas ? Et marrantes.

Ce qui allait parfaitement avec ses dreadlocks, qu'il avait serrés sous un volumineux béret rouge, jaune et vert : un détail assez rare sur Mars.

— Viens, dit-il, on va prendre un verre quelque part.

Il conduisit Sax jusqu'à un petit bar, au bord du canal, creusé dans un pingo massif. L'endroit était minuscule, bondé et les clients étaient serrés autour de longues tables : l'accent australien perçait dans les conversations. Sur la berge du canal, un groupe particulièrement excité jetait des boules de glace grosses comme des boulets de canon et, quand l'une d'elles allait s'écraser dans l'herbe, de l'autre côté, tout le monde applaudissait et les clients du bar avaient droit à une tournée d'azote. Les promeneurs de l'autre rive, apparemment, faisaient un large détour pour éviter l'endroit.

Desmond commanda deux doubles tequilas et un inhalateur de protoxyde.

— On va bientôt faire pousser des agaves en surface, non ?...

— A mon avis, tu pourrais le faire dès maintenant.

Ils s'étaient installés en bout de table, coude à coude, et Desmond, entre deux gorgées de tequila, parlait au creux de l'oreille de Sax. Il avait toute une liste de choses qu'il voulait que Sax se procure chez Biotique. Des stocks de graines, des spores, des rhizomes, divers médias de croissance et quelques produits chimiques difficiles à synthétiser.

— Hiroko m'a demandé de te dire qu'elle a réellement besoin de tout ça, mais plus particulièrement des graines.

— Elle ne peut pas les produire elle-même ? Je déteste dérober des choses.

— La vie est un jeu dangereux, lui fit remarquer Desmond, en portant à cette réflexion un toast d'azote, puis de tequila. Ahhh ! souffla-t-il.

— Ça n'est pas tant le danger, dit Sax. C'est seulement que je n'aime pas ça. Je travaille avec ces gens, après tout.

Desmond haussa les épaules sans répondre. Sax prit conscience que ses scrupules devaient paraître bien superflus pour Coyote, qui avait vécu de vol durant vingt-cinq ans.

— Mais tu ne vas pas voler des gens, dit-il enfin. Tu vas dérober certaines choses qui appartiennent à la transnat qui possède Biotique.

— Mais c'est un conglomérat suisse. Et Praxis ne me paraît pas si détestable. Elle est régie par un système égalitaire très libre qui me rappelle celui d'Hiroko, en fait.

— Sauf qu'elle fait partie d'un système global qui est une petite oligarchie qui gouverne le monde. Il faut te rappeler le contexte.

— Oh, mais je ne l'oublie pas, répliqua Sax en pensant à ses nuits sans sommeil. Crois-moi. Mais il convient de faire certaines distinctions.

— Oui, oui. Et l'une de ces distinctions, c'est le fait qu'Hiroko a besoin de ces choses, qu'elle ne peut pas les fabriquer, puisqu'elle doit se cacher de la police au service de ces merveilleuses transnationales.

Sax plissa les yeux d'un air mécontent.

— Et puis, le vol de matériaux est l'un des derniers actes de résistance qui nous restent. Hiroko s'est mise d'accord avec Maya : des sabotages évidents dénonceraient tout simplement l'existence de l'underground, ce serait provoquer les représailles et l'effacement du demi-monde. Mieux vaut disparaître pour un temps, selon elle, et les laisser croire que nous n'avons jamais été très nombreux.

— C'est une bonne idée, mais je suis surpris que tu fasses ce que dit Hiroko.

— Très drôle. (Desmond grimaça.) En tout cas, moi aussi je pense que c'est une bonne idée.

— Vraiment ?

— Non. Mais elle a réussi à me convaincre. Et c'est peut-être mieux ainsi. De toute façon, nous avons encore besoin de tant de choses !

— Est-ce que ces vols ne vont pas finir par alerter la police sur notre présence ?

— Impossible. Il y a tellement de vols que ça ne saurait se remarquer. Et puis, nous avons des gens qui travaillent pour nous de l'intérieur.

— Comme moi.

— Oui, mais tu ne le fais pas pour l'argent, non ?...

— Non, mais ça ne me plaît toujours pas.

Desmond rit, révélant sa dent de pierre et l'asymétrie étrange de son maxillaire et de la partie inférieure de son visage.

— Le syndrome de Stockholm, dit-il. Tu travailles avec eux, tu apprends à les connaître et tu finis par éprouver de la sympathie pour eux. Il faut te souvenir de ce qu'ils accomplissent ici. Allez, finis ton jus de cactus et je vais te montrer des choses que tu ne connais pas, ici même, dans Burroughs.

Il y eut une soudaine agitation : une boule de glace avait atteint l'autre berge et renversé un vieil homme. Tout le monde applaudissait et on portait en triomphe la femme qui avait réussi le coup. Mais le groupe qui accompagnait le vieil homme se ruait déjà vers la plus proche passerelle.

— C'est trop bruyant par ici, dit Desmond. Allez, finis ton verre et on y va.

Sax liquida sa tequila pendant que Desmond prenait une dernière bouffée. Puis ils s'éclipsèrent rapidement pour fuir le brouhaha grandissant en suivant le bord du canal. En une demi-heure, ils se retrouvèrent entre les colonnes de Bareiss, puis dans Princess Park. Là, ils tournèrent sur la droite et escaladèrent la pente herbue de Thoth Boulevard. Au-delà de la montagne de la Table, ils prirent à gauche dans une ruelle de verdure et atteignirent la pente occidentale de la paroi de la tente, qui se déployait en un arc immense autour de Black Syrtis Mesa.

— Regarde, dit Desmond en pointant le doigt. Ils restaurent les anciens quartiers — cercueils pour les travailleurs. C'est la construction Subarashii standard, maintenant, mais regarde un peu comment ces unités sont installées dans la mesa. A l'intérieur de Black Syrtis, il y avait une centrale de traitement de plutonium, aux premiers jours de Burroughs. En ce temps-là, elle était loin à l'écart de la ville. Mais maintenant, Subarashii a construit les quartiers d'habitation de ses employés tout près, et ils sont chargés de surveiller les opérations de retraitement et de récupération des déchets qui devraient aller au nord, dans Nili Fossae, où ils seront utilisés par les réacteurs intégraux à haute vitesse. L'opération de nettoyage devait être au départ complètement robotisée, mais les robots sont difficiles à gérer et on s'est aperçu que la main-d'œuvre humaine coûtait moins cher.

— Et les radiations ? s'étonna Sax.

— C'est justement ça, fit Desmond avec son sourire farouche. Ils encaissent une quarantaine de rems par an.

— Tu plaisantes !

— Mais non. Ils l'annoncent aux travailleurs, ils leur donnent un bon salaire et un bonus au bout de trois ans : le traitement.

— Sinon on ne le leur donne pas ?

— Sax, ça coûte très cher. Et les listes d'attente sont longues. C'est un moyen d'éviter l'attente et de se le payer.

— Mais quarante rems ! Ils n'ont aucune certitude que le traitement puisse être efficace après ça !

— Nous le savons. (Desmond fronça les sourcils. Inutile de parler de Simon.) Mais pas eux.

— Et Subarashii ne fait ça que pour réduire les frais ?

— Dans une opération aussi énorme, Sax, c'est très important. Toutes sortes de solutions d'amortissement sont en train d'émerger. Le système d'égout de Black Syrtis est le même pour tout — la clinique médicale, les cercueils et les usines.

— Tu plaisantes !

— Mais non, absolument pas. Quand je plaisante, je suis quand même plus drôle.

Sax agita la main en un geste de refus absolu.

— Ecoute, reprit Desmond, il n'existe plus d'agences d'application des règlements. Ni de codes de la construction ou quoi que ce soit. C'est ça le résultat de la victoire des transnationales en 61 — elles édictent leurs propres règles. Et tu sais quelle est la première.

— Mais c'est tout simplement stupide.

— Ce département de Subarashii est dirigé par des Géorgiens, et ils sont retombés dans un schéma stalinien. Disons que c'est une attitude patriotique pour diriger leur pays aussi bêtement que possible. Et les affaires également. Et, bien sûr, les hauts dirigeants de Subarashii restent des Japonais, et ils croient que le Japon est devenu grand en étant dur. Ils prétendent qu'ils ont gagné en 61 ce qu'ils ont perdu dans la Seconde Guerre mondiale. Subarashii est la plus dure des transnats de cette planète, mais toutes les autres l'imitent pour tenter d'être des concurrents valables. Praxis est une anomalie en ce sens, il ne faut pas l'oublier.

— Et donc, nous les récompensons en les volant.

— C'est toi qui as postulé pour entrer à Biotique. Peut-être que tu devrais changer d'emploi.

— Non.

— Est-ce que tu penses pouvoir obtenir ce que nous t'avons demandé d'une des firmes de Subarashii ?

— Non.

— Mais tu peux l'obtenir de Biotique.

— Probablement. La sécurité est très dure.

— Mais tu peux y arriver.

— Probablement. (Sax réfléchit brièvement.) Mais je veux quelque chose en retour.

— Oui ?...

— Est-ce que tu pourrais me conduire jusqu'à cette zone grillée par la soletta pour que j'y jette un coup d'œil ?

— Certainement ! J'aimerais bien revoir ça moi-même !

Le lendemain après-midi, ils quittèrent Burroughs et prirent le train vers le sud, sur le Grand Escarpement, et en descendirent à la gare de Libya, à soixante-dix kilomètres de Burroughs. Là, ils se glissèrent jusqu'au sous-sol, puis descendirent un tunnel qui accédait à l'amas de rocaille extérieur. C'est là, dans un graben, qu'ils trouvèrent un des véhicules de Desmond. Quand la nuit descendit, ils se dirigèrent en suivant l'Escarpement vers un petit refuge des Rouges sur la bordure du cratère Du Martheray, à proximité d'un lit plat de rochers que les Rouges utilisaient comme terrain d'atterrissage. Desmond ne révéla pas l'identité véritable de Sax à leurs hôtes. On les conduisit jusqu'à un petit hangar à flanc de falaise, où ils embarquèrent à bord d'un des anciens avions furtifs de Spencer. Ils roulèrent sur le terrain rocailleux avant de décoller en un vol ondulant. Dès qu'ils eurent pris de l'altitude, ils mirent le cap vers l'est, lentement.

Ils volèrent longtemps en silence. Sax discerna des lumières au sol par trois fois : d'abord une station dans le cratère d'Escalante, puis les lucioles d'un train circumplanétaire, et un clignotement dans la région sauvage qui se situait derrière le Grand Escarpement.

— C'est quoi ? demanda-t-il.

— Pas la moindre idée.

Quelques minutes s'écoulèrent avant que Sax ne déclare :

— Tu sais que je suis tombé sur Phyllis.

— Vraiment ? Et est-ce qu'elle t'a reconnu ?

— Non.

Desmond rit.

— Ça, c'est bien d'elle.

— Mais des tas d'anciennes relations ne m'ont pas reconnu.

— Oui, mais Phyllis... Est-ce qu'elle est toujours présidente de l'Autorité transitoire ?

— Non. Elle semble croire que ce poste n'est pas suffisamment important.

Desmond rit de nouveau.

— Quelle femme bornée. Mais je dois lui reconnaître une chose : elle a réussi à ramener tout son groupe de Clarke à la civilisation. Je croyais vraiment qu'ils étaient fichus.

— Tu sais des choses à propos de cette affaire ?

— J'ai parlé à deux types qui étaient sur Clarke. C'était un soir, au Pingo Bar, à Burroughs. Ils étaient intarissables.

— Est-ce qu'il s'est passé quelque chose vers la fin du voyage ?

— Vers la fin ? Eh bien... oui. Quelqu'un est mort. J'ai cru comprendre qu'une femme avait eu la main écrasée au moment où ils avaient évacué Clarke, et Phyllis était la seule à bord à pouvoir jouer les doctoresses. Elle a soigné la femme pendant tout le voyage. Elle croyait bien réussir jusqu'au bout, mais... là-dessus, les deux types n'ont pas été très clairs, mais ça s'est mal terminé. Phyllis a organisé une séance de prière, mais la femme est morte malgré tout, deux jours seulement avant qu'ils aient regagné le système terrestre.

— Ah ! fit Sax. Phyllis ne me semble plus très... religieuse.

— A mon avis, fit Desmond d'un ton méprisant, elle ne l'a jamais vraiment été. Sa religion à elle, ce sont les affaires. Quand on rend visite aux chrétiens de Christianopolis ou de Bingen, on n'entend pas parler de marge de profit au petit déjeuner et ils ne t'assomment pas avec d'horribles sermons sur la *vertu*. La vertu, Seigneur ! C'est une des qualités les plus détestables qu'on puisse trouver chez un individu. Tu pensais que tout ça était construit sur le sable, hein ? Mais les chrétiens du demi-monde ne sont pas du tout comme ça. Il y a de tout chez eux : des gnostiques, des quakers, des baptistes, des rastafariens Ba'hai, et ce sont les gens les plus agréables de tout l'underground, si tu veux mon avis. Et j'ai traité avec tous. Ils sont réellement serviables. Et ils ne prennent pas de grands airs, comme s'ils étaient les meilleurs copains de Jésus. Et ils ont de très bonnes relations avec Hiroko aussi bien qu'avec les soufis. C'est comme un réseau mystique. (Il ricana.) Mais avec Phyllis, maintenant, et tous ces fondamentalistes du business qui se servent de la religion pour couvrir leurs extorsions... Je déteste ça. En fait, je n'ai jamais entendu Phyllis parler de religion depuis qu'on a débarqué.

— Est-ce que tu as eu l'occasion d'entendre Phyllis depuis ?

— Plus que tu ne peux le croire ! Monsieur Labo, j'ai vu tant de choses durant toutes ces années ! J'avais des petites planques *partout* !

Sax prit un air sceptique et Desmond lui claqua l'épaule en riant.

— Comment je pourrais savoir que toi et Hiroko vous étiez ensemble pendant les premières années d'Underhill, hein ?

— Hum...

— Mais oui, j'ai vu des tas de choses. Bien sûr, je pourrais dire ça de n'importe quel homme d'Underhill sans me tromper. Cette petite mégère avait un véritable harem.

— La polyandrie ?

— A la puissance vingt !

— Mmouais...

Desmond se remit à rire devant son air déconfit, puis ils continuèrent leur vol dans le silence.

Peu après l'aube, ils remarquèrent une colonne de fumée blanche qui obscurcissait les étoiles sur tout un quadrant du ciel. Longtemps, ce nuage dense fut l'unique anomalie dans le paysage. Puis, un peu plus tard, ils passèrent le terminateur et découvrirent une large bande de lumière intense montant sur l'horizon d'est, droit devant eux — à moins que ce ne fût une auge d'un orange vif qui divisait le terrain du nord-est au sud-ouest approximativement. Dans la partie qu'ils pouvaient observer, ils discernaient un point blanc plus lumineux encore, marqué de turbulences, comme si une éruption volcanique était en cours. Immédiatement au-dessus, un faisceau de lumière montait dans le ciel — un rayon de fumée illuminée, en fait, mais si dense et si étroit qu'il était comme un pilier solide. En altitude, au fur et à mesure que la fumée se dissipait, il devenait moins distinct, puis disparaissait à un plafond de dix mille mètres, tout en haut du nuage de fumée qui dérivait vers l'est.

Tout d'abord, ils ne virent aucun signe évident de l'origine de ce faisceau lumineux — la loupe aérienne était en orbite à quatre cent mille mètres, après tout. Puis, Sax crut distinguer une espèce de fantôme nuageux, qui s'élevait beaucoup plus haut dans le ciel. Qu'est-ce que ça pouvait être, Desmond n'avait pas la moindre certitude.

Au pied du pilier ardent, il ne fut plus question de visibilité. L'auge de roche en fusion était d'un blanc aveuglant. On pouvait estimer qu'elle était à 5 000 degrés kelvins à l'air libre.

— Il va falloir être prudents, commenta Desmond. Si on passe dans ce faisceau, on sera comme un papillon de nuit dans une flamme.

— Oui, et je suis sûr qu'il y a des turbulences dans la fumée.

— Exact. Je crois que je vais rester dans le sens du vent.

Tout en bas, là où le pilier de fumée illuminée rencontrait le canal orange, de nouveaux tourbillons de fumée se dégageaient en bouffées violentes, dans une clarté bizarre. Au nord du point blanc incandescent, là où la roche avait une chance de refroidir, la matière liquéfiée rappelait à Sax les films qu'il avait vus sur les éruptions des volcans hawaïens. Des vagues jaune-orange se déversaient vers le nord dans le canal de roche fluide, rencontrant parfois des points de résistance qui les envoyaient se briser sur les berges sombres. Le canal de matière en fusion avait au moins deux kilomètres de large et courait d'un horizon à l'autre dans les deux directions, sur plus de deux cents kilomètres sans doute. Au sud du pilier, le lit du canal de feu était presque recouvert de rocs noirs en voie de refroidissement, sillonnés de craquelures orange. Le dessin rectiligne du canal et le pilier ardent étaient la seule preuve évidente qu'il ne s'agissait pas d'un écoulement de lave naturel. Mais ils étaient amplement suffisants. Et il n'y avait eu aucun signe d'activité volcanique à la surface de Mars depuis plusieurs milliers d'années.

Desmond inclina l'appareil et ils obliquèrent brusquement vers le nord.

— Le rayon de la loupe aérienne se déplace vers le sud, donc plus loin en avant, on pourra se rapprocher.

Sur de nombreux kilomètres, le canal de fusion continuait vers le nord-est. Puis, alors qu'ils s'éloignaient de la zone en feu, l'orange de la roche en fusion se fit plus sombre et commença à se rétrécir, avec une croûte noire fissurée d'orange. Plus loin encore, la surface du canal était noire, aussi noire que les berges. Un ruban obscur et pur qui allait vers les highlands aux tons de rouille d'Hesperia.

Desmond vira pour se replacer cap au sud en se rapprochant du canal. Il pilotait avec une certaine rudesse, sans ménager son appareil léger. Les craquelures orange réapparurent, et sous l'effet d'un courant thermique l'avion se cabra et ils durent glisser un peu plus à l'ouest. La coulée de lave éclairait les bords du canal, dessinant des ondulations de collines noires sous la fumée.

— Je croyais qu'elles contenaient surtout des silicates, dit Sax.

— De l'obsidienne. En fait, j'en ai rencontré de différentes couleurs. Avec des tourbillons de minéraux divers.

— Cette fusion s'étend loin ?

— Ils coupent de Cerberus à Hellas, juste à l'ouest des volcans de Tyrrhena et d'Hadriaca.

Sax, impressionné, siffla entre ses dents.

— Ils prétendent que ça formera un canal entre la mer d'Hellas et l'océan du Nord.

— Oui, oui. Mais ils volatilisent les carbonates beaucoup trop vite.

— Ils densifient l'atmosphère, non ?

— Oui, mais il y a le CO_2 ! Ils fichent tout le plan en l'air ! On ne pourra pas respirer cette atmosphère pendant des années et on sera coincés dans les villes !

— Peut-être qu'ils croient pouvoir évacuer le CO_2 grâce au réchauffement général. (Desmond lui jeta un regard en biais.) Tu en as assez vu comme ça ?

— Plus que nécessaire.

Desmond partit de son rire inquiétant et vira brusquement. Ils se lancèrent à la poursuite du terminateur, droit vers l'ouest, volant à basse altitude au-dessus des ombres allongées de l'aube.

— Réfléchis, Sax. Pendant une certaine période, les gens seront confinés dans les villes, ce qui est plutôt pratique si l'on souhaite garder le contrôle des événements. Tu grilles le sol avec ta loupe volante, tu tailles des tranchées, et très vite tu as ta pression atmosphérique de un bar et tu as une planète humide et chaude. Ensuite, tu trouves un moyen de nettoyer l'excédent de gaz carbonique — ils ont sûrement leur idée là-dessus, quelque chose d'industriel ou de biologique, à moins que ce ne soit les deux. Quelque chose de vendable, en tout cas. Et *illico presto*, tu te retrouves avec une autre Terre. Ça risque de coûter cher mais...

— Mais c'est totalement ruineux ! Tous ces projets gigantesques sont de nature à couler des tas de transnationales, et pourtant elles persistent, alors qu'on va atteindre les 273 K. Je ne comprends pas.

— Ils se disent sans doute que deux kelvins, c'est trop modeste. Une moyenne qui se situe au point de congélation, c'est un peu frais, non ?... C'est une sorte de concept de terraforming à la Sax Russell, disons. Pratique, mais... (Il ricana.) Ou alors, ils sont pressés. La Terre est dans un vrai bourbier, Sax.

— Je le sais. J'ai étudié la question.

— Un bon point pour toi ! Non, je le dis sincèrement. Donc, tu sais que les gens qui n'ont pas eu droit au traitement sont acculés au désespoir — ils vieillissent et les chances qu'ils avaient de recevoir le traitement deviennent dramatiquement minces. Quant à ceux qui ont reçu le traitement, surtout dans les classes les plus favorisées, ils se demandent quoi faire. En 61, ils ont appris ce qui se passe quand le contrôle des choses vous échappe. Alors, ils achètent des pays comme des plateaux de mangues qu'on solde à la fin du marché. Mais ça ne semble pas les aider vraiment. Et là, juste à côté, dans l'espace, il y a une planète toute neuve, fraîche et vide, pas encore vraiment aménagée pour s'y installer, mais presque. Une planète potentiellement riche. Un nouveau monde. Hors de portée des milliards de pauvres qui n'ont pas reçu le traitement.

Sax resta songeur un instant.

— Une sorte de planque, en somme. Un coin où se réfugier en cas d'ennuis.

— Exactement. Je crois que pas mal de types des transnats veulent que Mars soit terraformée aussi rapidement que possible, par tous les moyens.

— Ah... fit simplement Sax.

Et ils restèrent silencieux durant tout le voyage de retour.

Desmond le raccompagna jusqu'à Burroughs. Ils allèrent à pied de la gare du Sud à Hunt Mesa et ils purent apercevoir les arbres du parc du Canal, entre Branch Mesa et la montagne de la Table, jusqu'à Black Syrtis.

— Est-ce qu'ils font des choses aussi stupides sur toute la planète ? s'inquiéta Sax.

Desmond acquiesça.

— La prochaine fois, je t'apporterai une liste.

— J'y compte. (Sax secoua la tête.) Ça n'a pas de sens. Ils ne tiennent pas compte des résultats à long terme.

— Parce qu'ils pensent court.

— Mais ils vont avoir une vie très longue ! On peut supposer qu'ils seront encore au pouvoir quand les conséquences de leurs initiatives leur retomberont dessus !

— Peut-être qu'ils ne voient pas les choses comme ça. Ils changent souvent de fonction aux plus hauts niveaux. Ils essaient de se bâtir une réputation en fondant une société très rapidement, puis ils se font embaucher par une autre, et recommencent. C'est un jeu de chaises musicales.

— Et tout va s'écrouler, quelle que soit la chaise qu'ils ont choisie ! Ils ne s'inquiètent pas une seconde des lois de la physique !

— Bien sûr que non ! Sax, tu n'avais jamais remarqué ça ?

— Sans doute pas...

Bien sûr, il avait constaté que la situation des affaires humaines était irrationnelle, inexplicable. Mais ça ne pouvait échapper à personne. Il prenait à présent conscience qu'il s'était reposé sur un postulat qui impliquait que ceux qui participaient aux gouvernements faisaient un effort de bonne foi pour conduire les choses de façon rationnelle, avec une perspective à long terme sur le bien-être de l'humanité et son équilibre biophysique. Il tenta d'expliquer tout ça à Desmond qui se contenta de rire. Agacé, Sax finit par s'écrier :

— Mais pourquoi se lancer dans une entreprise aussi compromise, sinon dans un but honorable ?

— Pour le pouvoir. Le pouvoir et la richesse.

— Ah...

Sax avait toujours été tellement indifférent à ces choses qu'il avait quelque difficulté à comprendre que quelqu'un puisse s'y intéresser. Est-ce qu'il y avait d'autre richesse que la liberté de faire ce qu'on voulait ? Dès que l'on avait cette liberté, tout nouvel acquis de pouvoir ou de richesse commençait à réduire vos options, et par là même votre liberté. On se retrouvait au service de ses richesses et de son pouvoir, forcé de consacrer tout son temps à les protéger. Tout bien considéré, la liberté de mouvement d'un chercheur dans son laboratoire était le plus haut degré de liberté imaginable. Avec lequel le pouvoir et la richesse ne pouvaient qu'entrer en interférence.

Tandis que Sax décrivait sa philosophie, Desmond secouait la tête.

— Il existe certaines personnes qui aiment dire aux autres ce qu'ils doivent faire. Ils apprécient ça encore plus que la liberté. C'est une question de hiérarchie. Et de place dans la hiérarchie. Pour autant qu'elle soit élevée. Ils ont tous cet objectif. C'est plus sûr que la liberté. Et un certain nombre sont des lâches.

— Je pense qu'il ne s'agit que d'une incapacité totale à comprendre le concept des réductions de retours. Comme si toute bonne chose n'avait pas de limite. C'est complètement irréaliste. Ce que je veux dire, c'est qu'il n'existe dans la nature aucun processus qui ne tienne jamais compte de la quantité !

— La vitesse de la lumière.

— Bof ! Aucun rapport. Il est clair que la réalité physique n'intervient pas comme facteur dans ces calculs.

— Bien dit.

Sax secoua la tête, irrité.

— Et revoilà la religion. Et les idéologies. Que disait Frank ? Une relation imaginaire avec une situation réelle ?...

— C'était un homme qui aimait le pouvoir.

— C'est vrai.

— Mais il avait beaucoup d'imagination.

Ils firent une halte à l'appartement de Sax, afin qu'il se change avant de regagner le plateau de la mesa pour aller prendre leur petit déjeuner chez Antonio.

Sax ruminait encore leur discussion.

— Le problème, c'est que ceux dont l'appétit de pouvoir et de richesse est hypertrophié accèdent à des postes qui leur donnent excessivement ce qu'ils veulent. Et ils s'aperçoivent seulement alors qu'ils sont autant les esclaves que les maîtres de leurs buts. Et ils deviennent alors mécontents puis aigris.

— Comme Frank.

— Oui. Celui qui dispose du pouvoir semble toujours atteint d'un dysfonctionnement. Ça va du cynisme à une tendance marquée à l'autodestruction. Ils ne sont pas heureux, en fait.

— Mais ils ont le pouvoir.

— Oui, acquiesça Sax. Et c'est bien de ça que découle notre problème. Les affaires humaines... (Il s'interrompit pour dévorer un des roulés à la confiture qu'on venait de leur servir — il était affamé.) Tu sais, on devrait les diriger selon les principes de l'écologie des systèmes...

Desmond explosa de rire et récupéra une serviette *in extremis* pour s'essuyer le menton. Tous les regards étaient soudain braqués sur eux et Sax se sentit mal à l'aise.

— Quelle idée formidable ! hurla Desmond. Oh, Saxifrage, que je t'aime ! Un management *scientifique*, c'est ça ?...

— Pourquoi pas ? s'entêta Sax. Ce que je veux dire, c'est que les principes qui gouvernent le comportement des espèces dominantes dans un écosystème stable sont plutôt directs, pour autant que je m'en souvienne. Je parie qu'un conseil d'écologistes pourrait construire un programme qui produirait une société bienveillante stable !

— Si seulement tu dirigeais le monde ! s'exclama Desmond en riant de nouveau.

Il posa le front sur la table, soudain, et se mit à ululer.

— Pas tout seul.

— Non, je plaisante. (Desmond redevint sérieux.) Tu sais que Vlad et Marina travaillent sur leurs théories éco-économiques depuis des années. Ils ont même réussi à me les faire essayer dans le commerce entre les colonies de l'underground.

— J'ignorais ça, fit Sax, surpris.

Desmond secoua la tête.

— Sax, il faut que tu sois plus attentif à ce qui se passe. Dans le Sud, nous vivons depuis des années selon les principes éco-économiques.

— Il faudra que je m'intéresse à ça.

— Oui. (Desmond afficha un large sourire, prêt à exploser une fois encore.) Tu as beaucoup à apprendre.

Leur commande arriva, avec une carafe de jus d'orange, et Desmond remplit leurs verres à ras bord. Il trinqua avec Sax et dit :

— Bienvenue dans la révolution !

Desmond repartit pour le Sud, avec la promesse que Sax chaparderait à Biotique ce qu'Hiroko avait demandé.

— Il faut que j'aille voir Nirgal, dit-il avant de serrer Sax entre ses bras.

Un mois passa durant lequel Sax put réfléchir à tout ce qu'il avait appris grâce à Desmond et aux vidéos de la Terre. Il ordonnait lentement tout cela et se sentait de plus en plus troublé. Chaque nuit, il se réveillait brusquement pour quelques heures d'insomnie.

Puis, un matin, après une mauvaise nuit, il reçut un message sur son bloc de poignet. C'était Phyllis : elle était en ville pour diverses réunions et elle voulait qu'ils se retrouvent pour dîner.

Sax accepta, surpris, mais en manifestant l'enthousiasme de Stephen. Il la retrouva chez Antonio. Ils s'embrassèrent à l'européenne et on les installa à l'une des tables d'angle, d'où l'on surplombait la ville. Sax fit à peine attention à ce qu'on lui servait tandis qu'ils bavardaient à propos de Sheffield et de Biotique.

Après le cheesecake, ils prirent du cognac. Sax n'était nullement pressé de partir et il n'était pas du tout sûr de ce que Phyllis avait en tête pour la fin de soirée. Elle n'avait manifesté aucune intention évidente et elle ne semblait pas avoir envie de partir, elle non plus.

Elle se laissa aller en arrière et lui adressa un regard chaleureux.

— C'est bien toi, n'est-ce pas ?

Il inclina la tête pour marquer sa perplexité.

Elle rit.

— C'est dur à croire, vraiment. Sax Russell... Tu n'étais jamais comme ça, dans le bon vieux temps. Jamais je n'aurais pensé que tu pouvais être un aussi bon amant.

Il plissa les yeux, déconcerté, et promena le regard alentour.

— J'espère que ça en dit plus long sur toi que sur moi, rétorqua-t-il avec l'insouciance de Stephen.

Il n'y avait personne aux tables les plus proches et les serveurs se tenaient discrètement à distance. Le restaurant fermerait dans une demi-heure.

Phyllis se remit à rire, mais il y avait une certaine dureté dans ses yeux, et Sax comprit soudain qu'elle était en colère. Vexée, sans le moindre doute, d'avoir été dupée par un homme qu'elle connaissait depuis quatre-vingts ans. Et furieuse qu'il ait décidé de la duper, elle. Et pourquoi pas ? Cela dénotait un manque total de confiance, après tout, surtout de la part de quelqu'un qui couchait avec vous. La mauvaise foi dont il avait fait preuve à Arena lui revenait maintenant et il se sentait très mal à l'aise. Mais que faire ?

Il se souvenait de cet instant où elle l'avait embrassé dans l'ascenseur. Il en était resté tout aussi déconcerté que maintenant. Il avait été aussi surpris qu'elle ne le reconnaisse pas alors que d'être reconnu en cet instant. Il y avait là une belle symétrie. Et, dans les deux cas, il avait suivi le mouvement.

— Tu as autre chose à dire ? demanda Phyllis.

Il leva les mains.

— Qu'est-ce qui te fait croire ça ?

Il y eut un peu plus de colère dans son rire. Puis, elle le dévisagea, les lèvres serrées.

— C'est si facile à voir maintenant. Ils t'ont donné un menton et un nez, c'est tout, je suppose. Mais les yeux sont les mêmes, ainsi que la forme de ta tête. C'est drôle tout ce dont on se souvient et ce qu'on oublie.

— C'est vrai.

En fait, se dit-il, ce n'était pas tant une question d'oubli que l'incapacité à rassembler des fragments de mémoire. Sax songea qu'ils étaient encore là, stockés quelque part.

— Je ne me rappelle pas vraiment ton ancien visage, reprit Phyllis. Pour moi, tu étais toujours dans un quelconque labo, le nez collé à un écran. Tu devais sans doute porter une blouse blanche. Tu étais une sorte de rat de laboratoire géant. (Elle avait le regard étincelant, à présent.) Mais à un certain moment, tu as appris à imiter le comportement humain. Plutôt bien, d'ailleurs, non ? Assez bien pour tromper une vieille amie qui t'aimait tel que tu étais.

— Nous ne sommes pas de vieux amis.

— Non, fit-elle d'un ton sec. Je ne le pense pas non plus. Toi et tes vieux amis, vous avez tenté de me tuer. Et vous avez assassiné des milliers d'autres gens. Et détruit la plus grande partie de cette planète. Il est évident que tes amis sont encore là, quelque part, sinon tu ne serais pas ici, n'est-ce pas ? En fait, ils doivent avoir largement essaimé parce que lorsque j'ai fait une vérification ADN de ton sperme, les banques officielles de l'Autorité transitoire m'ont confirmé que tu étais bien Stephen Lindholm. Et pendant longtemps, j'ai perdu le fil. Mais tu as fait quelque chose qui m'a donné à réfléchir. Quand nous sommes tombés dans cette crevasse. Oui, c'est ça... ça m'a rappelé un incident qui s'était passé autrefois dans l'Antarctique. Toi, moi et Tatiana Durova, nous étions sur les hauteurs de Nussbaum Riegel, quand Tatiana a trébuché et s'est foulé la cheville. Il était tard, le vent s'était levé, et on a envoyé un hélicoptère de la base. Pendant que nous attendions, tu as trouvé une sorte de lichen de roche...

Sax secoua la tête, sincèrement surpris.

— Je ne m'en souviens pas.

C'était vrai. Cette année d'entraînement et de sélection dans les vallées sèches de l'Antarctique avait été intense, mais dans sa mémoire, elle était floue, et jamais il ne retrouverait cet incident. Il avait même du mal à croire qu'il se soit vraiment produit. Et il n'avait pas la moindre trace de souvenir du visage de Tatiana Durova.

Absorbé dans ses pensées et dans l'effort de concentration qu'il faisait pour retrouver cette année perdue, les propos de Phyllis lui échappèrent. Mais il entendit cependant :

— ... j'ai vérifié avec les anciens clichés de la mémoire de mon IA, et c'est là que je t'ai retrouvé.

— Tes unités mémoire doivent commencer à s'user, marmonna-t-il d'un air absent. On s'est aperçu depuis quelque temps qu'elles étaient brouillées par les rayons cosmiques si on ne les consolidait pas de temps en temps.

Elle ignora totalement cette minable saillie.

— Ce qui compte, c'est le fait que des gens qui sont capables de trafiquer comme ça les données de l'Autorité transitoire méritent qu'on les surveille de près. Je crains de ne pouvoir laisser passer ce genre de chose. Même si je le voulais.

— Qu'est-ce que tu veux dire ?

— Je ne sais pas vraiment. Tout va dépendre de toi. Tu pourrais me dire où tu te cachais, avec qui, et ce qui se passe actuellement. Tu n'es arrivé à Biotique qu'il y a un an, après tout. Tu étais où avant ça ?...

— Sur la Terre.

Le sourire de Phyllis se plissa de façon menaçante.

— Si c'est comme ça, je vais être dans l'obligation de faire appel à certains de mes associés. Les gens de la sécurité de Kasei Vallis sauront te rafraîchir la mémoire.

— Allons...

— Et ça n'est pas une métaphore. Ils ne vont pas te cogner dessus ou je ne sais quoi. C'est une question d'extraction. Ils t'endorment, ils stimulent l'hippocampe et l'amygdale, et ils te posent des questions. Les gens répondent, c'est tout.

Sax réfléchit. On ne savait toujours pas grand-chose des mécanismes de la mémoire, mais il ne faisait aucun doute qu'on pouvait appliquer des méthodes brutales aux zones que l'on connaissait. La résonance magnétique, les ultrasons ciblés et bien d'autres outils. Mais ce serait dangereux, néanmoins...

— Alors ?... demanda Phyllis.

Il observa un instant son sourire, maléfique, triomphant. Des pensées défilaient en vrac dans son esprit, des images sans légendes : Desmond, Hiroko, les gamins de Zygote criant *Pourquoi, Sax ? Pourquoi ?* Il dut se maîtriser pour ne pas montrer le dégoût qu'il ressentait soudain, qui déferlait en lui. C'était peut-être ce que les gens appelaient de la haine. Il s'éclaircit la gorge et dit enfin :

— Je suppose que je ferais aussi bien de tout te raconter.

Elle acquiesça fermement, comme si c'était une décision qu'elle aurait prise elle-même. Et elle tourna la tête : le restaurant était totalement désert, maintenant, et les serveurs s'étaient tous regroupés autour d'une table, où ils sirotaient de la grappa.

— Allez, viens, dit Phyllis. On va jusqu'à mes bureaux.

Il acquiesça en se levant avec raideur. Sa jambe droite ne répondait plus. Il suivit Phyllis en boitillant. Ils dirent bonsoir aux serveurs et prirent l'ascenseur. Phyllis appuya sur le bouton du sous-sol. La porte se referma. Sax se dit qu'ils étaient encore une fois dans un ascenseur. Il inspira à fond et rejeta la tête en arrière, comme s'il venait de remarquer quelque chose d'anormal sur le panneau de contrôle. Phyllis suivit son regard et, d'un mouvement spasmodique, il la frappa au maxillaire. Elle s'effondra, le souffle court, inconsciente. Un élancement affreusement douloureux monta dans les deux phalanges principales de la main droite de Sax. Il appuya sur le bouton du second étage, au-dessus du métro. Il savait qu'un long passage permettait de traverser Hunt Mesa, avec de nombreuses boutiques qui, à cette heure, seraient fermées. Il prit Phyllis par les aisselles et la souleva. Elle était plus grande que lui, flasque et lourde.

Quand la porte de l'ascenseur s'ouvrit, il était sur le point d'appeler à l'aide. Mais il n'y avait personne à l'extérieur : il passa un bras de Phyllis autour de son cou et l'entraîna vers l'un des mini-carts qui étaient garés à quelques mètres de là pour les gens qui voulaient traverser rapidement la mesa ou qui étaient trop chargés. Il la laissa tomber sur le siège arrière et elle grogna, comme si elle était sur le point de se réveiller. Il s'installa aux commandes et pressa la pédale d'accélération. Le cart dévala le couloir en bourdonnant. Sax prit conscience qu'il ruisselait de sueur et qu'il n'arrivait pas à maîtriser son souffle.

Il passa devant deux toilettes avant de s'arrêter. Phyllis, inerte, roula de son siège jusqu'au sol en gémissant un peu plus fort. Elle ne tarderait plus à reprendre conscience, si ce n'était déjà fait. Il alla vérifier que les toilettes des hommes n'étaient pas verrouillées. C'était bien le cas, et il revint très vite au cart pour soulever Phyllis et la porter sur son dos. Il vacilla brièvement sous son poids et la laissa tomber devant le seuil. Sa tête cogna contre le sol et elle cessa de gémir. Il ouvrit la porte, la traîna jusqu'à l'intérieur, puis referma la porte et la verrouilla.

Il s'assit à côté d'elle, le souffle haletant. Phyllis respirait encore. Elle avait le pouls faible mais régulier. Elle semblait hors de danger, mais un peu plus inconsciente qu'après son premier coup. Sa peau était pâle et humide et elle avait la bouche entrouverte. Un bref instant, il eut pitié d'elle, avant de se rappeler qu'elle l'avait menacé de le confier aux techniciens de la sécurité pour le faire parler. Certes, leurs méthodes étaient sophistiquées, mais c'était quand même de la torture. Et s'ils avaient réussi, ils auraient appris la situation des refuges de l'underground dans le Sud et bien plus de choses encore. Dès qu'ils auraient une idée générale de ce qu'il connaissait, ils pourraient lui soutirer le reste. Il serait impossible de résister à leur combinaison d'injection de drogues et de modification du comportement.

Dès à présent, Phyllis en savait beaucoup trop. Le seul fait qu'il ait une fausse identité aussi parfaite impliquait qu'il existait toute une infrastructure qui était demeurée cachée jusqu'à présent. Dès qu'ils connaîtraient son existence, ils pourraient sans doute la débusquer. Et Hiroko, Desmond et Spencer, qui était dans le système de Kasei Vallis, seraient tous en danger... Ainsi que Nirgal, Jackie, Peter et Ann... tous. Parce qu'il n'avait pas été assez malin pour éviter cette femme redoutable et stupide qu'était Phyllis.

Il regarda autour de lui. Il y avait deux cabines : une pour les toilettes, l'autre avec un lavabo, un miroir et le distributeur courant de pilules contraceptives et de gaz récréatifs. Il reprit son souffle et réfléchit très vite. Au fur et à mesure que les plans se dessinaient dans son esprit, il chuchotait dans son bloc de poignet les instructions destinées à son IA. Desmond lui avait donné certains programmes de virus à haut potentiel de destruction. Il se connecta avec le bloc de Phyllis et attendit que les transferts s'opèrent. Avec un peu de chance, il pouvait détruire tout son système : les dispositifs de sécurité personnels ne pouvaient rien contre les virus de Desmond à usage militaire. C'était du moins ce que prétendait Desmond.

Mais restait le problème de Phyllis. Parmi les gaz disponibles, il y avait surtout du protoxyde d'azote, dans des inhalateurs individuels qui devaient contenir deux ou trois mètres cubes de gaz sous pression. Il jaugea la pièce : elle devait faire trente-cinq ou quarante mètres cube. La grille de ventilation était près du plafond et il pouvait aisément l'obturer avec un bout de serviette aérogel.

Il inséra des cartes de paiement dans le distributeur et acheta tout le stock de gaz disponible : vingt petits containers de poche avec leurs masques inhalateurs. L'oxyde d'azote serait un peu plus lourd que l'atmosphère de Burroughs.

Il prit les petits ciseaux de son bloc et découpa une partie de la serviette. Puis, il escalada le réservoir de la chasse et entreprit d'obturer la grille de ventilation en insérant le tissu dans les fentes. Quelques orifices subsistaient, mais ils étaient petits. Il redescendit et inspecta la porte : il y avait un espace d'environ un centimètre entre le battant et le sol. Il découpa d'autres bouts de serviette. Phyllis ronflait, à présent. Il alla jusqu'à la porte, l'ouvrit, poussa les containers dans le couloir et referma après avoir jeté un dernier regard à Phyllis, recroquevillée sur le sol. Il tassa les rubans d'aérogel sous la porte, ne ménageant qu'un espace étroit dans un coin. Il jeta un regard rapide dans le couloir, de part et d'autre, s'assit et inséra le flexible du premier container dans l'orifice avant d'appuyer sur la valve. Il répéta cette opération vingt fois, rangeant les containers vides au fur et à mesure dans ses poches. Quand elles furent pleines, il se confectionna un sachet avec les bouts de tissu pour le reste, se releva et regagna le cart. Il écrasa du pied l'accélérateur et le cart bondit violemment en avant, dans le sens opposé à l'arrêt brutal qui avait précipité Phyllis hors du siège. Ce qui avait dû lui faire mal.

Il arrêta le cart, descendit et retourna aux toilettes des hommes dans le bruit des containers. Il ouvrit la porte d'un geste brusque en retenant son souffle, attrapa Phyllis par les chevilles et la tira vers l'extérieur. Elle respirait encore, avec un doux sourire sur le visage. Il résista à l'envie de lui donner un coup de pied et remonta dans le cart.

Il redescendit à pleine vitesse vers l'autre côté de Hunt Mesa, puis descendit jusqu'au sous-sol. Il prit le premier métro qui se présenta et traversa toute la ville jusqu'à la gare du Sud. Il remarqua que ses mains tremblaient et qu'il avait deux phalanges de la main droite qui gonflaient à vue d'œil en virant au bleu. La douleur venait en même temps.

Il acheta un ticket pour le sud mais, quand il le présenta en même temps que sa carte d'identification au contrôleur, il vit l'autre rouler des yeux et dégainer son pistolet en même temps que ses collègues tout en appelant du renfort pour une arrestation. Apparemment, Phyllis s'était réveillée plus tôt qu'il ne l'avait prévu.

CINQUIÈME PARTIE

SANS FOYER

La biogenèse, en premier lieu, c'est de la psychogenèse. Jamais cette vérité n'avait été aussi manifeste que sur Mars, où la noosphère avait précédé la biosphère — la couche de pensée venue de loin enveloppant tout d'abord la planète, l'investissant avec ses histoires, ses plans et ses rêves, jusqu'au moment où John Boone avait débarqué et proclamé : Nous voici ! *— et c'est à partir de ce point d'ignition que la force verte s'était répandue comme un feu de broussailles, jusqu'à ce que la planète tout entière pulse sous la* viriditas. *Comme si quelque chose lui avait manqué jusqu'alors, et qu'elle ait réussi au fond de son esprit à percer la roche, à faire s'affronter la noosphère et la lithosphère, jusqu'à ce que la biosphère jusqu'alors absente surgisse par l'issue entrouverte avec la surprenante vivacité d'une fleur en papier de prestidigitateur.*

C'était ainsi que les choses apparaissaient au regard de Michel Duval, qui s'était désormais passionnément voué à tout signe de vie dans le désert de rouille, qui avait adhéré à l'aréophanie d'Hiroko avec la ferveur d'un homme qui se noie et trouve une bouée. C'était ainsi qu'il avait acquis cette nouvelle vision des choses. Afin d'en améliorer la pratique, il avait copié cette habitude qu'avait Ann de sortir peu avant l'aube pour découvrir, dans les ombres naissantes des touffes d'herbes nouvelles, un plaisir toujours renouvelé et déchirant. Car dans chaque carré de lichen ou de sauge, il discernait sa Provence en miniature.

C'était sa tâche, telle qu'il la concevait maintenant : le difficile travail de concilier l'inconciliable antinomie entre la Provence et Mars. Il avait le sentiment que dans ce projet il faisait partie d'une longue tradition car, récemment, dans le cours de ses études, il avait remarqué que l'histoire de la pensée française était dominée par diverses tentatives pour résoudre des antinomies extrêmes : l'esprit et le corps (pour Descartes), le freudisme et le marxisme (pour Sartre), le christianisme et l'évolution (pour Teilhard de Chardin), d'autres encore. Il lui apparaissait que la qualité particulière de la philosophie française, sa tension héroïque et sa tendance à se frayer un long chemin à travers des fiascos superbes, était due à ses tentatives répétées d'allier des termes contradictoires. Autant d'attaques du même problème, y compris la sienne, autant de combats pour tricoter l'esprit à la matière. Voilà pourquoi, peut-être, la pensée française avait souvent été si accueillante à des dispositifs rhétoriques aussi complexes que le carré sémiotique, structures susceptibles de plier ces contradictions inconciliables en réseaux assez résistants pour les contenir.

Donc, désormais, telle était la tâche de Michel : tricoter patiemment l'esprit vert et la matière rouille : découvrir la Provence qui était en Mars. Le lichen de crustose, par exemple, donnait à certaines parties de la plaine rouge l'aspect d'un placage de jade pomme.

A présent, dans les claires soirées indigo (les vieux ciels roses avaient donné un aspect brun à l'herbe), la couleur du ciel soulignait chaque brin d'un trait d'un vert pur et les petites prairies semblaient vibrer. La couleur exerçait comme une pression intense sur la rétine... Un délice.

Mais il était tout aussi intimidant de voir à quelle vitesse cette biosphère primitive avait pris racine, avait fleuri et s'était répandue sous l'effet de l'élan vers la vie inhérent à la nature : un arc électrique, et vert, entre les pôles de la roche et de l'esprit. Une puissance incroyable qui avait ici touché les chaînons génétiques, inséré des séquences, créé des hybrides nouveaux dont elle avait favorisé le développement en changeant leur environnement. L'enthousiasme naturel de la vie pour la vie était clair de toutes parts, comme étaient évidents son combat et ses fréquentes victoires. Mais il y avait aussi des mains pour guider tout cela, une noosphère qui baignait le tout depuis le départ. La force verte, infiltrée dans le paysage à chaque attouchement de ses doigts. Et les êtres humains en étaient devenus miraculeux — des créateurs conscients désormais, qui s'avançaient dans ce monde nouveau comme des dieux neufs et jeunes en déployant leurs pouvoirs alchimiques immenses. Et Michel posait un regard nouveau et curieux sur tous ceux qu'il rencontrait sur Mars, se demandant face à leur apparence anodine s'il n'avait pas devant lui un nouveau Paracelse, un nouvel Isaac de Holland, qui pourrait changer le plomb en or, ou bien faire fleurir les rochers.

L'Américain que Coyote et Maya avaient sauvé, à première vue, n'avait rien de plus particulier que tous ceux que Michel avait pu rencontrer sur Mars. Il était peut-être plus curieux, plus naïf. C'était un homme trapu, à la démarche traînante, le visage basané, avec une expression intriguée. Mais Michel avait depuis longtemps l'habitude de passer sous cette surface d'apparences pour atteindre l'esprit qui animait l'intérieur, et très vite, il conclut qu'ils avaient un homme mystérieux entre les mains.

Il déclarait se nommer Art Randolph, chargé de la récupération des matériaux utiles de l'ascenseur effondré.

— Du carbone ? demanda Maya.

Son ton sarcastique lui avait échappé ou bien il avait décidé de l'ignorer, et il répondit :

— Oui, mais aussi...

Suivit toute une liste de minéraux exotiques bréchiformes.

Maya se contenta de lui lancer un regard noir, qu'il ne remarqua pas non plus, apparemment. Il ne savait que poser des questions. Qui étaient-ils ? Que faisaient-ils dans cette région ? Où l'emmenaient-ils ? Dans quel genre d'engin roulaient-ils ? Est-ce qu'ils étaient vraiment invisibles depuis l'espace ? Comment avaient-ils pu supprimer leurs signaux thermiques ? Pourquoi voulaient-ils qu'on ne les repère pas depuis l'espace ? Est-ce qu'ils faisaient partie de cette colonie perdue légendaire ? Ou de l'underground martien ? Qui étaient-ils donc, après tout ?

Personne ne se montrait très empressé de répondre, et ce fut finalement Michel qui lui dit :

— Nous sommes des Martiens. Nous vivons ici. Par nos propres moyens.

— L'underground. Incroyable. Pour tout vous avouer, je pensais que vous étiez un mythe. Ça, c'est quelque chose, les gars...

Maya roula des yeux, et quand leur invité demanda qu'ils le déposent au Belvédère d'Echus, elle eut un rire méchant.

— Allons, soyez sérieux.

— Qu'est-ce que vous voulez dire ?

Michel lui expliqua qu'ils ne pouvaient le libérer sans révéler leur présence, donc qu'ils ne pouvaient pas le libérer.

— Mais je ne dirai rien à qui que ce soit.

Maya rit à nouveau.

— Nous ne pouvons faire confiance à un étranger, dit Michel. C'est trop important. Et il se pourrait que vous ne puissiez garder le secret. Parce qu'il faudrait que vous expliquiez comment vous avez pu vous éloigner à une telle distance de votre véhicule.

— Vous pourriez m'y ramener.

— Nous n'aimons guère perdre notre temps à ce genre de chose. Jamais nous ne nous en serions approchés si nous n'avions pas remarqué que vous étiez en danger.

— Oui, j'apprécie, d'accord, mais vous ne m'avez pas réellement secouru.

— Ça valait tout de même mieux que l'alternative, coupa Maya d'un ton sec.

— Tout à fait vrai. Et croyez-moi, j'apprécie votre intervention. Mais je promets de ne rien dire à personne. Et puis ça n'est pas comme si tout le monde ignorait que vous vous cachez par ici. Sur Terre, la télé vous consacre régulièrement un reportage.

Même Maya fut réduite au silence par cet argument. Ils roulaient toujours. Maya ouvrit l'intercom et échangea quelques paroles brèves en russe avec Coyote, qui se trouvait dans le patrouilleur qui les précédait, en compagnie de Kasei, Nirgal et Dao. Coyote se montra inflexible : étant donné qu'ils avaient sauvé la vie de cet homme, ils pouvaient absolument s'en arranger pour un temps afin de se mettre hors de danger. Michel fit un bref résumé de cette conversation à leur prisonnier.

Randolph fronça brièvement les sourcils, puis haussa les épaules. Jamais Michel n'avait vu quiconque s'adapter ainsi à la déviation de sa vie : le *sang-froid*[1] de l'homme était impressionnant. Michel le scruta attentivement tout en gardant un œil sur la caméra avant. Randolph se remettait déjà à poser des questions, sur les commandes du patrouilleur. Après avoir examiné la radio et les contrôles d'intercom, il revint à sa situation :

— J'espère quand même que vous laisserez un message sous une forme ou une autre à ma société, pour qu'ils sachent que je suis en vie. Je travaille pour Dumpmines, une filiale de Praxis. Vous et Praxis, vous avez pas mal de choses en commun, croyez-moi. Eux aussi, ils savent se montrer très secrets. Je vous jure : vous devriez les contacter pour votre plus grand bien. Vous devez bien utiliser quelques fréquences codées, non ?

Aucune réponse de Maya ou de Michel. Un instant plus tard, quand Randolph se fut absenté pour gagner les mini-toilettes du patrouilleur, Maya dit d'un ton sifflant :

— A l'évidence, c'est un espion. Il était là uniquement pour qu'on le récupère.

Ça, c'était bien Maya. Michel n'essaya pas de la contrer, mais il haussa les épaules.

— En tout cas, on le traite comme tel.

Mais dès qu'il revint, il se relança dans des rafales de questions. Où vivaient-ils ? A quoi ça ressemblait d'être tout le temps dans la clandestinité ? Michel commençait à être amusé devant ce qui semblait être un numéro d'acteur, ou bien encore un test. Randolph semblait parfaitement ouvert, ingénu, amical, avec son visage mat de demi-crétin — mais ses yeux les observaient avec prudence et chacune de ses questions accueillie par le silence semblait le rendre encore plus intéressé et séduit, comme s'il captait leurs réponses silencieuses par télépathie. Chaque être humain avait des pouvoirs immenses, et chaque humain sur Mars était un alchimiste. Même si Michel avait délaissé depuis longtemps la psychiatrie, il savait reconnaître le style d'un maître au travail. Il faillit rire en éprouvant un désir croissant et violent de tout confesser à ce gros bonhomme curieux, encore tout pataud sous la pesanteur martienne.

1. En français dans le texte. (*N.d.T.*)

La radio bipa et un message compressé filtra des haut-parleurs durant deux secondes.

— Vous voyez, fit Randolph. C'est exactement comme ça que vous pourriez communiquer avec Praxis.

Mais quand l'IA eut fini de décrypter la séquence, ils ne rirent pas. Sax venait d'être arrêté à Burroughs.

A l'aube, ils rejoignirent le véhicule de Coyote et passèrent la journée à décider de ce qu'ils devaient faire. Ils étaient assis en un cercle étroit dans le compartiment-living, l'air tendu, inquiet — à l'exception de leur prisonnier, qui se trouvait entre Nirgal et Maya. Nirgal lui avait serré la main et fait un signe de tête comme s'ils étaient de vieux copains, bien que ni l'un ni l'autre n'ait prononcé la moindre parole. Mais le langage de l'amitié ne s'exprimait pas avec des mots.

C'était Spencer qui leur avait appris la nouvelle, par le biais de Nadia. Spencer travaillait dans Kasei Vallis, qui était une sorte de Korolyov, une cité de sécurité, très sophistiquée et très discrète dans le même temps. Sax avait été incarcéré dans l'un des quartiers. Et Spencer avait aussitôt prévenu Nadia.

— Il faut qu'on le sorte de là, et vite, fit Maya. Ils ne le tiennent que depuis deux jours.

— Sax Russell ? s'exclama Randolph. Sax Russell, *lui-même* ? Waouh ! Ça, je n'arrive pas à le croire. Mais vous tous, vous êtes qui ? Vous ne seriez pas Maya Toitovna, dites ?...

Maya l'insulta grossièrement en russe. Coyote se désintéressait d'eux : il n'avait pas dit un mot depuis que le message leur était parvenu. Il était concentré sur l'écran de l'IA, consultant apparemment des clichés de satellites météo.

— Vous feriez mieux de me libérer, déclara Randolph dans le silence. Je ne pourrais pas leur en dire plus que ce qu'ils vont apprendre de Russell.

— Il ne leur dira rien ! lança Kasei d'un ton vibrant.

Randolph agita la main.

— Ils vont lui faire peur, lui faire mal aussi, un peu, ils vont le droguer, lui brancher des électrodes et lui zapper le cerveau là où il faut — et ils auront les réponses à leurs questions. C'est maintenant devenu une science, à ce que j'ai cru comprendre. (Il fixait Kasei du regard.) Vous aussi, vous me semblez familier. Mais peu importe ! De toute façon, s'ils ne lui soutirent rien, ils se serviront de méthodes plus cruelles, comme d'habitude.

— Mais comment savez-vous tout ça ? demanda Maya.

— Comme tout le monde. C'est peut-être entièrement faux, mais...

— Je veux aller le délivrer, dit Coyote.

— Mais ils sauront alors que nous sommes là, protesta Kasei.

— Ils le savent déjà. Ce qu'ils ignorent, c'est l'endroit exact où nous sommes.

— Et puis, ajouta Michel, c'est *notre* Sax.

— Hiroko ne fera pas d'objection, dit Coyote.

— Et si c'est le cas, dis-lui d'aller se faire foutre ! lança Maya. Dis-lui : *Shikata ga nai !*

— Ce sera un plaisir pour moi, dit Coyote.

Les pentes nord et ouest de la bosse de Tharsis étaient plutôt dépeuplées par rapport à la dénivellation est de Noctis Labyrinthus. On y trouvait quelques stations aréothermiques et des puits aquifères. Mais la région était en grande partie recouverte d'une couche de neige, de névés et de jeunes glaciers. Les vents qui soufflaient du sud entraient en collision avec les courants plus forts de nord-ouest qui contournaient Olympus Mons, et les blizzards pouvaient être redoutables. La zone protoglaciaire s'étendait vers le haut sur six à sept mille mètres à partir de la base des grands volcans, que les tempêtes ne touchaient que rarement. Ça n'était pas l'endroit idéal pour construire, ni pour garer des véhicules furtifs. Ils roulaient durement à travers le sastrugi et sur les amas noueux de lave qui servaient de routes, vers le nord, au-delà de la masse de Tharsis Tholus, un volcan qui avait à peu près la taille du Mauna Loa, même s'il ressemblait à un simple cône de cendres comparé à Ascraeus. La nuit suivante, ils quittèrent la couche de neige et se dirigèrent vers le nord-est à travers Echus Chasma. Ils se dissimulèrent pour la journée sous la prodigieuse falaise orientale d'Echus, à quelques kilomètres au nord de l'ancien quartier général de Sax, qu'il avait autrefois installé tout au sommet.

La paroi est d'Echus Chasma concrétisait la splendeur absolue du Grand Escarpement — haute de trois mille mètres, elle courait, parfaite et droite, sur mille kilomètres, du nord au sud. Les aréologues continuaient de débattre sur ses origines : aucune force ordinaire de formation ne semblait correspondre à sa création. C'était une fracture dans la trame des choses, une césure verticale qui séparait le plancher d'Echus Chasma du haut plateau de Lunae Planum. Dans sa jeunesse, Michel avait visité la Yosemite Valley et il avait encore le souvenir de ses gigantesques falaises de granit. Mais la muraille qui se dressait devant eux était aussi longue que l'Etat de Californie. Un monde vertical de trois mille mètres, aux plans de roc rouge massifs tournés vers l'ouest, aveugles et luisants à chaque passage du crépuscule désert.

A son extrémité nord, l'incroyable falaise se faisait enfin moins haute et moins abrupte. Juste au-dessus du vingtième parallèle nord, elle était coupée par un profond chenal qui courait vers l'est sur le plateau de Lunae, vers le bassin de Chryse. Ce grand canyon était Kasei Vallis, l'une des traces les plus évidentes des inondations que

Mars avait connues jadis. Il suffisait d'un seul coup d'œil sur un cliché satellite pour voir qu'une inondation importante avait déferlé vers le bas d'Echus Chasma, jusqu'à une brèche dans la grande muraille orientale, sans doute un graben. L'eau s'était déversée dans la vallée avec une violence fantastique. Sous l'effet de l'érosion, la brèche s'était creusée en une forme courbe et lisse et, sous le flot, la berge extérieure avait été déchirée pour former un réseau quadrillé de canyons étroits. La chaîne centrale de la vallée principale avait été façonnée en une longue lemniscate, une île semblable à une larme dont les formes étaient aussi hydrodynamiques que le dos d'un poisson. La berge intérieure du cours fossile était incisée par deux canyons qui avaient été en grande partie épargnés par l'eau, des fossae ordinaires qui révélaient ce que le chenal principal avait dû être avant l'inondation. Deux impacts tardifs de météorites sur la partie haute avaient achevé de façonner le terrain en laissant deux cratères neufs et marqués.

Lorsqu'on montait lentement la pente de la berge extérieure, on abordait le coude arrondi d'une vallée, la crête en lemniscate et les créneaux ronds des cratères sur la pente de la berge intérieure étant les éléments les plus évidents du paysage. Un paysage attrayant qui n'était pas sans rappeler les abords de Burroughs dans sa majesté spatiale, le grand déploiement du chenal principal ouvert au déferlement de l'eau qui serait réduite à un cours anastomosé, sur un fond de galets, qui creuserait chaque semaine de nouveaux lits, dessinerait de nouvelles îles...

Mais pour l'heure, c'était là qu'était situé le complexe de sécurité des transnationales. Une tente couvrait les deux cratères de la berge intérieure, de même que de vastes sections du terrain quadrillé, et une partie du grand chenal, de chaque côté de l'île lemniscate. Mais ces aménagements n'étaient jamais apparus sur les vidéos et nul n'y avait jamais fait allusion dans les infos. Ils ne figuraient même pas sur les cartes.

Spencer était là depuis le début de la construction, néanmoins, et ses quelques rapports leur avaient appris à quoi était destinée cette ville nouvelle. Depuis quelque temps, tous les gens jugés coupables de crimes sur Mars étaient expédiés vers la ceinture des astéroïdes pour purger leur peine dans les vaisseaux miniers. Mais il existait d'autres espèces de criminels que l'Autorité transitoire tenait à incarcérer sur Mars, et Kasei Vallis était un pénitencier.

Ils garèrent leurs patrouilleurs camouflés dans un lit de rochers et Coyote étudia les rapports météo. Maya s'irrita de ce contretemps, mais Coyote refoula ses protestations d'un haussement d'épaules.

— Ça ne va pas être facile, lui dit-il d'un ton sévère. En fait c'est impossible si on ne profite pas de certaines circonstances. Il faut que nous attendions l'arrivée de renforts, et nous devons compter sur l'évolution du temps. Ça, Spencer et Sax me l'ont appris. C'est particulièrement malin, mais au départ, il faut bénéficier de certaines conditions.

Il revint à ses écrans, ignorant les autres, tout en marmonnant. Les traits acérés de son visage sombre vacillaient dans la clarté des écrans. Un véritable alchimiste, songea Michel en l'observant. Il parlait à un alambic, ou à un creuset, il œuvrait sur les transmutations de la planète... Ses pouvoirs étaient grands. Et il se concentrait sur le temps. Apparemment, il avait décelé certains courants prévalents dans l'atmosphère, focalisés sur divers points d'ancrage dans le paysage.

— Tout dépend de l'échelle verticale, lança-t-il brusquement à Maya qui, avec ses salves de questions, rappelait un peu Art Randolph. Cette planète a un écart de trente mille mètres des hauteurs jusqu'aux fonds ! Voilà pourquoi les vents y sont tellement violents !

— Un peu comme le mistral, avança Michel.

— Oui. Les vents katabatiques. Et le plus fort d'entre eux tombe juste ici, sur le Grand Escarpement.

Les vents dominants de cette région, pourtant, venaient de l'ouest. Quand ils atteignaient la falaise d'Echus, ils provoquaient des courants ascendants qui culminaient dans la haute atmosphère, et les amateurs de vol du Belvédère en profitaient largement pour s'élancer dans leurs tenues d'hommes-oiseaux ou leurs planeurs. Mais des systèmes cycloniques se déclenchaient fréquemment et apportaient des vents d'est. L'air froid soufflait alors sur le plateau neigeux de Lunae. Il se faisait dense et glacé, jusqu'à ce que toutes les issues de drainage de la grande falaise se trouvent obturées et que les vents s'abattent en avalanche.

Coyote avait étudié ces vents katabatiques durant un certain temps et ses calculs l'avaient amené à conclure que lorsque les conditions étaient adéquates — contrastes de températures marqués, couloir de tempête largement développé d'est en ouest sur le plateau — quelques interventions minimales en des lieux divers pouvaient réorienter les courants descendants en typhons verticaux qui retomberaient pour s'engouffrer dans Echus Chasma et souffler nord/sud avec une force immense. Quand Spencer avait défini la nature de la nouvelle colonie installée dans Kasei Vallis, Coyote, immédiatement, avait mis au point divers moyens d'intervention.

— Ces crétins ont installé leur prison dans un tunnel à vent, murmura-t-il, répondant à une question de Maya. Donc, nous leur avons construit un ventilateur. Ou plutôt, un interrupteur qui met le ventilateur en marche. On a enfoui quelques distributeurs de nitrate d'argent en haut de la falaise. Des tuyaux à lances, des gros monstres. Et aussi des lasers pour brûler l'air juste au-dessus de la zone d'écoulement. Ça crée un gradient de pression défavorable contenant l'écoulement normal qui est ainsi plus puissant quand il éclate finalement. Il y a aussi des explosifs répartis sur toute la paroi, pour projeter de la poussière dans le vent et le rendre plus lourd. Tu vois, le vent se réchauffe en retombant, et ça le ralentirait s'il n'y avait pas toute cette neige et toute cette poussière. J'ai descendu cette falaise en rappel cinq fois. Tu aurais dû me voir. J'ai aussi planté des ventilateurs. Bien sûr, la force totale du dispositif est négligeable si on la compare au vent, mais la dépendance sensible, c'est la clé du temps, tu comprends, et notre modèle sur ordinateur a localisé tous les points où nous devons concentrer les conditions initiales que nous souhaitons. On l'espère du moins.

— Parce que vous n'avez pas fait d'essais ?

Coyote la dévisagea.

— Si, sur ordinateur. Ça marche tout à fait bien. Si on a les conditions initiales avec des vents cycloniques de l'ordre de cent cinquante kilomètres heure sur Lunae, tu vas voir.

— Mais ils doivent eux aussi être au courant pour ces vents katabatiques dans Kasei, remarqua Randolph.

— Exact. Mais leurs calculs portent sur des vents qui ne se présentent qu'une fois tous les mille ans, alors que nous pensons être en mesure de les provoquer dès que les conditions initiales seront rassemblées.

— La guérilla climatologique, commenta Randolph en roulant des yeux. Quel nom lui donneriez-vous ? Climattaque ? Attaque météo ?

Coyote feignit de ne pas l'avoir entendu, mais Michel surprit son bref sourire entre ses dreadlocks.

Mais ce dispositif ne fonctionnerait que si les conditions étaient remplies. Et il n'y avait rien à faire, sinon attendre avec l'espoir qu'elles s'établiraient.

Pendant ces longues heures, Michel eut l'impression que Coyote essayait de se projeter à travers son écran jusqu'au ciel.

— Allez ! murmurait-il, le nez écrasé sur le verre, le souffle court. On pousse, on pousse encore !... Souffle-moi sur cette colline, espèce de salopard ! Tu tires, tu tournes, tu serres bien ta spirale et c'est fait. Vas-y !

Il se mit à déambuler dans le patrouilleur pendant que les autres essayaient de s'endormir. Et il marmonnait en désignant les clichés satellite que personne ne pouvait voir :

— Regardez. Regardez seulement ça...

Il rumina devant l'écran des données météo en grignotant du pain, jurant et sifflant comme le vent : personnage sombre, furtif, secret, chamanique. Michel, allongé sur son matelas exigu, les mains croisées sous la tête, épiait avec une certaine fascination cet homme farouche qui s'agitait dans la pénombre. Comme un ours accroupi, leur prisonnier épiait d'un œil unique et brillant cette scène nocturne, grattant ses joues hirsutes avec un bruit audible, regardant Michel tandis que le murmure se poursuivait :

— Allez, bon Dieu ! Allez... Soufflez-moi là-dessus... Comme un ouragan d'octobre...

Enfin, au second jour de leur attente, Coyote se dressa et s'étira comme un chat.

— Les vents se sont levés.

Pendant leur longue attente, des Rouges étaient venus de Mareotis pour participer à l'opération de sauvetage, et Coyote avait échafaudé avec eux un plan d'attaque fondé sur les informations que Spencer leur avait fait parvenir. Il était prévu qu'ils se séparent pour converger sur le site selon des angles différents. Michel et Maya devaient piloter un des patrouilleurs sur le terrain craquelé de la berge extérieure, où ils pourraient le dissimuler au pied d'une petite mesa, à portée de vue des tentes. Dans l'une de ces tentes se trouvait la clinique où l'on conduisait Sax de temps en temps. Selon Spencer, la sécurité n'y était pas particulièrement poussée, par comparaison avec le complexe de la berge intérieure où Sax était détenu en temps normal, entre deux séjours dans la clinique. Mais ses transferts étaient aléatoires, et Spencer n'avait pu leur assurer quand il se trouverait dans l'un ou l'autre endroit. Aussi, dès que les vents se déchaîneraient, Michel et Maya étaient censés pénétrer dans la tente de la berge extérieure pour y rencontrer Spencer, qui serait en mesure de les guider jusqu'à la clinique. Quant au patrouilleur principal, où se trouvaient Coyote, Kasei, Nirgal et Art Randolph, il était supposé se porter vers la berge intérieure avec certains des Rouges venus de Mareotis. D'autres véhicules de renfort rouges participeraient à l'opération afin de donner l'illusion d'une attaque tous azimuts, appuyée plus particulièrement à l'est.

— On va le libérer, déclara Coyote en plissant les yeux devant les écrans. C'est le vent qui va attaquer pour nous.

Et le matin suivant, Maya et Michel attendirent dans leur patrouilleur l'arrivée des vents, observant la pente de la berge extérieure en direction de la grande arête lemniscate. Ils pouvaient voir l'intérieur des grandes bulles vertes des mondes installés sous les tentes, entre la berge extérieure et l'arête — de petits terrariums qui dominaient l'étendue de sable rouge de la vallée, connectés par des tubes de transit transparents, plus deux ou trois passerelles tubulaires. On aurait dit Burroughs quarante années auparavant, fragments d'une cité qui allait se développer jusqu'à investir tout un arroyo désertique.

Michel et Maya suivaient un rythme régulier : ils dormaient, mangeaient et observaient. Maya arpentait souvent le patrouilleur, de plus en plus nerveuse au fil des heures. Elle ressemblait maintenant à une tigresse qui vient de flairer l'odeur du sang. Elle caressa le cou de Michel et il sentit l'électricité statique au bout de ses doigts. Le contact en était presque douloureux. Impossible de la calmer. Quand elle était assise dans le siège de pilotage, il se tenait debout derrière elle et lui massait à son tour le cou et les épaules, mais c'était comme s'il essayait de malaxer des blocs de bois et il sentait ses bras se tendre à son contact.

Ils bavardaient à tort et à travers, à propos de tout, sautant d'un sujet à un autre par simple effet d'association d'idées. Un soir, ils se perdirent pendant une heure dans leurs souvenirs d'Underhill — ils parlèrent de Sax, d'Hiroko, et même de Frank et John.

— Est-ce que tu te souviens du jour où une des chambres-caveaux s'est effondrée ?

— Non, dit Maya d'un ton irrité. Absolument pas. Mais toi, tu te rappelles quand Ann et Sax ont eu cette dispute terrible à propos du terraforming ?

Il soupira :

— Non. Je dois avouer que je ne m'en souviens pas.

Ils allaient et venaient dans le temps, et il leur apparut bientôt qu'ils avaient dû vivre dans deux Underhill différents. Lorsqu'ils se découvraient un souvenir commun, ils exultaient. Les souvenirs des Cent Premiers, Michel l'avait remarqué, avaient tendance à rétrécir. Il lui apparaissait que, pour la plupart, ils se souvenaient mieux de leur enfance sur Terre que de leurs premières années sur Mars. Oh, bien sûr, ils avaient en mémoire les événements les plus importants de leurs vies, et le cours général qu'avait suivi l'histoire. Mais les petits incidents variaient de l'un à l'autre. La rétention de la mémoire et le souvenir étaient en passe de devenir des problèmes cliniques et théoriques importants en psychologie, exacerbés par la longévité sans précédent des individus. Michel lisait des études à ce sujet quand il en avait le temps et, même s'il avait depuis longtemps abandonné la pratique de la thérapie psychiatrique, il interrogeait encore souvent ses camarades de façon informelle, tout comme il le faisait à présent avec Maya. Tu te souviens de ceci ? De cela ? Non, non, non. Mais de quoi te souviens-tu exactement ?

De la manière dont Nadia nous faisait marcher au pas, disait Maya, ce qui le faisait sourire. Du contact des lames de bambou sous les pieds. Tu te souviens de cette fois où elle s'est mise à glapir contre les alchimistes ? Mais non, dit Michel. Et ils continuaient comme ça. Jusqu'à ce que les Underhill où ils avaient vécu soient des univers séparés, des espaces riemanniens qui ne se recoupaient que sur le plan de l'infini, chacun errant dans son propre idiocosmos.

Maya déclara finalement, d'un air sombre :

— Je m'en souviens à peine. Je parviens même difficilement à penser à John. Et à Frank aussi, d'ailleurs. J'essaie de ne pas le faire. Mais il arrive toujours quelque chose pour déclencher ça et je suis alors incapable de m'arracher à ces souvenirs. Ils sont tellement intenses que j'ai l'impression que tout ça s'est passé une heure auparavant ! Ou que ça se répète. (Elle frissonna sous ses doigts.) Je les déteste. Tu comprends ce que je veux dire ?

— Bien sûr. *La mémoire involontaire*[1]. Mais je me souviens aussi que j'ai éprouvé la même chose quand nous habitions encore Underhill. Donc, ça n'est pas seulement l'effet de l'âge.

— Mais non. C'est la vie. Ce que nous ne pouvons pas oublier. Pourtant, j'ai de la peine à regarder Kasei...

— Je sais. Ces enfants sont étranges. Et Hiroko est étrange.

— Elle l'est, oui. Mais est-ce que tu étais heureux, alors ? Quand tu es parti avec elle ?

Il se concentra pour se rappeler ce temps. Les souvenirs étaient les maillons faibles de la chaîne, c'était certain.

— Oui... Oui, je l'étais, très certainement. C'était ma façon d'admettre certaines choses que j'avais tenté de supprimer à Underhill. Que nous sommes des animaux. Des créatures sexuelles.

Il lui pétrit les épaules plus fort encore et ses muscles roulèrent sous ses mains.

— Inutile de me rappeler ça, fit-elle avec un rire bref. Et Hiroko te l'a rendu ?...

— Oui. Mais pas seulement elle. Il y a eu Evgenia, Rya — toutes les autres, en fait. Pas directement. Mais... oui, directement aussi, quelquefois. Mais parce que nous admettions que nous avions des corps, que nous *étions* des corps. Parce que nous travaillions ensemble, que nous nous voyions et que nous étions en contact tous les jours. J'avais besoin de ça. J'avais vraiment des problèmes en ce temps-là. Et elles se sont toutes arrangées pour que ce soit en rapport avec Mars. Toi, tu ne m'as jamais semblé troublée par cet aspect des choses, mais ce n'était pas mon cas à moi. Pas du tout. J'en étais malade. Hiroko m'a sauvé. Pour elle, c'était une question sensuelle : il fallait établir notre foyer sur Mars, en tirer notre nourriture. C'était une façon de faire l'amour avec cette planète, de la féconder, d'être la sage-femme d'un monde — de toute façon, c'était un acte sensuel. Et c'est cela qui m'a sauvé.

— Ça et leurs corps. Les corps d'Hiroko, d'Evgenia et de Rya.(Elle lui décocha un regard méchant par-dessus son épaule, et il rit.) Et je suis certaine que tu t'en souviens parfaitement bien.

— Plutôt bien.

C'était la mi-journée mais, au sud, dans la longue gorge d'Echus Chasma, le ciel s'assombrissait.

— Le vent arrive peut-être enfin, dit Michel.

Des nuages couronnaient le Grand Escarpement, une masse élevée et hautement turbulente de cumulo-nimbus. Leurs bases noires étaient striées d'éclairs qui frappaient le sommet de la falaise. L'air, dans la faille, était devenu brumeux et les tentes de Kasei Vallis se dessinaient plus nettement, tandis que des flocules d'air encore limpide dérivaient sur les constructions et les arbres curieusement immobiles. On aurait

1. En français dans le texte. (*N.d.T.*)

dit autant de presse-papiers en verre largués dans le désert venteux. Midi passa. Même si les vents se levaient, ils étaient obligés d'attendre que le jour décline. Maya se remit à faire les cent pas, véritable boule d'énergie qui marmonnait des phrases incompréhensibles en russe. Parfois, elle se penchait brièvement vers les hublots. Des bourrasques secouaient le patrouilleur, sifflaient sur les rocs fragmentés au pied de la petite mesa.

Cela rendait Michel encore plus nerveux. Il avait le sentiment d'être pris au piège avec une bête sauvage. Il se laissa tomber dans un siège et leva les yeux vers les nuages qui roulaient sur l'Escarpement. Sous la gravité de Mars, les orages culminaient à des altitudes immenses, et ces masses blanches surmontées d'une enclume obscure, suspendues au-dessus de la gigantesque falaise, donnaient à ce monde une dimension surréaliste. Dans un tel paysage, ils n'étaient plus que des fourmis, ils étaient le petit peuple rouge de Mars.

Ils allaient certainement tenter de délivrer Sax cette nuit. Ils avaient déjà dû attendre trop longtemps. Entre deux allers et retours anxieux, Maya s'arrêta derrière lui, lui prit les muscles des épaules et les serra. Des ondes parcoururent son dos, ses flancs et l'intérieur de ses cuisses. Il se ploya et pivota dans son siège pour se retrouver contre elle, les mains autour de sa taille, l'oreille contre son sternum. Elle continuait de lui masser les épaules et il sentait son pouls s'accélérer. Son souffle se fit court. Elle se pencha et lui embrassa la tête. Ils se rapprochèrent encore jusqu'à s'étreindre, Maya ne cessant pas de malaxer ses muscles. Longtemps, ils demeurèrent ainsi.

Puis, ils gagnèrent le compartiment d'habitation et firent l'amour. Avec intensité, noués par l'appréhension. C'était sans aucun doute leur échange de souvenirs des années d'Underhill qui avait déclenché cela. Michel avait encore en mémoire le désir brûlant qu'il avait éprouvé pour Maya, alors, et, le visage enfoui dans sa chevelure d'argent, il fit de son mieux pour se fondre en elle. C'était une féline et, de son côté, elle se mêlait à lui avec frénésie, et il se sentit emporté. C'était bon d'être seuls, seuls et libres de s'abîmer avec surprise dans le plaisir, les plaintes, les soupirs et les élans électriques de leurs corps.

Plus tard, il resta allongé sur elle, encore en elle. Elle prit son visage entre ses mains et le regarda longuement.

— A Underhill, je t'aimais, dit-il.

— Moi aussi, fit-elle doucement. Moi aussi je t'aimais, à Underhill. Vraiment. Je n'ai jamais rien fait de peur d'être ridicule, avec John et Frank. Mais je t'aimais. C'est pour ça que j'ai été aussi furieuse lorsque tu es parti avec Hiroko. Tu étais mon seul véritable ami. Celui avec qui je pouvais parler à cœur ouvert. Le seul à m'écouter vraiment.

Il secoua la tête en se souvenant.

— Je ne m'en suis pas très bien tiré.

— Peut-être pas. Mais tu m'aimais bien, n'est-ce pas ? Tu ne faisais pas simplement ton travail ?

— Oh, non ! Je t'aimais. Ça n'est jamais simplement un travail avec toi.

— Flatteur, lui dit-elle en le repoussant. Tu as toujours essayé de donner la meilleure interprétation possible des choses horribles que je faisais.

Elle eut un rire léger.

— Oui, mais elles n'étaient pas aussi horribles que ça.

— Mais si. (Elle plissa les lèvres.) Et puis, tu as disparu, comme ça ! Tu m'as abandonnée !

Elle le gifla tendrement.

— Je suis parti. Il le fallait.

Sa moue se changea en une expression plus dure et son regard se perdit dans les profondeurs de leur passé. Elle sinuait entre ses changements d'âme pour pénétrer dans une région plus profonde et sombre. Michel l'observait avec une douce résignation. Il avait été heureux très longtemps, et rien qu'en observant ce regard nouveau qu'elle avait, il sut qu'il pouvait échanger ce bonheur qui était le sien — ce bonheur particulier — contre elle. Sa « stratégie de l'optimisme » allait devenir plus laborieuse, et il allait désormais avoir une autre antinomie à réconcilier dans sa vie, aussi inconciliable que la Provence et Mars : Maya et Maya, tout simplement.

Ils étaient immobiles l'un contre l'autre, chacun absorbé dans ses pensées, les yeux tournés vers les hublots, conscients des soubresauts amortis du patrouilleur : le vent se faisait plus violent, et la poussière se déversait à présent dans Echus Chasma et Kasei Vallis, image fantôme de l'immense inondation qui avait autrefois creusé ce chenal. Michel se redressa pour consulter les écrans.

— Plus de deux cents kilomètres heure, grogna Maya.

Dans le temps, ils avaient connu des vents bien plus forts, mais avec cette atmosphère plus dense, les vitesses étaient trompeuses : les brises soufflaient parfois plus durement que les anciennes rafales inconsistantes.

Il était clair qu'ils allaient pénétrer dans le complexe cette nuit. Ils n'avaient plus qu'à attendre les salves de signaux codés de Coyote. Ils restèrent côte à côte, immobiles, à la fois tendus et reposés, se massant parfois pour passer le temps et relaxer leurs muscles. Michel s'émerveillait devant la grâce féline du corps de Maya, à la fois souple et fort, qui n'avait guère changé et rien perdu de sa beauté.

Enfin, le crépuscule vint ternir l'atmosphère brumeuse et le nuage monumental qui s'était érigé à l'est et couvrait maintenant la paroi de la falaise. Ils se levèrent, firent leur toilette et prirent un repas léger avant de s'installer dans les sièges du patrouilleur. Le soleil de quartz basculait sous l'horizon et ils étaient de nouveau tendus quand les dernières lueurs du jour s'estompèrent.

Dans l'obscurité, le vent n'était plus qu'un bruit, accompagné des tremblements irréguliers du patrouilleur sur ses amortisseurs de chocs durs. Les bourrasques déferlaient sur le véhicule avec une telle force qu'il restait parfois collé au sol pendant plusieurs secondes, les ressorts luttant pour le soulever, comme un animal tentant d'échapper au courant d'une rivière. Dès que le vent faiblissait, il sautait violemment.

— Est-ce que nous allons pouvoir avancer dans ce vent ? demanda Maya.

— Hum, fit Michel.

Il s'était déjà trouvé dans des tempêtes très dures, mais dans la nuit, il était impossible de savoir si celle-ci était pire qu'une autre. Elle en avait tout l'air : l'anémomètre du patrouilleur indiquait des bourrasques de deux cent trente kilomètres par heure. Mais, à l'abri précaire de leur petite mesa, ils n'avaient aucune certitude que cela représentait un maximum.

Il se pencha sur les analyseurs minéralogiques et il ne fut pas surpris de découvrir qu'ils étaient en fait en plein cœur d'une tourmente de sable.

— On va se rapprocher, décida Maya. Comme ça, nous irons plus vite, et nous pourrons retrouver plus facilement le patrouilleur.

— Bonne idée.

Ils démarrèrent. Le vent, hors de l'abri de la mesa, était féroce. Les secousses devinrent tellement intenses qu'ils craignirent un moment de basculer. Ce qui serait certainement arrivé s'ils avaient pris le vent par le travers. Mais ils se trouvaient au vent et roulaient déjà à quinze à l'heure alors qu'ils n'auraient pas dû dépasser les dix, et le moteur mugissait sous l'effort de freinage.

— Ça souffle un peu trop fort, non ? fit Maya.

— Je ne pense pas que Coyote arrive vraiment à contrôler ça.

— Guérilla climatologique, grinça Maya. Ce type est un espion, j'en suis persuadée.

— Je ne le pense pas.

Les caméras ne leur révélaient qu'un torrent obscur, sans étoiles. L'IA du patrouilleur avançait à la mémoire et, sur l'écran, la carte montrait qu'ils étaient à moins de deux kilomètres de la tente la plus au sud de la berge extérieure.

— On ferait peut-être aussi bien de terminer à pied, suggéra Michel.

— Mais comment retrouverons-nous le patrouilleur ?

— On va emporter un fil d'Ariane.

Ils enfilèrent leurs tenues et passèrent dans le sas. La porte extérieure coulissa et l'air fut aussitôt aspiré dans la tempête. Le vent s'engouffra par le seuil et les happa.

Ils sortirent et reçurent de grands coups dans le dos. Michel vacilla et tomba à quatre pattes. Il vit Maya auprès de lui, dans la même position. Il tendit alors la main vers le sas et s'empara du rouleau de filin tout en saisissant la main de Maya. Il boucla le rouleau sur son avant-bras. L'expérience leur avait appris qu'ils pouvaient se redresser s'ils restaient pliés, le casque à hauteur de la taille, les mains levées pour se rétablir en cas de chute. Ils progressaient lentement, en trébuchant et en tombant parfois sous les rafales les plus dures. Ils avaient de la peine à distinguer le sol et ils redoutaient à chaque seconde de se déchirer un genou sur les rochers. Une chose était sûre : le vent déchaîné par Coyote était trop violent. Mais désormais, il n'y avait plus rien à faire. Et il était évident que les habitants des tentes de Kasei n'allaient pas se risquer à l'extérieur.

Une nouvelle bourrasque les terrassa et Michel, plaqué au sol, laissa le vent déferler sur eux. Il luttait pour ne pas se laisser emporter. Il avait relié son bloc de poignet à celui de Maya et il lui demanda :

— Maya, ça va ?...

— Oui, et toi ?

— Je tiens le coup.

Pourtant, il sentait une goutte glacée dans son gant, à la base du pouce. Il serra le poing et le froid se répandit dans son poignet. Non, ça ne pouvait être une gelure instantanée, pas plus qu'un choc. Il prit un pansement adhésif dans le compartiment de son bloc de poignet et le fixa.

— Je crois qu'on devrait rester collés au sol comme ça !

— Mais on ne peut pas ramper sur deux kilomètres !

— S'il le faut, on y arrivera !

— Je ne crois pas que ce soit nécessaire. On va avancer pliés en deux et prêts à se plaquer au sol.

— OK.

Ils se remirent sur pied, courbés en deux, et avancèrent péniblement dans un flot de poussière noire. Michel lut les indications lumineuses de navigation sur sa visière, juste en face de sa bouche : la première tente-bulle était encore à un kilomètre de distance. L'horloge annonçait 11:15:16 — ce qui voulait dire qu'ils étaient à l'extérieur depuis une heure. Dans le ululement du vent, il avait du mal à entendre Maya, même avec l'intercom plaqué sur l'oreille. Sur la berge intérieure, Coyote et les autres devaient probablement lancer leur raid sur les quartiers d'habitation, de même que les groupes des Rouges — mais ils ne pouvaient avoir aucune certitude. Ils devaient se fier à la seule idée que la force du vent n'avait pas bloqué cette phase de l'opération ou ne l'avait pas trop freinée.

Avancer ainsi courbés en deux, reliés l'un à l'autre par le cordon téléphonique, était une épreuve difficile. Ils progressaient sans relâche. Peu à peu, les cuisses de Michel devinrent brûlantes et la douleur monta dans ses reins. Finalement, son indicateur de navigation lui révéla qu'ils étaient tout près de la tente la plus au sud. Ils ne la distinguaient pas encore. Le vent était plus féroce que jamais, et ils furent obligés de ramper douloureusement sur la roche durant les quelques dernières dizaines de mètres. Les chiffres de la montre étaient figés sur 12:00:00. Peu après, ils se heurtèrent au couronnement de béton de la base.

— Ponctuels comme des Suisses, chuchota Michel.

Spencer les attendait au début du laps de temps martien et ils avaient pensé qu'ils devraient attendre. Michel leva la main et la posa prudemment sur la paroi extérieure de la tente. Surtendue, elle vibrait à chaque assaut du vent.

— Prête ?

— Oui, fit Maya, la gorge serrée.

Michel sortit le petit pistolet à air comprimé de son étui fixé sur la cuisse. Maya l'imita. L'arme avait toute une variété de fonctions : elle pouvait enfoncer des clous aussi bien que des aiguilles à inoculer. Ils comptaient les utiliser pour déchirer les tissus aussi durs qu'élastiques de la tente.

Ils déconnectèrent le cordon qui reliait leurs intercoms et pointèrent leurs armes sur la paroi vibrante. Ils tirèrent à la même seconde.

Il ne se passa rien. Maya réinséra le jack du cordon dans son bloc poignet.

— Il va peut-être falloir découper.

— Peut-être. Bon, on essaie une fois encore avec les pistolets. Ce matériau est solide, mais avec le vent...

Ils se séparèrent, se remirent en position et tirèrent une deuxième fois — leurs bras basculèrent et ils se cognèrent à la paroi de béton. La première explosion fut suivie d'une seconde, moins intense, puis d'un grondement en cascade et d'une série d'autres explosions. Les quatre parois de la tente se déchiraient entre deux des arcs-boutants, et sans doute sur tout le côté sud, ce qui provoquerait certainement l'éclatement de tout l'ensemble. Droit devant eux, ils discernaient les flots de poussière qui volaient entre les bâtiments vaguement éclairés. L'une après l'autre, les fenêtres s'obscurcissaient. Sous la violence de la dépressurisation, certaines explosaient. Mais l'effet du choc atmosphérique n'était pas aussi violent qu'il l'eût été autrefois.

— Ça va ? demanda Michel sur l'intercom.

Il perçut le souffle haletant de Maya.

— Je me suis fait mal au bras.

Les sirènes venaient de se déclencher dans le ronflement du vent.

— Il faut trouver Spencer, ajouta Maya d'un ton rauque.

Elle se redressa et une bourrasque la poussa par-dessus le mur avec violence. Michel plongea derrière elle, retomba durement et roula jusqu'à se retrouver tout contre elle.

— Allez, viens, dit Maya.

Dans une course vacillante, ils pénétrèrent dans la cité-prison de Mars.

A l'intérieur de la tente, c'était le chaos. La poussière avait transformé l'air en une sorte de gel noir qui se déversait dans les rues en un torrent fantastique et hurlant. Maya et Michel avaient du mal à s'entendre, même lorsqu'ils eurent reconnecté leur cordon d'intercom. La décompression avait soufflé certaines fenêtres et même provoqué l'effondrement d'un mur, et les rues étaient jonchées de morceaux de verre et de béton. Ils avançaient côte à côte, avec prudence, se touchant souvent pour confirmer leur position.

— Jette un coup d'œil sur ton affichage infrarouge, dit Maya.

Michel obéit. La vue était cauchemardesque : les immeubles abattus brillaient comme de grands feux verts.

Ils approchaient du bâtiment central où était détenu Sax, selon Spencer. Il était lui aussi vert vif sur une façade. Ils ne pouvaient qu'espérer que la clinique du sous-sol où l'on avait conduit Sax était protégée par des blindages. Sinon, du seul fait de leur attaque, leur ami était mort. C'était hélas possible, se dit Michel : le sol, en surface, avait été fracassé.

Et accéder aux étages inférieurs posait un problème. Il devait y avoir un escalier de secours en cas de panne des ascenseurs, mais ils auraient du mal à le trouver. Michel passa sur la fréquence commune et tomba sur une discussion frénétique à propos des ravages dans la vallée : la tente installée sur le plus petit des deux cratères de la berge intérieure avait été soufflée, et les appels au secours se multipliaient.

— Cachons-nous quelque part. On va bien voir si quelqu'un arrive.

Ils s'allongèrent derrière un muret et attendirent à l'abri du vent. Une porte s'ouvrit violemment devant eux et des silhouettes en combinaison se ruèrent dans la rue et disparurent. Aussitôt après, Maya et Michel se précipitèrent vers la porte et entrèrent dans un couloir qui semblait encore dépressurisé. Mais les lumières brillaient et, sur un panneau, des voyants rouges étaient allumés. Un verrou d'urgence. Ils refermèrent rapidement la porte extérieure et la pressurisation fut rétablie. Ils étaient à présent devant la porte intérieure du couloir et ils échangèrent un regard à travers leurs visières empoussiérées. Michel passa sa main gantée sur la sienne et haussa les épaules. Dans le patrouilleur, ils avaient déjà discuté de cet instant crucial de l'opération. Mais il y avait trop d'éléments qu'ils ne pouvaient prévoir ou planifier. Et ils étaient là, et l'instant était venu.

Michel sentait le sang courir plus vite dans ses veines, comme accéléré par le vent furieux de l'extérieur.

Ils se déconnectèrent à nouveau et prirent les pistolets laser que Coyote leur avait confiés. Michel tira sur le joint de la porte, qui s'ouvrit en sifflant. Ils avaient devant eux trois hommes en combinaison, mais sans casque, l'air effrayé. Ils firent feu sans hésiter et les trois hommes s'écroulèrent, recroquevillés, comme touchés par la foudre.

Ils les traînèrent dans une pièce voisine. Michel se demanda s'ils n'avaient pas appuyé trop longtemps sur la détente de leurs lasers, ce qui provoquait fréquemment des arythmies cardiaques. Il avait l'impression que tout son corps avait gonflé dans sa combinaison. Il était brûlant, le souffle court et terriblement nerveux. Maya était apparemment dans le même état, et elle le précéda en courant presque. Soudain, tout s'éteignit. Maya alluma la lampe de son casque et, uniquement guidés par le cône de lumière poussiéreuse, ils allèrent jusqu'à la troisième porte sur leur droite, celle que leur avait indiquée Spencer. Sax devait se trouver à l'intérieur. Elle était verrouillée.

Maya sortit une charge explosive légère de sa combinaison, la mit en place sur la poignée, puis ils reculèrent de plusieurs mètres. Dans la détonation, le battant s'ouvrit violemment. En s'avançant, Maya et Michel tombèrent sur deux hommes qui luttaient pour attacher leurs casques. En les voyant, l'un d'eux porta la main à son holster tandis que l'autre plongeait vers une console. Mais ni l'un ni l'autre n'atteignit son but.

Maya revint en arrière pour fermer la porte qu'ils venaient de franchir. Ils descendirent un autre couloir, le dernier. Ils parvinrent à une nouvelle porte qui s'ouvrait sur une autre pièce. Michel leva son arme. Maya prit son pistolet à deux mains et hocha la tête. Michel ouvrit la porte d'un coup de pied et elle se rua en avant, suivie de près par Michel. Une silhouette en combinaison était penchée sur ce qui semblait être un chariot chirurgical. Elle opérait sur la tête d'un homme allongé, inerte. Maya tira plusieurs fois et la silhouette s'écroula comme sous l'effet d'une pluie de coups, roula sur le sol, les muscles secoués de spasmes.

Ils se précipitèrent vers l'homme étendu sur le chariot. C'était Sax, quoique Michel le reconnût plus à son corps qu'à son visage, qui évoquait un masque de mort, avec deux yeux cernés de noir et le nez écrasé. Il semblait inconscient, au mieux. Ils entreprirent de le détacher. Des électrodes étaient implantées sur son crâne rasé, et Michel ne put s'empêcher de grimacer quand Maya les arracha. Michel sortit une combinaison de secours légère de sa poche de cuisse et la passa avec des gestes plus ou moins brusques sur les jambes paralysées de Sax, puis sur son torse. Sax n'émit pas le moindre gémissement. Maya revint avec un protège-tête en tissu et un miniréservoir de secours qu'elle avait pris dans le sac à dos de Michel. Ils les ajustèrent sur Sax avant d'activer la combinaison d'urgence.

Maya serrait le poignet de Michel avec une force telle qu'il craignit un instant qu'elle ne lui casse les os. Elle reconnecta le cordon de liaison de l'intercom.

— Il est vivant ?

— Oui, je le crois. Il faut d'abord le sortir d'ici. On verra ensuite.

— Regarde ce qu'ils ont fait à son visage, ces sales fascistes.

Ils virent alors que Maya avait abattu une femme. Elle s'avança et lui donna un violent coup de pied dans le ventre. Puis elle se pencha sur sa visière et jura d'un ton surpris :

— Merde, c'est Phyllis !

Michel porta Sax jusque dans le couloir. Maya le suivit. Un homme surgit devant eux, elle leva son arme, mais Michel lui détourna le bras — c'était Spencer Jackson. Il leur parlait, mais avec leurs casques ils n'entendaient rien. Quand il le réalisa, il cria :

— Dieu merci, vous voilà ! Ils en avaient fini avec lui — ils étaient sur le point de le tuer !

Maya dit quelque chose en russe, retourna dans la pièce en courant, lança quelque chose à l'intérieur et revint. L'explosion dégagea un nuage de fumée et de débris dans le couloir.

— Non ! cria Spencer. C'était Phyllis !

— *Je sais !* répliqua Maya d'un ton vengeur.

Mais Spencer ne l'avait pas entendue.

— Viens, insista Michel en prenant Sax entre ses bras tout en faisant signe à Spencer de mettre son casque. Repartons pendant qu'il en est temps.

Personne ne semblait l'avoir entendu, mais Spencer prit un casque et il l'aida à porter Sax jusqu'au premier niveau.

Au-dehors, il faisait toujours noir et le fracas se déchaînait. Des objets et des débris volaient dans les airs ou roulaient sur le sol. Michel, touché en pleine visière, tomba à genoux. Ensuite, il ne put que deviner ce qui se passait. Maya se connecta avec le bloc poignet de Spencer et leur lança des ordres d'un ton dur et net. Ils portèrent Sax jusqu'à la paroi de la tente, puis au-dehors, et rampèrent jusqu'au fil d'Ariane.

Très vite, il leur apparut clairement qu'ils ne réussiraient pas à marcher contre le vent. Ils durent ramper, en portant tour à tour Sax sur leur dos. Sans jamais quitter le filin qui était leur seul espoir de regagner le patrouilleur. Plus ils avançaient, plus leurs mains et leurs genoux s'engourdissaient sous l'effet du froid. Dans le flot de sable et de poussière, Michel, en baissant les yeux, constata que sa visière était terriblement criblée.

Ils s'arrêtaient pour échanger leur fardeau. Après son tour, Michel s'agenouilla, haletant, le casque contre le sol, au-dessous du grand déferlement de poussière. Il en avait le goût sur la langue. Un goût amer, salé et sulfureux — le goût de la peur martienne, de la mort martienne. A moins que ce ne fût celui de son sang : il n'aurait su le dire. Le bruit était trop intense pour qu'il pense, son cou le faisait souffrir, une sonnerie lui perçait les oreilles, et des vers rouges avaient envahi ses yeux : sans doute le petit peuple de Mars qui avait franchi la périphérie de sa vision ; il n'allait pas tarder à perdre conscience. Il se dit qu'il allait vomir, ce qui était dangereux dans un casque, et tout son corps luttait pour réprimer le spasme. Il transpirait sous la douleur qui se diffusait dans chacun de ses muscles, chacune de ses cellules. Après une lutte très longue, le spasme reflua.

Ils avançaient toujours en rampant. Une heure de silence épuisant s'écoula, puis une autre. A présent, les genoux de Michel n'étaient plus engourdis mais poignardés par de longs élancements douloureux, comme s'ils raclaient à vif le sol. Parfois, ils demeuraient étendus sur le sable, en attendant que passe une rafale sauvage. Ils étaient étonnés devant les variations de force des bourrasques à l'intérieur d'un même ouragan. Le vent ne s'exerçait pas selon une pression permanente mais dans des séries de souffles violents. Et les intervalles qui séparaient ces coups de marteau étaient parfois tellement prolongés qu'ils avaient le temps de s'ennuyer, de laisser errer leurs pensées, ou même de s'assoupir. Ils avaient le sentiment qu'ils allaient se laisser surprendre par l'aurore. Mais, à un moment, Michel consulta son horloge de visière et vit qu'il était 3 h 30 du matin. Et ils se remirent à ramper.

Le filin se tendit et ils se cassèrent le nez contre la porte du patrouilleur, au bout du fil d'Ariane. Ils le dégagèrent et, à l'aveuglette, hissèrent Sax dans le sas avant de suivre. Ils refermèrent la porte extérieure et rétablirent la pression. Le sol du sas était couvert de sable et la pompe du ventilateur crachait un tourbillon de cristaux qui ternissaient la luminosité de l'air ambiant. Michel se pencha sur la minuscule visière de Sax avec le sentiment d'examiner un masque de plongée et ne décela aucun signe de vie.

Quand la porte intérieure s'ouvrit, ils ôtèrent leurs tenues, leurs casques et leurs bottes, se glissèrent dans le patrouilleur et refermèrent rapidement la porte sur le nuage de poussière. Michel avait le visage moite. Il s'essuya et vit alors le sang sur sa main, d'un rouge scintillant dans la lumière dure du compartiment. Il saignait du nez. Même dans la lumière, il constata que l'ombre régnait à la limite de son champ de vision et que la pièce était étrangement calme et silencieuse. Maya avait une vilaine plaie à la cuisse, cernée de givre. Spencer, lui, paraissait épuisé, indemne mais visiblement secoué. Il enleva le protège-tête de Sax en bredouillant :

— On ne doit pas arracher les sondes cérébrales comme ça ! Vous auriez dû m'attendre. Vous ne saviez pas ce que vous faisiez !

— Mais on ignorait si tu allais venir, répliqua Maya. Tu étais en retard.

— Pas de beaucoup ! Il fallait bien que je me cache : il leur a tout déballé à mon propos en même temps que le reste, et j'ai attendu que la tempête se lève pour revenir ! Vous n'aviez pas à paniquer comme ça !

— On n'a pas paniqué !

— Alors pourquoi vous les avez enlevées comme ça ? Et pourquoi tuer Phyllis ?

— C'était une tortionnaire, une meurtrière !

Spencer secoua violemment la tête.

— Elle était prisonnière, tout comme Sax.

— Non !

— Tu n'en sais rien ! Tu as tué sur des apparences. Vous ne valez pas mieux que les autres.

— Va te faire foutre ! C'est eux qui torturent ! Tu n'as pas réussi à les arrêter et il fallait bien qu'on fasse quelque chose !

Tout en jurant en russe, Maya s'installa dans le siège de pilotage et démarra.

— Envoie un message à Coyote ! lança-t-elle à Michel.

Un instant, il eut du mal à se rappeler comment fonctionnait la radio. Il tapa enfin la touche qui déclenchait le message en salves codées : ils avaient délivré Sax. Ensuite, il revint auprès de Sax qui gisait sur la couchette, le souffle à peine perceptible. Il était en état de choc. Lui aussi saignait du nez. Spencer le nettoya avec des gestes doux tout en secouant la tête.

— Ils se servent de MRI [1] et d'ultrasons focalisés, commenta-t-il d'un ton morne. En le récupérant de cette façon, vous auriez pu...

Il n'acheva pas.

Sax avait le pouls faible et irrégulier. Michel entreprit de lui enlever sa tenue. Ses gestes étaient mous et ses mains ressemblaient à deux étoiles de mer flottant dans le ressac. Elles échappaient à sa volition, comme s'il travaillait sur un téléopérateur. J'ai été tétanisé, se dit-il. Je suis commotionné. Il ressentit une nausée. Spencer et Maya, furieux, criaient des phrases incompréhensibles pour lui.

— C'était une pute !

— Si on devait tuer toutes les putes, jamais tu ne serais sortie de l'*Arès* vivante !

— Arrêtez ! dit Michel d'une voix affaiblie. Tous les deux, arrêtez.

Il ne comprenait pas vraiment ce qu'ils disaient, mais il était évident qu'ils se querellaient et c'était à lui de jouer le médiateur. Maya était folle de chagrin et de rage et elle pleurait tout en hurlant. Et Spencer lui répliquait en criant lui aussi, et en tremblant. Sax était toujours dans le coma. Il va falloir que je me remette à la

1. Résonance magnétique. (*N.d.T.*)

psychothérapie, se dit Michel en pouffant de rire. Il se dirigea tant bien que mal vers l'avant et s'installa devant les commandes qui semblaient trembler sous le nuage de poussière noire qui fouettait le pare-brise.

— Conduis, fit-il d'un ton désespéré.

Maya, à côté de lui, était en larmes, les mains crispées sur le volant. Il posa la main sur son épaule et elle le repoussa. Elle semblait soudain montée sur ressort et il faillit tomber de son siège.

— On parlera plus tard, lui dit-il. Ce qui est fait est fait. Maintenant, il faut qu'on rentre chez nous.

— On n'a pas de chez-nous ! grinça Maya.

SIXIÈME PARTIE

TARIQAT

Le Grand Homme venait d'une grande planète. Il était un visiteur sur Mars — il passait par-là quand il avait vu la planète. Alors, il s'était arrêté pour jeter un coup d'œil, et il y était encore quand Paul Bunyan[1] *surgit et c'est pour cette raison qu'ils se battirent. Ce fut le Grand Homme qui gagna, ainsi que vous le savez. Mais quand Paul Bunyan et son gros bœuf bleu, Babe, furent morts, le Grand Homme n'eut plus personne à qui parler, et vivre sur Mars, c'était comme vivre sur un ballon de basket-ball. Alors, il erra durant un temps, déchirant les choses pour essayer de les mettre à sa taille, avant d'abandonner et de repartir.*

Après cela, toutes les bactéries qui se trouvaient dans Paul Bunyan et son bœuf Babe quittèrent leurs corps et se mirent à circuler dans l'eau tiède qui coulait sur le lit rocheux, loin dans le sous-sol. Elles dévorèrent le méthane et l'hydrogène sulfuré, et résistèrent au poids de milliards de tonnes de roc, comme si elles vivaient sur une planète neutronique. Leurs chromosomes commencèrent à se briser, mutation après mutation, et au taux de reproduction de dix générations par jour, il ne fallut pas longtemps à cette bonne vieille survie du mieux adapté pour effectuer la sélection naturelle. Et des milliards d'années passèrent. Avec le temps, toute une histoire de l'évolution martienne se créa, des fissures du régolite aux espaces qui séparaient les grains de sable, sous le soleil froid des déserts. Toutes sortes de créatures étaient apparues et s'étaient répandues — mais toutes étaient infimes. Il n'y avait pas de place pour autre chose dans le sous-sol, voyez-vous, et quand elles atteignirent la surface, certains schémas étaient déjà fixés. Et puis, il n'y avait guère de facteurs pour stimuler la croissance, de toute façon. Et c'est ainsi que toute une biosphère chasmoendolithique se développa, dans laquelle tout était petit. Les baleines avaient la taille de têtards, les séquoias étaient comme des lichens, tout était à l'avenant. Tout s'était passé comme si le rapport au double, qui avait fait que les choses sur Mars étaient toujours cent fois plus grandes que leurs équivalents terrestres, s'était finalement inversé en s'accélérant.

1. Paul Bunyan, héros du folklore américain, était un bûcheron géant qui avait pour compagnon un bœuf bleu, Babe, et se livrait à des festins pantagruéliques. (*N.d.T.*)

Et c'est l'évolution qui produisit le petit peuple rouge. Ils sont comme nous — ou, du moins, ils nous ressemblent quand nous les voyons. Mais ça, c'est parce que nous ne savons les voir que du coin de l'œil. Si vous en regardez un attentivement, vous verrez qu'il ressemble à une minuscule salamandre verticale, d'un rouge sombre, quoique leur peau semble avoir certaines capacités de caméléonisme et qu'ils arrivent à prendre la teinte exacte des rochers sur lesquels ils se trouvent. En regardant vraiment attentivement, vous remarquerez que la peau évoque un lichen en plaque mélangé de grains de sable, et que les yeux sont comme des rubis. C'est fascinant, mais ne vous excitez pas trop, car il faut dire qu'à la vérité vous n'en verrez jamais un aussi nettement. C'est bien trop difficile. Quand ils sont immobiles, nous sommes dans l'incapacité de les voir. Il en serait toujours ainsi, si ce n'est que certains sont parfois tellement sûrs de pouvoir se figer sur place et disparaître si vous tentez de les regarder directement, qu'ils sautent à la limite de votre champ de vision, rien que pour vous exciter l'esprit. Mais dès que vous bougez les yeux pour mieux voir, ils s'arrêtent, et vous ne pouvez plus les retrouver.

Ils vivent un peu partout, et même chez nous. D'ordinaire, il y en a toujours quelques-uns dans la poussière qui s'agglomère dans les coins. Et qui peut prétendre honnêtement qu'il n'y a jamais la moindre poussière dans un coin de sa chambre ? Personne, je pense. Parce que c'est un excellent abrasif quand vous entreprenez de balayer, n'est-ce pas ?... Oui, dans ces moments-là, le petit peuple rouge doit fuir à toute allure. Pour eux, ce sont des désastres. Ils pensent que nous sommes des idiots géants et dingues qui, de temps en temps, piquent des crises de folie furieuse.

Oui, c'est vrai que le premier humain à avoir aperçu le petit peuple rouge a été John Boone. Qu'est-ce que vous attendiez d'autre ? Il le découvrit quelques heures seulement après avoir débarqué sur Mars. Plus tard, il apprit à les voir même lorsqu'ils étaient immobiles, et il se mit à parler à ceux qu'il repérait dans les chambres, jusqu'à ce qu'ils finissent par craquer et par lui répondre. Ils s'apprirent mutuellement leurs langages, et on peut entendre encore les gens du petit peuple rouge employer toutes sortes de John-Boonismes dans leur anglais. Finalement, ils furent toute une troupe à escorter John Boone, où qu'il aille. Ils aimaient ça, et comme John n'était pas un type particulièrement porté sur la propreté, ils avaient toujours des endroits où se cacher. Oui, à Nicosia, la nuit où il fut tué, il y en avait des centaines. C'est ce qui explique la mort des Arabes, plus tard cette même nuit — toute une bande de petits êtres leur sont tombés dessus. Horrible.

Quoi qu'il en soit, ils étaient les amis de John Boone, et ils étaient aussi tristes que nous autres qu'il ait été assassiné. Depuis, aucun humain n'a appris leur langage, ni ne les a connus d'aussi près. Oui, John Boone fut aussi le premier à parler d'eux. La plus grande partie de ce que nous connaissons d'eux, nous la lui devons, à cause de ces rapports exceptionnels qu'ils entretenaient. Oui, on dit aussi que l'abus d'omegendorphe provoque l'apparition de petites taches rouges mouvantes à la limite du champ de vision. Pourquoi cette question ?

Mais depuis la mort de John Boone, le petit peuple continue de vivre avec nous en toute discrétion. Ils nous observent avec leurs yeux de rubis et ils essaient de savoir vraiment qui nous sommes, et pourquoi nous faisons tout ça. Et ils se demandent comment s'y prendre avec nous pour obtenir ce qu'ils veulent — c'est-à-dire des gens avec lesquels ils pourraient parler et devenir amis, qui ne les balayeraient pas tous les deux ou trois mois, qui ne chambouleraient pas non plus toute la planète. Alors, ils nous surveillent. Toutes les cités-caravanes les emportent partout. Ils sont prêts à nous parler à nouveau. Ils sont en train de décider quel sera leur interlocuteur. Et ils se demandent : lequel, entre tous ces géants idiots, peut connaître Ka ?

Parce que c'est le nom qu'ils donnent à Mars, voyez-vous. Ka. Cela a plu aux Arabes, car le nom arabe de Mars est Qahira, de même qu'aux Japonais, qui appellent Mars Kasei. Mais à vrai dire, la plupart des noms que les humains ont donnés à Mars contiennent la syllabe ka — et certains dialectes du petit peuple rouge désignent Mars comme m'kah, ce qui apporte un son que l'on retrouve dans un grand nombre de noms terriens pour Mars. Il est possible que le petit peuple rouge ait réussi à gagner l'espace il y a très longtemps, qu'il ait visité la Terre, qu'ils aient été nos fées, nos elfes, tous les petits êtres de nos légendes. Ils ont pu dire aux hommes d'où ils venaient, et nous laisser le nom de leur monde. Mais, d'un autre côté, il est possible que ce soit la planète elle-même qui suggère ce son de quelque manière hypnotique qui affecterait la conscience de tous les observateurs, qu'ils soient présents sur Mars ou qu'ils l'observent comme une simple étoile rouge dans le ciel. Je l'ignore, et peut-être après tout est-ce dû à la couleur. Ka.

Et ainsi, ceux de Ka nous épient, et ils demandent : qui connaît Ka ? Qui passe du temps avec Ka, qui apprend Ka, qui aime toucher Ka, marcher sur Ka, laisser Ka s'infiltrer en lui, qui laisse la poussière tranquille ? Ceux-là sont les humains auxquels nous voulons parler. Bientôt, nous nous présenterons devant tous ceux qui semblent aimer Ka. Et alors, mieux vaudrait que vous soyez prêts. Car nous aurons un plan. Et il sera temps de tout abandonner pour entrer dans un nouveau monde. Le temps sera venu de libérer Ka.

Ils roulaient en silence. Le patrouilleur tressautait sous les bourrasques. Les heures s'écoulaient et ils n'avaient toujours aucune nouvelle de Michel et de Maya. Ils avaient opté pour des signaux radio en rafales, très semblables aux bouffées de statique provoquées par les éclairs : un pour réussite, un pour échec. Mais la radio ne leur transmettait qu'un sifflement ininterrompu, à peine audible dans celui du vent. Nirgal devenait de plus en plus nerveux. Plus l'attente se prolongeait, plus il était probable qu'un désastre avait emporté leurs compagnons sur la berge extérieure. S'il tenait compte de la nuit terrible qu'ils avaient passée — de leur progression rampante dans l'obscurité hurlante, l'averse cinglante de débris, les tirs déchaînés qui partaient des tentes abattues — les perspectives étaient sombres. Il était gagné par la crainte d'apprendre que Maya, Michel et Sax avaient été blessés, ou pire. Et même Spencer, qu'il ne connaissait pas mais dont on lui avait tant parlé. L'ensemble de leur plan lui apparaissait fou maintenant, et Nirgal en venait à s'interroger sur le jugement de Coyote. Coyote qui était penché sur l'écran de l'IA et marmonnait en se balançant sur ses tibias douloureux... Bien sûr, les autres avaient approuvé le plan, de même que Nirgal. Et Maya et Spencer avaient participé à son élaboration, avec les Rouges de Mareotis. Mais aucun d'eux n'avait prévu que l'ouragan katabatique aurait une telle violence. Et c'était Coyote le chef de l'opération, aucun doute. Et en cet instant, Nirgal le découvrait en pleine détresse, furieux, troublé, effrayé.

A cette seconde, la radio crépita comme si deux éclairs venaient de frapper simultanément à proximité, et le message décrypté suivit très vite. *Succès.* Ils avaient réussi. Ils avaient trouvé Sax et ils l'avaient délivré.

En un instant, l'ambiance passa de l'inquiétude au soulagement. Ils se mirent à pousser des cris de joie incohérents, à rire, à s'embrasser. Nirgal et Kasei pleuraient de bonheur et d'apaisement, et Art, qui était resté dans le véhicule pendant le raid, et avait pris l'initiative de piloter dans le vent noir pour aller les récupérer, n'arrêtait pas de leur donner de grandes claques dans le dos, à tous, en braillant :

— Beau boulot ! Beau boulot !

Coyote, bourré d'antidouleurs, avait retrouvé son rire de fou. Nirgal, lui, se sentait physiquement plus léger, comme si la gravité avait brusquement diminué dans sa poitrine. Ils avaient plongé si profondément dans l'épuisement, la peur, pour remonter dans la joie : il se dit vaguement, l'esprit embrumé, que ces instants resteraient inscrits dans sa mémoire. Le choc de la vraie réalité, qu'on éprouvait si rarement, l'avait embrasé. Et il pouvait lire la même gloire pure et lumineuse sur les visages de ses compagnons. En cet instant, ils étaient comme des animaux sauvages à l'âme neuve et ardente.

Les Rouges repartirent vers le nord, vers leurs refuges de Mareotis. Coyote fonça vers le sud, vers le point de rendez-vous avec Maya et Michel. Ils se retrouvèrent dans la clarté chocolat de l'aube, loin sur les hauteurs d'Echus Chasma. Tout le groupe venu de la berge intérieure se rua sur le patrouilleur de Maya et Michel, prêt à recommencer la fête. Nirgal franchit le sas en vacillant et rencontra pour la première fois Spencer : il vit un petit homme au visage rond et ravagé, dont les mains tremblaient. Mais Spencer l'observa avec attention.

— Ça me fait plaisir de te connaître, dit-il enfin. J'ai tellement entendu parler de toi.

Ils parlaient tous à la fois, échangeant leurs impressions.

— Ça s'est vraiment bien passé, déclara Coyote, provoquant un concert de protestations de Kasei, Art et Nirgal.

Ils s'en étaient tirés de justesse, en vérité, en rampant sur la berge intérieure, essayant d'échapper au typhon et aux policiers fous de panique, de retrouver le patrouilleur alors même qu'Art tentait de les récupérer. Ils avaient longtemps tourné autour de l'endroit où ils avaient laissé le véhicule...

Le regard dur de Maya coupa court à la joie ambiante. Après l'excitation des retrouvailles, il devenait évident que les choses n'étaient pas aussi réjouissantes que cela. Ils avaient sauvé Sax, mais un peu tard. On l'avait torturé, leur dit Maya. On ne pouvait savoir précisément quelles lésions les autres lui avaient infligées dans l'état d'inconscience où il était plongé.

Nirgal se rendit dans le compartiment et se pencha sur lui. Sax gisait, inerte, et son visage était abominable à voir. Michel vint s'asseoir, encore sous le choc du coup qu'il avait reçu sur le crâne. Maya et Spencer semblaient s'être querellés. Ils n'avaient donné aucune explication, mais ils ne s'adressaient plus la parole et évitaient de se regarder. Maya, à l'évidence, était d'une humeur affreuse : Nirgal avait déjà vu cette expression sur son visage alors qu'il n'était qu'un enfant. Cette fois, pourtant, ça semblait plus grave : ses traits étaient figés et sa bouche n'était plus qu'une blessure en faucille.

— J'ai tué Phyllis, dit-elle à Coyote.

Le silence tomba. Nirgal sentit que le froid gagnait ses mains. Soudain, en observant les autres, il vit qu'ils étaient tous mal à l'aise. La seule femme qui se trouvait parmi eux était celle qui avait tué. Il y avait dans cela quelque chose d'anormal. Ils le ressentaient, et Maya elle aussi. Elle se redressa avec fierté, méprisant leur lâcheté. Nirgal se dit que tout cela n'avait rien de rationnel, que ça n'existait même pas au niveau conscient, que c'était en vérité primaire, instinctif, biologique. Et le regard que Maya posait sur eux, dans son absolu mépris de l'horreur qu'ils affichaient, était celui d'un aigle. Etranger et hostile.

Coyote, alors, s'avança vers elle, se dressa sur la pointe des pieds et l'embrassa sur la joue, affrontant son regard de glace.

— Tu as bien fait, lui dit-il en posant la main sur son bras. Tu as sauvé Sax.

Elle le repoussa.

— Nous avons bousillé cette machine dans laquelle ils avaient cloué Sax. J'ignore si nous avons réussi à effacer les données. Probablement pas. Et bien entendu, ils savent que quelqu'un l'a libéré. Il n'y a vraiment pas de quoi se réjouir. Ils vont employer tous leurs moyens pour nous mettre la main dessus.

— Je ne crois pas qu'ils soient organisés à ce point, releva Art.

— Vous, taisez-vous !

— D'accord. Mais reconnaissez une chose : maintenant qu'ils savent que vous existez, vous n'aurez plus vraiment à vous planquer, non ?...

— Ça repart, marmonna Coyote.

Ce jour-là, ils firent route au sud : la poussière soulevée par la tempête katabatique était assez dense pour les dissimuler aux caméras des satellites. La tension restait intense : Maya était dans une fureur noire, et nul ne pouvait lui adresser la parole. Michel la traitait comme une bombe qui n'aurait pas encore explosé, essayant constamment de l'obliger à se concentrer sur les questions pratiques, pour lui faire oublier cette affreuse nuit. Mais Sax était toujours inconscient sur la couchette du compartiment d'habitation. Avec toutes ses contusions et ses plaies, il ressemblait à un malheureux raton-laveur blessé, et il était dur d'oublier ce qui s'était passé. Nirgal s'assit près de lui durant des heures, une main sur ses côtes, l'autre sur son crâne. Il n'y avait guère autre chose à faire. Même sans ses yeux noirs, il n'aurait pas ressemblé au Sax Russell que Nirgal avait connu dans son enfance. Il avait éprouvé un vrai choc viscéral en découvrant toutes ses plaies, toutes les traces de coups sur son corps, qui prouvaient définitivement qu'ils avaient des ennemis mortels sur cette planète. Depuis plusieurs années, cette question l'avait préoccupé — et la preuve qu'il avait à présent sous les yeux était d'autant plus laide, écœurante : non seulement ces ennemis existaient, mais ils étaient capables de ça. C'était pour eux une pratique constante, qu'ils avaient appliquée tout au long de l'histoire, ainsi qu'en témoignaient ces incroyables récits que Nirgal avait entendus. Des récits authentiques. Et Sax n'était qu'une victime parmi des millions.

Dans son sommeil, sa tête roulait de côté et d'autre.

— Je vais lui faire une injection de pandorph, déclara Michel. D'abord lui, et moi ensuite.

— Il a quelque chose au niveau des poumons.

— Tu crois ? (Michel colla une oreille sur la poitrine de Sax, écouta en silence et émit un sifflement.) Tu as raison. Quelque chose de liquide.

— Qu'est-ce qu'ils lui ont fait ? demanda Nirgal à Spencer.

— Ils lui parlaient pendant qu'il était sous drogue. Vous savez, ils ont localisé assez précisément certains centres de mémoire de l'hippocampe, et avec les drogues ainsi qu'une stimulation ultrasonique très fine, plus un repérage par MRI... Les gens répondent aux questions qu'on leur pose, et généralement, ils parlent beaucoup. Ils en étaient là quand la tempête s'est levée et qu'ils ont été privés de courant. Le générateur d'urgence a démarré presque aussitôt, mais... (Il montra Sax.) Quand on l'a arraché au dispositif...

C'était donc pour ça que Maya avait tué Phyllis Boyle. La mort d'une collabo. Un meurtre chez les Cent Premiers...

Mais ça n'était pas le premier, marmonna Kasei dans l'autre patrouilleur. Certains accusaient Maya d'avoir préparé l'assassinat de John Boone, et Nirgal avait entendu certaines rumeurs qui la désignaient comme suspecte dans la disparition de Frank Chalmers. On l'appelait la Veuve Noire. Nirgal avait toujours rejeté ces rumeurs malveillantes, répandues par des gens qui, à l'évidence, haïssaient Maya. Comme Jackie. Mais, assurément, Maya apparaissait désormais dangereuse, venimeuse, assise là le regard fixe devant la radio, les cheveux blancs, le nez en bec de faucon, les lèvres serrées comme une blessure. Prête à rompre le silence pour appeler le Sud. Nirgal se sentait nerveux du simple fait d'être avec elle dans le même patrouilleur, en dépit des efforts qu'il faisait pour se calmer. Elle avait été l'un de ses professeurs principaux, il avait passé des heures et des heures à se nourrir du savoir en maths, en histoire et en langue russe qu'elle lui dispensait. Il avait eu le temps de l'observer, et il avait conscience que jamais elle n'avait souhaité devenir une meurtrière, que sous son attitude à la fois agressive et morne (maniaco-dépressive), il y avait une âme solitaire, fière et avide. Ainsi, sous un autre angle, cette histoire avait été un désastre, en dépit du succès de l'opération.

Maya affichait une volonté de fer pour qu'ils rallient sans perdre de temps la région polaire sud pour informer l'underground des derniers événements.

— Ça n'est pas facile, remarqua Coyote. Ils savent que nous sommes dans Kasei Vallis, et comme ils ont eu le temps de faire parler Sax, ils savent aussi probablement que nous allons tenter de faire route au sud. Ils connaissent les cartes aussi bien que nous, et l'équateur est pratiquement bloqué, de l'ouest de Tharsis à l'est des chaos.

— Mais il existe une passe entre Pavonis et Noctis, protesta Maya.

— D'accord, mais elle est traversée par plusieurs pistes et des pipelines, plus deux segments de l'ascenseur. J'ai fait forer des tunnels, mais s'ils y regardent de près, ils vont en trouver un certain nombre, ou ils vont tomber sur nos patrouilleurs.

— Alors qu'est-ce que tu proposes ?

— Je crois que nous devons faire le tour, en passant par le nord de Tharsis et d'Olympus Mons, avant de redescendre vers Amazonis pour franchir l'équateur.

Maya secoua la tête.

— Il faut que nous rallions très vite le Sud, pour prévenir les autres qu'on a été découverts.

Coyote réfléchit.

— Nous pourrions nous séparer. J'ai un avion ultraléger dans un refuge, au pied du Belvédère d'Echus. Kasei pourrait t'y conduire avec Michel, et vous pourriez vous envoler vers le sud. Nous, nous passerons par Amazonis.

— Et Sax ?

— Nous l'emmènerons directement jusqu'à Tharsis Tholus. Il y a une clinique bogdanoviste là-bas. C'est à deux nuits de route.

Maya discuta avec Michel et Kasei, sans risquer un regard vers Spencer. Michel et Kasei étaient d'accord et elle acquiesça enfin.

— Bien. Nous irons droit au sud. Et vous nous rejoindrez aussi vite que vous le pourrez.

Ils continuèrent de rouler la nuit et de dormir le jour, selon la vieille habitude, et en l'espace de deux nuits, ils traversèrent Echus Chasma pour atteindre Tharsis Tholus, le cône volcanique qui se dressait à la bordure nord de la bosse de Tharsis.

Là, Tharsis Tholus, une cité sous tente du type Nicosia, se déployait sur le flanc noir du cône. Elle faisait partie du demi-monde : la plupart de ses habitants menaient des existences ordinaires dans le réseau de surface, mais ils étaient nombreux à être bogdanovistes et à soutenir les refuges bogdanovistes de la région, de même que les bases des Rouges dans Mareotis et le Grand Escarpement. Et ils venaient aussi en aide à tous ceux de la cité qui avaient fui le réseau, ou qui ne l'avaient jamais connu depuis leur naissance. La clinique la plus importante était bogdanoviste et ceux de l'underground étaient nombreux à la fréquenter.

Ils roulèrent directement jusqu'à la tente, s'enfoncèrent dans le garage et descendirent très vite. Une petite ambulance surgit et emporta aussitôt Sax vers la clinique, située près du centre. Ils suivirent les rues entre les pelouses, savourant l'espace nouveau après les longs jours passés dans les patrouilleurs. Art était surpris par leur comportement, et Nirgal lui expliqua brièvement ce qu'était le demi-monde tandis qu'ils montaient vers les salles d'étage d'un café, juste en face de la clinique.

A la clinique, on s'occupait déjà de Sax. Quelques heures après leur arrivée, on autorisa Nirgal à passer une tenue stérile pour venir le rejoindre.

On avait installé Sax sous un poumon artificiel qui faisait circuler un liquide dans ses poumons. Dans les tubes transparents et le masque, c'était comme de l'eau légèrement trouble. Une vision pénible, comme si l'on était en train de noyer Sax. Mais le liquide qu'on lui transfusait était une solution à base de perfluorocarbone qui lui apportait trois fois le taux d'oxygène d'une atmosphère normale et chassait le dépôt qui s'était accumulé dans ses bronches en libérant et en regonflant les voies respiratoires. Tout cela pendant qu'on le traitait avec toutes sortes de drogues et de médicaments. La technicienne médicale expliqua tout à Nirgal sans interrompre son travail.

— Il avait une forme d'œdème, et le traitement peut paraître paradoxal. Mais ça marche.

Nirgal resta donc au chevet de Sax, une main sur son bras, observant le liquide qui tournoyait lentement dans le masque.

— C'est comme s'il était dans un réservoir ectogène, remarqua-t-il.

— Ou dans la matrice, répliqua la technicienne en lui décochant un regard curieux.

— Oui. En train de renaître. Il n'a plus l'air d'être le même.

— Gardez la main sur lui, fit la technicienne avant de repartir.

Nirgal essaya de deviner ce que Sax pouvait éprouver, de sentir la vitalité qui luttait en lui, qui le portait vers la surface du monde réel. La température de Sax fluctuait de façon inquiétante, en boucles et en brusques plongées. D'autres médecins arrivèrent avec de nouveaux instruments qu'ils disposèrent sur le visage et la tête de Sax tout en se parlant à voix étouffée.

— Lésion. Antérieure, côté gauche. On va voir.

La première technicienne revint quelques nuits plus tard et dit à Nirgal qui se trouvait là :

— Tenez-lui la tête. Du côté gauche, autour de l'oreille. Oui, là, juste au-dessus. Comme ça... Maintenant, c'est à vous de jouer.

— Comment ?

— Vous le savez. Envoyez-lui de la chaleur.

Elle se retira hâtivement, comme embarrassée, et même effrayée de sa suggestion.

Nirgal, immobile, se concentra. Il localisa le feu à l'intérieur de lui, tenta d'en attirer une part dans sa main et de le faire passer à Sax. Chaleur, chaleur... Un premier soubresaut de blancheur... Il palpa encore, avec tout son esprit, pour essayer de lire dans la chaleur de la tête de Sax.

Des jours passèrent. Nirgal passait le plus clair de son temps à la clinique. Une nuit, alors qu'il revenait des cuisines, la jeune technicienne se précipita sur lui du fond du couloir et lui agrippa le bras.

— Venez, venez !

Elle l'entraîna jusque dans la chambre et, quand il reprit ses esprits, il tenait la tête de Sax, le souffle court et les muscles noués. Il y avait là trois docteurs et plusieurs techniciens. L'un des docteurs tendit le bras vers Nirgal et la jeune technicienne s'interposa.

Nirgal sentit bouger quelque chose dans Sax. Quelque chose qui partait, ou qui revenait — un passage. Il déversa dans son corps toute la *viriditas* qu'il put rassembler, soudain terrifié, envahi par les souvenirs de la clinique de Zygote, de ses séjours avec Simon. Du visage de Simon, la nuit où il était mort. Le perfluorocarbone fluide pénétrait Sax et ressortait en tourbillon, en une marée minimale et vive. Et Nirgal, en l'observant, ne cessait de penser à Simon. Toute chaleur avait quitté sa main, et il ne parvenait plus à en retrouver une trace. Sax saurait d'où était venue cette chaleur, à qui ces mains appartenaient. Pour autant que cela eût quelque importance. Mais c'était tout ce qu'il pouvait faire. Et il persista. Comme si le monde entier allait geler, comme s'il pouvait sauver Sax mais aussi Simon, s'il forçait encore plus.

« Mais pourquoi ? Pourquoi, Sax ? Mais pourquoi ? Pourquoi ? Pourquoi, Sax ?... »

Le perfluorocarbone tourbillonnait dans les tubes, dans le masque. Et la pièce éblouissante bourdonnait. Les docteurs s'agitaient autour des appareils et du corps de Sax. Ils se regardaient et épiaient Nirgal. Ce seul mot, *pourquoi,* était devenu une prière. Plusieurs heures passèrent encore, lentement, dans l'angoisse. Et puis, ils basculèrent dans une zone où il n'y avait plus de temps, et Nirgal ne sut plus si c'était le jour ou bien la nuit. C'est le prix de nos corps, se dit-il. Le prix que nous payons.

Un soir, une semaine ou presque après leur arrivée, ils libérèrent enfin les poumons de Sax et purent arrêter le poumon artificiel. Sax émit d'abord des râles violents, puis respira normalement. Il était redevenu un mammifère qui vivait de l'air. On lui avait réparé le nez, même s'il avait maintenant une forme différente, un peu plus aplatie, comme avant son opération de chirurgie esthétique. Mais ses hématomes étaient encore très visibles.

Il reprit conscience une heure après l'arrêt de la respiration artificielle et cligna longtemps des yeux. Puis il observa la chambre avant de regarder Nirgal, attentivement, et de lui serrer très fort la main. Mais il ne dit rien. Et, très vite, il sombra dans le sommeil.

Nirgal sortit et se perdit dans les rues vertes de la petite ville, sous le cône de Tharsis Tholus, qui s'érigeait au nord, rouillé et noirâtre comme un mont Fuji trapu. Il courait à son rythme calme et fit le tour de la tente plusieurs fois.

Ils avaient établi leur quartier général au-dessus d'un café, de l'autre côté de la rue, et il y retrouva Coyote, qui errait d'une fenêtre à l'autre en marmonnant des phrases incompréhensibles et des fragments de calypso.

— Qu'est-ce qui ne va pas ? lui demanda Nirgal.

Coyote agita les mains.

— Maintenant que Sax est rétabli, nous devrions ficher le camp. Toi et Spencer, vous pouvez vous occuper de Sax dans le patrouilleur, pendant que nous contournerons Olympus, vers l'ouest.

— D'accord. Dès qu'ils décideront que Sax est prêt.

Coyote le regarda fixement.

— Ils disent que tu lui as sauvé la vie. Que tu l'as ramené d'entre les morts.

Nirgal secoua la tête, effrayé à cette seule idée.

— Il n'a jamais été mort.

— C'est ce que je pense. Mais je te rapporte ce qu'ils disent. (Coyote le dévisagea avec une expression pensive.) Il va falloir que tu sois très prudent.

Ils roulaient de nuit, contournant le flanc nord de Tharsis. Sax était affalé sur la couchette, derrière les sièges de pilotage. Quelques heures après leur départ, Coyote déclara :

— Je voudrais attaquer l'un des camps miniers de Subarashii, dans Ceraunius. (Il regarda Sax.) Tu es d'accord ?

Sax hocha la tête. Ses ecchymoses étaient maintenant vertes et mauves.

— Pourquoi vous ne pouvez pas parler ? demanda Art.

Sax haussa les épaules, et coassa deux ou trois fois.

A partir du bas de la face nord de la bosse de Tharsis toute une série de canyons se déployait en parallèle : c'était Ceraunius Fossae. Il existait une quarantaine de ces lignes de fracture, selon la façon dont on les dénombrait, car certaines indentations étaient des canyons, alors que d'autres étaient des arêtes isolées, des fissures profondes ou de simples plissements de la plaine — toutes orientées nord-sud, et constituant autant de découpes dans une région métallogénique d'une grande richesse, une masse de basalte crevassée d'intrusions de minerais par le bas. On y trouvait donc de nombreuses exploitations minières autant que des unités mobiles dans tous les canyons. En observant les cartes, Coyote se frotta les mains.

— En te capturant, ils m'ont rendu libre, Sax. Puisqu'ils savent maintenant que nous sommes là, nous n'avons plus aucune raison de ne pas les priver d'emploi, et d'en profiter pour piquer un peu d'uranium, pendant que nous y sommes !

Ils firent halte une nuit à l'extrémité sud de Tractus Catena, le plus long et le plus profond des canyons. Il offrait à son débouché une vue étrange : la plaine relativement lisse était creusée d'une sorte de rampe large de trois kilomètres et profonde de trois cents mètres qui allait vers le nord selon une parfaite ligne droite.

Le matin, ils dormirent, et passèrent l'après-midi assis dans le compartiment, nerveux, consultant les photos satellite tout en écoutant les instructions de Coyote.

— Vous avez vraiment l'intention de tuer ces mineurs ? demanda Art en tirant sur les poils de ses gros favoris.

Coyote haussa les épaules.

— Ça se pourrait, oui.

Sax secoua la tête avec véhémence.

— Fais attention, lui dit Nirgal. Pas si fort.

— Je suis d'accord avec Sax, glissa vivement Art. Je veux dire, même si l'on ne tient pas compte des considérations morales, ce qui n'est pas mon cas, c'est une option stupide sur le plan pratique. Stupide en ceci qu'elle présuppose que vos ennemis sont plus faibles que vous et feront ce que vous voulez si vous en assassinez quelques-uns. Mais les gens ne sont pas comme ça. Je veux dire : essayez de penser à la façon dont ça va se terminer. Vous descendez dans le canyon, vous tuez des gens en train de faire leur travail, et ensuite, d'autres rappliquent et trouvent leurs cadavres. Désormais, ils vont vous haïr à jamais. Même si vous vous emparez de Mars tout entière un jour, ils continueront de vous haïr aussi fort et ils feront tout pour vous mettre des bâtons dans les roues. Et ce sera la même chose avec les gens qui regardent les infos. Et c'est tout ce que vous aurez réussi, parce qu'ils remplaceront très vite les mineurs abattus.

Art se tourna vers Sax qui, assis sur la couchette, l'observait avec attention.

— D'un autre côté, disons que vous faites une descente là-dedans, que vous vous débrouillez pour que les mineurs se réfugient dans un abri où vous les bouclez avant de bousiller leurs machines. Ils demanderont des secours tout en restant planqués. Un ou deux jours après, ils seront libérés. D'accord, ils seront furieux, mais ils se diront qu'ils pourraient aussi bien être morts. Ces Rouges nous sont tombés dessus, ils ont tout cassé et ils sont repartis comme l'éclair. On ne les a même pas vus. Ils auraient pu nous massacrer, mais ils ne l'ont pas fait. Et ceux qui seront venus à leur secours penseront la même chose. Et plus tard, quand vous aurez pris Mars ou quand vous tenterez de le faire, ils s'en souviendront et ils plongeront tous dans le syndrome de Stockholm. Et ils commenceront à vous soutenir. Et même à travailler pour vous.

Sax acquiesçait. Spencer fixait Nirgal. Et puis tous les autres regardèrent Nirgal. Sauf Coyote, qui ne quittait pas des yeux la paume de ses mains, comme s'il y lisait un oracle. Mais quand il releva enfin la tête, ce fut pour regarder Nirgal, lui aussi.

Pour Nirgal, tout était simple, et il répondit à son regard d'un air soucieux.

— Art a raison. Hiroko ne nous pardonnera jamais si nous commençons à tuer des gens sans raison.

Une grimace déforma le visage de Coyote, comme s'il était dégoûté par leur humanité.

— Mais nous avons tué des gens à Kasei Vallis.

— C'était différent ! s'exclama Nirgal.

— En quoi ?

Nirgal hésita, et Art répondit à sa place.

— C'était une bande de policiers tortionnaires qui passaient le cerveau de votre ami au micro-ondes. Ils méritaient leur sort. Mais ces types, là en bas dans le canyon, ils ne font que creuser dans la roche.

Sax hocha la tête. Il les regarda tous tour à tour avec une intensité extrême. Il semblait avoir tout compris avec certitude. Mais comme il ne prononçait pas un mot, nul ne pouvait en être sûr.

Coyote posa un regard dur sur Art.

— C'est une mine de Praxis ?

— Je l'ignore. Et cela m'importe peu.

— Hum... Bien... (Coyote se tourna vers Sax, puis Spencer, puis Nirgal, qui avait les joues brûlantes.) D'accord. On va essayer comme ça.

Et c'est ainsi qu'à la tombée de la nuit Nirgal se glissa hors du patrouilleur en compagnie de Coyote et d'Art. Les étoiles brillaient déjà dans le ciel sombre, mais le quadrant occidental était encore lumineux et violet, répandant une clarté colorée qui donnait à toute chose une apparence étrangère. Coyote allait en avant et les deux autres le suivaient de près. Nirgal vit qu'Art Randolph avait les yeux collés à la visière de son casque.

Le plancher de Tractus Catena était rompu par un système transversal de cassures appelé Tractus Traction, et les fractures en treillis, dans cette zone, avaient constitué un système de crevasses impénétrable aux véhicules. Les mineurs de Tractus rejoignaient leur camp à partir du mur du canyon sur lequel on avait installé des ascenseurs. Mais Coyote décida qu'il était possible de franchir à pied Tractus Traction en suivant un cheminement de crevasses interconnectées dont il avait fait un relevé. La plupart de ses actions de résistance se déroulaient dans des terrains « impassables » comme celui-ci. Ce qui avait rendu légendaires ses incursions dans des lieux impossibles, dans des régions interdites que nul n'avait osé affronter. Et sous la conduite de Nirgal, ils avaient réussi quelques raids apparemment miraculeux — uniquement parce qu'ils avaient quitté les patrouilleurs pour traverser à pied.

Ils descendirent donc le plancher du canyon avec ces bonds

martiens réguliers que Nirgal avait perfectionnés et qu'il avait tenté d'apprendre à Coyote avec plus ou moins de succès. La démarche d'Art n'avait rien de gracieux — ses pas étaient trop courts et il trébuchait fréquemment — mais il arrivait à maintenir l'allure. Nirgal commença à éprouver le bonheur libérateur de la course, la danse entre les rochers, la traversée rapide de longues bandes de terrain. Et puis aussi la respiration rythmique, le tressautement de son réservoir d'air dans le dos, cet état proche de la transe qu'il avait affiné depuis des années, avec l'aide de Nanao, l'issei, qui disait qu'il avait appris le *lung-gom* auprès d'un adepte tibétain... Nanao prétendait que les plus vieux des *lung-gom-pas* devaient porter des poids pour éviter de s'envoler. Ce qui sur Mars semblait tout à fait possible. Car il volait presque de roc en roc, exultant, pris dans une espèce d'extase.

Il dut se réfréner : Coyote pas plus qu'Art ne connaissaient le *lung-gom*, et ils ne parvenaient pas à le suivre, même s'ils se débrouillaient plutôt bien, Coyote par rapport à son âge, et Art parce qu'il était nouveau venu sur Mars. Coyote connaissait le terrain et progressait par petits sauts brefs, en une sorte de danse, dépouillée et efficace. Art se propulsait dans le paysage comme un robot mal programmé, vacillant souvent sous la clarté des étoiles quand il se posait mal, mais sans jamais vraiment diminuer la pression. Et Nirgal les précédait comme un chien lancé sur une piste. Par deux fois, Art s'écroula dans un nuage de poussière et Nirgal le contourna, mais à chaque fois il se releva et reprit sa course, se contentant de faire signe de la main à Nirgal sans perturber leur silence intercom.

Après une demi-heure de descente, dans le canyon si droit qu'il semblait avoir été découpé selon un plan, des fissures apparurent et se firent rapidement plus profondes et reliées les unes aux autres, ce qui rendait impossible toute progression sur le plancher du canyon lui-même, qui était devenu un archipel d'îles plates. Les fentes entre les îles ne faisaient parfois que deux ou trois mètres de large, mais elles étaient profondes de trente ou quarante mètres.

S'avancer dans ces allées au fond généralement plat était une expérience étrange, mais Coyote les guidait dans ce labyrinthe sans jamais hésiter aux bifurcations, suivant un parcours que lui seul connaissait, tournant à gauche, à droite d'innombrables fois. Ils passèrent une fente si étroite qu'ils frottèrent les parois des épaules au premier tournant.

Lorsqu'ils resurgirent sur le côté nord du labyrinthe de crevasses, émergeant d'un éclatement de l'escarpement abrupt qui marquait la fin de l'archipel de plateaux, ils découvrirent une petite tente, dressée contre la paroi ouest du canyon. Elle brillait comme une ampoule empoussiérée. A l'intérieur, il y avait des remorques, des patrouilleurs, des foreuses, des excavatrices et autres matériels d'exploitation minière. Ils étaient sur une mine d'uranium appelée Pechblende Alley, cette section inférieure du canyon étant recouverte d'une couche de pegmatite extrêmement riche en uraninite. La production de cette mine était importante, et Coyote avait appris que l'uranium traité ici avait été stocké sur place durant les années passées entre la destruction du premier ascenseur et la mise en place du second et qu'il n'avait pas encore été livré.

Il se dirigeait droit sur la tente, suivi de Nirgal et Art. Il n'y avait aucune présence humaine visible. La clarté n'était fournie que par quelques veilleuses et par les hublots illuminés d'une grande caravane garée au centre.

Coyote marcha jusqu'au sas le plus proche, enfonça le jack de son bloc de poignet dans le verrou et pianota sur le clavier du bloc. La porte extérieure s'ouvrit. Apparemment, aucune sonnerie d'alarme ne se déclencha. Et personne ne se montra derrière les hublots de la caravane. Ils se glissèrent dans le sas, refermèrent la porte extérieure et attendirent que l'atmosphère s'établisse avant d'entrer. Coyote se précipita droit vers la petite centrale énergétique, installée non loin de la caravane. Nirgal escalada les marches qui accédaient à la porte de la caravane et aux quartiers d'habitation. Il mit en place l'une des « barres de verrouillage » de Coyote sous la poignée, fit tourner le cadran qui libérait le fixatif, poussa la barre droit contre la porte et la carlingue. La caravane était en alliage d'aluminium, et le fixatif polymère allait faire fondre la barre de verrouillage contre la structure, bloquant ainsi totalement la porte. Il fit rapidement le tour du véhicule et répéta l'opération sur l'autre porte avant de se ruer vers la sortie, le sang pulsant dans ses veines comme de l'adrénaline pure. Ce qu'il venait de faire ressemblait tellement à un mauvais tour plutôt qu'à une opération de neutralisation qu'il dut se rappeler plusieurs fois toutes les charges explosives que Coyote et Art étaient en train de mettre en place dans l'installation, dans les hangars, sous la paroi de la tente et dans le parking où étaient garés les léviathans de minage. Nirgal les rejoignit en courant de véhicule en véhicule, escaladant les marchepieds pour ouvrir les portes à la main ou électroniquement avant de lancer dans les cabines les petites boîtes que Coyote lui avait données.

Mais il y avait aussi ces centaines de tonnes d'uranium que Coyote aurait voulu emporter. Heureusement, c'était impossible. Mais dans un hangar, ils s'attaquèrent aux camions robotisés déjà chargés, et les reprogrammèrent pour qu'ils roulent vers les régions de canyons au nord et s'arrêtent dans des terrains où les concentrations en apatite[1] suffiraient à masquer la radioactivité de l'uranium, qui serait ainsi difficile à repérer. Spencer avait émis quelques doutes sur cette stratégie, mais Coyote avait rétorqué que c'était mieux que de laisser l'uranium sur le site et, de toute façon, ils étaient tous trop heureux

1. Phosphate de calcium d'origine éruptive. (*N.d.T.*)

de ne pas avoir à charger des tonnes d'uranium dans leur patrouilleur, même si les containers étaient totalement à l'épreuve des radiations.

L'opération terminée, ils repartirent en courant. A mi-chemin, ils entendirent une série d'explosions et de déflagrations assourdies. Nirgal jeta un coup d'œil par-dessus son épaule, mais rien ne semblait avoir changé : la tente était obscure et les hublots de la caravane toujours illuminés.

Il reprit sa course, comme porté par des ailes, et il fut étonné de découvrir Art qui parcourait le plancher du canyon à grands bonds sauvages, pareil à un ours-guépard. Art attendit que Coyote les rejoigne pour les guider à nouveau dans le labyrinthe. Ensuite, il redémarra, si vite que Nirgal décida d'essayer de le rattraper, rien que pour estimer sa vitesse. Il se mit à sprinter, de plus en plus fort, et constata en arrivant à la hauteur d'Art que ses foulées de springbok étaient deux fois plus longues que celles d'Art, alors que leurs jambes foulaient le sol aussi vite qu'ils en étaient capables.

Ils atteignirent le patrouilleur bien avant Coyote et l'attendirent devant le sas en reprenant leur souffle et en souriant derrière leurs visières. Dès que Coyote fut là, ils montèrent à bord et Spencer démarra alors qu'ils quittaient le laps de temps martien avec six heures de route nocturne devant eux.

Ils riaient tous de la course folle d'Art, mais lui se contenta de sourire en agitant la main.

— Mais non, je n'avais pas peur. C'est seulement la gravité martienne, je vous le jure. J'ai couru normalement, mais on aurait dit que mes jambes étaient comme les pattes d'un tigre ! Stupéfiant !

Ils se reposèrent durant tout le jour et, dès la tombée de la nuit, ils démarrèrent. Ils franchirent l'entrée d'un long canyon qui allait de Ceraunius jusqu'à Jovis Tholus. Une exception bizarre : il n'était ni vraiment droit ni sinueux et avait été baptisé le Canyon Tordu. Quand le soleil se leva, ils étaient à l'abri dans le cratère Qr, immédiatement au nord de Jovis Tholus. Jovis Tholus était un volcan plus important que Tharsis Tholus, plus grand en fait que n'importe quel volcan terrestre, mais il était situé sur le col élevé séparant Ascraeus Mons d'Olympus. Tous deux érigés à l'est et à l'ouest comme de véritables plateaux continentaux auprès desquels Jovis semblait compact, accueillant, compréhensible — une simple colline, facile à escalader.

Ce jour-là, Sax s'assit devant son écran et pianota en silence pour appeler un assortiment de textes, de cartes, de diagrammes, de clichés et d'équations. Il inclinait régulièrement la tête, comme indifférent. Nirgal s'installa près de lui.

— Sax, tu peux m'entendre ?

Sax le dévisagea.

— Tu peux comprendre ce que je dis ? Fais-moi signe de la tête.

Sax pencha la tête et Nirgal soupira, fasciné par son regard inquisiteur. Puis Sax acquiesça en hésitant.

Cette nuit-là, Coyote roula cap à l'ouest, en direction d'Olympus, et aux approches de l'aube, il dirigea le patrouilleur vers une muraille de basalte noir éclatée et grêlée. C'était le rebord d'un plateau découpé par d'innombrables ravines sinueuses, Tractus Traction à plus grande échelle. Les ravines avaient créé des bad-lands pareilles à une expansion immense du labyrinthe de Traction. Le plateau était un éventail de lave ancienne fragmentée, restant d'une des premières coulées d'Olympus Mons, qui avait recouvert le tuf plus tendre et les scories d'éruptions plus anciennes encore. Là où les ravines creusées par le vent étaient les plus profondes, leur fond taillait dans le tuf, et certaines d'entre elles étaient d'étroites fentes avec, au fond, des tunnels arrondis par des siècles de vent.

— Comme des trous de serrure à l'envers, commenta Coyote, quoique Nirgal n'eût jamais rencontré de trous de serrure de cette forme.

Coyote lança le patrouilleur dans l'un des tunnels noir et gris. Il remonta la pente sur plusieurs kilomètres avant de s'arrêter près d'une tente qui créait une sorte d'obstruction dans le tunnel, une courbe élargie.

C'était le premier refuge secret qu'Art découvrait, et il prit l'air surpris qui convenait. La tente mesurait peut-être vingt mètres de haut et englobait une bonne centaine de mètres de la paroi. Il s'étonna de ces dimensions et Nirgal finit par rire.

— Il y a déjà quelqu'un ici, dit Coyote. Alors calmez-vous une seconde.

Art acquiesça vivement et se pencha sur l'épaule de Coyote pour écouter ce qu'il disait dans l'intercom. Un autre patrouilleur, camouflé en rocher comme le leur, était garé devant le sas de la tente.

— Ah ! fit Coyote en repoussant Art. C'est Vijika. Ils doivent avoir des oranges, et peut-être même un peu de kava. On va avoir droit à la fête dès ce matin, j'en suis sûr.

Ils roulèrent jusqu'au sas et un tube de couplage en sortit pour venir se coller sur la porte extérieure. Quand tout fut déverrouillé, ils purent pénétrer dans la tente en portant Sax, le dos courbé.

Ils furent accueillis par cinq hommes et trois femmes, tous très grands, la peau sombre, exultants, heureux d'avoir de la compagnie. Coyote fit les présentations. Nirgal avait déjà rencontré Vijika à l'université de Sabishii et il la serra dans ses bras. Elle semblait aussi heureuse que lui de le retrouver, et elle les précéda vers la falaise incurvée jusqu'à un espace entre les caravanes, illuminé par une crevasse dans la couche ancienne de lave. Dans ce puits de clarté diffuse à laquelle s'ajoutait la lumière venue de la ravine à l'extérieur de la tente, les visiteurs s'installèrent sur de grands coussins plats disposés autour de tables basses, tandis que leurs hôtes s'activaient autour de samovars ventrus. Coyote parlait avec les uns et les autres qui lui apprenaient les dernières nouvelles. Sax regardait autour de lui en cillant, aussi déconcerté que Spencer, qui se tenait près de lui. Depuis 61, il avait toujours vécu en surface et il ne connaissait les refuges que par les échos qu'on lui avait rapportés. Quarante années de double vie : pas étonnant s'il paraissait abasourdi.

Coyote se dirigea vers les samovars et sortit des petites tasses d'un placard. Nirgal s'était assis à côté de Vijika, un bras autour de sa taille. Il savourait sa chaleur et le contact de sa jambe contre la sienne. Art s'était installé de l'autre côté de Vijika. Son visage large avait l'expression d'un chien intrigué essayant de suivre la conversation. Vijika se présenta et lui serra la main. Il serra ses doigts fins dans sa grosse patte comme s'il allait les embrasser.

— Ce sont des Bogdanovistes, lui expliqua Nirgal en s'esclaffant devant son air perdu. (Il lui tendit une petite tasse en céramique.) Ses parents ont été détenus à Korolyov avant la guerre.

— Ah... fit Art. Nous en sommes loin, non ?

— Eh bien, expliqua Vijika, nos parents ont pris l'autoroute Transmarineris au nord, juste avant qu'elle soit inondée, et ils se sont retrouvés ici. Maintenant, prenez ce plateau à Coyote, distribuez les autres tasses et présentez-vous à chacun.

Art s'exécuta et fit le tour de l'assemblée tandis que Nirgal reprenait sa conversation avec Vijika.

— Tu ne croiras jamais ce qu'on a trouvé dans ces tunnels de tuf, lui dit-elle. On est devenus fantastiquement riches.

Chacun avait sa tasse, à présent, et durant un instant, ils sirotèrent en silence, puis, après quelques claquements de lèvres, les conversations reprirent. Art revint s'asseoir à côté de Nirgal.

— Tenez, lui dit Nirgal. Prenez-en. Il faut que chacun porte un toast. C'est la coutume.

Art but une gorgée d'un air méfiant tout en examinant le liquide dans sa tasse : il était plus noir que du café et l'odeur était atroce. Il frissonna.

— On dirait du café avec de la réglisse. De la réglisse empoisonnée.

Vijika se mit à rire.

— C'est du kavajava. Un mélange de kava et de café. C'est très fort et le goût est infernal. C'est dur à avaler. Mais n'abandonnez pas. Si vous finissez votre tasse, vous verrez que ça en valait la peine.

— Si vous le dites. (Il prit une nouvelle gorgée, dans un autre frisson.) Atroce !

— Oui. Mais on aime ça. Certains extraient le kavain du kava, mais je crois qu'ils ont tort. Tous les rites doivent avoir un côté déplaisant, sinon on ne les apprécie pas à leur juste mesure.

— Hum... fit Art. (Nirgal et Vijika l'épiaient.) Je suis dans un refuge de l'underground martien, déclara-t-il après un instant. Je suis en train de m'éclater avec une espèce de drogue aussi étrange qu'ignoble, en compagnie de certains des membres les plus célèbres des Cent Premiers. Et avec de jeunes indigènes dont personne n'a entendu parler sur Terre.

— Ça marche, dit Vijika.

Coyote bavardait avec une femme. Il se tenait debout devant elle, et bien qu'elle fût assise dans la position du lotus sur un des coussins, elle lui arrivait au niveau du menton.

— Bien sûr que j'aimerais de la semence de laitue romaine, lui dit-elle. Mais il faut une juste compensation pour une chose d'une telle valeur.

— Ces graines ne sont pas aussi précieuses que ça, repartit Coyote de son ton le plus persuasif. Déjà, vous nous fournissez plus d'azote que nous ne pouvons en brûler.

— Certes, mais il faut avoir l'azote avant de pouvoir en donner.

— Je le sais bien.

— Il faut avoir avant de donner, et donner avant de consommer. Et nous avons cette énorme veine de nitrate de sodium sur laquelle nous somme tombés, du pur caliche blanco. Les bad-lands en sont bourrées. Apparemment, il y en a toute une couche entre le tuf et la lave. Elle est épaisse de trois mètres et on ne sait même pas encore jusqu'où elle s'étend. Il faut bien qu'on écoule ce caliche, non ?

— Oui, parfait. Mais ça n'est pas une raison pour tout nous refiler.

— Mais on ne refile rien. Vous allez brûler quatre-vingts pour cent de ce qu'on vous donne...

— Soixante-dix.

— D'accord, soixante-dix, mais nous aurons ces semences et nous pourrons enfin avoir des salades dignes de ce nom.

— Si vous réussissez à les faire pousser. La laitue, c'est délicat.

— Nous avons tout l'engrais nécessaire.

Coyote rit.

— Je n'en doute pas. Mais c'est encore loin de faire la mesure. Je vais vous dire : on vous donne les coordonnées d'un des camions d'uranium qu'on a envoyés dans Ceraunius.

— Et on accuse les autres de refiler !

— Non, non, parce que nous ne vous garantissons pas que vous pourrez récupérer la marchandise. En tout cas, vous saurez où elle se trouve, et si vous arrivez à mettre la main dessus, alors vous pourrez nous fournir un autre picobar d'azote, ce qui fait que nous serons d'accord. Qu'est-ce que vous en dites ?

— Ça me paraît toujours trop.

— Vous en aurez toujours l'impression avec ce caliche blanco que vous avez trouvé. Il y en a vraiment autant que ça ?

— Des tonnes. Des millions de tonnes. Les strates s'étendent dans toutes les bad-lands.

— D'accord, dans ce cas vous pourrez peut-être nous fournir

également du peroxyde d'hydrogène. Nous allons en avoir besoin pour aller vers le sud.

Art se pencha vers eux, comme attiré par un aimant.

— C'est quoi, le caliche blanco ?

— Du nitrate de sodium quasiment pur, dit la femme.

Et elle lui décrivit l'aréologie de la région. Le tuf rhyolithique — les rochers à peine colorés qui les entouraient — avait été recouvert par la lave sombre d'andésite qui formait la surface du plateau. L'érosion avait attaqué le tuf dans les crevasses, ce qui avait formé les ravines à fond en forme de tunnel, tout en révélant de grandes veines de caliche coincées entre les strates.

— Le caliche est composé de rocaille et de poussière cimentées par les sels et les nitrates de sodium.

— Mais ce sont sûrement des micro-organismes qui ont déposé cette couche, proféra un homme, juste derrière elle.

Mais elle le contredit aussitôt :

— C'est un effet aréothermique, ou bien les éclairs d'orage, attirés par le quartz qui se trouve dans le tuf.

Ils se lancèrent dans un débat instantané qu'ils semblaient avoir répété mille fois. Art les interrompit pour reposer sa question à propos du caliche blanco. La femme lui expliqua que le blanco était un caliche pur qui contenait jusqu'à soixante-dix pour cent de nitrate de sodium pur. Il y en avait un bloc sur la table et elle le tendit à Art avant de reprendre la discussion avec son collègue, tandis que Coyote reprenait ses marchandages avec une autre femme, lancé dans les taux de bascule et les primes, les kilogrammes et les calories, les équivalences et les surcharges, les mètres cubes par seconde et les picobars, chicanant habilement au milieu des rires de l'auditoire.

La femme finit par l'interrompre en criant :

— Ecoute ! On ne peut quand même pas accepter un lot d'uranium que nous ne sommes pas sûrs de pouvoir récupérer ! Ou bien tu fais du dumping ou tu nous dépouilles ! Tout dépend si nous trouvons ton camion ou non ! Mais c'est quoi, ton marché ? De toute façon, ça ressemble plutôt à un mauvais coup !

Coyote secoua la tête d'un air malicieux.

— Il fallait bien que je vous propose ça, non ? Ou alors, vous m'auriez enterré dans votre caliche blanco. On est en expédition, on a quelques graines, mais pas énormément — en tout cas certainement pas des millions de tonnes de nouveaux filons de caliche ! Et on a vraiment besoin de peroxyde et de pâtes aussi. Ça n'est pas un luxe comme les semences de romaine. Je vais te dire : si vous retrouvez le camion, vous pourrez brûler son équivalent, et nous aurons quand même fait un bon marché. Si vous ne le retrouvez pas, alors vous nous en devrez un, je le reconnais, mais dans ce cas, vous pourrez brûler un cadeau, et c'est vous qui aurez fait un bon marché !

— Il va nous falloir une semaine de recherches et pas mal de carburant pour récupérer ce camion !

— D'accord, alors on prendra dix picobars de plus et on en brûlera six !

— Marché conclu. (La femme secoua la tête, impressionnée.) Tu es sacrément dur en affaires !

Coyote acquiesça et remplit les tasses.

Art regarda à droite et à gauche, ahuri, avant de revenir à Nirgal.

— Explique-moi ce qui vient de se passer.

Nirgal sentait l'effet bienfaisant du kava qui se propageait dans ses veines.

— Eh bien... nous avons négocié. Nous avons besoin de ravitaillement et de carburant, et nous étions désavantagés, mais Coyote s'est bien débrouillé.

Art souleva le bloc de roc blanc.

— Mais c'était quoi ce discours sur « vous prenez l'azote et vous nous donnez de l'azote, et on *brûle* de l'azote » ? Ça veut dire que vous grillez l'argent que vous gagnez ?

— Ma foi, en partie, oui...

— Alors ils essayaient tous les deux de perdre ?

— De perdre ?

— De se faire avoir dans ce marché ?

— De se faire avoir ?

— De donner plus qu'ils ne recevaient ?

— Mais oui, bien sûr.

— Oh, oui, bien sûr ! (Art roula des yeux.) Mais vous... vous ne pouvez pas donner *beaucoup plus* que vous ne recevez. Ai-je bien compris ?

— C'est exactement ça.

Nirgal observa son nouvel ami tandis qu'il digérait en silence cette révélation.

— Mais si vous donnez toujours plus que vous ne recevez, d'où sortez-vous ce que vous donnez, si tu vois ce que je veux dire ?

Nirgal haussa les épaules et jeta un regard à Vijika, qui lui serrait la taille avec passion.

— Il faut le trouver. Ou le faire.

— Ah...

— C'est de l'économie de cadeau, lui dit Vijika.

— L'économie de cadeau ?

— Ça fait partie de la façon dont nous gérons les choses, ici. Il existe une économie monétaire pour le vieux système d'achat-paiement, avec comme unité le peroxyde d'hydrogène. Mais la plupart des gens essaient au maximum d'utiliser l'unité azote, qui est à la base de l'économie de cadeau. Ce sont les soufis qui l'ont lancée, et les gens du refuge de Nirgal.

— Et Coyote, ajouta Nirgal.

Pourtant, en jetant un regard à son père, il se dit qu'Art Randolph aurait quelque mal à se faire à l'idée d'un Coyote théoricien économiste. Pour l'instant, Coyote, installé à côté d'un autre homme, tapait frénétiquement sur une console. Ils jouaient ensemble. Il perdit et expulsa son partenaire de son coussin en expliquant aux autres que sa main avait glissé.

— On finit au bras de fer, sinon rien, proposa-t-il.

Les deux hommes plantèrent les coudes sur la table et leurs bras se raidirent.

— Le bras de fer ! s'exclama Art. Voilà le genre de chose que je connais !

Coyote perdit en quelques secondes et Art prit sa place pour défier le vainqueur. Il gagna en un clin d'œil et, très vite, il devint évident que personne ne pouvait lui résister. Les Bogdanovistes finirent par se mettre à trois contre lui, puis quatre, mais il les battit tous.

— OK, conclut-il. Je gagne. (Il se laissa retomber sur son coussin.) Alors, combien je vous dois ?

Pour éviter les auréoles de terrain brisé qui marquaient le nord d'Olympus Mons, ils décrivirent un vaste demi-cercle. Comme d'habitude, ils dormaient durant la journée.

Art et Nirgal conduisaient la plupart du temps, en bavardant. Art posait des flots de questions auxquelles Nirgal répondait avant d'en poser d'autres à son tour, aussi fasciné par la Terre qu'Art l'était par Mars. Ils faisaient un bon tandem, chacun passionné par l'autre, ce qui avait toujours été un terrain propice à l'amitié.

Nirgal avait été effrayé à l'idée de contacter les Terriens, quand elle lui était venue pour la première fois. Cette possibilité dangereuse lui était apparue une nuit, à Sabishii, et ne l'avait jamais abandonné. Durant plusieurs mois, il avait passé de longues heures à l'envisager sous tous ses aspects et à chercher qui il devait contacter s'il devait passer à l'action. Plus il en apprenait, plus il se confortait dans la certitude que cette idée était bonne, qu'une alliance avec un pouvoir terrestre était essentielle à la réalisation de leurs espoirs. Pourtant, il était convaincu que tous ceux des Cent Premiers qu'il connaissait ne voudraient pas prendre le risque d'un contact. C'était à lui de jouer. De courir le danger, d'assumer les enjeux...

Il avait approché Praxis à cause de ce qu'il avait pu lire à propos de cette transnat. Il tirait un peu au hasard, comme on le fait dans les situations critiques. Il avait agi instinctivement : d'abord le voyage jusqu'à Burroughs, une visite dans les bureaux de Praxis de Hunt

Mesa, des demandes répétées pour entrer en contact avec William Fort.

Il avait réussi, bien que cela n'eût pas de signification propre. Mais dès le premier instant, quand il avait approché Art dans la rue, à Sheffield, il avait su qu'il ne s'était pas trompé. Et Praxis non plus. Au premier regard, il avait lu dans cet homme corpulent une certaine qualité qu'il avait trouvée immédiatement rassurante : une ouverture, une capacité, une facilité dans l'amitié. S'il s'était servi de son vocabulaire d'enfant, il aurait dit qu'il avait vu en Art l'équilibre des deux mondes. Un homme auquel il faisait confiance.

Ce qui identifie une bonne action, c'est que, rétrospectivement, elle apparaît comme inévitable. Et, durant les longues nuits qu'ils passaient ensemble dans la clarté des écrans infrarouges, ils se parlaient comme s'ils se voyaient eux aussi à travers un écran infrarouge. Leur dialogue se poursuivait sans fin, ils finissaient par se connaître — par devenir amis. La pulsion qui poussait Nirgal vers la Terre se concrétisait : il la lisait sur le visage d'Art, au fil des heures — la même curiosité que la sienne, le même *intérêt*.

Ils bavardaient à propos de tout, comme tout le monde. Ils parlaient de leur passé, de leurs opinions, de leurs espoirs. Nirgal passait le plus clair de son temps à essayer d'expliquer Zygote et Sabishii à Art.

— J'ai passé quelques années à Sabishii. Les issei y ont créé une université ouverte. Il n'y a pas d'archives. On suit les cours que l'on veut et on a affaire à son professeur et à personne d'autre. Ce qui se passe à Sabishii n'a rien d'officiel, en grande partie. C'est la capitale du demi-monde, un peu comme Tharsis Tholus, mais en plus grand. C'est vraiment une *grande cité*. J'y ai rencontré des tas de gens venus de tous les coins de Mars.

Son esprit s'emplit de la romance de Sabishii, portant les souvenirs de tant de paroles et d'actes, de sentiments — toutes les émotions individuelles de ce temps-là, contradictoires et incompatibles, mais revécues simultanément, en un accord polyphonique dense.

— Cela a dû être une sacrée expérience, commenta Art, après avoir grandi à Zygote.

— Oh, oui. Ç'a été merveilleux.

— Parlez-m'en.

Nirgal se rencogna dans son siège avec un frisson et essaya de lui raconter ce qu'avait vraiment été Sabishii.

Tout d'abord, ç'avait été étrange. Les issei avaient fait des choses incroyables. Alors que les Cent Premiers s'étaient chamaillés, s'étaient battus, avaient fissionné sur toute la planète, déclenché une guerre, alors qu'ils étaient maintenant morts ou clandestins, le premier groupe de pionniers japonais, les deux cent quarante qui avaient fondé Sabishii seulement sept ans après l'arrivée des Cent Premiers, étaient demeurés à proximité de leur site d'atterrissage et y avaient construit une ville. Ils avaient absorbé tous les changements qui avaient suivi, y compris le creusement d'un mohole tout près de leur ville. Ils avaient simplement utilisé les résidus du forage comme matériaux de construction. Quand l'atmosphère était devenue plus dense, ils avaient pu cultiver le terrain environnant, qui était rocailleux et élevé, pas facile, jusqu'à se retrouver un jour au milieu d'une forêt naine, un krummholz bonsaï, dominée par des bassins alpins dans les highlands. Durant les journées catastrophiques de 2061, ils n'avaient pas bougé. Considérés comme neutres, ils avaient été épargnés par les transnats. Dans leur solitude, ils avaient récupéré la roche excavée du mohole et l'avaient érigée en longs monticules sinueux dans lesquels ils avaient percé des tunnels et aménagé des salles d'habitation prêtes à accueillir les réfugiés du Sud.

C'est ainsi qu'ils avaient inventé le demi-monde, la société la plus complexe et la plus sophistiquée de Mars, empli de gens qui se croisaient dans les rues comme des étrangers pour se retrouver le soir dans les chambres, pour bavarder, écouter de la musique, faire l'amour. Même ceux qui n'appartenaient pas au demi-monde étaient intéressants, car les issei avaient créé une université, l'Université de Mars, où beaucoup des étudiants, un tiers au total peut-être, étaient jeunes et natifs de Mars. Originaires du monde de la surface ou de l'underground, ils se reconnaissaient sans la moindre difficulté, selon des millions de signes subtils, d'une manière que les Terriens ne connaîtraient jamais. Ils parlaient, jouaient de la musique, ils s'aimaient et, très naturellement, certains de ceux qui étaient originaires de la surface étaient ainsi initiés à l'underground. A terme, il apparut que tous les natifs de Mars se connaissaient et étaient devenus des alliés naturels.

Parmi les professeurs, on comptait de nombreux Sabishiiens issei et nisei, tout autant que de distingués visiteurs venus de tous les coins de Mars, et même de la Terre. Et les étudiants également affluaient de toutes parts dans cette cité superbe où ils pouvaient étudier, vivre et s'amuser, dans les rues, les jardins, les pavillons d'été, dans les cafés, autour des lacs et sur les grands boulevards verts, qui faisaient de Sabishii une sorte de Kyoto martienne.

Nirgal avait entrevu la ville lors d'une brève visite en compagnie de Coyote. Il l'avait jugée trop grande, trop peuplée, avec trop d'étrangers. Mais des mois plus tard, fatigué d'errer dans le Sud avec Coyote, trop souvent seul avec lui-même, il s'était souvenu de Sabishii comme sa seule destination possible !

Il s'y était rendu et s'était installé dans une chambre sous les toits, plus petite que celle qu'il avait à Zygote, à peine assez grande pour contenir son lit. Il participa aux cours, aux courses, aux orchestres de calypso, aux groupes des cafés. Il apprit à connaître tout ce que son lutrin contenait. Et découvrit à quel point il était ignorant et provincial. Coyote lui donna des blocs de peroxyde d'hydrogène, qu'il revendait aux issei pour se procurer l'argent dont il avait besoin. Chaque journée était une aventure, presque entièrement livrée au hasard, une série de rencontres d'heure en heure, jusqu'à ce qu'il se laisse tomber n'importe où. La journée, il étudiait l'aréologie et l'ingénierie écologique. Il étayait ces disciplines qu'il avait commencé à étudier à Zygote de structures mathématiques, et découvrait dans ce travail et dans les cours d'Etsu qu'il avait hérité certains des dons de sa mère pour comprendre l'interaction de tous les composants du système. Il consacrait ses journées à ce travail extraordinaire et fascinant. Tant de vies humaines se consacraient à l'acquisition de toute cette connaissance ! Et les pouvoirs que cette connaissance leur conférait dans le monde étaient si variés !

Un soir, il pouvait coucher chez un ami, après avoir parlé durant des heures à un Bédouin de cent quarante ans de la guerre transcaucasienne. Et la nuit d'après, il pouvait se retrouver en train de jouer du steel drum ou des marimbas jusqu'à l'aube avec une vingtaine de Polynésiens et de Latino-Américains bourrés de kavajava avant d'emmener au lit une des dernières beautés de l'orchestre, des filles aussi passionnées que Jackie mais bien moins compliquées. Il pouvait aller au théâtre avec des amis le lendemain soir voir *Le Roi Jean* de Shakespeare et admirer la structure en X de la pièce, la fortune de Jean allant décroissant et celle du bâtard augmentant. Et rester tremblant en observant la scène critique au centre du X, dans laquelle John ordonne la mort du jeune Arthur. Plus tard, il se promenait dans la nuit de la cité avec ses amis, ils discutaient à propos de la pièce et du rapport qu'on pouvait y voir avec le devenir de certains issei, ou les diverses forces rassemblées sur Mars, ou bien encore avec les relations entre la Terre et Mars. La nuit d'après, au terme d'une longue course dans les bassins du haut où Nirgal cherchait à découvrir autant de choses qu'il le pouvait, ils s'installaient pour dormir sous une petite tente de survie dans un des cirques élevés à l'est de Subashii. Ils mangeaient dans le crépuscule, sous les étoiles qui s'allumaient une à une dans le ciel violet, entre les fleurs alpestres qui disparaissaient dans le bassin rocheux comme au creux de la paume d'un géant.

Jour après jour, le jeu incessant de cette interaction avec les étrangers lui en apprenait au moins autant que les cours qu'il suivait. Non pas que Zygote l'eût laissé complètement ignorant : ses habitants lui avaient fait la démonstration de tant de comportements divers qu'il n'avait plus guère de surprises à attendre. En fait, et il commençait seulement à le comprendre, il avait grandi dans une sorte d'asile pour excentriques, des gens surcompressés par leurs premières dures années sur Mars.

Mais il y avait toujours des surprises, malgré tout. Les indigènes des cités du Nord, par exemple, non seulement eux mais tous ceux qui n'étaient pas originaires de Zygote, avaient moins de rapports physiques entre eux que Nirgal en avait l'habitude. Ils ne se touchaient pas, ne s'étreignaient pas, ni ne se caressaient autant que ceux de Zygote. Pas plus qu'ils ne se baignaient ensemble, quoique certains aient appris à le faire dans les bains publics de Sabishii. Et Nirgal surprenait donc tout le monde par ses attouchements. Il disait des choses étranges, il aimait tout le temps courir... Quelles qu'en soient les raisons, comme passaient les saisons et qu'il s'impliquait dans des groupes, bandes, cellules, il prenait de plus en plus conscience qu'on le remarquait, qu'il constituait le point focal, que toute une cohorte le suivait de café en café, le jour comme la nuit. Il existait bel et bien une « bande à Nirgal ». Très vite, il apprit à dévier leur attention, à y échapper. Mais, parfois, il avait conscience d'en avoir besoin.

Souvent lorsque Jackie était là.

— Encore cette Jackie ! s'exclama Art.

Ce n'était pas la première fois que Nirgal faisait allusion à elle, ni la dixième.

Nirgal acquiesça. Son pouls s'accélérait.

Jackie elle aussi était arrivée à Sabishii, peu après Nirgal. Elle s'était installée dans un appartement voisin et ils suivaient certains cours ensemble. Et dans le flot changeant de leurs pairs, il leur arrivait parfois de se faire valoir — plus particulièrement quand l'un ou l'autre cherchait à séduire.

Mais, très vite, ils avaient appris qu'ils ne pouvaient prolonger ce petit jeu, sous peine de repousser tous leurs autres partenaires. Ce qu'ils ne souhaitaient ni l'un ni l'autre. Et c'est ainsi qu'ils s'accordèrent une liberté mutuelle, sauf dans le cas où le choix du partenaire déplaisait violemment à l'autre. C'était une façon de juger le partenaire de l'autre et d'accepter leur influence réciproque. Tout cela sans échanger un mot, ce comportement rare étant le seul signe visible du pouvoir qu'ils avaient l'un sur l'autre. Ils se mêlaient tous deux à des foules de gens, ils nouaient des relations nouvelles, des amitiés nouvelles, des liaisons nouvelles. Parfois, ils ne se voyaient plus des semaines durant. Et néanmoins, au niveau le plus profond (Nirgal secoua la tête en essayant d'expliquer cela à Art) « ils s'appartenaient ».

Si l'un désirait confirmer ce lien, l'autre répondait à sa séduction en un embrasement d'excitation, et ils s'abandonnaient à la passion. Ce qui était arrivé trois fois durant les trois années de Sabishii, mais pourtant Nirgal savait grâce à ces rencontres qu'ils étaient liés — liés par leur éducation partagée et tout ce qu'ils avaient connu ensemble, certainement, mais par beaucoup plus encore. Ce qu'ils accomplissaient ensemble était différent et plus intense que tout ce qu'ils pouvaient faire avec les autres.

Avec les autres, rien n'était porteur de sens, dangereux, comme avec elle. Il avait des amis — de nombreux amis, une centaine, cinq cents. Il disait toujours oui. Il posait des questions, écoutait, et dormait rarement. Il se rendait aux meetings de cinquante organisations politiques, il était d'accord avec chacune d'elles, et passait bien des nuits à parler du destin de Mars et de la race humaine. Il y avait des gens avec qui il s'entendait mieux qu'avec d'autres. Il pouvait dialoguer avec un natif du Nord et ressentir une empathie immédiate et entamer ainsi une amitié qui pourrait durer à jamais. La plupart du temps, c'est ainsi que ça se passait. Mais parfois, il arrivait qu'il soit totalement déconcerté par telle ou telle action absolument étrangère à sa compréhension. Et alors il devait se rappeler l'éducation cloîtrée, quasi claustrophobe, qu'il avait reçue à Zygote — et qui, par bien des côtés, l'avait laissé comme innocent, pareil à un lutin élevé sous une coquille d'ormeau.

— Non, ce n'est pas Zygote qui m'a fait, dit-il à Art, tout en regardant par-dessus son épaule pour s'assurer que Coyote dormait vraiment. On ne choisit pas son enfance, ça vous arrive, et c'est tout. Mais c'est ensuite que l'on choisit. Et j'ai choisi Sabishii. Et c'est Sabishii qui a fait de moi ce que je suis.

— Peut-être, fit Art en se frottant le menton. Mais l'enfance ne s'étend pas seulement sur ces quelques années. Il faut aussi tenir compte des opinions que l'on se forme plus tard. C'est bien pour cela que nos enfances sont aussi prolongées.

Un jour à l'aube, le ciel couleur prune illumina l'aileron spectaculaire d'Acheron, au nord, dressé comme un Manhattan de roc encore vierge de gratte-ciel. Le plancher du canyon était bigarré, et le terrain brisé ressemblait à un tableau.

— Il y a beaucoup de lichens là-dedans, dit Coyote.

Sax grimpa dans le siège voisin et se pencha, le nez contre le pare-brise, guère plus éveillé qu'il ne l'avait été depuis son sauvetage.

Immédiatement sous le sommet de l'éperon d'Acheron, des fenêtres scintillaient comme un collier de diamants et, sur le plateau, on pouvait distinguer une bordure verte sous la forme éphémère d'une tente.

— On dirait que c'est à nouveau occupé ! s'exclama Coyote.

Sax hocha la tête.

Spencer, qui s'était penché sur leurs épaules, ajouta :

— Je me demande qui ça peut être.

— Personne, lança Art. (Ils se tournèrent tous vers lui et il continua :) J'ai entendu parler de ça durant ma période d'orientation à Sheffield. C'est un projet de Praxis. Ils ont tout reconstruit et tout est paré. Maintenant, ils attendent, c'est tout.

— Ils attendent quoi, exactement ?

— Sax Russell, d'abord. Taneev, Kohl, Tokareva...

Il observa Sax un instant avec un haussement d'épaules qui était presque comme une excuse.

Sax coassa quelques sons qui pouvaient être des mots.

— Hé ! fit Coyote.

Sax s'éclaircit la gorge et fit une nouvelle tentative. Ses lèvres émirent une sorte de P, suivi d'un gargouillement affreux venu du fond de sa gorge.

— P-p-o-o-o-u-u-u...

Il regarda Nirgal, comme s'il pouvait le comprendre.

— Pourquoi ? suggéra Nirgal.

Sax acquiesça.

Nirgal ressentit alors comme un choc électrique, un soulagement qui se diffusa en ondes de chaleur dans ses joues. Il bondit sur ses pieds et étreignit le petit homme.

— Tu as compris !

— Eh bien, disait Art, ils ont fait un geste, en quelque sorte. C'était l'idée de Fort, le type qui a fondé Praxis. Il a dit aux gens de Sheffield : « Peut-être qu'ils vont revenir un jour. » C'est ce que l'on suppose. J'ignore s'il s'est occupé ou non des détails pratiques que ça supposait.

— Ce Fort est un type étrange, dit Coyote, et Sax acquiesça une fois encore.

— C'est vrai, dit Art. Mais j'aimerais que vous puissiez le rencontrer. Il me rappelle les histoires que vous m'avez racontées à propos d'Hiroko.

— Est-ce qu'il sait que nous sommes là ? demanda Spencer.

Nirgal sentit son pouls s'accélérer, mais Art ne parut pas du tout déconcerté.

— Je ne sais pas. Il le soupçonne sans doute. Il voudrait que vous soyez là, quelque part.

— Où est-ce qu'il vit ? demanda Nirgal.

— Je l'ignore. (Art leur décrivit son séjour chez Fort.) Donc, je ne sais pas exactement où le trouver. Quelque part dans le Pacifique. Mais je pourrais lui transmettre un message...

Personne ne répondit.

— Oui, plus tard peut-être, conclut Art.

Sax, penché sur le pare-brise, observait en silence l'éperon, la ligne lumineuse des fenêtres des labos. Tout semblait silencieux et vide. Coyote le prit par le cou et lui demanda :

— Tu voudrais bien t'y retrouver, hein ?

Sax coassa quelque chose.

Dans la plaine désertique d'Amazonis, les camps étaient rares. Ils étaient dans l'arrière-pays et ils roulaient à pleine vitesse vers le sud, nuit après nuit. Leur problème essentiel, dans cette région, était de pouvoir se cacher. En terrain plat, le patrouilleur-rocher, avec son camouflage, était aussi visible qu'une moraine échappée d'un glacier lointain, et Amazonis n'était qu'une plaine immense et vide. Le plus souvent, ils se coinçaient dans le tablier d'ejecta des quelques rares cratères qu'ils rencontraient. A l'aube, après leur repas, Sax s'exerçait quelquefois à retrouver sa voix : des mots incompréhensibles sortaient de sa gorge. Il tentait de communiquer mais échouait régulièrement. Ce qui dérangeait Nirgal plus encore que Sax qui, frustré à l'évidence, ne paraissait pas pour autant désespéré. Mais lui n'avait pas tenté de parler à Simon durant ses ultimes semaines...

Coyote et Spencer étaient heureux de ces progrès et passaient des heures à interroger Sax, à lui faire passer des tests sur le lutrin de l'IA pour essayer de cerner son problème.

— Aphasie, c'est évident, déclara Spencer. Je crains que les séances d'interrogatoire n'aient provoqué une attaque. Et certaines attaques déclenchent ce que l'on appelle une aphasie non fluide.

— Parce qu'il existe des aphasies *fluides* ? s'étonna Coyote.

— Apparemment. L'aphasie non fluide désigne le cas où le sujet a des difficultés à parler, ou à trouver les mots exacts, tout en étant conscient du problème.

Sax hocha la tête, comme s'il voulait confirmer cette description.

— Dans les cas d'aphasie fluide, les sujets parlent sur de longues périodes de temps, mais ils n'ont pas conscience que ce qu'ils disent n'a pas de sens.

— Je connais un tas de gens qui souffrent de ce problème, lança Art.

Spencer fit semblant de ne pas l'avoir entendu.

— Il faut que nous emmenions Sax voir Vlad, Ursula et Michel.

— Mais c'est exactement ce que nous sommes en train de faire, dit Coyote avant de serrer le bras de Sax et de se retirer.

C'est au cours de la cinquième nuit après avoir quitté les Bogdanovistes qu'ils approchèrent de l'équateur et de la double barrière du câble de l'ascenseur abattu. Coyote avait déjà franchi la barrière dans cette région en empruntant un glacier formé par l'une des éruptions d'aquifères de 2061, dans Mangala Vallis. Pendant le désastre, l'eau et la glace s'étaient déversées dans l'ancien arroyo sur cent cinquante kilomètres, et le glacier qui s'était créé avait recouvert le câble à 152° de longitude. Coyote avait repéré un passage possible sur un plan lisse du glacier et c'est ainsi qu'il était parvenu à franchir la barrière double.

Malheureusement, en approchant du glacier de Mangala — un agglomérat allongé de glace brune couverte de gravier qui emplissait une vallée étroite — ils découvrirent que les conditions avaient changé depuis le passage de Coyote.

— Mais où est donc cette rampe ? s'inquiéta-t-il. Elle était exactement à cet endroit.

Sax coassa et bougea les mains comme s'il malaxait une pâte sans quitter du regard le glacier.

Nirgal avait quelque difficulté à déchiffrer la surface du glacier :

c'était comme une sorte d'image de statique visuelle, criblée de taches blanc sale, grises, noires et fauves entremêlées à tel point qu'il était dur de distinguer la taille, la forme et la distance de l'ensemble.

— Ce n'est peut-être pas le même endroit, suggéra-t-il.

— Si, dit Coyote.

— Tu en es certain ?

— J'ai des repères. Tiens, en voilà un là-bas. Cette piste sur la moraine latérale. Mais après, il devrait y avoir une rampe de glace lisse et je ne vois que des murs d'icebergs. Merde ! J'ai emprunté cette piste pendant dix ans.

— Tu as eu de la chance, remarqua Spencer. Ces glaciers sont plus lents que ceux de la Terre, mais ils ont quand même tendance à suivre la pente.

Coyote se contenta de grommeler. Sax coassa avant de tapoter sur le verrou de la porte intérieure. Il voulait sortir.

— Ça vaudrait peut-être mieux, murmura Coyote en se penchant sur la carte de l'écran. De toute façon, on va être obligés de passer la journée ici.

C'est ainsi que, dans la clarté qui annonçait l'aube, Sax se retrouva errant dans les moellons labourés par le passage du glacier. Il n'était qu'une petite silhouette verticale avec une lumière qui brillait sur son casque. Il évoquait une sorte de poisson des abysses en quête de nourriture. En l'observant, Nirgal sentit sa gorge se nouer et il enfila rapidement sa tenue pour rejoindre le vieil homme.

Il se perdit dans le matin gris et glacé qu'il adorait, sautant d'un rocher à l'autre, suivant plus ou moins Sax dans sa balade à travers la moraine. Dans le cône de lumière de sa lampe, Sax capturait de petits mondes mystérieux, des dunes et des blocs parsemés de plantes basses épineuses qui remplissaient les fissures et les creux. Tout était gris avec cependant, chez les plantes, des nuances diverses : olive, kaki ou brun, et des touches lumineuses et rares qui étaient autant de fleurs — elles étaient sans doute colorées sous le soleil, mais à cette heure, elles étaient encore gris clair et brillaient au milieu des feuilles duvetées. Dans son intercom, Nirgal entendit Sax se racler la gorge avant de montrer un rocher. Il s'accroupit pour l'inspecter de plus près. Entre les rochers, il découvrit ce qui pouvait ressembler à des champignons desséchés, avec des taches noires sur leurs chapeaux flétris. Ils semblaient saupoudrés d'une couche de sel. Sax coassa à la seconde où Nirgal en touchait un, mais il ne parvint pas à s'exprimer :

— R-r-r...

Ils échangèrent un regard et Nirgal dit :

— C'est OK.

Le souvenir de Simon lui revenait une fois encore.

Ils se déplacèrent jusqu'à un autre recoin de végétation. Les plantes semblaient croître dans de petites chambres extérieures, séparées par des zones de rocher sec et de sable. Sax passa une quinzaine de minutes dans chaque fellfield gelé. Il se déplaçait avec maladresse. Les plantes étaient nombreuses et variées, et ce n'est qu'après avoir visité plusieurs ravins que Nirgal commença à reconnaître certaines espèces qui réapparaissaient régulièrement. Aucune d'elles ne ressemblait aux plantes qu'il avait étudiées à Zygote, pas plus qu'à celles que l'on trouvait dans les arboretums de Sabishii. Seuls les représentants de la première génération : les lichens, les mousses et les herbes, lui semblaient familiers, comme les prés des hauts bassins de Sabishii.

Sax ne fit aucune autre tentative pour s'exprimer, mais il se servait de sa lampe de casque comme d'un doigt, et Nirgal répondait souvent en éclairant à son tour les surfaces qu'il lui désignait. Le ciel devint rosé et ils se retrouvaient maintenant dans l'ombre de la planète, avec la clarté du soleil juste au-dessus.

Sax s'exclama alors :

— Dr- !

Il braquait le faisceau de sa lampe sur une pente abrupte de gravier couverte d'un réseau de branches semblable à un filet que l'on aurait mis en place pour contenir le gravier.

— Dr- ! répéta-t-il.

— Oui, des dryades, fit Nirgal en reconnaissant les plantes.

Sax acquiesça avec enthousiasme. Le sol, autour d'eux, était couvert de plaques vert tendre de lichens. Il en montra une et proféra :

— P-pomme. Rouge. Carte. Mousse.

— Hé ! Mais c'est bien dit !

Le soleil montait et leurs ombres étaient maintenant immenses. Soudain touchées par la lumière, les petites fleurs des dryades révélèrent leurs étamines dorées au creux de leurs pétales d'ivoire.

— Dry-ades ! coassa Sax.

Les faisceaux de leurs lampes avaient été éteints par le jour. Il n'y avait plus que la lumière des fleurs dans l'aube. Nirgal capta un son sur son intercom, observa Sax et vit les larmes qui ruisselaient sur le visage du vieil homme.

Nirgal explorait les cartes et les photos de la région.

— J'ai une idée, dit-il enfin à Coyote.

Cette même nuit, ils rallièrent le cratère de Nicholson, à quatre cents kilomètres à l'ouest. Le câble, en s'abattant, avait dû s'écraser sur ce grand cratère, tout au moins lors de son premier passage autour de Mars, et Nirgal se disait qu'il devait y avoir une brèche ou une passe près de la bordure.

Et très vite, alors qu'ils traversaient la colline basse et plate qui constituait le tablier nord du cratère, ils parvinrent à la bordure érodée pour découvrir une étrange vision : une ligne noire qui traversait le fond du cratère à quarante kilomètres de là, pareille à quelque artefact abandonné par une race de géants depuis longtemps disparue.

— Le Grand Homme... commença Coyote.

— Une mèche de cheveux, suggéra Spencer.

— Ou un fil dentaire très sale, contra Art.

La paroi intérieure du cratère était nettement plus raide que le tablier extérieur, mais un grand nombre de passes s'ouvraient à eux, et ils descendirent sans problème une pente de glissement de terrain ancien avant de traverser le fond du cratère en suivant la paroi occidentale. En s'approchant du câble, ils virent qu'il émergeait d'une dépression qu'il avait creusée dans le rebord et pendait avec une certaine grâce vers le fond, comme l'amarre sectionnée d'une passerelle suspendue.

Lentement, ils passèrent dessous. Il était à près de soixante-dix mètres du fond du cratère à l'endroit où il s'était écrasé sur le rebord, et il ne touchait le fond qu'un kilomètre plus loin. Ils braquèrent les caméras du patrouilleur et observèrent avec curiosité l'image sur les écrans. Mais ils ne virent qu'un gros cylindre noir et lisse sur le fond des étoiles et ne purent que se livrer à diverses spéculations sur les phénomènes qui étaient intervenus dans les torsades de carbone pendant la chute du câble.

— Ça ne mène à rien, conclut Coyote tandis qu'ils quittaient le cratère par une pente douce de dépôt éolien. Espérons seulement qu'il existe un chemin à la prochaine passe.

Depuis le flanc sud de Nicholson, la perspective se déployait sur plusieurs kilomètres et, à mi-chemin de l'horizon, ils retrouvèrent le câble. Cette section-là était marquée d'impacts nombreux, et deux rouleaux d'ejecta s'étaient formés en parallèle. Apparemment, le câble s'était abattu ici en creusant une tranchée dans la plaine.

Ils s'en approchèrent en slalomant entre les blocs d'ejecta. Le câble était un agglomérat de gravats noirs, un grand monticule de carbone haut de cinq mètres, dressé sur la plaine comme une barrière infranchissable.

A l'est, cependant, ils découvrirent une dépression dans l'amas de carbone et, en s'en rapprochant, ils virent qu'il s'agissait d'un impact météoritique ultérieur à la chute du câble, qui l'avait fracassé en le percutant et avait projeté des vagues d'ejecta alentour, créant ainsi un nouveau cratère, petit et bas, criblé de fragments de carbone noir et de diamants projetés par la matrice qui avait été l'épine centrale spiralée du câble. Le dessin du cratère était vague et son rebord ne leur bloquait pas vraiment le passage.

— Incroyable, dit Coyote.

Sax secoua violemment la tête :

— Dei-Dei...

— Phobos, enchaîna Nirgal, et Sax acquiesça.

— Vous le pensez vraiment ? s'exclama Spencer.

Sax haussa les épaules, mais Coyote et Spencer se mirent à débattre avec enthousiasme de cette possibilité. Le cratère paraissait ovale, d'où son surnom de cratère-baignoire, ce qui impliquait un angle d'impact météoritique assez faible. Une chute de météore dans les quarante années qui avaient suivi l'effondrement du câble aurait été une coïncidence surprenante, mais les fragments de Phobos étaient tous retombés dans la zone équatoriale de la planète, et il était moins improbable qu'un fragment du satellite ait atteint le câble dans l'éclatement initial.

— Mais c'est encore très utile, commenta Coyote quand ils eurent fini de négocier leur chemin pour sortir de la zone d'ejecta.

Ils se garèrent près d'un des blocs les plus massifs, enfilèrent leurs tenues et sortirent pour explorer le site.

Il y avait des rocs bréchiformes de toutes parts, et il n'était guère évident de distinguer les fragments de météore des résidus soulevés par l'excavation du câble. Mais Spencer était un artiste dans le domaine de l'identification des cailloux, et il ramassa très vite plusieurs échantillons qui, selon lui, étaient des chondrites carbonacées d'origine exotique, vraisemblablement des fragments rocheux laissés par l'impact initial. Une analyse chimique serait nécessaire pour s'en assurer mais, dès qu'ils eurent regagné le patrouilleur, il examina les échantillons sous grossissement et leur assura qu'il était définitivement convaincu qu'ils tenaient là des débris de Phobos.

— Arkady m'a montré un fragment de ce type la première fois qu'il est descendu. (Il fit passer un morceau de roc très lourd, noir, calciné.) Il a été métamorphosé par la bréchiation. Je pense que nous tenons là ce qu'on pourrait appeler de la phobosite.

— Mais ce n'est pas le plus rare des minéraux sur Mars, commenta Coyote.

Au sud-est du cratère de Nicholson, les deux grands canyons parallèles de Medusa Fossae plongeaient sur trois cents kilomètres dans les highlands du Sud. Coyote décida d'emprunter Medusa Est, la plus large des deux fractures.

— J'adore rouler dans les canyons quand je le peux, pour essayer de découvrir des cavernes ou des surplombs. C'est comme ça que j'ai trouvé la plupart de mes caches.

— Et quand tu tombes sur un escarpement qui barre tout le plancher ? demanda Nirgal.

— Je recule. Si tu savais le nombre de marches arrière que j'ai pu faire !

Ils s'engagèrent donc dans le canyon, dont le plancher se révéla plat en grande partie, et ils le suivirent jusqu'à l'aube. Durant la nuit suivante, alors qu'ils roulaient toujours vers le sud, ils commencèrent à monter, suivant des rampes qui étaient faciles à négocier. Puis ils atteignirent un autre niveau, plus élevé et plat, et Nirgal, qui pilotait, freina soudain.

— Il y a des constructions là-bas !

Ils se retrouvèrent tous collés contre le pare-brise. A l'horizon, sous la paroi est du canyon, une petite agglomération de bâtiments en pierre blanche était visible.

Ils l'observèrent durant une demi-heure sur les moniteurs et les scopes avant que Coyote décide, en haussant les épaules :

— Pas de signe d'électricité ni de chaleur. On dirait bien qu'il n'y a personne. Allons jeter un coup d'œil.

Ils s'approchèrent des structures et s'arrêtèrent devant un bloc qui s'était détaché de la falaise. A courte distance, ils eurent confirmation que les bâtiments étaient exposés à ciel ouvert, sans la moindre tente. Ils semblaient construits dans une roche blanchâtre assez semblable au caliche des bad-lands du nord d'Olympus. Des formes blanches et figées étaient visibles entre les édifices, sur des plazas blanches cernées d'arbres tout aussi blancs. L'ensemble était de pierre.

— Une statue ! s'exclama Spencer. Une ville de pierre !

— La Mé... Mé... coassa Sax, avant de faire sursauter ses compagnons en tambourinant furieusement sur le tableau de bord. La Mé-du-se !

Spencer, Art et Coyote éclatèrent de rire à la même seconde. Puis ils claquèrent les épaules de Sax comme s'ils voulaient le faire tomber. Enfin, ils enfilèrent leurs tenues et se dirigèrent vers la ville-statue.

Sous les étoiles, les murs blancs luisaient de façon sinistre, comme de grands savons sculptés. Il y avait vingt édifices au total, de nombreux arbres, et aussi deux cents personnes, ainsi que quelques lions, mêlés à la population en toute liberté. Et tout était en albâtre, ainsi que l'identifia Spencer. La plaza centrale semblait avoir été pétrifiée durant une matinée particulièrement active. Il y avait là un marché rural bondé, une petite foule rassemblée autour de deux joueurs d'échecs. Les pièces noires étaient d'onyx, seules dans cet univers blanc.

Un autre groupe de statues humaines admirait un jongleur, qui levait les yeux vers des balles invisibles. Plusieurs lions l'observaient, comme s'ils étaient prêts à lancer la patte si jamais le jongleur se rapprochait trop. Tous les visages des humains aussi bien que les têtes des félins étaient ronds et lisses, presque dépourvus de traits, mais chacun, cependant, exprimait une attitude.

— Observez bien la disposition circulaire des bâtiments, dit Spencer sur l'intercom. C'est de l'architecture bogdanoviste, ou ça y ressemble beaucoup.

— Mais aucun Bogdanoviste ne m'a jamais parlé de ça, dit Coyote. Et je ne pense pas qu'il y en ait jamais eu dans cette région. Personne n'est d'ailleurs jamais venu ici. C'est beaucoup trop isolé. (Il regarda autour de lui avec un curieux sourire.) Ils y ont passé du temps, en tout cas !

— C'est étrange ce que les gens sont capables de faire, ajouta Spencer.

Nirgal errait entre les bâtiments, sans écouter les commentaires des autres. Son regard allait d'un visage figé à un autre, d'une porte blanche à une fenêtre blanche, et le sang courait plus vite dans ses veines. Il avait le sentiment que le sculpteur avait conçu ce lieu pour lui parler, pour le frapper par sa vision propre. Le monde blanc de son enfance, là, dans le vert — ou bien dans le rouge... Et dans la paix de ce lieu, il n'y avait pas seulement le silence mais aussi la sérénité merveilleuse de tous ces visages, la tranquillité de leurs attitudes. Mars pouvait être ainsi. Plus question de se cacher, de s'affronter, sur ce marché où couraient des enfants et des lions inoffensifs comme des chats...

Ils firent le tour de la cité d'albâtre avant de retourner au patrouilleur et de démarrer. Un quart d'heure plus tard, Nirgal repéra une autre statue, en fait un bas-relief, dans la paroi de la falaise opposée à la cité blanche.

— C'est la Méduse elle-même, dit Spencer en souriant.

Le regard de la Gorgone était braqué droit sur la cité et les serpents de pierre de sa chevelure se perdaient dans la falaise, comme si la roche l'avait retenue juste à temps pour l'empêcher d'émerger tout entière de la planète.

— Très beau, fit Coyote. Rappelez-vous ce visage — si ce n'est pas l'autoportrait du sculpteur, c'est que je me trompe vraiment.

Il ne ralentit pas, et Nirgal observa avec curiosité la Méduse. Elle lui parut asiatique, sans doute à cause du mouvement de ses cheveux-serpents en arrière. Il essaya d'en mémoriser les traits avec le sentiment qu'il connaissait ce visage.

Ils sortirent du canyon de la Méduse avant l'aube et s'arrêtèrent pour passer le jour et définir leur prochaine route. Au-delà du cratère de Burton, qui se dressait devant eux, Memnonia Fossae découpait le terrain d'est en ouest sur des centaines de kilomètres, leur bloquant le chemin au sud. Ils devaient donc rouler vers l'ouest, en direction des cratères de Williams et d'Ejriksson, avant de pouvoir obliquer à nouveau vers le sud, vers le cratère de Columbus. Ensuite, ils devraient suivre une passe étroite dans Sirenium Fossae pour continuer encore plus loin au sud — et ainsi de suite. Ce serait une danse perpétuelle entre les cratères, les crevasses, les creux et les escarpements. Les highlands du Sud étaient extrêmements rudes comparées aux grandes étendues lisses du Nord. Art fit quelques réflexions à propos de cette différence et Coyote lança d'un air irrité :

— C'est une planète, mon vieux. On y trouve des tas de paysages.

Chaque soir, ils étaient réveillés par l'alarme réglée sur une heure avant le crépuscule, et ils passaient les derniers instants du jour à déjeuner tout en admirant le jeu des couleurs alpestres flamboyantes et des ombres sur le paysage raboteux. Ils démarraient à la nuit tombée, obligés de négocier chaque kilomètre, le pilote automatique inutilisable. Nirgal et Art faisaient équipe, la plupart du temps, et poursuivaient leurs interminables conversations. Quand les étoiles pâlissaient, et que la lumière violette et pure de l'aube pointait à l'est, ils trouvaient un endroit où le patrouilleur-rocher ne serait pas incongru — sous cette latitude, cela ne demandait qu'un moment. Il leur suffisait même parfois de s'arrêter, comme le constata Art, et ils dînaient paisiblement en regardant le soleil découper le ciel et déployer de grands champs d'ombre. Deux heures plus tard, après avoir décidé de leur route ou fait quelques pas à l'extérieur, ils masquaient le pare-brise pour dormir durant tout le jour.

Au terme d'une de leurs longues conversations à propos de leurs enfances respectives, Nirgal déclara :

— Je suppose que, jusqu'à Sabishii, je n'ai pas pris conscience que Zygote était...

— Insolite ? hasarda Coyote derrière eux. Unique ? Bizarre ? Comme Hiroko ?

Nirgal ne fut nullement surpris de constater que Coyote était éveillé. Il dormait mal, et marmonnait souvent un commentaire rêveur en écoutant les récits de Nirgal et d'Art. Ils l'ignoraient généralement, car il somnolait. Mais, cette fois, Nirgal répondit :

— Oui, Zygote est le reflet d'Hiroko, je pense. Elle est très introvertie.

— Elle ne l'était pas, autrefois.

— Cela remonte à quand ? demanda Art en faisant pivoter son siège.

— Oh, bien avant le début, dit Coyote. Aux temps préhistoriques, sur Terre.

— C'est là que vous l'avez connue ?

Coyote eut un grognement affirmatif.

Quand il parlait à Nirgal, il s'arrêtait toujours à cet endroit. Mais en cet instant, avec Art, ils semblaient tous les trois seuls au monde dans la clarté de l'écran infrarouge, et le visage émacié de Coyote affichait une expression différente de son habituelle désapprobation têtue. Art se pencha et demanda d'un ton ferme :

— Alors comment êtes-vous arrivé sur Mars ?

— Oh, Seigneur ! (Coyote roula sur le côté et posa la tête dans le creux de sa main.) C'est difficile de se souvenir d'une chose aussi lointaine. C'est un peu comme d'essayer de réciter un poème épique que l'on a mémorisé il y a longtemps.

Il les observa, et ferma les yeux comme pour retrouver les premiers vers. Art et Nirgal attendaient en silence.

— Tout ça, c'est à cause d'Hiroko, bien sûr. Nous étions amis, elle et moi. Nous avons fait connaissance très jeunes, alors que nous étions étudiants à Cambridge. En Angleterre, nous avions froid l'un et l'autre, et nous nous sommes réchauffés. C'était avant qu'elle rencontre Iwao, et bien avant qu'elle devienne la grande déesse-mère du monde. Au début, nous partagions bien des choses. A Cambridge, nous étions des étrangers, et nous avions de bons résultats. Nous avons vécu ensemble durant deux ans. C'était tout à fait comme ce que raconte Nirgal à propos de Sabishii. Et même à propos de Jackie. Quoique Hiroko...

Il ferma une fois encore les paupières, comme s'il voulait aller plus profondément dans son esprit.

— Vous êtes restés ensemble ? demanda Art.

— Non. Elle est repartie pour le Japon, et je l'ai suivie pendant quelque temps, mais quand mon père est mort, il a fallu que je retourne à Tobago. Et c'est là que les choses ont changé. Mais nous somme restés en contact, nous nous sommes revus dans des conférences scientifiques, et à chaque fois nous nous battions, ou bien nous nous jurions de nous aimer pour toujours. Ou les deux. On ne savait pas ce qu'on voulait. Et c'est alors que la sélection des Cent Premiers a commencé. Mais moi, j'étais en prison à Trinidad parce que je m'étais battu contre les lois sur les pavillons de complaisance. Et même si j'avais été libre, je n'aurais pas eu une seule chance d'être sélectionné. Je ne suis même pas certain d'avoir voulu partir. Mais Hiroko, soit qu'elle se soit rappelé nos promesses ou qu'elle ait pensé que je pourrais lui être utile, je ne le saurai jamais, m'a contacté. Et elle m'a dit que si je voulais, elle pouvait me cacher dans la ferme de l'*Arès*, et ensuite dans la colonie. Je dois reconnaître qu'elle a toujours concocté des plans audacieux.

— Et celui-ci ne vous a pas semblé dingue ? demanda Art en roulant des yeux.

— Oh, mais si ! fit Coyote en riant. Mais tous les bons plans ont toujours l'air dingues, non ?... Et à cette époque, mon avenir était plutôt bouché. Et puis, si je n'avais pas marché, je n'aurais jamais plus revu Hiroko. (Il regarda Nirgal avec un sourire pervers.) J'ai donc accepté de tenter le coup. J'étais encore en prison, mais Hiroko avait des amis assez spéciaux au Japon, et une nuit, un trio de types masqués m'a sorti de ma cellule. Tous les gardiens avaient été drogués et dormaient. Un hélicoptère nous a débarqués sur un pétrolier, et c'est comme ça que j'ai rallié le Japon. Les Japonais étaient en pleine construction de la station spatiale que les Russes et les Américains utilisaient pour assembler les éléments d'*Arès*. J'ai embarqué à bord d'un des nouveaux avions spatiaux et je me suis glissé dans l'*Arès* à la fin de la construction. On m'a planqué dans le stock de matériel destiné à la ferme qu'Hiroko avait commandé, et ensuite, ç'a été à moi de jouer. A partir de ce moment, je ne pouvais plus compter que sur mes sens, mon instinct ! Jusqu'à maintenant ! Ce qui veut dire que, avant que l'*Arès* ne prenne son vol, j'ai souvent souffert de la faim. Ensuite, Hiroko s'est occupée de moi. Je dormais dans un compartiment de stockage derrière la porcherie, et je me rendais invisible. C'était plus facile que vous ne pouvez le croire, parce que l'*Arès* était un grand vaisseau. Quand Hiroko a fini par avoir vraiment confiance dans l'équipe de sa ferme, elle m'a présenté, et tout est devenu encore plus facile. C'est après l'arrivée que ça s'est compliqué, dans les premières semaines. J'ai débarqué dans un atterrisseur avec les gens de la ferme, et ils m'ont trouvé une cachette dans le placard d'une des caravanes. Hiroko a fait construire les serres aussi vite que possible pour que je sorte de mon placard. C'est ce qu'elle m'a dit, du moins.

— Vous avez vraiment vécu dans un placard ?

— Oui, pendant deux mois. C'était pire que la cellule de la prison. Mais plus tard, je me suis retrouvé dans la serre et j'ai commencé à rassembler les matériels dont nous aurions besoin pour survivre de notre côté. Iwao avait dissimulé le contenu de deux coffres depuis le début de l'expédition. Ensuite, nous avons monté un patrouilleur à partir de pièces détachées. Je passais la plupart de mon temps loin d'Underhill, à explorer le terrain chaotique pour tenter de trouver un endroit pour installer notre abri clandestin. En même temps, je déménageais régulièrement les choses qui allaient nous être nécessaires. J'étais à l'extérieur plus souvent que quiconque, y compris Ann. Quand l'équipe de la ferme a quitté Underhill, j'avais déjà l'habitude de passer un maximum de temps seul. J'avais le sentiment d'être seul avec le Grand Homme sur Mars. J'étais comme au Paradis. Mais non — j'étais sur Mars, rien que sur Mars. Je pense qu'alors j'ai un peu perdu l'esprit. Mais j'aimais tellement ça... Je n'arrive pas vraiment à en parler.

— Vous avez dû encaisser un énorme taux de radiations !

Coyote rit à nouveau.

— Oh, ça, oui ! Entre ces expéditions à la surface et la tempête solaire dans laquelle l'*Arès* a été pris, j'ai reçu plus de rems que tous les Cent Premiers, si l'on excepte John. Peut-être que c'est ce qui est à la base de tout. En tout cas... (Il haussa les épaules en dévisageant tour à tour Nirgal et Art.)... je suis là. Moi, le passager clandestin.

— Extraordinaire, fit Art.

Nirgal acquiesça. Jamais il n'avait réussi à tirer de son père le dixième de ce qu'ils venaient d'entendre sur son passé. Son regard allait de Coyote à Art : comment Art avait-il fait ? Et comment avait-il fait avec lui ? Car Coyote avait tenté de dire non seulement ce qui s'était passé, mais aussi ce que cela avait signifié pour lui, ce qui était bien plus difficile. Apparemment, c'était un talent que possédait Art, bien qu'il fût difficile à définir. C'était peut-être ce regard intense, ces questions franches et ouvertes, ce don de rebondir en finesse pour retourner au cœur des choses — avec la certitude que tout le monde désirait parler, retrouver le sens de son existence. Y compris les ermites secrets et étranges comme Coyote.

— Je dois dire que ça n'a pas été si difficile, disait Coyote. Le fait de se cacher n'est pas aussi difficile que la plupart des gens le croient, il faut bien comprendre ça. Ce qui est difficile, c'est d'agir tout en restant caché.

En repensant à cela, il pointa un doigt sur Nirgal :

— C'est bien pour cette raison qu'il faudra qu'on se montre pour nous battre à découvert. C'est pour ça que je t'ai envoyé à Sabishii.

— Quoi ? Mais tu m'as dit que je ne devais pas y aller ! Que ça me détruirait !

— C'est comme ça que j'ai réussi à t'y envoyer !

Ils poursuivirent ces entretiens nocturnes pendant presque toute une semaine. Ils atteignirent enfin une petite région colonisée qui entourait le mohole creusé au centre de quatre cratères : Hipparchus, Eudoxus, Ptolemaeus et Li Fan. Il y avait quelques mines d'uranium dans les tabliers de ces cratères, mais Coyote ne proposa aucune tentative de sabotage, et ils passèrent très vite le mohole ptolémaïque pour quitter la région. Bientôt, ils arrivèrent dans Thaumasia Fossae, le cinquième ou sixième grand système de fractures qu'ils rencontraient depuis le début. Art trouva cela curieux mais, ainsi que le lui expliqua Spencer, la bosse de Tharsis était entourée de tels systèmes, provoqués par sa surrection, et comme ils faisaient le tour de Tharsis, ils étaient donc forcés de les rencontrer un à un.

Thaumasia était le plus important, et la grande ville de Senzeni Na, fondée sur le quarantième degré de latitude, était proche du plus ancien mohole de la planète, le plus profond. Ils roulaient déjà depuis deux semaines, et ils avaient besoin de se ravitailler dans l'une des caches de Coyote.

Ils obliquèrent vers le sud à partir de Senzeni Na et, l'aube approchant, ils se retrouvèrent en train de circuler entre d'anciennes buttes de rocaille. Mais quand ils atteignirent le bas d'une pente de glissement de terrain qui se heurtait à un escarpement brisé, Coyote se mit à jurer. Le sol portait les traces du passage d'un patrouilleur, et ils rencontrèrent des cylindres de gaz écrasés, des boîtes de nourriture éparpillées, ainsi que des containers de carburant.

— C'était votre cache ? demanda Art, ce qui provoqua une explosion de jurons.

— C'était qui ? La police ?

Nul ne lui répondit dans l'instant. Sax alla jusqu'aux sièges de conduite pour consulter les jauges des réserves. Coyote continuait à jurer, déchaîné. Il finit par réintégrer sa place et déclara finalement à Art :

— Ça n'était pas la police. A moins qu'ils n'aient commencé à se servir de patrouilleurs Vishniac. Bon sang, ces pillards venaient de l'underground ! Sans doute une bande que je connais, dans Argyre. Je n'arrive pas à imaginer qui que ce soit d'autre capable de ça. Ces types connaissent l'emplacement de certaines de mes vieilles caches. Ils m'en veulent depuis que j'ai saboté une station minière dans les Charitums, parce qu'elle a été supprimée ensuite et qu'ils ont perdu leur principale source de ravitaillement.

— Vous devriez essayer de rester tous du même côté.

— Oh, ça va, merde !

Coyote relança les moteurs et ils repartirent.

— C'est toujours la même vieille histoire, dit-il d'un ton amer. La Résistance finit par se combattre elle-même, parce que c'est son seul espoir de gagner sur quelqu'un. Et c'est toujours comme ça. Jamais on ne peut avoir un mouvement de plus de cinq individus sans récolter au moins un putain d'imbécile.

Il continua son discours pendant un bon moment. Finalement, Sax tapota sur les jauges et Coyote lui lança d'un ton dur :

— Je sais !

Le jour s'était levé et ils durent s'arrêter entre deux des anciennes buttes. Après avoir masqué les hublots, ils s'allongèrent dans l'obscurité.

— Il y a combien de groupes de l'underground au total ? demanda Art.

— Personne ne le sait, répondit Coyote.

— Vous vous fichez de moi.

Ce fut Nirgal qui enchaîna, avant que Coyote ne s'irrite.

— Il y en a environ quarante dans l'hémisphère Sud. Et leurs différends, qui ne datent pas d'hier, virent à l'aigre. Et puis, il faut compter avec les groupes durs. Les Rouges radicaux, les groupes fractionnaires de Schnelling, plus divers fondamentalistes... Ils sont tous à la source de pas mal d'ennuis.

— Mais vous ne travaillez donc pas tous pour la même cause ?

— Je l'ignore. (Nirgal se rappelait les conversations de Sabishii, qui duraient des nuits, parfois violentes, entre des étudiants qui étaient censés être des amis.) Il est possible que non.

— Vous n'en avez pas discuté ensemble ?

— Jamais de manière formelle, non.

Art affichait soudain un air surpris.

— Vous devriez le faire.

— Faire quoi ? lui demanda Nirgal.

— Convenir d'un rassemblement de tous les groupes de l'underground pour voir si vous arrivez à vous mettre d'accord sur ce que vous pouvez tenter. Pour régler vos différends... Ce genre de choses.

Il n'obtint pas de réponse, si ce n'est une grimace sceptique de la part de Coyote. Et, après un instant, Nirgal déclara :

— Mon sentiment est que ces groupes se méfient de Gamète, à cause des Cent Premiers qui s'y trouvent. Personne ne veut sacrifier son autonomie, quelle qu'elle soit, à ce refuge qui est d'ores et déjà perçu comme le plus puissant de la planète.

— Mais ils pourraient débattre de ça en se rencontrant, insista Art. Ça ferait partie du programme. Entre autres choses. Vous avez besoin de travailler ensemble, surtout si la police des transnats s'agite après ce qui s'est passé avec Sax.

Sax acquiesça. Les autres l'observèrent en silence. Quelques instants après, Art se mit à ronfler, mais Nirgal, lui, demeura éveillé durant des heures, à réfléchir à ce qu'il avait dit.

Ils se rapprochèrent de Senzeni Na poussés par l'urgence. Leurs réserves de ravitaillement tiendraient s'ils se rationnaient, et l'eau et les gaz du patrouilleur étaient recyclés avec une efficacité qui limitait les pertes. Mais ils étaient menacés d'être à court de carburant.

— Nous avons besoin de cinquante kilos de peroxyde d'azote, annonça Coyote.

Il lança le patrouilleur vers la bordure du plus grand des canyons de Thaumasia. Tout au fond, sur la muraille, ils découvrirent Senzeni Na, derrière ses immenses parois de verre et les grands arbres denses de ses arcades. Le plancher du canyon était couvert de tubes de circulation, de petites tentes, plus la grande usine du mohole. Le mohole lui-même était un trou noir géant à l'extrémité sud du complexe et des terrils qui se multipliaient vers le nord. Le mohole de Senzeni Na était réputé comme étant le plus profond de Mars. La roche, tout au fond, était presque plastique, elle devenait « de la gadoue », comme disait Coyote, à dix-huit mille mètres de profondeur, la lithosphère se trouvant à vingt-cinq mille mètres environ.

L'exploitation du mohole était presque complètement automatisée, et les habitants de la ville ne s'en approchaient que rarement. Les nombreux camions-robots qui transportaient le minerai roulaient au peroxyde d'azote et ils devraient pouvoir trouver ce qu'il leur fallait dans les entrepôts proches du mohole. Le système de sécurité datait d'avant les événements de 61 et avait été en partie conçu par John Boone lui-même. Il n'était certainement pas à l'épreuve des méthodes de Coyote, d'autant moins qu'il avait les anciens programmes de John dans son IA.

Le canyon, cependant, était exceptionnellement long, et le meilleur chemin pour atteindre le fond à partir du plateau était un sentier raide qui aboutissait à plus de dix kilomètres du mohole.

— C'est parfait, déclara Nirgal. Je vais faire ça à pied.

— Cinquante kilos ? fit Coyote.

— Je l'accompagne, dit aussitôt Art. Je ne serai peut-être pas capable de lévitation mystique, mais je sais encore courir.

Coyote réfléchit brièvement avant d'acquiescer.

— Je vais vous conduire au pied de la falaise.

A la première minute du laps de temps martien, Nirgal et Art, avec des sacs à dos vides sur leurs réservoirs d'air, se lancèrent à grandes foulées sur le plancher du canyon, au nord de Senzeni Na. Pour Nirgal, l'opération devait être simple. Ils atteignirent sans problème le complexe du mohole sous la clarté des étoiles à laquelle s'ajoutait la lumière diffuse de la ville derrière ses baies et son reflet sur la paroi de la falaise. Grâce au programme de Coyote ils neutralisèrent le verrou d'un garage et pénétrèrent dans l'entrepôt aussi rapidement que s'ils avaient eu le droit d'être là, sans déclencher la moindre alarme. Mais quand ils se retrouvèrent à l'intérieur, en train d'entasser des containers de peroxyde dans leurs sacs à dos, toutes les lumières jaillirent en même temps et les portes se refermèrent en coulissant violemment.

Immédiatement, Art se précipita vers le mur, mit une charge en place et recula. L'explosion souffla un trou important dans la paroi mince de l'entrepôt et ils se retrouvèrent dans le même instant à l'extérieur, courant vers le mur périphérique entre les draglines. Des silhouettes en combinaison surgirent du tube qui reliait le canyon à la ville. Nirgal et Art plongèrent sous une des draglines. La machine était tellement gigantesque qu'ils parvinrent à se glisser entre deux lames de chenille. Nirgal sentit son cœur battre lourdement contre le métal. Les silhouettes s'étaient précipitées à l'intérieur du hangar. Art s'élança en courant et lança une deuxième charge. Cette fois, Nirgal fut aveuglé par la déflagration et il réussit à franchir la clôture extérieure et à courir sans rien voir pendant un instant, sans même sentir les trente kilos de carburant qui dansaient sur son dos et lui enfonçaient ses réservoirs entre les épaules. Art courait devant lui. Il ne contrôlait pas bien la gravité martienne mais il n'en ralentissait pas pour autant ses foulées de géant. Tout en forçant pour le rattraper, pour prendre son rythme, Nirgal dut lutter contre le rire qui montait en lui. Il essaya de lui montrer comment utiliser ses bras, en une sorte de nage dans l'espace, plutôt que cette mécanique frénétique qui déséquilibrait trop souvent Art. Malgré la vitesse et l'obscurité, il eut bientôt l'impression que les gestes d'Art se calmaient quelque peu.

Nirgal avait maintenant pris la tête. Il essayait de trouver le parcours le plus sûr et le moins encombré de rocaille. La clarté des étoiles était suffisante pour guider sa course. Sur sa droite, Art ne ralentissait pas et lui enjoignait même d'accélérer. Ils faisaient la course, et Nirgal allait bien plus vite que s'il avait été seul. Si vite qu'il n'était plus que rythme, souffle et chaleur. Et il s'émerveillait de voir Art le suivre, lui qui n'avait jamais été formé aux disciplines de la course. C'était un animal puissant.

Ils faillirent heurter Coyote, qui venait de jaillir d'un abri derrière un rocher. Ils suivirent la piste rocailleuse qu'il avait marquée sur la paroi de la falaise et se retrouvèrent sur la crête, sous le dôme des étoiles, face aux lumières de Senzeni Na, qui était comme un grand vaisseau spatial posé sur la falaise d'en face.

De retour dans le patrouilleur, Art reprit son souffle, lentement.

— Il va falloir que... que tu m'apprennes ce... ce fameux *lung-gom*, souffla-t-il à Nirgal. Parce que tu cours sacrément vite !

— Toi aussi. Je ne sais pas comment tu y arrives.

— C'est la peur. (Art secoua la tête en aspirant une autre bouffée d'air, tourné vers Coyote.) Ce genre de chose est dangereux.

— Ça n'était pas mon idée ! Si ces salopards n'avaient pas pillé mes réserves, nous n'aurions pas été obligés de faire ça.

— Oui, mais vous faites constamment ce genre de truc, non ? Et c'est dangereux. Je veux dire que vous devriez faire autre chose que des opérations de sabotage dans l'outback de cette planète. Quelque chose de plus systématique.

Il apparut très vite que les cinquante kilos de peroxyde qu'ils avaient récupérés étaient le minimum absolu pour regagner leur base. Et ils se traînèrent vers le sud en coupant tous les systèmes qui n'étaient pas indispensables. Désormais, l'intérieur du patrouilleur était sombre et plutôt froid. Mais il faisait également très froid à l'extérieur. Dans les longues nuits de l'hiver précoce du Sud, ils commencèrent à rencontrer du terrain givré et des bourrasques de neige. Les flocons de neige se fixaient sur les cristaux de glace qui se changeaient en buissons de fleurs de gel. Ils naviguaient entre ces champs cristallins et blancs qui luisaient doucement sous les étoiles et qui finirent par se fondre dans une grande couverture de neige, de givre, de gelée et de fleurs de glace. Ils la traversèrent lentement, jusqu'à ce qu'ils tombent en panne de peroxyde.

— On aurait dû en prendre plus, dit Art.

— Taisez-vous ! lança Coyote.

Ils redémarrèrent sur les batteries de secours, qui ne dureraient pas longtemps. Dans l'obscurité du patrouilleur, la blancheur du monde extérieur était devenue fantomatique. Ils ne s'adressaient que rarement la parole, si ce n'est pour discuter de la conduite. Coyote se montrait confiant : les batteries tiendraient jusqu'au bout. Mais ce serait juste, et si quoi que ce soit craquait, si l'une des roues enrobées de glace se bloquait définitivement, ils devraient terminer à pied. C'était ce que se disait Nirgal. Il faudrait courir. Mais Spencer et Sax pourraient-ils courir sur une longue distance ?

La sixième nuit qui suivit leur raid sur Senzeni Na, néanmoins, vers le terme du laps de temps martien, le sol givré devint une ligne d'un blanc pur, qui s'épaississait vers l'horizon pour devenir la calotte polaire sud.

— On dirait un gâteau de mariage, commenta Art avec un sourire.

Le patrouilleur avait commencé à ralentir : les batteries seraient bientôt épuisées. Mais Gamète n'était qu'à quelques kilomètres dans le sens des aiguilles d'une montre par rapport à la calotte. Peu après l'aube, Coyote pénétra dans un des garages extérieurs du complexe de Nadia. Ils descendirent pour terminer à pied en dérapant sur les plaques de givre, dans les ombres allongées du matin, sous le grand plafond blanc de glace sèche.

Nirgal retrouva la même impression qu'il avait toujours en revenant à Gamète : qu'il essayait d'entrer dans de vieux vêtements bien trop petits. Mais, cette fois, Art était avec lui, et ce fut comme de faire visiter une maison ancienne à un nouvel ami. Tous les jours, Nirgal l'emmenait partout, pour lui expliquer comment la ville avait été conçue, le présentant à tout le monde. A regarder les réactions d'Art, qui allaient de la stupéfaction à l'incrédulité, Nirgal en vint à se dire que l'ensemble du projet Gamète était véritablement bizarre. Le dôme de glace, les vents, les brumes, les oiseaux, le lac, le village constamment gelé, étrangement dépourvu d'ombres, avec ses constructions blanc et bleu dominées par le croissant des maisons de bambou... Oui, Gamète était un lieu absolument bizarre. Et Art était tout autant ébahi devant les issei. Il ne cessait de serrer des mains en répétant :

— Je vous ai vus en vidéo... Très heureux de vous rencontrer.

Après avoir été présenté à Vlad, Ursula, Marina et Iwao, il murmura à Nirgal :

— On se croirait dans un musée de cire.

Nirgal le présenta à Hiroko, qui se montra comme à son habitude bienveillante, renfermée, avec cette même amabilité réservée qu'elle accordait à Nirgal. La déesse-mère du monde...

Ils se trouvaient dans ses labos et, vaguement irrité, Nirgal attira Art vers les bacs d'ectogènes et lui expliqua ce dont il s'agissait. Art avait une caractéristique : ses yeux devenaient parfaitement ronds quand il était surpris, et, cette fois, ils étaient comme deux grosses billes blanc et bleu.

— On dirait des congélateurs. (Il se tourna vers Nirgal et le dévisagea de près.) On ne s'y sent pas très seul ?...

Nirgal haussa les épaules en observant les hublots et en se disant qu'il avait autrefois flotté à l'intérieur, qu'il y avait rêvé et donné ses premiers coups de pied...

— Il fait très froid ici, remarqua Art quand ils ressortirent.

Il portait un épais manteau fourré et avait rabattu le capuchon sur sa tête.

— Il faut que la glace sèche reste constamment enrobée d'une couche d'eau gelée pour maintenir l'atmosphère. Alors on est toujours un peu au-dessous du seuil de congélation, mais pas plus. Pour ma part, je trouve ça agréable. Ça me semble la meilleure des températures.

— L'enfance...

— Oui.

Chaque jour ils rendaient visite à Sax qui les accueillait en coassant un « bonjour » et s'efforçait de parler. Michel passait plusieurs heures par jour avec lui.

— C'est de l'aphasie, je suis formel, leur dit-il. Vlad et Ursula lui ont fait un scanner et la lésion se situe dans la partie antérieure gauche de la zone du langage. Une aphasie non fluide que certains appellent aphasie de Broca. Il a du mal à trouver les mots, et quelquefois il croit les avoir trouvés, mais il ne prononce que des synonymes ou des antonymes, ou bien des mots tabous. Vous devriez entendre la manière dont il dit *mauvais résultats*. C'est frustrant pour lui, mais l'amélioration est plutôt sensible. Lente, cependant. Pour l'essentiel, d'autres secteurs du cerveau doivent apprendre à assumer les fonctions de la partie lésée. C'est donc là-dessus que nous travaillons. Quand ça se passe bien, c'est tellement agréable. Et il est évident que ça pourrait être pire.

Sax, qui ne les avait pas quittés du regard, acquiesça d'un air moqueur et dit :

— Je veux râler. Non : *parler*.

De tous les gens de Gamète que Nirgal présenta à Art, Nadia fut celle avec laquelle il s'entendit aussitôt. Ce fut instantané, à la grande surprise de Nirgal. Mais il en éprouva du plaisir et il observa avec tendresse sa vieille prof qui se confessait à son tour sous le véritable tir de barrage de questions d'Art. Son visage était certes fané, mais ses yeux brun clair étaient toujours aussi vifs, avec ces petites touches de vert autour des pupilles — des yeux qui rayonnaient d'intelligence et d'intérêt amical et qui brillaient aussi d'un certain amusement devant la curiosité d'Art.

Tous les trois passèrent des heures dans la chambre de Nirgal à bavarder tout en contemplant le village et le lac. Art faisait sans cesse le tour du cylindre de bambou d'une fenêtre à l'autre en effleurant des doigts les fines rainures du bois vert et lisse.

— Vous appelez vraiment ça du *bois* ? demanda-t-il.

Nadia lui répondit en riant.

— Oui, j'appelle ça du bois. C'est une idée d'Hiroko d'installer des pièces d'habitation dans les bambous. Une bonne idée : l'isolation est excellente, c'est très solide, aucune charpente n'est nécessaire, et il suffit de découper une porte et des fenêtres...

— Je devine que vous auriez bien aimé avoir des bambous à Underhill, non ?

— Nos espaces étaient trop réduits. Dans les arcades, peut-être. Mais, de toute façon, cette variété de bambou n'a été développée que récemment.

Elle retourna le flot des questions contre lui et l'interrogea avidement sur la Terre. Qu'est-ce qu'on utilisait comme matériaux de construction à présent ? Est-ce qu'ils allaient utiliser commercialement l'énergie de fusion ? Est-ce que l'ONU avait été irrémédiablement disloquée par la guerre de 61 ? Est-ce qu'ils allaient essayer de construire un ascenseur spatial là-bas ? Quelles étaient les transnationales les plus puissantes ? Est-ce qu'elles se battaient entre elles pour le pouvoir ?

Il répondait aussi complètement qu'il le pouvait et, même s'il secouait parfois la tête devant l'insuffisance de certaines réponses, Nirgal apprenait beaucoup, de même que Nadia. Et tous deux éclataient souvent de rire.

Art reprenait le jeu des questions, et elle répondait sans embarras mais plus ou moins longuement. Elle expliquait par le menu ses divers projets, visiblement heureuse de décrire les nombreuses constructions dont elle était responsable dans l'hémisphère Sud. Mais quand Art l'interrogeait sur ses premières années à Underhill, à la façon directe qui était la sienne, elle se contentait de hausser les épaules, même lorsqu'il insistait à propos des détails de construction.

— Je ne me rappelle plus très bien.

— Oh, allons...

— Mais non, je vous dis la vérité. En fait, c'est un vrai problème. Quel âge avez-vous ?

— Cinquante. Cinquante et un, je crois. J'ai un peu perdu le sens du temps.

— Eh bien, moi, j'ai cent vingt ans. Et ne prenez pas cet air choqué ! Avec les traitements, ça n'est pas aussi vieux que ça... vous verrez ! J'ai eu droit au dernier traitement il y a deux ans, et si je ne suis plus tout à fait une jeune fille, je me sens plutôt bien. Parfaitement bien, à vrai dire. Mais je pense que le point faible c'est la mémoire. Il se pourrait que le cerveau ne soit pas en mesure de contenir autant de souvenirs. Ou alors, c'est moi qui n'essaie pas assez. Pourtant, je ne suis pas la seule à rencontrer ce problème. Chez Maya, c'est plus grave. Et tous ceux de mon âge s'en plaignent. Vlad et Ursula commencent à s'inquiéter. Je me demande pourquoi ils n'ont pas réfléchi à cela quand ils ont mis le traitement au point.

— Peut-être l'ont-ils fait, et oublié depuis.

Elle parut se surprendre elle-même en partant d'un grand fou rire.

Plus tard au dîner, après avoir reparlé des constructions de Nadia, Art lui dit :

— Vous devriez vraiment convenir d'un rassemblement général de tous les groupes de l'underground.

Maya se trouvait à leur table, et elle adressa à Art le même regard soupçonneux auquel il avait eu droit à Echus Chasma.

— Ça n'est pas possible, déclara-t-elle.

Elle semblait aller mieux que lorsqu'ils s'étaient séparés, se dit Nirgal — plus reposée, grande, gracieuse, élancée, belle. Elle semblait s'être enfin débarrassée de son sentiment de culpabilité, comme d'un manteau qu'elle n'aimait plus.

— Mais pourquoi pas ? insista Art. Ce serait tellement mieux pour vous si vous pouviez vivre en surface.

— C'est évident. Et nous pourrions fusionner avec le demi-monde, si c'était aussi simple que ça. Mais il y a d'importantes forces de police à la surface et en orbite, et la dernière fois qu'elles nous ont repérés, elles ont tenté de nous tuer aussi vite que possible. Et la façon dont ils ont traité Sax ne me pousse pas à penser que les choses aient pu changer.

— Je ne dis pas qu'elles ont changé. Mais je pense que vous pourriez prendre certaines initiatives pour vous opposer plus efficacement à la police. En vous rassemblant, par exemple, et en bâtissant un plan en commun. Ce serait utile pour vous de prendre contact avec les organisations de la surface. Ce genre de démarche...

— Nous avons déjà de tels contacts, rétorqua Maya, froidement.

Mais Nadia, elle, acquiesçait. Et des images de son séjour à Sabishii affluaient dans l'esprit de Nirgal. Une convention de l'underground...

— Les Sabishiiens viendraient certainement, dit-il. Ils font déjà des choses de ce genre régulièrement. C'est ce qu'est le demi-monde, en fait.

— Et vous devriez songer à contacter Praxis, ajouta Art. Mon ex-patron William Fort serait très intéressé par une telle réunion. Tout le staff de Praxis s'occupe d'innovations que vous apprécieriez.

— Votre *ex*-patron ? demanda Maya.

— Oui, tout à fait. (Art eut un sourire franc et net.) Parce que désormais, je suis mon propre patron.

— Vous pourriez considérer aussi que vous êtes notre prisonnier.

— Mais être prisonnier d'anarchistes, c'est la même chose, non ?...

Nadia et Nirgal rirent, tandis que Maya se détournait en fronçant les sourcils.

— Oui, je pense que cette idée de convention est bonne, dit Nadia. Nous laissons depuis trop longtemps Coyote s'occuper du réseau.

— Hé, je t'ai entendue ! lança Coyote depuis la table voisine.

— Cette idée ne te plaît pas ?

Il haussa les épaules.

— Il faut que nous fassions quelque chose, ça ne fait aucun doute. Ils savent que nous sommes quelque part dans le sous-sol, maintenant.

Un long silence s'ensuivit.

— Je pars pour le nord la semaine prochaine, déclara Nadia à Art. Vous pourriez venir avec moi si ça vous dit — et toi aussi, Nirgal. Je vais visiter pas mal de refuges, et nous pourrions leur présenter cette idée de réunion générale.

— Certainement, répondit Art, ravi.

L'esprit de Nirgal explorait à toute allure les diverses possibilités qui s'offraient à eux. Le seul fait d'être de retour à Gamète avait réveillé certaines régions endormies de son esprit, et il avait clairement la vision des deux mondes fondus en un seul, le blanc et le vert, partagés selon des dimensions différentes, repliés l'un sur l'autre — l'underground et le monde de la surface se rejoignant avec maladresse dans le demi-monde. Un monde encore flou...

La semaine suivante, Art et Nirgal partirent vers le nord avec Nadia. A cause de l'arrestation de Sax, Nadia ne voulait prendre le risque de séjourner dans aucune des villes ouvertes de la surface, et elle semblait avoir à peine confiance dans les autres refuges cachés. Sur le plan de la clandestinité, elle restait l'une des plus conservatrices parmi les anciens. Au fil des années, tout comme Coyote, elle avait construit tout un système de caches à son usage personnel. Ils allaient de l'une à l'autre pour y passer le jour dans un confort très relatif. Même avec l'hiver, ils ne pouvaient plus rouler durant le jour : la couverture de brouillard était devenue moins dense et plus réduite depuis quelques années, et maintenant elle n'était plus qu'une brume légère qui se changeait parfois en bancs de nuages bas qui tournoyaient au-dessus du terrain raboteux. Ils dévalaient une pente cahoteuse par une matinée brumeuse, dans l'aube de 10 heures, et Nadia leur expliquait qu'Ann avait identifié cette région comme la trace d'une ancienne Chasma Australe — « Selon elle, on trouve dans le coin des dizaines de fossiles du type Chasma Australe, découpés selon des angles différents durant le cycle de précession. »

Puis, la brume fut balayée et la vue se déploya soudain sur des kilomètres, jusqu'aux murailles de glace dantesques de l'entrée de l'actuelle Chasma Australe, qui brillaient dans le lointain. Un moment, ils furent exposés — puis, les nuages revinrent, très vite, et les enveloppèrent dans une blancheur opaque, comme s'ils traversaient une tempête de neige avec des flocons si fins qu'ils défiaient la pesanteur pour tourbillonner éternellement dans le ciel.

Nadia avait horreur de ce genre de situation, aussi brève fût-elle, et ils continuèrent donc de s'abriter dès que le jour se levait. Par les fenêtres minuscules des abris, ils observaient les nuages tournoyants, qui laissaient parfois filtrer la lumière en gerbes d'étincelles si intenses qu'elles agressaient le regard. Des faisceaux de soleil perçaient quelquefois la couche pour balayer les crêtes et les escarpements du terrain d'un blanc éblouissant. A un moment, toutes les ombres disparurent, et ils découvrirent un monde absolument blanc et pur dans lequel ils ne pouvaient même plus discerner la ligne d'horizon.

Certains jours, des arcs-en-ciel déversaient leurs couleurs pastel sur le blanc intense, et il leur arriva de voir un soleil brillant plein feu sur la terre, entouré d'un anneau de lumière aussi intense que lui. Et le paysage se changea alors en flaques de blanc mouvantes, rapides et poussées à la dérive dans les vents incessants. Art, émerveillé, se mit à rire. Il ne cessait de s'exclamer devant les fleurs de glace, grandes comme des buissons, garnies de pics de givre et de d'éventails de dentelle gelés, qui se fondaient les unes dans les autres jusqu'à ce que, parfois, le sol disparaisse. Et leur patrouilleur s'avançait dans des champs immenses d'épines de glace qui crépitaient sous les roues. Après de telles journées, ils appréciaient le repos des longues nuits obscures.

Les jours se succédaient, tous semblables. Nirgal prenait plaisir à ce voyage en compagnie d'Art et Nadia : ils étaient tous deux d'un tempérament calme et drôle. Art avait cinquante et un ans et Nadia en avait cent vingt, alors qu'il venait d'atteindre sa douzième année, ce qui correspondait à vingt-cinq ans terrestres, mais, malgré cette différence, ils se comportaient d'égal à égal. Nirgal pouvait en toute liberté tester sur eux ses idées : ils ne s'en moquaient pas et ne riaient jamais, même lorsque des obstacles leur apparaissaient et qu'ils devaient les lui faire remarquer. En fait leurs idées se recoupaient plutôt bien. Ils étaient, en termes martiens, des assimilationnistes verts modérés — des Boonéens, ainsi que le résumait Nadia. Ils avaient des tempéraments proches, ce que Nirgal n'avait encore jamais expérimenté avec quiconque, pas plus à Gamète qu'à Sabishii.

Nuit après nuit, il leur arrivait de s'arrêter brièvement dans tel ou tel des grands refuges du Sud. On présentait Art avant d'exposer l'idée d'une grande réunion, d'un congrès général. A Bogdanov Vishniac, il put s'extasier devant le complexe géant qui avait été créé dans les profondeurs du mohole, plus vaste que tous les autres refuges. Les yeux exorbités d'Art étaient plus éloquents qu'un discours, et Nirgal se souvint de ses impressions d'enfant quand il était venu là pour la première fois avec Coyote.

Les Bogdanovistes étaient visiblement très intéressés par l'idée d'un grand meeting, mais Mikhail Yangel, le seul associé d'Arkady survivant du conflit de 61, demanda quels pourraient être les objectifs à long terme d'une telle convention.

— Reprendre la surface.

— Je vois ! s'exclama Mikhail en écarquillant les yeux. Eh bien, je peux vous dire que vous avez notre soutien ! Les gens ont peur de seulement évoquer le sujet !

Quand ils reprirent la route du nord, Nadia commenta :

— Très bien. Si les Bogdanovistes soutiennent le projet d'une réunion, elle aura certainement lieu. Parce que la plupart des refuges sont bogdanovistes ou largement sous leur influence.

Après Vishniac, ils visitèrent les refuges répartis autour du cratère

Holmes, également connu comme le « cœur industriel » de l'underground. Ces colonies étaient encore une fois bogdanovistes pour la plupart, avec une foule de variations sociales, influencées par les premiers philosophes martiens, tels le prisonnier Schnelling, Hiroko, Marina ou John Boone. Les francophones utopiens de Prometheus, d'un autre côté, avaient structuré leur colonie à partir d'idées tirées de Rousseau et Nemy, en passant par Fourier et Foucault, des subtilités que Nirgal n'avait pas perçues lors de sa première visite. Ils étaient fortement influencés par les Polynésiens récemment débarqués sur Mars, et leurs vastes pièces chaudes offraient au regard des plans d'eau peu profonde et des palmiers. Art leur déclara que ça lui rappelait plus Tahiti que Paris.

A Prometheus, ils rencontrèrent Jackie Boone, qui avait été amenée là par des amis. Elle avait l'intention de se rendre directement à Gamète, mais elle préférait repartir avec Nadia plutôt que d'attendre, et Nadia était d'accord. Ils reprirent donc la route à quatre.

La franche camaraderie de la première partie du voyage se dissipa. Lorsque Jackie et Nirgal s'étaient séparés à Sabishii, leur relation était toujours aussi floue, et Nirgal était mécontent de cette irruption dans une amitié naissante entre Art et lui. La présence physique de Jackie mettait Art en émoi, à l'évidence — elle était en fait plus grande que lui, plus solidement bâtie que Nirgal, et Art ne cessait de l'observer d'une façon qu'il croyait discrète mais qui n'échappait pas aux autres, y compris Jackie, bien sûr. Nadia roulait des yeux, et elle et Jackie ne cessaient de se quereller pour des riens comme deux sœurs. Art profita d'une halte durant laquelle Nadia et Jackie s'étaient réfugiées dans un des abris secrets de Nadia pour chuchoter à Nirgal :

— On dirait Maya, non ? La voix, les attitudes...

Nirgal se mit à rire.

— Dis-lui ça et elle te tuera.

— Ah... (Art coula un regard en biais vers Nirgal.) Et vous deux, vous êtes encore... ?

Nirgal haussa les épaules. D'une certaine manière, c'était intéressant. Il avait suffisamment évoqué ses rapports avec Jackie pour que son aîné sache qu'il existait entre eux quelque chose de fondamental. Et Jackie ne tarderait pas à faire des avances à Art, pour l'ajouter simplement à sa liste, ainsi qu'elle le faisait avec tous les hommes qui lui plaisaient ou qu'elle considérait comme importants. Pour l'heure, elle n'avait pas encore pris la mesure de l'importance d'Art, mais quand elle l'aurait fait, elle se comporterait comme d'habitude. Mais Art, lui, que ferait-il ?

Leur voyage était devenu différent avec Jackie qui ajoutait comme toujours son mouvement propre aux choses. Elle se disputait avec Nirgal et Nadia, elle se frottait à Art, en essayant de le séduire tout en le jugeant, comme si cela faisait automatiquement partie de leurs rapports. Elle enlevait sa chemise avant de partir prendre une douche, ou bien posait une main sur son bras tout en lui posant des questions sur la Terre — et puis, à d'autres moments, elle l'ignorait totalement, perdue dans des mondes qui n'appartenaient qu'à elle. C'était comme s'ils vivaient avec un grand félin dans le patrouilleur, une panthère qui pouvait venir ronronner sur vos genoux ou vous envoyer voler à travers la cabine, mais sans jamais perdre sa grâce nerveuse.

Ça, c'était Jackie. Et son rire, qui résonnait à certains propos de Nadia ou d'Art. Sa beauté. Et sa passion intense lorsqu'elle parlait de la situation sur Mars. Aussi, quand elle découvrit le but exact de leur voyage, elle s'enthousiasma immédiatement. Avec elle, la vie prenait un autre ton, ça ne faisait aucun doute. Et Art, qui la buvait des yeux quand elle se baignait, avait un sourire curieusement rusé quand elle lui prodiguait ses attentions fascinatrices, remarqua Nirgal. Il le surprit même en train de lancer un regard franchement amusé à Nadia. Même si elle lui plaisait beaucoup, même s'il aimait la regarder, il n'était pas désespérément envoûté. Cela s'expliquait probablement par l'amitié qu'il éprouvait pour Nirgal. Nirgal n'en était pas certain, mais cette idée lui plaisait, car il n'avait guère connu ça à Zygote ou Sabishii.

Pour sa part, Jackie semblait vouloir refuser à Art tout rôle dans l'organisation d'un meeting général de l'underground, comme si elle tenait à s'en occuper elle-même. Mais ils arrivèrent bientôt à un petit refuge néomarxiste dans les montagnes de Mitchel (qui n'étaient pas plus des montagnes que tout le reste des highlands du Sud, le nom remontant à l'époque de l'exploration télescopique de Mars) dont les résidents leur apprirent qu'ils étaient en relation avec la ville de Bologne, en Italie, la province indienne de Kerala — et avec les bureaux de Praxis qui s'y trouvaient. Ils eurent donc de longs entretiens avec Art qui avait à l'évidence toute leur sympathie, à tel point qu'au terme de leur séjour l'un d'eux lui déclara :

— C'est merveilleux, ce que vous faites. Vous êtes comme John Boone.

Jackie sursauta en se tournant vers Art qui secouait modestement la tête.

— Non, ce n'est pas vrai, lança-t-elle automatiquement.

Mais ensuite, elle le traita plus sérieusement. Et Nirgal ne put que s'en amuser. Pour Jackie, le seul fait de prononcer le nom de John Boone était comme un sortilège magique. Quand elle discutait des théories de Boone avec Nadia, il parvenait à comprendre un peu pourquoi elle réagissait ainsi : une grande part de ce que Boone avait voulu pour Mars était sensé et excellent. Personnellement, il avait ressenti Sabishii comme une sorte d'espace boonéen. Mais pour Jackie, cela dépassait toute réaction rationnelle — c'était en rapport avec Kasei et Esther, avec Hiroko et même Peter, avec des sentiments complexes qu'elle vivait à un niveau profond et secret.

Ils roulaient vers le nord à travers des régions encore plus accidentées que celles qu'ils avaient laissées derrière eux. Sur ce terrain volcanique, la rude splendeur des highlands du Sud était accrue par les pics anciens et anguleux d'Australis Tholus et Amphitrites Patera. Les deux volcans dominaient une région de coulées de lave. La roche noirâtre était figée en bosses étranges, en vagues et en rivières. Jadis, ces coulées s'étaient déversées à la surface en flots chauffés à blanc. Même à présent, durs, noirs, fracassés par les âges, couverts de poussière et de fleurs de glace, les liquides des origines étaient évidents.

Les restes les plus proéminents de cette lave étaient de longues arêtes basses, semblables à des queues de dragons fossilisées. Ces arêtes sinuaient à travers le sol sur de nombreux kilomètres, disparaissant souvent à l'horizon, obligeant les voyageurs à faire de longs détours. Les dorsa étaient d'anciens chenaux d'écoulement de lave. La roche dont ils étaient faits s'était révélée plus dure que la base sur laquelle ils s'étaient originellement formés. Des éons de temps avaient depuis usé le paysage, laissant ces monticules noirs en surface, un peu comme le câble de l'ascenseur spatial abattu.

L'une des dorsa, dans la région de Dorsa Brevia, abritait depuis peu un refuge caché. Aussi Nadia lança-t-elle leur patrouilleur sur une piste tourmentée entre les crêtes de lave, et ils entrèrent bientôt dans un vaste garage, au flanc de la plus grande butte qu'ils aient rencontrée. Dès qu'ils sortirent, ils furent accueillis par un petit groupe d'étrangers amicaux. Jackie avait déjà rencontré certains d'entre eux. Rien n'indiquait que les lieux fussent très différents de ceux qu'ils avaient déjà visités, aussi éprouvèrent-ils un choc en franchissant un grand sas cylindrique pour déboucher dans un espace immense qui semblait avoir été creusé dans tout le volume de l'arête. Il était à peu près cylindrique, comme un tube dégagé dans la roche sur une centaine de mètres de hauteur et trois cents de largeur. Le regard s'y perdait. Art en resta bouche bée avant de s'écrier :

— Waouh ! Mais regardez-moi ça ! Bon Dieu !

De nombreuses dorsa étaient creuses, leur expliquèrent leurs hôtes, et constituaient en fait de véritables tunnels de lave. Il en existait sur Terre, mais le tube dans lequel ils se trouvaient était cent fois plus grand que le plus grand des modèles terrestres. Une jeune femme du nom d'Ariadne expliqua à Art que les flots de lave, en refroidissant et en durcissant sur les bords et en surface, avaient permis à d'autres coulées chaudes de se déverser jusqu'à ce que les déjections cessent. La lave restante avait fini dans un lac de feu et laissé derrière elle ces cavernes cylindriques, parfois longues de cinquante kilomètres.

Le sol du tunnel était quasiment plat, parsemé désormais de toitures, de parcs herbus, d'étangs et de centaines de jeunes arbres en bosquets : bambous et pins. Les longues fissures de la voûte avaient été utilisées pour installer des filtres constitués de matériaux stratifiés qui renvoyaient la lumière et les ondes thermiques exactement comme le reste de la crête tout en laissant pénétrer dans le tunnel de grands rideaux de lumière couleur de miel qui faisaient que les secteurs les plus profonds demeuraient dans la pénombre légère d'un jour nuageux.

Le tunnel de Dorsa Brevia mesurait quarante kilomètres, leur apprit Ariadne tandis qu'ils descendaient un escalier, même si par endroits des bouchons de lave obstruaient la cavité.

— Bien sûr, nous n'avons pas clos l'ensemble. Nous avons plus de volume que nécessaire, surtout si nous voulons maintenir la température et le degré d'hygrométrie. Le tunnel est bouclé sur douze kilomètres, en segments séparés par des habitats étanches sous tente.

— Waouh ! fit à nouveau Art.

Nirgal était aussi impressionné que lui, et Nadia visiblement ravie. Même Vishniac ne pouvait être comparé à cet endroit.

Jackie les avait précédés et elle avait atteint le bas de l'escalier qui allait du sas du garage jusqu'à un parc.

— Chacune des colonies que vous me faites visiter, dit encore Art, me paraît la plus grande de toutes, et je me trompe toujours. Est-ce que vous pouvez me dire si la prochaine va avoir les dimensions du Bassin d'Hellas ou quelque chose de ce genre ?...

Ce fut Nadia qui lui répondit en riant :

— Celle-ci est la plus grande que je connaisse. Plus grande encore que je le pensais !

— Alors, pourquoi restez-vous tous à Gamète, qui est si petite, si froide et sombre ? Est-ce que tous les habitants des refuges ne tiendraient pas ici ?

— Nous ne souhaitons pas nous retrouver tous dans un seul endroit. Et celui-ci n'existait pas il y a seulement quelques années.

Sur le sol du tunnel, ils avaient l'impression d'être dans une forêt, sous un ciel de pierre noire entaillée de longues craquelures ébréchées. Ils suivirent le groupe de leurs hôtes jusqu'à un complexe de constructions aux murs de bois minces, avec des toitures à angle aigu relevées sur les angles. On leur présenta alors un groupe de femmes et d'hommes plus âgés, habillés de vêtements flottants et colorés, qui les invitèrent à partager leur repas.

Tout en mangeant, ils en apprirent un peu plus sur le refuge, surtout de la bouche d'Ariadne, qui s'était installée avec eux. Il avait été construit et occupé par les descendants de ceux qui avaient débarqué sur Mars et qui s'étaient joints aux disparus dans les années 2050, délaissant les villes pour de petits refuges disséminés dans la région, avec le soutien des Sabishiiens. Ils avaient été profondément influencés par l'aréophanie d'Hiroko et leur société pouvait être considérée en gros comme une matriarchie. Ils avaient en fait étudié certaines sociétés matriarcales anciennes et fondé certaines de leurs coutumes sur la civilisation minoenne et les Hopis d'Amérique du

Nord. C'est ainsi qu'ils adoraient une déesse qui représentait la vie sur Mars, une sorte de personnification de la *viriditas* d'Hiroko, à moins que ce ne fût une déification d'Hiroko elle-même. Les femmes dirigeaient la vie quotidienne, et elles transmettaient leur pouvoir aux plus jeunes de leurs filles. Ariadne appelait cela l'« ultimogéniture », un usage hérité des Hopis. Et, tout comme chez les Hopis, après le mariage, les hommes allaient vivre chez leur épouse.

— Est-ce que les hommes apprécient ? demanda Art, curieux.

Ariadne rit devant son expression.

— Ici, nous disons qu'il n'y a rien de tel que des femmes heureuses pour rendre les hommes heureux.

Et elle lui lança un regard qui était comme un lasso pour le capturer.

— Oui, ça me semble bien vu, dit Art.

— Nous partageons le travail — que ce soit le creusement des nouveaux tunnels, le jardinage, l'éducation des enfants... tout. Et chacun essaie d'être bon au-delà de sa spécialité, ce qui est une coutume que nous devons aux Cent Premiers, je pense, ainsi qu'aux Sabishiiens.

Art acquiesça.

— Et vous êtes combien, ici ?

— Environ quatre mille.

Il siffla, surpris. L'après-midi, la soirée, ils visitèrent plusieurs kilomètres de segments de tunnel, pour la plupart forestiers, avec un grand ruisseau qui courait sur le fond, s'élargissant parfois pour former de larges bassins. Ariadne les raccompagna jusqu'à la première salle, appelée Zakros. Un millier de personnes y étaient déjà rassemblées pour un dîner dans le grand parc. Nirgal et Art se perdirent dans la foule, discutant au hasard, se régalant de poisson poché, de pain et de salade. Les gens semblaient très réceptifs à l'idée d'un congrès de l'underground. Ils avaient déjà tenté une expérience similaire des années auparavant, mais sans grand succès — ils avaient la liste des refuges de la région — et l'une des femmes les plus âgées déclara d'un ton autoritaire qu'ils seraient heureux d'accueillir le meeting, vu l'espace immense dont ils disposaient.

— Mais ce serait splendide ! s'exclama Art en regardant Ariadne.

Plus tard, Nadia approuva :

— Ça nous aiderait énormément. Beaucoup vont se montrer hostiles à l'idée de ce meeting, parce qu'ils soupçonnent les Cent Premiers de vouloir récupérer l'underground. Mais s'il a lieu ici, et que les Bogdanovistes sont derrière...

Quand Jackie vint les rejoindre et qu'elle apprit la nouvelle, elle serra Art entre ses bras.

— Oh, mais alors, ça va vraiment avoir lieu ! C'est exactement ce que John Boone aurait voulu ! Comme la grande réunion d'Olympus Mons.

Ils quittèrent Dorsa Brevia pour reprendre la route du nord, sur le côté est du Bassin d'Hellas. Pendant les longues nuits, Jackie travaillait souvent sur l'IA de John Boone, Pauline, qu'elle avait étudiée et cataloguée. Elle revit les réflexions qu'elle avait sélectionnées à propos d'un Etat indépendant. Elles étaient désordonnées et floues, marquées par plus d'enthousiasme (et d'omegendorph) que de capacité d'analyse. Mais quelquefois, Boone se laissait porter, comme dans ses grands discours, et il devenait alors fascinant. Il avait un talent pour les libres associations qui conférait à ses idées une sorte de progression logique qu'elles n'avaient pas, en fait.

— Regardez comme il parle souvent des Suisses, commenta Jackie.

Elle avait soudain le ton de John, remarqua Nirgal. Elle travaillait sur Pauline depuis pas mal de temps et ses manières en avaient été affectées. Elle reflétait la voix de John autant que le style de Maya. A tel point que le passé semblait revenir.

— Il faut tout faire pour que les Suisses soient présents au congrès.

— Nous avons Jurgen ainsi que le groupe de Overhangs, dit Nadia.

— Mais ce ne sont pas vraiment des Suisses, non ?...

— Ça, il faudra le leur demander. Mais si tu veux des Suisses authentiques, des fonctionnaires, il y en a un certain nombre à Burroughs, et ils nous ont constamment aidés, même si nous n'avons pas eu de contacts. Nous devons être à peu près cinquante à avoir des passeports suisses. Ils jouent un rôle important dans le demi-monde.

— Tout comme Praxis, ajouta Art.

— Oui, oui. En tout cas, il va falloir que nous parlions au groupe de Overhangs. Ils ont des contacts avec les Suisses de la surface, j'en suis certaine.

Au nord-est du volcan Hadriaca Patera, ils visitèrent une cité fondée par les soufis. La structure d'origine avait été édifiée dans la falaise du canyon, dans une sorte de style Mesa Verde high-tech — un alignement étroit de constructions qui s'inséraient dans le surplomb de la falaise au point de rupture, là où elle s'inclinait vers le plancher du canyon. Des escaliers abrupts dans des tubes de circulation descendaient la pente jusqu'à un petit garage en béton autour duquel étaient dispersées des tentes blisters et des serres. Les tentes abritaient des gens qui étaient venus là pour étudier avec les soufis. Certains venaient de refuges de l'underground, d'autres des villes du Nord. Les indigènes étaient nombreux, mais on comptait aussi quelques nouveaux venus de la Terre. Ils espéraient pouvoir construire une toiture sur l'ensemble du canyon en utilisant les matériaux récemment mis au point pour le nouvel ascenseur spatial et qui pourraient sous-tendre une tente immense. Nadia fut aussitôt entraînée dans les problèmes de construction qu'un pareil projet supposait et qu'elle annonça comme aussi variés que difficiles. Très ironiquement, l'atmosphère martienne, en se densifiant, rendait de plus en plus difficiles les projets de dômes. Car les dômes ne seraient plus renforcés par les pressions internes comme jadis. Et même si la résistance en ductilité et en charge des nouvelles configurations carbonées leur convenait largement, les points d'ancrage pour les charges envisagées seraient quasiment impossibles à trouver dans la région. Mais les ingénieurs étaient confiants : les tissus plus légers des tentes et les nouvelles techniques d'ancrage seraient utilisés au maximum, et les falaises du canyon, selon eux, étaient particulièrement solides. Ils étaient à l'extrémité supérieure de Reull Vallis, une ancienne sape qui avait taillé dans une roche ancienne et très dure. Ils allaient trouver de bons points d'ancrage un peu partout.

Ils n'avaient jamais essayé de dissimuler leurs activités aux satellites. Le refuge soufi de la mesa circulaire de Margaritifer, de même que leur principale colonie du Sud, Rumi, étaient tout aussi évidents. Mais jamais personne ne les avait persécutés de quelque manière, et ils n'avaient pas été contactés par l'Autorité transitoire. L'un des leaders, un Noir nommé Dhu el-Nun, considérait que les craintes de l'underground étaient exagérées. Nadia réfuta poliment ses arguments et quand Nirgal, intrigué, lui demanda de s'expliquer plus avant, elle le toisa, imperturbable, et dit :

— Ils pourchassent les Cent Premiers.

Il réfléchit, tout en observant les soufis qui les précédaient dans l'escalier de l'habitat principal. Ils étaient arrivés bien avant l'aube, et Dhu avait invité tout le monde à un brunch dans la falaise pour accueillir leurs visiteurs. Ils prirent tous place autour d'une grande table longue, dans une vaste salle dont la paroi extérieure avait été transformée en une baie qui dominait tout le canyon. Les soufis étaient habillés de blanc, alors que les gens venus des tentes du canyon étaient en survêtements ordinaires, de couleur rouille pour la plupart. Ils se servaient de l'eau tout en bavardant.

— Tu es sur ton *tariqat*, expliqua Dhu el-Nun à Nirgal.

C'était le chemin spirituel, expliqua-t-il. Vers la réalité. Et Nirgal hocha la tête, frappé par la justesse de la description — car la vie lui était toujours apparue ainsi.

— Tu dois savoir que la chance est avec toi, ajouta Dhu. Tu dois écouter.

Après un repas de pain, de fraises et de yaourt et un café épais comme de la boue, on écarta tables et chaises et les soufis dansèrent une *sema* en tourbillonnant, accompagnés par les chants de leurs compagnons du canyon. Les danseurs, tout en circulant entre leurs hôtes, leur posaient brièvement les mains sur les joues, en un attouchement aussi léger que l'effleurement d'une plume. Nirgal jeta un regard à Art, s'attendant à lui voir la même expression stupéfaite qu'il avait devant les divers aspects de la vie martienne mais, en fait, il souriait d'un air entendu, tout en tapotant sur la table du pouce et de l'index au rythme des chants. Quand la danse s'acheva, il se leva et récita quelque chose dans une langue étrangère. Les soufis sourirent en l'écoutant avant de l'applaudir à grand bruit.

— A Téhéran, certains de mes profs étaient des soufis, expliqua-t-il à Nirgal, Nadia et Jackie. Ils représentaient une partie importante de ce que les gens appellent la Renaissance Perse.

— Et qu'est-ce que vous venez de leur réciter ? demanda Nirgal.

— Un poème farsi de Jabal al-Din Rumi, le maître des derviches tourneurs. Je n'ai pas vraiment bien retenu la version anglaise :

D'un minéral je suis mort et plante suis devenu,
De la plante je suis mort, et j'ai pris forme sensible ;
De la bête je suis mort, pour prendre habit humain...
Quand au fil de mes morts j'ai moins...

« Ah, je n'arrive pas à me rappeler la suite ! Mais certains de ces soufis étaient de très bons ingénieurs, en tout cas.

— Ici, ils ont intérêt à l'être, commenta Nadia sans quitter du regard ceux avec qui elle avait parlé de la mise sous dôme du canyon.

Les soufis se révélèrent tous très enthousiastes à l'idée d'un congrès de l'underground. Comme ils le soulignèrent, leur religion était syncrétique : elle avait puisé ses éléments non seulement dans les divers types et nationalités de l'islam, mais aussi dans les religions plus anciennes d'Asie que l'islam avait rencontrées, ainsi que dans les croyances plus récentes, telles que Ba'hai. Ici, ils en étaient tous persuadés, ils avaient besoin de la même flexibilité. Mais leur concept du cadeau avait d'ores et déjà exercé son influence dans l'underground et certains de leurs théoriciens travaillaient avec Vlad et Marina sur la spécificité de l'éco-économie. Le matin allait vers sa fin, ils attendaient le lever tardif du soleil d'hiver devant la grande baie ouverte sur les ombres du canyon à l'est, et chacun, tour à tour, émit des suggestions pour le meeting à venir.

Dhu leur conseilla :

— Vous devriez parler aux Bédouins et aux autres Arabes dès que possible. Ils n'apprécieraient pas d'être parmi les derniers consultés.

Et puis, lentement, le ciel s'éclaircit, passant du prune foncé au mauve lavande. La falaise d'en face était plus basse que celle où ils se trouvaient, et ils pouvaient apercevoir le plateau sombre qui s'étendait vers l'est sur quelques kilomètres, jusqu'à une chaîne de collines qui fermait l'horizon. Les soufis désignèrent la fracture où allait se lever le soleil et commencèrent à chanter.

— Dans Elysium, il y a un autre groupe de soufis, leur expliqua Dhu. Ils explorent nos racines, entre le Mithraïsme et le Zoroastrisme.

Certains disent qu'il y a maintenant des mithraïstes sur Mars, qu'ils adorent le soleil, Ahura Mazda. Pour eux, la soletta est une expression d'art sacré, comme un vitrail dans une cathédrale.

Quand le ciel devint d'un rose intense et clair, les soufis se rassemblèrent autour de leurs quatre invités et les placèrent avec des gestes doux devant la fenêtre. Nirgal à côté de Jackie, avec Nadia et Art derrière eux.

— Aujourd'hui, vous êtes notre vitrail, leur annonça Dhu d'un ton paisible.

Des mains soulevèrent l'avant-bras de Nirgal jusqu'à ce que sa main touche celle de Jackie, qu'il prit. Ils échangèrent un bref regard et fixèrent de nouveau les collines à l'horizon. Art et Nadia les avaient imités et se tenaient d'une main, en posant l'autre sur l'épaule de Nirgal et de Jackie. Les chants s'amplifièrent et les couplets en farsi s'étirèrent en voyelles longues et liquides durant plusieurs minutes. Et enfin, le soleil craqua sous l'horizon et une fontaine de lumière se déversa sur le sol avant de rejaillir vers la grande baie et sur tous ceux qui attendaient, immobiles, en plissant les paupières, les yeux emplis de larmes. Entre la soletta et l'atmosphère densifiée, le soleil était plus grand qu'il l'avait été dans le passé. C'était un ovale de bronze dont la clarté se propageait dans des couches diverses de diffusion. Les doigts de Jackie serraient maintenant très fort ceux de Nirgal et, réagissant à une impulsion soudaine, il regarda derrière eux. Et là, sur le mur blanc, il découvrit une tapisserie faite de leurs ombres, avec la clarté qui se faisait plus intense encore à la lisière de leurs silhouettes, à peine marquée par les teintes de l'arc-en-ciel, qui cernait le tout.

Ils suivirent le conseil des soufis et mirent le cap sur le mohole de Lyell, l'un des quatre moholes du soixante-dixième degré de latitude sud. Dans cette région, les Bédouins d'Egypte occidentale avaient installé un certain nombre de caravansérails, dont Nadia connaissait un des leaders. Ils avaient décidé d'essayer de le retrouver.

Les pensées de Nirgal le ramenaient aux soufis, à ce que leur influence révélait à propos de l'underground et du demi-monde. Les gens avaient quitté le monde de la surface pour tant de raisons différentes, et il était important de s'en souvenir. Tous, ils avaient tout abandonné et risqué leurs vies, mais pour des buts différents. Certains espéraient établir des sociétés radicalement nouvelles, comme à Zygote, dans Dorsa Brevia ou dans les refuges bogdanovistes. D'autres, comme les soufis, voulaient défendre les cultures anciennes qui, ils le sentaient, étaient menacées par l'assaut général qui déferlait à l'échelle du monde. Et désormais, toutes ces fractions de la résistance étaient disséminées dans les highlands du Sud, mêlées mais néanmoins encore séparées. Il n'existait aucune raison évidente pour qu'elles souhaitent faire partie d'un seul et même tout. La plupart avaient surtout essayé de se soustraire aux pouvoirs dominants : les transnationales, l'Occident, l'Amérique, le capitalisme — tous les systèmes totalitaires de la planète. Un système central était très exactement ce qu'ils avaient toujours voulu fuir. Cela n'était guère favorable au plan d'Art, et lorsque Nirgal exprima ses inquiétudes, Nadia acquiesça :

— Vous êtes américain, ce qui est un handicap pour nous. (Art loucha en entendant cela, mais elle ajouta :) Oui, mais l'Amérique a toujours été un melting-pot. Ou le symbole du melting-pot. Un pays où les gens pouvaient venir de partout et devenir des citoyens. Du moins en théorie. Il y a quelques leçons à en retenir.

Jackie intervint.

— Ce que Boone avait finalement conclu, c'est qu'il n'est pas possible d'inventer une société martienne à partir de zéro. Pour lui, il fallait que ce soit un mélange de tout ce que chacun pouvait apporter de meilleur. Ce qui constitue la différence entre les Boonéens et les Bogdanovistes.

— Oui, fit Nadia en plissant le front, mais je crois qu'ils avaient tort les uns et les autres. Je ne pense pas que nous puissions inventer cette société à partir de zéro, mais je ne crois pas non plus au mélange. Du moins pas avant longtemps. Dans l'intervalle, nous aurons affaire à un assortiment de cultures diverses qui devront coexister. Mais quant à savoir si une telle chose est possible...

Elle haussa les épaules.

Les problèmes qu'ils devraient affronter prirent corps durant leur visite au caravansérail des Bédouins. Les Bédouins exploitaient les mines dans le sud lointain, entre les cratères Dana et Lyell, Sisyphi Cavi et Dorsa Argentea. Ils se déplaçaient en installations de forage mobiles, selon la technique qui avait fait ses preuves sur le Grand Escarpement et qui était devenue traditionnelle : on exploitait les dépôts en surface avant de continuer plus loin. Le caravansérail n'était qu'une petite tente posée comme une oasis que les Bédouins n'utilisaient que pour les cas d'urgence ou lorsqu'ils voulaient se détendre un peu.

Ils présentaient un contraste absolu avec les soufis éthérés. Ces Arabes peu communicatifs et pragmatiques portaient des combinaisons modernes. Les hommes formaient la majorité. Les voyageurs partagèrent le repas d'un groupe dans le plus grand des patrouilleurs. Les femmes allaient et venaient par un tube de circulation pour faire le service. Jackie affichait une expression hostile qui la faisait ressembler tout à fait à Maya. Quand un jeune Arabe qui avait pris place auprès d'elle essaya d'engager la conversation, il se heurta à sa réticence. Nirgal dut réprimer un sourire. Il se tourna vers Nadia et le leader du groupe, un vieux Bédouin nommé Zeyk, celui que Nadia avait déjà rencontré.

— Ah, les soufis, dit-il d'un ton sincère. Personne ne s'en prend à eux car il est clair qu'ils sont inoffensifs. Comme des oiseaux.

En approchant de la fin du repas, Jackie se fit plus amicale avec le jeune Arabe, bien entendu, car il était d'une beauté surprenante, avec des grands yeux bruns aux cils immenses, un nez aquilin, des lèvres rouges et pleines, un menton marqué. Il se comportait avec une aisance et une assurance qui ne semblaient nullement affectées par la beauté de Jackie qui, après tout, était comparable à la sienne. Il s'appelait Antar et appartenait à une famille bédouine importante. Art, installé à l'autre extrémité de la table basse, semblait quelque peu choqué devant cette amitié rapide, mais Nirgal, après les années de Sabishii, avait deviné ce qui allait se passer bien avant Jackie, et, en quelque sorte, c'était un plaisir d'observer Jackie au travail. Le spectacle en valait la peine : elle était la fille orgueilleuse de la plus importante matriarchie depuis l'Atlantide, et Antar l'héritier orgueilleux de la patriarchie la plus extrémiste de Mars — il affichait une grâce et une désinvolture élégante tellement pures qu'il paraissait être le roi de la planète.

Le nouveau couple s'éclipsa après le repas. Nirgal cilla à peine et poursuivit sa conversation avec Nadia, Art, Zeyk, et l'épouse de Zeyk, Nazik, qui venait de les rejoindre. Zeyk et Nazik étaient des anciens sur Mars. Ils avaient rencontré John Boone et Frank Chalmers avait été leur ami. Contrairement aux prévisions des soufis, ils se montraient très favorables à l'idée d'un congrès et convinrent que Dorsa Brevia serait le lieu idéal.

Zeyk chercha un instant ses mots en plissant les paupières.

— Ce dont nous avons besoin, c'est de l'égalité sans conformité, dit-il enfin avec sérieux.

Cette déclaration était tellement proche de ce que Nadia avait dit en route, que l'attention de Nirgal en fut exceptionnellement éveillée.

— Ce n'est pas facile à établir, mais il est clair que nous devons essayer, et éviter de nous battre. Je vais faire passer le mot dans toute la communauté arabe. Du moins chez les Bédouins. Je dois vous dire que certains Arabes du Nord sont très compromis avec les transnationales, plus particulièrement avec Amexx. Tous les pays arabes d'Afrique tombent sous la coupe d'Amexx, l'un après l'autre. Quelle étrange union. Mais l'argent... (Il se frotta les doigts.) Vous savez comme c'est... Mais nous contacterons nos amis. Et les soufis nous aideront. Ils deviennent les mollahs, ici, et ça ne plaît pas aux mollahs. Mais moi, j'apprécie.

D'autres choses le préoccupaient.

— Armscor s'est emparé du Groupe de la mer Noire, et c'est une combinaison particulièrement néfaste — les gens du leadership sont des Afrikaners, et la sécurité est assurée par les Etats membres, pour la plupart des Etats policiers : l'Ukraine, la Géorgie, la Moldavie, l'Azerbaïdjan, l'Arménie, la Bulgarie, la Turquie, la Roumanie... (Il les comptait sur ses doigts, en plissant le nez.) Réfléchissez un peu à l'histoire de tous ces pays ! Ils ont construit des bases sur tout le Grand Escarpement. En fait, ils forment une ceinture autour de Mars. Et ils ont des rapports très étroits avec l'Autorité transitoire. (Il secoua la tête.) Ils peuvent nous écraser.

Nadia opina, et Art, l'air surpris, lança une volée de questions à Zeyk.

— Mais vous ne vous cachez pas, remarqua-t-il à un certain moment.

— Nous disposons de refuges si nous le désirons. Et nous sommes prêts à nous battre.

— Pensez-vous que vous en arriverez là ?

— J'en suis persuadé.

Bien plus tard, après de nombreuses tasses de café épais, Zeyk, Nazik et Nadia engagèrent la conversation sur Frank Chalmers, avec des sourires tendres. Nirgal et Art les écoutaient, mais il leur était difficile de se faire une idée de cet homme, disparu bien longtemps avant la naissance de Nirgal. A dire vrai, ils étaient plutôt troublés de mesurer l'âge des issei, qui avaient connu un personnage qui, pour eux, n'existait qu'en vidéo. Finalement, Art parvint à balbutier :

— Comment... *Comment* était-il vraiment ?

Les trois autres réfléchirent.

Puis, lentement, Zeyk répondit :

— C'était un homme perpétuellement en colère. Il écoutait les Arabes, pourtant, et il nous respectait. Il a vécu un temps parmi nous et a appris notre langue, et bien peu d'Américains l'ont fait. Et nous l'aimions. Il n'était pas facile à comprendre. Toujours en colère. J'ignore pourquoi. Je suppose que cela s'expliquait par les années qu'il avait passées sur Terre. Il n'en parlait jamais. En fait, il ne parlait jamais vraiment de lui. Mais il avait en lui comme un gyroscope, un pulsar. Et son humeur était souvent sombre. Très sombre. Nous l'envoyions faire des reconnaissances, pour qu'il se calme. Ça ne marchait pas toujours très bien. Il lui arrivait de nous agresser de temps à autre, même s'il était notre invité. (Zeyk sourit à ce souvenir.) Une fois, il nous a traités d'esclavagistes, comme ça, en face, à l'heure du café.

— Esclavagistes ?

Zeyk leva la main en un geste vague.

— Il était en colère.

— Il nous a sauvé la vie, dit Nadia, plongée dans ses pensées. En 61.

Et elle leur raconta leur long périple dans Valles Marineris pendant l'inondation de l'aquifère de Compton qui avait déferlé dans le grand canyon. Comment, alors qu'ils étaient sur le point de s'en sortir, Frank avait été emporté par les flots.

— Il était à l'extérieur du patrouilleur, il essayait de nous dégager d'un rocher, et s'il n'avait pas agi aussi vite, nous aurions tous été emportés.

— Ah... fit Zeyk. Il a eu une mort heureuse.

— Je ne pense pas que ce soit exactement ce qu'il a pensé.

Les issei eurent un rire très bref et levèrent leurs tasses pour un ultime toast à leur ami disparu.

— Il me manque, dit Nadia. Je ne pensais pas que je dirais jamais ça...

Elle s'abîma dans le silence, puis leva les yeux sur Nirgal et prit conscience que la nuit était venue, qu'elle les protégeait, les cachait. Nirgal ne l'avait encore jamais entendue parler de Frank Chalmers. Un grand nombre des amis de Nadia étaient morts pendant la révolte. Comme son collègue Bogdanov, que tant d'autres suivaient toujours.

— En colère jusqu'au bout, conclut Zeyk. Oui, pour Frank, ç'a été une mort heureuse.

En quittant Lyell, ils contournèrent la calotte polaire dans le sens contraire des aiguilles d'une montre et s'arrêtèrent dans plusieurs refuges et villes sous tente pour échanger des marchandises et des informations. Christianopolis était la plus grande des cités sous tente de la région et constituait un centre commercial pour toutes les colonies du sud d'Argyre, qui étaient surtout occupées par des Rouges. Nadia leur demanda à tous de propager la nouvelle du congrès afin qu'Ann Clayborne en entende parler.

— Nous sommes censés être en liaison téléphonique, mais elle ne répond jamais.

Au sud du cratère Schmidt, ils firent étape dans une colonie de communistes de Bologne, qui avait aménagé l'intérieur d'une colline perdue dans les régions les plus désolées des highlands du Sud, très difficiles à traverser avec leurs digues et leurs escarpements dans lesquels il était impossible de rouler. Les Bolonais leur donnèrent une carte sur laquelle étaient portés les divers tunnels et ascenseurs qu'ils avaient installés dans le secteur pour faciliter le passage entre les digues et les escarpements.

— Si nous n'avions pas tout cela, nos expéditions ne seraient que d'interminables détours.

A proximité d'un des tunnels cachés, ils rencontrèrent une petite colonie de Polynésiens qui vivaient dans un court tunnel de lave où ils avaient fait pénétrer un ruisseau et installé trois îles. La digue était surmontée d'une épaisse couche de glace et de neige sur son flanc sud, mais les Polynésiens, qui étaient pour la plupart originaires de l'île de Vanuatu, maintenaient leur refuge à une température clémente, et Nirgal constata que l'atmosphère était si douce et humide qu'il avait du mal à respirer, même lorsqu'il se tenait tranquillement assis sur la plage de sable, entre un lac noir et la ligne des palmiers inclinés.

En promenant son regard sur le paysage, il se dit qu'il était évident que les Polynésiens étaient de ceux qui essayaient d'édifier une société nourrie de certains des aspects archaïques légués par leurs ancêtres. Ils s'étaient révélés comme des disciples d'un gouvernement primitif dans toute l'histoire terrienne et ils se montraient très excités à l'idée de faire partager leurs études pendant le congrès, si bien que leur adhésion ne posa aucun problème.

Afin de célébrer l'idée d'un congrès prochain, ils se rassemblèrent tous pour un festin sur la plage. Art, assis entre Jackie et une beauté polynésienne du nom de Tanna, se perdit dans le ravissement : il dégustait du kava dans une noix de coco. Nirgal était étendu devant eux sur le sable, écoutant Tanna et Jackie discuter du mouvement indigène, comme l'appelait Tanna. Il ne s'agissait pas simplement de nostalgie du passé, insista-t-elle, mais plutôt d'une tentative pour inventer de nouvelles cultures qui incorporaient divers aspects des civilisations anciennes aux formes martiennes high-tech.

— L'underground lui-même est une sorte de Polynésie. De petites îles dans un grand océan de pierre. Certaines sont portées sur les cartes, d'autres pas. Et un jour, ce sera un océan véritable, et nous serons tous sur autant d'îles luxuriantes, sous le ciel.

— Je vais boire à ça, déclara Art en levant sa noix de coco.

Il était évident que la partie de la culture polynésienne qu'Art souhaitait voir intégrer était leur fameuse liberté sexuelle. Mais Jackie prenait un plaisir pervers à compliquer les choses en s'accrochant à son bras, pour le séduire ou défier Tanna. Art avait l'air heureux et préoccupé dans le même temps. Il avait dégusté très vite son kava et paraissait perdu dans un bonheur total. Nirgal faillit éclater de rire. Il lui apparaissait que certaines des jeunes femmes présentes pouvaient partager cette antique sagesse, s'il en jugeait par leurs regards. Par ailleurs, Jackie pouvait peut-être cesser de s'en prendre à Art. Peu importait : la nuit promettait d'être longue, et le petit océan sous tunnel était aussi chaud que les bains de Zygote, autrefois. Nadia s'y ébrouait déjà avec plusieurs hommes qui devaient bien avoir le quart de son âge. Nirgal se déshabilla et entra dans l'eau.

L'hiver était déjà tellement avancé que même sous quatre-vingts degrés de latitude le soleil se levait pendant une ou deux heures aux alentours de midi. Durant ces brefs intervalles, les brouillards errants luisaient de tons pastel ou métalliques — certains jours, violets et roses, d'autres, cuivre, bronze, or. Dans toutes ces variantes, les teintes délicates étaient captées et réfléchies par le givre du sol et il semblait parfois aux voyageurs qu'ils traversaient un monde de joyaux : améthystes, rubis et saphirs.

Mais il y avait aussi des jours où le vent grondait et lançait de grandes lames de givre sur le patrouilleur, leur donnant l'impression d'avancer sous les flots. Ils profitaient des heures brèves de soleil pour nettoyer les roues du véhicule. Le soleil, alors, leur semblait un lacis d'algues jaunes perdues dans la brume. Après une nouvelle tempête, un jour, ils découvrirent que la chape de brouillard avait été balayée et que le monde, d'un horizon à l'autre, était un paysage complexe de fleurs de glace. Au nord, au-dessus du champ de diamants, il y avait un nuage haut et sombre qui se déversait dans le ciel à partir d'une source qui ne devait pas être très loin sous l'horizon.

Ils s'arrêtèrent dans un des abris de Nadia. Nirgal regarda la carte, observa encore une fois le nuage et dit :

— Je pense que ça doit être le mohole de Rayleigh. Coyote y a mis en route les robots excavateurs pendant ce premier voyage que nous avons fait ensemble. Je me demande s'il n'en serait pas sorti quelque chose...

— J'ai un petit explorateur dans le garage, dit Nadia. Tu peux le prendre pour aller jeter un coup d'œil, si tu veux. J'aimerais aller avec toi, mais il faut que je retourne à Gamète. Je dois rencontrer Ann après-demain. Apparemment, elle a entendu parler du congrès et elle veut me poser certaines questions.

Art lui dit qu'il aimerait rencontrer Ann Clayborne — il avait été impressionné par la vidéo qu'il avait vue durant le voyage vers Mars.

Jackie se tourna vers Nirgal :

— Je t'accompagne.

Ils se mirent donc d'accord pour se retrouver à Gamète. Art et Nadia repartirent dans le patrouilleur pendant que Nirgal et Jackie embarquaient dans le petit explorateur. Le grand nuage se déployait au-dessus de la glace devant eux, comme un pilier géant et dense composé de lobes gris et tourmentés qui obliquaient dans différentes directions à différents moments. Au fur et à mesure qu'ils s'en approchaient, ils acquirent la certitude qu'il montait des profondeurs de la planète silencieuse. En roulant vers le bas d'un escarpement, ils découvrirent que le sol, plus loin, ne portait plus la moindre plaque de glace, qu'il était rocailleux comme au cœur de l'été, mais plus noir, une roche d'un noir presque pur, et de la fumée sortait de longues fissures orange qui marquaient sa surface gonflée, ondulée. Et là-bas, juste derrière l'horizon, qui n'était guère qu'à six ou sept kilomètres, le grand nuage bouillonnait, comme une colonne thermique changée en nova. La fumée de gaz chaud explosait avant de retomber lourdement.

Jackie lança leur explorateur vers la crête de la colline la plus haute. De là, ils purent enfin découvrir la source du nuage. C'était bien ce que Nirgal avait soupçonné dès qu'ils l'avaient découvert : le mohole de Rayleigh était devenu une colline basse, entièrement noire à l'exception des fissures orange menaçantes. Le nuage se formait à partir d'un trou. Il était fait de fumée noire, dense, torsadée. Une langue de roc noir brut s'étirait sur la pente en direction du sud, venant vers eux avant d'obliquer sur leur droite.

Assis dans le petit véhicule, silencieux, ils virent un pan de la colline qui couvrait le mohole s'incliner, basculer et se briser. De la roche liquéfiée, orange et ardente, ruissela entre les blocs noirs dans un jaillissement d'éclaboussures jaunes qui perdirent très vite de leur éclat.

Ensuite, il n'y eut plus que la colonne de fumée tourmentée qui montait toujours dans le ciel. Par-dessus le bourdonnement du ventilateur et du moteur, ils percevaient un ronflement bas et continu, ponctué de coups sourds qui correspondaient à des explosions régulières dans la colonne de fumée. Le véhicule tremblait légèrement sur ses amortisseurs.

Nirgal était fasciné, Jackie excitée et bavarde. Elle se perdait dans de longs commentaires avant de se taire quand des blocs de lave se détachaient de la colline pour répandre de nouvelles coulées. En vue infrarouge, la colline leur apparaissait comme une émeraude entremêlée de craquelures scintillantes, et la coulée de lave qui s'avançait sur la plaine était d'un vert intense. En lumière visible, la roche liquéfiée ne redevenait noire qu'au bout d'une heure mais, en infrarouge, l'émeraude se changeait en vert foncé après dix minutes. Le vert se déversait sur le monde, songea Nirgal, et le blanc jaillissait au travers.

Ils prirent un repas léger et, après la vaisselle, Jackie attira Nirgal contre elle dans la minuscule cuisine, aussi amicale qu'elle l'avait été à New Vanuatu, les yeux brillants, un sourire au coin des lèvres. Nirgal savait reconnaître ces signes, et il retrouva leurs caresses dans le petit espace derrière les sièges de conduite, heureux de cette intimité revenue, si précieuse et si rare.

— Je suis prêt à parier qu'il doit faire chaud à l'extérieur, dit-il.

Elle tourna la tête vers lui avec de grands yeux.

Et sans un mot, ils enfilèrent leurs tenues et passèrent dans le sas. Quand l'atmosphère fut vidée, ils sortirent dans le champ de cailloux secs et rougeâtres, main dans la main. Ils contournèrent les bosses, les creux et les blocs de lave nouvelle solidifiée qui leur arrivaient aux épaules. Ils tenaient chacun un tampon isolant. Ils auraient pu se parler, mais ils restaient silencieux. Le vent soufflait parfois sur eux et, même à travers sa tenue, Nirgal décelait la température élevée. Le sol tremblait sous ses pas, et il sentait le grondement du sol au creux de son ventre. Les *boum* assourdis étaient espacés de quelques secondes, interrompus parfois par un craquement plus aigu. Il n'y avait aucun doute : ils se trouvaient en terrain dangereux. Une petite colline ronde, semblable à celle où ils avaient laissé leur véhicule, surplombait la langue de lave et, sans même s'être consultés, ils s'y dirigèrent et escaladèrent la dernière pente sans se lâcher la main, à grandes foulées.

Du sommet, ils avaient maintenant une vue ouverte sur la nouvelle coulée noire craquelée de fissures orange. Le bruit était intense. Il semblait évident que toute nouvelle éruption s'écoulerait dans le couloir opposé. Ils étaient sur une éminence, juste au bord du flot qui s'écoulait de gauche à droite. N'importe quelle poussée soudaine pouvait les emporter, mais cela ne semblait guère probable et, de toute façon, ils n'étaient pas plus en danger ici qu'ils ne l'avaient été dans leur véhicule.

Ils cessèrent de s'interroger, Jackie retira sa main de la sienne et ôta son gant. Nirgal l'imita, roulant lentement le tissu sous ses doigts jusqu'à libérer son pouce. Le gant fut soudain arraché de ses dernières phalanges. La température, estima-t-il, devait être de 278 kelvins, pas particulièrement froide. Puis une bouffée d'air tiède passa sur lui, suivie d'une vague d'air chaud, 315 peut-être, très vite suivie à son tour d'un air plus frais. A l'instant où il enleva son autre gant, il lui devint évident que la température avait augmenté et qu'elle variait avec chaque souffle de vent. Jackie avait déjà ouvert son blouson et elle l'enleva, poitrine nue. Sous le vent, elle eut un instant la chair de poule, tout comme un lac se ride sous une brise. Elle se pencha pour ôter ses bottes, supportant le poids de sa bonbonne d'air dans le creux de ses reins, les côtes saillant sous la peau. Nirgal s'avança et fit glisser son pantalon jusqu'au bas de ses fesses. Elle l'attira contre elle avant de le jeter sur le sol. Ils s'enlacèrent tout en se débattant pour mettre les coussins d'isolation sur le sol gelé. Ils achevèrent de se déshabiller, et Jackie s'offrit à lui sur le dos, son réservoir d'air coincé au-dessus de son épaule droite. Il l'étreignit : dans l'air froid, son corps était étonnamment chaud. La chaleur montait de sa peau comme d'un champ de lave et l'enveloppait en longues bouffées. Il serrait son corps doux et musculeux, et elle l'emprisonnait avec ses bras et ses jambes, étrangement tangible dans la clarté du soleil. Leurs visières s'entrechoquèrent. Dans leurs casques, ils aspiraient fébrilement pour compenser ce qu'ils perdaient par leurs épaules, leur poitrine. Un instant, ils se regardèrent les yeux dans les yeux à travers les écrans de verre qui les empêchaient de fusionner complètement l'un avec l'autre. Cette sensation était si puissante qu'elle paraissait dangereuse — et dans le même temps qu'ils heurtaient leurs visières en se fixant, ils savaient qu'ils ne pouvaient survivre qu'ainsi. Une curieuse lisière vibrait entre l'iris et la pupille des yeux de Jackie. Il fixait deux petites fenêtres noires qui s'ouvraient sur des profondeurs que jamais aucun mohole n'atteindrait : le centre de l'univers. Il dut détourner le regard. Et il se souleva pour admirer son corps svelte, adorable, mais pas aussi troublant, pourtant, que les abysses de ses yeux. Ses épaules étaient larges, son nombril parfaitement ovale et ses cuisses longues — cette fois, il ferma les paupières. Le sol tremblait sous eux, et il lui semblait qu'ainsi, pressé contre Jackie, il plongeait vers le cœur même de la planète. Il demeurait parfaitement immobile, ils étaient l'un et l'autre parfaitement immobiles, et néanmoins le monde vibrait dans un séisme doux, intense et délicieux. La roche était vivante. Ses nerfs et sa peau vibraient et chantaient, il tourna la tête vers le flot de magma, et tout fusionna.

Ils quittèrent le volcan de Rayleigh pour repartir dans le brouillard obscur. La seconde nuit, ils s'approchèrent de Gamète. Et c'est dans l'opacité grise d'un crépuscule de midi particulièrement dense qu'ils entrèrent sous la coupole de glace. Tout à coup, Jackie se pencha dans un cri, coupa l'autopilote et freina.

Nirgal fut arraché à sa somnolence et il s'accrocha à son volant tout en essayant de comprendre ce qui se passait.

La falaise du garage avait été pulvérisée, et une immense cataracte de glace brisée s'était abattue à l'emplacement du garage. A son sommet, elle était criblée d'éclats, comme sous l'effet d'une explosion.

— Oh ! hurla Jackie. Ils ont tout fait sauter ! Ils les ont tués !

Pour Nirgal, c'était comme s'il avait reçu un grand coup dans le ventre. Il s'étonnait que la peur puisse se changer en un effet physique. Son esprit était inerte et il avait l'impression de ne plus rien sentir — ni angoisse ni désespoir : rien. Il leva la main et serra l'épaule de Jackie — elle tremblait — et il essaya de percer la tourmente de brume du regard.

— Il y a toujours le trou d'évacuation, dit-il. Ils n'ont pas pu être pris par surprise.

Le tunnel suivait un des bras de la calotte polaire jusqu'à Chasma Australe, où il existait un abri dans une paroi de glace.

— Mais... (Jackie déglutit avec peine.) Mais s'ils ont été surpris ?

— On va aller voir jusqu'au refuge d'Australe.

Il se réinstalla au volant.

Ils roulaient à pleine allure en rebondissant sur les champs de fleurs de glace. Nirgal essayait de se concentrer uniquement sur le terrain et de ne plus penser. Il aurait voulu ne pas aller jusqu'à l'abri — pour le trouver désert et perdre dans l'instant son dernier espoir après le désastre. Il aurait voulu ne jamais arriver, continuer à rouler dans le sens des aiguilles d'une montre autour de la calotte polaire pour toujours, même si Jackie étouffait sous le collier de l'angoisse, même s'il entendait son souffle aigu et ses gémissements. Lui, il était seulement engourdi, les pensées figées. Je ne sens rien, se dit-il, intrigué. Mais des images d'Hiroko s'imposaient dans son esprit, comme si elles étaient projetées sur le pare-brise, ou bien surgissaient parfois comme des fantômes dans les nappes de brume. L'attaque avait pu venir de l'espace, ou alors des missiles avaient été lancés depuis le nord, et dans ce cas les gens de Gamète n'avaient eu aucune chance d'être alertés. Le monde vert avait été effacé de l'univers, et il ne restait que ce monde blanc, celui de la mort. Les couleurs s'étaient retirées de toute chose, comme de ce monde d'hiver, fait de brouillard gris.

Les lèvres crispées, il ne fixait plus que le paysage gelé, et conduisait avec une violence qui lui était inconnue jusqu'alors. Les heures passèrent et il luttait pour ne pas penser à Hiroko, Nadia, Art, Maya ou Dao et tous les autres : sa famille, ses amis, sa cité, sa nation, tous sous le même petit dôme. L'estomac noué, il restait rivé au volant, essayant d'éviter les bosses et les creux pour que leur course soit un peu moins brutale.

Ils durent rouler autour du pôle dans le sens des aiguilles d'une montre sur trois cents kilomètres avant de remonter Chasma Australe sur presque toute sa longueur. Avec la fin de l'hiver, Australe se rétrécissait et était tellement encombrée par les blocs de glace qu'il n'existait plus qu'une piste unique indiquée par de petits transpondeurs directionnels très faibles. Nirgal fut obligé de ralentir mais, dans la brume sombre, ils n'avaient plus à attendre la nuit pour rouler. Et ils finirent par atteindre le muret qui indiquait le refuge. Quatorze heures s'étaient écoulées depuis leur départ de Gamète — un exploit sur ce terrain et par un temps pareil. Mais Nirgal n'avait qu'une seule idée à l'esprit : si le refuge était désert...

L'engourdissement se dissipait en lui au fur et à mesure qu'ils approchaient de l'extrémité de la faille. Si le refuge était désert... Il ne décelait aucun mouvement, aucune présence, et la peur filtrait à nouveau en lui comme le magma dans les craquelures d'une coulée de lave. Prêt à se déverser dans chacune de ses cellules...

C'est alors qu'une lumière clignota tout au bas de la paroi, et Jackie s'écria : « Ah ! », comme si une aiguille venait de la piquer. Nirgal accéléra et le petit explorateur sauta vers le mur de glace et faillit le percuter. Il freina à fond et le véhicule patina un instant avant de s'arrêter. Jackie enfila son casque d'un geste brusque et plongea vers le sas, Nirgal sur les talons. Ils durent attendre encore durant des secondes d'angoisse avant de pouvoir bondir à l'extérieur, dans une antichambre de glace. Quand la porte intérieure s'ouvrit, quatre silhouettes se ruèrent sur eux, l'arme au poing. Jackie lança un cri sur la fréquence commune et, dans la seconde qui suivit, des bras les étreignirent. Mais peut-être, se dit Nirgal, ceux qui les accueillaient ne voulaient-ils que les réconforter, et il était encore torturé par l'attente, même s'il avait entraperçu le visage de Nadia derrière une visière. Elle leva les pouces. Il eut l'impression qu'il avait retenu son souffle depuis quinze heures. Jackie pleurait de soulagement, et il aurait voulu l'imiter. Mais, sorti de sa transe, il se sentait seulement brisé, épuisé, bien au-delà des larmes. Nadia lui prit la main comme si elle sentait ce qui se passait en lui, et quand ils se retrouvèrent de l'autre côté du sas, il commença à percevoir enfin les voix qui se répondaient sur la fréquence commune.

— J'avais tellement peur : je croyais que vous étiez morts.

— Nous avons filé par le tunnel en les voyant arriver...

Dans l'abri, ils se débarrassèrent de leurs casques et se perdirent en embrassades. Art tapota le dos de Nirgal en roulant ses yeux ronds.

— Je suis tellement heureux de vous retrouver tous les deux !

Il serra Jackie contre lui avec rudesse avant de l'observer à bout de bras : elle avait le nez humide et les yeux rouges, et il hocha la tête avec une expression admirative, comme si en cet instant précis il admettait enfin qu'elle était humaine, et non pas une pure déesse féline.

Ils se dirigèrent d'un pas incertain vers le fond du refuge et Nadia leur raconta ce qui s'était passé d'un air sombre.

— On les a vus arriver et on s'est tous précipités vers le tunnel du fond avant de faire sauter les dômes et aussi tous les autres tunnels. Il est possible qu'on en ait tué un certain nombre, mais je n'en suis pas certaine — j'ignore combien d'hommes ils avaient envoyés et jusqu'où ils ont pu pénétrer. Coyote est parti sur leur piste pour essayer d'en savoir plus. Mais, de toute façon, c'est fini.

Au bout du tunnel, les chambres du refuge étaient confinées, avec des parois rudes, des sols et des plafonds constitués de panneaux d'isolation posés directement dans les cavités glaciaires. Toutes avaient été construites à partir d'une pièce centrale qui faisait fonction à la fois de cuisine et de salle à manger. Jackie serra tout le monde dans ses bras, sauf Maya, avant de terminer par Nirgal. Ils restèrent longtemps l'un contre l'autre, et Nirgal la sentit trembler contre lui tout en réalisant qu'il tremblait lui aussi : ils étaient à l'unisson. Le parcours désespéré, silencieux, effrayant qu'ils avaient vécu ensemble renforcerait désormais leurs liens, tout comme cet instant d'amour qu'ils avaient vécu sur le volcan, plus encore peut-être — c'était difficile à dire —, et il était trop las pour déchiffrer quoi que ce soit dans les émotions vagues qui se déversaient en lui. Il se dégagea de Jackie et s'assit, au bord des larmes. Hiroko vint le rejoindre et il écouta calmement le récit détaillé de ce qui s'était passé. L'attaque avait commencé avec plusieurs avions spatiaux qui s'étaient posés en formation serrée sur le plateau à côté du hangar. Les gens du hangar avaient réagi dans la confusion : ils avaient téléphoné pour donner l'alerte, mais ils avaient négligé de déclencher le système de défense de Coyote, comme s'ils l'avaient purement et simplement oublié. Coyote était écœuré, déclara Hiroko, ce que Nirgal pouvait comprendre. « Il faut toujours stopper les attaques des commandos paras dès qu'ils se posent », disait-il.

En fait, la plupart des résidents du hangar s'étaient repliés dans le dôme. Ils s'étaient tous dirigés vers le tunnel de secours et, dès qu'ils avaient passé le point d'explosion, Hiroko leur avait donné l'ordre d'utiliser la défense suisse et de détruire le dôme. Kasei et Dao lui avaient immédiatement obéi et ils avaient fait sauter le dôme avec tous les hommes qui se trouvaient à l'intérieur, les ensevelissant sous des millions de tonnes de glace sèche. Les chiffres des taux de radiation semblaient indiquer que le Rickover n'avait pas fusionné, bien qu'il ait probablement été écrasé avec le reste. Coyote avait disparu dans un tunnel latéral en compagnie de Peter, par une issue d'urgence connue de lui seul, et Hiroko ignorait où ils pouvaient être.

— Mais je crois que ces avions spatiaux ont eu des problèmes, affirma-t-elle à Nirgal.

Gamète avait donc été détruite, et la coquille de Zygote aussi. Dans l'avenir, la calotte polaire finirait par se sublimer sous la nouvelle atmosphère et révélerait leurs débris aplatis, songea Nirgal. Mais, pour l'heure, leur cité était enterrée, perdue.

Et eux, ils étaient là. Ils n'avaient sauvé que quelques IA et les walkers qu'ils portaient. Ils étaient désormais en guerre avec l'Autorité transitoire (probablement), et une partie des forces qui leur avaient donné l'assaut était toujours dans les parages.

— Mais c'était qui ? demanda Nirgal.

Hiroko secoua la tête.

— Nous ne le savons pas. Pour Coyote, c'était l'Autorité transitoire. Mais il existe des tas d'unités dans les forces de sécurité de l'Autorité transitoire, et il faut que nous sachions avec certitude si nous avons affaire à une nouvelle politique de l'Autorité transitoire ou s'il s'agit d'un coup de folie d'une de leurs unités.

— Mais qu'allons-nous faire ? demanda Art.

Personne ne lui répondit immédiatement.

Hiroko se décida enfin.

— Il va falloir que nous demandions l'asile. Et je crois que c'est Dorsa Brevia qui a le plus d'espace disponible.

— Et le congrès ? dit Art.

— Je pense qu'il est plus que jamais nécessaire, fit Hiroko.

Maya plissait le front.

— Il serait dangereux de nous rassembler. Vous en avez parlé à beaucoup de gens.

— Il le fallait, contra Hiroko. C'est justement là notre but. (Elle regarda autour d'elle, et Maya elle-même n'osa pas la contredire.) Maintenant, c'est un risque que nous devons prendre.

SEPTIÈME PARTIE

QUE FAUT-IL FAIRE ?

Les quelques grands immeubles de Sabishii avaient des façades de pierre polie qui avaient été choisies pour leurs tons inhabituels sur Mars : albâtre, jade, malachite, jaspe jaune, turquoise, onyx, lapis-lazuli. Les bâtiments moins hauts étaient en bois. Après des nuits de voyage, c'était un plaisir pour les visiteurs de déambuler au soleil dans les rues, sous les platanes et les érables rouges, de traverser des jardins de pierre pour rejoindre de vastes boulevards herbus, de suivre les canaux bordés de cyprès qui débouchaient parfois sur de grands étangs couverts de nénuphars avec des ponts en arche. Ici, on se trouvait presque sur l'équateur et l'hiver ne signifiait plus rien. Même à l'aphélie, les hibiscus et les rhododendrons fleurissaient, et les pins et les bambous s'inclinaient sous la brise douce.

Les anciens Japonais accueillirent leurs visiteurs comme de vieux et respectables amis. Les issei se vêtaient de combinaisons couleur cuivre, ils allaient pieds nus et se coiffaient en longues queues de cheval. Ils portaient tous des boucles d'oreilles et des colliers. L'un d'eux, chauve, avec une barbe blanche abondante et le visage vidé, les accompagna pour une promenade, afin qu'ils se détendent les jambes après tous les kilomètres de traversée. Il se nommait Kenji, et il avait été le premier Japonais à poser le pied sur Mars, quoique nul ne s'en souvînt.

Ils s'arrêtèrent sur le mur de la ville pour contempler les énormes blocs de rochers sculptés de formes fantastiques, en équilibre sur les crêtes des collines.

— Etes-vous déjà allé dans Medusa Fossae ?

Kenji se contenta de sourire en secouant la tête. Les pierres kami étaient comme autant de ruches, creusées de salles et d'entrepôts, leur expliqua-t-il, et, avec le labyrinthe du mohole, elles pouvaient désormais abriter beaucoup de monde, jusqu'à vingt mille personnes sur une année. Les visiteurs hochèrent la tête. Il leur semblait possible que cela devienne nécessaire.

Kenji les ramena vers la vieille cité, là où des chambres avaient été mises à leur disposition, dans le refuge originel. Les pièces, ici, étaient plus petites et plus rares que dans les complexes d'appartements destinés aux étudiants que l'on trouvait dans le nouveau centre, avec une sorte de patine qui faisait plus penser à des nids qu'à des chambres. Les issei dormaient dans certaines d'entre elles.

En parcourant ces pièces, les visiteurs n'échangèrent pas un seul regard. Le contraste entre leur histoire et celle des Sabishiiens était trop tranché. Ils examinaient le mobilier, tout à la fois troublés, déconcertés, réservés. Après le dîner, quand ils eurent ingurgité pas mal de saké, quelqu'un remarqua :

— Si seulement nous avions fait quelque chose de ce genre.

Nanao jouait de la flûte en bambou.

— Pour nous, c'était plus facile, dit Kenji. Nous sommes tous japonais. Nous avions un modèle.

— Mais ça ne ressemble guère au Japon que j'ai connu.

— Non. Mais ce n'est pas non plus le vrai Japon.

Ils prirent leurs tasses et quelques bouteilles, et escaladèrent les marches qui accédaient à un pavillon, au sommet d'une tour en bois proche de leur résidence. D'en haut, ils avaient vue sur les toits et les cimes des arbres de la ville et sur les gros rochers qui se détachaient sur le seuil du ciel noir. C'était l'heure du crépuscule : une bordure de lavande s'attardait à l'occident, mais le ciel était d'un bleu profond criblé d'étoiles. Une chaîne de lampions brillait au milieu des érables.

— Nous sommes les vrais Japonais. Ce que vous pouvez voir de nos jours à Tokyo appartient aux transnationales. Il y a un autre Japon. Nous ne pourrons jamais le retrouver, bien sûr. De toute façon, c'était une société féodale, avec des caractéristiques que nous ne pourrions pas accepter. Mais ce que nous accomplissons ici a ses racines dans cette culture d'origine. Nous essayons de trouver une nouvelle approche, de redécouvrir l'ancienne culture, ou de la réinventer, pour ce lieu nouveau.

— Kasei Nippon.

— Oui, mais pas seulement pour Mars ! Pour le Japon tout aussi bien. C'est comme si nous créions un modèle pour eux, vous comprenez ? Un exemple de ce qu'ils pourraient devenir.

Et ils continuèrent ainsi en buvant du vin de riz sous les étoiles. Nanao jouait toujours de la flûte et, quelque part dans le fond du parc, sous les lampions de papier, un rire s'éleva. Et les visiteurs, serrés les uns contre les autres, pensaient, rêvaient et buvaient à la nuit. Un moment, ils évoquèrent les refuges et tout ce qu'ils avaient en commun tout en étant différents. Ils étaient saouls.

— Ce congrès, c'est une bonne idée. (Les visiteurs hochèrent la tête, diversement convaincus.) C'est exactement ce dont nous avons besoin. Je veux dire que nous avons toujours été ensemble pour célébrer le festival de John depuis bien des années, n'est-ce pas ? Et c'était une bonne chose. Très agréable. Très importante. Nous en avions besoin, pour notre propre bien. Mais désormais, les choses

changent rapidement. Nous ne pouvons plus prétendre former une cabale. Il faut que nous traitions avec tous.

Ils discutèrent un instant des détails : des participants au congrès, des mesures de sécurité, des solutions aux problèmes posés.

— Qui a attaqué l'œuf... l'œuf ?

— Une équipe de sécurité venue de Burroughs. Subarashii et Armscor ont mis sur pied ce qu'ils appellent une unité d'investigation de sabotage et ils ont eu le feu vert de l'Autorité transitoire pour leur opération. Ils vont frapper à nouveau sur le Sud, ça ne fait aucun doute. Nous avons presque trop attendu.

— Ils ont obtenu l'institution... cette information... *de moi ?*

— Vous devriez cesser de penser que vous êtes à ce point important.

— Ça n'a plus d'importance, désormais. C'est le retour de l'ascenseur qui a déclenché tout ça.

— Et ils en construisent un sur Terre également. Et aussi...

— Nous ferions mieux d'agir.

Et tandis que les bouteilles de saké circulaient et se vidaient, ils cessèrent de penser sérieusement pour bavarder à propos de l'année écoulée, des choses qu'ils avaient observées dans les déserts, de leurs connaissances mutuelles, et ils se racontèrent les dernières histoires drôles. Nanao revint avec un paquet de ballons qu'ils gonflèrent avant de les lancer au-dessus de la ville dans la brise de la nuit pour les voir dériver entre les arbres et les habitats anciens. Ensuite, ils respirèrent quelques bouffées de protoxyde d'azote et rirent tous ensemble. Les étoiles, à présent, étaient comme une épaisse couverture scintillante. Ils échangèrent des récits sur l'espace et la ceinture d'astéroïdes. Ils s'amusèrent à graver le bois avec leurs couteaux de poche sans arriver à rien.

— Ce congrès, dit Kenji, sera un nema-washi. *Il servira à préparer le terrain.*

Ils furent deux à se lever, à se balancer un instant avant de retrouver l'équilibre, pour porter enfin un toast.

— A l'année prochaine, sur Olympus.

— A l'année prochaine, sur Olympus, répondirent les autres avant de boire à leur tour.

On était en Ls 180, l'année 40 de Mars, quand ils commencèrent à affluer vers Dorsa Brevia, venant du sud, en avion, dans de petits véhicules. Au garage, un groupe d'experts de Sabishii, les Arabes des caravanes et les Rouges vérifiaient l'identité des arrivants. D'autres Rouges, ainsi que des Bogdanovistes, avaient pris position dans les bunkers de la dorsa, tout autour, armés en cas de problème. Les experts de Sabishii, néanmoins, considéraient que nul n'avait eu vent de la conférence à Burroughs, Hellas ou Sheffield, et quand ils firent part de leur opinion aux autres, on perçut une certaine détente : à l'évidence, ils avaient réussi à pénétrer au cœur des salles de réunion de l'ATONU et, vraisemblablement, dans l'ensemble du dispositif des transnationales de Mars. Ce qui était un autre avantage du demi-monde : il pouvait jouer sur les deux tableaux.

Lorsque Nadia arriva en compagnie d'Art et de Nirgal, on les accompagna jusqu'à leur logement de Zakros, le segment le plus méridional du tunnel. Nadia déposa son paquetage dans une petite chambre lambrissée avant d'aller errer dans le grand parc, puis d'explorer les autres segments vers le nord, où elle rencontra de vieux amis et des étrangers avec un sentiment d'espoir grandissant. C'était encourageant de voir tous ces gens qui grouillaient entre les pavillons et les parcs de verdure : ils venaient de tellement de groupes différents. En contemplant la foule qui s'agglutinait dans le parc du canal, elle ne parvint pas à retenir un rire joyeux.

Les Suisses de Overhangs arrivèrent la veille de la conférence. Certains prétendaient qu'ils avaient attendu cette date précise dans leurs patrouilleurs. Ils apportaient avec eux tout un ensemble de procédures et de protocoles pour le meeting. Tandis que Nadia et Art écoutaient une Suissesse leur exposer leurs plans, Art ne put s'empêcher de donner un coup de coude discret à Nadia en chuchotant :

— Nous avons créé un monstre [1].

— Non, non, fit Nadia.

Elle se sentait rassérénée rien qu'en posant le regard sur le grand parc central du tiers sud du segment que l'on appelait Lato. Le long châssis dans la voûte noire du tunnel laissait filtrer la lumière du matin dans la gigantesque salle cylindrique. C'était exactement l'averse de photons dont elle avait rêvé durant tout l'hiver. La clarté brune inondait les bambous, les pins et les cyprès qui se dressaient au-dessus des toits de tuile et frémissaient en ondes vertes.

— Nous avons besoin d'une structure, sinon ce sera la mêlée générale. Les Suisses, c'est la forme sans le fond, si vous voyez ce que je veux dire.

Il acquiesça. Il allait très vite pour elle, et elle avait même quelquefois du mal à le comprendre, parce qu'il était capable de franchir cinq ou six enjambées d'un bond en croyant qu'elle le suivait.

— Essayez de les envoyer boire du kava avec les anarchistes, marmonna-t-il avant de contourner les groupes serrés.

Et ce même soir, alors qu'elle traversait Gournia en compagnie de

1. Allusion au baron Frankenstein. (*N.d.T.*)

Maya en direction des cuisines en plein air du bord du canal, Nadia aperçut Art qui s'y employait : il traînait Mikhail et certains des Bogdanovistes durs vers une table de Suisses où Jurgen, Max, Sibilla et Priska bavardaient chaleureusement avec ceux qui les entouraient, passant d'une langue à l'autre comme des IA de traduction, mais sans jamais perdre leur accent helvète guttural.

— Art est un optimiste, remarqua Nadia.

— Art est un idiot, rétorqua Maya.

Cinq cents visiteurs étaient maintenant rassemblés dans l'immense refuge. Ils représentaient à peu près cinquante groupes différents. Le congrès devait débuter le lendemain matin et, pour cette dernière soirée, le ton des conversations avait monté, de Zakros à Falasarna. Le laps de temps martien fut un concert de chants et de cris, de youyous arabes et de yodels tyroliens, *Waltzing Matilda* répondant à *La Marseillaise*.

Nadia se leva très tôt. Elle découvrit qu'Art était déjà à l'œuvre dans le pavillon du parc de Zakros, disposant les sièges en rangées circulaires, dans le style bogdanoviste. Elle sentit un élancement de chagrin et de regret, comme si elle avait soudain le fantôme d'Arkady devant elle. Il aurait tellement aimé ce meeting. C'était ce qu'il avait si souvent appelé de tous ses vœux. Elle s'approcha d'Art.

— Vous êtes plutôt matinal.

— Je me suis réveillé et je n'ai pas réussi à me rendormir. (Il avait besoin de se raser.) Je suis nerveux !

Ça la fit rire.

— Art, ça va prendre des semaines, vous le savez bien.

— Oui, mais ce sont les préliminaires qui comptent.

Vers dix heures, tous les sièges étaient occupés et le pavillon, envahi par les observateurs, affichait complet. Nadia s'était installée derrière le coin des représentants de Zygote et observait l'assemblée avec curiosité. Les hommes, apparemment, étaient un peu plus nombreux que les femmes, et les indigènes plus présents que les immigrants. Pour la plupart, ils portaient des combinaisons — celles des Rouges se distinguaient par leur couleur rouille —, mais on découvrait toute une variété de tenues de cérémonie : des robes, des ensembles, des pantalons, des chemises brodées, des poitrines dénudées, des colliers, des boucles d'oreilles et autres bijoux. Pour les Bogdanovistes, la pierre de ralliement était la phobosite, noire marquée de touches d'opaline, taillée et polie.

Les Suisses se tenaient au centre de la salle, en costumes stricts et gris de banquiers. Sibilla et Priska étaient vêtues de vert sombre. Sibilla se leva pour proclamer le début du congrès, et les représentants suisses lui succédèrent pour exposer par le menu le programme qu'ils avaient mis au point, s'interrompant parfois pour répondre aux questions de l'assemblée et appelant d'éventuels commentaires à chaque changement d'orateur. Un groupe de soufis en chemises et pantalons blancs se frayaient un chemin à l'extérieur du périmètre, en distribuant des carafes d'eau et des tasses en bambou avec leurs habituels gestes gracieux de danseurs. Quand toutes les tasses furent distribuées, les délégués de chacun des groupes servirent l'eau à leurs voisins de gauche, puis tous burent ensemble. Dans la foule des spectateurs, les Vanuatuans servaient de même des tasses de café, de thé ou de kava, et Art aidait au service. Nadia sourit en le voyant circuler d'une table à l'autre comme un soufi, lentement, souplement, effleurant parfois des lèvres les tasses de kava qu'il distribuait.

Le programme suisse devait débuter par des ateliers sur les sujets et problèmes spécifiques du congrès, dans dix salles différentes de Zakros, Gournia, Lato et Malia. Tous seraient enregistrés. Les conclusions, les questions et les recommandations de ces ateliers serviraient de base pour un débat d'une journée complète durant l'un des deux meetings généraux annoncés. L'un se concentrerait plus ou moins sur les problèmes que posait l'accès à l'indépendance, l'autre sur ce qui suivrait — les moyens et les objectifs, ainsi que le définit Art en passant près de Nadia.

Lorsque les Suisses eurent achevé la description de leur programme, ils étaient tous prêts à commencer. Nul n'avait envisagé un cérémonial d'ouverture. Werner, qui avait été le dernier à prendre la parole, avait simplement rappelé au public que les premiers ateliers commenceraient dans l'heure suivante.

Mais, avant que la foule ne se disperse, Hiroko se dressa à l'arrière du groupe de Zygote et se dirigea lentement vers le centre du cercle. Elle portait une combinaison vert bambou, pas le moindre bijou — elle était grande et maigre, les cheveux blancs, peu séduisante — et pourtant tous les regards convergèrent sur elle. Et quand elle leva les mains, tous ceux qui étaient assis se levèrent. Dans le silence qui suivit, Nadia, la gorge serrée, retint son souffle. Nous devrions tout arrêter maintenant, songea-t-elle. Pas de conférence — parce que c'est ici que ça se passe, nous sommes tous ensemble pour vénérer cette seule et unique personne.

— Nous sommes les enfants de la Terre, commença Hiroko d'une voix forte. Et pourtant, nous voilà réunis dans un tunnel de lave, sur la planète Mars. Nous ne devons pas oublier l'étrangeté de ce destin. La vie, où qu'elle soit, est une énigme et un miracle précieux, mais ici, nous découvrons encore mieux son pouvoir sacré. Souvenons-nous de cela, et faisons de notre tâche un sacerdoce.

Elle ouvrit les mains, et ses proches la rejoignirent en chantonnant au centre du cercle. D'autres suivirent, jusqu'à ce que l'espace autour des Suisses soit empli d'une horde dense d'amis, de connaissances et d'étrangers.

Les ateliers se tenaient sous des belvédères disséminés dans les parcs, ou dans des salles triangulaires des bâtiments publics de la périphérie. Les Suisses avaient désigné des groupes réduits pour diriger ces ateliers, et le public avait libre choix, ce qui faisait que certaines réunions comptaient cinq auditeurs, et d'autres cinquante.

Nadia passa la première journée à errer d'un atelier à l'autre, dans les quatre segments les plus méridionaux du tunnel. Elle constata que certains faisaient comme elle, Art, par exemple, qui se montrait dans chaque atelier tour à tour et n'écoutait guère qu'une ou deux phrases avant de repartir.

Elle se retrouva dans un atelier où l'on débattait des événements de 2061. C'est sans surprise, mais avec un certain intérêt, qu'elle retrouva là Maya, Ann, Sax, Spencer, Coyote, et même Jackie Boone et Nirgal, ainsi que pas mal d'autres. La salle était comble. Les choses essentielles en premier, se dit-elle, et il y avait tant de questions qui harcelaient les gens à propos de 61 : que s'était-il passé exactement ? Qu'est-ce qui avait mal tourné, et pourquoi ?

Après dix minutes, Nadia sentit son enthousiasme fléchir. Les gens ne discutaient pas seulement de 2061, mais de la révolution en général, et de l'usage de la violence dans l'Histoire. Plus encore, parmi ceux qui évoquaient 61, on entendait des récriminations, des reproches amers. Et, sous le reflux des souvenirs, Nadia sentit une crampe douloureuse dans son ventre, comme jamais depuis l'échec de la révolte.

Elle regarda autour d'elle en essayant de se concentrer sur les visages, d'évacuer les fantômes qui l'envahissaient. Sax, assis à côté de Spencer, épiait tout comme un oiseau. Il acquiesça quand Spencer soutint que 2061 leur avait appris qu'ils avaient absolument besoin d'une estimation complète des forces militaires présentes dans le système martien.

— C'est une *condition préalable et nécessaire* à la réussite de toute action, acheva-t-il.

Mais cette simple assertion de bon sens fut huée par quelqu'un qui semblait considérer que c'était là une fuite devant l'action directe — l'un des premiers sur Mars, apparemment, qui s'empressa de défendre l'écosabotage de masse et l'assaut armé généralisé des villes.

Nadia se souvint aussitôt d'une discussion avec Arkady sur ce sujet, et soudain elle ne put supporter ce qu'elle entendait et s'avança.

Après un instant, le silence revint.

— Je suis fatiguée d'entendre discuter de ce sujet en termes purement militaires, commença-t-elle. Il faut repenser tout le modèle de la révolution. Arkady n'a pas réussi à le faire en 61, et c'est bien pour ça que 61 a été un pareil fiasco sanglant. Ecoutez-moi : une révolution armée ne pourrait jamais triompher sur Mars. Les systèmes vitaux sont trop vulnérables.

— Mais, coassa Sax, si la surface est habitable — si elle est *viable* — et les systèmes vitaux ne sont pas autant...

Nadia secoua la tête.

— La surface n'est pas viable, et elle ne le sera pas avant de longues années. Et même alors, il faudra repenser la révolution. Réfléchissez : même quand les révolutions ont réussi, elles ont causé tant de destruction et de haine qu'il se produit toujours un horrible choc en retour. C'est inhérent à la méthode. Si vous optez pour la violence, vous vous créez des ennemis, des ennemis qui vous résisteront éternellement. Et ce sont des hommes sans morale qui deviendront vos leaders révolutionnaires. Donc, une fois la guerre finie, ils seront au pouvoir, et probablement aussi néfastes que ceux qu'ils ont remplacés.

— Pas pour... En *Amérique* ! proféra Sax, louchant dans son effort pour trouver les mots.

— Je ne sais pas. Mais, en général, c'est ce qui s'est passé. De la violence naît la haine, et avec un choc en retour inévitable.

— Oui, intervint Nirgal, avec un regard intense qui ne différait guère de la grimace de Sax. Mais si certains attaquent les refuges et les détruisent, nous n'avons guère le choix.

— La question est de savoir qui envoie ces forces. Et qui sont ceux qui les composent. Je doute qu'ils nous en veuillent personnellement. A ce stade, ils pourraient aussi bien être avec nous que contre nous. Nous devrions nous préoccuper uniquement de leurs commandants et de ceux qui financent les opérations.

— Dé-ca-pi-ta-tion ! déclama Sax.

— Je n'aime pas ce mot. Il nous faut un terme différent.

— Une retraite obligatoire ? suggéra Maya d'un ton acide.

Dans les rires du public, Nadia lança un regard mauvais à sa vieille amie.

— Un chômage forcé, lança soudain Art, qui venait d'apparaître dans le fond de la salle.

— Un coup d'Etat, vous voulez dire ? fit Maya. Ce qui consisterait non pas à combattre la population de la surface mais uniquement les leaders et leurs forces de protection...

— Et peut-être leurs armées, ajouta Nirgal. Rien n'indique qu'elles aient été rappelées, ni même qu'elles soient apathiques.

— Non. Mais est-ce qu'elles se battraient sans un ordre de leurs chefs ?

— Certaines unités en seraient capables. C'est leur boulot, après tout.

— Oui, d'accord, mais elles n'ont pas d'objectif réel, dit Nadia tout en réfléchissant à toute allure. Sans qu'aucune question de nationalisme, d'ethnie ou autre soit en jeu, je ne pense pas que ces gens puissent se battre jusqu'à la mort. Ils savent qu'ils ont été appelés ici pour protéger les puissants. Il est possible qu'un certain système égalitaire se fasse jour et qu'un conflit de loyautés se manifeste.

— Les bénéfices de la retraite ! s'exclama Maya d'un ton moqueur, saluée une fois encore par les rires.

Mais Art contre-attaqua aussitôt :

— Pourquoi poser la question dans ces termes ? Si vous ne souhaitez pas concevoir la révolution comme une guerre, vous allez avoir besoin de quelque chose d'autre pour la remplacer, alors pourquoi pas l'économie ? Disons que c'est un changement dans la pratique. C'est ce que font les gens de Praxis quand ils parlent de capital humain, ou de bio-infrastructure — car ils modèlent tout en termes économiques. D'une certaine façon, c'est grotesque, mais c'est très parlant pour ceux qui considèrent l'économie comme le plus important des paradigmes. Y compris les transnationales.

— Si je comprends bien, fit Nirgal avec un rictus, nous mettons les leaders au chômage et nous accordons une augmentation aux forces de police assortie de recyclage.

— Oui, quelque chose de ce genre.

Sax secouait la tête.

— Pas les atteindre. Besoin de la force.

— Il va falloir changer les choses si nous voulons éviter un autre 61, insista Nadia. Nous devons repenser tout ça. Il existe peut-être des modèles historiques, mais pas ceux que vous avez mentionnés en tout cas. Je penserais plutôt aux révolutions de velours qui ont mis fin à l'ère soviétique, par exemple...

— Mais elles impliquaient des populations mécontentes, lança Coyote. Et elles se sont produites dans un système qui s'effondrait. Nous ne rassemblons pas les mêmes conditions. Les gens s'en sortent plutôt bien. Ils ont le sentiment d'avoir de la chance d'être ici.

— Mais Terre... des ennuis, remarqua Sax. S'effondre.

— Hum, grommela Coyote.

Il s'assit près de Sax pour poursuivre la discussion. Il était toujours frustrant de parler avec Sax, mais, grâce au travail de Michel, c'était possible. Et Nadia était toujours heureuse quand on venait bavarder avec Sax.

Autour d'eux, les débats se multipliaient. Les gens s'affrontaient à propos des théories révolutionnaires, et quand ils tentaient de revenir aux événements de 61, ils se retrouvaient confrontés à d'anciennes rancunes et au manque absolu de compréhension de ce qui s'était passé dans ces mois de cauchemar. Cela devint plus particulièrement évident quand Mikhail et certains ex-détenus de la prison de Korolyov se disputèrent pour savoir qui avait assassiné les gardiens.

Sax se dressa et agita son IA au-dessus de sa tête.

— D'abord, besoin de *faits* ! Ensuite, la dialyse... *l'analyse* !

— Bonne idée, fit Art, instantanément. Si le groupe ici présent peut rédiger une histoire de la guerre afin de la diffuser dans tout le congrès, ce serait très utile. On peut garder la discussion sur la méthodologie révolutionnaire pour les réunions générales, non ?...

Sax acquiesça avant de se rasseoir. Certains quittèrent la salle, mais le public, dans l'ensemble, se calma et se rassembla autour de Sax et de Spencer. Pour la plupart, remarqua Nadia, il s'agissait de vétérans de la guerre, mais elle vit aussi dans leurs rangs Jackie, Nirgal et quelques indigènes. Nadia avait vu une partie du travail que Sax avait fait à propos de 61 à Burroughs, et elle espérait qu'avec le témoignage de certains vétérans, ils pourraient parvenir à une compréhension générale du conflit et de ses causes fondamentales — alors que près d'un demi-siècle s'était écoulé depuis, mais, ainsi que le lui fit remarquer Art quand elle lui en parla plus tard, ce n'était pas atypique. Il avait posé la main sur son épaule, il ne pensait plus apparemment à ce qu'il avait observé durant la matinée, durant cette première révélation de la nature indocile de l'underground.

— Ils ne sont guère d'accord sur quoi que ce soit, admit-il. Mais ça commence toujours ainsi.

Tard le lendemain, Nadia s'arrêta dans l'atelier où l'on débattait du terraforming. Elle se dit que c'était sans doute la question qui les divisait le plus, et la participation du public le reflétait parfaitement. La salle du parc de Lato était bondée et, avant le commencement de la réunion, le président de l'assemblée invita la foule à s'installer sur les pelouses du parc, au-dessus du canal.

Les Rouges de l'assistance insistaient sur le fait que le terraforming était une obstruction totale à leurs espérances. Si la surface de Mars devenait viable pour les humains, selon eux, elle représenterait une nouvelle Terre à investir. Si l'on tenait compte de l'ascenseur en construction sur Terre, les puits gravifiques seraient supprimés, une émigration de masse s'ensuivrait, et toute possibilité d'indépendance de Mars disparaîtrait du même coup.

Les gens en faveur du terraforming, les verts, qui ne formaient pas encore un véritable parti, avançaient comme argument principal qu'avec une surface viable il serait possible de vivre n'importe où, et qu'à partir de là l'underground existerait en surface, qu'il serait infiniment moins vulnérable aux attaques et moins facilement contrôlable, donc dans une meilleure position pour prendre le pouvoir.

On débattit des deux points de vue dans toutes les variations et combinaisons possibles. Ann Clayborne et Sax Russell étaient là, au centre de l'assemblée, et ils multipliaient les interventions à tel point que le public finit par se taire, dominé par l'autorité de ces deux anciens antagonistes, se contentant de les suivre dans leur affrontement.

Nadia observait cette lente collision sans joie, inquiète pour ses deux amis. Elle n'était pas la seule à être troublée. La plupart de ceux qui se trouvaient là avaient vu la vidéo d'Ann et de Sax enregistrée à Underhill, et leur histoire était bien connue — l'un des grands mythes des Cent Premiers, un mythe qui remontait à une époque où les choses étaient plus simples, où des personnalités distinctes pouvaient trouver des solutions nettes. Aujourd'hui, rien n'était simple. Autour de ces deux vieux adversaires qui se faisaient face à nouveau, une sorte d'électricité bizarre s'était formée dans l'air, un mélange de nostalgie, de tension et de *déjà vu* collectif. Et aussi un désir (mais Nadia se dit que ce n'était qu'une illusion qu'elle nourrissait) de voir ces deux-là se réconcilier enfin, pour leur propre bien et celui de tous.

Mais Ann et Sax, pour le moment, étaient là, au centre des regards. Ann avait déjà perdu cette joute, et son attitude s'en ressentait : elle était discrète, détachée, presque indifférente ; l'impétueuse Ann Clayborne des célèbres vidéos n'existait plus.

— Quand la surface sera viable, disait-elle (*quand*, remarqua Nadia, et non pas *si jamais*), ils afflueront par milliards. Aussi longtemps que nous vivrons dans des refuges et des abris, la population se comptera en millions de personnes. Et c'est exactement le niveau nécessaire si nous souhaitons réussir une révolution. (Elle haussa les épaules.) Vous pourriez le faire dès aujourd'hui si vous le vouliez. Nos refuges sont cachés, et les leurs ne le sont pas. Si vous vous en emparez, ils ne pourront riposter contre personne — ils mourront, et vous prendrez le pouvoir. Le terraforming nous fera perdre cet avantage.

— Je ne veux pas être mêlée à ça ! riposta aussitôt Nadia, incapable de se contenir. Vous savez comment c'était dans les cités en 61.

Hiroko se trouvait tout au fond. Jusqu'alors, elle avait observé et écouté en silence. Elle prit la parole pour la première fois.

— Nous ne voulons pas d'une nation fondée sur le génocide.

Ann haussa les épaules.

— Tu veux une révolution sans effusion de sang, mais ce n'est pas possible.

— Mais si. Une révolution de soie. Une révolution d'aérogel. Une part intégrante de l'aréophanie. Voilà ce que je veux.

— OK. (Personne ne pouvait venir à bout d'Hiroko dans une discussion.) Mais même dans ce cas, ce serait plus facile si la surface n'était pas viable. Ce coup dont tu parles — je veux dire, réfléchis. Si tu t'empares des centrales énergétiques des principales villes et que tu dis « C'est nous qui contrôlons tout maintenant », alors la population devra bien être d'accord par nécessité. Mais, par contre, avec des milliards de gens vivant sur une surface devenue viable, si tu en mets certains au chômage et que tu déclares que c'est toi qui diriges, ils risquent de te répondre : « Vous dirigez quoi ? » Et ils t'ignoreront.

— Ceci, avança Sax, suggère... une prise de pouvoir... pendant que la surface est non viable. Ensuite, on poursuit le processus... comme une chose indépendante.

— Ils vous voudront, dit Ann. Quand la surface s'ouvrira à eux, ils viendront vous chercher.

— Pas s'ils s'effondrent.

— Les transnationales ont le contrôle absolu, répliqua Ann. N'en doute pas un instant.

Sax observait Ann d'un regard intense, et au lieu de réfuter ses arguments, ainsi qu'il l'avait toujours fait lors de leurs anciens débats, il semblait au contraire se concentrer sur ce qu'elle disait, réfléchissant sur ses moindres propos avant de répondre avec des hésitations qui ne s'expliquaient pas seulement par ses problèmes d'élocution. Avec son visage différent, il semblait à Nadia que quelqu'un d'autre était en train de débattre devant elle. Ce n'était pas Sax mais une sorte de frère, un professeur de danse ou un ex-boxeur qui avait des troubles d'élocution et le nez cassé, qui faisait des efforts patients pour trouver les mots adéquats et n'y parvenait pas toujours.

Mais l'effet était pourtant le même.

— Le... terraforming est... irréversible, coassa-t-il. Tactiquement difficile... *techniquement* difficile... à démarrer... à *arrêter.* Egal à l'effort que l'on fait... ou que l'on ne fait pas... Et l'environnement peut être... une arme pour notre cas... notre *cause.* A tous les niveaux.

— Comment ? demandèrent plusieurs personnes dans le public, mais Sax ne se fit pas plus précis : il se concentrait toujours sur Ann, qui le dévisageait avec une expression curieuse, comme si elle était exaspérée.

— Si nous sommes en route pour la viabilité de la surface, lui dit-elle, alors Mars représente une valeur incroyable pour les transnationales. Et peut-être même leur salut, si les choses tournent mal là-bas. Ils pourront toujours débarquer ici, ils seront les propriétaires d'un nouveau monde, et au diable la Terre ! Et si tel est le cas, nous n'aurons pas la moindre chance de nous en tirer. Tu as vu ce qui s'est passé en 61. Ils disposent de moyens militaires gigantesques et c'est comme ça qu'ils maintiendront leur pouvoir ici.

Elle haussa les épaules. Sax cilla en réfléchissant et alla même jusqu'à hocher la tête. En les observant, Nadia sentit son cœur se serrer : ils manquaient tellement de passion qu'ils semblaient avoir perdu tout intérêt. Ann, pareille à l'un de ces terrassiers basanés que l'on voyait sur les anciens daguerréotypes et Sax, avec son nouveau charme incongru, semblaient avoir à peine soixante-dix ans. Et Nadia avait du mal à admettre qu'ils avaient dépassé les cent vingt ans, qu'ils étaient d'un âge quasi inhumain... Et ils étaient si différents, en quelque sorte : abîmés, surchargés d'expérience, érodés, esquintés — en tout cas, trop dépassionnés pour s'affronter avec des mots. Et ils finirent par rester silencieux, s'observant les yeux dans les yeux, bloqués dans une dialectique presque vidée de son contenu de colère.

Mais les autres firent plus que compenser leur silence contemplatif : les plus jeunes étaient soudain déchaînés. Les Rouges considéraient le terraforming comme faisant partie d'un processus impérialiste. Comparée à eux, Ann était une modérée. Ils s'en prenaient même à Hiroko dans leur fureur.

— Ne parlez pas d'*aréoforming* ! cria une femme, mais de *terraforming*. C'est ça que vous faites : du *terraforming* ! Si vous dites aréoforming, c'est un ignoble mensonge !

Déconcertée, Hiroko observa la grande jeune femme blonde qui l'invectivait, une Walkyrie qui tempêtait.

Ce fut Jackie qui répondit.

— Nous terraformons cette planète, mais elle nous aréoforme.

— Ça aussi, c'est un mensonge !

Ann regarda Jackie d'un air sombre.

— Ton grand-père m'a dit la même chose, il y a bien longtemps. Comme tu dois le savoir. Mais j'attends toujours de savoir ce qu'*aréoforming* est censé signifier.

— C'est arrivé à tous ceux qui sont nés ici, dit Jackie, sûre d'elle.

— Comment ça ?... Tu es née sur Mars — en quoi es-tu différente ?

Jackie s'enflamma.

— Je suis comme tous les indigènes. Mars est le seul monde que je connaisse, et tout ce qui compte pour moi. J'ai été élevée dans une société faite des souches de nombreux prédécesseurs terriens fondues en une seule et unique souche martienne.

Ann haussa les épaules.

— Je ne vois pas en quoi tu es différente. Tu me rappelles Maya.

— Va te faire voir !

— Comme dirait Maya. C'est ça, ton aréoforming. Nous sommes humains, et humains nous restons, quoi qu'ait pu dire John Boone. Il a dit tellement de choses, et aucune ne s'est jamais révélée vraie.

— Pas encore. Mais le processus est lent quand il dépend de gens qui n'ont pas eu une seule idée nouvelle en un demi-siècle. (Certains, parmi les plus jeunes, s'esclaffèrent.) Et qui ont pour habitude de mêler des insultes personnelles gratuites à un débat politique.

Elle regardait Ann, calme et sereine apparemment, si l'on oubliait l'éclat de son regard, qui rappela à Nadia, une fois encore, quel était son pouvoir réel. Presque tous les indigènes présents ici étaient derrière elle, ça ne faisait pas de doute.

Hiroko s'adressa à Ann.

— Mais si nous n'avons pas changé, comment expliques-tu les Rouges ? Et l'aréophanie ?

— Il existe des exceptions.

Hiroko secoua la tête.

— Nous portons en nous l'esprit de ce lieu. Il a des effets profonds sur la psyché humaine. Tu es une Rouge et tu étudies le paysage. Tu ne peux pas réfuter cette vérité.

— C'est une vérité pour certains, mais pas pour tous. Nombreux sont ceux qui ne sentent pas cet esprit du lieu. Les villes se ressemblent — en fait, elles sont interchangeables dans leurs grands traits. Quand les gens débarquent dans une cité sur Mars, quelle est la différence pour eux ? Aucune. Et alors ça ne les dérange pas de détruire les territoires qui s'étendent autour de la cité comme ils l'ont fait sur Terre.

— On peut leur apprendre à penser différemment.

— Non, je ne le crois pas. Vous les avez pris trop tard. Au mieux, vous pourriez leur ordonner d'agir différemment. C'est bien ce que l'on espère de votre révolution. Mais ça n'est pas être aréoformé par cette planète. Ce sera de l'endoctrinement, des camps de rééducation, n'importe quoi... De l'aréophanie fasciste.

— Non, ce sera de la persuasion. Un plaidoyer pour une cause, une argumentation par l'exemple. Toute coercition sera inutile.

— La révolution par l'aérogel, fit Ann, sarcastique. Mais l'aérogel n'est pas très efficace contre les missiles.

Plusieurs intervenants parlèrent en même temps et, un instant, le fil de la discussion fut perdu. Elle se fractionna en une centaine de mini-débats : tous voulaient dire ce qu'ils avaient tu pendant longtemps. Il était évident qu'ils pouvaient continuer ainsi des heures durant, et même pendant des jours.

Ann et Sax se rassirent. Nadia se fraya un chemin dans la foule en secouant la tête. Dans les derniers rangs, elle tomba sur Art, qui lui dit sobrement :

— Incroyable.

— Mais si, il faut le croire.

Les jours qui suivirent ressemblèrent aux premiers. Les ateliers, bons ou mauvais, s'achevaient à l'heure du dîner, que suivaient de longues soirées de discussion ou de fête. Nadia remarqua que si les vieux immigrants avaient tendance à reprendre le travail après le dîner, les jeunes indigènes considéraient les conférences comme une activité ne devant pas dépasser la journée. Les soirées devaient être consacrées aux réjouissances, et cela se passait le plus souvent autour du grand bassin tiède de Phaistos. Une fois encore, c'était une simple question de tendances, avec diverses exceptions dans l'un et l'autre camp, mais Nadia trouvait cela très intéressant.

Elle-même passait le plus clair de ses soirées dans les patios de Zakros. Elle prenait des notes sur les rencontres de la journée, bavardait çà et là, et réfléchissait. Nirgal se joignait très souvent à elle, ainsi qu'Art, quand il ne vidait pas des tasses de kava avec les adversaires de la journée ou n'allait pas faire la fête à Phaistos.

Durant la deuxième semaine, elle prit l'habitude de faire une petite promenade dans la soirée. Elle allait jusqu'au bout du tube, parfois jusqu'à Falasarna, avant de rejoindre Nirgal et Art pour le dernier échange de la journée, dans un patio situé sur un nœud de lave dans

Lato. Durant leur long voyage depuis Kasei Vallis, les deux hommes étaient devenus des amis, et sous la pression du congrès, ils se comportaient désormais comme deux frères, parlant de tout, comparant leurs impressions, testant leurs théories et préparant des plans avant de les soumettre à Nadia. Elle était proche d'eux — elle était peut-être la grande sœur, ou la baboushka — et un soir, alors qu'il se dirigeait en vacillant vers son lit, Art parla de « triumvirat ». Nadia, pour lui, était sans doute Pompée. Mais elle faisait de son mieux pour les influencer avec ses propres analyses, qui portaient sur la perspective la plus vaste.

Elle leur expliqua que de nombreux désaccords s'étaient fait jour parmi les groupes, et que certains étaient fondamentaux. Il y avait les partisans et les adversaires du terraforming. Il y avait les partisans et les adversaires de la violence révolutionnaire. Il y avait ceux qui avaient choisi l'underground pour maintenir leurs cultures menacées, et ceux qui avaient disparu afin de créer des structures sociales radicalement nouvelles. Il semblait de plus en plus évident aux yeux de Nadia qu'il existait également des différences marquées entre ceux qui avaient émigré de la Terre et ceux qui étaient nés sur Mars.

Il y avait donc toutes sortes de conflits, et aucune perspective d'accord évidente. Un soir, Michel Duval vint boire un verre en leur compagnie et Nadia lui décrivit le problème. Il sortit alors son IA et entreprit de tracer des diagrammes selon ce qu'il appelait « le carré sémiotique ». A partir de son schéma, ils dessinèrent une centaine de croquis différents sur les diverses dichotomies, en essayant de trouver un plan qui pourrait les aider à comprendre les oppositions et les alignements qui pouvaient exister entre elles. Ils obtinrent quelques diagrammes intéressants, mais aucune révélation aveuglante — quoiqu'un carré sémiotique complexe leur parût plus suggestif que les autres, selon Michel : violence et non-violence, terraforming et anti-terraforming composaient les quatre angles initiaux et, dans la seconde combinaison autour de ce premier carré, il localisa les Bogdanovistes, les Rouges, l'aréophanie d'Hiroko et les Musulmans avec divers autres groupes de culture conservatrice. Mais ce que cette *combinatoire* révélait en termes d'action n'était pas clair, et quand Michel s'éloigna, plongé dans ses réflexions, Nadia, Nirgal et Art haussèrent les épaules avant de revenir aux ateliers du lendemain et aux déclarations qu'ils devraient y faire.

Nadia se mit à fréquenter les réunions quotidiennes où l'on débattait d'un possible gouvernement martien. Elles étaient aussi désorganisées que les meetings sur les méthodes révolutionnaires, mais moins marquées par l'émotion et souvent plus positives. Elles avaient lieu dans un petit amphithéâtre que les Minoens avaient creusé dans un tunnel de Malia. Depuis les gradins, on pouvait découvrir les bambous, les grands pins et les toits de terre cuite du tunnel, de Zakros à Falasarna.

Le public était différent de celui des débats révolutionnaires, mais bien sûr il y avait des échanges. Il arrivait qu'un rapport émanant d'un petit atelier appelle à la discussion, et dans ce cas une large part de ceux qui y avaient participé rejoignaient les réunions les plus importantes pour avoir l'écho des effets de ce rapport. Les Suisses avaient mis sur pied des ateliers pour tous les aspects de la politique, de l'économie et de la culture en général, et les discussions touchaient un public très large.

Vlad et Marina, par exemple, envoyaient des rapports fréquents de leur atelier sur la finance, chacun plus précis que le précédent, augmentant encore leur concept évolutif de l'éco-économie.

— C'est très intéressant, dit Nadia à Nirgal et Art, ce soir-là, quand ils se retrouvèrent dans le patio. Des tas de gens critiquent le système original de Vlad et Marina, y compris les Suisses et les Bolonais, et ils en arrivent à la conclusion que le système de cadeaux que nous avons utilisé initialement dans l'underground n'est pas suffisant en lui-même, parce que son équilibre est trop difficile à gérer. Des problèmes de pénurie et d'accumulation se posent, et dès que l'on commence à définir des normes, ça revient à contraindre les gens à faire des cadeaux, ce qui est une contradiction. Coyote l'a toujours dit, et c'est pour cette raison qu'il a bâti son réseau de troc. Ils travaillent donc sur l'élaboration d'un système plus rationalisé, dans lequel les produits de base seraient distribués selon une économie de peroxyde d'hydrogène, dans laquelle le prix des choses serait calculé selon leur valeur en calories. Pour le reste, l'économie de cadeau entre en jeu selon l'étalon azote. Nous avons donc deux niveaux, le besoin et le cadeau, ou ce que les soufis nomment l'animal et l'humain, exprimés selon des normes différentes.

— Le vert et le blanc, marmonna Nirgal.

— Et ce système de dualité plaît aux soufis ? s'inquiéta Art.

Nadia acquiesça.

— Aujourd'hui, après que Marina a décrit les relations entre les deux niveaux, Dhu el-Nun lui a dit : « Même les Mevlana n'auraient pas aussi bien résumé tout cela. »

— C'est un bon signe, approuva Art d'un ton enjoué.

Nadia visita d'autres ateliers, moins spécifiques et donc moins fructueux en débats. L'un d'eux, qui portait sur une possible charte des droits, se révéla bizarrement désagréable. Elle comprit très vite que le sujet avait des rapports profonds avec des préoccupations culturelles. Il était évident que certains des participants pensaient tenir là une chance de favoriser leur culture aux dépens des autres.

— Je le répète depuis Boone ! s'exclama Zeyk d'un ton sec. Toute tentative de nous imposer une échelle de valeurs équivaudrait à de l'ataturkisme. Chacun doit rester libre de suivre son chemin.

— Mais ça ne peut être vrai que jusqu'à un certain degré, protesta Ariadne. Que direz-vous si l'un des groupes ici présents revendique le droit de posséder des esclaves ?

Zeyk haussa les épaules.

— Là, on dépasserait les bornes.

— Vous êtes donc d'accord pour définir une sorte de charte des droits humains ?

— C'est évident, répliqua-t-il, glacial.

Mikhail prit la parole au nom des Bogdanovistes :

— Toute hiérarchie sociale est en soi une sorte d'esclavage. Chacun devrait être égal devant la loi.

— La hiérarchie est un fait naturel, dit Zeyk. Rien ne peut s'y opposer.

— Voilà qui est parler comme un bon Arabe, dit Ariadne. Mais ici, nous ne sommes pas naturels, nous sommes des Martiens. Et quand la hiérarchie conduit à l'oppression, il faut l'abolir.

— La hiérarchie des justes.

— Ou la primauté de l'égalité et de la liberté.

— Imposée si nécessaire.

— Oui !

— Une liberté imposée, fit Zeyk, d'un air écœuré, en agitant la main.

Art poussa un chariot de bouteilles.

— Nous devrions peut-être nous concentrer sur des droits réels, proposa-t-il. Revenir sur les déclarations des droits de l'homme sur Terre pour voir si elles pourraient s'adapter à notre condition.

Nadia partit jeter un coup d'œil sur quelques autres meetings. L'usage des terres, la loi sur la propriété, sur le crime, l'héritage... Les Suisses avaient fractionné la question du gouvernement en un nombre stupéfiant de sous-catégories. Ce qui irritait les anarchistes, et plus particulièrement Mikhail.

— Est-ce que nous devons *vraiment* nous occuper de tout cela ? ne cessait-il de répéter. Nous devrions considérer les choses dans leur ensemble !

Nadia s'était attendue à retrouver Coyote parmi les protestataires, mais il déclara :

— Il faut discuter point par point ! Même si tu ne veux pas d'Etat il faut quand même le définir dans le détail. Surtout quand on considère que le minimum que les plus minimalistes réclament laisse très exactement en place le système économique et policier qui leur a conféré leurs privilèges. Pour toi, ce sont des libertaires : des anarchistes qui veulent de leurs esclaves une protection policière ! Non ! Non, même si on veut un Etat minimum, il faut en débattre depuis la base.

— Mais, et la *loi d'héritage* ? insista Mikhail.

— Bien sûr, pourquoi pas ? C'est un sujet sensible ! Je dis qu'il ne devrait pas y avoir d'héritage du tout, si l'on excepte quelques biens personnels, peut-être. Mais tout le reste devrait revenir à Mars. Car ça fait partie du cadeau, non ?...

— Tout le reste ? demanda Vlad avec un renouveau d'intérêt. Mais ça consisterait en quoi, exactement ? Personne ne possédera la moindre parcelle de terre, d'eau, d'air, de l'infrastructure, du stock génétique, de la banque d'information... qu'est-ce que nous pourrions léguer ?

Coyote haussa les épaules.

— Ta maison ? Tes économies ? Je veux dire : est-ce que nous n'aurons pas d'argent ? Et est-ce que les gens ne spéculeront pas sur leurs épargnes quand ils le pourront ?...

— Il faut venir aux séances financières, conseilla Marina à Coyote. Nous espérons étalonner la monnaie sur l'unité de peroxyde d'hydrogène et déterminer le prix des choses par leur valeur énergétique.

— Mais l'argent existera toujours, non ?...

— Oui, mais nous envisageons la réversion des intérêts des comptes d'épargne, par exemple, comme ça, si on ne réutilise pas ce qu'on a gagné, ce sera dispersé dans l'atmosphère sous forme d'azote. Tu serais surpris de voir à quel point il est difficile de maintenir un solde personnel positif dans ce système.

— Mais si on y parvient ?...

— Là, je suis d'accord avec toi — à la mort de quelqu'un, ses acquis reviendraient à Mars et seraient utilisés dans un but public.

En hésitant, Sax lui fit remarquer que c'était en contradiction avec la théorie de bioéthique selon laquelle les êtres humains, comme tous les animaux, étaient puissamment motivés pour subvenir aux besoins de leur propre descendance. Cette pulsion se retrouvait dans tout le règne naturel, dans toutes les sociétés humaines, et expliquait des comportements à la fois égoïstes et altruistes.

— Essayez de changer la base biologicielle... *biologique*... par un quelconque décret... Et vous irez au-devant des ennuis.

— On pourrait peut-être tolérer un héritage minimum, intervint Coyote. Suffisant pour satisfaire l'instinct animal, mais pas assez pour perpétuer une élite.

Marina et Vlad, c'était clair, trouvaient tout cela déconcertant, et ils entreprirent de taper de nouvelles formules sur les IA. Mais Mikhail, assis près de Nadia, feuilletant son programme de la journée, restait frustré.

— Ça fait *vraiment* partie d'un processus constitutionnel ? lança-t-il en se perdant dans sa liste. Codes de zonage, production énergétique, *évacuation des déchets*, systèmes de transport — gestion des épidémies, lois sur la propriété, systèmes de doléance, lois sur le crime — arbitrage — *codes de santé* ?

Nadia soupira.

— Je suppose que oui. Rappelle-toi tous les travaux d'Arkady sur l'architecture.

— *Programmes scolaires* ? Je veux dire, j'ai déjà entendu parler de micro politique, mais tout ça est ridicule !

Art, qui passait près d'eux avec un chariot de nourriture, jeta :

— Il s'agit de nanopolitique.

— Mais non ! C'est de la picopolitique ! De la femtopolitique [1] !

Nadia se leva pour aider Art à pousser le chariot vers le village où se déroulaient d'autres ateliers, juste en dessous de l'amphithéâtre. Art allait toujours d'un meeting à l'autre. Il ravitaillait tout le monde mais prenait toujours quelques minutes pour surprendre une ou deux phrases du débat en cours. Il y en avait huit à dix par jour, et il arrivait quand même à tous les visiter. Chaque soir, alors que les autres passaient leur temps à faire la fête, ou à se perdre dans de longues promenades, il continuait à rejoindre Nirgal. Ils se repassaient les enregistrements du jour en vitesse légèrement accélérée : les intervenants pépiaient comme des oiseaux. Ils s'arrêtaient quelquefois pour prendre des notes ou discuter de tel ou tel point. Parfois, quand elle se levait au milieu de la nuit pour aller à la salle de bains, Nadia passait dans le salon et les découvrait endormis, affalés dans leurs fauteuils, les lèvres entrouvertes, dans la clarté de l'écran.

Et, tous les matins, Art retrouvait les Suisses et relançait les choses. Nadia tenta de suivre son rythme pendant quelques jours, mais s'aperçut très vite que les ateliers du petit déjeuner étaient plutôt risqués. Le plus souvent, les gens sirotaient leur café et grignotaient des muffins et des fruits en se regardant comme des zombies : Qui êtes-vous ? semblaient dire leurs yeux vitreux. Qu'est-ce que je fais ici ? Où sommes-nous ? Pourquoi je ne suis pas resté bien tranquillement dans mon lit ?

Mais ça pouvait être aussi bien le contraire : certains matins, les gens arrivaient fraîchement sortis de la douche, en forme, après avoir pris leur café ou leur kavajava, pleins d'idées nouvelles et bien décidés à se mettre au travail pour avancer. Et quand les autres étaient dans le même état d'esprit, les choses s'envolaient parfois. L'une des réunions sur la propriété se déroula dans cette ambiance et, pendant une heure, il leur parut qu'ils avaient surmonté tous les obstacles à la conciliation de l'individu et de la société, de l'opportunité privée et des biens communs, de l'égoïsme et de l'altruisme... Au terme de la réunion, pourtant, les notes qu'ils avaient prises semblaient aussi vagues et contradictoires que celles qui concluaient des meetings plus confus et partagés.

Art, après avoir essayé de rédiger un résumé, décida :

---

1. Le nano, placé devant une unité, la multiplie par 10^{-9}. Le femto la multiplie par 10^{-15}. Le pico la multiplie par 10^{-12}. (*N.d.T.*)

— C’est l’enregistrement de l’ensemble de la réunion qui devra représenter tout ça. Ce soir, je vais faire un descriptif détaillé de l’enregistrement, ou bien la transcription complète.

La majorité des meetings, cependant, n’étaient pas aussi brillants. En fait, pour la plupart, ils n’étaient que débats interminables. Un matin, Nadia tomba sur Antar, le jeune Arabe avec qui Jackie avait passé quelque temps durant leur voyage. Il était en train de dire à Vlad :

— Vous n’allez que répéter la catastrophe socialiste !

Vlad haussa les épaules.

— Ne jugez pas aussi vite cette période. Les pays socialistes ont subi l’assaut du capitalisme de l’extérieur et de la corruption de l’intérieur. Aucun système n’aurait pu survivre à cela. Nous ne devons pas jeter le bébé socialiste avec l’eau du bain stalinien, au risque de nous priver de nombreux concepts d’équité évidents. La Terre est aux mains du système qui a abattu le socialisme, et c’est clairement une hiérarchie irrationnelle et destructrice. Alors, comment l’affronter sans être écrasés ? Nous devons chercher la réponse à ce dilemme partout si nous voulons des réponses, y compris dans les systèmes que l’ordre en place a vaincus.

Art poussait un chariot vers une salle voisine, et Nadia l’accompagna.

— Bon Dieu, ce que j’aimerais que Fort soit là, marmonna Art. Je crois qu’il devrait venir. Vraiment.

Dans le meeting qui suivait, on débattait des limites de la tolérance, des choses qui ne seraient pas autorisées quel que soit le sens religieux que chacun pouvait leur donner. Et quelqu’un cria :

— Allez dire ça aux Musulmans !

Jurgen quitta la salle, l’air écœuré. Il pêcha un roulé suisse dans le chariot et suivit Nadia et Art en grignotant.

— La démocratie libérale postule que la tolérance culturelle est essentielle, mais dès qu’on s’éloigne un peu de la démocratie libérale on devient très vite intolérant.

— Et comment les Suisses comptent-ils résoudre ça ? demanda Art.

— Je ne pense pas que nous puissions y arriver.

— Bon sang, si seulement Fort était là ! répéta Art. J’ai essayé de le contacter pour lui parler de tout ça, j’ai même utilisé le réseau gouvernemental suisse, mais je n’ai pas reçu de réponse.

Le congrès se poursuivit durant près d’un mois. Le manque de sommeil et sans doute aussi l’abus de kava rendaient Nirgal et Art plus ou moins groggy et hagards. Nadia décida d’intervenir. Elle les mit au lit en leur promettant de rédiger les résumés des enregistrements qu’ils n’avaient pas encore revus. Ils s’endormirent en s’agitant et en marmonnant sur les étroites couchettes de bambou et de mousse. Une nuit, Art se redressa brusquement.

— Je perds le contenu des choses, déclara-t-il à Nadia, très sérieux, dans un demi-sommeil. Je ne vois plus que des formes.

— Vous devenez suisse, alors ? Rendormez-vous.

Il se laissa aller en arrière.

— C'était dingue de croire un seul instant que vous arriveriez à construire quelque chose tous ensemble, murmura-t-il.

— Rendormez-vous.

Oui, c'était peut-être dingue, songea-t-elle tandis qu'il se remettait à ronfler. Immobile sur le seuil, elle sentit tourner les rouages de son esprit qui lui annonçaient qu'elle ne pourrait trouver le sommeil. Elle sortit dans le parc.

L'air était doux sous les verrières criblées d'étoiles. Le tunnel qui s'étirait devant elle lui rappelait les salles de l'*Arès* en plus grand, mais avec les mêmes astuces esthétiques : les petits pavillons, les petits bocages sombres... Un jeu de construction du monde. Mais désormais, l'enjeu était un monde véritable. Au départ, les participants au congrès avaient été sous le charme, presque éblouis devant cet énorme potentiel, et certains, comme Jackie et les autres indigènes, étaient assez jeunes et irrépressibles pour continuer de se passionner. Mais pour de nombreux autres, plus âgés, les problèmes ardus commençaient à se faire jour, comme autant d'os sous la peau d'un corps amaigri. Les survivants des Cent Premiers, les vieux Japonais de Sabishii passaient des journées entières dans les débats, observant tout, réfléchissant intensément, et leurs attitudes allaient du cynisme de Maya à l'irritation anxieuse de Marina.

Nadia aperçut Coyote, en bas dans le parc, en compagnie d'une jeune femme qui le tenait par la taille. Ils s'avançaient entre les arbres d'un pas vacillant.

Et il cria soudain dans l'immense tunnel, en déployant les bras :

— Ah, amour, puissions-nous toi et moi avec le destin conspirer — Afin de saisir en son entier cette navrante nature — Ne la briserions-nous pas en mille éclats — Pour la remodeler ensuite selon les désirs du cœur[1] !

Mais bien sûr, se dit Nadia. Avec un sourire, elle regagna sa chambre.

Il existait certaines raisons d'espérer. D'abord, Hiroko persévérait, elle participait à tous les meetings, y apportait sa contribution et donnait à tous le sentiment qu'ils avaient choisi le débat le plus important du jour. Ann aussi travaillait — bien qu'elle passât son temps à tout critiquer, se dit Nadia, plus noire que jamais — de même

1. Extrait de la version anglaise de Edward Fitzgerald des *Rubaiyyat d'Omar Khayyam*. (*N.d.T.*)

que Spencer, Sax, Maya, Michel, Vlad, Ursula, Marina... En fait, les Cent Premiers semblaient plus unis en cette circonstance qu'ils ne l'avaient été depuis Underhill — comme si c'était leur ultime chance de redresser le cours des choses, de réparer les dommages. De faire quelque chose pour leurs amis disparus.

Et ils n'étaient pas les seuls à travailler. Au fil des meetings, les gens avaient appris à connaître ceux qui souhaitaient voir le congrès parvenir à quelque chose de tangible : ils avaient pris l'habitude de participer aux mêmes meetings, de travailler dur pour trouver des compromis et afficher des résultats sur les écrans, sous forme de recommandations et de conseils. Ils devaient tolérer les visites de ceux qui n'aimaient pas les compromis, ou qui préféraient les applaudissements aux résultats — mais ils persistaient et insistaient à chaque meeting.

Nadia se concentrait sur ces divers signes de progrès, et s'attachait à maintenir Nirgal et Art informés en permanence, tout en assumant leur repos et leur alimentation. Les visiteurs surgissaient dans leur appartement et annonçaient :

— On nous a dit de rapporter ça aux trois grands chefs.

Parmi les travailleurs assidus, beaucoup étaient intéressants. L'une des femmes de Dorsa Brevia, Charlotte, était une étudiante en droit constitutionnel qui avait un certain renom, et elle leur construisait une sorte de charpente, à la suisse, où les sujets à traiter étaient classés en ordre sans être remplis.

— Réjouissez-vous, leur déclara-t-elle un matin où ils l'avaient accueillie la mine lugubre. Un affrontement de doctrines est une réelle *opportunité*. Le congrès constitutionnel américain a été l'un des plus réussis et pourtant, au départ, les antagonismes y étaient très forts. La forme de gouvernement qu'ils ont bâti reflète la défiance qu'ils avaient les uns pour les autres. Les petits Etats sont arrivés avec la crainte d'être dominés par les plus grands, et il existe donc un Sénat où tous les Etats sont égaux, et une Chambre où la représentation est proportionnelle à la taille des Etats. Cette structure est la réponse à un problème spécifique. C'est la même chose en ce qui concerne l'équilibre des trois pouvoirs. C'est une défiance institutionnalisée de l'autorité. La Constitution suisse en est fortement marquée. Et nous pouvons réaliser cela ici.

Et ils retournèrent à la tâche : deux hommes jeunes et décidés, et une vieille femme usée. C'était étrange, songea Nadia, de constater quels étaient les leaders qui émergeaient dans de telles situations. Ce n'étaient pas forcément les plus brillants ou les mieux informés, comme Marina ou Coyote, quoique ces deux qualités fussent utiles et ces deux personnes particulièrement importantes. Mais les leaders étaient ceux que les gens écoutaient. Ceux qui avaient un magnétisme. Et dans ce rassemblement de personnalités et d'intellects brillants, le magnétisme était rare et fugace. Très puissant...

Nadia se rendit à un meeting où l'on débattait des relations Mars-Terre dans la période qui suivrait l'indépendance. Elle y trouva Coyote, à l'instant où il s'exclamait :

— Mais laissez-les tomber ! Tout ça, c'est leur faute ! Qu'ils essaient de réparer les dégâts tout seuls, s'ils y arrivent. On pourra toujours leur rendre visite en voisins. Mais si on essaie de les aider, on finira par se détruire !

La plupart des Mars-Unistes et des Rouges approuvaient avec ferveur, Kasei le premier. Il y était arrivé récemment, comme leader des Mars-Unistes, un groupe séparatiste des Rouges, dont les membres ne voulaient rien avoir à faire avec la Terre et qui prônaient le recours au sabotage, à l'écosabotage, au terrorisme, à la révolte armée — à tous les moyens nécessaires pour parvenir à leur but. C'était en fait l'une des fractions les plus intransigeantes, et Nadia ressentit une certaine tristesse en voyant Kasei épouser leur cause, et même se porter en avant.

Maya se leva.

— C'est une belle théorie, mais elle est inapplicable. C'est comme le mouvement rouge d'Ann. Il faudra bien que nous traitions avec la Terre, donc essayons de définir comment dès maintenant sans chercher d'échappatoire.

— Aussi longtemps qu'ils seront dans le chaos, nous courrons un danger, intervint Nadia. Nous devons faire notre possible pour les aider. Pour exercer notre influence dans la direction que nous souhaitons les voir prendre.

— Les deux mondes ne sont qu'un seul système ! lança quelqu'un.

— Qu'est-ce que vous entendez par là ? demanda Coyote. Si ce sont deux mondes différents, ils peuvent très bien constituer deux systèmes différents !

— Il y a l'échange d'information.

— Nous existons pour la Terre non pas en tant que modèle ou expérience, dit Maya. Nous sommes une expérience mentale à partir de laquelle l'humanité peut apprendre.

— Une expérience dans le réel, ajouta Nadia. Car ceci n'est plus un jeu et nous ne pouvons plus nous permettre de spéculer sur des positions théoriques attrayantes.

Tout en parlant, elle s'était tournée vers Kasei, Dao et leurs camarades. Mais elle vit qu'elle n'obtenait aucune réaction.

D'autres meetings suivirent, d'autres diatribes, puis un repas rapide, une dernière réunion avec les issei de Sabishii afin de discuter de l'utilisation du demi-monde comme tremplin pour les initiatives à venir. Et ce fut enfin la conférence de nuit avec Art et Nirgal. Mais les deux hommes étaient épuisés et elle les expédia très vite au lit.

— On reprendra tout ça au petit déjeuner.

Elle aussi était lasse, mais pas assez pour avoir sommeil. Elle se lança donc une fois encore dans une de ses promenades nocturnes, descendant le tunnel depuis Zakros. Elle avait récemment découvert une piste haute taillée dans la paroi ouest. Là, le basalte était à un angle de quarante-cinq degrés et elle pouvait apercevoir la cime des arbres, au loin, dans les parcs. Et à l'endroit précis où la piste virait vers un petit éperon de Knossos, elle découvrait le tunnel sur toute sa longueur, d'un horizon à l'autre, à peine éclairé par les luminaires nichés dans les feuillages, par les quelques fenêtres encore illuminées à cette heure et les lampions suspendus dans les pins du parc de Gournia. L'ensemble était si élégant qu'elle avait le cœur serré, parfois, en pensant à Zygote sous sa couche de glace, son air froid et sa lumière artificielle. Si seulement ils avaient connu l'existence de ces tunnels de lave...

Le fond du segment suivant, Phaistos, était occupé par un bassin allongé dans lequel se déversait le canal de Zakros. Les lampes installées dans le fond conféraient à l'eau un aspect de cristal sombre. Elle découvrit un groupe de baigneurs. Ils passaient brièvement dans l'eau illuminée avant de disparaître dans l'ombre. Comme des amphibiens, des salamandres martiennes... Il y avait longtemps, sur Terre, des animaux marins avaient rampé sur le rivage. Ils avaient dû discuter sérieusement avant d'entreprendre une telle démarche, se dit-elle, l'esprit engourdi. Quitter l'océan ou y rester. Et comment en sortir, et quand... Des rires lointains résonnaient dans le tunnel, les étoiles paraissaient crépiter en nuages denses...

Elle fit demi-tour et emprunta un escalier pour regagner le sol du tunnel avant de retourner vers Zakros, par les sentiers et les pelouses, suivant le canal, l'esprit traversé d'images entremêlées et aiguës. Elle s'allongea sur son lit et sombra aussitôt dans le sommeil. A l'aube, elle rêva de dauphins qui nageaient dans l'air.

Mais au milieu de ce rêve, elle fut éveillée brutalement par Maya, qui lui dit en russe :

— Il y a des Terriens ici. Des Américains.

— Des Terriens, répéta Nadia.

Et soudain, elle eut peur.

Elle s'habilla et sortit. C'était bien vrai : Art était là, avec un petit groupe de Terriens, des hommes et des femmes qui avaient à peu près la taille de Nadia, apparemment son âge, et qui dressaient tous la tête, encore mal assurés sur leurs pieds, observant la grande chambre cylindrique, stupéfaits. Art essayait dans le même temps de les présenter et d'expliquer leur présence, ce qui rendait difficile son élocution.

— Oui, je les ai invités, mais je ne savais pas... Hello, Nadia ! Voici mon vieux patron, William Fort...

— Quand on parle du loup... fit Nadia en tendant la main.

Il avait la poignée franche. C'était un personnage chauve au nez camus, la peau tannée et plissée, avec une expression vague et séduisante.

— Ils viennent juste d'arriver. Ce sont les Bogdanovistes qui les ont accompagnés. J'avais invité Mr Fort depuis pas mal de temps, mais il ne m'a pas répondu et je ne savais pas qu'il comptait venir. Je suis surpris mais content, bien sûr.

— C'est *vous* qui l'avez invité ? lança Maya.

— Oui, parce que, vous comprenez, il voudrait nous aider. C'est ça, pour l'essentiel...

Maya lança un regard furieux à Nadia.

— Je t'avais dit que c'était un espion, lui dit-elle en russe.

— Oui, c'est vrai, fit Nadia, avant de répondre à Fort en anglais : Bienvenue sur Mars.

— Je suis heureux d'être ici.

Et il avait l'air sincère. Son sourire était maladroit, comme s'il était trop heureux pour maîtriser sa contenance. Et ses collègues ne semblaient pas en être sûrs. Ils devaient être une douzaine. Certains souriaient, alors que d'autres paraissaient désorientés ou méfiants.

Après quelques minutes de silence gêné, Nadia précéda Fort et son petit groupe vers les quartiers d'accueil de Zakros. Quand Ariadne arriva, elle leur montra leurs chambres. Que pouvaient-ils faire d'autre ?

La nouvelle s'était déjà propagée dans tout Dorsa Brevia, et les gens commençaient à affluer à Zakros, l'air hostile ou curieux — mais leurs visiteurs étaient là, ils étaient les leaders d'une des principales transnationales, apparemment seuls, et sans dispositifs traceurs, avaient assuré les Sabishiiens. Il fallait faire avec.

Nadia demanda aux Suisses de lancer une convocation générale pour un meeting à l'heure du déjeuner. Puis elle invita leurs nouveaux hôtes à se rafraîchir dans leurs chambres et à prendre la parole au cours de la réunion. Les Terriens acceptèrent d'un air reconnaissant, et les plus incertains parurent rassurés. Fort avait déjà l'air de concocter un discours.

Pendant ce temps, Art affrontait une meute de gens hostiles.

— Qu'est-ce qui a pu vous faire croire que vous pouviez prendre des décisions de ce genre pour nous ? lui demanda Maya. Vous n'êtes même pas des nôtres ! Vous n'êtes qu'une espèce d'espion ! Vous avez fait ami-ami et puis, maintenant, vous nous poignardez dans le dos !

Art leva les mains, rouge d'embarras, et bougea les épaules comme s'il voulait éviter des coups, ou bien chercher les regards de ceux qui s'étaient groupés derrière Maya, ceux qui n'étaient venus que poussés par la curiosité.

— Nous avons besoin d'aide. Nous ne pourrons pas accomplir tout ce que nous voulons par nous-mêmes. Praxis est une transnat différente, plus proche de nous que n'importe quelle autre, je vous l'assure.

— Mais ce n'est pas à vous de nous l'assurer ! contra Maya. Vous êtes notre prisonnier !

Art écarquilla les yeux et agita les mains.

— Hé, mais je ne peux pas être un prisonnier et un espion en même temps, non ?...

— Vous pouvez être n'importe quel type de traître !

Jackie s'avança vers Art, le toisa avec une expression intense et sévère.

— Vous savez que cette équipe de Praxis, qu'elle le veuille ou non, pourrait bien devenir définitivement martienne, maintenant. Exactement comme vous.

Art acquiesça.

— Je leur ai expliqué que ça pouvait arriver. Il est évident que c'est sans importance pour eux. Ils ne veulent que nous aider, je l'ai dit. Ils représentent l'unique transnationale qui agit différemment des autres, et ses objectifs sont proches des nôtres. Ils sont venus ici d'eux-mêmes pour voir s'ils pouvaient être utiles. Notre situation les *intéresse*. Pourquoi vous en offenser ? C'est une vraie *occasion* qui nous est offerte.

— Voyons ce que Fort a à nous dire, proposa Nadia.

Les Suisses avaient organisé le meeting spécial dans l'amphithéâtre Malia. Dès que les délégués commencèrent à affluer, Nadia guida les nouveaux venus. En suivant le tunnel de Dorsa Brevia, ils s'étonnèrent devant ses dimensions. Art ne cessait de tourner autour du groupe, essuyant la sueur de son front, les yeux écarquillés, agité. Il fit rire Nadia. L'arrivée inopinée de Fort l'avait mise de bonne humeur ; elle ne voyait pas ce qu'ils pourraient y perdre.

Elle prit place au premier rang avec le groupe de Praxis et observa Art qui précéda Fort jusqu'à l'estrade avant de le présenter à l'assistance. Fort acquiesça, prononça une phrase, puis inclina la tête et observa longuement le fond de l'amphithéâtre, réalisant qu'il n'avait pas d'amplificateur. Alors, il reprit son souffle et enchaîna, et sa voix devint celle d'un acteur vétéran, forte et assurée.

— J'aimerais avant tout remercier les gens de Subarashii qui m'ont accompagné ici.

Art grimaça, se retourna et souffla dans le creux de sa main :

— Sabishii, pas Subarashii !

— Comment ?

— Sabishii. Vous venez de dire Subarashii, qui est le nom de la transnationale. Les gens de cette colonie qui vous ont conduit jusqu'ici viennent de Sabishii. Ce qui signifie « solitaire » en japonais. Alors que Subarashii signifie « merveilleux ».

— Merveilleux, fit Fort. (Il dévisagea Art d'un air intrigué.) Merci, Randolph. Si tout est arrangé, je vais pouvoir continuer.

Il y eut des rires et Fort se lança, dans un style quelque peu incertain mais avec une voix pénétrante. Il décrivit Praxis, ses débuts et comment la société opérait désormais. Lorsqu'il expliqua les rapports de Praxis avec les autres transnationales, Nadia se dit qu'il y avait des similitudes avec les rapports qui existaient sur Mars entre l'underground et les colonies de la surface, et que Fort faisait preuve d'un certain talent à les mettre en évidence. Elle prit conscience du silence qui s'était établi derrière elle et en conclut que Fort se débrouillait plutôt bien pour capter l'intérêt du public. Mais quand il parla d'écocapitalisme, considérant la Terre comme une planète pleine et Mars comme un monde encore vide, trois ou quatre représentants des Rouges se levèrent d'un bond.

— Qu'est-ce que vous voulez dire par là ? demanda l'un.

Nadia surprit Art en train de crisper les mains entre ses cuisses, et elle comprit très vite pourquoi : la réponse de Fort fut longue et étrange. Il décrivit ce qu'il nommait l'écocapitalisme dalyiste, dans lequel on faisait référence à la nature comme étant la bio-infrastructure, les gens étant le capital humain. En se retournant, Nadia vit plusieurs personnes froncer les sourcils. Vlad et Marina étaient tête contre tête, et Marina tapait sur son poignet. Soudain, Art se redressa et interrompit Fort pour lui demander ce que faisait Praxis dans l'immédiat et comment il envisageait le rôle de Praxis sur Mars.

Fort regarda Art comme s'il ne le reconnaissait pas.

— Nous travaillons avec la Cour mondiale. L'ONU ne s'est jamais remise de 2061, et on la considère comme un produit de la Seconde Guerre mondiale, tout comme la Société des Nations était un produit de la Première Guerre mondiale. Nous avons donc perdu le meilleur arbitre des disputes internationales, et entre-temps les conflits se sont multipliés, certains étant particulièrement graves. Ces conflits, de plus en plus nombreux, ont été portés devant la Cour mondiale par l'une ou l'autre des parties, et Praxis a mis sur pied une organisation des Amis de la Cour, qui essaie d'assister la Cour par tous les moyens possibles. Nous nous plions à ses règles, nous la finançons, nous fournissons du personnel tout en essayant de travailler sur les techniques d'arbitrage, et tout le reste. Nous avons participé à la mise en place d'une nouvelle technique qui veut que si deux entités internationales, quelles qu'elles soient, sont en désaccord et décident de se soumettre à notre arbitrage, elles s'ouvrent à un programme probatoire d'une année avec la Cour mondiale, dont les arbitres essaient de trouver un moyen d'action satisfaisant les deux parties. Au terme de cette année, la Cour mondiale règle tous les problèmes urgents et, en cas d'accord, un traité est signé, et nous essayons de parvenir à un traité par tous les moyens. L'Inde a été concernée et a appliqué le programme avec les Sikhs du Pendjab. Jusque-là, ça fonctionne. D'autres cas se sont révélés plus ardus, mais l'expérience, chaque fois, a été instructive. Le concept de semi-autonomie a retenu l'attention de nombreuses nations. A Praxis, nous croyons que les nations n'ont jamais été vraiment souveraines, mais toujours en semi-autonomie par rapport au reste du monde. Les métanationales sont semi-autonomes, de même que les individus, ou la culture par rapport à l'économie. Les valeurs sont semi-autonomes par rapport aux prix... Une nouvelle branche des maths essaie actuellement de décrire la semi-autonomie en termes logiques formels.

Vlad, Marina et Coyote essayaient d'écouter le discours de Fort tout en conférant et en prenant des notes sur le vif. Nadia se leva et adressa un signe à Fort.

— Est-ce que les autres transnationales soutiennent également la Cour mondiale ?

— Non. Les métanationales l'évitent, et elles utilisent l'ONU comme tampon à estampiller. Je crains qu'elles ne croient encore au mythe de la souveraineté.

— Mais pourtant, ce système semble ne fonctionner que si les deux parties y adhèrent.

— Oui. Tout ce que je puis vous dire, c'est que Praxis s'y intéresse de près et que nous tentons de construire des passerelles entre la Cour mondiale et toutes les puissances terrestres.

— Pourquoi ?

Fort leva les mains, en un geste qui rappelait Art.

— Le capitalisme ne fonctionne que s'il y a croissance. Mais la croissance n'est plus vraiment ce qu'elle était, vous comprenez. Nous avons besoin de croître vers l'intérieur, de recompliquer.

Jackie se leva.

— Vous, sur Mars, vous croîtriez selon le style capitaliste classique, non ?

— Oui, je le suppose.

— Alors c'est peut-être tout ce que vous attendez de nous ? Un nouveau marché ? Ce monde vide dont vous parliez ?...

— Eh bien, à Praxis, nous en sommes venus à considérer que le marché n'est qu'une petite part de la communauté. Et c'est l'ensemble qui nous intéresse.

— Alors qu'est-ce que vous nous voulez ? cria quelqu'un, au fond de la salle.

Fort sourit.

— Nous voulons observer.

La réunion s'acheva un instant après, et les sessions de l'après-midi reprirent. Bien sûr, l'arrivée du groupe de Praxis domina la plupart des discussions. Malheureusement pour Art, il devint très vite évident, au fur et à mesure qu'ils revoyaient les enregistrements, que Fort et son équipe avaient été un élément plus séparateur qu'unificateur au sein du congrès. La majorité n'entendait pas tolérer une transnationale terrienne comme membre du congrès, point final. Coyote déclara à Art :

— Ne me parlez pas des différences de Praxis par rapport aux autres. L'esquive est trop connue. Si les riches agissaient de façon décente, ce système serait parfait... mon œil ! Le système détermine tout, et c'est lui qui doit changer.

— Mais c'est de cela que Fort parle, protesta Art.

Mais Fort était son propre ennemi, avec son habitude d'employer des termes économiques classiques pour décrire ses idées nouvelles. Les seuls à se montrer intéressés par cette approche étaient Vlad et Marina. Pour les Bogdanovistes, les Rouges et les Mars-Unistes — pour la majorité des indigènes et la plupart des immigrants — c'était à nouveau le vieil affairisme terrien dont ils ne voulaient plus entendre parler. Pas question de traiter avec une transnat ! s'exclamait Kasei sur une des bandes, sous les applaudissements. Pas question de pactiser avec la Terre ! Fort dépassait les bornes ! La seule et unique question était de savoir si on allait les autoriser, lui et son groupe, à repartir librement. Certains inclinaient à penser que, tout comme Art, ils étaient désormais prisonniers de l'underground.

Jackie, pourtant, avait pris une position boonéenne durant cette réunion : tout devait être utile à la cause. Et elle méprisait ceux qui rejetaient Fort par principe.

— Dès lors que vous retenez nos visiteurs en otages, lança-t-elle d'un ton âpre à son père, pourquoi ne pas vous en servir ? Pourquoi ne pas discuter avec eux ?

Même dans le groupe le plus hostile, certains étaient partisans de cette proposition, pour telle ou telle raison. Il en résulta donc un nouveau clivage qui vint s'ajouter aux autres : isolationnistes contre bi-mondistes.

Dans les quelques jours suivants, Fort traita la controverse qui s'était développée autour de lui en l'ignorant, à tel point que Nadia acquit le sentiment qu'il n'en avait sincèrement pas conscience. Les Suisses lui demandèrent de conduire un atelier sur la situation actuelle de la Terre. Tous les débats firent salle comble : Fort et ses compagnons répondaient sans réserve à toutes les questions. Fort semblait satisfait de ce qu'on lui disait à propos de Mars, sans toutefois prendre position. Il s'en tenait à la Terre et à ses descriptions.

— Les transnationales se sont effondrées et ne subsistent qu'une vingtaine des plus importantes, dit-il en réponse à une question. Toutes ont passé des accords contractuels de développement avec plusieurs gouvernements nationaux. Nous les appelons désormais les métanationales. Les plus puissantes sont Subarashii, Mitsubishi,

Consolidated, Amexx, Armscor, Mahjari et Praxis. Les dix ou quinze autres sont également très importantes, et les suivantes sont de la dimension des simples transnats, mais elles sont en cours d'absorption rapide au sein des métanats. Les grandes métanats sont maintenant les pouvoirs majeurs sur Terre, du fait qu'elles contrôlent le Fonds monétaire international, la Banque mondiale, le Groupe des Onze et tous les pays clients.

Sax lui demanda de définir plus en détail ce qu'était une métanationale.

— Il y a une décennie de cela, Praxis a été appelé par le Sri Lanka, qui nous demandait de jouer le rôle d'arbitre sur le plan de l'économie et du travail entre les Tamouls et les Cinghalais. Nous avons accepté et les résultats ont été satisfaisants mais, pendant toute la durée de cet arrangement, il est apparu clairement que nos rapports avec un gouvernement national constituaient une chose nouvelle. Et cela n'a pas échappé à certains cercles. Puis, il y a quelques années, Amexx a eu un désaccord avec le Groupe des Onze auquel elle a enlevé tous ses actifs pour les replacer aux Philippines. L'inégalité entre les Philippines et Amexx, en produit brut annuel, fut estimée à un contre cent, et cette situation fit qu'Amexx s'empara du pays. Elle fut ainsi vraiment la première métanationale. Mais la nouveauté du phénomène n'apparut réellement que lorsque Subarashii concentra toutes ses opérations au Brésil. Il devint évident que tout ça était neuf et n'avait plus rien à voir avec les anciens rapports sous pavillons de complaisance. Une métanationale, expliqua Fort, prend le contrôle de l'endettement et de l'économie interne de ses pays clients, tout comme l'ONU l'avait fait pour le Cambodge, ou Praxis avec le Sri Lanka, mais de façon bien plus large. Selon ces arrangements, le gouvernement client devient l'agence exécutoire de la politique économique de la métanationale. Généralement, on applique ce que l'on appelle des mesures d'austérité, mais tous les fonctionnaires sont beaucoup mieux payés qu'auparavant, y compris l'armée, la police et les services de renseignement. A ce stade, le pays est acheté. Et chacune des métanationales a les moyens d'acheter plusieurs pays. Amexx a ce type de relations avec les Philippines, les pays d'Afrique du Nord, le Portugal, le Venezuela, plus cinq ou six autres pays plus petits.

— Et c'est ce qu'a fait Praxis également ? demanda Marina.

Fort secoua la tête.

— En un certain sens, oui, mais nous avons essayé d'établir des relations de nature différente. Nous avons traité avec des pays assez forts pour mieux équilibrer le partenariat. En particulier avec l'Inde, la Chine et l'Indonésie. Ces trois pays ont été désavantagés par le traité de 2057 sur Mars, aussi nous ont-ils encouragés à venir ici pour faire des enquêtes comme celle-ci. Nous avons également entamé des négociations avec certains autres pays encore libres. Mais nous ne nous y sommes pas encore installés et nous n'avons pas fait de tentative pour leur dicter une politique économique. Nous avons essayé de nous en tenir à notre version du format transnational, mais à l'échelle des métanats. Nous espérons ainsi fonctionner avec ces pays comme une alternative au métanationalisme. Un recours, avec la Cour mondiale, la Suisse, ainsi que quelques autres entités qui échappent à l'ordre métanational.

— Praxis est *différent*, dit Art.

— Mais le système reste le système, remarqua Coyote du fond de la salle.

Fort haussa les épaules.

— C'est nous qui créons le système, je pense.

Coyote se contenta de secouer la tête.

— Il va falloir nous en accorder... nous en *accommoder,* dit Sax.

Et il se mit à interroger Fort. Ses questions étaient hachées, entrecoupées de fautes, et sa voix coassante — mais Fort ignora tout cela et lui répondit avec un grand souci du détail, à tel point que trois débats consécutifs furent de longues interviews de Fort par Sax, au cours desquels ils en apprirent tous beaucoup plus sur les autres métanationales, leurs leaders, leurs structures internes, leurs pays clients, leurs attitudes les unes envers les autres, et leur histoire, plus particulièrement le rôle tenu par les organisations antérieures dans le chaos qui avait entouré les événements de 2061.

— Pourquoi avoir riposté en cassant les hommes... non, je veux dire les *dômes* ?

Fort n'était pas expert en détails historiques, et il soupira plusieurs fois devant les défaillances de sa mémoire. Mais le récit qu'il fit de la situation terrienne actuelle fut le plus complet qu'ils aient jamais entendu, ce qui les aida à clarifier les questions qu'ils s'étaient posées sur les activités des métanationales sur Mars. Elles se servaient de l'Autorité transitoire comme d'un médiateur dans leurs désaccords. Elles n'étaient pas d'accord, par exemple, sur le partage des territoires. Elles laissaient le demi-monde en paix car elles considéraient que ses côtés clandestins étaient négligeables et facilement contrôlables. Et ainsi de suite. Nadia aurait embrassé Sax — et elle finit par le faire — avant d'embrasser tour à tour Spencer et Michel pour leur soutien. Car si Sax dominait ses difficultés d'élocution, il devenait parfois rouge de frustration et cognait furieusement la table du poing. Vers la fin d'un débat, il demanda à Fort :

— Qu'est-ce que Praxis attend de morse — (BANG !) — de Mars ?

— Nous pensons que ce qui se passe ici aura des répercussions sur Terre. A ce stade, nous avons noté la montée d'éléments progressistes dont les plus importants sont la Chine, Praxis et la Suisse. Ensuite, nous avons des dizaines d'éléments plus mineurs et moins puissants. La direction que va prendre l'Inde dans une telle situation est un facteur critique. La plupart des métanats la considèrent comme une cuve de développement. Elles entendent par là que quoi qu'on y déverse, rien ne changera vraiment. Nous ne sommes pas d'accord. Et nous pensons que Mars également est un facteur critique, de façon différente, en tant que puissance émergente. Nous voulions donc trouver quels étaient les éléments progressifs présents ici, comprenez-vous, et leur montrer ce que nous faisons. Et entendre ce que vous en pensez.

— Intéressant, dit Sax.

Les choses étaient dites. Mais nombreux étaient ceux qui opposaient une résistance d'acier à l'idée de traiter avec une métanationale terrienne. Et entre-temps les débats sur les autres sujets avaient été interrompus, et les arguments se polarisaient avec le temps.

Quand ils se retrouvèrent dans le patio ce soir-là, Nadia secoua la tête, étonnée par la capacité des gens à ignorer ce qu'ils ont en commun, à s'affronter avec acharnement sur les petites différences qui les séparent. Elle s'en ouvrit à Art et Nirgal :

— Peut-être que le monde est simplement trop complexe pour que n'importe quel plan puisse fonctionner. Peut-être que nous ne devrions plus essayer de plan global mais juste quelque chose qui nous convienne. En espérant que Mars s'en sortira en utilisant plusieurs systèmes différents.

— Je ne crois pas que ça marche non plus, dit Art.

— Mais qu'est-ce qui marchera ?

Il haussa les épaules.

— Je ne sais pas encore.

Et lui et Nirgal se repassèrent les bandes, à la poursuite de ce qui, pour Nadia, était un mirage qui reculait sans fin.

Elle alla se coucher. S'il s'agissait d'un projet de construction, songea-t-elle au seuil du sommeil, elle le ficherait en l'air et recommencerait tout.

L'image hypnagogique d'un immeuble en train de s'effondrer l'éveilla brusquement. Après un instant, en soupirant, elle renonça à dormir et partit dans la nuit pour une nouvelle promenade. Art et Nirgal s'étaient endormis devant les lecteurs, la tête sur la table, sous la lueur clignotante de l'écran. Au-dehors, l'air soufflait vers le nord à travers les portes de Gournia, et elle suivit le souffle en prenant la piste du haut. Parmi les cliquetis des bambous, sous les étoiles... Des rires légers montaient du bassin de Phaistos.

Les lampes du fond étaient allumées, et les baigneurs étaient nombreux. Mais à présent, de l'autre côté du tunnel, à peu près à sa hauteur, il y avait une plate-forme éclairée où huit personnes se tenaient serrées. Un homme était en train de monter sur une espèce de planche en position accroupie. Il s'élança de la plate-forme en se cramponnant au-devant de la planche qui, apparemment, ne rencontrait qu'une faible friction. Nu, ses cheveux mouillés lui fouettant le dos, il dévala la paroi incurvée du tunnel en accélérant, jusqu'à ce qu'il jaillisse sur une saillie et vole vers le bassin en décrivant un tonneau, avant de tomber dans l'eau dans un grand jaillissement. Il poussa un cri de triomphe auquel répondirent les hourras des autres.

Nadia descendit pour mieux voir. Quelqu'un d'autre remontait la planche vers la plate-forme, et le plongeur, à présent, se retournait dans l'eau en rejetant ses cheveux en arrière. Nadia ne le reconnut que lorsqu'il fut près du bord, dans la lumière : c'était William Fort.

Elle se déshabilla et entra dans l'eau. Elle était chaude, sans doute à la température du corps ou un peu plus. En poussant un cri, une femme arrivait du haut, comme un surfeur porté par une grande vague de lave.

— Comme ça, ça a l'air dangereux, disait Fort à l'un de ses collègues, mais sous cette gravité, on y arrive bien.

La plongeuse se lança vers le bassin en un parfait plongeon de cygne et revint à la surface sous les applaudissements. Une autre femme avait déjà récupéré la planche et remontait vers la plate-forme.

Fort reconnut Nadia et la salua d'un signe de tête. L'eau lui arrivait à la taille. Il avait des muscles noueux sous sa peau parcheminée. Sur son visage, elle lut le même plaisir vague qu'il affichait durant les débats.

— Vous voulez essayer ? lui demanda-t-il.

— Plus tard, peut-être, dit-elle en tâchant d'identifier les gens qui étaient là et à quels partis ils appartenaient.

Quand elle prit conscience de ce qu'elle faisait, elle eut un reniflement de mépris. Elle se dégoûtait soudain, la perversité de la politique la dégoûtait — elle pouvait vous infecter très vite.

Elle eut quand même le temps de remarquer que ceux qui s'ébattaient dans le bassin étaient pour la plupart de jeunes indigènes venus de Zygote, de Sabishii, de Vanuatu, de Dorsa Brevia, du mohole de Vishniac ou de Christianopolis. Rares étaient ceux qui intervenaient dans les débats et Nadia n'était pas en mesure d'évaluer leur éventuel pouvoir. Le fait qu'ils fussent ensemble ici, à cette heure de la nuit, n'avait sans doute pas de signification conséquente — ils étaient nus dans l'eau tiède et s'amusaient. Nombreux étaient ceux qui venaient d'endroits où les bains publics étaient chose commune, et ils avaient l'habitude de s'ébrouer avec d'autres.

Une nouvelle surfeuse dévalait la paroi du tunnel en criant. Elle plongea dans le bassin et les autres se précipitèrent sur elle comme des requins. Nadia se laissa glisser sous la surface : l'eau était légèrement salée. En ouvrant les yeux, elle découvrit des bulles de cristal qui explosaient de tous côtés, des corps souples qui ondulaient comme des dauphins sur le fond sombre. Une vision d'ailleurs...

Elle regagna la rive et essora ses cheveux. Fort se tenait au milieu des jeunes, pareil à une sorte de Neptune décrépit, les observant avec son expression bizarre de curiosité tranquille. Peut-être, songea Nadia, ces jeunes indigènes représentaient-ils la nouvelle société martienne dont parlait John Boone, ils se développaient et occupaient peu à peu leur place sans que leurs aînés s'en rendent compte. La transmission d'informations entre les générations comportait toujours une large part d'erreur, et l'évolution se passait toujours ainsi. Même si les gens s'étaient installés sous le sol de Mars pour des raisons variées, même s'ils constituaient *l'underground*, ils semblaient tous converger ici, dans un genre de vie qui avait certains aspects paléolithiques. Au-delà de leurs différences, ils régressaient peut-être vers quelque ancienne culture primitive, ou alors ils progressaient vers une synthèse nouvelle — peu importait laquelle — ou les deux à la fois. Il était possible qu'un lien se noue ici.

C'était du moins ce qu'elle semblait déchiffrer dans l'expression de tranquille plaisir de Fort à l'instant où Jackie Boone, dans toute sa gloire de Walkyrie, s'élançait sur la paroi de lave et jaillissait dans les airs comme une femme-canon.

Le programme défini par les Suisses parvint à son terme. Très vite, les organisateurs demandèrent un repos de trois jours qui devait être suivi par une assemblée générale.

Art et Nirgal passèrent leurs journées dans leur petite salle de conférences, à revoir les vidéos pendant des heures, à discuter sans fin en tapant sur les claviers de leurs IA avec une frénésie imprégnée de désespoir. Nadia les laissait faire et n'intervenait que sur leurs désaccords ou pour rédiger les parties qu'ils estimaient trop difficiles. Souvent, elle en trouvait un assoupi dans son fauteuil et l'autre les yeux fascinés par l'écran.

— Regardez, qu'est-ce que vous dites de ça ?...

Nadia regardait docilement l'écran et émettait quelques commentaires tout en leur posant une assiette sous le nez, ce qui avait en général pour effet de réveiller celui qui s'était endormi.

— Oui... Ça me paraît prometteur. On s'y remet.

C'est ainsi qu'au matin de l'assemblée générale, Art, Nirgal et Nadia s'avancèrent ensemble sur l'estrade, Art portant son IA. Il se dressa de toute sa hauteur pour observer l'assistance, comme surpris par son importance, et, après une longue pause, il déclara :

— Nous sommes en vérité d'accord sur de nombreuses choses.

Il fut accueilli par des rires. Mais il leva son IA comme Moïse brandissant les Tables de la Loi et lut à haute voix ce qui était inscrit sur l'écran :

— Règles d'édification d'un gouvernement martien !

Il lança un bref regard au public et tous se turent.

— Un. La société martienne sera composée de nombreuses cultures différentes. Mieux vaut la considérer comme un monde plutôt qu'une nation. Les libertés de religion et d'usages culturels devront être garanties. Nulle culture ou groupe de cultures ne devra être en mesure de dominer les autres.

« Deux. Dans cette structure de diversité, il faudra continuer de garantir que tous les individus ont sur Mars des droits inaliénables, y compris les moyens fondamentaux d'existence, le droit aux soins, à l'éducation et à l'égalité devant la loi.

« Trois. La terre, l'air et l'eau de Mars sont sous l'intendance commune de la famille humaine et ne sauraient appartenir à aucun individu ou groupe.

« Quatre. Les fruits du labeur de tout individu lui appartiennent et ne sauraient être appropriés par tout autre individu ou groupe d'individus. Dans le même temps, le labeur humain sur Mars fait partie d'une entreprise commune, pour le bien commun. Le système économique martien doit refléter ces deux faits et maintenir l'équilibre entre l'intérêt personnel et les intérêts de la société environnante.

« Cinq. L'ordre métanational qui régit la Terre est actuellement incapable d'incorporer les deux principes qui précèdent et ne peut s'appliquer ici. A la place, nous devons mettre en place une économie fondée sur la science écologique. Le but de l'économie martienne n'est pas un "développement soutenable", mais une prospérité soutenable par la biosphère tout entière.

« Six. Le paysage martien lui-même a certains "droits d'existence" qu'il faut respecter. L'objectif des altérations de notre environnement doit être par conséquent minimaliste et écopoétique afin de refléter les valeurs de l'aréophanie. Nous suggérons que l'objectif des altérations environnementales doit se limiter à la portion de Mars située au-dessous des quatre mille mètres de viabilité humaine. Ce qui se trouve au-dessus, qui constitue trente pour cent de la planète, sera préservé dans des conditions similaires aux origines pour constituer autant de zones sauvages naturelles.

« Sept. Le peuplement de Mars est un processus historique unique, en ceci qu'il constitue la première implantation de l'humanité sur une autre planète. En tant que tel, il doit être conduit dans un esprit de révérence pour cette planète et la rareté de la vie dans l'univers. Ce que nous faisons ici déterminera autant de précédents pour l'installation des humains dans le système solaire et suggérera également des modèles pour les rapports à venir entre l'humanité et l'environnement terrestre. Ainsi, Mars occupe une place spéciale dans l'histoire, ce dont nous devrons nous souvenir quand nous prendrons les décisions nécessaires concernant la vie ici.

Art reposa son IA à côté de lui et observa l'assistance. Elle était silencieuse. Tous les regards étaient braqués sur lui.

— Bien, dit-il avant de s'éclaircir la gorge et de désigner Nirgal, qui se leva à son tour.

— Voilà tout ce que nous avons pu retenir des ateliers et qui semble appeler l'agrément de tous. Il y a bien d'autres choses qui nous ont paru dignes d'être acceptées par la majorité des groupes présents, mais pas par l'ensemble. Nous avons dressé une liste de ces points de consensus partiel et nous allons vous les soumettre. Nous avons le sentiment profond que si nous parvenons à nous séparer avec ne serait-ce qu'une sorte de document général sur lequel nous serions tous d'accord, nous aurions accompli quelque chose de significatif. La tendance dans des congrès tels que celui-ci est de rendre chacun de plus en plus sensible aux différences qui nous divisent, et je crois que dans notre situation cette tendance est exagérée, parce qu'à ce stade un gouvernement martien demeure une sorte d'exercice théorique. Mais lorsqu'il deviendra un problème pratique — quand nous devrons agir — alors il nous faudra bien trouver un terrain d'entente, et un document tel que celui-ci nous y aidera.

« Nous avons un grand nombre de notes spécifiques pour les points essentiels de ce document. Nous en avons discuté avec Jurgen et Priska, et ils nous ont suggéré de mettre sur pied une semaine de rencontres avec un jour entièrement consacré à chacun des points principaux, afin que tous puissent exprimer leurs commentaires et leurs suggestions. Au terme de ces journées, nous verrons ce qu'il nous en reste.

Il y eut quelques rires. Mais la plupart acquiesçaient en silence.

— Pourquoi ne pas commencer par notre indépendance ? lança Coyote depuis le fond.

— Nous ne sommes pas parvenus à trouver des points similaires pour ça, dit Art. Mais on peut toujours prévoir un atelier pour essayer d'y arriver.

— *Peut-être !* insista Coyote. Nous sommes tous d'accord pour que les choses et le monde soient justes. Et le moyen d'y parvenir reste *toujours* le vrai problème !

— Eh bien... Oui et non. Ce que nous avons ici va au-delà du simple vœu de voir les choses devenir plus justes. Quant aux méthodes à appliquer, si nous nous y remettons avec ces objectifs à l'esprit, peut-être que les choses se suggéreront d'elles-mêmes. Je veux dire : y a-t-il un moyen plus sûr d'atteindre nos objectifs plus sûrement ? Quels moyens ces fins impliquent-elles ? (Il promena son regard sur l'assistance, haussa les épaules et reprit :) Ecoutez, nous avons essayé de rédiger une compilation de ce que vous tous avez exprimé, donc s'il y manque des suggestions spécifiques concernant les moyens d'accéder à l'indépendance, c'est peut-être parce que vous vous êtes arrêtés au niveau des philosophies générales d'action à mettre en œuvre, sur le plan où vous êtes pour la plupart en désaccord. La seule proposition que je puisse suggérer est d'essayer d'identifier les diverses forces en présence sur cette planète et d'évaluer leur possible résistance à l'indépendance, puis de façonner vos actions pour contrer cette résistance. Nadia parlait de revoir le concept de toute la méthodologie révolutionnaire, et certains ont suggéré des modèles économiques, une sorte de concept de rachat d'intérêts contrebalancé, quelque chose de ce genre. Mais quand j'ai réfléchi à cette notion de réaction façonnée, cela m'a rappelé la gestion intégrée des fléaux, voyez-vous... ce système que l'on rencontre dans l'agriculture où des méthodes variées sont appliquées à divers degrés dans la lutte contre les fléaux, en fonction de leur nature.

Le public rit, mais il ne parut pas s'en apercevoir. Il semblait décontenancé par le manque d'enthousiasme qui avait suivi la lecture du document général. Déçu. Quant à Nirgal, il semblait furieux.

— Que diriez-vous d'applaudir nos amis, lança Nadia, qui ont réussi à tirer la synthèse de tout ce qui s'est dit ?

Il y eut des acclamations. Quelques hourras. Un instant, on aurait pu croire à une montée de l'enthousiasme. Mais cela cessa très vite, et la foule s'écoula au-dehors en bavardant. Déjà avec âpreté.

Les débats se poursuivirent donc. Ils s'articulaient à présent autour du document rédigé par Art et Nirgal. En repassant les bandes, Nadia vit que les accords se concentraient en nombre appréciable sur tous les points excepté le numéro six, concernant le niveau du terraforming. La majorité des Rouges ne voulait pas entendre parler du concept de viabilité à basse altitude, en arguant du fait que la plus grande partie de la surface planétaire se trouvait en dessous du contour des quatre mille mètres, et que les terres en altitude seraient sévèrement contaminées si les niveaux inférieurs devenaient viables. Ils menaçaient de bloquer les opérations industrielles de terraforming en cours, pour revenir aux méthodes biologiques les plus lentes auxquelles le modèle radical d'écopoésis faisait appel. Certains défendaient le développement d'une atmosphère ténue de CO_2, qui autoriserait la vie végétale mais pas la vie animale, ce qui correspondrait plus naturellement au passé de Mars. D'autres étaient partisans de laisser la surface aussi semblable que possible à celle qu'ils avaient trouvée à leur arrivée, en maintenant une population très réduite dans des vallées sous tentes. Ils s'en prenaient avec fureur à la destruction rapide de la surface par le terraforming industriel, condamnant tout particulièrement l'inondation de Vastitas Borealis et la fonte des glaces sous la soletta et la loupe orbitale.

Mais au fil des jours, il devint de plus en plus évident que c'était là le seul point du projet de déclaration qui était sérieusement contesté, alors que tous les autres faisaient uniquement l'objet de rectifications dans le détail. Nombreux étaient ceux qui exprimaient leur surprise et leur satisfaction devant ce consensus, et plus d'une fois Nirgal s'exclama avec irritation :

— Pourquoi sont-ils surpris ? Ce n'est pas nous qui avons rédigé ça, nous n'avons fait que relever ce qu'ils avaient tous dit.

Les gens qui l'entendaient acquiesçaient, intéressés, avant de retourner dans les meetings pour travailler une fois encore sur les détails. Mais Nadia avait le sentiment que l'accord se faisait jour de tous côtés, arraché au chaos par l'affirmation d'Art et de Nirgal. De nombreuses sessions, cette même semaine, s'achevèrent en une sorte de consensus politique : les aspects variés d'un Etat se soudant enfin dans la forme que la majorité des parties acceptait.

Mais la discussion sur les méthodes n'en devint que plus véhémente. Elle n'en finissait pas : Nadia contre Coyote, Kasei, les Rouges, les Mars-Unistes et la plupart des Bogdanovistes.

— Vous n'obtiendrez jamais ce que nous voulons par le meurtre !

— Ils n'abandonneront jamais cette planète ! Le pouvoir politique commence au bout du fusil !

Une nuit, après l'une de ces corridas, ils se retrouvèrent très nombreux dans le bassin de Phaistos pour essayer de se détendre. Sax était assis sur une saillie de lave, dans l'eau, et secouait la tête.

— C'est le problème classique de la pénitence... non... de la *violence*. Radical, libéral... Qui n'ont jamais réussi à se mettre d'accord.

Art se laissa couler et remonta en crachotant. Fatigué, irrité, il dit :

— Pourquoi ne pas intégrer la gestion des fléaux ? Et l'idée du retrait mandatoire ?

— Le chômage obligatoire, rectifia Nadia.

— La décapitation, ajouta Maya.

— N'importe quoi ! lança Art en les aspergeant. La révolution de velours. La révolution de soie.

— D'aérogel, dit Sax. C'est léger, résistant, invisible.

— Ça vaut le coup d'essayer ! dit Art.

Ann secoua la tête.

— Ça ne marchera jamais.

— Ça serait mieux qu'un autre 61, remarqua Nadia.

— Mieux si nous nous mettons d'accord sur un plein... un *plan*, dit Sax.

— Mais nous ne pouvons pas, se plaignit Maya.

— Le front est large, insista Art. Allons-y et voyons ce qui marche le mieux.

Sax, Nadia et Maya secouèrent en même temps la tête. En les regardant, Ann éclata brusquement de rire. Et ils se retrouvèrent assis ensemble dans l'eau, à rire sans vraiment savoir pourquoi.

Le dernier grand meeting eut lieu à la fin de l'après-midi, dans le parc de Zakros où tout avait commencé. L'ambiance était bizarrement confuse, jugea Nadia, car nombreux étaient ceux qui acceptaient à contrecœur la Déclaration de Dorsa Brevia, bien plus longue que le projet initial d'Art et Nirgal. Chacun des points fut énoncé à haute voix par Priska, et acclamé par vote consensuel. Mais certains groupes acclamèrent plus fort que d'autres sur divers points, et quand la lecture fut achevée, l'ovation générale fut brève et de pure forme. Nul ne pouvait se réjouir de cela, et Art et Nirgal paraissaient épuisés.

Un moment, chacun resta immobile et silencieux. Personne ne savait ce qu'il convenait de faire ensuite. Le désaccord sur la question des méthodes semblait s'étendre jusqu'à l'attitude à assumer en cet instant. Que faire ? Est-ce qu'ils devaient simplement retourner chez eux ? Avaient-ils tous un chez-soi ? Le moment se prolongea dans le malaise, il devint presque douloureux (comme ils auraient eu besoin de John Boone !), à tel point que Nadia fut soulagée en entendant un cri, quelque part — qui sembla briser un sortilège. Elle leva les yeux. Des doigts se tendaient.

Et là-bas, tout en haut de la muraille noire du tunnel, il y avait une femme verte. Elle était dévêtue. Sa peau verte luisait sous le rai de lumière qui filtrait d'une baie — elle avait les cheveux gris, elle était pieds nus, sans le moindre bijou. Complètement nue sous la couche de teinture verte. Et ce qui était si commun dans le bassin, la nuit, devenait dangereusement provocant sous la lumière du jour. C'était un choc pour tous les sens, un défi à la notion de congrès politique qui leur était, à tous, devenue familière.

Hiroko. Elle commença à descendre les marches d'un pas mesuré. Ariadne, Charlotte et plusieurs autres Minoennes l'attendaient en bas, en compagnie des plus fervents adeptes d'Hiroko : Iwao, Rya, Evgenia, Michel et tous les autres venus de la colonie cachée. Et, tandis qu'Hiroko descendait, ils se mirent à chanter. Ils la couvrirent de guirlandes de fleurs rouges. Un rite de fertilité, songea Nadia. Qui venait tout droit du fond paléolithique de leurs esprits pour se fondre dans l'aréophanie d'Hiroko.

Et lorsqu'elle quitta les marches, ils la suivirent en psalmodiant les noms de Mars : « Al-Qahira, Arès, Auqakuh, Bahram... » Et ainsi de suite, dans un grand mélange de syllabes archaïques où revenait souvent « ka... ka... ka... »

Elle les précéda sur le sentier, entre les arbres. Ils traversèrent la pelouse et rejoignirent l'assistance dans le parc. Hiroko passa au milieu de la foule avec une expression solennelle, lointaine, sur son visage vert. Ils furent nombreux à se lever sur son passage. Jackie Boone se joignit au cortège, et sa grand-mère verte lui prit la main. Elles marchaient maintenant côte à côte : la vieille matriarche, haute, fière, marquée par le temps, noueuse comme un arbre, verte comme ses feuilles. Jackie, plus grande encore, jeune et gracieuse comme une danseuse, ses longs cheveux noirs flottant jusqu'à ses reins. Un bruissement courut alors dans la foule, comme un soupir, et quand le cortège descendit le chemin central qui accédait au canal, certains se levèrent et suivirent, escortés des soufis qui formèrent une tresse autour d'eux, tout en dansant.

— Ana el-Haqq, ana Al-Qahira, ana el-Haqq, ana Al-Qahira...

Bientôt, ils furent un millier à suivre le cortège, dans les chants des soufis ou les psalmodies de l'aréophanie, ou bien encore dans le silence.

Nadia, heureuse, tenait Nirgal et Art par la main. Ils étaient des animaux, après tout, quelle que fût la vie qu'ils avaient choisie. Elle éprouvait une sorte d'adoration, une émotion qu'elle avait rarement connue — l'adoration pour la divinité de la vie, qui revêtait de si belles formes.

Au bord du bassin, Jackie enleva sa combinaison rouille et, avec Hiroko, elle entra dans l'eau jusqu'aux chevilles. Elles étaient face à face et levaient très haut leurs mains jointes. Les autres Minoennes se joignirent à ce pont. Vieilles ou jeunes, vertes ou roses...

Ceux des colonies cachées furent les premiers à passer sous le pont, et parmi eux Maya, main dans la main avec Michel. Et ensuite beaucoup d'autres suivirent et passèrent sous le pont de la mère, en un rite qui semblait remonter à des millions d'années, un cérémonial codé dans leurs gènes et qu'ils semblaient avoir pratiqué toute leur vie. Les soufis passèrent en dansant sous les mains jointes avec leurs grandes robes bouffantes, ce qui inspira tous les autres, qui restèrent habillés pour se lancer dans l'eau entre les femmes nues. Zeyk et Nazik les conduisaient en psalmodiant « Ana Al-Qahira, ana el-Haqq, ana Al-Qahira, ana el-Haqq », pareils à des Hindous dans le Gange, à des Baptistes dans le Jourdain. A la fin, ils furent quelques-uns à se déshabiller, mais tous se retrouvèrent dans l'eau. Et tous se dévisageaient dans cette renaissance soudaine et instinctive, la conscience éclaircie, tapant sur la surface de l'eau, parfois, pour accompagner en rythme les chants et les psalmodies... Et Nadia n'en finissait pas de redécouvrir la beauté de tous ces humains. La nudité, songea-t-elle, était dangereuse pour l'ordre social, en ce qu'elle révélait trop la réalité. Ils étaient tous là avec leurs imperfections, leurs caractères sexuels et les marques de leur mortalité — mais ce qui dominait avant tout, c'était leur étonnante beauté dans la clarté sourde du tunnel, à cette heure du crépuscule, une beauté incroyable, incompréhensible. Sans réponse. Leur peau avait les reflets rouges du soleil déclinant, mais pas assez, apparemment, pour certains des Rouges qui se teintaient le corps pour répondre à Hiroko. Une baignade politique ! se dit Nadia. Et, en fait, toutes les couleurs se mêlaient dans l'eau qui, très vite, devenait brunâtre.

Maya s'était mise à nager sur les hauts-fonds et vint heurter Nadia avant de s'accrocher impétueusement à elle.

— Hiroko est géniale ! lui lança-t-elle en russe. Folle peut-être, mais géniale.

— La déesse-mère du monde, répliqua Nadia avant de s'élancer dans l'eau tiède vers quelques-uns des Cent Premiers et des issei de Sabishii.

Ann et Sax étaient là, côte à côte : Ann grande et élancée, Sax trapu et rond, exactement comme aux premiers jours des bains d'Underhill, quand ils se perdaient dans de longues discussions, le visage de Sax renfrogné par la concentration. Nadia éclata de rire en les voyant et les aspergea à grands gestes.

Fort nagea jusqu'à elle.

— J'aurais dû mener toute la conférence comme ça ! dit-il. Ooh ! Il y en a un qui va nous tomber dessus !

Un surfeur qui dévalait la paroi du tunnel venait de s'éjecter et plongea au milieu du bassin.

— Ecoutez, ajouta Fort, il faut que je rentre si je veux être utile. Et puis j'ai aussi une arrière-arrière-arrière-petite-fille qui se marie dans quatre mois.

— Et vous pourrez rentrer aussi vite que ça ? s'étonna Spencer.

— Oui, j'ai un vaisseau rapide.

Une des filiales spatiales de Praxis construisait des fusées qui utilisaient une version modifiée du système de propulsion Dyson pour accélérer et décélérer durant le vol, ce qui autorisait une trajectoire directe entre les deux planètes.

— Le style directorial, commenta Spencer.

— Tous ceux qui ont besoin de se déplacer d'urgence peuvent l'emprunter à Praxis. Tenez : si vous avez envie de visiter la Terre, rien que pour voir quelles sont les conditions, en exclusivité...

Quelques sourcils se levèrent, mais personne ne releva la proposition. Et il n'était plus question de retenir William Fort comme prisonnier.

A présent, tous les baigneurs dérivaient comme des méduses, se laissant porter par l'eau, apaisés par la tiédeur, le vin et le kava que l'on distribuait à la ronde dans des tasses de bambou, et le sentiment d'avoir achevé ce qu'ils étaient venus accomplir. Ça n'était pas parfait, disaient-ils — certainement pas — mais c'était déjà quelque chose, surtout dans les points trois et quatre. A vrai dire, c'était un commencement, un vrai. Et ils s'en souviendraient tous.

— Mais ça, dit quelqu'un qui était assis près du bord, c'est de la religion. Et j'adore tous ces beaux corps, mais mélanger l'Etat et la religion, c'est dangereux...

Nadia et Maya avaient gagné les eaux plus profondes, bras dessus bras dessous, bavardant avec tous ceux qu'elles connaissaient. Un groupe de jeunes de Zygote, avec Rachel, Tiu, Frantz et Steve et tous les autres, les aperçut :

— Hé, les sorcières !

Ils se précipitèrent sur elles pour les serrer dans leurs bras et les couvrir de baisers. Ça, songea Nadia, c'est la réalité kinétique, la réalité somatique, haptique — le pouvoir du toucher, et, oh ! Son doigt fantôme pulsait de vie, ce qui ne lui était pas arrivé depuis des siècles...

Les ectogènes de Zygote les suivirent, et ils rencontrèrent Art, qui se trouvait en compagnie de Nirgal et de quelques autres hommes, tous attirés par la présence magnétique de Jackie qui se tenait à côté d'Hiroko, désormais à demi verte, ses longs cheveux mouillés épars sur ses épaules. Elle riait en rejetant la tête en arrière, et la clarté du crépuscule lui conférait une espèce de puissance hyperréelle, héraldique. Art, quant à lui, était rayonnant de bonheur, et lorsque Nadia l'étreignit, il passa un bras sur son épaule. Il était désormais son ami : une réalité somatique solide.

— C'était bien joué, lui dit Maya. C'est exactement ce que John Boone aurait fait.

— Mais non, contra automatiquement Jackie.

— Je l'ai connu, insista Maya en lui décochant un regard acéré. Pas toi. Et je répète que c'est ce qu'il aurait fait.

Elles s'affrontaient : l'ancienne beauté aux cheveux blancs et la jeune beauté aux cheveux noirs — et Nadia découvrit dans cette scène quelque chose de primaire, de primitif... Elle aurait tant voulu dire aux jeunes demi-frères et demi-sœurs de Jackie, qui étaient derrière elle : « Voilà les deux vraies sorcières ! »

Mais ils le savaient déjà, certainement.

— Personne ne ressemblera jamais à John, dit-elle pour briser le sortilège. (Elle serra la taille d'Art.) Mais quand même, c'était réussi.

Kasei accourut vers eux en s'ébrouant. Jusqu'alors, il avait gardé le silence, et Nadia était quelque peu intriguée : lui dont le père était célèbre, autant que la mère, autant que sa fille... Lui dont le pouvoir grandissait parmi les Rouges et les Mars-Unistes, qui constituaient une sorte de mouvement séparatiste, à la limite, ainsi que le congrès l'avait révélé. Oui, il était vraiment difficile de savoir ce que Kasei pensait de son existence. Il lança à Jackie un regard trop complexe pour être déchiffrable — marqué d'orgueil, de jalousie, de reproche — et déclara :

— Nous aurions besoin de John Boone en ce moment.

Son père — le premier homme sur Mars —, son John adoré, qui aimait tant nager la brasse papillon à Underhill, durant des après-midi qui ressemblaient à celui-ci, à cette seule différence que ç'avait été leur lot quotidien, pendant plus d'une année...

— Et aussi Arkady et Frank, dit Nadia, dans l'espoir de désamorcer la dispute.

— Nous pouvons aisément nous passer de Frank Chalmers, coupa Kasei d'un ton amer.

— Pourquoi donc ? s'écria Maya. Ce serait vraiment une chance de l'avoir avec nous en ce moment ! Il saurait comment manipuler Fort, Praxis, les Suisses, les Rouges et tous les Verts, tous... Oui, ils nous seraient tellement utiles maintenant : Frank, Arkady et John — tous les trois.

Ses lèvres avaient pris un pli sévère et elle défia Jackie et Kasei du regard, comme si elle leur intimait l'ordre de se taire. Puis elle détourna les yeux.

— C'est bien pour ça que nous devons éviter un autre 61, conclut Nadia.

— Nous l'éviterons, l'assura Art avant de la serrer contre lui.

Elle secoua tristement la tête : les bons moments passaient tellement vite.

— Nous n'avons pas le choix. Tout cela ne dépend pas vraiment de nous. Nous verrons bien.

— Cette fois, ce sera différent, insista Kasei.

— On verra bien.

HUITIÈME PARTIE

INGÉNIERIE SOCIALE

Où êtes-vous né ?

A Denver.

Et où avez-vous été élevé ?

Rock. Boulder.

Quel genre d'enfant étiez-vous ?

Je ne sais pas.

Donnez-moi vos impressions.

Je voulais savoir pourquoi.

Vous étiez curieux ?

Très curieux.

Vous vous amusiez avec des jeux scientifiques ?

Tous.

Et vos amis ?

Je ne m'en souviens pas.

Essayez de dire n'importe quoi.

Je ne pense pas que j'aie eu beaucoup d'amis.

Etiez-vous ambidextre dans votre enfance ?

Je ne m'en souviens pas.

Pensez à vos expériences scientifiques. Vous serviez-vous de vos deux mains dans ce cas ?

Je crois que cela a souvent été nécessaire.

Vous écriviez avec votre main droite ?

Je le fais actuellement. Je... Je le faisais alors. Oui. Quand j'étais enfant.

Et vous faisiez quelque chose avec votre main gauche ? Vous vous brossiez les dents, vous vous peigniez, vous mangiez, vous montriez les choses, lanciez des ballons ?

Je faisais tout ça avec ma main droite. Est-ce que ça aurait été important si je ne l'avais pas fait ?

Eh bien, voyez-vous, dans les cas d'aphasie, les vrais droitiers se conforment tous assez bien à un certain profil. Les activités sont localisées, ou, pour mieux dire cela, coordonnées dans certains secteurs du cerveau. Quand nous déterminons précisément les problèmes que vit l'aphasique, nous arrivons à localiser plutôt bien les lésions de son cerveau. Et vice versa. Ce schéma ne se présente pas avec les gauchers et les ambidextres. On peut dire que le cerveau des gauchers et des ambidextres est organisé de façon légèrement différente.

Vous savez que la plupart des enfants ectogènes d'Hiroko sont gauchers.

Oui, je le sais. Je lui en ai parlé, mais elle prétend ne pas savoir pourquoi. Elle dit que c'est peut-être dû au fait qu'ils sont nés sur Mars.

Vous trouvez cela plausible ?

Eh bien... On comprend encore très mal les problèmes de dextralité, de toute manière, ainsi que les effets de la gravité allégée... Ça prendra des siècles, non ?...

Je suppose que oui.

Cette idée ne vous plaît pas, n'est-ce pas ?

J'aimerais mieux obtenir des réponses.

Et si toutes vos questions avaient reçu des réponses ? Vous seriez satisfait ?

J'ai du mal à imaginer une telle... situation. Un faible pourcentage de mes questions reçoivent des réponses.

Mais c'est une idée merveilleuse, n'êtes-vous pas d'accord ?

Non. Ce ne serait pas scientifique d'être d'accord sur ce point.

Vous concevez la science comme rien de plus que des réponses à des questions ?

Comme un système destiné à générer des réponses.

Et quel en est le but ?

... Savoir.

Et que ferez-vous de votre savoir ?

... J'en apprendrai plus.

Mais pourquoi ?

Je ne sais pas. C'est ainsi que je suis.

Certaines de vos questions ne devraient-elles pas être orientées dans ce sens : découvrir pourquoi vous êtes ainsi ?

Je ne pense pas que l'on puisse trouver de bonnes réponses à des questions sur... la nature humaine. Il vaut mieux la considérer comme une boîte noire. On ne peut pas lui appliquer de méthode scientifique. Pas assez bien, en tout cas, pour être sûr de vos réponses.

En psychologie, nous croyons avoir identifié une pathologie particulière dans laquelle une personne a besoin de tout savoir parce qu'elle a peur de ne pas savoir. Cette pathologie, nous la nommons monocausotaxophilie, selon le terme de Pöppel : l'attrait pour des causes simples qui expliquent tout. Qui peut se transformer en peur de manquer de causes. Car le manque peut être dangereux. La recherche de la connaissance devient primitivement défensive, en ceci qu'elle est un moyen de nier la peur alors que l'on est vraiment effrayé. Au pire, ça n'est même pas la recherche de la connaissance, parce que lorsque les réponses arrivent, elles cessent d'être intéres-

santes, puisqu'elles ne sont plus dangereuses. Donc, la réalité elle-même n'a plus d'importance pour le sujet.

Tout le monde essaie d'éviter le danger. Mais les motivations sont toujours multiples. Et différentes d'une action à l'autre. D'un moment à un autre. N'importe quel schéma est l'objet de... la spéculation de l'observateur.

La psychologie est une science dans laquelle l'observateur devient intimement impliqué dans le sujet de l'observation.

C'est une des raisons pour lesquelles je ne crois pas que ce soit une science.

Mais c'est une science, ça ne fait pas de doute. L'un de ses dogmes est : si vous voulez en savoir plus, aimez davantage. Tous les astronomes aiment les étoiles. Sinon, pourquoi les étudier ?

Parce qu'elles sont des mystères.

Qu'est-ce que vous aimez ?

La vérité.

La vérité n'est pas une très bonne maîtresse.

Je ne cherche pas l'amour.

En êtes-vous sûr ?

Pas plus sûr que n'importe qui lorsqu'il pense aux... motivations.

Vous reconnaissez que nous avons des motivations ?

Oui. Mais la science ne peut pas les expliquer.

Donc elles sont une part du Grand Inexplicable.

Oui.

Et vous concentrez donc votre attention sur d'autres choses.

Oui.

Mais les motivations sont toujours là.

Oh oui.

Que lisiez-vous dans votre jeunesse ?

Toutes sortes de choses.

Vous aviez quelques livres préférés ?

Sherlock Holmes. *D'autres romans policiers aussi.* La Machine pensante. Le Dr Thorndyke.

Vos parents vous punissaient-ils si vous étiez pénible ?

Je ne crois pas. Ils n'aimaient pas que je leur crée des problèmes. Mais je pense qu'ils étaient tout simplement comme les autres à ce sujet.

Est-ce que vous les avez jamais vus en crise ?

Je ne m'en souviens pas.

Vous ne les avez jamais vus pleurer, ou crier ?

Je ne les ai jamais entendus crier. Mais je crois que maman pleurait quelquefois.

Vous saviez pourquoi ?

Non.

Vous vous demandiez pourquoi ?

Je ne me souviens pas. Est-ce que ce serait important si je m'en souvenais ?

Que voulez-vous dire ?

Je veux dire, si j'avais eu tel passé. J'aurais pu devenir n'importe quelle personne. Ça dépendait de ma réaction aux... aux événements. Et si j'avais eu tel autre passé, les mêmes variations auraient suivi. Donc, votre questionnaire est inutile. Du fait qu'il n'a pas de rigueur explicative. C'est une imitation de la méthode scientifique.

Je considère votre conception de la science comme parcimonieuse et réductrice, comme vos activités scientifiques. Vous dites pour l'essentiel que nous ne devrions pas étudier l'esprit humain car il est trop complexe pour que cette étude soit facile. Ceci n'est guère courageux de votre part. L'univers extérieur est tout aussi complexe, mais vous ne nous conseillez pas de nous en détourner. Alors, pourquoi cette attitude envers l'univers intérieur ?

Vous ne pouvez pas isoler les facteurs, vous ne pouvez pas répéter les conditions, vous ne pouvez pas mettre au point des expériences contrôlées, vous ne pouvez pas émettre des hypothèses falsifiables. L'ensemble de l'appareil scientifique ne vous est pas accessible.

Pensez un peu aux premiers scientifiques.

Les Grecs ?

Avant eux. La préhistoire n'était pas seulement la ronde des saisons, sans forme ni temps, comprenez-vous. Nous avons tendance à croire que ces gens ressemblaient à nos propres esprits inconscients, mais ils n'étaient pas ainsi. Pendant cent mille ans au moins, nous avons été aussi intellectuels que nous le sommes maintenant. Et chaque âge a eu ses grands savants, qui ont tous travaillé dans le contexte de leur temps, comme nous le faisons. Pour les plus anciens, il n'existait guère d'explications à quoi que ce fût — la nature était un tout aussi complexe et mystérieux que le sont nos propres esprits pour nous aujourd'hui, mais qu'y pouvaient-ils ? Ils devaient bien commencer quelque part, hein ? Voilà ce que vous devez vous rappeler. Et il a fallu des milliers d'années pour apprendre les plantes, les animaux, l'usage du feu, les roches, les haches, l'arc et la flèche, le refuge, les habits. Puis, la poterie, l'agriculture, la métallurgie. Et tout cela si lentement, au prix de tant d'efforts. Tout cela transmis par l'enseignement oral, d'un savant à un autre. Et tout ce temps, il y eut des gens, sans aucun doute, pour dire que tout ça était trop complexe pour qu'on fût certain de quoi que ce soit. Pourquoi essayer après tout ? A propos de cette situation, Galilée a déclaré : « Les anciens avaient de bonnes raisons de considérer les premiers savants comme des dieux, parce que les esprits communs étaient tellement peu curieux. Les petits indices qui ont précédé les grandes inventions relevaient d'un esprit surhumain et non pas trivial. » Surhumain ! Ou, plus simplement, ce qu'il y a de meilleur en nous, les esprits les plus aventureux de chaque génération. Les scientifiques. Et en quelques millénaires, nous avons façonné un modèle du monde, un paradigme très précis et puissant. Non ?...

Mais est-ce que nous n'avons pas fait autant d'efforts durant toutes ces années — avec si peu de succès — pour nous comprendre nous-mêmes ?

Disons que oui. Peut-être cela prendra-t-il plus de temps. Mais réfléchissez : nous avons fait pas mal de progrès dans ce domaine. Et ce n'est pas récent. Rien que par l'observation, les Grecs ont découvert nos quatre tempéraments, et ce n'est que très récemment que nous en avons suffisamment appris sur le cerveau pour dire quelle était la base neurologique du phénomène.

Vous croyez aux quatre tempéraments ?

Oh, oui. Et si on le souhaite, on peut les confirmer par expérience. De même que tant de choses concernant l'esprit humain. Peut-être qu'il ne s'agit pas là de physique, et qu'il n'en sera jamais question. Il se peut que nous soyons simplement plus complexes et imprévisibles que l'univers.

Ça me paraît peu probable. Nous sommes faits d'atomes, après tout.

Mais animés ! Nous sommes mus par la force verte, nous avons un esprit : le Grand Inexplicable !

Des réactions chimiques...

Mais pourquoi la vie ? Elle est plus que de simples réactions. Il existe une pulsion vers la complexité qui s'oppose directement aux lois physiques sur l'entropie. Pourquoi est-ce donc ainsi ?

Je ne sais pas.

Pourquoi cela vous déplaît-il tant quand vous ne pouvez pas dire pourquoi ?

Je ne sais pas.

Le mystère de la vie est une chose sainte. C'est notre liberté. Nous nous sommes expulsés de la réalité, nous existons désormais dans une sorte de liberté divine, et le mystère en est partie intégrante.

Non. Nous sommes une réalité physique. Des atomes qui tournent. Déterminés sur la plupart des échelles, aléatoires sur d'autres.

Bien. Nous sommes en désaccord. Mais, quoi qu'il en soit, le boulot d'un scientifique est de tout explorer. Quelles que soient les difficultés ! De rester ouvert, d'accepter l'ambiguïté. D'essayer de fusionner avec l'objet de la connaissance. D'admettre que des valeurs percent dans l'ensemble de l'entreprise. De l'aimer. De travailler afin de découvrir les valeurs selon lesquelles nous devrions vivre. De travailler pour livrer ces valeurs au monde. D'explorer... et bien plus : de créer !

Il faudra que j'y réfléchisse.

L'observation n'est jamais suffisante. Et puis, ça n'était plus leur expérience. Desmond arriva à Dorsa Brevia et Sax vint le retrouver.

— Peter vole toujours ?

— Mais oui. Si c'est ce que tu veux dire, il passe pas mal de temps dans l'espace.

— Oui, c'est ça. Est-ce que tu peux me mettre en contact avec lui ?

— Bien sûr que je le peux. (Le visage parcheminé de Desmond était perplexe.) Tu t'exprimes de mieux en mieux, Sax. Qu'est-ce qu'ils t'ont fait ?...

— Des traitements gérontologiques. Et aussi des hormones de croissance, L-dopamine, sérotonine, et d'autres produits. Des trucs extraits des étoiles de mer.

— Ils t'ont fait pousser un nouveau cerveau, hein ?

— Oui. En partie, en tout cas. Ils m'ont aussi fait des stimuli synaptiques synergiques. Et j'ai énormément parlé avec Michel.

— Oh, oh !

— Mais je suis encore moi.

Le rire de Desmond fut presque animal.

— Je le vois. Ecoute, je vais repartir d'ici deux jours, et je te conduirai à l'aéroport de Peter.

— Merci.

On lui avait fait pousser un nouveau cerveau. Ça n'était pas une façon de dire très précise. La lésion était circonscrite au tiers postérieur de la convolution frontale inférieure. Les tissus étaient morts à la suite de l'interruption de la stimulation focalisée par ultrasons de la zone mémorielle du langage au cours de l'interrogatoire. Une attaque. Une aphasie de Broca. Des difficultés avec le dispositif moteur du langage, peu de mélodie, des difficultés dans l'amorce des articulations, réduction à la télégrammèse, surtout des noms et les formes simplifiées des verbes. Toute une batterie de tests détermina que la majorité des autres fonctions cognitives était intacte. Il n'en était pas si sûr. Il comprenait les gens quand ils lui parlaient, il pensait toujours de la même façon, pour autant qu'il sût, et il n'avait pas de problèmes dans les tests non linguistiques, comme de spatialité. Mais lorsqu'il tentait de parler, c'était soudain la trahison — dans sa bouche et son esprit. Les choses perdaient leur nom. C'était étrange, car même sans nom elles restaient des choses. Il pouvait les voir et y penser en termes de formes différentes, ou de nombres. De formules de description. Combinaisons variées de sections coniques ou les six surfaces de révolution symétrique autour d'un axe, le plan, la sphère, le cylindre, la caténoïde, l'onduloïde et le nodoïde. Les formes sans les noms, mais ces formes seules étaient comme des noms. La spatialisation du langage. Pourtant il s'avéra que se souvenir sans mots était difficile. Il fallait emprunter une méthode, la méthode du palais de la mémoire, en commençant par le spatial. Un espace de l'esprit fut établi pour ressembler à l'intérieur des labos du Belvédère d'Echus, dont il se souvenait suffisamment bien pour les reparcourir en esprit, avec ou sans noms. Et à chaque place il y avait un objet. Ou à une autre place. Sur un comptoir : tous les labos d'Acheron. Sur le réfrigérateur : Boulder, Colorado. Et ainsi, il se rappelait toutes les formes auxquelles il pensait par rapport à leur situation dans son labo mental.

Et ensuite, parfois, le nom lui revenait. Mais quand il le connaissait et tentait de le prononcer, il était très possible que ce fût un mauvais nom qui sorte de sa bouche. Il avait toujours eu cette tendance. Après des réflexions intenses, quand tout était clair en lui, il avait souvent peiné à traduire ses pensées au niveau du langage, ce qui s'adaptait mal à la forme de pensée qu'il développait. Donc avait été ardu. Mais ça ne ressemblait en rien à cela, cette saisie interrompue, erratique, traîtresse des mots, dans laquelle il échouait, ou qui le trompait. C'était totalement frustrant. Douloureux. Quoique certainement préférable encore à l'aphasie de Wernicke dans laquelle on parle avec volubilité sans avoir conscience que les phrases que l'on débite n'ont pas de sens. Tout comme il avait eu une tendance à perdre les mots qui désignaient les choses, il existait des gens qui développaient une tendance wernickienne sans avoir l'excuse de lésions cérébrales. Comme Art l'avait remarqué. Et Sax se disait qu'il préférait son problème.

Ursula et Vlad étaient venus lui rendre visite.

— L'aphasie est différente pour chaque cas, lui dit Ursula. Il existe des formes, des groupes de symptômes qui correspondent à certains schémas de lésion pour les adultes droitiers. Mais, pour les esprits exceptionnels, il existe de nombreux cas particuliers. Nous savons déjà que tes fonctions cognitives sont restées à un très haut degré pour quelqu'un qui présente les difficultés d'élocution que tu as. Il est probable qu'une grande part de ton activité mentale vouée aux maths et à la physique n'utilisait pas le langage.

— C'est juste.

— Et s'il s'est agi d'une pensée géométrique plutôt qu'analytique, elle s'est probablement située dans l'hémisphère droit de ton cerveau. Et c'est lui qui a été épargné.

Sax acquiesça, peu certain de pouvoir parler.

— C'est ainsi que les perspectives de guérison varient largement. Mais il y a presque toujours une amélioration. Les enfants, en particulier, sont très adaptables. Lorsqu'ils sont atteints à la tête, même une lésion circonscrite peut poser des problèmes sérieux, mais ils s'en remettent presque toujours. On peut amputer un hémisphère complet du cerveau sur un enfant si le problème le nécessite, et alors l'autre hémisphère réapprendra toutes les fonctions. Cela s'explique par le taux de croissance incroyable du cerveau chez l'enfant. Pour l'adulte, c'est différent. La spécification s'est installée, et les lésions circonscrites causent un dommage spécifique limité. Mais quand un talent a été détruit dans un cerveau mature, toute amélioration notable est rare.

— Le tri. Le traitement.

— Exact. Mais vois-tu, le cerveau est précisément l'une des zones que le traitement gériatrique a le plus de mal à pénétrer. Mais nous y avons quand même travaillé. Nous avons conçu un ensemble de stimuli que l'on utilise conjointement avec le traitement quand nous avons affaire à des dommages au cerveau. Cela pourrait devenir une phase régulière du traitement, si les essais continuent à être satisfaisants. Cette injection augmente la plasticité du cerveau en stimulant la croissance de l'axone et de l'épine dendritique, ainsi que la sensibilité des synapses de Hebb. Le corps calleux y est très sensible, ainsi que l'hémisphère opposé à la partie lésée. L'apprentissage peut construire de nouveaux réseaux neuraux.

— Faites-le, dit Sax.

La destruction est la création. Redevenir petit enfant. Le langage est espace, une sorte de notation mathématique, des emplacements géométriques dans le palais de la mémoire. Lecture. Cartes. Codes, substitutions, noms secrets des choses. L'irruption flamboyante d'un mot. La joie de bavarder. La longueur d'onde de chaque couleur, par le nombre. Ce sable est orange, rouille, blond, jaune, sienne, ombre, ombre brûlée, ocre. Ce ciel est céruléen, cobalt, lavande, mauve, violet, bleu de Prusse, indigo, aubergine, bleu nuit. Il suffit de regarder les palettes de couleurs avec des mots : la riche intensité des couleurs, les sons des mots — il voulait plus encore. Un nom pour chaque longueur d'onde du spectre visible. Pourquoi pas ? Pourquoi être si pingre ? La longueur d'onde de .59 est tellement plus bleue que la .6, et la .61 est tellement plus rouge... Ils avaient besoin de plus de mots pour les pourpres, tout comme les Eskimos avaient besoin de plus de mots pour désigner la neige. Les gens se servaient toujours de cet exemple : les Eskimos en avaient une vingtaine. Mais les scientifiques, eux, avaient plus de trois cents mots pour neige, et qui avait jamais reconnu que les scientifiques accordaient de l'attention au monde environnant ? Ressemblance. Il n'y a pas deux flocons de neige identiques. Bla, bla... Bière, bar, branque, bombe, boum. Bah... Cet endroit où mon bras se plie est mon coude ! Mars ressemble à une citrouille ! L'air est froid. Et empoisonné par le gaz carbonique.

Il y avait certaines parties de son discours intérieur qui étaient entièrement composées de vieux clichés, qui venaient sans doute de ce que Michel appelait le « surappris » d'activités de son passé, qui avait tellement imprégné son esprit qu'il avait survécu aux dommages. Design net, bonnes données, parts par milliard, mauvais résultats. Et puis, coupant au travers de ces formulations rassurantes, comme entièrement séparées du langage, il y avait les perceptions nouvelles, et les phrases nouvelles qui se reformaient à tâtons pour les exprimer. Le discours était toujours le bienvenu, qu'il vienne d'un domaine ou de l'autre. L'exaltation joyeuse de la normalité. Qu'il avait trouvée tellement normale. Michel venait parler avec lui tous les jours. Il l'aidait à construire son nouveau cerveau. Pour un homme de science, Michel entretenait des certitudes très inquiétantes. Les quatre éléments, les quatre tempéraments, des formulations alchimiques de toutes sortes, des positions philosophiques qui se présentaient comme de la science...

— Tu ne m'as pas demandé si je pouvais changer le plomb en or ?

— Je ne le pense pas.

— Michel, pourquoi passes-tu tout ce temps à me parler ?

— J'aime bien parler avec toi, Sax. Tu dis quelque chose de neuf tous les jours.

— J'aime bien lancer des choses de la main gauche.

— Je l'ai constaté. Il est possible que tu finisses par être gaucher. Ou ambidextre, parce que ton cerveau gauche est tellement fort qu'il ne laissera pas grand-chose derrière lui, même si la lésion a été importante.

— Mars ressemble à une boule de fer avec de vieilles planétésimales.

Avec Desmond, il vola jusqu'au refuge des Rouges, dans le cratère de Wallace, où Peter séjournait fréquemment. Et il était bien là. Peter le fils de Mars, toujours aussi grand, vif et fort, gracieux, amical quoique impersonnel, distant, absorbé dans son travail et dans sa vie propre. Comme Simon. Sax lui dit ce qu'il voulait faire, et pourquoi. Il trébuchait encore parfois dans son discours. Mais c'était tellement mieux qu'auparavant qu'il ne s'en troublait plus. Il fallait forger les mots ! C'était comme de parler une langue étrangère. Pour lui, tous les langages étaient étrangers, désormais. Excepté son idiolecte des formes. Mais ce n'était pas une aggravation — bien au contraire, c'était un réel soulagement que de s'en tirer aussi bien. De voir le brouillard se dissiper devant les mots, de retrouver les connexions à l'intérieur de sa bouche. Même de cette façon nouvelle et hasardeuse. Une chance d'apprendre. Parfois, cette nouvelle façon lui plaisait. La réalité d'un individu peut vraiment dépendre de son paradigme scientifique, mais en définitive, elle dépend surtout de la structure de son cerveau. Si vous changez ça, vos paradigmes peuvent très bien suivre. On ne peut pas lutter contre le progrès. Ni contre une différenciation progressive.

— Est-ce que tu comprends ?

— Oh, oui, je comprends, dit Peter avec un large sourire. Je pense que c'est une très bonne idée. Très importante. Il va me falloir quelques jours pour préparer l'avion.

Ann les rejoignit. Elle avait l'air vieillie et fatiguée. Elle salua à peine Sax : sa vieille antipathie était plus forte que jamais. Et il ne sut quoi lui dire. Est-ce qu'il y avait un nouveau problème ?

Il décida d'attendre jusqu'à ce que Peter lui ait parlé et de voir si cela faisait une différence. Il attendit. Maintenant, quand il ne parlait pas, personne ne le dérangeait. Des avantages se faisaient jour de tous côtés.

Ann revint après un entretien avec Peter pour se joindre à un repas avec les autres Rouges dans leur petite salle commune, et là elle l'observa avec curiosité. Elle le cherchait par-dessus les têtes, comme si elle inspectait une nouvelle colline du paysage martien. Son regard était intense et objectif. Evaluateur. Une modification de statut dans un système dynamique est un point de données qui suggère une théorie. Soutien ou animosité. Qu'est-ce que tu es ? Pourquoi fais-tu ça ?

Il affronta son regard calmement, essayant de l'arrêter, de le renvoyer. Oui, je suis encore Sax. J'ai changé. Et toi, qui es-tu ? Pourquoi n'as-tu pas changé ? Pourquoi me regarder encore comme ça ? J'ai eu un accident. L'individu pré-morbide n'est plus là, plus vraiment. J'ai subi un traitement expérimental, je me sens bien, je ne suis pas l'homme que tu as connu. Et pourquoi tu n'as pas changé ?

Si suffisamment de points de données troublent la théorie elle peut se révéler fausse. Si elle était basique, il se peut que le paradigme doive changer.

Elle s'assit à la table. Il était douteux qu'elle ait pu lire ses pensées aussi finement. Mais néanmoins, ç'avait été un tel plaisir que de rencontrer son regard !

Il s'installa dans le petit cockpit avec Peter et, juste après le laps de temps martien, ils roulèrent sur la piste de rocher, accélérèrent presque aussitôt et grimpèrent vers le ciel noir, dans les vibrations du grand avion spatial aérodynamique. Sax se laissa aller en arrière, écrasé dans son siège, et attendit patiemment que l'avion atteigne le haut de la grande courbe asymptotique, ralentisse en se redressant doucement, jusqu'à ce qu'il se retrouve dans la douceur de la haute stratosphère et que la transition s'opère de l'avion à la fusée, au niveau le plus ténu, à cent mille mètres d'altitude, là où les gaz du cocktail de Russell étaient annihilés jour après jour par le rayonnement UV. Le placage de l'appareil était maintenant porté au rouge. A travers le filtre du cockpit, il avait la couleur du soleil au crépuscule. Il affectait sans doute leur vision nocturne. Tout en bas, la planète était obscure. Seules les traces claires des glaciers du Bassin d'Hellas étaient visibles sous la clarté des étoiles. Ils prirent encore de l'altitude en une spirale qui allait s'élargissant. L'espace était un dôme énorme et opaque rempli d'étoiles. Le ciel de nuit de Mars. Ils montaient toujours. La fusée était à présent d'un jaune translucide, intense, hallucinatoire. La dernière création de Vishniac, conçue partiellement par Spencer. Elle était en matériaux composites intermétalliques, principalement du gamma titanium aluminium, restructuré en une tapisserie de nodoïdes et caténoïdes semblables à des yeux et des crochets, qui entraient en vibration folle avec l'élévation de la chaleur. Eh oui ! voilà ce qu'on pouvait construire ! Des avions air-espace. On sort dans sa cour et on s'envole pour Mars dans une boîte de conserve.

Sax décrivit à Peter ce qu'il comptait faire. Et Peter rit.

— Tu penses que Vishniac peut y arriver ?

— Oh oui !

— Ça va poser des problèmes de design.

— Je sais, je sais. Mais ils vont les résoudre. Ce que je veux dire, c'est qu'il n'y a pas besoin d'être un expert en fusées pour être expert en fusées.

— Absolument vrai.

Peter se mit à chantonner pour passer le temps. Sax se joignait à lui quand les paroles lui revenaient.

« *Sixteen tons, and what do I get ? Another day older and deeper in debt*[1]. »

Peter raconta comment il s'était échappé de l'ascenseur spatial dans sa chute. Ce qu'il avait éprouvé en dérivant dans l'espace en combinaison AEV[2]. Seul pendant deux jours.

— Je crois que j'y ai pris goût, c'est tout. Je sais que ça paraît étrange.

— Je comprends.

Les formes, là-haut, étaient tellement pures et grandes. Et leurs couleurs.

— Qu'est-ce que ça fait de recommencer à parler ?

— Il faut que je me concentre pour y arriver. Et que je réfléchisse très dur. Des choses me surprennent tout le temps. Celles que j'avais apprises et oubliées. Celles que je n'ai jamais apprises. Et aussi celles que j'avais apprises juste avant les lésions. D'ordinaire, cette période est occultée. Mais elle était tellement importante. Quand je travaillais près du glacier. Il faut que je parle de ça à ta mère. Ça n'est pas comme elle le pense. Tu vois, la terre. Et toutes ces nouvelles plantes. Le soleil jaune comme un papillon. Il ne faut pas que...

— Tu dois lui en parler.

— Elle ne m'aime pas.

— Parle-lui dès que nous serons revenus.

L'altimètre indiquait qu'ils étaient à deux cent cinquante kilomètres

1. Ballade de Tennessee Ernie Ford sur les mineurs américains, au début des années 1950. (« Seize tonnes, et qu'est-ce que j'ai ? Un autre jour de plus et encore plus de dettes. ») Reprise par de nombreux autres chanteurs et groupes, dont les Platters, le Golden Gate Quartet, etc. (*N.d.T.*)

2. Activité extra-véhiculaire. (*N.d.T.*)

de la surface. L'avion escaladait le ciel vers Cassiopée. Chaque étoile était d'une teinte différente, distincte des autres. Il en discernait au moins cinquante. En dessous, à la lisière est du disque noir qu'était la planète, le terminateur apparut, zébré d'ocre sableux et d'ombre dense. Le mince croissant de lumière lui donna soudain la perception claire du disque comme d'un grand sphéroïde. Une boule lancée entre les étoiles de la galaxie. L'énorme masse continentale d'Elysium montait sur l'horizon, parfaitement dessinée par les ombres horizontales. Les deux hommes contemplaient la planète au-delà de la longue dorsale. Hecates Tholus était à demi caché par le cône d'Elysium Mons, et Albor Tholus apparaissait plus loin sur le côté.

— La voilà ! fit Peter en pointant le doigt.

Au-dessus d'eux, à l'est, le bord oriental de la loupe aérienne était d'argent pur dans la lumière du matin. Le reste était encore dans l'ombre de la planète.

— On est assez près ? demanda Sax.

— Presque.

Sax regarda à nouveau le croissant qui s'épaississait. Tout en bas, sur le flanc obscur des highlands accidentées d'Hesperia, un nuage de fumée montait et s'enflait juste au-delà du terminateur, dans le premier éclat du soleil. Même à l'altitude à laquelle ils volaient, ils étaient encore dans ce nuage, dans la partie invisible de la colonne. La loupe elle-même glissait sur ce courant thermique, en se servant de sa poussée et de la pression du soleil pour maintenir sa position au-dessus de la zone incendiée.

A présent, la loupe entière était visible, pareille à un immense parachute argenté dépourvu de suspentes, marquée par endroits de mauve ou de bleu ciel. Cette coupe était une section de sphère de mille kilomètres de diamètre, dont le centre culminait à cinquante mille mètres. Et qui tournait dans le ciel comme un frisbee. Au sommet, un trou laissait pénétrer le soleil. Partout ailleurs, les bandes de miroirs circulaires de la coupe reflétaient la lumière du soleil et de la soletta, la dirigeaient vers le bas et la concentraient sur un point mouvant de la surface, développant une température qui faisait fondre le basalte. Les miroirs pouvaient produire 900 kelvins, et la roche en fusion atteignait cinq mille degrés. Libérant les gaz volatils.

Tandis qu'il observait la loupe géante, une image apparut dans l'esprit de Sax. Celle d'une loupe qu'il avait tenue entre ses doigts il y avait si longtemps, et qui enflammait une poignée d'herbes sèches et une branche de pin. De la fumée, une flamme, du feu. Les rayons concentrés du soleil. L'assaut des photons.

— Est-ce qu'on n'est pas suffisamment près ? On dirait qu'elle est juste au-dessus de nous.

— Non. On est encore loin du bord. On n'a pas intérêt à se risquer sous ce machin, quoique je suppose qu'il faudrait que la lumière se focalise sur nous pour que nous soyons grillés. De toute façon, elle se déplace à mille kilomètres à l'heure au-dessus de la zone brûlée.

— Comme les jets quand j'étais jeune.

— Hum... (Des voyants verts clignotèrent sur les consoles.) OK. On y va.

Peter tira le manche vers lui et l'avion se dressa pour monter droit vers la loupe, qui était encore à cent mille mètres au-dessus d'eux, et plus à l'ouest. Il enfonça un bouton et, dans la même seconde, l'avion fut secoué : une batterie de missiles était apparue sous ses ailes courtes. Instantanément, ils s'embrasèrent et filèrent droit sur la loupe. Un essaim d'épingles de feu jaune contre un colossal OVNI d'argent. Les missiles se perdirent très vite dans la lumière. Sax attendit, les lèvres plissées, s'efforçant de garder les yeux ouverts sans battre des paupières.

Le rebord de la loupe commença à s'effilocher. La chose était fragile, ce n'était après tout qu'une vaste coupe faite de bandes de voiles solaires. Elle se défaisait avec une rapidité surprenante. Elle s'enroulait sur elle-même tout en basculant vers le bas, droit en avant, laissant derrière elle de longs tourbillons, comme des dizaines de cerfs-volants désemparés qui tombaient ensemble. Mais il s'agissait en fait d'un milliard et demi de kilos de voiles solaires qui se déchiraient et s'étiraient dans leur longue trajectoire, qui paraissait lente uniquement à cause des dimensions de la chose. En fait, la masse totale se déplaçait encore à une vitesse supérieure à la vélocité terminale. Et une grande partie se consumerait avant de s'abîmer à la surface en une pluie de silice.

Peter se détourna pour observer la chute de la loupe détruite, se maintenant loin à l'est. Dans le ciel à présent mauve, la gigantesque masse s'embrasa et plongea comme une comète dorée à la queue d'argent, droit vers le sol fauve.

— Bien visé, commenta Sax.

De retour au cratère de Wallace, ils furent accueillis comme des héros. Peter protesta :

— C'était l'idée de Sax. Le vol lui-même n'a pas posé de problème. En dehors du tir de missiles, c'était comme une simple reconnaissance. Je ne comprends pas comment nous n'y avons pas pensé avant.

— Ils vont en installer une autre sur orbite, déclara Ann en dévisageant Sax avec une expression très curieuse.

— Mais elles sont tellement vulnérables, répliqua Peter.

— Des missiles sol-espace, dit Sax, qui se sentait soudain nerveux. Est-ce qu'on pourrait faire l'invention... *l'inventaire* de tous les objets en orbite ?

— Mais c'est déjà fait. Nous ne les avons pas tous identifiés, mais la plupart sont évidents.

— J'aimerais voir cette liste.

— J'aimerais te parler, dit Ann d'un air sombre.

Tous les autres quittèrent la pièce, en haussant les sourcils comme une bande d'Art Randolph.

Sax s'assit dans une chaise en bambou. La pièce était petite, sans fenêtre. Il avait l'impression de se retrouver dans un des caveaux d'Underhill, tout au commencement. La forme était correcte. De même que les textures. La brique était un produit si sûr. Ann s'assit en face de lui et se pencha pour le dévisager de près. Elle semblait plus âgée. La leader des Rouges, acclamée, décharnée, illuminée. Il sourit :

— Est-ce que tu n'aurais pas besoin d'un traitement géronto ? dit-il, et ils furent tous les deux aussi surpris l'un que l'autre.

Ann ignora cette impertinence, cependant.

— Pourquoi voulais-tu abattre cette loupe ? demanda-t-elle, le regard pénétrant.

— Parce que je ne l'aimais pas.

— Ça, je le sais. Mais pourquoi ?

— Elle n'était pas nécessaire. Les choses se réchauffent suffisamment vite comme ça. Il n'y a aucune raison d'accélérer. Nous n'avons même pas besoin de beaucoup plus de chaleur. Et puis, elle libérait des quantités de gaz carbonique. Ce sera difficile de l'évacuer. Il était bien pris dans la roche — et c'est difficile d'extraire le CO_2 des carbonates. Pour autant qu'on ne fasse pas fondre la roche, il y demeure. (Il secoua la tête.) C'était stupide. Ils n'ont fait ça que parce qu'ils le pouvaient. Des canaux. Je ne crois pas aux canaux.

— Donc, pour toi, ça n'était pas la bonne technique de terraforming.

— Juste. (Il soutint paisiblement son regard.) Je crois au terraforming tel que nous l'avons défini à Dorsa Brevia. Toi aussi, tu étais d'accord. Pour autant que je m'en souvienne.

Elle secoua la tête.

— Non ? Mais les Rouges, eux, ils ont signé ?...

Elle acquiesça.

— Eh bien... pour moi, c'est la bonne solution. Je te l'ai déjà dit. Surface viable jusqu'à une certaine altitude. Et au-dessus, une atmosphère ténue et froide. Il faut procéder lentement. C'est ça, l'écopoésis. Aucune de leurs nouvelles méthodes industrielles lourdes ne me plaît. Je veux bien accepter un peu d'azote importé de Titan. Mais rien du reste.

— Et les océans ?

— Je ne sais pas. Tu vois ce qui se passe sans pompage ?

— Et la soletta ?

— Je ne sais pas non plus. Le surplus d'insolation permet de diminuer le recours aux gaz industriels. Ou d'autres méthodes. Mais...

nous aurions pu nous en passer. Je pense que les miroirs de l'aube étaient suffisants.

— Mais tout cela ne dépend plus de toi désormais.

— Non.

Ils restèrent silencieux un moment. Ann semblait réfléchir intensément. Sax observait son visage parcheminé en se demandant depuis combien de temps elle n'avait pas eu de traitement. Ursula le conseillait tous les quarante ans minimum.

— J'avais tort, dit-il enfin.

Il essaya de suivre le cheminement de sa pensée. C'était une question de formes, de géométries, d'élégance mathématique. Le chaos de recombinaison en cascade. La beauté est la création d'un étrange aimant.

— Nous aurions dû attendre avant de démarrer. Quelques décennies, pour étudier l'état primitif. Nous aurions appris comment procéder. Je ne pensais pas que les choses changeraient aussi vite. Mon idée originale était plus proche de l'écopoésis.

Elle plissa les lèvres.

— Mais maintenant il est trop tard.

— Oui. Je suis désolé. (Il ouvrit la main et examina sa paume. Toutes les lignes étaient là, identiques.) Tu devrais refaire le traitement.

— Je ne le suis plus.

— Oh, Ann... Ne dis pas ça. Est-ce que Peter le sait ? Nous avons besoin de toi. Je veux dire... nous avons besoin de toi.

Elle se leva sans un mot et sortit.

Le projet suivant de Sax était plus complexe. Si Peter était confiant, ceux de Vishniac étaient réservés. Sax s'expliqua du mieux qu'il pouvait. Avec l'aide de Peter. Et les objections des autres ne furent plus que des détails pratiques. Trop important ? Engagez plus de Bogdanovistes. Impossible de faire ça discrètement ? Vous n'avez qu'à couper le réseau de surveillance. La science, c'est la création, leur déclara Sax. Ça, ça n'est pas de la science, mais de l'ingénierie, le contra Peter. Mikhail acquiesça, mais il aimait cet aspect-là. L'écosabotage : une branche de l'ingénierie écologique. Très difficile à mettre en place. Il n'y a qu'à engager les Suisses, dit Sax. Ou les mettre au courant. De toute façon, la surveillance, ils n'aiment pas ça. Prévenez Praxis.

Les choses commençaient à prendre forme. Mais il leur fallut attendre encore longtemps avant de redécoller à bord d'un avion spatial. Cette fois, ils montèrent au-dessus de la stratosphère, puis plus haut encore. A vingt mille kilomètres au-dessus, ils se retrouvèrent à proximité de Deimos. En orbite de rendez-vous.

La gravité de la petite lune était si faible que la manœuvre ressembla plus à un amarrage qu'à un apontage. Jackie Boone, qui avait participé au projet, surtout pour rester près de Peter, pilotait l'avion. Durant l'approche, Sax eut une vue parfaite de Deimos. La surface noire était couverte d'une fine couche de régolite poussiéreux — tous les cratères étaient presque enfouis et leurs rebords n'apparaissaient que comme des ondulations. Deimos était oblongue, irrégulière, composée de plusieurs facettes arrondies. C'était quasiment un ellipsoïde triaxial, se dit Sax. Près du centre du cratère Voltaire, il découvrit un antique atterrisseur robot, les patins enfoncés dans le sol, ses nacelles et ses entretoises de cuivre ternies par la poussière.

Ils avaient décidé de se poser sur l'une des crêtes qui séparaient deux facettes, là où la roche à nu émergeait de la couverture de poussière. Les crêtes étaient d'anciennes cicatrices de spallation [1], où des impacts avaient arraché des fragments de la petite lune. Jackie les posa en douceur sur une crête située à l'ouest des cratères Voltaire et Swift. L'évolution orbitale de Deimos était fixée par les courants de marée, comme ç'avait été le cas de Phobos (ce qui était pratique pour leur projet), et le point submartien servait de degré zéro à la fois pour la longitude et la latitude, ce qui était très sensé. La crête où ils allaient aborder était située près de l'équateur, à 90° de longitude. A dix kilomètres de marche du point submartien.

Durant leur approche, le rebord de Voltaire disparut sous l'horizon noir et courbe. Dès qu'ils déclenchèrent les fusées, la poussière s'éleva. La couche n'était heureusement épaisse que de quelques centimètres sur la roche. De la chondrite carbonacée vieille de cinq milliards d'années. Ils se posèrent avec un bruit sourd, rebondirent et glissèrent lentement. Sax pouvait sentir le plancher, mais le contact était à peine perceptible : il ne devait plus peser que deux kilos tout au plus.

D'autres fusées se posèrent à leur tour sur la crête, de chaque côté, soulevant des gerbes de poussière dans le vide où elles dérivèrent avant de retomber. Tous les appareils rebondirent avant de glisser dans la poussière. En moins d'une demi-heure, il y en eut huit sur la crête, formant une file entre les deux horizons. Le spectacle était étrange : les coques arrondies luisaient comme de la chitine sous la clarté chirurgicale du soleil à nu, dans le vide de l'espace qui rétrécissait les distances en soulignant les formes. Une image venue d'un rêve.

Chaque avion spatial avait embarqué un composant du système. Des robots de forage, des robots broyeurs et des perceurs de tunnel. Ils devaient aménager des galeries de vidange pour l'eau des veines de glace qu'ils allaient faire fondre. Une usine de traitement pour séparer l'eau lourde, qui représentait un six-millième de l'eau ordi-

---

1. Eclatement en particules du noyau d'un atome sous l'effet d'un bombardement intense de corpuscules. (*N.d.T.*)

naire. Une autre usine destinée à extraire le deutérium de l'eau lourde. Un petit tokamak[1] qui devait fonctionner en réaction de fusion deutérium-deutérium. Enfin, des fusées de manœuvre qui se trouvaient surtout à bord des appareils qui s'étaient posés sur les autres faces de la petite lune.

Les techniciens bogdanovistes qui avaient accompagné le matériel se chargeaient de la majeure partie du travail d'installation. Sax s'introduisit dans une combinaison pressurisée, franchit le sas et débarqua sur la surface de Deimos. Il voulait vérifier que l'avion qui avait chargé les fusées de manœuvre destinées à la région Swift-Voltaire s'était bien posé.

Les grandes bottes chauffantes de la combinaison étaient lestées, et il en était heureux : la vitesse de fuite gravifique, ici, excédait à peine vingt-cinq kilomètres par heure, ce qui voulait dire qu'il suffisait d'un grand bond pour échapper à l'attraction de Deimos. Il était difficile de conserver son équilibre. A chaque pas, il soulevait un nuage dense de poussière noire qui montait jusqu'à ses hanches avant de retomber très lentement au sol. Il vit des rochers éparpillés sur la couche de poussière, surtout dans les petites poches creusées par le souffle de leurs fusées. L'ejecta avait sans doute fait plusieurs fois le tour de Deimos après l'impact. Il ramassa une pierre. Une balle de base-ball noire. Envoie-la à la bonne vitesse, fais demi-tour, attends qu'elle fasse le tour du monde, rattrape-la à hauteur de poitrine. Un nouveau sport.

L'horizon n'était qu'à quelques centaines de mètres et se modifiait à chaque pas — des cratères, des crêtes de spallation, des rocailles nichées dans la couche de poussière. Il observa les gens debout sur la crête, entre les avions. Ils avaient tous un angle différent du sien, ils semblaient penchés alors qu'ils étaient droits. Comme dans *Le Petit Prince*. La vue était d'une netteté surprenante. Il observa les empreintes de ses bottes. Les nuages de poussière en suspension allaient décroissant en direction de la crête.

Peter sortit du sas et vint à sa rencontre, suivi de Jackie. Peter était le seul homme qui eût jamais vraiment attiré Jackie. Elle tournait autour de l'objet de son amour, en une orbite désespérée. Et Peter, selon Sax, était bien le seul homme qui n'eût jamais répondu aux avances amoureuses de Jackie. Perversité du cœur. Tout comme l'attrait que lui, Sax, avait éprouvé pour Phyllis, cette femme qu'il n'avait jamais supportée. De même que son désir d'être approuvé par Ann, alors même qu'il jugeait folles ses conceptions. Alors même qu'elle le haïssait. Mais il y avait sans doute un fond de rationnel dans tout cela. Si quelqu'un tourne autour de vous, il faut s'interroger sur son jugement. Ou quelque chose de ce genre.

---

1. Réacteur nucléaire de petite taille dans lequel un plasma chauffé est confiné par des champs électriques et magnétiques. (*N.d.T.*)

Pour l'heure, Jackie suivait Peter à la trace. Malgré leurs visières, Sax devinait à ses gestes qu'elle lui parlait, qu'elle essayait de le séduire. Il passa sur la fréquence commune et surgit dans leur conversation.

— ... pourquoi on les a baptisés Voltaire et Swift, disait Jackie.

— Parce que l'un et l'autre avaient prédit l'existence des lunes de Mars. Dans des livres qu'ils avaient écrits un siècle avant que quiconque observe réellement les lunes de Mars. Dans *Les Voyages de Gulliver*, Swift donne même leur distance par rapport à la planète et leurs rotations. Il n'était pas tombé loin.

— Tu plaisantes !

— Mais non.

— Mais comment il a pu faire ça ?

— Je l'ignore. Un coup de chance, je pense.

Sax s'éclaircit la gorge et dit :

— Une séquence.

— Quoi ? firent-ils ensemble.

— Vénus n'a pas de lune, la Terre en a une et Jupiter quatre. Donc Mars devait en avoir deux. Comme on ne pouvait pas les distinguer au télescope, elles devaient être petites, probablement. Et très proches de la planète. Donc, elles tournaient très vite.

Peter répondit en riant :

— Swift devait être un type très malin.

— Ou celui qui l'a renseigné. Mais ça reste une question de chance. La séquence étant une coïncidence.

Ils s'arrêtèrent sur une nouvelle crête de spallation. De là, ils pouvaient apercevoir le cratère Swift, au ras de l'horizon. Un petit avion-fusée gris était posé sur la poussière noire. A cette distance, c'était comme un mirage. Mars occupait presque tout le ciel, orange et vaste. La nuit s'avançait sur le croissant oriental. Ils étaient juste sous Isidis. Même si Sax ne parvenait pas à distinguer Burroughs, il repéra les grandes taches blanches des plaines du nord. Là, les glaciers avaient fusionné pour former des lacs de glace, avant-coureurs d'une future mer de glace. Oceanus Borealis. Une couche de nuages ondulée dérivait au-dessus du sol, et lui rappela soudain la Terre, telle qu'ils l'avaient vue depuis l'*Arès*. Un front froid descendait de Syrtis Major. Et la formation nuageuse était exactement ce qu'elle aurait été sur Terre dans les mêmes conditions. Condensation cyclique d'agrégats lobaires.

Il quitta la crête pour retourner vers les avions. Les lourdes bottes lui avaient permis de rester debout, mais à présent il avait les chevilles douloureuses. C'était comme s'il avait marché au fond de l'océan. L'océan Univers. Il se courba vers la poussière. Il enfonça ses doigts jusqu'à dix, vingt centimètres, mais la couche pouvait aussi bien faire cinq, dix mètres, peut-être plus. Les nuages qu'il soulevait à chaque pas retombaient en une minute à peu près. Le régolite était si fin qu'il aurait pu rester en suspens indéfiniment dans n'importe quelle atmosphère. Mais dans le vide de l'espace, les particules retombaient normalement, comme toute chose. De l'ejecta sous une gravité proche du zéro. D'un coup de pied, on pouvait envoyer de la poussière dans l'espace. Franchissant une autre crête, il se retrouva brusquement sur la plaine en pente, de l'autre côté de la facette. Il était évident que la petite lune de Mars était façonnée comme un outil du paléolithique, dont les facettes avaient été taillées par des coups anciens. Un ellipsoïde triaxial. Curieux que son orbite fût à ce point circulaire, l'une des plus parfaites du système solaire. Ce n'était pas vraiment ce que l'on pouvait attendre, que Deimos fût un astéroïde capturé ou un ejecta arraché à Mars lors d'un important impact météoritique. Pour laisser quoi ? Un très ancien prisonnier sur orbite. Avec d'autres corps sur d'autres orbites, qui régularisaient son mouvement. Cassure. Cassure. Spallation. Le mot était tellement beau. Dans l'océan de l'espace, des rocs s'affrontaient, se heurtaient. Des fragments arrachés volaient au loin. Jusqu'à retomber sur la planète ou se perdre dans les profondeurs du vide. Sauf deux. Sur des milliards. Bombe lunaire. Stand de tir. Ils tournaient juste un peu plus vite que Mars, si bien que de n'importe quel point de la surface on pouvait les voir dans le ciel durant soixante heures d'affilée. Pratique. Ce qui est connu est plus dangereux que l'inconnu. Peu importait ce que pouvait en dire Michel. Sax foulait la roche vierge d'une lune vierge, l'esprit vierge. Le Petit Prince. Les avions dressés sur l'horizon paraissaient absurdes. Des insectes surgis d'un rêve, chitineux, articulés, colorés, minuscules sous le noir étoilé de l'espace, le fond de poussière. Il remonta dans le sas.

Plusieurs mois après, alors qu'il se trouvait seul dans Echus Chasma, les robots de Deimos ayant achevé la construction, le démarreur au deutérium déclencha le moteur de propulsion. Mille tonnes de fragments de roche éclatée furent éjectées à chaque seconde, à une vitesse de deux cents kilomètres par seconde. Ils fuyaient dans le plan orbital, selon la tangente de l'orbite. Au bout de quatre mois, quand la moitié environ de la masse de Deimos aurait été ainsi expulsée, le moteur serait coupé. La petite lune se trouverait exactement à 614 287 kilomètres de Mars, selon les calculs de Sax. Elle échapperait alors totalement à l'influence de la planète pour redevenir un astéroïde libre.

Dans le ciel nocturne, elle apparaissait comme une pomme de terre grisâtre, moins lumineuse que la Terre ou Vénus, si l'on oubliait la comète qui jaillissait de ses flancs. Une vision spectaculaire. La nouvelle allait se propager sur les deux mondes. Scandaleux ! Il y aurait des controverses au sein même de la Résistance, où il y avait toujours deux factions. Hiroko allait très vite s'en lasser et repartir pour son territoire, il le sentait. Il voyait comment les choses allaient se passer. Oui, non, quoi, où ? Qui a fait cela ? Pourquoi ?

Ann l'appela. Sur son bloc de poignet, elle avait l'air furieuse.

— C'était une parfaite plate-forme de tir, lui dit Sax. Ils auraient pu la transformer en base militaire, comme Phobos. Nous aurions été sans défense.

— Alors tu n'as fait ça que sur la simple supposition qu'on pourrait en faire une base militaire ?

— Si Arkady et son équipe ne s'étaient pas occupés de Phobos sur une simple supposition, nous n'aurions pas pu nous en tirer. Nous aurions tous été tués. En tout cas, les Suisses ont entendu dire que ça allait venir.

Elle secouait la tête en le dévisageant comme s'il était fou. Un saboteur dément. L'hôpital se moquant de la charité, se dit-il. Il la regarda droit dans les yeux. Quand elle coupa la communication, il haussa les épaules et appela les Bogdanovistes.

— Les Rouges ont un... un catalogue de tous les objets en orbite autour de Mars. Nous allons avoir besoin d'un système de lancement surface-espace. Spencer nous aidera. Il y a les silos de l'équateur. Les moholes désactivés. Vous me comprenez ?

Oui, dirent-ils. Pas besoin d'être un expert scientifique en fusées. Et si ça recommençait, on ne les frapperait plus depuis l'espace.

Quelque temps après, mais il n'avait pas mesuré le temps, Peter apparut sur le petit moniteur du patrouilleur-rocher que Sax avait emprunté à Desmond.

— Sax, je suis en contact avec quelques amis qui travaillent sur l'ascenseur, et avec l'accélération de Deimos, les périodes d'oscillation d'esquive du câble ont été déréglées. Il semble que lors du prochain passage orbital, Deimos pourrait entrer en collision avec l'ascenseur, mais mes amis ne parviennent pas à obtenir une réponse de l'IA de navigation du câble. Apparemment, les circuits de protection ont été renforcés en prévention du sabotage, et ils n'arrivent pas à faire entrer le concept d'un changement de vitesse de Deimos. Est-ce que tu aurais des suggestions ?

— L'IA peut se débrouiller.

— Quoi ?

— Introduisez les données de Deimos. Elle doit au moins accepter ça, de toute façon. Et elle est programmée pour éviter la collision. Dirigez son attention sur ces données. Expliquez ce qui s'est passé. Faites-lui confiance.

— Lui faire confiance ?

— Oui, parlez-lui.

— On essaie, Sax. Mais le programme antisabotage est réellement efficace.

— Elle calcule les oscillations pour éviter Deimos. Aussi longtemps que ça demeurera dans ses fonctions, ça ira pour vous. Donnez-lui les nouvelles données.

— OK. On va essayer.

La nuit était venue et Sax sortit. Il erra dans l'ombre, sous la gigantesque falaise du Grand Escarpement, dans la région immédiatement au nord de l'endroit où Kasei Vallis brisait la paroi. En japonais *sei* signifie étoile, et *ka*, feu. Etoile de feu. C'était la même chose en chinois, *huo* étant la syllabe que les Japonais prononcent *ka, hsing* étant *sei.* Mot chinois pour étoile de feu qui brûle dans le ciel : Huo Hsing. On prétendait que Ka était le nom que les petits hommes rouges donnaient à leur planète. Nous vivons sur le feu. Sax semait des petites graines dures dans le sable, juste sous la surface de la faille. Bois de fer épineux. Johnny Fireseed. Un bip sur son bloc de poignet. Il commuta la voix sur son intercom tout en continuant à semer les petites noix en évitant soigneusement de marcher sur les laîches et autres pousses qui couvraient le sol comme autant de coussins de poils noirs.

Peter avait un ton excité.

— Sax, Deimos arrive sur eux, maintenant, et il semble que leur IA ait pris en compte le fait qu'elle n'est pas sur son orbite habituelle. Ils disent qu'elle a ruminé le problème. Dans leur secteur, les fusées de correction d'attitude se sont déclenchées un peu plus tôt, et on espère vraiment que c'est tout le système qui réagit.

— Est-ce que vous pouvez calculer l'oscillation ?

— Oui, mais l'IA est récalcitrante. C'est une saloperie de machine bornée — les programmes de sécurité sont étanches. Il n'y a que par des calculs indépendants qu'on peut se rendre compte que ça va passer tout juste.

Sax se redressa et tapa quelques données sur son bloc. La période orbitale de Deimos avait démarré à 109 077 secondes. Le moteur de poussée : environ un million de secondes, durant lesquelles il avait accéléré la petite lune d'un taux sensible, mais en élargissant aussi le rayon de son orbite... Il continua à tapoter sur son bloc dans le silence absolu. Habituellement, quand Deimos passait à proximité du câble de l'ascenseur, il se trouvait à l'extension maximale de son oscillation dans ce secteur, à quelque cinquante kilomètres de distance, suffisamment loin pour que la perturbation gravitationnelle soit prise en compte dans l'ajustement des fusées du câble. Cette fois, l'accélération et le déplacement vers l'extérieur de Deimos annuleraient tout le timing. Le câble se rapprocherait en fait du plan orbital de Deimos. La solution était par conséquent de ralentir l'oscillation de Clarke et de la réajuster pour toute la longueur du câble. Un travail compliqué. Guère étonnant que l'IA n'ait pas été en mesure de montrer en détail ce qu'elle faisait. Il était probable qu'elle était entrée en contact avec d'autres IA pour améliorer ses capacités de calcul. Les formes de cette situation : Mars, le câble, Clarke, Deimos, étaient vraiment magnifiques.

— OK. Elle arrive, annonça Peter.

— Est-ce que tes amis sont au niveau orbital ? demanda Sax, surpris.

— Ils sont en dessous, à deux cents kilomètres environ, mais leur cabine monte. Ils m'ont relié à leurs caméras, et... Oui, je la vois... Oui ! Waouh, Sax ! Elle a dû louper le câble de trois kilomètres, pas plus ! Elle est passée comme un éclair sur mon écran !

— Et la queue d'ejecta du moteur ?...

— Je vais demander... Oui, ils l'ont passée. Pas de dommages à signaler.

— Bien.

Sax coupa la communication. Encore quelques passages et Deimos serait au-dessus de Clarke, et le câble n'aurait plus à l'esquiver. Entre-temps, et pour autant que l'IA de navigation croie au danger, comme maintenant, tout irait bien.

Sax était partagé à ce propos. Desmond avait dit qu'il serait heureux de voir retomber le câble. Mais peu nombreux étaient ceux qui étaient d'accord avec lui. Sax avait décidé d'éviter toute action unilatérale dans cette affaire, puisqu'il n'avait aucune certitude quant à ce lien avec la Terre. Mieux valait limiter ses actions unilatérales aux choses dont il était certain. C'est pourquoi, se penchant en avant, il planta une nouvelle graine.

NEUVIÈME PARTIE

L'IMPULSION DU MOMENT

Habiter un pays nouveau est toujours un défi. Dès qu'ils eurent mis sous tente Nirgal Vallis, Séparation de l'Atmosphère installa certains de ses plus grands aérateurs mésocosmiques, et bientôt la tente fut sous une atmosphère de 500 millibars composée d'un mélange azote-oxygène-argon qui avait été pris et filtré dans l'air ambiant, à 240 millibars. Et les colons commencèrent à affluer. Ils venaient du Caire et de Senzeni Na, de tous les points des deux mondes.

Au début, les gens vécurent dans des caravanes, près de petites serres mobiles. Ils travaillèrent la terre du canyon avec des charrues et des bactéries, et ils utilisèrent les serres pour faire lever les pousses, les arbres et les bambous qui leur serviraient plus tard à construire leurs maisons, et les plantes du désert qui pousseraient autour des fermes. Les argiles de smectite du plancher du canyon constituaient une excellente base, même s'ils devaient y apporter le biote, l'azote, le potassium — mais le phosphore, lui, ne manquait pas, et ils disposaient de plus de sels qu'ils n'en avaient besoin, comme d'habitude.

Ils passèrent ainsi les premières semaines à amender le sol, à faire des semis sous serres et à planter des espèces halophytes résistantes propres au désert. Ils faisaient commerce dans toute la vallée, et de petits marchés apparurent presque dès leur arrivée. Des pistes reliaient les fermes, et une route suivait le centre de la vallée, parallèlement à la rivière. Il n'y avait pas d'aquifère en haut de Nirgal Vallis, et c'était un pipeline de Marineris qui amenait l'eau nécessaire à l'alimentation d'un petit ruisseau. L'eau était captée à la Porte d'Uzboï et renvoyée vers le haut de la vallée sous tente.

Les fermes faisaient chacune un demi-hectare, et chacun essayait de tirer sa subsistance de cet espace. Nombreux étaient ceux qui divisaient leur terrain en six champs miniatures, ce qui permettait une rotation culture/pâturage à chaque saison. Ils avaient tous leurs propres théories agricoles et d'amendement du terrain. Une majorité développait des cultures de rapport immédiat, d'arbres fruitiers, nucifères ou de bois de construction. Beaucoup élevaient des poulets, quelques-uns des chèvres, des moutons, des vaches et des cochons.

Les vaches étaient de race naine, à peine plus grandes que les cochons.

Ils essayaient d'installer les fermes près du cours d'eau, pour maintenir les terrains du haut, plus rudes, à l'état sauvage. Ils introduisirent des espèces animales des déserts du Sud-Ouest américain. Des lézards, des tortues et des lièvres se montraient un peu partout, des coyotes, des chats sauvages et des faucons commençaient à attaquer les poulets et les moutons. Ils furent menacés par une surpopulation de lézards alligators, puis de crapauds. La population se stabilisa lentement, mais les fluctuations étaient fréquentes. Les plantes se propageaient maintenant d'elles-mêmes. La vie semblait être née naturellement dans le canyon. Mais les murailles de rocher rouge se dressaient, immuables et ravinées, au-dessus du petit monde irrigué.

Le samedi était jour de marché et les gens affluaient vers les hameaux, entassés dans des pick-up. Un matin du début de l'hiver 42, ils se rassemblèrent à Playa Blanca, sous un ciel lourd de nuages sombres, pour vendre des légumes tardifs, des produits laitiers et des œufs.

« Vous savez comment reconnaître les œufs qui ont un poussin dedans ? Vous les mettez tous ensemble dans une bassine pleine d'eau et vous attendez que la surface soit absolument calme. Les œufs qui tremblent un tout petit peu sont ceux qui ont un poussin dedans. Vous n'avez plus qu'à les remettre sous les poules et manger les autres. »

« Un mètre cube de peroxyde d'hydrogène, c'est comme douze cents kilowattheures ! En plus, ça pèse une tonne et demie. Impossible que vous ayez besoin de tout ça. »

« Nous travaillons avec le Centro de Educacion y Tecnologia du Chili. Ils ont fait un boulot superbe sur la rotation. Incroyable. Venez donc voir. »

« Nous avons aussi des abeilles. »

« Maja est népalais, Bahram est farsi, Mawrth est gallois. Oui, je sais que j'ai l'air de bafouiller, mais c'est parce que je ne prononce pas bien. Le gallois, c'est toujours bizarre. Mawrth, ça doit donner Moth, ou Mort, ou Mars. »

Puis, la nouvelle se répandit dans tout le marché :

« Nirgal est ici ! Nirgal est ici ! Il va prononcer un discours au pavillon... »

Nirgal était bel et bien arrivé. Il précédait d'un pas rapide une foule de plus en plus dense, saluant ses vieux amis et serrant toutes les mains qui se tendaient vers lui. Tous voulaient le suivre. Ils se bousculèrent dans le pavillon et sur le terrain de volley-ball, à l'extrémité ouest du marché. Des cris d'enthousiasme montèrent de la foule frénétique.

Nirgal s'installa sur un banc et leur parla de leur vallée, des autres régions sous tente qui s'étaient créées sur Mars et de ce que tout cela signifiait. Mais, à l'instant précis où il passait à la situation des deux mondes, la tempête éclata. Les premiers éclairs éteignirent les barres luminescentes et, en succession rapide, ils eurent droit à la pluie, à la neige, à la grêle, puis à la boue.

La tente s'érigeait au-dessus de la vallée en pente aiguë, comme le clocher d'une église, et la pluie ruisselait instantanément vers le bas, tandis que la poussière et les graviers étaient repoussés par la charge statique du revêtement piézo-électrique externe. La neige glissait avant de s'agglomérer dans le bas, où elle formait des talus qui étaient presque aussitôt soufflés par des chasse-neige robotisés géants pourvus de longues extensions en tenaille. Dès qu'une tempête de neige éclatait, les machines patrouillaient la route du canyon de haut en bas. Mais avec la boue, le problème était différent. Mêlée à la neige, elle formait des congères dures comme du béton juste au-dessus de la base de la tente et, sous leur poids, la tente pouvait craquer — on avait connu une fois cette catastrophe dans le Nord.

Quand la tempête devint réellement affreuse, la lumière du canyon prenant la couleur d'une branche pourrie, Nirgal déclara :

— On ferait mieux de grimper là-haut.

Ils s'empilèrent tous dans leurs pick-up et leurs camions pour foncer vers l'ascenseur le plus proche qui desservait la muraille du canyon, du fond jusqu'au niveau supérieur. Là, les gens qui savaient piloter les chasse-neige les conduisaient manuellement, et les grands manchons soufflaient de la vapeur sur les coulées de neige afin de dégager la tente. Ils s'y mirent tous et sortirent les carts à vapeur. Nirgal se joignit à eux, comme s'il se jetait dans une partie de rugby. Très vite, ils s'enfoncèrent jusqu'aux cuisses dans les tourbillons de boue, sous le vent qui soufflait à plus de cent kilomètres par heure, et les nuages noirs et bas qui ne cessaient de cracher d'autres salves de boue. Ils dégageaient, entassaient et poussaient la boue, avançant vers l'est avec le vent, pour aller la déverser dans Uzboï Vallis, qui n'était pas couverte.

Quand la tempête s'apaisa, la tente était intacte, mais le sol alentour, de part et d'autre de Nirgal Vallis, était couvert de boue gelée, et les équipes d'intervention étaient trempées. Ils s'entassèrent dans les ascenseurs et descendirent vers le plancher du canyon, épuisés, glacés. Quand ils sortirent des cabines, ils se regardèrent : ils étaient entièrement noirs, du casque aux bottes. Nirgal enleva son casque et éclata d'un rire irrépressible en jetant de la boue sur ses voisins. Et la bagarre commença. La plupart jugèrent prudent de garder leur casque. La scène était étrange : des gens se battaient à grandes poignées de boue dans l'ombre du canyon, à l'aveuglette, avant de plonger dans la rivière sans cesser de s'agiter et de se battre.

Maya Katarina Toitovna se réveilla de méchante humeur, au milieu d'un rêve dérangeant qu'elle oublia délibérément en sautant du lit. Tout comme elle oublia de tirer la chasse en sortant des toilettes. Les rêves étaient dangereux. Elle s'habilla en tournant le dos au petit miroir du lavabo, et descendit vers la salle commune. Tout Sabishii avait été construit dans le double style nippo-martien. Les alentours, avec leurs pelouses semées de rochers roses et leurs pins, avaient des allures de jardin zen. Il en émanait une beauté épurée qui déplaisait à Maya. C'était comme une sorte de reproche aux rides de son visage. Elle faisait tout ce qu'elle pouvait afin d'ignorer ce paysage en se concentrant sur son petit déjeuner. L'ennui mortel des obligations quotidiennes. A une table voisine, Vlad, Ursula et Marina déjeunaient avec un groupe d'issei. Les Sabishiiens avaient tous le crâne rasé et, dans leurs combinaisons de travail, ils ressemblaient à des moines bouddhistes. L'un d'eux alluma un petit écran disposé sur la table et un programme d'infos terriennes annonça l'émission d'une métanationale de Moscou qui semblait avoir le même rapport avec la réalité que la *Pravda* autrefois. Certaines choses ne changeaient jamais. Le programme était en anglais. Le présentateur s'exprimait mieux qu'elle, même après toutes ces années.

« Et maintenant les dernières nouvelles de cette journée du 5 août 2114. »

Maya se raidit sur son siège. A Sabishii, on était le Ls 246, tout près du périhélie — le quatrième jour du 2 novembre —, les journées raccourcissaient, et les nuits, en cette quarante-quatrième année de Mars, étaient clémentes. Maya avait oublié le calendrier terrien depuis des années. Mais là-bas, c'était le jour de son anniversaire. Elle avait — elle dut calculer — cent trente ans.

Avec une sensation de malaise, elle plissa le front et jeta le bagel qu'elle avait commencé à grignoter dans son assiette. Des pensées jaillirent dans sa tête comme une bande d'oiseaux s'envolant d'un arbre — elle ne parvenait pas à les suivre. C'était comme si elle avait l'esprit vide. Cet âge était atrocement anormal ! Qu'est-ce que ça signifiait ? Pourquoi les autres avaient-ils mis les informations à ce moment précis ?

Elle ne toucha plus à son bagel, qui lui semblait avoir une apparence menaçante. Elle se leva et sortit dans la lumière d'automne. Elle descendit le ravissant boulevard principal du vieux quartier, entre le gazon et les érables rouges dont l'un accrochait la lumière éparse du soleil dans une gerbe écarlate. De l'autre côté de la plaza, elle aperçut Yeli Zudov : il jouait aux quilles avec une enfant, sans doute l'arrière-

arrière-petite-fille de Mary Dunkel. Les Cent Premiers étaient maintenant nombreux à Sabishii, qui fonctionnait particulièrement bien en tant que ville du demi-monde : ils avaient trouvé leur place dans l'économie locale, ils habitaient le vieux quartier sous de fausses identités, avec des passeports suisses — le tout en parfaite sécurité, ce qui leur permettait de retrouver une vie nouvelle à la surface de Mars. Et sans faire appel à la chirurgie esthétique qui avait tellement changé Sax. L'âge seul s'était livré à une opération chirurgicale sur eux : ils étaient méconnaissables. Maya pouvait se promener dans les rues de la ville sans craindre d'être reconnue : elle n'était qu'une vieille comme tant d'autres. Et si la police de l'Autorité transitoire l'arrêtait, elle ne serait que Ludmilla Novosibirskaya. Mais, à dire vrai, personne ne risquait plus de l'arrêter.

Elle se perdit dans la ville, en essayant d'échapper à elle-même. Depuis l'extrémité nord de la tente, elle contempla l'amas gigantesque de rocaille qui avait été arrachée au mohole de Sabishii. Il formait une longue colline sinueuse qui s'abaissait vers l'horizon, à travers les grands bassins de krummholz de Tyrrhena. Les Sabishiiens l'avaient façonnée afin que vue du ciel elle ressemble à un dragon qui tenait les tentes de la ville entre ses serres. Une faille d'ombre marquait l'endroit où une serre de la patte gauche saillait entre les écailles de la créature. Le soleil du matin était aussi brillant que l'œil d'argent du dragon, qui semblait les fixer par-dessus son épaule.

Le bloc de poignet de Maya bipa et, irritée, elle accepta l'appel. C'était Marina.

— Saxifrage est arrivé, lui dit-elle. Nous devons nous rencontrer dans le jardin de pierre ouest dans une heure.

— J'y serai, dit Maya avant de couper la communication.

La journée promettait ! Elle erra longtemps sur le périmètre ouest de la ville, déprimée, absente. Cent trente ans. Il y avait des Abkhasiens de Géorgie, sur les bords de la mer Noire, qui avaient vécu jusqu'à cet âge sans traitement gériatrique. Et ils continuaient probablement à s'en passer — le traitement n'avait été distribué qu'avec parcimonie sur Terre, selon les courbes de valeur monétaire et de pouvoir, et les Abkhasiens, de tout temps, avaient été pauvres. Heureux et pauvres. Elle essaya de se rappeler la vie en Géorgie, dans cette région où le Caucase rencontrait la mer Noire. La ville s'appelait Sukhumi. Elle avait dû la visiter dans sa jeunesse avec son père qui était géorgien. Mais aucune image ne lui venait à l'esprit, pas le moindre fragment. En fait, elle se rappelait à peine la Terre — Moscou, Baïkonour, la vue depuis *Novy Mir*. Rien. Elle retrouva le visage de sa mère. Elle riait d'un air sombre par-dessus la table, en faisant la cuisine ou en repassant. Maya savait que ces souvenirs étaient authentiques, parce qu'elle avait parfois répété les mots surgis de sa mémoire, quand elle avait du chagrin. Mais quant aux images vraies... Sa mère était morte dix ans seulement avant que le traitement soit disponible. Si elle en avait bénéficié, elle aurait eu cent cinquante ans aujourd'hui, ce qui n'avait rien de déraisonnable. L'âge extrême avait été porté à cent soixante-dix ans, et il ne cessait d'augmenter. Ceux qui avaient reçu le traitement gériatrique mouraient d'accidents, de maladies rares ou d'erreurs médicales. De meurtre ou de suicide.

Elle atteignit les jardins de pierre sans même avoir vu les rues étroites de la vieille ville. C'était comme ça que les vieux finissaient : en oubliant les événements récents, parce qu'ils ne les avaient pas vus en premier lieu. Le souvenir se perdait avant même de se former, parce que l'esprit se focalisait trop sur le passé.

Vlad, Ursula, Marina et Sax étaient assis sur un banc du parc, en face des premiers bâtiments de Sabishii, encore en usage mais surtout fréquentés par les canards et les oies. L'étang et son pont, les berges de bambous et de rocaille sortaient tout droit d'une gravure sur bois ou d'une peinture sur soie : un cliché. Au-delà de la tente, le grand nuage blanc thermique du mohole se gonflait dans le ciel, plus dense que jamais. Le trou était plus profond de jour en jour et l'atmosphère plus humide.

Elle s'assit en face de ses vieux compagnons et les observa d'un air sombre. De vieux bonshommes, de vieilles mémères à la peau tachetée et ridée. Ils étaient presque comme des étrangers, des gens qu'elle n'avait encore jamais rencontrés. Mais elle connaissait bien le regard couvert et provocant de Marina, et le petit sourire de Vlad — guère surprenant chez un homme qui avait vécu conjointement avec deux femmes durant quatre-vingts ans, apparemment en harmonie et dans la plus parfaite intimité. Certains disaient que Marina et Ursula étaient un couple de lesbiennes, et Vlad une espèce de compagnon, d'animal domestique. Mais nul ne pouvait en être certain. Ursula elle aussi avait l'air heureuse, comme toujours. La tante préférée de tous. Oui... en se concentrant un peu, on pouvait les voir. Seul Sax semblait totalement différent : l'air vif, avec son nez cassé qu'il ne s'était pas encore fait redresser. Au milieu de son nouveau visage séduisant, il se dressait comme une accusation, comme si c'était elle qui lui avait fait tout ce mal, et non pas Phyllis. Il ne la regardait pas, il observait les canards avec une expression douce, comme s'il les étudiait. Le savant en plein travail. Si ce n'est qu'il était désormais un savant fou, qui détruisait tous leurs plans et qui échappait à tout discours rationnel.

Maya plissa les lèvres et se tourna vers Vlad.

— Subarashii et Amexx sont en train d'augmenter les effectifs des troupes de l'Autorité transitoire, dit-il. On a reçu un message d'Hiroko. Ils ont regroupé cette unité qui a attaqué Zygote en une sorte de corps expéditionnaire. Il se dirige actuellement vers le sud, entre Argyre et Hellas. Ils ne semblent pas savoir où se trouvent la plupart des refuges, mais ils ratissent tous les coins possibles l'un après l'autre. Ils ont investi Christianopolis et en ont fait leur base opérationnelle. Ils sont environ cinq cents, avec un armement lourd et une couverture orbitale. Hiroko dit qu'elle a du mal à empêcher Coyote, Kasei et Dao de prendre la tête des guérilleros mars-unistes pour les attaquer. Si les troupes s'en prennent à d'autres refuges, les radicaux vont certainement appeler à la contre-attaque.

C'est-à-dire, les jeunes excités de Zygote, songea Maya, amèrement. Ils ne les avaient pas réellement éduqués, tous les ectogènes et la génération sansei — ils avaient maintenant la quarantaine et une furieuse envie de se battre. Peter, Kasei et le reste de la génération nisei approchaient des soixante-dix ans, et si les choses avaient suivi un cours normal, ils auraient été depuis longtemps les leaders de ce monde. Mais ils vivaient encore dans l'ombre de leurs parents, qui avaient oublié de mourir. Que ressentaient-ils ? Comment pouvaient-ils agir ? Certains d'entre eux, peut-être, se disaient qu'une seconde révolution leur donnerait enfin leur chance. Et c'était sans doute l'unique solution. Après tout, la révolution était le domaine des jeunes.

Et les vieillards restaient assis à regarder les canards sur l'étang. Groupe sombre et sans âme.

— Que sont devenus les Chrétiens ? demanda Maya.

— Quelques-uns sont partis pour Hiranyagarbha, mais les autres sont restés.

Si les forces de l'Autorité transitoire s'emparaient des territoires du Sud, l'underground avait sans doute infiltré les villes. Mais dans quel but ? Ils étaient trop dispersés pour parvenir à secouer l'ordre des deux mondes, régi par la Terre. Soudain, Maya eut le sentiment que l'ensemble de leur projet d'indépendance n'était plus qu'un rêve, une fantaisie qui consolait les survivants décrépits d'une cause perdue.

— Tu sais pourquoi cette escalade s'est produite ? lança-t-elle en foudroyant Sax du regard. C'est parce qu'il y a eu tous ces énormes sabotages.

Sax ne parut pas l'avoir entendue.

— Quel dommage que nous ne nous soyons pas mis d'accord sur une forme d'action commune à Dorsa Brevia, dit Vlad.

— Dorsa Brevia, répéta Maya d'un ton méprisant.

— C'était une bonne idée, intervint Marina.

— Peut-être. Mais sans un plan d'action sur lequel tout le monde aurait été d'accord, cette Constitution n'était... (Maya agita la main.)... qu'un château de sable. Un jeu.

— La notion de base était que chaque groupe devait faire ce qu'il jugerait préférable, dit Vlad.

— Ça, c'était la notion de 61, protesta Maya. Et maintenant, si jamais Coyote et les radicaux se lancent dans une guérilla, nous allons nous retrouver comme en 61.

— Qu'est-ce que tu penses que nous devrions faire ? demanda Ursula avec curiosité.

— Nous devons nous en occuper nous-mêmes ! *Nous* mettons un plan sur pied, *nous* décidons de ce qu'il faut faire. Nous le transmettons à l'underground. Si nous n'assumons pas les responsabilités cette fois, alors tout ce qui suivra sera notre faute. Nous sommes les Cent Premiers, les seuls à avoir assez d'autorité pour tout déclencher. Les Sabishiiens nous aideront, et les Bogdanovistes suivront.

— Nous aurons également besoin de Praxis, dit Vlad. Et des Suisses.

— Praxis veut nous aider, insista Marina. Mais que vont dire les radicaux ?

— Il va falloir utiliser la force, fit Maya. On va leur couper le ravitaillement, disperser leurs membres...

— Ça va nous conduire à la guerre civile, protesta Ursula.

— Mais il faut bien les arrêter ! S'ils déclenchent une révolution trop tôt et que les métanationales nous tombent dessus avant que nous soyons prêts, nous sommes condamnés. Toutes ces attaques sans coordination doivent cesser. Elles ne servent à rien, elles ne font qu'accroître les niveaux de sécurité et nous rendre les choses plus difficiles encore. Des actions comme faire sauter Deimos de son orbite leur donnent seulement conscience de notre présence sans que ce soit vraiment efficace...

Sax, qui ne quittait pas les canards des yeux, déclara de sa voix étrangement musicale :

— Il existe actuellement cent quatorze vaisseaux de transit Terre-Mars. Quarante-sept objets en termite... en *orbite* autour de Mars. La nouvelle Clarke est une station spatiale défendue à cent pour cent. Deimos aurait eu la même fonction. Une base militaire. Une plate-forme de tir.

— C'était une lune vide, dit Maya. Quant à ces véhicules en orbite, il faudra nous en occuper en temps voulu.

Une fois encore, il ne sembla pas l'avoir entendue. Il cilla à peine, sans quitter les canards du regard, se détournant parfois brièvement pour observer Marina.

— Ça doit être une question de décapitation, fit-elle. Comme l'ont dit Nadia, Nirgal et Art à Dorsa Brevia.

— Reste à voir si nous saurons trouver le cou, dit Vlad, sèchement.

Maya sentait sa colère envers Sax monter de minute en minute.

— Nous devrions prendre chacune des villes principales et organiser la population pour une résistance unifiée. Je veux retourner à Hellas.

— Nadia et Art sont dans Fossa Sud, dit Marina. Mais si nous voulons que cela fonctionne, nous allons avoir besoin de tous les Cent Premiers.

— Les *Trente-Neuf* Premiers, rectifia Sax.

— Nous aurons besoin d'Hiroko, fit Vlad, et c'est par elle que nous pourrons ramener Coyote à la raison.

— Personne n'y parviendra, dit Marina. Mais, oui, nous avons besoin d'Hiroko. Je vais aller à Dorsa Brevia pour lui parler, et nous essaierons de contrôler le Sud.

— Sax ? demanda Vlad.

Sax, arraché à sa rêverie, se tourna vers lui en clignant des yeux. Mais il n'eut pas un regard pour Maya.

— Gestion intégrée des épiphyties. On fait pousser des plantes plus résistantes au milieu des herbes. Et elles les chassent. Je vais prendre Burroughs.

Maya, furieuse devant le mépris de Sax, se leva et partit faire le tour de l'étang. Elle s'arrêta sur l'autre berge, les mains crispées sur une rambarde. Elle leva les yeux vers ses vieux camarades. De là, ils évoquaient des retraités qui radotaient sur un banc à propos de la qualité de la cuisine, du temps, des canards et du dernier tournoi d'échecs. Elle maudit Sax. Est-ce qu'il allait éternellement lui reprocher Phyllis, cette atroce femme ?...

Et soudain, elle entendit leurs voix. Aussi claires que ténues. Derrière elle, il y avait une paroi de céramique, qui faisait presque le tour complet de l'étang. Apparemment, elle constituait une sorte de galerie d'écho et elle entendait les voix des autres une fraction de seconde après qu'ils eurent bougé les lèvres.

— Quel dommage qu'Arkady n'ait pas survécu, venait de dire Vlad. Les Bogdanovistes seraient plus faciles à contrôler.

— Oui, fit Ursula. Lui et John. Et Frank.

— Frank, fit Marina avec mépris. S'il n'avait pas assassiné John, rien de tout cela ne serait arrivé.

Maya tressaillit et serra la rambarde un peu plus fort en se redressant.

— *Quoi ?* hurla-t-elle sans même réfléchir.

Là-bas, les autres sursautèrent et la regardèrent. Elle lâcha la rambarde et revint vers eux en courant, en trébuchant par deux fois.

— Qu'est-ce que tu veux dire ? cria-t-elle à Marina en s'approchant d'eux.

Vlad et Ursula vinrent à sa rencontre. Marina, elle, demeura assise, l'air renfrogné, distante. Vlad écarta les bras et Maya l'évita pour se précipiter sur Marina.

— Qu'est-ce que tu avais en tête, hein, en disant ces choses abominables ? (Soudain, sa gorge était nouée par le chagrin.) Pourquoi ? Pourquoi ? Ce sont des Arabes qui ont tué John, tout le monde sait ça !

Marina fit une grimace et baissa la tête.

— Alors ?... insista Maya.

— C'était une façon de parler, dit Vlad, derrière elle. Frank s'efforçait de saper le travail de John à cette époque, et tu sais que c'est vrai. Certains disent qu'il a monté la Fraternité musulmane contre John, c'est tout...

— Pff ! On en a tous discuté. Ça n'a pas de sens !

C'est à cet instant qu'elle remarqua que Sax la regardait. Droit en face, avec une expression particulière, froide et quasiment indéchiffrable : il y avait dans ses yeux une lueur d'accusation, de vengeance, ou bien quoi ?... Elle avait vociféré en russe et les autres lui avaient répondu de même, et elle ne pensait pas que Sax connût le russe. Peut-être était-il seulement curieux de savoir ce qui les perturbait à ce point. Mais il y avait une telle antipathie dans son regard — comme s'il confirmait ce que Marina avait dit, l'enfonçant en elle comme un poignard !

Alors, elle se détourna et s'enfuit en courant.

Elle se retrouva devant la porte de sa chambre sans se souvenir d'avoir traversé tout Sabishii et se précipita à l'intérieur comme dans les bras de sa mère. Mais à quelques pas du lit, dans l'élégance des lambris, elle se redressa sous le choc du souvenir : celui d'une autre chambre, qui de matrice était devenue tombe, dans laquelle elle avait été piégée, toujours sous l'effet de la peur et de la colère... Pas de réponses, pas d'échappatoire, aucun moyen de fuite... Elle se pencha sur le lavabo et, cette fois, en affrontant le petit miroir, elle vit son visage, comme un portrait encadré — hagard, vieilli, avec des yeux cernés de rouge, comme ceux d'un lézard. Une image à vomir. C'était ça, très exactement : cet instant où elle avait surpris le passager clandestin de l'*Arès*, ce visage entrevu à travers un bocal de culture d'algues. Coyote. Une réalité, et non pas une hallucination.

Il pouvait en être ainsi de ce qu'elle avait appris à propos de Frank et de John.

Elle tenta de se rappeler. Elle lutta de toute sa volonté pour retrouver Frank Chalmers, qui il était vraiment. Cette nuit-là, à Nicosia, elle lui avait parlé. Leur rencontre avait été maladroite, tendue. Frank se comportait toujours comme s'il était agressé, rejeté... Ils s'étaient retrouvés ensemble, tous les deux, alors que John était inconscient, qu'on l'avait emporté jusqu'à la ferme, où il était mort. Jamais Frank n'aurait pu...

Mais bien sûr, il y avait toujours des mercenaires. Des gens que l'on pouvait payer pour frapper pour vous. Ce n'était pas tant que les Arabes aient pu être intéressés par l'argent — ils préféraient être payés par l'honneur, ou par une sorte de *quiproquo*, le genre de valeur courante que Frank distribuait comme autant de billets...

Mais elle se rappelait tellement peu ces quelques années, des éléments *spécifiques*. Quand elle se concentrait sur cette période, quand elle s'efforçait de se *souvenir*, de retrouver ces moments, elle était effrayée d'en voir émerger si peu. Des parcelles, des traces, des éclats qui subsistaient d'une civilisation entière. Elle se rappelait que, dans sa fureur, elle avait cassé une tasse de café sur une table, et que l'anse était restée sur la nappe. Comme un bagel à demi grignoté. Mais cela s'était passé où et quand ? Et avec qui ? Elle n'était sûre de rien. Et un cri s'échappa de sa gorge :

— Ahhh !

Le visage antédiluvien qu'elle avait devant elle l'écœurait, avec son expression de douleur pathétique, reptilienne. Il était tellement *laid*. Autrefois, elle avait été belle, elle en avait été vaniteuse, elle s'en était servi comme d'un scalpel. Et maintenant... Ses cheveux, avec les ans, étaient passés du blanc pur au gris terne. Leur structure avait sans doute changé lors du dernier traitement. Et ils s'éclaircissaient, mon Dieu ! en certains endroits. C'était répugnant. Elle avait été belle, jadis. Elle avait eu un visage royal, voluptueux... et à présent... Comme si la baronne Blixen, qui avait été si belle dans sa jeunesse, était devenue la sorcière syphilitique Isak Dinesen, pour vivre des siècles durant, comme une goule ou un zombie... Elle n'avait plus que le corps d'un lézard usé vieux de cent trente ans. Joyeux anniversaire, joyeux anniversaire, lézard !...

Elle revint au lavabo et ouvrit l'armoire à pharmacie. Elle trouva les ciseaux de manucure sur l'étagère du haut. Quelque part sur Mars, on fabriquait des ciseaux de manucure, en magnésium, sans doute. Elle s'en empara, tira sur une mèche de cheveux, et la coupa à ras. Les lames étaient émoussées, mais en tirant assez fort elle y arrivait. Elle faisait attention à ne pas se blesser le cuir chevelu car ce qu'il lui restait de fierté ne pourrait le supporter. La corvée fut longue, douloureuse et pénible. Mais Maya y trouva un certain réconfort, une certaine détente, à se montrer aussi méthodique dans la destruction.

Sa coupe initiale était hirsute et avait besoin d'être rectifiée, ce qui lui prit encore pas mal de temps. Une heure exactement. Mais elle n'arrivait pas à égaliser la longueur de ses cheveux. Finalement, elle prit le rasoir dans la douche et termina avec un rouleau de papier hygiénique pour éponger les coupures qui saignaient abondamment, ignorant les anciennes cicatrices qui réapparaissaient, les creux et les bosses affreux de son crâne dénudé. C'était difficile de faire ça en évitant de regarder le monstrueux visage couvert de rides qu'il y avait sur le devant de ce crâne.

Quand ce fut fini, elle contempla sans pitié le monstre dans le miroir — androgyne, usé, dément. L'aigle devenu vautour : la tête chauve, le cou décharné, les petits yeux étrécis, le nez crochu, la bouche petite et sans lèvres à la moue hostile. Et elle fixa longtemps, très longtemps ce visage hideux, ne se souvenant plus de rien à propos de Maya Toitovna. Elle était gelée dans le présent, étrangère à tout.

On frappa à la porte et elle sursauta, soudain libérée. Elle hésita, brusquement honteuse, et même effrayée. Ce fut comme si une autre partie d'elle-même coassait :

— Entrez.

La porte s'ouvrit. C'était Michel. Il s'arrêta sur le seuil.

— Eh bien ?... fit-elle en le regardant avec le sentiment d'être nue.

Il pencha la tête avec un sourire fallacieux.

— Toujours aussi belle.

Elle ne put s'empêcher de rire. Puis, assise sur son lit, elle se mit à pleurer en reniflant.

— Parfois, dit-elle en s'essuyant les yeux, parfois j'en viens à souhaiter de ne plus être Toitovna. Je suis tellement lasse. Tellement lasse de tout ce que j'ai fait.

Michel s'assit près d'elle.

— Jusqu'au bout, nous sommes soudés à nous-mêmes. C'est le prix que nous devons payer pour continuer à penser. Mais qu'est-ce que tu préférerais, être au bagne ou bien idiote ?

Elle secoua la tête.

— J'étais dans le parc avec Vlad, Ursula, Marina, et Sax qui me déteste. Je les ai regardés. Je me suis dit qu'il fallait que nous fassions quelque chose, vraiment, mais je me suis souvenue de tout — j'ai essayé de me souvenir — j'oublie tant de choses... Brusquement, nous semblions tous tellement détériorés.

— Il s'est passé beaucoup de choses.

Il posa une main sur les siennes.

— Est-ce que tu as du mal à te souvenir ? demanda Maya avec un frisson en serrant ses doigts, comme si elle s'accrochait à une bouée. Parfois, j'ai tellement peur de tout oublier. Ce qui veut dire que j'aimerais mieux me trouver au bagne plutôt qu'idiote, pour répondre à ta question. Si on oublie, on est libéré du passé, mais rien ne signifie plus rien. Alors, il n'y a plus moyen de fuir... (Elle se remit à pleurer.)... que l'on se souvienne ou que l'on oublie, la souffrance reste la même.

— Les problèmes de mémoire sont très communs à nos âges. Surtout à moyenne distance, si je puis dire. Certains exercices permettent d'améliorer cela.

— La mémoire n'est pas un muscle.

— Je sais. Mais le pouvoir de mémorisation semble s'améliorer avec l'usage. Apparemment, le simple fait de se rappeler renforce les souvenirs eux-mêmes. Et quand on y réfléchit bien, ça tient debout. Les synapses sont renforcées ou remplacées... Ce genre de chose...

— Mais alors, si l'on ne peut pas affronter ce dont on se souvient... Oh, Michel ! (Elle inspira dans un frémissement.) Ils disent... Marina dit que Frank a assassiné John. Elle l'a dit aux autres alors qu'elle pensait que je ne pouvais pas entendre, comme si c'était une vérité connue de tous ! (Elle lui serra l'épaule, comme si elle voulait lui arracher une vérité qu'il cachait.) Michel, dis-moi la vérité ! C'est ce que vous pensez tous ?...

Il secoua la tête.

— Personne ne sait ce qui s'est réellement passé.

— J'étais là ! J'étais à Nicosia, cette nuit-là, pas eux ! J'étais avec Frank quand c'est arrivé ! Il ne savait rien de ce qui s'était passé, je le jure !

Il plissa les yeux, indécis, et elle lui lança :

— Ne me regarde pas comme ça !

— Mais non, Maya. Il faut que je te dise tout ce que j'ai entendu, et j'essaie moi-même de me souvenir. Toutes sortes de rumeurs ont circulé — toutes sortes ! — à propos de ce qui s'est passé cette nuit-là. Il est exact que, d'une certaine façon, Frank a été compromis. Du moins, il était en relation avec les Saoudiens qui ont tué John. Il avait rencontré celui qui est mort le lendemain, etc.

Maya se mit à pleurer plus violemment, les mains crispées sur le ventre, le visage rivé à l'épaule de Michel.

— Je ne peux pas le supporter. Si je ne sais pas ce qui s'est passé... comment me souvenir ? Comment penser à eux ?

Il la prit dans ses bras, la serra très fort.

— Oh, Maya...

Longtemps après, elle se redressa, gagna le lavabo pour se passer de l'eau froide sur le visage en évitant soigneusement de rencontrer son reflet dans le miroir. Elle retourna jusqu'à son lit et se rassit, terrassée, une fatigue noire au creux de chacun de ses muscles.

Michel lui prit à nouveau la main.

— Je me demande si cela ne te ferait pas du bien de savoir. Ou du moins, d'en apprendre autant que possible. D'enquêter, tu vois. De lire ce qu'on a écrit au sujet de John et de Frank. Parce qu'il existe des livres sur eux, à présent, bien sûr. Tu devrais poser des questions à ceux qui se trouvaient à Nicosia, en particulier aux Arabes qui ont vu Selim el-Hayil avant sa mort. Ce genre de chose. Ça te redonnerait une sorte de contrôle sur toi-même, tu comprends. Ça ne serait pas exactement se souvenir de tout, mais ça ne serait pas oublier non plus. Aussi étrange que cela puisse paraître, ce n'est pas la seule alternative. Nous devons assumer notre passé, comprends-tu ? Il faut que nous en fassions une part de ce que nous sommes devenus par un acte simple d'imagination. Un acte créatif, actif. Et non pas un simple processus. Mais je te connais, et tu es toujours meilleure quand tu es active, quand tu disposes d'un petit peu de contrôle.

— Je ne sais pas si j'en serai capable. Mais je ne peux pas supporter de ne pas savoir. En même temps, j'ai peur de savoir. Je ne veux pas savoir. Surtout si c'est vrai.

— Essaie de voir ce que tu éprouves, suggéra Michel. Essaie vraiment. Etant donné que les deux choix sont aussi douloureux l'un que l'autre, il est possible que tu préfères l'action.

— Bien.

Elle renifla et promena son regard autour de la chambre. De l'autre côté du miroir, un meurtrier armé d'une hache la dévisageait.

— Mon Dieu ! Je suis tellement *laide* ! s'écria-t-elle, au bord de la nausée.

Michel se leva, s'approcha du miroir.

— Il existe un phénomène que nous appelons désordre dysmorphique du corps. C'est en rapport avec d'autres désordres de type obsessionnel-compulsif. Avec un état dépressif. J'ai remarqué ces signes chez toi depuis quelque temps.

— C'est aujourd'hui mon anniversaire.

— Mmm... Oui, c'est curable.

— Les anniversaires ?

— Le désordre dysmorphique corporel.

— Je ne veux pas prendre de drogues.

Il jeta une serviette sur le miroir avant de se retourner vers elle.

— Que veux-tu dire ? Il peut s'agir d'un simple manque de sérotonine. Une insuffisance biochimique. Une maladie passagère. Pas de quoi avoir honte. Nous prenons tous des drogues. La clomipramine serait très utile dans ton cas.

— Je vais y réfléchir.

— Et plus de miroir.

— Je ne suis plus une enfant ! gronda-t-elle. Je sais à quoi je ressemble !

Elle bondit du lit et arracha la serviette du miroir. Comme un vautour reptilien fou, un ptérodactyle féroce — c'était assez impressionnant, en fait.

Il haussa les épaules avec un petit sourire. Elle aurait voulu l'embrasser en cet instant, ou lui cogner dessus. Il aimait tellement les lézards.

Elle secoua la tête pour essayer de s'éclaircir les idées.

— Bien. De l'action, tu as dit. Je préfère sans doute ça à l'alternative, vu la situation dans laquelle nous sommes. (Elle lui révéla les informations qu'ils avaient reçues du Sud et les propositions qu'elle avait faites aux autres.) Ils me mettent vraiment en colère. Ils attendent que le désastre leur retombe dessus, c'est tout. Tous sauf Sax, qui fait n'importe quoi avec ses sabotages, sans consulter personne, sauf ces imbéciles... Il faut que nous travaillions en *coordination* !

— Très bien, fit Michel d'un ton enthousiaste. Je suis d'accord. On en a besoin.

Elle le scruta.

— Est-ce que tu serais prêt à m'accompagner jusqu'au Bassin d'Hellas ?

Il sourit. Avec un plaisir authentique et pur. Il était ravi qu'elle lui ait demandé cela ! Elle sentit son cœur frémir.

— Mais oui. J'ai du boulot à terminer ici, mais ça peut aller très vite. Quelques semaines, c'est tout.

Il lui souriait encore. Il l'aimait, elle le voyait : non pas seulement en tant qu'ami ou psychanalyste, mais en tant qu'homme, en tant qu'amant. Pourtant, il gardait en lui une certaine distance, la distance de Michel, un reste du psychothérapeute qu'il était. Et elle pouvait continuer à respirer, ainsi. Tout en se sentant aimée. Tout en ayant un ami.

— Ainsi, tu peux encore supporter d'être avec moi, même avec l'image que je présente aujourd'hui...

— Oh, Maya...(Il rit.) Oui, tu es encore belle, si tu veux que je te le dise. Mais tu le sais, Dieu merci. (Il la serra entre ses bras avant de reculer.) C'est un petit peu austère. Mais ça ira.

— Et personne ne me reconnaîtra.

— Aucun de ceux qui ne te connaissent pas. (Il se leva.) Viens. Est-ce que tu as faim ?

— Oui. Donne-moi le temps de me changer.

Il s'assit sur le lit en l'observant. En s'imprégnant d'elle, vieux bouc qu'il était. Son corps avait encore un aspect humain, ce qui était extraordinaire, très féminin, même à cet âge ridiculement posthume. Si elle s'était avancée sur lui en lui offrant ses seins, il se dit qu'il les aurait sucés comme un enfant. Elle s'habillait, son esprit se réveillait, il montait du fond. C'était le meilleur moment de l'onde sinusoïdale, pareil au solstice d'hiver du paléolithique, cet instant de soulagement où l'on sait avec certitude que le soleil reviendra un jour.

— C'est très bien, dit Michel. Maya, nous avons besoin de toi pour diriger, tu le sais. Tu as l'autorité qui convient. L'autorité naturelle. Et c'est une bonne chose que de répartir les tâches pour que tu te concentres sur Hellas. C'est un excellent plan. Mais tu sais : il te faudra bien plus que de la colère.

Elle enfila un sweater (sensation bizarre, avec son cuir chevelu tout nu), et le contempla, surprise. Il leva un doigt en signe d'avertissement.

— Ta colère sera utile, mais elle ne représente pas l'essentiel. Frank n'était fait que de colère, tu te rappelles ? Et tu sais où ça l'a conduit. Non seulement tu vas devoir te battre contre ce que tu hais, mais aussi pour ce que tu aimes, comprends-tu ? Donc, il va falloir que tu découvres ce que tu aimes. Il faudra que tu t'en souviennes, ou que tu crées...

— Oui, oui, fit-elle, soudain agacée. Je t'aime, mais tais-toi, maintenant. (Elle redressa le menton.) Allons manger.

Le train qui allait de Sabishii jusqu'à la piste principale Burroughs-Hellas ne comportait qu'une petite locomotive et trois wagons de voyageurs, tous à demi pleins. Maya alla s'installer dans le tout dernier, au fond. Les gens levèrent le regard sur elle, mais très brièvement. Aucun d'eux ne parut s'offusquer de son crâne rasé. Après tout, les femmes vautours étaient nombreuses sur Mars, et ici même, dans ce train. Elles portaient des combinaisons de travail de couleur rouille, cobalt ou vert pâle, elles étaient toutes vieilles et ravagées par les UV. Les anciens de Mars constituaient une espèce de cliché depuis les tout premiers âges : ils avaient tout vu et ils étaient toujours prêts à vous arracher des larmes avec leurs récits de tempêtes de poussière et de sas bloqués.

C'était aussi bien. Elle préférait ça plutôt que de voir les gens s'agiter sur son passage en s'exclamant : « Voilà Toitovna ! » Pourtant, elle se sentait laide, reléguée. Ce qui était stupide. Elle avait besoin qu'on l'oublie. Et sa laideur lui était utile : le monde a tendance à oublier la laideur. Très efficace.

Elle se tassa dans son siège tout en regardant vers l'avant. Apparemment, un contingent de touristes japonais venus de la Terre avait débarqué à Sabishii. Ils étaient tous entassés sur les sièges avant et bavardaient en contemplant le paysage avec leurs lunettes vidéo, enregistrant la moindre seconde de leur balade, des enregistrements que personne ne regarderait jamais.

Le train démarra lentement et ils s'éloignèrent de Sabishii, qui était encore une petite ville sous tente installée entre les collines. Mais le terrain en mamelons qui s'étendait entre la ville et la piste principale offrait le spectacle de rochers pointus gravés et de petits refuges creusés dans les falaises. Toutes les parois orientées vers le nord étaient encore incrustées de la neige des premières tempêtes automnales, et les mares gelées leur renvoyaient les éclairs du soleil. Les bosquets sombres et ras étaient tous dérivés des anciens plants venus d'Hokkaido et donnaient au paysage un aspect épineux, noir et vert : une collection de jardins bonsaï, chacun d'eux constituant une île sur la mer chaotique de rochers brisés.

Naturellement, les touristes japonais trouvaient cette vision enchanteresse. Il était également possible qu'ils soient de nouveaux immigrants installés à Burroughs et qu'ils visitent Sabishii, le premier site de débarquement japonais sur Mars. Comme s'ils venaient de Tokyo pour découvrir Kyoto. A moins qu'ils fussent natifs de Mars et n'aient jamais vu le Japon. Elle ne le saurait avec certitude que lorsqu'elle les verrait marcher. Mais cela, après tout, n'avait guère d'importance.

La piste passait immédiatement au nord du cratère Jarry-Desloges qui, de l'extérieur, n'était qu'une large colline aplatie. Le tablier était un grand éventail de débris enneigés, semé d'arbres rampants et d'un tapis bigarré de lichens vert foncé et colorés, de bruyères et de fleurs alpestres. Chaque espèce avait sa signature en couleurs, et le champ tout entier était jonché de blocs de roc qui étaient retombés du ciel lors de la formation du cratère. Ce qui donnait l'impression d'un champ de rocaille rouge qui aurait été inondé du dessous par une marée arc-en-ciel.

Maya, tout en laissant ses yeux errer sur la colline, se sentait quelque peu abasourdie. De la neige, des lichens, de la bruyère, des conifères : elle savait que les choses avaient changé sur ce monde pendant qu'elle se cachait sous la calotte polaire — qu'avant, tout avait été différent, qu'elle avait vécu dans un univers de rocher et éprouvé tous les événements intenses qui s'étaient produits durant ces années-là, que son cœur avait été écrasé jusqu'à l'état de stishovite[1] sous leur impact. Mais c'était si dur de retrouver tout ça. De se souvenir de ce qu'il y avait eu auparavant, de ressentir quoi que ce soit si elle venait à se rappeler. Elle se laissa aller en arrière, ferma les yeux en essayant de se relaxer, de s'abandonner à ce qui pouvait survenir...

... Ce n'était pas tant le souvenir spécifique d'un événement spécifique qu'une sorte de composite : Frank Chalmers, dénonçant avec colère, fulminant, raillant. Michel avait raison : Frank avait été un homme coléreux. Mais il n'avait pas été que cela. Plus que n'importe qui, sans doute, elle le savait... elle l'avait vu en paix ou, sinon en paix, heureux, peut-être. Quelque chose de proche, en tout cas. Il avait eu peur d'elle, il avait fait preuve de sollicitude, il avait été amoureux d'elle — elle avait connu cela. Il avait hurlé aussi, déchaîné par ses petites tromperies, ou par rien. Elle avait tout connu de lui. Parce qu'il l'avait aimée.

Mais comment était-il, *vraiment* ? Ou plutôt, pourquoi avait-il été comme ça ? Etait-il possible d'expliquer pourquoi on était ce qu'on était ? Elle avait connu si peu de choses à son propos avant qu'ils se rencontrent : il avait vécu une vie entière en Amérique, et elle n'avait rien vu de cette période. L'homme robuste et sombre qu'elle avait rencontré dans l'Antarctique — même cet homme, elle l'avait presque perdu, il avait été recouvert par tout ce qui était arrivé sur l'*Arès*, et sur Mars, ensuite. Avant cela, il n'y avait rien, ou presque. Il avait dirigé la NASA, fait décoller le projet Mars, sans doute avec le même style corrosif qu'il avait montré par la suite. Il avait été brièvement marié, elle croyait du moins s'en souvenir. A quoi donc avait pu ressembler ce mariage ? Pauvre femme. Elle sourit. Mais elle entendit à nouveau la voix de Marina : « Si Frank n'avait pas assassiné John... » Et elle frissonna. Elle regarda le lutrin posé sur ses genoux. Les Japonais chantaient en chœur une chanson à boire, apparemment, tout en faisant circuler une fiasque. Ils avaient laissé le cratère Jarry-Desloges derrière eux et abordaient à présent la bordure nord de la cuvette de Iapygia, une dépression ovale qui ouvrait une nouvelle perspective jusqu'à l'horizon. Iapygia était saturée de cratères et, à

1. Silicate cristallin particulièrement dense. Du nom de son découvreur soviétique. (*N.d.T.*)

l'intérieur de chaque anneau, on trouvait des écosystèmes séparés. C'était comme de contempler la vitrine d'un fleuriste après une explosion, avec des paniers répandus un peu partout, fracassés ici un panier de tapisserie jaune, là de palimpseste rose, de tapis persans verts, blanchâtres, bleuâtres...

Elle tapa sur son lutrin : *Chalmers.*

La bibliographie était énorme : articles, interviews, livres, vidéos. Une collection complète de ses communiqués à la Terre, une autre de ses commentaires : diplomatiques, historiques, biographiques, psychologiques, psychobiographiques — des anecdotes, des histoires, des comédies, des tragédies dans tous les médias. Y compris un opéra. Ce qui signifiait que, quelque part sur Terre, une méchante colorature continuait à chanter les pensées de Frank.

Maya éteignit son lutrin, écœurée. Elle inspira à fond pendant quelques minutes avant de le rallumer et de rappeler le dossier de Frank. Elle ne supportait pas les séquences vidéo ni les photos. Elle sélectionna les biographies les plus succinctes prises dans des magazines populaires, en prit une au hasard et se mit à lire.

Il était né à Savannah, Géorgie, en 1976, et avait grandi à Jacksonville, en Floride. Ses parents avaient divorcé alors qu'il avait sept ans et, par la suite, il avait surtout vécu avec son père, dans une résidence de Jacksonville Beach, une construction de plan courant en stuc datant des années 1940, derrière une vieille promenade de bord de mer avec ses boutiques à hamburgers et à crevettes. Il lui était arrivé d'habiter chez son oncle et sa tante, près du centre-ville, dominé par les grands buildings des compagnies d'assurances. Il avait huit ans quand sa mère était partie pour l'Iowa. Son père s'était inscrit aux Alcooliques anonymes par trois fois. Au collège, Frank était le président de sa classe, le capitaine de l'équipe de football, où il jouait au centre, et de l'équipe de base-ball, dont il était le receveur. Il dirigeait aussi un projet destiné à débarrasser la rivière Saint-John des jacinthes d'eau qui proliféraient. *« Son article dans le bulletin annuel de dernière année est interminable, du genre qui vous fait soupçonner que quelque chose n'est pas clair ! »* Il était entré tout droit à Harvard, où il avait obtenu une bourse. L'année suivante, il avait été transféré au MIT[1], où il avait décroché ses licences en ingénierie et en astronomie. Quatre années durant, il avait vécu seul dans une chambre, au-dessus d'un garage, à Cambridge, et il ne subsistait que de rares informations de cette période de son existence. Rares étaient ceux qui l'avaient connu. *« Il a traversé Boston comme un fantôme ! »*

A sa sortie de l'université, il avait pris un emploi dans le National Service Corps, à Fort Walton Beach, en Floride, et c'était à partir de là qu'il avait été projeté sur la scène nationale. Il avait été à la tête

1. Le Massachusetts Institute of Technology. (*N.d.T.*)

d'un des programmes de génie civil les plus réussis du NSC : un projet de construction de logements destinés aux immigrants caraïbes qui débarquaient à Pensacola. Des milliers de gens l'avaient connu alors, du moins au niveau professionnel. « *Ils sont tous d'accord : c'était un leader charismatique, qui se dévouait à la cause des immigrants, qui travaillait sans relâche pour leur intégration dans la société américaine.* » Durant ces années-là, il avait épousé la jolie Priscilla Jones, fille d'une famille très en vue de Pensacola. On commençait à lui prédire une carrière politique. « *Il était au sommet du monde !* » Le programme du NSC fut achevé en 2004 et, en 2005, il rejoignit les astronautes à Huntsville, Alabama. Son mariage fut brisé cette même année. C'est en 2007 qu'il devint officiellement astronaute et il assuma très vite un poste dans « *l'administration de vol* ». Il fit l'un de ses plus longs séjours dans l'espace : six semaines à bord de la station américaine, seul avec l'étoile montante, son collègue John Boone. Il avait été nommé à la tête de la NASA en 2015, alors que Boone était promu commandant de la station. C'est ensemble qu'ils avaient monté le projet « *Apollo Mars* » avec le gouvernement et, après le débarquement de John Boone en 2020, ils avaient tous deux rejoints les Cent Premiers, et ils étaient partis pour Mars en 2027.

Maya restait fascinée par les caractères romains, noirs et nets. Les articles étaient brefs, sommaires, et avec leurs allusions et leurs points d'exclamation ils avaient une certaine valeur suggestive, ça ne faisait pas de doute. Un enfant sans mère dont le père buvait, un jeune homme idéaliste et travailleur qui montait dans l'existence, mais qui perdait son job et brisait son mariage la même année. 2005 méritait d'être exploré par le détail. Après ça, Frank lui apparaissait plutôt clairement. Astronaute à la NASA toujours à lutter pour obtenir plus de temps d'espace, à grimper dans l'administration pour acquérir le pouvoir de partir plus souvent... Dans cette période, les brèves descriptions de Frank correspondaient davantage à l'homme qu'elle avait connu. Mais quant à ses années d'enfance, de jeunesse, elles étaient difficiles à imaginer : il était dur de concevoir le Frank de ce temps-là.

Elle appela de nouveau l'index et parcourut la liste des entrées biographiques. Elle repéra un article : *Promesses brisées : Frank Chalmers et le NSC*. Elle tapa le code et le texte apparut. Elle le déroula jusqu'à lire son nom.

Tout comme bien des gens qui affrontent des problèmes fondamentaux dans leur vie, Chalmers, durant ses années de Floride, remplit ses journées par une activité incessante. S'il n'avait pas un instant pour se reposer, du matin au soir, il n'avait donc pas un instant pour penser. Cette stratégie lui avait toujours réussi depuis ses années de collège, quand, en plus des cours, il avait consacré près de vingt heures par semaine à un programme d'alphabétisation dans la région de Jacksonville Beach. A Boston, ses responsabilités universitaires avaient fait de lui ce qu'un de ses collègues a défini comme « un homme invisible », et nous en savons moins sur cette période de sa vie que sur toute autre. Pendant sa première année à Boston, il n'avait pas d'adresse, rien qu'une boîte postale, et certains témoignages rapportent qu'il vécut principalement dans sa voiture durant ce premier hiver. Il dormait sur la banquette arrière et utilisait les douches du gymnase du campus. Il ne retrouva une adresse que lorsqu'il eut réussi à se faire transférer au MIT...

Maya tapa « avance rapide ».

Le programme de génie civil du NSC marqua son retour aux fonctions sociales qui avaient comblé tant d'heures de sa période Jacksonville. La côte de Pensacola, au début du vingt et unième siècle, était l'un des lieux les plus déshérités d'Amérique, avec l'immigration caraïbe, la fermeture des bases militaires et le passage du cyclone Dale qui s'étaient combinés pour provoquer une misère noire. Un ancien employé du NSC a pu dire : « C'était comme si on travaillait en Afrique. » C'est durant les trois années qu'il passa à Pensacola que Chalmers prend pour nous sa dimension sociale véritable. Il réussit à rassembler des fonds pour lancer de nouveaux chantiers dont l'impact fut énorme sur tout le littoral et sauva des milliers de gens qui vivaient dans des abris de fortune après le passage de Dale. Le Fonds d'aide fédérale à la construction et à la formation dans les métiers de la construction avait pour but d'apprendre aux gens à construire leurs logements et à mettre à profit plus tard, et ailleurs, leur nouvelle formation. Ces programmes furent accueillis avec enthousiasme parmi les déshérités, mais très mal considérés par l'industrie locale du bâtiment, qui ressentit cette intervention fédérale comme une nouvelle intrusion du gouvernement dans les affaires privées, l'accusant de s'en prendre à son gagne-pain. Chalmers dut donc faire face à une campagne de controverses et, dans ces premières années du nouveau siècle, il se manifesta souvent dans les médias de la région pour défendre avec enthousiasme son programme, qu'il présentait comme faisant partie d'un immense effort populaire d'action sociale. A la demande du Fort Walton Beach Journal, *il écrivit dans un éditorial : « La solution évidente au marasme dans lequel nous sommes est d'employer toutes nos énergies à résoudre ce problème et à y travailler de manière systématique. Nous avons besoin de construire des écoles pour apprendre à lire à nos enfants, pour qu'ils deviennent des médecins qui nous guériront, des avocats qui nous défendront, afin que le partage soit équitable. Nous avons besoin de bâtir nos maisons et nos fermes, et de nous nourrir par nos propres moyens. » Il réussit à communiquer son enthousiasme à la plupart de ceux qui avaient été engagés par la branche locale du NSC. Les résultats obtenus à Pensacola et à Fort Walton Beach lui valurent des subventions plus importantes de Washington, ainsi que des primes des sociétés participantes. Au point culminant du programme, en 2004, le NSC de Pensacola Coast employait vingt mille personnes et était l'un des facteurs essentiels de ce que l'on appela « la Renaissance du Golfe ». Le mariage de Chalmers avec Priscilla Jones, fille d'une vieille famille fortunée de Panama City, parut être alors le symbole de cette nouvelle synthèse de la pauvreté et des privilèges en Floride, et le couple fut très en vue dans la société de la côte pendant deux ans.*

L'accession au pouvoir de l'administration Ellis en 2004 mit un terme à cette période. Cette élection marqua l'un des grands revers de l'équilibre politique américain : l'ère progressiste des années 90 cédait devant ce que l'on décrivit comme une réaction de la classe moyenne contre l'immigration massive du début du siècle, phénomène que l'on accusait ouvertement d'être responsable de la croissance zéro.

La dissolution brutale du NSC fut l'une des premières décisions de l'administration Ellis. Chalmers passa deux mois à Washington à témoigner devant les sous-comités de la Chambre et du Sénat pour tenter de soutenir le vote d'un amendement destiné à relancer le programme. Il joua un rôle déterminant dans la rédaction de cet amendement, l'Acte de Nakamura, mais deux sénateurs démocrates de Floride et un représentant du Congrès du district de Pensacola refusèrent de le voter, et le Congrès ne fut pas en mesure de s'opposer au veto. Le programme, selon la nouvelle administration, « menaçait les valeurs du marché », et on y mit un terme. L'inculpation et l'arrestation de dix-neuf représentants du Congrès (y compris celui de Pensacola) pour trafic d'influence dans le secteur de la construction n'intervinrent que huit ans plus tard. Mais le NSC, alors, était mort et ses vétérans dispersés. Le président Ellis devait déclarer : « Le NSC a atteint ses objectifs dans la période où il était nécessaire. Mais maintenant, son temps est passé. »

Pour Frank Chalmers, ce fut l'heure de la rupture. Il se retira de la vie publique. Lui et Priscilla déménagèrent pour Huntsville, et leur union n'y survécut pas. Priscilla se remaria très vite avec un ami de sa famille qu'elle avait connu avant l'arrivée de Chalmers. A Washington, Chalmers s'installa dans une existence austère dans laquelle la NASA paraissait être son unique sujet d'intérêt. Il était connu pour ses journées de dix-huit heures et la part énorme qu'il avait dans les succès de la NASA. Ce qui le rendit célèbre à l'échelle nationale, mais personne, à la NASA ou dans les sphères de Washington, ne pouvait prétendre le connaître vraiment. Ses programmes surchargés et ses longues heures de travail lui servaient à nouveau de masque. Un masque derrière lequel l'artisan social idéaliste du Golfe disparut pour de bon.

Une brusque agitation à l'avant du wagon obligea Maya à lever les yeux. Les Japonais venaient tous de se lever en même temps et descendaient leurs bagages. Il était évident maintenant qu'ils étaient originaires de Burroughs : la plupart mesuraient près de deux mètres. Dégingandés, riant de toutes leurs dents, avec les mêmes cheveux drus noirs et brillants. Que ce fût à cause de la gravité, de l'alimentation, de n'importe quoi, les gens, sur Mars, devenaient plus grands. Ces Japonais rappelaient à Maya les ectogènes de Zygote, ces gamins bizarres qui avaient poussé comme des herbes folles... Et qui étaient à présent dispersés sur toute la planète, ayant oublié leur petit monde originel, comme tant d'autres avant eux.

Elle grimaça et, obéissant à une brusque impulsion, elle tapa sur son lutrin pour appeler des illustrations. Une photo de Frank à vingt-trois ans, alors qu'il commençait à travailler pour le NSC : un jeune homme brun au sourire assuré, qui semblait regarder le monde avant de l'invectiver, pour lui apprendre ce qu'il ignorait encore. Si jeune ! Si jeune et confiant. Au premier regard, Maya mit cela sur le compte de l'innocence de la jeunesse, mais en fait le visage ne semblait pas innocent. Il n'avait pas eu une enfance innocente. C'était un battant, qui avait su trouver sa méthode, et qui gagnait. Une force difficile à vaincre. C'était ce que semblait dire son sourire.

Mais si tu shootes sur le monde, tu te casses le pied. Comme on disait dans le Kamtchatka, se souvint Maya.

Le train ralentit et s'arrêta doucement. Ils étaient à la gare de Fournier, où la ligne de Sabishii rejoignait la grande piste Burroughs-Hellas.

Les Japonais descendirent, Maya éteignit son lutrin et leur emboîta le pas. La gare était une simple petite tente, au sud du cratère Fournier : un simple dôme en T sous lequel couraient les lignes et les quais. Toute une foule se pressait sur les trois niveaux de la gare : des groupes et des gens seuls, pour la plupart en combinaison de travail. Mais Maya en remarqua certains en costume ou en uniforme de telle ou telle métanationale, ou en tenue de vacances négligée, c'est-à-dire en pantalon flottant, blouse et mocassins.

Maya trouva le spectacle un peu alarmant : il y avait trop de gens ici, et elle se perdit d'un pas incertain entre les kiosques et les cafés qui s'alignaient au long des quais. Personne ne s'arrêta au passage de ce vieil androgyne chauve. Elle circulait entre tous ces étrangers et sentait la caresse de la brise artificielle sur son cuir chevelu. Elle prit place au début de la queue pour le prochain train en direction du sud, et la photo du lutrin ne cessait de tourner dans son esprit. Il était si jeune ! Est-ce qu'ils avaient tous été aussi jeunes ?...

A une heure, le train arriva du nord en sifflant et s'arrêta devant le quai. Des gardes de la sécurité surgirent de leur poste, près des cafés, et sous leur regard morose, elle posa son poignet sur un vérificateur portable avant de monter dans une voiture. Une nouvelle procédure, très simple. Mais, en s'asseyant, elle sentit les battements accélérés de son cœur. A l'évidence, les Sabishiiens, avec l'aide des Suisses, avaient réussi à circonvenir le nouveau système de l'Autorité, et la puce de son bloc-poignet contenait à présent des informations différentes de celles de 61. Mais elle ne se fiait pas à ce monde de sécurité et de cryptographie, et même si l'alarme n'avait pas sonné dans un système qui n'hésiterait pas à la traquer le moment venu, elle avait quelques raisons d'avoir peur — elle était Maya Toitovna, l'une des femmes les plus célèbres de l'histoire, l'une des criminelles les plus recherchées sur Mars. Et les passagers avaient levé les yeux sur elle quand elle avait descendu la travée centrale, nue sous sa combinaison de coton bleu.

Nue mais invisible, parce que irregardable. Et la vérité, c'était qu'au moins la moitié des passagers semblaient aussi vieux qu'elle : des vétérans martiens qui paraissaient soixante-dix ans mais qui pouvaient en avoir deux fois plus, usés, ridés, les cheveux gris ou chauves, irradiés, dispersés entre les jeunes indigènes de la planète comme des feuilles d'automne sur un gazon frais. Et elle crut remarquer parmi eux Spencer Jackson. En jetant son bagage avec les autres, elle porta son regard à trois rangées de là. Le crâne dénudé du personnage ne lui apprenait pas grand-chose, mais elle était presque certaine que c'était bien Jackson. Sale coup. Par principe, les Cent Premiers (désormais les Trente-Neuf Premiers) s'arrangeaient pour ne pas voyager ensemble. Mais il existait toujours un risque qu'ils se rencontrent par hasard.

Elle s'était installée près de la fenêtre et se demandait ce qu'il faisait. La dernière fois qu'elle avait entendu parler de Spencer, lui et Sax formaient une équipe technologique dans le mohole de Vishniac. Ils mettaient au point des armes nouvelles à propos desquelles ils étaient très discrets, du moins selon Vlad. Donc, il faisait partie de la bande de hors-la-loi cinglés que Sax avait rassemblée pour ses opérations d'écosabotage. Plus ou moins, en tout cas. Ça ne lui ressemblait pas, et elle se demanda s'il n'était pas cette influence modératrice qu'ils avaient tous remarquée dans les dernières activités de Sax. Est-ce qu'il se rendait à Hellas, ou bien regagnait-il les refuges du Sud ? Ça... elle devrait attendre Hellas pour le découvrir, vu que le protocole exigeait qu'ils s'ignorent jusqu'à ce qu'ils se retrouvent en privé.

Donc, elle ignora Spencer, si c'était bien lui, de même que les autres passagers. La place voisine était libre. En face d'elle, Maya avait deux quinquagénaires en costume. Des émigrants, apparemment, tout comme les deux autres qui étaient installés de l'autre côté de la travée. Tandis que le train quittait la gare, ils se mirent à discuter d'un jeu auquel ils avaient participé.

« Il a fait un coup d'un mile ! Il a eu de la chance de retrouver sa balle ! » Vraisemblablement, il s'agissait de golf. Des Américains, probablement. Des cadres de métanationales qui allaient en inspection sur les sites d'Hellas, mais qui n'en dirent pas plus. Maya reprit son lutrin et mit son casque d'écoute. Elle appela la *Novy Pravda* et regarda les minuscules images émises depuis Moscou. Elle avait du mal à se concentrer sur les voix, qui avaient un effet soporifique. Le train filait vers le sud. Le commentateur déplorait le développement du conflit entre Armscor et Subarashii à propos des clauses du plan de développement sibérien. Des larmes de crocodiles étant donné que le gouvernement russe espérait depuis des années voir les deux géants s'affronter afin de créer une situation d'enchère pour les champs pétrolifères, ce qui était préférable à un front métanational uni qui dicterait ses propres clauses et braderait les gisements pour rien. Il était d'ailleurs surprenant que ces deux métanats aient contrevenu à la règle. Maya n'osait pas espérer que cette situation persiste. Les métanats avaient tout intérêt à souder leurs efforts pour disposer des ressources sans avoir à combattre. Si elles se querellaient, le fragile équilibre du pouvoir pourrait céder et retomber sur elles, une éventualité dont elles avaient certainement conscience.

Vaguement somnolente, elle se laissa aller sur l'appuie-tête en regardant défiler le paysage. Ils descendaient vers le fond de la cuvette de Iapygia, et la vue se déployait vers le sud-ouest. Elle lui rappelait la limite de la taïga sur la toundra sibérienne qu'elle avait entrevue aux infos de Moscou — une pente fendue par le gel, couverte de rochers pris dans la neige et la glace, marqués de lichens et de mousses amorphes dans les tons olive et kaki, de cactées corail et d'arbustes nains réfugiés dans les moindres creux. Une vallée au fond plat était tapissée de pingos qui évoquaient une poussée d'acné, tachetés de boue. Maya s'endormit un instant.

Elle s'éveilla avec, dans l'esprit, le visage de Frank à vingt-trois ans. Elle eut une pensée floue pour ce qu'elle avait lu à son sujet, essayant de recoller les fragments pour avoir une image. Le père : qu'est-ce qui avait pu le pousser à s'inscrire aux Alcooliques anonymes trois fois pour les quitter deux fois (ou bien était-ce trois ?...). Cela sonnait mal. Et ensuite, comme en réponse à sa question, elle pensa au Frank intoxiqué par le travail qu'elle avait connu, même si le travail semblait un idéal peu Frank Chalmersiste. Le Frank qu'elle avait connu ne croyait pas à la justice sociale. Politiquement, c'était un pessimiste, engagé dans une perpétuelle action d'arrière-garde pour empêcher le pire de s'aggraver encore. Une carrière vouée à limiter les dégâts — et, selon certains, à se pousser dans le monde. Sans doute vrai. Bien qu'elle ait toujours pensé qu'il ne visait le pouvoir que pour mieux limiter les dégâts.

Mais il était impossible de distinguer une motivation de l'autre, tant elles étaient mêlées, comme les rochers et la mousse dans la cuvette. Le pouvoir avait bien des facettes.

Si seulement Frank n'avait pas assassiné John... Elle regarda son lutrin, le ralluma, et tapa le nom de John. La bibliographie était interminable. Elle vérifia le nombre d'entrées : 5 146. Et encore s'agissait-il d'une sélection. Frank n'avait eu droit qu'à quelques centaines tout au plus. Elle passa en mode indexé et appela « Mort de... ».

Des centaines d'entrées ! Avec une sensation de froid, en sueur soudain, elle parcourut très vite la liste. La connexion de Berne, la Fraternité musulmane, Mars-Un, l'AMONU, Frank, elle-même, Helmut Bronski, Sax, Samantha. Au titre seul, elle sut que toutes les théories sur sa mort étaient prises en compte. Bien entendu. La théorie de la conspiration était très populaire, sur le moment et pour toujours. Les gens voulaient tellement que ce genre de catastrophe aille au-delà d'un simple acte de folie et qu'on lâche les chiens.

Elle fut tellement écœurée en voyant son nom sur la liste qu'elle faillit quitter le dossier. Mais, une fois encore, est-ce que ça n'était pas l'effet de la peur ? Elle ouvrit l'une des biographies de la presse populaire et découvrit une photo de John. Elle sentit l'ancien chagrin qui l'effleurait, ne laissant qu'une sorte de désolation sèche, sans émotion. Elle cliqua sur le chapitre final.

La mort de John Boone et les émeutes qui suivirent l'inauguration de Nicosia furent les signes avant-coureurs des tensions de la société martienne, qui devaient aboutir à l'explosion de 2061. Il y avait déjà sur Mars un grand nombre de techniciens de la construction et d'ingénieurs de bas niveau arabes, qui vivaient dans des conditions précaires, à proximité de groupes ethniques avec lesquels ils avaient toujours eu des différends historiques. Egalement dans le voisinage du personnel administratif qui disposait de meilleurs logements et de privilèges quant aux déplacements en surface. Un mélange volatil composé de plusieurs groupes était descendu à Nicosia pour la circonstance et, durant plusieurs jours, la cité fut bondée.

Clic-clic.

Néanmoins, les raisons de cette violence extrême n'ont, à mon sens, jamais été expliquées de façon satisfaisante. La théorie de Jensen, qui veut que le conflit interarabe, envenimé par la guerre de libération du Liban contre la Syrie, ait été le détonateur des émeutes de Nicosia, est acceptée par un grand nombre. Et il est certain que des éléments radicaux des mouvements Ahad et Fatah de la Fraternité musulmane étaient sur place cette nuit-là et que, dans certains secteurs, on les a vus se battre entre eux. Mais on a rapporté des agressions musulmanes contre la communauté suisse, et quelquefois des Suisses contre les Arabes ou autres ethnies. Le niveau élevé de violence aveugle est très difficilement explicable par le seul conflit arabe.

Les témoignages officiels de presque toutes les personnes présentes à Nicosia cette nuit-là laissent planer un mystère sur l'origine de ce conflit. Un certain nombre de positions suggéreraient la présence d'un agent provocateur [1] *qui ne fut jamais identifié.*

Clic-clic.

A minuit, au début du laps de temps martien, Saxifrage Russell se trouvait dans un café du centre, Samantha Hoyle faisait le tour du mur d'enceinte, et Frank Chalmers et Maya Toitovna s'étaient rencontrés dans le parc ouest, où les discours avaient été prononcés quelques heures auparavant. Les bagarres avaient déjà commencé dans la médina. John Boone descendit le boulevard central pour enquêter sur les raisons de ces troubles, de même que Sax Russell, parti dans une autre direction. Dix minutes plus tard environ, Boone fut assailli par un groupe de trois à six hommes, que certains témoins identifièrent comme étant des « Arabes », contrairement à d'autres. Il fut jeté à terre et emporté dans la médina avant que quiconque puisse s'y opposer. La recherche qu'organisa Russell, qui avait été témoin de l'agression, ne donna aucune trace de Boone. Ce n'est qu'à 12 h 27 qu'une équipe plus importante le retrouva dans la ferme de la ville. De là, il fut conduit jusqu'à l'hôpital le plus proche, sur le boulevard des Cyprès. Russell, Chalmers et Toitovna étaient du groupe...

Une fois encore, une certaine agitation arracha Maya à sa lecture. Elle avait la peau moite et frissonnait un peu. Certains souvenirs ne s'effaçaient jamais vraiment, quoi qu'on fasse : elle se rappelait parfaitement les éclats de verre, la silhouette dans l'herbe, le regard perplexe de Frank, et l'expression intriguée et tellement différente sur le visage de John.

Des agents de l'Autorité descendaient lentement la travée centrale, vérifiant les identités, les autorisations de déplacement... Deux autres étaient en poste au fond de la voiture.

Maya éteignit son lutrin. Elle surveillait les trois policiers. Son pouls s'était brusquement accéléré. Ce genre de contrôle était nouveau. Elle n'y avait jamais assisté, et il semblait bien que ses voisins étaient dans le même cas. Toutes les conversations s'étaient tues, tous les regards étaient braqués sur les policiers. N'importe qui pouvait voyager sous une fausse identité et une sorte de solidarité

1. En français dans le texte. (*N.d.T.*)

s'était soudain installée entre eux. Personne n'essayait de surprendre celui qui avait pâli.

Il était évident que les trois agents étaient conscients de cette réaction et ils ne semblaient pas accorder une véritable attention à ceux qu'ils contrôlaient. Ils plaisantaient entre eux sur les restaurants d'Odessa en progressant rapidement d'une rangée à l'autre, faisant simplement signe aux gens de présenter leur bloc-poignet au petit lecteur avant de consulter les résultats et de les comparer aux photos officielles.

Ils arrivèrent à la hauteur de Spencer, et Maya sentit son cœur battre encore plus vite. Spencer (s'il s'agissait bien de lui) leva tranquillement la main, sans quitter des yeux, apparemment, le siège d'en face. Soudain, Maya le reconnut : dans le dessin des veines de sa main, les taches de vieillesse. C'était bien Spencer Jackson, aucun doute. Elle le connaissait par cœur. Il répondait à une question à voix basse. Le policier qui tenait l'identificateur vocal-visuel le promena rapidement devant le visage de Spencer, et ils attendirent. Ils eurent enfin le résultat sur l'écran et s'avancèrent. Ils n'étaient plus qu'à deux rangées de Maya. Même les hommes d'affaires exubérants étaient silencieux, impressionnés : ils haussaient les sourcils en échangeant des grimaces sardoniques devant ces mesures de contrôle qui leur paraissaient grotesques. Et qui ne leur plaisaient guère. L'Autorité avait commis une faute. Ce qui redonna un peu de courage à Maya, qui se tourna vers le paysage. Ils escaladaient la pente sud de la cuvette, de niveau en niveau, selon un angle très faible, entre les collines basses, sans accélérer, comme portés par un tapis volant, survolant le parterre magique du paysage.

Les policiers se penchèrent vers elle. Celui qui était le plus proche portait sur son uniforme rouille un ceinturon auquel étaient accrochés divers instruments, dont un paralyseur.

— Identité, s'il vous plaît.

Il portait un badge d'identification, avec photo et dosimètre, et l'insigne « Autorité transitoire des Nations unies ». C'était un jeune immigrant d'environ vingt-cinq ans, au visage mince, quoiqu'il parût plus fatigué que sur sa photo d'identité. Il se tourna vers la femme qui se trouvait derrière lui.

— J'aime beaucoup le veau au parmesan qu'ils font, dit-il.

Maya sentit le contact tiède du lecteur sur son poignet. La femme l'observait attentivement. Maya l'ignora et se contenta de regarder son poignet. Elle aurait tellement aimé avoir une arme. Puis elle se tourna vers l'œil de l'identificateur vocal-visuel.

— Quelle est votre destination ? demanda le jeune policier.

— Odessa.

Le silence s'établit durant un instant.

Puis un bip aigu.

— Bon séjour.

Ils s'éloignèrent.

Maya lutta pour retrouver son souffle. Les lecteurs de poignet prenaient en même temps votre pouls, et s'il dépassait cent dix, ils l'inscrivaient sur l'applicateur. En un sens, c'était un détecteur de mensonge. Apparemment, elle était restée au-dessous de la limite. Mais sa voix et ses rétines n'avaient pas changé. Son passeport suisse devait être particulièrement solide pour tromper les lecteurs, du moins dans ce dispositif de sécurité. Est-ce que les Suisses en étaient seuls responsables, ou bien les Sabishiiens, ou encore Coyote, Sax, ou quelque force qu'elle ignorait ?... Ou bien avait-elle été repérée mais non arrêtée pour qu'on la suive et en apprenne plus sur les Cent en fuite ? L'idée semblait tout aussi possible que celle de circonvenir les grandes banques de données.

Mais pour le moment, on la laissait tranquille. Les policiers étaient partis. Elle tapota sur son lutrin et, sans vraiment réfléchir, elle rappela l'article qu'elle avait commencé à lire. Michel avait raison : en se plongeant là-dedans, elle se sentait dure, résistante. Toutes ces théories expliquaient la mort de John Boone. Il avait été assassiné, et voilà qu'elle était contrôlée par la police alors qu'elle voyageait sur Mars dans un train ordinaire. Difficile de ne pas penser qu'il y avait là une relation de cause à effet. Si John avait vécu, les choses seraient différentes.

Cette nuit-là, pratiquement tous les habitants de Nicosia ont été accusés d'avoir participé au meurtre, et évidemment les principaux acteurs : Russell et Hoyle, sur la base de leurs désaccords absolus sur la politique des Mars-Unistes ; Toitovna, pour une querelle d'amoureux ; et tous les groupes ethniques ou nationaux de Nicosia à cause de querelles politiques, réelles ou imaginaires. Mais il est certain qu'au fil des années le suspect numéro un est devenu Frank Chalmers. Bien qu'il ait été remarqué en compagnie de Toitovna au moment de l'attentat (ce qui, selon certaines théories, désigne Toitovna comme un instrument ou une complice), ses accointances avec les Egyptiens et les Saoudiens se trouvant à Nicosia cette nuit-là ainsi que ses conflits perpétuels avec Boone le désignent comme le responsable essentiel du meurtre. Il n'y a quasiment personne pour nier que Selim el-Hayil ait été le leader des trois Arabes qui ont avoué avant leur assassinat/suicide. Mais cela ne fait qu'ajouter au dossier de Chalmers, qui avait des rapports étroits avec el-Hayil. Des rapports confidentiels et autres documents font tous état de la présence du « passager clandestin » à Nicosia, qui aurait surpris Chalmers et el-Hayil en grande conversation cette nuit-là. Etant donné que le « passager clandestin » est un mécanisme mythique par lequel les gens transmettent leur perception anonyme du Martien commun, il est possible que ces rapports émanent de personnes qui ne tenaient pas à être identifiées comme témoins.

Quant aux faits réels, nous pouvons seulement dire qu'el-Hayil était dans la phase ultime d'un paroxysme fatal lorsqu'il fit irruption dans l'hôtel qu'occupaient les Egyptiens, pour confesser le meurtre de Boone, en affirmant qu'il en avait été l'instigateur, mais qu'il avait été aidé par Rashid Abou et Buland Besseisso, de la faction Ahad. Zeyk Al-Haj transmit les enregistrements de cette confession à la police de l'AMONU dès le lendemain. Les cadavres d'Abou et Besseisso furent retrouvés plus tard dans l'après-midi, dans une chambre de la médina. Ils avaient été empoisonnés par des coagulants qu'ils s'étaient administrés eux-mêmes. Les véritables meurtriers de Boone étaient donc morts. Pourquoi ont-ils commis cet acte, et avec qui, nous ne le saurons jamais vraiment. Ce n'est pas la première fois qu'une telle situation se présente, et sans doute pas la dernière. Car l'histoire, hélas, est aussi imparfaite que la mémoire humaine, et nous dissimulons autant que nous découvrons.

En faisant défiler les notes de bas de page, Maya fut frappée par l'ampleur du sujet, dont des historiens, des professeurs et des fanas de la conspiration de tous bords avaient débattu. Avec un frisson de dégoût, elle éteignit le lutrin, se tourna vers la fenêtre et ferma les yeux, serrant les paupières, pour essayer de retrouver le Frank et le John qu'elle avait connus. Durant des années, elle avait rarement pensé à John, car son chagrin était trop intense. De façon différente, elle s'était refusée à penser à Frank. Mais aujourd'hui, elle aurait voulu qu'ils soient là. Le chagrin était devenu un fantôme de chagrin, et elle voulait qu'ils reviennent, elle en avait besoin pour survivre. Elle devait savoir.

Le « mythique » passager clandestin... Elle serra les dents, retrouvant la frayeur hallucinatoire qu'elle avait éprouvée en le découvrant la première fois, avec son visage brun déformé par le reflet dans le verre, et ses yeux immenses... Savait-il quelque chose ? S'était-il vraiment trouvé à Nicosia ? Desmond Hawkins était un homme étrange. Jamais elle n'avait réussi à lui parler vraiment. Difficile de savoir si elle en serait capable, maintenant qu'elle en avait besoin. Elle en doutait.

Que se passe-t-il ? avait-elle demandé à Frank en entendant les cris.

Il avait haussé les épaules. Une bagarre. L'impulsion du moment sans doute. Où avait-elle déjà entendu dire ça ? Il avait détourné la tête, comme s'il ne pouvait soutenir son regard. Comme s'il en avait déjà trop dit.

Les chaînes de montagnes qui entouraient le Bassin d'Hellas s'élargissaient dans le croissant ouest appelé Hellespontus Montes, qui était le massif martien rappelant le plus les montagnes de la Terre. Au nord, là où la piste de Sabishii et Burroughs traversait le bassin, la chaîne se rétrécissait et perdait de l'altitude pour ressembler à un simple plissement irrégulier du terrain, comme si le sol s'était soulevé vers le nord en vagues concentriques. La piste descendait la pente des collines et, fréquemment, elle se réorientait sur de longues rampes douces entre les éboulis. A chaque tournant, ils ralentissaient considérablement et, durant plusieurs minutes, Maya pouvait contempler la vague de basalte nu qu'ils dévalaient, ou la vaste perspective du nord-ouest d'Hellas, qui était encore à trois mille mètres en contrebas : une grande plaine ocre, olive et kaki, qui devenait à l'horizon un amas blanc sale où des facettes clignotaient parfois comme des miroirs brisés. C'était le glacier qui dominait Low Point, encore largement solide, même s'il fondait lentement d'année en année, avec des mares en surface, et des nasses d'eau plus profondes vers le bas — des bassins grouillants de vie, qui se déversaient parfois sur la glace ou sur les terres adjacentes, car ce lobe de glace croissait rapidement. On pompait l'eau des aquifères situés sous les montagnes pour la canaliser vers le fond du bassin. La profonde dépression, dans la partie nord-ouest, qui correspondait à l'endroit où Low Point et le mohole s'étaient trouvés, était désormais le centre de cette mer nouvelle, et un autre lobe se déployait vers l'est, submergeant tout ce qui se trouvait sous le contour — 3 000, se lovant autour du bassin depuis le nord-est, vers Terby, jusqu'à l'ouest, sous Hellespontus. Il mesurait mille kilomètres et, sous Low Point, au maximum de sa largeur, il atteignait trois cents kilomètres. Il était situé au point le plus bas de Mars. Ce qui était prometteur, comme l'avait souligné Maya dès qu'ils avaient débarqué.

La ville d'Odessa avait été construite très haut sur la pente nord du bassin, au point — 1 000. Ils prévoyaient d'y stabiliser le niveau de la mer. Donc, c'était un port qui attendait l'arrivée de l'eau. Et si l'on gardait cela à l'esprit, la partie sud de la ville était un long débarcadère, ou encore une promenade, une corniche de pelouses qui bordait la périphérie de la tente, amarrée au seuil de la falaise, au-dessus de la région déserte. Alors que le train approchait de la falaise, Odessa apparut comme une demi-ville dont la partie sud avait été détachée, effacée.

Le train entra en gare et la vue fut soudain occultée. Maya prit son bagage et descendit la travée à la suite de Spencer. Ils n'échangèrent pas un regard mais, dès qu'ils quittèrent la gare, ils rejoignirent un groupe à un arrêt de tramway, montèrent ensemble dans la même petite voiture bleue. Le tram suivait le parc qui bordait la falaise. Et à l'ouest de la ville, ils descendirent au même arrêt.

Là, au-dessus d'un marché en plein air à l'ombre des platanes, se dressait un complexe à trois étages, entouré d'un mur, avec une cour où poussaient de jeunes cyprès. Les étages étaient décalés et les balcons se faisaient plus larges au sommet, avec des plantes en pots et des bacs de fleurs accrochés à la rambarde. Tout en grimpant les escaliers qui accédaient à la cour, Maya se souvint des arcades enterrées de Nadia. Mais ici l'immeuble, dans la lumière du soleil qui filtrait entre les platanes, avec ses murs blancs et ses volets bleus, avait des allures méditerranéennes, à moins qu'il ne lui rappelle la mer Noire : Odessa, justement, avec ses résidences de luxe. A l'entrée de la cour, elle se retourna vers le marché et les platanes : le soleil s'abaissait vers les montagnes d'Hellespontus, vers le glacier qui réfléchissait ses derniers rayons en éclats jaune tournesol.

Elle suivit Spencer à travers le jardin, se présenta à sa suite au concierge, prit ses clés et gagna l'appartement qui lui avait été attribué. L'immeuble appartenait à Praxis. Certains appartements servaient de refuges, comme le sien et sans doute celui de Spencer. Ils entrèrent ensemble dans l'ascenseur et gagnèrent le troisième sans échanger un mot. L'appartement de Maya était à quatre portes de distance de celui de Spencer. Elle entra. Les deux pièces étaient spacieuses, avec un coin cuisine, une salle de bains et un balcon vide. Depuis la cuisine, on avait vue sur le balcon et le glacier, à l'horizon.

Elle posa son sac sur le lit avant de ressortir et de descendre vers le marché pour y trouver de quoi dîner. Elle circula entre les éventaires et les ombrelles, puis s'installa sur un banc, près de la pelouse qui bordait la corniche. Elle grignota des souvlakia en buvant du retsina. Elle observait la foule de cette fin d'après-midi qui s'écoulait sur la promenade. Le point le plus proche de la mer de glace devait être à soixante kilomètres et à cette heure la région orientale se trouvait dans l'ombre d'Hellespontus et le ciel allait du bleu profond au rose intense des cimes.

Spencer s'assit à côté d'elle.

— La vue est splendide, fit-il.

Elle hocha la tête en continuant à grignoter. Elle lui présenta la bouteille de retsina.

— Non, merci.

— Tu travailles sur quoi ? demanda-t-elle.

— Des matériaux pour Sax. Des biocéramiques, entre autres.

— Pour Biotique ?

— Non, une compagnie sœur. Elle Crée des Coquillages.

— Quoi ?

— C'est son nom. Une division de Praxis.

— A propos de Praxis...

Elle le regarda.

— Oui. Sax a un besoin urgent de ces pièces.

— Pour des armes ?

— Oui.

Elle secoua la tête.

— Est-ce que tu ne pourrais pas le tenir un petit moment en laisse ?

— Je peux toujours essayer.

Ils regardèrent la lumière refluer du ciel vers l'ouest. Derrière eux, les lampes s'allumèrent en réponse entre les platanes et l'air se fit plus froid. Maya était heureuse d'avoir ce vieil ami assis près d'elle dans un silence paisible. Le comportement qu'il avait à son égard était un tel contraste par rapport à Sax. Son amitié silencieuse était comme une excuse après les reproches qu'il lui avait lancés, après Kasei Vallis. Et son pardon, pour le meurtre de Phyllis. Elle lui en était reconnaissante. Il était de toute façon de la famille première, essentielle, et il était précieux dans cette période où ils allaient entamer un autre mouvement. Un nouveau départ, une nouvelle ville, une nouvelle vie — combien étaient-ils encore ?

— Est-ce que tu connaissais très bien Frank ?

— Pas vraiment. Pas aussi bien que toi et John.

— Est-ce que tu penses... est-ce que tu penses qu'il a pu être mêlé au meurtre de John ?

Il continuait à admirer le champ de glace bleue sur l'horizon noir. Finalement, il prit la bouteille de retsina et but une gorgée avant de se tourner vers elle.

— Est-ce que cela a encore vraiment de l'importance ?

Elle avait passé la plupart des premières années à travailler dans le Bassin d'Hellas, gaspillant surtout son temps sur le secteur abandonné de Low Point, désormais enfoui à jamais sous la glace. Une image qui convenait à cette partie de son passé, se dit-elle. Mais elle avait circulé sans cesse de tous côtés dans le bassin pendant ces années-là, convaincue que son bas niveau en faisait le site idéal pour édifier la première colonie. A présent, même si Low Point était englouti, elle connaissait par cœur cette région de Mars. Le niveau à — 1 000 était maintenant construit en divers endroits, tout autour du bassin ; et elle avait été de ceux qui avaient exploré les terrasses et les canyons latéraux dans lesquels des cités avaient été construites. Elle avait encore des données à ce sujet dans son IA. A présent qu'elle était devenue Ludmilla Novosibirskaya, elle pouvait s'en servir.

Elle appartenait au conseil d'administration de la compagnie d'hydrologie qui inondait le bassin. L'équipe faisait partie d'un conglomérat de diverses compagnies rassemblées pour le développement de la région d'Hellas. Entre autres, les sociétés pétrolières du Groupe économique de la mer Noire, la société russe qui avait tenté de ressusciter la mer Caspienne et la mer d'Aral, et celle de Maya, Deep Waters, qui appartenait à Praxis. La coordination des opérations hydrologiques de la région faisait partie de ses responsabilités, et elle allait donc se retrouver au cœur du projet Hellas, tout comme au bon vieux temps, quand elle en avait été la force motrice. Cette situation la satisfaisait par divers aspects. Certains étaient étranges — par exemple, la ville de Low Point (un site mal choisi, elle devait l'admettre) se trouvait maintenant engloutie dans des eaux de plus en plus profondes. Par ailleurs, c'était bien : noyons le passé, noyons le passé...

Elle avait donc un emploi, un appartement, qu'elle remplit de meubles d'occasion, d'ustensiles de cuisine et de plantes vertes. Et Odessa se révéla une ville agréable. Elle était toute de pierre jaune et de tuiles brunes, située sur cette partie de la pente, au-dessus du bassin, qui se recourbait un peu plus vers l'intérieur, de telle façon que chaque point de vue ouvrait sur le centre du quai et sur l'étendue du bassin, vers le sud. Les quartiers du bas étaient dévolus aux affaires, aux boutiques et aux parcs, les plus hauts aux résidences et aux jardins en terrasses. Odessa était juste au-dessus du trentième degré de latitude sud, et Maya était passée ainsi de l'automne au printemps. Le grand soleil faisait rutiler les rues en escaliers de la ville haute, la neige hivernale de la mer de glace fondait, et les pics des montagnes d'Hellespontus étaient plus nets que jamais à l'horizon ouest. Oui, Odessa était une charmante petite ville.

Environ un mois après son installation, Michel arriva de Sabishii et investit l'appartement d'à côté. Il lui suggéra d'installer une porte de communication entre leurs deux livings. Ensuite, ils profitèrent des deux appartements comme d'un seul dans une domesticité conjugale que Maya n'avait jamais connue, une normalité qu'elle trouva apaisante. Elle n'aimait pas Michel passionnément, mais c'était un bon ami, un bon amant, un bon thérapeute. Et puis, c'était comme d'avoir un point d'ancrage à l'intérieur d'elle-même, qui lui évitait de se perdre dans sa ferveur hydrologique ou révolutionnaire, tout autant que de s'abîmer dans les affreux abysses du désespoir politique ou de la répugnance personnelle. Elle détestait cette onde sinusoïdale de ses humeurs et elle appréciait tout ce que Michel lui apportait pour en réduire l'amplitude. L'absence de miroirs dans les deux appartements l'aidait autant que la clomipramine à atténuer ce cycle. Mais les reflets incertains dans les pots vernissés et les fenêtres dans la nuit lui confirmaient les mauvaises nouvelles qu'elle voulait ignorer. Autant qu'elle le pouvait.

Avec Spencer au bout du couloir, l'immeuble avait un accent d'Underhill, renforcé parfois par les visiteurs venus de l'extérieur et qui utilisaient leurs appartements comme des refuges. Dès que d'autres Cent Premiers arrivaient, ils partaient en promenade sur le quai, au bord de la mer sans eau, ils admiraient l'horizon de glace tout en échangeant les dernières nouvelles comme des gens ordinaires. Les Mars-Unistes, sous la férule de Kasei et Dao, devenaient de plus en plus radicaux. Peter travaillait sur l'ascenseur, comme un papillon de nuit qui aurait retrouvé sa lune favorite. Sax avait mis un terme à sa campagne d'écosabotage pour le moment, Dieu merci, et se concentrait sur les travaux industriels du mohole de Vishniac, où l'on construisait des missiles surface-espace et autres engins. Maya secoua la tête en apprenant cela : l'effort militaire ne leur apporterait rien de bon, et sur ce point elle était d'accord avec Nadia, Nirgal et Art. Ils avaient besoin d'autre chose, d'un élément qu'elle n'arrivait pas encore à visualiser. Cette faille dans ses pensées était un des éléments qui la relançaient dans l'onde sinusoïdale de ses humeurs sombres, qui la mettaient en colère.

Son travail de coordinatrice du projet d'inondation du bassin commençait à devenir intéressant. Elle se rendait aux bureaux en tramway ou à pied dans le centre-ville et consacrait des heures à traiter tous les rapports expédiés par les équipes de forage et d'hydroscopie — bourrés d'estimations euphoriques sur les quantités d'eau qu'ils seraient en mesure de déverser dans le bassin, accompagnés bien sûr de demandes pour des renforts en matériel et en personnel. Mis bout à bout, cela dépassait largement les possibilités de Deep Waters. Il était difficile de juger ces requêtes depuis les bureaux : son équipe technique se contentait de rouler les yeux, de hausser les épaules. « C'est comme être juge dans un tournoi de menteurs », dit un de ses assistants.

Puis, d'autres rapports arrivaient de tous les lotissements en construction, et bien sûr tous ceux qui travaillaient sur ces chantiers n'appartenaient pas au Groupe de la mer Noire, ni aux métanats associées. La plupart étaient non identifiés — l'une des équipes hydrologiques avait repéré la présence d'une tente sans existence officielle, et lui laissait le soin de débrouiller l'histoire. Les deux principaux projets d'aménagement du canyon, dans Harmakhis Vallis et le système de Dao-Reull, révélaient une population nettement plus nombreuse que dans les documents officiels — des gens qui devaient donc avoir de fausses identités, comme elle, ou échapper complètement au réseau. Ce qui était vraiment très intéressant.

L'année d'avant, on avait construit une piste circulaire autour d'Hellas. L'entreprise avait été difficile, car la bordure du bassin était éclatée par endroits en fissures et en arêtes, avec de nombreux cratères de rentrée d'ejecta. Mais elle avait quand même été achevée, et Maya décida de partir en voyage pour inspecter personnellement les sites de Deep Waters et les nouvelles colonies afin de satisfaire sa curiosité.

Elle se fit accompagner d'une aréologue, une jeune femme, Diana, qui lui avait adressé des rapports de l'est du bassin. Ses rapports étaient concis et sans originalité, mais Maya avait appris par Michel qu'elle était la fille du fils d'Esther, Paul. Esther avait eu Paul peu après avoir quitté Zygote et, pour autant qu'elle le sût, Esther n'avait jamais révélé à personne qui était le père de Paul. Ça pouvait être le mari d'Esther, Kasei, auquel cas Diana était la nièce de Jackie, et l'arrière-petite-fille de John et Hiroko — ou alors, s'il s'agissait de

Peter, et ils étaient nombreux à le penser, elle était la demi-nièce de Jackie, et l'arrière-petite-fille d'Ann et Simon. De toute manière, Maya était intriguée, et puis, la jeune femme appartenait aux *yonsei,* la quatrième génération sur Mars, et quel que fût son père, elle l'intéressait.

Mais elle était intéressante par elle-même, comme le découvrit Maya en la rencontrant dans les bureaux d'Odessa quelques jours avant leur voyage — elle était grande (plus de deux mètres, et néanmoins bien faite et musculeuse), avec une grâce fluide, des pommettes marquées d'Asiatique. Elle semblait faire partie d'une nouvelle race et elle serait l'accompagnatrice de Maya dans ce nouveau coin du monde.

Il apparut que Diana était complètement obsédée par le Bassin d'Hellas et ses eaux cachées. Elle pouvait en parler des heures durant, avec un tel luxe de détails que Maya finit par acquérir la conviction que le mystère de la paternité était résolu : il n'y avait qu'Ann Clayborne pour être aussi marsomane, et elle en conclut que Paul avait dû être logiquement engendré par Peter. Dans le train, assise à côté de la jeune femme, elle l'observait quand elle ne s'absorbait pas dans le paysage de la pente nord abrupte, elle lui posait des questions, remarqua le mouvement nerveux de ses genoux sur le siège d'en face. Désormais, les sièges des trains n'étaient plus à la taille des indigènes.

Ce qui fascinait avant tout Diana, c'était que le Bassin d'Hellas s'était révélé entouré de nappes d'eau souterraines plus nombreuses que dans tous les modèles d'aréologie. Cette découverte, faite sur le site durant la dernière décennie, avait inspiré le projet en cours, et la mer hypothétique n'était plus seulement une belle idée mais une possibilité tangible. Ce qui avait eu pour effet d'obliger les aréologues à revoir leurs modèles théoriques de l'histoire ancienne de la planète, et d'amener une exploration nouvelle des autres grands bassins d'impact. Des reconnaissances étaient en cours sur Charitum et Nereidum Montes, autour d'Argyre, de même que dans les collines qui entouraient le sud d'Isidis.

Autour d'Hellas, on était sur le point de terminer l'inventaire. On avait trouvé environ trente millions de mètres cubes, en tout, mais certains clamaient que c'était loin d'être fini.

— Est-il possible de savoir quand ils auront vraiment terminé ? demanda Maya, en pensant à toutes les demandes qui submergeaient son bureau.

Diana haussa les épaules.

— Il ne leur a pas fallu longtemps pour tout sonder.

— Mais le sol du bassin lui-même ? En l'inondant, est-ce que nous n'allons pas nous couper de tous les moyens de découvrir d'autres aquifères souterrains ?...

— Non.

Elle expliqua à Maya qu'il n'y avait pratiquement aucune trace d'eau dans le sous-sol du bassin. Il avait subi un effet de dessiccation après l'impact initial, et il consistait surtout en une couche de sédiment éolien de mille mètres environ, supportée par un lit dur de roche bréchiforme qui s'était formée sous les pressions aussi brèves que formidables de l'impact. Ces mêmes pressions qui avaient provoqué les fractures profondes de la bordure, fractures qui avaient permis le dégagement anormalement massif de gaz de l'intérieur de Mars. Les gaz s'étaient infiltrés vers la surface avant de refroidir, et l'eau qu'ils contenaient avait formé des aquifères quand elle ne s'était pas déversée dans de nombreuses zones de permafrost à haute saturation.

— Ça, c'était un impact ! commenta Maya.

— Oui, énorme.

Diana ajouta qu'en règle générale les impacteurs avaient à peu près le dixième de la taille des cratères ou des bassins qu'ils formaient. Donc, le planétésimal d'impact, dans le cas d'Hellas, était sans doute un corps d'environ deux cents kilomètres de diamètre, qui avait percuté une région hautement cratérisée. Les traces témoins semblaient indiquer qu'il s'agissait d'un astéroïde ordinaire composé surtout de chondrite carbonacée, avec des quantités importantes d'eau et de fer. Sa vitesse, à l'instant de l'impact, avait dû être de soixante-douze mille kilomètres par heure. Il avait percuté le sol sous un angle légèrement oriental, ce qui expliquait les régions ravagées, à l'est d'Hellas, de même que les hauts plissements concentriques et réguliers d'Hellespontus Montes, à l'ouest.

Diana expliqua une autre méthode empirique qui éveilla chez Maya une association d'idées avec l'histoire humaine : plus l'impacteur était important, moins il en survivait à l'impact. Ainsi, celui d'Hellas s'était vaporisé jusqu'à la moindre miette dans le choc cataclysmique — mais il y avait sous le cratère de Gledhill un petit bolide gravifique dans lequel certains aréologues avaient reconnu, presque à coup sûr, les restes du planétésimal. Et même s'il représentait un dix-millième de l'astéroïde, ils prétendaient qu'ils en tireraient des ressources inépuisables en fer et en nickel si on se donnait la peine de commencer les forages.

— Est-ce que c'est faisable ? demanda Maya.

— Pas réellement. Exploiter les astéroïdes coûte moins cher.

Ce qu'ils faisaient déjà, se dit Maya, avec amertume. C'était ce que signifiaient les sentences d'emprisonnement sous le régime de l'Autorité transitoire : des années dans la ceinture des astéroïdes, à piloter les vaisseaux-miniers et les robots à rayon d'action strictement limité. Efficace, disait l'Autorité transitoire. Tous ces bagnes étaient à la fois lointains et hautement productifs.

Mais Diana, elle, pensait toujours à la naissance formidable du bassin. L'impact avait eu lieu trois milliards et demi d'années auparavant, alors que la lithosphère de la planète était plus mince, et l'intérieur plus chaud. Il était difficile d'imaginer les énergies libérées sous le choc initial : le total de l'énergie produite par l'humanité ne pouvait leur être comparé. L'activité volcanique résultante avait donc été considérable. Les anciens volcans, autour d'Hellas, étaient nombreux, et ils étaient apparus juste après l'impact, y compris Australis Tholus au sud-ouest, Amphitrites Patera au sud, et Hadriaca Patera et Tyrrhena Patera au nord-est. A proximité de toutes ces régions volcaniques, on avait trouvé des aquifères. Remplis durant les milliards d'années qui avaient suivi l'impact par les dégazements associés à l'action volcanique.

Deux de ces aquifères avaient éclaté en surface dans les âges anciens. Ils avaient laissé sur la pente orientale du bassin deux vallées d'érosion sinueuses : Harmakhis Vallis, qui se formait sur le versant plissé d'Hadriaca Patera, et plus loin vers le sud, deux vallées accouplées que l'on appelait le système de Dao-Reull, qui s'étendait sur un bon millier de kilomètres. Les aquifères, en haut de ces vallées, s'étaient remplis au fil des éons depuis leur éclatement. A présent, des équipes de construction importantes avaient mis sous tente Harmakhis et travaillaient sur Dao-Reull. L'eau des aquifères était captée et dirigée vers les longs canyons fermés, pour resurgir sur le plancher du bassin. Maya était très intéressée par ces apports de surface habitable aussi immenses que nouveaux, et Diana, qui les connaissait bien, allait l'emmener rendre visite à certains de ses amis d'Harmakhis.

Durant cette première journée, le train glissa tout au long de la bordure nord d'Hellas et la mer de glace ne quitta pas le panorama. Elles passèrent une petite ville à flanc de colline appelée Sébastopol, dont les murs de pierre étaient d'un jaune florentin dans le soleil d'après-midi, avant d'atteindre Hell's Gate, en bas d'Harmakhis Vallis. La fin de l'après-midi s'avançait quand elles descendirent et quittèrent la gare, pour découvrir une nouvelle ville sous tente, immense, sous un pont suspendu tout aussi immense. La piste du train le franchissait, au-dessus de la bouche du canyon, avant de continuer. Et les tours qui la supportaient étaient à dix kilomètres de distance l'une de l'autre. Du bord du canyon, près du pont, où se trouvait la gare, elles purent contempler le débouché sur le plancher du bassin, sous une treille de nuages pimpants, ocellés par le soleil déclinant. En se retournant, elles découvrirent le monde étroit et abrupt du canyon lui-même. Elles s'engagèrent dans l'escalier tourmenté d'une ruelle qui descendait vers la ville. La tente n'était qu'une brume d'un rouge particulier déployée sur le ciel du crépuscule approchant : une couche de particules s'était accumulée sur le tissu.

— Demain, déclara Diana, nous remonterons par la route de la corniche, et nous aurons une vue générale. Ensuite, nous redescendrons vers le plancher, et comme ça, vous pourrez découvrir à quoi ça ressemble.

Elles durent descendre plus de sept cents marches avant de rejoindre le centre d'Hell's Gate, où elles dînèrent. Ensuite, elles gagnèrent les bureaux de Deep Waters, situés dans la muraille, immédiatement sous le pont. Elles passèrent la nuit dans les chambres qui leur avaient été réservées. Le lendemain matin, elles se rendirent dans un garage proche de la piste et empruntèrent un des petits patrouilleurs de la compagnie.

Diana prit le volant. Elles roulèrent vers le nord-est, en suivant le haut du canyon sur une route parallèle à l'énorme base de béton de la tente. Même si le tissu était diaphane, quasi invisible, les dimensions de la tente avaient représenté un poids énorme pour l'ancrage. La maçonnerie leur cachait la vue vers le bas du canyon et, dès qu'elles atteignirent le premier belvédère, Maya put enfin le découvrir. Diana gara le patrouilleur sur un petit parking situé sur les fondations, elles mirent leurs casques et escaladèrent des marches en bois qui semblaient se perdre dans le ciel, même si, en y regardant de plus près, on découvrait la poutre d'aérogel qui soutenait l'escalier, ainsi que les couches de tissu de la tente qui se déployaient plus loin encore, vers d'autres poutres qu'elles ne pouvaient apercevoir. Tout en haut, une petite plate-forme à balustrade leur offrit une perspective de plusieurs kilomètres, en amont comme en aval.

Et il y avait vraiment un torrent tout au fond d'Harmakhis Vallis. Le plancher était tacheté de vert. Toute une gamme de verts. Maya identifia des tamarins, des pins d'Aspen, des cyprès, des sycomores, des peupliers des marais, des chênes nains, des bambous des neiges, des sauges — et puis, sur les talus pentus et rocailleux, au pied de la falaise, d'autres variétés d'arbustes et de plantes rampantes, et aussi, bien sûr, des mousses et des lichens. Et, tout au fond de ce ravissant arboretum, un torrent.

Non pas un torrent d'eau bleue avec des rapides et des cascades blanches. L'eau, dans les sections les plus lentes, restait opaque, couleur de rouille. Dans les rapides et les cascades, elle se couvrait d'écume rose vif. Des tons classiques du paysage martien, commenta Diana, qui s'expliquaient par les particules en suspens dans l'eau, et aussi par la couleur reflétée du ciel, qui était ce matin-là d'un mauve brumeux, lavande en se rapprochant du soleil voilé, qui lui était jaune comme l'iris d'un œil de tigre.

Mais peu importait la couleur de l'eau — c'était un torrent qui courait, de l'eau vive, dans une vallée de drainage évidente, tranquille par endroits, turbulent à d'autres, avec des bancs de gravier, de sable, des goulots, des îlots, un grand bras mort profond, d'autres rapides, et loin en amont quelques chutes. Sous la plus élevée, Maya vit que l'écume était blanche, larguant des flocons dans le courant, qui se dispersaient sur les rochers ou s'accrochaient aux berges.

— La rivière d'Harmakhis, annonça Diana. Appelée également le Rubis par les gens qui habitent en bas.

— Combien sont-ils ?

— Quelques milliers. Ils habitent pour la plupart tout près de Hell's Gate. Plus en amont, il y a des fermes et tout ça. Et bien sûr, la station de l'aquifère, en haut du canyon. Ils sont quelques centaines à y travailler.

— Est-ce que c'est l'un des plus grands aquifères de Mars ?

— Oui. Au moins trois millions de mètres cubes. On le pompe au débit d'écoulement... mais vous le voyez. Disons cent mille mètres cubes par an.

— Ce qui veut dire que, dans trente ans, il n'y aura plus de rivière.

— Exact. Ou ils pourraient repomper une partie de l'eau pour la remonter plus tard. Ou bien, qui sait, l'atmosphère peut devenir assez humide pour que les pentes d'Hadriaca reçoivent suffisamment de neige pour alimenter un cours d'eau. Avec les saisons, il pourrait fluctuer, mais tous les cours d'eau font cela, n'est-ce pas ?...

Maya était encore penchée vers le bas. Le torrent lui rappelait sa jeunesse, un autre torrent... Le haut cours du Rioni, en Géorgie ?... Le Colorado, qu'elle avait vu une fois en visitant l'Amérique ?... Ses souvenirs étaient confus. Comme toute sa vie.

— C'est beau. Et aussi...

Elle secoua la tête : elle n'avait jamais découvert une vue semblable. Elle semblait échapper au temps, comme si elle avait entrevu l'avenir lointain.

— Bon, on va remonter la route pour aller voir Hadriaca.

Maya acquiesça et elles retournèrent au patrouilleur. De temps en temps, tandis qu'elles montaient, la pente s'accentuait et elles dominaient alors les fondations de la tente. Elles retrouvaient une perspective sur le plancher du canyon. Maya constata que le torrent continuait à couler au milieu des rochers et de la végétation. Mais Diana ne ralentissait pas et aucune habitation n'était en vue.

A l'extrémité supérieure de la tente, un bloc de béton apparut : une centrale physique qui abritait les mécanismes de retraitement des gaz et la station de pompage. Une forêt d'éoliennes se dressait sur la pente nord, toutes tournées vers l'ouest, en rotation lente. Au-dessus, le long cône d'Hadriaca Patera, un volcan dont les pentes étaient marquées de façon inhabituelle par un réseau dense de sillons de coulée, les laves plus récentes recouvrant celles des premiers âges. A présent, la neige s'était incrustée dans ces canaux, mais les arêtes de roche noire restaient à nu, balayées par les vents puissants des tempêtes. Le résultat était un gigantesque cône noir pointé vers le ciel tourmenté, festonné de centaines de rubans blancs.

— Très beau, dit Maya. Est-ce qu'on peut le voir du fond du canyon ?

— Non. Mais la plupart des gens travaillent sur la bordure, ou bien à la centrale ou à la station. Ils peuvent donc profiter de la vue tous les jours.

— Mais... ces colons, qui sont-ils ?

— On va les voir.

Maya hocha la tête. Elle appréciait le style de Diana, qui lui rappelait un peu Ann. Les sansei et les yonsei lui échappaient, ils lui semblaient tous étranges, mais Diana beaucoup moins que d'autres — elle était peut-être un peu secrète mais, comparée à ses contemporains plus exotiques et aux gamins de Zygote, sa normalité était bienvenue.

Tandis qu'elle l'observait en se faisant ces réflexions, Diana s'engagea dans le canyon, suivant une route abrupte qui dévalait un ancien talus géant, près du fond d'Harmakhis. C'était là que le premier aquifère avait jailli, mais le terrain était très faiblement chaotique. Maya remarqua surtout des talus titaniesques, définitivement installés selon leur angle de repos.

Le plancher du canyon lui-même était essentiellement plat et sans faille. Ils l'atteignirent bientôt, et s'engagèrent sur une piste de régolite et de fixatif qui longeait par instants le torrent. Au bout d'une heure, elles passèrent devant un pré vert, inscrit dans le creux d'un large bras mort. Au centre, dans un bosquet de pins d'Aspen et de pins pignons, Maya découvrit un groupe de maisons basses aux toitures de shingle. Un filet de fumée montait d'une cheminée solitaire.

Un corral, une pâture, un jardin, une grange, des ruches. Maya s'émerveilla de découvrir une pareille beauté dans sa plénitude archaïque, détachée du grand plateau désertique et rouge — détachée de tout, en fait, y compris de l'histoire et du temps. Un mésocosme. Que pensaient les gens d'ici de la Terre et de Mars, et de tous les ennuis de l'époque ? Pourquoi devraient-ils s'en préoccuper ?

Diana arrêta le patrouilleur. Déjà, plusieurs personnes venaient d'apparaître et traversaient le pré. La pression de l'air était de 500 millibars, ce qui aidait à soutenir la tente, si l'on faisait la différence avec l'atmosphère extérieure qui devait se situer à 250 millibars. Maya ouvrit donc la porte sans enfiler son casque, avec l'impression d'être nue, mal à l'aise.

Les colons qu'elle avait devant elle étaient jeunes. Il se révéla qu'ils étaient descendus dans le canyon de Burroughs et d'Elysium. Oui, confirmèrent-ils, des Terriens vivaient dans la vallée. Ils n'étaient pas nombreux, mais certains étaient arrivés là par le biais d'un programme de Praxis qui avait permis à des gens d'émigrer depuis les plus petits pays. Ici même, dans la vallée, on avait récemment accueilli des Grecs, des Suisses et des Navajos. Il y avait aussi une colonie russe près de Hell's Gate. On parlait toutes sortes de langues dans la vallée, mais l'anglais restait la *lingua franca*, et la première langue de tous les indigènes. Quant à leurs accents, Maya en ignorait certains : ils faisaient des fautes de grammaire bizarres, du moins pour elle. Par exemple, tous les verbes, après le premier, étaient au présent : « On a descendu le courant et on voit des Suisses qui travaillent sur la rivière. Ils stabilisent les berges par endroits, avec des plantes et des rochers. Ils disent que dans quelques années le lit est suffisamment plein pour que l'eau s'éclaircisse. »

— Mais elle aura encore la couleur des falaises et du ciel, remarqua Maya.

— Oui, bien sûr. Mais une eau claire, ça vaut mieux qu'une eau boueuse.

— Comment pouvez-vous le savoir ?

Ils plissèrent le front.

— Rien qu'en la regardant dans le creux de sa main, non ?...

Maya sourit.

— C'est merveilleux de voir tout cet espace où vous vivez. C'est incroyable ce qu'on peut mettre sous tente de nos jours, hein ?

Ils haussèrent les épaules, comme s'ils n'avaient jamais envisagé les choses sous cet aspect.

— En fait, dit l'un d'eux, on attend le jour où on sera débarrassés de la tente. Le vent nous manque. Et aussi la pluie.

— Mais comment pouvez-vous le savoir ?

Ils savaient.

Elles reprirent la route et passèrent devant d'autres villages. Des fermes isolées. Un pré où broutaient des moutons. Des vignes. Des vergers. Des cultures. De grandes serres qui brillaient sous le soleil comme les laboratoires. Une fois, un coyote surgit et traversa la route immédiatement devant le patrouilleur. Puis, dans la prairie d'un talus, Diana repéra un ours brun et, plus loin, quelques moutons de Dall. Dans les petits villages, les gens faisaient commerce de vivres et d'outils sur les marchés ouverts, en bavardant des événements de la journée. Ils ne captaient pas les infos en provenance de la Terre et ils semblaient d'une étonnante ignorance à ce propos. A l'exception d'une petite communauté russe, dont les habitants s'exprimaient dans un russe métissé. Ce qui n'empêcha pas Maya d'avoir les larmes aux yeux. Ils lui dirent que tout s'en allait à la dérive sur Terre. Comme d'habitude. Et tous ces gens étaient heureux de vivre là, dans le canyon.

Elles s'arrêtèrent dans un marché à l'heure de la cohue, et là, dans la foule, elles tombèrent sur Nirgal. Il croquait une pomme en devisant avec un villageois. En voyant Maya descendre du patrouilleur, il se précipita vers elle pour la serrer dans ses bras.

— Maya, mais qu'est-ce que tu fais ici ?

— Je viens d'Odessa. Je te présente Diana, la fille de Paul. Et que fais-tu ici ?

— Oh, je visite la vallée. Ils ont quelques problèmes de sol et je vais essayer de les aider.

— Raconte-moi.

Nirgal était ingénieur en écologie et il semblait avoir hérité de certains talents d'Hiroko. Le mésocosme de la vallée était relativement nouveau. Ils semaient encore, d'un bout à l'autre, et bien que le sol ait été préparé depuis des années avec des bactéries, la déficience en azote et potassium empêchait la croissance de nombreuses plantes. Nirgal leur en parla en faisant le tour du marché. Il leur montra les légumes et les fruits du terroir et ceux qui étaient importés, en définissant l'économie locale.

— Alors, ils ne sont pas vraiment en autarcie ? demanda Maya.

— Non, non. Et ce n'est pas pour demain. Mais ils produisent une bonne part de leur alimentation, ils échangent certaines productions, ou alors ils les donnent.

Apparemment, il s'occupait aussi d'éco-économie. Et il s'était déjà fait des amis, des gens qui venaient l'embrasser. Et Maya, qu'il tenait par les épaules, se retrouva dans ces étreintes, et elle fut présentée à tous les villageois l'un après l'autre. Tous semblaient tellement ravis de retrouver Nirgal. Il les connaissait par leurs noms, il leur demandait s'ils allaient bien et continuait de leur poser des questions tout en circulant entre les étals de pains et de légumes, les sacs d'orge et d'engrais, les paniers de cerises et de prunes. Tout un groupe s'était agglutiné autour d'eux et ils terminèrent à la terrasse d'une taverne, devant de longues tables en pin. Nirgal s'accrocha à Maya pendant toute la fin de cet après-midi. Elle observait tous ces jeunes visages autour d'elle, heureuse et détendue. Elle constatait à quel point Nirgal ressemblait à John — au milieu de tous ces gens chaleureux avec lui autant qu'entre eux. La moindre circonstance avec Nirgal devenait un festival, grâce à son charme. Ils se versaient de grands verres et Maya eut droit à un festin énorme, « Tout vient d'ici, tout vient d'ici ». Et ils se parlaient en un anglais martien rapide, se rapportaient les échos et se racontaient leurs rêves. Bien sûr, Nirgal était spécial, tout autant qu'Hiroko, et néanmoins normal, en même temps. Diana, par exemple, était tout simplement rivée à son côté, et il semblait bien qu'un grand nombre de jeunes femmes lui enviaient sa place, ou celle de Maya. Elle se dit que ç'aurait été possible dans le passé. Mais il y avait quand même certains avantages à être une vieille baboushka. Elle pouvait materner Nirgal sans honte : sa seule réponse était un sourire. Oui, il y avait décidément quelque chose de charismatique en lui : son maxillaire étroit, sa bouche mobile, large et rieuse, ses grands yeux bruns à peine asiatiques, ses sourcils épais, ses cheveux noirs indisciplinés, son corps souple, même s'il n'était pas aussi grand que les autres. Il n'avait rien d'exceptionnel, mais ses manières comptaient avant tout : il se montrait à la fois amical, curieux et facilement rieur.

Cette même nuit, alors qu'ils se promenaient au bord de la rivière, près du village, elle lui demanda :

— Et la politique ? Qu'est-ce que tu leur racontes ?

— Je me sers du document de Dorsa Brevia. Je considère que nous devrions l'appliquer immédiatement, dans nos vies quotidiennes. La plupart des gens de cette vallée ont quitté le réseau officiel, tu sais, et ils vivent dans une économie alternative.

— Je l'ai remarqué. C'est d'ailleurs une des choses qui m'ont attirée ici.

— D'accord. Donc, tu sais ce qui se passe. Et ça plaît aux sansei et aux yonsei. Ils pensent que c'est un système d'origine locale.

— La question, c'est de savoir ce que l'ATONU en pense.

— Mais qu'est-ce qu'ils peuvent faire ? Je ne crois pas que ça les inquiète, pour autant que je sache.

Nirgal était constamment en voyage, réalisa-t-elle, et il en avait vu plus qu'elle.

— Nous sommes très difficiles à voir, et nous ne présentons aucun défi face à eux. Donc, ils ne s'inquiètent pas de notre présence. Ils ne savent même pas à quel point nous nous sommes répandus dans le canyon.

Elle secoua la tête d'un air dubitatif. Ils étaient assis sur la berge, face au torrent qui gargouillait dans des bassins, mauve sous la clarté des étoiles.

— L'eau est tellement boueuse ! dit Nirgal.

— Quel nom vous vous donnez ?

— Tu veux dire quoi, par là ?

— Vous constituez une sorte de parti politique, Nirgal, ou bien un mouvement social. Il faut bien que vous ayez un nom.

— Oh... Eh bien, certains disent que nous sommes des Boonéens, ou une espèce de mouvement mars-uniste. Mais je ne crois pas que ce soit exact. Moi-même, je n'ai pas de nom qui me vienne. Ka, peut-être. Ou bien Mars Libre. C'est ce que nous disons en guise de bienvenue. Un verbe, un nom, n'importe quoi. Mars Libre.

— Hum, fit Maya.

Elle sentait le bras de Nirgal autour de sa taille, et la caresse humide et glacée du vent sur sa joue. Une économie alternative, fonctionnant sans les règles de la loi, c'était mystérieux mais dangereux. Cela pouvait devenir une économie noire gérée par des gangsters, et ces petits villages d'idéalistes ne pourraient pas faire grand-chose. Elle considérait que cette solution, face à l'Autorité transitoire, était illusoire.

Mais quand elle lui fit part de ses réserves, Nirgal acquiesça.

— Je ne considère pas cet état de choses comme le degré ultime. Mais je crois que ça nous est utile. C'est ce que nous sommes capables de faire dans l'instant. Et quand le moment sera venu...

Maya hocha la tête dans l'obscurité. C'était un autre Croissant de la Crèche, pensa-t-elle soudain. Ils retournèrent au village, où la fête se poursuivait. Là, cinq jeunes femmes se mirent à tourner autour de

Nirgal, chacune tentant d'être la dernière à se retrouver avec lui plus tard. Avec un soupir et un rire qu'elle réprima à peine (si elle avait encore été jeune, elles n'auraient pas eu une chance), Maya les quitta pour aller se coucher.

Elles avaient laissé le village derrière elles depuis deux jours et suivaient encore le cours de la rivière quand, à quarante kilomètres de Hell's Gate, elles abordèrent une courbe et découvrirent la ville dans toute sa longueur, jusqu'aux tours du pont suspendu de la piste. C'était comme un paysage surgi d'un autre monde, songea Maya. Avec une technologie totalement différente. Les tours mesuraient six cents mètres et dix kilomètres les séparaient — le pont était vraiment immense et réduisait les dimensions de Hell's Gate. Elles perdirent la ville de vue pendant l'heure qui suivit pour la retrouver sur la bordure du cratère. Les immeubles s'étageaient sur les pentes abruptes, évoquant les villages spectaculaires que l'on trouve sur le littoral, en Espagne ou au Portugal — mais tous dans l'ombre du pont énorme. Enorme, oui — et pourtant, il y avait des ouvrages deux fois plus grands que celui-là dans Chryse, et avec l'évolution des nouveaux matériaux, la fin n'était pas en vue. La résistance du filin de nanotubes de carbone dont était fait le câble de l'ascenseur spatial dépassait de loin les charges prévues. Avec ça, on pouvait lancer des ponts au gré de son imagination. Certains parlaient de bâtir un ouvrage par-dessus Valles Marineris, et des plaisanteries évoquaient la construction d'un funiculaire qui relierait les principaux volcans de Tharsis, afin d'éviter les quinze kilomètres de pente verticale entre les trois pics.

De retour à Hell's Gate, Maya et Diana restituèrent le patrouilleur au garage et s'offrirent un grand dîner dans un restaurant situé à mi-pente, juste au-dessous du pont. Diana voulait rendre visite à des amis, et Maya la quitta pour regagner les bureaux de Deep Waters et sa chambre. Mais au-delà des portes de verre, au-dessus du balcon, le vaste pont se tendait sur le fond des étoiles et, en se rappelant le canyon d'Harmakhis et les gens qu'elle y avait rencontrés, le cône noir d'Hadriaca festonné de neige, elle ne réussit pas à trouver le sommeil. Alors, elle sortit sur le balcon et se recroquevilla dans un fauteuil, sous une couverture. Elle resta là durant une grande partie de la nuit, à contempler le dessous du pont géant en pensant à Nirgal, aux jeunes indigènes et à tout ce qu'ils représentaient.

Le lendemain matin, elles étaient censées prendre le train d'Hellas, mais Maya demanda à Diana de l'emmener visiter le fond du bassin, pour voir, de ses yeux, ce que devenait l'eau de la rivière d'Harmakhis. Diana ne se fit pas prier.

Tout en bas de la ville, la rivière se déversait dans un étroit réservoir, maintenu par un solide barrage de béton, juste à côté de la paroi de la tente. A l'extérieur, elle était drainée à travers le bassin par une grosse canalisation isolée, soutenue par des pylones hauts de trois mètres. La canalisation descendait la pente douce de l'est du bassin, et elles la suivirent à bord d'un patrouilleur, jusqu'à ce que les falaises crevassées de Hell's Gate disparaissent entre les dunes derrière elles. Une heure après, les grandes tours du pont étaient encore visibles à l'horizon.

Quelques kilomètres plus loin, la canalisation débouchait sur une plaine rougeâtre de glace craquelée — une sorte de glacier, si l'on ne tenait pas compte du fait qu'il se perdait en éventail sur toute l'étendue de la plaine, aussi loin que pouvait porter le regard. En fait, elles étaient devant le rivage de la mer nouvelle, ou du moins d'un de ses lobes, gelé sur place. Et la canalisation, au-delà, surplombait la glace avant d'y plonger et de disparaître, à deux kilomètres du rivage.

Un petit cratère presque submergé apparaissait dans le champ de glace comme une double péninsule, et Diana suivit les traces qui conduisaient à la bordure. Elles roulèrent aussi loin que le permettait la glace. Le monde visible, devant elles, était totalement gelé, mais en se retournant, elles retrouvèrent la pente de sable d'Hellas.

Maya prit des jumelles et découvrit à l'horizon ce qui devait être la lisière nord du lobe de glace, à l'endroit où il cédait la place à une succession de dunes. Elle put observer la chute d'un pan de glace, qui s'effondra comme un glacier du Groenland dans la mer. Mais là, il tombait dans le sable pour se fracasser en centaines de shrapnels blancs. L'eau qui se répandit était aussi sombre que la rivière Rubis. Le flot soulevait de la poussière que le vent emportait vers le sud. Les bords de ce nouveau cours blanchissaient rapidement mais, aux yeux de Maya, cela n'évoquait en rien la vitesse terrifiante à laquelle les flots avaient gelé dans Marineris en 61. L'eau restait fluide au fil des minutes, alors même qu'elle courait à ciel ouvert ! Oui, le monde était devenu plus chaud, et l'atmosphère plus dense. On atteignait 260 millibars dans le bassin, et la température était de 271 K. Une belle journée ! Maya ne quittait pas du regard la surface du lobe glaciaire. Elle releva la présence de plaques miroitantes d'eau de fonte qui s'était débarrassée de ses impuretés avant de geler à nouveau.

— Les choses changent, dit-elle, sans s'adresser vraiment à Diana.

Et Diana ne fit pas de commentaire.

Le cours d'eau sombre finit par blanchir et se figer.

— Il continue ailleurs, maintenant, dit Diana. Ça marche comme la sédimentation dans le delta d'un fleuve. Le chenal principal de ce lobe est en fait situé plus au sud.

— Je suis heureuse d'avoir vu ça. Rentrons.

Elles rebroussèrent chemin vers Hell's Gate et, le soir, elles dînèrent à nouveau toutes les deux, dans le même restaurant, sous le grand pont. Maya posa une foule de questions à propos de Paul, Esther, Kasei, Nirgal, Rachel, Emily et Reull et tous les autres rejetons d'Hiroko, de leurs enfants et de leurs petits-enfants. Qu'est-ce qu'ils faisaient ? Qu'avaient-ils l'intention de faire ? Est-ce que Nirgal avait des partisans ?

— Oh oui, bien sûr. Vous avez vu comment ça se passe. Il voyage constamment, et il y a tout un réseau d'indigènes dans les cités du Nord pour l'accueillir. Des amis, des amis d'amis, etc.

— Et vous pensez que ces gens-là soutiendront...

— Une autre révolution ?

— Je voulais dire : un mouvement d'indépendance.

— Quel que soit le nom qu'on lui donne, ils le soutiendront. Ils soutiendront Nirgal. Pour eux, la Terre est comme un cauchemar, un cauchemar qui cherche à nous aspirer. Et ils ne veulent pas de ça.

— Ils ? insista Maya en souriant.

— Oh, moi non plus. (Diana lui renvoya son sourire.) Je voulais dire nous.

Tandis qu'elles faisaient le tour d'Hellas dans le sens des aiguilles d'une montre, Maya eut l'occasion de se rappeler cette conversation. Un consortium d'Elysium, sans aucune connexion que Maya ait réussi à découvrir avec une métanat ou l'ATONU, venait d'achever la mise sous tente des vallées de Dao-Reull en appliquant les mêmes techniques que pour Harmakhis. Désormais, dans les deux canyons jumeaux, des centaines de gens s'étaient installés. Ils mettaient en place des aérateurs, travaillaient le sol, semaient et plantaient la biosphère naissante du mésocosme. Leurs serres et leurs usines pourvoyaient à la majeure partie de leurs besoins pour ce travail, et ils extrayaient les gaz et les métaux des bad-lands d'Hesperia, à l'est, pour les ramener à l'embouchure de Dao Vallis dans une ville que l'on appelait Sukhumi. Ils disposaient des programmes de démarrage, des semences, et ils ne semblaient guère se préoccuper de l'Autorité transitoire. Ils ne lui avaient pas demandé d'autorisation avant de se lancer dans ce projet, et ils manifestaient une hostilité évidente à l'égard des fonctionnaires du Groupe de la mer Noire, qui représentaient les métanationales terriennes.

Ils étaient avides de ressources humaines, néanmoins, et c'est avec joie qu'ils accueillaient les techniciens ou les généralistes venus de Deep Waters, ainsi que tous les équipements possibles. Pratiquement tous les groupes que Maya approcha dans la région de Dao-Reull lui demandèrent de l'aide. La plupart étaient de jeunes indigènes. Ils semblaient considérer qu'ils avaient autant droit à l'équipement que tous les autres, même s'ils n'étaient pas affiliés à Deep Waters ni à une autre société.

Et dans tout le sud de Dao-Reull, dans les collines d'ejecta déchiquetées situées derrière la bordure du bassin, des équipes d'hydrologues cherchaient des aquifères. Tout comme dans les canyons sous tente, ces hommes étaient nés sur Mars, et en majorité après 61. Ils étaient différents, profondément différents, partageant des intérêts et des enthousiasmes parfaitement incommunicables, comme si la dérive génétique ou la sélection explosive avaient produit une distribution bimodale, si bien que les représentants de l'ancien *Homo sapiens* cohabitaient désormais sur cette planète avec le nouvel *Homo ares,* une créature de grande taille, élancée, gracieuse, absolument à l'aise sur ce monde. Les *Homo ares* conversaient entre eux, profondément concentrés dans leur travail qui transformerait en mer le Bassin d'Hellas.

Ce projet gigantesque était pour eux un travail tout à fait normal. Maya et Diana firent halte en route et continuèrent en compagnie de quelques amis de Diana sur les crêtes de Zea Dorsa, qui suivait le quart sud-est du fond du bassin. Désormais, la plupart des dorsa étaient des péninsules à demi recouvertes par un nouveau lobe glaciaire. Maya observait les glaciers crevassés de part et d'autre en essayant d'imaginer l'époque où la surface de la mer d'Hellas se situerait en fait à plusieurs centaines de mètres plus haut. Alors, ces vieilles crêtes faillées de basalte ne seraient plus que des bips de sonar pour les bateaux, elles abriteraient des étoiles de mer, des crevettes, des krills et de multiples variétés de bactéries produites par la bio-ingénierie. Ces temps n'étaient plus très lointains, et cette idée était pourtant stupéfiante. Mais Diana et ses amis, et particulièrement ceux dont les ancêtres étaient turcs ou grecs — tous ces jeunes sourciers martiens ne s'émerveillaient pas devant cet avenir imminent, pas plus que devant l'énormité de leur projet. C'était leur travail, leur vie. Ils créaient des océans. Ils construisaient des ponts qui donnaient des proportions de jouet au Golden Gate. Ils ne s'attardaient même pas sur ces crêtes de dorsa qui disparaîtraient bientôt : ils parlaient de leurs amis de Sukhumi, de toutes sortes de choses.

— C'est une entreprise prodigieuse ! leur dit Maya d'un ton net. C'est bien au-delà de tout ce dont les hommes ont jamais été capables ! Cette mer va être aussi grande que les Caraïbes ! Jamais aucun projet de cette envergure n'a existé sur Terre — aucun !

Une jeune femme au visage ovale charmant, à la peau superbe, lui répondit :

— Mais je me fous de la Terre.

La nouvelle piste virait en direction de la bordure sud et franchissait en transversale les chaînes abruptes et les ravins d'Axius Valles. Ces plissements allaient des collines raboteuses de la bordure jusqu'au bassin, et la piste du viaduc passait alors sur de grandes arches et pénétrait dans des failles profondes ou des tunnels. Le train que Maya et Diana avaient pris après Zea Dorsa dépendait d'une ligne privée qui appartenait à leur bureau d'Odessa, et Maya put donc demander un arrêt régulier dans les petites gares afin de rencontrer les équipes d'hydrologie et de construction. C'est ainsi qu'elles parlèrent à des immigrants terriens, pour Maya plus compréhensibles que les heureux indigènes — car ces gens étaient de taille normale, ils vacillaient parfois en marchant et regardaient autour d'eux avec surprise et enthousiasme, quand ils n'avaient pas l'air abattu, quand ils ne se plaignaient pas, conscients en tout cas de l'étrangeté de cette entreprise. Ils précédèrent Maya dans un tunnel creusé dans la montagne, qui se révéla être un couloir d'écoulement de lave qui descendait d'Amphitrites Patera. Il était cylindrique, aussi large que celui de Dorsa Brevia, mais s'inclinait à angle aigu. Les ingénieurs y pompaient l'eau de l'aquifère d'Amphitrites et l'utilisaient comme une canalisation naturelle vers le plancher du bassin. Maya suivit les hydrologistes souriants jusqu'à une galerie d'observation taillée dans la lave. Elle découvrit l'eau noire qui se ruait vers le fond à deux cents mètres cubes par seconde dans un grondement qui renvoyait des échos dans tout le cylindre de basalte.

— Est-ce que ça n'est pas formidable ? demanda l'un des Terriens.

Elle acquiesça, heureuse de retrouver des gens dont elle pouvait partager les réactions.

— C'est comme un super drainage, non ?...

Mais quand Maya revint au train, les jeunes Martiens répondirent à ses exclamations : Oui, la canalisation dans la lave était géante, et si elle n'avait pas été là, la société n'aurait pas fait l'économie de tuyaux, utiles pour d'autres opérations se déroulant en terrain moins favorable, n'est-ce pas ? Ensuite, ils repartirent dans une discussion à propos d'un détail du bassin qu'elle ne pouvait voir.

Le train suivait l'arc sud-ouest du bassin et la piste s'orientait maintenant au nord. Elle franchit quatre ou cinq canalisations importantes qui serpentaient dans les hauts canyons d'Hellespontus Montes, sur la gauche : des arêtes de roc dentelées pareilles à celles du Nevada ou de l'Afghanistan, avec de la neige à leur cime. A droite, elles découvrirent sur le plancher du bassin des couches de glace brisée et sale, souvent marquées de plaques blanches dues à des écoulements récents. On construisait au sommet des collines, à proximité de la piste. Les petites villes sous tente semblaient tout droit sorties de la Renaissance toscane.

— Le bas de ces collines sera bientôt un endroit très à la mode, remarqua Maya. Elles vont se retrouver entre les montagnes et la mer, et certains débouchés de ces canyons devraient devenir de petits ports.

Diana acquiesça.

— Hisse et ho !

Elles abordèrent la dernière courbe du circuit. Ici, la piste devait franchir le glacier Niesten, une formation glaciaire laissée par l'éruption qui avait englouti Low Point en 61. Ce qui n'était pas facile, car dans sa partie la plus étroite le glacier mesurait trente-cinq kilomètres, et personne n'avait encore trouvé le temps et l'équipement nécessaires pour y construire un pont suspendu. On avait planté des pylônes dans la glace avant de les ancrer dans le lit de roc. Ces pylônes étaient équipés de proues comme des brise-glace face à l'amont, et on avait installé côté aval une sorte de pont flottant sur le glacier avec des tampons sophistiqués qui se dilataient ou se contractaient selon le niveau de la glace.

Le train avait ralenti pour franchir le pont flottant, et au passage Maya regarda vers l'amont. Tout en haut, le glacier tombait entre deux grands pics pareils à des crocs, tout près du cratère Niesten. Des rebelles que l'on n'avait jamais identifiés avaient fait sauter l'aquifère de Niesten avec une bombe thermonucléaire, déclenchant ainsi l'une des cinq ou six éruptions d'eau les plus importantes de 61. Presque aussi importante que celle qui avait déferlé dans les canyons de Marineris. La glace, en profondeur, était encore un peu radioactive. Mais, sous le pont, elle était immobile. La terrible inondation n'avait laissé qu'un champ de blocs de glace extraordinairement fracturés. Diana fit une réflexion au sujet des grimpeurs qui aimaient escalader les cascades de glace par pur plaisir. Maya en eut un frisson de dégoût. Les gens étaient vraiment dingues. Elle pensa à Frank, qui avait été emporté dans les flots de Marineris, et elle jura à voix haute.

— Vous n'êtes pas d'accord ? demanda Diana.

Elle jura une seconde fois.

Une canalisation isolée dévalait le centre de la pente de glace, passait sous le pont et rejoignait Low Point. On pompait toujours le fond de l'aquifère saboté. Maya avait supervisé la construction de Low Point, tout comme Nadia celle d'Underhill. Elle y avait vécu durant des années, avec un ingénieur dont le nom ne lui revenait pas. Et voilà qu'on pompait l'eau qui subsistait de l'aquifère de Niesten pour l'ajouter à celle qui avait englouti la ville. La grande inondation de 61 était réduite à une canalisation qui régulait le débit de l'eau.

Un violent maelström d'émotions s'était déclenché en elle, provoqué par tout ce qu'elle avait vu durant leur circuit, par tout ce qui s'était passé et qui allait encore se passer... Dans son esprit aussi, il y avait des inondations ! Dans tout son être ! Si seulement elle pouvait faire avec ses pensées ce qu'ils avaient réussi sur cet aquifère — si elle parvenait à les drainer, à les contrôler jusqu'à ce qu'elles deviennent plus saines. Mais les pressions hydrostatiques étaient tellement intenses, et les éruptions, quand elles survenaient, tellement terribles. Aucune canalisation n'en viendrait à bout.

— Les choses sont en train de changer, dit-elle à Michel et Spencer. Je ne pense pas que nous puissions vraiment encore les comprendre.

A Odessa, elle s'était réinstallée dans son existence, heureuse d'être de retour mais aussi troublée, curieuse, voyant tout sous un angle neuf. Sur le mur, au-dessus de son bureau, elle avait un dessin de Spencer. Il représentait un alchimiste jetant un gros volume dans une mer turbulente. Au-dessous, il avait écrit : « Je vais noyer mon livre. »

Elle quittait son appartement très tôt chaque matin, et descendait la corniche jusqu'aux bureaux de Deep Waters, près du quai à sec, non loin d'une autre firme de Praxis qui s'appelait Séparation de l'Atmosphère. Elle travaillait à la direction de l'équipe de synthèse et à la coordination des unités de terrain, se concentrant désormais sur les petites opérations mobiles qui progressaient sur le plancher du bassin pour des plans de réorganisation de la glace et des extractions minières de dernière minute. Occasionnellement, elle s'occupait du design de ces petits hameaux ambulants. Elle appréciait ce retour à l'ergonomie, son talent le plus ancien si elle exceptait la cosmonautique. Un jour où elle travaillait sur la conception des placards des chambres, elle observa son croquis avec un sentiment de déjà vu, en se demandant soudain si elle n'avait pas déjà fait ce même travail, à quelque moment de son passé. Elle se demanda aussi pourquoi ce talent restait si vif dans sa mémoire, alors que la connaissance était si fragile. Aussi loin qu'elle se souvînt, elle ne retrouvait pas trace de l'éducation à l'origine de cette maîtrise de l'ergonomie qui lui restait néanmoins, après toutes ces décennies écoulées depuis qu'elle ne l'avait plus exercée.

Mais l'esprit était étrange. Certains jours, ce sentiment de déjà vu se rapprochait d'elle, il devenait palpable, et elle était certaine d'avoir vécu auparavant chaque événement de la journée. Plus cela persistait, plus c'était dérangeant, avait-elle découvert. Le monde devenait une prison effrayante et nette, dans laquelle elle n'était qu'une créature du destin, un mécanisme automatique incapable de faire un seul geste qu'elle n'avait pas déjà fait dans quelque passé oublié. Une fois, cela persista durant une semaine, et elle fut presque paralysée. Jamais encore le sens de la vie ne l'avait submergée avec une telle hostilité, jamais. Michel s'en inquiétait beaucoup, et il lui assurait qu'elle souffrait sans doute de la manifestation mentale d'un problème physique. En cela, elle le croyait plus ou moins, mais comme tout ce qu'il lui prescrivait n'avait aucun effet apaisant, ça ne l'aidait guère. Elle ne pouvait que supporter ce qui lui arrivait, avec l'espoir que cette impression passerait.

Lorsqu'elle passait, elle faisait de son mieux pour l'oublier. Et quand elle revenait, elle s'en plaignait à Michel.

— Oh, mon Dieu, je le sens à nouveau.

Et Michel rétorquait :

— Est-ce que ça ne t'est pas déjà arrivé ?

Ils en riaient ensemble et elle faisait son possible pour vivre avec.

Elle plongeait dans le travail, montait des plans pour les équipes d'hydrologie, définissait leurs missions selon les rapports des aréographes de la bordure, et se laissait submerger sous les résultats. C'était intéressant, et même excitant, comme une espèce de gigantesque chasse au trésor, qui nécessitait un enrichissement continu des connaissances aréographiques, dans les habitudes secrètes de l'eau souterraine. Ce qui l'aidait à supporter le déjà vu, et, au bout d'un certain temps, ce ne fut plus qu'une des impressions bizarres qui affectaient son esprit, pire que les poussées d'enthousiasme passionné, mais préférable aux dépressions ou à ces moments où, plutôt que de sentir que quelque chose s'était déjà produit, elle était gagnée par le sentiment que rien de tel ne s'était jamais passé, même s'il ne s'agissait de rien de plus original que de sauter dans un tram. Du jamais vu, d'après Michel. C'était pour lui, apparemment, très dangereux. Mais il n'y avait rien à y faire. Parfois, cela ne l'aidait pas de vivre avec quelqu'un qui s'était spécialisé dans les problèmes psychologiques. Pour qui on risquait de n'être rien de plus qu'un cas particulièrement intéressant. Il faudrait plusieurs pseudonymes pour la décrire, se disait-elle.

En tout cas, quand elle avait de la chance et se sentait mieux, elle travaillait de manière complètement concentrée, et quittait les bureaux entre quatre et sept heures, fatiguée et satisfaite. Elle rentrait chez elle dans cette clarté particulière des fins d'après-midi d'Odessa : toute la ville se trouvait dans l'ombre d'Hellespontus, mais le ciel avait encore une luminosité et une couleur intenses, et les nuages qui flottaient vers l'est brillaient au-dessus de la glace, enveloppant toute chose d'un reflet ardent, avec des tons infinis qui allaient du bleu au rouge et changeaient chaque jour, à chaque heure. Elle errait paresseusement sous les arbres du parc avant de passer le portail de l'immeuble de Praxis et de remonter jusqu'à son appartement pour dîner avec Michel, qui, généralement, sortait d'une longue journée passée à traiter le mal du pays des Terriens récemment immigrés, ou des anciens qui se plaignaient de problèmes comparables à celui de Maya — déjà vu, perte de mémoire, anomie, odeurs fantômes : autant de problèmes gérontologiques bizarres que l'on avait rarement rencontrés chez les humains à l'existence plus brève. Ce qui semblait indiquer de façon menaçante que les traitements de longévité ne pénétraient pas aussi bien le cerveau qu'il eût été nécessaire.

Rares étaient les sansei ou les yonsei qui venaient le consulter, et il s'en montrait surpris.

— C'est sans doute un bon signe quant à la vie sur Mars à long terme, lui dit-il un soir en remontant de son bureau après une journée particulièrement calme.

Elle haussa les épaules.

— Ils peuvent être dingues sans le savoir. Pendant que je faisais le tour du bassin, je me suis dit que c'était bien possible.

— Tu veux dire dingues ou seulement différents ?

— Je ne sais pas. Ils semblent ne pas avoir conscience de ce qu'ils font.

— Chaque génération est sa propre société secrète. Ceux-ci sont ce que tu pourrais appeler des aréurgiens. C'est leur nature d'opérer la planète. Il faut le leur reconnaître.

D'habitude, quand elle regagnait l'appartement, elle y retrouvait les parfums de la cuisine provençale à laquelle Michel s'essayait, et il y avait toujours une bouteille de vin rouge débouchée sur la table. Durant la plus grande partie de l'année, ils mangeaient dehors, sur le balcon, et Spencer se joignait à eux quand il était en ville, de même que leurs fréquents visiteurs. Tout au long du dîner, ils parlaient des événements de la journée, des informations venues de toute la planète et de la Terre.

Ainsi, Maya vivait les journées ordinaires d'une vie ordinaire : *la vie quotidienne*[1], et Michel la partageait avec son sourire rusé. Un homme chauve, avec un visage agréable, gaulois, ironique, le caractère facile, toujours objectif. La lumière du soir se concentrait dans l'ultime bande de ciel au-dessus des pics déchiquetés d'Hellespontus, dans des tons brillants de rose et d'argent, des violets et des indigos, des noirs d'encre. Et leurs voix se faisaient plus douces à cette heure tardive du crépuscule que Michel appelait *entre chien et loup*[2]. Ensuite, ils débarrassaient les couverts, retournaient à l'intérieur et faisaient la vaisselle — tout était habituel et connu, tout dépendait profondément de ce déjà vu selon lequel ils se déterminaient et qui les rendait heureux.

Certains soirs, Spencer l'emmenait à un meeting, généralement dans l'une des communautés de la ville haute. Elles étaient plus ou moins en liaison avec Mars-Un, mais les gens qui venaient aux meetings ne ressemblaient guère aux Mars-Unistes radicaux qui avaient accompagné Kasei au congrès de Dorsa Brevia — ils étaient plutôt comme les amis de Nirgal, dans Harmakhis, plus jeunes, moins dogmatiques, plus concentrés, plus heureux. A chaque réunion, Maya était troublée, même si elle avait envie de les rencontrer, et le jour du meeting, elle devenait nerveuse et impatiente. Après dîner, un petit groupe d'amis de Spencer les rejoignaient, et ils l'accompagnaient à travers la ville. Ils prenaient des trams, puis finissaient à pied jusqu'aux hauteurs d'Odessa, où se trouvaient les appartements les plus surpeuplés.

Là, on trouvait des immeubles entiers qui étaient devenus des places fortes parallèles, dans lesquels les locataires payaient leur loyer, travaillaient dans le centre-ville, tout en échappant à l'économie

1. En français dans le texte. (*N.d.T.*)
2. *Idem.*

officielle. Ils faisaient de la culture dans des serres et sur les toits et les terrasses, ils programmaient et construisaient, fabriquaient des instruments et des outils agricoles qu'ils vendaient ou échangeaient. Leurs meetings avaient lieu dans les salles communes, ou dans les petits parcs et les jardins de la ville haute, sous les arbres. Parfois, des groupes de Rouges venaient les rejoindre.

Maya commençait en leur demandant de se présenter, et elle en apprit un peu plus sur eux : la plupart avaient entre vingt et quarante ans, ils étaient nés à Burroughs, dans Elysium ou Tharsis, ou dans les camps d'Acidalia ou du Grand Escarpement. Il y avait aussi un petit pourcentage régulier de vétérans et quelques immigrants récents, souvent originaires de Russie, ce qui séduisait Maya. Ils étaient agronomes, ingénieurs écologistes, ouvriers en construction, techniciens, technocrates, employés municipaux, agents de service. De plus en plus, ils travaillaient à développer leur économie parallèle. Leurs immeubles communautaires avaient d'abord ressemblé à des clapiers composés d'appartements d'une seule pièce, avec une unique salle de bains au fond du couloir. Chaque jour, ils descendaient à pied ou en tram vers la ville basse, au-delà des résidences-forteresses bâties sur la corniche, occupées par les cadres des métanats en visite. (Ils avaient apprécié que tous les employés de Praxis vivent dans des appartements semblables aux leurs.) Tous avaient reçu le traitement, ce qu'ils considéraient comme normal — ils étaient choqués quand ils apprenaient que le traitement était devenu un instrument de contrôle du pouvoir sur Terre, ce qui ne faisait qu'ajouter, pour eux, à la panoplie des maux terriens. Ils étaient tous en excellente santé, ne connaissaient guère les maladies, encore moins les cliniques. Ils utilisaient un traitement très populaire qui consistait à sortir à l'extérieur de la tente en combinaison et à inspirer une grande bouffée d'air. C'était réputé guérir toutes les maladies. Ils étaient grands et forts. Et Maya reconnut une nuit l'étincelle qu'il y avait dans leur regard : c'était la même que celle qu'elle avait lue dans les yeux du jeune Frank Chalmers, sur cette photo qu'elle avait vue sur son lutrin — le même idéalisme, cette frange de colère, cette certitude que les choses n'étaient pas justes, cette confiance dans leur pouvoir de les redresser. Des jeunes, songea-t-elle. La composante naturelle de la révolution.

Et ils se rassemblaient dans leurs petites salles communes pour débattre des problèmes de l'heure, fatigués mais heureux. Pour eux, ces soirées faisaient partie de leur vie sociale. Il était important de le comprendre. Maya, souvent, s'installait sur une table au centre de la pièce, si possible, et disait :

— Je m'appelle Toitovna. Je suis ici depuis le début.

Et elle leur parlait — elle racontait leur vie à Underhill —, en s'efforçant de se souvenir, jusqu'à devenir insistante comme l'Histoire elle-même, essayant de leur expliquer pourquoi les choses étaient comme ça sur Mars.

— Ecoutez : on ne peut jamais revenir en arrière !

Les changements physiologiques leur avaient barré à tout jamais le chemin de la Terre, qu'ils fussent immigrants ou indigènes, mais plus particulièrement les indigènes. Ils étaient désormais des Martiens, quoi qu'il advienne. Ils avaient besoin de former un Etat indépendant, peut-être souverain, en tout cas au moins semi-autonome. La semi-autonomie suffirait peut-être, étant donné les réalités des deux mondes. A elle seule, elle justifierait l'appellation Mars Libre. Dans l'état actuel des choses, ils n'étaient guère plus qu'une propriété et n'avaient pas de pouvoir réel sur leurs vies. Les décisions étaient prises pour eux à cent millions de kilomètres de là. On découpait leur monde en copeaux de métal qui étaient expédiés dans l'espace. C'était un gâchis qui ne bénéficiait à personne, sauf à la petite élite des métanationales qui régnait sur les deux mondes comme sur deux fiefs féodaux. Ils avaient terriblement besoin de leur liberté — pas tant pour échapper à l'atroce situation qui était celle de la Terre, mais plutôt pour exercer une influence réelle sur ce qui s'y passait. Sinon, ils ne pourraient qu'assister à la catastrophe en témoins impuissants. Avant d'être aspirés par le maelström à la suite des premières victimes. C'était intolérable et ils devaient passer à l'action.

Les groupes des communautés étaient très réceptifs à ce message, tout comme les Mars-Unistes, plus traditionnels, ainsi que les Bogdanovistes urbains et même certains des Rouges. Pour tous, à chaque meeting, Maya soulignait l'importance de la coordination.

— La révolution ne supporte pas l'anarchie ! Si nous essayions de remplir Hellas chacun de notre côté, nous pourrions ruiner mutuellement notre travail, et même submerger le contour — 1 000 et détruire ce pourquoi nous avons travaillé. Ce sera la même chose pour les actions que nous devons entreprendre. Il va falloir travailler ensemble. Ce que nous n'avons pas fait en 61, où il y a eu interférence plutôt que synergie, vous comprenez ? C'était stupide. Cette fois, ce sera ensemble.

Racontez ça aux Rouges, répliquaient les Bogdanovistes. Maya, alors, les foudroyait du regard :

— C'est à *vous* que je parle en ce moment. Vous ne voulez pas savoir ce que je leur ai dit *à eux*.

Ce qui les faisait rire, et ils se détendaient en imaginant Maya en train d'admonester les autres. Ils l'appelaient la Veuve Noire — la sorcière qui était capable de leur jeter des sorts, la Médée qui était capable de les tuer. Cela jouait un rôle important dans l'emprise qu'elle avait sur eux, et elle devait montrer les crocs de temps à autre. Elle leur posait des questions dures, et même s'ils étaient généralement d'une naïveté désespérante, ils avaient parfois des réponses convaincantes, surtout quand ils parlaient de Mars elle-même. Certains collectaient des informations en quantités impressionnantes : des inventaires des arsenaux des métanats, des dispositifs de contrôle des aéroports, des plans de centres de communications, des listes et des programmes de localisation pour les satellites et les engins spatiaux, des réseaux informatiques, des bases de données. Quelquefois, en les écoutant, elle se disait que tout était possible. Ils étaient jeunes, pleins d'assurance, étonnamment ignorants dans de nombreux domaines, mais ils avaient une vitalité animale, ils avaient la santé et l'énergie. Et après tout, ils étaient adultes, et en les observant, Maya en venait à se dire parfois que la fameuse expérience de l'âge dont on parlait tant n'était qu'une question de blessures et de cicatrices — les jeunes esprits comparés aux esprits anciens étaient peut-être comme les corps : plus forts, plus vifs, moins déformés par les dommages.

Elle gardait cela à l'esprit, même quand elle leur parlait avec une sévérité égale à celle dont elle avait fait preuve avec les gamins de Zygote. Après les leçons, elle se mêlait à eux et parlait, parlait sans arrêt. Ils partageaient leur repas avec elle et elle écoutait leurs histoires. Une heure plus tard, Spencer annonçait qu'elle devait repartir. Elle était censée être venue d'une autre ville — mais comme elle avait reconnu certains visages dans les rues d'Odessa, elle avait dû être reconnue elle aussi, et ils savaient au moins qu'elle passait beaucoup de temps dans leur ville. Spencer et ses amis la raccompagnaient en suivant un itinéraire très compliqué, afin d'être certains qu'on ne les suivait pas. Ils se dispersaient dans les escaliers de la ville haute avant de rallier le quartier ouest et l'immeuble de Praxis. Là, ils se glissaient par le portail et la porte se refermait sur eux avec un bang sonore, rappelant à Maya que le double appartement ensoleillé qu'elle partageait avec Michel était avant tout un abri.

Un soir, après une rencontre tendue avec un groupe de jeunes ingénieurs et aréologues, tout en en parlant à Michel, elle pianota machinalement sur son lutrin, retrouva la photo du jeune Frank et en sortit une copie sur imprimante. La photo venait d'un quotidien de l'époque, elle était en noir et blanc, avec du grain. Elle la colla sur le placard, à gauche de l'évier de la cuisine. Elle se sentait bizarre, tourmentée.

Michel leva les yeux de son IA et acquiesça en voyant la photo.

— C'est extraordinaire, tout ce qu'on peut lire sur un visage.

— Ça n'est pas ce que pensait Frank.

— Il avait seulement peur que les autres le puissent.

— Hum, grommela Maya.

Elle n'arrivait pas à se souvenir. Elle se rappelait plutôt les visages des gens qu'elle avait eus en face d'elle plus tôt dans la soirée. C'était vrai, se dit-elle, qu'ils lui avaient tout révélé : comme autant de masques qui exprimaient au plus près ce qu'avaient dit ceux qui les portaient. Les métanats ont perdu tout contrôle. Elles bousillent tout. Elles sont égoïstes, et ne visent que leurs intérêts. Le métanationalisme est une nouvelle forme de nationalisme sans le sens du foyer.

C'est le patriotisme de l'argent, une sorte de maladie. Les gens n'en souffrent pas encore ici, mais ils en souffrent sur Terre. Et si rien ne change, ça se propagera ici. Ils vont nous infester.

Tout cela dit avec ce regard qu'avait l'homme de la photo, cette confiance entendue et légitime. Susceptible de se muer en cynisme, il n'y avait aucun doute. Frank en était la preuve. Il était possible de briser cette ferveur, ou encore de la perdre. Ils devraient agir avant que cela n'arrive. Pas trop tôt, pas trop tard. Le timing serait essentiel. S'ils le calculaient correctement...

Elle se trouvait dans son bureau quand les nouvelles arrivèrent d'Hellespontus. On avait découvert un nouvel aquifère, très profond par rapport aux autres, très éloigné du bassin, et très important. Diana en avait déduit que les premiers âges glaciaires de la chaîne d'Hellespontus s'étaient portés sur l'ouest pour finir dans le sous-sol — douze millions de mètres cubes, plus que dans n'importe quel aquifère de la planète. On avait déjà localisé quatre-vingts pour cent de l'eau nécessaire pour remplir le bassin au contour — 1 000 ; ce nouvel aquifère portait le total à cent vingt pour cent.

Ces nouvelles étaient stupéfiantes, et tout le groupe du quartier général se rassembla dans le bureau de Maya pour discuter et spéculer sur les grandes cartes. Les aréographes dessinaient déjà le tracé des canalisations dans les montagnes et débattaient des mérites des différents modèles. La mer de Low Point, surnommée « l'étang » dans les bureaux, était déjà riche d'une robuste communauté biotique développée à partir de la chaîne alimentaire du krill d'Antarctique, et le fond était réchauffé par le mohole. L'accroissement de la pression atmosphérique et l'augmentation des températures impliquaient de plus en plus de fonte en surface. Les icebergs allaient s'effondrer et se briser, exposant de nouvelles surfaces. Tout allait se réchauffer encore plus rapidement sous l'effet de la friction et du soleil, jusqu'à former un pack glaciaire, puis une mer de glace en débâcle. A ce stade, l'eau nouvelle pompée, correctement orientée afin de renforcer les forces de Coriolis [1], déclencherait un courant dans le sens inverse des aiguilles d'une montre.

Ils se perdirent en discussions en s'éloignant peu à peu du sujet essentiel, mais décidèrent de fêter l'événement par un bon déjeuner. Ils éprouvèrent presque un choc en retrouvant la corniche dressée au-dessus de la plaine rocailleuse du bassin à sec. Mais, aujourd'hui, ils avaient décidé de ne pas se laisser abattre par le présent. Ils se mirent tous à la vodka et désertèrent pour la plupart le reste de l'après-midi.

Aussi, quand Maya regagna son appartement, elle n'était vraiment pas en forme pour affronter Kasei, Jackie, Antar, Art, Dao, Rachel,

1. Suscitées par la rotation d'une planète, mises en évidence par le physicien français Gaspard de Coriolis qui, le premier, définit les lois de la cinétique. (*N.d.T.*)

Emily, Frantz et plusieurs de leurs amis, rassemblés dans le living. Ils étaient en route pour Sabishii, où ils devaient retrouver certains de leurs amis de Dorsa Brevia, avant de rallier Burroughs où ils travailleraient plusieurs mois durant. Ils lui adressèrent les félicitations d'usage pour la découverte du nouvel aquifère. Ils n'étaient pas vraiment passionnés, si l'on exceptait Art. Leur soudaine irruption ajoutée à cela la mit en colère. La vodka fit le reste, ainsi que l'excitation de Jackie, qui ne cessait de caresser son fier Antar (le chevalier invincible de la saga pré-islamique, ainsi qu'il l'avait expliqué une fois, avec orgueil) et l'austère Dao — l'un et l'autre domptés par ses caresses, se souciant peu de savoir duquel elle s'occupait, ou même si elle jouait avec Frantz. Maya l'ignora. Qui pouvait savoir de quelles perversions les ectogènes étaient capables, eux qui avaient été élevés comme une portée de chats ? Et voilà qu'ils étaient des vagabonds, des gitans, des radicaux, des révolutionnaires, n'importe quoi — tous comme Nirgal, à cette différence près que Nirgal avait une profession, un plan, alors que cette bande... Bon, elle décida de suspendre son jugement. Mais elle avait des doutes.

Elle s'entretint avec Kasei, qui d'ordinaire était plus sérieux que les jeunes ectogènes ; avec ses cheveux gris d'homme mûr, il avait un visage qui n'était pas sans rappeler celui de John, mais pas dans son expression ; il montrait sa dent de pierre en épiant d'un œil noir le comportement de sa fille. Malheureusement, il bouillonnait de plans pour effacer de la surface de Mars le complexe de sécurité de Kasei Vallis. A l'évidence, le fait d'avoir installé Korolyov dans la vallée qui portait son nom était une sorte d'affront personnel, et les dégâts causés au complexe pendant leur raid pour sauver Sax n'avaient pas été suffisants pour l'apaiser — en fait, cela l'avait plutôt mis en appétit. Kasei était un homme sombre et coléreux — ce qui lui venait peut-être de John, même s'il ne tenait guère de John ou d'Hiroko, ce que Maya trouvait sympathique. Mais son plan pour la destruction du complexe de Kasei Vallis était une erreur. Apparemment, il avait travaillé avec Coyote sur un plan de décryptage qui leur avait permis de faire sauter tous les codes de verrouillage du complexe, et maintenant il prévoyait de déclencher une tempête et de boucler tous les résidents dans des patrouilleurs pour les lancer vers Sheffield avant de faire sauter les bâtiments de la vallée.

Ça pouvait marcher ou non, mais ce serait une déclaration de guerre, une sérieuse brèche dans l'esquisse de stratégie à laquelle ils s'étaient tenus depuis que Spencer avait réussi à empêcher Sax de faire sauter tout ce qui tournait dans le ciel. Cette stratégie consistait simplement à disparaître de la face de Mars — sans représailles, sans sabotage, chacun dans le premier refuge venu... Ann elle-même semblait respecter ce plan. Maya le rappela à Kasei tout en le félicitant pour son idée et en l'encourageant à l'appliquer dès que le moment opportun se présenterait.

— Mais nous ne serons pas forcément en mesure de faire sauter les codes à cette date, protesta Kasei. C'est une occasion qui ne se représentera pas. Et après ce que Sax et Peter ont fait de Deimos et de la loupe aérienne, ils savent que nous sommes là. Ils pensent même que nous sommes encore plus nombreux !

— Mais ils ne le savent pas vraiment ! Et nous voulons conserver ce sens du mystère, cette invisibilité. L'invisible est invincible, comme le dit Hiroko. Mais rappelle-toi à quel point ils ont renforcé leur sécurité après que Sax a fait ses coups. S'ils perdent Kasei Vallis, ils mettront en place des forces plus importantes. Ce qui nous rendra la victoire encore plus difficile à terme.

Il secoua la tête avec obstination. Jackie les interrompit en lançant d'un ton enjoué :

— Ne t'en fais pas, Maya, nous savons ce que nous faisons.

— Ça, vous pouvez en être fiers ! Mais la question se pose : est-ce que nous en sommes fiers, nous ? A moins que tu sois la princesse de Mars, maintenant ?

— C'est Nadia, la princesse de Mars, rétorqua Jackie.

Et elle passa dans la kitchenette, suivie par le regard hostile de Maya, qui remarqua qu'Art l'observait avec curiosité. Il ne cilla pas quand elle le fixa, et elle traversa la pièce jusqu'à sa chambre pour aller se changer. Michel était là, occupé à ranger pour faire de la place à ceux qui allaient dormir par terre. La soirée risquait d'être particulièrement irritante.

Le lendemain matin, elle se leva très tôt pour aller à la salle de bains. Elle avait la gueule de bois. Art était déjà debout, entre les corps endormis, et il lui proposa :

— Vous voulez qu'on aille prendre un petit déjeuner dehors ?

Elle accepta. Dès qu'elle fut habillée, ils descendirent jusqu'au parc et suivirent la corniche qui avait des couleurs éclatantes sous les rayons bas du soleil levant. Ils s'installèrent à la terrasse d'un café qui venait de s'ouvrir sur la rue. Sur le mur blanc coloré par l'aube, on avait inscrit un slogan au pochoir. Il était petit, propre, net, d'un rouge vif :

ON NE PEUT JAMAIS REVENIR EN ARRIÈRE

— Mon Dieu ! s'exclama Maya.

— Quoi ?

Elle désignait le graffiti.

— Oh, oui... On le retrouve dans tout Sheffield et Burroughs depuis quelques jours. C'est parlant, non ?...

— *Ka wow*.

Ils étaient devant une petite table ronde, dans l'air glacé, et mangèrent des pâtisseries en buvant du café turc. A l'horizon, la glace scintillait comme une nappe de diamants, révélant des mouvements en profondeur.

— Quelle vue fantastique ! soupira Art.

Elle se tourna vers lui, séduite par cette réaction. Tout comme Michel, le Terrien était un optimiste, mais il se montrait plus discret, plus naturel. Pour Michel, c'était un principe, pour lui, une question de tempérament. Elle l'avait toujours considéré comme un espion, depuis le premier instant où il avait surgi de façon trop commode dans leur existence : l'espion de William Fort, de Praxis, et peut-être aussi de l'Autorité transitoire et aussi d'autres. Mais il était parmi eux depuis tellement longtemps — il était un ami proche de Nirgal, de Jackie, de Nadia... Et ils travaillaient ensemble pour Praxis, désormais. Ils en étaient dépendants pour le ravitaillement, la protection et les informations en provenance de la Terre. Et Maya n'était plus certaine de rien — elle ne savait plus si Art était un espion, ou alors ce qu'était un espion en pareil cas.

— Il faut que vous les empêchiez d'attaquer Kasei Vallis, lui dit-elle.

— Je ne crois pas qu'ils attendent ma permission.

— Vous savez très bien ce que je veux dire. Vous pouvez arriver à les dissuader.

Art avait l'air surpris.

— Mais si j'étais si persuasif que ça, nous serions déjà libres.

— Vous savez ce que je veux dire.

— Eh bien... Je suppose qu'ils ont peur de ne pas pouvoir faire sauter les codes une seconde fois. Mais Coyote me semble très sûr d'avoir le protocole d'accès. Et c'est Sax qui l'a aidé.

— Il n'y a qu'à leur dire ça.

— Pour ce que ça vaut. Ils vous écouteront plus que moi.

— Exact.

— Et si on faisait un concours : qui Jackie écoute-t-elle le moins ?

Elle partit d'un grand rire.

— Là, tout le monde pourrait gagner.

Art sourit.

— Vous devriez glisser ces conseils dans le programme de Pauline, en lui faisant imiter la voix de Boone.

Maya riait toujours.

— Bonne idée !

Ils discutèrent du projet d'Hellas, et Maya décrivit l'exploitation future du nouvel aquifère. Art avait eu un contact avec Fort, et il lui rapporta les complexités de la dernière décision de la Cour mondiale, dont Maya n'avait pas entendu parler. Praxis avait déposé une plainte contre Consolidated pour avoir tenté de lancer un ascenseur spatial de Colombie, à proximité du site en Equateur choisi par Praxis, ce qui menacerait l'un et l'autre site. La Cour s'était prononcée en faveur de Praxis, mais Consolidated avait ignoré sa décision et avait persisté en construisant une base dans son nouveau pays client. Elle était déjà prête à y faire arriver son nouveau câble. Les autres métanats se réjouissaient de voir la Cour mondiale défiée et soutenaient Consolidated autant que possible, ce qui mettait Praxis en difficulté.

Maya demanda :

— Mais toutes ces métanationales passent leur temps à se quereller ?...

— C'est exact.

— Ce qu'il faudrait faire, c'est inciter certaines à se battre.

Art haussa les sourcils.

— Voilà un plan dangereux !

— Pour qui ?

— Pour la Terre.

— Mais je me fous de la Terre, dit Maya en savourant chaque mot.

— Comme les autres, dit Art d'un ton douloureux, et elle rit à nouveau.

Heureusement, la bande de Jackie repartit assez vite pour Sabishii. Maya décida de se rendre sur le site du nouvel aquifère. Elle prit un train qui faisait le tour du bassin à contresens. Elle franchit le glacier Niesten et descendit la grande pente occidentale, avant de passer la ville de Montepulciano, au cœur des collines. Elle descendit dans une gare minuscule appelée Yaonisplatz. De là, elle prit un petit patrouilleur et s'engagea sur une route qui suivait une vallée, dans les montagnes accidentées d'Hellespontus.

Ça n'était qu'une piste grossièrement taillée dans le régolite, maintenue par un fixatif, jalonnée par des transpondeurs et encombrée, dans les endroits à l'ombre, par des congères de neige sale d'été. Le paysage était étrange. Vu depuis l'espace, Hellespontus avait une certaine cohérence visuelle et aréomorphologique, l'ejecta s'étant déversé depuis le bassin en anneaux concentriques. Mais, sur le terrain, ces anneaux étaient presque indiscernables. Il n'en restait que des entassements épars de rocs qui étaient tombés du ciel en une pluie chaotique. Les pressions fantastiques suscitées par l'impact avaient provoqué toutes sortes de métamorphoses bizarres, la plus courante étant des cônes d'éclatement géants : des blocs coniques fracturés par l'impact. Certains avaient des fissures béantes où un véhicule pouvait passer, alors que d'autres n'étaient que de simples cailloux avec des entailles microscopiques qui couvraient chaque centimètre carré de leur surface, comme dans une porcelaine ancienne.

En traversant ce paysage fracturé, Maya éprouva une peur vague devant les pierres *kami* : des cônes d'éclatement qui étaient retombés sur leur pointe pour rester en équilibre. D'autres, dont la partie inférieure plus tendre avait été érodée, étaient devenus autant d'immenses menhirs, plantés dans le sol comme des rangées de crocs. Des colonnes lingam, pareilles à celle que l'on surnommait la Bite du Grand Homme. Des strates en piles folles, dont la plus importante était appelée la Vaisselle dans l'Evier. De grandes murailles de basalte en colonnes, disposées en hexagones. D'autres murs encore, lisses et luisants comme des plaques géantes de jaspe.

L'anneau d'ejecta le plus extérieur était le seul à ressembler à une chaîne de montagnes conventionnelle. Dans la lumière d'après-midi, il faisait songer à l'Hindou Kouch, énorme et dénudé sous les bancs rapides des nuages. La route le franchissait par un col élevé, entre deux pics massifs. Tout en haut, Maya arrêta son véhicule dans le vent violent et, se retournant, elle ne découvrit que les montagnes déchiquetées — des pics et des crêtes bigarrés, avec les ombres des nuages qui jouaient sur la neige et, çà et là, un cratère circulaire qui conférait aux choses un aspect définitivement étranger.

Plus loin, la pente plongeait vers Noachis Planum, semée de cratères. Maya découvrit un camp de patrouilleurs miniers rassemblés en cercle, comme un convoi de chariots de l'Ouest d'autrefois. La descente fut cahoteuse et difficile, et elle n'atteignit son but qu'à la fin de l'après-midi. Elle fut accueillie par un petit contingent de ses vieux amis bédouins, plus Nadia, qui était venue s'enquérir du forage sur le nouvel aquifère. Ils se montraient tous très impressionnés.

— Il s'étend au-delà du cratère Proctor et probablement jusqu'à Kaiser, dit Nadia. Il semble qu'il aille très loin vers le sud, et on dirait bien qu'il jouxte l'aquifère d'Australis Tholus. Est-ce que vous aviez défini ses limites nord ?

— Je le crois, dit Maya en se mettant à pianoter sur son bloc de poignet.

Ils dînèrent tôt, en parlant de l'eau, ne s'interrompant que pour échanger les dernières nouvelles. Ensuite, ils se regroupèrent dans le patrouilleur de Zeyk et Nazik et dégustèrent le sorbet que Zeyk faisait circuler, les yeux fixés sur le petit brasier dans lequel il avait fait griller le chiche-kebab. Inévitablement, ils en vinrent à évoquer la situation présente, et Maya leur répéta ce qu'elle avait déclaré à Art — qu'ils devaient fomenter le trouble entre les métanationales terriennes, s'ils le pouvaient.

— Ce qui signifie une guerre mondiale, remarqua Nadia d'un ton sec. Et si la situation reste la même, ce sera la pire que la Terre ait connue. (Elle secoua la tête.) Il doit y avoir un meilleur moyen.

— D'abord, nous n'aurons pas besoin de nous en mêler, dit Zeyk. Ils sont déjà pris dans la spirale.

— Tu le crois vraiment ? fit Nadia. Eh bien... si ça arrive, nous aurons une chance de réussir notre coup ici, je pense.

Zeyk secoua la tête.

— C'est leur issue de secours. Il faudra beaucoup de coercition pour obliger les puissants à abandonner un endroit comme celui-ci.

— Il y a différentes sortes de coercition. Sur une planète dont la surface est encore inhabitable, nous pourrions en trouver certaines qui nous éviteraient d'avoir à abattre des gens. Il faudrait élaborer toute une nouvelle technologie pour mener la guerre. J'en ai parlé avec Sax et il est d'accord.

Maya fit la moue et Zeyk sourit.

— Sa façon de penser ressemble à l'ancienne, pour autant que je sache ! Descendre cette loupe aérienne — ça nous a beaucoup plu ! Quant à faire sauter Deimos de son orbite, eh bien... Mais je comprends son point de vue, en partie. Quand les missiles de croisière seront lancés...

— Il faut faire le nécessaire pour ne pas en arriver là.

Nadia avait cette expression entêtée qu'elle prenait quand elle tenait dur comme fer à ses idées, et Maya la dévisagea avec surprise. Nadia, stratège révolutionnaire : elle n'aurait pas cru ça possible. Mais elle pensait sans aucun doute à protéger ses projets de construction. Ou à un projet de construction dans un milieu différent.

— Il faudrait en parler aux communautés d'Odessa, lui suggéra Maya. Dans l'ensemble, ils suivent Nirgal.

Nadia acquiesça et tendit un pique-feu miniature pour repousser une braise vers le centre de l'âtre. Ce feu était un spectacle rare sur Mars, mais Zeyk aimait suffisamment les feux pour assumer la dépense et le travail. Des rubans de cendres flottaient sur les braises orange comme Mars. Zeyk et Nazik parlaient à voix feutrée, décrivant la situation des Arabes sur la planète, qui était toujours aussi complexe. Les radicaux étaient presque tous dans des caravanes. Ils prospectaient l'eau et les métaux sur les sites aréothermiques. Ils affichaient une allure innocente et ne faisaient jamais rien qui pût révéler qu'ils ne dépendaient pas de l'ordre métanational. Mais ils étaient prêts, ils attendaient tous de passer aux actes.

Nadia partit se coucher et Maya demanda d'un ton hésitant :

— Parlez-moi de Chalmers.

Zeyk la fixa, impassible et calme.

— Qu'est-ce que tu veux savoir ?

— Je veux savoir comment il a été impliqué dans le meurtre de Boone.

Il plissa les yeux, mal à l'aise.

— Cette nuit-là, à Nicosia, tout était compliqué. Les Arabes ne cessent d'en parler. Ça finit par devenir lassant.

— Et que disent-ils ?

Zeyk regarda Nazik, qui dit :

— Le problème, c'est qu'ils disent tous quelque chose de différent. Personne ne sait ce qui s'est vraiment passé.

— Mais vous y étiez. Vous y avez assisté en partie. Dites-moi d'abord ce que vous avez vu.

Zeyk, alors, ferma les yeux et hocha la tête.

— Très bien. (Il prit son souffle et se prépara. Solennellement, comme s'il témoignait, il commença :) Après les discours que tu avais prononcés, nous étions réunis dans la Meshab Hajr el-kra. Les gens étaient en colère contre Boone à cause d'une rumeur selon laquelle il avait arrêté la construction d'une mosquée sur Phobos, et son discours n'avait rien arrangé. Nous n'avons jamais aimé cette nouvelle société martienne dont il parlait. Pour nous, ça n'était qu'une nouvelle pseudo-démocratie à l'occidentale. Ça nous est devenu encore plus évident dans les années qui ont suivi. Lorsque Frank est arrivé, nous étions en train de grogner. Je dois dire que ce fut encourageant de le voir arriver dans ce moment-là. Il nous semblait qu'il était le seul à avoir une chance de s'opposer à Boone. Nous nous sommes donc tournés vers lui, et il nous a encouragés — à sa façon subtile, il s'opposait à Boone, il faisait des plaisanteries qui nous rendaient encore plus furieux tout en le faisant apparaître, lui, comme le seul bastion dressé face à Boone. Je dois dire que cela m'irritait de voir Frank exciter un peu plus encore les jeunes. Selim el-Hayil et plusieurs de ses amis de la faction Ahad étaient là, et ils étaient remontés non seulement contre Boone mais contre ceux du Fatah. Tu sais, le Fatah et Ahad divergeaient sur de nombreux points — nationalisme contre panarabisme, les relations avec l'Occident, l'attitude envers les soufis... C'était une division fondamentale pour cette jeune génération de la Fraternité.

— Sunnites contre Chiites ? demanda Maya.

— Non. Conservateurs contre libéraux. Les libéraux plutôt séculiers, et les conservateurs religieux, qu'ils soient sunnites ou chiites. Et el-Hayil était un leader des Ahad conservateurs. Il était dans la caravane avec laquelle Frank avait voyagé cette même année. Ils avaient souvent discuté, et Frank lui avait posé des tas de questions, il l'avait sondé, comme il savait le faire, jusqu'à ce qu'il sente qu'il vous comprenait, ou du moins qu'il comprenait votre point de vue.

Maya hocha la tête, d'accord avec cette description.

— Donc, Frank le connaissait bien, et el-Hayil a failli dire quelque chose cette nuit-là, mais Frank l'a regardé et il s'est abstenu. Je l'ai vu. Puis Frank est parti et el-Hayil nous a quittés immédiatement après.

Zeyk fit une pause pour boire une gorgée de café et réfléchir.

— Je ne les ai revus ni l'un ni l'autre durant les deux heures qui ont suivi. Tout a commencé à mal tourner bien avant que Boone soit tué. Quelqu'un gravait des slogans sur les murs de la médina, et les Ahad croyaient que c'était les Fatah. Quelques Ahad ont attaqué un groupe de Fatah. Ensuite, il y a eu des bagarres dans toute la ville, et même des équipes de construction américaines ont été attaquées. Il se passait quelque chose. On se battait de tous les côtés. Comme si tout le monde était devenu fou.

Maya acquiesça.

— Ça, je m'en souviens.

— Bon, et c'est alors que nous avons entendu dire que Boone avait disparu, et nous sommes descendus jusqu'à la Porte de Syrie pour vérifier les codes de verrouillage au cas où il serait sorti par là. Nous avons découvert que quelqu'un était effectivement sorti et n'était pas revenu, et on s'était mis en route quand nous avons appris la nouvelle. On n'a pas pu y croire. Nous sommes revenus dans la médina. Ils étaient tous rassemblés là, et on nous a dit que c'était bien vrai. J'ai mis une demi-heure à rejoindre l'hôpital à travers la foule et je l'ai vu. Tu étais là.

— Je ne m'en souviens pas.

— Mais si, tu étais là, mais Frank était déjà reparti. Donc, j'ai vu John Boone, et quand j'ai retrouvé les autres, je leur ai dit que c'était vrai. Même les Ahad ont été choqués, j'en suis certain : Nasir, Ageyl, Abdullah...

— Oui, confirma Nazik.

— Mais el-Hayil, Rashid Abou et Buland Besseisso n'étaient pas avec nous. Nous étions de retour à la résidence, en face de la Meshab Hajr el-kra, quand on a frappé à la porte, très fort, et quand nous avons ouvert, el-Hayil est tombé dans la pièce. Il était déjà malade, en sueur, et il voulait vomir. Sa peau était rouge, couverte de plaques. Sa gorge était gonflée et il avait du mal à parler. Nous l'avons emmené jusqu'à la salle de bains et obligé à vomir. Nous avons appelé Youssouf et nous étions en train d'essayer de transporter Selim jusqu'à la clinique de notre caravane, quand il nous a arrêtés. « Ils m'ont tué », a-t-il dit. Nous lui avons demandé ce qu'il entendait par là, et il a ajouté : « Chalmers. »

— Il a dit ça ?

— Je lui ai demandé : « Qui a fait ça ? » et il m'a dit : « Chalmers. »

— Mais il y a autre chose, ajouta Nazik.

Zeyk approuva.

— Je lui ai demandé encore : « Que veux-tu dire ? » et il m'a répondu : « Chalmers m'a tué. Chalmers et Boone. » Il crachait chaque mot. Il a dit aussi : « On avait projeté de tuer Boone. » En entendant ça, Nazik et moi nous avons grondé, et Selim m'a pris le bras. (Zeyk referma les mains sur un bras invisible.) « *Il allait nous chasser de Mars.* » Il a dit cela sur un ton que je n'oublierai jamais. Il le croyait vraiment. Il croyait que Boone voulait nous chasser de Mars.

Il secoua la tête, encore incrédule.

— Et qu'est-il arrivé ensuite ?

— Il... (Zeyk ouvrit les mains.) Il a eu une convulsion. Elle lui a d'abord pris la gorge, puis tous les muscles. (Il serra à nouveau les poings.) Il s'est convulsé et il s'est arrêté de respirer. Nous avons tenté de l'obliger à respirer encore, mais ça n'a rien fait. Nous ne savions pas quoi faire : une trachéotomie ? La respiration artificielle ?

Des antihistaminiques ? (Il haussa les épaules.) Il est mort dans mes bras.

Un long silence suivit. Maya observait Zeyk plongé dans ses souvenirs. Un demi-siècle s'était écoulé depuis cette nuit de Nicosia, et Zeyk était déjà vieux en ce temps-là.

— Je suis surprise de constater à quel point tu te souviens des choses, dit-elle. Ma propre mémoire, même en ce qui concerne des nuits comme celle-là...

— Je me souviens de tout, fit-il d'un air morose.

— Son problème est le contraire de celui de tous les autres, fit Nazik en fixant son époux. Il se rappelle trop. Il ne dort pas bien.

— Mmfff, fit Maya. Et à propos des deux autres ?...

Zeyk plissa les lèvres.

— Je ne peux rien dire de certain. Nazik et moi, nous avons passé le reste de la nuit à discuter au sujet de Selim. Il y avait un différend à propos de la façon dont nous pouvions nous débarrasser de son corps. Est-ce qu'il fallait l'emporter jusqu'à la caravane et dissimuler ce qui s'était passé, ou faire appel tout de suite aux autorités ?

Ou bien encore livrer aux autorités un assassin solitaire et mort, songea Maya, en guettant l'expression fermée de Zeyk. Sans doute avaient-ils discuté de ça aussi, cette nuit-là. Il ne racontait plus les événements de la même façon.

— Je ne sais pas vraiment ce qui leur est arrivé. Je ne l'ai jamais découvert. Il y avait de nombreux Fatah et Ahad en ville, cette nuit-là, et Youssouf a entendu Selim. Ça pouvait être aussi bien leurs ennemis, leurs amis, ou eux-mêmes. Ils sont morts plus tard dans la nuit, dans une chambre de la médina. Des coagulants.

Zeyk eut un frisson.

Un autre silence. Il soupira et remplit sa tasse. Nazik et Maya refusèrent.

— Mais tu vois, reprit-il, ça n'est que le début. Seulement ce que nous avons vu, ce dont nous pouvons être sûrs. Et après ça... Pfft ! (Il grimaça.) Les discussions, les hypothèses, les théories sur des conspirations de tout genre. Comme d'habitude, n'est-ce pas ? Il n'est plus question de parler simplement d'assassinat. Depuis les Kennedy, ça entraîne un nombre effarant de scénarios qui expliquent les mêmes faits de cent façons différentes. C'est ça, le grand plaisir de la théorie de la conspiration : pas d'explication, mais des histoires. C'est comme Shéhérazade.

— Et tu n'en crois aucune ? demanda Maya, avec un soudain sentiment de désespoir.

— Non. Les Ahad et les Fatah étaient en conflit, je le sais. Frank et Selim, d'une certaine façon, étaient en relation. L'influence que cela a pu avoir dans Nicosia, je l'ignore, à supposer qu'il y en ait eu une... (Il souffla lentement.) Je ne sais pas, et je ne vois pas comment quiconque pourrait savoir. Le passé... Qu'Allah me pardonne, mais le passé semble une sorte de démon qui me torture chaque nuit.

— Je suis désolée, dit Maya en se levant.

La petite pièce lumineuse lui semblait soudain exiguë, étouffante. Elle surprit quelques étoiles par la fenêtre et ajouta :

— Je vais aller faire un tour.

Ils acquiescèrent et Nazik l'aida à mettre son casque.

— Ne reste pas dehors trop longtemps.

Le ciel déployait son tapis habituel et spectaculaire d'étoiles, au-dessus d'une étroite bande mauve qui persistait à l'horizon. Les montagnes d'Hellespontus étaient au fond, à l'est, la neige des pics passant du rose profond à l'indigo, plus haut, avec des tons si purs que la ligne de transition paraissait vibrer.

Maya se dirigea lentement vers un affleurement distant d'environ un kilomètre. Elle discernait de la végétation dans les craquelures, à la base, des lichens ou des mousses rampantes dont les tons verts étaient maintenant noirs. Elle escalada les rochers là où elle le pouvait. Les plantes avaient déjà suffisamment de mal à pousser sur Mars sans qu'on les écrase. Toutes ces choses étaient vivantes. L'air glacé du crépuscule s'infiltrait en elle mais elle finit par sentir le X des filaments de chauffage de son pantalon sur ses genoux en marchant. Elle trébucha et cligna des paupières pour s'éclaircir la vue. Les étoiles étaient devenues floues. Quelque part au nord, dans Aureum Chaos, le corps de Frank Chalmers reposait dans une couche de sédiments et de glace, enfermé dans son walker comme dans un cercueil. Il avait été tué en les sauvant, en luttant pour qu'ils ne soient pas emportés par le flot. Mais il aurait nié cette description de tout son cœur. Un simple accident de timing, aurait-il dit, rien de plus. Dû au fait d'avoir plus d'énergie que n'importe qui, une énergie alimentée par sa colère — sa colère envers elle, envers John, l'AMONU et toutes les puissances de la Terre. Envers sa femme. Son père. Sa mère et lui-même. Envers tout. L'homme en colère. Le plus en colère qui ait jamais vécu. Son amant. Le meurtrier de son autre amant, l'amour de sa vie, John Boone, qui aurait pu les sauver tous. Qui aurait été son éternel compagnon.

Et elle les avait dressés l'un contre l'autre.

A présent, le ciel était totalement noir, avec un simple trait violet à l'ouest. Elle avait refoulé ses larmes en même temps que ses sentiments. Il ne restait que ce monde obscur, cette trace violine, amère, comme une plaie sanglante au fond de la nuit.

Il y a certaines choses que tu dois oublier. *Shikata ga nai.*

De retour à Odessa, Maya fit la seule chose possible avec ce qu'elle avait appris : elle oublia et se relança dans le projet Hellas, passant de longues heures dans son bureau à examiner les rapports et à envoyer des équipes sur les différents sites de forage et de construction. Avec la découverte de l'aquifère occidental, les expéditions d'hydrologie avaient perdu de leur urgence, et l'effort se portait sur la captation, le drainage des aquifères existants et la construction de l'infrastructure des installations de la bordure. Les équipes de forage suivaient les équipes de prospection, et les poseurs de canalisations leur succédaient, avec les installateurs de tentes. Tous prenaient la piste et remontaient le canyon de Reull, au-dessus de Dao, là où la muraille était particulièrement ravinée. De nouveaux immigrants débarquaient dans le port spatial qui avait été construit entre Dao et Harmakhis. Ils s'installaient tous dans les hauts d'Harmakhis : ils devaient participer à la transformation de Dao-Reull et à l'installation des nouvelles cités sous tentes de la bordure. C'était une immense opération logistique qui correspondait presque trait pour trait au vieux rêve de Maya : le développement d'Hellas. Mais à présent qu'il s'agissait d'une réalité, elle se sentait irritée, dérangée. Elle n'était plus vraiment certaine de ce qu'elle voulait pour Hellas, ou pour Mars, ou même pour elle. Souvent, elle se trouvait sous l'emprise de ses changements d'humeur qui, dans les mois suivant sa visite à Zeyk et Nazik (bien qu'elle ne fît pas la corrélation), étaient devenus particulièrement violents, passant en une oscillation variable de l'excitation au désespoir, avec une période d'équinoxe qui était gâchée par la certitude qu'elle allait remonter ou redescendre.

Elle se montrait souvent dure avec Michel, ces derniers mois. Son calme l'agaçait fréquemment, il semblait tellement en paix avec lui-même, suivant le cours paisible de sa vie comme si les années qu'il avait passées avec Hiroko lui avaient apporté la réponse à toutes ses questions.

— C'est ta faute, lui dit-elle, l'agressant pour éprouver sa réaction. Quand j'avais le plus besoin de toi, tu n'étais pas là. Tu ne faisais pas ton métier.

Michel l'ignorait et il cherchait à l'apaiser jusqu'à la mettre en colère. Il n'était plus son psychothérapeute, maintenant, mais son amant, et quand on ne parvient plus à mettre son amant en colère, est-ce qu'il l'est encore vraiment ? Elle voyait dans quel terrible étau on se trouvait quand son amant était aussi son thérapeute — comment ce regard objectif et cette voix apaisante pouvaient être vus comme un moyen de distanciation toute professionnelle. Un homme qui faisait son métier — c'était intolérable d'être jugée par un tel regard, comme s'il se trouvait d'une certaine façon au-dessus de tout, comme s'il n'avait pas de problèmes, pas d'émotions qu'il ne puisse maîtriser. Elle devait réfuter cela. Et puis (oubliant d'oublier) :

— Je les ai tués tous les deux ! Je me suis jouée d'eux, je les ai dressés l'un contre l'autre pour accroître mon pouvoir. Je l'ai fait exprès *et tu n'étais pas là !* C'est aussi ta faute !

Il marmonna, il commençait à s'inquiéter parce qu'il devinait ce qui approchait : c'était comme l'une de ces tempêtes qui soufflaient souvent d'Hellespontus. Elle rit et le gifla avec violence. Il recula et elle hurla :

— Viens, espèce de lâche ! Défends-toi !

Jusqu'à ce qu'il sorte sur le balcon et maintienne la porte fermée avec le talon, se tournant vers les arbres du parc et jurant en français tandis qu'elle tambourinait contre le battant. Il lui arriva même une fois de fracasser les vitres, et il rouvrit la porte dans une pluie de verre pour battre en retraite sans cesser de jurer en français, et s'enfuir de l'immeuble.

Mais, le plus souvent, il attendait qu'elle s'effondre et se mette à pleurer. Alors, il revenait, se remettait à parler en anglais, ce qui marquait chez lui le retour au calme. Et, avec une très discrète expression de dégoût, il reprenait l'intolérable thérapie.

— Ecoute, nous étions tous sous pression à cette époque, même si nous n'en avions pas conscience. Notre situation était extrêmement artificielle, et tout aussi dangereuse — si nous avions échoué à divers degrés et de diverses façons, nous aurions tous pu périr. Nous devions réussir. Certains d'entre nous contrôlaient mieux cette pression que d'autres. Je ne m'en suis pas trop bien sorti, et toi non plus. Mais nous sommes ici maintenant. Et les pressions continuent de s'exercer sur nous. Certaines sont différentes, d'autres sont restées les mêmes. Mais nous nous en tirons mieux, si tu veux que je te le dise. La *plupart* du temps.

Après quoi, il allait s'installer dans un café de la corniche, et s'attardait devant un cassis pendant une heure ou deux, traçant des croquis sur son lutrin, des caricatures mordantes qu'il effaçait dès qu'il les avait achevées. Elle le savait car, certaines nuits, elle allait le retrouver et s'asseyait près de lui en silence avec une vodka, et la façon dont elle voûtait les épaules était une excuse. Comment lui dire que ça lui était utile de se battre de temps en temps, qu'elle commençait à remonter la pente ? Comment le lui dire sans rencontrer son petit haussement d'épaules sardonique, mélancolique et oppressé ? Et puis, il savait. Il savait et il pardonnait.

— Tu les aimais tous les deux, lui disait-il, mais de façon différente. Et il y avait aussi ce que tu n'aimais pas en eux. Bien plus, quoi que tu aies fait, tu n'es pas responsable de leurs actes. Ils ont choisi, et tu n'étais qu'un facteur.

Ça l'aidait d'entendre ça. Et aussi de se battre. Elle se sentait mieux ensuite, pour quelques semaines, ou quelques jours au moins. Le passé était tellement plein de trous, de toute manière, ça n'était qu'une collection dispersée d'images — elle finirait bien par oublier vraiment. Pourtant, les souvenirs les plus coriaces semblaient coller à son esprit, et la colle était faite de douleur et de remords. Il faudrait donc du temps pour qu'elle les oublie, bien qu'ils fussent corrosifs, douloureux, inutiles ! Inutiles ! Inutiles ! Il valait mieux se concentrer sur le présent.

Seule dans l'appartement, un après-midi, elle réfléchissait et contempla longuement la photo du jeune Frank près de l'évier — en se disant qu'elle allait la jeter. La photo d'un meurtrier. Concentre-toi sur le présent. Toi aussi tu es une meurtrière. Et aussi celle qui l'a poussé au crime. Mais il avait été son compagnon, pourtant. Et, après y avoir pensé encore longtemps, elle décida de laisser la photo où elle était.

Au fil des mois, cependant, dans les rythmes lents des jours martiens et des saisons de six mois, la photo devint presque un simple élément du décor, avec les batteries de raclettes en bois et de pinces, les casseroles et les poêles en cuivre, ou le petit bateau à voile qui contenait la salière et la poivrière. Une partie du décor pour cet acte de la pièce qu'ils jouaient, se disait-elle parfois. Pour aussi permanent que paraisse ce décor, il disparaîtrait totalement à un certain moment, comme tous les autres qui l'avaient précédé, tandis qu'elle passerait à une nouvelle réincarnation. Ou pas.

Les semaines s'écoulaient, et les mois, à raison de vingt-quatre par an. Le premier du mois tombait un lundi pendant tant de mois consécutifs qu'il semblait maintenant fixé à jamais. Puis, un tiers de l'année martienne passait, une nouvelle saison apparaissait finalement, un mois de vingt-sept jours, et tout à coup le premier du mois se retrouvait un dimanche. Et après un temps, cette date à son tour semblait devenue la norme éternelle, durant des mois et des mois. Et ainsi de suite : la roue des longues années de Mars tournait lentement.

Tout autour d'Hellas, on semblait avoir découvert les aquifères les plus importants, et l'effort était maintenant dirigé entièrement vers l'extraction et le drainage. Les Suisses avaient développé récemment ce que l'on appelait un « pipeline mobile », conçu spécifiquement pour le site d'Hellas et Vastitas Borealis. Ces machines roulaient sur le terrain en distribuant régulièrement l'eau puisée dans le sous-sol, de façon à couvrir le plancher du bassin sans créer des montagnes de glace à l'orifice des canalisations, comme auparavant.

Diana accompagna Maya sur les sites pour voir les machines en action. Depuis un dirigeable, les « pipelines mobiles » évoquaient un tuyau d'arrosage agité de secousses sous la pression de l'eau.

Mais au sol, c'était plus impressionnant, et même bizarre. Le pipeline était colossal, et il roulait majestueusement sur des couches de glace précédemment déposées, maintenu à deux mètres de haut par des pylônes trapus reposant sur de grands skis mobiles. Il se déplaçait à plusieurs kilomètres à l'heure, poussé par la pression de l'eau qu'il crachait par sa buse, dont l'angle variait selon les paramètres de l'ordinateur. Quand le pipeline avait skié jusqu'au bout de son arc, des moteurs réorientaient la buse, et le pipeline s'arrêtait avant de changer de direction.

L'eau jaillissait de la buse en un flot dense et blanc qui décrivait une longue courbe avant d'asperger la surface dans des gerbes de poussière rouge et de vapeur givrée. Elle se répandait en grandes flaques de boue lobées qui ralentissaient, se figeaient et s'aplatissaient, avant de virer au blanc et de se changer en glace. Mais cette glace n'était pas pure : des engrais et différentes bactéries glaciaires contenus dans les immenses bioréservoirs de la berge avaient été ajoutés à l'eau. Cette glace nouvelle était d'un rose laiteux et fondait plus vite que la glace pure. De grands étangs de fonte, en fait des lacs peu profonds de plusieurs kilomètres carrés, apparaissaient chaque jour en été, et tout au long des journées ensoleillées du printemps et de l'automne. Les hydrologistes avaient également rapporté la présence de grandes poches de fonte sous la surface. Au fur et à mesure de l'augmentation des températures planétaires et de l'épaississement des dépôts glaciaires du bassin, les couches inférieures se mettaient à fondre sous l'effet de la pression. Ainsi, de grandes plaques de glace qui couvraient ces zones de fonte glissaient sur les pentes même les plus faibles, et s'empilaient en tas aux points les plus bas du bassin, dans des secteurs fantastiques de séracs, d'arêtes de pression, de mares de fonte qui gelaient chaque nuit, et de blocs de glace entassés comme des gratte-ciel abattus. Dans la chaleur du jour, ces grandes piles de glace bougeaient et se brisaient en fondant, avec des craquements qui étaient comme des coups de tonnerre que l'on entendait depuis Odessa et toutes les cités de la bordure. Puis, elles se recongelaient avec la nuit, avec les mêmes détonations, et la majeure partie du plancher d'Hellas était ainsi devenue un inconcevable amoncellement chaotique.

Tout voyage sur de pareilles surfaces était impossible, et la seule façon d'observer le processus était de le survoler. A l'automne de M-48, Maya décida de se joindre à Diana, Rachel et quelques autres qui partaient en expédition vers la petite colonie installée sur l'exhaussement, au centre du bassin. On l'appelait également l'île Moins-Un, bien que ce ne fût pas encore une île, puisque Zea Dorsa n'était pas encore submergée. Mais ce n'était qu'une question de jours, et Diana, comme plusieurs hydrologistes des bureaux de Deep Waters, pensait que ce serait une bonne idée d'assister à cet événement historique.

Ils étaient sur le point de partir quand Sax surgit dans l'appartement, seul. Il allait de Sabishii à Vishniac et s'était arrêté pour voir Michel. Maya était contente de partir bientôt et de ne pas se trouver dans le coin pendant son séjour. Elle trouvait toujours déplaisant de l'avoir à proximité, et il était clair que ce sentiment était mutuel. Il évitait toujours son regard et bavardait uniquement avec Michel et Spencer.

Jamais il n'avait un seul mot pour elle ! Bien sûr, lui et Michel avaient passé ensemble des centaines d'heures pendant la convalescence de Sax, mais Maya n'en était pas moins furieuse.

Aussi, quand il apprit qu'elle allait partir pour Moins-Un et demanda s'il pouvait l'accompagner, elle fut très désagréablement surprise. Mais Michel lui décocha un regard de supplique, comme un éclair, et Spencer demanda lui aussi très vite s'il pouvait venir, sans doute avec l'intention de l'empêcher de précipiter Sax du haut du dirigeable. Et elle accepta, particulièrement maussade.

Quand les voyageurs décollèrent, deux matins plus tard, ils se retrouvèrent en compagnie de « Stephen Lindholm » et « George Jackson », deux vieux hommes dont Maya ne chercha même pas à expliquer la présence aux autres, en voyant qua Diana, Rachel et Frantz semblaient les connaître. Les jeunes étaient tous un petit peu plus excités en grimpant dans la gondole, et Maya afficha un plissement de lèvres irrité. Le voyage avec Sax ne s'annonçait pas aussi bon qu'il l'aurait été sans lui.

Le voyage vers l'île Moins-Un dura environ vingt-quatre heures. Le dirigeable était plus petit que les léviathans aériens des premières années. Celui-ci, le *Trois de Carreau*, était en forme de cigare, et la gondole était particulièrement longue et spacieuse. Même avec ses hélices ultralégères et suffisamment puissantes pour le propulser assez vite entre les vents directs et violents, Maya ressentait le dirigeable comme une chose à peine contrôlée. Et le bruit des moteurs était vaguement perceptible dans le souffle puissant du vent d'ouest. Elle s'approcha d'un hublot pour regarder au-dehors, tournant le dos à Sax.

La vue, depuis leur ascension de départ, était merveilleuse, avec Odessa qui s'étageait avec ses arbres et ses toits de tuile sur la pente nord. Ils flottaient depuis deux heures vers le sud-est et, à présent, la plaine glacée du bassin constituait la surface visible du monde, comme s'ils survolaient l'océan Arctique ou une planète de glace.

Ils plafonnaient à mille mètres et leur vitesse était de cinquante kilomètres par heure. Pendant le premier après-midi, le paysage de glace brisée demeura d'un blanc sale parsemé de flaques de fonte violettes qui reflétaient le ciel, miroitant parfois comme de l'argent en fusion sous le soleil. Ils entrevirent une formation de polynias en spirale vers l'ouest, de longs ruisseaux noirs en volutes qui marquaient l'emplacement du mohole inondé de Low Point.

Au crépuscule, la glace se changea en un méli-mélo d'ivoires, de roses et d'oranges balafrés de longues ombres noires. Puis, ils entrèrent dans la nuit, sous les étoiles, au-dessus d'une blancheur lumineuse craquelée. Maya dormit quelques instants d'un sommeil pénible sur l'un des bancs installés sous les hublots, et se réveilla avant l'aube, dans un panorama de couleurs nouvelles : les mauves du ciel semblaient plus sombres que la glace rose du sol et tout avait une apparence surréelle.

Vers le milieu de la matinée, la terre fut à nouveau en vue. Un ovale de collines terre de Sienne flottait sur l'horizon, au-dessus de la glace, sur une centaine de kilomètres de longueur et cinquante kilomètres de largeur. Ce massif était l'équivalent à l'échelle d'Hellas des éminences que l'on retrouvait au centre des cratères de taille moyenne. Il était suffisamment haut pour rester émergé et constituerait dans la mer à venir une île centrale plutôt importante.

Pour l'heure, la base de Moins-Un, à la pointe nord-ouest, n'était encore qu'un dispositif de routes, de terrains d'atterrissage, de mâts d'arrimage pour les dirigeables et de petits bâtiments désordonnés — certains se trouvaient sous tente, mais les autres, à l'écart, n'étaient que des blocs de béton nu qui semblaient être tombés du ciel. Une équipe réduite de scientifiques et de techniciens vivait là, mais les aréologistes étaient nombreux à y faire escale de temps en temps.

Le *Trois de Carreau* décrivit une boucle et s'ancra à un mât avant d'être halé vers le sol. Les passagers quittèrent la gondole par un tunnel d'accès et le directeur de la station leur fit rapidement visiter l'aéroport et le complexe résidentiel.

Après un dîner médiocre dans le réfectoire, ils revêtirent tous une combinaison pour aller faire un tour à l'extérieur, entre les immeubles utilitaires, et descendirent vers ce que les habitants de l'« île » appelaient déjà « la grève ». En l'atteignant, ils s'aperçurent qu'aucune partie glaciaire n'était visible de ce promontoire : ils n'avaient en face d'eux qu'une plaine sablonneuse semée de blocs de rocher, jusqu'à l'horizon proche, situé à sept kilomètres environ.

Maya marchait sans but précis derrière Diana et Frantz, qui semblaient entamer une idylle. Un jeune couple indigène les accompagnait. Tous deux habitaient la station de Moins-Un, ils étaient plus jeunes que Diana et se tenaient par le bras, l'air très amoureux. Ils mesuraient plus de deux mètres, mais ils n'étaient pas aussi sveltes et agiles que la plupart des jeunes Martiens — ils avaient pratiqué les poids et haltères, en dépit de leur taille. Ils étaient musclés, avec pourtant une démarche légère. Ils évoquaient un ballet de rochers sur la grève déserte. Maya était émerveillée en les observant. Sax et Spencer lui avaient emboîté le pas et elle lança une réflexion à propos de la bande des vieux Cent Premiers. Mais Spencer se contenta de parler de phénotype et de génotype, Sax ignora la remarque et s'engagea sur la longue pente qui descendait vers la plaine. Spencer le suivit, et Maya resta avec eux, cheminant lentement entre les touffes de végétation nouvelle : de l'herbe, entre les rocailles, mais aussi des plantes basses à fleurs, des ajoncs, des cactées, des buissons, des arbustes très tourmentés, nichés dans les anfractuosités. Sax allait de part et d'autre, s'accroupissait parfois pour examiner de plus près une plante, se redressait le regard vague, comme si le sang avait quitté son cerveau. Ou plutôt était-ce chez lui un regard de surprise que Maya ne lui avait encore jamais vu ?... Elle s'arrêta pour regarder autour d'elle. C'était en vérité surprenant de découvrir une vie aussi prolifique dans cet endroit où personne n'avait jamais rien cultivé. A moins que les scientifiques de l'aéroport n'y aient consacré leurs loisirs. Et puis, le bassin était bas, tiède et humide... Les jeunes Martiens, plus haut sur la pente, dansaient avec grâce entre les plantes mais ne s'arrêtaient pas un instant pour les observer.

Sax s'arrêta soudain et tourna son casque vers la visière de Spencer.

— Toutes ces plantes vont être noyées, déclara-t-il d'un ton plaintif, comme s'il posait une question.

— C'est exact.

Sax jeta un bref coup d'œil à Maya. Ses mains étaient crispées dans ses gants. Est-ce qu'il allait l'accuser d'assassiner également les plantes ?

Spencer ajouta :

— Mais la matière organique aidera au développement de la vie aquatique plus tard, n'est-ce pas ?

Sax se contenta de promener les yeux autour de lui. Et Maya vit qu'il plissait les paupières, comme sous l'effet d'un brusque désarroi. Puis il repartit d'un pas vif dans la tapisserie compliquée des végétaux.

Spencer rencontra le regard de Maya et leva les mains, comme s'il voulait s'excuser pour Sax. Mais elle se détourna et remonta la pente.

Ils aboutirent finalement à une chaîne qui suivait en spirale le contour d'une butte, juste au-dessus du niveau — 1 000, au nord de la station. Ils se trouvaient maintenant assez haut pour avoir une vue d'ensemble du champ de glace à l'horizon d'ouest. L'aéroport, tout en bas, rappelait à Maya les stations de l'Antarctique — des structures de fortune mal préparées, qui ne semblaient pas faites pour la ville insulaire qui serait bientôt là. Les jeunes Martiens, qui sautillaient entre les rochers, se perdaient en spéculations sur l'apparence de la ville à venir — ce serait une station balnéaire, ils en étaient sûrs, avec le moindre hectare construit ou paysagé, avec des ports de plaisance dans chaque calanque, des palmiers, des plages, des pavillons... Maya ferma les yeux et essaya d'imaginer ce qu'ils décrivaient — et les rouvrit sur le sable, la rocaille et les petites touffes rabougries de l'île. Aucune image ne s'était imposée à son esprit. Quel que soit l'avenir, il serait surprenant. Elle n'arrivait pas à l'entrevoir. C'était comme une sorte de jamais vu qui pesait sur le présent. Une prémonition soudaine de mort la submergea, et elle dut lutter pour la rejeter. Nul ne pouvait imaginer le futur. Ce vide dans son esprit n'avait aucune signification. Il était normal. C'était seulement la présence de Sax qui la perturbait, car il lui rappelait des choses auxquelles elle se refusait à penser. Non, ce vide du futur était une bénédiction. Elle était libérée du déjà vu. Une bénédiction extraordinaire.

Sax traînait derrière eux, perdu dans l'observation du bassin.

Le lendemain, ils remontèrent dans le *Trois de Carreau* et s'envolèrent vers le sud-est. Le capitaine jeta bientôt l'ancre à l'ouest de Zea Dorsa. Il y avait longtemps que Maya n'y était venue avec Diana et ses amis : les crêtes n'étaient plus maintenant que des péninsules de roche dénudée qui s'avançaient dans la glace brisée en direction de Moins-Un, plongeant l'une après l'autre sous la surface, se divisant entre les blocs de débâcle. La glace d'ouest se situait maintenant à deux cents mètres plus bas que celle de l'est. Ceci, déclara Diana, était l'ultime ligne de terre qui reliait Moins-Un à la bordure du bassin. Lorsque cet isthme serait submergé, Moins-Un deviendrait véritablement une île.

La masse glaciaire du côté est du dorsum subsistant était en un certain point proche de la ligne de crête. Le capitaine du dirigeable donna plus de mou au câble d'ancrage et ils dérivèrent vers l'est, portés par le vent, jusqu'à surplomber la crête. Ils découvrirent qu'il ne restait que quelques mètres de roche émergée. Au loin, à l'est, un pipeline mobile s'avançait : un long tuyau bleu qui allait d'avant en arrière sur ses skis en recrachant l'eau sur la surface. Par-dessus le ronronnement des hélices du dirigeable, ils percevaient des craquements et des plaintes, un choc violent et sourd, une détonation d'obus. Diana leur expliqua qu'il y avait de l'eau sous la couche de glace, et que le poids supplémentaire de l'eau déversée en surface provoquait le frottement de certaines portions de glace sur les arêtes de la dorsa à peine submergées. Le capitaine désigna le sud, et Maya vit une ligne d'icebergs voler dans les airs comme soufflés par une explosion. Ils décrivirent de grands arcs dans diverses directions avant de se fracasser en milliers de fragments.

— Nous devrions peut-être reculer un peu, proposa le capitaine. Ce serait navrant d'être descendus en vol par un iceberg.

La buse du pipeline était pointée dans leur direction. Et soudain, dans un vague grondement sismique, toute la crête fut inondée. Un flot d'eau noire déferla sur le rocher avant de retomber sur le flanc ouest en une cascade large de cent mètres. Elle dévalait la pente sur deux cents mètres, comme un grand rideau paresseux. Dans le contexte du vaste monde de glace qui s'étendait vers tous les horizons, ça n'était qu'un petit ruissellement — mais il continuait à se déverser sur la surface, et l'eau du flanc est avait déjà formé des chenaux bordés de glace. Les cascades faisaient un bruit de tonnerre, et l'eau, sur le flanc ouest, se divisait en une centaine de torrents. Maya sentit un frisson de peur courir sur sa nuque. Sans doute un souvenir de l'inondation de Marineris, se dit-elle, quoiqu'elle n'en fût pas certaine.

Lentement, le volume d'eau se résorba, et après moins d'une heure, le torrent se ralentit et gela, du moins en surface. C'était une journée ensoleillée d'automne, mais la température était quand même de moins dix-huit et une ligne de cumulo-nimbus déchiquetés approchait par l'ouest, annonciatrice d'un front froid. Le torrent se figea définitivement, laissant derrière lui une cascade de glace qui avait enrobé la roche de milliers de tubes blancs et lisses. La crête se doublait maintenant d'une autre. Elles ne se rencontraient pas vraiment, comme toutes les crêtes de Zea Dorsa, qui plongeaient dans la glace comme des côtes : des péninsules jumelles. Désormais, la mer d'Hellas était continue, et Moins-Un était devenu une île.

Après cela, les voyages en train autour d'Hellas et les survols du bassin furent différents pour Maya. Elle percevait les réseaux des glaciers et des chaos de glace comme la nouvelle mer qui s'enflait, se remplissait et allait bientôt se répandre jusqu'au rivage. Et en fait, la mer liquide qui existait sous la surface, près de Low Point, croissait plus rapidement au printemps et en été qu'elle ne se résorbait en automne et en hiver. Des vents puissants poussaient les vagues vers les polynias. En été, ils brisaient la couche de glace qui les séparait, créant ainsi des régions de glace en débâcle qui grondait en abordant les petits promontoires abrupts, rendant parfois difficile la conversation dans les dirigeables.

Dans l'année M-49, les taux d'écoulement des aquifères de captage atteignirent leur maximum. Avec 2 500 mètres cubes rejetés quotidiennement dans la mer, on atteindrait le niveau — 1 000 mètres dans les six prochaines années martiennes. Pour Maya, ce délai ne semblait pas vraiment lointain, d'autant plus qu'on pouvait observer la progression à l'horizon d'Odessa. En hiver, les tempêtes noires qui s'abattaient sur les montagnes recouvraient le bassin d'une couche de neige d'un blanc pur surprenant. Au printemps, cette neige fondait, mais la limite de la mer de glace se rapprochait par rapport à l'automne précédent.

C'était tout à fait la même chose dans l'hémisphère Nord, selon les informations et ce qu'ils pouvaient apprendre à Burroughs. Les grandes dunes du nord de Vastitas Borealis étaient en cours de submersion rapide, grâce aux gigantesques aquifères de Vastitas et de la région polaire nord exploités par des plates-formes de forage qui se dressaient sur les couches de glace en accumulation. Durant les étés du nord, de larges fleuves se déversaient de la calotte arctique, creusant des chenaux dans les sables laminés avant de rejoindre les bancs de glace. Quelques mois après la formation de l'île Moins-Un, les infos montrèrent des vidéos d'un secteur encore émergé de Vastitas sur lequel déferlait un flux sombre venu de l'ouest, de l'est et du nord. Apparemment, le dernier lien entre les lobes de glace était en formation. Et désormais, il existait au nord un monde recouvert par la mer. Bien sûr, il était encore réduit et ne s'étendait que du soixantième au soixante-dixième degré de latitude mais, ainsi que le révélaient les photos des satellites, de grandes baies de glace se développaient vers le sud, dans les dépressions profondes de Chryse et d'Isidis.

Il faudrait encore vingt ans pour submerger le reste de Vastitas, car la quantité d'eau nécessaire était bien plus importante que celle qui avait permis d'inonder Hellas. Mais les opérations de pompage étaient aussi plus ambitieuses, les choses progressaient régulièrement, et les sabotages des Rouges ne parvenaient qu'à égratigner le processus. Ce processus s'accélérait, à vrai dire, même si les opérations de sabotage écologique ou autres s'accentuaient. Les nouvelles méthodes de forage mises en œuvre étaient radicales et particulièrement efficaces. Les vidéos montraient des exemples de ces dernières méthodes qui consistaient à déclencher des explosions thermonucléaires dans les profondeurs de Vastitas. Le permafrost fondait ainsi sur de vastes régions et les pompes dégageaient de plus en plus d'eau. En surface, ces explosions se manifestaient par des tremblements de glace soudains, qui transformaient la couche figée en bouillonnement boueux, l'eau ne tardant pas à geler en surface pour rester liquide en profondeur. Des explosions semblables sous la calotte polaire nord déclenchaient des inondations presque aussi énormes que celles de 61, et toute la masse d'eau se déversait vers Vastitas.

A Odessa, tous suivaient ces opérations avec grand intérêt. Une récente estimation de la quantité d'eau disponible dans le Nord avait encouragé les ingénieurs de Vastitas à viser un niveau final proche de la hauteur prévue : la courbe zéro définie aux temps lointains de l'aréologie aérienne. Diana et les autres hydrologistes de Deep Waters considéraient que l'affaissement des terres de Vastitas, résultant du minage des aquifères et du permafrost, les amènerait à un niveau plus bas que le point fixé. Mais les gens de Vastitas semblaient estimer qu'ils avaient intégré ce facteur dans leurs calculs et que le niveau serait atteint.

Il suffisait de jouer avec une IA pour découvrir clairement quelle serait la forme de l'océan à venir. En de nombreux points, le Grand Escarpement constituerait le littoral sud. Parfois, ce serait une pente douce ; sur les terrains ravinés, des archipels ; ailleurs, de gigantesques falaises se dresseraient au-dessus de l'eau. Les cratères échancrés feraient d'excellents ports. Le massif d'Elysium serait une île-continent, de même que ce qui subsisterait de la calotte polaire — les terrains situés sous la calotte constituaient la seule région du nord qui dépassait le contour zéro.

Peu importait le niveau précis qu'ils choisissaient pour paramétrer les cartes : un grand bras d'océan allait couvrir Isidis Planitia, qui était moins élevée que la majeure partie de Vastitas. Et l'on pompait aussi l'eau des aquifères des highlands autour d'Isidis. Une large baie remplirait la plaine ancienne. Dans cette perspective, on construisait une grande digue en arc autour de Burroughs. La ville était très proche du Grand Escarpement, mais elle se situait juste en dessous du niveau prévu. Elle était donc vouée à devenir une ville portuaire aussi importante qu'Odessa, au bord d'un océan qui allait ceinturer le monde.

La digue devait atteindre deux cents mètres de hauteur et serait large de trois cents mètres. Maya trouvait inquiétant le concept de digue pour protéger la ville, même si les clichés pris en altitude révélaient un monument pharaonique, immense et massif. La digue avait la forme d'un fer à cheval dont les extrémités rejoignaient le Grand Escarpement. Elle était assez grande pour que l'on prévoie déjà des constructions sur le dessus, pour en faire un Lido chic, avec plusieurs ports de plaisance. Mais Maya se souvenait d'un séjour en Hollande. Elle s'était trouvée sur une digue, et le port, d'un côté, était plus bas que la mer du Nord de l'autre. Elle avait éprouvé une sensation déconcertante, plus troublante encore que l'apesanteur. A un niveau plus rationnel, les programmes d'infos de la Terre montraient que toutes les digues étaient à présent affectées par une légère hausse du niveau de la mer, et cela à cause du réchauffement planétaire déclenché deux siècles auparavant. Il fallait moins d'un mètre d'augmentation du niveau pour mettre en péril les régions les plus basses de la Terre, et l'océan nordique de Mars était censé s'élever d'un bon kilomètre dans la décennie qui suivrait. Qui pouvait dire si l'on serait en mesure de régler le niveau final avec une précision telle que la seule digue suffirait ?... Les travaux de Maya à Odessa l'amenaient à se soucier de cette question de contrôle, bien que, sur place, le même problème se posât avec Hellas et qu'il fût généralement admis qu'on en détenait la clé. Ce qui était heureux, car le site d'Odessa ne leur laissait qu'une infime marge d'erreur. Mais les hydrologistes évoquaient aussi la possibilité d'utiliser le « canal » brûlé par la loupe aérienne avant sa destruction, comme une voie d'écoulement, si cela s'avérait nécessaire.

— Mais oui, insistait Diana. Ils pourront toujours pomper l'excédent d'eau dans Argyre.

Sur Terre, les émeutes, les pillages et les sabotages étaient devenus les pratiques favorites de la population qui n'avait pas eu droit au traitement gériatrique — les mortels, comme on les appelait. Tout autour des grandes villes, des bastions fortifiés étaient apparus, des forteresses où ceux qui avaient reçu le traitement pouvaient passer toute leur existence sans sortir, en vivant sur les réseaux, la téléopération, les générateurs portables, les légumes des serres, et même des systèmes de filtrage de l'atmosphère : en fait, ils étaient comme dans les villes sous tente de Mars.

Un soir, exaspérée par Michel et Spencer, Maya sortit pour dîner seule. Elle éprouvait souvent ce besoin de se retrouver avec elle-même. Elle descendit jusqu'à un café, à l'angle du boulevard de la Corniche, s'assit à la terrasse sous les arbres décorés de guirlandes lumineuses et commanda un antipasto et des tortellini. Elle dégusta une carafe de chianti en écoutant distraitement le petit orchestre. Le chef jouait d'une sorte d'accordéon qui n'avait que des boutons. On appelait ça un bandonéon, et ses musiciens l'accompagnaient au violon, à la guitare, à la basse et au piano. Des hommes vieillissants qui devaient avoir son âge, usés, qui enchaînaient avec légèreté des morceaux gais ou mélancoliques — des chansons tziganes, des tangos, des pots-pourris bizarres qu'ils semblaient improviser entre eux... Ayant fini son dîner, Maya resta un long moment à les écouter en sirotant son vin avant de passer au café. Elle promenait le regard sur les autres convives, les feuilles des arbres, la frange lointaine de la glace au-delà de la corniche, le banc des nuages qui se gonflaient au-dessus d'Hellespontus. Elle essayait de penser aussi peu que possible. Un moment, ça marcha, et elle s'évada avec bonheur dans une Odessa plus ancienne, quelque Europe de son esprit, aussi douce et triste que les duos de violon et d'accordéon. Puis, les voisins de la table d'à côté se mirent à débattre sur le pourcentage de la population terrienne qui avait eu droit au traitement — l'un avançait dix pour cent, un autre quarante —, ce qui signalait la guerre d'information, ou indiquait plutôt le taux actuel du chaos. En se détournant, elle remarqua le titre à la une d'un journal, au-dessus du bar, et elle lut l'article : la Cour mondiale avait suspendu ses opérations afin de déménager de La Haye à Berne, et Consolidated avait profité de l'occasion pour tenter une mainmise hostile sur les holdings de Praxis au Cachemire. Ce qui en fait équivalait à un véritable coup de force, une petite guerre contre le gouvernement de ce pays, à partir de la base de Consolidated au Pakistan. Qui entraînerait inévitablement l'Inde dans le conflit. L'Inde, qui traitait tout aussi bien avec Praxis depuis quelque temps. L'Inde contre le Pakistan, Praxis contre Consolidated : la plus grande partie de la population mondiale, acculée, privée du traitement...

Quand elle rentra à l'appartement, Michel lui dit que cette agression était la marque d'un nouveau respect envers la Cour mondiale, puisque Consolidated avait programmé son coup en fonction du congé de la Cour. Mais en pensant aux dégâts qu'allait subir le Cachemire, et aux répercussions pour Praxis, Maya ne se sentit pas d'humeur à l'écouter. Michel était d'un optimisme tellement borné, parfois, qu'il en paraissait stupide. En tout cas insupportable. Il fallait l'admettre : la situation s'assombrissait. Le cycle de la folie était rétabli sur Terre, obéissant inexorablement à l'onde sinusoïdale, plus grave encore que celle de Maya. Bientôt, ils se retrouveraient pris dans un paroxysme, perdant tout contrôle et luttant pour éviter l'ultime oblitération. Elle le sentait. Ils retombaient en arrière.

Elle se mit à fréquenter régulièrement le café du coin. Pour être seule et écouter l'orchestre. Elle tournait le dos au bar et à l'écran vidéo, mais il était impossible de ne pas penser aux événements. La

Terre : leur malédiction, le péché originel. Elle essaya de comprendre, de voir les choses comme Frank les aurait vues, elle essaya d'entendre sa voix et son analyse. Le Groupe des Onze (l'ex-G-7, plus la Corée, le Brésil, le Mexique et la Russie) était encore, pour l'essentiel, aux commandes sur Terre, sous forme militaire et financière. Les seuls véritables adversaires de ces dinosaures étaient les métanationales, qui avaient fusionné à partir des transnats comme autant d'Athénas. Les grandes métanats — et, dans l'économie des deux mondes, il n'y avait de place que pour douze d'entre elles environ, par définition — étaient bien sûr intéressées à prendre le contrôle des pays du Groupe des Onze, tout comme elles l'avaient fait pour nombre de pays moins importants. Les métanats qui parviendraient à leur but gagneraient sans doute ainsi la domination dans le jeu auquel elles se livraient entre elles. Certaines essayaient de diviser et de conquérir le G-11 en faisant de leur mieux pour dresser les pays les uns contre les autres, ou en corrompant certains pour qu'ils sortent du rang. Sans interrompre la compétition. Certaines s'étaient alliées à des pays du G-11, ne visant que la domination, d'autres s'étaient concentrées sur les pays pauvres, ou encore les bébés tigres, pour construire leur puissance. Un équilibre du pouvoir complexe s'était installé, les plus fortes des vieilles nations contre les nouvelles métanationales les plus importantes, la Ligue islamique, l'Inde, la Chine et les plus petites métanats formant des locus de forces indépendants, des forces imprévisibles. Ainsi, cet équilibre était fragile, d'autant plus que la moitié de la population mondiale vivait en Chine et en Inde, un fait que Maya n'arrivait pas vraiment à admettre et à comprendre — l'histoire était tellement *étrange* —, et nul ne pouvait savoir de quel côté cette moitié de l'humanité allait retomber.

Bien sûr, tout cela appelait une question : pourquoi les conflits ? Pourquoi, Frank ? demanda Maya en silence, en écoutant un tango mélancolique. Quelle est la motivation des responsables de ces métanationales ? Mais elle devinait son sourire cynique, celui qu'elle lui avait connu pendant toutes ces années. Les empires, avait-il remarqué une fois, ont des demi-vies très longues. Et l'idée de l'empire a la plus longue des demi-vies. Donc, il y avait toujours des gens pour essayer de devenir Genghis Khan, de dominer le monde à quelque prix que ce soit — des directeurs des métanats, des leaders du Groupe des Onze, des généraux d'armées...

Ou alors, suggérait le Frank qui était dans son mental, calmement, brutalement : la Terre avait une capacité de charge. La population avait franchi la marge. Donc, ils seraient nombreux à mourir. Chacun savait ça. Le combat pour les ressources était d'autant plus acharné. Les combattants, quasi rationnels. Mais désespérés.

Les musiciens jouaient et, avec les mois qui passaient, leur nostalgie aigrelette se faisait plus poignante. Le long hiver s'installa, le monde s'assombrit, et ils continuèrent à jouer dans les crépuscules neigeux, *entre chien et loup.* Il y avait quelque chose de tellement petit, de tellement courageux dans le souffle asthmatique du bandonéon, dans ces refrains qui parlaient de tout, de la vie normale à laquelle ils s'accrochaient avec entêtement, dans la flaque de lumière, sous les arbres maintenant dénudés.

Cette appréhension était si familière. Elle avait éprouvé cela dans les années qui avaient précédé 61. Même si elle ne parvenait plus à se souvenir des incidents et des crises qui avaient marqué la période de l'avant-guerre, elle en gardait encore le sentiment, comme stimulée par un parfum familier. Rien alors n'avait d'importance, les meilleures journées étaient pâles et glacées sous les nuages noirs amassés à l'ouest. Les plaisirs de la ville prenaient un aspect grotesque, au seuil du désespoir, et tous les clients tournaient le dos au bar, pour ainsi dire, faisant de leur mieux pour repousser un sentiment d'amoindrissement, d'impuissance. Oui, c'était bien ça, le déjà vu.

C'est pourquoi, quand ils firent le tour d'Hellas et rencontrèrent les groupes de Mars Libre, Maya fut heureuse de voir tous ces gens qui étaient rassemblés, qui avaient fait l'effort de croire que leurs actions pouvaient créer une différence, même confrontés au grand vortex qui tourbillonnait sous eux. Elle apprit de leur bouche que Nirgal, où qu'il se rende, insistait apparemment auprès des autres indigènes sur le fait que leurs chances dépendaient de la situation sur Terre, aussi distante qu'elle leur paraisse. Ce qui avait un effet : les gens qui affluaient aux meetings étaient tous au courant des dernières nouvelles concernant Consolidated, Amexx ou Subarashii et des dernières incursions de la police de l'ATONU dans les highlands du Sud, qui les avaient forcés à abandonner Overhangs et de nombreux refuges cachés. Le Sud était en train de se vider, et les clandestins se déversaient dans Hiranyagarbha, Sabishii, Odessa ou les canyons de l'est d'Hellas.

Certains de ceux que Maya rencontra semblaient considérer que l'investissement du Sud par l'ATONU était fondamentalement une bonne chose, en ceci qu'il commençait le compte à rebours pour leur action. Elle rejeta aussitôt cette considération.

— Ce n'est pas à eux de contrôler notre calendrier. C'est ce qui s'est passé la dernière fois. C'est à *nous* de garder le timing et d'attendre le moment. Et alors, nous agirons tous ensemble. Si vous ne comprenez pas cela...

Alors, vous êtes des *imbéciles* !

Mais Frank avait toujours invectivé son public. Il semblait

constamment en colère, comme Michel l'avait fait remarquer. Ces gens-là avaient besoin de quelque chose de plus ou, pour être plus précis, ils *méritaient* quelque chose de plus. Quelque chose de positif, quelque chose qui les pousserait et les entraînerait à la fois. Frank avait dit cela aussi, mais il n'avait pas souvent agi dans ce sens. Ils avaient besoin d'être séduits, comme les danseurs noctambules de la Corniche. Tous ces gens se retrouvaient probablement sur leurs propres fronts de mer durant toutes les autres nuits de la semaine. Et la politique avait besoin de partager une partie de cette énergie érotique, ou alors, ce ne serait plus qu'une question de *ressentiment* et de dégradation de leur contrôle.

Aussi elle les séduisit. Elle s'y contraignit, même quand elle était préoccupée, effrayée, ou simplement de mauvaise humeur. Quand elle était avec eux, avec ces grands jeunes hommes élancés, elle pensait au sexe. Elle s'asseyait entre eux et posait des questions. Elle rencontrait leurs regards, l'un après l'autre. Ils étaient tellement grands que, même lorsqu'elle s'installait sur la table, eux restant assis autour, ils étaient les yeux dans les yeux. Leurs conversations plongeaient dans l'intime et le plaisir autant qu'elle le pouvait. Que voulaient-ils de la vie, ici, sur Mars ? Souvent, elle riait en entendant leurs réponses, déconcertée par leur innocence, leur intelligence. Ils avaient déjà rêvé par eux-mêmes à des Mars plus radicales que toutes celles auxquelles elle pouvait croire, des Mars vraiment indépendantes, égalitaires, justes et joyeuses. Et, par certains côtés, ils avaient vécu ces rêves : nombreux étaient ceux qui avaient transformé leurs petites cages à poules en grands appartements communautaires, qui travaillaient dans cette économie alternative qui avait de moins en moins de connexions avec l'Autorité transitoire et les métanats — une économie gouvernée par l'éco-économie de Marina et l'aréophanie d'Hiroko, par les soufis et Nirgal, par ce gouvernement gitan nomade des jeunes. Ils sentaient qu'ils allaient vivre éternellement, qu'ils vivaient dans un monde de beauté sensuelle. Ce confinement sous tente était leur normalité, mais ça n'était qu'un stade, un séjour dans la matrice tiède des mésocosmes, qui serait inéluctablement suivi par leur émergence sur une surface libre et habitable — par leur naissance ! Des aréurgiens embryonnaires, pour employer le terme de Michel, de jeunes dieux qui opéraient leur monde, des gens qui savaient qu'ils étaient destinés à devenir libres, qui étaient sûrs que cela adviendrait bientôt. Les mauvaises nouvelles affluaient de la Terre, le public était plus nombreux à chaque meeting, et l'atmosphère n'était plus marquée par la peur mais par la détermination. Celle qu'on lisait sur la photo du jeune Frank qu'elle avait mise au-dessus de l'évier. Un conflit entre les ex-alliés Armscor et Subarashii, à propos du Nigeria, avait débouché sur l'utilisation d'armes biologiques (l'un et l'autre camp se rejetant la responsabilité), et la population des environs de Lagos, de même que la flore et la faune, était dévastée par des maladies monstrueuses. Dans le mois qui suivit, les jeunes Martiens s'exprimèrent avec colère, les yeux brillants, devant l'absence de toute règle sur Terre, de toute autorité fiable. L'ordre métanational global était trop *dangereux* pour qu'on accepte qu'il contrôle Mars !

Maya les laissa parler durant une heure avant de dire « je sais ». Et elle savait ! Elle faillit pleurer en les observant, en voyant à quel degré ils étaient choqués par l'injustice et la cruauté. Elle passa en revue les divers points de la déclaration de Dorsa Brevia, un à un, en leur rapportant les discussions qui avaient précédé le vote, ce qu'ils signifiaient et ce que leur application au monde réel apporterait à leurs existences. Ils en savaient plus qu'elle à ce sujet, et la discussion devint alors plus excitée que tous leurs reproches vis-à-vis de la Terre — moins angoissée, et plus enthousiaste. En essayant de se représenter un avenir fondé sur la déclaration, ils riaient souvent devant ces scénarios coloriés d'harmonie collective, de paix et de bonheur — ils connaissaient les chamailleries de leur vie dans des appartements partagés en commun, et ces perspectives leur semblaient très amusantes. En voyant la lumière dans les yeux de tous ces jeunes Martiens rieurs, même elle, qui ne riait jamais, sentait un sourire effleurer ses lèvres, repoussant le réseau de rides qu'était devenu son visage.

Quand elle annonçait la clôture du meeting, elle avait le sentiment qu'ils avaient fait du bon travail. A quoi pouvait servir l'utopie sans la joie, après tout ?... Quel était le but de leur lutte s'ils n'avaient pas le rire des jeunes ? C'était ce que Frank n'avait jamais compris, du moins dans ses dernières années. Et c'est ainsi que Maya abandonna les procédures de sécurité de Spencer et entraîna le public des meetings vers les fronts de mer à sec, dans les parcs et les cafés, pour se promener simplement, boire un verre, prendre un dîner tardif. Elle avait le sentiment d'avoir trouvé une clé de la révolution, une clé dont Frank n'avait jamais connu l'existence, qu'il avait seulement soupçonnée en regardant John.

Quand elle revint à Odessa, elle essaya d'expliquer.

— Frank ne croyait pas à la révolution, de toute manière, lui dit-il. C'était un diplomate, un contre-révolutionnaire cynique. Le bonheur ne faisait pas partie de sa nature. Pour lui, c'était une atteinte au contrôle des choses.

Mais Michel était fréquemment en désaccord avec elle, depuis quelque temps. S'il décelait l'annonce d'une querelle, il avait appris à exploser plutôt qu'à l'apaiser. Ce qu'elle appréciait au point de ne plus avoir envie de se battre aussi souvent.

Elle protesta devant ce portrait de Frank : « Allons... » Avant de pousser Michel jusqu'au lit et de le séduire, rien que pour le plaisir, rien que pour l'entraîner dans le domaine du bonheur et l'obliger à l'admettre. Elle savait parfaitement qu'il considérait que son devoir était de la ramener vers le vecteur central de ses oscillations d'humeur, elle le comprenait plus que n'importe qui, et elle appréciait cet ancrage qu'il s'efforçait de lui offrir. Mais quelquefois, quand elle était lancée vers la crête d'une courbe, elle ne voyait aucune raison de ne pas jouir un peu de ces brefs instants de vol en apesanteur qui étaient comme une sorte de *status orgasmus*... A ce niveau, elle le retenait par le membre et le faisait sourire durant une heure ou deux. Il leur était alors possible de descendre, de passer le portail, et de traverser le parc jusqu'au café, relaxés et en paix, pour s'asseoir le dos au bar et écouter le guitariste de flamenco ou le vieil orchestre de tango et les piazzollas. Ils bavardaient de leur travail sur le bassin ou restaient silencieux.

Un soir, vers la fin de l'été de M-49, ils descendirent jusqu'au café en compagnie de Spencer et savourèrent le lent crépuscule, les nuages de cuivre sombre qui luisaient au-dessus de la glace, sous le ciel violine. Les courants d'ouest poussaient des masses d'air depuis Hellespontus, et le front tourmenté des nuages dominait la glace durant la plus grande partie de la journée. Mais il y avait certains nuages particuliers — des objets solides, métalliques, lobés, pareils à des statues minérales que le vent n'emporterait jamais. Et dont le ventre noir crachait des éclairs vers la surface de glace.

Soudain, un grondement sourd se fit entendre, le sol vibra légèrement sous les pieds, et les verres et les assiettes s'entrechoquèrent sur la table. Ils saisirent leurs verres et se redressèrent comme tous les clients du café — dans le silence pétrifié, Maya constata que tous regardaient vers le sud, loin au-delà de la mer de glace. Dans le même temps, des gens dévalaient le parc jusqu'à la corniche et se rassemblaient en silence devant la paroi de la tente. Et dans l'indigo mourant du crépuscule, sous les nuages cuivrés, ils purent discerner un mouvement, un scintillement noir et blanc à la lisière de la masse noir et blanc. Qui approchait à travers la plaine, droit sur eux.

— L'eau, dit quelqu'un à la table voisine.

Comme attirés par un rayon tracteur, ils s'avancèrent tous, le verre à la main. Leurs pensées s'étaient figées. Ils se tenaient au bas de la tente, au seuil du front de mer, appuyés contre le muret, plissant les yeux sur les ombres de la plaine : noires sur noir, parsemées de taches blanches, dévalant de tous côtés. Une seconde, Maya retrouva encore le souvenir d'un épisode de l'inondation de Marineris et frissonna, repoussant l'image comme une boule de chyme dans l'œsophage, étouffant un spasme acide, luttant pour annuler cet instant de son esprit. C'était la mer d'Hellas qui déferlait vers eux, vers elle — sa mer, son idée : l'inondation de la dernière pente. Un million de plantes étaient en train de périr, comme Sax avait tenté de le lui rappeler. Le point de fonte de Low Point était devenu de plus en plus grand, jusqu'à relier les autres nappes d'eau, jusqu'à faire fondre la glace pourrie qui les séparait et les cernait, réchauffée par l'été prolongé, les bactéries et les jaillissements de vapeur provoqués par les explosions souterraines. L'une des parois glaciaires du nord avait dû se briser, et le flot noircissait maintenant la plaine au sud d'Odessa. La frange n'était plus qu'à une quinzaine de kilomètres. A présent, ils contemplaient un chaos sel et poivre, mais à l'avant-plan, le poivre s'effaçait sous le sel — le paysage s'éclaircissait tandis que le ciel s'assombrissait, et les choses prenaient un aspect surnaturel. De la vapeur givrée tourbillonnait au-dessus des vagues, luisant sous les lumières d'Odessa.

Une demi-heure s'écoula encore, peut-être, et ils restèrent tous immobiles et silencieux sur la corniche jusqu'à ce que le flot gèle et que le crépuscule sombre. Alors, on entendit à nouveau des voix, et une musique électrique monta d'un café en contrebas. Puis un rire en trille. Maya retourna jusqu'au bar et commanda du champagne, l'esprit en ébullition. Pour une fois, son humeur était en accord avec les événements, et elle était décidée à célébrer cette vision bizarre de leurs pouvoirs libérés, répandus sur le paysage, soumis à leur inspection. Elle porta un toast à la cantonade :

— A la mer d'Hellas, et à tous les marins qui feront voile, entre les icebergs et les tempêtes, jusqu'à la rive lointaine !

Ce fut un moment enthousiasmant : ils applaudissaient tous, et poussaient des hourras jusque sur la corniche. L'orchestre tzigane se lança dans une version tango d'une ancienne chanson de bord, et Maya sentit un faible sourire sur ses joues pendant toute la soirée. Même lorsqu'ils discutèrent de l'éventualité d'une deuxième vague qui pourrait submerger le front de mer d'Odessa. Ils avaient fait des calculs extrêmement précis, et une survague, comme ils disaient, était improbable et même impossible. Odessa tiendrait le coup.

Mais les nouvelles affluaient de partout, et c'étaient elles qui menaçaient de les submerger. Sur Terre, les guerres au Nigeria et en Azanie avaient provoqué un conflit économique acharné entre Armscor et Subarashii. Les fondamentalistes hindous, chrétiens et musulmans faisaient de nécessité vertu et avaient déclaré que le traitement de longévité était l'œuvre de Satan. De nombreux « mortels » avaient rejoint leurs mouvements. Ils s'étaient emparés des gouvernements locaux et des foules entières s'étaient lancées dans des attaques directes contre les centres des métanats. Dans le même temps, les métanationales majeures essayaient de ressusciter l'ONU afin de la mettre en avant comme une alternative à la Cour mondiale. Mouvement qui était suivi par les principaux clients des métanats et le Groupe des Onze. Michel considérait cela comme une victoire, car la peur envers la Cour mondiale était ainsi prouvée. Tout renforcement d'un organisme international comme l'ONU, disait-il, valait mieux que rien. Mais désormais, il existait deux systèmes d'arbitrage en compétition, l'un étant contrôlé par les métanats, ce qui leur permettait plus facilement d'éviter celui qu'elles n'aimaient pas.

Sur Mars, les choses allaient à peine mieux. La police de l'ATONU ratissait le Sud sans rencontrer de résistance, hormis des explosions occasionnelles et inexpliquées de véhicules robots. Prometheus avait été le dernier refuge caché découvert et investi. De tous les grands refuges, seul Vishniac demeurait, et ses habitants jouaient à faire le mort pour que les choses demeurent ainsi. La région polaire sud ne faisait plus partie de l'underground.

Dans un tel contexte, Maya n'était pas surprise de constater la peur des gens qui participaient à ses meetings, parfois. Il fallait du courage pour se joindre à un underground qui rétrécissait visiblement, comme l'île Moins-Un. Ils devaient être poussés par la peur, se disait-elle, par l'indignation et l'espoir. Mais leur peur était réelle. Ils n'étaient pas convaincus que leur entreprise ait un effet bénéfique.

Et puis, il devait être tellement facile à un espion de se glisser parmi les nouveaux immigrants. Parfois, elle avait quelque mal à leur faire confiance. Une nuit, lors d'un meeting avec de nombreux nouveaux, elle repéra un jeune homme au premier rang, dont le regard ne lui plaisait pas. Après le meeting, qui avait été tiède, elle regagna l'appartement avec des amis de Spencer et en parla à Michel.

— Ne t'inquiète pas, lui dit-il.

— Qu'est-ce que ça veut dire : *ne t'inquiète pas* ?

Il haussa les épaules.

— Tous les membres ne se perdent jamais de vue. Ils s'assurent toujours de se connaître les uns les autres. Et les hommes de Spencer sont armés.

— Tu ne m'avais jamais dit ça.

— Je pensais que tu le savais.

— Allons. Ne me traite pas comme une idiote.

— Mais non, Maya. Mais, de toute façon, c'est tout ce que nous pouvons faire, à moins de nous cacher totalement.

— Je n'ai jamais suggéré ça ! Pour qui tu me prends ? Pour une lâche ?

Il afficha une expression amère et jeta quelque chose en français. Puis il reprit son souffle et, toujours en français, se mit à jurer. Mais elle devina que c'était là une réaction délibérée de sa part — qu'il avait décidé que ces querelles étaient bonnes pour elle, cathartiques pour lui, et qu'ils pouvaient poursuivre, lorsque c'était inévitable, selon une espèce de méthode thérapeutique, ce qui, bien entendu, était intolérable. C'était une manipulation et, sans même y réfléchir, elle bondit vers la cuisine, s'empara d'une casserole en cuivre et la brandit au-dessus de sa tête. Il fut à ce point surpris qu'il l'évita de peu.

— *Putain !* gronda-t-il. *Pourquoi ça ? Pourquoi*[1] *?*

— Je n'ai pas de leçon à recevoir. (Elle était satisfaite de constater sa réelle fureur, mais ça ne la calmait pas pour autant.) Espèce de connard de coupeur de têtes, si tu n'étais pas aussi mauvais dans ton boulot, les Cent Premiers ne seraient pas devenus dingues et ce monde ne serait pas dans la merde ! Tout ça, c'est ta faute !

Elle claqua la porte et descendit jusqu'au café pour ruminer. C'était vraiment moche d'avoir un psy comme compagnon, mais aussi, elle avait un comportement atroce, à ainsi perdre tout contrôle et à le provoquer. Ce soir-là, il ne descendit pas la rejoindre, mais elle attendit jusqu'à l'heure de la fermeture.

Elle s'était à peine allongée et venait de sombrer dans le sommeil quand on frappa à la porte. Rapidement, furtivement. Elle eut instantanément peur, et Michel regarda par le judas. Puis il ouvrit. C'était Marina.

Elle se laissa tomber sur le canapé à côté de Maya, tendit ses mains tremblantes, serra les siennes et dit :

— Ils ont pris Sabishii. Les troupes de sécurité. Hiroko était venue en visite avec tout son cercle intime, et il y avait aussi tous les sudistes qui avaient échappé aux raids. Et Coyote également. Ils étaient tous là, avec Nanao, et Etsu, et tous les issei...

— Ils n'ont pas résisté ? demanda Maya.

— Ils ont essayé. Des tas de gens ont été tués à la gare. Ça les a ralentis, et je pense que certains ont réussi à se réfugier dans le labyrinthe du mohole. Mais tout le secteur était cerné. Ils ont crevé la tente. Je vous jure, c'était comme au Caire en 61.

Elle fondit soudain en larmes, le visage entre ses mains. Maya et Michel étaient assis à ses côtés. Cela ne ressemblait guère à Marina, et la réalité des nouvelles qu'elle apportait les frappa d'autant.

En se redressant, elle s'essuya les paupières et le nez. Michel lui tendit un mouchoir. Et elle reprit avec plus de calme :

— Je crains qu'il y ait beaucoup de morts. J'étais à l'extérieur, avec Vlad et Ursula, dans un des ermitages des rochers. Nous y sommes restés trois jours. Ensuite, on a réussi à se glisser vers les garages secrets et à prendre des patrouilleurs-rochers. Vlad est parti pour Burroughs, Ursula pour Elysium. Nous essayons de donner l'alerte à un maximum de Cent Premiers. Surtout Sax et Nadia.

Maya se leva et s'habilla, puis elle alla frapper à la porte de Spencer. En regagnant la cuisine, elle fit bouillir de l'eau pour le thé en refusant de regarder la photo de Frank qui lui répétait : *Je te l'avais dit. C'est comme ça que ça se passe.* Elle revint avec les tasses dans le living. Ses mains tremblaient et elle se brûla les doigts. Michel avait le visage blême et luisant de sueur, et il n'écoutait plus ce que

1. En français dans le texte. (*N.d.T.*)

racontait Marina. Bien sûr... si le groupe d'Hiroko s'était trouvé là-bas, alors il avait perdu toute sa famille, qu'ils aient été capturés ou tués. Maya distribuait les tasses. Dès que Spencer arriva et qu'il eut appris la nouvelle, elle prit un peignoir qu'elle drapa sur les épaules de Michel, déchirée à l'idée d'avoir si lamentablement choisi le moment pour l'agresser. Elle lui serrait la cuisse pour essayer de lui dire qu'elle était là, près de lui, qu'elle aussi faisait partie de sa famille, qu'elle avait renoncé à tous ses jeux, qu'elle ferait de son mieux désormais — qu'elle ne le traiterait plus comme un animal domestique ou un punching-ball... Qu'elle l'aimait. Mais, sous sa main, sa cuisse était comme de la céramique tiède, il ignorait visiblement sa caresse, et peut-être n'avait-il même pas conscience de sa présence. Et Maya se dit que c'était dans les moments où ils en avaient le plus besoin que les êtres humains faisaient le moins les uns pour les autres.

Elle se leva pour servir du thé à Spencer, en évitant de poser les yeux sur la photo ou sur l'image pâle de son visage reflété dans la fenêtre de la cuisine, de rencontrer ce regard de vautour qu'elle ne supportait pas. Ne jamais regarder en arrière.

Pour l'instant, elle ne pouvait rien faire d'autre que rester assise, et attendre le matin. A absorber les nouvelles, à résister. Ils parlaient, ils écoutaient Marina qui venait de reprendre son récit par le détail. Ils appelèrent sur les lignes de Praxis pour tenter d'en savoir plus. Puis ils s'asseyaient à nouveau, abattus et silencieux, enfermés dans leurs réflexions, leurs univers solitaires. Les minutes étaient des heures, et les heures devenaient des années. C'était l'espace-temps infernal des nuits de veille, le plus ancien des rituels humains, quand les gens essaient en vain d'arracher un sens à une catastrophe survenue au hasard.

Quand l'aube se dessina, le ciel était bas, et la pluie crépitait sur la tente. Plusieurs heures douloureuses passèrent et Spencer entreprit d'essayer d'entrer en contact avec tous les groupes d'Odessa. Durant cette première journée et celles qui suivirent, ils répandirent peu à peu les informations, qui avaient été censurées sur Mangalavid et les autres réseaux. Mais il était évident qu'il s'était passé quelque chose, car toute nouvelle de Sabishii avait été supprimée des bulletins, et même des infos financières. Les rumeurs couraient et ne faisaient que s'amplifier face à l'absence de nouvelles. Elles allaient de l'indépendance de Sabishii à sa destruction. Mais lors des meetings de la semaine suivante, Maya et Spencer purent rapporter ce que Marina leur avait dit, et ils passèrent des heures à discuter de ce qu'il convenait de faire. Maya fit de son mieux pour convaincre les autres qu'ils ne devaient pas passer à l'action avant d'être prêts, mais c'était difficile. Ils étaient tous furieux, apeurés, et de nombreux incidents avaient éclaté en ville et tout autour d'Hellas, comme partout sur la planète — manifestations, sabotages mineurs, assauts contre des personnels et des postes de la sécurité, pannes d'IA, grèves partielles.

— Il faut qu'on leur montre qu'ils ne s'en tireront pas comme ça ! proclama Jackie sur le réseau, comme si elle était partout à la fois.

Même Art était d'accord avec elle :

— Je crois que des manifestations de protestation civile par le maximum de population que nous pourrons rassembler devraient les ralentir. Il faudrait que ces salauds y réfléchissent à deux fois avant de recommencer.

Pourtant, après quelque temps, la situation se stabilisa. Sabishii fut rétablie sur le réseau et le service ferroviaire reprit, avec la vie. Mais ce n'était plus comme avant : une force de police importante demeurait sur place, contrôlait les portes de la ville et essayait de découvrir toutes les grottes cachées du labyrinthe du mohole. Pendant cette période, Maya eut de longs entretiens avec Nadia, qui travaillait sur Fossa Sud, et avec Nirgal et Art, et même Ann, qui l'avait appelée depuis l'un de ses refuges d'Aureum Chaos. Ils étaient tous d'accord : quoi qu'il soit advenu à Sabishii, ils devaient attendre le moment pour déclencher une insurrection générale. Sax lui-même appela Spencer pour lui dire qu'il avait « besoin de temps ». Ce que Maya trouva rassurant, puisque Sax semblait en accord avec le sentiment profond qu'elle ressentait : le moment n'était pas encore venu. On les provoquait dans l'espoir de les voir se lancer dans une révolution prématurée. Ann, Kasei, Jackie et les autres radicaux — Dao, Antar et même Zeyk — ne se satisfaisaient pas de cette attente et ils se montraient pessimistes quant à son efficacité.

— Vous ne comprenez pas, insista Maya. C'est tout un nouveau monde qui se développe, et plus nous attendrons, plus il sera fort. Tenez-vous prêts.

Puis, un mois environ après la fermeture de Sabishii, ils reçurent un bref message codé de Coyote sur leurs blocs de poignet — ils virent son visage déjeté inhabituellement sérieux. Il leur annonça qu'il s'était échappé par le labyrinthe de tunnels secrets du terril du mohole et qu'il avait regagné le Sud, où il se cachait maintenant dans un de ses refuges privés.

— Et Hiroko ? demanda instantanément Michel. Et les autres ?...

Mais Coyote s'était déjà effacé.

— Je ne pense pas qu'ils aient réussi à capturer Hiroko, reprit Michel en se mettant à déambuler dans la pièce sans même s'en rendre compte. Pas plus elle que n'importe lequel des autres ! S'ils avaient été pris, je suis sûr que l'Autorité transitoire l'aurait proclamé. Je parie qu'Hiroko a repris le chemin de l'underground avec les autres. Depuis Dorsa Brevia, ils n'aiment guère ce qui se passe, ils n'apprécient pas les compromis, et c'est bien pour ça qu'ils sont partis. Depuis, tout ce qui s'est passé n'a fait que les conforter dans leur opinion qu'ils ne peuvent pas nous faire confiance pour construire le monde qu'ils veulent. Ils ont profité de cette occasion pour redisparaître. C'est sans doute le coup de Sabishii qui les aura forcés à agir sans nous prévenir.

— C'est possible, fit Maya, en prenant soin d'avoir l'air convaincue.

Michel semblait refuser la réalité, mais qu'importait, du moment que ça l'aidait ? Et Hiroko était capable de tout. Mais Maya s'arrangea pour donner une réponse crédible, dans le plus pur style Maya, pour qu'il ne devine pas qu'elle ne cherchait qu'à le rassurer.

— Mais où ont-ils pu aller ?

— Je dirais qu'ils sont retournés dans le chaos. La plupart des anciens abris existent encore.

— Mais toi ?

— Ils me le feront savoir. (Il réfléchit brièvement en la dévisageant.) Ou alors, ils pensent que tu es ma famille, désormais.

Ainsi donc, il avait senti la caresse de sa main, pendant cette heure horrible. Mais le sourire qu'il lui adressa était si forcé qu'elle tressaillit et le serra soudain tellement fort qu'elle semblait vouloir l'écraser, pour lui montrer à quel point elle l'aimait et combien elle détestait sa tristesse.

— Ils ont raison, dit-elle d'un ton âpre. Mais ils devraient quand même te contacter.

— Mais ils le feront. J'en suis certain.

Maya n'avait pas la moindre idée de ce qu'elle devait penser de cette théorie de Michel. Coyote s'était bel et bien évadé du labyrinthe du mohole et il était probable qu'il avait dû aider ses amis autant qu'il le pouvait. Hiroko avait sans doute été la première sur la liste. Elle interrogerait Coyote dès qu'elle le verrait ; mais il ne lui avait jamais rien dit jusque-là. En tout cas, Hiroko et ceux du cercle intime avaient disparu. Ils étaient morts, prisonniers, ou bien cachés : c'était un coup cruel porté à la cause, car Hiroko était le centre moral d'une majorité de la Résistance.

Mais elle avait été tellement bizarre. Une partie de Maya, surtout subconsciente et ignorée, n'était pas vraiment malheureuse de voir Hiroko effacée de la scène, quelles qu'aient été les circonstances. Maya n'avait jamais été capable de vraiment communiquer avec Hiroko, de la comprendre, et même si elle l'avait aimée, elle avait toujours été énervée par ses errances et cette façon qu'elle avait de compliquer les choses. Et c'était également irritant qu'il y eût un autre pouvoir parmi les femmes des Cent Premiers, un pouvoir sur lequel elle n'avait absolument aucune influence. Bien sûr, l'idée que tout le groupe ait été capturé ou, pire encore, tué était atroce. Mais s'ils avaient décidé de disparaître à nouveau, ça ne serait peut-être pas aussi mal. Les choses en seraient simplifiées, dans une période où ils avaient besoin de simplification, ce qui donnerait à Maya plus de contrôle potentiel sur les événements futurs.

Elle espérait donc de tout son cœur que la théorie de Michel était juste, elle approuvait et affectait d'adhérer à son analyse d'une manière réservée très réaliste. Et puis, ils se rendaient à un autre meeting, pour calmer une autre communauté d'indigènes en colère. Les semaines passèrent, puis les mois. Il semblait qu'ils aient survécu à la crise. Mais sur Terre, les choses dégénéraient, et Sabishii, leur ville universitaire, le joyau du demi-monde, fonctionnait sous une sorte de loi martiale. Et Hiroko avait disparu. Hiroko qui était leur cœur. Maya elle-même, qui avait éprouvé au début un certain bonheur à en être débarrassée, était de plus en plus oppressée par son absence. Le concept de Mars Libre avait été partie intégrante de l'aréophanie, après tout — et voilà qu'il était réduit à une question de politique, à la survie du mieux adapté...

Les choses avaient perdu leur essence. Comme l'hiver s'écoulait et que les nouvelles de la Terre ne parlaient que de l'escalade des conflits, Maya remarqua que les gens avaient un besoin de plus en plus grand de distraction. Les soirées étaient plus bruyantes et survoltées. La corniche était investie chaque nuit, et parfois, comme pour Fassnacht ou le Nouvel An, tout le monde y accourait, tout le monde dansait, buvait et chantait avec une gaieté féroce, sous les petits slogans rouges des murs : ON NE PEUT JAMAIS REVENIR EN ARRIÈRE. MARS LIBRE. Mais comment ? Comment ?

Cet hiver-là, le Nouvel An fut particulièrement frénétique. On abordait M-50, un anniversaire important, et tous voulaient le fêter comme il convenait. En compagnie de Michel et Spencer, Maya descendit jusqu'à la corniche en domino et observa avec curiosité les lignes ondulantes des danseurs, tous ces corps jeunes, grands et souples, ces visages masqués au-dessus de poitrines nues, comme surgis d'anciennes gravures hindoues. Les seins et les pectoraux vibraient gracieusement au rythme d'un steel band de nuevo calypso. Comme c'était étrange ! Ces jeunes Martiens, ces extraterrestres étaient ignorants mais tellement beaux ! Tellement beaux ! Et elle était là, sur le front de mer encore sec de cette ville qu'elle avait aidé à construire... Elle décollait à l'intérieur d'elle-même, franchissait l'équinoxe dans l'élan glorieux de l'euphorie. Ce n'était peut-être qu'un accident biochimique, et c'était même probable vu la situation sinistre des deux mondes qui étaient *entre chien et loup*, mais elle éprouvait une émotion vraie qui se répandait dans tout son corps. Et elle entraîna Michel dans la file des danseurs et elle se mit à s'agiter jusqu'à être baignée de sueur, transportée, heureuse.

Ils passèrent un moment dans le café. C'était une sorte de réunion intime de quelques-uns des Trente-Neuf Premiers : elle, Michel et Spencer, Vlad, Ursula et Marina, Yeli Zudov et Mary Dunkel, qui s'étaient glissés hors de Sabishii un mois après le raid, ainsi que Mikhail Yangel, qui était venu de Dorsa Brevia, et Nadia, descendue de Fossa Sud. Ils étaient dix.

— Une décimation, remarqua Mikhail.

Et ils commandaient des bouteilles de vodka en série, comme s'ils voulaient noyer le souvenir des quatre-vingt-dix autres, de leurs collègues de ferme qui, au mieux, avaient réussi à disparaître, et au pire avaient été tués. Les Russes bizarrement majoritaires, cette nuit-là, se distinguaient en portant des toasts multiples venus de leur pays. Goinfrons-nous ! A notre santé ! On trinque ! On baise ! On s'en met jusque-là ! On se rince la dalle ! On s'en met jusqu'aux yeux ! Et ainsi de suite, jusqu'à ce que Michel, Mary et Spencer prennent un air stupéfait. Mais, leur expliqua Mikhail, c'était comme les Eskimos avec la neige.

Alors, ils se relancèrent dans la danse, ils formèrent leur propre file qui se mit à chalouper dangereusement entre les jeunes noceurs. Cinquante longues années martiennes et ils avaient survécu et ils dansaient encore ! Un miracle !

Mais comme toujours, l'humeur prévisible de Maya atteignit un sommet et retomba soudainement. Cette nuit plus particulièrement, quand elle vit les regards intoxiqués sous les masques, quand elle discerna que chacun était lancé dans son propre voyage et ne visait que la fuite dans son monde privé, là où n'existait plus que le partenaire de la fin de nuit. Là, rien n'avait changé.

— Rentrons, lança-t-elle à Michel qui se trémoussait encore devant elle au rythme de l'orchestre, ravi par le spectacle de tous ces jeunes corps minces. Rentrons : je ne peux plus supporter ça.

Mais lui voulait rester, et les autres aussi. A la fin, elle retourna seule à l'appartement, elle passa le portail, grimpa les marches, suivie par le tintamarre de la fête.

Et elle retrouva le sourire du jeune Frank au-dessus de l'évier. Il souriait devant son désarroi. C'est normal, bien sûr, lui disait-il. Moi aussi, je connais cette histoire. J'ai souffert pour l'apprendre. Les anniversaires, les mariages, les moments de bonheur : tout cela passe. Tout cela est parti. Sans jamais rien signifier. Son sourire était mince, déterminé, et ses yeux... c'était comme regarder à travers les fenêtres d'une maison vide. Maya renversa une tasse qui alla se briser sur le sol. Elle regarda un instant l'anse tourner et se mit à pleurer avant de se laisser tomber à genoux, les mains croisées sur les cuisses.

Avec la nouvelle année, ils apprirent que des mesures de sécurité renforcées avaient été prises à Odessa même. Apparemment, l'ATONU avait tiré des leçons de Sabishii et était décidée à neutraliser les autres villes de manière plus subtile : passeports nouveaux, contrôles à chaque porte, à chaque garage, accès restreint aux trains. La rumeur disait qu'ils en avaient après les Cent Premiers en particulier, qu'ils les accusaient de complot pour renverser l'Autorité transitoire.

Pourtant, Maya tenait à ce que les meetings de Mars Libre continuent, et Spencer était d'accord.

— Aussi longtemps que nous le pourrons, lui avait-elle dit.

C'est ainsi qu'une nuit ils s'engagèrent ensemble dans l'interminable escalier de pierre qui accédait à la ville haute. Michel s'était joint à eux pour la première fois depuis l'attaque de Sabishii, et Maya avait l'impression qu'il se remettait plutôt bien du choc, depuis cette terrible nuit où Marina avait frappé à leur porte.

Mais Jackie Boone et le reste de sa bande, Antar et les Zygote, les rejoignirent. Ils étaient arrivés à Odessa par le train d'Hellas, fuyant les soldats de l'ATONU, plus militants que jamais, déchaînés contre l'attaque de Sabishii. La disparition d'Hiroko et de son groupe avait fait sortir les ectogènes de leurs gonds. Pour eux, après tout, Hiroko était la mère, et ils semblaient tous d'accord pour déclarer qu'il était temps de sortir de la clandestinité pour déclencher une rébellion générale. Il n'y avait plus une minute à perdre, dit Jackie au public, si on voulait sauver les Sabishiiens et les colons qui se cachaient dans les refuges.

— Je ne crois pas qu'ils aient capturé les gens d'Hiroko, dit Michel. Je pense qu'ils ont suivi Coyote dans l'underground.

— C'est ce que tu souhaites, commenta Jackie, et Maya sentit sa lèvre supérieure se plisser.

— Ils nous auraient prévenus s'ils étaient en danger, dit Michel.

Jackie secoua la tête.

— Ils ne se cacheraient pas maintenant que la situation devient critique. (Dao et Rachel acquiescèrent.) Et puis, il y a les Sabishiiens, et la fermeture de Sheffield, non ?... C'est ce qui va se passer ici. Non, l'Autorité transitoire s'empare de tout. C'est maintenant qu'il faut agir !

— Les Sabishiiens ont porté plainte contre l'Autorité transitoire, dit Michel, et ils sont toujours chez eux.

Jackie afficha un air dégoûté, comme si Michel se comportait en idiot optimiste et trouillard. Le pouls de Maya bondit brusquement et elle serra les dents.

— Nous ne pouvons agir maintenant, dit-elle d'un ton sec. Nous ne sommes pas prêts.

Jackie la foudroya du regard.

— Si on te croit, nous ne le serons jamais ! On va attendre jusqu'à ce qu'ils aient bouclé toute la planète, et alors nous ne pourrons plus rien faire, même si nous le voulons. Ce qui est exactement ce qui te plairait, j'en suis certaine.

Maya jaillit de sa chaise.

— Il n'y a plus de *ils*. Quatre ou cinq métanationales se battent pour Mars actuellement, comme elles le font sur Terre. Cet assaut contre Sabishii n'était qu'une phase de ce combat. Si nous nous interposons, nous allons être pris dans un feu croisé. Il faut que nous choisissions notre moment. Ce sera quand ils se feront réellement du mal que nous aurons une chance de réussir. Sinon, ce moment nous sera imposé, et c'est comme en 61 : personne ne saura ce qui se passe, ça nous tombera dessus, ce sera le chaos et des gens mourront !

— 61 ! s'écria Jackie. C'est toujours 61 avec toi — l'excuse parfaite pour ne rien faire ! Sabishii et Sheffield sont bouclés, et Burroughs n'en est pas loin. Hiranyag et Odessa vont suivre, des renforts de police arrivent tous les jours par l'ascenseur. Ils ont arrêté ou tué des centaines de gens, comme ma grand-mère, qui est notre leader à tous, et tu nous parles de 61 ! C'est 61 qui a fait de toi une lâche !

Maya la frappa durement sur la tempe, Jackie bondit sur elle, et Maya s'écroula contre une table, relâchant l'air de ses poumons dans un souffle violent. Jackie la martelait de coups de poing, mais elle réussit à lui saisir un poignet et elle lui mordit l'avant-bras de toute la force de sa mâchoire, en essayant vraiment de pénétrer dans la chair. Puis on les sépara dans le déchaînement général. Tout le monde hurlait, y compris Jackie :

— Putain ! Putain ! Putain ! *Sale meurtrière !*

Et Maya entendit les mots qu'elle crachait en réponse :

— Sale petite traînée idiote !

Elle avait mal dans les côtes et dans les gencives. Des gens se penchaient sur elle, pressaient les doigts sur ses lèvres et celles de Jackie. Et quelqu'un siffla :

— Chtt, chtt ! Du calme. On va nous entendre, on nous dénoncera et la police va venir !

Michel leva enfin la main et Maya souffla encore, une dernière fois :

— Sale petite traînée idiote !

Avant de s'affaler dans une chaise et de lancer aux autres un regard tellement furieux que la moitié au moins en furent paralysés. Ils venaient de libérer Jackie qui se mit aussitôt à jurer à voix basse, jusqu'à ce que Maya lance « Tais-toi ! » avec une telle férocité que Michel s'interposa à nouveau.

— Tu traînes tes garçons en remorque par la bite et tu te crois un chef ! grinça Maya dans un souffle. Mais il n'y a pas l'ombre d'une idée dans ton crâne vide...

— Je ne supporterai pas d'entendre ça ! glapit Jackie.

La foule fit *chtt !* et elle s'enfuit. C'était une erreur, une retraite, et Maya en profita pour fustiger sa stupidité dans un chuchotement rauque — puis, quand elle eut réussi à dominer un peu sa fureur, qui ne vint plus qu'affleurer son visage sous une expression de patience, de détermination et de contrôle, elle leur redemanda d'attendre leur heure, un discours qui était par essence incompréhensible. Durant sa péroraison, tous les regards étaient braqués sur elle, bien sûr, comme si elle était maintenant une sorte de gladiatrice ensanglantée, la Veuve

Noire en personne, mais elle avait encore la mâchoire douloureuse et elle ne pouvait décemment pas prétendre être le modèle parfait du débatteur intelligent. Elle avait l'impression que ses lèvres étaient tuméfiées, et elle dut refouler un sentiment d'humiliation pour continuer, froide, passionnée et impérieuse. Le meeting s'acheva dans une ambiance morose. Ils étaient tous d'accord, sans l'avoir exprimé, pour garder un profil bas et retarder toute insurrection généralisée. Maya se retrouva affalée dans un tramway entre Spencer et Michel, refoulant ses larmes. Ils devaient prendre en charge Jackie et son groupe pendant qu'ils étaient à Odessa — et leur immeuble était le refuge désigné, après tout. C'était une situation à laquelle elle ne pourrait échapper. Et des policiers étaient maintenant en place à l'entrée des bureaux et des centrales de la ville. Ils vérifiaient les identités de tous ceux qui entraient. Si elle ne retournait pas au travail, ils pourraient l'interpeller pour lui demander quels étaient ses motifs, mais si elle regagnait son bureau, il n'était plus certain qu'elle s'en tirerait avec son identité de poignet et son passeport suisse. La rumeur disait que la balkanisation de l'information qui avait suivi les événements de 61 était en train de s'effondrer pour laisser la place à un système intégrant les données d'avant-guerre, d'où la nécessité de passeports nouveaux. Et si elle était filtrée par un de ces systèmes, ce serait fini pour elle. On l'expédierait dans les astéroïdes, ou à Kasei Vallis, à moins qu'on ne la torture et qu'elle ne se retrouve avec l'esprit détérioré, comme Sax.

— C'est peut-être le moment, déclara-t-elle à Michel et Spencer. S'ils bloquent toutes les villes et toutes les pistes, quel choix nous reste-t-il ?

Ils ne répondirent pas. Pas plus qu'elle, ils ne savaient quoi faire. Tout à coup, l'ensemble du projet d'indépendance semblait une fiction, un rêve impossible, comme il l'avait été quand Arkady y avait adhéré, Arkady, qui avait été si fort et si joyeux. Jamais ils ne se libéreraient de la Terre. Ils étaient impuissants.

— Je veux d'abord en parler avec Sax, dit Spencer.

— Et avec Coyote aussi, ajouta Michel. Je veux qu'il m'en dise plus sur ce qui s'est passé à Sabishii.

— Et moi je veux voir Nadia, fit Maya, la gorge nouée.

Si Nadia l'avait vue à ce meeting, elle aurait eu honte pour elle, et cette idée la blessait. Elle avait besoin de Nadia, la seule personne sur Mars dont elle acceptait le jugement.

Alors qu'ils changeaient de tram, Spencer dit à Michel :

— Il se passe quelque chose de bizarre avec l'atmosphère. Je veux vraiment savoir ce que Sax peut en dire. Les taux d'oxygène augmentent plus rapidement que je ne m'y attendais, et plus particulièrement dans Tharsis Nord. On dirait qu'on a répandu une bactérie qui a réussi sans gènes-suicide. Sax a plus ou moins réorganisé sa vieille équipe du Belvédère d'Echus, ils sont tous vivants et ils ont travaillé à Acheron et ailleurs sur des projets dont ils ne nous ont jamais parlé. C'est comme ces conneries de réchauffeurs à éoliennes. Donc, il faut que nous en discutions. Sur ce plan-là, nous devons travailler ensemble, ou alors...

— Ou alors, ce sera comme en 61 ! s'écria Maya.

— Je sais, je sais. Tu as raison sur ce point, Maya, je te l'accorde. J'espère qu'ils sont suffisamment nombreux à penser comme moi.

— Il faut faire mieux qu'espérer.

Ce qui signifiait qu'elle devrait agir par elle-même. Qu'elle devrait plonger complètement dans l'underground, aller de cité en cité, de refuge en refuge, comme Nirgal l'avait fait des années durant, sans foyer ni travail, pour rencontrer autant de cellules révolutionnaires que possible et essayer de les maintenir de leur côté. Ou, au moins, tenter de les empêcher d'exploser trop tôt. Il serait impossible de continuer à travailler sur le projet de la mer d'Hellas.

Elle en avait donc fini avec cette existence. Elle descendit du tram, jeta un bref regard vers le parc de la corniche, puis passa le portail de leur immeuble, traversa le jardin, monta l'escalier et s'engagea dans le couloir si familier avec le sentiment d'être pesante, vieille et très, très fatiguée. Elle inséra la clé sans y penser et déambula dans l'appartement en regardant toutes ces choses familières : les livres de Michel empilés sur les rayonnages, la housse Kandinsky du canapé, les croquis de Spencer, la table basse bancale, les chaises et la table de cuisine esquintées, le coin cuisine bien en ordre, avec le visage familier au-dessus de l'évier. Dans combien de vies antérieures avait-elle connu ce visage ? Tous ces vieux éléments du décor suivraient le cours de leur vie. Elle s'immobilisa au centre de la chambre, vidée, désemparée, regrettant toutes ces années qui avaient passé sans même qu'elle s'en rende compte. Presque une décennie de travail productif, de vie réelle, et elle était prise une fois encore dans le vent furieux de l'histoire, vers un paroxysme qu'elle devait tenter de dévier ou, du moins, de suivre, en l'orientant vers des voies qui leur permettraient à tous de survivre. Maudit soit le monde ! Ce monde indiscret, étouffant et aveugle, qui roulait sur le présent en brisant des vies. Elle avait aimé cet appartement, cette ville, cette vie avec Michel, Spencer, Diana et tous ses collègues de travail, avec ses habitudes, sa musique et les petits plaisirs du quotidien.

Son regard morne se posa sur Michel. Il s'était arrêté sur le seuil et observait la pièce comme s'il voulait s'en souvenir. Puis il eut un haussement d'épaules bien français.

— La nostalgie avant son heure, fit-il en essayant de sourire.

Il ressentait la même chose. Cela n'existait pas seulement dans son esprit, se dit Maya, c'était réel.

Avec un effort, elle lui retourna son sourire, s'avança et lui prit la main. En bas de l'escalier, un bruit de piétinements annonça le retour de la bande de Zygote. Ils pouvaient bien s'installer dans l'appartement de Spencer, ces salopards.

— Si ça marche, dit-elle, nous reviendrons un jour.

Dans la lumière d'une fraîche matinée, ils descendirent vers la gare, passèrent devant les cafés, les chaises encore humides retournées sur les tables. A la gare, ils présentèrent leurs vieilles identités de poignet et obtinrent sans difficulté des billets. Ils prirent un train jusqu'à Montepulciano, louèrent des combinaisons et des casques, quittèrent la tente et dévalèrent l'une des ravines profondes, au bas des collines. Coyote les attendait dans un patrouilleur-rocher. Il les conduisit jusqu'au cœur d'Hellespontus, vers le haut d'un réseau de vallées en fourchette. Ils franchirent col après col dans un chaos rocailleux tombé du ciel, un labyrinthe cauchemardesque et désolé — et se retrouvèrent en bas de la pente occidentale, au-delà du cratère Rabe, dans les collines balafrées de cratères des highlands de Noachis. Ils étaient désormais coupés du réseau, lancés dans une errance que Maya n'avait jamais connue.

Au début de cette période, Coyote les aida énormément. Il n'était plus le même, se disait Maya. Il était encore préoccupé par la prise de Sabishii, et même tourmenté. Il ne répondait pas quand ils l'interrogeaient à propos du sort d'Hiroko et des colons clandestins. Il répétait si souvent « je ne sais pas », qu'elle commença à le croire, surtout quand son visage se déformait pour prendre une expression tellement humaine de détresse, comme si sa fameuse insouciance indestructible avait été pulvérisée.

— Sincèrement, j'ignore s'ils ont pu ou non s'en sortir. J'étais déjà dans le labyrinthe du terril quand ils ont occupé la place. Je me suis enfui dans un patrouilleur aussi vite que j'ai pu en me disant que je serais plus utile à l'extérieur. Mais personne n'est sorti. J'étais du côté nord, et il est possible qu'ils soient tous sortis par le sud. Ils étaient dans le labyrinthe, eux aussi, et Hiroko a des abris d'urgence, comme moi. Mais je ne suis sûr de rien.

— Voyons si nous pouvons trouver quelque chose, dit Maya.

Il les emmena donc vers le nord. A un certain point, ils quittèrent la piste Sheffield-Burroughs pour pénétrer dans un tunnel à peine plus grand que leur véhicule. Ils y passèrent la nuit dans des anfractuosités inconfortables et se ravitaillèrent dans des placards dissimulés. Aux approches de Sabishii, ils plongèrent dans un autre tunnel caché. Il faisait partie du labyrinthe du terril. Les caveaux de pierre carrés y étaient comme des tombes néolithiques, mais éclairées par un ruban luminescent et chauffées. Là, ils furent accueillis par Nanao Nakayama, l'un des issei, plus jovial que jamais. Sabishii leur avait été plus ou moins restituée, et même si la police de l'ATONU était encore en ville, et plus particulièrement dans la gare et aux portes, elle ne mesurait pas encore la pleine extension des complexes du mohole et n'était pas en mesure de bloquer totalement l'aide de la ville à ceux de l'underground. Sabishii n'était plus un demi-monde ouvert, expliqua Nanao, mais ils travaillaient encore.

Mais pourtant, lui non plus ne savait pas ce qu'était devenue Hiroko.

— Nous n'avons pas vu si on les arrêtait. Mais, après que les choses sont revenues au calme, nous n'avons pas retrouvé Hiroko et les siens ici. Et nous ne savons pas où ils ont pu aller. (Il porta la main à sa boucle d'oreille en turquoise, visiblement perplexe.) Je crois qu'ils sont probablement livrés à eux-mêmes. Hiroko a toujours pris la précaution de se ménager des caches partout où elle allait. C'est ce qu'Iwao m'a expliqué un soir où nous avions bu pas mal de saké près de la mare aux canards. Et puis, il me semble qu'Hiroko a l'habitude de disparaître comme ça, mais pas l'Autorité transitoire. On peut donc en déduire qu'elle a choisi délibérément de le faire. Mais bon... Vous devez avoir envie de prendre un bain et de manger. Ensuite, si vous pouviez discuter un peu avec les sansei et les yonsei qui sont venus nous rejoindre, ce serait une bonne chose pour eux.

Ils restèrent dans le labyrinthe pendant près de deux semaines, et Maya rencontra plusieurs des nouveaux groupes clandestins. Elle passa le plus clair de son temps à les encourager, à leur assurer qu'ils pourraient retourner en surface, et même regagner Sabishii très bientôt. La sécurité s'était renforcée, mais les réseaux restaient très perméables, l'économie alternative trop importante pour un contrôle total. La Suisse leur fournirait de nouveaux passeports. Praxis leur donnerait des emplois, et ils pourraient reprendre leur travail. La chose la plus importante était de coordonner leurs efforts et de résister à la tentation d'un soulèvement prématuré.

Après l'un des meetings, Nanao lui dit que Nadia lançait les mêmes appels dans Fossa Sud et que Sax les imitait avec son équipe en demandant à tous de leur accorder plus de temps. Ils étaient donc d'accord sur la politique à suivre, du moins les vieux routiers. Quant à Nirgal, il travaillait de près avec Nadia et soutenait sa politique. C'étaient donc les groupes radicaux qui étaient les plus difficiles à contenir, et c'était Coyote qui avait le plus d'influence sur eux. Il voulait visiter en personne certains refuges des Rouges, et Maya et Michel l'accompagnèrent sur la route de Burroughs.

La région qui s'étendait entre Sabishii et Burroughs était saturée d'impacts de cratères, et chaque nuit ils devaient contourner les anneaux plats des collines pour s'arrêter à l'aube dans les petits abris de bordure surpeuplés de Rouges qui ne se montraient guère hospitaliers à l'égard de Maya et Michel. Mais ils écoutaient Coyote avec attention et échangeaient avec lui des informations à propos d'innombrables refuges dont Maya n'avait jamais entendu parler. La troisième nuit, ils descendirent la pente accentuée du Grand Escarpement à travers un archipel d'îles-mesas, et atteignirent soudain la plaine lisse d'Isidis. Ils découvraient une perspective immense sur le bassin, jusqu'à un monticule pareil au crassier du mohole de Sabishii, qui courait à l'horizon, décrivant une large courbe depuis le cratère Du Martheray, sur le Grand Escarpement, vers le nord-ouest, en direction de Syrtis. C'était la nouvelle digue, leur apprit Coyote. Elle avait été édifiée par un groupe de robots prélevés dans le mohole d'Elysium. Elle était haute de deux cents mètres, et large de quatre cents, véritablement massive. Elle évoquait une dorsa basaltique du Sud, si ce n'est que sa texture veloutée révélait qu'elle avait été construite dans du régolite et non dans de la roche volcanique dure.

Maya l'observa longtemps, en songeant que les conséquences recombinées de leurs actes échappaient à leur contrôle. Ils pouvaient toujours essayer de construire des remparts pour les contenir — mais les remparts tiendraient-ils ?

Ils revinrent à Burroughs, passèrent la porte sud-est avec leurs identités suisses et s'installèrent dans un immeuble-refuge tenu par des Bogdanovistes de Vishniac qui travaillaient maintenant pour Praxis. Leur refuge était un grand appartement lumineux à mi-pente de la muraille nord de Hunt Mesa, qui dominait la vallée centrale entre Branch Mesa et Double Decker Butte. L'appartement du dessus était un studio de danse et, durant une bonne partie de la journée, ils vivaient dans les *boum-boum*, *boum-boum* assourdis. Au-dessus de l'horizon du nord, un nuage irrégulier de poussière et de vapeur flottait sur le site où les robots travaillaient encore sur la digue. Chaque matin, Maya l'observait en réfléchissant aux bulletins d'infos de Mangalavid et aux abondants messages de Praxis. Puis, une nouvelle journée avec l'underground commençait. Très souvent, elle était confinée dans l'appartement pour diverses réunions, quand elle ne se concentrait pas sur les messages vidéo. La vie ne ressemblait donc pas à celle d'Odessa, et il était difficile de développer des habitudes ici, ce qui la rendait sombre, lui mettait les nerfs en pelote.

Mais elle pouvait quand même arpenter les rues de cette grande ville qu'était Burroughs, anonyme au milieu de tous les autres citoyens — elle suivait le canal, s'installait dans un des restaurants de Princess Park, ou sur l'une des terrasses les moins fréquentées de la mesa. Partout où elle allait, elle retrouvait les mêmes graffitis rouges aux caractères nets : MARS LIBRE. Ou PRÉPAREZ-VOUS. Ou bien, comme une hallucination issue de son âme : ON NE PEUT JAMAIS REVENIR EN ARRIÈRE. Pour autant qu'elle ait pu le constater, ces slogans étaient ignorés par la population, ils ne faisaient l'objet d'aucune discussion, et ils étaient souvent effacés par les équipes de nettoyage. Mais ils revenaient régulièrement, en anglais et parfois en russe. Elle retrouvait le vieil alphabet comme un ancien ami perdu, un flash subliminal jailli de l'inconscient collectif, s'ils en avaient un. Et les mots ne perdaient pas leur effet de choc électrique. Etrange de constater comment des moyens aussi simples pouvaient susciter des effets aussi puissants. A force de parler, de répéter encore et toujours, de ressasser, on pouvait finir par faire tout et n'importe quoi.

Ses rencontres avec les petites cellules des diverses organisations de la Résistance se déroulaient bien, quoiqu'elle eût de plus en plus conscience des divisions profondes de toutes sortes qui s'étaient formées entre eux, en particulier l'aversion que les Rouges et les Mars-Unistes éprouvaient pour les Bogdanovistes et les groupes de Mars Libre, que les Rouges considéraient comme des Verts, une autre manifestation du camp ennemi. Ce qui pouvait annoncer des ennuis. Mais elle faisait de son mieux, et au moins tout le monde écoutait, et elle avait le sentiment d'accomplir des progrès. Lentement, elle se fit à Burroughs et à leur vie clandestine. Michel avait mis sur pied pour elle un programme de routine avec les Suisses et Praxis ainsi qu'avec les Bogdanovistes regroupés en ville — une routine sûre qui lui permettait de rencontrer fréquemment des groupes sans compromettre la sécurité des refuges. Et chaque meeting semblait les aider un peu. Le seul problème avec lequel elle ne pouvait transiger était que la majorité des groupes voulait se révolter immédiatement — Rouges ou Verts, ils avaient tendance à suivre les Rouges radicaux d'Ann réfugiés dans l'intérieur et les jeunes têtes brûlées de l'entourage de Jackie, aussi y avait-il de plus en plus d'actes de sabotage dans les villes, ce qui accroissait les mesures de surveillance policière, et il semblait que les choses pouvaient éclater d'un moment à l'autre. Maya commençait à se considérer comme une sorte de frein et, souvent, elle en perdait le sommeil et se tourmentait : les gens semblaient si peu désireux d'entendre ce message ! D'un autre côté, elle était également celle qui devait montrer aux vieux Bogdanovistes et autres vétérans la force de ce mouvement indigène, celle qui les réveillait dans les moments sombres. Ann était dans l'intérieur, occupée à sa tâche sinistre de destruction.

— Ça ne réussira pas comme ça, lui répétait Maya message après message, même si Ann n'accusait jamais réception.

Pourtant, il existait certains signes encourageants. Nadia, dans Fossa Sud, était à la tête d'un mouvement puissant qui semblait sous son influence et étroitement aligné sur Nirgal et son groupe. Vlad, Ursula et Marina s'étaient réinstallés dans leurs vieux labos d'Acheron, sous l'égide de la société de bio-ingénierie de Praxis. Ils étaient en contact permanent avec Sax, qui se trouvait dans un refuge du cratère Da Vinci avec sa vieille équipe de terraforming, soutenue par les Minoens de Dorsa Brevia. Le gigantesque tube de lave avait été foré et aménagé plus loin vers le nord, bien au-delà des limites de l'époque du congrès. La majorité des nouveaux segments servait apparemment d'abris pour les réfugiés des sanctuaires du Sud, abandonnés ou détruits, toute une série d'ateliers et de fabriques occupant les autres. Maya visionna des vidéos : des gens circulaient dans des petits véhicules entre les divers segments sous tente, travaillaient dans la clarté filtrée des baies, douce et brune, lancés dans ce qu'on pouvait appeler un effort de guerre. Ils construisaient des planeurs furtifs, des véhicules furtifs, des missiles sol-espace, des abris-blockhaus (dont certains avaient été installés dans le tube de lave, en cas d'attaque surprise) — et aussi des missiles air-sol, des armes antiblindés, des armes de poing, et, d'après les Minoens, toute une variété d'armes écologiques que Sax concevait lui-même.

Toute cette activité ajoutée à la destruction des sanctuaires du Sud donnait à distance le sentiment d'une espèce de fièvre qui aurait gagné tout Dorsa Brevia, ce qui était un nouveau facteur d'inquiétude pour Maya. Sax était au cœur du projet, c'était un esprit brillant et entêté, endommagé et dangereux, un savant fou *bona fide*. Il n'avait toujours pas parlé directement à Maya ; et ses raids sur Deimos et la loupe en orbite, quoique réussis, avaient selon elle déclenché l'intensification de la pression de l'ATONU sur le Sud. Elle ne cessait d'émettre des messages préconisant la patience et la réserve. Jusqu'à ce qu'Ariadne lui réponde avec irritation :

— Maya, nous le savons déjà. Nous travaillons avec Sax et nous avons une idée de ce que nous préparons, et ce que tu dis est ou bien évident ou totalement faux. Parle aux Rouges si tu veux te rendre utile, mais pas à nous.

Elle jura devant l'écran avant de s'entretenir avec Spencer. Qui lui dit :

— Sax considère que si nous devons nous débarrasser d'eux, nous avons besoin d'armes, ne serait-ce qu'en réserve. Ça me paraît plutôt sensé.

— Qu'est devenue l'idée de décapitation ?

— Peut-être qu'il croit être en train de construire la guillotine. Ecoute, discutes-en avec Nirgal et Art. Ou encore Jackie.

— Bien. C'est à *Sax* que je veux parler. Il faudra bien qu'il me parle un jour ou l'autre, merde ! Débrouille-toi pour qu'il m'appelle, veux-tu ?...

Spencer fut d'accord pour essayer. Un matin, il réussit à passer un appel privé à Sax. C'est Art qui répondit, mais il promit d'avoir Sax en ligne.

— Il est très occupé ces jours-ci, Maya. Ça me fait plaisir. Les gens l'appellent général Sax.

— Seigneur !

— Mais non, tout va bien. Ils parlent aussi du général Nadia et du général Maya.

— Ils ne m'appellent pas comme ça !

Ils parlaient plutôt de la Veuve Noire, de la Chienne. De la Tueuse. Elle le savait.

Elle vit dans le regard en biais d'Art qu'elle avait raison.

— Bon. Quoi qu'il en soit, pour Sax, c'est une plaisanterie. Les gens parlent aussi de la révolte des rats de laboratoire, ce genre de chose...

— Ça ne me plaît pas.

L'idée d'une seconde révolution semblait avoir acquis une vie propre, un élan qui échappait à toute logique. Ça n'était plus qu'une chose qu'ils accomplissaient, qu'ils avaient toujours dû accomplir. Hors de son contrôle et de celui de quiconque. Même leurs efforts collectifs, dispersés et secrets, ne semblaient pas coordonnés ou conçus selon une idée claire. Ils ne paraissaient pas savoir ce qu'ils tentaient de faire, ni pourquoi. Ça arrivait, simplement.

Quand elle s'en ouvrit à Art, il acquiesça.

— C'est ça l'histoire, je pense. Embrouillée. Il faut tenir le tigre par la queue et se cramponner. Il y a des tas de gens différents dans ce mouvement, et ils ont chacun leur propre idée. Mais si vous voulez que je vous dise, nous nous débrouillons mieux que la dernière fois. Je travaille sur quelques projets nouveaux avec la Terre, je suis en train de négocier avec la Suisse et certains membres de la Cour mondiale, etc. Et puis, Praxis nous tient complètement informés de ce qui se passe dans les métanationales, ce qui signifie que nous n'allons pas nous jeter dans quelque chose que nous ne comprenons pas.

— C'est vrai, reconnut Maya.

Les infos et les analyses qu'ils recevaient de Praxis étaient plus complètes que tous les bulletins de la Terre. Les métanats s'enfonçaient dans cette dérive que l'on appelait le métanatricide, et eux, sur Mars, dans leurs refuges et leurs sanctuaires, suivaient cela coup par coup. Subarashii s'était emparée de Mitsubishi, puis de sa vieille ennemie, Armscor, avant de se brouiller avec Amexx, qui se battait pour arracher les Etats-Unis au Groupe des Onze. Ils voyaient tout de l'intérieur. Rien ne ressemblait à la situation des années 2050. Ce qui était un réconfort, même mineur.

Puis Sax se montra sur l'écran, derrière Art, et la dévisagea.

— Maya !

Elle en eut la gorge nouée. Est-ce qu'il lui avait pardonné, pour Phyllis ? Est-ce qu'il comprenait pourquoi elle avait fait ça ? Sur son nouveau visage, elle ne lisait aucun indice — il était aussi impassible que l'ancien, plus difficile sans doute à déchiffrer car il était encore si peu familier.

Elle se domina, et lui demanda quels étaient ses plans.

— Aucun. Nous en sommes encore au stade des préparatifs. Nous attendons un *déclencheur*. Un événement. Très important. Il existe quelques possibilités que je ne perds pas de vue. Mais nous n'avons rien encore.

— Bien. Ecoute, Sax.

Elle lui expliqua alors ses craintes — la puissance des troupes de l'Autorité transitoire qui était encore augmentée par les grandes métanats centristes. La tendance constante à la violence dans les factions les plus radicales de l'underground. Le sentiment qu'ils étaient en train de retomber dans le même vieux schéma. Au fur et à mesure, il cillait comme il l'avait fait autrefois, et elle sut qu'il l'écoutait vraiment, même avec ce nouveau visage — il l'écoutait enfin, et elle poursuivit plus longtemps qu'elle ne l'avait prévu, elle déballa tout : sa défiance à l'encontre de Jackie, la crainte qu'elle éprouvait de se retrouver à Burroughs, tout. C'était comme si elle parlait à un confesseur ou plaidait sa cause — comme si elle suppliait ces purs scientifiques rationnels de ne pas laisser les choses sombrer dans la folie. Comme si elle demandait à Sax de ne plus être dingue. Elle se surprit en train de balbutier et réalisa à quel degré elle était effrayée.

Il la regardait toujours en battant des cils, avec une sympathie neutre. Mais il finit par hausser les épaules et ne prononça que quelques mots. Il était devenu le général Sax, lointain, taciturne, qui lui parlait depuis ce monde étrange qui habitait son nouvel esprit.

— Donne-moi douze mois. J'en ai besoin.

— OK, Sax. (Elle se sentit rassurée, sans savoir pourquoi.) Je vais faire de mon mieux.

— Merci, Maya.

Et il s'effaça. Elle resta immobile devant le petit écran de son IA, avec le sentiment d'être vidée, soulagée. Absoute pour l'heure.

Elle retrouva son travail avec plus de volonté. Elle organisait des meetings presque chaque semaine, elle s'évadait parfois du réseau pour aller dans Elysium ou Tharsis et s'entretenir avec les cellules des grandes cités. Coyote organisait ses voyages et la promenait au-dessus de la planète dans de longs trajets nocturnes qui lui rappelaient 61. Michel, lui, se chargeait de sa sécurité et de sa protection avec une équipe d'indigènes où l'on trouvait plusieurs ectogènes de Zygote. Ils l'escortaient de refuge en abri dans chacune des cités qu'ils visitaient. Et elle parlait, parlait sans cesse. Elle ne voulait pas seulement les faire attendre mais aussi les coordonner, les obliger à admettre qu'ils étaient du même bord. Parfois, il semblait qu'elle eût un effet sur eux, elle croyait le lire sur tous ces visages. Mais, à d'autres moments, elle devait consacrer tout son effort à bloquer les freins (usés, surchauffés) sur les éléments radicaux. Ils étaient de plus en plus nombreux : Ann et les Rouges, les Mars-Unistes de Kasei, les Bogdanovistes de Mikhail, les « Boonéens » de Jackie, les radicaux arabes conduits par Antar, qui était l'un des nombreux petits amis de Jackie — Coyote, Rachel, Dao... C'était comme si elle tentait de stopper une avalanche dans laquelle elle était prise, comme si elle s'agrippait à des mottes de neige qui l'entraînaient. Dans une telle situation, la disparition d'Hiroko prenait de plus en plus figure de désastre.

Les crises de déjà vu étaient de retour, plus violentes que jamais. Elle avait déjà vécu une pareille période à Burroughs, ce qui expliquait peut-être tout. Mais la sensation était tellement dérangeante quand le déjà vu attaquait... Cette conviction profonde, dont elle ne pouvait se défaire, que tout s'était déjà produit exactement de la même manière, inéluctablement, comme si la récurrence éternelle était vraie... Elle se réveillait et allait à la salle de bains, et, oui, tout cela s'était déjà produit y compris la raideur et les petites douleurs. Et elle allait retrouver Nirgal et ses amis, et s'apercevait que c'était bien une crise de déjà vu et non une coïncidence. Ces choses étaient déjà arrivées auparavant, c'était comme un mécanisme d'horlogerie. Des attaques de destin. OK, se disait-elle, ignore-les. Dis-toi que c'est la réalité. Nous sommes tous des créatures du destin. Au moins, tu ne sais pas ce qui va se passer ensuite.

Elle avait des conversations interminables avec Nirgal, elle essayait de le comprendre et de se faire comprendre. Avec lui, elle apprenait, et elle l'imitait lors des meetings, à présent — avec sa confiance lumineuse, tranquille et amicale qui attirait les foules. Ils étaient tous deux célèbres, on parlait d'eux dans les infos et ils étaient sur la liste des avis de recherche de l'ATONU. Désormais, l'un et l'autre ne devaient plus se montrer dans les rues. Il existait donc un lien entre eux, et Maya apprenait le plus de choses possibles au contact de Nirgal, mais elle avait cependant une influence sur lui. Leurs rapports étaient agréables, et elle avait un lien avec la jeunesse. Elle en était heureuse et elle y puisait de l'espoir.

Mais tout cela se passait dans l'étau implacable du destin ! Du déjà vu, du toujours et du déjà : ce n'était qu'un effet de la biochimie de son cerveau, disait Michel. Un simple effet de retardement ou de répétition neurale, qui lui donnait le sentiment que le présent était également un fragment du passé. Ce qu'il était peut-être. Elle acceptait le diagnostic et les drogues qu'il lui prescrivait sans se plaindre mais sans trop y croire non plus. Chaque matin, chaque soir, elle prenait la pochette qu'il lui avait préparée pour la semaine et avalait ses pilules sans poser de questions. Elle ne l'agressait plus, elle n'en ressentait plus le besoin. Peut-être que cette nuit de veille à Odessa l'avait guérie. Ou bien avait-il enfin trouvé le cocktail de drogues qu'il lui fallait. Elle l'espérait. Elle regagnait l'appartement sous le studio de danse après chaque meeting, épuisée. Et pourtant souvent insomniaque. Sa santé se détériorait, elle était fréquemment malade, elle avait des troubles digestifs, de la sciatique et des douleurs dans la poitrine... Ursula lui recommanda un autre traitement gériatrique. Ça l'aiderait toujours. Et avec les dernières techniques génomiques, c'était plus rapide qu'avant. Ça ne prendrait qu'une semaine tout au plus. Mais Maya avait la conviction qu'elle ne pouvait gaspiller une semaine. Plus tard, répondit-elle à Ursula. Quand tout cela sera terminé.

Les nuits où elle ne trouvait pas le sommeil, elle lisait des articles à propos de Frank. Elle avait emporté la photo avec elle et l'avait collée près de son lit, dans la chambre de Hunt Mesa. Elle ressentait encore le poids de ce regard électrique et, durant ses périodes d'insomnie, elle essayait d'en apprendre plus sur ses campagnes diplomatiques. Elle avait l'espoir de découvrir certaines choses qu'il avait réussies pour l'imiter, et aussi de repérer ce qu'il n'avait pas bien fait.

Une nuit, après une visite pénible à Sabishii et à la communauté qui se cachait toujours dans le labyrinthe, elle s'endormit sur son lutrin, au milieu d'un livre sur Frank. Elle rêva de lui et se réveilla. Nerveuse, elle alla dans le living-room, but un verre d'eau et retourna au livre.

Il se concentrait sur les années qui avaient suivi le traité de 2057 jusqu'au soulèvement de 2061. C'est alors qu'elle avait été le plus proche de lui, mais elle n'en avait que de pauvres souvenirs, des éclairs, des instants d'intensité électrique séparés par une obscurité opaque. Et la lecture de ce livre ne déclenchait aucun trait de souvenir en elle, même si elle était mentionnée fréquemment. C'était une espèce de jamais vu historique.

Coyote dormait sur le canapé, et il grogna dans son rêve. Puis, arraché à son sommeil, il chercha d'où venait la lumière. Il s'arrêta derrière Maya sur le chemin de la salle de bains. Penché sur son épaule, il regarda le lutrin et dit d'un ton grave :

— Ah... On raconte beaucoup de choses à son propos.

Il gagna la salle de bains et, quand il en revint, elle lui demanda :

— Je suppose que tu en sais plus.

— Il y a certaines choses sur Frank que je suis seul à savoir, ça c'est sûr.

Elle le fixa.

— Inutile de me le dire. Tu étais à Nicosia, toi aussi.

Elle ne se souvint qu'à cette seconde qu'elle l'avait lu quelque part.

— Mais oui, j'y étais, maintenant que tu m'en parles.

Il se laissa tomber lourdement sur le canapé, le regard fixé sur le sol.

— J'ai vu Frank, cette nuit-là. Il lançait des briques dans les fenêtres. Il a déclenché cette émeute tout seul.

Il releva la tête et rencontra son regard.

— Il parlait à Selim el-Hayil dans le parc environ une demi-heure avant que John soit attaqué. Tu l'as découvert toi-même.

Elle serra les dents et revint au lutrin.

Il s'étira sur le canapé et ne tarda pas à ronfler.

Non, l'information n'était pas nouvelle. Et comme Zeyk le lui avait clairement fait comprendre, personne ne démêlerait jamais cet écheveau, quels que soient les témoignages directs ou les souvenirs de chacun. Aussi loin dans le passé, personne ne pouvait être certain de quoi que ce soit, ni même de ses souvenirs propres, qui variaient subtilement chaque fois qu'ils se représentaient. Les seuls souvenirs auxquels on pouvait se fier étaient ces éruptions venues des profondeurs, ces *mémoires involontaires*[1], si vivaces qu'elles devaient être vraies — mais qui concernaient souvent des événements sans importance. Non. Coyote était une source non fiable parmi les autres.

Elle se pencha sur le texte.

Les efforts de Chalmers pour endiguer l'éruption de violence en 2061 n'aboutirent pas parce qu'à terme il était tout simplement dans l'ignorance de la pleine extension du problème. Comme la plupart des Cent Premiers, il ne pouvait vraiment imaginer le chiffre réel de la population de Mars dans les années 2050, qui dépassait nettement le million. Alors qu'il pensait que la Résistance était conduite et coordonnée par Arkady Bogdanov, parce qu'il le connaissait, il ignorait l'influence d'Oskar Schnelling, à Korolyov, ou des mouvements rouges qui s'étaient répandus sur la planète, comme celui d'Elysium Libre, ou encore les centaines de disparus des colonies fondées par les Cent. Par cette ignorance et par une défaillance de son imagination, il n'abordait qu'une petite fraction du problème.

Maya se redressa, s'étira et observa Coyote. Est-ce que c'était vrai ? Elle essaya de se souvenir de ces années lointaines. Frank avait été conscient, non ?... « On joue avec les épines quand les racines sont sèches. » Est-ce qu'il ne lui avait pas dit cela une fois, à cette époque ?

Elle ne parvenait pas à s'en souvenir. *On joue avec les épines quand les racines sont sèches.* La maxime était suspendue au centre de ses pensées, séparée de tout contexte qui pouvait lui donner un sens. Mais elle avait la ferme impression que Frank avait eu conscience d'une poche invisible de résistance et de rancune. Nul plus que lui ne l'avait su aussi intensément, en fait ! Comment l'auteur de ce livre avait-il pu passer à côté de cette évidence ? Sur ce chapitre, comment un seul de ces historiens qui passaient leur temps dans un fauteuil à trier des enregistrements aurait-il pu savoir ce qu'ils avaient su, comment aurait-il pu éprouver comme eux la nature

1. En français dans le texte. (*N.d.T.*)

kaléidoscopique fracturée de la crise au quotidien ? Chaque instant de leur lutte...

Elle voulait retrouver le visage de Frank, et une image s'imposa à elle. Il était affalé misérablement devant une table de café, avec l'anse brisée d'une tasse tournant à ses pieds. C'était elle qui avait fracassé cette tasse. Mais pourquoi ? Elle ne retrouvait pas le souvenir. Elle cliqua pour aller plus loin dans le livre, traversant des mois de vie à chaque paragraphe, l'analyse sèche avait divorcé de tout ce qui pouvait rester dans sa mémoire. Puis son regard accrocha une phrase, et elle dut faire un effort pour lire, la gorge serrée :

A partir de leur liaison dans l'Antarctique, Toitovna eut sur Chalmers une influence qu'il ne brisa jamais, même si elle perturbait ses plans personnels. C'est ainsi que lorsqu'il revint d'Elysium le mois précédant l'émeute, Toitovna le retrouva à Burroughs où ils restèrent ensemble une semaine, donnant aux autres le spectacle de leurs querelles. Chalmers voulait rester à Burroughs, où le conflit était au point de crise, alors que Toitovna voulait qu'il retourne à Sheffield. Un soir, il se montra dans un des cafés du canal dans un tel état de colère et de désarroi que les serveurs en furent effrayés. Quand Toitovna surgit, ils s'attendirent à ce qu'il explose. Mais il resta immobile tandis qu'elle lui rappelait toutes leurs connexions, toutes les dettes qu'ils avaient envers les autres, tout le passé qu'ils avaient en commun. Finalement, il céda et regagna Sheffield, où il ne put maîtriser la violence qui montait à Elysium et Burroughs. Et la révolution éclata.

Maya fixait l'écran. C'était faux, faux, archi-faux — rien de tout ça n'était arrivé ! Une liaison dans l'Antarctique ? Ça, jamais !

Mais elle l'avait affronté dans un restaurant... Et sans doute les avait-on observés... Difficile à savoir. Mais ce livre était stupide — bourré de spéculations sans fondement — il n'avait rien d'un livre d'histoire. Ou alors, toutes les histoires étaient comme ça, pour autant que quelqu'un se soit vraiment trouvé sur place et les juge correctement. Des mensonges. Elle luttait pour se rappeler — raidie, les dents serrées, les doigts crispés comme si elle allait fouiller dans ses pensées. Mais c'était comme de griffer un rocher. Et, comme elle essayait de retrouver cet instant particulier, cet affrontement au café, aucune image ne lui revint. Les phrases du livre recouvraient tout — *elle lui rappelait toutes leurs connexions...* Non ! Non ! Il était là, affalé à une table. C'était son image... Et il levait enfin les yeux sur elle...

Mais son visage était celui du jeune Frank, sur le mur de la cuisine de l'appartement d'Odessa.

Elle geignit et se mit à pleurer en se mordant les poings.

— Ça va ? demanda Coyote d'un ton vague.

— Non.

— Tu as trouvé quelque chose ?

— Non.

Frank était effacé par les livres. Et par le temps. Les années avaient passé et pour elle aussi, même pour elle, Frank Chalmers n'était plus qu'une minuscule figure historique parmi tant d'autres, comme observée par le mauvais côté d'un télescope. Un nom dans un livre. Une vie que l'on suivait au fil des lignes, comme celle de Bismarck, de Talleyrand, de Machiavel. La vie de son Frank... qui avait disparu.

Elle passait quelques heures chaque jour à examiner avec Art les rapports de Praxis, en essayant d'y découvrir des schémas qu'elle pourrait comprendre. Praxis leur transmettait une telle quantité de données qu'ils se trouvaient dans la situation inverse de celle qu'ils avaient connue dans la crise d'avant 61 — elles étaient importantes, mais trop nombreuses. Chaque jour, les étaux se resserraient sur une multitude de crises et Maya était souvent au seuil du désespoir. Plusieurs pays de l'ONU, tous clients de Consolidated ou de Subarashii, exigeaient l'abolition de la Cour mondiale dont les fonctions étaient devenues redondantes. La majorité des métanationales soutint aussitôt ce projet : la Cour mondiale était au départ une agence de l'ONU, et les métanats clamaient que cette action était légale et imposée par des raisons historiques. Mais le premier effet fut de déranger certains arbitrages en cours, ce qui aboutit à des combats en Ukraine et en Grèce.

Maya interpella Art :

— Qui est responsable ? Est-ce que quelqu'un se charge *vraiment* de ce genre de chose ?

— Bien sûr. Certaines des métanats ont des présidents, et elles ont toutes des conseils d'administration. Elles se rassemblent et discutent, décident des ordres à donner. C'est comme ça que ça se passe avec Fort et les Dix-Huit Immortels de Praxis, bien que Praxis soit plus démocratique que la plupart des métanats. Ensuite, les conseils d'administration désignent le comité exécutif de l'Autorité transitoire, l'Autorité prend certaines décisions d'intérêt local. Je pourrais vous dire les noms, mais je ne crois pas qu'ils aient autant de pouvoir que les gens qui décident sur Terre.

— Peu importe.

Bien sûr qu'il y avait des responsables. Mais personne n'avait le contrôle des événements. C'était la même chose dans les deux camps. En tout cas, c'était vrai pour la Résistance. Le sabotage, essentiellement dirigé contre les plates-formes océaniques de Vastitas, était devenu pandémique, et elle croyait savoir qui en avait eu l'idée. Elle discuta avec Nadia de la nécessité de contacter Ann, mais Nadia secoua la tête.

— Nous n'avons pas une chance. Je n'ai pas pu lui parler depuis Dorsa Brevia. C'est une des Rouges les plus radicales qui soient.

— Comme toujours.

— Non, je ne pense pas qu'elle ait toujours été comme ça. Mais maintenant, ça n'a plus d'importance.

Maya retourna au travail. Elle passait de plus en plus de temps avec Nirgal. Ils profitaient mutuellement de leurs connaissances. Plus que jamais, il constituait son contact le plus solide avec les jeunes, le plus influent et le plus modéré de surcroît. Il attendait un déclencheur pour organiser une action concertée, tout comme elle, et c'était une des raisons pour lesquelles elle gravitait autour de lui. Mais il y avait aussi son tempérament, sa chaleur humaine et ses élans, et le respect qu'il lui manifestait. Il n'était pas possible d'être plus différent de Jackie, même si Maya savait qu'ils avaient des rapports très complexes qui remontaient à leur enfance. Mais depuis quelque temps, ils semblaient brouillés, ce qui ne déplaisait pas à Maya, tout en étant politiquement propice. Jackie, comme Nirgal, était une leader charismatique et elle avait recruté des partisans en nombre considérable pour son aile « boonéenne » des Mars-Unistes, qui prônait l'action immédiate, ce qui la rapprochait plus de Dao que de Nirgal, sur le plan politique tout au moins. Maya faisait son possible pour épauler Nirgal dans cet affrontement au sein des indigènes : lors de chaque meeting, elle appuyait des initiatives et des actions vertes, modérées, non violentes, centralement coordonnées. Mais elle voyait bien que la majorité des Martiens récemment politisés dans les villes était attirée par Jackie et les Mars-Unistes, qui étaient en général des Rouges, radicaux, violents, anarchistes. Du moins elle les définissait ainsi. Et les grèves à répétition, les manifestations, les émeutes, et les sabotages, écologiques ou non, tendaient à confirmer son analyse.

Il n'y avait pas seulement ce mouvement de nouvelles recrues, mais aussi les nombreux immigrants récemment arrivés et dissidents. Elle était déroutée par cette tendance et elle s'en plaignit à Art après un dépouillement des récentes infos de Praxis.

— Eh bien, dit-il d'un ton diplomatique, c'est une bonne chose d'avoir autant d'immigrants que possible de notre côté.

Evidemment, quand il n'était pas en liaison avec la Terre, il passait le plus clair de son temps à faire la navette entre les différents groupes de Résistance pour essayer de les mettre d'accord.

— Mais pourquoi vont-ils donc avec *elle* ?

— Ma foi... (Il agita la main.) Ecoutez, ces immigrants, quand ils arrivent, entendent parler des manifestations, ou ils y assistent. Ensuite, ils posent des questions, ils entendent des histoires, et certains se disent que s'ils participent aux manifestations, ça plaira aux indigènes, vous saisissez ? Et plus particulièrement aux jeunes Martiennes, dont on leur a dit qu'elles peuvent être très gentilles, non ?... *Très, très* gentilles. Alors ils se disent que s'ils donnent un coup de main à tout ça, les jolies filles voudront bien qu'ils les raccompagnent chez elles dans la soirée.

— Allons ! grommela Maya.

— Vous savez, insista-t-il, c'est vraiment comme ça que ça se passe pour certains.

— Et c'est comme ça que Jackie récupère ses nouveaux partisans, évidemment.

— Je ne suis pas sûr que cela ne joue pas aussi en faveur de Nirgal. Et j'ignore également si ces gens font vraiment la distinction entre les deux partis. C'est un point positif, dont vous devriez avoir plus conscience qu'eux.

— Hum...

Elle se rappela que Michel lui avait répété qu'il était important de se battre pour ce qu'elle aimait autant que contre ce qu'elle détestait. Et elle aimait Nirgal, c'était vrai. C'était un jeune homme merveilleux, le meilleur de tous les indigènes. Et il n'était certainement pas juste de mépriser certaines de ces motivations, cette énergie érotique qui entraînait les gens dans les rues des villes... Mais si seulement ils étaient plus *sensés*. Jackie se démenait pour les lancer dans une autre révolte improvisée, spasmodique, dont les résultats pourraient être désastreux.

— C'est en partie pourquoi les gens vous suivent, Maya.

— Comment ?

— Vous m'avez très bien entendu.

— Allons. Ne faites pas l'idiot.

Mais c'était agréable de le penser. Peut-être pourrait-elle étendre la lutte pour le contrôle jusqu'à ce niveau aussi. Mais elle serait désavantagée. Créer un parti des anciens. En fait, ce qu'ils formaient déjà. Ç'avait été au centre de sa pensée, à Sabishii — que les issei devaient prendre la tête de la Résistance et la remettre sur les rails. Ils étaient nombreux à avoir sacrifié bien des années de leurs vies à cela. Mais en fait, ça n'avait pas marché. Ils étaient surpassés en nombre. Et la nouvelle majorité était constituée de nouvelles espèces, avec de nouveaux esprits. Les issei ne pouvaient que tenir le tigre par la queue et faire de leur mieux. Elle soupira.

— Fatiguée ?

— Epuisée. Ce travail va me tuer.

— Reposez-vous.

— Quelquefois, quand je parle à tous ces gens, je me sens tellement frileuse, conservatrice, lâche, négative. Je suis toujours en train de dire ne faites pas ci, ne faites pas ça. J'en ai assez. Il m'arrive de me demander si Jackie n'a pas raison.

— Vous plaisantez ? C'est vous qui dirigez ce show, Maya. Vous, Nadia et Nirgal. Et moi. Mais c'est vous qui avez... l'aura. (Il voulait dire : cette réputation de meurtrière.) C'est la fatigue. Prenez du repos. On arrive au laps de temps martien.

Une nuit, Michel la réveilla : de l'autre côté de la planète, les forces de sécurité d'Armscor, supposées intégrées dans Subarashii, avaient pris le contrôle de l'ascenseur au détriment de la police régulière, et dans l'heure de flottement qui avait suivi, un groupe de Mars-Unistes avait tenté de s'emparer du nouveau socle, à l'extérieur de Sheffield. L'attaque avait échoué, le groupe d'assaut avait été largement massacré, et Subarashii avait pris finalement le contrôle de Sheffield, de Clarke, et de tout ce qui se trouvait entre les deux, de même que la plus grande partie de Tharsis. Là-bas, c'était la fin de l'après-midi et une foule énorme avait envahi les rues de Sheffield pour manifester contre la violence, ou bien contre le coup de force de Subarashii, c'était impossible à dire. Abasourdie, Maya regarda avec Michel des unités de la police en combinaison et casque qui dispersaient la manifestation à coups de lacrymogène et de matraque en caoutchouc.

— Quels fous ! s'écria Maya. Pourquoi font-ils ça ? Toutes les forces militaires de la Terre vont nous tomber dessus !

— On dirait qu'ils se dispersent, fit Michel, sans détacher les yeux de l'écran. Qui sait, Maya. Des images comme celles-là peuvent galvaniser les foules. Les autres vont gagner cette bataille, mais ils perdront tout soutien. Et partout.

Maya se répandit sur un canapé en face de l'écran, pas encore assez éveillée pour penser.

— Peut-être. Mais il va devenir encore plus difficile de contenir les gens aussi longtemps que le veut Sax.

Michel rejeta d'un geste cet argument sans se détourner.

— Combien de temps croit-il donc que tu peux tenir ?

— Je ne sais pas.

Les reporters de Mangalavid expliquaient les émeutes comme un mouvement de violence terroriste. Maya grommela. Spencer était devant un autre écran d'IA et il s'entretenait avec Nanao, à Sabishii.

— L'oxygène augmente si rapidement. Il faut qu'un agent sans gènes-suicide ait été libéré. Les niveaux de gaz carbonique ? Oui, ils tombent en proportion égale... Il doit y avoir toute une bande de bactéries vraiment efficaces pour la fixation du carbone, et elles prolifèrent comme de la mauvaise herbe. J'ai interrogé Sax et il s'est contenté de me regarder en clignant des yeux comme d'habitude... A ce stade, la situation lui échappe autant qu'elle échappe à Ann. Et elle est en train de saboter tous les chantiers sur lesquels elle peut tomber.

Quand il eut fini, Maya lui dit :

— Combien de temps Sax veut-il que nous attendions ?

Il haussa les épaules.

— Jusqu'à ce que nous tombions sur ce qu'il considérera comme un déclencheur, je pense. Ou que nous trouvions une stratégie cohérente. Si nous ne parvenons pas à stopper les Rouges et les Mars-Unistes, peu importera ce que veut Sax.

Et les semaines se traînèrent. Une campagne de manifestations de rue commença à Sheffield et Fossa Sud. Maya considérait que ça ne ferait que pousser les métanats à renforcer la sécurité mais Art était pour.

— Il faut que nous fassions connaître à l'Autorité transitoire l'importance de la Résistance pour que, le moment venu, elle ne tente pas, par ignorance, de nous écraser, vous comprenez ? A ce stade, il faut qu'ils se sentent détestés et dépassés en nombre. Bon Dieu, la foule dans les rues est la seule chose qui fasse peur aux gouvernements, si vous voulez savoir !

Qu'elle fût d'accord ou non, elle ne pouvait rien faire. Chaque jour, elle travaillait aussi dur que possible, elle visitait chaque groupe tour à tour, mais ses muscles étaient maintenant tendus comme des câbles et elle avait du mal à trouver le sommeil. Elle ne dormait qu'une ou deux heures avant de se réveiller épuisée à l'approche de l'aube.

Un matin, au printemps de l'hémisphère Nord de M-52, l'année 2127, elle se réveilla plus reposée qu'à l'habitude. Michel dormait encore. Elle s'habilla et sortit seule pour aller se promener sur la grande promenade centrale, devant les cafés du canal. Ce qui était merveilleux dans Burroughs, en dépit des renforcements de sécurité aux portes et aux gares, c'était de pouvoir déambuler librement en ville à certaines heures. Dans la foule, il n'y avait guère de risques d'être repéré. Elle s'installa à une table, commanda du café et des viennoiseries et contempla les nuages qui déferlaient dans le ciel, entre la pente de Syrtis et la digue, à l'est. La circulation d'air sous la tente était rapide, pour compenser l'impression cinétique des vues du ciel. Elle songea qu'il était étrange qu'elle se soit habituée à cette différence entre la course des nuages et le vent qu'on sentait sous les tentes. Dans le pont tubulaire en arche qui reliait Ellis Butte à Hunt Mesa, les gens qui se hâtaient vers leur travail étaient comme une file de fourmis agitées. Ils suivaient le cours de leurs vies normales. Brusquement, elle se leva, régla l'addition et repartit pour une longue promenade. Elle passa entre les rangées blanches des colonnes de Bareiss, traversa Princess Park en direction des nouvelles tentes érigées autour des collines de pingo, dans le secteur des appartements à la mode. Dans cette partie ouest de la ville haute, on avait vue sur tout Burroughs, les arbres et les toits coupés par la promenade et les canaux, les grandes mesas massives comme des cathédrales. Leurs murailles de roche nue étaient faillées et craquelées, marquées de lignes horizontales de fenêtres miroitantes qui étaient le seul indice qu'elles avaient été creusées de l'intérieur ; chacune était une cité, un monde indépendant dressé au-dessus de la plaine rouge, sous l'immense bâche invisible. Elles étaient reliées par des passerelles vertigineuses qui scintillaient d'éclats diaprés comme des bulles de savon. Burroughs était splendide !

Elle rebroussa chemin accompagnée par les nuages, retrouva les ruelles entre les jardins et les grands immeubles, retourna à Hunt Mesa, à leur appartement. Michel et Spencer étaient absents et, longtemps, elle resta debout devant la fenêtre à contempler les flottilles des nuages, essayant de remplacer Michel, de capturer ses états d'âme au lasso pour les ramener vers une sorte de centre plus stable. Des pieds tambourinaient au plafond : un nouveau cours commençait dans le studio de danse. Puis on frappa violemment à la porte. Elle s'avança pour ouvrir, le cœur battant.

C'était Jackie, Antar, Art, Nirgal, Rachel, Frantz et les autres ectogènes de Zygote. Ils se ruèrent dans la pièce en parlant tous en même temps et elle ne comprit rien. Elle les accueillit du mieux qu'elle put, étant donné la présence de Jackie, puis se reprit tout à fait et effaça la haine de son regard, se mit à bavarder à propos de leurs plans, même avec Jackie. Ils étaient à Burroughs pour participer à une manifestation dans le parc du Canal. Le message avait circulé dans toutes les cellules et ils espéraient que de nombreux citoyens non alignés se joindraient quand même à eux.

— J'espère que ça ne va pas provoquer d'autres représailles, dit Maya.

Jackie, bien entendu, lui décocha un sourire triomphant.

— Rappelle-toi, on ne peut jamais revenir en arrière.

Maya leva les yeux au ciel et alla faire bouillir de l'eau, ne serait-ce que pour calmer son amertume. Ils allaient rencontrer les responsables de toutes les cellules de la ville. C'est Jackie qui prendrait la parole au meeting pour les exhorter à la rébellion immédiate, sans stratégie, sans le moindre sens commun. Maya ne pouvait rien y faire — il était trop tard pour lui faire arrêter toutes ces conneries, malheureusement.

Elle prit leurs vêtements, shoota à droite et à gauche pour qu'ils dégagent les pieds des coussins du canapé, avec l'impression d'être un dinosaure perdu chez les mammifères, sous un climat nouveau. Elle était cernée par des créatures rapides et chaudes qui détestaient la voir trotter autour d'elles, qui esquivaient avec agilité ses gros coups de patte et couraient derrière sa queue lourde et lente.

Art accourut pour l'aider à servir le thé, mal soigné et détendu comme d'habitude. Elle lui demanda ce qu'il avait appris de Fort et il lui fit le récit des événements du jour sur Terre. Subarashii et Consolidated étaient attaquées par les armées fondamentalistes qui semblaient avoir formé une alliance, sans doute illusoire puisque les Musulmans et les Chrétiens fondamentalistes continuaient à se haïr et méprisaient les Hindous fondamentalistes. Les grandes métanats s'étaient servies de la nouvelle ONU pour prévenir qu'elles défendraient leurs intérêts avec des forces appropriées. Praxis, Amexx et la Suisse avaient fait appel aux services de la Cour mondiale, de même que l'Inde, mais personne d'autre.

— Au moins, commenta Michel, ils craignent encore la Cour mondiale.

Mais, aux yeux de Maya, le métanatricide dérivait vers une guerre entre les prospères et les « mortels », qui pourrait être encore plus explosive — une guerre totale, au lieu de décapitations.

Elle en discuta avec Art tout en servant les autres. Qu'il fût ou non un espion, Art connaissait bien la Terre et il avait un jugement politique incisif qu'elle appréciait. C'était comme un Frank apprivoisé. Est-ce que cette comparaison était juste ? Il lui rappelait quand même Frank d'une certaine façon. Même si elle ne pouvait préciser pourquoi, elle en éprouvait un plaisir obscur quelque part. Mais elle et elle seule devait trouver quelque ressemblance entre cet homme assoupi et rusé et Frank.

D'autres arrivants débarquèrent : des chefs de cellules et des visiteurs venus de l'extérieur. Maya resta à l'écart et écouta Jackie qui s'adressait à eux. Ils appartenaient tous à la Résistance, se dit Maya, et ils ne représentaient qu'eux-mêmes. Elle était écœurée par la façon dont Jackie utilisait son grand-père comme un symbole, un drapeau qu'elle agitait devant eux. Ça n'était pas John qui lui valait tous ces partisans, mais son travail de drague. Petite salope.

Elle les exhortait avec ses habituelles imprécations incendiaires, proclamant avec enthousiasme la révolution imminente, immédiate, même s'ils ne s'étaient fixé aucune stratégie. Pour ces prétendus Boonéens, Maya n'était que la vieille maîtresse du grand homme, et peut-être même celle qui était à la base de son assassinat : un fossile bizarre, historiquement gênant, une bête à désir, comme Hélène de Troie rappelée par Faust, étrange et insubstantielle. *Ach !* Exaspérant ! Mais elle conservait un air calme, elle allait et venait entre le living-room et la cuisine, la tête bien droite, avec les gestes que l'on attend d'une ancienne maîtresse : elle mettait chacun à l'aise, proposait à manger et à boire. A ce stade, elle n'avait plus rien d'autre à faire.

Un instant, elle se tint dans la cuisine, contemplant les cimes des arbres. Elle avait perdu toute influence sur la Résistance, à supposer qu'elle en ait eu. Toute la chose allait éclater avant que Sax et ceux qui comptaient soient prêts. Et Jackie continuait à déclamer son discours fiévreux, à organiser une manifestation qui allait drainer dans le parc... qui sait ?... Dix mille personnes ? Cinquante mille ? Qui pouvait le dire ? Si la sécurité répondait avec des lacrymogènes, des matraques et des balles en caoutchouc, il y aurait des blessés, peut-être des morts. Tués sans aucun but stratégique. Ils auraient pu vivre un millier d'années. Et Jackie continuait, transportée, ardente, telle une flamme. Le soleil, à présent, brillait dans une échancrure de nuages. Il était grand et menaçant, argenté. Art entra dans la cuisine, s'assit devant la table et activa son IA, penchant le visage sur l'écran.

— Je viens de recevoir une note de Praxis sur mon bloc de poignet.

Son nez effleurait l'écran.

— Est-ce que vous êtes hypermétrope ? demanda Maya, irritée.

— Je ne le pense pas... Oh, bon Dieu ! Crac-boum ! Est-ce que Spencer est dans le coin ? Il faut qu'il rapplique ici.

Maya alla jusqu'au seuil et fit signe à Spencer. Jackie ne remarqua rien et continua de pérorer. Spencer s'assit à côté d'Art qui, lui, s'était rejeté en arrière, la bouche ouverte et les yeux ronds. Spencer lut l'écran durant cinq secondes, puis se tourna vers Maya avec une expression étrange.

— C'est ça !

— Ça quoi ?

— Le déclencheur.

Maya s'approcha et lut par-dessus son épaule, en s'accrochant à lui avec une sensation bizarre d'apesanteur. Plus question de détourner l'avalanche. Elle avait fait son travail, tout simplement. A l'instant de l'échec, le destin venait de se retourner.

Nirgal entra dans la cuisine pour demander ce qui se passait, attiré par leurs murmures. Art le lui dit et son regard s'illumina. Il était incapable de maîtriser son excitation.

— C'est vrai ? demanda-t-il à Maya.

Elle aurait pu l'embrasser. Mais elle se contenta d'acquiescer, préférant ne rien dire. Elle retourna dans le living. Jackie était toujours plongée dans son exhortation et c'est avec un infini plaisir que Maya l'interrompit :

— La manifestation est annulée.

— Qu'est-ce que tu veux dire ? jeta Jackie, surprise et irritée. Pourquoi ?

— Parce qu'elle est remplacée par une révolution.

DIXIÈME PARTIE

CHANGEMENT DE PHASE

Ils faisaient du surf pélican lorsque les apprentis qui sautaient sur la plage les prévinrent qu'il se passait quelque chose d'anormal. Ils revinrent tous se poser sur la plage humide et apprirent les nouvelles. Une heure après, ils étaient à l'aéroport et décollaient dans un petit avion spatial Skunkworks. Ils mirent cap au sud et, lorsqu'ils plafonnèrent à cinquante mille pieds, ils se trouvaient quelque part au-dessus du Panama. Le pilote redressa alors l'avion, lança les fusées, et les trois passagers qui se trouvaient derrière lui et le copilote dans le cockpit furent écrasés dans leurs grands fauteuils anti-g pendant quelques minutes. Par les hublots, ils pouvaient voir l'enveloppe de l'avion. Elle avait l'éclat de l'étain et devenait ardente. Très vite, elle fut d'un jaune intense avec une touche de bronze et se fit de plus en plus brillante, jusqu'à ce qu'ils ressemblent à Shadrach, Meschach et Abednego[1] assis ensemble dans la fournaise, indemnes.

Quand l'enveloppe perdit de son éclat, le pilote stabilisa l'appareil. Ils étaient alors à cent quarante kilomètres au-dessus de la Terre, ils pouvaient observer l'Amazone et la magnifique échine courbe des Andes. Ils volaient vers le sud, et l'un des passagers, un géologue, leur en dit un peu plus sur la situation.

— La couche glaciaire de l'Antarctique Ouest reposait sur un fond rocheux qui est en dessous du niveau de la mer. C'est une plaque continentale, pas le fond de l'océan, et sous l'Antarctique Ouest, c'est une sorte de bassin avec un champ d'activité géothermique intense.

— Dans l'Antarctique Ouest ? s'étonna Fort en plissant les yeux.

— C'est la moitié la plus réduite, avec la péninsule qui pointe vers l'Amérique du Sud, et la banquise de Ross. La couche glaciaire de l'ouest se situe entre les montagnes de la péninsule et les montagnes transantarctiques, au milieu du continent. Regardez : j'ai apporté un globe.

Il sortit de sa poche un globe gonflable, un jouet d'enfant, souffla dedans et le fit passer aux autres.

— La couche de glace, là, reposait sur le fond rocheux, comme je vous l'ai dit, sous le niveau de la mer. Mais le sol est tiède, et il existe

1. Les trois rescapés de la fournaise infernale selon la Bible. (*N.d.T.*)

des volcans sous la glace, ce qui fait qu'elle fond en partie. L'eau se mélange aux sédiments des volcans pour former une substance que l'on appelle le till. Elle a plus ou moins la consistance d'une pâte dentifrice. La glace se déplace plus rapidement au-dessus du till, et c'est ainsi qu'à l'intérieur de la couche de l'ouest des courants de glace se sont formés, comme des glaciers rapides dont les bords sont constitués de glace plus lente. Le courant glaciaire B avançait à raison de deux mètres par jour, par exemple, alors que la glace environnante ne bougeait que de deux mètres par an. B était large de cinquante kilomètres et profond d'un kilomètre. Ce qui faisait de lui un sacré fleuve, qui se déversait dans la banquise de Ross avec une demi-douzaine d'autres courants. (Il désigna ces courants invisibles sur le globe.) Maintenant, à l'endroit où les courants et la couche glaciaire en général se sont détachés du fond rocheux pour flotter sur la mer de Ross, nous avions ce que nous appelons la ligne de talonnement.

— Ah ! fit un ami de Fort. Le réchauffement global ?

Le géologue secoua la tête.

— Notre réchauffement global n'a eu que peu d'effet sur tout ça. Il a élevé un peu les températures et le niveau de la mer, mais s'il n'y avait que cela, la différence ne serait pas très importante. Le problème, c'est que nous nous trouvons encore dans la période de réchauffement interglaciaire qui a débuté à la fin de la dernière période glaciaire, et ce réchauffement envoie ce que nous appelons une impulsion thermique à travers les couches de glace polaires. Cette impulsion se déplace depuis huit mille ans. A présent, un des volcans sous-glaciaires est entré en éruption. Une éruption majeure. Qui a commencé il y a trois mois environ. La ligne de talonnement a déjà commencé à reculer il y a quelques années et elle est en accélération. Elle est à proximité du volcan en éruption. Il semble que l'éruption ait rapproché la ligne de talonnement du volcan, et l'eau de mer coule entre la couche de glace et le fond rocheux, droit vers un point d'éruption actif. La couche de glace est en train de se briser. Elle se soulève et glisse vers la mer de Ross, portée par les courants.

Ses auditeurs avaient les yeux fixés sur le petit globe gonflable. Ils survolaient alors la Patagonie. Il répondit à leurs questions en désignant divers points du globe. Ce phénomène s'était déjà produit auparavant, expliqua-t-il, et plus d'une fois. L'Antarctique Ouest avait été tour à tour un océan, une terre sèche, ou une couche glaciaire, bien des fois au cours des millions d'années postérieures au mouvement tectonique qui avait fixé le continent dans cette position. Et divers points d'instabilité étaient apparus pendant ces changements de température à long terme — « des déclencheurs d'instabilité », expliqua le géologue. Ils suscitaient des changements drastiques en quelques années.

— En ce qui concerne les géologues, ces phénomènes climatologiques sont pratiquement instantanés. De même, nous trouvons dans la couche glaciaire du Groenland la preuve que nous sommes passés de la glaciation à l'interglaciation en trois années.

Il secoua la tête.

— Et ces surrections de la couche glaciaire ? demanda Fort.

— Eh bien, nous pensons qu'elles se représentent typiquement tous les deux cents ans, ce qui est remarquablement bref, ne l'oubliez pas. Un événement déclencheur. Mais cette fois, il est aggravé par l'éruption volcanique. Regardez, voici la Ceinture Banane[1].

Il tendit le doigt vers la Terre et, de l'autre côté du détroit de Drake, ils distinguèrent une étroite péninsule glacée qui pointait dans la même direction que le coccyx de la Terre de Feu.

Le pilote inclina l'avion sur la droite, puis plus doucement sur la gauche, entamant un grand virage paresseux. Ils purent alors observer l'image familière de l'Antarctique comme sur les photos satellite, mais les couleurs étaient brillantes et animées : le bleu cobalt de l'océan, la chaîne de marguerites des systèmes cycloniques qui tournoyaient au nord, la texture vernissée que le soleil lançait sur l'eau, l'immense masse scintillante de la banquise, et les flottilles d'icebergs minuscules, si blancs dans tout ce bleu.

Mais la forme en Q du continent était étrangement tachetée dans la région qui se situait derrière la virgule de la péninsule, avec des failles béantes bleu-noir dans le blanc. La mer de Ross était encore plus fracturée, par de longs fjords bleus comme l'océan et des failles de couleur turquoise. Au large de la mer de Ross, flottant vers le Pacifique Sud, ils découvrirent des icebergs tabulaires qui semblaient autant de fragments du continent partant à la dérive. Le plus grand semblait excéder les dimensions de l'île du Sud de la Nouvelle-Zélande.

Après qu'ils se furent mutuellement montré les grands icebergs et les détails des fractures de la couche glaciaire ouest (le géologue leur désigna l'emplacement du volcan, mais rien n'apparaissait en surface), ils se rassirent et se contentèrent de regarder.

— Voici la banquise de Ronne, annonça le géologue après un instant. Et la mer de Weddell. Il y a des glissements en profondeur ici également. Plus haut se trouvait Mc Murdo, sur le côté opposé de la banquise de Ross. La glace a été repoussée à travers la baie et a emporté la base.

Le pilote entamait une deuxième boucle au-dessus du continent.

— Rappelez-nous donc l'effet que tout cela aura, suggéra Fort.

— Eh bien, les modèles théoriques montrent que le niveau des mers va augmenter de six mètres.

---

1. La Terre de Graham, prolongée par les îles Shetland du Sud et les Orcades du Sud, où est regroupée une majorité de stations géophysiques. (*N.d.T.*)

— *Six mètres !*

— *Il faudra plusieurs années avant qu'il atteigne ce seuil, mais c'est en route. D'ici à quelques semaines, cette rupture catastrophique va faire monter le niveau de deux à trois mètres. Ce qui subsiste de la couche se mettra à dériver dans quelques mois, ou quelques années, et ça ajoutera encore trois mètres.*

— *Mais comment cela peut-il gonfler autant l'océan ?*

— *Ça fait beaucoup de glace.*

— *Mais pas autant que ça !*

— *Mais si. La plus grande réserve d'eau du monde se trouve là, immédiatement en dessous. Heureusement pour nous, la couche glaciaire de l'Antarctique Est, elle, est solide et stable. Si elle glissait, le niveau des mers augmenterait de soixante mètres.*

— *Six mètres, ça fait déjà beaucoup, dit Fort.*

Ils achevaient une nouvelle boucle et le pilote lança :

— *Nous devrions rentrer.*

Fort s'écarta du hublot.

— *C'est fini pour toutes les plages du monde. Je pense que nous ferions bien de rassembler nos affaires.*

Quand la seconde révolution martienne commença, Nadia se trouvait dans le canyon supérieur de Shalbatana Vallis, au nord de Marineris. On peut dire qu'en un certain sens ce fut elle qui la fit éclater.

Elle avait momentanément quitté Fossa Sud pour superviser le bâchage de Shalbatana, qui était semblable à ceux d'Hellas : une longue tente déployée sur une écologie tempérée, avec un ruisseau dans le fond du canyon. Dans ce cas précis, il était alimenté par le pompage de l'aquifère de Lewis, à cent soixante-dix kilomètres au sud. Shalbatana se composait d'une longue série de S, ce qui faisait que le plancher de la vallée était particulièrement pittoresque et la construction du toit plus compliquée.

Néanmoins, Nadia n'avait accordé qu'une partie de son attention à ce chantier. Elle se préoccupait surtout des événements en cascade qui se passaient sur Terre. Elle était chaque jour en liaison avec son groupe de Fossa Sud, avec Art et Nirgal à Burroughs, et elle était informée des récentes nouvelles. Elle s'intéressait plus particulièrement aux activités de la Cour mondiale, qui tentait de s'interposer en arbitre dans le conflit en pleine aggravation entre les métanats de Subarashii, le Groupe des Onze et Praxis, la Suisse l'Alliance Sino-Indienne. Cette tentative avait paru très menacée par les émeutes des fondamentalistes et les préparatifs des métanats pour se défendre. Et elle en avait conclu que les choses, sur Terre, allaient entamer une autre spirale vers le chaos.

Mais toutes ces crises devinrent insignifiantes quand Sax l'appela pour lui apprendre l'effondrement de la couche glaciaire de l'Antarctique Ouest. Elle avait reçu son message dans l'une des caravanes du chantier. Elle ne quittait pas le petit visage sur son écran.

— Qu'est-ce que tu entends par effondrement ?

— La couche s'est détachée du socle rocheux. Un volcan est entré en éruption. Et les courants océaniques brisent la banquise.

Il lui envoya une image vidéo, celle de Punta Arena, une ville portuaire du Chili, dont les docks et les rues avaient été submergés. Puis une autre de Port Elizabeth, en Azanie, où la situation était la même.

— Ça se propage à quelle vitesse ? demanda Nadia. Comme un raz de marée ?

— Non. Disons plutôt comme une marée très importante. Et qui ne se retirera pas.

— Ce qui laisse le temps pour une évacuation, mais pas assez pour construire quoi que ce soit. Tu as dit six mètres ?

— Mais pas avant quelques mois... personne n'en est certain. J'ai vu des estimations selon lesquelles un quart de la population devrait être touché.

— Je le crois. Oh, Sax...

Une débandade mondiale vers les terrains en altitude. Elle fixait l'écran et prenait peu à peu conscience de l'ampleur de la catastrophe.

Les villes côtières allaient être balayées sous six mètres d'eau ! Elle avait du mal à imaginer qu'il pût exister une masse glaciaire assez énorme pour augmenter le niveau des océans de la Terre ne serait-ce que d'un mètre — mais six ! C'était la preuve impressionnante, s'il en était besoin, que la Terre n'était pas si grande après tout. Ou alors que la banquise de l'Antarctique Ouest était énorme. Après tout, elle avait couvert un tiers d'un continent et, selon les rapports, elle était épaisse de trois kilomètres. Ce qui faisait beaucoup de glace. Sax lui parlait de la glace de l'Antarctique Est, qui apparemment n'était pas menacée. Elle secoua la tête pour s'évader de son bavardage et se focalisa sur les informations. Le Bangladesh devrait être totalement évacué, ce qui représentait trois cents millions d'habitants, sans parler des villes du littoral de l'Inde, comme Calcutta, Madras et Bombay. Puis ce serait le tour de Londres, Copenhague, Istanbul, Amsterdam, New York, Los Angeles, La Nouvelle-Orléans, Miami, Rio, Buenos Aires, Sydney, Melbourne, Singapour, Hong Kong, Manille, Djakarta, Tokyo... pour ne citer que les plus importantes. Des populations nombreuses vivaient sur les côtes, dans ce monde qui souffrait déjà du surpeuplement et d'une diminution dramatique de ses ressources. Toutes sortes de sources de ravitaillement essentielles allaient être noyées dans l'eau salée.

— Sax, dit Nadia, nous devrions les aider. Pas seulement...

— Nous ne pouvons pas faire grand-chose. Et nous pourrons le faire mieux si nous sommes libres. Ça vient en premier.

— Tu me le jures ?

— Oui, fit-il, l'air surpris. Je veux dire... je vais faire mon possible.

— C'est ce que je te demande. (Elle réfléchit brièvement.) Tout est prêt de ton côté ?

— Oui. Nous voulons d'abord frapper tous les satellites de surveillance et d'attaque avec des missiles.

— Et pour Kasei Vallis ?

— Je m'en charge.

— Quand veux-tu commencer ?

— Qu'est-ce que tu dirais de demain ?

— Demain !

— Il faut que je m'occupe très vite de Kasei. Les conditions sont favorables.

— Qu'est-ce que tu comptes faire ?

— Essayons de lancer ça dès demain. Ça ne servirait à rien de perdre du temps.

— Mon Dieu ! Nous allons nous trouver derrière le Soleil ?

— Oui.

Cette position en opposition par rapport à la Terre n'était qu'une question symbolique depuis que les communications transitaient par un nombre important de satellites-relais, mais elle impliquait qu'il faudrait des mois aux navettes les plus rapides pour aller de la Terre à Mars.

Nadia inspira profondément et dit :

— Allons-y.

— J'espérais que tu dirais cela. Je vais appeler Burroughs et leur passer le message.

— On se retrouve à Underhill ?

C'était leur point de rendez-vous convenu en cas d'urgence. Sax se trouvait dans un refuge du cratère Da Vinci où un certain nombre de silos à missiles étaient groupés, et l'un et l'autre pourraient rallier Underhill en une journée.

— Oui, dit-il. A demain.

Et il disparut de l'écran.

Et c'est ainsi qu'elle déclencha la révolution.

Elle tomba sur un programme d'infos qui montrait une photo satellite de l'Antarctique et elle regarda dans une sorte d'hébétude. Des voix ténues bavardaient fiévreusement. L'une d'elles clamait que le désastre était un sabotage écologique perpétré par Praxis qui aurait foré la glace pour déclencher des bombes à hydrogène sur le socle rocheux de l'Antarctique.

— On se tait ! cria-t-elle, écœurée.

Elle ne retrouva cette assertion sur aucun autre programme, mais nul ne la réfutait — ça faisait partie du chaos, sans doute, et ça disparut sous la rafale d'autres informations à propos de l'inondation. Mais le métanatricide se poursuivait. Et ils en faisaient partie.

Toute vie se réduisit immédiatement à cela, ce qui rappelait crûment 61. Elle sentit son estomac se nouer, se rétrécir bien au-delà des limites habituelles de tension pour devenir un noyau de fer douloureux au centre de son être. Depuis quelque temps, elle prenait des médicaments contre l'ulcération, mais ils semblaient tristement inefficaces dans ce genre de crise. Allons, se dit-elle, du calme. C'est l'instant. Tu l'attendais, tu as tout fait pour. Tu as tout préparé pour ça. Et voici venir le chaos. Au cœur de chaque changement de phase, il existe une zone de chaos où les choses se recombinent en cascade. Mais il y avait des méthodes pour le déchiffrer, pour composer avec.

Elle traversa le petit habitat mobile, jeta un bref regard sur la beauté idyllique du fond du canyon, avec le ruisseau qui courait dans son lit de pierres roses, entre les jeunes arbustes, les haies de peupliers des marais des berges et des îlots. Il était possible, si les choses tournaient au drame, que personne n'habite jamais dans Shalbatana Vallis. Elle resterait alors une bulle vide jusqu'à ce que les tempêtes de boue crèvent la tente ou qu'un élément de l'écologie mésocosmique tourne mal. Dans ce cas...

Elle haussa les épaules et réveilla son équipe pour annoncer qu'ils partaient pour Underhill. Elle leur expliqua pourquoi et, comme ils faisaient tous partie de la Résistance d'une façon ou d'une autre, ils applaudirent.

On était juste après l'aube. Une belle journée de printemps s'annonçait, du genre où on pouvait circuler en combinaison à peine fermée, avec un masque facial. Seules les bottes isolantes rappelaient à Nadia les tenues massives des premières années. On était vendredi, Ls 101, 2 juillet, année martienne M-52, date terrienne (elle consulta son bloc de poignet)... 12 octobre 2127. Ce serait bientôt le centième anniversaire de leur arrivée, bien que personne ne parût désireux de fêter l'événement. Cent ans ! L'idée était bizarre.

Une autre révolution de Juillet, une autre révolution d'Octobre. Une décennie après le bicentenaire de la révolution bolchévique, si elle se souvenait bien. Autre pensée bizarre. Après tout, eux aussi avaient essayé. Comme tous les révolutionnaires, au long de l'histoire. Pour la plupart des paysans désespérés qui se battaient pour que vivent leurs enfants. Comme dans sa Russie. Ils avaient été tellement nombreux dans cet âge amer du vingtième siècle à tout risquer pour une vie meilleure, et pourtant ils avaient abouti au désastre. C'était effrayant — comme si l'histoire humaine n'était faite que d'assauts contre la misère qui échouaient tous l'un après l'autre.

Mais la Russe qui était en elle, la Sibérienne inscrite dans son cerebellum, décida qu'octobre était un bon auspice. Ou que cette date rappelait en tout cas ce qu'il ne fallait pas faire — de même que 61. Et dans son esprit sibérien, elle pouvait dédier ce moment à tous : aux héros de la catastrophe soviétique, à tous ses amis morts en 61, à Arkady, Alex, Sasha, Roald, Janet, Evgedia et Samantha, tous ceux dont le souvenir hantait ses rêves et ses insomnies, tournant comme des électrons autour du noyau de fer qui était en elle, l'avertissant de ne rien rater, de lancer les choses à temps, cette fois, pour que leurs vies et leurs morts aient un sens. L'un d'eux lui avait dit : « La prochaine fois que tu décideras une révolution, tu ferais bien d'essayer de t'y prendre autrement. »

L'heure était venue. Mais des unités de guérilla mars-unistes sous le commandement de Kasei étaient coupées de tout contact avec le quartier général de Burroughs. Et des milliers d'autres facteurs allaient peser dans la balance, et échappaient à son contrôle. Le chaos recombinant en cascade. Alors, à quel point ce serait différent ?...

Elle fit embarquer son équipe dans les patrouilleurs et ils s'engagèrent sur la petite piste qui conduisait à la gare, à quelques kilomètres au nord. Là, ils prirent un train de marchandises qui empruntait une piste mobile qui avait été installée pour le chantier de Shalbatana. Elle rejoignait plus loin la ligne principale Burroughs-Sheffield. Mais ces deux villes étaient des bastions des métanats, et Nadia redoutait qu'elles ne prennent des mesures pour renforcer la sécurité de la piste. En ce sens, Underhill avait une importance stratégique : en l'occupant, ils couperaient la liaison entre Burroughs et Sheffield. Mais, pour cette même raison, elle voulait fuir Underhill et tout le réseau des pistes. Elle voulait gagner les airs, comme en 61. Tous les réflexes qu'elle avait acquis durant les mois des événements refluaient en elle, comme si les soixante-six années qui s'étaient écoulées depuis ne comptaient pas. Et ces réflexes lui commandaient de se cacher.

Tandis qu'ils glissaient vers le sud-ouest à travers le désert, franchissant le col entre Ophir et Juventae Chasma, elle entra en liaison sur son bloc de poignet avec le quartier général de Sax, dans le cratère Da Vinci. Les techniciens de Sax essayaient d'imiter son style sec, mais il était clair qu'ils étaient aussi excités que les membres de sa jeune équipe de construction. Ils furent cinq en même temps à lui annoncer qu'ils avaient déclenché la mise à feu des missiles surface-espace que Sax avait dissimulés dans des silos clandestins au cours de la décennie. Ç'avait été comme autant de feux d'artifice et les missiles avaient descendu toutes les plates-formes armées en orbite dont ils connaissaient la position, de même que de nombreux satellites de communication.

— Nous avons atteint quatre-vingts pour cent des cibles avec la première vague ! — Nous avons placé nos propres satellites de communication sur orbite ! — Maintenant, nous frappons au coup par coup !...

Nadia les interrompit :

— Vos satellites fonctionnent ?

— Nous pensons qu'ils sont OK ! On n'en sera certains qu'après un test complet, et tout le monde s'active pour ça.

— On va en essayer un tout de suite. Prenez ça en priorité, voulez-vous ? Nous avons besoin d'un système redondant, *très* redondant.

Elle coupa la communication et tapa les codes de fréquence et d'encryptage que Sax lui avait donnés. Quelques secondes après, elle parlait à Zeyk, qui était à Odessa pour aider à la coordination des activités du Bassin d'Hellas. Jusque-là, lui dit-il, tout fonctionnait selon le plan prévu. Bien sûr, ils n'avaient commencé que depuis quelques heures, mais il semblait que ce que Michel et Maya avaient organisé était payant, car tous les membres des cellules d'Odessa s'étaient déversés dans les rues pour prévenir la population de ce qui se passait, déclenchant instantanément une manifestation et une grève spontanées. Ils s'apprêtaient à bloquer la gare. Ils occupaient déjà la corniche et la plupart des espaces publics, en une grève qui ne tarderait pas à devenir une occupation totale de la cité. Le personnel de l'Autorité transitoire avait battu en retraite vers la gare et la centrale, ainsi que Zeyk l'avait espéré.

— Quand une majorité sera à l'intérieur, nous allons passer les IA de la centrale en override [1] et elle deviendra leur prison. Nous contrôlons les systèmes vitaux de la ville, et ils ne peuvent pas faire grand-chose, si ce n'est se faire sauter, ce dont nous doutons. Il y a pas mal de Syriens niazi, dans les gens de l'ATONU, et je reste en contact avec Rashid : nous essayons de neutraliser la centrale de l'extérieur et on aimerait être sûrs que personne n'a décidé de jouer les martyrs.

— Je ne pense pas que les métanats aient trop de martyrs.

— Je l'espère, mais on ne peut jamais savoir. En tout cas, jusque-là, ça se passe bien. Et ailleurs, dans Hellas, les choses ont été encore plus faciles — les forces de sécurité étaient réduites au minimum et la population compte pas mal d'indigènes et d'immigrants radicalisés. Ils se sont contentés de cerner les gens de la sécurité en les provoquant. Ça devrait se terminer par un *statu quo* ou par le désarmement des forces de sécurité. Harmakhis et Dao-Reull se sont proclamés canyons libres et ils sont ouverts à tous les réfugiés.

— Bien !

Zeyk perçut un accent de surprise dans sa voix et la mit en garde :

— Je ne crois pas que ça sera aussi facile pour Burroughs et Sheffield. Et puis, il va falloir que nous neutralisions l'ascenseur, pour qu'ils ne puissent pas tirer depuis Clarke.

— Clarke est quand même coincée au-dessus de Tharsis.

1. En informatique, consiste à supplanter un système par un autre, en d'autres termes à le « shunter », le « bypasser » ou encore le « circonvenir ». (*N.d.T.*)

— C'est vrai. Mais il est certain qu'il vaudrait mieux nous en emparer pour éviter que l'ascenseur ne nous retombe encore dessus.

— Je sais. J'ai entendu dire que les Rouges travaillaient avec Sax sur un plan à ce sujet.

— Allah nous préserve ! Je dois te quitter, Nadia. Dis à Sax que les programmes pour la centrale ont parfaitement fonctionné. Ecoute, je pense qu'on devrait te rejoindre dans le Nord. Si nous pouvons nous assurer très vite d'Hellas et d'Elysium, ça renforcera nos chances pour Burroughs et Sheffield.

Tout se passait donc comme prévu sur Hellas. Plus important encore, ils restaient en communication. Un point essentiel : de toutes les images cauchemardesques de 61, des scènes marquées dans sa mémoire par des éclairs de peur et de souffrance, aucune n'était plus insupportable que ces instants de détresse absolue qui avaient suivi la rupture de toutes leurs communications. Après, plus rien n'avait eu d'importance. Ils étaient devenus des insectes amputés de leurs antennes qui titubaient en rond. Pour cette raison, durant ces dernières années, Nadia avait insisté auprès de Sax pour qu'il prévoie un plan de renforcement de leurs systèmes de communication. Il l'avait conçu, construit, et placé sur orbite : toute une flotte de satellites très petits, furtifs et renforcés au maximum. Et qui semblaient fonctionner comme prévu. Et le noyau de fer qui était en elle, même s'il ne s'était pas résorbé, ne pesait plus aussi durement sur ses côtes. Du calme, se dit-elle. C'est le moment, c'est l'instant. Concentre-toi dessus.

Leur piste mobile rejoignit la grande ligne équatoriale, qui avait été déplacée l'année d'avant pour éviter la glace de Chryse, et ils furent aiguillés vers l'ouest sur une piste prévue pour les trains locaux. Le train ne comportait que trois voitures. Nadia et son équipe étaient tous rassemblés dans la première, afin de suivre les infos sur l'écran. Il s'agissait d'un bulletin officiel de Mangalavid, transmis depuis Fossa Sud, confus et inconsistant, mêlant les flashes météo avec de brefs comptes rendus des grèves dans plusieurs villes. Nadia était en contact permanent avec Da Vinci ou le refuge de Mars Libre à Burroughs et elle observait tour à tour l'écran et son bloc de poignet. Les informations lui parvenaient en rafales, comme de la musique polyphonique. Elle s'était aperçue qu'elle pouvait suivre les deux sources sans problème. Elle était avide d'en savoir plus. Praxis leur envoyait des rapports continus sur la situation terrienne, qui était confuse mais pas aussi incohérente et opaque qu'en 61 : d'abord justement parce que Praxis les tenait informés, et aussi parce que l'activité essentielle, sur Terre, était pour l'heure l'évacuation des populations côtières. Les inondations étaient comme de grandes marées, ainsi que Sax l'avait dit. Le métanatricide se déchaînait encore sous forme de coups chirurgicaux, de décapitation, de raids de commandos et de contre-raids dans divers immeubles ou quartiers généraux, combinés avec des actions légales et des séries de plaintes et d'appels introduits devant la Cour mondiale. Ce que Nadia trouvait encourageant. Mais tous ces raids et manœuvres stratégiques étaient relégués à l'arrière-plan par les inondations planétaires. Même les attaques les plus terribles (vidéos d'édifices qui explosaient, d'accidents d'avions, de routes défoncées par des voitures piégées) étaient infiniment moins graves que l'escalade d'une guerre qui, avec l'utilisation d'armes biologiques, pouvait faire des millions de morts. Comme le prouvait malheureusement un rapport d'Indonésie : un groupe de libération radical, à l'est de Timor, sur le modèle du Sentier lumineux péruvien, avait infesté toute l'île de Java avec un germe non encore identifié. Des centaines de milliers de morts s'ajoutaient aux victimes de l'inondation. Sur un continent, cette peste pourrait devenir un désastre final, et nul n'était certain que ce ne serait pas le cas. Mais l'île était une exception atroce, car la guerre, si tel était le nom que l'on pouvait donner au chaos du métanatricide, allait vers un affrontement au sommet. Dans un style proche de celui qui avait été adopté pour Mars, à vrai dire. Ce qui était en un sens réconfortant ; mais si les métanats se rodaient à ce style, elles pourraient l'appliquer sur Mars — non pas dans le premier moment de surprise, mais plus tard, quand elles se seraient réorganisées. Dans le flot des rapports de Praxis Genève, il y avait un détail menaçant qui révélait que les métanats avaient peut-être déjà déclenché la riposte : une navette rapide, avec un contingent d'« experts en sécurité », avait quitté l'orbite de la Terre à destination de Mars trois mois auparavant et devait atteindre le système martien dans « quelques jours ». Cette nouvelle était répandue afin d'encourager les forces de sécurité confrontées aux émeutes et aux actes de terrorisme, si l'on en croyait le communiqué de presse de l'ONU.

Nadia fut arrachée à sa concentration par la soudaine apparition d'un immense train transplanétaire sur la piste voisine. Ils glissaient paisiblement sur le plateau bossué d'Ophir quand l'express de trente voitures passa près d'eux. Mais il ne ralentit pas, et il était impossible de savoir qui se trouvait derrière les fenêtres opacifiées. Il disparut très vite à l'horizon.

Les infos se poursuivaient sur un rythme frénétique. Les reporters étaient à l'évidence stupéfiés par les événements de la journée — des émeutes à Sheffield, des arrêts de travail dans Fossa Sud et Hephaestus — et leurs comptes rendus se suivaient si rapidement que Nadia finissait par douter de leur authenticité.

Quand ils atteignirent Underhill, ce sentiment d'irréalité ne la quitta pas pour autant : la vieille colonie endormie, à demi abandonnée, était maintenant grouillante d'activité, comme dans l'année M-1. Des sympathisants de la Résistance étaient accourus durant toute la journée des petites colonies de Ganges Catena, d'Hebes Chasma et de la muraille nord d'Ophir Chasma. Les Bogdanovistes locaux avaient apparemment organisé une marche sur la petite unité de l'ATONU cantonnée à la gare. Ce qui avait abouti à un blocage devant la gare, sous la tente qui recouvrait l'ancienne arcade et le quadrant original des caveaux, qui semblaient maintenant tellement exigus, tellement surannés.

Quand Nadia débarqua du train, elle se retrouva au milieu d'une discussion violente entre un homme muni d'un porte-voix, encadré par vingt gardes du corps, et la foule turbulente. Elle sauta sur le quai et se précipita entre les émeutiers et le chef de gare et ses hommes. Elle réquisitionna le porte-voix d'une jeune femme et lança dans le même instant :

— Monsieur le chef de gare ! Monsieur le chef de gare !

Elle répéta cette phrase en anglais et en russe plusieurs fois jusqu'à ce que chacun comprenne qui elle était. Son équipe s'était infiltrée dans la foule et, dès qu'elle vit qu'ils étaient tous en position, elle s'avança droit vers le groupe d'hommes et de femmes en gilets pare-balles. Le chef de gare était un ancien de Mars au visage buriné, marqué de cicatrices au front. Ses jeunes collègues arboraient l'insigne de l'Autorité transitoire et avaient l'air apeurés. Nadia lâcha le porte-voix.

— Je m'appelle Nadia Cherneshevsky. J'ai construit cette ville. Et maintenant, nous allons en prendre le contrôle. Vous travaillez pour qui ?

— L'Autorité transitoire des Nations unies, dit l'homme d'un ton ferme en la dévisageant comme si elle venait de surgir de la tombe.

— Mais vous dépendez de quelle unité ? De quelle métanationale ?

— Nous sommes une unité de Mahjari.

— Mahjari travaille avec la Chine, maintenant, la Chine travaille avec Praxis, et Praxis travaille avec nous. Nous sommes du même bord, mais vous ne le savez pas encore. Et quoi que vous en pensiez, nous sommes supérieurs en nombre. (Elle cria à l'adresse de la foule.) Que tout le monde lève la main !

Ils obéirent tous. Et ceux de son équipe braquaient leurs paralyseurs, leurs fusils-soudeurs et leurs pistolets à clous.

— Nous ne voulons pas d'effusion de sang, déclara Nadia au groupe de plus en plus compact. Nous ne voulons même pas vous faire prisonniers. Il y a un train à quai. Vous pouvez le prendre et rejoindre Sheffield et le reste de votre équipe. Là-bas, vous en apprendrez plus sur le nouvel état des choses. C'est ça, ou bien nous faisons sauter la gare. De toute façon, nous avons le contrôle de la situation, et il serait stupide que quiconque soit tué alors que cette révolte est d'ores et déjà un état de fait. Prenez ce train. Je vous conseille vraiment de retourner à Sheffield et, si vous le voulez, d'emprunter l'ascenseur. Mais si vous souhaitez travailler pour une Mars libre, vous pouvez vous joindre à nous dès maintenant.

Elle affronta sereinement le regard de l'homme, plus apaisée que jamais. L'action était un tel soulagement. Le chef de gare pencha la tête pour échanger quelques phrases avec les membres de son équipe pendant cinq minutes. Quand il regarda de nouveau Nadia, ce fut pour dire :

— Nous allons prendre le train.

Et c'est ainsi qu'Underhill fut la première ville libérée.

Cette nuit-là, Nadia se rendit jusqu'au parking des caravanes, situé près de la paroi de la nouvelle tente. Les deux caravanes qui n'avaient pas été transformées en labos avaient conservé l'ancien équipement et, après en avoir fait le tour et déambulé dans les caveaux et le quartier de l'Alchimiste, elle retourna finalement dans celle où elle avait vécu au tout début et se laissa tomber sur un matelas avec une sensation de fatigue pesante.

C'était tellement étrange de se retrouver ainsi étendue au milieu de tous ces fantômes, à essayer de retrouver ce temps lointain. Trop étrange : malgré sa fatigue, elle ne trouva pas le sommeil et, à l'approche de l'aube, elle eut une vision brumeuse. Elle s'inquiétait de l'ouverture des caissons largués par les fusées de transport. Elle devait aussi programmer les robots de construction et appeler Arkady sur Phobos. Elle bascula même dans le sommeil à un instant, un sommeil pénible, jusqu'à ce qu'un picotement dans son doigt fantôme la réveille.

Elle se redressa avec un gémissement. Il était difficile d'imaginer qu'elle se réveillait dans un monde en turbulence, avec des millions de gens qui attendaient ce que la journée allait leur apporter. Elle promena le regard sur cette pièce confinée où elle avait vécu et il lui sembla soudain que les murs bougeaient — qu'ils pulsaient doucement. C'était une sorte de vision double, comme si elle voyait à travers une visionneuse stéréo sous la clarté basse du matin. Les quatre dimensions lui apparaissaient en même temps dans une lumière hallucinatoire et vibrante.

Ils prirent leur petit déjeuner dans les caveaux, dans la grande salle où Ann et Sax s'étaient jadis querellés à propos des avantages du terraforming. Sax avait remporté la bataille, mais Ann était toujours en train de combattre sur cette planète, comme si les choses n'avaient pas été décidées depuis longtemps.

Nadia se concentra sur le présent, sur son écran d'IA et le flot des informations de ce samedi matin. Le haut de l'écran était occupé par Maya qui émettait depuis son refuge de Burroughs, et le bas par les rapports de Praxis en provenance de la Terre. Maya jouait les héroïnes comme toujours, vibrante d'appréhension, impérieuse, distribuant ses ordres à tous pour qu'ils se conforment à sa vision des choses, hagarde mais néanmoins fébrile, tournant à son rythme intérieur. Nadia l'écouta décrire les événements récents tout en mâchant méthodiquement, à peine consciente du goût délicieux du pain d'Underhill. A Burroughs, c'était déjà l'après-midi et la journée avait été particulièrement active. Toutes les cités de Mars étaient agitées. Sur Terre, l'ensemble des zones côtières était inondé et les déplacements en masse provoquaient le chaos à l'intérieur des terres. La nouvelle ONU avait condamné les émeutiers de Mars en les qualifiant d'opportunistes sans cœur qui tiraient avantage de ces catastrophes sans précédent pour imposer leur cause égoïste.

— C'est vrai, dans le fond, remarqua Nadia à l'adresse de Sax.

Il venait d'arriver du cratère Da Vinci.

— Je suis sûre qu'ils vont retenir ça contre nous.

— Pas si nous les aidons à s'en sortir.

— Hum...

Elle lui proposa du pain en le dévisageant avec insistance. En dépit de la transformation de ses traits, il ressemblait de plus en plus au Sax qu'elle avait connu, au fil des jours. Impassible, il clignait des yeux en observant la salle en brique. Il semblait que la révolution était le dernier de ses soucis.

— Tu es prêt à t'envoler vers Elysium ? demanda-t-elle.

— C'était ce que je m'apprêtais à te demander.

— Bien. Donne-moi le temps de récupérer mon sac.

Pendant qu'elle jetait ses vêtements et son IA dans son vieux sac à dos noir, son poignet bipa et elle découvrit Kasei, ses longs cheveux gris hirsutes autour de son visage ridé qui était un étrange mélange de John et Hiroko — la bouche de John, étirée pour l'instant en un large sourire, et les yeux asiatiques d'Hiroko, à demi clos de bonheur.

— Hello, Kasei, dit-elle, incapable de dissimuler sa surprise. Je ne crois pas t'avoir jamais vu sur mon bloc de poignet.

— Les circonstances sont exceptionnelles, dit-il sans se démonter.

Elle l'avait toujours considéré comme un homme austère, mais l'éclatement de la révolution avait sur lui un effet tonique, à l'évidence. A son regard, elle comprit soudain qu'il avait attendu ça toute sa vie.

— Ecoute, Coyote, moi et un groupe de Rouges, on est ici, dans Chasma Borealis, et nous avons pris le contrôle du barrage et du réacteur. Tous ceux qui travaillent sur place se sont montrés coopératifs.

— Encourageants ! cria quelqu'un qui se trouvait près de lui.

— Oui, on a trouvé pas mal de soutien sur place, si l'on excepte une centaine de types de la sécurité qui se sont bouclés dans le réacteur. Ils menacent de déclencher une réaction en chaîne si on ne les laisse pas partir pour Burroughs.

— Et alors ? fit Nadia.

— *Alors ?* répéta Kasei en riant. Coyote nous a dit de te demander ce qu'il fallait faire.

Elle se raidit.

— Je ne peux pas le croire !

— Mais ici, personne n'y croit non plus ! Mais c'est ce qu'a dit Coyote, et on aime bien faire plaisir à ce vieux salopard quand on le peut.

— Bien. Alors, laissez-les partir pour Burroughs. Il n'y a vraiment pas de problème. Cent flics de plus à Burroughs, ça ne compte pas, et moins nous aurons de réactions en chaîne mieux ça vaudra. On patauge encore dans les radiations de la dernière fois.

Sax entra dans la pièce alors que Kasei réfléchissait à ce qu'elle venait de dire.

— OK ! fit Kasei. Si tu le dis ! On se reparlera plus tard. Il faut que j'y aille, *ka* !

Nadia resta le regard fixé sur son écran de poignet en fronçant les sourcils.

— C'était quoi ? demanda Sax.

— Je me le demande, dit-elle.

Elle lui raconta sa conversation tout en essayant vainement de joindre Coyote.

— Eh bien, te voilà coordinatrice, commenta Sax.

— Et merde. (Elle jeta son sac sur son épaule.) On y va.

Ils décollèrent dans un des nouveaux 51B, très petit et très rapide. Ils prirent un vaste itinéraire circulaire en direction du nord-ouest par-dessus la mer de glace de Vastitas en évitant les places fortes des métanats d'Ascraeus et du Belvédère d'Echus. Peu après, ils aperçurent la glace de Chryse, au nord. Les icebergs fracassés étaient tachetés de rose et d'améthyste par les algues des neiges et les mares de fonte. Bien sûr, la vieille route à transpondeurs de Chasma Borealis avait depuis longtemps disparu. L'ancien système de distribution de l'eau vers le sud avait été oublié et n'était plus qu'une note technique en bas de page pour les livres d'histoire. En contemplant le chaos de glace, Nadia se souvint soudain de ce qu'avait été le paysage lors de son premier voyage, les collines et les cuvettes qui se succédaient sans fin, les grandes dunes barkhanes noires, l'incroyable terrain laminé des derniers sables avant la calotte polaire... Tout avait disparu, désormais, submergé par la glace. La calotte polaire elle-même était devenue un agglomérat informe de grandes zones de fonte et de courant de glace, de rivières figées, de lacs givrés. Tout y était boueux, visqueux, tout se déversait en se fragmentant vers le bas du grand plateau sur lequel reposait la calotte, et coulait vers la mer du nord qui entourait le monde.

Durant l'essentiel de leur vol, il ne fut pas question de se poser. Nadia surveillait nerveusement les instruments de bord, consciente de toutes les choses qui pouvaient se montrer défaillantes dans une machine nouvelle en pleine période de crise, quand il n'était plus question de maintenance et que l'erreur humaine était à son sommet.

Puis, des volutes de fumée noire et blanche apparurent sur l'horizon du sud-ouest, dérivant vers l'est sous l'effet des vents d'altitude.

— C'est quoi, ça ? s'inquiéta-t-elle en se portant vers le flanc gauche de l'avion.

— Kasei Vallis, jeta Sax depuis le siège de pilotage.

— Qu'est-ce qui se passe ?

— Ça brûle.

Nadia le fixa.

— Qu'est-ce que tu veux dire ?

— La végétation est dense dans la vallée. Et aussi au pied du Grand Escarpement. Il y a surtout des résineux et des arbustes. Et aussi des arbres à graines pyrophiles. Tu sais, ces espèces qui ont besoin du feu pour se propager. La manzanita épineuse, l'épine noire, le séquoia géant et quelques autres.

— Comment le sais-tu ?

— C'est moi qui les ai plantés.

— Et maintenant tu y as mis le feu ?

Il acquiesça en observant la fumée.

— Mais Sax, est-ce que le pourcentage d'oxygène dans l'atmosphère n'est pas très important ?

— Quarante pour cent.

Elle le contempla plus longuement, soudain soupçonneuse.

— C'est toi qui as monté ça, hein ? Seigneur ! Sax... tu aurais pu incendier toute cette planète !

Elle se tourna de nouveau vers la colonne de fumée. Dans le sillon de Kasei Vallis, elle discerna une ligne de flammes, la lisière de l'incendie qui était plus blanche que jaune, comme du magnésium en ignition.

— Mais rien ne pourra repousser cela ! Tu as vraiment mis le feu au monde !

— La glace. Sous le vent, il n'existe que la glace de Chryse. L'incendie ne devrait se propager que sur quelques milliers de kilomètres carrés.

Nadia le dévisagea, effrayée, stupéfaite. Sax observait toujours le feu, mais il se concentrait quand même sur les instruments avec une expression curieuse : dure et reptilienne — totalement inhumaine.

Les bastions de la sécurité apparurent à l'horizon, dans la courbe de Kasei Vallis. Les tentes flambaient comme des torches, les cratères de la berge intérieure étaient autant de brasiers qui crachaient des flammèches dans les airs. Un vent très fort soufflait d'Echus Chasma et s'engouffrait dans Kasei Vallis, avivant les feux. Une tornade incendiaire. Que Sax fixait sans ciller, le maxillaire tendu.

— Mets cap au nord, lui ordonna Nadia. Il faut nous en écarter.

Il inclina l'avion et elle secoua la tête. Des milliers d'hectares brûlaient sous ses yeux. Toute une végétation qu'ils avaient introduite avec beaucoup de peine, brûlée. Les taux d'oxygène en augmentation... Elle regarda la créature étrange assise à ses côtés avec méfiance.

— Pourquoi ne pas m'en avoir parlé ?

— Je ne voulais pas que tu arrêtes l'opération.

C'était aussi simple que ça.

— J'ai donc autant de pouvoir ?

— Oui.

— Ce qui signifie qu'on me tient dans l'ignorance de ce qui se passe ?...

— Uniquement pour ce plan, l'assura-t-il.

Il serrait et desserrait les mâchoires selon un rythme qui lui rappelait soudain Frank Chalmers.

— Tous les prisonniers ont été déportés dans les astéroïdes. Cet endroit était réservé à l'entraînement de leur police secrète. Ceux qui ne se rendent jamais. Les tortionnaires. (Il fixa sur elle son regard de lézard.) Nous nous en sortirons mieux sans eux.

Et il se concentra entièrement sur le pilotage.

Nadia avait encore les yeux rivés sur la ligne blanche de la tempête de feu quand la radio de bord bipa son code. Cette fois, c'était Art. L'inquiétude le faisait loucher.

— J'ai besoin de votre aide. Les gens d'Ann ont repris Sabishii et des tas de Sabishiiens sont sortis du labyrinthe pour réinvestir la ville. Mais les Rouges qui dirigent tout leur ont dit de disparaître.

— Quoi ?

— Je sais, oui, et je ne pense pas qu'Ann soit au courant, mais elle ne répond pas à mes appels. A côté de certains Rouges, elle pourrait passer pour une Boonéenne. Mais j'ai réussi à contacter Ivana et Raul. Ils vont arrêter les Rouges de Sabishii jusqu'à ce que vous appeliez. C'est ce que j'ai pu faire de mieux.

— Pourquoi *moi* ?

— Je crois qu'Ann a dit qu'il fallait vous écouter.

— Et merde !

— Ecoutez, qui d'autre que vous peut le faire ? Maya s'est fait trop d'ennemis à essayer de calmer le jeu ces dernières années.

— Je croyais qu'on nous avait envoyé un grand diplomate.

— Je le suis ! Mais tout ce que j'ai pu faire, c'est d'arriver à ce qu'ils se fient tous à votre jugement. Je ne pouvais pas faire mieux. Désolé, Nadia. Je vous aiderai par tous les moyens.

— Vous avez intérêt, si c'est grâce à vous que j'en suis là !

Il sourit soudain.

— Ça n'est pas ma faute si tout le monde vous fait confiance.

Elle coupa rageusement et essaya de contacter les Rouges sur diverses fréquences. En captant leurs messages au hasard, elle prit conscience qu'il s'agissait de jeunes Rouges radicaux dont Ann condamnerait certainement les initiatives — elle l'espérait du moins. Des Rouges qui, alors que la révolution était encore en jeu, faisaient sauter des plates-formes dans Vastitas, déchiraient les tentes, coupaient les pistes ferroviaires, menaçant de rompre la coopération avec les autres rebelles si l'on ne se ralliait pas à leur offensive de sabotages et si toutes leurs exigences n'étaient pas acceptées, etc.

Finalement, Ann répondit. Elle avait l'air d'une Furie déchaînée, impitoyable et un peu folle.

— Ecoute, dit Nadia sans préambule, une Mars indépendante est la meilleure chance que tu auras d'obtenir ce que tu veux. Si tu prends la révolution en otage pour tes buts personnels, les gens s'en souviendront, je te préviens ! Tu ne pourras pas te battre pour ce que tu veux aussi longtemps que nous ne contrôlerons pas la situation. Jusque-là, en ce qui me concerne, ça n'est que du chantage. Un coup de poignard dans le dos. Il faut que ces Rouges de Sabishii restituent la ville à ses habitants.

— Qu'est-ce qui te fait croire que je peux leur dicter ce qu'ils doivent faire ? jeta Ann d'un ton furieux.

— Qui d'autre que toi ?

— Et qu'est-ce qui te fait penser que je suis en désaccord avec ce qu'ils font ?

— L'impression que j'ai que tu es une femme sensée !

— Je n'ai pas la prétention de donner des ordres.

— Alors, raisonne ces gens ! Dis-leur que des révolutions plus massives que la nôtre ont échoué à cause de ce genre de stupidité. Dis-leur de se réfréner.

Ann coupa la communication sans répondre.

— Merde ! fit Nadia, une fois encore.

Son IA continuait de déverser des flots d'infos. La force expéditionnaire de l'ATONU remontait des highlands du Sud et semblait se diriger sur Hellas ou Sabishii. Sheffield était encore sous le contrôle de Subarashii. Burroughs était une ville ouverte, apparemment sous le contrôle des forces de sécurité, mais des réfugiés affluaient, venus de Syrtis et d'ailleurs, et la grève générale s'était installée. Les vidéos montraient des boulevards et des parcs occupés par la population, des manifestations contre l'Autorité transitoire, ou des foules de spectateurs inactifs.

— Il va falloir faire quelque chose pour Burroughs, déclara Sax.

— Je sais.

Ils volaient à nouveau vers le sud et franchirent la butte d'Hecates

Tholus, à l'extrémité nord du massif d'Elysium, en direction du port spatial de Fossa Sud. Leur voyage avait duré douze heures, mais ils avaient volé cap à l'ouest dans neuf fuseaux horaires et franchi la ligne de datation à cent quatre-vingts degrés de longitude. Ils se retrouvèrent au milieu de la journée de dimanche dans un bus qui les emporta jusqu'au sas du toit en suivant la bordure de Fossa Sud.

Fossa Sud et les autres cités d'Elysium, Hephaestus et Elysium Fossa, avaient toutes adhéré au mouvement Mars Libre, et massivement. Elles constituaient désormais une sorte d'entité géographique. L'un des bras glaciaires sud de Vastitas courait à présent entre le massif d'Elysium et le Grand Escarpement. Même s'il était d'ores et déjà coupé par les pontons de quelques pistes ferroviaires, Elysium ne tarderait plus à être une île-continent. La population des trois villes s'était répandue dans les rues et occupait maintenant les bâtiments officiels et les centrales. Privée du soutien éventuel de représailles orbitales, la police de l'Autorité transitoire s'était fondue dans la foule ou avait pris le train à destination de Burroughs. Elysium, désormais, appartenait incontestablement à Mars Libre.

Dans les bureaux de Mangalavid, Nadia et Sax découvrirent qu'un important groupe de rebelles s'était emparé de la station et s'activait à présent à diffuser vingt-quatre heures et demie par jour des bulletins sur les quatre canaux, tous sympathisants de la révolution, avec de longues interviews venues des villes et des centres libérés. Le laps de temps martien allait être dévolu à un montage de tous les événements de la veille.

Certains centres miniers des crevasses radiales d'Elysium et de Phlegra Montes étaient dirigés totalement par les métanats, et avant tout par Amexx et Subarashii. Les cadres étaient surtout des immigrants récents. Ils s'étaient pour la plupart enterrés dans leurs trous, et ils gardaient le silence ou menaçaient ceux qui tentaient de les déranger. Certains clamaient leur intention de reprendre la planète ou de tenir jusqu'à l'arrivée de renforts venus de la Terre.

— Ignorez-les, conseilla Nadia. Evitez-les et ignorez-les. Brouillez leurs communications si vous le pouvez et fichez-leur la paix.

Mais les rapports venus d'autres régions étaient plus encourageants. Senzeni Na était aux mains de gens qui se réclamaient des Boonéens, même s'ils n'étaient pas associés à Jackie — des issei, des nisei, des sansei et des yonsei qui avaient instantanément rebaptisé leur mohole John Boone et déclaré Thaumasia « site neutre pacifique de Dorsa Brevia ». Korolyov, qui n'était plus qu'une petite bourgade minière, s'était révoltée avec presque autant de violence qu'en 61, et ses citoyens, qui étaient en majorité des descendants de l'ancienne colonie pénitentiaire, avaient donné à leur ville le nom de Sergei Pavlovich Korolyov et déclaré qu'elle était désormais une zone libre anarchiste. Les gigantesques édifices de la vieille prison allaient être convertis en un immense bazar avec un espace de vie communautaire ouvert à tous les réfugiés de la Terre. Nicosia elle aussi était une cité libre. Le Caire était sous le contrôle de la sécurité d'Amexx. Odessa, de même que les villes du bassin d'Hellas, résistait toujours pour garder son indépendance, quoique la piste d'Hellas ait été coupée en certains endroits. Les systèmes magnétiques avaient pris le relais pour faire fonctionner les pistes et les trains, et ces systèmes étaient faciles à faire sauter. Pour cette raison, de nombreux trains circulaient à vide ou étaient annulés. Les voyageurs préféraient les patrouilleurs ou les avions pour ne pas courir le risque de se retrouver coincés dans l'intérieur dans des véhicules qui n'avaient même pas de roues.

Nadia et Sax passèrent la fin de ce dimanche à observer l'évolution des événements et à émettre des suggestions, quand on les interrogeait, sur diverses situations problématiques. Nadia avait le sentiment que, dans l'ensemble, tout se passait bien. Mais le lundi, de mauvaises nouvelles leur parvinrent de Sabishii. Le corps expéditionnaire de l'ATONU était arrivé des highlands du Sud et avait repris la surface de la ville à l'issue d'une bataille acharnée durant la nuit avec les guérilleros rouges. Les Rouges et les Sabishiiens avaient battu en retraite dans le labyrinthe du terril du moholе et les refuges alentour. Il était évident qu'une lutte sanglante allait s'engager dans le labyrinthe. Art prédit que la force de sécurité serait incapable de pénétrer dans le labyrinthe et qu'elle serait contrainte d'abandonner Sabishii, de battre en retraite vers Burroughs pour se joindre aux renforts qui étaient déjà sur place. Mais il était impossible d'en être certain, et la malheureuse Sabishii souffrait gravement de l'attaque.

Au soir de ce lundi, Nadia sortit avec Sax pour essayer de manger quelque part. Les arbres adultes étaient denses sur le plancher du canyon, les séquoias géants se dressaient au-dessus des pins et des genévriers, et des pins d'Aspen et des chênes dans la partie inférieure. Tandis qu'ils traversaient le parc au bord de la rivière, les gens de Mangalavid présentèrent Nadia et Sax à divers groupes. Ils étaient tous des indigènes, aux visages inconnus, nombreux et ravis de les rencontrer. C'était étrange de voir tant de gens si visiblement heureux. Dans la vie normale, réalisa Nadia, on ne voyait jamais ça : des sourires partout, des inconnus qui se parlaient... Quand un ordre social disparaissait, les choses pouvaient prendre bien des tours. L'anarchie et le chaos étaient bien trop probables, mais la communion aussi était possible.

Ils dînèrent à la terrasse d'un restaurant avant de regagner les bureaux de Mangalavid. Nadia se réinstalla devant son écran et entreprit de dialoguer avec un maximum de comités d'organisation. Elle avait l'impression d'être Frank en 61, accroché frénétiquement aux téléphones. Mais aujourd'hui, ils étaient en communication avec toute la surface de Mars, et elle avait la certitude que même si elle ne contrôlait pas la situation, elle avait une très bonne estimation de ce qui se passait. Et ça valait de l'or. Le noyau de fer qui était dans son ventre commençait à s'attendrir, à se changer en bois.

Au bout de deux heures, elle finit par sombrer dans le sommeil entre deux appels. C'était le milieu de la nuit à Underhill et Shalbatana, et elle n'avait pas beaucoup dormi depuis que Sax l'avait appelée à propos de l'Antarctique. Ce qui signifiait quatre ou cinq jours sans sommeil — mais non, corrigea-t-elle, seulement trois. Pourtant, cela lui paraissait deux semaines.

Elle venait à peine de s'allonger sur un canapé quand elle entendit une explosion de voix. Tout le monde se mit à courir dans le couloir, puis sur les dalles de pierre de la plaza. Elle se précipita derrière Sax, qui la saisit par le bras pour l'empêcher de tomber.

Apparemment, la tente avait été percée. Des doigts se tendaient de toutes parts, mais Nadia ne put rien repérer.

— C'est encore ici que nous serons le plus en sûreté, déclara Sax avec un petit sourire satisfait. La pression sous le toit n'est supérieure que de 150 millibars à peu près à celle de l'extérieur.

— Alors les toits n'éclatent pas comme des ballons percés, dit-elle en se souvenant avec un frisson des cratères sous dôme détruits en 61.

— Même si une partie de l'atmosphère extérieure entre, ça n'est jamais que de l'oxygène et de l'azote. Il y a encore trop de CO_2, mais pas suffisamment pour que nous soyons empoisonnés instantanément.

— Mais si le trou était plus important...

— Exact.

Nadia revint sur ses pas en bâillant. Elle se rassit devant son écran et reprit le cours des informations de Mangalavid en zappant très vite. La plupart des cités importantes étaient ouvertement indépendantes ou faisaient l'objet d'engagements bloqués, la sécurité ayant le contrôle des centrales alors que la population était dans les rues, attendant la suite des événements. Un grand nombre de villes et de camps détenus par les compagnies soutenaient encore leurs métanats, mais dans le cas de Bradbury Point et de Huo Hsing Vallis, deux villes voisines du Grand Escarpement, les métanats mères, Amexx et Mahjari, avaient été en conflit sur Terre. L'effet que cela aurait sur ces villes du Nord n'était pas encore évident, mais Nadia était certaine que ça ne les aiderait pas à sortir de la situation présente.

Subarashii et Amexx détenaient encore plusieurs villes importantes qui servaient d'aimants pour les unités de sécurité isolées des métanats et de l'ATONU. Burroughs était à l'évidence la plus essentielle, mais c'était vrai également du Caire, Lasswitz, Sudbury et Sheffield. Dans le Sud, les refuges qui n'avaient pas été abandonnés ou détruits par le corps expéditionnaire sortaient de la clandestinité : Vishniac Bogdanov avait déployé une tente au-dessus de l'ancien complexe de parking des véhicules robots à proximité de son mohole. Donc, sans aucun doute, le Sud retrouverait son statut de bastion de la Résistance, quoi qu'il advienne. Nadia ne pensait pas que cela en valait la peine. Et la calotte polaire nord était dans un tel désarroi environnemental qu'il était presque sans importance de savoir qui en avait pris possession — pour la plus grande part, la glace se déversait dans Vastitas, mais le plateau était couvert de neige nouvelle à chaque hiver. C'était la région la plus inhospitalière de Mars et il n'y existait quasiment aucune colonie permanente.

La zone disputée se situait essentiellement entre les latitudes tempérées et équatoriales, cette ceinture qui allait du littoral de la mer de glace de Vastitas au nord jusqu'aux deux grands bassins au sud. Et l'espace orbital, bien entendu, mais l'attaque de Sax sur les objets des métanats en orbite avait apparemment été un succès, et l'effacement de Deimos semblait maintenant un coup heureux. Pourtant, l'ascenseur restait aux mains des métanats. Et des renforts allaient sous peu arriver de la Terre. Or l'équipe de Sax, dans Da Vinci, avait apparemment épuisé toutes ses armes dans l'attaque initiale.

Quant à la soletta et au miroir annulaire, ils étaient si grands et fragiles qu'ils étaient impossibles à défendre. N'importe qui pouvait les détruire, mais Nadia ne voyait aucune raison à cela. Si ça venait à se produire, elle soupçonnerait aussitôt les Rouges. Et s'ils réussissaient — eh bien, tout le monde pourrait se passer aisément de ce supplément de lumière, comme avant. Il fallait qu'elle demande à Sax ce qu'il en pensait. Et qu'elle en discute avec Ann, pour connaître sa position. Ou bien il était préférable qu'elle ne lui mette pas trop d'idées dans la tête. Mieux valait qu'elle voie comment les choses se déroulaient. Quoi d'autre encore ?...

Elle s'endormit la tête sur l'écran. Elle se réveilla sur le canapé, affamée. Sax lui avait succédé devant l'écran.

— Ça tourne mal à Sabishii, lui dit-il quand il la vit se lever.

Elle alla jusqu'à la salle de bains. Quand elle revint, elle regarda par-dessus son épaule tandis qu'il lui parlait :

— La sécurité n'a pas réussi à s'occuper du labyrinthe. Alors, ils sont tous partis pour Burroughs. Mais regarde...

Il avait affiché deux images sur l'écran — en haut, Sabishii en flammes, comme Kasei Vallis, et en bas, des soldats déferlant dans la gare à Burroughs, avec des armures légères et des armes automatiques, brandissant le poing. Apparemment, Burroughs était envahie de groupes de sécurité, qui avaient établi leurs quartiers résidentiels dans Branch Mesa et Double Decker Butte. Désormais, en plus des forces de sécurité de l'ATONU, il y avait donc également des troupes de Subarashii et de Mahjari. En fait, toutes les grandes métanats étaient représentées dans la ville, et Nadia en vint à s'interroger sur ce qui se passait entre elles sur Terre — si elles n'avaient pas conclu une sorte d'accord ou d'alliance *ad hoc*, en raison de la crise en cours. Elle appela Art à Burroughs pour lui demander son avis.

— Ces unités martiennes sont peut-être tellement coupées de leurs bases qu'elles ont conclu d'elles-mêmes une trêve, lui dit-il. Elles pourraient être autonomes.

— Mais si nous sommes encore en liaison avec Praxis...

— Oui, d'accord, mais nous les avons eus par surprise. Ils n'avaient pas conscience de la sympathie qui entourait la Résistance, et c'est pour cela qu'on a pris le dessus. On peut dire qu'en un sens la stratégie de profil bas de Maya a été payante. Non, ces unités pourraient très bien être autonomes maintenant. Si tel est le cas, nous devons considérer que Mars est déjà indépendante, et plongée dans une guerre civile pour le pouvoir. Ce que je veux dire, c'est que les gens de Burroughs peuvent nous appeler et nous dire : OK, Mars est un monde suffisamment grand pour supporter plus d'un type de gouvernement. Vous avez le vôtre, et nous avons Burroughs, et ne tentez pas de nous le prendre — et qu'est-ce que nous leur dirons ?

— Je ne pense pas que quiconque de la sécurité des métanats ait une telle ambition. Il n'y a que trois jours que tout leur est tombé dessus. (Elle désigna l'écran.) Regardez, c'est Derek Hastings, le chef de l'Autorité transitoire. Quand nous avons quitté Houston, il était responsable du Contrôle de mission. Il est dangereux — intelligent et particulièrement têtu. Il va résister jusqu'à l'arrivée des renforts.

— Alors que croyez-vous que nous devrions faire ?

— Je ne sais pas.

— On pourrait laisser Burroughs comme ça ?...

— Je ne crois pas. Nous avons intérêt à achever cette conquête avant de sortir de derrière le Soleil. S'il y a des troupes terriennes assiégées dans Burroughs qui résistent héroïquement, ils vont essayer de les sauver. Ils appelleront ça une mission de secours et ils envahiront toute la planète.

— Ça ne sera pas facile de prendre Burroughs avec cette garnison.

— Je sais.

Sax avait commencé à s'assoupir sur un autre canapé. Il ouvrit un œil.

— Les Rouges envisagent d'inonder la ville.

— *Quoi ?*

— Elle est en dessous du niveau de la glace de Vastitas. Et sous la glace, il y a de l'eau. Sans la digue...

— Oui ?...

— Ann et Coyote ont parlé de la faire sauter. S'ils y sont obligés.

— Non. Il y a deux cent mille personnes dans Burroughs pour quelques milliers d'hommes de la sécurité. Que feraient tous ces gens ? On ne peut pas en évacuer un aussi grand nombre. C'est fou. Et voilà 61 qui recommence. (Plus elle y pensait, plus sa colère grandissait.) Mais à quoi pensent-ils ?

— Ce n'est peut-être qu'une menace, dit Art, toujours rivé à l'écran.

— Les menaces ne servent à rien aussi longtemps que ceux que vous menacez ne croient pas que vous allez les mettre à exécution.

— Ils le croiront peut-être.

Elle secoua la tête.

— Hastings n'est pas aussi stupide. Bon Dieu, il pourrait très bien évacuer ses troupes par le spatioport et laisser toute la population se noyer ! Alors, nous serions considérés comme des monstres et la Terre nous déclarerait vraiment la guerre ! Non !

Elle partit en quête d'un petit déjeuner. En découvrant les pâtisseries dans la cuisine, elle s'aperçut que son appétit était tombé. Elle se contenta d'une tasse de café et regagna le bureau, les mains tremblantes.

En 2061, Arkady avait affronté la dissidence. Un groupe avait lancé un petit astéroïde en direction de la Terre, sur une orbite de collision. Au départ, ça n'avait été qu'une menace. Mais l'astéroïde avait été détruit dans la plus grande explosion jamais déclenchée par l'homme au cours de son histoire. Après cela, la guerre sur Mars était soudain devenue féroce et impitoyable comme jamais auparavant. Et Arkady avait été impuissant à l'endiguer.

Cela pouvait recommencer.

Elle se tourna vers Sax :

— Il faut que nous allions à Burroughs.

Toute révolution suspend les habitudes de même que la loi. Mais tout comme la nature a horreur du vide, les gens ont horreur de l'anarchie.

Les habitudes firent leurs premières incursions en terrain nouveau, comme des bactéries dans la roche, suivies de procédures, de protocoles, de tout un taillis de discours renaissant après la coupe, en route vers la forêt de haute futaie de la loi... Nadia s'apercevait que des gens (certaines gens) venaient la trouver pour résoudre des querelles, qu'ils se fiaient à son jugement. Elle ne contrôlait pas les choses, mais ça n'en était pas loin en ce qui les concernait. Elle était le « résolvant universel », comme disait Art, ou encore le général Nadia, ajoutait perfidement Maya sur son bloc de poignet. Nadia en frissonnait, comme l'espérait Maya. Elle préférait ce qu'elle avait entendu Sax déclarer à sa jeune équipe fervente de techniciens, tous façonnés par lui : « Nadia est l'arbitre désigné, et c'est à elle que vous devez parler. » Tel était le pouvoir des mots : arbitre plutôt que général. Chargée de négocier ce qu'Art appelait le « changement de phase ». Elle l'avait entendu employer ce terme lors d'une interview fleuve sur Mangalavid, avec cet air impassible qui faisait que l'on ne pouvait savoir s'il plaisantait ou non.

— Oh, je ne pense pas que nous assistions à une révolution, non. Mais à une démarche parfaitement naturelle. Nous parlerons donc plutôt d'une sorte d'évolution, de développement, ce qu'en physique on appelle un *changement de phase*.

Les commentaires qui avaient suivi avaient convaincu Nadia qu'Art ne savait pas vraiment en fait ce qu'était un changement de phase. Mais elle le savait, elle, et elle trouvait ce concept intriguant. La vaporisation de l'autorité terrienne, la condensation du pouvoir local, le dégel aboutissant finalement à... tout ce que vous vouliez. La fonte intervenait quand l'énergie thermique des particules était assez importante pour dominer les forces intracristallines qui les maintenaient en position. Donc, si l'on considérait l'ordre métanational comme une structure cristalline... Mais la différence était énorme si l'on comparait les forces interioniques et les forces intermoléculaires : le chlorure de sodium, interionique, fondait à 801 °C, et le méthane, intermoléculaire, à – 183 °C. A quel type de force avaient-ils affaire ? Et quel était le degré de température ?

A ce point, l'analogie elle-même fondait. Mais il ne faisait aucun doute que les noms avaient un pouvoir sur l'esprit humain. Le changement de phase, la gestion intégrée du fléau, le chômage sélectif : elle préférait encore tous ces termes à la vieille notion mortelle de *révolution*. Elle était heureuse de les entendre sur Mangalavid comme dans les rues. Mais elle n'oubliait pas qu'il y avait cinq mille soldats lourdement armés à Burroughs et Sheffield, qui se considéraient encore comme des forces de police affrontant des émeutiers. Et la sémantique ne suffirait pas à résoudre le problème.

Pour l'essentiel, néanmoins, les choses évoluaient mieux qu'elle ne l'avait espéré. En un sens, c'était une question de démographie : apparemment, presque tous ceux qui étaient nés sur Mars étaient maintenant descendus dans la rue. Ils occupaient les administrations, les gares, les centres spatiaux — et aucun, si l'on en croyait les interviews de Mangalavid, ne tolérait du tout (avec une certaine absence de réalisme, se dit Nadia) l'idée que des pouvoirs installés *sur une autre planète* puissent les contrôler en quoi que ce fût. Ils représentaient à peu près la moitié de la population de Mars. Et un pourcentage important d'anciens étaient de leur côté, de même que beaucoup d'immigrants récents.

— Appelons-les des immigrants, lui avait conseillé Art. Ou des nouveaux. Des pionniers ou des colons, selon qu'ils sont ou non avec nous. C'est ce que Nirgal a fait, et je pense que cela aide les gens à réfléchir.

Sur Terre, la situation était moins nette. Les métanats de Subarashii étaient encore en conflit avec celles du Sud, mais cette fois dans le contexte de l'inondation géante qui était devenue un arrière-plan affreux. Et il était difficile de savoir ce que les Terriens en général pouvaient penser des événements de Mars.

Quelle que fût leur opinion, la navette rapide serait bientôt là, avec des renforts de sécurité. Et tous les groupes de Résistance s'étaient mobilisés pour converger sur Burroughs. Art fit tout son possible pour participer à cette manœuvre depuis Burroughs en localisant ceux qui avaient pris spontanément la décision de se mettre en marche (ce qui était à l'évidence le choix juste), pour les conforter et les remonter contre ceux qui s'opposaient à ce plan. Nadia se dit qu'il était après tout un diplomate subtil — discret, modeste, gros, sympathique, « antidiplomatique » —, la tête toujours baissée quand il conversait avec les autres, leur donnant l'impression que c'était eux qui menaient le débat. Il était vraiment inlassable. Et très habile. Très vite, des groupes de plus en plus nombreux vinrent les trouver, y compris des Rouges et des guérilleros mars-unistes qui persistaient dans une approche en termes d'assaut ou d'encerclement. Nadia sentait avec acuité qu'à la différence des Rouges et des Mars-Unistes qu'elle connaissait — tels Ivana, Gene, Raul et Kasei — qui restaient en relation avec elle et la considéraient comme une arbitre, les Rouges et les Mars-Unistes des unités plus radicales la jugeaient incompétente, et voyaient en elle une entrave à leur action. Ce qui la rendait furieuse, car elle avait la conviction que si Ann l'avait soutenue pleinement, les éléments les plus radicaux se seraient ralliés à elle. Elle s'en plaignit amèrement à Art après avoir pris connaissance d'un communiqué des Rouges qui redisposait la moitié ouest de la « convergence » sur Burroughs. Art entra en action et s'arrangea pour qu'Ann réponde à son appel avant de la passer à Nadia.

Elle retrouva son visage, celui d'une des Furies de la Révolution française, plus sévère et sombre que jamais. Leur dernière empoignade au sujet de Sabishii persistait comme une ombre entre elles. L'ATONU, en prenant Sabishii avant de l'incendier, avait réduit à néant leurs conclusions, mais Ann était à l'évidence en colère, ce que Nadia jugeait irritant.

Elles échangèrent des salutations aigres et leur discussion se changea très vite en dispute. Ann considérait la révolte comme une chance unique de ruiner toutes les entreprises de terraforming et d'effacer autant de villes et de populations que possible de la surface de Mars, par des attaques directes si nécessaire. Effrayée par cette vision apocalyptique, Nadia répondit avec fermeté, amertume, puis colère. Mais Ann était passée dans un monde qui n'appartenait qu'à elle.

— Je serais ravie si Burroughs était détruite, déclara-t-elle froidement.

Nadia grinça des dents.

— En détruisant Burroughs, on détruirait *tout*. Où les habitants iraient-ils ? Ça ferait de toi une meurtrière. Une massacreuse de populations. Simon en aurait honte.

Ann plissa le front.

— A ce que je vois, le pouvoir corrompt. Passe-moi Sax, veux-tu ? J'en ai assez de ton hystérie.

Nadia appuya sur la touche de bascule et s'éloigna. Ça n'était pas le pouvoir qui corrompait les gens, mais les fous qui corrompaient le pouvoir. Bon, d'accord, elle s'était peut-être mise en colère trop vite, et elle avait été trop dure. Mais cette part sombre qu'elle décelait en Ann l'effrayait. Elle pouvait faire n'importe quoi. Et la frayeur corrompait plus encore que le pouvoir. Si l'on combinait les deux...

Elle espérait avoir secoué Ann suffisamment fort pour faire reculer cette part sombre dans le recoin qu'elle ne devait pas quitter. Mais quand elle appela Michel à Burroughs pour lui en parler, il remarqua avec gentillesse que c'était faire de la mauvaise psychologie. Une stratégie due à la peur. Mais elle n'y pouvait rien : elle avait peur. La révolution signifiait fracasser une structure pour en créer une autre, mais il était plus facile de fracasser que de créer, et ces deux parties de l'acte n'étaient pas nécessairement vouées au même succès. En ce sens, construire une révolution était comme de dresser une arche. Jusqu'à ce que les colonnes soient debout et la clé de voûte en place, n'importe quelle rupture pouvait faire s'écrouler l'ensemble de l'ouvrage.

Cinq jours après l'appel de Sax à Nadia, ils furent à peu près une centaine à prendre l'air en direction de Burroughs, les pistes ferroviaires étant considérées comme trop vulnérables aux sabotages. Ils volèrent pendant la nuit jusqu'à une piste d'atterrissage taillée dans le rocher, à proximité d'un grand refuge bogdanoviste, dans la muraille du cratère Du Martheray, sur le Grand Escarpement, au sud-est de Burroughs. Ils s'y posèrent à l'aube. Le soleil se levait dans la brume comme une goutte de mercure, éclairant les collines blanches et échancrées au nord, et la plaine basse d'Isidis : une nouvelle mer de glace dont le cours vers le sud avait été interrompu uniquement par la digue qui s'incurvait en travers d'Isidis comme un barrage de terre trapu — ce qu'elle était en fait.

Pour avoir une vue meilleure, Nadia monta jusqu'en haut du refuge. La baie d'observation, camouflée en simple fissure horizontale juste sous la bordure, permettait de découvrir tout le paysage, depuis le Grand Escarpement jusqu'à la nouvelle digue et au front de glace. Longtemps, elle resta immobile face au paysage, dégustant à petites gorgées un café au kava. La mer de glace s'étendait au nord avec ses séracs et ses longs plissements de pression, ses plaques immenses et blanches de lacs de fonte gelés. Immédiatement en dessous, elle pouvait voir les premières collines basses du Grand Escarpement, ponctuées d'étendues épineuses de cactées d'Acheron, répandues sur la roche comme des récifs de corail. Des étages de mousse de la toundra vert foncé bordaient les ruisseaux givrés qui dévalaient l'Escarpement. A cette distance, ils ressemblaient à de longues diatomées agglomérées dans le roc rougeâtre.

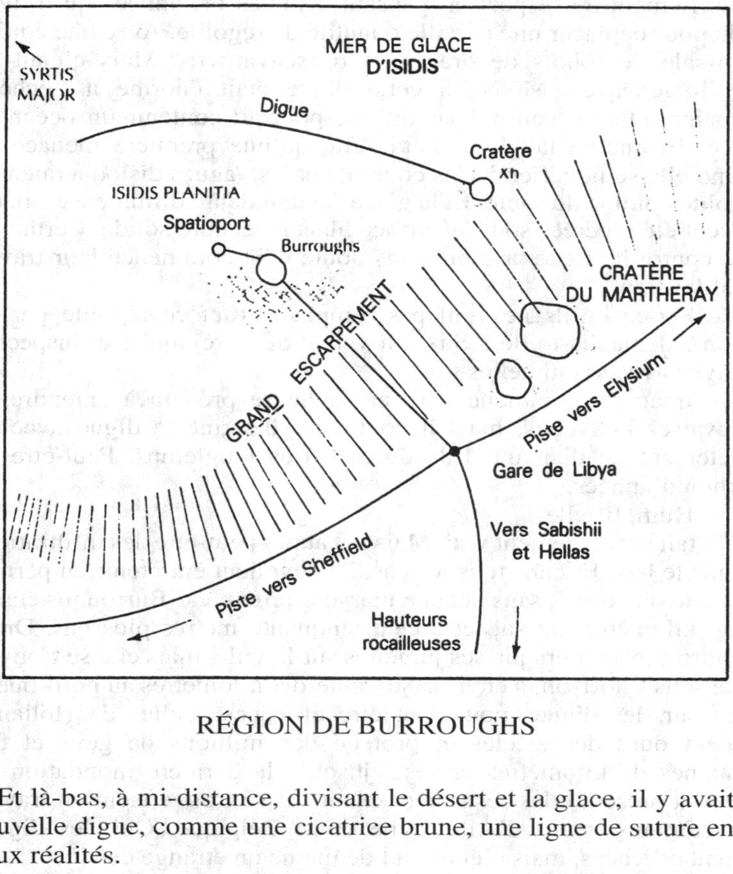

RÉGION DE BURROUGHS

Et là-bas, à mi-distance, divisant le désert et la glace, il y avait la nouvelle digue, comme une cicatrice brune, une ligne de suture entre deux réalités.

Nadia resta longtemps à l'observer avec ses jumelles. A son extrémité sud, c'était un tertre de régolite qui courait sur le tablier du cratère Wg pour se terminer juste au bord de Ng, qui se situait à environ cinq cents mètres au-dessus de la ligne de repère, bien au-dessus du niveau de la mer à venir. La digue allait vers le nord-ouest à partir de Wg et, depuis sa position élevée, Nadia en découvrait quarante kilomètres avant qu'elle ne disparaisse à l'horizon, immédiatement à l'ouest du cratère Xh. Xh était entouré de glace jusqu'à sa bordure, et l'intérieur central était comme un étrange évier rouge. Nadia constatait à présent que, partout, la glace pesait contre la digue.

Côté désert, la digue devait atteindre deux cents mètres, mais il était difficile d'en juger avec précision, car une large tranchée avait été creusée sous la digue. De l'autre côté, la glace montait assez haut, à mi-hauteur de la digue.

A son sommet, la digue était large de trois cents mètres. Nadia eut un sifflement de respect en pensant à toutes les années qu'il avait fallu pour déplacer une pareille quantité de régolite. Avec une équipe colossale de robots de drague et d'excavatrices. Mais c'était du régolite excavé ! Même si cette digue était énorme à l'échelle humaine, elle ne pensait pas qu'elle pourrait contenir un océan de glace. Et encore la glace n'était-elle qu'une première menace — quand elle se liquéfierait, les courants et les vagues disloqueraient le régolite comme du sable. Et la glace fondait déjà : d'immenses mares avaient été repérées sous la surface blanche encore solide. Certaines, tout contre la digue, avaient sans doute déjà commencé leur travail d'infiltration.

— Est-ce qu'ils ne vont pas remplacer tout ce régolite par du béton ? demanda-t-elle à Sax qui venait de la rejoindre et inspectait la digue avec ses jumelles.

— Imagine, commença-t-il, et Nadia se prépara à entendre de mauvaises nouvelles, mais il continua : Imagine la digue avec un revêtement de diamant. Elle durerait très longtemps. Peut-être un million d'années.

— Hum, fit-elle.

C'était probablement vrai. Mais il y aurait peut-être des infiltrations depuis le bas. Et dans tous les cas, ils devraient entretenir en permanence le dispositif, sans aucune marge d'erreur, car Burroughs était à vingt kilomètres au sud et à cent cinquante mètres plus bas. Drôle d'endroit. Nadia braqua ses jumelles sur la ville, mais elle se trouvait juste sous l'horizon, à environ soixante-dix kilomètres au nord-ouest. Bien sûr, les digues pouvaient être efficaces. Celles de Hollande avaient duré des siècles et protégé des millions de gens et des centaines de kilomètres carrés... jusqu'à la dernière inondation — même à présent elles résistaient encore et se trouveraient en travers des courants venus d'Allemagne et de Belgique. Oui, les digues étaient efficaces, mais c'était tout de même un étrange destin.

Elle se tourna vers les rochers déchiquetés du Grand Escarpement. Ces fleurs qu'elle avait cru voir dans le lointain étaient en fait d'énormes cactus coralliens. Un ruisseau qui ressemblait à un escalier de nénuphars. La roche rouge des collines composait un paysage dépouillé, surréel, adorable... Un élancement de peur aiguë, paroxystique, la traversa. Le sentiment soudain que quelque chose allait mal tourner et qu'elle pouvait être soudainement tuée et ne jamais plus assister au spectacle de ce monde et de son évolution. Oui, cela pouvait arriver : un missile pouvait crever le ciel violet à tout instant — leur refuge était la cible idéale si quelque chef de batterie angoissé du spatioport de Burroughs venait à apprendre son existence et décidait de régler tout seul le problème. Ils seraient tous morts en quelques minutes.

Mais telle était la vie sur Mars. Toujours. La mort pouvait surgir de n'importe quel événement. Elle repoussa cette pensée et redescendit en compagnie de Sax.

Elle voulait aller à Burroughs, voir par elle-même comment se passaient les choses, être présente sur le théâtre des événements et juger seule. Elle voulait se promener dans la ville et observer ses habitants, les voir agir, les entendre parler. Tard dans la journée du jeudi, elle s'en ouvrit à Sax :

— Descendons y faire un tour.

Mais cela paraissait impossible.

— La sécurité a été renforcée à toutes les portes, dit Maya sur son bloc de poignet. Tous les trains sont passés au peigne fin dans chaque gare. Même chose pour le métro du spatioport. La ville est fermée et en fait nous sommes des otages.

— Nous pouvons toujours suivre ce qui se passe sur les écrans, appuya Sax. Ça ne fait pas de différence.

Nadia acquiesça sans conviction. *Shikata ga nai.* Mais cette situation ne lui plaisait pas. Il lui semblait qu'ils allaient très vite être mis en position d'échec, tout au moins localement. Et elle ressentait une curiosité intense pour les conditions d'existence dans Burroughs.

— Raconte-moi ce qui se passe, demanda-t-elle à Maya.

— Eh bien, ils contrôlent l'infrastructure. Les centrales énergétiques, les portes, etc. Mais ils ne sont pas assez nombreux pour forcer les gens à rester chez eux, ou à se rendre au travail. A vrai dire, ils ne semblent pas savoir ce qu'ils vont faire maintenant.

Nadia pouvait facilement le comprendre : elle aussi se sentait désemparée. De nouvelles forces de sécurité se déversaient heure après heure dans la ville, venues en train des villes sous tente dont elles s'étaient retirées. Ces nouveaux éléments se joignaient aux troupes qui étaient déjà sur place et occupaient les centrales et les bâtiments administratifs, quand ils ne patrouillaient pas dans les rues, lourdement armés, sans être inquiétés. Ils s'étaient installés dans les quartiers résidentiels de Branch Mesa, de Double Decker Butte et de Black Syrtis Mesa. Leurs chefs se réunissaient presque continuellement au quartier général de l'ATONU, sur la montagne de la Table. Mais ils ne donnaient aucune consigne.

Les choses flottaient donc dans une attente inquiète. Les bureaux de Praxis et de Biotique, dans Hunt Mesa, servaient encore de centre d'information pour tous, disséminant les nouvelles de la Terre sur des panneaux d'affichage et les écrans d'ordinateurs. Ces médias, suivis par Mangalavid et les autres canaux privés, permettaient d'informer chacun avec précision sur les derniers développements de la situation.

Sur les grands boulevards et dans les parcs, la foule se rassemblait de temps en temps, mais elle restait le plus souvent dispersée en petits groupes qui tournaient en une sorte de paralysie active, quelque part entre la situation d'otages en crise et de grève générale. Tous attendaient ce qui allait se passer. Les gens semblaient garder le moral, et les magasins et les restaurants étaient encore ouverts, diffusant tous les bulletins vidéo.

Tout en picorant un repas rapide, Nadia éprouva un désir brûlant d'être parmi eux, de parler directement à tous ces gens. Ce même soir, vers dix heures, consciente qu'elle ne dormirait pas avant, elle appela longtemps Maya. Elle lui demanda si elle pouvait porter des lunettes vidcam et se promener en ville pour elle. Et Maya, aussi énervée qu'elle, fut trop heureuse d'accepter.

Maya quitta la maison avec ses lunettes et commença à transmettre à Nadia ce qu'elle voyait. Nadia, elle, s'était installée devant un écran, impatiente et avide, dans la salle commune du refuge Du Martheray. Sax et quelques autres ne tardèrent pas à se pencher par-dessus ses épaules pour regarder avec elle les images vacillantes en écoutant le commentaire de Maya.

Elle descendait d'un pas vif le boulevard du Grand Escarpement en direction de la vallée. Quand elle atteignit les marchands de quatre saisons, en haut du parc du Canal, elle ralentit et regarda lentement autour d'elle afin de faire profiter Nadia de ce panoramique. Il y avait foule. Les gens formaient de petits groupes épars dans une ambiance de festival. Deux femmes se lancèrent dans une conversation animée à propos de Sheffield. Des nouveaux venus s'approchèrent de Maya et lui demandèrent ce qui allait se passer, apparemment convaincus qu'elle le savait.

— C'est juste parce que j'ai l'air si vieille ! remarqua Maya d'un air écœuré quand ils se furent éloignés.

Nadia faillit sourire. Mais d'autres jeunes venaient de reconnaître Maya et l'accueillirent avec joie. Nadia assista à cette rencontre du point de vue de Maya, remarquant à quel point ces gens semblaient enthousiastes. Ainsi, c'était le monde tel qu'il apparaissait à Maya ! Pas étonnant qu'elle pensât être quelqu'un de particulier si les autres la regardaient comme ça, comme une redoutable déesse sortie d'un mythe...

Ce qui était troublant à plusieurs niveaux. Il semblait à Nadia que sa vieille amie était en grand danger d'être arrêtée par la sécurité, et elle lui en fit part. Mais l'image oscilla tranquillement d'un côté à l'autre de l'écran tandis que Maya secouait la tête.

— La sécurité se concentre autour des portes de la ville et des gares, et je m'en tiens à l'écart. De plus, pourquoi se donneraient-ils la peine de m'arrêter ? Parce qu'en fait, c'est toute la ville qui est en état d'arrestation.

Elle suivit un blindé qui descendait le boulevard entre les pelouses et qui passa sans ralentir comme pour illustrer son propos.

— C'est pour que tout le monde voie bien leurs armes, commenta sombrement Maya.

Elle continua vers le parc du Canal, puis tourna dans le sentier qui menait à la montagne de la Table. La nuit était froide : les lumières du canal révélaient le givre sur l'eau. Mais si la sécurité espérait décourager la foule, c'était raté : le parc était bondé, les gens s'aggloméraient autour des rotondes, des cafés et des grands serpentins de chauffage. Où que Maya tourne le regard, la foule affluait sans cesse. Certains écoutaient des musiciens, les orateurs qui brandissaient de petits amplificateurs portables, d'autres suivaient les infos sur leurs écrans de poignet ou leurs lutrins.

— Rassemblement à minuit ! lança quelqu'un. Dans le laps de temps !

— Je ne suis pas au courant, fit Maya avec appréhension. Ça doit venir de Jackie.

Elle se retourna si vite que la vue se brouilla. La foule continuait de grossir. Sax se pencha sur un autre écran et appela le refuge de Hunt Mesa. Art lui répondit mais, derrière lui, le refuge était vide. Jackie avait effectivement appelé à une manifestation de masse pendant le laps de temps martien, et le message avait été diffusé par tous les médias de la ville. Nirgal était parti avec elle.

Nadia apprit cela à Maya, qui jura violemment.

— Tout est trop volatil pour ce genre de chose ! Bon Dieu, quelle folle !

Mais ils ne pouvaient rien faire dans l'immédiat. Des milliers de personnes se déversaient sur les boulevards, vers le parc du Canal et Princess Park. Maya tourna la tête et ils purent voir des chapelets de silhouettes sur le bord des mesas, dans les passerelles tubulaires qui franchissaient le parc du Canal.

— Les orateurs vont se rassembler dans Princess Park, commenta Art.

Nadia s'adressa à Maya :

— Tu devrais y aller, Maya, et vite. Tu pourras peut-être parvenir à maîtriser la situation.

Maya s'enfonça dans la foule. Nadia ne cessait de lui parler, lui suggérant ce qu'elle pourrait dire si elle avait la possibilité de prendre la parole. Les mots venaient d'eux-mêmes et, quand elle s'interrompit pour réfléchir, Art lui souffla certaines de ses idées, jusqu'à ce que Maya proteste :

— Attendez ! Attendez un peu : est-ce que tout ça est vrai ?

— Ne t'inquiète pas de savoir si c'est vrai.

— Ne t'inquiète pas ! Il ne faut pas que je m'inquiète de savoir si ce que je dis à des centaines de milliers de gens, à la population de deux mondes, est vrai ou non ?

— On va s'arranger pour que ça soit vrai, dit Nadia. Essaie seulement.

Maya se mit à courir. D'autres allaient dans la même direction qu'elle, remontant le parc du Canal vers les terrasses entre Ellis Butte et la montagne de la Table. Ses lunettes-caméra retransmettaient des têtes dansantes, des visages excités qui se tournaient vers elle quand elle demandait le passage en hurlant. Des applaudissements et des vivats montaient de la foule de plus en plus dense. Maya fut obligée de ralentir, puis se fraya un chemin entre les rangs, poussant et tirant. Il y avait surtout des jeunes, bien plus grands qu'elle, et Nadia se pencha sur l'écran de Sax pour suivre quelques images de Mangalavid. Une caméra filmait depuis l'estrade, installée sur la bordure d'un ancien pingo, au-dessus de Princess Park, et une autre depuis les passerelles. Sous ces deux angles, la foule paraissait énorme. Il y avait là au moins quatre-vingt mille personnes, estima Sax, le nez à un centimètre de l'écran, comme s'il comptait avec précision tous les visages. Art essayait de rester en contact avec Maya en même temps que Nadia qui continuait à lui parler tandis qu'elle traversait la foule.

Antar venait d'achever un discours incendiaire en arabe à l'instant où elle approchait. Jackie était maintenant sur l'estrade, devant un banc de micros, et se lançait dans un discours amplifié par les grands haut-parleurs du pingo, réamplifié par les enceintes auxiliaires disséminées dans tout le parc, mais aussi redistribué par les haut-parleurs portables, les lutrins, les blocs de poignet. Sa voix était omniprésente, et chacune de ses phrases, répercutée par l'écho de la montagne de la Table et d'Ellis Butte, était accueillie par des hourras, et elle était parfois inaudible.

— ... ne laisserons pas utiliser Mars comme un monde de remplacement... une classe dirigeante de fonctionnaires qui sont en premier responsables de la destruction de la Terre... des rats qui tentent de quitter le bateau... ils feraient la même chose sur Mars si nous les laissions faire !... passera pas comme ça ! Parce que désormais Mars est libre ! Mars Libre ! Mars Libre ! Mars Libre !

Elle pointa un doigt vers le ciel et la foule reprit le slogan en chœur, de plus en plus fort, pour fusionner dans un rythme : « *Mars, Libre ! Mars, Libre !* »

Dans le même instant, Nirgal monta jusqu'au pingo et à la plateforme et, quand certains le virent, des voix lancèrent : « *Nir-gal* » en même temps que « *Mars Libre* » en un formidable contrepoint.

Nirgal se saisit d'un micro et agita la main pour demander le calme. Le chœur ne cessa pas pour autant, mais scanda : « *Nir-gal, Nir-gal, Nir-gal !* », dans un vibrant enthousiasme collectif, comme si chacun de ceux qui étaient au coude à coude dans le parc était un de ses amis, bouleversé par son apparition. Nadia songea qu'il avait tellement voyagé sur cette planète que ça ne devait pas être très éloigné de la vérité.

La psalmodie décrut et devint un bourdonnement sourd et sonore, qui permit néanmoins d'entendre les mots de bienvenue de Nirgal. Pendant ce temps, Maya franchissait les derniers mètres qui la séparaient du pingo. Les gens s'étaient maintenant immobilisés et sa marche en était facilitée. Quand Nirgal prit la parole, elle s'arrêta à son tour et le regarda, se rappelant de temps en temps qu'elle devait profiter des bravos et des cris qui ponctuaient la fin de ses phrases pour avancer encore.

Il s'exprimait sans violence, d'un ton amical, calme et lent. Il était ainsi plus facile de l'entendre.

— Pour ceux d'entre nous qui y sont nés, Mars est notre maison.

Il dut s'interrompre sous la vague de vivats. Pour la plupart, ils étaient des indigènes, constata Nadia, une fois encore. Maya était plus petite que tous ceux qui l'entouraient.

— Nos corps sont faits d'atomes qui appartenaient encore récemment au régolite, reprit Nirgal. Nous sommes martiens, absolument martiens. Nous sommes les pièces vivantes de Mars. Des êtres humains biologiquement unis en permanence à cette planète. Elle est notre foyer. Et nous ne pouvons jamais revenir en arrière.

D'autres vivats saluèrent la reprise de ce slogan célèbre.

— Maintenant, en ce qui concerne ceux d'entre nous qui sont nés sur Terre... ma foi, ils viennent de toutes sortes d'horizon, non ?... Quand des gens déménagent pour un endroit nouveau, certains désirent y rester et s'y installer. Nous les appelons des pionniers. D'autres viennent ici pour travailler un temps avant de repartir, et nous les appelons des visiteurs, ou des colons.

« Considérons que les indigènes et les pionniers sont des alliés naturels. Car les indigènes, après tout, ne sont que les enfants des premiers pionniers. Cette maison est à nous tous. Quant aux visiteurs... eh bien, il y a aussi de la place pour eux sur Mars. Quand nous disons que Mars est libre, nous ne voulons pas dire que les Terriens ne peuvent plus y venir. Pas du tout ! Nous sommes tous les enfants de la Terre, d'une manière ou d'une autre. C'est notre monde natal, et nous sommes heureux de pouvoir l'aider par tous nos moyens.

La rumeur décrut : la foule semblait surprise par cette déclaration.

— Mais le fait évident, poursuivit Nirgal, c'est que ce qui se passe ici, sur Mars, ne devrait pas être décidé par les colonialistes ni par qui que ce soit sur Terre. (Les vivats reprirent, couvrant une partie de la suite.)... La simple manifestation de notre désir d'autodétermination... notre droit naturel... la force motrice de l'histoire humaine. Nous ne sommes pas une colonie et nous n'entendons pas être traités comme telle. Il n'y a plus de colonie. Nous sommes ici sur une Mars libre.

Les cris redoublèrent, plus fort encore, versant à nouveau dans la psalmodie : « *Mars Libre ! Mars Libre ! Mars Libre !* »

Nirgal l'interrompit :

— Ce que nous avons l'intention de faire maintenant, en tant que Martiens libres, c'est accueillir tous les Terriens qui souhaitent se joindre à nous. Que ce soit pour séjourner un temps avant de repartir ou pour s'installer en permanence. Et nous avons aussi l'intention de faire tout ce que nous pourrons afin d'aider la Terre dans l'actuelle crise environnementale. Nous avons une certaine expérience en matière d'inondation (rires...) et nous pouvons être utiles. Mais cette aide, à compter de maintenant, ne passera plus par les métanationales, qui tirent leurs bénéfices de cet échange. Ce sera un cadeau. Il apportera plus aux populations de la Terre que tout ce que l'on pourrait extraire de la colonie que nous étions. Ceci est vrai au sens littéral, étant donné la somme de travail et de ressources qui seront transférés de Mars à la Terre. Nous espérons et nous souhaitons que les peuples des deux mondes accueillent avec bienveillance la naissance d'une Mars libre.

Nirgal recula en agitant la main et les cris et les slogans reprirent. Souriant, il semblait heureux devant la foule mais perdu quant à la suite.

Durant toute son intervention, Maya avait progressé, et Nadia pouvait maintenant voir qu'elle se trouvait au bas de l'estrade, au premier rang du public. Elle agitait les bras, occultant régulièrement l'image, et Nirgal finit enfin par la repérer.

Quand il la vit, son sourire se fit plus franc encore et il s'avança pour l'aider à monter. Il l'accompagna jusqu'aux micros et Nadia eut une dernière image d'une Jackie Boone à l'expression surprise et hostile avant que Maya ôte ses lunettes vidéo. L'image bascula vertigineusement et se stabilisa sur un plan rapproché des planches de l'estrade. En jurant, Nadia se redressa et se rua sur l'écran de Sax, la gorge nouée.

Sax était encore sur le canal Mangalavid. Le plan était pris par une caméra depuis l'une des passerelles tubulaires entre Ellis Butte et la montagne de la Table. Il montrait la mer humaine qui entourait le pingo et la vallée centrale de la ville jusqu'au bas du parc du Canal. Il y avait là tous les habitants de Burroughs. Près de Nirgal et Jackie, Maya était petite et vieille, mais dressée comme un aigle, et quand Nirgal annonça : « Nous accueillons Maya Toitovna », les applaudissements culminèrent.

Maya écarta les mains.

— Du calme ! Du calme ! Merci ! Merci ! Nous avons d'autres déclarations importantes à vous faire.

— Oh, Maya ! Mon Dieu ! souffla Nadia en crispant les doigts sur le siège de Sax.

— Oui, Mars est maintenant indépendante. Du calme ! Mais comme vient de le dire Nirgal, cela ne signifie pas l'isolement par rapport à la Terre. C'est impossible. Nous proclamons notre souveraineté selon les lois internationales, et nous en appelons à la Cour mondiale afin de confirmer immédiatement ce statut. Nous avons signé des traités préliminaires pour affirmer notre indépendance et établir des relations diplomatiques avec la Suisse, l'Inde et la Chine. Nous avons également constitué un partenariat économique non exclusif avec l'organisation Praxis. Cela, de même que les dispositions futures, sera à but non lucratif, conçu de façon à bénéficier au maximum à chacun des deux mondes. L'ensemble de ces traités entame la création de nos relations protocolaires légales et semi-autonomes avec les diverses institutions légales de la Terre. Nous attendons la confirmation immédiate et la ratification de ces accords par la Cour mondiale, les Nations unies et toutes les autres institutions officielles.

Les bravos montèrent vers elle et, même s'ils n'étaient pas aussi frénétiques que ceux qui avaient suivi l'allocution de Nirgal, elle les accepta et attendit qu'ils s'estompent avant de continuer.

— Quant à la situation actuelle sur Mars, nous avons l'intention de nous réunir immédiatement ici, à Burroughs, et d'utiliser la déclaration de Dorsa Brevia comme point de départ pour l'établissement d'un libre gouvernement martien.

Les applaudissements, cette fois, furent plus enthousiastes.

— Oui, oui, fit Maya d'un ton impatient. Du calme ! Ecoutez-moi ! Avant toute chose, nous devons entreprendre de régler le problème de l'opposition. Comme vous le savez, nous sommes rassemblés ici devant le quartier général des forces de sécurité de l'Autorité transitoire des Nations unies. Ils écoutent en même temps que nous tous, là-bas, à l'intérieur de la montagne de la Table. (Elle pointa le doigt.) A moins qu'ils ne soient venus se joindre à nous... (Cris, bravos et slogans.) Je veux leur dire maintenant que nous n'avons aucune intention de les agresser. Car le boulot de l'Autorité transitoire, c'est de constater que la *transition* a pris une nouvelle forme. Et d'ordonner à ses forces de sécurité de cesser d'essayer de nous contrôler. Elles ne le peuvent pas !... (Applaudissements frénétiques.) Nous ne voulons pas vous agresser. Et nous pouvons vous assurer que vous avez libre accès au spatioport. Des avions peuvent vous conduire à Sheffield. De là, vous pourrez gagner Clarke si vous ne souhaitez pas vous joindre à nous dans ce nouvel effort. Il n'y a ni siège ni blocus. Il s'agit tout simplement de...

Elle s'interrompit, leva les mains, et la foule acheva pour elle.

Nadia tenta d'appeler Maya au plus fort de la psalmodie. Elle était encore sur l'estrade, mais elle ne l'entendit pas. Finalement, Maya consulta son bloc de poignet. L'image tremblota au rythme de son bras.

— Maya, c'était magnifique ! Je suis si fière de toi !

— Tu sais, n'importe qui peut raconter des histoires !

Art lança :

— Essayez de voir si vous pouvez les disperser !

— D'accord.

— Parles-en à Nirgal, suggéra Nadia. C'est à lui et Jackie de le faire. Demande-leur de tout faire pour qu'il n'y ait pas d'assaut contre la montagne de la Table ni rien de ce genre. C'est à eux de s'en charger.

— Ah ! s'exclama Maya. Oui. On va laisser Jackie se débrouiller, n'est-ce pas ?

Après quoi, l'image de la mini-caméra de son bloc de poignet tourbillonna et le bruit devint trop fort pour qu'ils puissent saisir quoi que ce fût. Quant aux caméras de Mangalavid, elles montraient à présent un groupe dense qui venait de se former sur l'estrade.

Nadia se jeta dans un fauteuil : elle se sentait aussi épuisée que si elle avait elle-même prononcé le discours de Maya.

— Elle a été splendide, dit-elle. Elle n'a pas oublié un mot de ce que nous lui avions dit. Maintenant, il faut que ça devienne vrai.

— Il suffit de le dire pour que ça le soit, dit Art. Bon Dieu, ils ont tous vu ça, sur les deux mondes. Praxis doit déjà être prête. Et la Suisse nous soutiendra sûrement. Non, ça va marcher.

— La sécurité pourrait ne pas être d'accord, dit Sax. J'ai un message de Zeyk. Des commandos rouges sont descendus de Syrtis. Ils se sont emparés de l'extrémité ouest de la digue et ils progressent vers l'est. Ils ne sont plus tellement loin du spatioport.

— Exactement ce que nous voulions éviter ! cria Nadia. Qu'est-ce qu'ils croient donc faire ?

Sax haussa les épaules.

— Oui, la sécurité ne va pas du tout apprécier, commenta Art.

— Nous devrions leur parler en direct, décida Nadia. J'avais l'habitude de m'entretenir avec Hastings quand il était au Contrôle de mission. Je ne m'en souviens pas très bien, mais c'est loin d'être un cinglé.

— Ça ne peut pas nous faire de mal de savoir ce qu'il pense, appuya Art.

Nadia s'installa dans une pièce silencieuse, appela le quartier général de l'ATONU, dans la montagne de la Table, et donna son identité. Il était près de deux heures du matin, mais on lui passa Hastings cinq minutes après.

Elle pensait l'avoir depuis longtemps oublié, mais elle reconnut aussitôt son visage. Un technocrate émacié à l'air sévère, plutôt colérique. Il grimaça en la voyant.

— Encore vous autres. J'ai toujours dit qu'on avait choisi les cent plus mauvais.

— Ça ne fait pas de doute.

Nadia ne quittait pas des yeux son visage, essayant d'imaginer quel genre d'homme avait pu diriger un siècle le Contrôle de mission et l'autre l'Autorité transitoire. Durant le voyage à bord de l'*Arès*, il avait souvent été irrité par eux, les haranguant pour la plus petite déviation aux règles. Et plus tard, quand ils avaient temporairement cessé d'envoyer des vidéos, il était devenu vraiment furieux. Un bureaucrate campé sur les règles et les lois, le genre d'homme qu'Arkady avait toujours méprisé. Mais un homme que l'on pouvait raisonner.

Du moins le pensa-t-elle au début. Elle discuta avec lui pendant dix minutes, en lui expliquant que la manifestation à laquelle il venait d'assister dans le parc n'était qu'une partie de ce qui se passait sur Mars, que toute la planète s'était rebellée contre eux, mais qu'ils étaient cependant libres de rejoindre le spatioport, puis la Terre.

— Nous ne partirons pas, dit Hastings.

Les forces de l'ATONU contrôlaient la centrale, lui dit-il, et donc toute la ville. Les Rouges pouvaient s'emparer de la digue, mais il n'y avait aucune chance qu'ils la fassent sauter, car les deux cent mille habitants de Burroughs étaient devenus des otages. Des renforts de professionnels allaient arriver par la prochaine navette qui entrerait en insertion orbitale dans vingt-quatre heures. Par conséquent, tous les discours ne servaient à rien, sinon à faire des démonstrations.

Il était parfaitement calme, à tel point que s'il ne s'était pas montré aussi dégoûté, Nadia l'aurait jugé suffisant. Il semblait plus que probable qu'il avait reçu des instructions de la planète-mère et devait rester campé sur ses positions à Burroughs dans l'attente des renforts. La division de l'ATONU stationnée à Sheffield avait sans doute les mêmes ordres. Avec Burroughs et Sheffield en leur possession et l'arrivée imminente de renforts, il n'était guère surprenant qu'ils se considèrent en position de force. On pouvait même dire que cette idée était juste.

— Quand les gens reprendront leurs esprits, ajouta Hastings d'un ton sévère, nous aurons de nouveau la maîtrise de la situation. La seule chose qui importe actuellement, c'est l'inondation de l'Antarctique, de toute façon. Il est crucial de soutenir la Terre dans un moment où elle en a besoin.

Nadia abandonna. Il était clair qu'Hastings était un homme têtu, et de plus il avait marqué un point. Et même plusieurs. Elle mit un terme à la conférence aussi poliment qu'elle le put en lui soumettant son intention de reprendre contact plus tard, dans l'espoir que ce serait avec le talent diplomatique d'Art. Et elle rejoignit les autres.

La nuit s'avançait et ils continuaient de visionner les rapports venus de Burroughs et d'ailleurs. Il se passait trop de choses pour que Nadia puisse envisager d'aller tranquillement dormir. Apparemment, c'était aussi le cas pour Sax, Steve, Marion et les autres Bogdanovistes venus de Du Martheray. Ils étaient effondrés dans leurs sièges, les yeux irrités, les membres endoloris, devant les images scintillantes, et les heures passaient. Il était évident que certains Rouges prenaient leurs distances d'avec la coalition, obéissant à une sorte d'agenda propre, propageant leur campagne de sabotages et d'assauts directs sur toute la planète, s'emparant de petits postes par la force, très souvent. Ils chassaient les occupants et faisaient ensuite sauter les bâtiments. Une autre « Armée rouge » avait réussi à s'emparer de la centrale du Caire en tuant la plupart des gardes avant que les derniers survivants ne se rendent.

Cette victoire les avait encouragés, mais ailleurs les résultats n'étaient pas aussi bons. A en croire les appels de certains survivants, une attaque massive des Rouges contre la centrale physique de Lasswitz avait abouti à sa destruction et gravement endommagé la tente. Tous ceux qui n'avaient pas réussi à se réfugier dans des patrouilleurs ou dans des bâtiments étanches avaient péri.

— Mais *qu'est-ce qu'ils font* ? hurla Nadia.

Personne ne lui répondit. Tous ces groupes ne l'appelaient jamais. Pas plus qu'Ann.

— J'aimerais au moins qu'ils discutent de leurs plans avec nous, dit-elle avec un sentiment de peur. On ne peut pas laisser les choses s'emballer. C'est trop dangereux...

Sax plissa les lèvres, mal à l'aise. Ils se rendirent jusqu'à la salle commune pour prendre un petit déjeuner avant de se reposer un peu. Nadia dut se forcer pour manger. Il s'était écoulé exactement une semaine depuis le premier appel de Sax, et elle ne parvenait pas à se rappeler avoir mangé depuis. Elle s'aperçut brusquement qu'elle mourait de faim. Et elle attaqua ses œufs brouillés à grands coups de fourchette.

Sax vint se pencher sur elle.

— Tu as parlé de discuter des plans.

— Quoi ? fit-elle.

— Eh bien, il y a cette navette qui approche, avec des renforts de sécurité, non ?

— Et alors quoi ?

Depuis leur vol au-dessus de Kasei Vallis, elle ne considérait plus que Sax fût rationnel. Et elle s'aperçut que la fourchette tremblait entre ses doigts.

— J'ai un plan. En fait, c'est mon groupe de Da Vinci qui y a pensé.

Elle essaya de réprimer son tremblement.

— Explique-moi.

Pour Nadia, le restant de la journée se perdit dans un flou : elle avait renoncé à prendre du repos et essaya encore une fois de contacter des groupes de Rouges tout en aidant Art à rédiger des messages pour la Terre. Elle expliqua à Maya, Nirgal et ceux de Burroughs le dernier plan de Sax. Il semblait que les événements, déjà accélérés, s'étaient emballés dans un tourbillon fou, qu'ils échappaient à tout contrôle, ne leur laissant pas un seul instant pour manger, dormir, ou se laver. Pourtant, toutes ces choses étaient nécessaires, et Nadia se rendit à la salle de bains d'une démarche hésitante pour y prendre une douche prolongée avant de grignoter un peu de pain et de fromage. Puis, elle s'allongea sur un canapé et dormit un moment. Mais c'était un sommeil léger, agité. Son esprit continuait à fonctionner, à émettre des pensées distordues sur les événements du jour, auxquelles se mêlaient les voix des autres. Quand elle se redressa, elle était toujours aussi lasse. Elle alla aux toilettes, puis partit en quête d'un café.

Zeyk, Nazik et un important contingent d'Arabes venaient de débarquer dans Du Martheray pendant son sommeil. Zeyk pointa la tête dans la cuisine :

— Sax dit que la navette va arriver.

Du Martheray ne se trouvait qu'à six degrés au nord de l'équateur, et ils étaient très bien placés pour assister à l'aérofreinage qui devait avoir lieu peu après le coucher du soleil. Le temps était avec eux : le ciel était sans nuage et limpide. Le soleil s'abaissa sur l'horizon, le ciel s'assombrit à l'est, et l'arche de couleurs se déploya au-dessus de Syrtis, du jaune à l'indigo, en passant par l'orange, une trace de vert pâle, un bleu sarcelle. Puis, le soleil sombra derrière les collines noires et les couleurs devinrent plus profondes, puis transparentes, comme si le dôme du ciel était maintenant cent fois plus vaste.

Et au centre de ces couleurs, entre deux des étoiles du soir, une troisième apparut, blanche, rapide qui laissait derrière elle une courte traînée parfaitement droite. C'était le spectacle qu'offraient toujours les navettes pendant la phase d'aérofreinage dans la haute atmosphère, visibles de jour comme de nuit. Il ne leur fallait qu'une brève minute pour traverser le ciel d'un horizon à l'autre comme des étoiles filantes plus lentes et plus lumineuses.

Mais cette fois-ci, loin sur l'horizon d'ouest, l'étoile pâlit rapidement et s'estompa. Puis s'effaça.

Toute une foule s'était entassée dans la salle d'observation de Du Martheray. Il y eut de nombreuses exclamations devant cette vision inusitée, même si tous avaient été prévenus. Quand la navette eut disparu, Zeyk demanda à Sax d'expliquer ce qui s'était passé à ceux qui n'avaient pas entendu toute l'histoire. La fenêtre d'insertion orbitale, expliqua-t-il, était très exiguë, exactement comme elle l'était à l'arrivée de l'*Arès*, au tout début. La marge d'erreur était infime. Le groupe technique de Da Vinci avait donc équipé une fusée avec une charge de fragments métalliques — une citerne de limaille, selon ses termes — et l'avait lancée quelques heures auparavant. La charge avait explosé sur la trajectoire de la navette en approche martienne quelques minutes avant son arrivée, et les fragments de métal s'étaient répandus largement à l'horizontale et formaient une bande de faible épaisseur. Les insertions orbitales étaient entièrement sous contrôle informatisé, bien sûr, et lorsque le radar de la navette avait détecté le nuage de débris, l'IA s'était trouvée devant plusieurs options. Plonger sous les débris aurait orienté la navette vers une atmosphère plus dense où elle avait de grandes chances de brûler. Essayer de traverser le nuage ferait courir des risques au bouclier de protection, qui pouvait être percé sous les impacts, et se consumer. Donc, c'était *shikata ga nai.* Devant les risques éventuels, l'IA de la navette avait dû avorter la trajectoire d'aérofreinage en volant au-dessus des débris, et la navette avait ainsi rebondi hors de l'atmosphère martienne. Ce qui signifiait qu'elle poursuivait sa course vers l'extérieur du système solaire à une vitesse quasi maximale de quarante mille kilomètres-heure.

— Est-ce qu'ils ont les moyens de ralentir en dehors de l'aérofreinage ? demanda Zeyk.

— Pas vraiment. C'est pour ça qu'ils ont aérofreiné.

— La navette est condamnée ?

— Pas nécessairement. Ils peuvent utiliser une autre planète comme poignée gravifique pour pivoter et revenir ici, ou encore retourner vers la Terre.

— Alors, ils sont en route pour Jupiter ?

— Mais Jupiter se trouve à l'opposé du système solaire, actuellement.

Zeyk souriait.

— Ils vont vers Saturne ?

— Il se pourrait qu'ils se rapprochent de certains astéroïdes, dit Sax. Et qu'ils puissent rectifier leur crash — pardon : leur *course*.

Zeyk éclata de rire, et tandis que Sax se lançait dans des explications sur la correction de trajectoire, les bavardages vinrent couvrir sa voix.

Ils n'avaient donc plus à s'inquiéter des renforts de sécurité de la Terre, du moins dans l'immédiat. Mais Nadia considérait que ce nouveau facteur pouvait donner l'impression à la police de Burroughs qu'elle était prise au piège. Dans le même temps, les Rouges continuaient leur progression au nord de la ville, ce qui ne pouvait qu'accentuer l'inquiétude au sein des forces de sécurité. La nuit où la navette rebondit sur l'atmosphère, des groupes de Rouges en véhicules blindés investirent définitivement la digue. Ce qui signifiait qu'ils étaient à proximité du spatioport, à dix kilomètres au nord-ouest de la ville.

Maya apparut sur leurs écrans. Sa harangue de la nuit précédente ne l'avait pas changée.

— Si les Rouges prennent le spatioport, déclara-t-elle à Nadia, la sécurité sera coincée dans Burroughs.

— Je sais, et c'est exactement ce que nous ne voulons pas. Surtout en ce moment.

— Est-ce que tu peux les contrôler ?

— Ils ne me consultent plus.

— Mais je croyais que tu étais le grand leader, ici.

— Moi, je croyais que c'était toi, rétorqua Nadia.

Et Maya partit d'un rire dur et sans joie.

Un nouveau rapport leur parvint de Praxis, regroupant des infos terriennes relayées à partir de Vesta. Elles concernaient principalement les dernières nouvelles sur l'inondation, les désastres en Indonésie et autres régions littorales, mais il était aussi question de politique. Des forces militaires de pays-clients du Club du Sud avaient nationalisé certains holdings de métanats. Les analystes de Praxis considéraient que c'était le signe d'un début de révolte des gouvernements contre les métanats. Quant à la manifestation monstre de Burroughs, elle avait figuré dans les bulletins de nombreux pays, et constituait très certainement une préoccupation importante pour les administrations gouvernementales ou privées sur toute la Terre. La Suisse avait confirmé qu'elle établissait des relations diplomatiques avec le gouvernement martien, « qui devront être définies ultérieurement », comme le souligna Art avec un rictus. Praxis avait suivi. La Cour mondiale avait proclamé qu'elle considérait la plainte de la Coalition neutre pacifique de Dorsa Brevia contre l'ATONU comme fondée — classée « Mars *vs* Terre », par les médias — et prioritaire. Quant à la navette qui poursuivait sa course, elle avait rapporté l'échec de son insertion orbitale. Apparemment, elle devait amorcer un virage autour des astéroïdes. Mais sur Terre, aucun de ces événements n'était à la une : le chaos qu'engendrait l'inondation était la préoccupation principale de tous. Les réfugiés se déplaçaient sur tout le globe, dans un état de précarité absolue.

C'était justement la raison pour laquelle ils avaient déclenché la révolution à ce moment. Les mouvements indépendantistes contrôlaient la plupart des villes. Sheffield était encore un bastion des métanationales, mais Peter Clayborne était présent sur place et commandait tous les insurgés de Pavonis qui avaient coordonné leurs actions à la différence de ce qui se passait à Burroughs. C'était en partie parce que de nombreux éléments radicaux de la Résistance avaient évité Tharsis, et aussi parce que la situation de Sheffield était extrêmement difficile, ne laissant qu'une faible marge de manœuvre. Les insurgés contrôlaient à présent Arsia et Ascraeus et la petite station scientifique du cratère Zp, dans Olympus Mons. Ils occupaient même la plus grande partie de Sheffield. Mais le socle de l'ascenseur spatial et tout le quartier proche étaient encore aux mains de la sécurité, qui disposait d'un armement important. Peter était totalement pris par Tharsis et ne serait pas en mesure de les aider à Burroughs. Nadia eut un bref entretien avec lui. Elle lui décrivit la situation de la ville et lui demanda d'appeler Ann pour qu'elle tente de freiner un peu les Rouges. Il lui promit de faire ce qu'il pouvait, mais il ne semblait pas persuadé de pouvoir se faire entendre de sa mère.

Nadia essaya ensuite de joindre Ann, mais sans succès. Puis elle appela Hastings. Leur échange ne fut guère productif. Il avait perdu l'attitude de dégoût satisfait qu'il avait eue la nuit d'avant.

— L'occupation de la digue ! fit-il d'un ton furieux. Qu'est-ce qu'ils essaient de prouver ? Est-ce que vous pensez vraiment que je vais croire qu'ils la feront sauter alors qu'il y a deux cent mille personnes dans cette ville, qui sont pour la plupart acquises à leur cause ? Absurde ! Mais écoutez-moi : il y a certaines personnes, dans cette organisation, qui n'apprécient pas le danger que vous faites courir à la population ! Et je vous le dis, je ne veux pas être responsable de ce qui se passera si ces gens n'évacuent pas la digue — et tout Isidis Planitia ! C'est à vous de les faire dégager !

Il coupa la communication avant qu'elle ait pu répondre, visiblement dérangé par quelqu'un qui venait de surgir pendant sa tirade. C'était un homme qui avait peur, songea-t-elle. Le noyau de fer était revenu au creux de son estomac. Oui, un homme qui sentait que les choses lui échappaient. Ce qui était vrai, sans aucun doute. Mais elle n'avait pas beaucoup aimé sa dernière expression. Elle essaya de le rappeler, mais la montagne de la Table ne répondait plus.

Deux heures plus tard, Sax la réveilla et elle prit conscience de ce qui inquiétait tant Hastings.

— L'unité de l'ATONU qui a incendié Sabishii a tenté de... de reprendre la digue aux Rouges avec des blindés, lui apprit Sax, l'air grave. Apparemment, il y a eu un accrochage à proximité de la ville. Certaines unités des Rouges nous ont informés que la digue avait sauté.

— *Quoi ?*

— C'est eux qui l'ont fait sauter. Ils ont foré des trous et placé des charges explosives pour tenter d'exercer une... une menace. Durant le combat, selon eux, ils auraient procédé à la mise à feu. C'est ce qu'ils m'ont dit.

— Mon Dieu !

D'un seul coup, elle était complètement éveillée. Une autre explosion s'était produite en elle, libérant un flot d'adrénaline dans tout son corps.

— Tu as eu la confirmation ?

— Il y a un nuage de poussière. Très volumineux.

— Oh, Seigneur... (Elle s'approcha d'un écran, le cœur battant. Il était trois heures du matin.) Est-ce qu'il existe une chance pour que la glace occupe la brèche et forme un barrage ?

— Je ne le pense pas. Ça dépend des dimensions de la brèche.

— Est-ce que nous pouvons déclencher des contre-explosions et fermer la brèche ?

— Je ne crois pas. Regarde : voilà la vidéo que les Rouges nous ont transmise depuis le sud de la brèche.

Il pointa le doigt vers l'écran. L'image en infrarouge était noire à gauche, noirâtre à droite, et mouchetée de vert au milieu.

— Au milieu, c'est la zone de l'explosion. Elle est plus chaude que le régolite. Apparemment, la charge a sauté tout près d'une mare de fonte. Ou bien ils ont déclenché une explosion destinée à liquéfier la glace derrière la brèche. En tout cas, une énorme quantité d'eau va se déverser par là. Et la brèche va s'agrandir. Nous avons vraiment un problème.

Elle lui agrippa l'épaule en s'écriant :

— Sax ! Qu'est-ce que les gens de Burroughs sont censés faire ? Bon Dieu, mais à quoi Ann a-t-elle pensé ?

— Ce n'est peut-être pas de son fait.

— C'est en tout cas sa faute ou celle des Rouges !

— Ils ont été attaqués. C'est peut-être un accident. Quelqu'un s'est peut-être dit qu'on allait les repousser loin des charges. Dans ce cas, c'était maintenant ou jamais. (Il secoua la tête.) Le résultat n'est jamais bon.

— Je les déteste ! Il faut absolument faire quelque chose ! (Ses pensées s'accéléraient frénétiquement.) Est-ce que le haut des mesas échappera à l'inondation ?

— Pour un temps. Mais dans cette dépression, Burroughs est presque le point le plus bas. C'est pour ça qu'elle a été construite ici. A cause des horizons prolongés des parois de la cuvette. Le haut des mesas sera submergé également. Je ne peux pas dire avec certitude combien de temps cela prendra, parce que je ne connais pas exactement le débit de l'inondation. Mais voyons... le volume à remplir est d'environ...

Il tapait à toute allure sur son clavier, mais avec un regard absent, et Nadia devina qu'une autre partie de son esprit se perdait dans des calculs, plus rapidement que son IA, avec une conception gestalt de la situation. Art contemplait l'infini tout en hochant la tête comme un aveugle.

— Ça pourrait aller très vite, souffla-t-il. Si la mare de fonte est très importante.

— Nous devons partir du principe qu'elle l'est.

Il acquiesça.

Côte à côte, ils fixaient l'écran de l'IA.

— Quand je travaillais à Da Vinci, commença Sax d'un ton hésitant, j'ai essayé d'imaginer divers scénarios possibles. Les choses à venir. Tu comprends ? Et j'ai craint à l'époque qu'une chose pareille se produise. Des villes ravagées. Des tentes déchirées. Des incendies.

— Oui ?... dit-elle en le fixant.

— J'ai pensé à une expérience... *un plan.*

— Dis-moi.

Mais Sax venait de se plonger dans la lecture d'un récent bulletin météo qui s'était déroulé sur l'écran, et elle attendit patiemment. Dès qu'il releva la tête, elle insista :

— Eh bien ?...

— Une cellule de haute pression descend de Xanthe vers Syrtis. Elle devrait être sur nous aujourd'hui. Ou demain. Dans Isidis, la pression sera de 340 millibars, avec en gros quarante-cinq pour cent d'azote, quarante pour cent d'oxygène et quinze pour cent de gaz carbo...

— Sax, je me fiche du temps !

— C'est respirable. (Il se tourna vers elle avec l'expression d'un lézard, ou plutôt d'un dragon, dans une attitude froide de créature post-humaine, habitante du vide.) Presque respirable. Si on filtre le CO_2. Et ça, on peut le faire. Nous avons fabriqué des masques faciaux à Da Vinci. Ils sont faits d'un alliage de zyrconium méché. Très simple. Les molécules de CO_2 sont plus grosses que celles d'oxygène ou d'azote, et nous avons ainsi constitué un filtre moléculaire. Qui est également un filtre actif, parce qu'il comporte une couche piézo-électrique et la charge générée par la déformation des matériaux sous l'effet de l'inhalation et de l'exhalation suscite un transfert actif d'oxygène à travers le filtre.

— Et la poussière ?

— C'est un jeu de filtres, par ordre de grandeur. La poussière est bloquée, puis les particules, et après le CO_2. (Il regarda Nadia.) Je m'étais dit alors que les gens... pouvaient avoir besoin de fuir une ville. Et nous avons fabriqué un demi-million de masques. Il suffit de les mettre. Les bords sont en polymère adhésif. Ensuite, on respire l'air ambiant. Très simple.

— On peut donc évacuer Burroughs.

— Je ne vois pas d'alternative. Nous ne pouvons pas prendre en charge autant de gens par les airs ou par train suffisamment vite. Mais nous pouvons marcher.

— Pour aller où ?

— Jusqu'à la gare de Libya.

— Sax, il y a soixante-dix kilomètres entre Burroughs et Libya, n'est-ce pas ?

— Soixante-treize.

— Ça fait une sacrée longue marche !

— Je crois que la plupart y arriveront s'il le faut, dit-il d'un ton égal. Et ceux qui ne le pourront pas seront récupérés par des patrouilleurs ou des dirigeables. Dès qu'ils auront rallié Libya, ils pourront s'en aller en train. Ou en dirigeable. Libya peut abriter vingt mille personnes en même temps. Si on les tasse.

Elle réfléchit en scrutant le visage inexpressif de Sax.

— Et où sont ces masques ?

— A Da Vinci. Mais ils ont d'ores et déjà été chargés dans des avions rapides et ils pourraient être ici dans quelques heures.

— Tu es certain qu'ils fonctionnent bien ?

Il acquiesça.

— Nous les avons essayés. Et j'en ai apporté quelques-uns. Je vais te montrer.

Il se dressa et prit son vieux sac noir. Il en sortit un jeu de masques blancs et en donna un à Nadia. Il couvrait le nez et la bouche, et ressemblait tout à fait à un masque anti-poussière ordinaire, si ce n'est qu'il était plus épais et avec une bordure collante.

Nadia l'examina longuement avant de le passer. Elle découvrit qu'elle respirait aussi aisément qu'avec un masque anti-poussière, sans la moindre sensation d'étouffement. Les joints semblaient fonctionner parfaitement.

— Je vais aller l'essayer dehors, dit-elle.

Tout d'abord, Sax demanda à Da Vinci d'expédier les masques. Puis ils descendirent jusqu'au sas. La nouvelle à propos du plan et de l'essai s'était répandue et tous les masques de Sax furent vite distribués. Une dizaine de personnes accompagnèrent Nadia et Sax à l'extérieur, au nombre desquelles on comptait Zeyk, Nazik et Spencer Jackson, qui avait débarqué à Du Martheray dans l'heure précédente.

Ils portaient tous des walkers de surface de type courant, qui étaient des combinaisons faites de plusieurs couches de tissus isolants et de filaments chauffants, mais étaient désormais débarrassées des vieux matériaux pesants qui avaient été nécessaires dans les premières années de basse pression.

— Vous allez couper le chauffage de vos tenues, demanda Nadia. De cette façon, nous pourrons savoir ce qu'on ressent dans le froid avec des vêtements de ville.

Ils mirent leurs masques et entrèrent dans le sas du garage. L'air devint rapidement très froid. Puis la porte extérieure s'ouvrit.

Et ils s'avancèrent dans le monde de la surface.

Il était très froid. Nadia encaissa le choc en plein front, et aux yeux. Difficile de ne pas haleter en passant de 500 millibars à 340. Elle avait les yeux et le nez ruisselants. Elle expira, inspira. Le froid transperça ses poumons. Le froid dans ses yeux était l'impression la plus redoutable. Elle frissonna dans son walker : le froid était déjà dans sa poitrine. Il avait une note sibérienne. Il devait faire 260 K, c'est-à-dire — 13 °C. Pas si grave que ça. Mais elle n'y était pas accoutumée. Elle avait déjà eu froid aux mains et aux pieds sur Mars, mais cela faisait des années et des années — plus d'un siècle, à vrai dire ! — qu'elle n'avait ressenti le froid sur son visage et dans ses poumons.

Les autres se parlaient à voix haute, avec des échos qui semblaient bizarres à l'extérieur. Fini les intercoms ! Le col de son walker, où aurait dû se trouver son casque, était extrêmement glacé. La roche ancienne, fissurée et noire, du Grand Escarpement était recouverte d'une mince pellicule de givre nocturne. Elle découvrait une vision périphérique qu'elle n'avait jamais eue avec un casque — et le vent, les larmes qui ruisselaient sur ses joues dans le froid. Elle n'éprouvait aucune émotion particulière. Elle était surprise de voir à quel point les choses étaient offertes, sans visière ni autre écran. Elles avaient acquis une netteté aiguë et quasi hallucinatoire, même sous la clarté des étoiles. A l'est, le ciel, juste avant l'aube, était d'un somptueux bleu de Prusse, avec des cirrus d'altitude qui reflétaient la lumière, comme de longues queues de cheval roses. Les plis hachés du Grand Escarpement se détachaient en gris foncé, soulignés d'ombres noires. Et le vent soufflait dans les yeux de Nadia !

Les gens parlaient sans intercom, et leurs voix étaient ténues, désincarnées, leurs lèvres cachées par les masques. Nazik avait vraiment l'air d'une Bédouine voilée.

— Il fait très froid, dit-elle à Nadia. J'en ai les oreilles brûlantes. Et j'ai le vent dans les yeux. Et sur mon visage.

— Combien de temps tiendront les filtres ? demanda-t-elle à Sax en élevant la voix pour être certaine qu'il l'entende.

— Une centaine d'heures.

— Quel dommage qu'on exhale à travers !

Les filtres recevaient ainsi le double de CO_2.

— Oui. Mais je n'ai rien trouvé pour éviter ça.

Ils étaient tous immobiles à la surface de Mars, la tête nue, avec un simple masque sur la bouche. L'air était ténu mais Nadia constata qu'elle n'éprouvait aucun vertige. Le pourcentage d'oxygène élevé compensait la faible pression atmosphérique.

— C'est la première fois que quelqu'un fait ça ? demanda Zeyk.

— Non, répondit Sax. Nous avons essayé très souvent à Da Vinci.

— C'est agréable ! Et pas aussi froid que je l'aurais cru !

— Et si tu marches vite, tu te réchaufferas.

Ils marchèrent un peu à pas prudents dans l'ombre. Mais il faisait vraiment très froid, se dit Nadia.

— Nous devrions rentrer.

— Il faudrait rester pour voir l'aube se lever, dit Sax. C'est très beau sans casque.

— Nous verrons d'autres aubes. Pour l'heure, nous avons à parler. J'ai froid.

— Mais c'est bon. Regarde, voilà un chou des Kerguelen. Et une arénaire.

Il s'était agenouillé et écartait doucement une feuille velue pour lui révéler une fleur blanche, à peine visible dans la faible clarté.

Nadia le dévisagea.

— Viens, insista-t-elle.

Et ils rentrèrent.

Dans le sas, ils ôtèrent leurs masques, et regagnèrent le vestiaire en se frottant les yeux et en soufflant dans leurs mains gantées.

— Oh, il ne faisait pas aussi froid que ça, après tout !

— L'air avait un goût si délicieux !

Nadia enleva ses gants et se toucha le nez. Il était glacé, mais pas comme sous l'effet de la morsure du gel. Elle se tourna vers Sax. Il avait les yeux brillants et une expression curieusement excitée qui ne lui était guère habituelle, à la fois étrange et émouvante. Mais excités, ils l'étaient tous, et nerveux, au bord du rire alors que la situation était si dangereuse pour Burroughs.

— J'essaie depuis des années de relever le taux d'oxygène, déclarait Sax à Nazik, Spencer et Steve.

Spencer acquiesça.

— Mais je pensais que c'était pour aviver l'incendie de Kasei Vallis.

— Oh, non ! Pour le feu, dès qu'on dispose d'un certain taux d'oxygène, ce qui importe, c'est l'aridité et les matériaux qui doivent être consumés. Non, ce qui m'intéressait, c'était d'augmenter la pression de l'oxygène afin que les humains et les animaux puissent respirer cette atmosphère. A condition que le gaz carbonique soit en diminution.

— Tu as mis au point des masques respiratoires pour les animaux ?

Ils rirent tous avant de retourner dans les quartiers d'habitation. Zeyk prépara du café pendant qu'ils bavardaient de leur escapade et se touchaient mutuellement les joues.

— Et comment faire sortir les gens de la ville ? demanda brusquement Nadia. Si la sécurité boucle les portes ?

— On découpe la tente. De toute façon, il faudra le faire, pour que l'opération se déroule plus vite. Mais je ne crois pas que la sécurité boucle les portes.

— Ils se dirigent vers le spatioport ! lança une voix depuis la salle des communications. Les forces de sécurité prennent le métro ! Ils abandonnent le navire, ces rats ! Et Michel dit que la gare... que la station Sud a été détruite !

Ce qui déchaîna un tohu-bohu soudain. Nadia parvint quand même à lancer à Sax :

— On va expliquer le plan à Hunt Mesa, descendre là-bas et distribuer les masques !

Il hocha la tête.

Entre Mangalavid et leurs écrans de poignet, ils parvinrent à communiquer rapidement le plan à l'ensemble de la population de

Burroughs tout en descendant de Du Martheray à la ligne de tertres, au sud-ouest de la ville, dans une grande caravane. Peu après leur arrivée, les deux avions qui transportaient les masques respiratoires venus de Da Vinci tournoyèrent au-dessus de Syrtis avant de se poser sur un terrain plat, immédiatement à l'ouest de la tente. De l'autre côté de la ville, des observateurs placés au sommet de Double Decker Butte avaient déjà signalé l'approche de l'eau qui déferlait depuis l'est-nord-est. Une vague brun foncé ponctuée de glace qui s'abattait dans le pli peu profond qui, dans la ville, se prolongeait par le parc du Canal. Les nouvelles en provenance de la station Sud étaient confirmées : la piste avait été détruite par une explosion dans le générateur d'induction linéaire. Personne ne savait qui en était responsable, mais les trains étaient désormais immobilisés.

Pendant que les Arabes de Zeyk transportaient les caisses de masques vers les portes ouest, sud-ouest et sud, des foules énormes s'y entassaient déjà en walkers chauffants ou en vêtements épais — qui ne le seraient certainement pas assez pour le travail qui les attendait, se dit Nadia en distribuant les masques à la porte sud-ouest. Depuis quelque temps, les habitants de Burroughs sortaient si rarement en surface qu'ils louaient des walkers. Mais il n'y en avait pas en nombre suffisant pour tous, et ils devraient forcément sortir en manteaux beaucoup trop légers, qui ne protégeaient pas du tout la tête. Ils avaient accompagné leur message d'évacuation d'instructions pour que tous prévoient des vêtements appropriés à une température de 255 kelvins, et elle constata que nombreux étaient ceux qui avaient passé plusieurs couches de vêtements et se présentaient comme des bibendums.

Chacun des sas permettait le passage de cinq cents personnes toutes les cinq minutes — ils étaient vastes — mais avec des milliers de gens en attente à l'intérieur, et d'autres qui se pressaient au fur et à mesure qu'avançait cette matinée de samedi, c'était bien loin d'être suffisant. Tous les masques avaient été distribués et Nadia était persuadée que chacun avait le sien. Il était improbable que quiconque dans Burroughs ne soit pas prévenu de l'urgence de la situation. Elle fit donc le tour des autres, Zeyk, Sax, Maya, Michel et ceux qu'elle connaissait, en répétant :

— Il faut percer la tente. Je vais le faire immédiatement.

Aucun ne protesta.

Nirgal apparut enfin, sillonnant la foule, tel Mercure en mission urgente, distribuant sourires et poignées de main. Tous voulaient apparemment le serrer dans leurs bras ou au moins le toucher.

— Je vais découper la tente, lui annonça Nadia. Tout le monde a un masque et il faut que nous sortions tous au plus vite.

— Bonne idée. Laisse-moi leur expliquer ce qui se passe.

Il fit un bond de trois mètres, s'accrocha à l'arche de béton et se hissa vers le haut jusqu'à s'y jucher, les pieds parfaitement équilibrés sur la bande large de trois centimètres. Il activa un petit haut-parleur.

— Votre attention, s'il vous plaît ! Nous allons découper la tente, juste au-dessus du chaperon. La brise va souffler du dehors, mais elle ne devrait pas être très forte. Ensuite, ce sera aux gens les plus près de la paroi de passer les premiers, bien sûr. Inutile de se presser à ce stade. Nous allons ménager une brèche très large et vous devriez tous avoir évacué la ville dans la demi-heure qui va suivre. Préparez-vous au froid... il va être *très revigorant*. Mettez vos masques, vérifiez le joint et celui de vos voisins proches.

Il se tourna vers Nadia, qui venait de sortir un petit laser à souder de son sac à dos noir et le levait afin que tous le voient bien.

— Vous êtes prêts ? demanda Nirgal à tous les visages masqués de blanc. Vous ressemblez à des bandits. (Il éclata de rire.) OK !

Il se tourna vers Nadia.

Qui se mit à découper la tente.

Un comportement de survie intelligent est presque aussi contagieux que la panique, et l'évacuation se fit rapidement et en bon ordre. Nadia découpa la tente sur environ deux cents mètres, juste au-dessus du chaperon de béton. La pression de l'atmosphère intérieure, plus dense, provoqua un vent immédiat qui souleva les couches du revêtement transparent. Les gens n'eurent plus qu'à escalader le muret du chaperon ou à l'enjamber. D'autres équipes découpaient la tente près des portes sud et ouest et, dans le laps de temps qu'il aurait fallu pour vider un grand stade, la population de Burroughs se retrouva à ciel ouvert, dans l'air froid du matin d'Isidis. La pression était de 350 millibars et la température de 261 K, c'est-à-dire – 12 °C.

Les Arabes de Zeyk étaient restés dans leurs patrouilleurs et firent fonction d'escorte en allant et venant de part et d'autre des files, les guidant vers les tertres au sud-ouest de la ville, les Moeris Hills. La vague se déversa sur le côté est de Burroughs au moment où les dernières files atteignaient ces éminences basses. Des observateurs rouges, qui patrouillaient au large, rapportèrent que le flot liquide s'était à présent porté vers le nord et le sud, contournant le bas de la ville, et qu'il n'excédait pas un mètre.

Ils s'en étaient sortis d'extrême justesse, et Nadia en frissonna. Debout au sommet d'un des tertres des Moeris, elle essayait d'évaluer la situation. Les gens avaient fait de leur mieux, mais beaucoup étaient insuffisamment vêtus, se dit-elle. Ils n'avaient pas tous des bottes isolantes et, en majorité, ils ne s'étaient pas protégé la tête. Les Arabes leur montraient comment enrouler les écharpes, les torchons ou n'importe quel gilet en surplus autour de leur tête. Mais le froid était intense, en dépit du soleil et de l'absence de vent, et les gens de Burroughs qui n'avaient jamais travaillé en surface semblaient en état de choc. Même si certains étaient en meilleure forme que d'autres.

Nadia repéra des nouveaux venus russes aux chapkas qu'ils avaient apportées jusque sur Mars et elle les interpella en russe. Ils lui répondirent presque tous par un sourire.

— Ça n'est rien. C'est un temps splendide pour faire du patin à glace, *da* ?

Nadia les encouragea.

— Avancez, avancez.

Dans l'après-midi, la température devait remonter, peut-être même au-dessus de zéro.

Dans la ville condamnée, les mesas se dressaient, sombres et rigides dans la lumière du matin, comme un musée de cathédrales titanesques, avec leurs couronnes de fenêtres comme des joyaux sertis, avec leurs diadèmes de verdure. Et désormais, la population de Burroughs s'était répandue sur la plaine comme une horde de bandits masqués, ou encore de malheureuses victimes du rhume des foins, enveloppés dans des couches de vêtements, ou bien en walkers, avec des casques, parfois. C'était un pèlerinage bizarre, et les visages étaient tournés vers la ville dans l'air glacé. Ils avaient tous les mains dans les poches. Dans le ciel, les longs cirrus passaient comme des copeaux de métal dans l'air rose foncé. L'étrangeté de ce spectacle était à la fois enthousiasmante et terrifiante. Nadia ne cessait de circuler entre les groupes en parlant à Zeyk, Sax, Nirgal, Jackie ou Art. Elle envoya un autre message à Ann, avec l'espoir qu'Ann les captait encore, même si elle ne répondait jamais.

— Assure-toi que les troupes de la sécurité n'aient aucun ennui au spatioport, fit-elle, incapable de dissimuler la colère qu'elle ressentait. Ne vous mettez pas en travers de leur chemin.

Dix minutes plus tard, son bloc de poignet bipa.

— Je sais, dit Ann, brièvement.

Et ce fut tout.

A présent qu'ils avaient fui la ville, Maya était plus agitée que jamais.

— Marchons pour de bon, maintenant ! Nous ne sommes pas encore arrivés à Libya, et la moitié de la journée est déjà écoulée !

— C'est vrai, appuya Nadia.

Une bonne partie de la foule s'était déjà engagée sur la piste qui venait de la station Sud de Burroughs et la suivait vers le sud, sur la pente du Grand Escarpement.

Ils s'éloignaient définitivement de la ville. Nadia s'arrêtait fréquemment pour encourager les gens, mais aussi pour se retourner vers Burroughs, vers les jardins et les terrasses sous la lumière du soleil, ce grand mésocosme vert qui avait été si longtemps la capitale de leur monde. L'eau noir rouille parsemée de glace avait à présent presque complètement cerné les murs de la ville, et un flot dense d'icebergs sales descendait du plissement bas au nord-est en un torrent de plus en plus large.

Le terrain qu'ils foulaient était parsemé de plantes basses : des mousses de la toundra, des fleurs alpestres et des bouquets de cactus des glaces telles des bouches d'incendies noires et épineuses. Des moucherons et des mouches, dérangés par cette bizarre invasion, tourbillonnaient autour d'eux. Il faisait maintenant nettement plus doux que dans la matinée. La température continuait de monter rapidement et ils avaient dû passer un peu au-dessus de zéro.

— Deux cent soixante-douze ! cria Nirgal quand Nadia l'interrogea au passage.

Il remontait et redescendait régulièrement la grande caravane humaine. Nadia vérifia sur son bloc de poignet : 272 kelvins. Le vent du sud-ouest était très léger. Les rapports météo indiquaient que la zone de haute pression se maintiendrait au-dessus d'Isidis pour une autre journée au moins.

Les gens marchaient en petits groupes, fusionnaient, et les amis, les collègues et les relations se congratulaient mutuellement, souvent surpris par des familières voix sous les masques, des regards familiers sous les cagoules ou les chapeaux. Un nuage diffus de givre s'élevait de la foule, dû à tous ces souffles, ces transpirations qui se confondaient. Il se dissipait très vite dans le soleil. Des patrouilleurs chargés de Rouges montaient depuis la ville, fuyant l'inondation, et les longèrent lentement. Leurs occupants tendirent des flasques de boisson chaude à la ronde. Nadia les regarda, furieuse, en jurant en silence derrière son masque. L'un des Rouges l'aperçut et lui lança d'un ton irrité :

— Ça n'est pas nous qui avons fait sauter la digue, vous savez. Ce sont les guérilleros mars-unistes. Kasei !

Il s'éloigna.

On utilisait les ravines descendant vers le bas de la pente, à l'est de la piste, comme latrines. Les gens profitaient de cet arrêt pour contempler encore une fois la ville étrangement déserte avec ses nouvelles douves d'eau glacée, rouille foncé. Des groupes d'indigènes psalmodiaient des phrases d'aréophanie. En les entendant, Nadia sentit son cœur se serrer et elle marmonna :

— Bon Dieu, Hiroko, est-ce que tu ne vas pas te montrer ? S'il te plaît, sors ! *Aujourd'hui !*

Elle repéra Art et le rejoignit. Il était en train de débiter un commentaire sur son bloc de poignet, vraisemblablement destiné à un consortium d'informations terrien.

— Oh, oui, souffla-t-il rapidement à Nadia quand elle l'interrogea. Nous sommes vivants. Et cette vidéo est très bonne aussi, j'en suis sûr. Ils vont reconstituer le scénario de l'inondation.

Aucun doute. La ville avec ses mesas, cernée par les flots noirâtres légèrement fumants, agités, bouillonnant furieusement sous l'effet de la carbonatation avec des vagues venant du nord... La température ambiante était désormais un peu au-dessus du zéro Celsius, et l'eau restait à l'état liquide même lorsqu'elle formait des mares encombrées de glace de fracture. Jamais encore Nadia n'avait eu à ce point conscience qu'ils avaient transformé l'atmosphère — c'était plus fort encore que les plantes, que le bleuissement du ciel, le fait qu'ils puissent sortir les yeux découverts, et respirer à travers des masques minces. Le spectacle de l'eau qui gelait durant le déluge de Marineris — qui était passée du noir au blanc en vingt secondes ou moins — l'avait marquée plus profondément qu'elle ne l'avait cru. Désormais, il s'agissait d'eaux libres. Le large plissement de Burroughs ressemblait maintenant à une baie de Fundy [1] gargantuesque, avec la marée galopante.

Des exclamations retentissaient de toutes parts comme autant de chants d'oiseaux. Nadia en ignora la raison jusqu'à la seconde où elle s'aperçut qu'il y avait de l'agitation du côté du spatioport.

Le spatioport était situé sur un large plateau au nord-ouest de la ville. A la hauteur où les réfugiés se trouvaient, ils pouvaient observer les grandes portes des hangars qui étaient maintenant ouvertes. Cinq avions spatiaux géants en sortirent l'un après l'autre, menaçants, militaires. Ils roulèrent jusqu'au terminal et les passerelles se déployèrent. Puis il ne se passa rien de plus, et les réfugiés, pendant presque une heure, marchèrent vers les premières vraies collines du Grand Escarpement. Ils avaient gagné de l'altitude, mais les pistes du spatioport et la partie inférieure des hangars étaient maintenant sous l'horizon pâle. A présent, le soleil était franchement à l'ouest.

L'attention de tous était fixée sur la ville. L'eau venait de crever la paroi de la tente à l'est de Burroughs et s'écoulait par la porte sud-ouest, par-dessus le chaperon, à l'endroit où ils avaient ouvert la tente. Peu après, elle envahit le parc du Canal, Princess Park et Niederdorf, partageant la ville en deux.

Au beau milieu du spectacle, l'un des grands jets apparut dans le ciel au-dessus du plateau. Il semblait très lent, comme les grands avions qui sont encore très bas. Il avait décollé cap au sud et, pour les spectateurs, il semblait devenir de plus en plus grand sans gagner de vitesse. Puis ils perçurent le ronflement grave de ses huit moteurs et il les survola avec la maladresse pesante d'un bourdon. Tandis qu'il s'élevait péniblement vers l'ouest, un autre se montra au-dessus du spatioport et passa au-dessus de la ville inondée. Les cinq avions défilèrent ainsi, tout aussi peu aérodynamiques les uns que les autres, et disparurent à l'ouest.

---

1. Commune au Canada et aux Etats-Unis, la baie de Fundy est renommée pour l'amplitude de ses marées. (*N.d.T.*)

Ils reprirent leur marche, à grandes foulées. Les plus rapides ne cherchaient pas à ralentir pour rester auprès des plus lents car il était important de rallier la gare de Libya aussi vite que possible, ce que tous comprenaient. Des trains arrivaient de toutes parts, mais Libya était une petite gare avec quelques quais seulement, et la chorégraphie de l'évacuation allait s'avérer complexe.

Il était maintenant cinq heures et le soleil était bas sur l'horizon de Syrtis. La température chutait rapidement sous zéro. Les marcheurs les plus rapides, des indigènes et des immigrants récents, prenaient de l'avance, et la colonne s'étirait. Les gens des patrouilleurs rapportaient qu'elle s'étirait maintenant sur plusieurs kilomètres et s'allongeait constamment. Ces patrouilleurs circulaient sans cesse entre la tête et la queue de la colonne, récupérant parfois certains marcheurs. Tous les walkers et tous les casques disponibles étaient utilisés. Coyote était arrivé de la digue et, en apercevant son patrouilleur camouflé, Nadia soupçonna aussitôt qu'il était derrière l'opération. Il apparut sur l'écran de son poignet et lui lança un franc bonjour exultant, avant de lui demander comment se passaient les choses. Puis il repartit en direction de la ville.

— Demandez à Fossa Sud d'envoyer un dirigeable au-dessus de Burroughs, suggéra-t-il. Au cas où des retardataires se seraient réfugiés en haut des mesas. Il y a certainement des gens qui dorment encore à cette heure de la journée, et ils vont avoir une sacrée surprise en se réveillant.

Il partit d'un grand rire, mais sa suggestion était justifiée et Art appela immédiatement.

Nadia suivait l'arrière de la colonne en compagnie de Maya, Sax et Art, écoutant les rapports qui arrivaient. Elle ordonna aux patrouilleurs de circuler sur la piste abandonnée, pour éviter les projections de poussière. Elle essayait de ne pas tenir compte de son épuisement. C'était plus l'effet du manque de sommeil que de la fatigue musculaire. La nuit allait être longue. Et pas seulement pour elle. Une grande partie de la population de Mars était maintenant totalement urbaine et absolument pas entraînée à de longues marches. Elle-même ne les pratiquait guère, bien qu'elle fût souvent sur les chantiers de construction et non pas derrière un bureau, comme la plupart. Heureusement, ils suivaient une piste ferroviaire, et ils pouvaient même marcher sur la surface lisse de la voie, entre les rails de suspension des côtés et le rail de réaction central. Mais ils préféraient largement rester sur les routes de gravier ou de béton qui couraient en parallèle.

Pour leur malheur, par contre, dès que l'on ne marchait pas vers le nord en quittant Isidis Planitia, cela signifiait qu'il fallait monter. La gare de Libya était sept cents mètres plus haut que Burroughs. Ce n'était pas important, mais la pente était continue sur soixante-dix kilomètres, sans aucun segment abrupt.

— Ça va nous réchauffer, marmonna Sax quand elle lui parla de ses inquiétudes.

Les heures passèrent et leurs ombres, projetées loin à l'est, devinrent des ombres de géants. Derrière eux, la cité noyée était obscure et vide, elle disparaissait sous l'horizon mesa après mesa, et Double Decker Butte et Moeris Mesa, les dernières, furent submergées sous le seuil du ciel. Les teintes d'ombre brûlée d'Isidis se faisaient plus vives, et le ciel s'assombrit encore et encore, jusqu'à ce que le soleil boursouflé rougeoie sur l'horizon d'ouest. Ils marchaient à présent dans un monde roux, comme une armée en loques battant en retraite.

Nadia suivait les bulletins de Mangalavid de temps à autre et trouvait les nouvelles du reste de la planète plutôt réconfortantes. Toutes les principales villes à l'exception de Sheffield étaient sous le contrôle du mouvement indépendantiste. Le labyrinthe du terril de Sabishii avait servi de refuge aux rescapés de l'incendie, et même si le feu n'était pas complètement éteint, cela signifiait qu'ils s'en sortiraient. Nadia s'entretint avec Nanao et Etsu tout en marchant. La petite image de Nanao révélait sa fatigue et Nadia lui dit à quel point elle était bouleversée : Sabishii en flammes et Burroughs sous les eaux — les deux plus grandes cités de Mars avaient été détruites.

— Non, non, fit Nanao. Nous reconstruisons. Sabishii est là, dans notre esprit.

Comme les autres villes, ils expédiaient les trains qui n'avaient pas brûlé vers la gare de Libya. Les cités proches envoyaient aussi des avions et des dirigeables. Les dirigeables pourraient les secourir pendant la longue marche de nuit. Très important : ils leur apportaient le maximum d'eau qu'ils avaient pu embarquer. La déshydratation dans la nuit sèche et glacée allait être une dure épreuve. La gorge de Nadia était déjà desséchée et elle accepta avec joie la tasse d'eau qu'on lui tendait depuis un patrouilleur. Elle leva son masque et but très vite, en s'efforçant de ne pas respirer.

— C'est la dernière tournée ! lança la femme qui distribuait les tasses d'un ton enjoué. Encore cent et on sera à court !

Nadia reçut un nouvel appel de Fossa Sud. Ils avaient été contactés par plusieurs exploitations minières d'Elysium, dont les occupants s'étaient déclarés indépendants par rapport aux métanationales et au mouvement Mars Libre. Ils mettaient en garde tous les autres : restez à l'écart. Certaines stations occupées par les Rouges les avaient imités.

Nadia prit un air méprisant et répondit aux gens de Fossa Sud :

— Très bien. Mais envoyez-leur une copie de la déclaration de Dorsa Brevia en leur demandant de l'étudier un peu. S'ils sont d'accord pour soutenir la section qui concerne les droits de l'homme, je ne vois pas pourquoi nous nous soucierions d'eux.

Le soleil se coucha. Le lent crépuscule s'attardait.

Il ne subsistait plus qu'une vague clarté violet foncé dans l'air brumeux quand un patrouilleur-rocher surgit de l'est et s'arrêta devant le groupe de Nadia. Parmi les passagers qui en descendirent, en cagoules et masques blancs, Nadia reconnut soudain Ann. Grande et svelte, elle marcha droit sur Nadia sans la moindre hésitation. Les Cent Premiers se reconnaissaient toujours...

Nadia s'était arrêtée et observait sa vieille amie. Ann clignait des yeux dans le froid soudain.

— Nous n'avons rien fait, dit-elle sans préambule. Une unité d'Armscor est intervenue avec des blindés et nous nous sommes battus. Kasei se disait que s'ils reprenaient la digue, ils reprendraient tout, partout. Il avait probablement raison.

— Il s'en est sorti ?

— Je l'ignore. Il y a eu de nombreux tués sur la digue. Et beaucoup d'autres n'ont pu échapper à l'inondation qu'en escaladant Syrtis.

Elle se tut, l'air sombre, sans remords. Nadia s'émerveilla de pouvoir déchiffrer tant de choses dans cette silhouette noire vaguement découpée sur les étoiles. Peut-être à cause de son port d'épaules. De l'inclinaison de sa tête.

— Allons-y. Il faut marcher.

Rien d'autre ne lui venait à l'esprit en cet instant. Gagner la digue d'abord, régler les charges... Mais à quoi bon, désormais.

La lumière s'écoula de la terre, de l'air, du ciel... Ils progressaient sous les étoiles, dans une atmosphère aussi glacée que celle de la Sibérie. Nadia aurait pu avancer plus vite, mais elle souhaitait rester à l'arrière de la colonne, avec les plus lents, qu'elle pourrait éventuellement aider. Certains portaient leurs enfants sur le dos, mais les enfants n'étaient pas nombreux à l'arrière de la colonne. Les plus petits étaient déjà dans les patrouilleurs et les plus grands en tête, avec les marcheurs plus rapides. Et puis, il n'y avait jamais eu beaucoup d'enfants dans Burroughs.

Les phares des patrouilleurs perçaient la poussière qu'ils soulevaient et Nadia se demanda si les filtres à CO_2 ne risquaient pas d'être obturés. Elle posa la question à Ann qui lui répondit :

— Si tu presses bien le masque contre ta bouche et que tu souffles très fort, ça aide. Tu peux aussi retenir ton souffle, ôter ton masque et lui envoyer un jet d'air comprimé, si possible.

Sax acquiesça.

— Tu connais ces masques ?

— J'ai passé de nombreuses heures avec.

— Parfait.

Nadia fit l'expérience : elle appuya sur le masque et souffla violemment. Très vite, elle fut haletante.

— On devrait essayer de marcher sur la piste et les routes pour échapper à la poussière. Et dire aux patrouilleurs de ralentir.

Ils avaient fini par adopter une sorte de rythme dans leur marche. Aucun ne restait en arrière, aucun ne se hâtait en avant. Et le froid s'intensifiait. Les phares des patrouilleurs illuminaient par endroits les milliers de gens qui marchaient sur la longue pente qui montait vers l'horizon du sud, à douze ou treize kilomètres de distance, peut-être. Il était difficile d'en juger dans la nuit. On ne voyait que la cohorte ondulante dans les faisceaux de lumière, l'éclat rouge des feux... Une vision très étrange. Un bourdonnement résonnait parfois dans le ciel quand des dirigeables arrivaient de Fossa Sud et flottaient au-dessus de la foule comme des OVNI baroques cernés de lumières, avec leurs moteurs vrombissants, pendant qu'ils manœuvraient pour larguer des vivres et de l'eau aux patrouilleurs en attente. Puis les patrouilleurs se dirigeaient vers la colonne pour faire la distribution, et les dirigeables reprenaient de l'altitude pour se perdre comme des constellations colorées et disparaître à l'est.

Durant le laps de temps martien, de jeunes indigènes exubérants se risquèrent à chanter, mais l'air était trop sec et trop glacé, et ils n'insistèrent pas. Cette idée plut à Nadia et elle se chanta en silence certains de ses airs favoris : *Hello Central, Give Me Dr Jazz, Bucket's Got a Hole in it, On the Sunny Side of the Street.* Elle les reprit plusieurs fois.

Comme la nuit avançait, son moral s'améliorait. Il semblait bien que leur plan était en train de réussir. Ils ne dépassaient pas des centaines de gens effondrés, même si les patrouilleurs leur avaient appris qu'un grand nombre de jeunes indigènes semblaient avoir craqué parce qu'ils étaient allés trop vite, et qu'ils avaient maintenant besoin de secours. Ils étaient tous passés de 500 à 340 millibars, ce qui aurait correspondu, sur Terre, à la différence de pression entre quatre mille et six mille cinq cents mètres d'altitude, un saut considérable, même en tenant compte du taux élevé d'oxygène de l'atmosphère martienne. Et certains souffraient du mal des montagnes, les jeunes surtout. Les indigènes avaient commencé cette marche avec un immense enthousiasme, peut-être excessif, qu'ils payaient maintenant. Ils souffraient de nausées et de maux de tête. Mais les patrouilleurs aidaient ceux qui commençaient à avoir des spasmes et escortaient les autres. Quant à la queue de la colonne, elle progressait toujours d'un pas égal.

Et Nadia cheminait toujours, main dans la main avec Maya ou Art, seule parfois, perdue dans son monde à elle, l'esprit errant dans le froid mordant, retrouvant des miettes de son passé. Il lui revenait des marches dangereuses qu'elle avait faites à la surface gelée de ce monde : pendant la grande tempête avec John, au cratère Rabe...

Alors qu'ils cherchaient le transpondeur avec Arkady... Elle suivait Frank dans Noctis Labyrinthus, durant la nuit où ils s'étaient évadés du Caire, après l'assaut... Cette même nuit, elle avait sombré dans une gaieté morne et bizarre — une réaction au fait d'être libérée de ses responsabilités, peut-être, de n'avoir plus qu'à suivre un leader. 61 avait été un tel désastre. Et cette révolution, elle aussi, pouvait déboucher sur le chaos — c'était le cas, en fait. Personne ne la contrôlait plus. Mais des voix montaient toujours de son poignet, venues de partout. Et personne n'allait les mitrailler depuis l'espace. Les éléments les plus intransigeants de l'Autorité transitoire avaient probablement été tués dans les premières heures, dans Kasei Vallis — un aspect peu drôle de la « gestion intégrée des fléaux » chère à Art. Quant aux autres, ils avaient dû succomber sous le nombre. Ils étaient tout aussi incapables que quiconque de contrôler une planète peuplée de dissidents. Ou bien trop intimidés pour essayer.

Donc, cette fois-ci, ils étaient parvenus à ce que les choses se passent autrement. Ou bien les conditions sur Terre étaient tout simplement différentes, et les phénomènes divers de l'histoire martienne n'étaient que les reflets déformés de ces changements. Tout à fait possible. Mais c'était une pensée troublante, si l'on considérait l'avenir. Il faudrait y réfléchir plus tard. Ils devraient affronter tout cela le temps venu. Pour l'heure, ils ne devaient se préoccuper que d'atteindre la gare de Libya. La simple physique de ce problème et de sa solution la séduisait énormément. Elle avait finalement quelque chose de palpable entre les mains. Elle respirait l'air glacial. Elle essayait de réchauffer ses poumons avec le reste de son être, avec son cœur — ça ressemblait un peu à la mystérieuse redistribution thermique de Nirgal. Si seulement elle en était capable !

Elle commençait à prendre de brèves bouffées de sommeil sans cesser de marcher. Elle avait peur qu'il s'agisse d'une intoxication au gaz carbonique, mais continuait de temps en temps à sombrer. Sa gorge était irritée. La queue de la colonne ralentissait et les patrouilleurs avaient commencé à récupérer les marcheurs les plus épuisés pour les évacuer vers Libya. Ils faisaient régulièrement la navette. Les gens, de plus en plus nombreux, souffraient du mal des montagnes, et les Rouges leur expliquaient comment enlever leur masque pour vomir avant de reprendre leur souffle. L'opération était difficile et les cas d'intoxication au CO_2 s'ajoutaient au mal des montagnes. Mais ils se rapprochaient pas à pas de leur but. Les images qu'ils recevaient sur leurs blocs de poignet montraient la gare de Libya : elle ressemblait à une station de métro de Tokyo à l'heure de pointe. Mais les trains circulaient à un rythme régulier et il restait encore de la place, apparemment, pour les derniers refugiés.

Un patrouilleur ralentit à leur côté et on demanda à Maya s'ils voulaient monter.

— Fichez le camp ! s'insurgea-t-elle. Allez donc aider les autres, là-bas ! Ne perdez pas votre temps !

Le conducteur redémarra sans plus attendre. Maya commenta d'une voix rauque :

— J'ai cent quarante-trois ans, mais ça me ferait mal de ne pas terminer à pied ! Accélérons un peu !

Ils gardèrent le même rythme et se maintinrent en queue de colonne, observant la farandole des phares dans la brume, loin devant. Depuis plusieurs heures, Nadia avait mal aux yeux, et la souffrance devenait à peine tolérable. L'engourdissement du froid ne la protégeait plus, apparemment. Ses yeux étaient secs et elle avait du sable sur la cornée. Chaque battement de cils était une brûlure. Elle se dit que les masques auraient dû être munis de lunettes étanches.

Elle trébucha sur un rocher et un souvenir remonta de sa jeunesse : dans le sud de l'Oural, une fois, le camion qui les transportait, elle et ses collègues de travail, était tombé en panne. C'était l'hiver, et ils avaient dû marcher depuis Chelyabinsk-65 jusqu'à Chelyabinsk-40 sur cinquante kilomètres gelés de zone industrielle stalinienne ravagée — entre les usines noires désertées, les cheminées brisées, les clôtures de barbelés abattues, les camions renversés... Dans la neige hivernale, sous les nuages bas. Même sur le moment, ç'avait été comme un cauchemar. Elle le raconta à Maya, Sax et Art, la voix rauque. Sa gorge la faisait souffrir, mais pas autant que ses yeux. Ils avaient tellement l'habitude des intercoms qu'il leur semblait étrange de parler comme ça, dans l'air de la nuit. Mais elle en avait besoin.

— Je me demande comment j'ai pu oublier cette nuit. Je n'y ai plus repensé depuis tellement longtemps. Je l'avais effacée. Ç'a dû se passer... je dirais il y a cent vingt ans.

— Tu te souviendras aussi de celle-ci, dit Maya.

Ils se mirent à échanger des souvenirs sur les jours les plus froids qu'ils avaient pu connaître. Les deux femmes russes se rappelaient dix épisodes plus rudes que tout ce que Sax et Art pouvaient raconter.

— Et les plus chauds ? proposa Art. Là, je pourrais gagner. Je me suis retrouvé une fois dans un concours de scieurs, en division tronçonneuse. C'était celui qui avait la plus puissante tronçonneuse qui gagnait. Alors j'ai remplacé le moteur de la mienne par celui d'une Harley-Davidson et j'ai coupé la grume en moins de dix secondes. Mais les moteurs de motos sont à refroidissement à air, vous le savez, et ce sont mes mains qui ont eu chaud !

Ils éclatèrent de rire.

— Mais ça ne compte pas, protesta Maya. Ça n'est pas tout votre corps qui a souffert !

— J'aimerais avoir cette tronçonneuse avec moi en ce moment !

Les étoiles se faisaient plus rares. Tout d'abord, Nadia mit ça sur le compte des particules de poussière, ou de ses yeux. Mais en consultant son bloc de poignet, elle apprit qu'il était presque cinq heures du matin. L'aube approchait. Et la gare de Libya n'était plus qu'à quelques kilomètres. La température était de 256 kelvins.

Ils arrivèrent au lever du soleil. Les gens se passaient des tasses de thé qui sentait l'ambroisie. La gare était trop pleine pour qu'ils puissent entrer. Plusieurs milliers de réfugiés attendaient déjà à l'extérieur. L'évacuation se passait néanmoins sans problème depuis des heures, sous la direction de Vlad, Ursula et un petit groupe de Bogdanovistes. Les trains arrivaient toujours sur les trois pistes, du sud, de l'est et de l'ouest, et tout le monde embarquait en ordre. Les dirigeables flottaient sur l'horizon. La population de Burroughs allait être séparée dans l'instant : certains allaient partir pour Elysium, d'autres pour Hellas, ou plus au sud, en direction d'Hiranyagarbha et Christianopolis — d'autres encore pour les petites villes qui marquaient la route de Sheffield, y compris Underhill.

Ils attendirent donc leur tour. Dans la lumière de l'aube, ils avaient tous les yeux injectés de sang, ce qui, avec leurs masques incrustés de poussière, leur conférait une apparence féroce et sanguinaire. Nadia se répéta que les lunettes seraient désormais indispensables pour les sorties en surface.

Finalement, Zeyk et Marina escortèrent le dernier groupe. A ce stade, la plupart des Cent Premiers s'étaient retrouvés et ils étaient rassemblés contre un mur, mus par le magnétisme qui les attirait toujours les uns vers les autres en cas de crise. Ils étaient plusieurs à se trouver dans le dernier groupe : Maya et Michel, Nadia, Sax et Ann, Vlad, Ursula, Marina, Spencer, Ivana, Coyote...

De l'autre côté des pistes, Jackie et Nirgal dirigeaient les gens vers les voitures en agitant les bras comme des chefs d'orchestre, soutenant parfois ceux dont les jambes se dérobaient à la dernière minute. Les Cent Premiers se présentèrent ensemble sur le quai. Maya ignora Jackie quand elle passa près d'elle. Nadia la suivit et tous les autres embarquèrent à leur suite. Elles défilèrent dans la travée centrale entre deux rangées de visages blancs et cramoisis réjouis, les têtes brunes de poussière. Le plancher était jonché de masques crasseux, mais nombreux étaient ceux qui les gardaient serrés dans leurs mains.

Les écrans, à l'avant de chaque voiture, relayaient un film qu'un dirigeable émettait. Des images de Burroughs dans le matin. Une mer gelée parsemée de polynies noires. Au-dessus de cette mer nouvelle se dressaient les neuf mesas, devenues désormais des îles aux falaises abruptes, pas très hautes, avec leurs jardins en terrasses et leurs fenêtres bizarrement alignées au-dessus des blocs de glace sale à la dérive.

Nadia et les autres suivirent Maya jusqu'à la dernière voiture. Elle se retourna et les vit tous rassemblés dans l'ultime compartiment. Elle demanda alors :

— Est-ce que ce train va jusqu'à Underhill ?

— Odessa, dit Sax.

Elle sourit.

Des gens se levaient pour leur laisser la place et ils acceptèrent. Ils les remercièrent et, peu après, les compartiments voisins furent complets. Les travées furent envahies ensuite. Vlad murmura quelque chose à propos du capitaine qui devait être le dernier à quitter le navire en perdition.

Nadia trouva cette remarque déprimante. Elle était épuisée et ne parvenait pas à se rappeler son dernier moment de sommeil. Elle avait tant aimé Burroughs, et on avait consacré tant d'heures à l'édifier... Elle se souvenait de ce que Nanao avait dit à propos de Sabishii. Eux aussi gardaient Burroughs dans leur esprit. Quand le rivage du nouvel océan se serait stabilisé, ils pourraient peut-être construire une autre Burroughs.

Pour l'heure, Ann était assise de l'autre côté, et Coyote descendait la travée dans leur direction. Il s'arrêta pour appuyer son visage contre une vitre et lever le pouce à l'intention de Nirgal et Jackie, qui étaient encore dehors. Ils finirent par monter, à plusieurs voitures de distance. Michel riait à cause de ce que Maya venait de lui dire. Ursula, Marina, Vlad, Spencer... tous les membres de la famille de Nadia étaient là, sains et saufs, du moins pour l'instant. Et ils étaient tout ce qu'elle avait pour l'instant... Elle se sentit couler dans le fond de son siège. Dans quelques minutes, elle serait endormie, elle le sentait à la brûlure de ses yeux secs. Le train s'ébranla.

Sax consultait son bloc de poignet et Nadia lui demanda d'un ton ensommeillé :

— Que se passe-t-il sur Terre ?

— Le niveau des mers monte encore. Il a dépassé la barre des quatre mètres. Il semble que les métanationales aient cessé le combat, momentanément du moins. La Cour mondiale a déclaré le cessez-le-feu. Praxis a lancé tous ses moyens pour lutter contre l'inondation. Apparemment, certaines autres métanats devraient l'imiter. L'assemblée générale de l'ONU s'est réunie à Mexico. L'Inde a confirmé le traité passé avec un gouvernement martien indépendant.

— C'est un pacte avec le diable, lança Coyote. L'Inde et la Chine sont trop gros pour nous. Attendons de voir.

— Les conflits sont terminés ? demanda Nadia.

— On ne peut pas savoir clairement si ça durera, dit Sax.

Maya grommela :

— Rien n'est jamais permanent.

Sax haussa les épaules.

— Il va falloir constituer un gouvernement, continua Maya. Et vite, pour présenter à la Terre un front uni. Plus nous serons légalement établis, moins ils se risqueront à tenter de nous renverser.

— Ils viendront, dit Coyote.

— Pas si nous leur prouvons qu'ils obtiendront de nous tout ce qu'ils auraient pu avoir par eux-mêmes. Ça les ralentira.

— Mais ils viendront quand même.

Sax intervint :

— Nous ne serons jamais à l'abri du danger tant que la Terre n'aura pas retrouvé le calme. Tant qu'elle ne sera pas stabilisée.

— La Terre ne sera jamais stabilisée, insista Coyote.

Sax haussa les épaules.

— C'est à nous de la stabiliser ! s'exclama Maya en agitant un doigt vers Coyote. Pour notre propre bien !

— L'aréoforming de la Terre, fit Michel avec son sourire ironique.

— Bien sûr, et pourquoi pas ? C'est exactement ce qu'il faut.

Il se pencha vers Maya et embrassa sa joue poussiéreuse.

Coyote secouait la tête.

— C'est comme de bouger un monde sans avoir d'axe.

— L'axe est dans nos esprits, dit Maya, surprenant Nadia.

Marina jeta un regard sur son bloc de poignet.

— La sécurité contrôle toujours Clarke et le câble. Peter dit qu'ils ont abandonné Sheffield mais pas le socle. Et quelqu'un... quelqu'un rapporte avoir vu Hiroko à Hiranyagarbha.

Cela les réduisit tous au silence et ils s'absorbèrent dans leurs pensées.

— J'ai eu accès aux données de l'ATONU sur la première prise de Sabishii, annonça Coyote au bout d'un moment. Il n'est pas fait mention d'Hiroko ni d'aucun membre de son groupe. Je ne pense pas qu'ils les aient eus.

— Ce qui est inscrit n'a rien à voir avec ce qui a pu se passer, fit Maya d'un air sombre.

— En sanscrit, dit Marina, Hiranyagarbha signifie « L'Embryon d'or ».

Nadia sentit son cœur se serrer. Allons, Hiroko, montre-toi. Sors, bon Dieu. Je t'en prie.

L'expression de Michel faisait peine à voir. Toute sa famille avait disparu...

— Nous ne pouvons être certains d'avoir rassemblé tout Mars, dit Nadia afin de le distraire. (Elle rencontra son regard.) Nous ne nous sommes pas mis d'accord à Dorsa Brevia. Comment pourrions-nous l'être maintenant ?

— Parce que nous sommes libres. C'est vrai, maintenant. Nous sommes libres d'essayer. Et on ne se donne à fond que quand on ne peut pas revenir en arrière.

Le train ralentit pour traverser la piste équatoriale et ils furent secoués d'avant en arrière.

— Des Rouges font sauter toutes les stations de captage de Vastitas, dit Coyote. Je ne crois pas que nous parvenions à un consensus sur le terraforming.

— Ça, c'est certain, fit Ann d'un ton rauque avant de s'éclaircir la gorge. Nous voulons aussi nous débarrasser de la soletta.

Elle foudroya Sax du regard, mais il se contenta de hausser les épaules.

— L'écopoésis, dit-il. Nous avons déjà une biosphère. C'est tout ce qu'il nous faut. Un monde splendide.

Au-dehors, le paysage faillé défilait sous la clarté froide du matin. Les pentes de Tyrrhena avaient pris une coloration kaki avec les millions de plaques de mousse, d'herbe et de lichen incrustées entre les rochers. Tous les observaient en silence. Nadia se sentait hébétée en essayant de penser à tout ça, de ne pas mêler les choses. C'était aussi flou que l'image de rouille et de kaki qui s'emballait devant son regard...

Elle dévisagea ceux qui l'entouraient, et une clé joua à l'intérieur de son esprit. Ses yeux étaient encore secs et irrités, mais elle ne somnolait plus. Son estomac se relâcha pour la première fois depuis le début de la révolte. Elle respirait librement. Ann avait l'air encore furieuse à son égard, et Maya en voulait toujours à Coyote. Ils étaient tous défaits, sales, avec les yeux rouges du petit peuple rouge. Leurs iris brillants semblaient taillés dans des fragments de pierre précieuse. Et elle s'entendit déclarer :

— Arkady serait satisfait.

Ils la regardèrent, surpris. Jamais elle ne parlait de lui, se dit-elle.

— Simon aussi, ajouta Ann.

— Et Alex.

— Et Sasha.

— Et Tatiana.

— Tous ceux que nous avons perdus, conclut brièvement Michel avant que la liste ne s'allonge.

— Mais pas Frank, fit Maya. Frank ferait sûrement la tête à propos de quelque chose.

Ils rirent tous, et Coyote ajouta :

— Et c'est toi qui vas poursuivre la tradition, non ?

Elle pointa sur lui un doigt coléreux et ils rirent plus fort encore.

— Et John ? demanda Michel en prenant le bras de Maya.

Elle se libéra et continua de menacer Coyote.

— John ne se lamenterait pas en implorant le ciel et en rejetant la Terre comme si nous pouvions nous en sortir sans elle ! En ce moment, John Boone nagerait dans le bonheur !

— Nous devrons nous en souvenir, dit Michel. Et penser à ce qu'il ferait.

Coyote sourit.

— Il courrait dans ce train en remontant le moral de tout le monde. Ce serait la fête jusqu'à Odessa. On écouterait de la musique, on danserait, tout ça.

Ils se regardèrent.

— Eh bien ? demanda Michel.

Ils s'avancèrent tous vers l'avant du train.

MARS LA BLEUE

Blue Mars
1996
Traduit par Dominique Haas

Pour Lisa, David et Timothy

PREMIÈRE PARTIE

LA MONTAGNE DU PAON

Mars est libre, maintenant. Et nous aussi nous sommes libres. Libres d'agir à notre guise, disait Ann, dans le train, debout sur la passerelle ouverte à tous vents.

Mais il est si facile de retomber dans les mêmes vieux schémas comportementaux. Renversez une hiérarchie et une autre prendra la place. Il faudra rester vigilants, parce qu'il y aura toujours des gens pour tenter de refaire la Terre. L'aréophanie demeurera notre combat, sans trêve ni relâche. Nous devrons plus que jamais réfléchir à ce que signifie le fait d'être martien.

Ils l'écoutaient, affalés dans leurs fauteuils, le regard fixé sur le paysage qui défilait derrière les vitres. Ils étaient las, ils avaient les paupières lourdes. Des Rouges aux yeux rouges. Dans la lumière crue de l'aube, tout semblait neuf, le sol dénudé, fouaillé par les vents, à peine ombré de kaki par des lichens et de petites touffes rabougries. Ils avaient réussi à chasser les forces terriennes de Mars, mais la campagne avait été longue et, à la grande inondation qui avait frappé la Terre, avaient succédé des mois d'efforts acharnés. Ils étaient épuisés.

Nous sommes venus de la Terre sur Mars, et le passage s'est accompagné d'une certaine purification. Les choses étaient plus faciles à voir, nous avions une liberté d'action comme jamais nous n'en avions connu. Nous avions l'occasion, enfin, d'exprimer ce qu'il y avait de meilleur en nous. Et nous l'avons fait. Nous travaillons à mettre sur pied une meilleure façon de vivre.

Tel était le mythe dans lequel ils avaient tous grandi et qu'Ann rappelait à ces jeunes Martiens qui la regardaient sans la voir. C'étaient eux qui avaient organisé la révolution : ils avaient combattu sur toute la surface de Mars, acculé les forces de police terriennes dans Burroughs, puis inondé la ville et repoussé les Terriens vers Sheffield, sur Pavonis Mons. Ils devaient maintenant les chasser de Sheffield et les renvoyer le long du câble spatial, vers la Terre. Ils avaient encore du pain sur la planche, mais l'évacuation de Burroughs avait été un succès, et certains des visages inexpressifs tournés vers Ann ou vers les vitres semblaient implorer une pause, un moment pour fêter la victoire. Ils n'en pouvaient plus.

Hiroko nous aidera, dit un jeune homme, brisant le silence du train qui glissait sur sa voie magnétique.

Ann secoua la tête. Hiroko est une Verte, dit-elle. La première de tous les Verts.

C'est Hiroko qui a inventé l'aréophanie, contra le jeune indigène. Elle ne pensait qu'à ça, à Mars. Elle nous aidera, je le sais. Je l'ai rencontrée. Elle me l'a dit.

Mais elle est morte, dit quelqu'un d'autre.

Un ange passa. Le monde glissait au-dessous d'eux.

Puis une grande jeune femme se leva, s'avança vers l'allée et prit impulsivement Ann dans ses bras. Le sortilège fut rompu. Renonçant au langage articulé, ils se levèrent, entourèrent Ann, la prirent dans leurs bras, lui serrèrent la main ou la touchèrent, tout simplement — Ann Clayborne, celle qui leur avait appris à aimer Mars pour elle-même, qui les avait menés dans le combat pour s'émanciper de la Terre. Ses yeux injectés de sang regardaient encore, à travers eux, l'étendue rocheuse, dévastée, du massif de Tyrrhena, mais elle était souriante. Elle leur rendit leurs embrassades, leurs poignées de main, elle leur caressa la joue du bout des doigts. Tout ira bien, dit-elle. Nous libérerons Mars. Et ils dirent oui, et ils se congratulèrent mutuellement. A Sheffield, dirent-ils. Finissons ce que nous avons commencé. Mars nous montrera bien comment faire.

Et puis elle n'est pas morte, objecta le jeune homme. Je l'ai vue le mois dernier, à Arcadia. Elle finira bien par se montrer.

Juste avant l'aube, à un moment bien défini, les mêmes bandes roses qu'au commencement brillaient dans le ciel, pâles et claires à l'est, sombres et piquetées d'étoiles à l'ouest. Ann guetta cet instant alors que ses compagnons la conduisaient vers l'ouest, vers une masse de terre noire dressée sur l'horizon : la bosse de Tharsis, ponctuée par le large cône de Pavonis Mons. A force de gravir la pente de Noctis Labyrinthus, ils s'élevèrent au-dessus de la majeure partie de la nouvelle atmosphère. La pression de l'air au pied de Pavonis n'était que de 180 millibars et, au fur et à mesure qu'ils montaient le long de la paroi est du grand tablier volcanique, elle descendit au-dessous de 100 millibars et continua à diminuer. Peu à peu, ils laissèrent la végétation derrière eux. Les roues de leur véhicule n'écrasèrent plus que des plaques de neige sale, sculptées par le vent, puis, même la neige disparut et il n'y eut bientôt que de la pierre et le souffle âpre, glacé, continuel, du jet-stream. Le sol dénudé était tel qu'avant l'arrivée de l'homme, comme s'ils avaient remonté le temps.

Ce n'était pas le cas. Mais à la vue de ce monde ferrique, ce monde de pierre et de roche parcouru par un vent incessant, quelque chose de fondamental se réchauffa chez Ann Clayborne. Dans les véhicules des Rouges partis à l'assaut de la montagne, le silence se fit. Tous contemplaient avec la même vénération le soleil qui crevait l'horizon, derrière eux.

Puis la pente s'adoucit selon une courbe parfaitement sinusoïdale et ils arrivèrent sur l'anneau rond, horizontal, du sommet. Le bord de la caldeira géante était entouré de villes sous tente, plus particulièrement groupées au pied de l'ascenseur spatial, à une trentaine de kilomètres au sud.

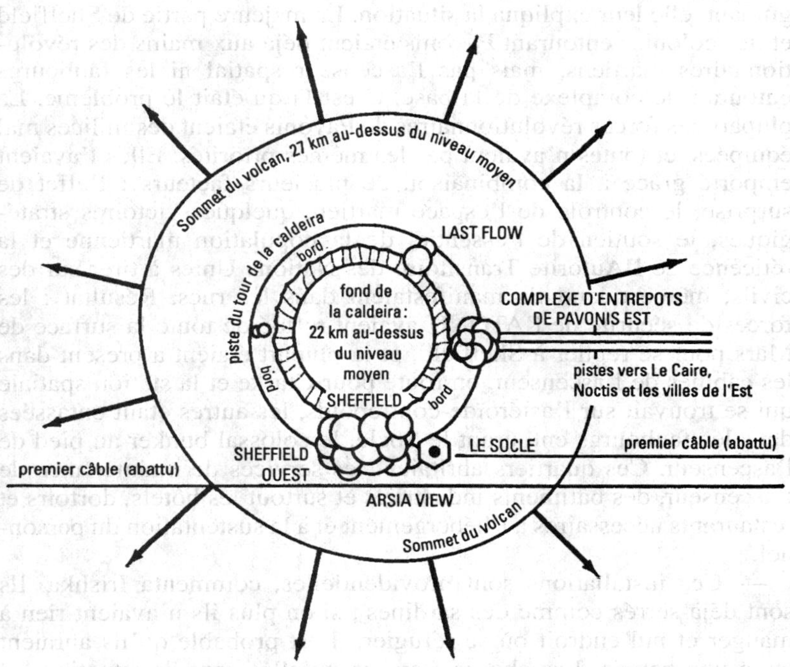

CALDEIRA DE PAVONIS MONS

Les véhicules s'arrêtèrent. Le silence fasciné avait fait place à la consternation. Plantée devant la vitre de la cabine supérieure, Ann regardait vers le sud et Sheffield, cette ville de l'ascenseur spatial : édifiée à cause de l'ascenseur, rasée lors de sa chute en 2061, reconstruite quand l'ascenseur avait été remplacé. La ville qu'elle était venue détruire aussi implacablement que Rome avait écrasé Carthage. Parce qu'elle avait l'intention d'abattre le nouveau câble comme le premier. Sheffield serait anéantie une nouvelle fois. Les ruines resteraient perchées au sommet d'un haut volcan, inutiles, dans une atmosphère très raréfiée. Avec le temps, les structures ayant échappé à l'anéantissement seraient abandonnées et cannibalisées. Seuls resteraient les fondations des tentes, peut-être une station météo et, au bout du compte, le long silence estival qui enveloppe le sommet d'une montagne. Le sel était déjà dans le sol.

Une Rouge chaleureuse originaire de Tharsis et appelée Irishka les rejoignit dans un petit patrouilleur et les mena à travers le dédale d'entrepôts et de petites tentes massés à l'intersection de la piste équatoriale et de celle qui faisait le tour de la caldeira. Tout en les guidant, elle leur expliqua la situation. La majeure partie de Sheffield et des colonies entourant Pavonis étaient déjà aux mains des révolutionnaires martiens, mais pas l'ascenseur spatial ni les faubourgs entourant le complexe de la base. C'est là qu'était le problème. La plupart des forces révolutionnaires de Pavonis étaient des milices mal équipées, et toutes n'avaient pas les mêmes priorités. Elles l'avaient emporté grâce à la combinaison de plusieurs facteurs : l'effet de surprise, le contrôle de l'espace martien, quelques victoires stratégiques, le soutien de l'essentiel de la population martienne et la réticence de l'Autorité Transitoire des Nations Unies à tirer sur des civils, même quand ils manifestaient dans les rues. Résultat : les forces de sécurité de l'ATONU avaient reflué de toute la surface de Mars pour se replier à Sheffield, et la plupart étaient à présent dans les cabines de l'ascenseur, en route pour Clarke et la station spatiale qui se trouvait sur l'astéroïde-contrepoids, les autres étant entassées dans les faubourgs entourant le Socle, le colossal bunker au pied de l'ascenseur. Ces quartiers abritaient les services de maintenance de l'ascenseur, des bâtiments industriels et surtout les hôtels, dortoirs et restaurants nécessaires à l'hébergement et à la sustentation du personnel.

— Ces installations sont providentielles, commenta Irishka. Ils sont déjà serrés comme des sardines ; si en plus ils n'avaient rien à manger et nul endroit où se réfugier, il est probable qu'ils auraient tenté une percée. Les choses étant ce qu'elles sont, la situation est encore tendue, mais du moins ont-ils de quoi survivre.

Ça ressemblait à la situation qui venait de se débloquer à Burroughs, songea Ann. Les choses avaient bien tourné. Il suffisait d'un peu de poigne et le tour était joué. L'ATONU serait évacuée vers la Terre, le câble sectionné et le cordon ombilical qui reliait Mars à la Terre serait rompu.

Irishka conduisit donc leur petite caravane à travers le labyrinthe de Pavonis Est et ils garèrent leurs patrouilleurs au bord de la caldeira. Au sud, à la limite ouest de Sheffield, ils distinguaient la ligne à peine visible du câble de l'ascenseur, ou plutôt d'une infime partie des 24 000 kilomètres de sa longueur totale. Il était presque indécelable, et pourtant son existence gouvernait chacun de leurs mouvements et de leurs conversations, ou presque. Leurs pensées tournaient pour ainsi dire toutes autour de ce fil noir qui les reliait à la Terre.

Quand ils furent installés au camp, Ann appela son fils Peter. C'était l'un des chefs rebelles de Tharsis. C'est lui qui avait mené les combats à l'issue desquels l'ATONU s'était retranchée dans le Socle et ses parages immédiats. Cette victoire partielle faisait de lui l'un des héros du mois passé.

Il prit la communication et son visage apparut sur l'écran du bloc de poignet d'Ann. Ils se ressemblaient comme deux gouttes d'eau, ce qu'elle trouvait déconcertant. Elle lui trouva l'air absorbé. Manifestement, elle le dérangeait en pleine action.

— Il y a du nouveau ? demanda-t-elle.

— Non. La situation paraît bloquée. Nous laissons entrer sans opposer de résistance tous ceux qui étaient restés hors du secteur de l'ascenseur, de sorte qu'ils sont maîtres de la gare, de l'aéroport du bord sud et des lignes de métro qui partent du Socle.

— Les avions qui les ont évacués de Burroughs sont-ils revenus ?

— Oui. Apparemment, la plupart retournent sur Terre. Il y a un monde fou, ici.

— Ils repartent vers la Terre, où ils se positionnent en orbite autour de Mars ?

— Non, non, ils vont bien vers la Terre. Je doute qu'ils aient suffisamment confiance pour rester en orbite.

Il sourit à ces mots. Il avait passé beaucoup de temps dans l'espace, aidant Sax dans ses entreprises et faisant bien d'autres choses encore. Son fils, l'homme de l'espace, le Vert. Pendant des années, ils s'étaient à peine parlé.

— Et que vas-tu faire maintenant ? demanda Ann.

— Je n'en sais rien. Je doute que nous puissions prendre l'ascenseur ou le Socle. Ça ne marcherait pas. Et même si ça marchait, ils pourraient toujours saboter l'ascenseur.

— Et alors ?

— Eh bien... je ne pense pas que ce serait une bonne chose, répondit-il, subitement ennuyé. Et toi ?

— Je crois qu'il faudrait le détruire.

Son expression ennuyée fit place à la contrariété.

— Dans ce cas, je ne te conseille pas de rester dessous quand il tombera.

— Je ferai attention.

— Je ne veux pas qu'on le fasse sauter avant d'en avoir discuté à fond, répliqua-t-il sèchement. C'est grave. La décision doit être prise par l'ensemble de la communauté martienne. Je pense, personnellement, que nous avons besoin de l'ascenseur.

— Sauf que nous n'avons aucun moyen de le récupérer.

— Ça reste à voir. Et puis, ce n'est pas à toi de trancher. J'ai appris ce qui était arrivé à Burroughs, mais ici, tu comprends, les choses se passent autrement. La stratégie est définie d'un commun accord. Nous devons en délibérer.

— C'est la spécialité de ce groupe, répliqua Ann d'un ton acerbe.

Tout était débattu en profondeur, et elle perdait toujours la partie. L'heure n'était plus aux palabres. Il fallait passer à l'action. Mais Peter lui donna à nouveau l'impression qu'elle lui faisait perdre son temps. Il pensait qu'il emporterait le morceau pour l'ascenseur, elle le voyait bien. Ça participait manifestement d'un sentiment plus vaste, un sens de propriété de la planète, le droit de naissance des nisei, évincer les Cent Premiers et tous les issei survivants. Si John était encore en vie, il leur aurait donné du fil à retordre, mais le roi était mort, vive le roi, vive son fils, roi des nisei, les premiers vrais Martiens.

Enfin, roi ou non, une armée de Rouges convergeait, en ce moment même, vers Pavonis. Ils constituaient la principale force militaire encore opérationnelle sur la planète, et ils entendaient bien achever la tâche amorcée quand l'inondation avait ravagé la Terre. Ils ne croyaient ni au consensus ni au compromis, et ils estimaient qu'en détruisant le câble ils faisaient d'une pierre deux coups : ils supprimaient à la fois le dernier bastion des forces de police et un moyen de communication facile entre Mars et la Terre, ce qui avait toujours été leur but. Pour eux, c'était la première chose à faire.

Et ça, Peter n'avait pas l'air de le comprendre. Ou alors il s'en fichait. Ann avait bien essayé de le lui expliquer, mais il se contentait de hocher la tête en marmonnant : « Ouais, ouais » sur le ton arrogant propre à ces Verts insouciants et stupides, toujours à tergiverser, à transiger avec la Terre. Comme si on pouvait tirer quelque chose d'un léviathan pareil. Non. Il fallait prendre des mesures efficaces, dans le genre de la submersion de Burroughs et des actes de sabotage qui avaient jeté les bases de la révolution. Sans lesquels elle n'aurait même pas commencé ou aurait été écrasée dans l'œuf, comme en 2061.

— Ouais, ouais... Bon, eh bien, on va organiser une réunion, reprit Peter.

A voir son expression, elle devina qu'elle l'exaspérait, tout comme il pouvait l'excéder.

— Ouais, ouais, répéta Ann d'un ton morne.

Encore des discours. Cela dit, ils n'étaient pas totalement dépourvus d'utilité ; pendant que les gens s'imaginaient qu'ils servaient à quelque chose, les vraies décisions se prenaient ailleurs.

— Je vais essayer de mettre quelque chose sur pied, conclut Peter. Avant que la situation ne nous échappe complètement.

Elle comprit qu'elle avait enfin réussi à attirer son attention, mais elle n'aimait pas la tête qu'il faisait. Elle lui trouvait quelque chose de menaçant.

— Elle nous a déjà complètement échappé, lança-t-elle avant de couper la communication.

Elle regarda les infos sur les divers canaux, Mangalavid, les réseaux privés des Rouges et les résumés terriens. Pavonis et l'ascenseur étaient maintenant au centre des préoccupations sur Mars, mais concrètement le mouvement de convergence vers le volcan n'était que partiel. Il lui sembla qu'il y avait plus de guérilleros rouges sur Pavonis que de Verts de Mars Libre et leurs alliés. Difficile à dire. Kasei et l'aile la plus radicale des Rouges, le Kakaze (« vent de feu »), avaient depuis peu investi la lèvre nord de Pavonis, prenant la gare et la tente de Lastflow. Les Rouges avec lesquels Ann avait fait le voyage, pour la plupart du vieux courant traditionaliste, envisagèrent de faire le tour du volcan afin de rejoindre le Kakaze, pour finir par y renoncer. Ann assista à la discussion sans mot dire, mais elle se réjouit de sa conclusion, car elle tenait à conserver ses distances par rapport à Kasei, Dao et leurs séides. Elle préférait rester à Pavonis Est.

Nombre de partisans de Mars Libre se trouvaient là, eux aussi, sortant de leurs voitures dans les entrepôts abandonnés. Pavonis Est devenait le point de ralliement de groupes révolutionnaires de tout poil. Quelques jours après son arrivée, Ann s'aventura sous la tente au sol de régolite compacté et se dirigea vers l'un des plus grands hangars où se tenait une réunion de stratégie générale.

Réunion qui se déroula conformément à ses prévisions : Nadia menait les débats, et il était inutile d'essayer de lui parler pour le moment. Ann se cala sur une chaise, contre le mur du fond, et regarda discourir les autres. Ils ne voulaient pas reconnaître ce que Peter lui avait confié en privé : qu'il n'y avait pas moyen de déloger l'ATONU de l'ascenseur spatial. Plutôt que de l'admettre, ils allaient tourner et retourner le problème dans tous les sens, comme si ça pouvait le résoudre.

La réunion était déjà bien engagée lorsque Sax Russell vint s'asseoir à côté d'elle.

— Un ascenseur spatial, dit-il. Ça pourrait... servir.

Ann n'était pas à l'aise avec lui. Les services de sécurité de l'ATONU lui avaient endommagé le cerveau, elle le savait, et le traitement qu'on lui avait fait subir avait modifié sa personnalité. L'un dans l'autre, ça ne l'avait pas arrangé, au contraire. Il lui semblait plus bizarre que jamais : tantôt elle retrouvait le vieux Sax qu'elle avait toujours connu, qui lui faisait l'effet d'un frère ô combien ennemi, tantôt il lui semblait qu'un parfait étranger avait pris possession de son corps. Ces deux visions contradictoires se succédaient si vite qu'elles coexistaient parfois. Juste avant de la rejoindre, il avait échangé quelques mots avec Nadia et Art, et elle avait cru voir un inconnu, un vieillard dégingandé au regard perçant, qui s'exprimait par la voix de Sax, avec les mêmes idiomes, la même expression. Maintenant qu'il était assis à côté d'elle, elle voyait bien que son visage n'avait subi que des changements superficiels. Et pourtant, il avait beau lui paraître familier, l'étranger était maintenant en lui — car il y avait là un homme qui parlait sur un rythme saccadé, cahotique, et ce qu'il avait à dire, lorsqu'il y arrivait enfin, manquait souvent de cohérence.

— L'ascenseur est un... un système... de levage. Un... *un outil* !

— Pas si nous ne pouvons le contrôler, répondit Ann en articulant comme si elle faisait la leçon à un enfant.

— Contrôler... répéta Sax, puis il rumina l'idée, à croire qu'elle était nouvelle pour lui. Influence ? S'il suffit de le vouloir pour abattre l'ascenseur, alors n'importe qui...

Il laissa sa phrase en suspens et se perdit dans ses pensées.

— Alors quoi ? relança Ann.

— Alors n'importe qui peut le contrôler. Existence consensuelle. C'est évident ?

On aurait dit qu'il traduisait une langue étrangère. Ce n'était pas Sax. Ann ne put s'empêcher de secouer la tête et tenta doucement de lui expliquer. L'ascenseur était le vecteur des métanationales vers Mars. Il était entre les mains des métanats, et les révolutionnaires n'avaient aucun moyen d'en chasser leurs forces de police. C'était clair : la seule chose à faire, compte tenu des circonstances, était de le détruire. Avertir les gens, leur donner des instructions, et passer aux actes.

— Les pertes en vies humaines seraient minimes, et quand bien même, elles seraient à mettre sur le compte des gens assez stupides pour rester sur le câble ou à l'équateur.

Malheureusement, ces paroles parvinrent aux oreilles de Nadia, au milieu de la salle, et elle secoua la tête si violemment que ses courtes boucles grises voltigèrent comme une perruque de clown. Elle en voulait toujours à Ann pour Burroughs, sans raison, aussi est-ce d'un œil noir qu'Ann la vit approcher.

— Nous avons besoin de l'ascenseur, dit-elle sèchement. C'est notre moyen d'accès à la Terre autant que leur moyen d'accès à Mars.

— Mais nous n'avons aucun besoin d'accéder à la Terre, objecta Ann. En ce qui nous concerne, ce n'est pas une relation physique. Tu le vois bien, non ? Je n'ai jamais dit que nous devions renoncer à exercer une influence sur la Terre, je ne suis pas une isolationniste comme Kasei ou Coyote. Nous devons essayer de les influencer, je suis d'accord. Mais ce n'est pas un problème matériel, tu ne comprends pas ça ? C'est une question d'idées, de langage, d'émissaires peut-être. Une question d'échange d'informations. Enfin, à condition que tout aille bien. C'est quand ça devient un problème matériel, d'échange de ressources, d'émigration de masse ou de contrôle policier, que l'ascenseur est utile, et même nécessaire. Le détruire, c'est dire : « Nous traiterons avec vous selon nos termes à nous, et non les vôtres. »

C'était tellement évident. Mais Nadia secoua la tête, sans qu'Ann pût imaginer à quoi elle pensait.

Sax s'éclaircit la gorge et dit, du ton sur lequel on récite la table des éléments périodiques auquel ils étaient habitués :

— Si on peut l'abattre, alors, c'est comme si c'était fait.

Le vieux hibou clignait des yeux, tel un fantôme qui se serait soudain matérialisé à ses côtés, la voix du terraforming, l'ennemi qu'elle avait perdu de temps en temps — Saxifrage Russell en personne, égal à lui-même. Et que pouvait-elle faire sinon lui renvoyer les arguments qu'elle lui avait toujours opposés, en pure perte, consciente, au moment même où elle les prononçait, de leur inanité, et pourtant incapable de se retenir.

— Les gens agissent en fonction des faits, Sax. Les patrons des métanats, les Nations Unies, les gouvernements vont lever le nez, voir ce qui se passe et agir en conséquence. S'il n'y a plus de câble, ils n'auront tout simplement plus le temps ou les moyens de s'occuper de nous pendant un moment. Si le câble est encore là, alors ils voudront venir. Ils se diront que c'est possible. Et il y aura des gens pour clamer haut et fort qu'il faut essayer.

— Rien ne les empêchera de venir. Le câble permet seulement d'économiser de l'énergie.

— C'est cette économie qui autorise les transferts de masse.

Mais Sax était déjà ailleurs ; il était redevenu un étranger. Personne ne s'intéressait longtemps à elle. Nadia avait déjà embrayé sur d'autres sujets : le contrôle de l'orbite, l'instauration de sauf-conduits et ainsi de suite.

Sax l'étranger interrompit Nadia, qu'il n'avait d'ailleurs pas entendue :

— Nous avons promis... de les aider.

— En leur envoyant toujours plus de métaux ? coupa Ann. Est-ce vraiment indispensable ?

— Nous pourrions prendre... des gens. Ça pourrait servir à quelque chose.

Ann secoua la tête.

— Nous ne pourrions jamais en prendre suffisamment.

Il fronça les sourcils. Voyant qu'ils ne l'écoutaient plus, Nadia regagna la table. Sax et Ann retombèrent dans le silence.

Ils ne pouvaient pas s'empêcher de se chamailler. Ils étaient sans concession, incapables du moindre compromis, et ça ne les menait nulle part. Les mots n'avaient plus le même sens pour eux. D'ailleurs, c'est tout juste s'ils se parlaient encore. Il n'en avait pas toujours été ainsi. Il y a très longtemps, ils parlaient la même langue et se comprenaient. Mais c'était si vieux qu'elle ne savait même plus à quand ça remontait. Dans l'Antarctique ? Quelque part. Mais pas sur Mars.

— Tu sais, reprit Sax sur le ton de la conversation (un ton qui ressemblait au Sax qu'elle ne connaissait pas, et d'une façon encore différente), ce n'est pas la milice rouge qui a obligé l'Autorité Transitoire à évacuer Burroughs et le reste de la planète. Si les guérilleros avaient été seuls en jeu à ce moment-là, les Terriens se seraient retournés contre nous et ils auraient bien pu en sortir victorieux. Mais ces manifestations sous les tentes ont démontré qu'ils s'étaient mis à peu près tout le monde à dos sur la planète. C'est ce que les gouvernements redoutent le plus : les mouvements de masse. Des centaines de milliers de gens défilant dans les rues pour rejeter le système. C'est à ça que pense Nirgal quand il dit que le pouvoir politique naît du regard des gens et non du canon des fusils.

— Et alors ? renvoya Ann.

Sax balaya d'un geste les gens qui débattaient toujours dans l'entrepôt.

— Ils sont tous Verts, répondit-il en la regardant comme un oiseau.

Ann se leva, quitta la réunion et sortit dans les rues étrangement calmes de Pavonis Est. Des groupes de miliciens montaient la garde, surveillant plus particulièrement la direction du sud, de Sheffield et du terminal du câble. De jeunes indigènes heureux et pleins d'espoir. A un coin de rue, un groupe était engagé dans une discussion animée. Au moment où Ann passait devant eux, une jeune femme, le visage embrasé, s'écria avec exaltation : « On ne peut pas toujours faire ce qu'on veut ! »

Ann s'éloigna, plus mal à l'aise à chaque pas, sans trop savoir pourquoi. C'est comme ça que les gens changent, par petits sauts quantiques, quand ils sont frappés par des événements extérieurs — sans but, sans motif. Quelqu'un dit : « Le regard des gens », la phrase rencontre soudain une image, une figure passionnée, puis une autre phrase : « On ne peut pas toujours faire ce qu'on veut ! » Et voilà comment elle s'était rendu compte (oh, le regard de cette jeune femme !) qu'ils ne débattaient pas seulement du destin du câble. La question n'était pas simplement : « Faut-il couper le câble ? », mais : « Comment décidons-nous des choses ? » C'était la question critique, postrévolutionnaire, peut-être plus cruciale que n'importe quel problème isolé, le sort du câble y compris. Jusque-là, dans l'underground, la plupart des gens agissaient en fonction du principe : « Si nous ne sommes pas d'accord avec vous, nous vous combattrons. » C'est avant tout cette attitude qui avait attiré les gens dans la clandestinité, Ann la première. Et une fois qu'on y avait pris goût, il était difficile d'y renoncer. Dans le fond, ils venaient de prouver que ça marchait. Et il était tentant de continuer dans la même voie ; c'est un peu ce qu'elle ressentait elle-même.

Mais le pouvoir politique... Dire qu'il naissait du regard des gens... On pouvait toujours se battre, mais si les gens ne vous suivaient pas...

Ann y réfléchissait encore tout en regagnant Sheffield. Elle avait décidé de couper court à la comédie de la réunion de l'après-midi à Pavonis Est. Elle voulait jeter un coup d'œil là où ça se passait.

Elle s'étonna de voir combien la vie quotidienne semblait avoir peu changé pour les gens dans la plus peuplée des villes sous tente. Ils allaient toujours au travail, mangeaient au restaurant, bavardaient assis sur les pelouses des parcs, se réunissaient dans les lieux publics. Les boutiques, les restaurants étaient pleins. La plupart des affaires de Sheffield appartenaient aux métanats, et les gens lisaient sur les écrans d'interminables éditoriaux sur ce qu'il leur fallait faire, sur ce qu'allaient devenir les nouvelles relations entre les employés et leurs anciens propriétaires, les endroits où ils devraient acheter leurs matières premières ou vendre leurs produits, à quels règlements ils devraient obéir, quelles taxes ils devraient payer. Tout ça était très compliqué, comme le montraient les débats aux infos du soir sur les écrans et les réseaux de poignet.

Au marché des denrées alimentaires dressé sur la plaza, néanmoins, la situation était plus calme. La nourriture était déjà pour l'essentiel cultivée et distribuée par les coops. Les réseaux agricoles n'étaient pas touchés, les serres de Pavonis continuaient à produire, et les choses se passaient plus ou moins comme d'habitude ; les marchandises se réglaient avec des dollars ATONU ou des crédits. A deux reprises seulement, Ann vit des vendeurs au ventre ceint d'un tablier avoir une prise de bec avec leurs clients sur un point ou un autre de politique gouvernementale. Alors qu'Ann prêtait l'oreille à une de ces discussions, d'ailleurs étrangement semblable à celles qui opposaient les chefs de Pavonis Est, les protagonistes s'arrêtèrent net et la regardèrent. On l'avait reconnue. Le marchand de légumes dit tout haut :

— Si vous les Rouges leur fichiez un peu la paix, ils débarrasseraient le plancher !

— Ça va, lança quelqu'un. Ce n'est pas sa faute.

C'est bien vrai, se dit Ann en s'éloignant.

Un groupe de personnes attendaient le tram. Les transports publics circulaient toujours, parés pour l'autonomie. La tente elle-même fonctionnait, ce qui n'allait pas de soi, même si manifestement tout le monde pensait que c'était automatique. Mais les opérateurs de tentes savaient ce qu'ils avaient à faire. Ils extrayaient leurs matières premières eux-mêmes, essentiellement à partir de l'air. Les capteurs solaires et les réacteurs nucléaires leur fournissaient toute l'énergie dont ils avaient besoin. Les tentes étaient matériellement fragiles, mais si on les laissait tranquilles, elles pourraient très bien devenir politiquement autonomes. Rien ne justifiait qu'on les possède, qu'elles soient détenues par qui que ce soit.

Les nécessités vitales étaient donc satisfaites. La vie continuait, à peine perturbée par la révolution.

Telle était du moins la première impression qu'on avait en passant. Mais, dans la ville, il y avait aussi des groupes armés, de jeunes indigènes plantés au coin des rues par trois, quatre ou cinq, des milices révolutionnaires entourant des lance-missiles et des systèmes de détection à distance. Rouges ou Verts, quelle importance ? Mais c'étaient très probablement des Verts. Les passants se contentaient de leur jeter un coup d'œil, ou s'arrêtaient pour discuter et leur demander ce qu'ils faisaient. Nous surveillons le Socle, répondaient-ils. Pourtant, Ann voyait bien qu'ils faisaient aussi la police. Une partie du décor, acceptée, supportée. Les gens les regardaient bavarder en souriant. C'était leur police, des Martiens comme eux, ils étaient là pour les protéger, pour assurer le maintien de l'ordre dans Sheffield. Les gens voulaient qu'ils restent, c'était évident. Dans le cas contraire, tout individu qui se serait approché aurait constitué une menace, tout regard réprobateur aurait été ressenti comme une agression ; ce qui aurait fini par les obliger à choisir des coins plus tranquilles. Les yeux des gens, leur regard collectif, voilà ce qui menait le monde.

Ann passa les jours suivants à ruminer. En particulier après avoir pris un train qui faisait le tour du cratère dans le sens contraire des aiguilles d'une montre, vers le nord. Kasei, Dao et le Kakaze occupaient des appartements dans la petite cité sous tente de Lastflow. Apparemment, ils avaient délogé par la force des résidents non combattants qui l'avaient très mal pris, avaient naturellement rallié Sheffield, exigé d'être rétablis dans leur foyer, et raconté à Peter et aux autres chefs verts que les Rouges avaient positionné des lance-missiles tractés par des camions sur la lèvre nord du cratère, les engins étant braqués sur Sheffield et, plus précisément, sur l'ascenseur.

C'est ainsi qu'Ann entra dans la petite gare de Lastflow de fort méchante humeur, furieuse de l'arrogance des gens du Kakaze, aussi stupide à sa façon que celle des Verts. Ils avaient bien joué pendant la campagne de Burroughs, saisissant ostensiblement la digue en guise d'avertissement public, puis prenant sur eux de la faire sauter après que toutes les autres factions révolutionnaires se furent rassemblées sur les hauteurs, au sud, prêtes à venir au secours de la population civile pendant que les forces de sécurité des métanats battaient en retraite. Les Kakaze avaient vu ce qu'il fallait faire et avaient agi dans ce sens, faisant l'économie d'un débat dans lequel ils se seraient enlisés. Sans leur résolution, tout le monde serait encore massé autour de Burroughs, et les métanats auraient sans aucun doute organisé un corps expéditionnaire terrien pour faire sauter le blocus. Le coup avait été mené de main de maître.

Mais il semblait maintenant que le succès leur était monté à la tête.

Lastflow portait le nom de la dépression qu'elle occupait, une coulée de lave en forme d'éventail qui dévalait le flanc nord-est de la montagne sur plus de cent kilomètres. C'était la seule imperfection sur ce qui était, en dehors de ça, un cône, un sommet et une caldeira parfaitement circulaires. Elle avait de toute évidence vu le jour très tard dans l'histoire éruptive du volcan. Du fond de la dépression, on ne voyait plus le sommet et on aurait aussi bien pu se croire dans une vallée de faible profondeur, avec une visibilité très réduite dans toutes les directions, jusqu'à ce qu'on s'avance à la limite du bord. On voyait alors l'immense cylindre de la caldeira qui plongeait verticalement dans le cœur de la planète et, du côté opposé, la ligne de crête de Sheffield, pareille à un petit Manhattan à une quarantaine de kilomètres de là.

L'absence de perspective expliquait peut-être que la dépression ait été l'un des derniers secteurs de la lèvre du volcan à avoir été mis en valeur. Il était à présent couvert par une tente de belle taille, de six kilomètres de diamètre et d'une centaine de mètres de hauteur, solidement renforcée comme il se devait à cet endroit. La colonie était surtout peuplée par des gens employés dans les multiples industries du cratère. Mais le quartier situé juste au bord était maintenant occupé par les militants du Kakaze et derrière la tente était garée une flotte de gros véhicules, sans doute ceux qui avaient déclenché les rumeurs sur les lance-missiles.

Tout en emmenant Ann au restaurant dont Kasei avait fait son quartier général, ses guides lui confirmèrent que c'était de cela qu'il s'agissait : les patrouilleurs étaient munis de lance-missiles et ils étaient prêts à rayer de la carte de Mars le dernier bastion de l'ATONU. Manifestement, cela les rendait heureux, tout comme ils étaient heureux de la voir, de pouvoir lui faire visiter leurs installations et de lui raconter tout ça. Ils formaient un groupe hétérogène — surtout des indigènes, mais aussi d'anciens et de nouveaux immigrants de toutes les origines ethniques. Parmi eux, Ann reconnut quelques visages : Etsu Okakura, al-Khan, Yussuf. De jeunes indigènes qu'elle ne connaissait pas les arrêtèrent à la porte du restaurant pour lui serrer la main avec de grands sourires enthousiastes qui découvraient des canines de pierre sombre. Le Kakaze... Force lui était de reconnaître que c'était l'aile des Rouges pour laquelle elle avait le moins de sympathie. D'ex-Terriens en colère, ou de jeunes indigènes nés sous les tentes, aux yeux brillants à l'idée de la chance qu'ils avaient de la rencontrer, de lui parler du *kami*, de la nécessité de pureté, de la valeur intrinsèque de la pierre, des droits de la planète et tout ce qui s'ensuit. En bref, des fanatiques. Elle leur serra la main avec force hochements de tête, en essayant de masquer son embarras.

Dans le restaurant, Kasei et Dao buvaient de la bière noire, assis le long de la vitre. Quand Ann fit son entrée, les gestes se figèrent et il fallut un moment pour que les gens se présentent, pour que Kasei et Dao l'accueillent avec de grandes accolades, que les repas et les conversations reprennent. Ils lui firent apporter quelque chose de la cuisine. Les employés du restaurant vinrent la saluer ; ils étaient aussi du Kakaze. Ann attendit avec impatience, un peu gênée, qu'ils retournent à leur tâche et que chacun regagne sa table. Ils étaient ses enfants spirituels, disaient toujours les médias, elle était la première Rouge. Mais, en vérité, ils la mettaient très mal à l'aise.

Kasei, tout aussi exalté qu'au commencement de la révolution, annonça :

— Nous allons abattre le câble d'ici à peu près une semaine.

— Ah bon ! fit Ann. Et pourquoi attendre si longtemps ?

Son sarcasme échappa à Dao.

— Il faut le temps de prévenir les gens, répondit-il. Pour qu'ils aient le temps d'évacuer l'équateur.

Cet homme d'ordinaire sombre et taciturne était aujourd'hui aussi remonté que Kasei.

— Et ceux du câble aussi ?

— Si ça leur dit. Mais même s'ils l'évacuaient et nous le rendaient, nous le ferions tomber.

— Comment comptez-vous vous y prendre ? Vous avez vraiment des lance-missiles, là-bas ?

— Oui. Mais c'est juste pour le cas où ils descendraient et tenteraient de reprendre Sheffield. Le câble, ce n'est pas à la base qu'il faut le couper.

— Les fusées de guidage pourraient remédier à la rupture au pied, expliqua Kasei. Difficile de dire ce qui se passerait au juste. Mais en le sectionnant juste au-dessus du point aréosynchrone, nous comptons réduire au minimum les dégâts à l'équateur et empêcher New Clarke de s'envoler aussi vite que la première fois. Nous voulons minimiser l'aspect dramatique de l'événement afin d'éviter les martyrs dans la mesure du possible. Juste démolir les installations, vous comprenez. Comme n'importe quel bâtiment désaffecté.

— Oui, répondit Ann, à la fois soulagée par cette manifestation de bon sens et décontenancée de voir ses idées exprimées par quelqu'un d'autre, puis elle mit le doigt sur son principal sujet d'inquiétude : Et les autres, les Verts ? Que se passera-t-il s'ils ne sont pas d'accord ?

— Ils seront d'accord, coupa Dao.

— Ils ne voudront jamais ! objecta sèchement Ann.

Dao secoua la tête.

— J'ai parlé avec Jackie. Il se pourrait que certains Verts y soient vraiment opposés, mais son groupe dit ça pour la galerie, de façon à se donner une image modérée vis-à-vis de la Terre et à mettre les idées dangereuses sur le dos de radicaux incontrôlés.

— Sur notre dos, précisa Ann.

Ils hochèrent la tête avec ensemble.

— Comme pour Burroughs, acquiesça Kasei avec un sourire.

Ann réfléchit. C'était vrai, il n'y avait pas de doute.

— Et si certains d'entre eux sont vraiment contre ? J'en ai parlé avec quelques-uns et ce n'était pas de la propagande. Ils étaient sincères.

— Hum, hum, fit lentement Kasei.

Ils la regardaient fixement, Dao et lui.

— Vous le ferez quand même, dit-elle enfin.

Ils la dévisageaient toujours. Elle comprit soudain qu'ils ne lui obéiraient pas plus que des gamins à une grand-mère sénile. Ils se moquaient pas mal de ce qu'elle pouvait bien raconter. Ils se demandaient juste comment l'utiliser au mieux.

— Il le faut, reprit Kasei. C'est dans l'intérêt de Mars. Pas seulement des Rouges ; dans notre intérêt à tous. Nous avons besoin de prendre du recul par rapport à la Terre, et la gravité rétablit bien cette distance. Sans elle, nous serons tous engloutis dans le maelström.

C'était l'argument d'Ann, c'était exactement ce qu'elle avait dit à la réunion, à Pavonis Est.

— Et s'ils tentent de vous en empêcher ?

— Je doute qu'ils en aient les moyens, répondit Kasei.

— Et s'ils essaient quand même ?

Les deux hommes échangèrent un regard. Dao haussa les épaules.

Et voilà, se dit Ann en les observant. Ils sont prêts à déclencher une guerre civile.

Les gens gravissaient toujours les pentes de Pavonis, s'entassaient au sommet, affluant à Sheffield, à Pavonis Est, à Lastflow et dans les autres tentes du tour du cratère. Parmi les nouveaux arrivants se trouvaient Michel, Spencer, Vlad, Marina et Ursula, Mikhail et toute une brigade de bogdanovistes, Coyote tout seul, un groupe de Praxis, un train complet de Suisses, des caravanes de patrouilleurs pleins d'Arabes, soufis et autres, et des indigènes venus de toutes les villes et colonies martiennes. Personne ne voulait rater la finale. Sur toute la planète, les indigènes avaient affirmé leur contrôle ; des équipes locales faisaient marcher les usines énergétiques, en coopération avec Séparation de l'Atmosphère. Il y avait bien quelques petites poches de résistance métanat, évidemment, et quelques Kakaze qui réduisaient systématiquement à néant les projets de terraforming. Mais il était clair qu'une partie importante de la suite du programme allait se jouer à Pavonis : soit la dernière manche de la révolution, ou, comme Ann commençait à le craindre, les prémices d'une guerre civile. A moins que ce ne soit les deux. Ce ne serait pas la première fois.

Elle allait donc aux réunions, dormait mal la nuit, d'un sommeil agité, et somnolait entre deux séances. Les meetings se brouillaient dans son esprit : que des chicanes, et aucun intérêt. Elle commençait à être fatiguée, et ces nuits passées à dormir en pointillé n'arrangeaient pas les choses. Elle avait tout de même près de cent cinquante ans, maintenant. Elle n'avait pas suivi le traitement gérontologique depuis vingt-cinq ans ; elle se sentait usée et elle n'arrivait pas à reprendre le dessus. Aussi regardait-elle avec une indifférence croissante tous ces gens s'étriper sans pour autant régler les problèmes. La Terre était toujours plongée dans le plus grand désarroi. L'inondation provoquée par la fonte des glaces de l'Antarctique avait bien joué le rôle de déclencheur que le général Sax attendait. Lequel Sax n'éprouvait aucun remords à l'idée de profiter des malheurs de la Terre, Ann le voyait bien. Pas une pensée pour les innombrables morts que l'inondation avait provoquées là-bas. Elle lisait en lui à livre ouvert : à quoi bon se morfondre pour ça ? L'inondation était un accident, une catastrophe géologique du même acabit qu'une ère glaciaire ou la chute d'un météore. Même si on en retirait un avantage personnel, il n'y avait pas de quoi culpabiliser. C'était une perte de temps. Mieux valait tirer tout le parti possible du chaos et du désordre, et ne pas s'en faire. C'était ce qu'elle lisait sur le visage de Sax alors qu'ils discutaient de la conduite à adopter vis-à-vis de la Terre. Envoyons une délégation, suggéra-t-il. Une mission diplomatique, quelque chose de palpable, quelque chose qui rapproche. Incohérent en apparence, mais elle le connaissait comme si elle l'avait fait, son vieil ennemi ! Et Sax — le vieux Sax, du moins — était tout ce qu'il y a de plus rationnel, donc prévisible. Plus facile à percer que les jeunes fanatiques du Kakaze, quand elle y réfléchissait.

Mais on ne pouvait le rencontrer que sur son propre terrain, lui parler avec ses termes à lui. Alors elle s'asseyait en face de lui, dans les réunions, et elle essayait de se concentrer, même quand sa cervelle semblait se fossiliser, se pétrifier. Les arguments tournaient en rond : que faire sur Pavonis ? Pavonis Mons, la montagne du Paon. Qui monterait sur le trône du Paon ? Il y avait des shahs potentiels partout : Peter, Nirgal, Jackie, Zeyk, Kasei, Maya, Nadia, Mikhail, Ariadne, Hiroko l'invisible...

Quelqu'un suggéra qu'ils reprennent les canevas de la conférence de Dorsa Brevia. C'était bien joli, mais sans Hiroko, ils n'avaient plus de pivot moral. C'était, de toute l'histoire martienne, la seule personne en dehors de John Boone que tout le monde respectait. Mais Hiroko et John avaient disparu, de même qu'Arkady et Frank, qui lui aurait été bien utile, à présent, s'il avait pris son parti, ce qu'il n'aurait pas fait. Ils s'en étaient tous allés, les laissant en proie à l'anarchie. C'était drôle qu'autour de cette table pleine de monde les absents soient plus visibles que les présents. Hiroko, par exemple ; les gens prononçaient souvent son nom. Elle était là, quelque part, dans un coin perdu, ça ne faisait aucun doute ; elle les avait abandonnés, comme d'habitude, au moment où ils avaient le plus besoin d'elle. Les chassant du nid en leur pissant dessus.

C'était drôle aussi de voir que Kasei, le fils de John et d'Hiroko, le seul enfant de leurs héros disparus, était le plus radical des leaders représentés ici. Un homme inquiétant même s'il était de son côté. Il était assis là, secouant sa tête grise à ce que disait Art, les lèvres retroussées par un petit sourire. Il ne ressemblait pas du tout ni à John ni à Hiroko — enfin, il avait un peu de l'arrogance d'Hiroko, un peu de la simplicité de John. Le plus mauvais des deux côtés. Et pourtant, il incarnait une forme de pouvoir ; il agissait à sa guise et quantité de gens le suivaient. Mais il n'était pas comme ses parents.

Et Peter, assis deux sièges plus loin, qui n'était ni comme elle ni comme Simon. On se demandait parfois à quoi rimaient les liens du sang. A rien, manifestement. Et pourtant, ça lui crevait le cœur d'entendre Peter parler, contredire Kasei et réfuter tous les arguments des Rouges, établir le dossier d'accusation d'une sorte de collaborationnisme interplanétaire sans jamais, au cours d'aucune de ces réunions, s'adresser à elle ou seulement croiser son regard. Peut-être faisait-il ça par une sorte de courtoisie — je ne veux pas discuter avec toi en public. Mais ça ressemblait à un affront — je ne discute pas avec toi parce que tu comptes pour du beurre.

Il prônait la préservation du câble et approuvait Art au sujet du document de Dorsa Brevia, évidemment, étant donné la majorité verte qui prévalait alors, et encore maintenant, d'ailleurs. Utiliser Dorsa Brevia comme guide revenait à assurer le maintien du câble. Et la présence de l'ATONU. A vrai dire, certains autour de Peter parlaient de « semi-autonomie » par rapport à la Terre et non plus d'indépendance, et Peter les suivait sur ce terrain. Elle en était malade. Et tout ça sans la regarder. Il lui rappelait un peu Simon, pour ça. Une sorte de silence. Ça la mettait en rage.

— Je ne vois pas l'intérêt de faire des projets à long terme tant que nous n'aurons pas résolu le problème du câble, dit-elle, lui coupant la parole et s'attirant un regard noir, comme si elle avait rompu un accord tacite.

Mais il n'y avait pas eu d'accord, et pourquoi ne s'affronteraient-ils pas, puisqu'il n'y avait plus de vraie relation entre eux, rien que de la biologie ?

Art répliqua que l'ONU se disait prête à accorder la semi-autonomie à Mars, tant que Mars resterait en « contact étroit » avec la Terre et lui apporterait une aide active durant cette période de crise. Nadia dit qu'elle était en communication avec Derek Hastings, qui était sur New Clarke. Il est vrai qu'Hastings avait abandonné Burroughs en renonçant au bain de sang, et elle affirmait qu'il était prêt au compromis. Ce qui était sûr, c'est qu'il ne se préparait pas une retraite facile, dans un agréable lieu de villégiature, car en dépit de toutes les actions d'urgence, la Terre était maintenant la proie de la famine, des épidémies et du pillage. Tout compte fait, c'était la rupture du pacte social, qui était si fragile. Ça pouvait arriver ici aussi ; elle devait se souvenir de cette fragilité quand elle s'énervait, comme en ce moment, au point de se mordre la langue pour ne pas dire à Kasei et Dao de cesser ces palabres une fois pour toutes et de tirer. Si elle faisait ça, c'est très probablement ce qui arriverait. En parcourant du regard les visages angoissés, furieux, malheureux qui entouraient la table, elle fut tout à coup envahie par le sentiment étrange de son propre pouvoir. Elle pouvait faire pencher les plateaux de la balance ; elle pouvait renverser la table.

Les intervenants disposaient de cinq minutes chacun pour exposer leur point de vue. Ann n'aurait pas cru qu'il y en aurait autant pour demander la suppression du câble, et pas seulement des Rouges, des représentants de cultures ou de mouvements qui se sentaient surtout menacés par l'ordre métanat ou par l'émigration de masse en provenance de la Terre : les Bédouins, les Polynésiens, les gens de Dorsa Brevia, certains des indigènes les plus futés. Et pourtant, ils étaient minoritaires. Pas de beaucoup, mais minoritaires quand même. L'isolationnisme contre l'interactivité ; encore une ligne de fracture à ajouter à toutes celles qui déchiraient le mouvement d'indépendance martienne.

Jackie Boone se leva et plaida pendant un quart d'heure pour le maintien du câble, menaçant tous ceux qui voulaient sa disparition d'expulsion de la société martienne. C'était un numéro lamentable, mais populaire, et après cela, Peter parla dans le même sens, d'une façon juste un tout petit peu plus subtile. Ann était tellement furieuse qu'aussitôt après qu'il se fut rassis elle se leva afin de faire valoir ses arguments en faveur de la suppression du câble. Ce qui lui valut un autre regard incendiaire de Peter, mais c'est à peine si elle s'en rendit compte. En proie à une colère aveugle, elle parla, oubliant le délai des cinq minutes. Personne ne tenta de lui couper la parole, et elle poursuivit, sans savoir ce qu'elle allait dire, oubliant ce qu'elle venait de dire. Peut-être son subconscient avait-il minutieusement organisé sa plaidoirie — c'était à espérer —, en tout cas, pendant que les mots sortaient de sa bouche, une partie d'elle-même pensait qu'elle se contentait peut-être de bredouiller ou de répéter le mot *Mars*, *Mars*, *Mars*, et que l'auditoire se moquait d'elle ; ou bien qu'il la comprenait dans un moment de grâce miraculeuse, de glossolalie, des flammes invisibles jaillissant de leur tête comme des coiffes de joyaux — et, de fait, leurs cheveux faisaient à Ann l'effet de copeaux de métal, les crânes chauves des vieillards lui semblaient être des blocs de jade dans lesquels toutes les langues vivantes et mortes auraient été comprises sans distinction. L'espace d'un moment, ils lui parurent tous pris ensemble, avec elle, dans une épiphanie de Mars la Rouge, libérés de la Terre, vivant sur la planète primitive qui avait été et pourrait être encore.

Elle se rassit. Cette fois, ce ne fut pas Sax qui se leva pour la contrer, comme il l'avait si souvent fait. En fait, il la regardait en louchant de concentration, la bouche entrouverte dans une expression stupéfaite qu'elle eût été bien en peine d'interpréter. Ils se regardèrent un instant, les yeux dans les yeux ; mais ce qu'il pouvait bien penser, elle n'en avait pas idée. Elle savait seulement qu'elle avait enfin réussi à attirer son attention.

C'est Nadia qui révoqua tous ses arguments, Nadia sa sœur, qui argumenta lentement, calmement, en faveur de l'interaction avec la Terre et de leur intervention dans la situation terrienne. Elle parla de la nécessité de compromis, d'engagement, d'influence, de transformation. C'était profondément contradictoire, se dit Ann. Parce qu'ils étaient faibles, Nadia disait qu'ils ne pouvaient pas se permettre d'agresser, et qu'ils devaient donc changer toute la réalité sociale de la Terre.

— Mais comment ? s'écria Ann. Quand on n'a pas de point d'appui, on ne peut pas soulever le monde. Sans point d'appui, pas de levier, pas de force...

— Il ne s'agit pas seulement de la Terre, répondit Nadia. Il y aura d'autres colonies dans le système solaire : Mercure, la Lune, les grandes lunes extérieures, les astéroïdes. Nous devons en faire partie. En tant que colonie originale, nous sommes le chef naturel. Un puits gravitique sans pont pour le franchir ne serait qu'un obstacle à tout ça — une réduction de notre marge de manœuvre, de notre pouvoir.

— Tu parles d'un progrès ! répliqua amèrement Ann. Songe un peu à ce qu'Arkady aurait répondu à ça. Ecoute ! Nous tenons enfin l'occasion de bâtir quelque chose de différent. C'était tout le problème. Nous avons encore cette possibilité. Tout ce qui a une chance d'augmenter la zone dans laquelle nous pourrons créer une nouvelle société est une bonne chose. Tout ce qui risque de réduire notre espace vital, une mauvaise. Pense à ça !

Peut-être y pensaient-ils. Mais ça ne changeait rien. Toutes sortes d'éléments sur Terre exposaient leurs arguments en faveur du câble — des arguments, des menaces, des traités. Ils avaient besoin d'aide, là-bas. De toute l'aide qu'on pouvait leur apporter. Art Randolph défendait énergiquement le maintien du câble pour le compte de Praxis, qui faisait à Ann l'impression d'être en passe de devenir la prochaine autorité transitoire, le métanationalisme dans sa dernière manifestation ou son dernier avatar.

Les indigènes étaient peu à peu conquis par eux, intrigués par la perspective de « conquérir la Terre », inconscients de l'impossibilité de la tâche, incapables d'imaginer l'immensité et l'immobilisme de la Terre. On pouvait leur en parler encore et sans cesse, ils ne pourraient jamais s'en faire une idée.

Puis vint le moment de voter, pour la forme. Il fut décidé que ce serait un vote par représentation, une voix pour chacun des groupes signataires du document de Dorsa Brevia, une voix aussi pour tous les groupes concernés qui avaient vu le jour depuis — les nouvelles colonies dans l'outback, les nouveaux partis politiques, les associations, les laboratoires, les compagnies, les groupes de guérilla, les groupuscules rouges. Une âme naïve et généreuse proposa une voix pour les Cent Premiers, et tout le monde éclata de rire à l'idée que les Cent Premiers puissent voter de la même façon sur quelque sujet que ce soit. L'âme généreuse, une jeune femme de Dorsa Brevia, suggéra alors que chacun des Cent Premiers ait une voix, mais ce fut refusé comme risquant de mettre en péril l'emprise fragile qu'ils avaient sur le gouvernement représentatif. Ça n'aurait rien changé, de toute façon.

C'est ainsi qu'il fut décidé de laisser l'ascenseur spatial où il était pour le moment, c'est-à-dire aux mains de l'ATONU, et le Socle avec. C'était comme si le roi Canute avait décrété que la marée était légale, en fin de compte, mais ça ne fit rire personne, sauf Ann. Les autres Rouges étaient furieux. La propriété du Socle faisait toujours l'objet de vives contestations, protesta hautement Dao, les quartiers limitrophes étaient vulnérables et pouvaient être pris, il n'y avait pas de raison de battre en retraite comme ça, ils se contentaient de balayer le problème sous le tapis parce qu'il était ardu, et ainsi de suite. Mais la majorité s'était déclarée en faveur du câble. Il resterait.

Ann fut prise de l'envie, toujours la même, de ficher le camp. Les tentes et les trains, les gens, le faux air de petit Manhattan de Sheffield contre la lèvre sud du cratère, le sommet de basalte déchiqueté, aplati et pavé... Une piste faisait tout le tour du cratère, mais le côté ouest de la caldeira était pratiquement inhabité. Ann prit l'un des plus petits patrouilleurs des Rouges et fit le tour du cratère dans le sens trigonométrique, juste à l'intérieur de la piste, jusqu'à ce qu'elle arrive à une petite station météo. Elle gara le patrouilleur, franchit le sas et sortit, toute raide dans un walker qui ressemblait beaucoup à ceux dans lesquels ils effectuaient leurs sorties au cours des premières années.

Elle était à un ou deux kilomètres de la cheminée. Elle marcha lentement vers l'est et le bord du cratère. Elle dut trébucher une ou deux fois avant de commencer à faire attention. La vieille lave, sur l'étendue plate de la large lèvre, était lisse et noire à certains endroits, plus claire et plus accidentée à d'autres. Le temps qu'elle arrive au bord, elle avait retrouvé le trot martien. Elle effectuait une sorte de ballet qu'elle pouvait soutenir toute la journée, en osmose avec toutes les bosses, toutes les fissures qui se présentaient sous ses pieds. Et c'était une bonne chose, parce que, près du bord, le sol s'effondrait en une série de marches étroites, incurvées, certaines d'un pied de haut, d'autres plus hautes qu'elle-même. Et cette impression toujours plus forte du vide au-dessus d'elle, alors que le côté opposé de la caldeira et le reste du grand cercle devenaient visibles. Elle se retrouva sur la dernière marche, un banc large d'environ cinq mètres, pas plus, à la paroi arrière incurvée à hauteur d'épaule. En dessous d'elle plongeait le gouffre rond de Pavonis.

Cette caldeira était l'une des merveilles géologiques du système solaire, un trou de quarante-cinq kilomètres de large et de cinq bons kilomètres de profondeur, d'une régularité en tout point remarquable : un tube au fond plat, aux parois presque verticales, un cylindre parfait d'espace, découpé dans le volcan comme une carotte de forage. Aucune des trois autres grandes caldeiras n'approchait, même de loin, cette pureté de forme ; Ascraeus et Olympus étaient des palimpsestes compliqués d'anneaux qui se recoupaient ; la caldeira très large et peu profonde d'Arsia était vaguement circulaire, mais déchiquetée dans tous les sens. Seule Pavonis était un cylindre régulier ; un idéal platonique de caldeira volcanique.

Evidemment, du merveilleux point de vue qui était à présent le sien, la stratification horizontale des parois intérieures révélait beaucoup de détails irréguliers, de bandes couleur rouille ou chocolat, noires ou ambrées, indiquant des variations dans la composition des dépôts de lave. Par ailleurs, certaines bandes étaient plus dures que celles du dessus et du dessous, de sorte qu'un grand nombre de balcons arqués bordaient la paroi à différents niveaux — des bancs isolés, incurvés, perchés sur le côté de l'immense gorge rocheuse, qu'on n'avait presque jamais explorée. Et le sol si plat. La substance du réservoir magmatique du volcan, situé à 160 kilomètres environ sous la montagne, devait être d'une consistance inhabituelle pour retomber chaque fois au même endroit. Ann se demanda si on savait pourquoi, si le réservoir magmatique était plus jeune ou plus petit que celui des autres grands volcans, si la lave était plus homogène... Il était probable qu'on avait étudié le phénomène ; elle allait s'en assurer en consultant son bloc-poignet. Elle composa le code du *Journal d'études aréologiques*, tapota *Pavonis* : « Preuve d'activité volcanique strombolienne dans les roches clastiques de Tharsis ouest. » « Les crêtes radiales dans la caldeira et les grabens concentriques à l'extérieur de l'anneau de la lèvre suggèrent un affaissement tardif du sommet. » Elle venait justement de traverser quelques-uns de ces grabens. « Calcul du rejet des substances volatiles juvéniles dans l'atmosphère par datation radiométrique des mafics de Lastflow. »

Elle éteignit son bloc. Il y avait des années qu'elle ne se tenait plus au courant des dernières découvertes aréologiques. La simple lecture de ces données lui avait pris beaucoup plus de temps qu'autrefois. Et puis, bien sûr, l'aréologie avait été tellement compromise par les projets de terraforming... Les savants qui travaillaient pour les métanats, obnubilés par l'exploration et l'évaluation des ressources, avaient trouvé trace d'antiques océans, d'une atmosphère primitive, chaude et humide, peut-être même d'une ancienne vie. De leur côté, les chercheurs rouges radicaux les avaient mis en garde contre les possibilités de recrudescence d'activité sismique, de glissement de terrain, d'épuisement rapide des ressources, et même contre la disparition du dernier échantillon de surface placé dans ses conditions originelles. Les tensions politiques avaient biaisé presque tout ce qui avait été écrit sur Mars au cours des cent dernières années. Le *Journal* était, à sa connaissance, le seul à publier des articles qui se bornaient à la description de l'aréologie au sens strict du terme, se concentrant sur ce qui était arrivé au cours des cinq milliards d'années d'isolement. C'était l'unique publication qu'Ann lisait encore, ou du moins à laquelle elle jetait un coup d'œil, parcourant le sommaire, certains résumés et l'éditorial. Une ou deux fois, elle avait même envoyé une lettre concernant un point de détail, qu'ils avaient reproduite sans en faire toute une histoire. Le *Journal*, édité par l'université de Sabishii, était scruté à la loupe par des aréologistes ayant le même point de vue. Les articles étaient rigoureux, bien documentés, et échappaient à toute doctrine idéologique. C'était de la science simplement. Les éditoriaux du *Journal* défendaient ce qu'il fallait bien appeler une position rouge, mais très modérée, dans la mesure où ils prônaient la préservation du paysage primitif de sorte qu'on puisse mener des études sans avoir à régler des problèmes de contamination de masse. C'était la position d'Ann depuis le début, et c'était encore ainsi qu'elle se sentait le plus à l'aise. Elle n'avait évolué de cette attitude scientifique à l'activisme politique que poussée par les circonstances. On aurait pu en dire autant de beaucoup d'aréologistes qui soutenaient maintenant les Rouges. C'est là qu'étaient ses pareils, les gens qu'elle comprenait, ceux avec qui elle était en harmonie.

Mais ils n'étaient pas nombreux. Elle aurait presque pu les citer un par un. C'étaient plus ou moins les collaborateurs du *Journal*. Les autres Rouges, le Kakaze et les radicaux divers, défendaient plutôt une sorte de vision métaphysique. C'étaient des fanatiques religieux, l'équivalent des Verts d'Hiroko, des membres d'une secte d'adorateurs des pierres. Ann n'avait pas grand-chose en commun avec eux, si on s'en tenait à cet aspect-là. Le Rouge auquel ils adhéraient procédait d'une vision du monde totalement différente de la sienne.

Et quand on pensait que les Rouges étaient ainsi divisés en courants et en factions, que pouvait-on dire du mouvement d'indépendance martien en général ? Eh bien, il allait s'effondrer. C'était déjà en train de se produire.

Ann s'assit prudemment au bord de la dernière marche. La visibilité était parfaite. Une sorte de station s'élevait apparemment au fond de la caldeira, bien que, vu de cinq mille mètres de haut, ce soit difficile à affirmer. Même les ruines de la vieille Sheffield étaient à peine visibles — ah si, elles étaient là, sur le sol, sous la nouvelle ville, un petit tas de gravats avec des lignes droites et des surfaces planes. Ces éraflures verticales, à peine détectables au-dessus, avaient pu être causées par la chute de la ville, en 61, mais rien ne le prouvait, bien sûr.

Les villes sous tente qui entouraient le cratère ressemblaient à des inclusions de villages miniatures. Sheffield avec ses buildings, ses entrepôts plus bas de l'autre côté, à l'est. Lastflow, et les autres petites tentes tout le long du bord... Beaucoup s'étaient rejointes, formant une sorte de grande Sheffield, qui faisait presque tout le tour du cratère, de Lastflow jusqu'à l'autre côté, au sud-ouest, où les pistes suivaient le câble tombé sur l'immense pente de Tharsis Ouest vers Amazonis Planitia. Les villes et les stations de Pavonis seraient éternellement bâchées, parce qu'à vingt-sept kilomètres d'altitude l'air serait toujours dix fois moins dense qu'au contour zéro, ou au niveau de la mer — on pouvait maintenant dire ça. Ce qui signifiait que la pression à cette altitude n'était que de trente ou quarante millibars.

Des cités à jamais bâchées. Mais avec le câble (invisible de l'endroit où elle se trouvait) qui embrochait Sheffield, le développement se poursuivrait certainement jusqu'à ce que le tour de la caldeira ne soit plus qu'une ville sous tente, qui plongerait le regard dans ses profondeurs. Puis ils essaieraient sans doute de couvrir la caldeira elle-même et d'occuper le fond circulaire, afin d'ajouter mille cinq cents kilomètres carrés de surface à la ville, bien qu'on puisse se demander qui pourrait vouloir vivre au fond d'un trou pareil, au fond de cette taupinière, des parois de roche montant tout autour de soi comme si on était dans une sorte de cathédrale circulaire, à ciel ouvert... Enfin, il se trouverait peut-être des gens à qui ça plairait. Les bogdanovistes avaient vécu dans des trous de taupe pendant des années, après tout. Ils feraient pousser des forêts, construiraient des chalets de montagne, ou plutôt des villas pour millionnaires sur les crêtes arquées, ils tailleraient des escaliers dans les parois rocheuses, installeraient des ascenseurs de verre qui mettraient une journée à relier la base au sommet... des toits en terrasse, des balcons, des gratte-ciel montant vers la lèvre du volcan, des héliports sur leurs toits ronds et plats, des pistes, des autoroutes du ciel... Oh oui, tout le sommet de Pavonis Mons, la caldeira et le reste, serait un jour couvert par la grande cité du monde, qui grandissait, s'étendait toujours comme un champignon sur toutes les pierres du système solaire. Des milliards de gens, des trillions de gens, des quintillions de gens, tous aussi près de l'immortalité qu'il était possible de l'être...

Elle secoua la tête, profondément troublée. Les radicaux de Lastflow n'étaient pas son peuple ; pas vraiment. Mais, à moins qu'ils réussissent, le sommet de Pavonis et tous les autres endroits de Mars seraient engloutis dans la ville que serait un jour le monde. Elle essaya de se concentrer sur la vue, s'efforça de ressentir l'impression formidable produite par la formation symétrique, l'amour de la roche dure sous ses fesses. Ses pieds pendaient dans le vide. Elle frappa le basalte des talons. Elle aurait pu lancer un caillou ; il serait tombé cinq mille mètres plus bas. Mais elle ne pouvait pas se concentrer. Elle ne le sentait pas. Pétrifiée. Si engourdie, depuis si longtemps...

Elle renifla, s'ébroua, ramena ses pieds sur la marche de pierre. Et regagna son patrouilleur.

Elle rêva du glissement long. L'immense barrage mouvant avançait sur le fond de Melas Chasma, venait vers elle. Chaque détail se détachait avec une netteté irréelle. Une fois de plus, elle pensa à Simon, une fois de plus elle gémit et descendit de l'arête basse, faisant ce qu'il fallait, apaisant le mort qui était en elle, se sentant la mort dans l'âme. Le sol tremblait...

Elle se réveilla, par un effort de volonté crut-elle, courant, fuyant, mais une main la retint fermement par le bras.

— Ann, Ann, Ann !

C'était Nadia. Encore une surprise. Ann se redressa, désorientée.

— Où sommes-nous ?

— A Pavonis, Ann. La révolution. Je suis venue te réveiller parce que le combat a éclaté entre les Rouges de Kasei et les Verts de Sheffield.

Le présent lui tomba dessus comme le glissement de terrain de son rêve. Elle arracha son bras à la poigne de Nadia, tendit la main pour attraper sa chemise.

— J'avais oublié de verrouiller mon patrouilleur ?

— J'ai forcé la serrure.

— Ah !

Ann se leva, encore hébétée mais de plus en plus contrariée au fur et à mesure qu'elle prenait la mesure de la situation.

— Bon, que s'est-il passé ?

— Ils ont lancé des missiles sur le câble.

— Ils ont fait ça ! s'exclama-t-elle, le choc achevant de la réveiller. Et alors ?

— Ça n'a pas marché. Le système de défense du câble les a interceptés. Ils ont pas mal de matériel là-haut, maintenant, et ils devaient être ravis d'avoir l'occasion de s'en servir. Les Rouges entrent actuellement à Sheffield par l'ouest, sans cesser d'envoyer des missiles. Les forces de l'ONU basées sur Clarke bombardent les premiers sites de lancement d'Ascraeus et menacent de frapper les forces armées au sol sans distinction. Ils n'attendaient que ça. Les Rouges pensent manifestement s'en sortir comme à Burroughs. Ils essaient de les pousser à se battre. C'est pour ça que je suis venue te voir. Ecoute, Ann, je sais que nous nous sommes beaucoup opposées. Je n'ai pas été très... patiente, je le reconnais, mais cette fois, ça va trop loin. Ça risque de mal finir. Si l'ONU décide que la situation est devenue anarchique et envoie des forces de la Terre dans le but de reprendre la situation en main...

— Où sont-ils ? croassa Ann.

Elle enfila une culotte, alla aux toilettes, Nadia sur les talons. Encore une surprise. A Underhill, ç'aurait été normal, mais il y avait longtemps que Nadia ne l'avait pas suivie aux toilettes, parlant de façon obsessionnelle pendant qu'Ann se débarbouillait et urinait.

— Ils sont encore basés à Lastflow, mais ils ont coupé la piste qui fait le tour du volcan et celle qui mène au Caire. Ça se bagarre à Sheffield Ouest et autour du Socle. Les Rouges contre les Verts.

— Je vois.

— Alors tu vas parler aux Rouges, tu vas les arrêter ?

Une soudaine rage s'empara d'Ann.

— C'est toi qui les as poussés à faire ça ! lui hurla-t-elle en pleine face, si bien que Nadia se heurta au chambranle de la porte en reculant.

Ann se leva, fit un pas vers Nadia en remontant sa culotte et continua à hurler :

— Toi, avec ton terraforming de merde ! Tu n'avais que ce mot à la bouche : vert, vert, vert, et il n'y avait pas à en démordre ! C'est autant ta faute que la leur, puisque c'est toi qui leur as ôté tout espoir !

— Admettons, fit Nadia du bout des lèvres, en écartant l'objection d'un geste éloquent : c'était le passé, ça n'avait plus d'importance et elle n'entendait pas laisser dévier la conversation. Mais tu vas essayer ?

Ann regarda cette vieille tête de mule, presque rajeunie par la peur, intensément motivée — vivante.

— Je ferai de mon mieux, répondit Ann d'un ton morne. Mais d'après ce que tu me dis, j'ai bien peur qu'il ne soit trop tard.

Il était trop tard, en effet. Le campement de patrouilleurs où s'était installée Ann était désert, et quand elle lança un appel général sur son bloc-poignet, elle n'obtint aucune réponse. Alors elle laissa Nadia et les autres mariner dans leur jus à Pavonis Est et partit avec son patrouilleur pour Lastflow, dans l'espoir d'y trouver certains leaders rouges. Ils avaient malheureusement évacué Lastflow et personne, sur place, ne savait où ils étaient allés. Les gens regardaient la télé dans les stations et les cafés, mais aucun réseau ne donnait d'infos sur les combats, même pas Mangalavid. Sa mauvaise humeur se teinta de désespoir. Elle aurait voulu faire quelque chose mais elle ne savait ni quoi ni comment. Elle lança une fois de plus un appel général et, à sa grande surprise, Kasei répondit sur sa longueur d'onde privée. Son visage, sur le minuscule écran, ressemblait tant à celui de John Boone, de façon si frappante que, déconcertée, Ann n'entendit pas tout de suite ce qu'il lui disait. Il avait l'air si heureux ! C'était John tout craché !

— ... devions le faire, lui disait-il, et Ann se demanda si elle l'avait interrogé à ce sujet. Si nous ne faisons rien, ils vont mettre ce monde en pièces. Ils vont le cultiver jusqu'au sommet des quatre grands.

Cela faisait tellement écho à ce qu'elle s'était dit au bord de la caldeira qu'elle éprouva une nouvelle secousse, mais elle reprit son empire sur elle-même et dit :

— Nous devons agir dans le cadre des discussions, Kasei, sinon nous allons déclencher une guerre civile !

— Nous sommes une minorité, Ann. Les cadres se fichent des minorités.

— Je n'en suis pas si sûre. C'est à ça que nous devons travailler. Et même si nous optons pour la résistance active, ça n'a pas besoin d'être ici et maintenant. Inutile que des Martiens tuent d'autres Martiens.

— Ce ne sont pas des Martiens.

Cette lueur dans son regard... Quelque chose dans son expression lui rappelait Hiroko, son éloignement par rapport au monde ordinaire. En cela, il ne ressemblait pas du tout à John. Le pire des deux parents... Ils avaient donc un nouveau prophète, qui parlait une nouvelle langue.

— Où es-tu, à présent ?

— A Sheffield Ouest.

— Et que vas-tu faire ?

— Prendre le Socle et détruire le câble. C'est nous qui avons les armes et l'expérience. Je ne pense pas que ça nous pose beaucoup de problèmes.

— Vous ne l'avez pas abattu au premier essai.

— Trop sophistiqué. Cette fois, nous nous contenterons de le sectionner.

— Je pensais que ce n'était pas comme cela qu'il fallait s'y prendre.

— Ça va marcher.

— Kasei, je pense que nous devrions négocier avec les Verts.

Il secoua la tête d'un air excédé, révolté de la voir se dégonfler au moment de passer à l'action.

— Nous négocierons quand le câble sera tombé. Ecoute, Ann, il faut que j'y aille. Ne reste pas dans la trajectoire.

— Kasei !

Mais il était parti. Personne ne l'écoutait plus, ni ses ennemis, ni ses amis, ni sa famille. Elle allait quand même être obligée d'appeler Peter. Il faudrait qu'elle tente à nouveau de raisonner Kasei. Il vaudrait mieux qu'elle soit sur place si elle voulait se faire entendre de lui comme elle avait réussi à le faire avec Nadia. Oui, elle en était là : pour qu'ils l'écoutent, elle devait maintenant leur crier sous le nez.

La crainte de rester coincée autour de Pavonis Est l'incita à poursuivre vers l'ouest à partir de Lastflow, en tournant dans le sens inverse des aiguilles d'une montre, comme la veille, afin de prendre les forces rouges à revers, ce qui, tout bien considéré, était probablement la meilleure approche. Lastflow était à cent cinquante kilomètres environ de la limite ouest de Sheffield, et tout en faisant rapidement le tour du cratère, juste en marge de la piste, elle tenta de joindre les diverses unités basées sur la montagne, en vain. La fréquence était brouillée par des parasites explosifs sans doute dus aux combats qui faisaient rage à Sheffield, et ces brutales éruptions de bruit blanc lui remirent en mémoire des souvenirs terrifiants de 61. Elle grimpa sur l'étroite banquette extérieure de la piste, plus lisse et qui permettait d'aller plus vite, et poussa le patrouilleur au maximum de sa vitesse — cent kilomètres heure, puis davantage. Elle roulait à tombeau ouvert, tiraillée entre l'espoir d'empêcher le désastre d'une guerre civile, l'impression que tout cela n'était qu'un terrible rêve et, par-dessus tout, l'angoisse d'arriver trop tard, trop tard. Elle arrivait toujours trop tard dans les situations de ce genre. Des champignons de vapeur blanche piquetés d'étoiles apparurent subitement dans le ciel, au-dessus de la caldeira. Des explosions dues, de toute évidence, à l'interception des missiles visant le câble et qui éclataient comme des fusées de feu d'artifice mouillées. Leur concentration était plus forte au-dessus de Sheffield et spécialement dans la région du câble, mais ces nuages planaient sur tout le sommet du volcan, puis dérivaient vers l'est, emportés par le jet-stream. Certains de ces missiles étaient abattus très loin de leur cible.

Elle était tellement absorbée par la contemplation du combat silencieux qui faisait rage dans le ciel qu'elle faillit percuter la première tente de Sheffield, déjà crevée. Au fur et à mesure que la ville s'étendait vers l'ouest, de nouvelles tentes avaient été accolées aux précédentes, comme des coussins de lave. Les moraines de construction situées à l'extérieur de la dernière tente étaient à présent jonchées de pièces de matériau pareilles à des échardes de verre, et la peau de la tente avait disparu entre les éléments de structure subsistants, en forme de ballon de football. En passant sur un agrégat de roches basaltiques, son patrouilleur se mit à tanguer violemment. Elle freina, s'approcha lentement de la paroi. Les portes du sas réservé aux véhicules étaient verrouillées. Elle enfila sa combinaison, son casque, et quitta son véhicule. Le cœur battant à rompre, elle se dirigea vers la paroi de la ville et entra dans Sheffield en passant par le trou.

Les rues étaient désertes. Des bouts de verre et de bambou, des briques cassées et des poutres de magnésium tordues jonchaient l'herbe des rues. A cette altitude, quand la tente était crevée, les bâtiments en surpression explosaient comme des ballons de baudruche. Les trous noirs des fenêtres béaient, pareils à des bouches de cadavres. Çà et là, le rectangle d'une fenêtre intacte gisait à terre, tel un grand bouclier de cristal. D'autres fois, c'était un corps au visage couvert de givre ou de poussière. Il y avait sûrement eu beaucoup de morts, les gens n'avaient plus l'habitude de penser à la décompression. C'était l'obsession des colons, dans le temps. Mais plus aujourd'hui.

Ann continua à marcher vers l'est.

— J'appelle Kasei, Dao, Marion ou Peter, répétait-elle inlassablement dans son bloc de poignet.

Mais personne ne répondait.

Elle suivit une rue étroite le long de la paroi sud de la tente. Le soleil aveuglant découpait des ombres noires, tranchantes. Certains bâtiments avaient résisté, leurs fenêtres étaient encore en place et il y avait de la lumière à l'intérieur. On ne voyait évidemment personne. Vers l'avant, le câble était à peine visible, balafre noire, se dressant à la verticale de Sheffield Est, telle une ligne géométrique matérialisée dans le monde réel.

La fréquence d'urgence des Rouges était un signal transmis sur une longueur d'onde fluctuante, synchronisée au moyen d'un codage. Ce système permettait d'éviter la plupart des méthodes de brouillage ; néanmoins, Ann fut surprise quand une voix croassante s'éleva de son poignet : « Ann, c'est Dao. Je suis là. »

Elle l'aperçut alors lui faisant de grands signes depuis la porte du sas de secours d'un bâtiment. Il s'activait avec un groupe d'une vingtaine de personnes autour de trois lance-missiles mobiles. Ann courut se glisser dans le sas à ses côtés.

— Il faut arrêter ça ! s'écria-t-elle.

Dao accusa le coup.

— Nous avons presque pris le Socle.

— Et après ?

— Ça, c'est à Kasei qu'il faut le demander. Il est là ; il part pour Arsiaview.

L'un des missiles fusa avec un sifflement étouffé dans l'air raréfié. Dao se remit à la tâche. Ann repartit au trot, en prenant soin de raser les murs. C'était risqué, mais elle se fichait pas mal de se faire tuer ; en cet instant, elle n'avait peur de rien. Peter était là, à Sheffield, à la tête des révolutionnaires verts. Ils avaient réussi à garder les forces de sécurité de l'ATONU prisonnières du câble et sur Clarke. Ce n'étaient donc pas du tout les jeunes manifestants pacifistes, les indigènes frustrés pour lesquels Kasei et Dao semblaient les prendre. Ses enfants spirituels montant une attaque sur le seul vrai fils de sa chair, et manifestement sûrs d'avoir sa bénédiction... Comme ils l'avaient naguère eue. Mais à présent...

Elle était à bout de souffle et dégoulinante de sueur, sous sa combinaison. Elle dut se sermonner pour continuer sa course. Près de la paroi sud de la tente, elle tomba sur une petite flottille de patrouilleurs camouflés en rocher appartenant aux Rouges : des Tortues sorties des usines automobiles d'Acheron. Mais personne ne répondit à ses appels, et quand elle se rapprocha, elle remarqua le pare-brise criblé de trous, sous l'auvent de pierre. Les passagers, s'il y en avait eu, devaient être morts. Elle courut vers l'est, toujours collée à la paroi de la tente, indifférente aux débris qui roulaient sous ses pieds, sentant monter la panique en elle. Elle se rendait bien compte qu'elle faisait une proie facile pour un tireur embusqué, mais elle devait trouver Kasei. Elle tentait un nouvel appel général lorsque son bloc-poignet bippa. C'était Sax.

— Il n'est pas logique de lier le destin de l'ascenseur et la finalité du terraforming, disait-il comme s'il s'adressait à plusieurs personnes et pas seulement à elle. Le câble pourrait être amarré à une planète quasiment froide.

C'était le Sax de toujours, plus Sax que nature. Puis il dut remarquer qu'elle était connectée, car il braqua un regard de hibou myope sur la petite caméra de son bloc-poignet et dit :

— Ecoute, Ann, nous pouvons prendre l'histoire par le bras et le lui péter... l'emporter. Emporter le morceau.

Le Sax d'autrefois n'aurait jamais dit une chose pareille. Il n'aurait pas non plus bavardé comme ça avec elle, l'air affolé et implorant, à bout de nerfs. L'une des visions les plus terrifiantes qu'elle ait jamais eues, en fait.

— Ils t'aiment, Ann. C'est ce qui peut nous sauver. Les histoires émotionnelles sont les vraies histoires. Les bassins hydrographiques du désir et de la déshérence... la déférence. Tu es... tu incarnes certaines valeurs pour les indigènes. Tu n'y peux rien. Il faut faire avec. Je l'ai fait à Da Vinci, et ça s'est révélé... utile. Maintenant c'est ton tour. Tu dois le faire. Il le faut, Ann. Pour cette fois seulement, rejoins-nous. Serrons-nous les coudes, ensemble ou séparément. Utilise ton image.

Elle n'en revenait pas d'entendre ces paroles dans la bouche de Saxifrage Russell. Puis un changement s'opéra en lui ; il parut reprendre le dessus.

— ... la procédure logique consiste à établir une sorte d'équation définissant les intérêts conflictuels.

Sax, tel qu'en lui-même...

Mais son bloc-poignet bippa à nouveau. Elle coupa Sax, prit la communication. C'était Peter qui l'appelait sur la fréquence rouge codée. Il avait un air sombre qu'elle ne lui avait jamais vu.

— Ann ! fit-il en regardant intensément son bloc-poignet. Ecoute, mère, je veux que tu arrêtes ces gens !

— Ne m'appelle pas *mère* ! lança-t-elle sèchement. Et c'est ce que j'essaie de faire. Tu peux me dire où ils sont ?

— Tu parles ! Ils viennent d'entrer à Arsiaview. Ils traversent la tente. On dirait qu'ils essaient d'atteindre le Socle par le sud... Bien, fit-il d'une voix tendue comme si on venait de lui transmettre un message, hors du champ de la caméra-bracelet. Ann, écoute, je peux te passer Hastings, sur Clarke ? Si tu lui dis que tu essaies de mettre fin à l'attaque des Rouges, il croira peut-être qu'il ne s'agit que d'une poignée d'excités et il n'interviendra pas. Il fera n'importe quoi pour protéger le câble et j'ai peur qu'il soit prêt à nous massacrer tous autant que nous sommes.

— Je vais lui parler.

Tout à coup, il fut là, revenant d'un lointain passé, d'un temps qu'elle croyait à jamais enfui. Elle le reconnut pourtant aussitôt, avec son visage en lame de couteau. Il semblait exténué, furieux, prêt à mordre. Qui aurait pu supporter des pressions si énormes au cours des cent dernières années ? Personne. C'était le passé qui revenait, voilà tout.

— Je suis Ann Clayborne, dit-elle, et comme il la regardait de travers elle se hâta d'ajouter : Les combats qui se déroulent actuellement en cet endroit ne représentent pas la politique du parti rouge, je veux que vous le sachiez. (Elle sentit son estomac se nouer alors qu'elle prononçait ces paroles, et un reflux acide lui brûla la gorge mais elle poursuivit.) Ils sont le fait d'un groupe de dissidents qui se donnent le nom de Kakaze. Ce sont eux qui ont fait sauter la digue de Burroughs. Nous essayons de mettre fin à leurs agissements, et nous espérons y parvenir d'ici la fin de la journée.

C'était le plus effroyable chapelet de mensonges qu'elle ait jamais débité. Elle eut l'impression que Frank Chalmers était revenu et s'exprimait par sa bouche. L'idée qu'elle avait articulé ces paroles lui était odieuse. Elle coupa la communication avant que son visage ne trahisse les ignominies qu'elle vomissait. Hastings disparut sans avoir dit un mot, et son visage fut remplacé par celui de Peter. Il ignorait qu'elle était revenue en ligne. Elle l'entendait, mais sa caméra-bracelet était braquée sur un mur.

— S'ils n'arrêtent pas d'eux-mêmes, il faudra que nous les y forcions, ou c'est l'ATONU qui le fera, et ce sera la fin des haricots. Préparez-vous à lancer la contre-attaque. Je fais passer la consigne.

— Peter ! dit-elle sans réfléchir.

L'image du petit écran pivota et recadra son visage.

— Occupe-toi d'Hastings, hoqueta-t-elle, à peine capable de le regarder, ce traître. Je me charge de Kasei.

Arsiaview était la ville la plus australe de Mars. Elle était pleine de fumée, montant au-dessus de leurs têtes en longues volutes amorphes, révélant les schémas de ventilation de la tente. Des sirènes retentissaient un peu partout, assourdissantes dans l'air dense, et des éclats de plastique transparent arrachés à la bâche étaient éparpillés sur l'herbe des rues. Ann passa en titubant devant un corps recroquevillé comme les êtres momifiés dans la cendre de Pompéi. Arsiaview était une ville tout en longueur, et il n'était pas évident d'y trouver son chemin. Elle ne savait pas très bien où aller. Le sifflement des lance-missiles l'attira vers l'est et vers le Socle, l'aimant de toute cette folie, qui déversait sur eux la folie de la Terre.

Il y avait peut-être une idée là-dedans... Les défenses du câble semblaient capables de résister aux missiles légers des Rouges, mais s'ils réussissaient à anéantir complètement Sheffield et le Socle, l'ATONU n'aurait plus rien vers quoi descendre et peu importait alors que le câble continue à se balancer au-dessus de leurs têtes. C'était un plan qui ressemblait bien à celui qui avait marché à Burroughs.

Mais c'était un mauvais plan. Burroughs était dans les lowlands, où l'atmosphère était assez dense pour que les gens puissent vivre au-dehors, du moins un moment, alors que Sheffield était en altitude. Tout se passait comme s'ils se retrouvaient en 61, à une époque où un trou dans une tente était synonyme de mort pour la population soudain exposée aux éléments. Cela dit, la majeure partie de Sheffield était souterraine, constituée de nombreux étages empilés sur la paroi de la caldeira. La majorité des gens s'y étaient sans doute réfugiés, et si les combats devaient se dérouler là, ce serait terrible, un vrai cauchemar. D'un autre côté, en surface, les gens servaient de cible aux missiles tirés du câble. Non, ça ne marcherait jamais. On ne pouvait même pas voir ce qui se passait. Les explosions se rapprochaient du Socle. Les communications étaient brouillées par les parasites. Seuls ressortaient quelques mots isolés alors que le récepteur captait des bribes de fréquences codées qui revenaient cycliquement : « ... pris Arsia-view*pkkkk*... » « ... pas encore récupéré les IA, mais trois deux deux en abscisse sur huit*pkkk*... ».

Le câble dut essuyer un nouveau tir de missiles car Ann aperçut à cet instant dans le ciel une ligne ascendante de points lumineux éblouissants, parfaitement silencieux. Puis de gros fragments noirs, pareils à des véhicules incendiés, se mirent à pleuvoir sur les tentes autour d'elle, crevant la bâche transparente ou heurtant la structure invisible pour achever leur course sur les bâtiments dans un bruit d'enfer malgré la faible densité de l'air et les tentes qui étouffaient les sons. Le sol se mit à trembler et à vibrer sous ses pieds tandis que les débris tombaient de plus en plus loin. A tout instant, pendant ces interminables minutes, la mort aurait pu s'abattre sur elle, mais elle resta là, la tête levée vers les ténèbres du ciel, à attendre que ça passe.

Le calme revint. Elle s'aperçut qu'elle avait bloqué sa respiration, et elle reprit son souffle. Peter avait le code rouge, aussi composa-t-elle frénétiquement son numéro, mais elle n'entendit que des parasites. Puis, alors qu'elle diminuait le volume du son, elle saisit quelques phrases hachées : Peter décrivant les mouvements des Rouges aux forces vertes, ou peut-être même à l'ATONU. Lui permettant donc de retourner sur eux les missiles du système de défense du câble. Oui, c'était bien la voix de Peter, entrecoupée de décharges d'électricité statique. Ordonnant les tirs. Puis il n'y eut plus que du bruit blanc.

De soudains éclairs de lumière firent un placage d'argent sur la partie inférieure du câble, au pied de l'ascenseur, puis il redevint noir. Un concert de sirènes et de sonneries éclata. Toute la fumée fut chassée vers l'extrémité est de la tente. Ann prit une ruelle orientée nord-sud et s'assit par terre, le dos collé au mur aveugle d'un bâtiment. Des détonations, des bruits de casse, le souffle du vent. Puis le silence du vide presque absolu.

Elle se releva et reprit ses déambulations. Où allait-on quand des gens se faisaient tuer ? Retrouver ses amis, si on en avait. Si on arrivait à les reconnaître.

Elle fit un effort sur elle-même et décida de se rendre là où Dao lui avait indiqué où trouver le groupe de Kasei, tout en se demandant où ils avaient pu aller ensuite. Hors de la ville, peut-être. Mais, une fois à l'intérieur, ils avaient pu essayer de passer dans la tente suivante, à l'est, de les prendre l'une après l'autre, en enfilade, et de les décompresser afin d'obliger tout le monde à descendre. Elle resta dans la rue parallèle à la paroi de la tente en courant aussi vite que possible. Elle était en bonne forme physique, mais c'était ridicule, elle n'arrivait pas à reprendre son souffle et elle était en nage. La rue était déserte, plongée dans un silence angoissant. Il lui était difficile de croire que le combat faisait rage autour d'elle et rigoureusement impossible d'imaginer qu'elle retrouverait jamais ceux qu'elle cherchait.

Ils étaient pourtant là. Droit devant elle, dans les rues entourant un parc triangulaire, silhouettes casquées, en combinaison, manœuvrant des lance-missiles mobiles et tirant à l'arme automatique sur des adversaires invisibles dans un bâtiment dont la façade était couverte de silex noir. Des brassards rouges, des Rouges...

Un éclair aveuglant, et elle se retrouva plaquée à terre, les oreilles bourdonnantes. Collée au pied d'un bâtiment, contre une paroi de pierre polie. Du jaspe rouge strié de bandes noires d'oxyde de fer. Joli. Elle avait mal au dos, aux fesses, à l'épaule et au coude. Mais rien de grave. Elle pouvait bouger. Elle se retourna tant bien que mal pour scruter les environs du parc triangulaire. Des choses brûlaient dans le vent. Faute d'oxygène, les flammes réduites à de petites langues orange s'éteignaient déjà. Les silhouettes qu'elle avait vues là-bas gisaient à terre comme des poupées disloquées, les membres tordus dans des positions grotesques. Elle se leva et courut vers le plus proche, attirée par une tête aux cheveux gris, familière, qui avait perdu son casque. C'était Kasei, le fils unique de John Boone et d'Hiroko Ai, un côté du visage ensanglanté, les yeux grands ouverts. Il ne respirait plus. Il l'avait prise trop au sérieux. Et ses adversaires pas assez. Sa blessure dévoilait sa canine de pierre rose. En la voyant, Ann étouffa un sanglot et se détourna précipitamment. Quel gâchis. Ils étaient morts tous les trois, maintenant.

Elle s'accroupit et défit le bloc-poignet de Kasei. Il avait probablement une fréquence directe avec le Kakaze. Elle regagna l'abri d'un bâtiment d'obsidienne étoilée de grands éclats blancs, composa le code d'appel général et dit : « Ici Ann Clayborne. Appel à tous les Rouges. Tous les Rouges. Ici Ann Clayborne. La prise de Sheffield a échoué. Kasei est mort. Les pertes sont énormes. Toute tentative d'attaque sur la ville est vouée à l'échec. Elle aurait pour seul résultat d'amener les forces de sécurité de l'ATONU à redescendre sur la planète. » Elle se mordit la langue pour ne pas leur dire à quel point le plan était stupide depuis le départ. « Ceux d'entre vous qui le peuvent, quittez la montagne. A tous ceux qui sont à Sheffield : repartez vers l'ouest, sortez de la ville et évacuez la montagne. Ici Ann Clayborne... »

Plusieurs accusés de réception arrivèrent et elle les écouta distraitement tout en retournant vers l'ouest et son patrouilleur. Elle retraversa Arsiaview sans faire la moindre tentative pour passer inaperçue. Si elle devait se faire tuer, elle se ferait tuer, mais elle n'y croyait pas. Elle était à l'abri sous les grandes ailes noires d'une espèce d'ange gardien qui la protégeait de la mort, quoi qu'il arrive, l'obligeant à contempler les cadavres de tous ceux qu'elle connaissait et de la planète qu'elle aimait. C'était son destin. Eh oui. Et maintenant Dao et son équipe étaient morts, ils gisaient dans des mares de sang, leur propre sang. Elle les avait ratés de peu.

Puis, dans un large boulevard, sous une rangée de tilleuls, elle tomba sur un autre groupe de cadavres, pas des Rouges, cette fois, ils portaient des bandeaux verts autour du front, et l'un d'eux ressemblait à Peter, c'était son dos — elle s'approcha comme dans un cauchemar, les jambes flageolantes, poussée par elle n'aurait su dire quelle force, et resta un instant debout près du cadavre. Elle finit par en faire le tour. Ce n'était pas lui. Un grand indigène aux épaules larges, comme Peter, le pauvre. Un garçon qui aurait vécu mille ans.

Elle retrouva son petit patrouilleur sans incident, se mit au volant et se dirigea vers la gare, à l'ouest de Sheffield. Une piste descendait le long de la pente sud du volcan, suivant le pli anticlinal séparant Pavonis et Arsia. En la voyant, elle imagina un plan d'une simplicité élémentaire, qui avait une chance de marcher grâce à cette simplicité même. Elle composa la fréquence des Kakaze et leur donna ses instructions, pour ne pas dire ses ordres. Courez, dispersez-vous. Descendez dans la passe, contournez Arsia par l'ouest, en prenant garde à rester au-dessus de la ligne de neige, puis tâchez de gagner l'extrémité supérieure d'Aganippe Fossa, un long canyon rectiligne où se trouve un refuge secret de Rouges, une habitation troglodyte dans la paroi nord. Là, vous pourrez vous terrer et commencer une longue campagne clandestine contre les nouveaux maîtres de la planète. L'AMONU, l'ATONU, les métanats, Dorsa Brevia... Rien que des Verts.

Elle essaya d'appeler Coyote, fut légèrement surprise de l'entendre répondre. Elle comprit alors qu'il était aussi à Sheffield. Soulagé d'être en vie, sans doute, mais son visage sillonné de rides était convulsé de rage.

Ann lui parla de son plan. Il acquiesça.

— Au bout d'un moment, il faudra qu'ils aillent plus loin, dit-il.

Ann ne put se retenir.

— C'était stupide d'attaquer le câble !

— Je sais, acquiesça Coyote avec lassitude.

— Tu n'as pas essayé de les en dissuader ?

— Si, répondit-il en se rembrunissant encore. Kasei est mort ?

— Oui.

Le visage de Coyote se crispa comme s'il allait pleurer.

— Seigneur... Les salauds !

Ann ne savait que dire. Elle ne connaissait pas bien Kasei, ne l'aimait pas beaucoup. Alors que Coyote l'avait vu naître, dans la colonie cachée d'Hiroko. Quand il était petit, il l'emmenait dans ses expéditions furtives, d'un bout à l'autre de Mars. Des larmes dévalaient les joues crevassées de Coyote. Ann serra les dents.

— Tu pourrais les emmener à Aganippe ? demanda-t-elle. Je m'occupe des gens de Pavonis Est.

Coyote hocha la tête.

— Compte sur moi pour les faire descendre en vitesse. On se retrouve à la gare Ouest.

— Je vais les prévenir.

— Les Verts vont t'en vouloir à mort.

— Qu'ils aillent se faire foutre, les Verts !

Une partie du Kakaze se faufila dans la gare Ouest de Sheffield, dans un crépuscule morne, fumeux. De petits groupes de gens aux yeux hagards dans des faces blêmes de colère, portant des combinaisons noires de crasse. Quel gâchis. Ils n'étaient plus que trois ou quatre cents à partager les mauvaises nouvelles du jour. En voyant Coyote se glisser à l'arrière, Ann se leva et parla de façon à être entendue de chacun d'eux, consciente comme elle ne l'avait jamais été de sa position de première Rouge. De ce que ça signifiait à présent. Ces gens avaient cru en elle, et ils étaient là, battus et encore heureux d'être en vie, des amis morts dans tous les coins de la ville, à l'est.

— Qu'est-ce qui vous a pris de donner l'assaut ? s'écria-t-elle, incapable de se retenir plus longtemps. Ça a marché à Burroughs, mais la situation était différente. Ici, c'était une idée déplorable. Des gens qui auraient pu vivre mille ans sont morts. Le câble ne valait pas ça. Nous allons être obligés de retourner dans l'underground et de guetter la prochaine occasion, la prochaine véritable occasion.

Ses paroles suscitèrent des réactions véhémentes, des cris de rage.

— Non, non ! Jamais ! Il faut abattre le câble !

Ann attendit qu'ils se taisent. Puis elle leva la main et le silence revint lentement.

— Attaquer les Verts maintenant se retournerait contre nous à coup sûr. Ça ne servirait qu'à donner aux métanats un prétexte pour revenir. Et ce serait bien pire que de devoir composer avec un gouvernement d'indigènes. Avec les Martiens, au moins, on peut discuter. La partie environnementale des accords de Dorsa Brevia nous donne certains moyens d'action. Nous n'aurons qu'à continuer à faire de notre mieux. Repartir d'un bon pied, ailleurs. Vous avez compris ?

Ce matin, ils n'auraient pas compris. Et ils n'en avaient pas plus envie maintenant. Elle fit taire les protestations d'un regard. Le fameux regard foudroyant d'Ann Clayborne... Beaucoup d'entre eux avaient rejoint la lutte à cause d'elle, à l'époque où l'ennemi était l'ennemi et la lutte souterraine une véritable alliance de travail efficace, souple et non exempte de fissures, mais dont tous les éléments étaient plus ou moins du même côté.

Ils baissèrent la tête, admettant à leur corps défendant que si Clayborne était contre eux, ils n'auraient plus de leader moral. Et sans elle — sans Kasei, sans Dao — face à la masse des Verts indigènes, solidement unis, eux, sous la conduite de Nirgal, de Jackie, et de Peter, le traître...

— Coyote va vous faire quitter Tharsis, reprit Ann, une drôle de sensation au creux de l'estomac.

Elle quitta la pièce, sortit de la gare, franchit le sas et regagna son patrouilleur. Elle prit le bloc-poignet de Kasei resté sur le tableau de bord du véhicule, le lança à l'autre bout de l'habitacle et éclata en sanglots. Elle se glissa derrière le volant et s'efforça de reprendre son calme. Puis elle mit le contact et partit à la recherche de Nadia, de Sax et des autres.

Elle finit par les retrouver à Pavonis Est, dans le labyrinthe de hangars et d'entrepôts. Quand elle passa la porte, ils la regardèrent comme si l'attaque du câble avait été son idée, comme si elle était personnellement responsable de tous les désastres qui avaient pu se produire non seulement ce jour-là mais depuis le début de la révolution. Ils la regardèrent comme ils l'avaient regardée après Burroughs, en fait. Peter était là, le fourbe, et elle se détourna de lui. Elle tenta aussi d'ignorer les autres, Irishka, l'air terrifiée, Jackie, les yeux rouges et folle de rage. Son père avait été tué ce jour-là, après tout, et bien qu'elle soit dans le camp de Peter, et donc en partie responsable de la réaction meurtrière à l'offensive des Rouges, il était clair à la voir qu'on lui paierait ça. Ann les ignora tous, elle alla voir Sax qui était assis devant un écran, dans son cagibi, tout au bout de la grande salle. Il lisait de longues colonnes de chiffres en marmonnant des choses à son IA. Ann passa la main entre son visage et l'écran, et il leva les yeux, surpris.

Chose étrange, il était le seul de toute la bande à ne pas donner l'impression de lui en vouloir. En fait, il la regarda en inclinant légèrement la tête sur le côté, avec une curiosité d'oiseau qui ressemblait presque à de la sympathie.

— C'est bête pour Kasei, fit-il. Et pour les autres. Je suis content que vous vous en soyez sortis, Desmond et toi.

Elle lui raconta rapidement, à voix basse, où elle avait envoyé les Rouges et ce qu'elle leur avait dit de faire.

— Je pense pouvoir les empêcher de tenter d'autres attaques directes sur le câble, ajouta-t-elle. Et tout acte de violence, à court terme au moins.

— Bien, répondit Sax.

— Mais c'est donnant, donnant, reprit-elle, et si tu ne me donnes pas ce que je veux, je leur lâche la bride et tu les auras sur le dos jusqu'à la fin des temps.

— La soletta ? avança-t-il.

Elle ouvrit de grands yeux. Il avait dû l'écouter plus attentivement qu'elle ne le croyait.

— Oui.

Il fronça les sourcils comme s'il réfléchissait intensément.

— Ça pourrait provoquer une sorte d'ère glaciaire, dit-il enfin.

— Tant mieux.

Il la regarda tout en réfléchissant. Elle pouvait voir les rouages cliqueter dans son cerveau, par éclairs rapides ou par spasmes : une ère glaciaire, l'atmosphère raréfiée, le terraforming ralenti, les nouveaux écosystèmes détruits — peut-être compensés —, les gaz de serre. Et ainsi de suite, de proche en proche. C'était presque amusant de lire à livre ouvert sur le visage de cet étranger, de voir ce frère haï chercher une échappatoire. Mais il aurait beau chercher, la chaleur était le moteur principal du terraforming, et sans la soletta, Mars en serait réduite à son niveau normal d'ensoleillement, donc ramenée à un rythme plus « naturel ». Les choses étant ce qu'elles étaient, il se pouvait que la stabilité inhérente à cette approche séduise même ce conservateur de Sax.

— D'accord, dit-il.

— Tu peux t'engager pour eux ? demanda-t-elle avec un mouvement dédaigneux du menton par-dessus son épaule en direction des autres, comme si ses plus vieux compagnons n'étaient pas parmi eux, comme si c'étaient des technocrates de l'ATONU, des fonctionnaires de métanats.

— Non, répondit-il. Ça n'engage que moi, mais je sais comment faire pour nous débarrasser de la soletta.

— Tu le ferais contre leur volonté ?

— Je devrais pouvoir arriver à les convaincre, dit-il en fronçant les sourcils. Et dans le cas contraire, je sais que je peux compter sur l'équipe de Da Vinci. Ils aiment les défis.

— Entendu.

Elle se redressa. Elle savait qu'elle n'en tirerait rien de plus. Au fond, elle n'en revenait pas. Elle était sûre qu'il refuserait. Et maintenant qu'il avait accepté, elle se rendait compte qu'elle était encore furieuse, écœurée. Cette concession, enfin obtenue, ne voulait rien dire. Ils trouveraient d'autres moyens de réchauffer l'atmosphère, et elle savait que Sax ferait valoir cet argument, entre autres : Laissez-lui la soletta, leur dirait-il, elle tient les Rouges en laisse. Et puis continuez votre boulot.

Elle quitta la salle sans un coup d'œil aux autres, sortit de l'entrepôt et récupéra son patrouilleur.

Pendant un moment, elle conduisit sans rien voir, sans même savoir où elle allait. Fiche le camp, c'est tout, fiche le camp de là. Elle partit aveuglément vers l'ouest et dut bientôt s'arrêter, ou elle serait passée par-dessus le bord du cratère.

Elle freina au dernier moment.

Encore abasourdie, un goût amer dans la bouche, les tripes nouées, tous les muscles tendus à en avoir mal, elle regarda par le pare-brise. Des panaches de fumée montaient de Sheffield et de Lastflow, mais aussi d'une douzaine d'endroits sur la large lèvre qui entourait la caldeira. Aucun signe du câble au-dessus de Sheffield, pourtant il était toujours là. La base était reconnaissable à un nuage de fumée plus dense qu'un vent âpre, léger, chassait vers l'est. Encore une bannière sur le pic, emportée par le jet-stream qui soufflait inlassablement. Le temps était un vent qui les emportait tous. Les volutes de fumée maculaient le ciel obscur, masquant par endroits les étoiles qui brillaient, innombrables, une heure avant le coucher du soleil. On aurait dit que le vieux volcan allait s'éveiller, qu'il sortait de son long sommeil et se préparait à entrer en éruption. A travers la fumée impalpable, le soleil était un disque rouge sang, éclatant, semblable à une planète primitive en fusion, qui, par contagion, maculait de rouille et d'écarlate les lambeaux de fumée épars. Mars la Rouge.

Sauf que Mars la Rouge avait disparu, s'était envolée, et ne reviendrait pas. Soletta ou pas, ère glaciaire ou non, la biosphère croîtrait, se multiplierait et finirait par tout recouvrir. Il y aurait un océan au nord, des lacs au sud, des rivières, des forêts, des prairies, des villes et des routes ; elle les voyait d'ici. Des torrents de boue s'abattraient des nuages blancs sur les antiques highlands, pendant que la populace indifférente construirait des villes à toute vitesse, le long fleuve de la civilisation engloutissant son monde.

DEUXIÈME PARTIE

ARÉOPHANIE

Pour Sax, ça ressemblait au moins rationnel des conflits : la guerre civile ; deux groupes qui avaient beaucoup plus d'intérêts en commun que de points de désaccord et qui se tapaient dessus quand même. On ne pouvait malheureusement pas obliger les gens à effectuer une analyse de rendement. Il n'y avait rien à faire. A moins... à moins d'identifier un problème crucial qui amenait l'un des camps, ou les deux, à recourir à la violence, et de tenter d'y remédier.

Dans ce cas précis, il était clair que le problème crucial était le terraforming. Un sujet auquel Sax était étroitement associé. On pouvait considérer cela comme un inconvénient, dans la mesure où un médiateur se devait, dans l'idéal, d'être neutre, mais d'un autre côté, ses actes parlaient en faveur de l'effort de terraforming. S'il faisait un geste, il prendrait beaucoup plus de valeur venant de lui. Il fallait faire une concession aux Rouges, une véritable concession, dont la réalité multiplierait la valeur symbolique par un facteur exponentiel incalculable. La valeur symbolique : c'était un concept que Sax s'efforçait désespérément de maîtriser. Il avait des problèmes avec toutes sortes de mots, maintenant, et il avait souvent recours à l'étymologie pour tenter de les cerner. Il jeta un coup d'œil à son bloc-poignet : symbole, « ce qui représente autre chose », du latin symbolum, *lui-même issu d'un mot grec signifiant « rapprocher ». Exactement. Cette notion de rapprochement lui était étrangère, c'était une notion émotionnelle, pour ainsi dire irréelle, et pourtant d'une importance vitale.*

L'après-midi de la bataille de Sheffield, il appela Ann. La communication fut brève. Il tenta de lui parler et n'y arriva pas. Ne sachant que faire, il prit un patrouilleur et alla la chercher au bord de la cité ravagée. Il était désespérant de voir les dégâts que pouvaient faire quelques heures de combat. Des années de travail réduites en ruines fumantes. La fumée n'était pas composée de particules de matière calcinée mais plutôt de fines cendres volcaniques en suspension, que le jet-stream emportait vers l'est. Le câble se dressait au milieu de ce désastre, ligne noire de filaments de nanotubes carboniques.

Les Rouges ne donnaient plus signe de résistance. Il n'avait donc aucun moyen de localiser Ann. Elle ne répondait pas à ses appels.

Alors Sax retourna au complexe de Pavonis Est, en proie à un vif sentiment de frustration.

Il la vit tout de suite quand elle entra dans le grand entrepôt. Elle venait vers lui, fendant la foule comme si elle voulait lui plonger un poignard dans le cœur. Il songea avec désespoir que leurs relations se résumaient à une longue succession d'entretiens désagréables. Tout récemment encore, ils s'étaient chamaillés à propos du tracé de la ligne qui partait de la gare de Libya. Il se souvenait qu'elle avait évoqué la suppression de la soletta. Ce serait une déclaration symbolique d'une grande force. Et l'idée qu'un élément calorifique majeur du terraforming puisse être aussi fragile l'avait toujours mis mal à l'aise.

Alors quand elle avait dit : « C'est donnant, donnant », il avait cru comprendre à quoi elle pensait et il avait suggéré de retirer les miroirs avant qu'elle ne lui en parle. Elle n'en était pas revenue. Il lui avait coupé l'herbe sous le pied, et du coup, sa terrible colère était un peu retombée, la laissant en proie à quelque chose de beaucoup plus profond — du chagrin, du désespoir, comment savoir ? Il est vrai que beaucoup de Rouges étaient morts ce jour-là, et tous leurs espoirs avec. « Je suis désolé pour Kasei », avait-il dit.

Elle avait feint de ne pas l'entendre et lui avait arraché la promesse de supprimer les miroirs spatiaux. Il avait calculé la perte de lumière résultante et s'était retenu d'accuser le coup. L'insolation diminuerait de près de vingt pour cent. C'était énorme. « Ça pourrait provoquer une nouvelle ère glaciaire », avait-il marmonné. « Tant mieux », avait-elle répondu.

Mais elle n'était pas satisfaite. Sa concession ne lui avait apporté, au mieux, qu'une maigre consolation ; il l'avait compris en la voyant quitter la pièce, les épaules raides. Il espérait que ses troupes seraient plus faciles à contenter. En tout cas, il fallait le faire. Ça pourrait mettre fin à une guerre civile. Evidemment, un grand nombre de plantes mourraient, surtout en altitude, et tout l'écosystème en serait affecté à un degré ou à un autre. Une nouvelle ère glaciaire, ça ne faisait pas un pli. A moins qu'ils ne réagissent très efficacement. Mais si ça permettait de mettre fin aux combats, ça valait encore le coup.

Il aurait été simple de couper le grand anneau de miroirs et de le laisser dériver dans l'espace, hors du plan de l'écliptique. Il en allait de même avec la soletta : il aurait suffi d'allumer quelques-uns des moteurs-fusées de guidage et elle serait partie en tournoyant dans le vide comme un soleil de feu d'artifice.

Mais ce serait un gâchis de silicate d'alumine usiné, et cette idée déplaisait à Sax. Il décida d'étudier le moyen d'utiliser la réflexivité des miroirs et leurs fusées de guidage pour les propulser ailleurs dans le système solaire. La soletta pourrait être positionnée en face de Vénus, et ses miroirs réalignés de façon à former un immense parasol, ombrageant la planète chaude et amorçant le processus de décongélation de l'atmosphère. Il en était question dans la littérature depuis longtemps, et quels que soient les projets que l'on puisse formuler pour la suite du terraforming de Vénus, c'était une étape obligée. Après, le miroir annulaire pourrait être placé dans l'orbite polaire correspondante autour de Vénus, la lumière réfléchie contribuant à maintenir le parasol/soletta en position malgré la poussée des radiations solaires. Ils retrouveraient ainsi tous les deux une utilité, et ce serait encore un geste symbolique, un geste qui voudrait dire : « Regardez là-haut, ce grand monde est terraformable, lui aussi. » Ce ne serait pas facile, mais c'était envisageable. Ça permettrait aussi d'alléger un peu la pression psychologique qui pesait sur Mars, « la seule autre Terre possible ». Ce n'était pas logique, mais c'était sans importance. L'histoire était bizarre, les gens n'étaient pas rationnels, et dans la logique symbolique, particulière, du système limbique, ce serait un signe adressé à la Terre, un présage, un semis de graines psychiques, un rapprochement. Regardez ! Allez-y ! Et laissez Mars tranquille.

Alors il en parla aux astrophysiciens de Da Vinci, qui contrôlaient effectivement les miroirs. Les rats de labo, ou les saxaclones, comme on les appelait derrière leur dos et le sien (il l'entendait quand même). De jeunes chercheurs sérieux, nés sur Mars, dotés de tempéraments aussi divers et variés que tous les étudiants et tous les savants de n'importe quel laboratoire, en tout temps et en tout lieu. Mais les gens n'étaient pas à ça près. Ils travaillaient avec lui, c'étaient donc des saxaclones. Il était en quelque sorte devenu l'archétype du savant martien moderne : un rat de labo au poil blanc, un savant fou en chair et en os, dans son château-cratère plein d'Igors dingues, aux yeux fous mais aux manières circonspectes, comme de petits Mr Spock, les hommes aussi osseux et maladroits que des albatros au sol, les femmes drapées dans leur absence de couleur protectrice, leur chaste passion pour la science. Sax les aimait beaucoup. Il aimait leur dévotion à la recherche, elle avait un sens pour lui. Il comprenait leur avidité de comprendre, de mettre le monde en équations. C'était un désir sensé. En fait, il se disait souvent que tout irait mieux dans le monde s'il n'y avait que des savants. « Mais non, les gens aiment la notion d'univers plat parce qu'ils ont du mal à envisager un espace à courbure négative. » Allons, pas forcément. En tout cas, les jeunes indigènes de Da Vinci formaient un groupe puissant. L'underground s'appuyait beaucoup sur eux pour sa technologie, et comme Spencer s'y impliquait à fond, leur productivité était stupéfiante. Ils avaient mis la révolution au point, pour dire les choses telles qu'elles étaient, et ils contrôlaient maintenant *de facto* l'espace orbital martien.

C'est pourquoi la majorité d'entre eux manifestèrent leur mécontentement, ou du moins leur étonnement, quand Sax leur parla au cours d'une visioconférence de supprimer la soletta et le miroir annulaire. Il vit leur expression grimaçante. Ce n'est pas logique, capitaine. Mais la guerre civile n'était pas logique non plus. Et tout valait mieux que ça.

— Les gens risquent de râler, non ? objecta Aonia. Les Verts ?

— C'est sûr, acquiesça Sax. Mais nous vivons actuellement dans l'anarchie. Le groupe de Pavonis Est est peut-être une sorte de proto-gouvernement. C'est nous, à Da Vinci, qui contrôlons l'espace martien. Et ils peuvent toujours protester, si ça permet d'éviter la guerre civile...

Il leur exposa de son mieux l'aspect technique du problème. Ils se laissèrent absorber par les moyens de le résoudre et oublièrent rapidement le caractère choquant de l'idée. A vrai dire, en leur soumettant ce défi, il leur donnait un bel os à ronger. Ils s'attaquèrent si bien à la question que, quelques jours plus tard, ils en étaient aux détails de procédure concernant les instructions à donner aux IA, comme d'habitude. C'en était arrivé au point où, lorsqu'on avait une idée claire de ce qu'on voulait faire, il suffisait de dire aux IA : « Faites ci et ça, s'il vous plaît » — envoyez la soletta et le miroir annulaire en orbite autour de Vénus, et ajustez les pales de la soletta pour en faire un parasol qui abrite la planète des rayons du soleil —, ils calculaient les trajectoires, la mise à feu des moteurs-fusées, les angles à donner aux miroirs, et le tour était joué.

Les gens avaient peut-être acquis un pouvoir excessif. Michel parlait toujours de leurs nouveaux pouvoirs divins, et Hiroko, par ses actes, leur avait montré qu'on ne devait pas fixer de limite à ses applications, quitte à mépriser toute tradition. Sax lui-même avait un sain respect des traditions ; c'était une sorte de comportement de survie par défaut. Mais les technos de Da Vinci ne se souciaient pas plus de morale qu'Hiroko. Ils étaient dans une période de l'histoire où tout leur était ouvert, ils n'avaient de comptes à rendre à personne. Alors ils le firent.

Puis Sax alla trouver Michel.

— Je me fais du souci pour Ann.

Ils étaient dans un coin du vaste entrepôt de Pavonis Est où les mouvements et les clameurs de la foule leur assuraient une sorte d'intimité. Pourtant, après un coup d'œil alentour, Michel dit :

— Allons faire un tour.

Ils s'équipèrent et sortirent. Pavonis Est était un labyrinthe de tentes, hangars, ateliers, pistes, parkings, pipelines, réservoirs et silos. De dépotoirs, aussi, leurs détritus mécaniques éparpillés comme autant d'ejecta volcaniques. A travers ce capharnaüm, Michel mena Sax vers l'ouest, et ils arrivèrent rapidement au bord de la caldeira. Là, le désordre humain se retrouvait placé dans un contexte nouveau, plus vaste, et au terme de ce changement logarithmique, l'assemblage pharaonique d'artefacts faisait soudain figure de bouillon de culture.

Tout au bord du cratère, le basalte noirâtre, tacheté, était lézardé et plusieurs paliers concentriques s'étaient formés en contrebas les uns des autres. Une volée de marches permettait d'y accéder et le plus bas était muni d'une balustrade. Michel conduisit Sax vers la terrasse inférieure d'où on pouvait plonger le regard cinq kilomètres plus bas, mais le vaste diamètre de la caldeira la faisait paraître moins profonde. Loin au fond se dressait tout un pays rond. Sax songea à la petitesse de la caldeira par rapport à la masse énorme du volcan, et il lui sembla que Pavonis se cabrait sous ses pieds tel un continent conique dressé au-dessus de l'atmosphère de la planète et montant à l'assaut de l'espace. Le ciel violet à l'horizon était noirâtre au-dessus de leur tête, et le soleil, pareil à une pièce d'or à l'ouest, projetait des ombres obliques d'une parfaite netteté. Les poussières soulevées par les explosions étaient retombées, tout avait retrouvé sa clarté télescopique normale. La roche, le ciel et rien d'autre — que la rangée de constructions juchées sur la lèvre du cratère. La pierre, le ciel et le soleil. La Mars d'Ann. Hormis les bâtiments. Et sur Ascraeus, sur Arsia, sur Elysium et même sur Olympus, il n'y avait pas de bâtiments.

— Il serait facile de déclarer que tout ce qui se trouve au-dessus du kilomètre huit est zone naturelle, dit Sax. Et doit être préservé dans son état primitif.

— Et les bactéries ? objecta Michel. Les lichens ?

— Bah, sans doute. Mais est-ce que ça a de l'importance ?

— Ça en a pour Ann.

— Mais pourquoi, Michel ? Pourquoi est-elle comme ça ?

Michel haussa les épaules.

Au bout d'un long moment, il reprit :

— C'est sûrement plus complexe que ça, mais je pense que ça tient du refus de la vie. Elle s'est tournée vers la pierre comme si c'était une chose fiable. Elle a été martyrisée dans son enfance, tu le savais ?

Sax secoua la tête. Il essaya d'imaginer ce que ça pouvait vouloir dire.

— Son père est mort et sa mère s'est remariée quand elle avait huit ans, reprit Michel. Son beau-père lui a fait subir des sévices dès qu'il a mis les pieds chez elle. Quand elle a eu seize ans, elle est allée vivre chez la sœur de sa mère. Je lui ai demandé en quoi consistaient ces mauvais traitements, mais elle m'a répondu qu'elle n'avait pas envie d'en parler. Le viol, c'est le viol, disait-elle. Elle prétendait avoir presque tout oublié, de toute façon.

— Ça, je la crois.

Michel agita une main gantée.

— On en garde toujours plus de souvenirs qu'on ne pense. Plus qu'on ne voudrait, parfois.

Ils regardèrent un moment le fond de la caldeira.

— C'est difficile à croire, fit enfin Sax.

— Ecoute, il y avait cinquante femmes parmi les Cent Premiers, répondit Michel d'un ton morne. Il y a des chances pour que plus d'une d'entre elles ait été violentée au cours de son existence. Pas loin de dix ou quinze, si on en croit les statistiques. Violées, frappées, maltraitées... c'est comme ça.

— C'est difficile à croire.

— Oui.

Sax se rappelait avoir flanqué à Phyllis un coup dans la mâchoire qui l'avait mise knock-out, et en avoir éprouvé une certaine satisfaction. Il devait le faire ; telle était du moins son impression sur le moment.

— Chacun a ses raisons. Ou croit en avoir, reprit Michel, et il tenta, selon sa bonne habitude, de tirer quelque chose de positif de ce qui était le mal à l'état pur. A la base de toute culture, il y a une réponse névrotique aux premières blessures psychiques de l'être humain. Avant la naissance et au tout début de la vie, l'individu connaît un bonheur océanique narcissique : il est l'univers. Puis, plus tard, à la fin de la petite enfance, il découvre qu'il est un être distinct de sa propre mère et de tout le monde. C'est un choc dont on ne se remet jamais complètement. Il peut se rabattre sur plusieurs stratégies névrotiques pour régler le problème. D'abord, se refondre dans la mère. Puis nier la mère, et transférer son idéal d'ego sur le père. Cette stratégie dure souvent jusqu'à la fin. C'est pourquoi, dans cette culture, les gens adorent leur roi, Dieu le père et ainsi de suite. L'ego idéal peut aussi se déplacer à nouveau vers des idées abstraites, ou la fraternité humaine. Il y a des tas de complexes dûment identifiés et qui ont fait l'objet de descriptions élaborées : les complexes de Dionysos, Persée, Apollon, Hercule. Tous sont névrotiques, dans la mesure où ils mènent à la misogynie, sauf le complexe de Dionysos.

— Encore un de tes carrés sémiotiques ? demanda Sax, un peu inquiet.

— Oui. Les complexes d'Apollon et d'Hercule décrivent assez bien les sociétés industrielles terrestres. Le complexe de Persée, les cultures primitives, avec de forts prolongements jusqu'à nos jours, évidemment. Trois organisations patriarcales. Elles déniaient l'aspect maternel, lié, dans le patriarcat, au corps et à la nature. Le féminin était l'instinct, le corps, la nature, alors que le principe masculin était la raison, l'esprit, la loi. Et c'est la loi qui gouvernait.

Sax, fasciné par tous ces rapprochements, ne put que dire :

— Et sur Mars ?

— Eh bien, sur Mars, il se peut que l'ego idéal retourne vers le maternel. Vers le dionysien, ou vers une sorte de réintégration post-œdipienne avec la nature que nous sommes encore en train d'inventer. Un nouveau complexe qui ne serait pas aussi susceptible de surinvestissement névrotique.

Sax secoua la tête. C'était stupéfiant de voir quel degré de complexité, d'élaboration, pouvait atteindre une pseudo-science. Une compensation technique, peut-être ; une tentative désespérée pour ressembler davantage à la physique. Mais ils ne comprenaient pas que la physique, malgré sa complexité notoire, faisait toujours des efforts méritoires pour se simplifier.

Michel, en attendant, poursuivait son raisonnement. Le capitalisme était en corrélation avec le patriarcat, disait-il. C'était un système hiérarchique dans lequel la plupart des hommes étaient économiquement exploités, traités comme des animaux, empoisonnés, trahis, bousculés, massacrés. Et, même dans les circonstances les plus favorables, constamment menacés d'être jetés par-dessus bord, fichus dehors, réduits à la misère, incapables de nourrir leurs proches, affamés, humiliés. Certains prisonniers de ce déplorable système passaient la colère que leur inspirait leur sort sur le premier venu, même si c'était un être cher, la personne la plus susceptible de leur apporter du réconfort. C'était illogique et même stupide. Brutal et stupide, oui. Michel haussa les épaules. Il n'aimait pas la conclusion à laquelle l'avait mené cet enchaînement logique. Celle de Sax était que les actes des hommes prouvaient souvent, hélas, leur stupidité. Le système limbique se tortillait parfois dans certains esprits, poursuivait Michel, tentant de redresser la barre, de fournir une explication positive. L'adrénaline et la testostérone amenaient toujours une réponse de type combat ou fuite. Dans certaines situations désespérées, un circuit de satisfaction s'établissait dans l'axe encaisser/rendre les coups, et les hommes concernés devenaient insensibles non seulement à l'amour de leur prochain, mais aussi à leur intérêt personnel. Autant dire qu'ils étaient malades.

Sax se sentait lui-même un peu malade. En un quart d'heure à peine, Michel avait fait plusieurs fois le tour du mal inhérent à la nature humaine, et les hommes de la Terre avaient encore bien des comptes à rendre. Sur Mars, ils étaient différents. Il y avait pourtant des tortionnaires à Kasei Vallis, il était bien placé pour le savoir. Mais c'étaient des colons venus de la Terre. Malade. Oui, il se sentait malade. Les jeunes indigènes n'étaient pas comme ça, hein ? Un Martien qui tapait sur une femme ou molestait un enfant serait frappé d'ostracisme, écorché vif, peut-être même lynché, il perdrait sa maison, il serait exilé dans les astéroïdes et on ne le laisserait jamais revenir, n'est-ce pas ?

C'était une voie à explorer.

Puis ses pensées revinrent à Ann. A sa façon d'être. A sa dureté. A son obsession pour la science, les pierres. Une sorte de réponse apollinienne, peut-être. Se concentrer sur l'abstrait pour nier son corps, avec toutes ses souffrances. Peut-être.

— Qu'est-ce qui pourrait l'aider, à ton avis ? reprit Sax.

Michel haussa encore une fois les épaules.

— Je me suis posé la question pendant des années. Je pense que Mars l'a aidée. Je pense que Simon et Peter l'ont aidée. Mais ils ont toujours dû garder une certaine distance. Ils n'ont pas changé ce refus fondamental qui est en elle.

— Mais elle... elle aime tout ça, fit Sax en englobant la caldeira dans un grand geste. Elle l'aime vraiment. Elle n'est pas que négation, reprit-il en réfléchissant à l'analyse de Michel. Il y a du « oui » en elle aussi. Un amour de Mars.

— Tu ne trouves pas qu'aimer les pierres et pas les gens est une sorte de... déséquilibre ? De décalage ? Ann est une tête, tu sais...

— Je sais.

— Et elle a beaucoup fait. Mais elle n'a pas l'air satisfaite.

— Elle n'aime pas ce qui est en train d'arriver à son monde.

— Non. Mais est-ce que c'est vraiment ce qui lui déplaît ? Ou qui lui déplaît le plus ? Je n'en suis pas si sûr. Ça me paraît décalé, encore une fois. Un mélange d'amour et de haine.

Sax secoua la tête, sidéré. Comment Michel pouvait-il prendre la psychologie pour une sorte de science quand elle consistait, la plupart du temps, à opérer des rapprochements ? A voir l'esprit comme une machine à vapeur, l'analogie mécanique qui s'imposait lors de la naissance de la psychologie moderne. Les gens s'étaient toujours ingéniés à comparer l'esprit à autre chose : Descartes à une horloge, les premiers victoriens aux bouleversements géologiques, l'homme du XXe siècle à l'ordinateur ou à un hologramme, celui du XXIe siècle aux IA... et les freudiens orthodoxes à la machine à vapeur. La phase de chauffage, la montée en pression, le transfert de pression, la libération, tout cela transféré dans le refoulement, la sublimation, le retour du refoulé. Sax trouvait insensé qu'on puisse prendre la machine à vapeur comme modèle de l'esprit humain. L'esprit était plutôt... à quoi aurait-on bien pu comparer l'esprit humain ? A une écologie, à un fellfield ou à une jungle, peuplée par toutes sortes de bêtes étranges. Ou à un univers, plein d'étoiles, de quasars et de trous noirs. Bon, c'était peut-être un peu grandiose. En fait, c'était plutôt un ensemble complexe de synapses et d'axones, de jaillissements d'énergie chimique, comme un orage dans l'atmosphère. Une tempête dans le ciel. Le temps, voilà : les perturbations, les orages psychologiques, les zones de haute et de basse pression, les tourbillons — les jet-streams des désirs biologiques, puissants, changeants, tournant sans cesse... la vie dans le vent. Enfin... une sorte de conglomérat hasardeux. En réalité, on ne comprenait pas grand-chose à l'esprit.

— A quoi penses-tu ? lui demanda Michel.

— Il y a des moments où je me fais du souci, admit Sax. Je m'interroge sur les fondements théoriques de tes diagnostics.

— Ils sont très bien étayés empiriquement. Ils sont très précis, très exacts.

— A la fois précis et exacts ?

— Bah, c'est la même chose, non ?

— Non. En termes de mesure, la précision indique à combien on est de la valeur absolue. La précision, c'est la taille de la fenêtre de mesure. Si l'incertitude est de plus cent ou moins cinquante et que la valeur absolue est de cent un, ce n'est pas très précis, mais c'est tout à fait exact. Il arrive souvent, bien sûr, qu'on ne puisse pas déterminer vraiment la valeur absolue.

Une curieuse expression envahit le visage de Michel.

— Tu es un homme exact, Sax.

— Ce ne sont que des statistiques, répliqua Sax, sur la défensive. La langue permet parfois de dire les choses avec précision.

— Et exactitude.

— Parfois.

Ils scrutèrent du regard le pays de la caldeira.

— Je voudrais l'aider, reprit Sax.

Michel hocha la tête.

— Tu l'as déjà dit. Je t'ai répondu que je n'avais pas la réponse. Pour elle, tu es le terraforming. Pour que tu sois en mesure de l'aider, il faudrait que le terraforming l'aide. Tu ne vois pas comment le terraforming pourrait faire quelque chose pour elle ?

Sax réfléchit un moment.

— Il pourrait lui permettre de sortir. De se promener dehors sans casque, et même sans masque.

— Tu crois que c'est ce qu'elle veut ?

— Je pense que tout le monde en a envie, à un niveau ou à un autre. Au niveau du cervelet. L'animal qui est en nous, tu sais. Ça paraît normal.

— Je ne sais pas si Ann est très en phase avec ses sentiments animaux.

Sax rumina un instant. Tout à coup, le paysage s'obscurcit.

Ils levèrent les yeux. Le soleil était un disque noir entouré d'une faible lueur, peut-être la couronne solaire. Tout autour, des étoiles brillaient.

Soudain, un croissant de feu les obligea à détourner le regard. C'était la couronne. Ce qu'ils venaient de voir était probablement l'exosphère illuminée.

Le paysage plongé dans l'obscurité s'éclaira à nouveau. L'éclipse artificielle avait pris fin. Mais le soleil était nettement plus petit que quelques instants auparavant. Le vieux bouton de bronze du ciel martien ! On aurait dit un ami revenu les voir. Le monde était plus sombre, toutes les couleurs de la caldeira avaient pris un ton plus soutenu, comme si des nuages invisibles avaient masqué le soleil. Une vision très familière, en fait — la lumière naturelle de Mars retrouvée après vingt-huit ans.

— J'espère qu'Ann a vu ça, fit Sax.

Il éprouva une soudaine sensation de froid, tout en sachant fort bien que la température de l'air n'avait pas eu le temps de baisser. Et puis, il portait un scaphandre. Mais il ferait plus froid. Il songea avec tristesse aux fellfields disséminés sur toute la planète, à quatre ou cinq kilomètres d'altitude, et plus bas, aux latitudes moyennes et supérieures. A la limite du possible, tout un écosystème avait désormais commencé à mourir. Une perte d'ensoleillement de vingt pour cent : c'était pire que n'importe quelle ère glaciaire terrestre ; ça ressemblait plus à l'obscurité consécutive aux grands événements qui avaient éteint toute vie sur Terre : les événements de la fin du Crétacé, de l'Ordovicien et du Dévonien, ou pire, la catastrophe du Permien, à l'issue de laquelle près de quatre-vingt-quinze pour cent des espèces vivantes de l'époque — il y a de cela deux cent cinquante millions d'années — avaient péri. Une rupture d'équilibre, et très peu d'espèces survivaient. Celles qui en réchappaient étaient très fortes. Ou bien elles avaient eu de la chance.

— Je doute que ça lui suffise, nota Michel.

Sur ce point, Sax était prêt à le suivre. Mais pour l'instant, il avait une autre idée en tête : il pensait au meilleur moyen de compenser la perte de lumière due à la disparition de la soletta afin de limiter les dégâts occasionnés aux biomes. Si les choses se passaient comme il l'espérait, Ann avait intérêt à s'habituer à ces fellfields.

C'était Ls 123, le milieu de l'été dans l'hémisphère Nord et de l'hiver dans le Sud. On approchait de l'aphélie qui, doublée de l'altitude supérieure, faisait que l'hiver était beaucoup plus froid au Sud qu'au Nord. La température tombait régulièrement à 230 degrés kelvin, c'est-à-dire à peu près au même niveau qu'à leur arrivée sur la planète. Maintenant que la soletta et le miroir annulaire avaient disparu, le thermomètre descendait encore. Pas de doute : il allait faire un froid record dans les highlands du Sud.

D'un autre côté, il était déjà tombé pas mal de neige au Sud, et Sax était très impressionné par la capacité qu'avait la neige de protéger les êtres vivants du froid et du vent. L'environnement demeurait relativement stable sous la neige. Il se pouvait que les plantes couvertes de neige, déjà blindées par le durcissement hivernal, souffrent moins qu'il le craignait de la baisse de luminosité, et donc de la température au niveau du sol. C'était difficile à dire. Il serait bien allé sur le terrain, s'en assurer par lui-même. Evidemment, il faudrait des mois, voire des années, avant que la différence soit quantifiable. Sauf peut-être au niveau du climat proprement dit. Et pour observer le climat, il suffisait de suivre les données météorologiques, ce qu'il faisait déjà. Il passait des heures devant des images satellites, des cartes isobariques du temps, à l'affût du moindre signe. Comme bien des gens, à commencer par les météorologues. C'était une diversion utile quand on venait lui reprocher d'avoir supprimé les miroirs, ce qui était arrivé si souvent pendant la semaine suivant l'événement qu'il en avait par-dessus la tête.

L'ennui, c'est que le temps sur Mars était tellement changeant qu'il était difficile de dire si la suppression des grands miroirs l'affectait ou non. Triste aveu de leur piètre compréhension de l'atmosphère, se disait Sax. Mais c'était comme ça. Le climat martien était un système violent, semi-chaotique, qui ressemblait à celui de la Terre par certains côtés, ce qui n'avait rien d'étonnant : c'était toujours une question de circulation d'air et d'eau autour d'une sphère tournant sur elle-même, et les forces de Coriolis étaient les mêmes partout, de sorte qu'ici, comme sur Terre, il y avait des vents d'est tropicaux, des vents d'ouest tempérés, des vents d'est polaires, des points d'ancrage du jet-stream et ainsi de suite. Mais c'était à peu près tout ce qu'on pouvait dire avec certitude du climat sur Mars. A part qu'il faisait plus froid et plus sec au Sud qu'au Nord. Qu'il y avait des endroits où il ne tombait jamais une goutte de pluie, sous le vent des hauts volcans ou des chaînes de montagnes. Qu'il faisait plus chaud à l'équateur et plus froid aux pôles. Mais ce genre d'observations évidentes était tout ce qu'on pouvait affirmer sans craindre de se tromper, en dehors de quelques schémas locaux, d'ailleurs généralement sujets à de grandes variations. C'était plus une question d'analyse statistique que d'expérience. Or ils n'avaient que cinquante-deux années martiennes de recul, pendant lesquelles l'atmosphère s'était considérablement densifiée, l'eau avait été pompée à la surface et beaucoup d'autres choses avaient changé, de sorte qu'il était assez difficile de définir des conditions normales ou moyennes.

En attendant, Sax avait du mal à se concentrer sur Pavonis Est. Les gens venaient le trouver sans cesse pour se plaindre de la disparition des miroirs, et la situation politique était d'une instabilité digne du climat martien. Une chose était claire, en tout cas : la suppression des miroirs n'avait pas suffi à amadouer tous les Rouges. Il ne se passait pas une journée qu'ils ne sabotent un projet de terraforming ou un autre, et la défense de ces projets donnait parfois lieu à de violents combats. Les infos de la Terre, que Sax se forçait à regarder une heure par jour, faisaient apparaître que certains groupes tentaient de régir la situation comme avant l'inondation, malgré l'opposition farouche d'autres groupes qui voulaient y voir un point de rupture dans l'histoire et tentaient de l'utiliser — à l'instar des révolutionnaires martiens — comme tremplin vers un ordre nouveau. Mais les métanationales n'étaient pas du genre à renoncer facilement et, sur Terre, elles menaient une guerre de tranchée, l'ordre de bataille du jour. Elles avaient la mainmise sur de vastes ressources, et ce n'était pas une misérable élévation de sept mètres du niveau de la mer qui allait leur faire quitter le devant de la scène.

Sax éteignit son écran après avoir passé une heure très déprimante, et rejoignit Michel dans son patrouilleur pour dîner.

— Il n'y a pas de nouveaux départs. Ça n'existe pas, dit-il en mettant de l'eau à bouillir.

— Même le Big Bang ? avança Michel.

— Si j'ai bien compris, d'après certaines théories, la... l'agrégation de l'univers primitif aurait été provoquée par l'agrégation primitive de l'univers précédent qui se serait effondré lors d'un Big Crunch.

— Pour moi, il y avait de quoi gommer toutes les irrégularités, non ?

— Les singularités sont étranges... hors de leur horizon événementiel, l'effet quantique permet l'apparition de certaines particules. Puis la dilatation cosmique, en propulsant ces particules vers l'extérieur, aurait causé de petits agrégats qui auraient grossi. (Sax se renfrogna. Voilà qu'il parlait comme les théoriciens du groupe de Da Vinci.) Mais je pensais à l'inondation, sur Terre. Qui n'est pas une altération aussi complète des conditions qu'une singularité, loin de là. En fait, il doit y avoir des gens là-bas qui ne veulent pas du tout y voir une rupture.

— Exact, fit Michel en riant, il n'aurait su dire pourquoi. Nous devrions aller voir sur place de quoi il retourne, tu ne crois pas ?

Alors qu'ils finissaient leurs spaghettis, Sax dit :

— J'ai envie d'aller sur le terrain. Je voudrais savoir si la disparition des miroirs a des effets visibles.

— Tu en as déjà vu un quand nous étions au bord du cratère : la baisse de luminosité, répondit Michel avec un haussement d'épaules.

— Certes, mais ça ne fait qu'accroître ma curiosité.

— Eh bien, nous garderons le fort pendant ton absence.

Comme si on devait physiquement occuper un espace donné pour être présent.

— Le cervelet ne renonce jamais, nota Sax.

Michel eut un grand sourire.

— C'est pour ça que tu veux y aller en personne.

Sax fronça le sourcil.

Avant de partir, il appela Ann.

— Je pars en expédition pour... pour Tharsis Sud pour-pour-pour examiner la limite supérieure de l'aréobiosphère. Tu veux venir avec moi ?

Elle hésita, prise de court. Sa tête oscilla d'avant en arrière pendant qu'elle réfléchissait à la proposition — la réponse du cervelet, six ou sept secondes avant sa réponse verbale consciente.

— Non.

Puis elle coupa la communication, l'air un peu effrayée.

Sax haussa les épaules, mal à l'aise. Il comprit que s'il voulait aller sur le terrain, c'était en partie parce qu'il espérait y emmener Ann, lui montrer lui-même les premiers biomes rocheux des fellfields. Lui faire voir comme ils étaient beaux. Lui parler. Quelque chose comme ça. L'idée de ce qu'il lui dirait s'il réussissait à l'emmener là-bas était pour le moins brumeuse. Juste lui montrer. Qu'elle *voie*.

Bah, on ne pouvait pas forcer les gens à voir les choses.

Il alla dire au revoir à Michel, dont tout le travail consistait à faire voir les choses aux gens. C'était sans doute l'origine de sa frustration quand il lui parlait d'Ann. Il y avait maintenant plus d'un siècle qu'il la suivait et elle n'avait pas changé. C'est tout juste si elle lui avait parlé d'elle. Sax ne pouvait s'empêcher d'avoir un petit sourire en y pensant. C'était on ne peut plus vexant pour Michel, qui aimait manifestement Ann. Comme tous ses vieux amis et patients, Sax compris. En ce qui concernait Michel, c'était un cas de conscience professionnelle. Il se devait de tomber amoureux de tous les objets de son « étude scientifique ». Tous les astronomes aimaient les étoiles. Enfin, qui sait...

Sax tendit la main, prit Michel par le gras du bras, et ce geste qui lui ressemblait bien peu, ce « changement de pensée », arracha un sourire de contentement à Michel. De l'amour, eh oui. Et d'autant plus que les cobayes étaient des femmes connues depuis des années, étudiées avec l'avidité de la recherche pure — ça, ça devait être un sacré sentiment. Et quelle intimité, qu'elles acceptent ou non de coopérer à ses travaux scientifiques ! En fait, il se pouvait qu'elles lui paraissent encore plus ensorcelantes si elles refusaient de coopérer, de satisfaire sa curiosité. Après tout, si Michel voulait qu'on réponde à ses questions, qu'on y réponde de long en large même quand il ne demandait rien, il avait toujours Maya, Maya la trop humaine, qui l'avait mené en une pénible course d'obstacles à travers le système limbique, allant jusqu'à lui lancer des choses, à en croire Spencer. Après ce genre de symbolisme, le silence d'Ann pouvait se révéler très attachant.

— Prends bien soin de toi, fit Michel, le savant heureux, face à l'un de ses sujets d'étude.

Un sujet aimé comme un frère.

Sax prit un patrouilleur individuel et descendit le tablier abrupt, dénudé, de Pavonis Mons, puis franchit la passe entre Pavonis et Arsia Mons. Il contourna le vaste cône d'Arsia Mons par la face est, aride, traversa le flanc sud d'Arsia, la bosse de Tharsis, et se retrouva enfin dans les highlands disloquées de Daedalia Planitia. Cette plaine avait été un bassin d'impact géant, maintenant presque entièrement effacé par le soulèvement de Tharsis puis par les coulées de lave d'Arsia Mons et les vents inlassables, si bien qu'il ne subsistait que dans les observations et les déductions des aréologistes, et que l'imperceptible réseau radial d'ejecta était visible sur les cartes mais illisible sur place.

A première vue, le paysage était celui de toutes les highlands du Sud : un sol accidenté, crevassé, ravagé, criblé de cratères. Un paysage rocheux hostile. Les vieilles coulées de lave apparaissaient sous la forme de lobes de roche sombre, lisse, pareils à une houle qui montait et descendait. Le vent y avait creusé des sillons tantôt clairs, tantôt foncés, trahissant la présence de poussières d'une masse et d'une consistance variées : de longs triangles clairs sur les flancs sud-est des cratères et des rochers, des chevrons noirs sur les versants nord-ouest et des taches sombres dans les nombreux cratères sans lèvres. La prochaine tempête de sable redessinerait tous ces schémas.

Sax se glissait dans le creux des vagues de pierre avec l'exaltation du surfeur, descendre, descendre, remonter, descendre, descendre, remonter, tout en déchiffrant les peintures de sable qui étaient autant de cartes des vents. Plutôt qu'un patrouilleur camouflé en rocher, avec son habitacle bas, sombre, et qui avançait furtivement, comme un cafard, d'une cachette à l'autre, il avait préféré prendre un gros véhicule d'aréologiste à la cabine supérieure entièrement vitrée. Il éprouvait un immense plaisir à déambuler dans le grand jour diaphane, monter, descendre, remonter, redescendre sur la plaine sculptée par le sable, aux horizons étrangement lointains pour Mars. Pourquoi se serait-il caché ? Personne ne le pourchassait. Il était un homme libre sur une planète libre, il pouvait aller à sa guise. Il aurait pu faire le tour du monde avec son véhicule.

Il lui fallut près de deux jours pour mesurer l'impact de ce sentiment. Même alors, il ne fut pas sûr de le comprendre tout à fait. C'était une étrange sensation de légèreté qui lui retroussait souvent les commissures des lèvres en de petits sourires que rien ne justifiait. Il n'avait pas eu conscience jusque-là d'être particulièrement opprimé, mais il lui semblait l'avoir toujours été. Depuis 2061, peut-être, ou même avant. Soixante-six années de peur, ignorée, oubliée, mais toujours là, une sorte de crispation, une petite angoisse tapie au creux des choses.

— Yo-ho-ho ! Soixante-six bouteilles de peur sur le mur, soixante-six bouteilles de peur ! Prends-en une, fais-la passer à la ronde, yo-ho-ho ! Soixante-cinq bouteilles de peur sur le mur !

Fini, tout ça. Il était libre, dans un monde libre. Un peu plus tôt, ce jour-là, il avait vu, dans des interstices de la roche, les premières neiges briller d'un éclat liquide que la poussière n'altérerait jamais. Puis des lichens. Il s'enfonça dans l'atmosphère. Se demandant pourquoi ne pas poursuivre dans cette voie, à baguenauder librement dans ce monde qui était son laboratoire, et tous les autres avec lui, libres eux aussi !

C'était une sacrée sensation.

Ils pouvaient toujours discourir, sur Pavonis — et ailleurs —, et ils ne s'en priveraient sûrement pas. C'étaient des gens extraordinairement chicaniers. Etait-ce un problème sociologique ? Difficile à dire. En tout cas, ils devaient coopérer malgré leurs prises de bec, même sur la base d'une conjonction d'intérêts temporaire. Tout était temporaire, aujourd'hui. Tant de traditions avaient disparu, les plongeant dans ce que John appelait l'obligation de création. Et la création était difficile. Tout le monde n'était pas aussi doué pour créer que pour râler.

D'un autre côté, ils avaient certaines possibilités maintenant, en tant que groupe, en tant que... civilisation. La masse de connaissances scientifiques accumulées devenait vraiment importante et leur fournissait un arsenal de pouvoirs difficiles à appréhender, même dans les grandes lignes, par un seul individu. Or, bien ou mal compris, ça restait des pouvoirs. Des pouvoirs divins, comme disait Michel, même s'il n'était pas nécessaire d'exagérer ou d'y mêler un but. C'étaient des pouvoirs dans le monde matériel, réels bien que limités par la réalité. Ce qui ne devrait pas les empêcher — tel était du moins le sentiment de Sax — de favoriser, si on en faisait bon usage, l'émergence d'une civilisation humaine acceptable, en fin de compte, après des siècles d'efforts. Et pourquoi pas ? Pourquoi ne pas viser le plus haut possible ? Ils pouvaient répondre aux besoins de tous équitablement, guérir les maladies, retarder le vieillissement de façon à vivre mille ans. Ils pouvaient expliquer l'univers de la constante de Planck à la distance cosmique, du Big Bang à l'eschaton — tout cela leur était possible, c'était techniquement réalisable. Et quant à ceux qui pensaient que l'humanité avait besoin de l'aiguillon de la souffrance pour parvenir à la grandeur, eh bien, ils pouvaient toujours se replonger dans les tragédies dont Sax était sûr qu'elles étaient immortelles, et qui brassaient des notions comme l'amour perdu, l'amitié trahie, la mort, les mauvais résultats de laboratoire. En attendant, les autres s'acharnaient à bâtir une civilisation décente. C'était possible ! C'était stupéfiant, vraiment. Ils étaient arrivés à ce moment de l'histoire où on pouvait réellement dire que c'était possible. On avait peine à le croire, en fait. Sax restait dubitatif. En physique, quand on se trouvait confronté à une situation un tant soit peu extraordinaire ou unique, le doute surgissait aussitôt. Les probabilités étaient contre, il s'agissait d'un artefact ou d'une erreur de perspective, on devait toujours garder à l'esprit que les choses étaient plus ou moins constantes et qu'on vivait une époque moyenne — le fameux principe de médiocrité. Sax ne l'avait jamais trouvé très séduisant. Peut-être cela signifiait-il simplement que la justice était toujours accessible. En tout cas, c'était un moment extraordinaire, à portée de la main, juste derrière ces quatre vitres, brillant sous la caresse du soleil naturel. Mars et ses humains, libres et puissants.

Trop à la fois. S'évanouissant de ses pensées pour y resurgir. Alors, surpris et joyeux, il s'exclamait : « Ha ! Ha ! » Le goût de la soupe à la tomate et du pain : « Ha ! » Le violet poussiéreux du ciel au crépuscule : « Ha ! » Les reflets des instruments de bord dans les vitres noires : « Ha ! Ha ! Ha ! Oh, mon Dieu ! » Il était libre d'aller où il voulait. Libre d'agir à sa guise. Il le répéta tout haut à l'écran assombri de son IA : « Nous sommes libres d'agir à notre guise ! » C'était presque terrifiant. Vertigineux. Ka, comme auraient dit les yonsei. Ka, qui était censé être le nom de Mars pour le petit peuple rouge, du japonais *ka*, qui signifiait feu. On retrouvait ce mot dans plusieurs langues primitives, comme le proto-indo-européen ; enfin, c'est ce que disaient les linguistes.

Il se coula doucement dans le grand lit pratiqué à l'arrière de la cabine et, la tête sur l'oreiller, bercé par le bourdonnement du chauffage électrique, il contempla les étoiles en ronronnant sous l'épaisse couverture qui gardait si bien la chaleur du corps.

Le lendemain matin, un système de hautes pressions arriva du nord-ouest et la température atteignit 262 degrés kelvin. Il était à cinq kilomètres au-dessus du niveau moyen, et la pression extérieure était de 230 millibars. Pas encore assez pour respirer à l'air libre ; alors il enfila une combinaison chauffante, glissa une petite bouteille d'air comprimé sur ses épaules, plaça le masque sur son nez et sa bouche et mit des lunettes.

En dépit de cet attirail, lorsqu'il franchit la porte extérieure du sas et prit pied sur le sable de la surface, le froid intense le fit renifler et pleurer au point de lui brouiller la vue. Le vent lui sifflait aux oreilles, malgré le capuchon de sa combinaison. Mais les éléments chauffants étaient efficaces et, son corps étant tenu au chaud, son visage s'habitua peu à peu à la froidure.

Il resserra les cordons de son capuchon et s'aventura sur le sol en prenant garde à marcher sur les pierres plates. Il y en avait partout. A chaque pas ou presque il s'accroupissait pour inspecter les fissures dans lesquelles étaient nichés des lichens et des spécimens très dispersés d'autres formes de vie : des mousses, de petites touffes de carex, des brins d'herbe. Le vent soufflait très fort. Des bourrasques particulièrement violentes le giflaient quatre ou cinq fois par minute, entrecoupées par un vent furieux. La région devait être très ventée, avec les énormes masses d'air qui dérivaient vers le sud en contournant la masse de Tharsis. Des cellules de haute pression déversaient sûrement beaucoup d'humidité au pied du volcan, à l'ouest. L'horizon, de ce côté, était d'ailleurs assombri par une mer plate de nuages culminant à deux ou trois mille mètres et qui se fondaient avec le sol à une soixantaine de kilomètres de distance.

La résille des fissures et des creux, sous ses pieds, accueillait parfois un peu de neige. Elle était tellement dure qu'il aurait pu sauter dessus sans y laisser de trace. Des plaques de verglas, partiellement fondues puis regelées. Une dalle craquelée crissa sous ses bottes. Il s'aperçut qu'elle faisait plusieurs centimètres d'épaisseur et recouvrait de la poudreuse, ou des grêlons. Il avait les doigts gelés, malgré ses gants chauffants.

Il se releva et erra au hasard sur la roche. Des mares de glace occupaient le fond de certains creux plus profonds. Vers la mi-journée, il s'assit auprès d'une de ces mares et mangea une barre au miel et aux céréales en soulevant son masque à air. Altitude : quatre ou cinq kilomètres au-dessus du niveau moyen. Pression : 267 millibars. Une situation anticyclonique, en effet. Le soleil était bas sur l'horizon, au nord, tache brillante entourée d'étain.

La glace de la mare était bulleuse, craquelée ou blanchie par le givre, avec de petites fenêtres claires par lesquelles il distinguait le fond noir. La rive était un croissant de gravier avec des plaques d'humus brun où des végétaux noirs, morts, formaient une banquette miniature : la ligne de hautes eaux, apparemment, une plage de terre sur la plage de gravier. Le tout ne faisait pas plus de quatre mètres de long sur un mètre de large. Le gravier fin était de couleur terre de Sienne, ombre brûlée ou... Il faudrait qu'il consulte un nuancier. Plus tard.

La banquette de terre était piquetée de brins d'herbe groupés en rosettes vert pâle. Çà et là, des brins plus longs formaient des touffes. La plupart étaient gris pâle, morts. Juste au bord de la mare poussaient par plaques des plantes grasses vert foncé, au bord rouge sombre. En se fondant dans le rouge, le vert donnait une couleur à laquelle il n'aurait su donner de nom, un brun sombre, lustré, comme saturé par les deux couleurs qui le composaient. Décidément, il faudrait qu'il trouve un nuancier. C'est ce qu'il ne cessait de se répéter lorsqu'il se promenait à l'air libre. Certaines de ces feuilles bicolores abritaient des fleurs cireuses, ivoire. Plus loin, il remarqua des entrelacs de tiges rouges, hérissées d'épines vertes, pareilles à des algues marines en miniature. Toujours ce mélange de rouge et de vert, jusque-là, dans la nature, le regardant.

Une vibration distante, assourdie par le vent. Peut-être des roches éoliennes, ou des insectes. Des moucherons, des abeilles... Dans cette atmosphère, ils n'absorberaient qu'une trentaine de millibars de gaz carbonique. C'était peu, et la pression interne devrait suffire, dans la plupart des cas, à empêcher une absorption plus chargée en millibars. Pour les mammifères, ça ne marcherait pas aussi bien. Mais ils pourraient supporter vingt millibars de gaz carbonique, et, avec la vie végétale qui envahissait les régions basses de la planète, ce niveau pourrait être bientôt atteint. Alors ils pourraient se passer des bouteilles d'air comprimé et des masques faciaux. Lâcher des animaux en liberté sur Mars.

Dans l'imperceptible bourdonnement de l'air, il semblait entendre leurs voix, immanentes ou émergentes, portées par la prochaine grande vague de *viriditas*. Le murmure d'une conversation distante, le vent, la paix de cette petite mare sur sa lande rocheuse, le plaisir nirgalien qu'il prenait à se trouver dans ce froid glacial...

— Il faudrait qu'Ann voie ça... murmura-t-il.

Mais, encore une fois, depuis la disparition des miroirs spatiaux, tout ce qu'il voyait ici était probablement condamné. C'était la limite supérieure de la biosphère, et avec la diminution de la luminosité et de la chaleur, elle descendrait sûrement, de façon au moins temporaire, sinon définitive. Cette perspective ne lui disait rien qui vaille. Cependant, il croyait à la possibilité de compenser la baisse de luminosité. Après tout, le terraforming marchait bien avant la mise en place des miroirs ; ils n'étaient pas indispensables. Et mieux valait ne pas dépendre de quelque chose de si précaire ; autant s'en débarrasser maintenant que plus tard, quand leur disparition aurait risqué de faire périr de vastes populations animales et non plus seulement des plantes.

Ça n'en était pas moins un vrai gâchis. Enfin, en se décomposant les plantes mortes formeraient de l'engrais, et sans souffrir comme les animaux. Du moins le supposait-il. Qui pouvait dire ce que ressentaient les plantes ? Quand on regardait de près les détails de leur articulation resplendissant comme des cristaux composés, elles étaient aussi mystérieuses que n'importe quelle autre forme de vie. En attendant, leur présence faisait de la plaine un vaste fellfield qui recouvrait les roches d'une lente tapisserie, faisait éclater les minéraux battus par les intempéries, se fondait en eux pour former les premiers sols. Un processus très lent. La moindre pincée d'humus était d'une immense complexité. Ce fellfield était la plus belle chose qu'il ait jamais vue.

Autant pour le temps. Tout ce monde s'érodait sous l'action du temps. Le temps qu'il faisait, celui qui passait. Le jeu de mots existait aussi en anglais. *Weathered*, disait-on. Le terme avait été employé pour la première fois dans ce sens en 1665, dans un livre sur Stonehenge : « *The weathering of so many Centuries of Years* ». La langue, première science, exacte encore que vague, ou multivalente. Rapprocher les choses. L'esprit en tant que temps. Ou usé par le temps.

Des nuages approchaient au-dessus des collines, à l'ouest. Leur base qui reposait sur une couche thermique était aussi plate que s'ils étaient accolés à une vitre. Des aurores boréales pareilles à de la laine filée ouvraient la voie à l'est.

Sax se leva et remonta sur le plateau. Hors du creux protecteur, le vent était d'une violence renversante et intensifiait le froid comme si la glaciation s'était abattue sur la planète. L'effet refroidissant du vent, évidemment. Mettons que la température soit de 262 degrés kelvin, si le vent soufflait à soixante-dix kilomètres à l'heure, avec des sautes bien supérieures, le facteur de refroidissement faisait chuter la température à l'équivalent de 250 degrés environ. Si c'était vrai — mais l'était-ce ? —, il faisait vraiment trop froid pour se promener sans casque. Il commençait d'ailleurs à avoir les pieds et les mains engourdis. Son visage était insensibilisé comme si on lui avait plaqué un masque épais sur le devant de la tête. Il tremblait et il avait du mal à décoller ses paupières. Ses larmes gelaient sur ses joues. Il fallait qu'il regagne son véhicule.

Il avança péniblement sur l'étendue rocheuse, stupéfait du pouvoir refroidissant du vent. Il n'avait pas vérifié ce phénomène depuis son enfance, si jamais il l'avait expérimenté ; en tout cas, il avait oublié combien il pouvait être efficace. Il gravit une ancienne coulée de lave en titubant dans la bourrasque et parcourut les environs du regard. Son patrouilleur était là, deux kilomètres plus haut, gros insecte d'un vert vif, luisant comme un vaisseau spatial. C'était une vision réconfortante.

Tout à coup, des flocons se mirent à filer horizontalement, lui fournissant une illustration spectaculaire de la vitesse du vent. Des granules de glace heurtèrent ses lunettes dans un cliquetis. Il baissa la tête et poursuivit sa marche en regardant la neige tournoyer autour des pierres. Il crut que ses lunettes étaient embrumées, tellement la neige était épaisse, mais après en avoir essuyé l'intérieur — opération que le froid glacial rendit extrêmement pénible —, il comprit que la buée était en fait dans l'air. De la neige fine, du brouillard, de la poussière, c'était difficile à dire.

Il repartit tant bien que mal. Lorsqu'il releva la tête, la neige tombait tellement dru qu'il ne voyait même plus son patrouilleur, mais que pouvait-il faire sinon continuer ? C'était une chance que sa combinaison soit bien isolée et garnie d'éléments chauffants, parce que, même en poussant le chauffage au maximum, le froid lui lapidait le flanc gauche comme s'il était nu. La visibilité n'était plus que d'une vingtaine de mètres, et fluctuait rapidement en fonction de la quantité de neige charriée par le vent. Il était dans une bulle de blancheur sans forme qui se dilatait et se contractait, elle-même traversée par la neige et ce qui semblait être une sorte de brume ou de brouillard givré. Il se trouvait manifestement au cœur de la tourmente. Ses jambes étaient raides. Il croisa les bras sur sa poitrine, nicha ses mains gantées sous les aisselles et poursuivit son chemin au jugé. Il n'avait pas l'impression d'avoir dévié de sa trajectoire depuis que la visibilité avait soudain baissé, mais il lui semblait aussi qu'il avait parcouru une distance considérable sans arriver au patrouilleur.

Il n'y avait pas de boussoles sur Mars, mais son bloc-poignet et son patrouilleur étaient équipés d'une balise radio. Il pouvait faire figurer sa position et celle de son patrouilleur sur une carte détaillée de son écran de poignet, marcher un peu, repérer la direction qu'il suivait et rectifier éventuellement la trajectoire. Cette opération lui sembla bien compliquée, et il en déduisit que son esprit, comme son corps, était engourdi par le froid. Car ce n'était pas si difficile, en fin de compte.

Il s'accroupit à l'abri relatif d'un rocher et mit sa méthode en pratique. Elle était sans doute excellente, mais l'instrumentation laissait un peu à désirer. Son écran de poignet ne faisait que cinq centimètres de côté et il avait toutes les peines du monde à distinguer quelque chose. Il finit par repartir et effectua, un peu plus loin, un autre relevé. Dont le résultat indiqua, hélas, qu'il aurait dû prendre à angle droit par rapport à la direction qu'il suivait.

C'était démoralisant au point d'en être inhibant. Son corps sentait qu'il allait dans la bonne direction ; son esprit (une partie du moins) pensait qu'il valait mieux se fier aux résultats indiqués par son bloc-poignet ; il avait dû infléchir sa trajectoire quelque part. Mais il n'avait pas cette impression. La pente du sol confirmait les sensations transmises par son corps. La contradiction était si intense qu'il éprouva une vague nausée. Il était la proie d'une telle torsion interne qu'il avait du mal à se tenir debout, comme si toutes les cellules de son corps se révoltaient contre ce que lui disait le bloc-poignet. Les effets physiologiques d'une dissonance purement cognitive étaient stupéfiants. Pour un peu il se serait mis à croire à l'existence dans son corps d'un aimant pareil à la glande pinéale des oiseaux migrateurs, mais il n'y avait pas de champ magnétique à proprement parler. Peut-être sa peau était-elle sensible au rayonnement solaire au point d'arriver à s'orienter par rapport au soleil, même quand le ciel était uniformément gris. Ça devait être quelque chose comme ça, parce que le sentiment qu'il allait dans la bonne direction était d'une force stupéfiante.

Il finit par surmonter son malaise et repartit, avec l'impression atroce d'avoir tort, dans la direction indiquée par son bloc-poignet, en corrigeant un peu sa trajectoire vers le haut, par sécurité. Il fallait se fier aux instruments plutôt qu'à son instinct. C'était ça, la science. Il poursuivit donc son chemin perpendiculairement à l'axe de la pente tout en continuant à monter légèrement, avec plus de maladresse que jamais. Ses pieds engourdis heurtaient des pierres qu'il ne voyait pas et il trébuchait à chaque instant. C'était incroyable à quel point la neige pouvait obstruer la vision.

Il s'arrêta à nouveau et tenta de localiser son patrouilleur grâce au système de navigation de son bloc-poignet. Il lui indiqua une direction complètement différente, derrière lui et vers la gauche.

Il se pouvait qu'il ait dépassé son véhicule. Encore que... Il ne se sentait pas le courage de refaire le chemin en sens inverse, face au vent. Enfin, puisque ça paraissait être la direction du véhicule... Il repartit, tête baissée, dans le froid mordant. Sa peau était dans un état étrange, elle le picotait à l'endroit des éléments chauffants de sa combinaison et semblait insensible partout ailleurs. Il ne sentait plus ni son visage ni ses pieds. Il avait du mal à marcher. Le gel était à l'œuvre, c'était évident. Il devait absolument se mettre à l'abri.

Il eut une autre idée. Il appela Aonia, sur Pavonis, et l'obtint presque aussitôt.

— Sax ! Où es-tu ?

— C'est toute la question ! répliqua-t-il. Je suis sur Daedalia, en pleine tempête, et je n'arrive pas à retrouver mon véhicule. Tu ne pourrais pas vérifier ma position et celle de mon patrouilleur, et me dire dans quelle direction aller ?

Il colla son bloc-poignet contre son oreille.

— Ka wow, Sax.

On aurait dit qu'Aonia criait, elle aussi, bénie soit-elle. Sa voix constituait une étrange intrusion dans le décor.

— Une seconde. Je vérifie. Ça y est, je te vois ! Et ton patrouilleur aussi ! Que fais-tu si loin au sud ? J'ai peur que nous ayons du mal à te rejoindre rapidement. Surtout si les conditions météo sont défavorables !

— Elles le sont, confirma Sax. C'est pour ça que je t'appelle.

— Bon, tu es à trois cent cinquante mètres à l'ouest de ton véhicule.

— Directement à l'ouest ?

— Et un peu au sud. Mais comment vas-tu t'orienter ?

Sax réfléchit à la question. L'absence de champ magnétique sur Mars ne l'avait jamais perturbé auparavant. C'était pourtant un vrai problème. Il supposa que le vent soufflait plein ouest, mais ce n'était qu'une supposition.

— Tu pourrais contrôler auprès des plus proches stations météo et me dire de quelle direction vient le vent ? demanda-t-il.

— Evidemment, mais ça ne tiendra pas compte des variations locales. Attends une seconde, je demande aux autres.

Quelques longs moments de silence glacé passèrent.

— Le vent vient du nord-nord-ouest, Sax ! Tu n'as qu'à marcher le vent dans le dos, et un tout petit peu sur ta gauche !

— J'ai compris. Bon, maintenant suis ma trajectoire de façon à la rectifier si nécessaire.

Il repartit, le vent dans le dos. Encore une chance. Au bout de cinq ou six pénibles minutes, son bloc-poignet bipa. C'était Aonia.

— C'est bon, continue tout droit ! lui annonça-t-elle.

C'était encourageant. Il pressa un peu l'allure, malgré les coups de poignard du vent qui lui lardait les côtes.

— Hé, Sax ! Sax ?

— Oui ?

— Vous êtes au même endroit, ton patrouilleur et toi.

Mais il n'était pas en vue. La visibilité était d'une vingtaine de mètres, et il ne le voyait pas. Son cœur cognait dans sa poitrine. Il devait se mettre à l'abri de toute urgence.

— Décris une spirale de plus en plus large à partir de l'endroit où tu te trouves, fit la petite voix à son poignet.

Bonne idée en théorie, mais il ne pouvait la mettre en pratique. Ça l'aurait obligé à se tourner face au vent. Il regarda d'un œil morne la console de plastique noir de son bloc-poignet. Il n'avait plus d'aide à espérer de ce côté-là.

Il distingua brièvement une sorte de congère sur sa gauche. Il s'en approcha pour voir. La neige s'était amassée à l'abri du vent, sur une corniche à hauteur d'épaule. Il ne se rappelait pas avoir vu cet élément du paysage auparavant, mais le soulèvement de Tharsis avait provoqué des fractures radiales dans la roche ; ça devait en être une. La neige était un merveilleux isolant. C'était une couverture peu attrayante au premier abord, mais Sax savait que les montagnards s'enfouissaient souvent dans la neige pour survivre quand la nuit les surprenait loin de tout abri. Elle les protégeait du vent.

Il flanqua un coup de pied dans la congère. Il avait les extrémités engourdies, mais il eut l'impression d'avoir heurté la roche. Creuser une grotte de neige semblait hors de question. Enfin, l'effort le réchaufferait toujours un peu. Et il y avait moins de vent au pied de la congère. Alors il continua à donner des coups de pied, encore et encore, et trouva, sous la couche de verglas, la neige poudreuse attendue. Il pourrait se faire une sorte de nid, tout compte fait. Il continua à creuser.

— Sax ! Sax ! cria la voix, à son poignet. Qu'est-ce que tu fais ?

— Un trou dans la neige, répondit-il. Un bivouac.

— Oh, Sax ! Nous t'envoyons de l'aide par avion. Nous serons près de toi demain matin, quoi qu'il arrive, alors tiens bon ! Nous allons continuer à te parler !

— Parfait.

Il continua à creuser à coups de pied puis se mit à genoux et pelleta la neige durcie, granuleuse, avec ses mains, la projetant dans les flocons tournoyants au-dessus de lui. Il avait du mal à bouger, du mal à penser. Il regrettait amèrement de s'être aventuré si loin de son patrouilleur, puis de s'être laissé absorber par la contemplation du paysage autour de cette mare de glace. C'était bête de mourir au moment où les choses devenaient vraiment intéressantes. Libre mais mort. Il avait réussi à faire un petit creux oblong dans la dalle de neige verglacée. Il s'assit avec lassitude, se coula dans le trou, se coucha sur le côté et poussa avec ses bottes. La neige était dure contre son dos, moins froide que le vent furieux. Il se réjouit du tremblement qui parcourait son torse et éprouva une vague crainte quand il cessa. C'était mauvais signe quand on avait trop froid pour frissonner.

Il était las, et transi jusqu'à la moelle. Il regarda son bloc-poignet. Quatre heures de l'après-midi. Il avait marché un peu plus de trois heures dans la neige. Il avait quinze ou vingt heures à attendre avant l'arrivée des secours. Mais peut-être le lendemain matin la tempête aurait-elle cessé et la position de son patrouilleur serait-elle devenue évidente. D'une façon ou d'une autre, il devait survivre à cette horrible nuit, soit en restant tapi dans son trou, soit en retrouvant son patrouilleur. Il ne devait pas être loin. Mais tant que le vent ne faiblirait pas, il ne pouvait supporter l'idée de s'aventurer à nouveau dans la tourmente.

Il ne lui restait plus qu'à attendre. Il était théoriquement possible de survivre à une nuit au-dehors, même si le froid était tel que ça paraissait incroyable. La nuit, la température sur Mars pouvait chuter dramatiquement. Mais la tempête pouvait cesser d'un instant à l'autre, lui donnant la possibilité de regagner son véhicule avant la nuit.

Il dit à Aonia et aux autres où il était. Ils avaient l'air très inquiets, mais ils ne pouvaient rien faire. Il sentait aussi de l'irritation dans leurs voix.

De longues minutes passèrent, lui sembla-t-il, avant qu'il ait une autre pensée. Quand on avait froid, les extrémités étaient beaucoup moins bien irriguées, et c'était peut-être le cas pour le cortex aussi. Le sang allait de préférence au cervelet, afin de maintenir les fonctions vitales jusqu'au bout.

Un autre long moment passa. La nuit semblait sur le point de tomber. Il aurait dû rappeler. Il avait trop froid. Quelque chose clochait. Son grand âge, l'altitude, le niveau de gaz carbonique, un de ces facteurs, ou une combinaison de facteurs, rendait les choses pires qu'elles n'auraient dû être. On pouvait mourir de froid en une seule nuit. Il semblait voué à connaître ce sort. Quelle tempête ! La disparition des miroirs, peut-être. Une ère glaciaire instantanée. L'extinction.

Le vent faisait de drôles de bruits, comme des cris. De fortes bourrasques, sans doute. Il eut l'impression qu'on l'appelait : « Sax ! Sax ! Sax ! »

Avaient-ils envoyé quelqu'un par voie aérienne ? Il scruta le maelström de neige qui semblait capter les derniers rayons du jour et se déchirer au-dessus de lui comme un bruit blanc, assourdi.

Puis, entre ses cils encroûtés de glace, il vit une silhouette émerger de ces blanches ténèbres. Courte, trapue, casquée.

— Sax !

Le bruit était déformé, il émanait d'un haut-parleur sur le devant du casque de l'autre. Ce que les techniciens de Da Vinci n'allaient pas inventer, décidément ! Sax tenta de répondre et se rendit compte qu'il était trop gelé pour parler. Le seul fait de sortir ses bottes du trou exigea de lui un effort surhumain. Mais il avait dû attirer le regard de son sauveteur car il se retourna et avança à grands pas résolus dans la tourmente, se déplaçant comme un vieux loup de mer sur le pont d'un caboteur agité par la houle. La silhouette s'approcha, se pencha sur lui et l'empoigna par le bras, juste au-dessus de son bloc-poignet. C'est alors qu'il vit son visage à travers la visière de son casque, aussi claire qu'une baie vitrée. C'était Hiroko.

Elle lui lança un de ses brefs sourires et l'extirpa de sa grotte, tirant si fort sur son poignet gauche que ses os craquèrent.

— Aïe ! s'exclama-t-il.

Hors de l'abri, il faisait un froid mortel. Hiroko le hala sur son dos en le tenant toujours fermement par le poignet et, lui faisant contourner l'épaulement, le mena en plein dans la gueule glacée du vent.

— Mon patrouilleur est tout près, marmonna-t-il en essayant de déplacer les jambes assez rapidement pour prendre appui sur la plante de ses pieds et la soulager de son poids.

Que c'était bon de la revoir ! Une petite personne solide, puissante, comme toujours.

— Il est là, fit la voix qui sortait de son haut-parleur. Tu étais tout près.

— Comment m'as-tu trouvé ?

— Nous t'avons suivi depuis que tu es descendu d'Arsia. Puis quand la tempête a éclaté, aujourd'hui, nous avons vérifié et nous avons vu que tu n'avais pas regagné ton patrouilleur. Alors je suis venue voir ce qui t'était arrivé.

— Merci.

— Il faut faire attention dans ces blizzards.

Puis ils se retrouvèrent devant son patrouilleur. Elle le lâcha et son poignet se mit à palpiter douloureusement. Elle colla sa visière contre ses lunettes.

— Entre, lui ordonna-t-elle.

Il gravit lentement, péniblement, les marches menant au sas, l'ouvrit, se laissa tomber à l'intérieur et se retourna tant bien que mal pour laisser à Hiroko la place d'entrer, mais elle n'était pas devant la porte. Il se pencha dans le vent, regarda aux alentours. Aucun signe de vie. Le soir tombait. La neige paraissait noire, maintenant.

— Hiroko ! appela-t-il.

Pas de réponse.

Il referma la porte, soudain terrifié. Le manque d'oxygène. Il actionna la pompe du sas, entra en titubant dans le réduit où on se changeait. Il faisait étonnamment chaud, l'air était un jet de vapeur brûlante. Il tira maladroitement sur ses vêtements, sans arriver à rien. Il s'astreignit à procéder avec méthode. D'abord les lunettes et le masque facial. Ils étaient couverts de glace. Ah, peut-être le tube d'arrivée d'air était-il obstrué par la glace, entre la bouteille et le masque. Il inspira plusieurs fois, profondément, puis s'assit pour laisser passer un malaise. Il ôta son capuchon, tira sur le zip de sa combinaison et parvint péniblement à enlever ses bottes. Sa combinaison. Ses sous-vêtements étaient froids et gluants. Il avait les mains en feu. C'était bon signe, preuve que les gelures étaient superficielles. N'empêche que c'était une torture.

Toute sa peau brûlait atrocement. Quelle en était la cause ? Le retour du sang dans les capillaires ? De la sensibilité dans les nerfs gelés ? Quelle qu'en soit la raison, la souffrance était presque intolérable.

— Waouh !

Il était d'une humeur radieuse. Non seulement parce que la mort l'avait épargné mais aussi parce qu'Hiroko était vivante. Hiroko, vivante ! C'était une nouvelle prodigieuse. Beaucoup de ses amis s'obstinaient à croire qu'ils avaient survécu, son groupe et elle, à l'attaque de Sabishii, en fuyant à travers le labyrinthe du terril puis dans les refuges creusés à flanc de falaise, mais Sax n'y avait jamais trop cru. Rien, aucun élément n'était venu étayer cette hypothèse. Et il y avait, dans les forces de sécurité, des gens capables de tuer des dissidents et de faire disparaître leurs corps. Pour Sax, c'était probablement comme ça que les choses s'étaient passées. Mais il avait gardé son opinion pour lui et réservé son jugement. Il n'y avait aucun moyen d'en être sûr.

Eh bien, maintenant, il savait. Il avait croisé, par hasard, le chemin d'Hiroko et elle l'avait sauvé de la mort. Car il serait mort de froid, si l'asphyxie n'avait pas eu sa peau avant. La vue de son visage chaleureux, un peu impersonnel, ses yeux bruns, le contact de son corps le soutenant, sa main nouée sur son poignet... Il aurait un bleu, dû à la force de sa poigne. Peut-être même une entorse. Il fléchit la main. Une douleur atroce lui fit monter les larmes aux yeux. Il se mit à rire. Hiroko ! Sacrée Hiroko !

Au bout d'un moment, la sensation de brûlure s'atténua un peu. Il avait toujours les mains enflées, à vif, et il n'avait retrouvé le contrôle ni de ses muscles ni de ses pensées, mais tout revenait plus ou moins à la normale. Ou à quelque chose d'approchant.

— Sax ! Sax ! Où es-tu ? Réponds-nous, Sax !

— Ah ! Salut. J'ai retrouvé mon véhicule.

— Tu l'as retrouvé ? Tu as quitté ta grotte de neige ?

— Oui. Je... j'ai aperçu mon patrouilleur grâce à une trouée dans la neige.

Ils étaient bien contents de l'apprendre.

Il resta assis là, à les écouter bavarder sans les entendre, se demandant pourquoi il avait spontanément menti. Il n'avait pas très envie de leur parler d'Hiroko. Il supposait qu'elle voudrait rester cachée ; peut-être que c'était ça. C'était pour la couvrir...

Il leur assura qu'il allait bien et coupa la communication. Il tira un siège dans la cuisine et s'assit. Réchauffa de la soupe et l'engloutit à grand bruit, se brûlant la langue. La peau à vif, brûlée par le gel, à moitié nauséeux, parfois en larmes, secoué de tremblements, en fait secoué tout court, mais heureux. Echaudé d'avoir vu la mort de si près, bien sûr, et embarrassé, un peu honteux de sa stupidité — rester dehors et se perdre comme ça. Très très échaudé, en fait, et pourtant fou de bonheur. Il avait survécu et mieux, bien mieux, Hiroko aussi. Avec tout son groupe, sûrement, y compris la demi-douzaine des Cent Premiers qui l'avaient suivie depuis le début, Iwao, Gene, Rya, Raul, Ellen, Evgenia... Sax se fit couler un bain et resta longuement dans l'eau chaude, en rajoutant au fur et à mesure que son corps se réchauffait. Ses pensées ne cessaient de tourner autour de cette merveilleuse découverte. Un miracle. Enfin, pas un vrai miracle, bien sûr, mais ça en avait la qualité, l'inattendu, la joie imméritée.

Quand il se rendit compte qu'il s'endormait dans son bain, il sortit de la baignoire, se sécha, se traîna jusqu'à son lit sur ses pauvres pieds endoloris, se glissa sous la couverture et s'endormit en pensant à Hiroko. A l'amour qu'ils faisaient dans les bains de Zygote, dans la chaude lubricité détendue de leurs rendez-vous au cœur de la nuit, quand tous les autres dormaient. A sa main nouée sur son poignet, qui le tirait. Son poignet gauche le lançait. Et ça l'emplissait d'une joie délirante.

Le lendemain, il remonta la longue pente sud d'Arsia, maintenant couverte d'une neige blanche, immaculée, jusqu'à une altitude stupéfiante : 10,4 kilomètres au-dessus du niveau moyen. Il éprouvait un étrange mélange d'émotions, d'une force et d'une intensité sans précédent, même si elles ressemblaient un peu à celles qu'il avait ressenties au cours du traitement de stimulation des synapses qu'on lui avait fait subir après son attaque, comme si des sections de son cerveau croissaient frénétiquement. Le système limbique, peut-être, le foyer des émotions s'unissant enfin avec le cortex cérébral. Il était vivant, Hiroko était vivante, Mars était vivante. En regard de ces faits joyeux, la possibilité d'une ère glaciaire n'était rien, un retour de balancier momentané dans un schéma général de réchauffement, comme la Grande Tempête que tout le monde avait pratiquement oubliée — même s'il était disposé à faire tout ce qui était en son pouvoir pour l'atténuer.

En attendant, chez les êtres humains, de farouches combats se déroulaient encore un peu partout, sur les deux mondes. Mais pour Sax, la crise allait d'une certaine façon plus loin que la guerre. L'inondation, l'ère glaciaire, le boom démographique, le chaos social, la révolution. Il était possible que les choses se soient tellement dégradées que l'humanité avait glissé dans une sorte d'opération de sauvetage de la catastrophe universelle, ou, en d'autres termes, la première phase de l'ère post-capitaliste.

Peut-être était-il trop optimiste, peut-être était-il seulement galvanisé par les événements de Daedalia Planitia. En tout cas, ses associés de Da Vinci se faisaient un sang d'encre. Ils passaient des heures devant leur écran pour lui raconter le détail des chicaneries dont Pavonis Est était le théâtre. Ce qui ne réussissait qu'à l'énerver. Pavonis était bien parti pour devenir le théâtre de disputes constantes, ça crevait les yeux. Et c'était bien leur genre de s'en faire comme ça, à Da Vinci. Que quelqu'un élève la voix de deux décibels et c'était la panique. Non. Après son expérience sur Daedalia, ces choses n'arrivaient tout simplement plus à capter son attention. Malgré la rencontre avec la tempête, ou peut-être à cause d'elle, il n'avait qu'une envie, rester sur le terrain. Il voulait en voir le plus possible, observer les changements apportés par la suppression du miroir, parler à différentes équipes de terraforming de la façon de le compenser. Il appela Nanao à Sabishii et lui demanda s'il pouvait venir le voir et parler de tout ça avec les gens de l'université. Nanao était d'accord.

— Je pourrais amener certains de mes associés ? demanda Sax.

Nanao était d'accord.

Sax débordait de projets qu'il se représentait comme de petites Athéna bondissant hors de sa tête. Que ferait Hiroko de cette possible ère glaciaire ? Il n'en avait pas idée. Tout ce qu'il savait, c'est que dans les labos de Da Vinci, un certain nombre de chercheurs avaient passé les dernières décennies à préparer l'indépendance, à construire des armes, des engins de transport, des abris et toutes sortes de choses de ce genre. Le problème était pour l'instant résolu, mais ces gens étaient toujours là et une ère glaciaire s'annonçait. Nombre d'entre eux avaient participé à l'effort de terraforming et se laisseraient aisément convaincre de remettre la main à la pâte. Mais pour faire quoi ? Eh bien, Sabishii était à quatre kilomètres au-dessus du niveau moyen et le massif de Tyrrhena montait jusqu'à cinq. Les savants de cet endroit étaient les meilleurs spécialistes de l'écologie d'altitude. C'était limpide : il n'y avait qu'à organiser une conférence. Encore une petite utopie en marche.

Cet après-midi-là, Sax arrêta son patrouilleur dans la passe entre Pavonis et Arsia, à un endroit appelé Vue des Quatre Montagnes d'où on avait un point de vue sublime : deux volcans à l'échelle d'un continent emplissaient l'horizon au nord et au sud, la masse distante d'Olympus Mons se dressait au nord-ouest et, par temps clair — il y avait trop de brume ce jour-là —, on apercevait Ascraeus dans le lointain, juste à droite de Pavonis. Il déjeuna dans ces immenses highlands desséchées et repartit vers Nicosia, à l'est, afin de prendre un vol vers Da Vinci puis Sabishii.

Il passa beaucoup de temps, par écran interposé, avec l'équipe de

Da Vinci et des tas de gens sur Pavonis, à tenter de leur expliquer la nouvelle direction qu'il avait prise, à leur faire admettre son départ.

— Je suis avec vous de toutes les façons qui comptent, leur disait-il.

Mais pour eux, c'était inacceptable. Leur cervelet voulait qu'il soit là en chair et en os. Pensée touchante, au fond. « Touchant », un terme symbolique et en même temps parfaitement littéral. Il éclata de rire, mais Nadia s'approcha et lui dit avec agacement :

— Allons, Sax, tu ne vas pas nous laisser tomber au moment où la situation commence à devenir épineuse. C'est justement là que nous avons besoin de toi. Tu es le général Sax, le grand savant. Tu ne peux pas nous lâcher comme ça.

Mais Hiroko lui avait montré à quel point un absent peut être présent. Et il voulait aller à Sabishii.

— Que devons-nous faire ? lui demanda Nirgal.

Question relayée par les autres mais d'une façon moins directe.

En ce qui concernait le câble, ils étaient dans une impasse. Sur Terre, c'était le chaos. Sur Mars, il y avait encore des poches de résistance métanationale et quelques zones étaient sous le contrôle des Rouges, lesquels réduisaient systématiquement à néant tous les projets de terraforming et la majeure partie des infrastructures avec. Il y avait aussi tout un éventail de petits mouvements révolutionnaires dissidents qui profitaient de l'occasion pour affirmer leur indépendance, parfois sur des territoires aussi limités qu'une tente ou une station météo.

— Eh bien, fit Sax, en réfléchissant intensément au problème, le responsable est celui qui contrôle le système vital.

La structure sociale en tant que système vital : l'infrastructure, le mode de production, la maintenance... Il faudrait vraiment qu'il parle aux gens de Séparation de l'Atmosphère et aux fabricants de tentes. Dont beaucoup étaient en relation étroite avec Da Vinci. Ce qui voulait dire que, dans un certain sens, il était lui-même aussi responsable que n'importe qui d'autre. Une idée déplaisante.

— Alors, que nous suggères-tu de faire ? insista Maya, et quelque chose dans sa voix lui donna l'impression qu'elle répétait sa question.

Sax, qui arrivait en vue de Nicosia à ce moment-là, répondit avec impatience :

— Envoyez une délégation sur Terre. Mettez sur pied un congrès constitutionnel et jetez les bases d'un projet de Constitution, un premier outil de travail.

Maya secoua la tête.

— Ce ne sera pas facile, avec tout ce monde.

— Prenez les Constitutions des vingt ou trente pays qui marchent le mieux sur Terre, suggéra Sax en réfléchissant tout haut. Regardez comment elles fonctionnent. Faites effectuer une synthèse par les IA, vous verrez bien ce que ça donne !

— Comment reconnaître les pays qui marchent le mieux ? demanda Art.

— Pff, regardez les indicateurs de développement futur, les abaques de valeur globale réelle, les statistiques du Costa Rica, ou même le PIB, je ne sais pas, moi ! (L'économie était, comme la psychologie, une pseudo-science qui tentait de dissimuler ce fait derrière une hyper-élaboration théorique intense, et le PIB était un instrument de mesure particulièrement désastreux, comme le système de mesure anglais qui aurait dû être aboli depuis longtemps. Enfin...) Croisez plusieurs critères, les indicateurs de développement humain, les mesures de protection de l'environnement, ce que vous voudrez.

— Voyons, Sax, se lamentait Coyote, le concept même d'Etat est mauvais. Cette seule idée pollue toutes ces vieilles Constitutions.

— Peut-être, convint Sax, mais c'est toujours un point de départ.

— Tout ça nous écarte du problème du câble, intervint Jackie.

Il était étrange de voir que certains Verts pouvaient être aussi obsédés par l'indépendance absolue que les Rouges les plus radicaux.

— En physique, je mets souvent entre parenthèses les problèmes que je ne sais pas résoudre, fit Sax. Je fais tout ce que je peux autour et je regarde si ça ne se règle pas tout seul de façon rétroactive, si je puis dire. Pour moi, le câble ressemble à un de ces problèmes : envisagez-le comme un rappel que la Terre n'est pas près de disparaître.

Ils ignorèrent sa réponse pour se remettre à palabrer : et qu'allait-on faire du câble, et comment aborder la question du nouveau gouvernement, et *quid* des Rouges qui semblaient avoir abandonné la discussion, et ainsi de suite, ignorant toutes ses suggestions et revenant à leurs querelles minables, interminables. Autant pour le général Sax dans le monde postrévolutionnaire.

L'aéroport de Nicosia était presque fermé, mais Sax tomba sur des amis de Spencer installés à Dawes's Forked Bay et partit avec eux pour Da Vinci dans un nouvel avion géant ultraléger qui avait été construit juste avant la révolte, anticipant sur l'affranchissement de la nécessité de dissimulation. Alors que le pilote IA faisait décoller le gros appareil aux ailes d'argent au-dessus du gigantesque labyrinthe de Noctis Labyrinthus, les cinq passagers installés dans une cabine à fond transparent se penchèrent sur les accoudoirs de leur fauteuil afin d'admirer le Chandelier qui défilait au-dessous d'eux, un immense réseau d'auges reliées les unes aux autres. Sax regarda les plateaux lisses séparés par les canyons, souvent isolés comme des îles, et se dit qu'il devait y faire bon vivre, comme au Caire, sur le bord nord du cratère. On aurait dit une maquette de ville dans une bouteille.

L'équipage commença à parler de Séparation de l'Atmosphère, et Sax tendit l'oreille. Ces gens qui s'étaient occupés des armements de la révolution et qui menaient des recherches fondamentales sur les matériaux avaient un profond respect pour « la Sep », comme ils disaient, même si elle s'occupait plus trivialement du management du mésocosme. Concevoir des tentes qui tiennent le coup et qui marchent n'était pas une mince affaire. « Ça ne rate qu'une fois », dit plaisamment l'un d'eux. Des problèmes critiques partout, et une aventure potentielle par jour.

La Sep était associée avec Praxis, et chaque tente ou canyon couvert était dirigé par une organisation distincte. Ils mettaient leurs informations en commun et disposaient de consultants itinérants et d'équipes de construction. Ils se considéraient comme un service public, et leur mode de fonctionnement était celui d'une coopérative — sur le modèle Mondragon, version non lucrative, dit quelqu'un. Leurs membres étaient assurés d'avoir une situation agréable et beaucoup de temps libre.

— Mais c'est mérité. Parce que, quand quelque chose cloche, ils ont intérêt à intervenir en vitesse, sinon...

Beaucoup de canyons couverts avaient connu des alertes chaudes à la suite d'un impact de météorite ou d'un autre drame, parfois à cause d'une défaillance mécanique plus banale. La structure standard des canyons couverts consistait à implanter au bout du canyon une centrale énergétique consolidée qui tirait les quantités voulues d'azote, d'oxygène et de gaz rares des vents de surface. La proportion des gaz et leur pression variaient selon les mésocosmes, mais elle tournait autour de cinq cents millibars, ce qui donnait un certain gonflant au toit des tentes. C'était plus ou moins la norme pour les espaces couverts sur Mars, et on pouvait y voir une sorte d'invocation du but à atteindre en surface au niveau moyen. Mais quand il y avait du soleil, l'expansion de l'air à l'intérieur des tentes était très importante, et la procédure standard consistait simplement à relâcher l'air dans l'atmosphère, ou à le stocker dans d'énormes chambres de compression forées dans les parois des gorges.

— Une fois, quand j'étais à Dao Vallis, raconta l'un des hommes, la chambre d'expansion a sauté, ébranlant le plateau et provoquant un glissement de terrain sur Reull Gate. La paroi supérieure de la tente s'est déchirée et la pression est tombée à la moyenne ambiante, qui était d'environ deux cent soixante. Tout a commencé à geler, bien sûr, et ils avaient les vieilles cloisons étanches de secours (des rideaux transparents de quelques molécules d'épaisseur seulement, mais très robustes, se rappelait Sax). Elles se sont déployées automatiquement autour de la déchirure, mais une pauvre femme a été clouée au sol par le superadhésif du bord de la bâche, et la tête du mauvais côté ! On s'est précipités sur elle et je vous jure qu'on n'a jamais découpé et collé de la bâche aussi vite. Elle a bien failli y rester !

Sax frémit en pensant à sa récente mésaventure avec le froid. Deux cent soixante millibars, c'était la pression au sommet de l'Everest. Les autres enchaînèrent les histoires de catastrophes fameuses, comme celle du dôme d'Hiranyagarba qui s'était effondré sous une pluie de glace sans qu'on déplore un seul mort.

Puis ils amorcèrent la descente vers la grande plaine de Xanthe et la piste sablonneuse du cratère de Da Vinci, qui avait été mise en service pendant la révolution. Toute la communauté se préparait depuis des années pour le jour où il ne serait plus indispensable de se dissimuler, et on pouvait voir une grande courbe de fenêtres à miroirs de cuivre dans le bord sud du cratère. De la couche de neige qui couvrait le fond émergeait une butte centrale assez impressionnante. Il était envisageable de transformer le fond du cratère en lac, avec une île centrale et, pour perspective, les collines abruptes entourant la lèvre. Un canal circulaire pourrait être construit juste sous les falaises du bord, relié par des canaux radiculaires au lac intérieur. L'alternance d'eau et de terre aurait rappelé la description de l'Atlantide par Platon. Dans cette configuration, vingt ou trente mille personnes pourraient vivre à Da Vinci en autarcie presque totale, songea Sax. Et il y avait des dizaines de cratères comme Da Vinci. Une communauté de communautés, chaque cratère une sorte de ville-Etat, une polis capable de subvenir à ses propres besoins, de choisir sa culture et d'élire un conseil général... Aucune association régionale plus vaste que la ville, en dehors des organisations d'échange local... Est-ce que ça pourrait marcher ?

On pouvait le penser en voyant Da Vinci. L'arc sud du bord grouillait d'arcades et de pavillons triangulaires inondés de soleil. Sax fit le tour du complexe, un matin, visitant tous les laboratoires les uns après les autres et félicitant leurs occupants pour la façon dont ils avaient préparé l'éviction en douceur de l'ATONU. Si le pouvoir naissait du regard des gens, il arrivait aussi qu'il naisse du bout des fusils. Après tout, le regard des gens changeait selon qu'on leur pointait un fusil dessus ou non. Ces saxaclones avaient mis les fusils dans l'incapacité de tirer, et ils étaient très en forme. Ils l'accueillirent avec joie. Ils se demandaient à quoi ils allaient désormais se consacrer, s'ils allaient se replonger dans la recherche fondamentale, chercher d'autres utilisations pour les nouveaux matériaux que les alchimistes de Spencer leur livraient sans discontinuer ou étudier les problèmes du terraforming.

Ils s'intéressaient aussi à ce qui se passait dans l'espace et sur Terre. Une navette rapide de la Terre, au contenu inconnu, les avait contactés, demandant l'autorisation d'insertion orbitale sans qu'on lui mette des tonneaux de clous en travers du chemin. Aussi l'équipe de Da Vinci s'activait-elle fébrilement à la mise au point de protocoles de sécurité, en liaison étroite avec l'ambassadeur de Suisse qui avait pris des bureaux au nord-ouest de l'arc. De la rébellion à l'administration ; la transition n'était pas aisée.

— Quel parti politique soutenons-nous ? demanda Sax.

— Je ne sais pas. La bande habituelle, j'imagine.

— Aucun parti n'a beaucoup de soutien. Ce qui marche, quoi.

Sax comprenait leur point de vue. C'était la vieille position techno, celle de la plupart des savants depuis qu'ils jouaient un rôle dans la société, qu'ils formaient presque une caste de prêtres, intervenant entre les gens et leur pouvoir. Ils étaient censés être apolitiques, comme des fonctionnaires. Ces empiristes demandaient seulement que les choses soient dirigées de façon scientifique, rationnelle, pour le plus grand bien possible du plus grand nombre, ce qui n'aurait pas été très difficile à obtenir si les gens avaient été moins prisonniers de leurs émotions, de leur religion, de leurs gouvernements et autres systèmes de tromperie de masse du même acabit.

La politique scientifique standard, en d'autres termes. Sax avait essayé une fois d'expliquer cette vision à Desmond, qui s'était mis à hurler de rire, il n'avait jamais compris pourquoi. C'était tellement sensé. Enfin, c'était en même temps assez naïf, donc un peu comique, se disait-il. D'un autre côté, comme bien des choses, c'était drôle jusqu'au moment où ça devenait horrible : cette attitude avait dissuadé les savants de s'occuper utilement de politique pendant des siècles. Des siècles d'horreur.

Mais à présent ils étaient sur une planète où le pouvoir politique sortait des buses d'aération des mésocosmes. Et les gens en charge de ce grand fusil (qui tenait les éléments en respect) étaient au moins en partie responsables. Si l'envie les prenait d'exercer le pouvoir.

Sax le leur rappelait gentiment quand il allait les voir dans leurs labos. Puis, comme ils étaient toujours gênés quand on abordait des problèmes politiques, il passait au terraforming. Et quand il annonça qu'il partait pour Sabishii, une soixantaine d'entre eux manifestèrent le désir de l'accompagner, pour voir comment ça se passait en bas.

— L'antidote de Sax à Pavonis, entendit-il l'un des techniciens du labo dire à un autre en parlant du voyage.

Ce qui n'était pas faux.

Sabishii se trouvait sur le flanc ouest du massif de Tyrrhena, une proéminence rocheuse de cinq kilomètres de haut, au sud du cratère Jarry-Desloges, dans les anciennes highlands situées entre Isidis et Hellas, soit par 275 degrés de longitude et 15 degrés de latitude sud. Un emplacement de choix pour l'implantation d'une ville-tente, car elle était adossée à des landes mamelonnées à l'est et offrait une vaste perspective à l'ouest, même si l'altitude était un peu trop importante pour espérer y vivre en plein air ou faire pousser des plantes sur le sol rocailleux. En fait, à part les bosses beaucoup plus importantes de Tharsis et d'Elysium, c'était la région la plus élevée de Mars, une sorte de biorégion insulaire, que les Sabishiiens cultivaient depuis des décennies.

Ils étaient très ennuyés par la disparition des grands miroirs et vivaient quasiment en état d'alerte. Ils avaient lancé des tentatives tous azimuts destinées à protéger les plantes du biome, mais si précieux que puissent être ces efforts, ce n'était pas grand-chose.

— Le froid va être mortel, cet hiver, dit Nanao Nakayama, le vieux collègue de Sax, en secouant la tête. Une véritable ère glaciaire.

— J'espère trouver un moyen de compenser la diminution de luminosité, répondit Sax. En densifiant l'atmosphère, en augmentant la production de gaz à effet de serre. Nous devrions y arriver en partie avec des bactéries et des plantes d'altitude.

— En partie, répéta Nanao d'un air dubitatif. Beaucoup de niches sont déjà pleines. Elles ne sont pas très grandes.

Ils poursuivirent leur conversation dans la vaste salle à manger de la Serre du Dragon. Tous les technos de Da Vinci étaient là, et beaucoup de Sabishiiens vinrent les saluer. Ce fut une longue conversation amicale et intéressante. Les Sabishiiens avaient foré un labyrinthe dans la longue colline en forme de dragon façonnée avec la rocaille arrachée à leur mohole et vivaient derrière l'une des griffes, si bien qu'ils n'étaient pas obligés de voir les ruines calcinées de leur ville lorsqu'ils n'y travaillaient pas. Les travaux de reconstruction étaient très ralentis, la plupart d'entre eux s'efforçant à présent de compenser les effets de la disparition du miroir.

— A quoi bon reconstruire une ville-tente ? dit Nanao à Tariki, poursuivant manifestement une discussion engagée depuis longtemps. Ça n'a pas de sens. Autant attendre de pouvoir rebâtir en plein air.

— Nous risquons d'attendre longtemps, fit Tariki en prenant Sax à témoin. Nous sommes près de la limite de viabilisation de l'atmosphère définie par le document de Dorsa Brevia.

— Nous voulons que Sabishii se trouve sous la limite, quelle qu'elle soit, répondit Nanao en regardant Sax.

Lequel acquiesça d'un hochement de tête, haussa les épaules, ne sachant que répondre. Les Rouges ne seraient pas contents. Ça paraissait pourtant raisonnable : il suffirait que la limite d'altitude viable s'élève d'un kilomètre à peu près pour que les Sabishiiens puissent disposer du massif à leur guise, et ça ne changerait pas grand-chose pour les plus grosses bosses. Mais qui pouvait dire ce qu'ils décideraient sur Pavonis ?

— Nous ferions peut-être mieux de réfléchir au moyen d'empêcher la pression atmosphérique de chuter, dit-il, puis, remarquant leur mine sombre, il ajouta : Vous voulez bien nous emmener voir le massif ?

Ils s'illuminèrent aussitôt.

— Avec le plus grand plaisir.

Le sol du massif de Tyrrhena était ce que les premiers aréologistes appelaient « le système disloqué » des highlands du Sud, qui ressemblait beaucoup au « système grêlé de cratères », sauf qu'il était, en plus, parcouru par de petits réseaux de canaux. Dans les highlands plus basses et plus caractéristiques entourant le massif, on trouvait aussi des exemples de « système plissé » et de « système ondulé ». En fait, ainsi qu'il le constata rapidement le matin où ils sortirent à l'air libre, tous les aspects du relief accidenté des highlands du Sud étaient représentés, souvent en même temps : le sol grêlé de cratères, disloqué, inégal, plissé, chaotique et ondulé, bref, la quintessence du paysage noachien. Sax, Nanao et Tariki étaient assis dans la coupole d'observation d'un patrouilleur de l'université de Sabishii. Ils voyaient d'autres véhicules transportant des collègues, et des équipes qui se promenaient à pied. Quelques individus particulièrement dynamiques dévalaient en courant les dernières collines avant l'horizon, à l'est. Les creux du sol étaient légèrement saupoudrés de neige sale. Le centre du massif se trouvait à quinze degrés au sud de l'équateur, et les précipitations étaient assez importantes autour de Sabishii, lui dit Nanao. Le versant sud-est du massif était plus sec, mais ici, les masses nuageuses étaient chassées vers le sud au-dessus des glaces d'Isidis Planitia et crevaient en heurtant le relief.

Comme pour confirmer ses dires, au moment où ils gravissaient la pente, d'énormes nuages noirs en forme d'enclume arrivèrent du nord-ouest et se déversèrent sur eux, chassant les hommes qui cabriolaient dans les collines. Sax eut un frisson au souvenir de sa récente escarmouche avec les éléments, se félicita d'être à l'abri d'un patrouilleur et se dit qu'il se contenterait de s'en éloigner de quelques pas.

Ils finirent par s'arrêter en haut d'une vieille crête et s'aventurèrent sur la surface jonchée de rochers ronds, de buttes, de fissures et de bancs de sable, de cratères minuscules et de lits de roches oblongs, d'escarpements et d'alases, le tout fragmenté par ces vieux canaux superficiels qui avaient valu son nom au système disloqué. C'était un catalogue de tous les exemples d'accidents possibles et imaginables, un véritable musée de formes rocheuses. Le sol, à cet endroit, avait quatre milliards d'années. Il lui était arrivé bien des choses, mais rien n'avait réussi à le détruire complètement, à effacer l'ardoise, de sorte que la succession des événements y était encore lisible. Il avait été complètement pulvérisé au cours du noachien, abandonnant un régolite de plusieurs kilomètres de profondeur, des cratères et des déformations qu'aucune érosion éolienne ne pouvait gommer. Pendant cette période primitive, de l'autre côté de la planète, la lithosphère avait été vaporisée jusqu'à une profondeur de six kilomètres par la collision inimaginable avec un astéroïde presque aussi gros que la planète. Une grande quantité des matériaux éjectés au moment de l'impact avaient fini par retomber au sud. C'était ce qui expliquait la formation du Grand Escarpement, l'absence d'anciennes highlands au nord et, entre autres facteurs, l'aspect extrêmement désordonné du paysage à cet endroit.

Puis, à la fin de l'Hespérien, Mars avait connu une brève période chaude et humide au cours de laquelle l'eau avait parfois couru à sa surface. La plupart des aréologistes pensaient aujourd'hui que cette période avait été assez humide mais pas vraiment chaude, les moyennes annuelles situées bien au-dessous de 273 degrés kelvin permettant à l'eau de ruisseler, ravitaillée par la convection hydrothermique plutôt que par les précipitations. Cette période n'avait duré qu'une centaine de millions d'années, selon les dernières estimations, et elle avait été suivie par des milliards d'années de vents, pendant la période sèche et froide appelée ère amazonienne, qui avait duré jusqu'à leur arrivée.

— La période commençant en l'an M-1 a-t-elle un nom ? demanda Sax.

— L'Holocène.

Enfin, tout avait été fouaillé par deux milliards d'années de vents incessants, si radicalement érodé que les plus vieux cratères avaient perdu leur bord, strate après strate, laissant place à une étendue rocheuse, sauvage. Pas chaotique à proprement parler, non, mais sauvage, et qui trahissait son âge inimaginable par une profusion de cratères sans lèvre, de mesas sculptées, de creux, de bosses, d'escarpements et d'une multitude d'aiguilles de pierre massives.

Ils descendaient souvent du patrouilleur pour faire un tour. Même de petites mesas semblaient d'une hauteur prodigieuse. Sax ne s'éloignait guère, ce qui ne l'empêchait pas de distinguer toutes sortes de détails intéressants. A un moment donné il remarqua un rocher en forme de patrouilleur, fendu du haut en bas. A la gauche du bloc, à l'ouest, l'horizon était visible par-delà une étendue de sol lisse, d'un jaune vitreux. A droite, la banquette à hauteur de taille formée par une vieille fracture était piquetée de trous qu'on aurait dits faits par un stylet cunéiforme. Ici, un banc de sable bordé de pierres pas plus hautes que la cheville, des ventifacts noirs, basaltiques, pyramidaux, d'autres formes plus légères, granuleuses, grêlées. Là, un roc acéré en équilibre précaire, aussi grand qu'un dolmen. Ailleurs, une queue de sable et un cercle grossier d'ejecta qui ressemblait à un Stonehenge presque complètement érodé. Puis un creux profond, en forme de serpent, vestige, peut-être, d'un cours d'eau. Derrière, une autre pente douce et une protubérance pareille à une tête de lion à laquelle la surrection voisine faisait comme un corps.

Au milieu de toutes ces pierres, de tout ce sable, la vie végétale était très discrète. Au premier abord, du moins. Il fallait la chercher, bien regarder les couleurs, et surtout le vert, toutes les teintes de vert, dans ses nuances désertiques essentiellement : sauge, olive et kaki. Nanao et Tariki lui indiquaient sans arrêt des spécimens qui lui avaient échappé. Il fit plus attention. Une fois qu'on avait appris à remarquer les teintes pâles, vivantes, qui se fondaient si bien avec le milieu ferrique, elles commençaient à ressortir sur les tons rouille, bruns, terre de Sienne, ocre et noirs du paysage. C'était dans les creux et les fissures qu'on avait le plus de chance d'en repérer, et à l'ombre, près des plaques de neige. Plus il scrutait le sol, plus il en voyait. Jusqu'à ce que, dans un bassin assez haut, il ait l'impression qu'il y en avait partout. Alors il comprit ; l'ensemble du massif de Tyrrhena n'était qu'un fellfield.

Le vert phosphorescent de certains lichens couvrait des parois rocheuses entières. Aux endroits où l'eau gouttait apparaissaient les vert émeraude, le velours sombre des mousses, pareilles à de la fourrure mouillée.

La palette multicolore de la gamme des lichens. Le vert foncé des aiguilles de pin. Les gerbes d'éclaboussures des pins de Hokkaido, les pins queue de renard, les genévriers d'Occident. Les couleurs de la vie. Il avait l'impression de passer d'une pièce à ciel ouvert à une autre, en enjambant des murets de pierre éboulés. Une petite place, une sorte de galerie qui décrivait des courbes, une vaste salle de bal. Une succession de petites chambres communicantes ; un salon. Des bonsaïs de krummholz étayaient les murs de certaines pièces, des arbres nains, pas plus hauts que leur abri, tordus par le vent, étêtés au niveau de la neige. Chaque branche, chaque plante, chaque pièce était aussi convulsée qu'un bonsaï — et tout ça, sans effort.

En réalité, lui dit Nanao, la plupart des bassins faisaient l'objet d'une culture intensive.

— Celui-ci a été planté par Abraham.

Chaque petite région était sous la responsabilité d'un jardinier ou d'un groupe de jardiniers.

— Ah ! fit Sax. Vous y mettez donc de l'engrais ?

— D'une certaine façon, répondit Tariki en riant. La majeure partie du sol a été apportée.

— Je vois.

Ça expliquait la diversité de la végétation. Il savait que les environs du glacier d'Arena avaient été un peu cultivés. C'était là qu'il avait vu les premiers fellfields. Mais c'était une étape primitive. Ici, ils étaient allés beaucoup plus loin. Tariki lui dit que les laboratoires de Sabishii s'efforçaient de fabriquer de l'humus. C'était une bonne idée : il apparaissait naturellement dans les fellfields au rythme de quelques centimètres par siècle seulement. Mais il y avait des raisons à cela. L'humus n'était pas une chose facile à obtenir.

— Nous gagnons quelques millions d'années au départ, fit Nanao. Nous évoluons à partir de là.

Ils plantaient à la main beaucoup de leurs spécimens, les laissaient vivre leur vie et regardaient ceux qui prospéraient.

— Je vois, fit Sax.

Il redoubla d'attention. La lumière était tamisée, mais claire. Dans chacune de ces vastes pièces à ciel ouvert poussait une gamme légèrement différente d'espèces, en effet.

— Ce sont donc des jardins ?

— Oui... Enfin, quelque chose d'approchant. Ça dépend.

Nanao lui expliqua que certains jardiniers travaillaient selon les préceptes de Muso Soseki ou d'autres maîtres japonais du zen. D'autres suivaient l'enseignement de Fu Hsi, le légendaire inventeur du système de géomancie chinois appelé *feng shui*, ou de gourous du jardinage perses comme Omar Khayyam, ou de Leopold, de Jackson ou d'autres écologistes américains avant la lettre, dont Oskar Schnelling, le biologiste de Korolyov aujourd'hui bien oublié, et ainsi de suite.

Ce n'étaient que des influences, ajouta Tariki. Chacun apportait sa propre vision, observait la nature du sol, les plantes qui prospéraient, celles qui mouraient. La co-évolution, une sorte de développement épigénétique.

— C'est beau, fit Sax en regardant autour de lui.

Pour les adeptes, la marche de Sabishii jusqu'au massif devait être un voyage esthétique, plein d'allusions et de variations subtiles sur la tradition qui lui échappaient. Hiroko aurait appelé ça l'aréoformation, ou aréophanie.

— Je voudrais visiter vos laboratoires d'humus.

— Volontiers.

Ils regagnèrent le patrouilleur et poursuivirent leur chemin. Plus tard, vers la fin de la journée, ils arrivèrent sous des nuages noirs, menaçants, au sommet du massif qui était une sorte de vaste lande ondulée. Des ravines étaient pleines d'aiguilles de pin peignées par les vents de sorte qu'on aurait dit des brins d'herbe dans un jardin bien tondu. Sax, Tariki et Nanao descendirent encore une fois de voiture et firent un petit tour. Le vent était glacial malgré leurs combinaisons. Le soleil de la fin de l'après-midi crevait la sombre couverture nuageuse, étirant leurs ombres jusqu'à l'horizon. De grosses masses de roche lisse, nue, se dressaient plus haut, sur la lande. En regardant autour de lui, Sax trouva au paysage un aspect rouge, primitif, qui lui rappela celui des premières années. Mais ils marchèrent jusqu'au bord d'un petit ravin et tout à coup il plongea le regard dans un océan de verdure.

Tariki et Nanao parlaient de l'écopoésis, qui était pour eux un terraforming redéfini, plus subtil, localisé. Transmuté en une chose différente, plus proche de l'aréoformation d'Hiroko. Non plus alimenté par de lourdes méthodes industrielles globales mais par le processus local, lent, régulier et intensif consistant à travailler sur des parcelles de sol individuelles.

— Mars n'est plus qu'un jardin. La Terre aussi, d'ailleurs. C'est l'évolution de l'homme qui veut ça. Alors nous devons nous interroger sur le jardinage, sur le niveau de responsabilité que nous avons envers le sol. Nous devons inventer une interface homme/Mars qui rende justice aux deux.

Sax fit un geste de la main pour exprimer son incertitude.

— Pour moi, Mars est un monde sauvage, dit-il tout en vérifiant l'étymologie du mot jardin : du francisque *gart*, ou *gardo*, clôture. (Etait-ce la même racine que le mot *garder*, conserver ? Et qui pouvait dire ce que signifiait le mot japonais équivalent, ou prétendu tel ? L'étymologie était une science assez compliquée comme ça sans qu'on y mêle des problèmes de traduction.) Vous voyez ce que je veux dire : donner le coup d'envoi aux choses, semer les graines, puis les laisser pousser toutes seules. Des écologies qui s'organiseraient d'elles-mêmes, vous comprenez ?

— Oui, répondit Tariki, mais la nature est aussi un jardin, maintenant. Une sorte de jardin. C'est ce que veut dire le fait d'être ce que nous sommes. (Il haussa les épaules, fronça les sourcils. Il croyait que l'idée était bonne, mais il n'avait pas l'air de l'aimer.) Enfin, l'écopoésis est plus proche d'une telle vision de la nature que le terraforming industriel ne l'a jamais été.

— Peut-être, convint Sax. Mais il se peut aussi que ce soient deux étapes d'un même processus. Toutes deux nécessaires.

Tariki hocha la tête comme si cette idée ne le choquait pas.

— Bon, et maintenant ?

— Tout dépend de la façon dont nous voulons aborder la perspective d'une nouvelle ère glaciaire, répondit Sax. Si c'est assez grave, si ça tue assez de plantes, alors l'écopoésis n'a pas une chance. L'atmosphère gèlera peut-être en surface, auquel cas tout le processus s'effondrera. Sans les miroirs, je ne suis pas sûr que la biosphère soit assez forte pour tenir le coup. C'est pourquoi je veux voir vos labos d'humus. Il se peut que le travail industriel sur l'atmosphère reste à faire. Nous devrons essayer différents modèles, les tester.

Tariki et Nanao acquiescèrent. Pendant qu'ils parlaient, leurs écologies étaient en train de disparaître sous la neige. Des flocons planaient dans le soleil de bronze, tournoyaient dans le vent. Ils étaient ouverts à toutes les suggestions.

En attendant, de tous les coins du massif, leurs jeunes associés de Da Vinci et Sabishii convergeaient vers le labyrinthe en parlant dans le noir de géomancie et d'aréomancie, d'écopoésis, d'échange de chaleur, des cinq éléments et des gaz à effet de serre, en un ferment créatif que Sax trouva très prometteur.

— Je voudrais que Michel voie ça, dit-il à Nanao. Et John... Quel dommage qu'il ne soit pas là. Il aurait adoré ce groupe !

C'est alors qu'une autre idée lui passa par la tête.

— Je voudrais qu'Ann voie ça.

Alors il retourna à Pavonis, laissant le groupe de Sabishii poursuivre la réflexion.

Dans les entrepôts, rien n'avait changé. Un nombre croissant de gens proposaient, sous l'instigation d'Art Randolph, de tenir un congrès constitutionnel. De rédiger au moins un projet de constitution, de le mettre aux voix, puis de former le gouvernement proposé.

— Bonne idée, commenta Sax. Et pourquoi ne pas envoyer une délégation sur Terre, tant qu'on y est ?

Semer à tous vents. Comme sur les landes. Certaines graines germeraient, d'autres non.

Il chercha Ann, mais elle n'était plus là. Elle était partie pour un avant-poste rouge de Tempe Terra, au nord de Tharsis, disait-on. Personne n'allait là-bas, que des Rouges, ajoutait-on.

Après avoir un peu réfléchi, Sax demanda à Steve de l'aider à localiser cet avant-poste. Puis il emprunta un petit avion aux bogdanovistes et partit vers le nord. Il laissa Ascraeus Mons sur sa gauche, suivit Echus Chasma et passa devant son vieux quartier général du Belvédère d'Echus, en haut de l'immense muraille à sa droite.

Ann avait probablement suivi le même itinéraire, elle était donc passée devant le premier point focal du projet de terraforming. Le terraforming... L'évolution était partout, même dans les idées. Ann avait-elle remarqué le Belvédère, avait-elle eu une pensée pour ces modestes débuts ? C'était impossible à dire. Et voilà ce que les humains savaient les uns des autres. De petits fragments de vies qui se recoupaient, dont on avait une connaissance parcellaire. Autant vivre seul dans l'univers. C'était bizarre. D'où le besoin de se faire des amis, de se marier, de partager des chambres et des vies dans toute la mesure du possible. Ça n'établissait pas vraiment une intimité entre les individus, mais ça réduisait le sentiment de solitude. Et on poursuivait sa route en solitaire sur les océans du monde, comme dans *Le Dernier Homme*, de Mary Shelley, livre qui l'avait beaucoup impressionné quand il était jeune : à la fin, le héros éponyme voyait parfois une voile, montait sur un autre navire, jetait l'ancre sur un rivage, partageait un repas et poursuivait son voyage seul, toujours seul. Comme image de leur vie, ça se posait là. Tous les mondes étaient aussi vides que celui de Mary Shelley, vides comme Mars au début.

Il survola le croissant noirci de Kasei Vallis sans le voir.

Les Rouges avaient jadis évidé une roche de la taille d'un pâté de maisons dans un promontoire qui marquait le confluent de deux des Tempe Fossae, juste au sud du cratère Perepelkin. Des fenêtres abritées par des auvents de roche plongeaient dans les deux canyons dénudés, rectilignes, et celui, plus vaste encore, qu'ils formaient après leur réunion. Toutes ces fossae s'enfonçaient maintenant dans ce qui était devenu un plateau côtier. La réunion de Mareotis et de Tempe déterminait une immense péninsule d'anciens hauts-plateaux, pénétrant loin dans la nouvelle mer de glace.

Sax posa son appareil sur la langue sablonneuse, en haut du promontoire. De là, les plaines de glace n'étaient pas visibles. Il n'y avait pas grand-chose à voir, d'ailleurs, pas la moindre végétation, pas un arbre, une fleur ou une plaque de lichen. Il se demanda s'ils avaient stérilisé les canyons. Il n'y avait que la roche primitive, saupoudrée de givre. Contre le givre, évidemment, ils ne pouvaient rien, à moins de couvrir ces canyons, mais pour empêcher l'air d'entrer et non de s'en échapper.

— Hum, fit Sax, surpris par cette idée.

Deux Rouges le laissèrent entrer dans le sas et lui firent descendre un escalier. L'abri était presque vide. Tant mieux. Comme ça, les seuls regards hostiles qu'il avait à supporter étaient ceux des deux jeunes femmes qui le menaient à travers les galeries grossièrement taillées dans la roche du refuge. L'esthétique des Rouges était intéressante. Très rudimentaire, comme de bien entendu : pas une plante, juste des structures rocheuses différentes, des parois brutes, des plafonds bruts, contrastant avec un sol de basalte poli et les fenêtres étincelantes qui donnaient sur les canyons.

Ils arrivèrent à une galerie à flanc de falaise, qui ressemblait à une caverne naturelle, guère plus rectiligne que les lignes presque euclidiennes du canyon, en contrebas. Le mur du fond était orné d'une mosaïque de petits morceaux de pierre multicolores, polis et étroitement juxtaposés de façon à former un dessin abstrait qui aurait peut-être représenté quelque chose s'il avait eu le temps de se concentrer dessus. Le sol était une marqueterie d'onyx et d'albâtre, de serpentine et de jaspe sanguin. La galerie semblait interminable, poussiéreuse. Tout le complexe paraissait d'ailleurs plus ou moins abandonné. Les Rouges préféraient leurs patrouilleurs. Les refuges clandestins comme celui-ci étaient sans doute considérés comme un mal nécessaire. Quand les vitres étaient masquées, on aurait pu passer dans le canyon, juste devant, sans le voir. Sax se dit que ce n'était pas seulement pour éviter de se faire repérer par l'ATONU mais aussi par respect envers le paysage, pour se fondre dedans.

Comme Ann semblait tenter de le faire, assise dans un siège de pierre près de la vitre. Sax s'arrêta net. Perdu dans ses pensées, il avait failli lui rentrer dedans, de même qu'un voyageur ignorant aurait pu tomber sur le sanctuaire. Un caillou posé là. Il la regarda attentivement. Elle avait l'air malade. C'était devenu rare, et il l'examina avec une inquiétude croissante. Elle lui avait dit, des années auparavant, qu'elle ne suivait plus le traitement de longévité. Et pendant la révolution, elle avait brûlé comme une flamme. Maintenant que la révolte des Rouges était retombée, elle n'était plus que cendres. De la chair grise. Elle offrait une vision terrifiante. Elle devait avoir près de cent cinquante ans, comme tous les Cent Premiers encore vivants. Et sans le traitement, elle ne tarderait pas à mourir.

Enfin... d'un strict point de vue physiologique, elle devait être dans l'état d'une personne d'environ soixante-dix ans, selon le moment où elle avait reçu le traitement pour la dernière fois. Ce n'était donc pas si terrible. Peut-être Peter le saurait-il. Mais il avait entendu dire que plus on attendait entre deux cures, plus les problèmes avaient tendance à s'accumuler. Ça se tenait. Mieux valait être prudent.

Seulement il ne pouvait pas lui dire ça. En fait, il était difficile de savoir ce qu'on pouvait lui dire.

Elle finit par lever les yeux. Elle le reconnut et frémit, retroussa la lèvre comme un animal pris au piège. Puis elle détourna le regard, la mine sévère, le visage de pierre. Au-delà de la colère, tout espoir aboli.

— Je voulais te montrer une partie de Tyrrhena, dit-il lamentablement.

Elle se leva et quitta la pièce comme la statue du Commandeur.

Sax lui emboîta le pas, les jointures craquantes, en proie à une crise de pseudo-arthrite, comme bien souvent quand il avait affaire à Ann.

Les deux jeunes femmes à l'air rébarbatif le suivirent.

— Je ne pense pas qu'elle ait envie de vous parler, nota la plus grande.

— Vous êtes très observatrice, répliqua Sax.

Ann était plus loin, dans la galerie, debout devant une autre fenêtre. Ensorcelée, ou trop épuisée pour bouger. Ou en partie désireuse de lui parler.

Sax s'arrêta devant elle.

— Je voudrais avoir tes impressions, reprit-il. Tes suggestions sur la prochaine étape. Et j'ai quel-quel-quelques questions aréologiques. Evidemment, il se pourrait que les problèmes strictement scientifiques ne t'intéressent plus...

Elle fit un pas vers lui et le gifla. Il se retrouva sur les fesses, recroquevillé au pied du mur de la galerie. Ann avait disparu. Les deux jeunes femmes l'aidèrent à se relever en se demandant manifestement si elles devaient rire ou pleurer. Il avait mal partout et les yeux brûlants. Il redouta un instant de se mettre à pleurer devant ces deux jeunes idiotes, qui compliquaient prodigieusement les choses en le suivant comme son ombre. Avec elles sur les talons, il ne pouvait ni crier, ni implorer. Il ne pouvait pas se mettre à genoux et dire « Ann, je t'en prie, pardonne-moi ». C'était impossible.

— Où est-elle allée ? parvint-il à demander.

— Elle ne veut vraiment, vraiment pas vous parler, déclara la plus grande.

— Vous devriez peut-être attendre un peu et essayer plus tard, lui conseilla l'autre.

— Oh, la ferme ! s'exclama Sax, en proie à une rage soudaine. Je suppose que vous la laissez faire : arrêter le traitement et se tuer.

— C'est son droit, pontifia la grande.

— Ben tiens. Ce n'est pas un problème de droit mais de devoir : quelle attitude doit-on adopter face à une amie au comportement suicidaire ? Vous n'avez pas l'air très branchées sur la question. Maintenant, aidez-moi à la retrouver.

— Vous n'êtes pas de ses amis.

— Et comment !

Il se releva et repartit en titubant dans la direction qu'elle avait dû prendre. Une des filles tenta de lui saisir le coude. Il la repoussa. Ann était loin là-bas, effondrée sur une chaise dans ce qui ressemblait à une salle à manger. Il s'approcha d'elle en ralentissant, comme Achille dans le paradoxe de Zénon.

Elle se retourna et le foudroya du regard.

— C'est toi qui as abandonné la science, dès le départ, lança-t-elle en montrant les dents. Alors merde ! Tu es mal placé pour dire que je ne m'y intéresse pas !

— C'est vrai, convint Sax. Tu as raison. Ecoute, j'ai besoin de conseils, poursuivit-il, les mains tendues vers elle. D'un avis scientifique. Je suis prêt à apprendre. Et j'ai des choses à te montrer, aussi.

Elle réfléchit un instant puis se leva et repartit en passant si près de lui qu'il ne put retenir un mouvement de recul. Il se précipita derrière elle, mais elle marchait vite et faisait de bien plus grands pas que lui, de sorte qu'il dut se mettre à trotter pour ne pas se laisser distancer. Ses os lui faisaient un mal de chien.

— Nous pourrions peut-être sortir d'ici, suggéra Sax. Allons où tu veux, ça m'est égal.

— De toute façon, la planète est fichue, marmonna-t-elle.

— Tu dois bien sortir de temps en temps pour le coucher du soleil, insista Sax. Je pourrais peut-être t'accompagner.

— Non.

— Je t'en prie, Ann.

Il fournissait de tels efforts pour rester à sa hauteur tout en parlant qu'il était hors d'haleine. Et sa joue le brûlait toujours.

— Ann, je t'en prie !

Elle continua sans répondre, sans ralentir. Ils s'engagèrent dans un couloir sur lequel donnaient des appartements. Ann pressa le pas, entra dans une pièce et lui claqua la porte au nez. Sax tourna la poignée. Elle était verrouillée.

L'un dans l'autre, ce n'était pas un début très prometteur.

Il allait devoir ruser. Changer de tactique pour que ça ne tourne pas à la chasse à courre, à la persécution. Enfin...

— Je vais souffler, souffler, et détruire ta maison, marmonna-t-il, et il souffla sur la porte.

Mais ses deux cerbères étaient déjà de retour et le regardaient de travers.

Plus tard dans la semaine, un peu avant le coucher du soleil, il descendit dans le petit vestiaire et s'équipa. Quand Ann entra, il fit un bond d'un mètre.

— Je m'apprêtais à sortir, bredouilla-t-il. Ça ne t'ennuie pas ?

— C'est un pays libre, répondit-elle lourdement.

Ils sortirent du sas et se retrouvèrent ensemble à l'extérieur. Les deux jeunes femmes n'en auraient pas cru leurs yeux.

Il marchait sur des œufs. Il aurait pu lui montrer la beauté de la nouvelle biosphère, les plantes, la neige, les nuages, mais il ne fallait pas. Il devait laisser les choses parler d'elles-mêmes. Ça valait peut-être pour tous les phénomènes. Il ne servait à rien de défendre quoi que ce soit. On ne pouvait que marcher sur le sol, et le laisser plaider sa propre cause.

Ann n'avait pas l'instinct grégaire. C'est à peine si elle lui adressa la parole. Il soupçonna, en la suivant, que c'était son chemin habituel. Sa compagnie était simplement tolérée.

Peut-être était-il autorisé à poser des questions ; après tout, il s'agissait de science. Ann s'arrêtait assez souvent pour regarder les formations rocheuses de plus près. Il pourrait en profiter pour s'accroupir à côté d'elle et, d'un geste, ou d'un mot, lui demander ce qu'elle avait trouvé. Ils étaient en combinaison et casqués — l'altitude était pourtant assez basse pour permettre de respirer avec un masque équipé d'un filtre à CO_2 — aussi la conversation se bornait-elle à des voix bourdonnant aux oreilles, comme dans le temps. A poser des questions.

Alors il en posa. Et Ann répondit, de façon parfois assez détaillée. Tempe Terra était bien la Terre du Temps, un fragment survivant des highlands du Sud dont l'un des lobes pénétrait loin dans les plaines du nord, un témoignage de la collision avec l'astéroïde. Bien plus tard, Tempe s'était fracturée, tandis que la lithosphère était repoussée vers le haut par la bosse de Tharsis, au sud. Ces fractures incluaient à la fois les fossae de Mareotis et de Tempe, qui les entouraient maintenant.

Cette avancée de terrain avait été disloquée par l'émergence de quelques volcans tardifs qui s'étaient épanchés dans les canyons. Du haut d'une des crêtes, ils virent un volcan lointain pareil à un cône noir tombé du ciel ; puis un autre, auquel Sax trouva une certaine ressemblance avec un cratère météorique. Ann secoua la tête à cette observation et lui indiqua des coulées de lave et des fissures à peine décelables sous les ejecta postérieurs et (il fallait bien l'admettre) un saupoudrage de neige sale accumulée comme du sable dans les endroits abrités du vent, et que la lueur du soleil couchant teintait d'or.

Regarder le paysage du point de vue de son histoire, le lire tel un palimpseste écrit par un interminable passé. Voilà comment Ann le voyait, après un siècle d'observation et d'étude attentive, grâce à un don inné et à l'amour qu'il lui inspirait. C'était respectable, admirable. Une sorte de richesse, un trésor, une passion qui allait bien au-delà de la science, ou rappelait la science mystique de Michel. Une alchimie. Mais les alchimistes cherchaient à changer les choses. Alors plutôt une sorte de pythie. Une visionnaire, porteuse d'une vision aussi puissante que celle d'Hiroko, en fait. Moins évidente, peut-être, moins spectaculaire, moins active. Une acceptation de l'existant. Un amour de la pierre pour elle-même. De Mars elle-même. La planète primitive, dans sa sublime gloire, rouge et rouille, calme comme la mort. Morte. Momifiée. Modifiée au fil du temps par les seules permutations chimiques de la matière, la vie immensément lente de la géophysique. C'était un concept étrange — une vie abiologique, mais présente si on voulait la voir, une sorte de vie tournoyante, filant entre les étoiles incandescentes, qui traversait l'univers dans son grand mouvement systolique-diastolique, portée par ce qu'on pourrait appeler un souffle immense. C'était plus facile à voir au coucher du soleil.

Essayer de voir les choses comme Ann. Jeter un coup d'œil furtif à son bloc-poignet, derrière son dos. Pierre, du latin *petra*. Roche, du latin de cuisine *rocca*, mot d'origine inconnue. Une masse de pierre. Sax laissa retomber son poignet et s'abîma dans une sorte de rêverie minérale, ouverte, blanche. Fit table rase de toute pensée, au point de ne pas entendre ce qu'Ann lui disait apparemment, car soudain elle renifla et repartit. Déconcerté, il la suivit en faisant un effort sur lui-même pour ignorer son déplaisir et lui poser d'autres questions.

Ann semblait pleine de déplaisirs. D'une certaine façon, c'était rassurant ; le manque d'affect aurait été mauvais signe, or elle paraissait encore très réactive. La plupart du temps, au moins. A certains moments, elle regardait une pierre avec une telle intensité qu'elle paraissait avoir retrouvé son enthousiasme obsessionnel d'autrefois, et il reprenait confiance. A d'autres, elle donnait l'impression d'agir mécaniquement, comme si l'aréologie n'était qu'une tentative désespérée pour tenir l'instant présent à distance. Eloigner l'histoire, le désespoir ou tout ça à la fois. Dans ces moments-là, elle était hors d'atteinte, elle ne s'arrêtait plus pour regarder les détails pourtant fascinants du décor devant lesquels ils passaient, elle ne répondait à aucune question les concernant. Le peu que Sax avait lu sur la dépression nerveuse l'inquiétait. On était très désarmé pour la combattre. Il y avait bien des médicaments, mais le résultat était aléatoire. Et lui suggérer de prendre des antidépresseurs revenait plus ou moins au même que de l'inciter à suivre le traitement et il ne pouvait pas en parler. D'ailleurs, le désespoir était-il la même chose que la dépression ?

Heureusement, il y avait remarquablement peu de plantes dans les environs. Tempe n'avait rien à voir avec Tyrrhena, ou même avec les environs du glacier d'Arena. Voilà ce qu'on obtenait sans jardinage intensif. Le monde était encore essentiellement rocheux.

D'un autre côté, Tempe était à une altitude bien inférieure, et il y faisait plus humide, l'océan de glace s'étendant à quelques kilomètres à peine au nord et à l'ouest. Des essaimages effectués par avion avaient été faits au-dessus du littoral sud de la nouvelle mer, dans le cadre du projet que Biotique avait inauguré quelques décennies plus tôt, quand Sax était à Burroughs. En regardant bien, on devait donc voir des lichens, de petites plaques de fellfield et quelques arbres de krummholz à demi enfouis dans la neige. Autant de plantes qui auraient du mal à survivre dans cet été nordique devenu un hiver — à part les lichens, évidemment. On distinguait déjà des pointes de couleurs automnales dans les petites feuilles de kœnigie blotties sur le sol, dans les boutons-d'or pygmées, les phippsies et — oui — les saxifrages arctiques. Le roussissement des feuilles faisait en quelque sorte office de camouflage dans la roche rouge environnante. Il arrivait souvent que Sax ne voie les plantes qu'au moment de mettre le pied dessus. Et naturellement, il se gardait bien d'attirer l'attention d'Ann, aussi, lorsqu'il en voyait une, l'examinait-il d'un rapide coup d'œil avant de poursuivre son chemin.

Ils gravirent une butte élevée qui dominait le canyon, à l'ouest du refuge, et soudain elle fut là : la gigantesque mer de glace, de bronze et de feu dans les derniers rayons du jour. Elle comblait une immense étendue de lowlands, créant un horizon rectiligne du sud-ouest au nord-est. Des mesas nées du sol tourmenté surgissaient maintenant de la glace, formant des écueils ou des îles aux falaises verticales. Cette partie de Tempe avait tout pour devenir l'une des côtes les plus spectaculaires de Mars, avec ces extrémités de fossae qui, en se remplissant, formaient de longs fjords, ou des lochs comme en Ecosse. Un cratère côtier qui se trouvait juste au niveau de la mer, fendu sur sa face au large, était devenu une baie parfaitement circulaire d'une quinzaine de kilomètres de diamètre, dotée d'un chenal d'accès de deux kilomètres d'envergure environ. Plus loin, au sud, le terrain déchiqueté situé au pied du Grand Escarpement créerait un archipel digne des Hébrides, beaucoup d'îles étant visibles des falaises du continent principal. Oui, c'était une côte spectaculaire. On s'en apercevait déjà rien qu'en regardant les draperies de glace crépusculaire.

Mais pas question de le faire remarquer, bien entendu. Il ne pouvait même pas faire allusion à la glace ou aux montagnes déchiquetées qui se dressaient sur la nouvelle côte. Des congères s'étaient détachées, à l'issue d'un processus que Sax ne comprenait pas et qui l'intriguait, mais il ne pouvait en parler. Il fallait rester planté là en silence, comme dans un cimetière.

Embarrassé, Sax s'agenouilla pour observer un spécimen de

rhubarbe du Tibet qu'il avait failli écraser. Une petite rosette de feuilles rouges émergeant d'un bulbe rouge.

— Elle est morte ? demanda Ann par-dessus son épaule.

— Non. (Il ôta quelques feuilles sèches de l'extérieur de l'inflorescence et lui montra celles du dessous, plus rouges.) Elle se croit déjà en hiver. Trompée par la baisse de luminosité.

Puis il poursuivit comme s'il se parlait à lui-même :

— Mais beaucoup de plantes vont mourir. L'inversion de température, c'est-à-dire le moment où la température de l'air descend au-dessous de celle du sol, s'est produite en une nuit environ. La végétation n'a guère eu le temps de s'y préparer. Ça va causer beaucoup de morts hivernales. Cela dit, les plantes sont mieux armées que ne l'auraient été les animaux. Et les insectes s'en sortent étonnamment bien, quand on pense que ce sont de petits réservoirs de liquide. Ils ont des cryoprotecteurs contre les froids extrêmes. Je les crois capables de supporter à peu près n'importe quoi.

Ann inspectait encore la plante, et Sax se retint pour ne pas lui dire : *Elle est vivante. Tous les membres d'une même biosphère dépendent les uns des autres pour survivre. Elle fait partie de toi. Comment peux-tu la détester ?*

Mais, encore une fois, elle ne suivait plus le traitement.

La mer de glace était un embrasement de bronze et de corail. Le soleil se couchait, il fallait rentrer. Ann se releva et s'éloigna, ombre silencieuse. Il aurait pu lui parler alors qu'elle était cent, puis deux cents mètres devant lui, petite silhouette noire dans le monde immense. Mais il ne le fit pas. Il craignait qu'elle ressente comme un viol de son intimité cette intrusion dans ses pensées. Ses pensées... Il se demandait bien ce qu'elles pouvaient être en cet instant. Il avait envie de lui dire, Ann, Ann, à quoi songes-tu ? Parle-moi, Ann. Partage tes pensées avec moi.

Le désir intense, aigu comme une douleur, de parler à quelqu'un ; c'était ce que voulaient dire les gens quand ils parlaient d'amour. Ou plutôt, c'était ce que Sax identifiait à l'amour. Juste le désir exacerbé de partager des pensées. Rien d'autre. Oh, Ann, je t'en prie, parle-moi.

Mais elle restait muette. Les plantes ne paraissaient pas avoir sur elle le même effet que sur lui. Elle semblait vraiment décidée à les abominer, ces petits emblèmes de son corps, comme si la *viriditas* était un cancer de la roche. Même dans les amas croissants de neige chassée par le vent, les plantes n'étaient plus qu'à peine visibles. Il commençait à faire noir, une nouvelle tempête approchait sur la mer de ténèbres et de cuivre en fusion. Un petit paquet de mousse, une paroi rocheuse couverte de lichen ; plus souvent la roche nue, comme elle l'avait toujours été. Et pourtant...

Et puis, en entrant dans le sas du refuge, Ann eut un malaise. En tombant, elle se cogna la tête sur le montant de la porte. Sax la rattrapa alors qu'elle s'affaissait sur un banc, le long du mur intérieur. Elle était inconsciente. Sax la traîna dans le sas pour refermer la porte extérieure, et lorsque le sas fut pressurisé, il la porta dans le vestiaire. Il avait dû hurler sur la fréquence commune car, le temps qu'il lui ôte son casque, cinq ou six Rouges avaient fait irruption dans la pièce. Il n'en avait jamais vu autant à la fois dans le refuge. Il découvrit que l'une des jeunes femmes qui le suivaient comme un petit chien, la moins grande, était la responsable biomed du refuge, et lorsqu'ils eurent déposé Ann sur un chariot, c'est elle qui mena le groupe vers la clinique et prit la direction des opérations. Sax l'aida de son mieux, les mains tremblantes, enlevant les bottes d'Ann de ses longs pieds. Son pouls — il vérifia sur son bloc-poignet — battait à cent quarante-cinq. Il se sentait brûlant, la tête vide.

— Elle a eu une attaque ? demanda-t-il. Elle a eu une attaque ?

La petite femme parut surprise.

— Je ne crois pas. Elle s'est trouvée mal et elle s'est cogné la tête.

— Mais pourquoi s'est-elle trouvée mal ?

— Je n'en sais rien.

Elle regarda la grande jeune femme qui était assise à côté de la porte. Sax comprit qu'elles étaient les deux responsables du refuge.

— Ann a laissé des instructions pour qu'on ne prolonge pas artificiellement sa vie si le problème se présentait.

— Non, fit Sax.

— Des instructions très explicites. Par écrit. Elle refuse expressément tout acharnement thérapeutique.

— Débrouillez-vous pour la maintenir en vie, fit Sax d'une voix rendue rauque par la tension. (Tout ce qu'il avait dit depuis l'évanouissement d'Ann était une surprise pour lui ; il était témoin de ses propres actions, au même titre qu'elles. Il s'entendit articuler :) Il ne s'agit pas de la prolonger artificiellement si elle ne reprend pas conscience mais juste de faire le minimum raisonnable afin qu'elle ne s'en aille pas si on peut faire autrement.

La toubib leva les yeux au ciel, excédée par ces pinaillages, mais la grande fille assise près de la porte parut réfléchir.

Sax s'entendit poursuivre :

— J'ai passé quatre jours sous assistance respiratoire, à ce qu'il paraît, et je suis bien content que personne n'ait pris l'initiative de me débrancher. C'est sa décision, pas la vôtre. Si on veut mourir, on peut le faire sans obliger un docteur à violer le serment d'Hippocrate.

La toubib répéta sa mimique d'un air encore plus exaspéré, mais, après un coup d'œil à sa collègue, elle accepta l'aide de Sax pour transférer Ann sur un lit équipé d'un système d'assistance respiratoire, puis elle brancha l'IA médicale et lui enleva sa combinaison. Une vieille femme noueuse, qui respirait maintenant avec un masque sur le visage. La grande fille se leva pour aider la doctoresse, et Sax alla s'asseoir. Ses propres symptômes physiologiques étaient étonnamment alarmants : une chaleur intense, diffuse, une sorte d'hyperventilation inefficace et une souffrance telle qu'il se retenait à grand-peine de crier.

Au bout d'un moment, la toubib s'approcha de lui. Ann était dans le coma, dit-elle. Son malaise avait été provoqué, semblait-il, par une légère arythmie cardiaque. Son état était stationnaire, pour le moment.

Sax resta assis dans la pièce. La doctoresse revint beaucoup plus tard. Le bloc-poignet d'Ann avait enregistré un petit accès de tachycardie, au moment où elle avait perdu connaissance. Et il y avait toujours une légère arythmie. Le coma était apparemment dû à une anoxie, au coup sur la tête ou aux deux.

Sax demanda ce que c'était que le coma, et éprouva un soudain désespoir en voyant la fille hausser les épaules. C'était apparemment un terme fourre-tout qui recouvrait divers états d'inconscience. Les pupilles fixes, le corps insensible, parfois bloqué dans des postures invraisemblables — Ann avait le bras et la jambe gauches tordus — et l'inconscience, bien sûr. Parfois, d'étranges réponses vestigielles, comme la crispation des mains. La durée du coma était éminemment variable. Certaines personnes n'en sortaient jamais.

Sax attendit en regardant ses mains qu'elle reparte, que tout le monde soit sorti, puis il alla se planter à côté d'Ann et scruta son visage caché par le masque. Il n'y avait rien à faire. Il lui prit la main. Elle ne réagit pas. Il lui prit la tête entre ses mains, comme on lui avait dit que Nirgal avait tenu la sienne quand il était inconscient. Ce geste lui parut vain.

Il se tourna vers la console de l'IA et afficha le programme de diagnostic. Il consulta le dossier médical d'Ann, parcourut l'ECG depuis le moment de l'incident dans le sas. Une petite arythmie, en effet. Le cœur était rapide, irrégulier. Il entra les données dans le programme de diagnostic et interrogea son bloc-poignet sur l'arythmie cardiaque. Il y avait beaucoup de rythmes cardiaques aberrants, mais il crut comprendre qu'Ann pouvait être atteinte d'une prédisposition génétique à un désordre de l'activation ventriculaire qui se traduisait à l'ECG par un décalage caractéristique de l'onde T.

Il afficha le génome d'Ann et ordonna à l'IA de mener une recherche dans les régions concernées des chromosomes trois, sept et onze. Dans le gène HERG du chromosome sept, l'IA identifia une petite mutation : une inversion de l'adénine-thymine et de la guanine-cytosine. Petite, mais l'HERG contenait les instructions concernant la synthèse d'une protéine qui servait de canal aux ions potassium dans la membrane des cellules cardiaques. Ces protéines-canal jouaient le rôle d'interrupteur inhibant les cellules cardiaques contractiles et, sans ce régulateur, le cœur pouvait entrer en arythmie et se mettre à battre trop vite pour pomper efficacement le sang.

Ann semblait avoir un problème avec un gène du chromosome trois appelé SCN5A. Ce gène encodait une autre protéine-canal qui laissait passer les ions sodium dans la membrane des cellules cardiaques, agissant cette fois comme un accélérateur. Une mutation à cet endroit pouvait aggraver le problème de tachycardie. Chez Ann, une base CG manquait.

Ces prédispositions génétiques n'expliquaient pas tout. L'IA disposait d'une symptomatologie de tous les problèmes connus, si rares qu'ils puissent être. Elle semblait considérer le cas d'Ann comme assez banal et établit la liste des traitements susceptibles d'y remédier. Il y en avait beaucoup.

Parmi les traitements préconisés figurait le recodage des gènes incriminés lors de plusieurs traitements gérontologiques consécutifs. Sax s'étonna que ça ne lui ait pas été fait, puis il vit que cette indication ne datait que d'une vingtaine d'années. Elle était donc postérieure au dernier traitement qu'elle avait subi.

Sax resta un long moment assis devant l'écran. Beaucoup plus tard, il se leva et inspecta le centre biomédical, instrument par instrument, pièce après pièce. Les gardes-chiourme le laissèrent aller et venir librement, croyant sans doute qu'il avait perdu l'esprit.

C'était un refuge important pour les Rouges, et il se pouvait que l'une des pièces contienne l'équipement nécessaire à l'administration du traitement de longévité. En effet. Il se trouvait dans un petit labo, à l'arrière de la clinique. Rien de spectaculaire : une grosse IA, les incubateurs, l'IRM, les potences de perf, les protéines et autres ingrédients nécessaires. C'était stupéfiant quand on pensait à ce qui pouvait en sortir. Mais ce n'était pas nouveau. La vie elle-même était stupéfiante : de simples séquences de protéines, et le tour était joué.

Bon. L'IA principale avait le génome d'Ann en mémoire. Mais s'il ordonnait à ce labo de synthétiser ses brins d'ADN (en recodant ses gènes HERG et SCN5A), les gens d'ici s'en apercevraient sûrement. Et ça ferait du tintouin.

Il retourna dans sa petite chambre et passa un appel codé à Da Vinci. Il demanda à ses associés d'amorcer la synthèse, et ils acceptèrent sans poser d'autres questions que techniques. Il y avait des moments où il adorait ces saxaclones.

Après ça, il n'avait plus qu'à attendre. Des heures passèrent, puis d'autres encore. Plusieurs jours finirent par s'écouler ainsi. L'état d'Ann était stationnaire. La doctoresse faisait grise mine. Elle ne parlait plus de débrancher Ann mais son regard en disait long. Sax décida de dormir par terre, dans la chambre d'Ann. Il connaissait par cœur le rythme de sa respiration. Il passait beaucoup de temps à lui caresser la tête, comme Michel lui avait dit que Nirgal avait fait avec lui. Il doutait beaucoup que ça ait jamais guéri quiconque, mais il le faisait quand même. Assis là, dans cette posture, il eut le temps de penser au traitement de plasticité du cerveau que Vlad et Ursula lui avaient fait subir après son attaque. Evidemment, le coma n'avait pas grand-chose à voir avec une attaque, mais un changement d'esprit n'était pas nécessairement une mauvaise chose, quand c'était à l'esprit qu'on avait mal.

Quelques jours passèrent encore ainsi, chacun plus lentement, plus vide, plus terrifiant que le précédent. Les incubateurs des laboratoires de Da Vinci avaient depuis longtemps préparé l'ensemble complet des brins d'ADN spécifiques d'Ann mais recodés, plus des ARN messagers et les ribosomes correspondants — le filet garni gérontologique, sous sa forme la plus élaborée.

Alors, un soir, il appela Ursula et eut un long entretien avec elle. Quand elle eut assimilé ce qu'il voulait faire, elle répondit à ses questions, l'air un peu affolé quand même.

— L'ensemble de stimuli que nous t'avons administré provoquerait une croissance synaptique exagérée dans un cerveau non endommagé, dit-elle fermement. La personnalité de l'individu serait modifiée selon un schéma rigoureusement indéterminé.

Traduction : Ça en ferait un fou comme Sax.

Sax décida de laisser tomber les stimuli synaptiques. Sauver la vie d'Ann était une chose, modifier ce qu'elle avait dans la tête, une autre. Le changement improvisé n'était pas à l'ordre du jour. Le but était l'acceptation. Le bonheur — le vrai bonheur d'Ann, quoi que ça puisse être —, si lointain, si difficile à imaginer. Il avait mal rien que d'y penser. C'était extraordinaire de voir comment la seule pensée pouvait faire naître la souffrance physique. Le système limbique était un monde en soi, baignant dans la souffrance, de la même façon que le corps noir était partout dans l'univers.

— Tu as parlé à Michel ? lui demanda Ursula.

— Non. Mais c'est une bonne idée.

Il appela Michel, lui exposa la situation et ce qu'il avait l'intention de faire.

— Voyons, Sax ! fit Michel, choqué.

Mais, quelques instants plus tard, il promettait de venir. Il allait demander à Desmond de l'emmener en avion à Da Vinci afin de prendre tout ce qu'il fallait pour le traitement et arriverait au refuge en avion.

Sax resta donc assis dans la chambre d'Ann, la main sur sa tête. Un crâne plein de bosses. Un adepte de la phrénologie aurait passé un bon moment sur ce terrain.

Puis Michel et Desmond, ses frères, furent là, près de lui. Ainsi que la doctoresse qui les avait escortés, la grande jeune femme et d'autres encore. Ils en étaient donc réduits à communiquer par le regard, ou l'absence de regard. Mais tout était parfaitement clair. Il n'était que trop facile de voir ce que pensait Desmond. Ils avaient apporté le kit gériatrique d'Ann. Ils n'avaient plus qu'à attendre le moment propice.

Qui arriva très vite. La routine s'était réinstallée dans le petit centre biomédical. L'effet du traitement de longévité sur le coma était mal connu. Michel avait consulté la littérature et n'avait pas trouvé grand-chose, mais comme le traitement avait été administré à titre expérimental à quelques patients en état de coma dépassé et les avait ramenés à la vie dans près d'un cas sur deux, il pensait que c'était une bonne idée.

C'est ainsi qu'une nuit, peu après leur arrivée, les trois hommes se relevèrent et passèrent sur la pointe des pieds devant l'infirmière de garde qui dormait à poings fermés, avachie dans un fauteuil devant la porte de la clinique. Sax et Michel introduisirent les aiguilles de perfusion dans le dessus des mains d'Ann, calmement, avec soin et précision. Sans un bruit. Tout alla très vite : le sérum se mit à couler dans ses veines, entraînant les nouveaux brins de protéines dans son système circulatoire. Son souffle devint irrégulier, et Sax, brûlant de peur, gémit intérieurement. Michel et Desmond le tenaient chacun par un bras comme pour l'empêcher de tomber. Il était réconfortant de les sentir à côté de lui. Mais il aurait donné n'importe quoi pour qu'Hiroko soit là. C'était ce qu'elle aurait fait, il en était sûr. Se le répéter le rassurait un peu. Hiroko était l'une des raisons pour lesquelles il agissait ainsi. Et pourtant, son concours, sa présence physique lui manquaient. Il aurait voulu qu'elle vienne l'aider comme sur Daedalia Planitia. Qu'elle vienne aider Ann. C'était elle l'experte de ce genre d'expérimentation humaine radicalement irresponsable. Ça n'aurait rien été, pour elle...

Quand l'opération fut achevée, ils retirèrent les aiguilles intraveineuses et rangèrent tout leur matériel. L'infirmière dormait toujours, la bouche grande ouverte, ce qui lui donnait l'air de la petite fille qu'elle était en fait. Ann était toujours inconsciente, mais Sax avait l'impression qu'elle respirait mieux. Plus profondément.

Les trois hommes restèrent un moment debout auprès d'elle, à la regarder, puis ils ressortirent comme ils étaient venus et regagnèrent leurs lits sur la pointe des pieds. Desmond fit l'andouille, esquissant des entrechats, et les deux autres durent lui dire de se tenir tranquille. Ils se recouchèrent, mais ne purent dormir. Et comme ils ne pouvaient pas parler non plus ils restèrent allongés en silence, tels des frères dans une grande maison, après une expédition réussie au cœur de la nuit, dans le vaste monde endormi.

Le lendemain matin, la doctoresse vint leur parler.

— Le pronostic vital est meilleur.

Les trois hommes se dirent extrêmement satisfaits de cette bonne nouvelle.

Plus tard, dans la salle à manger, Sax dut se gendarmer pour ne pas parler à Michel et Desmond de sa rencontre avec Hiroko. La nouvelle aurait plus d'importance pour eux que pour n'importe qui au monde, mais quelque chose le retenait. La crainte, peut-être, qu'on le croie dérangé, ou qu'il ait eu une vision. Le moment où Hiroko était repartie dans la tempête après l'avoir laissé dans son patrouilleur... il ne savait qu'en penser. Pendant les longues heures qu'il avait passées auprès d'Ann, il avait beaucoup réfléchi et même procédé à quelques recherches. Il savait maintenant que sur Terre, en altitude, les alpinistes souffrant du manque d'oxygène avaient souvent des hallucinations et voyaient des alpinistes comme eux. Une sorte de phénomène de doppelganger. Le sauvetage par l'anima. Et son tube à oxygène était partiellement obstrué.

— Je pense que c'est ce qu'aurait fait Hiroko, dit-il.

— Je reconnais que c'était culotté, acquiesça Michel. Tout à fait son style. Non, ne te méprends pas — je suis content que tu l'aies fait.

— Il était bientôt temps, si tu veux que je te dise, renchérit Desmond. Il y a des années que quelqu'un aurait dû la ligoter et la soumettre au traitement. Oh, Sax, mon Sax ! fit-il en riant joyeusement. J'espère seulement qu'elle n'en sortira pas aussi dingue que toi.

— Sax avait eu une attaque, rectifia Michel.

— Et puis, ajouta Sax, soucieux de rétablir la vérité historique, j'étais déjà relativement excentrique avant.

Ses deux amis hochèrent la tête, la bouche en cul-de-poule. La situation n'était pas encore tout à fait résolue, mais ils étaient d'excellente humeur. Puis la grande doctoresse vint les trouver. Ann était sortie du coma.

Sax avait l'estomac trop noué pour manger, mais il remarqua que certaine pile de toasts beurrés placée devant lui avait beaucoup diminué. Il les avait engloutis sans s'en rendre compte.

— Elle va t'en vouloir à mort, remarqua Michel.

Sax acquiesça d'un hochement de tête. C'était malheureusement probable. Sinon certain. Une pensée attristante. Il ne voulait pas qu'elle le frappe à nouveau. Ou, pire, qu'elle lui refuse sa compagnie.

— Tu devrais venir avec nous sur Terre, suggéra Michel. Nous y allons en délégation, Maya, Nirgal et moi.

— Il y a une délégation qui part pour la Terre ?

— Oui. Je ne sais pas qui a eu cette idée, mais je la trouve géniale. Il est indispensable que des représentants aillent leur parler. Le temps que nous revenions, Ann aura eu le temps de réfléchir.

— Intéressant, convint Sax, soulagé à la seule idée de prendre le large.

En fait, le nombre de raisons impératives qu'il avait d'aller sur Terre était presque terrifiant.

— Mais... et Pavonis ? Et la conférence dont tout le monde parle ?

— On pourra y participer par vidéo.

— Très juste.

C'était exactement ce qu'il disait depuis le début.

Le plan était attrayant. Il ne voulait pas être là quand Ann se réveillerait. Ou plutôt, quand elle découvrirait ce qu'il lui avait fait. D'accord, c'était de la lâcheté. D'un autre côté...

— Et toi, Desmond ? Tu y vas aussi ?

— Pas fou, non !

— Euh... Tu m'as bien dit que Maya était du voyage ? demanda Sax.

— Oui, confirma Michel.

— Parfait. La dernière fois que j'ai-j'ai-j'ai essayé de sauver la vie d'une femme, Maya l'a tuée.

— Quoi ? Comment ? Phyllis ? Tu as sauvé la vie à Phyllis ?

— Oui. Enfin, non... C'est-à-dire que si, mais comme c'est moi qui l'avais mise en danger, pour commencer, je ne crois pas que ça compte.

Il essaya de leur expliquer ce qui s'était passé cette nuit-là à Burroughs, sans grand succès. C'était très confus dans son propre esprit, en dehors de certains moments d'horreur encore très vifs.

— Bah, laissons tomber. C'est juste que ça m'est revenu tout à coup. Je n'aurais même pas dû en parler. Je suis...

— Tu es crevé, fit Michel. Mais rassure-toi. Maya ne fera pas de bêtises ici ; nous la tiendrons à l'œil.

Sax acquiesça. Décidément, la situation ne se présentait pas mal du tout. Comme ça, Ann aurait le temps de faire le point. De réfléchir, de comprendre. Enfin, il fallait l'espérer. Et puis ce serait intéressant de voir de ses propres yeux comment les choses se passaient sur Terre. Très intéressant. Si intéressant qu'aucun individu un tant soit peu sensé ne pouvait laisser passer cette occasion.

TROISIÈME PARTIE

UNE NOUVELLE CONSTITUTION

Les fourmis arrivèrent sur Mars en même temps que le projet d'humus, et il y en eut bientôt partout, car elles sont comme ça. Or donc le petit peuple rouge rencontra les fourmis, et ce fut la révélation. Ces créatures avaient juste la taille qu'il fallait pour monter dessus. Il leur arriva la même chose qu'aux Indiens d'Amérique lorsqu'ils rencontrèrent le cheval. Ils les domptèrent, et vous avez vu le résultat.

Ce ne fut pas une mince affaire que de domestiquer les fourmis. Les petits savants rouges ne voulaient même pas croire que de telles créatures fussent possibles, à cause du ratio surface/volume, et pourtant si, elles déambulaient comme des robots doués d'intelligence. Les petits savants rouges allèrent chercher des explications dans les ouvrages de références des humains. Ils lurent les articles concernant les fourmis. Ils se renseignèrent sur les phéromones des fourmis et synthétisèrent celles qu'il fallait pour contrôler les fourmis-soldats d'une espèce rouge particulièrement docile, puis ils se mirent au travail. Une minuscule cavalerie rouge. Ils se payèrent du bon temps à charger la région en tous sens, à vingt ou trente par fourmi, comme des pachas sur un éléphant. Regardez les fourmis, vous finirez bien, à force, par les voir, sur leur dos.

Mais en lisant les textes les petits savants rouges apprirent tout ce qui concernait les phéromones humaines. Ils retournèrent, frappés d'épouvante et de consternation, auprès du petit peuple rouge. Nous savons maintenant pourquoi les hommes nous posent tant de problèmes, lui annoncèrent-ils. Ces humains n'ont pas plus de volonté que les fourmis que nous chevauchons en tous sens. Ce sont des fourmis carnivores géantes.

Le petit peuple rouge s'efforça de comprendre cette parodie de vie.

Puis une voix dit, Non, ce n'est pas vrai, elle le leur dit à tous ensemble. Le petit peuple rouge se parlait par la pensée, vous comprenez, et ce fut comme une annonce télépathique faite par haut-parleur. Les humains sont des êtres spirituels, disait et répétait cette voix.

— Comment le sais-tu ? demanda le petit peuple rouge. Et qui es-tu ? Es-tu le fantôme de John Boone ?

Je suis le Gyatso Rimpoché, répondit la voix. La dix-huitième réincarnation du Dalaï Lama. J'explore le Bardo à la recherche de ma prochaine réincarnation. J'ai cherché partout sur Terre, sans succès, alors j'ai décidé de regarder ailleurs. Le Tibet est encore sous la botte des Chinois, et ils ne donnent pas l'impression de vouloir s'en aller. Les Chinois, que j'aime tendrement, attention, sont de sales brutes à la tête dure. Et tous les gouvernements du monde ont depuis longtemps tourné le dos au Tibet. Personne ne veut défier les Chinois. Il faut faire quelque chose. Alors je suis venu sur Mars.

Bonne idée, répondit le petit peuple rouge.

Oui, acquiesça le Dalaï Lama, mais je dois admettre que j'ai du mal à trouver une nouvelle incarnation. D'abord, il y a très peu d'enfants sur la planète, ensuite j'ai l'impression que ça n'intéresse personne. Je suis allé à Sheffield, mais tout le monde était occupé à bavarder. Je suis allé à Sabishii, mais tout le monde avait la tête dans le sable. Je suis allé à Elysium, mais tout le monde était dans la position du lotus et n'entendait pas être dérangé. Je suis allé à Christianopolis, mais tout le monde avait ses problèmes. Je suis allé à Hiranyagarba, mais tout le monde disait qu'il en avait assez fait comme ça pour le Tibet. J'ai regardé partout sur Mars, sous toutes les tentes, dans toutes les gares, partout les gens ont autre chose à faire. Personne ne veut être le dix-neuvième Dalaï Lama. Et le Bardo est plus froid de jour en jour.

Bonne chance, répondit le petit peuple rouge. Nous cherchons depuis la mort de John, et nous n'avons pas trouvé une seule personne digne de s'entretenir avec nous, et encore moins de nous héberger en elle. Ces grands individus sont tout détraqués à l'intérieur.

Le Dalaï Lama fut découragé par cette réponse. Il commençait à être vraiment fatigué et ne pouvait plus rester dans le Bardo. Alors il dit : Et l'un de vous ?

Evidemment bien sûr, répondit le petit peuple rouge. Nous sommes très flattés. Mais il faudra nous prendre tous. Nous faisons tout comme ça, ensemble.

Pourquoi pas ? acquiesça le Dalaï Lama, et il transmigra dans l'une des petites particules rouges, et à l'instant même il fut en eux tous à la fois, sur Mars tout entière. Le petit peuple rouge leva les yeux vers les humains qui se bousculaient autour d'eux, vision qu'ils avaient tendance à considérer jusque-là comme une sorte de mauvais film sur un grand écran, mais ils se rendirent compte qu'ils étaient à présent emplis de toute la compassion et de toute la sagesse des dix-huit vies antérieures du Dalaï Lama. Ka wow, se dirent-ils, ces gens sont vraiment détraqués à l'intérieur. Il nous semblait bien que c'était grave, mais c'est encore pire que nous ne pensions. Ils ont de la chance de ne pas pouvoir lire dans l'esprit les uns des autres ou ils s'entre-tueraient. Ça doit être pour ça qu'ils s'étripent parfois — ils savent ce qu'ils pensent eux-mêmes, alors ils soupçonnent tous les autres d'en avoir autant à leur service. Comme c'est vilain. Comme c'est triste.

Ils ont besoin de votre aide, dit le Dalaï Lama en eux tous. Vous pouvez peut-être les aider.

Peut-être, répondirent-ils, mais en vérité, ils en doutaient. Ils avaient essayé d'aider les humains après la mort de John Boone, ils avaient dressé des villes entières à l'entrée de leurs oreilles et leur avaient parlé inlassablement, comme John, d'une voix qui ressemblait à la sienne, dans l'espoir de les amener à se réveiller et à se conduire décemment. Ils n'avaient réussi qu'à les envoyer chez le spécialiste du nez, de la gorge et des oreilles. Tout le monde croyait avoir des bourdonnements d'oreilles. Personne n'avait compris que c'était le petit peuple rouge. Il y avait de quoi décourager les meilleures volontés.

Mais l'esprit compatissant du Dalaï Lama était désormais sur le petit peuple rouge, et il décida de faire un nouvel essai. Il faudrait peut-être tenter autre chose que leur murmurer aux oreilles, souligna le Dalaï Lama, et tous acquiescèrent. Nous devons attirer leur attention par un autre moyen.

Avez-vous essayé d'entrer en contact télépathique avec eux ? demanda le Dalaï Lama.

Oh non ! répondirent-ils. Pas question. Trop affreux. Leur vilenie pourrait nous tuer sur le coup. Ou du moins nous affecter gravement.

Peut-être pas, objecta le Dalaï Lama. Essayez de fermer votre esprit à leurs émissions et de projeter vos pensées vers eux. Envoyez-leur simplement des tas de bonnes idées positives, projetez-leur votre compassion, de l'amour, de l'amabilité, de la sagesse, et même un peu de sens commun.

Nous allons essayer, répondit le petit peuple rouge. Mais nous allons être obligés de crier de toute la force de nos poumons télépathiques, tous en chœur, parce que ces gens ne veulent tout simplement rien entendre.

Il y a maintenant neuf siècles que j'essaie, acquiesça le Dalaï Lama. Vous vous y ferez. Et vous, mes petits, vous avez l'avantage du nombre. Alors tentez toujours le coup.

Et c'est ainsi que le petit peuple rouge, sur toute la surface de Mars, regarda vers le haut et inspira profondément.

Art Randolph prenait le pied de sa vie.

C'était le contraire de la bataille de Sheffield, qui avait été un désastre, un ratage diplomatique, l'échec de tous ses efforts. Il avait passé ces journées cauchemardesques à courir dans tous les sens afin de rencontrer chacun de ceux qu'il croyait capables d'aider à désamorcer la crise, affolé à l'idée que c'était un peu de sa faute : s'il avait fait ce qu'il fallait, ça ne serait jamais arrivé. Le combat manqua bien embraser Mars tout entière, comme en 2061. L'après-midi de l'attaque des Rouges, ç'avait été moins cinq.

Et la fièvre était retombée. Quelque chose — la diplomatie, ou la réalité des combats (une victoire défensive de ceux du câble), un peu de bon sens, un coup de chance — quelque chose avait empêché la situation de basculer dans l'abîme.

Après cet épisode digne d'un cauchemar, les gens avaient regagné Pavonis Est en proie à de sombres pensées. Les conséquences de ce fiasco leur étaient vite apparues. Il fallait qu'ils s'accordent sur une stratégie. Beaucoup de Rouges radicaux étaient morts ou avaient disparu dans la nature, et les Rouges modérés qui s'étaient repliés sur Pavonis Est étaient furieux. Enfin, au moins ils étaient là. C'était une période inconfortable, pleine d'incertitudes, mais ils étaient là.

C'est dans ce contexte qu'Art lança l'idée d'un congrès constitutionnel. Il parcourut la grande tente en long, en large et en travers, traversant le labyrinthe d'entrepôts industriels, de hangars et de dortoirs de béton, arpentant les larges rues encombrées par un véritable musée de véhicules lourds, incitant tout le monde à la même chose : jeter les bases d'une Constitution. Il parla avec Nadia, Nirgal, Jackie, Zeyk, Maya, Peter, Ariadne, Rashid, Tariki, Nanao, Sung et H. X. Borazjani. Il parla à Vlad, à Ursula, à Marina et à Coyote. Il parla à des dizaines de jeunes indigènes qu'il ne connaissait pas, qui avaient joué un rôle clé dans les récents soulèvements. Il parla à tant de gens que l'entreprise commença à évoquer un cas d'école sur la nature polycéphale des mouvements de masse. A chacune des têtes de cette nouvelle hydre sociale, Art présenta les mêmes arguments : « Une Constitution nous légitimerait auprès de la Terre et nous fournirait un cadre pour régler les controverses entre nous. Et puisque nous sommes là, pourquoi ne pas commencer tout de suite ? Il y a déjà quelques projets auxquels nous pourrions jeter un coup d'œil. » Et comme les événements de la semaine passée étaient encore frais dans leur mémoire, les gens hochaient la tête en disant : « Pourquoi pas ? » et s'éloignaient en y réfléchissant.

Art appela William Fort afin de le tenir au courant de ce qu'il faisait, et reçut une réponse plus tard dans la journée. Le vieil homme était dans une nouvelle ville de réfugiés au Costa Rica, et avait l'air un peu ahuri, comme d'habitude.

— Ça paraît intéressant, dit-il.

Après ça, les gens de Praxis vinrent trouver Art tous les jours afin de voir comment ils pouvaient l'aider. Art fut plus occupé qu'il ne l'avait jamais été à faire *nema-washi*, comme disaient les Japonais, c'est-à-dire à « préparer l'événement », ce qui consistait à inciter un groupe d'organisateurs à se réunir pour définir une stratégie, à retourner voir tous ceux auxquels il avait déjà parlé, à essayer, en fait, de rencontrer chacun individuellement sur Pavonis Mons.

— La méthode John Boone, commenta Coyote avec son rire affolant. Bonne chance !

Sax, qui emballait ses rares biens en ce monde en prévision de sa mission diplomatique sur Terre, dit :

— Tu devrais inviter les... les Nations Unies.

Sax avait un peu rechuté depuis sa mésaventure dans la tempête de neige. Il regardait parfois les choses fixement, comme s'il avait reçu un coup sur la tête. Art répondit gentiment :

— Sax, nous venons de les éjecter de cette planète à coups de pied dans le derrière.

— Exact, fit Sax en regardant le plafond. Eh bien, maintenant, tu devrais les coopter.

— Coopter les Nations Unies ! répéta Art en réfléchissant.

Coopter les Nations Unies... Ça sonnait assez bien, force lui était de le reconnaître. Ce serait un défi, sur le plan diplomatique.

Juste avant le départ des ambassadeurs pour la Terre, Nirgal passa dans les bureaux de Praxis. En embrassant son jeune ami, Art fut soudain étreint par une peur irrationnelle. Partir pour la Terre !

Nirgal était toujours aussi plein d'entrain et ses yeux noirs brillaient d'enthousiasme. Après avoir dit au revoir aux autres, il s'assit avec Art dans un coin tranquille de l'entrepôt.

— Tu es vraiment sûr de vouloir y aller ? demanda Art.

— Absolument. Je veux voir la Terre.

Art eut une moue dubitative, ne sachant que répondre.

— Et puis, ajouta Nirgal, il faut bien que quelqu'un aille leur montrer qui nous sommes.

— Pour ça, personne n'est mieux placé que toi. Mais fais attention aux métanats. On ne sait jamais ce qu'elles mijotent. Et à la nourriture. Il risque d'y avoir de sacrés problèmes d'hygiène dans les régions inondées. Et aux microbes. Et méfie-toi des coups de soleil, ta peau n'est pas...

Art remit ses conseils de voyage à une autre fois. Jackie Boone venait d'entrer. Nirgal ne l'écoutait plus, de toute façon. Il regardait Jackie d'un air parfaitement inexpressif, comme s'il avait mis un masque de Nirgal. Or aucun masque ne pouvait lui rendre justice. La mobilité de son visage étant sa caractéristique principale, il ne se ressemblait plus du tout.

Jackie s'en aperçut aussitôt, bien sûr. La communication était coupée avec son vieux partenaire... Elle le foudroya du regard. Art comprit qu'il y avait de l'eau dans le gaz. Il se serait volontiers éclipsé, car il avait l'impression de tenir un éclair par la queue pendant un orage. Mais Jackie était plantée dans la porte, et il n'avait pas envie de la déranger en ce moment. De toute façon, ils avaient oublié jusqu'à son existence.

— Alors tu t'en vas, dit-elle à Nirgal. Tu nous laisses tomber.

— J'y vais juste en visite.

— Mais pourquoi ? Pourquoi maintenant ? La Terre ne veut plus rien dire pour nous aujourd'hui.

— C'est de là que nous venons.

— Pas du tout. Nous venons de Zygote.

Nirgal secoua la tête.

— La Terre est notre planète d'origine. Nous en sommes une extension, ici. Il faut bien en tenir compte.

Jackie évacua sa réponse d'un geste excédé, ou déconcerté.

— Tu t'en vas juste au moment où nous avons le plus besoin de toi ici !

— Considère ça comme une occasion à saisir.

— Je n'y manquerai pas, lança-t-elle, furieuse. Et ça risque de ne pas te plaire.

— Tant que tu as ce que tu veux...

— Tu ne sais pas ce que je veux ! répliqua-t-elle férocement.

Art sentit ses cheveux se dresser sur sa nuque. La foudre était sur le point de frapper. Il n'avait rien contre le fait d'écouter aux portes, il était assez du genre voyeur, en fait, mais se retrouver au beau milieu d'une scène de ménage, c'était une autre paire de manches. Il y avait des choses auxquelles il ne voulait pas assister. Il s'éclaircit la gorge. Les deux autres sursautèrent. Il écarta Jackie et sortit. Derrière lui, les voix poursuivirent, amères, accusatrices, pleines de souffrance et de ressentiment.

C'est Coyote qui conduisit les ambassadeurs pour la Terre vers l'ascenseur, au sud. Art était assis à côté de lui. Ils traversèrent lentement les faubourgs à moitié détruits entourant le Socle, dans la partie sud-ouest de Sheffield. Les rues avaient été conçues pour accueillir d'énormes ponts roulants destinés aux conteneurs de marchandises et tout avait un aspect terriblement speeresque [1], inhumain et colossal. Sax se mit un devoir d'expliquer pour la énième fois à Coyote que les voyageurs pour la Terre participeraient au congrès constitutionnel par vidéo, qu'ils ne rateraient pas tout, comme Thomas Jefferson à Paris.

— Nous serons de tout cœur avec vous, à Pavonis, fit Sax. De tout cœur et en esprit.

— Alors tout le monde sera à Pavonis, rétorqua Coyote d'un ton funèbre.

Il n'aimait pas l'idée que Sax, Maya, Michel et Nirgal partent pour

1. Speer, Albert (1905-1981), architecte nazi, au style grandiose et froid ; on lui doit le stade de Nuremberg. (*N.d.T.*)

la Terre. Non plus qu'il ne donnait l'impression d'aimer l'idée du congrès constitutionnel. Rien ne lui plaisait, ces jours-ci. Il était de mauvaise humeur, mal dans sa peau.

— Nous ne sommes pas sortis de l'auberge, marmonnait-il sans cesse. Vous verrez...

Puis le Socle se dressa devant eux, le câble noir et brillant émergeant de l'énorme masse de béton, tel un harpon planté dans Mars par une force terrestre qui ne voulait pas lâcher prise. Après s'être identifiés, les voyageurs pénétrèrent dans le complexe par un grand passage rectiligne menant à l'énorme hall central où le câble descendait par une sorte de collier et planait au-dessus d'un réseau de pistes qui s'entrecroisaient au sol. Le câble était en équilibre parfait sur son orbite et n'entrait jamais en contact avec Mars. Il restait simplement suspendu là, son extrémité de dix mètres de large en lévitation au milieu de la salle. Le collier du haut ne servait qu'à le stabiliser. Pour le reste, son positionnement était l'affaire des moteurs-fusées disposés tout du long et surtout de l'équilibre entre les forces centrifuges et la gravité qui le maintenaient sur son orbite aréosynchrone.

Les cabines de l'ascenseur flottaient dans l'air comme le câble lui-même, mais pour une raison différente : elles étaient suspendues électromagnétiquement. L'une d'elles plana le long de l'une des pistes menant vers le câble, s'amarra au câble et s'éleva sans bruit vers un sas ménagé dans le collier.

Les voyageurs et leurs accompagnateurs descendirent du véhicule. Nirgal était très effacé, il était déjà parti. Maya et Michel étaient tout excités et Sax, égal à lui-même. Ils embrassèrent Art en se dressant sur la pointe des pieds, Coyote en se penchant. Puis tout le monde se mit à parler en même temps et se regarda comme dans l'espoir de retenir chaque seconde de ce moment. Ce n'était qu'un voyage, mais ils avaient l'impression que c'était bien davantage. Puis les quatre voyageurs s'éloignèrent et disparurent dans le tube de couplage qui menait à la cabine suivante de l'ascenseur.

Après leur départ, Coyote et Art regardèrent la cabine flotter vers le câble, monter à travers la valve du sas et disparaître. Le visage asymétrique de Coyote se crispa, exprimant une angoisse et une peur qui lui ressemblaient bien peu. Evidemment, c'étaient son fils et trois de ses plus proches amis qui partaient pour un endroit très dangereux. Bon, ce n'était que la Terre, mais ça paraissait dangereux. Art devait bien l'admettre.

— Tout ira bien, dit Art en étreignant l'épaule du petit homme. Ils vont être accueillis comme des stars, là-bas. Tout va merveilleusement se passer pour eux.

C'était sûrement vrai. Le seul fait de prononcer ces paroles rassurantes lui fit du bien. Ils allaient sur la planète mère, après tout. Une planète faite pour les humains. Ils seraient bien reçus. C'était leur monde d'origine. Mais quand même...

Sur Pavonis Est, le congrès avait commencé.

A l'instigation de Nadia, en fait. Elle avait simplement commencé à travailler dans l'entrepôt principal sur des passages du traité et peu à peu les gens s'étaient joints à elle. Les choses avaient fait boule de neige. Une fois que les réunions eurent commencé, les gens ne purent faire autrement que d'y assister, sous peine de rater l'occasion de dire ce qu'ils avaient à dire. Nadia haussait les épaules quand ils se plaignaient de ne pas être prêts, de ne pas en savoir assez long, que les choses ne soient pas régularisées et ainsi de suite.

— Allons, répondait-elle avec impatience. Puisque nous sommes là, autant nous y mettre tout de suite.

C'est ainsi qu'un groupe fluctuant de trois cents personnes environ prit l'habitude de se réunir tous les jours dans le complexe industriel de Pavonis Est. L'entrepôt principal, conçu pour accueillir des tronçons de piste et des wagons, était énorme. Des dizaines et des dizaines de cloisons mobiles furent dressées le long des murs afin de former des bureaux, l'espace central étant occupé par un assemblage vaguement circulaire de tables dépareillées.

— Ah, fit Art en le voyant. La table des tables.

Il se trouva évidemment des gens pour réclamer la liste des délégués autorisés à voter, à prendre la parole et ainsi de suite. Nadia, qui avait vite assumé le rôle de présidente, proposa d'accepter comme délégation tout groupe martien qui en ferait la demande, à la condition qu'il ait eu une existence tangible avant le début de la conférence.

— Pas la peine de nous montrer restrictifs.

Les spécialistes de la Constitution de Dorsa Brevia convinrent que le congrès devrait être mené par des membres de délégations votantes, et que le résultat final devrait être soumis au suffrage populaire. Charlotte, qui avait mis la main à l'élaboration du document de Dorsa Brevia, douze années martiennes auparavant, avait depuis mené les travaux d'un groupe qui avait planché sur un éventuel gouvernement, dans l'hypothèse où la révolution réussirait, et ils n'étaient pas seuls à s'intéresser au sujet. L'université de Sabishii ainsi que certaines écoles de Fossa Sud dispensaient un enseignement sur la question, et il y avait dans l'entrepôt beaucoup de jeunes indigènes compétents dans ce domaine.

— C'est assez effrayant, remarqua Art. Faites la révolution et qu'est-ce qui se passe ? Les hommes de loi sortent des bois.

— Toujours, répondit Nadia.

Le groupe de Charlotte avait dressé une liste de délégués virtuels à un congrès potentiel, liste comprenant toutes les colonies martiennes de cinq cents personnes et plus. Un certain nombre de gens seraient donc représentés deux fois, souligna Nadia, une fois pour leur localisation et une fois pour leur appartenance politique. Les rares groupes qui ne figuraient pas sur la liste allaient se plaindre à un nouveau comité, qui enrôlait à peu près tous les pétitionnaires. Art appela Derek Hastings et invita l'ATONU à envoyer une délégation. Sidéré, Hastings répondit positivement quelques jours plus tard. Il descendrait du câble en personne.

C'est ainsi qu'après une semaine de manœuvres — et tout en continuant à vaquer à leurs occupations habituelles — ils estimèrent avoir réuni suffisamment d'accords pour mettre au vote une liste de délégués, et comme elle incluait vraiment beaucoup de monde, elle passa presque à l'unanimité. Tout à coup, il y eut un congrès en bonne et due forme. Il était constitué des délégations suivantes, chacune composée d'une à dix personnes :

Villes :

Acheron
Nicosia
Le Caire
Odessa
Harmakhis Vallis
Sabishii
Christianopolis
Vishniac Bogdanov
Hiranyagarba
Mauss Hyde
New Clarke
Bradbury Point
Sergei Korolyov
Cratère DuMartheray
Station Sud
Reull Vallis
Caravansérail du Sud
Nuova Bologna
Nirgal Vallis
Montepulciano
Sheffield
Senzeni Na
Belvédère d'Echus
Dorsa Brevia
Dao Vallis
Fossa Sud
Rumi
New Vanuatu
Prometheus
Gramsci
Mareotis
Sanctuaire de Burroughs
Gare de Libya
Tharsis Tholus
Le groupe d'Overhangs
Plinthe de Margaritifer
Caravansérail du Grand Escarpement
Da Vinci
Ligue d'Elysium
Hell's Gate

Partis politiques et autres organisations :

Les Boonéens
Les Rouges
Les Bogdanovistes
Les Schnellingistes
Mars-Un
Mars Libre

Le Ka
Praxis
Les Qahiran Mahjaris
Les Verts
L'Autorité Transitoire des Nations Unies
Le Kakaze
Le Comité de rédaction du *Journal d'études aréologiques*
L'Autorité de l'Ascenseur Spatial
Les Chrétiens Démocrates
Le Comité de Coordination de l'Activité économique des métanationales
Les Néomarxistes de Bologne
Les Amis de la Terre
Biotique
Séparation de l'Atmosphère

Les réunions générales débutaient dans la matinée autour de la table des tables et se poursuivaient par petits groupes dans les bureaux de l'entrepôt ou des bâtiments voisins. Art arrivait tôt et préparait d'énormes pots de café, de kava et de kavajava, sa drogue préférée. C'était dérisoire au regard de l'enjeu de l'entreprise, mais Art était heureux d'apporter sa modeste contribution. Il s'émerveillait à chaque instant de voir se constituer un congrès, tout simplement, et se disait que ce qu'il pouvait faire de mieux était probablement de l'aider à démarrer. Il n'y connaissait pas grand-chose et avait peu d'idées sur ce qui devait figurer dans une Constitution martienne. Mais il était doué pour rassembler les gens, et il l'avait fait. Ou plutôt, ils l'avaient fait, Nadia et lui, car Nadia avait joué son rôle en prenant la direction des opérations au moment où il le fallait. C'était la seule des Cent Premiers encore vivants qui avait la confiance de tous ; ce qui lui conférait une sorte d'autorité naturelle. Et maintenant, mine de rien, sans faire de vagues, elle exerçait ce pouvoir.

La grande joie d'Art était de lui servir d'assistant personnel. Il organisait ses journées et faisait tout ce qu'il pouvait pour lui faciliter les choses. Il commençait par lui préparer une grande cafetière de kavajava, car Nadia faisait partie des nombreuses personnes qui appréciaient ce petit coup d'envoi matinal à la fois stimulant et propice à la bonne humeur. Oui, se disait Art, assistant personnel et distributeur de drogues, telle était sa destinée en ce moment bien précis de l'histoire. Et il en était ravi. Ravi de voir le regard que les gens portaient sur Nadia. Et celui qu'elle leur rendait : intéressé, sympathique, sceptique, parfois agacé lorsqu'elle pensait qu'on lui faisait perdre son temps, chaleureux quand elle était impressionnée par une intervention donnée. Et les gens le savaient, et ils s'efforçaient de lui plaire. De rester à niveau, de contribuer à l'effort général. Ils voulaient voir cette lueur d'approbation, ce regard chaud, particulier, dans son œil. C'étaient des yeux vraiment très étranges, d'ailleurs : noisette, piquetés de têtes d'épingle de toutes les couleurs, jaune, noir, vert, bleu. Ils avaient quelque chose de fascinant. Nadia avait une formidable capacité d'écoute, elle donnait aux gens l'impression d'être prête à les croire, à prendre leur parti, à faire en sorte que leur cas ne se perde pas dans le tumulte. Même les Rouges, qui savaient qu'elle s'était bagarrée avec Ann, lui faisaient confiance. Ils savaient qu'avec elle ils seraient entendus. Alors le travail se cristallisait autour d'elle ; et tout ce qu'Art avait à faire en réalité était de la regarder travailler, et de s'en réjouir, et de l'aider de son mieux.

C'est dans ce contexte que les débats commencèrent.

Au cours de la première semaine, nombre d'interrogations portèrent sur la définition même de la Constitution, sur la forme qu'elle devait prendre, et, en tout premier lieu, sur l'utilité ou non d'en avoir une. Charlotte appelait ça le métaconflit, la discussion sur le sujet de la discussion. Une question très importante, disait-elle quand elle voyait Nadia plisser les yeux d'un air mécontent : « Parce que, en la réglant, nous fixons les limites des problèmes sur lesquels nous devons statuer. Par exemple, si nous décidons d'inclure les problèmes économiques et sociaux dans la Constitution, ce ne sera pas du tout la même chose que si nous nous en tenons aux questions strictement politiques ou légales, ou à une déclaration de principes très générale. »

Pour aider à structurer ce débat, Charlotte et les spécialistes de Dorsa Brevia avaient apporté un certain nombre de « Constitutions en blanc » : des compilations de différentes Constitutions dont le contenu n'était pas réellement défini. Mais ça ne répondait pas aux objections de ceux pour qui la plupart des aspects de la vie sociale et économique devaient échapper à toute régulation. Cet « Etat minimal » était prôné par un large éventail de factions qui formaient, en dehors de ça, d'étranges compagnons de lit : des anarchistes, des libertaires, des capitalistes néotraditionalistes, certains Verts et bien d'autres encore. Pour les plus extrémistes de ces anti-étatistes, former un gouvernement quel qu'il soit était déjà une défaite, et ils s'ingénièrent pendant tout le congrès à restreindre son rôle au minimum.

Nadia et Art, qui appelaient les voyageurs pour la Terre tous les soirs, parlèrent de cette controverse à Sax, lequel se dit prêt à y réfléchir sérieusement, comme à tout le reste.

— On a découvert que des comportements très complexes pouvaient être régis par quelques lois élémentaires. Par exemple, les hardes d'oiseaux sont modélisées selon trois règles simples : rester à égale distance des autres, éviter les brusques changements de vitesse et esquiver les obstacles. Ces principes suffisent à décrire de façon très satisfaisante le vol d'une formation d'oiseaux.

— Une volée d'oiseaux informatiques, peut-être, ironisa Nadia. Tu as déjà vu des martinets au crépuscule ?

La réponse de Sax arriva un moment plus tard :

— Non.

— Eh bien, tâche de réparer cette lacune quand tu seras sur Terre. En attendant, tu nous vois rédiger une Constitution qui commencerait par : « Article premier, Eviter les brusques changements de vitesse » ?

Art se tordit de rire, mais Nadia ne trouvait pas ça drôle du tout. Elle avait souvent du mal à comprendre les arguments minimalistes.

— Ça ne reviendrait pas à laisser les métanats diriger les opérations ? répliqua-t-elle. Laisser faire ?

— Mais non, protesta Mikhail. Ce n'est pas du tout ça.

— Ça y ressemble beaucoup, pourtant. Et pour certains, c'est manifestement un alibi : un faux principe qui revient en réalité à conserver les règles protégeant leur propriété et leurs privilèges et à laisser le reste partir à vau-l'eau.

— Non, pas du tout.

— Eh bien, il faudra que tu le prouves à la table. Il faudra que tu dénonces toutes les ingérences possibles de ce gouvernement. Tu devras défendre ton dossier point par point.

Et elle se montra si ferme à ce sujet — pas hargneuse comme l'aurait été Maya mais simplement inébranlable — qu'ils durent en passer par là : du moins, tout était-il mis à plat et soumis à discussion. C'est là que les compilations de Constitutions prenaient leur sens : des points de départ. Ils partiraient donc de là. La proposition fut mise aux voix, et la majorité accepta de tenter le coup.

Ils avaient donc franchi le premier obstacle. Tout le monde était tombé d'accord pour suivre le même plan. C'était stupéfiant, se dit Art, en passant d'une réunion à l'autre, plein d'admiration pour Nadia. Ce n'était pas une diplomate comme les autres, elle ne suivait pas le modèle de l'enveloppe vide auquel il aspirait, mais les choses avançaient quand même. Elle avait le charisme de l'intelligence. Il la serrait dans ses bras chaque fois qu'il passait près d'elle, lui plantait un baiser sur le sommet du crâne. Il l'aimait. Il courait partout avec ce trésor de sentiments positifs et participait au plus grand nombre possible de séances en se demandant toujours ce qu'il pouvait faire pour aider à la bonne marche des choses. Ce qui consistait souvent, tout simplement, à donner à boire et à manger aux gens afin qu'ils puissent travailler toute la journée sans s'énerver.

A toute heure, la table des tables était entourée de gens : de jeunes Walkyries au teint frais et rose penchées sur de vieux vétérans au visage parcheminé par le soleil, toutes les races, tous les types. C'était ça, Mars, en l'an M-52, des Nations Unies à elle seule. Avec toute l'indocilité propre à cette entité notoirement indocile. Si bien que parfois, en regardant leurs visages si différents, en écoutant le mélange de langues, cet anglais revu et corrigé par Babel, Art s'affolait de leur variété.

— Ka, Nadia, dit-il un soir qu'ils mangeaient un sandwich en regardant les notes prises pendant la journée. Nous essayons de rédiger une Constitution à laquelle toutes les cultures terriennes pourraient adhérer !

Elle écarta l'objection d'un geste, avala ce qu'elle avait en bouche et dit :

— Il serait bientôt temps.

Charlotte déclara que le document de Dorsa Brevia constituait un point de départ logique pour débattre du contenu des documents constitutionnels. Cette suggestion souleva plus de tumulte encore que la proposition concernant les compilations de Constitutions, car les Rouges ainsi que d'autres délégations étaient opposés à divers points de la vieille déclaration, aussi répliquèrent-ils que l'utiliser, c'était biaiser le congrès dès le commencement.

— Et alors ? rétorqua Nadia. Nous pouvons en changer chaque mot si nous voulons, mais du moins aurions-nous une base de discussion.

Cette idée plaisait à la plupart des anciens groupes clandestins, dont beaucoup étaient à Dorsa Brevia en M-39. Le document résultant était encore ce que l'underground avait fait de mieux pour rendre officielles ses intentions alors qu'il était exclu du pouvoir, il n'était donc pas stupide de partir de là ; ça créait un précédent, une continuité historique.

Mais quand ils relurent la vieille déclaration, elle leur parut terriblement radicale. Pas de propriété privée ? Aucune appropriation de la valeur ajoutée ? Avaient-ils vraiment dit ça ? Comment les choses étaient-elles censées marcher ? Les gens se penchèrent sur les phrases sèches, sans compromis, en secouant la tête. Le document ne s'embarrassait pas d'explications sur les moyens d'y arriver, il se contentait d'énoncer des ambitions. « La vieille histoire des Tables de la Loi », comme disait Art. Mais à présent la révolution l'avait emporté et le moment était venu d'agir dans le monde réel. Pouvaient-ils vraiment s'en tenir à des principes aussi radicaux ? Difficile à dire.

— Nous pouvons toujours en discuter, décréta Nadia.

Et le texte du document de Dorsa Brevia se retrouva sur tous les écrans, à côté des compilations de Constitutions, dont les têtes de chapitre suggéraient à elles seules l'ampleur des problèmes dont ils allaient devoir débattre : « Structure du Gouvernement, Exécutif », « Structure du Gouvernement, Législatif », « Structure du Gouvernement, Judiciaire », « Droits des Citoyens », « Armée et Police », « Fiscalité », « Procédures électorales », « Lois sur la Propriété », « Systèmes économiques », « Lois sur l'Environnement », « Procédures d'Amendement », et ainsi de suite, sur des pages et des pages.

Ces rubriques étaient affichées sur tous les écrans, revues, corrigées, formatées, débattues sans fin.

— La compile des compiles, fredonna Art, un soir, en regardant par-dessus l'épaule de Nadia un schéma opérationnel particulièrement rébarbatif, qui paraissait sorti d'une des combinatoires alchimiques de Michel.

Et Nadia éclata de rire.

Des commissions se répartirent le travail de réflexion sur les différents éléments du gouvernement détaillés dans la nouvelle compilation de Constitutions en blanc que tout le monde appelait maintenant « la compile des compiles ». Partis politiques et groupes d'intérêt gravitaient autour des ateliers chargés des problèmes qui les concernaient le plus, les nombreuses délégations des villes sous tente se répartissant les places vides. A partir de là, ce n'était plus qu'une question de travail.

Pour le moment, le groupe technique du cratère de Da Vinci avait le contrôle de l'espace martien et empêchait toutes les navettes spatiales de se poser à Clarke ou de se placer en orbite martienne. Personne n'allait jusqu'à s'imaginer que cela suffisait à leur conférer une véritable liberté, mais cela leur procurait une certaine marge de manœuvre physique et mentale. C'était le cadeau de la révolution. Ils étaient aussi motivés par le souvenir de la bataille de Sheffield. La peur de la guerre civile était encore présente en chacun d'eux. Ann était en exil avec le Kakaze, et tous les jours des sabotages avaient lieu dans l'outback. Il y avait aussi des tentes qui avaient déclaré leur autonomie, et quelques métanats faisaient encore de la résistance. L'ambiance était à l'effervescence et à la confusion presque générale. Ce bref instant de l'histoire était une bulle qui pouvait éclater à tout moment, et c'est ce qui se passerait s'ils n'agissaient pas en vitesse. Pour dire les choses simplement, le moment était venu d'agir.

C'était le seul point sur lequel tout le monde était d'accord, mais ce n'était pas rien. Un noyau dur de techniciens émergea peu à peu, des gens qui se reconnaissaient entre eux par leur volonté d'aboutir, leur désir de mettre un point final aux paragraphes plutôt que de discuter à en perdre haleine. Au milieu des débats, ces gens prenaient le travail à bras-le-corps, guidés par Nadia qui avait le chic pour les repérer et les aider dans la mesure du possible.

Pendant ce temps-là, Art allait d'un groupe à l'autre, selon son habitude. Il se levait tôt, s'occupait de l'intendance et faisait passer les informations concernant l'avancement du travail dans les autres salles. Il avait l'impression que ça ne se passait pas mal du tout.

La plupart des comités mettaient un point d'honneur à remplir sérieusement les blancs de leur fragment de Constitution, écrivant et réécrivant les projets, les formalisant concept par concept, phrase par phrase. Ils étaient toujours heureux de voir Art, car sa présence était le signal d'une récréation. Un groupe de juristes lui colla des ailes de mousse aux talons et l'envoya porter un message au vitriol à un groupe de travail exécutif avec lequel ils étaient en bisbille. Amusé, Art garda ses ailes. Pourquoi pas ? Leur mission avait une sorte de majesté ridicule, ou de ridicule majestueux. Ils réécrivaient les règles, et lui volait de-ci, de-là, comme Hermès ou Puck, c'était très bien trouvé. Il volait donc jusque tard dans la nuit, et quand les réunions s'achevaient, il regagnait les bureaux de Praxis qu'il partageait avec Nadia. Ils mangeaient en commentant l'avancement des travaux, ils appelaient les voyageurs pour la Terre et parlaient avec Nirgal, Sax, Maya et Michel. Puis Nadia se remettait au travail sur ses écrans, et elle s'endormait généralement dans son fauteuil. Art retournait alors faire le tour de l'entrepôt, des bâtiments et des patrouilleurs massés autour. Comme le congrès se tenait dans une tente d'entrepôt, la fin des séances de travail ne donnait pas lieu aux mêmes festivités qu'à Dorsa Brevia, mais les délégués passaient souvent de longues soirées assis par terre dans leur chambre à boire et à discuter de ce qui s'était passé pendant la journée ou des récents soulèvements. La plupart des gens se rencontraient pour la première fois, et ils apprenaient à se connaître. Des relations se nouaient, des idylles, des amitiés, des rivalités. C'était un moment privilégié pour bavarder, se renseigner sur ce qu'avaient fait les autres. C'étaient les dessous du congrès, l'heure sociale, dispersée dans les chambres de béton. Art adorait ça. Puis le moment venait où il n'en pouvait plus, une vague de fatigue l'emportait. Il n'avait même pas le temps de se traîner vers leurs bureaux et le lit de camp voisin de celui de Nadia. Il se roulait en boule dans un coin et dormait, se réveillait raide et glacé pour se précipiter vers la douche de leur salle de bains, puis aux cuisines pour préparer le kava et le java du matin. Les journées passaient dans un tourbillon sans fin, et c'était merveilleux.

Sur bien des sujets, les gens se heurtaient à un problème d'échelle. Sans nations, sans entités politiques naturelles ou traditionnelles, qui gouvernait quoi ? Comment devaient-ils équilibrer le local et le global, le passé face à l'avenir, les nombreuses cultures ancestrales par rapport à la culture martienne unique ?

Sax, qui observait cette question récurrente depuis la fusée Mars-Terre, suggéra que les villes et les canyons sous tente deviennent les principales entités politiques : des Etats-cités, au fond, à l'exclusion de toute entité politique plus vaste, en dehors du gouvernement global, qui ne régulerait que les problèmes d'intérêt général. De la sorte, il y aurait du global et du local, mais pas d'Etats-nations entre les deux.

La réaction à cette proposition fut assez positive. D'abord, elle avait l'avantage de refléter la situation existante. Mikhail, le chef du parti bogdanoviste, remarqua que c'était une variante de l'antique communauté de communautés, et comme c'était une idée de Sax, on appela rapidement ça le projet du « labo des labos ». En attendant, le problème sous-jacent demeurait, comme le souligna bientôt Nadia. Sax n'avait fait que définir leur local et leur global spécifiques. Il fallait encore définir le pouvoir que l'éventuelle confédération globale devait avoir sur les éventuels Etats-cités semi-autonomes. Trop, et c'était le retour à un grand Etat centralisé, Mars en tant que nation, idée qui inspirait de l'horreur à bien des délégations.

— Mais trop peu, rétorqua emphatiquement Jackie dans l'atelier des droits humains, et des tentes pourraient décider d'autoriser l'esclavage, l'excision ou n'importe quel autre crime basé sur une expression ou une autre de la barbarie terrestre, tout ça au nom des « valeurs culturelles ». Et ce serait tout simplement inacceptable.

— Jackie a raison, fit Nadia, chose assez rare pour que chacun dresse l'oreille. Quand des gens prétendent que certains droits fondamentaux sont étrangers à leur culture, on peut présenter ça comme on veut, moi je dis que ça pue, que la revendication émane de fondamentalistes, de patriarches, de féministes ou de métanats. Ils n'auront pas gain de cause ici tant que j'aurai mon mot à dire.

Art remarqua qu'un certain nombre de délégués avaient froncé le sourcil en entendant cette déclaration, qui devait constituer, pour eux, une version du relativisme occidental séculier, voire de l'hyperaméricanisme de John Boone. Parmi les opposants aux métanats, nombre de gens se raccrochaient à des cultures plus anciennes et avaient souvent conservé des hiérarchies quasi intactes. Le haut du panier n'avait pas envie que ça change, non plus qu'un nombre étonnamment important de gens juchés sur les barreaux inférieurs de l'échelle.

Les jeunes indigènes martiens parurent sidérés que l'on se pose seulement la question. Pour eux, les droits fondamentaux étaient innés et irrévocables, et toute tentative de remise en cause n'était que l'une des innombrables cicatrices émotionnelles que les issei devaient au traumatisme provoqué par une éducation terrienne dysfonctionnelle. Ariadne, l'une des jeunes indigènes de premier plan, se leva pour dire que le groupe de Dorsa Brevia avait procédé à une étude exhaustive des documents terriens sur les droits de l'homme, et en avait établi la liste complète. Cette liste des droits individuels fondamentaux était ouverte à la polémique, mais pouvait aussi être adoptée telle quelle. Certains discutèrent d'un point ou d'un autre, mais il fut généralement admis qu'une sorte de déclaration globale des droits devait être mise sur le tapis. Aussi les valeurs martiennes établies en l'an M-52 étaient-elles sur le point d'être codifiées et de devenir un élément crucial de la Constitution.

La nature exacte de ces droits était encore sujette à controverse. Les soi-disant « droits politiques » étaient généralement considérés comme « allant de soi » : il y avait des choses que les citoyens étaient libres de faire, d'autres qui étaient interdites aux gouvernements. L'*habeas corpus*, la liberté de mouvement, de parole, d'association, de religion, l'interdiction des armes, tout cela fut approuvé par une grande majorité d'indigènes martiens, malgré certains issei originaires d'endroits comme Singapour, Cuba, l'Indonésie, la Thaïlande et la Chine, qui voyaient d'un mauvais œil l'importance accordée à la liberté individuelle. D'autres délégués émirent des réserves sur des droits d'une autre sorte, les droits dits « sociaux » ou « économiques », comme le droit au logement, aux soins, à l'éducation, à l'emploi, à une partie de la valeur générée par l'exploitation des ressources naturelles, etc. Beaucoup de délégués issei qui avaient une expérience concrète du gouvernement terrien étaient très réservés sur la question, et soulignèrent qu'il était dangereux de les expliciter dans la Constitution. On l'avait fait sur Terre, disaient-ils, et on avait constaté que ce genre d'engagement était impossible à tenir. La Constitution qui les garantirait passerait pour un instrument de propagande, on finirait par la prendre à la légère, à la considérer comme une plaisanterie.

— Et alors ? répliqua sèchement Mikhail. Quand on n'a pas les moyens de se loger, c'est d'avoir le droit de vote qui est une plaisanterie.

Les jeunes indigènes acquiescèrent, ainsi que nombre de moins jeunes. Les droits économiques et sociaux étaient maintenant sur le tapis aussi, et les discussions sur la façon de garantir ces droits dans la pratique se poursuivirent pendant de longues sessions.

— La politique, le social, fit Nadia, c'est la même chose. Faisons en sorte que tous les droits soient accessibles.

C'est ainsi que les travaux se poursuivirent, autour de la table des tables et dans les bureaux où se réunissaient les différents comités. Même l'ONU était représentée, en la personne de Derek Hastings, qui était descendu par l'ascenseur. Il prenait une part active aux débats, et son opinion avait toujours un poids particulier. Art remarqua qu'il commençait à donner des signes de syndrome des otages : il se montrait de plus en plus compréhensif au fur et à mesure qu'il discutait avec les gens, dans l'entrepôt. Et cette compréhension pourrait se communiquer à ses supérieurs sur Terre, se disait Art.

On leur envoyait des commentaires et des suggestions de partout sur Mars, mais aussi de la Terre. Ils étaient affichés sur les écrans qui couvraient un mur entier de la grande salle. Tout le monde était passionné par le congrès. Il rivalisait avec l'inondation terrestre dans l'intérêt du public.

— C'est le feuilleton du moment, fit Art, un soir qu'ils discutaient, Nadia et lui, dans leur petit appartement.

Tous les soirs ils appelaient Nirgal et les voyageurs. Leurs réponses mettaient de plus en plus de temps à leur parvenir, mais ce n'était pas un problème pour Art et Nadia. Ils avaient des tas de choses à se dire en attendant.

— Le problème de la séparation entre le local et le global risque d'être ardu, remarqua Art, un soir. Je crois qu'il y a contradiction entre les deux. Je veux dire, ce n'est pas une simple question de confusion mentale. Nous voulons vraiment un contrôle global, et en même temps, nous voulons que les tentes soient libres. Deux de nos valeurs les plus fondamentales sont antagonistes.

— Et le système suisse ? suggéra Nirgal, quelques minutes plus tard. C'est ce que John Boone répondait toujours.

Mais la réponse des Suisses de Pavonis ne fut pas très encourageante.

— C'est plutôt l'exemple à ne pas suivre, objecta Jurgen en faisant la grimace. Si je suis sur Mars, c'est à cause du gouvernement fédéral suisse. Il étouffe toute initiative. Il faut une licence pour respirer.

— Et les cantons n'ont plus aucun pouvoir, renchérit Priska. Le gouvernement fédéral le leur a retiré.

— Dans certains cantons, reprit Jurgen, ça valait plutôt mieux.

— Il y a eu plus fort : le Graubünden ou Ligue des Grisons, reprit Priska. Une confédération de villes dans le sud-est de la Suisse, qui marcha très bien pendant des centaines d'années.

— Vous pourriez m'envoyer toutes les infos disponibles là-dessus ? demanda Art.

Le lendemain soir, ils regardèrent, Nadia et lui, la description de la Ligue des Grisons que Priska leur avait envoyée. Enfin... La situation était plus simple, à la Renaissance, se dit Art. Il se trompait peut-être, mais il avait l'impression que les accords extrêmement souples des petites villes des montagnes suisses n'avaient pas grand-chose à voir avec les économies étroitement interdépendantes des colonies martiennes. Les gens n'avaient pas à se préoccuper des inconvénients de la variation de la pression atmosphérique, par exemple. Non, la vérité est qu'ils se trouvaient dans une situation nouvelle. Aucune analogie historique ne leur serait d'un grand secours.

— Pour en revenir au conflit entre le local et le global, intervint Irishka, *quid* du territoire, hors des tentes et des canyons couverts ?

Elle avait peu à peu émergé comme la principale Rouge restant sur Pavonis, une modérée qui pouvait parler pour tous les courants du mouvement ou presque avant de devenir un pouvoir en elle-même au fil des semaines.

— C'est la quasi-totalité du territoire martien, et le document de

Dorsa Brevia dit seulement que personne ne peut le posséder, qu'il appartient de fait à la famille humaine et est géré de droit par cette même famille. C'est bien joli, mais au fur et à mesure que la population augmentera et qu'on construira de nouvelles villes, il deviendra de plus en plus difficile d'en assurer le contrôle.

Art poussa un soupir. Elle avait raison, mais c'était un vrai sac de nœuds. Il avait récemment pris la décision de consacrer l'essentiel de ses efforts quotidiens à empoigner les problèmes qu'ils considéraient, Nadia et lui, comme les plus épineux, et il était donc, en théorie, heureux de les voir arriver. Mais il y avait des moments où c'était quand même trop compliqué.

Comme dans ce cas précis. L'utilisation du sol, les objections des Rouges : encore d'autres aspects du conflit entre le local et le global, mais typiquement martien. Là non plus, il n'y avait pas de précédent. Enfin, comme c'était probablement le problème le plus épineux de la liste...

Art alla trouver les Rouges. Il tomba sur Marion, Irishka et Tiu, un compagnon de crèche de Nirgal et Jackie à Zygote. Ils l'emmenèrent dans leur campement de patrouilleurs, ce qui le ravit. Bien qu'il ait été lié à Praxis, on le considérait donc maintenant comme un personnage neutre ou impartial, et c'était exactement ce qu'il voulait être. Une grande enveloppe vide, pleine de messages, qu'on se passait de main en main.

Le campement rouge était à l'ouest des entrepôts, au bord du cratère. Ils s'installèrent avec Art dans la vaste cabine supérieure d'un des patrouilleurs et bavardèrent en prenant le thé devant le paysage géant de la caldeira qui se découpait à contre-jour sur le soleil de la fin de l'après-midi.

— Alors, que voudriez-vous voir dans cette Constitution ? demanda Art.

Ses hôtes se regardèrent, un peu surpris.

— Dans l'idéal, répondit Marion, nous aimerions vivre sur la planète primitive, dans des grottes et des habitats troglodytes creusés dans des falaises, ou dans des anneaux forés dans les cratères. Pas de grandes villes, pas de terraforming.

— Vous seriez obligés de rester tout le temps en combinaison.

— C'est vrai. Mais ça nous est égal.

— Bien, fit Art après réflexion. D'accord. Mais étant donné la situation actuelle, comment voudriez-vous que les choses se passent désormais ?

— Plus de terraforming.

— Que le câble s'en aille, et plus d'immigration.

— En fait, ce qui serait bien, ce serait que des gens retournent sur Terre.

Ils s'interrompirent et le regardèrent. Art s'efforça de dissimuler sa consternation.

— Vous ne craignez pas que la biosphère continue à croître toute seule, maintenant ? demanda-t-il.

— Ce n'est pas évident, répondit Tiu. Si on arrêtait le pompage industriel, la croissance serait très lente, voire stoppée. Il se pourrait même que nous revenions en arrière, avec l'ère glaciaire qui se prépare.

— Ce n'est pas ce que certaines personnes appellent l'écopoésis ?

— Non. Les écopoètes se bornent à utiliser des méthodes biologiques, mais de façon très intensive. Nous pensons qu'il faudrait mettre un terme à tout ça, l'écopoésis, l'industrialisation et le reste.

— Surtout les méthodes industrielles lourdes, reprit Marion. A commencer par l'inondation du nord. C'est tout simplement criminel. Quoi qu'il arrive ici, s'ils continuent, nous ferons sauter ces stations.

Art fit un ample geste englobant l'immense caldeira de pierre.

— Les endroits les plus élevés sont tous plus ou moins comme ça, non ?

Ils n'étaient pas d'accord.

— Même sur les points les plus élevés on trouve des dépôts de glace et de la vie végétale, répondit Irishka. L'atmosphère monte très haut, par ici, je vous le rappelle. Aucun endroit n'y échappe quand les vents sont forts.

— Et si on déployait une tente sur les quatre grandes caldeiras ? suggéra Art. Elles resteraient stériles et conserveraient leur pression atmosphérique ainsi que leur environnement de départ. Ça ferait d'énormes parcs naturels, préservés dans leur état originel, primitif.

— Les parcs ne sont que des parcs.

— Je sais, mais il faut bien faire avec ce qu'on a, pas vrai ? On ne peut pas revenir à M-1 et repartir de zéro. Dans l'état actuel des choses, il ne serait peut-être pas mauvais de préserver trois ou quatre grandes zones dans leur état originel, ou aussi près que possible.

— Ce serait bien de protéger aussi quelques canyons, avança Tiu.

C'était manifestement la première fois qu'ils envisageaient cette possibilité, et elle ne les satisfaisait pas vraiment, Art le voyait bien. Mais on ne pouvait pas effacer la situation actuelle d'un coup de baguette magique. Il fallait bien partir de l'existant.

— Ou le Bassin d'Argyre.

— Qu'on ne le submerge pas, au moins.

Art eut un hochement de tête encourageant.

— Il faudrait combiner des mesures conservatoires de ce genre avec la limite atmosphérique définie dans le document de Dorsa Brevia, qui est de cinq kilomètres. La surface située au-dessus de cinq kilomètres est très importante. Ça ne supprimera pas l'océan du nord, mais rien ne pourrait plus le faire, maintenant. Ce que vous pouvez espérer de mieux à ce stade est probablement une forme lente d'écopoésis, non ?

C'était peut-être une façon un peu brutale de dire les choses. Les Rouges regardèrent mélancoliquement la caldeira de Pavonis, perdus dans leurs pensées.

— Si les Rouges prennent le train en marche, quel est le problème épineux suivant sur la liste ? demanda Art.

— Quoi ? marmonna Nadia.

Elle somnolait en écoutant un vieux morceau de jazz sur son IA.

— Ah, Art, fit-elle de sa voix grave et calme.

Elle avait toujours ce léger accent russe. Elle était roulée en boule sur le divan, entourée de feuilles de papier chiffonnées, tels les vestiges d'une structure qu'elle aurait été en train d'assembler. La façon de vivre martienne. Ses rides semblaient s'effacer. On aurait dit un galet lissé par le courant des années. Elle ouvrit ses yeux tachetés, lumineux, fascinants sous leurs paupières cosaques, leva vers lui son beau visage ovale, parfaitement détendu, sous un casque de cheveux blancs et raides.

— Le prochain problème épineux sur la liste ?

— Oui.

Elle sourit. Il se demanda d'où lui venaient ce calme, ce sourire paisible. Elle ne s'en faisait plus pour rien, ces jours-ci, et Art trouvait cette attitude bizarre, étant donné le numéro de voltige politique auquel ils se livraient. Evidemment, ce n'était que de la politique, pas la guerre. Elle avait eu très peur pendant la révolution, elle s'attendait au désastre à chaque instant, et maintenant elle était d'une sérénité à toute épreuve. Comme si elle se disait : « Rien de ce qui se passe ici n'est très grave, au fond, chamaillez-vous sur les détails tant que vous voudrez, mes amis sont en sûreté, la guerre est finie, ce n'est plus qu'une sorte de jeu, un jeu de construction, source de plaisir. »

Art passa derrière le canapé, lui massa les épaules.

— Ah, fit-elle. Les problèmes. Il y en a des tas qui promettent d'être plus épineux les uns que les autres.

— Lesquels, par exemple ?

— Eh bien, les Qahiran Mahjaris pourront-ils s'adapter à la démocratie ? Tout le monde acceptera-t-il l'éco-économie de Vlad et Marina ? Parviendrons-nous à établir une police correcte ? Jackie essaiera-t-elle d'obtenir un système présidentiel fort, et utilisera-t-elle la supériorité numérique des indigènes pour devenir reine ? Je me pose quantité de questions, fit-elle en regardant par-dessus son épaule. Tu veux que je continue ? demanda-t-elle en riant, amusée par l'expression d'Art.

— J'aime autant pas.

— Mais toi, continue, dit-elle en s'esclaffant. Mmm, c'est bon. Ces problèmes ne sont pas insolubles. Nous allons tous les mettre à plat et les résoudre. Tu pourrais peut-être parler à Zeyk.

— D'accord.

— Mon cou, maintenant, s'il te plaît...

Art alla parler à Zeyk et Nazik le soir même, quand Nadia se fut endormie.

— Alors, quel est le point de vue des Mahjaris sur tout ça ? demanda-t-il.

Zeyk émit un grognement.

— Pas de questions stupides, par pitié ! répliqua-t-il. Les Sunnites sont en bagarre contre les Chiites, le Liban est un champ de ruines, les Etats pétroliers sont la bête noire des Etats qui n'ont pas de pétrole, les pays du nord de l'Afrique ne sont plus qu'une métanat, la Syrie et l'Irak se détestent, l'Irak et l'Egypte ne peuvent pas se voir, nous avons une dent contre les Iraniens, à part les Chiites, et nous haïssons tous Israël, évidemment, mais aussi les Palestiniens, et bien que je sois originaire d'Egypte, en fait je suis un Bédouin et nous méprisons les Egyptiens du Nil, et nous ne nous entendons pas très bien avec les Bédouins de Jordanie. Ah, et tout le monde exècre les Saoudiens, qui sont aussi corrompus qu'on peut l'être. Alors quand on me demande le point de vue arabe, que puis-je répondre ?

Art secoua la tête avec accablement.

— Disons que c'était une question stupide, convint-il. Pardon. A force de parler de Constitutions, j'ai pris de mauvaises habitudes. A propos, qu'en pensez-vous ?

Nazik éclata de rire.

— Autant lui demander ce que les autres Qahiran Mahjaris en pensent. Il ne les connaît que trop bien.

— Beaucoup trop bien, renchérit Zeyk.

— Vous pensez qu'ils accepteront le passage concernant les droits de l'homme ?

— Nous la signerons, ça ne fait aucun doute, fit Zeyk en se renfrognant.

— Mais ces droits... je pensais qu'il n'y avait pas encore de démocraties arabes ?

— Comment ça ? Et la Palestine, et l'Egypte ? Ensuite, nous sommes sur Mars. Et sur Mars, chaque caravane est son propre Etat depuis le début.

— Des chefs forts ? Des dirigeants héréditaires ?

— Pas héréditaires, mais forts, oui. Nous doutons que la nouvelle Constitution y change quoi que ce soit. Et pourquoi le devrait-elle ? Vous disposez vous-même d'un pouvoir fort, non ?

Art éclata de rire, un peu mal à l'aise.

— Je ne suis qu'un messager.

Zeyk secoua la tête.

— Allez raconter ça à Antar. Tiens, c'est là que vous devriez aller, si vous voulez savoir ce que pensent les Qahirans. C'est notre roi, maintenant, dit-il comme s'il avait mordu dans un citron.

— Et que veut-il, à votre avis ? demanda Art.

— C'est la créature de Jackie, un point c'est tout, marmonna Zeyk.

— Je dirais que c'est un mauvais point pour lui.

Zeyk haussa les épaules.

— Ça dépend pour qui, reprit Nazik. Pour les vieux immigrants musulmans, c'est une mauvaise association, parce que, bien que Jackie soit très puissante, elle a plus d'un homme dans sa vie, ce qui fait d'Antar une sorte de...

— De compromis, avança Art, évitant à Zeyk, qui le regardait d'un air sombre, de trouver un terme plus sévère.

— Oui, acquiesça Nazik. D'un autre côté, Jackie est puissante. Tous les dirigeants actuels de Mars Libre ont une chance de voir leur puissance s'accroître encore dans le nouvel Etat. Et ça plaît aux jeunes Arabes. Ils sont plus indigènes qu'arabes, je crois. Mars compte plus pour eux que l'Islam. De ce point de vue, l'association avec les ectogènes de Zygote est une bonne chose. Ils passent pour les chefs naturels de la nouvelle Mars, surtout Nirgal, bien sûr, et maintenant qu'il est parti pour la Terre, il y a un certain transfert d'influence vers Jackie et ses proches. Donc vers Antar.

— Je ne l'aime pas, lâcha Zeyk.

Nazik regarda son mari en souriant.

— Ce que tu n'aimes pas, c'est que beaucoup d'indigènes musulmans le suivent plutôt que toi. Mais nous sommes vieux, Zeyk. Il serait peut-être temps de penser à la retraite.

— Je ne vois pas pourquoi, objecta Zeyk. Si nous devons vivre un millier d'années, quelle différence un siècle peut-il faire ?

Art et Nazik le regardèrent en riant, et Zeyk eut un bref sourire. C'était la première fois qu'Art le voyait sourire.

En fait, l'âge n'avait pas d'importance. Les gens allaient et venaient, jeunes, vieux ou entre deux âges, parlaient et discutaient, et il aurait été étrange que la durée de vie d'un individu joue un rôle dans ces discussions.

L'âge ou la jeunesse n'avaient rien à voir avec le mouvement indigène, de toute façon. Quand on était né sur Mars, on avait tout simplement une autre vision, une vision aréocentrique à un point inimaginable pour un Terrien, non seulement à cause de l'ensemble d'aréoréalités dans lequel on baignait depuis sa naissance, mais aussi de ce qu'on ignorait. Les Terriens savaient combien la Terre était vaste ; pour les gens nés sur Mars, cette immensité culturelle et biologique était proprement inconcevable. Ils avaient vu des images sur des écrans, mais ça ne suffisait pas pour l'appréhender. C'est aussi pour ça qu'Art était content que Nirgal ait décidé d'accompagner la mission diplomatique vers la Terre. Il saurait ainsi à quoi ils avaient affaire.

Mais la plupart des indigènes n'en sauraient jamais rien. Et la révolution leur était montée à la tête. Malgré l'intelligence dont ils pouvaient faire preuve autour de la table, lorsqu'ils s'efforçaient d'élaborer une forme de Constitution qui les privilégierait, ils étaient d'une naïveté congénitale. Ils ne se rendaient absolument pas compte que leur indépendance était peu probable, et qu'elle pourrait très bien leur être reprise. Au contraire, ils poussaient les choses à la limite, menés par Jackie, qui planait dans l'entrepôt, plus radieuse que jamais, sa soif de pouvoir dissimulée derrière son amour pour Mars, sa dévotion aux idéaux de son grand-père et sa bonne volonté fondamentale, voire son innocence. La collégienne qui voulait passionnément un monde plus juste.

C'est du moins ce qu'il semblait. Mais ils paraissaient aussi, ses collègues de Mars Libre et elle, vouloir être aux commandes. Il y avait douze millions de gens sur Mars, maintenant, dont sept millions étaient nés sur la planète. Et on pouvait compter sur chacun de ceux-ci, ou presque, pour soutenir les partis politiques indigènes, à commencer par Mars Libre.

— C'est dangereux, remarqua Charlotte alors qu'Art évoquait la question, un de ces fameux soirs avec Nadia. Quand un pays comporte un grand nombre de groupes qui se méfient les uns des autres, mais d'où se dégage une majorité nette, on obtient ce qu'on appelle un « vote recenseur », c'est-à-dire un système où les politiciens représentent leur groupe, obtiennent leur voix, et où le résultat des élections n'est jamais qu'un reflet de la population. Dans ces cas-là, c'est toujours pareil : le groupe majoritaire s'arroge le monopole du pouvoir et les minorités qui se sentent impuissantes finissent par se rebeller. Certaines des plus sales guerres civiles de l'histoire n'ont pas commencé autrement.

— Mais que pouvons-nous faire ? demanda Nadia.

— Eh bien, nous faisons déjà quelque chose, en partie du moins, en concevant des structures qui étalent le pouvoir en couche mince et réduisent le danger de majoritarisme. La décentralisation joue un rôle important, dans la mesure où elle crée beaucoup de petites majorités locales. Une autre stratégie consiste à établir un éventail de dispositifs de contrôle et de pondération, de sorte que le gouvernement soit tiraillé entre des forces antagonistes. C'est ce qu'on appelle la polyarchie ; ça consiste à répartir le pouvoir entre le plus grand nombre de groupes possible.

— Nous sommes peut-être déjà un peu trop polyarchiques, objecta Art.

— Peut-être. Il y a encore une tactique qui consiste à déprofessionnaliser le gouvernement. On réserve un grand nombre de postes à des citoyens ordinaires tirés au sort, comme pour la constitution du jury au tribunal. Ces gens reçoivent toute l'aide nécessaire de professionnels compétents qui restent à l'arrière-plan, mais c'est eux qui prennent les décisions.

— C'est la première fois que j'entends parler de ça, remarqua Nadia.

— Ça a souvent été proposé, mais rarement mis en pratique. Je pense que ce système mériterait qu'on y réfléchisse. Il a tendance à faire du pouvoir un fardeau autant qu'un privilège. On reçoit une lettre au courrier et... Oh non ! On est enrôlé pour deux ans au congrès ! C'est une corvée, mais d'un autre côté, c'est aussi une sorte de distinction, une chance d'apporter sa voix au discours public. Un gouvernement citoyen.

— J'aime ça, fit Nadia.

— Une autre façon de réduire le majoritarisme consiste à faire voter les électeurs pour deux candidats ou plus par ordre de préférence, premier choix, deuxième choix, troisième choix, comme aux élections australiennes. Les candidats ont des points selon qu'ils sont choisis en première, deuxième ou troisième position, de sorte que, pour remporter les élections, ils sont obligés de trouver des appuis hors de leur propre groupe. Ce qui a pour effet d'inciter les politiciens à la modération, et à long terme, cela peut créer la confiance parmi des groupes qui n'y étaient guère enclins.

— Intéressant, approuva Nadia. Des sortes de fers à béton dans un mur.

— Oui, fit Charlotte, avant de leur citer des exemples de sociétés terriennes fracturées qui avaient comblé leurs différences grâce à une structure gouvernementale astucieuse : l'Azanie, le Cambodge, l'Arménie... et en l'entendant les énumérer, Art eut un pincement au cœur : ces pays s'étaient illustrés par des bains de sang...

— Il faut croire que les structures politiques n'ont qu'un pouvoir limité, dit-il.

— Certes, acquiesça Nadia, mais nous n'avons pas à réconcilier des peuples séparés par des haines sans cesse ressassées. Ici, les plus excités sont les Rouges, et ils ont été marginalisés par le terraforming déjà réalisé. Je parie que ces méthodes pourraient être utilisées pour les gagner à notre cause.

Les options que Charlotte venait d'énumérer lui avaient manifestement redonné du cœur au ventre. Il y avait des structures, tout compte fait. Un engineering imaginaire, qui ressemblait à celui de la réalité. Elle se mit à tapoter sur son IA, esquissant des diagrammes comme si elle travaillait sur un bâtiment, un petit sourire retroussant les coins de sa bouche.

— Tu as l'air heureuse, constata Art.

Elle ne l'entendit pas. Mais cette nuit-là, lors de leur conversation radio avec les voyageurs, elle dit à Sax :

— C'est bien agréable de voir la science politique arriver à des abstractions utiles au bout de tant d'années.

Huit minutes plus tard, sa réponse leur parvenait :

— Je n'ai jamais compris pourquoi on donnait à ça le nom de science.

Nadia eut un petit rire, ce qui eut le don de réjouir Art. Nadia Chernechevsky riait de bonheur ! Soudain, il fut sûr qu'ils allaient réussir.

Alors il retourna à la grande table, prêt à se colleter avec les prochains problèmes épineux de la liste. Il redescendit rapidement de son petit nuage. Il y en avait des dizaines, tous insignifiants jusqu'à ce qu'on les regarde de près, et qu'ils deviennent alors insolubles. Dans toutes ces empoignades, on avait du mal à imaginer comment des accords pourraient être trouvés. Dans certaines zones, en fait, les choses semblaient empirer. Les points médians du document de Dorsa Brevia posaient problème ; plus les gens y réfléchissaient, plus ils se radicalisaient. Beaucoup de ceux qui étaient autour de la table donnaient l'impression de penser que le système économique de Vlad et Marina, s'il avait fonctionné pour l'underground, ne devait pas être codifié dans la Constitution. Certains râlaient parce qu'il empiétait sur l'autonomie locale, d'autres parce qu'ils avaient plus confiance dans l'économie capitaliste traditionnelle que dans les nouveaux systèmes. Antar plaidait souvent ce point de vue, avec le support manifeste de Jackie, assise à côté de lui. Ce qui, allié à ses liens avec la communauté arabe, donnait à ses interventions un double poids, et les gens l'écoutaient.

— La nouvelle économie qui nous est proposée, déclara-t-il un jour à la table des tables, répétant son leitmotiv, constitue une intrusion radicale sans précédent du gouvernement dans les affaires.

Tout à coup, Vlad Taneiev se leva. Surpris, Antar s'interrompit et le regarda.

Vlad le dévisagea. Il avait le dos voûté, une grosse tête massive, des sourcils en broussailles et ne prenait pour ainsi dire jamais la parole en public. Il n'avait pas dit un mot depuis le début du congrès. Le silence se fit dans l'entrepôt et tout le monde le regarda. Art éprouva un frisson d'excitation. De tous les brillants esprits des Cent Premiers, Vlad était peut-être le plus brillant et, Hiroko mise à part, le plus énigmatique. Il était déjà vieux quand ils avaient quitté la Terre, et sa discrétion confinait au mythe. C'est lui qui avait construit les labos d'Acheron au début, et par la suite il y avait vécu cloîtré avec Ursula Kohl et Marina Tokareva, deux autres grands Anciens.

Personne ne savait très bien à quoi s'en tenir à leur sujet à tous les trois, ils étaient un cas limite de la nature insulaire de la relation avec autrui. Mais ça n'empêchait pas les ragots, évidemment. Au contraire, les gens ne parlaient que de ça, disant que Marina et Ursula étaient le vrai couple et Vlad une sorte d'ami, ou d'animal familier ; que c'était Ursula qui avait fait l'essentiel du travail sur le traitement de longévité, et Marina la majeure partie du boulot sur l'éco-économie. Ou qu'ils formaient un triangle équilatéral parfait, collaborant sur tout ce qui émergeait d'Acheron, ou encore que Vlad était une espèce de bigame, qui accaparait les travaux de deux femmes dans les domaines distincts de la biologie et de l'économie. Mais personne n'en savait rien, en réalité, car aucun des trois ne s'exprima jamais sur la question.

Et puis, en le regardant se lever au bout de la table, force était de s'avouer que la théorie selon laquelle il n'aurait fait que tirer la couverture à lui était aberrante. Il les parcourut d'un regard farouche, intense, les fixant l'un après l'autre avant de regarder à nouveau Antar.

— Ce que vous venez de dire du gouvernement et des affaires est un tissu d'inepties, lâcha-t-il froidement, sur un ton qu'on n'avait pas souvent entendu au cours du congrès, un ton méprisant, sans appel. Les gouvernements régulent toujours les affaires qu'ils autorisent. L'économie est tout entière soumise au droit, c'est un système de lois. Jusque-là, l'underground martien a toujours prétendu qu'en matière de loi la démocratie et l'autogouvernement étaient les droits innés de l'individu, et que ces droits ne devaient pas être suspendus quand l'individu se mettait au travail. Et vous... (il agita la main pour signifier à Antar qu'il ignorait son nom), vous croyez à la démocratie et à l'autogouvernement ?

— Oui ! répliqua Antar, sur la défensive.

— Vous croyez à la démocratie et à l'autogouvernement en tant que valeurs fondamentales et vous pensez que le gouvernement devrait les encourager ?

— Oui ! répéta Antar, l'air de plus en plus ennuyé.

— Très bien. Si la démocratie et l'autogouvernement sont des droits fondamentaux, pourquoi l'individu devrait-il y renoncer sur son lieu de travail ? En politique, nous nous battons comme de beaux diables pour la liberté, pour avoir le droit d'élire nos chefs, d'aller et venir comme nous le souhaitons, de faire le travail qui nous plaît, pour contrôler nos vies, en somme. Et quand nous nous levons, le matin, pour aller travailler, ces droits nous seraient confisqués. Nous y renoncerions, et pendant la majeure partie de la journée, nous en reviendrions au féodalisme. C'est ça, le capitalisme, une version de la féodalité dans laquelle le capital remplace la terre et les chefs se substituent aux rois. Mais la hiérarchie demeure. Et c'est ainsi que nous continuons à offrir le travail de notre vie, sous la contrainte, pour nourrir des chefs qui ne travaillent pas vraiment.

— Les responsables d'entreprise travaillent, répliqua sèchement Antar. Et ils assument le risque financier.

— Le prétendu risque du capitalisme n'est que l'un des privilèges du capital.

— La direction...

— Mais oui, c'est ça. Ne m'interrompez pas. La direction, ça existe, c'est un problème technique. Mais elle peut être contrôlée par le travail aussi bien que par le capital. Le capital n'est jamais que le résidu utile du travail fourni par les ouvriers du temps jadis. Il pourrait appartenir à tout le monde et non plus seulement à quelques-uns. Rien ne justifie que le capital soit détenu par une petite noblesse et que tous les autres soient à leur service. Il n'y a aucune raison pour qu'ils nous donnent un salaire et gardent tout le reste de ce que nous produisons. Non ! le système appelé démocratie capitaliste n'avait rien de démocratique, en fait. C'est pour ça qu'il a si vite cédé la place au système des métanationales, dans lequel la démocratie s'affaiblissait sans cesse devant un capitalisme de plus en plus puissant. Dans lequel un pour cent de la population possédait la moitié de la richesse et cinq pour cent de la population en détenait quatre-vingt-quinze pour cent. L'histoire a montré quelles étaient les vraies valeurs de ce système. Et le plus triste, c'est que l'injustice et la souffrance ainsi provoquées n'étaient pas nécessaires, puisqu'on avait, depuis le XVIIIe siècle, les moyens de satisfaire les besoins vitaux de tout le monde.

» Nous devons changer tout ça. C'est le moment. Si l'autogouvernement est une valeur fondamentale, si la simple justice est une valeur, alors ce sont des valeurs partout, y compris sur le lieu de travail où nous passons une partie si importante de notre vie. C'est ce que disait le point quatre du document de Dorsa Brevia : que les fruits du labeur de tout individu lui appartiennent et qu'il ne saurait en être dépouillé. Que les moyens de production appartiennent à ceux qui les ont créés, pour le bien commun des générations futures. Que le monde est sous la gestion commune de la famille humaine. Voilà ce qu'il disait. Depuis que nous sommes sur Mars, nous avons mis au point un système économique capable de tenir toutes ces promesses. Telle a été notre tâche au cours des cinquante dernières années. Dans le système que nous avons établi, toutes les entreprises économiques doivent être de petites coopératives, dirigées par leurs membres et personne d'autre. Si elles ne souhaitent pas se diriger elles-mêmes, elles peuvent louer les services de gens qui assureront la fonction de direction. Les guildes industrielles et les associations de coopératives formeront les principales structures nécessaires pour réguler le commerce et le marché, répartir le capital et organiser le crédit.

— Ce ne sont que des idées, fit Antar avec dédain. C'est de l'utopie et rien d'autre.

— Pas du tout, fit Vlad, évacuant à nouveau son intervention. Le système est basé sur des modèles inspirés de l'histoire de la Terre. Ses diverses composantes ont toutes été testées sur les deux mondes et ont très bien marché. Vous n'en savez rien d'abord parce que vous êtes inculte et ensuite parce que le métanationalisme lui-même ignorait et reniait obstinément toute alternative. Mais, pour l'essentiel, notre micro-économie marche bien depuis des siècles dans la région de Mondragon, en Espagne. Les différentes parties de la macro-économie ont été mises en pratique par la pseudo-métanat de Praxis, en Suisse, dans l'Etat indien du Kerala, au Bhoutan, à Bologne, en Italie, et en bien d'autres endroits, y compris dans l'underground martien. Ces organisations ont préfiguré notre économie, qui sera démocratique comme le capitalisme lui-même n'a jamais essayé de l'être.

Une synthèse de systèmes. Et Dieu sait si Vladimir Taneiev était doué pour la synthèse. On disait que toutes les composantes du traitement de longévité étaient déjà connues, par exemple, et que Vlad et Ursula s'étaient contentés d'en faire la synthèse. Il prétendait avoir fait la même chose avec Marina, dans le domaine économique. Et bien qu'il n'ait pas fait allusion au traitement de longévité dans la controverse, il n'en planait pas moins au-dessus de la table, aussi réel que la table elle-même, prodige de synthèse, qui faisait partie de la vie de tout le monde. Art parcourut l'assemblée du regard. Les gens réfléchissaient, semblaient se dire, allons, il l'a fait une fois, en biologie, et ça a marché ; pourquoi n'y arriverait-il pas en économie ?

Face à cette pensée non exprimée, ce sentiment inconscient, les objections d'Antar ne pesaient pas lourd. Le palmarès du capitalisme métanational ne plaidait guère en sa faveur. Au cours du dernier siècle, il avait provoqué une guerre planétaire, mis la Terre en coupe réglée et réduit les sociétés en miettes. Devant ce constat, pourquoi ne pas essayer quelque chose de nouveau ?

Quelqu'un d'Hiranyagarba se leva et fit une objection dans la direction opposée, remarquant qu'ils allaient abandonner l'économie de cadeau selon laquelle l'underground martien avait vécu.

Vlad secoua la tête avec agacement.

— Je crois en l'économie underground, je vous assure, mais il s'est toujours agi d'une économie mixte. Le troc pur et dur coexistait avec les échanges monétaires, dans lesquels la logique du marché néoclassique, c'est-à-dire le mécanisme du profit, était mise entre parenthèses, contenue par la société afin de l'amener à servir des valeurs plus élevées, comme la justice et la liberté. Il se trouve simplement que la logique économique n'est pas la valeur la plus élevée. C'est un instrument de calcul des coûts et des bénéfices, ce n'est qu'une partie de la vaste équation du bien-être humain. La plus grande équation est appelée économie mixte, et c'est ce que nous construisons ici. Nous proposons un système complexe, avec des sphères d'activité économique publiques et privées. Il se peut que nous demandions aux gens de donner, sur toute la durée de leur vie, une année de leur travail pour le bien public, comme pour le service national suisse. Ce pot commun de travail, plus les taxes versées par les coopératives privées pour l'utilisation du sol et de ses ressources, nous permettra de garantir les droits sociaux que nous avons évoqués : le logement, les soins médicaux, l'alimentation, l'éducation, autant de choses qui ne devraient pas être soumises à la logique de marché. Parce que *la salute non si paga*, comme disaient les ouvriers italiens. La santé n'est pas à vendre !

C'était particulièrement important pour Vlad, Art le voyait bien. Ce qui était logique, car dans l'ordre métanational, la santé était bel et bien à vendre, et pas seulement les soins médicaux mais aussi l'alimentation, le logement et même la vie, le traitement de longévité étant réservé jusque-là à ceux qui pouvaient se le payer. En d'autres termes, la plus grande invention de Vlad était devenue la propriété de privilégiés, la dernière distinction de classe — une longue vie ou la mort prématurée —, une médicalisation de classe qui ressemblait presque à une différenciation des espèces. Pas étonnant qu'il soit en colère ; pas étonnant qu'il ait consacré ses efforts à concevoir un système économique susceptible de faire passer le traitement de longévité du statut de possession diabolique à celui de bienfait à la portée de tous.

— Alors rien ne sera laissé au marché, remarqua Antar.

— Mais si, mais si ! fit Vlad en agitant la main avec une irritation croissante en direction d'Antar. Le marché existera toujours. C'est le mécanisme qui permet l'échange de biens et de services. La compétition pour fournir le meilleur produit au meilleur prix est inévitable, et elle est saine. Mais sur Mars, elle sera orchestrée par la société d'une façon plus active. Les biens vitaux feront l'objet d'un statut sans but lucratif et la partie la plus libre du marché sera réservée à des choses non essentielles. La libre entreprise pourra être exercée par des coopératives appartenant à leurs membres, qui seront libres de tenter les expériences de leur choix. Une fois les besoins fondamentaux assurés, à partir du moment où les gens posséderont leur propre affaire, pourquoi pas ? Ce ne sera plus qu'une question de créativité.

Jackie, qui avait l'air ennuyée de voir Antar se faire ainsi remettre à sa place, prit la parole afin de détourner l'attention du vieil homme, et peut-être aussi dans l'espoir de lui glisser une peau de banane sous les pieds.

— Et l'aspect écologique de cette économie que vous aviez l'habitude de mettre en avant ?

— Il est fondamental, répondit Vlad. Le point trois de Dorsa Brevia stipule que le sol, l'air et l'eau de Mars n'appartiennent à personne, que nous en avons la gestion pour les générations futures. Cette gestion est la responsabilité de tous, mais en cas de conflit, je propose la création de cours environnementales fortes, dépendant peut-être de la cour constitutionnelle, qui estimeraient les coûts environnementaux réels et complets des activités économiques, et participeraient à la coordination des projets ayant un impact sur l'environnement.

— C'est tout simplement de l'économie planifiée ! s'exclama Antar.

— Les économies sont des plans. Le capitalisme planifiait tout autant, et le métanationalisme a essayé de tout planifier. Non, l'économie est un plan.

— C'est le retour au socialisme ! lança Antar, frustré et furieux.

Vlad haussa les épaules.

— Mars est une nouvelle entité. Les noms des entités précédentes sont trompeurs. Ce ne sont plus guère que des termes théologiques. Il y a évidemment dans ce système des éléments qu'on pourrait qualifier de socialistes. Comment faire autrement pour supprimer l'injustice de l'économie ? Mais les entreprises privées seront possédées par ceux qui les feront marcher au lieu d'être nationalisées, et ce n'est pas le socialisme, en tout cas pas tel qu'on a tenté de le mettre en pratique sur Terre. Et toutes les coops sont des entreprises, de petites démocraties consacrées à une tâche ou une autre, qui auront toutes besoin de capital. Il y aura un marché, il y aura du capital. Mais dans notre système, ce sont les travailleurs qui emploieront le capital et non le contraire. C'est plus démocratique comme ça, plus juste. Comprenez-moi, nous avons essayé d'évaluer chacune des caractéristiques de cette économie en fonction de sa contribution à notre but qui est d'atteindre à plus de justice et plus de liberté. La justice et la liberté ne sont pas aussi contradictoires qu'on a bien voulu le dire. Parce que la liberté dans un système injuste n'est pas la liberté. Elles naissent l'une de l'autre. Ce n'est donc pas si utopique, vraiment. Ce n'est qu'une façon de fonder un meilleur système, en combinant des éléments qui ont été testés et qui ont prouvé qu'ils marchaient. C'est le moment de le faire. Nous nous préparons à cette occasion depuis soixante-dix ans. Et maintenant que l'occasion se présente, je ne vois pas pourquoi nous la repousserions pour la seule raison que vous avez peur de quelques vieux mots. Si vous avez des suggestions *spécifiques* pour apporter des améliorations, nous serons heureux de les entendre.

Il regarda longuement Antar, d'un œil implacable. Antar ne répondit pas. Il n'avait aucune suggestion spécifique à faire.

On aurait entendu voler une mouche dans la salle. C'était la première, l'unique fois depuis le début du congrès qu'un issei se levait et étrillait un nisei lors d'un débat public. Ils suivaient généralement une stratégie plus subtile. Et voilà qu'un vieux radical s'était énervé et avait souffleté l'un des jeunes loups du pouvoir néoconservateur — qui donnait maintenant l'impression de défendre une nouvelle version d'une vieille hiérarchie, pour des buts personnels. Pensée que traduisait très précisément le regard appuyé que Vlad lui dédia par-dessus la table, regard de dégoût pour son égoïsme réactionnaire et pour sa lâcheté face au changement. Vlad se rassit. Antar était knock-out.

Mais les chicaneries continuèrent. Conflit, métaconflit, détails, questions de fond. Tout fut mis sur la table. Jusqu'à un évier de cuisine en magnésium que quelqu'un avait installé sur un bout de la table des tables, trois semaines après le début du processus.

Il est vrai que les délégations de l'entrepôt n'étaient que la partie émergée de l'iceberg, la partie la plus visible d'un débat géant qui se déroulait sur deux mondes. La conférence était retransmise en direct sur Mars et en presque tous les endroits de la Terre. Et comme l'intégralité des débats avait, il faut bien le dire, tout l'ennui d'un documentaire, Mangalavid avait concocté un résumé quotidien des temps forts qui était diffusé le soir et retransmis vers la Terre afin d'y être largement diffusé. Ça devint « le plus grand spectacle de la Terre », ainsi que le baptisa assez étrangement l'une des chaînes américaines.

— Les gens en ont peut-être marre de voir toujours les mêmes conneries à la télé, dit Art un soir qu'ils regardaient, Nadia et lui, un bref compte rendu, monstrueusement déformé, des négociations de la journée sur une chaîne américaine.

— A la télé et dans le monde.

— Exact. Ils ont peut-être envie de penser à autre chose.

— A ce qu'ils pourraient entreprendre eux-mêmes, avança Nadia. Peut-être sommes-nous pour eux une sorte de maquette. Ça facilite la compréhension des choses.

— Possible.

En tout cas, les deux mondes suivaient les débats, et le congrès devint curieusement, en plus du reste, un feuilleton quotidien qui aurait eu, pour ses spectateurs, l'intérêt supplémentaire de receler la clé même de la vie. Si bien que des milliers de spectateurs ne se contentèrent pas de le suivre passivement : les commentaires et les suggestions commencèrent à affluer. La plupart des gens de Pavonis se refusaient évidemment à croire que le courrier électronique puisse leur apporter une vérité stupéfiante à laquelle ils n'auraient pas songé, et pourtant tous les messages étaient lus, à Sheffield et à Fossa Sud, par des groupes de volontaires qui transmettaient certaines suggestions à « la table ». Certains proposèrent même de les intégrer au projet final. Ainsi, au lieu d'un « document juridique statique » ce serait quelque chose de plus large, une déclaration philosophique, voire spirituelle, à laquelle tout le monde aurait collaboré et qui exprimerait les valeurs, les intentions, les rêves, les réflexions de l'ensemble de la population.

— Ce n'est pas une Constitution, objectait Nadia, c'est une culture. Nous ne sommes pas une bibliothèque, ici.

En attendant, qu'ils soient inclus ou non, de longs communiqués arrivaient des villes, des canyons sous tente et des côtes inondées de la Terre, signés par des particuliers, des comités, des villes entières.

Le champ des discussions qui se déroulaient dans l'entrepôt était tout aussi vaste. Un délégué chinois s'approcha d'Art, lui parla en mandarin, et lorsqu'il s'arrêta pour reprendre son souffle, son IA prit le relais avec un bel accent écossais :

— Pour tout vous dire, je commence à me demander si vous avez bien lu l'ouvrage fondamental d'Adam Smith intitulé *Recherches sur la nature et les causes de la richesse des nations*.

— Vous avez peut-être raison, répondit Art, et il l'expédia à Charlotte.

Les gens de l'entrepôt ne parlaient pas tous anglais et avaient besoin des IA de traduction pour communiquer entre eux. Il se tenait en permanence des conversations en douze langues différentes, et les IA étaient mises à rude épreuve. Art avait encore un peu de mal à s'y faire. Il aurait voulu connaître toutes ces langues, même si les dernières générations d'IA de traduction étaient très au point : de bonnes voix, bien modulées, un vocabulaire large et précis, une excellente grammaire, une syntaxe presque dépourvue des erreurs qui en faisaient naguère un inépuisable sujet de plaisanterie. Les nouveaux programmes de traduction étaient si bons qu'on pouvait envisager le recul de la langue anglaise qui dominait la culture martienne. C'était la *lingua franca* des issei, évidemment venus avec leurs langues, et c'était devenu la première langue des nisei. Mais à présent, avec les nouvelles IA et le flux continuel de nouveaux immigrants parlant tous les dialectes de la Terre, l'éventail linguistique avait des chances de s'élargir, les nouveaux nisei conservant leur langue maternelle et utilisant les IA comme *lingua franca* au lieu de l'anglais.

Le problème linguistique illustrait pour Art un aspect de la population indigène qui ne l'avait pas frappé jusque-là. Certains indigènes étaient des yonsei de la quatrième génération ou plus jeunes, de vrais enfants de Mars ; mais d'autres du même âge étaient les enfants nisei de récents immigrants issei, et ils avaient souvent gardé leur culture terrienne d'origine, avec tous les conservatismes que cela impliquait. On pouvait donc dire qu'il y avait de nouveaux indigènes « conservateurs » et des indigènes « radicaux » issus de vieilles familles de colons. Et cette ligne de partage des eaux coïncidait occasionnellement avec l'origine ethnique ou la nationalité, quand elle conservait pour les nouveaux venus une importance, même minime. Un soir, alors que Art se trouvait avec deux d'entre eux, un avocat du gouvernement global et un anarchiste qui soutenait toutes les propositions d'autonomie locale, il les interrogea sur leurs origines. Le père du globaliste était pour moitié japonais, pour un quart irlandais et un quart tanzanien ; du côté maternel, sa grand-mère était grecque, et les parents de son père étaient respectivement colombien et australien. Le père de l'anarchiste était nigérien et sa mère hawaïenne, de sorte qu'il avait des ancêtres philippins, japonais, polynésiens et portugais. Art les regarda : s'il avait fallu les classer dans un groupe d'électeurs ethniques, comment s'en serait-on sorti ? C'était impossible. C'étaient des indigènes martiens, nisei, sansei, yonsei — de quelque génération qu'on veuille, ils étaient essentiellement le produit de leur expérience martienne. Ils étaient aréoformés, comme Hiroko l'avait toujours prédit. Ils choisissaient parfois un conjoint de la même souche ethnique ou nationale, mais ce n'était pas la règle. Et quels que fussent leurs ancêtres, leurs opinions politiques reflétaient moins leur origine (quelle pourrait bien être la position du Gréco-colombo-australien ? se demandait Art) que leur expérience personnelle. Qui était assez variée, en fait : certains avaient grandi dans l'underground, d'autres dans les vastes cités contrôlées par l'ONU et n'avaient appris l'existence de l'underground qu'assez tard, parfois lors de la révolution seulement. Ces différences avaient plus d'importance que l'endroit où vivaient leurs ancêtres terriens.

Art acquiesça alors que les indigènes lui expliquaient ces choses, dans la longue soirée bourdonnante de kava qui se prolongerait tard dans la nuit. Les gens étaient de plus en plus remontés, car ils avaient l'impression que le congrès se passait bien. Ils ne prenaient pas très au sérieux les controverses entre issei. Ils avaient confiance : leurs convictions fondamentales finiraient par triompher. Mars serait indépendante, gouvernée par des Martiens, ce que voulait la Terre importait peu et tout le reste n'était que du détail. Ils faisaient donc avancer le travail dans les comités sans trop se préoccuper des discussions philosophiques qui se déroulaient autour de la table des tables.

« Les vieux chiens passent leur temps à grogner », disait l'un des messages affichés sur le mur, et cela semblait refléter l'opinion générale.

Le mur d'images était plutôt un bon baromètre de l'ambiance du congrès. Art le déchiffrait comme il aurait lu les prédictions des biscuits chinois, et, de fait, un message disait : « Vous aimez la nourriture chinoise. » Les messages étaient généralement plus politiques. Ils reprenaient souvent des choses qui avaient été dites lors des réunions : « Aucune tente n'est une île », « Quand on n'a pas les moyens de se loger, le droit de vote est une plaisanterie », « Rester à égale distance des autres, éviter les brusques changements de vitesse et esquiver les obstacles ». « *La salute non si paga.* » Et il y avait des choses qui n'avaient pas été dites : « Ne fais pas à autrui », « les

Rouges ont des racines vertes », « Le plus grand chapiteau du monde », « Pas de rois pas de présidents », « Le Grand Homme déteste la politique », « Quoi qu'il arrive, nous sommes le petit peuple rouge ».

Art ne s'étonnait donc plus lorsqu'on s'adressait à lui en arabe, en hindi ou en une langue qu'il ne reconnaissait même pas. Il regardait son interlocuteur dans le blanc des yeux pendant que leurs IA se mettaient à baragouiner en anglais, avec l'accent de la BBC, de l'Amérique profonde ou de New Delhi, exprimant un point de vue politique imprévisible. C'était encourageant, au fond — pas les IA de traduction ; ce n'était qu'une forme de distanciation comme une autre, moins extrême que la téléconférence, mais ce n'était pas la même chose malgré tout que de se parler d'homme à homme —, non, le mélange politique, l'impossibilité de vote bloqué, ou de seulement penser en terme d'électorat classique.

C'était une drôle de congrégation, au fond. Mais elle allait de l'avant, et tout le monde finit par s'y habituer. Elle avait pris cet aspect intemporel qu'acquièrent généralement les événements qui se prolongent dans la durée. Puis, une fois, très tard dans la nuit, après une longue et étrange conversation que l'IA de son interlocutrice traduisit en vers (il ne devait jamais savoir quelle langue elle parlait), Art regagnait le bureau qu'il occupait à l'autre bout de l'entrepôt lorsque, en saluant l'un des groupes encore au travail à cette heure indue, il eut un vertige, sans doute dû à l'épuisement plus qu'à la griserie du kavajava. Il s'appuya à un mur et regarda autour de lui. C'est alors qu'il fut envahi par un sentiment d'irréalité, une sorte de vision hypnagogique. Il y avait des ombres dans les coins, d'innombrables ombres mouvantes. Et elles avaient des yeux. Des formes spectrales. C'était comme si tous les morts, tous ceux qui n'étaient pas encore nés, étaient là, avec eux, dans l'entrepôt, pour contempler ce moment. Comme si l'histoire était une tapisserie et le congrès le métier à tisser sur lequel elle apparaissait, le moment présent dans ce qu'il avait de miraculeux, son potentiel existant dans tous leurs atomes, dans chacune de leurs voix. Ils regardaient vers le passé visible dans son intégralité, tel un interminable tissage d'événements. Ils regardaient vers l'avenir sans le voir, les fils innombrables de ses potentialités encore divergents, partant dans tous les sens, susceptibles de donner n'importe quoi. Deux sortes différentes d'immensités inaccessibles, qui voyageaient de conserve, se fondaient l'une dans l'autre au passage de cet immense métier à tisser, le présent. L'occasion leur était donnée à tous, ici et maintenant — sous le regard des fantômes du temps passé et de demain —, de nouer ensemble les fils de la sagesse qu'ils parviendraient à réunir afin de la transmettre aux générations futures.

Tout était possible. C'était l'une des raisons pour lesquelles ils auraient du mal à mener le congrès à bonne fin. Le choix lui-même réduirait des possibilités infinies à la ligne unique de l'histoire. Le futur devenant le passé : la déception était inéluctable dans ce passage à travers le métier, dans cette soudaine réduction de l'infini à l'unicité, du potentiel à la réalité qui était l'effet du temps et rien d'autre. Le possible était délectable. On pouvait encore espérer avoir ce qu'il y avait de meilleur dans les meilleurs gouvernements de tous les temps, magiquement combiné en une synthèse superbe, inédite. On pouvait encore tout rejeter pour suivre un nouveau chemin vers le juste gouvernement... Retomber dans la problématique vulgaire de l'écriture d'un document était une véritable rechute, et les gens repoussaient instinctivement cette échéance.

Et pourtant, il serait bon que leur équipe diplomatique arrive sur Terre avec un document en bonne et due forme à montrer à l'ONU et aux peuples de la Terre. En fait, il n'y avait pas moyen d'y couper ; ils devaient en venir à bout, non seulement pour présenter à la Terre le front uni d'un gouvernement établi, mais aussi pour commencer à vivre leur vie d'après la crise, quelle qu'elle soit.

Nadia en était intimement convaincue. C'est ce qu'elle dit à Art, un matin :

— Le moment est venu de placer la clé de voûte de l'édifice.

Et à partir de là, elle ne ménagea pas ses efforts pour rencontrer toutes les délégations et tous les comités, leur demander d'achever leur travail et les enjoignant à le soumettre au vote de la table. Son obstination révéla une chose qui n'était pas évidente jusqu'alors : l'essentiel des problèmes avaient été résolus à la satisfaction de la plupart des délégués. Ils s'accordaient généralement à dire qu'ils avaient mis au point un document sur lequel on pouvait travailler, ou du moins essayer, à condition d'intégrer dans la structure des procédures d'amendement qui permettraient d'en modifier certains aspects tout en avançant. Les jeunes indigènes, en particulier, semblaient satisfaits et même fiers de leur travail, fiers d'avoir réussi à mettre l'accent sur la semi-autonomie locale, d'avoir pu donner un tour institutionnel à la façon dont la plupart d'entre eux avaient vécu sous l'Autorité Transitoire.

Les nombreuses entraves mises à la règle de la majorité ne les ennuyaient donc pas alors qu'ils constituaient de fait l'actuelle majorité. Afin de ne pas avoir l'air d'avoir perdu cette bataille, Jackie et son cercle affectèrent de ne jamais avoir prôné une présidence forte et un gouvernement centralisé. Ils prétendirent même avoir été, depuis le début, en faveur d'un conseil exécutif élu par les députés à la manière suisse. Ce n'était pas un cas isolé, et Art s'empressait d'opiner du chef lorsqu'on lui exposait une prise de position de ce genre.

— Ouiii, je me souviens ! Nous nous demandions bien comment

sortir de ce problème, la nuit où nous ne nous sommes pas couchés pour assister au lever du soleil. Vous avez vraiment eu une bonne idée.

Les bonnes idées faisaient florès. Et elles commençaient à s'acheminer vers un épilogue.

Le gouvernement global tel qu'il était conçu devait être une confédération dirigée par un conseil exécutif de sept membres, élus par un système à deux chambres : la douma, une assemblée législative composée d'un vaste groupe de représentants tirés au sort dans la population, et le sénat, une entité moins importante constituée d'élus sur la base d'un membre par groupe, ville ou village de plus de cinq cents personnes. L'assemblée législative était assez faible, en fin de compte. Elle participait à l'élection du conseil exécutif, procédait à la sélection des juges et laissait aux villes la plupart des tâches législatives proprement dites. La branche judiciaire était plus puissante. Elle comprenait les tribunaux pénaux, mais aussi une sorte de double cour suprême composée d'une cour constitutionnelle et d'une cour environnementale, les deux cours comprenant des membres nommés, des membres élus et d'autres tirés au sort. La cour environnementale réglait les litiges portant sur le terraforming et les problèmes d'environnement. La cour constitutionnelle statuait sur l'aspect constitutionnel de tous les autres problèmes, y compris les infractions aux lois urbaines. L'un des bras de la cour environnementale était une commission du terrain, chargée de veiller à la gestion du sol, qui était dévolue à la famille martienne, conformément à l'article trois du document de Dorsa Brevia. Il n'y aurait pas de propriété privée en tant que telle, mais des droits d'usage divers établis par contrat, ces questions devant être précisées par la commission du sol. Une commission économique, dépendant de la cour constitutionnelle et en partie composée de membres des guildes des coopératives représentant les diverses professions et industries, superviserait l'instauration d'une version de l'éco-économie underground qui prévoyait l'existence d'entreprises à but non lucratif concentrées sur la sphère publique et d'entreprises commerciales situées dans les limites de taille légales, et légalement détenues par leurs employés.

Cette extension du système judiciaire satisfaisait ceux qui souhaitaient un gouvernement global fort, sans donner trop de pouvoir à un corps exécutif. C'était aussi une réponse au rôle héroïque joué par la Cour mondiale sur la Terre, au siècle précédent, quand presque toutes les autres institutions terriennes avaient été achetées ou, d'une façon ou d'une autre, cédées sous la pression des métanationales. Seule la Cour mondiale avait tenu bon, émettant règlement après règlement au nom de la Terre et de tous les exclus de droits civiques, dans une action d'arrière-garde presque totalement ignorée et en vérité assez symbolique, contre les exactions des métanats. Une force morale qui, si elle avait eu plus de moyens, aurait pu faire plus de bien. Mais l'underground martien avait assisté à son combat et s'en souvenait à présent.

D'où ce gouvernement martien global. La Constitution incluait donc aussi une longue liste de droits imprescriptibles, en particulier sociaux, des recommandations pour la commission du sol et les commissions économiques, un système d'élection à l'australienne pour les fonctions électives, tout un processus d'amendements et ainsi de suite. Pour finir, au texte principal de la Constitution ils annexèrent la somme énorme de matériaux utilisés, qu'ils appelèrent Notes de Travail et Commentaires. Ces documents devaient aider les cours à interpréter le document principal, et comprenaient tout ce que les délégations avaient dit à la table des tables, écrit sur les écrans de l'entrepôt ou reçu au courrier.

La plupart des problèmes épineux avaient donc été résolus, ou au moins mis sous le boisseau. Le plus ardu demeurait l'objection des Rouges. C'est alors qu'Art entra en action, accordant plusieurs concessions de dernière minute aux Rouges, dont un grand nombre de nominations aux cours environnementales. Ces concessions furent, par la suite, appelées « le Grand Geste ». En échange, Irishka accepta, au nom de tous les Rouges encore impliqués dans le processus politique, que le câble reste, que l'ATONU soit représentée à Sheffield, que les Terriens puissent encore immigrer, sous certaines conditions restrictives, et enfin que le terraforming se poursuive sous des formes non destructrices, jusqu'à ce que la pression atmosphérique atteigne 350 millibars à six kilomètres au-dessus du niveau moyen, ces chiffres devant être revus tous les cinq ans. C'est ainsi que la résistance des Rouges fut rompue ou du moins contournée.

Coyote secoua la tête en voyant de quelle façon la situation avait évolué.

— Après toutes les révolutions, il y a un interrègne au cours duquel les communautés se dirigent elles-mêmes à la satisfaction générale, puis le nouveau pouvoir s'installe et verrouille tout. Je pense que le mieux à faire maintenant serait d'aller demander très humblement aux tentes et aux canyons comment ils font marcher les choses depuis deux mois, de flanquer cette Constitution sophistiquée à la poubelle et de dire « continuez comme ça ».

— C'est exactement ce que dit la Constitution, ironisa Art.

Mais Coyote n'avait pas envie de rire.

— Il ne faut jamais centraliser tous les pouvoirs pour la seule raison qu'on en a les moyens. Le pouvoir corrompt, c'est la loi fondamentale de la politique. La seule, peut-être.

Quant à l'ATONU, il était difficile de dire quel était son avis, parce que l'opinion, sur Terre, était divisée : les grandes gueules exigeaient qu'on reprenne Mars par la force et que tout le monde sur Pavonis soit pendu ou mis aux fers. La plupart des Terriens étaient plus accommodants, d'autant qu'ils avaient une crise sur les bras. Et pour l'instant, ils comptaient moins que les Rouges. C'était l'espace que la révolution avait donné aux Martiens. Ils s'apprêtaient maintenant à le remplir.

Chaque nuit de la dernière semaine, Art s'effondra, abruti par les chamailleries et le kava, et, bien qu'épuisé, il se réveillait fréquemment, et tanguait et roulait sous la force d'une pensée apparemment lucide qui, au matin, avait disparu ou se révélait particulièrement dingue. Nadia dormait aussi mal que lui, sur le lit de camp à côté du sien, ou dans son fauteuil. Il arrivait qu'ils s'endorment en débattant d'un point ou d'un autre, et qu'ils se réveillent tout habillés, cramponnés l'un à l'autre comme des enfants dans une tempête. Il n'y avait pas de plus grand réconfort que la chaleur de l'autre. Alors, dans la sinistre lueur ultraviolette précédant l'aube, ils parlaient pendant des heures dans le silence glacé du bâtiment, dans un petit cocon de chaleur partagée. Quelqu'un à qui parler. D'abord collègues puis amis ; amants, un jour, peut-être ; ou quelque chose d'approchant. Nadia n'était pas une romantique, c'était le moins qu'on puisse dire. Mais Art était amoureux, ça ne faisait aucun doute, et il croyait voir briller dans les yeux de Nadia, dans ses prunelles piquetées de points multicolores, un nouveau sentiment, une nouvelle affection. Et voilà comment, à la fin des interminables journées du congrès, ils bavardaient, allongés sur leurs lits de camp, en se massant mutuellement les épaules, et sombraient dans un sommeil comateux. La production du document les stressait plus qu'ils ne voulaient l'admettre, sauf dans ces moments où ils se blottissaient l'un contre l'autre comme pour se protéger mutuellement du grand monde froid. Un nouvel amour. Art ne voyait pas quel autre nom donner à ça, même si Nadia n'était pas très démonstrative. Il était heureux.

Aussi fut-il amusé, mais pas surpris, de l'entendre dire, un matin, alors qu'ils se levaient :

— Si on mettait ça aux voix ?

Art parla donc aux Suisses et aux spécialistes de Dorsa Brevia, et les Suisses proposèrent au congrès de voter point par point, comme promis depuis le départ, sur le projet de Constitution qui était enfin sur la table. Il s'ensuivit aussitôt une frénésie de tractations qui aurait relégué les Bourses terriennes au rang de jardins d'enfants. Pendant ce temps-là, les Suisses mirent au point un processus électoral qui devait durer trois jours, chaque groupe se voyant attribuer une voix par paragraphe numéroté du projet de Constitution. Les quatre-vingt-neuf paragraphes passèrent, et l'énorme masse de « travaux préparatoires » fut officiellement jointe au texte proprement dit.

Il n'y avait plus qu'à le soumettre à l'approbation du peuple de Mars. C'est ainsi que le Ls 158, le onzième jour d'octobre-un de l'année M-52, tous les habitants de Mars âgés de plus de cinq années martiennes votèrent sur leur bloc-poignet pour ou contre le document définitif. Plus de quatre-vingt-quinze pour cent de la population vota, et la Constitution fut acceptée à soixante-dix-huit pour cent, soit juste un peu plus de neuf millions de voix. Ils avaient un gouvernement.

QUATRIÈME PARTIE

VERTE TERRE

Pendant ce temps-là, sur Terre, l'inondation était au cœur de toutes les préoccupations.

Elle était due à de violentes éruptions volcaniques sous l'ouest de la calotte glacière antarctique. Le sol, qui, dessous, ressemblait au bassin et à la zone montagneuse d'Amérique du Nord, avait été enfoncé en dessous du niveau de la mer par le poids de la glace. Si bien que, dès les premières éruptions, la lave et les gaz avaient fait fondre la glace, provoquant des affaissements de terrain cataclysmiques. Du coup, l'eau des océans s'était engouffrée sous la glace, en différents endroits de la ligne d'appui qui s'érodait rapidement. Déstabilisées, ébranlées, d'énormes congères — véritables îlots — s'étaient détachées sur tout le pourtour de la mer de Ross et de la mer de Ronne. Au fur et à mesure que les courants océaniques les emportaient, la rupture se poursuivit vers l'intérieur du continent, et les turbulences entraînèrent l'accélération du processus. Dans les mois suivant les premières grandes ruptures, d'immenses icebergs tabulaires dérivèrent sur l'océan Antarctique, provoquant une élévation du niveau de la mer dans le monde entier. L'eau continua à se précipiter dans la dépression de l'Antarctique Ouest, naguère occupée par la glace, chassant ce qui en restait au large, bloc par bloc, jusqu'à ce que la calotte glaciaire ait complètement disparu, laissant place à une nouvelle mer peu profonde, agitée par les éruptions sous-marines continues qui furent comparées pour leur intensité au formidable épanchement volcanique survenu dans le Deccan, en Inde, à la fin du Crétacé.

C'est ainsi qu'un an après le début des éruptions l'Antarctique était réduit à la moitié à peine de sa taille antérieure. L'Est ressemblait à une demi-lune et la péninsule évoquait une Nouvelle-Zélande qui aurait été recouverte de glace. Entre les deux s'étendait une mer peu profonde, bouillonnante, jonchée d'icebergs, et dans le reste du monde le niveau des eaux avait monté de sept mètres.

L'humanité n'avait pas connu de catastrophe naturelle d'une telle ampleur depuis la fin de la dernière ère glaciaire, dix mille ans auparavant. Et cette fois, elle n'affectait plus seulement quelques millions de chasseurs groupés en tribus nomades mais quinze milliards d'êtres civilisés, dont la vie était régie par un édifice sociotechnologique précaire, lequel était déjà en grand danger d'effondrement. Toutes les grandes cités côtières étaient inondées, des pays comme le Bangladesh, la Hollande et le Belize avaient disparu sous l'eau. La plupart des malheureux habitants de ces régions avaient eu le temps d'émigrer vers des zones plus élevées, car la montée des eaux s'était davantage apparentée à une marée qu'à un raz de marée, si bien que la population du monde était maintenant composée de dix à vingt pour cent de réfugiés.

La société humaine n'était évidemment pas équipée pour gérer une situation pareille. Quand bien même tout serait allé pour le mieux dans le meilleur des mondes, les choses n'auraient pas été faciles, et au début du XXIIe *siècle, tout n'allait pas pour le mieux dans le meilleur des mondes. La population augmentait toujours, les ressources se faisaient de plus en plus rares et les conflits entre les riches et les pauvres, les gouvernements et les métanats, étaient plus brûlants que jamais. La catastrophe avait frappé au beau milieu d'une crise.*

Crise que la catastrophe gomma dans une certaine mesure. Le contexte des luttes d'influence de toute sorte s'en trouva radicalement modifié et beaucoup devinrent fantasmagoriques. Face au désespoir de tous ces peuples qui se retrouvaient dans le plus grand dénuement, la propriété privée, le profit perdirent de leur légitimité. Les Nations Unies se dressèrent tel un phénix aquatique au-dessus du chaos, et devinrent le bureau d'aiguillage des efforts considérables visant au soulagement de la détresse : les migrations terrestres, par-delà les frontières nationales, la construction de logements d'urgence, la distribution des ressources alimentaires et des biens de première nécessité. Compte tenu de la nature de leur tâche, la Suisse et Praxis se retrouvèrent en première ligne, aux côtés de l'ONU. L'UNESCO et l'OMS se réveillèrent d'entre les morts. L'Inde et la Chine, qui étaient les plus grands des pays dévastés, jouèrent aussi un rôle fondamental en décidant de coopérer : elles conclurent des alliances bipartites, ainsi qu'avec l'ONU et ses nouveaux alliés ; elles refusèrent toute aide du Groupe des Onze pays les plus industrialisés et des métanationales qui participaient maintenant ouvertement au gouvernement de la plupart des pays du G-11.

Par d'autres côtés, l'inondation ne fit qu'exacerber la crise. Les métanats se retrouvèrent dans une position très étrange. Avant la catastrophe, elles étaient entièrement absorbées par ce que les commentateurs appelaient le métanatricide, c'est-à-dire une compétition impitoyable pour la domination ultime de l'économie mondiale. Quelques supergroupes de métanats se disputaient le contrôle absolu des plus grands pays industrialisés et tentaient d'absorber les rares entités qui échappaient encore à leur emprise : la Suisse, l'Inde, la Chine, Praxis et les pays dits de la Cour mondiale. Si l'essentiel de la population du globe s'efforçait de survivre, les métanats en étaient plus ou moins réduites à sauver les meubles. Elles étaient souvent associées à la catastrophe dans l'esprit populaire qui leur en attribuait la responsabilité ou estimait dans tous les cas qu'elles étaient punies par où elles avaient péché. Cette vision magique des choses faisait l'affaire de Mars et des autres forces antimétanats qui, les voyant à genoux, tentaient d'en profiter pour les décapiter. Les pays du G-11 et les gouvernements des autres pays industrialisés jusqu'alors associés aux métanats avaient assez à faire avec leurs populations désespérées pour remettre à plus tard l'aide aux grands conglomérats. Et les gens, partout, renonçaient à leurs fonctions antérieures afin de rejoindre l'effort humanitaire. Les entreprises détenues par leurs employés, comme Praxis, gagnaient en popularité car elles s'efforçaient de soulager la détresse et offraient le traitement de longévité à tous leurs membres. Certaines métanats conservèrent leurs forces de travail en se reconfigurant selon les mêmes lignes directrices. Si la lutte pour le pouvoir se poursuivait à de nombreux niveaux, partout elle était réorganisée par la catastrophe.

Dans ce contexte, Mars était la dernière préoccupation des Terriens. Oh, c'était une histoire intéressante, évidemment, et beaucoup considéraient les Martiens comme des enfants ingrats, qui laissaient tomber leurs parents au moment où ils avaient besoin d'eux. C'était une des nombreuses réactions négatives face à la catastrophe, par opposition au nombre tout aussi important de réactions positives. Il y avait des bons et des méchants partout, à cette époque, et la plupart considéraient les Martiens comme des méchants, des rats qui fuyaient le navire en train de couler. D'autres voyaient en eux des sauveteurs potentiels, dont le rôle restait à définir : encore un exemple de vision magique des problèmes. Mais l'idée qu'une nouvelle société était en train d'émerger sur le nouveau monde était porteuse d'espoir.

En attendant, sur Terre, les gens étaient confrontés à des difficultés gravissimes. L'inondation avait eu pour conséquence, notamment, de provoquer des changements climatiques rapides : la couverture nuageuse s'était densifiée et réfléchissait davantage le soleil. Il en résulta une chute des températures qui provoqua des pluies torrentielles et la destruction de récoltes, aggravant encore la situation. Il se mit à pleuvoir dans des endroits rarement soumis aux précipitations auparavant : au Sahara, dans le désert Mojave, au nord du Chili, de sorte que l'impact de l'inondation se fit sentir même à l'intérieur des terres, un peu partout en fait : l'agriculture étant frappée par ces orages torrentiels, la faim commença à menacer — d'où le mouvement général de coopération, car on craignait de ne pas pouvoir nourrir tout le monde, et les lâches se mirent à parler de sélection. La Terre entière était plongée dans la tourmente. C'était une fourmilière dans laquelle on aurait donné un coup de pied.

Telle était donc la situation sur Terre pendant l'été de 2128 : une catastrophe sans précédent, une crise planétaire qui n'était pas près de s'arranger. Le monde antédiluvien semblait n'être qu'un mauvais rêve dont ils auraient été réveillés en sursaut pour se retrouver dans une réalité encore plus redoutable. Tout se passait comme s'ils avaient sauté de la poêle dans le feu, et tandis que certains s'efforçaient de remonter dans la casserole, d'autres se démenaient pour les rejeter dans les flammes. Bien malin qui aurait pu dire comment tout ça allait finir.

Nirgal avait l'impression qu'un étau se resserrait chaque jour davantage sur lui. Maya s'en plaignait et gémissait aussi. Michel et Sax semblaient indifférents. Michel était heureux de faire ce voyage, et Sax était absorbé par l'examen des rapports émanant de Pavonis Mons. Ils vivaient dans l'anneau en rotation de l'*Atlantis*. Pendant les cinq mois du voyage, l'anneau accélérerait jusqu'à ce que la force centrifuge passe de l'équivalent de la gravité martienne à celui de la gravité terrienne, ce qui se ferait dès le milieu du voyage. Cette méthode avait été perfectionnée au fil des années pour permettre aux émigrants qui décidaient de rentrer chez eux, aux diplomates qui faisaient l'aller et retour et aux rares indigènes martiens qui entreprenaient le voyage de s'habituer à la pesanteur terrestre. C'était toujours pénible. Quelques indigènes étaient tombés malades sur Terre. Il y avait eu des morts. Il était important de rester dans l'anneau rotatif, de faire ses exercices, de recevoir tous les vaccins.

Tandis que Sax et Michel s'entraînaient sur les machines, Nirgal et Maya marinaient dans les cuves en s'apitoyant sur leur sort. Mais si Maya se délectait de ses malheurs — elle paraissait se repaître voluptueusement de toutes ses émotions, y compris la colère et la mélancolie —, Nirgal était vraiment désespéré. L'espace-temps le tordait comme une serpillière, et chacune des cellules de son corps hurlait de douleur. L'effort nécessaire ne fût-ce que pour respirer l'effrayait. Il avait peine à croire qu'une planète puisse être aussi massive.

Il essaya d'en parler à Michel, mais Michel avait autre chose en tête. Il ne pensait qu'à ce qui les attendait. Sax, quant à lui, était obsédé par ce qui se passait sur Mars. Nirgal se fichait pas mal du congrès de Pavonis. Il estimait que ça ne changerait pas grand-chose au bout du compte. Les indigènes avaient vécu comme bon leur semblait sous l'ATONU et ils continueraient sous le nouveau gouvernement. Jackie arriverait peut-être à se tailler une présidence sur mesure, et ce serait fort regrettable, mais de toute façon, leur relation avait bizarrement tourné. C'était devenu une sorte de télépathie qui rappelait parfois leur ancienne passion mais lui faisait plus souvent penser à une rivalité perverse entre frère et sœur et parfois même aux combats internes d'un esprit schizoïde. Ils étaient peut-être jumeaux — Dieu seul savait à quel genre d'alchimie Hiroko s'était livrée dans les réservoirs ectogènes — mais non, Jackie était la fille d'Esther. Il le savait. Comme si ça voulait dire quoi que ce soit. Parce que, à sa grande consternation, il avait l'impression qu'elle était un autre lui-même, et il ne voulait pas de ça, il ne voulait pas que son cœur se mette à cogner dans sa poitrine chaque fois qu'il la voyait. C'était l'une des raisons qui l'avaient décidé à partir pour la Terre. Et voilà : il s'éloignait d'elle à la vitesse de cinquante mille kilomètres à l'heure, et elle était encore là, sur l'écran, ravie de l'avancement des travaux du congrès, ravie du rôle qu'elle y jouait. Elle ferait partie des sept membres du nouveau conseil exécutif, c'était couru d'avance.

— Elle compte sur l'histoire pour reprendre son cours normal, disait Maya alors qu'ils regardaient les infos, depuis leurs providentielles baignoires. Le pouvoir est comme la matière, il a une gravité, il s'agglutine et il attire de plus en plus de choses à lui. Ce pouvoir local, réparti entre les tentes...

Elle eut un haussement d'épaules désabusé.

— C'est peut-être une nova, risqua Nirgal.

— Peut-être, acquiesça-t-elle en riant. Mais il recommencera à s'agglutiner. C'est la gravité de l'histoire : le pouvoir est attiré vers le centre, il y a parfois une nova. Puis l'attraction repart. Ce sera pareil sur Mars, tu verras ce que je te dis. Et Jackie sera au beau milieu.

Elle s'arrêta net avant d'ajouter *la salope*, par égard pour Nirgal, et le regarda du coin de l'œil en se demandant comment le manœuvrer pour faire avancer son combat personnel, sa guerre sans fin avec Jackie. Les petites novas du cœur.

Les dernières semaines à la pesanteur terrestre passèrent sans que Nirgal s'y fasse. C'était affolant de sentir cette étreinte croissante lui bloquer la respiration, les idées. Il avait mal à toutes les articulations. Sur les écrans, il voyait des images de la petite bille bleu et blanc qui était la Terre, avec sa lune, ce bouton d'os à l'air étrangement plat et mort. Mais ce n'étaient que des images parmi tant d'autres, elles ne voulaient rien dire pour lui, à côté de ses pieds endoloris et de son pauvre cœur qui battait la chamade. Puis le monde bleu creva soudain tous les écrans, pareil à une fleur fraîchement éclose, avec la ligne blanche de son limbe incurvé, son eau bleue ornée de tourbillons de coton blanc, ses continents sortant du filigrane des nuages comme de petits rébus, des survivances d'un mythe à moitié oublié : l'Asie. L'Afrique. L'Europe. L'Amérique...

Pour la descente finale et la décélération, la rotation de l'anneau fut stoppée. Nirgal plana, avec l'impression d'être désincarné et pareil à un ballon, vers une fenêtre afin de voir ça de ses propres yeux. Malgré l'épaisseur de la paroi de verre et les milliers de kilomètres de distance, il fut frappé par la finesse des détails, leur netteté, leur précision.

— L'œil a un tel pouvoir, dit-il à Sax.

— Hum, fit Sax en s'approchant de la vitre pour regarder à son tour.

Ils observèrent la boule bleue de la Terre, en dessous d'eux.

— Tu n'as jamais peur ? demanda Nirgal.

— Peur ?

— Tu sais bien. (Pendant ce voyage, Sax n'avait pas été dans sa phase la plus cohérente ; il fallait lui expliquer beaucoup de choses.) La peur. L'appréhension. La crainte.

— Oui. Je crois que si. J'ai eu peur, oui. Récemment. Quand j'ai découvert que j'étais... désorienté.

— J'ai peur, maintenant.

Sax le regarda curieusement. Puis il flotta vers lui et posa la main sur son bras avec une gentillesse dont il n'était guère coutumier.

— Nous sommes là, dit-il.

Plus bas, toujours plus bas. De la Terre partaient maintenant dix ascenseurs spatiaux dont plusieurs étaient des câbles bifides dont les deux brins distincts partaient l'un du nord, l'autre du sud de l'équateur, lequel manquait cruellement d'endroits adéquats pour des sites de ce genre. L'un des câbles fendus formait un Y qui partait de Virac, aux Philippines, et d'Oobagooma, en Australie Occidentale. Un autre partait du Caire et de Durban. Celui le long duquel ils descendaient se divisait à dix mille kilomètres au-dessus de la Terre, le brin nord partant de Port of Spain, dans l'île de Trinidad, et le brin sud du Brésil, près d'Aripuana, une ville-champignon située sur le Theodore Roosevelt, un affluent de l'Amazone.

Ils prirent le brin du nord, qui menait à Trinidad. De la cabine de l'ascenseur, le regard englobait presque tout l'hémisphère occidental, centré sur le bassin de l'Amazone, un fleuve café-au-lait qui serpentait dans les verts poumons de la Terre. De plus en plus bas. Au cours des cinq jours de leur descente, le monde se rapprocha au point d'occuper tout l'espace en dessous d'eux, et la gravité écrasante des dernières semaines les étreignit à nouveau lentement, les prit dans son étau et serra, serra, serra de plus en plus fort. Si Nirgal s'était un tout petit peu habitué à la pesanteur, cette accoutumance avait disparu au cours du bref retour à la microgravité et il hoquetait comme un poisson hors de l'eau. Chaque inspiration constituait un effort pour lui. Planté les jambes écartées devant les hublots, les mains crispées sur les rampes, il regardait à travers les nuages le bleu étincelant de la mer des Caraïbes, les verts intenses du Venezuela, le triangle sale que faisait l'Orénoque en se jetant dans la mer. L'horizon était un sandwich incurvé de bandes blanches et turquoise, surmontées par le noir de l'espace. Toutes les couleurs étaient si vives. Les nuages étaient comme sur Mars, mais plus épais, plus blancs, plus denses. Peut-être la gravité prodigieuse exerçait-elle une pression inhabituelle sur sa rétine ou sur son nerf optique pour que les couleurs palpitent et éclatent comme ça. Même les sons étaient plus forts.

Dans l'ascenseur, avec eux, se trouvaient des diplomates des Nations Unies, des membres de Praxis et des représentants des médias, qui espéraient tous que les Martiens leur consacreraient un peu de temps, leur parleraient. Nirgal avait du mal à se concentrer sur eux, à les écouter. Ils semblaient si étrangement inconscients de leur position dans l'espace, indifférents au fait qu'ils étaient à cinq cents kilomètres au-dessus de la surface de la Terre, ignorants de la vitesse à laquelle ils tombaient.

Le dernier jour fut long. Ils se retrouvèrent dans l'atmosphère, leur cabine descendit le long du câble vers le carré vert de Trinidad et un énorme complexe situé près d'un aéroport abandonné, dont les pistes faisaient comme des runes grises. La cabine de l'ascenseur s'insinua dans la masse de béton. Elle décéléra. Elle s'arrêta.

Nirgal décrocha ses mains de la rambarde et suivit lentement les autres. Un pas, un autre pas, tout le poids de son corps pesant sur ses pieds. Lent, lourd. Ils suivirent lentement, lourdement, une coursive. Il prit pied sur le sol d'un bâtiment, sur la Terre. L'intérieur du socle ressemblait à celui de Pavonis Mons, il avait une familiarité incongrue, car l'air était épais, lourd, chaud, salé, collant. Nirgal traversa les salles aussi vite qu'il put, pressé de sortir et de voir enfin à quoi ça ressemblait au-dehors. Une véritable foule le suivait, l'entourait, mais les membres de Praxis comprenaient, ils lui ouvrirent la voie à travers la foule. Le bâtiment était immensément vaste, il avait apparemment raté l'occasion d'en sortir par une voie souterraine. Mais il y avait une porte derrière laquelle brillait une lumière éblouissante. Un peu étourdi par l'effort, il sortit dans une clarté aveuglante. Une pure blancheur. Ça sentait le sel, le poisson, les feuilles, le goudron, la merde et les épices ; comme dans une serre qui serait devenue folle.

Puis sa vue s'adapta. Le ciel était bleu, bleu turquoise comme la bande médiane du limbe qu'il avait vu de l'espace, mais plus clair ; blanc au-dessus des collines, d'un éclat de magnésium autour du soleil. Des taches noires volaient çà et là. Le fil noir du câble montait dans le ciel. Il baissa les yeux, ébloui. Des collines vertes dans le lointain.

Il les suivit en titubant vers un véhicule découvert, une antique petite voiture ronde, avec des pneus en caoutchouc. Une décapotable. Il resta debout à l'arrière, entre Sax et Maya, pour tout voir. Dans la lumière aveuglante, il y avait des centaines, des milliers de gens qui portaient des tenues stupéfiantes, des soies fluorescentes, rose, violet, bleu canard, doré, aigue-marine, des bijoux, des coiffes de plumes, des...

— C'est le carnaval, lui dit quelqu'un, depuis le siège avant de la voiture. Nous nous déguisons pour le carnaval. Et aussi pour fêter la Découverte, le jour où Christophe Colomb a touché l'île. C'était la semaine dernière, mais nous avons poursuivi les festivités en votre honneur.

— Quel jour sommes-nous ? demanda Sax.

— Le Jour de Nirgal ! Le onze août.

La voiture avançait lentement dans les rues pleines de gens qui les acclamaient. Certains étaient vêtus comme les indigènes avant l'arrivée des Européens et poussaient des clameurs démentes, leurs bouches rose et blanc dans leurs faces brunes. Des voix musicales, à croire que tout le monde chantait. Leurs accompagnateurs parlaient comme Coyote. Il y avait des gens dans la foule qui portaient des masques de Coyote, des visages crevassés, convulsés, des têtes en caoutchouc qui faisaient des grimaces dont même Desmond Hawkins aurait été incapable. Et des mots... Nirgal pensait avoir rencontré sur Mars toutes les déformations possibles de l'anglais, mais il avait du mal à comprendre ce que disaient les gens, sans trop savoir pourquoi : l'accent, la diction, l'intonation. Il suait à grosses gouttes et il avait pourtant l'impression d'être brûlant.

La route pleine d'ornières menait, entre deux murailles humaines, vers un bref escarpement. Derrière se trouvait une zone portuaire, maintenant immergée sous une eau peu profonde. Les bâtiments se dressaient dans les flaques de mousse sale, bercée par des vagues invisibles. Tout un quartier changé en pataugeoire, les maisons pareilles à des moules géantes mises à nu, certaines éventrées, l'eau clapotante entrant et sortant par leurs fenêtres, des barques montant et descendant entre elles comme le flotteur d'une ligne à pêche. Les plus gros bateaux étaient amarrés à des lampadaires ou des poteaux électriques à la lisière des constructions. Plus loin, des bateaux aux voiles auriques gonflées par le vent donnaient de la gîte sur le bleu éclaboussé de soleil. Des collines vertes s'élevaient sur la droite, formant une grande baie ouverte.

— Les bateaux de pêche entrent toujours par les rues, mais les plus gros utilisent les docks de bauxite, au Point T, là-bas, vous voyez ?

Cinquante tons de vert différents sur les collines. Dans les creux, des palmiers morts, aux palmes jaunes, tombantes, marquaient la ligne de hautes eaux. Au-dessus, tout était éclaboussé de vert. Les rues et les bâtiments étaient taillés à la machette dans un monde végétal. Du vert et du blanc, comme dans les visions de son enfance, mais là, les deux couleurs primaires étaient séparées, contenues dans un œuf bleu de ciel et de mer. Ils étaient juste au-dessus des vagues, et pourtant l'horizon était tellement loin ! C'était la preuve irréfutable de l'immensité de ce monde. Pas étonnant qu'on ait pu croire que la

Terre était plate. L'écume clapotant dans les rues en dessous faisait un bruit continu, aussi fort que les acclamations de la foule.

Au mélange de senteurs marines, végétales, vint s'ajouter une odeur de goudron portée par le vent.

— Le lac de Goudron, près de La Brea. Complètement à sec. Vidé. Il ne reste plus qu'un trou noir dans le sol, et un petit étang d'intérêt local. C'est ça que vous sentez, vous voyez, la nouvelle route ici, près de l'eau.

La route d'asphalte, des mirages de chaleur. Des gens aux cheveux noirs tassés le long de la route noire. Une jeune femme grimpa sur la voiture pour lui passer un collier de fleurs autour du cou. Leur odeur sucrée entra en conflit avec les effluves salés, piquants. Le parfum et l'encens, charriés par le vent végétal chaud, goudronné, poivré. Des tambours d'acier, étrangement familiers dans tout ce vacarme, et ça tapait, et ça cognait, ils jouaient de la musique martienne ici ! Sur les toits des maisons, dans la zone inondée, à leur gauche, ils avaient fait des patios de fortune. Ça puait les plantes pourries, l'air était saturé d'humidité, et le tout baignait dans une lumière d'un blanc de talc. Il était en nage. Les gens hurlaient de joie depuis les toits des maisons inondées, sur les bateaux, l'eau moussait, ondoyait, couverte de fleurs. Des cheveux noirs de jais, luisant d'un éclat chitineux. Une jetée de bois flottante sur laquelle étaient entassés plusieurs orchestres jouant des airs différents en même temps. Des points argentés, rouges et noirs voletaient sous leurs pieds : des écailles de poisson et des pétales de fleurs. Des fleurs qu'on leur jetait, soufflées par le vent, traînées de couleurs pures, jaune, rose, rouge. Le chauffeur de la voiture se retourna pour leur parler, oubliant la route.

— Ecoutez-les taper sur leurs casseroles ! Ce sont les duglas qui jouent des socas. Ecoutez-les, les virtuoses du baril de pétrole ! Les cinq meilleurs orchestres de Port of Spain.

Ils traversèrent un vieux, très vieux quartier, aux maisons faites de petites briques qui tombaient en poussière sous des toits de chaume ou de tôle ondulée. Tout était vieux, petit, même les gens étaient petits, bruns de peau.

— Les Hindous de la campagne. Les Noirs de la ville. Trinidad et Tobago ! Un mélange explosif, c'est ça, les duglas !

Il y avait de l'herbe partout, par terre, dans les ornières, dans toutes les fentes des murs et des toits, sur tout ce qui n'avait pas été récemment asphalté, c'était une explosion irrépressible de vert, jaillissant de toutes les surfaces du monde. Et l'air épais puait !

Puis ils émergèrent de la partie ancienne de la ville et se retrouvèrent sur un large boulevard goudronné, flanqué de grands arbres et de hauts bâtiments de marbre.

— Les gratte-ciel des métanats. Ils paraissaient immenses quand ils ont été construits, mais à côté du câble...

La sueur aigre, la fumée douceâtre, toute cette explosion de vert... Il dut fermer les yeux pour réprimer une nausée.

— Ça va ?

L'air bourdonnant d'insectes était tellement chaud qu'il ne pouvait en deviner la température. Elle dépassait son échelle personnelle. Il s'assit lourdement entre Sax et Maya.

La voiture s'arrêta. Il se releva péniblement, mit pied à terre. Il avait du mal à marcher. Il manqua tomber. Tout tournait autour de lui. Maya le retint fermement par le bras. Il se prit la tête à deux mains, s'astreignit à respirer par la bouche.

— Ça va ? demanda-t-elle âprement.

— Oui, répondit Nirgal en essayant de hocher la tête.

Ils étaient dans un ensemble de bâtiments tout neufs. Du bois, du béton, de la terre nue maintenant couverte de pétales écrasés. Des gens partout, presque tous en costumes de carnaval. La brûlure du soleil derrière ses paupières, obstinément. On le mena vers une estrade de bois, avec à son pied une foule de gens qui criaient comme des fous.

Une belle femme aux cheveux noirs en sari vert, ceinturé de blanc, présenta les quatre Martiens à la foule. Les collines, derrière, s'incurvaient comme des flammes vertes sous un fort vent d'ouest. Il faisait plus frais à présent, et l'odeur était moins envahissante. Maya s'approcha des micros et des caméras, et les années fuirent à tire-d'aile. Elle parlait par petites phrases courtes, détachées, qui étaient acclamées en contrechant, antienne et répons, antienne et répons. Une étoile des médias que tout le monde regardait, d'un charisme rassurant, débitant un discours qui rappelait à Nirgal celui de Burroughs, quand elle avait rameuté la foule au parc de la Princesse, au point crucial de la révolution. Quelque chose dans ce goût-là.

Michel et Sax déclinèrent l'honneur de s'adresser à la foule et firent signe à Nirgal. Il resta un instant planté devant les gens et les collines vertes qui les soutenaient jusqu'au soleil. Il ne s'entendait plus penser. Un bruit blanc de joie, un son épais dans l'air épais.

— Mars est un miroir, dit-il au micro. Un miroir où la Terre voit sa propre essence. Le voyage vers Mars était un voyage purificateur, qui a mis à nu les choses les plus importantes. Ce qui a fini par arriver était fondamentalement terrien. Et ce qui est arrivé depuis, là-bas, n'est qu'une expression de la pensée terrienne, des gènes terriens. Voilà pourquoi, plutôt que de lui apporter un soutien matériel sous forme de matières premières ou de nouvelles souches génétiques, nous pouvons surtout aider notre planète mère en lui offrant le moyen de se voir telle qu'elle est. De dresser la carte d'une immensité inimaginable. Voilà comment, à notre modeste façon, nous jouons notre rôle en créant la grande civilisation qui frémit au bord de son devenir. Nous sommes les primitifs d'une civilisation inconnue.

Tonnerre d'acclamations.

— C'est l'impression que nous avons, sur Mars, en tout cas — une longue évolution à travers les siècles, vers la justice et la paix. Au fur et à mesure que les gens en apprennent davantage, ils comprennent mieux leur dépendance les uns envers les autres et envers leur monde. Nous avons compris sur Mars que la meilleure façon d'exprimer cette interdépendance était de vivre pour donner, dans une culture de compassion. Chaque individu libre et égal aux yeux de tous, travaillant avec les autres pour le bien général. C'est ce travail qui nous rend plus libres. La seule hiérarchie qui vaut d'être reconnue est celle-là : plus on donne, plus on devient grand. A présent, éperonnée par cette grande inondation, on la voit fleurir, émerger sur les deux mondes en même temps — la culture de compassion.

Il se rassit dans un tintamarre assourdissant. Puis ce fut la fin des discours et on les mena vers une sorte de conférence de presse animée par la belle femme au sari vert. Nirgal répondait à ses questions par d'autres, l'interrogeant sur le nouveau complexe de bâtiments qui les entouraient, sur la situation dans l'île. Elle s'efforçait de satisfaire sa curiosité, couvrant le brouhaha des commentaires et des rires de la foule enthousiaste massée derrière le mur de journalistes et d'appareils de prise de vue. La femme se révéla être le Premier ministre de Trinidad et Tobago. La petite nation composée de deux îles avait subi pendant la majeure partie du siècle précédent la domination de l'Armscor, une métanat, lui expliqua la femme. Depuis l'inondation, ils avaient rompu cette association. « Et tous les liens coloniaux avec, enfin ! » La foule accueillit ses paroles par des hurlements de joie. Son sourire reflétait le plaisir de toute une société. Il vit qu'elle était dugla, et d'une beauté stupéfiante.

Elle leur expliqua que les bâtiments où ils se trouvaient étaient l'un des innombrables hôpitaux qui avaient été construits sur les deux îles pour venir en aide aux victimes de l'inondation. Ç'avait été leur principale initiative en réponse à leur liberté nouvelle. Ces centres de secours fournissaient aux réfugiés un hébergement, du travail et des soins médicaux, y compris le traitement de longévité.

— Tout le monde a droit au traitement ? demanda Nirgal.

— Oui, répondit la femme.

— C'est formidable ! fit Nirgal, surpris, car il avait entendu dire que c'était une chose rare sur Terre.

— C'est ce que vous croyez ! répliqua le Premier ministre. On dit que ça va poser toutes sortes de problèmes.

— Oui. C'est même certain. Mais je pense que nous devons le faire quand même. Faire bénéficier tout le monde du traitement. On trouvera bien ensuite le moyen de s'en sortir.

Une ou deux minutes passèrent avant qu'ils aient la moindre chance de s'entendre à nouveau par-dessus les acclamations de la foule. Le

Premier ministre s'efforçait de rétablir le silence lorsqu'un petit homme élégamment vêtu d'un costume marron sortit du groupe massé derrière elle, prit le micro et prononça quelques phrases entrecoupées par les rugissements de la foule déchaînée :

— Ce Martien, Nirgal, est un enfant de Trinidad ! Son papa, Desmond Hawkins, le Passager Clandestin, le Coyote de Mars, est de Port of Spain, et il a encore beaucoup de famille ici ! L'Armscor a acheté la compagnie pétrolière et elle a essayé d'acheter l'île avec, mais elle a choisi la mauvaise île pour ça ! Son cran, à votre Coyote, il ne l'a pas tiré du néant, Maestro Nirgal, c'est de Trinidad et Tobago qu'il le tient ! Il s'est promené partout là-haut pour apprendre à tout le monde la façon d'être sur Trinidad et Tobago, et maintenant ils sont tous duglas, là-haut, ils savent ce que c'est que d'être dugla, Mars tout entière est dugla ! Mars n'est qu'une grande Trinidad et Tobago !

La foule salua ses paroles par des hurlements de délire. Nirgal s'approcha de l'homme et l'embrassa impulsivement, avec un sourire radieux, puis il descendit de l'estrade et s'engagea dans la multitude qui se referma autour de lui. Un monde d'odeurs. Trop fortes pour penser. Il touchait les gens, leur serrait la main. Les gens le touchaient. Et cette lumière dans leurs yeux ! Ils étaient tous plus petits que lui, et ça les faisait rire. Chaque visage était un univers à lui seul. Soudain, des taches noires envahirent son champ de vision, tout s'obscurcit. Il regarda autour de lui, surpris. D'énormes nuages s'étaient massés sur une bande sombre de mer, à l'ouest, et avaient soudain masqué le soleil. Tandis qu'il serrait des mains, le nuage passa sur l'île. Ce fut la débandade. Les gens se réfugiaient à l'abri des arbres, des vérandas ou sous le toit de tôle ondulée des arrêts d'autobus. Maya, Sax et Michel étaient eux aussi perdus dans la foule. Les nuages gris foncé à la base se cabraient en rouleaux blancs aussi massifs que la pierre mais mouvants, et il en arrivait toujours. Une bourrasque de vent glacé souffla brutalement, puis de grosses gouttes de pluie frappèrent le sol, et les Martiens furent poussés sous un pavillon ouvert aux quatre vents, où on leur fit de la place.

Il se mit à pleuvoir comme jamais Nirgal n'aurait cru que ce fût possible. Des cataractes rugissantes s'abattaient dans des mares soudain changées en torrents, étoilées par un million d'impacts blanchâtres. Autour du pavillon, le monde entier était brouillé par le rideau mouvant qui mélangeait toutes les couleurs, le vert et le marron étaient brassés comme dans le tambour d'une machine à laver.

— On dirait que c'est l'océan qui nous tombe dessus ! fit Maya en souriant de toutes ses dents.

— Que d'eau ! fit Nirgal.

Le Premier ministre haussa les épaules.

— C'est comme ça tous les jours, pendant la mousson. Il pleut encore plus qu'avant, et il pleuvait déjà beaucoup.

Nirgal secoua la tête et sentit une soudaine douleur lui poignarder les tempes. La souffrance de la noyade. L'air était trop humide.

Le Premier ministre leur expliquait quelque chose, mais Nirgal ne la suivait plus. Il avait trop mal à la tête. N'importe qui dans le mouvement d'indépendance pouvait devenir membre de Praxis. Au cours de la première année, ils participaient à la construction de centres comme celui-ci. Le traitement de longévité était automatiquement offert à tous les adhérents. Il était administré dans les nouveaux centres. On pouvait aussi se faire greffer des implants contraceptifs réversibles. Beaucoup y avaient recours à titre de contribution à la cause.

— Plus tard, les bébés, voilà ce que nous leur disons. Vous aurez tout le temps.

Presque tout le monde les avait rejoints. L'Armscor avait dû adopter les méthodes de Praxis pour garder ses employés, et peu importait à présent à quelle organisation on appartenait. Sur Trinidad, elles se valaient à peu près toutes. Ceux qui venaient de recevoir le traitement participaient à la construction de nouveaux logements et d'équipements hospitaliers ou travaillaient dans l'agriculture. Trinidad était une île plutôt prospère, avant l'inondation, grâce à l'effet combiné des réserves pétrolières et de l'investissement dans le socle du câble. La résistance s'était peu à peu constituée, pendant les années qui avaient suivi l'arrivée honnie de la métanat. Il y avait maintenant une infrastructure croissante consacrée au projet de longévité. La situation était prometteuse. Tous ceux qui travaillaient à la mise sur pied d'un camp se voyaient promettre le traitement. Les gens étaient évidemment prêts à tout pour défendre ces endroits. Même si l'Armscor l'avait voulu, ses forces de sécurité auraient eu le plus grand mal à s'emparer d'eux. Et quand ils y seraient arrivés, ça ne leur aurait rien donné : ils avaient déjà le traitement. Ils pouvaient donc se résoudre au génocide s'ils voulaient, mais à part ça, ils avaient peu de chances de jamais reprendre le contrôle de la situation.

— L'île leur a tout simplement tourné le dos, conclut le Premier ministre. Aucune armée n'y peut rien. C'est la fin du système de castes basé sur l'économie. La fin de tous les systèmes de castes. Il y a quelque chose de nouveau, un nouvel élément dugla dans l'histoire, comme vous disiez dans votre discours. Une sorte de petite Mars. Alors vous voir ici, vous, un petit-fils de l'île, vous qui nous avez tellement appris dans votre nouveau monde si beau — ça, c'est vraiment quelque chose de spécial. Un festival pour de vrai.

Et encore ce sourire radieux.

— Qui était l'homme qui a parlé ?

— Oh, lui, c'était James.

La pluie cessa d'un seul coup. Le soleil creva les nuages, le monde se mit à fumer. Nirgal était ruisselant de sueur dans l'air blanc. L'air blanc, des taches noires tourbillonnantes. Il n'arrivait pas à reprendre sa respiration.

— Je crois que je ferais mieux de m'allonger.

— Mais oui, bien sûr. Vous devez être épuisé, vidé. Venez...

Ils l'emmenèrent vers un petit bâtiment, dans une salle claire aux murs tapissés de lanières de bambou, vide à l'exception d'un matelas sur le sol.

— J'ai peur que le matelas soit un peu petit pour vous.

— Ça n'a pas d'importance.

On le laissa seul. Quelque chose, dans la pièce, lui rappela la cabane d'Hiroko, près du lac de Zygote. Pas seulement les bambous, mais la taille et la forme de la salle, et une autre chose qui lui échappait, la lumière verte qui y pénétrait, peut-être. La sensation de la présence d'Hiroko était tellement forte et inattendue que lorsque les autres furent sortis, il se jeta sur le matelas et se mit à pleurer. Une confusion totale de sentiments. Il avait mal partout, mais surtout à la tête. Il arrêta de pleurer et sombra dans un profond sommeil.

Quand il se réveilla, il faisait noir et ça sentait le vert. Il ne savait plus où il était. Il se mit sur le dos, et tout lui revint : il était sur Terre. Des murmures. Il s'assit, effrayé. Un rire étouffé. Des mains l'obligèrent à se rallonger, des mains amicales, à l'évidence.

— Chut, fit une voix, et on l'embrassa.

Quelqu'un s'occupait de sa ceinture, de ses boutons. Des femmes, deux, trois, non, deux, qui sentaient bon le jasmin, et un autre parfum, oui, il y avait deux odeurs chaudes, distinctes. Leur peau luisante de sueur, si douce. Les veines battaient à ses tempes. Ce genre de chose lui était déjà arrivé une ou deux fois quand il était plus jeune, quand tout canyon bâché était un nouveau monde, plein de jeunes femmes inconnues qui voulaient un enfant ou juste s'amuser. Après les mois de célibat forcé du voyage, c'était le paradis de serrer ces corps de femmes, de les embrasser, de se faire embrasser, et sa première inquiétude fondit dans un mélange de mains, de bouches, de seins, de jambes entrelacées.

— La Terre, ma sœur, hoqueta-t-il.

Le vent qui soufflait dans les bambous lui apportait des bribes de musique, des barils de pétrole, des tablas. L'une des femmes était sur lui, pressée sur son corps. Il n'oublierait jamais le contact de ses flancs lisses sous sa main. Il entra en elle sans cesser de l'embrasser. Mais il avait toujours mal à la tête.

Lorsqu'il se réveilla, plus tard, il était nu et en nage sur le matelas.

Il faisait encore noir. Il se rhabilla, sortit de la chambre et suivit un couloir obscur menant à un porche. C'était le crépuscule ; il avait dormi une journée entière. Maya, Michel et Sax mangeaient, entourés de gens. Nirgal leur assura qu'il allait bien. En fait, il mourait de faim.

Il s'assit en leur compagnie. Dans l'espace détrempé entre les bâtiments de béton brut, une foule était massée autour d'une cuisine en plein air. Au-delà, un feu de joie brillait dans le crépuscule. Les flammes enluminaient de jaune les visages sombres, se reflétaient dans le blanc liquide, éclatant, des yeux, des dents. Les gens, à la table centrale, se tournèrent pour le regarder. Plusieurs des jeunes femmes souriaient, leurs cheveux d'ébène luisant comme des casques d'obsidienne. L'espace d'une seconde, Nirgal fut renversé par l'odeur de sexe et de parfum. Mais c'était invraisemblable, avec le brasier, les effluves des plats épicés qui fumaient sur la table. Dans une telle explosion d'odeurs, il était impossible d'en identifier une seule, et de toute façon le système olfactif était bouleversé par les mets embrasés de curry et de piment de Cayenne. Il y avait des morceaux de poisson sur du riz, et un légume qui lui alluma un incendie dans la bouche et dans la gorge, de sorte qu'il passa la demi-heure suivante la tête en feu, à larmoyer, à renifler et à avaler verre d'eau sur verre d'eau. Quelqu'un lui donna un zeste d'orange amère confite, qui lui rafraîchit un peu la bouche. Il en mangea plusieurs.

Puis ils débarrassèrent la table tous ensemble comme à Zygote ou à Hiranyagarba, et les gens se mirent à danser autour du feu de joie, vêtus de costumes de carnaval surréels et masqués, comme au Fassnacht de Nicosia, mais les masques couvraient toute la tête et étaient plus étranges : il y avait des animaux, des démons à plusieurs yeux et aux grandes dents, des éléphants, des déesses. Sur le fond noir, brouillé, du ciel où scintillaient des étoiles obèses, se détachaient les vagues silhouettes des arbres, leurs feuilles vertes noires noires vertes soudain dorées par les flammes bondissantes qui semblaient donner son rythme à la danse. Une petite jeune femme avec six bras qui bougeaient en cadence s'approcha de Nirgal et Maya.

— C'est la danse du Ramayana, dit-elle. Elle est aussi vieille que la civilisation, et il y est question de Mangala.

Elle pressa familièrement l'épaule de Nirgal, et tout à coup il reconnut son parfum de jasmin. Sans sourire, elle retourna auprès du feu de joie. Les tablas suivaient le crescendo des flammes bondissantes, et les danseurs poussaient de grands cris. Nirgal avait la tête qui l'élançait à chaque pulsation de la musique. Malgré l'orange confite, il pleurait encore à cause du piment de Cayenne. Et il avait les paupières lourdes.

— Ça va vous paraître bizarre, dit-il, mais je crois que je vais retourner dormir.

Il se réveilla avant l'aube et s'installa sous une véranda. Le ciel s'éclaircit selon une séquence presque martienne, passant du noir au violet puis au rose de plus en plus clair avant d'adopter la teinte bleu-vert du matin sous les tropiques. Il avait encore la tête lourde mais il se sentait enfin reposé, et prêt à prendre le monde à bras-le-corps. Après un petit déjeuner de bananes brun-vert, quelques-uns de leurs hôtes les emmenèrent, Sax et lui, faire le tour de l'île en voiture.

Où qu'ils aillent, il y avait toujours des centaines de personnes dans son champ visuel. Les gens étaient tous petits, avec la peau aussi brune que la sienne dans les campagnes, plus claire en ville. De gros camions organisés en caravane servaient de magasins mobiles aux villages trop petits pour avoir leurs propres commerces. Nirgal s'émerveilla de la minceur des gens, de leurs membres noués par le travail de la terre ou fins comme des roseaux. Les courbes des jeunes femmes évoquaient des fleurs épanouies, éphémères.

Quand les gens le reconnaissaient, ils se précipitaient pour le saluer et lui serrer la main. Sax secoua la tête en voyant Nirgal parmi eux.

— Une distribution bimodale, dit-il. Pas une vraie spéciation, mais peut-être, avec le temps... la divergence de l'île. C'est très darwinien.

Les maisons occupaient des trouées ouvertes à la machette dans la verte jungle qui s'efforçait ensuite de reconquérir le terrain perdu. Les constructions plus anciennes étaient faites de briquettes de boue noircies par le temps, qui se refondaient dans la terre. Les terrasses des rizières étaient si étroites que les collines semblaient plus lointaines qu'elles n'étaient en réalité. Le vert clair des pousses de riz était d'une couleur inconnue sur Mars. D'une façon générale, Nirgal n'avait jamais vu des verts aussi éclatants, aussi lumineux. Ils s'imposaient à lui dans toute leur variété, leur intensité, dans le soleil qui lui brûlait le dos.

— C'est à cause de la couleur du ciel, répondit Sax quand Nirgal le lui fit remarquer. Les rouges du ciel martien ont tendance à assourdir les verts.

L'air était lourd, humide et fétide. La mer étincelante limitait l'horizon. Nirgal toussa, respira par la bouche, tenta désespérément d'ignorer le battement douloureux de ses tempes et de son front.

— Tu as le mal des profondeurs, avança Sax. Il paraît que ça arrive aux gens de l'Himalaya et des Andes qui descendent au niveau de la mer. C'est un problème d'acidité dans le sang. Nous aurions dû te déposer plus haut.

— Et pourquoi ne l'avons-nous pas fait ?

— Ils voulaient te voir ici parce que c'est de là que vient Desmond. C'est ta terre ancestrale. En fait, il semblerait qu'on se batte pour savoir qui aura l'honneur de nous avoir ensuite.

— Même ici, sur Terre ?

— Sûrement plus que sur Mars, dirais-je.

Nirgal gémit. Le poids du monde, l'air étouffant.

— Je vais courir, dit-il.

Au départ, ce fut la libération attendue. Les mouvements et les réactions habituels l'habitèrent, lui rappelant qu'il était toujours lui-même. Mais sa course pesante ne lui permit pas d'accéder à l'état du *lung-gom-pa* où il courait comme on respire, où il aurait pu continuer indéfiniment. Au contraire, il sentait la masse de l'air épais dans ses poumons, l'insistance du regard des petits personnages devant lesquels il passait, et surtout le poids de son propre corps qui lui faisait mal aux articulations. Il pesait plus du double de son poids normal. C'était comme si tous ses os s'étaient changés en plomb, comme s'il avait transporté une personne invisible sur son dos, sauf que le poids était à l'intérieur de lui. Ses poumons le brûlaient et se noyaient en même temps, et il ne les dégagerait pas en toussant. Des gens plus grands, habillés à l'européenne, le suivaient sur de petites bicyclettes à trois roues qui soulevaient des gerbes d'eau dans chaque mare. Mais les indigènes s'avançaient sur la route, derrière lui, des foules entières qui empêchaient les tricycles d'avancer, des gens qui riaient et bavardaient, les dents et les yeux étincelants dans leurs faces noires. Les hommes sur les tricycles regardaient Nirgal d'un œil vide, sans menacer la foule. Nirgal retourna vers le camp par une autre route. Maintenant, les vertes collines sur sa droite étaient embrasées. La route lui fendait les mollets à chaque pas. Il avait l'impression d'avoir des troncs d'arbre en feu à la place des jambes. Si courir lui faisait mal, maintenant... Il avait la tête comme une pastèque. La végétation d'un vert mouillé semblait tendre vers lui une centaine de tons de flammes vertes qui se fondaient en une bande d'une seule couleur dominante, envahissant le monde. Des taches noires mouvantes.

— Hiroko ! hoqueta-t-il tout en courant, le visage inondé de larmes, mais personne ne les distinguerait de la sueur. Hiroko, ce n'est pas comme tu m'avais dit que ce serait !

Il rejoignit en titubant le sol ocre du complexe. Les hordes de gens le suivirent jusqu'à Maya. Tout ruisselant de sueur, il se pendit à son cou en sanglotant.

— Nous devrions aller en Europe, fit Maya d'un ton courroucé à quelqu'un dans son dos. C'était stupide de l'amener tout de suite sous les tropiques.

Nirgal regarda par-dessus son épaule. C'était le Premier ministre.

— C'est ici que nous vivons, dit-elle, et elle lança à Nirgal un regard perçant, fier et plein de ressentiment.

Mais il en aurait fallu davantage pour impressionner Maya.

— Il faut que nous allions à Berne, dit-elle.

Ils partirent pour la Suisse dans un petit avion spatial fourni par Praxis. Pendant le vol, ils contemplèrent la Terre d'une altitude de trente mille mètres : le bleu de l'Atlantique, les cimes déchiquetées d'Espagne, avec leurs faux airs d'Hellespontus Montes ; puis la

France et la muraille blanche des Alpes, qui ne ressemblaient à aucune des montagnes de Mars. Dans la fraîcheur de la cabine pressurisée, Nirgal se sentait comme un poisson dans l'eau et déplora de ne pas se sentir bien à l'air libre, sur Terre.

— Ça ira mieux en Europe, lui dit Maya.

Nirgal songea à la façon dont on les avait reçus.

— Ils t'adorent, ici, dit-il.

Bien que débordé par la situation, il avait remarqué que les duglas accueillaient ses compagnons avec autant d'enthousiasme que lui-même, et que Maya avait été particulièrement adulée.

— Ils étaient surtout contents que nous ayons survécu, esquiva Maya. Pour eux, c'est comme si nous revenions d'entre les morts. Tu comprends, de 61 jusqu'à l'année dernière, ils ont cru que tous les Cent Premiers étaient morts. Soixante-sept ans, tu te rends compte ! Pendant tout ce temps, beaucoup d'entre eux sont morts. Il y a quelque chose de magique, de mythique, dans le fait de nous voir débarquer au beau milieu de l'inondation, en plein changement. Sortir de l'underground comme d'une tombe.

— Mouais. Pas tous.

— Non, répondit-elle avec l'ombre d'un sourire. Il va falloir qu'ils fassent le tri là-dedans. Ils croient que Frank et Arkady sont vivants. Et John aussi, bien qu'il ait été tué des années avant 61 et que tout le monde l'ait su. Enfin, pendant un moment. Les gens ont la mémoire courte. C'était il y a longtemps. Il s'est passé tellement de choses depuis. Et les gens veulent que John Boone soit vivant. Alors ils ont oublié Nicosia, et ils se disent qu'il est encore dans l'underground.

Elle eut un petit rire bref, un peu troublée à cette idée.

— C'est comme Hiroko, fit Nirgal, la gorge nouée.

Une vague de tristesse comme celle qui l'avait submergé à Trinidad l'envahit, le laissant livide et douloureux. Il croyait, il avait toujours cru, qu'Hiroko était en vie et se cachait avec les siens quelque part dans les highlands du Sud. Il avait surmonté le choc de sa disparition en se cramponnant à cette idée. En se disant qu'elle s'était glissée hors de Sabishii et reparaîtrait quand elle jugerait le moment venu. Il en était sûr. Et voilà qu'il n'en était plus si certain, il n'aurait su dire pourquoi.

Assis à côté de Maya, Michel regardait dans le vide, l'air pincé. Tout à coup, Nirgal eut l'impression de se regarder dans un miroir. Il savait qu'il faisait la même tête, il le sentait dans sa chair. Michel et lui avaient des doutes, peut-être au sujet d'Hiroko, peut-être sur autre chose. Comment savoir ? Michel ne semblait pas d'humeur à parler.

Et de l'autre côté de l'avion, Sax les observait tous les deux, avec son regard d'oiseau.

Ils se laissèrent tomber du ciel parallèlement au grand mur nord des Alpes et se posèrent sur une piste, au milieu de la verdure. On les escorta dans un bâtiment anonyme, comme ceux de Mars ; ils descendirent un escalier et prirent un train qui glissa avec un bruit métallique vers le haut, puis hors du bâtiment et à travers les champs verts. Une heure plus tard, ils étaient à Berne.

Les rues de Berne étaient pleines de diplomates et de journalistes qui arboraient un badge d'identification sur la poitrine et voulaient tous leur parler. La ville était petite, primitive, solide comme le roc. Chaque chose respirait le pouvoir. Les étroites rues pavées étaient bordées par des bâtiments de pierre aux lourdes arcades, tout avait la stabilité des montagnes. L'Aare qui serpentait rapidement au milieu enserrait la majeure partie de la ville dans une de ses boucles. La plupart des gens qui peuplaient ce quartier étaient des Européens : des Blancs à l'air méticuleux, moins petits que la plupart des Terriens, grouillant dans tous les sens, absorbés dans leurs discussions, agglutinés autour des Martiens et de leurs accompagnateurs qui portaient maintenant l'uniforme bleu de la police militaire suisse.

Nirgal, Sax, Michel et Maya étaient logés dans le quartier général de Praxis, un petit bâtiment de pierre situé le long de l'Aare. Nirgal s'étonna de voir des maisons construites si près de l'eau ; que le fleuve monte ne serait-ce que de deux mètres et c'était la catastrophe, mais apparemment ces Suisses s'en fichaient. Le cours de la rivière devait être étroitement canalisé, bien qu'elle jaillisse d'une des chaînes de montagnes les plus escarpées que Nirgal ait jamais vues. C'était du terraforming. Pas étonnant que les Suisses s'en soient si bien sortis sur Mars.

Le bâtiment de Praxis n'était qu'à quelques rues de la vieille ville. La Cour mondiale et le gouvernement fédéral suisse occupaient des bâtiments dispersés au milieu de la péninsule. Tous les matins, ils prenaient donc à pied la rue principale, pavée, la Kramgasse, incroyablement propre, nue et déserte comparée aux rues de Port of Spain. Ils passaient sous l'horloge médiévale, avec son cadran ornementé et ses automates pareils à un diagramme alchimique de Michel qui se serait mué en un objet à trois dimensions, puis ils entraient dans les bureaux de la Cour mondiale où ils s'entretenaient avec des groupes successifs de la situation sur Mars et sur Terre : des officiels des Nations Unies, des représentants du gouvernement national, des patrons de métanationales, des organisations humanitaires, des groupes médiatiques. Tout le monde voulait savoir ce qui se passait sur Mars et ce qu'ils pensaient de la situation sur Terre ; connaître les intentions de Mars et quelle aide Mars pouvait apporter à la Terre. Nirgal trouvait la plupart des gens qu'on lui présentait d'un commerce agréable : ils semblaient comprendre les situations respectives des deux mondes, ils n'étaient pas absurdement persuadés que Mars allait « sauver la Terre » ; ils ne paraissaient pas s'attendre à reprendre un jour le contrôle de Mars, où à voir revenir le règne des métanationales, comme avant l'inondation.

Maya était pourtant sûre que tout le monde n'était pas animé de la même bienveillance à leur égard. Elle leur fit remarquer le nombre de fois où leurs interlocuteurs faisaient preuve de ce qu'elle appelait un « terracentrisme » indécrottable. Rien ne comptait pour eux en dehors des affaires terrestres. Mars était intéressante par bien des côtés, mais pas vraiment importante. A partir du moment où elle lui eut signalé cette attitude, Nirgal en repéra un nombre incalculable de manifestations. A vrai dire, il trouva ça réconfortant. Les Martiens avaient une attitude identique. Les indigènes étaient forcément aréocentriques, et c'était logique, c'était une sorte de réalisme.

En fait, les Terriens qu'il commençait à trouver les plus troublants étaient précisément ceux qui témoignaient le plus vif intérêt pour Mars : certains dirigeants de métanats qui avaient lourdement investi dans le terraforming de Mars, les représentants de pays surpeuplés, qui seraient sans doute très heureux de pouvoir leur envoyer un grand nombre de ressortissants. Il assista donc à des réunions avec des gens de l'Armscor, de Subarashii, de la Chine, d'Indonésie, d'Ammex, de l'Inde, du Japon et du conseil des métanats japonaises. Il les écouta attentivement et s'efforça de poser des questions et d'éviter d'en dire trop long. Et il vit que certains de leurs plus solides alliés du moment, comme l'Inde et la Chine, risquaient de constituer un gros problème dans la nouvelle donne. Maya hocha la tête avec emphase lorsqu'il lui en fit l'observation.

— Il n'y a plus qu'à espérer que la distance nous sauvera, dit-elle, la mine sombre. Nous avons de la chance qu'il faille traverser l'espace pour arriver jusqu'à nous. Ça devrait être un goulot d'étranglement pour l'émigration, quelque progrès que fasse le vol interplanétaire. Mais nous devrons toujours rester sur nos gardes. En fait, ne parle pas trop de ces choses-là ici. Ne parle pas trop tout court.

Pendant les pauses-déjeuner, Nirgal demandait à ses gardes du corps — une bonne douzaine de Suisses qui ne le lâchaient pas d'une semelle, sauf pour dormir — de l'emmener à la cathédrale qu'on appelait *le monstre*. L'escalier d'une des tours était accessible au public, et tous les jours ou presque Nirgal prenait son souffle, gravissait l'escalier en colimaçon et arrivait, haletant et couvert de sueur, au belvédère. Par temps clair, c'est-à-dire souvent, on voyait la barrière lointaine, abrupte, des Alpes, qu'il avait appris à appeler l'Oberland bernois. Cette muraille blanche, crénelée, courait d'un horizon à l'autre, comme une grande chaîne de montagnes martiennes, si ce n'est qu'elle était couverte de neige sauf sur certains triangles exposés au nord, des triangles de roche gris clair qui ne ressemblaient à rien de connu sur Mars : du granit. Des montagnes de granit, soulevées par la collision des plaques tectoniques, nées dans une violence encore visible.

Berne était séparée de cette majestueuse frontière blanche par des collines plus basses, vertes, l'herbe d'un vert aussi intense qu'à Trinidad, les forêts de conifères d'un vert plus sombre. Tout ce vert... Nirgal s'émerveilla à nouveau de la quantité de vie végétale qui couvrait la Terre. La lithosphère disparaissait sous une couche ancienne, épaisse de biosphère.

— Oui, acquiesça Michel, qui l'avait accompagné un jour pour admirer le panorama. La biosphère forme une partie importante de la surface du sol. Partout où la vie surgit, elle foisonne.

Michel mourait d'impatience d'aller en Provence. Ils n'en étaient pas loin, à une heure de vol ou une nuit de train, et il en avait assez de Berne et de ses interminables arguties politiques.

— Il pourrait y avoir une nouvelle inondation ou la révolution, le soleil pourrait se changer en supernova qu'ils continueraient à palabrer. Je vous laisse. Sax et toi, vous vous débrouillerez toujours mieux que moi !

— Et Maya encore mieux.

— Sûrement, mais je veux qu'elle vienne avec moi. Si elle ne voit pas ça, elle ne comprendra jamais.

Seulement Maya était absorbée par les négociations avec les Nations Unies, qui commençaient à devenir sérieuses maintenant que les Martiens avaient approuvé la nouvelle Constitution. Les Nations Unies agissaient plus ou moins comme porte-parole des métanats tandis que la Cour mondiale soutenait les nouvelles « démocraties coops » ; aussi les discussions qui se déroulaient dans les diverses salles de réunion et par vidéotransmission étaient-elles vives et parfois hostiles. Importantes, en un mot. Maya allait au combat tous les jours ; elle n'avait pas le temps de se rendre en Provence. Elle était allée dans le sud de la France quand elle était jeune, disait-elle, et n'avait pas très envie d'y retourner, même avec Michel.

— Elle dit que toutes les plages ont disparu, se plaignit Michel. Comme si c'était le principal, en Provence !

Il pouvait dire ce qu'il voulait, elle n'irait pas. Pour finir, au bout de quelques semaines, Michel laissa tomber à contrecœur et décida de partir tout seul en Provence.

Le jour de son départ, Nirgal l'accompagna à pied à la gare, au bout de la rue principale, et agita son mouchoir lorsque le train s'éloigna. Au dernier moment, Michel passa la tête par la fenêtre et rendit ses signaux à Nirgal avec un immense sourire. Nirgal fut choqué de voir cette expression remplacer si vite la déception causée par l'absence de Maya. Puis il se réjouit pour son ami. Ensuite il éprouva une soudaine envie. Il n'y avait pas un seul endroit au monde, pas un seul endroit des deux mondes, qu'il ait envie de revoir comme ça.

Après le départ du train, Nirgal reprit la Kramgasse, entouré par la nuée habituelle de cornacs et de journalistes, et fit gravir à ses deux corps et demi les deux cent cinquante-quatre marches qui menaient en haut du Monstre afin de contempler la muraille de l'Oberland bernois, au sud. Il passait beaucoup de temps là-haut ; il lui arrivait de rater le début des réunions de l'après-midi, de laisser Sax et Maya commencer sans lui. Les Suisses menaient rondement les choses. Les réunions avaient un ordre du jour, démarraient à l'heure, et s'ils n'arrivaient pas au bout du programme fixé, ce n'était pas de leur faute. Les Suisses qui se trouvaient dans la pièce étaient comme ceux de Mars, comme Jurgen, Max, Priska et Sibilla, avec leur sens de l'ordre, leur goût des choses bien faites, leur amour invétéré du confort, de tout ce qui était bien et prévisible. Cette attitude arrachait à Coyote un ricanement dédaigneux. Il la considérait comme nuisible à l'existence. Mais en voyant l'élégante cité de pierre qui s'étendait à ses pieds, avec ses fleurs luxuriantes et ses habitants prospères, Nirgal se disait qu'elle devait avoir du bon. Il avait été sans foyer pendant si longtemps. Michel avait sa Provence ; aucun endroit ne comptait à ce point pour lui. Sa maison natale gisait écrasée sous une calotte polaire et sa mère avait disparu sans laisser de trace. Tous les endroits où il avait vécu depuis étaient en perpétuel changement. Chez lui, c'était le changement. Cruelle prise de conscience, quand il regardait la Suisse, quand il voyait tout ça. Il aurait voulu un endroit à lui, un endroit qui tenait le coup depuis mille ans comme celui-ci, avec ses toits de tuile et ses murs de pierre.

Il essaya de s'intéresser aux assemblées de la Cour mondiale et du Bundeshaus suisse. Praxis était toujours à la pointe du progrès en matière d'inondation. C'était, déjà avant la catastrophe, une coopérative qui se consacrait à la production de biens et de services de base, y compris le traitement de longévité, et elle s'était fait une spécialité du travail sans projet préétabli. Il lui avait donc suffi de passer la vitesse supérieure pour prendre la tête et montrer ce qu'il était possible de faire dans l'urgence. Les quatre voyageurs avaient vu le résultat à Trinidad. L'essentiel du travail avait été effectué par les mouvements locaux, mais Praxis donnait un coup de main à des projets comparables dans le monde entier. On disait que William Fort n'avait pas ménagé ses critiques au début en menant la réponse fluide à la « transnat collective », comme il appelait Praxis. Et sa métanationale mutante n'était que l'une des centaines d'agences qui s'étaient placées en tête du peloton. Dans le monde entier, elles traitaient le problème du relogement des populations sinistrées et de la reconstruction de nouvelles installations côtières à un niveau plus élevé.

Mais ce réseau non structuré se heurtait à la résistance des métanats, lesquelles se plaignaient qu'une bonne partie de leur infrastructure, de leur capital et de leur travail était nationalisée, usurpée, détournée, accaparée ou tout simplement volée. Il n'était pas rare qu'il y ait de la bagarre, surtout là où des conflits s'étaient déjà produits. Après tout, l'inondation était survenue au beau milieu d'un paroxysme de rupture et de réorganisation mondiales, et, si elle avait tout changé, la lutte se poursuivait encore en bien des endroits, parfois sous couvert d'aide d'urgence.

Sax Russell était particulièrement attentif à ce contexte, car il était convaincu que les guerres globales de 61 n'avaient jamais résolu les inégalités fondamentales du système économique terrien. Il ne perdait pas une occasion d'insister sur ce point au cours des réunions, et Nirgal avait l'impression qu'il réussissait parfois à convaincre leurs interlocuteurs des Nations Unies et des métanationales qu'ils avaient tout intérêt à suivre une méthode voisine de celle de Praxis s'ils voulaient survivre, la civilisation et eux-mêmes. Peu importait, au fond, à laquelle de ces deux choses ils étaient le plus attachés, dit-il en privé à Nirgal, ou qu'ils établissent un simulacre machiavélique du programme Praxis. Le résultat serait assez comparable, à court terme, et tout le monde avait besoin de cette période de grâce de coopération pacifique.

C'est ainsi qu'il s'efforça de se concentrer pendant tous les meetings, parvenant à se montrer assez cohérent et assez engagé, en particulier si l'on songeait à la profonde abstraction dont il avait fait preuve pendant le voyage vers la Terre. Après tout, Sax Russell était le Terraformeur de Mars, l'avatar vivant du Grand Savant, une situation d'extrême pouvoir dans la culture terrienne, se disait Nirgal, une sorte de Dalaï Lama de la Science, une réincarnation permanente de l'esprit scientifique, créée pour une culture qui ne semblait pas capable de gérer plus d'un savant à la fois. Et puis, pour les métanats, Sax était l'un des principaux créateurs du plus grand nouveau marché de l'histoire, ce qui n'était pas un élément négligeable de son aura. Enfin, comme l'avait souligné Maya, il était l'un des membres du groupe qui était revenu d'entre les morts, l'un des chefs des Cent Premiers.

En plus de tout cela, son étrange phrasé haletant avait contribué à la naissance de l'image qu'on se faisait de lui sur Terre. Un simple problème d'élocution avait fait de lui une sorte d'oracle ; les Terriens semblaient croire que ses pensées étaient tellement élevées qu'il ne pouvait parler que par énigmes. Peut-être était-ce ce qu'ils voulaient. Peut-être était-ce ça la science pour eux. Dans le fond, la physique actuelle décrivait la réalité ultime comme des cordes ultramicroscopiques oscillant selon une supersymétrie à dix dimensions. Ce genre de théorie avait habitué les gens à l'étrangeté des physiciens, de même que l'usage croissant des IA de traduction les avait accoutumés aux locutions étranges. Presque tous ceux que rencontrait Nirgal parlaient anglais, mais ce n'était jamais la même sorte d'anglais, si bien que la Terre lui faisait l'effet d'une explosion d'idiolectes. Il commençait à croire qu'on ne pouvait trouver deux personnes qui parlent la même langue.

Dans ce contexte, Sax était écouté avec une extrême gravité.

— L'inondation marque un point de rupture dans l'histoire, dit-il un matin, lors d'une grande réunion devant le Conseil national du Bundeshaus. C'était une révolution naturelle. Le temps a changé sur Terre, la Terre a changé, de même que les courants marins et la répartition des populations humaine et animale. Il n'y a pas de raison, compte tenu des circonstances, d'essayer de restaurer le monde antédiluvien. Ce n'est pas possible. Mais il y a bien des raisons d'instituer un meilleur ordre social. L'ancien était... vicié. Il en résultait des bains de sang, la famine, la servitude et la guerre. La souffrance. Des morts inutiles. La mort sera toujours là. Mais chacun devrait la rencontrer le plus tard possible. À la fin d'une vie heureuse et bien remplie. C'est le but de tout ordre social rationnel. Nous devrions donc voir dans l'inondation une occasion de... de briser le moule, ici, comme sur Mars.

A ces mots, les officiels des Nations Unies et les conseillers des métanationales firent grise mine, mais n'en continuèrent pas moins d'écouter. Et le monde entier regardait. Sans doute, se dit Nirgal, l'opinion d'un aréopage de chefs dans une cité européenne avait-elle moins d'importance que celle des gens qui regardaient l'homme de Mars aux infos, du fin fond de leur village. Praxis, les Suisses et leurs alliés du monde entier avaient tout investi dans l'aide aux réfugiés et le traitement de longévité, de sorte que partout les gens se joignaient à eux. Si on pouvait gagner sa vie en sauvant le monde, si c'était une chance de trouver la stabilité, de vivre vieux et d'assurer un avenir décent à ses enfants, eh bien, pourquoi pas ? La plupart des gens n'avaient rien à perdre. Le règne des métanats avait profité à certains, mais des milliards d'autres étaient restés sur le bas-côté, exclus, dans une situation qui allait sans cesse empirer.

C'est ainsi que les métanats perdaient leurs employés en masse. On ne pouvait pas les enchaîner. Il était de plus en plus difficile de leur faire peur ; la seule façon de les garder était de mettre en place des programmes similaires à ceux que Praxis avait initiés. Et c'est ce qu'elles faisaient, ou du moins le disaient-elles. Maya était sûre qu'elles procédaient à des changements superficiels allant dans le sens de ceux de Praxis rien que pour conserver leur personnel et préserver leurs profits. Mais il se pouvait que Sax ait raison, qu'elles n'aient plus aucun contrôle de la situation et qu'elles instituent malgré elles un nouvel ordre des choses.

C'est ce que Nirgal décida de dire quand on lui donna la parole, lors d'une conférence de presse dans une grande salle du Bundeshaus. Debout sur l'estrade, il regarda la meute de journalistes et d'envoyés spéciaux — quelle différence avec la table improvisée dans l'entrepôt de Pavonis, avec le complexe arraché à la jungle de Trinidad, avec le podium au milieu de cette mer de gens, pendant cette folle nuit à Burroughs — et Nirgal comprit soudain son rôle : il était le jeune

Martien, la voix du nouveau monde. Il pouvait laisser à Maya et Sax le soin d'être raisonnables et d'apporter le point de vue de l'étranger.

— Tout ira bien, dit-il en s'efforçant d'englober chacun dans son discours de sorte que tout le monde se sente concerné. Tout moment de l'histoire est fait d'un mélange d'éléments archaïques, de choses qui remontent du passé, de la plus lointaine préhistoire. Le présent est toujours un amalgame d'archaïsmes. Il y a encore des chevaliers qui viennent prendre les récoltes des paysans. Il y a toujours des guildes et des tribus. Nous voyons maintenant beaucoup de gens quitter leur travail pour venir en aide aux victimes de l'inondation. C'est nouveau, et en même temps ça rappelle les pèlerinages d'antan. Ils veulent être des pèlerins, avoir un but spirituel, ils veulent accomplir un travail qui ait un sens. Il n'y a pas de raison de continuer à se laisser gruger. Les représentants de l'aristocratie ici présents ont l'air inquiet. Vous aurez peut-être besoin de chercher du travail vous aussi. Vous serez peut-être amenés à vivre au même niveau que tous les autres. C'est vrai ; il se peut que ça arrive. Mais tout ira bien, même pour vous. Le mieux est l'ennemi du bien. C'est quand tout le monde est égal que les enfants sont le plus en sécurité. La distribution universelle du traitement de longévité que nous entrevoyons ici et maintenant est le sens ultime du mouvement démocratique. C'est la manifestation physique de la démocratie, enfin. La santé pour tous. Et quand ça arrivera, l'explosion d'énergie humaine positive transformera la Terre en quelques années à peine.

Quelqu'un dans la foule se leva et l'interrogea sur le risque d'explosion démographique. Il acquiesça.

— Oui, bien sûr. C'est un vrai problème. Il n'est pas indispensable d'être démographe pour voir que si on continue à faire des enfants alors que les anciens ne meurent pas, la population atteindra rapidement un niveau incroyable. Un niveau insupportable, jusqu'à l'explosion. Et alors ? Eh bien, il faut regarder la situation en face tout de suite. Il suffira de réduire le taux de natalité, pendant un moment du moins. Ça ne durera pas éternellement. Le traitement de longévité ne confère pas l'immortalité. Les premières générations qui en ont bénéficié finiront par mourir. C'est là que réside la solution au problème. Disons que la population actuelle des deux mondes est de quinze milliards. Autant dire que la situation est déjà effrayante. Etant donné la gravité du problème, tant que vous serez parents, vous n'aurez pas de raison de vous plaindre ; c'est votre propre durée de vie qui pose problème, après tout, et être parent c'est être parent, qu'on ait un enfant ou qu'on en ait dix. Enfin, mettons qu'à partir de maintenant chaque couple n'ait qu'un enfant : la génération actuelle comptera sept milliards et demi d'enfants, qui bénéficieront eux aussi du traitement de longévité, évidemment, qu'on élèvera dans du coton, au point d'en faire les insupportables petits rois du monde. Mettons que ceux-ci aient à leur tour quatre milliards d'enfants, la nouvelle royauté, que cette génération-là ait deux milliards d'enfants, et ainsi de suite. La population continuera d'augmenter, mais à un rythme de plus en plus faible au fur et à mesure que le temps passera. Et à un moment donné, dans cent ans ou dans mille ans, la première génération mourra. Que le processus se produise en un plus ou moins long laps de temps, il n'empêche que la population mondiale diminuera de près de la moitié inéluctablement. A ce stade, les gens pourront observer la situation, l'infrastructure, l'environnement des deux mondes — la capacité d'accueil du système solaire entier, quelle qu'elle puisse être. Quand les générations les plus nombreuses auront disparu, les gens pourront peut-être recommencer à avoir deux enfants par couple, afin d'assurer la perpétuation de l'espèce. Enfin, ils verront bien. Quand ils seront confrontés à ce genre de décision, la crise démographique sera résolue. Mais il se pourrait que ça prenne un millier d'années.

Nirgal s'arrêta et observa le public. Les gens le regardaient, fascinés, silencieux. Il les engloba dans un grand geste du bras.

— En attendant, nous devons nous entraider. Nous devons nous modérer, prendre soin du sol. Et c'est là que Mars peut aider la Terre. D'abord, en ce qui concerne les soins apportés au sol, nous sommes vecteurs d'expérience. Tout le monde peut tirer parti des leçons que nous avons apprises et les appliquer ici. Et puis, et surtout, la majorité de la population restera toujours sur Terre, mais une partie importante pourrait s'installer sur Mars. Ce qui contribuerait à soulager la situation. Nous serions heureux de les accueillir. Nous avons le devoir d'héberger autant de gens que possible ; nous sommes encore des Terriens, sur Mars. Nous sommes tous dans le même bateau. Et il n'y a pas que la Terre et Mars, il y a d'autres mondes habitables dans le système solaire, moins grands, certes, mais il y en a beaucoup. Et en les utilisant tous, en coopérant, nous pourrons franchir ce cap difficile. Et entrer dans un nouvel âge d'or.

La conférence du jour fit une certaine impression, ils s'en rendirent compte bien qu'étant dans l'œil du cyclone médiatique. Après ça, Nirgal s'entretint pendant des heures tous les jours avec des groupes différents afin de développer les idées qu'il avait lancées lors de cette fameuse réunion. C'était un travail épuisant et, après quelques semaines de cet exercice, un beau matin, il regarda par la fenêtre de sa chambre et parla à ses gardes du corps de partir en expédition. Ceux-ci acceptèrent de dire aux gens de Berne qu'il faisait une excursion privée, et ils prirent un train qui les emmena dans les Alpes.

Le train allait vers le sud en longeant le Thuner See, un long lac bleu bordé par des pâturages abrupts, des remparts et des spires de granit gris. Les villes au bord du lac avaient des maisons aux toits d'ardoise et étaient dominées par de vieux arbres, parfois un château, le tout magnifiquement entretenu. Dans les vastes pâtures vertes entre les villes s'étalaient de grandes fermes en bois, avec des œillets rouges dans des jardinières à toutes les fenêtres et à tous les balcons. C'était un style qui n'avait pas changé depuis cinq cents ans, lui dirent ses gardes du corps. Il s'était imposé au paysage, comme s'il était naturel. Les pâturages avaient été nettoyés des arbres et des pierres — à l'origine, c'étaient des forêts. C'étaient donc des espaces terraformés, d'immenses pelouses mamelonnées qui avaient été créées pour faire paître le bétail. Une telle agriculture n'avait pas de valeur économique, au sens où le capitalisme le définissait, mais les Suisses conservaient ces fermes d'altitude parce qu'ils trouvaient ça important, ou beau, ou les deux à la fois. En un mot, c'était suisse.

— Il y a des valeurs plus importantes que les valeurs économiques, avait dit Vlad lors du congrès, sur Mars, et Nirgal comprenait maintenant qu'il y avait des gens sur Terre qui l'avaient toujours pensé, du moins en partie.

Le *Werteswandel*, comme on disait à Berne, la mutation des valeurs. Mais il pouvait aussi s'agir d'une évolution, d'un retour à certaines valeurs. D'un changement progressif plutôt que d'un équilibre imposé. Les archaïsmes résiduels positifs, qui persistaient encore et toujours, jusqu'à ce que, lentement, ces hautes vallées de montagne isolées aient appris au monde à vivre, leurs grandes fermes flottant sur des vagues vertes. Une colonne de soleil doré creva les nuages, tomba sur une butte, derrière une des fermes, et les pâturages se mirent à briller comme une énorme émeraude, d'un vert si vif que Nirgal se sentit désorienté, puis franchement étourdi. Il avait du mal à fixer ce vert tellement il était intense !

La colline majestueuse disparut. D'autres apparurent derrière les vitres, pareilles à des vagues vertes illuminées par leur propre réalité. A Interlaken, le train tourna et suivit une vallée si abrupte que par endroits la voie entrait dans un tunnel et faisait un tour complet sur elle-même dans la montagne avant de ressortir à l'air libre et au soleil, la locomotive se trouvant juste au-dessus du wagon de queue. Le train suivait des rails et non une piste parce que les Suisses n'étaient pas convaincus que la nouvelle technologie constituait un progrès suffisant pour justifier que l'on remplace ce qui existait déjà. C'est ainsi que le train vibrait et roulait bord sur bord alors qu'il gravissait la pente en grondant et en grinçant, l'acier raclant l'acier.

Ils s'arrêtèrent à Grindelwald, et Nirgal suivit ses gardes du corps vers un train beaucoup plus petit qui les mena toujours plus haut, au pied de l'immense paroi nord de l'Eiger. Sous ce mur de pierre, il ne semblait faire que quelques centaines de mètres d'altitude. Nirgal avait eu une bien meilleure impression de son immensité à cinquante kilomètres de distance, depuis le Monstre de Berne. Il attendait maintenant patiemment que le petit train entre en bourdonnant dans la paroi rocheuse et commence à décrire des spirales et des épingles à cheveux dans le noir que ne trouaient que les lumières intérieures des wagons et l'éclair fugitif d'une galerie latérale. Ses gardes, qui étaient une dizaine, parlaient entre eux avec l'accent guttural du suisse allemand.

Lorsqu'ils revirent la lumière, ils entraient dans une petite gare appelée Jungfraujoch, « la plus haute gare d'Europe », comme l'annonçait une pancarte rédigée en six langues, ce qui n'avait rien d'étonnant car elle était située dans un col glacé entre les deux grands sommets, le Monch et la Jungfrau, à 3 454 mètres au-dessus du niveau de la mer, sans autre but ou raison d'être que sa propre existence.

Nirgal descendit du train, ses gardes sur les talons, et sortit de la gare. Il y avait une petite terrasse sur le côté du bâtiment. L'air était léger, pur et frais, à 270 degrés kelvin environ. Nirgal n'en avait pas respiré de plus savoureux depuis qu'ils avaient quitté Mars. Il lui semblait si familier qu'il sentit des larmes lui picoter les yeux. Ça, c'était un endroit qui valait le détour !

Même avec ses verres filtrants, la lumière était extrêmement vive. Le ciel était d'un bleu cobalt intense. Les parois des montagnes étaient couvertes de neige, mais le granit apparaissait presque partout, surtout sur les parois nord qui étaient trop abruptes pour retenir la neige. Là-haut, les Alpes ne ressemblaient plus du tout à un escarpement. Chaque masse de pierre avait son aspect et une présence propres, séparée des autres par d'immenses espaces vides, parfois par des vallées glaciaires en forme de U d'une extraordinaire profondeur. Au nord, ces macro-tranchées étaient très profondes, et vertes, ou comblées par un lac. Au sud, au contraire, elles étaient hautes, et ne contenaient que de la neige, de la glace et des pierres. Ce jour-là, le vent dévalant la paroi sud apportait avec lui le froid de la glace.

Dans la vallée au sud de la passe, Nirgal voyait un énorme plateau blanc, ridé, où les glaciers se déversaient depuis les hauts bassins environnants pour former un gigantesque confluent. C'était Concordiaplatz, lui dirent-ils. Quatre glaciers s'y rencontraient, puis continuaient à descendre vers le sud et le Grosser Aletschgletscher, le plus long glacier de Suisse.

Nirgal alla jusqu'au bout de la terrasse afin de saisir en un coup d'œil le plus possible de ce désert de glace. Il s'aperçut qu'elle donnait sur un escalier taillé dans la neige durcie de la paroi, à l'endroit où elle montait vers le col. C'était un sentier qui menait au glacier, en dessous d'eux, et de là à Concordiaplatz.

Nirgal demanda à ses gardes de l'attendre dans la gare. Il voulait faire un petit tour tout seul. Ils protestèrent, mais il n'y avait pas de neige sur le glacier en été, les crevasses étaient bien visibles, la piste passait au large et il n'y avait personne en bas, par cette froide journée estivale. Ses gardes du corps ne savaient trop quelle conduite adopter, et deux d'entre eux insistèrent pour le suivre de loin, au cas où.

Nirgal accepta le compromis, tira sur les cordons de son capuchon et s'engagea dans l'escalier qui descendait, mettant péniblement un pied devant l'autre jusqu'à ce qu'il se retrouve sur l'étendue plate du Jungfraufirn. Les crêtes qui jalonnaient cette vallée de neige descendaient vers le sud depuis la Jungfrau et le Monch puis, après quelques kilomètres, retombaient abruptement vers Concordiaplatz. De la piste, la roche paraissait noire, peut-être par contraste avec la blancheur de la neige. Çà et là, il distinguait des taches très légèrement rosées sur le blanc : des algues. De la vie à cette altitude. Très peu, mais tout de même de la vie. Le reste était pour l'essentiel une image en noir et blanc sous le bol bleu de Prusse du ciel. Un vent glacial se ruait comme par un entonnoir dans le canyon qui s'élevait de Concordiaplatz. Il aurait voulu descendre jusque-là pour voir ça de ses propres yeux, mais il ne savait pas s'il en aurait le temps avant le coucher du soleil. Les distances étaient difficiles à apprécier. C'était peut-être plus loin qu'il n'y paraissait. Du moins pouvait-il marcher jusqu'à ce que le soleil soit à mi-chemin de l'horizon, à l'ouest, et alors faire demi-tour. Il descendit donc sur le névé, d'une aiguille orange à l'autre, traînant le deuxième corps qui était en lui, conscient de la présence des deux gardes qui le suivaient à deux cents mètres de distance.

Il avança ainsi un long moment. La marche n'était pas si pénible. La surface crénelée de la glace craquait sous ses bottes. Le soleil avait ramolli la surface, malgré le vent frais. Elle brillait tellement qu'il avait du mal à y voir, même avec ses lunettes. Des reflets noirs dansaient au rythme de sa marche.

Les crêtes à droite et à gauche commencèrent à descendre. Il émergea sur Concordiaplatz. Dans d'autres gorges, des glaciers montaient comme les doigts de glace d'une main tendue vers le soleil, le poignet descendant vers le sud et le Grosser Aletschgletscher. Il se trouvait dans la paume blanche, offerte au soleil, près d'une ligne de vie de moraines. La glace, à cet endroit, était piquetée, rugueuse et d'une couleur bleutée.

Une bise âpre, mesquine, s'acharna sur lui et fit un passage dans son cœur. Il pivota lentement sur lui-même, comme une petite planète, comme une toupie sur le point de tomber, essayant de tout englober, de faire face à chaque point à tour de rôle. Si grand, si étincelant, si plein de vent, si vaste, d'une masse tellement écrasante — la pure masse du monde blanc ! Et pourtant une sorte de noirceur planait derrière, comme le vide de l'espace, visible là, au fond du ciel. Il enleva ses lunettes pour voir les choses dans leur réalité, et la lumière fut si immédiate et si violente qu'il dut fermer les yeux, s'abriter le visage au creux du bras. De grandes barres blanches palpitèrent un moment sur sa rétine, et même l'image résiduelle était douloureuse par son intensité aveuglante.

— Waouh ! s'écria-t-il, et il se mit à rire, déterminé à refaire une nouvelle tentative dès que les images résiduelles auraient disparu mais avant que ses pupilles se soient à nouveau dilatées.

C'est ce qu'il fit, et la seconde tentative se solda d'une façon aussi désastreuse que la première. Comment oses-tu tenter de me voir tel que je suis vraiment ? hurlait silencieusement le monde.

— Mon Dieu ! beugla-t-il, bouleversé. Ka wow !

Il attendit d'avoir remis ses lunettes pour rouvrir les yeux et regarda à travers les images résiduelles bondissantes. Peu à peu, le paysage primitif de glace et de pierre se stabilisa entre les raies pulsatives noires, blanches et d'un vert fluorescent. Le vert et le blanc. Ça, c'était le blanc. Le monde nu de l'univers inanimé. Cet endroit avait un pouvoir tout à fait comparable à celui du paysage martien primitif. Aussi grand que sur Mars, oui, et même plus, avec ses horizons lointains et sa gravité écrasante. Plus abrupt et plus blanc, et les vents y étaient plus forts. Ka, le vent transperçait sa parka comme des lances de glace, plus fort, plus froid... Ah, Dieu ! comme un vent lui perçant le cœur, il fut pénétré de la soudaine certitude que dans son immensité, sa variété, la Terre avait des régions plus martiennes que Mars elle-même. Que parmi toutes ses façons d'être plus grande, elle arrivait à être plus martienne que Mars même.

Il fut paralysé par cette pensée. Il resta un moment immobile, à regarder, à tenter d'affronter cette idée. Le vent mourut un instant. Le monde aussi était immobile. Pas un mouvement, pas un bruit.

Lorsqu'il remarqua le silence, il commença à y faire attention, à guetter quelque chose, un bruit, mais il n'entendit rien, et le silence devint pour ainsi dire palpable. Il n'avait jamais rien entendu de pareil. Il y réfléchit. Sur Mars, il avait toujours été dans une tente, une combinaison, bref, de la mécanique, sauf pendant les rares marches à la surface qu'il avait faites ces dernières années. Et même alors, il y avait toujours eu du vent, ou des machines à proximité. Ou il ne l'avait tout simplement pas remarqué. Maintenant, il n'y avait qu'un immense silence, le silence de l'univers. Un silence inimaginable, même en rêve.

Puis il recommença à entendre des sons. La pulsation du sang dans ses oreilles. Le souffle de sa respiration. Le ronron de ses pensées, comme si elles faisaient du bruit. Son propre système végétatif, son corps, avec ses pompes organiques, ses ventilateurs, ses générateurs. Encore de la mécanique qui faisait son bruit de machine, mais intérieur, cette fois. Il était libre comme jamais il ne l'avait été, dans ce grand silence où il pouvait s'entendre fonctionner, rien que lui tout seul sur ce monde, un corps libre debout sur sa planète mère, libre, ceint de la pierre et la roche où tout avait commencé. Ma mère la Terre — il pensa à Hiroko, et cette fois sans le chagrin dévastateur qu'il avait éprouvé à Trinidad. Lorsqu'il retournerait sur Mars, il pourrait vivre comme ça. Il pourrait marcher dans le silence, être libre, vivre dehors, dans le vent, dans une chose semblable à cette immensité d'un blanc pur et sans vie, avec au-dessus de sa tête une chose comparable à ce dôme bleu sombre — le bleu, exhalaison visible de la vie, de l'oxygène, le bleu, couleur même de la vie. Tout là-haut, dominant la blancheur. Comme un signe. Le blanc et le vert, sauf qu'ici le vert était bleu.

Avec des ombres. Parmi les images résiduelles qui s'attardaient encore, fugitives, s'étendaient de longues ombres qui arrivaient en courant de l'ouest. Il était loin du Jungfraujoch et beaucoup plus bas aussi. Il fit demi-tour et commença à gravir le Jungfraufirn. Plus loin, sur la piste, ses deux gardes acquiescèrent et repartirent eux aussi vers le haut, d'un bon pas.

Ils furent vite dans l'ombre de la crête, à l'ouest, le soleil ayant maintenant disparu jusqu'au lendemain. Le vent se mit à tourner sur son dos, comme pour l'aider. Il faisait vraiment froid. Mais c'était la température à laquelle il était habitué, au fond ; le genre d'air qu'il aimait, juste un peu plus dense, mais ce n'était pas désagréable. Et c'est ainsi que, malgré le poids qui l'écrasait de l'intérieur, il s'engagea dans la montée d'un pas alerte, le sol craquant sous ses semelles, s'appuyant dessus, sentant les muscles de ses cuisses répondre au défi, retrouver leur rythme, le *lung-gom-pa* familier, ses poumons, son cœur pompant avec force pour assumer la masse supplémentaire. Mais il était fort, fort, et c'était l'une des petites régions d'altitude martienne de la Terre. Et c'est ainsi qu'il gravit le névé en se sentant plus fort de minute en minute, fort et impressionné, exalté, terrifié par cette planète infiniment surprenante, capable d'avoir tant de blanc et de vert à la fois, son orbite si délicieusement située qu'au niveau de la mer le vert jaillissait et qu'à trois mille mètres d'altitude elle disparaissait sous le blanc, une bande de vie de trois mille mètres de largeur, pas plus. La Terre tournait dans la bulle impalpable de cette biosphère, dans les quelques milliers de mètres dont elle avait besoin sur une orbite de cent cinquante millions de kilomètres de diamètre. C'était trop beau pour être vrai.

L'effort le réchauffa si bien qu'il avait chaud même aux pieds. Il commença à transpirer et sa peau à le picoter. L'air froid était délicieusement revigorant. Il sentait qu'il pourrait soutenir cette allure pendant des heures, mais ce ne serait malheureusement pas utile. Devant et un peu plus haut se trouvait l'escalier de neige, avec sa rampe de corde soutenue par des béquilles de fer. Ses guides marchaient d'un bon pas, devant lui, ils accélérèrent encore le rythme pour gravir la dernière pente. Il serait bientôt là, lui aussi, dans la petite gare de chemin de fer/station spatiale. Ils s'y connaissaient, ces Suisses, pour construire des choses ! Pouvoir visiter le stupéfiant Concordiaplatz, à une journée de train de la capitale ! Pas étonnant qu'ils soient tellement en phase avec Mars : ils étaient vraiment ce qu'il y avait de plus près de Mars sur cette planète, des bâtisseurs, des terraformeurs, des habitants de l'air impalpable et glacé.

Il se sentait donc on ne peut mieux disposé à leur égard lorsqu'il reprit pied sur la terrasse et fit irruption dans la gare où il eut l'impression d'être transformé en bouilloire. Et quand il s'approcha du groupe qui l'accompagnait et des passagers qui attendaient le petit train, il était tellement radieux, tellement exalté que les froncements de sourcils impatients (il comprit qu'il les avait fait attendre) laissèrent place à des sourires et ils se regardèrent en riant, en secouant la tête comme pour se dire : Qu'est-ce que vous voulez ? Eh oui, que voulez-vous, ils avaient tous été jeunes dans les Alpes pour la première fois, par un beau jour d'été, ils avaient éprouvé le même enthousiasme, ils savaient ce que c'était. Alors ils lui serrèrent la main, ils l'embrassèrent et le conduisirent dans le petit train qui démarra aussitôt, car c'était bien joli, mais il ne fallait pas faire attendre le train. Puis, une fois en chemin, ils remarquèrent ses mains et son visage brûlants, lui demandèrent où il était allé et lui dirent combien de kilomètres ça faisait, et combien de mètres de hauteur. Ils lui passèrent une fiasque de schnaps. Et tandis que le train entrait dans le petit tunnel qui ressortait par la face nord de l'Eiger, ils lui racontèrent l'histoire de la tentative de sauvetage ratée des alpinistes nazis condamnés, excités, émus qu'il soit si impressionné. Après ça, ils s'installèrent dans les compartiments éclairés du train qui s'enfonçait avec force grincements et couinements dans son tunnel de granit brut.

Debout à l'arrière d'une des voitures, Nirgal regardait les roches dynamitées qui défilaient à la vitesse de l'éclair puis, lorsqu'ils retrouvèrent la lumière, il leva les yeux vers l'Eiger qui les dominait de toute sa hauteur. Un passager passa près de lui en allant dans la voiture suivante, s'arrêta et dit, avec un drôle d'accent anglais :

— Si je m'attendais à vous voir ici ! Je suis tombé sur votre mère pas plus tard que la semaine dernière.

— Ma mère ? répéta Nirgal, troublé.

— Oui, Hiroko Ai. Je ne me trompe pas, c'est bien ça ? Elle était en Angleterre, elle travaillait avec des gens à l'embouchure de la Tamise. Je l'ai vue juste avant de venir ici. Drôle de coïncidence, je dois dire. D'ici que je commence à voir des petits hommes rouges... !

L'homme éclata de rire à cette idée et s'engagea dans la voiture suivante.

— Hé, l'appela Nirgal. Attendez !

Mais l'homme ne s'arrêta qu'un instant.

— Non, non, dit-il par-dessus son épaule. Je ne voulais pas m'imposer. Je n'en sais pas plus, de toute façon. Il faudra que vous la cherchiez. A Sheerness, peut-être.

Puis le train entra en grinçant dans la gare de Klein Scheidegg. L'homme descendit de la voiture suivante. Nirgal s'apprêtait à le suivre lorsque d'autres personnes lui passèrent devant le nez, et ses gardes du corps lui expliquèrent qu'ils devaient aller jusqu'à Grindelwald s'il voulait rentrer le soir même. Nirgal ne pouvait pas leur dire le contraire. Mais en regardant par la fenêtre alors que le train repartait, il vit l'Anglais qui lui avait adressé la parole s'engager d'un bon pas dans un chemin qui descendait vers la vallée crépusculaire.

Il atterrit dans un grand aéroport du sud de l'Angleterre d'où on l'emmena vers une ville au nord-est que ses gardes du corps appelaient Faversham, au-delà de laquelle les routes et les ponts étaient sous l'eau. Il s'était arrangé pour arriver incognito et n'être attendu à cet endroit que par une poignée de policiers, huit hommes et deux femmes silencieux, attentifs, qui se prenaient très au sérieux. Ils lui rappelaient davantage les forces de sécurité de l'ATONU de son monde que ses gardes du corps suisses. Au début, ils avaient dans l'idée de rechercher Hiroko en interrogeant les gens à son sujet. Nirgal était persuadé que ça l'inciterait à se cacher, et il insista pour partir à sa recherche aussi discrètement que possible. Il finit par les convaincre.

Ils prirent la route dans une aube grise, vers un nouveau front de mer, entre les bâtiments. En certains endroits, des rangées de sacs de sable étaient empilées entre les murs détrempés ; ailleurs, il n'y avait que des rues qui disparaissaient sous une eau noire, à perte de vue. Des planches avaient été jetées çà et là sur les mares et les flaques d'eau.

Enfin, de l'autre côté d'une rangée de sacs de sable, il vit une étendue d'eau brune sans aucun bâtiment au-delà. Des embarcations étaient attachées à une grille scellée à une fenêtre pleine de mousse sale. Nirgal suivit un de ses gardes dans une grande barque, et salua un homme noueux, à la trogne rougeaude, coiffé d'une casquette crasseuse. Une sorte de représentant de la police fluviale, apparemment. L'homme lui tendit une main molle et ils partirent à la rame sur l'eau opaque. Le reste des gardes suivaient, l'air préoccupé, dans trois autres bateaux. Le rameur de Nirgal dit quelque chose, et Nirgal dut lui demander de répéter. Le gaillard parlait comme si la moitié de sa langue avait été tranchée.

— Vous parlez cockney, c'est ça ?

— Cockney ! appuya l'homme en s'esclaffant.

Nirgal rit aussi et haussa les épaules. Il avait lu ce mot dans un livre et ne savait pas vraiment ce qu'il signifiait. Il avait déjà entendu un millier d'anglais différents, mais c'était probablement l'un des plus authentiques et c'est à peine s'il y comprenait quelque chose. L'homme parla plus lentement, ce qui n'y changea rien. Du bout de son aviron il lui indiquait les bâtiments inondés presque jusqu'au toit du quartier dont ils s'éloignaient à présent.

— Des oies sauvages, dit-il à plusieurs reprises.

Ils arrivèrent à une jetée flottante fixée à ce qui ressemblait à un panneau d'autoroute portant l'inscription : « OARE ». Plusieurs bateaux plus gros étaient amarrés à la jetée, ou au mouillage, non loin de là. L'homme de la police fluviale s'approcha à la rame d'un de ces navires et lui indiqua l'échelle métallique soudée au flanc rouillé.

— Montez !

Nirgal s'exécuta. Sur le pont se tenait un homme si petit qu'il dut lever le bras pour serrer la main de Nirgal, mais il avait une poigne de fer.

— Alors, comme ça, vous êtes martien, dit-il avec un accent aussi traînant que celui du rameur, et cependant plus compréhensible. Bienvenue à bord de notre petit navire de recherche. Il paraît que vous cherchez la vieille dame asiatique ?

— Oui, répondit Nirgal, et son cœur fit un bond dans sa poitrine. Elle est japonaise.

— Hum, fit l'homme en fronçant le sourcil. Je l'ai vue une fois. J'aurais plutôt dit qu'elle était du Bangladesh, par là. Il y en a partout depuis l'inondation. Mais on peut jamais savoir, hein ?

Quatre des gardes de Nirgal montèrent à bord. Le propriétaire du bateau fit démarrer le moteur en appuyant sur un bouton, puis tourna la roue qui se trouvait dans la timonerie et regarda attentivement vers l'avant alors qu'ils s'éloignaient des bâtiments submergés. Le ciel était bas, couvert, du même gris brunâtre que la mer.

— On va au quai, annonça le petit capitaine.

Nirgal hocha la tête.

— Comment vous appelez-vous ? demanda-t-il.

— Bly. B-L-Y.

— Moi, c'est Nirgal.

L'homme opina du chef.

— Alors c'étaient les docks ? demanda Nirgal.

— C'était Faversham. Là-bas, il y avait des marais. Ham, Magden, il n'y avait que ça tout du long jusqu'à l'île de Sheppey. C'était la Swale. Plus de boue que d'eau, en réalité. Maintenant, les jours où il y a du vent, ça souffle tellement qu'on se croirait en mer du Nord. De Sheppey, il ne reste plus qu'une colline, là-bas. Pour une île, c'est une île, à présent.

— Et c'est là que vous avez vu...

Il ne savait quel nom lui donner.

— Votre grand-maman asiatique est arrivée par le ferry qui va de Vlissingen à Sheerness, de l'autre côté de cette île. Sheerness et Minster ont la Tamise en guise de rues ces temps-ci, et à marée haute, ils l'ont pour toits aussi. Là, on est au-dessus du marais de Magden. On va faire le tour du Shell Ness, la Swale est trop pleine de terre.

L'eau couleur de boue clapotait par endroits. Elle était bordée par de longs serpentins de mousse jaunâtre. A l'horizon, l'eau était grisâtre. Bly tourna la barre et ils coupèrent de petites vagues sournoises. L'embarcation se mit à tanguer, à monter, descendre, monter, decendre comme un bouchon. C'était la première fois que Nirgal prenait le bateau. Des nuages gris planaient au-dessus d'eux. Il n'y avait qu'une lame d'air entre le bas des nuages et l'eau houleuse. Un monde liquide.

— On a plus vite fait le tour qu'avant, remarqua le capitaine Bly sans lâcher la barre. Si l'eau était plus claire, vous pourriez voir Sayes Court, juste en dessous.

— C'est profond, ici ? demanda Nirgal.

— Ça dépend de la marée. L'île était à un pouce au-dessus du niveau de la mer avant l'inondation, alors... de combien on dit que l'eau a monté, déjà ? Vingt-cinq pieds ? Plus qu'il n'en faut à ma vieille barcasse, pour sûr. Elle a très peu de tirant d'eau.

Il inclina la barre vers la gauche et le bateau prit les vagues par le travers, de sorte qu'il se mit à rouler par saccades rapides, inégales. Il indiqua un cadran.

— Là, ça fait cinq mètres. Le marécage d'Harty. Vous voyez ce champ de patates, l'eau toute mâchurée là-bas ? Il va sortir à la mi-marée. On dirait un géant noyé, enterré dans la boue.

— Où en est la marée ?

— Elle est presque haute. Elle va tourner d'ici une demi-heure.

— On a peine à imaginer que la lune puisse attirer l'océan comme ça, aussi haut.

— Ben quoi, vous ne croyez pas à la gravité ?

— Oh si, j'y crois, elle m'écrase en ce moment même. Mais j'ai du mal à imaginer que quelque chose de si éloigné puisse exercer une telle attraction.

— Ouais, fit le capitaine en tentant de percer un banc de brume, droit devant. Je vais vous dire ce que j'ai du mal à me figurer, moi : c'est qu'un tas d'icebergs puissent déplacer assez d'eau pour que tous les océans du monde montent autant.

— C'est difficile à croire, en effet.

— C'est stupéfiant, voilà ce que c'est. Mais on en a la preuve ici même, on flotte dessus. Ah, le brouillard se lève.

— Le temps est plus mauvais qu'avant ?

Le capitaine éclata de rire.

— C'est rien de le dire !

De longues écharpes de brume filèrent de part et d'autre du bateau. Les vagues clapotantes se mirent à fumer et à siffler. Il faisait sombre. Tout à coup, Nirgal se sentit heureux, malgré la sensation désagréable que la décélération faisait naître dans son estomac à chaque creux de vague. Il faisait du bateau dans un monde aquatique, la lumière était enfin supportable. Il pouvait cesser de plisser les paupières pour la première fois depuis qu'il avait mis les pieds sur Terre.

Le capitaine donna un nouveau coup de barre et cette fois ils suivirent les vagues vers le nord-ouest et l'embouchure de la Tamise. Sur leur gauche, une crête d'un brun verdâtre émergea, ruisselante, de l'eau de la même couleur. Des bâtiments étaient massés sur les pentes.

— C'est Minster, ou ce qui en reste. C'était le seul endroit surélevé de l'île. Sheerness est par là, vous voyez : l'endroit où l'eau est toute hachurée.

Sous le brouillard qui s'effilochait, Nirgal vit ce qui ressemblait à un banc d'eau écumante, noire sous la mousse blanchâtre, qui projetait des éclaboussures dans tous les sens.

— C'est Sheerness ?

— Ouais.

— Ils sont tous allés s'installer à Minster ?

— Ou ailleurs. La plupart. Mais il y a des gens très têtus, à Sheerness.

Puis le capitaine se concentra sur l'approche du front de mer inondé de Minster. A l'endroit où la ligne de toits émergeait des vagues, un grand bâtiment avait été privé de sa toiture, de sa façade donnant sur la mer, et faisait maintenant office de marina, les trois murs restants abritant un rectangle d'eau, les étages supérieurs, à l'arrière, servant de dock. Trois autres bateaux de pêche étaient au mouillage et, comme ils abordaient, les hommes qui se trouvaient sur le pont leur firent de grands signes.

— Qui c'est ? demanda l'un d'eux alors que Bly amenait le nez du bateau dans le dock.

— Un des Martiens. On essaie de trouver la dame asiatique qui aidait à Sheerness, l'autre semaine. Vous l'avez vue ici ?

— Pas ces temps-ci. Ça remonte à plusieurs mois, en fait. J'ai entendu dire qu'elle était partie pour Southend. Ils le sauront, au sous-marin.

Bly hocha la tête.

— Vous voulez voir Minster ? demanda-t-il à Nirgal.

— Je préférerais voir les gens qui savent peut-être où elle est, répondit-il en fronçant les sourcils.

— Ouais.

Bly fit machine arrière, sortit de la marina et vira bord sur bord. Par les interstices des planches qui obstruaient les fenêtres, Nirgal vit du plâtre taché, les étagères d'un bureau éventré, des notes punaisées à une poutre. Tout en repartant vers la partie inondée de Minster, Bly prit un micro qui pendait au bout d'un fil tire-bouchonné et appuya sur des boutons. Il eut un certain nombre de conversations radio très difficiles à suivre pour Nirgal, ponctuées de « Salut, matelot ! » et autres interjections, toutes les réponses entrecoupées de parasites.

— Bon, on va essayer Sheerness. La marée est bonne.

Ils repartirent très lentement dans les rues pleines d'eau spumeuse et de mousse qui giclait de partout dans la ville submergée. Au centre de l'écume, l'eau était plus calme. Des cheminées et des poteaux téléphoniques émergeaient de la grisaille. Nirgal entrevoyait de temps à autre des maisons et des bâtiments, mais l'eau était tellement couverte d'écume au-dessus et si boueuse en dessous qu'on ne voyait pas grand-chose : la pente d'un toit, la vision fugitive d'une rue, la fenêtre aveugle d'une maison.

De l'autre côté de la ville, un dock flottant était amarré à un pilier de béton qui dépassait des vagues.

— C'est le vieux quai des ferry-boats. Ils en ont coupé une section qu'ils ont mise à flotter puis ils ont pompé l'eau dans les bureaux en dessous et ils les ont réoccupés.

— Réoccupés ?

— Vous allez voir.

Bly sauta du plat-bord sur le quai, et tendit la main pour aider Nirgal à franchir le pas. Mais Nirgal tomba sur un genou en touchant terre.

— Allez, Spiderman, on descend.

Le pilier de béton auquel le dock était fixé lui arrivait à la poitrine. Il découvrit qu'il était creux et qu'une échelle de métal avait été scellée à la paroi intérieure. Des ampoules électriques pendaient au bout de douilles branchées sur un câble enduit de caoutchouc, entortillé autour d'un des montants de l'échelle. Le cylindre de béton se terminait trois mètres plus bas, mais l'échelle continuait à descendre dans une grande salle chaude, humide, qui puait le poisson. Des générateurs bourdonnaient dans une pièce ou un bâtiment voisin. Les murs, le sol, les plafonds, les fenêtres, tout était recouvert par ce qui semblait être une feuille de plastique ou un matériau transparent du même genre. Ils étaient dans une sorte de bulle immergée dans l'eau, boueuse, brunâtre, aussi bouillonnante que de l'eau de vaisselle dans un évier.

L'expression de Nirgal dut trahir sa surprise, car Bly dit, avec un bref sourire :

— C'était une bonne bâtisse solide. Ce matériau qu'on appelle feuille de roche ressemble à celui des bâches que vous utilisez sur Mars, sauf qu'il durcit. On a réoccupé quelques bâtiments de cette façon, quand ils avaient la profondeur et la taille adéquates. On met un tuyau et on envoie de l'air, comme si on soufflait du verre. Un tas de gens de Sheerness reviennent ici. Ils prennent la mer à partir du dock ou du toit. Les gens de la marée, on les appelle. C'est mieux que d'aller mendier en Angleterre, vous trouvez pas ?

— Et comment gagnent-ils leur vie ?

— Ils pêchent, comme ils l'ont toujours fait. Et ils récupèrent des choses. Eh, Karna ! Voilà mon Martien, dis-lui bonjour. Ils sont petits, là d'où il vient, hein ? Appelle-le Spiderman.

— Ma parole, mais c'est Nirgal qui vient me voir chez moi ! J' veux bien être pendu si je l'appelle Spiderman !

Et le dénommé Karna, un « Asiatique » à en juger par ses cheveux et sa peau sombres sinon par son accent, serra avec gentillesse la main de Nirgal.

La salle était vivement éclairée par deux énormes projecteurs tournés vers le plafond. Le sol luisant était encombré de tables, de bancs, de toutes sortes de machines à tous les stades du démontage : des moteurs de bateau, des pompes, des générateurs, des roues, d'autres éléments encore que Nirgal ne put identifier. Les générateurs avaient été relégués dans un couloir, ce qui ne semblait guère atténuer le bruit pour autant. Nirgal s'approcha d'un mur pour inspecter le matériau de la bulle. Il ne faisait que quelques molécules d'épaisseur, lui dit-on, et pourtant il pouvait supporter plusieurs tonnes de pression. Nirgal compara chaque kilo à un coup de poing, et imagina l'impact que pouvaient avoir des milliers de coups.

— Ces bulles seront encore là quand le béton aura disparu.

Nirgal l'interrogea au sujet d'Hiroko.

— Je n'ai jamais su son nom, répondit Karna en haussant les épaules. Je pensais qu'elle était tamoule, ou du sud de l'Inde. J'ai cru comprendre qu'elle était partie pour Southend.

— C'est elle qui vous a aidés à installer tout ça ?

— Ouais. Elle a amené les bulles de Vlissingen, avec quantité de gens comme elle. C'est génial ce qu'ils ont fait ici. Avant leur arrivée, on rampait à High Halstow.

— D'où venaient-ils ?

— J'en sais rien. Un genre de groupe d'aide côtier, sans doute. Sauf qu'ils n'ont pas atterri ici par hasard, ajouta-t-il en riant. Ils faisaient le tour des côtes, à construire des choses dans les ruines pour s'amuser, du moins c'est ce qu'on aurait dit. La civilisation d'entre les marées, ils appelaient ça. Pour rire, comme d'habitude.

— Salut, Karnasingh, salut, Bly, belle journée, là-haut, pas vrai ?

— Ouais.

— Vous voulez manger un morceau ?

La pièce voisine était une grande salle à manger pleine de tables et de bancs, avec un coin-cuisine. Une cinquantaine de personnes étaient déjà attablées. Karna cria : « Hé ! » et leur présenta Nirgal. Des murmures indistincts le saluèrent. Les gens dévoraient de pleins bols d'un ragoût de poisson puisé dans d'énormes chaudrons noirs qui donnaient l'impression de servir depuis des siècles. Nirgal s'assit et goûta ce qu'on lui présentait : c'était bon. Le pain était aussi dur que le dessus de la table. Les visages étaient rudes, grêlés, boucanés par le sel et les embruns. Nirgal n'avait jamais vu de figures plus vivantes. Laides, comme modelées par l'existence pénible dans la terrible pesanteur terrestre. Des conversations tonitruantes, des vagues de rire, des cris. On n'entendait pratiquement plus les générateurs. Des gens vinrent lui serrer la main et le regarder. Plusieurs avaient rencontré la femme asiatique et ses amis, et ils la lui décrivirent avec enthousiasme. Elle ne leur avait jamais dit son nom. Elle parlait bien l'anglais, lentement et clairement.

— Je pensais qu'ils étaient pakistanais. Ses yeux avaient pas l'air tout à fait orientaux, si vous voyez ce que je veux dire. Pas comme les vôtres, quoi. Pas de petit pli, là, dans le coin à côté du nez.

— L'épicanthus, espèce d'ignare.

Nirgal sentit son cœur cogner contre ses côtes. Il faisait chaud dans la salle, chaud et lourd.

— Et les gens qui l'accompagnaient ?

Certains étaient orientaux. Asiatiques, à part un ou deux Blancs.

— Grands ? demanda Nirgal. Comme moi ?

Non. Evidemment, si Hiroko et son groupe étaient revenus sur Terre, il se pouvait que les plus jeunes soient restés en arrière. Même Hiroko n'aurait pu tous les convaincre de tenter une telle expérience. Frantz aurait-il quitté Mars ? Et Nanedi ? Nirgal en doutait. Revenir sur Terre quand elle avait besoin d'eux... Les plus vieux, oui. C'était assez le genre d'Hiroko. Il la voyait bien faire ça, voguer le long des nouvelles côtes de la Terre, organiser la réhabilitation...

— Ils sont allés à Southend. Ils avaient l'intention de remonter la côte.

Nirgal regarda Bly, qui acquiesça. Ils pouvaient passer, eux aussi.

Mais les gardes du corps de Nirgal voulaient d'abord vérifier certaines choses. Ils demandaient une journée pour s'organiser. En attendant, Bly et ses amis évoquèrent des projets de récupération sous l'eau et quand Bly entendit parler du délai requis par les gardes, il demanda à Nirgal s'il voulait assister à l'opération qui devait avoir lieu le lendemain matin.

— Faut savoir que c'est pas un travail très propre, évidemment.

Mais Nirgal accepta. Ses gardes n'y virent pas d'objection, à condition que certains d'entre eux les accompagnent. Condition qui fut acceptée.

Ils passèrent la soirée dans l'entrepôt sous-marin humide, bruyant. Bly et ses amis cherchèrent dans le matériel de quoi équiper Nirgal, puis ils remontèrent sur le bateau et dormirent dans les courtes et étroites couchettes, bercés par les vagues comme dans un grand berceau rustique.

Le lendemain matin, ils partirent en expédition dans un brouillard impalpable de la même couleur que sur Mars, des roses et des orange flottant de-ci de-là sur l'eau huileuse, vitreuse, vaguement mauve. La marée était presque étale. L'équipe de récupération ainsi que trois des gardes du corps de Nirgal suivirent le gros bateau de Bly dans des barques à moteur, manœuvrant entre les coiffes de cheminée, les panneaux indicateurs et les poteaux électriques, tout en discutant. Bly avait sorti un plan qui en avait manifestement vu de toutes les couleurs, sur lequel il repérait les rues de Sheerness. Ils cherchaient manifestement des entrepôts ou des magasins précis. Beaucoup de bâtiments de la zone portuaire avaient déjà été cannibalisés, apparemment, mais il y en avait d'autres entre les immeubles d'habitation, derrière le front de mer, et l'un d'eux était leur but, ce matin-là.

— C'est là que nous allons : 2, Carleton Lane.

C'était une bijouterie, près d'un petit marché.

— Nous allons essayer de trouver des bijoux et des boîtes de conserve. Un bon équilibre, je trouve.

Ils s'amarrèrent en haut d'un panneau d'affichage et coupèrent le moteur. Bly lança un objet au bout d'un câble par-dessus bord, et regarda, avec trois de ses hommes, le petit écran d'IA de la passerelle. La poulie sur laquelle passait le câble grinçait sinistrement. Sur l'écran, l'image boueuse passait du brun au noir et vice versa.

— Vous y reconnaissez quelque chose ? avança Nirgal.

— Rien du tout.

— Mais là, il y a une porte, vous voyez ?

— Non.

Bly tapota sur un petit clavier.

— Allez, machin, tu rentres. Ça y est, on est dedans. Ça doit être le marché.

— Ils n'ont pas eu le temps d'emporter leurs affaires ? demanda Nirgal.

— Pas tout. L'évacuation de la côte est de l'Angleterre a été relativement précipitée. Les gens n'ont pu emporter que ce qui tenait dans leur voiture. Et encore. Ils ont laissé des tas de choses chez eux. Alors on remonte ce qui en vaut la peine.

— Et les propriétaires ?

— Oh, il y a un registre. On le consulte, on contacte les gens quand c'est possible, et on leur fait payer une taxe de sauvetage s'ils veulent récupérer leurs affaires. Ce qui n'est pas sur le registre est vendu dans l'île. Il y a des gens qui ont besoin de meubles et de choses comme ça. Tenez, regardez. On va voir ce que c'est que ça.

Il appuya sur une touche, augmentant la luminosité de l'écran.

— Tiens, un frigo. Ça peut toujours servir, mais à remonter, c'est l'enfer !

— Et la maison ?

— Bah, on la fait sauter. On tâche de faire ça proprement, en plaçant les charges comme il faut. Mais pas ce matin. Bon, on note ça et on repart.

Bly et un autre homme continuèrent à observer l'écran en discutant calmement de l'endroit où il convenait d'aller ensuite.

— C'était un trou perdu même avant l'inondation, expliqua Bly. Ils faisaient rien que picoler depuis des centaines d'années, depuis la fin de l'Empire.

— Depuis la fin de la marine à voile, tu veux dire, rectifia l'autre homme.

— C'est pareil. La vieille Tamise était de moins en moins utilisée, et ça faisait un moment que les petits ports de l'estuaire commençaient à se déglinguer.

Puis Bly coupa le moteur et regarda ses compagnons. Sur leurs visages mal rasés, Nirgal lisait un curieux mélange de morne résignation et de joyeuse anticipation.

— Bon, eh bien, ça y est.

Chacun commença à prendre son équipement de plongée : combinaison, bouteille, masque, casque pour certains.

— Celle d'Eric devrait vous aller, fit Bly. C'était un géant.

Il tira d'un placard bourré à craquer une longue combinaison noire sans pieds et sans gants. Il n'y avait pas de casque mais un masque et un capuchon.

— Voilà ses chaussons.

— Je vais les essayer.

Nirgal et deux autres hommes ôtèrent leurs vêtements et enfilèrent les combinaisons en tirant sur le matériau caoutchouté étroitement ajusté avec force soupirs et ahanements. Il y avait un accroc triangulaire sur le côté gauche de la combinaison de Nirgal, au niveau du torse, ce qui était une chance car autrement il n'aurait jamais réussi à rentrer dedans. Elle le serrait autour de la poitrine, mais elle était trop lâche autour des cuisses. L'un des plongeurs, Kev, rafistola la déchirure avec du ruban adhésif d'électricien.

— Ça devrait aller pour une plongée. Mais vous avez vu ce qui est arrivé à Eric, hein ? fit-il en lui tapotant les côtes. Faites gaffe à pas vous prendre dans un de nos câbles.

— Je tâcherai d'y penser.

Nirgal sentit qu'il avait la chair de poule sous l'accroc, qui lui parut soudain énorme. Pris par un câble mobile, attiré vers le béton ou le métal, la secousse fatale, ka, quelle agonie ! Combien de temps était-il resté conscient, une minute, deux ? Sombrer dans l'agonie, dans le noir...

Il s'arracha, un peu ébranlé, à la vision pénétrante de la mort d'Eric. Ils lui attachèrent un régulateur au gras du bras, l'adaptèrent à son masque de plongée, et il inspira tout à coup un air froid et sec. De l'oxygène pur. Le voyant trembler légèrement, Bly lui demanda s'il voulait vraiment descendre.

— Ça va, répondit Nirgal. J'aime bien le froid, et l'eau ne doit pas être si glacée. Et puis j'ai déjà trempé la combinaison de sueur.

Les autres acquiescèrent. Ils étaient eux-mêmes en nage. La préparation était toujours pénible. La plongée proprement dite était beaucoup plus facile. Descendre une échelle et, oh oui, enfin ! échapper à la pression, se sentir dans un état voisin de la pesanteur martienne, sinon plus léger encore. Quel soulagement ! Nirgal respirait l'oxygène froid de la bouteille avec volupté. Pour un peu il aurait pleuré de joie, la joie de sentir son corps soudain libre flotter vers le bas dans une obscurité confortable. Ah oui, vraiment ! son monde sur Terre était sous l'eau.

Au fond, en dehors du cône de lumière projeté par les lampes frontales de ses deux compagnons, les choses étaient aussi sombres et informes que sur l'écran. Nirgal nageait légèrement au-dessus et en retrait des deux plongeurs, ce qui lui procurait une meilleure visibilité. L'eau de l'estuaire était fraîche, autour de 285 degrés kelvin, estima-t-il, mais ses poignets et son capuchon n'en laissaient rentrer que très peu et, à force de se démener, il eut bientôt si chaud qu'en fin de compte ses mains, son visage et son flanc gauche le rafraîchissaient agréablement.

Les deux cônes de lumière se déplaçaient d'un côté à l'autre alors que les deux plongeurs tournaient la tête, regardant tantôt une chose, tantôt une autre. Ils longeaient une rue étroite. Entre ces bâtiments et ces trottoirs, ces caniveaux et ces rues, l'eau grise, boueuse, rappelait étrangement le brouillard de la surface.

Puis ils passèrent devant un immeuble de brique de trois étages en forme de part de tarte situé à l'angle de deux rues. Kev fit signe à Nirgal de rester au-dehors, et il accepta avec soulagement. L'autre plongeur entra dans la maison en tirant derrière lui un câble si fin qu'il en devenait presque invisible. Il attacha une petite poulie au chambranle de la porte et fit passer le câble dans la gorge. Un moment passa. Nirgal fit lentement le tour du bâtiment, regardant par les fenêtres des bureaux du premier étage, des pièces vides, des appartements. Des meubles flottaient sous le plafond. Un mouvement dans l'une des pièces le fit sursauter ; ce n'était que le câble et il était de l'autre côté de la vitre. Un peu d'eau s'engouffra dans son embout et il l'avala pour s'en débarrasser. Elle avait le goût du sel, de la boue, des plantes et une autre saveur désagréable qu'il ne put identifier. Il poursuivit son chemin.

Il retrouva Kev et l'autre homme devant la porte. Ils avaient trouvé un petit coffre-fort et s'efforçaient de le faire sortir. Quand il fut passé, ils le redressèrent à coups de pied et attendirent que le câble s'élève presque à la verticale au-dessus de leur tête. Puis ils firent le tour du carrefour à la nage pendant que le coffre-fort montait vers la surface et disparaissait. Kev retourna dans le bâtiment et en ressortit avec deux petits sacs. Nirgal s'approcha de lui, en prit un et se propulsa, à grandes ruades voluptueuses, vers le bateau. Il aurait aimé redescendre, mais Bly ne voulait pas rester plus longtemps, aussi Nirgal jeta-t-il ses palmes dans le bateau et gravit-il l'échelle de côté. Il s'assit sur un banc. Il était en sueur et il ôta son capuchon avec soulagement. Ses cheveux étaient collés sur son crâne. On l'aida à ôter sa peau de caoutchouc et il éprouva une sensation délectable à retrouver le contact de l'air gluant.

— Regardez sa poitrine ; on dirait un lévrier.

— Il a respiré des vapeurs toute sa vie.

Le brouillard se dissipa, révélant le ciel blanc à travers lequel le soleil faisait un trou d'une blancheur plus intense. Nirgal se sentait plus pesant que jamais. Il respira à fond une ou deux fois pour aider son organisme à retrouver son rythme de fonctionnement habituel. Il avait vaguement envie de vomir, ses poumons lui faisaient mal à chaque inspiration. Les choses tournaient un peu plus que ne le justifiaient les vaguelettes de l'océan. Le ciel devint de zinc, le disque du soleil émettait une lumière dure, aveuglante. Nirgal s'efforça de respirer plus vite et moins profondément.

— Ça vous a plu ?

— Oh oui ! répondit-il. Je voudrais que ce soit partout comme ça.

Ils éclatèrent de rire.

— Tenez, prenez une tasse.

Cette plongée avait peut-être été une erreur. Il ne supportait plus la gravité. Il avait du mal à respirer. Dans l'entrepôt, l'humidité était insupportable. Les murs ruisselaient et il avait l'impression qu'il lui aurait suffi de serrer le poing pour extraire l'eau contenue dans l'air. Il avait mal à la gorge et aux poumons. Il avait beau boire des litres de thé, sa soif ne s'étanchait en rien. Il ne comprenait goutte à ce que les gens disaient ; ce n'étaient que des *ay*, des *eh*, des *lor* et des *da*, rien qui ressemblât à l'anglais martien. Une langue différente. Ils parlaient tous des langues différentes, maintenant. Les pièces de Shakespeare ne l'avaient pas préparé à ça.

Il dormit à nouveau sur le bateau de Bly. Le lendemain, ses gardes du corps lui donnèrent le feu vert et ils quittèrent Sheerness pour prendre au nord, coupant l'estuaire de la Tamise dans un brouillard rose plus épais encore que celui de la veille.

Dans l'estuaire, il n'y avait rien à voir, que du brouillard et la mer. Nirgal s'était déjà retrouvé entouré de nuages, en particulier sur la pente ouest de Tharsis, où les fronts orageux escaladaient la paroi, mais jamais alors qu'il était sur l'eau, bien sûr. Et chaque fois la température était bien au-dessous du point de congélation ; les nuages formaient une sorte de neige très blanche, sèche et fine, qui volait dans l'air, roulait sur le sol, le couvrait de poussière blanche. Rien à voir avec ce monde liquide, où l'eau clapotante se confondait avec le brouillard qui tournoyait au-dessus, le liquide et le gazeux repassant inlassablement d'une phase à l'autre. Le bateau tanguait violemment, sur un rythme irrégulier. Des objets sombres apparaissaient en marge du brouillard, mais Bly n'y faisait pas attention. Il gardait les yeux braqués sur la vitre tout en surveillant ses écrans.

Soudain, Bly coupa tout et le roulis du bateau se changea en une succession d'embardées latérales vicieuses. Nirgal se cramponna à la paroi de la cabine et scruta la vitre perlée d'eau au point d'en être opaque en essayant de voir ce qui avait amené Bly à s'arrêter.

— C'est un gros bateau pour Southend, remarqua Bly en relançant la machine et en avançant très lentement.

— Où ça ?

— Le faisceau bâbord, dit-il en lui indiquant l'écran, puis un point sur la gauche.

Nirgal ne vit rien.

Bly les amena jusqu'à une longue jetée basse sur l'eau. Un grand nombre de bateaux étaient amarrés des deux côtés. La jetée courait vers le nord, jusqu'à la ville de Southend-on-Sea, invisible dans le brouillard.

Des hommes saluèrent Bly.

— Belle journée, hein ?

— Magnifique.

Tandis qu'ils commençaient à décharger les caisses emmagasinées dans la cale, Bly leur demanda s'ils savaient où était la femme asiatique de Vlissingen. Ils secouèrent la tête.

— La Jap ? Elle est pas là, mon vieux.

— A Sheerness, on nous a dit qu'elle était venue à Southend avec son groupe.

— Pourquoi on vous a dit ça ?

— Parce qu'on croyait que c'était vrai, sûrement.

— Voilà ce qui arrive quand on écoute les gens qui vivent sous l'eau.

— La grand-mère pakistanaise ? dirent ceux de la pompe à diesel, de l'autre côté de la jetée. Elle est partie pour Shoeburyness, il y a déjà un moment.

Bly jeta un coup d'œil à Nirgal.

— Ce n'est qu'à quelques milles à l'est. Si elle y était, ces hommes le sauraient.

— Eh bien, allons voir, suggéra Nirgal.

Après avoir fait le plein, ils quittèrent la jetée et repartirent vers l'est, toujours dans la purée de pois. Un flanc de colline couvert de bâtiments apparaissait de temps en temps sur leur gauche. Ils doublèrent un cap, virèrent au nord. Bly amena le navire à un autre quai flottant. Il y avait beaucoup moins de bateaux qu'à Southend.

— Les Chinois ? s'écria un vieillard édenté. Ils sont allés à la Baie du Cochon, c'est là qu'ils sont allés pour sûr ! Ils nous ont donné une serre ! Quelque chose qui ressemble à une église !

La Baie du Cochon n'était que le quai voisin, annonça pensivement Bly alors qu'ils repartaient.

Ils remontèrent donc vers le nord. La ligne côtière, à cet endroit, était entièrement formée de bâtiments inondés. Ils avaient été construits si près de l'eau ! Il n'y avait évidemment aucune raison de craindre une élévation du niveau de la mer. Elle avait pourtant eu lieu. D'où cette étrange zone amphibie, cette civilisation pareille à une laisse de marée, détrempée et qui oscillait dans le brouillard.

Une rangée d'immeubles aux fenêtres brillantes. Ils avaient été doublés intérieurement d'une bulle transparente, vidés de l'eau qu'ils contenaient et réoccupés, les étages supérieurs juste au-dessus des vagues écumantes, le rez-de-chaussée en dessous. Bly amena le bateau vers un ensemble de docks flottants reliés les uns aux autres, salua un groupe de femmes en robes amples et en cirés jaunes qui réparaient un grand filet noir. Il coupa les machines.

— Alors comme ça, la femme asiatique est venue vous voir aussi ?

— Oh oui ! Elle est là, en bas, dans le bâtiment du fond.

Nirgal sentit son cœur bondir dans sa poitrine. Il ne tenait plus debout, dut se raccrocher au bastingage. Mettre pied à terre. Suivre le quai. Jusqu'au dernier bâtiment, un garni du bord de mer ou quelque chose comme ça, maintenant très abîmé et luisant par toutes les fissures. Plein d'air. Rempli par une bulle. Des plantes vertes, vagues et brumeuses à travers l'eau grise, clapotante. Il avait une main sur l'épaule de Bly. Le petit homme lui fit passer une porte, descendre un escalier étroit, et le mena dans une pièce dont l'un des murs était ouvert sur la mer pareille à un aquarium sale.

Une petite femme en combinaison rouille entra par la porte du fond. Elle avait les cheveux blancs, des yeux noirs, rapides, perçants. Des yeux d'oiseau. Mais ce n'était pas Hiroko. Elle les dévisagea.

— C'est vous qui venez de Vlissingen ? demanda Bly après un coup d'œil à Nirgal. C'est vous qui construisez ces sous-marins ?

— Oui, répondit la femme. Je peux vous aider ?

Elle avait une voix haut perchée, un accent anglais. Elle regarda Nirgal d'un œil indifférent. Il y avait d'autres personnes dans la pièce, et il en venait toujours. Elle ressemblait au visage qu'il avait vu dans la paroi de la falaise, à Medusa Vallis. Peut-être y avait-il une autre Hiroko, différente, qui allait d'une planète à l'autre pour construire des choses...

Nirgal secoua la tête. L'air sentait la pourriture végétale. La lumière était si faible. Il remonta l'escalier à grand-peine. Bly se chargea de prendre congé selon les politesses d'usage. De nouveau dans le brouillard luisant. Puis sur le bateau. Dans les volutes de brume. On l'avait envoyé à la chasse au dahu. Une ruse pour l'éloigner de Berne. Ou une erreur de bonne foi.

Bly l'aida à s'asseoir sur la banquette de la cabine, à côté d'une rambarde.

— Enfin...

Tangage et embardées, à travers la brume poisseuse qui se refermait à nouveau sur eux. Une sombre et ténébreuse journée sur l'eau. Le clapotement du changement de phase, l'eau et le brouillard se muant l'un en l'autre. Pris en sandwich entre les deux, Nirgal somnolait. Elle était forcément retournée sur Mars. Elle faisait son travail là-bas avec sa discrétion habituelle, c'est ça. Il était absurde de croire autre chose. Quand il y retournerait, il la retrouverait. Oui : ce serait son but désormais, sa seule mission. Il la retrouverait, la ferait sortir de son trou. Il s'assurerait qu'elle avait survécu. C'était la seule façon de savoir, le seul moyen de soulager son cœur de ce poids terrible. Oui, il la retrouverait.

Comme ils fendaient les flots agités, le brouillard se leva. Des nuages gris, bas, filaient dans le ciel, au-dessus de leur tête, abandonnant des tourbillons de pluie dans les vagues. La marée se retirait, et le courant de la Tamise retrouva toute sa force alors qu'ils traversaient le grand estuaire. La surface brun grisâtre de l'eau était une bouillie saumâtre, agitée par les vagues venant de toutes les directions à la fois, une surface sauvage, bondissante, d'eau sombre, écumante, charriée rapidement vers l'est, dans la mer du Nord. Puis le vent tourna, se déversa sur la marée et toutes les vagues de la mer surgirent en même temps. Entre les longs bancs de mousse flottaient des objets disparates : des caisses, des meubles, des toits, des maisons entières, des bateaux renversés, des bouts de bois. Mille choses de flot et de mer. Les hommes de Bly se penchèrent par-dessus les bastingages avec des grappins et des jumelles, lui criant d'éviter certaines choses ou de tenter de s'en approcher, et s'absorbèrent dans la tâche consistant à les hisser à bord.

— Qu'est-ce que c'est que tout ça ? lui demanda Nirgal.

— C'est Londres, répondit Bly. Cette putain de Londres qui se déverse dans la mer.

Les nuages se ruaient vers l'est. En regardant autour de lui, Nirgal vit beaucoup d'autres petits bateaux sur l'eau tumultueuse du vaste estuaire, occupés à récupérer les épaves ou simplement à pêcher. Bly fit signe à certains d'entre eux en passant, donna un coup de sifflet au passage des autres. Le vent apportait des bruits de sirène sur l'estuaire tacheté de gris, sans doute des messages codés, que Bly commentait.

— Hé, c'est quoi, ça ? s'exclama soudain Kev en indiquant quelque chose en amont sur le fleuve.

D'un banc de brouillard localisé sur l'embouchure de la Tamise avait émergé un bateau à voiles, un trois-mâts à gréement carré, un bâtiment mythique que Nirgal connaissait par cœur sans l'avoir jamais vu. Un récital de sirènes salua cette apparition : des sifflements déments, de longs coups de trompe à l'unisson, de plus en plus prolongés, comme si tous les chiens du voisinage brutalement sortis de leur sommeil aboyaient dans la nuit, s'excitant mutuellement. Juste au-dessus d'eux explosa un hurlement strident, pénétrant : Bly joignait sa corne de brume au concert. Nirgal en avait les oreilles cassées. Il n'avait jamais entendu un tel vacarme ! L'air plus épais, des sons plus denses... Et Bly qui souriait, hilare, le poing levé vers le bouton de la corne de brume, les hommes d'équipage, tous debout le long du bastingage ou grimpés dessus, les gardes du corps même saluaient cette soudaine vision de hurlements inaudibles.

Finalement, Bly laissa retomber son bras.

— Qu'est-ce que c'est ? demanda Nirgal.

Bly envoya la tête en arrière et éclata de rire.

— C'est le *Cutty Sark* ! Il était scellé à Greenwich ! Incrusté dans un jardin ! Cette bande de dingues a dû le libérer. Quelle idée de génie ! Ils ont dû le remorquer au-delà de la barrière d'inondation. Regardez-moi ces voiles !

Le vieux clipper avait quatre ou cinq voiles déferlées à chacun de ses trois mâts, quelques voiles triangulaires entre les mâts et jusqu'au beaupré. Il voguait par fort vent arrière, emporté par la marée descendante, de sorte que sa proue acérée fendait les flots, tranchant l'écume et les épaves en une rapide succession de vagues blanches. Nirgal vit qu'il y avait des hommes dans le gréement, la plupart penchés sur les bouts de vergue, agitant le bras en direction de la flottille d'embarcations hétéroclites entre lesquelles passait le navire. Des pavillons flottaient en haut des mâts, un grand drapeau bleu avec des croix rouges. Quand il arriva à portée du bateau de Bly, celui-ci actionna la corne de brume à plusieurs reprises, et les hommes se mirent à rugir. Un marin, à l'arrière de la grand-voile du *Cutty Sark*, leur fit de grands signes des deux bras, la poitrine collée sur le cylindre de bois poli. Puis il perdit l'équilibre, et ils virent la chose arriver comme au ralenti : le marin partit à la renverse, sa bouche faisant un petit O rond, il tomba dans l'eau écumante qui blanchissait sur les flancs du navire. Les hommes à bord du bateau de Bly poussèrent un seul cri, d'une seule voix : « NON ! » Bly jura tout haut et relança la machine qui fit soudain un bruit formidable en l'absence de la corne de brume. L'arrière du bateau s'enfonça dans l'eau et tous se précipitèrent en direction de l'homme qui était passé par-dessus bord, et qui était maintenant un point noir parmi les autres, un point noir qui agitait frénétiquement un bras au-dessus de sa tête.

Tous les bateaux sifflèrent, cornèrent, donnèrent des coups de trompe et de sirène, mais le *Cutty Sark* ne ralentit pas. Il s'éloigna de toute la vitesse de ses voiles gonflées par le vent. C'était un spectacle fabuleux. Le temps qu'ils atteignent le marin tombé à l'eau, la poupe du clipper était basse sur l'eau, à l'est, ses mâts n'étaient qu'une constellation de voiles blanches et de gréements noirs. Il disparut soudain dans un mur de brouillard.

— Quelle splendeur ! répétait l'un des hommes. Quelle splendeur !

— Une splendeur, ouais, c'est ça. Tiens, repêche-moi plutôt ce pauvre diable !

Bly inversa la machine et laissa tourner le moteur au ralenti. Ils lancèrent une échelle de corde sur le plat-bord et se penchèrent pour aider le marin trempé à passer par-dessus le bastingage. Il resta un moment plié en deux, accroché à la rambarde, tremblant dans ses vêtements trempés.

— Ah, merci, fit-il entre deux vomissements.

Kev et les autres membres de l'équipage l'aidèrent à ôter ses vêtements mouillés, l'enroulèrent dans une grosse couverture crasseuse.

— Espèce de pauvre con d'abruti ! hurla Bly du haut de la passerelle. T'étais sur le point de faire le tour du monde sur le *Cutty Sark* et tu te retrouves sur *La Fiancée de Faversham*. Faut vraiment en tenir une sacrée couche !

— Je sais, fit l'homme entre deux haut-le-cœur.

Les autres lui jetèrent des gilets sur le dos en riant.

— Bougre d'andouille, nous faire des signes comme ça !

Tout le temps du retour jusqu'à Sheerness ils brocardèrent la stupidité du naufragé tout en le laissant sécher à l'abri du vent, sous la passerelle. Ils l'avaient affublé de vêtements disparates trop petits pour lui. Il riait avec eux, maudissait sa déveine, décrivait la chute, la rejouait, leur expliquait comment il avait fait son coup. A Sheerness, ils l'aidèrent à descendre dans l'entrepôt submergé, lui donnèrent du ragoût brûlant et l'abreuvèrent de bière, tout en racontant aux gens qui étaient là et à tous ceux qui descendaient l'échelle l'histoire de sa chute et de sa disgrâce.

— Regardez-moi un peu ce taré qui est tombé du *Cutty Sark* cet après-midi. L'enfoiré ! Juste au moment où il courait sur la marée toutes voiles dehors jusqu'à Tahiti !

— Pitcairn, rectifia Bly.

Le marin, qui était rond comme une queue de pelle, raconta son histoire lui-même, plus souvent peut-être que ses sauveteurs.

— Je m'suis lâché des deux mains juste une seconde quand il a fait une petite embardée, et je me suis retrouvé en train de voler. Voler dans l'espace... J'pensais pas qu'ce serait grave, j'y croyais pas. Je m'étais lâché des deux mains tout le long de la Tamise. Burp ! s'cusez-moi, faut qu'j'aille dégueuler.

— Jésus Dieu, c'était une vision magnifique, une vraie splendeur, vraiment. Beaucoup plus de toile qu'il n'en fallait, vous pensez, c'était juste pour s'en aller avec panache, mais Dieu les bénisse pour ça. Quelle splendeur !

Nirgal se sentait abruti et attristé. La grande salle était plongée dans un noir brillant, sauf en quelques endroits illuminés par des traînées de lumière aveuglante. Ce n'était qu'un clair-obscur d'objets disparates, un Bruegel en noir et blanc. Et tout ce bruit...

— Je me rappelle l'inondation du printemps, en 13, la mer du Nord dans mon salon.

— Ah non, tu vas pas remettre ça ! Tu vas pas recommencer à nous bassiner avec l'inondation de 13 !

Il alla aux toilettes, un recoin caché par une maigre cloison dans l'angle de la salle, en se disant que ça lui ferait du bien de se soulager. Mais le naufragé qu'ils avaient récupéré était par terre, dans l'une des stalles, et vomissait tripes et boyaux. Nirgal battit en retraite, s'assit sur le premier banc venu et attendit. Une jeune femme passa près de lui et posa la main sur son front.

— Vous êtes brûlant !

Nirgal porta la main à son propre front, essaya de se concentrer.

— Au moins trois cent dix degrés, dit-il au jugé. Merde !

— Vous avez de la fièvre, reprit la femme.

L'un de ses gardes du corps s'assit à côté de lui. Nirgal lui dit qu'il avait de la température, et l'homme suggéra :

— Vous pourriez peut-être consulter votre bloc-poignet.

Nirgal acquiesça, demanda un relevé. *309 degrés kelvin.*

— Merde !

— Comment vous sentez-vous ?

— Lourd. Chaud.

— On ferait mieux de vous emmener voir quelqu'un.

Nirgal secoua la tête et fut pris de vertige. Il regarda ses gardes du corps s'organiser, prendre des dispositions. Bly s'approcha et ils lui posèrent des questions.

— De nuit ? demanda Bly.

Puis il y eut un conciliabule à voix basse. Bly haussa les épaules. Pas une bonne idée, disait ce haussement d'épaules, mais si vous y tenez... Les gardes du corps insistèrent, et Bly vida sa chope et se leva. Il avait la tête au même niveau que celle de Nirgal, sauf que Nirgal s'était laissé glisser à terre pour appuyer son dos contre la table. Une espèce différente, un amphibien puissant, trapu. Le savaient-ils, avant l'inondation ? le savaient-ils maintenant ?

Les gens lui écrasèrent la main ou la lui massèrent tendrement pour lui dire au revoir. Gravir l'échelle du pilier fut une véritable épreuve. Puis ils se retrouvèrent dehors, dans la nuit fraîche et humide, noyée de brouillard. Sans un mot, Bly les conduisit vers son bateau et il n'ouvrit pas la bouche tout le temps nécessaire pour lancer les machines et larguer les amarres. Ils repartirent vaille que vaille sur la mer houleuse. Le bateau se balançait tellement que Nirgal eut le mal de mer. La nausée était pire que la douleur. Il s'assit à côté de Bly sur un tabouret et regarda le cône gris d'eau et de brouillard illuminé devant la proue. Quand des objets sombres surgissaient de la brume, Bly ralentissait, faisait même parfois machine arrière. Une fois, il laissa échapper un sifflement entre ses dents. La traversée fut très longue. Le temps qu'ils s'amarrent au quai, dans les rues de Faversham, Nirgal était trop malade pour dire au revoir. Il ne put qu'étreindre la main de Bly, croiser brièvement son regard. L'éclair bleu de ses yeux. Il y avait des gens dont on pouvait déchiffrer l'âme rien qu'en les regardant. Le savaient-ils avant ? Puis il perdit Bly de vue et ils se retrouvèrent dans une voiture qui vrombissait dans la nuit. Nirgal pesait de plus en plus lourd, comme au cours de la descente dans l'ascenseur. S'engouffrer dans un avion. La montée dans les ténèbres, la descente dans les ténèbres, mal aux oreilles, mal au cœur, les tympans qui claquent. Ils étaient à Berne, Sax à côté de lui. Soulagement.

Il était dans un lit, brûlant, le souffle humide et pénible. Par la fenêtre, les Alpes. Le blanc faisant irruption dans le vert, comme la mort surgissant dans la vie, se ruant pour lui rappeler que la viriditas était une fusée verte qui exploserait un jour dans une blancheur de nova, retournant à l'éventail d'éléments qui la composaient avant que la tempête de sable ne l'emporte. Le blanc et le vert ; il avait l'impression que la Jungfrau lui poussait dans la gorge. Il aurait voulu dormir, fuir cette sensation.

Sax s'assit à côté de lui, lui prit la main.

— Je pense qu'il faudrait le remettre sous gravité martienne, disait-il à quelqu'un qui ne paraissait pas être dans la pièce. C'est peut-être une forme de mal de l'altitude. Ou une maladie microbienne. Une allergie. Une réponse systémique. Un œdème, de toute façon. Il faut tout de suite l'emmener dans une navette spatiale et le placer dans un anneau en rotation à la pesanteur martienne. Si j'ai raison, ça lui fera du bien ; si je me trompe, ça ne peut pas lui faire de mal.

Nirgal aurait voulu dire quelque chose, mais il ne put trouver assez de souffle. Ce monde l'avait infecté — écrasé — fait bouillir, mariner dans les microbes et la vapeur d'eau. Un coup au cœur ; il était allergique à la Terre. Il serra la main de Sax et inspira, autre coup de poignard en plein cœur.

— Oui, hoqueta-t-il, et il vit Sax plisser les paupières. Rentrer. Oui.

CINQUIÈME PARTIE

CHEZ SOI, ENFIN

Un vieil homme assis au chevet d'un malade. Toutes les chambres d'hôpital se ressemblent. Propres, blanches, fraîches, vibrantes, fluorescentes. Sur le lit gît un homme, grand, la peau sombre, d'épais sourcils noirs. Il dort d'un sommeil agité. Le vieil homme est penché sur sa tête. Un doigt effleure le crâne derrière l'oreille. L'homme parle tout bas :

— Si c'est une réponse allergique, alors il faut convaincre ton système immunitaire que l'allergène ne pose pas un vrai problème. Mais aucun allergène n'a été mis en évidence. L'œdème pulmonaire est souvent associé au mal de l'altitude. Il aurait aussi pu être provoqué par un mélange de gaz, ou le mal des profondeurs. Il faut faire sortir l'eau des poumons. Ils y sont assez bien arrivés. La fièvre et les frissons peuvent être une rétroaction biologique. Une fièvre vraiment élevée est dangereuse, il ne faut pas l'oublier. Je me souviens du jour où tu es entré dans les bains après ta chute dans le lac. Tu étais bleu. Jackie s'était précipitée dedans avec toi — non, elle s'était peut-être arrêtée pour regarder. Tu nous tenais par le bras, Hiroko et moi, et nous avons tous vu comment tu t'es réchauffé. La thermogenèse sans frissons, tout le monde le fait, mais tu l'as fait volontairement et très puissamment, d'ailleurs. Je n'ai jamais rien vu de pareil. Je ne sais toujours pas comment tu t'y es pris. Tu étais un garçon merveilleux. On peut frissonner à volonté ; c'est peut-être la même chose, mais en dedans. Ça n'a pas vraiment d'importance, inutile que tu saches comment, fais-le, c'est tout. Si tu peux le faire dans l'autre sens. Abaisse ta température. Essaie. Essaie. Tu étais un garçon tellement merveilleux.

Le vieil homme prend le jeune homme par le poignet, le tient entre ses mains, le presse.

— Tu n'arrêtais pas de poser des questions. Tu étais très curieux, tu avais une bonne nature. Tu demandais toujours : Pourquoi, Sax, pourquoi ? C'était drôle d'essayer de répondre à chaque fois. Le monde est comme un arbre, de chaque feuille on peut revenir aux racines. Je suis sûr qu'Hiroko le pensait, c'est probablement elle qui me l'a dit la première. Ecoute, ce n'était pas une mauvaise idée de partir à sa recherche. Je l'ai fait, moi aussi, et je recommencerai. Parce que je l'ai vue, une fois, à Daedalia. Elle m'a aidé alors que

j'étais perdu dans une tempête de neige. Elle m'a tenu le poignet. Comme ça, exactement. Elle est vivante, Nirgal. Hiroko est en vie. Elle est là-bas. Tu la trouveras un jour. Remets ce thermostat interne en marche, fais baisser ta température et, un jour, tu la retrouveras...

Le vieil homme lui lâche le poignet. Il courbe les épaules, à moitié endormi, et continue à marmotter.

— Tu me demandais : Pourquoi, Sax, pourquoi ?

Sans le mistral qui soufflait, il aurait hurlé, car rien n'était plus pareil, rien. Michel était arrivé par une gare de Marseille qui n'existait pas lorsqu'il était parti, située à côté d'une petite ville nouvelle qui n'était pas là à l'époque, le tout construit dans un style architectural bulbeux, dégoulinant, à la Gaudi, mâtiné d'une sorte d'obsession bogdanoviste pour la forme circulaire, si bien qu'il se serait cru dans une ville hybride de Christianopolis et d'Hiranyagarba. Non, il ne reconnaissait rien. Le pays était curieusement aplati, vert, dépourvu de pierres, privé de cette chose indéfinissable qui en faisait la Provence. Il était parti depuis cent deux ans.

Mais le mistral soufflait sur tout ce paysage étranger, se déversant depuis le Massif central — froid, sec, poussiéreux et électrique, plein d'ions négatifs ou de cet élément, quel qu'il soit, qui lui conférait cette exaltation catabatique. Le mistral ! Peu importait que ça ne ressemble à rien, c'était forcément la Provence.

Les représentants locaux de Praxis lui parlaient français, et il avait du mal à les comprendre. Il les écoutait intensément, en espérant que sa langue natale lui reviendrait, que la *franglaisation* et la *frarabisation* dont il avait entendu parler n'avaient pas trop changé les choses. Il trouvait choquant de chercher ses mots dans sa langue natale, choquant aussi que l'Académie française n'ait pas fait son boulot et préservé la langue du XVIIe siècle comme elle était censée le faire. Une jeune femme qui encadrait les membres de Praxis semblait dire qu'ils pourraient parcourir la région, aller voir la nouvelle côte et tout ce qu'il souhaitait visiter.

— Parfait, répondit Michel.

Il les comprenait déjà mieux. Peut-être n'était-ce qu'une question d'accent ; l'accent du Midi. Ils lui firent traverser des cercles concentriques de bâtiments, puis ils se retrouvèrent sur un parking pareil à tous les parkings du monde. La jeune femme lui ouvrit la portière côté passager d'une petite voiture et se mit au volant. Elle s'appelait Sylvie. Elle était petite, séduisante, elle avait de la classe et elle sentait bon, mais son étrange français ne laissait pas de surprendre Michel. Elle mit le contact, quitta le parking, et ils s'engagèrent dans un grand bruit de moteur sur une route noire qui traversait un paysage plat, aux arbres et à l'herbe verts. Non, il y avait des collines dans le lointain, mais si petites ! Et l'horizon était si éloigné !

Sylvie descendit vers la côte. D'un rond-point en haut d'une colline ils virent la Méditerranée au loin, piquetée, ce jour-là, de gris et de brun, et qui brillait au soleil.

Après une minute de contemplation silencieuse, Sylvie repartit, coupant à l'intérieur des terres. Ils s'arrêtèrent sur une butte pour regarder ce qu'elle lui dit être la Camargue. Michel ne l'aurait pas reconnue. Le delta du Rhône était un large éventail triangulaire de plusieurs milliers d'hectares d'herbe et de marais salants. La Méditerranée avait rétabli son empire sur la région. L'eau était brunâtre, jonchée de bâtiments, mais c'était quand même de l'eau, coupée par une ligne bleuâtre : le Rhône. Arles, là, à la pointe de l'éventail, lui expliqua-t-elle. Elle était redevenue un port de mer actif, mais ils continuaient à renforcer le canal. Tout le delta, au sud d'Arles, de Martigues, à l'est, à Aigues-Mortes, à l'ouest, était sous l'eau, dit-elle fièrement. Aigues-Mortes était bel et bien morte, ses bâtiments industriels avaient été submergés. Les installations portuaires avaient été équipées de flotteurs et remorquées jusqu'à Arles ou Marseille. Ils se donnaient beaucoup de mal pour assurer des voies navigables. La Camargue et la plaine de la Crau, plus à l'est, étaient naguère jonchées de structures de toutes sortes, dont beaucoup dépassaient encore de l'eau, mais pas toutes. Et l'eau était trop opaque à cause de la vase pour qu'on voie ce qui s'y passait.

— Regardez, ça, c'est la gare, on voit les magasins, mais pas les bâtiments extérieurs. Et là, il y a un des canaux bordés de digues. Elles forment des sortes d'écueils, maintenant. Vous voyez la ligne grise, dans l'eau ? Les digues brisent encore le courant du Rhône qui passe au-dessus.

— Une chance que la marée soit très faible, remarqua Michel.

— C'est vrai. Si elle était plus forte, le chenal serait trop traître pour que les bateaux aillent jusqu'à Arles.

En fait, les pêcheurs et les navigateurs côtiers découvraient jour après jour les routes navigables. On s'efforçait d'assurer la sûreté de la navigation dans le canal principal du Rhône et de remettre aussi en service les canaux latéraux, de sorte que les bateaux ne soient pas obligés de remonter le fleuve à contre-courant. Sylvie lui indiqua des détails du paysage qui lui auraient échappé et lui parla des soudaines variations du canal du Rhône, de vaisseaux échoués, de bouées détachées, de coques déchirées, de sauvetages de nuit, de la pollution par les hydrocarbures, de lumières trompeuses — de faux phares, allumés par les contrebandiers pour piéger les naïfs — et même de la flibuste ordinaire en haute mer. La vie semblait passionnante, à la nouvelle embouchure du Rhône.

Puis ils reprirent la voiture et descendirent vers le sud-est et la côte, la vraie côte, entre Marseille et Cassis. Cette partie du littoral méditerranéen, comme la Côte d'Azur, plus à l'est, était une rangée de collines assez abruptes qui tombaient droit dans la mer. Elles se dressaient encore bien au-dessus du niveau de l'eau, évidemment, et la première impression de Michel fut que cette côte-là avait beaucoup moins changé que la Camargue inondée. Mais après quelques minutes d'observation il rectifia son opinion. La Camargue avait toujours été un delta, c'en était encore un à présent, de sorte qu'elle n'avait pas fondamentalement changé. Alors qu'ici...

— Les plages ont disparu, dit-il.

— Oui.

Il aurait dû s'y attendre, bien sûr. Mais les plages étaient l'essence de cette côte, les plages avec leurs longs étés dorés, leurs animaux humains dénudés, adorateurs du soleil, leurs nageurs, leurs bateaux à voile, aux couleurs de carnaval, et leurs longues nuits chaudes, vibrantes et fébriles. Tout ça avait disparu.

— Elles ne reviendront jamais.

Sylvie acquiesça d'un hochement de tête.

— C'est partout pareil, dit-elle platement.

Michel regarda vers l'est. Les collines tombaient dans la mer brune jusqu'à l'horizon. La vue semblait porter aussi loin que le cap Sicié. Au-delà, il y avait toutes les grandes villes touristiques balnéaires, Saint-Tropez, Cannes, Antibes, Nice, sa propre ville natale, Villefranche-sur-Mer, et les plages à la mode, grandes et petites, toutes submergées comme la plage au-dessous : la mer couleur de caramel clapotant contre une frange de roche pâle, déchiquetée, des arbres morts, jaunes, et des sentiers plongeant dans une écume d'un blanc sale. La même écume sale qui s'engouffrait dans les rues des villes désertes.

Le vent agitait les arbres verts sur la pierre blanchâtre de la nouvelle ligne de côte. Michel ne se souvenait pas que la roche était aussi blanche. Le feuillage pendait, bas et poussiéreux. La déforestation était un problème depuis quelques années, lui expliqua Sylvie, car les gens abattaient les arbres pour se chauffer. Mais Michel l'entendait à peine. Il regardait les plages inondées en essayant de se rappeler leur beauté sablonneuse, chaude, érotique. Disparu, tout ça. Même le souvenir des innombrables journées qu'il avait passées à y lézarder avait perdu de sa netteté, il s'en rendit compte en regardant les vagues sales. C'était comme le visage d'un ami mort. Il ne s'en souvenait plus.

Marseille avait survécu, elle, la seule partie de la côte que personne ne se serait soucié de préserver, la partie la plus vilaine, celle de la cité. Evidemment. Les quais étaient inondés, ainsi que les quartiers situés immédiatement derrière. Mais le sol montait vite, à cet endroit, et les quartiers situés sur les hauteurs avaient continué à vivre leur existence rude, sordide. Le port était encore plein de gros navires vers lesquels on approchait de longs docks flottants afin d'en vider les cales, pendant que les matelots se répandaient en ville et se défoulaient selon la mode du moment. Sylvie disait que c'était à Marseille qu'elle avait entendu le plus de récits d'aventures à faire dresser les cheveux sur la tête sur l'embouchure du Rhône et tout le pourtour de la Méditerranée, sur des endroits où les cartes ne voulaient plus rien dire : des histoires de maisons des morts entre Malte et la Tunisie, d'attaques par des corsaires de Barbarie...

— Marseille est plus elle-même qu'elle ne l'a été pendant des siècles, dit-elle avec un grand sourire.

Michel eut soudain une vision de sa vie nocturne, farouche et peut-être un peu aventureuse. Elle aimait Marseille. La voiture fit une embardée dans un des innombrables nids-de-poule de la route et il eut l'impression de sentir son propre pouls. Ils se ruaient, le mistral et lui-même, fasciné par la pensée de cette farouche jeune femme, vers la vieille Marseille laide.

Plus elle-même qu'elle ne l'avait été pendant des siècles... C'était peut-être vrai de toute la côte. Les touristes et l'idée même de tourisme avaient disparu avec les plages. Les grands hôtels, les immeubles pastel émergeaient maintenant de l'eau sale, pareils à des cubes abandonnés par des enfants à marée basse. Comme ils sortaient de Marseille, Michel remarqua que les étages supérieurs de beaucoup de ces bâtiments semblaient occupés. Par des pêcheurs, lui confirma Sylvie. Ils devaient garder leurs bateaux dans les étages du bas, comme les habitants des cités lacustres préhistoriques. Les vieilles coutumes resurgissaient.

Michel regardait par la vitre en essayant de retrouver l'idée qu'il se faisait de la Provence, d'assimiler le choc de tous ces changements. C'était sûrement très intéressant, même si ce n'était pas comme dans ses souvenirs. De nouvelles plages finiraient par se former, se disait-il pour se rassurer. Les vagues éroderaient le pied des falaises, les rivières, les fleuves charrieraient leurs alluvions vers le delta. Il se pouvait d'ailleurs qu'elles apparaissent assez vite, même si ce n'étaient au départ que des plages de terre ou de cailloux. Quant au sable doré... les courants en remonteraient peut-être un peu du fond, qui sait. Mais la majeure partie avait sûrement à jamais disparu.

Sylvie arrêta la voiture sur un autre rond-point surplombant la mer. L'eau était brune jusqu'à l'horizon, le vent du large leur faisait voir les vagues qui fuyaient la plage, et l'effet était très étrange. Michel tenta de se rappeler le bleu niellé de soleil d'autrefois. Il y avait toutes sortes de variétés de bleus méditerranéens, la pure clarté de l'Adriatique, la mer Egée et sa touche de vin homérique... Maintenant, tout était brun. Des falaises qui tombaient dans la mer brune, sans plages, les collines pâles, rocailleuses, désertiques, désertées. Un désert. Non, rien n'était plus comme avant. Rien.

Sylvie finit par remarquer son silence. Elle reprit la route d'Arles et le conduisit à un petit hôtel situé dans le centre-ville. Michel n'avait jamais habité à Arles, et n'avait jamais eu grand-chose à y faire, mais il y avait des bureaux de Praxis juste à côté de l'hôtel, et il n'avait aucune exigence particulière concernant son hébergement. Ils descendirent de voiture. La pesanteur était forte. Sylvie resta en bas pendant qu'il montait son sac dans sa chambre. Il se retrouva les bras ballants dans une petite chambre d'hôtel, tout vibrant du désir de rentrer chez lui, de retrouver son pays. Il ne le trouverait pas là.

Il redescendit et rejoignit Sylvie dans l'immeuble voisin, où elle vaquait à ses affaires.

— Il y a un endroit que je voudrais voir, lui annonça-t-il.

— Je vous emmène où vous voulez.

— C'est près de Vallabrix. Au nord d'Uzès.

Elle savait où c'était.

Lorsqu'ils y arrivèrent, l'après-midi tirait à sa fin. C'était une clairière située non loin d'une vieille route étroite, près d'une oliveraie où soufflait le mistral. Michel demanda à Sylvie de rester près de la voiture, sortit dans le vent et gravit la pente, entre les arbres, seul avec le passé.

Son vieux mas était à l'extrémité nord de la plantation, au bord d'un entablement rocheux surplombant un ravin. Les oliviers étaient vieux et noueux. Le mas lui-même n'était qu'une coquille de maçonnerie qui disparaissait presque sous les ronces.

En regardant ces ruines, Michel découvrit qu'il se souvenait à peine de l'intérieur. Ou alors, de certaines parties seulement. Il y avait une cuisine. La table sur laquelle ils prenaient leurs repas était près de la porte. On passait sous une grosse poutre et on débouchait dans un salon avec des canapés et une table basse. Une porte, au fond, donnait sur la chambre. Il avait vécu là deux ou trois ans avec une femme, Eve. Il n'avait pas pensé à cet endroit depuis plus d'un siècle. Il lui était complètement sorti de la tête. Mais à présent qu'il se trouvait face à ces ruines, des fragments de cette époque lui revenaient à l'esprit, des ruines d'une autre sorte : dans ce coin, maintenant plein de plâtre écroulé, il y avait une lampe bleue. Un poster de Van Gogh était punaisé à ce mur, où ne se trouvaient plus maintenant que des blocs de pierre, des tuiles, des feuilles sèches poussées par le vent. La grosse poutre avait disparu, de même que ses supports dans les murs. Quelqu'un avait dû la retirer. C'était difficile à imaginer ; elle devait peser des centaines de kilos. Les gens faisaient parfois de drôles de choses. Mais avec la déforestation il ne devait pas rester beaucoup d'arbres assez gros pour tailler une poutre pareille. Pendant des siècles, des gens avaient vécu sur cette terre.

La déforestation pouvait cesser un jour d'être un problème. Dans la voiture, Sylvie lui avait parlé de l'hiver de l'inondation, du vent, de la pluie. Le mistral avait duré un mois. Certains disaient qu'il ne finirait jamais. En regardant la maison délabrée, Michel n'éprouvait aucune peine. Il avait besoin du vent pour s'orienter. C'était drôle comme la mémoire fonctionnait, ou ne fonctionnait pas. Il grimpa par-dessus le mur éboulé du mas, essaya de retrouver d'autres images de cet endroit, de sa vie ici avec Eve. La chasse aux souvenirs. Au passé. A la place, il lui revint des souvenirs d'Odessa, de sa vie avec Maya, de Spencer qui habitait plus loin, dans le couloir. Peut-être les deux vies partageaient-elles suffisamment d'aspects pour expliquer le rapprochement. Eve était soupe au lait, comme Maya ; quant au reste, la vie quotidienne était la vie quotidienne, en tous temps, en tous lieux, pour un individu donné. On s'installait dans ses habitudes comme dans ses meubles, on les emportait avec soi d'un endroit à l'autre. Qui sait.

Les murs intérieurs de la maison étaient de plâtre beige clair, propres, ornés de gravures. Maintenant les plaques de plâtre restantes étaient nues, délavées, semblables aux murs extérieurs d'une vieille église. Eve se mouvait dans la cuisine comme une ballerine à la barre, avec ses longues jambes, son dos puissant. Elle se retournait et le regardait en riant, faisant danser ses cheveux châtains. Oui, il se rappelait ses cheveux qui dansaient. Une image dépourvue de contexte. Il était amoureux. Et pourtant il l'avait fâchée. Elle avait fini par le quitter pour un autre, ah oui, un professeur d'Uzès. Quelle souffrance ! Il s'en souvenait, mais ça le laissait froid, maintenant. Une vie antérieure. Ces ruines ne la lui feraient pas retrouver. C'est tout juste si elles évoquaient des images. C'était terrifiant. Comme si la réincarnation était une réalité. Il se serait réincarné, il aurait des réminiscences d'une existence dont il serait séparé par plusieurs morts successives. Ce serait vraiment étrange si la réincarnation existait. Parler des langues qu'on ne connaissait pas, comme Bridey Murphy, sentir le tourbillon du passé traverser son esprit, éprouver des expériences passées... ça ferait exactement le même effet, en réalité. Mais ne rien retrouver de ses sentiments d'autrefois, n'éprouver que la sensation de ne plus rien éprouver...

Il quitta les ruines et rebroussa chemin, sous les oliviers.

La plantation donnait l'impression d'être entretenue. Les branches, au-dessus de sa tête, étaient toutes coupées au même niveau, et le sol, sous ses pieds, était bien plan, tapissé par une herbe courte, sèche et pâle, poussant entre des milliers de noyaux d'olive gris. Les arbres étaient plantés à égale distance les uns des autres, mais donnaient une impression de naturel quand même, on aurait pu croire qu'ils avaient poussé comme ça. Le vent soufflait, vibrant, entre les branches. De l'endroit où il se trouvait, il ne voyait que le ciel et les oliviers. Il remarqua à nouveau comment les feuilles passaient d'une couleur à l'autre dans le vent, gris puis vert, gris, vert...

Il leva le bras, attrapa un rameau, examina les feuilles. C'est vrai : de près, les deux côtés d'une feuille d'olivier étaient presque de la même couleur — un vert moyen, plat, et un kaki pâle. Mais une colline couverte d'arbres aux feuilles pareilles à celle-ci, oscillant dans le vent, était de ces deux couleurs distinctes, tel un clair de lune passant du noir à l'argent. Si on les regardait en plein soleil, la différence résidait surtout dans la texture, lisse ou brillante.

Il s'approcha du tronc, posa la main dessus, retrouva le contact familier. L'écorce était rugueuse, grossièrement réticulée en rectangles verdâtres, grisâtres, un peu comme le dessous des feuilles mais plus sombres, et souvent maculés d'un autre vert, celui du lichen, jaunâtre ou d'un gris militaire. Il y avait très peu d'oliviers sur Mars. Il n'y avait pas encore de Méditerranéens. Non, là, il était bien sur Terre. Et il avait une dizaine d'années. Il portait cet enfant en lui. Certains rectangles de l'écorce partaient en copeaux. Les fissures étaient peu profondes entre les rectangles. La vraie couleur de l'écorce, débarrassée du lichen, semblait être d'un beige pâle, ligneux. Il y en avait si peu que c'était difficile à dire. Les arbres recouverts de lichen ; Michel ne s'en était pas rendu compte avant. Les branches et les rameaux au-dessus de sa tête étaient plus lisses, les fissures y formaient seulement des lignes couleur chair. Même le lichen y était plus lisse, semblable à une poussière verte.

Les racines étaient grosses et fortes. Les troncs se divisaient au pied, étendaient des protubérances pareilles à des doigts, séparés par des creux, si bien qu'on aurait dit des poings noueux enfoncés dans le sol. Aucun mistral ne déracinerait jamais ces arbres. Même un vent martien n'aurait pu les coucher à terre.

La terre disparaissait sous les noyaux et les olives noires, flétries, sur le point de se changer en noyaux. Il en ramassa une. La peau était encore lisse. Il la gratta avec ses ongles. Le jus violet lui tacha les doigts. Il le lécha. Un goût sauvage. Rien à voir avec celui des olives en saumure. Embaumées. Il mordit dans la chair, pareille à celle d'une prune. La saveur âpre, amère, qui ne rappelait celle de l'olive que par son vague arrière-goût huileux, lui revint soudain en mémoire. Comme un des déjà-vu de Maya : il avait déjà fait ça ! Quand il était enfant, ils y plantaient souvent leurs dents, espérant toujours retrouver le goût que l'olive avait à table. Ça leur aurait fait quelque chose à manger dans leur terrain de jeux, une manne dans leur petite jungle. Mais la chair de l'olive (plus claire auprès du noyau) était toujours immangeable. Le goût était gravé dans sa mémoire, amer et âcre. Aujourd'hui agréable, à cause de ces réminiscences. Peut-être était-il embaumé, lui aussi.

Le vent du nord soufflait en rafales, agitant les feuilles. Odeur de poussière. Une brume lumineuse, brunâtre, le ciel de bronze à l'ouest. Les arbres étaient deux ou trois fois plus hauts que lui. Les branches inférieures tombaient assez bas pour lui frôler le visage. A l'échelle humaine. L'arbre méditerranéen, l'arbre des Grecs, qui avaient vu tant de choses, si distinctement, vu les choses à leur vraie dimension, les avaient replacées dans une symétrie calibrée à l'échelle humaine : les arbres, les villes, tout leur monde matériel, les îles rocheuses de la mer Egée, les collines rocailleuses du Péloponnèse — un univers qu'on pouvait parcourir en quelques jours. Peut-être était-on chez soi n'importe où, dans l'échelle humaine. Dans l'enfance, souvent.

Chaque arbre était un oiseau aux plumes retroussées par le vent, aux serres fermement plantées dans le sol. Un flanc de colline de plumage miroitant sous les assauts du vent, ses soudaines bourrasques, son immobilité soudaine, inattendue, tout cela parfaitement révélé par les feuilles duveteuses. C'était la Provence, le cœur de la Provence. Dans son thalamus palpitaient toutes les sensations de son enfance, un immense presque-vu l'emplissait totalement. Une vie entière était contenue dans ce paysage, vibrant d'un poids et d'un équilibre propres. Il se sentit soudain allégé. Le bleu du ciel était la voix de cette précédente incarnation et disait Provence, Provence.

Au-dessus du ravin, des corbeaux noirs se mirent à tournoyer en criant *Ka, ka, ka !*

Ka. Qui avait inventé l'histoire du petit peuple rouge et du nom qu'il avait donné à Mars ? Impossible à dire. Les histoires de ce genre n'avaient pas d'origine. Dans l'Antiquité, de l'autre côté de la Méditerranée, le ka était un double inquiétant du pharaon. Il descendait sur le pharaon sous la forme d'un faucon, d'une colombe ou d'un corbeau.

Le ka de mars descendait à présent sur lui, ici, en Provence. Ces mêmes oiseaux volaient imprudemment, puissamment, sous le cristal des tentes comme dans le mistral. Ils se fichaient d'être sur Mars, ils y étaient chez eux, c'était leur monde autant qu'un autre, et les gens en dessous étaient comme partout, de dangereux animaux rivés au sol, capables de tuer ou de vous emmener faire d'étranges voyages. Mais aucun oiseau de Mars ne se souvenait du voyage qui l'avait conduit là, non plus que de la Terre. Rien ne reliait les deux mondes en dehors de l'esprit humain. Sur Terre ou sur Mars, les oiseaux se contentaient de voler, de chercher leur pitance et de croasser comme ils l'avaient toujours fait et le feraient toujours. Ils étaient chez eux n'importe où, tournoyant dans le vent des aérateurs, planant sur les ailes du mistral, s'appelant les uns les autres — Mars, Mars, Mars ! Et Michel Duval, ah, Michel... un esprit résidant dans deux mondes en même temps, ou perdu dans le néant entre les deux. La noosphère était d'une telle immensité. Où était-il, qui était-il ? Comment allait-il vivre ?

L'oliveraie. Le vent. Le soleil éclatant dans le ciel de bronze. Le poids de son corps, le goût âcre dans sa bouche : il se sentait prêt à s'enraciner dans le sol. C'est là qu'il était chez lui et nulle part ailleurs. Les choses avaient changé et en même temps rien ne changerait jamais — pas cette plantation, pas lui-même. Chez lui, enfin. Chez lui, enfin. Il pourrait vivre dix mille ans sur Mars, cet endroit serait encore chez lui.

Il appela Maya de sa chambre d'hôtel à Arles.

— Viens, Maya, je t'en prie. Je voudrais que tu voies ça.

— Je travaille, Michel. Je m'occupe de l'accord entre Mars et les Nations Unies.

— Je sais.

— C'est important.

— Je sais.

— Ecoute, c'est pour ça que je suis venue ici. Je suis en plein dedans. Je ne peux pas partir en vacances comme ça.

— Ça va, ça va. Mais tu n'auras jamais fini, tu le sais très bien. La politique, c'est sans fin. Tu pourrais prendre quelques jours de congé, le monde ne s'arrêterait pas de tourner. C'est chez moi, Maya, tu comprends ? Je voudrais que tu voies comment c'est. Tu n'as pas envie de me montrer Moscou ? Tu n'aimerais pas y aller ?

— Je n'y mettrais pas les pieds quand ce serait le dernier endroit épargné par l'inondation.

Michel soupira.

— Eh bien, je ne vois pas les choses de la même façon. Viens, je t'en supplie.

— Un peu plus tard, peut-être, quand nous aurons mené cette étape des négociations à bien. Nous sommes à un stade critique. Je t'assure, Michel, ce n'est pas le moment que je m'en aille. C'est plutôt toi qui devrais être ici.

— Je suis tous vos travaux sur mon bloc-poignet. Personne n'est obligé d'y assister en chair et en os. S'il te plaît, Maya.

Elle parut surprise par sa véhémence.

— Très bien. Je vais essayer. Mais pas tout de suite.

— Tant que tu me promets de venir...

Après ça, il passa ses journées à attendre Maya tout en s'efforçant de ne pas voir les choses sous cet angle. Tout au long des jours, il se promenait dans une voiture de location, tantôt avec Sylvie, tantôt seul. Malgré ce moment de grâce, dans l'oliveraie, à cause de ça aussi peut-être, il ne savait plus où il en était. La nouvelle ligne côtière l'attirait sans qu'il sache trop pourquoi. La façon dont les gens de la région s'y adaptaient le fascinait. Il y allait souvent, prenant des routes qui menaient à des falaises à pic, à de soudaines vallées marécageuses. Beaucoup de pêcheurs côtiers avaient des ancêtres algériens. La pêche ne marchait pas très bien, disaient-ils. La Camargue était polluée par les sites industriels immergés et les poissons évitaient l'eau brune. Ils restaient dans le bleu qui était à une bonne demi-journée de mer, avec tous les risques que ça présentait.

Quand il entendait parler français, quand il s'exprimait dans ce nouveau jargon étrange, il avait l'impression qu'on appliquait une électrode à certaines parties de son cerveau restées inactives depuis plus d'un siècle. Des cœlacanthes explosaient, des souvenirs fossiles de l'amour que des femmes avaient eu pour lui, de la cruauté dont il avait fait preuve envers elles. C'était peut-être pour ça qu'il était parti pour Mars, pour se fuir, pour échapper à cet individu qui paraissait si peu fréquentable.

Eh bien, si ce qu'il voulait c'était se fuir, il avait réussi. Il était un autre homme à présent. Un homme attentif aux autres, sympathique. Il pouvait se regarder en face. Il pouvait rentrer chez lui, se contempler dans la glace. Ce qu'il était devenu lui permettait d'affronter ce qu'il avait été. Et tout ça grâce à Mars.

La mémoire avait vraiment un étrange fonctionnement. Des fragments imperceptibles, acérés, faisaient parfois un mal sans commune mesure avec leur petitesse, comme ces minuscules aiguilles de cactus velus. Ses souvenirs les plus précis étaient ceux de sa vie sur Mars. Odessa, Burroughs, les abris souterrains dans le sud, les avant-postes dissimulés dans le chaos. Même Underhill.

S'il était rentré sur Terre à l'époque d'Underhill, les journalistes se seraient rués sur lui. Mais il avait rompu le contact en disparaissant avec Hiroko, et bien qu'il n'ait rien fait pour se cacher depuis la révolution, rares en France étaient ceux qui semblaient avoir remarqué sa réapparition. La gravité des événements dont la Terre avait été récemment le théâtre, ou le temps, tout simplement, avait entraîné une rupture partielle de la culture médiatique. La majeure partie de la population française était née après sa disparition ; les Cent Premiers étaient de l'histoire ancienne pour eux, mais pas assez ancienne pour être vraiment intéressante. Si Voltaire, Louis XIV ou Charlemagne étaient reparus, l'événement aurait peut-être suscité un minimum d'attention — et encore —, mais un psychologue du siècle précédent qui avait émigré sur Mars, cette espèce d'Amérique sur laquelle tout avait été dit ? Non, ça n'intéressait personne. Des gens l'appelèrent, ou vinrent l'interviewer à son hôtel. On descendit même de Paris faire une ou deux émissions sur lui. Mais tout le monde s'intéressait bien plus à ce qu'il pouvait leur dire sur Nirgal qu'à sa personne. Nirgal était celui qui les fascinait ; il était charismatique.

C'était peut-être aussi bien, dans le fond. Même si Michel mangeait seul dans des cafés, aussi seul que s'il avait été dans son patrouilleur, au fin fond des highlands du Sud, et trouvait un peu décevant d'être à ce point ignoré. Un vieux comme tant d'autres, un de ces vieux dont la vie anormalement longue créait plus de problèmes logistiques que l'inondation, apparemment.

Oui, c'était mieux comme ça. Il pouvait s'arrêter dans les petits villages autour de Vallabrix, Saint-Quentin-la-Poterie, Saint-Victor-des-Oules, Saint-Hippolyte-de-Montaigu, et bavarder avec des boutiquiers qui ressemblaient à ceux qu'il avait connus. Sans doute leurs héritiers, si ce n'étaient pas eux-mêmes. Ils parlaient un français plus proche de celui du temps jadis sans s'occuper de lui, absorbés dans leurs propres conversations, leurs propres vies. Il n'était rien pour eux, aussi portait-il sur eux une vision claire. C'est ainsi qu'il voyait, dans les rues étroites, tous ces gens pareils à des gitans, sans doute à cause du sang nord-africain qui coulait dans leurs veines, comme après l'invasion des Sarrasins, mille ans plus tôt. Les Africains envahissaient le pays tous les mille ans à peu près. Ça aussi, c'était la Provence. Les jeunes femmes étaient belles : elles fleurissaient gracieusement dans les rues, leurs tresses noires brillant malgré la poussière du mistral. Tels étaient ces villages. Des enseignes de plastique poussiéreuses, des façades délabrées...

Il oscillait comme un pendule, passant du familier à l'étrange, du souvenir à l'oubli. Mais toujours plus seul. Dans un café, il commanda un cassis à l'eau et se rappela, à la première gorgée, s'être assis dans ce même café, à cette même table. Avec Eve. Proust avait bien raison de reconnaître dans le goût le principal agent de la mémoire involontaire, parce que les souvenirs à long terme se logeaient ou du moins étaient organisés dans l'amygdale, juste au-dessus du bulbe olfactif qui gouvernait les centres du goût et de l'odorat. C'est pour ça que les odeurs étaient intensément liées aux souvenirs et au réseau émotionnel du système limbique, qui ondoyait entre les deux zones. D'où la séquence neurologique, l'odeur suscitant le souvenir qui suscitait la nostalgie. La nostalgie, le regret intense du passé, non point tant parce qu'il avait été merveilleux que parce qu'il avait été, tout simplement, et qu'il était maintenant enfui. Il se rappela le visage d'Eve en train de lui parler, dans la salle pleine de monde. Mais pas de ce qu'elle disait, ou des circonstances dans lesquelles ils s'étaient retrouvés là. Evidemment pas. Ce n'était qu'un moment isolé, un piquant de cactus, une image entrevue comme à la faveur d'un éclair et aussitôt disparue, avec tout ce qui l'entourait. Tous ses souvenirs étaient de cette espèce. Voilà ce que devenaient les souvenirs avec le temps : des éclairs dans le noir, incohérents, à peu près dépourvus de signification et en même temps chargés d'une vague souffrance.

Il sortit à pas lourds du café de son passé, reprit la voiture et rentra à l'hôtel en passant par Vallabrix. Sous les grands platanes de Grand Planas, il tourna sans réfléchir vers son mas en ruine. Il descendit de voiture et marcha vers la maison, comme si elle avait pu revenir à la vie. Mais c'était toujours la même ruine poussiéreuse dans l'oliveraie. Alors il s'assit sur le mur, sans penser à rien.

Cet autre Michel Duval avait cessé d'être. Celui-ci disparaîtrait aussi. Il connaîtrait d'autres incarnations et oublierait ce moment-ci, oui, même cet instant d'une douleur aiguë, exactement comme il avait oublié tous les moments qu'il avait jadis vécus ici. Des éclairs, des images — un homme assis sur un mur écroulé, imperméable à tout sentiment. Rien d'autre. Ce Michel disparaîtrait donc aussi.

Les oliviers agitaient leurs bras, gris, vert, gris, vert. Au revoir, au revoir. Ils ne lui apportèrent rien, cette fois. La connexion euphorique avec le temps perdu n'eut pas lieu. Ce moment aussi avait passé.

Il regagna Arles dans un miroitement gris-vert. A l'hôtel, l'employé de la réception disait à quelqu'un que le mistral ne s'arrêterait jamais.

— Mais si, il s'arrêtera, dit Michel en passant.

Il monta dans sa chambre et rappela Maya. Je t'en prie, viens vite. Il s'en voulait d'en être réduit à l'implorer ainsi. Bientôt, disait-elle. Plus que quelques jours et ils auraient élaboré un traité, un accord *bona fide* entre les Nations Unies et le gouvernement martien indépendant. L'histoire en marche. Après ça, elle pourrait venir.

Michel se fichait pas mal de l'histoire en marche. Il se promena dans Arles en l'attendant. Il remonta l'attendre dans sa chambre. Il ressortit se promener.

Les Romains avaient utilisé le port d'Arles autant que celui de Marseille. César avait même rasé Marseille, qui avait soutenu Pompée, et fait d'Arles la capitale de la région, pour lui témoigner sa faveur. Les trois routes stratégiques qui se croisaient dans la ville avaient été utilisées des centaines d'années encore après le départ des Romains. Pendant tout ce temps, Arles avait été une ville importante vivante, prospère. Puis le Rhône avait déserté ses rives, la Camargue était devenue un marécage pestilentiel et l'on avait cessé d'emprunter les routes. La ville avait commencé à décliner. La Camargue avec ses herbes salées, balayées par les vents, et ses fameux troupeaux de chevaux blancs, avait été envahie par les raffineries de pétrole, les centrales atomiques, les usines chimiques.

Maintenant, avec l'inondation, le Rhône avait repris sa place et il était propre et clair. Arles était redevenue un port de mer. C'est là que Michel avait choisi d'attendre Maya précisément parce qu'il n'y avait jamais vécu auparavant. La ville ne lui rappelait rien, que l'instant présent. Il passait ses journées à regarder les gens vivre leur vie dans l'instant présent. Dans ce nouveau pays étranger.

Un certain Francis Duval l'appela à son hôtel. C'est Sylvie qui l'avait contacté. Il était le neveu de Michel, le fils de son défunt frère. Il habitait dans la rue du Quatre-Septembre, juste au nord de l'arène romaine, à quelques pâtés de maisons du Rhône en crue, pas loin de l'hôtel de Michel. Il l'invita chez lui.

Après une brève hésitation, Michel accepta. Le temps qu'il traverse la ville, s'arrêtant brièvement pour jeter un coup d'œil au théâtre et aux arènes, son neveu avait convoqué tout le quartier : une célébration improvisée, des bouchons de champagne sautant comme des chapelets d'amorces au moment où Michel franchit le seuil de la maison. Tout le monde l'embrassa, trois fois sur les joues, à la manière provençale. Il lui fallut un moment pour rejoindre Francis, qui le serra longuement, chaleureusement sur son cœur, sans cesser de parler, pendant que les gens braquaient sur eux les fibres optiques de leurs caméras.

— Vous ressemblez tellement à mon père ! disait Francis.

— Vous aussi ! répondit Michel en essayant de se rappeler si c'était vrai, en essayant de se rappeler le visage de son frère.

Francis était un homme entre deux âges, Michel n'avait jamais vu son frère si vieux. C'était difficile à dire.

Mais tous les visages avaient une sorte de familiarité, la langue était assez compréhensible dans l'ensemble, et les phrases, les odeur du fromage, du vin pétillant firent surgir en lui des successions d'images. Le goût du vin en suscita plus encore. Francis était un amateur de grands vins. Il déboucha joyeusement un certain nombre de bouteilles poussiéreuses : du châteauneuf-du-pape, puis un sauternes centenaire, et sa spécialité, des premiers crus de Bordeaux, deux château-latour, deux château-lafite et un mouton-rothschild de 2064 avec une étiquette signée Pougnadoresse. Ces merveilles centenaires s'étaient métamorphosées, au fil du temps, en une chose qui était plus que du vin ; la palette d'arômes et d'harmonies était fabuleuse. Ils coulaient dans la gorge de Michel comme sa propre jeunesse.

La réception n'aurait pas été différente si elle avait été donnée en l'honneur d'un édile populaire. Michel avait fini par conclure que Francis ne ressemblait guère à son frère, mais il parlait exactement comme lui. Michel aurait juré avoir oublié cette voix, et pourtant elle lui revenait avec une netteté frappante. Il s'étonnait de l'accent traînant avec lequel Francis prononçait « normalement », pour désigner la façon dont les choses se passaient avant l'inondation. Par ce mot, il décrivait un mode hypothétique de fonctionnement en douceur inconnu dans la vraie Provence, mais il le prononçait exactement avec le même accent traînant, nor-male-ment...

Tout le monde voulait parler à Michel, ou au moins l'écouter, aussi faisait-il de petits discours rapides dans le style politicien, un verre à la main, complimentant les femmes sur leur beauté, expliquant aux gens combien il était heureux d'être parmi eux sans sombrer dans le sentimentalisme, ou avouant combien il était désorienté : une performance compétente, en souplesse, que ces Provençaux raffinés appréciaient, avec leur rhétorique plaisante et vive comme les combats de taureaux.

— Et comment c'est, sur Mars ? A quoi ça ressemble ? Qu'allez-vous faire maintenant ? Vous avez déjà des Jacobins ?

— Mars, c'est Mars, répondit Michel, éludant la question. Le sol est de la même couleur que les tuiles des toits d'Arles. Vous voyez ce que je veux dire.

Ils firent la fête tout l'après-midi, puis ils organisèrent un festin. D'innombrables femmes lui firent la bise, il était soûlé par leur parfum, leur peau, leur chair, leurs yeux noirs, liquides, souriants, qui le regardaient avec une curiosité amicale. Avec les filles nées sur Mars, il était toujours obligé de lever la tête, ce qui lui offrait une vue privilégiée sur le dessous de leur menton, l'intérieur de leurs narines. C'était un tel plaisir de baisser les yeux sur une raie impeccable séparant deux masses de cheveux noirs et luisants.

A la fin de la soirée, les gens se dispersèrent. Francis raccompagna Michel et ils gravirent les marches de pierre incurvées des tours médiévales entourant les arènes. Du petit belvédère en haut de l'escalier, ils regardèrent par une étroite meurtrière les toits de tuile, les rues sans arbres et le Rhône. La fenêtre sud donnait sur l'étendue d'eau tachetée qu'était la Camargue.

— La Méditerranée est revenue, dit Francis, profondément satisfait. L'inondation a peut-être été un désastre pour la plupart des gens, mais pour nous, quelle aubaine ! Les fermiers qui faisaient pousser du riz sont prêts à prendre le premier travail qui se présente. Ils viennent pêcher ici. Beaucoup de bateaux sont amarrés en pleine ville. Ils apportent des fruits de Corse, de Majorque, ils font du commerce avec Barcelone et la Sicile. Nous avons pris une bonne partie du trafic de Marseille. Maintenant, il faut leur laisser ça, ils sont en train de réagir. Mais quelle vie nous avons retrouvée ! Avant, tu sais, Aix avait l'université, Marseille le port et nous n'avions que ces ruines. Les touristes passaient la journée ici et repartaient. C'est vraiment un sale boulot, le tourisme. Ce n'est pas un métier pour des êtres humains. Ça consiste à héberger des parasites. Maintenant, nous revivons ! (Il était un peu gris.) Tiens, je devrais t'emmener voir le lagon en bateau.

— Ah, volontiers.

Ce soir-là, Michel rappela Maya.

— Il faut que tu viennes. J'ai retrouvé mon neveu, ma famille.

— Nirgal est en Angleterre, répondit sèchement Maya qui ne semblait guère impressionnée par la nouvelle. Il est allé chercher Hiroko. On lui a dit qu'elle était là-bas, et il est parti comme ça.

— Qu'est-ce que ça veut dire ? s'exclama Michel, choqué par la soudaine intrusion d'Hiroko dans la conversation.

— Oh, Michel, tu sais que ce n'est pas possible. C'est un bobard et c'est tout. Ça ne peut pas être vrai, mais il a filé ventre à terre.

— J'en aurais fait autant !

— Je t'en prie, Michel, j'ai assez d'un irresponsable sur les bras.

Si Hiroko est vivante, elle est sur Mars. On a raconté cette histoire à Nirgal pour l'écarter des négociations. J'espère seulement que ce n'est pas pour des motifs plus graves. Il faisait trop d'effet aux gens. Et il parlait à tort et à travers. Tu devrais l'appeler et lui dire de revenir. Il t'écoutera peut-être, toi.

— A sa place, il m'en faudrait un peu plus, dit-il, en essayant de rayer de ses pensées le soudain espoir qu'Hiroko soit en vie.

Et en Angleterre, entre tous les endroits du monde. En vie n'importe où. Hiroko et donc Iwao, Gene, Rya... tout le groupe, sa famille. Sa vraie famille. Il s'ébroua. Il tenta de parler à Maya de sa famille à Arles, mais elle commençait à s'impatienter et les mots lui restèrent dans la gorge. Sa vraie famille avait complètement disparu quatre ans plus tôt, voilà la vérité. Pour finir, le cœur gros, il ne put que dire :

— Je t'en prie, Maya, je t'en supplie, viens.

— Bientôt. J'ai dit à Sax que je viendrais dès que nous aurions fini ici. Tout ça va lui retomber dessus, et il peut à peine parler. C'est ridicule. (Elle exagérait. Ils avaient une équipe diplomatique au grand complet, là-bas, et Sax était parfaitement compétent, à sa façon.) Mais bon, d'accord, je vais venir. Alors cesse de me harceler.

Elle arriva la semaine suivante.

Michel alla la chercher à la nouvelle gare et l'emmena aussitôt à Avignon. Il était très tendu. Il avait vécu trente ans avec elle à Odessa et à Burroughs, mais la Maya qui était assise à côté de lui, dans la voiture, cette femme qui avait été si belle, avec son regard impénétrable sous ses paupières lourdes, lui était étrangère. Elle lui raconta tout ce qui s'était passé à Berne par petites phrases courtes, saccadées. Ils avaient jeté les bases d'un traité avec les Nations Unies, qui leur avaient accordé l'indépendance. En échange, ils devaient permettre une certaine émigration, limitée à dix pour cent de la population martienne par an, certains transferts de ressources minérales, leur concours diplomatique.

— C'est bien, vraiment bien, répondit Michel en essayant de se concentrer sur les nouvelles qu'elle lui apportait.

Tout en parlant, elle jetait de temps à autre un coup d'œil aux bâtiments qui défilaient le long de la route, mais dans le soleil, la poussière et le vent, ils faisaient à vrai dire assez toc et elle ne paraissait pas impressionnée.

La mort dans l'âme, Michel se gara le plus près possible du Palais des Papes, à Avignon, et l'emmena le long du fleuve en crue, voir le pont qui s'arrêtait au beau milieu de l'eau, puis jusqu'à la large promenade qui menait vers le sud du palais, avec ses terrasses de cafés ombragées par des platanes centenaires. Ils déjeunèrent là. Michel savoura l'huile d'olive et le cassis, les faisant voluptueusement rouler sur sa langue tout en regardant sa compagne faire la chatte sur sa chaise de métal.

— C'est bien, ici, dit-elle, et il sourit.

Oui, c'était bien : raffiné et sans prétention, les mets et les boissons comme le décor. Mais le goût du cassis déchaînait en lui un cyclone de souvenirs, d'émotions remontant de ses vies antérieures, mêlés aux sensations qu'il éprouvait à présent, exaltant tout, les couleurs, les textures, le contact des chaises métalliques, du vent. Alors que pour Maya, le cassis n'était qu'une boisson faite avec des baies aigrelettes.

Il se dit, en la regardant, que le destin avait mené vers lui une compagne plus séduisante qu'aucune des Françaises qu'il avait connues dans son autre vie. Une femme plus grande en tout. Cela aussi il l'avait assez bien réussi sur Mars. Il avait suivi une voie plus large. Ce sentiment et sa nostalgie s'affrontaient dans son cœur pendant que Maya se régalait de bouillabaisse, de vin, de fromage, de cassis, de café, inconsciente du schéma d'interférences de ses vies, entrant et sortant de phase avec lui.

Ils parlaient à bâtons rompus. Maya était détendue, heureuse des résultats obtenus à Berne. Elle s'amusait bien et n'était pas pressée de bouger. Michel sentait courir dans ses veines une chaleur comparable à celle que procure l'omegendorphe. En la regardant, il retrouvait lentement le bonheur lui aussi, le simple bonheur. Le passé, l'avenir... ni l'un ni l'autre n'étaient réels. Juste ce déjeuner sous les platanes, à Avignon. C'était tout ce qui comptait.

— C'est si raffiné, disait Maya. Je ne me suis pas sentie aussi calme et détendue depuis des années. Je comprends que ça te plaise.

Elle le regarda en riant, et il sentit un sourire imbécile se plaquer sur sa figure.

— Tu ne voudrais pas revoir Moscou ? lui demanda-t-il.

— Ça non, alors. Sûrement pas.

Elle écarta cette idée comme une intrusion indésirable dans l'instant présent. Il se demanda comment elle ressentait son retour sur Terre. On ne pouvait pas être tout à fait indifférent à une telle chose.

Pour certains, *chez soi*, c'était chez soi, un ensemble de sentiments qui allaient bien au-delà du rationnel, une sorte de champ gravitationnel qui imprimait sa forme géométrique à la personnalité. Mais il y avait aussi des gens pour qui un endroit en valait un autre, pour qui l'individu affranchi de toute contrainte était le même où qu'il aille. Les uns vivaient dans l'espace courbe, einsteinien, de leur *chez eux*, les autres dans l'espace absolu, newtonien, de la liberté. Il était du premier type et Maya du second. On ne luttait pas contre ça. N'empêche qu'il voulait lui faire aimer la Provence. Ou du moins lui faire comprendre pourquoi il l'aimait, lui.

C'est pourquoi, après le déjeuner, il l'emmena vers le sud et les Baux, en passant par Saint-Rémy.

Elle dormit tout au long du trajet, et il n'en fut pas mécontent. La route entre Avignon et les Baux était bordée de vilains bâtiments industriels éparpillés sur une plaine poussiéreuse. Elle se réveilla juste au bon moment, alors qu'il négociait une route étroite et sinueuse grimpant dans une faille des Alpilles, vers le vieux village perché au sommet d'une colline. On se garait sur un parking, puis on montait à pied dans la ville. Ces dispositions avaient manifestement été prises pour des raisons touristiques, mais l'unique rue tortueuse, d'ailleurs pittoresque, du village était très calme en réalité, comme si l'endroit était abandonné. Le village était endormi dans la chaleur de l'après-midi, volets clos. Un dernier tournant, on traversait une place vide, pentue, et on arrivait au sommet de la colline, coiffé par des buttes de calcaire jaunâtre. Elles avaient été évidées par des ermites car il y avait jadis eu à cet endroit un ermitage qui se croyait protégé par son altitude des Sarrasins et autres dangers du monde médiéval. Au sud, la Méditerranée étincelait telle une feuille d'or. Un fin voile nuageux couleur de bronze passa dans le ciel, à l'ouest, et la lumière prit une teinte ambrée, métallique, comme s'ils marchaient dans une gelée de siècles.

Ils passèrent d'une cellule à l'autre, s'émerveillant de leur petitesse.

— On dirait un terrier de chiens de prairie, nota Maya en jetant un coup d'œil dans une petite grotte en forme de cube. Ça me rappelle notre parc de caravanes à Underhill.

De retour sur la place en pente, jonchée de blocs de calcaire, ils s'arrêtèrent pour regarder briller la Méditerranée. Michel lui indiqua la surface plus terne de la Camargue.

— Il n'y avait pas toute cette eau, avant.

La lumière s'assombrit, prit une teinte abricot, et la colline devint une sorte de forteresse au-dessus de l'immensité du monde et du temps. Maya le prit par la taille et se blottit contre lui en frissonnant.

— C'est beau. Mais je n'aurais pas pu vivre là-haut, comme eux. Je ne sais pas, je trouve ça trop exposé.

Ils retournèrent à Arles. Le samedi soir, le centre-ville devenait une sorte de festival gitan ou maghrébin. Dans les ruelles étaient dressés des éventaires de boissons et de nourriture. Il y en avait même sous les arches des arènes, qui étaient ouvertes à tous. Un orchestre y était installé. Maya et Michel se promenèrent bras dessus, bras dessous, dans les odeurs de friture et d'épices. Les gens, autour d'eux, s'interpellaient en deux ou trois langues.

— On se croirait à Odessa, dit Maya alors qu'ils faisaient le tour des arènes. Sauf que les gens sont si petits. C'est bien agréable de ne pas avoir l'impression d'être une naine, pour une fois.

Ils dansèrent dans les arènes, s'attablèrent à une buvette, sous les étoiles frémissantes. L'une d'elles était rouge, et Michel eut quelques soupçons, mais les garda pour lui. Ils rentrèrent à l'hôtel et ils firent l'amour sur son lit étroit. A un moment donné, Michel eut l'impression d'être plusieurs personnes à la fois, qui jouirent toutes en même temps. Etrange sensation qui lui arracha un cri d'extase... Maya s'endormit et il resta à côté d'elle, les yeux ouverts, parcouru d'une tristesse hors du temps, buvant l'odeur familière de ses cheveux, écoutant la cacophonie de la ville qui s'estompait lentement. Il était enfin chez lui.

Les jours suivants, il la présenta à son neveu et aux autres membres de la famille que Francis avait réunis. Tout le monde l'adopta, et on lui posa des kyrielles de questions par le truchement des IA de traduction. Ils semblaient avides de tout lui dire sur eux. C'était fréquent, pensa Michel. Les gens souhaitaient s'emparer du célèbre étranger dont ils connaissaient (ou croyaient connaître) l'histoire, et lui offraient la leur en échange, pour rééquilibrer la relation. Une sorte de témoignage, ou de confessionnal. Le partage réciproque des récits. Et les gens étaient naturellement attirés vers Maya, de toute façon. Elle les écouta en riant et les interrogea comme si tout ça la fascinait. Ils lui racontèrent pour la énième fois l'inondation, comment elle avait envahi leurs maisons, leurs vies, les expédiant dans le vaste monde, vers des amis et des parents qu'ils n'avaient pas vus depuis des années, les contraignant à de nouveaux schémas et de nouveaux rapports, rompant le moule de leurs vies, les projetant dans le mistral. Michel vit qu'ils avaient été galvanisés par ce processus, qu'ils étaient fiers de la façon dont ils avaient réagi, dont ils s'étaient serré les coudes, et tout aussi indignés par les contre-exemples d'arnaque ou d'insensibilité qui entachaient cette histoire autrement héroïque.

— Vous vous rendez compte ? Enfin, ça ne lui a pas porté bonheur parce que, une nuit, il a été agressé dans la rue et tout son argent a disparu.

— Ça nous a réveillés, vous comprenez ? Ça nous a obligés à sortir de notre léthargie.

Ils disaient ces choses à Michel en français, le regardaient hocher la tête, et guettaient la réaction de Maya, à qui son IA traduisait leurs propos en anglais. Elle opinait du chef à son tour, absorbée comme elle l'avait été par les jeunes indigènes du bassin d'Hellas, qui réorientaient leurs anecdotes en fonction de l'intérêt qu'elle manifestait. Ah, ils faisaient une sacrée paire, Nirgal et elle, ils étaient charismatiques. Ça devait venir du regard qu'ils portaient sur les autres, de la façon dont ils les mettaient en valeur. C'était peut-être ça, le charisme : le don d'offrir un miroir aux autres.

Des membres de la famille de Michel leur firent descendre le Rhône sur leur bateau, et Maya s'émerveilla de son impétuosité, des efforts faits pour le recanaliser dans le lagon étrangement encombré de la Camargue. Puis ils s'engagèrent sur l'eau brune de la Méditerranée, et plus loin encore, sur l'eau bleue éclaboussée de soleil, le petit bateau bondissant sur les vagues que le mistral coiffait d'écume. La vue de la côte au loin, par-delà tout ce bleu incrusté d'or, était stupéfiante. Michel se déshabilla et sauta dans les flots glacés, en faisant jaillir des gerbes de cristal. Il but un peu d'eau salée, retrouva la saveur amniotique de ses bains d'antan, à la plage.

Au cours de leurs pérégrinations, ils allèrent voir le pont du Gard. L'immuable aqueduc était le plus grand ouvrage d'art des Romains : trois étages de pierre, les arches inférieures, épaisses, solidement campées dans le fleuve, fières de leurs deux mille ans de résistance au courant. Les arcades plus légères, plus altières, du milieu, puis les plus petites tout en haut. La forme adaptée à la fonction avec une grâce infinie. La pierre piquetée, d'un blond de miel, qui faisait franchir l'eau à l'eau était très martienne à tout point de vue. On aurait dit l'arche de Nadia à Underhill, dressée dans cette gorge calcaire, d'un vert poussiéreux, là, en Provence. A présent, Michel se serait presque cru sur Mars plutôt qu'en France.

Maya aima son élégance.

— Regarde comme c'est humain, Michel. C'est ce qui manque aux constructions martiennes, elles sont trop grandes. Au moins ça, ça a été fait par des mains humaines, avec des moyens à l'échelle humaine. Des blocs, des outils, des calculs à la portée de l'homme, peut-être quelques chevaux. Et pas nos machines télécommandées, faites de matériaux bizarres, qui effectuent des tâches incompréhensibles et qu'on ne voit même pas.

— C'est vrai.

— Je me demande si nous serions encore capables de construire des choses de nos propres mains. Je voudrais que Nadia voie ça. Elle adorerait.

Michel était heureux. Ils pique-niquèrent sur place. Ils allèrent voir les fontaines d'Aix-en-Provence. Se rendirent à un point de vue surplombant la vallée du Gard. Fouinèrent dans les docks de Marseille. Visitèrent les sites romains d'Orange et de Nîmes. Longèrent les plages submergées de la Côte d'Azur. Allèrent se promener, un soir, au mas en ruine de Michel, et dans la vieille oliveraie.

A la fin de ces rares et précieuses journées, ils rentraient à Arles et mangeaient au restaurant de l'hôtel ou, s'il faisait chaud, sous les platanes des cafés en terrasse. Puis ils remontaient dans leur chambre et faisaient l'amour. Ils se réveillaient à l'aube et faisaient l'amour à nouveau, ou descendaient chercher des croissants chauds et du café.

— C'est beau, lui dit Maya, dans le bleu du soir, en regardant les toits de tuile du haut de la tour des arènes.

Et elle le pensait. C'est ce qu'elle pensait de cet endroit, et de toute la Provence. Michel était heureux.

Puis ils reçurent un message sur leur bloc-poignet. Nirgal était malade ; très malade. Sax paraissait bouleversé. Il avait déjà fait remettre Nirgal sous gravité martienne, en environnement stérile, dans un vaisseau en orbite autour de la Terre.

— Je crains qu'il n'ait été trahi par son système immunitaire, et la pesanteur n'arrange pas les choses. Il a une infection, un œdème pulmonaire et beaucoup de fièvre.

— Il est allergique à la Terre, quoi, traduisit Maya, le visage sombre.

Elle lui fit part de ses projets et coupa la communication après avoir sèchement conseillé à Sax de rester calme, puis elle s'approcha du petit placard de la chambre et commença à jeter ses vêtements sur le lit.

— Dépêche-toi ! appela-t-elle en voyant Michel planté là. Il faut que nous partions.

— Ah bon ?

Elle l'écarta d'un geste et fouilla dans le placard.

— Moi, j'y vais, reprit-elle en lançant des sous-vêtements en vrac dans sa valise. Il est temps de repartir, de toute façon.

— Vraiment ?

Elle ne répondit pas. Elle appela les représentants locaux de Praxis sur son bloc-poignet et leur demanda de les faire transporter dans l'espace où ils retrouveraient Sax et Nirgal. Elle parlait d'une voix tendue, froide, professionnelle. Elle avait déjà oublié la Provence.

Lorsqu'elle vit que Michel n'avait pas bougé, elle explosa.

— Oh, allez, ne dramatise pas ! Ce n'est pas parce que nous devons partir maintenant que nous ne reviendrons jamais ! Nous allons vivre un millier d'années, tu pourras revenir aussi souvent que tu veux, cent fois si ça te chante ! Et puis, cet endroit est-il tellement mieux que Mars, au fond ? Pour moi, c'est Odessa tout craché, et tu y as été heureux, non ?

Michel ignora cette réplique. Il s'approcha en traînant les pieds de la fenêtre devant laquelle elle avait ouvert ses valises. Dehors, la rue était plongée dans un crépuscule bleuté. Une rue comme tant d'autres, à Arles : des dalles de pierre, des murs de stuc aux teintes pastel. Des cyprès. Des tuiles sur le toit, en face, étaient cassées. D'une couleur martienne. Des voix, en bas, s'interpellaient furieusement en français.

— Alors ? s'exclama Maya. Tu viens ?

— Oui.

SIXIÈME PARTIE

ANN DANS L'OUTBACK

Ecoute, refuser de suivre le traitement de longévité, c'est un suicide.

Et alors ?

Eh bien, d'ordinaire, le suicide est considéré comme un signe de dysfonctionnement psychologique.

D'ordinaire.

C'est souvent vrai, tu sais. Le moins qu'on puisse dire, c'est que tu n'es pas heureuse.

C'est le moins qu'on puisse dire, en effet.

Et pourquoi ? Que veux-tu de plus ?

Le monde.

Tu vas encore, tous les soirs, voir le coucher du soleil.

Une habitude.

Tu attribues ta dépression à la destruction de la Mars primitive. Je pense que les raisons philosophiques invoquées par les gens souffrant de dépression sont des masques dissimulant des blessures plus graves, plus personnelles.

Toutes ces choses peuvent être réelles.

Tu veux dire, toutes les raisons ?

Oui. De quoi accusais-tu Sax ? De monocausotaxophilie ?

Touché. Mais ces choses ont généralement un point de départ. Parmi toutes les vraies raisons, il y en a une qui t'a fait dévier de ta route. Il faut souvent retourner à ce point de son parcours personnel pour pouvoir reprendre un autre chemin.

Le temps n'est pas l'espace. La métaphore de l'espace est une imposture en ce qui concerne le temps. On ne peut pas revenir en arrière.

Mais si, mais si. On peut revenir sur ses pas, métaphoriquement. Le voyage mental permet de rebrousser chemin, de voir où on a bifurqué et pourquoi, puis de repartir dans une direction différente grâce à cette espèce d'échangeur qu'est la compréhension. Mieux comprendre, c'est ajouter du sens. Quand tu prétends être avant tout préoccupée par le destin de Mars, je pense que c'est un déplacement si fort qu'il te fait perdre de vue la réalité. C'est aussi une métaphore. Peut-être réelle, oui. Mais les deux termes de la métaphore devraient être reconnus.

Je sais ce que je vois.

Mais tu ne le vois pas, justement ! Tu ne vois pas tout ce qui reste de Mars la Rouge, or il en reste énormément. Tu devrais aller le voir ! Ça te viderait la tête, tu verrais. Tu devrais sortir à basse altitude, marcher librement dans l'air, avec un simple masque facial. Ça te ferait du bien, physiologiquement parlant. Et puis au moins tu profiterais d'un des avantages du terraforming. Tu découvrirais la liberté que nous y avons gagnée, le lien que ça nous procure avec ce monde : pouvoir marcher nu à sa surface et survivre. C'est stupéfiant ! Nous faisons désormais partie de son écologie. Tout ça mérite d'être repensé. Tu devrais sortir afin d'y réfléchir, d'étudier le processus d'aréoformation.

Ce n'est qu'un mot. Nous avons pris cette planète et nous l'avons labourée. Elle fond sous nos pieds.

Dans une eau qui a toujours été là. Pas de l'eau importée de Saturne ou de je ne sais où, une eau qui faisait partie de la donne au départ, que je sache. Dégazée de la masse originelle de Mars. Elle fait maintenant partie de notre corps. Nos corps mêmes sont des structures aqueuses martiennes. Sans les oligo-éléments nous serions transparents. Nous sommes de l'eau martienne. Une eau qui était déjà à la surface de Mars, et qui jaillit en une apocalypse artésienne. Ces canaux sont si gros !

C'était le permafrost. Depuis deux milliards d'années.

Eh bien, nous l'avons aidée à remonter à la surface. La majesté des grands aquifères explosant. Nous étions là, nous en avons vu un de nos propres yeux, nous avons failli mourir dedans...

Oui, oui...

Tu as senti l'eau emporter la voiture, tu étais au volant...

Oui ! Et elle a emporté Frank à la place.

C'est vrai.

Elle a emporté le monde. Et elle nous a laissés sur le rivage.

Le monde est encore là. Il suffirait que tu sortes pour le voir.

Je ne veux pas le voir. Je l'ai déjà vu !

Pas toi. Un toi antérieur. Tu es un autre toi, aujourd'hui.

C'est ça, c'est ça.

Je pense que tu as peur. Peur d'entreprendre une transmutation, de te métamorphoser en quelque chose de nouveau. L'alambic est là, tout autour de toi. Le feu est allumé dessous. Tu fondrais, tu renaîtrais, qui sait si tu serais encore là après ?

Je n'ai pas envie de changer.

Tu ne veux pas cesser d'aimer Mars.

Non. Si.

Tu ne cesseras jamais d'aimer Mars. Pense aux roches métamorphiques : elles n'ont pas cessé d'exister. Elles sont même généralement plus dures que la roche dont elles sont issues. Tu aimeras toujours Mars. Ta mission devient de voir la Mars qui sera toujours là, sous l'épais ou le fin, le chaud ou le froid, le sec ou l'humide. Tout cela est éphémère alors que Mars perdurera. Ces inondations se sont déjà produites, n'est-ce pas ?

Oui.

Tous ces fluides sont l'eau même de Mars.

Sauf l'azote de Titan.

Eh oui. J'ai l'impression d'entendre parler Sax.

Allons, allons.

Vous vous ressemblez plus, tous les deux, que tu ne le penses. Nos fluides à tous sont les fluides de Mars.

Mais la destruction de la surface ? Elle est complètement ravagée. Tout a changé.

C'est l'aréologie. Ou l'aréophanie.

C'est la destruction. Nous aurions dû essayer de l'habiter comme elle était.

Mais nous ne l'avons pas fait. Et maintenant, être Rouge, ça veut dire s'efforcer de préserver un environnement aussi proche que possible des conditions d'origine, dans le cadre de l'aréophanie, le projet de création de biosphère qui permet aux êtres humains de vivre librement en surface, jusqu'à une certaine altitude. C'est ce que veut dire, aujourd'hui, le fait d'être Rouge. Mais il y a beaucoup de Rouges comme ça. Je crois savoir ce qui t'angoisse : tu te dis que si tu changes ne serait-ce que d'un iota, ce sera la fin du Rouge partout. Eh bien, le Rouge est plus fort que toi. Tu as contribué à son émergence, à sa définition, mais tu n'as jamais été seule. Si tu avais été seule, personne ne t'aurait écoutée.

On ne m'a pas écoutée !

Mais si. Parfois. Et même souvent. Le Rouge continuera, quoi que tu fasses. Tu pourrais quitter la scène, changer radicalement, tu pourrais devenir vert pomme, ce ne serait pas la fin du Rouge. Il se pourrait même qu'il devienne plus Rouge que tu ne l'as jamais imaginé.

Plus Rouge que je ne l'ai imaginé ? Impossible.

Songe à toutes les possibilités. Nous en vivrons une, et nous continuerons. Le processus de coadaptation avec cette planète se poursuivra pendant des milliers d'années. Nous sommes là, à présent. Tu devrais te demander à chaque instant ce qui manque encore et t'efforcer d'accepter ta réalité actuelle. C'est la santé mentale, c'est la vie. Il faut que tu imagines ta vie à partir de maintenant et au-delà.

Je ne peux pas. J'ai essayé et je n'y arrive pas.

Tu devrais regarder autour de toi, vraiment. Faire un tour. Voir tout ça de près. Même les mers de glace. Les examiner attentivement. Et sans hostilité. L'hostilité n'est pas forcément mauvaise, mais tu devrais commencer par jeter juste un coup d'œil. Effectuer une reconnaissance. Tu devrais monter un peu dans les collines. Tharsis. Elysium. Prendre de l'altitude, ce qui revient à remonter dans le temps. Ta mission consiste à trouver la Mars qui perdurera. C'est vraiment une tâche merveilleuse. Tout le monde n'a pas un rôle aussi exaltant à jouer, loin de là. Tu as de la chance, tu sais.

Et toi ?

Quoi, moi ?

Quel est ton rôle ?

Mon rôle ?

Oui, ton rôle.

... Je ne sais pas très bien. Je te l'ai dit, je t'envie d'avoir ce rôle à jouer. Le mien consiste à... C'est confus. Aider Maya, m'aider moi-même. Et tous les autres. Nous réconcilier... Retrouver Hiroko.

Tu es notre psy depuis longtemps.

Oui.

Plus de cent ans.

Oui.

Et tu n'as jamais obtenu le moindre résultat.

Eh bien, je veux croire que j'ai été d'une certaine aide.

Mais ça ne te vient pas naturellement.

Pas forcément.

Tu crois que les gens s'intéressent à la psychologie parce que ça ne tourne pas rond dans leur tête ?

C'est une théorie répandue.

Mais tu n'as jamais eu de psy.

Oh, j'ai eu des thérapeutes.

Ils t'ont aidé ?

Oui. Beaucoup ! Enfin, pas mal. Ils ont fait de leur mieux.

Mais tu ne connais pas ton rôle.

Non. Enfin... je voudrais rentrer chez moi.

Où ça, chez toi ?

C'est le problème. C'est difficile de ne pas savoir où on est chez soi, hein ?

Oui. Je pensais que tu resterais en Provence.

Non. C'est-à-dire... J'étais chez moi en Provence, mais...

Mais tu rentres sur Mars.

Oui.

Tu as décidé de revenir.

... Oui.

Tu ne sais pas où tu en es, hein ?

Non. Mais toi, si. Tu sais où tu es chez toi, et ça, c'est inestimable ! Tu devrais t'en souvenir, tu ne devrais pas refuser un don si précieux, ou le voir comme un fardeau ! Tu es stupide de penser ça. C'est une richesse, idiote, un bien inappréciable, tu comprends ce que je te dis ?

Il va falloir que j'y réfléchisse.

Elle quitta le refuge dans un patrouilleur météo du siècle dernier, un véhicule carré, haut sur pattes, au compartiment supérieur vitré sur les quatre côtés, un peu comme celui qu'ils avaient au pôle Nord, Nadia, Phyllis, Edmond, George et elle. Et comme depuis elle avait passé des milliers de jours dans des engins pareils, dès le départ elle eut l'impression de faire une chose ordinaire, dans la continuité de son existence.

Elle partit vers le nord-est en suivant un canyon qui la mena dans le lit d'un petit canal sans nom, par soixante degrés de longitude et cinquante-trois degrés de latitude nord. Cette vallée avait été sculptée par une résurgence aquifère, à la fin de l'ère amazonienne, et empruntait la faille formée par un graben antérieur, au pied du Grand Escarpement. Les effets abrasifs de l'inondation étaient encore visibles sur les parois du canyon, et dans les îles lenticulaires formées dans les roches du soubassement, au fond du canal.

Lequel courait maintenant vers le nord, et une mer de glace.

Elle sortit du véhicule équipée d'un coup-vent doublé de fibre, d'un masque à gaz carbonique, de lunettes et de bottes chauffantes. L'air était diaphane et froid, bien que ce soit maintenant le printemps dans le Nord, en ce Ls 10 de l'année M-53. Il faisait froid, il y avait du vent, et des lignes irrégulières de nuages bas, renflés, filaient vers l'est. Soit une ère glaciaire était en préparation, soit, si les manipulations des Verts aboutissaient, il fallait s'attendre à une année sans été, comme en 1810, sur Terre, lorsque l'éruption du Tambori avait plongé le monde dans l'hiver.

Elle se dirigea vers le rivage de la nouvelle mer, qui s'étendait au pied du Grand Escarpement, à Tempe Terra — un lobe d'anciennes highlands s'enfonçant au nord. Tempe avait échappé au bouleversement général de l'hémisphère Nord, sans doute parce qu'elle était à peu près à l'opposé du point d'impact de l'astéroïde qui avait heurté Mars au Noachien, et que la plupart des aréologistes s'accordaient à présent à situer près de Hrad Vallis, au-dessus d'Elysium. Enfin. Des collines accidentées surplombaient une mer couverte de glace. La roche ressemblait à une mer rouge fouettée par un gigantesque mixer. La glace évoquait une prairie au cœur de l'hiver. De l'eau indigène, comme disait Michel, de l'eau qui était là depuis le début, qui avait jadis coulé à la surface. C'était difficile à admettre. Ses pensées étaient fragmentaires, confuses, partaient dans toutes les directions à la fois. C'était une sorte de folie, et en même temps elle savait qu'il ne s'agissait pas de cela. Le vent qui bourdonnait et gémissait ne lui parlait pas sur le même ton que le conférencier du MIT. Elle n'avait pas l'impression d'étouffer quand elle respirait. Non, ce n'était pas ça. C'est plutôt que ses pensées étaient bousculées, disloquées, imprévisibles, comme cette volée d'oiseaux zigzaguant dans le ciel au-dessus de la glace, dans le vent d'ouest. Ah, sentir ce même vent sur son corps, être poussée par ce nouvel air épais comme une grosse patte d'animal...

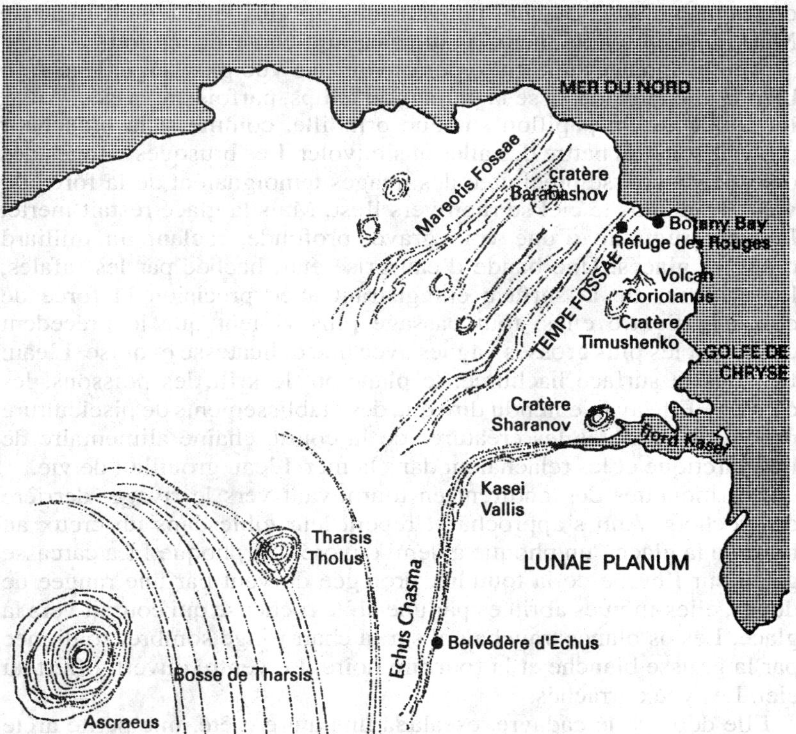

Les oiseaux téméraires évoluaient avec habileté dans les bourrasques. Elle les contempla un instant : des mouettes pillardes, qui chassaient au-dessus des noires étendues d'eau à ciel ouvert. Ces polynies trahissaient la présence d'immenses ampoules d'eau sous la glace. Elle avait entendu dire qu'un courant ininterrompu circulait maintenant sous la glace tout autour du globe, tournait vers l'est au-dessus du vieux Vastitas, crevant souvent la surface. Ces trous pouvaient rester liquides pendant une durée allant d'une heure à une semaine. Même dans l'air glacial, les eaux souterraines étaient réchauffées par les moholes immergés de Vastitas, et la chaleur qui montait des milliers d'explosions thermonucléaires déclenchées par les métanats au tournant du siècle. Ces bombes avaient été placées assez profondément dans le mégarégolite pour piéger les retombées radioactives, en théorie du moins, mais pas la chaleur. Celle-ci remontait à travers la roche selon une pulsation thermique qui durerait des années. Non ; Michel pouvait toujours dire que c'était l'eau de Mars, cette nouvelle mer n'avait pas grand-chose de naturel.

Ann grimpa sur une crête pour avoir une vue plus large. Elle était bien là : de la glace, lisse la plupart du temps, parfois crevassée. Aussi immobile qu'un papillon sur une brindille, comme si la blancheur pouvait soudain battre des ailes et s'envoler. Les brusques virages des oiseaux, la course précipitée des nuages témoignaient de la force du vent. Tout dans le ciel se ruait vers l'est. Mais la glace restait inerte. Le vent rugissait d'une voix grave, profonde, raclant un milliard d'angles glacés. Une bande d'eau grise était hachée par les rafales, les griffures de la surface enregistrant avec précision la force de chacune d'entre elles, tout passage plus violent que le précédent cannelant les plus grosses vagues avec une délicatesse exquise. L'eau. Et, sous la surface hachurée, le plancton, le krill, les poissons, les calmars. Elle avait entendu dire que des établissements de pisciculture produisaient toutes les créatures de la courte chaîne alimentaire de l'Antarctique et les relâchaient dans la mer. L'eau grouillait de vie.

Les mouettes descendirent en tournoyant vers le rivage, derrière des rochers. Ann s'approcha et repéra leur cible dans un creux au bord de la glace : un phoque à demi dévoré. Un phoque ! La carcasse gisait sur l'herbe de la toundra, protégée du vent par une rangée de dunes, elles-mêmes abritées par une crête rocheuse qui courait vers la glace. Les os blancs tranchaient sur la chair rouge sombre, soulignée par la graisse blanche et la fourrure noire. Le ventre ouvert, offert au ciel. Les yeux arrachés.

Elle dépassa le cadavre, escalada une autre crête, une petite arête rocheuse qui s'avançait dans la glace. Il y avait une baie ronde, au-delà. Un cratère envahi par la glace, au niveau de la mer, et dont le bord était échancré, de sorte que l'eau et la glace s'étaient engouffrées dedans. Un jour, cela donnerait un port idéal, de trois kilomètres de diamètre environ.

Ann s'assit sur un rocher et regarda la nouvelle baie. Sa poitrine se soulevait, mue par des mouvements incontrôlables comparables aux contractions de l'accouchement. Des sanglots. Elle écarta son masque, se moucha dans ses doigts, s'essuya les yeux, tout cela sans cesser de pleurer à chaudes larmes. C'était son corps. Elle se rappela le jour — il y avait des lustres de ça — où elle avait vu, pour la première fois, l'eau s'engouffrer dans Vastitas. Elle n'avait pas pleuré, à ce moment-là, mais Michel avait dit que c'était le choc, l'engourdissement provoqué par le choc, comme quand on se blesse. Elle avait fui son propre corps, ses sentiments. Michel considérerait sûrement cette réaction comme plus saine, mais pour quelle raison ? Elle avait mal. Son corps était secoué de spasmes, de mouvements sismiques. Quand ce serait fini, aurait dit Michel, elle se sentirait mieux. Vidée. Toute tension évacuée. La tectonique du système limbique. Elle méprisait les analogies simplistes de Michel : la femme, une planète ? C'était absurde. N'empêche qu'elle était assise là, à renifler, regardant la baie glacée sous les nuages qui filaient, et elle se sentait vidée.

Rien ne bougeait en dehors des nuages au-dessus de sa tête et de l'eau que le vent rainurait et faisait virer du gris au mauve puis de nouveau au gris. L'eau s'agitait, mais le sol restait immobile.

Ann se releva et descendit vers une arête de shishovite durcie qui formait maintenant une étroite langue entre deux longues plages. En fait, si les choses étaient restées à peu près dans leur état primitif au-dessus de la glace, il n'en allait pas de même au niveau de l'eau. Tout l'été, le vent soufflant sur l'eau de la baie y avait formé des vagues assez violentes pour rompre les masses de glace subsistantes, provoquant la débâcle. Les fragments venaient s'échouer au-dessus du niveau actuel de la mer, pareils à des sculptures imitant le bois flotté. Et tout l'été cette glace en débâcle avait raviné le sable des nouvelles plages, y abandonnant une bouillie de glace, de boue, de sable, maintenant congelée par endroits en un vilain glaçage marron.

Ann s'avança lentement sur ce gâchis. Au-delà, il y avait un petit îlot, couronné de blocs de glace qui avaient atterri dans les creux et gelé à la surface de la mer. L'exposition au soleil et au vent les avait métamorphosés en une fantasia baroque de glace bleue, transparente, et rouge, opaque. On aurait dit une concrétion de saphir et de jaspe sanguin. Les parois sud des blocs avaient fondu avant les autres et l'eau de fonte avait regelé, formant des stalactites, des barbes, des draperies et des colonnes de glace.

Elle regarda le rivage, derrière elle, constata à quel point le sable était labouré, déchiqueté. Les dégâts étaient effroyables. Les sillons faisaient parfois deux mètres de profondeur. Il avait fallu une force incroyable pour creuser de telles tranchées ! Les buttes de sable devaient être du lœss, des dépôts de particules légères, dissociées, éoliennes. C'était maintenant un no man's land de boue gelée et de glace sale. On aurait dit que des bombes avaient dévasté les tranchées d'une malheureuse armée.

Elle s'engagea sur la glace opaque de la baie. Le monde semblait couvert de sperme. Une fois, la glace craqua sous sa botte.

Elle ressortit de la baie, s'arrêta, regarda autour d'elle. L'horizon étant très limité, elle grimpa sur un iceberg aplati qui offrait une bien meilleure vue sur la mer de glace, jusqu'au cercle formé par le tour du cratère, sous les nuages qui filaient dans le ciel. Bien que craquelée, bouleversée et ridée par des lignes de force, la glace traduisait l'horizontalité de l'eau qui se trouvait en dessous. Au nord, l'ouverture sur la mer était apparente. Des icebergs au sommet aplati dépassaient de la glace tels des châteaux déformés. Un désert blanc.

Après s'être vainement efforcée de dominer la scène, elle descendit de l'iceberg et rejoignit le rivage et son véhicule. Elle franchissait la petite arête rocheuse lorsqu'un mouvement attira son regard. Une chose blanche se déplaçait en bordure de la glace. Un homme à quatre pattes, en combinaison blanche. Non. Un ours. Un ours polaire.

Il avait repéré les ébats des mouettes au-dessus du phoque mort. Ann s'accroupit derrière un rocher, se coucha à plat ventre sur une langue de sable gelé. Elle sentit le froid contre son corps. Elle jeta un coup d'œil par-dessus le rocher.

La fourrure ivoire de l'ours était jaunie aux flancs et aux pattes. Il souleva sa lourde tête, prit le vent comme un chien, regarda autour de lui avec curiosité. Il se traîna lourdement jusqu'au cadavre du phoque, ignorant les oiseaux criaillants. Il dévora la chair du phoque tel un chien sa pâtée. Il redressa la tête ; il avait le museau ensanglanté. Le cœur d'Ann battait à tout rompre. L'ours s'assit sur son derrière, se lécha une patte puis se nettoya le museau avec une méticulosité de chat. Enfin il se remit sur ses pattes et gravit la paroi de pierre et de sable, vers Ann, tapie derrière le rocher. Il trottinait en déplaçant les deux pattes du même côté de son corps à la fois, gauche, droite, gauche.

Ann se laissa rouler de l'autre côté de l'arête rocheuse, se releva et remonta en courant la rigole formée par une fracture de faible amplitude menant vers le sud-ouest. Son patrouilleur était droit vers l'ouest, mais l'ours venait du nord-ouest. Elle gravit à quatre pattes la courte pente du canyon, franchit en courant une bande de sol surélevé donnant sur un autre petit canyon qui passait un peu plus à l'ouest que le précédent. Elle escalada la nouvelle élévation de terrain séparant deux fosses peu profondes et regarda derrière elle. Elle était à bout de souffle, et son patrouilleur était encore à deux bons kilomètres, à l'ouest et un peu au sud, derrière des collines déchiquetées. L'ours était au nord-est. S'il allait droit vers le véhicule, ils en étaient tous deux à peu près à la même distance. Chassait-il à la vue ou à l'odorat ? Avait-il assez de cervelle pour prévoir la trajectoire de sa proie et se déplacer pour lui couper la route ?

C'était probable. Elle était en nage sous son coupe-vent. Elle se précipita dans le canyon suivant et courut un moment vers l'ouest et un peu au sud. Puis elle vit une pente douce, la gravit en courant et se retrouva sur une sorte de large route surélevée séparant deux petits canyons. Elle jeta un coup d'œil par-dessus son épaule ; l'ours était planté sur ses quatre pattes, derrière elle, à deux canyons de distance. On aurait dit un très gros chien, ou un croisement de chien et d'être humain, à la fourrure d'un blanc jaunâtre. Elle était stupéfaite de voir un pareil animal en cet endroit. La chaîne alimentaire ne pouvait sûrement pas nourrir un aussi gros prédateur. Comment était-ce possible ? On devait lui apporter à manger à des stations de ravitaillement. C'était à espérer, car autrement il devait être affamé. Il se laissa tomber dans le canyon, disparaissant à sa vue. Ann se mit à courir sur la bande rocheuse menant vers son patrouilleur. Malgré les détours qu'elle avait faits, l'étroitesse de l'horizon, son irrégularité, elle avait suffisamment le sens de l'orientation pour savoir où il se trouvait.

Elle adopta une allure qu'elle se croyait capable de tenir sur la distance. Elle devait se retenir pour ne pas se mettre à courir à toutes jambes, mais non, non, ça ne pouvait que mener à la catastrophe. Calme-toi, se dit-elle en respirant par petites saccades. Descends de ce promontoire dans un graben de façon à être hors de vue. Oriente-toi, il ne manquerait plus que tu passes au sud de ce satané patrouilleur. Remonte sur cette arête, juste le temps de jeter un coup d'œil. Là, voilà, son patrouilleur était derrière cette colline aplatie qui avait été un petit cratère, avec une bosse du côté sud. Elle en était sûre bien qu'il soit encore invisible, et qu'il soit si facile de confondre un emplacement avec un autre sur ce terrain accidenté. Mille fois elle avait failli se perdre, hésitant le plus souvent sur l'endroit exact où se trouvait son véhicule. Mais ce n'était pas grave, le système de navigation de son bloc-poignet pouvait toujours l'aider à le retrouver. Comme il l'aurait pu à l'heure actuelle, mais elle était sûre qu'il était là, derrière la bosse de ce cratère.

L'air froid lui brûlait les poumons. Elle songea à son masque respiratoire d'urgence, cessa sa course et fouilla dans son sac à dos. Elle ôta son masque à gaz carbonique, plaça sur son nez et sa bouche le masque respiratoire dont l'armature contenait une petite réserve d'oxygène comprimé, le brancha et se sentit tout à coup plus forte, capable d'adopter un rythme plus soutenu. Elle longea en courant une bande de sol surélevé séparant deux canyons, dans l'espoir d'apercevoir son patrouilleur de l'autre côté du cratère. Ah ! il était là ! Elle inspira triomphalement l'oxygène frais. C'était un vrai nectar, mais il ne suffisait pas à l'empêcher de haleter. Elle avait l'impression qu'en descendant dans la rigole à sa droite, elle tomberait droit sur son patrouilleur.

Elle jeta un coup d'œil derrière elle et vit que l'ours polaire s'était mis à courir lui aussi, ses pattes esquissant maintenant une sorte de galop maladroit, pesant. Mais il avançait à vive allure, en se riant des obstacles. Il volait par-dessus les canyons comme un cauchemar blanc, beau et terrifiant, ses muscles liquides se mouvant avec souplesse sous son épaisse fourrure aux pointes jaunes. Elle vit tout cela dans un instant d'extrême lucidité, sans cesser de courir, en regardant bien où elle mettait les pieds pour ne pas trébucher sur un obstacle. C'est ainsi qu'elle vit, dans une image rémanente, l'ours voler sur la pente rouge, danser sur les pierres, les pattes comme des pistons. Il était rapide et le terrain lui convenait parfaitement, mais elle était un animal, elle aussi, elle avait passé des années sur le sol sauvage de Mars, beaucoup plus longtemps, en fait, que ce jeune ours, elle pouvait courir comme une antilope, d'un lit de pierres à un rocher, du sable au gravier, à bout de souffle, mais avec une coordination parfaite. Et d'ailleurs son patrouilleur était tout près. Plus qu'un canyon, la pente du cratère, et ça y était, elle faillit rentrer dedans, s'arrêta, se redressa, flanqua un coup de poing sur la paroi de métal incurvé, aussi fort que si c'était le museau de l'ours, puis un second coup plus mesuré sur la console de la serrure, et elle fut à l'intérieur. Et la porte extérieure se referma derrière elle.

Elle se rua dans l'escalier, vers la cabine de pilotage. Elle vit, à travers la paroi vitrée, l'ours polaire inspecter son véhicule à distance respectable. Hors de portée de flèche soporifique, reniflant pensivement. Ann était en nage, encore à bout de souffle, inspirant, expirant, inspirant, expirant. C'était fou le paroxysme de violence que la cage thoracique pouvait encaisser ! Enfin, elle était là, en sécurité sur le siège conducteur. Quand elle fermait les yeux, elle revoyait la figure héraldique de l'ours volant par-dessus la roche. Mais elle n'avait qu'à les rouvrir pour que reparaisse le tableau de bord étincelant, brillant, artificiel, familier. Que c'était bizarre !

Elle mit plusieurs jours à s'en remettre. Il lui suffisait de fermer les yeux et de penser à l'ours polaire pour le revoir. Elle n'arrivait pas à se concentrer. La nuit, la glace de la baie craquait et gémissait, faisait parfois un bruit de tonnerre, alors elle rêvait de l'attaque de Sheffield et se mettait elle-même à gémir. Le jour, elle conduisait si imprudemment qu'elle dut se résoudre à brancher le pilote automatique du patrouilleur, lui ordonnant de suivre la rive du cratère.

Tout en roulant, elle arpentait le compartiment conducteur, l'esprit en révolution. Hors de contrôle. Et rien à faire, que d'en rire et de prendre son mal en patience. Flanquer des coups sur les murs, regarder par les vitres. L'ours était parti, et en même temps il était toujours là. Elle chercha ce mot : *Ursus maritimus*, ours des mers. Les Inuits l'appelaient Tôrnâssuk, « celui qui donne le pouvoir ». De même que le glissement long qui avait failli la tuer à Melas Chasma, il faisait maintenant partie de sa vie pour toujours. Face au glissement de terrain, pas un de ses muscles n'avait tressailli ; cette fois, elle avait couru comme si elle avait le diable aux trousses. Mars pouvait la tuer, et la tuerait sans doute, mais pas une grosse bête de cirque, pas si elle avait son mot à dire. Elle ne tenait guère à la vie, loin de là ; mais elle estimait qu'on devait pouvoir choisir sa mort. Comme elle l'avait choisie dans le passé, à au moins deux reprises. Mais

Simon puis Sax — ces deux petits ours bruns — l'avaient arrachée à la mort. Elle ne savait pas encore ce qu'elle devait en penser, ce qu'elle devait ressentir. Ses idées se bousculaient dans sa tête. Elle se cramponna au dossier du siège conducteur. Enfin, elle se pencha sur le clavier du tableau de bord, composa un vieux numéro, XY23, le code d'un des Cent Premiers, celui de Sax, et attendit que l'IA relaie l'appel vers la navette qui le ramenait vers Mars avec les autres. Au bout d'un moment, il fut là, son nouveau visage s'inscrivit sur l'écran.

— Pourquoi as-tu fait ça ? lui hurla-t-elle en pleine face. C'est à moi de choisir la mort qui me plaît !

Le message mit un moment à l'atteindre. Puis il sursauta, son image vacilla.

— Parce que... commença-t-il, et il s'interrompit.

Ann fut prise d'un frisson. C'était exactement ce que Simon lui avait dit, juste après l'avoir tirée du chaos. Ils n'avaient jamais de raison, juste ce stupide *parce que*.

Sax poursuivit :

— Je ne voulais pas... Je trouvais que c'était un tel gâchis. Quelle surprise de t'entendre. Je suis content.

— Va te faire foutre ! lança Ann.

Elle était sur le point de couper la communication quand il se remit à parler. Ils étaient en transmission simultanée, maintenant, et leurs messages alternaient.

— C'était pour pouvoir te parler, Ann. Je veux dire, j'ai fait ça pour moi, tu m'aurais manqué et je ne voulais pas. Je voulais que tu me pardonnes. Je voulais pouvoir encore discuter avec toi, te faire comprendre pourquoi j'avais fait tout ça.

Il s'interrompit aussi brutalement qu'il avait commencé, et puis il parut troublé, presque effrayé. Peut-être venait-il d'entendre son : « Va te faire foutre ! » Elle avait le pouvoir de lui faire peur, c'était indéniable.

— Quel merdier, dit-elle.

— Oui. Euh... comment ça va ? demanda-t-il au bout d'un moment. Tu as l'air...

Elle coupa la communication. Je viens d'échapper à un ours polaire ! hurla-t-elle silencieusement. J'ai failli être dévorée par la faute de l'un de tes stupides jeux !

Non. Elle ne lui dirait pas ça. Le salopard. Il avait besoin d'une lectrice pour ses contributions au *Métajournal d'histoire martienne*, ça se résumait à ça. Il voulait être sûr que ses articles scientifiques seraient revus par quelqu'un de compétent. Dans ce but, il foulerait aux pieds les désirs les plus intimes de l'individu, il lui refuserait le droit fondamental de choisir entre la vie et la mort, d'être un être humain libre !

Enfin, il n'avait pas essayé de nier.

Et puis... bah, elle était là. Furieuse, en proie à un remords irraisonné, à une angoisse inexplicable. Une exaltation curieusement douloureuse. Tous ces sentiments l'envahirent en même temps. Le système limbique en folie, vibrant, lardant chaque pensée d'émotions contradictoires, sauvages, déconnectées de leur contenu : Sax l'avait sauvée, elle le haïssait, elle éprouvait une joie farouche. Kasei était mort, mais Peter était en vie, ce n'était pas un ours qui aurait sa peau, et tant d'autres pensées... Que c'était étrange !

Elle repéra un petit patrouilleur vert perché sur un escarpement au-dessus de la baie de glace. Instinctivement, elle prit le volant et s'en approcha. Elle fit signe, à travers le pare-brise, à un petit visage qui la regardait : des yeux noirs, des lunettes, un crâne chauve. Comme son beau-père. Elle arrêta son patrouilleur à côté de celui de l'homme. Il lui suggéra de le rejoindre en levant une cuillère de bois. Il semblait légèrement égaré, comme s'il était plongé dans des pensées profondes.

Ann enfila une parka fourrée, franchit le sas et s'aventura entre les voitures. Il faisait si froid qu'elle eut l'impression d'être tombée dans un bain glacé. C'était bon de pouvoir se rendre d'un patrouilleur à un autre sans être obligé de mettre une combinaison, ou, pour aller au fond des choses, sans risquer la mort. Des tas de gens avaient péri à la suite d'une imprudence ou du mauvais fonctionnement d'un sas. Il était même étonnant qu'il n'y en ait pas eu davantage. Et maintenant, tout ce qu'on risquait, c'était un petit coup de froid.

Le chauve ouvrit son sas intérieur.

— Salut, dit-il en lui tendant la main.

— Salut, répondit Ann en la serrant. Je m'appelle Ann.

— Harry. Harry Whitebook.

— Hum. J'ai entendu parler de vous. Vous concevez des animaux.

— Oui, répondit-il avec un gentil sourire, sans le moindre embarras.

Il n'avait même pas l'air sur la défensive.

— J'ai été poursuivie par un de vos ours.

— Vraiment ? fit-il en ouvrant des yeux ronds. Ils courent vite !

— Pour ça oui. Mais ce ne sont pas de vrais ours polaires ?

— Ils ont des gènes de grizzly, à cause de l'altitude, sinon ce sont des *Ursus maritimus*. Des animaux très costauds.

— Beaucoup d'animaux sont comme ça.

— Oui, c'est merveilleux, hein ? Mais j'y pense ! Vous avez mangé ? J'ai fait de la soupe, vous en voulez ? De la soupe de poireaux, j'imagine que ça se sent.

Et comment.

— Avec plaisir, répondit Ann.

Tout en mangeant, elle l'interrogea sur l'ours polaire.

— Je doute que la chaîne alimentaire soit suffisante, par ici, pour permettre à une aussi grosse bête de vivre, n'est-ce pas ?

— Détrompez-vous. La région est bien connue pour ça. C'est la première biorégion capable d'accueillir des ours. La baie est liquide, au fond, vous comprenez. Le mohole Ap est au centre du cratère, qui est devenu une sorte de lac sans fond. Il est gelé en hiver, évidemment, mais les ours y sont habitués dans l'Arctique.

— Les hivers sont longs ?

— Oui. Les femelles creusent des repaires dans la neige, près de certaines cavernes dans des digues en surplomb, à l'ouest. Les ours n'hibernent pas vraiment, la température de leur corps tombe juste de quelques degrés, et ils peuvent se réveiller en l'espace d'une ou deux minutes s'ils doivent réadapter le nid pour avoir chaud. Ils restent à l'abri pendant l'hiver, ils se débrouillent pour trouver leur pitance comme ils peuvent, et au printemps nous dégageons une partie de la glace qui couvre la baie vers la mer, par l'échancrure, et les choses se développent à partir de là. Les chaînes de base sont antarctiques dans l'eau — du plancton, du krill, des poissons et des calmars —, et arctiques sur la terre ferme : des phoques de Weddell, des lièvres et des lapins, des lemmings, des marmottes, des souris, des lynx, des chats sauvages. Et les ours. Nous avons essayé d'acclimater des caribous, des rennes et des loups, mais il n'y a pas encore assez à manger pour des ongulés. Les ours sont là depuis quelques années à peine, la pression de l'air n'était pas suffisante avant. Mais on est à l'équivalent de quatre mille mètres maintenant, et les ours semblent s'y sentir très bien. Ils se sont vite adaptés.

— Les êtres humains aussi.

— Eh bien, on n'en voit pas beaucoup à quatre mille mètres. (Il voulait dire quatre mille mètres au-dessus du niveau de la mer sur Terre. Donc plus haut que l'habitat humain permanent, si elle se souvenait bien. Mais il poursuivait :)... on finit toujours par constater le développement de la cavité thoracique, c'est inévitable...

Il parlait tout seul. Un grand gaillard massif, au crâne dégarni, entouré d'une frange de cheveux blancs. Des yeux noirs, liquides, nageant derrière des lunettes rondes.

— Vous avez rencontré Hiroko ? lui demanda-t-elle.

— Hiroko Ai ? Oui, une fois. Une belle femme. J'ai entendu dire qu'elle était retournée sur Terre, aider les gens à s'adapter à l'inondation. Vous la connaissiez ?

— Oui. Je suis Ann Clayborne.

— C'est bien ce que je me disais. La mère de Peter, hein ?

— Oui.

— Il était à Boone, ces temps-ci.

— Boone ?

— La petite station de l'autre côté de la baie. Ici, c'est Botany

Bay, la station s'appelle Boone Harbour. Une sorte de plaisanterie. Il y aurait, si j'ai bien compris, deux endroits de ce nom en Australie.

— Vraiment ? fit-elle en secouant la tête.

John serait toujours avec eux. Ils auraient pu être hantés par un fantôme plus malveillant.

Cet homme, par exemple, le fameux concepteur d'animaux. Il entrechoquait les ustensiles de cuisine comme s'il n'y voyait pas très bien. Il finit par poser une assiette devant elle et elle mangea sans cesser de l'observer du coin de l'œil. Il savait qui elle était et ne semblait en être aucunement gêné. Il n'essayait pas de se justifier. Elle était une aréologiste rouge, il concevait de nouveaux animaux martiens. Ils travaillaient sur la même planète. Et pour lui, ça ne voulait pas dire qu'ils étaient ennemis. Il mangeait avec elle sans penser à mal. Il y avait quelque chose de glaçant dans cette idée, quelque chose de violent, malgré ses manières benoîtes. L'oubli était si brutal. En même temps, il lui plaisait bien. Ce pouvoir vague, dépassionné... Il avait quelque chose. Il cessa de fourrager dans sa cuisine, prit place en face d'elle et mangea rapidement, avec bruit, le museau mouillé de bouillon. La soupe finie, ils arrachèrent des morceaux de pain à une longue miche. Ann lui posa des questions sur Boone Harbour.

— Il y a un bon boulanger, fit Whitebook en indiquant le pain. Et un bon labo. Pour le reste, c'est un avant-poste comme les autres. Nous avons fait tomber la tente l'an dernier, et maintenant il fait vraiment froid, surtout l'hiver. Nous ne sommes qu'à 46 degrés de latitude, mais on se croirait beaucoup plus au nord. A tel point qu'on parle de remonter la tente, au moins l'hiver. Et certains voudraient que nous la laissions jusqu'à ce que le climat se réchauffe.

— Jusqu'à la fin de l'ère glaciaire ?

— Je ne pense pas qu'il y ait une ère glaciaire. La première année sans la soletta a été terrible, évidemment, mais il devrait être possible de trouver des compensations. Ça se bornera à quelques années froides.

Il fit osciller une de ses grosses pattes, l'air de dire que la situation pouvait pencher d'un côté ou de l'autre. Frémissante, Ann se retint à grand-peine de lui lancer son bout de pain à la figure. Mieux valait éviter de l'énerver.

— Peter est encore à Boone ? demanda-t-elle entre ses dents.

— Sûrement, oui. Il y était ces jours-ci, en tout cas.

Ils parlèrent encore un peu de l'écosystème de Botany Bay. L'éventail de la vie végétale étant restreint, les concepteurs d'animaux étaient obligés de travailler dans des limites étroites, et la vie animale était plus proche de l'Antarctique que de l'Arctique. Peut-être de nouvelles méthodes de bonification des sols parviendraient-elles à accélérer l'arrivée de plantes d'un règne supérieur. Pour l'instant, il y avait surtout des lichens. Les plantes de la toundra suivraient.

— Ça ne vous plaît pas, observa-t-il.

— J'aimais comme c'était avant. Dans tout Vastitas Borealis il y avait de grandes dunes barkhanes de sable noir. Du sable de grenat.

— Il en restera sûrement près de la calotte polaire.

— La calotte polaire tombera droit dans la mer, comme dans l'Antarctique, pour reprendre votre comparaison. Non, les dunes et le terrain laminé seront submergés, d'une façon ou d'une autre. Tout l'hémisphère Nord disparaîtra.

— Il est là, l'hémisphère Nord.

— Une péninsule de terrain surélévé. Et elle a disparu aussi, dans une certaine mesure. Botany Bay était le cratère Ap d'Arcadia.

Il la scruta derrière ses lunettes.

— Peut-être que si vous viviez en altitude, ça vous rappellerait le bon vieux temps. Le bon vieux temps, avec de l'air en plus.

— Peut-être, convint-elle avec circonspection.

Il faisait le tour du compartiment à pas lourds, nettoyait de grands couteaux de cuisine dans l'évier. Ses doigts se terminaient par de courtes griffes émoussées. Même s'il les coupait à ras, il devait avoir du mal à manipuler les petits objets.

Elle se leva prudemment.

— Merci pour le dîner, dit-elle en se dirigeant vers la porte du sas.

Elle prit sa veste fourrée et claqua la porte sur son regard étonné. Enfila sa parka dans la gifle froide de la nuit. Ne jamais courir devant un prédateur. Elle regagna son véhicule sans se retourner.

Les antiques highlands de Tempe Terra étaient criblées de petits volcans. Il y avait donc des plaines de lave et des canaux partout. Ces highlands étaient aussi caractérisées par des plis fluides, visqueux, provoqués par la glaciation, et parfois un petit canal d'écoulement qui dévalait la paroi du Grand Escarpement ; sans parler de la collection habituelle d'impacts remontant au Noachien et de traces de déformation, si bien que, sur les cartes aréologiques, Tempe ressemblait à une palette de peintre, éclaboussée de couleurs censées indiquer les différents aspects de la longue histoire de la région. Trop bariolée pour Ann. Elle considérait les plus petites divisions en différentes unités aréologiques comme artificielles, une survivance de l'aréologie céleste, une tentative pour distinguer les régions plus creusées de cratères, plus disloquées ou plus crantées que les autres, alors que sur place tout ne faisait qu'un, les diverses signatures étant visibles partout. Le paysage était accidenté, et voilà tout. C'était le paysage noachien dans toute sa rudesse.

Même le fond des longs canyons rectilignes qui formaient Tempe

Fossae était trop disloqué pour qu'on roule dessus, de sorte qu'Ann emprunta un chemin moins direct sur les hauteurs. Les coulées de lave plus récentes (elles n'avaient qu'un milliard d'années) étaient plus dures que les agrégats d'ejecta qu'elles avaient repoussés, et maintenant elles formaient de longues digues, ou des arêtes. Sur le sol plus tendre entre ces coulées, on repérait beaucoup de cratères d'éclaboussement, pareils à des châteaux de sable avec leur tablier manifestement formé de coulées liquides. Des îles faites d'alluvions usées émergeaient parfois de ces résidus, mais c'était pour l'essentiel du régolite, et tout trahissait la présence d'eau dans le sol, du permafrost invisible sous la surface. Avec la température qui montait, et peut-être la chaleur provoquée par les explosions souterraines de Vastitas, les affaissements étaient de plus en plus fréquents. On en constatait sans cesse de nouveaux : une piste Rouge bien connue avait disparu, ensevelie sous une rampe menant à Tempe 12. Les parois de Tempe 18 s'étaient effondrées des deux côtés, faisant un V d'un canyon en forme de U. Tempe 21 avait été comblée par l'affaissement de sa paroi ouest. Partout le sol fondait. Elle vit même quelques taliks, des zones liquéfiées au-dessus du permafrost, des marécages glacés. Et la plupart des puits ovales des grandes alases étaient occupés par des lacs qui fondaient le jour et regelaient la nuit, ce qui avait pour effet de disloquer encore davantage le sol.

Elle passa devant le tablier lobé du cratère Timushenko, dont la paroi nord était enfouie dans les vagues de lave les plus au sud de Coriolanus, le plus grand des innombrables volcans de Tempe. A cet endroit, le sol était criblé de trous. La neige avait fondu et regelé dans des myriades de bassins de captation. Le sol s'effondrait selon tous les schémas caractéristiques du permafrost : des crêtes de gravier polygonales, le remplissage concentrique des cratères, des pingos, des marques de solifluxion sur les flancs des collines. Dans chaque dépression, un étang ou une mare plein d'eau congelée. Le sol fondait.

Sitôt que les pentes exposées au sud étaient un peu abritées du vent, des arbres poussaient sur une sous-couche de mousse, d'herbe, de broussaille. Dans les creux ensoleillés, il y avait des forêts naines de krummholz, des arbres convulsés sur le matelas de leurs aiguilles. Dans les creux à l'ombre, de la neige sale et des névés. Un si vaste territoire, dévasté. Ravagé. Vide sans l'être. La roche, la glace, la plaine emplie de fondrières, tout cela bordé d'arêtes basses, fracassées. Des nuages surgissaient de nulle part, dans la chaleur de l'après-midi, et leurs ombres faisaient comme des reprises sur ce patchwork fou, rouge, noir, vert et blanc. Ça, personne ne se plaindrait jamais de l'homogénéité de Tempe Terra. Tout était parfaitement immobile sous la ruée des nuages. Pourtant, un soir, dans le crépuscule, une masse blanche glissa sous un bloc de pierre. Son cœur fit un bond dans sa poitrine, mais elle n'en vit pas davantage.

Il y avait quelque chose quand même : juste avant la nuit, on frappa

à la porte. Le cœur frémissant, elle courut regarder par la fenêtre. Des silhouettes de la même couleur que la roche, qui agitaient la main. Des êtres humains.

C'était un petit groupe d'écoteurs Rouges. Ils avaient reconnu son patrouilleur, lui dirent-ils quand elle les fit entrer. On le leur avait décrit au refuge de Tempe. Ils espéraient bien tomber sur elle et étaient ravis de l'avoir trouvée. Ils riaient, bavardaient, s'approchaient d'elle pour la toucher ; de jeunes indigènes de haute taille, aux canines de pierre, aux yeux luisants, des Orientaux, des Blancs, quelques Noirs. Tous heureux. Elle les reconnut, pas individuellement, mais leur groupe ; les jeunes fanatiques de Pavonis Mons. Elle eut un frisson.

— Où allez-vous ? leur demanda-t-elle.

— A Botany Bay, répondit une jeune femme. Nous allons prendre les labos de Whitebook.

— Et Boone Station, ajouta une autre.

— Ah non ! fit Ann.

Ils se turent, la dévisagèrent. Comme Kasei et Dao à Lastflow.

— Qu'y a-t-il ? lui demanda la jeune femme.

Ann respira profondément, tenta de réfléchir. Ils la regardaient en ouvrant de grands yeux.

— Vous étiez à Sheffield ? leur demanda-t-elle.

Ils acquiescèrent. Ils voyaient ce qu'elle voulait dire.

— Alors vous auriez dû comprendre, reprit-elle lentement. Ce n'est pas en mettant la planète à feu et à sang que nous en ferons une Mars Rouge. Il faut trouver un autre moyen. Nous n'y arriverons pas en massacrant les gens, en tuant les plantes et les animaux, ou en faisant sauter les machines. Ça ne marchera pas. C'est destructeur. Ce n'est pas comme ça que vous emporterez l'adhésion des gens, vous comprenez ? En fait, ce serait plutôt un repoussoir. Vous ne réussirez qu'à susciter des vocations de Verts. Ça va à l'encontre de nos intérêts. Et à partir du moment où on a compris ça, le faire quand même, c'est trahir la cause. Ce n'est pas agir pour la cause mais en fonction de sentiments personnels. Pour se faire plaisir. Parce qu'on est en colère. Ou pour s'amuser. Il faut trouver autre chose.

Ils l'écoutaient sans saisir le sens de ses paroles, ennuyés, choqués, méprisants. Mais fascinés. C'était Ann Clayborne, après tout.

— Je ne peux pas vous dire quelle pourrait être cette autre chose, poursuivit-elle. Je n'en sais trop rien moi-même. Mais je crois... je crois que c'est le premier élément auquel nous devrions réfléchir. Il faudrait que ça ressemble à une aréophanie rouge. L'aréophanie a toujours été perçue comme étant verte, depuis le début. A cause d'Hiroko, j'imagine, parce que c'est elle qui avait pris l'initiative de la définir. Et de lui donner une réalité. L'aréophanie a toujours été assimilée à la viriditas. Mais il n'y a aucune raison pour que cela soit. Nous devons changer ça, ou nous n'arriverons à rien. Nous devons apprendre aux gens à partager notre adoration pour cet endroit. Le Rouge de la planète primitive doit devenir un contre-pouvoir à la viriditas. Nous devons maculer ce vert jusqu'à ce qu'il devienne d'une autre couleur. La couleur de certaines pierres, comme le jaspe, ou la serpentine ferrique, vous voyez ce que je veux dire ? Peut-être faudrait-il emmener les gens sur le terrain, dans les highlands, pour qu'ils voient de quoi il s'agit. Peut-être faudrait-il s'installer ici, partout, définir des droits d'occupation et d'intendance, pour que nous puissions parler au nom du sol, et qu'on soit obligé de nous écouter. Des droits de promenade, d'aréologie, de nomadisme. Voilà ce que pourrait être l'aréoformation. Vous comprenez ?

Elle se tut. Les jeunes indigènes la regardaient maintenant d'un air un peu inquiet, peut-être. Inquiets pour elle, ou à cause de ce qu'elle leur avait dit.

— Nous avons déjà évoqué ce genre de chose, dit enfin l'un des garçons. Il y a des gens qui font ça. Nous-mêmes, parfois. Mais nous pensons que la résistance active est une part indispensable du combat. Sans ça, nous serons simplement récupérés. Tout deviendra vert.

— Pas si nous maculons tout. De l'intérieur, dans leur cœur même. Alors que le sabotage, le meurtre... Il n'en sortira que du vert, croyez-moi, j'ai déjà vu ça. Je me suis battue plus longtemps que vous, et je l'ai vu je ne sais combien de fois. Ecrasez la vie et elle repoussera plus forte.

Le jeune homme n'était pas convaincu.

— Ils nous ont accordé la limite des six kilomètres parce que nous leur avons fichu la trouille, parce que nous étions le moteur de la révolution. Sans nous, si nous ne nous étions pas battus, les métanats régiraient encore tout ceci.

— C'était différent. Quand nous avons combattu les Terriens, les Verts martiens ont été impressionnés. Quand nous luttons contre les Verts martiens, nous ne les impressionnons pas, nous les rendons enragés. Et ils sont plus nombreux que jamais.

Le groupe l'écoutait pensivement, découragé, peut-être.

— Que pouvons-nous faire, alors ? demanda une femme aux cheveux gris.

— Installez-vous dans un endroit menacé. Pourquoi pas ici ? suggéra Ann en indiquant la fenêtre. Ou quelque part près de la limite des six kilomètres. Installez-vous, bâtissez une ville, faites-en un sanctuaire primitif, un endroit merveilleux. On y viendra de partout, dans les highlands.

Ils méditèrent ses paroles dans un morne silence.

— Ou allez dans les villes, organisez des conférences, créez une fondation. Montrez la planète aux gens. Combattez tous les changements qu'ils proposent.

— Merde, fit le jeune homme en secouant la tête. Ça va être l'horreur.

— C'est vrai, acquiesça Ann. Ça va être un sacré boulot. Mais c'est de l'intérieur qu'il faut faire la conquête des gens. De l'endroit où ils vivent.

Ils restèrent encore un moment à bavarder, mais ils faisaient grise mine. Ils parlèrent de leur mode d'existence, de la façon dont ils auraient aimé vivre. De ce qu'ils pouvaient faire pour passer de l'un à l'autre. De l'impossibilité de la vie de guérilla depuis la fin de la guerre. Il y eut beaucoup de gros soupirs, quelques larmes, des récriminations, des encouragements.

— Venez avec moi, demain, proposa Ann. Je voudrais jeter un coup d'œil sur cette mer de glace.

Le lendemain, Ann et le groupe partirent vers le sud, par soixante degrés de longitude. La progression fut pénible. Les Arabes appelaient ça *al-Khali,* le Quart Vide. D'un côté, c'était beau. La désolation du paysage noachien avait quelque chose de grandiose. D'un autre côté, les écoteurs parlaient peu, à voix basse, comme s'ils effectuaient une sorte de pèlerinage funèbre. Ils arrivèrent au grand canyon de Nilokeras Scopulus et descendirent au fond par une large rampe naturelle, grossière. A l'est, Chryse Planitia était couverte de glace : un autre bras de la mer du Nord. Ils n'y couperaient pas. Devant eux, au sud, s'étendait Nilokeras Fossae, l'extrémité d'un complexe de canyons qui partait de très loin au sud, de l'énorme puits de Hebes Chasma. Hebes n'avait pas d'issue, et l'on considérait à présent que son effondrement était consécutif à la rupture de l'aquifère situé juste à l'ouest, au sommet d'Echus Chasma. Une énorme quantité d'eau s'était déversée dans Echus. Elle s'était heurtée à la paroi ouest, dure, de Lunae Planum et avait sculpté la haute falaise abrupte du Belvédère d'Echus ; puis elle avait trouvé une brèche dans cette falaise stupéfiante, s'était engouffrée dedans avec une violence fantastique, arrachant à la roche la grande courbe de Kasei Vallis et creusant un profond chenal vers l'auge de Chryse. C'était l'une des manifestations aquifères les plus spectaculaires de l'histoire de Mars.

La mer du Nord avait maintenant reflué dans Chryse, et l'eau remplissait à nouveau la partie terminale de Nilokeras et de Kasei. La colline au sommet aplati qui était le cratère Sharanov s'élevait, tel le donjon d'un château géant, sur le promontoire, au-dessus de l'embouchure de ce nouveau fjord. Au milieu se dressait une longue île en forme de larme, l'un des lemniscates de l'ancienne inondation à nouveau réduit à l'état d'île, obstinément rouge dans la mer de glace blanche. Ce fjord ferait un jour un port encore meilleur que Botany Bay. Ses parois étaient hautes, mais des épaulements ménagés çà et là pourraient devenir des villes portuaires. Le vent d'est qui se ruait dans Kasei comme dans un entonnoir poserait problème, certes, et il faudrait s'en occuper, de même que des assauts catabatiques qui maintenaient les voiliers au large du golfe de Chryse...

Que tout cela était bizarre... Elle mena ses Rouges silencieux le long d'une rampe qui descendait vers une large banquette, à l'ouest du fjord de glace. Et comme le soir approchait, ils sortirent des patrouilleurs et descendirent se promener le long du rivage, dans le soleil couchant.

Lorsque le soleil descendit sur l'horizon, ils étaient serrés les uns contre les autres, comme pour se réconforter, devant un bloc de glace isolé d'environ quatre mètres de hauteur, aux parois convexes, fondues, lisses comme des muscles. Ils restèrent là en attendant que le soleil brille à travers. Des deux côtés du bloc de glace, la lumière faisait étinceler le sable vitreux, mouillé. Une exhortation de lumière. Indéniable, d'une réalité éclatante ; qu'en feraient-ils ? Ils la contemplèrent sans bouger, sans mot dire.

Quand le soleil eut disparu, Ann repartit seule vers son patrouilleur. Elle jeta un coup d'œil vers la grève. Les Rouges étaient toujours là-bas, près de l'iceberg échoué. On aurait dit qu'ils entouraient un dieu blanc, teinté d'orange comme le drap blanc, froissé, de la baie de glace. Un dieu blanc, un ours blanc, une baie blanche, un dolmen de glace martienne : l'océan serait là, avec eux, pour toujours, aussi réel que la roche.

Le lendemain, elle remonta Kasei Vallis vers Echus Chasma, à l'ouest. Elle progressa sans réelle difficulté, grimpant une marche après l'autre jusqu'à l'endroit où Kasei s'incurvait sur la gauche et s'engageait sur le fond d'Echus. La courbe était l'une des traces les plus importantes, les plus évidentes, de l'action de l'eau sur la planète. Ann découvrit que le fond plat du fleuve à sec disparaissait maintenant sous des arbres nains, si petits qu'on aurait dit des broussailles : une écorce noire, des épines, des feuilles vert foncé, brillantes, tranchantes, pareilles à des feuilles de houx. De la mousse couvrait le sol sous ces arbres noirs, mais c'était à peu près tout. C'était une forêt à une seule espèce, qui couvrait Kasei Vallis d'une paroi à l'autre, emplissant le vaste canyon comme des flocons de suie hypertrophiés.

Ann ne put faire autrement que de passer sur cette forêt naine avec son patrouilleur. Le véhicule tangua et roula alors que les branches ployaient sous ses roues et se redressaient aussitôt, aussi dures que de la manzanita épineuse. Il était impossible de marcher dans ce canyon maintenant, se dit Ann, ce canyon profond, étroit, arrondi comme une sorte d'Utah imaginaire qui était devenu cette noire forêt de conte de fées, à laquelle on ne pouvait échapper, pleine de choses aux ailes noires, où l'on voyait détaler une forme blanche dans le crépuscule... Il n'y avait plus trace du complexe de sécurité de l'ATONU qui occupait naguère la courbe de la vallée. Que votre maison soit maudite jusqu'à la septième génération, comme avait été maudite cette terre innocente. Sax avait été torturé à cet endroit, il y avait semé des graines pyrophiles et y avait mis le feu, donnant naissance à une forêt d'épineux qui avait tout recouvert. Et on disait que les savants étaient des gens rationnels ! Que leur maison soit maudite aussi, se dit Ann, les dents serrées, qu'elle soit maudite jusqu'à la septième génération, et sept générations encore au-delà.

Elle siffla entre ses dents et poursuivit dans Echus, vers le cône volcanique abrupt de Tharsis Tholus. Une ville était blottie au pied du volcan, à l'endroit où la paroi devenait horizontale. L'homme-ours lui avait appris que Peter allait par là, aussi l'évita-t-elle. Peter, le sol inondé ; Sax, le sol incendié. Il avait jadis été à elle. Sur cette pierre je bâtirai. Peter Tempe Terra, la Pierre de la Terre du Temps. Le nouvel homme, *Homo martial*. Qui les avait trahis. Rappelez-vous.

Elle gravit la bosse de Tharsis, au sud, jusqu'à ce que le cône d'Ascraeus s'offre à sa vue. Une montagne à l'échelle d'un continent, bouchant l'horizon. Pavonis avait été envahi à cause de sa position équatoriale, et du petit avantage que cela présentait pour le câble de l'ascenseur. Mais Ascraeus, qui se trouvait à cinq cents kilomètres seulement au nord-est de Pavonis, était resté désert. Personne n'y vivait. Seuls l'avaient escaladé quelques aréologistes venus étudier sa lave et les jaillissements occasionnels de cendres pyroclastiques, d'un rouge presque noir.

Elle s'engagea sur le bas de la pente, douce et ondulée. Ascraeus était un nom d'albédo classique. La montagne était si grosse qu'elle était aisément visible de la Terre, mais comme c'était pendant la folie des canaux, ils avaient décidé que c'était un lac. Ascraeus Lacus. A la même époque, Pavonis avait été baptisé Phoenicus Lacus, le lac du Phénix. Ascra, lut-elle, était le lieu de naissance d'Hésiode, « situé à droite du mont Hélicon, en un endroit élevé et accidenté ». Bien que croyant avoir affaire à un lac, ils lui avaient donc donné un nom de montagne. Peut-être avaient-ils inconsciemment analysé les images des télescopes, après tout. *Ascraeus* était, de façon générale, un nom poétique désignant la campagne, l'Hélicon, en Béotie, étant la montagne sacrée d'Apollon et des Muses. Hésiode avait un jour levé les yeux de sa charrue, il avait vu la montagne et décidé d'en raconter l'histoire. C'était bizarre de voir comment naissaient les mythes, bizarre de voir les vieux noms qui jalonnaient leur existence, en ignorant tout alors qu'ils continuaient à en raconter l'histoire, inlassablement, par leur vie même.

C'était le plus abrupt des quatre gros volcans de Mars, mais contrairement à Olympus Mons il n'y avait pas d'escarpement autour. Elle put donc, après avoir rétrogradé, monter régulièrement, au ralenti, comme si elle partait à l'assaut du ciel. Elle se cala confortablement dans son fauteuil et piqua un somme, détendue. Elle se réveillerait en haut, à vingt-sept kilomètres au-dessus du niveau de la mer, la même altitude que les trois autres cônes. Il n'y avait pas de plus hautes montagnes sur Mars. Ça devait être la limite isostatique, le point au-delà duquel la lithosphère cédait sous le poids de toute cette roche. Les quatre montagnes étaient allées aussi haut que possible. C'était dire leur taille et leur grand âge.

Elles étaient vieilles, certes, mais en même temps la lave qui recouvrait Ascraeus était parmi les plus récentes des roches ignées de Mars, et n'avait été que légèrement érodée par le vent et le soleil. En se refroidissant, au cours de la descente, les plaques de lave s'étaient rétractées, formant des bosses incurvées, de faible hauteur, qu'il fallait escalader ou contourner. Une piste tracée par des roues de patrouilleurs zigzaguait sur la pente, évitant les parties abruptes de ces coulées, profitant d'un ample réseau de rampes et de reflux. Au milieu des teintes permanentes, la poudreuse avait gelé, formant des bancs de neige sale, durcie. Les ombres étaient maintenant d'un blanc brumeux, noirâtre, et elle avait l'impression de rouler dans une photo en négatif. Au fur et à mesure qu'elle montait son moral tombait en chute libre, inexplicablement. Derrière elle apparaissait une portion de plus en plus vaste du flanc nord, conique, du volcan, plus loin elle voyait Tharsis et, encore au-delà, Echus, une ligne basse à une centaine de kilomètres de distance. Tout dans son champ de vision était taché par de la neige, du verglas, des congères. Blanc tavelé. Les flancs à l'ombre des cônes volcaniques finissaient souvent par geler en profondeur.

Là, sur la roche, une tache vert émeraude. De la mousse. Tout devenait vert.

Mais au fur et à mesure qu'elle montait, jour après jour, à une altitude qui passait l'imagination, les taches de neige s'affinèrent, se raréfièrent. Elle était à vingt kilomètres au-dessus du niveau moyen, vingt et un au-dessus du niveau de la mer de glace — près de soixante-dix mille pieds — deux fois plus haut que le sommet de l'Everest par rapport aux océans de la Terre, et pourtant le cône du volcan était encore à sept mille pieds au-dessus d'elle, dressé dans le ciel qui s'assombrissait, dans l'espace même.

Loin en dessous d'elle s'étendait une mer de nuages blancs, plats, qui masquaient Tharsis et semblaient la repousser toujours plus haut sur la pente. A cette altitude, il n'y avait plus de nuages, au moins ce jour-là. Parfois la partie supérieure des nuages d'orage montait le long de la montagne, ou bien les minces balafres de quelques cirrus. Aujourd'hui, le ciel était d'un violet indigo clair, teinté de noir, piqueté au zénith de quelques étoiles parmi lesquelles trônait Orion. A l'est du sommet planait un fin nuage pareil à une bannière, si impalpable qu'elle voyait les ténèbres du ciel à travers. L'humidité était faible à cette altitude, et l'atmosphère très raréfiée. La pression de l'air serait toujours dix fois plus élevée au niveau de la mer qu'en haut des grands volcans. A cette altitude, elle devait être de 35 millibars environ, à peine plus que lors de leur arrivée.

Elle repéra néanmoins de petits points, au sommet des roches, dans des trous qui retenaient la neige et beaucoup de soleil. Des lichens si petits qu'ils étaient presque invisibles à l'œil nu. Le lichen : une association symbiotique d'algue et de champignon, unissant leurs forces pour survivre, même par 30 millibars de pression. C'était inimaginable ce que la vie pouvait supporter. Vraiment bizarre.

A tel point qu'elle enfila une combinaison pour aller y voir de plus près. A cette altitude, toutes les vieilles précautions s'imposaient : vérifier son équipement et verrouiller le sas avant de sortir dans l'éclat aveuglant de l'espace.

Les pierres qui accueillaient les lichens étaient de ces solariums plats sur lesquels les marmottes se seraient prélassées si elles avaient pu vivre aussi haut, mais il ne s'y trouvait que de petites têtes d'épingle d'un vert jaunâtre ou grisâtre. Des flocules de lichen, disait son bloc-poignet. Des fragments arrachés par les orages, emportés par le vent sur ces roches auxquelles ils s'étaient cramponnés comme des pieuvres végétales. Le genre de chose que seule Hiroko aurait pu expliquer.

Des choses vivantes. Michel avait dit qu'elle aimait les pierres et non les hommes parce que son esprit avait souffert des mauvais traitements dont elle avait été victime. Un hippocampe sensiblement atrophié, des réactions de surprise plus vives, une tendance à la dissociation. Voilà pourquoi elle s'était trouvé un homme qui ressemblait à une pierre. Michel aussi avait aimé cette qualité chez Simon, lui avait-il dit. Quel soulagement, quel privilège ç'avait été, dans les années d'Underhill, que d'avoir un homme en qui on pouvait avoir confiance, un homme calme, solide, qu'on pouvait prendre dans sa main et dont on pouvait sentir le poids.

Mais Simon n'était pas seul de son espèce, avait souligné Michel. Les autres avaient aussi cette qualité, diluée, moins pure, mais quand même. Pourquoi ne pouvait-elle aimer cette endurance, cet endurcissement chez les autres, chez tous les êtres vivants ? Ils se contentaient d'exister, comme n'importe quelle pierre, comme n'importe quelle planète. Il y avait une obstination minérale en chacun d'eux.

Le vent gémissait dans son casque, sur les éclats de lave, bourdonnait dans son tube à air, couvrant le bruit de sa respiration. Le ciel était plus noir qu'indigo, sauf juste sur l'horizon, où s'étendait une brume violette, pourpre, surmontée par une bande bleu clair... Oh, qui aurait pu croire que les choses changeraient jamais à cet endroit, sur les pentes d'Ascraeus, pourquoi ne s'étaient-ils pas installés ici pour se souvenir de ce qu'ils étaient venus chercher sur Mars, de ce qu'ils y avaient trouvé et avaient dilapidé avec une telle prodigalité ?

Elle regagna son patrouilleur et poursuivit son escalade.

Elle était au-dessus des cirrus argentés, à l'ouest de la bannière diaphane qui partait du sommet du volcan. Dans le sillage du jet-stream. Grimper, c'était remonter dans le temps, au-dessus des lichens, de toutes les bactéries. Elle était sûre, pourtant, qu'il y en avait jusqu'ici, cachées à la surface de la roche. Une vie chasmoendolithique, comme le petit peuple rouge mythique, les dieux microscopiques qui avaient parlé à John Boone, leur Hésiode local. C'est ce que disaient les gens.

La vie était partout. Le monde devenait vert. Mais si on ne pouvait voir le vert, si la planète ne changeait pas, ce serait peut-être supportable. Des êtres vivants. Michel lui avait dit, tu aimes les roches pour ce que la vie peut avoir de rocheux ! Tout se ramène à la vie. Simon, Peter. Sur cette pierre je bâtirai mon église. Pourquoi ne pouvait-elle aimer la pierre qu'il y avait en toute chose ?

Son patrouilleur franchit les dernières terrasses concentriques de lave avec plus d'aisance maintenant qu'il contournait les méplats asymptotiques du large bord. De moins en moins haut à chaque tour de roue. Il grimpa sur la lèvre du cratère, puis sur la crête intérieure qui surplombait la caldeira.

Elle sortit du véhicule, les pensées palpitantes comme des mouettes.

Le complexe intérieur d'Ascraeus consistait en huit cratères qui se recoupaient, les nouveaux écrasant les anciens. La caldeira la plus grande et la plus récente se trouvait près du centre, les caldeiras plus anciennes des niveaux supérieurs enchâssant le pourtour comme les pétales d'un motif floral. Chaque caldeira était à un niveau légèrement différent, et caractérisée par un schéma de fractures circulaires. La perspective changeait selon l'endroit où l'on se trouvait. Les distances, les niveaux semblaient varier, comme s'ils planaient dans un rêve. L'ensemble était une véritable merveille. Une merveille de quatre-vingts kilomètres de diamètre.

On aurait dit un cours de mécanique volcanique. Chaque éruption vidait la cheminée active de son magma, et le fond de la caldeira finissait par s'effondrer. D'où cette succession de formes circulaires, au fur et à mesure que la cheminée active se déplaçait, au cours des âges. Rares étaient les endroits de Mars où l'on voyait des pentes aussi abruptes. Ces falaises arquées étaient presque parfaitement verticales. Des mondes annulaires, basaltiques. Un vrai paradis pour les amateurs d'escalade. Un jour, ils s'y précipiteraient.

La complexité d'Ascraeus était bien éloignée du trou unique, géant, de Pavonis. Pourquoi la caldeira de Pavonis s'était-elle toujours effondrée sans jamais changer de circonférence ? Sa dernière éruption aurait-elle effacé et nivelé tous les anneaux précédents ? Son réservoir magmatique était-il plus petit, ou se ventilait-il moins sur les parois ? La cheminée d'Ascraeus s'était-elle déplacée davantage ? Ann ramassa des pierres éparses au bord du cratère et les regarda. Des bombes volcaniques, les derniers météores d'ejecta, des ventifacts sculptés par les vents incessants. Toutes ces questions restaient à étudier. Rien de ce qu'ils pourraient faire ne perturberait jamais la volcanologie, à cette altitude, l'étude ne serait pas affectée. En fait, le *Journal d'études aréologiques* publiait beaucoup d'articles sur des sujets de ce genre, il lui arrivait encore de le constater. Michel le lui avait bien dit : les endroits élevés ressembleraient éternellement à ça. Gravir les grandes pentes reviendrait à remonter dans le passé préhumain, dans la pure aréologie, dans l'aréophanie elle-même, avec ou sans Hiroko. Avec ou sans lichen. Des gens avaient parlé d'assujettir un dôme ou une tente sur ces caldeiras, afin qu'elles demeurent totalement stériles, mais cela ne reviendrait qu'à en faire des zoos. Des réserves naturelles entourées de murs et de toits. Des serres vides. Non. Elle se redressa, parcourut du regard l'immense paysage circulaire qui s'offrait à l'espace. Elle fit un signe de la main à l'intention de la vie chasmoendolithique qui luttait peut-être pour survivre en cet endroit. Vis, chose. Elle dit le mot, et il résonna d'une façon étrange : « Vis. »

Mars pour toujours, rocheuse à la face du soleil. Et puis du coin de l'œil, elle aperçut l'ours blanc, qui se glissait derrière le bord déchiqueté d'un rocher. Elle sursauta : il n'y avait rien à cet endroit. Elle regagna son patrouilleur comme si elle avait besoin de se sentir protégée. Mais tout l'après-midi, sur l'écran de l'IA, des yeux vagues semblèrent l'observer derrière leurs lunettes, prêts à l'appeler d'une seconde à l'autre. Une sorte d'homme-ours, qui la dévorerait s'il parvenait à l'attraper. Mais rien ni personne ne lui mettrait la main dessus, elle pourrait disparaître à jamais dans cette forteresse imprenable de roche — libre elle était et libre elle resterait, être ou ne pas être selon son bon plaisir, tant que ce rocher résisterait. Et puis, encore une fois, devant la porte du sas, cet éclair blanc, du coin de l'œil. Ah, que c'était difficile !

SEPTIÈME PARTIE

FAIRE MARCHER LES CHOSES

Une mer prise par les glaces couvrait maintenant la majeure partie du nord. Vastitas Borealis, qui se trouvait un ou deux kilomètres en dessous du niveau moyen, trois kilomètres en certains endroits, était presque entièrement sous l'eau maintenant que le niveau de la mer s'était stabilisé au contour moins un. Si un océan d'une forme comparable avait existé sur Terre, il aurait été plus grand que l'Arctique. Il aurait couvert la majeure partie de la Russie, du Canada, de l'Alaska, du Groenland et de la Scandinavie, et il aurait fait deux incursions majeures vers le sud : des mers étroites qui seraient descendues jusqu'à l'équateur. Sur Terre, il en aurait résulté un Atlantique Nord étroit et un Pacifique Nord occupé en son centre par une grosse île de forme vaguement carrée.

Sur cet Oceanus Borealis émergeaient plusieurs grandes îles glacées et une longue péninsule basse qui interrompait la circumnavigation du globe, reliant le continent principal, au nord de Syrtis, à la queue d'une île polaire. Le pôle Nord était maintenant situé sur la glace du golfe d'Olympia, à quelques kilomètres au large de cette île.

Et voilà. Sur Mars, il n'y aurait pas d'équivalent du Pacifique Sud, de l'Atlantique Sud, de l'océan Indien ou de l'Antarctique. Au sud, il n'y avait qu'un désert, en dehors de la mer d'Hellas, une étendue d'eau à peu près égale en taille à la mer des Caraïbes. L'océan qui occupait soixante-dix pour cent de la surface de la Terre ne représentait que vingt-cinq pour cent de la surface martienne.

En 2130, la majeure partie d'Oceanus Borealis était recouverte de glace. Mais il y avait de grandes étendues d'eau à l'état liquide sous la surface et, en été, des lacs de fonte se répandaient à la surface ; il y avait aussi beaucoup de polyplaques, de failles et de fentes. Comme la majeure partie avait été pompée ou extraite d'une façon ou d'une autre du permafrost, elle avait la pureté de l'eau des profondeurs souterraines, autant dire qu'elle était aussi pure qu'une eau distillée : Borealis était un océan d'eau pure. On s'attendait pourtant à ce qu'il acquière bientôt une certaine salinité, car des fleuves parcouraient le régolite très salé et s'y déversaient avec leur charge saline. L'eau s'évaporait, se transformait en précipitations et le processus se renouvelait, déplaçant les sels du régolite dans l'eau jusqu'à ce qu'un équilibre soit atteint. Ce processus fascinait les océanographes, car le degré de salinité des océans de la Terre, stable depuis des millions d'années, n'était pas bien compris.

Les côtes étaient sauvages. L'île polaire, qui n'avait pas de nom auparavant, était tantôt appelée péninsule polaire, tantôt le Cheval de Mer, à cause de son tracé sur les cartes. En fait, elle disparaissait encore en de nombreux endroits sous la glace de l'ancienne calotte polaire, et partout elle était couverte de neige, à laquelle le vent donnait des formes fantastiques nommées sastrugi. Cette surface blanche, accidentée, s'enfonçait dans la mer sur des kilomètres et des kilomètres, jusqu'à ce que les courants sous-marins la fracturent. On arrivait alors à un « littoral » constitué de chenaux et de plissements dus à la pression, des bords chaotiques de grands icebergs tabulaires et d'étendues de plus en plus vastes d'eau à ciel ouvert. Plusieurs grandes îles volcaniques ou météoriques surgissaient de la dislocation de cette côte glacée, et notamment quelques boucliers de cratères, arc-boutés sur cette blancheur comme de vastes icebergs tabulaires noirs.

La côte sud de Borealis était beaucoup plus exposée et variée. Aux endroits où la glace léchait le pied du Grand Escarpement, il y avait plusieurs régions de mesas et de collines rondes qui étaient devenues des archipels au large, lesquels, comme le littoral du continent principal, se caractérisaient par un grand nombre de falaises à pic, d'escarpements, de baies de cratères, de fjords de fossae, et de longues plages. L'eau des deux grands golfes du sud était fondue en profondeur et, l'été, en surface aussi. Le golfe de Chryse était peut-être celui qui avait le rivage le plus spectaculaire : huit grands chenaux d'écoulement qui se jetaient dans Chryse s'étaient en partie remplis de glace, et sa fonte les avait changés en fjords aux parois abruptes. A l'extrémité sud du golfe, quatre de ces fjords s'entrecroisaient, tenant enlacées plusieurs îles aux immenses falaises, formant ainsi le plus spectaculaire des paysages marins.

De grandes colonies d'oiseaux survolaient toute cette eau. Des nuages filaient dans le vent, et leur ombre tavelait le blanc et le rouge. Des icebergs flottaient sur les mers en fusion, s'écrasaient sur la roche. Des orages terrifiants dévalaient le Grand Escarpement, déversant leur fardeau de grêle et d'éclairs. Il y avait maintenant près de quarante mille kilomètres de littoral sur Mars. Qui prenait vie dans la succession rapide du gel et du dégel, en fonction des jours et des saisons, sous l'abrasion du vent inlassable.

A la fin du congrès, Nadia n'avait qu'une envie : quitter Pavonis Mons. Elle en avait assez des prises de bec dans l'entrepôt, assez des discussions politiques, de la violence et des menaces, de la révolution, des sabotages, de la Constitution et de l'ascenseur. De la Terre et de la guerre. La Terre et la mort, voilà ce qu'était Pavonis Mons — la montagne du Paon, un nichoir à paons qui faisaient la roue et se pavanaient en criant *Moi Moi Moi*. C'était le dernier endroit sur Mars où elle avait envie d'être.

Elle voulait descendre de là et respirer à l'air libre, travailler sur des choses tangibles, construire, avec ses neuf doigts, son dos, son esprit, bâtir tout et n'importe quoi, pas seulement des structures, ce qui aurait été merveilleux, évidemment, mais aussi des choses comme l'air ou le sol, faire partie d'un projet nouveau pour elle, participer tout simplement au terraforming. Depuis sa première marche à l'air libre, au cratère DuMartheray, sans autre équipement qu'un petit masque à CO^2, elle avait fini par partager l'obsession de Sax. Elle était prête à le rejoindre et tous ceux qui étaient partie prenante du projet, d'autant que la suppression des miroirs orbitaux avait entraîné un long hiver et menacé de provoquer une ère glaciaire en bonne et due forme. Construire l'air, construire le sol, déplacer l'eau, introduire des plantes et des animaux : toutes les tâches qui s'apparentaient à ce genre de choses lui paraissaient fascinantes à présent. Mais elle était aussi attirée par les projets plus conventionnels. Quand la nouvelle mer du Nord aurait fondu et que sa côte se serait stabilisée, il y aurait des ports à fonder un peu partout, des quantités de ports avec des jetées et des fronts de mer, des canaux, des docks et des villes grimpant dans les collines, derrière. Aux altitudes plus élevées, il y aurait d'autres tentes à ériger, et des canyons à couvrir. On parlait même de bâcher certaines des grandes caldeiras et de lancer des téléphériques entre les trois principaux volcans, ou d'élever des ponts au-dessus des détroits au sud d'Elysium. Il était question de viabiliser le continent insulaire du pôle. On envisageait de nouveaux concepts de biohabitat consistant à faire pousser des maisons, à construire directement à partir d'arbres conçus par le génie génétique, exactement comme Hiroko utilisait le bambou, mais à plus grande échelle. Oui, une bâtisseuse prête à se mettre au courant des techniques les plus récentes avait un millier d'années de projets magnifiques devant elle. Le rêve était en train de devenir réalité.

Puis un petit groupe vint lui annoncer qu'ils étudiaient les possibilités pour le premier conseil exécutif du nouveau gouvernement global.

Nadia les regarda de travers. Leur démarche lui faisait l'effet d'un gigantesque piège à combustion lente, et elle tenta de son mieux de prendre la fuite avant qu'il ne se referme sur elle.

— Il y a des tas de possibilités, dit-elle. Il y a près de dix fois plus de gens bien que de postes à pourvoir.

— Oui, répondirent-ils pensivement. Mais nous nous demandions si vous y aviez jamais songé.

— Non, répondit-elle, et elle commença à s'inquiéter pour de bon en voyant Art sourire d'une oreille à l'autre. Je projette de construire des choses, ajouta-t-elle fermement.

— Rien ne t'en empêcherait, répliqua Art. Le conseil n'est qu'un travail à temps partiel.

— Ben voyons !

— Non, je t'assure.

Il était vrai que le concept de gouvernement citoyen était inscrit partout dans la nouvelle Constitution, du gouvernement global aux conseils des villes sous tente. La plupart des gens travailleraient probablement à temps partiel. Mais Nadia était convaincue que le conseil exécutif n'entrerait pas dans cette catégorie.

— Les membres du conseil ne doivent-ils pas être élus parmi les députés ? demanda-t-elle.

Elus *par* les députés, rectifièrent-ils joyeusement. Normalement, ceux-ci devaient être élus, mais pas nécessairement.

— Eh bien, c'est une erreur de la Constitution ! s'exclama Nadia. Je me réjouis que vous l'ayez repérée si vite. Réduisez le choix aux députés élus, et vous restreindrez...

Vous restreindrez...

— Et vous aurez encore des tas de gens très bien, s'empressa-t-elle de dire, se livrant à un bel exercice de rétropédalage.

Mais ils revinrent à la charge, sous différentes formations, et Nadia voyait les dents du piège se refermer sur elle. Ils finirent par l'implorer. Toute une délégation. C'était le moment crucial pour le nouveau gouvernement, il leur fallait un conseil exécutif en qui tout le monde avait confiance, c'est lui qui allait lancer les choses, etc. Le sénat avait été élu, la douma constituée. Les deux chambres devaient maintenant élire les sept membres du conseil exécutif. Au nombre des candidats figuraient Mikhail, Zeyk, Peter, Marina, Etsu, Nanao, Ariadne, Marion, Irishka, Antar, Rashid, Jackie, Charlotte, les quatre ambassadeurs vers la Terre et plusieurs personnes que Nadia avait rencontrées dans l'entrepôt.

— Des tas de gens très bien, répéta Nadia.

C'était la révolution polycéphale.

Mais les gens n'étaient pas très chauds pour cette liste, ils le dirent et le répétèrent à Nadia. Ils avaient l'habitude qu'elle leur fournisse un point d'équilibre, pendant le congrès comme pendant la révolution, et déjà avant, à Dorsa Brevia, durant toutes les années de la clandestinité... depuis toujours, en fait. On voulait qu'elle participe au conseil pour y jouer un rôle modérateur. C'était une tête froide, un parti neutre, etc.

— Sortez ! s'écria-t-elle, soudain furieuse, sans trop savoir pourquoi, et elle vit que sa colère les inquiétait, les dérangeait. Je vais y réfléchir, ajouta-t-elle en les mettant dehors.

Elle resta seule avec Charlotte et Art, qui avaient pris un air grave et faisaient semblant de n'être pour rien dans tout cela.

— On dirait qu'ils tiennent à t'avoir au conseil exécutif, constata Art.

— Oh, ça va.

— Mais si. Ils veulent une personne en qui tout le monde a confiance.

— Ils veulent une personne qui ne leur fait pas peur, tu veux dire. Ils veulent une vieille babouchka incapable de lever le petit doigt, afin de tenir leurs adversaires à l'écart du conseil et d'agir comme ils l'entendent.

Art se renfrogna. Il n'avait pas réfléchi à ça. Il était trop naïf.

— Au fond, une Constitution est une sorte de plan, dit pensivement Charlotte. Le véritable acte de construction, c'est d'en tirer un gouvernement qui marche.

— Dehors ! fit Nadia.

Elle finit par accepter d'y siéger. Ils ne voulaient pas en démordre, ils étaient incroyablement nombreux et elle ne voulait pas leur donner l'impression de se défiler. Et c'est ainsi qu'elle laissa le piège se refermer sur sa jambe.

Les chambres se réunirent, les élections furent organisées. Nadia fut élue parmi les sept, avec Zeyk, Ariadne, Marion, Peter, Mikhail et Jackie. Le jour même, Irishka fut élue premier président de la cour environnementale, un coup magnifique pour elle, à titre personnel, et pour les Rouges en général. Ça faisait partie du Grand Geste qu'Art avait négocié à la fin du congrès pour obtenir l'appui des Rouges. La moitié des membres de la cour étaient d'ailleurs plus ou moins Rouges, ce qui conférait au geste une ampleur un peu exagérée, au goût de Nadia.

Immédiatement après ces élections, une autre délégation vint la trouver, menée cette fois par ses compagnons du conseil. Elle avait reçu le plus grand nombre de voix des deux chambres, lui annoncèrent-ils, aussi voulaient-ils l'élire présidente du conseil.

— Oh non ! dit-elle.

Ils hochèrent gravement la tête. Le président n'était qu'un membre du conseil comme les autres. Un titre honorifique, et voilà tout. Ce bras du gouvernement était calqué sur celui des Suisses, et les Suisses ne savaient généralement même pas qui était leur président, etc. Ils avaient juste besoin de son accord, lui dirent-ils, et à ces mots, une flamme brilla dans les yeux de Jackie.

— Dehors ! leur dit-elle.

Lorsqu'ils furent sortis, Nadia s'effondra dans son fauteuil, sonnée.

— Tu es la seule sur Mars en qui tout le monde a confiance, fit doucement Art avec un haussement d'épaules, comme pour dire qu'il n'y était pour rien, ce qui était un mensonge, elle le savait pertinemment. Que veux-tu ? fit-il en levant les yeux au ciel dans une attitude théâtrale. Donne-leur trois ans, et quand les choses seront sur des rails, tu leur diras que tu en as assez fait et que tu laisses tomber. Et puis, la première présidente de Mars ! Comment pourrais-tu résister ?

— Oh, sans problème.

Il attendit. Nadia le foudroyait du regard.

— Tu vas accepter, hein ? dit-il enfin.

— Tu m'aideras ?

— Evidemment ! Tout ce que tu voudras, ajouta-t-il en posant la main sur ses poings crispés. Je veux dire... Je suis à ta disposition.

— C'est une position officielle de Praxis ?

— Eh bien, oui. Je suis sûr que ça pourrait le devenir. Conseiller de Praxis auprès de la présidente de Mars ? Tu penses !

Allons, c'était peut-être jouable.

Elle poussa un gros soupir et essaya de se détendre. Elle avait un nœud à l'estomac. Elle pouvait accepter ce poste, puis faire exécuter la majeure partie du travail par Art et son équipe, quelle qu'elle soit. Elle ne serait pas la première présidente à faire ça. Et pas la dernière non plus.

— Conseiller de Praxis auprès de la présidente de Mars, répétait Art, aux anges.

— Oh, la ferme ! s'exclama-t-elle.

— Mais bien sûr.

Il la laissa un moment, le temps de se faire à cette idée, revint avec un pot de kava fumant et deux tasses. Il lui en tendit une et la regarda boire à petites gorgées le liquide amer.

— De toute façon, je suis ta chose, Nadia, dit-il. Tu le sais.

— Hum.

Elle le regarda laper son kava. Il ne parlait pas que de politique, elle le savait. Il l'aimait. Depuis le temps qu'ils travaillaient ensemble, qu'ils vivaient ensemble, voyageaient ensemble, partageaient le même espace. Et elle l'aimait bien. Un gros nounours, étrangement gracieux pour sa corpulence, débordant de joie de vivre. Qui adorait le kava, il fallait voir comment il le dégustait, la bouche en cul de poule. Il avait porté le congrès à bout de bras, grâce à sa bonne humeur contagieuse. Il avait réussi à leur faire croire qu'il n'y avait rien de plus amusant que d'écrire une Constitution. Absurde ! Mais ça avait marché. Et pendant le congrès, ils étaient devenus une sorte de couple, elle devait bien l'admettre.

Seulement elle avait cent cinquante-neuf ans, maintenant. Encore une absurdité, mais ce n'en était pas moins vrai. Et Art avait, elle ne savait pas trop, entre soixante-dix et quatre-vingts ans, bien qu'il en paraisse cinquante, comme souvent quand ils commençaient le traitement prématurément.

— Je pourrais être ta grand-mère, dit-elle.

Art haussa les épaules, un peu gêné. Il savait de quoi elle voulait parler.

— Je suis assez vieux pour être l'arrière-grand-père de cette femme, répliqua-t-il en indiquant une grande indigène qui passait devant la porte de leur bureau. Et elle serait assez vieille pour avoir des enfants. Alors tu sais... à partir d'un certain moment, ça ne veut plus rien dire.

— Peut-être pas pour toi.

— Non ! Mais c'est déjà la moitié des avis qui comptent.

Nadia ne répondit pas.

— Ecoute, reprit Art, nous allons vivre un sacré bon bout de temps. A un moment donné, les chiffres ont cessé d'avoir un sens. Je veux dire, je n'étais pas avec toi pendant les premières années, mais nous sommes ensemble depuis longtemps, maintenant, et nous en avons vécu des choses, tous les deux.

— Je sais, fit Nadia en regardant la table, le moignon de son doigt perdu, en pensant à certaines périodes de sa vie, disparues elles aussi.

Et voilà qu'elle se retrouvait présidente de Mars.

— Merde !

Art finit son kava, la regarda avec sympathie. Il l'aimait bien, elle l'aimait bien. Ils formaient déjà une sorte de couple.

— Je peux compter sur toi pour m'aider avec cette saleté de conseil ? fit-elle, déprimée de sentir tous ses fantasmes technologiques s'envoler en fumée.

— Et comment !

— Et puis... eh bien, on verra.

— On verra, répéta-t-il en souriant.

Et voilà, elle était coincée sur Pavonis Mons. Le nouveau gouvernement se constituait, déménageait des entrepôts vers Sheffield, s'installait dans les vastes bâtiments, aux façades de pierre polie, abandonnés par les métanats. La question se posa, évidemment, de savoir si elles seraient indemnisées pour l'occupation de leurs bâtiments et autres infrastructures, ou si tout avait été « globalisé », « coopté » par l'indépendance et le nouvel ordre.

— Qu'on les indemnise, grommela Nadia à Charlotte.

Mais la présidente de Mars n'était apparemment pas le genre de présidente devant qui l'on se mettait au garde-à-vous, le petit doigt sur la couture du pantalon...

En tout cas, le gouvernement prenait ses quartiers à Sheffield qui devenait, sinon la capitale, du moins le siège provisoire du gouvernement global. Burroughs étant submergée et Sabishii incendiée, aucun autre endroit ne s'imposait et, à vrai dire, Nadia n'avait pas l'impression que les villes sous tente se battaient pour les héberger. Il était question de construire une nouvelle capitale, mais ça prendrait du temps, et en attendant, il fallait bien qu'ils s'installent quelque part. Tout le monde se retira donc sous la tente de Sheffield, sous le ciel noir de Sheffield, l'ombre du câble de l'ascenseur montant de son quartier est, comme une faille dans la réalité.

Nadia trouva, dans la tente la plus à l'ouest, derrière le parc, un appartement au quatrième étage d'où elle avait une belle vue sur la terrible caldeira de Pavonis. Art prit un appartement au rez-de-chaussée du même immeuble, mais qui ouvrait sur l'arrière. La caldeira lui donnait le vertige. Le bureau de Praxis était dans un bâtiment voisin, un énorme cube de jaspe poli, aux fenêtres d'un bleu de chrome.

Enfin, elle était là. Le moment était venu de respirer un bon coup et de se mettre à la tâche. Elle avait l'impression de faire un cauchemar dans lequel le congrès constitutionnel se serait soudain prolongé pendant trois ans, trois années martiennes.

Elle avait, au départ, l'intention de descendre parfois de la montagne afin de participer à un projet de construction ou un autre. Evidemment, elle ferait son travail pour le conseil, mais contribuer à l'accroissement de la production de gaz à effet de serre, par exemple, semblait particulièrement judicieux : cela alliait les problèmes techniques et la politique de conformation au nouveau régime de régulation environnemental, et cela lui permettrait de retourner dans l'arrière-pays, où étaient localisées beaucoup d'installations. De là, elle pourrait participer aux travaux du conseil par bloc-poignet.

Mais tout conspira à la faire rester à Sheffield. Les événements s'enchaînèrent — rien de particulièrement important ou intéressant, comparé au congrès, rien que les petits détails qui faisaient marcher les choses. C'était comme l'avait dit Charlotte : après la phase de conception, les détails interminables de la construction.

Il fallait s'y attendre. Elle devrait être patiente. Elle expédierait les affaires urgentes, et puis elle s'en irait. Entre-temps, avec le processus de démarrage, les médias ne juraient que par elle, le nouveau bureau martien des Nations Unies voulait la voir pour parler avec elle de la nouvelle politique d'immigration et des procédures. Les autres membres du conseil ne pouvaient pas se passer d'elle. Où le conseil se réunirait-il ? A quel rythme ? Quelles étaient les règles de fonctionnement ? Nadia persuada les six autres conseillers d'embaucher Charlotte comme secrétaire du conseil et chef du protocole, après quoi Charlotte recruta toute une équipe d'assistantes de Dorsa Brevia. Ils avaient donc une amorce d'état-major. Et Mikhail avait une grande expérience du gouvernement acquise à Vishniac Bogdanov. Des tas de gens étaient donc plus aptes que Nadia à faire ce travail. Mais on l'appelait encore un million de fois par jour pour conférer, discuter, décider, nommer, arbitrer, administrer. Ça n'en finissait pas.

Et puis, quand Nadia trouva le temps de s'occuper un peu d'elle-même, elle découvrit que la présidente de Mars aurait le plus grand mal à mener son projet à bien. Tout ce qui était actuellement mis en œuvre l'était par une tente ou une coop. C'étaient souvent des entreprises commerciales, compromises dans des transactions impliquant pour partie des travaux publics à but non lucratif, et pour partie des marchés compétitifs. Le fait que la présidente participe au projet d'une coop risquait fort de passer pour un patronage officiel et devait être évité dans un souci d'équité. C'était un conflit d'intérêts.

— Et merde ! dit-elle en regardant Art d'un œil accusateur.

Il haussa les épaules, l'air de n'y avoir pas songé un seul instant.

Mais il n'y avait pas moyen d'en sortir. Elle était prisonnière de son pouvoir. Bien. Elle étudierait la situation comme n'importe quel problème d'engineering, comme n'importe quelle autre difficulté. Mettons qu'elle veuille construire une usine de production de gaz à effet de serre. Elle ne pouvait se joindre à une coop industrielle en particulier. Elle devait donc le faire d'une autre façon. Intervenir à un niveau plus élevé. Et si elle essayait de coordonner les coops ?

Ce n'étaient pas les raisons qui manquaient de promouvoir la production de gaz à effet de serre. L'Année Sans Eté avait été ponctuée par une série de violents orages qui s'étaient abattus du Grand Escarpement sur le nord, et la plupart des météorologistes voyaient dans ces tempêtes de Hadley transéquatoriales une conséquence de la suppression des miroirs orbitaux et de la soudaine baisse de luminosité qui s'en était suivie. La perspective de voir survenir une véritable ère glaciaire n'était pas exclue, et le pompage des gaz de serre semblait être l'un des meilleurs moyens de la combattre. Nadia demanda donc à Charlotte d'organiser une conférence destinée à envisager toutes les stratégies de lutte contre l'ère glaciaire. Charlotte contacta des gens de Da Vinci, de Sabishii et d'ailleurs, et elle mit bientôt sur pied un colloque qui devait se tenir à Sabishii, et que quelqu'un, un saxaclone sans doute, baptisa « Les Entretiens de M-53 sur les Moyens de Combattre les Effets de la Baisse de Luminosité ».

Ces entretiens, Nadia ne devait jamais y assister. Elle fut retenue à Sheffield par les affaires, et surtout par la mise en route du nouveau système économique qu'elle jugeait plus importante que tout le reste. Les députés votaient les lois d'économie qui devaient habiller le squelette défini par la Constitution. Ces lois imposaient aux coops qui existaient avant la révolution d'aider les filiales locales des métanats maintenant indépendantes à se transformer en organisations similaires. Ce processus, appelé horizontalisation, bénéficiait d'un très large soutien, surtout de la part des jeunes indigènes, et avançait sans heurt. Toute entreprise martienne devait maintenant appartenir à ses seuls collaborateurs. Aucune coop ne pouvait dépasser un millier de membres ; les entreprises plus importantes seraient composées d'associations de coops. Pour leur structure interne, la plupart des entreprises adoptaient l'une ou l'autre variante d'un modèle bogdanoviste, lui-même inspiré de la communauté basque de Mondragon, en Espagne. Les employés étaient copropriétaires de leur entreprise et accédaient à leur titre de propriété en versant l'équivalent d'une année de salaire environ au fonds d'équité de la firme, cette somme étant acquise lors de divers programmes d'apprentissage suivis en fin de scolarité. Ce versement était une sorte d'action dont la valeur augmentait à chaque année que le collaborateur passait dans la société. Elle lui était restituée sous forme de pension ou de capital de départ. Un conseil élu par le personnel désignait une direction, qu'il allait généralement chercher à l'extérieur, et qui avait ensuite tout pouvoir de décision, mais était assujettie au contrôle annuel du conseil. On pouvait obtenir du crédit et des capitaux auprès de banques coopératives centrales, du fonds de développement du gouvernement global ou d'organismes d'aide comme Praxis et les Suisses. Au niveau supérieur, les coops d'un même secteur d'activité pouvaient s'associer pour des projets plus importants et envoyer des représentants auprès de guildes qui instauraient des codes de déontologie, mettaient en place des centres d'arbitrage et de médiation, et assumaient généralement toutes les activités des syndicats professionnels.

La commission économique était aussi chargée de définir une monnaie martienne à usage interne et destinée aux échanges avec la Terre. La commission tenait à ce que cette monnaie résiste à la spéculation terrienne, mais, en l'absence de Bourse martienne, il était à craindre que le poids des investissements terriens ne retombe sur la devise martienne, avec les risques d'inflation que cela comportait. Avec le temps, on pouvait craindre une surévaluation du sequin martien sur le marché des changes terrien, au détriment de Mars. Mais les métanats en cours de dislocation poursuivaient la lutte contre le coopératisme sur Terre, et les échanges financiers terriens, désorganisés, avaient perdu de leur intensité. Le sequin se tenait donc bien sur Terre, sans excès, et sur Mars, ce n'était que de l'argent. Praxis fut d'une aide considérable tout au long du processus, en jouant un peu le rôle de banque fédérale pour la nouvelle économie, en lui accordant des prêts à taux zéro et en servant de trait d'union avec les Bourses terriennes.

Dans ce contexte, le conseil exécutif débattait pendant de longues heures, tous les jours, de problèmes législatifs et autres. Nadia en oublia presque la conférence dont elle était l'instigatrice et qui se déroulait en même temps à Sabishii. Parfois, le soir, elle passait enfin une heure ou deux devant l'écran avec ses amis de Sabishii. Les choses donnaient l'impression de bien se passer là-bas aussi. Beaucoup de savants environnementalistes de Mars étaient venus et ils s'accordaient à dire qu'un accroissement massif de l'émission de gaz à effet de serre contribuerait à atténuer les effets de la perte du miroir. Evidemment, les serres émettaient avant tout du dioxyde de carbone — dont ils s'efforçaient déjà de ramener la proportion dans l'atmosphère à un niveau respirable — mais ils estimaient généralement qu'il devait être possible de produire et de relâcher dans l'atmosphère des gaz plus complexes et plus puissants, selon des proportions idoines et sans que cela pose de problème sur le plan politique. La Constitution spécifiait que l'atmosphère ne devait pas dépasser 350 millibars à la limite de six kilomètres, mais ne disait rien sur la nature des gaz devant permettre d'arriver à cette pression. Ils avaient calculé que s'ils arrivaient à augmenter la proportion de dérivés carbonés halogénés et autres gaz composant ce qu'ils appelaient « le cocktail de Russell » à cent parties par million au lieu des vingt-sept parties par million que comportait normalement l'atmosphère, la chaleur monterait de plusieurs degrés kelvin et la menace d'ère glaciaire serait écartée, ou du moins grandement réduite. Le plan prévoyait donc la production et le relâchement dans l'atmosphère de tonnes de tétrafluorure de carbone, d'hexafluoroéthane, d'hexafluorure de soufre, de méthane, d'oxyde d'azote et de traces d'autres éléments chimiques qui contribueraient à réduire le rythme auquel les rayons UV détruisaient ces halocarbones.

L'autre moyen de lutte le plus souvent mentionné au cours des entretiens consistait à faire fondre la glace de la mer du Nord. Tant qu'elle ne serait pas complètement liquide, l'albédo de la glace renverrait beaucoup d'énergie dans l'espace. S'ils parvenaient à obtenir un océan liquide, ou, selon sa latitude, un océan liquide en été, toute menace de glaciation serait écartée à jamais, et le terraforming pratiquement achevé : il y aurait des courants forts, des vagues, une évaporation, des nuages, des précipitations, une fonte, des fleuves, des rivières, des deltas — un cycle hydrologique complet. Toutes sortes de méthodes furent proposées pour accélérer la fonte de la glace : alimenter les océans avec la chaleur dégagée par les centrales nucléaires, répandre des algues noires à la surface, déployer des émetteurs chauffants à micro-ondes et à ultrasons, ou rompre les plaques les moins épaisses à l'aide de brise-glace.

L'accroissement de l'effet de serre irait bien entendu dans ce sens : la glace des océans fondrait toute seule à partir du moment où la température de l'air s'élèverait régulièrement au-dessus de 273 degrés kelvin. Mais ce projet n'allait pas sans inconvénients, ainsi que le soulignèrent les participants au colloque : il exigerait un effort industriel presque aussi important que les entreprises monstrueuses des métanats comme le transport d'azote de Titan, ou la soletta elle-même. Et ce n'était pas un mince problème : les gaz étaient constamment détruits par les rayons UV dans la stratosphère, de sorte qu'il faudrait les produire de façon excessive afin d'atteindre le niveau désiré, et même après, si on voulait qu'ils continuent à monter aussi haut. L'extraction des matières premières et la construction des usines nécessaires pour leur transformation étaient des projets énormes qui seraient essentiellement mis en œuvre grâce à la robotique : ça exigerait des mineurs robots et autorépliquants, des usines autoconstructibles et autorégulées, des drones échantillons dans la stratosphère. L'entreprise devait être entièrement automatisée.

Le problème ne résidait pas dans le défi technique que cela impliquait. Comme le fit remarquer Nadia, la technologie martienne était hautement robotisée depuis le début. Des milliers de petits véhicules automatisés erreraient seuls à la surface de Mars, à la recherche des meilleurs gisements de carbone, de soufre ou de fluorine, comme les Arabes des caravanes minières du Grand Escarpement. Puis, quand ils découvriraient des dépôts importants, les robots s'installeraient et construiraient de petites unités de transformation à partir de l'argile, du fer, du magnésium et des oligo-éléments trouvés à l'endroit de ces mêmes dépôts, apportant les pièces qu'ils ne pouvaient fabriquer sur place et assemblant le tout. Ils construiraient des flottilles de foreuses et de wagons automatisés afin de transporter les matières transformées vers les usines où elles seraient gazéifiées et relâchées à partir d'immenses silos mobiles. Ce n'était pas très différent du processus de forage antérieur de gaz atmosphérique, sinon sur le plan de l'échelle.

L'ennui, c'est que les dépôts les plus faciles à exploiter l'avaient déjà été. Et que le sol ne pouvait plus être creusé comme autrefois : il y avait des plantes presque partout, maintenant, et en de nombreux endroits, une sorte de dallage se développait à la surface du désert, par suite de l'hydratation, de l'action bactériologique et de réactions chimiques dans les argiles. Cette croûte contribuait grandement à réduire les tempêtes de sable, qui constituaient encore un grave problème. La gratter pour atteindre les dépôts de matière première qui se trouvaient en dessous n'était plus envisageable, ni sur le plan politique ni sur le plan écologique. Les membres rouges des instances gouvernementales exigeaient un moratoire sur ce genre de forage, et pour de bonnes raisons, même en termes de terraforming.

Qu'il était difficile, songea Nadia, un soir, en éteignant son écran, de se retrouver confronté aux effets antagonistes de ses actes... Les effets sur l'environnement étaient si étroitement liés qu'ils auraient du mal à les dissocier et à arrêter une marche à suivre. Et qu'il était difficile de rester prisonnier des règles qu'on avait soi-même édictées. Rien ni personne ne pouvait plus agir individuellement. Toute action était maintenant bien trop ramifiée. D'où la nécessité de réguler l'environnement, et l'utilité de la cour environnementale globale, déjà submergée par les dossiers. Elle allait être aussi obligée de réglementer tous les projets sortant de ces entretiens. Les jours du terraforming débridé étaient révolus.

Et en sa qualité de membre du conseil exécutif, Nadia devait se borner à dire qu'elle était pour l'augmentation de l'effet de serre. A part ça, elle devait rester en dehors du débat, sous peine de donner l'impression de marcher sur les plates-bandes de la cour environnementale, qu'Irishka défendait avec vigueur. De sorte que Nadia passait du temps à consulter, par écran interposé, des groupes qui concevaient de nouveaux robots extracteurs censés causer le moins de désordre possible, ou qui travaillaient sur des fixateurs de poussières susceptibles d'être vaporisés à la surface, ou d'y pousser. « Un dallage fin et rapide », comme ils disaient. N'empêche que le problème n'était pas près d'être réglé.

Ce fut toute la contribution de Nadia aux entretiens de Sabishii, qu'elle avait elle-même initiés. Enfin, toutes ces questions techniques étant engluées dans des considérations d'ordre politique, elle n'avait rien manqué, en fin de compte. Personne n'était arrivé à un résultat concret. Et pendant ce temps-là, à Sheffield, le conseil affrontait de réels problèmes : des difficultés imprévues dans l'instauration de l'éco-économie. Certains protestaient que la CEG outrepassait son autorité. D'autres se plaignaient de la nouvelle police et du système de justice criminelle. Les deux chambres adoptaient un comportement anarchique et stupide. Les Rouges, et d'autres, faisaient de la résistance dans l'outback, et Dieu sait quoi encore. Les embêtements couvraient tout le champ des possibles, du plus crucial au plus dérisoire, jusqu'à ce que Nadia commence à perdre la mesure des vrais problèmes dans cette galaxie.

C'est ainsi, par exemple, qu'elle passait une bonne partie de son temps à arbitrer les luttes intestines du conseil, qu'elle considérait comme triviales mais ne pouvait éluder. La plupart des conflits étaient provoqués par les manœuvres de Jackie visant à constituer une majorité qui la suivrait aveuglément, de façon à utiliser le conseil comme un porte-drapeau pour Mars Libre, autrement dit pour elle-même. Nadia s'efforça de mieux connaître les autres membres du conseil afin d'imaginer un moyen de travailler avec eux. Zeyk était une vieille connaissance. Nadia l'aimait bien. C'était un homme influent parmi les Arabes, il les représentait face à la culture générale et il avait remporté ce poste au nez et à la barbe d'Antar. C'était un homme gracieux, intelligent, gentil, et tous deux étaient d'accord sur la plupart des problèmes, y compris les plus fondamentaux, de sorte qu'ils entretenaient des relations très positives, presque amicales. Ariadne était une des prêtresses de la matriarchie de Dorsa Brevia, rôle qui lui allait comme un gant : c'était une idéologue impérieuse et rigide, et ses principes étaient probablement la seule chose qui l'empêchait de présenter une opposition sérieuse à la prééminence de Jackie auprès des indigènes. Marion était une Rouge ; une idéologue aussi, mais elle avait beaucoup évolué depuis les jours anciens de son radicalisme, même si elle argumentait avec une faconde incroyable, de sorte qu'il était difficile de lui river son clou. Peter, le petit garçon d'Ann, avait grandi et incarnait un certain pouvoir auprès de différentes factions de la société martienne, dont l'équipe spatiale de Da Vinci, l'underground Vert, les gens du câble et, à cause d'Ann, certains Rouges parmi les plus modérés. Cette versatilité faisait partie de sa nature, et Nadia avait toujours eu du mal à le cerner. Il gardait ses distances, comme ses parents, et il semblait se méfier de Nadia et des autres Cent Premiers. Un vrai nisei, jusqu'au bout des ongles. Mikhail Yangel était l'un des premiers issei à avoir suivi les Cent sur Mars, et il avait travaillé avec Arkady depuis le début. Il avait joué un rôle moteur dans la révolte de 61, et Nadia le tenait pour l'un des Rouges les plus extrémistes à l'époque, ce qui la mettait encore parfois en rage. C'était stupide, ça ne facilitait pas les rapports avec lui, mais elle n'y pouvait rien ; c'était plus fort qu'elle. Il avait pourtant beaucoup changé. C'était aujourd'hui un bogdanoviste prêt au compromis. Sa présence au conseil était une surprise pour Nadia. Elle y voyait une sorte de geste envers Arkady, et trouvait cela vaguement touchant.

Et puis il y avait Jackie, qui était peut-être la plus populaire et la plus puissante des politiciennes de Mars. En attendant le retour de Nirgal, du moins.

Nadia était donc amenée à négocier avec eux jour après jour et s'efforçait de comprendre leur mode de fonctionnement alors qu'ils abordaient l'un après l'autre les problèmes quotidiens, du plus important au plus dérisoire, de l'abstrait au personnel. Nadia avait l'impression que tout était lié. Non, le conseil n'était pas un travail à mi-temps. Il l'occupait du matin au soir, sans trêve ni relâche. Et des trois années martiennes de son mandat elle n'avait vécu que deux mois...

Art voyait bien que la situation lui pesait et faisait de son mieux pour l'aider. Il lui apportait son petit déjeuner tous les matins, comme une soubrette. Il le préparait souvent lui-même, et veillait à ce qu'elle se régale. Il arrivait en tenant haut son plateau et programmait du jazz sur son IA en guise de fond sonore à leurs agapes matinales. Pas seulement Louis Armstrong, que Nadia adorait, même s'il s'ingéniait à trouver, pour l'amuser, de vieux enregistrements comme *Give Peace a Chance* ou *Stardust Memories*, mais aussi des échantillons de jazz postérieur qu'elle n'appréciait guère jusque-là, parce qu'elle les trouvait trop frénétiques. Mais ça semblait être le tempo de l'époque.

En tout cas, elle trouvait que Charlie Parker tournait et virevoltait d'une façon très impressionnante, et que Charlie Mingus donnait à son *big band* des accents comparables à ceux de Duke Ellington sous pandorphe — exactement ce qui manquait, disait-elle, au Duke et à tout le swing, une musique très amusante, agréable. Non, le plus beau de tous, c'était Clifford Brown qu'Art invitait souvent à partager leur petit déjeuner. C'est lui qui l'avait découvert pour elle, et il en était très fier. Il affirmait souvent que c'était l'héritier légitime d'Armstrong — une trompette vibrante, aux accents radieux, mélodiques comme celle de son cher Satchmo, aussi vive, brillante, intelligente et difficile. Du Parker, en plus joyeux. C'était le fond sonore idéal pour ces moments de folie, une musique stimulante, intense, aussi positive qu'il était possible de l'être.

Art lui apportait donc son petit déjeuner en chantant *All of Me* d'une assez belle voix, avec la vision pénétrante de Satchmo, pour qui la chanson américaine ne pouvait être traitée que comme une bonne blague : « *All of me*, moi tout entier, pourquoi ne pas me prendre tout entier, tu ne vois pas, que je ne vaux rien sans toi. » Leurs petits déjeuners musicaux étaient très gais.

Mais si bien que commencent les journées, le conseil lui bouffait la vie. Nadia en avait de plus en plus marre des chamailleries, des négociations, des compromis, des conciliations. De gérer les problèmes des gens, minute après minute. Elle commençait à en avoir plein le dos.

Art le voyait bien, évidemment, et il se faisait du souci pour elle. Un soir, après le travail, il invita Ursula et Vlad, qui étaient en ville pour affaires, à dîner chez Nadia, lui-même se chargeant de la cuisine. Nadia aimait beaucoup ses vieux amis ; cette invitation était une bonne idée. Art était un homme adorable, se disait Nadia en le regardant s'affairer dans la cuisine. Un diplomate consommé sous ses airs de bonne pâte. Ou le contraire. Une sorte de Frank débonnaire. Ou plutôt un mélange de Frank, avec sa rouerie, et d'Arkady, ce bon vivant. Elle se morigéna intérieurement pour cette sale habitude qu'elle avait de voir les gens en fonction des Cent Premiers, comme si tout le monde était, d'une façon ou d'une autre, une recombinaison des caractéristiques de cette famille originale.

Vlad et Art parlèrent d'Ann. Sax avait appelé Vlad depuis la navette qui filait vers Mars. Il avait été ébranlé par une conversation qu'il avait eue avec elle et voulait savoir si Vlad et Ursula seraient disposés à lui administrer le traitement qu'ils avaient fait subir à son cerveau après son attaque.

— Ann n'accepterait jamais, objectait Ursula.

— J'espère bien que non, fit Vlad. Ça irait trop loin. Son cerveau n'a pas été endommagé. Nous ignorons quel effet ce traitement pourrait avoir sur des tissus sains. Et on ne devrait entreprendre que ce qu'on comprend, à moins d'être vraiment désespéré.

— Peut-être qu'Ann est désespérée, avança Nadia.

— Non. C'est Sax qui est désespéré, rectifia Vlad avec un sourire fugace. Il voudrait trouver une Ann différente en rentrant.

— Tu ne voulais pas non plus faire subir le traitement à Sax, reprit Ursula.

— C'est vrai. Je ne l'aurais pas tenté sur moi-même. Mais Sax est vraiment un homme courageux. Impulsif. Nous devrions nous en tenir à des choses comme ton doigt, Nadia, fit Vlad en la regardant. Maintenant que nous savons comment les réparer.

— Qu'est-ce qu'il a, mon doigt ? demanda Nadia, surprise.

Ils éclatèrent de rire.

— Celui qui te manque ! répondit Ursula. Nous pourrions te le faire repousser, si tu voulais.

— Ka ! s'exclama Nadia.

Elle s'appuya au dossier de sa chaise et regarda sa main gauche, le moignon de son petit doigt sectionné.

— A vrai dire, il ne me manque pas tant que ça.

Ils s'esclaffèrent de plus belle.

— Alors tu nous as bien eus ! remarqua Ursula. Tu n'arrêtais pas de te plaindre de tout ce que tu ne pouvais plus faire sans lui !

— Moi ?

Les autres acquiescèrent avec ensemble.

— Tu n'aimerais pas le retrouver pour nager ? avança Ursula.

— Je ne nage plus beaucoup.

— Tu as peut-être arrêté à cause de ça.

Nadia regarda à nouveau sa main longue et fine.

— Ka. Je ne sais pas quoi vous dire. Vous êtes sûrs que ça marcherait ?

— Et s'il te poussait une nouvelle main ? avança Art. Une Nadia tout entière ? Tu aurais une sœur siamoise.

Nadia lui enfonça son coude dans les côtes.

— Non, non, fit Ursula en secouant la tête. Nous avons déjà expérimenté la technique sur des amputés et un grand nombre d'animaux expérimentaux. Des mains, des bras, des jambes. Nous avons trouvé ça en observant des grenouilles. C'est assez formidable, en réalité. Les cellules se différencient exactement comme à la première pousse.

— Une démonstration très littérale de la théorie de l'émergence, fit Vlad avec un petit sourire.

Et Nadia comprit à ce sourire qu'il avait joué un rôle fondamental dans la mise au point du processus.

— Et ça marche ? lui demanda-t-elle.

— Ça marche. Nous pourrions parfaitement faire pousser un nouveau doigt sur ton moignon en réalisant une combinaison de cellules de la souche embryonnaire et de la base de ton autre petit doigt. L'ensemble fonctionne comme l'équivalent des gènes homéobox du fœtus : il comporte les déterminants nécessaires pour que les nouvelles cellules-souches se différencient normalement. Une injection ultrasonique hebdomadaire de facteur de croissance fibroblastique, plus, au moment donné, quelques cellules de la jointure et de l'ongle... et le tour est joué.

Pendant ses explications, Nadia sentit naître en elle une petite lueur d'intérêt. Une personne entière... Art la regardait avec la curiosité bienveillante qui lui était coutumière.

— Eh bien, pourquoi pas ? dit-elle enfin. C'est d'accord.

C'est ainsi que la semaine suivante ils effectuèrent une biopsie de son petit doigt restant, lui firent quelques injections dans le bras et dans le moignon de son petit doigt manquant et lui donnèrent quelques pilules. Ce fut tout. A part les injections hebdomadaires, ce n'était plus qu'une question de temps.

Puis toute l'affaire lui sortit de l'esprit, parce que Charlotte vint la trouver avec un gros problème : Le Caire ignorait un ordre de la CEG concernant le pompage de l'eau.

— Je crois que tu ferais bien de venir. On dirait que les Cairotes testent la cour, pour une faction de Mars Libre qui veut défier le gouvernement global.

— Jackie ? avança Nadia.

— Tu m'as comprise.

Le Caire se dressait au bord d'un plateau qui surplombait une vallée en forme de U située tout au bout de Noctis Labyrinthus. En sortant de la gare, Art et Nadia traversèrent une plaza entourée de grands palmiers. Elle regarda autour d'elle. C'est là qu'elle avait vécu certains des pires moments de sa vie, lors de l'attaque de 2061. Sasha et tant d'autres avaient été tués, et elle avait fait sauter Phobos, tout ça quelques jours à peine après avoir découvert les restes calcinés d'Arkady. Elle n'y avait jamais remis les pieds. Elle détestait cet endroit.

Elle constata que la ville avait une nouvelle fois souffert au cours des récents troubles. Certaines parties de la tente avaient sauté et la station énergétique avait été gravement endommagée. Elle était en cours de reconstruction, et de nouveaux segments de tente étaient fixés sur l'ancienne, la ville s'étendant loin vers l'est et l'ouest, le long du plateau. Nadia trouvait étrange de voir une ville-champignon à cette altitude, dix kilomètres au-dessus du niveau moyen. Ils ne pourraient jamais se passer des tentes ou se promener au-dehors sans casque et sans combinaison, et Nadia la croyait condamnée au déclin, mais elle se trouvait à l'intersection de la piste équatoriale et de celle de Tharsis, qui allait du nord au sud. C'était le dernier endroit où l'on pouvait traverser l'équateur avant le chaos, un bon quart de la planète plus loin. Alors, à moins qu'on ne construise ce fameux pont trans-Marineris, Le Caire serait toujours un carrefour stratégique.

En attendant, carrefour ou non, ils avaient de plus en plus besoin d'eau. Après l'explosion, en 61, de l'aquifère de Compton, les canyons de Marineris avaient été inondés. C'était l'inondation qui avait manqué tuer Nadia et ses compagnons lors de leur fuite dans les canyons, après la prise du Caire. La majeure partie de l'eau avait soit gelé, créant un long glacier irrégulier, soit formé des mares et gelé dans le fond chaotique de Marineris. Une partie était évidemment restée dans l'aquifère. Au cours des années qui avaient suivi, cette eau avait été pompée et amenée dans les villes sur tout l'est de Tharsis, et le glacier de Marineris était lentement descendu dans le canyon, son extrémité supérieure, qui n'était plus alimentée par aucune source, reculant, laissant derrière elle un sol dévasté et une enfilade de lacs de glace de faible profondeur. Le Caire commençait donc vraiment à manquer de réserves d'eau. Ses services hydrologiques avaient posé dans l'auge de Chryse un pipeline qui amenait l'eau du grand bras sud de la mer du Nord. Jusque-là, il n'y avait pas de problème ; il fallait bien que les villes sous tente trouvent leur eau quelque part. Mais les Cairotes avaient depuis peu commencé à déverser de l'eau dans un réservoir situé en contrebas, dans le canyon Noctis, le trop-plein s'écoulant dans Ius Chasma, où il s'accumulait derrière l'extrémité supérieure du glacier de Marineris, ou coulait tout du long. Pratiquement, donc, ils avaient créé un nouveau fleuve courant dans l'immense système du canyon, loin de leur ville ; et maintenant ils établissaient un certain nombre de colonies de peuplement et de communautés agricoles en aval de la ville. Une délégation de Rouges était allée trouver la cour environnementale globale pour protester, arguant que Marineris Valles, qui était le plus grand canyon du système solaire, devait être protégé en tant que merveille naturelle. Si on laissait faire, le glacier finirait par glisser dans le chaos, et le fond des canyons se retrouverait à découvert. La CEG avait approuvé cette motion et mis son veto (Charlotte disait son « cego ») à l'écoulement de l'eau hors du réservoir du Caire. Les Cairotes avaient refusé d'obtempérer, décrétant que le gouvernement global n'avait pas à légiférer sur ce qu'ils appelaient « les problèmes vitaux de la cité », et construisaient des colonies en aval aussi vite qu'ils le pouvaient.

C'était une provocation manifeste, un défi lancé au nouveau système.

— C'est un test, marmonna Art, au milieu de la place. Ce n'est qu'un test. Si c'était une vraie crise constitutionnelle, on entendrait une sirène retentir sur toute la planète.

Un test. Exactement le genre de chose que Nadia n'était pas d'humeur à supporter. Si bien qu'elle traversa la ville de fort mauvaise humeur. Et la vue de la plaza, des boulevards, du mur de la cité, le long du canyon, n'arrangea rien : tout était exactement comme en 61 et lui rappelait ces terribles journées. La mémoire enregistrait mal, dit-on, la partie médiane de la vie. Eh bien, elle aurait joyeusement renoncé à ces souvenirs si elle l'avait pu. L'ennui, c'est que la peur et la rage semblaient agir comme autant de fixateurs de cauchemar. Car tout lui revenait à l'esprit avec une netteté surnaturelle : Frank tapant comme un malade sur ses moniteurs, Sasha mangeant une pizza, Maya hurlant avec fureur pour une raison ou une autre, les heures passées à se demander avec angoisse si les fragments de Phobos leur tomberaient dessus ou non. L'image du corps de Sasha, du sang aux oreilles. Le déclenchement de l'émetteur qui avait envoyé valdinguer Phobos.

Elle eut donc le plus grand mal à se contenir lors de la première réunion avec les Cairotes, d'autant que Jackie était parmi eux, et prenait leur parti. Qui plus est, elle était enceinte, et depuis plusieurs mois, apparemment. Elle était épanouie, rayonnante, éblouissante. Personne ne savait qui était le père, elle avait fait ça toute seule. Une tradition héritée de Dorsa Brevia et d'Hiroko. Un sujet d'irritation supplémentaire pour Nadia.

La réunion avait lieu dans un bâtiment situé près du mur de la cité, juste au-dessus du canyon en forme de U appelé Nilus Noctis. Le problème en cause était visible dans le canyon : un large réservoir aux parois de glace, fermé par un barrage invisible d'aussi haut juste avant la porte d'Illyrie et le nouveau chaos de Compton.

Charlotte était debout devant la fenêtre et posait aux officiels du Caire les questions mêmes que Nadia aurait posées, mais avec un calme qu'elle était loin d'éprouver.

— Vous vivrez toujours sous une tente. Les possibilités d'extensions sont limitées. Pourquoi inonder Marineris alors que ça ne vous rapportera rien ?

Personne ne se donna la peine de lui répondre. Pour finir, Jackie dit :

— Les gens qui vivront en bas en profiteront, et ils font partie du Grand Caire. L'eau sous toutes ses formes est une ressource à cette altitude.

— L'eau dévalant Marineris ne présente aucun intérêt pour personne, objecta Charlotte.

Les Cairotes arguèrent de l'utilité de l'eau dans Marineris. Il y avait aussi des représentants des colons d'en bas, dont un certain nombre d'Egyptiens. Ils firent valoir qu'ils étaient à Marineris depuis des générations, qu'ils avaient le droit de vivre là, que c'était la meilleure terre arable de Mars, qu'ils se feraient tuer plutôt que de partir, et ainsi de suite. A certains moments, Jackie et les Cairotes semblaient prendre fait et cause pour ces voisins ; à d'autres, ils paraissaient plutôt militer pour le droit d'utiliser Marineris comme réservoir. Et surtout, ils donnaient l'impression de défendre leur propre droit à faire ce qu'ils voulaient. Nadia commençait à en avoir jusque-là.

— La cour a rendu son jugement, dit-elle. Nous ne sommes pas venus pour en rediscuter mais pour faire appliquer sa décision.

Et elle quitta la réunion avant de prononcer des paroles irréparables.

Ce soir-là, elle dîna avec Charlotte et Art au restaurant de la gare. Elle était tellement hors d'elle qu'elle n'arrivait pas à se concentrer sur le délicieux repas éthiopien qu'on leur avait servi.

— Que veulent-ils ? demanda-t-elle à Charlotte.

Celle-ci haussa les épaules, avala ce qu'elle avait dans la bouche et dit :

— Tu as remarqué que la présidente de Mars n'avait pas une autorité phénoménale sur son peuple ?

— Il faudrait être sourde et aveugle pour ne pas s'en rendre compte.

— Oui. Eh bien, ça vaut pour l'ensemble du conseil exécutif. Tout se passe comme si, dans ce gouvernement, le vrai pouvoir était détenu par la cour environnementale. Irishka en a été nommée responsable au titre du Grand Geste, et elle a beaucoup fait pour légitimer la tendance Rouge modérée en adoptant des positions moyennes. Les développements sont généralement acceptés sous la limite des six kilomètres, mais, au-dessus, ils sont très stricts. C'est dans la Constitution, alors ils peuvent défendre ce point de vue, d'autant que les députés traînent les pieds. Ils n'ont révoqué aucune de leurs dispositions, pour l'instant. Alors tu penses si cette première session donne une image impressionnante d'Irishka et de ses magistrats.

— Et Jackie est jalouse, avança Nadia.

— C'est possible, acquiesça Charlotte en haussant les épaules.

— Plus que possible, renchérit Nadia d'un ton funèbre.

— Et puis il y a la question du conseil lui-même. Jackie croit peut-être pouvoir obtenir le soutien des trois autres sur la question, auquel cas le conseil serait encore un peu plus à sa botte. Le Caire est une arène où elle peut espérer que Zeyk votera avec elle à cause de la partie arabe de la ville. Il ne lui en manquera plus que deux. Et Mikhail et Ariadne sont tous les deux très partisans du régionalisme.

— Mais le conseil ne peut revenir sur des décisions de la cour, fit Nadia. Il n'y a que les députés qui puissent le faire, non ? En édictant de nouvelles lois.

— Exact, mais si Le Caire continue à défier la cour, eh bien, ce sera au conseil d'ordonner que la police vienne y mettre bon ordre. C'est le rôle de l'exécutif. Et si le conseil ne le fait pas, l'autorité de la cour en pâtira et Jackie prendra le contrôle effectif du conseil. C'est ce qui s'appelle faire d'une pierre deux coups.

Nadia rejeta le bout de pain qu'elle tenait.

— Je préférerais crever plutôt que de voir ça, dit-elle.

Ils restèrent un moment silencieux.

— Je n'aime pas ça du tout, reprit enfin Nadia.

— D'ici quelques années, il y aura une jurisprudence, fit Charlotte. Des institutions, des lois, des amendements à la Constitution et tout ce qui s'ensuit. Tout ce qui n'est pas dans la Constitution et qui se produit dans la pratique. Comme le rôle dévolu aux partis politiques. Pour l'instant, nous en sommes au stade de l'élaboration de toutes ces choses.

— Peut-être, n'empêche que je déteste ça.

— Imagine ça comme une méta-architecture. L'élaboration de la culture qui permet à l'architecture d'exister. Ce sera moins frustrant pour toi.

Nadia renifla.

— Pour moi, c'est clair, fit Charlotte. Le jugement a été rendu, ils n'ont qu'à s'y soumettre.

— Et s'ils refusent ?

— Ce sera à la police de faire son boulot.

— La guerre civile, en d'autres termes !

— Ils n'iront pas jusque-là. Ils ont ratifié la Constitution comme tout le monde, et ceux qui refusent d'accepter la règle générale sont des hors-la-loi, comme les écoteurs Rouges. Je ne pense pas qu'ils aillent aussi loin. C'est juste un test pour voir quelles sont nos limites.

Ça n'avait pas l'air de l'ennuyer. Les gens sont comme ça, semblait-elle dire. Elle n'en voulait à personne, elle n'était pas frustrée. Une femme très calme, cette Charlotte — détendue, confiante, capable. Depuis qu'elle coordonnait les dossiers, le travail du conseil était bien organisé, sinon facile. Si cette compétence était l'effet de l'éducation dans une matriarchie comme Dorsa Brevia, se dit Nadia, alors il fallait leur laisser plus de pouvoir. Elle ne pouvait s'empêcher de comparer Charlotte à Maya, avec ses sautes d'humeur, son *angst*, son amour du drame. Bon, il y avait des cas individuels dans toutes les cultures. Mais ça allait être intéressant d'avoir des femmes comme celle-ci pour régler toutes ces tâches.

Lors de la réunion du lendemain matin, Nadia se leva et dit :

— La cour globale a déjà statué contre la mise en eau de Marineris. Si vous persistez à inonder le canyon, c'est la police qui interviendra. Je ne pense pas que vous ayez envie de ça.

— Et moi, je ne pense pas que tu aies le pouvoir de t'exprimer au nom du conseil exécutif, fit Jackie.

— Si, rétorqua sèchement Nadia.

— Non, répliqua Jackie. Tu n'es qu'une des sept. Et la question ne regarde pas le conseil, de toute façon.

— C'est ce qu'on verra.

La réunion s'éternisa. Les Cairotes faisaient de l'obstruction. La situation déplaisait de plus en plus à Nadia. Leurs chefs étaient des membres influents de Mars Libre, et même si leur défi échouait, ils pourraient obtenir des concessions dans d'autres domaines, et le parti en retirerait un certain pouvoir. Charlotte convint que ça pouvait être leur motivation secrète. Le cynisme de cette attitude écœurait Nadia, et elle avait le plus grand mal à être ne serait-ce que polie avec Jackie. Laquelle affectait la cordialité bon enfant d'une reine enceinte naviguant parmi ses favoris tel un navire de haut bord au milieu d'une flottille de bateaux à rames : « Vraiment, tante Nadia, je suis désolée que tu te soies crue obligée de perdre du temps avec cette histoire. »

Ce soir-là, Nadia dit à Charlotte :

— Je ne veux pas que Mars Libre retire quelque profit que ce soit de cette affaire.

Charlotte eut un petit rire.

— Tu as parlé à Jackie, hein ?

— Oui. Je ne comprends pas qu'elle soit si populaire. Ils lui mangent tous dans la main !

— Elle est aimable avec tout le monde. Elle se croit irrésistible.

— Elle me rappelle Phyllis, reprit Nadia. (Toujours les Cent Premiers...) Enfin, je ne sais pas... Et si nous imposions des pénalités à ceux qui intenteraient des actions sans fondement ?

— On pourrait les condamner aux dépens, dans certains cas du moins.

— Regarde si tu pourrais leur coller ça sur le dos.

— Attendons d'abord d'être sûrs de gagner.

Les réunions se poursuivirent encore une semaine. Nadia laissa parler Charlotte et Art. Elle passait les réunions à regarder par les fenêtres le canyon en contrebas, et à frotter le moignon de son petit doigt, sur lequel il y avait manifestement une nouvelle bosse. Que c'était bizarre... Elle avait fait très attention, et pourtant elle ne se rappelait pas l'avoir vue apparaître. La protubérance était chaude, rose, d'un rose délicat, comme les lèvres d'un enfant. Il semblait y avoir un os au milieu. Elle n'osait pas appuyer dessus. Les langoustes ne pinçaient sûrement pas leurs membres quand ils repoussaient. Cette prolifération cellulaire avait quelque chose de dérangeant. Comme une sorte de cancer, mais contrôlé, dirigé. La démonstration du miraculeux pouvoir d'instruction de l'ADN. Du miracle de la vie même, qui s'épanouissait dans toute sa complexité. Et un petit doigt n'était rien par rapport à un œil, ou un embryon. C'était vraiment stupéfiant.

Dans tout ça, les réunions politiques étaient une véritable épreuve. Nadia sortit de l'une d'elles sans en avoir écouté un traître mot, tout en étant sûre que rien d'important ne s'était dit. Elle alla se promener jusqu'à un point de vue qui dépassait de l'extrémité ouest de la paroi de la tente. De là, elle appela Sax. Les quatre voyageurs se rapprochaient de Mars. Le délai de transmission n'était plus que de quelques minutes. Nirgal semblait de nouveau en pleine forme. Il était de bonne humeur. Michel paraissait en fait plus épuisé que lui. Sa visite sur Terre avait dû lui coûter. Nadia leva son petit doigt devant l'écran pour le saluer, et obtint le résultat escompté.

— Pour un petit riquiqui, comme disent les enfants, c'est un riquiqui !

— Ça, tu l'as dit.

— Tu n'as pas l'air de croire que ça va marcher.

— Non. J'ai beau faire, je n'y arrive pas.

— Je pense que nous sommes dans une période de transition, répondit Michel. A notre âge, il est difficile de croire qu'on est encore en vie, alors on fait comme si ça devait finir à tout moment.

— Ça pourrait bien arriver.

Elle pensait à Simon. A Tatiana Durova. Et à Arkady.

— Evidemment. Mais ça pourrait aussi continuer pendant des décennies, voire des siècles. Au bout d'un moment, nous serons bien obligés de nous rendre à l'évidence.

Il donnait l'impression d'essayer de s'en convaincre autant que de l'en persuader.

— Tu regarderas ta main intacte et tu ne pourras pas faire autrement que d'y croire. Et ce sera très intéressant.

Nadia remua la petite protubérance. L'empreinte digitale n'était pas encore visible sur la peau fraîche, translucide, mais elle était sûre que, lorsqu'elle apparaîtrait, ce serait la même que celle de l'autre petit doigt. C'était vraiment bizarre...

Art revint d'une réunion l'air soucieux.

— Je me suis renseigné, dit-il. Je voulais comprendre ce qu'ils avaient derrière la tête. J'ai mis des agents de Praxis sur le coup, dans le canyon, sur Terre et auprès de la direction de Mars Libre.

Des espions, songea Nadia. Voilà où nous en sommes. Des espions.

— ... semble indiquer qu'ils sont en train de conclure avec des gouvernements terriens des arrangements particuliers en matière d'immigration. Ils construisent des colonies de peuplement afin de permettre à des gens de s'installer. Des Egyptiens, c'est sûr, et sans doute aussi des Chinois. Ce sera donnant donnant, mais nous ne savons pas ce qu'ils attendent en retour de ces pays. Peut-être de l'argent.

Nadia poussa un gémissement.

Au cours des jours suivants, elle rencontra, par écran interposé ou en personne, chacun des membres du conseil exécutif. Marion était évidemment contre la mise en eau de Marineris, aussi Nadia n'avait-elle plus besoin que de deux voix. Mais Mikhail, Ariadne et Peter ne voulaient pas faire intervenir la police s'il y avait un autre moyen de leur faire entendre raison. Et Nadia les soupçonnait de n'être pas plus ravis que Jackie de la faiblesse relative du conseil. Ils semblaient disposés à toutes les concessions afin de ne pas avoir à faire appliquer par la force un jugement de la cour qu'ils n'appuyaient pas de toutes leurs forces.

Il était clair que Zeyk n'avait pas envie de soutenir Jackie, même si sa marge de manœuvre était limitée par le fait que toute la communauté arabe du Caire avait les yeux braqués sur lui. Le contrôle du sol et de l'eau était important pour eux. Mais les Bédouins étaient des nomades, et, par ailleurs, Zeyk était un fervent supporter de la Constitution. Nadia pensait pouvoir compter sur lui. Il n'y en avait plus qu'un à convaincre.

Les relations avec Mikhail ne s'étaient jamais arrangées. Il lui donnait l'impression de vouloir être un plus fidèle gardien de la mémoire d'Arkady qu'elle-même. Elle ne comprenait pas Peter. Elle n'aimait pas Ariadne, mais, d'une certaine façon, ça facilitait les choses, et Ariadne était au Caire, elle aussi. Alors Nadia décida de l'approcher avant les autres.

Ariadne était aussi attachée à la Constitution que n'importe qui à Dorsa Brevia, mais ces gens étaient aussi des régionalistes et espéraient sans doute conserver une certaine indépendance par rapport au gouvernement global. Et ils étaient eux aussi éloignés de leur approvisionnement en eau. Ce qui expliquait les raisons de ces tergiversations.

— Ecoute, lui dit Nadia dans une petite pièce, de l'autre côté de la plaza. Tu devrais oublier Dorsa Brevia et penser à Mars.

— Que crois-tu que je fais d'autre ?

La seule idée de cette rencontre l'exaspérait. Elle se retenait pour ne pas mettre Nadia dehors. Le fond du dossier lui importait peu. C'était une question de principe. Ils n'avaient pas de leçon à recevoir des issei. Avec eux, tout se ramenait à des histoires de préséance et de hiérarchie, ils avaient oublié les vrais problèmes. Et dans cette foutue ville, encore ! Tout à coup, Nadia perdit patience et lui dit, un ton plus haut peut-être qu'elle n'aurait voulu :

— Eh bien, non, ce n'est pas ce que tu fais ! C'est la première fois qu'on défie la Constitution, et la seule question que tu te poses, c'est quel avantage tu pourrais en tirer ! Je te préviens : si tu ne votes pas l'application de la décision de la cour, la prochaine fois qu'on nous soumettra un dossier qui te tient vraiment à cœur, il y aura des représailles ! Tu as compris ? s'écria-t-elle en brandissant un doigt menaçant sous le nez d'une Ariadne sidérée.

Sa physionomie en disait plus long qu'un roman : le choc initial laissa place à une véritable terreur qui tourna à la colère.

— Je n'ai jamais dit que je ne voterais pas l'application de la décision de justice ! s'écria-t-elle. Pourquoi fais-tu donner l'artillerie lourde, maintenant ?

Nadia retrouva un mode d'expression plus conforme aux lois de la bienséance, sans pour autant céder d'un pouce. Pour finir, Ariadne leva les bras au ciel.

— C'est ce que veut la majorité du conseil de Dorsa Brevia. J'allais voter pour, de toute façon. Tu n'as pas besoin de devenir hystérique.

Et elle quitta la pièce, très contrariée.

D'abord, Nadia éprouva une vague de triomphe, mais elle ne pouvait oublier cette lueur de crainte dans les yeux de la jeune femme, et elle finit par se sentir légèrement mal à l'aise. « Le pouvoir corrompt », lui avait dit Coyote, sur Pavonis. Voilà ce qui la hantait. Elle venait de faire usage de son pouvoir, pour le meilleur ou pour le pire.

Beaucoup plus tard, ce soir-là, elle était encore malade de dégoût et au bord des larmes lorsqu'elle raconta l'incident à Art.

— C'était peut-être une erreur, commenta-t-il gravement. Tu vas avoir de nouveau affaire à elle. La prochaine fois, contente-toi de tirer l'oreille des gens.

— Je sais, je sais. Ka, je déteste ça ! dit-elle. Je donnerais n'importe quoi pour fiche le camp d'ici, pour faire quelque chose de concret.

Il hocha pesamment la tête et lui tapota l'épaule.

Avant la réunion du lendemain matin, Nadia glissa à Jackie qu'elle avait ce qu'il fallait de voix au conseil pour faire stopper la mise en eau du canyon, en faisant intervenir la police si besoin était. Puis, elle profita de la réunion pour rappeler à tout le monde, sans s'appesantir, que Nirgal serait bientôt de retour, ainsi que Maya, Sax et Michel. Plusieurs membres de Mars Libre prirent l'air songeur — sauf Jackie, bien sûr, qui n'eut aucune réaction. Tandis qu'ils reprenaient leurs chicaneries, Nadia se frotta machinalement le doigt. Elle s'en voulait encore de son attitude envers Ariadne.

Le lendemain, les Cairotes acceptèrent de se plier au jugement de la cour environnementale. Ils cesseraient de rejeter l'eau de leur réservoir et les colonies qui se trouvaient en aval dans le canyon se contenteraient de l'eau apportée par le pipeline, ce qui, à n'en pas douter, limiterait leur croissance.

— Parfait, commenta Nadia, encore amère. Tout ce cirque pour finir par obéir à la loi.

— Ils vont faire appel, avança Art.

— Je m'en moque. Ils sont cuits. Et même s'ils ne le sont pas, ils ont cédé. Bon sang ! ils pourraient gagner, pour ce que j'en ai à faire. C'est le procédé qui compte, et quoi qu'il arrive, nous avons remporté la victoire.

A ces mots, Art eut un sourire. Allons, elle avait fait un pas vers la compréhension de la vie politique. Ce que lui-même et Charlotte semblaient avoir fait depuis longtemps. Ce qui comptait pour eux, ce n'était pas l'issue d'un conflit isolé, mais la façon dont les négociations se déroulaient. Si Mars Libre avait maintenant la majorité — ce qui paraissait être le cas, puisque presque tous les indigènes, ces jeunes imbéciles, leur prêtaient serment d'allégeance —, le fait qu'ils acceptent de se plier à la Constitution signifiait qu'ils ne pouvaient se contenter de déplacer des groupes minoritaires par le poids du nombre. Si Mars Libre remportait une cause, ce serait sur le fond du dossier, parce que les différentes cours, constituées de magistrats de toutes les obédiences, en auraient reconnu la validité. C'était assez satisfaisant, en fait. Comme de voir une paroi faite de matériaux délicats supporter plus de poids qu'elle n'avait l'air de pouvoir le faire, grâce à une construction intelligente.

Mais elle avait eu recours à la menace pour dresser une poutre maîtresse, et toute cette affaire lui laissait un goût d'amertume.

— Je veux faire quelque chose de réel et concret.

— De la plomberie, par exemple ?

Elle hocha la tête sans l'ombre d'un sourire.

— Oui. De l'hydrologie.

— Je peux venir avec toi ?

— Comme apprenti plombier ?

— Ce ne serait pas la première fois, répondit-il en riant.

Nadia le regarda. Avec lui, elle se sentait mieux. C'était étrange, démodé : se rendre quelque part pour la simple raison d'être avec quelqu'un. Ça ne se faisait plus. On allait où on éprouvait le besoin d'aller, on retrouvait des amis sur place ou on s'en faisait de nouveaux. C'était comme ça, sur Mars. Enfin, peut-être n'était-ce comme ça que pour les Cent Premiers. Ou pour elle.

Une chose était sûre, en tout cas, s'ils voyageaient ensemble, ce ne serait plus seulement de l'amitié, ni peut-être même une simple aventure. Mais ce n'était pas si mal, décida-t-elle. En fait, ce n'était pas mal du tout. Elle devrait s'y accoutumer, et alors ? Il fallait sans cesse s'habituer à de nouvelles choses.

Un nouveau doigt, par exemple. Art lui tenait la main et massait doucement son petit doigt tout neuf.

— Ça fait mal ? Tu peux le plier ?

C'était sensible, mais elle pouvait le plier légèrement. Ils lui avaient injecté des cellules de jointure. La peau était encore rose comme une peau de bébé, et aussi lisse. Et il grandissait un peu plus tous les jours.

Art appuya doucement sur le bout, pour palper l'os.

— Tu sens quelque chose ? demanda-t-il, les yeux ronds.

— Oh oui ! Comme les autres doigts. Peut-être un peu plus, c'est tout.

— Parce qu'il est tout neuf.

— Sans doute.

Son doigt fantôme, qui avait disparu au fil des ans par manque de stimulation, reparaissait maintenant que des signaux lui parvenaient. Le doigt qu'elle avait dans la tête, comme disait Art. Un amas cellulaire de son cerveau devait être consacré à ce doigt. Les explications que Vlad lui avait fournies étaient complexes. En tout cas, ces jours-ci, quand elle palpait son doigt, il lui paraissait parfois aussi gros que celui de l'autre main, même quand elle le regardait bien. Elle avait alors l'impression qu'il était entouré d'une coque invisible. D'autres fois, elle le sentait tel qu'il était, petit, osseux et faible. Elle pouvait le plier au niveau de la paume, et juste un peu au milieu. La dernière jointure, juste avant l'ongle, n'était pas encore apparue, mais ça n'allait pas tarder. Elle poussait. Nadia évoqua en plaisantant l'idée qu'il n'arrête pas de grandir, bien que ce soit une idée terrifiante.

— Ce serait génial, fit Art. Il faudrait que tu achètes un chien.

Mais elle avait confiance. Tout irait bien. Son doigt semblait savoir ce qu'il faisait. Il avait l'air normal. Art était fasciné. Et pas seulement par ça. Il lui massait la main, le bras, les épaules. Il lui masserait tout le corps, si elle le laissait faire. Et à en juger par le bien que ça faisait à son doigt, son bras et ses épaules, ce serait une bonne idée. Il était si détendu. La vie, pour lui, était encore une aventure que l'on découvrait au jour le jour, pleine de merveilles et de gaieté. Il ne se passait pas une journée que les gens ne le fassent rire. C'était un don prodigieux. Un grand gaillard au visage rond, au corps rond, un peu comme Nadia elle-même par certains aspects. Un grand gaillard tout simple à l'aise dans son corps, au crâne un peu dégarni. Son ami.

Elle l'aimait, évidemment. Depuis Dorsa Brevia au moins. Il lui inspirait un peu le même sentiment que Nirgal, son neveu bien-aimé, son élève, son filleul, son petit-fils ou son fils. Et Art était un ami de son fils. En fait, il était un peu plus vieux que Nirgal, mais ils étaient tout de même comme deux frères. C'était le problème. D'un autre côté, leur longévité croissante réduisait tous ces calculs à néant. Quand il ne serait plus que cinq pour cent plus jeune qu'elle, est-ce que ça compterait encore ? Quand ils auraient vécu trente ans d'expériences intenses ensemble, comme ils l'avaient déjà fait, en tant qu'égaux, collaborateurs, architectes d'une proclamation, d'une Constitution et d'un gouvernement, amis intimes, confidents, aides, partenaires de massage, la différence d'âge qui les séparait depuis leur jeunesse aurait-elle encore une importance ? Non. Elle n'en aurait plus aucune. C'était évident, il suffisait d'y réfléchir. Restait à le ressentir aussi.

Ils n'avaient plus besoin d'elle au Caire, ils n'avaient pas besoin d'elle à Sheffield sur-le-champ. Nirgal serait bientôt de retour. Il tiendrait Jackie à l'œil. Ce ne serait pas une partie de plaisir, mais c'était son problème, et il devrait se débrouiller seul, personne ne pouvait l'aider. C'était difficile quand on cristallisait tout son amour sur une seule personne. Comme elle avec Arkady, pendant tant d'années, alors même qu'il était mort pour la plupart d'entre eux. Ça n'avait pas de sens, mais il lui manquait. Et elle lui en voulait toujours. Il n'avait même pas vécu assez longtemps pour se rendre compte de ce qu'il avait raté. L'imbécile heureux. Art était heureux aussi, mais ce n'était pas un imbécile. Enfin, pas complètement. Pour

Nadia, tous les gens heureux étaient un peu stupides par définition. Comment auraient-ils pu être heureux, sinon ? Mais elle les aimait bien quand même, elle avait besoin d'eux. Ils étaient comme la musique de son cher Satchmo. Et puis, quand on voyait comment marchait le monde, il fallait beaucoup de courage pour être heureux. Ce n'était pas un ensemble de circonstances mais d'aptitudes.

— Eh bien, c'est d'accord : viens faire de la plomberie avec moi, dit-elle, et elle le serra fort fort fort contre elle, comme si on pouvait retenir le bonheur en le serrant dans ses bras.

Elle fit un pas en arrière et vit qu'il ouvrait de grands yeux surpris, comme quand il lui tenait le petit doigt.

Mais elle était encore présidente du conseil exécutif, et, malgré sa résolution, ils la ligotaient chaque jour un peu plus étroitement à son fauteuil, avec des « faits nouveaux » de toute sorte. Des immigrants allemands voulaient construire une nouvelle ville portuaire appelée Blochs Hoffnung sur la péninsule qui coupait la mer du Nord en deux, puis creuser un large canal à travers la péninsule. Les écoteurs Rouges, qui étaient opposés à ce projet, firent sauter la piste qui menait à la péninsule. Ils firent aussi sauter celle qui menait en haut de Biblis Patera, pour marquer leur opposition à ce projet aussi. Les écopoètes d'Amazonis menaçaient de provoquer de gigantesques feux de forêt. D'autres voulaient supprimer la forêt pyrophile que Sax avait plantée dans la grande courbe de Kasei (cette pétition était la première à recevoir l'approbation unanime de la CEG). Les Rouges qui vivaient autour de White Rock, une mesa d'un blanc pur, de dix-huit kilomètres de large, voulaient qu'on la déclare « kami », c'est-à-dire la faire radicalement interdire d'accès. Une équipe de design de Sabishii préconisait la construction d'une nouvelle capitale sur la côte de la mer du Nord, par zéro degré de longitude, au bord d'une baie profonde. New Clarke commençait à grouiller d'équipes qui ressemblaient de façon troublante aux fouineurs des services de sécurité des métanats. Les technos de Da Vinci suggéraient que l'on confie le contrôle de l'espace martien à une agence gouvernementale qui n'existait pas. Senzeni Na projetait de combler le mohole. Les Chinois demandaient l'autorisation de construire un nouvel ascenseur spatial près du cratère Schiaparelli afin d'accueillir leurs propres migrants et de le louer aux autres. L'immigration augmentait tous les mois.

Nadia traitait une affaire par demi-heure — l'ordre du jour était établi par Art —, et les journées passaient dans une sorte de tourbillon. Elle avait de plus en plus de mal à remettre les choses en perspective.

Certains problèmes étaient pourtant beaucoup plus sérieux que d'autres. Par exemple, si on les laissait faire, les Chinois finiraient par envahir Mars, et les écoteurs Rouges avaient vraiment passé les bornes. Nadia avait même reçu des menaces de mort. Elle était maintenant accompagnée par des gardes du corps quand elle sortait de chez elle, et son appartement était discrètement surveillé. Elle continuait imperturbablement à examiner les dossiers et à travailler le conseil au corps lorsqu'ils devaient statuer sur des questions qui lui tenaient à cœur. Elle établit de bonnes relations de travail avec Zeyk et Mikhail, et même avec Marion. Les choses ne s'arrangèrent jamais vraiment avec Ariadne, mais elle avait appris la leçon, et on ne l'y reprendrait pas de sitôt.

Elle faisait donc son travail tout en regrettant de ne pas être à mille lieues de Pavonis. Art guettait le moment où elle allait tout envoyer promener. Elle savait, rien qu'à son expression, qu'elle devenait hargneuse, irascible, tyrannique, mais elle n'y pouvait rien. Après une audience avec des gens futiles ou qui faisaient de l'obstruction, il lui arrivait souvent de lâcher, les dents serrées, un chapelet de jurons, ce qu'Art trouvait manifestement démoralisant. Des délégations venaient demander le rétablissement de la peine de mort, le droit de construire dans la caldeira d'Olympus Mons, ou la nomination d'un huitième membre au conseil exécutif, et dès que la porte se refermait, Nadia ronchonnait :

— Mais quelle bande de cons ! Ils n'ont seulement jamais réfléchi qu'il faut un nombre impair de voix, que prendre la vie de quelqu'un d'autre abroge son propre droit à la vie, et je ne parle pas du reste !

Un jour, la police captura un groupe d'écoteurs Rouges qui avaient encore essayé de faire sauter le Socle et n'avaient réussi qu'à tuer un planton, et elle n'eut pas de mots assez durs pour les condamner.

— Qu'on les exécute ! s'exclama-t-elle. Ecoute, quand on tue quelqu'un, on perd le droit de vivre. Qu'on les exécute ou qu'on les bannisse à vie, mais qu'on leur fasse payer leurs exactions d'une façon qui donnera à réfléchir aux autres Rouges.

— Mouais, fit Art, mal à l'aise. Mouais, évidemment.

Mais elle fulminait toujours. Elle ne s'arrêterait qu'une fois calmée. Et cela prenait de plus en plus de temps.

Un peu ébranlé, il lui conseilla de mettre sur pied une autre conférence comme celle de Sabishii, qu'elle avait manquée, et de se débrouiller pour y assister. Planifier le travail de différents organismes pour une bonne cause. Ce n'était pas vraiment construire, se disait Nadia, mais ce serait toujours mieux que rien.

La crise du Caire l'avait amenée à réfléchir au cycle hydrologique et à ce qui se passerait quand la glace commencerait à fondre. S'ils pouvaient jeter les bases d'un projet de cycle hydrologique, ne serait-ce que théorique, alors les conflits en matière d'eau se résorberaient d'eux-mêmes. Elle décida d'étudier la question.

Comme bien souvent ces derniers temps, lorsqu'elle s'intéressait à un problème général, elle éprouva l'envie d'en parler à Sax. Les ambassadeurs de retour de la Terre étaient si près, à présent, que le délai de transmission était insignifiant. Leurs conversations ressemblaient à celles qu'ils auraient pu avoir par bloc-poignet interposé. Nadia passait donc ses soirées à s'entretenir avec Sax du terraforming. Plus d'une fois il la prit à contre-pied. Il la surprenait par ses prises de position, il était plus imprévisible que jamais.

— Je voudrais que les choses restent sauvages, dit-il un soir.

— Que veux-tu dire ? lui demanda-t-elle.

Son visage adopta l'expression perplexe qu'il prenait souvent quand il réfléchissait. Sa réponse lui parvint bien au-delà du délai normal de transmission :

— Beaucoup de choses. C'est un mot compliqué. Enfin... je veux dire... je voudrais conserver le paysage dans un état aussi primitif que possible.

Nadia parvint à retenir un gros rire, mais Sax ajouta :

— Qu'est-ce qui t'amuse comme ça ?

— Oh ! rien. C'est juste que tu me rappelles, je ne sais pas, certains Rouges. Ou les gens de Christianopolis. Ils m'ont dit à peu près la même chose pas plus tard que la semaine dernière. Ils voulaient conserver le paysage du grand Sud dans son état primitif. Je les ai aidés à monter une conférence pour parler des problèmes hydrologiques de l'hémisphère Sud.

— Je pensais que tu travaillais sur l'effet de serre ?

— On ne veut pas me laisser travailler. On veut que je fasse la présidente. Mais je vais participer à cette conférence.

— Bonne idée.

Les colons japonais de Messhi Hoko (ce qui voulait dire « Autosacrifice pour le bien du groupe ») vinrent demander au conseil d'accorder davantage de terre et d'eau à leur tente, qui se trouvait dans les hauteurs de Tharsis Sud. Après les avoir envoyés sur les roses, Nadia prit l'avion avec Art pour Christianopolis, tout au sud.

La petite ville (elle paraissait vraiment très petite après Sheffield et Le Caire) était située dans le quatrième cratère de l'anneau de Phillips, par 67 degrés de latitude sud. Pendant l'Année Sans Eté, le grand Sud avait essuyé beaucoup de tempêtes. Il était tombé jusqu'à quatre mètres de neige, ce qui était sans précédent. Le record était jusque-là de moins d'un mètre. En ce Ls 281, juste après le périhélie, c'était le plein été dans le Sud. Les différentes stratégies destinées à éviter une nouvelle glaciation semblaient fonctionner. Le printemps avait été chaud et la majeure partie de la nouvelle neige avait fondu. Il y avait maintenant des lacs ronds au fond de tous les cratères. Celui de Christianopolis faisait près de trois mètres de profondeur et trois cents mètres de diamètre. Les habitants de la ville étaient ravis ; c'était un beau lac. Mais si la même chose se renouvelait tous les hivers — et les météorologues étaient d'avis qu'il tomberait encore plus de neige dans l'avenir —, lors de la fonte, le quatrième cratère de Phillips déborderait et la ville serait inondée. Et ça valait pour tous les cratères de Mars.

La conférence de Christianopolis avait pour but d'envisager les stratégies possibles pour remédier à cette situation. Nadia s'était efforcée d'y faire participer les gens les plus compétents dans les domaines de la météorologie, de l'hydrologie et de l'ingénierie. Et peut-être Sax, dont le retour était imminent. La question du débordement des cratères n'était que le point de départ des discussions qui devaient englober le problème général des bassins hydrographiques et du cycle hydrologique de la planète tout entière.

Le problème spécifique des cratères serait résolu comme Nadia l'avait prédit : par la plomberie. Les cratères seraient traités comme des baignoires ; on creuserait un trou sur le côté pour les vider. La cuvette de brèche qui se trouvait sous le fond poussiéreux était extrêmement dure, mais les robots pourraient y forer des tunnels puis y installer des pompes, des filtres et aspirer l'eau soit pour conserver un lac ou un étang central, soit pour l'assécher complètement.

Mais que faire de l'eau ainsi pompée ? Les highlands du Sud étaient bosselées, fendillées, taraudées, crevassées, ondulées, accidentées, affaissées, fissurées et fracturées. En tant que bassins hydrographiques, elles étaient inutilisables. Rien ne menait nulle part. Il n'y avait pas de longues pentes. Tout le Sud était un plateau situé trois ou quatre kilomètres au-dessus du niveau moyen, avec juste des creux et des bosses localisés. Jamais Nadia n'avait plus clairement vu la différence entre ces highlands et n'importe quel continent terrien. Sur Terre, les mouvements tectoniques espacés de plusieurs millions d'années avaient soulevé des montagnes que l'eau dévalait en suivant la ligne de plus forte pente, retournant à la mer, sculptant des veines fractales qui devenaient des bassins hydrographiques. Même les régions les plus sèches de la Terre étaient couturées d'arroyos et semées de playas. Dans le sud de Mars, le bombardement météorique du Noachien avait férocement martelé le sol, abandonnant partout des cratères et des ejecta. Le désert anarchique, dévasté, avait ensuite subi deux milliards d'années d'abrasion sous l'action inlassable des vents chargés de poussière qui s'acharnaient sur le moindre relief. Déverser de l'eau sur ce sol ravagé ne formerait qu'un maillage insensé de petites rivières qui dévaleraient les pentes locales jusqu'au premier cratère sans rebord. Aucun fleuve, pratiquement, ne rejoindrait la mer du Nord, ni même les bassins d'Hellas ou d'Argyre, qui étaient tous les deux entourés de montagnes formées par leurs propres ejecta.

Il y avait tout de même quelques exceptions à cette règle : le Noachien avait été suivi par une brève période dite « chaude et humide », à la fin de l'Hespérien, une période de cent millions d'années à peine au cours de laquelle une atmosphère chaude et dense, chargée en gaz carbonique, avait amené un peu d'eau à courir sur la surface, creusant le lit de quelques rivières dans les pentes douces du plateau, entre les tabliers des cratères qui les repoussaient d'un côté et de l'autre. Ces chenaux avaient évidemment perduré quand l'atmosphère avait gelé, vidant les arroyos progressivement élargis par le vent. Les lits de ces fleuves fossiles, comme Nirgal Vallis, Warrego Valles, Protva Valles, Patana Valles ou Oltis Vallis, étaient des canyons étroits, sinueux, de vrais canyons de rivière et non des grabens ou des fossae. Certains d'entre eux disposaient même d'une amorce de système tributaire. Aussi les projets de macro-bassins hydrographiques pour le Sud utilisaient-ils naturellement ces canyons comme cours d'eau primaires, alimentés avec de l'eau pompée au départ de chaque tributaire. Ensuite, un certain nombre de vieux canaux de lave pourraient aisément devenir des rivières, la lave et l'eau ayant l'une comme l'autre tendance à suivre la ligne de plus forte pente. Enfin, il y avait, comme au pied d'Eridania Scopulus, un certain nombre de fractures, de failles et de grabens inclinés qui pourraient aussi être exploités.

Tout au long de la conférence, de grands globes martiens furent inlassablement redessinés en fonction des différents régimes hydrologiques envisagés. Il y avait aussi des pièces pleines de cartes topologiques en relief, autour desquelles des groupes réfléchissaient aux différents systèmes de bassins hydrographiques, débattaient de leurs avantages et de leurs inconvénients, se contentaient de les observer ou tapotaient frénétiquement sur des claviers afin d'en modifier le tracé. Nadia passait d'une salle à l'autre en regardant ces schémas hydrographiques, apprenant plus de choses sur l'hémisphère Sud qu'elle n'en avait jamais su. Il y avait une montagne de six kilomètres de haut près du cratère Richardson, tout au sud. La calotte polaire Sud elle-même était assez haute. Alors que Dorsa Brevia franchissait une dépression qui évoquait un rayon emprunté à l'impact d'Hellas, une vallée si profonde qu'elle serait inévitablement immergée, idée qui déplaisait évidemment aux gens de Dorsa Brevia. D'un autre côté, la zone pourrait sûrement être asséchée si tel était leur bon plaisir. Il y avait des dizaines et des dizaines de variantes à chacun des projets, et chaque système isolé paraissait très étrange aux yeux de Nadia. Elle n'avait jamais vu avec une telle clarté à quel point une fractale provoquée par la gravité était différente d'un impact dû au hasard. Dans le paysage météorique informe, presque tout était possible parce que rien ne s'imposait — rien, si ce n'est que, quel que soit le système retenu, il faudrait creuser des canaux et construire des réseaux de galeries. Son nouveau petit doigt la démangeait de mettre la main à la pâte et de piloter un bulldozer ou un tunnelier.

Peu à peu, les plans les plus performants, les plus logiques ou les plus esthétiquement séduisants commencèrent à émerger des propositions, les meilleurs pour chaque région étant ensuite rassemblés en une sorte de mosaïque. Dans le quart est du Sud profond, les cours d'eau suivaient une direction générale qui les menait vers le bassin d'Hellas puis, à travers quelques gorges, dans la mer d'Hellas, ce qui était parfait. Dorsa Brevia accepta que la crête de leur tunnel de lave devienne une sorte de barrage qui traverserait un bassin hydrographique de sorte qu'il y ait un lac en dessus et un fleuve en dessous, qui se jetterait dans la mer d'Hellas. Autour de la calotte polaire Sud, la neige ne fondrait pas, mais la plupart des météorologues prévoyaient que lorsque la situation se serait stabilisée il ne neigerait plus beaucoup sur le pôle, et ça deviendrait un désert glacé comparable à l'Antarctique. Ils se retrouveraient donc, en fin de compte, avec une vaste calotte polaire, dont une partie tomberait dans l'immense dépression de Promethei Rupes, autre vieux bassin d'impact partiellement effacé. S'ils ne voulaient pas que la calotte polaire soit trop importante, ils n'auraient qu'à la faire fondre et à pomper l'eau vers le nord, dans la mer d'Hellas, peut-être. Il suffirait d'effectuer un pompage similaire dans le bassin d'Argyre s'ils décidaient de le laisser à sec. Un groupe de juristes rouges modérés défendait précisément ce dossier devant la CEG, avançant que l'un des deux grands bassins d'impact de la planète devait être préservé avec ses dunes et ses ondulations. Cette demande semblait assurée de recevoir un avis favorable de la cour, et les bassins hydrographiques du périmètre d'Argyre devraient prendre ce fait en compte.

Sax avait conçu des schémas hydrologiques pour le Sud, qu'il fit parvenir à la conférence depuis la fusée qui entrait en approche orbitale, afin qu'ils soient étudiés avec les autres. Il réduisait la surface de l'eau, vidait la plupart des cratères, faisait une utilisation extensive des tunnels et canalisait presque toute l'eau drainée dans les canyons des fleuves fossiles. Dans son plan, de vastes zones du Sud demeuraient des déserts arides, offrant un hémisphère de plateaux secs, dénudés, profondément coupés par quelques canyons étroits au fond desquels couraient des fleuves.

— L'eau est renvoyée vers le nord, expliqua-t-il à Nadia lors d'une de leurs conversations. Depuis les plateaux, on devrait avoir l'impression qu'il en a toujours été ainsi ou presque.

Autrement dit : Et ça plairait à Ann.

— Bonne idée, approuva Nadia.

En fait, le plan de Sax n'était pas très différent du consensus auquel ils étaient arrivés à l'issue de la conférence. Un Nord humide, un Sud aride, encore un dualisme à ajouter à la grande dichotomie. Et l'idée de refaire courir de l'eau dans les vieux canaux avait quelque chose de satisfaisant pour l'esprit. Le projet avait bonne allure, compte tenu du terrain.

Mais les temps étaient depuis longtemps révolus où Sax — ou qui que ce soit — pouvait opter pour un projet de terraforming et passer à son application. Nadia voyait bien que Sax n'avait pas tout à fait compris cela. Depuis le début, lorsqu'il avait dispersé des éoliennes dans la nature sans prévenir quiconque en dehors de ses complices et sans demander l'avis de personne, il travaillait tout seul dans son coin. C'était une habitude mentale profondément inscrite en lui, et maintenant il semblait oublier le processus de révision que devrait subir tout projet avant d'être soumis aux cours environnementales. Or ce processus existait bel et bien, à présent, et il n'y couperait pas. Et à cause du Grand Geste, la moitié des cinquante magistrats de la CEG étaient des Rouges plus ou moins modérés. Tout projet hydrologique né d'une conférence à laquelle Sax Russell avait participé, même à distance, serait observé à la loupe.

Mais Nadia avait l'impression que si les Rouges examinaient attentivement sa proposition, ils seraient stupéfiés par son approche. C'était, en fait, une sorte de chemin de Damas, inexplicable si on songeait à l'histoire de Sax. Sauf quand on la connaissait dans sa globalité. Et Nadia comprenait : il s'efforçait de plaire à Ann. Nadia doutait qu'il y arrive, mais elle était contente de le voir essayer.

— C'est un homme plein de surprises, dit-elle un jour à Art.

— Sans doute une conséquence du traumatisme cérébral.

Quoi qu'il en soit, à l'issue de la conférence, ils avaient conçu toute une hydrographie, dessiné tous les lacs, les rivières et les principaux fleuves de l'hémisphère Sud. Le projet serait ensuite intégré aux projets équivalents de l'hémisphère Nord, en comparaison très désordonnés du fait de l'incertitude qui planait quant à la taille définitive de la mer du Nord. L'eau n'était plus activement pompée du permafrost et des aquifères. Les écoteurs Rouges avaient fait sauter beaucoup de stations de pompage lors de l'année écoulée, mais le niveau de l'eau continuait à monter un peu, sous le poids ajouté au sol par l'eau déjà pompée. Et l'écoulement estival se déversait un peu plus chaque année dans Vastitas, à la fois de la calotte polaire Nord et du Grand Escarpement. Vastitas était le bassin de captage d'énormes bassins hydrographiques, et des quantités phénoménales d'eau continueraient à s'y déverser chaque été. D'autre part, les vents arides provoquaient l'évaporation d'une quantité importante d'eau qui finissait par induire des précipitations ailleurs. Or l'eau s'évaporait beaucoup plus vite que la glace ne se sublimait actuellement aux endroits où il y en avait. Le calcul des apports et des déficits d'eau était du ressort des concepteurs de modèles mathématiques. Et la carte était encore couverte d'estimations, au sens propre du terme, dans la mesure où les différentes prévisions entraînaient des lignes de côte putatives éloignées, dans certains cas, de plusieurs centaines de kilomètres.

Cette incertitude retardait tous les « cego » destinés au Sud, se disait Nadia. Fondamentalement, la cour devrait s'efforcer de mettre en corrélation toutes les données connues et d'évaluer les modèles, puis prescrire un niveau de la mer et statuer sur tous les bassins hydrographiques en fonction de ces décisions. Le destin du bassin d'Argyre, en particulier, semblait impossible à arrêter tant qu'il n'y aurait pas de projet équivalent pour le Nord. Certaines perspectives prévoyaient de déverser dans Argyre l'eau de la mer du Nord si celle-ci se remplissait trop, afin d'éviter de submerger Marineris, Fossa Sud et les villes portuaires en cours de construction. Les Rouges radicaux menaçaient déjà de construire des colonies de peuplement tout le long de la rive ouest d'Argyre afin d'empêcher de telles manœuvres.

La CEG avait donc un autre gros problème sur les bras. Il était clair qu'elle était en passe de devenir l'organisme politique le plus important de Mars. Elle réglementait presque tous les aspects de leur avenir sur la planète en se fondant sur la Constitution et sur ses précédents arrêtés. Nadia trouvait normal qu'il en soit ainsi : les décisions qui avaient des prolongements globaux devaient être étudiées au niveau global, il n'y avait pas à revenir sur ce point.

En attendant, quelle que puisse être la décision des différentes cours, un projet pour l'hémisphère Sud avait enfin été formulé. Et à la surprise générale, la CEG rendit un jugement préliminaire positif très peu de temps après qu'il lui eut été soumis — parce que, précisait l'arrêté, il pouvait être mené par étapes, au fur et à mesure que l'eau tomberait sur le Sud, et qu'il procédait sans trop de variantes tout au long des premières étapes, quel que soit le niveau définitif de la mer du Nord. Il n'y avait donc pas de raison de retarder le début des travaux.

Art revint, rayonnant, lui apporter la nouvelle.

— Nous pouvons commencer nos travaux de plomberie ! annonça-t-il.

Nadia ne devait jamais y arriver, bien sûr, avec toutes ces réunions, ces décisions à prendre, tous ces gens à convaincre ou à circonvenir. Elle faisait son devoir, obstinément, avec ténacité, bon gré mal gré. Et à mesure que le temps passait, elle le faisait de mieux en mieux. Elle manœuvrait les gens avec une habileté croissante. Elle avait compris comment les amener à ses vues. A force de prendre des décisions, elle avait acquis une vision percutante des problèmes. Elle avait découvert qu'il était plus facile d'apprécier les dossiers en fonction de principes politiques sciemment affichés qu'en se fiant à son instinct, de même qu'il valait mieux avoir des alliés politiques fiables, au conseil et ailleurs, plutôt que de s'ingénier à passer pour neutre et indépendante. C'est ainsi qu'elle se rapprocha peu à peu des Bogdanovistes qui, à sa grande surprise, étaient, de tous les groupes martiens, les plus proches de sa philosophie politique. Il est vrai qu'elle avait une vision simpliste du bogdanovisme : justice à tous les niveaux, insistait Arkady, et tout le monde devait être libre et égal. Le passé n'avait pas d'importance, ils devaient faire du nouveau chaque fois que l'ancien paraissait injuste ou impraticable, ce qui arrivait souvent. Mars était la seule réalité qui comptait, au moins pour eux. Ces principes de base permettaient à Nadia de se faire rapidement une opinion sur les choses, d'adopter une ligne de conduite qu'elle n'avait plus qu'à suivre.

Elle s'était bien endurcie. Il lui arrivait encore parfois de constater combien le pouvoir pouvait corrompre et d'en éprouver un léger malaise, mais elle commençait à s'y habituer. Elle heurtait souvent Ariadne de front, et quand elle songeait aux remords qu'elle avait éprouvés après sa première algarade avec la jeune Minoenne, elle se trouvait rétrospectivement bien pusillanime. Elle n'hésitait plus, maintenant, à montrer les dents quand on la contredisait, à mettre en scène de micro-explosions d'une violence calculée qui remettaient les gens à leur place. En fait, elle avait découvert que plus elle malmenait les gens et leur témoignait son mépris, plus elle avait de contrôle sur eux et en faisait ce qu'elle voulait. Elle incarnait un pouvoir, les gens le savaient. Or, quelle que soit la façon dont on l'abordait, le pouvoir, c'était la puissance. Et Nadia n'avait plus guère de scrupules de ce point de vue. La plupart du temps, ils méritaient son poing dans la figure. Ah, ils avaient cru mettre sur le trône une vieille babouchka gâteuse qui les laisserait s'amuser sans les déranger, mais le trône était le siège du pouvoir — elle voulait bien être pendue si elle faisait ce boulot de merde sans en profiter un peu pour obtenir ce qu'elle voulait.

La laideur de la chose la dérangeait de moins en moins. Quand il lui arrivait d'y songer, effondrée dans son fauteuil, après avoir passé la journée à taper sur des tas de gens, pour un peu elle se serait mise à pleurer de dégoût. Elle n'avait fait que sept mois des trois années martiennes de son mandat. Dans quel état serait-elle quand elle serait libérée de cette corvée ? Elle commençait déjà à s'habituer au pouvoir ; d'ici là, elle en serait peut-être venue à l'aimer.

Art l'écoutait avec inquiétude raconter ses problèmes lors de leurs sacro-saints petits déjeuners.

— Eh bien, répondit-il un matin, après mûre réflexion, le pouvoir est le pouvoir. Tu es la première présidente de Mars. Alors, dans une certaine mesure, la fonction sera ce que tu en feras. Tu pourrais peut-être décréter que tu ne vas travailler qu'un mois sur deux, et déléguer les pouvoirs à ton équipe. Ou quelque chose dans ce goût-là.

Elle cessa de mastiquer et le regarda avec des yeux ronds.

Dès la fin de la semaine, elle quitta Sheffield et partit vers le sud avec une caravane qui allait de cratère en cratère pour mettre en place des installations de drainage. Chaque cratère était différent, bien sûr, mais le travail consistait généralement à choisir l'angle de sortie du tablier du cratère et à mettre les robots au travail. Von Karman, Du Toit, Schmidt, Agassiz, Heaviside, Bianchini, Lau, Chamberlin,

Stoney, Dokuchaev, Trumpler, Keeler, Charlier, Sues... Ils équipèrent tous ces cratères, et beaucoup d'autres qui n'avaient pas de nom, mais ça ne durerait pas car les cratères étaient baptisés plus vite qu'ils n'arrivaient à les forer : 85 Sud, Trop Noir, Espoir du Fou, Shanghai, Repos d'Hiroko, Fourier, Cole, Proudhon, Bellamy, Hudson, Kaif, 47 Ronin, Makoto, Kino Doku, Ka Ko, Mondragon. Le passage d'un cratère à l'autre rappelait à Nadia ses voyages autour de la calotte polaire Sud, dans les années de l'underground. Sauf que, maintenant, tout se passait au grand jour. Pendant les jours d'été où la nuit était presque inexistante, l'équipe se prélassait au soleil, dans la lumière crue reflétée par les lacs des cratères. Ils traversaient des fondrières dévastées, gelées, des flaques d'eau de fonte brillant au soleil, des prairies couvertes d'herbe, et toujours, bien sûr, le paysage rocailleux, rouille et noir sous le soleil éclatant, anneau après anneau, crête après crête. Ils équipaient les cratères de plomberie, déposaient des tuyaux de drainage et adaptaient des usines à gaz de serre aux excavateurs lorsque la roche contenait des réserves de gaz.

Mais ce n'était pas du travail au sens où Nadia l'entendait. Elle regrettait le bon vieux temps. Même si ce n'était pas un travail manuel que de conduire un bulldozer, le maniement de la lame était très physique, les changements de vitesse répétés étaient épuisants et on se sentait plus impliqué que lorsque le « travail » consistait à parler à des IA puis à aller se promener en laissant faire des équipes vrombissantes de robots fouisseurs guère plus hauts qu'un enfant, d'unités industrielles mobiles grandes comme un pâté de maisons, de tunneliers hérissés de dents de diamant pareilles à des dents de requin, tous faits d'alliages métalliques/biocéramiques plus durs que le câble de l'ascenseur, et qui se débrouillaient tout seuls. Ce n'était pas ce qu'elle espérait.

Elle ferait un autre essai. En attendant : Sheffield. S'immerger à nouveau dans les travaux du conseil, le dégoût se mêlant à un désespoir croissant. Guetter la moindre occasion d'en sortir. Sauter sur le premier projet vraisemblable. Foncer voir de quoi il retournait. Comme disait Art, elle avait le choix des armes. Le pouvoir, c'était aussi ça.

Pour sa seconde tentative, elle s'intéressa au sol.

— L'air, l'eau, la terre, disait Art. La prochaine fois, il s'agira de feux de forêt, c'est ça ?

Elle avait entendu dire que certains chercheurs de Vishniac Bogdanov essayaient de produire de l'humus, et cela l'intriguait.

Aussi prit-elle l'avion pour Vishniac. Elle n'y avait pas mis les pieds depuis des années. Art l'accompagnait.

— Ce sera intéressant de voir comment ils s'adaptent, dans les vieilles cités underground, maintenant qu'ils n'ont plus besoin de se cacher.

— Si tu veux tout savoir, je ne comprends pas qu'on puisse vivre là-bas, fit Nadia alors qu'ils survolaient une vaste région disloquée. Ils sont si près du pôle Sud que leurs hivers n'en finissent pas. Six mois sans voir le soleil, qui pourrait supporter ça ?

— Des Sibériens.

— Les Sibériens ne sont pas assez bêtes pour aller s'installer dans un endroit pareil.

— Alors des Lapons. Des Inuits. Des gens qui aiment les régions polaires.

— Mouais. Il faut croire.

En réalité, l'hiver ne dérangeait pas les gens de Vishniac Bogdanov. Ils avaient remodelé le mont du mohole, formant un immense anneau circulaire, en gradins, tourné vers le trou. Cet amphithéâtre serait la Vishniac de la surface. L'été, ce serait une oasis de verdure et, dans la nuit hivernale, une oasis blanche. Ils prévoyaient de l'illuminer avec des centaines de lampadaires, offrant un jour de plateau de cinéma à cette cité qui se regardait le nombril par-delà un trou dans la planète ou contemplait, du haut des gradins, le chaos congelé des highlands polaires. Non, pour rien au monde ils n'iraient ailleurs. Ils étaient chez eux, ici.

Nadia fut accueillie à l'aéroport avec un tapis rouge, comme toujours quand elle allait chez les Bogdanovistes. Avant de rejoindre leur mouvement, elle avait toujours trouvé ça un peu ridicule, presque injurieux. Nadia, la petite amie du Fondateur ! Mais elle se laissa installer dans une suite réservée aux invités située juste au bord du mohole et dont les fenêtres en surplomb permettaient de plonger le regard jusqu'au fond, dix-huit kilomètres plus bas. Les lumières, tout en bas, ressemblaient à des étoiles vues à travers la planète.

Art était moins pétrifié par le spectacle que par l'idée même de ce qu'il voyait, et il refusait d'aller plus loin que le milieu de la chambre. Nadia se moqua de lui, mais quand elle se fut rassasiée de la vue, elle ferma les rideaux.

Le lendemain, elle alla voir les spécialistes du sol. Ils étaient ravis de l'intérêt qu'elle portait à leurs recherches. Ils voulaient pouvoir se nourrir par eux-mêmes, or un nombre sans cesse croissant de colons s'installaient dans le Sud, et ce serait impossible s'ils n'augmentaient pas la surface de sol cultivable. Mais c'était l'une des tâches les plus difficiles qu'ils aient jamais entreprises. Nadia fut stupéfaite. Allons donc, ils étaient les labos Vishniac, les leaders mondiaux dans le domaine des techno-écologies, et la couche superficielle du sol n'était, eh bien, que de la terre. Avec des additifs, sans doute, mais les additifs, c'était fait pour être ajouté.

Les savants durent comprendre ce qu'elle pensait, car l'homme appelé Arne qui lui faisait visiter les installations lui apprit d'un air excédé que l'humus était en fait très complexe. Près de cinq pour cent de la masse étaient constitués de matières vivantes, et dans ces cinq pour cent critiques on trouvait des populations denses de nématodes, de vers, de mollusques, d'arthropodes, d'insectes, d'arachnides, de petits mammifères, de champignons, de protozoaires, d'algues et de bactéries. Il y avait plusieurs milliers d'espèces différentes rien que de bactéries ; on pouvait compter jusqu'à cent millions d'individus par gramme de sol et les autres membres de la micro-communauté étaient presque aussi nombreux, tant en individus qu'en variétés.

Des écologies aussi complexes ne pouvaient être fabriquées en faisant pousser les ingrédients séparément et en les mélangeant dans une trémie, comme un gâteau. Ils ne connaissaient pas tous les composants, il y en avait qu'on ne pouvait faire pousser, et certains de ceux qu'on pouvait obtenir ainsi mouraient lorsqu'on les mélangeait.

— Les vers, notamment, sont très fragiles. Les nématodes aussi posent toutes sortes de problèmes. Tout le système a tendance à s'effondrer, et nous nous retrouvons avec des minéraux et des matières organiques mortes. C'est ce qu'on appelle le terreau. Nous sommes très bons pour fabriquer du terreau. Mais l'humus, lui, doit croître.

— Comme dans la nature ?

— Exactement. Nous ne pouvons qu'essayer de gagner du temps. L'assemblage et la production de masse sont impossibles. Et beaucoup des composants vivants croissent mieux en milieu naturel, de sorte que notre problème consiste aussi à obtenir des organismes nutritifs plus vite que la nature ne les produirait naturellement.

— Je vois, marmonna Nadia.

Arne lui fit faire le tour des laboratoires et des serres, remplis de centaines de colonnes, espèces d'éprouvettes géantes rangées dans des râteliers, pleines de compost ou de divers composants. C'était de l'agronomie expérimentale, et Nadia avait appris, au contact d'Hiroko, à se résigner à ne pas y comprendre grand-chose. Il arrivait parfois qu'elle se sente dépassée par certains domaines scientifiques, mais elle comprenait qu'ils procédaient là à des essais factoriels, modifiant les conditions de développement dans chaque colonne et observant le résultat. Arne lui montra une formule simple qui décrivait la question dans ses grandes lignes :

$$S = f(M_p, C, R, B, T)$$

dans laquelle n'importe quelle propriété du sol S était fonction (*f*) de variables semi-indépendantes : le matériau parent (M_p), le climat (C), la topographie ou le relief (R), le biotope (B) et le temps (T). Le temps était évidemment le facteur qu'ils s'efforçaient de réduire, et le matériau parent de la plupart de leurs essais était l'argile, omniprésente à la surface hautement diversifiée de Mars. Ils faisaient varier le climat et la topographie dans une simulation des différentes conditions locales. Ce qui impliquait une micro-écologie extrêmement sophistiquée, et Nadia commençait à entrevoir la difficulté de leur tâche. C'était véritablement de l'alchimie. Beaucoup d'éléments devaient subir une transmutation dans le sol afin de devenir un milieu de croissance pour les plantes, or chacun avait son cycle particulier, initialisé par tout un ensemble d'agents. Il y avait les substances macronutritives — le carbone, l'oxygène, l'hydrogène, l'azote, le phosphore, le soufre, le potassium, le calcium et le magnésium —, et les substances micronutritives comme le fer, le manganèse, le zinc, le cuivre, le molybdène, le bore et le chlore. Aucun de ces cycles nutritifs ne fonctionnait en circuit fermé, en raison des pertes dues au lessivage, à l'érosion, au moissonnage et au dégazage. Les apports étaient tout aussi nombreux et variés, qu'ils résultent de l'absorption, de la dégradation, de l'action microbienne ou de l'ajout d'engrais. Les conditions nécessaires à chacun de ces éléments pour achever son cycle étaient assez variées pour que chaque milieu soit plus ou moins favorable ou défavorable. Chaque type de sol avait un pH, une salinité, une compacité propres, et ainsi de suite. Il y avait donc des centaines de milieux de culture identifiés dans ce seul laboratoire, et des milliers d'autres sur Terre.

Evidemment, dans les laboratoires de Vishniac, le matériau parent martien servait de base à la plupart des expérimentations. Des millénaires de tempêtes de sable avaient dispersé ce matériau sur toute la planète, jusqu'à ce que sa composition soit à peu près la même partout : le sol martien typique était essentiellement composé de fines particules de fer et de silice. Au-dessus on trouvait souvent des particules libres. En dessous, différents degrés de cimentation interparticulaire avaient produit un matériau croûteux, qui se brisait en mottes et faisait bloc au fur et à mesure qu'on creusait.

En d'autres termes, de l'argile : des argiles de smectite, similaires à la montmorillonite et à la nontronite terriennes, additionnées de matériaux comme le talc, le quartz, l'hématite, l'anhydrite, la dieserite, la calcite, la beidellite, le rutile, le gypse, le maghémite et la magnétite. Le tout avait été recouvert d'oxyhydroxydes de fer amorphes et d'autres oxydes de fer plus cristallisés, auxquels le sol devait sa couleur rouge.

Tel était donc le matériau parent : une argile de smectite riche en fer. Sa structure peu compacte et poreuse supporterait des racines tout en leur laissant la place de se développer. Mais elle n'abritait aucun organisme vivant et était trop chargée en sels et pas suffisamment en azote. Aussi leur tâche fondamentale consistait-elle à réunir le matériau parent, à le laver de ses sels et de son alumine puis à y introduire de l'azote et la communauté biotique, ces opérations devant être effectuées le plus vite possible. C'était facile à dire, mais l'expression « communauté biotique » recouvrait une infinité de problèmes.

— Eh bien, ils ne sont pas sortis de l'auberge ! confia Nadia à Art, un soir. Autant essayer de faire marcher ce gouvernement !

Sur le terrain, les gens se contentaient d'introduire dans l'argile des bactéries, des algues et des lichens, des micro-organismes et enfin des plantes halophytes. Puis ils attendaient que ces biocommunautés — ou plutôt la vie et la mort d'une infinité de générations de micro-organismes — transforment l'argile en un sol cultivable. Ça marchait, ça marchait même maintenant sur toute la planète ; mais très lentement. Un groupe de Sabishii avait estimé qu'il se formait en moyenne un centimètre environ de sol cultivable tous les siècles. Et encore, grâce à la mise au point de populations génétiquement sélectionnées pour la rapidité de leur cycle biologique.

Dans les serres, l'humus utilisé avait été lourdement amendé par des nutriments et des additifs de toute sorte. Le résultat pouvait être comparé à celui que ces savants tentaient d'obtenir, mais la quantité d'humus utilisée dans les serres était infime par rapport à celle qu'ils voulaient répandre à la surface. La production de masse posait un problème plus complexe qu'ils ne l'avaient prévu, Nadia s'en rendait bien compte. Ils avaient cet air vexé du chien qui ronge un os trop gros pour lui.

Les connaissances requises en biologie, en chimie, en biochimie et en écologie dépassaient de loin les siennes, et elle ne pouvait leur être d'aucune aide. En bien des cas, elle ne comprenait même pas les processus en cause. Ça n'avait rien à voir avec la construction.

Mais toute méthode de production implique une part de construction, et là au moins Nadia pouvait saisir les enjeux. Elle s'intéressa donc à cet aspect des choses, à la conception mécanique des colonnes et des éprouvettes contenant les différents constituants vivants du sol. Elle étudia aussi la structure moléculaire des argiles mères, et découvrit que les smectites martiennes étaient des silicates d'alumine : chaque particule d'argile était constituée d'un film d'octaèdres d'aluminium pris en sandwich entre deux films de tétraèdres de silicone. Le schéma général changeait selon les différentes sortes de smectite, et plus il y avait de variations, plus l'eau s'infiltrait facilement entre les couches intermédiaires. L'argile de smectite la plus répandue sur Mars, la montmorillonite, comportait un grand nombre de variétés hydrophiles. Elle gonflait quand elle était imbibée d'eau et se rétractait en séchant au point de se craqueler.

Nadia trouva ça intéressant et en parla à Arne.

— Et si vous fabriquiez des colonnes comportant des matrices de veines nourricières, grâce auxquelles le biotope pourrait s'infiltrer dans le matériau parent ?

Elle leur suggéra de prendre un échantillon de matériau parent, de le mouiller et de le laisser sécher. Il se formerait un réseau de craquelures. Ils n'auraient plus qu'à y introduire la matrice de veines nourricières, les bactéries importantes et les autres constituants susceptibles d'y croître. Les bactéries et autres organismes vivants devraient sortir des veines nourricières en les dévorant, digérer le matériau en émergeant, se retrouver tous ensemble dans l'argile et réagir les uns par rapport aux autres. Bon, ça ne marcherait sûrement pas tout seul, bien des essais seraient nécessaires pour calibrer la quantité initiale des différents biotopes afin d'éviter les croissances anarchiques et les effondrements, mais s'ils réussissaient à les faire cohabiter dans leurs communautés habituelles, ils tiendraient leur humus, leur sol vivant.

— On utilise des systèmes de veines nourricières de ce genre pour certains matériaux de construction à prise rapide, et j'ai entendu dire que les médecins injectaient de la même façon de la pâte d'apatite dans les os brisés. Les veines nourricières sont faites de gel de protéine identique à la substance qu'elles vont contenir, et moulées dans les structures tubulaires appropriées.

Une matrice de croissance. Ça valait la peine d'être étudié, conclut Arne. Ce qui fit sourire Nadia. Elle continua sa visite, cet après-midi-là, dans un état proche de l'euphorie, et le soir, quand elle retrouva Art, elle lui dit :

— Hé, je me suis rendue un peu utile, aujourd'hui !

— Eh bien, répondit Art. Sortons fêter ça !

Ce n'était pas difficile, à Vishniac Bogdanov. C'était bien une cité bogdanoviste, aussi pleine de vitalité qu'Arkady. Tous les soirs c'était la fête. Ils allaient souvent se promener. Nadia aimait longer la plus haute terrasse, sentir qu'Arkady était là, d'une certaine façon, qu'il avait en quelque sorte survécu. Jamais elle n'en avait eu davantage l'impression que ce soir-là, à fêter le travail accompli. Elle tenait Art par la main, se penchait sur la rambarde, regardait de l'autre côté et en contrebas les cultures, les vergers, les piscines, les terrains de sport, les rangées d'arbres, les terrasses de café bondées sur les places en forme de croissant, les bars, les pavillons sous lesquels on dansait, les orchestres rivalisant pour occuper l'espace sonore, les gens massés autour, certains dansant, la plupart se promenant, comme elle-même. Tout ça sous une tente, une tente dont ils espéraient se passer un jour. En attendant, il faisait chaud, et les jeunes indigènes portaient une variété insensée de pantalons, de coiffes, de ceintures, de vestes et de colliers qui rappelaient à Nadia une vidéo de la réception de Nirgal et de Maya à Trinidad. Etait-ce une coïncidence, où s'agissait-il d'une culture supraplanétaire qui émergeait parmi les jeunes ? Cela voulait-il dire que leur Coyote, l'enfant de Trinidad, avait conquis les deux mondes sans qu'on s'en aperçoive ? Ou son Arkady, par une sorte d'humour posthume ? Arkady et Coyote, rois de la culture. Elle sourit à cette idée, prit la tasse d'Art, savoura deux gorgées de kavajava bouillant, la boisson qui s'imposait dans cette ville froide, et tous deux regardèrent les jeunes gens bouger comme des anges, dansant même lorsqu'ils ne dansaient pas, flottant en arcs gracieux de terrasse en terrasse.

— Quelle géniale petite ville, dit Art.

Puis ils tombèrent sur une vieille photo d'Arkady sur un mur, à côté d'une porte. Nadia s'arrêta et agrippa le bras d'Art.

— C'est lui ! C'est comme s'il était vivant !

Le photographe l'avait surpris en grande discussion devant la paroi d'une tente, ses cheveux et sa barbe formant comme une auréole, se fondant dans un paysage exactement de la même couleur que ses boucles désordonnées de sorte que son visage semblait sortir du flanc de la colline, les yeux bleus plissés dans la lumière rouge.

— C'est lui tout craché. S'il avait vu qu'on braquait un objectif sur lui, ça ne lui aurait pas plu et le cliché aurait été moins bon.

Elle regarda la photo avec une étrange exaltation. Quelle rencontre plus vraie que nature ! C'était comme de tomber sur quelqu'un qu'on n'avait pas vu depuis des années.

— Tu lui ressembles un peu, je trouve. En plus détendu.

— Je me demande comment on pourrait avoir l'air plus détendu que ça, nota Art en regardant attentivement la photo.

Nadia eut un sourire.

— Il y arrivait sans aucune difficulté. Il était toujours persuadé d'avoir raison.

— Ça, aucun de nous n'a ce problème-là.

— Tu es un bon vivant, comme lui, dit-elle en s'esclaffant.

— Et pourquoi pas ?

Ils poursuivirent leur promenade, Nadia pensant à son vieux compagnon, son image toujours présente à l'esprit. Elle avait tant de souvenirs, même si les sentiments qui leur étaient attachés s'estompaient. La douleur s'apaisait. Le fixateur n'avait pas tenu. La chair, le traumatisme n'étaient plus qu'un schéma parmi d'autres, une sorte de fossile. Rien à voir avec le moment présent, quand elle regardait autour d'elle, la main d'Art dans la sienne. Le présent était réel, éclatant, fugitif, en perpétuel mouvement — vivant. Tout pouvait arriver, tout était palpable.

— Si nous remontions dans notre chambre ?

Les quatre émissaires vers la Terre descendirent enfin du câble à Sheffield. Nirgal, Maya et Michel partirent chacun de son côté, mais Sax prit l'avion pour rejoindre Nadia et Art dans le Sud, attention qui combla Nadia de joie. Elle en était arrivée à se dire que, où que Sax se trouve, c'est là qu'était le cœur de l'action.

Il faisait la même tête qu'avant son départ pour la Terre, en plus silencieux et plus énigmatique encore, si c'était possible. Il voulait voir les laboratoires, dit-il. Ils les lui firent visiter.

— Intéressant. Oui. Mais je me demande, ajouta-t-il au bout d'un moment, ce que nous pourrions faire de plus.

— Pour le terraforming ? demanda Art.

— Eh bien...

Pour faire plaisir à Ann, se dit Nadia. C'était ce qu'il voulait dire. Sacré Sax Russell... Elle le serra rapidement sur son cœur, à son grand étonnement, et elle laissa sa main sur son épaule noueuse alors qu'ils parlaient. C'était si bon de le revoir en chair et en os ! Quand s'était-elle mise à tant l'apprécier, à tant compter sur lui ?

Art aussi avait compris ce qu'il voulait dire.

— Vous en avez déjà pas mal fait, je trouve, reprit-il. Après tout, vous avez démantelé les monstres mis en place par les métanats, les bombes à hydrogène sous le permafrost, la soletta, les miroirs spatiaux, les navettes d'azote de Titan...

— Il en vient toujours, objecta Sax. Je ne vois même pas comment nous pourrions empêcher ça. A moins de les abattre avec des missiles... Enfin, nous avons bien besoin de cet azote. Je ne suis pas sûr que j'aimerais les voir s'arrêter.

— Mais Ann ? demanda Nadia. Qu'est-ce qui pourrait lui faire plaisir ?

Sax étrécit les paupières, retrouvant exactement la tête de rat qu'il avait dans le temps.

— Qu'aimeriez-vous, tous les deux ? reformula Art.

— Difficile à dire, répondit-il d'un ton vague, incertain.

— Vous voudriez que la nature reste à l'état sauvage, avança Art.

— Sauvage, oui, c'est une idée. Ou une position éthique. Pas partout, ce n'est pas le but. Mais...

Il agita la main, se replongea dans ses pensées. Nadia, qui le connaissait depuis cent ans, eut pour la première fois l'impression qu'il ne savait pas sur quel pied danser. Il régla le problème en s'asseyant devant un écran et en tapotant des instructions comme s'il avait oublié leur présence.

Nadia pressa le bras d'Art. Il lui prit la main et appuya doucement sur son petit doigt. Il faisait près des trois quarts de sa taille définitive, et sa croissance était plus lente à présent. L'ongle avait commencé à apparaître, ainsi que, sur le bout charnu, le tracé délicat d'une empreinte digitale. Ça faisait l'effet normal quand on appuyait dessus. Elle croisa rapidement le regard d'Art, puis baissa les yeux. Il lui serra la main avant de la lâcher. Au bout d'un moment, quand il fut clair que Sax n'était plus avec eux, qu'il était retourné dans son monde pour un bon moment, ils repartirent sur la pointe des pieds vers leur chambre, leur lit.

Ils travaillaient le jour et sortaient la nuit. Sax leur faisait son numéro de rat de laboratoire aux yeux papillotants, comme autrefois. Il était inquiet parce qu'on n'avait aucune nouvelle d'Ann. Nadia et Art le réconfortaient de leur mieux, ce qui ne voulait pas dire grand-chose. Le soir, ils allaient se promener comme tout le monde. Il y avait un parc où les parents emmenaient leurs enfants, et les gens les regardaient en souriant comme s'il s'agissait de petits primates en train de jouer dans un enclos, au zoo. Sax passait des heures dans le parc à parler aux enfants et aux parents, puis il s'approchait des pistes de danse où il gambillait pendant des heures. Art et Nadia se tenaient par la main. Son petit doigt gagnait en force. Sa croissance était presque achevée, maintenant, et il fallait qu'elle le compare à celui de l'autre main pour voir la différence. Art le mordillait doucement parfois, quand ils faisaient l'amour, et la sensation qu'elle éprouvait alors la rendait folle.

— Mieux vaut ne pas parler aux gens de cet effet, marmonnait-il. Ça pourrait avoir des conséquences terrifiantes : des gens se trancheraient certaines parties du corps pour les faire repousser, en plus sensible, tu vois ce que je veux dire !

— Pervers !

— Tu sais comment sont les gens. Ils feraient n'importe quoi pour se procurer des sensations.

— Pas un mot sur la question, d'accord ?

— D'accord.

Mais il était temps de reprendre le collier. Sax partit, pour retrouver Ann ou se cacher d'elle, ils ne savaient pas trop. Ils retournèrent en avion à Sheffield et Nadia se replongea jusqu'au cou dans la routine du conseil, chaque journée découpée en tranches de trente minutes passées à régler des problèmes triviaux. A ceci près que certains étaient loin d'être triviaux. Les Chinois qui avaient demandé l'autorisation d'établir un nouvel ascenseur spatial près de Schiaparelli étaient prêts à passer aux actes, et ce n'était là qu'une des nombreuses mesures d'immigration auxquelles ils se trouvaient confrontés. Les accords Mars-Nations Unies signés à Berne prévoyaient que Mars devait accueillir au moins dix pour cent de sa population d'immigrants chaque année, peut-être plus, tant que la croissance démographique persisterait. Nirgal en avait fait une sorte de promesse, il avait parlé avec beaucoup d'enthousiasme (et d'irréalisme, se disait Nadia) de Mars venant à la rescousse de la Terre, la sauvant de la surpopulation en lui offrant son territoire. Mais combien d'immigrants Mars pourrait-elle réellement recevoir, alors qu'ils n'étaient même pas capables de produire un sol cultivable ? Quelle était la capacité d'accueil de Mars, de toute façon ?

Personne ne le savait, et il n'y avait aucun moyen de le calculer. Et combien d'hommes la Terre pouvait-elle contenir ? Les estimations allaient de cent millions à deux cents trillions, et même les plus timorés parlaient de deux à trente milliards. En vérité, la capacité d'accueil était un concept abstrait, très vague, dépendant d'une foule de critères complexes qui se recombinaient entre eux, comme la biochimie du sol, l'écologie et la culture humaine. Il était donc pratiquement impossible de chiffrer exactement le nombre d'individus dont Mars pouvait assurer la survie. En attendant, la population de la Terre dépassait les quinze milliards, alors que Mars, avec une surface habitable presque équivalente, était mille fois moins peuplée, avec ses quinze millions d'habitants environ. La disparité était manifeste. Il fallait faire quelque chose.

Le transfert de masse était une possibilité, évidemment, mais son rythme même était limité par la taille des moyens de transport et la faculté de Mars à absorber les nouveaux migrants. Les Chinois et, d'ailleurs, les Nations Unies en général commençaient à dire que pour accélérer l'immigration ils pouvaient accroître de manière significative les moyens de transport. Un second ascenseur spatial sur Mars serait la première étape de ce projet en plusieurs étapes.

Sur Mars, la réaction était presque unanimement négative. Les Rouges étaient opposés à tout accroissement de l'immigration, bien sûr, et, s'ils en reconnaissaient l'inéluctabilité, ils se dressaient contre le développement du système de transfert, espérant ainsi retarder l'échéance. Cette position était conforme à leur philosophie, et Nadia la comprenait. Mais le point de vue de Mars Libre, au rôle autrement important, n'était pas aussi clair. Nirgal, qui était issu de Mars Libre, avait invité les Terriens à venir en masse. Qui plus est, historiquement parlant, Mars Libre avait toujours prôné le maintien de liens étroits avec la Terre, adoptant l'attitude dite de la queue qui remue le chien, ce qui revenait à dire que c'était le monde à l'envers. Or les chefs actuels du parti ne semblaient plus aussi favorables à cette stratégie. Et Jackie était au centre de ce nouveau groupe. Ils avaient évolué vers l'isolationnisme au cours du congrès constitutionnel, se rappelait Nadia, exigeant toujours plus d'indépendance de la Terre. D'un autre côté, ils avaient apparemment conclu des accords privés avec certains pays de la Terre. Aussi la politique de Mars Libre était-elle ambiguë, pour ne pas dire hypocrite. Elle semblait surtout conçue pour accroître sa propre emprise sur la scène politique martienne.

Pourtant, même en écartant Mars Libre et les Rouges, le sentiment isolationniste était très répandu : les anarchistes, les Bogdanovistes, les matriarches de Dorsa Brevia, les Mars-Unistes — tous avaient tendance à rejoindre les Rouges dans le débat. Si des millions et des millions de Terriens débarquaient sur Mars, disaient-ils, que deviendrait Mars ? Non seulement le paysage, mais la culture martienne, qui s'était formée au fil des années martiennes ? Ne serait-elle pas noyée sous les vieilles habitudes apportées par les nouveaux migrants qui submergeraient très vite la population indigène ? Le taux de natalité était en chute libre partout, et les familles sans enfants, ou avec un seul enfant, étaient aussi communes sur Mars que sur la Terre, aussi eût-il été vain d'espérer voir s'accroître rapidement la population indigène. Ils seraient vite engloutis.

Tels étaient du moins les arguments que Jackie avançait en public, de même que les gens de Dorsa Brevia et beaucoup d'autres. Nirgal, qui venait de rentrer de la Terre, ne semblait pas avoir beaucoup d'influence sur eux. Et si Nadia comprenait le point de vue de ses adversaires, elle avait aussi l'impression qu'étant donné la situation sur Terre il était irréaliste d'espérer fermer Mars à l'immigration. Mars ne sauverait pas la Terre, comme Nirgal semblait parfois l'avoir annoncé là-bas, mais un accord avec les Nations Unies avait été ratifié, et ils ne pouvaient faire autrement que de laisser venir au moins le quota de Terriens qu'ils s'étaient engagés à accepter. Le pont entre les mondes devait être élargi. S'ils ne respectaient pas leurs obligations, se disait Nadia, tout pouvait arriver.

C'est ainsi que, dans le débat sur l'autorisation de création d'un second câble, Nadia prit parti pour. Il accroissait, comme ils avaient promis de le faire, la capacité du système de transport, sinon directement du moins potentiellement. Et cela contribuerait à alléger la pression qui pesait sur la ville de Tharsis et ses environs. Sur les cartes de densité de population, Pavonis apparaissait comme l'œil toujours grandissant d'une cible dont les nouveaux arrivants avaient du mal à s'éloigner. Installer un câble de l'autre côté du monde rééquilibrerait un peu les choses.

Mais c'était un argument spécieux pour les adversaires du câble. Ils préféraient que la population reste localisée, contenue en un seul endroit, que sa dispersion soit ralentie. Ils se fichaient pas mal du traité. Aussi, quand le conseil fut consulté, seul Zeyk suivit Nadia dans son vote. C'était la plus grande victoire de Jackie à ce jour, et elle lui permit de conclure une alliance temporaire avec Irishka et les autres cours environnementales, en principe opposées à toutes les formes de développement rapide.

Nadia rentra chez elle, ce jour-là, découragée et soucieuse.

— Nous avons promis à la Terre de nous ouvrir à l'immigration, et nous avons relevé le pont-levis. Ça va nous attirer des ennuis.

Art acquiesça.

— Il faut que nous agissions.

— Agir ! cracha Nadia avec dégoût. Nous n'agissons pas, justement. Nous allons nous disputer, nous chamailler, nous bouffer le nez et nous étriper jusqu'à la fin des temps, soupira-t-elle. Je croyais que le retour de Nirgal nous aiderait, mais ça ne servira à rien s'il ne se joint pas à nous.

— Il n'a aucun rôle officiel, remarqua Art.

— Il pourrait en avoir un s'il le voulait.

— C'est vrai.

Nadia tourna et retourna le problème, le moral en berne.

— Tu sais, je n'ai effectué que dix mois de mon mandat. J'ai encore deux ans et demi à tirer. Des années martiennes.

— Je sais.

— Et les années martiennes sont interminables.

— C'est vrai. Mais les mois passent à toute vitesse.

Elle émit un bruit obscène et regarda, par la fenêtre de l'appartement, la caldeira de Pavonis.

— L'ennui, c'est que le travail n'est plus du travail. Tu sais bien que même si nous participons à n'importe quel projet, ce n'est plus du travail. Je veux dire, on ne sort plus pour faire les choses. Je me rappelle, quand j'étais jeune, en Sibérie. Ça, c'était vraiment du boulot !

— Tu idéalises peut-être un peu ces souvenirs.

— C'est sûr, mais même sur Mars... Je me rappelle avoir bâti Underhill de toutes pièces. Qu'est-ce qu'on s'amusait ! Un jour, nous sommes allés au pôle Nord, installer une galerie sous le permafrost... Je ne sais pas ce que je donnerais pour refaire un travail de ce genre, dit-elle en soupirant.

— Il y a encore beaucoup de chantiers de construction, objecta Art.

— Avec les robots.

— Tu pourrais peut-être entreprendre quelque chose de plus humain. Bâtir une maison à la campagne, n'importe quoi. Une de ces nouvelles villes portuaires, construites de main d'homme afin de mettre de nouvelles techniques à l'épreuve, des plans, des méthodes, ce que tu veux. Ça ralentirait le processus de construction, la CEG te suivrait.

— Peut-être. Après la fin de mon mandat, tu veux dire.

— Ou même avant. Pendant les interruptions entre les sessions, comme tu l'as déjà fait avec ces voyages. Tous étaient assez comparables à des travaux de construction, même si ça n'en était pas à proprement parler. Construire de vraies choses. Il faudrait que tu essaies, que tu ailles de l'un à l'autre.

— Il y aurait conflit d'intérêts.

— Pas s'il s'agissait de programmes d'intérêt public. Et le projet de construction d'une capitale administrative au niveau de la mer ?

— Hum, hum, fit Nadia.

Elle sortit une carte et ils l'étudièrent. Le long du méridien zéro, le littoral de la mer du Nord s'avançait dans l'eau, au sud, formant une petite péninsule ronde avec une baie de cratère au centre. Elle était à peu près à mi-chemin de Tharsis et d'Elysium.

— Nous devrions aller voir.

— Oui... Allez, viens te coucher. Nous en reparlerons plus tard. Pour l'instant, j'ai une autre idée.

Quelques mois plus tard, alors qu'ils retournaient en avion de Bradbury Point à Sheffield, Nadia se remémora sa conversation avec Art. Elle demanda au pilote de se poser près d'une petite station, au nord du cratère Sklodowska, sur la pente du cratère Zm, qu'on appelait Zoom. En amorçant la descente, ils virent à l'est une grande baie envahie par la glace. De l'autre côté s'étendait le paysage rocailleux de Mamers Vallis et des Deuteronilus Mensae. La baie était une incursion dans le Grand Escarpement, qui s'affaissait à cet endroit situé par zéro degré de longitude et quarante-six degrés de latitude nord, assez loin de l'équateur, donc, mais les hivers du Nord étaient doux comparés à ceux du Sud. La mer de glace occupait une grande partie du paysage, au large d'un vaste littoral. La péninsule arrondie entourant Zoom était haute et lisse. La petite station située sur la rive hébergeait cinq cents âmes, qui s'affairaient à des travaux de construction avec un bulldozer, des grues et des dragues. Nadia et Art passèrent près d'une semaine à parler de la colonie avec les gens de l'endroit. Ils avaient entendu dire qu'on projetait de construire une nouvelle capitale sur la baie. Cette idée plaisait à certains, mais pas à la majorité. Ils pensaient appeler leur base Greenwich à cause de sa longitude, mais ils avaient entendu dire que les Anglais ne prononçaient pas *Green Witch* mais *Grenich*, et n'aimaient pas trop l'idée de donner à leur ville un nom qui s'écrivait d'une façon et se prononçait d'une autre. Et pourquoi pas Londres ? hasardaient-ils. Enfin, ils trouveraient bien quelque chose. La baie, quant à elle, s'appelait depuis longtemps la baie de Chalmers.

— Vraiment ? s'exclama Nadia en riant. C'est inespéré !

Elle était déjà conquise par le paysage : le tablier conique, lisse, de Zoom, la courbe de la grande baie. La pierre rouge tranchant sur la glace blanche, et sans doute un jour sur la mer bleue. Tout le temps de leur séjour, des nuages courant dans le vent d'ouest projetèrent leurs ombres sur la terre et la glace : des cumulus blancs, renflés comme de petites boules de coton, parfois des galions ou des motifs au point de croix qui ornaient le dôme sombre du ciel au-dessus de leurs têtes, et le sol rocheux, incurvé, en dessous d'eux. Ça pourrait faire une belle petite ville enserrant une baie, une ville aussi belle que San Francisco ou Sydney, mais plus humaine, sur le modèle bogdanoviste, construite de la main de l'homme. Enfin, pas tout à la main, bien sûr, mais ils pouvaient la concevoir à l'échelle humaine. Essayer d'en faire une sorte d'œuvre d'art, disait Nadia en se promenant avec Art au bord de la baie de glace, avec un simple masque à dioxyde de carbone, tout en observant la parade des nuages qui défilaient dans le ciel.

— Ça marcherait sûrement, approuva Art. N'importe comment, il y aura une ville à cet endroit, et c'est le principal. C'est l'une des plus belles baies de cette partie de la côte ; tôt ou tard on y fera un port. Ce ne serait donc pas une capitale installée au milieu de nulle part comme Canberra, Brasilia ou Washington. Elle aurait une vie propre, une vie portuaire.

— C'est vrai. Ce serait formidable.

Nadia poursuivit son chemin, galvanisée par cette idée. Il y avait des mois qu'elle ne s'était sentie aussi bien. Presque tous les partis représentés à Sheffield étaient d'accord pour établir une capitale quelque part, et cette baie avait déjà été proposée par les Sabishiiens, ce n'était donc pas une idée nouvelle. Le peuple était prêt à la soutenir. Et elle pourrait s'impliquer à fond dans sa construction, puisqu'il s'agirait d'un dossier de travaux publics. Ça participait de l'économie de cadeau. Peut-être réussirait-elle à imprimer sa patte au projet. Plus elle y pensait, plus cette idée lui plaisait.

Ils étaient allés très loin le long du littoral, entre la courbe de roche rouge et la mer qu'elle semblait saluer. Ils firent demi-tour et repartirent vers la petite station. Le vent chassait les nuages dans le ciel. Juste au-dessous, un V déchiqueté d'oies trompetantes filait vers le nord.

Plus tard, ce jour-là, alors qu'ils retournaient vers Sheffield, Art lui prit la main et inspecta son nouveau petit doigt.

— Tu sais, fit-il lentement, fonder une famille, c'est aussi une façon de bâtir quelque chose de ses propres mains.

— Quoi ?

— Tous les problèmes liés à la procréation sont maintenant connus.

— Qu'est-ce que tu racontes ?

— Je veux dire, tant qu'une femme est en vie, elle peut parfaitement avoir des enfants, d'une façon ou d'une autre.

— *Hein ?*

— C'est ce qu'on dit. Si tu voulais, tu pourrais en avoir un.

— Non.

— Si, si, je t'assure.

— Non.

— C'est une bonne idée, pourtant.

— Non.

— Enfin, écoute, construire... C'est génial, bien sûr, mais on ne peut pas faire de la plomberie toute sa vie. De la plomberie, de la menuiserie, conduire un bulldozer... c'est très intéressant, je te l'accorde, mais quand même. Nous avons une longue vie à remplir.

Et le seul travail vraiment assez intéressant pour être poursuivi sur le long terme, ce serait d'élever un enfant, tu ne penses pas ?

— Non, je ne pense pas !

— Mais tu n'as jamais eu d'enfant ?

— Non.

— Eh bien, voilà.

— Oh, mon Dieu...

Son doigt fantôme la picotait. Mais ce n'était plus un doigt fantôme, à présent. Il était là pour de bon.

HUITIÈME PARTIE

LE VERT ET LE BLANC

Des cadres se rendirent à Xiazha, dans le Guangzhou, et dirent, Pour le bien de la Chine, vous allez reconstruire cette ville sur le Plateau de la Lune, sur Mars. Vous vous rendrez tous là-bas, avec votre famille, vos amis et vos voisins, tous les dix mille. Dans dix ans, vous pourrez décider de revenir si vous préférez, et d'autres iront vous remplacer à la nouvelle Xiazha. Vous devriez vous plaire, là-bas. C'est à quelques kilomètres du port de Nilokeras, près du delta de la Maumee. Le sol est fertile. Il y a déjà d'autres villages chinois implantés dans la région, et des quartiers chinois dans toutes les grandes villes. Il y a beaucoup d'espace disponible. Le voyage pourra commencer dans un mois, en train jusqu'à Hong Kong, le ferry jusqu'à Manille, puis dans l'ascenseur spatial. Six mois de traversée de l'espace jusqu'à Mars, jusqu'à leur ascenseur de Pavonis Mons, et un train spécial jusqu'au Plateau de la Lune. Qu'en dites-vous ? Votez pour à l'unanimité et partons du bon pied.

Plus tard, un employé de la ville appela Hong Kong et mit un agent de Praxis au courant. Le bureau de Hong Kong transmit l'information au groupe d'études démographiques du Costa Rica. Là-bas, une programmatrice appelée Amy joignit le rapport à une longue liste de rapports similaires, et y réfléchit toute la matinée. L'après-midi, elle appelait William Fort, qui faisait du surf autour d'un nouveau récif au Salvador. Elle lui exposa la situation.

— Le monde bleu est plein, dit-il. Le monde rouge est vide. Ça va poser des problèmes. Il faut que nous en parlions.

Le groupe démographique et une partie de l'équipe politique de Praxis, dont la plupart des Dix-Huit Immortels, rejoignirent Fort. Les démographes exposèrent la situation.

— Tout le monde reçoit le traitement de longévité, maintenant, dit Amy, nous sommes en plein âge malthusien.

La situation démographique était explosive. Les gouvernements de la Terre voyaient souvent dans l'émigration vers Mars une solution au problème. Même avec son nouvel océan, Mars disposait d'une surface habitable presque égale à celle de la Terre, et n'était pour ainsi dire pas peuplée. Amy dit au groupe que les nations vraiment surpeuplées y envoyaient déjà tous les gens qu'ils pouvaient. Les émigrants étaient souvent des membres de minorités ethniques ou religieuses mécontentes de leur sort et qui ne demandaient qu'à partir. En Inde, les cabines de l'ascenseur spatial basé dans l'atoll de Suvadiva, au sud des Maldives, étaient chaque jour pleines d'émigrants, essentiellement des Sikhs, des habitants du Cachemire, des musulmans et des hindous, mais aussi des Zoulous d'Afrique du Sud, des Palestiniens d'Israël, des Kurdes de Turquie et des Indiens d'Amérique du Nord qui tous voulaient s'installer sur Mars.

— On pourrait dire que Mars est en train de devenir la nouvelle Amérique, remarqua Amy.

— Et comme dans la vieille Amérique, ajouta une femme appelée Elizabeth, il y a déjà sur place une population indigène qui va encaisser le choc. Pensez un instant en terme de nombres : si, chaque jour, les cabines de tous les ascenseurs spatiaux sont pleines, comme il y a cent passagers par cabine, ça fait deux mille quatre cents personnes par ascenseur qui débarquent à l'autre bout, et comme il y a dix ascenseurs, ça fait vingt-quatre mille personnes par jour, soit huit millions sept cent soixante mille personnes par an.

— Disons dix millions, reprit Amy. Ça fait beaucoup, et pourtant, à ce rythme-là, il faudra un siècle pour transférer sur Mars un seul des seize milliards d'hommes qui peuplent la Terre. Ce qui ne changera pour ainsi dire rien pour nous. Ça ne tient pas debout ! Nous ne pourrons jamais transférer une partie significative de la population de la Terre sur Mars. Nous devons à tout prix essayer de résoudre les problèmes de la Terre sur Terre. Mars se bornera à jouer le rôle de vase d'expansion psychologique. Pour l'essentiel, nous sommes livrés à nous-mêmes.

— Il n'est pas utile que cela tienne debout, objecta William Fort.

— C'est vrai, acquiesça Elizabeth. Des tas de gouvernements terriens font ça, que ça ait un sens ou non. La Chine, l'Inde, l'Indonésie, le Brésil, ils marchent tous dans la combine, et si l'émigration se maintient à la capacité actuelle du système, la population martienne va doubler en près de deux ans et Mars sera totalement submergée sans que rien ne change ici.

L'un des Immortels nota que la première révolution martienne avait été provoquée par une poussée migratoire d'une envergure comparable.

— Et le traité Terre-Mars ? demanda quelqu'un d'autre. Je pensais qu'il interdisait spécifiquement des flux d'une telle importance.

— En effet, confirma Elizabeth. Il spécifie que l'immigration sera limitée à dix pour cent de la population martienne par année terrienne, mais que Mars devrait en accepter davantage si elle pouvait.

— Et puis, reprit Amy, depuis quand les traités ont-ils empêché les gouvernements de faire ce qu'ils voulaient ?

— Nous devons les envoyer ailleurs, fit William Fort.

Les autres le regardèrent.

— Où ça ? demanda Amy.

Personne ne répondit. Fort agita vaguement la main.

— Nous avons intérêt à trouver un endroit, répondit gravement Elizabeth. Même les Chinois et les Indiens, qui ont toujours été de bons alliés des Martiens, se fichent éperdument du traité. On m'a envoyé un enregistrement d'une réunion politique indienne sur le sujet : ils envisagent de mettre en action leur programme à pleine capacité pendant quelques siècles, et de voir ensuite comment ça se passe.

La cabine de l'ascenseur poursuivit sa descente, et Mars devint énorme sous leurs pieds. Puis ils ralentirent, juste au-dessus de Sheffield, et tout redevint normal. Ils retrouvèrent la gravité martienne, sans la force de Coriolis qui tirait tout sur le côté. Puis ils entrèrent dans le Socle. Ils étaient de nouveau chez eux.

Des amis, des reporters, des délégués, Mangalavid. A Sheffield, chacun vaquait fébrilement à ses affaires. Quelqu'un reconnaissait parfois Nirgal et lui faisait de grands signes amicaux. On s'arrêtait pour lui serrer la main, lui donner l'accolade, lui poser des questions sur son voyage ou sa santé.

— Content de vous revoir !

Et pourtant, dans la plupart des yeux... Il était si rare d'être malade. Quelques-uns détournaient le regard. Une pensée magique : Nirgal comprit soudain que, pour beaucoup d'entre eux, le traitement de longévité était un garant d'immortalité. Ils ne voulaient pas être obligés de revoir leur façon de penser, alors ils regardaient ailleurs.

Mais Nirgal avait vu Simon mourir, les os pleins de sa jeune moelle à lui. Il avait senti son corps entrer en déliquescence, senti la souffrance de ses poumons, de chacune de ses cellules. Il savait que la mort était une réalité. L'immortalité n'était pas leur lot et ne le serait jamais. Une sénescence retardée, disait Sax. Retardée, un point c'est tout. Nirgal le savait. Et les gens voyaient qu'il le savait et ils avaient un mouvement de recul. Il était impur. Ça le mettait en rage.

Il prit le train pour Le Caire et regarda défiler le vaste désert pentu de Tharsis Est. Sec et ferrique, le paysage originel de Mars la Rouge : son monde. Ses yeux le sentaient. Son cerveau, son corps, s'épanouissaient à cette vue : il était chez lui.

Mais les regards, dans le train, évitaient le sien. Il était l'homme qui n'avait pas pu s'adapter à la Terre. Le monde originel avait failli le tuer. Il était une fleur des Alpes, pas faite pour le monde réel, un être exotique pour qui la Terre était comme Vénus. Voilà ce que disaient leurs yeux fuyants. Un éternel exilé.

Et alors ? C'était aussi ça, être martien. Sur cinq cents indigènes qui allaient sur Terre, il en mourait un. C'était l'un des plus grands risques que pouvait courir un Martien : plus dangereux que le parapente, que d'aller dans le système solaire extérieur, qu'un accouchement. Une sorte de roulette russe, avec des tas de chambres vides dans le barillet, évidemment, mais il y avait une balle dans l'une d'elles.

Il y avait coupé. Pas de beaucoup, mais quand même. Il était en vie, il était chez lui ! Ces gens, dans le train, que savaient-ils ? Ils pensaient que la Terre l'avait terrassé, mais ils se disaient aussi qu'il était Nirgal le Héros, jusqu'alors invaincu. Pour eux, il n'était qu'une histoire, une idée, point final. Ils ne savaient rien de Simon, de Jackie, de Dao, d'Hiroko. Ils ignoraient tout de lui. Il avait vingt-six années martiennes, il était dans la force de l'âge et il avait enduré tout ce qui pouvait arriver à un homme de sa génération : la mort des parents, la perte de l'amour, la trahison. Ces choses-là arrivaient à tout le monde. Mais ce n'était pas le Nirgal que les gens voulaient.

Le train contourna les premières parois incurvées du Labyrinthe de la Nuit et entra bientôt dans la vieille gare du Caire. Nirgal alla se promener dans la ville sous tente. C'était la première fois qu'il y venait. Les petits bâtiments anciens l'intéressaient particulièrement. La station énergétique avait beaucoup souffert des déprédations causées par l'armée Rouge, lors de la révolution. Ses murs noircis n'avaient pas encore été restaurés. Il prit le large boulevard qui menait aux bureaux de la cité, les gens lui faisant des signes amicaux au passage.

Elle était là, dans le hall de l'hôtel de ville, près de la baie vitrée surplombant le canyon en U de Nilus Noctis. Nirgal s'arrêta, le souffle court. Elle ne l'avait pas encore vu. Son visage était plus plein, mais à part ça elle était toujours aussi grande et mince, vêtue d'une blouse de soie verte et d'une jupe vert foncé, d'un matériau plus épais, sa crinière noire cascadant dans son dos. Il ne pouvait en détacher ses yeux.

Puis elle le vit et il lui sembla qu'elle tiquait. L'image transmise par son bloc-poignet ne l'avait sans doute pas préparée aux changements provoqués par le mal de Terre. Ses mains se tendirent et elle les suivit, l'œil calculateur, la grimace qu'elle avait eue en le reconnaissant soigneusement corrigée pour les caméras qui l'entouraient en permanence. Mais il l'aima pour ces mains tendues vers lui. Il sentit la chaleur de son visage, ses joues qui rosissaient alors qu'ils s'embrassaient chastement, comme des diplomates qui se montrent amicaux. De près on ne lui aurait pas donné plus de quinze années martiennes, à peine plus que la fleur de la jeunesse, l'âge du plein épanouissement.

On disait qu'elle avait commencé à suivre le traitement dès l'âge de dix ans.

— C'est donc vrai, dit-elle. La Terre a failli avoir ta peau.

— Enfin, un virus, plutôt.

Elle éclata de rire, mais son regard conserva cette expression calculatrice. Elle le prit par le bras, l'emmena vers ses compagnons comme un aveugle. Il connaissait plusieurs d'entre eux. Elle fit tout de même les présentations, pour bien lui faire sentir que la garde rapprochée du parti avait beaucoup changé depuis son départ. Mais il était trop occupé à se montrer jovial pour le remarquer. Soudain, les présentations furent interrompues par un vagissement retentissant. Il y avait un bébé parmi eux.

— Ah, fit Jackie en regardant son bloc-poignet. Elle a faim. Viens voir ma fille.

Une femme serrait contre elle un bébé de quelques mois, aux bonnes joues rondes, à la peau plus foncée que celle de Jackie et qui hurlait à pleins poumons. Jackie la lui prit des bras et disparut dans une pièce voisine.

Nirgal resta planté là. Il vit Tiu, Rachel et Frantz près de la fenêtre. Il s'approcha d'eux et suivit, du regard, la direction qu'avait prise Jackie. Ils levèrent les yeux au ciel, haussèrent les épaules. Jackie n'avait pas dit qui était le père, lui confia Rachel, tout bas. Ce n'était pas un comportement exceptionnel. Les femmes de Dorsa Brevia faisaient souvent ça.

La femme qui tenait l'enfant vint dire à Nirgal que Jackie voulait lui parler. Il la suivit dans une chambre qui donnait sur Nilus Noctis. Jackie était assise devant la fenêtre et donnait le sein à l'enfant en regardant le paysage. Le bébé était manifestement affamé. Il tétait de toutes ses forces, les yeux hermétiquement clos, en piaulant, ses petits poings noués en une sorte de comportement arboricole vestigiel comme si, dans une existence antérieure, il avait vécu accroché dans les arbres, cramponné à une branche ou à de la fourrure. Il y avait un monde de culture dans ce simple geste.

Jackie donnait ses instructions à des assistants qui se trouvaient dans la pièce, et par l'intermédiaire de son bloc-poignet.

— Ils peuvent dire ce qu'ils veulent à Berne, nous voulons conserver la possibilité d'infléchir les quotas si nécessaire. Il faudra bien que les Indiens et les Chinois s'y fassent.

Nirgal commençait à voir clair dans certaines choses. Jackie était membre du conseil exécutif, mais le conseil n'était pas particulièrement puissant. Elle était aussi l'un des chefs de Mars Libre, et le parti avait beau perdre de son influence sur la planète, le pouvoir se transférant peu à peu vers les tentes, il pouvait encore jouer un rôle déterminant dans les relations Terre-Mars. Et même s'il se contentait de coordonner la politique, il disposerait du pouvoir considérable dévolu aux coordinateurs. Nirgal n'en avait jamais eu davantage, au fond. Dans bien des cas, ce rôle pourrait revenir à faire la politique terrienne de Mars, le gouvernement global étant de plus en plus dominé par une majorité écrasante menée par Mars Libre pendant que les dirigeants locaux géraient leur fonds de commerce sur place. L'impression générale était évidemment que les relations Terre-Mars allaient réduire tout le reste à la portion congrue. Si bien que Jackie était peut-être en train de devenir une puissance interplanétaire...

Nirgal regarda le bébé. La princesse de Mars.

— Assieds-toi, fit Jackie en lui indiquant le banc à côté d'elle. Tu as l'air fatigué.

— Non, non, ça va, répondit Nirgal, mais il s'assit.

Jackie eut un mouvement de menton impérieux à l'intention d'un de ses assistants et ils se retrouvèrent seuls dans la pièce avec le bébé.

— Les Chinois et les Indiens croient que nous sommes un nouveau territoire à conquérir, remarqua Jackie. Ça ressort de tous leurs propos. Ils sont beaucoup trop amicaux.

— Peut-être qu'ils nous aiment bien, rectifia Nirgal. (Jackie eut un sourire, mais il poursuivit :) Nous les avons aidés à se débarrasser des métanats. Je doute qu'ils espèrent nous envoyer tout leur surplus de population. Ils sont trop nombreux pour que l'émigration change quoi que ce soit en ce qui les concerne.

— Peut-être, mais ils peuvent toujours rêver. Et avec les ascenseurs spatiaux, ils pourraient en envoyer un flux régulier. Ça ira plus vite que tu n'imagines.

Nirgal secoua la tête.

— Ça ne suffira jamais.

— Comment le sais-tu ? Tu n'es allé dans aucun de ces endroits.

— Un milliard, ça fait un tas de gens, Jackie. Une quantité inimaginable. Et il y a dix-sept milliards d'hommes sur Terre. Ils ne peuvent pas en envoyer une fraction significative ici, ils n'ont pas les navettes nécessaires.

— Ils pourraient essayer quand même. Les Chinois ont inondé le Tibet de Chinois Han, ça n'a guère arrangé leur problème démographique, mais ça ne les a pas empêchés pour autant de le faire.

— Le Tibet est là-bas, répondit Nirgal en haussant les épaules. Nous garderons nos distances.

— D'accord, fit Jackie impatiemment, mais nous ne serons pas toujours là pour veiller au grain. S'ils vont à Margaritifer et s'ils concluent un accord avec les caravanes arabes de la région, qui y mettra le holà ?

— Les cours environnementales.

Jackie émit un bruit éloquent. Au même moment, le bébé cessa de téter et se mit à geindre. Jackie le changea de sein. Un globe olivâtre strié de veines bleuâtres.

— Antar ne croit pas que les cours environnementales fonctionneront longtemps. Nous avons eu un litige avec elles pendant que tu étais parti, et si nous avons cédé, c'est uniquement pour laisser au système une chance de marcher, mais c'est une aberration et elles n'ont aucun pouvoir. Quoi qu'on fasse, ça a un impact sur l'environnement, de sorte qu'elles sont censées arbitrer tous les problèmes. Mais les gens abattent les tentes dans les zones les moins élevées, et pas un responsable sur cent ne va trouver les cours pour demander la permission. Et pourquoi le feraient-ils ? Tout le monde est un écopoète, maintenant. Non. Cette histoire de cours ne marchera jamais.

— On ne peut pas en être sûrs, répliqua Nirgal. Alors c'est Antar le père, hein ?

Jackie haussa les épaules.

Tout le monde pouvait être le père : Antar, Dao, Nirgal lui-même, et merde, même John Boone si un échantillon de son sperme avait été conservé quelque part. Ce serait du Jackie tout craché. Sauf que, dans ce cas, elle l'aurait crié sur les toits. Elle tourna la petite tête de l'enfant vers elle.

— Tu penses vraiment que c'est bien d'élever un enfant sans père ?

— C'est comme ça que tu as été élevé, non ? Et je n'ai pas eu de mère. Nous sommes tous des enfants de parent isolé.

— Et tu crois que c'était bien ?

— Qui sait ? rétorqua Jackie avec une expression indéchiffrable, la bouche légèrement pincée par le ressentiment, la méfiance...

Impossible à dire. Elle savait qui étaient ses deux parents, mais un seul était resté à ses côtés, et Kasei n'était pas souvent là. Puis il était mort à Sheffield, en partie à cause de la réaction brutale à l'assaut des Rouges dont Jackie elle-même s'était faite l'avocate.

— Tu n'as su qu'à six ou sept ans, pour Coyote, pas vrai ? reprit-elle.

— C'est vrai, mais ce n'était pas bien.

— Quoi ?

— Ce n'était pas bien, répéta-t-il en la regardant droit dans les yeux.

Elle baissa le regard sur son bébé.

— Ça vaut mieux que de voir ses parents se déchirer.

— C'est ce que tu ferais avec le père ?

— Qui sait ?

— Alors dans ce cas, en effet, ça vaut mieux.

— Peut-être. En tout cas, il y a des tas de femmes qui font comme ça.

— A Dorsa Brevia.

— Partout. La famille biologique n'est pas une institution martienne, hein ?

— Je ne sais pas, répondit Nirgal, songeur. En fait, j'ai vu beaucoup de familles dans les canyons. Nous venons d'un groupe inhabituel à ce point de vue.

— A de nombreux points de vue.

Le bébé détourna la tête, repu. Jackie rajusta son soutien-gorge puis son corsage.

— Marie ? appela-t-elle, et son assistante entra. Je pense qu'il faudrait la changer.

Elle tendit le bébé à la femme qui sortit sans un mot.

— Des domestiques, maintenant ? remarqua Nirgal.

Jackie pinça à nouveau les lèvres, se leva et appela :

— Mem ? Mem, dit-elle à la femme qui se précipita dans la pièce, il faut que nous rencontrions les gens de la cour environnementale au sujet de la requête chinoise. Nous pourrions peut-être utiliser ça comme moyen de pression afin de faire reconsidérer le jugement sur l'attribution d'eau au Caire.

Mem hocha la tête et quitta la pièce.

— Tu viens de décider ça tout de suite ? demanda Nirgal.

Jackie le congédia d'un geste de la main.

— Contente que tu sois de retour, Nirgal, mais essaie de te mettre un peu au courant de ce qui se passe, d'accord ?

Se mettre au courant... Mars Libre était maintenant un parti politique, le plus puissant de Mars. Ça n'avait pas toujours été le cas. Au départ, ce n'était qu'un réseau d'amis, les membres de l'underground qui vivaient dans le demi-monde. Surtout des anciens étudiants de l'université de Sabishii et, plus tard, une association informelle regroupant des communautés de canyons sous tente, les clubs clandestins des villes, et ainsi de suite. Un terme vague englobant les sympathisants de l'underground, mais pas les membres d'un mouvement ou d'une philosophie politique particuliers. Juste une formule qui revenait souvent dans leurs conversations : « Mars Libre ».

C'était, par bien des côtés, une création de Nirgal. Beaucoup d'indigènes songeaient à l'autonomie et les différents partis issei fondés par l'un ou l'autre des premiers colons ne les attiraient pas. Ils voulaient du neuf. Nirgal avait donc fait le tour de la planète et passé un certain temps avec ceux qui organisaient des réunions et lançaient des discussions, si bien qu'au bout d'un moment les gens avaient fini par se chercher un nom. Les gens aimaient que les choses aient un nom.

Cela s'était donc appelé Mars Libre. Et, pendant la révolution, c'était devenu un cri de ralliement pour les indigènes dont l'émergence constituait un vrai phénomène de société. Ils étaient si nombreux que c'en était proprement incroyable. Des millions. La plupart des indigènes. La définition même de la révolution, en fait. La principale raison de son succès. Mars Libre était devenu un mot d'ordre, leur but. Et ils l'avaient atteint.

Mais Nirgal était parti pour la Terre, afin d'y faire valoir leur point de vue. Et pendant son absence, pendant le congrès constitutionnel, de mouvement, Mars Libre était devenu une organisation. C'était bien. Le cours normal des choses, une étape nécessaire de l'institutionnalisation de leur indépendance. Personne ne s'en serait plaint ou n'aurait regretté le bon vieux temps. Ç'aurait été exprimer la nostalgie d'une époque héroïque qui n'avait pas été vraiment héroïque — ou qui était aussi caractérisée par la répression, l'étroitesse d'esprit, la pesanteur et le danger. Nirgal n'éprouvait aucune nostalgie. Si la vie avait un sens, ce n'était pas dans le passé qu'ils le trouveraient mais dans le présent, dans l'expression et non dans la résistance. Il n'avait aucune envie de revenir en arrière. Il était heureux qu'ils aient pris leur destin en main, partiellement du moins. Ce n'était pas le problème. Il ne s'inquiétait pas non plus de l'hypertrophie du parti. Mars Libre semblait sur le point de constituer une majorité écrasante, trois des sept conseillers exécutifs venant de sa direction, d'autres membres occupant la plupart des postes au gouvernement global. Un pourcentage significatif de nouveaux immigrants rejoignaient maintenant le parti, mais aussi des vieux, des indigènes qui soutenaient de petits partis avant la révolution, et enfin pas mal de gens qui avaient défendu le régime de l'ATONU et cherchaient de nouveaux leaders. Tous ensemble, ils formaient une masse formidable. Dans les premières années d'un nouvel ordre socio-économique, cette conjonction de pouvoir politique, d'opinions et de convictions comportait des avantages indéniables. Ils avaient les moyens de faire des choses.

Mais Nirgal n'était pas sûr de vouloir les faire avec eux.

Un jour qu'il se promenait dans la ville en regardant à travers la paroi de la tente, il vit un groupe de gens qui s'activaient au bord de la falaise, à l'ouest de la cité. Ils entouraient différents engins volants individuels : des ailes volantes et des ultra-légers apparemment lancés par une sorte de catapulte, et qui s'élevaient dans les courants thermiques matinaux. De petits deltaplanes et toute une variété de monoplaces d'un nouveau modèle qui évoquaient un minuscule planeur attaché sous une espèce de bulle. Ces engins étaient à peine plus grands que les gens qui prenaient place dans les nacelles ou sous les ailes delta. Tous étaient manifestement construits avec des matériaux ultra-légers. Certains étaient transparents et presque invisibles, de sorte qu'une fois dans le ciel, on aurait dit que les gens flottaient par leurs propres moyens, assis ou à plat ventre. Mais d'autres étaient colorés, et on les voyait de très loin, pareils à des coups de pinceau vert ou bleu. De minuscules réacteurs étaient fixés aux courtes ailes robustes, ce qui permettait au pilote de contrôler sa direction et son altitude. De vrais petits avions, sauf qu'ils étaient supportés par une bulle, ce qui les rendait plus sûrs et plus maniables. Leurs pilotes se posaient à peu près n'importe où, et il semblait impossible qu'ils plongent — qu'ils s'écrasent, en d'autres termes.

Pourtant, les deltaplanes paraissaient toujours aussi dangereux. Ceux qui volaient ainsi étaient les plus casse-cou du groupe, comme il devait le constater un peu plus tard : des gens avides de sensations, qui s'élançaient de la falaise en hurlant, leur exaltation alimentée par l'adrénaline crépitant sur les intercoms. Ils se jetaient d'une falaise, après tout, et quel que soit le dispositif auquel ils étaient arrimés, leur corps mesurait le risque. Pas étonnant que leurs cris aient ce retentissement particulier !

Nirgal quitta la tente par le passage souterrain et s'approcha, irrésistiblement attiré par le spectacle. Voler en liberté dans le ciel... On le reconnut, évidemment, et on lui serra la main. Il accepta d'essayer, pour voir l'effet que ça faisait. Des adeptes du deltaplane lui proposèrent de lui apprendre à voler, mais il répondit en riant qu'il préférait commencer par un des petits ULM. Une femme appelée Monica l'invita à faire un tour dans un appareil à deux places, un peu plus gros que les autres, qui attendait non loin de là. Elle le fit asseoir à côté d'elle, ils montèrent le long du mât, puis ils furent projetés, après un violent à-coup, dans les vents forts de l'après-midi. Ils dévalèrent la pente et planèrent au-dessus de la ville, qui lui apparaissait maintenant comme une petite tente pleine de verdure, perchée à l'extrême nord-ouest du réseau de canyons qui sculptaient la pente de Tharsis.

Voler au-dessus de Noctis Labyrinthus ! Le vent gémissait sur le matériau transparent, résistant, de l'ULM, et ils rebondissaient comme un bouchon sur l'eau tout en montant horizontalement en ce qui lui parut une spirale sans fin. Mais Monica se mit à rire, manipula les commandes, et ils filèrent vers le sud à travers le labyrinthe, empruntant les canyons l'un après l'autre, négociant leurs intersections irrégulières. Puis ils survolèrent le chaos de Compton et le paysage déchiqueté de la porte d'Illyrie, au niveau de la pointe inférieure du glacier de Marineris.

— Les réacteurs de ces appareils sont beaucoup plus puissants que nécessaire, fit la voix de Monica dans ses écouteurs. On pourrait voler contre un vent de deux cent cinquante kilomètres à l'heure, mais à quoi bon, hein ? On les utilise aussi pour compenser le pouvoir ascensionnel de la bulle et redescendre. Tenez, essayez. Ça, c'est la tuyère gauche, ça, celle de droite, et là, ce sont les stabilisateurs. La manipulation des réacteurs est d'une simplicité enfantine. Seul le stabilisateur requiert un peu de pratique.

Devant Nirgal se trouvait un second jeu de commandes. Il actionna les commandes des tuyères. La bulle pivota vers la droite, puis la gauche.

— Waouh !

— Il y a un système de guidage programmé ; un garde-fou électronique. Si on donne un ordre catastrophique, les commandes coupent automatiquement.

— Combien d'heures de vol faut-il pour apprendre à manier correctement ce genre d'engin ?

— Eh bien, c'est ce que vous êtes en train de faire, non ? répondit-elle en riant. Disons qu'il faut une centaine d'heures, mais tout dépend de ce qu'on entend par « correctement ». Il y a la mesa de la mort entre cent et mille heures, entre le moment où les gens commencent à se sentir à l'aise et celui où ils sont vraiment très habiles, de sorte qu'ils s'attirent des ennuis. Mais ça vaut surtout pour le deltaplane, et les simulateurs de ces engins sont d'un tel réalisme qu'on peut obtenir ses heures de vol dessus, et on peut prendre l'air avec le système de guidage programmé même si on ne les a pas officiellement atteintes.

— Intéressant !

Ça l'était, en effet. Noctis Labyrinthus déroulait son réseau de canyons en dessous d'eux. Les soudaines pertes d'altitude, les remontées tout aussi rapides, au gré des vents. Le bruit de l'air qui se ruait sur leurs nacelles partiellement fermées...

— C'est comme si on était changé en oiseau !

— Exactement.

Et il eut l'intuition fulgurante que tout irait bien. De se réjouir, jamais son cœur ne se lasserait.

Après cela, il passa du temps dans un simulateur de vol, en ville, et plusieurs fois par semaine il prenait une leçon avec Monica ou un de ses amis, au bord de la falaise. Ce n'était pas très difficile, et il se sentit bientôt de taille à voler seul. Ils lui conseillèrent d'être patient. Il persévéra. Les simulateurs donnaient vraiment l'impression de la réalité. Si on faisait une bêtise, pour voir, le siège tanguait et s'agitait d'une façon très convaincante. Plus d'une fois, on lui raconta l'histoire de quelqu'un qui avait imposé à un ultra-léger une spirale tellement désastreuse que le simulateur de vol avait rompu ses amarres et crevé la paroi de verre qui se trouvait à côté. Plusieurs personnes avaient été blessées et l'imprudent s'était cassé le bras.

Nirgal évitait ce genre d'erreur, comme la plupart des autres. Presque tous les matins, il assistait aux réunions de Mars Libre, et l'après-midi, il volait. Plus ça allait et plus les meetings matinaux lui semblaient une corvée. Une seule chose l'intéressait, maintenant : voler. Ils avaient beau dire, il n'avait pas fondé Mars Libre. Quoi qu'il ait fait pendant toutes ces années, ce n'était pas de la politique, pas au sens où ils l'entendaient. Cela comportait peut-être un aspect politique, mais surtout il avait vécu sa vie, parlé aux gens de l'existence qu'ils voulaient mener, de plaisir et de liberté. D'accord, c'était politique, tout était politique, mais il se rendait compte qu'il ne s'intéressait pas vraiment à la politique. Ou au gouvernement, il ne savait plus.

Ça l'intéressait d'autant moins que la chose était aux mains de Jackie et de sa bande. C'était un autre genre de politique. Il avait tout de suite compris que la garde rapprochée de Jackie ne voyait pas d'un bon œil son retour de la Terre. Il était parti pendant presque toute une année martienne, et pendant ce temps-là, un nouveau groupe s'était propulsé sur le devant de la scène, à la faveur de la révolution. Nirgal constituait une menace pour le groupe, pour le contrôle que Jackie exerçait sur lui et pour l'influence qu'il avait sur elle. Ces gens lui étaient subtilement mais fermement opposés. Non, pendant un moment, il avait été le chef charismatique de la tribu martienne, le fils d'Hiroko et de Coyote, une hérédité mythique très puissante. Il aurait été très difficile de s'opposer à lui. Mais le temps avait passé. Maintenant, c'était Jackie qui était aux commandes, la descendante de John Boone avait elle aussi une hérédité mythique, elle aussi venait de Zygote, et en plus elle avait l'appui (partiel) du culte minoen de Dorsa Brevia.

Sans parler du pouvoir qu'elle exerçait sur lui, personnellement, dans leur dynamique intense. Mais ça, les conseillers de Jackie ne pouvaient pas le comprendre. Pour eux, mal de Terre ou non, il représentait une menace. Une éternelle menace pour leur reine indigène.

Alors il assistait aux réunions du matin en essayant d'ignorer les manœuvres mesquines et de s'intéresser aux problèmes qu'on leur posait de tous les coins de la planète, la plupart du temps des questions de territoire ou des querelles de clocher. Beaucoup de villes voulaient supprimer leur tente quand la pression de l'air le permettait, mais peu admettaient que les cours environnementales avaient leur mot à dire dans l'opération. Certaines zones étaient très arides, et les demandes d'attribution d'eau se multipliaient tant et si bien que le niveau de la mer du Nord aurait baissé d'un kilomètre s'il avait fallu satisfaire aux requêtes de toutes les cités assoiffées du Sud. Mille problèmes de ce genre mettaient à l'épreuve les innombrables liens entre l'autonomie locale et les considérations globales prévues par la Constitution. Les débats n'étaient pas près de finir.

Nirgal avait beau se moquer éperdument de la plupart de ces conflits, il les trouvait encore préférables aux intrigues partisanes qu'il voyait se développer au Caire. Il était revenu de la Terre sans position officielle, et il assistait aux manœuvres pour le caser soit à un poste honorifique comportant un pouvoir limité, soit, pour ceux qui le soutenaient (c'est-à-dire les adversaires de Jackie), en situation de pouvoir. Certains amis lui conseillaient d'attendre les élections sénatoriales pour se présenter, d'autres évoquaient le conseil exécutif, un poste au parti ou à la CEG. Tout cela lui paraissait également épouvantable, et quand il en parlait à Nadia par écran interposé, il voyait bien quel fardeau c'était pour elle. Elle semblait assez bien tenir le coup, mais il était évident que le conseil exécutif lui sortait par les yeux. Aussi écoutait-il, impassible et attentif, les conseils qu'on lui prodiguait.

Jackie se garda bien de lui donner son avis. Mais quand on suggérait à Nirgal de devenir une sorte de ministre sans portefeuille, son regard prenait une vacuité particulière, et il en déduisit que cette éventualité lui déplaisait plus que les autres. Elle tenait à ce qu'il assume une fonction bien définie qui, compte tenu de son propre poste, ne pourrait être qu'inférieure à la sienne. Alors que s'il jouait les électrons libres...

Elle restait donc assise là, comme une madone, avec sa fille. Qui était peut-être aussi la sienne. Antar la regardait du même air, en se disant la même chose. Et Dao en aurait fait autant s'il avait été encore en vie. Nirgal eut soudain une peine affreuse en pensant à son demi-frère, son tourmenteur, son ami. Aussi loin que ses souvenirs remontent, ils s'étaient bagarrés, Dao et lui, mais ils étaient frères quand même.

Jackie semblait avoir complètement oublié Dao, et Kasei avec. Tout comme elle oublierait Nirgal, s'il venait à se faire tuer. Elle faisait partie des Verts qui avaient prôné l'écrasement de la révolte des Rouges à Sheffield, elle avait pris le parti de la répression. Peut-être valait-il mieux qu'elle oublie les morts.

Le bébé se mit à pleurer. Il était impossible de distinguer dans son petit visage grassouillet la moindre ressemblance avec un adulte. La bouche rappelait celle de Jackie, en dehors de ça... C'était terrifiant, ce pouvoir créé par une paternité anonyme. Evidemment, un homme pouvait faire la même chose, prendre un œuf, le faire croître par ectogénèse, l'élever lui-même. Ça finirait bien par arriver, surtout si beaucoup de femmes suivaient la même démarche que Jackie. Un monde sans parents. Enfin, les amis étaient la seule vraie famille. Il frémit néanmoins à l'idée de ce qu'Hiroko avait fait, de ce que Jackie était en train de faire.

Il allait voler pour se vider la tête. Un soir, après de glorieuses évolutions au cœur des nuages, il se trouvait dans le pub au bord de l'aire d'atterrissage quand, au hasard de la conversation, une femme prononça le nom d'Hiroko.

— Il paraît qu'elle est à Elysium. Elle travaille à une nouvelle communauté de communautés là-haut.

— Qui vous a dit ça ? demanda Nirgal à la femme d'un ton sans doute un peu sec car elle le regarda d'un air surpris.

— Vous savez, ceux qui font le tour du monde en volant et qui sont arrivés la semaine dernière ? Ils étaient à Elysium, le mois dernier, et ils l'ont vue là-bas. Enfin, c'est ce qu'ils ont dit, ajouta-t-elle en haussant les épaules. Ça ne prouve rien.

Nirgal s'appuya au dossier de sa chaise. Toujours des informations de troisième main. Mais certaines des histoires collaient bien avec Hiroko. Et quelques-unes lui ressemblaient trop pour avoir été inventées. Nirgal ne savait plus que penser. Très peu de gens semblaient croire à sa mort. On rapportait aussi avoir vu le reste de son groupe.

— Ils voudraient qu'elle soit là, c'est tout, commenta Jackie quand Nirgal lui raconta l'incident, le lendemain.

— Et toi, tu ne voudrais pas ?

— Evidemment, répondit-elle (tu parles, se dit Nirgal), mais pas assez pour forger de toute pièce des histoires sur ce thème.

— Tu crois vraiment que ce sont des inventions ? Je veux dire, qui pourrait inventer sciemment ce genre de chose ? Ça n'a pas de sens.

— Les gens sont insensés, Nirgal, il serait temps que tu t'en rendes compte. Les gens voient une vieille Japonaise quelque part, ils trouvent qu'elle ressemble à Hiroko. Le soir, ils disent à leurs amis : « Je crois que j'ai vu Hiroko au marché, ce matin. Elle achetait des prunes. » Et le lendemain, au travail, le gars dit : « J'ai un ami qui a vu Hiroko, hier. Elle achetait des prunes ! »

Nirgal hocha la tête. C'était sûrement vrai pour la plupart des histoires. Mais les autres, celles qui ne rentraient pas dans la catégorie...

— En attendant, il faudrait que tu te décides pour ce poste à la cour environnementale, reprit Jackie. (C'était une cour régionale, très subalterne par rapport à la cour globale.) Nous pourrions faire en sorte que Mem obtienne un poste plus influent au parti, à moins que tu ne l'occupes, ou encore que tu ne prennes les deux, le tout c'est que nous le sachions.

— Ouais, ouais.

Des gens vinrent leur parler d'autre chose, et Nirgal se retira vers la fenêtre, près de la nurse et du bébé. Leurs agissements ne l'intéressaient pas. C'était moche et abstrait. Ils passaient leur temps à manipuler les autres et n'en retiraient jamais la satisfaction légitime du travail bien fait. C'est la politique, disait Jackie. Et il était clair qu'elle adorait ça. Mais pas Nirgal. C'était bizarre ; il avait œuvré toute sa vie pour en arriver là, à cette situation, et voilà qu'il n'en voulait pas.

Il pourrait sûrement apprendre à faire ce travail. A surmonter l'hostilité de ceux qui ne voulaient pas le voir revenir dans le parti, à se battre pour asseoir son pouvoir, c'est-à-dire à constituer un groupe de gens qui l'aideraient de par leurs positions officielles ; à leur faire accorder des faveurs pour se concilier leurs bonnes grâces, à les jouer les uns contre les autres de sorte que chacun fasse ses quatre volontés dans l'espoir d'établir sa prééminence sur les autres... Il voyait bien ce qui se passait ici même, dans cette pièce, quand Jackie rencontrait les conseillers l'un après l'autre, discutant de ce qui se passait dans leur zone d'influence, puis les manipulant pour asseoir plus fermement leur allégeance. Evidemment, disait-elle lorsqu'il le lui faisait remarquer. C'était la politique. Ils étaient aux commandes de Mars, maintenant, et il fallait bien que quelqu'un le fasse s'ils voulaient créer le nouveau monde qu'ils avaient rêvé. On ne pouvait pas faire la fine bouche, il fallait être réaliste, on se pinçait le nez et on y allait. C'était un mal nécessaire. Qui ne manquait pas d'une certaine noblesse, en fin de compte.

Nirgal s'interrogeait sur le bien-fondé de ces justifications. Ils se seraient donc battus toute leur vie pour rejeter la domination terrienne sur Mars à seule fin de mettre en place une version locale du même système ? La politique ne serait-elle jamais qu'un ramassis d'intrigues triviales, vulgaires, cyniques, tordues, moches ?

C'était la question qu'il se posait, assis là, près de la fenêtre, regardant la fille de Jackie qui dormait. A l'autre bout de la pièce, Jackie faisait grimper au cocotier les délégués d'Elysium. Maintenant que le massif était une île au milieu de la mer du Nord, ils étaient déterminés à imposer à l'immigration des limites qui les préserveraient d'un développement excessif.

— Tout ça, c'est bien joli, disait Jackie, mais c'est une très grande île, maintenant, un véritable continent entouré par un océan de sorte que l'eau ne viendra jamais à manquer, avec une côte de plusieurs milliers de kilomètres, des quantités d'emplacements idéaux pour des ports, pour la pêche, même, sûrement. Je comprends votre désir de maîtriser le développement, nous voulons tous le limiter, mais les Chinois ont exprimé le souhait de mettre certains de ces sites en valeur, et que voulez-vous que je leur dise ? Que les habitants d'Elysium n'aiment pas les Chinois ? Que leur aide sera la bienvenue en cas de crise, mais que nous ne voulons pas les voir s'installer dans le coin ?

— Ce n'est pas parce qu'ils sont chinois ! se récria le délégué.

— Je comprends, je vous assure. Ecoutez, retournez à Fossa Sud, expliquez-leur les problèmes auxquels nous sommes confrontés ici, et je ferai tout ce que je peux pour vous aider. Je ne puis vous garantir le résultat, mais je ferai tout ce qui est en mon pouvoir.

— Merci, dit le délégué en quittant la pièce.

Jackie se tourna vers son assistante.

— L'imbécile ! Qui est le prochain ? Ah, évidemment : l'ambassadrice de Chine. Eh bien, fais-la entrer.

Elle était assez grande pour une Chinoise. Elle parlait mandarin, et son IA traduisait ses paroles en un anglais clair et précis. Après quelques échanges d'amabilités, la femme évoqua la possibilité d'établir des colonies chinoises, pas trop loin de l'équateur de préférence.

Nirgal assista, fasciné, à l'échange. C'était comme ça que les colonies s'étaient installées, au départ : des groupes de Terriens étaient venus, ils avaient construit une ville sous tente ou un habitat troglodyte, ils avaient bâché un cratère... Mais Jackie répondait poliment :

— C'est possible. Il faudra bien entendu que nous soumettions le projet à l'approbation des cours environnementales. Il est vrai qu'il y a beaucoup de surface disponible sur le massif d'Elysium. Peut-être pourrions-nous arranger quelque chose dans la région, surtout si la

Chine est prête à contribuer à l'infrastructure, à l'intégration et tout ce qui s'ensuit.

Elles évoquèrent les détails. Au bout d'un moment, l'ambassadrice partit. Jackie se tourna vers Nirgal.

— Nirgal, tu pourrais demander à Rachel de venir, s'il te plaît ? Et tâche de me dire rapidement ce que tu comptes faire, je te prie.

Nirgal quitta le bâtiment, traversa la ville et regagna sa chambre. Il emballa ses rares vêtements, ses objets de toilette, prit le tunnel qui menait à l'aire d'envol et demanda à Monica s'il pouvait emprunter un des petits ULM monoplaces. Il était prêt à voler sans assistance ; il avait passé assez d'heures dans des simulateurs et avec des moniteurs. Il y avait une autre aire de vol à Candor Mensa, dans Marineris. Il parla aux responsables du terrain. Ils voulaient bien le laisser partir avec la bulle volante. Quelqu'un d'autre la leur ramènerait plus tard.

C'était le milieu de la journée. Nirgal s'équipa, s'installa dans le siège du pilote. Le petit ULM gravit le mât de lancement, tiré par le nez, et fut propulsé dans le vent qui dévalait la pente de Tharsis et gagnerait en force au fur et à mesure que les heures passeraient.

Il s'éleva au-dessus de Noctis Labyrinthus, prit vers l'est et survola le labyrinthe des canyons. Un paysage craquelé par des forces telluriques souterraines. Sortir du dédale, tel un Icare qui se serait approché trop près du soleil, se serait brûlé les ailes, aurait survécu à la chute... et volerait à présent vers le bas, de plus en plus bas, encore et toujours. Voguant par vent arrière. Chevauchant une bourrasque, filant au-dessus du champ de glace sale, fracassée, qui marquait le chaos de Compton, l'endroit où la rupture du grand aquifère avait commencé, en 2061. L'immense flot avait tout submergé jusqu'à Ius Chasma. Mais Nirgal prit vers le nord, quittant la coulée du glacier, puis à nouveau vers l'est, à l'entrée de Tithonium Chasma, qui allait droit vers le nord, parallèlement à Ius Chasma.

Tithonium était, avec ses quatre kilomètres de profondeur et ses dix kilomètres de largeur, l'un des plus vastes canyons de Marineris. Nirgal aurait pu voler bien en dessous du niveau des plateaux et être encore à des milliers de mètres au-dessus du fond. Tithonium était plus haut qu'Ius, plus sauvage, plus vierge. Rares étaient ceux qui s'y aventuraient, parce que, à l'est, il finissait en cul-de-sac : il s'étrécissait, le sol et les parois se rapprochaient, le fond devenait impraticable puis montait et s'interrompait abruptement. Nirgal repéra la route en épingle à cheveux sur la paroi est. Il l'avait prise quelquefois dans sa jeunesse, quand il était chez lui sur toute la planète.

Le soleil déclinait dans son dos. Les ombres s'allongeaient sur le sol. Le vent continuait à souffler fort, martelant la bulle volante, gémissant, hurlant, implorant. Il se laissa emporter au-dessus du plateau, alors que Tithonium devenait un collier de perles ovales creusées dans la roche : la Catena de Tithonia, avec ses dépressions géantes en forme de bol.

Soudain, le monde s'effondra à nouveau : il survolait Shining Canyon le bien nommé, l'immense canyon ouvert de Candor Chasma, l'ambre et le bronze de sa paroi est brillant dans la lumière du couchant. Au nord se trouvait la profonde entrée donnant sur Ophir Chasma, au sud, la spectaculaire ouverture en arc-boutant de Melas Chasma, la géante centrale du système de Marineris. C'était la version martienne de Concordiaplatz, se dit-il, mais en beaucoup plus grand, plus sauvage. Un paysage intact, primitif, gigantesque, qui dépassait l'échelle humaine, à croire qu'il était remonté de deux siècles, ou de deux ères, dans le passé, à une époque précédant l'anthropogénèse. Mars la Rouge !

Et là, dans l'immensité de Candor s'élevait une large mesa en forme de losange, une île rocheuse qui dominait le fond du canyon de près de deux kilomètres. Dans la lueur brumeuse du couchant, Nirgal vit un nid de lumières, une ville sous tente, à la pointe sud du losange. Des voix lui souhaitèrent la bienvenue sur la fréquence commune de son intercom, puis le guidèrent vers l'aire de vol de la ville. Le soleil lui fit un clin d'œil juste au ras des falaises, à l'ouest, alors qu'il faisait virer son ULM, descendait lentement dans le vent et se posait au beau milieu de la silhouette de Kokopelli peinte sur le terrain d'atterrissage, en guise de cible.

Plus qu'un losange, Shining Mesa était un large cerf-volant de trente kilomètres de long et dix de large qui se dressait au milieu de Candor Chasma telle une mesa de Monument Valley dont on aurait forcé le trait. La ville sous tente n'occupait qu'une petite élévation du sol à la pointe sud du cerf-volant. C'était un fragment détaché du plateau fendu par les canyons de Marineris. On avait, de là-haut, une vue prodigieuse sur les immenses parois de Candor et les gorges vertigineuses d'Ophir Chasma au nord et de Melas Chasma au sud.

La beauté du spectacle avait bien évidemment agi comme un aimant, et la tente principale était maintenant entourée d'autres plus petites. La ville se trouvant à cinq kilomètres au-dessus du niveau moyen, elle était encore sous tente, mais on parlait de la supprimer. Le fond de Candor Chasma, qui n'était qu'à trois kilomètres d'altitude, était semé de forêts drues, vert foncé. Une bonne partie des habitants descendaient en ULM dans les canyons, le matin, pour travailler la terre ou herboriser, et remontaient en fin d'après-midi. Nirgal connaissait quelques-uns de ces sylviculteurs depuis l'underground, et ils furent ravis de l'emmener voir les canyons et ce qu'ils y faisaient.

Les canyons de Marineris étaient généralement orientés selon une direction est-ouest. A Candor, ils s'incurvaient autour de la grande mesa centrale puis se précipitaient dans Melas, au sud. Il y avait de la neige sur les parties les plus élevées du fond, surtout le long des parois ouest, où les ombres s'attardaient l'après-midi. L'eau de fonte décrivait un filigrane délicat, définissant de nouveaux bassins hydrographiques qui empruntaient d'anciens arroyos sablonneux, au tracé ramifié. De maigres rivières rouges, opaques, confluaient juste au-dessus de la faille de Candor et se ruaient, en torrents sauvages, écumants, sur le fond de Melas Chasma, où elles se heurtaient aux restes du glacier de 61, ensanglantant son flanc nord.

Des forêts avaient surgi sur les rives de ces cours d'eau. C'étaient, pour la plupart, des ochromes endurcis contre le froid et d'autres arbres tropicaux à croissance très rapide, qui formaient de nouveaux dais au-dessus des vieux krummholz. Ces jours-ci, il faisait chaud sur le fond du canyon, qui agissait comme un gigantesque bol reflétant le soleil et abrité du vent. Sous les frondaisons des ochromes croissaient toutes sortes de plantes et d'espèces animales et végétales. Les amis de Nirgal lui expliquèrent que c'était la communauté biotique la plus diversifiée de Mars. Ils portaient maintenant des pistolets à flèches soporifiques à cause des ours, des léopards des neiges et autres prédateurs. La marche devenait parfois difficile entre les bosquets de bambous des neiges et de trembles.

Toute cette végétation était favorisée par les énormes dépôts de nitrate de sodium des canyons de Candor et d'Ophir : de grandes terrasses horizontales blanches, faites de caliche extrêmement soluble dans l'eau. Ces minéraux étaient maintenant emportés par les cours d'eau, fournissant beaucoup d'azote aux nouveaux sols. D'importants dépôts de nitrate avaient malheureusement été enfouis sous des glissements de terrain — l'eau qui dissolvait le nitrate de sodium détrempait aussi les parois des canyons, accélérant leur dégradation et les déstabilisant. Les amis de Nirgal lui dirent qu'ils évitaient désormais le pied des parois : c'était trop dangereux. Et comme ils s'élevaient avec leurs ULM, Nirgal vit partout des traces d'éboulement. Des pans entiers de plantes de montagne avaient été ensevelis, et les méthodes de fixation des sols étaient l'un des nombreux sujets de conversation, le soir sur la mesa, quand l'omegendorphe coulait dans les veines. Ils ne pouvaient pas faire grand-chose, en fait. Si un pan d'une paroi rocheuse de dix mille pieds de haut voulait lâcher, rien ne pouvait l'arrêter. Alors, une fois par semaine environ, les habitants de Shining Mesa sentaient vibrer le sol, ils l'entendaient dans leur ventre avant de voir frémir la tente. Le glissement de terrain était souvent repérable au nuage de poussière terre-de-Sienne qui montait d'un canyon. Les hommes-oiseaux revenaient parfois, ébranlés et silencieux, ou rendus loquaces par le rugissement assourdissant qui les avait surpris en plein ciel. Un jour, Nirgal était à mi-chemin du sol quand il en fit lui-même l'expérience : on aurait dit le bang d'un avion supersonique qui se serait prolongé plusieurs secondes. L'air frémit comme de la gelée. Puis, aussi subitement qu'il avait commencé, le phénomène cessa.

Il partait à l'aventure le plus souvent seul, parfois avec ses vieux amis. L'ULM était le moyen de locomotion idéal pour le canyon : un engin lent, stable, facile à diriger, doté d'une portance et d'une puissance plus que suffisantes. Celui qu'il avait loué (avec l'argent de Coyote) lui permettait de suivre ses compagnons, le matin, pour longer les cours d'eau ou faire de la botanique dans les forêts. L'après-midi, il survolait les canyons. C'est d'en haut qu'on se rendait vraiment compte de l'immensité de Candor Mesa et du gigantisme de ses parois : la remontée était interminable jusqu'à la tente, ses longs repas et ses fêtes nocturnes. Jour après jour, Nirgal explorait les diverses régions des canyons, observait l'exubérante vie nocturne de la tente, mais il voyait tout comme par le petit bout de la lorgnette, une lorgnette en forme de question : « Est-ce la vie que j'ai envie de mener ? » Cette question miniaturisée par la distanciation ne cessait de lui revenir, l'aiguillonnait le jour alors qu'il se prélassait au soleil, le hantait la nuit pendant les longues heures sans sommeil qui précèdent l'aube. Que devait-il faire ? Le succès de la révolution l'avait laissé les mains vides. Toute sa vie il avait parcouru la planète, parlant aux gens d'une Mars libre, qu'ils habiteraient au lieu de la coloniser, du nouveau monde dont ils seraient les indigènes. Cette tâche avait maintenant pris fin, la planète était à eux, ils pouvaient y vivre comme ils voulaient. Mais dans cette nouvelle donne, il ne savait plus quelle carte jouer. Il devait trouver le moyen de s'insérer dans ce nouveau monde, non plus comme porte-parole d'une collectivité, mais en tant qu'individu responsable de sa propre vie.

Il ne voulait plus mener une tâche collective ; tant mieux s'il y avait des gens que ça intéressait, mais ce n'était pas son cas. En fait, il ne pouvait pas penser au Caire sans un sursaut de colère envers Jackie, et de tristesse, aussi, à l'idée de la vie publique, de tout ce monde à jamais disparu. Il était difficile de renoncer à être un révolutionnaire. Rien ne semblait en découler, ni logiquement ni émotionnellement. Mais il fallait faire quelque chose. La page était tournée. Il plongeait lentement vers le sol dans sa bulle volante quand il comprit soudain Maya et son obsession de l'incarnation. Il avait vingt-sept années martiennes, maintenant, il avait sillonné toute la planète, il était allé sur la Terre, il était revenu. Le moment était venu de la métempsycose suivante.

Il parcourait donc l'immensité de Candor en y cherchant sa propre image. Les parois fracturées, stratifiées, balafrées du canyon faisaient de stupéfiants miroirs minéraux. Il y vit clairement qu'il était une créature plus infime qu'un moucheron dans une cathédrale. En étudiant ce gigantesque palimpseste de facettes il détecta en lui deux pulsions très fortes, distinctes et contradictoires bien qu'encore inexprimées, comme le vert et le blanc. D'une part il voulait vivre en vagabond, voler, marcher, parcourir le monde à la voile, éternellement nomade, errant sans cesse jusqu'à ce que Mars n'ait plus de secret pour lui. Ah oui, cette idée faisait naître en lui une euphorie qui lui était familière. D'un autre côté, elle était familière justement parce qu'il l'avait toujours fait. Ce serait sa vie précédente, moins le contenu. Et il savait déjà combien cette existence était solitaire, il connaissait le détachement que procure le manque de racines. C'était ce qui lui donnait cette vision par le petit bout de la lorgnette. Venant de partout, il ne venait de nulle part. Il n'avait pas de chez-lui. Or il en voulait un, maintenant, autant que la liberté sinon plus. Un chez-lui. Se fixer, avoir une vie qui soit complète, choisir un endroit et y rester, apprendre à le connaître à fond, à chaque saison, cultiver sa nourriture, construire sa maison, fabriquer ses outils, appartenir à une communauté d'amis.

Ces deux envies coexistaient fortement en lui ou plutôt alternaient en une succession rapide, subtile, qui l'empêchait de dormir, le laissait fébrile, ébranlé. Il ne voyait pas comment les concilier. Elles s'excluaient mutuellement. Personne n'avait de suggestions à faire qui puissent lui être utiles pour résoudre la difficulté. Coyote ne croyait pas aux racines, mais ce nomade n'y connaissait rien. Art considérait la vie d'errance comme impossible, mais il aimait son confort, maintenant.

En dehors de la politique, les activités de Nirgal tournaient autour de l'ingénierie du mésocosme. Cela ne l'aidait pas beaucoup dans sa réflexion. Aux altitudes supérieures, ils vivraient toujours sous tente, et l'adaptation du mésocosme s'imposerait. Mais ça devenait plus une science qu'un art, et avec son expérience grandissante, les problèmes et les solutions tourneraient à la routine. D'ailleurs, souhaitait-il réellement embrasser une carrière qu'on menait sous une tente alors qu'on pouvait marcher librement sur une partie sans cesse croissante de la planète, aux altitudes les moins élevées ?

Non. Il voulait vivre en plein air. Apprendre à connaître un coin de sol avec ses plantes, ses animaux, son climat, son ciel, tout ça... Voilà ce qu'il voulait. Voilà ce que voulait une partie de lui. Une partie du temps.

Mais il commençait à se dire que, quoi qu'il choisisse, Candor Chasma n'était pas ce qu'il lui fallait. Son panorama phénoménal en faisait un endroit trop vaste, trop inhumain pour devenir un chez-soi. Le canyon demeurerait sauvage. Tous les ans, à la fonte des neiges, les fleuves dévasteraient les parois, foreraient de nouveaux canaux, seraient enfouis sous d'énormes glissements de terrain. C'était fascinant, mais ça ne faisait pas un foyer. Les gens du coin resteraient sur Shining Mesa, ils n'exploreraient le fond des canyons que pendant la journée. La mesa était leur vrai foyer, c'était un bon plan. Mais la mesa était une île dans le ciel, une destination touristique, on y viendrait pour les vacances, pour voler, faire la fête toutes les nuits. Il y aurait des hôtels de luxe destinés aux jeunes et aux amoureux... Ce serait un endroit parfait, merveilleux, mais bondé, trop couru — à moins qu'ils ne combattent l'afflux de visiteurs, qu'ils n'empêchent les gens enchantés par la vue sublime de s'installer. Des gens qui débarqueraient comme Nirgal lui-même, au crépuscule de leur vie, et ne s'en iraient plus jamais. Et les anciens résidents les regarderaient avec impuissance en marmonnant et en regrettant le bon vieux temps quand le monde était neuf et désert.

Non. Ce n'était pas le genre de vie qu'il voulait. Il aimait voir l'aube envahir les parois ouest, cannelées, de Candor, embrassant tout le spectre martien, le ciel qui devenait indigo, mauve ou d'un bleu céleste, terrestre, stupéfiant... Un endroit sublime, si beau que certains jours il était tenté d'y rester, de s'y établir, d'essayer de le préserver, de survoler le fond quotidiennement pour en apprendre la sauvagerie convulsée, ne remontant que le soir pour dîner. Ce travail lui permettrait-il de se sentir chez lui ? Et s'il aspirait à une vie sauvage, n'y avait-il pas d'autres endroits moins spectaculaires mais plus éloignés, et donc plus sauvages ?

Il parcourait la région en tous sens. Un jour, en survolant la faille de Candor, avec sa succession de cascades et de rapides écumants, opaques, il se souvint que John Boone était passé par là, juste après la construction de l'autoroute trans-Marineris. Qu'avait-il dit de cette région stupéfiante, ce maître de l'équivoque ?

Nirgal interrogea Pauline, l'IA de Boone, et trouva un journal enregistré au cours d'une plongée dans le canyon de Candor en 2046. Il laissa défiler la bande en contemplant le paysage d'en haut. Il écouta cette voix rauque, à l'accent américain familier, qui ne donnait pas l'impression de s'adresser à une IA, et se prit à regretter de ne pouvoir lui parler. Certaines personnes disaient que Nirgal marchait sur les traces de John Boone, qu'il avait fait le travail que John aurait fait s'il avait vécu. Si tel était le cas, qu'aurait fait John à sa place ? Comment aurait-il vécu ?

— C'est l'endroit le plus incroyable que j'aie jamais vu. Vraiment, c'est la première chose qui vient à l'esprit quand on voit Marineris Valles. Au niveau de Melas, le canyon est si large que du milieu on ne voit même plus les parois, elles sont sous l'horizon ! La courbure de cette petite planète produit des effets inimaginables. Les anciennes simulations étaient terriblement trompeuses, les verticales étant exagérées par un facteur de cinq à dix, si je me souviens bien, de sorte qu'on se serait cru dans un défilé. Ce n'est pas un défilé. Waouh ! La colonne rocheuse ! On dirait une femme en toge, la femme de Lot. Je me demande si c'est du sel. C'est blanc, mais ça ne veut rien dire, évidemment. Il faudra que je demande à Ann. J'aimerais bien savoir à quoi ces constructeurs de route suisses pensaient quand ils ont fait la route, elle n'est pas très alpine. On dirait des Alpes en négatif, des montagnes en creux, rouges au lieu d'être vertes, basaltiques et non granitiques. Enfin, ça a dû leur plaire quand même. Tiens, là, le sol est criblé de trous ! Le patrouilleur tangue et roule comme sur une mer en furie. Je vais passer sur le bas-côté de la route, il a l'air plus lisse que le milieu. Oui, c'est mieux, une vraie petite route... Euh, mais c'est la route ! J'en étais donc sorti... Je conduis à la main, pour le plaisir, mais c'est difficile de garder les yeux sur les transpondeurs quand il y a tant de choses à voir. Les transpondeurs sont beaucoup mieux adaptés au pilote automatique qu'à l'œil humain. Hé, voilà la rupture d'Ophir Chasma... Quelle immensité ! Cette paroi doit faire, je ne sais pas, vingt mille pieds de haut. Seigneur ! Bon, l'autre s'appelle la faille de Candor, alors j'imagine que ça, c'est la faille d'Ophir. La « porte d'Ophir » serait plus joli. Je vérifie sur la carte... Hmm, le promontoire du côté ouest de la faille s'appelle Candor Labes, ce qui veut dire lèvres, si je ne m'abuse... La gorge de Candor, ou... voyons, je ne sais pas. Ça fait un sacré trou. Des falaises à pic des deux côtés et vingt mille pieds de haut. C'est à peu près six ou sept fois plus haut que les falaises de Yosemite. Meeeerde... elles n'ont pas l'air si hautes que ça, à vrai dire. Evidemment, on les voit en raccourci. Disons qu'elles paraissent deux fois plus hautes, ou... je ne sais pas. J'ai oublié à quoi ressemblait Yosemite, en terme de taille, du moins. C'est le canyon le plus stupéfiant qu'on puisse imaginer. Ah, voilà Candor Mesa, sur ma gauche. De là, on voit bien qu'elle est détachée de la paroi de Candor Labes. On doit avoir une sacrée vue, de là-haut. Il faudrait y installer un hôtel où on arriverait par la voie des airs. Je donnerais cher pour voir ça ! Sacré endroit pour voler en ultraléger. Mouais. C'est peut-être une idée dangereuse. Je vois d'ici les tempêtes de sable qui doivent se lever dans le coin. Hé, il y a une colonne de lumière qui frappe la mesa à travers la poussière. On dirait une barre de beurre suspendue dans le vide. Ah, Dieu ! Quelle belle planète !

Nirgal ne pouvait qu'être d'accord avec lui. Il s'émerveillait d'entendre John parler de voler là-haut. Il comprenait mieux la façon dont les issei parlaient de Boone, leur souffrance que rien, jamais, ne viendrait apaiser. Comme il aurait aimé avoir John avec lui plutôt que ces enregistrements, quelle grande aventure ç'aurait été de regarder John Boone négocier l'histoire sauvage de Mars ! Lui épargnant à lui, Nirgal, le fardeau de ce rôle, entre autres choses. Enfin, la situation étant ce qu'elle était, ils n'avaient que cette voix amicale, heureuse. Et ça ne réglait pas son problème.

De retour sur Candor Mesa, les hommes volants se retrouvaient le soir dans les pubs et les restaurants installés le long de l'arc sud, élevé, de la paroi de la tente. Là, assis sur des terrasses situées juste en bordure de la tente, ils pouvaient contempler la vue imprenable de leur domaine forestier. Nirgal s'asseyait parmi eux, mangeait et buvait comme eux, les écoutait, parlait parfois, exprimait ses propres pensées, parfaitement détendu. Ils se fichaient de ce qui avait pu lui arriver sur Terre, peu leur importait même au fond qu'il soit là, avec eux. Ce qui tombait bien, parce qu'il était parfois distrait au point de ne pas prêter attention à ce qui l'entourait. Il sombrait dans une rêverie qui le ramenait une fois de plus dans les rues de Port of Spain, ou dans le complexe de réfugiés, sous la mousson torrentielle. Tout ce qui lui était arrivé depuis était tellement insignifiant par comparaison !

Mais un soir, il sortit de sa rêverie en entendant quelqu'un dire : « Hiroko ».

— Quoi donc ? releva-t-il.

— Hiroko. Nous l'avons rencontrée, quand nous volions autour d'Elysium, sur la pente nord.

C'était une jeune femme à l'air innocent, qui semblait ignorer à qui elle parlait.

— Vous l'avez vue de vos propres yeux ? demanda-t-il sèchement.

— Oui. Elle ne se cachait pas, ni rien. Elle a dit qu'elle aimait mon aile volante.

— Je ne sais pas, fit un homme plus vieux, à la voix rauque.

Un vétéran de Mars, un immigrant issei des premières années, au visage boucané par le vent et les rayons cosmiques au point de rassembler à du cuir.

— J'ai entendu dire qu'elle était dans le chaos où la première colonie s'était cachée, et qu'elle travaillait aux nouveaux ports de la baie sud.

D'autres voix s'élevèrent : on avait vu Hiroko par-ci, on l'avait vue par-là, sa mort avait été confirmée, elle était retournée sur Terre. D'ailleurs Nirgal l'y avait vue, sur Terre.

— Il est là, Nirgal, fit l'un des hommes en tendant le doigt avec un grand sourire. Il va pouvoir nous dire si c'est vrai ou pas.

Nirgal, interloqué, secoua la tête.

— Je ne l'ai pas vue sur Terre, dit-il. Ce n'étaient que des rumeurs.

— Comme ici, alors.

Nirgal haussa les épaules.

La jeune femme, toute rouge maintenant qu'elle savait à qui elle avait affaire, insista : elle avait bien rencontré Hiroko en personne. Nirgal la regarda attentivement. C'était différent ; personne ne lui avait jamais dit une telle chose (sauf en Suisse). Elle paraissait ennuyée, sur la défensive, mais elle n'en démordait pas :

— Je lui ai parlé, je vous dis !

Pourquoi mentir sur un sujet pareil ? Et comment aurait-elle pu se laisser abuser ? Des imposteurs ? Mais pourquoi ?

Nirgal sentit son sang courir plus vite dans ses veines. Il avait très chaud, tout à coup. Hiroko aurait très bien pu faire quelque chose dans ce goût-là. Se cacher sans se cacher ; vivre quelque part sans prendre la peine de donner signe de vie à la famille qu'elle laissait derrière elle. Ce serait insensé, bizarre, inhumain. Inhumain. Et tout à fait son genre. Sa mère était une sorte de folle, il y avait des années qu'il le savait. Un personnage charismatique qui avait mené les foules sans se fouler, une folle. Capable d'à peu près tout.

Si elle était en vie.

Il ne voulait pas recommencer à espérer. Il ne voulait pas se lancer à sa poursuite rien que parce qu'on avait prononcé son nom devant lui. Mais il regardait la fille comme s'il souhaitait lire la vérité sur son visage, ou capturer l'image d'Hiroko que ses pupilles avaient conservée. D'autres lui posèrent les questions qui lui brûlaient les lèvres, alors il garda le silence et écouta, soulagé de ne pas avoir à la mettre mal à l'aise. Lentement, elle leur raconta toute l'histoire : ils volaient autour d'Elysium avec quelques amis et ils s'étaient arrêtés pour la nuit sur la nouvelle péninsule formée par Phlegra Montes. En allant se promener sur le littoral gelé de la mer du Nord, ils avaient repéré une nouvelle colonie. Et là, sur le chantier de construction, ils avaient reconnu Hiroko. Plusieurs des ouvriers étaient ses vieux associés, Gene, Rya, Iwao et les autres Cent Premiers qui l'avaient suivie depuis l'époque de la colonie perdue. Les hommes volants avaient exprimé leur stupeur mais les colons perdus avaient été surpris de l'étonnement qu'ils manifestaient.

— Personne ne se cache plus, avait dit Hiroko à la jeune femme, après lui avoir fait compliment de son aile volante. Nous passons le plus clair de notre temps près de Dorsa Brevia, mais nous sommes ici depuis près d'un mois maintenant.

Et voilà. La femme semblait parfaitement sincère, il n'avait aucune raison de croire qu'elle mentait, ou qu'elle avait eu des visions.

Nirgal ne voulait plus y penser. Mais puisqu'il envisageait de quitter Shining Mesa, de toute façon, et d'aller voir ailleurs, eh bien... eh bien, il pouvait au moins jeter un coup d'œil. *Shigata ga nai !*

Le lendemain, toute l'affaire lui paraissait beaucoup moins sérieuse. Nirgal ne savait que penser. Il appela Sax par bloc-poignet, pour le mettre au courant.

— Est-ce possible, Sax ? Est-ce que c'est possible ?

Le visage de Sax prit une expression étrange.

— C'est possible, dit-il. Oui, bien sûr. Je t'ai dit, quand tu étais malade et inconscient que... qu'elle... (Il cherchait ses mots comme il le faisait souvent, en plissant les paupières sous l'effort de concentration.) Je l'ai vue. Dans cette tempête de neige où j'étais perdu. Elle m'a ramené à mon véhicule.

Nirgal regarda la petite image vacillante.

— Je ne m'en souviens pas.

— Ah ! Ça ne m'étonne pas.

— Alors tu... tu penses qu'elle a fui Sabishii.

— Oui.

— Tu penses que c'est possible, ou probable ?
— J'ignore, euh... les probabilités. C'est difficile à dire.
— Mais tu crois qu'ils ont réussi à s'échapper ?
— Le mont du mohole de Sabishii est un vrai labyrinthe.
— Alors, pour toi, ils auraient réussi à prendre la fuite ?

Sax hésita.

— Je l'ai vue. Elle... elle m'a pris par le poignet. Je ne peux pas faire autrement que d'y croire. Oui, reprit-il, et son visage se crispa. Elle y est ! Elle est là-bas ! Je n'ai aucun doute ! Aucun doute ! Et elle s'attend à ce que nous allions la rejoindre.

Nirgal sut alors qu'il devait aller voir.

Il quitta Candor Mesa sans tambours ni trompettes. Ses amis comprendraient. Ils s'en allaient souvent ainsi eux-mêmes. Ils se retrouveraient un jour, pour voler dans les canyons et passer la soirée sur Shining Mesa. Il ne prévint donc personne de son départ. Il plongea dans l'immensité de Melas Chasma, suivit le canyon pendant un moment et prit vers l'est, longea Coprates pendant des heures, survola le glacier de 61, puis une baie après l'autre, contrefort après contrefort. Il franchit le Pas-de-Calais et arriva au confluent de Capri et d'Eos Chasma qui allait en s'élargissant. Au-delà se trouvait une zone chaotique, couverte de glace craquelée, beaucoup moins pourtant que le sol en dessous, et l'étendue ravagée de Margaritifer Terra. Il prit ensuite vers le nord, en suivant la piste qui menait à Burroughs, mais, avant d'arriver à la gare de Libya, il obliqua vers le nord-est et Elysium.

Le massif d'Elysium était maintenant un continent dans la mer du Nord. Le détroit qui le séparait du continent principal au sud était une étroite bande d'eau noire et d'icebergs blancs, tabulaires, ponctuée par un groupe d'îles qui avaient été naguère Aeolis Mensa. Il était important pour les hydrologues de la mer du Nord que ce détroit reste liquide, afin que les courants puissent passer de la baie d'Isidis à celle d'Amazonis. Pour cela, ils avaient installé à l'extrémité ouest du détroit un réacteur nucléaire dont ils envoyaient la chaleur dans l'eau, créant une polynye artificielle qui restait liquide d'un bout à l'autre de l'année, et un mésoclimat tempéré sur les pentes, de chaque côté. Les volutes de vapeur du réacteur étaient visibles au loin, en haut du Grand Escarpement. Nirgal descendit la pente en vol plané et traversa des forêts de pins et de ginkgos. Un câble était tendu en travers du détroit, à l'ouest, afin d'arrêter les icebergs entraînés par le courant. Il survola l'amas de glace pareil à un train de verre, puis l'eau noire. C'était la plus vaste étendue d'eau qu'il ait jamais vue sur Mars. Il parcourut une vingtaine de kilomètres au-dessus de l'eau, en poussant de grands cris d'enthousiasme. Soudain, il vit l'immense pont qui s'arquait gracieusement au-dessus du détroit. L'eau d'un violet presque noir était piquetée de ferries, de longues barges, de bateaux à voile, que suivait le V blanc de leur sillage. Nirgal les survola, fit deux fois le tour du pont pour admirer la vue. Il n'avait jamais rien vu de pareil sur Mars : de l'eau, la mer, tout un monde futur.

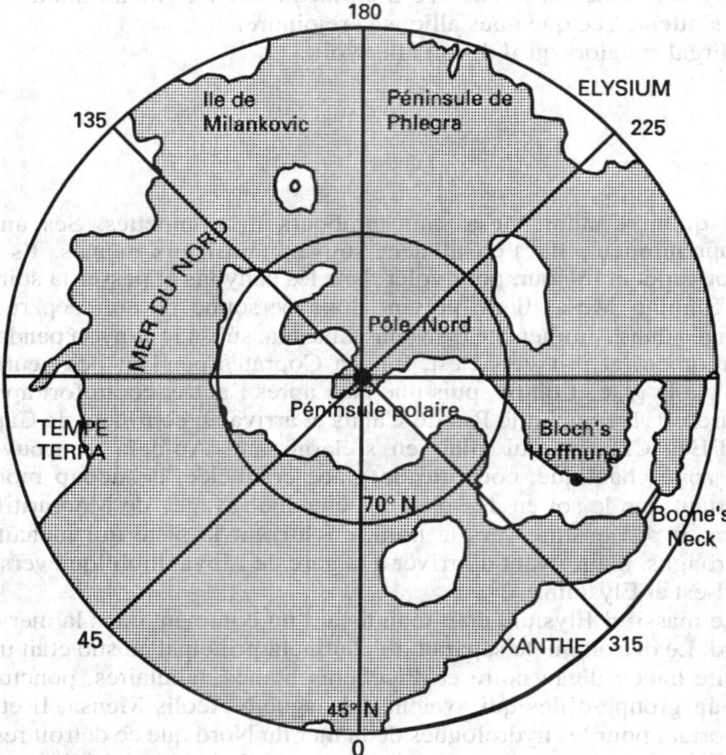

Pôle Nord (projection)

Il poursuivit vers le nord et les plaines de Cerberus, par-delà le volcan Albor Tholus, un cône de cendres abrupt fiché sur le côté d'Elysium Mons qui était tout aussi raide mais beaucoup plus grand et servait, avec ses faux airs de Fuji-Yama, de label à plus d'une coop agricole de la région. Car sur la plaine s'étendaient des fermes aux bords déchiquetés, souvent en terrasses, généralement divisées par des bandes de forêt ou piquetées de bosquets. Les parties surélevées étaient semées de jeunes arbres fruitiers encore improductifs. Plus près de la mer, il y avait de grands champs de blé ou de maïs, séparés par des oliviers et des eucalyptus en guise de brise-vent. Ils n'étaient qu'à dix degrés au nord de l'équateur et bénéficiaient d'un climat privilégié : des hivers doux, pluvieux, et de chaudes journées estivales. Les gens de la région l'appelaient la Méditerranée de Mars.

Nirgal monta toujours plus loin vers le nord en suivant la côte ouest. Le littoral émergeait des icebergs échoués qui bordaient la mer de glace. Force lui était de se rallier à l'opinion générale : Elysium était un endroit magnifique. Il avait entendu dire que cette côte était la région la plus peuplée de Mars. Elle était fracturée par un certain nombre de fossae, et des ports carrés étaient aménagés aux endroits où ces canyons se jetaient dans la glace : Tyr, Sidon, Pyriphlegethon, Hertzka, Morris. Derrière les jetées de pierre construites pour arrêter la glace se blottissaient des marinas où des flottilles de petits bateaux attendaient que le passage soit libre.

A Hertzka, Nirgal s'engagea vers l'intérieur des terres, à l'est, et remonta la pente douce du massif d'Elysium, survolant des enfilades de jardins. Des milliers de gens vivaient là, dans des zones de culture intensive. Celles-ci montaient vers les hauteurs entre Elysium Mons et la butte de Hecates Tholus qui l'éperonnait au nord. Nirgal franchit le col rocheux entre le grand volcan et la butte, filant comme un petit nuage sur le vent vagabond.

La paroi est d'Elysium n'avait rien à voir avec le versant nord. Le sable charrié par le vent avait scarifié la roche nue, déchiquetée, accidentée, et elle était restée dans un état presque primitif grâce au massif qui l'abritait de la pluie. Nirgal dut attendre d'être près de la côte est pour revoir de la verdure — sans doute alimentée par les vents portants et les brumes hivernales. Les villes étaient comme des oasis, enfilées telles des perles sur la piste qui faisait le tour de l'île.

A l'extrémité nord-est de l'île, les vieilles collines rocailleuses de Phlegra Montes s'enfonçaient loin dans la glace, formant une péninsule escarpée. C'était par là que la jeune femme avait vu Hiroko. En survolant la paroi ouest des Phlegras, Nirgal se dit que c'était bien le genre d'endroit sauvage où elle pouvait se trouver. Comme beaucoup de grandes chaînes de montagne martiennes, c'était tout ce qui restait de l'arc formé par le bord d'un ancien bassin d'impact. Les autres traces avaient depuis longtemps disparu, mais les Phlegras témoignaient encore d'un phénomène d'une inconcevable violence : l'impact d'un astéroïde de cent kilomètres de diamètre qui avait chassé sur le côté de gros blocs de lithosphère en fusion, projeté dans l'atmosphère des fragments qui étaient retombés en cercles concentriques, et instantanément métamorphosé la majeure partie de la roche en minéraux beaucoup plus durs que ceux d'origine. Après ce traumatisme, le vent s'était rué sur toute chose, ne laissant après son passage que ces rudes collines.

Le coin était peuplé, évidemment ; il y avait des maisons partout, dans les effondrements, les vallées en cul-de-sac et les passes surplombant la mer. Des fermes isolées, des hameaux de dix, vingt ou cent âmes qui rappelaient l'Islande. Certaines personnes aimaient la solitude. Un village perché sur une butte, à une centaine de mètres au-dessus de la mer, était appelé Nuannaarpoq, d'un mot inuit signifiant « qui prend un plaisir extrême à être en vie ». Les habitants, comme tous ceux des Phlegras, pouvaient aller à Elysium en ULM, suivre à pied la piste qui faisait le tour du massif et emprunter le premier véhicule qui venait à passer. La ville la plus proche était un port pittoresque appelé Firewater, situé à l'ouest des Phlegras, là où elles devenaient une péninsule. La ville était perchée sur un épaulement, au-dessus d'une baie vaguement carrée. Nirgal prit une chambre dans une pension située sur la place centrale, derrière la marina encadrée par les glaces.

Les jours suivants, il longea la côte dans tous les sens, visitant les fermes l'une après l'autre. Il rencontra quantité de gens intéressants, mais ni Hiroko ni aucun des membres de Zygote ou de leurs associés. Il commença à nourrir certains soupçons. Beaucoup d'issei vivaient dans la région, mais tous nièrent avoir jamais rencontré Hiroko ou l'un de ses acolytes. Pourtant, tous cultivaient leur ferme avec grand succès alors que le terrain rocheux paraissait pour le moins ingrat. Ils en avaient fait d'exquises petites oasis d'une productivité satisfaisante, menant l'existence de ceux qui croyaient à la viriditas, mais non, ils ne l'avaient jamais vue. C'est tout juste si son nom leur disait quelque chose. Un vieil Américain lui dit en riant :

— Qu'est-ce que tu crois, qu'on a un gourou ? Tu veux qu'on t'amène à not' gourou ?

Trois semaines plus tard, Nirgal n'avait pas trouvé trace de sa présence sur Phlegra Montes. Il allait être obligé de renoncer. Il n'avait pas le choix.

Une éternelle errance. Ça n'avait pas de sens de chercher un petit bout de femme comme ça sur tout un monde. C'était irréalisable. Mais des bruits couraient dans certains villages, des gens disaient l'avoir aperçue. Rien qu'une rumeur de plus, parfois un témoignage intéressant. Elle était partout et nulle part. Beaucoup de descriptions, mais jamais une photo, des tas d'histoires, mais pas un seul message au bloc-poignet. Sax était convaincu qu'elle était là. Coyote était sûr que non. Ça n'avait pas d'importance. Si elle était dans le coin, elle se cachait. Ou elle le faisait tourner en bourrique. Cette idée le mettait dans tous ses états. Il ne lui courrait pas après.

L'ennui, c'est qu'il ne tenait pas en place. Il lui était impossible de rester huit jours au même endroit. Il avait des fourmis dans les jambes, il était énervé comme il ne l'avait jamais été de sa vie. C'était comme une maladie qui irradiait à partir de son estomac. Tous ses muscles étaient tendus à bloc, sa température était anormalement élevée ; il était incapable de se concentrer sur la moindre pensée ; il éprouvait un besoin irrépressible de voler. Alors il volait, de ville en village, de gare en caravansérail. Certains jours, il allait où le vent le poussait. Il avait toujours vécu en nomade ; ce n'est pas aujourd'hui qu'il s'arrêterait. Quelle différence un changement dans la forme de gouvernement pourrait-elle bien faire en ce qui le concernait ? Les vents de Mars étaient stupéfiants. Forts, irréguliers, violents, incessants.

Parfois le vent le poussait vers la mer du Nord, et de toute la journée il ne voyait que de la glace et de l'eau, comme si Mars était un monde liquide. C'était Vastitas Borealis, le Vaste Nord, maintenant changé en glace. Plat par moments, chaotique à d'autres. Tantôt blanc, tantôt teinté. Noir ou vert jade à cause des algues, rougi par la poussière, ou d'un bleu cristallin. En certains endroits, d'incroyables tempêtes de poussière avaient déposé leur fardeau que le vent avait sculpté, formant de petits champs de dunes, et on se serait vraiment cru sur l'antique Vastitas. Parfois, la glace charriée par les courants s'était écrasée sur les récifs subsistants du bord d'un cratère, donnant des plissements circulaires. Ailleurs, les blocs de glace amenés par différents courants s'étaient rués les uns sur les autres, et les crans étaient rectilignes comme le dos d'un dragon.

L'eau était noire, ou de tous les violets du ciel. Il y en avait beaucoup : des polynyes, des fentes, des fissures, des taches. Un tiers environ de la surface de la mer était liquide, maintenant, mais l'essentiel de la surface visible était constitué de lacs de fonte à la fois blancs et couleur du ciel, ou se paraient d'un violet clair, étincelant, voire de deux couleurs. Oui, c'était une autre version du vert et du blanc, le monde encore replié sur lui-même, deux en un. Cette double couleur le dérangeait, le fascinait toujours. Le secret du monde.

Les Rouges avaient fait sauter plusieurs des grandes plates-formes de forage de Vastitas, et des épaves noires jonchaient la glace blanche. Celles qui étaient défendues par les Verts étaient maintenant utilisées pour faire fondre la glace : de grandes polynyes s'étendaient à l'est et l'eau à ciel ouvert fumait, comme si les nuages surgissaient d'un ciel sous-marin.

Dans les nuages, dans le vent. Le sud du nouvel océan était une succession de golfes et de promontoires, de baies et de péninsules, de fjords et de caps, d'isthmes et d'archipels. Nirgal suivit la côte pendant plusieurs jours, se posant en fin d'après-midi dans de petites colonies récemment installées le long de la mer. Il vit, au milieu de l'eau, des cratères dont le niveau intérieur était plus bas que celui de la glace et de l'eau qui les entouraient. Il vit des endroits où la glace semblait reculer, de sorte qu'elle était bordée de traînées noires, parallèles, tracées comme au peigne, descendant vers des dépôts d'alluvions, de roche ou de glace. Ces dépôts flotteraient-ils à nouveau un jour, où leur largeur irait-elle en s'accroissant ? Personne dans ces villes côtières ne le savait, non plus que le niveau où le littoral se stabiliserait. Les colonies de cet endroit étaient conçues de façon à pouvoir se déplacer. Des polders entourés de digues montraient qu'ils testaient la fertilité du sol nouvellement exposé. Des rangées de cultures vertes bordaient la glace blanche.

Au nord d'Utopia, il survola une péninsule basse qui s'étendait du Grand Escarpement jusqu'à l'île polaire Nord et traversait presque de part en part l'océan qui faisait le tour du monde. Une grande colonie, à moitié bâchée, à moitié à ciel ouvert, appelée Boone's Neck, était installée là. Ses habitants travaillaient au forage d'un canal à travers la péninsule.

Nirgal fila vers le nord, poussé par le vent qui ronflait, rugissait, gémissait. Certains jours, il hurlait. La mer, des deux côtés de la longue péninsule, était jonchée d'icebergs tabulaires. De grandes montagnes de glace couleur de jade rompaient ces plaques blanches. Il n'y avait personne là-haut, mais Nirgal ne cherchait plus. La mort dans l'âme, il avait renoncé et se laissait emporter par les vents comme une graine de pissenlit. Sur la mer de glace, blanche et fracassée, sur l'eau violette, aux vagues incrustées de soleil. Puis la péninsule s'élargit et devint l'île polaire, une zone blanche, mamelonnée. Il n'y avait plus trace du dessin tourbillonnant primitif des vallées de fonte. Ce monde avait disparu.

De l'autre côté de la mer du Nord, sur l'île d'Orcas, par-delà le flanc est d'Elysium, et de nouveau vers le bas, le long de Cimmeria. Une graine emportée par le vent. Certains jours, le monde était en noir et blanc : des icebergs à contre-jour sur la mer ; des cygnes de la toundra sur les falaises noires ; des guillemots noirs volant au-dessus de la glace, des oies des neiges. Et rien d'autre de toute la journée.

Une éternelle errance. Il fit deux ou trois fois le tour de la partie septentrionale du monde, scrutant le sol et la glace, observant les changements qui se produisaient un peu partout, les petites colonies blotties sous leurs tentes, ou à l'air libre, bravant les vents glacés. Mais il avait beau faire, rien n'aurait pu chasser son chagrin.

Un jour, dans une nouvelle ville côtière située à l'entrée du long fjord étroit de Mawrth Vallis, il tomba sur Rachel et Tiu, ses compagnons de crèche, qui s'étaient installés là. Nirgal les serra sur son cœur, et tout au long du dîner et de la soirée il regarda leurs visages si familiers avec un plaisir intense. Hiroko avait disparu, mais ses frères et ses sœurs étaient encore là, et c'était déjà ça. C'était la preuve que son enfance était bien réelle. Ils n'avaient pas changé, malgré les années. Rachel et lui étaient amis, à Zygote. Elle en pinçait pour lui, et elle lui avait donné un baiser dans les bains. Il se rappelait avec un petit frisson qu'elle l'avait embrassé dans une oreille, Jackie dans l'autre, et — ça lui revenait subitement — c'est avec Rachel qu'il avait perdu son pucelage, un après-midi dans les bains, peu avant que Jackie l'emmène dans les dunes auprès du lac. Oui, un après-midi, presque accidentellement, leurs baisers étaient soudain devenus impérieux, exploratoires, leurs corps agissant indépendamment de leur volonté.

C'était maintenant une femme de son âge, joyeuse et fière, qui le regardait avec affection, ses rides dessinant sur son visage une carte du rire. Peut-être se rappelait-elle aussi mal que lui leurs premières étreintes, difficile à dire quels souvenirs ses frères et sœurs avaient conservés de leur enfance commune, bizarre, mais elle donnait l'impression de n'en avoir rien oublié. Elle avait toujours été chaleureuse, et l'était encore. Il lui parla de ses vols autour du monde, emporté par les vents inlassables, plongeant lentement d'une petite habitation à une autre, posant aux gens des questions sur Hiroko.

Rachel secoua la tête avec un sourire ironique.

— Si elle est là, elle est là, mais tu pourrais la chercher jusqu'à la fin de tes jours et ne pas la trouver.

Nirgal poussa un soupir troublé et elle rit et lui ébouriffa les cheveux.

— Laisse tomber, va.

Ce soir-là, il alla se promener le long de la mer du Nord, pas tout à fait au bord du littoral ravagé, jonché d'icebergs, mais un tout petit peu plus haut dans les collines. Il sentait dans son corps le besoin de marcher, de courir. Voler était trop facile, c'était se dissocier du monde, ne le voir que de loin, en tout petit. Par le mauvais bout de la lorgnette, encore une fois. Il avait besoin de marcher.

Et pourtant il volait. Mais à présent, il regardait plus attentivement le sol. La bruyère, la lande, les prairies du bord des fleuves. La petite cascade d'un ruisseau se jetant dans la mer, un autre qui traversait une plage. En certains endroits, ils avaient planté des arbres dans l'espoir de décourager les tempêtes de sable qui naissaient dans la région. Les choses n'avaient guère changé de ce point de vue, mais du moins y avait-il des forêts de sapins. Hiroko ferait le tri dans tout ça. Ne la cherche pas. Regarde le sol.

Il retourna à Sabishii. Il y avait encore beaucoup de choses à faire là-bas : évacuer les décombres des bâtiments incendiés, en construire de nouveaux. Certaines coops du secteur acceptaient de nouveaux membres. L'une d'elles fabriquait aussi des ULM et d'autres engins volants, et des tenues d'homme-oiseau expérimentales. Il parla avec eux, évoqua les possibilités de collaboration.

Il leur laissa sa bulle volante et fit de longues courses dans les landes à l'est de Sabishii. Il avait couru dans ces steppes pendant ses années d'études. La région avait changé, mais bien des pistes qui longeaient la crête lui étaient encore familières. Un paysage sauvage, avec sa vie sauvage. De grosses pierres *kami* étaient dressées çà et là, comme des sentinelles, sur le sol fracturé.

Un après-midi, en courant le long d'une crête qu'il connaissait mal, il plongea le regard dans un petit bassin d'altitude, un bol peu profond, d'un kilomètre de diamètre, ouvert sur un terrain en contrebas, à l'ouest. On aurait dit un cirque glaciaire, mais c'était plus vraisemblablement un cratère érodé sur un côté, ce qui lui donnait une forme de fer à cheval. Juste une ride parmi toutes celles du massif de Tyrrhena. Du pourtour, l'horizon était lointain, le sol en dessous paraissait bosselé et irrégulier.

Cela lui disait quelque chose. Peut-être y avait-il passé la nuit quand il était étudiant. Il descendit lentement dans le bassin, avec l'impression d'être toujours en haut du massif, sans doute un effet de l'indigo intense du ciel, de la vue dégagée qu'on avait par la fente, à l'ouest. Des nuages filaient dans le ciel comme de grands icebergs ronds, laissant tomber une neige sèche, granuleuse, que le vent implacable chassait dans les creux ou complètement au-dehors. Sur le bord, près de la patte nord-ouest du fer à cheval, gisait un bloc de pierre pareil à une hutte. Il reposait en quatre points sur la crête, un dolmen usé, lisse comme une vieille dent, sous le ciel de lapis-lazuli.

En rentrant à Sabishii, Nirgal approfondit la question. Le bassin était inculte, d'après les cartes et les relevés du Conseil d'écopoésis et d'aréographie du massif de Tyrrhena, que son intérêt combla de joie.

— Les conditions sont rudes dans les bassins d'altitude, lui dit-on. Il n'y pousse pas grand-chose. Ce serait un projet de longue haleine.

— Parfait.

— L'essentiel de la production devra être cultivé dans des serres. Sauf les pommes de terre, bien sûr, quand il y aura assez d'humus...

Nirgal hocha la tête.

Ils lui demandèrent de s'assurer, au village de Dinboche, le plus proche du bassin, que personne n'avait de projet pour cet endroit.

Il remonta donc avec une petite caravane formée par Tariki, Rachel, Tiu et quelques amis prêts à l'aider. Dinboche était juché derrière une crête basse, sur un petit cours d'eau à sec pendant l'été et maintenant cultivé. Il avait neigé et le paysage offrait un spectacle étrange, tout blanc, quadrillé de noir : des champs de pommes de terre délimités par des murets de pierre noire. Les maisons étaient basses, tout en longueur, avec des toits de lauses et de grosses cheminées carrées. Le plus grand bâtiment du hameau était une maison de thé où les voyageurs pouvaient dormir à l'étage, dans une vaste pièce garnie de matelas.

A Dinboche, comme souvent dans les highlands du Sud, l'économie de cadeau était encore en vigueur, aussi la nouvelle que Nirgal et ses compagnons restaient pour la nuit fut-elle suivie d'un échange frénétique de présents. Les indigènes étaient très heureux qu'on les questionne sur le bassin, qu'ils appelaient le « petit fer à cheval » ou la « haute main ».

— Il aurait bien besoin qu'on s'en occupe, leur dirent-ils, et ils s'offrirent à aider Nirgal.

C'est ainsi qu'une petite caravane monta vers le bassin d'altitude avec tout un matériel qui fut déposé près du bloc de pierre pareil à une maison. Les nouveaux amis de Nirgal restèrent le temps de dégager un premier petit champ de ses pierres dont ils firent un muret. Ceux qui s'y connaissaient en construction commencèrent à évider le bloc de pierre. Pendant cette opération fort bruyante, certains indigènes de Dinboche sculptèrent en sanscrit, sur l'extérieur de la roche, l'inscription *Om Mani Padme Um*, qu'on pouvait lire sur d'innombrables pierres *mani* dans l'Himalaya, et un peu partout, maintenant, dans les highlands du Sud. Puis ils évidèrent la roche entre les grosses lettres en écriture cursive, de sorte qu'elles se détachent en relief sur le fond irrégulier, plus clair. Quant à la maison-rocher elle-même, une fois finie, elle comporterait quatre pièces, serait équipée de fenêtres à triple vitrage, de panneaux solaires destinés à lui fournir chaleur et énergie, de toilettes à compost et d'un dispositif d'évacuation des eaux usées, l'alimentation en eau étant assurée à partir d'un réservoir d'eau de fonte situé un peu plus haut sur la crête.

Puis ils repartirent, laissant le bassin à Nirgal.

Il en fit le tour pendant plusieurs jours en se contentant de regarder. Une minuscule partie du bassin serait sa ferme : de petits champs entourés de murets de pierre, une serre pour les légumes et un atelier, pour faire quoi, il ne le savait pas encore. Il ne serait pas autonome, mais ce serait un commencement d'installation. Un projet.

Et puis il y avait le bassin lui-même. Un petit canal courait dans l'ouverture, à l'ouest, évoquant une cascade. La roche qui faisait comme une main en coupe était déjà un microclimat, tournée vers le soleil, légèrement protégée des vents. Il serait écopoète.

Il devait d'abord apprendre à connaître le sol. Il s'émerveilla de tout ce qu'il avait à faire quotidiennement en vue de ce projet. Ça n'en finissait pas, mais d'un autre côté ses activités ne suivaient pas de plan préconçu et les choses se faisaient sans précipitation, sans programme, sans comptes à rendre. Tous les soirs il inspectait le bassin à la lumière déclinante du jour estival. Il était déjà colonisé par les lichens et par toutes sortes de plantes aventureuses : on remarquait des fellfields dans les creux, de petites mosaïques de sol arctique aux endroits exposés au soleil, des monticules de mousse verte accrochés sur un centimètre de sol rouge. L'eau de fonte courait par des chenaux naturels, s'accumulant dans des mares qui se déversaient sur des terrasses de prairie potentielles, formant de petites oasis à l'échelle des diatomées, dévalant le bassin et se rencontrant dans le gravier du cours d'eau à sec avant de tomber sur la zone plate située en contrebas du bord résiduel. Dans le bassin, des arêtes plus hautes constituaient des barrages naturels, et après réflexion, Nirgal y transporta des ventifacts et les assembla de telle sorte que leurs facettes se touchent, renforçant ces arêtes de la hauteur d'une ou deux pierres à peine. Les mares de la prairie étaient entourées de mousses. Il avait en tête quelque chose qui ressemblait aux landes de Sabishii, aussi appela-t-il des écopoètes qui vivaient là-bas et les interrogea-t-il sur la compatibilité des espèces, les rythmes de croissance, l'amendement des sols et mille choses encore. Dans son esprit se développait une vision du bassin. Puis lors du second mois de mars, l'automne vint, l'aphélie était proche. Il commençait à entrevoir l'effet que le vent et l'hiver auraient sur le paysage.

Il dispersa des graines et des spores à la main, avec l'impression confuse de se trouver dans un tableau de Van Gogh ou dans un verset de l'Ancien Testament. C'était une sensation étrange, faite d'un mélange de puissance et d'impuissance, d'action et de fatalisme. Il fit déverser des camions d'humus dans quelques petits champs, et l'étendit en couche mince, à la main. Il fit venir des vers de la ferme universitaire de Sabishii. Des vers en bouteille, c'est ainsi que Coyote avait toujours appelé les gens des villes, et en observant la masse grouillante de tubules nus, humides, Nirgal eut un frisson. Il les lâcha dans ses nouveaux petits enclos. Va, petit ver, prospère sur cette terre. Il n'était lui-même, marchant dans le soleil matinal après une douche, qu'un ensemble de tubules nus, humides, reliés les uns aux autres. Des vers pensants, voilà ce qu'ils étaient, en bouteille ou à l'air libre.

Après les vers viendraient les taupes, les campagnols et les souris. Puis les lièvres des neiges, les hermines et les marmottes. Peut-être ensuite certains chats des neiges qui erraient dans les landes. Ou des renards. Le bassin était haut, mais ils espéraient atteindre à cette altitude une pression de quatre cents millibars, avec quarante pour cent d'oxygène, et ils n'en étaient pas loin. Les conditions étaient un peu comparables à celles de l'Himalaya. La flore et la faune alpines s'acclimateraient sûrement ici, ainsi que les nouvelles variantes nées du génie génétique. Et avec tous les écopoètes qui entretenaient des zones d'altitude comparables, la question se ramenait à la préparation des sols, à l'introduction de l'écosystème de base désiré et à son entretien, puis à voir ce qui arrivait sur les ailes du vent, ou à pattes. Toute intrusion pouvait poser problème, évidemment, et on parlait beaucoup, par écran interposé, d'invasion biologique et de gestion intégrée du microclimat. L'adaptation de son coin de terre à la région environnante était une partie importante du processus continu d'écopoésis.

Nirgal s'intéressa plus encore au problème de la dispersion au printemps suivant, en novembre-1, lorsque les dernières boues glacées fondirent sur les terrasses plates du côté nord du bassin et que des brins d'heuchères apparurent. Ce n'était pas lui qui les avait plantées, il n'en avait seulement jamais entendu parler et, en fait, il ne fut sûr de son identification que lorsque son voisin, Yochi, qui était venu passer une semaine, la lui confirma : *Heuchera nivalis*. Apportée par le vent, lui dit-il. Il y en avait beaucoup dans le cratère Escalante, au nord, et très peu entre les deux. Un saut de dispersion en sa faveur.

Une dispersion par saut, régulière ou par les fleuves : les trois étaient communes sur Mars. Les mousses et les bactéries se propageaient régulièrement, les plantes hydrophiles étaient déposées par les cours d'eau sur les flancs des glaciers et les nouvelles côtes, tandis que les lichens et un certain nombre d'autres plantes voyageaient sur les vents forts. L'espèce humaine se propageait de la même façon, remarqua Yoshi alors qu'ils se promenaient dans le bassin : régulièrement à travers l'Europe, l'Asie et l'Afrique, le long des fleuves et des côtes en Amérique et en Australie, et par bonds vers les îles du Pacifique (ou vers Mars). Il n'était pas rare de voir des espèces hautement adaptables utiliser ces trois méthodes. Le massif de Tyrrhena était exposé aux vents d'ouest et aux alizés d'été, de sorte que les deux côtés du massif recevaient des précipitations ; jamais plus de vingt centimètres par an, ce qui en aurait fait un désert sur Terre, mais dans l'hémisphère Sud de Mars, c'était un îlot de précipitations. De cette façon aussi, c'était un îlot de dispersion, et donc hautement colonisable.

Enfin. Une haute terre rocailleuse, dénudée, saupoudrée de neige à l'abri du soleil, si bien que les ombres y étaient souvent blanches. Peu de traces de vie en dehors des bassins, où les écopoètes aidaient leurs petites collections à prospérer. Les nuages surgissaient de l'ouest en hiver, de l'est en été. Les saisons étaient accentuées dans l'hémisphère Sud par le cycle périhélie-aphélie, et voulaient vraiment dire quelque chose. Sur Tyrrhena, les hivers étaient rudes.

Nirgal explorait le bassin après les tempêtes, pour voir ce que le vent y avait apporté. D'ordinaire, il n'y avait qu'une couche de poussière glacée, mais un jour, il trouva une touffe de valériane bleu pâle coincée entre les aspérités d'une roche en forme de miche. Il demanda à des botanistes comment elle s'entendrait avec la végétation existante. Dix pour cent des espèces introduites survivaient, puis dix pour cent de celles-ci devenaient des plantes parasites, c'était la règle des dix-dix de l'invasion biologique, lui dit Yoshi, une sorte de règle numéro un de la discipline.

— Par dix, il faut comprendre de cinq à vingt, évidemment.

Il arriva que Nirgal dut arracher une invasion printanière de paturin, craignant qu'il n'envahisse tout. La chose se reproduisit avec des chardons. Une autre fois, le vent d'automne apporta une épaisse couche de poussière. Ces vents de sable étaient insignifiants comparés aux anciennes tempêtes globales de l'été austral, mais il arrivait que des vents particulièrement forts entament la surface du désert et emportent la poussière du dessous. La densité de l'atmosphère augmentait rapidement ces temps-ci, de quinze millibars par an en moyenne. Chaque année les vents étaient plus forts, et la croûte risquait d'être arrachée même aux endroits où elle était la plus épaisse. En contrepartie, la poussière qui retombait formait une mince couche, souvent riche en nitrates ; c'était donc une sorte d'engrais, que les prochaines pluies feraient pénétrer dans le sol.

Nirgal acquit un poste dans la coop de construction sur laquelle il s'était renseigné. Il allait donc souvent à Sabishii, où il participait à la restauration des bâtiments. Quand il regagnait son bassin d'altitude, il faisait de l'assemblage dans l'appentis de pierre, coiffé de plaques de grès, où il avait installé son atelier, et il testait des ULM monoplaces. Entre ces travaux, la culture de la serre, son carré de pommes de terre et l'écopoésis du bassin, ses journées étaient bien remplies.

Il se déplaçait avec les bulles volantes qu'il construisait. A Sabishii, il dormait dans un petit studio, à l'étage d'une maison de la vieille ville que Tariki, son vieux professeur, avait reconstruite et où il vivait avec d'anciens issei qui parlaient comme Hiroko et lui ressemblaient beaucoup. C'est là qu'Art et Nadia élevaient leur fille, Nikki. Il retrouva Vijjika, Reull et Annette, de vieux amis du temps où il était étudiant, et puis il y avait l'université, bien sûr. On ne disait plus l'université de Mars mais Sabishii College. C'était une petite école qui avait conservé l'esprit anar du demi-monde, de sorte que les étudiants un tant soit peu ambitieux allaient à Elysium, à Sheffield ou au Caire. Seuls restaient à Sabishii ceux que fascinait la mystique de ces années, ou qui s'intéressaient au travail de l'un des professeurs issei.

Tous ces gens, toutes ces activités, lui donnaient l'impression étrange, presque inconfortable, d'être chez lui. Il passait de longues journées à faire du plâtre ou à effectuer de menus travaux sur divers chantiers. Il mangeait dans des bars à riz ou des pubs. Il dormait au-dessus du garage de Tariki, et pensait au moment où il pourrait enfin regagner son bassin.

Une nuit, il rentrait chez lui après avoir dîné dans un pub, lorsqu'il passa devant un petit homme endormi sur un banc du parc : Coyote.

Nirgal s'arrêta net, s'approcha du banc et resta planté là, en ouvrant des yeux ronds. Certaines nuits, il entendait des coyotes hurler dans le bassin. C'était son père. Il songea à toutes les journées qu'il avait passées à courir après Hiroko, sans savoir par où commencer. Et voilà que son père dormait sur un banc du parc. Nirgal pouvait l'appeler quand il voulait, il avait toujours ce sourire éblouissant, craquelé,

Trinidad en personne. Des larmes lui piquèrent les yeux. Il secoua la tête, se composa une expression. Un vieillard qui dormait sur un banc. On en voyait souvent. Beaucoup d'issei s'étaient littéralement perdus dans l'arrière-pays, et quand ils venaient en ville, ils dormaient dans les parcs.

Nirgal s'assit à l'extrémité du banc, juste derrière la tête de son père. Avec ses dreadlocks grises, feutrées, on aurait dit un ivrogne. Nirgal resta simplement assis là, à côté de lui, à regarder par en dessous les frondaisons des tilleuls. Tout était calme. Des étoiles scintillaient entre les feuilles.

Coyote sursauta et se démancha le cou pour le regarder.

— C'est qui ?

— Salut, fit Nirgal.

— Salut ! répéta Coyote en se redressant, puis il se frotta les yeux. Nirgal, mon vieux ! Tu m'as fait peur.

— Pardon. Je passais quand je t'ai vu. Qu'est-ce que tu fais là ?

— Je dors.

— Ha ! ha !

— Je ferais mieux de dire que je *dormais*.

— Enfin, Coyote, tu n'as nulle part où aller ?

— Ben non.

— Et ça ne te gêne pas ?

— Non. J'suis comme cet affreux programme vidéo, ajouta-t-il avec un sourire. Le monde est ma maison.

Nirgal secoua la tête. Voyant que ça ne l'amusait pas, Coyote le regarda un long moment entre ses paupières plissées, en respirant profondément. On n'entendait pas un bruit dans la ville.

— Mon garçon, dit-il enfin d'un ton rêveur, en marmonnant comme s'il allait se rendormir. Que fait le héros à la fin de l'histoire ? Il descend la cascade à la nage et il se laisse emporter par le courant.

— Quoi ?

Coyote rouvrit les yeux en grand, se pencha vers Nirgal.

— Tu te rappelles quand on a amené Sax à Tharsis Tholus ? Tu es resté à son chevet, et après ils ont dit que tu l'avais ramené à la vie. Ce genre de chose, quand on y réfléchit... (Il secoua la tête et s'appuya au dossier du banc.) Ce n'est pas vrai. C'est de la blague. Pourquoi s'en faire pour une histoire qui n'est pas la tienne, de toute façon ? Ce que tu fais maintenant est mieux. Tu peux tourner le dos à ces salades. T'asseoir dans un parc, la nuit, comme n'importe qui. Aller où bon te chante.

Nirgal hocha la tête d'un air indécis.

— Ce que j'aimerais faire, reprit Coyote d'une voix ensommeillée, c'est m'installer à une terrasse et prendre un kava en regardant la tête des gens. Me promener dans les rues et regarder leur figure. J'aime regarder les femmes. Si belles. Et certaines si... si je ne sais quoi. Je les aime. Tu trouveras ta façon de vivre, conclut-il en se rendormant.

Des amis venaient parfois le voir dans le bassin, dont Sax, Coyote, Art, Nadia et Nikki. Nikki était déjà plus grande que Nadia, et semblait voir en elle une sorte de nounou, ou d'arrière-grand-mère, un peu comme Nirgal la considérait déjà à Zygote. Nikki avait hérité du sens de l'humour d'Art, qui cultivait ce don, l'asticotant, conspirant avec elle contre Nadia, tout cela en la regardant d'un air parfaitement extatique. Une fois, ils étaient tous les trois assis sur le mur de pierre à côté de son carré de pommes de terre quand Art dit une chose qui leur fit piquer un fou rire, et Nirgal éprouva un pincement au cœur tout en riant lui-même. Ses vieux amis étaient mariés et avaient un enfant, conformément au plus ancien des schémas. A côté de ça, sa vie proche de la nature semblait moins substantielle. Mais qu'y pouvait-il ? Seules quelques personnes en ce monde avaient la chance de rencontrer un véritable partenaire. Ça exigeait une chance insensée, plus l'intelligence de s'en rendre compte, et celle de favoriser les événements. Rares étaient les individus à qui tout cela arrivait, puis pour qui les choses se passaient bien ensuite. Les autres étaient condamnés à faire avec.

Il vivait donc dans ce bassin d'altitude, faisant pousser une partie de ses légumes et travaillant sur les projets de la coop pour payer le reste. Une fois par mois, il retournait à Sabishii dans un nouvel appareil, profitait au mieux de son séjour d'une ou deux semaines et rentrait chez lui. Art, Nadia et Sax venaient souvent le voir, et il avait de temps en temps la visite de Maya, Michel et Spencer, qui vivaient à Odessa. Zeyk et Nazik lui apportaient des nouvelles du Caire et de Mangala qu'il essayait de ne pas entendre. Quand ils repartaient, il grimpait sur la crête en forme de fer à cheval, s'asseyait sur une des pierres qui paraissaient faites pour ça, regardait la prairie qui couvrait tout le talus et se concentrait sur son univers, sur ce monde de sensations, de roches, de lichens et de mousses.

Le bassin évoluait. Il y avait des taupes dans la prairie et des marmottes dans le talus. Les hivers étaient longs et les marmottes sortaient tôt de leur hibernation, presque mortes de faim, car leur horloge interne était encore réglée sur la Terre. Nirgal leur mettait à manger dans la neige et les regardait grignoter depuis les fenêtres du haut de sa maison. Elles avaient besoin d'aide pour attendre le printemps. Elles considéraient sa maison comme une source de nourriture et de chaleur. Deux familles de marmottes vivaient juste en dessous, et donnaient l'alerte en sifflant quand quelqu'un approchait. Un jour, elles lui signalèrent l'arrivée de membres du comité de Tyrrhena sur l'introduction de nouvelles espèces. Ils l'interrogèrent sur les souches locales, et lui demandèrent une évaluation approximative. Ils avaient entrepris de dresser la liste des « espèces indigènes », afin de se faire une opinion sur l'introduction d'espèces à croissance rapide. Nirgal était ravi de participer à cette tâche, de même, apparemment, que tous les écopoètes du massif. En tant qu'îlot de précipitation, situé à des centaines de kilomètres du prochain, ils mettaient au point leur mélange de faune et de flore d'altitude. On considérait généralement ce mélange comme « naturel » pour Tyrrhena, et à ne modifier que sur la base du consensus.

Les gens du comité s'en allèrent, laissant Nirgal seul avec ses marmottes, en proie à une impression étrange.

— Eh bien, leur dit-il. Nous sommes des indigènes, maintenant.

Il était heureux dans son bassin, au-dessus du monde et de ses tracas. Au printemps, de nouvelles plantes arrivaient de nulle part. Il en accueillait certaines avec une truelle de compost, arrachait les autres et en faisait de l'humus. Les verts du printemps ne ressemblaient pas aux autres, c'étaient le vert jade, lumineux, électrique, le vert tendre des bourgeons et des jeunes feuilles, le vert émeraude des brins d'herbe, le bleu-vert des orties, le vert teinté de rouge de certaines feuilles. Puis, plus tard, les fleurs, cette terrifiante dépense d'énergie végétale, qui dépassait le simple besoin de survie, la pulsion reproductrice dominant toute chose... Quand Nadia et Nikki revenaient de promenade en tenant des bouquets miniatures dans leurs grandes mains, Nirgal avait parfois le sentiment que le monde avait un sens. Il les regardait, il pensait aux enfants et il sentait surgir en lui un élan sauvage qui lui était d'ordinaire étranger.

Ce sentiment semblait assez généralement partagé. Le printemps durait cent quarante-trois jours dans l'hémisphère Sud, mais le chemin était long depuis le dur hiver de l'aphélie. Des plantes différentes apparaissaient alors que le printemps avançait, d'abord les plus précoces, comme le mélilot et la trinitaire des neiges, puis les phlox et les bruyères, les saxifrages et la rhubarbe du Tibet, les mousses et la paronyque des Alpes, les bleuets et les edelweiss, et ainsi de suite jusqu'à ce que tout le tapis vert du bassin soit couvert de points brillants bleus, roses, jaunes ou blancs, chaque couleur formant une couche qui oscillait à une hauteur donnée, selon celle de la plante qui l'arborait, toutes brillant dans le crépuscule comme des gouttes de lumière surgies du néant, une Mars pointilliste, une avalanche de couleurs qui soulignait l'arête du bassin. Il se dressait dans une paume de roche que les eaux de fonte dévalaient en suivant la ligne de vie, avant de courir dans le vaste monde loin en dessous, le monde ombreux qui s'élevait, brumeux et bas, sous le soleil, à l'ouest. Les dernières lueurs du jour semblaient briller légèrement vers le haut.

Par un clair matin, Jackie apparut sur l'écran de son IA. Elle lui annonça qu'elle était sur la piste qui allait d'Odessa à Libya, et s'arrêterait chez lui en passant. Nirgal acquiesça avant d'avoir eu le temps de réfléchir.

Il descendit jusqu'au sentier qui longeait le chenal pour l'accueillir. Son petit bassin d'altitude... Il y avait un million de cratères exactement identiques dans le Sud. Un petit impact ancien. Rien ne le distinguait des autres. Il songea à Shining Mesa, à la vue qu'on avait de là-haut, au jaune stupéfiant de l'aube.

Ils arrivèrent dans trois véhicules, en faisant la course, comme des gamins. Jackie était au volant de la première voiture, et Antar arriva en deuxième position, mais il donnait l'impression de s'en fiche. Ils riaient à gorge déployée en mettant pied à terre. Ils étaient avec tout un groupe de jeunes Arabes. Jackie et Antar semblaient étonnamment jeunes. Il y avait longtemps que Nirgal ne les avait vus, mais ils n'avaient pas changé du tout. Le traitement. La sagesse populaire voulait qu'on le subisse le plus tôt et le plus souvent possible, afin de s'assurer une jeunesse perpétuelle et d'éviter ces maladies rares qui tuaient encore parfois. D'éviter la mort tout court, peut-être. Tôt et souvent. On ne leur aurait pas donné plus de quinze années martiennes. Pourtant, Jackie avait un an de plus que Nirgal, qui avait près de trente-trois années martiennes, à présent, et il se sentait plus vieux. En regardant leurs visages hilares, il se dit qu'il devrait refaire une cure, lui aussi, un de ces jours.

Il leur fit faire le tour du propriétaire, et ils marchèrent sur l'herbe en poussant des oh et des ah devant les fleurs ; et le bassin semblait de plus en plus petit à chacune de leurs exclamations. Vers la fin de leur visite, Jackie le prit à part.

— Nous avons du mal à tenir les Terriens à distance, commença-t-elle gravement. Tu avais dit qu'ils ne pourraient jamais nous en envoyer un million par an, eh bien, ça y est, c'est ce qu'ils font, et ces nouveaux arrivants n'adhèrent plus à Mars Libre comme dans le temps. Ils soutiennent tous leurs gouvernements d'origine. Mars ne les change pas assez vite. Si ça continue, l'idée d'une Mars libre ne sera plus qu'une vieille blague. Je me demande parfois si nous n'aurions pas dû abattre le câble. (Elle fronça les sourcils et prit vingt ans d'un seul coup. Nirgal réprima un frémissement.) Si seulement tu nous aidais au lieu de te terrer ici, ragea-t-elle soudain, balayant le bassin d'un revers de main. Nous avons besoin de l'aide de tout le monde. Les gens se souviennent encore de toi, mais d'ici quelques années...

Il n'avait donc plus que quelques années à attendre, se dit-il. Il la regarda. Elle était belle, oui. Mais la beauté était une question d'esprit, d'intelligence, de vivacité, d'empathie. De sorte que si Jackie devenait de plus en plus belle, elle l'était en même temps de moins en moins. Encore un mystère. Et Nirgal n'était pas content, pas content du tout, de voir Jackie s'appauvrir intérieurement. Ce n'était qu'une note de plus dans le chœur de souffrance qu'elle lui inspirait. Il ne voulait pas que cela soit.

— Ce n'est pas en acceptant davantage d'immigrants que nous les aiderons, reprit-elle. Ce que tu as dit sur Terre était faux. Ils le savent aussi. Ils le voient sûrement mieux que nous. Mais ils nous en envoient toujours plus. Et tu sais pourquoi ? Tu veux que je te le dise ? Pour tout foutre en l'air ici, et rien d'autre. Pour que personne ne s'en sorte nulle part. C'est la seule raison.

Nirgal haussa les épaules. Il ne savait pas quoi dire. Il y avait peut-être du vrai là-dedans, mais les gens avaient des millions d'autres raisons de venir. Rien ne justifiait qu'on se focalise sur celle-là.

— Alors tu ne veux pas revenir ? dit-elle enfin. Tu t'en fiches ?

Nirgal secoua la tête. Comment lui dire que ce n'était pas pour Mars qu'elle s'inquiétait, mais pour elle et son pouvoir ? Ce n'était pas à lui de le faire. Elle ne le croirait pas. Et peut-être n'était-ce vrai que pour lui, de toute façon.

Elle cessa soudain d'essayer de le toucher. Un regard impérial à Antar, et celui-ci commença à faire remonter leur petite coterie dans les véhicules. Un dernier regard interrogateur ; un baiser, en plein sur la bouche, sans doute pour enquiquiner Antar, ou lui, ou les deux. Comme un choc électrique à l'âme. Et elle repartit.

Il passa l'après-midi et la journée du lendemain à tourner en rond. Il s'asseyait sur les pierres plates et regardait les petites rigoles dévaler la pente en bondissant. Il se souvint de la violence de la pluie, sur Terre. Surnaturelle. Non. Mais c'était son chez-lui, celui qu'il connaissait et qu'il aimait, avec ses dryades et ses lichens, la lenteur de l'eau qui gouttait des pierres en formant des petites flaques argentées, lisses. Le contact de la mousse sous le bout de ses doigts. Pour ses visiteurs, Mars ne serait jamais qu'une idée, un Etat naissant, une situation politique. Ils vivaient sous tente mais ils auraient aussi bien pu vivre n'importe où. Leur dévotion, si elle était réelle, était dédiée à une cause, une idéologie, une Mars de l'esprit. C'était bien joli. Seulement, pour Nirgal, aujourd'hui, c'était la réalité qui comptait, les endroits où l'eau arrivait comme ça, transportée par la roche dix mille fois millénaire sur les petits coussins de mousse neuve. Laissons la politique aux jeunes, il avait eu sa part. Il ne voulait plus en entendre parler. Du moins pas tant que Jackie serait là. Le pouvoir était comme Hiroko, il vous échappait toujours. En attendant, il avait son bassin, pareil à une main tendue.

Et puis, un matin, à l'aube, alors qu'il sortait se promener, il remarqua un changement. Le ciel était clair, du violet le plus pur, mais il trouva le genévrier un peu jaune, de même que la mousse et les feuilles de pommes de terre sur leurs monticules.

Il préleva les aiguilles, les rameaux et les feuilles les plus jaunes, et les emporta dans sa serre. Il passa deux heures à les observer au microscope, à l'aide de son IA, sans détecter aucune altération. Alors il retourna chercher des échantillons de racines, d'autres aiguilles, des feuilles, des brins d'herbe, des fleurs. La majeure partie de l'herbe semblait fanée, et pourtant il ne faisait pas chaud.

Le cœur battant, l'estomac noué, il travailla toute la journée jusque tard dans la nuit. Il ne trouva rien. Pas d'insectes, aucun pathogène. Mais les feuilles de pommes de terre étaient particulièrement jaunes. Ce soir-là, il appela Sax et lui exposa la situation. Sax, qui était justement à l'université de Sabishii, arriva le lendemain matin dans un petit patrouilleur, le dernier modèle de la coop de Spencer, mit pied à terre et parcourut les environs du regard.

— Joli, commenta-t-il, puis il examina les échantillons de Nirgal dans la serre. Hum, dit-il. Je me demande...

Il avait apporté des instruments. Ils les transportèrent dans la maison-rocher et il se mit au travail. Au bout d'une longue journée, il dit :

— Je ne vois rien. Il faudrait emporter des échantillons à Sabishii.

— Tu ne vois vraiment rien ?

— Aucun pathogène, pas de bactéries ni de virus. Regardons les pommes de terre, dit-il avec un haussement d'épaules.

Ils allèrent déterrer quelques pommes de terre. Certaines étaient tordues, allongées, fendues.

— Qu'est-ce que c'est ? s'exclama Nirgal.

Sax fronça les sourcils.

— On dirait la maladie des tubercules en fuseau.

— Et d'où ça vient ?

— C'est provoqué par un viroïde.

— Un quoi ?

— Un simple fragment d'ARN. Le plus petit des agents infectieux connus. Bizarre.

— Ka, fit Nirgal en sentant son estomac se nouer. Et comment ça a pu arriver ici ?

— Apporté par un parasite, sans doute. Celui-ci semble infecter l'herbe. Il faut que nous trouvions ce que c'est.

Ils recueillirent donc des échantillons et retournèrent à Sabishii.

Nirgal s'assit sur un futon dans le salon de Tariki. Il se sentait physiquement mal. Tariki et Sax parlèrent un long moment après dîner, commentant la situation. On avait constaté une dispersion rapide de viroïdes à partir de Tharsis. Ils avaient apparemment réussi à franchir le cordon sanitaire de l'espace, à débarquer sur un monde qui en était jusque-là dépourvu. Ils étaient plus petits que des virus, et beaucoup plus rudimentaires. De simples brins d'ARN, disait Tariki, de cinquante nanomètres de long environ. Un poids moléculaire de cent trente mille alors que le poids moléculaire des plus petits virus connus était de plus d'un million. Ils étaient si petits qu'il fallait les centrifuger à cent mille g pour arriver à les séparer de la suspension.

Le viroïde du tubercule en fuseau de la pomme de terre était bien connu, leur dit Tariki en tapotant sur son écran et en commentant les schémas qui apparaissaient au fur et à mesure. Une chaîne de trois cent cinquante-neuf nucléotides, pas plus, alignés en un seul brin fermé, auquel étaient attachés de courts segments à deux brins. Des viroïdes comme celui-ci causaient plusieurs maladies des plantes, dont la mosaïque du concombre, le rabougrissement du chrysanthème, l'enroulement chlorotique, le cadang-cadang et l'exocortis des agrumes. On était aussi parvenu à faire la preuve que des viroïdes étaient à l'origine de maladies du système nerveux central des animaux comme la tremblante du mouton, ou des humains comme le kuru et la maladie de Creutzfeldt-Jakob. Les viroïdes utilisaient des enzymes hôtes pour se reproduire, et investissaient le noyau des cellules à la place des molécules régulatrices, perturbant notamment la production de l'hormone de croissance.

Le viroïde spécifique du bassin de Nirgal, lui expliqua Tariki, était un mutant du tubercule en fuseau de la pomme de terre. Ils poursuivaient les recherches dans les labos de l'université, mais l'herbe malade lui permettait d'affirmer qu'ils allaient trouver autre chose, quelque chose de nouveau.

Rien que d'entendre le nom de ces maladies, Nirgal en était malade lui-même. Il regarda ses mains. Il les avait plongées jusqu'aux poignets dans les plantes infectées. A travers la peau, le long des nerfs. Une sorte d'encéphalopathie spongiforme, des excroissances champignonesques qui poussaient partout dans le cerveau.

— Il y a un moyen de le combattre ? demanda-t-il.

Sax et Tariki le regardèrent.

— Pour ça, fit Sax, il faudrait déjà savoir ce que c'est.

Ce ne fut pas facile. Au bout de quelques jours, Nirgal remonta chez lui. Là, au moins, il pouvait se rendre utile. Sax lui avait suggéré d'arracher toutes les pommes de terre. C'était une tâche fastidieuse et salissante, une sorte de chasse au trésor à l'envers. Il exhuma les tubercules malades, l'un après l'autre. Sans doute le sol lui-même était-il infecté. Il serait peut-être obligé d'abandonner le champ, voire le bassin. Au mieux, d'y planter autre chose. Personne ne savait au juste comment les viroïdes se reproduisaient. Et la conclusion de Sabishii était qu'il ne s'agissait peut-être même pas d'un viroïde comme ceux qu'on connaissait jusque-là.

— Le brin est plus court que d'habitude, fit Sax. Soit c'est un nouveau viroïde, soit c'est quelque chose qui y ressemble, en encore plus petit.

Dans les labos de Sabishii, on l'appelait le « virid ».

Une longue semaine plus tard, Sax remonta au bassin.

— On peut essayer de s'en débarrasser physiquement, dit-il en dînant. Puis planter des espèces différentes, résistantes aux viroïdes. C'est ce qu'il y a de mieux à faire.

— Ça a des chances de marcher ?

— Les plantes sensibles à une infection donnée sont assez spécifiques. Elles peuvent être frappées par autre chose, mais si tu changes d'herbes, d'espèce de pommes de terre... Tu devrais peut-être recycler une partie du sol de ton carré de patates, fit Sax en haussant les épaules.

Nirgal retrouva l'appétit qui lui avait manqué toute la semaine passée. L'idée même qu'il y avait peut-être une solution le soulageait d'un poids énorme. Il but un peu de vin et se sentit de mieux en mieux.

— Ces choses-là sont bizarres, hein ? fit-il après un cognac. Qu'est-ce que la vie va encore inventer ?

— Si on peut appeler ça la vie.

— Comme tu dis.

Sax ne répondit pas.

— J'ai regardé les infos sur le réseau, reprit Nirgal. Il y a des tas d'infestations. Je n'y avais jamais fait attention. Des parasites, des virus...

— Oui. Il y a des moments où je me prends à redouter une peste globale. Quelque chose que nous ne pourrons pas arrêter.

— Ka ! Ça pourrait arriver ?

— Il y a tant d'invasions possibles. La démographie qui explose, des extinctions soudaines. La disparition totale. Le déséquilibre. La rupture d'équilibres dont nous n'avions même pas connaissance. Des choses que nous ne comprenons pas.

Cette pensée le rendait toujours malheureux.

— Les biomes finiront bien par trouver un équilibre, suggéra Nirgal.

— Je ne suis pas sûr que ça existe.

— L'équilibre ?

— Oui. On pourrait parler de... d'équilibre ponctuel, ajouta Sax en remuant les mains comme des mouettes. Sans équilibre.

— Un changement ponctuel ?

— Un changement perpétuel. Un changement entremêlé, parfois une vague de changement...

— Comme une recombinaison en cascade ?

— Peut-être.

— J'ai entendu dire qu'il s'agit là de mathématiques qu'une douzaine de personnes seulement peuvent réellement comprendre.

Sax eut l'air surpris.

— Ce n'est jamais vrai. Ou alors, c'et vrai de toutes les mathématiques. Tout dépend de ce qu'on entend par comprendre. Enfin, je vois de quoi tu veux parler. On pourrait les utiliser pour modéliser une partie du problème, mais pas pour le prévoir. Et je ne sais pas comment elles pourraient nous aider à préparer un... la riposte. Je ne suis pas persuadé qu'on puisse s'en servir pour ça.

Il parla un moment des *holons*, une idée de Vlad : des ensembles organiques divisibles en sous-ensembles et qui étaient eux-mêmes des sous-ensembles de holons plus grands, chaque niveau émergeant d'une recombinaison du précédent, tout le long de la grande chaîne de la vie. Vlad avait mis au point des descriptions mathématiques de ces émergences, qui se révélaient exister sous plus d'une forme, avec des familles et des propriétés différentes selon les espèces. S'ils pouvaient obtenir assez d'informations sur le comportement d'un niveau de holons et de celui qui se trouvait juste au-dessus, ils pourraient essayer de leur appliquer ces formules mathématiques, et peut-être en déduire des moyens de les dissocier.

— C'est la meilleure approche que l'on puisse envisager pour des choses aussi petites.

Le lendemain, ils appelèrent des serres à Xanthe, et demandèrent qu'on leur envoie de nouveaux plants et des caissettes d'une espèce d'herbe originaire de l'Himalaya. Le temps qu'ils arrivent, Nirgal avait retiré toutes les laîches du bassin, et l'essentiel de la mousse. Ce travail le rendait malade, c'était plus fort que lui. Une fois, voyant une grand-mère marmotte pépier d'un air inquiet en le regardant, il s'assit et éclata en sanglots. Sax s'était cantonné dans son silence habituel, ce qui n'arrangeait rien. En le voyant, Nirgal pensait toujours à Simon, et à la mort. Il lui aurait fallu une Maya ou une autre interprète courageuse, éloquente, de la vie intérieure, de l'angoisse et de la force d'âme ; et c'est Sax qui était là, perdu dans des pensées qui semblaient se dérouler dans une sorte de langue étrangère, dans un idiolecte privé qu'il n'était pas disposé à traduire.

Ils plantèrent la nouvelle herbe de l'Himalaya sur tout le bassin, et plus particulièrement le long de la rivière et des ruisselets au tracé pareil à des veines. Il gelait à pierre fendre, ce qui était une bonne chose, en fait, car le froid tuait les plantes infectées plus vite que les plantes saines. Ils incinérèrent les plantes arrachées dans un four en contrebas, sur le massif. Les gens des environs vinrent leur donner un coup de main, leur apporter des plants de remplacement pour plus tard.

Deux mois passèrent et la violence de l'invasion s'atténua. Les plantes survivantes semblaient plus résistantes ; les nouvelles n'étaient pas contaminées et ne mouraient pas. On se serait cru en automne bien que ce fût le milieu de l'été, mais les plantes du bassin tenaient le coup. Les marmottes semblaient amaigries, et plus inquiètes que jamais. Ces créatures étaient du genre anxieux. Et Nirgal les comprenait. Le bassin donnait l'impression d'avoir été ravagé. Mais le biome paraissait devoir survivre. Le viroïde reculait. Ils avaient beau centrifuger les échantillons longtemps et à très grande vitesse, c'est à peine s'ils en retrouvaient trace. L'intrus semblait avoir quitté le bassin, aussi mystérieusement qu'il était arrivé.

Sax secoua la tête.

— Si les viroïdes qui infectent les animaux gagnent en force et en robustesse... commença-t-il en soupirant. Je ne sais pas ce que je donnerais pour pouvoir en parler à Hiroko.

— J'ai entendu dire qu'elle était au pôle Nord, fit amèrement Nirgal.

— Oui.

— Mais ?

— Je ne pense pas qu'elle y soit. Et... je doute qu'elle ait envie de me parler. Enfin, je suis toujours... J'attends.

— Qu'elle appelle ? demanda Nirgal sarcastiquement.

Sax opina du chef.

Ils regardèrent la flamme de la lampe d'un air sombre. Hiroko — mère, amante — les avait abandonnés tous les deux.

Mais le bassin survivait. Au moment de repartir, quand Sax remonta dans son patrouilleur, Nirgal le serra dans ses bras comme un ours, le soulevant de terre et le secouant.

— Merci.

— Pas de quoi, répondit Sax. Très intéressant.

— Que vas-tu faire maintenant ?

— Je pense que je vais parler à Ann. Essayer de lui parler.

— Ah ! Bonne chance.

Sax hocha la tête comme pour dire qu'il en aurait bien besoin. Puis il s'éloigna, fit un signe de la main avant de la reposer sur le volant. Une minute plus tard, il avait disparu derrière l'arête.

Nirgal entreprit donc la lourde tâche consistant à restaurer le bassin et à essayer de lui donner une plus grande résistance aux pathogènes. Plus de diversité, de parasites indigènes. Des habitants des roches chasmoendolithiques aux insectes et aux microbes apportés par les courants aériens. Un biome plus riche, plus fort. Il allait rarement à Sabishii. Il remplaça la terre du carré de pommes de terre, en planta une espèce différente.

Sax et Spencer étaient de passage quand une tempête de sable se leva dans la région de Claritas, près de Senzeni Na, à la même latitude mais de l'autre côté du monde. Ils en entendirent parler par les infos, la suivirent pendant plusieurs jours sur les photos des satellites météo. Elle venait vers eux, elle avançait toujours, elle continuait à approcher. Puis ils eurent l'impression qu'elle allait passer au sud. Et puis, au dernier moment, elle remonta vers le nord.

Ils étaient assis dans le salon de sa maison-rocher quand elle arriva. C'était une masse sombre qui bouchait le ciel. Nirgal eut une soudaine impression de menace. C'était comme les décharges d'électricité statique qui arrachaient un petit cri à Spencer quand il touchait certaines choses. C'était irraisonné, il avait essuyé des dizaines de tempêtes de sable. Ce n'était qu'une angoisse résiduelle, due à l'alerte du viroïde. Et il s'en était sorti.

La lumière devint marron et il fit bientôt aussi noir qu'en pleine nuit, une nuit chocolat, qui hurlait au-dessus du rocher et faisait trembler la paroi extérieure des vitres.

— Les vents sont devenus si forts, nota pensivement Sax.

Le vent finit par s'apaiser, mais il faisait toujours aussi sombre. Nirgal sentit croître son malaise au fur et à mesure que le hurlement du vent diminuait, si bien que, lorsque l'air fut parfaitement immobile, il ne tenait plus debout. Les tempêtes de poussière globales se comportaient parfois ainsi : elles cessaient brusquement quand le vent rencontrait un obstacle formant contrevent ou une forme de relief particulière. Elles laissaient alors tomber leur fardeau de poussière et de fines. Il pleuvait d'ailleurs de la poussière, à présent, et les vitres du rocher étaient d'un gris sale comme si le monde disparaissait sous la cendre. Dans le temps, marmonna Sax en cherchant ses mots, même les plus grandes tempêtes de sable n'auraient abandonné que quelques millimètres de fines en bout de course. Mais l'atmosphère était tellement plus dense maintenant, et les vents si puissants qu'ils soulevaient d'énormes quantités de poussière. Et si tout retombait au même endroit — ça arrivait parfois — la couche pouvait atteindre une épaisseur bien supérieure à quelques millimètres.

Une heure plus tard, hormis une poudre insaisissable qui restait en suspension dans l'air, tout était retombé. Ce n'était plus qu'un après-midi brumeux, sans un souffle de vent. L'air paraissait charrier une sorte de fumée impalpable mais qui n'empêchait pas de voir l'ensemble du bassin. Tout était enfoui sous une molle couche de poussière.

Nirgal mit son masque, se rua au-dehors et se mit à creuser désespérément, d'abord avec une pelle, puis à mains nues. Sax le suivit tant bien que mal à travers les bancs mous et posa la main sur son épaule.

— Je ne crois pas qu'il y ait grand-chose à faire.

La couche de poussière faisait un bon mètre d'épaisseur.

Avec le temps, d'autres vents en chasseraient une partie. La neige tomberait sur le reste. Quand elle fondrait, la boue résiduelle coulerait dans les rigoles, et un nouveau système de chenaux tracerait un schéma fractal assez semblable au précédent. L'eau emporterait la poussière et les fines vers le bas du massif et le reste du monde. Mais d'ici là, toutes les plantes, tous les animaux du bassin seraient morts.

NEUVIÈME PARTIE

HISTOIRE NATURELLE

A la suite de cette tempête, Nirgal suivit Sax à Da Vinci et s'installa chez son vieil ami. Coyote fit son apparition une nuit. Il n'y avait que lui pour débarquer chez les gens à des heures pareilles.

Nirgal lui raconta brièvement ce qui était arrivé à son bassin d'altitude.

— Ah ouais ? fit Coyote.

Nirgal détourna le regard.

Coyote alla dans la cuisine et se mit à fouiller dans le réfrigérateur.

— A quoi t'attendais-tu sur un flanc de colline battu par les vents comme ça ? beugla-t-il, la bouche pleine. Ce monde n'est pas un jardin, bonhomme. Chaque année, une partie se retrouve ensablée, ça ne fait pas un pli. Une autre tempête te le nettoiera, ton bassin, dans un an ou dans dix.

— Tout sera mort, à ce moment-là.

— C'est la vie. Maintenant, il faut passer à autre chose. Qu'est-ce que tu faisais avant de t'installer là-haut ?

— Je cherchais Hiroko.

— Merde. (Il apparut dans l'encadrement de la porte et pointa un grand couteau de cuisine vers Nirgal.) Pas toi, quand même.

— Ben si, tu vois.

— Enfin, vraiment ! Quand est-ce que tu grandiras ? Hiroko est morte. Tu devrais te faire une raison.

Sax sortit de son bureau en clignant des yeux comme une chouette.

— Hiroko est vivante, dit-il.

— Oh non, tu ne vas pas t'y mettre aussi ! s'écria Coyote. Deux gosses, je vous jure, voilà ce que vous êtes, tous les deux : des gosses.

— Je l'ai vue sur la paroi sud d'Arsia Mons, dans une tempête de neige.

— Bienvenue au club, bonhomme.

Sax le regarda en cillant.

— Qu'est-ce que tu veux dire ?

— Va te faire foutre.

Coyote retourna dans la cuisine.

— Tu n'es pas seul à l'avoir vue, fit Nirgal à Sax. Ce serait même assez fréquent.

— Je sais...

— Pas fréquent : quotidien ! hurla Coyote depuis la cuisine, puis il fonça dans le salon. C'est tous les jours que quelqu'un dit l'avoir vue ! Ses apparitions sont signalées par un point sur le bloc-poignet. La semaine dernière, elle est apparue, la même nuit, à Noachis et sur Olympus ! A deux endroits diamétralement opposés de cette planète !

— Ça ne prouve rien, fit obstinément Sax. On disait la même chose de toi, et tu es bien vivant.

Coyote secoua violemment la tête.

— Je suis l'exception qui confirme la règle. Quand on commence à voir les gens en deux endroits à la fois, ça veut dire qu'ils sont morts. Ça ne rate pas. Elle est morte ! gueula-t-il en levant une main pour prévenir la réplique de Sax. Quand verras-tu enfin la réalité en face ? Elle est morte dans l'attaque de Sabishii ! Les troupes d'assaut de l'ATONU l'ont coincée avec Iwao, Gene, Rya et tous les autres, ils ont appuyé sur la détente ou ils les ont emmenés dans une pièce et ils l'ont dépressurisée. C'est comme ça que ça s'est passé ! Qu'est-ce que tu crois ? Que la police secrète n'a jamais éliminé de dissidents et fait disparaître les corps de sorte que personne ne les retrouve ? Putain, bien sûr que si, c'est arrivé, ici même, sur ta chère Mars, et plutôt deux fois qu'une ! Tu sais que c'est vrai ! C'est comme ça que ça s'est passé. Tu connais les gens. Ils seraient capables de tout, même de tuer, sous prétexte de gagner leur vie, de nourrir leurs enfants et de leur donner un monde plus sûr. Voilà ce qui s'est passé. Ils ont tué Hiroko, et tous les autres avec elle.

Nirgal et Sax le dévisageaient, les yeux ronds. Coyote tremblait de tous ses membres. On aurait dit qu'il allait poignarder le mur. Sax s'éclaircit la gorge.

— Ecoute, Desmond... Comment peux-tu en être aussi sûr ?

— Je le sais parce que je l'ai cherchée ! Je l'ai cherchée comme personne ne pouvait la chercher. Elle n'est dans aucune de ses caches. Elle n'est plus nulle part. Elle ne s'en est pas sortie. Personne ne l'a vraiment vue depuis Sabishii. C'est pour ça que tu n'as plus jamais eu de ses nouvelles. Elle n'est pas inhumaine au point de nous laisser si longtemps sans donner signe de vie.

— Mais je l'ai vue, insista Sax.

— Dans une tempête, tu dis ? J'imagine que tu étais en danger. Tu l'as vue un instant, juste le temps de te sortir de cette mauvaise passe. Et elle a disparu.

Sax cilla.

Coyote eut un rire rauque.

— C'est bien ce que je pensais. Ecoute, c'est parfait. Rêve d'elle tant que tu voudras. Mais ne confonds pas le rêve et la réalité. Hiroko est morte.

Le regard de Nirgal passait de l'un à l'autre, mais les deux hommes étaient muets à présent.

— Moi aussi, je l'ai cherchée, reprit-il, et, remarquant l'air accablé de Sax, il ajouta : Enfin, tout est possible.

Coyote secoua la tête et retourna dans la cuisine en marmonnant entre ses dents. Sax regardait Nirgal. Il le regardait sans le voir.

— Je ferais peut-être aussi bien de repartir à sa recherche, dit Nirgal.

Sax hocha la tête.

— Ça ou le jardinage, après tout... commenta Coyote, depuis la cuisine.

Harry Whitebook avait trouvé le moyen d'accroître la tolérance des mammifères au gaz carbonique en leur greffant un gène qui encodait certaines caractéristiques de l'hémoglobine du crocodile. Le crocodile pouvait rester très longtemps sous l'eau car, au lieu de s'accumuler dans son sang, le dioxyde de carbone se dissociait en ions bicarbonate liés à des acides aminés de l'hémoglobine, complexe qui conduisait l'hémoglobine à émettre des molécules d'oxygène. La tolérance accrue au CO^2 était ainsi associée à une efficacité accrue de l'oxygénation. Une fois que Whitebook leur eut montré la voie, cette adaptation très élégante se révéla assez simple à introduire chez les mammifères grâce aux dernières découvertes du génie génétique : des brins de photolyase, l'enzyme de réparation de l'ADN, furent spécialement assemblés afin de greffer la description de ce segment de génome au cours du traitement gérontologique, modifiant légèrement les caractéristiques de l'hémoglobine du sujet.

Sax fut l'un des premiers à se faire greffer ce segment. Il aimait l'idée de pouvoir se promener sans masque facial. Il passait beaucoup de temps au-dehors. Le niveau de dioxyde de carbone dans l'atmosphère était encore de 40 millibars sur les 500 de la pression totale au niveau de la mer, le reste étant composé de 260 millibars d'azote, de 170 millibars d'oxygène et de 30 millibars de divers gaz rares. La proportion de CO^2 était donc trop importante encore pour que les hommes puissent respirer sans masque filtrant. Mais depuis qu'on lui avait greffé ce trait, il pouvait marcher librement en plein air et observer les animaux qui avaient déjà été génétiquement modifiés. Rien que des monstres, tous autant qu'ils étaient, des monstres blottis dans leur niche écologique, en un amas confus de pulsions, de morts, d'invasions et de retraites, tous cherchant en vain un équilibre impossible, étant donné le changement de climat. A peu près comme sur Terre, en d'autres termes, si ce n'est que tout se produisait à un rythme beaucoup plus rapide, accru par les variations, les modifications, les ajouts, les recodages et les recombinaisons entrepris et provoqués par les êtres humains, les interventions qui marchaient et celles qui faisaient long feu — les effets indésirables, non prévus, pas remarqués — au point que nombre de savants scrupuleux avaient renoncé à toute tentative de contrôle.

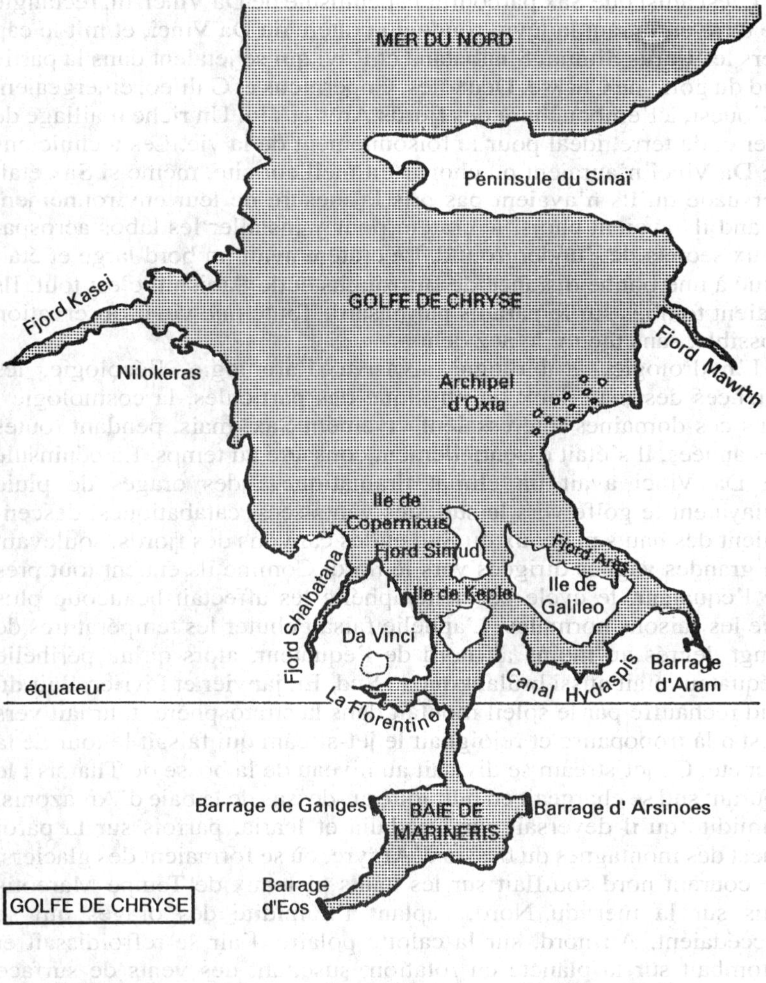

— Advienne que pourra, disait Spencer quand il en avait un coup dans le nez.

Ce qui offensait Michel, pour qui tout avait un sens. Il n'y pouvait rien ; il aurait fallu modifier ce qui, pour lui, avait un sens. Le flux de la vie était devenu contingent ; en un mot, c'était l'évolution. D'un mot latin qui signifiait « déroulement d'un livre ». Ce n'était pas non plus une évolution dirigée, loin de là. Une évolution influencée, peut-être, accélérée certainement (à certains points de vue, en tout cas). Mais ni maîtrisée, ni dirigée. Ils ne savaient plus ce qu'ils faisaient. D'aucuns avaient du mal à s'y faire.

C'est ainsi que Sax parcourut la péninsule de Da Vinci, un rectangle de terre entourant la lèvre ronde du cratère de Da Vinci, et mit le cap vers les fjords Simud, Shalbatana et Ravi qui se jetaient dans la partie sud du golfe de Chryse. Deux îles, Copernicus et Galileo, émergeaient à l'ouest, à l'embouchure des fjords Arès et Tiu. Un riche maillage de mer et de terre, idéal pour le foisonnement de la vie. Les techniciens de Da Vinci n'auraient pu choisir un meilleur site, même si Sax était persuadé qu'ils n'avaient pas pris la mesure de leur environnement quand ils avaient choisi le cratère pour y installer les labos aérospatiaux secrets de l'underground. Le cratère avait un bord large et était situé à une bonne distance de Burroughs et de Sabishii, c'est tout. Ils étaient tombés sur le paradis par hasard. Toute une vie d'observation possible, sans mettre le nez dehors.

L'hydrologie, la biologie invasive, l'aréologie, l'écologie, les sciences des matériaux, la physique des particules, la cosmologie : tous ces domaines intéressaient vivement Sax, mais, pendant toutes ces années, il s'était essentiellement consacré au temps. La péninsule de Da Vinci avait un climat dramatique : des orages de pluie balayaient le golfe vers le sud, des vents secs, catabatiques, descendaient des hauts plateaux du Sud et des canyons des fjords, soulevant de grandes vagues dirigées vers le nord. Comme ils étaient tout près de l'équateur, le cycle périhélie/aphélie les affectait beaucoup plus que les saisons normales. L'aphélie faisait chuter les températures de vingt degrés au moins au nord de l'équateur, alors qu'au périhélie l'équateur était aussi brûlant que le Sud. En janvier et février, l'air du Sud réchauffé par le soleil montait dans la stratosphère, tournait vers l'est à la tropopause et rejoignait le jet-stream qui faisait le tour de la planète. Ce jet-stream se divisait au niveau de la bosse de Tharsis ; le courant sud se chargeait en humidité au-dessus de la baie d'Amazonis, humidité qu'il déversait sur Daedalia et Icaria, parfois sur la paroi ouest des montagnes du bassin d'Argyre, où se formaient des glaciers. Le courant nord soufflait sur les hauts plateaux de Tempe Mareotis puis sur la mer du Nord, captant l'humidité des orages qui se succédaient. Au nord, sur la calotte polaire, l'air se refroidissait et retombait sur la planète en rotation, suscitant des vents de surface venant du nord-est. Ces vents froids, secs, couraient parfois sous les vents d'ouest tempérés, plus chauds, plus humides, donnant naissance à d'énormes fronts orageux de vingt kilomètres de hauteur qui montaient au-dessus de la mer du Nord.

L'hémisphère Sud étant plus uniforme que le Nord, ses vents obéissaient plus nettement encore aux lois gouvernant les flux aériens sur une sphère en rotation : de l'équateur à une latitude de trente degrés, les vents venaient du sud-est ; de trente à soixante degrés, les vents d'ouest étaient dominants, et de soixante degrés au pôle, le vent soufflait de l'est. Il y avait de vastes déserts dans le Sud, surtout entre le quinzième et le trentième parallèle, où l'air montant de l'équateur retombait, provoquant des zones de haute pression et d'air chaud chargé en vapeur d'eau qui ne parvenait pas à la condensation. Il ne pleuvait presque jamais dans cette bande qui comprenait les provinces hyperarides de Solis, Noachis et Hesperia. Dans ces régions, les vents soulevaient la poussière du sol desséché, et les tempêtes de sable, si elles étaient plus localisées qu'avant, étaient aussi plus denses, ainsi que Sax l'avait malheureusement observé sur Tyrrhena avec Nirgal.

Telles étaient les principales caractéristiques du climat martien : violent vers l'aphélie, doux au moment des équinoxes. Le Sud était l'hémisphère des extrêmes, le Nord celui de la modération. C'est du moins ce que suggéraient certains modèles. Sax aimait introduire dans ses réflexions les données d'où sortaient ces modèles, tout en sachant qu'ils avaient un rapport au mieux relatif avec la réalité. Chaque année était une exception en soi, les conditions changeant à chaque stade du terraforming. L'avenir de leur climat était impossible à prévoir, même si on figeait les variables en partant du principe que le terraforming s'était stabilisé, ce qui était loin d'être le cas. Sax regardait inlassablement défiler des millénaires climatiques radicalement différents chaque fois qu'il modifiait un paramètre. La faible gravité, la hauteur résultante de l'atmosphère, les immenses verticales de la surface, la présence de la mer du Nord qui pouvait ou non prendre en glace, l'air qui se densifiait, le cycle périhélie/aphélie, l'excentricité qui précédait lentement les saisons dues à l'inclinaison proprement dite ; toutes ces variables avaient des effets prévisibles, peut-être, mais leur combinaison rendait le temps martien très difficile à appréhender, et plus Sax l'étudiait, moins il avait l'impression de le comprendre. Mais c'était fascinant, et il pouvait passer ses journées à observer le jeu des interactions.

Ou bien il restait assis sur Simshal Point à regarder les nuages filer dans le ciel jacinthe. Dans le fjord Kasei, au nord-ouest, soufflaient les bourrasques catabatiques les plus fortes de la planète. Ces hurlevents, comme les appelaient les hommes-oiseaux du Belvédère d'Echus, se déversaient dans le golfe de Chryse à une vitesse qui atteignait parfois 500 kilomètres-heure. Sax voyait alors s'élever des nuages couleur cannelle sur la ligne d'horizon, au nord. Dix ou douze heures plus tard, de grosses vagues déferlaient du nord, s'enflaient et pilonnaient les falaises, des murailles d'eau de cinquante mètres se ruaient sur la roche jusqu'à ce que l'air autour de la péninsule deviennent blanc, épais. Il était dangereux d'être en mer par un temps pareil, ainsi qu'il l'avait constaté une fois, en longeant le littoral, au sud du golfe, dans un petit catamaran qu'il avait appris à manœuvrer.

Il était beaucoup plus agréable d'observer les tempêtes depuis les falaises. Pas de hurlevents, aujourd'hui ; rien qu'une brise forte, régulière ; le balai noir, distant, d'un grain sur l'eau au nord de Copernicus ; la chaleur du soleil sur sa peau. La température globale moyenne changeait tous les ans, à la hausse ou à la baisse, mais plutôt à la hausse. Si le temps était un axe horizontal, une chaîne de montagnes s'élevant. L'Année Sans Eté était maintenant un vieil accident. En fait, elle avait duré trois ans, mais les gens n'allaient pas changer un si beau nom pour ça. Trois Années Inhabituellement Froides — non. Ça n'allait pas. Ce n'était pas assez synthétique pour laisser une empreinte forte dans la mémoire. La pensée symbolique. Les gens aimaient les rapprochements. Sax le savait. Il passait beaucoup de temps à Sabishii, avec Michel et Maya. Les gens aimaient les drames. Maya plus que les autres, sans doute, mais ils avaient une valeur d'exemple. Des cas limites. Il s'inquiétait de l'influence qu'elle avait sur Michel. Michel ne donnait pas l'impression d'aimer la vie. La nostalgie, des mots grecs *nostos*, « retour » et *algos* « douleur ». La douleur du retour. Une description très précise. Malgré leurs zones de flou, les mots pouvaient parfois être très précis. C'était un paradoxe apparent, mais quand on regardait comment fonctionnait le cerveau, cela en devenait moins surprenant. Un modèle de l'interaction de l'esprit avec la réalité physique, un peu flou sur les bords. La science devait l'admettre, même si ça n'interdisait pas d'essayer de comprendre les choses !

— Viens avec moi, procéder à des observations sur le terrain, disait-il à Michel.

— Bientôt.

— Concentre-toi sur le moment présent, suggérait Sax. Chaque instant a sa réalité propre. Son eccéité. On ne peut pas prévoir, mais on peut expliquer. Ou tout au moins essayer. Si on est observateur, et avec un peu de chance, on peut dire : c'est pour ça que ça arrive ! C'est très intéressant.

— Dis donc, Sax, je ne te savais pas poète !

Sax ne sut que répondre. Michel était encore plein de son immense nostalgie.

— Prends le temps de venir sur le terrain, dit-il enfin.

Quand l'hiver était doux et les vents cléments, Sax faisait du bateau dans le sud du golfe de Chryse. Le golfe d'or. Le reste de l'année, il ne quittait pas la péninsule. Il partait de Da Vinci à pied ou dans un petit véhicule où il pouvait passer la nuit. Il procédait surtout à des observations météorologiques, mais évidemment il ne pouvait s'empêcher de tout regarder. Sur l'eau, il demeurait assis tandis que le vent gonflait la voile et le poussait d'une anfractuosité de la côte à une autre. Sur terre, il conduisait le matin, cherchait un bon endroit, s'arrêtait et mettait pied à terre.

Un pantalon, une chemise, un coupe-vent, des bottes, son vieux chapeau, il ne lui en fallait pas plus par cette belle journée de M-65, et il ne cessait de s'en émerveiller. Il faisait dans les 280 degrés kelvin, plutôt frisquet, mais il trouvait ça revigorant. La moyenne globale tournait autour de 275 degrés. Une bonne moyenne, à son avis, au-dessus de la température de congélation. Une sacrée impulsion thermique pour le permafrost. A ce rythme-là, d'ici dix mille ans il aurait fondu. Et ce n'était bien entendu pas le seul facteur en cause.

Il se promenait sur la mousse et les salicornes de la toundra, l'herbe et les laîches. Drôle de chose que la vie sur Mars. Que la vie tout court, d'ailleurs. Pourquoi apparaissait-elle ? Ça ne tenait pas de l'évidence. C'était un sujet auquel Sax avait récemment réfléchi. Pourquoi constatait-on un ordre croissant dans toutes les parties du cosmos ? On se serait plutôt attendu à de l'entropie. Ce phénomène l'intriguait prodigieusement. Spencer avait improvisé une explication autour d'une chope de bière, un soir, sur la corniche d'Odessa : dans un univers en expansion, lui avait-il dit, l'ordre n'était pas vraiment l'ordre, mais seulement la différence entre l'entropie constatée et le maximum d'entropie possible. C'était cette différence que les humains considéraient comme l'ordre. Sax avait été surpris d'entendre une notion cosmologique aussi intéressante dans la bouche de Spencer, mais Spencer était un homme surprenant. Même s'il buvait trop.

Allongé sur l'herbe, à regarder les fleurs de la toundra, on ne pouvait s'empêcher de s'interroger sur la vie. Dans la lumière du soleil, les petites fleurs se dressaient sur leurs tiges brillant d'anthracène, aux couleurs saturées. Des idéogrammes de l'ordre. Elles n'avaient pas l'air d'une simple différence de niveau d'entropie. Les pétales avaient une si jolie texture. Ainsi inondée de lumière, elle paraissait presque visible molécule par molécule : là une molécule blanche, là une mauve, là une bleue. Ces taches pointillistes n'étaient évidemment pas des molécules, qui étaient bien en dessous de la limite de résolution. Et même si elles avaient été visibles, les particules constitutives du pétale étaient tellement infimes qu'on avait du mal à les imaginer. Elles étaient au-delà de la limite de résolution conceptuelle. Les théoriciens de Da Vinci s'étaient pourtant mis récemment à réfléchir intensément aux développements de la théorie des supercordes et de la gravité quantique. Ils en étaient au stade des prédictions vérifiables, qui, historiquement, étaient la grande faiblesse de la théorie des cordes. Intrigué par ce recoupement avec l'expérimentation, Sax s'était efforcé de comprendre ce qu'ils faisaient. Ce qui l'avait obligé à renoncer à la mer et aux falaises pour s'enfermer dans des salles de séminaire, mais il avait profité de la saison des pluies pour assister aux réunions de l'après-midi, suivre les conférences et les discussions, étudier les symboles mathématiques qui couvraient les écrans, et passer ses matinées à travailler sur les surfaces de Riemann, les groupes de Lie, les équations d'Euler, la topologie des espaces compacts à six dimensions, la géométrie différentielle, les variables de Grassmann, les opérateurs émergents de Vlad et tous les autres domaines mathématiques nécessaires pour parvenir à suivre les recherches actuelles.

Un de ces domaines concernait les supercordes auxquelles il avait déjà eu l'occasion de s'intéresser. La théorie avait près de deux siècles maintenant, mais elle avait été avancée de façon spéculative bien avant que les mathématiques ou les moyens expérimentaux ne permettent de procéder aux investigations correctes. Elle décrivait les plus petites particules de l'espace-temps non comme des points géométriques mais comme des objets mathématiques exotiques ayant les propriétés d'une corde. De même qu'une corde de violon possède plusieurs harmoniques, les supercordes avaient plusieurs états de vibration. Elles vibraient dans dix dimensions, dont six étaient localisées autour des cordes. Les théoriciens du XXIe siècle avaient formulé l'espace quantique dans lequel elles vibraient sous la forme de champs appelés réseaux de spin, dans lesquels les lignes de forces du champ gravitationnel agissaient un peu comme les lignes de forces magnétiques autour d'un aimant, permettant aux cordes de vibrer selon certaines harmoniques seulement. Ces cordes supersymétriques, vibrant en harmonie dans des réseaux de spin à dix dimensions, expliquaient très élégamment et de façon très plausible les diverses forces et particules observées au niveau subatomique, les bosons et les fermions, ainsi que leurs effets gravitationnels. La théorie élaborée à partir de là prétendait résoudre le problème de la gravitation quantique qui occupait les physiciens depuis plus de deux siècles.

Tout cela était bien joli. C'était même très excitant. Mais le problème pour Sax, et bien d'autres sceptiques, tenait à la difficulté de confirmer ces belles hypothèses mathématiques par l'expérimentation, en raison de l'extrême petitesse des cordes et des champs décrits par la théorie. Tout se passait à une échelle si petite, de l'ordre de 10^{-33} centimètre — la constante de Planck —, qu'elle était difficilement imaginable. Un noyau atomique faisait environ 10^{-13} centimètre de diamètre, soit un millionième de milliardième de centimètre. Sax avait vainement essayé de se représenter cette distance, ne serait-ce que pour entretenir un instant dans son esprit cette petitesse inconcevable. Et se rappeler ensuite qu'il était question, dans la théorie des cordes, de distances près de 10^{20} plus petites, des objets mille millards de milliards de fois plus petits qu'un noyau atomique ! Sax essaya de trouver un ratio. Il faudrait aligner autant de cordes pour parvenir à la taille d'un atome que d'atomes pour atteindre la taille... du système solaire. Même ce ratio, la raison avait peine à l'appréhender.

L'ennui, surtout, c'est que tout cela était trop petit pour être détecté par les moyens expérimentaux, et pour Sax, c'était le nœud de la question. Les physiciens avaient procédé à des expériences dans des accélérateurs de particule à des niveaux d'énergie de l'ordre de 100 GeV, soit cent fois l'équivalent d'énergie de la masse d'un proton. Ces expériences leur avaient permis de mettre au point, après des années d'efforts, ce qu'on appelait un modèle standard révisé de la physique des particules. Ce modèle standard révisé constituait réellement une avancée spectaculaire : il expliquait beaucoup de choses et en prédisait d'autres qui pouvaient être démontrées ou infirmées par l'expérimentation en laboratoire ou des observations cosmologiques. Ces prédictions étaient si variées et avaient été si souvent confirmées que les physiciens pouvaient avancer avec confiance toutes sortes d'hypothèses sur l'histoire de l'univers depuis le big bang. Ils remontaient jusqu'au premier millionième de seconde.

Mais les théoriciens des cordes envisageaient de faire un bond fantastique au-delà du modèle standard révisé, à la constante de Planck qui était le plus petit royaume possible, le mouvement quantique minimal, au-dessous duquel on ne pouvait descendre sans entrer en contradiction avec le principe d'exclusion de Pauli. On pouvait raisonnablement se dire que c'était la dimension minimale des choses. Mais voir effectivement ce qui se passait à cette échelle exigerait des niveaux d'énergie expérimentale d'au moins 10^{19} GeV, et ils ne les obtiendraient jamais avec aucun accélérateur. Seul le cœur d'une supernova pourrait la leur procurer. Non. Un abîme infranchissable les séparait du royaume de Planck. Ils étaient condamnés à ignorer éternellement ce niveau de réalité.

C'est du moins ce que soutenaient les sceptiques. Mais ceux qui s'intéressaient à la théorie n'avaient jamais renoncé. Ils en cherchaient une confirmation indirecte tant au niveau cosmologique que subatomique, lequel, vu sous cet angle, paraissait également gigantesque. Les anomalies constatées dans les phénomènes que le standard révisé ne parvenait pas à expliquer pouvaient l'être dans le royaume de Planck, grâce à des prédictions faites par la théorie des cordes. Mais ces prédictions étaient rares, et les phénomènes annoncés difficiles à voir. On n'avait pas trouvé le vrai déclic. Pourtant, au fil des décennies, quelques fanatiques des cordes avaient continué à explorer les nouvelles structures mathématiques dans l'espoir de voir émerger d'autres ramifications de la théorie, ou qu'elles prédiraient des résultats indirects plus faciles à déceler. Ils ne pouvaient pas aller plus loin ; et Sax trouvait ce chemin très hasardeux pour la physique. Il croyait dur comme fer à la vérification expérimentale. Si on ne pouvait mettre les théories à l'épreuve, ça restait des mathématiques, belles mais intouchables. Il y avait des tas de domaines mathématiques exotiques, d'une beauté bizarre. Seulement, si elles ne permettaient pas d'établir un modèle du monde des phénomènes, ça ne l'intéressait pas.

Et voilà qu'après des dizaines d'années de travail ils commençaient à faire des progrès dans des domaines que Sax trouvait intéressants. Au nouveau superaccélérateur du cratère Rutherford, ils avaient découvert la seconde particule Z que la théorie des cordes avait depuis longtemps décrite. Et un détecteur de monopôle magnétique en orbite solaire hors du plan de l'écliptique avait capturé une trace de ce qui paraissait être une particule non confinée, porteuse d'une charge fractionnelle, d'une masse comparable à celle d'une bactérie — un aperçu très rare d'une particule lourde à interaction faible. La théorie des cordes prédisait l'existence de ces particules, alors que le standard révisé ne la prévoyait pas. C'était excitant pour l'esprit, parce que la forme des galaxies révélait qu'il y avait des masses gravitationnelles dix fois plus importantes que ne le montrait leur rayonnement visible. Si on parvenait à prouver que le corps noir était composé de particules lourdes à interaction faible, se disait Sax, la théorie qui parvenait à ce beau résultat méritait pour le moins d'être considérée comme intéressante.

Une autre information intéressante, quoique à un niveau différent, était que l'une des théoriciennes de pointe dans ce domaine travaillait ici même, à Da Vinci, et faisait partie, depuis un an, du groupe impressionnant dont Sax suivait les travaux. Elle s'appelait Bao Shuyo, et elle était originaire de Dorsa Brevia. Elle avait des ancêtres japonais et polynésiens. Elle était petite pour une indigène, bien que dépassant Sax de cinquante centimètres. Des cheveux noirs, la peau mate, des traits réguliers, un peu quelconques, typiques du Pacifique. Elle était timide avec Sax, timide avec tout le monde. Il lui arrivait même parfois de bégayer, ce que Sax trouvait irrésistible. Mais quand elle se levait pour procéder à une démonstration, elle retrouvait toute son assurance et couvrait l'écran d'équations aussi vite que si elle écrivait en sténo. Chacun, dans ces moments-là, l'écoutait avec attention, quasiment pétrifié, et tous ceux qui avaient assez de jugeote pour comprendre ce genre de chose voyaient bien que son nom resterait gravé au panthéon, et qu'ils assistaient au spectacle de l'histoire en train de se faire.

De jeunes turcs l'interrompaient pour lui poser des questions, évidemment — il y avait beaucoup de cervelles bien faites dans ce groupe — et, tout ego oublié, ils s'embarquaient dans des explications qui faisaient appel aux gravitons et aux gravitinos modélisés, au corps noir et au corps fantôme. C'étaient des sessions pleines de créativité, très excitantes. Et il était clair que Bao en était le pivot, la force agissante, celle sur qui tout reposait, celle avec qui ils devaient compter.

C'était un peu déconcertant. Sax avait déjà rencontré des femmes dans des départements de maths et de physique, mais c'était la seule mathématicienne de génie dont il ait jamais entendu parler dans l'histoire des mathématiques. Lesquelles, maintenant qu'il y réfléchissait, étaient une affaire d'hommes. Y avait-il, dans la vie, une chose plus monstrueusement mâle que les mathématiques ? Et pourquoi en était-il ainsi ?

Il y avait plus déconcertant encore : Bao avait fondé ses recherches sur les travaux non publiés d'un mathématicien thaï du siècle dernier, un jeune déséquilibré du nom de Samui qui avait vécu dans les bordels de Bangkok et s'était suicidé à vingt-trois ans, laissant derrière lui plusieurs problèmes dignes du théorème de Fermat, et affirmant jusqu'à la fin que tout lui avait été dicté par des extraterrestres télépathes. Bao avait ignoré le folklore pour ne s'intéresser qu'à l'essentiel, et elle avait expliqué certains des calculs les plus obscurs de Samui. Partant de là, elle avait défini un groupe d'expressions, appelées opérateurs avancés de Rovelli-Smolin, qui lui permettaient d'établir un système de réseaux de spin qui s'intégrait très harmonieusement avec les supercordes. C'était enfin la Grande Unification, la réconciliation de la mécanique quantique et de la gravité. Si c'était vrai. Et même si ça ne l'était pas, c'était assez puissant puisque ça avait permis à Bao de faire plusieurs prédictions spécifiques dans le domaine plus vaste de l'atome et du cosmos. Dont quelques-unes avaient reçu une confirmation depuis.

C'était dont la reine de la physique — la première reine de la physique. Les chercheurs du monde entier étaient en liaison avec Da Vinci, avides de recevoir d'autres suggestions de sa part. Une tension, une excitation palpables planaient sur les sessions de l'après-midi. Max Schnell lançait le débat et finissait, à un moment ou à un autre, par appeler Bao. Alors elle se levait et s'approchait de l'écran, sur le devant de la salle de séminaire. Simple, gracieuse, ferme et réservée. Son stylo volait sur l'écran alors qu'elle leur expliquait comment calculer avec précision la masse du neutrino ou leur décrivait avec un luxe de détails la façon dont les cordes vibraient pour former les différents quarks, les champs quantiques ou les trois familles de gravitinos, et Dieu sait quoi encore. Ses collègues et amis, une vingtaine d'hommes et une autre femme, intervenaient pour demander des précisions, ajouter des équations qui expliquaient des problèmes annexes ou exposer les dernières avancées de Genève, de Palo Alto ou de Rutherford. Et pendant cette heure, tous avaient conscience d'être au centre du monde.

Dans tous les labos de Mars, de la Terre et de la ceinture d'astéroïdes qui suivaient ses travaux, on remarquait des ondes inhabituelles de gravité dans des expériences très délicates ; des schémas géométriques particuliers apparaissaient dans les fluctuations infimes de la radiation du fond cosmique. Partout on traquait les particules lourdes à interaction faible du corps noir et les antiparticules à interaction faible du corps fantôme. On décrivait les diverses familles de leptons, de fermions et de leptoquarks. On résolvait provisoirement l'amas galactique de la première expansion, et bien d'autres choses encore. La physique semblait enfin sur le point de connaître sa Théorie Définitive. Ou, du moins, un grand pas en avant avait été fait.

Les travaux de Bao étaient d'une telle portée que Sax n'osait pas lui parler. Il craignait de lui faire perdre son temps avec des problèmes triviaux. Mais un après-midi, lors d'une pause kava sur l'un des balcons en arcade surplombant le lac du cratère de Da Vinci, c'est elle qui s'approcha, encore plus timide et balbutiante que lui, au point qu'il se retrouva dans le rôle très inhabituel pour lui consistant à mettre l'autre à l'aise, finissant ses phrases à sa place et ainsi de suite. Il s'évertua tant et si bien qu'ils finirent par se retrouver en train de bafouiller à qui mieux mieux sur le thème de ses anciens diagrammes de Russell décrivant les gravitinos, qu'il croyait maintenant caducs et dont elle lui dit qu'ils l'aidaient toujours à visualiser l'action gravitationnelle. Et puis, quand il lui posa une question sur le séminaire de la journée, elle se détendit. Il aurait dû y penser plus tôt. C'est ce qu'il préférait lui-même.

A la suite de cela, ils prirent l'habitude de se parler de temps en temps. C'était toujours un sacré boulot que de la faire sortir de sa coquille, mais c'était un boulot intéressant. Aussi, quand la saison sèche revint et qu'il recommença à faire du bateau dans le petit port Alpha, il lui demanda en bégayant un peu si elle aimerait l'accompagner, et ils se lancèrent dans un dialogue bredouillant d'où il ressortit que, la prochaine fois qu'il ferait beau, il l'emmènerait dans l'un des nombreux petits catamarans du labo.

Quand il passait la journée sur l'eau, Sax restait dans la petite baie appelée la Florentine, au sud-est de la péninsule, où le fjord Ravi s'élargissait avant de devenir la baie d'Hydroates. C'est là que Sax avait appris à faire du bateau et qu'il se sentait encore le plus à l'aise avec les vents et les courants. Lorsqu'il s'aventurait plus loin, c'était pour explorer l'éventail de fjords et de baies, au bout du système de Marineris, et à trois ou quatre reprises, il avait poussé jusqu'à l'extrémité est du golfe de Chryse, jusqu'au fjord Mawrth et à la péninsule du Sinaï.

Mais ce jour-là, il resta dans la Florentine. Le vent venant du sud, il réquisitionna l'aide de Bao pour tirer des bords. Ni l'un ni l'autre ne parla beaucoup. Pour dire quelque chose, Sax finit par mettre la physique sur le tapis. Ils discutèrent des cordes, qui étaient l'essence même de l'espace-temps et pas seulement des points dans une grille rigoureusement abstraite.

En réfléchissant, Sax dit :

— Vous ne craignez pas que ce domaine où l'expérimentation est impossible ne se révèle une sorte de château de cartes, qui pourrait être renversé par une simple erreur de calcul, ou par une théorie ultérieure, différente, qui ferait mieux l'affaire, ou trouverait plus facilement confirmation ?

— Non, répondit Bao. Une aussi belle chose est forcément vraie.

— Hum, fit Sax en lui jetant un coup d'œil. Je préférerais, personnellement, qu'un indice un peu plus solide pointe le bout de son nez. Quelque chose comme la planète Mercure d'Einstein : une invraisemblance de la théorie précédente que la nouvelle viendrait résoudre.

— Pour certaines personnes, le corps fantôme manquant répond à cette définition.

— Possible.

Elle éclata de rire.

— Je vois qu'il vous en faudrait davantage. Une chose faisable, peut-être.

— Pas forcément, rectifia Sax. Ce serait merveilleux, bien sûr. Plus convaincant, je veux dire. Mieux comprendre les choses permet de mieux les manipuler. Comme le plasma dans les réacteurs à fusion.

C'était le problème récurrent d'un autre laboratoire de Da Vinci.

— On comprendrait peut-être mieux les plasmas si on les modélisait selon des schémas imposés par les réseaux de spin.

— Vraiment ?

— Je pense.

Elle ferma les yeux, comme si tout pouvait être résolu derrière ses paupières. Comme si tous les problèmes du monde y trouvaient une solution. Sax éprouva un pincement au cœur. D'envie. Il aurait tout donné pour avoir une vision pénétrante de ce genre. Et voilà que quelqu'un l'avait, juste à côté de lui, dans le bateau. Le génie était vraiment une chose étrange à contempler.

— Vous pensez que cette théorie marquera l'aboutissement de la physique ? demanda-t-il.

— Oh non ! On pourra toujours s'interroger sur les grands principes. Les lois fondamentales. Et puis, toutes les avancées posent de nouveaux problèmes en amont. Les travaux de Taneiev ne font qu'effleurer la surface, dans ce domaine. C'est comme les échecs. On peut apprendre toutes les règles et ne pas être un très bon joueur à cause des propriétés émergentes. Vous voyez ce que je veux dire : certaines pièces sont plus fortes quand elles se trouvent au centre de l'échiquier ; ce n'est pas une règle, c'est un effet de l'accumulation des règles.

— C'est comme le temps.

— Oui. Nous comprenons mieux les atomes que le temps, en fait. L'interaction entre les éléments est trop complexe pour qu'on puisse la suivre.

— Il y a l'holonomie, l'étude des systèmes complexes.

— Ce n'est encore qu'un ensemble de spéculations. Les premiers balbutiements d'une science, si elle donne quelque chose un jour.

— Comme les plasmas, non ?

— Les plasmas sont très homogènes. Il n'y a que très peu de facteurs en jeu. On devrait donc pouvoir les aborder par l'analyse des réseaux de spin.

— Vous devriez en parler au groupe de fusion.

— Vraiment ? dit-elle, l'air surprise.

— Oui.

Puis une forte brise se leva, et ils passèrent quelques minutes à observer la réaction du bateau, le mât rétractant ses voiles avec un bourdonnement jusqu'à ce qu'elles soient rajustées comme il convenait pour négocier le coup de vent. Le soleil faisait briller les beaux cheveux noirs de Dao, sagement retenus sur sa nuque. Derrière, les falaises de Da Vinci. Des réseaux, frémissants sous le soleil. Non, qu'il ait les yeux ouverts ou fermés, il ne verrait jamais tout ça.

Il dit prudemment :

— Vous ne vous êtes jamais demandé... Je veux dire, ça doit faire drôle d'être l'une des premières grandes mathématiciennes, non ?

Elle sembla étonnée, puis détourna la tête. Il comprit qu'elle y avait déjà réfléchi.

— Les atomes du plasma se déplacent selon des schémas qui sont de grandes fractales du réseau de spin, dit-elle.

Sax hocha la tête et lui posa d'autres questions à ce sujet. Il la croyait en mesure d'aider le groupe de fusion de Da Vinci à résoudre certains problèmes que leur posait la mise au point d'un réacteur à fusion allégé.

— Vous ne vous êtes jamais intéressée aux travaux des ingénieurs ? Ou des physiciens ?

— Je suis physicienne, répliqua-t-elle, comme sur la défensive.

— Enfin, vous faites de la physique théorique. Je pensais à l'application pratique des choses.

— La physique, c'est de la physique.

— D'accord.

Il tenta de revenir sur la question, mais par la bande, cette fois.

— Quand avez-vous commencé à vous intéresser aux mathématiques ?

— Ma mère m'a fourni mes premières équations du second degré et toutes sortes de jeux mathématiques quand j'avais quatre ans. Elle était statisticienne, très portée sur les maths.

— Et les écoles de Dorsa Brevia...

— Elles n'étaient pas mauvaises. Je faisais surtout des maths en lisant, et en correspondant avec le département de Sabishii.

— Je vois.

Ils en revinrent aux derniers résultats du CERN. Puis au temps, et à la façon dont le bateau à voile se dirigeait dans le vent, avec une précision presque parfaite. La semaine d'après, il l'emmena sur les falaises de la péninsule. Il prit un grand plaisir à lui montrer la toundra. Et avec le temps, le menant pas à pas, elle réussit à le convaincre qu'ils étaient peut-être sur le point de comprendre ce qui se passait au niveau de Planck. C'était vraiment stupéfiant, se dit-il, éprouver une intuition à ce niveau, puis faire les spéculations et les déductions nécessaires pour donner corps à cette intuition et comprendre ce qui se passait, bâtir une théorie physique puissante, infiniment complexe, pour décrire un domaine si petit, si éloigné de l'appréhension par les sens. C'était presque terrifiant, au fond. L'étoffe même de la réalité. Ils reconnaissaient tous les deux que, exactement comme dans les théories précédentes, nombre de questions fondamentales restaient sans réponse. C'était inévitable. Ils pouvaient donc s'allonger côte à côte dans l'herbe, au soleil, et regarder intensément une fleur d'un bleu étincelant ; quoi qu'il arrive au niveau de Planck, en cet instant et à cet endroit, le pouvoir qu'elle avait d'attirer le regard conservait tout son mystère.

Ce que le simple fait de s'allonger dans l'herbe permettait surtout d'apprécier, c'est à quel point le permafrost fondait. Mais il fondait au-dessus d'un socle encore gelé, de sorte que la surface saturée devenait boueuse. Quand Sax se releva, la brise soufflant sur son ventre qui avait été en contact avec le sol lui donna aussitôt une impression de froid. Il écarta les bras, les offrit au soleil. Une pluie de photons, vibrant dans les réseaux de spin. Dans quantité de régions, la chaleur émise par les centrales nucléaires était dirigée dans le permafrost par des galeries capillaires, dit-il à Bao alors qu'ils regagnaient le patrouilleur. Ce qui posait des problèmes dans certaines régions humides, qui avaient tendance à se saturer en surface. Le sol fondait, des marécages instantanés se formaient. Le biome était très actif. Au grand dam des Rouges. Mais la majeure partie du sol qui aurait été affecté par la fonte du permafrost était maintenant sous la mer du Nord, de toute façon. Le peu qui restait au-dessus devait être aussi soigneusement préservé que les marais et les étangs.

Le reste de l'hydrosphère subissait une mutation presque aussi importante. On n'y pouvait rien. L'eau était un grand sculpteur de pierre, si incroyable que cela semble quand on voyait un imperceptible filet d'eau goutter le long d'une falaise et se changer en buée avant même d'atteindre l'océan. Certes. Mais il y avait aussi les vagues géantes, hurlantes, qui s'abattaient si violemment sur les falaises que le sol tremblait sous leurs pieds. Quelques millions d'années de ces coups de boutoir et le profil de ces falaises serait méconnaissable.

— Vous avez vu les canyons fluviaux ? lui demanda-t-elle.

— Oui, j'ai vu Nirgal Vallis. C'est fou le bien que ça fait de voir de l'eau au fond. Cela lui va si bien.

— Je ne savais pas qu'il y avait autant de toundra par ici.

Il lui expliqua que la toundra était l'écologie dominante de la majeure partie des highlands du Sud. La toundra et le désert. Dans la toundra, les fines étaient très efficacement fixées au sol. Le vent ne pouvait pas soulever la boue ou les sables mouvants, relativement communs, de sorte qu'il était dangereux de traverser certaines régions. Mais dans le désert, les vents puissants soulevaient de grandes quantités de poussière, qui assombrissaient le ciel et rafraîchissaient la température, posant de graves problèmes. Nirgal en savait quelque chose. Soudain, il demanda avec curiosité :

— Vous avez déjà rencontré Nirgal ?

— Non.

Les tempêtes de poussière n'avaient plus rien à voir avec la Grande Tempête que tout le monde avait quasiment oubliée, mais c'était encore un facteur à prendre en considération. Le pavage du désert à l'aide de microbactéries était une solution très prometteuse, même si elle avait l'inconvénient de ne fixer que le centimètre supérieur de dépôts, de sorte que si le vent arrachait le bord du pavage, le dessous risquait d'être emporté. Le problème n'était pas simple. Ils subiraient des tempêtes de sable pendant des siècles encore.

Enfin, l'hydrosphère était très active. Ce qui impliquait la prolifération de la vie.

La mère de Bao mourut dans un accident d'avion de tourisme et Bao, qui était sa plus jeune fille, dut rentrer chez elle s'occuper de tout. Elle héritait de la maison de famille. La succession par ultimogéniture, selon le modèle du matriarcat hopi, lui dit-on. Bao ne savait pas quand elle reviendrait. Il se pouvait même que son départ soit définitif, dit-elle avec un naturel confondant. C'était comme ça, et voilà tout. Elle était déjà ailleurs, dans un monde intérieur. Sax ne put que lui faire au revoir de la main et regagna sa chambre en secouant la tête. Ils comprendraient les lois fondamentales de l'univers avant d'avoir la moindre prise sur la société. Un objet d'étude particulièrement récalcitrant. Il appela Michel sur son écran, lui fit part de cette idée, et Michel répondit :

— C'est parce que la culture progresse sans cesse.

Sax eut l'impression de voir ce que Michel voulait dire. Les attitudes changeaient rapidement dans bien des domaines. Bela appelait ça le *Werteswandel*, la mutation des valeurs. En attendant, ils vivaient dans une société en butte à des archaïsmes de toutes sortes. Des primates se groupant en tribus, gardant un territoire, implorant un dieu comme un parent de dessin animé.

— Il y a des moments où je me demande vraiment si nous allons dans le sens du progrès, répondit-il, se sentant étrangement mélancolique.

— Voyons, Sax, réfléchis, protesta Michel. Ici, sur Mars, nous avons vu et la fin du patriarcat et celle de la propriété. C'est l'un des plus grands progrès de l'histoire de l'humanité.

— Si c'est vrai.

— Tu ne crois pas que les femmes ont autant de pouvoir que les hommes, maintenant ?

— Pour ce que j'en vois, si.

— Peut-être même encore plus, si on pense à la reproduction.

— Ce qui serait logique.

— Et le sol est sous la gestion commune de la famille humaine. Nous possédons encore des objets personnels, mais le territoire n'a jamais appartenu à personne, ici. C'est une nouvelle réalité sociale, nous y sommes confrontés tous les jours.

C'était vrai. Sax songea à la dureté des conflits d'autrefois, quand la propriété et le capital étaient la norme. Michel avait peut-être raison. Le patriarcat et la propriété avaient vécu et n'étaient plus. Sur Mars, et pour le moment du moins. C'était peut-être comme la théorie des cordes, il faudrait du temps pour mettre de l'ordre dans tout ça. Au fond, Sax lui-même, qui était radicalement dépourvu de préjugés, n'en était pas revenu de voir une femme faire des maths. Ou, pour être tout à fait honnête, une femme géniale. Qui l'avait littéralement hypnotisé, à dire le vrai, de même que tous les autres hommes du séminaire, au point que son départ les avait laissés désemparés. Il dit, un peu mal à l'aise :

— Sur Terre, il paraît que ça se bagarre toujours autant.

— La pression démographique, convint Michel avec un geste du bras comme pour écarter le problème. Il y a trop de gens, là-bas, et il y en a de plus en plus. Tu as vu comment c'était, quand nous y sommes allés. Tant que la Terre sera dans cette situation, Mars sera menacée. Et ça se bagarre ici aussi.

Sax comprit son argument. D'un certain côté, c'était rassurant. Le comportement humain n'était ni irrémédiablement mauvais ni stupide, c'était une réponse semi-rationnelle à une situation historique, à un danger donné. Les gens faisaient ce qu'ils pouvaient, en se disant qu'il n'y en aurait pas assez pour tout le monde. Ils faisaient de leur mieux pour protéger leurs enfants. Au risque, évidemment, de mettre tous les enfants en danger par l'accumulation d'actions égoïstes individuelles. Mais au moins pouvait-on appeler cela une tentative de raisonnement, une première approche.

— Enfin, ça commence à s'arranger, reprit Michel. Même sur Terre, les gens ont beaucoup moins d'enfants. Et ils se réorganisent plutôt bien collectivement, par rapport à l'inondation et à tout ce qui l'a précédée. Il y a beaucoup de nouveaux mouvements sociaux là-bas, souvent inspirés par ce que nous faisons ici. Et par Nirgal. Ils le suivent toujours, ils l'écoutent, même quand il ne dit rien. Les propos qu'il a tenus pendant notre visite là-bas font encore leur effet.

— Ça, je veux bien le croire.

— Ah, tu vois ! Ça va mieux, tu ne peux pas faire autrement que de l'admettre. Et quand le traitement de longévité cessera d'agir, les décès équilibreront les naissances.

— Ça ne devrait pas tarder, prédit Sax d'un ton funèbre.

— Pourquoi dis-tu ça ?

— Les signes ont tendance à se multiplier. Des gens meurent d'une chose ou d'une autre. La sénescence n'est pas le seul problème. Rester en vie quand le vieillissement aurait dû faire son œuvre... Le résultat auquel nous sommes parvenus est déjà miraculeux. Il y a probablement une raison à la sénescence. Eviter la surpopulation, peut-être. Permettre à un nouveau matériel génétique de remplacer l'ancien.

— Ce n'est pas très rassurant pour nous.

— Nous avons déjà une espérance de vie deux fois plus longue que celle de nos parents.

— D'accord, mais quand même. Qui a envie que ça finisse ?

— Personne. Alors justement : concentrons-nous sur l'instant présent. Si tu m'accompagnais sur le terrain ? Je serai aussi optimiste que tu voudras. Et tu verras, c'est très intéressant.

— Je vais essayer de me libérer. J'ai beaucoup de clients.

— Tu as beaucoup de temps libre. Je t'assure.

Le soleil était haut dans le ciel où planaient des nuages ronds, dodus, qui ne reviendraient jamais, et qui pourtant, à ce moment précis, étaient aussi massifs que du marbre, et aussi sombres en dessous. Des cumulonimbus. Il était de nouveau perché sur la falaise ouest de la péninsule de Da Vinci, et regardait par-delà le fjord Shalbatana la falaise qui marquait le bord est de Lunae Planum. Derrière lui se dressait la colline au sommet aplati qui était le bord du cratère Da Vinci. Son camp de base. Il y avait longtemps qu'il vivait là, maintenant. Ces temps-ci, leur coop fabriquait des satellites et les lanceurs pour les mettre en orbite, en collaboration avec le laboratoire de Spencer à Odessa et bien d'autres encore. Une coopérative calquée sur le modèle Mondragon régissait les laboratoires et les maisons d'habitation entourant le cratère, de même que les champs et les lacs du fond. Certains se plaignaient des restrictions imposées par les cours à leurs projets, parmi lesquels figuraient de nouvelles centrales qui produiraient trop de chaleur. Depuis quelques années, la CEG distribuait ce que l'on appelait des « rations K », c'est-à-dire le droit d'ajouter une fraction de degré kelvin au réchauffement global. Quelques communautés Rouges s'efforçaient de se faire attribuer des rations K qu'elles n'utilisaient pas, et cette rétention, alliée aux conséquences de l'écotage, empêchait la température de s'élever très vite. C'était du moins ce que prétendaient les autres communautés. Mais les écocours étaient encore parcimonieuses avec les rations K. Les dossiers étaient jugés par les écocours régionales et le jugement était ensuite soumis à l'arbitrage de la CEG, la seule possibilité d'appel consistant à faire signer une pétition par cinquante autres communautés, et encore l'appel s'engluait-il alors dans les fondrières du gouvernement global, où son destin dépendait de la foule indisciplinée de la douma.

Le progrès était lent, mais Sax trouvait que ce n'était pas plus mal. La température moyenne se situait au-dessus du point de congélation, ce qui lui convenait parfaitement. Sans les contraintes imposées par la CEG, la chaleur aurait risqué de grimper trop vite. Non, il n'était pas si pressé que ça. Il était devenu un avocat de la stabilisation.

C'était une belle journée du périhélie. Il faisait une température revigorante de 281 degrés kelvin. Il se promenait sur le sentier du bord de la falaise de Da Vinci en regardant les fleurs des Alpes dans les failles des alluvions et, plus loin, le lustre quantique du fjord ensoleillé, quand une grande femme portant un masque facial, un survêtement et de grosses bottes vint vers lui. Ann. Il la reconnut aussitôt. Son pas, sa démarche ; aucun doute, c'était Ann Clayborne, en chair et en os.

La surprise fit fulgurer deux souvenirs : Hiroko surgissant de la neige pour le raccompagner à son patrouilleur, puis Ann venant à sa rencontre dans l'Antarctique. Mais pour quoi faire ?

Troublé, il essaya de suivre cette pensée. La double image, une seule image fugitive...

Puis Ann fut devant lui et les souvenirs disparurent, effacés comme un rêve.

Il ne l'avait pas revue depuis qu'il lui avait fait subir de force le traitement gérontologique à Tempe, et il se sentait extrêmement mal à l'aise. C'était peut-être une réaction de crainte. Même s'il était peu probable qu'elle l'agresse physiquement, bien que ça lui soit déjà arrivé. Ce n'était pas ce genre d'agression qui l'ennuyait. Cette fois-là, dans l'Antarctique... Il tenta de retrouver le souvenir qui lui échappait, en vain. On avait beau essayer, quand les choses vous échappaient, on n'arrivait jamais à remettre le doigt dessus. Quant à savoir pourquoi, mystère. Il ne savait que dire.

— Tu es immunisé contre le dioxyde de carbone, maintenant ? demanda-t-elle à travers son masque.

Il lui parla du nouveau traitement de l'hémoglobine en cherchant péniblement ses mots, comme après son attaque. Il n'était pas à la moitié de son explication qu'elle éclatait d'un grand rire.

— Du sang de crocodile, maintenant ! Et puis quoi encore ?

— Oui, fit-il, devinant ce qu'elle pensait. Du sang de crocodile, une cervelle de rat.

— D'une centaine de rats.

— Des rats spéciaux, ajouta-t-il dans un souci de précision.

Après tout, les mythes obéissaient à une logique propre, rigoureuse, comme l'avait montré Lévi-Strauss. Il aurait voulu lui dire que c'étaient des rats de génie, une centaine de rats géniaux, pas un de moins. Même ses misérables étudiants diplômés avaient dû l'admettre.

— Des cerveaux modifiés, dit-elle, suivant le cours de ses pensées.

— Oui.

— Donc doublement modifiés, après ton problème cérébral, remarqua-t-elle.

— C'est vrai. (Vu comme ça, c'était une pensée déprimante. Ces rats avaient fait du chemin, depuis.) Un traitement plastique. Tu as... ?

— Non, pas moi.

C'était toujours la même vieille Ann. Il espérait qu'elle aurait essayé les drogues en connaissance de cause, qu'elle aurait vu clair. Mais non. En réalité, la femme qui se trouvait devant lui n'était plus tout à fait la même Ann. Il y avait quelque chose. Une lueur dans le regard. Depuis leurs affrontements sur l'*Arès*, et peut-être même avant, il s'était fait à l'idée de lire une certaine haine dans ses yeux. Depuis le temps, il avait appris à la reconnaître.

Et maintenant, avec ce masque, cette expression différente autour des yeux, c'était presque un autre visage. Elle l'observait avec attention, mais la peau autour des yeux n'était plus aussi crispée. Ridés, ils ne pouvaient pas l'être plus tous les deux, mais le réseau de rides était celui d'une physionomie détendue. Peut-être même le masque dissimulait-il un petit sourire. Il ne savait qu'en penser.

— Tu m'as fait subir le traitement gérontologique, dit-elle.

— Oui.

Devait-il dire qu'il était navré alors que ce n'était pas vrai ? La langue paralysée, la mâchoire serrée, il la regardait comme un oiseau hypnotisé par un serpent, espérant un indice montrant que tout allait bien, qu'il avait bien fait.

Elle esquissa tout à coup un geste englobant le paysage.

— Qu'essaies-tu de faire maintenant ?

Il s'efforça de comprendre ce qu'elle voulait dire. Sa question lui semblait aussi gnomique qu'un koan [1].

— Je regarde, dit-il, à court de réponse.

Le langage, tous ces beaux mots précieux, s'étaient soudain évanouis, envolés, comme une volée d'oiseaux effrayés. Hors d'atteinte. Toute signification abolie. Juste deux animaux, debout là au soleil. Regarder, regarder, regarder !

Elle ne souriait plus — si tant est qu'elle ait jamais souri. Elle n'avait pas l'air hostile non plus. Elle semblait plutôt le soupeser du regard, comme s'il était un caillou. Un caillou. Venant d'Ann, c'était sûrement signe de progrès.

---

1. Question absurde posée par un maître zen à son élève pour l'amener, par la constatation de ladite absurdité, à mieux appréhender la réalité. (*N.d.T.*)

Puis elle se détourna et repartit le long de la falaise, vers le petit port de Zed.

Sax retourna à Da Vinci un peu sonné. Dans le cratère, ils tenaient ce qu'ils appelaient leur partie de Roulette Russe annuelle, c'est-à-dire qu'ils désignaient ceux qui allaient les représenter dans les coops et les diverses instances gouvernementales. Le rituel consistait à tirer les noms d'un chapeau, à remercier ceux qui avaient effectué ces corvées l'an passé, à consoler ceux que le sort avait frappés cette année et, pour la plupart, à se réjouir d'y avoir coupé une fois de plus.

Le tirage au sort était le seul moyen qu'ils avaient trouvé pour obliger les gens à effectuer les tâches administratives de Da Vinci. Ce qui était pour le moins paradoxal. Après le mal qu'ils s'étaient donné pour apprendre aux citoyens à s'assumer, les chercheurs de Da Vinci s'étaient révélés allergiques à tout travail administratif. Ils n'étaient bons qu'à une chose : chercher.

— Nous devrions laisser l'administration aux IA, disait Konta Araï, comme chaque année, en vidant une énorme chope de bière.

Et Aonia, la représentante de l'année passée à la douma, prévenait les heureux élus de cette année :

— A Mangala, on ne fait que s'engueuler à longueur de réunion pendant que des collaborateurs se tapent tout le boulot. De toute façon, la plupart des dossiers sont soumis au conseil, aux cours ou aux partis. Ce sont les apparatchiks de Mars Libre qui mènent la planète, en réalité. Mais c'est une très jolie ville, et c'est bien agréable de faire de la voile dans la baie en été et du bateau à glace en hiver.

Sax s'éloigna. Quelqu'un se plaignait du nombre de ports qui surgissaient du néant dans le golfe du Sud, trop proches à leur goût. La politique sous sa forme la plus répandue : les jérémiades. Personne ne voulait s'occuper de rien, mais quand il s'agissait de râler, tout le monde disait présent. Ce concert de lamentations se poursuivrait pendant près d'une demi-heure, puis ils se remettraient à parler boutique. Un groupe en était déjà à ce stade, Sax pouvait l'affirmer rien qu'à leur ton. En s'approchant, il découvrit qu'ils parlaient fusion. Il s'arrêta. Ils avaient l'air tout excités par leurs récents progrès dans le domaine du moteur à fusion pulsée. La fusion nucléaire avait été mise au point des décennies plus tôt, mais elle exigeait des tokamaks d'un volume monstrueux, des installations d'un poids et d'un coût trop importants pour être utilisables dans la plupart des cas. Alors que ce laboratoire s'efforçait de faire imploser des granules de combustible en rafale afin d'utiliser l'énergie résultante pour propulser des engins.

— Vous en avez discuté avec Bao ? demanda Sax.

— Eh bien, oui, avant de partir, elle est venue nous parler des schémas de plasma. Ça ne nous a pas été immédiatement utile, nous faisons vraiment de la macro par rapport à ses travaux, mais elle est tellement intelligente, et l'une des choses qu'elle a dites a donné à Yananda une idée de la façon de confiner l'implosion sans empêcher l'échappement consécutif.

Ils bombardaient les granules de toute part avec des rayons laser, mais il fallait aussi laisser une ventilation pour que les particules chargées puissent s'échapper. Bao avait apparemment été intéressée par le problème. Bref, une discussion animée s'engagea sur la question, qu'ils pensaient avoir enfin résolue. Si bien que, lorsque quelqu'un entra dans le cercle et évoqua les résultats du tirage au sort, ils l'envoyèrent promener :

— Ka, pas de politique, par pitié !

Sax poursuivit son petit tour en écoutant distraitement les conversations au passage et fut à nouveau frappé par l'apolitisme de la plupart des savants et des techniciens. Ils étaient vraiment allergiques à la politique, et il devait bien avouer qu'il partageait ce sentiment. La politique avait quelque chose d'intrinsèquement subjectif et impliquait beaucoup de compromis, ce qui était radicalement contraire à la méthode scientifique. Mais était-ce bien vrai ? Cette impression, ce préjugé étaient eux-mêmes subjectifs. Et si on considérait la politique comme une sorte de science, disons une longue série d'expériences de vie communautaire dont toutes les données seraient contaminées en permanence ? Les gens faisaient des hypothèses sur le système de gouvernement, l'essayaient, étudiaient l'effet qu'il produisait, en changeaient et renouvelaient l'expérience. Certaines constantes, certains principes semblaient avoir émergé au fil des siècles, au fur et à mesure des expérimentations et des paradigmes, alors que s'affinait l'approche des systèmes qui privilégiaient, par exemple, le bien-être physique, la liberté individuelle, l'égalité, la gestion du sol, les marchés régulés, la force de la loi, la compassion envers autrui. Après des expériences répétées, il était devenu clair — sur Mars au moins — que toutes ces finalités, parfois contradictoires, étaient mieux servies par la polyarchie, système complexe qui répartissait le pouvoir entre le plus grand nombre possible d'institutions. En théorie, ce système à la fois centralisé et décentralisé était le meilleur garant des libertés individuelles et le plus producteur de richesse collective.

D'où la notion de science politique. C'était bien joli, en théorie. Mais, dans la pratique, les gens devaient consacrer une certaine partie de leur temps à l'exercice du pouvoir. C'était l'auto-gouvernement, par tautologie ; ils s'autogouvernaient. Et ça prenait du temps. « Ceux qui accordent un prix à la liberté doivent faire l'effort nécessaire pour la défendre », disait Tom Paine. Sax avait lu cela dans le couloir où Bela avait pris la mauvaise habitude d'afficher des professions de foi d'une haute élévation. « La Science est de la Politique par d'Autres Moyens », disait, assez énigmatiquement, une autre inscription.

Mais à Da Vinci, peu de gens avaient envie de passer du temps à ça. « Le socialisme ne marchera jamais », avait dit Oscar Wilde (message calligraphié sur un autre panneau), « Ça prend trop de soirées. » Et comment ! La solution était de faire en sorte que vos amis y passent leurs soirées à votre place. D'où l'idée du tirage au sort, un risque calculé, parce qu'on pouvait se faire soi-même piéger un jour. Mais le risque se révélait généralement payant, ce qui expliquait la gaieté de cette fête annuelle. Les gens entraient et sortaient par les portes qui donnaient sur les terrasses ouvertes surplombant le lac du cratère, parlant avec animation. Même ceux qui avaient été enrôlés commençaient à retrouver le moral, grâce au kavajava, à l'alcool, et peut-être à la pensée qu'après tout le pouvoir c'était le pouvoir. D'accord, il était imposé, mais les « volontaires » jouiraient de certains privilèges auxquels ils songeaient sans doute à ce moment même : chercher des poux dans la tête à leurs adversaires ou faire des fleurs aux gens qu'ils voulaient impressionner. Le système marcherait donc encore une fois. Des organismes vivants empliraient l'arène polyarchique, les conseils régionaux, agricoles et hydrologiques, l'ordre des architectes, le conseil de surveillance des projets, le groupe de coordination économique, le conseil du cratère qui définissait les tâches de chaque bureau, le groupe d'experts des délégués globaux, tout ce réseau politico-administratif que des théoriciens progressistes avaient imaginé au fil des siècles, empruntant certains aspects à l'antique socialisme associatif britannique, aux conseils ouvriers yougoslaves, au collectivisme tel qu'il était pratiqué à Mondragon, au régime foncier du Kerala, etc. Une expérience de synthèse. Jusque-là, cela semblait relativement bien fonctionner. Les techniciens de Da Vinci paraissaient presque aussi déterminés et heureux que pendant les années de l'underground où tout se faisait (ou semblait se faire) d'instinct ou, plus exactement, sur la base du consensus (mais la population de Da Vinci était beaucoup moins importante à l'époque).

Ils avaient l'air contents, en tout cas. Dehors, sur les terrasses, ils faisaient la queue devant les grands pots de kavajava et d'Irish coffee, ou les tonnelets de bière, formaient des groupes bavards, et leurs voix faisaient un bruit stupéfiant, comme dans n'importe quel cocktail. Un brouhaha pareil au ressac des vagues. Un chœur de conversations. Une musique que Sax était seul à écouter consciemment, à ce qu'il lui semblait, puis il se dit que ce fond sonore contribuait inconsciemment au plaisir — le plaisir d'être ensemble ? — des gens qui assistaient à ces fêtes. Réunissez deux cents individus qui parlent fort de sorte que chacun puisse suivre les paroles échangées par son petit groupe, et ils feront une musique incroyable.

Da Vinci constituait donc une expérience de gouvernement réussie, même si les citoyens ne se bousculaient guère pour assumer ledit gouvernement. D'ailleurs, auraient-ils été plus heureux si ça les avait intéressés ? Peut-être le fait d'ignorer le gouvernement était-il une bonne stratégie. Et si le meilleur gouvernement était justement celui qu'on pouvait tranquillement ignorer « pour retourner enfin à son travail ! » comme le disait allègrement, à l'instant même, un ex-chef du conseil hydrologique ? Participer au gouvernement n'était pas considéré comme faisant partie de son travail !

Il y avait des gens à qui ça plaisait, bien sûr, qui aimaient l'interaction entre la théorie et la pratique, qui aimaient les arguties, résoudre des problèmes, le travail de groupe, se rendre utiles, les discussions interminables et le pouvoir. Ces gens-là effectuaient deux années de service, trois si on les y autorisait, puis ils s'investissaient dans une autre mission, toujours sur la base du volontariat. En fait, la plupart d'entre eux exerçaient plusieurs métiers à la fois. Bela, par exemple, qui déclarait hautement en avoir par-dessus la tête de présider le labo des labos, venait d'entrer au groupe d'experts, qui avait du mal à pourvoir certains postes. Sax s'approcha de lui :

— Penses-tu, comme Aonia, que Mars Libre domine la politique globale ? lui demanda-t-il.

— Ça ne fait pas un pli. Ils sont si nombreux, aussi... Ils sont chez eux dans les cours, et ils se sont fabriqué des règles sur mesure. Je pense qu'ils veulent s'assurer le contrôle de tous les astéroïdes nouvellement colonisés. Et de la Terre, par la même occasion. Tous les jeunes indigènes ambitieux se jettent là-dedans comme un phoque sur un poisson.

— Essayer de dominer d'autres colonies...

— Oui ?

— Ça veut dire des ennuis en perspective.

— C'est le moins qu'on puisse dire.

— Tu as entendu parler du moteur à fusion léger dont il est question ?

— Oui, un peu.

— Tu devrais essayer de pousser un peu ce projet. Si on pouvait équiper des vaisseaux spatiaux de moteurs pareils...

— Oui, Sax ?

— L'accélération des transports risquerait de faire voler en éclats l'hégémonie d'un parti unique.

— Tu crois vraiment ?

— En tout cas, ça lui compliquerait les choses.

— C'est vrai. Hum, il va falloir que je voie ça de plus près.

— Oui. La science est la politique par d'autres moyens, tu te souviens ?

— C'est vrai, ça ! C'est bien vrai !

Et Bela mit le cap sur les tonnelets de bière en marmonnant, puis salua un groupe qui s'approchait de lui.

La caste de bureaucrates qui avait été la terreur de tant de théoriciens de la politique émergeait donc spontanément ici : les experts qui prenaient le contrôle de la politique et ne lâchaient plus jamais prise. Mais au profit de qui l'auraient-ils lâchée ? Il ne voyait pas qui cela aurait pu intéresser. Bela pouvait rester au bureau des experts jusqu'à la fin des temps si ça lui chantait. Expert, du mot latin *experiri*, expérience. Un gouvernement d'expérimentateurs. Le gouvernement par ceux que ça intéressait. En réalité, une autre sorte d'oligarchie. Mais quelle solution de remplacement avaient-ils ? A partir du moment où ils étaient obligés de désigner des volontaires pour participer au gouvernement, la notion d'autogestion comme garante de la liberté individuelle devenait un peu paradoxale.

Hector et Sylvia, deux participants au séminaire de Bao, arrachèrent Sax à ses réflexions et l'invitèrent à écouter leur groupe de musique interpréter des airs tirés de *Maria de Buenos Aires*. Sax les suivit de bonne grâce.

Devant le petit amphithéâtre, il s'arrêta à un éventaire de boissons et prit une tasse de kava. La liesse était générale. Hector et Sylvia filèrent se préparer, jubilant à l'avance. En les regardant, Sax pensa à Ann, à leur récente rencontre. Il s'en voulait de n'avoir rien trouvé à lui dire. Il s'était comporté comme un parfait imbécile. Si seulement il avait pensé à redevenir Stephen Lindholm, ça l'aurait peut-être aidé. Où était Ann, maintenant, que pensait-elle ? Que faisait-elle ? Se contentait-elle d'errer sur Mars comme un fantôme, allant d'une station rouge à une autre ? D'ailleurs, que faisaient les Rouges, à présent, comment vivaient-ils ? S'apprêtaient-ils à bombarder Da Vinci, cette rencontre due au hasard avait-elle signé la fin d'un raid ? Sûrement pas. Il y avait toujours des écoteurs dans le coin, qui sabotaient les projets, mais avec les limites légales imposées au terraforming, la plupart des Rouges avaient plus ou moins réintégré la société. C'était un courant politique comme les autres, vigilant, procédurier, beaucoup plus intéressé par le jeu politique que les gens moins idéologiquement engagés, certes, mais par là même normalisé. Comment Ann s'inscrivait-elle là-dedans ? Avec qui s'était-elle associée ?

Bah, il pouvait toujours l'appeler et le lui demander.

Mais il avait peur de la joindre, peur de lui poser la question. Peur de lui parler ! Par bloc-poignet interposé, en tout cas. Et, apparemment, aussi de vive voix. Elle ne lui avait pas dit si elle était contente ou non qu'il lui ait administré le traitement contre son gré. Pas de remerciements, pas d'imprécations ; rien. Que pensait-elle ? Que pouvait-elle bien penser ?

Il poussa un soupir, dégusta son kava. En bas, les autres commençaient. Hector déclamait un récitatif en espagnol, d'une voix si musicale, d'un ton si expressif que Sax avait l'impression d'en comprendre les paroles.

Ann, Ann, Ann. Cet intérêt obsessionnel pour des pensées autres que les siennes était on ne peut plus inconfortable... Il était tellement plus facile de se concentrer sur la planète, les pierres, l'air, la biologie. Cela, Ann elle-même l'aurait compris. Et il y avait dans l'écopoésis quelque chose de fondamentalement mystérieux. La naissance d'un monde. Hors de tout contrôle. N'empêche qu'il se demandait encore ce qu'elle en faisait. Peut-être la rencontrerait-il à nouveau.

En attendant, le monde. Il retourna sur le terrain. Le sol ravagé sous le dôme bleu du ciel. A l'équateur, le ciel printanier changeait de couleur tous les jours, il lui aurait fallu un nuancier pour identifier les différents tons. Certains jours, il était d'un bleu violet profond — clématite, jacinthe, lapis-lazuli, ou indigo. Ou bleu de Prusse, un pigment fabriqué à partir de ferrocyanide ferrique — chose intéressante, car il y avait sûrement beaucoup d'ions ferriques dans la région. Bleu fer. Légèrement plus violacé que le ciel qu'on voyait au-dessus de l'Himalaya sur les photos, mais identique au ciel de la Terre vu d'une certaine altitude. Tout s'alliait au paysage rocailleux, déchiqueté, pour donner une impression de hauteur : la couleur du ciel, les aspérités de la pierre, l'air froid, si pur, si léger. Tout était si haut. Il marcha dans le vent, sous le vent, en travers du vent, et chaque fois l'impression était différente. Le vent faisait à ses narines l'effet d'une drogue douce qui envahissait son cerveau. Il marchait sur les roches incrustées de lichens, de pierre en pierre, comme sur l'allée d'un jardin qui aurait magiquement surgi de ce monde chaotique, en haut, en bas, pas après pas, attentif à l'eccéité de l'instant. D'instant en instant, chacun discret, comme les cordes spatio-temporelles de Bao, comme les positions successives de la tête d'un pinson, d'un petit oiseau passant d'une pose quantique à l'autre. Il était évident, quand on faisait attention, que les instants n'étaient pas des unités d'égale durée mais de longueur variable en fonction des événements. Le vent tomba. Pas un oiseau n'était en vue. Le silence se fit soudain, un silence parfait, seulement troublé par un bourdonnement d'insectes. Ces moments pouvaient durer plusieurs secondes. Au contraire, quand des hirondelles harcelaient un corbeau, ils étaient presque simultanés. Il fallait être très attentif. Parfois, c'était un courant, parfois le ploc-ploc-ploc du calme individuel.

Savoir. Il y avait toutes sortes de connaissances, mais aucune n'était aussi satisfaisante, décida Sax, que la connaissance directe par les sens. Là, dans la lumière brillante du printemps et le vent glacial, il parvint au bord d'une falaise et plongea le regard vers le fjord Simud, étendue outremer qu'argentaient mille millions d'éclats de lumière ricochant sur l'eau. Les falaises de l'autre côté étaient rayées par des lignes de stratification. Certaines étaient devenues des crêtes vertes et soulignaient le basalte. Des mouettes, des macareux, des sternes, des guillemots, des orfraies tournaient et viraient dans les golfes d'air, sous ses pieds.

En apprenant à connaître les différents fjords, il s'aperçut qu'il avait ses préférés. La baie de la Florentine, juste au sud de Da Vinci, était un joli ovale bleu cerné d'une sorte de marche sur laquelle on pouvait se promener, et le spectacle était fabuleux tout du long. Une herbe épaisse comme un tapis poussait sur cet épaulement. C'était un peu l'image que Sax se faisait de la côte irlandaise. Les aspérités du paysage s'adoucissaient alors que la terre et la flore commençaient à envahir les interstices, se cramponnant aux reliefs d'une façon qui défiait la gravité, de sorte qu'on mettait les pieds sur des coussinets de terre qui faisaient des bourrelets entre les dents acérées des roches encore dénudées.

Des nuages venaient de la mer, au nord, et des pluies diluviennes se déversaient sur l'intérieur des terres, détrempant tout. Le lendemain, l'air fumait, le sol gargouillait et ruisselait, et chaque pas hors de la rocaille soulevait une gerbe de magma visqueux. Boue, marécages et fondrières. De petites forêts convulsées dans les grabens, en contrebas. Un renard brun, furtif, aperçu du coin de l'œil alors qu'il filait se tapir derrière un genévrier. Le fuyant ? Pourchassant quelque chose ? Sax ne le saurait jamais. Ça ne le concernait pas. Des vagues se ruaient sur les falaises, rebondissaient vers le large, créant des schémas d'interférence avec celles qui arrivaient. On les aurait crues sorties d'une machine à vagues de labo de physique. Si belles. Et qu'il était étrange de voir le monde se conformer avec une telle précision à la formulation mathématique. L'efficacité des mathématiques était déraisonnée. Elles étaient au cœur du Grand Inexplicable.

Chaque coucher de soleil était différent, à cause des fines en suspension dans la troposphère. Elles planaient si haut qu'elles étaient souvent illuminées par le soleil bien après que tout le reste fut plongé dans l'obscurité. Sax restait assis sur la falaise, fasciné, jusqu'à ce que le ciel soit complètement noir, et il était parfois récompensé par l'apparition de nuages noctiluques, de larges traînées nacrées comme des coquilles d'abalones, trente kilomètres au-dessus de la planète.

Le ciel d'étain fondu d'une journée brumeuse. Le coucher de soleil fulgurant, comme un coup de poignard. La chaleur du soleil sur sa peau, dans le calme d'une fin d'après-midi. Le dessin des vagues sur la mer, en dessous. Le contact du vent, son spectacle.

Mais une fois, dans un crépuscule indigo, sous le déploiement étincelant de grosses étoiles floues, il éprouva une sorte de malaise. « Les pôles neigeux de Mars sans lune », avait écrit Tennyson. Mars sans lune. C'était à cette heure-ci que Phobos apparaissait normalement à l'horizon comme un étendard flamboyant. Un moment fort de l'aréophanie s'il y en avait jamais eu un. La peur et la menace.

Et il avait achevé la désatellisation lui-même. Ils auraient pu se contenter de faire sauter les bases militaires de Deimos, qu'avait-il en tête ce jour-là ? Il ne savait plus. Une sorte de désir de symétrie. En haut, en bas. Les mathématiciens appréciaient peut-être plus la symétrie que les autres. En haut. Deimos était encore en orbite autour du soleil, quelque part. « Hum... » Il consulta son bloc-poignet. Beaucoup de nouvelles colonies s'installaient là-bas. Des gens évidaient des astéroïdes, les faisaient tourner pour créer un effet gravitationnel et s'y installaient. De nouveaux mondes.

Un mot retint son regard : *Pseudophobos*. Il revint en arrière. C'était le nom populaire d'un astéroïde qui ressemblait un peu, par la taille et la forme, à la lune disparue. « Hum-hum... » Sax tapota les touches de son bloc-poignet et une image apparut. La ressemblance était superficielle : un ellipsoïde triaxial... Bon, ils l'étaient tous. Un patatoïde de la même taille, qui aurait pris un bon coup à un bout, un cratère comme celui de Stickney. Stickney... Il y avait une belle petite colonie blottie au fond. Que recouvrait un nom ? Mettons qu'on laisse tomber le *pseudo*. Des moteurs-fusées, des IA, quelques propulseurs... Le moment inoubliable où Phobos avait jailli au-dessus de l'horizon, à l'ouest.

— Hum-hum-hum, fit Sax.

Les jours passaient, les saisons passaient. Il étudiait la météorologie — les effets de la pression atmosphérique sur la formation des nuages —, et procédait à des observations sur le terrain, ce qui l'amenait à faire le tour de la péninsule pour lancer des ballons et des cerfs-volants. Les ballons-sondes de cette époque étaient très élégants : dix grammes d'instruments à peine, qu'une enveloppe de huit mètres de long pouvait emporter jusque dans l'exosphère.

Sax adorait disposer l'enveloppe sur une étendue plane de sable ou d'herbe, le dos au vent, puis s'asseoir et, tout en maintenant le ballon, actionner le détendeur de la bouteille d'hydrogène, le regarder se gonfler et monter droit dans le ciel. Il avait appris à lâcher le câble de guidage rapidement pour ne pas être soulevé de terre, et à mettre des gants pour ne pas avoir la paume des mains arrachée. Il lâchait donc prise, reprenait son équilibre et regardait le point rond et rouge filer dans le vent jusqu'à n'être plus qu'une tête d'épingle qu'il perdait bientôt de vue. Ce qui arrivait en règle générale vers 1 000 mètres, tout dépendait de la qualité de l'air. Une fois, il avait disparu dès 479 mètres, une autre fois il l'avait suivi jusqu'à 1 352 mètres, mais la journée était vraiment exceptionnellement claire. Une fois la sonde lancée, il déchiffrait une partie des données sur son bloc-poignet en se prélassant au soleil avec l'impression qu'un petit bout de lui-même montait dans l'espace. C'était fou le genre de chose dont le bonheur était fait.

Les cerfs-volants étaient tout aussi jolis. Un peu plus compliqués à manier que les ballons, mais ils lui procuraient un plaisir particulier en automne, quand les vents dominants soufflaient avec force et régularité. Il montait sur la falaise, à l'ouest, et courait dans le vent pour faire décoller un grand cerf-volant cellulaire orange, agité de mouvements saccadés. Le cerf-volant parvenu à une certaine altitude, les courants aériens étaient plus réguliers et l'engin se stabilisait. Sax dévidait alors le câble et percevait les sautes du vent comme de subtils frémissements dans ses bras. Ou bien il enfonçait un bâton avec un dérouleur dans une faille, définissait la tension et regardait le cerf-volant monter, monter, monter puis disparaître. Le câble était presque invisible. Il s'échappait du dévidoir avec un vrombissement, et s'il le tenait à ce moment-là, les fluctuations du vent se communiquaient à lui comme une sorte de musique. Le cerf-volant pouvait rester en l'air des semaines d'affilée, hors de vue, ou, s'il était assez bas, à peine visible dans le ciel comme un point minuscule qui transmettait continuellement des données. Un objet carré était visible de plus loin qu'un objet rond de même dimension. L'esprit était un drôle d'animal.

Michel appela pour parler de tout et de rien. C'était le genre de conversation qui posait le plus de problèmes à Sax. Michel regardait vers le bas et à droite, et il pensait manifestement à autre chose en parlant. Il n'avait pas l'air heureux. Sax devait prendre l'initiative d'une façon ou d'une autre.

— Viens faire un tour avec moi, répéta Sax. Tu devrais vraiment venir, je t'assure. (Comment pouvait-on dire ça de façon plus convaincante ?) Je pense vraiment que tu devrais venir. (Effectuer des rapprochements.) Da Vinci ressemble à la côte ouest de l'Irlande. Le bout de l'Europe. Une grande falaise verte dressée sur une immensité d'eau.

Michel hocha la tête d'un air indécis.

Mais, quelques semaines plus tard, il était là, dans un couloir de Da Vinci.

— J'ai eu envie de voir le bout de l'Europe.

— Brave bonhomme.

Ils partirent donc pour une promenade qui prendrait la journée. Sax l'emmena vers les falaises de Shalbatana, à l'ouest, puis ils continuèrent à pied vers Simshal Point, au nord. C'était un tel plaisir d'être en compagnie de son vieil ami dans cet endroit magnifique. Revoir n'importe lequel des Cent Premiers rompait agréablement la routine. C'était un événement rare et précieux. Les semaines passaient dans leur ronde confortable, puis tout à coup l'un des membres de la vieille famille apparaissait, et c'était comme de rentrer chez soi sans pour autant avoir de chez-soi. Il devrait peut-être s'installer à Sabishii ou Odessa, un jour, afin de pouvoir éprouver plus souvent ce merveilleux sentiment.

Aucune compagnie ne lui était plus agréable que celle de Michel.

Mais ce jour-là il restait à la traîne, l'air ailleurs, perturbé. Sax se demanda ce qu'il pouvait faire pour lui. Michel l'avait tellement aidé au cours des longs mois où il avait redécouvert la parole. Il lui avait réappris à penser, à tout voir différemment. Il aurait aimé pouvoir lui rendre ce cadeau, même en partie seulement.

Mais pour ça, il fallait qu'il lui dise quelque chose. Aussi, quand ils s'arrêtèrent pour préparer le cerf-volant, Sax tendit le dévidoir à Michel.

— Tiens, dit-il. Je vais arranger le cerf-volant. Tu vas le lancer. Comme ça, dans le vent.

Il tint le grand cerf-volant à caissons pendant que Michel s'éloignait sur les monticules couverts d'herbe puis, quand le câble fut tendu, Sax lâcha le cerf-volant tandis que Michel commençait à courir. Le cerf-volant prit le vent et monta, monta, monta toujours plus haut.

Michel revint avec un grand sourire.

— Tiens, touche le câble. On sent le vent.

— C'est vrai, fit Sax. On le sent.

La ligne presque invisible vibrait entre ses doigts.

Ils s'assirent, ouvrirent le panier d'osier de Sax et en sortirent le pique-nique qu'il avait apporté. Michel redevint silencieux.

— Il y a quelque chose qui ne va pas ? risqua Sax pendant qu'ils mangeaient.

Michel agita un bout de pain, avala ce qu'il avait dans la bouche.

— Je voudrais retourner en Provence.

— Pour toujours ? demanda Sax, choqué.

— Pas forcément, répondit Michel en fronçant les sourcils. Pour voir. Je commençais juste à me sentir bien quand nous avons dû repartir, la dernière fois.

— Il fait lourd, sur Terre.

— C'est vrai. Mais je m'y suis très bien fait.

— Hum.

Sax n'avait pas apprécié le retour à la gravité terrestre. L'évolution avait adapté leur corps à une certaine pesanteur, et il était vrai que de vivre par 0,38 g posait toutes sortes de problèmes médicaux. Mais il était tellement habitué à la gravité martienne, maintenant, qu'il n'y faisait même plus attention. Et quand il y pensait, c'était pour se dire qu'il trouvait ça bien agréable.

— Sans Maya ? demanda-t-il.

— Bien obligé. Elle ne veut pas y retourner. Elle dit qu'elle ira un jour, mais elle remet toujours ça à plus tard. Elle travaille pour la banque de crédit coop de Sabishii, et elle se croit indispensable. Non, je ne suis pas juste. C'est plutôt qu'elle ne veut rien rater ici.

— Tu ne pourrais pas transformer l'endroit où tu vis en une sorte de Provence ? Planter une oliveraie ?

— Ce ne serait pas pareil.

— Non, mais...

Sax ne savait que dire. La Terre ne lui manquait absolument pas. Quant à la vie avec Maya, il avait autant de mal à l'envisager que l'existence dans un tambour de machine à laver. Ça devait faire à peu près le même effet. D'où peut-être le besoin de solidité qu'éprouvait Michel, son désir de sentir la Terre sous ses pieds.

— Alors il faut y aller, répondit Sax. Attends quand même un tout petit peu. S'ils mettent au point ces moteurs à fusion pulsée et s'ils en équipent les vaisseaux spatiaux, tu y seras en moins de deux.

— Ça risque de poser des problèmes avec la gravité terrestre. Je pense que tous ces mois de voyage ne sont pas de trop pour s'y préparer.

Sax acquiesça.

— Ce qu'il te faudrait, c'est une sorte d'exosquelette dans lequel tu te sentirais soutenu, comme sous une faible gravité. Ces nouvelles tenues d'homme-oiseau dont on parle doivent ressembler un peu à ça, sinon on ne pourrait pas maintenir les ailes en position.

— Une carapace articulée en fibre de carbone, répondit Michel avec un sourire. Une carapace flottante.

— Oui. Marcher avec une chose de ce genre ne devrait pas être trop contraignant.

— Alors, si je te suis bien, nous commençons par nous installer sur Mars où nous devons porter des scaphandres pendant cent ans, puis quand nous avons assez évolué pour pouvoir rester assis ici, en plein air, et n'éprouver qu'une agréable impression de fraîcheur, nous retournons sur Terre où nous devons de nouveau porter des scaphandres pendant un siècle.

— Ou pour toujours, fit Sax. Exactement.

Michel éclata de rire.

— Eh bien, si c'est comme ça, je vais peut-être y aller. Un jour, ajouta-t-il en secouant la tête, nous pourrons vivre comme nous voulons, hein ?

Le soleil se trouvait au-dessus d'eux. Le vent caressait la pointe des herbes, et chacune était un éclair éblouissant. Michel parla de Maya pendant un moment, d'abord pour râler, puis pour lui trouver des excuses, enfin pour énumérer les qualités qui la rendaient irremplaçable et faisaient d'elle la lumière de sa vie. Sax hochait dûment la tête à chaque déclaration, quand bien même elle contredisait chacune des précédentes. Il avait l'impression d'écouter un drogué. Enfin, les gens étaient comme ça ; et il n'était pas à l'abri de ce genre de contradictions.

Un ange passa.

— Comment crois-tu qu'Ann voit ce genre de paysage, maintenant ? demanda enfin Sax.

Michel haussa les épaules.

— Je ne sais pas. Il y a des années que je ne l'ai vue.

— Elle n'a pas suivi le traitement de plasticité du cerveau.

— Non. Elle a la tête dure, hein ? Elle veut rester elle-même. Mais dans ce monde, j'ai bien peur que...

Sax opina du chef. Si on considérait tous les signes de vie du paysage comme une contamination, comme une horrible moisissure qui infectait la pure beauté du monde minéral, alors même le bleu de l'oxygène du ciel passerait pour une souillure. Il y avait de quoi devenir fou. C'est aussi ce que pensait Michel :

— J'ai peur qu'elle ne retrouve jamais la raison. Ou pas complètement.

— Je vois ce que tu veux dire.

D'un autre côté, qu'est-ce qui leur permettait d'affirmer une chose pareille ? Michel était-il fou parce qu'il était obsédé par une région située sur une autre planète, ou amoureux d'une personne relativement compliquée ? Sax était-il fou parce qu'il avait du mal à parler et à effectuer certaines opérations mentales, par suite d'une attaque et d'un traitement expérimental ? En tout cas, il n'en avait pas l'impression. Mais Desmond avait beau dire, il était fermement convaincu qu'Hiroko l'avait sauvé d'une tempête de neige. Et quant à cela, on pouvait y voir, disons, des événements purement mentaux qui semblaient avoir une réalité externe. Ce qui passait souvent pour un symptôme de folie, si Sax avait bonne mémoire.

— Comme ces gens, qui croient avoir vu Hiroko, murmura-t-il, pour voir ce que répondrait Michel.

— Ah ! oui. La pensée magique. C'est un mode de pensée tenace. Ne te laisse jamais aveugler par le rationalisme au point de ne plus voir que la pensée magique gouverne la majeure partie de ce que nous pensons. Qui suit souvent des schémas archétypaux, comme dans le cas d'Hiroko. Son histoire rappelle celle de Perséphone, ou du Christ. Ça s'explique : quand un personnage de cette qualité disparaît, le choc provoqué par sa mort est tellement insupportable qu'il suffit qu'un ami ou un disciple rêve de lui et se réveille en criant qu'il l'a vu pour qu'en une semaine tout le monde soit persuadé que le prophète est revenu, ou qu'il n'était pas vraiment mort. C'est ce qui se passe avec Hiroko et ses apparitions régulières.

Mais je l'ai vraiment vue, aurait voulu dire Sax. *Elle m'a pris par le poignet.*

D'un autre côté, il était profondément troublé. Les explications de Michel paraissaient sensées. Et elles collaient assez bien avec celles de Desmond. Hiroko leur manquait cruellement à tous les deux, du moins Sax le supposait-il, et pourtant ils devaient bien affronter la réalité de sa disparition et son explication la plus probable. Et les événements mentaux inhabituels pouvaient parfaitement être dus à la tension physique. Peut-être avait-il rêvé quand il avait cru la voir. Mais non, non, non, ce n'était pas une hallucination : il s'en souvenait avec netteté, chaque détail était gravé dans son esprit.

Mais ce n'était qu'un fragment, se dit-il, comme ces lambeaux de rêve dont on se souvient au réveil, le reste disparaissant comme une chose visqueuse, fuyante, avec un giclement presque audible. Ainsi, il ne se rappelait pas très bien ce qui s'était passé juste avant l'apparition d'Hiroko, ou après. Non plus que les détails.

Il claqua nerveusement des dents. Il y avait toutes sortes de folies, bien sûr. Ann errant seule dans le vieux monde. Et eux tous titubant dans le nouveau monde comme des fantômes, se débattant pour mettre sur pied une forme d'existence ou une autre. Peut-être Michel avait-il raison, peut-être avaient-ils du mal à affronter leur longévité, peut-être ne savaient-ils pas quoi faire de tout ce temps, comment construire leur vie.

Enfin... Ils étaient là, assis sur les falaises de Da Vinci. Il n'y avait pas de quoi se torturer les méninges. Comme aurait dit Nanao, qu'auraient-ils pu vouloir de plus ? Ils avaient le ventre plein, ils ne souffraient pas de la soif, ils étaient au soleil, dans le vent, regardant un cerf-volant monter loin au-dessus d'eux, dans le ciel de velours bleu nuit. De vieux amis qui bavardaient, assis dans l'herbe. Qu'auraient-ils bien pu vouloir de plus ? La tranquillité d'esprit ? Nanao aurait été mort de rire. La présence d'autres amis de longue date ? Eh bien, ils avaient tout le temps pour ça. En attendant, en ce moment précis, ils étaient assis sur une falaise, les deux frères d'armes. Après toutes ces années de combat, ils pouvaient rester là tout l'après-midi si ça leur chantait, à faire voler un cerf-volant et à bavarder. A parler de leurs vieux compagnons, de la pluie et du beau temps. Il y avait eu des problèmes avant, il y en aurait encore, mais ils étaient là, aujourd'hui présents, et voilà.

— John aurait adoré ça, reprit Sax, un peu haletant, c'était si difficile de parler de ces choses. Je me demande s'il aurait pu amener Ann à voir tout ça. Ce qu'il peut me manquer ! Et comme je voudrais qu'elle le voie. Pas comme moi je le vois, non, juste qu'elle voie que ce n'est pas mal. Que c'est beau, à sa façon. En soi, la façon dont tout cela s'organise. Nous disons que c'est notre œuvre, mais ce n'est pas vrai. C'est trop complexe. Nous l'avons juste amené ici. Après, ça s'est fait tout seul. Maintenant, nous essayons de le pousser dans une direction ou une autre, mais la biosphère totale... Elle s'organise toute seule. Il n'y a rien d'anormal là-dedans.

— Ça... éluda Michel.

— Absolument rien ! Nous pouvons raconter ce que nous voulons, nous ne sommes que des apprentis sorciers. Tout a pris une vie propre.

— Mais il y avait une vie avant, fit Michel. C'est ça qu'Ann vénère. La vie des roches et de la glace.

— La vie ?

— Une sorte de lente existence minérale. Appelle ça comme tu voudras. Une aréophanie de roches. Et puis, qui dit que ces pierres n'ont pas une sorte de conscience qui leur soit propre ?

— Je pense que la conscience est une question de cerveau, répliqua sèchement Sax.

— Peut-être, mais qui peut l'affirmer ? Ou, à défaut de conscience telle que nous l'entendons, disons au moins une existence. Une valeur intrinsèque, simplement parce que ça existe.

— Cette valeur n'a pas disparu, dit Sax.

Il ramassa une pierre de la taille d'une balle de base-ball, un fragment d'ejecta dont les aspérités révélaient l'impact d'une météorite ; aussi commune que la terre, et même beaucoup plus que la terre cultivable. Il la regarda attentivement. Salut, pierre, A quoi penses-tu ?

— Tout est encore là. Rien n'a disparu, dit-il.

— Mais ce n'est pas pareil.

— Rien n'est jamais pareil. Tout est en perpétuel changement. Quant à la conscience minérale, c'est trop mystique pour moi. Ce n'est pas que je sois systématiquement contre le mysticisme, mais là...

Michel se mit à rire.

— Tu as beaucoup changé, Sax. Mais tu es toujours le même.

— J'espère bien ! Cela dit, je ne crois pas qu'Ann soit très mystique non plus.

— Alors ?

— Alors, je ne sais pas ! Vraiment pas. Une... une scientifique comme elle, ne pas... ne pas supporter que les données soient contaminées ? C'est une façon stupide de voir les choses. Une peur du phénomène. Tu comprends ce que je veux dire ? De l'idolâtrie, voilà ce que c'est. Vivez avec, adorez-le, mais n'essayez pas d'y changer quoi que ce soit, ce serait du gâchis, vous casseriez tout. Je ne sais pas. Mais je voudrais bien comprendre.

— Tu veux toujours tout comprendre.

— Exact. Mais ça, j'ai plus envie de le comprendre que n'importe quoi d'autre. Plus que tout au monde. Vraiment !

— Ah, Sax... fit Michel avec un grand sourire. Je veux la Provence, tu veux Ann. Nous sommes tous les deux dingues !

Ils éclatèrent de rire. Des photons pleuvaient sur leur peau, la plupart les traversaient sans s'arrêter. Et ils se tenaient là, transparents au monde.

DIXIÈME PARTIE

WERTESWANDEL

Il était plus de minuit, et les bureaux étaient déserts. Le conseiller s'approcha du samovar et distribua de petites tasses de café. Trois de ses adjoints étaient debout autour d'une table sur laquelle étaient posés des écrans manuels.

— Les macrotomes de deutérium et d'hélium sont donc frappés, les uns après les autres, par la batterie de lasers, dit le conseiller. Ils implosent, déclenchant la fusion. La température au moment de l'allumage est de sept cents millions de degrés kelvin, mais c'est sans problème, car la réaction est très localisée, et très brève.

— Une question de nanosecondes.

— Parfait. Je trouve ça réconfortant. Bon, l'énergie résultante est donc libérée entièrement sous forme de particules chargées, qui peuvent être contenues par des champs électromagnétiques — pas de neutrons susceptibles de s'échapper et de rôtir les passagers. Les champs font office d'écran, de bouclier poussoir, ainsi que de système de récupération d'énergie afin d'alimenter les lasers. Toutes les particules chargées sont dirigées vers l'arrière, traversent le système de miroirs orientés qui concentrent les rayons, et assurent également la collimation des produits de la fusion.

— Exactement. Et c'est le plus beau de l'affaire, confirma l'ingénieur.

— Très bien. Quelle est la consommation ?

— Pour obtenir une accélération équivalente à la gravité martienne, c'est-à-dire 3,73 mètres-seconde au carré, la consommation d'un vaisseau de mille tonnes — trois cent cinquante tonnes pour les passagers et le vaisseau, six cent cinquante pour le système de propulsion et le combustible — sera de trois cent soixante-treize grammes à la seconde.

— Ka ! C'est énorme, non ?

— Ça fait près de trente tonnes par jour, mais l'accélération est énorme, aussi. Les voyages sont brefs.

— Et ces macrotomes font quelle dimension ?

— Un centimètre de rayon, répondit le physicien. Masse, vingt-neuf grammes. Nous en brûlerons mille deux cent quatre-vingt-dix à la seconde. Les passagers devraient avoir une impression d'accélération continue.

— J'imagine. Mais l'hélium est assez rare, non ?

— Un collectif de Galilée a commencé à en recueillir dans la stratosphère de Jupiter, répondit l'ingénieur. On pourrait faire de même au voisinage de la Lune, mais ça ne se passe pas très bien. Et puis Jupiter en a plus qu'il ne nous en faudra jamais.

— Les vaisseaux transporteraient cinq cents passagers ?

— C'est une hypothèse de calcul. Elle pourra toujours être ajustée, évidemment.

— Alors, le vaisseau accélère jusqu'à mi-chemin, fait demi-tour et décélère pendant toute la seconde moitié du trajet.

— Pour les trajets les plus courts, oui, acquiesça le physicien. Pour les plus longs, il suffira d'accélérer pendant quelques jours pour atteindre la vitesse voulue et la partie médiane du trajet s'effectuera à la vitesse de croisière afin d'économiser le combustible.

Le conseiller hocha la tête et ravitailla les autres en café. Ceux-ci dégustèrent le breuvage.

— La durée des voyages va changer radicalement, poursuivit la mathématicienne. Trois semaines de Mars à Uranus. Dix jours de Mars à Jupiter. Trois jours de Mars à la Terre. Trois jours ! (Elle regarda les autres en fronçant le sourcil.) Le système solaire va ressembler à l'Europe au XIXe *siècle. Les voyages en train. Les paquebots qui traversent l'océan.*

Tout le monde opina du chef.

— Nous sommes maintenant voisins des habitants de Mercure, d'Uranus et de Pluton, fit l'ingénieur.

Le conseiller haussa les épaules.

— Et d'Alpha du Centaure, si vous allez par là. Pas de problème. Le contact est une bonne chose. Contentez-vous d'établir le contact, dit le poète[1]*. Eh bien, établissons le contact. Maintenant, nous avons rendez-vous avec une vengeance, fit-il en levant sa tasse. A votre santé !*

Nirgal prenait le rythme et le gardait toute la journée. *Lung-gompa*. La religion de la course, la course en tant que méditation ou prière. Zazen, ka zen. Une partie de l'aréophanie, comme la gravité martienne. L'effort que le corps humain était capable de fournir aux deux cinquièmes de la pesanteur pour laquelle l'évolution l'avait

1. Edward Morgan Forster (1879-1970), romancier et humaniste anglais (*Chambre avec vue*), dans *Retour à Howard's End* : « Only connect the prose and the passion, and both will be exalted... » (*N.d.T.*)

prévu était une euphorie de tous les instants. Courir comme un pèlerin, mi-adorateur, mi-dieu.

Cette religion comptait pas mal d'adhérents, ces temps-ci, des solitaires qui couraient en tous sens. Ils organisaient parfois des courses, des compétitions : Dévaler le Dédale, le Cross-Chaos, la Trans-Marineris, le Mar(s)athon. Et entre deux, la discipline quotidienne. L'activité sans but ; pour la beauté du geste. Pour Nirgal, c'était une adoration, une méditation, l'oubli. Son esprit vagabondait, se focalisait sur son corps, ou sur la piste. Ou se vidait de tout. A ce moment-là, il courait en musique, sur Bach, sur Bruckner ou sur Bonnie Tyndall, une néoclassique d'Elysium dont la musique coulait comme les jours, d'amples chœurs décrivant une modulation interne régulière, un peu à la façon de Bach ou Bruckner, mais plus lente, plus régulière, plus inexorable et grandiose. Une bonne musique pour courir, même s'il ne l'entendait pas consciemment pendant des heures d'affilée. Il courait, c'est tout.

Le moment approchait du Mar(s)athon, qui avait lieu un périhélie sur deux. Les concurrents partaient de Sheffield et faisaient le tour de Mars sans bloc-poignet ni aucun autre système de navigation, en se fiant à leurs seuls sens, avec, pour tout bagage, un petit sac contenant de quoi boire, manger et assurer le couchage. Ils pouvaient choisir leur trajet, partir vers l'est ou vers l'ouest, pourvu qu'ils ne s'écartent pas de plus de vingt degrés de l'équateur (ils étaient suivis par satellite, et disqualifiés s'ils s'en éloignaient davantage). Ils avaient le droit de prendre tous les ponts, y compris celui de Ganges Catena, qui rendait compétitives les routes tant vers le nord que vers le sud de Marineris, de sorte qu'il y avait presque autant d'itinéraires possibles que de concurrents. Nirgal avait gagné cinq des neuf Mar(s)athons précédents, grâce à son sens de l'orientation plus qu'à la qualité de sa course. Beaucoup de concurrents malheureux considéraient le « Nirgalweg » comme une sorte d'aboutissement mystique, une chose surnaturelle, extravagante, qui allait contre toute logique. Les deux dernières fois, des coureurs l'avaient suivi dans l'espoir de le dépasser dans la dernière ligne droite. Mais chaque année il empruntait un chemin différent, prenant souvent des directions qui paraissaient tellement aberrantes que certains de ses poursuivants renonçaient pour se rabattre sur des voies plus prometteuses. D'autres ne pouvaient tenir le rythme pendant les deux cents jours et les vingt et un mille kilomètres de la course. Il fallait toute l'endurance d'un coureur de fond, être capable de subvenir à ses propres besoins, et de courir tous les jours.

Nirgal adorait ça. Il voulait gagner le prochain Mar(s)athon, pour pouvoir dire qu'il avait remporté plus de la moitié des dix premiers. Il étudiait le parcours, les nouvelles pistes. Il s'en construisait beaucoup, tous les ans. La mode était, depuis peu, d'aménager des pistes en escalier dans les parois des canyons, des dorsae et des escarpements qui couturaient l'outback. La piste qu'il suivait n'existait pas lors de son dernier passage dans la région. Elle descendait le long de la falaise abrupte d'une dépression du chaos d'Aromatum, et il y en avait une autre, symétrique, sur la paroi opposée. Traverser Aromatum ajouterait un segment vertical au parcours, mais tous les chemins plus horizontaux passaient loin au nord ou au sud, et Nirgal pensait que l'escalade pouvait se révéler payante.

La nouvelle piste suivait les anfractuosités de la falaise. Les marches étaient ajustées comme les pièces d'un puzzle, et si régulières qu'il avait l'impression de dévaler l'escalier ménagé dans la muraille du château en ruines d'un géant. Dresser des pistes à flanc de paroi était un art, un travail élégant auquel Nirgal avait parfois participé, aidant à déplacer les blocs de roche taillée avec une grue afin de les encastrer les uns au-dessus des autres. Il avait passé des heures, suspendu dans le vide, à tirer sur des filins verts de ses mains gantées, afin de positionner d'énormes polygones de basalte. Le premier constructeur de pistes que Nirgal avait rencontré était une femme qui traçait une route sur l'aileron dorsal de Geryon Montes, la longue crête qui se dressait au fond d'Ius Chasma. Il l'avait aidée tout un été. Elle était encore quelque part dans Marineris, à sculpter des pistes avec ses outils : des scies manuelles ultra-puissantes, des systèmes de poulies aux filins super-résistants et des rivets adhésifs plus durs que les pierres qu'ils assemblaient. Elle était encore là-bas, à exhumer de la roche une passerelle ou un escalier, des routes ressemblant à des voies romaines ou à des reliefs naturels placés là comme par miracle, des ponts d'une majesté pharaonique ou précolombienne, faits d'énormes blocs ajustés avec une précision millimétrique, enjambant des gouffres ou des étendues chaotiques.

Trois cents marches plus bas — il les avait comptées —, il arriva au fond du canyon dans l'heure précédant le coucher du soleil. Le ciel était réduit à une bande de velours violet, tout là-haut, entre les parois sombres. Il n'y avait pas de piste sur le sable plongé dans l'ombre, et il dut bien regarder où il mettait les pieds entre les pierres et les plantes, sans se laisser distraire par les fleurs éclatantes perchées sur les cactées en forme de tonneau, aussi brillantes que le ciel. Son corps brillait lui aussi dans la fin de cette journée passée à courir, il allait enfin assouvir la faim qui le rongeait de l'intérieur, l'affaiblissait plus désagréablement à chaque instant.

Il s'engagea dans l'escalier de la paroi ouest et le gravit en rétrogradant quelque peu, mais de la même allure régulière, tournant tantôt à gauche, tantôt à droite, au gré de la route en épingle à cheveux, admirant l'élégance avec laquelle la piste était intégrée au réseau de failles de la falaise, abritée du côté du vide par un muret de roche qui lui arrivait à la taille, sauf pendant l'ascension d'un passage dénudé, lisse comme le dos de la main, qui avait obligé les bâtisseurs à river à coups de boulons une échelle de magnésium massif. Il la gravit à toute allure, à croire que ses quadriceps s'étaient mués en élastiques géants. Il était fatigué.

Sur une plinthe, à gauche de l'escalier, était ménagée une étendue plate d'où on avait une vue en enfilade sur le long et étroit canyon en dessous. Il s'assit sur une pierre aussi accueillante qu'un fauteuil. Il y avait du vent. Il déploya le champignon transparent de sa petite tente dans le crépuscule et chercha de quoi manger dans son paquetage. Il en tira un sac de couchage, une lampe et un lutrin patinés par des années de bons et loyaux services et aussi légers qu'une plume. Tout compris, son nécessaire de survie pesait moins de trois kilos. Et chaque chose était là, à sa place — le réchaud, la nourriture et la gourde.

Le crépuscule passa avec une majesté himalayenne tandis qu'il se préparait une soupe lyophilisée, assis sur son sac de couchage, adossé à la paroi transparente de la tente, tout à la volupté de reposer ses muscles las. Encore une belle journée.

Il dormit mal cette nuit-là, se leva en frissonnant dans le vent froid qui précédait l'aurore, remballa ses affaires en vitesse et repartit en courant vers l'ouest. Il sortit du chaos d'Aromatum et arriva à la baie de Ganges. Il continua à courir, l'étendue bleu sombre de la mer sur sa gauche. Les longues plages étaient adossées à de larges dunes de sable, couvertes par une herbe courte sur laquelle il était facile de courir. Nirgal suivait son rythme en regardant tantôt la mer, tantôt les forêts de la taïga à sa droite. Des millions d'arbres avaient été plantés le long de cette côte afin de stabiliser le sol et d'éviter les tempêtes de sable. La grande forêt d'Ophir était l'une des régions les moins peuplées de Mars. Rares étaient ceux qui y étaient allés au cours des premières années de son existence, et personne n'y avait jamais implanté de ville. Les épais dépôts de poussières et de fines ne facilitaient pas les voyages. Maintenant, ces dépôts étaient un peu fixés par la forêt, mais les cours d'eau étaient bordés par des marécages et des sables mouvants, et les bancs de lœss non stabilisé provoquaient des ruptures dans les frondaisons. Nirgal restait à la lisière de la forêt et de la mer, sur les dunes ou entre les plus petits arbres. Il franchit l'embouchure de plusieurs rivières. Il passa la nuit sur la plage et s'endormit bercé par le bruit du ressac.

Le lendemain, à l'aube, il suivit la piste sous le dais de feuilles vertes, la côte s'étant arrêtée au barrage de Ganges Chasma. La lumière était crépusculaire et fraîche. A cette heure du jour, toute chose ressemblait à l'ombre d'elle-même. Des pistes à peine esquissées gravissaient les collines, sur sa gauche. La forêt, à cet endroit, était surtout composée d'arbres à feuilles persistantes : de grands séquoias, des pins et des genévriers. Le sol était couvert d'aiguilles sèches. Dans les endroits humides, des fougères crevaient le tapis brun, ponctuant de leurs fractales archaïques le sol tavelé de soleil.

Un torrent serpentait entre des îles étroites, couvertes d'herbe. On n'y voyait pas à plus de cent mètres. Les couleurs dominantes étaient le vert et le brun, parfois tachés de rouge par l'écorce velue des séquoias. Des puits de lumière dansaient sur le sol de la forêt, pareils à des êtres vivants filiformes. Nirgal courait comme en état d'hypnose, coupant ces pinceaux de lumière. Il traversa, en sautant de pierre en pierre, un ruisseau peu profond qui murmurait dans une clairière couverte de fougères. Il eut l'impression de traverser une pièce d'où seraient partis des couloirs menant à des pièces similaires en amont et en aval. Une petite cascade gargouillait à sa gauche.

Il s'arrêta pour boire et, en se redressant, il vit une marmotte qui se dandinait sur la mousse, sous la chute d'eau. Il eut un pincement au cœur. La marmotte but, se lava les pattes et le museau. Elle ne vit pas Nirgal.

Puis les feuilles s'agitèrent. La marmotte tenta de fuir, mais il y eut un frémissement de fourrure tachetée et de dents blanches. Un gros lynx lui avait enserré la gorge entre ses puissantes mâchoires. Il la secoua impitoyablement et l'écrasa sous une de ses grosses pattes.

Nirgal avait sursauté à l'instant de l'attaque, et le lynx regarda dans sa direction comme s'il venait seulement de prendre conscience de son mouvement. Les yeux de l'animal étincelaient dans la pénombre, il avait du sang sur les babines. Nirgal frémit. Le félin le repéra, croisa son regard. Nirgal le vit courir, bondir sur lui, ses dents acérées brillant dans la maigre lumière...

Et puis non. Il disparut avec sa proie, ne laissant derrière lui qu'une fougère frémissante.

Nirgal maintint l'allure. Il régnait sous les arbres une pénombre que les nuages seuls ne pouvaient expliquer. Une pénombre maligne. Il devait se concentrer pour ne pas perdre la piste. Des éclairs de lumière trouaient l'obscurité, le blanc perçant le vert. Le chasseur et le chassé. Des mares bordées de glace dans l'ombre. La mousse sur l'écorce. Du coin de l'œil, il voyait là le dessin des fougères, ici un tas de pommes de pin, ou une plaque de sables mouvants. La journée était fraîche, la nuit serait glaciale.

Il courut toute la journée, son paquetage tressautant dans son dos. Il n'avait presque plus rien à manger. Il avait hâte d'atteindre sa cachette suivante. Il lui arrivait, quand il courait, de ne prendre que quelques poignées de céréales et de se nourrir de ce qu'il trouvait en chemin, ramassant des pignons de pin, pêchant. Il consacrait alors la moitié de son temps à chercher sa pitance, et on ne trouvait pas grand-chose. Quand les poissons mordaient, un lac était une providence. Les gens des lacs... Mais pour cette course, il avait prévu d'aller ventre à terre d'une cache à l'autre. Il ingérait sept ou huit mille calories par jour, et il mourait encore de faim tous les soirs. Aussi lorsqu'il découvrit, en arrivant au petit arroyo où il avait constitué une réserve, qu'il y avait eu un glissement de terrain, que la paroi s'était effondrée sur ses provisions, il poussa un cri de désespoir et de colère. Il fouilla un moment dans les roches éboulées. Ce n'était pas un effondrement très important, mais il avait déplacé plusieurs tonnes de terrain. Rien à faire. Il devrait courir de toutes ses forces jusqu'à sa cache suivante, et le ventre vide. Il repartit sans perdre de temps.

Tout en courant, il scrutait les environs à la recherche de la moindre chose comestible : des pignons, des oignons sauvages, n'importe quoi. Il mangea lentement ce qui restait dans son paquetage, en mâchant le plus longtemps possible. Il savoura chaque bouchée en essayant d'imaginer qu'elle avait une valeur nutritive bien supérieure à la réalité. La faim le tenait éveillé la majeure partie de la nuit, et il ne dormait vraiment qu'au cours des dernières heures qui précèdent l'aube.

Le troisième jour de ce jeûne inattendu, il ressortit de la forêt juste au sud de Juventa Chasma, dans une zone ravagée par l'inondation de l'ancien aquifère. Ce n'était pas une mince affaire que de courir en ligne droite sur ce sol chaotique, et il ne se rappelait pas avoir jamais eu aussi faim de sa vie, or la prochaine cache se trouvait encore à deux jours de là. Il avait l'impression que son corps avait dévoré toutes ses réserves de graisse et se nourrissait maintenant de sa substance musculaire. Cet autocannibalisme donnait à chaque objet une acuité surnaturelle, l'auréolait de gloire, une lueur blanche irradiait les choses comme si la réalité elle-même devenait translucide. Bientôt — il en avait déjà fait l'expérience —, le *lung-gom-pa* laisserait place à des hallucinations. Dans son champ de vision grouillaient déjà des vers, des papillons noirs, de petits cercles de champignons bleus, des choses vertes, sous la forme de lézard, qui fuyaient dans le sable, juste devant les taches floues de ses pieds, et cela pendant des heures d'affilée.

Il devait consacrer toute son énergie à choisir son chemin sur le sol inégal. Il observait à la fois les pierres sur lesquelles il mettait les pieds et le terrain qui s'étendait devant lui dans un mouvement de va-et-vient qui n'avait pas grand-chose à voir avec la pensée consciente, son regard allant du proche au lointain selon un rythme qui lui était propre. Le chaos de Juventa, en contrebas, sur sa droite, était une dépression peu profonde, erratique, au-dessus de laquelle il voyait l'horizon lointain comme à travers une immense boule de cristal brisée. Devant, le sol était accidenté et inégal, blocs de pierre et bancs de sable alternant dans les creux et les bosses, les ombres trop noires, la clarté trop vive. Sombre, et en même temps aveuglant. Le coucher du soleil approchait, et la lumière lui blessait les yeux. En haut, en bas, en haut, en bas. Il arriva à une ancienne dune de sable et la descendit comme dans un rêve, gauche, droite, gauche, se calant les pieds dans le sable, sur des pierres placées selon un angle défiant les lois de la gravité, chaque pas lui faisant dévaler plusieurs mètres. Mais c'était trop facile. Lorsqu'il se retrouva en terrain plat, il eut grand mal à reprendre un rythme normal, et la colline suivante, pourtant modeste, eut un effet dévastateur. Il fallait qu'il trouve un endroit où bivouaquer, peut-être dans le creux suivant, ou sur la prochaine étendue sablonneuse, près d'un banc de pierre. Il mourait de faim, il était affaibli par le manque de nourriture et son paquetage ne contenait plus que quelques oignons sauvages trouvés en chemin. Enfin, il n'allait pas se plaindre d'être fatigué ; il aurait moins de mal à s'endormir. L'épuisement l'emportait toujours sur la faim.

Il gravissait une butte entre deux rochers grands comme une maison lorsque, dans un éclair blanc, une femme nue se dressa devant lui, agitant une écharpe verte. Il s'arrêta net, tituba, abasourdi, puis inquiet de voir ses hallucinations lui échapper à ce point. Mais elle était bien là, aussi vive qu'une flamme, des rigoles de sang maculant ses seins et ses jambes, agitant silencieusement son écharpe verte. D'autres personnages passèrent en courant devant elle, suivant la direction qu'elle leur indiquait, à ce qu'il lui sembla, du moins. Elle regarda Nirgal, tendit le bras vers le sud comme pour lui dire de les suivre et se remit à courir, son corps blanc, mince, volant tel un objet visible dans une infinité de dimensions, le dos robuste, les jambes longues, les fesses rondes, déjà loin, l'écharpe verte volant de-ci, de-là, leur montrant la voie.

Soudain, trois antilopes bondirent sur une colline à l'ouest, se découpant en ombre chinoise sur l'horizon où se couchait le soleil. Ah, des chasseurs ! Ils étaient déployés en arc de cercle et repoussaient les antilopes vers l'ouest en agitant des écharpes du haut des rochers. Tout cela en silence, comme si le bruit avait déserté le monde : pas un souffle de vent, pas un cri. Les antilopes s'arrêtèrent sur la colline, et l'espace d'un instant tout le monde, chasseurs et chassés, cessa de bouger, en éveil mais immobile, figé en un tableau qui pétrifia Nirgal. Il retint son souffle, de crainte que la scène entière ne disparaisse à la faveur d'un battement de cils.

Le mâle du troupeau bougea, rompant la stase. Il s'avança prudemment, pas à pas. La femme à l'écharpe verte le suivit, toute droite, bien en vue. Les autres chasseurs reparurent, puis disparurent à nouveau, se déplaçant comme des pinsons d'un point à un autre. Ils étaient pieds nus et portaient des pagnes ou des cache-sexe. Certains avaient le visage ou le dos peint en rouge, en noir ou en ocre.

Nirgal leur emboîta le pas. Ils obliquèrent vers l'ouest, de sorte qu'il se retrouva sur leur gauche. Le hasard voulut que le chef du troupeau d'antilopes tente une percée de son côté, et Nirgal put lui barrer la route en agitant les bras. Les trois antilopes filèrent à nouveau vers l'ouest, d'un seul mouvement. Les chasseurs les pistèrent en courant plus vite que Nirgal au mieux de sa forme, conservant leur formation en arc de cercle. Nirgal pressa l'allure pour ne pas se laisser distancer. Pieds nus ou non, ils allaient incroyablement vite. Ils se perdaient dans les longues ombres et ne faisaient aucun bruit. Sur l'autre aile de l'arc, quelqu'un poussa un jappement. Ce fut le seul bruit audible en dehors du crissement du sable et du gravier, du souffle rauque dans leurs gorges. Ils couraient, disparaissaient, reparaissaient, les antilopes gardant leur avance par petits bonds coulés. Nul être humain ne les rattraperait jamais. Nirgal suivait la chasse quand même, en haletant. Il repéra à nouveau les bêtes vers l'avant. Ah, elles s'étaient arrêtées au bord d'une falaise, en haut d'un canyon. Il vit le gouffre, la paroi opposée. Une fosse peu profonde, le haut des pins dépassant du bord. Les antilopes en connaissaient-elles l'existence ? Etaient-elles de la région ? Le canyon n'était pas visible à plus de quelques mètres...

Elles n'eurent pas l'air prises au dépourvu. Avec une grâce fluide, animale, elles longèrent la falaise vers le sud à petites foulées élastiques, sautèrent sur une corniche qui dominait un ravin abrupt et s'engouffrèrent dedans. Tous les chasseurs se précipitèrent vers le bord et les regardèrent dévaler le ravin en une succession de bonds d'une puissance et d'un équilibre stupéfiants, leurs sabots claquant de pierre en pierre. L'un des chasseurs hurla : « Aouuuuuh ! » et tous les autres se jetèrent dans le ravin en jappant et en grommelant. Nirgal les suivit, se ruant par-dessus le bord, et tous s'absorbèrent dans la folle descente. Nirgal avait beau être épuisé après ces interminables journées de *lung-gom*, ses jambes ne le trahirent pas, car il en dépassa plus de la moitié en sautant d'un rocher sur une coulée de gravier, dérapant, bondissant, reprenant son équilibre, se rattrapant avec les mains, se démenant comme tous les autres, et comme eux intensément absorbé dans l'effort consistant à descendre le plus vite possible en évitant la chute.

Lorsqu'il fut en sûreté au fond du ravin, il leva les yeux sur la forêt qu'il avait à peine vue d'en haut : de grands pins et des épicéas dressés sur un tapis de neige jonché d'aiguilles et, en amont, vers le sud, les troncs formidables, à nuls autres pareils, de séquoias géants, si gigantesques que le ravin semblait soudain peu profond, bien que la descente lui ait pris un long moment. C'étaient ces arbres qui dépassaient du canyon : des séquoias de deux cents mètres de haut, œuvres du génie génétique, dressés comme de grands saints silencieux, chacun embrassant dans ses branches ses enfants, les pins et les épicéas, les plaques de neige et les flaques d'aiguilles brunes.

Les antilopes avaient trotté vers le sud du canyon, dans cette forêt primitive. Avec de joyeux ululements, les chasseurs les suivirent entre les troncs immenses. A côté des cylindres massifs d'écorce rouge, lacérée, tout le reste paraissait minuscule. Ils couraient, pareils à de petits animaux, des souris, sur le sol neigeux, dans la lumière déclinante. Nirgal haletait, la tête vide. La peau de son dos, de ses flancs, le picotait, il se ressentait encore de la décharge d'adrénaline consécutive à la descente du ravin. Il était évident qu'ils ne rattraperaient jamais les antilopes, il ne comprenait pas ce qu'ils faisaient. Il suivait pourtant les chasseurs entre les arbres stupéfiants. Les suivre, il n'en demandait pas plus.

Puis les séquoias s'espacèrent, comme à la limite d'un îlot de gratte-ciel, et il n'en resta plus que quelques-uns. Nirgal s'arrêta net : entre les troncs de ces derniers monstres, après une étroite clairière, le canyon était fermé par un mur d'eau. Un mur impalpable, cristallin, occupait tout le fond du canyon, masse lisse, transparente, dressée au-dessus d'eux.

Le bassin de retenue. On construisait depuis peu des barrages de feuilles transparentes, des résilles de diamant scellées dans des fondations de béton. Nirgal voyait l'épais socle blanc courant sur le fond du canyon, entre les deux falaises.

La masse d'eau les dominait majestueusement, pareille à la paroi d'un gigantesque aquarium. Des algues flottaient dans la boue claire du fond. Des poissons d'argent aussi gros que les antilopes voletaient d'une paroi à l'autre, puis repartaient dans les profondeurs obscures, mouvantes.

Les trois antilopes allaient et venaient nerveusement devant cette barrière, la biche et le faon suivant les évolutions du mâle. Comme les chasseurs se refermaient sur eux, l'étalon fit soudain un bond en avant et, d'une poussée de tout le corps, donna un violent coup de tête sur le barrage —*thwack !* firent ses cornes, comme des couteaux en os. Nirgal et les chasseurs se figèrent, horrifiés par cette manœuvre farouche, désespérée, presque humaine. L'étalon rebondit, étourdi, se retourna et fonça sur eux. Des bolas tournoyèrent. La corde s'enroula autour de ses pattes, juste au-dessus du genou. Il bascula vers l'avant, s'écrasa au sol. Certains des chasseurs se précipitèrent sur lui, d'autres abattirent la biche et le faon sous une volée de pierres et de lances. Un cri strident retentit, aussitôt interrompu. Nirgal vit une dague d'obsidienne trancher la gorge du faon, le sang jaillir sur le sable, devant le barrage. Les gros poissons filaient comme l'éclair, au-dessus d'eux, les regardaient.

La femme à l'écharpe verte était invisible. Un chasseur vêtu en tout et pour tout de colliers lança la tête en arrière et poussa un hurlement, rompant l'étrange silence dans lequel s'effectuait cette tâche. Il se mit à danser sur place, puis courut vers le mur transparent du barrage et y jeta sa lance. Le javelot rebondit. Le chasseur exultant courut vers la dure membrane transparente et y flanqua un coup de poing.

Une femme aux mains ensanglantées tourna la tête et lui jeta un coup d'œil méprisant.

— Cesse de faire l'idiot, lança-t-elle.

— Ne t'inquiète pas, répliqua l'homme en riant. Ces barrages sont cent fois plus solides que nécessaire.

La femme secoua la tête d'un air écœuré.

— Je trouve stupide de défier le sort, dit-elle.

— C'est stupéfiant de voir le genre de superstitions qui peuvent survivre dans certains esprits timorés.

— Tu n'es qu'un imbécile, rétorqua la femme. La chance est aussi réelle que n'importe quoi.

— La chance ! Le sort ! Ka !

L'homme récupéra sa lance, courut vers le barrage et la lança à nouveau. Elle ricocha, manquant le heurter, et il éclata d'un rire dément.

— Quel coup de bol ! La chance sourit aux audacieux, pas vrai ?

— Un peu de respect, espèce de trou du cul !

— Du respect pour ce mâle, alors. Se jeter sur le mur comme ça...

L'homme partit d'un rire rauque.

Les autres dépeçaient les animaux sans prendre garde à leur conversation.

— Merci beaucoup, ô frère. Merci beaucoup, ô sœur.

Nirgal les regardait, les mains tremblantes. L'odeur du sang le faisait saliver. Les viscères fumaient dans l'air froid. Des perches de magnésium télescopiques sortirent des sacs de ceinture et les antilopes décapitées y furent attachées par les pattes. Les chasseurs prirent les tiges par les bouts et les soulevèrent.

— Tu ferais bien de nous aider à les porter si tu veux en manger ! cria la femme aux mains ensanglantées à l'intention du lanceur de javelot.

— Va te faire foutre !

Mais il se mit néanmoins en tête de ceux qui transportaient le mâle.

— Viens, fit la femme à Nirgal.

Et ils repartirent à vive allure vers l'ouest, sur le fond du canyon, entre le grand mur d'eau et les derniers séquoias. Nirgal les suivit, affamé.

La paroi ouest du canyon était ornée de pétroglyphes à peine visibles dans le crépuscule : des animaux, des lingams, des yonis, des empreintes de main, des comètes et des vaisseaux spatiaux, des dessins géométriques, Kokopelli, le joueur de flûte bossu. Un escalier était taillé dans la paroi, une piste en épingle à cheveux qui épousait les anfractuosités de la roche. Nirgal retrouva le rythme de l'escalade, son estomac le dévorant de l'intérieur. Il avait la tête qui tournait. Une antilope noire apparut sur la roche à côté de lui.

Quelques séquoias géants isolés se dressaient au bord du canyon, tout en haut. Quand ils arrivèrent au sommet, dans les derniers rayons du soleil, il vit que ces arbres formaient un cercle, neuf arbres pareils à de gigantesques monolithes de bois entourant une immense fosse à feu.

Le groupe entra dans le cercle, alluma le feu et débita les antilopes, coupant de grosses tranches dans les cuissots. Nirgal les regarda en salivant, les jambes tremblantes. Il déglutissait en humant les effluves qui s'élevaient dans la fumée, vers les premières étoiles. Les flammes dansaient dans l'obscure clarté du crépuscule, changeant le cercle d'arbres en une nef vacillante, à ciel ouvert. La lumière qui palpitait sur les aiguilles des séquoias rappelait la circulation du sang dans les capillaires. Des escaliers de bois montaient en spirale autour du tronc de certains arbres, se perdaient dans les branches. Tout en haut, des lampes s'allumèrent, des voix se firent entendre, alouettes dans les étoiles.

Trois ou quatre chasseurs lui offrirent des galettes d'avoine, puis une liqueur forte dans des jarres en argile. Ils lui dirent qu'ils avaient trouvé ce Stonehenge de bois quelques années auparavant.

— Qu'est-il arrivé à la... la femme qui menait la chasse ? demanda Nirgal en la cherchant du regard.

— Oh, la diane ne peut dormir avec nous ce soir.

— D'ailleurs, elle a tout foutu en l'air. Elle n'a pas le cœur à ça.

— Sûr que non. Vous connaissez Zo, elle a toujours un prétexte.

Ils rirent, se rapprochèrent du feu. Une femme tira un steak charbonneux des braises, l'agita au bout de son bâton pour le refroidir.

— Je vais te manger, petite sœur, dit-elle avant de mordre dans la viande.

Nirgal s'engloutit dans la chaleur humide de la chair, dévorant à belles dents, la tête vide, le corps vibrant. Manger ! Manger !

Le second morceau, il le savoura davantage, en regardant les autres. Il commençait à être rassasié. Il se rappela comment ils avaient dévalé le ravin, s'émerveilla de ce que le corps était capable de faire dans certaines situations. C'était une expérience de désincarnation, ou plutôt une expérience si profonde qu'elle était proche de l'inconscience, une plongée dans le cervelet, sans doute, dans ce cerveau reptilien qui savait comment faire les choses. Un état de grâce.

Une branche résineuse cracha une gerbe d'étincelles. Sa vue ne s'était pas encore accoutumée, les choses floues bondissaient, pleines d'images résiduelles. Le lanceur de javelot et un autre homme s'approchèrent de lui en riant, lui pressèrent une outre de peau contre les lèvres.

— Tiens, frère, bois ça, dirent-ils, et une boisson laiteuse, amère, lui coula dans la bouche. Prends un peu de frère blanc.

Un groupe ramassa des pierres et commença à les heurter selon des rythmes différents unissant les graves et les aigus. Les autres se mirent à danser autour du feu, en hurlant, en chantant ou en fredonnant : « Auqakuh, Quahira, Harmakhis, Kasei. Auqakuh, Mangala, Ma'adim, Bahram. » Nirgal dansa avec eux, toute fatigue évanouie. La nuit était froide, mais on pouvait s'approcher ou s'éloigner du feu, le sentir rayonner sur sa peau nue, glacée, retourner dans le froid. Quand tout le monde fut en sueur, ils repartirent en titubant dans la nuit vers le canyon, le long de la falaise, au sud. Une main se referma sur le bras de Nirgal, et il eut l'impression que la diane était revenue, qu'elle était là, à côté de lui, claire dans l'obscurité, mais il faisait trop noir, il n'y voyait rien. Puis ils se précipitèrent dans l'eau glaciale du réservoir, s'enfoncèrent dans le sable et la vase qui leur arrivaient à la taille, d'un froid à figer le sang. Il se releva, regagna la berge en s'ébrouant, tous les sens frémissants, hoquetant, riant, mais une main lui prit la cheville et il retomba à plat ventre dans l'eau, hilare. Dans l'eau noire, glacée, des orteils se heurtèrent : « Aïe ! aïe ! » Ils regagnèrent le cercle des grands arbres, se remirent à danser, ruisselants, les bras tendus vers la chaleur du feu, étreignant son rayonnement, leurs corps rougeoyant à la lueur des flammes, bondissant au rythme des percussions, les aiguilles des séquoias jetant des éclairs entre les étoiles tournoyantes.

Quand ils se furent réchauffés et que le feu mourut, ils le menèrent vers un escalier qui grimpait dans l'un des séquoias. Dans les grosses branches du haut étaient nichées de petites plates-formes à ciel ouvert, entourées de parois basses. Le plancher oscillait légèrement sous ses pas, au gré d'une brise fraîche qui éveilla un chœur de voix aériennes, profondes, dans les frondaisons. Nirgal resta seul sur ce qui lui parut être l'une des plus hautes plates-formes. Il déroula son sac de couchage, s'allongea et s'endormit rapidement, bercé par le chant du vent dans les aiguilles des séquoias.

Il se réveilla en sursaut, peu avant l'aube. Il s'adossa au muret de sa plate-forme, surpris que toute la soirée n'eût point été qu'un rêve, et regarda par-dessus le bord. Le sol était très, très loin en bas. Il eut d'abord l'impression d'être dans le nid-de-pie d'un gigantesque bateau, puis dans sa chambre de bambou, à Zygote, mais tout, ici, était infiniment plus vaste : le dôme étoilé du ciel, l'horizon distant, déchiqueté. Le sol, en bas, était une couverture noire, froissée, sur laquelle était brodé un filigrane d'argent : l'eau du réservoir.

Il descendit l'escalier. Quatre cents marches. L'arbre faisait peut-être cent cinquante mètres de hauteur, et se dressait au bord d'un canyon tout aussi profond. Il alla regarder le ravin dans lequel ils avaient essayé de précipiter l'antilope, vit la paroi qu'ils avaient dévalée, le barrage de cristal, l'énorme retenue d'eau.

Il retourna au cercle d'arbres. Quelques-uns des chasseurs étaient levés et ranimaient le feu en frissonnant dans le petit jour glacial. Nirgal leur demanda s'ils se rendaient quelque part aujourd'hui. En effet. Ils allaient vers le golfe de Chryse, au nord, en traversant le chaos de Juventa. Après, ils ne savaient pas.

Nirgal demanda s'il pouvait les accompagner un moment. Ils eurent l'air surpris. Le regardèrent, se regardèrent, parlèrent entre eux dans une langue qu'il ne reconnut pas. Nirgal se demanda pourquoi il leur avait posé cette question. Il voulait revoir la diane, oui. Mais il y avait autre chose. Jamais son *lung-gom-pa* n'avait ressemblé à cette dernière demi-heure de chasse. Evidemment, l'expérience s'était déroulée dans un contexte particulier, il y avait la faim, l'épuisement, mais ce n'était pas tout. Le sol enneigé de la forêt, la poursuite entre les arbres primitifs, la descente dans le ravin, la scène sous le barrage...

Les hommes le regardèrent à nouveau en hochant la tête. Il pouvait venir avec eux.

Toute la journée ils remontèrent vers le nord, en suivant un itinéraire compliqué à travers le chaos de Juventa. Le soir, ils arrivèrent, par une route de montagne, à une petite mesa au sommet couvert de pommiers. Les arbres avaient été taillés en forme de verre à cocktail, et de nouvelles pousses droites montaient des branches anciennes, convulsées. Ils passèrent l'après-midi à dresser des échelles sur les arbres, à supprimer les pousses et à cueillir de petites pommes lisses, dures, aigrelettes.

Au centre du verger se trouvait une structure ronde, ouverte à tous les vents : une maison-disque, lui dirent-ils. Nirgal en admira la conception. Elle était posée sur une dalle ronde de ciment, poli comme du marbre. Le toit rond reposait sur deux cloisons intérieures en forme de T : un diamètre et un rayon. Le demi-cercle servait d'espace à vivre et de cuisine. Les quartiers étaient réservés aux chambres et à la salle de bains. La maison, à présent ouverte, pouvait être fermée lorsqu'il faisait mauvais, en tirant tout autour une bâche transparente.

Il y avait des maions-disques partout sur Lunae, dit à Nirgal la femme qui avait dépecé l'antilope. Plusieurs groupes utilisaient les mêmes, s'occupant du verger quand ils passaient par là. Ils faisaient partie d'une coop assez souple, qui menait une vie nomade, vivant de chasse, de cueillette, cultivant le sol. Ils préparaient à présent de la compote avec les petites pommes afin de les conserver. D'autres rôtissaient des tranches d'antilope sur le feu, au-dehors, ou travaillaient dans un fumoir.

Ils se levèrent à l'aube et s'attardèrent un moment autour du feu à bavarder en buvant du café et du kava, en reprisant des vêtements et en s'affairant dans la maison-disque. Puis, ils réunirent leurs maigres biens, éteignirent le feu et repartirent. Tout le monde portait un paquetage sur le dos ou à la taille, mais la plupart voyageaient aussi léger que Nirgal sinon plus, avec pour tout bagage un mince sac de couchage et un peu de nourriture. Quelques-uns avaient une lance, un arc ou un carquois passé sur une épaule. Ils marchèrent à vive allure pendant toute la matinée, se divisant en petits groupes pour ramasser des pignes, des glands, des oignons et du maïs sauvage, ou pour chasser la marmotte, le lapin, la grenouille, parfois une plus grosse bête. C'étaient des gens minces, aux côtes et aux pommettes saillantes. Une femme lui dit qu'ils aimaient ne jamais manger tout à fait à leur faim. Les mets n'en paraissaient que meilleurs. Et, de fait, chaque soir de cette marche forcée, Nirgal engloutissait sa nourriture comme lorsqu'il courait, tremblant et affamé ; et tout avait un goût d'ambroisie. Ils parcouraient d'énormes distances tous les jours, pendant leurs grandes chasses ils traversaient souvent des zones où courir eût été désastreux tant elles étaient accidentées, et il leur fallait parfois cinq ou six jours pour se retrouver à la maison-disque suivante. Comme Nirgal ignorait leur emplacement, il devait rester près de l'un ou l'autre des chasseurs. Un jour, ils lui demandèrent d'aider les quatre enfants du groupe à traverser le sol piqueté de cratères de Lunae Planum. Chaque fois qu'ils eurent un choix à faire, ce furent les enfants qui lui dirent quel chemin prendre, et ils arrivèrent les premiers à la maison-disque. Les enfants adorèrent ça. Le groupe les consultait souvent sur le moment où ils devaient repartir.

— Alors, les enfants, on y va ?

Ils répondaient oui ou non avec aplomb, en quelques secondes, et d'une seule voix. Un jour, deux adultes qui s'étaient bagarrés leur exposèrent le problème, et les enfants prirent parti pour l'un, contre l'autre.

— Nous leur enseignons, et ils nous jugent, lui expliqua la dépeceuse. Ils sont sévères, mais justes.

Ils cueillaient une partie des fruits des vergers : des pêches, des poires, des abricots, des pommes. Si la récolte était trop mûre, ils cueillaient tout, faisaient de la compote ou du chutney, et laissaient les bocaux dans de grands celliers sous la maison-disque, pour le jour où ils repasseraient par là, ou pour d'autres groupes. Puis ils repartaient, toujours vers le nord. Enfin, ils arrivèrent au Grand Escarpement, extrêmement spectaculaire en ce lieu précis : le haut plateau de Lunae tombait dans le golfe de Chryse, cinq mille mètres plus bas, sur quelque cent kilomètres à peine.

L'avance était on ne peut plus périlleuse sur le sol incliné, plissé et ondulé par un million de petits accidents. Aucune piste n'avait été construite à cet endroit, et le chemin montait, redescendait, tournait, remontait et repartait, en bas, en haut. Il n'y avait guère de gibier, pas de maison-disque à proximité et peu de chose à manger. L'un des jeunes glissa en traversant une rangée de cactus-corail qui couturait le sol comme une barrière de fil de fer barbelé, et mit le genou sur une boule de piquants. Les perches de magnésium servirent alors à confectionner un brancard, et ils poursuivirent vers le nord en portant l'enfant éploré. Les meilleurs chasseurs entouraient le groupe avec leur arc et leurs flèches, dans l'espoir de tuer un animal effrayé par leur passage. Ils en ratèrent plusieurs, puis une longue flèche atteignit un lièvre en pleine course. Un tir magnifique, qui leur arracha des hurlements de joie. Ils brûlèrent plus de calories à fêter cet exploit que ne leur en procura le petit lambeau de chair constituant la ration de chacun.

— Le cannibalisme rituel de notre frère rongeur. Quand on me dit que la chance n'existe pas... ironisa la dépeceuse en mangeant sa part, mais le lanceur de javelot la regarda un riant, et les autres semblèrent réjouis par leur bouchée de viande.

Plus tard le même jour, ils tombèrent sur un jeune caribou isolé. S'ils parvenaient à l'attraper, leur problème de nourriture était résolu, mais il était méfiant, malgré son air égaré. Il resta hors de portée même des arcs les plus puissants et sema le groupe en descendant le Grand Escarpement, tous les chasseurs bien visibles sur la pente, au-dessus.

Pour finir, tout le monde se retrouva à quatre pattes, en train de ramper laborieusement sur la pierre brûlante du plein midi, dans l'espoir d'encercler le caribou. Mais ils avaient le vent dans le dos, et le caribou descendait la pente en se jouant, ou se déplaçait transversalement en paissant et en se retournant pour regarder ses poursuivants d'un air de plus en plus étonné, comme s'il se demandait à quel jeu ils se livraient. Nirgal commença à se poser des questions, lui aussi. Et apparemment, il n'était pas le seul. Le scepticisme du caribou semblait être contagieux. Une variété de sifflements plus ou moins subtils retentirent : sans doute une controverse sur la stratégie à suivre. Nirgal comprit alors que la chasse était difficile, que ça ne marchait pas toujours. Que le groupe n'était peut-être pas très doué. Tout le monde cuisait au soleil sur ces pierres, et ils n'avaient pas mangé convenablement depuis des jours. C'était la vie, pour ces gens. Mais aujourd'hui, elle était trop dure pour être drôle.

Au bout d'un moment, l'horizon, à l'est, sembla se dédoubler : l'étendue bleue, étincelante, du golfe de Chryse apparut très loin en bas. Au fur et à mesure qu'ils descendaient la pente à la poursuite du caribou, la mer envahit le paysage. Le Grand Escarpement était tellement abrupt, à cet endroit, que même la forte courbure de Mars ne pouvait interrompre la longue perspective, et la vue portait à des kilomètres sur le golfe. La mer, la mer bleue !

Ils pourraient peut-être acculer le caribou sur le rivage. Mais voilà qu'il se dirigeait vers le nord, coupant la pente par le travers. Ils le suivirent en rampant sur une petite crête lorsque, tout à coup, ils aperçurent la côte, en bas : une frange de forêt verte, de petits bâtiments blanchis à la chaux entre les arbres et l'eau. Un phare blanc sur une butte.

Ils poursuivaient l'animal vers le nord lorsqu'une courbure de la côte leur dissimula l'horizon. Juste derrière, une ville côtière était enroulée autour d'une baie en demi-lune au sud de ce qui leur apparaissait maintenant comme un détroit, ou plus précisément un fjord, car de l'autre côté d'un étroit goulet se dressait une muraille encore plus abrupte que la pente sur laquelle ils se trouvaient : trois mille mètres de roche rouge arc-boutée au-dessus de la mer, une immense paroi abrupte qui ressemblait au bord d'un continent, faite de bandes horizontales profondément entaillées par les vents durant un milliard d'années. Nirgal comprit soudain où ils se trouvaient : cette énorme falaise était la péninsule de Sharanov, ils étaient devant le fjord Kasei, et la ville était Nilokeras. Ils avaient fait un sacré bout de chemin.

Les sifflements qu'échangeaient les chasseurs devinrent particulièrement bruyants et expressifs. La moitié d'entre eux s'assirent sur la pente, forêt de crânes plantés sur un champ de pierres, se regardèrent comme si la même idée leur était passée par la tête, puis ils se relevèrent et, laissant tranquillement ruminer le caribou, descendirent la pente menant à la ville. Au bout d'un moment, ils se mirent à gambader, à faire des cabrioles et à pousser de grands cris de joie, abandonnant le garçon blessé et les brancardiers derrière eux.

Ils s'arrêtèrent plus bas, sous de grands pins de Hokkaido, à la périphérie de la ville, et les attendirent pour s'engager sous les pins, traverser quelques vergers et emprunter les rues du haut de la ville. Une bande de chahuteurs, passant devant de jolies maisons aux baies vitrées donnant sur le port. Ils mirent le cap sur une clinique, comme s'ils savaient où ils allaient. Ils y laissèrent le petit éclopé et se rendirent aux bains publics, après quoi ils se dirigèrent vers la rue commerçante qui jouxtait les docks et prirent d'assaut trois ou quatre restaurants adjacents avec des parasols en terrasse et des guirlandes d'ampoules multicolores. Nirgal s'attabla avec les jeunes, dans un restaurant de fruits de mer. Le petit blessé les rejoignit bientôt, le genou et le mollet bandés, et ils burent et mangèrent comme quatre : des crevettes, des palourdes, des moules, des truites, du pain frais, du fromage, des salades composées, le tout arrosé de litres d'eau, de vin et d'ouzo, si bien que, leurs agapes terminées, ils s'éloignèrent en titubant, l'estomac tendu comme un tambour.

Certains filèrent droit vers ce que la dépeceuse appelait leur hôtel habituel, pour dormir ou vomir. Les autres s'affalèrent sur l'herbe d'un parc où on donnait *Phyllis Boyle*, un opéra de Tyndall. Après la représentation, on danserait.

Nirgal, qui avait opté pour le parc et l'opéra, fut fasciné — comment ne pas l'être ? — par la virtuosité des chanteurs, la beauté sublime de l'orchestration que Tyndall était seule à manier de la sorte. Après la représentation, certains avaient suffisamment digéré leur festin pour danser, et Nirgal se joignit à eux. Au bout d'une heure, il se mêla à l'orchestre, ainsi que plusieurs membres de l'assistance, et il joua des percussions jusqu'à ce que tout son corps vibre comme le magnésium des timbales.

Il avait tout de même trop mangé, et quand certains membres du groupe regagnèrent leur hôtel, il les suivit. En les voyant, des gens dirent : « Regarde les farouches », ou quelque chose dans ce goût-là. Le lanceur de javelot poussa un hurlement et se jeta sur eux, aussitôt imité par quelques-uns des jeunes chasseurs. Ils bousculèrent les passants, les collèrent contre un mur et les injurièrent copieusement.

— Tenez votre langue ou on vous la fait bouffer, sacs à merde ! beugla joyeusement le lanceur de javelot. Espèces de rats d'égouts, bande de camés, somnambules, putains de vers de terre ! Vous croyez pouvoir comprendre ce qu'on vit en vous shootant ? On va vous botter le cul, vous allez voir si ça vous fait des sensations ! Vous allez voir !

— Allons, allons, du calme ! fit Nirgal en l'entraînant.

Les passants rendirent alors coup pour coup en gueulant, et ils n'avaient pas trop bu, eux, et ils ne faisaient pas ça pour rire. Les jeunes chasseurs durent battre en retraite, puis se laissèrent entraîner par Nirgal quand les gens s'estimèrent satisfaits de les avoir mis en fuite. Ils s'éloignèrent en chancelant sans cesser de proférer des invectives, en massant leurs plaies et leurs bosses, riant et reniflant, gonflés à bloc.

— Bougre d'endormis, empaquetés de première ! On va vous botter le cul, vous allez voir ! On va vous faire sortir de vos maisons de poupées à coups de pompe dans le train et vous jeter à la baille ! Foutus connards de moutons, va !

Nirgal les fit avancer à grand renfort de taloches, en gloussant malgré lui. Ils étaient ivres, ils déliraient, et il ne valait pas beaucoup mieux lui-même. En arrivant à leur hôtel, il repéra la dépeceuse dans le bar, de l'autre côté de la rue, et la rejoignit avec sa bande de durs. Il resta un long moment assis à les regarder, en faisant rouler son cognac sur sa langue. Les passants les avaient appelés *farouches*. La dépeceuse le lorgnait, l'air de se demander ce qu'il pensait. Beaucoup plus tard, il se leva péniblement et suivit les autres en titubant. Ils traversèrent la rue en chantant à tue-tête *Swing Low, Sweet Chariot*. Les étoiles montaient et descendaient sur l'eau d'obsidienne du fjord Kasei. L'esprit et le corps comblés de sensations. Une douce fatigue, un état de grâce.

Le lendemain matin, ils se levèrent tard, avec une gueule de bois carabinée. Ils traînèrent un moment dans leur dortoir, à boire du kavajava à petites lampées. Puis ils descendirent et, tout en déclarant haut et fort ne rien pouvoir avaler, ils engloutirent un petit déjeuner monumental. Entre deux bouchées, ils décidèrent d'aller voler. Les vents qui soufflaient dans le fjord Kasei étaient parmi les plus puissants de la planète, et les adeptes des sports aériens venaient à

Nilokeras pour en profiter. Bien entendu, un hurlevent pouvait se mettre subitement à souffler et priver tout le monde d'amusement, hormis les amateurs d'émotions fortes, mais les vents étaient en général d'une force idéale.

Le camp de base des hommes-oiseaux était une île-cratère appelée Santorini. Après le petit déjeuner, le groupe descendit sur les quais et prit un ferry. Une demi-heure plus tard, ils débarquaient sur la petite île en forme de croissant et suivaient les autres passagers vers l'aire de vol.

Nirgal n'avait pas volé depuis des années, et c'est avec une joie immense qu'il se sangla dans la nacelle d'une bulle volante, monta le long du mât, se laissa éjecter et emporter par les courants ascendants qui soufflaient le long de la paroi intérieure, abrupte, de Santorini. En s'élevant, il constata que la plupart des hommes volants portaient des combinaisons munies de larges ailes dans lesquelles ils ressemblaient à des renards volants ou à des hybrides mythiques, sortes de pégases ou de griffons. Il y avait des hommes-oiseaux de toutes les espèces : des albatros, des aigles, des martinets, des vautours. L'individu était gainé dans un exosquelette qui répondait à ses sollicitations, conservait les positions qu'il lui imprimait et effectuait certains mouvements en les amplifiant, de sorte que des muscles humains suffisaient à faire battre les grandes ailes, ou à leur permettre de résister aux torsions des vents les plus violents tout en maintenant casque et plumes caudales en position correcte. Les IA intégrées à la tenue aidaient les hommes volants en cas de besoin, et pouvaient même faire office de pilote automatique, mais la plupart des hommes-oiseaux préféraient se débrouiller grâce à leurs propres ressources et contrôlaient l'exosquelette comme des bras mécaniques, qui décuplaient leurs forces.

Assis dans sa bulle volante, Nirgal regardait avec plaisir et excitation ces hommes-oiseaux le frôler à toute vitesse, plonger vers la mer et redresser au dernier moment, déployer leurs ailes, tourner, virer et remonter en profitant d'un courant ascendant. Nirgal eut l'impression qu'évoluer ainsi n'était pas donné à tout le monde. Les bulles volantes comme la sienne paraissaient infiniment plus faciles à manœuvrer. Quelques-unes s'élevaient au-dessus de l'île et décrivaient des courbes beaucoup plus douces afin de profiter du spectacle comme d'agiles aéronautes.

Soudain, Nirgal reconnut, montant à côté de lui en spirale, le visage de la diane, la femme qui avait mené la chasse des farouches. Elle l'avait repéré elle aussi. Elle leva le menton, esquissa un rapide sourire, puis replia ses ailes et se laissa tomber, la tête la première, dans un bruit déchirant. Nirgal la regarda avec une excitation proche de la terreur, puis une franche épouvante alors qu'elle plongeait juste au bord de la falaise de Santorini. L'espace d'un instant, il crut qu'elle allait s'y écraser, mais elle remonta en vrille sur le courant ascendant.

Ses évolutions étaient si gracieuses qu'il eut envie d'apprendre à voler ainsi, même si son cœur qui s'était emballé en la voyant plonger n'avait pas encore retrouvé son rythme normal. Plonger et reprendre son essor. Aucune bulle volante ne permettait de telles évolutions. La chasseresse volait comme un oiseau. En plus de tout le reste, voilà que les gens étaient devenus des oiseaux.

Elle s'approcha de lui, s'éloigna, lui tourna autour comme si elle exécutait une de ces danses nuptiales auxquelles s'adonnent certaines espèces pour séduire leur partenaire. Au bout d'une heure environ, elle lui dédia un dernier sourire, s'éloigna à petits battements d'ailes et dériva en cercles paresseux vers la piste de Phira. Nirgal descendit à sa suite et, une demi-heure plus tard, il négociait une élégante courbe dans le vent et se posait juste auprès d'elle. Elle l'attendait, les ailes étendues sur le sol.

Elle décrivit, à pied, un cercle autour de lui, poursuivant sa cour. Elle s'approcha de lui, ôta son capuchon, et ses cheveux noirs brillèrent au soleil comme l'aile d'un corbeau. La chasseresse. Elle se dressa sur la pointe des pieds, l'embrassa sur la bouche et recula pour le regarder gravement. Il la revit en train de courir nue devant les chasseurs, une écharpe verte à la main.

— Petit déjeuner ? demanda-t-elle.

On était en plein après-midi, et il mourait de faim.

— Et comment !

Ils mangèrent au restaurant de l'aire de vol en regardant la petite baie de l'île, les immenses falaises de Sharanov et les acrobaties des hommes-oiseaux. Ils parlèrent des joies du vol et de la course sur la terre ferme, de la poursuite des trois antilopes, des îles de la mer du Nord et du grand fjord Kasei qui déversait ses vents sur eux. Ils flirtèrent. Nirgal éprouva par anticipation le plaisir voluptueux de ce qu'ils allaient faire. Il y avait si longtemps. Ça aussi, ça faisait partie du retour à la ville, à la civilisation. Le flirt, la séduction... Qu'il était doux, quand on était intéressé, de voir que l'autre l'était aussi ! Il se dit qu'elle devait être assez jeune, mais elle avait le visage brûlé par le soleil, la peau ridée autour des yeux, ce n'était plus une enfant. Elle était allée sur les lunes de Jupiter, dit-elle, elle avait enseigné à la nouvelle université de Nilokeras, et pour le moment elle courait avec les farouches. Vingt années martiennes, peut-être plus, c'était devenu difficile à dire. Une adulte, en tout cas. Pendant ces vingt premières années, les gens acquéraient la majeure partie de ce que l'expérience leur apporterait jamais ; après ça, l'histoire se répétait. Ils étaient tous les deux adultes, contemporains. Et ils étaient là, dans l'expérience partagée du présent.

Nirgal la dévisageait en parlant. Insouciante, intelligente, confiante. Une Minoenne : la peau sombre, les yeux noirs, le nez aquilin, une lèvre inférieure impressionnante. Une hérédité méditerranéenne, peut-être, grecque, arabe, indienne. Impossible à dire, comme chez la plupart de ces yonsei. Une Martienne, tout simplement, qui parlait l'anglais de Dorsa Brevia. Et cette lueur dans le regard quand elle l'observait... Combien de fois dans ses errances était-ce arrivé, une conversation qui déviait à un moment donné, et tout à coup il décrivait avec une femme les longues envolées de la séduction, la danse nuptiale menant à un lit ou à un creux caché dans les collines...

— Hé, Zo ! appela la dépeceuse en passant. Tu viens avec nous voir l'ancêtre ?

— Non, répondit Zo.

— L'ancêtre ? releva Nirgal.

— Boone's Neck, répondit Zo. Sur la péninsule polaire.

— Mais pourquoi l'ancêtre ?

— C'est l'arrière-petite-fille de Boone, expliqua la dépeceuse.

— Comment ça ? demanda Nirgal en regardant Zo.

— Je suis la fille de Jackie Boone, répondit-elle.

— Ah, parvint à articuler Nirgal.

Il s'appuya au dossier de son fauteuil. Le bébé à qui Jackie donnait le sein, au Caire. La ressemblance aurait dû lui sauter aux yeux. Il en avait la chair de poule. Il se frictionna les bras en frissonnant.

— Je dois me faire vieux, dit-il.

Elle eut un sourire, et il comprit tout à coup qu'elle savait qui il était. Elle avait joué avec lui comme le chat avec la souris, lui tendant un petit piège. Pour voir, peut-être, pour faire bisquer sa mère, ou pour une autre raison qu'il ne pouvait imaginer. Pour s'amuser.

Elle le regardait à présent en fronçant les sourcils.

— Ça n'a aucune importance, dit-elle d'un air qu'elle espérait sérieux.

— Non, acquiesça-t-il.

Après tout, ce n'étaient pas les farouches qui manquaient dans le coin.

ONZIÈME PARTIE

VIRIDITAS

C'était une époque troublée. La pression démographique gouvernait tout. Le plan visant à surmonter le problème était clair et ne se déroulait pas si mal ; chaque génération était moins nombreuse que la précédente. En attendant, il y avait maintenant dix-huit milliards d'hommes sur Terre, il en naissait tous les jours, il en partait toujours plus pour Mars, où ils étaient à présent dix-huit millions. Et sur les deux mondes les gens criaient : « Ça suffit ! ça suffit ! »

Quand les Martiens élevaient suffisamment la voix et que les Terriens les entendaient, certains se fâchaient. Le concept de capacité ne voulait rien dire au regard des nombres et des images qui s'inscrivaient sur les écrans. Le gouvernement global martien s'efforçait de gérer cette colère au mieux. Il expliquait que Mars, avec sa biosphère fragile, ne pouvait nourrir autant de gens que la bonne grosse Terre. Il orienta aussi l'industrie aérospatiale martienne vers la fabrication des navettes et accéléra le processus de transformation des astéroïdes en cités flottantes. Cette mesure était une conséquence inattendue d'une partie du programme carcéral martien. Pendant des années, les crimes de sang commis sur Mars avaient été sanctionnés par le bannissement à perpétuité qui débutait par quelques années de travaux forcés sur une nouvelle colonie astéroïde. Tant que les exilés ne revenaient pas sur Mars après avoir payé leur dette à la société, le gouvernement martien se fichait de savoir où ils allaient échouer. C'est ainsi qu'un flux régulier de gens arrivaient sur Hébé, faisaient leur temps et retournaient dans le système intérieur ou partaient pour les satellites extérieurs encore peu peuplés et souvent s'installaient dans les astéroïdes évidés. Da Vinci ainsi que d'autres coops ou organisations fabriquaient et distribuaient le matériel nécessaire au lancement de ces colonies. Le programme était assez simple en réalité. Les équipes d'audit avaient trouvé dans la ceinture des astéroïdes des milliers de planétoïdes qui se prêtaient à la transformation et laissé sur les meilleurs l'équipement adéquat. Une équipe de robots fouisseurs autoreproductibles creusaient l'astéroïde, rejetant la majeure partie des gravats dans l'espace et utilisant le reste pour fabriquer et alimenter en énergie d'autres fouisseurs. Quand le planétoïde était évidé, l'ouverture était fermée par une porte et on lui imprimait une rotation afin que la force centrifuge recrée à l'intérieur une gravité artificielle. De puissantes lampes étaient allumées au centre de ces cylindres évidés, afin de fournir un niveau de luminosité équivalent au jour martien ou terrestre, la pesanteur étant généralement ajustée en conséquence, de sorte qu'il y avait des cités calquées sur le modèle des petites villes martiennes ou terrestres et toute la gamme entre les deux ou au-delà, au moins du côté éclairé. Beaucoup de petits mondes procédaient à des expériences à faible gravité.

Ces nouvelles petites cités-Etats concluaient des alliances entre elles, et parfois avec les organisations fondatrices sur leur monde d'origine, mais il n'y avait pas de structure générale à l'ensemble. Les astéroïdes indépendants, surtout ceux qui étaient occupés par les exilés martiens, avaient d'abord manifesté un comportement très hostile, tentant d'imposer aux vaisseaux spatiaux des droits de péage exorbitants. Mais les navettes se déplaçaient très vite, à présent, et légèrement au-dessus ou au-dessous du plan de l'écliptique afin d'éviter les poussières et les gravats qui devenaient de plus en plus denses avec l'évidement des planétoïdes. Il était difficile d'exiger un péage de ces bâtiments sans risquer de les détruire, ce qui aurait donné lieu à des mesures de rétorsion, aussi les pirates avaient-ils vite renoncé à cette pratique.

Face à la pression démographique de plus en plus intense tant sur Terre que sur Mars, les coops martiennes s'efforçaient d'encourager le développement de ces nouvelles cités astéroïdes. Elles construisaient aussi de grandes colonies sous tente sur les lunes de Jupiter, de Saturne et plus récemment d'Uranus. Neptune et peut-être Pluton devaient bientôt suivre. Les gros satellites des géantes gazeuses étaient de véritables petites planètes, et tous étaient maintenant peuplés de gens qui projetaient de les terraformer à plus ou moins long terme, en fonction des données locales. Le terraforming prendrait du temps, mais il paraissait possible partout, à un degré ou à un autre, et offrait dans certains cas la perspective tentante de mondes complètement nouveaux. Titan, par exemple, commençait à sortir de son brouillard d'azote, alors que les colons vivant sous tente sur les petites lunes voisines aspiraient l'oxygène qui l'entourait et le réchauffaient. Titan disposait des gaz nécessaires au terraforming, et son éloignement du soleil — il ne recevait que le centième de l'ensoleillement de la Terre — était compensé par une importante série de miroirs. On étudiait sur place la possibilité de placer en orbite des lanternes à fusion au deutérium, les Saturniens étant hostiles à la solution de la lanterne à gaz. Des lanternes de ce genre flottaient maintenant dans la stratosphère de Jupiter et d'Uranus, collectant et brûlant l'hélium et d'autres gaz dont la lumière était réfléchie vers l'extérieur par des disques électromagnétiques. Les Saturniens avaient refusé cette possibilité pour ne pas modifier l'aspect de la planète aux anneaux.

Les coops martiennes se démenaient donc pour aider Martiens et Terriens à émigrer vers ces nouveaux petits mondes. Le processus marcha si bien qu'une centaine puis un millier d'astéroïdes et de petites lunes reçurent des colons et un nom, puis il s'emballa, devenant ce que d'aucuns appelèrent la diaspora explosive, d'autres l'accelerando. L'idée faisait son chemin dans la tête des gens, les projets se multipliaient, dégageant une énergie qu'on ressentait partout, exprimant le pouvoir créatif croissant de l'humanité, sa vitalité, sa diversité. L'accelerando devait être la réponse de l'humanité à la crise démographique suprême, une crise si grave qu'à côté l'inondation terrienne de 2129 ressemblait à une grande marée. C'était une crise qui aurait pu provoquer un désastre final, une plongée dans le chaos et la barbarie, et voilà qu'à la place elle donnait lieu à la plus grande efflorescence de la civilisation dans l'histoire, une nouvelle Renaissance.

Beaucoup d'historiens, de sociologues et autres analystes tentèrent d'expliquer la nature vibrante de cette période qui se cherchait. Pour une école d'historiens appelée le Groupe du Déluge, la nouvelle Renaissance était due à la grande inondation terrienne, qui avait imposé un saut à un niveau plus élevé. Une autre école de pensée avança une prétendue Explication Technique : l'humanité avait accédé à un nouveau palier de compétence technologique, comme tous les demi-siècles ou à peu près depuis la première révolution industrielle. Le Groupe du Déluge utilisait de préférence le terme diaspora, *les Techniciens préférant celui d'*accelerando. *Puis, dans les années 2170, l'historienne martienne Charlotte Dorsa Brevia publia une métahistoire analytique — selon son propre terme — très dense, en plusieurs volumes. Pour elle, la grande inondation n'avait été qu'un déclencheur et le progrès technique un simple mécanisme. Le caractère spécifique de la nouvelle Renaissance était dû à un événement beaucoup plus fondamental : le passage d'un système socio-économique global à un autre. Elle décrivait ce qu'elle appelait un « complexe résiduel/émergent de paradigmes superposés », dans lequel chaque grande ère socio-économique était constituée à parts égales du système précédent et du système suivant. Cela dit, les périodes concernées n'étaient pas seules en cause. Elles formaient un système aux composantes contradictoires, comportant des éléments importants issus de systèmes plus archaïques particulièrement tenaces, et aussi des notions balbutiantes d'évolutions qui ne s'épanouiraient que beaucoup plus tard.*

Pour elle, le féodalisme, par exemple, était la résultante d'un conflit entre la monarchie religieuse absolue résiduelle et le système émergent du capitalisme, auquel s'ajoutaient des échos importants d'un système de caste tribal plus archaïque et de discrètes préfigurations d'un humanisme individualiste plus tardif. Ces forces s'étaient diversement heurtées dans le temps, jusqu'à ce que la Renaissance, au XVI*e* *siècle, donne naissance à l'ère capitaliste. Le capitalisme d'alors était composé d'éléments conflictuels du féodalisme résiduel et d'un ordre futur émergent qu'on venait seulement de définir comme étant la démocratie. Selon Charlotte, ils étaient à présent, au moins sur Mars, dans l'ère démocratique proprement dite. Le capitalisme était donc, comme toutes les autres époques, la résultante de deux systèmes violemment opposés. L'incompatibilité de ses composantes était soulignée par l'expérience malheureuse de l'ombre critique du capitalisme, le socialisme, qui avait théorisé la vraie démocratie et s'en était réclamé, mais avait utilisé, pour la mettre en pratique, les méthodes en vigueur à l'époque, des méthodes féodales qui prévalaient dans le capitalisme lui-même, si bien que les deux versions du mélange s'étaient révélées à peu près aussi destructrices et injustes que leur parent résiduel commun. Les hiérarchies féodales du capitalisme s'étaient reflétées dans les expériences socialistes vécues, et toute l'époque était restée un combat chaotique démontrant plusieurs versions différentes de la lutte dynamique entre le féodalisme et la démocratie.*

Enfin, sur Mars, l'ère démocratique avait fini par émerger de l'ère capitaliste. Or, suivant la logique du paradigme de Charlotte, cette ère était elle-même la résultante d'un conflit entre le résiduel et l'émergent, de la lutte entre les résidus antagonistes, compétitifs, du système capitaliste et certains aspects émergents d'un ordre situé au-delà de la démocratie, qui ne pouvait pas être encore plus précisément défini, car il n'avait jamais existé, mais que Charlotte s'aventurait à appeler Harmonie ou Bonne Volonté Générale. Elle se fondait, pour formuler cette hypothèse, sur l'observation des divergences entre l'économie coopérative et le capitalisme. Ainsi que sur une perspective métahistorique plus large, en identifiant un vaste mouvement que les analystes avaient appelé le Grand Balancier, et qui oscillait entre des pulsions résiduelles profondes remontant au système hiérarchique des primates de la savane et l'émergence très lente, incertaine, pénible, encore indéterminée, de l'harmonie et de l'égalité pures qui caractériseraient la vraie démocratie. Ces deux éléments conflictuels à long terme avaient toujours existé, affirmait Charlotte. L'équilibre entre les deux se déplaçait lentement, par à-coups, depuis le début de l'histoire de l'humanité jusqu'à l'époque actuelle. Tous les systèmes avaient été sous-tendus par une hiérarchie de domination, mais en même temps les valeurs démocratiques avaient toujours été un espoir et un but, de même que l'individu, si primitif soit-il, avait toujours éprouvé du ressentiment envers la hiérarchie qui s'était imposée par la force. Et tandis que le balancier de cette métahistoire oscillait au fil des siècles, les tentatives manifestement imparfaites pour instituer la démocratie avaient lentement gagné en force. Un très petit pourcentage d'êtres humains avaient donc pu se considérer comme vraiment égaux dans les sociétés qui pratiquaient l'esclavage, telles la Grèce antique ou l'Amérique révolutionnaire, et le cercle des vrais égaux n'avait fait que s'élargir davantage dans les « démocraties capitalistes » plus récentes. Au fur et à mesure que les systèmes se succédaient, le cercle des citoyens égaux s'était agrandi jusqu'à l'époque actuelle où non seulement tous les humains (en théorie, du moins) étaient égaux, mais où l'on envisageait encore d'étendre cette égalité à certains animaux, aux plantes, aux écosystèmes et même aux éléments. Charlotte considérait ces dernières extensions de la « citoyenneté » comme préfigurant le système émergent susceptible de succéder à la démocratie per se, *la période qu'elle imaginait comme « l'Harmonie » utopique, mais ce n'était encore qu'une vague hypothèse. Sax Russell dévora son œuvre jusqu'à la dernière ligne, à la recherche d'un paradigme général apte à clarifier l'histoire au moins pour lui, et se demanda si cette ère putative d'harmonie universelle et de bonne volonté verrait jamais le jour. Il croyait volontiers que l'histoire humaine tendait vers une sorte d'asymptote — le lest du corps, peut-être — qui empêcherait la civilisation de s'élever au-dessus de l'ère de la démocratie. Elle retomberait toujours dedans. Il lui semblait malgré tout que cet état suffirait à jeter les bases d'une civilisation plutôt réussie. Assez valait aussi bien que trop, dans le fond.*

Quoi qu'il en soit, la métahistoire de Charlotte joua un rôle considérable en fournissant à la diaspora une sorte de récit étalon, à partir duquel les gens pouvaient s'orienter, et elle ajouta son nom à la brève liste des historiens dont les travaux avaient influencé leur propre époque, comme Platon, Plutarque, Bacon, Gibbon, Chamfort, Carlyle, Emerson, Marx, Spengler — et sur Mars, avant elle, Michel Duval. Il était maintenant clair pour tous que le capitalisme avait été le choc du féodalisme et de la démocratie, que le présent, l'ère démocratique, était le choc du capitalisme et de l'harmonie, mais aussi que l'époque actuelle pouvait devenir autre chose, car pour Charlotte il n'y avait pas de déterminisme historique, seuls existaient les efforts répétés des gens pour réaliser leurs aspirations ; c'était la reconnaissance rétroactive de ces espoirs concrétisés qui créait l'illusion du déterminisme. Tout était possible ; ils auraient pu sombrer dans l'anarchie générale, succomber à la tentation de la dictature pour « contrôler » les années de crise. Mais les métanationales terriennes s'étaient transformées en coopératives détenues, sur le modèle de Praxis, par des membres responsables de leur propre travail. C'était donc la démocratie, jusque-là. Ils avaient réalisé cet espoir.

Et voilà que leur civilisation démocratique réussissait une chose dont le système précédent n'aurait jamais été capable : survivre à une crise démographique majeure. Il apparaissait maintenant que ce changement fondamental de systèmes était en train de s'accomplir au XXIIe *siècle. Ils modifiaient l'équilibre afin de survivre aux nouvelles conditions. Dans l'économie démocratique coopérative, tout le monde voyait que les enjeux étaient élevés. Tout le monde se sentait responsable du destin collectif ; et tout le monde bénéficiait de l'explosion frénétique de construction coordonnée que l'on constatait partout dans le système solaire.*

Cette civilisation en plein épanouissement ne comprenait pas seulement le système solaire au-delà de Mars mais aussi les planètes intérieures. Dans ce jaillissement d'énergie et de confiance, l'humanité retournait vers des zones jusque-là considérées comme inhabitables. Vénus attirait dorénavant une foule de nouveaux terraformeurs qui, suivant l'exemple donné par Sax Russell lors du repositionnement des grands miroirs de Mars, avaient en tête une vision gigantesque pour cette planète, la sœur de la Terre en bon nombre de choses, et prévoyaient même son peuplement.

Même Mercure avait sa colonie. Evidemment, à bien des égards, Mercure était trop près du soleil. Sa journée durait cinquante-neuf jours terrestres, son année, quatre-vingt-huit jours terrestres, de sorte que son année équivalait à un jour et demi. Ce schéma n'était pas une coïncidence mais un point nodal qui gouvernait ses mouvements comme ceux de la Lune autour de la Terre. La combinaison de ces deux mouvements giratoires procurait à Mercure un lent balancement quotidien, au cours duquel l'hémisphère éclairé devenait brûlant et celui plongé dans l'obscurité glacial. L'unique cité de la planète était donc une sorte de train gigantesque qui circulait sur des rails fixés le long du quarante-cinquième parallèle. Ces rails étaient faits d'un alliage métallocéramique qui supportait les huit cents degrés kelvin du plein midi (c'était la première d'une longue série de trouvailles alchimiques des physiciens de Mercure). La cité, appelée Terminator, parcourait ces rails à la vitesse de trois kilomètres-heure environ. La zone d'ombre qui précédait la nuit faisait en moyenne une vingtaine de kilomètres de largeur. La légère dilatation des rails exposés au soleil matinal, à l'est, poussait la cité vers l'ouest car elle reposait sur des manchons à frottement doux qui glissaient devant la zone en expansion. Ce mouvement était tellement inexorable que la résistance provoquée sur certains segments générait une énergie électrique considérable, comparable à celle des capteurs solaires qui suivaient la cité ou qui, placés au sommet du Mur de l'Aube, recevaient les premiers rayons du soleil aveuglant. Même dans une civilisation où l'énergie était bon marché, Mercure était particulièrement gâtée. C'est ainsi qu'elle permit à l'humanité d'aller toujours plus loin, et devint l'un de ses plus brillants fleurons. Une centaine de nouveaux mondes se créaient tous les ans, des cités volantes, de petites cités-Etats, chacun avec son mélange de colons, sa charte particulière, son paysage, son style.

Pourtant, en dépit de ce foisonnement d'efforts humains et de confiance dans l'accelerando, la tension, la menace étaient palpa-

bles. Malgré toutes les constructions, l'émigration, les colonies de peuplement, il y avait toujours dix-huit milliards d'hommes sur Terre et dix-huit millions sur Mars. Et la membrane semi-perméable entre les deux planètes était rudement malmenée par la pression osmotique du déséquilibre démographique. Les relations entre les deux mondes étaient tendues, et beaucoup craignaient que la rupture de cette membrane ne fasse tout voler en éclats. Dans cette situation critique, l'histoire offrait un médiocre réconfort. Ils s'en étaient bien sortis jusque-là, mais jamais l'humanité n'avait répondu avec sagesse à une crise vitale durable. On avait déjà observé des phénomènes de folie collective. Les animaux humains étaient exactement les mêmes qu'aux siècles précédents. Confrontés à des problèmes de subsistance et de survie, ils s'étaient entre-tués sans discrimination. Ce qui pourrait très bien se reproduire. Alors les gens bâtissaient, se disputaient, regardaient les enfants d'un œil noir et s'énervaient en attendant, mal à l'aise, de voir mourir les super-vieillards. Une renaissance crispée, et très vite, à la marge, un âge d'or frénétique. L'Accelerando. Et personne ne pouvait dire ce qui allait arriver ensuite.

Zo était assise au fond d'une pièce bourrée de diplomates et regardait par la fenêtre. Terminator, la cité ovale, roulait majestueusement sur le désert de Mercure. L'espace semi-ellipsoïdal formé par le dôme de cristal de la ville aurait été idéal pour les hommes-oiseaux, mais les autorités locales avaient décrété que c'était trop dangereux. Ce décret était l'une des nombreuses règles fascistes qui régissaient la vie dans cet endroit. L'Etat-nounou. La mentalité d'esclave que Nietzsche avait si justement définie était encore bien vivante à la fin du XXIIe siècle, plus vivante que jamais, en fait. La hiérarchie rétablissait sa structure réconfortante dans toutes les nouvelles colonies provinciales, Mercure, les astéroïdes, les systèmes extérieurs. Partout, sauf sur la noble Mars.

C'était particulièrement pénible ici, à Terminator. Il y avait des semaines que les délégués de Mars et de Mercure palabraient, et Zo en avait par-dessus la tête. Surtout des représentants de Mercure, des mollahs oligarchiques imbus de leur personne, hautains et cependant falots, qui n'avaient rien compris au nouvel ordre des choses dans le système solaire. Elle aurait voulu les oublier, leur petit monde et eux, rentrer chez elle et voler.

D'un autre côté, elle avait réussi, en se faisant passer pour une sous-fifre, à ne prendre aucune part aux négociations, et maintenant qu'elles étaient au point mort, bloquées par l'incompréhension obstinée de ces esclaves heureux, c'était à elle de jouer. Alors que les participants se dispersaient, elle prit à part l'assistant du plus haut dignitaire de Terminator, qui portait le nom pittoresque de Lion de Mercure, et lui demanda un entretien particulier. Le jeune homme, un ex-Terrien, accepta — Zo savait qu'elle ne lui était pas indifférente — et ils se retirèrent sur une terrasse, hors des bureaux de la cité.

Zo lui mit une main sur le bras et dit doucement :

— Nous craignons que, si Mercure et Mars ne parviennent pas à établir un partenariat étroit, la Terre ne sème la zizanie entre nous. Nous sommes les deux derniers gisements importants de métaux lourds du système solaire, et plus la civilisation s'étend, plus nos ressources prennent de la valeur. Or, avec l'Accelerando, la civilisation n'a pas fini de s'étendre. Les métaux sont précieux.

Si les ressources naturelles de Mercure étaient difficiles à extraire, elles étaient stupéfiantes : la planète n'était guère plus grosse que la Lune mais sa gravité, presque égale à celle de Mars, témoignait de la présence d'un cœur de fer et d'un large éventail de métaux plus précieux, disséminés sur toute la surface criblée d'impacts météoriques.

— Oui... ? fit le jeune homme.

— Nous pensons qu'il serait bon d'établir des liens plus explicites...

— Un cartel ?

— Un partenariat.

— Nous ne craignons pas de nous retrouver aux prises avec Mars, répondit le jeune homme en souriant.

— Cela semble manifeste. Mais nous, ça nous inquiète.

Au début de sa colonisation, Mercure était apparue comme un véritable Eldorado. Non seulement la planète regorgeait de métaux, mais, avec la proximité du soleil, l'énergie y abondait. La seule friction des manchons sur les rails dilatés en créait d'énormes quantités, et le potentiel était illimité. Les capteurs en orbite autour de Mercure avaient commencé à projeter un peu de cette lumière vers les nouvelles colonies du système solaire extérieur. De la première flotte de voitures poseuses de rails, en 2142, à la construction de Terminator, vers 2150, et jusque dans les années 70, les Mercuriens s'étaient crus riches.

Mais en 2181, avec la vulgarisation des centrales à fusion, l'énergie était bon marché, et la lumière ne manquait pas. On construisait dans tout le système extérieur des lampes-satellites et des lanternes à gaz comme celles qui brûlaient dans la stratosphère des géantes gazeuses, si bien que les énormes ressources énergétiques de Mercure avaient perdu tout intérêt. Mercure était, encore une fois, un endroit riche en métaux mais terriblement froid et chaud, une véritable colonie pénitentiaire. Et impossible à terraformer, pour tout arranger.

C'était un sacré revers de fortune, ainsi que Zo le rappelait sans aucune subtilité au jeune homme. Cela voulait dire qu'ils avaient intérêt à coopérer avec leurs alliés les plus commodément situés dans le système.

— Sans cela, la Terre risque fort d'établir à nouveau sa domination.

— La Terre est trop obnubilée par ses propres problèmes pour menacer qui que ce soit, rétorqua le jeune homme.

Zo secoua doucement la tête.

— Plus la Terre aura d'ennuis, plus grand sera le danger pour nous tous. C'est un réel souci. Enfin, si vous ne voulez pas traiter avec nous, nous n'aurons qu'à construire une autre cité et un autre réseau de rails sur Mercure, dans l'hémisphère Sud, où se trouvent les plus importants gisements de métaux.

Le jeune homme parut un peu ébranlé.

— Vous ne pourriez pas faire ça sans notre autorisation.

— Ah bon ?

— Aucune cité ne pourrait exister sur Mercure si nous y étions opposés.

— Vraiment ? Et que feriez-vous ?

Le jeune homme ne répondit pas.

— N'importe qui peut faire ce qu'il veut, hein ? reprit Zo. C'est vrai pour tout individu qui a jamais vu le jour.

Le jeune homme réfléchit à la question.

— Il n'y a pas assez d'eau.

— Non.

Les réserves d'eau de Mercure se bornaient à de petits champs de glace localisés dans les cratères, aux deux pôles, qui restaient perpétuellement dans l'ombre. Ils contenaient assez d'eau pour Terminator, mais guère plus.

— Quelques comètes dirigées vers les pôles régleraient la question.

— A moins que leur impact n'éjecte toute l'eau des pôles dans l'espace ! Non, ça ne marcherait pas. La glace de ces cratères polaires n'est qu'une infime fraction de l'eau des comètes qui ont heurté la planète pendant des milliards d'années. La majeure partie s'est perdue dans l'espace ou vaporisée au moment de l'impact. Il n'y a pas de raison que les choses se passent différemment aujourd'hui. C'est l'échec assuré.

— Les IA ont modélisé toutes sortes de possibilités. Nous pourrions toujours les essayer, nous verrions bien.

Le jeune homme eut un mouvement de recul, choqué. Non sans raison. La menace était explicite. Mais, dans la morale des esclaves, bon voulait souvent dire bête, et la subtilité n'était pas de mise. Zo s'efforça à l'impassibilité, bien que l'indignation très théâtrale du jeune homme fût en fin de compte assez amusante. Elle se rapprocha pour bien lui faire sentir leur différence de taille. Elle mesurait un bon demi-mètre de plus que lui.

— Je transmettrai votre message au Lion, dit-il entre ses dents.

— Merci, répondit Zo en se penchant pour lui planter un baiser sur la joue.

Ces esclaves s'étaient inventé une caste dirigeante de prêtres physiciens qui paraissaient incompréhensibles à ceux du dehors, mais dont les interventions extérieures étaient fortes et prévisibles, comme dans toute oligarchie qui se respecte. Ils comprendraient et ils agiraient en conséquence. Une alliance serait conclue. Zo quitta donc les bureaux et marcha avec entrain dans les rues en escalier du Mur de l'Aube. Elle avait fait son travail. La délégation repartirait bientôt pour Mars.

Elle envoya un message à Jackie depuis le consulat martien pour lui faire savoir qu'elle avait poussé son pion, puis elle sortit sur le balcon fumer une cigarette.

Sous l'effet des visions colorées induites par les chromotropiques, la petite ville devint stupéfiante, une fantaisie cubiste. Contre le Mur de l'Aube, les terrasses s'élevaient en bandes de plus en plus étroites jusqu'aux niveaux supérieurs (occupés par les bureaux des huiles de la cité, évidemment), qui étaient réduits à une simple rangée de fenêtres sous les Grandes Portes et le dôme de cristal, tout en haut. En dessous d'elle, des toits de tuile, des balcons garnis de mosaïques étaient nichés sous de vertes frondaisons. Tout en bas, dans le plat ovale qui contenait la majeure partie de la ville, les toits étaient plus grands et plus rapprochés, des touffes de verdure brillaient dans la lumière renvoyée par les miroirs filtrants du dôme. On se serait cru dans un grand œuf de Fabergé, compliqué, coloré, joli comme l'étaient toutes les villes. Mais être prisonnier où que ce soit, comme ça... Enfin, elle avait intérêt à passer le temps aussi agréablement que possible, jusqu'à ce qu'elle reçoive l'ordre de rentrer. Après tout, le sens du devoir était une forme de noblesse.

Elle descendit les degrés menant au Dôme pour faire la fête avec Miguel, Arlene, Xerxes et le groupe de compositeurs, de musiciens, d'écrivains, d'artistes et autres esthètes qui ne décoinçaient pas du café. Une bande de dingues. Les cratères de Mercure avaient tous reçu, des siècles auparavant, les noms des plus célèbres artistes de l'histoire de la Terre, et tout en roulant, Terminator passait devant Dürer, Mozart, Phidias, Purcell, Tourgueniev et Van Dyck. Ailleurs, on trouvait Beethoven, Imhotep, Mahler, Matisse, Murasaki, Milton et Mark Twain. Homère et Holbein étaient voisins. Ovide étoilait le bord du gigantesque Pouchkine, dans un bel exemple de renversement d'importance. Goya empiétait sur Sophocle, Van Gogh était à l'intérieur de Cervantes, Chao Meng-fu était plein de glace, et ainsi de suite, de façon aléatoire, comme si le comité de parrainage de l'Union astronomique internationale s'était monstrueusement soûlé un soir et s'était mis à lancer des fléchettes portant des noms sur une carte. Ils avaient d'ailleurs conservé un indice commémoratif de cette soirée, un énorme escarpement baptisé Pourquoi Pas.

Zo approuvait cette méthode sans réserve. Mais elle avait, sur les artistes qui vivaient alors sur Mercure, un effet absolument désastreux. La confrontation perpétuelle avec le canon culturel inégalable de la Terre les paralysait : l'angoisse de se laisser influencer, n'est-ce pas. Mais leurs fêtes étaient d'une qualité inversement proportionnelle à celle de leur œuvre, et Zo les appréciait beaucoup.

Ce soir-là, après avoir bu comme des trous au Dôme pendant que la cité roulait de Stravinski à Vyasa, le groupe partit à l'aventure et à la recherche d'histoires dans les ruelles de Terminator. Ils tombèrent sur une cérémonie de Mithriaques ou de Zoroastriens, des adorateurs du soleil, en tout cas, qui avaient une certaine influence sur le gouvernement local, s'ils n'en étaient pas les opérateurs. Leurs cris d'animaux mirent rapidement fin à la réunion et déclenchèrent une bataille rangée. Ils durent prendre la poudre d'escampette pour ne pas être arrêtés par la maréchaussée locale, la spasspolizei, comme l'appelaient les habitués du Dôme.

Ils allèrent ensuite à l'Odéon, mais se firent éjecter pour conduite tapageuse. Alors ils hantèrent les allées du quartier des plaisirs et dansèrent devant un bar où on jouait une musique industrielle nulle, qui cassait les oreilles. Ce n'était pas ça. La gaieté forcée avait quelque chose de pathétique, se disait Zo en regardant leurs visages luisants de sueur.

— Sortons, suggéra-t-elle. Allons à la surface jouer de la cornemuse aux portes de l'aube.

Seul Miguel exprima un quelconque intérêt. Des vers dans une bouteille ; voilà ce qu'ils étaient. Ils avaient oublié l'existence du sol. Mais Miguel lui avait promis plusieurs fois de l'emmener dehors, elle ne resterait plus très longtemps sur Mercure, et il s'ennuyait finalement assez pour accepter d'y aller.

Terminator roulait sur d'innombrables rails, des cylindres gris qui s'élevaient à plusieurs mètres au-dessus du sol, soutenus par de gros pylônes. Dans sa majestueuse avance vers l'ouest, la cité passait sur de petites plates-formes stationnaires menant à des salles d'échange souterraines, des pistes de navettes spatiales ballardiennes et des refuges ménagés dans les bords des cratères. On ne quittait pas la cité comme ça (ce qui n'avait rien d'étonnant), mais Miguel avait un passe qui ouvrait la porte sud. Ils entrèrent dans un sas, traversèrent une station souterraine appelée Hammersmith où ils revêtirent un scaphandre énorme mais flexible, sortirent par un autre sas menant à un tunnel et prirent pied sur la surface calcinée de Mercure.

Rien n'aurait pu être plus nu, plus net que cette étendue noire et grise. Dans un tel contexte, les gloussements avinés de Miguel ennuyèrent Zo plus que d'ordinaire, et elle baissa l'intercom de son casque, les réduisant à un murmure.

Il était dangereux de marcher à l'est de la cité, et même de se tenir immobile, mais c'était le seul moyen si on voulait voir le bord du soleil. Ils marchaient vers le sud-ouest, pour voir la cité sous un certain angle. Zo flanquait des coups de pied dans les cailloux. Elle aurait voulu voler sur ce monde noir. C'était sans doute possible en ULM, mais personne ne s'était donné la peine d'en mettre un au point. Ils continuèrent à avancer tout en regardant vers l'est. Très bientôt le soleil se lèverait sur cet horizon. Au-dessus d'eux, dans l'atmosphère impalpable néon-argon, l'impact du soleil changeait en un léger brouillard blanc la fine poussière soulevée par le bombardement d'électrons. Derrière eux, le sommet du Mur de l'Aube était un éclair de pure blancheur, impossible à regarder même à travers l'épais filtre différentiel de leur visière.

Puis, à l'est, près du cratère Stravinski, l'horizon plat, rocheux, se changea en une image en négatif de lui-même. Zo regarda, fascinée, cette ligne dansante, d'une phosphorescence explosive, et la couronne solaire pareille à une forêt d'argent incendiée juste au-dessus de l'horizon. Elle avait l'esprit pareillement embrasé. Elle aurait volé comme Icare dans le soleil si elle avait pu. Il lui semblait être un papillon attiré par la flamme, en proie à une sorte de faim sexuelle, spirituelle. Et, de fait, elle laissait échapper des cris de jouissance. Tout ce feu, une telle beauté. L'ivresse solaire, comme on disait dans la cité, et à juste raison. Miguel l'éprouvait aussi ; il bondissait d'un rocher à l'autre, les bras largement étendus, comme Icare s'essayant à décoller.

Puis il retomba lourdement dans la poussière. Zo entendit son cri alors que son intercom était presque coupé. Elle se précipita, vit l'angle impossible que faisait son genou gauche, se mit à crier elle-même et s'agenouilla à ses côtés. A travers le scaphandre, le sol était glacé. Elle l'aida à se relever et remonta le volume de son intercom. Il geignait comme un perdu.

— Tais-toi, lui dit-elle. Concentre-toi sur ce que tu fais.

Ils prirent le rythme, progressant par petits bonds vers l'ouest et le Mur de l'Aube. Le sommet de son immense dôme encore incandescent reculait devant eux. Il n'y avait pas de temps à perdre. Mais ils tombaient à chaque instant. La troisième fois, étalé dans la poussière, le paysage changé en un mélange aveuglant de blanc pur et de noir absolu, Miguel poussa un cri de douleur et hoqueta, à bout de souffle :

— Vas-y, Zo, sauve-toi ! Il n'y a pas de raison que nous soyons deux à mourir ici !

— Epargne-moi ces conneries ! fit Zo en se relevant.

— Va-t'en !

— Pas question ! Maintenant, ferme-la, je vais te porter.

Il pesait à peu près le même poids que sur Mars, soixante-dix kilos avec le scaphandre, estima-t-elle. C'était plus une question d'équilibre qu'autre chose. Tandis qu'il bredouillait hystériquement : « Laisse-moi, Zo, la vérité est la beauté, la beauté vraie, c'est tout ce que tu sauras jamais et tout ce que tu auras jamais besoin de savoir », elle se pencha, passa ses bras sous son dos et ses genoux, lui arrachant un hurlement.

— Boucle-la ! cria-t-elle. En ce moment précis, la vérité c'est ça, donc c'est beau.

Elle éclata de rire et se mit à courir en le portant dans ses bras.

Du fait de son fardeau, elle ne pouvait voir où elle mettait les pieds, de sorte qu'elle devait regarder plus loin dans le mélange de ténèbres et de lumière aveuglante, la sueur lui coulant dans les yeux. Ce n'était pas une mince affaire, et elle tomba encore deux fois, mais elle avançait rapidement vers la cité.

Puis le soleil lui picota le dos, malgré la paroi isolante du scaphandre. Une décharge massive d'adrénaline. Un éblouissement. Une sorte de vallée alignée avec l'aube. De nouveau la zone de lumière tachetée, ombres trouées de clarté, un *chiaroscuro* de fou. Puis le lent retour à Terminator, où tout était obscur et crépusculaire à l'exception du mur farouche de la cité, éclatant loin au-dessus d'eux. Elle hoquetait, à bout de souffle, suant à grosses gouttes, brûlante de l'effort fourni plus qu'à cause du soleil. Pourtant, la vue de l'arc incandescent au sommet de la ville aurait suffi à convertir n'importe qui au culte de Mithra.

Ils se retrouvèrent juste au-dessous de la cité — et ne purent évidemment y rentrer. Elle dut poursuivre jusqu'à la prochaine station souterraine. Se concentrer complètement sur la course, pendant plusieurs minutes d'affilée. La douleur de l'acide lactique. Mais elle était là, droit devant, sur l'horizon, une porte dans une butte, à côté des rails. Et pan et pan sur le régolite lisse. A force de frapper, elle réussit à les faire admettre tous les deux dans le sas, puis à l'intérieur, où on les arrêta. Zo rit au nez de la spasspolizei, enleva son casque, celui de Miguel qui sanglotait, l'embrassa plusieurs fois pour sa peine. Il souffrait tant qu'il ne s'en aperçut même pas. Il était cramponné à elle comme un noyé à son sauveteur. Elle dut flanquer une tape sur son genou blessé pour lui faire lâcher prise. Il poussa un cri de douleur et elle éclata de rire, une pulsion lui parcourant tout le corps. Tant d'adrénaline, c'était de loin plus beau, plus rare, que n'importe quel orgasme, donc plus précieux. Alors elle couvrit Miguel de baisers qu'il ne remarqua pas, et fonça sur la spasspolizei, faisant valoir son statut diplomatique pour exiger que l'on fasse vite.

— Donnez-lui quelque chose pour calmer la douleur, bande de cons ! dit-elle. La navette pour Mars repart demain. Il faut que je la prenne.

— Merci, Zo ! s'écria Miguel. Merci ! Tu m'as sauvé la vie !

— Je vais réussir à repartir, dit-elle, hilare, en voyant la tête qu'il faisait, et elle l'embrassa à nouveau. C'est moi qui devrais te remercier ! Merci pour le spectacle. Merci, merci.

— C'est moi qui te remercie.

— Non, c'est moi !

Et malgré la douleur, il ajouta en riant :

— Je t'aime, Zo !

— Moi aussi, je t'aime.

Mais elle devait se presser, sinon elle raterait la navette.

La fusée était propulsée par un moteur à fusion pulsée. Ils arriveraient sur Terre le surlendemain, et tout le trajet se ferait sous une gravité correcte, sauf pendant le retournement.

Le soudain rétrécissement du système solaire avait toutes sortes de conséquences. D'abord, Vénus n'était plus un tremplin gravifique pour le voyage interplanétaire. C'est donc par hasard que la navette, le *Nike de Samothrace*, passait assez près de la planète plongée dans l'ombre. Zo rejoignit les autres dans la grande salle de bal pour la regarder. Les nuages de l'atmosphère surchauffée étaient sombres. La planète apparaissait comme un vaste disque gris sur le fond noir de l'espace. Le terraforming de Vénus suivait son cours. Elle tournait à l'ombre d'un parasol : les miroirs de l'ancienne soletta avaient été repositionnés afin de renvoyer la lumière dans l'espace, contrairement à ce qu'ils faisaient pour Mars. Vénus tournait dans le crépuscule.

C'était la première étape d'un projet de terraforming que bien des gens considéraient comme insensé. Vénus n'avait pas d'eau, l'atmosphère surchauffée, d'une densité phénoménale (95 bars à la surface !), était composée de dioxyde de carbone, son jour était plus long que son année et la température au sol aurait fait fondre le plomb et le zinc. Ce n'étaient pas des conditions préliminaires très prometteuses, certes, mais il en aurait fallu davantage pour arrêter l'humanité. L'homme cherchait à saisir plus de choses encore qu'il ne le pouvait, même si ses pouvoirs étaient devenus équivalents à ceux d'un dieu. Zo trouvait ça merveilleux. Les initiateurs du projet prétendaient le mener à bien plus vite que le terraforming de Mars. A vrai dire, depuis cinquante ans qu'elle était abritée de la lumière solaire, la température de l'atmosphère diminuait de cinq degrés kelvin par an. Bientôt, la Grande Pluie commencerait à tomber, et d'ici quelques siècles à peine le dioxyde de carbone recouvrirait entièrement les parties les plus basses de la planète, sous forme de glace sèche qui serait alors scellée sous une couverture de diamant ou de pierre ponce. Après cela, on introduirait des océans en amenant de l'eau d'ailleurs, car celle dont disposait Vénus n'aurait guère suffi à submerger la planète de plus d'un centimètre. Les terraformeurs vénusiens, des mystiques d'une nouvelle viriditas, négociaient actuellement avec la Ligue saturnienne le droit d'amener Enceledus, la lune de glace, en orbite autour de Vénus et de la rompre en plusieurs passages successifs à travers l'atmosphère. L'eau de cette lune créerait des océans peu profonds sur près de soixante-dix pour cent de la surface de la planète, couvrant entièrement les glaciers de dioxyde de carbone. Une atmosphère d'oxygène et d'hydrogène serait préservée, on laisserait filtrer un peu de lumière à travers le parasol, et à ce stade il deviendrait possible d'implanter des colonies humaines sur les deux continents, Ishtar et Aphrodite. Puis, ils seraient confrontés aux mêmes problèmes de terraforming que sur Mars, mais aussi à des projets à très long terme, spécifiquement vénusiens, comme la suppression des plaques de glace sèche de la planète et la façon de lui imprimer une rotation suffisante pour la doter d'un cycle diurne raisonnable. On pouvait simuler des jours et des nuits à court terme en utilisant le parasol comme un gigantesque store vénitien circulaire, mais à long terme ils ne voulaient pas dépendre de quelque chose de si fragile. Zo comprenait ça. Elle imaginait, d'ici quelques siècles, une Vénus avec sa biosphère et sa civilisation, des milliards d'hommes et d'animaux sur ses deux continents ; un jour, le parasol avait une défaillance, et *ssss*, un monde entier rôtissait. Ce n'était pas une perspective réjouissante. Ils essayaient donc, sans attendre la mise en eau et le ravinement de la Grande Pluie, d'installer autour de la planète des armatures métalliques matérialisant les parallèles. Une flotte de générateurs alimentés par le soleil serait ensuite placée en orbite fluctuante autour de la planète, tel un gigantesque moteur électrique créant un champ magnétique qui accélérerait sa rotation. Pour les concepteurs du dispositif, le temps qu'ils dotent Vénus d'une atmosphère et d'un océan, la vitesse acquise par ce moteur Dyson aurait suffisamment accru sa rotation pour que son jour ne dure plus qu'une semaine. Ils obtiendraient donc d'ici trois cents ans peut-être un monde transfiguré, cultivable. La surface serait extrêmement érodée, bien sûr, et encore très volcanique, une masse phénoménale de CO^2 serait emprisonnée sous les mers, prête à exploser et à les empoisonner, ils auraient tout le temps de geler ou de rôtir pendant la journée d'une semaine, mais ils auraient au moins obtenu ce résultat-là, sur un monde dépouillé, tout cru, tout neuf.

C'était vraiment un projet insensé. C'était sublime. Zo regardait le globe gris, bossu, en sautant d'un pied sur l'autre tant elle était excitée, horrifiée, admirative, avide d'entrevoir à travers le dôme de la salle de bal les petits points des nouveaux astéroïdes où vivaient les mystiques du terraforming, ou peut-être la couronne du miroir annulaire qui était jadis celui de Mars. Mais il n'y avait que le disque gris de l'étoile du soir plongée dans l'ombre, le sceau de ces gens engagés dans une tâche qui reconfigurait l'humanité comme une sorte de bactérie divine, dévorant les mondes, préparant le terrain pour la vie future, grandiosement nanifiée dans un schème cosmique, un héroïsme/masochisme presque calviniste. Un rhabillage parodique du projet martien, et pourtant tout aussi magnifique. Ils étaient des têtes d'épingle dans cet univers, mais quelles idées ils avaient ! Les gens feraient n'importe quoi pour une idée, n'importe quoi.

Même aller sur Terre. Fumante, grumeleuse, sanieuse, une fourmilière humaine dans laquelle on aurait enfoncé un bâton. La pullulation panique continuant dans le terrible hachoir de l'histoire. Le cauchemar de Malthus en pire. Chaud, humide et lourd. Et malgré tout ça, ou à cause de tout ça, un endroit fabuleux à visiter. Jackie voulait qu'elle rencontre certaines personnes en Inde. Zo avait donc pris le *Nike*. Elle retournerait ensuite sur Mars.

Mais avant d'aller en Inde, elle fit son pèlerinage rituel en Crète, pour voir les ruines qu'on appelait encore minoennes sur place. A Dorsa Brevia, on préférait dire arianéennes, Ariane étant la fille de Minos, qui avait mis à bas l'antique matriarcat. Encore une déviation de l'histoire : pourquoi les civilisations disparues portaient-elles toujours le nom de leur destructeur ? Enfin, on pouvait toujours les rebaptiser.

Elle portait un exosquelette de location, conçu pour les visiteurs des autres mondes oppressés par la gravité. Si la gravité était la destinée, comme elle l'avait entendu dire, la Terre en avait à revendre. Le costume ressemblait à une tenue d'homme-oiseau sans ailes. C'était une combinaison qui suivait les mouvements du corps en lui fournissant un support invisible, comme un soutien-gorge. Il ne supprimait pas tous les effets de la gravité : respirer était toujours une épreuve, on pesait des tonnes, le tissu du costume gainait désagréablement les membres. Zo s'était habituée à marcher ainsi affublée lors de ses voyages précédents. C'était un exercice intéressant au début, comme l'haltérophilie, mais on en avait vite fait le tour. Enfin, elle avait essayé de s'en passer, et c'était pire. On ne pensait qu'à ça, on ne se sentait pas vraiment là.

Elle parcourut donc le site antique de Gournia avec l'impression de planer sous l'eau avec son costume. Gournia était de toutes les ruines arianéennes celle qu'elle préférait. Le seul village ordinaire de cette civilisation qui ait été exhumé. Les autres sites étaient tous des palais. Ce village était probablement un satellite du palais de Malia ; c'était aujourd'hui un dédale de murets de pierre qui lui arrivaient à la taille, érigés en haut d'une colline surplombant la mer Egée. Les pièces étaient petites, souvent d'un mètre sur deux, et des ruelles couraient entre les murs mitoyens. De petits labyrinthes assez semblables aux villages blanchis à la chaux encore disséminés dans la campagne. Les gens disaient que la Crète avait durement souffert de l'inondation, tout comme les Arianéens après l'explosion de Thera.

Les jolis petits ports de pêche étaient plus ou moins inondés, en effet, et les ruines arianéennes de Zakros et de Malia étaient totalement submergées. Mais ce que Zo voyait en Crète, c'était une inaltérable vitalité. Aucun autre endroit de la Terre n'avait aussi bien encaissé le choc démographique. Partout les villages entourés de champs et de vergers s'accrochaient au sol comme des essaims, comblant les vallées, couvrant les collines qui formaient l'épine dorsale de l'île. Il y avait plus de quarante millions d'habitants sur l'île, et pourtant elle n'avait pour ainsi dire pas changé. Il y avait plus de villages, c'est tout, construits pour se fondre non seulement dans ceux qui existaient, mais aussi dans les anciens comme Gournia et Itanos. Un urbanisme planifié sur cinq mille ans, en continuité avec ce premier pic de civilisation ou ce dernier pic de la préhistoire, d'une telle immensité que même la Grèce classique l'avait entrevu, mille ans plus tard. La transmission orale en avait assuré la survivance dans le mythe de l'Atlantide ainsi que dans la vie de tous ceux qui leur avaient succédé — jusque sur Mars, dans les noms utilisés à Dorsa Brevia. Parce que cette culture valorisait le matriarcat arianéen, un lien s'était établi entre Mars et la Crète. Beaucoup de Martiens se rendaient en Crète pour visiter les sites antiques, et de nouveaux hôtels avaient été construits à une échelle légèrement supérieure, afin d'accueillir les jeunes pèlerins de haute taille qui faisaient le tour des lieux saints : Phaïstos, Gournia, Itanos, Malia, Zakros, maintenant sous l'eau, et même la ridicule « restauration » de Knossos. Ils venaient voir comment tout avait commencé, au matin du monde. Comme Zo, plantée dans la lumière égéenne d'un bleu éblouissant sur une allée de pierre de cinq mille ans, les échos de cette grandeur entrant en elle, dans les pierres rouges, spongieuses, sous ses pieds, dans son propre cœur. Cette noblesse ne finirait jamais.

Mais le reste de la Terre, c'était Calcutta. Enfin, pas tout à fait. Seule Calcutta était vraiment Calcutta. Une humanité fétide, dense au dernier degré. Où qu'elle aille, dès qu'elle sortait, Zo avait au moins cinq cents personnes dans son champ de vision, souvent des milliers. La vue de ces rues grouillantes avait quelque chose de terriblement exaltant. Un monde de nains qui se collaient contre elle comme de petits oiseaux se précipitant vers le parent qui allait les nourrir. Zo admettait toutefois que la ruée était généralement plus amicale que ça, née de la curiosité plus que de la faim — en fait ils semblaient plus intéressés par son exosquelette que par elle-même. Et ils avaient l'air assez heureux, maigres sans être émaciés, même s'il était évident qu'ils vivaient dans les rues. Lesquelles étaient des coops, maintenant : les gens en avaient la jouissance, les balayaient, régulaient les millions de petits marchés, cultivaient les places et dormaient au milieu. Telle était la vie sur Terre à la fin de l'Holocène. Depuis Ariane, ils n'avaient fait que descendre la pente.

Zo monta à Prahapore, une enclave dans les collines au nord de la ville. C'est là qu'habitait l'un des espions terriens de Jackie, dans un dortoir bourré de fonctionnaires harassés qui vivaient devant leur écran et dormaient sous leur bureau. Le contact de Jackie était programmatrice d'IA de traduction et elle parlait le mandarin, l'ourdou, le dravidien et le vietnamien, en plus de ses langues maternelles, l'hindi et l'anglais. C'était quelqu'un d'important parce qu'elle avait la possibilité d'écouter à une multitude de portes et pouvait tenir Jackie au courant de ce que l'Inde et la Chine se disaient au sujet de Mars.

— Elles vont continuer, l'une comme l'autre, à envoyer toujours plus de gens vers Mars, dit-elle à Zo dans le petit jardin de simples du complexe. C'est évident. Mais les deux gouvernements donnent l'impression de tenir la solution à long terme du problème de surpopulation. Personne ne s'attend à avoir plus d'un enfant. Ce n'est pas seulement la loi, c'est la tradition.

— La loi utérine, fit Zo.

— Possible, fit la femme en haussant les épaules. Une tradition fortement ancrée, en tout cas. Les gens voient bien ce qui se passe, ils comprennent le problème. Ils savent qu'on leur administrera un implant de stérilité lors du traitement de longévité. En Inde, ils peuvent s'estimer heureux de recevoir l'autorisation d'avoir un enfant, et quand ils l'ont, ils savent qu'ils seront stérilisés pour de bon. Même les fondamentalistes hindous ont évolué sur la question. La pression sociale était trop forte. Quant aux Chinois, il y a des siècles qu'ils en sont là. Le traitement de longévité n'a fait que renforcer leur comportement normal.

— Mars a donc moins à craindre d'eux que Jackie ne le pense.

— Ils vont tout de même envoyer des émigrants là-haut. Ça fait partie de la stratégie globale. Et la résistance à la règle de l'enfant unique est plus forte dans les pays catholiques et musulmans. Plusieurs de ces nations voudraient encore coloniser Mars comme si elle était vide. La menace bascule donc de l'Inde et de la Chine aux Philippines, au Brésil et au Pakistan.

— Hum, fit Zo.

Elle se sentait toujours mal à l'aise en matière d'immigration. Elle avait l'impression d'être cernée par des lemmings.

— Et les ex-métas ?

— Le vieux Groupe des Onze se reforme pour soutenir les plus fortes. Elles vont chercher des endroits où se développer. Elles sont beaucoup moins puissantes qu'avant l'inondation, mais elles ont toujours une énorme influence en Amérique du Nord, en Russie, en Europe et en Amérique du Sud. Dis à Jackie de surveiller le Japon au cours des prochains mois, elle comprendra.

Elles connectèrent leurs blocs-poignet et la femme effectua un transfert de données détaillées pour Jackie.

— Bon, fit Zo.

Elle se sentait tout à coup épuisée comme si une sorte de bibendum s'était insinué dans son exosquelette avec elle et la tirait vers le bas. Quel fardeau, la Terre ! Certaines personnes disaient aimer ça, à croire qu'elles avaient besoin de ce poids pour se sentir exister. Zo n'était pas comme ça. La Terre était d'un exotisme forcené. C'était bien joli, mais elle aurait donné n'importe quoi pour se retrouver chez elle. Elle débrancha son bloc-poignet en pensant à cette voie médiane parfaite, le test idéal de la volonté et de la chair : l'exquise gravité de Mars.

Il y eut la descente par l'ascenseur spatial de Clarke, trajet qui prenait plus de temps que le vol depuis la Terre, et elle regagna le monde, le seul monde réel, Mars la magnifique.

— Il n'y a que chez soi qu'on est bien, disait Zo à la foule massée dans la gare de Sheffield, et elle s'assit avec soulagement dans le train qui descendait de Tharsis, puis montait vers le nord et le Belvédère d'Echus.

La petite ville avait peu changé depuis qu'elle avait été désignée comme quartier général du terraforming. Elle était loin de tout, et construite dans la paroi est, abrupte, d'Echus Chasma, de sorte qu'on n'en voyait pas grand-chose : le sommet de la falaise était séparé du fond par trois kilomètres d'à-pic, et ils n'étaient pas visibles l'un de l'autre. C'étaient deux villages séparés, reliés par un métro vertical. En fait, sans les hommes-oiseaux, le Belvédère d'Echus serait sans doute devenu un monument historique endormi, comme Underhill, Senzeni Na ou les cachettes glacées du Sud. Mais la paroi est d'Echus Chasma se dressait toute droite sur le chemin des vents d'ouest dominants qui se déversaient de la bosse de Tharsis, et les faisait rebondir selon de stupéfiants courants ascendants. Ce qui en faisait un paradis pour les hommes-oiseaux.

Zo devait rendre compte à Jackie et à ses apparatchiks de Mars Libre, mais avant de se retrouver embringuée dans ces corvées, elle voulait voler. Alors elle retira de la consigne de l'aire de vol la vieille tenue de faucon qu'elle avait à Santorini, se changea dans le vestiaire et retrouva avec soulagement la texture lisse, nerveuse, de l'exosquelette flexible. Elle suivit le sentier en traînant les plumes de sa queue derrière elle, jusqu'au Plongeoir, un surplomb naturel qui avait été artificiellement prolongé par une dalle de ciment. Elle s'approcha du bord et regarda, trois mille mètres plus bas, le sol d'ambre d'Echus Chasma. Elle se pencha en avant, envahie par la vague habituelle d'adrénaline, et fondit, la tête la première, vers le pied de la falaise.

Elle atteignait la vitesse limite lorsque le vent la cueillit avec un *whoosh* familier sur son casque. Alors elle étendit les bras et sentit le costume se raidir pour aider ses muscles à maintenir ses ailes écartées. Soulevée par une bourrasque irrésistible, elle partit à l'assaut du soleil, tourna la tête, cambra le dos, tendit les pointes des pieds, étala les plumes de sa queue, gauche droite gauche, et le vent l'emporta toujours plus haut, plus haut, plus haut. Elle bougea les bras et les jambes à l'unisson, tomba en feuille morte, vit les falaises puis le sol de la faille tourner, tourner, tourner... et remonter. Zo le faucon, sauvage et libre. Elle riait de bonheur, et des larmes maculaient ses lunettes, chassées par la vitesse.

Il n'y avait presque personne au-dessus d'Echus, ce matin-là. Après avoir surfé sur les courants ascendants, la plupart des hommes-oiseaux s'égaillaient vers le nord, montant ou plongeant dans l'une des anfractuosités de la paroi, où l'air était moins chaud, le courant ascendant moins fort et où l'on pouvait décrire des plongeons et des virages d'une grande vélocité. Zo en fit autant. En arrivant à près de cinq mille mètres au-dessus du Belvédère, respirant alors l'oxygène pur du circuit fermé de son casque, elle tourna la tête vers la droite, vira sur l'aile et se cambra dans l'exaltation d'une course contre le vent, le sentant gémir sur son corps en une rapide caresse. Il n'y avait aucun bruit, hormis le rugissement du vent dans ses ailes. La pression somatique du vent sur tout son corps était un massage subtil, sensuel. Elle le sentait à travers le costume moulant comme si elle était nue, ce qu'elle aurait tant voulu. Cette impression était renforcée par la qualité de la tenue. Il y avait trois ans qu'elle avait celle-ci, et elle lui allait comme un gant. C'était merveilleux de la retrouver.

Elle monta à la façon d'un cerf-volant et replongea, effectuant une figure appelée la Chute de Jésus. Mille mètres de chute libre, écarter les ailes et donner des coups de queue, comme un dauphin, pour accélérer le redressement dans le vent gémissant, hurlant. Elle franchit le niveau du plateau à une vitesse vertigineuse. Le bord de la falaise marquait la limite du plongeon et le moment d'amorcer le rétablissement, parce que, si haute que soit la falaise, à cette allure le fond de la faille vous arrivait comme un coup mortel en plein visage, et il fallait un moment pour redresser, malgré toute sa force, son habileté, son sang-froid — et l'aide du costume. Elle cambra le dos, étendit les ailes et sentit la tension dans ses pectoraux et ses biceps, une pression terrible alors même que sa tenue amplifiait ses mouvements en raison logarithmique de l'effort fourni. Les plumes de la queue pointées vers le bas — piquer —, quatre grands coups d'aile et elle esquiva le sol sablonneux du gouffre de si peu qu'elle aurait pu y ramasser une souris.

Elle vira et remonta en spirale dans les nuages en formation. Le vent était erratique aujourd'hui, et c'était un plaisir enivrant que d'y évoluer. C'était le sens de la vie, le but de l'univers : la joie pure, l'oubli de soi, l'esprit réduit à l'état de miroir du vent. L'exubérance. Elle volait comme un ange, selon leur expression. On volait parfois comme un bourdon, parfois comme un oiseau. Et puis, exceptionnellement, on volait comme un ange. Ça faisait si longtemps...

Elle se ressaisit et redescendit doucement le long de la paroi vers le Belvédère. Elle en avait plein les bras. Soudain, elle repéra un faucon. Comme beaucoup d'hommes-oiseaux, lorsqu'il y avait un volatile en vue, elle le suivait, l'observait avec une attention dont aucun ornithologiste n'eût fait preuve, copiant le moindre de ses battements d'aile dans l'espoir d'apprendre le génial secret du vol. Parfois, un faucon tournait innocemment au-dessus de la falaise à la recherche d'une proie, et toute une escadrille d'hommes-oiseaux se lançait à sa poursuite, étudiant chacun de ses mouvements, essayant de les reproduire. C'était amusant.

Elle faisait à présent de l'ombre au faucon. Tournant quand il tournait, imitant la position de ses ailes et de sa queue. Sa maîtrise des airs était un don qu'elle mourait d'envie d'avoir et n'aurait jamais. Mais elle pouvait toujours essayer : le soleil brillant dans les nuages qui filaient dans le ciel indigo, le vent sur son corps, les petits orgasmes ventraux de l'apesanteur quand elle stoppait net sa descente... Des moments éternels sans une pensée. Le meilleur, le plus pur usage du temps humain.

Mais le soleil descendait à l'ouest et elle commençait à avoir soif, alors elle laissa le faucon vivre sa vie et retourna en décrivant de grandes arabesques paresseuses vers le Belvédère, ponctua son atterrissage d'un coup d'aile, d'un pas, en plein sur Kokopelli, comme si elle n'était jamais partie.

Derrière l'aire de vol se trouvait un quartier appelé Topside, un entassement de dortoirs et de restaurants bon marché, essentiellement fréquentés par les hommes-oiseaux et les touristes qui venaient les regarder, et tout ce monde-là mangeait, buvait, faisait la fête, parlait, dansait et cherchait quelqu'un avec qui passer la soirée. Ses compagnons de vol, Rose, Imhotep, Ella et Estavan, étaient à l'Adler Hofbrauhaus, déjà bien éméchés et ravis de la revoir. Ils prirent un verre pour fêter leurs retrouvailles, puis ils allèrent au Belvédère et s'assirent sur la rambarde pour bavarder, échanger les dernières nouvelles, se passer un énorme pétard à la pandorphe, faire des commentaires égrillards sur les gens qui passaient sous la rambarde et appeler les amis repérés dans la foule.

Pour finir, ils quittèrent le Belvédère et descendirent se mêler à la foule de Topside. Ils firent lentement la tournée des bars et entrèrent dans une maison de bains. Ils s'entassèrent dans le vestiaire pour se déshabiller et s'aventurèrent tout nus dans le sombre dédale humide et chaud, de l'eau jusqu'à la taille, les chevilles, la poitrine — chaude, froide, tiède —, se séparant, se retrouvant, faisant l'amour avec des étrangers à peine entrevus, Zo passant lentement d'un partenaire à un autre, jouissant, ronronnant avec volupté lorsque son corps se nouait sur lui-même et que son esprit l'abandonnait. Le sexe, le sexe, il n'y avait rien de meilleur, sauf voler, ce qui y ressemblait beaucoup : une ivresse de tout le corps, tel un écho du big bang, ce premier orgasme. La joie de voir les étoiles dans le ciel, au-dessus de sa tête, de sentir l'eau chaude, et ce garçon entrer en elle, y rester, presque dur, se raidir trois minutes plus tard et se cambrer à nouveau en riant à l'approche d'un orgasme éblouissant. Après ça, elle pataugea jusqu'à la pénombre du bar où elle retrouva les autres, Estevan déclarant que le troisième orgasme de la nuit était généralement le meilleur, avec son exquise approche vers le moment crucial, et encore assez de sperme à éjaculer.

— Après, ça reste pas mal, mais ça demande plus d'effort. Y a du retard à l'allumage, et puis c'est plus comme le troisième, de toute façon.

Zo, Rose et les autres femmes approuvèrent et dirent que dans ce domaine comme dans bien d'autres les femmes étaient avantagées. En une nuit aux bains elles avaient généralement plusieurs orgasmes merveilleux, et encore, ce n'était rien à côté du *status orgasmus*, une sorte d'orgasme continu qui pouvait durer une demi-heure avec un peu de chance et un bon partenaire. C'était toute une technique qu'elles étudiaient assidûment, mais ça restait plus un art qu'une science, ils étaient tous d'accord là-dessus : il fallait planer, mais pas trop, en groupe mais pas trop nombreux... Ils étaient devenus assez bons à cet exercice, dirent-ils à Zo, et Zo demanda allègrement à en avoir la preuve.

— Allez, faites-moi la table.

Estavan poussa un hurlement, et ils allèrent tous ensemble dans une pièce où une grande table était entourée d'eau. Imhotep s'allongea dessus, afin de servir de matelas humain à Zo. Les autres la soulevèrent, l'allongèrent sur lui, et tout le groupe s'occupa d'elle, une langue dans chaque oreille et dans sa bouche, des mains, des lèvres et des organes génitaux partout. Ce ne fut bientôt plus qu'une masse indifférenciée de sensations érotiques, un environnement sexuel total. Zo ronronnait tout haut. Puis, quand elle commença à jouir, s'arquant comme sous la violence d'une crampe, rompant le contact avec Imhotep, ils continuèrent, mais plus subtilement, à l'exciter, pour ne pas la laisser retomber. Elle était au septième ciel, elle volait, le contact d'un petit doigt la faisait repartir, tant et si bien qu'elle s'écria : « Arrêtez, je n'en peux plus ! » Ils éclatèrent de rire, répondirent : « Mais si, mais si ! » et son orgasme se poursuivit jusqu'à ce que les muscles de son estomac finissent par se nouer pour de bon. Elle se laissa alors brutalement rouler à bas d'Imhotep. Rose et Estavan durent la rattraper. Elle ne tenait plus debout. Quelqu'un dit qu'elle avait joui pendant vingt minutes. Il lui avait semblé que ça durait deux minutes, ou l'éternité. Elle avait mal à tous les muscles du ventre, des fesses et des cuisses.

— Bain froid, balbutia-t-elle, et elle se traîna dans la pièce voisine.

Après la table, peu de choses avaient encore un attrait aux bains. Tout orgasme supplémentaire était une souffrance. Elle aida à tabler Estavan et Xerxes, puis une femme mince qu'elle ne connaissait pas. Bon, c'était amusant au début, mais ça finissait par devenir lassant. La chair, la chair, la chair. Parfois, après la table, on en réclamait encore. Toujours plus. Ou bien on ne voyait plus que de la peau, des poils, de la chair, des choses qui rentraient, des choses dans lesquelles on entrait. Quel intérêt ?

Elle alla au vestiaire, se rhabilla, sortit. C'était le matin. Le soleil brillait sur les plaines dénudées de Lunae. Elle plana à travers les rues vides vers son hôtel, elle se sentait détendue, propre, somnolente. Un gigantesque petit déjeuner, se jeter sur son lit, dormir voluptueusement.

Mais Jackie était au restaurant de l'hôtel.

— Hé, mais c'est notre Zoya !

Elle avait toujours détesté le nom que Zo s'était choisi.

— Tu m'as suivie ? demanda Zo, surprise.

— C'est aussi ma coop, je te rappelle, répondit Jackie d'un air écœuré. Pourquoi n'es-tu pas venue me voir en arrivant ?

— J'avais envie de voler.

— Ce n'est pas une excuse.

— Je ne cherche pas d'excuse.

Zo s'approcha du buffet, remplit une assiette d'œufs brouillés et de muffins. Elle retourna à la table de Jackie, lui planta un baiser sur le sommet du crâne.

— Tu as l'air en forme.

En fait, elle avait l'air plus jeune que Zo, avec sa peau boucanée par le soleil. Elle avait l'air plus jeune, mais comme momifiée. On aurait dit une sœur jumelle de Zo qui aurait passé des années dans un bocal. Zo ignorait combien de fois elle avait subi le traitement de longévité — elle ne voulait pas le lui dire —, mais d'après Rachel elle essayait toutes les nouvelles variantes, il en sortait deux ou trois par an, et elle se faisait administrer le régime de base tous les trois ans au moins. Résultat, bien qu'elle soit dans sa cinquième décennie martienne, on l'aurait prise pour une fille de la génération de Zo, en dehors de ce côté embaumé, qui était moins physique que mental — une lueur dans le regard, une certaine dureté, une raideur, une méfiance ou une lassitude. C'était dur d'être la femelle alpha, plus dur d'année en année, un combat héroïque. Sa condition avait laissé des traces visibles, sa peau pouvait être lisse comme celle d'un bébé, elle pouvait être toujours aussi belle — ça, il n'y avait pas à dire —, elle commençait à vieillir. Bientôt, les jeunes gens qu'elle menait par le bout du nez lui tourneraient le dos et s'éloigneraient.

En attendant, elle avait encore une sacrée présence, et en ce moment précis, elle semblait d'assez mauvaise humeur. Les gens donnaient l'impression de craindre qu'elle les foudroie du regard, ce qui faisait rigoler Zo. Ce n'était peut-être pas la façon la plus courtoise de fêter les retrouvailles avec sa mère bien-aimée, mais que voulez-vous ? Elle était trop bien dans sa peau pour s'énerver. Enfin, rire au nez de sa mère n'était peut-être pas la meilleure chose à faire quand même.

Jackie la regarda avec froideur jusqu'à ce qu'elle reprenne son sérieux.

— Raconte-moi comment ça s'est passé sur Mercure.

Zo haussa les épaules.

— Je te l'ai dit. Ils se croient investis de la mission de donner le soleil au système solaire extérieur ; ça leur a monté à la tête.

— J'imagine qu'ils auraient bien besoin d'énergie solaire, là-bas.

— L'énergie peut toujours être utile, mais les satellites extérieurs devraient pouvoir en générer autant que nécessaire, maintenant.

— Les Mercuriens restent donc avec leurs métaux.

— Exactement.

— Et que souhaitent-ils en échange ?

— Tout le monde désire la liberté. Aucun de ces nouveaux petits mondes n'est assez grand pour se suffire à lui-même, alors s'ils veulent rester libres il faut bien qu'ils aient une monnaie d'échange. Mercure a l'énergie solaire et les métaux, les astéroïdes ont les métaux, les satellites extérieurs ont des gazéifiables à défaut d'autre chose. Chacun conditionne ce qu'il a de plus précieux et tente de le monnayer contre une alliance pour éviter la domination par Mars ou la Terre.

— Il ne s'agit pas de domination.

— Bien sûr que non, fit Zo, parfaitement impassible. Mais les grands mondes, tu sais ce que c'est...

— Certes, acquiesça Jackie. Sauf que, additionnés, tous ces petits mondes seraient grands, eux aussi.

— Qui s'en chargerait ? rétorqua Zo.

Jackie ignora la question. La réponse était évidente : Jackie. Elle était engagée dans une partie de bras de fer dont l'enjeu pouvait se résumer au contrôle de Mars. Elle s'efforçait de préserver leur planète de l'invasion terrestre. Et tandis que l'humanité continuait à se répandre dans le système solaire, Jackie considérait les nouvelles petites colonies comme des atouts dans son jeu. S'ils n'étaient pas assez nombreux, l'issue de la partie risquait de s'en trouver modifiée.

— Il n'y a vraiment pas de quoi s'en faire pour Mercure, la rassura Zo. C'est un trou perdu dirigé par un culte. Il ne s'y installera jamais beaucoup de gens. Même si nous réussissons à les embrigader, ils ne pèseront pas lourd.

Jackie arbora une expression d'infinie lassitude, comme si l'analyse de Zo était puérile, comme s'il y avait sur Mercure des sources de pouvoir occulte. C'était irritant, mais Zo se garda bien de trahir son agacement.

Antar arriva. Il eut un sourire en les repérant, s'approcha et donna un rapide baiser à Jackie, un plus long à Zo. Ils firent des messes basses, Jackie et lui, pendant un moment, puis Jackie lui signifia son congé.

Zo y vit une nouvelle preuve de l'autoritarisme de Jackie. Faire venir Antar pour rien ; c'était un abus de pouvoir fréquent chez de nombreuses femmes nisei, des femmes qui avaient grandi dans des familles patriarcales et en voulaient aux hommes. Elles n'avaient toujours pas compris que le patriarcat n'était plus rien et n'avait peut-être jamais eu d'importance, qu'il avait toujours été soumis à l'étau de la loi utérine, dont la puissance biologique agissait hors du patriarcat, que la simple politique ne pouvait contrôler. L'emprise féminine sur le plaisir sexuel masculin, sur la vie tout court, était aussi réelle pour les patriarches que pour n'importe qui, malgré toutes leurs répressions, leur peur de la femme qui s'était traduite de tant de façons, le purdah, l'excision, le bandage des pieds, etc. C'était en fait une réaction défensive brutale, un combat d'arrière-garde, perdu d'avance. Cela avait fonctionné un certain temps, sans doute, mais c'était irrémédiablement terminé. Les malheureux hommes devaient se battre tout seuls, maintenant, et c'était un combat ardu. Les femmes comme Jackie leur menaient la vie dure. Les femmes comme Jackie aimaient ça.

— Je veux que tu ailles dans le système uranien, disait Jackie. Ils commencent juste à s'installer là-bas, et je veux les tenir dès le début. Tu pourras dire deux mots aux Galiléens aussi. Ils sortent du rang.

— Il faudrait que je travaille un peu pour la coop, fit Zo, ou il va devenir évident que ce n'est qu'une façade.

Après des années passées à courir avec une coop de farouches basée sur Lunae, elle avait rejoint une coop qui servait en partie de couverture à Mars Libre, lui permettant, à elle ainsi qu'aux autres opérationnels, de réserver leur activité principale au parti sans que ça se voie. La coop de Zo construisait et installait des écrans de cratères, mais elle n'avait pas accompli une seule vraie mission pour eux depuis plus d'un an.

Jackie acquiesça.

— Consacre-leur un peu de temps et pose un congé. D'ici un mois, par là.

— Okay.

Zo s'intéressait aux satellites extérieurs, aussi ce projet lui convenait-il. Mais Jackie eut un simple hochement de tête, comme s'il était impensable que Zo puisse ne pas être d'accord. Sa mère n'était pas une personne très imaginative, au bout du compte. Aucun doute que Zo devait cette qualité à son père, Ka le bénisse. Zo ne voulait pas savoir qui c'était ; à ce stade, ça n'aurait été qu'une hypothèque sur sa liberté, mais elle éprouvait une vague de gratitude envers lui pour ses gènes, pour lui avoir épargné d'être en tout point identique à Jackie.

Zo se leva, trop épuisée pour supporter sa mère plus longtemps.

— Tu as l'air fatiguée, et je suis crevée, dit-elle. Je t'aime. Tu devrais peut-être te refaire administrer le traitement, ajouta-t-elle en l'embrassant sur la joue.

Sa coop était basée dans le cratère Moreux, dans les Protonilus Mensae, entre Mangala et Bradbury Point. C'était un vaste cratère qui ponctuait la longue pente du Grand Escarpement à l'endroit où il descendait vers la péninsule de Boone's Neck. La coop se consacrait au développement de nouvelles fibres moléculaires destinées à remplacer les bâches des anciennes tentes. Celle qu'ils avaient installée sur Moreux était le dernier cri du génie génétique. Sa matière — du polyhydroxybutyrate — était extraite d'une variété de soja modifiée afin de produire le PHB dans ses chloroplastes. Sa structure retenait l'équivalent de la couche osmotique quotidienne, ce qui avait pour effet d'accroître de près de trente pour cent la densité de l'air dans le cratère et d'en élever sensiblement la température. Les bâches de ce genre permettaient aux biomes de supporter le passage brutal de la tente à l'air libre, et créaient, quand elles étaient installées de façon permanente, des mésoclimats agréables à des altitudes ou des latitudes élevées. Moreux était situé sur le quarante-troisième parallèle, et les hivers hors du cratère seraient toujours rigoureux. Grâce à la bâche, ils cultivaient une forêt tropicale constituée de plantes exotiques obtenues par génie génétique à partir de spécimens recueillis sur les pentes des volcans d'Afrique de l'Est, de Nouvelle-Guinée et de l'Himalaya. Les journées étaient très chaudes, l'été, au fond du cratère, et les arbres en fleur, hérissés de redoutables épines, répandaient un parfum suave.

Les habitants du cratère vivaient dans des appartements spacieux forés dans l'arc nord du bord, sur quatre niveaux de balcons en terrasses, dont les baies vitrées surplombaient les vertes frondaisons de la forêt du Kilimandjaro située en dessous. Les balcons étaient baignés par le soleil en hiver, et ombragés par des treillis couverts de vigne vierge en été, quand la température diurne montait jusqu'à 305 degrés kelvin et que les gens parlaient vaguement de troquer la bâche contre une autre, moins isolante, afin de permettre à la chaleur de s'échapper, ou de trouver le moyen de la rouler comme une bâche de piscine en été.

Zo passait le plus clair de son temps sur le tablier extérieur ou dessous, expédiant le maximum de travail avant de repartir pour les satellites extérieurs. Sa mission était intéressante, cette fois. Elle l'amenait à faire de longs voyages souterrains dans des galeries minières, à suivre les veines et les filons. L'impact avait créé toutes sortes de roches métamorphiques utiles, et le tablier du cratère regorgeait de minéraux utilisables dans les usines de gaz à effet de serre. La coop travaillait sur de nouvelles méthodes de forage qui n'altéreraient en rien la surface alors que l'on exploiterait intensivement le régolite du sous-sol. Tout en s'efforçant de réaliser des améliorations commercialisables, elle extrayait certaines matières premières utilisées pour la fabrication des bâches. La majeure partie du travail était évidemment effectuée par des robots, mais il y aurait toujours dans les activités minières des tâches que les hommes feraient mieux. Zo adorait fouiller dans les profondeurs obscures de Mars, passer toute la journée dans les boyaux de la planète, entre de grandes plaques de roche noire, rugueuse, piquetée de cristaux que les puissantes lampes faisaient étinceler. Examiner des échantillons, explorer de nouvelles galeries, se faufiler entre les colonnes de magnésium placées par les excavateurs robots. Travailler comme une troglodyte, chercher des trésors rares sous terre. Puis émerger de la cabine de l'ascenseur, cligner des yeux comme une chouette dans la lumière aveuglante de la fin de l'après-midi, l'air couleur de bronze, saumon, ambré. Le soleil qui brillait dans le ciel violacé comme un vieil ami les réchauffait alors qu'ils gravissaient la pente du tablier vers la porte donnant sur le bord, la forêt ronde de Moreux s'étendant à leurs pieds, un monde perdu, peuplé de jaguars et de vautours. Une fois sous la bâche, un téléphérique les emportait vers les habitations, mais Zo préférait généralement aller à la loge de garde, ôter sa tenue d'homme-oiseau de son casier, l'enfiler, tirer le zip et courir au bout d'une plate-forme d'envol, étendre les ailes et voler en spirales paresseuses vers la ville basse du bord nord. Puis dîner sur l'une des terrasses en regardant les perroquets et les cacatoès filer en tous sens dans l'espoir de chiper quelque chose à manger. Il y avait des vies plus désagréables. Et elle dormait comme un bébé.

Un jour, un groupe de spécialistes de l'atmosphère vinrent voir combien d'air filtrait de la bâche de Moreux dans la chaleur du plein midi, en été. Il y avait un certain nombre de vieux dans le groupe, des gens aux yeux rouges et aux manières diffuses des aréologistes qui avaient passé beaucoup de temps sur le terrain. L'un de ces issei, un petit homme chauve au nez crochu et à la peau ridée comme les tortues qui rampaient sur le fond du cratère, était Sax Russell, l'un des personnages les plus célèbres de l'histoire de Mars. Zo le regarda en ouvrant de grands yeux. Elle n'en revenait pas. C'était comme s'il était sorti d'un livre d'histoire pour lui dire bonjour, comme si George Washington ou Archimède lui était tombé dessus, fantôme du passé vivant toujours parmi eux, en permanence confondu par tous les nouveaux développements.

Pour être confondu, Russell était confondu. Il assista à la réunion d'orientation dans un total ébahissement, laissa les questions sur l'atmosphère à ses collègues et passa son temps à regarder la forêt sous la ville. Quand quelqu'un, au dîner, lui présenta Zo, il la regarda en clignant des yeux avec la vague intelligence d'une tortue.

— J'ai eu votre mère comme élève, dans le temps.

— Oui, répondit Zo.

— Vous voulez bien me faire visiter le fond du cratère ? demanda-t-il.

— Généralement, je vole au-dessus, répondit Zo, surprise.

— J'espérais faire ça à pied, fit-il en clignant des yeux de plus belle.

C'était tellement nouveau qu'elle accepta de le guider.

Ils partirent à la fraîche, en suivant l'ombre du bord est. Des ochromes et des halimodendrons se rejoignaient au-dessus de leur tête, formant un dais élevé dans lequel des lémuriens bondissaient en poussant des cris. Le vieil homme marchait lentement tout en regardant les créatures insouciantes de la forêt. Il parlait peu, sauf pour demander à Zo le nom des arbres et des fougères. Elle ne put lui dire que celui des oiseaux.

— Le nom des plantes m'entre par une oreille et me ressort par l'autre, admit-elle sans complexe. Mais je pense que ça m'aide à mieux les voir, ajouta-t-elle en voyant son front se plisser à cette idée.

— Vraiment. (Il regarda autour de lui comme pour expérimenter cette technique.) Vous voulez dire que vous ne voyez pas les oiseaux aussi bien que les plantes ?

— Ils sont différents. Ce sont mes frères et mes sœurs, ils doivent avoir un nom. Ça fait partie d'eux-mêmes. Mais toutes ces choses-là... fit-elle en englobant d'un geste les frondes vertes qui les entouraient, les fougères géantes sous les arbres en fleur. Elles n'ont pas vraiment de nom. On leur en invente, mais ça ne sert à rien.

Il médita sa réponse.

— Où volez-vous ? demanda-t-il, un kilomètre plus loin dans la piste envahie par la végétation.

— Partout.

— Vous avez des endroits favoris ?

— J'aime bien le Belvédère d'Echus.

— Les courants ascendants sont bons ?

— Excellents. C'est là que j'étais quand Jackie m'est tombée dessus et m'a remise au travail.

— Ce n'est pas votre travail ?

— Oh si, si, mais ma coop est en pointe pour l'application du temps partiel.

— Ah ! Alors vous allez rester là un moment ?

— Seulement jusqu'au départ de la navette pour Galilée.

— Vous comptez émigrer ?

— Non, non. Juste faire un tour. Pour Jackie. En mission diplomatique.

— Ah ! Vous irez voir Uranus ?

— Oui.

— Je voudrais bien voir Miranda.

— Moi aussi. C'est un peu pour ça que je vais là-bas.

— Ah !

Ils traversèrent un ruisseau en posant les pieds sur des pierres plates émergées. Les oiseaux s'appelaient, les insectes bourdonnaient. Le soleil baignait tout le bol intérieur du cratère, maintenant, mais, sous le dais de la forêt, il faisait encore frais. L'air était troué par des colonnes et des câbles de lumière jaune, inclinés. Russell s'accroupit pour regarder au fond de la rivière qu'ils venaient de traverser.

— Comment était ma mère quand elle était petite ? demanda Zo.

— Jackie ?

Il réfléchit. Ça faisait si longtemps... Au moment où Zo concluait avec exaspération qu'il avait oublié sa question, il répondit :

— Elle courait vite. Elle posait sans arrêt des questions. Pourquoi, pourquoi, pourquoi ? J'aimais bien ça. C'était l'aînée de cette génération d'ectogènes, je crois. Leur chef, en tout cas.

— Elle était amoureuse de Nirgal ?

— Je ne sais pas. Pourquoi, vous avez rencontré Nirgal ?

— Il me semble. Avec les farouches, une fois. Et Peter Clayborne, elle était amoureuse de lui ?

— Amoureuse ? Après, plus tard, peut-être. Quand ils étaient plus vieux. A Zygote, je ne pense pas.

— Vous ne m'aidez pas beaucoup.

— Non.

— Vous avez tout oublié ?

— Pas tout. Mais ce dont je me souviens est... difficile à exprimer. Je me rappelle que Jackie m'avait posé des questions sur John Boone, un jour, exactement comme vous m'en posez sur elle. Elle m'interrogeait souvent. Elle était contente d'être sa petite-fille. Elle était fière de lui.

— Elle l'est encore. Et je suis fière d'elle.

— Et... je l'ai vue pleurer, une fois.

— Pourquoi ? Et ne me répondez pas que vous ne savez pas !

Il en resta abasourdi. Pour finir, il leva les yeux vers elle et la regarda avec un sourire presque humain.

— Elle était triste.

— Quel scoop !

— Parce que sa mère était partie. Esther ?

— C'est ça.

— Kasei et Esther avaient rompu. Esther était partie pour... je ne me rappelle plus. Mais Kasei et Jackie étaient restés à Zygote, et un jour où je faisais cours, elle est arrivée à l'école en avance. Elle demandait toujours pourquoi. Ce jour-là aussi elle m'a demandé pourquoi. Au sujet de Kasei et d'Esther. C'est là qu'elle s'est mise à pleurer.

— Que lui avez-vous dit ?

— Je ne... rien, j'imagine. Je ne savais pas quoi lui dire. Hum... Je me demande s'il n'aurait pas mieux valu qu'elle suive Esther. Le lien avec la mère est crucial.

— Bah !

— Vous n'êtes pas d'accord ? Je pensais que toutes les jeunes indigènes comme vous étaient sociobiologistes.

— C'est quoi, ça ?

— Euh... ce sont des gens qui croient que la plupart des données culturelles ont une explication biologique.

— Oh non ! Sûrement pas. Nous sommes beaucoup plus libres que ça. La maternité peut revêtir toutes sortes d'aspects. Certaines mères ne sont que des incubatrices.

— C'est bien possible.

— Vous pouvez me croire sur parole.

— ... en tout cas, Jackie pleurait.

Ils poursuivirent leur promenade en silence. Comme dans bon nombre de grands cratères, il y avait à Moreux plusieurs bassins hydrographiques en forme de part de tarte qui convergeaient vers un marais et un lac centraux. Le lac était petit, en forme de rognon, incurvé autour des buttes rugueuses, basses, d'un complexe de monticules centraux. Zo et Russell sortirent de l'abri des arbres et suivirent une piste mal tracée qui s'engageait dans d'immenses herbes. Ils se seraient vite perdus sans le cours d'eau, qui serpentait d'abord dans une prairie puis vers le lac boueux. Même la prairie disparaissait sous les herbes, de grandes touffes rondes bien plus hautes qu'eux, de sorte qu'ils ne voyaient souvent rien d'autre, en dehors du ciel. Les longues herbes luisaient dans la lumière éclatante, lilas, de la mi-journée. Russell emboîtait le pas à Zo, ses lunettes rondes faisant comme des miroirs dans son visage, si bien que lorsqu'il tournait la tête, les touffes d'herbe se reflétaient dedans. Il avait l'air complètement ahuri, sidéré par ce qui l'entourait, et il marmonnait dans un vieux bloc-poignet qui pendait au bout de son bras comme une menotte.

Une dernière boucle avant le lac avait donné naissance à une jolie plage de sable et de gravier. Après s'être assurée, du bout d'un bâton, que ce n'était pas une zone de sables mouvants, Zo enleva son maillot trempé de sueur et s'engagea dans l'eau, qui était d'une fraîcheur agréable à quelques mètres du rivage. Elle plongea, nagea sous l'eau, se cogna la tête. Il y avait un rocher au fond. Elle l'escalada et plongea de là trois ou quatre fois, se redressant juste après être entrée dans l'eau. Ce plongeon difficile et gracieux lui procurait au creux de l'estomac une agréable sensation d'apesanteur. Elle n'avait jamais éprouvé une sensation non orgasmique aussi proche de l'orgasme.

Elle plongea ainsi plusieurs fois, jusqu'à ce que l'impression disparaisse, et qu'elle soit rafraîchie. Puis elle ressortit du lac, s'allongea sur le sable, sentit sa chaleur et le rayonnement solaire la cuire sur les deux faces. Un vrai orgasme aurait été parfait, mais elle avait beau être étalée devant lui comme un atlas du sexe, Russell était assis en tailleur au bord de l'eau, apparemment absorbé par la boue. Il était tout nu à part ses lunettes et son bloc-poignet, petit primate ratatiné, tanné comme un paysan, chauve, comme l'image qu'elle se faisait de Gandhi ou de l'*Homo habilis*. Il était tellement différent, si antique et petit, qu'il réussissait à être un peu excitant à sa façon : le mâle d'une espèce de tortue sans carapace. Elle écarta l'un de ses genoux, fit basculer son bassin dans une posture d'offrande. Impossible de s'y méprendre. Le soleil était chaud sur sa vulve exposée.

— Quelle boue stupéfiante, dit-il. Je n'ai jamais vu un biome pareil.

— Ah bon.

— Ça vous plaît ?

— Le biome ? J'imagine. Il fait un peu chaud, il y a un peu trop de plantes, mais c'est intéressant. Ça change.

— Alors vous n'êtes pas contre. Vous n'êtes pas Rouge.

— Rouge ? dit-elle en riant. Moi, je suis une libérale.

Il réfléchit à sa réponse.

— Vous voulez dire que les Verts et les Rouges ne sont plus une division politique contemporaine ?

Elle eut un geste de la main englobant l'herbe de la pampa et les halimodendrons qui bordaient la prairie.

— Comment pourraient-ils l'être ?

— Très intéressant, fit-il en s'éclaircissant la gorge. Quand vous irez sur Uranus, vous pourriez emmener une amie ?

— Peut-être, fit Zo en reculant un peu les hanches.

Il saisit l'allusion et, au bout d'un moment, se pencha et commença à caresser la cuisse qui se trouvait le plus près de lui. Ça faisait la même impression que de petites pattes de singe, intelligent, avisé. Sa main disparaissait complètement dans sa toison pubienne, phénomène qu'il parut apprécier, car il le répéta plusieurs fois et entra en érection. Elle serra fortement son pénis dans sa main tout en jouissant. C'était loin de valoir la table, évidemment, mais un orgasme était toujours bon à prendre, surtout dans la pluie chaude du soleil. Et bien qu'il la prenne d'une façon basique, il ne manifesta pas ce penchant pour la jouissance simultanée que tant de vieux affectaient, sentimentalisme qui interférait avec le plaisir beaucoup plus intense que l'on pouvait éprouver l'un après l'autre. Quand elle eut cessé de vibrer, elle roula sur le côté et prit son sexe dans sa bouche — comme un index, elle pouvait l'entourer complètement avec sa langue — tout en lui procurant une bonne vue de son corps. Elle s'arrêta une fois pour se regarder : grande, riche, des courbes pleines, et constata qu'elle avait les hanches presque aussi larges que ses épaules à lui. Puis elle se remit à la tâche, *vagina dentata*, quelle connerie que ces mythes patriarcaux terrifiants, les dents étaient complètement superflues, un python, un pilon avaient-ils besoin de dents ? Vous prenez ces pauvres créatures par le zizi et vous serrez jusqu'à ce qu'ils se mettent à pleurnicher, que voulez-vous qu'ils fassent ? Ils pouvaient tenter de rester hors d'atteinte, mais comme c'était l'endroit où ils avaient le plus envie d'être, ils erraient dans la confusion pathétique et le déni de ce double lien. Et se plaçaient à portée des dents, de toute façon, à la première occasion. Elle le mordilla, pour lui rappeler la situation, puis le laissa jouir. Les hommes avaient de la chance de ne pas être télépathes.

Après ça, ils plongèrent à nouveau dans le lac, et se rassirent sur le sable où il tira un pain de son paquetage. Ils rompirent la miche en deux et mangèrent.

— Vous ronronniez, tout à l'heure ? demanda-t-il entre deux bouchées.

— Mm hmm.

— Vous vous êtes fait insérer ce caractère génétique ?

Elle hocha la tête, avala.

— La dernière fois que j'ai subi le traitement.

— Ce sont des gènes de chat ?

— De tigre.

— Ah !

— Ça se traduit par une petite modification du larynx et des cordes vocales. Vous devriez essayer, c'est vraiment agréable.

Il clignait des yeux. Il ne répondit pas.

— Qui est l'amie que vous voudriez que j'emmène sur Uranus ?

— Ann Clayborne.

— Ah ! Votre vieille Némésis.

— Quelque chose dans ce goût-là.

— Qu'est-ce qui vous fait penser qu'elle viendra ?

— Il se peut qu'elle refuse. Mais il est possible aussi qu'elle accepte. Michel dit qu'elle essaie des nouvelles choses, et Miranda devrait l'intéresser. Une lune fendue par un impact, puis ressoudée, la lune et le projectile solidarisés. C'est une image que je... je voudrais qu'elle voie ça. Toute cette roche, vous comprenez. Elle adore les pierres.

— Il paraît, oui.

Russell et Clayborne, le Vert et la Rouge, deux des plus célèbres antagonistes des premières années de la colonisation. Les premières années... Une situation claustrophobique dont la seule idée faisait frémir Zo. L'expérience avait manifestement fragmenté l'esprit de tous ceux qui l'avaient endurée. Puis Russell avait été encore plus ébranlé par la suite, si elle se souvenait bien. Mais elle mélangeait un peu les détails de la saga mélodramatique des Cent Premiers : la

Grande Tempête, la colonie perdue, les trahisons de Maya. Cette longue séquelle de conflits, d'aventures, de meurtres et de révoltes. Des histoires sordides, entrecoupées de rares moments de joie, pour ce qu'elle en savait. Comme si les vieux avaient été des bactéries anaérobies, vivant dans le poison, excrétant lentement les conditions nécessaires à l'émergence d'une vie totalement oxygénée.

Sauf peut-être pour Ann Clayborne qui paraissait, d'après ce qu'elle avait entendu dire, avoir compris que pour vivre heureux dans un monde rocheux, il fallait aimer les pierres. Zo aimait cette attitude.

— Je lui en parlerai, bien sûr, dit-elle. A moins que vous ne préfériez le faire ? Ça vaudrait peut-être mieux. Dites-lui que je suis d'accord. On lui trouvera toujours de la place dans le groupe diplomatique.

— C'est un groupe de Mars Libre ?

— Oui.

— Hum, hum.

Il lui posa des questions sur l'ambition politique de Jackie, et elle répondit comme elle put, en regardant son corps et ses courbes, les muscles durs lissés par la graisse sous la peau — les hanches encadrant le ventre, le nombril, la toison pubienne, noire, bouclée (elle en chassa quelques miettes d'un revers de main), les longues cuisses puissantes. Le corps des femmes était beaucoup plus harmonieusement proportionné que celui des hommes. Michel-Ange s'était trompé sur toute la ligne, encore que son David plaidât assez bien pour sa cause. Un corps d'homme-oiseau s'il y en avait jamais eu un.

— Dommage que nous ne puissions rentrer en volant, dit-elle.

— Je ne sais pas voler avec une tenue d'homme-oiseau.

— Je vous aurais pris sur mon dos.

— Vraiment ?

Elle lui jeta un rapide coup d'œil. Trente ou trente-cinq kilos tout au plus...

— Vraiment. Ça dépend de la tenue.

— Ces tenues sont capables de choses stupéfiantes.

— Elles ne sont pas seules en jeu.

— Non. Mais nous n'avons pas été conçus pour voler. Avec nos os lourds et tout ça, vous voyez ce que je veux dire.

— Oh oui, je vois. Il est vrai qu'elles nous sont indispensables. Mais elles ne suffisent pas.

— Oui. C'est intéressant de voir la taille que les gens peuvent atteindre, dit-il en la regardant.

— Surtout leurs organes génitaux.

— Vous croyez ?

Elle s'esclaffa.

— Je disais ça pour vous taquiner.

— Ah !

— Cela dit, il serait logique de voir grandir les organes soumis à une utilisation accrue, non ?

— Oui. J'ai lu que la capacité thoracique avait augmenté.

— La faible densité de l'air, hein ? dit-elle en riant.

— Sans doute. C'est vrai dans les Andes, en tout cas. La distance séparant la colonne vertébrale du sternum est presque deux fois plus importante chez les indigènes des Andes que chez ceux qui vivent au niveau de la mer.

— Vraiment ! Ils auraient une cage thoracique d'oiseau, alors ?

— Quelque chose comme ça.

— Ajoutez-y de gros pectoraux, de gros seins...

Il ne répondit pas.

— Nous évoluons donc vers une espèce voisine des oiseaux.

Il secoua la tête.

— C'est phénotypique. Si vous éleviez vos enfants sur la Terre, leur poitrine reprendrait son volume normal.

— Je doute d'avoir jamais des enfants.

— Ah... A cause du problème de surpopulation ?

— Oui. Il faudrait que les issei comme vous commencent à mourir. Tous ces nouveaux petits mondes ne nous servent pas à grand-chose. La Terre et Mars deviennent des fourmilières. Vous nous avez pris notre monde. Vous êtes des kleptoparasites.

— C'est un terme redondant.

— Non. Il désigne les animaux qui volent la nourriture de leurs jeunes pendant les hivers exceptionnellement durs.

— C'est bien trouvé.

— Nous devrions vous tuer quand vous atteignez cent ans.

— Ou dès que nous avons des enfants.

Elle eut un grand sourire. Il était tellement imperturbable !

— Au choix.

Il acquiesça comme si c'était une suggestion sensée. Elle rit, bien que ce soit en même temps vexant.

— Evidemment, nous ne le ferons jamais.

— Ce ne sera pas nécessaire.

— Ah bon ? Vous prévoyez de vous jeter du haut d'une falaise, comme les lemmings ?

— Non. On voit apparaître des maladies résistantes au traitement. Les plus vieux commencent à mourir. Ça devait arriver.

— Vraiment ?

— Je crois, oui.

— On trouvera bien le moyen de soigner ces nouvelles maladies, d'aller toujours plus loin, vous ne pensez pas ?

— Dans certains cas. Mais la sénescence est un phénomène complexe, et tôt ou tard...

Il haussa les épaules.

— C'est une idée sinistre, fit Zo.

Elle se leva, enfila son maillot. Il se rhabilla à son tour.

— Vous avez déjà rencontré Bao Shuyo ? demanda-t-il.

— Non. C'est qui ?

— Une mathématicienne de Da Vinci.

— Non. Pourquoi cette question ?

— Je me demandais, c'est tout.

Ils retraversèrent la forêt, s'arrêtant de temps à autre pour suivre des yeux un animal furtif. Un gros volatile sauvage, une sorte de hyène solitaire qui les regardait, plantée sur un éboulis... Zo s'aperçut qu'elle s'amusait bien. L'issei était imperméable aux taquineries, inébranlable, et son avis était imprévisible, ce qui n'était pas fréquent chez les vieux. Chez personne, en vérité. La plupart des anciens que Zo avait rencontrés semblaient particulièrement coincés dans le carcan de leurs valeurs. Et comme ils les respectaient en proportion inverse de la rigueur qui gouvernait leur existence, tous ces vieux devenaient fatalement des espèces de tartufes, des hypocrites qui l'agaçaient. Elle méprisait les vieux et leurs sacro-saintes valeurs. Mais celui-ci ne semblait pas en avoir. Il lui donnait envie de parler plus longtemps avec lui.

Quand ils regagnèrent le village, elle lui tapota le crâne.

— C'était rigolo. Je parlerai à votre amie.

— Merci.

Quelques jours plus tard, elle appela Ann Clayborne. Le visage qui apparut sur l'écran était aussi aimable qu'une tête de mort.

— Salut. Zoya Boone.

— Oui ?

— C'est mon nom, reprit Zo. C'est comme ça que je m'appelle.

— Boone ?

— La fille de Jackie.

— Ah.

Il était clair qu'elle n'aimait pas Jackie. Classique. Jackie était tellement merveilleuse que des tas de gens ne pouvaient pas la supporter.

— Je suis aussi une amie de Sax Russell.

— Ah.

Impossible de décrypter ses sentiments sur la base de cette seule syllabe.

— Quand il a su que je m'apprêtais à partir pour le système uranien, il m'a dit que ça pourrait vous intéresser de venir avec moi.

— Il a dit ça ?

— Oui. Alors je vous ai appelée. Je vais sur Jupiter et Uranus, et je compte passer deux semaines sur Miranda.

— Miranda ! s'exclama-t-elle. Qui êtes-vous, déjà ?

— Zo Boone ! Qu'est-ce que vous avez, vous êtes sénile ?

— Vous avez dit Miranda ?

— Oui. Deux semaines. Peut-être plus si ça me plaît.

— Si ça vous plaît ?

— Oui. Je ne reste pas dans les endroits moches.

Clayborne hocha la tête comme si tout cela était parfaitement logique, et Zo ajouta d'un ton à la fois solennel et moqueur, comme si elle parlait à une gamine :

— Il y a beaucoup de pierres, là-bas.

— Oui. Oh oui.

Un long silence. Zo étudia le visage sur l'écran. Décharné, ridé, comme celui de Russell, sauf que chez elle tous les plis ou presque étaient verticaux. Une tête taillée dans un tronc d'arbre.

— Je vais réfléchir, dit-elle enfin.

— Il paraît que vous essayez de nouvelles choses, lui rappela Zo.

— Comment ?

— Vous m'avez très bien entendue.

— C'est Sax qui vous a dit ça ?

— Non. J'ai parlé de vous avec Jackie.

— Je vais réfléchir, répéta-t-elle, et elle coupa la communication.

Eh bien, voilà, se dit Zo. Enfin, elle avait fait ce qu'elle pouvait, et elle se sentait l'âme vertueuse, sensation qu'elle trouvait désagréable. Ces issei avaient le chic pour vous attirer dans leur réalité. Et ils étaient tous dingues.

Et imprévisibles, pour couronner le tout. Le lendemain, Clayborne la rappela. Elle avait décidé de venir.

Dans la réalité, Ann Clayborne se révéla aussi ratatinée et boucanée que Russell, mais plus silencieuse et plus bizarre encore : acerbe, laconique, soupe au lait. Elle se présenta au dernier moment avec, pour tout bagage, un sac à dos et un bloc-poignet noir, extraplat, dernier modèle. Sa peau acajou était pleine de kystes, de verrues et de cicatrices aux endroits où elle s'en était déjà fait enlever. Une longue vie passée en plein air, au début surtout, quand le bombardement d'UV était intense. Bref, elle était archicuite. Carbonisée, comme ils disaient à Echus. Elle avait les yeux gris, une bouche de lézard, réduite à une fente, et les rides qui reliaient ses narines aux commissures de ses lèvres semblaient taillées à la machette. Aucun visage n'aurait pu être plus sévère que celui-ci.

Elle passa toute la semaine que dura le voyage vers Jupiter dans le petit parc du vaisseau, à marcher entre les arbres. Zo préférait la salle à manger et le grand dôme panoramique où un petit groupe se réunissait le soir pour avaler des cachets de pandorphe, jouer au go ou fumer de l'opium en regardant les étoiles. Elle vit donc très peu Ann à l'aller.

Ils survolèrent la ceinture des astéroïdes, légèrement hors du plan de l'écliptique, et il est probable qu'ils passèrent sans les voir au-dessus de plusieurs petits mondes évidés. Les patatoïdes rocheux qui traversaient les écrans du vaisseau pouvaient receler de somptueuses villes paysagées ou des coquilles vides s'il s'agissait de mines épuisées ; des sociétés anarchiques et dangereuses, d'autres peuplées par des groupes religieux ou des communautés utopiques, plus ou moins pacifiques. L'existence d'une telle variété de systèmes, coexistant dans un état semi-anarchique, amenait Zo à douter que Jackie réussisse jamais à rallier les satellites extérieurs sous la bannière martienne. Elle avait plutôt l'impression que la ceinture des astéroïdes préfigurait l'organisation politique de tout le système solaire. Mais Jackie n'était pas d'accord. La ceinture des astéroïdes était comme elle était, disait-elle, à cause de sa nature particulière, dispersée sur une large bande tout autour du soleil. Les satellites extérieurs, quant à eux, étaient regroupés autour de leurs géantes gazeuses. Il fallait s'attendre à les voir se liguer entre eux. Et il y avait des mondes si vastes, par rapport aux astéroïdes, que bien des choses dépendraient des alliances qu'ils concluraient dans le système intérieur.

Zo n'était pas convaincue. Mais elle aurait l'occasion de mettre les théories de Jackie à l'épreuve dans le système jovien, où ils commençaient à décélérer. Le vaisseau traversa l'espace galiléen, ce qui le ralentit encore et leur permit de voir les quatre grosses lunes de près. Elles faisaient toutes les quatre l'objet de projets de terraforming ambitieux, en cours d'application. Les conditions de départ étaient similaires sur les trois plus lointaines, Callisto, Ganymède et Europe, qui étaient couvertes de couches d'eau glacée, Callisto et Ganymède sur mille kilomètres de profondeur, Europe sur cent kilomètres. L'eau n'était pas rare dans le système solaire extérieur, mais elle n'était pas très fréquente non plus, de sorte que ces petits mondes avaient quelque chose à monnayer. De grandes quantités de roche étaient éparpillées à la surface glacée des trois lunes, des restes d'impact météorique pour l'essentiel, un gravier de chondrite carbonée qui constituait un matériau de construction très utile. Lors de leur arrivée, une trentaine d'années martiennes auparavant, les colons des trois lunes avaient fondu les chondrites et construit des armatures de tente en nanotube de carbone — le matériau dont était fait le câble de l'ascenseur spatial martien —, et tendu dessus des bâches multicouches de vingt ou trente kilomètres de diamètre. Sous ces tentes, ils avaient répandu de la roche broyée pour créer une mince couche d'humus — le dernier cri du permafrost — entourant en certains endroits des lacs de glace fondue.

La ville-tente construite selon ce modèle sur Callisto s'appelait Lake Geneva. C'est là que les délégués martiens devaient rencontrer les chefs et groupes politiques de la Ligue jupitérienne. Comme d'habitude, Zo faisait de la figuration en guettant l'occasion de transmettre le message de Jackie aux gens susceptibles de servir ses fins.

Cette rencontre entrait dans le cadre des réunions semestrielles au cours desquelles les Jupitériens discutaient du terraforming des galiléennes. Le contexte se prêtait donc particulièrement à l'expression des intérêts de Jackie. Zo se posta au fond de la pièce, à côté d'Ann, qui avait décidé d'assister aux entretiens. Les problèmes techniques posés par le terraforming de ces lunes étaient considérables par le volume, mais simples dans leur principe. Callisto, Ganymède et Europe recevraient au départ le même traitement : des réacteurs à fusion mobiles circulaient à la surface, réchauffant la glace et renvoyant les gaz dans l'atmosphère primitive d'hydrogène et d'oxygène. Ils espéraient créer ainsi des ceintures équatoriales constituées de roches broyées afin de créer un sol sur la glace. La température atmosphérique resterait proche de la glaciation, afin que les écologies de toundra puissent être établies autour d'une chaîne de lacs équatoriaux, dans une atmosphère respirable composée d'oxygène et d'hydrogène.

Io, la plus proche des galiléennes, posait un problème plus complexe, mais plus intéressant. Des lanceurs y projetaient d'énormes missiles de glace et de chaldates depuis les trois autres grosses lunes. Très proche de Jupiter, elle n'avait que très peu d'eau, sa surface était constituée de couches de basalte entrelardé de soufre, lequel jaillissait à la surface en volutes volcaniques spectaculaires, chassées par l'attraction de Jupiter et des autres galiléennes. Le terraforming d'Io prendrait plus de temps que la moyenne, et reposait en partie sur l'infusion de bactéries mangeuses de soufre dans les sources sulfureuses bouillantes qui entouraient les volcans.

Tous ces projets étant freinés par le manque de lumière, on construisait des miroirs spatiaux d'une taille phénoménale aux points de Lagrange de Jupiter, où les champs gravitationnels du système jovien étaient moins complexes. Ces miroirs dirigeraient la lumière solaire vers l'équateur des quatre lunes. Elles présentaient toujours la même face à Jupiter, en raison du freinage exercé par les forces de marée de la planète. Leur rotation sur elles-mêmes avait une durée identique à celle de leur révolution autour de Jupiter, de sorte que la durée de leur jour dépendait de la longueur de leur orbite autour de Jupiter, qui allait de quarante-deux heures pour Io à quinze jours pour Callisto. Quelle que soit la longueur de leur journée, elles ne recevaient que quatre pour cent de l'ensoleillement de la Terre, mais la quantité de soleil qui frappait la Terre était excessive. Quatre pour cent faisait en fait beaucoup de lumière, en terme de visibilité — c'était dix-sept mille fois plus que la pleine lune sur Terre —, mais peu de chaleur pour le terraforming. Ils s'ingéniaient donc à capturer l'énergie solaire par tous les moyens possibles. Lake Geneva et toutes les colonies des autres lunes étaient situées face à Jupiter, pour profiter de la lumière réfléchie par ce globe géant, et des lanternes à gaz avaient été placées dans la stratosphère de Jupiter. Elles brûlaient un peu de l'hélium de la planète. Après ces brûleurs, des disques réfléchissants électromagnétiques furent positionnés de façon à renvoyer la lumière dans le plan de l'écliptique de la planète. La vision de la monstrueuse balle rayée était plus spectaculaire que jamais avec la vingtaine de points lumineux qui parcouraient sa surface, trop intenses pour qu'on les regarde plus d'une seconde.

Malgré les miroirs spatiaux et les lanternes à gaz, les colonies recevraient moitié moins de lumière solaire que Mars, mais on n'y pouvait rien. C'était la vie dans le système solaire extérieur, une affaire plutôt ténébreuse, tout bien considéré, se disait Zo. Encore ce piètre résultat exigerait-il la mise en place d'une impressionnante infrastructure. C'est là que la délégation martienne entrait en jeu. Jackie était prête à leur proposer beaucoup d'aide : des réacteurs à fusion, des lanternes à gaz et l'expérience martienne dans le domaine des miroirs spatiaux et du terraforming, celle-ci devant être fournie par une association de coops aérospatiales désireuses d'entreprendre de nouveaux projets, maintenant que la situation dans l'espace martien était à peu près stabilisée. Elles devaient apporter des capitaux et leur technique en échange d'accords commerciaux préférentiels, de fourniture d'hélium recueilli dans la stratosphère de Jupiter, et de l'autorisation d'explorer et d'exploiter les dix-huit petites lunes de Jupiter, voire de participer aux efforts de terraforming sur ces lunes.

Des capitaux, de l'expérience, des échanges ; c'était la carotte, et elle était grosse. Il était clair qu'en mordant à l'appât les Galiléens acceptaient le principe d'une association, que Jackie pourrait ensuite faire suivre d'alliances politiques de tout poil, pour attirer les lunes de Jupiter dans sa sphère d'influence. Cela dit, c'était clair aussi pour les Jupitériens, et ils s'efforçaient d'obtenir le maximum en donnant le minimum en échange. On pouvait être sûr qu'ils feraient bientôt de la surenchère avec les ex-métas et autres organisations terriennes.

C'est là que Zo intervenait. Elle était le bâton. La carotte publique, le bâton privé. Telle avait toujours été la méthode de Jackie, en toutes circonstances.

Zo distilla les menaces de Jackie au compte-gouttes (elles n'en paraissaient que plus redoutables). Elle eut un bref entretien avec les délégués d'Io. Le projet écopoétique, lâcha-t-elle incidemment, était beaucoup trop lent. Les bactéries mettraient des milliers d'années à changer le soufre en gaz utiles, et d'ici là le champ radio intense de Jupiter, qui enveloppait Io et décuplait ses problèmes, les ferait si bien muter qu'elles deviendraient méconnaissables. Ils avaient besoin d'eau, d'une ionosphère, peut-être même de placer la lune sur une orbite plus haute autour de leur grand dieu de gaz. Mars, la capitale du terraforming, la civilisation la plus saine, la plus riche du système solaire, pouvait les aider dans tous ces domaines, leur apporter un appui spécifique. Ou même proposer aux autres galiléennes d'être les maîtres d'œuvre du projet afin de lui faire prendre de la vitesse.

Après ça, elle eut des conversations informelles avec différents délégués des lunes de glace : dans les cocktails qui suivaient les réunions, dans les bars après les cocktails, et à la sortie des bars, quand les délégués flânaient par petits groupes le long de l'illustre promenade de Lake Geneva, sous les lampadaires sonoluminescents accrochés à l'armature de la tente. Les délégués d'Io, leur dit-elle, cherchaient à conclure un accord séparé. Tout bien considéré, leur situation était la plus prometteuse : ils avaient un sol sur lequel se tenir debout, de la chaleur, des métaux lourds, un fort potentiel touristique. Zo insinua qu'ils semblaient prêts à utiliser ces avantages pour jouer leur carte et faire éclater la Ligue jupitérienne.

Zo laissa Ann assister à quelques-unes de ces conversations, curieuse de voir ce qu'elle en tirerait. Ann les accompagna donc sur la promenade du lac, qui longeait le bord du cratère météorique inférieur contenant le lac. Les cratères d'éclaboussement de cet endroit surpassaient tous ceux de Mars, et de loin. Le bord glacé de celui-ci n'était qu'à quelques mètres au-dessus du niveau moyen de la lune. De sa lèvre ronde on pouvait contempler l'eau du lac, les rues plantées d'herbe de la ville, ou, au-delà de la tente, la plaine de glace accidentée qui s'incurvait vers l'horizon tout proche. L'extrême platitude du paysage hors de la tente donnait une indication de sa nature : un glacier couvrant un monde entier, sur mille kilomètres de profondeur, de la glace qui dévorait les impacts météoriques et lissait les fentes causées par les forces de marée.

De petites vagues noires formaient des schémas d'interférence à la surface plane du lac. L'eau était blanche comme la glace du fond, mais teintée de jaune par Jupiter qui les dominait tel un gros ballon aplati d'un côté. Des tourbillons étaient visibles à la limite entre les bandes orange ou d'un jaune crémeux, de même qu'autour des points brillants des lanternes.

Ils passèrent devant une rangée de bâtiments en bois. Le bois venait des forêts plantées sur les îles qui flottaient, pareilles à des radeaux, de l'autre côté du lac. L'herbe des rues était vert émeraude. Derrière les bâtiments, de véritables jardins poussaient dans d'immenses bacs, sous de longues lampes éblouissantes. Tout en marchant, Zo montra un bout du bâton à leurs compagnons, des fonctionnaires troublés de Ganymède ; elle fit allusion à la puissance militaire de Mars, insinua à nouveau qu'Io envisageait de se désolidariser de la Ligue.

Les Ganymédiens allèrent dîner, l'air un peu abattus.

— Que de subtilité, commenta Ann quand ils furent hors de portée de voix.

— Vous êtes bien sarcastique, ironisa Zo.

— Et vous, vous n'êtes qu'une tueuse à gages.

— Je devrais peut-être m'inspirer de la subtile diplomatie Rouge. Ou mieux, demander qu'on m'envoie du monde pour faire sauter deux ou trois trucs ici.

Ann fit entendre un bruit obscène. Elle poursuivit son chemin, et Zo lui emboîta le pas.

— Ça me fait drôle que la Grande Tache Rouge ne soit plus là, nota Zo alors qu'elles arrivaient à un pont enjambant un canal au fond blanc. On dirait une sorte de signe. Je m'attends toujours à la voir reparaître.

L'air était froid et humide. La population était surtout d'origine terrienne, une partie de la diaspora. Des hommes-oiseaux décrivaient des spirales langoureuses dans le ciel, près de l'armature de la tente. Zo les regarda traverser le disque de la grande planète. Ann s'arrêtait tous les trois pas pour examiner les parois de roche taillée, ignorant la ville posée sur la glace et sa population, la grâce aérienne et les vêtements aux couleurs de l'arc-en-ciel d'une bande de jeunes indigènes qui passaient auprès d'elles en courant comme des lévriers.

— Vous vous intéressez vraiment plus aux pierres qu'aux gens, remarqua Zo avec un mélange d'admiration et d'irritation.

Ann la regarda. De vrais yeux de basilic ! Mais Zo haussa les épaules, la prit par le bras et l'entraîna.

— Ces jeunes indigènes ont moins de quinze années martiennes. Toute leur vie ils ont vécu sous une gravité de 0,10 g. Ils se fichent pas mal de Mars ou de la Terre. Ils croient aux lunes de Jupiter, à l'eau, ils croient au fait de nager et de voler. Leur vue s'est adaptée à la faible luminosité. Certains commencent à avoir des branchies. Ils ont pour ces lunes un projet de terraforming qui leur prendra cinq mille ans. C'est la prochaine étape de l'évolution, et vous, pour l'amour de Ka ! vous êtes là, à regarder des cailloux qui sont exactement pareils que partout ailleurs dans la galaxie. Vous êtes vraiment dingue !

Cela ricocha sur Ann comme un galet sur l'eau.

— J'ai l'impression de m'entendre parler quand j'essayais d'arracher Nadia à Underhill, dit-elle.

Zo haussa les épaules.

— Venez. J'ai une autre réunion.

— La mafia ne se repose jamais, hein ?

Mais elle la suivit en regardant autour d'elle. Une naine dans une drôle de combinaison. Ou un bouffon de cour ratatiné.

Quelques membres du conseil de Lake Geneva les saluèrent avec un soupçon de nervosité, près des quais. Ils prirent un petit ferry, qui louvoya entre les bateaux à voile. Le vent soufflait fort sur le lac. De grands tecks, des ochromes, se dressaient sur le paillasson marécageux qu'était le sol chauffé de l'île flottante. Sur le rivage, les bûcherons s'activaient devant une petite scierie. Malgré l'isolation phonique, le gémissement assourdi des scies accompagnait toutes les conversations. Flottant sur un lac, sur une lune de Jupiter, l'éloignement du soleil imprimant une sorte de grisaille à toutes les couleurs : Zo éprouvait de petites vagues d'ivresse comme lorsqu'on volait, et elle le dit aux indigènes.

— C'est vraiment magnifique ! Je comprends que des gens pensent à faire d'Europe un monde marin, avec de l'eau partout. Ils pourraient même en envoyer vers Vénus. En s'abaissant, le niveau de l'eau découvrirait des îles. Je ne sais pas s'ils vous en ont parlé. Ce ne sont peut-être que des idées en l'air comme celle qui consisterait à créer un petit trou noir et à le laisser tomber dans la stratosphère de Jupiter. Stellariser Jupiter ! Vous auriez toute la lumière que vous voudriez, du coup !

— Mais Jupiter ne serait pas consumée ? demanda l'un des autochtones.

— Bah, ça prendrait un moment. On parle de plusieurs millions d'années.

— Et ça finirait dans une nova, souligna Ann.

— C'est vrai. Tout disparaîtrait, sauf Pluton. Enfin, d'ici là, c'est nous qui aurons disparu depuis longtemps. Et puis, ils trouveront bien quelque chose.

Ann eut un rire rauque. Les autres, plongés dans leurs pensées, ne semblèrent pas l'entendre.

Ann et Zo regagnèrent la rive du lac et poursuivirent leur promenade.

— On vous voit venir, avec vos gros sabots.

— C'est très malin, au contraire. Ils ne savent pas si je parle pour moi, pour Jackie ou pour Mars. Ou pour ne rien dire. Mais ça leur rappelle le contexte général. Il leur serait trop facile de se laisser emporter par la situation de Jupiter et d'oublier tout le reste. Le système solaire dans son ensemble, en tant qu'organisme politique unique. Les gens n'arrivent pas à conceptualiser ça ; il faut les aider à s'en souvenir.

— C'est vous qui auriez bien besoin d'aide. Ce n'est pas l'Italie de la Renaissance, vous savez.

— Machiavel est toujours d'actualité, si c'est ce que vous voulez dire. Et ils ont besoin qu'on le leur rappelle ici.

— Vous me rappelez Frank.

— Frank ?

— Frank Chalmers.

— Voilà un issei que j'admire, convint Zo. Ce que j'ai lu sur lui, en tout cas. C'était le seul de vous tous qui n'était pas hypocrite. Et c'est lui qui a fait le plus de choses.

— Vous n'y connaissez rien, lâcha Ann.

Zo haussa les épaules.

— Le passé est le même pour nous tous. J'en sais aussi long que vous sur la question.

Un groupe de Jupitériens passa. Des hommes pâles, aux yeux immenses, absorbés dans leur conversation. Zo fit un geste :

— Regardez comme ils sont concentrés. Je les admire, vraiment. Se jeter à corps perdu dans un projet qui n'aboutira que longtemps après leur mort... C'est une attitude absurde, un geste de défi et de liberté, une divine folie. On dirait des spermatozoïdes se tortillant follement vers un but inconnu.

— Comme nous tous, fit Ann. C'est l'évolution. Bon, et Miranda, quand est-ce qu'on y va ?

Uranus était quatre fois plus éloigné du soleil que Jupiter, et son ensoleillement était quatre cents fois inférieur à celui de la Terre, ce qui posait un problème d'énergie pour les projets de terraforming majeurs. Zo découvrit néanmoins en entrant dans le système uranien que le soleil fournissait encore assez de lumière pour qu'on y voie. Il était treize cents fois plus brillant que la pleine lune sur Terre, c'était un petit point aveuglant sur la voûte noire, étoilée, et si les objets étaient un peu flous et décolorés, on les voyait quand même. Le grand pouvoir de discernement de l'œil et de l'esprit humain fonctionnait encore très bien aussi loin de chez lui.

Mais il n'y avait pas de grosses lunes autour d'Uranus pour justifier un effort majeur de terraforming. Le système uranien comportait quinze très petites lunes. Les deux plus grandes, Titania et Obéron, faisaient six cents kilomètres de diamètre, et les autres étaient bien moins vastes. Il s'agissait, en fait, de minuscules astéroïdes qui portaient presque tous des noms d'héroïnes féminines de Shakespeare et gravitaient autour de la plus débonnaire des géantes gazeuses, Uranus la bleu-vert, tournant sur ses pôles dans le plan de l'écliptique, ses onze étroits anneaux de graphite à peine visibles. Ce n'était pas un système très prometteur pour la colonisation.

Et pourtant, des gens étaient venus s'y installer. Zo n'en était pas étonnée. Il s'était bien trouvé des gens pour explorer Triton, Pluton et Charon, et pour y ériger des constructions. Si on découvrait une dixième planète, la première chose sur laquelle tomberaient les explorateurs en débarquant serait une ville-tente dont les habitants se chamailleraient et qui s'efforceraient déjà de parer à toute tentative d'ingérence dans leurs affaires. Telle était la vie dans la diaspora.

La principale ville-tente du système uranien se trouvait sur Obéron, la plus grande et la plus éloignée des quinze lunes. Zo, Ann et les autres émissaires martiens entrèrent en orbite planétaire juste au-dessus d'Obéron et prirent une navette afin de rendre une brève visite à la colonie.

Cette ville, Hippolyta, était construite sur l'une des grandes vallées cannelées caractéristiques de toutes les grosses lunes uraniennes. La gravité étant encore plus faible que la lumière, la ville était conçue comme un espace à trois dimensions, avec des rampes, des cordes de rappel, des monte-charge en forme de cloche, munis de contrepoids, des balcons à flanc de paroi et des ascenseurs, des toboggans et des échelles, des plongeoirs et des trampolines, des restaurants suspendus et des pavillons en corniche, illuminés par des globes flottants, d'un blanc éblouissant. Zo comprit aussitôt qu'avec tous ces obstacles il était impossible de voler sous la tente, mais que la mini-gravité devait faire ressembler la vie quotidienne à une sorte de vol, et alors qu'elle bondissait en l'air d'une simple flexion du pied, elle décida de faire comme les autochtones et se mit à danser. Rares étaient, en fait, ceux qui tentaient de marcher comme sur la Terre. Ici, les mouvements humains étaient naturellement planants et sinueux, pleins de sauts compliqués, de plongeons en vrille et de longues envolées dignes de Tarzan. Le niveau inférieur de la cité était couvert d'un filet.

Les gens qui vivaient là venaient de tous les coins du système, avec une majorité de Martiens et de Terriens. Personne n'était encore né sur Uranus, mais il y avait une crèche pour les enfants dont la mère avait contribué à la construction de la colonie. Six lunes étaient maintenant peuplées, et ils avaient récemment lâché dans la stratosphère d'Uranus un certain nombre de lanternes à gaz, qui tournaient autour de son équateur. Elles brûlaient maintenant dans le bleu-vert de la planète comme de petits soleils pas plus gros que des têtes d'épingle, formant une rivière de diamants autour de la taille de la géante. Ces lanternes avaient suffisamment augmenté la luminosité dans le système pour que tout le monde sur Obéron s'émerveille des couleurs des choses, mais il en aurait fallu davantage pour impressionner Zo.

— Je me félicite de ne pas avoir vu comment c'était avant, dit-elle à l'un de ces enthousiastes. C'est Monochromomundos, ici.

En réalité, tous les bâtiments de la ville étaient peints de couleurs bariolées, mais Zo aurait été incapable de les montrer sur un nuancier. Il lui aurait fallu un dilatateur de pupille.

En tout cas, les gens avaient l'air ravis. Evidemment, quand les villes uraniennes seraient terminées, certains parlaient d'aller sur Triton — « le grand problème suivant » —, sur Pluton ou sur Charon. C'étaient des bâtisseurs. Mais d'autres s'installaient pour de bon, s'administrant des drogues et des transcriptions géniques afin de s'adapter à la faible gravité, d'accroître leur acuité visuelle et tout ce qui s'ensuit. On parlait d'amener des comètes du nuage d'Oort pour apporter de l'eau, et peut-être de provoquer une collision entre deux ou trois des plus petites lunes inhabitées afin de créer des masses plus importantes, et plus chaudes, sur lesquelles travailler. « Des Miranda artificielles », comme dit un jour quelqu'un.

Ann quitta la réunion en s'accrochant à une rampe, car elle n'arrivait pas à s'adapter à la mini-gravité. Au bout d'un moment, Zo la suivit sur l'herbe verte des rues. Elle leva les yeux. De vagues anneaux géants, minces, couleur d'aigue-marine ; une vision froide, de mauvais augure, qui n'avait rien d'attirant selon les critères humains, et qui pouvait s'avérer insupportable à long terme du fait de la gravité de la petite lune. Mais au cours de la réunion, des Uraniens avaient glorifié les subtiles beautés de la planète, inventant une esthétique pour les apprécier, alors même qu'ils prévoyaient de modifier tout ce qu'ils pouvaient. Ils faisaient le panégyrique des ombres subtiles, de la fraîcheur de l'air sous la tente, des mouvements si semblables au vol, à un rêve de danse... Certains s'en étaient même entichés au point de s'élever contre la transformation radicale. Ils voulaient préserver cet endroit inhospitalier au-delà de toute raison.

Et voilà que quelques-uns de ces conservateurs étaient tombés sur Ann. Ils vinrent la trouver en délégation, se bousculèrent pour lui serrer la main, la serrer contre leur cœur, lui effleurer le sommet du crâne de leurs lèvres. L'un alla jusqu'à se mettre à genoux pour lui baiser les pieds. Zo éclata de rire en voyant la tête qu'elle faisait. « Allons, allons », dit-elle au groupe, à qui était apparemment dévolu une sorte de statut de gardien de la lune Miranda. Une version locale des Rouges qui avait vu le jour ici, longtemps après qu'ils eurent cessé de jouer un rôle sur Mars. Ça n'avait aucun sens. Puis ils planèrent ou se halèrent vers une table dressée sur une mince colonne, et mangèrent tandis que la discussion s'étendait à tout le système. La table était une oasis dans l'air peu dense de la tente, la rivière de diamants dans son écrin rond, couleur de jade, projetant des ombres sur eux. Ça paraissait être le centre de la ville, mais Zo vit, suspendues dans le vide, d'autres oasis identiques, qui semblaient aussi en être le cœur. Obéron pourrait supporter des quantités de petites villes comme Hippolyta, de même que Titania, Ariel et Miranda. Si petits qu'ils soient, ces satellites avaient tous une surface de plusieurs centaines de kilomètres carrés. Et ces lunes désertées par le soleil offraient l'attrait d'un espace vierge, d'un nouveau monde, d'une frontière, l'impossible rêve de fonder une société en repartant de zéro. Pour les Uraniens, cette liberté avait plus de prix que la lumière ou la gravité. Ils avaient donc réuni les programmes et les robots nécessaires pour tout démarrer et mis le cap vers cette nouvelle frontière avec le projet d'établir une tente, une Constitution, et d'être leurs Cent Premiers à eux.

C'était exactement le genre de gens que les projets d'alliance à l'échelle du système ne pouvaient pas intéresser. D'autant qu'ils étaient en proie, localement, à des dissensions relativement importantes. Les émissaires de Jackie avaient de sérieux ennemis parmi leurs interlocuteurs, Zo le voyait bien. Elle les regarda attentivement alors que le chef de la délégation martienne, Marie, exposait leur proposition en termes généraux : une coalition visant à traiter le problème posé par l'énorme centre de gravité historique, économique et numérique qu'était la Terre, la Terre immense, dominatrice, submergée par les eaux, embourbée dans son passé comme un cochon dans sa bauge, mais aussi, malgré tout, la force dominante de la diaspora. Toutes les colonies avaient intérêt à faire bloc avec Mars, à se serrer les coudes pour contrôler leur propre immigration, leur commerce, leur croissance — pour contrôler leur destinée.

Sauf que les Uraniens, en dépit de leurs désaccords internes, avaient l'air unanimement sceptiques. Une femme d'un certain âge, la mairesse d'Hippolyta, prit la parole et même les « Rouges » de Miranda acquiescèrent : la Terre, ils s'en occuperaient eux-mêmes. La Terre et Mars étaient tout aussi dangereuses pour leur liberté. Ils entendaient traiter sans conditions les problèmes d'alliances potentielles ou de confrontations, en collusion ou en opposition temporaire avec des égaux, selon les circonstances. Ils n'estimaient tout simplement pas utile de conclure des arrangements plus formels.

— Toutes ces histoires de coalition puent l'ingérence, conclut la femme. Vous n'en voulez pas sur Mars, pourquoi voudriez-vous que nous l'acceptions ici ?

— C'est ce que nous faisons sur Mars, objecta Marie. Ce niveau d'intervention est dû à la petitesse des systèmes émergents. Il est bien utile pour régler les problèmes au niveau holistique, et maintenant interplanétaire. Vous confondez la totalisation avec le totalitarisme, c'est une grave erreur.

Ils n'avaient pas l'air convaincu. La raison devait être forcée à l'aide d'un levier, Zo était là pour ça. Et le levier était d'autant plus facile à actionner que le raisonnement avait déjà été exposé.

Ann n'ouvrit pas la bouche de tout le dîner, jusqu'à ce que le groupe de Miranda commence à lui poser des questions. Alors ce fut comme si on avait tourné un bouton, elle s'anima et les interrogea à son tour sur la planétologie locale : la classification des différentes régions de Miranda en tant que résultantes de la collision de deux planétésimaux, la théorie selon laquelle les petites lunes, Ophélie, Desdémone, Bianca et Puck, étaient des fragments éjectés lors de la collision, et ainsi de suite. Ses questions étaient détaillées et documentées ; les Gardiens, aux anges, ouvraient de grands yeux de lémuriens. Les autres Uraniens étaient tout aussi ravis de l'intérêt qu'elle portait à leur système. C'était Ann, la Rouge ; Zo voyait maintenant ce que ça signifiait. Elle était l'une des figures les plus célèbres de l'histoire. Et il semblait qu'en tout Uranien sommeillait un petit Rouge. Contrairement aux colons des systèmes jovien et saturnien, ils n'avaient pas de projet de terraforming à grande échelle, ils envisageaient de vivre sous tente, sur la roche primitive, jusqu'à la fin de leurs jours. Pour eux, pour le groupe des Gardiens, du moins, Miranda était si extraordinaire qu'elle devait être préservée telle quelle. C'était une idée Rouge, évidemment. Tout ce que les humains pourraient faire là-bas, disait l'un des Rouges uraniens, ne servirait qu'à en amoindrir la valeur. Miranda avait une valeur intrinsèque qui transcendait celle du spécimen planétologique. Elle avait une dignité. A la façon dont elle les regardait, Zo comprit qu'Ann n'était pas d'accord, qu'elle ne comprenait même pas ce qu'ils racontaient. Pour elle, c'était un problème scientifique alors qu'ils lui parlaient morale. Zo se sentait plus proche de la vision des indigènes que de celle d'Ann, avec sa crispation sur l'objet. Mais le résultat était le même, ils exprimaient tous l'éthique Rouge sous sa forme la plus pure : pas de terraforming de Miranda, évidemment, pas de dômes non plus, et ni tentes ni miroirs. Juste une station pour les visiteurs et un terrain pour les fusées (ce qui était déjà sujet à controverse pour le groupe des Gardiens). Tout était interdit sauf les trajets à pied qui ne pouvaient nuire à l'environnement et le passage des fusées assez haut dans l'atmosphère pour éviter de soulever la poussière. Les Gardiens concevaient Miranda comme une réserve. On pouvait la traverser mais pas y vivre, et on ne devait rien y changer. Un monde d'alpinistes ; mieux : d'hommes-oiseaux. On pouvait regarder mais pas toucher. Une œuvre d'art naturelle.

Ann les approuvait. C'était donc ça, se dit Zo, ce n'était pas une peur paralysante mais de la passion. Une passion pour la pierre, pour ce monde de pierre. Tout pouvait donner lieu à un culte fétichiste. Et ces gens partageaient manifestement le même. Zo se sentait étrangère. Mais ils l'intriguaient. En tout cas, son point d'appui devenait évident. Le groupe des Gardiens avait prévu d'emmener Ann sur Miranda, afin de la lui montrer. Et rien qu'à elle. Une visite privée de la plus étrange de toutes les lunes, pour la plus étrange de toutes les Rouges. Zo ne put s'empêcher de rire.

— Je voudrais vous accompagner, dit-elle sérieusement.

Et le Grand Non dit oui : Ann sur Miranda.

C'était la plus petite des cinq grosses lunes d'Uranus. Son diamètre n'était que de 470 kilomètres. Au cours de sa genèse, 3,5 milliards d'années auparavant, son précurseur, de petite taille, était entré dans une autre lune d'à peu près la même taille, ils s'étaient fracassés, les morceaux s'étaient amalgamés et, dans la chaleur de la collision, fondus en une seule boule. Mais la nouvelle lune s'était refroidie avant que la fusion soit tout à fait achevée.

Le résultat était un paysage onirique, violemment disloqué et désorganisé. Il y avait des régions aussi lisses que la peau d'un enfant, d'autres ridées comme une vieille pomme. On reconnaissait à certains endroits la surface métamorphosée des deux protolunes, à travers la matière intérieure mise à nu. Et puis il y avait des zones profondément crevassées, où les fragments se rencontraient anarchiquement. Dans ces zones, des systèmes extensifs de stries parallèles se heurtaient selon des angles aigus, des chevrons dramatiques qui témoignaient des distorsions phénoménales impliquées par la collision. Les grandes failles étaient si larges qu'elles étaient visibles de l'espace comme des coups de hache, des indentations de plusieurs kilomètres de profondeur à la surface de la sphère grise.

Ils se posèrent sur un plateau, près de la plus vaste de ces hachures, appelée la faille de Prospero. Ils revêtirent leur combinaison, quittèrent le vaisseau et s'approchèrent du bord. Un sombre abysse, si profond que le fond semblait être sur un autre monde. Alliée à la micro-gravité, cette vision donna à Zo l'impression de voler, mais comme elle le faisait parfois en rêve, toutes les conditions martiennes abolies en faveur d'un ciel de l'esprit. Au-dessus de sa tête planait Uranus, ronde et verte, baignant Miranda dans une lueur de jade. Zo dansa le long du bord. Une pression des orteils et elle flottait, planait, redescendait, les genoux fléchis, ivre de beauté. Qu'elles étaient bizarres, ces lanternes à gaz. On aurait dit des diamants étincelants surfant sur la stratosphère d'Uranus, d'un vert fantastique. Une guirlande de lumières accrochées sur une lanterne de papier. On ne pouvait que deviner les profondeurs de l'abîme. Chaque détail irradiait d'une lueur verte, interne, la viriditas surgissant de toute part — et pourtant tout était immobile, à jamais inerte, en dehors d'eux, les intrus, les observateurs. Et Zo dansait.

Ann se déplaçait beaucoup plus aisément que sur Hippolyta, avec la grâce inconsciente de ceux qui ont longtemps marché sur la roche. Un ballet de roche. Elle tenait un long marteau angulaire dans sa main gantée, et ses poches étaient pleines d'échantillons. Elle ne répondait ni aux exclamations de Zo ni à celles du groupe des Gardiens. Elle les ignorait complètement. On aurait dit une actrice jouant le rôle d'Ann Clayborne. Zo eut un petit rire. Cette image pourrait devenir un tel cliché !

— Si on mettait un dôme sur ce recul obscur et caverneux du temps [1], ça ferait un bel endroit où vivre, dit-elle. Une surface énorme pour la quantité de bâche employée, non ? Et la vue... Ce serait une merveille.

Personne ne réagit à cette vulgaire provocation, bien sûr. Mais ça les fit réfléchir. Zo suivait le groupe des Gardiens comme un albatros. Ils descendirent un escalier taillé dans la pierre, le long d'une lèvre étroite, qui s'étendait très loin à partir de la paroi de la faille, comme un pli de tissu drapé sur une statue de marbre. Ce pli s'achevait en

1. « Dark backward and abysm of time », Prospero à Miranda, *La Tempête*, de Shakespeare, acte I, scène 2. (*N.d.T.*)

une sorte de bouillonné, à plusieurs kilomètres du mur et un kilomètre environ en dessous du bord, après quoi il tombait en chute libre vers le fond de la faille, vingt kilomètres plus bas. Vingt kilomètres ! Vingt mille mètres, soixante-dix mille pieds ! La grande Mars elle-même ne pouvait s'enorgueillir d'une telle muraille.

La déformation qu'ils suivaient n'était pas la seule de la paroi. Il y avait des plis de serviette, des draperies, comme dans une caverne de calcaire, mais ceux-ci étaient nés dans la violence. La paroi avait fondu, la roche en fusion était tombée dans l'abîme jusqu'à ce que le froid glacial de l'espace la fige à jamais. Au bord de la lèvre avait été scellée une rampe, à laquelle ils étaient tous accrochés par des cordes elles-mêmes reliées au harnais de leur combinaison spatiale. C'était une précaution utile, car le bord de la lèvre était étroit, et au moindre faux pas les promeneurs auraient pu tomber dans le gouffre. Le petit vaisseau aux pattes d'araignée qui les avait amenés reviendrait les chercher au pied de l'escalier, sur le méplat qui y était aménagé. Ils pouvaient descendre sans s'inquiéter de la remontée. Ils descendirent donc, dans un silence qui n'avait rien de complice. Zo ne put retenir un sourire. Elle entendait grincer les rouages de leur cerveau, devinait les noires pensées qu'elle leur inspirait. Ann mise à part, qui s'arrêtait tous les dix pas pour inspecter les fissures entre les marches abruptes.

— Cette obsession pour les pierres est vraiment pathétique, lui dit Zo sur une longueur d'ondes privée. Etre si vieille et en même temps si petite. Vous limiter au monde de la matière inerte, un monde qui ne vous surprendra jamais, ne fera jamais rien. Evidemment, il ne risque pas de vous faire du mal. L'aréologie est une sorte de lâcheté. C'est vraiment triste.

Un bruit sur l'intercom : de l'air sifflant entre des dents. Du dégoût.

Zo éclata de rire.

— Vous êtes bien impertinente, lança Ann.

— Pour ça, oui.

— Impertinente et stupide.

— Ça, sûrement pas !

Zo s'étonna de sa propre véhémence. Puis elle vit que le visage d'Ann était convulsé de colère derrière sa visière. Sa voix grinçait dans l'intercom, en courtes et âpres rafales.

— Ne gâchez pas cette promenade, lança-t-elle.

— J'en avais marre d'être ignorée.

— Tiens donc, c'est vous qui avez peur, maintenant !

— Peur de m'ennuyer.

Un autre sifflement de dégoût.

— Petite mal élevée !

— A qui la faute ?

— Oh, la vôtre ! La vôtre. Mais c'est nous qui en pâtissons.

— Eh bien, pâtissez donc. C'est moi qui vous ai amenée ici, vous vous rappelez ?

— C'est Sax qui m'a fait venir, béni soit ce petit cœur.

— Tout est petit, avec vous.

— Comparé à ça...

Sa tête casquée se tourna vers l'abîme.

— Cette immobilité muette dans laquelle vous êtes tellement en sûreté.

— C'est le cataclysme résultant d'une collision très similaire au heurt d'autres corps planétésimaux dans le système solaire primitif. Mars en a connu, la Terre aussi. C'est la vie matricielle dévoilée au grand jour. Une fenêtre sur le passé, vous comprenez ?

— Je comprends, mais je m'en fous.

— Vous ne trouvez pas ça important.

— Rien n'a d'importance. Pas comme vous l'entendez. Rien de tout ça n'a de signification. Ce n'est qu'un incident du big bang.

— Je vous en prie, fit Ann. Ce nihilisme est tellement ridicule !

— Ça vous va bien de dire ça ! C'est vous la nihiliste. Rien n'a de signification ou de valeur pour la vie ou pour vos sens. C'est un nihilisme mou, le nihilisme des lâches, si tant est qu'on puisse imaginer une chose pareille.

— Brave petite nihiliste.

— Oui, je suis lucide. Et puis je profite de tout ce qui se présente.

— C'est-à-dire ?

— Le plaisir. Les sens, leur input. Je suis une sensuelle, en fait. Je crois qu'il faut du courage pour affronter la souffrance, pour risquer la mort afin de faire vraiment vibrer les sens...

— Vous croyez avoir affronté la souffrance ?

Zo se rappela un atterrissage raté au Belvédère, la douleur au-delà de la douleur que lui causaient ses jambes et ses côtes brisées.

— Oh ! oui.

Silence radio. Les parasites du champ magnétique uranien. Peut-être Ann lui reconnaissait-elle l'expérience de la douleur, ce qui, étant donné son omniprésence, n'était pas d'une grande générosité. En fait, ça mettait Zo hors d'elle.

— Vous croyez vraiment qu'il faut des siècles pour devenir humain, que personne n'était humain avant votre arrivée à vous, les gériatres ? Keats est mort à vingt-cinq ans. Avez-vous jamais lu *Hypérion* ? Vous pensez que ce trou dans la pierre est aussi sublime qu'une seule phrase d'*Hypérion* ? Les issei de votre espèce me font vraiment horreur. Surtout vous. Quand je pense que vous osez me juger alors que vous n'avez pas changé d'un iota depuis que vous avez mis les pieds sur Mars...

— Une sacrée réussite, hein !

— Un enterrement de première classe, oui. Ann Clayborne, la plus grande morte qui ait jamais vécu.

— Trêve d'impertinence. Regardez plutôt le grain de cette roche, tordue comme un bretzel.

— Que les roches aillent se faire foutre !

— Je mets cette réplique sur le compte de votre sensualité débordante. Non, regardez cette roche. Elle n'a pas changé pendant trois milliards et demi d'années. Mais quand elle s'y est mise, Seigneur, quel bouleversement !

Zo regarda la roche de jade sous ses pieds. Un peu vitreuse. Rien d'extraordinaire en dehors de ça.

— Vous êtes une obsédée, conclut-elle.

— Peut-être. Mais j'aime mes obsessions.

Elles poursuivirent la descente en silence. La journée était bien avancée quand ils arrivèrent au terrain d'atterrissage du fond, à un kilomètre sous le bord du plateau. Le ciel était une bande étoilée au-dessus de leur tête. Uranus trônait, énorme, au milieu, et le soleil brillait, tel un joyau éclatant, sur le côté. Sous ce déploiement de splendeurs, la profondeur du gouffre était sublime, stupéfiante. Zo eut à nouveau envie de voler.

— Vous avez placé une valeur intrinsèque au mauvais endroit, dit-elle sur la bande commune. C'est comme un arc-en-ciel. Si aucun observateur n'est placé à un angle de 23 degrés par rapport à la lumière qui se reflète sur un nuage de gouttelettes sphériques, il n'y a pas d'arc-en-ciel. Tout l'univers est comme ça. Notre esprit fait un angle de 23 degrés avec l'univers. De nouvelles choses se créent au contact du photon et de la rétine, un espace créé entre la roche et l'esprit. Sans esprit, il n'y a pas de valeur intrinsèque.

— Ça revient à dire qu'il n'y a pas de valeur intrinsèque, répondit l'un des gardiens. C'est de l'utilitarisme. Mais l'intervention humaine n'a rien à voir là-dedans. Ces endroits existaient avant nous, ils existeraient encore sans nous, c'est leur valeur propre. Lorsque nous arrivons, nous devons honorer leur préséance si nous voulons adopter une attitude positive envers l'univers, si nous voulons le voir en réalité.

— Mais je le vois, répondit allègrement Zo. Ou du moins, je le vois presque. Quant à vous, vous serez obligés de sensibiliser vos yeux grâce à un ajout au traitement génétique. En attendant, c'est une vision fabuleuse, vraiment. Mais ce qu'elle a de fabuleux est dans notre esprit.

Ils ne répondirent pas. Au bout d'un moment, Zo poursuivit :

— Toutes ces questions se sont déjà posées, sur Mars. Le problème de l'éthique environnementale a été élevé à un niveau supérieur par l'expérience martienne. Il est maintenant au cœur même de nos actions. Bon, vous voulez protéger cet endroit, en faire une sorte de réserve, et je comprends ça. Mais je suis martienne, c'est pour ça que je comprends. Beaucoup d'entre vous sont martiens, ou vos parents l'étaient. Vous avez cette éthique, car, en fin de compte, la vie sauvage est une éthique. Les Terriens ne vous comprendront pas comme moi. Ils viendront ici, et ils construiront un immense casino sur ce promontoire. Ils couvriront ce gouffre d'un bord à l'autre, et ils tenteront de le terraformer comme partout ailleurs. Les Chinois sont serrés comme des sardines chez eux, et ils se foutent pas mal de la valeur intrinsèque de la Chine, alors une petite lune dénudée aux confins du système solaire... Ils ont besoin d'espace, et il y en a ici. Ils viendront, ils noieront la surface sous des bâtiments et que pourrez-vous faire pour vous y opposer ? Recourir au sabotage, comme les Rouges sur Mars ? Allons, ils vous éjecteraient comme vous le feriez vous-mêmes si les rôles étaient inversés, sauf qu'ils ont un million de colons à envoyer pour remplacer ceux qui pourraient laisser leur peau dans la bagarre. C'est de ça qu'il est question quand on parle de la Terre. Nous sommes des Lilliputiens face à Gulliver. Nous devons faire cause commune pour le ligoter avec toutes les petites lignes que nous pourrons trouver.

Silence de mort.

— Enfin, reprit Zo en soupirant, c'est peut-être aussi bien. Que les gens se répandent ici, ce sera toujours ça de moins sur Mars. Il devrait être possible de conclure avec les Chinois des accords leur laissant toute liberté de s'installer ici moyennant quoi nous réduirions l'immigration sur Mars. Ce n'est pas une mauvaise idée.

Les autres restèrent cois.

— Fermez-la, dit enfin Ann. Laissez-nous regarder tout ça tranquillement.

— Oh, mais bien sûr.

Ils arrivèrent au bout de la lèvre, sur un promontoire jeté au-dessus d'un vide inexprimable. Ils levaient la tête vers le disque de jade incrusté de pierreries et le petit solitaire de diamant brillant en dessous, ces objets célestes réalisant la triangulation du système solaire tout entier, révélant la vraie taille des choses, lorsque des étoiles mouvantes apparurent au-dessus de leur tête. Les tuyères de leur vaisseau spatial.

— Vous voyez, fit Zo. Les Chinois, qui viennent jeter un coup d'œil.

Soudain, l'un des Gardiens se jeta sur elle avec fureur et lui flanqua un coup en plein sur la visière. Zo éclata de rire. Mais elle avait oublié qu'elle ne pesait rien sur Miranda, et eut la surprise de se sentir soulevée du sol par ce choc ridicule qui lui fit perdre l'équilibre. Elle heurta la rampe avec l'arrière de ses genoux, bascula cul par-dessus tête, se débattit pour se rattraper et prit un bon coup sur le crâne. Son casque la protégeait, heureusement, et elle ne perdit pas conscience, mais elle dévala la pente au bout du promontoire. Au-delà, c'était le néant. Elle éprouva une peur panique, telle une décharge électrique. Elle tenta frénétiquement de retrouver son équilibre, mais elle continua à tomber, incapable de se retenir. Il y eut une secousse — ah oui, son harnais ! Mais elle eut aussitôt la sensation nauséeuse de continuer à glisser. Le mousqueton avait dû lâcher. Une seconde décharge de peur à l'état pur. Elle se tourna vers l'intérieur et se cramponna de toutes ses forces à la roche qui glissait devant elle. La même gravité ultra-légère qui l'avait envoyée valdinguer lui permit de se rattraper du bout des doigts, d'interrompre brutalement, miraculeusement, sa chute.

Elle était juste au bord d'une longue paroi abrupte. Des lumières étincelantes dans les yeux, le cœur chaviré, les ténèbres autour. Elle ne voyait pas le fond de la faille, c'était un puits insondable, une image de rêve, une chute dans le néant...

— Ne bougez pas, fit la voix d'Ann à ses oreilles. Tenez bon. Surtout ne bougez pas.

Au-dessus d'elle, un pied, puis des jambes. Très lentement, Zo leva la tête pour voir. Une main agrippa son poignet droit, fermement.

— Là. C'est bon. Il y a une prise à cinquante centimètres au-dessus de votre main gauche. Plus haut. Là. Très bien. Grimpez. Vous, là-haut, remontez-nous !

On les tira de là, comme des poissons au bout d'une ligne.

Zo s'assit par terre. Le petit ferry de l'espace se posa sans un bruit, sur une plaque, de l'autre côté de la zone aplanie. Le bref éclair de lumière de ses fusées. Le regard inquiet des Gardiens penchés sur elle.

— Votre plaisanterie n'était pas très drôle, dit Ann.

— Non, convint Zo en réfléchissant au parti qu'elle pouvait tirer de l'incident. Merci de m'avoir aidée.

Elle n'en revenait pas de la rapidité avec laquelle Ann avait bondi à son secours. Elle n'était pas surprise qu'elle l'ait fait, c'était une sorte de code d'honneur, on avait des obligations envers ses pareils, et les ennemis comptaient autant que les amis, ils étaient nécessaires ; c'était ce qui permettait aux amis d'être des amis. Non, c'était l'exploit physique qui l'impressionnait.

— Vous avez de sacrés réflexes.

Lors du vol de retour vers Obéron, personne ne souffla mot, jusqu'à ce que l'un des employés du ferry se tourne vers Ann et lui dise qu'Hiroko et certains membres de son groupe avaient été récemment signalés dans le système uranien, sur Puck.

— Foutaises ! s'exclama Ann.

— Pourquoi dites-vous ça ? demanda Zo. Elle a peut-être décidé de s'éloigner autant que possible de la Terre et de Mars. On ne peut pas lui en vouloir.

— Ce n'est pas un endroit pour elle.

— Elle l'ignore peut-être. Elle n'a peut-être pas compris que c'était votre jardin de pierre privé.

Mais Ann écarta ses objections d'un geste de la main.

Mars, enfin, la planète rouge, le plus beau monde du système solaire. Le seul vrai monde.

Leur navette accéléra, se retourna, plana pendant quelques jours, décéléra, et deux semaines plus tard ils étaient à la verticale de Clarke, puis dans l'ascenseur. Qu'elle était lente, la descente finale ! Zo revit Echus, au nord-est, entre le rouge de Tharsis et le bleu de la mer du Nord. C'était si bon de le revoir. Elle avala plusieurs cachets de pandorphe alors que l'ascenseur approchait de Sheffield, si bien qu'elle quitta le Socle et s'engagea dans les rues bordées de façades luisantes en proie à un véritable délire aréophanique. Elle aimait chacun des visages qu'elle voyait, tous ses grands frères, ses grandes sœurs, leur beauté sculpturale, leur grâce phénoménale, et même les Terriens qui grouillaient sous ses pieds. Elle avait quelques heures devant elle avant le départ du train pour Echus, aussi elle arpenta inlassablement le parking du bord en scrutant les profondeurs de la caldeira de Pavonis Mons. Elle était aussi spectaculaire que Miranda tout entière même si elle était moins profonde que la faille de Prospero. Elle contempla l'infini avec ses rayures horizontales de toutes les nuances du rouge et du jaune — écarlate, rouille, ambre, marron, cuivre, brique, terre-de-Sienne, paprika, sang-de-bœuf, cannelle, vermillon —, toutes resplendissantes sous le ciel sombre, clouté d'étoiles, de l'après-midi. Son monde. Mais Sheffield était et serait toujours une ville sous tente. Et elle avait envie de se retrouver dans le vent.

Elle prit donc le train pour Echus. Elle le sentit voler le long de la piste, descendre l'immense cône de Pavonis vers le paysage désertique de Tharsis Est, puis Le Caire, avec un changement d'une précision suisse pour le train qui remontait vers le nord et le Belvédère d'Echus. Elle y arriva vers minuit, se présenta à la réception de l'hôtel de la coop et alla à pied jusqu'à l'Adler, les derniers effets de la pandorphe vibrant en elle telle une plume au chapeau de son bonheur. Toute la bande était là comme si elle n'était jamais partie. Ils poussèrent de grands cris de joie en la voyant, la serrèrent contre eux, un par un, puis tous ensemble, l'embrassèrent, la firent asseoir, lui donnèrent à boire, lui posèrent des questions sur son voyage, la mirent au courant des conditions éoliennes et la caressèrent tant et si bien que l'heure précédant l'aube arriva très vite. Tout le monde alla jusqu'à la crête, s'équipa et décolla dans le ciel noir, la poussée exaltante du vent. Tous les automatismes revinrent instantanément comme la respiration ou le sexe, la masse noire de l'escarpement d'Echus se dressant à l'est, tel le bord d'un continent, le fond indistinct d'Echus Chasma si loin en dessous — le paysage de son cœur, avec ses sombres lowlands, son haut plateau, la falaise vertigineuse entre les deux et, au-dessus de tout ça, les violets intenses du ciel, le lavande et le mauve à l'est, l'indigo presque noir à l'ouest, l'arc entier s'éclairant et prenant des couleurs à chaque seconde, les étoiles s'éteignant, de hauts nuages à l'ouest s'embrasant de rose. Plusieurs piqués l'ayant emmenée bien en dessous du niveau du Belvédère, elle se rapprocha de la paroi et profita d'un courant ascendant pour remonter et se laisser emporter en une vrille serrée, sans bouger et pourtant violemment agitée par le vent, jusqu'à ce qu'elle surgisse de l'ombre de la falaise, dans les jaunes crus du jour naissant, une alliance jubilatoire de sensations kinesthésiques et visuelles, des sens et du monde. Tout en montant dans les nuages, elle pensa : Maudite sois-tu, Ann Clayborne, tes pareils et toi-même, vous pouvez ruminer à jamais vos impératifs moraux, votre éthique issei, vos valeurs, vos buts, vos structures, vos responsabilités, vos vertus, vos grands buts dans la vie, vous pouvez déverser votre hypocrisie et votre peur jusqu'à la fin des temps, vous ne ressentirez jamais rien de pareil, la grâce de sentir le corps, l'esprit et le monde en parfaite harmonie. Vous pouvez débiter vos fadaises calvinistes jusqu'à plus soif, dire aux humains ce qu'ils devraient faire de leurs brèves vies, comme si vous pouviez le savoir, bande de sadiques, salauds ; tant que vous ne viendrez pas ici voler, planer, grimper, sauter, vous risquer d'une façon ou d'une autre dans le vide, dans la pure grâce du corps, vous ne comprendrez jamais rien. Vous feriez mieux de la boucler. Vous êtes esclaves de vos idées, de vos hiérarchies, vous ne voyez pas qu'il n'y a pas de plus noble but que celui-ci, le but ultime de l'existence, du cosmos lui-même : le jeu libre du vol.

Dans le printemps du Nord, les vents dominants soufflaient, chassant les alizés et humidifiant les courants ascendants d'Echus. Jackie était sur le Grand Canal, distraite de ses manœuvres interplanétaires par les aléas de la politique locale. Elle semblait à vrai dire agacée, tendue, et n'avait manifestement pas envie d'avoir Zo dans les pattes. Celle-ci alla donc travailler dans les mines de Moreux pendant un moment, puis elle rejoignit un groupe d'amis qui volaient sur la côte de la mer du Nord, au sud de Boone's Neck, près de Blochs Hoffnung, où les vagues ébranlaient les falaises d'un kilomètre de haut. A la fin de l'après-midi, une petite harde d'hommes-oiseaux décrivait des arabesques sur la brise du large, effleurant les vagues qui montaient, descendaient, montaient, descendaient, tissant une tapisserie d'écume d'un blanc pur sur la mer sombre comme du vin.

Ce groupe d'hommes-oiseaux était mené par une jeune femme que Zo n'avait jamais rencontrée, une fille de neuf années martiennes seulement, appelée Melka. Zo n'avait jamais vu personne voler comme elle. Quand elle prenait l'air et menait leurs évolutions, on aurait dit qu'un ange était descendu parmi eux, filant à travers eux tel un oiseau prédateur plongeant sur des colombes, à d'autres moments leur faisant effectuer les manœuvres délicates qui rendaient si drôle le vol en groupe. Zo travaillait donc le jour à la filiale de sa coop et tous les soirs, elle venait voler, le cœur gonflé d'exaltation. Au point qu'une fois elle appela Ann Clayborne pour lui parler du vol, lui expliquer ce que c'était. Mais la vieille avait oublié qui elle était et ne parut pas intéressée même quand Zo réussit à lui rappeler où et comment elles s'étaient rencontrées.

Cet après-midi-là, elle vola en proie à une souffrance intérieure. Le passé était lettre morte, évidemment ; mais que les gens puissent devenir des fantômes à ce point...

Rien de tel contre ces moroses pensées que le soleil et l'air salé, le jaillissement toujours renouvelé de l'écume qui assaillait les falaises, retombait et recommençait. Soudain, Melka plongea. Zo la poursuivit, transportée d'affection pour toute cette beauté. Mais en l'apercevant Melka fit un brusque écart, heurta du bout de l'aile le sommet d'un écueil et tomba comme un oiseau abattu. Choquée par la brutalité de l'accident, Zo referma les ailes, fondit, le corps ondulant à la façon d'un dauphin, et cueillit la fille dans ses bras. Elle battit des ailes juste au-dessus des vagues bleues, tandis que Melka se débattait en dessous d'elle. Puis elle comprit qu'elles étaient bonnes pour le plongeon.

DOUZIÈME PARTIE

ÇA VA SI VITE

Ils se promenaient dans les dunes, au-dessus de la Florentine. Il faisait nuit, l'air était calme et frais, les étoiles par milliers formaient des bouquets dans le ciel. Ils marchaient côte à côte sur la piste, en regardant les plages en contrebas. L'eau noire était lisse, éclaboussée par la lumière des étoiles, striée de longues lignes brisées par les reflets de Pseudophobos qui se couchait à l'est, attirant l'œil vers la masse de terre sombre, indistincte, de l'autre côté de la baie.

Je suis inquiet. Très inquiet, même. Mortellement inquiet.

Pourquoi ?

C'est Maya. Son esprit. Ses problèmes mentaux. Emotionnels. Ils empirent.

Quels sont les symptômes ?

Les mêmes, en pire. La nuit, elle n'arrive pas à dormir. Elle est pleine de dégoût pour son aspect physique. Elle est encore plongée dans un de ses cycles maniaco-dépressifs, mais ce n'est pas tout à fait comme d'habitude. Je ne saurais dire pourquoi. Elle donne l'impression de ne plus savoir où elle en est. Elle se débat comme une mouche dans un bocal. Elle oublie des choses. Des tas de choses.

Comme nous tous.

Certes. Mais Maya oublie des choses qui sont, je dirais, essentiellement de Maya. Et on dirait qu'elle s'en fiche. C'est ça le pire ; elle donne l'impression d'être indifférente à tout.

Ça, j'ai du mal à l'imaginer.

Moi aussi. C'est peut-être seulement la phase dépressive de son cycle qui prédomine maintenant. Mais il y a des jours où elle perd tout affect.

C'est ce que tu appelles le jamais-vu, *non ?*

Pas exactement, bien qu'elle ait aussi ce genre d'incidents. On dirait parfois certains symptômes annonciateurs de l'attaque. Je sais, je te l'ai déjà dit, mais j'ai peur. Je ne vois pas ce que c'est, je n'arrive pas à mettre le doigt dessus. Elle a des jamais-vu *qui ressemblent aux signes précurseurs de l'attaque. Elle a aussi des* presque-vu. *Dans ces moments-là elle se sent au bord d'une révélation qui ne vient jamais. C'est fréquent chez les épileptiques, au moment de l'aura qui précède la crise.*

Ça m'arrive à moi aussi.

Oui, je suppose qu'il nous arrive à tous d'avoir l'impression fugitive que tout va s'expliquer. Mais chez Maya, c'est très intense, comme tout le reste.

C'est mieux que la perte d'affect.

Ça, je suis bien d'accord. Le presque-vu*, ce n'est pas si grave. Le pire, c'est le* déjà-vu*, et elle a des périodes de* déjà-vu *continu qui peuvent durer jusqu'à une semaine. Ces périodes sont dévastatrices pour elle. Elles privent le monde d'une chose sans laquelle elle ne peut pas vivre.*

La contingence. Le libre arbitre.

Peut-être. En tout cas, ces symptômes ont pour effet de la plonger dans un état apathique. Presque catatonique. Elle s'efforce de les éviter en se retenant d'éprouver les choses. En ne ressentant plus rien.

On dit que l'une des maladies habituelles des issei est de sombrer dans la panique.

Oui, j'ai lu quelque chose à ce sujet. La perte des fonctions affectives, l'anomie, l'apathie. On traite ça comme la catatonie, ou la schizophrénie, par un complexe de sérotonine et de dopamine, des stimulants du système limbique. Un cocktail monumental, tu t'en doutes. La chimie du cerveau... J'avoue que je lui ai donné tout ce que j'ai pu imaginer — je tiens un journal ; je lui fais subir des tests, parfois avec sa coopération, parfois sans qu'elle s'en rende compte ou presque. J'ai fait tout ce que je pouvais, je te jure.

J'en suis sûr.

Mais ça ne marche pas. Elle perd pied. Oh, Sax...

Il s'arrêta, se cramponna à l'épaule de son ami.

Je ne pourrais pas supporter qu'elle s'en aille. Elle toujours si légère... Nous sommes la terre et l'eau, le feu et l'air. Maya planait au-dessus de nous. Un esprit tellement élevé, volant au-dessus de nous, sur ses propres courants aériens. Je ne peux pas supporter de la voir tomber comme ça !

Enfin...

Ils poursuivirent leur promenade.

Ça fait plaisir de revoir Phobos.

Oui, tu as eu une bonne idée.

C'était la tienne, en fait. C'est toi qui m'en as donné l'idée.

Vraiment ? Je ne m'en souviens pas.

Mais si.

En dessous d'eux, la mer s'écrasait mollement sur les rochers.

Ces quatre éléments, la terre, l'eau, le feu et l'air. Encore un de tes carrés sémiotiques ?

Ça vient de la Grèce antique.

Comme les quatre humeurs ?

Oui. C'est Thalès qui a fait cette hypothèse. Le premier savant.

Mais il y a toujours eu des savants, c'est toi qui me l'as dit. Il y en avait déjà dans la savane.

C'est vrai.

Et les Grecs — loués soient-ils — étaient manifestement de grands esprits. Mais ils faisaient seulement partie d'un continuum de savants, tu sais. On a fait du chemin, depuis.

Je le sais, oui.

Enfin, une partie du travail accompli depuis pourrait t'être utile, dans ta schématique conceptuelle. Elle pourrait t'aider à dresser pour nous la carte du monde. A imaginer de nouvelles façons de voir les choses qui te permettraient peut-être de résoudre des problèmes comme ceux de Maya. Parce qu'il y a plus de quatre éléments. Cent vingt, plus ou moins. Peut-être y a-t-il aussi plus de quatre humeurs. Peut-être y en a-t-il cent vingt, qui sait ? Et la nature de ces éléments... Eh bien, les choses sont devenues étranges depuis les Grecs. Tu sais que les particules subatomiques sont caractérisées par leur spin qui, mesuré en unités du quantum de Planck, est un multiple d'un demi ? Et que tout objet de notre monde visible doit effectuer un spin de 360 degrés pour reprendre sa position originelle ? Eh bien, les particules avec un spin demi-entier, comme le proton ou le neutron, doivent effectuer une rotation de 720 degrés pour retrouver leur position de départ.

Comment ça ?

Elles doivent effectuer une double rotation par rapport aux objets ordinaires pour revenir à leur position initiale.

Tu veux rire ?

Non, non. Il y a des siècles qu'on sait ça. La géométrie de l'espace est simplement différente pour les particules de spin demi-entier. Elles vivent dans un autre monde.

Et alors...

Eh bien, je ne sais pas. Mais je trouve que ça ouvre la voie à toutes sortes de spéculations. Je veux dire, si tu utilises des données physiques comme modèles de nos états mentaux, si tu les rapproches selon tes schémas habituels, tu devrais peut-être réfléchir à ces modèles physiques un peu plus nouveaux. Imaginer Maya comme un proton, peut-être, une particule avec un spin demi-entier, vivant dans un monde deux fois plus grand que le nôtre.

Ah !

Et il y a encore plus bizarre. C'est un monde à dix dimensions, Michel. Dix. Les trois du macroespace que nous percevons, plus celle du temps, et six autres microdimensions concentrées autour des particules fondamentales d'une façon qu'on peut décrire mathématiquement, mais pas visualiser. Des convolutions, des topologies. Une géométrie différentielle, invisible mais réelle, au niveau ultime de l'espace-temps. Tu devrais y réfléchir. Ça pourrait te mener à des systèmes de pensée tout à fait nouveaux. Un élargissement considérable de ton esprit.

Ce n'est pas pour mon esprit que je m'en fais ; c'est pour celui de Maya.

Oui. Je sais.

Ils regardèrent un moment l'eau étoilée. Au-dessus d'eux s'incurvait le dôme étoilé. Et dans le silence, l'air respirait, la mer marmonnait. Le monde semblait un endroit immense, sauvage et libre, sombre et mystérieux.

Au bout d'un moment, ils rebroussèrent chemin et repartirent le long de la piste.

Une fois, j'étais dans le train qui allait de Da Vinci à Sheffield, et comme il y avait des problèmes sur la piste, nous nous sommes arrêtés à Underhill. Je suis descendu et je me suis promené dans le vieux parc à caravanes. Et j'ai repensé à des tas de choses. Rien qu'en regardant autour de moi. Je n'ai fait aucun effort pour ça. Mais quantité de choses me sont revenues.

Un phénomène habituel.

Oui, c'est ce que j'ai compris. Mais je me demande si ça ne pourrait pas aider Maya de faire quelque chose comme ça. Pas à Underhill en particulier, mais dans tous les endroits où elle a été heureuse. Où vous avez été heureux tous les deux. Vous habitez à Sabishii, maintenant, mais pourquoi ne pas retourner à un endroit comme Odessa ?

Elle ne veut pas.

Elle a peut-être tort. Pourquoi n'essaieriez-vous pas d'aller vivre à Odessa, et de revenir de temps en temps à Underhill ou Sheffield. Au Caire, ou pourquoi pas à Nicosia ? Les villes du pôle Sud, Dorsa Brevia. Une plongée à Burroughs. Un tour en train du bassin d'Hellas. Ce genre de plongée dans le passé pourrait l'aider à se reconstruire, à voir où votre histoire a commencé. Où nous avons été formés pour le meilleur ou pour le pire, dans le matin du monde. Ça lui ferait peut-être du bien, qu'elle en ait conscience ou non.

Hum.

Bras dessus, bras dessous, ils retournèrent vers le cratère, le long de la piste à peine visible dans les fougères sombres.

Béni sois-tu, Sax. Béni sois-tu.

L'eau de la baie d'Isidis était d'un bleu d'ecchymose ou de clématite, éclaboussée de soleil. La houle venant du nord décoiffait les vagues écumantes, faisait tanguer et rouler le bateau à moteur qui se dirigeait cap au nord-ouest depuis le port de DuMartheray. Ce Ls 51 de M-79, 2181 sur Terre, était une belle journée de printemps.

Assise sur le pont, Maya se soûlait d'air et de soleil, tout au plaisir d'être sur l'eau, loin de la brume et du chaos de la rive. La mer ne pouvait être ni domptée, ni changée en aucune façon, et c'était merveilleux. Comme était merveilleuse la façon dont on était bercé sur ce bleu sauvage, toujours le même quoi qu'il puisse arriver en ce monde. Elle aurait pu voguer ainsi tout le jour, tous les jours, l'âme éprouvant un instant d'apesanteur à chaque descente dans le creux d'une vague.

Mais ils n'étaient pas venus là pour ça. Devant eux, les vagues écumantes se brisaient sur une vaste zone. Le capitaine du bateau tourna un peu la barre, réduisit l'allure. La zone écumante marquait le sommet de Double Decker Butte, devenue un récif signalé par une bouée noire qui faisait un bruit métallique assourdissant : *Bongbong, bongbong, bongbong.*

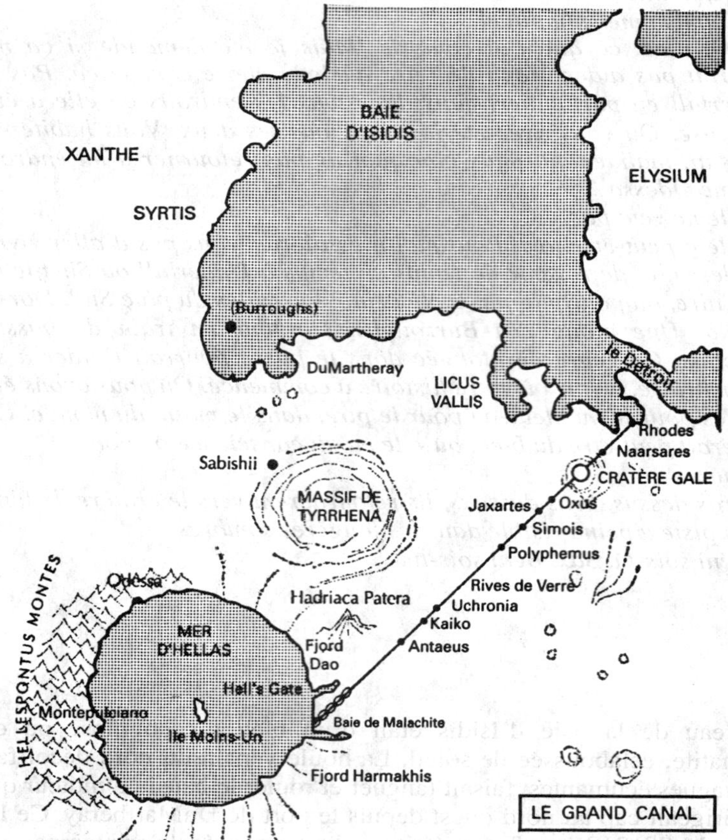

Des bouées d'amarrage ponctuaient cet immense clocher aquatique. Leur pilote mit le cap sur la plus proche. Aucun autre bateau n'était en vue. Ils étaient seuls au monde. Michel remonta de la cabine et posa la main sur l'épaule de Maya alors que le pilote coupait les machines. Un marin fixa une amarre à la bouée. Le bateau dériva au gré du courant, jusqu'à ce que le bout se tende, les renvoyant dans une vague qui les gifla brutalement et les aspergea d'écume blanche. Ils étaient juste au-dessus de Burroughs.

Dans la cabine, sous le pont, Maya se déshabilla et enfila une combinaison orange, souple — le capuchon, les chaussons, le réservoir, le casque, les gants. Elle avait appris à plonger spécialement pour l'occasion et tout était encore nouveau pour elle, à part la sensation d'apesanteur comparable à celle qu'on éprouve dans l'espace, aussi ne fut-elle pas dépaysée, une fois dans l'eau : c'était la même descente, due cette fois à la ceinture plombée. Elle savait que l'eau autour d'elle était froide mais ne le sentait pas vraiment. Respirer sous l'eau était étrange, mais ça marchait. Elle tourna le dos au petit point lumineux du soleil et s'enfonça vers les profondeurs ténébreuses.

Plus bas, toujours plus bas, devant le bord supérieur de Double Decker Butte et ses rangées de fenêtres argentées ou cuivrées, pareilles à des extrusions minérales ou des miroirs sans tain abritant des observateurs d'une autre dimension. La pénombre les engloutit rapidement, et elle continua à tomber, plus bas, toujours plus bas, comme avec un parachute de rêve. Michel et quelques autres la suivaient, mais il faisait tellement sombre qu'elle ne les voyait pas. Puis un chalut robot semblable à un gros cadre de lit les rattrapa, ses phares puissants projetant devant eux de longs cônes d'une fluidité cristalline, diffuse, qui voletait mollement, révélant les fenêtres métalliques d'une mesa distante, puis les toits couverts de boue noire du vieux canal de Niederdorf. Un éclair de dents blanches — les colonnes de Bareiss, d'un blanc immuable sous leur couche de diamant, à moitié enfouies dans le sable et la boue noire. Elle s'arrêta, battit des pieds pour stopper sa descente et se stabilisa en appuyant sur un bouton qui envoya de l'air comprimé dans sa ceinture lestée. Elle plana au-dessus du canal comme un fantôme. Il lui sembla qu'elle avait été projetée dans le rêve de Scrooge, le chalut était une sorte de robot des Noëls Passés, illuminant le monde immergé du temps perdu, la ville qu'elle avait tant aimée. De soudaines flèches de douleur lui lardèrent les côtes, mais elle était incapable d'éprouver le moindre sentiment. C'était trop étrange, trop incompréhensible, ou incroyable. Cette Atlantide engloutie au fond d'une mer martienne ne pouvait pas être Burroughs, sa Burroughs.

Agacée par son insensibilité, elle donna de grands coups de palmes et descendit vers le parc du canal, au-dessus des colonnes de sel et plus loin vers l'ouest. Là, sur Hunt Mesa, à gauche, c'est là qu'ils avaient vécu, Michel et elle, au-dessus d'un studio de danse. Puis la vaste montée noire du boulevard du Grand Escarpement. Et là, devant, c'était le parc de la Princesse où, lors de la seconde révolution, elle s'était dressée sur une estrade et avait fait un discours à une foule immense, juste là, en dessous de l'endroit où elle passait à présent. C'est là qu'ils avaient parlé, Nirgal et elle. C'était maintenant le fond noir d'une baie. C'était sa vie, longtemps auparavant — si longtemps. Ils avaient éventré la tente, quitté la ville et tout inondé sans un regard en arrière. Oui, Michel avait raison, absolument raison. Cette plongée était une image parfaite du processus boueux de la mémoire. Peut-être cela l'aiderait-il. D'un autre côté... elle se sentait comme anesthésiée, et elle doutait. La cité était submergée, certes. Mais elle était encore là. Quand ils voudraient, s'ils le voulaient, ils pourraient reconstruire la digue, assécher ce bras de la baie, et la cité reparaîtrait, trempée, fumant au soleil, soigneusement enclose dans un polder comme une ville des Pays-Bas. Ils pourraient laver les rues boueuses, y planter de l'herbe et des arbres, nettoyer l'intérieur de la mesa et des maisons, les boutiques du Niederdorf et des larges boulevards, les vitres, et tout redeviendrait comme avant — Burroughs étincelante, à la surface de Mars. Ils pourraient le faire. Ce n'était pas une idée insensée, étant donné tous les travaux d'excavation qui avaient été effectués dans les neuf mesas et l'absence de tout autre bon port dans la baie d'Isidis. C'était possible. Mais personne ne le ferait jamais. Donc ce n'était pas le passé, ça n'avait rien à voir.

Se sentant engourdie et glacée, Maya renvoya un peu d'air dans sa ceinture de lestage, fit demi-tour et retourna vers le parc du canal et le chalut lumineux. Elle revit la rangée de colonnes de sel et se sentit attirée dans cette direction. Elle nagea juste au-dessus du sable noir, le remous de ses palmes troublant la surface ridée. Les colonnes de Bareiss donnaient l'accolade au vieux canal. Elles paraissaient plus délabrées que jamais maintenant que l'enfouissement partiel rompait leur symétrie. Elle se rappela les promenades de l'après-midi, dans le parc, vers l'ouest et le soleil, puis leur retour, la lumière coulant sur leur dos. C'était un endroit magnifique. Au pied de la grande mesa, on se serait cru dans une cité géante, aux innombrables cathédrales.

Au-delà des colonnes, sur une rangée de bâtiments était ancrée une ligne de varech. De longues tiges montaient des toits dans l'eau glauque, leurs larges feuilles ondulant doucement dans le courant paresseux. Il y avait un café au bout de ce bâtiment, un café avec une terrasse, partiellement ombragée par un treillis couvert de glycine. La dernière colonne de sel servait de point de repère, et Maya était sûre de ne pas se tromper.

Elle nagea laborieusement en position debout, et un souvenir lui revint. Frank lui avait crié quelque chose et était parti en courant, sans raison, comme d'habitude. Elle s'était habillée et l'avait retrouvé là, attablé devant un café. Oui. Elle avait provoqué une explication et ils s'étaient chamaillés. Elle lui avait reproché avec véhémence de ne pas être parti à Sheffield. Elle avait fait valser sa tasse. L'anse s'était cassée, était tombée de la table en tournoyant. Frank s'était levé. Ils étaient partis en se querellant, et ils étaient retournés à Sheffield. Mais non, non. Ça ne s'était pas passé comme ça. Ils s'étaient disputés, ça oui, mais ils s'étaient raccommodés. Frank s'était penché sur la table, lui avait pris la main, lui ôtant un énorme poids de la poitrine. Un bref moment de grâce, le sentiment d'aimer et d'être aimée.

C'était l'un ou l'autre. Mais lequel...

Elle ne se souvenait pas. Elle ne savait plus. Tant de querelles avec Frank, tant de réconciliations. Les deux avaient pu arriver. Impossible de garder une trace, de se rappeler ce qui s'était passé, à quel moment. Tout était flou, brouillé dans son esprit, réduit à de vagues impressions, des moments déconnectés. Le passé, à jamais aboli. De petits cris de bête blessée. Ah, c'était elle qui faisait ça avec sa gorge. Gémissant, miaulant, sanglotant. Engourdie et en même temps sanglotante, c'était absurde. Quoi qu'il leur soit arrivé, elle voulait seulement que ça revienne.

— Fuh...

Elle ne pouvait pas prononcer son nom. Elle avait mal, comme si on lui avait enfoncé une épingle dans le cœur. Ah... ça, c'était une sensation ! Impossible de le nier. Elle avait tellement mal qu'elle hoquetait. On ne pouvait pas dire le contraire.

Elle battit lentement des pieds, s'éleva au-dessus du sable, loin des toits auxquels était accroché le varech. Qu'auraient-ils pensé, tristement assis à cette table de café, s'ils avaient su que cent vingt ans plus tard elle nagerait au-dessus, et que Frank serait mort depuis tout ce temps ?

La fin du rêve. La désorientation au passage d'une réalité à une autre. Flotter dans l'eau noire la replongea en partie dans son engourdissement. Mais il y avait cette douleur aiguë, là, au fond d'elle-même, enchâssée, insistante. Elle devait s'y cramponner de toutes ses forces, saisir tous les sentiments à sa portée, toutes les sensations susceptibles d'être extraites de cette gadoue, n'importe quoi. Tout plutôt que l'engourdissement. Sangloter de douleur était une volupté, à côté.

C'était la preuve que Michel avait raison, une fois de plus. Le vieil alchimiste. Elle le chercha du regard. Il s'était éloigné à la nage, effectuant son propre pèlerinage. Un long moment avait passé, les autres se retrouvaient dans le cône de lumière devant le chalut, comme des poissons tropicaux dans un bassin noir, glacial, attirés par la lumière dans l'espoir qu'elle leur apporterait la chaleur. Rêveusement, une lente apesanteur. Elle pensa à John, flottant tout nu sur l'espace noir et les étoiles de cristal, mais c'en était trop, trop de sensations. Impossible de supporter plus d'une écharde de passé à la fois. Cette cité engloutie. Elle avait fait l'amour avec John, ici, dans un dortoir, quelque part, au cours des premières années — avec John, avec Frank, avec cet ingénieur dont elle ne se rappelait plus le nom, avec d'autres aussi, sans doute, tous oubliés, ou presque. Elle devrait creuser ça. Les enchâsser tous, précieuses échardes de sentiment incrustées en elle à jamais, jusqu'à ce que la mort fasse son office. Encore plus haut, toujours plus haut, parmi les poissons tropicaux multicolores, leurs bras, leurs jambes, remonter dans la lumière du jour, le soleil bleu et, Seigneur ! oui, le claquement des tympans, une impression d'ébriété, peut-être l'ivresse des profondeurs. L'ivresse des profondeurs humaines, plutôt, comme ils vivaient, ce qui les faisait courir, ces géants plongeant à travers les années. Michel remontait derrière elle. Elle battit des pieds pour l'attendre, le serra contre elle, fort fort fort. Ah, comme elle aimait ce corps solide dans ses bras, cette preuve de réalité. Elle le serra contre elle en pensant merci, Michel, sorcier de mon âme, merci pour Mars, pour ce qui perdure en nous, même englouti ou enchâssé. Tout là-haut, dans le glorieux soleil, dans le vent, ôter la combinaison avec des doigts glacés, maladroits, s'extirper de cette espèce de chrysalide, indifférente au pouvoir de la nudité féminine sur l'œil masculin, puis en prendre soudainement conscience, leur offrir cette vision stupéfiante de chair dans le soleil, de sexe dans l'après-midi, respirer profondément dans le vent, la chair de poule, la sensation choquante d'être vivante.

— Je suis moi, Maya, dit-elle à Michel avec fermeté, en claquant des dents.

Elle croisa les bras sur ses seins et s'essuya, le luxe de l'éponge sur sa peau mouillée. Elle s'habilla, hurlant dans la fraîcheur du vent. Le visage de Michel était l'image du bonheur, la déification, le masque de la joie, le vieux Dionysos, riant tout haut du succès de son plan, devant l'ivresse de sa compagne et amie.

— Qu'as-tu vu ?

— Le café, le parc, le canal. Et toi ?

— Hunt Mesa, le studio de danse. Thot Boulevard, la montagne de la Table.

Dans sa cabine, il avait mis une bouteille de champagne à rafraîchir dans un seau à glace. Il fit sauter le bouchon qui vola dans le vent, atterrit en douceur sur l'eau et dériva sur les vagues bleues.

Mais elle refusa d'en dire plus, de raconter sa plongée. Les autres le firent, et elle aurait dû sacrifier au rite. Ils la regardaient comme des vautours, avides de s'approprier son histoire. Elle but son champagne sans mot dire, en regardant les vagues aux amples courbes. Les vagues avaient un drôle d'air sur Mars. Elles étaient grosses et molles, impressionnantes. Elle jeta un coup d'œil à Michel pour le rassurer ; elle allait bien, il avait eu une bonne idée de la faire descendre, mais elle conserva le silence. Qu'ils se repaissent de leurs propres expériences, ces rapaces.

Le bateau retourna au port de DuMartheray, un petit croissant d'eau entouré de marinas, incurvé sous le tablier du cratère. La pente du tablier était couverte de bâtiments et de verdure jusqu'au rivage.

Ils mirent pied à terre, marchèrent jusqu'à la ville, mangèrent dans un restaurant au bord du cratère et regardèrent le soleil couchant embraser l'eau de la baie d'Isidis. Le vent du soir tomba sur l'escarpement et souffla vers le large, retroussant les vagues, arrachant à leur crête des plumets d'écume blanche irisée de brefs arcs-en-ciel. Maya s'assit à côté de Michel, la main posée sur sa cuisse ou son épaule.

— Stupéfiant, dit quelqu'un, de voir les colonnes de sel briller encore en bas.

— Et les fenêtres dans les mesas ! Vous avez vu celle qui était cassée ? Je serais bien entré jeter un coup d'œil, mais j'ai eu peur.

Maya fit la grimace et se concentra sur l'instant présent. Des gens, de l'autre côté de la table, parlaient à Michel d'un nouvel institut concernant les Cent Premiers et les colons de la première heure — une sorte de musée, un conservatoire de la tradition orale, un comité destiné à préserver les premiers bâtiments de la destruction, mais aussi un programme d'aide aux plus âgés. Evidemment, ces graves jeunes gens (les jeunes gens peuvent être si graves quand ils veulent) étaient très désireux d'obtenir l'appui de Michel, de retrouver et d'enrôler, d'une façon ou d'une autre, les Cent Premiers encore vivants. Ils n'étaient plus que vingt-trois, disait-on. Michel se montra naturellement d'une parfaite courtoisie et parut vivement intéressé par le projet.

Rien n'aurait pu faire plus horreur à Maya que cette idée. Une plongée dans les ruines du passé pouvait avoir le même effet qu'une bouffée de sels d'ammoniaque : un vrai repoussoir, mais revigorant. Très bien. C'était tolérable, et même sain. Mais se laisser obnubiler par le passé, se focaliser dessus, ça, c'était répugnant. Elle aurait volontiers balancé ces graves jeunes gens à l'eau. Et Michel qui acceptait de parler aux Cent Premiers survivants, de participer au lancement du projet... Maya se leva et alla s'accouder à la rambarde, un peu plus loin. En dessous, sur l'eau noire, des volutes d'écume lumineuses jaillissaient du sommet des vagues inlassables.

Une jeune femme s'approcha et appuya les coudes sur la rambarde à côté d'elle.

— Je m'appelle Vendana, dit-elle à Maya tout en regardant les vagues. Je suis la représentante locale des Verts pour l'année.

Elle avait un beau profil, net et bien dessiné, dans un visage indien classique : la peau olivâtre, les sourcils noirs, le nez long et la bouche petite. Des yeux bruns, subtils, intelligents. C'était drôle de voir tout ce que pouvait dire un visage. Maya arrivait à saisir l'essentiel d'une personne au premier coup d'œil. C'était un don. Il lui était bien utile compte tenu du fait qu'elle ne comprenait rien à ce que les jeunes indigènes racontaient ces temps-ci.

Mais elle comprenait qu'on soit vert, ou elle pensait le comprendre. Elle trouvait même que c'était un terme archaïque, Mars étant complètement verte à présent. Vert et bleu.

— Que voulez-vous ?

— Jackie Boone et les candidats de Mars Libre pour la zone font campagne dans le secteur en prévision des prochaines élections, répondit Vendana. Si Jackie représente une fois de plus le parti au conseil exécutif, elle œuvrera encore pour le projet de Mars Libre qui consiste à interdire toute immigration de la Terre. Elle défend avec force l'idée selon laquelle l'immigration terrienne pourrait être dirigée vers d'autres destinations dans le système solaire. C'est faux, mais c'est une position qui passe très bien dans certains quartiers. Sur Terre, évidemment, on n'aime pas beaucoup ça. Si Mars Libre l'emporte largement avec un programme isolationniste, on peut craindre que la Terre le prenne très mal. Ils ont déjà les plus grandes difficultés à surmonter leurs problèmes, ils ont besoin du peu d'aide que nous pouvons leur apporter. Ils diront que c'est une rupture du traité et ça pourrait aller jusqu'à la déclaration de guerre.

Maya acquiesça. Michel avait beau dire, elle sentait que les relations se tendaient entre la Terre et Mars. Elle savait que ça finirait mal, elle le voyait venir.

— Jackie est appuyée par un certain nombre de groupes, et Mars Libre a une majorité écrasante dans le gouvernement global depuis maintenant des années. Ils ont mis tout ce temps à profit pour placer des amis à eux dans les cours environnementales, et si elle propose d'interdire l'immigration, ils la soutiendront. Nous voulons maintenir la politique définie par le traité que vous avez négocié, voire élargir un peu les quotas d'immigration pour aider la Terre dans toute la mesure du possible. Mais il sera difficile d'arrêter Jackie. Pour vous dire la vérité, je ne sais pas comment faire. Alors je me suis dit que j'allais vous le demander.

— Comment arrêter Jackie ? répéta Maya, surprise.

— Oui. Ou, d'une façon plus générale, vous demander votre aide. Je pense qu'il faudrait lui mettre des bâtons dans les roues, et je me suis dit que ça pouvait vous intéresser.

Elle tourna la tête pour regarder Maya avec un sourire entendu.

Il y avait quelque chose de vaguement familier dans le retroussis ironique des lèvres pleines, quelque chose d'un peu agressif, mais de loin préférable à l'enthousiasme béat des jeunes historiens qui harcelaient Michel. Et plus Maya y réfléchissait, plus la proposition lui plaisait. C'était de la politique contemporaine, un engagement dans le présent. La trivialité du débat public actuel l'écœurait passablement, mais elle supposait que la politique du moment avait toujours l'air mesquine et stupide. Elle ne gagnait la respectabilité dévolue aux choses de l'Etat, à l'Histoire, qu'avec le recul du temps. L'enjeu pouvait se révéler important, comme l'avait dit la jeune femme. Ça lui permettrait de reprendre pied dans la réalité. Et puis, bien sûr — mais ça, elle ne se le dit pas consciemment —, tout ce qui pouvait entraver les desseins de Jackie était bon à prendre.

— Si vous me racontiez un peu tout ça ? fit Maya en s'éloignant, hors de portée de voix des autres.

Et la grande jeune femme ironique la suivit.

Michel avait toujours rêvé de faire un tour sur le Grand Canal, et il avait récemment parlé à Maya de quitter Sabishii pour Odessa, espérant ainsi lutter contre ses divers problèmes mentaux. Ils pourraient même prendre un appartement dans le complexe de Praxis où ils avaient vécu avant la seconde révolution. C'était le seul endroit où Maya se considérait comme chez elle, en dehors d'Underhill, où elle refusait catégoriquement de mettre les pieds. Or Michel pensait que cela l'aiderait de retourner quelque part où elle se sentait chez elle. Donc à Odessa. Maya accepta. Cela lui était égal. Et l'idée de Michel d'y aller en empruntant le Grand Canal lui convenait aussi. Elle s'en fichait. Elle n'était sûre de rien, ces temps-ci, elle n'avait plus d'avis sur grand-chose, de rares préférences ; c'était tout son drame.

Et Vendana venait lui dire que la campagne de Jackie devait suivre le Grand Canal dans un bateau de croisière en guise de quartier général. Ils étaient justement à l'extrémité nord du canal.

Aussi, quand Maya retourna auprès de Michel, sur la terrasse, après le départ des historiens, elle dit :

— Tu ne m'avais pas proposé d'aller à Odessa par le Grand Canal ?

Michel fut ravi. Il parut, en fait, sortir des ténèbres qui l'avaient englouti après la plongée dans Burroughs submergée. Il se réjouissait de l'effet qu'elle avait eu sur Maya, mais elle n'avait peut-être pas été aussi bénéfique pour lui. Il était, à ce sujet, d'un laconisme plutôt rare chez lui. Il paraissait oppressé, comme étouffé sous le poids de ce que la grande capitale sous les eaux représentait dans sa propre vie. Difficile à dire. En tout cas, voir Maya réagir aussi positivement à l'expérience et s'entendre soudain proposer de voir le Grand Canal — une vaste blague, de l'avis de Maya — le faisait rire. Et elle aimait le voir rire. Michel pensait que Maya avait terriblement besoin d'aide, ces temps-ci, mais pour elle, c'était lui qui avait le plus de problèmes.

C'est ainsi que, quelques jours plus tard, ils montaient la passerelle d'un long bateau à voile élancé, dont le mât et l'unique voile formaient une courbe de matière blanche, mate, en forme d'aile d'oiseau. Ce bateau faisait le tour de la mer du Nord par l'est. Quand tout le monde fut à bord, le capitaine lança les machines, ils quittèrent le petit port de DuMartheray et mirent cap à l'est en longeant la côte. Le mât-voile du navire était flexible, mobile dans à peu près toutes les directions, et son IA lui faisait adopter, en réponse aux sollicitations du vent capricieux, des courbures rappelant celles d'une aile d'oiseau.

Le deuxième après-midi de leur voyage dans le Détroit, le massif d'Elysium éleva sur l'horizon de jacinthe, devant eux, sa masse rose comme les cimes des Alpes au lever du soleil. Le continent se dressait maintenant au sud, comme s'il tendait le cou pour voir le grand massif de l'autre côté de la baie : des falaises alternant avec des marécages, puis une longue étendue fauve terminée par un rebord de plus en plus haut. Les strates rouges, horizontales de cette paroi étaient rayées de noir et d'ivoire, tandis que les crêtes étaient soulignées de vert par l'herbe et de blanc par le guano. Les vagues se jetaient sur la roche nue au pied de ces falaises et rebondissaient, refluaient, heurtaient les vagues qui arrivaient dans un rapide jaillissement. Cette traversée était un enchantement, avec ses longues glissades dans le creux des vagues, le vent qui paraissait produit par une centrale offshore et, surtout l'après-midi, les embruns, l'odeur salée de l'air — car la mer du Nord commençait à être salée —, le vent dans les cheveux, le V de tapisserie blanche dans le sillage du bateau, lumineux sur la mer indigo : des journées magnifiques. Maya aurait voulu faire le tour du monde et recommencer, ne jamais accoster, ne jamais rien changer... Elle avait entendu dire que des gens vivaient ainsi, maintenant, sur des vaisseaux-serres géants complètement autonomes, de véritables thalassocraties qui sillonnaient l'océan...

Mais devant eux se trouvait le goulet du Détroit. Le voyage arrivait à son terme. Pourquoi les bonnes journées étaient-elles toujours si courtes ? D'un instant à l'autre, d'un jour à l'autre — si remplis, si beaux, et à jamais disparus, disparus avant qu'on ait le temps de s'en imprégner comme il aurait fallu, de les vivre vraiment. Voguer dans la vie en regardant le sillage derrière soi, la haute mer, le grand vent... Le soleil était bas, à présent, la lumière oblique sur les falaises soulignait leurs sauvages irrégularités, les surplombs, les grottes, les parois lisses, propres, se jetant droit dans la mer, la roche rouge dans l'eau bleue, la roche qu'aucune main humaine n'avait effleurée (à ceci près que la mer elle-même était l'œuvre de l'homme). Des éclats de splendeur soudaine qui se fichaient en elle. Mais le soleil allait disparaître. La rupture dans les falaises, devant, marquait le premier grand port du Détroit, Rhodes, où ils devaient jeter l'ancre. Le soir tomberait. Ils dîneraient dans un café du port, près de l'eau, dans le long crépuscule, et la glorieuse journée de mer ne reviendrait jamais.

Cet étrange regret de l'instant qui venait de passer, de la soirée encore à venir.

« Ah, je revis ! » se dit-elle, émerveillée de ce miracle.

Michel et ses trucs... Depuis le temps, son salmigondis psycho-alchimique aurait dû la laisser de marbre. C'en était trop pour un cœur humain. Enfin, une chose était sûre : tout était préférable à l'engourdissement. Cette sensation aiguë avait une beauté douloureuse, et la douleur était supportable, presque jouissive, d'une certaine façon, par accès. Les couleurs saturées de cette fin d'après-midi possédaient une intensité sublime. Et sous ce déferlement de lumière nostalgique, le port de Rhodes était magnifique — le grand phare sur le cap ouest, les deux bouées à cloche rouge et verte, tribord et bâbord. Là, descendre vers le miroir noir d'un mouillage, et les barques, loin en bas, dans la lumière déclinante, traverser les ténèbres liquides, franchir une forêt de vaisseaux à l'ancre, tous différents, car la construction navale vivait une période d'innovation rapide ; les nouveaux matériaux permettant presque tout, les anciens modèles étaient constamment revus et modifiés, puis on y revenait. Là, un clipper, là, une goélette, plus loin, une chose qui ressemblait à un espar en saillie... Heurter enfin un quai de bois plein de monde, dans l'ombre.

La nuit, les villes portuaires se ressemblaient toutes. Une corniche, un parc étroit, incurvé, des rangées d'arbres, un croissant d'hôtels et de restaurants délabrés, le long des quais... Ils prirent une chambre dans un de ces hôtels et se promenèrent sur les quais, dînèrent sous un vélum, comme Maya l'avait imaginé. Elle se détendit dans la stabilité concrète, matérielle de son fauteuil, regardant la lumière liquide s'échouer sur l'eau noire, visqueuse, du port, écoutant Michel parler aux gens de la table voisine, savourant l'huile d'olive et le pain, le fromage et l'ouzo. Elle n'en revenait pas que la beauté puisse être aussi douloureuse, et même le bonheur. Et pourtant, elle espérait que l'avachissement paresseux accompagnant la digestion dans leurs fauteuils ne finirait jamais.

C'était évidemment impossible. Ils allèrent se coucher, la main dans la main, et elle garda Michel en elle un temps infini. Le lendemain, ils portèrent leurs sacs de l'autre côté de la ville, vers le port intérieur, juste au nord de la première écluse du canal, puis dans un grand bateau long et lascif, une sorte de barge transformée en bateau de plaisance. Une centaine de passagers montèrent à bord ; et parmi eux se trouvaient Vendana et ses amis. Quelques écluses plus loin, sur un bateau privé, Jackie et sa cour s'apprêtaient eux aussi à descendre vers le sud. Certaines nuits, ils se retrouveraient amarrés au même ponton, le long du canal.

— Intéressant, fit Maya d'une voix traînante, et à ce mot, Michel parut à la fois content et inquiet.

Le lit du Grand Canal avait été creusé par une loupe spatiale concentrant le soleil renvoyé par la soletta. La loupe planait très haut dans l'atmosphère, au-dessus des nuages thermiques formés par la roche fondue et volatilisée. Elle avançait en ligne droite, et avait tracé un chemin de feu dans le sol, sans prendre garde aux détails topographiques. Maya se souvenait vaguement avoir vu des vidéos du processus, à l'époque, mais les images étaient forcément prises de loin, et ne permettaient pas d'imaginer la taille du canal. Leur long bateau à moteur, bas sur l'eau, entra dans la première écluse. Il fut soulevé par l'eau entrante, sortit à l'autre bout du sas... et ils se retrouvèrent sur un lac ridé par le vent, de deux kilomètres de large, qui allait tout droit vers le sud-ouest et la mer d'Hellas, à deux mille kilomètres de là. Un grand nombre de bateaux, gros et petits, se croisaient en tenant leur droite, comme sur une route. Presque tous les bâtiments étaient motorisés, même si plusieurs étaient gréés en goélette. Les plus petits avaient parfois de grandes voiles triangulaires et pas de moteur : « Des dhows », fit Michel en tendant le doigt. Un modèle arabe, sans doute.

Quelque part devant eux se trouvait le vaisseau de campagne de Jackie. Maya l'ignora et se concentra sur les rives du canal. Il était visible que la roche disparue n'avait pas été excavée mais s'était tout simplement transformée en poussière. La température, sous l'intense lumière de la loupe spatiale, atteignait 5 000 degrés kelvin, et la roche s'était dissociée en ses atomes constitutifs, lesquels s'étaient rapidement élevés dans l'air. En se refroidissant, la matière était retombée sur les berges et une petite quantité avait coulé dans la tranchée comme de la lave, formant un canal au fond plat bordé de rives de quelques centaines de mètres de haut et de plus d'un kilomètre de large : des levées de scories noires, arrondies, sur lesquelles ne poussait pas grand-chose, de sorte qu'elles étaient presque aussi nues et noires à présent que lorsqu'elles s'étaient refroidies, une quarantaine d'années martiennes plus tôt. Seules de rares fissures emplies de sable éclataient de verdure. L'eau du canal qui paraissait noire le long des berges prenait la teinte du ciel au milieu, ou plutôt une couleur un peu plus sombre que le ciel, sans doute à cause du fond sombre, le tout strié de bandes vertes.

L'étendue rectiligne d'eau sombre entre deux parois d'obsidienne. Des bateaux de toutes les tailles, mais souvent longs et effilés pour maximiser l'espace dans les écluses. Puis, à quelques heures de distance les unes des autres, des villes en bordure du canal, incrustées sur la berge et étalées sur les terres au-delà. La plupart d'entre elles portaient les noms déjà existants sur les anciennes cartes de Lowell et Antoniadi, noms que ces astronomes entichés de canaux avaient choisis parmi les rivières de l'antiquité classique. Les premières villes devant lesquelles ils passèrent étaient assez près de l'équateur, et entourées de palmeraies. Derrière les quais en bois se trouvaient de petits quartiers portuaires grouillants d'activité, eux-mêmes chapeautés d'agréables quartiers en terrasses. Puis la masse des villes sur la partie plate des berges. La loupe avait coupé tout droit à travers le Grand Escarpement, vers les hautes plaines d'Hesperia, ce qui représentait une dénivellation de quatre kilomètres. Aussi le canal était-il ponctué par des écluses éloignées les unes des autres de quelques kilomètres. Comme partout, à cette époque, les barrages étaient transparents, leurs parois paraissaient aussi fines que de la Cellophane, et pourtant on disait qu'ils étaient dix fois plus résistants que nécessaire, compte tenu de la masse d'eau qu'ils retenaient. Maya se sentait agressée par leur transparence. Elle y voyait une manifestation d'hubris. Ce caprice recevrait forcément son châtiment. Un jour, l'une des minces parois exploserait comme un ballon, semant la ruine et la désolation alentour, et les gens en reviendraient au bon vieux béton et à la fibre de carbone.

En attendant, ils voguaient vers une écluse, un mur d'eau pareil à la mer Rouge s'ouvrant pour laisser passer le peuple d'Israël, des poissons filant au-dessus d'eux tels des oiseaux primitifs, vision surréaliste, digne d'un dessin d'Escher. Ils entrèrent dans le sas, véritable tombe aux parois liquides. Ils montèrent, montèrent, montèrent, entourés par ces poissons-oiseaux, et émergèrent enfin au niveau supérieur de la grande rivière aux parois rectilignes, qui traversait le sol noir.

— Bizarre, dit Maya après la première écluse, puis après la deuxième et la troisième.

Et Michel ne pouvait que sourire et hocher la tête.

La quatrième nuit, ils mouillèrent dans une petite ville appelée Naarsares. De l'autre côté du canal s'élevait une ville encore plus petite nommée Naarmalcha. Des noms à consonance mésopotamienne. Du restaurant en terrasse juché sur la berge on avait une bonne vue sur le canal et les highlands arides qui l'entouraient, et, plus loin, sur l'endroit où le canal traversait le cratère Gale. Gale était maintenant une bulle greffée sur le canal, un bassin ouvert pour les bateaux et les marchandises.

Après dîner, Maya resta sur la terrasse à regarder dans la faille qui donnait sur Gale. Dans l'encre poudreuse du crépuscule, Vendana et certains de ses compagnons s'approchèrent d'elle.

— Comment trouvez-vous le canal ? lui demandèrent-ils.

— Très intéressant, répondit sèchement Maya.

Elle n'aimait ni qu'on lui pose des questions, ni se retrouver au milieu d'un groupe. Elle avait trop l'impression d'être un objet de musée. Ils ne tireraient rien d'elle. Elle les foudroya du regard. L'un des jeunes gens abandonna la partie et commença à parler avec la femme qui se trouvait à côté de lui. Il avait un visage d'une beauté extraordinaire, les traits fins sous une crinière noire. Un sourire doux, un rire spontané. En tous points, fascinant. Jeune, mais pas au point d'avoir l'air inachevé. Quelque chose d'indien, peut-être, la peau sombre, les dents blanches, régulières, fort et mince comme un lévrier, plus grand qu'elle, mais pas un de ces nouveaux géants. Il était encore à l'échelle humaine, solide et gracieux sans ostentation. Sexy.

Elle s'approcha lentement de lui alors que le groupe adoptait une formation plus détendue, comme dans un cocktail, les gens se déplaçant pour bavarder, pour regarder le canal et les quais. Elle eut enfin l'occasion de lui parler, et il ne réagit pas comme si elle était Hélène de Troie ou Lucy, le chaînon manquant. Ce serait merveilleux d'embrasser cette bouche. Hors de question, évidemment, et elle n'en avait pas vraiment envie. Mais cette idée lui plaisait, et le seul fait d'y penser lui donnait des idées. Les visages avaient une telle force.

Il s'appelait Athos. Il était de Licus Vallis, à l'ouest de Rhodes. Un sansei, d'une famille de marins, des grands-parents grecs et indiens. Il avait contribué à la refonte du parti Vert et il était convaincu que le seul moyen de rester hors du maelström était d'aider la Terre à surmonter son problème. Une approche controversée — l'éternelle histoire de la queue qui remue le chien, il l'admettait volontiers, avec un beau sourire. Il était candidat à la représentation des villes de la baie de Nepenthes, et participait d'une façon générale à la coordination de la campagne des Verts.

— Il paraît que nous allons rattraper la campagne de Mars Libre d'ici quelques jours ? demanda plus tard Maya à Vendana.

— Oui. Nous avons prévu de débattre avec eux dans un meeting à Gale.

Puis, alors qu'ils remontaient la passerelle menant à leur bateau, les jeunes se détournèrent d'elle et se dirigèrent ensemble vers le pont avant pour continuer à faire la fête. Oubliée, Maya. Elle n'était pas des leurs. Elle les regarda s'éloigner et rejoignit Michel dans leur petite cabine, à l'arrière. Elle n'y pouvait rien, ça la faisait chaque fois bouillir de colère. Il y avait des moments où elle détestait les jeunes.

— Je les exècre, dit-elle à Michel.

Tout ça parce qu'ils étaient jeunes. Elle pouvait toujours dire qu'elle avait une aversion pour leur insouciance, leur stupidité, leur désinvolture, leur indécrottable provincialisme. Ce n'était pas faux, mais ce qu'elle abhorrait par-dessus tout, c'était leur jeunesse. Pas seulement leur perfection physique, non, juste leur âge, une simple question de chronologie, le fait qu'ils avaient la vie devant eux. Tout était meilleur dans l'anticipation, tout. Elle rêvait encore parfois qu'elle regardait Mars du haut de l'*Arès*, alors qu'ils venaient d'entrer en orbite martienne et s'apprêtaient à descendre. Et dans le choc du réveil, du retour au présent, elle se rendait compte qu'elle n'avait jamais été aussi heureuse que dans cette fièvre anticipatrice alors qu'un nouveau monde s'étendait à leurs pieds, que tout était possible. C'était ça, la jeunesse.

— Pense que ce sont des compagnons de route, lui conseilla alors Michel, comme il l'avait déjà fait à plusieurs reprises, lorsque Maya lui avait avoué ce sentiment. Ils ne seront pas jeunes plus longtemps que nous, un claquement de doigts, et voilà ! ils seront vieux et ils cesseront d'être tout court. Nous passons tous par là. Un siècle de différence n'est rien. Et de tous les humains qui ont jamais existé et qui existeront jamais, ces gens sont les seuls qui vivront en même temps que nous. Ça fait d'eux tes contemporains. Et tes contemporains sont les seuls qui te comprendront jamais.

— Je sais, je sais, fit Maya (et c'était vrai). Mais je les exècre quand même.

La loupe spatiale avait creusé un chenal d'une profondeur à peu près constante partout, aussi la tranchée qu'elle avait ouverte dans le bord du cratère Gale, au nord-est et au sud-ouest, était-elle plus haute que le lit du canal. Il avait donc fallu l'approfondir, puis on y avait installé des écluses et le cratère intérieur avait été transformé en un lac d'altitude, un bulbe dans l'interminable thermomètre du canal. L'ancien système lowellien de nomenclature ne semblait pas s'appliquer ici, et les écluses du nord-est étaient entourées par une petite ville divisée en deux appelée Tranchée du Bouleau, alors que la ville plus vaste qui entourait l'écluse du sud-ouest s'appelait Berges. Berges était construite sur la zone de fonte de la brûlure, s'élevait en larges terrasses incurvées sur le bord non fondu de Gale et surplombait le lac intérieur. C'était une ville sauvage, où descendaient les équipages et les passagers des bateaux pour se joindre à la fête plus ou moins continue. Cette nuit-là, l'animation était concentrée sur l'arrivée de la campagne de Mars Libre. Une grande place plantée d'herbe, perchée sur une large saillie au-dessus de l'écluse du lac, était pleine de gens. Certains écoutaient les orateurs discourir sur une estrade, d'autres, ignorant le tumulte, faisaient des courses ou se promenaient, buvaient, dansaient ou exploraient les hauteurs de la ville.

Maya assista à tous les discours de la campagne du haut d'une terrasse surplombant l'estrade, ce qui lui permettait de voir Jackie et les dirigeants de Mars Libre grenouiller, parler et écouter en attendant leur tour de se retrouver sous les feux des projecteurs. Antar et Ariadne étaient là, ainsi que d'autres que Maya reconnaissait plus ou moins pour les avoir vus aux infos. Les observer de la coulisse pouvait être très révélateur. Elle voyait se déployer la dynamique de domination des primates dont Frank lui rebattait les oreilles. Deux ou trois hommes tournaient autour de Jackie, et, pour d'autres motifs, quelques femmes aussi. L'un des hommes, un certain Mikka, siégeait depuis peu au conseil exécutif global, en tant que chef de Mars-Un.

Mars-Un était l'un des plus vieux partis politiques de Mars, formé pour contester les termes du renouvellement du premier traité de Mars. Maya croyait se souvenir d'y avoir participé. La politique martienne était maintenant organisée selon un schéma qui rappelait celui des démocraties parlementaires européennes, avec un large spectre de petits partis gravitant autour de quelques coalitions centristes, dans leur cas Mars Libre, les Rouges et les gens de Dorsa Brevia, les autres leur emboîtant le pas, comblant les vides ou courant sur les côtés, tous se déplaçant d'un bord à l'autre au gré des alliances temporaires, pour faire progresser leur petite cause. Dans ce dispositif, Mars-Un était devenu une sorte d'aile politique des écoteurs Rouges qui sévissaient encore, une organisation déplaisante, expéditive, sans scrupules, acoquinée à la majorité écrasante de Mars Libre sans véritable raison idéologique. Il devait y avoir un accord quelconque derrière tout ça. Ou quelque chose de plus personnel. La façon dont Mikka suivait Jackie, la regardait. Un amant, ou un ex-amant de fraîche date. Maya en aurait mis sa tête à couper. Elle en eut plus tard la confirmation par des rumeurs.

Leurs discours évoquaient toujours la belle, la merveilleuse Mars, qui allait finir anéantie par la surpopulation, à moins qu'ils ne la ferment à toute immigration. C'était un point de vue qui disait quelque chose au public, ainsi qu'en témoignaient les acclamations de la foule. Attitude profondément hypocrite, car la plupart de ceux qui approuvaient ce programme gagnaient leur vie grâce aux touristes terriens, et tous étaient des immigrants ou des enfants d'immigrants, mais ça ne les empêchait pas d'applaudir. C'était un bon programme électoral. Surtout quand on ignorait le risque de guerre, l'immensité de la Terre et sa primauté en matière de civilisation humaine. La défier ainsi... Mais ça n'avait pas d'importance. Ces gens se fichaient pas mal de la Terre et ne comprenaient rien, de toute façon. Et puis cette attitude de défi faisait paraître Jackie plus brave et plus belle, la championne de Mars Libre. Elle reçut une véritable ovation. Elle avait beaucoup appris depuis ses discours maladroits de la seconde révolution. Elle était devenue assez bonne, pour ne pas dire excellente.

Les orateurs Verts se levèrent à leur tour et plaidèrent en faveur d'une Mars ouverte. Bien entendu, ils évoquèrent le danger de la politique de fermeture, mais la réaction fut beaucoup moins enthousiaste. Leur prise de position ressemblait à de la lâcheté, à vrai dire, et la vision d'une Mars ouverte paraissait naïve. Avant d'arriver à Berges, Vendana avait proposé à Maya de prendre la parole, mais elle avait refusé, et elle venait de recevoir la confirmation de ce qu'elle pensait. Elle n'enviait pas ces orateurs de devoir soutenir une position impopulaire devant une foule qui allait en s'amenuisant.

A la suite des discours, les Verts tinrent une petite soirée post-mortem, et Maya critiqua sévèrement leur prestation.

— Je n'ai jamais vu une incompétence pareille. Vous essayez de leur faire peur et vous ne réussissez qu'à donner l'impression d'être terrifiés. Le bâton est nécessaire, mais il faut aussi une carotte. Si le risque de guerre est le bâton, il faut aussi que vous leur disiez sans avoir l'air idiot pourquoi les Terriens doivent pouvoir continuer à venir. Vous devez leur rappeler qu'ils sont tous d'origine terrienne, que nous sommes toujours des immigrants ici et que nous ne pouvons pas abandonner la Terre.

Ils acquiescèrent. Athos semblait pensif. Puis Maya prit Vendana à part et l'interrogea sur les récentes liaisons de Jackie. Mikka était bien l'un de ses derniers partenaires, et l'était probablement encore. Mars-Un était peut-être plus opposé à l'immigration que Mars Libre. Maya hocha la tête ; elle commençait à entrevoir les grandes lignes d'un plan.

Après la réunion, Maya alla se promener en ville avec Vendana, Athos et les autres. Ils passèrent devant un orchestre qui jouait ce qu'on appelait du Sheffield. La musique n'était que du bruit pour Maya : vingt percussionnistes ayant chacun son rythme propre sur des instruments qui n'avaient pas été conçus pour les percussions, ou pour un quelconque usage musical. Mais cela servait ses intentions, car dans le bruit et le tintamarre, elle put guider ses jeunes compagnons comme si de rien n'était vers Antar, qu'elle avait repéré de l'autre côté de la piste de danse. Quand ils furent près de lui, elle s'exclama :

— Tiens, mais c'est Antar ! Salut, Antar ! Voici les gens avec qui je descends le canal. Nous sommes juste derrière vous, apparemment. Nous allons vers Hell's Gate, et puis Odessa. Comment marche la campagne ?

Antar déploya le charme princier qui lui était coutumier. C'était un homme auquel on avait du mal à s'opposer, même quand on savait à quel point il pouvait être réactionnaire et qu'il avait été l'instrument des nations arabes de la Terre. Il avait dû apprendre à tourner le dos à ces vieux alliés, encore un aspect dangereux de cette stratégie anti-immigration. Il était curieux de voir de quelle façon la direction de Mars Libre avait décidé de défier le pouvoir terrien tout en essayant de dominer chaque nouvelle colonie du système solaire extérieur. L'hubris. Ou peut-être se sentaient-ils seulement menacés : Mars Libre avait toujours été le parti des jeunes indigènes, et si une immigration débridée amenait des millions de nouveaux issei, son statut, sa supermajorité et même sa majorité tout court seraient menacés. Ces nouvelles hordes, avec leur fanatisme intact — leurs églises, leurs mosquées, leurs drapeaux, leurs caches d'armes, leurs guerres ouvertes —, constituaient indéniablement une cause à défendre pour Mars Libre, car l'immigration intensive de la décennie écoulée avait de toute évidence engendré l'émergence d'une autre Terre tout aussi absurde que la première. John serait devenu dingue.

Frank aurait bien rigolé. Arkady aurait lancé : Je vous l'avais bien dit, et il aurait suggéré une autre révolution.

Mais il fallait être réaliste ; on ne pouvait pas faire disparaître la Terre d'un coup de baguette magique. En attendant, Antar était si chaleureux, si courtois qu'il donnait l'impression de penser que Maya pourrait lui être utile. Il suivait toujours Jackie comme un petit chien, aussi Maya ne fut-elle pas étonnée de voir apparaître Jackie et quelques autres. Tout le monde se salua. Maya fit un signe de tête à Jackie, et celle-ci répondit d'un sourire sans défaut. Maya prit soin de lui présenter un à un ses nouveaux compagnons. En arrivant à Athos, elle vit que Jackie l'observait, et celui-ci lui dédia un regard amical. Maya demanda à Antar, en passant, comment allaient Zeyk et Nazik, qui vivaient sur la baie d'Acheron. Les deux groupes se déplaçaient lentement vers la musique, et bientôt, s'ils continuaient à avancer, le bruit serait tel qu'elle ne pourrait plus suivre la conversation des autres.

— J'aime le rythme du Sheffield, dit Maya à Antar. Tu m'aides à approcher de la piste de danse ?

Comme si elle avait besoin de qui que ce soit pour traverser une foule. Mais Antar la prit par le bras, sans voir — ou en feignant de ne pas voir — que Jackie parlait à Athos. C'était de l'histoire ancienne pour lui, de toute façon. Mais ce Mikka, qui avait l'air très grand et très costaud de près (une hérédité scandinave, peut-être), semblait avoir la tête près du bonnet. Il suivait le groupe d'un air boudeur. Maya eut une moue satisfaite. Ça commençait bien. Si Mars-Un était encore plus isolationniste que Mars Libre, une bisbille entre les deux pouvait être utile.

Alors elle dansa avec un enthousiasme qu'elle n'avait pas éprouvé depuis des années. En fait, si on se concentrait sur les tambours de basse, leur rythme rappelait celui d'un cœur battant la chamade. Et le charivari des bouts de bois, ustensiles de cuisine et cailloux ronds qui se greffait sur cette pulsation fondamentale n'était que le bruit éphémère d'un grondement d'estomac ou d'une pensée fugitive. Cela semblait suivre une certaine logique. Pas une logique musicale au sens où elle l'entendait, mais une sorte de logique rythmique. Danser, suer, regarder Antar bouger gracieusement. Il devait être idiot, mais ça ne se voyait pas. Jackie et Athos avaient disparu. De même que Mikka. Il allait peut-être disjoncter et tous les tuer ? Maya eut un grand sourire et tourna de plus belle sur la piste.

Quand Michel s'approcha, elle l'accueillit avec un sourire radieux et le serra sur son cœur. Elle était en sueur, mais Michel aimait ça. Il en fut ravi et intrigué.

— Je croyais que tu détestais ce genre de musique ?

— Il y a des moments où je l'adore.

Au sud-ouest de Gale, le canal montait, par un système d'écluses, jusqu'au plateau d'Hesperia. Il traversait les highlands à l'est du massif de Tyrrhena à l'altitude à peu près constante de quatre kilomètres au-dessus du niveau de la mer, de sorte que les écluses n'étaient plus nécessaires. Pendant plusieurs jours d'affilée, ils suivirent le canal soit aux machines, soit propulsés par les petits mâts-voiles du vaisseau, s'arrêtant dans toutes les villes qui bordaient le canal : Oxus, Jaxartes, Scamander, Simois, Xanthus, Steropes, Polyphemus. Ils restèrent à distance constante du bateau de Mars Libre, ainsi que de la plupart des barges et des yachts qui se dirigeaient vers Hellas. Tout s'étendait, immuable, d'un horizon à l'autre, si ce n'est que, dans cette région, le canal n'était pas foré dans le régolite de basalte habituel, de sorte qu'on observait des variations dans les berges, des strates d'obsidienne et d'autres roches sidérolithiques, des volutes de porphyre marbré, brillant, aux couleurs étincelantes, des jaunes de soufre violents, des conglomérats granuleux, et même une longue section vitreuse, transparente, cristalline, qui bordait le canal sur les deux côtés, déformant les hauts plateaux qui se trouvaient derrière et reflétant la couleur du ciel. Cette bande, appelée Rives de Verre, était évidemment très peuplée. Entre les villes qui longeaient le canal à cet endroit serpentaient des chemins de mosaïque bordés de villas aux pelouses entourées de haies, ombragées par des palmiers plantés dans de gigantesques pots de céramique. Les maisons de Rives de Verre étaient blanchies à la chaux, avec des portes et des persiennes de teintes pastel, éclatantes, des toits de tuiles bleues, vernissées. Les restaurants avaient des tentures bleues surmontées d'enseignes lumineuses multicolores. C'était une sorte de Mars de rêve, un cliché de l'ancien paysage onirique, mais non moins beau pour autant, son évidence faisant en fait partie du plaisir. Lorsqu'ils traversèrent cette région, il faisait chaud et il n'y avait pas un souffle de vent, de sorte que la surface de l'eau était aussi lisse et claire que les rives : un monde de verre. Assise sur le pont avant, sous un auvent de toile, Maya observait, comme tout le monde, les barges de marchandises et les bateaux à aubes chargés de touristes qu'ils croisaient, les berges de verre et les villes colorées qui les bordaient. C'était l'un des plus grands centres touristiques martiens, la destination favorite des visiteurs des autres mondes : ridicule, mais vrai. Et il fallait admettre que c'était joli. Elle comptait bien gagner son pari, mais quel que soit le parti qui remporterait les élections, se disait Maya en regardant défiler le paysage, quelle que soit l'issue de la bataille de l'immigration, ce monde continuerait à briller comme un jouet au soleil.

Alors qu'ils poursuivaient vers le sud, l'automne austral rafraîchit un peu l'air. Sur les rives redevenues basaltiques commençaient à apparaître des arbres à bois dur, aux feuilles de tous les tons de jaune et de rouge du spectre visible. Un matin, une mince pellicule de glace couvrit l'eau immobile le long des rives. Du haut de la berge, à l'ouest, ils voyaient Tyrrhena Patera et Hadriaca Patera se découper sur l'horizon tels des Fujis aplatis. Les flancs noirs d'Hadriaca étaient rayés comme un berlingot par des glaciers blancs. Maya l'avait vu de l'autre côté, en revenant de Dao Vallis, quand elle avait fait le tour du bassin d'Hellas lors de sa mise en eau, il y avait si longtemps. Avec cette jeune fille — comment s'appelait-elle, déjà ? Une parente d'une de ses relations.

Le canal traversait les montagnes en dos de dragon de Dorsa Hesperia. Les villes du bord du canal devenaient moins équatoriales, plus austères, plus semblables aux villes fluviales des hauts plateaux de la Volga ou aux villages de pêcheurs de Nouvelle-Angleterre, mais ils s'appelaient Astapus, Aeria, Uchronia, Apis, Eunostos, Agathadaemon, Kaiko... Ils allaient toujours plus loin vers le sud-ouest, sur le large ruban d'eau aussi droit qu'un relevé au compas, jour après jour, jusqu'à ce qu'il soit difficile d'imaginer que c'était le seul canal de ce genre sur toute la planète, qu'il n'y en avait pas tout un réseau comme sur les cartes du vieux rêve. Oh, il y avait un autre canal à Boone's Neck, mais il était court, très large, et s'élargissait chaque année, déchiqueté par les câbles des draglines et les courants, si bien que ce n'était plus vraiment un canal mais plutôt un détroit artificiel. Non, le rêve des canaux ne s'était concrétisé qu'en cet endroit de la planète. Et quand on voguait là, entre les hautes berges, on avait le sentiment romantique que les querelles politiques et personnelles avaient une sorte de grandeur barsoomienne [1].

Telle était du moins l'impression qu'on avait, le soir, sous les néons pastel des villes du canal. Maya se promenait dans une de ces villes, Antaeus, en regardant les bateaux, les grands et beaux jeunes gens qui bavardaient nonchalamment, attablés à des buvettes, la viande qui cuisait sur des braseros fixés aux rambardes, le long de l'eau, lorsque d'un large ponton jeté sur le canal monta la plainte d'un violon tzigane. Elle s'approcha instinctivement et vit, mais trop tard, Jackie et Athos, assis à une table de café en plein air, penchés l'un vers l'autre au point que leurs fronts se touchaient presque. Elle n'avait surtout pas envie d'interrompre un tête-à-tête aussi prometteur et s'arrêta brusquement, mais le mouvement attira l'attention de Jackie qui leva les yeux et sursauta. Maya n'eut pas le temps de battre en retraite. Déjà Jackie se dirigeait vers elle.

Encore une scène, se dit Maya que cette perspective ennuyait vaguement. Mais Jackie était tout sourire, Athos à côté d'elle, observant le monde avec de grands yeux candides. Soit il n'avait aucune idée de ce qui se passait, soit il contrôlait admirablement son expression. Maya opta pour la seconde hypothèse. La lueur qui brillait dans

---

1. Barsoom est le nom de la planète Mars dans l'œuvre d'Edgar Rice Burroughs. (*N.d.T.*)

son regard était trop innocente pour être réelle. Un comédien. C'était un grand comédien.

— Ce canal est magnifique, tu ne trouves pas ? fit Jackie.

— Un piège à touristes, répondit Maya. Mais un beau piège. Et les touristes ne risquent pas de s'envoler.

— Allons ! s'esclaffa Jackie en prenant le bras d'Athos. Qu'as-tu fait de ton beau romantisme ?

— Quel romantisme ? répliqua Maya, ravie de cette démonstration publique d'affection.

La Jackie d'autrefois n'aurait jamais fait une chose pareille. En fait, Maya constata avec un choc qu'elle n'était plus toute jeune. Elle était stupide de ne pas y avoir pensé, mais elle avait du temps une vision tellement brouillée que son propre visage dans le miroir la surprenait toujours. Elle se réveillait chaque matin dans le mauvais siècle, et voir Jackie jouer les rombières, Athos pendu à son bras, lui faisait un peu le même effet. Ce n'était pas possible, il y avait erreur, c'était la fille fraîche, redoutable, de Zygote, la jeune déesse de Dorsa Brevia !

— Tout le monde est romantique, dit Jackie.

Les années ne l'avaient pas assagie. Encore une discontinuité chronologique. Peut-être les traitements de longévité répétés lui avaient-ils coagulé le cerveau. Bizarre qu'après s'être administré autant de drogues elle donne encore des signes de vieillissement. D'où venait-il, d'ailleurs, en l'absence d'erreur dans la division cellulaire ? Elle avait le visage aussi lisse qu'une fille de vingt-cinq ans, il émanait d'elle une confiance typiquement boonéenne, plus forte que jamais, son seul vrai trait de famille avec John, aussi éclatant que l'enseigne au néon du café, au-dessus d'eux. Et malgré tout, elle faisait son âge, quelque chose dans le regard, ou dans une gestalt au travail malgré toutes les manipulations médicales.

Soudain, l'une des nombreuses assistantes de Jackie se rua sur eux, haletante, hoquetante, tremblant de tous ses membres. Elle arracha le bras de Jackie à celui d'Athos, et dit en sanglotant :

— Oh, Jackie, je suis tellement, tellement désolée, elle s'est tuée, elle s'est tuée...

— Qui ça ? lança Jackie d'une voix qui claqua comme un coup de fouet.

— Zo, répondit lamentablement la jeune femme.

Sauf qu'elle n'était plus si jeune que ça, elle non plus.

— Zo ?

— Elle a eu un accident. Elle volait quand elle est tombée dans la mer.

Voilà qui devrait la refroidir, se dit Maya.

— Naturellement, fit Jackie.

— Mais sa tenue d'homme-oiseau ? protesta Athos. (Il prenait de la bouteille, lui aussi.) Elle ne l'a pas...

— Je n'en sais rien.

— Quelle importance ! fit Jackie, leur intimant le silence à tous.

Plus tard, Maya entendit un témoin oculaire raconter l'accident, dont l'image devait rester à jamais gravée dans son esprit : les deux femmes-oiseaux se débattant dans les vagues comme des mouches trempées, se maintenant à la surface de sorte qu'elles auraient dû s'en tirer, et puis une des grosses vagues de la mer du Nord les avait cueillies, projetées sur un écueil, et elles avaient disparu dans l'écume.

Jackie était prostrée, lointaine, perdue dans ses pensées. Maya avait entendu dire qu'elles ne s'entendaient pas, Zo et elle, qu'elles se détestaient. Mais son enfant... On n'était pas censé survivre à ses enfants ; même Maya, qui n'en avait jamais eu, le pensait profondément. Seulement toutes les lois avaient été abrogées, la biologie ne voulait plus rien dire, et voilà où ils en étaient. Si Ann avait perdu Peter dans la chute du câble, si Nadia et Art perdaient jamais Nikki... Même Jackie, cette imbécile, devait le sentir.

Oh oui, elle le sentait ! Elle tournait et retournait la chose dans sa tête, cherchant un moyen d'en sortir. Mais elle n'en sortirait pas. Elle deviendrait une personne différente, vieillissante — ça n'avait aucun rapport avec le temps, aucun.

— Oh, Jackie ! Je suis tellement désolée, fit Maya en tendant la main.

Jackie eut un mouvement de recul. Maya retira sa main. C'est quand les gens ont le plus besoin d'aide que leur isolement est le plus extrême. C'est ce que Maya avait appris la nuit de la disparition d'Hiroko, quand elle avait essayé de réconforter Michel. Il n'y avait rien à faire.

Maya dut se retenir pour ne pas flanquer une calotte à l'assistante éplorée.

— Vous devriez la raccompagner au bateau et tenir les gens à l'écart pendant un moment.

Jackie était toujours perdue dans ses pensées. Sa réaction de rejet avait été purement instinctive. Elle était assommée, en proie à un sentiment d'irréalité qui absorbait toute son énergie. Une réaction normale, celle de n'importe quel être humain. C'était peut-être encore pire quand on ne s'entendait pas avec son enfant, pire que si on l'aimait. Ah, Seigneur...

— Allez, fit Maya à l'assistante en signifiant du regard à Athos de l'aider.

Il finirait bien par lui faire de l'effet, d'une façon ou d'une autre. Ils l'entraînèrent. Elle avait toujours le plus beau dos du monde. Un port de reine. Ça changerait quand elle réaliserait.

Plus tard, Maya se retrouva à la limite sud de la ville, à l'endroit où les lumières s'arrêtaient et où le canal piqueté d'étoiles était enserré dans des berges de mâchefer noir. Cela ressemblait au parchemin d'une vie, la ligne de vie du monde : des vers de néon grouillant dans un paysage, vers l'horizon noir. Des étoiles au-dessus de leurs têtes, sous leurs pieds. Une piste noire sur laquelle ils planaient sans bruit.

Elle retourna au bateau. S'appuya au bastingage. C'était désespérant d'éprouver de tels sentiments pour un ennemi, de perdre un ennemi dans un désastre de ce genre.

— Qui vais-je haïr maintenant ? cria-t-elle à Michel.

— Euh... fit Michel, pris de court, puis il ajouta, réconfortant : Tu trouveras bien quelqu'un, va.

Maya eut un petit rire sec et Michel se fendit d'un sourire. Puis il haussa les épaules et reprit son air grave. Il ne s'était pas fait avoir par le traitement comme les autres. Des histoires d'immortalité dans une chair mortelle, avait-il toujours dit et répété. Il était d'une morbidité absolue sur le sujet. Encore une illustration de son propos.

— Alors la plus qu'humaine a fini par se faire avoir, dit-il.

— Elle prenait trop de risques, aussi. L'idiote ! Elle l'a bien cherché.

— Elle n'y croyait pas.

Maya hocha la tête. Ça ne faisait aucun doute. Rares étaient ceux qui croyaient encore à la mort, surtout les jeunes, qui n'y avaient jamais cru, même avant le traitement, et maintenant moins que jamais. Mais qu'on y croie ou non, elle frappait de plus en plus souvent, surtout les plus vieux, évidemment. De nouvelles maladies, d'anciennes qui revenaient, ou un effondrement rapide, holistique, sans cause apparente.

C'est comme ça qu'étaient partis, ces dernières années, Helmut Bronski et Derek Hastings, des gens que Maya avait rencontrés, sinon bien connus. Et voilà qu'un accident avait frappé un être bien plus jeune qu'eux. Cela n'avait aucun sens, ça n'entrait dans aucun schéma. C'était l'imprudence de la jeunesse. Un accident. Le hasard. Un coup du sort.

— Tu veux toujours que Peter revienne ? demanda Michel, changeant radicalement de sujet.

Allons bon ! Michel qui donnait dans la realpolitik ! Ah... C'était pour lui changer les idées. Elle manqua éclater de rire.

— Essayons toujours de le contacter. Il voudra peut-être venir, dit-elle.

Mais c'était seulement pour rassurer Michel. Le cœur n'y était pas. La ronde des morts avait commencé.

Mais elle ne le savait pas, à ce moment-là. Ce n'était que la fin de leur voyage sur le canal.

La loupe spatiale avait cessé son œuvre de forage juste avant le bord est de la cataracte du bassin d'Hellas, entre Dao et Harmakhis Vallis. La dernière partie avait été creusée par des moyens conventionnels, et la rapidité de la descente, du côté est du bassin, avait exigé la construction de multiples écluses qui faisaient ici office de barrage. L'aspect du canal n'était plus du tout le même que dans les highlands. C'était maintenant une succession de lacs de réservoir reliés par de larges tronçons de rivière rougeâtres. A travers les parois cristallines des écluses, l'enfilade de lacs leur apparaissait comme un escalier géant aux marches bleues descendant jusqu'au miroir de bronze lointain de la mer d'Hellas. Ils descendirent donc, marche après marche, participant à une lente parade de barges et de bateaux à voile, de bateaux de croisière et à vapeur. Les canyons de Dao et d'Harmakhis entaillaient profondément le plateau de roche rouge à gauche et à droite, mais depuis que les bâches avaient été enlevées, il fallait pour les voir se trouver juste au bord, et ils étaient invisibles du canal.

A bord de leur bateau, la vie continuait. Il en allait apparemment de même sur la barge de Mars Libre, où on disait que Jackie allait bien. Elle voyait encore Athos quand les deux bateaux mouillaient dans la même ville. Elle acceptait avec grâce les marques de sympathie, puis changeait de sujet pour aborder généralement celui de la campagne en cours. Laquelle se déroulait sans anicroche. Sous la direction de Maya, la campagne des Verts était mieux dirigée qu'avant, mais le sentiment anti-immigration était fort. Partout où ils allaient, divers conseillers et candidats de Mars Libre haranguaient la foule, Jackie ne faisant que de brèves apparitions pleines de dignité. Ses propos avaient gagné en force et en intelligence. Maya acquit, en regardant les autres discourir, une bonne idée d'ensemble des rapports de force au sein de l'organisation. Plusieurs de ses membres avaient l'air très satisfaits de se retrouver enfin sous la lumière des projecteurs. L'un des partenaires de Jackie, un dénommé Nanedi, se mettait particulièrement en avant, ce qui semblait irriter Jackie. Elle lui battit froid, se tourna de plus en plus vers Athos, Mikka et même Antar. Certains soirs, on aurait vraiment dit une reine au milieu de sa cour. Mais Maya connaissait la réalité sous-jacente, elle savait ce qu'elle avait vu à Antaeus. Même éloignée d'une centaine de mètres, elle avait une vision pénétrante de la noirceur tapie au cœur des choses.

Enfin, quand Peter répondit à son appel, Maya demanda à le voir pour parler des élections en cours. Et quand il arriva, elle guetta la suite des événements. Car il allait se passer quelque chose, c'était une certitude.

Peter avait l'air calme et détendu. Il vivait maintenant à Charitum Montes et travaillait à la fois sur le projet de réserve d'Argyre et avec une coop qui fabriquait des navettes de transport Mars-espace pour les gens qui voulaient court-circuiter l'ascenseur. Calme, détendu, un peu en retrait. Simon tout craché.

Antar en voulait déjà à Jackie de l'avoir humilié plus que d'ordinaire en s'affichant avec Athos. Mikka était encore plus furieux qu'Antar. Et voilà qu'elle déconcertait Athos et allait jusqu'à le mettre en colère, car elle consacrait maintenant toute son attention à Peter. Elle était aussi fiable qu'un aimant. Elle était attirée par Peter qui avait toujours réagi en sa présence avec l'inertie du fer face à l'aimant. Ils étaient tous tellement prévisibles que c'en était déprimant. Mais c'était utile : la campagne de Mars Libre perdait subtilement de son impact. Antar n'osait plus suggérer aux Qahiran Mahjaris d'oublier un peu l'Arabie en cette période de trouble. Mikka fustigeait les positions de Mars Libre hormis celles liées à l'immigration, et attirait certains membres du conseil exécutif dans sa sphère d'influence. Oui, décidément, Peter catalysait les maladresses de Jackie, la rendant erratique et inefficace. Tout marchait donc comme Maya l'avait prévu : il suffisait de pousser les hommes vers Jackie pour la faire tomber comme une quille. Elle n'en éprouvait pourtant aucun sentiment de triomphe.

Sitôt la dernière écluse passée, ils débouchèrent dans la baie de Malachite, un entonnoir peu profond qui se jetait dans la mer d'Hellas. Ils laissèrent derrière eux les vaguelettes dorées par le soleil et s'engagèrent dans la mer plus sombre, où beaucoup de barges et de petits bateaux tournaient vers le nord et se dirigeaient vers Hell's Gate, le plus grand port de mer de la côte est d'Hellas. Ils suivirent les autres, et bientôt le grand pont qui franchissait Dao Vallis apparut à l'horizon, puis les parois couvertes de bâtiments de l'entrée du canyon et enfin le port avec ses quais, sa longue jetée et ses mâts.

Maya et Michel débarquèrent et empruntèrent le dédale de rues pavées et d'escaliers menant aux vieux dortoirs de Praxis, sous le pont. Michel voulait assister au festival des moissons d'automne qui avait lieu la semaine suivante, après quoi ils partiraient pour l'île Moins-Un et enfin Odessa. Ils retinrent une chambre, déposèrent leurs bagages, et Maya partit se promener dans les rues de Hell's Gate, heureuse de sortir de l'espace confiné du bateau, de se débrouiller seule. Le soleil allait bientôt se coucher sur une journée qui avait commencé sur le Grand Canal. Le voyage était terminé.

Maya n'était pas revenue à Hell's Gate depuis 2121. Elle travaillait alors pour Deep Waters et faisait le tour du bassin avec... avec Diana ! C'était la petite-fille d'Esther, et une cousine au second degré de Jackie. Cette grande gamine chaleureuse lui avait fait connaître les jeunes indigènes, non seulement grâce à ses contacts dans les nouvelles colonies entourant le bassin, mais par son attitude et ses idées : la Terre n'était qu'un mot pour elle, seule l'intéressait sa propre génération. C'est là que, pour la première fois, Maya s'était sentie glisser hors du présent, avait eu la sensation d'entrer dans les livres d'histoire. Elle n'avait réussi à continuer d'exercer une influence sur son époque qu'au prix d'un violent effort sur elle-même. Mais elle avait fourni cet effort, elle avait marqué son temps. C'était l'une des grandes périodes de sa vie, peut-être la dernière. Depuis les années avaient coulé comme un fleuve dans les highlands du Sud, errant entre les fissures et les grabens, puis disparaissant dans un trou que l'on n'attendait pas.

Mais un jour, soixante ans plus tôt, elle s'était dressée à cet endroit, sous le grand pont qui enjambait l'embouchure du canyon de Dao, le fameux pont de Hell's Gate, avec la cité qui gravissait les pentes abruptes, baignées par le soleil, des deux côtés du fleuve, face à la mer. A l'époque, il n'y avait là que du sable et une bande de glace sur l'horizon. La ville était plus petite, plus fruste. Les escaliers de pierre étaient rugueux, poussiéreux. Maintenant les marches étaient polies par le temps, la poussière avait été balayée par les années. Tout était propre, patiné. Un beau port méditerranéen, à flanc de colline, perché dans l'ombre d'un pont qui en faisait une miniature, une inclusion dans un presse-papiers ou une carte postale du Portugal. Une jolie ville florissante dans le soleil couchant, un instant emprisonné dans l'ambre. Elle était jadis passée par ici avec une jeune amazone vibrante. C'était un nouveau monde qui s'ouvrait, la Mars indigène qu'elle avait aidée à venir au monde. Tout s'était révélé à elle, alors qu'elle en faisait encore partie.

Le soleil se coucha sur ces souvenirs. Maya voulut retourner au bâtiment de Praxis, sous le pont, comme autrefois. En montant l'escalier aussi raide qu'une échelle, les mains appuyées sur ses cuisses pour s'aider, elle fut envahie par un sentiment de déjà-vu. Non seulement elle avait gravi cet escalier mais encore elle l'avait gravi en pensant l'avoir déjà fait, et elle avait eu aussi l'impression d'être jadis venue là alors qu'elle jouait un rôle actif dans le monde.

Evidemment — ça lui revenait, maintenant : elle avait été l'une des premières à explorer le bassin d'Hellas, juste après Underhill. Elle avait contribué à la fondation de Low Point, puis elle avait poursuivi son chemin, explorant le bassin avant tout le monde, Ann y compris. Et plus tard, alors qu'elle travaillait pour Deep Waters, elle avait eu, en voyant les nouvelles colonies indigènes, la même impression d'être écartée de la scène contemporaine.

— Seigneur ! s'exclama-t-elle, consternée.

Des couches de vie superposées. Ils avaient vécu si longtemps ! C'était une sorte de réincarnation, d'éternel retour.

D'un autre côté, il y avait un petit noyau d'espoir dans tout ça. La première fois qu'elle s'était sentie dériver ainsi, elle avait commencé une nouvelle vie. Elle était allée s'installer à Odessa et avait contribué au succès de la révolution par son travail acharné, en réfléchissant aux raisons pour lesquelles les gens supportaient le changement, en se demandant comment éviter le retour de bâton qui paraissait inévitable après quelques décennies, anéantissant ce que la révolution pouvait avoir de bon. Et ils donnaient l'impression d'être parvenus à éviter cet écueil.

Jusqu'ici du moins. Peut-être était-ce la meilleure façon de voir cette élection : un inévitable retour de bâton. Si ça se trouve, elle n'avait pas aussi bien réussi qu'elle le pensait, elle avait seulement moins échoué qu'Arkady, que John ou que Frank. Comment le savoir ? Il était si difficile d'y voir clair dans l'histoire : c'était trop vaste, trop imparfait. Il se passait tellement de choses ; tout était possible. Les coops, les républiques, les monarchies féodales... On pouvait être sûr qu'il y avait des satrapes orientaux dans des caravanes égarées dans l'arrière-pays. Quelle que soit la façon dont on définissait l'histoire, on était assuré d'avoir raison quelque part. Le projet dont elle s'occupait maintenant, les jeunes colonies indigènes qui réclamaient de l'eau, sortaient du système, échappaient au contrôle de l'ATONU... Non, ce n'était pas ça, c'était autre chose.

Mais pour l'instant, ça lui échappait. Le lendemain matin, elle devait prendre avec Diana un train qui faisait le tour d'Hellas par le sud-est pour voir Dorsa Zea et le tunnel de lave dont ils avaient fait un aqueduc... Non. Elle était ici parce que...

Elle n'arrivait pas à remettre le doigt dessus. Deep Waters... Diana... Elles revenaient juste de Dao Vallis, où des indigènes et des immigrants mettaient sur pied une communauté agraire au fond du canyon, créant une biosphère complexe sous leur énorme tente. Certains parlaient russe, elle en avait eu les larmes aux yeux rien que de les entendre ! Oh, la voix de sa mère, sèche et sarcastique, alors qu'elle repassait dans le coin-cuisine de leur petit appartement, l'odeur de chou qu'elle sentait encore...

Ce n'était pas ça non plus. La trémulation de la mer dans le crépuscule, à l'ouest. L'eau avait recouvert les dunes de sable de Hellas Est. Un siècle au moins avait passé, ça devait être ça. Elle était là pour autre chose... Des dizaines de bateaux, coques de noix dans un port de timbre-poste, derrière une jetée. Ça ne lui revenait pas. Elle avait l'impression affreuse, vertigineuse de l'avoir sur le bout de la langue. Une sensation nauséeuse, comme si elle espérait le faire revenir en vomissant. Elle s'assit sur une marche. Sa vie sur le bout de la langue, toute sa vie ! Elle laissa échapper un gémissement, et des enfants qui jetaient des gravillons aux mouettes la regardèrent. Diana. Elles étaient tombées sur Nirgal, ils avaient dîné ensemble... Et Nirgal était tombé malade. Malade sur la Terre !

Tout lui revint d'un coup presque physique, renversant, comme un direct au foie. Le voyage sur le canal, forcément, la plongée dans Burroughs engloutie, Jackie, et Zo, cette pauvre idiote. Naturellement. Elle n'avait pas vraiment oublié, bien sûr que non. C'était si évident maintenant que ça lui était revenu. Cela ne lui avait échappé qu'un instant, elle avait eu un trou de mémoire, parce qu'elle pensait à autre chose. A une autre vie. Une bonne mémoire avait son intégrité, ses écueils, tout autant qu'une mauvaise mémoire. Voilà ce qui arrivait quand on se disait que le passé était plus intéressant que le présent. C'était souvent vrai. Mais tout de même...

Tout de même, elle préféra rester assise un moment. Elle avait encore un peu mal au cœur. Elle ressentait une légère pression résiduelle à la tête, comme si le fait que tout cela lui soit si durement resté sur le bout de la langue l'avait un peu endolorie. Oui, ç'avait été un mauvais moment à passer. Difficile à nier alors qu'elle sentait encore les poussées spasmodiques, désespérées, de sa langue.

Elle attendit que le crépuscule plonge la ville dans une lueur orange intense, pareille à celle du soleil filtré par le verre d'une bouteille ambrée. C'était bien ça, Hell's Gate. Elle frissonna, se leva, gravit d'un pas mal assuré l'escalier menant au port. Les restaurants qui longeaient les quais étaient des globes lumineux frémissant comme des ailes de papillon. Une voie lactée en négatif les dominait de toute sa hauteur — le pont. Maya passa derrière les quais, vers la marina.

Elle tomba nez à nez avec Jackie. Ses assistants la suivaient à distance, mais Jackie marchait toute seule devant, venait à sa rencontre sans la voir. Quand elle l'aperçut, un coin de sa bouche se durcit, pas plus, mais ça suffit pour que Maya constate qu'elle avait, quoi, quatre-vingt-dix, cent ans ? Elle était belle, puissante, mais elle n'était plus jeune. Les événements auraient vite fait de la rattraper, comme tout le monde. L'histoire était une vague qui parcourait le temps un peu plus vite que la vie proprement dite, de sorte que même si les gens ne vivaient que soixante-dix ou quatre-vingts ans, ils se retrouvaient derrière la vague au moment de leur mort. C'était de plus en plus vrai. Rien ne les maintiendrait à flot, pas même une tenue d'homme-oiseau qui permettrait de surfer sur l'eau comme un pélican, comme Zo. Ah, c'était ça ; c'était la mort de Zo qu'elle voyait sur le visage de Jackie. Elle avait fait tout ce qui était en son pouvoir pour l'ignorer, pour la laisser glisser sur elle comme l'eau sur un canard. Mais ça n'avait pas marché, et maintenant c'était une vieille femme qui marchait à Hell's Gate, le long de l'eau criblée d'étoiles.

Maya s'arrêta, choquée par la force de cette image. Jackie s'arrêta aussi. Le bruit des assiettes entrechoquées, le brouhaha des conversations dans les restaurants, au loin. Les deux femmes se regardèrent. Maya ne se rappelait pas avoir jamais croisé le regard de Jackie, cet acte fondamental de reconnaissance, rencontrer le regard de l'autre. Oui, tu es réelle ; je suis réelle. Nous sommes là, toutes les deux. De grands pans de glace, se rompant à l'intérieur. Maya se détourna et s'éloigna, un peu plus libre.

Michel trouva un navire qui acceptait de les emmener à Odessa via l'île Moins-Un. L'équipage leur dit que Nirgal devait y être pour une compétition sportive, nouvelle qui combla Maya de joie. Elle éprouvait toujours du plaisir à voir Nirgal, et en ce moment elle avait bien besoin de son aide. Et puis elle voulait voir Moins-Un. La dernière fois qu'elle était passée par là, ce n'était pas une île ; rien qu'une station météo et une piste d'atterrissage sur une bosse, au fond du bassin.

Le navire était une longue goélette fuselée, avec cinq mâts-voiles en forme d'aile. Dès qu'ils furent au bout de la jetée, les mâts-voiles extrudèrent leur surface triangulaire, tendue, puis, lorsqu'ils filèrent par vent arrière, l'équipage déploya à l'avant un grand spinnaker bleu et le vaisseau bondit dans les vagues bleutées, soulevant des gerbes de gouttelettes. Après la noire contrainte des rives du Grand Canal, c'était merveilleux de se retrouver en pleine mer, avec le vent dans la figure et les vagues qui couraient le long des bords. Son cerveau se nettoya de Hell's Gate et de sa confusion. Jackie, le mois écoulé n'étaient plus qu'une sorte de carnaval morbide que rien ne l'obligerait à revivre. Elle ne retournerait jamais là-bas. La mer était à elle, sa vie était dans le vent !

— Oh, Michel, ça, c'est la vie !

— C'est beau, hein ?

Au bout du voyage, ils devaient s'installer à Odessa, qui était maintenant au bord de la mer comme Hell's Gate. Ils pourraient donc naviguer quand ils voudraient, pourvu qu'il fasse beau, et ce serait toujours comme ça : plein de soleil et de vent. Des moments éblouissants, le présent vivant. Ils n'auraient jamais d'autre réalité. L'avenir n'était qu'une vision, le passé un cauchemar — ou vice versa —, de toute façon, il n'y avait qu'ici, dans l'instant, qu'on pouvait sentir le vent, admirer les grandes vagues molles ! Maya lui indiqua une colline bleue qui roulait parallèlement à eux, le long d'une ligne fluctuante, et Michel éclata de rire. Ils la regardèrent attentivement, et leur hilarité redoubla. Il y avait des années que Maya n'avait eu à ce point l'impression d'être sur un autre monde. Ces vagues ne se comportaient pas comme elles auraient dû ; elles allaient dans tous les sens, retombaient, faisaient le dos rond, se tortillaient d'une façon que la brise n'expliquait pas. C'était étrange. Etranger. Ah, Mars, Mars, Mars !

Il n'y avait pas de marées, leur dit l'équipage, sur la mer d'Hellas. Cela ne changeait rien pour les vagues. Ce qui comptait, c'était la gravité et la force du vent. En entendant cela, en regardant la plaine bleue qui se soulevait, Maya sentit son esprit enfler de la même façon. Sa gravité était faible, et les vents étaient forts en elle. Elle était une Martienne, l'une des premières Martiennes, elle avait contribué à la mise en eau de ce bassin, participé à la construction de ses ports, permis que des marins le sillonnent librement. Elle y voguait elle-même à présent, et quand bien même elle ne ferait plus rien d'autre de sa vie, ça lui suffirait.

Maya voguait donc, debout à la proue, près du beaupré, la main sur le bastingage, dans le vent et les embruns. Michel s'approcha d'elle.

— C'est bon d'être sortis du canal, dit-elle.

— C'est vrai.

Ils parlèrent de la campagne, et Michel secoua la tête.

— Le thème de l'anti-immigration est si populaire.

— Tu crois que les yonsei sont racistes ?

— Ils auraient du mal, compte tenu de leurs propres origines mélangées. A mon sens, il s'agit purement et simplement de xénophobie. C'est de l'indifférence aux problèmes de la Terre, la crainte d'être submergés. Jackie se contente d'exprimer tout haut la peur que tout le monde éprouve déjà. Pas la peine d'être raciste pour ça.

— Mais toi tu es bon.

— Pff, comme la plupart des gens, soupira Michel.

— Tu parles ! s'exclama Maya qui le trouvait parfois trop optimiste. Qu'il s'agisse ou pas de racisme, ça pue. La Terre louche sur toute notre surface habitable et, si nous claquons la porte, il est probable qu'ils reviendront avec un bélier. Les gens ne veulent pas croire que ça pourrait arriver, mais si les Terriens sont suffisamment désespérés, ils ne nous demanderont pas notre avis pour venir, et si nous essayons de les empêcher de se poser, il y aura de la bagarre. En moins de deux ce sera la guerre, et pas sur Terre ou dans l'espace, non : ici, sur Mars. Ça nous pend au nez. Les gens de l'ONU essaient bien de nous mettre en garde. Mais Jackie ne veut rien entendre. Elle s'en fiche. Elle brandit l'étendard de la xénophobie à son profit.

Michel la regardait avec des yeux ronds. C'est vrai ; elle était censée ne plus haïr Jackie, mais certaines habitudes avaient la vie dure. D'un geste, elle balaya tout ce qu'elle venait de dire, la politicaillerie hallucinatoire, maligne, du Grand Canal.

— Ses intentions sont peut-être excellentes, dit-elle comme pour s'en persuader. Si ça se trouve, elle ne veut que le bien de Mars. Mais elle se trompe quand même, et il faut l'empêcher de nuire.

— Elle n'est pas seule en cause.

— Je sais. Il faut que nous réfléchissions à un moyen d'action. Enfin, ne parlons plus d'eux. Essayons de repérer l'île avant l'équipage.

Ils arrivèrent en vue de l'île deux jours plus tard. Comme ils s'en approchaient, Maya découvrit avec ravissement que Moins-Un n'était pas du tout dans le style du Grand Canal. Oh, il y avait des petits villages de pêcheurs aux maisons blanches, mais elles avaient l'air faites à la main, et ne possédaient même pas l'électricité. Sur les falaises au-dessus, des groupes de maisons se dressaient dans les arbres, des petits villages dans les airs. L'île était occupée par des farouches et des pêcheurs, leur dirent les marins. Le sol était nu sur les pointes de terre, vert dans les vallées cultivées. Des collines de grès ambré s'enfonçaient dans la mer, en alternance avec des petites baies sablonneuses, totalement dénudées en dehors des joncs agités par le vent.

— Ça a l'air si vide, remarqua Maya alors qu'ils contournaient la pointe nord puis le rivage ouest. Ils ont vu des images de ça sur Terre. Voilà la raison pour laquelle ils ne nous laisseront jamais leur claquer la porte au nez.

— Oui, acquiesça Michel. Tu as vu comment l'habitat est regroupé ? Ce sont les gens de Dorsa Brevia qui ont rapporté ce modèle de Crète. Tout le monde vit dans les villages et travaille dans les champs pendant la journée. Ce qui a l'air désert est en fait exploité, pour permettre à ces petits villages de vivre.

Il n'y avait pas de port à proprement parler. Ils entrèrent dans une baie peu profonde surplombée par un petit village de pêcheurs, et jetèrent l'ancre, qui resta distinctement visible sur le sable, par dix mètres de fond. Ils empruntèrent le dinghy de la goélette pour aller à terre, dépassant quelques grosses corvettes et plusieurs bateaux de pêche mouillés plus près de la plage.

De l'autre côté du village, quasi désert, un arroyo sinueux menait dans les collines, jusqu'à un canyon encaissé, après quoi une piste montait et descendait comme des montagnes russes vers le plateau, au-dessus. Sur cette lande accidentée, d'où la mer était visible de toutes parts, de grands chênes avaient été plantés longtemps auparavant. Certains étaient festonnés d'escaliers et de coursives, et des petites cabanes rondes étaient perchées dans les branches. En voyant ces maisons dans les arbres, Maya pensa à Zygote, et elle ne fut pas surprise d'apprendre que parmi les habitants de premier plan de l'île se trouvaient plusieurs ectogènes de Zygote — Rachel, Tiu, Simud, Emily. Ils étaient venus nicher ici, selon un mode de vie dont Hiroko aurait été fière. On disait même qu'ils la cachaient, avec les colons perdus, dans une plantation de chênes où ils avaient toute la place de vaquer à leurs occupations sans crainte d'être découverts. Quand elle regardait autour d'elle, Maya se disait que c'était au moins aussi plausible que n'importe laquelle des rumeurs qui couraient à son sujet. Enfin, il n'y avait pas moyen de savoir, et quelle importance de toute façon ? Si Hiroko avait décidé de vivre cachée, comme elle avait dû le faire si elle était en vie, il était inutile de chercher l'endroit où elle se terrait. Maya ne comprenait pas pourquoi cela obsédait tout le monde, et ça ne datait pas d'aujourd'hui. Elle n'avait jamais rien compris à Hiroko.

L'extrémité nord de l'île Moins-Un était moins mamelonnée que le reste et, en redescendant dans la plaine, ils repérèrent les bâtiments consacrés aux Olympiades. Ils avaient un aspect délibérément grec : un stade, un amphithéâtre, une plantation sacrée de séquoias monumentaux, et, sur un promontoire surplombant la mer, un petit temple à colonnes fait d'une pierre blanche qui ressemblait à du marbre : de l'albâtre, ou du sel couvert de diamant. Des campements temporaires de yourtes avaient été érigés sur les collines, au-dessus. Des milliers de gens grouillaient autour de cet endroit ; sans doute une bonne partie de la population de l'île et pas mal de visiteurs du bassin d'Hellas — les jeux étaient encore une affaire essentiellement locale. Ils furent donc surpris de trouver Sax dans le stade. Il aidait à prendre des mesures pour les épreuves de lancer. Il les serra sur sa poitrine en hochant la tête selon son habitude.

— Annarita lance le disque, aujourd'hui, dit-il. Ça devrait être bien.

C'est ainsi que Maya et Michel passèrent ce bel après-midi avec Sax, sur la piste, ce qui leur permit de suivre les épreuves de près et de tout oublier en dehors de l'instant présent. La discipline préférée de Maya était le saut à la perche. Ça la fascinait complètement. Plus que les autres sports, il illustrait pour elle les possibilités offertes par la gravité martienne. Cela dit, il fallait manifestement une technique formidable pour l'exploiter, pour maîtriser la course bondissante avec l'interminable perche, la pose précise de la pointe oscillante, le décollage, la traction, le saut proprement dit, les pieds pointés vers le ciel, puis le catapultage dans l'espace, alors que la perche flexible projetait le sauteur tête en bas à une hauteur vertigineuse, enfin le retournement presque complet au-dessus (ou non) de la barre, et la longue chute sur un matelas d'aérogel. Le record martien était de quatorze mètres environ. Le jeune homme qui sautait à présent, le gagnant de la journée, tenta de franchir la barre des quinze mètres mais il échoua. Quand il redescendit du matelas d'aérogel, Maya se rendit compte à quel point il était grand, avec des épaules et des bras puissants, mais d'une minceur qui frisait la maigreur. Les perchistes féminines qui attendaient leur tour lui ressemblaient beaucoup.

Tous les sportifs étaient comme ça, grands, minces, les muscles durs. La nouvelle race, se dit Maya, qui se sentait faible, petite et vieille. L'*Homo martial*. Par bonheur, elle avait de bons os et se tenait encore bien, sans quoi elle aurait eu honte de marcher parmi de telles créatures. Elle regarda, inconsciente de sa grâce provocante, Annarita, la lanceuse de disque que leur avait indiquée Sax, tourner sur elle-même, accélérer, catapulter le disque. Elle était très grande, avec un torse long, large, des épaules profilées, et des grands dorsaux qui faisaient comme des ailes sous ses bras ; de beaux seins, moulés par le maillot, des hanches étroites mais des fesses fortes, rondes, de longues cuisses surpuissantes... Une belle bête, vraiment, et si forte, même s'il était clair que c'était la vitesse de sa rotation qui propulsait le disque à cette distance.

— Cent quatre-vingts mètres ! s'exclama Michel, souriant. Ce qu'elle doit être heureuse !

Elle avait l'air très contente, en effet. Tous se concentraient intensément au moment de l'effort, puis se redressaient et se détendaient, ou essayaient de se détendre, s'étiraient, plaisantaient entre eux. Il n'y avait pas d'officiels, pas de score, rien que des bénévoles comme Sax. Les gens apportaient leur aide aux épreuves auxquelles ils ne participaient pas. Le départ des courses était donné par un coup de pistolet. Le temps était chronométré à la main, annoncé à haute voix et inscrit sur un écran. Les poids avaient encore l'air très lourds, pas faciles à lancer. Les javelots mettaient une éternité à toucher le sol. Les sauteurs en hauteur ne dépassaient pas les quatre mètres, à la grande surprise de Maya et de Michel. Le record du saut en longueur était de vingt mètres. La vision des sauteurs agitant les membres pendant un saut qui durait quatre ou cinq secondes et traversait une grande partie du terrain était des plus singulières.

Le départ des courses fut donné à la fin de l'après-midi. Comme dans les autres disciplines, les hommes et les femmes s'affrontaient, tous vêtus du même maillot une pièce.

— Le dimorphisme sexuel semble particulièrement atténué chez ces gens, fit Michel en observant un groupe à l'échauffement. Les genres sont tellement moins marqués, pour eux. Ils font les mêmes travaux, les femmes n'auront jamais qu'un enfant, sinon aucun, ils pratiquent les mêmes sports, exercent les mêmes muscles...

Maya était fermement convaincue de la réalité de cette nouvelle race, mais cette idée lui arracha un petit ricanement :

— Alors pourquoi regardes-tu toujours les femmes ?

— Oh, je vois la différence entre les sexes, répondit Michel avec un sourire, mais je suis un vieux de la vieille. Ce que je me demande, c'est si eux, ils en sont capables.

Maya éclata d'un grand rire.

— Allons ! Regarde plutôt celui-ci — et celle-là. Les proportions, les visages.

— Ouais, ouais. Mais ce n'est plus la même chose quand même. Bardot et Atlas, si tu vois ce que je veux dire.

— Oh oui ! Ces gens-là sont beaucoup plus beaux.

Michel acquiesça. Il l'avait toujours dit, songea Maya ; sur Mars, il deviendrait évident qu'ils étaient tous de petits dieux et déesses, que leur vie devait se dérouler dans une joie sacrée... En attendant, la différence sexuelle sautait aux yeux. Pour elle, qui était de la vieille école, du moins... Tiens, et ce coureur, là-bas... Ah, une femme, mais avec de petites jambes courtes, robustes, des hanches étroites, la poitrine plate. Et l'autre, à côté d'elle ? Encore une femme ? Non, un homme ! Un sauteur en hauteur, aussi gracieux qu'un danseur, mais tous les sauteurs en hauteur avaient des problèmes : Sax marmonna quelque chose à propos de plante des pieds. Enfin, même si certains d'entre eux étaient un peu androgynes, on reconnaissait toujours leur sexe au premier coup d'œil.

— Tu vois ce que je veux dire, fit Michel, en constatant son silence.

— Un peu. Mais je me demande comment le regard que ces jeunes portent sur les choses a évolué. Ils ont mis fin au patriarcat, il faut donc, nécessairement, qu'il existe un nouvel équilibre social des deux sexes...

— C'est sûrement ce que diraient les gens de Dorsa Brevia.

— Alors je me demande si ce n'est pas le problème que pose l'immigration terrienne. S'il ne vient pas tant du nombre que de l'origine culturelle de tous ces Terriens. Beaucoup donnent l'impression de sortir du Moyen Age, alors pour tous ces gigantesques Minoens, ces hommes et ces femmes qui partagent une telle ressemblance...

— Et un nouvel inconscient collectif.

— Sans doute. Les nouveaux arrivants ne peuvent pas s'en sortir. Ils s'entassent dans des ghettos ou des villes nouvelles, ils gardent leurs traditions, leurs liens avec l'ancien monde, ils détestent tout ici, et la xénophobie, la misogynie des vieilles cultures s'exercent à nouveau à l'encontre de leurs propres femmes mais aussi des filles indigènes.

Elle avait entendu dire qu'il y avait des problèmes à Sheffield et à Tharsis Est. De jeunes indigènes avaient donné du fil à retordre à des agresseurs immigrés qui n'en revenaient pas. Et parfois le contraire.

— Et les jeunes indigènes n'aiment pas ça. Elles ont l'impression qu'on a laissé entrer des monstres chez elles.

Michel fit la grimace.

— Les cultures terriennes étaient toutes fondamentalement névrotiques, et quand le névrotique affronte le sain, il en résulte généralement une aggravation de la névrose. Et les sujets sains ne savent pas quoi faire.

— Alors ils exigent qu'on mette fin à l'immigration. Au prix d'une nouvelle guerre.

L'attention de Michel fut attirée par le départ d'une autre course. Les coureurs allaient vite, mais pas deux fois et demi plus vite que sur Terre, malgré la différence de gravité. C'était le même problème que la plante des pieds des sauteurs en hauteur, à ceci près qu'il persistait tout au long de la course : les coureurs accéléraient tellement au départ qu'ils restaient presque accroupis, faute de quoi ils auraient décollé de la piste. Les sprinters restaient penchés en avant jusqu'au bout, les jambes jouant furieusement du piston. Sur les plus longues distances, ils finissaient par se redresser et se mettaient à battre l'air comme s'ils nageaient debout, tels des kangourous avançant une patte à la fois. Maya repensa à Peter et Jackie, les deux sprinters de Zygote, courant sur la plage, sous le dôme polaire. Ils avaient mis au point un style comparable.

Grâce à ces techniques, le record du cinquante mètres fut de quatre secondes quatre dixièmes, celui du cent mètres de huit secondes trois, le deux cents mètres se courut en dix-sept secondes un dixième, et le quatre cents mètres en trente-sept secondes neuf. Mais, dans tous les cas, le problème d'équilibre posé par la vitesse semblait empêcher les coureurs de se donner à fond comme Maya se rappelait l'avoir vu faire dans sa jeunesse.

Les courses plus longues s'effectuaient à grands bonds gracieux, similaires au trot martien, comme ils disaient à Underhill, où ils s'y étaient exercés sans grand succès dans leurs combinaisons étroites. On aurait dit qu'ils volaient. Une jeune femme mena presque tout le dix mille mètres, et elle avait encore assez de réserve pour accélérer sur toute la longueur du dernier tour, gazelle effleurant la piste par intervalles de plusieurs mètres, dépassant des coureurs qui semblaient se traîner alors qu'elle-même volait. C'était magnifique. Maya cria à s'en esquinter les cordes vocales. Elle se cramponnait au bras de Michel, elle se sentait étourdie, des larmes lui picotaient les yeux et en même temps elle riait ; c'était tellement étrange et merveilleux de voir ces nouvelles créatures, et pourtant aucune d'entre elles n'en avait conscience, aucune !

Elle aimait voir les femmes battre les hommes, ce qu'ils ne semblaient même pas remarquer. Si les hommes étaient meilleurs au sprint, les femmes remportaient un peu plus souvent les courses d'obstacles et de fond. D'après Sax, la testostérone allait de pair avec la force mais provoquait des crampes à la longue, ce qui était un handicap pour les efforts prolongés. La plupart des épreuves relevaient de la technique, de toute façon. Et puis on voyait ce qu'on voulait bien voir, se dit-elle. Sur Terre — ils auraient ri s'ils l'avaient entendue commencer une phrase par ces mots ; quoi, sur Terre ? — ils avaient toutes sortes de comportements bizarres et assez laids, mais pourquoi y penser quand un obstacle approchait et qu'on voyait un coureur arriver du coin de l'œil ? Vole, vole ! Elle hurla de plus belle.

A la fin de la journée, les athlètes dégagèrent un passage dans le stade et autour de la piste, et un coureur s'y engagea, tout seul, sous les acclamations de la foule. Nirgal ! Maya, qui commençait à avoir mal à la gorge, poussait des cris rauques, presque pénibles à entendre.

Les coureurs de cross étaient partis le matin de la pointe sud de l'île Moins-Un, entièrement nus, même les pieds. Ils avaient couru plus de cent kilomètres sur les landes très accidentées du centre de l'île, un réseau diabolique de ravins, de grabens, de pingos, d'alases, d'escarpements et d'éboulis. Rien de très profond, apparemment, de sorte que de nombreux chemins étaient possibles, ce qui en faisait plus une épreuve d'orientation qu'une course, mais le parcours était difficile sur toute sa longueur, et arriver en courant à quatre heures de l'après-midi devait être un exploit surhumain. Le second n'arriverait pas avant le coucher du soleil, disaient les gens. Aussi Nirgal fit-il un tour d'honneur, couvert de poussière, l'air épuisé, comme le rescapé de quelque désastre, puis il enfila un short, pencha la tête pour recevoir la couronne de laurier et donna une multitude d'accolades.

Maya fut la dernière à l'embrasser, et Nirgal eut un grand rire heureux en la voyant. Il avait la peau blanche de sueur séchée, et les lèvres gercées et crevassées, les cheveux poussiéreux, les yeux injectés de sang. Ses côtes, ses tendons saillaient sous sa peau, il semblait décharné. Il vida une gourde, refusa la seconde :

— Non, merci, je ne suis pas déshydraté à ce point. Je suis tombé sur un réservoir du côté de Jiri Ki.

— Alors, quel chemin as-tu pris ? lui demanda quelqu'un.

— Ne m'en parlez pas ! fit-il en riant, comme si c'était un souvenir effroyable.

Plus tard, Maya apprit que les différents trajets suivis par les concurrents n'étaient ni observés ni décrits. Ils demeuraient pour ainsi dire secrets. Ce genre de cross était populaire dans certains milieux, et Maya savait que Nirgal était un champion, sur les longues distances en particulier. Les gens parlaient de ses itinéraires comme s'il avait le don de téléportation. La distance était un peu courte pour lui, et il était d'autant plus content d'avoir gagné.

— Laissez-moi récupérer un peu, dit-il en s'asseyant sur un banc, et il suivit les dernières épreuves, l'air distrait et heureux.

Maya s'assit à côté de lui, le dévorant du regard. Il avait passé le plus clair de son existence dehors, en partie dans une coop farouche qui vivait de culture et de cueillette. C'était une vie que Maya avait peine à imaginer. Elle se le représentait plus ou moins dans des sortes de limbes, exilé dans un sous-monde au milieu de nulle part, survivant comme un rat ou une plante. Et il était là, épuisé mais hurlant de joie à l'arrivée avec photo d'un quatre cents mètres, exactement comme le Nirgal débordant de vie qu'elle avait rencontré en faisant le tour de Hell's Gate, il y avait si longtemps. Des années glorieuses pour lui comme pour elle. Mais à le voir, il semblait peu probable qu'il en ait la même vision qu'elle. Elle se sentait envoûtée par son passé, par l'histoire, et il avait un autre but que l'histoire. Il avait mis sa destinée de côté comme un vieux livre, et maintenant il était là, dans l'instant, riant sous le soleil, après avoir battu toute une tribu de jeunes animaux sauvages à leur propre jeu, par son intelligence, son sens de Mars, son *lung-gom-pa*, ses jambes d'acier. Il avait toujours couru, elle les revoyait comme si c'était hier, Jackie et lui filant sur la plage après Peter. Les deux autres étaient plus rapides, mais il lui arrivait de passer la journée à faire le tour du lac, pour le plaisir.

— Oh, Nirgal !

Elle se pencha et embrassa ses cheveux pleins de poussière. Il la serra contre elle. Elle rit, regarda autour d'elle tous ces beaux géants qui s'exerçaient sur le stade, ces athlètes rougeoyant dans le soleil couchant, et elle se sentit reprendre sa place en elle-même. Nirgal avait ce pouvoir.

Plus tard, ce soir-là, après un festin en plein air dans la fraîcheur du soir, elle prit Nirgal à part et lui confia ses craintes, lui exposa les menaces de conflit entre la Terre et Mars. Michel était ailleurs, en train de parler avec des gens ; assis sur un banc, Sax leur faisait face et les écoutait en silence.

— Jackie et les caciques de Mars Libre ont adopté une ligne dure, mais ça ne marchera pas. Rien n'arrêtera les Terriens. Ça pourrait mener à la guerre, je te le dis. La guerre.

Nirgal la regarda un long moment. Il la prenait au sérieux, Dieu bénisse sa noble et belle âme. Maya le prit par les épaules, comme s'il était son propre fils, et le serra contre elle de toutes ses forces.

— Que crois-tu que nous devrions faire ? demanda-t-il.

— Mars doit rester ouverte. Nous nous battons pour ça, et je compte sur toi. Tu nous seras plus utile que n'importe qui. C'est toi qui as eu le plus d'impact pendant notre visite sur Terre. Tu es le Martien le plus important pour eux depuis cette visite. Ils écrivent toujours des livres et des articles sur toi, tu sais ? Le mouvement farouche devient très influent en Amérique du Nord et en Australie, et il commence à se répandre dans le monde entier. Les gens de l'île de la Tortue ont presque entièrement réorganisé l'Ouest américain ; il y a des dizaines et des dizaines de coops farouches, à présent. Ils t'écoutent. Et c'est pareil ici. Je me suis vraiment démenée. Nous venons de faire campagne contre eux tout au long du Grand Canal. Je crois leur avoir donné du fil à retordre, mais à présent, même Jackie est dépassée. Elle est allée trouver Irishka, et tu te doutes bien que les Rouges sont contre l'immigration. Ils pensent que ça les aidera à protéger leurs précieux cailloux. Alors Mars Libre et les Rouges se retrouvent dans le même camp pour la première fois du fait de ce problème. Ils seront très difficiles à battre. Mais s'ils l'emportent...

Nirgal hocha la tête. Il voyait où elle voulait en venir. Pour un peu, elle l'aurait embrassé. Elle resserra son étreinte, lui planta un baiser sur la joue, lui fourra son nez dans le cou.

— Je t'aime, Nirgal.

— Moi aussi, je t'aime, dit-il avec un rire léger, l'air un peu surpris. Mais, écoute, je ne veux pas m'embarquer dans une campagne politique. Non, je t'assure. Je suis d'accord : c'est important, et nous ne pouvons pas interdire l'immigration sur Mars. Nous devons aider la Terre à surmonter son problème démographique, c'est ce que j'ai toujours dit, même là-bas, quand nous y sommes allés. Mais je ne veux pas me retrouver embrigadé dans des institutions politiques. C'est au-dessus de mes forces. Je vous aiderai comme je l'ai toujours fait. Je couvre beaucoup de terrain, je vois des tas de gens. Je leur parlerai. Je vais recommencer à participer à des meetings. Je ferai tout ce qui est en mon pouvoir à ce niveau.

Maya hocha la tête.

— Ce serait merveilleux, Nirgal. C'est le niveau que nous voulons atteindre, de toute façon.

Sax s'éclaircit la gorge.

— Nirgal, tu as rencontré la mathématicienne Bao ?

— Non, je ne crois pas.

— Ah.

Sax replongea dans sa rêverie. Maya parla un moment des problèmes dont ils avaient discuté ce jour-là, Michel et elle, de l'immigration qui fonctionnait comme une sorte de machine à explorer le temps, en ramenant des îlots de passé dans le présent.

— C'était aussi le grand souci de John, et voilà : c'est arrivé.

Nirgal acquiesça.

— Nous devons avoir foi en l'aréophanie. Et dans la Constitution. Tous ceux qui arrivent ici doivent s'y conformer. Au gouvernement d'y veiller.

— Oui. Mais les gens, les indigènes, je veux dire...

— Une sorte d'éthique assimilationniste. Il faut que nous y fassions adhérer tout le monde.

— Oui.

— C'est bon, Maya. Je vais voir ce que je peux faire, dit-il en souriant, puis tout à coup la fatigue le submergea. On réussira peut-être une fois de plus, hein ?

— Peut-être.

— Il faut que j'aille me coucher. Bonne nuit. Je t'aime.

En quittant Moins-Un, ils mirent le cap au nord-ouest. L'île glissa sous l'horizon comme une Grèce antique de rêve, et ils se retrouvèrent à nouveau en pleine mer, au milieu des hautes et larges vagues huileuses. De forts vents dominants soufflèrent du nord-est durant toute la traversée, déchirant les crêtes d'écume qui faisaient paraître encore plus sombre l'eau violette. Ils avaient du mal à s'entendre dans le rugissement du vent et de l'eau, et étaient forcés de crier pour se faire comprendre. L'équipage renonça au langage et s'affaira à déployer le maximum de toile. L'IA du bateau assurerait les conséquences de leur enthousiasme. Les mâts-voiles s'étiraient ou se rétractaient à chaque coup de vent comme des ailes, de sorte qu'une composante visuelle accompagnait la cinétique invisible du vent telle que la percevait la peau tannée de Maya, debout à la proue, cambrée en arrière pour ne pas en perdre une miette.

Le troisième jour, le vent soufflait si fort que le bateau se changea en hydravion. La coque se souleva à la poupe et fila sur les vagues, faisant jaillir tellement d'embruns qu'il était impossible de rester sur le pont. Maya battit en retraite vers la première cabine, d'où elle pouvait admirer le spectacle par les hublots galbés. Quelle vitesse ! Les membres de l'équipage venaient parfois s'ébrouer, reprendre leur souffle et avaler une tasse de java. L'un d'eux dit à Maya qu'ils compensaient leur cap en fonction du courant d'Hellas.

— Cette mer est une merveilleuse démonstration de la force de Coriolis. Elle est ronde, et aux endroits où les vents dominants soufflent dans le même sens que la force de Coriolis, ça tourne autour de Moins-Un comme dans un immense trou d'évier. Si nous n'avions pas corrigé le cap, nous aurions touché terre à mi-chemin de Hell's Gate.

Le vent se maintint et, à cette allure, il ne leur fallut que quatre jours pour traverser le rayon de la mer d'Hellas. Dans l'après-midi du quatrième jour, les mâts-voiles se déployèrent et la coque retomba sur l'eau, dans les vagues écumantes. La côte apparut soudain à l'horizon, au nord : le bord du grand bassin, pareil à une chaîne de montagnes mais sans pics, un rivage en pente, si gigantesque qu'on aurait dit la paroi intérieure d'un cratère ; ce qu'il était, d'ailleurs, mais tellement plus grand qu'un cratère normal qu'on en discernait à peine la courbure. Maya fut frappée par sa beauté particulière. Et comme ils se rapprochaient de la côte, puis la longeaient par l'ouest, vers Odessa (malgré la correction de cap, ils avaient accosté à l'est de la ville), elle vit, en grimpant dans les drisses, la plage que la mer avait créée : une large bande adossée à des dunes couvertes d'herbe, coupée çà et là par des torrents. Une belle côte, proche d'Odessa ; une partie de sa ville, donc.

Loin à l'ouest, les pics déchiquetés d'Hellespontus Montes se dressaient au-dessus des vagues, tout petits et très différents de la pente nord, lisse. Ils arrivaient. Maya grimpa plus haut dans les drisses. Et là, elle les vit, sur la paroi nord, les rangées supérieures de parcs et de bâtiments, le vert et le blanc, le turquoise et la terre cuite. Puis le vaste centre incurvé de la ville, semblable à un immense amphithéâtre tourné vers la scène, vers le port, apparut : le phare, la statue d'Arkady, la digue, les mille mâts de la marina, le fouillis de toits et d'arbres derrière le béton taché de la corniche au-dessus de la mer. Odessa.

Elle descendit des drisses comme un vieux loup de mer, ou presque, embrassa quelques matelots puis Michel avec un grand sourire, soûlée par le vent. Ils entrèrent dans le port et les voiles se rétractèrent dans les mâts comme un escargot dans sa coquille. Une fois dans la darse, ils suivirent une passerelle, puis les quais, traversèrent la marina et entrèrent dans le parc, sur la corniche. Ils étaient arrivés. Le trolley bleu brinquebalait toujours dans la rue, derrière le parc.

Maya et Michel suivirent la corniche main dans la main, regardèrent les vendeurs des rues, les petits cafés en plein air. Les noms ne leur disaient rien, ils avaient tous changé, mais c'étaient toujours des restaurants ; ils ressemblaient à ceux qu'ils avaient remplacés, et la ville montant terrasse après terrasse derrière le front de mer était exactement telle que dans leurs souvenirs.

— Voilà l'Odéon, et là le Sinter...

— C'est là que je travaillais pour Deep Waters. Je me demande ce qu'ils font tous, maintenant ?

— Le maintien du niveau de la mer doit en occuper pas mal. Il y a toujours des travaux à faire autour de l'eau.

— C'est vrai.

Ils arrivèrent au vieil immeuble d'habitation de Praxis. Ses murs disparaissaient presque sous le lierre, le stuc blanc avait jauni, les persiennes bleues étaient délavées. Il aurait mérité un bon coup de peinture, dit Michel, mais Maya l'aimait comme ça : vieux. Là, au deuxième étage, elle repéra la fenêtre, le balcon de leur cuisine, et Spencer à côté. Spencer, qui devait être chez lui.

Ils franchirent le seuil, firent connaissance avec le nouveau concierge. Et Spencer était bien là. Oui, mais il était mort l'après-midi même.

Ça n'aurait jamais dû l'affecter autant. Maya n'avait pas vu Spencer Jackson depuis des années, elle le fréquentait peu, d'ailleurs, même quand ils étaient voisins. Elle ne le connaissait guère, au fond. Mais personne ne le connaissait vraiment. Spencer était l'un des plus compliqués des Cent Premiers, ce qui n'était pas peu dire. Il était comme il était, il vivait sa vie. Et il avait vécu pendant près de vingt ans sous une fausse identité, un espion qui travaillait pour la Gestapo de la sécurité à Kasei Vallis, jusqu'à la nuit où ils avaient fait sauter la ville, sauvé Sax et Spencer. Vingt ans sous une fausse identité, avec un faux passé, sans personne à qui parler. Dans quel état pouvait-on sortir de là ? Enfin, Spencer n'avait jamais été communicatif. Alors peut-être que c'était moins grave pour lui. Il paraissait très bien quand ils l'avaient connu à Odessa. Il suivait une thérapie avec Michel, bien sûr, et il buvait beaucoup. Mais c'était un bon copain, facile à vivre, calme, solide et fiable, à sa façon. Il avait sûrement continué à travailler, sa collaboration avec les designers bogdanovistes n'avait jamais cessé, quand il menait sa double vie et après. Un grand designer. Ses dessins à la plume étaient magnifiques. Mais dans quel état sortait-on de vingt ans de double vie ? Peut-être avait-il assumé toutes ses identités. Maya n'y avait jamais réfléchi ; elle ne pouvait pas imaginer ça. Et maintenant, en emballant ses affaires dans son appartement vide, elle se demandait pourquoi elle n'avait jamais essayé, comment Spencer avait réussi à vivre de telle sorte que personne ne se pose de questions. C'était vraiment bizarre. Elle dit en pleurant à Michel :

— Il faut s'interroger sur tout le monde !

Il hocha la tête. Spencer était l'un de ses meilleurs amis.

Pourtant, les jours qui suivirent, un nombre stupéfiant de gens vinrent à Odessa pour l'enterrement. Sax, Nadia, Mikhail, Zeyk et Nazik, Roald, Coyote, Mary, Ursula, Marina et Vlad, Jurgen et Sibilla, Steve et Marion, Samantha, George et Edvard, on aurait dit une réunion des Cent encore en vie et des issei associés. Maya regarda leurs vieux visages familiers, et se rendit compte avec désespoir qu'ils se rencontreraient comme ça pendant un long moment encore, dans tous les coins du monde, un de moins à chaque fois, comme au jeu des chaises musicales, jusqu'au jour où il n'en resterait plus qu'un. Un horrible destin. Mais Maya ne le connaîtrait pas. Elle mourrait sûrement avant. Frappée par le déclin subit, ou autre chose. Elle se jetterait sous un trolley s'il le fallait. Tout plutôt que ça. Enfin, pas tout, non. Se jeter sous un trolley serait à la fois trop lâche et trop courageux. Elle comptait bien mourir avant d'en arriver là. On pouvait compter sur la Grande Faucheuse pour ça. Elle l'emporterait sans doute avant qu'elle ne le veuille vraiment. Peut-être survivre à tous les autres Cent Premiers ne serait-il pas un sort si effroyable, après tout. De nouveaux amis, une nouvelle vie — n'était-ce pas ce qu'elle cherchait à présent, ces tristes figures ne faisant que la tirer en arrière ?

Elle suivit avec morosité le bref service et les rapides éloges funèbres. Ceux qui prirent la parole le firent avec l'air de se demander un peu quoi dire. Beaucoup d'ingénieurs étaient venus de Da Vinci, des collègues de Spencer du temps où il était designer. Maya l'aimait bien, mais elle trouvait un peu étonnant qu'il ait été aussi apprécié et qu'un homme si secret puisse susciter une telle émotion. Peut-être avaient-ils tous spéculé sur son néant, inventé leur propre Spencer qu'ils avaient chéri comme une partie d'eux-mêmes. Ils faisaient tous ça, n'importe comment. C'était la vie.

Mais il était parti, maintenant. Ils descendirent vers le port et les ingénieurs lâchèrent un ballon d'hélium. Quand il arriva à une centaine de mètres d'altitude, les cendres de Spencer retombèrent en pluie. Participant de la brume, du bleu du ciel, du bronze du soleil couchant.

Puis la foule se dispersa et Maya se promena dans Odessa, fouina dans les boutiques de meubles d'occasion et s'assit sur la corniche, pour regarder le soleil ricocher sur l'eau. C'était bon de se retrouver à Odessa, mais la mort de Spencer la glaçait plus qu'elle n'aurait cru. Elle jetait un voile sur la beauté de cette ville, la plus belle de toutes. Elle lui rappelait qu'en revenant s'installer ici, dans le vieux bâtiment, ils tentaient l'impossible : ils essayaient de revenir en arrière, de nier le passage du temps. C'était sans espoir. Tout passait, tout ce qu'ils faisaient, ils le faisaient pour la dernière fois. Les habitudes étaient mystificatrices, elles les enfermaient dans le sentiment que les choses étaient durables alors que rien ne durait. Elle s'asseyait sur ce banc pour la dernière fois. Si elle revenait demain sur la corniche et se rasseyait sur le même banc, ce serait encore la dernière fois, et rien n'en resterait. Une dernière fois après l'autre, ainsi allait la vie, un dernier moment après l'autre, en une succession ininterrompue. Insaisissable. Impossible à exprimer par des mots, par des idées. Mais elle la percevait, comme une vague irrésistible, ou un vent incessant dans son esprit, poussant les choses, les précipitant si vite en avant qu'elle avait du mal à réfléchir, à éprouver vraiment les choses. Au lit, la nuit, elle pensait, c'est la dernière fois pour aujourd'hui, et elle serrait Michel contre elle, comme si ça pouvait empêcher les choses d'arriver. Même Michel, même le petit duo qu'ils avaient bâti.

— Oh, Michel, disait-elle, terrifiée, ça va si vite.

Il acquiesçait, faisait la moue. Il avait renoncé à lui faire suivre une thérapie ou à lui peindre la vie en rose. Il la traitait en égale, maintenant, et considérait ses états d'âme comme une espèce de vérité, ce qui n'était que normal. Mais le réconfort lui manquait parfois.

Or Michel ne cherchait pas à la contredire, à lui apporter une vision optimiste. Spencer avait été son ami. Avant, à Odessa déjà, quand ils se bagarraient, Maya et lui, il allait parfois dormir chez Spencer, et sans doute parlaient-ils toute la nuit en buvant du whisky. Si quelqu'un pouvait faire sortir Spencer de sa coquille, c'était bien Michel. Et maintenant, il était assis sur le lit, un vieil homme fatigué qui regardait par la fenêtre. Ils ne se disputaient plus. Maya avait l'impression que cela lui ferait du bien, que cela chasserait les toiles d'araignée. Mais Michel ne se laissait pas aller à répondre à ses provocations. Il aspirait à la paix, il avait mis fin à sa thérapie, il ne faisait plus ça pour elle. Ils étaient assis côte à côte sur le lit. Si quelqu'un était entré, se disait Maya, il aurait vu un couple si vieux et si usé qu'il ne se parlait même plus. Ils étaient juste assis côte à côte, perdus chacun dans ses pensées.

— Enfin, fit Michel après un temps infini. Nous y sommes quand même arrivés.

Maya sourit. La remarque optimiste, enfin, faite au prix d'un effort prodigieux. C'était un homme courageux. « Nous y sommes quand même arrivés. » Les premières paroles jamais prononcées sur Mars. John avait le chic pour dire les choses d'une façon amusante. C'était stupide, au fond. Mais peut-être voulait-il dire quelque chose de plus que John quand il avait poussé cette exclamation spontanée, ce cri du cœur qui aurait pu venir aux lèvres de n'importe qui. « Nous y sommes quand même arrivés », répéta-t-elle, pour se l'entendre articuler. Sur Mars. D'abord une idée, puis un endroit. Et maintenant ils étaient dans un appartement presque vide, pas celui dans lequel ils avaient jadis vécu, non, un appartement d'angle dont les grandes fenêtres donnaient au sud et à l'ouest. Mais la vaste courbe de mer et de montagnes était celle d'Odessa, et d'aucune autre ville. Les vieux murs de plâtre étaient tachés, le parquet sombre, luisant. Il avait fallu des années pour obtenir cette patine. Cette porte donnait sur le salon, l'autre dans le couloir qui menait à la cuisine. Ils avaient un lit, un canapé, quelques chaises, des cartons encore fermés — les choses d'autrefois, tirées d'une réserve. Des meubles restés en suspens. C'était bizarre et réconfortant. Ils déballeraient tout, ouvriraient les cartons, installeraient les meubles, s'en serviraient jusqu'à ce qu'ils deviennent invisibles. L'habitude draperait une fois de plus la réalité du monde. Et Dieu soit loué pour ça.

Les élections globales eurent lieu peu après. Mars Libre et sa galaxie de petits alliés retrouvèrent leur majorité écrasante au parlement, avec une marge un peu moins importante toutefois, et certains groupuscules maugréaient et cherchaient de meilleurs accords. Mangala bruissait d'intrigues, et on aurait pu passer des jours devant les écrans à lire les articles des commentateurs, des analystes et des provocateurs qui décortiquaient la situation. Maintenant que le problème de l'immigration avait été étalé au grand jour, l'enjeu était plus important qu'il ne l'avait été depuis des années, et la preuve en était que Mangala ressemblait à une fourmilière dans laquelle on aurait donné un coup de pied. L'issue de l'élection au conseil exécutif était très incertaine, et on disait que Jackie avait fort à faire au sein même de son parti.

Maya éteignit l'écran, la cervelle en ébullition. Elle appela Athos, qui se montra d'abord surpris, puis d'une courtoisie un peu bourrue. Il avait été élu représentant des villes de la baie de Nepenthes, et il travaillait à Mangala pour les Verts, qui avaient fait une assez forte percée, disposaient d'un solide groupe de représentants et avaient conclu beaucoup de nouvelles alliances intéressantes.

— Tu devrais te présenter au conseil exécutif, lui suggéra Maya.

Cette fois, il eut l'air franchement sidéré.

— Moi ?

— Toi. (Maya retint la réplique cinglante qu'elle avait sur le bout de la langue.) Tu as fait une excellente impression pendant la campagne, et des tas de gens voudraient soutenir une politique pro-terrienne mais ne savent pas vers qui se tourner. Tu représentes leur meilleure chance. Tu pourrais même aller voir Mars-Un et essayer de leur faire rompre leur alliance avec Mars Libre. Promets-leur une position modérée, la voix d'un conseiller et la sympathie des Rouges.

Il semblait carrément ennuyé, maintenant. S'il était encore avec Jackie, en se présentant au conseil, il risquait de gros ennuis de ce côté-là. Surtout s'il allait en plus trouver Mars-Un. Mais après la visite de Peter, il se pouvait que la question le préoccupe moins qu'au cours des nuits brillantes sur le canal. Maya le laissa mariner dans son jus. On ne pouvait pas tenir ces gens à bout de bras.

Elle ne voulait pas revivre sa vie antérieure à Odessa, mais elle voulait travailler, or l'hydrologie était devenue son premier domaine de compétence, supplantant l'ergonomie (et la politique, au demeurant). Elle s'intéressait au cycle de l'eau dans le bassin d'Hellas : maintenant qu'il était plein, elle était curieuse de voir sur quoi ils travaillaient. Michel avait ses clients et s'impliquait dans le projet des premiers colons dont on lui avait parlé à Rhodes. Il fallait bien qu'elle s'occupe, et après avoir installé leur nouvel intérieur, elle alla voir Deep Waters.

Les vieux bureaux étaient maintenant un élégant appartement sur le front de mer, et Deep Waters n'était plus dans l'annuaire. Mais Diana y était. Elle vivait dans un des grands immeubles de la ville haute, et elle fut heureuse de trouver Maya sur le pas de sa porte, d'aller déjeuner avec elle et de lui parler de la situation actuelle dans le monde de l'eau, pour lequel elle travaillait toujours.

— La plupart des gens de Deep Waters sont maintenant à l'Institut océanographique d'Hellas.

C'était un groupe pluridisciplinaire qui rassemblait des représentants des villes côtières, des pêcheries, des coops agricoles et des stations hydrauliques entourant le bassin, de l'Université d'Odessa et de toutes les colonies situées plus haut dans les bassins hydrographiques environnants. Les villes côtières étaient particulièrement préoccupées par la stabilisation du niveau de la mer juste au-dessus de l'ancien niveau moins un, quelques dizaines de mètres à peine plus haut que le niveau actuel de la mer du Nord.

— Ils sont prêts à tout pour empêcher le niveau de la mer de varier ne serait-ce que d'un mètre, dit Diana. Le Grand Canal n'a aucun intérêt en tant que chenal d'écoulement vers la mer du Nord, parce que, pour les écluses, il faut que l'eau aille dans les deux sens, et l'équilibre entre l'apport d'eau des aquifères, la pluie et l'évaporation est délicat. Pour le moment, tout va bien. L'évaporation est légèrement supérieure aux précipitations dans le bassin hydrographique, aussi, tous les ans, ils abaissent le niveau des aquifères de quelques mètres. Ça va finir par poser un problème, mais ça ne durera pas, parce qu'il y a de la marge, et les aquifères se remplissent déjà un peu et pourraient se remplir davantage à l'avenir. Nous espérons aussi que le niveau des précipitations va augmenter. C'est ce qui s'est passé jusqu'ici, et il est probable que ça va continuer, pendant un moment du moins. Je ne sais pas. C'est le principal souci, en tout cas ; que l'atmosphère aspire plus d'eau que les aquifères ne peuvent en fournir.

— Mais l'atmosphère devrait finir par se saturer, non ?

— Peut-être. Personne ne sait jusqu'à quel taux d'humidité on va arriver. Les études climatiques sont de la blague, si tu veux mon avis. Les modèles globaux sont trop complexes, il y a trop d'inconnues. Nous savons seulement que l'air est encore assez sec et qu'il devrait continuer à se charger en eau. Bref, tout le monde croit ce qu'il veut croire et y va surtout pour se faire plaisir, les cours environnementales s'efforçant de suivre les choses du mieux qu'elles peuvent.

— Elles n'interdisent rien ?

— Seulement les grands extracteurs de chaleur. Elles ne s'occupent même plus des petits. Ou du moins, elles y avaient renoncé, mais dernièrement, elles sont devenues plus strictes et se mêlent des plus petits projets.

— Les petits projets seraient pourtant les plus faciles à estimer, il me semble.

— Si on veut. Ils ont tendance à se neutraliser mutuellement. Les Rouges ont beaucoup de projets de protection des zones d'altitude et de tous les endroits possibles dans le Sud. Ils s'appuient sur la limite de hauteur constitutionnelle et portent systématiquement plainte devant la cour globale, pas moins. Ils gagnent, ils font leur truc, et l'effet de tous les petits projets de développement est plus ou moins contrebalancé. C'est un cauchemar juridique.

— Ils réussissent quand même à stabiliser les choses.

— Je pense que les zones d'altitude reçoivent un peu plus d'air et d'eau qu'elles ne devraient. Il faut vraiment monter très haut pour y échapper.

— Tu viens de me dire qu'ils gagnaient à tout coup devant les cours ?

— Devant les cours, oui. Dans l'atmosphère, non. Il se passe trop de choses.

— Tu veux dire qu'ils devraient attaquer les usines de gaz à effet de serre ?

— Ils l'ont fait. Et ils ont perdu. Ces gaz ont le soutien de tous les autres. Sans eux, ce serait l'ère glaciaire, et nous ne serions pas près d'en sortir.

— Mais une réduction du niveau d'émission...

— Oui, je sais. C'est toujours un sujet de controverse. Ça n'arrêtera jamais.

— Ça, c'est vrai.

En attendant, tout le monde était tombé d'accord sur le niveau de la mer d'Hellas. C'était une donnée légale, et tous les efforts autour du bassin étaient coordonnés afin de la respecter. L'affaire, simple en théorie, était en réalité monstrueusement complexe, à l'image du cycle hydrologique, avec toutes ses tempêtes et ses variations pluviométriques, la neige qui fondait et s'infiltrait dans le sol, les cours d'eau qui couraient à la surface, se jetaient dans les lacs ou dans la mer d'Hellas, le tout gelant en hiver, s'évaporant en été et recommençant... Ils s'efforçaient, dans ce cycle immense, de stabiliser le niveau d'un océan qui était à peu près de la taille de la mer des Caraïbes. S'il montait trop, ils pouvaient toujours renvoyer de l'eau dans les aquifères asséchés des montagnes d'Amphitrite, au sud. Mais les aquifères étaient composés de roches poreuses qui avaient tendance à s'effondrer quand on les vidait, ce qui limitait leur capacité de remplissage lorsque celui-ci était encore possible. En fait, le risque de débordement était l'un des principaux obstacles au projet. Tout était question d'équilibre...

Des projets de ce genre, ils en menaient partout sur Mars. C'était démentiel. Mais il y avait une volonté, un point c'est tout. Diana lui parla de leurs efforts pour maintenir le bassin d'Argyre à sec, programme aussi vaste, à sa façon, que celui consistant à remplir Hellas. Ils avaient construit des pipelines géants pour évacuer l'eau d'Argyre vers Hellas si besoin était et sinon vers les rivières qui se jetaient dans la mer du Nord.

— Et la mer du Nord ? demanda Maya.

Diana secoua la tête, la bouche pleine. Apparemment, tout le monde s'accordait à penser que le niveau de la mer du Nord était impossible à réguler, mais il restait à peu près stable. Ils se contentaient d'observer ce qui se passait, et les villes côtières de la région assumaient le risque. Beaucoup croyaient que l'eau finirait par redescendre un peu, qu'elle retournerait dans le permafrost ou serait piégée par les milliers de cratères des highlands du Sud. Mais, encore une fois, les précipitations et les déversements dans la mer du Nord étaient importants. La clé du problème résidait dans les highlands du Sud, disait Diana. Elle fit apparaître une carte sur l'écran de son bloc-poignet et la montra à Maya. Les coops de construction des bassins hydrographiques installaient toujours des tuyaux de drainage, amenant l'eau dans les torrents des hauts plateaux, renforçant le lit des fleuves, extrayant les sables mouvants, faisant parfois apparaître sous les fines le lit de torrents fantômes. Pour l'essentiel, le tracé des nouveaux cours d'eau dépendrait de la configuration de la lave, des canyons de fracture et des courts canaux occasionnels. Le résultat n'avait pas grand-chose à voir avec les nervures formées par les réseaux hydrographiques terriens : c'était un méli-mélo de petits lacs ronds, d'étangs gelés, d'arroyos et de longues rivières rectilignes qui décrivaient soudain des angles droits ou disparaissaient dans des siphons ou des pipelines. Seuls les cours d'eau qui empruntaient les anciens lits asséchés « faisaient vrai ». Partout ailleurs, on aurait dit que le sol avait été pilonné par des bombes.

Beaucoup d'anciens de Deep Waters qui n'avaient pas rejoint l'Institut océanographique d'Hellas avaient fondé une coop qui établissait la carte des bassins hydrographiques autour d'Hellas, mesurant la quantité d'eau qui retournait aux aquifères, les rivières souterraines, calculant ce qui pourrait être stocké et récupéré, et ainsi de suite. Diana appartenait à cette coop, comme la plupart des gens qui travaillaient jadis dans le bureau de Maya. Après déjeuner, Diana leur annonça le retour de Maya en ville. En apprenant qu'elle était intéressée par leurs travaux, ils lui proposèrent un poste dans la coop, à des conditions préférentielles. Flattée, elle décida de les prendre au mot.

Elle entra donc à la Nappe aquifère d'Egée, puisque tel était le nom de la coop. En se levant le matin, elle préparait le café, s'asseyait sur le balcon, quand il faisait beau, ou devant la baie vitrée, à la table ronde de la salle à manger, et grignotait quelques toasts, un biscuit, un croissant, un muffin ou un crumpet en lisant le *Messager d'Odessa* sur écran. Les relations avec la Terre s'envenimaient. Les députés de Mangala avaient élu le nouveau conseil exécutif, et Jackie ne faisait pas partie du lot. Elle avait été remplacée par Nanedi. Maya poussa des hurlements de joie, puis elle lut tous les comptes rendus et les entretiens qu'elle put trouver. Jackie prétendait ne pas s'être présentée parce qu'elle en avait assez après toutes ces années et voulait prendre un peu de recul, comme elle l'avait déjà fait plusieurs fois, mais elle reviendrait (et ses yeux, à ces mots, lancèrent des éclairs). Nanedi conservait un silence discret sur la question, mais il avait l'air à la fois ravi et un peu déboussolé de l'homme qui a tué le dragon. Et si Jackie déclarait qu'elle continuerait à travailler pour l'appareil de Mars Libre, il était clair que son influence sur le parti avait sérieusement décliné. Sans ça, elle serait encore au conseil, se dit Maya.

Ainsi donc, elle avait réussi à éjecter Jackie du terrain de jeux global. Mais le parti opposé à l'immigration était encore au pouvoir. Mars Libre devait surveiller de près les alliances qui garantissaient sa colossale majorité. La vie continuait sans changement significatif. Les rapports avec la Terre pullulante étaient toujours tendus. Tôt ou tard, ces gens allaient se jeter sur eux, Maya en était convaincue. En attendant, ils s'en sortaient ; ils pouvaient se reposer, souffler un peu, faire des projets, coordonner leurs efforts. Elle n'avait pas intérêt à allumer l'écran avant de manger ; ça lui coupait l'appétit.

Elle prit donc l'habitude de faire un petit déjeuner plus copieux sur la corniche avec Diana, plus tard avec Nadia et Art, ou avec des visiteurs venus faire un tour en ville. Elle descendait ensuite vers les bureaux de la NAE, à l'extrémité est du front de mer, ce qui faisait une bonne marche, dans l'air un peu plus salé d'année en année. A la NAE, elle avait un bureau avec une fenêtre et, comme pour Deep Waters, elle faisait la liaison avec l'Institut océanographique d'Hellas et coordonnait une équipe, dont le nombre variait, d'aréologistes, d'hydrologistes et d'ingénieurs qui concentraient surtout leurs efforts dans l'Hellespontus et les montagnes d'Amphitrite, où se trouvaient la plupart des aquifères. Elle se déplaçait le long de la côte pour inspecter certains sites ou installations, montait dans les collines, descendait souvent dans la petite ville portuaire de Montepulciano, sur la côte sud-ouest. A Odessa, elle travaillait toute la journée, partait tôt et allait se promener en ville, fouinait chez les brocanteurs, achetait des vêtements. Elle s'intéressait aux nouveaux styles, à leur évolution au fil des saisons. C'était une ville raffinée, les gens s'habillaient bien, et la mode lui plaisait, ces temps-ci. On aurait dit une petite indigène entre deux âges, droite comme un i. Elle se débrouillait pour se trouver le plus souvent possible sur la corniche en fin d'après-midi et regagner l'appartement à pied ou s'asseoir en bas, dans le parc. L'été, elle dînait tôt dans un restaurant du bord de mer. L'automne, on jetait des passerelles entre les bateaux au mouillage dans le port, et on organisait un festival du vin payant, avec des feux d'artifice sur le lac, après le coucher du soleil. L'hiver, le crépuscule tombait tôt sur la mer. L'eau, le long du rivage, était parfois gelée et adoptait la couleur pastel, translucide, qui était celle du ciel ce soir-là. Des patineurs et des chars à voile évoluaient sur la glace.

Un soir qu'elle mangeait seule, une compagnie théâtrale donna une représentation du *Cercle de craie caucasien* dans une ruelle voisine. Entre le crépuscule et l'éclairage de la scène improvisée, la lumière était si belle que Maya fut attirée comme un papillon. Elle suivit à peine la pièce, mais certains moments la frappèrent par leur force, surtout les noirs où l'action s'arrêtait, figeant les acteurs dans la pénombre. Il ne manquait qu'un peu de bleu à ce moment pour qu'il soit parfait, se dit-elle.

Après, la troupe alla dîner au restaurant et Maya parla avec le metteur en scène, une indigène entre deux âges du nom de Latrobe qui se réjouit de la rencontrer et de parler avec elle de la pièce, de Brecht et de sa théorie du théâtre politique. Latrobe était pro-terrienne, pro-immigrationniste. Elle voulait monter des pièces prônant l'ouverture de Mars et l'assimilation des nouveaux immigrants dans l'aréophanie. Le nombre de pièces du répertoire classique qui défendaient ce point de vue était terriblement restreint, disait-elle. Ils avaient besoin de nouvelles pièces. Maya lui parla des soirées politiques de Diana, du temps de l'ATONU, de leurs réunions dans les parcs et du manque de bleu dans l'éclairage de la représentation de ce soir-là. Latrobe proposa à Maya de venir parler politique à la troupe et de l'aider à travailler les éclairages si ça l'amusait, car c'était un point faible de la compagnie, qui était née dans des parcs comme ceux où se réunissait le groupe de Diana. Ils pourraient peut-être y retourner pour monter d'autres pièces de Brecht.

Maya s'entretint donc avec la troupe, et avec le temps, sans vraiment le décider, elle intégra l'équipe d'éclairagistes et collabora aux costumes, ce qui était une autre sorte de mode. Souvent aussi, elle leur parlait jusqu'à une heure avancée de la nuit du concept de théâtre politique et les aidait à trouver de nouvelles pièces. En fait, elle était une sorte de consultante politico-esthétique. Mais elle refusa fermement de monter sur scène ainsi que l'y incitaient la troupe, Michel et même Nadia.

— Non, dit-elle. Je ne veux pas faire ça. Si j'acceptais, ils me demanderaient aussitôt de jouer le rôle de Maya Toïtovna dans la pièce sur John.

— C'est un opéra, rétorqua Michel, et tu n'es pas soprano.

— N'empêche.

Elle ne voulait pas jouer la comédie. La vie de tous les jours lui suffisait. Mais elle aimait le monde du théâtre. C'était une nouvelle façon d'atteindre les gens, de les amener à revoir leurs valeurs, moins usante que l'approche politique directe, plus ludique, et peut-être même plus efficace. Le théâtre, à Odessa, était un art dynamique. Le cinéma était mort, tué par l'invasion des images qui les avait toutes rendues également ennuyeuses. Les citoyens d'Odessa semblaient apprécier l'immédiateté, la fugacité, le risque que représentait la performance spontanée. Le théâtre était l'art le plus vivant de la ville ainsi que de nombreuses cités martiennes. Au fil des années, la troupe d'Odessa monta un certain nombre de pièces politiques, dont l'intégrale des œuvres de l'auteur sud-africain Athol Fugard. Ses pièces âpres, passionnées, décortiquaient des préjugés institutionnalisés, la xénophobie de l'âme, et Maya les considérait comme les meilleures pièces de langue anglaise depuis Shakespeare. La troupe permit ensuite l'émergence de ce qu'on appela plus tard le Groupe d'Odessa, une demi-douzaine de jeunes auteurs de théâtre indigènes aussi féroces que Fugard, qui abordaient dans leurs pièces le problème crucial des nouveaux issei et nisei, et de leur pénible assimilation dans l'aréophanie — un million de petits Roméos et Juliettes, de petits nœuds de sang[1] noués ou tranchés. Pour Maya, c'était la meilleure fenêtre sur le monde contemporain et le moyen qu'elle privilégiait désormais pour s'adresser à lui, le façonner, beaucoup de pièces faisant parler, parfois même suscitant la colère, comme les nouvelles œuvres du Groupe qui attaquaient le gouvernement anti-immigrant de Mangala. C'était la façon la plus satisfaisante qu'elle ait jamais trouvée de faire de la politique. Elle aurait tant voulu en discuter avec Frank, lui faire voir ça...

Pendant ces mêmes années, au fil des mois doubles, Latrobe revisita un certain nombre de classiques. En les regardant, Maya fut fascinée par le pouvoir de la tragédie. Elle aimait les pièces politiques, furieuses ou pleines d'espérance, qui véhiculaient une utopie, une pulsion pour le progrès ; mais les pièces qui la frappaient le plus par leur véracité ou l'émouvaient le plus profondément étaient les vieilles tragédies terriennes. Et plus elles étaient tragiques, mieux c'était. La catharsis vue par Aristote semblait très bien marcher pour elle. Elle en sortait vidée, nettoyée, un peu plus heureuse d'une certaine façon. Une grande tragédie bien montée valait une de ses bonnes bagarres d'antan avec Michel, se dit-elle un soir. Il aurait dit que c'était une sublimation, et une bonne façon de sublimer, moins pénible pour lui,

1. *Le Nœud de sang* est une pièce d'Athol Fugard. (*N.d.T.*)

et plus digne, au fond, plus noble. Et puis il y avait le lien avec les Grecs anciens, un lien établi de mille façons tout autour du bassin d'Hellas, dans les villes et chez les farouches, un néoclassicisme que Maya trouvait bon pour eux dans la mesure où il les amenait à se mesurer à la grande honnêteté des Grecs, à leur regard qui ne flanchait pas devant la réalité. *L'Orestie, Antigone, Electre, Médée, Agamemnon* — qui aurait dû s'appeler *Clytemnestre* — toutes ces femmes stupéfiantes qui réagissaient par un austère pouvoir à l'étrange destin que les hommes leur infligeaient, rendant coup pour coup, comme lorsque Clytemnestre avait assassiné Agamemnon. Cassandre racontait au public comment elle s'y était prise et, à la fin, regardait le public, regardait Maya droit dans les yeux :

Ne faisons point d'autres malheurs !
Il y a assez de souffrances, assez de sang sur nous.
Et vous aussi, respectables vieillards,
Rentrez dans les maisons où vous veut le destin
Avant d'agir et donc de subir rien de fâcheux.
Ce que nous avons fait, il nous fallait le faire [1].

Ce que nous avons fait, il nous fallait le faire... C'était si vrai, si vrai. Elle aimait la vérité de ces choses, les pièces tristes, la musique triste, les chants funèbres, les tangos tziganes, *Prométhée enchaîné*, et même les pièces vengeresses du théâtre élisabéthain. Plus elles étaient noires, plus elles étaient vraies et mieux c'était. Elle régla les éclairages de *Titus Andronicus* et les gens furent écœurés, consternés, ils dirent que ce n'était qu'un bain de sang. Bon, elle n'avait pas mégoté avec les gélatines rouges. Mais au moment où Lavinia essaie de dire, sans mains et sans langue, qui lui a fait ça, puis s'agenouille et emporte la main coupée de Titus entre ses dents, comme un chien, le public avait été pétrifié. Bain de sang ou non, il fallait reconnaître à Shakespeare un certain sens de la mise en scène. Il avait gagné en puissance à chaque pièce. Avec l'âge, il était devenu d'une noirceur et d'une vérité tétanisantes. D'une représentation déchirante, inspirée, du *Roi Lear*, elle sortit exaltée et vibrante. Elle prit un jeune éclairagiste par les épaules, le secoua en riant et lui cria :

— N'est-ce pas que c'était merveilleux, magnifique ?

— Ka, Maya, j'aurais peut-être préféré la version de la Restauration, celle où Cordelia s'en sort et épouse Edgar, vous la connaissez ?

— Bah ! Stupide enfant ! Stupide jeunesse ! Nous avons dit la vérité, ce soir, c'est ce qui compte. Demain, tu retourneras à tes mensonges ! conclut-elle avec un rire rauque, en le repoussant vers ses amis.

— C'est Maya, expliqua-t-il à ses amis.

— Toïtovna ? Celle de l'opéra ?

---

1. *Agamemnon,* Eschyle, d'après la traduction d'Ariane Mnouchkine. (*N.d.T.*)

— Oui. Enfin, la vraie.

— La vraie ! ironisa Maya. Vous ne savez même pas ce qui est vrai, ajouta-t-elle en les congédiant d'un revers de main, avec le sentiment qu'elle, elle le savait.

Des amis restaient une semaine ou deux. Puis, l'été devenant de plus en plus chaud dans l'hémisphère Sud, ils prirent l'habitude de passer l'un des mois de décembre sur la côte, dans une cabane derrière les dunes, à nager, faire du bateau et du char à voile, à paresser sous un parasol, à lire et à dormir tout le long du périhélie. Puis ils rentraient en ville, retrouvaient le confort familier de leur appartement dans la lumière cuivrée de l'automne. La plus longue saison de l'année martienne devenait plus sombre de jour en jour, jusque vers Ls 70 et l'aphélie. Avant Ls 90 et le solstice d'hiver, il y avait le festival des glaces, et ils patinaient sur la mer gelée, sous la corniche, devant les maisons du front de mer toutes blanches sous les nuages noirs. Ou ils faisaient du bateau à glace, si loin que la ville n'était plus qu'une rayure sur la courbe blanche du grand arc. Elle mangeait seule dans la touffeur des restaurants animés en attendant que la musique commence tandis que la neige fondue tombait dehors. Entrait dans un petit théâtre qui sentait le moisi en riant d'avance. Mangeait sur le balcon pour la première fois du printemps, avec un pull pour ne pas avoir froid, en regardant apparaître sur les arbres les bourgeons d'un vert incomparable, pareils à de petites larmes de viriditas. Et ainsi de suite, dans les replis de l'habitude et de ses rythmes, heureuse de ce déjà-vu qu'on se fabrique pour soi.

Et puis, un matin, elle alluma l'écran, regarda les nouvelles, et apprit qu'on avait découvert une grande colonie chinoise implantée dans Huo Hsing Vallis (comme si le nom justifiait l'intrusion). La police globale, qui n'en revenait pas, leur avait demandé de déguerpir, mais ils faisaient de la résistance passive. Et le gouvernement chinois avait prévenu Mars que toute intervention policière dans la colonie serait considérée comme une agression contre des ressortissants chinois, et qu'il y aurait des représailles.

— Quoi ? s'exclama Maya. Oh non !

Elle appela tous les gens qu'elle connaissait à Mangala, mais rares étaient ceux qui occupaient encore des postes importants. Elle leur demanda ce qu'ils savaient, pourquoi ces gens n'avaient pas été raccompagnés à l'ascenseur, renvoyés chez eux, et tout ce qui s'ensuit.

— C'est absolument inacceptable ! Il faut que ça cesse, et tout de suite !

Mais des incursions à peine plus discrètes se produisaient depuis un certain temps maintenant, elle l'avait elle-même vu aux infos. Les immigrants étaient déposés par des atterrisseurs bon marché, court-circuitant les autorités de Sheffield. Et comment y remédier sans risquer un incident interplanétaire ? Les gens réfléchissaient fébrilement au problème dans la coulisse. L'ONU soutenait la Chine, alors c'était difficile. Enfin, on avançait, lentement mais sûrement. Elle ne devait pas s'inquiéter.

Elle éteignit l'écran. Elle avait jadis souffert de l'illusion selon laquelle le monde ne changerait que si elle s'y donnait à fond. Elle savait maintenant à quoi s'en tenir.

C'était quand même un peu dur à avaler.

— Ça suffirait à teindre n'importe qui en Rouge, dit-elle à Michel en allant travailler. Ça suffirait à me faire partir pour Mangala, ajouta-t-elle d'un ton menaçant.

Enfin, une semaine plus tard, la crise était passée. Un accord avait été trouvé ; la colonie resterait, mais les Chinois promettaient de réduire d'autant le nombre d'immigrants l'année suivante. Ce n'était pas satisfaisant, mais c'était comme ça. La vie continua sous cette nouvelle ombre.

Et puis, elle rentrait chez elle après le travail, vers la fin du printemps, quand une haie de rosiers, le long de la corniche, attira son attention. Elle s'approcha pour les regarder de plus près. Derrière les rosiers, des gens marchaient à pas pressés sur l'avenue Harmakhis, le long des cafés. Les feuilles des rosiers étaient d'un brun fait d'un mélange de rouge et de vert. Les nouvelles roses étaient d'un rouge sombre, intense, leurs pétales de velours brillaient dans le soleil de l'après-midi. *Lincoln*, disait l'étiquette sur le tronc. Un rosier hybride. Et pour Maya, le plus grand de tous les Américains, une sorte d'hybride de John et de Frank. L'un des membres du Groupe avait écrit sur lui une pièce géniale, sombre et troublante. A la fin, le héros finissait bêtement assassiné. Poignant, vraiment. Ils auraient bien besoin d'un Lincoln, ces temps-ci. Le rouge des roses brillait, brillait. Soudain, tout se brouilla. Elle eut un éblouissement, comme si elle avait regardé le soleil en face.

Puis elle vit des choses. Toutes sortes de choses.

Des formes, des couleurs, elle en avait bien conscience, mais ce que c'était, qui elle était... Rien n'avait plus de nom. Elle essaya désespérément de les reconnaître...

Tout lui revint d'un coup. Les roses, Odessa, comme s'ils n'avaient jamais cessé d'être là. Elle manqua perdre l'équilibre et se rattrapa de justesse.

— Oh non, dit-elle. Mon Dieu...

Elle déglutit péniblement. Elle avait la gorge sèche. Un événement physiologique. Il avait duré un certain temps. Elle siffla, étouffa un cri. Se tint toute raide sur l'allée de gravier, devant la haie d'un brun mêlé de vert, taché de rouge vif. Il faudrait qu'elle se souvienne de cet effet de couleur pour la prochaine pièce élisabéthaine qu'ils monteraient.

Elle avait toujours su que ça arriverait. Toujours. L'habitude, quelle mystification ! Elle le savait. Elle avait une bombe à retardement dans le ventre. Dans le temps, elle faisait tic-tac trois milliards de fois, à quelque chose près. Maintenant, elles étaient réglées pour faire tic-tac dix milliards de fois, un peu plus, un peu moins. Le tic-tac se poursuivait en dépit de tout. Elle avait entendu dire qu'on trouvait des pendules qui marchaient à l'envers pendant un nombre d'heures déterminé à l'avance, un nombre correspondant à cinq cents ans, ou à la durée de vie qu'on voulait. Choisir un million d'années et voir venir. En prendre une et faire un peu plus attention à l'instant qui passe. Ou sombrer dans la routine et ne jamais y penser, comme tous les gens de sa connaissance.

Ce qui lui aurait parfaitement convenu. Elle l'avait déjà fait, elle le referait. Mais en cet instant précis, il était arrivé quelque chose, elle avait réintégré l'interrègne, la période de temps nu séparant les plages d'habitudes, attendant la prochaine exfoliation. Non, non ! Pourquoi ? Elle ne voulait pas de ce temps, c'était trop dur. Elle ne supportait pas la sensation atroce qu'elle éprouvait dans ces moments-là, l'impression du temps qui passait. Que tout arrivait pour la dernière fois. Elle détestait ça. Et cette fois, elle n'avait rien changé à ses habitudes ! Rien du tout. Ça l'avait frappée sans prévenir. Peut-être s'était-il passé trop de temps depuis la dernière fois, nonobstant les habitudes. Peut-être que ça recommencerait sans prévenir, souvent peut-être.

Elle rentra chez elle (en pensant : je sais où c'est) et essaya de raconter à Michel ce qui s'était passé, décrivant, sanglotant, décrivant encore et renonçant.

— On ne fait jamais les choses qu'une fois, tu comprends ?

Il essaya de ne pas le montrer mais il était très inquiet. Passages à vide ou non, les états d'âme de M. Duval n'avaient pas de secret pour Maya. Il lui dit que ce bref jamais-vu était peut-être une petite crise épileptiforme, ou une attaque bénigne, il ne savait pas trop. Les examens ne le révéleraient même pas forcément. On comprenait mal le jamais-vu. Une variante du déjà-vu, son contraire, pour dire les choses simplement.

— On pense que c'est une sorte d'interférence temporaire dans le schéma d'ondes cérébrales. On passe des ondes alpha aux ondes delta, en une petite plongée. Si tu portais un moniteur, on pourrait le savoir la prochaine fois que ça se produira — si ça se reproduit. C'est un peu comme le somnambulisme : au cours des crises, bon nombre d'acquis semblent avoir disparu.

— On ne risque pas de rester coincé dans cet état ?

— Non. Je n'ai jamais entendu parler de cas de ce genre. C'est rare et toujours temporaire.

— Jusqu'ici.

Il essaya de faire comme si ses craintes n'étaient pas fondées.

Mais elle savait à quoi s'en tenir. Elle alla dans la cuisine préparer le dîner. Entrechoquer les gamelles, ouvrir le réfrigérateur, sortir les légumes, les couper en morceaux, *chop chop chop chop*, les jeter dans la poêle. Arrête de pleurer, arrête d'arrêter de pleurer. C'est déjà arrivé dix mille fois. Les désastres inévitables, l'habitude de la faim. Dans la cuisine, essayer d'ignorer tout ça et de préparer le dîner. Combien de fois. Enfin, nous y sommes quand même arrivés.

Après ça, elle évita la haie de rosiers, de peur que l'incident ne se reproduise. Mais ils étaient visibles de partout à cet endroit de la corniche. Et presque tout le temps en fleur, les roses étaient formidables pour ça. Un jour, dans la même lumière de l'après-midi, qui se déversait sur l'Hellespontus et faisait tout paraître un peu délavé, assombri jusqu'à une opacité de pastel, elle aperçut du coin de l'œil les mouchetures rouges de la haie. Elle longeait le muret donnant sur la mer et voyait d'un côté la tapisserie d'écume sur l'eau noire et de l'autre les roses et Odessa. Elle s'arrêta, paralysée par un élément de cette double vision, une prise de conscience — ou presque, le début d'une épiphanie. Une immense vérité tendait vers elle, juste à sa portée, en elle-même peut-être, dans son crâne mais hors de ses pensées, appuyant sur la dure-mère qui contenait le cerveau. Tout s'expliquait, tout lui apparaissait enfin clair, enfin, pour toujours.

Mais l'épiphanie ne franchit jamais la barrière. Juste une impression. Brumeuse, énorme. Puis la pression sur son esprit passa, et l'après-midi retrouva sa luminescence d'étain ordinaire. Elle rentra à la maison avec une impression de trop-plein, des océans de nuage dans la poitrine, débordant d'une sorte de frustration ou d'une joie angoissante. Elle raconta à Michel ce qui s'était passé, et il opina du chef. Il avait un nom pour ça aussi.

— Un presque-vu. J'en ai tout le temps, dit-il avec un air de nostalgie caractéristique.

Mais Maya avait soudain l'impression que toutes ces catégories symptomatiques n'étaient qu'un rideau de fumée destiné à masquer ce qui lui arrivait en réalité. Elle était parfois très troublée. Elle avait parfois l'impression de comprendre des choses qui n'existaient pas. A d'autres moments elle oubliait des choses, définitivement, et à d'autres encore elle avait très, très peur. Voilà ce que Michel essayait d'enfermer dans ses noms et ses combinatoires.

Presque-vu. Presque-compris. Et de nouveau dans le monde de la lumière et du temps. Elle n'y pouvait rien, il fallait faire avec. Alors elle continua son petit bonhomme de chemin, les jours passèrent et elle oublia. Ce qu'elle avait ressenti, sa peur, la joie qu'elle avait failli éprouver. Elle trouvait étrange qu'il soit aussi facile d'oublier. De vivre au quotidien, de s'intéresser à son travail, à ses amis, à ses visiteurs.

Parmi ces derniers, il y eut Charlotte et Ariadne, qui étaient venues de Mangala consulter Maya sur l'aggravation des relations avec la Terre. Elles allèrent prendre leur petit déjeuner sur la corniche et parlèrent des dossiers de Dorsa Brevia. En dehors des Minoens qui avaient quitté la coalition de Mars Libre, en partie parce qu'ils désapprouvaient ses manœuvres pour dominer les colonies extérieures, la plupart des gens de Dorsa Brevia en venaient à se dire que Jackie n'avait pas totalement tort en matière d'immigration.

— Mars n'est pas saturée, loin de là, disait Charlotte. Ceux qui le proclament se trompent. On pourrait se serrer la ceinture, accroître la densité urbaine. Les nouvelles villes flottantes de la mer du Nord pourraient accueillir beaucoup de monde. Elles n'ont pratiquement aucun impact sur l'environnement, sauf peut-être dans les ports, et des ports, on pourrait en créer d'autres.

— Beaucoup d'autres, approuva Maya.

Malgré les coups de force terriens, elle n'aimait pas le discours anti-immigration, quel qu'il soit. Charlotte, qui siégeait de nouveau au conseil exécutif et entretenait depuis des années des relations étroites avec la Terre, fit un aveu qui lui coûtait :

— Ce n'est pas le nombre des immigrants qui suscite les difficultés mais leur nature, ce à quoi ils croient. On commence à avoir de sérieux problèmes d'assimilation.

— C'est ce que j'ai entendu dire aux infos, acquiesça Maya.

— On a tout fait pour intégrer les nouveaux arrivants, mais ils forment bloc, et on ne peut évidemment pas les diviser.

— Non.

— Mais les ennuis se multiplient, souvent liés à la charia, des cas de violence familiale, des bandes ethniques qui s'affrontent en bataille rangée, des agressions d'indigènes, des femmes le plus souvent, mais pas toujours, par des immigrés, et les représailles par des bandes de jeunes indigènes qui font des raids sur les nouvelles colonies et ainsi de suite. Ça devient grave. Et ce malgré la diminution, du moins légale, de l'immigration. Que l'ONU ne nous a pas pardonnée. Elle voudrait nous envoyer toujours plus de monde. Si ça se fait, nous deviendrons une sorte de poubelle à humains, et nous aurons fait tout ce travail en pure perte.

— Hmm, fit Maya en secouant la tête.

Elle connaissait le problème. C'était déprimant de penser que de tels alliés pourraient se retourner contre eux et se liguer avec leurs adversaires parce que la situation se dégradait.

— Quoi que vous fassiez, vous devez tenir compte de l'ONU. Si vous interdisez l'immigration et que, non contents de passer outre, les immigrants reçoivent le soutien de l'ONU, ça va vraiment tourner au vinaigre. Regardez ce qui se passe avec ces incursions. Mieux vaut autoriser l'immigration, quitte à négocier le plus faible taux possible avec l'ONU et nous occuper des immigrants au fur et à mesure de leur arrivée.

Les deux femmes hochèrent la tête, désolées, et se remirent à manger en regardant le bleu frais de la mer matinale.

— Les ex-métas n'arrangent pas les choses, reprit Ariadne. Elles ont encore plus envie que l'ONU de venir ici.

— Ben tiens.

Maya n'était pas étonnée que les anciennes métanationales aient encore autant de pouvoir sur Terre. Elles avaient toutes singé le modèle de Praxis pour survivre, et n'étaient donc plus des féodalités totalitaires déterminées à conquérir le monde, mais elles étaient toujours énormes, puissantes, et représentaient une masse phénoménale de gens et de capitaux. Or elles étaient bien obligées, pour continuer à exister, de faire des affaires. Les stratégies qu'elles employaient dans ce but étaient parfois admirables, mais ce n'était pas une constante. Il y avait de nouveaux besoins à satisfaire, par le biais de moyens originaux, meilleurs. Mais certaines profitaient de la situation et tentaient de tirer leur épingle du jeu en suscitant de faux besoins. La plupart des ex-métas poursuivaient naturellement un cocktail de stratégies, espérant s'en sortir par la diversification, comme elles diversifiaient leurs investissements au bon vieux temps. Tout le monde était plus ou moins engagé dans la mêlée, ce qui ne facilitait pas la lutte contre les abus. Beaucoup d'ex-métas menaient des programmes martiens très actifs, pour le compte des gouvernements de la Terre. Elles envoyaient des gens pour bâtir des villes, créer des fermes, travailler dans les mines, la production ou le commerce. Il semblait parfois que l'émigration de la Terre vers Mars cesserait seulement le jour où l'équilibre serait réalisé entre les deux mondes. Ce qui, étant donné la situation démographique sur Terre, serait un désastre pour Mars.

— Nous devons quand même essayer de les aider, fit impatiemment Maya. Préservons-nous autant que la Terre nous le permettra. Mais si nous ne le faisons pas, ce sera la guerre.

Charlotte et Ariadne repartirent, l'air aussi inquiètes que Maya. Elle se dit tout à coup, et ce n'était pas une pensée réjouissante, que si elles étaient venues chercher de l'aide auprès d'elle, c'est qu'elles avaient vraiment touché le fond.

Elle se relança donc dans la politique, en essayant de ne pas se laisser déborder. Elle ne s'éloignait plus guère d'Odessa, sauf quand son travail pour la NAE l'exigeait. Elle poursuivit sa collaboration avec son groupe de théâtre, qui était maintenant au cœur de son action politique, mais elle recommença à assister à des réunions, des meetings. Il lui arrivait parfois de monter sur l'estrade et de prendre la parole. Le *Werteswandel* pouvait prendre bien des formes. Un soir, elle accepta, sous la pression, de présenter sa candidature au sénat global en tant que représentante pour Odessa de la Société des amis de la Terre. Plus tard, quand elle prit le temps de réfléchir, elle les implora de chercher quelqu'un d'autre, et ils se rabattirent sur une jeune fonctionnaire qui écrivait des pièces pour le Groupe. C'était un bon choix. Elle avait donc réussi à y couper. Elle continua à aider les

Quakers de la Terre, mais moins activement. Elle se sentait de plus en plus étrangère à tout ça, car on ne pouvait pas dépasser la capacité d'une planète sans provoquer un désastre, l'histoire de la Terre depuis le XIXe siècle en était la preuve. Ils devaient donc faire attention à ne pas laisser venir trop de gens. C'était un numéro de haute voltige, mais il valait mieux régler un problème limité de surpopulation que de se retrouver avec une véritable invasion sur les bras ; c'est ce qu'elle leur répétait inlassablement, à toutes les réunions, à tous les meetings.

Pendant ce temps-là, Nirgal vivait comme un nomade dans l'outback, parlant aux farouches et aux fermiers, avec l'impact habituel, elle l'espérait du moins, sur leur vision du monde, sur ce que Michel appelait leur inconscient collectif. Elle fondait beaucoup d'espoirs sur Nirgal, cet autre brin de son existence, le plus sombre d'une certaine façon. Il se faufilait dans sa vie, la fronçait, en faisait une grande boucle, la ramenait au mauvais pressentiment qui avait dominé sa vie antérieure à Odessa.

C'était une espèce perverse de déjà-vu. Et puis les vrais déjà-vu étaient revenus, absorbant la vie des choses, comme toujours. Un éclair de déjà-vu était un choc, évidemment, mais ce n'était qu'un coup de semonce aussitôt évanoui. Alors qu'une journée entière, c'était une torture, et une semaine, un enfer. D'après Michel, les journaux médicaux donnaient à ce phénomène le nom d'état stéréotemporel, ou de sensation de toujours-déjà. Apparemment, c'était un problème que rencontraient un pourcentage non négligeable des plus anciens. Rien ne pouvait être pire, sur le plan émotionnel. Quand elle se réveillait ces jours-là, elle avait l'impression que chaque moment était l'exacte répétition d'un moment identique d'une journée précédente. Comme si la notion nietzschéenne d'éternel retour, la répétition infinie de tous les continuums possibles de l'espace-temps, était devenue en quelque sorte transparente pour elle, une expérience vécue. C'était horrible, horrible ! Et il n'y avait rien à faire, elle était condamnée à revivre, vaille que vaille, comme un zombi, les toujours-déjà de journées prévisibles, jusqu'à ce que la malédiction se lève, parfois lentement, progressivement, parfois en la renvoyant d'un seul coup dans l'état non stéréotemporel, sa double vision redevenant nette, redonnant leur profondeur aux choses. Le retour à la réalité, avec sa miraculeuse nouveauté, sa contingence, sa cécité, la liberté de découvrir chaque moment avec surprise, de sentir la montée et la retombée ordinaires de sa sinusoïde émotionnelle, de ces montagnes russes qui, si inconfortables soient-elles, étaient au moins un mouvement.

— Ah, parfait, dit Michel alors qu'elle sortait d'une de ces crises, l'air de se demander laquelle des drogues qu'il lui administrait lui avait joué ce tour.

— Peut-être que si j'arrivais à passer de l'autre côté du presque-vu, disait faiblement Maya. Pas le déjà, le presque ou le jamais, juste le vu.

— Une sorte d'illumination, avança Michel. De satori [1]. Ou d'épiphanie. Une fusion mystique avec l'univers. C'est généralement un phénomène assez bref, à ce que j'ai entendu dire. Une expérience paroxystique.

— Mais qui laisse des traces ?

— Oui. Après, on se sent mieux à tout point de vue. Enfin, pour ça, on dit qu'il faut être arrivé à une certaine...

— Sérénité ?

— Non, enfin... si. Disons tranquillité d'esprit.

— Pas mon genre, tu veux dire.

— Ça peut se cultiver, répondit-il avec un sourire. Se préparer. C'est à ça que vise le bouddhisme zen, si j'ai bien compris.

Alors elle avait lu des textes zen. Il en ressortait clairement que le zen ne relevait pas de l'information mais du comportement. Si on se comportait bien, on pouvait recevoir l'illumination mystique. Mais pas forcément. Et même si ça arrivait, c'était très bref. Juste une vision.

Elle était trop ancrée dans ses habitudes pour changer à ce point de comportement mental. Elle n'était pas accoutumée au contrôle de pensée susceptible de produire une expérience paroxystique de cette espèce. Elle vivait sa vie, et ces ruptures mentales s'imposaient à elle. Penser au passé semblait contribuer à leur venue, alors elle essayait de se concentrer sur le présent. C'était une attitude zen, après tout, et elle était assez bonne à cet exercice. Elle en avait fait une stratégie de survie instinctive pendant des années. Mais une expérience paroxystique... Elle aspirait parfois à connaître enfin le presque-vu. Il l'envahirait, le monde prendrait cette aura de signification vague, puissante, juste à la limite de sa conscience, elle se dresserait, se tendrait, pleine d'espoir ; et puis ça passerait. Mais un jour... Si seulement ça pouvait s'éclaircir ! Cela pourrait l'aider, pour après. Cela l'intriguait tellement. Que serait sa vision intérieure ? Quelle était cette illumination qui planait juste à portée d'elle dans ces moments-là, et paraissait trop réelle pour n'être qu'une illusion ?

C'est alors qu'elle accepta, sans réaliser que c'était ce qu'elle cherchait, d'accompagner Nirgal au festival d'Olympus Mons. Michel trouva que c'était une idée de génie. Une année martienne sur deux, au printemps de l'hémisphère Nord, les gens se réunissaient au sommet d'Olympus Mons, près du cratère Zp, sous une cascade de tentes en forme de croissant, au sol orné d'une mosaïque de pierre et de carreaux vernissés. C'était la commémoration de la première rencontre qui avait eu lieu à cet endroit pour fêter la fin de la Grande

1. L'illumination, dans le bouddhisme zen. (*N.d.T.*)

Tempête, quand l'astéroïde de glace avait tracé une ligne fulgurante dans le ciel et que John leur avait parlé de la société martienne à venir.

Et la société y était arrivée, on pouvait le dire, songeait Maya alors qu'ils escaladaient le grand volcan en train. En certains endroits, à certains moments, du moins. Ici et maintenant, nous y sommes arrivés quand même. Sur Olympus, tous les Ls 90, se rappeler la promesse de John et fêter son accomplissement. Il y avait surtout de jeunes indigènes, mais aussi beaucoup de nouveaux immigrants venus voir à quoi ressemblait le fameux festival, décidés à faire la fête toute la semaine, à jouer de la musique, à danser, ou les deux. Maya préférait la danse, car elle ne savait jouer que du tambourin. Elle perdit Michel et les autres, Nadia, Art, Sax, Marina, Ursula, Mary, Nirgal et Diana, aussi dansa-t-elle avec des étrangers et oublia-t-elle tout. Ne rien faire, juste se concentrer sur les visages lumineux qui passaient devant elle, pareils à des pulsars de conscience qui criaient *je suis en vie je suis en vie je suis en vie*.

Elle dansa toute la nuit. C'était génial. Ça prouvait que l'assimilation était possible. L'aréophanie était un enchantement qui faisait oublier leur passé terrien toxique à tous ceux qui venaient sur la planète. Une création collective qui réalisait la vraie culture martienne. Oui, et c'était bien. Mais ce n'était pas une expérience paroxystique. Ce n'était pas l'endroit pour ça, ou pour elle. Peut-être n'était-ce que la main morte du passé. Les choses n'avaient guère changé sur Olympus Mons, le ciel était toujours noir et criblé d'étoiles, avec une bande violette sur l'horizon... Des hôtels avaient été construits sur l'immense lèvre, pour les pèlerins qui faisaient le tour du sommet, lui dit Marina. Et il y avait d'autres abris dans la caldeira, pour les grimpeurs Rouges qui passaient leur existence au fond de ce monde de falaises convexes, les unes sur les autres. Les gens faisaient parfois de drôles de choses, se disait Maya. Qu'il était étrange, le destin qu'on pouvait se forger sur Mars, à cette époque...

Mais Olympus Mons était trop haut, donc trop enfoncé dans le passé pour elle. Elle n'y aurait jamais le genre d'expérience qu'elle cherchait.

Elle eut quand même une longue conversation avec Nirgal dans le train qui les ramenait à Odessa. Elle lui parla de Charlotte, d'Ariadne et de leurs craintes. Il acquiesça et lui raconta certaines de ses expériences dans l'outback, qui étaient souvent preuve de progrès dans l'assimilation.

— Nous finirons par gagner, prédisait-il. Mars est actuellement un champ de bataille entre le passé et l'avenir. Le passé a un pouvoir, mais nous allons tous vers l'avenir. Et la force de l'avenir est inexorable, comme l'attraction du vide. Je la trouve presque palpable ces jours-ci.

Et il avait l'air heureux.

Il récupéra leurs sacs dans les porte-bagages au-dessus de leurs têtes et l'embrassa sur la joue. Il était mince et dur, il lui échappait.

— On va continuer à y travailler, d'accord ? Je viendrai vous voir, Michel et toi, à Odessa. Je t'aime.

Du coup, elle se sentit mieux, bien sûr. Ce n'était pas une expérience paroxystique, juste un trajet en train avec Nirgal, une occasion de parler avec le plus fuyant des indigènes, ce fils tant aimé.

Après son retour, pourtant, elle continua à éprouver tout l'éventail des « épisodes psychosensoriels », comme disait Michel. Il était chaque fois plus inquiet. Cette histoire commençait à l'effrayer, Maya le voyait bien, même s'il essayait de le lui cacher. Et cela n'avait rien d'étonnant. Ses clients âgés étaient sujets à des désordres de ce genre, parmi bien d'autres troubles. Le traitement gérontologique semblait impuissant à aider les gens à garder le souvenir d'un passé de plus en plus long. Et plus le passé leur échappait, année après année, plus leur mémoire chancelait et plus les crises se rapprochaient, jusqu'à ce qu'il faille mettre certaines personnes en maison spécialisée.

Ou qu'ils meurent, ce qui arrivait aussi. L'Institut des premiers colons, pour lequel Michel travaillait, accueillait un petit nombre de sujets tous les ans. Après la mort de Vlad, Marina et Ursula quittèrent Acheron et vinrent habiter Odessa. Nadia et Art s'étaient déjà installés à l'ouest d'Odessa, pour rejoindre leur fille Nikki. Même Sax Russell, qui passait encore la majeure partie de l'année à Da Vinci, prit un appartement en ville.

Pour Maya, ces déménagements étaient à la fois bons et mauvais. Bons parce qu'elle aimait tous ces gens, que les voir se grouper autour d'elle lui faisait plaisir et flattait sa vanité. C'est ainsi, par exemple, qu'elle aidait Marina à surmonter le chagrin lié à la disparition de Vlad. Il lui semblait qu'Ursula et Vlad étaient pour ainsi dire le vrai couple, même si Marina et Ursula... Enfin, comment définir les trois personnages d'un ménage à trois, quelle que soit la façon dont il était constitué ? Marina et Ursula, qui étaient maintenant seules, formaient un couple très uni dans le chagrin, et en dehors de ça assez semblable aux jeunes couples indigènes du même sexe qu'on voyait à Odessa, les hommes bras dessus, bras dessous dans la rue (image réconfortante), les femmes main dans la main.

Elle était donc heureuse de les voir, tout comme elle était heureuse de voir Nadia et tous les membres de la vieille bande. Mais elle n'arrivait pas toujours à se rappeler les incidents qu'ils évoquaient comme s'ils étaient inoubliables, et ça l'agaçait. Encore une sorte de jamais-vu : sa propre vie. Non, mieux valait se concentrer sur l'instant présent, sur son travail ou sur l'éclairage de la pièce en cours, bavarder dans les bars avec de nouveaux amis de travail ou de parfaits étrangers. En attendant l'illumination qui finirait bien par venir un jour.

Samantha mourut. Puis Boris. A deux ou trois années d'écart, certes, mais, après les longues décennies où ils n'avaient eu à déplorer aucun décès, cette fréquence paraissait affreusement rapide. En même temps tout s'assombrissait, comme sur la corniche, quand une tempête approchait d'Hellespontus : les nations terriennes continuaient à leur envoyer des immigrants clandestins et l'ONU à les menacer, la Chine et l'Indonésie s'étaient soudain prises à la gorge, les écoteurs Rouges faisaient sauter les choses sans discernement, sans précaution, avec des morts à la clé. Puis un soir Michel gravit l'escalier, lourd de chagrin.

— Yeli est mort.

— Quoi ? Oh, non !

— Une sorte d'arythmie cardiaque.

— Oh ! mon Dieu...

Maya n'avait pas vu Yeli depuis des décennies, mais perdre encore un des Cent Premiers... Ne plus jamais revoir le sourire timide de Yeli... Non. Elle n'entendit pas la suite de ce que lui dit Michel, plus par distraction qu'à cause de la douleur. Ou alors, c'est pour elle qu'elle avait mal.

— Ça va arriver de plus en plus souvent, hein ? dit-elle enfin quand elle remarqua que Michel la regardait fixement.

— C'est possible, soupira-t-il.

La plupart des Cent Premiers survivants revinrent à Odessa pour la cérémonie, organisée par Michel. Maya apprit beaucoup de choses sur Yeli, grâce à Nadia surtout. Il avait très vite quitté Underhill et s'était installé à Lasswitz. Il avait participé à la construction de la ville sous dôme et il était devenu expert en hydrologie. En 61, il avait accompagné Nadia lorsqu'elle allait un peu partout dans l'espoir d'arranger les choses et de réparer les dégâts. Puis au Caire, où Maya l'avait revu brièvement, il s'était trouvé séparé des autres et n'avait pas réussi à fuir dans Marineris. A l'époque, on l'avait cru mort, comme Sasha, mais il s'en était sorti, avec la plupart des gens du Caire. Après la révolte, il s'était installé à Sabishii et remis à travailler sur les aquifères, en collaboration avec l'underground. Il avait contribué à faire de Sabishii la capitale du demi-monde. Il avait vécu un moment avec Mary Dunkel, et quand l'ATONU avait fermé Sabishii, ils étaient passés par Odessa, et ils y étaient encore lors des fêtes du cinquantenaire de Mars. C'était la dernière fois que Maya se rappelait l'avoir vu. Il portait des toasts selon la tradition, avec les autres Russes du groupe. Puis Mary et lui avaient rompu, et Mary elle-même lui avait raconté qu'il s'était installé à Senzeni Na où il était devenu l'un des chefs de la seconde révolution. Quand Senzeni Na avait rejoint Nicosia, Sheffield et Le Caire dans l'alliance de Tharsis Est, il était allé donner un coup de main à Sheffield. Ensuite, il était retourné à Senzeni Na, avait siégé dans le premier conseil indépendant de la ville, et était devenu l'un des patriarches de la communauté comme tant de Cent Premiers un peu partout. Il avait épousé une nisei nigérienne, ils avaient eu un garçon. Il était retourné deux fois à Moscou, et il était un commentateur populaire sur les réseaux d'infos. Juste avant sa mort, il travaillait sur le projet du bassin d'Argyre avec Peter. Il avait une arrière-petite-fille qui vivait sur Callisto. Elle attendait un bébé. Un jour, au cours d'un pique-nique sur le mont du mohole de Senzeni Na, il s'était écroulé et ils n'avaient pas pu le ranimer.

Les Cent Premiers n'étaient donc plus que dix-huit. Auxquels Sax rajoutait les sept membres du groupe d'Hiroko, car rien ne prouvait qu'ils étaient morts. Pour Maya ce n'était qu'un fantasme, un vœu pieux, mais comme, d'un autre côté, ce n'était vraiment pas le genre de Sax, il y avait peut-être du vrai là-dedans. Enfin, la plus jeune d'entre eux, Mary (à moins qu'Hiroko ne soit encore en vie), avait maintenant 212 ans. La plus vieille, Ann, avait 226 ans, et Maya en avait 221, ce qui était grotesque, mais c'était comme ça : sur Terre, on était en 2206.

— Et encore, il y a des gens qui ont 250 ans, nota Michel. Le traitement pourrait parfaitement agir pendant une très, très longue période. Ce n'est peut-être qu'une triste coïncidence.

— Peut-être.

Chaque mort semblait l'amputer d'une partie de lui-même. Il devenait de plus en plus sombre, ce qui agaçait Maya. Il était manifeste qu'il se disait qu'il aurait mieux fait de rester en Provence. C'était son rêve, ce qu'il avait de plus cher au monde, en dépit du fait évident qu'il était chez lui sur Mars, depuis le jour où ils s'y étaient posés ou même avant, depuis le moment où il l'avait vue pour la première fois dans le ciel, quand il était encore gamin. Personne ne pouvait dire quand c'était arrivé, mais Mars était devenue son chez-lui. C'était évident pour tout le monde sauf pour lui. Il continuait à regretter la Provence et considérait Maya à la fois comme celle qui l'avait exilé et comme son pays d'exil. Il voyait dans son corps une Provence de substitution : ses seins étaient ses collines, son ventre, sa vallée, et son sexe, sa plage et son océan. Il était évidemment impossible d'être la maison de quelqu'un, mais la nostalgie avait ses raisons que la raison ne connaissait pas, et Michel croyait que les projets irréalisables étaient une bonne chose, alors dans le fond... Et puis c'était une partie de leur relation, même si c'était parfois un fardeau épouvantable pour elle. Surtout quand la mort d'un des Cent Premiers le poussait vers elle, et donc vers les idées de retour au foyer.

Les enterrements et les cérémonies funéraires mettaient toujours Sax en rogne. Il ne pouvait s'y faire, pour lui la mort était une sorte d'impôt vulgaire, une manifestation du Grand Inexplicable qui lui agitait un chiffon rouge sous le nez. Un problème scientifique en attente de résolution. Le phénomène du déclin subit le confondait, par la façon chaque fois différente — en dehors de sa brusquerie — dont il survenait et par l'absence de cause unique, évidente. On s'effondrait d'un coup, comme emporté par une vague. Une sorte de jamais-vu, ou plutôt de jamais-vivre. Les théories ne manquaient pas. C'était une préoccupation vitale pour tous les vieux, et pour les plus jeunes qui espéraient devenir vieux, autrement dit pour tout le monde, aussi le phénomène faisait-il l'objet de multiples études. Mais personne n'avait encore réussi à dire ce que c'était, ni même si c'était une seule et unique chose ; et les gens continuaient à mourir.

Ils mirent une partie des cendres de Yeli dans un ballon qui monta rapidement dans le ciel, depuis le point de la digue où ils avaient lancé Spencer, un endroit d'où on avait une vue imprenable sur l'arc d'Odessa. Après ça, ils se réunirent chez Maya et Michel. Une vraie Praxis, tous ces gens qui se soutenaient mutuellement. Ils feuilletèrent les albums de Michel, parlèrent d'Olympus Mons en 61, d'Underhill. Du passé. Maya ignora leur conversation, leur servit du thé et des gâteaux, puis il ne resta plus dans l'appartement que Michel, Sax et Nadia. La veillée mortuaire était terminée. Elle pouvait se détendre. Elle s'arrêta à la table de la cuisine, mit la main sur l'épaule de Michel et regarda avec lui une photo en noir et blanc, granuleuse, maculée de taches qui ressemblaient à de la sauce bolognaise et à du café. Une photo passée d'un jeune homme au sourire confiant, sûr de lui.

— Quel visage intéressant, dit-elle.

Elle sentit Michel se raidir, vit la consternation de Nadia et comprit qu'elle avait dit une bêtise. Même Sax avait l'air ébranlé, presque affolé. Maya regarda le jeune homme de la photo, le regarda encore et encore. Il ne lui rappelait rien.

Elle quitta l'appartement. Elle gravit les rues en escalier d'Odessa — Odessa, ses maisons blanches aux portes et aux volets turquoise, ses chats, ses jardinières en terre cuite —, et se retrouva tout en haut de la ville. De là, on voyait le miroir indigo de la mer d'Hellas, à des kilomètres de distance. Elle pleurait en marchant, sans savoir pourquoi, désolée, étonnée. Et pourtant, cela aussi s'était déjà produit.

Un moment plus tard, elle était dans la partie ouest de la ville haute, dans Paradeplatz Park, où ils avaient donné *Le Nœud de sang*. Ou bien *Un conte d'hiver...* Oui, c'était plutôt ça, *Un conte d'hiver*. Mais eux, ils ne reviendraient pas à la vie.

Enfin. Elle était là quand même. Elle repartit lentement dans les longues ruelles qui descendaient vers leur immeuble, à penser à des pièces de théâtre, le cœur un peu plus léger au fur et à mesure qu'elle se rapprochait. Il y avait une ambulance devant la porte. Elle se sentit soudain glacée, comme si on lui avait jeté un seau d'eau en pleine figure. Elle passa son chemin, tourna le dos au bâtiment et descendit vers la corniche.

Elle marcha jusqu'à ce qu'elle n'en puisse plus, alors elle s'assit sur un banc, face à une terrasse de café où un homme jouait d'un bandonéon asthmatique, un vieux au crâne dégarni, aux joues rondes, au nez rouge, avec une moustache blanche et des poches sous les yeux. La tristesse de sa musique était le reflet de celle de son visage. Le soleil se couchait et chaque facette de la mer immobile luisait de cet éclat visqueux, vitreux, qu'ont parfois les surfaces liquides. Tout était orange, comme le soleil qui flirtait avec les montagnes, à l'ouest. Elle s'appuya au dossier du banc. La brise du large lui caressait la peau. Des mouettes planaient dans le ciel. Tout à coup, la couleur de la mer lui rappela celle de la boule orange tachetée qu'elle avait vue depuis l'*Arès*, après leur insertion orbitale. Mars, la planète vierge tournant en dessous d'eux, le symbole de tout le bonheur potentiel. Elle n'avait jamais été plus heureuse depuis.

C'est alors qu'elle la sentit venir, l'aura pré-épileptique du presque-vu, une signification immensément vaste imprégnant tout — la mer étincelante —, immanente mais juste hors de portée, s'imposant aux choses... Et l'illumination arriva avec un petit claquement sec : cet aspect du phénomène était le sens en lui-même, la signification de tout se trouvait juste hors de portée, dans l'avenir, les tirant vers l'avant, dans certains moments particuliers on éprouvait la traction du devenir, impérieuse, semblable à une marée, à une sensation aiguë de plaisir anticipé, celle qu'elle avait eue en baissant les yeux sur Mars depuis l'*Arès*, l'inconscient chargé non des détritus d'un passé mort mais des inimaginables possibilités de l'avenir en train de se faire. Tout était possible, tout. Et le presque-vu reflua lentement dans l'invisibilité, presque compris cette fois. Elle resta un moment assise, dans un état de plénitude radieuse. Elle était quand même là, dans le fond, et ce potentiel de bonheur serait toujours en elle.

TREIZIÈME PARTIE

PROCÉDURES EXPÉRIMENTALES

Nirgal arriva à la dernière minute. De la gare de Sheffield, il prit le métro jusqu'au Socle, sans rien voir. Il arpenta les grandes salles jusqu'au salon des départs. Et elle était là.

Elle parut contente de le voir, mais irritée qu'il soit arrivé si tard. Elle était sur le point de partir. D'abord le câble, puis une navette vers l'un des nouveaux astéroïdes évidés, particulièrement vaste et luxuriant. Ensuite l'accélération et une gravité équivalente à celle de Mars pendant quelques mois, jusqu'à ce qu'ils atteignent une allure de croisière représentant un pourcentage non négligeable de la vitesse de la lumière. Cet astéroïde était un vaisseau spatial ; et ils allaient du côté d'Aldébaran, vers une étoile qui ressemblait au soleil où une planète pareille à Mars décrivait une orbite comparable à celle de la Terre. Un nouveau monde, une nouvelle vie. Jackie s'en allait.

Nirgal n'arrivait pas à le croire. Il n'avait été prévenu que deux jours plus tôt ; il n'avait pas dormi depuis, trop préoccupé à réfléchir si ça avait une importance, si ça changerait quelque chose dans sa vie, s'il devait aller la voir, tenter de la dissuader.

En la voyant, il comprit que quoi qu'il puisse lui dire, rien ne la ferait changer d'avis. Elle allait partir. Je veux essayer autre chose, disait-elle dans son message, un enregistrement audio sans image. Je n'ai plus rien à faire ici, disait sa voix, venant de son poignet. J'ai joué mon rôle. Je veux essayer autre chose.

A bord de l'astéroïde qui était un vaisseau interstellaire se trouvaient surtout des gens de Dorsa Brevia. Nirgal avait appelé Charlotte pour essayer de comprendre. C'est compliqué, avait répondu Charlotte. Il y a tout un tas de raisons. La planète vers laquelle ils vont est relativement proche, et parfaite pour le terraforming. C'est le premier pas de l'humanité vers les étoiles.

Je sais, avait répondu Nirgal. Quelques vaisseaux étaient déjà partis vers d'autres mondes habitables. Le pas avait été franchi.

Mais cette planète est encore meilleure. Et on commence à se demander, à Dorsa Brevia, s'il n'est pas indispensable que nous partions loin de la Terre pour prendre un nouveau départ. Le plus dur est de la laisser derrière nous. Les choses ont l'air d'aller très mal à nouveau. Ces atterrissages non autorisés. On dirait le début d'une invasion. Imagine que Mars soit la nouvelle société démocratique et la Terre l'ancien féodalisme ; ça ressemble bien au vieux tentant d'écraser le nouveau avant qu'il ne grandisse. Ils sont beaucoup plus nombreux que nous ; vingt milliards contre deux. Et le patriarcat lui-même fait partie de ce vieux féodalisme. Alors on se demande, à Dorsa Brevia, s'il ne faut pas prendre un peu plus de champ. Aldébaran n'est qu'à vingt années de voyage, et ils vont vivre très vieux. Un groupe a décidé d'essayer. Des familles, des couples sans enfants, des célibataires, comme les Cent Premiers, quand ils sont partis pour Mars, comme du temps de Boone et de Chalmers.

Jackie était donc assise à même le sol dans le salon des départs. Nirgal s'installa auprès d'elle. Elle avait l'air déprimée. Elle lissa la moquette du plat de la main et fit des dessins dans les poils. Des lettres. Elle écrivit Nirgal.

Le salon des départs était bondé mais l'atmosphère était au recueillement. Il y avait des gens graves, blêmes, troublés, pensifs, radieux. Certains partaient. D'autres étaient venus leur dire au revoir. Une large baie vitrée donnait sur le Socle. Les cabines de l'ascenseur lévitaient sans bruit entre les parois, au pied du câble de trente-sept mille kilomètres de long qui planait à dix mètres au-dessus du sol de béton.

Alors tu t'en vas, dit Nirgal.

Oui, répondit Jackie. Je veux prendre un nouveau départ.

Nirgal ne répondit pas.

Ce sera une aventure, dit-elle.

C'est vrai.

Il ne voyait pas quoi répondre d'autre.

Sur le tapis, elle écrivit Jackie Boone est allée dans la Lune.

C'est une idée terrifiante, quand on y réfléchit, dit-elle. L'humanité, se répandant dans la galaxie. Etoile après étoile, toujours plus loin. C'est notre destinée. C'est ce que nous devions faire. J'ai entendu dire qu'Hiroko et son groupe étaient partis, qu'ils avaient pris l'un des premiers vaisseaux. Celui qui est allé vers l'étoile de Barnard. Pour jeter les bases d'un nouveau monde. Répandre la viriditas.

C'est aussi plausible que toutes les autres histoires, répondit Nirgal.

Et c'était vrai ; il voyait bien Hiroko faire ça, repartir, rejoindre la nouvelle diaspora humaine à travers les étoiles, coloniser les planètes voisines, puis aller encore plus loin. Un pas hors du berceau. La fin de la préhistoire.

Il observa son profil alors qu'elle faisait des dessins sur la moquette. Il ne la verrait plus jamais de sa vie. Pour chacun d'eux, c'était comme si l'autre allait mourir. C'était vrai pour bon nombre des couples qui s'étreignaient sans un mot dans la salle. Ces gens allaient quitter tous ceux qu'ils connaissaient.

Comme les Cent Premiers. Des gens bizarres. Il fallait vraiment être bizarre pour abandonner ses proches derrière soi et partir avec quatre-vingt-dix-neuf étrangers. Certains étaient des savants célèbres, ils avaient tous des parents, forcément. Mais aucun n'avait d'enfants. Et aucun n'était marié, en dehors des six couples qui faisaient partie des Cent Premiers. Des célibataires sans enfants, dans la force de l'âge, prêts à prendre un nouveau départ. Voilà qui ils étaient. Et Jackie était comme ça aussi, maintenant : célibataire, sans enfant.

Nirgal détourna les yeux, la regarda à nouveau. Elle était bien là, baignée de lumière. Les cheveux noirs, brillants. Elle lui jeta un rapide coup d'œil, baissa à nouveau les yeux. Où que tu ailles, *écrivit-elle,* tu y arriveras.

Elle releva les yeux, le regarda. A ton avis, que nous est-il arrivé ? demanda-t-elle.

Je ne sais pas.

Ils restèrent assis, à contempler la moquette. De l'autre côté de la baie vitrée, dans le sas du câble, une cabine s'approcha du câble en planant au-dessus du sol, le long d'une piste. Elle s'amarra, une passerelle télescopique se déroula comme un serpent et se referma sur sa paroi extérieure.

Ne t'en va pas, aurait-il voulu dire. Ne t'en va pas. Ne quitte pas ce monde à jamais. Ne me quitte pas. Rappelle-toi le jour où le Soufi nous a mariés. Le jour où nous avons fait l'amour à la chaleur d'un volcan. Et Zygote ? Tu te souviens de Zygote ?

Il ne dit rien. Elle se souvenait.

Je ne sais pas.

Il tendit la main vers l'inscription sur la carpette, effaça tu y arriveras *et écrivit à la place* nous y arriverons *du bout de l'index.*

Elle eut un sourire mélancolique. Contre toutes ces années, que pesait un simple mot ?

Les haut-parleurs annoncèrent que l'ascenseur était prêt pour le départ. Les gens se levèrent, se dirent des choses d'une voix tremblante. Nirgal se retrouva debout, face à Jackie. Elle le regardait droit dans les yeux. Il la serra sur son cœur. Son corps dans ses bras, aussi réel qu'une pierre. Ses cheveux dans son nez. Il inspira profondément, retint son souffle. La relâcha. Elle s'éloigna sans un mot. Elle se retourna une fois, à l'entrée de la passerelle. Son visage. Et puis elle ne fut plus là.

Plus tard, il reçut un message radio, du fin fond de l'espace. Où que tu ailles, nous y arriverons. *Ce n'était pas vrai. Mais il se sentit mieux. Les mots avaient ce pouvoir. Très bien, se dit-il alors qu'il passait ses journées à arpenter la planète. Maintenant, je suis en route pour Aldébaran.*

L'île polaire du Nord était peut-être du paysage martien l'endroit qui avait connu le plus de déformations. C'est ce que Sax avait entendu dire, et en marchant sur une butte qui longeait la rivière de Borealis Chasma, il comprit ce que cela signifiait. La calotte polaire avait diminué de moitié et les immenses parois de glace de Borealis avaient pratiquement disparu, occasionnant une fonte comme on n'en avait pas vu sur Mars depuis le milieu de l'Hespérien. Et, tous les printemps et tous les étés, cette énorme masse d'eau avait impétueusement raviné le sable et le lœss stratifiés. Les creux du paysage s'étaient transformés en de profonds canyons aux parois de sable, qui traversaient dans leur course vers la mer du Nord des bassins hydrographiques très instables, canalisant les fontes printanières et changeant rapidement de cours au gré des effondrements et des glissements de terrain qui donnaient naissance à des lacs éphémères. Puis des brèches s'ouvraient dans les barrages et ces lacs étaient emportés à leur tour, ne laissant que des plages en terrasse et des barrières mouvantes.

Sax regarda l'une de ces barrières en calculant la masse d'eau qui avait dû s'accumuler dans le lac avant la rupture du barrage. On ne pouvait pas trop s'approcher de la partie en surplomb ; les bords du nouveau canyon étaient très instables. La végétation était maigre. Çà et là, une bande de lichen de couleur pâle rompait la monotonie des tons minéraux. La rivière Borealis était un large ruban peu profond de lait glacial, turbide, qui courait cent quatre-vingts mètres plus bas. Des cours d'eau tributaires coupaient beaucoup moins profondément les vallées suspendues et déchargeaient leurs eaux en cascades opaques semblables à de la peinture diluée.

Au-dessus des canyons, le plateau qui avait été le fond de Borealis Chasma était un terrain laminé, et les lignes de soulèvement donnaient l'impression d'avoir été artistement ciselées dans le paysage. Les rivières suivaient un tracé comparable aux nervures d'une feuille et s'enfonçaient à plusieurs mètres de profondeur en décrivant des courbes pareilles à celles d'un pistolet de dessinateur comme si la carte avait marqué le territoire à une grande profondeur.

On n'était pas loin du milieu de l'été, et le soleil balayait toute la largeur du ciel au cours de la journée. Des nuages dévalaient la glace, au nord. Quand le soleil était au plus bas, vers la mi-après-midi, ces nuages filaient vers le sud et la mer en un épais brouillard violet, lilas, bronze ou de quelque autre teinte subtile, vibrante. Des fleurs de fellfield poussaient anarchiquement sur le plateau laminé, et Sax pensa au glacier d'Arena, le paysage auquel il s'intéressait avant son problème. Il se souvenait mal de la première fois qu'il l'avait vu, mais cette image avait dû se graver en lui, de la même façon que les canetons prennent les premières créatures qu'ils voient pour leur mère. De grandes forêts couvraient les régions tempérées, où des touffes de séquoias géants ombrageaient des sous-bois de pins. Des falaises spectaculaires hébergeaient de grands nuages d'oiseaux piauleurs. Il y avait des terrariums renfermant des jungles de cratère et, l'hiver, les interminables plaines de neige des sastrugi. Il y avait des escarpements qui étaient des mondes verticaux, d'immenses déserts de sable rouge, mouvants, des pentes volcaniques de gravier noir ; il y avait toutes sortes de biomes, grands et petits, mais pour Sax, ce bioscope de roche dénudée était le meilleur.

Il marchait sur les pierres, son petit véhicule le suivant tant bien que mal, profitant des passages à gué pour traverser les cours d'eau. Les fleurs d'été, bien que peu visibles à dix mètres, n'en étaient pas moins intensément colorées, aussi spectaculaires à leur façon que n'importe quelle forêt tropicale. L'humus né de ces plantes était extrêmement léger, ne s'épaissirait que lentement, et il était difficile de l'augmenter ; toute terre déversée dans les canyons était emportée par les vents vers la mer du Nord et, sur les terrains laminés, les hivers étaient si rudes que le sol ne se bonifiait que très lentement. Il s'intégrait au permafrost, sans plus. Alors ils laissaient lentement évoluer les fellfields en toundra et gardaient l'humus pour les régions plus prometteuses du Sud. Ce qui convenait à Sax. Les gens auraient des siècles pour procéder à leurs expériences sur le premier aréobiome non terrien, si rare et précieux.

Sax se dirigea — en regardant bien où il mettait les pieds, à cause des plantes — vers son véhicule, qui était maintenant hors de vue à sa droite. Le soleil ne bougeait guère sur l'horizon, et quand on s'éloignait du nouveau Borealis Chasma qui courait le long de l'ancien, il devenait très difficile de s'orienter. Le nord pouvait être n'importe où, dans un arc de cent quatre-vingts degrés. Normalement il était « derrière lui ». Or il ne tenait pas à s'approcher de la mer du Nord, qui devait être devant, parce que les ours polaires s'étaient très bien acclimatés sur ce littoral, où ils tuaient les phoques et attaquaient les réserves d'oiseaux.

Sax prit donc le temps de consulter les cartes de son bloc-poignet pour déterminer avec précision sa position et celle de sa voiture. Il avait un très bon programme de cartes, ces temps-ci. Bon, il se trouvait par 31,63844 degrés de longitude et 84,89926 degrés de latitude nord, à quelques mètres près. Et son véhicule était à 31,64114 degrés par 84,86857. S'il grimpait, par un charmant escalier naturel, en haut de ce petit tertre en forme de miche de pain, au nord-ouest, il le verrait. Oui. Il roulait paresseusement là-bas. Et là, dans le pli de la miche (quelle analogie anthropomorphique appropriée !), une touffe de saxifrage pourpre, obstinée, s'accrochait à l'abri de la roche brisée.

Tout cela avait quelque chose de profondément satisfaisant : le terrain laminé, la saxifrage dans la lumière, le petit véhicule qu'il retrouverait à temps pour dîner, la délicieuse lassitude de ses pieds, et puis un sentiment indéfinissable, un plaisir que tous ces éléments distincts ne suffisaient pas à justifier. Une sorte d'euphorie. Ça devait être de l'amour. L'esprit de l'endroit, l'amour de cet endroit — l'aréophanie, non seulement telle qu'Hiroko l'avait définie, mais peut-être telle qu'elle-même l'avait vécue. Ah, Hiroko... se pouvait-il qu'elle se soit sentie aussi bien, tout le temps ? La créature bénie ! Pas étonnant qu'elle ait projeté une telle aura, suscité un tel engouement. Le désir de côtoyer cette jouissance, d'apprendre à l'éprouver soi-même... L'amour d'une planète. De la vie d'une planète. La composante biologique était sans aucun doute un facteur déterminant de la considération qu'elle inspirait. Même Ann n'aurait pu faire autrement que de l'admettre, si elle s'était trouvée à ses côtés aujourd'hui. Une hypothèse intéressante, à tester. Regarde, Ann, cette saxifrage violette. Vois comme elle attire l'œil. Le regard fixé au centre du paysage curviligne. Une sorte de génération spontanée. Comme l'amour.

A vrai dire, ce paysage sublime lui donnait l'impression d'être une sorte d'image de l'univers lui-même, du moins dans sa relation entre la vie et la non-vie. Il avait suivi les théories biogénétiques de Deleuze, une tentative de réduction en modèles mathématiques à l'échelle cosmologique qui rappelait la viriditas d'Hiroko. Sax croyait savoir que, pour Deleuze, la viriditas était l'une des forces agissantes du big bang, un phénomène de limite complexe qui régissait les forces et les particules, et avait irradié vers l'extérieur du big bang comme une simple potentialité jusqu'à ce que les systèmes planétaires de la seconde génération aient collecté tout l'éventail des éléments plus lourds, moment auquel la vie avait jailli en « mini bangs » éclatant au bout de chaque brin de viriditas. Il n'y en avait pas eu énormément, et ils avaient été uniformément répartis dans l'univers, suivant l'amas galactique et le formant en partie. Chaque « mini bang » était donc aussi éloigné des autres qu'il était possible de l'être. Cette dispersion dans l'espace-temps rendait le contact fort improbable simplement parce qu'il s'agissait de phénomènes tardifs, très éloignés du reste. Le contact n'avait pas eu le temps de se faire. Sax trouvait que cette hypothèse expliquait bien l'échec de SETI [1], ce silence des étoiles qui se poursuivait depuis maintenant près de quatre siècles. Un battement de cils comparé aux milliards d'années-lumière qui, selon Deleuze, séparaient chaque îlot de vie.

La viriditas existait donc dans l'univers comme cette saxifrage sur les grandes courbes de sable de l'île polaire : petite, isolée, magni-

1. SETI : « Search for Extra Terrestrial Intelligence », programme d'écoute des ondes venant de l'espace, à la recherche d'intelligence extraterrestre. (*N.d.T.*)

fique. Sax vit un univers s'incurver devant lui. Mais Deleuze soutenait qu'ils vivaient dans un univers plat, au point d'inversion entre l'expansion continue et le modèle d'expansion-contraction. Et il affirmait aussi que le point d'inversion où l'univers commencerait soit à se contracter, soit à se dilater au-delà de toute possibilité de rétraction semblait très proche. Ce qui laissait Sax dubitatif, tout comme son assertion selon laquelle ils pouvaient influencer la matière dans un sens ou dans l'autre : en tapant du pied, projetant l'univers toujours plus loin, vers la dissolution dans une chaleur insoutenable, ou en retenant son souffle, en attirant tout vers le centre et le point oméga inconcevable de l'eschaton. Non. Entre autres considérations, la première loi de la thermodynamique faisait de cette hypothèse une hallucination cosmologique, un petit existentialisme divin. Voilà quel résultat psychologique pouvait avoir l'énorme accroissement des pouvoirs matériels de l'humanité. A moins que ce ne soit la traduction des tendances personnelles de Deleuze à la mégalomanie ; il croyait pouvoir tout expliquer.

En fait, Sax nourrissait la plus grande méfiance à l'égard de la cosmologie actuelle, qui plaçait l'humanité au centre de toute chose, ère après ère. Sax n'était pas loin de voir dans toutes ces formulations des artefacts de la pensée humaine, de forts principes anthropomorphiques sous-tendant tout ce qu'ils voyaient, comme la couleur. Force lui était pourtant d'admettre que certaines observations semblaient fondées et pas évidentes à considérer comme des intrusions perceptives humaines, ou des coïncidences. Bon, il était difficile d'imaginer que le Soleil et la Lune semblaient être de la même taille vus de la Terre, et pourtant... il y avait des coïncidences. Mais pour Sax, la plupart de ces considérations anthropocentriques ne faisaient que marquer les limites de leur compréhension. Il se pouvait fort bien qu'il y ait des choses plus vastes que l'univers et d'autres plus petites que les cordes — un tout encore plus grand, fait de composants encore plus petits, l'un et l'autre dépassant la perception humaine, même mathématiquement. Ce qui expliquerait certaines contradictions des équations de Bao. Si on admettait que les quatre macro-dimensions de l'espace-temps étaient en relation avec des dimensions plus vastes, de même que les six micro-dimensions étaient liées aux quatre dimensions ordinaires, ses équations marchaient à merveille. Il entrevoyait d'ailleurs, en cet instant même, une formulation possible...

Il trébucha, reprit son équilibre. Un petit banc de sable, près de trois fois plus grand que les autres. D'accord, monter, et retrouver son véhicule. Là. Mais à quoi pensait-il ?

Il ne s'en souvenait pas. Il réfléchissait à quelque chose d'intéressant, c'est tout ce qu'il savait. Il imaginait quelque chose, mais quoi ? Cela lui avait échappé et il n'arrivait pas à remettre le doigt dessus. C'était tapi dans un coin de sa tête comme un caillou dans une chaussure ; il l'avait sur le bout de la langue. C'était à devenir fou. Ce phénomène lui était déjà arrivé, et lui arrivait de plus en plus souvent, ces derniers temps. Enfin, c'était à tout le moins son impression. Il avait perdu le fil de ses pensées, et il avait beau chercher, ça ne lui revenait pas.

Il regagna son véhicule comme un zombi. L'amour de l'endroit, certes, mais il fallait se souvenir des choses pour les aimer ! Il fallait pouvoir se souvenir de ses pensées ! Perturbé, agacé, il retourna tout dans sa voiture pour préparer le dîner et l'avala sans même s'en rendre compte.

Ce problème de mémoire ne pouvait pas durer.

En y réfléchissant, il perdait souvent le fil de ses pensées. Enfin, il croyait se rappeler qu'il oubliait à quoi il pensait. Drôle de problème, vu comme ça. Bref, il avait conscience de perdre le fil de ses idées, lesquelles lui paraissaient excellentes, dans le vide blanc qui leur succédait. Il avait bien essayé de les enregistrer au bloc-poignet, quand il sentait venir un tel afflux de pensées, quand il avait l'impression que plusieurs enchaînements de pensées différents s'alliaient pour donner quelque chose de nouveau. Mais le fait de parler inhibait le processus mental. Il ne devait pas savoir articuler sa pensée. Il avait la vision de certaines choses, parfois en langage mathématique, à d'autres moments sous une forme inarticulée, impossible à préciser. En tout cas, la parole interrompait le flot. Ou alors, c'est que ses idées étaient beaucoup moins intéressantes qu'elles ne lui semblaient, car il n'enregistrait que des phrases hésitantes, décousues, et lentes, surtout. Rien à voir avec les pensées qu'il croyait enregistrer, qui, surtout dans cet état particulier, étaient tout au contraire rapides, cohérentes et fluides. Le libre jeu de l'esprit ne pouvait être figé. Sax s'étonna de constater que les pensées n'étaient jamais enregistrées, mémorisées ou transmises à autrui, par quelque moyen que ce soit. Le flux de la conscience n'était jamais partagé sinon par bribes, même par le mathématicien le plus prolifique, le diariste le plus consciencieux.

Enfin, ces incidents n'étaient que l'un des nombreux inconvénients auxquels ils devaient s'habituer dans leur vieillesse prolongée. C'était extrêmement malcommode et irritant. Il fallait absolument creuser la question, même si la mémoire avait toujours été un écueil pour la science du cerveau. Ils commençaient à avoir des ennuis de toiture, et ces fuites dans la pensarde leur posaient un vrai problème. Ces trous de mémoire, dont la forme en creux subsistait dans sa conscience, avec l'excitation émotionnelle qui l'accompagnait, le rendaient fou sur le coup. Mais de même qu'il en oubliait le contenu, une demi-heure plus tard l'incident ne lui semblait guère plus significatif que la volatilisation des rêves dans l'instant qui suit le réveil. Il avait d'autres soucis.

La mort de ses amis, par exemple. Cette fois, c'était Yeli Zudov, un des Cent Premiers qu'il n'avait jamais bien connu. Il était quand même allé à Odessa et, après le service — une cérémonie lugubre dont il avait été souvent distrait par la pensée de Vlad, de Spencer, de Phyllis et d'Ann —, ils s'étaient réunis chez Michel et Maya. Ce n'était pas l'appartement qu'ils occupaient avant la seconde révolution, mais Michel avait fait en sorte qu'il lui ressemble, pour autant que Sax s'en souvienne. C'était en rapport avec la thérapie de Maya, qui avait de plus en plus de problèmes mentaux ; Sax ne savait plus très bien lesquels. Il n'avait jamais compris les aspects les plus mélodramatiques de Maya, et il n'avait pas fait très attention à ce que Michel lui avait raconté, la dernière fois qu'il l'avait vu. Ce n'était jamais pareil, et toujours la même chose.

Mais cette fois, après lui avoir donné une tasse de thé, Maya était retournée dans la cuisine, en passant devant la table sur laquelle étaient ouverts les albums de photos de Michel. Sur le dessus, il y avait une photo de Frank que Maya adorait, dans le temps. Elle l'avait collée sur le placard de la cuisine, dans l'autre appartement. Sax s'en souvenait comme si c'était hier, c'était une sorte de figure héraldique de ces années de tension : tous en train de se battre alors que le jeune Frank se moquait d'eux.

Maya s'était arrêtée, avait regardé la photo attentivement. En pensant sans doute aux morts précédents. Ceux qui étaient déjà partis, il y avait si longtemps.

Puis elle avait dit : « Quel visage intéressant. »

Sax avait éprouvé une sensation de froid horrible au creux de l'estomac. La manifestation physiologique caractéristique de la détresse. Perdre le fil de ses idées, oublier de vagues spéculations métaphysiques, c'était une chose. Mais ça, son propre passé, leur passé commun, c'était insupportable. On ne pouvait s'y faire. Il ne s'y ferait jamais.

Maya avait vu qu'ils étaient choqués, mais elle n'avait pas compris pourquoi. Nadia avait les larmes aux yeux, ce qui ne lui arrivait pas souvent. Michel donnait l'impression d'avoir été frappé par la foudre. Sentant que quelque chose clochait, Maya avait quitté l'appartement en coup de vent. Personne n'avait tenté de l'arrêter.

Les autres avaient comblé le vide. Nadia s'était approchée de Michel.

— De plus en plus souvent, avait marmonné Michel, l'air hagard. Ça lui arrive de plus en plus souvent. Ça m'arrive aussi. Mais chez Maya, c'est...

Il avait secoué la tête, totalement découragé. Incapable d'en tirer quoi que ce soit de positif, même lui, Michel, qui avait appliqué son alchimie de l'optimisme à tous leurs ennuis passés, les faisant entrer dans sa grande histoire, réussissant en quelque sorte à arracher le mythe de Mars au bourbier quotidien. Mais ça, c'était la mort de l'histoire, donc difficile à mythifier. Non, continuer à vivre après la mort de la mémoire n'était qu'une farce, inutile et terrible. Il fallait faire quelque chose.

Sax y réfléchissait encore, assis dans un coin, absorbé dans l'examen de son bloc-poignet. Il lisait une sélection de travaux expérimentaux récents sur la mémoire, quand il avait entendu un bruit sourd de chute dans la cuisine. Nadia avait poussé un cri. Sax s'était précipité et avait trouvé Nadia et Art accroupis à côté de Michel, étalé par terre, le visage crayeux. Sax avait appelé le concierge et, étonnamment vite, une équipe médicale était arrivée, de grands jeunes indigènes avec tout leur équipement, qui avaient écarté Art et enfermé Michel dans leur réseau compact de machines, reléguant les anciens dans le rôle de spectateurs de la... du combat de leur ami.

Sax avait rejoint les médecins, comme eux posé la main sur l'épaule et le cou de Michel. Il n'avait plus de pouls, ne respirait plus. Il était livide. Il y avait eu la violence des tentatives de réanimation. Ils lui avaient infligé des électrochocs en variant la puissance des décharges, puis ils l'avaient intubé. Les jeunes médecins travaillaient presque en silence, n'échangeant que les paroles indispensables, apparemment inconscients de la présence des anciens assis contre le mur. Ils avaient fait tout ce qui était en leur pouvoir, mais Michel était resté obstinément, mystérieusement mort.

De toute évidence, il avait été contrarié par le trou de mémoire de Maya. Mais ce n'était pas une explication suffisante. Il connaissait son problème mieux que personne, il se faisait du souci pour elle. Une crise de plus ou de moins n'aurait pas dû avoir cet impact sur lui. C'était une coïncidence. Une atroce coïncidence. Plus tard ce soir-là, alors que les docteurs avaient renoncé et descendu Michel au rez-de-chaussée, au moment où ils remballaient leur matériel, en fait, Maya avait fini par revenir, et ils avaient dû lui expliquer ce qui s'était passé.

Elle était désespérée, bien entendu. Son accablement, sa douleur avaient bouleversé l'un des jeunes médecins qui avait tenté de la réconforter (ça ne marchera pas, aurait voulu dire Sax, j'ai déjà essayé) et reçu une gifle en pleine face pour sa peine, ce qu'il n'avait pas apprécié. Il était sorti dans le couloir, s'était lourdement assis.

Sax l'avait rejoint. Le jeune homme pleurait.

— Je n'en peux plus. Ça ne sert à rien, avait-il dit au bout d'un moment, en secouant la tête d'un air d'excuse. On vient, on fait tout ce qu'on peut et ça ne sert à rien. Rien n'empêche le déclin subit.

— C'est quoi ? avait demandé Sax.

Le jeune homme avait haussé ses larges épaules, reniflé.

— C'est bien là le problème. Personne ne le sait.

— Il doit bien y avoir des théories. Il y a eu des autopsies ?

— Arythmie cardiaque, avait lâché d'un bon laconique un autre médecin qui passait avec son matériel.

— Ce n'est qu'un symptôme, avait lancé hargneusement l'homme assis en reniflant à nouveau. Pourquoi le rythme se perturbe-t-il ? Et pourquoi les défibrillateurs ne réussissent-ils pas à le régulariser ?

Personne ne lui avait répondu.

Un autre mystère à élucider. Par la porte, Sax voyait Maya pleurer sur le canapé, Nadia à côté d'elle, raide comme une statue. Sax avait soudain réalisé que même s'il trouvait une explication, ça ne ramènerait pas Michel.

Pendant qu'Art s'activait avec les médecins, prenait des dispositions, Sax avait pianoté sur son bloc-poignet, et des titres d'articles sur le déclin subit avaient défilé à toute vitesse : il y avait 8 361 entrées sous cet intitulé, des résumés d'articles, des sommaires établis par les IA, mais rien de concluant, apparemment. Ils en étaient encore au stade de l'observation et des hypothèses... qui balançaient comme un fléau. Par de nombreux aspects, cela lui rappelait les travaux sur la mémoire qu'il avait lus. La mort et l'esprit. Depuis combien de temps étudiaient-ils ces problèmes, depuis combien de temps leur résistaient-ils ? Michel lui-même s'était penché dessus, fournissant des commentaires qui expliquaient l'inexplicable. Michel qui avait tiré Sax de l'aphasie, qui lui avait appris à comprendre des parties de lui-même dont il ignorait jusqu'à l'existence. Michel était parti. Il ne reviendrait pas. Ils avaient emporté la dernière version de son corps hors de l'appartement. Il avait à peu près l'âge de Sax, 220 ans. C'était un âge avancé, selon tous les critères antérieurs, alors pourquoi cette douleur dans sa poitrine, ce flot de larmes brûlantes. Ça n'avait pas de sens. Et pourtant, Michel aurait compris. Ça valait mieux que la mort de l'esprit, aurait-il dit. Sauf que Sax n'en était pas si sûr. Ses problèmes de mémoire semblaient moins importants à présent, ceux de Maya aussi. Elle avait assez de souvenirs pour être anéantie, et lui aussi. Il se rappelait ce qui était important.

Un souvenir incongru : il s'était retrouvé auprès d'elle, dans le sillage de la mort de trois de ses partenaires : John, Frank, et maintenant Michel. C'était chaque fois plus pénible pour elle. Et pour lui aussi.

Les cendres de Michel s'étaient envolées dans un ballon au-dessus de la mer d'Hellas. Ils en avaient gardé une pincée pour la rapporter en Provence.

La littérature sur la longévité et la sénescence était si vaste et si spécialisée que Sax avait eu du mal, au début, à la prendre à bras le corps, selon son habitude. Il était évidemment parti des derniers travaux sur le déclin subit mais, pour comprendre les articles sur la question, il fallait remonter en amont, au traitement de longévité proprement dit. C'était un domaine dont Sax n'avait qu'une connaissance superficielle, pour lequel il éprouvait une aversion instinctive en raison de sa nature biologique semi-miraculeuse, inexplicable et un peu répugnante. Très proche du Grand Inexplicable, en fait. Il s'en était allègrement remis à Hiroko et à Vladimir Taneiev, ce génie qui avait conçu et supervisé les premiers traitements avec Ursula et Marina, ainsi que beaucoup d'évolutions ultérieures.

Mais Vlad était mort, maintenant, et Sax se sentait concerné. Il était temps de plonger dans la viriditas, dans le royaume de la complexité.

Il y avait un comportement ordonné, il y avait un comportement chaotique. L'interface était une zone très large et très complexe, le royaume du complexe. C'est là qu'apparaissait la viriditas, à l'endroit où la vie pouvait exister. Le traitement de longévité consistait, d'un point de vue philosophique général, à maintenir la vie dans cette zone de complexité, à empêcher diverses incursions du chaos (l'arythmie, par exemple) ou de l'ordre (la croissance des cellules malignes) de bouleverser le programme d'une façon fatale.

Mais quelque chose amenait les individus qui avaient reçu le traitement gérontologique à passer d'une sénescence négligeable à une sénescence extrêmement rapide ou, fait plus grave, de la santé à la mort, sans vieillissement physiologique du tout. Une irruption de l'ordre ou du chaos dans la zone de complexité limitrophe. Telle était, en tout cas, son impression après avoir lu quantité d'observations du phénomène. Il en déduisit qu'il fallait chercher en direction de formulations mathématiques de la frontière entre complexité et chaos, entre ordre et complexité. Mais il perdit cette vision holistique du problème dans un de ses passages à vide. L'enchaînement de pensées mathématiques disparut à jamais. D'un autre côté (il se consola comme il put), sa vision était probablement trop philosophique pour être utilisable. L'explication ne pouvait être évidente, sans quoi les efforts concertés, intensifs, du corps médical l'auraient depuis longtemps débusquée. Elle résidait sûrement, au contraire, dans quelque subtilité biochimique du cerveau, un domaine qui avait résisté à cinq cents ans d'investigations scientifiques, résisté comme l'hydre, chaque nouvelle découverte ne faisant que révéler d'autres mystères...

Il n'en persévéra pas moins. Quelques semaines de lecture assidue lui donnèrent une meilleure vision du domaine. Il avait jusque-là l'impression que le traitement de longévité consistait plus ou moins en une injection d'ADN du sujet lui-même, les brins obtenus artificiellement se substituant à ceux qui étaient déjà dans les cellules afin de les renforcer, de réparer les ruptures et les erreurs qui s'y produisaient avec le temps. Ce n'était pas faux, mais c'était bien davantage, de même que la sénescence était plus qu'une division cellulaire erronée ou une simple rupture de chromosomes ; c'était un véritable ensemble de processus. Et si certains étaient bien compris, d'autres l'étaient beaucoup moins. L'action de la sénescence (le vieillissement) se faisait sentir à tous les niveaux de la molécule, des cellules, des organes et de l'organisme. Une partie de la sénescence résultait d'effets hormonaux positifs pour l'organisme jeune dans sa phase reproductive, et négatifs pour l'animal qui avait passé l'âge de la reproduction, lorsque ça n'avait plus d'importance pour l'évolution. Certaines cellules étaient virtuellement immortelles : la moelle des os, le mucus intestinal se reproduisaient tant que leur environnement était vivant, sans évoluer dans le temps. D'autres cellules, comme les protéines non remplacées de la cornée, subissaient des altérations dues à la chaleur et à la lumière, assez régulières pour faire office de chronomètre biologique. Chacune de ces lignées de cellules vieillissait à un rythme autonome, ou ne vieillissait pas. Ce n'était donc pas une simple « question de temps » au sens newtonien, absolu, d'action entropique sur un organisme ; ce temps-là n'existait pas. C'était plutôt une longue succession d'événements physico-chimiques spécifiques, évoluant à des vitesses différentes, et avec des effets divers. Tout organisme assez grand était doté d'un nombre incroyable de mécanismes de réparation cellulaire et d'un système immunitaire puissant et polyvalent. Le traitement de longévité suppléait souvent ces processus, agissait sur eux ou les remplaçait. Il incluait des additions d'enzyme de photolyase, afin de corriger les accidents de l'ADN, de mélatonine, l'hormone pinéale, et de déhydro-épiandrostérone, une hormone stéroïde sécrétée par les glandes adrénalines. Il comportait maintenant près de deux cents composés de ce type.

C'était si vaste, si complexe... Après avoir passé la journée à lire, Sax allait parfois s'asseoir sur la corniche avec Maya et, s'il mangeait un burrito, il lui arrivait de s'arrêter entre deux bouchées pour le regarder, pour observer tout ce qui entrait dans le processus digestif et les maintenait en vie. Il prenait conscience de sa respiration, à laquelle il ne prêtait jamais attention. Il se sentait le souffle court, l'appétit coupé, et se prenait à douter qu'un système aussi complexe puisse exister plus d'un instant avant de s'effondrer, de retourner au limon et aux rudiments de l'astrophysique. Comme un château de cartes, d'une centaine d'étages de haut, dans le vent. Une pichenette n'importe où... Une chance que Maya n'ait pas besoin d'une compagnie active, parce qu'il restait alors plusieurs minutes d'affilée sans pouvoir parler, absorbé par la contemplation de son incapacité manifeste.

Mais il persévéra, comme tout savant confronté à une énigme. Il n'était pas seul dans sa quête, d'autres travaillaient en amont, sur les frontières ou dans des domaines voisins, du plus petit — la virologie, où les recherches sur des formes de vie comme les prions et les viroïdes en révélaient d'autres, encore plus infimes, presque trop partielles pour être qualifiées de vivantes : les virides, les viris, les virs, les vis, les vs, qui tous pouvaient avoir un rapport avec le problème pris dans son ensemble — au plus grand : les problèmes fonctionnels généraux, comme le rythme des ondes cérébrales et ses relations avec le cœur et les autres organes, ou la diminution constante de la sécrétion de mélatonine par la glande pinéale, une hormone qui semblait réguler nombre d'aspects du vieillissement. Sax suivait tous ces travaux, espérant retirer une vision inédite de ses nouvelles connaissances. Il devait suivre son intuition et étudier ce qui lui semblait important.

L'ennui, c'est que certaines de ses plus brillantes idées lui échappaient au moment de leur finalisation. Il fallait qu'il trouve un moyen d'enregistrer ces pensées fugitives avant qu'elles ne s'envolent ! Il commença à parler tout seul, même en public, dans l'espoir que ça l'aiderait à retarder le passage à vide, mais rien n'y fit. La pensée n'était pas un processus verbal, point final.

En attendant, il avait plaisir à retrouver Maya. Le soir — quand il remarquait que c'était le soir —, il arrêtait de lire et descendait sur la corniche. Maya était souvent assise sur l'un des quatre bancs, à contempler le port et la mer au-delà. Il allait acheter un burrito, un gyro, une salade ou un beignet à un éventaire, dans le parc, et il revenait s'asseoir auprès d'elle. Elle le saluait d'un hochement de tête, ils mangeaient en silence, et ils restaient assis à regarder la mer.

— Tu as passé une bonne journée ?

— Pas mauvaise. Et toi ?

Il ne lui disait pas grand-chose de ses lectures, et elle ne lui parlait guère d'hydrologie, ou des pièces qu'elle montait et où elle irait à la tombée de la nuit. En fait, ils ne parlaient pas beaucoup. Mais c'était une compagnie tout de même. Un soir, le coucher de soleil prit une teinte mauve inhabituellement vive, et Maya demanda :

— Je me demande quelle couleur c'est, ça ?

— Lavande ? risqua Sax.

— Le lavande est généralement plus pâle, non ?

Sax chargea, sur son bloc-poignet, un grand nuancier qu'il avait jadis trouvé pour identifier les couleurs du ciel. Maya le regarda en ricanant, mais il resta quand même le bras levé et compara divers échantillons de couleur à la teinte du ciel.

— Il nous faudrait un plus grand écran.

Puis ils trouvèrent une teinte qui collait à peu près : violet clair. Ou quelque chose entre violet clair et violet pâle.

Ça devint un passe-temps. A Odessa le coucher de soleil se parait de teintes incroyablement variées, modifiant la couleur du ciel, de la mer et des murs blanchis à la chaux. Les variations étaient infinies. Il y en avait beaucoup plus qu'il n'y avait de noms. Sax s'étonnait sans cesse de la pauvreté du langage en ce domaine. Et même de la pauvreté du nuancier. L'œil pouvait percevoir près de dix millions de nuances différentes, lut-il. La palette de couleurs à laquelle il se référait offrait 1 266 références, dont très peu avaient un nom. C'est ainsi qu'ils passaient la plupart de leurs soirées l'avant-bras levé, à comparer les échantillons de couleur à celle du ciel. Ils finissaient par trouver un carré qui correspondait assez bien, mais c'était une teinte indéterminée, qui n'avait pas de nom. Alors ils lui en donnaient un : orange 11 octobre-2, violet de l'aphélie, feuille de citron, presque-vert, barbe d'Arkady. Maya était très douée pour ça. Parfois, ils trouvaient un échantillon qui collait avec la couleur du ciel (pendant un instant, en tout cas), et qui avait un nom, et ils apprenaient la vraie signification d'un mot, ce que Sax trouvait très satisfaisant. Mais dans la bande qui séparait le rouge et le bleu, la langue avait étonnamment peu de noms à proposer ; elle n'était tout simplement pas faite pour Mars. Un soir, au crépuscule, après un coucher de soleil mauvâtre, ils parcoururent méthodiquement le nuancier, juste pour voir : violet, magenta, lilas, amarante, aubergine, mauve, améthyste, prune, violacé, violet, héliotrope, clématite, lavande, indigo, jacinthe, outremer — et ils se retrouvèrent dans les bleus. Il y en avait beaucoup, mais pour la gamme séparant les rouges et les bleus, néant, à part, bien sûr, les nombreuses variantes : pourpre royal, gris lavande et ainsi de suite.

Un soir, le soleil avait disparu derrière Hellespontus mais illuminait encore le ciel dégagé au-dessus de la mer quand tout devint d'un rouge-orangé-doré familier. Maya lui prit le bras comme dans une serre.

— Regarde, c'est l'orange martien ! C'est la couleur de la planète vue de l'espace, comme nous l'avons vue de l'*Arès*. Regarde, vite ! Qu'est-ce que c'est comme couleur ?

Ils consultèrent leur nuancier, le bras tendu devant eux.

— Rouge paprika, rouge tomate... Rouille, voilà ! C'est l'affinité de l'oxygène pour le fer qui produit cette couleur, évidemment.

— C'est beaucoup trop foncé, regarde.

— Tu as raison.

— Brun-rouge.

— Rouge brunâtre.

Cannelle, terre de Sienne, orangé persan, caramel, poil de chameau, coq-de-roche, Sahara, orange de chrome... Ils se mirent à rire. Rien ne collait tout à fait.

— On n'a qu'à appeler ça l'orange martien, décréta Maya.

— Parfait. Mais regarde comme il y a plus de noms pour ces couleurs que pour les violets. Pourquoi, à ton avis ?

Maya haussa les épaules. Sax continua à lire les légendes qui accompagnaient le nuancier, pour voir si on disait quelque chose à ce sujet.

— Ah, il paraît que les bâtonnets de la rétine voient mieux les trois couleurs primaires, de sorte que les couleurs voisines sont plus faciles à distinguer que les couleurs composées intermédiaires.

Puis, dans le crépuscule qui devenait violacé, il tomba sur une phrase qui le surprit tant qu'il la relut à haute voix :

— Le rouge et le vert mêlés donnent une teinte qui ne peut être perçue comme composée de ces deux couleurs.

— Ce n'est pas vrai, objecta aussitôt Maya. C'est juste parce qu'ils partent d'un disque chromatique, et qu'elles sont à l'opposé l'une de l'autre.

— Que veux-tu dire ? Il y aurait d'autres couleurs que celles-là ?

— Evidemment, les couleurs de l'artiste. Les couleurs du théâtre. Tu envoies sur quelqu'un un projecteur vert, un rouge et tu obtiens une couleur qui n'est ni rouge ni verte.

— Et quelle couleur est-ce ? Elle a un nom ?

— Je n'en sais rien. Regardons un nuancier de peinture.

C'est ce qu'ils firent. Elle trouva la première :

— Ah, voilà : ambre brûlé, rouge indien, garance... rien que des mélanges de rouge et de vert.

— Intéressant ! Des mélanges de rouge et de vert... Ça ne te suggère rien ?

— Nous parlons couleurs, Sax, pas politique, dit-elle en lui jetant un coup d'œil.

— Je sais, je sais. Mais quand même...

— Ne dis pas de bêtises.

— Tu ne crois pas que ce qu'il nous faudrait, c'est un mélange de rouge et de vert ?

— Politiquement ? Ça existe déjà, Sax. C'est bien le problème. Mars Libre a fait entrer les Rouges au gouvernement pour stopper l'immigration, c'est pour ça qu'ils ont un tel succès. Ils ferment Mars à la Terre et d'ici peu nous allons nous retrouver en guerre avec les Terriens. C'est couru d'avance, je t'assure.

— Hum, fit Sax, douché.

Il ne s'intéressait guère à la politique du système solaire, ces temps-ci, mais il savait que la situation inquiétait de plus en plus Maya, qui avait une vision aiguë de ces choses. Et qui éprouvait toujours une sorte de jubilation à l'approche d'une crise. Alors ça n'allait peut-être pas aussi mal qu'elle le disait. Il devrait peut-être s'en préoccuper à nouveau d'ici quelque temps. Mais en attendant...

— Regarde, c'est devenu indigo, là, au-dessus des montagnes.

L'intense lame de scie noire sous la bande bleu violacé.

— Ce n'est pas indigo, c'est bleu roi.

— Pourquoi dit-on que c'est du bleu alors qu'il y a du rouge dedans ?

— Parce que. Regarde le bleu marine, le bleu de Prusse, le bleu roi, il y a du rouge dans tous.

— Aucune de ces couleurs n'est celle de l'horizon.

— Non, tu as raison. C'est une teinte non identifiée.

Ils l'inscrivirent sur leurs nuanciers. Ls 24 de l'an M-91, en septembre de l'année terrienne 2206, une nouvelle couleur. Et une autre soirée de passée.

Puis, un soir d'hiver, ils étaient assis sur le banc le plus à l'ouest dans le calme de l'heure qui précède le coucher du soleil. La mer d'Hellas était comme un miroir, le ciel sans nuages, pur, clair, transparent. Lorsque le soleil disparut derrière l'horizon, tout le spectre dériva vers le bleu. Maya agrippa Sax par le bras.

— Oh, mon Dieu, regarde !

Ils se levèrent machinalement, comme de vieux vétérans écoutant l'hymne national d'un défilé qui approche. Sax, qui mangeait un hamburger, manqua s'étrangler.

— Ah ! dit-il en ouvrant de grands yeux.

Tout était bleu, bleu ciel, le bleu du ciel de la Terre, et pendant près d'une heure il imprégna leur rétine et les nerfs oculaires qui menaient à leur cerveau depuis si longtemps assoiffé de cette couleur précise, celle du chez-eux qu'ils avaient quitté pour toujours.

C'étaient des soirées agréables. Mais le jour, les choses devenaient de plus en plus compliquées. Sax renonça à étudier les problèmes inhérents au corps entier et restreignit ses recherches au cerveau. Ce qui revenait à diviser l'infini en deux, mais n'en réduisait pas moins le nombre d'articles à consulter, et puis il semblait que c'était là le cœur du problème, si l'on peut dire. L'encéphale hyperâgé subissait des changements constatables à l'autopsie, au cours des mesures de l'activité électrique, du flux sanguin, de l'utilisation des protéines et de la chaleur, et des examens du cerveau pendant des activités mentales de toute sorte. Entre autres changements on notait la calcification de la glande pinéale, qui réduisait la production de mélatonine (le cocktail gériatrique comprenait une dose d'hormone de synthèse, mais il aurait évidemment été préférable d'empêcher la calcification, car elle avait probablement d'autres effets) ; une nette augmentation des amas neurofibrillaires (des agrégats de filaments de protéine qui poussaient entre les neurones et exerçaient sur eux une pression physique correspondant peut-être, qui sait ? à la sensation que Maya disait avoir éprouvée durant ses presque-vu) ; une accumulation de protéine béta-amyloïde dans les capillaires cérébraux et dans l'espace entourant les terminaisons nerveuses, entravant aussi leur fonctionnement ; et, enfin, une accumulation de calpaïne dans les neurones pyramidaux du cortex frontal et de l'hippocampe, ce qui les rendait vulnérables à l'action néfaste du calcium. Or ces cellules avaient le même âge que l'organisme proprement dit. Lorsqu'elles subissaient un dommage, il était irréversible, exactement comme cela s'était passé quand Sax avait eu son attaque. Il y avait laissé une bonne partie de son cerveau et n'aimait pas y penser. Et les molécules de ces cellules pouvaient aussi voir décroître leur faculté de remplacement, ce qui constituait une perte moindre mais également significative avec le temps. L'autopsie des gens de plus de deux cents ans morts de déclin subit montrait régulièrement une importante calcification de la glande pinéale assortie d'une augmentation du calpaïne dans l'hippocampe. Or l'hippocampe et le niveau de calpaïne étaient tous deux impliqués dans les principaux modèles actuels concernant le fonctionnement de la mémoire. Il y avait là un rapport intéressant.

Mais dont on ne pouvait tirer aucune conclusion. Et personne ne résoudrait le mystère en lisant des publications. L'ennui, c'est qu'il était difficile de trouver des expériences susceptibles de tirer les choses au clair, étant donné l'inaccessibilité du cerveau vivant. On pourrait sacrifier autant de poussins, de souris, de rats, de chiens, de cochons, de lémuriens et de chimpanzés qu'on voudrait, on pourrait massacrer des spécimens de toutes les espèces de la création, disséquer leurs fœtus et leurs embryons, ce n'était pas ainsi que l'on trouverait ce que l'on cherchait. Et les investigations effectuées sur des sujets vivants ne menaient pas loin non plus. Le processus impliqué était soit trop fin pour apparaître au scanner, soit trop holistique, soit trop combinatoire ou, probablement, les trois à la fois.

Certaines expériences et les modèles qui en résultaient donnaient pourtant à réfléchir. Par exemple, la constitution du calpaïne semblait influer sur le fonctionnement des ondes cérébrales, et cette constatation, ajoutée à d'autres, lui donna l'idée d'entreprendre des recherches dans un autre domaine. Il se mit en devoir de lire tout ce qui concernait l'influence du taux de protéines liant le calcium, les corticostéroïdes, les courants de calcium dans les neurones pyramidaux de l'hippocampe et la calcification de la glande pinéale. Il semblait y avoir un effet synergique qui pouvait concerner tant la mémoire que les fonctions générales des ondes cérébrales, voire tous les rythmes corporels, dont les rythmes cardiaques.

— Tu sais si Michel avait des problèmes de mémoire ? demanda Sax à Maya. L'impression de perdre le fil de ses pensées, même des idées importantes ?

Maya haussa les épaules. Il y avait près d'un an maintenant que Michel était parti.

— Je ne me souviens plus.

Cette attitude agaçait Sax. Maya semblait en retrait, sa mémoire empirait tous les jours. Même Nadia ne pouvait rien faire pour elle. Sax la retrouvait de plus en plus souvent sur la corniche. Il faut croire qu'ils appréciaient ce rite, même s'ils n'en parlaient jamais. Ils restaient simplement assis, à manger un petit quelque chose acheté à un éventaire, regardaient le soleil se coucher et tiraient leur nuancier pour voir s'ils trouveraient une nouvelle couleur. Mais sans leurs notes, ni l'un ni l'autre n'aurait su dire si les teintes qu'ils voyaient étaient nouvelles ou non. Sax lui-même avait l'impression d'avoir de plus en plus d'absences, il en avait jusqu'à quatre ou huit par jour, sauf qu'il ne pouvait en être sûr. Il avait pris l'habitude de laisser son IA sur la position enregistrement à déclenchement vocal. Et plutôt que d'essayer d'énoncer toutes ses idées, il se bornait à prononcer quelques mots dont il espérait qu'ils lui rappelleraient par la suite ce à quoi il pensait à ce moment-là. C'est ainsi que tous les soirs il écoutait, avec espoir ou appréhension, les enregistrements de la journée. La plupart du temps, il croyait se souvenir des idées qu'il avait eues, et puis il s'entendait dire : « La mélatonine de synthèse peut être un meilleur antioxydant que la naturelle, de sorte qu'il n'y a pas assez de radicaux libres », ou : « La viriditas est un mystère fondamental, il n'y aura jamais de grande théorie unifiée », sans avoir le moindre souvenir d'avoir prononcé ces paroles, ou de ce qu'elles pouvaient bien vouloir dire. Mais il arrivait que ses propos lui rappellent quelque chose, qu'ils aient un sens.

Il continuait donc à se battre. Ce qui l'amena à envisager le problème d'un œil neuf, comme au temps de ses études : la structure de la science était si belle. C'était sûrement l'une des plus grandes réussites de l'esprit humain, une sorte de Parthénon stupéfiant de l'intelligence, un travail sans fin, une espèce de poème symphonique, une épopée de milliers de vers, composée par une infinité de gens collaborant à une œuvre magistrale. Un poème écrit en langage mathématique, parce que cela paraissait être la langue de la nature elle-même. Il n'y avait pas d'autre moyen d'expliquer l'adhésion surprenante d'un phénomène naturel à des expressions mathématiques aussi complexes et subtiles. Et dans cette merveilleuse famille de langues, leurs chants exploraient les diverses manifestations de la réalité dans tous les domaines de la science. Chaque science tentait d'expliquer les choses en élaborant des modèles standard qui formaient des constellations gravitant selon une orbite plus ou moins lointaine autour des principes de la physique des particules, et on était fondé à espérer que tous ces modèles finiraient par s'emboîter dans une structure cohérente, plus vaste. Ces modèles standard étaient des espèces de paradigmes de Kuhn — les paradigmes étant un modèle de modélisation —, en plus souples et plus variés, un processus de dialogue auquel des milliers d'esprits avaient participé depuis des siècles. Dans cette perspective, des personnages comme Newton, Einstein ou Vlad n'étaient pas des génies isolés de la perception universelle, mais les pics les plus élevés d'une immense chaîne de montagnes. Comme disait Newton, ils étaient assis sur les épaules de géants. La science était une œuvre commune, qui avait commencé avant même la naissance de la science moderne, dès la préhistoire, comme le prétendait Michel. Un combat constant pour la compréhension. Elle était maintenant si complexe, si structurée, qu'il était impossible à un individu isolé de l'englober dans sa totalité. Mais ce n'était qu'un problème quantitatif. Le spectaculaire épanouissement de la structure n'était pas incompréhensible ; on pouvait toujours se promener dans le Parthénon, pour reprendre la métaphore, et comprendre au moins l'architecture générale, choisir le ou les endroits à étudier, découvrir l'existant et participer aux travaux. On pouvait toujours apprendre le langage propre au domaine étudié. Ce qui pouvait être une tâche formidable en soi, comme dans la théorie des cordes ou du chaos recombinatoire en cascade. On pouvait étudier la littérature traitant de la question, en espérant trouver le travail syncrétique d'un chercheur qui avait bien étudié les dernières controverses et était capable de fournir au profane un compte rendu cohérent de l'état des lieux. Ce travail de synthèse, effectué par des savants courageux et appelé « vulgarisation scientifique », était considéré comme un passe-temps guère valorisant, mais n'en demeurait pas moins fort utile pour les gens du dehors. Ce survol (ou plutôt cette vision souterraine, les savants qui s'investissaient vraiment dans le domaine étant souvent perdus dans les combles ou les caves de l'édifice) permettait ensuite d'appréhender les articles des revues spécialisées ou « publications scientifiques », où les travaux en cours étaient révisés par ses pairs, et dûment enregistrés. On pouvait lire les résumés, voir qui s'attaquait à quelle partie du problème. C'était si public, si explicite... dans tous les domaines, les gens qui étaient vraiment dans le coup et réalisaient des avancées constituaient un groupe spécial, d'une centaine de personnes tout au plus, souvent composé d'un noyau de génies de la synthèse et de l'innovation qui ne comptait pas plus d'une douzaine d'individus dans tous les mondes habités. Des gens obligés d'inventer un nouveau jargon pour traduire leurs visions, qui commentaient les résultats, suggéraient de nouvelles voies à explorer, se donnaient mutuellement du travail, se rencontraient à des conférences et communiquaient par tous les moyens à leur disposition. Le travail avançait dans les laboratoires, au bar après une conférence, au fil du dialogue entre ces gens qui savaient où ils allaient, menaient la recherche pure et réfléchissaient aux expériences.

Cette immense culture structurée, articulée, s'étalait au grand jour, était accessible à quiconque voulait s'y intéresser, ou y travailler s'il en était capable. Il n'y avait pas de secrets, pas de laboratoires fermés, et si chaque labo, chaque spécialisation avait sa politique, ce n'était que de la politique ; elle ne pouvait matériellement affecter la structure, l'édifice mathématique de la compréhension des phénomènes. Sax avait toujours eu la foi, et rien n'avait pu l'ébranler — ni les analyses des spécialistes en sciences sociales, ni même l'expérience troublante du terraforming de Mars. La science était une construction sociale, mais c'était aussi, chose plus importante, un espace propre, dont le seul moule était la réalité. C'était sa beauté. La vérité est la beauté, comme disait le poète en parlant de la science[1]. Eh bien, le poète avait raison (ce qui n'était pas toujours le cas).

Et c'est ainsi que Sax se déplaçait dans cette vaste structure, à l'aise, compétent, et, dans une certaine mesure, satisfait.

Mais il commençait à comprendre que si belle et si puissante que soit la science, il était peut-être possible que le problème de la sénescence biologique soit trop complexe pour elle. Pas au point de n'être jamais résolu — rien ne l'était —, mais tout de même trop pour être élucidé de son vivant. La question restait, à vrai dire, de savoir à quel niveau de difficulté il se situait. Leur compréhension de la matière, de l'espace et du temps était incomplète, et se perdrait peut-être toujours, par la force des choses, dans l'ombre de la métaphysique, comme les spéculations sur le cosmos avant le big bang, ou sur les choses plus petites que les cordes. D'un autre côté, peut-être le monde pourrait-il être expliqué morceau par morceau, jusqu'à ce que tout (des cordes au cosmos, au moins) entre un jour dans le grand Parthénon. Les deux étaient possibles, le dossier était encore ouvert. Les mille années à venir diraient ce qu'il en était.

En attendant, il avait plusieurs passages à vide par jour et se retrouvait parfois à bout de souffle, le cœur battant la chamade. Il dormait mal. Depuis la mort de Michel, sa vision des choses devenait incertaine, et il avait le plus grand besoin d'aide. Quand il réussissait à réfléchir au sens de tout cela, il avait l'impression de livrer une course contre la mort. Comme tous les autres, et surtout les savants qui travaillaient réellement sur le problème de la vie. Pour vaincre, ils devaient expliquer l'un des plus Grands Inexplicables.

Il était assis sur un banc avec Maya après une journée passée devant son écran, à réfléchir à l'immensité croissante de cette aile du Parthénon, lorsqu'il se rendit compte qu'il ne pouvait gagner la course. L'espèce humaine la remporterait peut-être un jour, mais ils avaient encore du chemin à faire. Ce n'était pas une surprise, au fond. Il l'avait toujours su. Etiqueter la plus vaste manifestation actuelle du problème ne lui avait pas masqué sa profondeur, le « déclin subit » n'était qu'un nom, inadapté, simpliste. Ce n'était même pas de la science, en fait, juste une tentative (comme le « big bang ») de restriction, de circonscription de la réalité encore non comprise. Dans ce cas précis, le problème était tout simplement la mort. Un sacré déclin subit. Etant donné la nature du temps et de la vie, aucun organisme vivant ne résoudrait vraiment le problème. Ils trouveraient des ajournements, oui ; des solutions, non.

— La réalité elle-même est mortelle, dit-il.

1. John Keats (1795-1821) : « Beauty is truth, truth beauty », *Ode sur une urne grecque*. (*N.d.T.*)

— C'est sûr, acquiesça Maya, absorbée par la contemplation du coucher de soleil.

Il fallait qu'il trouve un problème plus simple. Pour prendre du recul avant de revenir à des questions plus complexes. Ne serait-ce que pour résoudre quelque chose. La mémoire, peut-être. Lutter contre les absences : voilà un combat à sa portée. Et sa mémoire avait bien besoin d'aide. Réfléchir à la question pourrait jeter une lumière sur le déclin subit. Et même si ce n'était pas le cas, il devait essayer, coûte que coûte. Parce que s'ils devaient tous mourir, autant mourir la mémoire intacte.

Alors il reporta sa priorité sur la question de la mémoire, abandonnant le déclin subit et toutes les conséquences de la sénescence. Après tout, mortel il était et mortel il resterait.

Les récents travaux sur la mémoire ouvraient des perspectives assez évidentes. Ce domaine scientifique particulier était lié par bien des aspects aux travaux sur l'acquisition des connaissances qui avaient en partie permis à Sax de récupérer après son attaque. Après tout, c'était normal, la mémoire étant le réservoir des connaissances. Les recherches en ce domaine avançaient dans la compréhension de la conscience. Mais l'emmagasinage et la restitution des informations restaient des points cruciaux encore imparfaitement compris.

Les pistes étaient pourtant nombreuses. D'abord, il y avait des indices cliniques. La plupart des Cent Premiers perdaient la mémoire, et les nisei qui voyaient ce phénomène se manifester chez leurs anciens espéraient bien y couper. La mémoire était donc un sujet brûlant. Des centaines, des milliers de laboratoires travaillaient sur la question, et de nombreux points étaient éclaircis. Après avoir passé des mois à étudier la littérature, selon son habitude, Sax pensa avoir compris les grandes lignes de son fonctionnement, même s'il se heurtait, comme tout un chacun, à une connaissance insuffisante des principes fondamentaux, de la conscience, de la matière, du temps. Les choses étant ce qu'elles étaient, Sax ne voyait pas comment ils pourraient améliorer ou renforcer la mémoire. Il fallait trouver une autre solution.

Selon l'hypothèse avancée pour la première fois par Donald Hebb en 1949 (et toujours valide, le principe qu'elle énonçait étant très général), tout événement, toute information laissait dans le cerveau une trace organique, ou engramme. A l'époque, on situait ces engrammes au niveau synaptique, et comme il y avait des centaines de milliers de synapses possibles pour chacun des dix millards de neurones du cerveau, on avait plus ou moins calculé que le cerveau pouvait retenir l'équivalent de 10^{14} bits de données environ. Cette explication de la conscience humaine paraissait satisfaisante. Et comme elle décrivait un phénomène à la portée des ordinateurs, elle mena à la brève vogue de la notion de grande intelligence artificielle, ainsi qu'à son corollaire, la « faillibilité de la machine », un inverse de l'idée pathétique selon laquelle le cerveau aurait été la machine la plus puissante de l'époque. Mais les travaux des XXIe et XXIIe siècles avaient mis en évidence que les « engrammes » n'étaient pas localisés dans des sites spécifiques. Aucune expérience, et il y en eut des quantités (consistant, par exemple, à ôter diverses parties du cerveau de rats après qu'ils avaient appris une tâche, sans qu'aucune partie du cerveau se révèle essentielle), ne permit de localiser ces sites. Les expérimentateurs frustrés en conclurent que la mémoire était « partout et nulle part », ce qui mena à comparer le cerveau à un hologramme, invention plus stupide encore que l'analogie avec la machine. Les expériences ultérieures clarifièrent les choses. Il apparut que toutes les actions de la conscience se situaient à un niveau beaucoup plus petit que celui des neurones. Sax y voyait la traduction de la miniaturisation des sujets étudiés par les scientifiques au cours du XXIIe siècle. Dans cette appréciation plus fine, ils avaient commencé à s'intéresser au cytosquelette des neurones qui étaient composés de microtubules reliés par des ponts protéiniques. Les microtubules étaient des tubes creux faits de treize protofilaments linéaires chacun composé de sous-unités d'α– et de β– tubuline en alternance. La structure des microtubules était labile : ils se polymérisaient à une extrémité et se dépolymérisaient rapidement à l'autre. Ils jouaient donc plus ou moins le rôle d'interrupteur marche/arrêt de l'engramme, mais ils étaient si petits que la polarisation de chacun était influencée par celle de ses voisins, selon le principe d'interaction formulé par Van der Waals. C'est ainsi que des messages de toute sorte pouvaient se propager le long de chaque microtubule et des ponts de protéines qui les reliaient. Puis, tout récemment, ils avaient franchi une nouvelle étape dans la miniaturisation : chaque tubuline contenait près de quatre cent cinquante acides aminés, qui retenaient les informations grâce à des changements de séquences. Ces colonnes de tubuline renfermaient de minuscules fils d'eau polarisée, susceptible de transmettre des oscillations quantiques sur toute la longueur du tubule. Des expériences effectuées sur des singes vivants avaient mis en évidence que l'effort de réflexion avait pour effet de déplacer des séquences d'acides aminés. Des colonnes de tubuline changeaient de polarité un peu partout dans le cerveau, selon certaines phases. Des microtubules évoluaient, grandissaient parfois ; et à une plus grande échelle, des ramifications dendritiques se formaient, établissaient de nouvelles connexions, changeant parfois de synapses, sans que cela soit une règle.

Selon le meilleur modèle actuel, les souvenirs étaient donc dans une certaine mesure encodés sous forme de schémas durables d'oscillations quantiques, définis par des modifications dans les microtubules et leurs éléments constitutifs, suivant des *patterns* d'activation dans les neurones. Pour certains chercheurs, toutefois, il existait peut-être une action significative, permanente, à des niveaux plus fins, ultramicroscopiques, mais cela dépassait les possibilités d'investigation actuelles (air connu). Ils croyaient discerner des indices du fait que les oscillations étaient structurées sur le même schéma que les réseaux de spin décrits dans les travaux de Bao, en réseaux et en nœuds que Sax trouvait étrangement similaires au palais de la mémoire, avec ses chambres et ses couloirs. C'était presque effrayant. De là à croire que les Grecs anciens avaient, par la seule force de l'introspection, eu l'intuition de la géométrie de l'espace-temps...

Il était sûr en tout cas que ces actions ultramicroscopiques jouaient un rôle dans la plasticité du cerveau. Elles étaient impliquées dans la façon dont il apprenait et enregistrait. La mémoire intervenait donc à un niveau beaucoup plus petit qu'on ne l'imaginait jusqu'alors, ce qui donnait au cerveau un pouvoir d'ordonnancement bien supérieur à toutes les estimations antérieures, de 10^{24} à 10^{43} opérations à la seconde, selon les calculs. Ce qui amena un chercheur à remarquer que le cerveau humain était, en un sens, plus complexe que tout le reste de l'univers (moins cette conscience, naturellement). Pour Sax, tout cela rappelait de façon suspecte les fantômes anthropomorphiques entrevus ailleurs, dans la théorie cosmologique, mais cela restait une idée intéressante.

Il se passait donc beaucoup plus de choses que prévu, et à un niveau si petit que des effets quantiques étaient sûrement en cause. L'expérimentation avait prouvé que le cerveau était le théâtre de phénomènes quantiques collectifs à grande échelle. Une cohérence quantique coexistait avec un enchevêtrement quantique entre les différentes polarisations des microtubules. Ce qui signifiait que tous les phénomènes contre-intuitifs et le paradoxe pur de la réalité quantique faisaient partie intégrante de la conscience. En fait, une équipe de chercheurs français avait réussi tout récemment, en incluant les effets quantiques dans les cytosquelettes, à avancer une théorie plausible sur la façon dont agissait l'anesthésie générale (après l'avoir utilisée allègrement pendant des siècles).

Ils avaient donc affaire à un autre monde quantique tout aussi bizarre que le précédent, un monde où il y avait action à distance, où l'absence de décision pouvait affecter des événements qui se produisaient pour de bon, où certains événements paraissaient déclenchés téléologiquement, c'est-à-dire par des événements qui semblaient se produire postérieusement... Sax ne fut pas très surpris par ce développement. Il venait étayer le sentiment qu'il avait eu toute sa vie, selon lequel l'esprit humain était profondément mystérieux, une boîte noire que la science était impuissante à déchiffrer. Et maintenant que la science l'explorait, elle se heurtait aux Grands Inexplicables de la réalité même.

On pouvait quand même s'appuyer sur les découvertes de la science et admettre que la réalité au niveau quantique se comportait d'une façon invraisemblable au niveau de la perception et des expériences humaines. Ils avaient eu trois cents ans pour s'y habituer. Ils avaient plus ou moins intégré cette donnée à leur vision du monde, et ils avaient continué leur petit bonhomme de chemin. En réalité, Sax était à l'aise dans les paradoxes quantiques familiers. A l'échelle microscopique, les choses étaient bizarres mais explicables, quantifiables ou au moins descriptibles à l'aide des nombres complexes, de la géométrie riemannienne et de diverses branches des mathématiques. Retrouver de telles choses dans le fonctionnement même du cerveau n'aurait pas dû être une surprise. A vrai dire, par rapport à l'histoire humaine, à la psychologie ou à la culture, ça avait même quelque chose de réconfortant. Ce n'était que de la mécanique quantique, après tout, une chose qu'on pouvait mettre en modèles mathématiques. Et ça avait un sens.

Enfin. A un niveau d'observation très poussée de la structure cérébrale, une grande partie du passé de l'individu était contenue, encodée dans un réseau unique et complexe de synapses, de microtubules, de dimères de tubuline, d'eau polarisée et de chaînes d'acides aminés, tous assez petits et assez voisins pour avoir des effets quantiques les uns sur les autres. Des schémas de fluctuation quantique qui divergeaient et s'effondraient ; c'était ça, la conscience. Et les schémas étaient manifestement conservés ou générés dans des parties spécifiques du cerveau. Ils résultaient d'une structure physique articulée à de nombreux niveaux. L'hippocampe, par exemple, était d'une importance critique, surtout le corps godronné et le faisceau perforant qui y menaient. L'hippocampe était extrêmement sensible à l'action du système limbique, qui se trouvait juste en dessous dans le cerveau. Or le système limbique était à bien des égards le siège des émotions, ce que les anciens auraient appelé le cœur. L'intensité avec laquelle un événement s'inscrivait dans la mémoire dépendait pour beaucoup de sa charge émotionnelle. Les choses arrivaient, la conscience y assistait ou les éprouvait. Il était inévitable qu'une grande quantité d'expériences change le cerveau, en fasse partie pour toujours. En particulier les événements chargés d'une certaine affectivité. Sax trouvait cette description pertinente. Il se rappelait mieux les événements qui lui avaient fait une forte impression. Ou il les oubliait plus formellement, ainsi que le suggéraient certaines expériences, par suite d'un effort constant, inconscient, qui n'était pas véritablement de l'oubli, mais relevait du refoulement.

Mais après ce changement initial dans le cerveau, le lent processus de dégradation commençait. Il est vrai que le pouvoir de remémoration différait selon les individus, mais il semblait toujours moins développé que la faculté d'emmagasinage des souvenirs, et très difficile à orienter. Des tas de choses étaient gravées dans le cerveau et ne remontaient jamais à la mémoire. Les schémas non évoqués n'étaient pas renforcés par la répétition, et après cent cinquante ans de stockage, les expériences suggéraient que le schéma se dégradait de plus en plus vite, en raison apparemment des effets quantiques cumulatifs des radicaux libres qui s'agglutinaient au hasard dans le cerveau. Ça ressemblait bien à ce qui arrivait aux anciens : un processus de dégradation qui commençait aussitôt après le stockage d'un événement et atteignait finalement un niveau catastrophique pour les schémas oscillatoires concernés, donc pour les souvenirs. C'était probablement aussi inéluctable, se disait sombrement Sax, que l'opacification thermodynamique de la cornée.

D'un autre côté, quand on répétait ses souvenirs, quand on les ecphorisait, comme on disait parfois dans la littérature — d'un mot grec qui voulait dire « transmission écho » —, les schémas en sortaient renforcés, ça leur donnait un nouveau départ. Ça remettait à zéro le compteur de la dégradation. Une sorte de traitement de longévité pour les dimères de tubuline, qui était parfois évoqué dans les publications sous le nom d'*anamnésie*, ou oubli d'oublier. Après ce traitement, il devait être plus facile de se remémorer n'importe quel événement donné, aussi facile du moins qu'au moment où il était survenu. Telle était la direction générale que prenaient les travaux sur le renforcement de la mémoire. Certains donnaient aux drogues et aux traitements électriques impliqués dans le processus le nom de nootropiques, mot qui signifiait « agir sur l'esprit ». On forgeait toutes sortes de termes sur la question dans la littérature actuelle, des tas de gens feuilletaient leurs dictionnaires de grec et de latin dans l'espoir de devenir les parrains du phénomène. Sax avait trouvé *mnémonique, mnémonistique* et *mnémosynique*, du nom de la déesse de la mémoire. Il avait aussi lu *mimenskesthains*, d'un verbe grec qui signifiait « se souvenir ». Sax préférait *renforçateur de mémoire*, ou *anamnésique*, qui semblait être le terme le plus approprié à ce qu'ils tentaient de faire. Il voulait concocter un anamnésique.

L'ennui, c'est qu'ecphoriser — se rappeler — tout son passé, ou même seulement une partie, posait un gros problème pratique. Il ne suffirait pas de trouver des anamnésiques pour initier le processus, il faudrait aussi trouver le temps de le faire ! Et quand on avait vécu deux siècles, il devait bien falloir deux ans pour ecphoriser tous les événements significatifs de son existence.

On ne pouvait évidemment pas, pour toutes sortes de raisons, procéder à un inventaire séquentiel, chronologique. Il paraissait préférable de procéder à l'immersion totale du système, de renforcer tout le réseau sans évoquer consciemment chacun de ses éléments. Il n'était pas certain que cette imprégnation soit possible par des moyens électrochimiques. Et même si elle l'était, on ne pouvait pas préjuger de son effet. Mais imaginons qu'on arrive, par exemple, à stimuler électriquement les nerfs perforants qui menaient à l'hippocampe et à faire franchir une grande quantité d'adénosine triphosphate à la barrière sanguine du cerveau, stimulant ainsi la potentialisation à long terme qui intervenait dans l'apprentissage. Si on pouvait ensuite imposer un schéma d'ondes mentales stimulant et favorisant les oscillations quantiques des microtubules, si on pouvait amener sa conscience à revoir les souvenirs qui paraissaient les plus importants, pendant que les autres étaient aussi renforcés, inconsciemment...

Il passa par une phase d'*accelerando* de pensée, puis il eut un soudain passage à vide. Il était là, assis dans son salon, absent, se maudissant de ne même pas essayer de marmonner quelque chose dans son IA. Il lui semblait qu'il tenait quelque chose — quelque chose sur l'ALT — à moins que ce ne soit la PLT ? Enfin. Si c'était une pensée vraiment utile, elle lui reviendrait. Il devait y croire. Ça paraissait plausible.

Comme il paraissait de plus en plus plausible, au fur et à mesure qu'il étudiait le sujet, que le choc du trou de mémoire de Maya ait, d'une façon ou d'une autre, provoqué le déclin subit de Michel. Il n'en aurait jamais la preuve, et ça n'avait pas d'importance, d'ailleurs. Mais Michel n'aurait pas voulu survivre à leur mémoire, à l'un ou à l'autre. Voir Maya oublier des choses aussi fondamentales, aussi importantes que la clé de ses souvenirs avait dû lui faire un choc. Or le lien corps-esprit était si fort que les distinguer était probablement une erreur en soi, un vestige de la métaphysique cartésienne, ou de la vision religieuse primitive de l'âme. L'esprit était la vie du corps. La mémoire était l'esprit. Par une simple équation transitive, la mémoire était donc égale à la vie. De sorte que lorsque la mémoire disparaissait, il n'y avait plus de vie. C'est ce que Michel avait dû éprouver, dans cette dernière demi-heure traumatique, alors qu'il sombrait dans une arythmie fatale, torturé par la douleur de voir mourir la mémoire de celle qu'il aimait.

Pour rester en vie, ils devaient se rappeler. Ils devaient donc tenter d'ecphoriser, s'il parvenait à imaginer une méthodologie anamnésique qui tenait debout.

Evidemment, ça pouvait être dangereux. Le renforçateur de mémoire, s'il réussissait à en élaborer un, risquait d'imprégner tout le système en même temps, et personne ne pouvait prévoir l'effet subjectif sur l'individu. Seule l'expérience dirait ce qu'il en était. Enfin, ce ne serait pas la première fois qu'ils tenteraient des expériences sur leur propre personne. Vlad s'était administré le traitement gérontologique au risque d'y perdre la vie. Jenner s'était inoculé le vaccin antivariolique. Alexander Bogdanov, l'ancêtre d'Arkady, avait changé son sang contre celui d'un jeune homme souffrant de la malaria et de tuberculose, et s'il en était mort, le jeune homme avait encore vécu trente ans. Sans parler des jeunes physiciens de Los Alamos qui avaient déclenché la première explosion nucléaire en se demandant si elle n'allait pas anéantir toute l'atmosphère de la Terre, ce qui constituait un cas limite d'autoexpérimentation, il faut bien l'admettre. Comparés à ces expériences, quelques acides aminés faisaient piètre figure. Ça ressemblait plutôt au Dr Hoffman essayant le LSD sur lui-même. Ecphoriser serait sûrement moins perturbant qu'une prise de LSD, car même si tous les souvenirs étaient renforcés en même temps, la conscience ne s'en rendrait sûrement pas compte. Sax avait l'impression, à la réflexion, que le fil des pensées, selon l'expression convenue, était assez linéaire. De sorte qu'en mettant les choses au pire, on devrait éprouver une succession de souvenirs associatifs assez rapides, ou un fouillis désordonné qui rappelait à Sax son propre processus de pensée, pour dire les choses telles qu'elles étaient. Il encaisserait. Il était prêt à supporter des choses bien plus traumatisantes, s'il le fallait.

Il prit l'avion pour Acheron.

A Acheron, de nouvelles équipes travaillaient dans les vieux labos, qui avaient été franchement agrandis : ils avaient entièrement évidé le spectaculaire aileron de roche d'une quinzaine de kilomètres de longueur sur six cents mètres de hauteur et un kilomètre de largeur au maximum. C'était une ville d'environ deux cent mille habitants en même temps qu'un complexe de laboratoires dont l'organisation rappelait Da Vinci. Après que Praxis eut rénové l'infrastructure, Vlad, Ursula et Marina avaient dirigé la création d'une nouvelle station de recherche biologique. Vlad était mort, mais Acheron poursuivait ses activités et il ne semblait pas leur manquer. Ursula et Marina vivaient encore dans les pièces qu'elles occupaient avec lui, juste sous la crête de l'aileron — une encoche plantée d'arbres, partiellement murée, pleine de courants d'air —, et animaient leurs petits labos personnels. Elles étaient encore plus renfermées que du temps de Vlad. On les prenait très au sérieux à Acheron. Les jeunes savants les considéraient comme des grand-mères, des grand-tantes ou simplement comme des collègues de travail particulièrement respectables.

Ils regardèrent Sax avec des yeux ronds, comme si on leur avait présenté Archimède. Il était aussi déconcerté d'être traité ainsi qu'ils pouvaient l'être de rencontrer un tel anachronisme, et il dut s'efforcer, au cours de plusieurs conversations extrêmement pénibles, de convaincre tout le monde qu'il ne connaissait pas le secret de la vie, qu'il parlait la même langue qu'eux et qu'il n'avait pas la cervelle complètement ramollie.

Mais cette distance comportait certains avantages. Les jeunes savants étaient généralement des empiristes naïfs, des idéalistes et des enthousiastes farouches. Aussi Sax, qui venait du dehors, à la fois antique et nouveau, fit-il forte impression sur eux dans les séminaires qu'Ursula organisa pour faire le tour des travaux sur la mémoire. Sax exposa son idée de mise au point d'un anamnésique, évoqua plusieurs directions de recherche et constata que ses suggestions avaient pour ces jeunes un pouvoir quasiment prophétique, même (sinon surtout) quand il se bornait à des commentaires relativement généraux. Quand ces suggestions entraient en résonance avec des voies qu'ils exploraient déjà, c'était du délire. En fait, plus il s'exprimait d'une façon sentencieuse, mieux ça valait. Ce n'était pas très scientifique, mais c'était ainsi.

Sax se rendit compte en les observant que la versatilité, la réactivité, l'intense concentration de la science qu'il avait constatées à Da Vinci étaient des caractéristiques de tous les labos organisés en coops. C'était le propre de la science martienne. Les savants contrôlaient leur travail comme il ne l'avait jamais vu faire sur Terre, et l'effectuaient avec une rapidité et une efficacité inconnues là-bas, de son temps du moins. A son époque, les moyens nécessaires aux recherches étaient fournis par des tiers, institutions aux intérêts particuliers ou bureaucraties, qui les répartissaient sans beaucoup de discernement. Et même les efforts cohérents étaient souvent consacrés à des choses triviales, la plupart du temps pour le seul profit des organismes qui contrôlaient les labos. Acheron, au contraire, était une communauté semi-autonome, autogérée, responsable devant les cours environnementales et la Constitution, évidemment, mais sinon totalement indépendante. Les savants choisissaient eux-mêmes leurs sujets de recherche, et quand on leur demandait quelque chose, s'ils étaient intéressés, ils pouvaient réagir au quart de tour.

Il ne serait donc pas seul à chercher son renforçateur de mémoire, loin de là. Les labos d'Acheron se sentaient très impliqués, et Marina jouait toujours un rôle actif dans le labo des labos de la cité, qui avait encore des liens étroits avec Praxis — Praxis et toutes ses ressources. Beaucoup de labos de cet endroit se consacraient déjà au problème de la mémoire. C'était maintenant pour des raisons évidentes une composante essentielle du projet gérontologique. D'après Marina, vingt pour cent des efforts humains étaient maintenant tournés, d'une façon ou d'une autre, vers la longévité. Or celle-ci n'avait pas de raison d'être si la mémoire était moins durable que le reste de l'organisme. Il était donc sensé qu'un complexe comme Acheron se focalise sur le problème.

Peu après son arrivée, Sax alla prendre le petit déjeuner chez

Marina et Ursula. Ils étaient seuls, entourés de cloisons amovibles décorées de batiks de Dorsa Brevia et d'arbres en pot. Rien ne rappelait Vlad et elles ne parlèrent pas de lui. Sax, conscient du privilège qu'elles lui faisaient en l'invitant dans leur domaine, avait du mal à se concentrer sur la question à l'ordre du jour. Il connaissait ces deux femmes depuis toujours et avait beaucoup de respect pour elles. Surtout pour Ursula, à cause de ses grandes qualités d'empathie. Mais, au fond, il avait l'impression de ne rien savoir d'elles. Il mangeait donc, assis dans les courants d'air, en les regardant et en admirant la vue par les grandes baies ouvertes. Au nord s'étendait une étroite bande bleue : la baie d'Acheron, une profonde indentation dans la mer du Nord. Au sud, par-delà l'horizon, se dressait l'énorme masse d'Olympus Mons. Entre les deux, une sorte de parcours de golf diabolique : de vieilles coulées de lave durcie, érodée, convulsée, fracturée, grêlée. Dans chaque anfractuosité, une petite oasis verte piquetait la noirceur du plateau.

— Nous avons réfléchi, dit Marina. De tout temps, des psychologues ont signalé des cas isolés de mémoire exceptionnelle, sans jamais chercher à expliquer le phénomène par les modèles mémoriels de l'époque.

— En fait, ils les oubliaient aussi vite que possible, souligna Ursula.

— C'est vrai. Et quand on exhumait les rapports, personne ne les prenait vraiment au sérieux. On les mettait sur le compte de la crédulité. Comme il ne se trouvait évidemment aucun sujet vivant capable de reproduire les exploits décrits, on concluait tout naturellement que les chercheurs du passé s'étaient trompés ou laissé abuser. Mais nombre d'observations s'appuyaient sur des faits réels.

— Par exemple ? demanda Sax.

Il ne lui était pas venu à l'idée de compulser les comptes rendus cliniques concernant l'organisme vivant. Ils étaient toujours si anecdotiques. C'était pourtant logique.

— Toscanini, le chef d'orchestre, connaissait par cœur chaque note de tous les instruments de deux cent cinquante œuvres symphoniques environ, dit Marina. Plus les paroles et la musique de près d'une centaine d'opéras, et une quantité impressionnante d'autres œuvres plus courtes.

— Ça a été vérifié ?

— De façon empirique. Un joueur de basson qui avait cassé une clé de son instrument le dit à Toscanini qui réfléchit et lui répondit de ne pas s'en faire ; il n'aurait pas besoin de cette note ce soir-là. Des choses dans ce genre-là. Il dirigeait sans partition, écrivait les parties manquantes pour les interprètes, et ainsi de suite.

— Hum, hum.

— Un musicologue appelé Tovey avait le même don, ajouta Ursula. On dirait que ce n'est pas rare chez les musiciens. Comme si la musique était un langage qui permettait les manifestations de mémoire prodigieuse.

— Hum.

— Un certain Athens, qui enseignait à Cambridge au début du XXIe siècle, avait emmagasiné une foule de connaissances, poursuivit Marina. Toujours dans le domaine de la musique, mais aussi de la poésie, des maths, des faits de toute sorte et des dates, y compris de sa vie personnelle, au jour le jour. Il aurait dit que le secret résidait dans l'intérêt : « L'intérêt focalise l'attention. »

— Ça, c'est vrai, acquiesça Sax.

— Il mémorisait surtout les choses qui l'intéressaient. Et il disait s'intéresser à la signification. Mais en 2060, il se rappelait une liste de vingt-trois mots qu'il avait apprise à l'occasion d'un test, en 2032. Et ainsi de suite.

— J'aimerais en savoir plus sur lui.

— Oui, fit Ursula. Ce n'était pas un monstre comme les calculateurs de foire, ou ceux qui se rappellent dans tous leurs détails les images qu'on leur montre. Ceux-là sont souvent porteurs de handicaps.

— Comme le Letton Chereskevskii et l'homme qu'on appelait V.P., qui se rappelait des quantités vraiment hallucinantes de données hétéroclites, acquiesça Marina. Tous deux souffraient de synesthésie.

— Hum. Une hyperactivité de l'hippocampe, peut-être.

— Peut-être.

Ils évoquèrent quelques autres cas : celui d'un certain Finkelstein qui déterminait les dates des élections dans tous les Etats d'Amérique plus vite que les calculatrices des années trente, des talmudistes qui retenaient non seulement le Talmud mais aussi la position de chaque mot dans la page, des conteurs qui connaissaient par cœur des quantités homériques de vers, de ces gens dont on disait qu'ils avaient utilisé avec un excellent résultat la méthode du palais de la mémoire de la Renaissance. Sax avait lui-même essayé après son attaque, avec succès. Et ainsi de suite.

— Ces facultés extraordinaires semblent n'avoir aucun rapport avec la mémoire ordinaire, observa Sax.

— C'est une mémoire eidétique, dit Marina. Elle s'appuie sur des images mentales, fidèles. Comme chez les enfants, à ce qu'on dit. La mémorisation change à la puberté, pour la plupart des individus, en tout cas. On dirait que ces gens n'évoluent jamais et continuent à fonctionner comme des enfants.

— Hum, fit Sax. Je me demande si ce sont les extrêmes d'une distribution continue des facultés ou des exemples d'une distribution bimodale exceptionnelle.

Marina haussa les épaules.

— Ça, nous n'en savons rien. Mais nous avons un cas de ce genre à l'étude ici même.

— Ah bon ?

— Oui. Zeyk. Il est venu ici, avec Nazik, afin de nous permettre de l'étudier. Il est très coopératif. Elle l'y encourage en disant qu'il pourrait en sortir quelque chose de positif. Il n'aime pas son don qui n'a pourtant rien à voir avec celui des calculateurs miracles, bien qu'il soit meilleur à ce jeu que la plupart d'entre nous. Mais il conserve des souvenirs extraordinairement détaillés de son passé.

— Je crois me souvenir d'en avoir entendu parler, dit Sax.

Les deux femmes rirent et, surpris, il joignit son rire aux leurs.

— Je voudrais voir comment vous procédez, reprit-il.

— Bien sûr. Il est dans le laboratoire de Smadar. C'est passionnant. On lui projette des images des événements auxquels il a assisté, on lui pose des questions, et il répond pendant que des scanners enregistrent son activité cérébrale.

— Ça paraît très intéressant.

Ursula le conduisit vers un long laboratoire plongé dans la pénombre. Certains lits étaient occupés par des sujets qui subissaient des examens. Des images colorées fluctuaient sur des écrans, des hologrammes flottaient dans le vide. D'autres lits étaient vacants, et semblaient un peu inquiétants.

Après avoir vu tous les jeunes indigènes, quand Sax arriva à Zeyk, il eut l'impression de se retrouver devant un spécimen d'*Homo habilis* qu'on aurait ramené de la préhistoire pour tester ses facultés mentales. Il portait un casque hérissé intérieurement d'électrodes. Ses yeux las, méfiants, étaient enfoncés dans son visage ratatiné, d'une couleur malsaine, sur lequel ressortait sa barbe blanche, humide. Nazik était assise à côté du lit et lui tenait la main. Au-dessus d'un holographe planait une image translucide, détaillée, en trois dimensions, du cerveau de Zeyk dans lequel vacillaient des schémas lumineux, vert, rouge, jaune, bleu, pareils à des éclairs de chaleur. L'écran, à côté du lit, montrait des images brouillées d'une petite ville sous tente, à la tombée du jour. Une jeune femme l'interrogeait, sans doute Smadar, la responsable de l'unité de recherche.

— Alors la faction Ahad a attaqué le Fatah ?

— Oui. Enfin, ils se battaient, et j'avais l'impression que c'étaient les gens du Ahad qui avaient commencé. Mais quelqu'un les dressait les uns contre les autres, je crois. On peignait des slogans sur les fenêtres.

— Les Frères Musulmans se battaient souvent avec cette violence ?

— Oui, à l'époque. Mais pourquoi cette nuit-là, je n'en sais rien. Quelqu'un les avait dressés les uns contre les autres. On aurait dit que tout le monde était soudain devenu fou.

Sax sentit son estomac se nouer. Puis il eut une impression de froid, comme si le système de ventilation avait laissé entrer l'air du dehors.

La petite ville de l'écran était Nicosia. Ils parlaient de la nuit où John Boone avait été tué. Smadar posait des questions en regardant l'écran et enregistrait les réponses de Zeyk. Il regarda Sax, le salua d'un hochement de tête.

— Russell était là, lui aussi.

— Vous y étiez ? demanda Smadar en regardant Sax.

— Oui.

Sax n'avait pas pensé à cette histoire depuis des années. Des dizaines d'années, un siècle peut-être. Il se rendit compte qu'il n'était pas retourné à Nicosia depuis cette fameuse nuit. Il avait tout fait pour l'éviter. La répression typique. Il aimait beaucoup John, qui avait travaillé pour lui pendant des années avant de se faire assassiner. Ils avaient été amis.

— J'ai vu quand ils l'ont attaqué, dit Sax, à la surprise générale.

— Vraiment ! s'exclama Smadar.

Zeyk, Nazik et Ursula le regardaient aussi, maintenant, de même que Marina qui les avait rejoints.

— Qu'avez-vous vu ? demanda Smadar en jetant un coup d'œil à l'orage silencieux qui clignotait dans le cerveau de Zeyk.

Le passé était comme ça, comme un orage électrique vacillant, silencieux. Voilà dans quoi ils s'étaient embarqués.

— Ils se battaient, dit lentement Sax, mal à l'aise, en regardant l'image holographique comme si c'était une boule de cristal. Sur une petite plaza, au coin d'une rue et du boulevard central. Près de la médina.

— Des Arabes ? demanda la jeune femme.

— Possible, répondit Sax en fermant les yeux.

S'il ne pouvait le voir, il pouvait l'imaginer. En une sorte de vision aveugle.

— Oui, je crois.

Il rouvrit les yeux, vit que Zeyk le regardait.

— Tu les connaissais ? coassa Zeyk. Tu peux me dire à quoi ils ressemblaient ?

Sax secoua la tête, et ce mouvement parut libérer une image. Une image noire et en même temps présente. Sur l'écran apparurent les rues sombres de Nicosia où vacillaient des lumières telles les pensées dans le cerveau de Zeyk.

— Un grand type au visage en lame de couteau, à la moustache noire. Ils portaient tous la moustache, mais la sienne était plus longue, et il criait après ceux qui attaquaient Boone plutôt qu'après Boone lui-même.

Zeyk et Nazik échangèrent un coup d'œil.

— Yussuf, dit Zeyk. Yussuf et Nejm. C'étaient les meneurs du Fatah, et ils en voulaient plus à Boone qu'aucun des Ahad. Quand Selim est rentré, tard dans la nuit, mourant, il a dit Boone m'a tué, Boone et Chalmers. Il n'a pas dit j'ai tué Boone, il a dit Boone m'a tué. Que s'était-il donc passé ? demanda-t-il en regardant à nouveau Sax. Qu'as-tu fait ?

Sax frissonna. C'était pour ça qu'il n'était jamais retourné à Nicosia, qu'il n'y avait jamais repensé : cette nuit-là, au moment critique, il avait hésité. Il avait eu peur.

— Je les ai vus, de l'autre côté de la place. C'était assez loin, et je ne savais pas quoi faire. Ils ont frappé John, il est tombé. Ils l'ont emmené. Je... j'ai regardé. Et puis... j'étais dans un groupe qui leur courait après. Je ne sais pas qui étaient les autres. Ils m'ont entraîné. Mais ses agresseurs l'emmenaient dans des petites rues, il faisait noir, et notre groupe... notre groupe les a perdus.

— Ton groupe était probablement composé d'amis des assassins, fit Zeyk. Ils t'avaient entraîné sur une fausse piste.

— Ça se peut, fit Sax. Il y avait des moustachus dans le groupe.

Il se sentait malade. Il était resté les bras ballants. Il n'avait rien fait. Les images sur l'écran vacillèrent, foudre dans le noir. Le cortex de Zeyk grouillait d'éclairs microscopiques, de toutes les couleurs.

— Alors ce n'était pas Selim, dit Zeyk. Et si ce n'était pas Selim, ce n'était pas Frank Chalmers non plus.

— Il faudrait le dire à Maya, répondit Nazik. Il faut qu'elle le sache.

Zeyk haussa les épaules.

— Ça ne lui fera ni chaud ni froid. Frank avait monté Selim contre John. Même si quelqu'un d'autre a fait le coup, qu'est-ce que ça change ?

— Vous pensez que c'était quelqu'un d'autre ? demanda Smadar.

— Oui. Yussuf et Nejm. Le Fatah. Ou celui, quel qu'il soit, qui jetait de l'huile sur le feu. Nejm, peut-être...

— Il est mort.

— Comme Yussuf, ajouta Zeyk d'un ton sinistre. Et tous ceux qui ont déclenché l'émeute, ce soir-là.

Il secoua la tête. L'image au-dessus du lit tremblota.

— Que s'est-il passé ensuite ? demanda Smadar en regardant son écran.

— Unsi al-Khan est entré en courant dans le hajr et nous a dit que Boone avait été attaqué. Unsi... Enfin, je suis allé avec quelques autres à la porte de Syrie, voir si on l'avait utilisée. A l'époque, les Arabes avaient pour coutume de se débarrasser de leurs ennemis en les abandonnant à la surface. Nous avons constaté que la porte avait été ouverte une fois et que personne n'était revenu par ce chemin-là.

— Vous vous souvenez du code de la serrure ? demanda Smadar.

Zeyk fronça les sourcils, ferma hermétiquement les paupières. Ses lèvres remuèrent.

— Une partie de la suite de Fibonacci... Ça m'avait frappé. 581321.

Sax étouffa une exclamation de surprise. Smadar acquiesça.

— Continuez.

— Puis une femme que je ne connaissais pas s'est précipitée vers nous et nous a dit qu'on avait trouvé Boone à la ferme. Nous l'avons suivie vers le centre médical de la médina. Tout était neuf, propre, luisant. Il n'y avait même pas de gravures sur les murs. Tu étais là, Sax, avec les autres Cent Premiers de la ville : Chalmers, Toïtovna, Samantha Hoyle.

Sax se rendit compte qu'il ne se rappelait absolument pas la clinique. Ou plutôt... Une image de Frank, le visage en feu, et Maya, son domino blanc, sa bouche réduite à une ligne exsangue. Mais non, c'était dehors, sur le boulevard jonché de bouts de verre. Il leur avait dit que Boone s'était fait agresser, et Maya s'était mise à pleurer. Tu n'as pas essayé de les arrêter ? Tu n'as pas essayé de les arrêter ? Et il avait réalisé que, en effet, non, il n'avait rien fait pour les arrêter, pour aider John. Il était resté là, pétrifié par le choc, à regarder son ami se faire attaquer et entraîner. Nous avons essayé, avait-il dit à Maya, j'ai essayé. Alors qu'il n'avait rien fait.

Mais la clinique, plus tard, rien. Il n'avait aucun souvenir de ce qui s'était passé encore cette nuit-là en fait. Il ferma les yeux, pinça les lèvres comme s'il pouvait en jaillir une autre image. Mais rien ne venait. La mémoire était vraiment une chose étrange ; il se rappelait les moments critiques, traumatisants, où ces prises de conscience s'étaient ancrées en lui. Le reste avait disparu. Le système limbique, la charge émotionnelle devaient avoir une importance cruciale dans l'encodage ou l'incrustation des souvenirs.

Et pourtant... Zeyk citait lentement le nom des personnes présentes dans la salle d'attente du centre médical, qui devait être plein de monde. Puis il décrivit la doctoresse qui était venue leur annoncer la mort de Boone.

— Elle nous a dit : « Il est mort. Il est resté trop longtemps dehors. » Maya a mis la main sur l'épaule de Frank. Il a sursauté.

— Il faut que nous le disions à Maya, répéta Nazik.

— Il a répondu : « Je suis désolé. » J'ai trouvé ça drôle. Elle a répliqué qu'il n'avait jamais aimé John, de toute façon, ou quelque chose dans ce goût-là, ce qui était vrai. Frank en est convenu, et puis il est parti, furieux contre elle. Il a dit : « Qu'est-ce que tu en sais ? De qui j'aime ou n'aime pas ? » Il lui a dit ça avec une hargne... Il ne supportait pas sa présomption. L'idée qu'elle savait tout de lui.

Zeyk secoua la tête.

— J'étais là, à ce moment-là ? demanda Sax.

— ... Oui. Tu étais assis juste derrière Maya. Mais tu étais distrait. Tu pleurais.

Décidément, ça ne lui rappelait rien. Rien du tout. Sax se dit avec un sursaut que s'il avait fait beaucoup de choses dont personne ne saurait jamais rien, il y avait aussi des choses qu'il avait faites dont d'autres se souvenaient et pas lui. Ils en savaient si peu ! si peu !

En attendant, Zeyk continuait : la fin de la nuit, le lendemain matin. L'apparition de Selim, sa mort. Puis le surlendemain, quand Zeyk et Nazik avaient quitté Nicosia. Et le jour d'après. Plus tard, Ursula dit qu'il pouvait décrire chaque semaine de sa vie d'une façon aussi détaillée.

Mais Nazik mit fin à la séance.

— Ça devient trop pénible, dit-elle à Smadar. Nous reprendrons demain.

Smadar acquiesça et commença à tapoter sur la console de la machine placée à côté d'elle. Zeyk braquait un regard hanté sur le plafond qui se perdait dans les ombres, et Sax se dit qu'aux nombreux dysfonctionnements de la mémoire, il faudrait ajouter celles qui marchaient trop bien. Mais comment ? Par quel mécanisme ? L'image du cerveau de Zeyk, reproduisant les schémas de l'activité quantique — des éclairs voltigeant dans le cortex... un esprit qui enregistrait le passé comme aucun des autres anciens, ignorant l'usure de la mémoire, que Sax croyait être inexorable, programmée... Enfin, malgré tous les tests qu'ils faisaient subir à ce cerveau, il se pouvait fort bien qu'il garde son secret. Il arrivait trop de choses dont ils ignoraient tout. Comme cette nuit-là, à Nicosia.

Ebranlé, Sax enfila un survêtement chaud et sortit, heureux de pouvoir s'évader un moment. Les environs d'Acheron lui avaient déjà procuré d'innombrables plages de détente, du temps où il travaillait au labo.

Il partit vers le nord, vers la mer. Certaines de ses meilleures idées sur la mémoire, il les avait eues en allant vers ce rivage, par des chemins tellement sinueux qu'il n'arrivait jamais à reprendre deux fois le même, d'abord parce que le vieux plateau de lave était bouleversé par des grabens et des escarpements, ensuite car il ne faisait pas attention à la topographie : soit il était perdu dans ses pensées, soit il était perdu dans le paysage immédiat, ne regardant que distraitement autour de lui. En réalité, il était impensable de se perdre dans le coin. Il suffisait de monter sur une butte pour voir se dresser l'aileron d'Acheron, telle l'épine dorsale d'un immense dragon. Et à l'opposé, le miroir bleu de la baie d'Acheron. Entre les deux s'étendait le plateau rocheux troué d'oasis invisibles, chaque crevasse pleine de plantes, un million de micro-environnements. Rien à voir avec le paysage fondant du rivage polaire, de l'autre côté de la mer. Ce plateau rocheux et ses petits habitats cachés semblaient immémoriaux, malgré le jardinage sans doute effectué par les écopoètes d'Acheron. Beaucoup de ces oasis étaient des expériences, et Sax les traitait comme telles, restant en dehors, plongeant les yeux dans une succession d'alases aux parois abruptes, se demandant ce que l'écopoète responsable espérait découvrir en effectuant ce travail. Ici, on pouvait enrichir le sol sans crainte de le voir emporter vers la mer, même si le vert surprenant des estuaires, en bas, dans la vallée, prouvait qu'un peu de sol fertile était entraîné par les fleuves. Ces marécages estuariens se rempliraient d'alluvions et deviendraient ainsi plus salés, comme la mer du Nord elle-même...

Cette fois, pourtant, ses observations étaient perturbées par l'incursion de John dans ses pensées. John qui avait passé les dernières années de sa vie à travailler pour lui. Ils avaient souvent parlé de l'évolution rapide de la situation martienne. Et pendant ces années vitales, John avait toujours été heureux, chaleureux, confiant. Confiant et fiable, loyal, coopératif. Amical, courtois, gentil, facile à vivre, jovial, économe, brave, soigneux, respectueux. Non, non, pas tout à fait. Il était aussi cassant, impatient, arrogant, paresseux, négligé, camé, fier. Mais Sax en était venu à s'appuyer sur lui, il l'avait aimé. Aimé comme un grand frère qui l'avait protégé du monde au sens large. Et puis il s'était fait tuer. Les tueurs s'attaquaient toujours à ceux-là. Ils ne pouvaient supporter ce genre de courage. Ils l'avaient tué et Sax avait laissé faire sans lever le petit doigt, paralysé, épouvanté. Tu n'as pas essayé de les arrêter ? avait crié Maya. Il s'en souvenait, maintenant. Sa voix stridente. Non, j'ai eu peur. Non, je n'ai rien fait. Bon, il n'aurait sûrement rien pu faire de toute façon. C'était trop tard. Avant, quand les agressions avaient commencé, Sax aurait pu lui parler, le convaincre d'accepter une autre mission, des gardes du corps, ou, puisque John n'aurait jamais été d'accord, le faire protéger en secret pendant que ses amis restaient pétrifiés de ce qu'ils voyaient. Mais il n'avait fait appel à personne. Et son frère avait été tué, son frère qui s'était moqué de lui mais qui l'aimait quand même, l'aimait alors que personne d'autre ne pensait à lui.

Sax erra sans but sur la plaine fracturée, affolé — affolé par la perte d'un ami cent cinquante-trois ans plus tôt. Il y avait des moments où le temps semblait aboli.

Il s'arrêta net, ramené au présent par un mouvement furtif. De la vie. De petits rongeurs blancs, reniflant ici et là dans le vert d'une prairie affaissée. Sans doute des pikas des neiges ou des animaux de ce genre, mais aussi blancs... Sax sursauta. On aurait dit des rats de laboratoire. Des rats de labo, blancs, oui, mais sans queue. Des rats de labo mutants sortis de leur cage, se promenant en liberté dans l'herbe verte, luxuriante de la prairie comme des créatures surnaturelles, des hallucinations, les yeux clignotants, et les moustaches frémissantes, affairés à renifler le sol entre les mottes d'herbe à la recherche de quelque mets délectable. Ils grappillaient des graines, des noix, des fleurs. L'idée des cent rats de labo, autre avatar de Sax, amusait beaucoup John. L'esprit de Sax, enfin libre, s'égaillant dans la nature. Ceci est notre corps.

Il s'accroupit et observa les petits rongeurs jusqu'à ce qu'il sente le froid. Il y avait de plus grosses bêtes dans cette plaine : des daims, des élans, des orignaux, des mouflons, des rennes, des caribous, des ours bruns, des grizzlis, et même des loups, ombres grises, furtives. Tous, pour Sax, semblaient sortis d'un rêve. Chaque fois qu'il en repérait un, il sursautait, surpris, décontenancé, presque sidéré. Cela lui paraissait impossible. Ce n'était pas naturel. Et pourtant, ils étaient bien là. Et maintenant ces petits pikas des neiges, heureux dans leur oasis. Pas la nature, pas la culture, juste Mars.

Il pensa à Ann. Il aurait voulu qu'elle les voie.

Il pensait souvent à elle, ces temps-ci. Il avait perdu tant d'amis. Elle, au moins, elle était vivante, il pouvait encore lui parler, c'était chose possible. Il s'était renseigné et avait découvert qu'elle vivait maintenant dans la caldeira d'Olympus Mons, dans une petite communauté de grimpeurs Rouges. Il avait cru comprendre qu'ils descendaient à tour de rôle dans la caldeira, pour que la population reste aussi faible que possible, malgré les parois abruptes et les conditions de vie primitive dont ils raffolaient. Mais Ann pouvait y rester tout le temps qu'elle voulait, et n'en sortait qu'exceptionnellement. C'était ce que Peter lui avait raconté, mais Peter ne tenait l'information que de seconde main. C'était triste que ces deux-là ne se voient plus, ne se parlent plus. Triste et stupide. Les querelles de famille semblaient les plus irréductibles de toutes.

Enfin, elle était sur Olympus Mons. Donc presque à portée de vue, juste de l'autre côté de l'horizon, au sud. Et il avait envie de lui parler. Toutes ses réflexions sur ce qui s'était passé sur Mars, songea-t-il, étaient mises en scène comme une conversation avec Ann. Pas une dispute, du moins l'espérait-il, non : un interminable plaidoyer. S'il avait pu se laisser changer à ce point par la réalité de Mars la bleue, Ann ne pourrait-elle évoluer aussi ? N'était-ce pas inévitable, et même nécessaire ? Et si c'était déjà fait ? Sax avait l'impression d'être arrivé, avec le temps, à aimer ce qu'Ann aimait dans Mars ; il aurait maintenant voulu qu'elle lui rende la pareille. Elle était devenue pour lui, et ce n'était pas une situation confortable, une sorte d'étalon de ce qu'ils avaient fait. De sa qualité. Sa qualité, ou son acceptabilité. C'était un sentiment étrange qui s'était installé en lui, mais il était là.

Encore une pensée inconfortable qui lui trottait dans la tête, comme la culpabilité soudain redécouverte relative à la mort de John, qu'il essaierait une nouvelle fois d'oublier. Si ses pensées qui auraient mérité d'être retenues lui échappaient, il devait bien être capable d'avoir des absences quand il s'agissait d'horreurs, non ? John était mort, Sax n'aurait rien pu faire pour l'empêcher. Probablement pas. C'était impossible à dire. Et il n'y avait pas moyen de revenir en arrière. John avait été tué, Sax n'avait pas pu l'aider, et voilà. Sax était vivant, John était mort, ce n'était plus qu'une combinaison puissante de nœuds et de réseaux dans l'esprit de tous ceux qui l'avaient connu, et on n'y pouvait rien.

Mais Ann était vivante, elle faisait de l'escalade dans la caldeira d'Olympus. Il pouvait lui parler s'il voulait. Seulement elle n'en sortirait pas. Il faudrait qu'il aille la débusquer. C'est ça, c'est ce qu'il allait faire. La véritable souffrance de la mort de John résidait dans la mort de cette possibilité : il ne pouvait plus lui parler. Mais il pouvait encore parler à Ann, cette possibilité-là était bien réelle, elle, palpable.

Les travaux sur le cocktail anamnésique avançaient. La vie à Acheron était une joie de tous les instants : les journées dans les labos à parler avec les responsables de leurs expériences ; les séminaires hebdomadaires, où ils se communiquaient leurs résultats, exposaient leur démarche, parlaient de leurs projets futurs. Certains interrompaient leur travail pour aider à la ferme ou partir en voyage, mais d'autres prenaient le relais, et quand ils revenaient, c'était souvent avec des idées neuves et une énergie nouvelle. Sax restait dans la salle, après le tour de table hebdomadaire, regardait les tasses vides sur les tables de bois usé, les ronds de café, les taches noires de kava, les écrans blancs, brillants, couverts de schémas, d'équations chimiques, de grandes flèches courbes orientées vers des acronymes, des symboles alchimiques que Michel aurait adorés, et quelque chose en lui se mettait à briller jusqu'à ce qu'il éprouve une sorte de souffrance, une nouvelle réaction parasympathique irradiant de son système limbique — c'était ça, la science, Seigneur, c'était la science martienne, entre les mains des savants eux-mêmes, travaillant ensemble pour le bien commun, reculant les limites de la connaissance, semaine après semaine, la théorie et l'expérimentation rebondissant comme des balles de ping-pong, aussi difficiles à suivre, amenant de nouvelles découvertes, allant toujours plus loin, repoussant les murs du grand Parthénon invisible dans le territoire non cartographié de l'esprit humain. Il était tellement heureux qu'il se fichait presque de savoir s'ils trouvaient des choses ; la recherche était tout.

Mais sa mémoire à court terme était endommagée. Tous les jours, maintenant, il avait des absences, il cherchait ses mots, perdait le fil de ses idées. Parfois même en plein séminaire. Il s'arrêtait au beau milieu d'une phrase, s'asseyait et faisait signe aux autres de poursuivre. Non, il fallait qu'il trouve la réponse à ce problème-là. Il y aurait d'autres énigmes à élucider plus tard, on pouvait être tranquille. Le déclin subit proprement dit, par exemple, ou n'importe lequel des problèmes liés à la sénescence. Ce n'étaient pas les choses inexplicables qui manquaient. Elles ne manqueraient jamais. En attendant, le problème de l'anamnésique lui suffisait.

On commençait d'ailleurs à en discerner le principe. Il s'agirait d'un mélange d'exhausteurs de protéines de synthèse comprenant des amphétamines et des dérivés chimiques de la strychnine, des transmetteurs comme la sérotonine, des récepteurs de glutamate, de l'acétylcholine estérase, de l'AMP cyclique, et tout un cocktail de drogues. Chacun de ces ingrédients participerait à sa façon au renforcement des structures mémorielles quand elles seraient exercées. D'autres seraient empruntés au traitement de plasticité du cerveau que Sax avait subi après son attaque, mais à de plus faibles doses. Puis, les expériences de stimulation électrique semblaient montrer qu'un choc suivi par une vibration continue à une fréquence très rapide en phase avec les ondes cérébrales normales permettait d'initier les processus neurochimiques accrus par le cocktail de drogues. Il revenait ensuite au sujet de rappeler ses souvenirs, en procédant de nœud en nœud si possible, l'idée étant que les réseaux entourant chaque nœud remémoré seraient eux-mêmes influencés par les oscillations et donc renforcés. Ça revenait un peu à aller de pièce en pièce dans le théâtre de la mémoire. Les jeunes chercheurs qui faisaient des expériences sur ces divers aspects du processus se rappelaient beaucoup de choses. C'est ce qu'ils disaient avec une sorte d'étonnement respectueux. Le projet paraissait très prometteur. Semaine après semaine, ils affinaient leur technique et se rapprochaient d'un protocole.

Les expériences montraient que le contexte était un facteur de réussite important pour le processus de remémoration. Des listes apprises sous l'eau, par des plongeurs, revenaient beaucoup plus aisément quand les sujets redescendaient au fond de la mer que lorsqu'ils restaient sur la terre ferme. Les sujets induits hypnotiquement à se sentir tristes ou heureux pendant la mémorisation d'une liste s'en souvenaient mieux quand une suggestion hypnotique les replongeait dans l'état de tristesse ou de gaieté. La congruence des rubriques de la liste, le fait de revenir dans des pièces de la même taille ou de la même couleur lorsqu'on se les rappelait étaient aussi importants. Ces expériences étaient très rudimentaires, bien sûr, mais Sax estimait que l'influence du contexte sur le pouvoir de remémoration était suffisamment démontré pour qu'il commence à se demander où il voudrait se trouver quand il se soumettrait au traitement, lorsqu'il serait au point. Où, et avec qui.

Pour finaliser la mise au point du traitement, Sax appela Bao Shuyo et lui demanda de venir jeter un coup d'œil à leurs travaux. Son domaine de compétence était beaucoup plus théorique et subtil, mais l'influence qu'elle avait eue sur le groupe de fusion de Da Vinci lui avait inspiré le plus grand respect pour sa façon d'aborder tout problème touchant la gravité quantique et la structure ultramicroscopique de la matière. Il était sûr que ses commentaires seraient de grande valeur.

L'ennui, c'est que Bao avait des obligations auxquelles elle ne pouvait se soustraire à Da Vinci (c'était comme ça depuis son retour en fanfare de Dorsa Brevia). Sax se trouva dans la situation inhabituelle de manipuler son laboratoire maison afin d'en extraire un de leurs meilleurs éléments, mais il le fit sans scrupule. Il réussit même à obtenir l'aide de Bela pour entamer le bras de fer avec l'administration actuelle.

— Ka, Sax ! s'exclama Bela lors de l'une de leurs communications. Si on m'avait dit que je te verrais un jour dans le rôle de l'implacable chasseur de têtes !

— C'est ma propre tête que je chasse, répondit Sax.

D'habitude, pour retrouver quelqu'un, il suffisait d'interroger son bloc-poignet. Mais celui d'Ann était resté sur le bord de la caldeira d'Olympus Mons, au camp de base, près du cratère Zp où se déroulait le festival. Sax trouva ça plus qu'étrange. Depuis le début, à Underhill, ils portaient tous un bloc-poignet d'une sorte ou d'une autre, et Ann n'échappait pas à la règle, pour autant qu'il s'en souvienne. Il appela Peter pour lui poser la question, mais celui-ci n'en savait rien, évidemment. En tout cas, se déplacer sans bloc-poignet à leur époque était un comportement typique des nomades néoprimitivistes qui arpentaient la région des canyons et le littoral de la mer du Nord. Il ne voyait pas Ann vivre ainsi, comme au paléolithique. Même s'il n'était plus incontournable dans la plupart des endroits, la vie sur Olympus Mons exigeait un support technologique, et le bloc-poignet en faisait partie intégrante. Peut-être souhaitait-elle simplement couper les liens avec l'extérieur. Peter l'ignorait.

Mais il savait comment la contacter.

— Il suffit d'aller la dénicher.

Il éclata de rire en voyant la tête que faisait Sax.

— Ce n'est pas si terrible. Il n'y a que quelques centaines de personnes dans la caldeira, et quand elles ne sont pas dans un de leurs refuges, elles sont sur les parois.

— Elle fait de l'escalade ?

— Oui.

— Elle grimpe... pour le plaisir ?

— Elle grimpe. Quant à savoir pourquoi...

— Alors je n'ai qu'à aller examiner toutes les parois ?

— C'est ce que j'ai dû faire à la mort de Marion.

Le sommet d'Olympus Mons était resté à peu près intact. Oh, quelques refuges de pierre étaient bien tapis sur le bord et une piste avait été construite sur la coulée de lave du nord-est pour faciliter l'accès au cratère Zp et aux installations du festival, mais à part ça, rien ne permettait d'imaginer ce qu'il était advenu du reste de Mars qui, du bord de la caldeira, se trouvait sous l'horizon et était donc invisible. De cet endroit, le monde semblait se borner à Olympus Mons. Les Rouges avaient refusé de bâcher la caldeira, comme celle d'Arsia Mons. Le vent y avait forcément déposé des bactéries, peut-être même des lichens, mais sous une pression à peine supérieure aux dix millibars d'origine, ils n'étaient pas près de s'épanouir. S'il y avait des survivants, ça devait être surtout des endochasmolithes, et on ne les verrait pas. Les Rouges avaient de la chance que la verticalité stupéfiante de Mars maintienne la pression de l'air à un niveau si bas sur les grands volcans. C'était une technique de stérilisation gratuite et efficace.

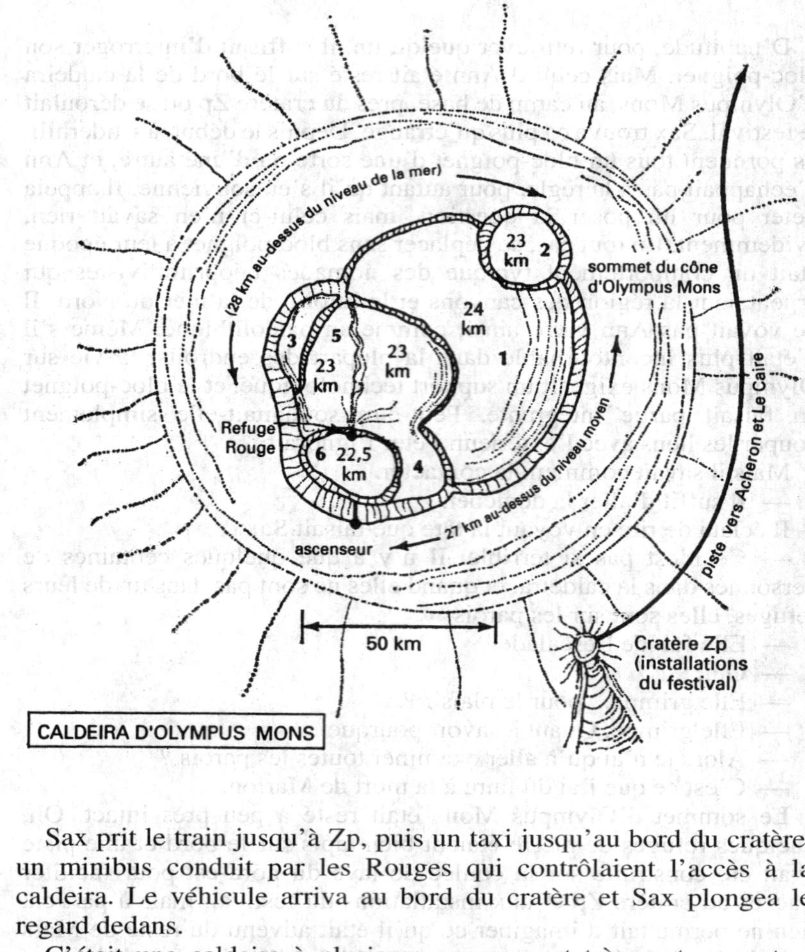

CALDEIRA D'OLYMPUS MONS

Sax prit le train jusqu'à Zp, puis un taxi jusqu'au bord du cratère, un minibus conduit par les Rouges qui contrôlaient l'accès à la caldeira. Le véhicule arriva au bord du cratère et Sax plongea le regard dedans.

C'était une caldeira à plusieurs anneaux, et très vaste : quatre-vingt-dix kilomètres sur soixante. Il avait entendu dire que c'était à peu près la taille du Luxembourg. Le cercle central, qui était de loin le plus grand, était coupé par des anneaux plus petits au nord-est, au centre et au sud. Le cercle le plus au sud coupait en deux un anneau plus haut, légèrement plus ancien, au sud-est. L'endroit où ces trois parois incurvées se rencontraient passait pour le paradis des grimpeurs. C'était la muraille la plus élevée, qui passait de 26 kilomètres au-dessus du niveau moyen (ils préféraient utiliser l'ancien terme plutôt que de parler du « niveau de la mer ») à 22,5 kilomètres au fond du cratère. Une paroi de dix mille pieds, songea le jeune habitant du Colorado qu'avait été Sax.

Le fond de la caldeira principale était strié par un grand nombre de failles incurvées, concentriques : des crêtes et des canyons arqués, coupés par des escarpements plus droits. Ces détails avaient une explication : ils avaient été provoqués par les effondrements répétés de la caldeira, consécutifs au déversement sur les pentes du magma contenu dans le réservoir principal, sous le volcan. Depuis son perchoir, sur le bord, Sax eut l'impression de contempler une montagne mystérieuse, un monde en soi, où la seule chose visible était le vaste bord en arc de cercle et les cinq mille kilomètres carrés de la caldeira. Des anneaux superposés de hautes murailles incurvées et des fonds ronds, plats, sous un ciel noir, étoilé. Nulle part les parois qui les entouraient ne faisaient moins de mille mètres de haut. Elles n'étaient pas verticales. La pente moyenne semblait être d'un peu plus de quarante-cinq degrés. Mais il y avait des sections plus raides qui devaient avoir la faveur des amateurs d'escalade : des parois presque verticales, un peu plus loin, et même un surplomb ou deux, comme juste en dessous d'eux, au confluent des trois murailles.

— Je cherche Ann Clayborne, dit Sax aux deux conductrices fascinées par la vue. Vous savez où je pourrais la trouver ?

— Vous ne savez pas où elle est ? demanda l'une d'elles.

— Je sais qu'elle fait de l'escalade dans la caldeira.

— Elle sait que vous la cherchez ?

— Non. Elle ne répond pas aux appels.

— Elle vous connaît ?

— Oh oui ! Nous sommes de vieux... amis.

— Et qui êtes-vous ?

— Sax Russell.

Elles le regardèrent en ouvrant des yeux ronds.

— De vieux amis, hein ? fit l'une d'elles.

Sa compagne lui flanqua un coup de coude.

L'endroit où ils se trouvaient avait été opportunément baptisé Trois Murs. Juste sous le minibus, sur une petite terrasse en contrebas, il y avait un ascenseur. Sax le regarda avec ses jumelles : des portes verrouillées de l'extérieur, un toit renforcé. On aurait dit une structure des premières années. L'ascenseur était le seul moyen de descendre dans cette partie de la caldeira, si on ne voulait pas y aller en rappel.

— Ann se ravitaille à la station de Marion, dit enfin la fille qui avait bourré les côtes de sa camarade, à la grande indignation de cette dernière, d'ailleurs. Là-bas, vous voyez ? Ce petit carré, à l'intersection des canaux de lave du sol principal et de l'anneau sud.

C'était sur le bord opposé du cercle le plus au sud, qui portait le numéro 6 sur la carte de Sax. Il eut du mal à repérer le carré en question, même avec les jumelles. Et puis il le vit : un cube minuscule, juste un peu trop régulier pour être naturel, bien qu'il ait été peint du même rouge poussiéreux que le basalte environnant.

— Je le vois. Comment fait-on pour aller là-bas ?

— Prenez l'ascenseur jusqu'en bas, puis allez-y à pied.

Il montra donc au personnel de l'ascenseur le passe que lui avait donné la fille qui jouait du coude, et entama la longue descente dans le cercle sud. L'ascenseur était maintenu par une rampe fixée à la roche, et il était vitré, de sorte qu'il eut l'impression d'être dans un hélicoptère qui tombait, ou dans l'ascenseur spatial, à Sheffield. Le temps qu'il arrive au fond de la caldeira, l'après-midi tirait à sa fin. Il dîna tranquillement au refuge spartiate du fond, en se demandant ce qu'il allait bien pouvoir dire à Ann. Cela lui vint lentement, bribe par bribe : une justification cohérente, qui paraissait convaincante, une sorte de confession, un cri du cœur. Puis, à son grand désespoir, il eut une absence qui effaça tout. Il était là, au fond d'une caldeira volcanique, un cercle de ciel noir, étoilé, circonscrit au-dessus de sa tête. Sur Olympus. A chercher Ann Clayborne, sans savoir quoi lui dire. La mort dans l'âme.

Le lendemain matin, après le petit déjeuner, il enfila une combinaison et poursuivit son chemin. Les matériaux avaient fait beaucoup de progrès, mais le tissu élastique était, par la force des choses, aussi moulant que celui des vieux marcheurs. Cette sensation kinesthésique suscita en lui tout un enchaînement de pensées, d'images fugitives : la configuration générale d'Underhill alors qu'ils érigeaient le dôme. Une sorte d'épiphanie somatique, un rappel de sa première sortie hors de l'*Arès*, dominée par la vision surprenante des horizons rapprochés et du rose marbré du ciel. Le contexte et la mémoire, encore.

Il s'engagea sur le fond de l'anneau sud. Ce matin-là, le ciel était indigo foncé, presque noir — bleu marine, disait le nuancier, drôle de nom pour une teinte aussi sombre —, et plein d'étoiles. L'horizon était une falaise ronde : au sud, un demi-cercle de trois kilomètres de haut, le quartier nord-est faisait deux kilomètres, le quartier nord-ouest un kilomètre seulement, très accidenté. Le spectacle était véritablement stupéfiant à tous égards : la rondeur des cheminées, l'exemplarité de la thermodynamique du refroidissement de la roche jaillissant du réservoir magmatique. Au milieu, les parois étaient vertigineuses. Elles paraissaient avoir la même hauteur dans toutes les directions, autre cas d'école, cette fois de la façon dont la perspective télescopait la perception des distances verticales.

Il marchait d'un pas régulier. Le sol de la caldeira était assez lisse, grêlé par des bombes volcaniques et des chocs météoritiques plus tardifs, creusé par des grabens peu profonds. Il lui fallait contourner certains d'entre eux, mais dans l'ensemble il pouvait aller tout droit vers la rupture de la falaise, dans le quart nord-ouest de la caldeira.

Il lui fallut six heures de marche pour traverser le fond du cercle sud, qui faisait moins du dixième de la surface totale de la caldeira, le reste invisible pendant tout le trajet. Aucun signe de vie, rien n'avait marqué le sol ou les parois de la caldeira. La netteté de toute chose révélait la ténuité de l'atmosphère, qui se situait autour des dix millibars primitifs. La nature était tellement intacte qu'il s'inquiéta des empreintes que laissaient les semelles de ses bottes, et s'efforça de marcher sur la roche, en évitant les plaques de poussière. Il était étrangement satisfaisant de voir le paysage primitif, rougeâtre, même si la couleur était essentiellement due à un enduit superficiel sur le basalte noir. Son nuancier ne lui était d'aucune aide pour ces mélanges étranges.

C'était la première fois qu'il descendait dans une de ces grandes caldeiras, et même les années passées dans les cratères d'impact ne l'avaient pas préparé à cette vision : la profondeur des cheminées, la verticalité des parois, l'aspect plan du fond. La taille même des choses.

Vers le milieu de l'après-midi, il approcha du pied de l'arc nord-ouest. La jonction de la paroi et du sol apparut au-dessus de son horizon, et, avec un vague soulagement, il vit l'abri cubique droit devant lui. L'indicateur de navigation de son bloc-poignet était très précis. Le trajet n'était pas très compliqué, mais dans un endroit aussi exposé, c'était agréable de découvrir qu'on suivait le droit chemin. Depuis son expérience dans la tempête de neige, il craignait toujours de s'égarer. Cela dit, il n'avait pas à redouter de tempête de neige, ici.

Il approchait de la porte fermée du refuge lorsqu'un groupe de gens émergea d'un goulet abrupt, d'une profondeur stupéfiante, dans l'immense paroi disloquée, et prit pied sur le sol du cratère à près d'un kilomètre à l'ouest. Quatre silhouettes, portant de gros sacs à dos. Sax s'arrêta. Sa respiration faisait un bruit assourdissant dans son casque. Il reconnut tout de suite la dernière silhouette. Ann venait au ravitaillement. Il fallait absolument qu'il trouve quoi lui dire. Et qu'il s'en souvienne, aussi.

Dans l'abri, Sax défit les attaches de son casque et l'enleva avec une sensation familière, fort désagréable, au creux de l'estomac. Chaque fois qu'il rencontrait Ann, c'était pire. Il se retourna et attendit. Ann finit par s'approcher. Elle ôta son casque, le vit et sursauta comme si elle avait vu un fantôme.

— Sax ? s'écria-t-elle.

Il hocha la tête. Il se souvenait bien de leur dernière rencontre, il y avait longtemps, sur l'île de Da Vinci. Il avait l'impression que ça s'était passé dans une vie antérieure.

Ann secoua la tête et réprima un sourire. Elle traversa la pièce avec une expression indéchiffrable, le prit par les épaules, se pencha et l'embrassa gentiment sur la joue. Quand elle se redressa, sa main, restée sur son bras gauche, glissa jusqu'à son poignet. Elle avait une poigne d'acier. Elle le regarda droit dans les yeux. Sax resta coi, et pourtant il aurait donné n'importe quoi pour lui parler. Mais il n'avait rien à dire, ou trop de choses, il ne savait même plus. Il avait avalé sa langue. Cette main sur son poignet était plus paralysante que n'importe quel regard noir, ou qu'une de ces remarques cinglantes dont elle avait le secret.

Puis ce fut comme si elle était parcourue par une vague et elle redevint l'Ann qu'il connaissait. Elle le regarda d'un air soupçonneux, puis inquiet.

— Tout le monde va bien ?

— Oui, oui, fit Sax. Enfin... je veux dire, tu as su pour Michel ?

— Oui.

Elle pinça les lèvres et, l'espace d'une seconde, il retrouva l'Ann noire de ses cauchemars. Puis une autre vague la parcourut et elle redevint cette femme étrangère, toujours cramponnée à son poignet comme si elle voulait lui arracher la main.

— Mais là, tu es juste venu me voir.

— Oui. Je voulais... te parler ! bredouilla-t-il, dans un effort frénétique. Oui, te-te-te-te poser des questions. J'ai des problèmes de mémoire. Je me demandais si je, si nous pourrions faire un tour ici, là-haut, parler. Marcher... ou grimper, ajouta-t-il en déglutissant. Tu veux bien me montrer la caldeira ?

Elle sourit. Une autre Ann, à nouveau.

— Tu peux m'accompagner, si tu veux.

— Je ne suis pas alpiniste.

— On prendra un itinéraire facile. On escaladera le couloir de Wang pour monter sur le grand cercle qui mène vers l'anneau nord. Je voulais y aller avant la fin de l'été, de toute façon.

— En fait, on est Ls 200. Enfin, je veux dire, ça paraît une bonne idée, balbutia-t-il, le cœur battant à deux cent cinquante pulsations-minute.

Le lendemain matin, alors qu'ils s'équipaient — Ann avait tout ce qu'il fallait —, elle indiqua son bloc-poignet et lui dit :

— Tiens, enlève ça.

— Mais... fit Sax. Je... ça ne fait pas partie intégrante du système de la combinaison ?

Si, mais elle secoua la tête.

— La combinaison est autonome.

— Semi-autonome, j'espère.

Elle sourit.

— Tu n'en auras pas besoin. Ecoute, ce truc est une menotte qui te relie au monde entier. Elle te ligote à l'espace-temps. Aujourd'hui, tu te contenteras d'être dans le couloir de Wang. Ça suffira.

Et cela suffit, en effet. Le couloir de Wang était un large ravin érodé qui traversait comme un canal géant, fracturé, des replats dans des falaises plus raides. Pendant la majeure partie de la journée, Sax suivit Ann dans des gorges étroites, grimpant la plupart du temps à quatre pattes des marches qui lui arrivaient à la taille, mais il n'eut que rarement l'impression de risquer la mort, ou plus qu'une entorse, s'il tombait.

— Ce n'est pas aussi dangereux que je le craignais, dit-il. C'est toujours comme ça, l'escalade ?

— Ce n'est pas de l'escalade, ça.

— Ah !

Du coup, elle emprunta des passages plus raides, prenant des risques inutiles.

Et de fait, dans l'après-midi, ils arrivèrent à une courte paroi, coupée par des crevasses horizontales. Ann commença à grimper, sans cordes ni pitons, et Sax la suivit en serrant les dents. Vers le sommet d'une grimpette digne d'un gecko, le bout de ses chaussures et ses doigts gantés enfoncés dans des anfractuosités de la roche, il regarda en arrière, vers le bas du couloir de Wang qui lui parut tout à coup beaucoup plus abrupt dans son intégralité qu'il ne lui avait semblé à aucun moment. Tous ses muscles commencèrent à frémir d'un mélange de lassitude et d'excitation. Il ne pouvait faire autrement que d'achever l'escalade, mais il dut prendre des risques en changeant de position plusieurs fois de suite alors que les prises devenaient de plus en plus précaires, au moment où il aurait dû se presser. Le basalte gris foncé était très légèrement piqueté de rouille ou de brun. Il fit une fixation sur une faille située à un mètre au-dessus du niveau de ses yeux. Il *devait* utiliser cette faille. Mais aurait-il la place d'y glisser ses doigts, aurait-il assez de prise pour se hisser ? Le seul moyen de le savoir était d'essayer. Il inspira un bon coup, leva le bras et essaya. Elle n'était pas assez profonde. Il exerça une rapide traction, l'effort lui arrachant un gémissement, la dépassa en utilisant des prises dont il n'avait même pas conscience et se retrouva à quatre pattes, hors d'haleine, à côté d'Ann qui l'attendait tranquillement assise sur une étroite saillie.

— Tu ne te sers pas assez de tes jambes, commenta-t-elle.

— Ah !

— Ça t'a pris toute ton attention, hein ?

— Oui.

— Tu n'as pas eu de problèmes de mémoire, j'imagine ?

— Non.

— C'est ce que j'aime dans l'escalade.

Plus tard, ce jour-là, quand le couloir fut un peu moins abrupt et plus ouvert, Sax demanda :

— Alors, tu as eu des problèmes de mémoire, ces temps-ci ?

— Nous en parlerons plus tard, répondit Ann. Fais plutôt attention à cette anfractuosité, ici.

— Tu as raison.

Ils passèrent la nuit dans des sacs de couchage, dans une tente champignon transparente assez grande pour dix personnes. A cette altitude, sous cette atmosphère raréfiée, le matériau supportait 450 millibars de pression sans se gonfler exagérément. Le matériau transparent était beau, tendu, mais pas d'une dureté de pierre. Il aurait manifestement pu supporter une pression bien supérieure. Quand Sax se rappela les mètres de pierres et de sacs de sable qu'ils devaient entasser autrefois sur leurs abris pour les empêcher d'exploser, il ne put s'empêcher d'être impressionné par les progrès effectués par la science des matériaux.

Ann hocha la tête quand il le lui fit remarquer.

— Nous en sommes arrivés à ne plus pouvoir comprendre notre technologie.

— C'est compréhensible, je dirais. Juste un peu difficile à croire.

— Je vois ce que tu veux dire, convint-elle.

Un peu rassuré, il revint au sujet qui le préoccupait.

— J'ai ce que j'appelle des passages à vide. Des absences de plusieurs minutes, jusqu'à une heure, disons. Des trous de mémoire à court terme, apparemment liés aux fluctuations des ondes cérébrales. Et je crains que les souvenirs plus anciens se brouillent, eux aussi.

Pendant un long moment, elle ne répondit pas, si ce n'est pour grommeler qu'elle l'avait entendu. Puis :

— J'ai tout oublié de moi. J'ai l'impression d'être quelqu'un d'autre, au moins en partie. Une sorte de contraire. D'ombre, ou d'ombre de mon ombre. Comme une personne qui aurait germé et poussé en moi.

— Que veux-tu dire ? demanda Sax avec appréhension.

— Mon contraire. Elle pense des choses qui ne me seraient jamais venues à l'esprit. Je l'appelle Anti-Ann, ajouta-t-elle timidement, en détournant la tête.

— Et comment la... caractériserais-tu ?

— Elle est... je ne sais pas. Sensible. Sentimentale. Stupide. Elle fond en larmes à la vue d'une fleur. Elle a l'impression que tout le monde fait de son mieux. Des conneries dans ce genre-là.

— Tu n'étais pas comme ça avant, hein ?

— Oh, non, alors ! Pas du tout. C'est vraiment nul, mais ça a l'air si réel. Alors voilà... maintenant, il y a Ann, Anti-Ann. Et... peut-être une troisième.

— Une troisième ?

— Il y a des moments où j'ai l'impression que ce n'est ni l'une ni l'autre.

— Et comment est-ce que tu... je veux dire, tu lui as donné un nom ?

— Non. Elle n'a pas de nom. Elle est fuyante. Plus jeune. Elle a moins d'idées sur les choses et ses idées sont... bizarres. Ni Ann ni Anti-Ann. Un peu comme Zo. Tu l'as connue ?

— Oui, répondit Sax, surpris. Je l'aimais bien.

— Vraiment ? Je ne pouvais pas la blairer. Et pourtant... il y a en moi quelqu'un dans ce genre-là. Trois personnes.

— Drôle de façon de voir les choses.

Elle éclata de rire.

— Tu n'avais pas un labo mental qui contenait tous tes souvenirs, rangés par pièce, par numéro de placard ou je ne sais quoi ?

— C'était un très bon système.

Elle eut un autre rire, plus dur, qui le fit sourire et l'effraya en même temps. Trois Ann ? Il avait déjà du mal à en comprendre une...

— Je suis en train de perdre certaines des pièces de mon labo, dit-il. Des pans complets de mon passé. Il y a des personnes qui modélisent la mémoire sous forme de réseaux et de nœuds, et il se peut que le système du palais de la mémoire fasse intuitivement écho au système physique en cause. Disons que, si on perd un nœud, tout le réseau environnant disparaît avec. Par exemple, dans mes lectures, il m'arrive de tomber sur une allusion à une chose que j'ai faite ; j'essaie de me rappeler à quelle époque, quels problèmes méthodologiques nous rencontrions ou je ne sais quoi, et rien ne me revient. C'est comme si rien de tout ça n'avait jamais eu lieu.

— Tu as des ennuis avec ton palais de la mémoire.

— Oui. Je n'avais pas prévu ça. Même après mon... mon problème, j'étais sûr qu'il n'arriverait jamais rien à mes facultés de... de réflexion.

— Ta machine à penser a l'air de très bien marcher.

Sax secoua la tête, en pensant aux trous de mémoire, aux absences, aux presque-vu, comme disait Michel, à ses moments de confusion mentale. La pensée n'était pas seulement une faculté analytique ou cognitive, mais quelque chose de plus général. Il essaya de décrire ce qui lui était arrivé récemment, et Ann sembla l'écouter attentivement.

— Et voilà. J'ai étudié les derniers travaux sur la mémoire. C'est devenu intéressant, je dirais même urgent. Ursula, Marina et les labos d'Acheron m'aident. Je crois qu'ils ont trouvé une chose susceptible de nous aider.

— Une drogue pour la mémoire, tu veux dire ?

— Oui.

Il expliqua l'action du nouveau complexe anamnésique.

— Et voilà. J'ai décidé de l'expérimenter. Mais j'ai acquis la conviction que ça marcherait mieux si certains des Cent Premiers se réunissaient à Underhill et s'y soumettaient également. Le contexte est très important pour la mémoire. La présence des autres pourrait être un atout. Tout le monde n'est pas intéressé, mais un nombre surprenant des Cent Premiers restants le sont, en fait.

— Ce n'est pas si étonnant. Qui ?

Il lui nomma tous ceux qu'il avait contactés. C'est-à-dire — triste constatation — la plupart de ceux qui restaient : une douzaine à peu près.

— Et nous aimerions tous que tu sois là aussi. Moi en particulier. Je le voudrais plus que tout au monde.

— Ça paraît intéressant, répondit Ann. Mais il faut d'abord que nous traversions cette caldeira.

En repartant, le lendemain, Sax s'émerveilla à nouveau de la réalité rocheuse de leur monde. Ses vérités fondamentales : les pierres, le sable, la poussière, les fines. Le ciel de chocolat noir, ce jour-là, et sans étoiles. Les longues distances que ne voilait aucune brume. Ce qu'étaient dix minutes. Ce qu'était une heure quand on ne faisait que marcher. Ce que ça faisait à ses jambes.

Autour d'eux, les anneaux des caldeiras montaient loin dans le ciel même quand ils furent au milieu du cercle central, à l'endroit où les dernières caldeiras, les plus profondes, ouvraient d'immenses baies dans la muraille circulaire. Là, la courbure de la planète était sans influence sur la perspective, se faisant pour une fois oublier, et les falaises étaient clairement visibles à trente kilomètres de distance. L'effet produit évoquait une sorte d'enclos, se dit Sax. Un parc, un jardin de pierre, un labyrinthe qu'une simple paroi séparait du monde extérieur, le monde invisible qui conditionnait tout à cet endroit. La caldeira était gigantesque, mais pas encore assez. On ne pouvait se cacher, ici. Le monde se déversait à l'intérieur, submergeant l'esprit malgré sa capacité de cent quintillions de bits. Peu importait l'immensité du système nerveux, un unique brin de pensée effrayée, de conscience pure, un câble vivant de pensée disait *pierre, falaise, ciel, étoile*.

La roche était maintenant crevassée par de larges fissures en arc de cercle dont le centre se trouvait au milieu de l'anneau central : d'anciennes fractures remplies de caillasse et de poussière. Ces failles faisaient de leur avance un vagabondage erratique, les obligeaient à se frayer un chemin dans un vrai labyrinthe, un dédale traversé de crevasses et non de murailles, et pourtant aussi difficile à franchir.

Ils arrivèrent néanmoins au bout et au bord de l'anneau nord, qui portait le numéro 2 sur la carte de Sax. En plongeant le regard dans les profondeurs, une nouvelle perspective s'offrit à eux : la forme réelle de la caldeira et de ses encapements circulaires, la brusque plongée vers le fond jusque-là invisible, mille mètres plus bas.

Un sentier semblait descendre vers le sol de l'anneau nord. Mais Ann éclata de rire en voyant la tête qu'il faisait lorsqu'elle le lui indiqua : il n'était franchissable qu'en rappel. Ils n'auraient qu'à remonter et ressortir, dit-elle comme si ça allait de soi. La paroi de la caldeira principale était déjà assez haute. Ils pouvaient faire le tour de l'anneau nord et prendre un autre chemin à la place.

Surpris par son attitude conciliante, et assez soulagé, Sax la suivit vers l'ouest, sur le pourtour du cercle nord. Ils s'arrêtèrent pour la nuit sous la muraille de la caldeira principale, gonflèrent la tente et mangèrent en silence.

Après le coucher du soleil, Phobos surgit au-dessus de la paroi ouest de la caldeira comme un petit phare gris. Peur et Menace, quels noms !

— J'ai entendu dire que c'est toi qui avais eu l'idée de remettre les lunes en orbite, fit Ann depuis son sac de couchage.

— C'est vrai.

— C'est ce qui s'appelle restaurer le paysage, dit-elle d'un ton satisfait.

Sax se sentit un peu rasséréné.

— J'ai fait ça pour te faire plaisir.

— Je suis contente de les voir, dit-elle au bout d'un moment.

— Et Miranda, ça t'a plu ?

— Oh, c'était très intéressant.

Elle parla un peu de certains aspects géologiques de l'étrange lune. Deux planétésimaux, imparfaitement réunis par l'impact.

— Il y a une couleur entre le rouge et le vert, dit Sax quand elle se tut. Un mélange des deux. On l'appelle garance, ou alizarine. C'est une couleur qu'on voit parfois dans les plantes.

— Ah bon.

— Ça me fait penser à la situation politique. Il ne pourrait pas y avoir une sorte de synthèse entre le Rouge et le Vert ?

— Les Bruns.

— Oui. Ou les Garance.

— C'est à ça que devait ressembler la coalition entre Mars Libre et les Rouges, Irishka et les gens qui ont éjecté Jackie.

— Une coalition anti-immigration, poursuivit Sax. La pire combinaison de Rouge et de Vert. Ils vont nous embarquer dans un conflit inutile avec la Terre.

— Vraiment ?

— Vraiment, oui. Le problème démographique va bientôt être résolu. Les issei... Nous avons atteint la limite, je crois. Et les nisei ne sont pas loin derrière nous.

— Tu veux parler du déclin subit.

— Exactement. Quand notre génération en sera là, et l'autre après nous, la population humaine du système solaire sera réduite à moins de la moitié de ce qu'elle est à l'heure actuelle.

— Ils trouveront bien un autre moyen de tout fiche en l'air.

— Ça, sûrement. Mais le boom malthusien sera passé. Ce sera leur problème. Alors, provoquer un conflit, menacer de déclencher une guerre interplanétaire pour cette histoire d'immigration... c'est complètement inutile. C'est une vision à court terme. Il faudrait qu'un mouvement Rouge sur Mars se lève pour le dire, pour proposer d'aider la Terre à passer le cap des dernières années de surpopulation, ça éviterait aux gens de s'entre-tuer pour rien. Ce serait une nouvelle façon de penser à Mars.

— Une nouvelle aréophanie.

— Oui. C'est exactement ce qu'a dit Maya.

— Mais Maya est raide dingue, fit-elle en riant.

— Pas du tout, répliqua sèchement Sax. Elle est loin d'être folle.

Ann se tut, et Sax décida de ne pas insister pour le moment. Phobos se déplaçait à vue d'œil dans le ciel, remontant le zodiaque.

Ils dormirent bien. Le lendemain, ils entreprirent l'escalade ardue d'une étroite ravine qu'Ann et les autres grimpeurs Rouges considéraient apparemment comme un sentier de marche. Sax ne s'était jamais autant physiquement dépensé de sa vie, et même ainsi, ils ne parcoururent pas toute la longueur de la voie mais durent planter la tente en hâte, au coucher du soleil, sur une corniche étroite, et n'en ressortirent que le lendemain, vers midi.

Sur la large lèvre d'Olympus Mons, tout était comme avant. Un gigantesque disque plat, évidé, une bande de ciel violet au-dessus de l'horizon, si loin en bas, un zénith noir au-dessus. De petits refuges dispersés dans des bombes volcaniques géantes qui avaient été évidées. Un monde distinct. Une partie de Mars la Bleue, et puis non.

Ils s'arrêtèrent dans un ermitage habité par de très vieux Rouges de quelque ordre mendiant, qui vivaient apparemment là en attendant le déclin subit, après quoi leurs corps seraient incinérés et leurs cendres dispersées dans le jet-stream.

Sax fut frappé par ce fatalisme poussé jusqu'à son paroxysme. Ann dut éprouver la même impression, car elle dit, en les regardant manger leur frugal repas :

— Alors, ce traitement pour la mémoire, on l'essaye ?

La plupart des Cent Premiers auraient préféré se réunir ailleurs qu'à Underhill (sur Olympus Mons, la calotte polaire Sud ou Pseudophobos, en orbite basse ou en haute mer, à Sheffield, Odessa, Hell's Gate, Sabishii, Senzeni Na, Acheron ou Mangala), et ils se chamaillèrent d'une façon qui leur ressemblait bien peu, mais Sax n'en démordit pas. Il affirma que le contexte, c'était prouvé, était un facteur crucial. Coyote se mit à braire incongrûment lorsque Sax décrivit l'expérience des étudiants qui apprenaient des listes sous l'eau, mais une information était une information, et pourquoi ne pas faire les choses au mieux ? L'enjeu était suffisamment important pour qu'ils mettent toutes les chances de leur côté. Après tout, souligna Sax, si leurs souvenirs leur revenaient intacts, tout était possible, *tout*. Ce serait une percée vers d'autres domaines, une victoire sur le déclin subit, la vie prolongée de plusieurs siècles, une communauté de mondes-jardins en expansion constante et, qui sait ? peut-être une ouverture vers un niveau de progrès supérieur, un royaume de sagesse inimaginable à ce stade. Ils étaient au bord d'un nouvel âge d'or, leur dit-il. Mais tout reposait sur l'intégrité de l'esprit. C'est pourquoi il insistait pour Underhill.

— Tu es trop sûr de toi, ronchonna Marina qui plaidait pour Acheron. Tu devrais garder l'esprit plus ouvert sur ce qui t'entoure.

— C'est ça.

Garder l'esprit ouvert. Ça ne posait pas de problème à Sax, son esprit était un laboratoire incendié, ouvert à tous les vents. Et personne ne pouvait dire que le choix d'Underhill n'était pas logique, ni Marina, ni aucun d'entre eux. Ceux qui protestaient avaient peur, se disait-il, peur du passé, de son pouvoir qu'ils refusaient de reconnaître, auquel ils ne voulaient pas s'abandonner. C'était pourtant ce qu'ils devaient faire. Si Michel avait été encore là, il aurait sûrement appuyé le choix d'Underhill. L'endroit était crucial, leur vie le prouvait suffisamment. Et même les plus sceptiques, ceux qui avaient peur — c'est-à-dire tous — devaient admettre qu'Underhill était le lieu le plus approprié pour ce qu'ils voulaient faire.

Ils finirent par accepter de s'y retrouver.

A ce moment de l'histoire, Underhill était une sorte de musée. Tout était resté dans le même état qu'en 2138, année où ceux qui empruntaient la piste avaient cessé de s'y arrêter. Les lieux avaient bien changé depuis leur départ, mais l'essentiel s'y trouvait toujours, et les modifications intervenues depuis n'affecteraient pas beaucoup leur projet, se dit Sax. Sitôt arrivé, il alla faire le tour du propriétaire. Les vieux bâtiments étaient encore là : les quatre premiers caissons qui avaient été largués de l'espace, les décharges, les chambres en forme de barrique de Nadia, avec le jardin-atrium central, le cadre de la serre d'Hiroko, dont le dôme avait disparu, l'arcade de tranchées de Nadia, au nord-ouest, Tchernobyl, les pyramides de sel et enfin le quartier de l'Alchimiste, où Sax acheva sa promenade dans cette taupinière de bâtiments et de tuyaux, en essayant de se préparer à l'expérience du lendemain. De s'ouvrir l'esprit.

Sa mémoire bouillonnait déjà, comme si elle essayait de lui prouver qu'elle n'avait pas besoin de stimulation pour faire son travail. Ici, parmi ces bâtiments, il avait constaté pour la première fois le pouvoir transformationnel de la technologie sur la matérialité brute de la nature. Ils étaient partis de pierres et de gaz, mais ils les avaient extraits, purifiés, transformés, recombinés et modifiés de tant de façons différentes qu'il était impossible d'en retrouver la trace, ou même d'imaginer leurs effets. Il avait donc vu, mais il n'avait pas compris. Ils avaient agi dans l'ignorance de leurs vrais pouvoirs, et (peut-être par voie de conséquence) sans trop savoir ce qu'ils faisaient. Mais là, dans le quartier de l'Alchimiste, il n'avait pas été capable de voir ça. Il était tellement sûr alors qu'une fois vert le monde serait un endroit agréable...

Et maintenant il était là, à l'air libre, sous le ciel bleu, dans la chaleur du second mois d'août, regardant autour de lui en essayant de réfléchir, de se souvenir. La mémoire ne se laissait pas facilement guider ; les choses lui revenaient comme elles voulaient. Tout, dans la partie ancienne de la ville, lui paraissait familier, au sens premier du mot : « de la famille ». Tout, jusqu'à la moindre pierre : les blocs de roche rouge entourant la colonie, chacun des creux et des bosses visibles était là, à sa place exacte sur la rose des vents. Sax se dit que la situation paraissait favorable à l'expérience. Ils étaient à leur place, dans leur contexte, resitués, orientés. Chez eux.

Il regagna les chambres voûtées où ils allaient dormir. Des véhicules étaient arrivés pendant sa promenade et des petits trains d'excursion étaient garés à côté de la piste. Les gens arrivaient. Maya et Nadia embrassaient Tasha et Andrea, qui étaient venues ensemble. Leurs voix vibraient dans l'air comme un opéra russe, un récitatif sur le point de se changer en chant. Des cent un qui avaient tout commencé, seuls quatorze viendraient : Sax, Ann, Maya, Nadia, Desmond, Ursula, Marina, Vasili, George, Edvard, Roger, Mary, Dmitri et Andrea. C'était peu. Tous les autres étaient morts ou avaient disparu. Si Hiroko et les sept membres du groupe qui s'étaient volatilisés avec elle étaient encore vivants, ils n'avaient pas donné signe de vie. Peut-être débarqueraient-ils sans prévenir, comme au premier festival de John sur Olympus. Mais peut-être pas.

Ils n'étaient donc plus que quatorze, et Underhill semblait bien vide. Ils auraient pu occuper tout l'espace disponible, mais ils se regroupèrent dans l'aile sud du carré de chambres voûtées, et le vide était palpable autour d'eux. L'endroit semblait être le reflet de leurs mémoires défaillantes, avec leurs labos, leurs territoires, leurs compagnons disparus. Chacun souffrait de pertes de mémoire et de désordres de toute sorte. Sax estimait qu'à eux tous ils avaient éprouvé à peu près tout l'éventail des problèmes mentaux mentionnés dans la littérature, et la conversation tournait essentiellement sur la comparaison des symptômes et le récit des expériences diverses, terrifiantes et/ou sublimes, qui les avaient affectés au cours des dix dernières années. Les groupes se formaient et se déformaient, tour à tour enjoués et sombres, dans la petite cuisine du coin sud-ouest, avec sa haute fenêtre donnant sur la serre centrale, dont le dôme de verre épais tamisait la lumière. Ils mangèrent ensemble, un pique-nique apporté dans des glacières, ils parlèrent, se mirent au courant des dernières nouvelles puis se répartirent dans l'aile sud, préparant les chambres de l'étage pour une nuit qui serait agitée. Ils bavardèrent jusque tard dans la nuit, mais finirent par aller se coucher, un par un ou deux par deux, et essayèrent de dormir. Plusieurs fois, cette nuit-là, en émergeant d'un rêve, Sax entendit des gens aller aux salles de bains, tenir des conciliabules à mi-voix dans la cuisine ou marmonner tout seuls dans le sommeil troublé des très anciens. Chaque fois, il réussit à se rendormir, à replonger dans la torpeur pleine de rêves qui lui était habituelle.

Ce fut enfin le matin. Ils se levèrent à l'aube et prirent un rapide petit déjeuner — des fruits, des croissants, du pain et du café. La lumière horizontale projetait de longues ombres à l'ouest de chaque roche, de chaque butte. Si familier.

Ils furent vite prêts. Il n'y avait plus rien à faire. Rien qu'une sorte de souffle profond, collectif, de rire forcé, une incapacité à croiser le regard des autres.

Maya refusa catégoriquement de se prêter à l'expérience. Elle ne se laissa ébranler par aucun de leurs arguments.

— Je ne veux pas, répétait-elle obstinément la veille au soir. D'ailleurs, si vous devenez tous fous, il faudra bien que quelqu'un s'occupe de vous. Je serai celle-là.

Sax pensait qu'elle changerait d'avis, qu'elle faisait juste du Maya. Il se dressa devant elle, sidéré.

— Je croyais que c'était toi qui avais les plus graves problèmes de mémoire de nous tous.

— Et alors ?

— Alors il serait logique que tu tentes le coup. Michel t'a donné toutes sortes de drogues pour les troubles mentaux.

— Je ne veux pas, décréta-t-elle en le regardant droit dans les yeux.

— Maya, je ne te comprends pas, fit-il dans un soupir.

— Je sais.

Elle alla vers le vieux dispensaire d'angle où tout était prêt. Elle les appela un par un, leur appliqua un petit injecteur à ultrasons sur le cou et, avec un claquement imperceptible suivi d'un sifflement, leur administra une partie du cocktail médicamenteux, leur donna les pilules contenant le reste et les aida à mettre les oreillettes moulées sur mesure, destinées à diffuser les ondes électromagnétiques. Ils retournaient ensuite dans la cuisine et attendaient, dans un silence tendu, que chacun ait reçu le traitement. Quand ils y furent tous passés, Maya les poussa vers la porte et les fit sortir. Ils se retrouvèrent dehors.

Sax vit, sentit une image : des lumières vives, l'impression d'avoir le crâne pris dans un étau, d'étouffer. Il hoqueta, crachota. De l'air glacé, la voix de sa mère, comme un cri de bête : « Oh ? Oh ? Oh ! Oh ! » On le mit sur sa poitrine, tout mouillé. Le froid.

— Oh, mon Dieu !

L'hippocampe était l'une des nombreuses régions spécifiques du cerveau que stimulait le traitement. Son système limbique, étalé sous l'hippocampe tel un filet sous une noix, était donc stimulé lui aussi, comme si la noix rebondissait sur un trampoline de nerfs, le faisait entrer en résonance, l'ébranlait. C'est ainsi que Sax commença à éprouver ce qui devait être un déluge d'émotions simultanées, de la même intensité à peu près, toutes injustifiées — joie, chagrin, amour, haine, exaltation, mélancolie, espoir, peur, générosité, jalousie — et souvent contradictoires. Pour Sax, qui haletait comme un poisson hors de l'eau, assis devant les chambres voûtées, le résultat de ce mélange hétéroclite était une hypertrophie stupéfiante, décuplée par l'adrénaline, du sentiment de signifiance. Toute chose prenait un sens renversant, crevait le cœur ou le gonflait d'allégresse. Il avait l'impression que des océans de nuages lui emplissaient la poitrine, l'empêchant de respirer. Une sorte de nostalgie à la puissance *n*, de plénitude, de béatitude, une pure sublimation — le simple fait d'être assis là, d'être vivant ! Mais tout ça baignait dans un sentiment poignant de deuil, de regret du temps perdu, de peur de la mort, de peur de tout, de peine pour Michel, pour John, pour eux tous, en fait. Cela ressemblait si peu à son calme, sa pondération, son flegme habituels, qu'il resta pratiquement paralysé pendant plusieurs minutes et regretta amèrement d'avoir mis sur pied cette expérience. C'était complètement stupide, d'une imprudence aberrante. Les autres allaient le haïr jusqu'à la fin de leurs jours.

Assommé, noyé, il décida d'essayer de marcher dans l'espoir de s'éclaircir les idées. Il se leva en chancelant et se rendit compte qu'il pouvait mettre un pied devant l'autre. Il fit quelques pas en évitant ses compagnons qui erraient dans leur propre monde, sans plus le voir qu'il ne les voyait, chacun contournant l'autre comme s'il s'agissait d'un obstacle à éviter absolument. Il se retrouva dans les environs d'Underhill, dans la brise fraîche du matin. Il allait vers les pyramides de sel, sous un ciel étrangement bleu.

Il s'arrêta, regarda autour de lui — réfléchit — poussa un grommellement de surprise, se figea, incapable de poursuivre. Car, d'un seul coup, il se rappelait tout.

Pas tout-tout. Il ne se rappelait pas ce qu'il avait mangé au petit déjeuner le 13 août-2 2029, par exemple. Cela concordait parfaitement avec ce qu'on lui avait dit au sujet de ces expérimentations : les détails répétitifs de la vie quotidienne n'étaient pas assez différenciés pour être mémorisés individuellement. Mais dans l'ensemble... A la fin des années 2020, la journée commençait pour lui dans la chambre en forme de barrique, à l'étage du coin sud-est, qu'il partageait avec Hiroko, Evgenia, Rya et Iwao. Des expériences, des incidents, des conversations fusèrent dans son esprit alors qu'il revoyait cette chambre. Un nœud de l'espace-temps, faisant vibrer tout un réseau de jours. Le joli dos de Rya à l'autre bout de la pièce alors qu'elle se lavait les aisselles. Les choses blessantes que les gens disaient sans le vouloir. Vlad parlant de l'épissage des gènes. Vlad et lui s'étaient tenus ici, à cet endroit même, dans la toute première minute de leur arrivée sur Mars. Ils avaient regardé autour d'eux, regardé chaque chose sans échanger une parole, s'imprégnant de la gravité, du rose du ciel, de l'horizon rapproché, regardé autour d'eux exactement comme lui à présent, mais c'était il y a si longtemps. Le temps aréologique, aussi lent, aussi long que la grande systole. On se sentait creux dans les combinaisons. Tchernobyl exigeait plus de béton qu'ils n'arrivaient à en faire prendre dans cet air froid, sec, raréfié. Nadia avait plus ou moins arrangé ça, mais comment ? Ah oui, c'est vrai : en le chauffant. Nadia avait arrangé des tas de choses pendant ces années-là, les chambres voûtées, les ateliers, l'arcade... Qui aurait soupçonné qu'une fille si réservée se révélerait si compétente, si énergique ? Il y avait des années qu'il n'avait pas repensé à l'impression qu'elle lui avait faite sur l'*Arès*. Elle avait été bouleversée quand Tatiana Durova avait été tuée par la chute d'une grue. Ça leur avait fait un choc à tous, sauf à Michel, qui étrangement avait semblé se désolidariser du désastre, leur première mort. Nadia s'en souviendrait-elle, maintenant ? Oui, si elle y repensait. Sax n'avait rien d'exceptionnel : si le traitement agissait sur lui, il devait agir sur les autres. Il y avait Vasili, qui avait combattu pour l'AMONU pendant les deux révolutions ; de quoi se souvenait-il ? Il avait l'air hagard, mais ça pouvait être de la fascination. Ça pouvait être tout et n'importe quoi, et c'était plus probablement l'émotion du tout, le trop-plein qui semblait être l'un des premiers effets du traitement. Peut-être songeait-il lui aussi à la mort de Tatiana. Un jour, pendant leur première année dans l'Antarctique, Sax et Tatiana étaient en randonnée, et Tatiana s'était foulé la cheville. Ils avaient dû attendre sur Nussbaum Riegel qu'un hélicoptère de McMurdo les ramène au camp. Il avait oublié cette histoire pendant des années, puis Phyllis la lui avait rappelée la nuit où elle l'avait fait arrêter, et il s'était empressé de l'oublier à nouveau jusqu'à cet instant. Et voilà que tout lui revenait pour la deuxième fois en deux cents ans : le soleil bas sur l'horizon, le froid, la beauté des Dry Valleys, Phyllis, jalouse de la sombre beauté de Tatiana. Que la beauté doive mourir d'abord était un signe, une malédiction primale, Mars en Pluton, la planète de la peur, de la menace. Et voilà, du souvenir de cette précieuse journée dans l'Antarctique, de ces deux femmes mortes depuis longtemps, il était l'unique dépositaire, sans lui elles auraient disparu à jamais. C'est vrai, ce qui revenait le plus facilement était ce qui avait fait la plus forte impression, les événements mis en exergue par l'émotion : les grandes joies, les grandes crises, les grands désastres. Et même les petits. En seconde année de collège, il avait été éliminé de l'équipe de basket. Après avoir lu la liste il avait pleuré tout seul dans son coin, près d'une fontaine, à l'autre bout de l'école, et il s'était dit : « Jamais tu n'oublieras cet instant. » Et c'était vrai, Seigneur. C'était magnifique. La première fois qu'on faisait des choses chargées d'un poids particulier, le premier amour... qui était-ce, voyons ? Là, il avait un trou. Mais si, à Boulder, un visage, une amie d'ami, mais ce n'était pas de l'amour, et son nom ne lui revenait pas. Non, maintenant il pensait à Ann Clayborne, debout devant lui, le regardant attentivement, il y avait si longtemps. Qu'essayait-il de se rappeler ? Le flot de pensées était si dense, si rapide, il n'arriverait jamais à se souvenir de tous ces souvenirs. Un paradoxe, mais un seul parmi tous ceux que provoquait le brin unique de conscience dans le champ gigantesque de l'esprit. Dix puissance quarante-trois, la matrice dans laquelle s'épanouissaient tous les big bangs. L'univers contenu dans le crâne était aussi vaste que celui du dehors. Ann... Il était allé se promener avec elle dans l'Antarctique aussi. Elle était forte. Tiens, bizarrement, pendant la balade dans la caldeira d'Olympus Mons, elle ne lui avait pas parlé une seule fois de cette promenade dans Wright Valley, malgré les similitudes ; une randonnée au cours de laquelle ils s'étaient chamaillés au sujet du destin de Mars alors qu'il n'avait qu'une envie, lui prendre la main, ou qu'elle lui prenne la main, elle. Il en pinçait pour elle ! Et lui, espèce de rat de laboratoire qui n'avait jamais éprouvé ce genre de sentiment, il était resté paralysé par la timidité. Elle l'avait regardé d'un drôle d'air mais n'avait pas compris les émotions qui l'agitaient. Elle s'était seulement demandé ce qui le faisait bafouiller ainsi. Il bégayait quand il était jeune, c'était un problème biochimique que la puberté avait apparemment résolu, mais cela lui arrivait encore parfois quand il était nerveux. Ann, Ann... Il la revoyait alors qu'ils discutaient sur l'*Arès*, à Underhill, à Dorsa Brevia, dans l'entrepôt sur Pavonis. Pourquoi était-il toujours si agressif avec cette femme qui l'attirait, pourquoi ? Elle était si forte. Et en même temps il l'avait vue si déprimée, si désarmée, dans ce patrouilleur-rocher, quand sa Mars rouge était morte. Elle était restée allongée là, pendant des jours d'affilée. Et puis elle s'était relevée et elle était repartie. Elle avait empêché Maya de lui crier après. Elle avait enterré Simon, son partenaire. Elle avait fait toutes ces choses, et jamais, jamais, jamais, Sax n'avait fait autre chose que l'importuner. Il était furieux contre elle à Zygote ou Gamète — Gamète — les deux, en fait. Ses traits tirés. Et puis il ne l'avait pas revue pendant vingt ans. Ensuite, après lui avoir infligé de force le traitement de longévité, il était resté trente ans sans la voir. Tout ce temps perdu. Même s'ils vivaient mille ans, ça ne suffirait pas à justifier un tel gâchis.

Dans le quartier de l'Alchimiste, il retomba sur Vasili, assis dans la poussière, en larmes. Ils avaient raté l'expérience de l'algue d'Underhill, tous les deux, dans ce bâtiment, mais Sax doutait fort que Vasili pleure pour ça. Il avait dû revoir un événement des années passées au service de l'AMONU, ou autre chose, comment savoir ? Bah, il pourrait toujours lui demander. Vadrouiller dans Underhill, voir des gens, se rappeler dans un sursaut tout ce qu'on savait d'eux, ce n'était pas une situation propice à l'approfondissement. Non, continuer à marcher, laisser Vasili à son propre passé. Sax ne voulait pas savoir ce qu'il regrettait. Et puis, là-bas, au nord, une silhouette marchait toute seule — Ann. C'était drôle de la voir sans casque, ses cheveux blancs flottant sur les épaules. Cela suffit à interrompre l'afflux de souvenirs... Mais il l'avait déjà vue comme ça, dans Wright Valley, oui, oui, ses cheveux flottaient aussi dans son dos, à l'époque, aussi légers mais d'un blond filasse comme ils disaient, assez méchamment. C'était dangereux de nouer des liens sous l'œil attentif des psychologues. Ils étaient là pour travailler, sous pression, il n'y avait pas de place pour des relations personnelles, c'était dangereux, l'histoire de Natasha et Sergei l'avait prouvé. Mais c'était arrivé quand même. Vlad et Ursula avaient formé un couple, solide, stable ; et la même chose était arrivée à Hiroko et Iwao, à Nadia et Arkady. Mais cela représentait un danger, un risque. Ann l'avait regardé par-dessus la table du labo, au déjeuner, et il y avait quelque chose dans son regard, une lueur. Il ne savait pas lire dans le cœur des gens. Les déchiffrer. Ils étaient si mystérieux. Le jour où il reçut la lettre lui disant que sa candidature avait été acceptée, qu'il serait l'un des Cent Premiers, il s'était senti si triste. Et pourquoi ? Impossible de le savoir. Mais il revoyait le fax dans la boîte, l'érable de l'autre côté de la fenêtre. Il avait appelé Ann pour savoir s'ils l'avaient prise, elle aussi — et oui, ce qui était un peu surprenant, elle qui était si solitaire, enfin, cela avait un peu soulagé sa peine, mais pourtant. L'érable était rouge, c'était l'automne à Princeton, une époque traditionnellement mélancolique, mais ce n'était pas ça. Pas du tout. Juste *triste*. Comme si réussir n'était rien, rien qu'un certain nombre des trois milliards de pulsations du cœur. Ils en étaient à dix milliards, maintenant, ça commençait à compter. Non, il n'y avait pas d'explication. Les gens étaient de vivants mystères. Alors quand Ann lui avait dit « Si on allait se balader à Lookout Point ? » dans ce laboratoire des Dry Valleys, il avait tout de suite accepté, sans bégayer. Ils étaient partis séparément. Elle avait quitté le camp et s'était dirigée vers Lookout Point, et il l'avait suivie, et là-bas — oh oui ! — alors qu'ils étaient assis côte à côte à regarder le groupe de huttes et le dôme de la serre, une sorte de proto-Underhill, en discutant du terraforming d'une façon parfaitement amicale, car il n'y avait pas d'enjeu, il avait pris sa main gantée dans la sienne. Elle l'avait aussitôt retirée comme si elle était choquée, et elle avait frissonné (il faisait très froid, pour la Terre, en tout cas). Il s'était mis à bredouiller péniblement, comme après son attaque. Une hémorragie limbique, étouffant dans l'œuf quantité d'éléments, d'espoirs, de désirs. Tuant l'amour. Après, il n'avait cessé de la harceler. Rien de tout ça ne constituait une explication causale propre, quoi que Michel aurait pu en dire ! Et puis le froid glacial du retour à la base. Même dans la clarté eidétique de ce soudain pouvoir d'évocation il ne voyait pas grand-chose de ce retour. Egaré. Pourquoi, pourquoi la rebutait-il ainsi ? Petit homme. Blouse blanche. Il n'y avait pas de raison. C'était comme ça, c'est tout. Mais ça avait laissé une marque indélébile. Michel lui-même ne l'avait jamais su.

Refoulement. Penser à Michel lui avait rappelé Maya. Ann était à l'horizon, maintenant, il ne la rattraperait jamais. Il n'était pas sûr d'en avoir envie, d'ailleurs, il était encore abasourdi par ce souvenir surprenant, si pénible. Il partit à la recherche de Maya. Traversa l'endroit où Arkady avait ri de leur existence clinquante, à son retour de Phobos, traversa la serre où Hiroko l'avait séduit par son amitié impersonnelle, des primates dans la savane, la femelle alpha empoignant un mâle parmi les autres, un alpha, un bêta ou l'un de ces alphas possibles mais pas intéressés qui lui faisaient à lui, Sax, l'impression d'avoir le seul comportement décent. Traversa le parc des caravanes où ils avaient dormi par terre, tous ensemble, une famille. Avec Desmond dans un placard quelque part. Desmond avait promis de leur montrer comment il vivait à l'époque, toutes ses cachettes. Un fouillis d'images de Desmond, le survol du canal en feu, puis de Kasei en flammes, la peur quand les gens de la sécurité l'avaient sanglé dans leur dispositif dément ; ç'avait été la fin de Saxifrage Russell. Il était quelqu'un d'autre, maintenant, et Ann était Anti-Ann, et aussi la troisième femme qui n'était ni Ann ni Anti-Ann. Il pourrait peut-être lui parler sur ces bases-là : deux étrangers qui se rencontraient. Plutôt que les deux personnes qui s'étaient connues dans l'Antarctique.

Maya attendait dans la cuisine qu'une grande bouilloire se mette à chanter. Elle faisait du thé.

— Maya, fit Sax en sentant les mots rouler comme des graviers dans sa bouche. Tu devrais essayer. Ce n'est pas si terrible.

Elle secoua la tête.

— J'en revois plus que je ne voudrais. Même sans vos drogues, alors que je ne me rappelle presque plus rien. Il me reste plus de souvenirs que vous n'en aurez jamais. Je n'en veux pas davantage.

Il se pouvait que d'infimes quantités de la drogue planant dans l'air se soient déposées sur sa peau, lui donnant un aperçu de l'expérience hyper-émotionnelle. Mais peut-être était-ce son état ordinaire.

— Pourquoi le présent ne suffirait-il pas ? disait-elle. Je ne veux pas revivre le passé. Je ne veux pas. Je ne pourrais pas le supporter.

— Peut-être plus tard, dit Sax.

Que pouvait-il lui dire ? Elle était déjà comme ça à Underhill, imprévisible, ombrageuse. C'était fou ce que les Cent Premiers pouvaient être compliqués. Mais le comité de sélection avait-il le choix ? Les gens étaient soit comme ça, soit stupides. Et ils n'allaient pas envoyer des imbéciles sur Mars, pas au début, ou pas trop. Et même les plus simples d'esprit n'étaient pas simples.

— Peut-être, disait-elle maintenant en lui tapotant la tête, et elle enleva la théière du réchaud. Peut-être pas. Je m'en rappelle suffisamment comme ça.

— Frank ? demanda Sax.

— Evidemment. Frank, John, ils sont tous là, fit-elle en se poignardant la poitrine avec le pouce. Ça fait assez mal. Je n'en demande pas plus.

— Ah.

Il ressortit. Il se sentait débordant, plus sûr de rien, déstabilisé, le système limbique vibrant follement sous l'impact de sa vie entière, de Maya, la belle, la maudite. Comme il aurait voulu qu'elle soit heureuse ! Mais que pouvait-on faire pour elle ? Maya vivait son malheur à fond, à croire que ça la rendait heureuse. Ou complète. Peut-être ressentait-elle constamment avec acuité ce trop-plein émotionnel si inconfortable ? Waouh ! Il était tellement plus facile d'être flegmatique. D'un autre côté, elle était si vivante. La façon dont elle les avait repoussés vers le chaos, au sud du refuge, à Zygote... Quelle force ! Toutes ces fortes femmes. En fait, pour affronter l'horreur de la vie, la terreur, l'empoigner, l'éprouver sans déni, sans défense, il fallait l'admettre et aller de l'avant. John, Frank, Arkady, et même Michel, ils avaient tous une incroyable réserve d'optimisme, de pessimisme, d'idéalisme, de mythologies pour masquer l'amertume de l'existence, ils avaient leurs sciences diverses et variées, et pourtant ils étaient morts, laissant Nadia, Maya et Ann continuer seules. Pas de doute, il avait eu de la chance de tomber sur des sœurs aussi fortes. Même Phyllis, dans une certaine mesure. Elle avait la robustesse des simples, suivant sa route, pas si mal en fin de compte, la suivant un moment, du moins. Ne renonçant jamais. N'admettant jamais rien. Elle avait protesté quand on l'avait torturé, Spencer le lui avait dit, Spencer et toutes leurs heures passées à travailler sur l'aérodynamique, Spencer lui avait raconté en buvant trop de whisky comment elle était allée trouver le chef de la sécurité de Kazei et lui avait demandé qu'on le relâche, lui qui l'avait mise KO, presque tuée au protoxyde d'azote, lui avait menti jusque dans son lit. Il faut croire qu'elle lui avait pardonné, et Spencer en avait toujours voulu à Maya de l'avoir tuée, même s'il disait le contraire. Sax avait pardonné à Maya, bien qu'il ait, pendant des années, fait semblant de lui en tenir rigueur, pour avoir une sorte de prise sur elle. Ah, l'étrange chaos recombinatoire qu'ils avaient fait de leur vie, conséquence de son formidable allongement, ou peut-être était-ce comme ça dans tous les villages, depuis toujours. Mais toute cette tristesse, toutes ces trahisons ! Peut-être la mémoire était-elle activée par le sentiment de perte, et comme tout finissait inévitablement par disparaître... Bon, et la joie ? Pouvait-on se rappeler par catégories émotionnelles ? Idée intéressante. Etait-ce possible ? Parcourir les salles de la conférence sur le terraforming, par exemple, et lire sur le tableau d'affichage que la contribution du cocktail de Russell à l'élévation de la température était estimée à 12 degrés kelvin. Marcher au Belvédère d'Echus et voir que la Grande Tempête avait pris fin, regarder le ciel rose inondé de soleil. Contempler les visages dans le train alors qu'ils sortaient de la gare de Libya. Se faire embrasser dans l'oreille par Hiroko, dans les bains, un jour d'hiver à Zygote, quand le soir durait tout l'après-midi. Ah, Hiroko ! Il était pelotonné dans le froid, assez furieux à la perspective de mourir dans une tempête de neige au moment même où les choses commençaient à devenir intéressantes, et essayait d'imaginer un moyen de faire venir son véhicule à lui, puisqu'il semblait incapable de le rejoindre, quand elle lui était apparue, sortant de nulle part, petite silhouette en combinaison rouille dans les blanches ténèbres de la neige chassée par le vent, le vent si fort que sa voix dans l'intercom de son casque était réduite à un soupir. « Hiroko ? » s'était-il écrié en voyant son visage à travers la visière maculée de neige fondue. Elle avait répondu : « Oui » et l'avait tiré par le poignet, aidé à se relever. Cette main sur son poignet ! Il l'avait bien sentie. Et il s'était levé, telle la viriditas elle-même, la force verte se déversant en lui, dans le bruit blanc, les parasites crépitant comme de la grêle, son étreinte chaude et dure. Oui, Hiroko était là. Elle l'avait ramené à son véhicule, lui sauvant la vie, et elle avait à nouveau disparu. Desmond pouvait toujours affirmer qu'elle était morte à Sabishii, ses arguments avaient beau être convaincants, peu importait le nombre de fois où des seconds de cordée avaient eu des visions hallucinatoires de grimpeurs en détresse, Sax savait à quoi s'en tenir, lui, à cause de cette main sur son poignet, de cette apparition dans la neige — Hiroko elle-même en chair et en os, solide, compacte, aussi réelle que le roc. Vivante ! Il pouvait vivre sur cette certitude, il pouvait au moins être sûr d'une chose — dans l'inexplicable intrusion de l'inexplicable dans toute chose, il pouvait se fonder sur ce fait irréfutable. Hiroko était vivante. Partir de là et continuer, bâtir là-dessus, l'axiome d'une vie entière de joie. Peut-être même en convaincre Desmond, lui apporter cette paix.

Il était dehors à nouveau et cherchait Coyote. Il n'était jamais facile à trouver. Les souvenirs que Desmond gardait d'Underhill — les cachettes, les murmures, l'équipe de la ferme perdue, puis la colonie perdue, la fuite avec eux. Faire le tour de Mars dans des véhicules camouflés, être aimé d'Hiroko, voler à la surface, la nuit, dans un avion furtif, fricoter avec le demi-monde, tricoter l'underground... Sax avait l'impression que c'étaient ses propres souvenirs, c'était si vivant dans son esprit. Le transfert télépathique de leurs histoires à tous. Cent au carré, dans le carré de chambres voûtées. Non. C'en serait trop. Il était déjà assez bouleversant d'imaginer la réalité d'un autre. C'était toute la télépathie qu'on pouvait souhaiter, ou supporter.

Mais où Desmond était-il passé ? Inutile de le chercher. On ne trouvait jamais Coyote. On attendait qu'il vous trouve. Il se montrerait quand il le déciderait. Pour l'instant, au nord-ouest des pyramides et du quartier de l'Alchimiste gisait un très vieux squelette d'atterrisseur, probablement largué avant qu'ils ne se posent eux-mêmes. Le temps avait substitué à la peinture une croûte de sel. Leurs premiers espoirs étaient réduits à l'état de tas de ferraille. Plus rien, quoi. Hiroko l'avait aidé à décharger celui-là.

Dans le quartier de l'Alchimiste, toutes les machines du vieux bâtiment étaient réformées, désespérément démodées, même le génial processeur Sabatier. Il avait adoré le regarder marcher. Tout le monde était estomaqué le jour où Nadia l'avait mis en marche, petite femme rondelette fredonnant on ne sait quel air dans un monde à elle, communiant avec la machine. A l'époque, on pouvait comprendre les machines. Loué soit Dieu de leur avoir envoyé Nadia, l'ancre qui les amarrait tous à la réalité, celle sur laquelle ils pouvaient toujours compter. Il aurait voulu la serrer sur son cœur, cette bien-aimée sœur entre toutes les sœurs, qui semblait être là, dans le parc de véhicules, essayant de manœuvrer un bulldozer de musée.

Mais là-bas, une silhouette se dirigeait vers l'ouest sur un tertre. Ann. Avait-elle fait tout le tour de l'horizon, marchant, marchant inlassablement ? Il courut vers elle en trébuchant comme s'il venait seulement de faire sa connaissance. Il la rattrapa peu à peu, en haletant.

— Ann ? Ann ?

Elle se retourna et il lut une peur instinctive sur son visage. Un animal fuyant devant un prédateur. Ce qu'il avait toujours été pour elle.

— J'ai fait des erreurs, dit-il en s'arrêtant devant elle.

Ils pouvaient parler en plein air, dans l'air qu'il avait fabriqué malgré ses objections. Et pourtant, il était encore assez raréfié pour qu'il soit à bout de souffle.

— Je n'en ai vu la... la beauté que trop tard. Je suis désolé. Désolé. Désolé. Désolé.

Il avait déjà essayé de le lui dire dans la voiture de Michel quand le déluge se déversait sur eux, à Zygote, à Tempe Terra. Ça n'avait jamais marché. Ann et Mars, intimement mêlées — et pourtant il n'avait aucune excuse à faire à Mars, le coucher de soleil était chaque soir plus beau dans le ciel qui changeait de couleur à chaque minute de chaque jour, signe bleu de leur puissance et de leur responsabilité, de leur place dans le cosmos et de leur pouvoir à l'intérieur, si petits et pourtant si importants. Ils avaient amené la vie sur Mars et c'était bien, il en était sûr.

Non, c'est à Ann qu'il devait des excuses. Pour ses années de ferveur missionnaire, la pression à laquelle il l'avait soumise pour obtenir son acceptation, la façon dont il avait traqué la bête sauvage de son refus pour la mettre à mort. Pardon pour ça, oh oui, pardon... Il était en larmes et elle le regardait, exactement comme autrefois, sur la froide pierre de l'Antarctique, lors de ce premier refus qui lui était revenu dans tous ses détails et reposait maintenant en lui. Son passé.

— Tu te souviens ? lui demanda-t-il avec curiosité, emporté par ce nouveau train de pensées. Nous étions allés ensemble à Lookout Point — je veux dire l'un après l'autre, mais pour nous retrouver, pour parler en privé. Nous étions partis séparément, enfin, tu sais comment c'était à l'époque. Ce couple de Russes avait été renvoyé après s'être bagarré, et nous faisions des cachotteries aux gens du comité de sélection !

Il rit, s'étouffant un peu, à l'évocation de leurs débuts irrationnels. Et prophétiques. Tout, depuis lors, avait été strictement conforme à ces débuts ! Ils étaient venus sur Mars et ils avaient rejoué le coup comme tout le monde avant eux. Ce n'était qu'un trait récurrent, un schéma répétitif.

— Nous nous étions assis et je trouvais que nous nous entendions bien, alors je t'ai pris la main mais tu me l'as retirée. Ça t'avait déplu. Je me suis senti... très, très mal. Nous sommes repartis séparément et nous ne nous sommes plus jamais parlé comme ça, de cette façon, plus jamais. Ensuite, je n'ai cessé de te harceler, je crois, et je pense que c'était à cause de... de...

Il esquissa un geste englobant le ciel bleu.

— Je me souviens, dit-elle.

Elle le regardait en fronçant les sourcils. Il eut un choc. Ça ne se faisait pas, on ne disait jamais à l'amour perdu de sa jeunesse je me souviens, ça fait encore mal. Et pourtant elle était là, devant lui, regardant son visage surpris.

— Oui, reprit-elle. Mais ça ne s'est pas passé comme ça. C'était moi. Je veux dire, j'ai mis ma main sur ton épaule, je t'aimais bien, j'avais l'impression que nous pourrions devenir... Et tu as sursauté ! Tu as sursauté comme si je t'avais appliqué une électrode ! L'électricité statique était forte, là-bas, mais quand même... Non, fit-elle avec un petit rire âpre. C'était toi. Tu n'as pas... ce n'était pas ton genre, je me suis dit. Et ce n'était pas le mien non plus ! D'une certaine façon, ça aurait dû marcher, justement pour ça. Mais non... et puis j'ai tout oublié.

— Non, fit Sax.

Il secoua la tête dans une velléité primitive de reprogrammation, de rappel de ses idées. Il voyait encore dans son théâtre mental cet instant de trouble à Lookout Point, toute la scène, nette et claire, presque mot à mot, geste après geste. C'est un gain d'ordre manifeste, avait-il dit, essayant d'expliquer le but de la science. Et elle avait répondu, pour ça tu détruirais toute une planète. Il s'en souvenait.

Mais il y avait le regard d'Ann alors qu'elle se remémorait l'incident. Elle avait l'air d'être en pleine possession de ce moment de son passé, elle le revivait. Il était clair qu'elle s'en souvenait aussi, mais elle se rappelait autre chose que lui. L'un d'eux devait se tromper, non ?

— Se pourrait-il vraiment... commença-t-il, et il dut s'arrêter et reprendre. Se pourrait-il que nous ayons vraiment été assez maladroits pour sortir tous les deux... dans l'intention de... pour nous révéler...

Ann éclata de rire.

— Et repartir tous les deux avec l'impression d'avoir essuyé une rebuffade ? fit-elle en riant de plus belle. Oui, c'est probable.

Il s'esclaffa à son tour. Ils levèrent leur visage vers le ciel en riant.

Et puis Sax secoua la tête, si triste qu'il était à l'agonie. Quoi qu'il soit arrivé — eh bien, ils ne le sauraient jamais. Sa mémoire jaillissait comme un geyser, comme une des inondations cataclysmiques qu'ils avaient provoquées, et il n'y avait pas moyen de savoir ce qui s'était vraiment passé.

Il eut un frisson. S'il ne pouvait pas se fier à cette résurgence de souvenirs, si un souvenir aussi crucial que celui-ci était sujet à caution, alors, que penser des autres, d'Hiroko dans la tempête de neige, le conduisant à sa voiture, la main sur son poignet ? Se pouvait-il que ce soit aussi... Non. Cette main sur son poignet... Pourtant Ann lui avait arraché sa main, un souvenir somatique, tout aussi réel et concret, tout aussi physique, un événement cinétique dont son corps gardait le souvenir, le garderait jusqu'à la fin de ses jours dans les schémas de ses cellules. Celui-ci devait être vrai, ils devaient être vrais tous les deux.

Alors ?

Alors, c'était le passé. Là, et pas là. Toute sa vie. Si rien n'était réel que ce moment, un instant de Planck après l'autre, une membrane incroyablement fine de devenir entre le passé et le futur — sa vie —, qu'était donc cette infime chose dépourvue de passé ou d'avenir tangible ? Une brume de couleur. Un brin de pensée perdu dans le fait de penser. La réalité si ténue, si peu là. N'y avait-il rien à quoi ils puissent se raccrocher ?

C'est ce qu'il essaya de lui dire, mais il bredouilla, échoua, renonça.

— Eh bien, fit Ann, qui l'avait apparemment compris. Nous nous souvenons déjà de ça. Je veux dire, nous sommes au moins d'accord sur le fait que nous y sommes allés. Nous avions des idées, ça n'a pas marché. Il s'est passé quelque chose, nous n'avons apparemment pas compris ce que c'était sur le coup, alors il n'est pas étonnant que nous n’arrivions pas à nous en souvenir maintenant, ou que nous en conservions un souvenir différent. Il faut comprendre les choses pour s’en souvenir.

— Tu crois ?

— Je pense. C’est pour ça que les enfants de deux ans n’ont pas de souvenirs. Ils sentent les choses d’une façon extraordinaire, mais comme ils ne les comprennent pas vraiment, ils ne peuvent pas s’en souvenir.

— Peut-être.

Il n’était pas sûr que la mémoire fonctionne véritablement ainsi. Les souvenirs de la petite enfance étaient des images eidétiques, photographiques. Mais si c’était vrai, alors cela lui convenait tout à fait. Il avait définitivement compris l’apparition d’Hiroko dans la tempête de neige, sa main sur son poignet. Ces choses du cœur, dans la violence de la tempête...

Ann fit un pas vers lui, le serra sur son cœur. Il détourna un peu le visage, colla son oreille à sa clavicule. Elle était grande. Il sentait son corps contre le sien. Il lui rendit son étreinte avec véhémence. Jamais tu n’oublieras cet instant, se dit-il. Elle se redressa, le tint par les épaules.

— C’est le passé, dit-elle. Ça n’explique pas ce qui nous est arrivé sur Mars, je ne crois pas. C’est autre chose.

— Peut-être.

— Nous n’étions pas d’accord, mais nous utilisions les mêmes... les mêmes termes. Nous attachions de l’importance aux mêmes choses. Je me souviens quand tu essayais de me réconforter, dans ce patrouilleur-rocher, à Marineris, pendant la rupture de l’aquifère.

— Tu as fait la même chose pour moi. Quand Maya s’est mise à m’engueuler, après la mort de Frank.

— Oui, dit-elle en y repensant.

Oh, le pouvoir d’évocation qui était le leur pendant ces heures stupéfiantes ! Le véhicule était un creuset, ils y avaient tous subi une métamorphose, à leur façon.

— C’est bien possible. Ce n’était pas juste. Tu essayais de l’aider. Et tu avais l’air tellement...

Ils se tenaient debout, regardant les structures basses, éparses, qui étaient Underhill.

— Nous y sommes quand même arrivés, dit enfin Sax.

— Oui. Nous y sommes arrivés.

Un moment gênant. Un autre moment gênant. Voilà ce qu’était la vie avec son prochain : une succession de moments gênants. Il faudrait qu’il s’y fasse. Il fit un pas en arrière. Il tendit la main, prit la sienne, la serra avec ferveur. La lâcha. Elle voulait passer devant l’arcade de Nadia, dit-elle, dans la nature sauvage, intacte, à l’ouest d’Underhill. Elle était en proie à un déferlement de souvenirs trop intenses pour se concentrer sur le présent. Elle avait besoin de marcher.

Il comprenait. Elle s'éloigna en lui faisant un signe. Un signe ! Et Coyote était là, près des pyramides de sel étincelantes dans le soleil de l'après-midi. Conscient de la pesanteur martienne pour la première fois depuis des dizaines d'années, Sax partit à bonds légers vers le petit homme. Le seul des Cent Premiers qui était plus petit que lui. Son frère d'armes.

Il parcourait sa vie en trébuchant, prenant une bûche à chaque pas, et il eut du mal à se concentrer sur le visage asymétrique de Coyote. On aurait dit Deimos avec ses facettes, mais il était là, on ne peut plus vibrant, palpitant de toutes ses formes passées en même temps. Au moins Desmond s'était-il toujours à peu près ressemblé. Dieu sait de quoi Sax avait l'air pour les autres, ou ce qu'il verrait s'il se regardait dans un miroir. Tiens, c'était une idée vertigineuse : il pourrait être intéressant de se regarder dans la glace quand on évoquait sa jeunesse, cette vision pourrait occasionner des distorsions. Desmond, un Trinidadien d'origine indienne, racontait une histoire incompréhensible où il était question d'ivresse des profondeurs, mais faisait-il allusion à la drogue pour la mémoire ou à un incident de plongée qui s'était produit dans son enfance ? Mystère. Sax mourait d'envie de lui dire qu'Hiroko était en vie, mais retint les mots qu'il avait sur le bout de la langue. Desmond avait l'air tellement heureux comme ça, et puis il ne le croirait pas. Ça ne ferait que le perturber. La connaissance empirique n'était pas toujours traduisible par le discours, c'était lamentable mais c'était un fait. Desmond ne le croirait pas parce qu'il n'avait pas senti sa main sur son poignet. Et pourquoi devrait-il le croire, après tout ?

Ils retournèrent vers Tchernobyl en parlant d'Arkady et de Spencer.

— Nous nous faisons vieux, dit Sax.

Desmond poussa un hurlement de loup. Il avait toujours un rire affolant, mais contagieux, et Sax ne put s'empêcher de rire avec lui.

— Nous nous *faisons* vieux ? Nous nous *faisons* vieux ?

Ils redoublèrent d'hilarité à la vue du petit Rickover. C'était pourtant à la fois pathétique, courageux, stupide et intelligent. Leur système limbique était encore survolté, remarqua Sax, ébranlé par ce kaléidoscope d'émotions simultanées. Tout son passé s'éclaircissait, lui apparaissait comme des couches superposées de séquences. Chaque événement était doté d'une charge émotionnelle unique, et toutes explosaient en même temps : si plein, si plein. Plus plein peut-être que le, le quoi, l'esprit ? L'âme ? Plus plein qu'il n'était possible de l'être. *Trop plein*, voilà comment il se sentait.

— Desmond, je déborde.

Les beuglements de Desmond atteignirent un paroxysme.

Sa vie excédait maintenant sa capacité sensorielle. Mais qu'était cette soudaine impression ? Un bourdonnement limbique, le rugissement du vent dans les conifères en haut des montagnes, une nuit à la belle étoile, dans les Rocheuses, le vent palpitant dans les aiguilles de pin... Très intéressant. Peut-être un effet de la drogue qui s'estomperait, même s'il espérait que certains effets persisteraient, et qui sait si celui-ci ne pourrait se prolonger aussi, en tant que partie intégrante du tout ? Du genre : si on peut se rappeler son passé, long comme il est, on ne peut que se sentir très plein, plein d'expériences et d'émotions, au point qu'il devienne difficile d'en sentir beaucoup plus. Serait-ce possible ? Mais peut-être tout prendrait-il une intensité intolérable, peut-être les avait-il tous malencontreusement transformés en d'affreux sentimentaux, bouleversés à l'idée de mettre le pied sur une fourmi, pleurant de joie à la vue d'un lever de soleil, etc. Il ne manquerait plus que ça. Assez était assez, et même plus. Assez valait un festin. A vrai dire, Sax avait toujours pensé que l'amplitude de la réaction émotionnelle affichée par son entourage pourrait être sensiblement réduite sans grand dommage pour l'humanité. Il était évidemment impossible d'essayer de façon consciente de diminuer la force des émotions. C'était du refoulement, de la sublimation, et il en résultait toujours une surpression ailleurs. C'était drôle de constater que l'analogie freudienne entre la machine à vapeur et l'esprit demeurait, la compression, l'échappement et le cycle complet, comme si le cerveau avait été conçu par Watt. Enfin, les modèles réducteurs avaient leur utilité, ils étaient au cœur de la science. Et il avait besoin de lâcher la vapeur depuis longtemps.

Il fit le tour de Tchernobyl avec Desmond, chacun absorbé dans ses pensées, lançant des pierres, riant, tenant des propos précipités, haletants, décousus, une sorte de transmission simultanée plus qu'une conversation, mais ils appréciaient leur compagnie mutuelle. Il était rassurant d'entendre un autre en proie à la même confusion. Et puis c'était un vrai plaisir de se sentir proche de cet homme, si différent de lui par tant de côtés, et pourtant de pouvoir papoter avec lui, parler de tout et de rien, de l'école, des calottes neigeuses de la région polaire Sud, des parcs de l'*Arès*. Ils étaient si semblables, au fond.

— Nous passons tous par les mêmes expériences.

— C'est vrai ! C'est tellement vrai !

Curieux que ce fait n'affecte pas davantage le comportement des individus.

Ils se retrouvèrent enfin au parc des caravanes qu'ils traversèrent plus lentement, freinés par des toiles d'araignée de plus en plus épaisses remontant du passé. Le coucher du soleil approchait. Dans les chambres voûtées, on s'activait, on préparait le dîner. La plupart d'entre eux avaient été trop absorbés, pendant la journée, pour penser à manger, et les drogues semblaient avoir un léger effet coupe-faim, mais à présent ils étaient affamés. Maya avait préparé une grande marmite de ragoût dans laquelle elle jetait des pommes de terre coupées en morceaux. Du bortsch ? De la bouillabaisse ? Elle avait fait du pain, le matin, et une odeur alléchante planait dans l'air.

Ils se réunirent dans la salle à manger où Sax et Ann avaient eu leur fameux débat au commencement du terraforming. Avec un peu de chance, Ann n'y penserait pas en entrant. Sauf qu'une vidéo du débat passait sur un petit écran, dans un coin. Enfin... Elle arriverait peu après le coucher du soleil. La routine. Cette constance faisait leur joie. Elle leur permettait en quelque sorte de se dire : Nous sommes là, les autres sont sortis, mais à part ça, rien n'a changé. Un soir comme les autres à Underhill. On parlait boulot, des différents endroits, de ce qu'on mangeait. Les vieux visages familiers. On pouvait croire qu'Arkady, John et Tatiana allaient entrer d'une seconde à l'autre, exactement comme Ann, en cet instant précis, juste au moment prévu, battant la semelle pour se réchauffer, ignorant les autres, selon son habitude.

Et voilà qu'elle s'assit à côté de lui pour manger (une potée provençale, que Michel faisait souvent). En silence, comme toujours. Mais tout le monde ouvrait de grands yeux. Nadia les regarda, au bord des larmes. Une sensiblerie permanente : ça pouvait poser un problème.

Plus tard, couvrant le bruit des assiettes, le brouhaha des voix, tout le monde parlant à la fois, chaque conversation restant compréhensible malgré tout, même quand on était soi-même en train de bavarder, Ann se pencha vers lui et demanda :

— Où vas-tu après ça ?

— Eh bien, répondit-il, soudain très nerveux. Des collègues de Da Vinci m'ont invité à-à-à à faire du bateau. A essayer un nouveau modèle qu'ils ont conçu pour moi, pour mes... mes promenades en bateau. Un voilier. Dans Chryse. Le *golfe* de Chryse.

— Ah !

Un silence terrible, malgré le vacarme.

— Je pourrais venir avec toi ?

Il eut l'impression que son visage le brûlait. Un soudain afflux de sang dans les capillaires. Très étrange. Mais il fallait qu'il réponde !

— Oh oui !

Et puis tout le monde se retrouva assis dans un fauteuil ou penché sur le système de chauffage, à réfléchir, à parler, à se souvenir, en buvant le thé de Maya, qui avait l'air ravie de s'occuper d'eux. Beaucoup plus tard, dans la nuit, Sax décida de retourner au parc des caravanes où ils avaient passé leurs premiers mois. Juste pour voir.

Nadia y était déjà, allongée sur un matelas. Sax décrocha son vieux matelas du mur. Bientôt, Maya arriva, puis tous les autres. Même les récalcitrants s'étaient laissé entraîner. L'un d'eux dit : « Trouillard de Desmond », l'assit de force au milieu, et tout le monde l'entoura, certains à leur place habituelle, ceux qui dormaient dans une autre caravane occupant les matelas libérés par les disparus. Ils tenaient à l'aise dans une seule caravane, maintenant. Et dans la profondeur de la nuit, ils dévalèrent la lente pente chaotique du sommeil. Ils se laissèrent tomber sur leur lit, encore un souvenir, paresseux et chaud, c'était tous les soirs comme ça, ils se sentaient dériver dans un bain de chaleur humaine, épuisés par le travail passionnant de la journée, la construction d'une ville, d'un monde. Sommeil, mémoire, sommeil, corps. S'abîmer avec reconnaissance dans le moment, dans le rêve.

Ils quittèrent la Florentine par une journée venteuse, sans nuage, à bord d'un nouveau catamaran aérodynamique. Ann était à la barre et Sax vérifiait, à la proue tribord, que le capon avait bien retenu l'ancre. Elle sentait si fort la vase que Sax, distrait, passa un moment penché par-dessus le bastingage à examiner la boue anaérobie à la loupe de son bloc-poignet : une grande quantité d'algues mortes et d'autres organismes. Question intéressante : cette boue était-elle typique au fond de la mer du Nord, plutôt spécifique du golfe de Chryse, caractéristique de la Florentine ou plus généralement des eaux peu profondes ?

— Hé, Sax, viens ici ! appela Ann. C'est toi qui sais faire marcher ce truc.

— C'est vrai.

En réalité, l'IA du bateau se chargeait de tous les problèmes de navigation. Il aurait suffi qu'il lui dise, par exemple : « Va à Rhodes », et il n'aurait plus eu à s'en occuper de la semaine. Mais il avait commencé à apprécier le contact du gouvernail sous sa main. Alors il remit l'étude de la vase à plus tard et se dirigea vers le grand cockpit peu profond suspendu entre les deux coques fuselées.

— Regarde, Da Vinci va disparaître sous l'horizon.

— En effet.

L'extérieur de la lèvre du cratère était le seul endroit de l'île de Da Vinci encore visible sur l'eau, bien qu'elle ne soit qu'à vingt kilomètres de là. Cette planète avait quelque chose d'intime. Le bateau allait très vite. Il planait à la surface de l'eau dès que le vent atteignait cinquante kilomètres-heure. Il y avait des contrepoids mobiles dans les traverses et les coques étaient équipées de quilles extensibles, profilées comme des dauphins, qui maintenaient la coque au vent en contact avec l'eau, empêchant la partie sous le vent de plonger trop profondément. Ainsi, même par vent modéré, comme celui qui gonflait à présent le mât-voile déployé, le bateau filait sur l'eau à une vitesse à peine inférieure à celle du vent. En regardant vers la poupe, Sax constata qu'une très faible surface des coques était au contact de l'eau, et que le gouvernail et les quilles des balanciers semblaient surtout destinés à les empêcher de s'envoler. Il vit disparaître l'île de Da Vinci sous l'océan bondissant, dentelé, à quatre kilomètres à peine. Il jeta un coup d'œil à Ann. Elle était agrippée au bastingage et regardait vers l'arrière le nattage formé par les V blancs, brillants, de leurs sillages.

— Tu avais déjà pris la mer ? demanda Sax, tout en pensant : Et complètement perdu la terre de vue ?

— Non.

— Ah !

Ils mirent cap au nord, dans le golfe de Chryse. Les îles de Copernicus puis de Galileo apparurent au-dessus de l'eau, à tribord, et disparurent à nouveau sous l'horizon bleu. Les vagues étaient distinctement visibles, de sorte que l'horizon n'était pas une ligne bleue, rectiligne, tracée sur le ciel, mais un ensemble mouvant de crêtes renflées qui se succédaient rapidement. La houle venait du nord, presque droit devant eux, et tant à bâbord qu'à tribord l'horizon était une ligne ondoyante d'eau bleue sur le ciel bleu. Le cercle déchiqueté qui entourait le catamaran paraissait trop petit, comme si la ligne d'horizon terrienne était à jamais gravée dans les zones optiques du cerveau. Les choses semblaient toujours être sur une planète trop petite pour elles. Ann n'avait pas l'air dans son assiette. Elle regardait d'un œil torve les vagues qui soulevaient d'abord la proue, puis la poupe. Un courant transversal, poussé par le vent d'ouest, presque à angle droit avec la houle, interférait avec les plus grosses lames. On aurait dit une démonstration de physique effectuée en laboratoire, et Sax crut revoir les merveilles du petit bassin à vagues de son université, où les heures passaient à la vitesse de l'éclair. La taille des vagues nées dans le mouvement perpétuel vers l'est qui animait la mer du Nord était liée à la force du vent. La faible gravité suscitait de grandes vagues larges, vite soulevées par les vents forts. Si le vent forcissait encore, par exemple, les crêtes venues de l'ouest deviendraient vite plus grosses que la houle du nord, et l'effaceraient complètement. Les vagues de la mer du Nord ne se déplaçaient pas très vite mais elles étaient connues pour leur hauteur et leur versatilité, leurs formes surprenantes sans cesse renouvelées. De grandes collines lentes, pareilles aux dunes géantes de Vastitas, migrant autour de la planète. Elles pouvaient devenir vraiment gigantesques, en fait. Quand un typhon soufflait sur la mer du Nord, il n'était pas rare de voir des vagues de soixante-dix mètres de haut.

Ann, qui semblait désemparée, se serait manifestement contentée des vagues de travers. Sax ne voyait pas quoi lui dire. Il doutait que ses considérations sur les mécanismes des vagues l'intéressent. Elles étaient passionnantes, évidemment, pour tout individu que la physique intéressait. Comme Ann. Mais le moment était peut-être mal choisi. Pour l'instant, l'ensemble sensuel de l'eau, du vent et du ciel paraissait amplement suffisant. Il jugea préférable de se taire.

Des crêtes blanches commençaient à rouler sur les flancs de certaines vagues de travers, et Sax vérifia aussitôt la vitesse du vent sur le système météo. Trente-deux kilomètres à l'heure. A peu près la vitesse à laquelle la crête des vagues devait se renverser. Une simple question de tension de surface et de vitesse du vent, calculable, en fait. Oui, selon l'équation relative de la dynamique des fluides, quand la vitesse du vent atteignait trente-cinq kilomètres-heure, elles devaient commencer à retomber, ces crêtes blanches, d'une blancheur surprenante sur l'eau bleu foncé, bleu de Prusse, pensait Sax. Le ciel aujourd'hui était presque bleu layette, légèrement empourpré au zénith, un peu plus clair autour du soleil, avec un écran métallique entre le soleil et l'horizon, en dessous.

— Que fais-tu ? demanda Ann, d'un ton soudain ennuyé.

Elle écouta les explications de Sax dans un silence de mort. Il ne savait pas ce qu'elle pouvait penser. Il avait toujours trouvé réconfortante l'idée que le monde était explicable dans une certaine mesure. Mais Ann... Bah, c'était peut-être tout simplement le mal de mer. Ou un souvenir qui la perturbait. Sax avait constaté, au cours des semaines qui avaient suivi l'expérience d'Underhill, qu'il était souvent distrait par des incidents remontés du passé sans qu'il les ait en rien provoqués. Une mémoire involontaire. Peut-être Ann avait-elle quantité de souvenirs déplaisants. D'après Michel, elle avait été maltraitée quand elle était enfant. Sax avait du mal à imaginer ça ; c'était trop choquant. Sur Terre, des hommes avaient violé des femmes ; sur Mars, jamais. Etait-ce bien vrai ? Il en avait l'impression mais pas la certitude. Voilà ce que c'était de vivre dans une société juste et rationnelle, c'était une des raisons principales qui en faisaient une bonne chose, une valeur. Peut-être Ann en saurait-elle plus long sur la situation actuelle, mais il ne se voyait pas l'interroger. C'était manifestement contre-indiqué.

— Tu es bien silencieux, dit-elle.

— J'admire la vue, répondit-il très vite.

Peut-être ferait-il mieux de lui parler de la mécanique des vagues, après tout. Il lui expliqua la houle, les vagues transversales, les schémas d'interférence positive et négative résultants. Et puis il ajouta :

— Il t'est revenu beaucoup de souvenirs de la Terre, à Underhill ?

— Non.

— Ah !

C'était probablement une espèce de refoulement, le contraire de la méthode psychothérapeutique que Michel aurait probablement recommandée. Mais ils n'étaient pas des machines à vapeur. Et il y avait des choses qu'il valait sûrement mieux oublier. Il devrait s'efforcer d'oublier à nouveau la mort de John, par exemple, et aussi de se souvenir plus distinctement des moments de sa vie où il avait été plus sociable, comme pendant les années où il travaillait pour Biotique, à Burroughs. En attendant, celle qui était assise de l'autre côté du cockpit était Anti-Ann, ou cette troisième femme dont elle lui avait parlé. Et lui-même était, au moins en partie, Stephen Lindholm. Des étrangers, malgré la rencontre stupéfiante d'Underhill. Ou à cause d'elle. Salut, enchanté de faire votre connaissance...

Dès qu'ils furent sortis des fjords et des îles au fond du golfe de Chryse, Sax donna un coup de barre et le bateau bondit vers le nord-est, dans le vent et les vagues écumantes. Puis, quand ils voguèrent par vent arrière, le mât-voile se déploya, adopta une forme assez personnelle de spinnaker. Les coques glissèrent sur la crête mousseuse des vagues avant de prendre la vitesse supérieure et de décoller. La rive est du golfe apparut devant eux. Elle était moins spectaculaire que la côte ouest, mais plus jolie par de nombreux aspects. Des bâtiments, des tours, des ponts. C'était un littoral assez peuplé, comme la plupart des côtes à cette époque. Quand on venait d'Olympus, la vue de toutes les villes devait provoquer un choc.

Ils dépassèrent la large embouchure du fjord Arès, puis Soochow Point émergea sur l'horizon, bientôt suivi par les îles Oxia. Avant l'arrivée de l'eau, c'était un ensemble de collines rondes qui avaient juste la hauteur voulue pour devenir un archipel. Sax s'engagea dans l'étroit passage navigable entre les îles, des bosses brunes, de quarante ou cinquante mètres de haut. La grande majorité étaient inoccupées, désertes, en dehors de quelques chèvres, mais sur les plus grosses, surtout celles en forme de rognon, qui étaient creusées de baies, des murets de pierres dessinaient des champs et des pâtures sur les pentes. Ces îles étaient irriguées, couvertes de vergers et de prairies piquetées de moutons ou de vaches miniature. D'après les cartes du bateau, elles avaient des noms : Kipini, Waouh, Wabash, Naukan, Libertad. Ann eut un reniflement.

— C'étaient les noms des cratères qui sont maintenant sous l'eau.

— Ah !

C'étaient quand même de très jolies îles où fleurissaient des villages de pêcheurs aux maisons blanches, avec des portes et des volets bleus : le modèle égéen encore une fois. D'ailleurs, sur une pointe, un petit temple dorique carré se dressait fièrement. De petits sloops ou de simples barques à rames se balançaient dans les baies. En passant, Sax montra à Ann un moulin à vent perché sur une colline, des lamas qui paissaient.

— Ça a l'air d'être la belle vie, par ici.

Ils parlèrent alors des indigènes, sans éprouver ni gêne ni tension. De Zo. Des farouches et de l'étrange mode d'existence de ces chasseurs grégaires, laboureurs migrants propriétaires de leurs fermes, qui allaient de l'une à l'autre et faisaient leurs courses en ville. De la fertilisation croisée de tous ces styles de vie. Des nouvelles colonies terriennes qui proliféraient dans le paysage. Des ports toujours plus nombreux. Au milieu de la baie, ils repérèrent un de ces nouveaux bâtiments, une ville flottante d'un millier d'habitants environ. Il était trop gros pour entrer dans l'archipel d'Oxia et attendait qu'on le guide à travers le golfe vers Nilokeras ou les fjords du Sud. Comme le sol était pris d'assaut sur toute la planète, et que les cours restreignaient de plus en plus les possibilités d'installation, un nombre sans cesse croissant de gens s'installaient sur la mer du Nord et élisaient domicile sur des navires comme celui-ci.

— Si nous allions le visiter ? suggéra Ann. C'est possible ?

— Pourquoi pas ? répliqua Sax, surpris. Nous pouvons sûrement le rattraper.

Il tira des bords, faisant donner le maximum au catamaran pour impressionner les matelots du bateau qui était une ville. En moins d'une heure ils avaient atteint son large flanc, une falaise incurvée de près de deux kilomètres de long et cinquante mètres de haut. Ils s'amarrèrent à un quai situé juste au-dessus de la ligne de flottaison, prirent pied sur la jetée et s'avancèrent vers une section entourée d'un bastingage qui s'éleva, comme un ascenseur, jusqu'au pont de l'énorme bâtiment.

Le pont était presque aussi large que long, et occupé, au centre, par une ferme plantée de petits arbres, si bien qu'on n'en voyait pas le bout. Sur tout le pourtour était ménagée une sorte de rue ou d'arcade rectangulaire, bordée des deux côtés de maisons à deux, trois ou quatre étages, les immeubles extérieurs étant surmontés par des mâts et des moulins à vent, ceux de l'intérieur s'ouvrant largement sur des parcs et des places menant vers la ferme, les cultures, les bosquets et un grand étang d'eau claire. On se serait cru dans une cité fortifiée de la Toscane à l'époque de la Renaissance, sauf qu'ici tout était incroyablement propre et ordonné. Un petit groupe de gens qui se trouvaient sur la place surplombant le quai les saluèrent et, apprenant qui ils étaient, insistèrent, tout excités, pour les retenir à dîner. Quelques-uns proposèrent de leur faire faire le tour du bâtiment, « Mais si vous voulez vous arrêter avant, dites-le, parce que ça fait une trotte ».

C'était une petite ville flottante, leur dirent-ils. La population n'était que de cinq mille habitants. Ils vivaient en autarcie presque complète depuis son lancement.

— Nous cultivons à peu près tout ce qu'il nous faut, et nous pêchons le reste, mais les villes flottantes s'accusent mutuellement de dépeupler la mer de certaines espèces. Nous faisons de la polyculture de vivaces. Nous avons de nouveaux cultivars de maïs, de tournesol, de soja, de prunes des sables, etc. Tout est fait par des robots. La cueillette est une corvée qui casse le dos, et nous avons atteint un niveau de technologie suffisant pour rester tranquillement chez nous et savourer les fruits de notre travail. Il y a beaucoup de manufactures à bord. Nous faisons du vin — vous voyez les vignes, là-bas —, et nous avons des distilleries de cognac. Ça, nous le faisons à la main. Nous fabriquons aussi des semi-conducteurs aux applications très spécialisées, et des bicyclettes de grande qualité.

— Nous faisons le tour de la mer du Nord. Les tempêtes sont parfois très violentes, mais nous sommes si gros qu'elles ne nous perturbent guère. La plupart d'entre nous sont ici depuis dix ans, depuis le lancement du navire. C'est une vie merveilleuse. Nous avons tout ce qu'il nous faut. Oh, c'est amusant de descendre à terre de temps en temps, bien sûr. Nous allons à Nilokeras tous les Ls 0 pour le festival de printemps. Nous vendons nos produits, nous faisons le plein de ce qui nous manque, la fête toute la nuit et nous reprenons la mer.

— Nous n'avons besoin de rien, que de vent, de soleil et d'un peu de poisson. Les cours environnementales nous adorent. Nous avons si peu d'impact sur l'environnement ! La mer du Nord est sûrement plus peuplée que si la région n'avait jamais été mise en eau. Il y a des centaines de villes flottantes, maintenant.

— Des milliers. Et nous faisons travailler les villes portuaires, les chantiers navals. C'est une bonne affaire pour tout le monde, en fait.

— Vous pensez que ce serait un bon moyen d'absorber le surplus de population de la Terre ? suggéra Ann.

— Absolument. L'un des meilleurs. Cet océan est immense, il pourrait accueillir des quantités de bâtiments comme celui-ci.

— Tant qu'ils ne pratiquent pas la pêche à outrance.

Comme ils continuaient leur tour, Sax dit à Ann :

— Encore une raison de ne pas s'étriper pour ce problème d'immigration.

Ann ne répondit pas. Elle regardait l'eau tavelée de soleil, les vingt mâts gréés en goélette. Le bâtiment ressemblait à un vaste iceberg tabulaire dont la surface aurait été entièrement exploitée. Une île flottante.

— Il y a tant de sortes de nomades, commenta Sax. On dirait que les indigènes qui éprouvent le besoin de se fixer sont une minorité.

— Contrairement à nous.

— Je te l'accorde. Mais je me demande si cette tendance s'accompagne d'une certaine sympathie pour les Rouges. Si tu vois ce que je veux dire.

— Non.

Sax tenta de s'expliquer.

— J'ai l'impression que les nomades ont plutôt tendance à prendre les choses comme elles viennent. Ils vivent avec les saisons, mangent ce qu'ils trouvent, c'est-à-dire ce qui pousse à ce moment-là. Et ceux qui courent les mers à plus forte raison, évidemment, étant donné que la mer est réfractaire à la plupart des tentatives de l'homme pour la changer.

— En dehors des tentatives de régulation du niveau de l'eau ou de sa salinité. Tu en as entendu parler ?

— Oui. Mais il n'y a pas grand-chose à espérer de ce côté-là, à mon avis. Le mécanisme de la salinisation est encore très mal compris.

— Si ça marche, ça va tuer pas mal d'espèces d'eau douce.

— Certes, mais les espèces d'eau salée seront ravies.

Ils traversèrent l'île flottante pour rejoindre la place qui surplombait le quai, passant entre de longues rangées de fougères, de viridine transparente, de vignes taillées en T à hauteur de la taille, les treilles horizontales chargées de grappes d'un violet poussiéreux. De l'autre côté s'étendait une sorte de prairie où poussait un mélange de plantes, sillonnée par d'étroits sentiers.

Ils furent conviés à un festin de pâtes et de fruits de mer à un restaurant de la place. La conversation était générale. Soudain, quelqu'un sortit en trombe de la cuisine en annonçant qu'il y avait des problèmes à l'ascenseur spatial. Les troupes de l'ONU qui s'octroyaient la moitié des droits de douane sur New Clarke avaient pris la station, renvoyé les agents martiens sur la planète en les accusant de corruption et déclaré que dorénavant l'ONU administrerait elle-même la partie supérieure de l'ascenseur. Le conseil de sécurité des Nations Unies disait maintenant que les officiers locaux avaient outrepassé leurs prérogatives, mais ce rétropédalage ne s'accompagnait d'aucune invitation aux Martiens à remonter sur le câble, et Sax pensait que c'était un rideau de fumée.

— Oh, Seigneur ! dit-il. Maya ne va pas aimer ça.

Ann leva les yeux au ciel.

— Ce n'est pas vraiment le plus important, si tu veux mon avis.

Elle paraissait outrée et, pour la première fois depuis que Sax l'avait retrouvée dans la caldeira d'Olympus, concernée par la situation actuelle. Revenue de son exil. C'était assez choquant, quand on y réfléchissait. Même ces gens de mer avaient l'air secoués, eux qui paraissaient jusque-là — comme Ann — assez éloignés des contingences terrestres. Il constata que la nouvelle se répandait parmi les convives du restaurant, les projetant tous dans le même espace : soulèvement, crise, menace de guerre. Les voix étaient incrédules, les visages furieux.

Les gens à leur table observaient Sax et Ann, curieux de leur réaction.

— Vous allez être obligés de prendre des mesures, dit l'un de leurs guides.

— Pourquoi nous ? rétorqua sèchement Ann. Ça va être à vous de réagir, si vous voulez mon avis. C'est vous qui êtes aux commandes, maintenant. Nous ne sommes que deux vieux issei.

Leurs compagnons de table parurent surpris, ne sachant trop

comment prendre sa réponse. L'un d'eux se mit à rire. Celui qui avait parlé secoua la tête.

— Ce n'est pas vrai, mais vous avez raison sur un point : nous allons être vigilants, et voir avec les autres îles flottantes la réponse qui s'impose. Nous jouerons notre rôle. Je voulais dire que des tas de gens vont se tourner vers vous pour voir ce que vous faites.

Ann resta coite. Sax replongea dans son assiette, la cervelle en ébullition. Il se rendit compte qu'il avait envie de parler à Maya.

La soirée se poursuivit jusqu'au coucher du soleil. Le dîner traînait en longueur. Leurs hôtes essayaient de retrouver leur bel entrain. Sax réprima un petit sourire ; crise interplanétaire ou non, le repas devait se dérouler selon le protocole. Et ces gens de mer n'étaient pas du genre à s'en faire pour le système solaire en général. Alors l'atmosphère se réchauffa : le dessert fut avalé dans l'euphorie — ils avaient reçu la visite de Clayborne et Russell. Puis les deux voyageurs prirent congé dans les dernières lueurs du jour, et on les escorta jusqu'à leur bateau. Les vagues, dans le golfe de Chryse, étaient beaucoup plus grosses qu'il n'y paraissait d'en haut.

Sax et Ann reprirent la mer en silence, perdus dans leurs pensées. Sax regarda la ville flottante, derrière lui, en songeant à ce qu'ils avaient vu ce jour-là. Ils avaient l'air de se la couler douce. Il y avait quand même une chose... Il chassa cette idée, puis, au bout d'une rapide course d'obstacles, la rattrapa et l'empoigna malgré tout : pas d'absences, ces jours-ci. Ce qui était une grande satisfaction, même si ses idées actuelles étaient plutôt mélancoliques. Devait-il essayer de les partager avec Ann ? Etait-il possible de les exprimer ?

— Il y a des moments où je regrette... commença-t-il. Quand je vois ces gens, la vie qu'ils mènent... Je trouve ironique que nous... que nous soyons au bord d'un... d'une sorte de nouvel âge d'or... (voilà, il l'avait dit, et maintenant il se sentait complètement idiot) qui arrivera après la mort de notre génération. Nous aurons œuvré pour ça toute notre vie, et nos mourrons avant que ça n'arrive.

— Comme Moïse restant hors de la Terre promise.

— Ah bon ? Il n'y a pas mis les pieds ? fit Sax en secouant la tête. Toutes ces vieilles histoires...

Que de rapprochements... Comme la science, au fond, comme les intuitions fulgurantes qu'on avait au cours d'une expérience, quand tout devenait lumineux et que les choses s'éclaircissaient.

— Enfin, j'imagine ce qu'il a pu ressentir. C'est... c'est frustrant. Je voudrais voir ce qui va arriver. Il y a des moments où je meurs de curiosité. Je voudrais savoir ce qui va se passer après notre mort, tu comprends. Connaître l'histoire du futur. Tout ça. Tu comprends ce que je veux dire ?

Ann le regarda attentivement et dit enfin :

— Tout doit mourir un jour. Mieux vaut partir en pensant qu'on va rater un âge d'or qu'en se disant qu'on a gâché toutes les chances de nos enfants, qu'on leur laisse en héritage une hotte de cadeaux empoisonnés à long terme. C'est ça qui serait déprimant. La situation étant ce qu'elle est, nous n'avons à nous en faire que pour nous.

— C'est vrai.

Et c'était Ann Clayborne qui parlait. Sax se sentit devenir écarlate. Cette action capillaire pouvait être une sensation très agréable, parfois.

Ils retournèrent vers l'archipel d'Oxia et voguèrent entre les îles en bavardant. Ils arrivaient à communiquer. Ils mangeaient dans le cockpit, dormaient chacun dans sa cabine, sur les coques. Par un frais matin, alors que le vent soufflait du rivage, tout neuf et odorant, Sax dit :

— Je m'interroge encore sur la possible émergence de Bruns d'une espèce ou d'une autre.

— Et où serait le Rouge, là-dedans ? répliqua Ann en lui jetant un coup d'œil.

— Eh bien, dans le désir de maintenir les choses en l'état. De préserver une bonne partie de la planète dans son état primitif. L'aréophanie.

— Ça a toujours été l'idée des Verts. C'est Vert avec juste une petite touche de Rouge. Kaki.

— Possible. Ce serait Irishka et la coalition Mars Libre. Mais aussi des châtains, des ambre brûlé, des Sienne, des rouge indien.

— Je doute qu'il y ait encore des Rouges Indiens, fit-elle avec un rire amer.

Elle riait assez souvent, même si son humour était parfois mordant. Un soir, il était dans sa cabine et elle était à l'arrière de son côté (elle avait opté pour bâbord, et lui pour tribord) quand il l'avait entendue rire tout haut. Il était remonté, avait regardé alentour, et s'était dit que son hilarité avait dû être provoquée par la vue de Pseudophobos (la plupart des gens disaient simplement Phobos), qui montait très vite à l'ouest, selon son habitude. Les lunes de Mars voguant à nouveau dans la nuit, petits patatoïdes gris sans grande distinction, mais présents quand même. Comme ce rire à leur vue.

— Tu crois que c'est sérieux ? La prise de Clarke, je veux dire ? demanda Ann un soir, alors qu'ils se retiraient chacun dans sa coque.

— C'est difficile à dire. Il y a des moments où je me dis que ça ne peut être que des rodomontades, parce que si c'était sérieux ce serait tellement... stupide. Ils doivent savoir que Clarke est très vulnérable... qu'un rien pourrait le faire disparaître du paysage.

— Kasei et Dao n'ont sûrement pas eu cette impression.

— Non, mais... A Da Vinci, reprit-il très vite, car il ne voulait pas lui dire que leur tentative avait été sabotée et craignait qu'elle le déduise de son silence, euh, on a installé un laser à rayons X dans la caldeira d'Arsia Mons. Il est enfoui dans la roche de la paroi nord. Il suffirait de le déclencher pour fondre le câble juste au-dessus du point aréosynchrone. C'est imparable. Aucun système défensif ne pourrait rien contre ça.

Ann le dévisagea. Il haussa les épaules. Il n'était pas personnellement responsable de tout ce qui se passait à Da Vinci, quoi qu'on puisse en penser.

— Mais abattre le câble, dit-elle en secouant la tête. Ça tuerait un tas de gens.

Sax se rappela que Peter avait survécu à la chute du premier câble en sautant dans le vide. Il avait eu de la chance de s'en sortir. Peut-être Ann était-elle moins encline à tirer un trait sur la vie d'autrui.

— Exact, dit-il. Ce n'est pas une bonne solution. Mais c'est possible, et je pense que les Terriens le savent.

— Alors ce n'est peut-être qu'une menace.

— Peut-être. Sauf s'ils sont prêts à aller plus loin.

Au nord de l'archipel d'Oxia, ils passèrent devant la baie de McLaughlin, qui était le côté est d'un cratère submergé. Au nord, il y avait la pointe de Mawrth et, derrière, l'entrée du fjord, l'un des plus longs du littoral. Il fallait, pour le remonter à la voile, tirer constamment des bords, ballotté par des vents traîtres, louvoyer entre des parois abruptes, sinueuses. Mais Sax tenait à le faire parce que c'était un joli fjord, au fond d'un chenal d'éruption très profond et très étroit qui allait en s'élargissant. Tout au bout, le canyon au sol rocheux s'enfonçait dans les terres, sur des kilomètres et des kilomètres. Il voulait montrer à Ann que l'existence des fjords n'impliquait pas forcément l'inondation de tous les canaux afférents. Il y avait de très longs canyons au-dessus du niveau de la mer au fond d'Arès et de Kasei, ainsi que dans Al Qahira et Ma'adim. Mais il ne dit rien, et Ann ne fit pas de commentaire.

Après Mawrth, il mit cap à l'ouest. Pour gagner la région d'Acidalia, dans la mer du Nord, en sortant du golfe de Chryse, il fallait contourner un long bras de terre appelé la péninsule du Sinaï, qui prolongeait la partie ouest d'Arabia Terra. Le détroit qui reliait le golfe de Chryse à la mer du Nord faisait cinq cents kilomètres de large ; mais il en aurait fait quinze cents sans la péninsule du Sinaï.

Ils voguèrent donc vers l'ouest dans le vent, tantôt en parlant, tantôt en silence. Ils revinrent plusieurs fois sur la signification que pourrait revêtir le fait d'être Brun.

— Et si on disait plutôt Bleu ? suggéra Ann, un soir, en regardant l'eau par-dessus le bastingage. Le marron n'est pas une très jolie couleur, et ça pue le compromis. On devrait peut-être trouver quelque chose de complètement nouveau.

— On devrait peut-être, en effet.

Le soir, après dîner, ils passaient un moment à regarder les étoiles qui flottaient sur la molle surface de la mer, se disaient bonsoir ; Sax se retirait dans la cabine de la coque tribord, Ann dans celle de bâbord, et l'IA les emmenait lentement au bout de la nuit, évitant les icebergs qui commençaient à apparaître à cette latitude, chassés dans le golfe depuis la mer du Nord. C'était plutôt agréable.

Un matin, Sax se leva tôt, éveillé par une forte houle qui faisait tanguer et rouler sa couchette, ce que son rêve traduisit par le mouvement de balancier d'un pendule géant. Il s'habilla tant bien que mal et monta sur le pont. Ann, qui avait grimpé dans les drisses, le héla.

— On dirait que la houle et les vagues transversales forment un schéma d'interférence positive !

— Pas possible ! fit-il en essayant de la rejoindre, mais il fut plaqué contre un des sièges du cockpit par une soudaine embardée du bateau et laissa échapper un cri étouffé.

Elle éclata de rire. Il se rapprocha d'elle en se cramponnant à la rambarde du cockpit. Il vit aussitôt ce qu'elle voulait dire : le vent était fort, près de soixante-cinq kilomètres-heure, et la voilure réduite au minimum gémissait. Partout le bleu de la mer était hérissé de pointes blanches. Le bruit du vent courant sur cette eau mâchurée était très différent du hurlement aigu, strident, qu'il aurait poussé s'il avait soufflé sur la roche : de ces milliards de bulles crevant à la surface montait un rugissement profond, vibrant. Les grandes collines des lames de fond disparaissaient sous l'écume arrachée aux crêtes et qui roulait dans les creux. Dans le ciel d'une couleur ambrée, opaque, sale, intense et très inquiétante, le soleil était pareil à une vieille pièce de monnaie vert-de-grisée. Tout était comme plongé dans l'ombre bien qu'il n'y eût pas un nuage. L'air était chargé de fines : c'était une tempête de poussière. Soudain les vagues devinrent monumentales — l'interférence positive dont parlait Ann doublait leur hauteur —, de sorte qu'ils passaient de longues, très longues secondes à monter à une vitesse pourtant vertigineuse, puis presque autant à retomber avant de recommencer. Des montagnes russes au ralenti. L'eau cessa d'écumer et prit la couleur du ciel, un brun sombre et terne, un peu comme l'air chargé de poussière de la Grande Tempête. Les vagues coiffées de mousse disparurent aux environs immédiats du bateau, et le bruit de l'eau contre les coques s'amplifia, devint un grondement visqueux. La mer, à cet endroit, était couverte de fraisil, ou d'une couche épaisse, élastique, de glace appelée nilas. Puis les crêtes blanches revinrent, deux fois plus épaisses qu'auparavant.

Sax grimpa dans le cockpit et demanda un rapport météo à l'IA. Un vent catabatique dévalait Kasei Vallis et déferlait sur le golfe de Chryse. Un hurlevent, comme auraient dit les hommes-oiseaux de Kasei. L'IA aurait dû les avertir. Mais comme beaucoup de bourrasques catabatiques, elle était venue en une heure et était encore relativement localisée, bien que déjà très violente. Le bateau escaladait les vagues et les dévalait, ébranlé par les coups de boutoir du vent. Sur le côté, les vagues donnaient l'impression d'être renversées par le vent, mais le bateau qui effleurait l'eau en montant puis en descendant montrait qu'elles étaient toujours aussi importantes. Au-dessus de leur tête, le mât-voile s'était presque complètement rétracté dans le montant, prenant la forme d'une lame aérodynamique. Sax se pencha pour regarder de plus près l'IA. Le volume de l'alarme était réglé au minimum. Peut-être avait-elle tenté de les avertir, tout compte fait.

Une tempête. Et elle venait vite. La proximité de l'horizon — quatre kilomètres seulement — n'arrangeait pas les choses. Pendant toutes les années où la densité de l'air s'était accrue, les vents de Mars n'avaient guère faibli. Des fragments invisibles de glace se fracassaient sur la coque, faisant frémir le bateau sous leurs pieds. C'était maintenant de la glace en débâcle, apparemment, ou les fragments d'une crêpe de glace qui s'était formée pendant la nuit. Difficile à dire dans cette écume qui volait en tous sens. De temps en temps, il sentait l'impact d'un bloc plus important, un bergy bit, comme disaient les marins. Ceux-ci venaient du détroit de Chryse, portés par un courant du nord. Ils étaient maintenant poussés vers le littoral, la côte sud, sous le vent, de la péninsule du Sinaï. Comme ils l'étaient eux-mêmes, d'ailleurs.

Ils durent capoter le cockpit. Une coquille transparente se déroula d'un côté du pont et se fixa sur l'autre. Sous cette couverture imperméable, ils eurent aussitôt plus chaud, ce qui était réconfortant. Ils étaient partis pour essuyer un véritable ouragan. Kasei Vallis servait d'entonnoir à un courant d'air extrêmement puissant. D'après l'IA, à l'île de Santorini, le vent pouvait atteindre des vitesses de l'ordre de 180 à 220 kilomètres-heure, et sa force ne diminuait guère à l'entrée dans le golfe. Il soufflait déjà très fort en haut du mât : 160 kilomètres-heure. La surface de l'eau se désintégrait, à présent. Les bourrasques déchiquetaient les crêtes aplaties. Le bateau réagit en se repliant sur lui-même : le mât se rétracta, les écoutilles se refermèrent hermétiquement, puis il sortit l'ancre flottante, un tube un peu semblable à une manche à air qui s'étendit sous l'eau du côté au vent par rapport à eux, ralentissant leur course et amortissant en partie le choc des petits icebergs de plus en plus denses au fur et à mesure qu'ils se rapprochaient de la côte. Maintenant que l'ancre flottante était en place, la glace de débâcle et les bergy bits poussés par le vent allaient plus vite qu'eux et heurtaient la coque du côté au vent, alors que la coque sous le vent heurtait une masse de glace qui allait en s'épaississant. La majeure partie des deux coques était sous l'eau, à présent. Le bateau devenait une sorte de sous-marin, reposant sur la surface et juste en dessous. Les matériaux employés pour sa construction étaient si résistants qu'ils encaisseraient sans broncher tous les chocs qu'un ouragan ou même un rivage bordé d'icebergs pouvaient occasionner. Ils étaient conçus pour résister à plus de violence encore. Non, le point faible, se dit Sax, la poitrine comprimée par sa ceinture de sécurité, le point faible, c'était leur corps. Le catamaran s'envola, emporté par un paquet de mer, retomba en une chute vertigineuse et s'immobilisa en heurtant un gros bloc de glace. Sax retomba, le souffle coupé par les sangles. Il comprit qu'ils risquaient d'être secoués à mort, les organes internes endommagés par leurs harnais. Une façon désagréable de s'en aller, se dit-il. Mais s'ils se détachaient, ils seraient ballottés dans le cockpit, se rentreraient dedans ou heurteraient quelque chose de dur, et ils éclateraient comme une tomate trop mûre. Ce n'était pas une situation tenable. Peut-être les sangles qu'il avait vues sur le cadre de son lit seraient-elles moins dures, mais les décélérations provoquées par les heurts du bateau avec les blocs de glace étaient trop brutales ; il doutait que le fait de se retrouver à l'horizontale y change grand-chose.

— Je vais voir si l'IA peut nous ramener dans la baie d'Arigato ! hurla-t-il à l'oreille d'Ann.

Elle acquiesça pour lui signifier qu'elle avait compris. Il hurla ses instructions dans le micro de l'IA, et l'ordinateur les enregistra, ce qui était une bonne chose, car Sax se voyait mal taper sur un clavier alors que le bateau volait, plongeait et vibrait comme le tambour d'une machine à laver géante. Avec toutes ces secousses, il était impossible de sentir la réaction des moteurs du bateau, mais un léger changement d'angle d'attaque des lames de fond le persuada qu'ils mettaient les bouchées doubles alors que l'IA essayait de les emmener plus loin vers l'ouest.

Près de la pointe de la péninsule du Sinaï, du côté sud, un grand cratère submergé appelé Arigato formait une baie ronde dont l'entrée, peu profonde — une partie effondrée de l'ancien bord du cratère —, était orientée vers le sud-ouest. Le vent soufflait de cette direction, et l'eau, à l'embouchure de la baie, devait être agitée. Le passage risquait d'être mouvementé. Mais une fois dans la baie, les lames de fond seraient arrêtées par la lèvre du cratère. Le vent et les vagues perdraient beaucoup de leur force, surtout à l'abri du cap ouest. Ils n'auraient plus qu'à attendre la fin de la tourmente pour reprendre la mer. En théorie, c'était un excellent plan, mais Sax redoutait l'entrée de la baie. D'après la carte, il n'y avait que dix mètres de fond, ce qui devait à coup sûr faire éclater les lames. D'un autre côté, dans un bateau qui était devenu une sorte de sous-marin (et avait malgré tout moins de deux mètres de tirant d'eau), ça ne devait pas être un problème insurmontable. L'IA semblait considérer ses instructions comme exécutables. Le bateau avait d'ailleurs rétracté l'ancre flottante et ses puissants petits moteurs le propulsaient dans le vent et les vagues, vers la baie invisible, comme tout le reste du littoral, dans l'air brouillasseux.

Ils attendirent donc l'accalmie en se retenant aux rails de sécurité du cockpit, et sans échanger deux paroles. Il n'y avait pas grand-chose à dire de toute façon, et le vacarme assourdissant du vent et des vagues rendait toute conversation difficile. Sax avait les bras et les mains engourdis à force de se cramponner, mais la seule autre solution consistait à descendre dans la coque et à s'arrimer sur son lit, ce qu'il se refusait à faire. Malgré l'inconfort de la situation et l'inquiétude qui le tenaillait à l'idée de ce qui les attendait à l'embouchure de la baie, pour rien au monde il n'aurait raté le spectacle du vent hachant l'eau. C'était une expérience extraordinaire.

Un peu plus tard (soixante-douze minutes exactement, d'après l'IA), une langue noire apparut au-dessus des crêtes blanches, du côté sous le vent. S'ils voyaient la côte, c'est probablement qu'ils en étaient trop près, mais elle disparut et reparut plus loin vers l'ouest : l'entrée de la baie d'Arigato. Le gouvernail frémit contre son genou et le bateau changea légèrement de cap. Pour la première fois, il entendit le bourdonnement des petits moteurs, à l'arrière des deux coques. Les impacts devinrent effroyables et ils durent s'agripper avec plus de fermeté encore. Les lames à la crête déchiquetée qui se cabraient en heurtant le fond atteignaient une hauteur stupéfiante. Dans la mousse qui roulait sur l'eau il voyait à présent des blocs de glace d'une taille inquiétante, des icebergs d'un bleu translucide, vert jade, aigue-marine, piquetés, rugueux, vitreux. Une grande quantité de glace avait dû être poussée vers la côte, devant eux. Si l'entrée de la baie était obstruée par la glace, si néanmoins les vagues continuaient à se briser sur la barre, la situation s'annonçait difficile. Il hurla une ou deux questions à l'IA, mais ses réponses ne le satisfirent pas. Il en ressortait que le bateau résisterait à tous les coups, mais que les moteurs ne parviendraient pas à lui faire traverser de la glace trop tassée. Et, de fait, la glace s'épaississait rapidement. Ils étaient environnés par une profusion de fragments arrachés aux icebergs, projetés vers le rivage par la tourmente qui faisait rage dans le golfe tout entier. Les crissements, les martèlements étaient maintenant une composante majeure du vacarme. Sax voyait mal comment ils pourraient sortir de cette mauvaise passe à la force des moteurs et remettre le cap au large dans le vent et les vagues. La perspective de se retrouver en pleine mer, secoué par les vagues de plus en plus énormes et violentes, ne le réjouissait guère. Ils risquaient fort de se retourner. Mais la densité inattendue de la glace près de la côte ne leur laissait pas d'alternative. L'option consistant à continuer vers l'intérieur paraissait désormais peu faisable. En tout cas, ils allaient être rudement secoués.

Ann semblait particulièrement mal à l'aise dans son harnais. Elle se cramponnait à la rampe, dans le cockpit, comme si sa vie en dépendait. Une vie à laquelle elle ne donnait pas l'impression de vouloir renoncer, ce qui mit du baume au cœur de Sax. Elle se pencha vers lui et il lui présenta son oreille pour l'entendre.

— Nous ne pouvons pas rester là ! cria-t-elle. Quand nous serons fatigués... les chocs vont nous déchiqueter — ah ! — comme des poupées de chiffon !

— On pourrait s'attacher sur nos lits ! beugla Sax en retour.

Elle eut un froncement de sourcils dubitatif. Rien ne prouvait qu'ils se retrouveraient dans une meilleure situation ainsi sanglés. De plus, ils n'avaient pas testé ces harnais-là. Et comment s'attacheraient-ils tout seuls ? Le vent strident était d'une impétuosité stupéfiante, l'eau rugissait, les blocs de glace cognaient. Les vagues étaient si hautes que le bateau mettait, pour les gravir, dix ou douze secondes pendant lesquelles le cœur cessait de battre. Ils arrivaient en haut à une vitesse vertigineuse et, du sommet des crêtes, voyaient des blocs de glace voler en tous sens au milieu de l'écume, atterrir parfois sur les coques, le pontage et même la mince coque cristalline du bateau, avec une violence qu'ils ressentaient dans tout leur corps.

Sax se pencha pour hurler à l'oreille d'Ann :

— Je crois que c'est le moment d'utiliser la fonction canot de sauvetage du bateau !

— ... canot de sauvetage ? répéta Ann.

Sax hocha la tête.

— Le bateau est son propre canot de sauvetage, mugit-il. Il vole.

— Quoi ?

— Il vole !

— Tu veux rire ?

— Non ! Il devient un... un ULM !

Il se pencha et colla ses lèvres à son oreille.

— Les coques, les quilles, le fond du cockpit se vident de leur ballast, se remplissent d'hélium. Il y a des réservoirs dans la proue. Des ballons se gonflent. On m'en a parlé à Da Vinci, mais je ne l'ai jamais vu de mes propres yeux ! Je ne pensais pas que nous en aurions un jour besoin !

Le bateau pouvait aussi se changer en sous-marin, lui avait-on dit à Da Vinci. Ils étaient assez fiers des possibilités du nouveau bateau. Mais les paquets de glace accumulés le long du rivage rendaient cette option inenvisageable. Sax ne le regrettait pas. L'idée de descendre sous la surface ne lui disait rien, sans qu'il sache trop pourquoi.

Ann se recula pour le regarder, sidérée.

— Et tu sais le piloter ? demanda-t-elle en hurlant.

— Non.

Il comptait sur l'IA pour ça. A condition qu'ils arrivent à décoller. Restait à trouver la commande d'urgence, à appuyer sur le bon bouton. Il tendit le doigt vers le tableau de bord et se pencha en avant pour lui crier quelque chose à l'oreille. La tête d'Ann fit une embardée, lui cogna durement le nez et la bouche. Il fut aveuglé par la douleur et son nez se mit à saigner. Un impact comparable à celui de deux planétésimaux. Il lui dédia un grand sourire. Autre bêtise, tout aussi pénible : il se fendit encore plus la lèvre. Il se lécha pour étancher son sang.

— Je t'aime ! brailla-t-il, mais elle ne l'entendit pas.

— Comment fait-on pour lancer cet engin ? hurla Ann.

Il indiqua à nouveau le tableau de bord et, à côté de l'IA, les commandes de secours sous un capot de protection.

Mais s'ils décidaient de s'évader par la voie des airs, il y aurait un moment dangereux. Une fois qu'ils se déplaceraient à la vitesse du vent, ils dériveraient comme une bulle portée par la brise. Mais au moment du décollage, alors qu'ils seraient encore presque stationnaires, la bourrasque s'acharnerait sur eux. Ils tangueraient probablement, ce qui risquait de déstabiliser les ballons au point de projeter le bateau dans les déferlantes qui charriaient des blocs de glace, ou sur le rivage. Il remarqua qu'Ann pensait à la même chose. Enfin, quoi qu'il arrive, cela valait sûrement mieux que ces cahots à vous briser les os. D'une façon ou d'une autre, ça ne pouvait pas durer éternellement.

Ann le regarda et fronça le nez. Il ne devait pas offrir un spectacle très ragoûtant.

— Ça vaut la peine d'essayer ! beugla-t-elle de toute la force de ses poumons.

Alors Sax ôta le panneau de protection des commandes de secours et, après un dernier coup d'œil à Ann — leurs yeux se croisèrent, un regard dont il ne put traduire le contenu mais qui le réchauffa —, posa ses doigts sur le tableau de bord. Avec un peu de chance, il trouverait quel bouton tirer ou pousser. Il regretta de ne pas s'être davantage entraîné à voler.

Quand le bateau montait, emporté par une vague écumante, il y avait un moment de quasi-apesanteur au sommet, juste avant la descente dans le creux suivant. Sax profita d'un de ces instants pour effleurer les commandes sur le panneau. Le bateau amorça quand même la descente, heurta les blocs de glace brisés avec la violence habituelle... puis fit un bond vers le haut, décolla, prit de l'altitude et s'inclina sur sa coque gauche, de sorte qu'ils se retrouvèrent suspendus à leurs harnais. Les ballons s'étaient manifestement emmêlés. La vague suivante les renverserait et ce serait fini. Mais le bateau survolait la glace, l'eau, l'écume, sans presque les effleurer, les ballottant dans tous les sens dans leurs harnais. Pendant un instant de pure démence ils furent agités comme des dés dans un cornet, puis le bateau retrouva son assiette, et commença à osciller d'avant en arrière tel un immense pendule, d'un bord sur l'autre, d'avant en arrière — oups ! Et recommençait, sens dessus dessous, puis se redressait et se remettait à se balancer. Ils montaient, secoués d'un côté et de l'autre, si fort que son harnais d'épaule se détacha. Il s'écrasa l'épaule sur celle d'Ann, déjà collée contre lui. Le gouvernail lui meurtrit le genou. Il s'y agrippa. Il se retrouva à nouveau projeté contre Ann et se cramponna à elle. Après ça ils furent comme des frères siamois, rivés l'un à l'autre, au risque de se rompre les os à chaque secousse. Ils se regardèrent l'espace d'une seconde, les yeux dans les yeux, leurs visages séparés par quelques centimètres à peine, ruisselant de sang l'un comme l'autre à cause d'une entaille, à moins que ce ne soit le sang coulant de son nez. Elle avait l'air impavide. Ils filèrent dans le ciel comme une fusée.

Il avait mal à la clavicule, à l'endroit où le front ou le coude d'Ann l'avait heurté. Mais ils volaient, ils montaient toujours dans une inconfortable étreinte. Le bateau accéléra, approchant la vitesse du vent, et les turbulences diminuèrent sensiblement. Les ballons semblaient fixés en haut du mât. Puis, juste au moment où Sax commençait à espérer une sorte de stabilité comme celle d'un zeppelin, le bateau leva le nez et reprit son horrible balancement, sans doute emporté par un courant ascendant. Ils devaient être au-dessus de la côte, à présent, et il se pouvait qu'ils soient aspirés comme un grêlon dans un nuage d'orage. Sur Mars, il y avait des cumulus de dix kilomètres de haut, souvent poussés par des ouragans venus de très loin au sud, et les grêlons tournoyaient pendant de longs moments dans ces nuages. On avait parfois vu des grêlons gros comme des boulets de canon dévaster les cultures et tuer des gens. Et s'ils étaient attirés trop haut, ils pourraient mourir à cause de la raréfaction de l'air, comme les premiers aéronautes français, cette mésaventure n'était-elle pas arrivée aux frères Montgolfier eux-mêmes ? Sax ne savait plus. Toujours plus haut, fonçant à travers le vent et le brouillard rouge, la visibilité réduite à quelques...

BOUM ! Il sursauta et se fit mal avec sa ceinture de sécurité, retomba durement, se fit mal à nouveau. Le tonnerre grondait autour d'eux, faisant un bruit bien supérieur à 130 décibels. Ann semblait toute molle contre lui. Il se glissa vers elle, tendit la main maladroitement, essaya de tourner son visage vers lui et lui tordit l'oreille.

— Hé ! protesta-t-elle, sa voix lui faisant l'effet d'un murmure dans le rugissement du vent.

— Pardon, dit-il, bien qu'elle ne puisse l'entendre dans ce charivari.

Ils se remirent à tourner, un peu moins vite cependant. Le bateau hurlait dans la tourmente. Puis ils plongèrent, et il eut la sensation que ses tympans allaient éclater. Il remua la mâchoire en tous sens. Ils remontèrent aussi brutalement, et ses tympans claquèrent douloureusement. Il se demanda jusqu'où ils allaient monter. Si ça continuait, ils allaient mourir d'asphyxie. Mais peut-être les techniciens de Da Vinci avaient-ils pensé à pressuriser le cockpit ? Il devait essayer de comprendre comment marchait le bateau une fois en l'air, ou au moins tenter de maîtriser les commandes d'altitude. Comme s'il pouvait faire quoi que ce soit contre ces puissants courants ascendants et descendants ! Soudain, la grêle martela la coque protectrice du cockpit. Il y avait de petits cabillots sur le panneau de commande. Il profita d'un instant d'accalmie pour coller son nez dessus et déchiffrer les instructions. Altitude... ce n'était pas évident. Il essaya de calculer à quelle altitude leur engin monterait avant de se stabiliser par le seul effet de son poids. Difficile, alors qu'il ne connaissait ni sa masse ni la contenance des réservoirs d'hélium.

Ils entrèrent soudain dans une zone de turbulences et furent à nouveau secoués, en haut, en bas, en haut, puis de nouveau vers le bas pendant plusieurs secondes d'affilée. Sax avait le cœur au bord des lèvres et sa clavicule lui faisait un mal de chien. Il saignait toujours du nez. Tout à coup, ils remontèrent. Il se mit à hoqueter, se demanda une fois de plus à quelle altitude ils pouvaient bien être, et s'ils montaient toujours. Mais il n'y avait rien à voir autour du cockpit, rien que des nuages et de la poussière. Il ne semblait pas menacer d'évanouissement. Ann était inerte à côté de lui, et il aurait voulu lui tirer l'oreille pour voir si elle était consciente, mais il ne pouvait pas bouger le bras. Il lui flanqua un coup de coude dans les côtes. Elle lui répondit de la même façon. S'il l'avait frappée aussi fort, il devrait essayer d'y aller plus doucement la prochaine fois. Il répéta la manœuvre avec moins de vigueur et reçut un coup moins brutal en retour. Peut-être pourraient-ils communiquer en Morse ; il l'avait appris quand il était gamin, sans raison particulière, et dans sa mémoire ressuscitée il réentendait chaque *tit*, chaque *tat*. Mais peut-être Ann ne l'avait-elle pas appris, et le moment était mal choisi pour lui donner des cours.

Le chaos régna si longtemps qu'il perdit le sens de la durée. Une heure ? Puis le bruit diminua suffisamment pour qu'ils puissent se parler en criant, ce qu'ils firent pour la seule raison que c'était possible car, en fait, il n'y avait pas grand-chose à dire.

— Nous sommes dans un cumulus !

— Oui !

Elle tendit le doigt vers des taches roses, en dessous. Ils tombèrent à toute vitesse, ses tympans recommencèrent à lui faire mal. Le nuage les recracha comme des grêlons. Rose, marron, rouille, ambre, terre de Sienne. La surface de la planète, semblable à ce qu'elle avait toujours été, vue du ciel. Ils descendaient. Ils étaient descendus dans le même vaisseau spatial, Ann et lui, songea-t-il, la toute première fois.

Puis le bateau fila sous le nuage, dans un déluge de neige et de grêle. Craignant que l'hélium ne les fasse remonter dans le nuage, Sax appuya sur un petit bouton du tableau de bord, et le bateau amorça la descente. Deux petits cabillots. Selon la façon dont il les manipulait, ils donnaient l'impression de piquer du nez ou de remonter. Des commandes d'altitude. Il appuya doucement dessus.

Apparemment, ils descendaient. Au bout d'un moment, il fit plus clair en dessous. Ils semblaient, à vrai dire, survoler des crêtes et des mesas déchiquetées. Ça devait être Cydonia Mesa, sur la côte d'Arabia Terra. Pas un bon endroit pour se poser.

Mais l'orage les emportait toujours plus loin, et ils furent bientôt à l'est de Cydonia, sur la plaine plate d'Arabia. Il fallait qu'ils descendent, et vite maintenant, avant d'être rejetés vers la mer du Nord, qui pouvait très bien être aussi sauvage et pleine de glace que Chryse. En dessous s'étendait un patchwork de champs, de vergers, de canaux d'irrigation et de fleuves sinueux, bordés d'arbres. Il avait manifestement beaucoup plu. Le sol était gorgé d'eau, les mares, les canaux, les petits cratères débordaient. La partie basse des champs était inondée. Des fermes groupées en petits villages, rien que des bâtiments d'exploitation dans les champs — des granges, des hangars. Un beau paysage détrempé, assez plat. De l'eau partout. Ils descendaient, mais lentement. Ann avait les mains bleuâtres dans cette sombre fin d'après-midi. Et lui aussi.

Il dut faire un effort sur lui-même car il se sentait vidé de toute énergie. L'atterrissage serait important. Il appuya plus fort sur les commandes d'altitude.

Leur descente s'accéléra. Ils survolèrent une rangée d'arbres, puis une bourrasque les rabattit brutalement vers le bas, sur un large champ, dont l'extrémité était pleine d'une eau brune, qui courait dans les andains. Au-delà, de l'autre côté du champ, s'étendait un verger. Un atterrissage sur l'eau serait parfait. Mais ils se déplaçaient assez vite horizontalement, dix ou quinze mètres peut-être au-dessus de la surface. Il appuya à fond sur les commandes, vit les quilles, sous les coques, s'incliner vers le bas comme des dauphins vivants. Le bateau piqua du nez lui aussi, puis le sol monta vers eux à toute vitesse, il y eut une immense gerbe d'eau brune, des vagues blanches s'élevèrent de chaque côté. Ils glissèrent sur l'eau boueuse, jusqu'à ce qu'une rangée d'arbustes les arrête brutalement. Le long des arbres, un groupe d'enfants et un homme couraient vers eux, la bouche et les yeux ronds.

Sax et Ann se redressèrent tant bien que mal. Sax ouvrit le cockpit. Un filet d'eau brune, sale, dégoulina par le plat-bord. Une journée venteuse, brumeuse, sur la campagne d'Arabie. L'eau qui se déversait à l'intérieur était d'une chaleur étonnante. Ann avait le visage trempé, ses cheveux se dressaient, tout raides, sur sa tête comme si elle avait été électrocutée. Elle grimaça un sourire.

— Bien joué, dit-elle.

QUATORZIÈME PARTIE

LE LAC DU PHÉNIX

Un coup de feu, un tintement de cloche, un chœur chantant en contrepoint.

La troisième révolution martienne était à la fois si complexe et si pacifique qu'il était difficile d'y voir une simple révolution. C'était plutôt une évolution dans une discussion en cours, un renversement de marée. Un renversement d'équilibre.

Quelques semaines après la prise de l'ascenseur qui avait mis le feu aux poudres, l'armée terrienne était descendue du câble et la crise s'était étendue partout à la fois. Puis, sur une petite indentation de la côte de Tempe Terra, un essaim d'atterrisseurs tombèrent du ciel, suspendus à des parachutes, ou descendirent sur des volutes de feu pâle : toute une nouvelle colonie, une invasion d'immigrants parfaitement illégale. Ceux-là venaient du Cambodge, mais partout ailleurs sur la planète d'autres atterrisseurs amenaient des colons philippins, pakistanais, australiens, japonais, vénézuéliens, new-yorkais. Les Martiens ne surent comment réagir. Ils ne pouvaient croire qu'une chose pareille arriverait un jour. Ils avaient fondé une société démilitarisée et n'avaient aucun moyen de défense. Ou du moins le disaient-ils.

C'est encore Maya qui les fit réagir, jouant du bloc-poignet comme Frank, battant le rappel des membres de la coalition pour l'ouverture de Mars et de bien d'autres, orchestrant la réponse collective. Viens, dit-elle à Nadia. Une fois de plus. Le mot d'ordre fit tache d'huile dans les villes et les villages, et les gens descendirent dans les rues ou prirent le train pour Mangala.

Sur la côte de Tempe, les nouveaux colons cambodgiens sortirent de leurs atterrisseurs et gagnèrent les abris qui avaient été largués avec eux, exactement comme les Cent Premiers, deux siècles auparavant. Et des collines sortirent des gens vêtus de peaux de bêtes, portant des arcs et des flèches. Ils avaient des canines de pierre rouge et les cheveux noués en chignon. Là, dirent-ils aux colons qui s'étaient massés devant l'un des abris. Laissez-nous vous aider. Posez ces fusils. Nous allons vous montrer cet endroit. Vous n'avez pas besoin d'abris de ce genre, ils sont d'une conception archaïque. La colline que vous voyez à l'ouest est le cratère Perepelkin. Il y a des vergers de pommiers et de poiriers sur les pentes, prenez-en tant que vous voudrez. Et tenez, voilà les plans d'une maison-disque ; c'est l'habitat le mieux adapté à cette côte. Puis il vous faudra une marina, et des bateaux de pêche. Si vous nous permettez d'utiliser votre port, nous vous montrerons des coins où poussent des truffes. Oui, une maison-disque. Une maison-disque de Sattelmeier. C'est très agréable de vivre en plein air. Vous verrez.

Tous les courants du gouvernement martien se rencontrèrent dans la salle de l'assemblée de Mangala, pour tenter de trouver une solution à la crise. Toutes les factions de Mars Libre, qui était majoritaire au sénat, au conseil exécutif et à la cour environnementale du gouvernement global, s'accordèrent à reconnaître que l'incursion illégale des Terriens équivalait à une déclaration de guerre, à laquelle il fallait apporter une réponse appropriée. On suggéra, au sénat, de soumettre la Terre à un bombardement d'astéroïdes. On ne les dévierait que si les immigrants repartaient et si l'ascenseur était à nouveau supervisé, conjointement, par Mars et la Terre. Une seule frappe suffirait à déclencher un événement comparable à celui qui avait anéanti toute vie sur Terre à la fin du Crétacé, et ainsi de suite. Les diplomates de l'ONU objectèrent que c'était une arme à double tranchant.

Puis, alors que la tension était à son comble, la porte de la salle du conseil global s'ouvrit devant Maya Toïtovna. Elle dit : « Nous voulons parler », et elle fit entrer des gens qui attendaient dehors, les poussant impérieusement vers l'estrade comme un chien de berger : d'abord Sax et Ann, côte à côte, puis Nadia et Art, Tariki et Nanao, Zeyk et Nazik, Mikhail, Vasili, Ursula, Marina et même Coyote. Les issei revenus du passé pour hanter le présent, revenus sur le devant de la scène pour dire ce qu'ils pensaient. Maya tendit le doigt vers les écrans de la salle où l'on voyait ce qui se passait dehors : la foule qui se dressait sur l'estrade s'étendait en une marée ininterrompue à travers tout le bâtiment jusque sur la grande place centrale donnant sur la mer. Un demi-million de gens étaient massés là, une véritable multitude avait envahi les rues de Mangala et regardait sur les écrans ce qui se passait dans la salle du conseil. Et dehors, dans la baie de Chalmers, voguait un archipel de villes flottantes aux mâts hérissés de bannières et d'oriflammes. Dans toutes les villes martiennes la population était dehors, les écrans allumés. Tout le monde pouvait voir tout le monde.

Ann monta sur le podium et dit calmement que le gouvernement de Mars avait, ces dernières années, rompu à la fois la lettre et l'esprit de la compassion humaine en opposant son veto à l'immigration. Ce n'était pas ce que voulait le peuple de Mars. Le peuple de Mars voulait un nouveau gouvernement. C'était une motion de censure. Les nouveaux débarquements terriens étaient tout aussi illégaux et inacceptables, mais au moins ils étaient compréhensibles. Le gouvernement de Mars avait rompu la loi le premier. Et le nombre de nouveaux colons arrivés illégalement n'était pas supérieur au nombre de colons dont l'arrivée avait été illégalement interdite par le gouvernement actuel. Mars, dit Ann, devait être ouverte à l'immigration terrienne aussi largement que possible compte tenu des contraintes matérielles, tant que perdurerait le problème démographique. Or il ne durerait plus longtemps. Leur devoir envers leurs descendants était maintenant de les aider à passer ces dernières années dans la paix. « Rien au monde ne vaut qu'on se fasse la guerre. Nous qui l'avons vécue, nous le savons. »

Puis elle regarda par-dessus son épaule et Sax s'approcha des micros. Il dit : « Mars doit être protégée. » La biosphère était récente, sa capacité limitée. Elle n'avait pas les ressources physiques de celle de la Terre, et une grande partie du territoire vide devrait, par nécessité, le rester un moment encore. Les Terriens devaient comprendre ça, et ne pas submerger les systèmes locaux. S'ils le faisaient, Mars ne serait plus utile à personne. Il était clair que la Terre était en proie à un grave problème de surpopulation, mais Mars n'était pas la seule solution. « La relation Terre-Mars doit être renégociée. »

Ils entamèrent les pourparlers. Ils demandèrent à un représentant de l'ONU de descendre et de se justifier sur les derniers envois d'immigrants. Ils discutèrent, débattirent, s'expliquèrent, s'invectivèrent. Sur place, les gens installés affrontaient les nouveaux arrivants et des deux côtés on menaça de recourir à la violence. Puis d'autres intervinrent et commencèrent à parler, à circonvenir, à tancer, à se quereller, à négocier — et à s'invectiver. A tout moment, en mille endroits différents, les choses auraient pu très mal tourner. Beaucoup de gens étaient furieux. Mais la raison finit par l'emporter. Les choses en restèrent, dans la plupart des cas, au stade de la discussion. Beaucoup eurent peur que cela ne dure pas ; rares étaient ceux qui croyaient cela possible. C'est pourtant ce qui arriva, ainsi que les gens dans les rues purent le constater. C'est grâce à eux que les choses se passèrent ainsi. A un moment donné, après tout, la mutation des valeurs devait s'exprimer ; alors pourquoi pas ici et maintenant ? Il y avait très peu d'armes sur la planète, et il était difficile de frapper en pleine figure ou d'embrocher avec une fourche les gens qu'on avait en face de soi. Le moment de la mutation était venu, ils le voyaient bien. L'histoire était en train de se faire sous leurs yeux, dans les rues, parmi cette marée humaine, sur les écrans, l'histoire pas encore figée, là, entre leurs mains, et ils surent saisir la chance de l'infléchir selon une nouvelle direction. Ils s'en persuadèrent mutuellement. Un nouveau gouvernement. Un nouveau traité avec la Terre. Une paix polycéphale. Les négociations se poursuivraient pendant des années. Comme un chœur en contrepoint, chantant une immense fugue.

Je savais que ce câble reviendrait nous hanter, je l'avais toujours dit. Mais non, tu l'adorais, toi, ce câble. Tu ne lui reprochais que d'être trop lent. Tu disais qu'on avait plus vite fait d'aller sur Terre que sur Clarke, voilà ce que tu disais. C'est vrai, c'était ridicule. Mais moi je disais que le câble reviendrait nous hanter, et ce n'est pas la même chose, tu dois bien l'admettre. Garçon, hé, garçon ! Remettez-nous ça, de la tequila et des quartiers de citron. On travaillait au Socle quand ils sont arrivés, la salle centrale, c'était sans espoir, mais le Socle est un grand bâtiment. Je ne sais pas s'ils avaient un plan et s'il a foiré ou s'ils n'en avaient pas du tout, mais le temps que leur troisième cabine descende, le Socle était coupé du reste du monde et ils étaient les maîtres arrogants d'un cul-de-sac de trente-sept mille kilomètres de long. C'était stupide. Un vrai cauchemar, ces renards qui venaient toujours la nuit, rien que la nuit. On aurait dit des loups, mais en plus rapides. Ils vous sautaient à la gorge. Une horde de renards enragés, mon vieux, un vrai cauchemar. Comme en 2128, exactement pareil. Je ne sais pas si c'est vrai ou non, mais ils étaient là, la police terrienne à Sheffield, et quand les gens ont appris ça, ils sont tous sortis dans la rue, les rues grouillaient de monde, il en venait de partout. Je suis petit, et, des fois, j'avais la figure écrasée contre le dos des gens, ou les seins des femmes. J'en ai entendu parler par une voisine cinq minutes seulement après le début, elle l'avait appris par une amie qui habitait pas loin du Socle. La réaction à la prise des installations du câble a été rapide et tumultueuse. Ces commandos de l'ONU ne savaient pas quoi faire de nous, un détachement a essayé de prendre Hartz Plaza et nous les avons simplement encerclés, en fuyant devant eux et en nous refermant sur leurs flancs, créant un effet d'aspiration. Ce démon enragé, aux babines écumantes, qui m'avait pris à la gorge, quel putain de cauchemar ! On les a emmenés au parc du bord de la caldeira. Ces satanés commandos des étoiles ne pouvaient plus bouger d'un centimètre, ou alors c'était le massacre. La seule chose qui peut faire peur aux gouvernements, c'est que les gens descendent dans les rues. Enfin, ça et les ultimatums. Ou des élections libres ! L'assassinat. Ou qu'on se foute d'eux, ah, ah, ah, ah ! Toutes les villes étaient en liaison entre elles. Il y avait des fêtes gigantesques partout. On était à Lasswitz. Tout le monde est descendu vers le parc, le long de la rivière, et on est restés là, des bougies à la main pour que les caméras plongeant du belvédère cadrent cette mer de chandelles, c'était génial. Sax et Ann étaient là, ensemble, c'était stupéfiant. Stupéfiant. Incroyable. L'ONU a dû crever de trouille en entendant chacun tenir le discours de l'autre comme ça ! Ils ont dû se dire qu'on avait des trucs à zapper le cerveau braqués sur eux. Ce que j'ai préféré, c'est plus tard, quand Peter a demandé de nouvelles élections à la direction du parti Rouge et a mis Irishka au défi d'organiser ça tout de suite, au bloc-poignet. Ces histoires de partis se ramènent toujours à des combats de chefs, au fond, à un mano a mano. *Si Irishka avait refusé de faire procéder au vote, elle était cuite, de toute façon, alors elle a bien été obligée d'y passer. J'aurais voulu que tu voies sa tête. On était à Sabishii quand on a entendu l'appel à voter des Rouges, et quand Peter a gagné, ça a été du délire. Sabishii a été instantanément changé en festival. Comme Senzeni Na, Nilokeras et Hell's Gate. Et à la gare d'Argyre, il fallait voir ça. Enfin, bon : il ne l'avait emporté que par soixante à quarante, et à la gare d'Argyre c'est devenu dingue parce qu'il y avait beaucoup de supporters d'Irishka prêts à en découdre. C'est elle qui a sauvé le bassin d'Argyre, et toutes les basses terres encore au sec de cette planète, si tu veux mon avis, Peter Clayborne n'est qu'un vieux nisei, il n'a jamais rien fait. Garçon, garçon ! De la bière pour tout le monde, de la bière blanche,* bitte. *Il a servi la soupe à tous ces petits Terriens, et pas une seule idée dans le crâne. Nirgal serrant la main à tous ces types. Alors le docteur dit, comment vous savez que vous êtes atteint de déclin subit ? C'était un putain de cauchemar. Sacrée surprise, Ann travaillant avec Sax, ça ressemblait à de la récupération. Pas si on regardait bien, ils avaient voyagé ensemble, tu devais être sur Vénus ou je ne sais où. Je ne sais plus. Les Bruns, les Bleus, c'est de la connerie, tout ça. Il y a longtemps qu'on aurait dû faire quelque chose dans ce goût-là. Enfin, pourquoi se mettre la rate au court-bouillon ? Ils sont cuits, il n'en restera pas un seul d'ici dix ans. A ta place, je n'en serais pas si sûr. Ne te réjouis pas trop vite, tu n'as que quelques années de moins, espèce d'imbécile. Oh, c'était une semaine sensationnelle, on dormait dans les parcs, tout le monde était très gentil.* Werteswandel, *c'est comme ça que disent les Allemands. Ils ont des noms pour tout. Ça devait arriver, c'est l'évolution. On est tous des mutants, à ce stade. Parle pour toi, mon pote. Parle plutôt au garçon. Six ans : c'est génial, je m'étonne que tu ne boives plus. Moi ? ah, ah, ah ! Tu parles ! Le petit peuple rouge chargeant sur des fourmis rouges, tu crois qu'ils vont nous aider, oups ! Par-dessus le bord du cratère, t'as intérêt à ce que ce soient des fourmis volantes. Pas étonnant que j'aie tant de fourmis. Comme disait l'autre : Eh bien, toubib... Bon, et alors ? Alors, c'est tout, trouduc, le type n'a que le temps de dire : Eh bien, toubib, et il tombe raide mort, le déclin subit, tu piges ? Très drôle. C'est vrai que c'est drôle ! Ça va, ça va, ha, ha, t'énerve pas. Si tu dois engueuler les gens pour qu'ils rient de tes blagues, c'est qu'elles sont plutôt foireuses, tu ne crois pas ? Va te faire foutre. Oh, très malin. Enfin, on était là quand les troupes ont fait mine de vouloir regagner le Socle. Ils y sont allés bien gentiment, en rang d'oignons derrière une petite voiture électrique d'hôtel sur laquelle ils avaient fait main basse, et tout le monde s'est écarté un peu et les a laissés partir. Ils sont passés entre nous, l'air un peu nerveux, et les gens leur serraient la main comme s'il n'y avait que des Nirgal à la porte, et ils leur demandaient de rester, ils les laissaient tranquilles s'ils ne tenaient pas le coup, les autres ils les embrassaient sur les deux joues, les enfouissaient sous des colliers de fleurs jusqu'à ce qu'ils n'y voient plus rien. Tout droit dans le Socle. Et pourquoi pas, puisqu'ils avaient dit ce qu'ils avaient à dire et qu'ils nous avaient assez fichu la trouille pour que ce putain de gouvernement de traîtres batte en retraite sans livrer combat ? Ce farceur n'a pas l'air de comprendre les règles fondamentales du judo. Du quoi ? Hein ? Hé, qui tu es, toi ? Je ne suis pas du coin. Quoi ? Hein ? excusez-moi, mam'selle, vous pourriez nous apporter une nouvelle tournée de kava ? Ben oui, on essaie encore d'arriver à quelques parties par milliard, mais ce n'est pas joué. Me parle pas de* Fassnacht, *je déteste* Fassnacht, *c'est le pire jour de l'année pour moi, c'est à* Fassnacht *qu'ils ont tué Boone. C'est ce jour-là que Dresde a été bombardée. Une journée de malheur. Ils faisaient voile vers Chryse quand une tempête a emporté leur bateau et l'a projeté jusqu'aux montagnes de Cydonia. C'est le genre d'expérience qui vous rapproche. Mais qui c'est, ce type ? Il n'y a pas de quoi en faire un plat. Toutes les semaines des ULM sont un peu chahutés par le vent, la belle affaire ! On a été pris dans la même tourmente, mais on était juste au large de Santorini, et je peux te dire que l'eau bouillonnait comme dans une lessiveuse sur dix mètres de profondeur, sans rire. L'IA du bateau sur lequel on était a perdu les pédales et on est rentrés dans un autre bateau, boum, comme ça, on a bien cru que c'était la fin des haricots, on était complètement dans le cirage, l'IA est devenue dingue, morte de trouille, si tu veux mon avis. Elle a lâché, c'est tout. Bref, je me suis cassé la clavicule. Ça fait dix sequins, s'il vous plaît. Merci. Ces ouragans sont meurtriers. J'en ai essuyé un à Echus, on a dû rester assis sur notre cul et même comme ça, on s'en est tirés tout juste. J'ai dû me cramponner à mes lunettes, ou le vent les aurait emportées. Les voitures voltigeaient comme des fétus de paille. Plus un seul bateau dans la marina, tous emportés. On aurait dit une maquette de port qu'un gamin aurait balancée à l'autre bout de la pièce. Moi aussi j'ai vu cette tempête au summum de la fureur : j'étais sur une ville flottante, l'*Ascension, *dans la mer du Nord, près de l'île de Korolev. Hé, c'est là que Will Fort fait du surf. Oui, si j'ai bien compris, c'est le coin de Mars où les vagues sont les plus hautes, eh bien, ce jour-là, elles faisaient cent mètres du creux à la crête. Non, je ne plaisante pas. Elles étaient plus hautes que les parois de la ville flottante. De monstrueuses collines noires qui bougeaient comme de la gelée. On se serait crus dans un canot de sauvetage. Ballottés comme un bouchon, on était. Les animaux n'étaient pas heureux. Et pour tout arranger, on a été projetés vers la pointe sud de Korolev. Les vagues se brisaient sur le dernier cap. Elles passaient par-dessus et retombaient de l'autre côté. Chaque fois qu'on escaladait une de ces immenses vagues, le pilote de l'*Ascension *tournait le bâtiment vers le sud, et on glissait un moment sur la paroi de la vague avant de retomber dans le creux suivant. On* *allait un peu plus vite, un peu plus loin à chaque vague, parce qu'elles devenaient plus abruptes et plus grosses au fur et à mesure qu'on approchait de la pointe de l'île. Au bout, elle s'incurve vers l'est, de sorte que les vagues retombaient de gauche à droite quand on regardait vers l'avant. Elles s'écrasaient sur les roches puis sur les écueils, au large. Pour la dernière vague, l'*Ascension *s'est retrouvé coincé au pied de la paroi abrupte, tout en bas. Le pilote a fait pivoter le bâtiment vers la droite, il a coupé la vague par le travers et est remonté à une vitesse vertigineuse. On a cru qu'il allait s'envoler. Oui, on a surfé sur la crête d'une vague de cent mètres de haut, avec une planche grande comme un village, juste au-dessus des récifs. L'espace d'une seconde, on a volé dans le tube de la vague qui déferlait. Quand on est ressortis on était sur l'épaule de la vague, par grand fond, et l'eau ne se brisait plus. On avait passé l'île. Alors, dit le docteur, comment le savez-vous ? Hein ? Joli. Oui, c'était un moment inoubliable. Je vais récupérer mon capital et prendre ma retraite, ce n'est plus la même chose. Ces gens sont des tueurs. J'ai entendu dire qu'elle avait pris un de ces vaisseaux interstellaires, c'est ce que j'ai entendu dire. Vous l'avez vraiment vue ? Vous devriez vous payer un traducteur correct, je n'ai pas dit Ça ne fait rien, docteur, je me sens mieux. Qu'est-ce que c'est que cette putain de machine ? Garçon ! Des villages comme chez moi, sauf qu'il n'y a pas de castes. S'ils veulent des castes, faudra qu'ils se les trimbalent dans la tête. Il y a des issei qui ont essayé, mais les nisei ont tourné farouches. Si j'ai bien compris, le petit peuple rouge a fini par en avoir marre de ce merdier, et ils avaient hâte de faire quelque chose, alors après avoir domestiqué les fourmis rouges ils ont démarré toute cette campagne afin de pouvoir charger à fond la caisse quand les Terriens ont débarqué. On peut penser qu'ils étaient un peu trop sûrs d'eux, mais il faut se souvenir que la biomasse des fourmis rouges sur cette planète ne fait pas loin d'un mètre de haut en moyenne, une sacrée putain de biomasse qu'ils vont nous balancer dans l'espace. Ils devraient essayer les fourmis sur Mercure, chaque fourmi a une tribu entière du petit peuple rouge sur le dos, de vraies villes dans des trucs comme des selles d'éléphant ou je ne sais quoi, alors ils ne sont peut-être pas trop sûrs d'eux, en fin de compte. On dit que l'union fait la force. Bref, ils ont délibérément poussé le gouvernement à la faute pour provoquer la confrontation. Je me demande quel prétexte ils avaient, ces salauds, il leur en fallait bien un. Je me demande pourquoi les gens qui vont à Mangala se changent immédiatement en crétins rapaces et corrompus, c'est un mystère pour moi. Ils nous sont tombés dessus. Pourquoi c'est toujours le petit peuple rouge, qu'est-il arrivé au Grand Homme, je déteste ce petit peuple rouge et leurs petits contes de fées, faut vraiment être débile pour raconter des contes de fées, la vérité est beaucoup plus intéressante. Si seulement c'étaient des grands contes de fées, avec des titans, des* *gorgones qui s'enverraient des galaxies spirales à la gueule comme des boomerangs, zip, zip, zip ! Hé, attention, mon vieux, doucement. Doucement, pépère. Garçon, apportez un peu de kava à ce moulin à paroles, s'il vous plaît. Ça va le calmer. Du calme, l'agité, là ! Du calme ! Qui se balanceraient des novas comme des bombes ! Boum ! Pan ! Badaboum ! Holà, calmos, l'agité ! J'en ai marre de ces petits bonshommes. Enlève tes sales pattes de là. Tu parles d'une excuse pour un gouvernement, n'importe comment, on en revient toujours là, des vampires avides de pouvoir. Je leur ai dit d'en rester aux tentes, pas de gouvernement global, ça ferait moins de pouvoir à sucer, mais tu crois qu'ils m'auraient écouté ? Tu parles ! Dis-le-leur, toi, ouais. Je leur ai dit. J'y étais. Pour sûr, Nirgal. On en a fait du chemin, Nirgal et moi. Que voulez-vous dire, honorable vieillard, vous n'êtes pas le Passager Clandestin ? Ben si, c'est moi. Alors si vous êtes le père de Nirgal, vous avez fait du chemin, comme vous dites. Ouais, eh bien, à Zygote, ça ne marchait pas toujours comme ça. Je vous le dis, cette salope vous aurait jeté de la poudre aux yeux toute votre vie si vous l'aviez laissée faire. Vous avez jamais vécu des années d'affilée dans un placard. Allez, ça va, vous n'êtes pas Coyote. Qu'est-ce que vous voulez que je vous dise ? Y a pas beaucoup de gens qui me reconnaissent. Et pourquoi devraient-ils me reconnaître. Je parie que c'est lui. Ce n'est pas possible. Si vous êtes le papa de Nirgal, alors pourquoi est-il si grand et vous si petit ? Je ne suis pas petit. Pourquoi vous riez ? Je fais cinq pieds cinq pouces. Des pieds ? Des pieds ? Ka tout-puissant, ce bonhomme se mesure en pieds ! En pieds ! Mon Dieu, vous voulez rire, cinq pieds ? Des pieds ? Hé, pour moi, il faudrait plus de pieds que ça, combien ça faisait, un pied ? Un tiers de mètre, un peu moins. C'est comme ça qu'on comptait, dans le temps ? Un peu moins d'un tiers de mètre ? Pas étonnant que ce soit le foutoir sur Terre. Hé, qu'est-ce qui vous fait penser que votre précieux mètre est tellement génial, c'est qu'une fraction de la distance du pôle Nord à l'équateur terrestre. C'est Napoléon qui a choisi ça, sur un coup de tête. C'est une barre de métal, à Paris, en France, sa longueur a été déterminée par un dingue, sur un coup de tête ? Vous croyez pas plus rationnel que dans le temps, surtout. Arrêtez, par pitié, vous allez me faire crever de rire ! C'est pas le respect pour les anciens qui vous étouffe, ça me plaît. Hé, donnez encore à boire au vieux Coyote. Qu'est-ce que ça sera ? Une tequila, merci. Et du kava. Oh, oh ! Ce type sait vivre. C'est vrai, je sais vivre. Ces farouches l'ont compris, tant qu'on ne pousse pas le bouchon trop loin. Ils m'ont copié, mais ils sont allés trop loin. Ne marchez pas, conduisez, ne chassez pas, achetez. Dormez toutes les nuits sur un lit de gel et essayez de vous trouver deux jeunes indigènes nues en guise de couverture. Oh, oh, oh ! Wahou ! Espèce de vieillard lubrique ! Oh, honorable monsieur. Indécent ! Ben, je le prends pour moi. Je ne dors pas très bien, mais je suis heureux. Merci, vous en faites pas pour moi, merci. J'apprécie. A la vôtre. A Mars.*

Elle s'éveilla dans le silence. Un silence tel qu'elle entendait battre son cœur. Elle se demanda où elle était. Puis cela lui revint. Ils étaient chez Nadia et Art, au bord de la mer d'Hellas, juste à l'ouest d'Odessa. *Tap tap tap*. L'aube. Le premier clou du jour. Nadia construisait quelque chose, dehors. Ils vivaient, Art et elle, en bordure d'un village, sur la plage, dans l'ensemble de maisons, de pavillons, de jardins et de sentiers de leur coop. Une communauté d'une centaine de membres, liés à une centaine d'autres communautés semblables. Nadia modifiait apparemment l'infrastructure. *Tap tap tap tap tap !* Elle fabriquait une passerelle autour d'une chambre de bambou comme à Zygote.

Elle entendait respirer quelqu'un dans la chambre voisine. La porte de communication était ouverte. Elle s'assit. Ecarta un peu les rideaux. La grisaille précédant l'aube. Une chambre d'amis. Sax dormait dans un grand lit, de l'autre côté de la porte. Sous de grosses couvertures.

Elle avait froid. Elle se leva, se rendit nu-pieds dans l'autre chambre. Un vieil homme, la tête enfoncée dans un grand oreiller. Elle se glissa sous les couvertures, se nicha à ses côtés. Il était tout chaud. Il était plus petit qu'elle, et tout rond. Elle le savait, elle l'avait vu au sauna, dans la piscine, à Underhill, aux bains, à Zygote. Encore une chose qu'ils avaient en commun. *Tap tap tap tap tap !* Il remua et elle l'entoura de ses bras. Il se blottit contre elle sans se réveiller.

Pendant l'expérience sur la mémoire, elle s'était concentrée sur Mars. Michel le lui avait dit, un jour : Ton rôle consiste à trouver la Mars qui résistera à tout. En revoyant les collines, les vallées entourant Underhill, elle avait repensé intensément aux premières années, quand chaque horizon révélait quelque chose de nouveau. La Terre. Elle résistait dans son esprit. Sur Terre, ils ne sauraient jamais comment c'était, jamais. La légèreté, l'étroite intimité de l'horizon, tout à portée de la main ou presque. Puis, soudain, les immenses perspectives, quand l'une des régions du Grand Homme apparaissait : les vastes falaises, les canyons si profonds, les volcans à l'échelle d'un continent, le chaos sauvage. La calligraphie géante de l'époque aréologique. Les dunes qui entouraient le monde. Ils ne sauraient jamais ; c'était inimaginable.

Mais elle, elle savait. Et pendant l'expérience sur la mémoire, pendant toute cette journée qui avait paru durer dix ans, elle s'était focalisée dessus. Sans une pensée pour la Terre. C'était une gageure, un effort stupéfiant. Ne pas penser au mot *éléphant* ! Eh bien, elle n'y avait pas pensé. C'était un jeu auquel elle excellait, l'opiniâtreté du refus, une sorte de force. Peut-être. Et puis Sax avait surgi en criant : Tu te rappelles la Terre ? Tu te rappelles la Terre ? C'était presque drôle.

Mais il s'agissait de l'Antarctique. Immédiatement, son esprit, si rusé, si concentré, la piégea, lui dit : Ce n'est que l'Antarctique, un peu de Mars sur Terre, un continent transposé. L'année qu'ils avaient passée là-bas, un moment volé à leur avenir. Dans les Dry Valleys, ils étaient sur Mars sans le savoir. Alors elle pouvait y repenser, ça ne la ramenait pas sur Terre, ce n'était qu'un pré-Underhill, un Underhill avec de la glace, un campement différent, avec les mêmes personnes, dans la même situation. Et tout lui était revenu dans la magie de l'enchantement anamnésique : ces conversations avec Sax. Quelqu'un d'aussi solitaire qu'elle dans la science, et comme il lui avait plu, comme elle avait été attirée vers lui... Il était seul à comprendre jusqu'où on pouvait y plonger. Et là, dans cette pure distance, ils avaient discuté. Nuit après nuit. De Mars. Des aspects techniques, philosophiques. Ils n'étaient pas d'accord. Mais ils étaient là-bas ensemble.

Pas tout à fait. Il avait été choqué qu'elle le touche. Pauvre chair. C'est ce qu'elle avait pensé. Apparemment, elle se trompait. C'était bien dommage. Si elle avait compris, s'il avait compris, s'ils avaient compris, peut-être l'histoire en aurait-elle été changée. Peut-être que non. Mais ils n'avaient pas compris, et voilà où ils en étaient arrivés.

Dans cette ruée vers le passé, pas une fois elle n'avait pensé à la Terre du Nord, la Terre d'avant. Elle était restée dans la convergence antarctique. En réalité, la majeure partie du temps, elle était restée sur Mars, la Mars de son esprit, Mars la Rouge. Selon la théorie, le traitement anamnésique stimulait la mémoire et amenait la conscience à répéter les associations complexes de nœuds et de réseaux, les reliant à travers le temps. Cette révision renforçait les souvenirs dans leur tracé, un réseau évanescent de schémas formés par des oscillations quantiques. Tout ce qui revenait était renforcé ; ce dont on ne se souvenait pas risquait de ne pas l'être et de continuer à se dégrader, victime de ruptures, d'erreurs, d'un effondrement quantique. Et de sombrer dans l'oubli.

Elle était donc une nouvelle Ann, maintenant. Pas Anti-Ann, ni même cette troisième personne indistincte qui l'avait hantée si longtemps. Une nouvelle Ann. Une Ann pleinement martienne, enfin. Sur une Mars faite de brun, de rouge, de vert et de bleu mélangés. Et s'il y avait encore en elle une Ann terrienne recroquevillée dans un placard quantique bien à elle, c'était la vie. Aucune cicatrice ne disparaissait jamais totalement avant la mort et la dissolution finale, et c'était peut-être aussi bien. Il ne fallait pas trop en perdre ou un autre genre d'ennui se profilerait. Il fallait conserver un équilibre. Ici et maintenant, sur Mars, elle était l'Ann martienne, non plus une issei mais une nouvelle indigène d'un certain âge, une yonsei née sur Terre. Ann Clayborne la Martienne, dans l'instant et l'instant seul. C'était bon d'être couchée là.

Sax remua dans ses bras. Elle le regarda. Un visage différent, mais c'était encore Sax. Gardant un bras autour de lui, elle passa une main glacée sur sa poitrine. Il se réveilla, la reconnut, eut un petit sourire ensommeillé. Il s'étira, se retourna, enfouit son visage au creux de son épaule. Lui planta un baiser dans le cou, la mordilla. Ils se cramponnèrent l'un à l'autre, comme dans le bateau volant, pendant la tempête. Une chevauchée sauvage. Ce serait drôle de faire l'amour dans le ciel. Mais pas pratique par un vent pareil. Une autre fois. Elle se demanda si les matelas étaient toujours faits comme dans le temps. Celui-ci était dur. Sax n'était pas aussi doux qu'il en avait l'air. Ils se blottirent l'un contre l'autre, s'étreignirent. Une étreinte sexuelle. Il était en elle, se mouvait en elle. Elle referma ses bras sur lui et le serra de toutes ses forces.

Il se mit à l'embrasser sur tout le corps, à la mordiller. Il disparaissait sous les couvertures. Faisait le sous-marin autour d'elle, sous les draps. Elle le sentait partout sur sa peau. Ses dents, parfois, mais surtout la pointe de sa langue, il la léchait comme un chat. Slurp slurp slurp. C'était bon. Il bourdonnait, ou il fredonnait. En tout cas, sa poitrine vibrait, ça faisait comme un ronronnement. « Rrr, rrrr, rrrrrrrrr. » Un bruit paisible, sensuel. Ça aussi, c'était bon sur sa peau. Vibration, langue de chat, petits coups de lèche partout. Elle souleva la couverture comme une tente pour le regarder.

— Qu'est-ce qui est le meilleur ? murmura-t-il. Petit *a*, suggéra-t-il en l'embrassant, ou petit *b* ? proposa-t-il en appliquant un baiser ailleurs.

Elle ne put s'empêcher d'éclater de rire.

— Sax, ferme-la et fais-le.

— Ah ! Bon, eh bien...

Ils prirent leur petit déjeuner avec Nadia, Art et les membres de la famille qui étaient dans le coin. Leur fille, Nikki, faisait un tour dans les montagnes d'Hellespontus avec les farouches, son mari et trois autres couples de leur coop. Ils étaient partis la veille au soir dans un brouhaha de plaisir anticipé, comme des enfants, laissant leur fille Francesca et les enfants de leurs amis : Nanao, Boone et Tati. Francesca et Boone avaient cinq ans, Nanao trois, Tati deux. Ils étaient ravis de se retrouver ensemble, et avec les grands-parents de Francesca. Ce jour-là, ils allaient à la plage. Une grande aventure. Ils s'occupèrent de la logistique pendant tout le petit déjeuner. Sax devait rester à la maison avec Art, et l'aider à planter des oliviers sur la colline de derrière. Il attendait aussi deux invités : Nirgal et une mathématicienne de Da Vinci appelée Bao. Ann avait remarqué qu'il était tout excité à l'idée de les présenter l'un à l'autre. Aussi excité que les enfants.

— C'est une expérience, lui avait-il confié.

Nadia avait prévu de continuer à travailler sur sa passerelle. Elle descendrait peut-être plus tard sur la plage, avec Art, Sax et ses invités. Pendant la matinée, les enfants devaient être confiés à la garde de tante Maya. Cette perspective les enchantait tellement qu'ils ne tenaient pas en place. Ils couraient autour de la table comme des chiots.

Ann était donc plus ou moins réquisitionnée pour aller à la plage avec Maya et les enfants. Maya aurait bien besoin de son aide. Ils la regardaient d'un air circonspect. Tu veux bien, tante Ann ? Elle acquiesça. Ils prendraient le tram.

Elle partit donc pour la plage avec Maya et les enfants. Francesca, Nanao, Tati et elle étaient tassés sur la banquette juste derrière le chauffeur, Tati sur les genoux d'Ann. Boone et Maya étaient assis côte à côte derrière elles. Maya venait là tous les jours ; elle habitait de l'autre côté du village, dans un petit cottage pour elle toute seule, au milieu des dunes qui dominaient la plage. Elle allait travailler pour sa coop presque tous les jours et, le soir, elle rejoignait souvent son groupe de théâtre. Elle était aussi une habituée des terrasses de café, et la baby-sitter attitrée des enfants.

Elle était maintenant engagée dans une féroce partie de chatouilles avec Boone. Ils étaient cramponnés l'un à l'autre comme deux singes et riaient à gorge déployée. Encore une chose à ajouter aux découvertes érotiques de la journée : il pouvait y avoir une rencontre parfaitement sensuelle entre un gamin de cinq ans et une femme de deux cent trente-trois ans. C'était le jeu de deux êtres humains très au fait des joies du corps. Ann et les autres enfants étaient silencieux, un peu gênés d'assister à cette scène.

— Quel est le problème ? hoqueta Maya en profitant d'une pause. Un chat vous a mangé la langue ?

— Un chat t'a mangé la langue ? répéta Nanao en regardant Ann avec consternation.

— Non, le rassura Ann.

Maya et Boone hurlaient de rire. Les gens dans le tram les regardaient, certains en souriant, d'autres de travers. Ann constata que Francesca avait les drôles d'yeux tachetés de sa grand-mère. C'était tout ce qu'on retrouvait de Nadia chez elle. Elle ressemblait plus à Art, mais pas beaucoup non plus. Une beauté.

Ils arrivèrent à l'arrêt de la plage. Un abri pour la pluie, un kiosque, un restaurant, un parking pour les bicyclettes, des routes de campagne qui s'enfonçaient dans l'intérieur des terres et un large sentier qui coupait à travers les dunes couvertes d'herbe vers la plage. Ils descendirent du tram, Maya et Ann croulant sous les sacs pleins de serviettes et de jouets.

Le ciel était couvert et il y avait du vent. La plage était presque déserte. De longues vagues déferlaient en diagonale sur le rivage. Elles se brisaient au large sur des bancs de sable que marquaient des lignes blanches, tranchées. La mer était sombre, les nuages gris perle dessinaient comme une arête de poisson sous le ciel morne, couleur lavande. Maya laissa tomber ses sacs. Boone et elle coururent vers l'eau. Plus loin le long de la plage, à l'est, Odessa se dressait sur sa colline, sous un trou dans les nuages, et les petites maisons blanches brillaient sous le soleil. Des mouettes tournaient dans le ciel en quête de nourriture, les plumes ébouriffées par le vent du large. Un pélican planait juste au-dessus des vagues. Plus haut volait un homme-oiseau. Ann pensa à Zo. Les gens mouraient si jeunes, autrefois... dans la quarantaine, la trentaine, à vingt ans, à dix ans. A cet âge, on ne pouvait pas savoir ce qu'on ratait. Des gamins fauchés comme des grenouilles par le gel. Ça pouvait encore arriver. A tout moment l'air pouvait vous cueillir et vous tuer. Mais c'était accidentel. Les choses étaient différentes aujourd'hui, il fallait l'admettre. A moins d'un accident, ces enfants auraient probablement une durée de vie normale. Il fallait lui laisser ce bénéfice, à cette époque, les choses ne se passaient pas trop mal de ce point de vue. Une vie bien remplie. Il fallait lui laisser ce bénéfice.

Les amis de Nikki avaient dit qu'il valait mieux éviter de laisser leur fille, Tati, se rouler dans le sable parce qu'elle avait la sale habitude d'en manger. Ann essayait donc de la canaliser sur l'étroite bande d'herbe entre les dunes et la plage, mais elle lui échappa en hurlant, s'éloigna à quatre pattes avec sa couche-culotte qui lui faisait un derrière de fourmi et tomba sur le sable, près des autres. Elle avait l'air aux anges.

— D'accord, soupira Ann en la rejoignant. Mais pas question d'en manger, hein ?

Maya aidait Nanao, Boone et Francesca à creuser un trou.

— Quand nous arriverons au sable mouillé, nous commencerons le château, déclara Boone, et Maya acquiesça, absorbée par ses opérations de fouissage.

— Regardez ! s'écria Francesca. Je cours en rond autour de vous !

Boone leva les yeux, la regarda.

— Non, tu cours en ovale autour de nous, rectifia-t-il.

Il se remit à discuter avec Maya du cycle vital des crabes des sables. Quand Ann l'avait vu, l'an passé, il parlait à peine, rien que de simples phrases, comme Tati et Nanao : Chien-chien ! C'est à moi ! Et voilà qu'il pontifiait. L'acquisition du langage chez l'enfant était incroyable. Ils étaient tous géniaux à cet âge, il fallait des années et des années aux adultes pour les tordre, les retordre et en faire les bonsaïs qu'ils devenaient inévitablement. Qui oserait faire ça, qui oserait déformer la nature de cet enfant ? Personne, et pourtant ça arriverait. Personne n'y toucherait, et tout le monde. Cela dit, en voyant Nikki et ses amis s'équiper joyeusement pour leur randonnée en montagne, Ann avait trouvé qu'ils faisaient encore très gamins, et ils avaient presque quatre-vingts ans. Alors peut-être cela arrivait-il moins souvent. Il fallait reconnaître que, de ce point de vue, les choses ne se passaient pas trop mal. Encore un bon point pour cette époque.

Francesca arrêta de courir en rond ou en ovale autour d'eux, et arracha une pelle en plastique des mains de Nanao. Nanao poussa des couinements indignés. Francesca se retourna et se dressa sur la pointe des pieds, comme pour démontrer à quel point elle avait la conscience légère.

— C'est ma pelle, dit-elle par-dessus son épaule.

— Non, c'est pas ta pelle !

Maya lui jeta à peine un coup d'œil.

— Rends-la-lui.

Francesca s'éloigna en dansant. Nanao se mit à geindre de plus belle, la figure d'un beau magenta.

— Ignore-la, conseilla Maya en faisant les gros yeux à Francesca. Tu veux un esquimau ?

Francesca revint, laissa tomber la pelle sur la tête de Nanao. Boone et Maya, déjà replongés dans leurs travaux d'excavation, ne firent pas attention à elle.

— Ann, tu pourrais aller chercher des esquimaux au kiosque ?

— Avec plaisir.

— Tu veux bien emmener Tati avec toi ?

— Non ! protesta Tati.

— Glace, fit Maya.

Tati réfléchit et se leva laborieusement.

Ann et Tati retournèrent, la main dans la main, au kiosque de l'arrêt du tram. Ann acheta six esquimaux, en rapporta cinq dans un sac. Tati insista pour manger le sien tout en marchant. Elle n'était pas encore très douée pour se livrer simultanément à deux opérations de la sorte, et elles n'allaient pas vite. La glace fondue coula sur le bâton, et Tati suça l'esquimau et son poing sans discrimination.

— Joli, dit-elle. Joli manger.

Un tram arriva, s'arrêta et repartit. Quelques minutes plus tard, trois personnes arrivaient sur le chemin à bicyclette : Sax, Nirgal et une indigène. Nirgal freina à côté d'Ann, l'embrassa. Il y avait des années qu'elle ne l'avait vu. Il avait vieilli. Elle le serra sur son cœur, sourit à Sax. Elle l'aurait bien pris dans ses bras, lui aussi.

Ils rejoignirent Maya et les enfants sur la plage. Maya se leva pour embrasser Nirgal, tendit la main à Bao. Sax faisait des allers et retours à bicyclette sur l'herbe, en haut de la plage, lâchant les mains, faisant de grands signes au groupe. Boone, qui avait toujours des stabilisateurs aux roues arrière de son vélo, le vit et hurla, épaté :

— Comment fais-tu ça ?

Sax remit précipitamment les mains sur le guidon, s'arrêta et regarda Boone en fronçant les sourcils. Boone s'approcha de lui en titubant, les bras tendus, et fonça dans sa bicyclette.

— Il y a quelque chose qui ne va pas ? demanda Sax.

— J'essaie de marcher sans utiliser mon cervelet.

— Excellente idée, approuva Sax.

— Je retourne chercher des esquimaux, proposa Ann.

Elle laissa Tati, cette fois, et remonta vers le sentier herbeux. C'était bon de marcher dans le vent.

Elle revenait avec un second sac d'esquimaux quand l'air devint soudain glacial. Quelque chose fit une embardée en elle, et elle eut une sorte de faiblesse. La mer avait un éclat violet, dur, luisant, bien au-dessus de la surface réelle de l'eau. Et elle avait très froid. Oh merde ! se dit-elle. Ce coup-ci, ça y est. Le déclin subit. Elle avait lu tout ce qu'on pouvait lire sur les divers symptômes tels que les avaient rapportés des gens qui s'en étaient sortis d'une façon ou d'une autre. Son cœur cognait contre ses côtes, semblable à un enfant essayant de sortir d'un cabinet plongé dans le noir. Elle se sentait immatérielle, comme si quelque chose l'avait vidée de sa substance et laissée creuse, poreuse. Une pichenette et elle serait tombée en poussière. Tap ! Elle poussa un gémissement de surprise et de douleur, se cramponna. Une douleur dans la poitrine. Elle fit un pas vers un banc, le long du chemin, puis s'arrêta, pliée en deux par une nouvelle douleur. Tap, tap, tap !

— Non ! s'écria-t-elle, les mains crispées sur le sac d'esquimaux.

Arythmie cardiaque. Oui, son cœur battait la chamade, *bang bang, bang bang bang bang, bang. Non !* dit-elle silencieusement. Pas encore. La nouvelle Ann, sans aucun doute, mais ce n'était pas le moment, Ann elle-même couina « Non », et s'absorba totalement dans l'effort consistant à se cramponner. Cœur, tu dois battre ! Elle était tellement crispée qu'elle tituba. Non. Pas encore. Le vent d'un froid polaire soufflait à travers elle, transperçait son corps fantomatique. Elle banda sa volonté. Le soleil si brillant, les rayons obliques, durs, la traversant, traversant sa cage thoracique — la transparence du monde. Puis tout se mit à battre au rythme de son cœur, la brise soufflant à travers elle. Elle banda ses muscles. Le temps s'arrêta, tout s'arrêta.

Elle inspira prudemment, un petit coup. La crise passa. Le vent, lentement, se réchauffa. L'aura de la mer disparut, laissant place à une eau d'un bleu pur. Son cœur faisait son bon vieux *bump bump*

bump. Tout reprit consistance, la douleur reflua. L'air était humide, salé, pas froid du tout. Pour un peu, elle aurait été en nage.

Elle se remit en marche. Avec quelle force le corps se rappelait à votre bon souvenir. Enfin, elle avait tenu bon. Elle vivrait. Un peu plus longtemps, du moins. Si ce n'était pas maintenant... Non, ce ne serait pas maintenant. Elle était là. Elle essaya de marcher, mit un pied devant l'autre, pour voir. Tout semblait fonctionner. Elle s'en était tirée. Mais elle l'avait échappé belle.

Depuis le château de sable, Tati repéra Ann et s'approcha d'elle en trottinant, les yeux braqués sur le sac d'esquimaux. Mais elle allait trop vite et elle tomba de tout son long. Elle se releva, la figure couverte de sable, et Ann s'attendait à ce qu'elle se mette à hurler, mais elle se lécha la lèvre supérieure en connaisseuse.

Ann s'approcha et l'aida à se relever. L'ayant remise sur ses pieds, elle essaya de nettoyer le sable qui lui couvrait le visage, mais la petite fille secoua la tête, refusant qu'on la touche. Bah, qu'elle mange un peu de sable. Qu'est-ce que ça pouvait bien faire, après tout ?

— Mais pas trop, hein ? Non, ça, c'est pour Sax, Nirgal et Bao. Non ! Hé, regarde, regarde les mouettes ! Regarde les mouettes !

Tati leva les yeux, vit les mouettes au-dessus de sa tête, essaya de les suivre des yeux, tomba sur le derrière.

— Ooh, fit-elle. Joli ! Joli ! C'est joli, hein ? C'est joli, hein ?

Ann la releva et toute deux retournèrent, main dans la main, près des autres. Le trou allait en s'élargissant et le monticule était maintenant couronné de pâtés de sable. Nirgal et Bao bavardaient au bord de l'eau. Des mouettes planaient au-dessus d'eux. Plus loin, sur la plage, une vieille femme asiatique pêchait assise sur une planche à voile. La mer était bleu foncé sous le ciel mauve pâle qui achevait de se dégager. Les derniers nuages filaient vers l'est. La brise soufflait autour d'eux. Des pélicans surfaient en rang sur une vague. Tati retint Ann et tendit le doigt.

— C'est joli, hein ?

Ann essaya de l'entraîner mais Tati refusa de bouger, lui tirant la main avec insistance :

— C'est joli, hein ? C'est joli, hein ?

— Mais oui, mais oui.

Tati la lâcha et s'éloigna en se dandidant comme un canard, restant miraculeusement debout, des fossettes à l'arrière de ses petits genoux grassouillets.

Et pourtant elle tourne, pensa Ann. Elle suivit l'enfant en souriant de sa petite plaisanterie. Galilée aurait pu refuser de se renier, aurait pu monter sur le bûcher pour l'amour de la vérité, ç'aurait été une stupidité. Mieux valait dire ce qu'on attendait de vous et repartir vers autre chose. Voir la mort de près remettait les choses en perspective. Oh oui, c'était joli. Elle l'avait admis et avait eu le droit de vivre. Continue à battre, cœur. Et pourquoi ne pas l'admettre ? Nulle part sur ce monde les gens ne s'entre-tuaient, personne ne cherchait désespérément un abri ou de quoi manger, on n'avait rien à craindre pour ses enfants. Il fallait lui laisser ça, à ce monde. Le sable crissait sous ses pieds quand elle y enfonçait les orteils. Elle l'examina attentivement : des grains sombres de basalte mélangés à de microscopiques fragments de coquillages et un échantillonnage de gravillons colorés. Sans doute des fragments détachés lors de l'impact d'Hellas. Elle leva les yeux vers les collines à l'ouest de la mer, noires sous le soleil. Le squelette des choses était visible partout. Des vagues se brisaient en rangs serrés sur la plage, et elle marcha sur le sable vers ses amis, dans le vent, sur Mars, sur Mars, sur Mars, sur Mars, sur Mars.

REMERCIEMENTS

Pour Mars la Rouge

A Lou Aronica, Gregory Benford, Adam Bridge, Michael H. Carr, Robert Craddock, Bruce Faust, Bill Fisher, Hal Handley, Jennifer Hershey, Cecilia Holland, Fredric Jameson, Jane Johnson, Steve McDow, Beth Meacham, Tom Meyer, Lisa Nowell, James Edward Oberg, Ralph Vicinanza et John B. West.

Et plus particulièrement à Charles Sheffield.

Pour Mars la Verte

A Lou Aronica, Victor R. Baker, Paul Birch, Donald Blankenship, Michael H. Carr, Peter Ceresole, Robert Craddock, Martyn Fogg, Jennifer Hershey, Jane Johnson, Damon Knight, Alexander Korzhenevski, Christopher McKay, Beth Meacham, Rick Miller, Lisa Nowell, Stephen Pyne, Lucius Shepard, Gary Snyder, Ralph Vicinanza et Tom Whitmore.

Et tout particulièrement, une fois encore, à Charles Sheffield.

Pour Mars la Bleue

Merci, cette fois, à Lou Aronica, Stuart Atkinson, Terry Baier, Kenneth Bailey, Paul Birch, Michael Carr, Bob Eckert, Peter Fitting, Karen Fowler, Patrick Michel François, Jennifer Hershey, Patsy Inouye, Calvin Johnson, Jane Johnson, Gwyneth Jones, David Kane et Ridge, Christopher McKay, Beth Meacham, Pamela Mellon, Lisa Nowell, Lowry Pei, Bill Purdy, Joel Russell, Paul Sattelmeier, Marc Tatar, Ralph Vicinanza, Bronwen Wang et Vic Webb.

Et mes remerciements tout particuliers à Martyn Fogg et, encore une fois, à Charles Sheffield.

Chronologie

2061	Le Soulèvement
2075	Naissance de Jackie et de Dao
2076	(M-25 de Mars) Naissance de Nirgal
2090	Tour du pôle Sud par Nirgal et Coyote
2100	Deuxième ascenseur à Sheffield
2101	Mise en place de la soletta
2102	Conférence de Burroughs sur le terraforming de M-38
2104	Conférence de Dorsa Brevia
2106	Incident de la loupe aérienne
2108	Incident de Deimos
2115	Mise sous tente de Nirgal Vallis
2120	Découverte de l'aquifère ouest
2123	Célébration de M-50
2124	Couvre-feu à Sabishii
2127	Incident de l'Antarctique Bataille de Sheffield et du câble
2128	*Début* Congrès constitutionnel *Fin* Voyage des ambassadeurs vers la Terre
2128-2134	Présidence de Nadia
2129	Naissance Zo Boone
2134-2144	Nirgal sur le massif de Tyrrhena
2155	Sax rencontre Ann sur Da Vinci
2160	Premiers voyages spatiaux à l'aide de la fusion pulsée
2171	Nirgal court avec les farouches
2180	Zo et Ann visitent les systèmes jovien et uranien
2181	Campagne électorale sur le Grand Canal
2190	Début de l'immigration illégale venant de la Terre
2206	Mort de Michel
2211	Réunion d'Underhill
2212	Sax et Ann prennent la mer, crise du câble, troisième révolution

Table

MARS LA ROUGE

MARS LA VERTE

MARS LA BLEUE

Achevé d'imprimer par Grafica Veneta S.p.A.
en novembre 2015
pour le compte de France Loisirs, Paris

Numéro d'éditeur : 83113
Dépot légal : décembre 2015
Imprimé en Italie

